本書受
國家古籍整理出版專項經費
浙江大學文科高水平學術著作出版基金
資助

張宗祥 纂輯
曹錦炎 整理

全宋詩話

第一册

卷一至卷五

浙江大學出版社

總目録

第一册

第二册

全宋詩話目録卷九……二七二

全宋詩話卷九……二七六

全宋詩話目録卷十七……五一四

全宋詩話目録卷十八……五三九

全宋詩話目録卷二十五……七一〇

第四册

全宋詩話目録卷二十八、二十九、三十、三十一、三十二、三十三、三十四、三十五、三十六、三十七、三十八、三十九、四十、四十一、四十二、四十三

第五册

全宋詩話目錄卷四十六……一二五九

全宋詩話卷四十六……一二六二

第六册

全宋詩話目録卷五十二……一四一九

全宋詩話卷五十二……一四二二

第七册

全宋詩話卷六十二……一六七五

全宋詩話目録卷六十三……一七一一

全宋詩話目録卷六十四……一七四一

全宋詩話目録卷六十五……一七七三

全宋詩話卷六十五……一七七七

全宋詩話目録卷六十六……一八〇一

全宋詩話卷六十六……一八〇五

全宋詩話卷六十八……一八八〇

全宋詩話目録卷七十……一九四三

全宋詩話卷七十……一九四六

第八册

全宋詩話卷七十二 二〇一三

全宋詩話目録卷七十三 二〇四三

全宋詩話卷七十三 二〇四七

第九册

全宋詩話卷八十一……………………二三一九五

全宋詩話目録卷八十四……二四一四

全宋詩話目録卷八十五……二四二九

全宋詩話卷八十五……二四三〇

全宋詩話目録卷八十六……二四三五

全宋詩話卷八十六……二四四〇

第十册

全宋詩話目録卷九十一 謠諺雜語

全宋詩話卷九十一

全宋詩話目録卷九十二釋一

全宋詩話卷九十二

全宋詩話目録卷九十三 釋二

全宋詩話目卷九十四釋三……二七一八

全宋詩話卷九十四……二七二二

全宋詩話目録卷九十五 釋四……二七五二

全宋詩話目録卷九十六

全宋詩話目録卷九十七道二……二七九二

本册目録

全宋詩話目録卷四……一〇二

全宋詩話卷四……一〇五

全宋詩話目録卷五……一三六

全宋詩話弁言

詩話記載遺聞逸事，反映一時社會情況，可以補史傳之闕。至于評論工拙，研究格律，雖若重要，然執筆者或有宗派成見，則仁者見仁，智者見智，正恐徒多聚訟。故此書所收，以宋人詩話筆記爲主，元明次之，清則略有所採。蓋編者之意，不專在評論詩之工拙也。

趙宋三百年間，大都以詩賦取士，故能詩者衆。然自唐律詩盛行之後，格律有限制，平側有束縛。宋之詩雖西崑起于前，西江繼于後，四靈殿其軍，似乎各成宗派，究其極皆不脱唐人窠臼，規仿義山工部晚唐而已。顧三百年中士風習俗，則皆表現于詩，尤皆詳載于詩話，此所以樂于搜輯，成此一書也。

清初，歸安沈繹旃先生炳巽，嘗輯《全宋詩話》百卷、《續全唐詩話》百卷。《續全唐詩話》稿本幸存，尚待整理，《全宋詩話》則久佚難覓。其後鍾退軒先生廷瑛，繼輯是書。歲在乙未，予得其蓑衣稿本一册于厰肆，恨其採擇未廣，且非全稿，僅至仁宗初年而止，又紙條脱落零亂，不足據也。

厲樊榭先生鶚，有《宋詩紀事》，陸心源氏復有補編。厲書疏漏之處，陸氏曾爲糾正，且亦增益不少。然二家之意，在表彰宋詩，重詩而輕話，詩後即有記載，往往删節割裂，厲書尤甚。且皆旁及州縣志，取材固宏，然不能使閲者豁然見宋時風尚習俗也。

兹編首列趙氏諸帝，而鄆王附之；次宗室，次降王。而后妃宫女，則列于婦女之首。

自五季入宋，如王仁裕之未仕，孟賓于之仕于他國，則附見李昉之後，以其與李氏有關也。非有軒輊于其間，亦方以類聚，物以群分之意耳。

遼金君臣，附于外國之中，其詳當有專書，故僅略舉。

無名子、諺語，大都發揚民意之作，故詳列之。

釋子之中，能詩者衆，間有以異迹著者，然較道士爲少，故列于道士之先。道教向以自利爲主，最上者清静無爲，自適其天而已；下者服藥鍊丹，以求長生，以求點石成金；更下者造作神怪欺世惑人，無所不至。夫唐之尊李耳，欲自託于中原氏族，自諱其爲異族故也。宋則自真宗天書屢降之後，已啓徽宗求仙降神之機。林靈素輩因之，以竊寵興妖，迄于金狄亂華，此真道教之遺毒也。然回道人乃在宋世獨顯神異，士大夫津津樂道之，此真怪事，今詳輯之，欲人知警，列于釋子之後、神怪之前，外之也。至若水雲黄冠，碧窗題句，斯則别有苦心，閲者自能知之。

箕仙盛于宋，宋後此風尤煽。辛亥之後，海濱遺老，事此日多。抗日軍興，後方亦有奉此以占國步者，國將亡，聽于神，真可驗矣。紫姑獨分一卷，意在此也。

神鬼之類，或文人寓言，或時俗迷信，前人既載于册，今亦姑附于末。此序次之大凡也。

沈繹旃先生《續全唐詩話》，凡一事一題，而作者數人，特立一門，名曰『合句』。唐宋人均有作者，則名曰『唐宋合句』。此例爲向來詩話所無，亦有可取之處，然查閱不甚便利。今每逢此種詩句，以第一人或末一人爲主，分載各人條下。惟有主要之人，則仍以主要之人爲主。

有一條中包括數人數事者，既見于主要人之下，其餘或從簡複述于各人之下，或于各人下注明參見某人。

宋人『詩話』筆記，往往互相轉載，故有一事一詩，而數書敘及者。今但取一書，其重複者略之。此編輯之大凡也。

昔吾鄉周松藹先生春，八十一歲時寫《耄餘詩話》以遺日。余體力日衰，雖未届八十，已不能潛心專力，從事著述。聊且編輯此書，以備參考之用，亦以報答政府養老之恩，以示不敢虚度歲月之意。一九五八年戊戌海寧張宗祥記，時年七十有七。

全宋詩話總目

卷一

卷二

卷三

卷四

卷五

卷九

卷十

卷十四

歐陽修二

卷十五

歐陽修三

卷十六

文彦博　劉几　劉槩　張望　劉沆

陸軫　張先　李之才　石介　元絳

刁約　蔡襄　王素　趙師民　唐介

李師中

卷十七

楊諤　趙寅　魏瓘　熊知至　陸經

張唐卿　楊察　何郯　馬遵　葛密

卷二十五

卷二十六

卷二十七

卷四十五

張景脩　蔣槩　徐積　江公著　鄭俠
曾肇　孫洙　何宗韓　劉定　王詵
馬道　錢忠　錢信　王安國　沈遼
王欽臣　韓忠彦　張舜民　陶弼　錢勰
葉祖洽　王令　詹价

卷四十六

文同　李奉世　晁端友　李行中　徐介
胡瑗　陸佃　蔡京　汪泌　錢暄
謝公淀　晁端禮　晏幾道　賀鑄　王雱　袁點
藍奎　周諝　關澥　曾旼　龔程
劉涇　朱服　葛書思　劉次莊　崔嶧
吕大臨

卷五十

張商英　陳體常　鄒浩　周邦彦　翟嗣宗
陳傳　魏泰　劉誼　趙彦若　杜常
黄夷仲　彭淵材　張勱　王仲修　毛滂
盛次仲　王仲甫　蔡載　薛昂　朱京

卷五十一

俞紫芝　饒竦　王邦憲　王復　龍太初
顔幾　劉季孫　賈收　舒焕　許仲蔚
何去非　何頡之　劉師川　邵迎　朱炎
劉賓　朱適　侯穆　陳智夫　劉郛
王山　王崇　王禹錫　黄嗣徽
吕川　張頌　徐璹　薛紹彭　王紘
蔣擴　吕由庚　鄭景望　鄭周卿　楊萬畢
史驤　令狐挺　閻欽受　閻伯才　晁元忠

卷五十二

卷五十三江西詩派

畢漸　李朴　江公望　吴幵　葛勝仲
胡直孺　胡安國　葛次仲　黄大臨　王元甫
葉夢得　寇國寶　黄叔達　周知微　李元膺
李釜　安惇　向子諲　石⿱丕心　曾誠
田晝　王鄰臣　石齊老　項傳　王公亮
黄檥　王重　莫將

卷六十三

邵伯温　徐幹臣　袁裪　吕希哲　楊道孚
李甲　劉定　劉彦祖　岑碩　郭挺
蔡佃　曾開　朱勝非　唐庚　趙鼎
梅執禮　龔況　史徽　李光　李邴
方惟深　王寀　汪藻　吴激　謝克家
种師道　柳富

卷六十六

卷六十七

卷六十八

卷六十九

卷七十

卷七十一

卷七十二

卷七十三

張栻　劉芮　薛季宣　王彦和　李大方
李正白　游次公　張鎡　曾覿　盛㢒
楊炎正　王子俊　來梓　張履信　徐逸
陳國材　邵經國　傅大詢　游開　聞人滋
劉宰　詹義　滕岑　張沄　陸淞
陳亮　許景迂　劉過　孫伯温　程珌
周燀　尹德鄰　孫惟信　林士表　羅椿

卷七十七

曾從龍　魏了翁　盧祖皋　周師成　真德秀
錢穮　王國用　王必張　劉敏求　敖陶孫
吴豐　俞成　黄元夫　王明清　吕祖儉
趙蕃　韓淲　余儔　葛天民　姜夔
蘇石　周文璞　潘檉　曹豳鄭　郮夢
印應雷　陳宗禮　張庭芝　朱軝　李宗勉

陳垓　華岳　嚴大猷　游儀　高翥
李迎　柯夢得　朱涣　趙民則　李大方
洪咨夔　胡榘　吕午　徐文卿　徐清叟

卷七十八

王伯大　李劉　吴潛　王邁　鄭清之
姚鏞　趙東野　李仲之　牟子才　楊長孺
彭仲衡　胡偉　張潞　劉淮　劉仙倫
李翔　高戴敏　王大受　徐照　徐璣
翁卷　戴復古　馮取洽　嚴羽　羅之紀
胡時可　彭止　左次魏　杜去輕　鄭寀
黄洪　金良弼　陳起　翁定　馬光祖
岳珂　曾原一　徐元傑　朱繼芳　湯巾
蕭崱　潘牥　劉漫塘　羅垚用

卷七十九

卷八十

卷八十一

卷八十二

卷八十三

謝鑰　謝翶　方鳳　吴思齊　詹本
皇甫明子　鮑輗　崔瞟　魚潛　柯芝
柯茂謙　師嚴　邵定　張琰　熊與龢
晏乂　楊應登　楊雯　趙卯發　唐珏
王英孫　陳觀國　林同　馬南寶　王奕
何行　黄誠性　鄧剡　羅公升　鄭思肖
龔開　萬嘉　陳普　孫嵩　孫巖
滕塛　張炎　潘文虎　葛慶龍　周密
鄧牧　湯仲友　趙棠　李坦之　吕徽之
胡貫齋　陳古遇　連文鳳

卷八十四

廖衡　柳驥　侯丹　藍元成　裴迪
于觀文　陳璣　潘用中　嚴渢以上失時代

卷八十五

卷八十六

卷八十七

卷八十八

卷八十九

則之　繼儒　思雅　惠涣　祖心
元浄　文彧　惠隆　宗美　維琳
省回　重喜　法遠　王梵志　雪竇
贊元　悦禪師　靚禪師　可遵

卷九十三釋二

道潛　仲殊　慎長老　清順　惠詮
先覺　思聰　雲知　景淳　僧孚
了元　奉忠　慶老　善權　祖可
如璧　如琳　惠嚴　法具　智孜
法秀

卷九十四釋三

普首座　懷清　圓禪師　靈源　隆報長老
義了　泉禪師　信禪師　知和　顯萬

卷九十五釋四

卷九十六道一

卷九十七道二

卷九十八降乩

卷九十九

全宋詩話目録卷一

太祖　姓趙氏，名匡胤，涿郡人。仕周，爲殿前都點檢、檢校太尉，受周恭帝禪。建國曰『宋』，建元『建隆』、『乾德』、『開寶』，在位十七年，葬永昌陵。

太宗　太祖同母弟，名匡義，改賜名光義。即位之二年，改名炅。建元『太平興國』、『雍熙』、『端拱』、『淳化』、『至道』，在位二十二年，葬永熙陵。有《御製集》。

真宗　太宗第三子，名恒。建元『咸平』、『景德』、『大中祥符』、『天禧』、『乾興』，在位二十六年，葬永定陵。有《御製集》。

仁宗　真宗第六子，初名受益，改名貞。建元『天聖』、『明道』、『景祐』、『康定』、『寶元』、『慶曆』、『皇祐』、『至和』、『嘉祐』，在位四十二年，葬永昭陵。有《御製集》。

神宗　英宗長子，名頊。建元『熙寧』、『元豐』，在位十八年，葬永裕陵。有《御製集》。

徽宗　神宗第十一子，名佶。建元『建中靖國』、『崇寧』、『大觀』、『政和』、『重和』、『宣和』。宣和七年，内禪皇太子，尊帝爲『教主道君太上皇帝』。靖康二年北狩。紹興五年，崩于五國城。七年，凶問至江南。十二年，梓宮還臨安，權攢永祐陵。有《崇觀宸奎集》、《御製集》。

高宗　徽宗第九子，名構。宣和三年，封康王。靖康元年，使金見留，得還，即帝位于應天府。建元『建炎』、『紹興』。紹興元年，移蹕臨安府。三十二年，内禪。淳熙十四年，崩，葬永思陵。有《御製集》。

孝宗　太祖七世孫秦王德芳之後，秀王偁子。高宗育于宫中，立爲皇太子，受内禪，建元『隆興』、『乾道』、『淳熙』。淳熙十六年，内禪。紹熙五年，崩，攢永阜陵。有《御製集》。

光宗　孝宗第三子，名惇。建元『紹熙』。五年，内禪。慶元六年，崩。有《御製集》。

理宗　太祖十三世孫榮王希瓐子，名昀。初嗣沂王，寧宗立爲皇子。建元『寶慶』、『紹定』、『端平』、『嘉熙』、『淳祐』、『寶祐』、『開慶』、『景定』，在位四十年，葬永穆陵。

瀛國公　度宗子，名㬎。建元『德祐』。二年，元兵入臨安。朝于上都，封開府儀同三司、瀛國公。

鄆王楷　徽宗第三子，初封魏國公，進高密郡王、嘉王。政和八年，廷策進士，唱名第一。母王妃，有寵，遂超拜太傅，改王鄆。靖康初，與諸王北遷。

全宋詩話卷一

太祖

王師圍金陵，唐使徐鉉來朝。鉉伐其能，欲以口舌解圍，盛稱其主博學多藝，有聖人之能。使誦其詩，曰：『《秋月》之篇，天下誦傳之。』其句云云。太祖大笑曰：『寒士語耳！吾不道也。』鉉内不服，謂大言無實，可窮也，以請。殿上驚懼相目。太祖曰：『吾微時自秦中歸道華下，醉卧田間，覺而月出。有句曰：「未離海底千山黑，纔到天中萬國明。」』鉉大驚，殿上稱壽。《後山詩話》

藝祖微時《日》詩云：『欲出未出光辣撻，千山萬山如火發。須臾走向天上來，逐卻殘星趕卻月。』國史潤色之，乃云：『未離海嶠千山黑，才到天心萬國明。』文氣卑弱，大不如元作辭志慷慨，規模遠大，凛凛乎已有千萬世帝王氣象也。《藏一話腴》。參見《庚溪詩話》

太　宗

陳摶，周世宗嘗召見，號『白雲先生』。太平興國初，再召赴闕。太宗賜詩云：『曾向前朝出白雲，後來消息杳無聞。如今若肯隨徵召，總把三峰乞與君。』先生服華陽巾，草屨垂絛，以賓禮見，賜坐。《澠水燕談録》

太宗親征契丹，御製詩有『鑾輿臨紫塞，朔野凍雲飛』之句。《玉壺清話》

李文正昉，太祖在周朝已知其姓。及即位，用以爲相。嘗語文正曰：『卿在周朝，未嘗傾陷人，可謂善人君子。』故太宗遇之亦厚。年老罷相，每内宴，必宣赴坐。嘗獻詩曰：『微臣自愧頭如雪，也向鈞天侍玉皇。』太宗和之以賜，曰：『珍重老臣純不已，我慚寡昧繼三皇。』爲時之美傳。《青箱雜記》。參見《庚溪詩話》，又《談苑》、《玉壺清話》皆謂扈蒙應制。

吕正惠端，太宗朝爲參知政事，多獨對便殿，語必移刻。因宴後苑，上《釣魚》詩，斷句云：『欲餌金鈎殊未達，磻溪須問釣魚人。』意已屬公矣。公和詩進曰：『愚臣鈎直難堪用，宜用《庚溪詩話》作『問』。濠梁結網人。』不數日，拜平章事。《詩史》。參見《庚溪詩話》。又《古今詩話》謂正惠已作户部侍郎平章事，時吕文穆蒙正，告老甚切，因此詩，遂冠合席。

蘇易簡在翰林。太宗一日召對賜酒，甚歡暢，曰：『君臣千載遇。』蘇應聲曰：『忠孝一

生心。』太宗大悦，以所御金器盡席賜之。《摭遺》。參見《庚溪詩話》

夏侯嘉正好爐火，仍以不得兩制爲恨。太宗御樓觀燈。進詩十韻，末句云：『兩制誠堪羨，青雲侍玉輿。』太宗和賜曰：『薄德終難舉，通才例上居。』嘉正嘗曰：『使我得水銀半兩，知制誥一日，平生足矣！』二願俱不遂而卒。《玉壺清話》

太平興國七年十二月十七日，大雪。御雪詩并酒賜學士，詩云：『輕輕相亞凝如酥，宫樹花粧萬萬株。今賜酒卿時一盞，玉堂閒話道情無。』又御製五七言賜蘇易簡，五言詩曰：『翰林承旨貴，清淨玉堂中。應用咸依式，深岩比更崇。歸家思值日，入内集英風。儒措門生盛，高明大化雄。』七言詩曰：『運偶昌時遠更深，果然穀在我中心。從風臣偃光朝野，此日清華見翰林。舉措樂時周禮法，思賢教古善規箴。少年學士文明世，一寸賢毫數萬尋。』《金坡遺事》

張司空齊賢初被遇，太宗驟至簽書樞密院。會北伐契丹，代州正當虜衝，而楊繼業戰殁，帝憂甚，求守之者，齊賢自請行。既至，果大敗虜衆。時母晉國夫人孫氏，年八十餘，尚無恙。帝數召至宫中，眷禮甚厚，如家人。朝散郎仲咨，其曾孫也，嘗出帝親劄面賜孫氏一詩示予，云：『往日貧儒母，年高壽太平。齊賢行孝侍，神理甚分明。』又有一幅云：『張齊賢拜相，不是今生宿世遭逢，本性于家孝，事君忠。婆婆老福，見兒榮貴。』齊賢蓋自代州

遂入相。聖言簡質，不爲文飾，群臣安得不爲盡心乎？詩詔其家有石刻，士大夫罕見之者。《避暑録話》

故事：進士期集，常擇榜中最年少者，爲探花郎。熙寧中，始罷之。太平興國三年，胡秘監旦榜，馮文懿拯爲探花，是歲登第七十四人。太宗以詩賜之，曰：『二三千客裏成《鼠璞》作『盛』。事，七十四人中少年。』始，唐以禮部放榜，故座主門生之禮特盛，主司因得竊市私恩。上稍欲革其弊，既更廷試。前一歲吕文穆蒙正爲狀頭，始賜以詩，蓋以示優寵之意，至是，復賜文懿。然狀頭詩迄今有，探花詩後無繼者，惟文懿一人而已，最爲科舉之盛事也。《蔡寬夫詩話》。參見《鼠璞》

蘇耆云：公書詔之暇，日飲醇酎，上御草書《戒酒》、《勸酒》二章以賜，仍令與祖母讀之：『何人肯立杜康廟，又拉劉伶在畔頭。願得黄金千萬鋌，一時送與酒家休。』又：『九醖香醪一曲歌，本圖閒放養天和。後人不會先賢意，破國亡家事極多。』《翰苑群書》

『爾俸爾禄，民膏民脂。下民易虐，上天難欺。』太宗皇帝書此以賜郡國，立于廳事之南，謂之《戒石銘》。按成都人景焕有《野人閒話》一書，乾德三年所作。其首篇《頒令箴》，載蜀王孟昶，爲文頒諸邑云：『朕念赤子，旰食宵衣。言之令長，撫養惠綏。政存三異，道在七絲。驅雞爲理，留犢爲規。寬猛得所，風俗可移。無令侵削，無使瘡痍。下民易虐，上天難欺。賦輿是切，軍國是資。朕之賞罰，固不踰時。爾俸爾禄，民膏民脂。爲民父母，莫不仁慈。勉爾爲戒，體朕深思。』凡二十四句。昶區區愛民之心，在五季諸僭僞之君，爲可稱也。但語言皆不工，惟經表出者，詞簡理盡，遂成王言，蓋詩家所謂脱胎换骨法也。《容齋續筆》

祥符五年八月丁巳，龍圖閣學士陳彭年表上，奉詔編録《太宗御集》四十卷，《君臣賡載集》三十卷，《朱邸集》十卷，《文明政化》十卷，《秘藏銓》十卷，《蓮花偈》、《逍遥詠》、《金剛經疏》、《禪疏》、《要緣識》、《至理篇》、《回文詩》、《心輪圖》共五十五卷，《九絃琴譜》二十卷，《五絃阮譜》十七卷，《棋勢》、《圖譜》各一卷，詔奉安于太清樓、資政殿、崇文院秘閣、西京三館各一本。御撰文字，總十八部，合二百四十卷。十一月丙辰，出新編太宗御製文集及御書《法帖目》一卷，凡十五部，總三百三十六卷。以示輔臣曰：『先帝嗜學，實由天縱。屬思援翰，必極精妙。朕孜孜尋訪，文詞筆札，殆無遺逸。』《玉海》

右宋太宗皇帝書庫碑，大中祥符四年，真宗御書勒石，在太原府壽寧教寺。碑爲風雨崩剥，其半没土中，歲久盡蝕。文凡二千餘言，僅存數百字，其陰石尤泐。所可識者，有《太宗御製文集》四十卷，又《集》一十卷，《怡懷詩》一卷，《回文詩》一卷，《逍遥詠》一卷，《至理勤懷篇》一卷。《宋志》載御製集一百二十卷，蓋統言之也。《曝書亭集》

『好事盡輸純與直，漫勞頰舌湧如泉。』此太宗戒欺誕之詩也。『臣節但當守公法，馳騖苟進何所取。』此真宗疾奔競之詩也。葉廷秀《詩譚》

真　宗

楊文公在翰林，以讒佯狂去職。然聖眷之不衰，聞疾愈，即起爲郡。未幾，復以判秘監召。既到闕，以詩賜之曰：『瑣闥往年司制誥，共嘉藻思類相如。蓬山今日詮墳史，還仰多聞過仲舒。報政列城歸覲後，疏恩高閣拜官初。諸生濟濟彌瞻望，鉛槧諮詢辨魯魚。』祖宗愛惜人材，保全忠賢之意如此。文公後卒與寇萊公力排宫闈，協定大策，功雖不終，其盡力於國者，亦可以無愧也。《石林詩話》。宗祥案：《砦溪詩話》亦載此條，語較簡略。

郭仲儀贊，真宗在藩，爲皇子侍讀。太宗幸東宫，御製《戒子篇》，命贊注解，且令委曲講論。真宗每以純厚長者遇之，在儲宫作詩贈之，略曰：『該明聖典通今古，發啟沖年曉典常。』後參大政。《玉壺清話》

大中祥符五年，楊億爲學士。季夏被疾，至十月方赴朝參，具狀稱謝。御筆狀尾批七言二韻詩賜之。詩云：『承明邇侍究儒玄，苦學勞心疾已痊。善保興居調飲食，副予前席待名賢。』《金坡遺事》

大中祥符二年春，真宗御製詩賜知貢舉晁迥，云：『禮闈選士古稱難，都爲陞沉咫尺間。較藝清時公道在，掄材應得惠人寰。』五年二月，又製詩賜知貢舉晁迥，云：『盛時選士貢闈開，殿宇聞風獻藝來。心似權衡求實效，勿教蓬蓽有遺才。』《金坡遺事》

内香藥庫，在謻門外，凡二十八庫。真宗賜御製七言二韻詩一首，爲庫額，曰：『每歲沉檀來遠裔，累朝珠玉實皇居。今辰内府初開處，充牣尤宜史筆書。』《石林詩話》

天禧三年正月九日，錢惟演承明殿面奉知舉。真宗御製詩并序，序云：『卜賢能之多士，允協盛猷；資侍從之洪儒，書仲藻鑒。期申職業，用示篇章。』詩云：『寅奉昌圖紹慶基，選掄多士叶前規。鄉閭薦拔期無濫，草澤搜羅詎有遺。德舉況逢全盛日，計偕咸造廣場時。春官任職當求善，宗伯掄材務得宜。侍從名儒當委任，藝文公道辨妍媸。佇伸衡鑒裁深念，允協菁莪樂育詩。』《金坡遺事》

天禧三年，尚書左僕射兼中書門下平章事王欽若，除太子太保，判杭州，賜詩十韻，云：『早自外朝登近侍，克符昌運振嘉名。一參黄閣推良畫，再陟鴻樞顯至榮。該博古今常獻納，勤勞夙夜每專精。石渠撰述多文備，日觀封崇大禮成。宰府調元心匪懈，真宮兼職望彌清。龍樓進秩恩尤異，熊軾爲藩任不輕。二浙奥區期惠化，三吴佳致悦高情。重重山水舟中見，處處壺漿陌上迎。既肅邇遐安外域，更分宵旰撫黎氓。予乘側席方毗倚，佇

有甘棠播頌聲。』《乾道臨安志》

二月十八日，將放，又賜詩并序，序云：『詳延造士，允叶於盛猷；乃眷儒臣，式分於重寄。論秀才臻於顯效，當官備著於純誠。』詩云：『四海爲家寶緒隆，旁求文雅振儒風。命鄉隨計來多士，較藝掄材有澤宫。簪紱近臣當顯任，絲綸深旨諭丹衷。旰宵汲汲予存念，夙夜孜孜爾狥公。名實豈惟衡鑒内，賢能皆萃網羅中。佇觀翹楚登時用，布政分優協庶功。』《金坡遺事》

乙卯，游洪崖資禪院，道中石澗，湍流淙激可愛，度落馬嶺乃至。本白石道者智新所居，殿宇甚小，法堂已摧，寢室窗外，對梅嶺如屏障。真宗嘗御製詩四篇賜智新，有『明珠爲戒曾無玷，拳石充糧永不饑』之句，謂其煮白石而食也。周必大《游西山録》

福唐蔡伯禧，四歲對真宗誦書，授校書郎、春宫伴讀，齒猶未三周，故曰『三歲神童』。初賜之詩，曰：『七閩山水多才俊，三歲奇童出盛時。家世應傳清白訓，嬰兒自得老成資。初嘗學步來朝謁，方及能言解誦詩。更勵孜孜圖進益，青雲千里有前期。』《續歸田録》

天禧四年十一月壬戌，宰臣言：聖製已分部帙，望摹印賜館閣及名山規度，禁中嚴潔之所，别創殿閣緘藏。詔可。詔丁謂等作天章閣，奉安御集。十二月己亥，命輔臣典領。乙巳，興工宴于龍閣。五年三月戊戌，閣成。庚子，令具兩街僧道威儀，教坊作樂，奉御集御書，自玉清昭應宫安于天章閣。群臣稱賀，賜宴。時輔臣編御集爲三百卷：頌銘碑文十八卷，贊八卷，詩三十七卷，賜中宫詩七卷，賜太子歌詩箴述五卷，龍圖閣歌詩四卷，水殿詩一卷，清景殿詩二卷，西園詩三卷，三教詩九卷，讀經史詩四卷，維城集三卷，奉道詩十卷，歲時新詠十卷，樂章一卷，樂府集并新詞五卷，論述十卷，承華要略二十卷，静居集三卷，玉宸集五卷，法音前集七卷，春秋要言五卷，試進士題一卷，密表密詞六十九卷，玉京集二十卷，至道元年訖大中祥符聖政紀凡一百五十卷，並鏤板。又以御書石本爲九十編，命中使岑守素主其事。至是畢功焉。《玉海》

仁宗

李廷臣官於瓊管，有夷人携錦臂絛，上織成一聯，云：『恩袍草色動，仙籍桂香浮。』乃仁廟朝賜進士及第舉人詩也，廷臣以千金易之，藏爲珍寶。《青瑣集》

劉沆，永新人，至和中，相仁宗，首請立儲嗣。嘉祐初，罷知陳州。薨，柩過都門，仁宗御製挽詩以賜，云：『早富經綸業，終成輔弼功。立朝無黨勢，爲國盡公忠。此日悲遺直，誰人嗣匪躬。深嗟亡一鑒，何以慰予衷。』《輿地紀勝》

李良定公幼以國戚侍仁宗研席，帝尤篤中外之愛。公帥鄆，帝以詩送行，曰：『魯館名臣子，皇家外弟親。詩書謀帥舊，金竹剖符新。九郡提封遠，一圻甘澤均。純誠宜報國，撫士愛吾民。』識者以爲真王言。《能改齋漫録》

嘉祐六年三月，仁皇帝幸後苑，召宰執侍從臺諫館閣以下賞花釣魚，中觴。上賦詩：『晴旭暉暉花盡開，氤氳花氣好風來。游絲罥絮縈行仗，墮蕊飄香入酒杯。魚躍紋波時潑刺，鷺流深樹久徘徊。青春朝野方無事，故許歡游近侍陪。』宰相韓琦，樞密曾公亮，參政張昇、孫抃，副樞歐陽修、陳旭以下皆和。帝獨稱賞韓琦『輕陰閣雨迎天步，寒色留春送壽杯』之句。時翰林學士承旨宋祁久疾在告，明日，和詩來上。帝覽之，已悵然，不數日，祁薨，益加震悼云。《聞見後録》

仁宗賞花釣魚賜宴詩，執政諸公，暨禁從館閣，皆屬和。而『徘徊』二字無他義，諸公進和篇皆押『徘徊』。再坐，教坊雜戲，爲數人尋訪税第。至一宅，入觀之，至前堂之後，問所以，曰：『徘徊。』又至後堂東西序，亦問之，皆曰：『徘徊也』，一人笑曰：『可則可矣，徘徊太多。』《韓魏公語録》

太宗好文，進士及第賜聞喜宴，常作詩贈之，累朝因以爲故事。仁宗在位四十二年，賜詩尤多，然不必盡上所自作。景祐元年賜詩，落句云：『寒儒逢景運，報德江氏《類苑》、《庚溪詩話》皆作『報國』。合如何。』論者謂質厚宏壯，真詔旨也。《中山詩話》

七月未詳何年壬子，帝朝拜真宗神，御回，幸資善堂。作詩云：『先皇家善敞東闈，菲德承宗賴慶暉。爲感儲筵驚歲月，因瞻臺像駐驂騑。楹書乍啟欽遺澤，堂中藏先朝賜書。庭樹重攀記舊圍。疇日問安親政地，仰懷懿訓倍依依。』《宋事實類苑》引《帝學》

仁宗賜進士及第詩，云：『恩袍草色動，仙籍桂香浮。』黄冕仲《謝及第啟》，全用以爲一聯，云：『恩袍色動，迷芳草之依依；仙籍香浮，惹春風之拂拂。』東坡戲之曰：『好作聞喜燕酸文。』《能改齋漫録》

治平元年五月丁未，命天章閣待制呂公著修起居注，邵必編集仁宗御製。二年十月甲寅，編成一百卷以進，詔藏于寶文閣。英宗製序，曰：『敘禮祀享，升歌樂章，藏于有司，薦于郊廟者多矣，而登臨游賞之適，割鮮獻獲之樂，前世所誇者，未始一及焉。萬幾之暇，泊然凝神，不見所好，惟躬閲寶訓，陳經邇英，究鐘律之本元，訓師兵之武略，披圖以監古，銘物以自戒，從事于清閑晏息之餘者，不過此類。嗚呼！大禹之勤儉也，永惟聖作，鏤之玉版，藏之金匱，以垂無窮。俾知我聖考之所以爲仁者，自勤儉始。』《玉海》

神宗

神宗遵太祖遺意，聚積金帛成帑。自製四言詩一章，云：『五季失圖，玁狁孔熾。藝祖造邦，意有懲艾。爰設内府，基以募士。曾孫保之，敢忘厥志。』每庫以一字目之。又别置詩二十字，分揭其上，曰：『每虔夕惕心，妄意遵遺業。慚予不武資，何以成戎捷。』後來所謂御前封樁庫者也。上意用此以爲開拓西北境土之資。始命王韶克青唐，然後欲經理銀夏，復取燕雲。元豐五年，徐禧永洛衄師之後，帝心弛矣。《裕陵遺事》。參見《容齋三筆》

秦國大長公主薨，神考賜輓詞三首，曰：『海闊三山路，香輪定不歸。帳深閒翡翠，佩冷失珠璣。明月留歌扇，殘霞散舞衣。都門送東返，宿草自春菲。』又曰：『曉發西城道，靈車望更遥。春風寒魯館，明月斷秦蕭。塵入羅衣暗，香隨玉篆消。芳魂飛北渚，那復可爲招。』又曰：『慶自天源發，恩從國愛申。歌鐘雖在館，桃李不成春。木折空還沁，樓高已隔秦。迢迢會稽市，無復獻珠人。』元豐初，臣魏泰載之于詩話中，雖穆三黄竹，漢高大風之詞皆莫可擬其髣髴，豈特前代帝王？蓋古今詞人之工者，無此作也。《冷齋夜話》。參見《容齋三筆》

元豐間，横州大理丞梁世基宅，生連理荔支。神宗有御製詩賜之，曰：『横浦江南岸，梁家間世賢。一枝連理木，五月荔支天。』《廣西志》

徽　宗

劉拱衛遠，宣和初，仕祁州，嘗伴北使。有李處能者，北朝故相之季子，號李狀元家，燕人之最以文學著者。處能謂遠曰：『本朝道宗皇帝好文，先人昔荷寵異，嘗於九日進菊花賦。次日，賜批答一絶句，云：「昨日吟卿菊花賦，碎剪金英作佳句。至今襟袖有餘香，冷落秋風吹不去。」』《退齋雅聞録》

徽宗崇尚道教，凡當時詔命，與夫表章，皆指佛爲『金狄』，試舉其略。政和七年四月，詔曰：『朕每澄神默受，命訂正訛俗，甚閔中華被金狄之教盛行，而至真之道未正。』宣和三年十一月，詔曰：『噫金狄胡風陰邪之氣，源流派分，使信者以寂滅爲樂，豈非陰氣襲而陽魄散邪？』而林靈素凡四五表，皆以金狄爲語。如《賀神霄降》云：『蠢金狄之成群，于丹霄之正法。』如《謝駕幸寶籙院聽講〈大洞經〉》云：『幸際玉霄之主，是膺金狄之風。』又《短衣》云：『金狄熾而華風變。』又云：『期消金狄之魔。』而宣和元年，道德院奏金芝生，駕幸觀，因幸蔡京家鳴鑾堂置詩。時蔡京有詩，徽宗即席賜和，曰：『道德方今喜迭興，萬邦從化本天成。定知金帝來爲主，不待春風便發生。』其後女真起海上，滅遼國，隙中原，而『金國』爲號，正讖金狄之禍。而『金帝』之來，『不待春風』，蓋虜以宣和七年冬犯京師，

以十一月二十五日城陷。時太史預借立春，出土牛以迎新歲，竟無助於事。則徽宗賜和之句，甚切其讖，可勝歎哉！《坦齋筆衡》

徽宗遜位前一年，中秋後，在苑中賦晚間景物，一聯云：『日射晚霞金世界，月臨天宇玉乾坤。』寫示臣下，謂甚得意。臣下稱贊取對精切，韻格高勝，聖學非從臣可及。然次年戎馬犯順，後國號金，亦先兆『金世界』也。《宣政雜録》

直北某州，有道君題壁一詩，云：『徹夜西風撼破扉，蕭條孤館一燈微。家山回首三千里，目斷天南無雁飛。』《山房隨筆》

徽宗工長短句，方北狩在房中，猶作小詞，云：『孟婆孟婆，你做些方便，吹个船兒倒轉。』後在汗州，有二絶云：『國破山河在，人非殿宇空。中興《七修類稿》作『原』。何日是，搔首賦車攻。國破山河在，宫廷荆棘春。衣冠今左衽，忍作北朝臣。』又云：『投老汗城北，《雪舟脞談》作『投袂汧城北』。西風又是秋。中原心耿耿，南國淚悠悠。《雪舟脞談》作『南渡思悠悠』。嘗膽思《雪舟脞談》作『期』。賢佐，顒《雪舟脞談》作『離』。情憶舊游。故宫禾黍偏，行役閔宗周。』又云：『杳杳神京路八千，宗祧隔越幾千《七修類稿》『幾千』作『已經』。年。衰殘病渴那能久，茹《七修類稿》作『辛』。苦窮荒敢怨天。』又《清明日作》云：『茸母初生認禁煙，無家對景倍凄然。帝城春色誰爲主，遥指鄉關涕淚漣。』已上詩並見《天會録》。又《嘗膽録》云：『道君喜爲篇章，北狩以來，傷時感事，形於歌詠者，凡百餘首。以二逆告變，策昇炎火，所傳於灰燼之餘者，僅此數篇而已。』或謂徽宗乃南唐後主後身，其然豈其然乎？《雪舟脞語》

《藝苑雌黄》云：前輩論詩有『奪胎换骨』之説，信有之也。杜陵謁元元廟，其一聯云：『五聖聯龍衮，千官列雁行。』蓋紀吴道子廟中所畫者。徽宗嘗製哲廟挽詩，用此意作一聯云：『北極聯龍衮，西風拆雁行。』亦以『雁行』對『龍衮』，然語意中的，其親切過于本詩，不謂之奪胎可乎？《苕溪漁隱叢話》

大觀初年，京師以元夕張燈開宴。時再復湟鄯，徽宗賦詩賜群臣，其頷聯云：『午夜笙歌連海嶠，春風燈火過湟中。』席上和者皆莫及。開封尹宋喬年，不能詩，密走介求援于其客周子雍，得句云：『風生閶闔春來早，月到蓬萊夜未中。』爲時輩所稱。子雍，汝陰人，曾受學于陳無己，故有句法。則作文爲詩者，可無師承乎？《容齋三筆》

大觀三年四月壬子，尚書省甘露降。御筆以中臺布政之所，天意昭裕，致此嘉祥，因成四韻，以記其實，賜執政而下，云：『政成天地不相違，瑞應中臺贊萬幾。夜浥垂珠濡緑葉，朝凝潤玉弄清輝。仙盆雲表秋難比，豐草霄零日未晞。本自君臣俱會合，更嘉報上美能歸。』《能改齋漫録》

徽宗嘗作詩句，命蔡少保居安賜元長，云：『相公公相子』，元長遽對以進曰：『人主主

人翁。』徽宗又因宴近臣，製詩句云：『北斗七星三四點』，惟曹希蘊能對之，云：『南山萬壽十千年。』《能改齋漫録》

徽宗于禁苑植荔支，結實，以賜燕帥王安中。御製詩云：『葆和殿下荔支丹，文武衣冠被百蠻。思與近臣同此味，紅塵飛鞚過燕山。』蓋用樊川『一騎紅塵妃子笑，無人知道荔支來』句意，竟成語讖。《歸田詩話》

政和初，閩中貢荔枝連株者，移植禁中，次年結實，不減土出。道君御製詩云：『玉液乍凝仙掌露，絳紗初脱水晶丸。』蓋體物工矣，時群臣皆應製焉。《墨莊漫録》

政和間，大臣有不能爲詩者，因建言詩爲元祐學術，不可行。何丞相伯通領修敕令，因爲科云：『諸士庶傳習詩賦者，杖一百。』是歲冬，初雪，太上皇甚喜，吴門下居厚作詩三篇以獻，謂之『口號』，上和賜之。自是聖作時出，訖不能禁，詩遂盛行于宣和之末。《避暑録話》

頃于蔡微處，得觀祐陵與蔡元長賡歌一軸，皆真迹也。今録于後：己亥十一月十三日，南郊祭天齋宫即事，賜太師：『報本精禋自國南，先期清廟宿齋嚴。層霄初擴同雲霽，暖吹俄回海日暹。十萬軍容冰作陣，九街鴛瓦玉爲檐。肅雍顯相同元老，行慶均釐四海霑。』太師臣京恭和：『雪晴至日日初南，帝舉明禋祀事嚴。萬瓦溝中寒色在，一輪空外曉光暹。雲和龍軫開冰轍，風暖鸞旂拂凍檐。共喜天心扶聖德，珠璣更誤寵恩霑。』『展采齊明拱面南，濃雲深入夜更嚴。風和不放瓊英落，日暖高隨玉漏暹。照地神光臨午陛，鳴皐仙羽下重檐。五門回杖如天上，看舉雞竿雨露霑。』『袞龍朱履午階南，大輦鸞鳴羽衛嚴。玉軫乍回黃道穩，金烏初上白雲暹。五門曉吹開旗尾，萬騎花光入帽檐。已見神光昭感格，鶴書恩下萬邦霑。』『飲福初回八陛南，凝旒裒對百神嚴。晛消座入康衢潤，神應光隨北陛暹。丹檻雉開中扇影，朱繩鶴下五門檐。群生鼓舞明禋畢，卻憶花飛舞袖霑。』清廟齋幄，常有詩賜太師。已曾和進，禋祀禮成，以目擊之事，依前韻再進，今亦用元韻復賜太師，非特以此相困，蓋清時君臣賡載，亦一時盛事耳。『靈鼓黃麾道指南，紫壇蒼璧示凝嚴。聯翩玉羽層霄下，烜赫神光愛景暹。爲喜鸞輿回鳳闕，故留芝蓋出虯簷。禮天要作斯民福，解雨今當萬物霑。』太師以被賜『暹』字韻詩，前後凡三次進和，蓋欲示其韻愈嚴而愈工耳。復以前韻又賜太師：『天位迎陽轉斗南，千官山立盡恭嚴。共欣奠玉煙初達，爭奉回鑾日已暹。歸問雪中誰詠絮？冥搜花底自巡簷。禮成卻喜歌盈尺，端爲來牟萬宇霑。』唐杜甫詩『尋檐索共梅花笑』，蓋雪事也。太師臣京題神霄宮：『下馬神霄第一回，晴空宮殿九秋開。月中桂子看時落，雲外仙軿特地來。參差碧瓦切昭回，繡戶雲輜次第開。仙伯九霄曾付託，得隨真主下天來。』神霄玉清萬壽宮慶成，卿以使事奉安聖像。聞有二詩，書幯，俯同其韻，復賜太師：『碧落金風爽氣回，蘗霄乍喜瑞霞開。經營欲致黎元福，敢謂詩人詠子來。』『曈曚日馭曉光回，金碧相宣玉府開。步武煙霞還舊觀，百神應喜左元來。』昨日召卿等自卿私第泛舟，經景龍江，游擷芳園靈沼。聞卿有小詩，今俯同其韻，賜太師：『景龍江静喜安流，玉色閒看浴翅鷗。已覺西風頗無事，何妨穩放濟川舟。登山想見留雲際，賞日還能傍水涯。對此已多重九興，先輸黄髮賞黄花。錦繡煙霄碧玉山，縈紆静練照晴川。留連不惜厭厭去，雅興難忘《既醉》篇。』上清寶籙宮立冬日講經之次，有羽鶴數千，飛翔空際。公卿士庶，衆目仰瞻。卿時預榮觀，作詩紀實來上，因俯同其韻，賜太師以下：『上清講席鬱蕭臺，俄有青田萬侣來。蔽翳晴空疑雪舞，低徊轉影類雲開。翻翰清唳遥相續，應瑞凝時尚不回。歸美一章歌盛事，喜今重見謫仙才。』又上巳日賜太師：『金明春色正芳妍，修禊佳辰集衆賢。久矣愆陽罹暵旱，沛然膏雨潤農田。乘時騰挾花盈帽，胥樂何辭酒滿船。所賴燮調功有自，佇期高廪報豐年。』微，元長之孫，自云：『當其父、祖富貴鼎盛時，悉貯于隆儒亨會閣，此百分之一二焉。國禍家難之後，散落人間，不知其幾也。』《揮麈餘話》

在五國城詩云：『噬臍有愧平燕日，嘗膽無忘在莒時。』《三朝北盟會編》

艮嶽敷慶神運石傍植兩檜，一夭矯者，名『朝日昇龍之檜』；一偃蹇者，名『卧雲伏龍之檜』，皆玉牌，金字書之。徽宗御題云：『拔翠琪樹林，雙檜植靈囿。上梢蟠木枝，下拂龍髯茂。撐拏天半分，連蜷虹南負。爲棟復爲梁，夾輔我皇構。』嗟乎！檜以和議作相，不能恢復中原，已兆于『半分』『南負』，而一結更是高廟御名，要皆天定也。《楓窗小牘》

政和三年，嘉湖巡捕官奏：『本部路傍有大古樹，因風摧折。中有一僧禪定，鬚髮被體，指爪繞身。帝降旨令肩輿至京，命西天總持三藏，以金磬出其定，遂問：『何代僧？』曰：『我乃東林遠法師之弟，名慧持。因游峩眉，入定于樹。遠法師無恙否？』藏曰：『遠法師，晉人也，化去七百年矣。』持不復語。藏問：『師既至，欲歸何所？』持曰：『陳留縣。』復入定。帝製三偈，命繪像。偈曰：『七百年來老古錐，定中消息許誰知。争如隻履西歸去，生死何勞木作皮。』『藏山于澤木藏身，天下無藏道可親。寄語莊周休擬論，樹中不是負趨人。』『有情身不是無情，彼此人入定裏身。會得菩提本無樹，不須辛苦問盧能。』《稗史彙編》

宜興吴氏，以千金易得唐人十八學士軸一卷，予曾一觀。前段：樹石參差，縱放群馬，或正或背，横立回身，其狀不一，共馬十一，驢一；僕從或控或牽，解轡備韋；閒戲而賭錢者，其狀亦不一。中段：學士七人，欠身寫字，看鵝，坐石，攀柳，觀書，與醉脱衣服，待馬將行者各一人；沼畔棕柳蔭鬱，群鵝游泳，酒尊食櫑，童子服侍執役者，曲盡其妙。後段：荷花池館宴上學士八人，倚坐笑談把盞；又傍林相語者二人，望景者一人，樂官七人，則舉箏南宋即流落人間，故其後無敢題者。且徽宗一詩，絹素筆法，自是可愛。真入神品之物。詠康哉，闢館延登經濟才。雍泮育材今日盛，彙征無復隱蒿萊。』予以此特北宋禁中之物，籥簫板、琵琶、箜篌。末後竹林一亭，亭中皆疊學士衣服。徽宗有詩于後，云：『有唐良治

《郁氏書畫題跋記》

《題修竹士女圖》：『瑶臺無信託青鸞，一寸芳心思萬端。莫向東風倚修竹，翠衫經得幾多寒。』《芭蕉士女圖》：『羅襪生香踏軟紗，釵横玉燕髩鬆鴉。春心正是芭蕉葉，羞見宜男並蒂花。』《滌硯士女圖》：『輭繡屏風小象床，細風亭館玉肌涼。含情欲寫鴛鴦字，墨洗蕉花露水香。』《團扇士女圖》：『濃黛消香淡兩蛾，花陰試步學淩波。專房自是傾城色，不怕涼風到扇羅。』《郁氏書畫題跋記》

《嘗膽録》云：『道君喜爲篇章。北狩以來，傷時感事，形于歌詠者，凡百餘首，以二逆告變，併棄炎火，所傳于灰燼之餘者，僅數篇而已。』《稗史彙編》

徽宗宫詞佳者，如：『嬌雲溶漾作春晴，繡轂清風出鳳城。樓上紅妝争笑語，隔簾遥聽賣花聲。』『小雨輕風溼燕泥，萬花零落柳垂堤。紫清宫闕人稀到，廊上雙雙孔雀棲。』『小桃初破未全香，清晝金胥漏已長。臨罷黄庭無一事，日移花影上迴廊。』『秦娥從小學宫韶，卻愛仙音逸韻飄。應慕鳳臺仙史伴，夜闌時按白牙簫。』『銷金花朵遍輕羅，剪作春衣

賜下多。鬪薄只貪腰似柳，夜深無奈峭寒何。』皆可觀。徽宗宫詞一卷，今合王建、花蘂、王珪爲四家，行于世。胡應麟《詩藪》

予于金陵，見册葉一帙，中有山居圖一幅，諦視之，乃宣和御筆，丘壑全法王右丞，御題左方，云：『危樓日莫人千里，欹枕秋空雁一聲。』董文敏鑒定爲王摩詰，非也。蓋宣和内府多右丞真迹，帝薰習之久，故渲染似之。《韻石齋筆談》

『乍覺生風喜雨涼，農家得地發田穰。卻緑暑退秋光滿，點滴高梧似漏長。』右宣和殿書，爲鶴林寺僧藏。《韻石齋筆談》

《三朝北盟會編》載，徽宗北狩至定武，金人高會擊毬，請帝賦詩，曰：『錦毬駿馬曉棚分，一點星馳百騎奔。奪得頭籌須正過，休令綽撥入斜門。』《漁洋詩話》

《中興館閣續録》載，南渡秘閣所藏徽宗御題畫三十一軸，八軸有詩，皆絶句。擇其近雅者録于此。《杏花鸚鵡》：『並亞隴雲飛，穩巢文杏枝。高棲良自得，蜂蝶莫相疑。』《桃竹黄鶯》：『出谷傳聲美，遷喬立志高。故教桃竹映，不使近蓬蒿。』《趙昌江梅山茶》：『趙昌下筆摘韶光，一軸黄金滿斗量。借我圭田三百畝，真須買取作花王。』又御書『趙昌奇筆』四字。《居易録》

高　宗

中和堂，在郡治。建炎三年四月壬戌，高宗幸焉，御製詩云：『六龍轉淮海，萬騎臨吴津。王者本無外，駕言蘇遠民。瞻彼草木秀，感此瘡痍新。登堂《詩話雋永》作『臺』。望稽山，懷哉夏禹勤。神功既盛大，後世蒙其仁。願同越勾踐，焦思先吾身。艱難務遵養，聖賢有屈伸。高風動君子，屬意種蠡臣。』堂北又有清風亭，御書其楹，云：『斯堂特偉之觀，無愧上都。薰風南來，我意雖快，願與庶人共之。』後因改爲偉觀。聖意駐蹕，決于此詩。《四朝見聞録》

光堯親祀南郊，時紹興二十五年也。御書于郊壇易安齋之梅亭，曰：『欵謁泰壇』，因過易安齋，愛其去城不遠，岩石幽邃，得天成自然之趣。爲賦梅巖云：『怪石蒼岩映翠霞，梅梢疏瘦正横斜。得因祀事來尋勝，試探春風第一花。』孝宗時在潛邸，恭和聖作，云：『秀色環亭擁霽霞，脩筠冰豔數枝斜。東君欲奉天顏喜，故遣融和放早花。』此真古今所未見，岩石何其幸與！光堯嘗問主僧曰：『此梅唤作甚梅？』主僧對曰：『青蒂梅。』又問曰：『梅邊有藤，唤作甚藤？』對曰：『萬歲藤。』稱旨，賜僧階。上嘗拂石而坐，至今謂之『御坐石』。《四朝見聞録》

莊簡吴秦王益，以元舅之尊，德壽特親愛之，入宫每用家人禮。一日，王竹冠練衣，芒鞵筇杖，獨携一童，縱行三竺靈隱山中，濯足冷泉磐石之上。游人望之，儼如神仙。遂爲邏者聞奏。次日，德壽以小詩召之，曰：『趁此一軒風月好，橘香酒熟待君來。』令小璫持賜，王遂亟往。光堯迎見，笑謂曰：『夜來冷泉之游樂乎？』王恍然頓首謝。光堯曰：『朕宫中亦有此景，卿欲見之否？』蓋壘石疏泉，像飛來香林之勝。架堂其上曰『冷泉』，中揭一畫，乃圖莊簡野服濯足于石上，且御製一贊曰：『富貴不驕，戚畹稱賢。掃除膏粱，放曠林泉。滄浪濯足，風度蕭然。國之元舅，人中神仙。』于是盡醉而罷，遂以賜之，亦可謂戚畹之至榮矣！畫今藏其曾孫潔家，予嘗見之。《齊東野語》

《圓覺寺賜守璋》詩：『古寺春山青更妍，長松修竹翠含煙。汲泉擬欲增茶興，暫就僧房借榻眠。久坐方知春晝長，静中心地自清涼。人人圓覺何曾覺，但見塵勞盡日狂。』《咸淳臨安志》

宋高宗自題畫扇云：『萬木雲深隱，連山雨未開。』《鄭氏聯璧集》

高宗《行幸錢唐》五言古，宏壯和平，大有魏晉遺意。又石刻一聯：『秋深清見底，雨過碧連空。』亦佳。《詩藪》

紹興己巳，南郊禮成，思陵御製詩以賜，云：『清壇祇謁禮郊丘，輔相賢勞共欸留。初

訝密雲低覆冒，遽看霽景上飛浮。氣回俎豆群工泰，喜入貔貅萬馬秋。赫赫天心允昭格，協謀同德賴嘉猷。』《浩然齋雅談》

明之象山士子史，本有木犀，忽變紅色異香，因接本獻闕下。高廟雅愛之，畫爲扇面。仍製詩以賜從臣，云：『月宮移就日宮栽，引得輕紅入面來。好向煙霄承雨露，丹心一點爲君開。』又云：『秋入幽叢《吴禮部詩話》作『巖』。桂影團，香深粟粟照林丹。應隨王母瑶池宴，《吴禮部詩話》作『曉』。染得朝霞下廣寒。』自是四方争傳其本，歲接數百，史氏由此昌焉。陳郁《話腴》

德壽宫于吴中得一蟠松，虬枝夭矯，清蔭數畝。思陵嘗御製贊云：『天錫瑞木，得自嶔岑。枝蟠數萬，幹不倍尋。怒騰龍勢，静奏琴音。凌寒鬱茂，當暑陰森。封以腴壤，邇以碧潯。越千萬年，以慰我心。』周益公翰苑作《端午帖子》云：『聞道天公近效奇，澗松特長萬年枝。蜿蜒正作祥龍舞，移得清陰覆玉墀。』正謂此也。《弁陽詩話》

通元觀，在七寶山麓，紹興二十九年，内侍劉敖入道修真，結庵于此。高宗御書『通元』二字榜之，賜名『能真』。内有壽域樓、萬玉軒、望鶴亭、謁斗壇、白鶴泉、鹿泉。高宗賜能真詩，曰：『簡易高人道，崇元性自真。身常居太極，心已遠凡塵。玉陛辭榮辱，瑶臺役鬼神。侍晨三十載，羡爾道心醇。』又：『太白寵嵸東南馳，衆嶺環合青分披。煙雲厚薄皆

可愛，竹木疏密自相宜。陽春已歸鳥語樂，溪水不動魚行遲。生民無不得處所，與兹魚鳥皆熙熙。』《西湖游覽志》

題黄荃《芙蓉》云：『照水枝枝蜀錦囊，年年澤國爲誰芳？朱顔自得西風意，不管千林一夜霜。』題《修竹芙蓉》云：『寒花婀娜露凝香，風葉摇秋鳳尾涼。夢入畫堂銀燭下，翠屏深處隱紅粧。』《郁氏書畫題跋記》

有句云：『白雲斷處斜陽轉，幾曲青山獻畫屏。』《畫繼補遺》

孝　宗

孝宗以奉太母故，加眷吴郡王益。益，太母弟也。秋氣高清，聖意怡懌，于手書御劄一聯，云：『趁此一天風月好，橘香酒熟待君來。』命近璫持以賜益。益入對，頓首稱謝。上笑曰：『聊復當折簡爾。』《四朝聞見録》。宗祥案：此聯已見《齊東野語》，作高宗撰。此作孝宗，恐誤。

光堯雅愛湖山之勝，恐數蹕煩民，鑿大池于北宫内，引水注之，壘石爲山，象飛來峰，有堂名『冷泉』。孝宗皇帝賦詩云：『山中秀色何佳哉，一峰獨立名飛來。參差翠麓儼如畫，石骨蒼潤神所開。忽聞仿像來宫囿，指顧已驚成列岫。規模絶似靈隱前，面勢恍疑天竺後。孰云人力非自然？千巖萬壑藏雲煙。上有崢嶸倚空之翠壁，下有潺湲漱玉之飛泉。

一堂虚敞臨清沼，密蔭交加森羽葆。山頭草木四時春，閲盡歲寒長不老。聖心仁智情優閒，壺中天地非人間。蓬萊方丈渺空闊，豈若坐對三神山。日長雅趣超塵俗，散步逍遥快心目。山光水色無盡時，長將挹向杯中渌。』光堯跋曰：『吾兒自幼岐嶷，進德修業，雲升川增，一日千里。吾比就寬閒之地，疊石爲山，引湖爲泉，作小亭于其旁，用爲娱老之具。且俾吾兒萬機之暇，時來游豫。父子杯酒相屬，挹山光而聽泉流，濯喧埃而發清興，恍若徜徉乎靈隱天竺之間，其樂可勝紀哉！吾兒乃肆筆成章，形容盡美。雖吟詠之作，帝王之餘事，然造語用意，高出百世之上，非巨儒積力可窺其粗，亦有以見天縱之多能。覽之欣然，老眼爲之增明矣。』《武林舊事》

今上皇帝以英睿之資，宸文聖作，涣然超卓。方居王邸時，從太上皇帝視師江左，經由京口，題詩金山，曰：『屹然山立枕中流，彈壓東南二百州。狂虜來臨須破膽，何勞平地戰貔貅。』辭壯而旨深，已包不戰而屈人兵之意矣。《庚溪詩話》

今上皇帝躬受内禪，践阼以來，未嘗一日暫忘中興之圖，每形於詩辭。如《新秋雨過述懷》有曰：『平生雄武心，攬鏡朱顔在。豈惜常憂勤，規模須廣大。』如《春晴有感》曰：『春風歸草木，曉日麗山河。物滯欣逢春，時豐自此多。神州應未遠，當繼沛中歌。』觀此則規恢之志大矣。如《幸秘閣宴群臣賜詩》曰：『稽古右文慚菲德，禮賢下士法前王。欲臻至治觀熙洽，更罄嘉猷爲贊襄。』俯和史浩丞相詩有曰：『誰歌元首明？自得股肱喜。』又曰：『虚心欲受人，忠言資逆耳。朕瘠天下肥，至樂無易此。』觀此則任賢聽諫，虚己愛民之心切矣！至如《詠德壽宫冷泉亭》古風有曰：『孰云人力非自然，千巖萬壑藏雲煙。上有峥嶸倚空之翠壁，下有潺湲漱玉之飛泉。一堂虚敞臨佳沼，密蔭交加森翠葆。山頭草木四時芳，閲盡歲寒長不老。』又曰：『日長雅趣超塵俗，散步逍遥快心目。山光水色無盡時，都將挹向杯中醁。』觀此則篤于奉親，盡天下之養者，無不至矣！如《春賦》曰：『浹土膏之流潤，將勸功于九農。碧草萋其帶露，游絲飄其曳空。丹緑兮衆芳，迢遥兮春風。春風兮歸來，信吹萬之不同。』又曰：『碧實朱英，穠苞豔葩。榮于春者冬必悴，蘖于夏者秋必花。擢喬松於歲寒，出奇卉于天涯。知深仁之被物，曾何間四時與幽遐。吾將觀登臺之熙熙，包八荒而爲家。穆然若東風之振槁，灑然若膏雨之萌芽。則生生之德，無時不在，又何美乎眩目之芳華。』觀此則所以贊天地化育，一視而同仁者深矣！真帝王之用心也。《庚溪詩話》

玉津園，在嘉會門外，紹興十七年建。孝宗數臨幸，命皇子、宰執、親王、使侍從講燕射禮，上親御射。淳熙元年，孝宗嘗御製七言詩，以賜皇太子，及丞相曾懷等，皆有賡和刻石。孝宗詩云：『一天秋色破寒煙，列纛連隄壓巨川。欣見歲功成萬寶，因行射禮命群賢。騰騰喜氣隨飛羽，嫋嫋淒風入控弦。文武從來資並用，酒餘端有侍臣篇。』光宗和云：『秋深欲曉斂輕煙，翠木森圍萬里天。閶闔啟關傳法駕，玉津按武會群賢。皇皇聖父明如日，挺挺群臣直似弦。蹈舞歡呼稱萬壽，未饒天保報恩篇。』《咸淳臨安志》

淳熙十二年三月二十六日，車駕宿戒幸玉津園，命下，大雨，有旨許從駕官帶雨具。將曉，有晴意；已而天宇豁然，至晚歸。邁進一詩，歌詠其實，云：『五更猶自雨如麻，無限都人仰翠華。翻手作雲方悵望，舉頭見日共驚嗟。天公的有施生妙，帝力堪同造物誇。上苑春光無盡藏，何須羯鼓更催花。』四月四日，扈從詣景靈宮朝獻，蒙于幕次賜和篇，聖製云：『比幸玉津園，縱觀春事，適霽色可喜，卿有詩來上。因俯同其韻：「春郊柔緑遍桑麻，小駐芳園覽物華。應信吾心非暇逸，頓回晴意絶咨嗟。每思富庶將同樂，敢務游畋漫自誇。不似華清當日事，五家車騎爛如花。」』後二日，兵部尚書宇文价内引，上舉似此詩曰：『洪待制用『雨如麻』字，偶思得『桑麻』可押。又其末句用『羯鼓催花』事，故以『華清車騎』答之。』价拱手稱贊。明日以相告云。《容齋五筆》

丁酉九月，召侍讀史少保浩，錫宴澄碧殿。史進古詩，上御製俯同其韻云：『揖遜荷帝堯，宣恭五元禩。治道貴清浄，聖言有深旨。誰歌元首明，自得股肱喜。躋民期仁壽，距肯中道止。力農樂彼田，坐賈安于市。歲行閲豐登，國輸銷委靡。予力初何能，濟濟賴多士。

矧余有元老，中立而不倚。居東逾三年，不遠來千里。未遂赤松游，輟誦青琅虆。皎首持六經，日侍明光裏。翼乎鴻遇風，縱矣魚在水。儒行絶瑕疵，道心無塵滓。挺挺松柏姿，巉巉山岳峙。予惟日萬機，至仁同一視。西成錫小宴，促坐才尺咫。湛露媿歌周，置酒非封齒。歸美見新詩，如卿能有幾。眷言澄碧行，勝賞得迂趾。亦屢引公卿，對此談政理。虚心欲受人，忠言資逆耳。朕瘠天下肥，至樂無易此。頗念文武疆，六合尚殊軌。東都會諸侯，宣王昔于是。期爾罄嘉謀，使我勛業起。勿以方燕頤，所書聊復爾。巵酒正須釂，話言未能已。都護萬年觴，何當至庭戺。文章藉老手，直筆中興紀。載嘉矍鑠翁，焉能辭骫骳。』《玉堂雜記》

芙蓉閣觀擊毬，賜宴選德殿，孝宗御製云：『昊穹垂祐福群生，涼德惟知監守成。禾黍三登占叶氣，簫韶九奏播歡聲。未央秋晚林塘静，太液波閑殿閣明。嘉與臣鄰同燕樂，益修庶政答丕平。』《武林舊事》

《賜虞允文再撫西蜀》云：『一德如公豈合閒，聊分西面欲憂寬。不辭論道虚臺席，暫假宣威築將壇。風教已興三蜀静，干戈再戢萬方安。歸來尚想終霖雨，未許鄉人衣錦看。』《翠屏筆談》

俞延禧，字德厚，臨安人。受度于洞霄宮，自號『竹林道人』。襟韻洒落，善丹青。高宗賜御衣、象簡,遷授道秩。後以古澗松進,孝宗御製詩賜,曰:『犖確奔流瀉玉虹,凛然雲幹擬蟠空。紅塵車馬稠如織,夢入蒼煙萬壑風。』《洞霄圖志》

光宗

當今皇太子夙禀岐嶷之質,篤日就月將之道。方其處恭邸時,在三王中,閲經史、習藝業爲最多。每爲詩篇,辭語高妙,巖肖時備員講讀官,每講退,則與同僚詠歎敬服不已。今育德春宫之久,諒製作深造灝靈之體,但以在遠,不可得而聞。竊覩賡主上《新秋雨過述懷》詩,有曰:『中興日月異,王氣山河在。萬物飾昭回,稽首王言大。』其辭如是,其旨宏遠矣。《庚溪詩話》

光宗《題楊補之紅梅圖賜貴妃》云:『去年枝上見紅芳,約略紅葩傅淺粧。今日亭中足顔色,可能無意謝東皇。』《式古堂書考》

理宗

故事:經筵徹章,宸翰賜講讀官詩,率取前人絶句。淳祐丙午,講《禮記》畢,賜宴秘書省。御製詩賜侍讀少師鄭清之以下諸臣。詩云:『鼇極開先已降衷,上天下澤禮居中。三才義理維持力，萬世綱常建立功。孔聖法言多纂輯，漢儒師學共修崇。經帷講徹資群彦，克己工夫在廣充。』詩既雄渾，而奎文絢爛，行草遒麗，各爲一體。侍讀少師鄭公清之以下，拜賜者十有四人，克莊與焉。《後村詩話》

龍震翁，泰和人，性孝。母没未葬，山寇焚掠火其居，震翁倉皇無計，夫妻俱抱柩死，死處有枯梅，明年六月作花。事聞，理宗旌其門曰『孝梅里』，又御製詩云：『南風六月吐梅花，奇絶西昌孝子家。一點落英千古月，夜來嘑殺後棲鴉。』《江西通志》

理宗聖德天縱，問學日新。潛龍越邸日，嘗從多士賓興，較藝文場。及即位，中外稱爲『文章天子』。林希逸兼崇政殿説書，首進『養性』、『存心』二説，即日降御批云：『心者神明之舍，欲養其性，必存其心。觀卿進説，姑以七言寓意。』云：『方寸中涵一太虚，操存須用養工夫。瑩然鏡浄無纖翳，一性融明萬理俱。』白珽《湛淵静語》

《聞喜宴詩賜狀元方逢辰》云：『肆予臨御九賓興，藹藹盈庭俊乂陞。喜賴讜言調八事，欲垂景運進三登。攄忠社稷惟名節，濟用邦家必器能。豐芑涵濡盛今日，勉思德意共欽承。』《青溪詩集》

理宗書『仙巢吹香亭』五字，有詩云：『放鶴去尋三島客，任人來看四時花。』亭爲仙巢鐘尚書閒居之地，今碑在嶽麓山下蒼筤谷。《詞海遺珠》

『朕誕節再臨，集英錫燕，因成一詩：「菲德承休帝命申，青陽闓動御昌辰。慶貽虹渚嘉祥衍，春滿鼇山景色新。鎬燕頌思勤□□，小注：當爲缺二字。靈韶協奏喜横陳。在朝從此熏和氣，要使驩心萬姓均。」賜鄭丞相。』右宋御書律詩一首，序曰『朕誕節再臨，集英錫燕』，其後題曰『賜鄭丞相』。識以二璽，其一文曰『庚戌』。『集英』，杭宋殿名；『庚戌』，則淳祐十年也。然宋自南遷後，凡三歷『庚戌』，此何以知之？蓋建炎四年、紹熙元年，皆無鄭丞相，有之者淳祐也。按《宋史》，鄭清之以端平乙未拜左丞相；丙申享明堂，以災異免；淳祐甲辰，爲少保，奉朝請；丁未，復爲右丞相；己酉，轉左。賜詩蓋在明年春。又明年，封齊國公，致仕，越六日而卒。此其證也。成化丁酉歲冬十二月己酉，史官吴寬書。《鐵網珊瑚》

《題鸚鵡》云：『毛羽自然可數，仙禽不受凡籠。銜得梧桐一葉，中含無限秋風。』《乾坤清氣》

瀛國公

瀛國公至燕京後，有詩云：『寄語林和靖，梅花幾度開？黄金臺下客，應是不歸來。』始終二十字，含蓄無限凄切意思，讀之而不興感者幾希。《輟耕録》

水雲汪元量，宋亡，以善琴召赴大都，見世祖，不願仕，賜黄冠遣還。幼主送詩，云：『黄金臺上客，底事又思家。歸問林和靖，寒梅幾度花？』《歸田詩話》

鄆王楷

太上雖在蒙塵，不忘義方之訓。每下程後，諸王問安，必留坐賦詩屬對。太上曰『方當月白風清夜』，鄆王楷對曰『正是霜高木落時』。太上曰『落花滿地春光晚』，莘王植對曰『芳草連雲暮色深』。皆類此。蔡絛《北狩行録》

覽夢得所藏李伯時畫《吴中三賢》，因各書絶句：『已將勳業等浮漚，鳥盡弓藏見遠謀。越國江山留不住，五湖風月一扁舟。』范蠡『西風淅淅動高梧，目送浮雲悟卷舒。自是歸心感秋色，不應高興爲鱸魚。』張翰『杞菊蕭條繞屋春，不教鵝鴨惱比鄰。滿身花影猶沉醉，真是江湖一散人。』陸龜蒙《珊瑚網》

全宋詩話目録卷二一宗室

趙令畤　字德麟，太祖次子燕王德昭元孫。元祐中，簽書潁州公事，坐與蘇軾交通，罰金，入黨籍。紹興初，襲封安定郡王，同知行在大宗正事。有《侯鯖録》。

趙令鑠　字伯堅，太祖五世孫。第進士，官至太僕。

趙子覺　字彦先，號雪齋，太祖六世孫，令衿子。有《雪齋集》。

趙子櫟　字夢授，太祖六世孫。元祐六年進士。紹興中，至寶文閣直學士。

趙伯琳　太祖七世孫。

趙師秀　字紫芝，號靈秀，永嘉人，太祖八世孫。紹熙庚戌進士，有《天樂堂集》、《清苑齋集》，四靈之四。

趙希桾　字誼父，汴人，太祖九世孫，有《抱拙小稿》。

趙希澎　『澎』一作『彭』。字清中，號十洲，太祖九世孫，四明人。寶慶二年進士。

趙希混　太祖九世孫。

趙與櫁　太祖十世孫。

趙與東　字賓暘，太祖十世孫，嚴陵人，宗學上舍。寶祐丙辰進士，有《魯齋小稿》。

趙與倀　字英可，太祖十世孫，天台人。

趙與訢　字立道，號竹逸，太祖十世孫，蘭谿人。

趙孟堅　字子固，號彝齋，太祖十一世孫。其先以安定郡王從南渡，家于嘉禾之廣陳，寶慶二年進士。歷官朝散大夫、嚴州守。景定初，遷翰林學士。宋亡，不仕。

趙士掞　字才孺，太宗五世孫。

趙不敏　太宗六世孫。

趙不譾　字師厚，太宗六世孫。

趙善倫　字季思，太宗七世孫。

趙汝愚　字子直，太宗子漢恭憲王元佐七世孫，居饒州餘干縣。擢進士第一。光宗朝，同知樞密院事。寧宗朝，權參知政事，光禄大夫、右丞相。韓侂胄忌之，責授寧遠軍節度副使，永州安置。至衡州，暴薨。後贈太師，封沂國公，謚忠定。

趙汝談　字履常，號南塘，太宗八世孫，居餘杭。淳熙十一年進士。累官至權刑部尚書。卒，謚文懿。

趙汝淳　太宗八世孫。

趙汝鐩　字明翁，太宗八世孫，袁州人。嘉泰二年進士，曾官漕帥。有《野谷詩集》。

趙汝湜　號澹軒，太宗八世孫，居餘杭。嘉定元年進士。

趙汝讜　字蹈中，號嬾庵，汝談弟。嘉定元年進士，後知温州。

趙必范　號古一，太宗十世孫，桐江人。

趙必拆　太宗十世孫，杭人。

趙鯱　字子雍，魏王廷美五世孫。

趙彥端　字德莊，魏王廷美七世孫。乾道、淳熙間，以直寶文閣知建寧府，終左司郎。有《介庵集》。

趙庚夫　字仲白，魏王八世孫，居興化軍。以宗子取應得右選。詩名亞紫芝，有《山中集》。

趙密夫　號竹溪，魏王八世孫，晉江人。紹定二年進士。

趙璝夫　號巖雲，魏王八世孫。

趙時瑹　魏王九世孫，丹陽令。

全宋詩話卷二宗室

趙氏玉牒派，『藝祖』下『德』字，『惟』字，『從』字，『世』字，『令』字，『子』字，『伯』字，『師』字，『希』字，『與』字，『孟』字，『由』字。太宗下『元』字，『允』字，『宗』字，『仲』字，『士』字，『不』字，『善』字，『汝』字，『崇』字，『必』字，『良』字，『友』字。魏王廷美下『德』字，『承』字，『克』字，『叔』字，『之』字，『公』字，『彦』字，『大』字，『時』字，『若』字，『嗣』字，『次』字。《錦繡萬花谷》

趙令時

趙德麟《題太白醉草》云：『雖自九天分派，不與萬李同林。步處雷驚電繞，空餘翰墨窺尋。』此趙德麟跋蓮所藏，其實自謂也。《春渚紀聞》

余嘗和劉景文詩云：『我識之無常縮舌，君能競病且低顔。』東坡笑曰：『吾嘗贈雷勝將軍詩曰：「太守無何惟日飲，將軍競病自詩鳴。」見吾子此對，覺吾用「無何」二字體慢

矣。』《侯鯖録》

元祐六年，汝陰久雪。一日，天未明，東坡來召議事，曰：『某一夕不寐，念潁人之饑，欲出百餘千，造餅救之。老妻謂某曰：「子昨過陳，見傅欽之，言簽判在陳賑濟有功，何不問其賑濟之法。」某遂相召。』余笑謝曰：『已備之矣。今細民之困，不過食與火耳。義倉之積穀數千碩，可以支散以救下民。作院有炭數萬稱，酒務有餘柴數十萬稱，依原價賣之，二事可濟下民。』坡曰：『吾事濟矣！』遂草《放積欠賑濟奏》，檄上臺寺，教授陳履常聞之，有詩：『掠地衝風敵萬人，蔽天密雪幾微塵。漫山塞壑疑無地，投隙穿帷巧致身。映積讀書今已老，閉門高卧不緣貧。遥知更上湖邊寺，一笑潛回萬寶春。』坡次韻曰：『可憐擾擾雪中人，飢飽終同寓一塵。老檜作花真强項，凍鳶儲肉巧謀身。忍寒吟詠君堪笑，得暖歡呼我未貧。坐聽屐聲知有路，擁裘來看玉梅春。』予次韻曰：『坎壈中年坐廢人，老來貂鼎視埃塵。鐵霜帶面惟憂國，機穽當前不爲身。發廩已康諸縣命，蠲逋一洗幾年貧。歸來又掃寬民奏，慚愧毫端爾許春。』《侯鯖録》

予初到長安，有詩云：『來往長安未定居，暫將僧舍當吾廬。空中説法憑鈴語，枕上朝饑聽木魚。因果分明休問佛，行藏自信罷占書。眼前一物真堪愛，百尺長楊水滿渠。』《侯鯖録》

趙令鑠

子瞻和予致齋詩，有『端向甕間尋吏部，老來唯欲醉爲鄉』之句，因送薄酒，兼成斐章，冀發笑也。『古人醉以酒，蓋亦有所寓。一飲百憂忘，陶陶朝復暮。公欲醉爲鄉，甕間尋吏部。惜取青銅錢，濁醪安足酤。敢竊好事名，聊資子雲具。巧手斧鼻端，此情知有素。』子瞻辭免起居之命，令鑠復用前韻一首以勉之：『登州與儀曹，到官如旅寓。螭陛鳳凰池，翱翔未云暮。冰雪照人清，黄色盈中部。譬如千日釀，一宿陋清酤。載筆無多時，公真濟時具。歎息賀德基，猶知我尸素。』《鐵網珊瑚》

趙子覺

趙雪齋《書懷》詩云：『柳影槐陰緑遶廳，日長細得話詩情。迎風紫燕忽雙去，隔雨黄鸝又一聲。筆墨生涯成冷淡，筍蔬盤饌易經營。世間微利真刀蜜，有底驅馳取重輕。』《瀛奎律髓》

趙子櫟

趙夢授句云：『夜棋三百子，曉髮一千梳。』又『髮爲干戈白，心于社稷丹。』《鷄肋編》

趙伯琳

予曾伯祖伯琳，官至右選，平生喜爲詩，嘗賦五月菊，有『爲嫌陶令醉，來伴屈原醒』之句，人所傳誦。趙與虤《娱書堂詩話》

趙師秀

趙天樂《冷泉夜坐》詩云：『樓鐘晴更響，池水夜如深。』後改『更』爲『聽』，改『如』爲『覺』。《病起》詩云：『朝客偶知承送藥，野僧相保爲持經。』後改『承』作『親』，改『爲』作『密』。二聯改此四字，精神頓異，真如光弼入子儀軍矣。《詩人玉屑》

趙靈秀《絶句》云：『黄梅時節家家雨，青草池塘處處蛙。約客不來過夜半，閒敲棋子落燈花。』此詩意雖腐而語新。《柳溪詩話》

宗人紫芝《贈李道人》云：『教人知遁甲，笑客問鈎唐。』又《送謝耕游淮》云：『柘空淮繭白，梅近楚秧青。』前人所未對，亦驚語也。《娱書堂詩話》

杜小山耒，嘗問句法于趙紫芝，答之云：『但能飽喫梅花數斗，胸次玲瓏，自能作詩。』戴石屏云：『雖一時戲語，亦可傳也。』余觀劉小山詩云：『小窗細嚼梅花蕊，吐出新詩字字

香。』羅子遠詩云：『饑嚼梅花香透脾』，亦此意。《梅礀詩話》

四靈，倡唐詩者也，就而求其工者，趙紫芝也。然具眼猶以爲未盡者，蓋惜其立志未高，而止于姚、賈也。學者闖其閫奥，闢而廣之，猶懼其失。乃尖纖淺易，相煽成風，萬喙一聲，牢不可破。曰：『此四靈體也，其植根固，其流波漫，日就衰壞，不復振起。』吁！宗之者反所以累之也。《對床夜話》

趙紫芝天樂《呈蔣、薛二友》詩云：『中夜清寒入緼袍，一杯山茗當香醪。禽翻竹葉霜初下，人立梅花月正高。無欲自然心似水，有營何止事如毛。春來擬約蕭閒伴，同上天台看海濤。』全篇有蕭灑自適之趣，第三句尤佳。惠崇《池上》詩云：『禽還時動竹』，亦此意。蓋霜落則禽寒，寒則翻身，寫物之妙可見矣。《梅礀詩話》

近時趙紫芝詩云：『一瓶茶外無祇待，同上西樓看晚山。』世以爲佳，然杜少陵云：『莫嫌野外無供給，乘興還來看藥欄。』即此意也。杜子野詩云：『尋常一樣窗前月，纔有梅花便不同。』世亦以爲佳，然唐人詩云：『世間何處無風月，纔到僧房分外清。』亦此意也。欲道古人所不道，信乎其難矣！紫芝又有詩云：『野水多于地，春山半是雲。』世尤以爲佳，然余讀《文苑英華》所載唐詩，兩句皆有之，但不作一處耳。唐僧詩云：『河分岡勢斷，春入燒痕青。』有僧嘲其蹈襲云：『河分岡勢司空曙，春入燒痕劉長卿。不是師兄偷古句，古人詩句犯師兄。』此雖戲言，理實如此，作詩者豈故欲竊古人之語，以爲己語哉！景意所觸，自有偶然而同者。蓋自開闢以至于今，只是如此風花雪月，只是如此人情物態。《鶴林玉露》

趙紫芝詩，謂：『輔嗣易行無漢學，元暉詩變有唐風』。《困學紀聞》

趙希楷

趙誼父《過臨平》云：『市井蕭條景物非，居人猶號永和隄。春山十里斜陽樹，漠漠殘紅杜宇啼。』《抱拙小稾》。宗祥案：《臨平記》云：『宋理宗紹定三年冬十月，築永和隄，捍臨平湖，許應和有《記》。』

趙希漎

趙君入仕四十年，虛静恬淡，寂寞無爲。除南雄守，不赴。別親友，理家事，端坐而逝。遺偈云：『六十二年皮袋，放下了無罣礙。青天明月一輪，萬古逍遥自在。』嘗有詩云：『手執黄庭上石臺，竹陰掃月徧蒼苔。欲從此處即仙去，何必清風待鶴來。』《隨隱漫録》

趙希混

夔州岑公洞，在大江之南，廣六十餘丈，深四十餘丈。石喦盤結若華蓋，左右方池，有泉涌出，喦簷遇盛夏，注水如簾，真神仙窟也。《圖經》云：『岑公，名道願，江陵人。隋末避地隱此百餘歲，肌膚若冰雪。積二十年，屍解去。至唐宋間，加以「沖妙大師虚鑒人」之號。』唐刺史馬冉詩：『南溪有仙澗，咫尺非人間。泠泠松下風，日暮空蒼山。』趙希混有詩云：『自有煙雲護石扉，更闌曉色近清暉。喦前老檜吟風處，似請仙翁化鶴歸。』《名勝志》

趙與櫍

福寧縣西南白鶴喦，石磴崚嶒，盤空而上，海上諸山，皆入延眺。嶺之南飛泉百丈，遥望如銀河倒瀉，是名『南山漈』。宋趙與櫍有詩云：『六丁開兩壁，不知始何年？中間一空洞，可張幾客筵。我來拂石坐，傾耳聽潺湲。古榕蔽天罅，飛瀑穿峽懸。四時宿雨露，亭午斂虹煙。昔人避山寇，飲溜枕苔眠。興懷内訌日，鼎鼎百餘年。』《名勝志》

趙與東

趙魯齋《次韻方萬里雨夜雪意》云：『芋火房陰處，翛然類嬾殘。雨欺梅影瘦，風助竹聲寒。擁袂衣全薄，哦詩字欲安。兒童疑有雪，頻起穴窗看。』又《次韻寒甚送酒》云：『連日寒殊甚，衰年無一能。硯呵磨墨凍，瓶曬插花冰。浮世無根絮，餘生有髮僧。蘇門如可即，端合事孫登。』《瀛奎律髓》

方萬里《序魯齋小稾》云：『君詩瘦而不枯，勁而不燥，如趙章泉評君詩，以爲唐惟有一孟東野，宋惟有一陳無己，然後知君之志慕貞曜後山之爲人，甘于阨窮静退而無求者也。』

趙孟堅

里中康節庵畫墨梅，求詩，因述本末以示之：『逃禪祖花光，得其韻度之清麗。閒庵紹逃禪，得其蕭散之布置。「回視玉面而鼠鬚，已見工夫較精緻。枝枝倒作鹿角曲，生意由來端若爾。所傳正統諒末節，舍此的傳皆僞耳。僧定花工枝則麄，夢良意到工則未。女中卻有鮑夫人，能守師繩不輕墜。可憐聞名不識面，云有江西畢公濟。季衡粗醜惡拙祖，弊到雪篷濫觴矣。所恨二王無臣法，多少東鄰擬西子。是中有趣豈不傳，要以眼力求其旨。踢鬚止七萼則三，點眼名椒梢鼠尾。枝分三疊墨濃澹，花有正背多般蘂。夫君固已悟筌蹄，重說偈言吾亦贅。誰家屏障得君畫？更以吾詩跋其底。」』康不領此詩。又有許梅谷者，仍求，又賦長律：『濃寫花枝淡寫梢，鱗皴老榦墨微焦。筆分三踢攢成瓣，珠暈一圓工點椒。糝綴蜂鬚擬笑靨，穩拖鼠尾施長條。盡吹心側風初急，猶把枝埋雪半消。松竹襯時明掩映，水波浮處見飄飖。黃昏時候朦朧月，深淺谿山長短橋。鬧裏相挨如有意，靜中背立見無聊。筆端的皪明非畫，軸上縱横不是描。頓覺坐來春盎盎，因思行過雨瀟瀟。從頭總是楊湯法，擲下工夫豈一朝。』王翠巖寫竹求詩，亦與之：『古畫畫物無定形，隨物賦形皆廹真。其次師述有師繩，如印印泥隨前人。尚疑屋下重作屋，參以新意意乃足。晉魏而來幾百年，羲獻斷弦誰解續？何況高束李杜編，江湖競買新詩讀。願君種取渭川一千畝，飽飯逍遥步捫腹。風晴煙雨盡入君心胷，吐出毫端自森肅。員大夫，來子章，何碌碌。』《竹墨蘭圖》仍賦：『六月衡湘暑氣蒸，幽香一噴冰人清。曾將移入浙西種，一歲纔花一兩莖。』自題《水仙圖》：『自欣分得槠山邑，地近錢清易買花。堆案文書雖鞅掌，簪缾金玉且奢華。酒邊已愛香風度，燭下獨憐舞影斜。馨弟梅兄來次第，攙春熱鬧令君家。』《鐵網珊瑚》

趙與傶

天台趙與傶英可，嘗夢賦《落梅》詩，僅記一聯，云：『溪月涵虚影，山雲護斷香。』莫知何祥。後爲豐儲倉監，獲四刻。後吴益尹京，辟之爲屬，遂與合尖脱選。蓋吴尹自號雲山，于是『護香』之句遂驗。《浩然齋雅談》

趙與訸

竹逸趙與訸立道，婺之蘭谿人，幼歲穎悟，常隨其兄爲吴興户曹。一日有人饋户曹以銅鏡，戲命立道賦詩。即口占云：『水晶宫中，誰磨青銅？青銅鑒形，神游水晶。天上一輪月，胡爲在人間？莫是人間世，别有一廣寒。』語意不類少作。後登乙未第，改秩而卒。《梅礀詩話》

趙士掞

趙才孺《登天清閣》詩云：『夕陽低盡已西紅，百尺樓高萬里風。白髪年年何處得，只應多在倚闌中。』《墨莊漫録》

趙不敏

趙不敏《寄蘇盼奴》詩云：『當時名妓鎮東吴，不好黄金只好書。借問錢塘蘇小小，風流還似大蘇無？』《武林紀事》

趙不謏

王仲言學問該博，遂初尤丈欲收寘史館，不果。仲言又嘗剴切上封事，不謏因不自揆，以拙句殿諸公後，云：『信史賒青簡，封章室皁囊。』《揮麈餘話》

趙善倫

趙善倫季思《京口多景樓》詩云：『壯觀東南二百州，景于多處更多愁。江流千古英雄淚，山掩諸公富貴羞。北府如今惟有酒，中原在望忍登樓。西風戰艦今何在？且辦年年使客舟。』全篇警拔，江湖間多稱之。或以爲劉改之詩，誤矣。《梅磵詩話》。宗祥案：此詩他處均記爲劉作。

趙汝愚

趙忠定《同林擇之姚宏甫游鼓山》詩云：『幾年奔走厭塵埃，此日登臨亦快哉。江月不隨流水去，天風直送海濤來。故人契濶情何厚，禪客飄零事已灰。堪歎人生祗如此，虛闌獨倚更徘徊。』《鼓山志》

趙汝愚詩：『江月不隨流水去，天風常送海濤來。』朱文公愛之，遂書『天風海濤』字于石，今人不知爲趙公詩也。《升庵詩話》

趙汝談

趙南塘《環錦亭》詩云：臨安俞氏園『與子鄉鄰信有年，故王遺事到今傳。爽鳩邑改風煙在，散騎園荒水竹偏。高架插書供夜讀，滿堂戲綵敵春妍。相如可是區區者，戲筆題詩亦偶然。』《咸淳臨安志》

本朝全盛時，宗室貴顯而負詩名者，有德麟，近歲有南塘兄弟。詩工而命窮者，有紫芝、仲白，而南塘遂爲一代騷人之宗。《後村詩話》

南塘《挽趙忠定公》云：『空令考亭老，垂白注離騷。』楊楫《跋〈楚辭集注〉》云：『慶元

乙卯，治黨人方急。趙公謫死于道。先生憂時之意，屢形于色。一日，示學者以所釋《楚辭》一篇。』《困學紀聞》

趙南塘《挽餘干相》云：『匱前留素仗，簾下進黄袍。』語簡而事核。又云：『漢閣新圖逈，秦箏舊曲長。』《挽鞏仲至》云：『萬卷非其祟，單方或以封。』有無窮之味。《和韓仲止懷蹈中弟》云：『黄臺瓜辭可憐矣，老根連蒂摘都稀。風流遂至爾身盡，衰病況堪吾道非。少日槊棋豪索酒，暮年絲竹淚霑衣。人生到此將何遣？一卷南華坐掩扉。』《立春》云：『蒼規不與圓生智，白髮惟添老在身。』《絶句》云：『我欲與君洞庭野，斜河淡月聽雲和。』要眇之音也。《後村詩話》

端平初，除拜一新，趙南塘起散地，掌内制，元夕觴客，客散，家集，有《觀傀儡》詩云：『酒闌有感牽絲戲，也伴兒童看到明。』予謂康節『遂令高卧人，欹枕觀兒戲』之句，蓋局外旁觀者之言耳。若同局而爲此言，似乎未可。《後村詩話》

趙汝鐩

趙明翁《小水寺》詩云：『披霧入野寺，寒林響西風。誰遣僧出迎？山鳥爲我通。染衣松露香，照眼巖花紅。聊此息塵慮，歸騎毋怱怱。』《題合江亭》云：『石鼓山頭一小亭，乾坤萬里眼雙明。雖因刺史能尋勝，不遇昌黎豈得名。衡嶽雲開天洗碧，蒸江湘合水争清。書巖莫辨當時事，空積塵泥野草生。』自注：昌黎《題合江亭寄刺史鄒君》詩，末有『願書巖石上，勿使塵泥涴』之句。《野谷詩集》

劉後村《跋》云：明翁詩兼衆體，而又徧行吴越、百粤之地，眼力益高，筆力益放。卷中歌行，跌宕頓挫，剸蛟縛虎手也。及斂爲五七言，則又妥帖麗密，若唐人鍛鍊之作。《後村詩話》

趙汝淳

近世趙汝淳《讀夷堅志》詩云：『千古丘明法度書，豕啼蛇鬬未爲誣。後來更有無窮事，付與蘭臺鬼董狐。』用干寶事，甚佳。《浩然齋雅談》

趙汝湜

趙澹軒《和陳南渠先生九鎖步虚詞》按：九鎖爲『天關』、『藏雲』、『飛鸞』、『通貞』、『龍吟』、『洞微』、『雲璈』、『朝元』、『凌虚』，趙詩存《天關》、《龍吟》兩章。并引云：『竊聞天秉陽德，而九爲老陽。故仙道宗陽，而取數皆九。内景含氣，以九爲節。金丹大還，九轉爲寶。其在于人，爰有九宫。

上應列宿，是爲九曜。圜則九重，豈非陽數之極，而仙真所居者乎。天柱洞天，外環九鎖。神造靈設，仰模璇霄。此固五帝真游，列仙窟宅之地也。山秀水清，鈎繇奇絶。飛舉之士，疇昔接踵。而我曾外祖寢虚先生，（即陳留良）實以童年傳道洞微，隱迹吴山，修鍊内丹，心樂此地，時與高人幽士，徜徉往來，浴泠泉而白雲生，寢石床而丹氣炳，靈異之迹，不可具述。故舅氏南渠居士，猶踵清風，守一高蹈。暇日因即九鎖聲之步虚，用標靈境，以告來者。汝湜辛酉仲秋，因獲陪侍杖履，撫松拂石，即景長吟，輒爾和韻，用污清唱之末，寄之名山，用識于他日也。』《天關鎖》云：『雲墉高嵯峨，七蕤銜銅環。有象非有質，真儔得躋攀。九天著通籍，保我玉鍊顔。英英青旄節，悠悠欵靈關。』《龍吟鎖》云：『矯首東方宫，變化何由尋。神用妙難擬，飈電赫森森。雨施不爲功，雲從本無心。人寰謾懷想，戛鉢希雷吟。』（《洞霄詩集》）

趙汝譡

南塘評蹈中詩文，節奏似韋謝，信有之。至于『慕先儒而遐想，挽名流以自近』，則居然懸隔。南塘『惜其未撥棄浮』論，可謂名言。其豪心俠氣，極力揩磨不盡，不若南塘之近道也。《題會春苑》云：『草荒故苑幾春風，尚想花開春樹紅。欲問當時馬王事，寂寥殘照野亭中。』《寒食》云：『人家插柳春將過，時節澆松老未歸。』《挽趙從善尚書》云：『先朝懷旋遠，平世責人深。』皆于近體中有遠意。《後村詩話》

趙必范

學古翁《春日田園雜興》云：『一歲農功只在春，夫夫婦婦歲艱辛。青門舊有種瓜地，緑野新添躬稼人。早把牛衣教諸子，欲修蠶具問良辰。夜來谷口東風過，只恐逢人問子真。』評云：『此卷八《詩》，一起一結，中六篇分詠三春節序，曲盡田園間景態。如《元日》云：「卜歲聊憑六壬課，有生未識五辛盤。」《元夕》云：「幸有漁樵同此樂，苦無車馬自相諠。」《社日》云：「幾點飛花芳徑雨，一雙新燕荻簾風。」《清明》云：「茭白生苗藏蛤地，桑黃含椹浴蠶天」，皆佳句也，今全録其首篇。』《月泉吟社·學古翁回詩賞劄》云：『效休文之八詠，知類農歌，拔毛遂于衆中，允高匠目。矧謝池僅止五字，而魯語尤戒多爲。首而録全，思則過半。恭維執事雙桐政美，五柳門深。續雅道于一綫之餘，亦言其興；尋吟盟于千里之外，夫豈無人？乃采艱辛之辭，特置次癸之列。月泉分貺，雲壑懷慚。某夢斷鈞天，心游樂地。視元穎可爲至寶，奚有于今。裁白苧而製深衣，于焉學古。』《月泉吟社》

趙必拆

愛雲仙友《春日田園雜興》云：『一段佳山水，芳時事正一作『事』。妍。犢耕青燒雨，鶴卧碧桃煙。社老邀嘗煮，鄰僧伴摘鮮。莫嫌陶令拙，農圃得餘年。』評缺。《愛雲仙友回詩賞劄》云：『田園歸隱，夙欽彭澤之高風。筆硯久荒，難得石湖之秀句。不慚鄙劣，冒爾擬騷。誤辱甄收，敢言奔殿，敬惟執事山林富貴。軒冕錙銖，釣月耕雲，詎輸製錦，傍花隨柳，雅稱調琴。可見知幾之老成，居然遠世而肥遯。遹憑佳興，用拂清人。餌絲臬釣江湖，貨元穎買珠璧。此意古矣，其利溥哉！某溝壑餘生，泥塗下士，有懷農圃，靡就犂鉏。兹效顰唐士之五言，恰輳足周南之一觳。僅逃孫外，免愧盧前，自謂狂吟，思復青氊而遠矣。或云駝榜，會歌白苧以邀之。』《月泉吟社》

趙鯱之

趙子雍《春日詩》云：『拂床攲枕晝初長，好夢驚回燕語忙。深竹有花人不見，直應風轉得幽香。』《墨莊漫録》

大觀初，子雍《代府尹宋喬年上元應制》句云：『風生閶闔春來早，月到蓬萊夜未中。』《耆舊續聞》

趙彦端

趙德莊《壽皇太子》詩云：『九月四日日日龍樓問寢時，雞人未動漏聲遲。前星一點朝天帝，只有清臺太史知。子晉吹笙未是仙，阿丕横槊少全篇。小吟青著梅梢句，一日東風四海傳。大安宫裏漆園椿，子榦孫枝葉葉新。今日四株高下碧，相承一樣八千春。光堯初御六龍天，上直維參大火躔。天意分明昌宋德，誕辰三世總丁年。』《聖宋名臣獻壽集》。宗祥案：《西湖志餘》云：『淳熙中，孝宗及皇太子朝上皇于德壽宫』，周益公詩云：『一丁扶火德，三合聳皇基。』蓋高宗生于大觀丁亥，孝宗生于建炎丁未，光宗生于紹興丁卯故也。介庵末句亦指此。

趙庚夫

紹興末，曾茶山卜居于越，得禹迹寺東偏空舍十許間居之，手種竹盈庭，日讀書賦詩其中。公平生清約，不營尺寸之産，所至寓僧舍，蕭然不蔽風雨。公詩有曰：『手自栽培千箇竹，身常枕藉一床書。』蓋寓居時所賦也。公年雖高，吟詠猶不輟。莆田趙仲白，讀公詩集，有詩云：『茶山八十二癯仙，千首新詩手自編。吟到瘴煙因避寇，貴登從槖只棲禪。新亏月出初三夜，淡比湯煎第一泉。咄咄逼人門弟子，《劍南》已見祖燈傳。』蓋山陰陸務觀，

實從公學詩。陸有《劍南集》行于世，故末句及之。《梅磵詩話》

趙仲白《稍得》句云：『詩句日從窗眼寫，墨丸夜入枕頭收。』《貴耳集》

或詠《杜鵑》云：『自古高枝惜毛羽，聲聲卻勸別人歸。』似有所諷。不若亡友趙仲白：『君家自在劍山外，莫浪江南勸路人』之句，尤微婉也。《後村詩話》

劉後村《跋山中集》云：『仲白于古體寓其高遠，于大篇發其精博，于短章窮其要妙。』

趙密夫

趙竹溪《三脱麫》詩云：『筍蕈初萌杞藥纖，然松自煮供親嚴。聞人食肉何曾鄙，自是山林滋味甜。』《山家清供》

趙環夫

舊辱趙東巖雲子環夫寄詩，中有一詩云：『好春虚度三之一，滿架荼蘼取次開。有客相看無可設，數枝帶雨剪將來。』始疑荼蘼非可食者，一日過靈鷲，訪僧蘋州德修，午留粥，甚香美，詢之，乃蘼花也。其法：采花片用甘草湯焯，候粥熟同煮，又采木香嫩葉，就元湯

炒，以薑、油、鹽爲菜茹。僧苦嗜吟，宜乎知此味之清，且知岩雲之詩不誣也。《山家清供》

趙時瓈

《題陳少陽先生上書稿後》云：『虜騎昔長驅，高屋建瓴水。權姦誤國家，和議甘骪骳。遂令九廟尊，冒没在棘枳。帶甲百余萬，一嘯自披靡。堂堂諫議公，屹若頽波砥。叩閽斥時宰，不惜用一死。此死不足道，聞者自興起。一木支大廈，于時不可爾。使早定大計，何物麼□壘？可憐紹興間，賻贈官其子。我得睹遺稿，感慨寧已矣！千載凛如生，作者書于紙。』《盡忠録附》

全宋詩話目録卷三

李煜　字重光，初名從嘉，南唐元宗李璟第六子，在位十五年。爲宋所平。歸朝，封違命侯，授左千牛衛、上將軍。太宗改封隴西公。太平興國三年，賜牽機藥後薨，追封吴王，以王禮葬洛京北邙山。有集。

范質　字文素，大名宗城人，後唐長興四年進士。晉天福中翰林學士。周廣順初中書侍郎同中書門下平章事。入宋，加侍中，乾德初，封魯國公。有集。

王溥　字齊物，并州祁人，漢乾祐中進士。周恭帝時，官右僕射。入宋，進司空，封祁國公，卒贈侍中，謚康獻。有集。

李昉　字明遠，深州饒陽人，漢乾祐中進士。周顯德中翰林學士。入宋，至中書侍郎平章事，卒贈司空，謚文正。有集。附王仁裕、孟賓于。

陶穀　字秀實，邠州新平人。本唐彦謙孫，避晉諱，改姓。歷仕晉、漢、周。入宋，加户部尚書。有《清異録》。

曹翰　大名人，周爲德州刺史。入宋，平江南有功，卒謚武毅。

符彦卿　字冠侯，陳州宛丘人。後唐中書令存審子。周世宗封魏王。入宋，加守太師，移鳳翔節度。

盧多遜　懷州河内人，周顯德進士。入宋，歷中書侍郎平章事，坐事貶崖州。

李濤　字信臣，京兆萬年人，唐鄜王瑋十一世孫。避地湖南，馬殷署爲衡陽令，後唐天成初進士，歷仕晉、漢、周，周封莒國公。入宋，拜兵部尚書。

梁周翰　字元褒，管城人。周廣德二年進士。入宋，真宗時知制誥，終工部侍郎。有集。

韓浦　長安人，宋初進士。官司門郎中。

周渭　字得臣，昭州恭城人，建隆初，召試，賜同進士出身。歷官兩浙東西路轉運使、侍御史，加職方員外郎。

宋白　字太素，一字素臣，開封人，建隆二年進士，歷官左拾遺、權知兗州、翰林學士，與李昉等奉詔纂《文苑英華》、《太平御覽》，歷刑部尚書，致仕卒，贈左僕射，謚文安。有《廣平集》。

畢士安　字仁叟，代州雲中人。乾德四年進士。真宗朝，與寇準同拜中書門下平章事，卒贈太傅，謚文簡。

孫光憲　字孟文，貴平人。仕荆南高從誨爲書記，歷檢校秘書監兼御史大夫，嘗勸繼沖獻三州地。太祖授黄州刺史，乾德中卒。有《荆臺集》、《筆傭集》、《橘齋集》、《北夢瑣言》。

王伸　乾德中，以左補闕知永州。

柳開　字仲塗，大名人，初慕韓柳文，名肩愈，字希元，後改今名，開寶六年進士，歷官知環、邠、曹、代、忻、滄六州，終如京使。自號東郊野夫，又曰補亡先生。有《河東集》。

王嗣宗　字希阮，汾州人。開寶八年進士第一。歷官淮南轉運使、樞密副使、大同軍節度、知許州，徙知陝州，召還，以左屯衛上將軍檢校太尉，致仕卒，贈侍中，謚景莊。

王處厚　字元美，益州華陽人。

李至　字言幾，真定人，舉進士。太平興國中翰林學士，拜參知政事兼秘書監，判國子監。真宗朝，工部尚書，知河南府。

黄台　歙人，遷宣城。宋初，任屯田員外郎。

吕端　字易直，幽州安次人。陰補千牛備身，周爲直史館。入宋，遷太常丞。淳化四年，參知政事，擢户部侍郎同中書門下平章事。真宗即位，除太子太保，卒贈司空，謚曰正。

范杲　字師回，魯公質之侄。太宗朝右諫議大夫，知濠州，召爲史館修撰，卒。

楊徽之　字仲猷，浦城人。南唐時，間道至汴。周顯德二年進士。入宋，著作佐郎知全州。太平興國初，轉庫部員外郎，判南曹，詔編《文苑英華》。真宗時，歷禮部侍郎、樞密直學士兼祕書監。咸平二年，特置翰林侍讀學士，命徽之與夏侯嶠、吕文仲爲之。卒贈兵部尚書。有集。

卞震　成都人，蜀進士。爲渝州判。蜀平入宋，仍舊職。

孟貫　閩人。

竇儀　字可象，薊州漁陽人。晉天福中進士。歷漢、周，仕至兵部侍郎。入宋，爲翰林學士，加禮部尚書。

徐鉉　字鼎臣，廣陵人。仕南唐，官翰林學士。歸宋，爲直學士院給事中、散騎常侍。淳化初，坐累黜靖難軍司馬。有《騎省集》。

吴淑　字正儀，潤州丹陽人。南唐内史。歸宋，薦試學士院，授大理評事，預修《太平御覽》、《文苑英華》，累遷起居舍人、職方員外郎。有文集《事類賦》、《江淮異人録》、《祕閣閒談》。

秦南運　宋初，官尚書郎。

張洎　字師黯，改字偕仁，滁州全椒人。南唐知制誥、中書舍人。歸宋，史館修撰、翰林學士。淳化中參知政事。有集。

張佖　字子澄，常州人。南唐内史舍人。歸宋，虞部郎中。

王祐　蘇軾云，鞏爲其曾孫，則旦之父也，故列于此。

刘吉　江左人，南唐傳詔承旨。歸宋，爲供奉官，知河渠利害，委以八作務，後爲崇儀使。有詩三百首，名《釣鰲集》。

邵拙　宣城人。

龔穎　字同秀，邵武人。南唐内史。歸宋，爲殿中侍御史。

潘慎修　字德成，莆田人。南唐秘書省正字。歸宋，爲太常博士，真宗朝累擢翰林侍讀學士。有集。

羅穎　南昌人。

孟歸唐　湖湘連上人，南唐賓于子，蔭授祕書正字、吉州民掾。歸宋，遷大理丞，以罪貶袁州司户。

伍喬　張洎友。

劉洞　南唐隱士。

陳誼　吉州人。

李度　宋初詩人。

馬希振　鼎州節度使。

全宋詩話卷三

李　煜

太祖一日小宴，顧江南國主李煜曰：『聞卿善詩，可舉一聯。』煜思久之，乃舉《詠扇》詩云：『揖讓月在手，摇動風滿懷。』太祖笑曰：『滿懷之風何足尚！』從官莫不歎服。《談淵》

後主既歸宋，渡江作詩云：『江南江北舊家鄉，三十年來夢一場。吴苑宫闈今冷落，廣陵臺殿已荒涼。雲籠遠岫愁千片，雨打歸舟淚萬行。兄弟四人三百口，不堪閒坐細思量。』又《病中感懷》云：『憔悴年來甚，蕭條益自傷。風威侵病骨，雨氣咽愁腸。夜鼎唯煎藥，朝髭半染霜。前緣竟何似，誰與問空王？』馬令《南唐書》

南唐李侯，撮襟書宫人慶奴扇云：『風情漸老見春羞，到處銷魂感舊游。多謝長條似相識，强垂煙態拂人頭。』《聞見後録》

『冷笑秦皇經遠略，静憐姬滿苦時巡。』李後主詩也。《瀛奎律髓》

『日映仙雲薄，秋高天碧深』，李後主句。《海録碎事》

范質

范魯公質舉進士，和凝爲主文，愛其文賦，凝自以第十三登第。謂魯公曰：『君之文宜冠多士，屈居十三者，欲君傳老夫衣鉢耳。』魯公以爲榮，至先後爲相。有獻詩者云：『從此廟堂添故事，登庸衣鉢亦相傳。』周祖自鄴舉兵向闕，京師亂，魯公隱于民間。一日，坐封丘巷茶肆中，有人貌怪陋，前揖曰：『相公無慮。』時暑中，公所執扇偶書『大暑去酷吏，清風來故人』詩二句。其人曰：『世之酷吏冤獄，何止如大暑也，公他日當深究此弊。』因携其扇去。公惘然久之。後至祆廟，見一土偶短鬼，貌肖茶肆見者，扇亦在其手中，公心異焉。亂定，周祖物色得公，遂至大用。公見周祖，首建議律條繁廣，輕重無據，吏得以因緣爲姦。周祖特詔詳定，是爲刑統。《聞見前録》

范魯公《戒子孫》詩，其略曰：『戒爾學立身，莫若先孝悌。怡怡奉親長，不敢生驕易。戰戰復兢兢，造次必於是。戒爾學干禄，莫若勤道藝。嘗聞諸格言，學而優則仕。不患人不知，惟患學不至。戒爾遠耻辱，恭則近乎禮。自卑而尊人，先彼而後己。相鼠與茅鴟，宜鑒詩人刺。戒爾勿曠放，曠放非端士。周孔垂名教，齊梁尚清議。南朝稱八達，千載穢青史。戒爾勿嗜酒，狂藥非佳味。能移謹厚性，化爲兇險《宋文鑒》作『暴』。類。古今傾敗者，歷歷皆可記。戒爾勿多言，多言衆所忌。苟不慎樞機，災戹《宋文鑒》作『危』。從此始。是非毁譽間，適足爲身累。舉世重交游，擬結金蘭契。忿怨從是生，風波當時起。所以君子性，汪汪淡如水。舉世好奉承，昂昂增意氣。不知奉承者，以爾爲玩戲。所以古人疾，籧篨與戚施。舉世重任俠，俗呼爲氣義。爲人赴急難，往往陷刑制。《宋文鑒》作『死』。所以馬援書，勤勤告《宋文鑒》作『殷勤戒』。諸子。舉世賤清素，奉身好華侈。肥馬衣輕裘，揚揚過閭里。雖得市童憐，還爲識者鄙。』恭惟祖宗，所用宰輔，皆忠厚篤實之士，獨魯公爲之稱首。余讀國史，得其詩，録以爲子孫之戒。《聞見前録》宗祥案：全詩見《宋文鑒》卷十四。

范質詩：『朝廷建禮霞烘日，夜直承明月印天。』《海録碎事》

王溥

張翼善詩，嘗投詩兩帙于王相溥。王諭之以詩云：『清河詩客本賢良，惠我清吟六十章。詞格宛同羅給事，工夫深似賈司倉。登山始覺天高廣，到海方知浪渺茫。好去蟾宫是歸路，明年應折桂枝香。』《洛陽縉紳舊聞記》

李昉

李文正《进永昌陵挽辭》云：『奠玉五回朝上帝，御樓三度納降王。』當時群臣皆進，惟文正詞最爲首出。所謂『三降王』者，廣南劉鋹、西蜀孟昶、江南李煜也。『五朝上帝』，則誤矣。建隆盡四年，明年初郊改乾德；至六年再郊，改元開寶；五年又郊而不改元，九年已平江南。四月大雩，告謝於西京，蓋執玉祀天者實四也。李公當時人，必不繆，乃傳者誤云『五年』。《六一詩話》

太祖嘗顧近侍曰：『五代干戈之際，猶有詩人。今太平日久，豈無之也？』中官宋永圖，於僧寺園亭中，得詩百篇以進。有丞相李文正公昉《僧閣閒望》一聯，云：『水光先見月，露氣早知秋。』《古今詩話》

孟賓于歸南唐，爲塗陽令，黷貨當死。時李昉事皇朝，爲翰林學士，乃賓于同年進士，聞賓于縲紲，以詩遺之，云：『幼携詩劍別湘潭，金榜標名第十三。昔日聲塵喧洛下，近年詩價滿江南。長爲邑令情終屈，縱處曹郎志未甘。莫學馮唐便歸去，明君晚事未爲慚。』後主見詩，貸之，復其官。馬令《南唐書》

昉所畜五禽，名『五客』：仙客鶴；雪客鷺；閒客白鷴；隴客、南客孔雀；西客鸚鵡。

有《仙客詩》云：『胎化仙禽性本殊，何人携爾到京都？因加美號爲仙客，稱向閒庭伴野夫。警露秋聲雲外遠，翹沙晴影月中孤。青田萬里終歸去，暫處雞群莫歎吁。』《青箱雜記》

御書飛白『玉堂之署』四字，頒賜禁苑，今懸掛已畢，輒述惡詩一章，用歌盛事：『玉堂四字重千金，宸翰親揮賜禁林。地望轉從今日貴，君恩無似此時深。宴回上苑花初發，麻就中宵月未沉。衣惹御香拖瑞錦，筆宣皇澤灑春霖。院門不許閒人入，承旨學士舉舊事置鈴索于院門，閒人不許輒入。仙境寧教外事侵？我直承明逾二紀，臨川實動羨魚心。』昉頃在禁林，前後出處，凡二十有五載，不逢今日之盛事者有七：新學士謝恩日，賜襲衣金帶，寶鞍名馬，一也；十月朔，改賜新樣錦袍，二也；特進草麻例物，三也；改賜内庫法酒，四也；月俸並給見錢，五也；特給親官隨從，六也；新學士謝恩後就院賜宴設，雖爲舊事，而無此時供帳之盛，七也。凡此七事，並前例特出異恩，以見聖君待文臣之優厚也。臨川之羨，其在兹乎！《翰苑群書》

李昉建隆四年，以王師平湖外，除給事中，往南嶽伸祭拜之禮，途次長沙，時通判賈郎中言：『自京師與岳州通判武補闕同途至襄陽，遇一妓，本良家子，失身於風塵，才色俱妙，二公迫行，醉别于鳳林闕，妓以詩送武云：「弄珠灘上欲銷魂，獨把離懷寄酒樽。無限煙花不留意，忍教芳草怨王孫。」武得詩，屬意甚切，有復回之意。時太守呂侍講嘗歎恨不識之，因請李賦一詩以寄云：「峴山亭畔紅妝女，小筆香箋善賦詩。顔色共推傾國貌，篇章皆是斷腸辭。便牽魂夢從今日，得見嬋娟在幾時？千里關河萬重意，夜深無睡暗尋思。」』《能改齋漫録》

太祖既下江南，以賈黄中知金陵。一日，黄中按行府第，見庫舍扃鐍甚嚴，集僚吏發之，得寶貨數十巨櫝，皆李氏宫闈之物，不隸於籍者，黄中悉表上之。太宗歎曰：『吾府庫之物有籍，貪黷者尚冒禁盜之，況此亡國之遺物乎！』贈黄中錢三百萬，以旌其潔。黄中，唐相耽四世孫也，年七歲，以童子舉及第，李文正公贈之詩曰：『七歲神童古所難，賈家門户有衣冠。十人科第排頭上，五部經書誦舌端。見榜不知名字貴，登筵未識管絃歡。從今穩上青雲去，萬里誰能測羽翰！』《聞見前録》

李文正公昉，深州饒陽人。太祖在周朝，已知其名，及即位，用以爲相。嘗語昉曰：『卿在先朝，未嘗傾陷一人，可謂善人君子矣。』故太宗遇昉亦厚，年老罷相，每曲宴，必宣赴賜坐。昉嘗獻詩曰：『微臣自愧頭如雪，也向鈞天侍玉皇。』昉詩務淺切，效白樂天體，晚年與參政李公至爲唱和友，二李公詩格亦相類，今世傳《二李唱和集》是也。《青箱雜記》

鄧洵美，連山人，乾祐二年中第，與司空昉、少保溥同年，謁劉氏，不禮，歸武陵，時周氏有其地，辟之幕府。未幾，司空自禁林出使武陵，與洵美相遇，贈詩曰：『憶昔詞場共著鞭，當時鶯谷喜同遷。關河契闊三千里，音信稀疏二十年。君遇已知依玉帳，我無才藻步花磚。時情人事堪惆悵，天外相逢一泫然。』洵美和云：『詞場幾度讓先鞭，又向清朝賀九遷。品秩雖然殊此日，歲寒終不改當年。馳名早已超三院，侍直仍忻步八磚。今日相逢番自愧，閒吟對酒倍潸然。』相國歸，邀偕載，辭以疾，不行。相國語同年少保公，公又爲詩寄云：『衡陽歸雁别重湖，銜到同人一紙書。忽見姓名雙淚落，不知消息十年餘。彩衣我已登黄閣，白社君猶葺舊居。南望荆門千里外，暮雲重疊滿晴虚。』周氏疑洵美泄其密謀，急追補易俗場官而遇害。建隆初，王師下湖湘，相國復經衡陽，弔之曰：『侯門寂寞非知己，澤國栖惶似旅人。今日向君墳畔過，不勝懷抱暗酸辛。』《雅言系述》

丞相李文正公昉，少年時，嘗以詩呈叔侍中，覽而喜之。詩曰：『及觀西里盛，世世秉鈞衡。』後文正果大用，詔賜所居，爲謝元卿秉鈞里。是知李氏自五代至本朝世居將相，非一日也。《詩話總龜》

附：王仁裕

先公嘗言，座主王公，翰林學士户部侍郎王仁裕也。知舉時已年高，有數子皆早亡，諸孫並幼，每諸生至門，必迎于中堂。公與夫人偶坐，夫人歐陽氏。受諸生拜，一如兒孫禮，然後備酒饌。命諸生侍坐，於餅餌羹臛之物，皆公與夫人親手調品，以授諸生，甚于慈母之親嬰兒也。公文章之外，尤精音律，至酒酣，盡出樂器，自取小管吹弄。諸生有善絲竹者，亦各使獻其能。或間以分題聯句，未嘗不盡歡焉。忽一日，生徒畢集，出一詩版懸於客次，曰：『二百一十四門生，時並明經童子二百十四人，故禮部侍郎賈黄中，即童子闕頭也。春風初長羽毛成。擲金換得天邊桂，鑿壁偷將榜上名。何幸不才逢聖世，偶將疏網罩群英。衰翁漸老兒孫少，異日知誰略有情？』公後有一孫，名金禧，終于緜州西昌令。一女，適河東薛氏，甚賢明，予亦忘矣。李宗諤《先公談録》

李文正公言：少保王仁裕，與諸門生飲，出一詩版，掛於坐次，曰：『二百一十四門生，春風初長羽毛成。擲金換得天邊桂，鑿壁偷將榜上名。何幸不才逢聖世，偶將疏網罩群英。衰翁漸老兒孫小，異日知誰略有情？』公知舉時，年已老，諸子皆亡，惟有幼孫。又與諸門生春日會飲于繁臺，賦詩曰：『柳陰如霧絮成堆，又引門生飲古臺。池景即隨風雨去，芳樽宜命管絃催。謾誇列鼎鳴鐘貴，寧免朝烏夜兔摧。爛醉也須詩一首，不能空放馬頭回。』《摭遺》。

參見李宗諤《先公談録》

《天下大定録》載王仁裕兩篇，一篇已載於此。今録所遺一篇，云：『玉纖挑落新冰聲，散入秋空韻轉清。三五指中遺塞雁，十三絃上囀春鶯。譜從陶室偷將妙，曲向秦樓寫

得成。無限細腰宫裏女，就中偏愜楚王情。』《詩話總龜》

昔鮑永過更始之墓，欲下車致禮。從事止之，以爲不可，曰：『吾嘗北面事之，安可乘車而過？吾寧獲罪于司隸。』遂下車，慟哭而去。光武聞之曰：『可謂忠臣矣！』王仁裕過關中，望春明門，乃蜀後主被誅之地，乃作詩哭之曰：『九天冥漠信沈沈，重過春明淚滿襟。齋女叫時魂已斷，杜鵑啼處血尤深。霸圖傾覆人全去，寒骨飄零草亂侵。何事不如陳叔寶，朱門流水自相臨。』徐鉉歸朝後，乞爲故主李煜作墓碑，朝廷從之，其辭有云：『盛德百世，善繼者所以主其事。聖人無外，善守者不能固其存。西鄰啟釁，南箕搆禍，投杼致慈親之惑，乞火無鄰婦之辭。』又曰：『孔明罕應變之略，不成近功；偃王躬仁義之行，終于亡國。』又作詩挽之，云：『歘忽千齡盡，冥茫萬事空。青松洛陽陌，荒草建康宫。道德遺文在，興衰自古同。受恩無補報，反袂泣途窮。土德承餘烈，江南廣舊恩。一朝人事廢，千古信書存。哀挽周原道，銘旌鄭國門。此生雖未死，寂寞已消魂。』《弁陽詩話》

附：孟賓于

孟賓于獻主司詩云：『那堪雨後更聞蟬，溪隔重湖路七千。憶昔故園楊柳岸，全家送上渡頭船。』主司得詩，自謂得賓于之晚，當年中第。興國中，致仕歸連上，過廬陵，吉守贈詩曰：『曾聞洛浦綴神仙，大樹南棲幾十年。白首自忻丹桂在，詩名已得四方傳。行隨秋渚將歸雁，吟傍梅花欲雪天。今日還家莫惆悵，不同初上渡頭船。』《雅言系述》

陶　穀

李白戲杜甫云：『借問别來太瘦生，只爲從前作詩苦。』太瘦生，唐人語也，至今猶以『生』爲語助。如『作麽生』、『何似生』之類是也。陶尚書穀嘗曰：『尖簷帽子卑凡廝，短靿靴兒末厥兵。』『末厥』，亦當時語。予天聖、景祐間已聞此句。時陶公卒尚未远，人皆莫曉其義。王原叔博學多聞，見稱於世，最爲多識前言，亦云不知爲何説也。第記之，必有知者耳。《六一詩話》

今人呼秃尾狗为『厥尾』，衣之短後者亦曰『厥』，故歐公記陶尚書詩語『末厥兵』，則此兵正謂末賤爾。世語『虚僞』爲『何樓』，蓋國初京師有何家樓，其下賣物皆行濫者，非沽濫稱也。世語『優人』爲『何市樂』，説者謂南都石駙馬家樂甚盛，詆誚南市中樂人，非也。蓋唐元和時，《燕吴行役記》其中已有『河市』字，大抵不隸名軍籍而在河市者，散樂名也。世謂事之陳久爲『瓚』，蓋五代時有馬瓚，爲府幕，其人魯憨，有所聞見，他人已厭熟，而乃甫爲新奇道之，故今多稱『瓚』爲厭熟。京師人貨香印者，皆擊鐵盤以示衆人，父老云，以

國初『香印』字逼近太祖諱，故托物默喻。《中山詩話》

白樂天詩云：『請錢不早朝』，『請』作平聲，唐人語也。今人不用『廝』字，唐人作『斯』音，五代已作入聲。陶穀云：『尖簷帽子卑凡廝』是也。《中山詩話》

《東軒筆録》云：陶穀久在翰林，意希大用，仍俾其黨因事薦引，言穀在詞禁，宣力實多，微伺上旨。太祖笑曰：『翰林草制，皆撿前人舊本，改换詞語，所謂「依樣畫葫蘆」耳，何宣力之有？』穀聞之，作詩曰：『官職須由生處有，文章不管用時無。堪笑翰林陶學士，年年依樣畫葫蘆。』太祖薄其怨望，遂決意不用矣。《詩話總龜》

國初陶尚書，以朝廷眷待詞臣不厚，乞罷禁林。太祖曰：『此官職甚難作，依樣葫蘆，且作且作。』不許罷，復不進用。因題玉堂云：『官職須由生處有，文章不管用時無。堪笑翰林陶學士，年年依樣畫葫蘆。』駕幸見之，愈不悦，卒不大用。《續湘山野録》

周世宗時，陶尚書穀奉使江南，韓熙載遣家妓奉盤匜及旦，有書謝云：『巫山之麗質初臨，霞侵鳥道。洛浦之妖姬自至，月滿鴻溝。』舉朝不能會其詞。熙載因召家妓訊之，云是『夕適浣濯』焉。《湘素雜記》

陶穀又嘗奉使兩浙，獻詩二十韻于錢俶，其末云：『此生頭已白，無路掃王門。』時穀官是承郎，職爲學士，奉命小邦，獻詩已是失體，復有『掃門』之句，何辱命之甚也。《國老談苑》

又浙帥開宴，置金鐘以爲罰爵。穀後因卧病，浙帥使人問其所欲，穀以金鐘爲請。浙帥以十副贈之，乃以詩謝云：『乞與金鐘病眼明。』及復命，將出其境，即賦詩于郵亭云：『井蛙休恃重溟險，澤馬曾嘶九曲濱。』令人傳誦，冀掩前詩之失。穀之狡譎多此類。《國老談苑》

陶穀使越，錢王奉之甚渥，因舉酒行令，曰：『玉白石，碧波亭上迎仙客。』陶應聲曰：『口耳王，聖朝天子要錢塘。』《能改齋漫録》

陶穀來使，忠懿王宴之，因食蝤蛑，詢其族類。王命自蝤蛑至彭越，凡十余種以進，穀曰：『真所謂一蟹不如一蟹。』蓋以譏王也。王因命進葫蘆羹，曰：『此先王時有此品味，庖人依様造者。』穀在中朝，或作詩嘲之曰：『堪笑翰林陶學士，年年依様畫葫蘆。』故王以此戲焉。《順存録》

曹翰

曹武毅公翰，江南歸，環衛數年，不調。一日内宴，侍臣皆賦詩，翰以武人獨不預，乃自陳曰：『臣少亦學詩，乞應詔。』太宗笑而許之曰：『卿武人，宜以「刀」字爲韻。』因以寄意曰：『三十年前學六韜，英名常得預時髦。曾因國難披金甲，不爲家貧賣寶刀。臂健尚嫌

弓力軟，眼明猶識陣雲高。庭前昨夜秋風起，羞見蟠花舊戰袍。』太宗覽之惻然，即自環衛驟遷數級。《青箱雜記》

曹武毅翰，魏人也。曹武惠彬，真定人也。二曹皆有名，謂之同宗。翰有宏傑偉特之度，能詩，有《玉關集》。領金吾日，當直，太宗詔與語曰：『朕曾覽卿詩，「曾因國難披金甲，不爲家貧賣寶刀。他日燕山磨峭壁，定應先勒大名曹。」頗佳，朕每愛之。』《玉壺清話》

符彦卿

大丞相李公昉，嘗言當日目外鎮爲麄官。符彦卿知汴州，有詩云：『全軍十萬擁雄師，正是酬恩報國時。汴水波濤喧鼓角，隋隄楊柳拂旌旗。前驅紅旆關西將，環座青娥趙國姬。爲報長安冠蓋道，麤官到底是男兒。』公之詩意，蓋有憾之辭爾。《青瑣高議》

盧多遜

王承之云：太祖一夕翫月，命學士盧多遜曰：『可以作詩。』多遜曰：『請用何韻？』太祖曰：『用「兒」字韻。』多遜奏詩曰：『太液池邊月上時，好風吹動萬年枝。誰家玉匣新開鑒？露出清光些子兒。』《直方詩話》

太祖夜幸後池，對新月置酒，問當值學士爲誰。曰：『盧多遜。』召使賦詩，請韻，曰：『些子兒。』其詩云：『太液池邊看月時，好風吹動萬年枝。誰家玉匣開新鏡？露出清光些子兒。』太祖大喜，盡以坐間飲食器賜之。《後山詩話》

丁晉公謂曰：盧相多遜在朝行，將歷代帝王年曆、功臣事迹、天下州郡圖誌、理體事務、沿革典故，括成一百二十絶詩，以備應對。由是太祖、太宗，每所顧問，無不知者，以至踐清途，登鈞席，皆此力耳。《蓉塘詩話》

李濤

李濤相國，性滑稽，爲布衣時，往來京洛間。泥水關有僧舍曰『不動尊院』，寺中有僧不出院十餘載。濤每過，常謁其院，必省其僧。未幾，寺焚僧散，濤再過之，但有門扉而已。因題詩：『走卻坐禪客，移將不動尊。世間顛倒是，八萬四千門。』《談苑》

《摭言》云：李濤篇詠甚著，如『溪聲長在耳，山色不離門。掃地樹留影，拂床琴有聲。』『落日長安道，秋槐滿地花。』皆膾炙人口。《苕溪漁隱叢話》

吾爲翰林學士，月給内醖。兵部李相濤，好滑稽，嘗因春社，寄詩云：『社翁今日没心情，爲乞治聾酒一瓶。惱亂玉堂將欲徧，依稀巡到第三廳。』蓋俗傳社日酒喫治耳聾，兵部

小字『社翁』，每於班行呼其名字云。《李文正公談録》

梁周翰

梁周翰應制云：『白花將盡牡丹拆，十雨初晴太液春。』黄夷題《人山居》云：『宿雨一番蔬甲拆，春山幾焙茗旗香。』《談苑》。宗祥案：梁句又見《玉壺清話》。

韓浦

韩浦、韩洎，晉公滉之後，咸有詞學。浦善聲調，洎能爲古文。洎嘗輕浦，語人曰：『吾兄爲文，譬如繩樞草舍，庇風雨而已。予之文，是造五鳳樓手。』浦性滑稽，竊聞其言，因有親知遺蜀牋，浦作詩與洎曰：『十樣蠻牋出益州，寄來新自浣花頭。老兄得此渾無用，助爾添修五鳳樓。』《談苑》

周渭

吴崇岳，泉州龍興觀道士，辟穀多年，嘗登松梢，禮拜處松枝可六七十尺。福建漕使周渭，贈以詩云：『楮爲冠子布爲裳，吞得丹霞壽最長。混俗性靈常樂道，出塵風格早休糧。

枕中經妙誰傳與？肘後方新自寫將。百尺松梢幾飛步，鶴棲枝上禮虛皇。』太平興國中，詔入京。《郡閣雅談》

宋白

麻仲英，幼有俊才，七歲能詩，侍父官鄜州。宋翰林白方謫鄜州而召之，坐中賦詩十篇，宋大稱賞。翌日，宋以浣溪箋、李廷珪墨、諸葛氏筆遺之，仍贈以詩云：『宣毫歙墨川牋紙，寄與麻家小秀才。七歲能文天骨異，前生已折桂枝來。』《皇朝類苑》

宋太素尚書《中酒》詩云：『中酒事俱妨，偷眠就黑房。靜嫌鸚鵡鬧，渴憶荔枝香。病與慵相續，心和夢尚狂。從今改題品，不號醉爲鄉。』非真中酒者，不能知此味也。《老學庵筆記》

宋白《石燭》詩云：『但喜明如蠟，何嫌色似黳。』燭出延安，予在南鄭數見之。其堅如石，照席極明，亦有淚如蠟，而煙濃，能熏污帷幙衣服，故西人亦不貴之。《老學庵筆記》

宋白尚書云：『風騷墜地欲成塵，春鎖南宮入試頻。三百俊才衣似雪，可憐無箇解詩人。』又云：『對花莫道渾無過，曾爲常人舉好詩。』大抵宋詩雖多疵類，而語意絶有警拔者，故其自負如此。《老學庵筆記》

宋文安公《自禁庭謫鄜時》詩云：『九月一日奉急宣，連忙趨至閤門前。忽爲典午知何罪？謫向鄜州更憮然。』蓋當時謫黜者，召至閤門受命乃行也。《老學庵筆記》

宋文安公集中有《省油燈盞》詩，今漢嘉有之，蓋夾燈盞也。一端作小竅，注清冷水于其中，每夕一易之。尋常盞爲火所灼而燥，故速乾，此獨不然，其省油幾半。邵公濟牧漢嘉時，數以遺中朝士大夫。按文安亦嘗爲玉津令，則漢嘉出此物，幾三百年矣。《老學庵筆記》

《追念策名時作》云：『吉音來碧落，帖子報紅箋。清夜驚神王，曨明道省前。風中宫漏盡，日出榜繩懸。』《放翁題跋》

蘇參政易簡登科時，宋尚書白爲南省主文。後七年，宋爲翰林學士、承旨，而蘇相繼入院，同爲學士。宋嘗贈詩云：『昔日曾爲尺木階，今朝真是青雲友。』《石林燕語》

白樂天詩云：『四十著緋軍司馬，男兒官職未蹉跎。』『一爲州司馬，三見歲重陽。』本朝太宗時，宋太素尚書《自翰院謫鄜州行軍司馬》詩云：『鄜州軍司馬，也好畫爲屏。』又云：『官爲軍司馬，身是謫仙人。』蓋此音「司」字作入聲讀。《老學庵筆記》

故事：謫散官，雖别駕司馬，皆封賜如故。宋尚書在鄜時詩云：『經時不巾櫛，慵更佩金魚。』東坡先生在儋耳亦云：『鶴髮驚全白，犀圍尚半紅。』是也。《石林燕語》

東坡在嶺海間，最喜讀陶淵明、柳子厚二《集》，謂之南遷二友。予讀宋白尚書《玉津

雜詩》云：『坐卧將何物？陶詩與柳文。』則前人蓋有與公暗合者矣。《石林燕語》

董羽，字仲翔，毗陵人，善畫魚龍海水，語吃，時以『董啞子』稱，頃畫水于玉堂北壁，其洶湧瀾翻，望之若臨煙江絶島間，雖咫尺汗漫，莫知其涯涘也。宋白爲時聞人，一見擊節稱賞，因賦以詩，其警句云：『回眸已覺三山近，滿壁潛驚五月寒。』《宣和畫譜》

王洽，不知何許人，善能潑墨成畫，時人號爲『王潑墨』。宋白喜題品，嘗題洽所畫山水，其首章云：『疊巘層巒一潑開，情高興逸互相催。』則知洽潑墨之妙也。《宣和畫譜》

畢文簡

畢文簡有《答王黄門寄密蒙花》詩云：『多病眼昏書嬾讀，煩君遠寄密蒙花。愁無内史兼詞翰，爲寫真方到海涯。』此詩其孫將叔注云：『家有唐人所摹十七帖，《來禽》等四物外，又有《密蒙花詩》一種。』黄長睿謂《書法要録》並未載此事，不知何緣畢氏有之。楊升庵謂此花可以染紙，引晉武帝以大秦獻三萬賜杜預，寫《春秋釋例》。則所云真方者，染方也。《柳亭詩話》

孫光憲

僕早歲嘗和南越詩云：『曉廚烹淡菜，春杼織橦花。』牛翰林覽而絶倒，莫喻其旨。牛公曰：『吾子只知名，安知淡菜非雅物也。』《北夢瑣言》

歐陽詹

歐陽詹，乾德中獻野史，授黄岡宰，有詩行於世。《聞猿》云：『啼猿非有恨，行客自多悲。』《聞笛》云：『不知吹者意，何似聽人心。』《卧屏》云：『横琴遮遠洞，舉手出高峰。』《公宇蘆》云：『漁家合得兩三莖，公退徐吟思倍清。官滿不將歸舊隱，蕭蕭留與後人聽。』《雅言雜載》

王　仲

湖南浯溪，在永州北一百餘里，流入湘江，其溪水石奇絶。唐上元中，邕管經略使元結，罷任居焉，以其所著《中興頌》，刻于崖石，撫州刺史顔真卿書。結復爲《浯溪石堂西峰四獻亭銘》，皆刻於崖石上。本朝乾德中，左補闕王仲來知永州，維舟於此，留詩。元公

《序》云：『浯溪在湘水之南，北涯於湘，愛其勝異，遂家溪畔。溪世無名稱者也，爲愛之，故命曰「浯溪」』，銘于溪口。銘曰：『湘水一曲，淵洄倚山。山開石門，溪流潺潺。山門如何？巉巉雙石。臨彼淵岸，夾溪絶壁。水石尤怪，石文尤異。吾欲求退，將老茲地。溪古地荒，蕪没蓋久。命曰「浯溪」，旌吾獨有。人誰游之，銘在溪口。』王伸詩云：『湘州佳致有浯溪，元結雄文向此題。想得後人難以繼，高名長與白雲齊。』《能改齋漫録》

王伸知永州，爲人耽於酒色，其宴樂往往自早至暮不止。云：『鴛鴦未老頭先白』，嘲者素患六損憂制者，應聲曰：『螃蟹才生足便多。』時人以爲名對。《詩話總龜》

柳開

梁周翰在太宗朝为館職，真宗即位，乃除知制誥。柳開贈詩曰：『九重城闕新天子，萬卷詩书老舍人。』梁與朱昂、楊大年，同在禁掖。大年年未滿三十，而兩公皆老，數見慢侮，不能堪，即好謂大年曰：『公毋侮我，此老亦將留與公耳。』朱聞之，背面摇手腋下謂梁莫與。大年之没，不及五十也。《閒居詩話》

柳仲塗有《塞上曲》云：『鳴髇直上一千尺，天静無風聲更乾。碧眼胡兒三百騎，盡提金勒向雲看。』馮太傅端嘗書此詩，顧坐客曰：『此可畫於屏障。』《倦游雜録》

王嗣宗

『欲挂衣冠神武門，先尋水竹渭南村。卻將舊斬樓蘭劍，買得黄牛教子孫。』予舊見此詩于關右寺壁上，愛之，不知其何人作也。《蔡寬夫詩話》云是王嗣宗詩。《東坡題跋》

王嗣宗守邠土，邠舊有狐王廟，相傳能爲人禍福，歲時享祀祈禱，不敢少怠。嗣宗知郡，集諸邑獵户，得百餘人，以甲兵圍廟，薰灌其穴，殺百餘狐，其妖遂息。嗣宗後帥長安，處士种放者，朝廷所尊禮，每帥守至，輒面數之。嗣宗不服，以言拒之。放責數嗣宗，聲色俱厲。嗣宗怒，以手批其頰。先是，真宗有敕書，令放有章奏即附驛，欲詣闕即乘驛。放遂乘驛訴于上前，上特于嵩山之陽，置書院以處之。後嗣宗去郡，有人贈曰：『終南處士威風減，渭北狐妖窟穴空。』嗣宗大喜，歸告其子孫曰：『吾死更勿爲碑誌，但石刻此詩，置于墓旁，吾其榮矣！』《行營雜録》

開寶八年廷考，王嗣宗與陳識齊納卷，藝祖命二人角力以争之，而嗣宗勝焉，遂居第一，以識爲第二。《玉照新志》

舊聞嗣宗于太祖朝，與趙昌言争狀元于殿前，上命二人手搏，約勝者與之，昌言髮禿，嗣宗毆其幞頭墜地，趨前曰：『臣勝矣。』上笑，以嗣宗爲狀元。《宋詩拾遺》

王處厚

王處厚，字元美，益州華陽縣人。嘗遇一老僧，論浮世苦空事。登第後，出郭徘徊古陌，軫懷長吟曰：『誰言今古事難窮？大抵榮枯總是空。算得生前隨夢蝶，争如雲外指冥鴻。暗添雪色眉根白，旋落花光臉上紅。惆悵荒原嬾回首，暮林蕭索起悲風。』及暮還家，心疾而卒。《洞微志》

李至

淳化中，合州貢桃花犬，甚小而性急，常訓擾于御榻之側。每坐朝，犬必掉尾先吠，人乃肅然。太宗不豫，此犬不食。及上仙，號呼涕泗，瘦瘠。章聖初即位，左右引令前導，嗚吠徘徊，意若不忍，章聖令諭以奉陵，即摇尾飲食如故。詔造大鐵籠，施素裀，置鹵簿中，行路見者流涕。李至作《桃花犬歌》，以寄史官錢若水，云：『宫中有犬桃花名，絳繒圍頸懸金鈴。先皇爲愛馴且異，指顧之間知上意。珠簾未捲扇未開，桃花摇尾常先至。夜静不離香砌眠，朝饑祇傍御床餧。彩雲路熟不勞牽，瑶草風微有時吠。無何軒后鑄鼎成，忽遺弓劍棄寰瀛。迢迢松闕伊川上，遠逐龍輴十數程。兩眦漣漣似流淚，骨見寒毛頓顦顇。萬人見者俱傷心，微物感恩猶若是。韓盧備獵何足嘉，西旅充庭豈爲瑞。聞君奉詔修實録，一字爲褒應不曲。白麟赤鳳且勿喜，願君書此懲浮俗。』《古今詩話》

黄台

新安聶師道宗微，少事道士于方外，發迹游名山，數見異人。楊行密開府于揚州，宗微實輔佐之，蓋爲國師三十年，楊氏末，解化而去，弟子葬之，舉棺，惟衣履存焉。順義七年，楊溥贈『問政先生』。方外之兄德誨爲新安太守，乃于郡之東山，築室以居方外，號爲『問政山房』。『問政』之名，或得於此。苕溪漁隱曰：問政山，去新安郡城十許里，巖谷幽邃，今有琳宇在焉。國初，黄台留題詩云：『千尋練帶新安水，萬仞花屏問政山。自少雲霞居物外，不多塵土到人間。壺懸仙島吞丹罷，椀浸星宮沉水閒。草暗碧潭思句曲，松昏紫氣度函關。龜成錢甲毛猶緑，鶴化鷖翎頂更殷。阮洞神仙分藥去，蔡家兄弟寄書還。笻枝挺柱菖蒲節，筍幘高簪玳瑁斑。新隱漸聞侵月窟，舊鄰猶説枕沙灣。黄精苗倒眠青鹿，紅杏枝低挂白鷴。海上使頻青鳥黠，篋中藏久白驢頑。手疏俗禮慵非傲，肘後靈方秘不慳。寶籙匣垂金縷帶，絳囊絲鎖玉連環。常尋靈穴通三楚，擬過流沙化百蠻。容易煮銀供客用，辛勤栽果與猿扳。静張琴局鋪還打，默考仙經補又删。床並葛鞋寒兔伏，窗横榿几老龍跧。溪童乞火朝敲竹，山鬼聽琴夜撼環。花氣薰心香馥馥，澗聲聆耳響潺潺。高墳自掩浮生骨，短晷難凋不死顔。早晚重逢蕭隖客，願隨芝蓋出塵寰。』予以《續仙傳》、《高道傳》二書考之，詩中所用事，多出師道本《傳》。《苕溪漁隱叢話》。宗祥案：《宋詩紀事》載此詩，與此不同。今録如下：『千尋練帶新安水，萬仞花屏問政山。自少煙霞居物外，不多塵土到人間。壺懸仙島吞丹罷，椀浸星宫沈水閑。寶籙篋垂金縷帶，絳囊絛鎖玉連環。静張棋勢鋪還打，默考仙經補又删。床並葛鞵雙兔伏，窗横櫺几老龍跧。溪童乞火朝敲竹，山鬼聽琴夜撼櫳。草暗碧潭思句曲，松昏紫氣度深關。龜成淺甲毛猶緑，鶴化幽翎頂更殷。阮洞神仙分藥去，蔡家兄弟寄書還。黄精苗倒眠青鹿，紅杏枝低掛白鷴。容易煮茶供客用，辛勤栽果與猿攀。常尋靈穴通三島，擬過流沙化百蠻。新隱漸開侵月窟，舊林猶恍枕沙灣。手疏俗禮慵非傲，肘護靈方秘不慳。海上使頻青鳥黠，篋中藏久白驢頑。筇枝健拄菖蒲節，筍櫛高簪玳瑁斑。花氣熏心香馥馥，澗聲冷耳響潺潺。高墳自掩浮生骨，短晷難窮不死顔。早晚重逢蕭塢客，願隨芝蓋出塵寰。』

吕端

李昉、吕端，同踐文館，各登台輔。吕公贈詩云：『憶昔僦居明德坊，官資俱是校書郎。青衫共直昭文館，白首同登政事堂。佐國廟謨君已展，避賢榮路我猶妨。主恩至重何時報？老眼相看淚兩行。』《青箱雜記》

范杲

太宗收并門，凱旋日，范杲叩回鑾，進詩曰：『千里版圖來浙右，一聲金鼓下河東。』賜一官。《古今詩話》

藝祖收河東凱旋，范杲叩馬進詩云：『千里版圖來浙右，一聲金鼓下河東。』上愛慕不已，增秩賜章服。杲，魯公質之姪，好學有文，時稱『高梁柳范』，謂高弁、梁周翰、柳開及杲也。《澠水燕談録》

楊徽之

楊侍讀徽之，以能詩聞於祖宗朝，太宗知其名，索其所著，以百篇奏御，仍獻詩以上，卒句曰：『少年牢落今何幸，叨遇君王問姓名。』太宗賜和，且語近臣曰：『徽之儒雅可尚，操履端正。』拜禮部侍郎。選十聯，寫於御屏，梁周翰貽之詩曰：『誰是金華楊學士？十聯詩在御屏中。』《江行》云：『犬吠竹籬沽酒客，鶴隨苔岸洗衣僧。』《寒食》云：『天寒酒冷一作『薄』。難成醉，地迥臺樓一作『高』。易斷魂。』《塞上》云：『戍樓煙自直，戰地雨長腥。』《嘉陽川》云：『青帝已教春不老，素娥何惜月長圓。』又云：『浮花水入瞿塘峽，帶雨雲歸越嶲州。』《哭江爲》云：『廢宅寒塘水，荒墳宿草煙。』《元夜》云：『春歸萬年樹，月滿九重城。』《僧舍》云：『偶題岩石雲生筆，閒遶庭松露濕衣。』《湘江舟行》云：『新霜染楓葉，皓月借蘆花。』《宿東林》云：『開盡菊花秋色老，落遲梧一作『桐』。葉雨聲寒。』《澠水燕談録》。宗祥案：《談藪》載此十聯，無『犬吠竹離沽酒客，鶴隨岸洗衣僧』一聯，而有『杳杳煙蕪何處盡？搖搖風柳不勝垂』一聯，與此略異。

《西清詩話》云：國初，宋琪、沈義倫俱在黄閣，時久旱，既雨，復不止，廣陌泥淖。琪厭之，謂義倫曰：『可謂「變成三日雨」。』義倫遽對云：『調得一城泥。』藝祖知而鄙大臣不學，楊徽之聞而抵掌曰：『不意中書，再生沈宋也。』《苕溪漁隱叢話》

僧文瑩云：『必以天池皓露，滌筆於冰甌雪椀中，方與楊公詩神骨相副。』《古今詩話》徽之詩：『新霜染楓葉，皓月借蘆花。』自云此句有神助。《楊升庵集》

卞震

卞震，蜀人，嘗吟《即事》云：『雨壁長秋菌，風枝落病蟬。』又云：『老筇搘瘦影，寒木凭吟身。』《春日偶題》云：『詩債到春無處避，離愁因醉暫時無。』《即事》云：『茶香解睡磨鐺煮，山色牽懷着屐登。』《雅言系述》

孟貫

閩嶺孟貫，爲性疏野，不以名宦爲意，喜篇章大諫，楊徽之稱之。嘗寄張山人《草堂》詩，有句曰：『掃葉林風後，拾薪山雨前。』《詩話總龜》

竇儀

龍鐲，字琢成，乾德初任邠州守，有仁政，一日，群鶴翔于公庭，州民繪《來鶴圖》以頌其德。時學士竇儀，以使過邠，留題云：『多少樊籠不敢開，强拘物性要相陪。何時得似邠州守，德政臨民鶴自來。』《萬姓統譜》

徐鉉

徐鉉鼎臣，從李煜歸朝，爲銀青光禄大夫、右散騎常侍。太平興國中，李煜薨，詔侍臣撰煜神道碑。有欲中傷鉉者，奏曰：『吴王事莫若徐鉉爲詳。』遂詔鉉撰。鉉泣曰：『臣舊事李煜，陛下容臣存故主之義，乃敢奉詔。』太宗許之。鉉但推言『曆數有盡，天命有歸』而已，其警句云：『東鄰搆禍，南箕扇疑。』『投杼致慈親之惑，乞火無鄰婦之詞。』『始勞因壘之師，終後塗山之會。』太宗覽之，稱歎不已。異日，複得鉉所撰吴王挽詞，今傳者二首，云：『倏忽千齡盡，冥茫萬事空。青松洛陽陌，白草建康宫。道德遺文在，興衰自古同。受恩無補報，反袂泣途窮。』『土德承餘烈，江南廣舊恩。一朝人事變，千古信書存。哀挽周原道，銘旌鄭國門。此生雖未死，寂寞已消魂。』鉉被詔撰《江南録》，故有『信書』之句，『東鄰』，謂錢俶也。《籀史》。又見《東軒筆録》

梅聖俞《贈鄰居》詩：『壁隙透燈光，籬根分井口。』徐鉉亦有《喜李少保卜鄰》云：『井泉分地脉，砧杵共秋聲。』此句尤閒遠也。《隱居詩話》

《蔡寬夫詩話》云：『霓裳』之始，世多以白樂天所記與劉禹錫、王建二詩不同爲疑。按《明皇雜録》云：道士葉法喜，嘗引上至月宫，聆天樂，上自曉音律，默記其音，爲『霓裳羽衣曲』。此説雖怪，然唐人大抵如此言。元微之詩云：『明皇度曲多新態，宛轉侵淫易沉著，赤白桃李取花名。』『霓裳』之始，自當以此爲證也。鄭嵎《津陽門》詩，以謂上歸，但記其半，會西涼府都督楊敬遠進婆羅門曲，與其聲調相符，遂以月中所聞爲散序，敬遠所進作腔。此則與樂天之説符矣，但不知禹錫、建皆與此數人同時，何從復得異説也？唐有兩『霓裳曲』，開成初，尉遲璋嘗放古作《霓裳羽衣曲》以獻，詔以曲名賜貢院爲題，此自一曲也。是歲，牓首李肱所試詩，即此題。其詩始言：『開元太平時，萬國賀豐歲。梨園獻舊曲，玉座流新製。』末言『蓬壺事已空，仙樂功無替。詎肯聽遺音，聖功知善繼。』則亦是祖述開元遺聲耳。此曲世無譜，好事者每惜之。《江表志》載周后獨能按譜求之，徐常侍鉉有《聽霓裳送以》詩云：『此是開元太平曲，莫教偏作别離聲。』則江南時猶在也。《苕溪漁隱叢話》

鉉謫居舒州，《贈彭芮》云：『賈生去國已三年，裋褐閒吟皖水邊。終日野雲生砌下，有時京信到門前。無人與和投湘賦，愧子來浮訪戴船。醉裏新詩好歸去，莫隨騷客住林泉。』《詩史》

鉉仕宦海州，蒯亮爲録事參軍，多與往還。未幾，亮受代，徐餞之，詩曰：『昔年聞有蒯先生，二十年來道不行。抵掌曾談天下事，折腰尤忤俗人情。老還上國風光薄，貧裏歸裝結束輕。遷客臨流重惆悵，晚風黄葉滿孤城。』《詩史》

徐常侍鼎臣《送望江張明府》詩云：『無使千年後，空傳麴令名。』則鞠令之名，在唐著矣。《渭南集·跋望江麴君集》

徐鉉《游木蘭亭》云：『蘭橈破浪城陰直，玉勒穿花苑樹深。』《觀習水戰》云：『千帆日助陰山勢，萬里風馳下瀨聲。』《病中》云：『向空咄咄頻書字，與世滔滔莫問津。』《謫居》云：『野日蒼茫悲鵩舍，水風陰溼弊貂裘。』《陳秘監歸泉州》云：『三朝恩澤馮唐老，萬里

江山一作『關』。賀監歸。』《宿山寺》云：『落月依樓角，歸雲擁殿廊。』《談苑》

吴　淑

荆南朱昂，晚以工侍乞骸骨，真宗賜坐，寵詔留候秋涼還。故吴淑贈詩云：『漢殿夜涼初閣筆，渚宫秋晚得懸車。』《詩話總龜》

秦南運

舒雅作青紗連二枕，滿貯酴醾、木犀、瑞香散蕊，甚益鼻根，尚書郎秦南運見之，留詩云：『陰香裝豔入青紗，還與欹眠好事家。夢裹卻成三色雨，沉山不敢鬬清華。』《清異録》

張　洎

初，洎將後主命入貢，作十詩以詆呰汴京風物，至有『一堆灰』之句，蘇易簡得其親書。及是，與易簡同事不相能，語人曰：『清河更作異。』即以一堆灰之詩進呈矣，洎爲少屈。《十國春秋》。又見《金坡遺事》

暮春月，内署閣前海棠花盛開，率爾七言八韻，《寄長卿諫議》云：『去歲海棠花發日，

有病仙。』《海棠譜》

曾將詩句詠芳妍。今來花發春依舊，君已雄飛玉案前。驟隔清塵樞要地，獨攀紅蘂豔陽天。疏枝高映銀臺月，嫩葉低含綺閣煙。花落花開留勝賞，春來春去感流年。清辭早綴巴人唱，妙翰猶緘蜀國牋。共仰壯圖方赫爾，自嗟衰鬢轉皤然。因憑鶯蝶傳消息，莫忘蓬萊

張佖

太宗朝，佖在史館，一日問曰：『卿家每食多客？敘談何事？』佖曰：『臣之親舊，客都下乏食，故嘗過臣飯，然止菜羹而已。』明日，太宗遣快行者伺之，果然，喜其不隱，遷官郎中，人稱『菜羹張家』。佖爲人長者，後官河南，每寒食，必親拜後主墓，哭之甚哀。李氏子孫陵替，常分俸贍給焉。《十國春秋》

佖字子澄，初與鄰女浣衣相善，經年不復覯，精神凝結，一夜必夢之，嘗寄詩云：『酷憐風月爲多情，還到春時別恨生。倚柱尋思倍惆悵，一場春夢不分明。』又云：『別夢依依到謝家，小廊回合曲闌斜。多情只有春庭月，猶爲離人照落花。』浣衣計無所出，流泪而已。又有《經舊游》詩云：『暫到高唐曉又還，丁香結夢水潺潺。不知雲雨歸何處，歷歷空流十二山。』又有詞云云，皆爲浣衣作。《娜嬛記》

王祐

東坡作《率子廉傳》，略云：禮部侍郎王公祐，出守長沙，奉詔禱南嶽，訪魏夫人壇，察其異，載與俱歸，居月餘，落漠無所言，復送還山，曰：『今當以詩奉贈』，既而忘之。晝寢，夢子廉來索詩，乃作二絶句，書板置閣上云云。末又云：公詩不見全篇，書以遺其曾孫鞏，使求之家《集》而補之。予嘗見王所贈率凡三絶句，不止于二也。其一云：『下瞰虚空臨絶澗，上排煙霧倚山顛。四邊險絶無猿鳥，獨卧深雲二十年。』其二云：『古屋黄崖映月關，年年常伴白雲閒。餱糧丹火何從出？四面無人見下山。』其三云：『心意逍遥物莫知，山中山下識人稀。想君絶慮離塵土，不是王喬即令威。』並有《詩序》云：『率君者，容貌高古，雅性混然，故機神妙用，無得而窺也。予訪于山中，耆艾緇黄，摘人瑕釁者，皆言率君出處不見其迹，殆非凡人也。予景慕無已，因爲詩三章寄贈云。』《能改齋漫録》

劉吉

劉吉，江左人，有膂力，尚氣，事李煜，爲傳詔承旨，以忠於所奉，歸朝爲供奉官，以知河渠利害，委以八作務。太平興國中，河大決，吉護之，與工夫同甘苦。使者至，訪吉不獲，甚怒。乃著皂短布褐，獨負二囊土爲先導，從吏無敢言。使者密訪得之，歸奏，太宗厚賜之。内侍石金振領河堤，甚苛急，自謂『石爆裂』，嘗侮吉，吉不與校。一日，吉乘小艇，督役至中流，語石曰：『公恃貴近，見陵甚。不畏死，當與公同見河伯。』遂蕩舟覆之，金振乞命，號泣乃止，不復敢侵吉。吉本燕薊人，自受李氏恩，常分禄以濟其子孫，朔望必拜李煜真，雖童幼必拜之，執臣僚之禮。後爲崇儀使，其刺字謁吴中親舊，題僧寺驛亭，皆自稱以南人，不忘本也。有詩三百首，目爲《釣鰲集》，徐鉉爲《序》。其首篇《隱者》詩曰：『一箭不中鵠，五湖歸釣魚。』人多誦之。以塞河有方略，人目爲劉跋河，名震河上。《詩話總龜》

邵拙

邵拙，宣城人，孤峭不撓，博通經史，有詩三百篇，尚書郎孫邁爲之《序》，命曰《廬岳集》。水曹郎趙慶以詩貽之云：『邁古文章金鸑鷟，出塵行止玉麒麟。』歸皇朝，就應制科，有司以聞，未詔而卒。時悼其苦學能文，而不達于名位，或議其詩有句云：『萬國未得雨，孤雲猶在山』，斯爲應矣。馬令《南唐書》

龔穎

龔穎自負文學，少許可，又談論多所折難，知鼎州，士罕造其門，獨丁晉公贄文求見。穎倒屣迎迓，酬對終日，至于忘食，曰：『自唐韓柳後，今得子矣。』翌日，丁獻詩於穎。穎次韻和酬曰：『膽怯何由戴鐵冠，只緣昭代奬孤寒。曲肱未遂違前志，直指無聞是曠官。三諫每傳朝客説，五溪閒憑郡樓看。祝公早得文場雋，況值天階正舞干。』《青瑣雜記》

潘慎修

太宗棋品第一，待詔有賈元者，臻于絶格，時人以爲王積薪之比。元嗜酒病死。楊希粲、蔣元吉、李應昌、朱懷辟，皆國手，然非元之敵。晚有李仲元，棋絶勝，可侔于元，歲餘亦卒。朝士有蔣居中、潘慎修，亦善棋，至三品，内士陳好元四品，多得侍棋。自元而下，皆受三道，慎修受四道，好元受五道。慎修獻詩云：『如今縱得仙翁術，也怯君王四路饒。』又作《棊説》千餘言以獻，上嘉歎之，皆涉治道。《楊文公談苑》

羅　穎

穎，開寶中詣金陵，舉進士第，例以黄衣守選。及王師問罪，後主銜璧，穎再應鄉舉下第，道經漢高祖廟，題詩，落句云：『嫚侮群豪誇大度，可憐容得辟陽侯。』少頃，輒自免冠，鞠伏廟廷，口陳自咎之言，掖去，數日卒。馬令《南唐書》

孟歸唐

孟賓于入江南，生子名歸唐，少能詩，就廬山國學，遂得《瀑布》詩云：『練色有窮處，寒聲無盡時。』時鄰房儒生亦得此聯，遂互訟其句。助教不能理，因送江州，各以全篇意勢定之，而歸唐較勝，大爲時人所仰。《江南野史》

伍　喬

伍喬、張洎，少相友善。張爲翰林學士，眷寵優異，伍爲歙州通判，作詩寄張，戒去僕曰：『張游宴時投之。』一日，張與僚友近郊會燕，歡甚，僕投詩，詩云：『不知何處好消憂，公退携壺即上樓。職事久參侯伯幕，夢魂長遶帝王州。黄山向晚盈軒翠，黟水含春遶郡

流。遥想玉堂多暇日，花時誰伴出城游？』得詩，動容久之，爲言于上，召還爲考功員外郎。《詩史》

劉　洞

劉洞，不知何許人，江南國破，題池州一亭云：『千里長江惟渡馬，十年養士得何人？』《詩史》

陳　誼

陳誼，吉州人，題《螺江廟》云：『廟裏杉松蕭颯風，廟前江水碧溶溶。凭闌不見當時事，落日遠山千萬重。』太平興國中，史館學士張齊賢，出爲本道轉運使，至其廟，覽留題詩牌甚多，俱打去，獨留誼詩，方知名。《郡閣雅談》

李　度

王師下蜀時，護送孟昶血屬輜重之衆，百里不絶，至京師猶然。詩人李度作《平蜀》詩，略曰：『全家離錦水，五月下瞿塘。繡服青蛾女，雕鞍白面郎。纍纍輜重遠，杳杳路歧

長。』《能改齋漫録》

馬希振

馬希振爲鼎州節度使，馬氏諸子中白眉也，與門下客何致雍、僧貫微聯句。希振曰：『青蛇每用腰爲力』，貫微曰：『紅莧時將葉作花。』又見蟻子緣砌，希振曰：『蟻子子銜蟲子子』，雍曰：『猫兒兒捉雀兒兒。』實一代之雋。《續歸田録》

全宋詩話目録卷四

黄夷簡　字明舉，福州人。仕吴越，爲明州判官。歸宋，累遷都官郎中，召試翰林知制誥檢校秘書監。

張在　青州布衣。精于詩，奇蹇不遇，老死場屋。

傅霖　字逸巖，青州人。少與張詠同學，隱居不仕。

陶彝　穀猶子。

盧延遜　太宗時獻詩。

吕蒙正　字聖功，河南人，起居郎龜圖子，太平興國二年進士第一。歷官知制誥、翰林學士、司空兼門下侍郎同平章事，封許國公，卒贈中書令，謚文穆。

李虚己　字公受，建安人，太平興國二年進士。累官知遂州，終工部侍郎。與婿晏殊唱酬，有《雅正集》。

曹衍　衡陽人。

何蒙　字叔昭，洪州人。官贊善，出守袁州。

田錫　字表聖，嘉州洪雅人，太平興國三年進士。累官左拾遺、右諫議大夫、史館修撰。有《咸平集》。

蘇易簡　字太簡，梓州銅山人，太平興國五年進士。歷知制誥、翰林學士、給事中、參知政事，出知陳州，卒贈禮部尚書。有集。

樂史　字子正，撫州宜黄人。南唐秘書郎。入宋，太平興國五年進士，歷官至判西京留守御史臺。有《仙洞集》。

向敏中　字常之，開封人，太平興國五年進士。歷右諫議大夫同知樞密院事。真宗朝，進右僕射兼門下侍郎，又進左僕射，昭文館大學士，卒贈太尉、中書令，謚文簡。

李巽　字仲權，邵武人，太平興國八年進士。仕至度支郎中、兩浙轉運使。

李建中　字得中，京兆人，太平興國八年進士。累官直集賢院掌西京留守御史臺。愛洛中風土，遂居之，人謂之『李西臺』。官至工部郎中，判太府寺。有集。

夏侯嘉正　字會之，江陵人，太平興國中進士。擢右正言直史館兼直秘閣。

姚鉉　字寶之，廬州合肥人，太平興國八年進士。歷官知鄆州、起居舍人、兩浙轉運使。有文集。

歐陽程　營道人，太平興國八年進士。仕至屯田員外郎。

王化基

王禹偁　字元之，鉅野人，九歲能文，太平興國八年進士。歷右拾遺、左司諫。廬州妖尼道安誣訟徐鉉，禹偁請論道安罪，貶商州團練副使。累遷翰林學士，坐謗訕，知滁州。真宗召知制誥，出知黄州，有《小畜集》。

李蕘夫　蜀人。

全宋詩話卷四

黄夷簡

黄夷簡，閒雅有詩名，在錢忠懿王俶幕中，陪尊俎二十年。開寶初，太祖賜俶開吴鎮越崇文耀武功臣，遣夷簡謝于朝。將歸，上謂夷簡曰：『歸與元帥言：朕已于薰風門外建離宫，規模華壯，不減江浙。兼賜名「禮賢宅」，以待李煜與元帥，先朝者即賜之。今煜崛强不朝，吾將討之。元帥助我乎？無爲他謀所惑。果然，則將以精兵堅甲奉賜。向克常州，元帥有大功，俟江南平，可暫來相見否？無他，但一慰延佇耳，固不久留。朕執圭幣三見于天矣，豈敢自誣？即當遣還也。』夷簡受天語，俛首而歸，私自籌曰：『兹事大難，王或果以去就之計，見決于我，胡以爲對？』殆歸見俶，因不匿，盡以天訓授之，遂稱疾于安蹊别業，保身潛遁。夷簡《山居》詩有『宿雨一番蔬甲嫩，春山幾焙茗旂香』之句，雅喜治釋，咸平中，歸朝爲光禄少卿，後以壽終焉。《玉壺清話》

張　在

青州布衣張在，少能文，尤精于詩，題《龍興寺老柏院》詩云：『南鄰北舍牡丹開，年少尋芳日幾回。惟有君家老柏樹，春風來似不曾來。』爲人所傳誦。皇祐中，文潞公鎮青州，詣老柏院，訪在所題字處，已漫滅，公惜其不傳，爲大字書於西廡之壁。後三十餘年，東平畢仲甫見公于洛下，公誦其詩，囑畢往觀。畢至青，訪其故處，壁已圮毁，不可復得，爲刻于天官石柱。《湘山野録》

傅　霖

霖字逸岩，青州人，少與張詠同學，霖隱不仕。詠既顯，求霖三十年，不可得，及知陳州，乃來謁，曰：『子將去，來報子耳。』翌日，别去，贈張詩曰：『忍把浮名賣卻閒，门前流水對青山。青山不語無人事，門外風光任往還。』後一月，詠卒。《苕溪漁隱叢話》

傅霖，乃乖崖之友也，交甚密，開寶中，嘗與張會於韓城，終夕談話，鄰有病瘧者，爲之不作。公每有書與傅，必先夢之。故傅有詩云：『劇談驅瘧鬼，幽夢得鄉書。』敘實事也。《復齋漫録》

陶　彝

予讀胡嶠《茶》詩：『霑牙舊姓餘甘氏，破睡當封不夜侯。』愛其新奇。猶子彝，年十二歲，令效法之，近晚成篇云：『生涼好喚雞蘇佛，回味宜稱橄欖仙。』彝亦文辭之有基址者也。《清異録》

盧延遜

盧延遜獻太宗詩卷，中有『栗爆燒氊破，猫跳觸鼎翻』之句，後與潘美樞密，在内殿議事，令宫人煨栗，俄有數栗爆出，燒損繡褥；又嘗燒金鼎，宫猫相戲觸翻，因舉前詩曰：『詞人作詩，信無虚語。』《詩話總龜》

盧延遜詩，自爲容易，如『每過私第邀看鶴，長著公裳送上驢』，『高僧解語牙無水，老鶴能飛骨有風』，此等之語，其殆庶幾。又如『栗爆燒氊破，猫跳觸鼎翻』，而楊文公愛之，不知何謂。《詩史》

吕蒙正

洛陽龍門有吕文穆公讀書龕，云文穆昔嘗棲偃于此，初有友二人，一人則温尚書仲舒，一人忘其姓名，三人誓不得狀元不仕。及唱第，文穆狀元，温已不意，然猶中甲科，遂釋褐；其一人徑拂衣歸隱。後文穆作相，太宗問昔誰爲友？文穆即以歸隱者對，遽以著作郎召之，不起。故文穆罷相尹洛，作詩曰：『昔作儒生謁貢闈，今提相印出黄扉。九重鴛鷺醉中别，萬里煙霄達了歸。鄰叟盡垂新鶴髮，故人猶著舊麻衣。洛陽謾説多才子，自歎遭逢似我稀。』所謂故人，蓋斥其友歸隱者。《青箱雜記》

吕文穆公未及第時，薄游一縣，忘其名，胡大監旦，方隨其父宰是邑，遇吕甚薄。客有譽吕曰：『吕君工于詩，宜少加禮。』胡問詩之警句，客舉一篇，其卒章云：『挑盡寒燈夢不成』，胡笑曰：『乃一渴睡漢耳！』吕聞之甚恨，而去。明年，首中甲科，因人寄聲語胡曰：『渴睡漢狀元及第矣！』胡答曰：『待我明年，第二人及第，輸君一籌。』既而次榜，亦中首選。《六一詩話》

《東皋雜録》云，吕文穆蒙正，少年讀書西京龍門利涉院，壁間題詩云：『怪得池塘春水滿，夜來雷雨起南山。』狀元宰相之兆，已見于此詩矣。《苕溪漁隱叢話》

呂文穆公，諱蒙正，微時于洛陽之龍門利涉院土室中，與温仲舒讀書，其室中今有畫像。有詩云：『八灘風急浪花飛，手把魚竿傍釣磯。自是釣頭香餌别，此心終待得魚歸。』又云：『怪得池塘春水滿，夜來雷雨起南山。』後狀元及第，位至宰相。温仲舒第三人及第，官至尚書。公在龍門時，一日行伊水上，見賣瓜者，意欲得之，無錢可買，其人偶遺一枚于地，公悵然取食之，後作相，買園洛城東南，下臨伊水，起亭，以『饐瓜』爲名，不忘貧賤之義也。《聞見前録》

李虚己

李虚己，初與曾致堯倡酬，致堯謂曰：『子之詩雖工，而音韻尤啞。』虚己初未悟，既而得沈休文所謂『前有浮聲，後須切響』，遂精於格律。《困學紀聞》

李虚己侍郎，字公受，少從江南先達學作詩，後與曾致堯倡酬，曾每曰：『公受之詩雖工，恨啞耳。』虚己初未悟，久乃造入。以其法授晏元獻，元獻以授二宋，自是遂不傳。然江西諸人，每謂五言第三字、七言第五字要響，亦此意也。《老學菴筆記》

方回曰：此詩家大機括也。工而啞，不如不必工而響。潘邠老以句中眼爲響字，吕居仁又有『字字響句句響』之説。朱文公又以二人晚年詩不必皆響責備焉。蓋學者當先去

其啞可也。亦在乎抑揚頓挫之間，以意爲脉，以格爲骨，以字爲眼，則盡之矣。《瀛奎律髓》

《次韻和内翰楊大年見寄》云：『鼇冠三峰碧海寬，雲謡初下藹芝蘭。探珠宫裏驪龍睡，織錦機中彩鳳盤。藥砌蒼苔錢作點，粉墻修竹玉爲竿。閒從莊蝶親鳧舄，曾得安期九轉丹。』方回曰：『三四頌楊文公所作，如「探珠」、「織錦」。五言翰苑景物。』又謂夢中親灸，承神仙丹點化之力，酷有崑體。《瀛奎律髓》

曹衍

曹衍，衡陽人，太平興國初，石熙載尚書出守長沙，以衍所著《野史》繳薦之，因得召對，袖詩三十章上進，首篇乃《鷺鷥》、《貧女》兩絶句，蓋託意也。《鷺鷥》云：『波瀾静處立身孤，氄雪攢霜腹轉虚。盡日灘頭延頸望，能消大海幾多魚？』《貧女》云：『自恨無媒出嫁遲，老來方始遇佳期。滿頭白髮爲新婦，笑殺豪家年少兒。』太宗大喜，召試學士院，除東宫洗馬，監泌陽酒税。《能改齋漫録》

何蒙

趙叟者，自保大之初，至于開寶之季，嘗爲貢院門子，每歲放榜之後，或去或留，率慶慰

之。進士何蒙贈叟詩曰：『桂枝輸卻正淒然，又被鶯聲聒晝眠。唯有趙翁知仔細，相傳好語待來年。』《江南餘載》

太宗親征北虜，師還，途中御製，有『鑾輿臨紫塞，朔野凍雲飛。』遂令何蒙進《鑾輿臨塞賦》、《凍雲飛》詩。召對嘉賞，授贊善。蒙詩有云：『塞日穿痕斷，邊雲透影飛。縹緲隨黄屋，陰沉護御衣。』《玉壺野史》

田　錫

田錫表聖，太宗朝爲翰苑，有《咸平集》，中多佳句，如：『磬韻似煙和燭裊，松聲如雨入窗流』，『行色迎秋清似畫，别情因景化爲詩』，『秋色數行江上雁，殘陽一簇渡頭人』。《詠挑燈杖》云：『自知不是明時用，爛額焦頭力漫多。』《賦楊花》云：『乍如亂峰之下，落泉飛練，噴嵐灑煙，沫花相濺。』政自不凡也。《弁陽詩話》

蘇易簡

蘇内翰易簡，在禁林八年，寵待之深，敻出夷等。李相沆入玉堂，後于公，一旦先除參政，以公爲承旨，賚賜與參政等。蘇不甚悦，上謂之曰：『欲正舊典，先合用卿。然欲令卿延厚壽基，稔育聞望，乃先用沆，卿宜無歉。蓋知其齡促也。』公以母老，急于進用，因乾明聖節，進《内道場醮步虚詞》十首，中有『玉堂臣老非仙骨，猶在丹臺望太陽一作泰階。』之句，上悉其意，俾參大政，未幾，遂卒，年三十九。上嗟悼爲之洒涕，賜挽詞，斷句云：『時向玉堂尋舊迹，八花磚上日空長。』《玉壺清話》

易簡特受太宗顧遇，在翰林恩禮尤渥，然性特躁進，罷參政，以禮部侍郎，知鄧州，才逾壯歲，而其心鬱悒，有不勝閒冷之歎。鄧州有老僧，獨處郊寺，蘇贈詩曰：『憔悴二卿三十六，與師氣味不争多。』又移書於舊友，曰：『退位菩薩難做。』《東軒筆録》。參見《拾遺》

蘇易簡爲學士，最被恩遇，初與賈黄中、李沆同時。上擢黄中、沆參知政事，以易簡爲中書舍人，充承旨。上作五言詩各一首賜之，爲真、草、行三體，刻于石。又飛白『玉堂之署』四字以賜本院，今龕于堂南門之上。易簡以御三體書石本，分遺秘書監李至，及從祖修撰江陵公伯、宗祥案：即楊徽之。梁周翰，知制誥柴成務、吕佑之、錢若水、王旦，直秘閣潘慎修，翰林侍書王著，侍讀吕文仲等，凡十五人。及召至等宴于翰林，以觀神筆之迹。上遣内使供御，坐客賦詩。宰相李昉等，亦以詩遺易簡，悉以奏御。上謂李昉等曰：『易簡以卿等詩來上，有以見儒墨之盛而學士之光也。可别録一本進入。』以其本賜易簡。《楊文公談苑》

《禁林讌會之什》：『雨晴禁署絶纖塵，讌會名賢四海聞。供職盡居清顯地，崇儒同感聖明君。翩然飛白璇題字，煥若丹青翠琰文。梓澤笙歌誠外物，蘭亭詩酒不同群。少年已作瀛洲老，他日終棲太華雲。莫怪坐間全不顧，胸中和气自醺醺。』《翰苑群書》

蘇參政易簡，取開封解時，宋尚書白爲試官，是歲，狀頭登第。後十年，白爲翰林學士，易簡亦繼召入，故易簡贈白詩云：『天子昔取士，先俾分媸妍。濟濟俊兼秀，師師鱗與鸞。小子最承知，同輩尋改觀。甲等叨薦名，高飛便淩煙。遂使拜扆坐，果得趨神仙。迄今纔七歲，相接乘華軒。』慶曆二年，歐陽文忠公爲別頭試官，王文恭公預薦。至嘉祐初，文忠在北門，文恭亦同院，仍同知貢舉，故文恭詩有『十五年前門下客，最榮今日預東堂』之句。座主、門生同列，固儒者盛事，而玉堂尤天下文學之極選，國朝以來，惟此二人，前此所未有也。《蔡寬夫詩話》

蘇易簡罷翰林學士，以禮部侍郎知南陽日，年未四十，屢有閒冷之歎。有老僧獨處外城古寺，通儒術，能詩，故公與詩曰：『憔悴今年三十六，與師氣味不争多。』未幾而卒。《拾遺》

蘇耆云：先公于丙戌歲始入翰林，時翰長宋公白、副翰賈公黄中，皆先達鉅儒，同在鰲署。公乃作古詩數百言，序述疇昔遭逢之由，二公亦以歌答之。宋即南宮座主也，才及七歲，遂爲同列，故其歌云：『疇昔聊爲尺木階，而今真是青雲友。』賈即嘗任補衮，閲民田于澤郡，時先公方在幼齡，祖父携而謁之，仍以文爲贄。賈贈詩曰：『曲江願作先容客，看醉春風上五雲。』十餘年更直内署，朝野流爲美談。《翰苑群書》

先帝以玉署之設，其來尚矣，但虚傳其號，而無正名，乃于紅綃上御書飛白四字，題曰『玉堂之署』以賜焉。鈿軸晶瑩，降從天上，御書馥郁，傳到人間，遂捧歸私第。時祖母太夫人具命服，焚香設拜而觀之，即命置于本院中，擇日懸掛，乃具扃鐍於玉堂之上，自待詔院吏而下，咸列賀于庭。公曰：『自唐置學士來，幾三百年，今日方知貴矣。』即日，詔宰輔暨兩制詞臣就院敕設，宴帳之盛，無如是時。仍賦長韻詩一章，以記其事，目曰：《禁林讌會集》。《翰苑群書》

公與襄陵賈公内直禁署，嘗相謂曰：『今兩地大僚，請酒至多，而罕有相遺者。』因各有不平之氣。未幾，賈公入參大政，又數月，蔑聞有濃醪之贈，公因飛一絶以贈之：『憶昔當初直禁林，共嗟難得酒如金。此時寂寞垂簾坐，惆悵無人話此心。』賈公見之方悟。因大笑，封送酒曆，恣其所請。公乃預請數月，凡僅百壺。好事者即日傳于都下。《翰苑群書》

《臨蘭亭序詩軸》云：『有若象夫子，尚興闕里門。虎賁狀蔡邕，猶旁文舉尊。昭陵日一閉，真迹不復存。予今獲此本，亦足比璵璠。翰林學士承旨中書舍人蘇易簡于玉堂北軒題。』『蘇易簡題蘭亭軸詩，以其官考之，當淳化二三年，或四年中，距今淳熙五年十月，始

一百九十年。翰林學士中奉大夫周必大題于行在玉堂之東軒。』《平園集》

向敏中

向文簡敏中，寇忠愍準，二相同以太平興國五年登第。後文簡秉鈞，忠愍以使相守長安，作詩寄文簡曰：『玉殿登科四十年，當時僚友盡英賢。歲寒惟有公兼我，白首猶持將相權。』文簡酬之曰：『九萬鵬霄振翼時，與君同折月中枝。細思淳化持衡者，得到于今更有誰？』《合璧事類前集》

向相延州詩：『四時尚有煙棚合，三月猶無菜甲生。』又有人嘲同州詩云：『三春花發惟樗樹，二月鶯啼是老鴉。』《嘉祐雜志》

李　巽

李巽，亦以六合爲家賦登第。太平興國八年。巽字仲權，邵武人，以《蜃樓》、《土鼓》、《周處斬蛟》三賦馳名，累舉不第，爲鄉人所侮，曰：『李秀才應舉，空去空回。不知席帽甚時得離身？』巽亦不較。登第後，乃遺鄉人詩曰：『當年蹤迹困泥塵，不意乘時亦化鱗。爲報鄉閭親戚道，如今席帽已離身。』蓋國初猶襲唐風，士子皆曳袍重戴，出則以席帽自隨。巽後

仕至度支郎中兩浙轉運使，卒。與王禹偁相友善，今《小畜集》有《送李仲權赴官序》，即巽也。《青箱雜記》

李建中

李建中恬進，作詩清淡，《望湖樓》詩云：『小艇閒撑處，湖天景亦微。春波無限緑，白鳥自由飛。落日孤鴻遠，輕煙古寺稀。時携一壺酒，戀到晚涼歸。』《西湖》詩云：『漲煙春氣重，貯月夜痕深。』皆此類。《古今詩話》宗祥案：《青箱雜記》謂《望湖樓》詩是蘇爲在湖州作。

李建中《送人》云：『山程授館聞鴻夜，水國還家欲雪天。』《談苑》

真定康敦復，嘗語予曰：『河東見所在酒壚，皆飾以紅墻。詢之父老，云：「相沿襲如此，不知其所始也。」後讀《李留臺集》，有《懷湘南舊游寄起居劉學士》詩云：「老情詩思關何處？渾是湘南水岸頭。殘白晚雲歸嶽麓，濃香秋菊滿汀州。静尋緑徑煎茶寺，徧上紅墻賣酒樓。西洛分臺素拘檢，繡衣不得等閒游。」據此詩，則湖南亦有之，不獨河東也。但留臺不著所出，爲可恨也。』《曲洧舊聞》

『龍門雙闕湧雲煙，雪末飛花雁下前。徹底清流照車馬，分臺御史過伊川。』李西臺詩也，題于菩提寺。菩提寺在龍門鎮。《能改齋漫録》

澹山巖，在零陵郡，秦周貞實之舊居，李建中嘗有詩云：『常思羽衣人，宅此巖崖旁。虚室通大道，靈闕掩中黄。古朴宫殿深，偃亞松桂香。洞户漏夕月，未罅生微陽。疊齒上層巔，露井連曲房。斷壁横廣幕，矗石排吟床。蟄痕燕穴空，乳溜虯鱗張。清泉弄春漲，靈草經冬芳。自笑老倒容，誰與刀圭霜？金版佩上籍，玉音歌洞章。珠幢夜森立，絳節朝飛揚。咫尺仙路高，喧囂世機忙。浮埃走車馬，奔迸多事場。真地擁煙霞，根本無爲鄉。不到久歎息，一來徒悲傷。但聽鏗華鐘，所得心耳涼。』《苕溪隱漁叢話》

洛中諸寺院，有楊少師、李西臺書。少師名凝式，唐相收、梁相涉之後，仕後唐、晉漢間，筆力遒放，當時罕及，華嚴院東壁題詩曰：『院似禪心静，花如覺性圓。自然知了義，争肯學神仙。』西臺，即建中，酷愛楊書，旁題云：『枯杉倒檜霜天老，松煙麝煤陰雨寒。我亦生來有書癖，一回入寺一回看。』觀音院有牡丹，相傳唐武后植者，西臺有詩，亦親書云：『微動風枝生麗態，半開檀口露濃香。秦時避世宫娥老，舊日顔容舊日妝。花譜名將第一論，洛中最是此花繁。不當更道木芍藥，枝上恐傷妃子魂。』西臺書，洛人甚重之。《能改齋漫録》。宗祥案：《詩史》載李詩作：『杉松倒澗雪霜乾，屋壁麝煤風雨寒。我亦平生有書癖，一回入寺一回看。』

李集賢建中，恬退喜道，處縉紳，有逍遥之風；善翰札，行筆有工，至于草隸分篆，俱絶妙；爲詩清淡閒暇，如其人也，有杭州《望湖樓》詩，詩見前。《西湖》詩有『漲煙春氣重，貯月夜痕深』之句，皆類如此。晚喜洛中景物，求留司園池亭榭，蕭然自如。每喜誦楞嚴中四句云：『將聞持佛佛，何不自開聞。聞復翳根除，塵消覺圓淨？』凡起居皆詠之。後被召，與張君房集賢，校勘《道藏》，時號稱職。《玉壺清話》

李西臺《直宿早朝》二詩，其一云：『春風夜急銅龍漏，淡月半斜金井闌。已覺亞枝花露重，宿鶯猶睡怯餘寒。』其二云：『著衣香重海棠風，人在瀛洲御苑東。將對赤墀班未定，井幹樓角日先紅。』吕居仁跋云：『觀西臺詩，想見國初太平氣象不遠。餘風遺烈，足以竦動後世。眇想正觀初，難與數子偕。吾于諸公亦云。』《娱書堂詩話》

李建中任兩浙轉運副使，《題仙都山》詩云：『巖巖仙都山，肅肅黄帝宫。巨石臨廣澤，千仞凌高穹。肇當融結初，全得造化功。深可蟠厚壤，峭疑接冥鴻。雲軿去路存，丹鼎遺迹空。抽潤草心碧，敷香蓮葉紅。陞龍扳矯矯，飛鳳鳴噰噰。而我集仙署，嘗比瀛洲雄。星移婺女閒，鳳駕析木東。到覺毛骨爽，坐如羽翼沖。萬事皆氛埃，一氣歸鴻濛。遐哉上聖道，邈與元化同。金簡奠至誠，玉書銘代工。功成解冠劍，棲息期此中。』《仙都山志》

樂史

國初，樂史子正作《慈竹》詩數十韻，首云：『蜀中何物靈，有竹慈爲名。一叢闊數步，森森數十莖。高低相倚賴，渾如長幼情』云云。予按任昉《述異記》云：『南中生子母竹，今之慈竹也。』乃知慈竹不特蜀中也。《能改齋漫録》

國初，樂史子正作《慈竹》詩中云：『又聞猓然獸，死不相棄遺。』按《國史補》云：『得一猓然，則數十猓然可得，蓋不忍傷其類，雖殺之不去。此獸狀而人心也』。子正用事，可謂精緻。《番禺雜記》亦云：『獸出驩愛州，能言獸也，亦猩猩之類，形似猿而有五色，每色各異。彼人取之，以皮韉鞍韂，最重純黄色者，云不異金綫猿。夷僚或射之以弩，或設之以蹄，是獸既爲人所得，但自言猓然，無復他道，故因以得名。』熊所記與《國史補》微有不同。《能改齋漫録》

《漫叟詩話》云：世俗多以樂史《慈竹》詩諭蒙，謂其有補於教化。有云：『又聞猓然死，終不相棄離』，事見《十道四蕃志》：『愛州有此獸，似猴而大，有仁義，行則大者前，小者後。有爲射所中，則傷者拔死者箭自刺而死。』《苕溪隱漁叢話》

夏侯嘉正

太宗元夕御乾元門觀燈，嘉正獻五言十韻詩，末句云：『兩制誠堪羡，青雲侍玉輿。』上和賜有『狹劣終雖舉，通才列上臺』之句，議者以爲戒嘉正之好進也。《宋史·文苑傳》

姚鉉

太宗留意藝文，好篇詠。淳化中，春日苑中有賞花、釣魚小宴，宰相至三館畢預坐，宴後賦詩，『中』字爲韻，上覽以第優劣。時姚鉉詩先成，曰：『上苑煙花迥不同，漢皇何必幸遼中。花枝冷濺昭陽雨，釣綫斜牽太液風。綺萼惹衣朱檻近，錦鱗隨手玉波空。小臣侍宴驚凡目，知是蓬萊第幾宮？』賜白金百兩，時輩榮之，以比奪袍賜花等故事。《詩話總龜》

姚鉉《錢塘郡》云：『疏鐘天竺曉，一雁海門秋。』《宋事實類苑》

歐陽程

歐陽程，初名和，營道人，少貧，兄爲郡吏，依之傭書，賦《池亭》詩云：『鑿開幽境泛流萍，廻合波間小洞庭。寒影倒吞淩漢樹，冷光高浴半天星。魚翻錦鬣波紋皺，鷺洗霜翎水氣腥。昨夜蛟龍忽飛去，滿軒風雨震雷霆。』太守大喜，給俸金，遣充學官弟子。太平興國八年赴試，路逢一青衣童子，云：『以今科省榜，走報各處城隍。』因問：『歐陽和中否？』曰：『但有歐陽程。』因改名『程』，是年登第。《湖廣通志》

王化基

王化基詩《送梁助》曰：『文章换桂一枝秀，清白傳家兩地貧。』人多誦之。《談苑》

王禹偁

元之在翰林，太宗恩遇極厚，嘗侍宴瓊林，獨召至御榻顧問。帝語宰相曰：『王某文章獨步當代，異日垂名不朽。』故元之有詩云：『瓊林侍游宴，金石獨褒揚。』《澠水燕談録》

劉少逸少有俊才，年十三，端拱二年，中禮選，及御試，詩賦外別召升殿，賜御題，賦詩數首，皆有旨意，授校書郎，令于三館讀書。故王元之愛其少俊，而贈之詩曰：『待學韓退之，矜夸李長吉。』《澠水燕談録》

真宗末年，嘗游禁中，見翰林學士王禹偁，倚宫木若詠吟，命宫使亟探之，果預作《賞花釣魚》詩。明日，百官赴宴，迨題出，乃『千葉石榴花』，百官皆失所擬。禹偁首進一絶云：『王母庭中親自栽，張騫偷得下天來。誰家巧婦殘針線？一撮生紅熨不開。』上稱賞，謂真才。《桂堂詩話》

唐制禮部郎中掌省中文翰，謂之『南宫舍人』，百日内須知制誥，故王元之贈《宋給事

詩云》：『須知百日掌絲綸』。《春明退朝録》

王素云：公與故相畢士安、給事中柴成務，同在兩府，二公皆先晉公門生。翰林王禹偁有詩曰：『如今身後榮名少，兩制門生伴鳳毛。』時人傳誦。今刻石于家。《文正王公遺事》

王元之出守黄州，時蘇易簡榜下，放孫何等三百五十八人，奏曰：『禹偁禁林宿德，累爲遷客，飄泊可念。臣欲令榜下諸生罷集，綴馬送于郊。』奏可，送過四短亭，諸生列拜於官橋。元之口占一絶付狀元：『爲我深謝蘇公。』其詩云：『綴行相送我何榮，老鶴乘軒愧谷鶯。二入承明不知舉，看人門下放諸生。』時諸親友觀望不敢私近，惟竇元賓執手于閤門曰：『天乎天乎！得非命歟！』公以詩謝。其略曰：『唯有南宫竇員外，爲余垂淚閤門前。』《詩史》

《王黄州集》第一篇，《酬种隱君》百韻，自敘出處甚謙，云：『長恐先生聞，倚松成大噱。』其敘种隱節甚高，累數十韻，退之于李渤，不能過一种明逸耳。未出山，以黄州之剛勁，而尊敬之如此；既出山，如王嗣宗之粗鄙，乃得以陵暴之，士其可不自重哉！《後村詩話》

本朝大臣，多憐才好士，如趙中令于王黄州，王文正于楊文公，晏元獻于宋景文，皆爲翹材上客。雖丁崖州追仇萊公之黨，亦不忍害大年；吕文靖謫歐尹官，隨即收用。至章蔡用事，坡公始過海矣。中令讓官表，多黄州之筆，可見親密。其《挽中令》云：『商山副使偏垂淚，未報當時國士知。』與『幕府少年白髮』之句異矣。《後村詩話》

胸山有花，類海棠而枝尤長，花尤密，惜其不香無子，既開，繁麗嫋娜如曳錦，故淮南人以錦帶目之。王元之以其名俚，命之曰『海仙』，有詩曰：『春憎窈窕教無子，天爲妖嬈不與香。』又曰：『錦帶爲名太卑俗，爲君呼作海仙花。』《澠水燕談録》

前世錢未有草書者，淳化中，太宗始以宸翰爲之，既成，以賜近臣。崇寧、大觀中御書錢，蓋襲故事也。王元之謫商於，有詩云：『謫官無俸突無煙，唯擁琴書盡日眠。還有一般勝趙壹，囊中猶貯御書錢。』《後山詩話》

王元之謫黄州也，實由宰相不悦，交親无敢私見，惟竇元賓握手泣唁于閤門，曰：『天乎，使公屢黜，豈非命耶！』士大夫高之。元之以詩謝之曰：『惟有南宫竇員外，为予垂泪閤門前。』江氏《類苑》

元之本學白樂天詩，在商州嘗賦《春日雜興》云：『兩株桃杏映籬斜，裝點商州副使家。何事春風容不得，和鶯吹折數枝花。』其子嘉祐，謂老杜嘗有『恰似春風相欺得，夜來吹折數枝花』之句，語頗相近，因請易之。元之欣然曰：『吾詩精詣，遂能暗合子美耶！』更爲詩曰：『本與樂天爲後進，敢期杜甫是前身。』卒不復易。《蔡寬夫詩話》

王元之謫齊安郡，民物荒凉，殊無況。營妓有不佳者，公作詩云：『憶昔西都看牡丹，稍無顔色便心闌。而今寂寞山城裏，鼓子花開也喜歡。』然唐《抒情集》記朝士在外地觀野花追思京師舊游詩，云：『曾過街西看牡丹，牡丹未謝即心闌。如今變作村田眼，鼓子花開也喜歡。』蓋王刊定此詩耳。《能改齋漫録》

王元之初知制誥，上疏雪徐鉉，貶商州，召入爲學士，坐辨孝章皇后不實，謫滁州，復召知制誥，撰太祖尊號册，坐輕誣，謫黄州，作《三黜賦》以自述。時蘇易簡知舉適放榜，奏曰：『禹偁翰林名儒，今將金榜諸生，送于郊。』上可其奏。諸生別元之，占一絶，付狀元孫何曰：『爲我多謝蘇公。』云：『綴行相送我何榮，老鶴乘軒媿谷鶯。三入承明不知舉，看人門下放門生。』《澠水燕談録》

王元之初自掖垣，謫商州團練副使，未幾入爲學士；至道中，復自學士謫守滁州；真宗即位，以刑部郎中召爲知制誥，凡再貶，還朝不能無怏怏。時張丞相齊賢、李文定沆當國，乃以詩投之云：『早有虚名達九重，宦途流落漸龍鍾。散爲郎吏同元稹，羞見都人看李邕。舊日謬吟紅藥樹，新朝曾獻皂囊封。猶祈少報君恩了，歸卧山林作老農。』竟坐張齊賢不悦，繼有黄州之遷，蓋雖困而不屈也。《石林燕語》

禹偁詩多紀實中的，作《趙普挽詞》云：『元象中台拆，皇家上相薨。大功銘玉鉉，密事在金縢。』《宋湜挽詞》云：『先帝陞遐日，詞臣寓直時。柩前言顧命，筆下定鴻基。』蓋普嘗密贊太宗，而宋爲内相，宿直，遇太宗陞遐，是夜草遺制立真宗故也。云此事湜家亦不知，唯以公挽詞爲傳信。《青箱雜記》

元之詩可重，大抵語迫切而意雍容，如云：『身後聲名文集草，眼前衣食簿書堆。』又云：『澤畔騷人正憔悴，道旁山鬼謾揶揄。』大類樂天也。許彦周《詩話》

盧多遜與趙普睚眦，太宗踐阼，普出守河陽，朝辭面訴曰：『臣以無狀之迹，獲事累聖。曩日與先帝面受昭憲皇后命，遣臣親寫二書，令大寶神器傳歸陛下。以二書合縫批之，立臣銜爲證。其一書先后納於柩，一書先帝手封禁中。乞陛下尋之，庶幾少雪。此行身移則事起，豺狼在路，危若纍卵，誰與臣辨者？』後果得書于宫中，疑遂决。多遜竄崖州，太宗謂普曰：『幾誤斬卿。』故王禹偁《趙韓王挽詞》有『鴻勛書册府，遺訓在金縢』之句，乃謂是也。《古今詩話》

王元之詩云：『春殘葉密花枝少，睡起茶親酒盞疏』，今誤作『睡起茶多酒盞疏』。《冷齋夜話》

《藝苑雌黄》云：僧惠洪《冷齋夜話》載介甫詩云：『春殘葉密花枝少，睡起茶多酒盞疏。』此元之詩，誤編入荆公集，詳見《西清詩話》。『多』字當作『親』，世俗傳寫之誤。洪之意蓋欲以洪多妄誕，殊不曉古人詩格。此一聯以「密」字對「疏」字，以「多」字對「少」字，正交股用之，所謂蹉對法也。』《苕溪漁隱叢話》

國初官舟數少，非達官不可得。太宗時，朱嚴第三人及第，稅舟赴任，王禹偁送詩曰：『賃舟東下歷陽湖，榜眼科名釋褐初。』是也。《臨漢隱居詩話》

國初州郡設官尚少，小郡不過四五員，復多武弁，故非雄藩都會，仕者率少宦況。王元之自掖垣謫滁州，嘗以詩寄舊僚云：『要見滁州謫宦情，信緣隨俗且營營。不誇兩制詞臣貴，多伴三班奉職行。樓堞倚空乘月上，樽罍有酒對山傾。陸沉得喪何須問，況是浮生已半生。』聞者頗憐之。然元之在滁陽，四方文士，持文就謁者甚衆。有鄭褒者，最知名，留數月而去，元之爲買馬辦裝。後有劾其虧貫直者，太宗覽之曰：『是能卻李繼遷事例者。』元之嘗草繼遷制，繼遷送潤筆數倍于常，而以面簽書送，元之卻之不受故也。《蔡寬夫詩話》

王元之年七八歲，已能文。畢文簡公爲郡從事，始知之，問其家，以磨麵爲生，因令作《磨》詩，元之不思以對：『但存心秉正，無愁眼下遲。若人輕著力，便是轉身時。』文簡大奇之，留於子弟中講學。一日，太守席上出詩句：『鸚鵡能言爭似鳳』，坐客皆未有對，文簡寫之屏間，元之書其下：『蜘蛛雖巧不如蠶。』文簡歎息曰：『經綸之才也。』遂加以衣冠，

呼爲小友。至文簡入相，元之已掌書命矣。《聞見後録》。又見《西清詩話》

人夢中作爲詩文，覺多不省，設有能省者，其事往往皆驗，理固不可詰，豈禍福將至，精神自有感通者乎！王元之《商州》詩，有『節及登高忽嗟歎，經年憔悴别京華。貳車何事搔蓬鬢？九日尊前見菊花』之句，第四句乃夢中得也。初元之在掖垣，忽夢賦詩御座前，既覺，獨記此句，未幾至貶，以十月到郡，而菊花盛開，恍然如詩語也。蔡寬夫《詩話》

苕溪漁隱曰：《錫筵明日》絶句云：『宴罷回來日欲斜，平康坊裏那人家。幾多紅袖迎門笑，争乞釵頭利市花。』《清明日》絶句云：『無花無酒過清明，興味都來似野僧。昨日鄰家乞新火，曉窗分與讀書燈。』二詩何況味不同如此，亦可見其老少情懷之異也。《苕溪漁隱叢話》

王元之被遇熙陵，知制誥，因救徐鉉貶商州；爲内相，因議孝章皇后喪，貶滁州；真皇登極，召還將用矣，其詩乃云：『兩制舊臣生白髮，一番新貴上青天。』未幾，再謫黄州，遷蘄州而卒。豈新貴有所未平乎？《後村詩話》

王黄州詩云：『刺史好詩兼好酒，山民名醉又名吟。』而黄州呼『醉』爲『沮』，呼『吟』爲『垠』，不知呼『醉』、『吟』竟是何名？黄州酒可亞瓊液而差薄，此謫官中一幸也。《明道雜志》

王元之《輓趙中令》云：『太常草儀注，全是葬周公。』足以稱其勛業。《後村詩話》

國初，西蜀初定，成都帥例不許將家行。蜀土輕剽易爲亂，中朝士大夫尤以險遠不測爲憚。張乖崖出守還，王元之以詩贈云：『先皇憂國輟樞臣，獨冒干戈出劍門。萬里辭家堪下淚，四年歸闕似還魂。弟兄序齒元投分，兒女親情又結婚。且喜相逢開口笑，甘陳功業不須論。』自慶曆以來，天下乂安，成都雄富既甲諸帥府，復得與家俱行，無復曩時之患矣。《石林燕語》

唐謙彦《寒食》五言云：『微微潑火雨，草草踏青人。』本朝王元之詩，亦用『潑火雨』。《後村詩話》

《王内翰〈贈商雒龐主簿〉詩後序》：至道初，今觀文殿大學士始平公先君子，贈中書令，昔爲主簿商洛，王公時自中書舍人謫官商州。王公以文章獨步當世，久宦已通顯于朝，加之剛簡峭直，固不妄與人交。然令君以九品官，與相往來。王公贈詩，意好款密，則令君爲人可知矣。至和初，始平公以前相國在鄆，從容出王公詩示光曰：『先君嘗有德于商洛，吏民至今思之。其辭牒判署，猶有寶蓄存者。而況今守商州，爲我刻王公之詩于商雒，以慰吏民之心。』光曰：『諾。』退而序其事，幷詩往刻焉。詩云：『織女峰前貧主簿，黄姑巖下舊詞臣。久棲枳棘方思替，漫戴貂蟬不是真。六里青山雪簇簇，一條丹水石磷磷。春來

魂夢應相似，同是帝城東畔人。』《司馬温公集》

王元之《謫黄州》詩曰：『又爲太守黄州去，依舊郎官白髮生。』在朝與執政不相能，作《江豚》詩以譏之，曰：『江雲漠漠江雨來，天意爲霖不干汝。』俗云豚出則有風雨。又曰：『餐啗蝦魚頗肥腯。』譏其肥大。《中山詩話》

劉昌言，泉州人，常侍陳洪進爲幕僚客，入朝爲副樞，嘗作《下第》詩，落句云：『唯有夜來蝴蝶夢，翩翩飛入刺桐花。』後爲商丘記室。王元之贈詩曰：『年來復落事堪嗟，載筆商丘鬢欲華。酒縣未陪紅杏宴，詩狂多憶刺桐花。』蓋爲是也。《唐宋遺史》

世傳潘閬、安鴻漸《八才子圖》，皆策蹇重戴。又王元之《贈崔遵度及第未脱白》詩云：『且留重戴士風多』，則國初舉子，猶重戴矣。《青箱雜記》

太宗當天下無事，留意藝文，而琴、棋亦皆造極品。時從臣應制賦詩，皆用險韻，往往不能成篇。而賜兩制棋勢，亦多莫究所以，則相率上表乞免和，訴不曉而已。元之嘗有詩云：『分題宣險韻，翻勢得仙棋。』又云：『恨無才應副，空有表虔祈。』蓋當時事也。《石林燕語》

王元之嘗作《病鶴》詩云：『埋瘞肯同鸚鵡塚，飛鳴不到鳳凰池。』其文學才藻，登金門玉堂，不爲難也。竟不至其地，見於是矣。《青瑣集》

王元之以尼道安事謫黄州，蓋爲盧崔州所譖也，有詩云：『敢向臺階問罪名』。後有以事貶黄州者，有詩云：『魏能下面看花銜』，魏能，以軍功黄州刺史。《詩史》

王元之詩云：『兩枝紅杏映籬斜，妝點香山副使家。何事春風容不得，和鶯吹折數枝花。』語雖極工，然大風折樹，而鶯猶不去，於理未通。當更求之。《老學庵續筆記》

苕溪漁隱曰：古人賦《中秋》詩，例皆詠月而已，少有著題者，惟王元之云：『莫辭終夕看，動是隔年期。』蘇子瞻云：『暮雲收盡溢清寒，銀漢無聲轉玉盤。此生此夜不長好，明月明年何處看。』蓋庶幾焉。《苕溪漁隱叢話》

王元之在汝日，以詩寄畢文簡曰：『未必頸如樗里子，定應頭似夏黄公。』文簡謂綺里、季夏，當爲一人，黄公則别一人也。杜詩云：『黄綺終辭漢』，王逸少有《尚想黄綺帖》，陶詩云：『黄綺之南山』，又云：『且當從黄綺』。《南史》：阮孝緒辭梁武之召，云：『周德虽兴，夷齊不厭薇蕨。漢道方盛，黄綺無間山林。』蓋各以首一字呼之。于是元之遂改此句，後皆以文簡爲據。然漢刻四皓神主：一曰『園公』，二曰『綺里季』，三曰『夏黄公』，四曰『用里先生』。按《三輔舊事》云：漢惠帝爲四皓作碑，當時所鐫，必無誤書。然則元之所用非誤也。《齊東野語》。宗祥案：《甕牖閑評》云：皇甫謐《高士傳》：『夏黄公，姓崔名廓，字少通，齊人，隱居修道，號夏黄公。』《湛淵静語》云：吴忠《虞翻傳》注：夏黄公，四明人。《姓氏譜》云：夏黄公，姓崔名廓（同《高士傳》），非姓黄也。據此，畢氏之説，恐未必然。

丁晉公、孫何齊名，翰林學士王元之延譽，嘗言二人可使白衣充修撰，嘗贈之詩曰：『三百年來文不振，直從韓柳到孫丁。如今便合教修史，二子文章似六經。』《詩話總龜》

李義山詩云：『本爲留侯慕赤松，漢廷方識紫芝翁。蕭何只解追韓信，豈得虛當第一功。』是以蕭何功在張良下也。王元之詩云：『紀信生降爲沛公，草荒孤壘想英風。漢家青史緣何事，卻道蕭何第一功。』是以蕭何功在紀信下也。予謂炎劉創業，何爲宗臣，高祖設指蹤之喻盡之矣，他人豈容議耶！《韻語陽秋》

雷德驤、有終父子二人，嘗並命爲江南、淮南兩路轉運使，當世榮之，王禹偁贈詩二首，其一曰：『江南江北接王畿，漕運帆檣去似飛。父子有才同富國，君王無事免宵衣。屏除姦吏魂應喪，養活貧民肉漸肥。還有文場受恩客，望塵情抱轉依依。』其二曰：『當時詞氣壓朱雲，世作皇家諫諍臣。章疏罷封無事日，朝廷猶指直言人。題詩野館光泉石，講《易》秋堂動鬼神。棘寺下僚叨末路，齋心惟祝秉洪鈞。』蓋禹偁嘗出德驤門下，而德驤深于《易》，酷嗜吟詠故也。《青箱雜記》

王元之内翰，五歲已能詩。因太守賞白蓮，倅言元之能，與語于太守，因召，而吟一絶云：『昨夜三更後，姮娥墮玉簪。馮夷不敢受，捧出碧波心。』又云：『佳人方素面，對鏡理

新妝。』守曰：『天授也。』《詩話總龜》

《清明》絶句，王元之云：『無花無酒過清明，興味都來似野僧。昨日鄰家乞新火，曉窗分與讀書燈。』李方叔云：『千株蜜炬出嚴闈，走馬天街賜進臣。我亦茅簷自鑽燧，煨燒艾撿銅人。』二詩善述冷淡况味，漫筆之。《娱書堂詩話》

四皓，世人皆曰園公，曰綺里季，曰夏黄公，曰甪里先生，黄長睿《東觀餘論》載王元之有詩云：『未必頸如樗里子，也應頭似夏黄公。』畢文簡公譏之，謂不當云『夏黄公』。蓋四皓之目，當曰園公，曰綺里季夏，曰黄公，曰甪里先生。惟杜詩『黄綺終辭漢』，不謂之『夏綺』而謂之『黄綺』，蓋得其義矣。按陶潛《桃花源詩》『黄綺之商山』，更在杜詩之前。《艇齋詩話》

《石林詩話》云：姑蘇南園，錢氏廣陵王之舊圃也，老木皆合抱，流水奇石，參錯其間，爲最勝處。王翰林元之，爲長洲宰時，無日不携客醉飲，嘗有詩曰：『他年我若功成後，乞取南園作醉鄉。』今園中大堂，遂以『醉鄉』名之。《苕溪漁隱叢話》

《冷齋夜話》云：王仲至言：『江蓮摇白羽，天棘夢青絲。』天棘非煙非霧，自是一種物，曾見一小説，今忘之矣。高秀實云：『「天棘」，天門冬也，見《本草》，其枝蔓延，疑「蔓」字也，非夢青絲也。』然《本草》：『天門冬，一名巔棘。』王元之詩：『水芝卧玉腕，天棘蔓金絲』，則『天棘』蓋柳也。《苕溪漁隱叢話》

《學林新編》云：『「天棘蔓青絲」，今改「蔓」爲「夢」。蓋天門冬亦名天棘，其苗蔓生，好纏竹木上，葉細如青絲，寺院庭檻中多植之，可觀。後人既改「蔓」爲「夢」，又釋「天棘」爲柳，皆非也。』苕溪漁隱曰：予按《本草》載《抱樸子》云：『天門冬或名巔棘。』初不云或名天棘，《冷齋》、《學林》二説，遂以天棘爲天門冬。何也？其引王元之詩云：『天棘蔓金絲』，又以天棘爲柳，不知亦何所據耶。《少陵詩總目》云，『「天棘夢青絲」之句，最疑學者。』或曰『梵語名柳爲天棘』。又近傳號東坡《杜詩事實》一篇，更以王逸少詩云『湖上春風舞天棘』爲證，固悟『夢』字乃由『舞』字之訛缺。況以王句考之，政應用一草木爲對偶，非有奥義也。《苕溪漁隱叢話》

太宗萬機之暇，留心奕棋，自製『三勢』：一曰對面千里勢；二曰天鵝獨飛勢；三曰海底取明珠勢。一時近臣，例以棋圖頒賜。故王元之詩云：『太宗多才復多藝，萬機餘暇翻棋勢。對面千里爲第一，獨飛天鵝爲第二。第三海底取明珠，三陣堂堂皆御製。中使宣來賜近臣，天機秘密通鬼神。』所以紀其事也。《能改齋漫録》。亦見《宋稗類鈔》。

錢唐縣，舊有吴越時羅江東隱手植海棠一本，王黄州元之嘗題詩，云：『江東遺迹在錢唐，手植庭花滿院香。若使當年居顯位，海棠今日是甘棠。』觀此，則杭州海棠亦香，不獨昌州然也。《蓉塘詩話》

昭慶律寺，晉天福間，吴越王建，宋太平興國三年建戒壇于寺中，每歲三月三日，海内緇流雲集于此，推其長老能通五宗諸典者，登壇説法，敷陳具戒，其徒跪而聽之，名曰『受戒』。天禧初，有圓浄法師學廬山慧遠，結白蓮社，搢紳之士與會者二十餘人，運使孫何爲之記，王元之詩云：『夢幻吾身是偶然，劳生四十又三年。任誇西掖吟紅藥，何似東林種白蓮。入定雪龕燈焰直，講經霜殿磬聲圓。謫官不得餘杭郡，空寄高僧結社篇。』《西湖游覽志》

王元之有童名『青猿』，梅聖俞有馬名『鐵獺』。《硯北雜志》。宗祥案：《小畜集》有《青猿詩》云：『小僕如猿狖，貧家備指呼。』

李堯夫

《古今詩話》云：太祖采聽明遠，每邊事纖息必知，有間者西蜀還，上問：『劍外有何事？』間者曰：『但聞成都滿城誦朱山長《苦熱》詩曰：「煩暑鬱蒸無處避，涼風清冷幾時來？」』上曰：『此蜀民思吾來伐也。』然予嘗考睦台符《符岷山異事》云：梓潼山人李堯夫，吟詠尤尚譏刺，謁蜀相李昊，昊戲曰：『何名之背時耶？』堯夫厲色對曰：『甘作堯時夫，不樂蜀中相。』因是堯夫爲昊所擯，知蜀主國柄隳紊，生民肆擾，吟《苦熱》詩云：『炎暑鬱蒸無處避，涼風消息幾時來？』以此知此兩句乃李堯夫詩，非朱山長也。『清冷』兩字，不逮消息遠甚。堯夫又有《大内盆池》詩云：『向外疑無地，其中别有天。』蜀平後，《贈鄧滕白郎中》詩云：『方外與誰爲道友，關中獨自占詩家。』譏滕入蜀不得名，詩家惟堯夫耳！《能改齋漫録》。宗祥案：《漫録》卷八，尚載一則，又記爲朱作。今附于下。藝祖聞蜀人詩云：『煩暑鬱蒸無處避，洗天風雨幾時來？』曰：『此蜀人思我之來也。』此乃蜀人朱長文詩，然唐許昌節度使薛能《漢南春望》詩，已有『自古浮雲蔽白日，洗天風雨幾時來？』之句。

全宋詩話目録卷五

鄭文寶　字仲賢，寧化人。南唐校書郎。宋太平興國八年進士，歷官陜西轉運使、兵部員外郎。

曾致堯　字正臣，撫州南豐人，太平興國八年進士。真宗朝，以户部郎知泰、泉等州。有《山亭六詠集》。

寇準　字平仲，華州下邽人，太平興國中進士。淳化五年，參知政事。真宗朝，累官尚書右僕射、集賢殿大學士、同中書門下平章事，封萊國公。乾興初，貶雷州司户，徙衡州司馬。卒，仁宗贈中書令，謚忠愍。有《巴東集》。

何承矩　字正則，河南人，贈侍中繼筠子，幼爲棣州衙内指揮使。太平興國中，知潭州，仕至齊州團練使。

梁灝　字太素，雍熙二年進士甲科，仕至翰林學士，知開封府。

王操　字正美，江南處士。太平興國時，上《南郊頌》，授太子洗馬，仕至殿中丞。

劉師道　字損之，開封人，雍熙二年進士。咸平初，知潤州。累官三司度支副使，樞密直學士。

錢熙　字大雅，南安人，雍熙二年進士。仕至殿中丞、直史館，坐累，出判朗州。至道間，加右司諫。有集。

陳彭年　字永年，撫州南城人，雍熙二年進士。真宗朝，召試，爲秘書丞、直史館、翰林學士，拜參知政事，卒謚文僖。有集。

孫冕　字伯純，新淦人，雍熙進士。天禧中，尚書禮部郎中、直史館，出守蘇州。

焦宗古

陳詁

劉景直

陳堯佐　字希元，閬中人，端拱二年進士，歷官同中書門下平章事。卒，贈司徒兼侍中，謚文惠。有《愚丘集》、《遺興集》。

孫周翰　賜童子出身。

陳從易　字簡夫，晉江人，端拱二年進士。歷秘書省著作郎直史館，知廣州。仁宗朝，擢知制誥，除龍圖閣直學士，知杭州。有《泉山集》。

梅詢　字昌言，宣城人，端拱二年進士。累官翰林侍讀學士、給事中、知審官院，出知許州。有《許昌集》。

吴簡言　字若訥，長汀人，端拱二年進士，歷官祠部郎中。

古成之　子亞奭，惠州河源人，五季末，避地家增城。端拱二年進士，召試，除秘書省校書郎。張詠帥蜀，辟知綿竹縣。卒官。

楊正倫　舉進士，與陳堯佐同時。

孫何　字漢公，汝陽人，淳化三年進士第一。歷官兩浙轉運使、知制誥，賜金紫，掌三班院。有集。

全宋詩話卷五

鄭文寶

鄭文寶《郊居》云：『百草千花路，斜風細雨天。』《重經貶所》云：『過關已躍樗蒲馬，惧喘尤驚顧兔屏。』《洛城》云：『星沉會節歌鐘早，天半上陽煙樹微。』《贈張靈州》云：『越絶曉殘蝴蝶夢，單于秋引畫龍聲。』《長安送別》云：『杜曲花光濃似酒，灞陵春色老於人。』《送人歸湘中》云：『滿帆西日催行客，一夜東風落楚梅。』《南行》云：『失意慣中遷客酒，多年不見侍臣花。』《棲靈隱寺》云：『舊井霜飄仙界橋，雙溪時落海邊鷗。』《送人知韶州》云：『碧落春風老，朱陵古渡頭。』《永熙陵》云：『承露氣清駒送日，觚稜人静鳥呼風。』《邊上》云：『鬢間相似雪，峰外寂寥煙。』《後村詩話》。又見《楊文公談苑》

裴晉公緑野堂，在午橋南，往時屬張僕射齊賢家。僕射罷相歸，終日與客飲宴其間，惟鄭工部文寶一聯，最爲警絶，云：『水暖鳧鷖行哺子，溪深桃李卧開花。』人謂不減王維、杜

甫也。不惟當時人莫及，雖其《集》中，自及此者亦少。《六一詩話》

鄭工部詩，有：『杜曲花香濃似酒，灞陵春色老于人』，亦爲時人所傳誦，誠難得之句也。《温公續詩話》

雷州及海外瓊崖，多香木，夷民以爲槽，飼雞犬，鄭文寶詩曰：『沉檀香植在天涯，賤等荆衡水面槎。何必爲槽飼雞犬，不如煨燼向豪家。』《談苑》

鄭仲賢善詩，可參二杜之間，予收之最多。《歸田録》所采者，非警絶，蓋歐公未全見也。有《文集》二十卷，《談苑》十卷，《江表志》二十卷。《湘山野録》

《詩事》云：予家有《鄭集》二十卷，兵火散亡，每惜之。今記其一二絶句，《爽約》云：『吟遶虚廊更向闌，繡窗燈影背闌干。燕棲鶯宿無人語，一夜蕭蕭細雨寒。』《題松滋東禪院》云：『百花深處小危樓，千步蒼苔到葉舟。一夜楚江寒食雨，離人白盡未歸頭。』《竹莊詩話》

《詩事》云：古今『柳』詞，惟鄭文寶一篇有餘意，通篇了不道著『柳』，惟一『繫』字是工夫，而學者思之。《竹莊詩話》

頃游郢中二邑，僧壁尚有公之詩，《郢城新亭》曰：『每到新亭即厭歸，野香經雨長松圍。四簷山色消繁暑，一局棋聲下翠微。冰片角巾簪潤月，錦文卷石砌苔磯。近来學得籠中鶴，迴避流鶯笑不飛。』《寒食訪僧》云：『客舍愁經百五春，雨餘溪寺緑無塵。金花開處鞦韆鼓，粉頰誰家鬬草人？水上碧桃流片段，梁間新燕語逡巡。高僧不飲客携酒，来勸先朝放逐臣。』篇篇清絶，不能盡録。公聞靈州陷，衣胡服，引單騎冒雪間道走清遠故城，得其實奏請班師。《玉壺清話》

《蔡寛夫詩話》云：『亭亭畫舸繫寒潭，直到行人酒半酣。不管煙波與風雨，載將離恨過江南。』嘗有人客舍壁間見此詩，莫知誰作，或云鄭兵部仲賢也，然《集》中無有。好事者或填入樂府。仲賢當前輩未貴杜詩，獨知愛尚，往往造語警拔，但體小弱，多一律，可恨耳。歐陽文忠公稱其張僕射園中一聯，以爲《集》中少比，恐公未嘗見其全編。大抵仲賢情致深婉，比當時輩流，能不專使事，而尤長於絶句，如：『一夜西風旅雁秋，背身調鏃索征裘。關山落盡黄榆葉，駐馬誰家唱石州？』又：『江雲薄薄日斜暉，江館蕭條獨掩扉。梁燕不知人事改，雨中猶作一雙飛。』若此等類，須在王摩詰伯仲之間，劉禹錫、杜牧之，不足多也。《苕溪漁隱叢話》

《西清詩話》云：『緱氏王子晉昇仙之地，有祠在焉，鄭工部文寶，嘗題一絶云：「秋陰漠漠秋雲輕，緱氏山頭月正明。帝子西飛仙馭遠，不知何處夜吹笙？」後晏元獻守洛，過見之，取白樂天語書其後云：「此詩在在處處，有神物護持。」』苕溪漁隱曰：鄭兵部仲賢，

鄭工部文寶，不知此果一人邪？果二人耶？當俟知者問之。《苕溪漁隱叢話》

《復齋漫録》云：『「亭亭畫舸繫春潭，只向行人酒半酣。不管煙波與風雨，載將離恨過江南。」張文潛詩也，王平甫嘗愛而誦之，然予謂張特取東坡長短句「無情汴水自東流，只載一船離恨向西州」之句。』苕溪漁隱曰：予以《張右史集》，徧尋無此詩。蔡寬夫《詩話》以謂此詩嘗有人于客舍壁間見之，莫知誰作，或云鄭兵部仲賢也，然《集》中無之。二説竟未知孰是。《苕溪漁隱叢話》

苕溪漁隱曰：予于《叢話前集》云：『鄭兵部仲賢，鄭工部文寶，不知其果一人耶？果二人耶？』今觀歐陽永叔《詩話》云：『鄭工部文寶于張僕射園，吟詩一聯，最爲警絶，云：「水暖鳧鷖行哺子，溪深桃李卧開花。」』蔡寬夫《詩話》云：『鄭兵部仲賢，歐陽文忠公稱其張僕射園中一聯，以爲《集》中少比。』即前一聯詩是也。以此考之，則『文寶』、『仲賢』，蓋是一人名與字耳。但『工部』、『兵部』之稱不同。《西清詩話》云『緱山王子晉祠詩，是鄭工部文寶題。』則『工部』之稱，與歐公同，但蔡寬夫誤作『兵部』耳。予又于《前集》云：『夷季、幼槃，或謝薖之字乎？』比見臨川《謝幼槃文集》，方知『幼槃』是謝薖之字，無逸之弟也。其謝季夷，卻别是一人。《苕溪漁隱叢話》

文寶，字仲賢，《南唐近事》、《江表志》二書，其所作也。律詩多佳句，惜其全集不傳。

《郊居》云：『百草千花路，斜風細雨天。』《送枝江秦長官》云：『官嫌容易達，家愛等閒貧。』《送曹緯》云：『小舟聞笛夜，微雨養花天。』《寒夜録》

《答友人潘子喬論詩書》云：唐僧著《詩式》三篇，如云『四深二要之門』、『六迷七至之道』，誠關研究，實可師承。『四深』者，謂『氣象氤氲，由深于體勢；意度盤礴，由深于作用；用律不滯，由深于聲對；用事不直，由深于義類』是也。『二要』者，謂『要力全而不苦澀；要氣足而不怒張』。『四離』者，謂『雖有道情而離深僻；雖欲經史而離書生；雖尚高逸而離迂遠；雖欲飛動而離輕浮』是也。『六迷』者，謂『以虚誕爲高古；以緩慢爲淡泊；以詭怪爲新奇；以錯用意爲獨善；以熟爛爲穩約；以氣少力弱爲容易』是也。《竹莊詩話》

曾致堯

歸宋後，詔故臣皆許録用，獨文寳不肯言仕。後主奉朝請，禁絶賓謁，文寳乃披蓑荷笠，作賣魚者以見，寬譬久之，後主爲之感歎。後主卒，乃仕。《十國春秋》

《崇覺寺》詩云：『水深花影地莓苔，春色烘人若不開。走報鴒原無别事，遠將歌管酒壺來。』《西江詩話》

寇準

《萊公外傳》記公所得厚俸，惟務施予。寢處一青幃三十年，有親厚者求之，欲其易去，公笑而答曰：『彼詐我誠，雖敝何害！實不忍以敝獲棄耳。』蘄者媿之。故魏野詩云：『有官居鼎鼐，無地起樓臺。』及北使來，顧望縉紳而問迓者曰：『無地起樓臺相公安在？』其清望爲人所景慕如此。然永叔《歸田録》，頗論其侈汰，司馬温公亦云。豈非奢外而儉内歟？《䂬溪詩話》

寇準《南浦》詩：『春風入垂楊，煙波漲南浦。落日動離魂，江花泣微雨。』妙處不減唐人。《升庵詩話》

苕溪漁隱曰：忠愍詩思悽惋，蓋富于情者，如《江南春》云：『波渺渺，柳依依，孤村芳草遠，斜日杏花飛。江南春盡離腸斷，蘋滿汀洲人未歸。』又云：『杳杳煙波隔千里，白蘋香散東風起。日落汀州一望時，愁情不斷如春水。』觀此語意，疑若優柔無斷者，至其端委廟堂，決澶淵之策，其氣鋭然，奮仁者之勇，全與此詩意不相類。蓋人之難知也如此。《苕溪漁隱叢話》

苕溪漁隱曰：予讀《萊公神道碑》，云：『公及雷陽，吏以《圖經》獻閲，視之，首載郡東南門抵海凡十里，公恍然悟曰：「我少時有『到海衹十里，過山應萬重』之句，乃今日意爾。人生得喪，豈偶然邪。」』《青箱雜記》以爲萊公少時作此句，遂兆晚年之讖。《復齋漫録》以爲非是，乃萊公效于武陵詩：『過楚水千里，到泰山萬重』。三書所云，徒爲紛紛，當以碑言爲正也。《苕溪漁隱叢話》

寇萊公詩，若『野水無人渡，孤舟盡自横』之句，深入唐人風格。初授歸州巴東令，人皆以『寇巴東』呼之，以比前趙渭南、韋蘇州之類。《湘山野録》

寇忠愍罷相，移鎮長安，悰況牢落，有戀闕之興，無階而入。忽天書降于乾祐縣，指使未能傳意，密諭之，俾公保明入奏，欲取信于天下。公損節遂成其事，物論已譏之，未幾，果自秦川再召入相。將行，有門生者，忘其名。請獨見，公召之。其生曰：『某愚賤，有三策，輒瀆鈞重。』公曰：『試陳之。』生曰：『第一，莫若至河陽稱疾免覲，求外補以遠害。第二，陛覲日，便以乾祐之事，露誠奏之，可少救平生公直之名。第三，不過入中書爲宰相爾。』公不悦，揖起之。後詩人魏野以詩送行，中有『好去上天辭將相，歸來平地作神仙』之句，蓋亦警之爲赤松之游，竟不悟，至有海康之往。《湘山野録》

寇萊公嘗曰：『母氏言，吾初生，兩耳垂有肉環，數歲方合。自疑嘗爲異僧。好游佛寺，遇虚窗静院，惟喜與僧談真。』公歷富貴四十年，無田園邸第，入覲則寄僧舍，或僦居，

在大名日，自出題試貢士，曰：『公儀休拔園葵賦，霍將軍辭治第詩。』此其志也。《湘山野録》

寇公準八歲吟《華山》詩：『只有天在上，更無山與齊。』其師謂準父曰：『賢郎怎不作宰相！』陳輔之《詩話》。宗祥案：馮山公《蘇詩補注》引此詩，尚有『舉頭紅日近，回首白雲低』兩句。

寇萊公《詠懷》詩：『曾讀前書笑古今，耻隨流俗信浮沉。終期直道扶元化，肯爲虚名役片心。默坐野禽啼晝景，閉門官柳長春陰。世間事了先須退，不待霜毛漸滿簪。』末句乞閒之意，在公爲可信，在他人未可信也。葉廷秀《詩譚》

寇萊公祠，在巴山南麓，茅茨陋甚。一碑偃仆沙土中，乃王梅溪先生乾道二年立，門人王蒙書，碑已中斷。循祠東上，有平臺，即秋風亭址，柱礎猶存。其西白雲亭，與公手植二柏，久已化去。二亭皆倚巴山之麓。中爲壽寧寺，寺後有泉，流遶寺門，下入于江，雖大旱不涸，曰『相公溪』。溪上有石梁，曰『相公橋』，萊公所嘗吟眺處也。公在巴東，有『野水孤舟』之句，爲人傳誦。然公此中詩尤多佳句，如：『印鎖殘陽後，人歸叠翠陰』，『水穿吟閣過，苔遶印床斑』，『衆木侵山徑，寒江逼縣門』，皆錢郎之選也。王士禛《蜀道驛程記》

住在洛時，嘗見謝希深《誦縣古槐根出》：『官清馬骨高』，又見晏丞相：『嘗愛笙歌歸院落，燈火下樓臺。』希深曰：『清苦之意，在言外而見於言中。』晏公曰：『世傳寇萊公詩云「老覺腰金重，慵便枕玉涼。」以爲富貴，此特窮相者爾。』能道富貴之盛，則莫如前言。

亦與希深所評者類爾。二公皆有情味，而善爲篇詠者，其論如此。歐陽修《試筆》

『孤村芳草遠，斜日杏花飛』，大丞相萊國公寇忠愍之語。《彥周詩話》

寇萊公南遷，道過襄陽，嘗留一絶句于驛亭，曰：『沙堤築處迎丞相，驛吏催時送逐臣。到了輸他林下客，無榮無辱自由身。』『林下客』大概言之，初無所主名也，胡秘監旦素不爲公所喜，時適居郡下，既聞之，遂以『林下客』謂公爲己發，且有稱快之語，聞者莫不皆笑。《石林詩話》

寇萊公給事中知吏部選時，張洎亦爲給事中，掌考功，官序雖齊，視洎乃爲屬曹。寇少年進用，才鋭氣勇，復爲首曹，慊洎不以本司官長奉己；洎又以老儒宿德，聞望自持，不肯委節事寇。寇一日忽作《庭雀》一詩玩洎，略曰：『少年挾彈多狂逸，不用金圓用蠟圓』，蓋譏洎頃在江南重圍中，爲李煜草詔，於蠟圓中召上江救兵之事也。洎不免强顔附之，後稍親暱，其辨誦談笑，横飛于席間。寇胸中素藴養畜不發者，盡爲洎藉而取之，因是大服，遂推挽于朝，力加薦擢。《玉壺清話》

何承矩

瓦橋關，北與遼人爲鄰，素無關河爲阻。往歲六宅使何承矩守瓦橋，始議因陂澤之地，瀦水爲塞，欲自相視，恐其謀泄，日會僚佐，泛船置酒賞蓼花，作《蓼花吟》數十篇，令座客屬和，畫以爲圖，傳至京師，人莫喻其意。自此始壅諸淀。《夢溪筆談》

文昭園，在潭州。興國間，何承矩爲守。園吏云：『昔屬馬家，今歸趙氏。』因聞題壺，有感作詩云：『馬家公子好樓臺，鑿破青山碧沼開。啼鳴不知人事變，數聲猶傍水邊來。』《方輿勝覽》

梁　灝

翰林梁狀元灝，丱角時，從其父至官府，畢相士安，時爲郡官，見其有異于人，及坐定，目看便廳壁上書字，問其父曰：『此子亦讀書耶？』曰：『亦就學。』又問：『曾學對屬否？』曰：『其師嘗教之，但某俱不識其能否。』乃指壁間字曰：『此有一句詩，無人對得。曰「鸚鵡能言爭似鳳」。』應聲曰：『蜘蛛雖巧不如蠶。』畢大驚異，延之家塾，自教養之，卒成大名。《侍講日記》

陳正敏《遯齋閒覽》：『梁灝八十二歲，雍熙二年狀元及第，其《謝啟》云：「白首窮經，少伏生之八歲。青雲得路，多太公之二年。」後終秘書監，卒年九十餘。此語既著，士大夫亦以爲口實。』予以《國史》考之：梁公字太素，雍熙二年，廷試甲科；景德元年，以翰林學士知開封府，暴疾卒，年四十二。子固，亦進士甲科，至直史館，卒年三十三。史臣謂梁：『方當委遇，中途夭謝』，又云：『梁之秀穎，中道而摧』，明白如此。遯齋之妄，不待攻也。《容齋四筆》

灝年八十二，狀元及第，《謝恩》詩曰：『天福三年來應舉，雍熙二載始成名。饒他白髮巾中滿，且喜青雲足下生。觀榜已無同輩在，歸家惟有子孫迎。也知年少登科好，争奈龍頭屬老成。』《淵鑒類函》

劉師道

劉師道《寄别》云：『南浦未傷春草碧，北山仍愧曉猿驚。』《與張必》云：『久師金馬客，勍敵玉溪生。』《荷花》云：『有路期奔月，無媒與嫁春。』《殘花》云：『金谷路塵埋國豔，武陵溪水泛天香。』《寄陳龍圖》云：『晨瞻北斗天何遠，夢斷南柯日未沉。』《歎世》云：『野馬飛窗日，醯雞舞甕天。』《春雪》云：『青帝翠華沉物外，素娥孀影弔雲端。』《詠雪》云：『三千世界銀成色，十二樓臺玉作層。』《湘中》云：『逝波帝子魂何在？夢草王孫怨未歸。』《詩話總龜》

王　操

王操，字正美，江左人，太平興國中，上《南都賦》，授太子洗馬，奉使隴右，至石濠驛，作《黄葵》詩於題壁，云：『昔年南國看黄葵，雲鬟金釵向後垂。今日衰容籬落下，秋風寂寞兩三枝。』李相國昉自延安入覲，見詩愛之。後《贈相國》云：『袖中諫草朝天去，頭上宫花侍宴歸。』《贈劉將軍》云：『三十懸鈎事聖朝，功名常愛霍嫖姚。錦衣香重花垂足，玉帶光寒雪遶腰。秣馬暖思秦地草，弦弓秋憶雁門鵰。清時閒卻英雄興，醉聽笙歌擲酒瓢。』《寒食》云：『馬摇金勒嘶村墅，人搶花毬落野田。』《夜宴》云：『彩箋分卷碧雲薄，蠟燭對燒紅淚幹。』《雅言系述》

王操謁宋國老，獻詩，送數百縑，于鍾陵飲酒，數日而盡，醉中挂帆數百里，至落星灣，半醉醒，煙雨中登水心寺，題詩于壁，云：『分飛南渡春風晚，卻返家林舊業空。無限離情似楊柳，萬條垂向楚江東。』《歷代吟譜》

錢　熙

錢熙《送人金陵拜掃》句云：『鶴歸已改新城郭，牛卧重尋舊墓田。』《皇朝類苑》

錢熙，泉南才雅之士，進《四夷來王賦》萬餘言，太宗愛其才，擢館職，有司請試，上笑曰：『試官前進士趙某親自選中。』嘗撰《三酌酸文》，舉世稱精絶，略曰：『渭川凝碧，早拋釣月之流。商嶺排青，不逐眠雲之侣。』又曰：『年年落第，春風徒泣于遷鶯。處處羈游，夜雨空傷於斷雁。』其文數千言，率類此。卒，鄉人李慶孫以詩弔之曰：『四夷妙賦無人誦，三酌酸文舉世傳。』《玉壺清話》

陳彭年

初，中國長公主爲尼，掖庭嬪御隨出家者三十餘人，詔兩禁送于寺，賜齋饌，傳宣各令作詩送。惟陳文僖公彭年詩，尚有記者，云：『盡出花鈿散寶津，雲鬟初剪向殘春。因驚風燭難留世，遂作池蓮不染身。貝葉乍翻疑軸錦，梵聲纔學誤梁塵。從兹豔質歸空後，湘浦應無解佩人。』好事者能以《鷓鴣天》曲聲歌之。《湘山野録》。宗祥案：《優古堂詩話》載此詩爲唐人之作，云：唐顧陶，大中丙子編《唐詩類選》，載陽郇伯作《妓人出家》詩：『盡出花鈿與四鄰，雲髻剪落向殘春。暫驚風燭難留世，便是池蓮不染身。貝葉欲翻迷錦字，梵聲初學誤梁塵。從今豔色歸空後，湘浦應無解佩人。』《湘山野録》乃謂：本朝申國長公主爲尼，掖廷嬪御，隨出家者三十餘人，太宗詔兩禁各以詩送之。陳彭年作詩八句。今考其詩，與陽郇伯所作一同，首句『盡出花鈿散寶津』一句不同，豈後人改郇伯詩而托以彭年之名，而文瑩又不考之過耶？

陳彭年在翰林，所兼十餘職，皆文翰清秘之目，時人謂其署銜爲『一條冰』。《國老談苑》

孫冕

孫集賢冕，天禧中，直史館幾二十年，江南端方士也，節概清直，晚守蘇，甫及引年，大書詩于廳壁曰：『人生七十鬼爲鄰，已覺風光屬别人。莫待朝廷差致仕，早謀泉石養閒身。去年河北曾逢李，今日淮西又見陳。李見素、陳莊，皆差致仕。寄語姑蘇孫太守，也須抖擻舊精神。』題畢，拂衣歸九華，以清節高操，羞百執事之顔，朝廷嘉之，許再任。詔下，已歸，竟召不起。王冀公欽若，里閈交素也。冀公天禧中罷相，以宫保出鎮餘杭，艤舟蘇臺，歡好款密，醉謂孫曰：『老兄淹留日久，且寬衷，當别致拜聞。』公正色答曰：『二十年出處中書，一素交潦倒江湖，不預一點化筆，殆事權屬他人。出廟堂數千里爲方面，始以此語見悦，得爲信乎！』冀公愧謝，解舟遂行。《湘山野録》

焦宗古

焦宗古《送人游蜀》云：『芳樹高低啼蜀魄，朝雲濃淡極巴天。』《贈周賢良》云：『南陽客自稱龍卧，東魯人應歎鳳衰。』《玉堂清話》

陳 詁

陳詁《閒居》云：『籠雞對窗語，羅雀繞門飛。』《皇朝類苑》

劉景直

彭城劉景直，雍熙間游華清宫，因題詩于門屏，云：『天子多情寵太真，六宫專幸掌中身。漁陽鼓動長安破，從此香肌委路塵。』是夜，夢明皇召去，論當時事，妃子索景直有所贈，立作詩曰：『玉刻水中龍，雲牌揭故宫。霓裳滿天月，粉骨幾春風。眉勢遠山盡，裙腰芳草空。共知千古事，悽恨與誰同？』見歧王至，明皇曰：『來何晚？』王曰：『適出杜甫到臣帳中，誦哥舒翰詩，向臣似有德色，云：「日月低秦樹，山河遶漢宫。」』明皇又曰：『嘗愛伊「夜闌更秉燭，相對如夢寐」之句，李白終無甫之筋骨。至如賈至、崔輔國，亦闕自然之句，張老死把筆無伊一字。』遂宴飲。忽聞寶雲寺鐘聲，方覺。《洞微志》

陳堯佐

陳文惠善爲四句詩，在江湖，有詩云：『平波渺渺煙蒼蒼，菰蒲纔熟楊柳黄。扁舟繫岸不忍去，秋風斜日鱸魚鄉。』文惠年六十餘，纔爲知制誥，其後遂至真宰使相致仕。文惠喜堆墨書，深自矜負，號『前無古人，後無來者』。與石少傅同在政府，石欲戲之。政事堂有墨漆大飯床，長五六尺許，石取白堊横畫其中，可尺餘，而謂陳曰：『我頗學公堆墨字。』陳聞之，歡甚。石顧小吏二人，舁飯床出，曰：『我已能寫口字。』陳爲悵然。《中山詩話》

陳文惠堯佐，以使相致仕，年八十。有詩云：『青雲岐路游將徧，白髮光陰得最多。』構亭號『佚老』，後歸政者往往多效之。公喜堆墨書，游長安佛寺題名，從者誤側硯污鞋，公性急，遂窒筆于其鼻，客笑失聲：『若皇甫湜怒其子，不暇取杖，遂齕臂流血。』《中山詩話》

陳文惠未達時，嘗作詩曰：『千里好山雲乍斂，一樓明月雨初晴。』觀此詩者曰：『意與李君「碧山更被暮雲遮」者異矣。』然則文惠致位宰相，壽餘八十，不亦宜乎。《青箱雜記》

陳堯佐《潮州召還》云：『君恩來萬里，客路出千山。』《送种放》云：『供帳開天苑，傳呼度國門。』《送人越州》云：『風樵若耶路，霜橘洞庭秋。』《偶成》云：『千里好山雲乍斂，一樓明月雨初晴。』《送朱荆南》云：『郡吏百函通爵里，從兵千騎屬櫜鞬。』《皇朝類苑》

陳文惠公堯佐，能爲詩，世稱其《吴江》詩云：『平波渺渺煙蒼蒼，菰蒲纔熟楊柳黄。扁舟繫岸不忍去，秋風斜日鱸魚香。』又嘗有詩云：『雨網蛛絲斷，風枝鳥夢摇。詩家零落景，采拾合如樵。』《續詩話》

王楙曰：劉夢得詩：『湖魚香勝肉』，孰謂魚不當言『香』耶？但此『鱸魚香』云者，謂當八九月鱸魚肥美之時節氣味耳，非必指魚之馨香也。『香』字比『鱸魚鄉』甚覺氣味長，更與識者參之。《野客叢書》

陳文惠至古寺，作詩曰：『殿古寒爐空，流塵暗金碧。獨坐偶無人，又得真消息。』《春明退朝録》

臨潼縣靈泉觀，唐華清宫也，自唐迄今，題詠不可紀，小杜五言長韻并三絶，洎鄭愚《津陽門》詩外，唯陳文惠、張文定，及進士楊正倫論詩最佳。文定詩云：『當時不是不窮奢，民樂昇平少嘆嗟。姚宋未亡妃子在，塵埃那得到中華。』文惠詩云：『百首新詩百意精，不尤妃子只尤兵。争如一句傷時事，只爲明皇恃太平。』正倫詩曰：『休罪明皇與貴妃，大都衰盛兩相隨。惟憐一派温泉水，不逐人心冷暖移。』鄭文寶詩云：『只見開元無事久，不知貞觀用功深。』皆爲知音所賞。《倦游録》

陳文惠堯佐，退居鄭下，張退傅知西京，以姚黄、魏紫及酒惠文惠，答詩曰：『有花無酒頭慵舉，有酒無花眼倦開。正向西園念蕭索，洛陽花酒一時來。』《寒齋廣録》

陳文惠堯公佐《吴江》詩云：『平波渺渺煙蒼蒼，菰蒲纔熟楊柳黄。扁舟繫岸不忍去，西風斜日鱸魚香。』後人于其地立鱸香亭，和者計百餘人，皆不及也。噫此詩尚敢和耶！

又《碧瀾堂詩》云：『苕溪清淺霅溪斜，碧玉光涵一萬家。誰向月明中夜聽？洞庭漁笛隔蘆花。』二詩曲盡東南之景。後之作者無復措手。《升庵詩話》

朱昂，字舉之，揚歷清貴二十年，晚爲工部侍郎，懇求歸荆南，踰年方允。時方劇暑，恩旨曲留，許秋涼始行。吴淑贈行云：『漢殿夜涼初閣筆，渚宫秋晚得懸車。』錫宴玉津園中，傳旨令賦詩爲送。李維丞旨云：『清朝納禄猶强健，白首還家正太平。』陳文惠云：『部吏百銜通爵里，從兵千騎過荆門。』弟協亦同時隐，皆享眉壽，謂之『渚宫二疏』。《古今詩話》

臨潼縣華清宫朝元閣，題者亦多，惟陳文惠公二韻尤爲絶唱。曰：『朝元高閣迥，秋毫無隱情。浮雲忽以蔽，不見漁陽城。』《青箱雜記》

『陳文惠有《題松江》詩，落句云：「西風斜日鱸魚鄉」，言惟松江有鱸魚耳，當用此「鄉」字，而數處見皆作「香」字。魚未爲羹胾，雖嘉魚直腥耳，安得香哉！』以上張右史耒説。然仁宗朝，治平丙午所編《松江集》，有《鱸鄉亭》等詩。其亭，尚書屯田郎中林肇所立也。其敍云：『肇頃過松陵，讀陳丞相留題，有「秋風斜日鱸魚鄉」之句，嘗諷詠之。去年秋，作亭江上，差有雅致，因取其句中「鱸鄉」二字，爲亭名焉。詩云：「膾鱸珍琢是吴鄉，丞相嘗留刻琰章」云云。』張子野詩云：『霓舟忽艤鱸魚鄉，槎閣欲淩雲漢域。』又云：『但怪鱸鄉一旦成，分卻松江半秋色。』乃知標亭以『鱸鄉』久矣。以『鄉』爲『香』，其誤甚明。

《能改齋漫録》

棲真洞在大滌山前西天柱嶺上，一名西洞。《舊志》云：『大滌先生杜琛，語弟子何法仁曰：「汝宜居西洞，可以遯世成真。」遂名「棲真」。』龕室幽深，乳泉滴瀝。又東、西二臺，西臺一石，平如棋局，白石子如拳，委積其上，旁列石坐環向焉。入洞門三丈許，有石仙人，爲仰卧狀。昔陳堯佐任浙漕日來游，有詩云：『二天封部稼如雲，流水清寒出洞門。更愛林間磐石上，松花吹散羽人樽。』今洞前亭曰『谷口』，亦取陳詩『谷口停驂上翠微』之句。《洞霄圖志》

陳文惠公守杭州，《喜江南梅度至》二首：『淡薄交情老更濃，爲君彈瑟送金鍾。苧蘿香徑無人到，姑射仙姿在處逢。鸞鶴品流慚晚達，煙霞門户憶先容。公餘莫放西湖景，步步蒼苔岸岸松。』其二：『公望當年最得君，畫圖城郭喜同群。門前碧浪家家海，樓上青山寺寺雲。松下玉琴邀鶴聽，溪邊苔石共僧分。情多景好知難盡？且倒金尊任半醺。』杭州繁盛，自前宋已然，此詩錢唐景物，已略盡矣。又《題林和靖水亭》云：『城外逋翁宅，開亭野水寒。冷光浮荇葉，静影浸魚竿。吠犬時迎客，饑禽忽上闌。疏籬僧舍近，嘉樹鶴庭寬。拂砌煙絲裊，侵窗筍戟攢。小橋横落日，幽徑轉層巒。好景吟何極，清歡盡亦難。憐君留我意，重疊取琴彈。』《西湖志餘》

孫周翰

孫周翰精敏，亦少逸之流，其父穆之携以見郡侯。時賞春作會，座客簪花，郡侯屬周翰曰：『口吹楊葉成新曲。』翰曰：『頭戴花枝學後生。』郡侯笑曰：『何遽便戲老夫！』賜童子出身。《續歸田録》

陳從易

宋景文言：大孤山以『孤獨』爲字，有廟在江壖，乃爲婦人形。陳簡夫留詩曰：『山稱孤獨字，廟塑女郎形。過客雖知誤，行人尚乞靈。』時稱佳句。《古今詩話》

江西俚俗，駡人曰『客作兒』。陳從易《寄荔枝與盛參政》詩云：『櫻桃真小子，龍眼是凡姿。橄欖爲下輩，枇杷客作兒。』盛問其説，云：『櫻桃味酸，小子也。龍眼無文采，凡姿也。橄欖初澀後甘，下輩也。枇杷肉小核大，客作兒也。』凡言『客作兒』者，傭夫也。《宋稗類抄》

王文穆罷相，朝士皆有詩，陳從易詩最佳，云：『千重浪裏平安過，百尺竿頭穩下來。』《詩史》

陳舍人從易，當時文方盛之際，獨以醇儒古學見稱，其詩多類白樂天，蓋自楊劉唱和西崑集行，後進學者争效之，風雅一變，謂『西昆體』。由是唐賢諸集，幾廢而不行。陳公時偶得《杜集》舊本，文多脱誤，至《送蔡都尉》詩云：『身輕一鳥』，其下脱一字，陳公因與數客各用一字補之，或云『疾』，或云『落』，或云『下』，莫能定。後得一善本，乃是『一鳥過』，公歎服。以爲雖一字，諸君亦不能到。《六一詩話》

梅詢

梅詢侍讀嘗從真宗東封，因卜命于嶽神，夢三牛鬥于庭，有稱相公通謁者。雖異之，而不曉其兆。既而得濠梁守，州廨有三石牛。後吕許公夷簡，以殿中丞來倅，詢見之，疑若所夢謁者，于是委遇至厚。不數年，許公大拜，梅爲發運使，按部至濠上，作詩寄之，云：『十五年前忝一麾，公餘嘗得預言詩。玉階步武爲霖早，雲路風波得志遲。浴鳳池深春蕩蕩，觀魚台古草離離。重來故老休相問，請揭紗籠看舊碑。』《侯鯖録》

《送夏子喬招討西夏》云：『丹墀曾獨繹絲綸，御劄親題第一人。鶯喜上遷張筆力，馬諳西討仗威靈。亞夫金鼓從天降，韓信旌旗背水陳。耆致爾功還奏闕，圖形仍許上麒麟。』《許昌梅公年譜》

景祐末，元昊叛，夏鄭公出鎮長安，梅昌言送詩曰：『亞夫金鼓從天落，韓信旌旗背水陳。』是時士大夫詩甚多，鄭公獨刻昌言詩于石。《詩話總龜》

梅詢《陰陵》云：『千里漢圍合，一夜楚歌聲。』《楊文公談苑》

梅詢《武林山十詠》：《水臺盤》在下天竺云：『鶴髮山中人，疏泉鑿幽石。如憑青玉案，分遞白雲液。泠泠濺雕俎，瑟瑟穿吟席。醉坐三伏中，煩襟自消釋。』《翻經臺》云：『靈運曾此臺，冥心住幽寂。重譯葉上書，深藏林中迹。遺文傳竹素，野蔓侵苔碧。登覽殊未休，蒼山日將夕。』《靈隱寺》云：『千峰凌紫煙，中有梵宮闕。靈眄極幽棲，塵心自超越。松黄發春靄，桂實墜秋月。争得謝世人，兹焉老華髮。』《北高峰塔》云：『高塔列遠岑，亭亭幾百載。鈴聲答夜風，輪影落滄海。閒雲伴危級，斜日平煙彩。欲下生暮愁，千山閉輕靄。』《蓮花峰》云：『巨石如芙蓉，天然匪雕飾。盤礴峰頂邊，嬋娟秋江側。涉川試誰採？作礪當自惜。坐與榮落同，正心未嘗易。』《龍泓洞》云：『矯矯淵下龍，潛神在靈府。雲卧雖有時，泥沙可長處。陰崖寒氣腥，峭壁灼痕古。何當救旱暵，奮起爲霖雨。』《冷泉亭》云：『古竇鳴幽泉，蒼崖結靈宇。六月期客游，披襟苦徂暑。開窗弄清淺，吹鬢疑風雨。不見白使君，煙蘿爲誰語？』《呼猿洞》云：『古澗飛白猿，寂歷不知處。風激石上泉，僧疑月中樹。微茫認松雪，仿佛横樵路。空望增爾思，蒼蒼奈煙霧。』《煉丹井》云：『仙翁道未泯，棲神在巖石。酌彼山下泉，窮年煉金液。洞陰春始緑，苔甃秋含碧。緬慕不可期，凭欄望凫舄。』《飛來峰》云：『竺慧指此峰，飛來自靈鷲。猿鳥曾未知，煙嵐尚依舊。興亡漫千古，天地豈關紐。衹恐舟壑移，他年卻西走。』《咸淳臨安志》

吴簡言

吴簡言，字若訥，長汀人，端拱二年進士，累官祠部郎中，嘗題《巫山神女廟》詩，云：『惆悵巫娥事不平，當年一夢是虚成。只因宋玉閒唇吻，流盡巴江洗不清。』是夕，夢神女來見曰：『君詩雅正，當以順風相謝。』明日解纜，果然。《汀州府志》

古成之

成之字亞奭，河源人，五季末，避地增城，嘗結廬羅浮山，力學不倦，端拱初，登第，名在十九。初調元氏尉，改知益都縣。淳化三年，召試館職，除秘書省校書郎。張詠知益州，辟知綿州魏城縣，再令綿竹。初，成之道由潭州，遇異人韓泳，邀以仙術，答曰：『親老禄仕，長生非所願也。』及登第，泳復邀之，不爲動。至是歎曰：『今親没何以仕爲！』慨然賦《思羅浮》詩。未幾，卒于官。成之以文章爲南粤倡，久官于蜀，不携妻子，人以爲仙。詩云：

『憶昔羅浮最上峰，當年曾得寄仙蹤。凭闌月色出倉海，倚枕秋聲入古松。采藥静尋幽澗洗，寄書閒仗白雲封。紅塵一下拘名利，不聽山間午夜鐘。』成之將終前數日，漢州有衙吏，自青州致書來，覽之，乃泳筆也，即酣飲累日，不臨政，索誥大書一詩于後，擲筆而逝。縣云申州，而成之先至漢州，謁太守矣，人皆以爲屍解。《惠州府志》

宋初，干戈甫息，嶺嶠文風未振，每取士，合一路以一人薦。衆推成之，雍熙改元，充秋賦。《督府勸駕》詩云：『寰中有道逢千載，嶺外觀光只一人。』蓋紀實也。端拱二年進士召試，除秘書省教書郎，張詠帥蜀，辟知綿竹，卒于官。《廣東通志》

楊正倫

題華清宫者多矣，獨楊正倫詩爲特出，詩曰：『休罪明皇與貴妃，大都衰盛兩隨時。惟餘一派温泉水，不逐人心冷暖移。』《詩史》。又見《倦游録》

孫　何

孫何嘗作《兩晉名賢贊》，并詩三十篇。王禹偁延譽之，曰：『丁謂與孫何，便可白衣修撰。』《歷代吟譜》

太平興國末年，曹彬出領節制，閉閣謝客。孫何自京師來，久不得見，以詩自誚云：『欲謁元戎無介紹，薛能詩版在鵰堂。』《補續高僧傳》

孫何《詠吴興》詩云：『誰如張璪工松石？擬裂鮫綃畫作圖。』《宣和畫譜》

張宗祥 纂輯 曹錦炎 整理

全宋詩話

第二册

卷六至卷十四

浙江大學出版社

本册目録

全宋詩話目録卷十……三一〇

全宋詩話卷十……三一三

全宋詩話目録卷六

張士遜　字順之，號退傅，陰城人，淳化三年進士。真宗朝禮部尚書同門下平章事。仁宗朝太傅，封鄧國公，薨謚文懿。

錢昆　字裕之，吴越廢王倧子，淳化三年進士。秘書監。有集。

郭震　字希聲，成都人，有《漁舟集》。

路振　字子發，永州祁陽人，淳化進士。歷官左司諫、知制誥，充同修起居注。有集。

王欽若　字定國，臨江軍新喻人。進士甲科，召試，知制誥。歷官翰林學士、樞密使、檢校太傅、同中書門下平章事、司徒，封冀國公，卒贈太師、中書令，謚文穆。

胡旦　字周父，濱州渤海人，進士第一。歷官祠部郎中、秘書監。有集。

王嵒　淳化中，隱居蜀川。有集。

陳儀　胡旦同年。

田霖　淳化間人。

賈黄中　字媯民，南皮人，六歲舉童子科，十五舉進士。太宗召試中書，知制誥、充翰林學士、參知政事。至道初禮部侍郎兼秘書監。有集。

滕白　太宗時，工部郎中，世稱『滕工部』。有集。

錢昭度　字九齡，吴越王俶從弟偓子。仕西頭供奉官。有詩集。

楊允元　官光禄寺丞，直集賢院。

滕俔　白族人。

潘閬　字逍遥，大名人，嘗居錢塘。太宗召對，賜進士第。王繼恩與之善，繼恩下獄，捕閬，已逸去。咸平初，來京，尹收繫之，真宗釋其罪，以爲滁州參軍，後卒泗上。有詩集。

李度　河南洛陽人，周顯德中進士。宋官虞部員外郎。

郭忠恕　字恕先，洛陽人，七歲能文，舉童子第。周廣順中，爲宗正丞兼國子書學博士。太宗朝，爲國子主簿，以畫名。

陳摶　字圖南，自號扶摇子，亳州真源人。後唐長興中，舉進士，不第，隱居華山雲臺觀。年近百歲，周世宗召至闕下，賜號『白雲先生』。宋太宗再召見，待以賓禮，賜號希夷先生，放還山。卒于張超谷。有《高陽集》、《釣潭集》。

石砒　宋初隱士。

楊樸　字契元，鄭州人。少與畢士安同學，士安薦之太宗，以布衣召見，辭官歸隱。有《東里集》。

伍彬　郴陽人，事馬氏。宋平湖湘，授安邑簿。秩滿歸隱。

曹谷　善星曆。

劉少逸　蘇州人，幼能文，王禹偁聞于朝，賜進士第。官止尚書員外郎。

張沃　閩人，七歲能詩。

許彦先　宋連州運使。

全宋詩話卷六

張士遜

張鄧公士遜，三入相，景祐五年，與章郇公並命，已七十五歲，後二年，西賊叛命，寶元康定之間，措置乖方，物議罪之。方引年除正太傅致仕，以小詩别郇公，云：『緒案當衙並命時，蒹葭衰朽倚瓊枝。如今我得休官去，鴻入南溟鳳在池。』邊輔咸知焉。當時輕薄少年，改鄧公詩曰：『緒案當衙並命時，與君兩箇没操持。如今我得休官去，一任夫君鶻露啼。』聞者無不大哂。《談淵》

公性喜山水，宰邵武時，多游僧舍，至則吟詠忘歸。嘗至西庵寺題詩曰：『西庵深入西山裏，算得當年少客游。密密石叢蟠小徑，涓涓雲竇瀉寒流。松皆有節誰青蓋？僧盡無心也白頭。欲刷粉碑書姓字，調卑官冗不堪留。』又公嘗至寶蓋巖寺，亦留題曰：『身爲冠冕留，心是雲泉客。每到雲泉中，便擬忘歸迹。况兹寶蓋巖，天造清涼宅。税車官道邊，誰

知願言適？』又公嘗沿牒至建寧縣道，洛陽村西，山路險峭穹絶，不可名狀，亦題二韻于村寺，曰：『金谷花時醉幾場，舊游無日不思量。誰知萬水千山裏，枉被人言過洛陽。』仁宗篤師傅恩，遇公特厚，致政後，每大朝會，常令綴兩府班。公時已八十餘，而拜跪尚輕利，仁宗悦，乃飛白『千歲』二字賜之。公遽進歌以謝，優詔答之，雖漢顯宗之遇桓榮，不是過也。《青箱雜記》

退傅張鄧公士遜，晚春乘安轝出南薰門，繚繞都城，游金明池，抵宿，指宜春門入，關吏捧門牌請官位，退傅止書一闋于牌，云：『閒游靈沼送春回，關吏何須苦見猜。八十老翁無品秩，昔曾三到鳳池來。』《湘山野録》。宗祥案：此事見《青瑣詩話》、《詩話總龜》，而《後山詩話》又作『吕某公』，恐係傳遜之誤。

張退傅相公與陳文惠公同秉政，張既以帝傅致政，有詩寄文惠曰：『赭按當年並命時，蒹葭衰颯倚瓊枝。皇恩乞與桑榆老，鴻入高冥鳳在池。』張公既退居，年七十八歲，有《除夜》詩：『八十光陰有二年，煙蘿門户喜開關。近來無奈山中相，頻寄書來許綴班。』退傅以八十二歲薨，正八十有二之讖。《倦游雜録》。宗祥案：行狀：公生於乾德甲子九月二十一日，卒于皇祐元年正月己酉，年八十六。《青箱雜記》同，獨《倦游雜録》、《甕牖閒譚》誤作『八十二』。

邵州魏處士，高尚之士，張丞相士遜招之入都，不久告還。丞相有詩送之，曰：『一片閒雲來帝里，歸飛不肯待秋風。』人皆榮之。《青瑣詩話》

許道寧，長安人，工畫山水，學李先丞，始尚矜謹，老年唯以筆畫簡快爲已任，故峰巒峭拔，林木勁硬，別成一家體。故張文懿贈詩曰：『李成謝世范寬死，惟有長安許道寧。』非過言也。《書畫見聞志》

本朝文懿公張士遜，字順之，唐張柬之之後，又知邵武縣，禱雨，大有感應，任滿，作詩記事，云：『乞靈曾爇一罏煙，言下霶沱救旱田。今日解龜留數字，要教來者更恭虔。』《詩律武庫》

錢　昆

淮陰廟題者甚多，惟錢昆最佳：『築臺拜日恩雖厚，躡足封時慮已深。隆準早知同鳥喙，將軍應起五湖心。』《青箱雜記》

昆字裕之，忠遜廢王倧之子，歸宋中進士，仕至祕書監。昆喜爲詩賦，又工草隸，有文集十卷；又工畫，常繪寒蘆沙鳥于團扇，人競寶之。性嗜蟹，常求補外職，曰：『但得有蟹無通判處，足慰素願也。』《十國春秋》

昆有《游鐵岸》詩：『晴紅煙緑襯虚亭，公退因來得野情。落日東風懶歸去，擬將薄禄換漢聲。』《中州題詠集》

郭　震

郭希聲《紙窗》詩曰：『偏宜酥壁稱閒情，白似溪雲薄似冰。不是野人嫌月色，免教風弄讀書燈。』《青瑣後集》

『朝出東門游，東門好春色。青青原上草，莫放征馬食。』震于淳化四年，忽作此詩，詣闕上書，言蜀利病。未幾，李順之亂作矣。《文獻通考》

蜀人任介、郭震、李畋，皆博學能詩，曉音律，相與爲莫逆之交，游蕩不羈，禮法之士鄙之，然皆才識過人。李順之將亂，震游成都，忽賦詩曰：『今日出東郊，東郊好春色。青青原上草，莫放征馬食。』遂走京師上書，言蜀將亂。不報。期年，其言乃效。震竟不仕，介爲西蜀一幕官而死。畋稍達，仕至尚書郎。震將死，其友往問之，側身欹枕而言。其友曰：『子且正身。』震笑曰：『此行豈可復替名哉。』雖其平生談諧之餘習，然亦足以見其臨死生而不亂也。《東坡詩話》

段文昌有別業在廣都縣龍華山，嘗杜門力學于此。郭震有《題龍華山詩》云：『昔年曾到此山來，百鳥聲中酒一杯。最好寺邊開眼處，段文昌有讀書臺。』《海録碎事》

路　振

孫何游南臺，聞惠泉高概，叩其門，一見如舊識，饋勞加厚。後二年，何爲進士舉首，同年路振官彭門。何盛稱泉好義甚篤，振下車詣焉，師已去浙矣，振歎慕留詩壁間云：『漢公嘗説惠泉師，解講楞嚴解賦詩。今日我來師已去，草堂風雨立多時。』《補續高僧傳》

安邑簿伍彬歸隱，路振贈詩曰：『老終秋鬢白，歸隱舊峰前。庭樹鳥頻啄，山房人尚眠。寒巖落桂子，野水過茶煙。已結勞生念，虔心向竺乾。』《雅言系述》

振《潮州徵還》云：『君恩來萬里，客路出千山。』《冬窗雜録》

王欽若

王文穆欽若未第時，寒窘，依幕府家。時章聖以壽王尹開封府，一日晚，過其舍，左右不虞王至，亟取紙屏障風。王顧屏間一聯云：『龍帶晚煙離洞府，雁拖秋色入衡陽。』大加賞愛，曰：『此語落落有貴氣，何人詩也？』對曰：『某門客王欽若。』上遽召之，一見，欽若如夙素。其後信任頗專，致位上相，風雲之會，實基于此焉。《西清詩話》

晉陶侃少時家貧，有友人見訪，無以致誠。其鄰人頗賢，謂侃曰：『子門有長者軒車，

何不延之，以論當世事？』侃曰：『貧不能備酒醴。』鄰人密于墻頭，度以濁酒隻雞，遂成終日之樂。本朝王冀公欽若過其廟，題詩云：『九重天闕夢掉臂，黄雞白酒鄰舍恩。』《詩律武庫》

王冀公，新喻人，微時往觀社，求祭肉，衆問：『爾爲誰？』曰：『我秀才也。』衆曰：『何所能？』曰：『能詩。』時無紙筆，即取炭畫猪皮上，曰：『龍帶晚煙歸洞府，雁拖秋色入衡陽。』後之人謂此句有宰相氣象。《獨醒雜志》

胡旦

胡旦少有俊才，尚氣淩物，嘗大言曰：『應舉不作狀元，仕官不爲宰相，乃虚生也。』及隨計之秋，郡守坐中，聞雁，乃題詩曰：『明年春色裹，領取一行歸。』明年果魁天下。終以忤物，不登顯位。《澠水燕談》

王嵒

開寶中，神泉令張某者，新到官，外以廉潔自矜，内則貪黷自奉，其例甚多，一日，自榜縣門云：某月某日，是知縣生日，告示門内與給使諸色人，不得輒有獻送。有一曹吏與衆

議曰：『辛君明言生辰日，意令我輩知也。言不得獻送，是謙也。』衆曰：『然。』至日，各持縑獻之，命曰『續壽衣』，辛一無所拒，感領而已。復告之曰：後月某日是縣君生日，更莫將來。無不哈者。得之于神泉進士黄鳳。時王喦以《鷺鷥》詩諷之云：『飛來疑是鶴，下處卻尋魚。』最爲中的。《該聞録》

《殘冬客次資陽》云：『淡雲殘雪簇江天，策蹇遲回客興闌。持鉢老僧來咒水，倚船商女待搬灘。沙翹白鷺非真静，竹映繁梅奈苦寒。阮籍莫嗟岐路異，舊山溪畔有魚竿。』方回曰：『巖，宋初人，隱居蜀川，此詩第四句新，第五句雖破壞，亦良是。』《瀛奎律髓》

陳　儀

趙昌言爲樞密副使時，陳儀與董儼俱爲三司鹽鐵副使，胡旦知制誥院，盡同年生，俱少年，爲一時之俊。梁顥又嘗與同幕。五人者旦夕會飲于樞第，茶觴壺矢，未嘗虚日。每乘醉夜方歸，金吾更逐夜候馬首聲喏，儀以醉鞭指其吏曰：『金吾不惜夜，玉漏莫相催。』都人諺：『陳三更，董半夜。』《玉壺清話》。宗祥案：『金吾』二句用唐、蘇味道《正月十五夜》詩中句。

田霖

女真錢氏二姊妹，依止陶隱居，誦《黄庭經》，即茅山燕洞也，至今有紫菖蒲、碧桃焉。其姊披白練衣，得道入洞，及女弟至，則户已扃矣。淳化五年，夏侯嘉正與道士五人往彼投龍。是夜，雷震其洞復開，有一吏深入，遇道士與林檎一枚，食之，遂絶粒。田霖作詩題之曰：『燕口龍泓氣象清，錢真此處有遺靈。仙兄去後師猶在，女弟回時户已扃。雲片尚如披白練，泉聲長似誦《黄庭》。碧桃花發菖蒲紫，留與人間作畫屏。』《詩話總龜》

賈黄中

太宗飛白御書『玉堂之署』，黄中有《伏覩禁林盛事謹賦》云：『璇題飛白御毫新，三體瓊章妙入神。特賜禁林爲盛事，只緣明主重名臣。青編輝映輕前古，丹地深嚴隔世塵。金籙禎祥非是寶，玉堂名號此方貞。『玉堂』之名，從來未著格令，今聖君親書『玉堂之署』四字，爲千古不朽之事，自此名始真矣。恩榮誰比煙霄客？文彩長懸日月輪。爲報鼇宫主人道，蓬萊全勝昔時春。』蓋黄中以近離署，故不覺有此健羨之句。《翰苑群書》

滕白

滕白《題汶洲村舍》云：『種茶岳接紅霞塢，灌稻泉生白石根。皤腹老翁頭似雪，海棠花底戲兒孫。』可入圖畫。《後村詩話》

昔太公釣于渭水之濱，而李白以爲釣位，所謂『廣張三千六百釣，風雅時與文王親』是也。嚴光釣于七里之瀨，而滕白以爲釣名，所謂『祇將溪畔一竿竹，釣卻人間萬古名』是也。是又焉足以語聖賢？《韻語陽秋》

錢昭度

錢昭度能詩，嘗作《吕申公夷簡生日》詩云：『磻溪重得吕，維嶽再生申。』當時詩格止此，然可謂著題也已。《彦周詩話》

錢昭度《村居》云：『黄蜂銜退海潮上，白蟻戰酣山雨來。』《大寒》云：『雨被北風吹作雪，水愁東海亦成冰。』《金陵》云：『西北高樓在，東南王氣消。』《梅花》云：『東北風吹大庾嶺，西南日映小寒天。』《雁》云：『三年別館風吹入，萬里長沙月照來。』《秋游華山》云：『人間路到三峰盡，天下秋隨一葉來。』《詩史》

西頭供奉官錢昭度嘗作《詠方池》詩云：『東道主人心匠巧，鑿開方石貯漣漪。夜深卻被寒星映，恰似仙翁一局棋。』有輕薄子見而笑曰：『此正謂「一局黑全輸」也。』蓋唐時廖凝有《詠白》詩云：『滿汀鷗不散，一局黑全輸』之句。《遯齋閒覽》

石季倫《王昭君辭》云：『延我於穹廬，加我閼氏名。』閼氏，單于妻也，上烏前，下章移切。《前漢·匈奴傳》曰：『冒頓後有愛閼氏，生少子。』顏注：『閼氏，匈奴皇后號。』劉貢父云：『匈奴單于號其妻爲閼氏耳，顏便以皇后解之，大俚俗也。《西河舊事》云：「失我祁連嶺，使我六畜不蕃息。失我焉支山，使我婦女無顏色。」蓋北方有焉支山，山多紅藍，北人採其花染緋，取其英鮮者作胭脂，婦人粧時用此，顏色殊鮮明可愛。匈奴名妻「閼氏」，言可愛如胭脂也。錢昭度作《王昭君》詩云：「閼氏纔聞易妾名，歸期長似俟河清。」則誤讀「氏」字爲「姓氏」之「氏」矣。』《藝苑雌黃》

錢昭度有《食梨》詩云：『西南片月充腸冷，二八飛泉繞齒寒。』予讀《樂府解題·『井』謎》云：『二八三八，飛泉仰流。』蓋二八、三八爲五八，五八『四十』也，四十爲『井』字。《聞見後録》

張平子《四愁詩》云：『美人贈我金錯刀，何以報之英瓊瑶。』錢昭度詩云：『荷揮萬柄玉如意，蟬弄一聲金錯刀。』王莽所鑄錢名『錯刀』，以黄金錯其文，曰：『一刀直五千』。《藝苑雌黃》

郭平振武舊將士，分配于錢塘，給官屋居之。屋在修文坊，舊爲白校書尤賃燒丹藥。未欲往，而官吏丁疏因逐之，乃破爐而去。白因召丁疏同飲，謂疏曰：『大藥爲吾子所破，有小戲術，爲子醒酒。』乃取盤一面，置於膝上，以指敲腕出五色彈子兩枚，化爲雙燕而飛。白曰：『僕射髭甚繁，燕好去可減些。』言未畢，二燕化爲二小劍，長五寸餘，鋒刃如雨，交舞于疏之頤頷間，髭落如雪。疏懼甚，白呼劍下盤中，依前成二丸，納於左右腕而去。昭度《贈白》詩曰：『袖裏青鋒秋水寒，誰疑雙燕是金丸？出門風意如何去，空有霜髭在玉盤。』《洞微志》

錢昭度《燈》詩云：『繡被夢驚中酒處，朱門人語上朝時』，未若：『船中聞雁洞庭夜，床下有蛩長信秋』意格清遠。又有《聞角》詩云：『風欲拋高雨壓沉，黄昏前後五更深。』議者云，此亦句之優者。《詩史》

錢昭度有詩云：『長憶錢塘江上望，酒樓人散雨千絲。』又，『船中聞雁洞庭夜，床下有蛩長信秋。』又《吕申公生日》云：『皤溪重得吕，維嶽再生申。』俱爲人傳誦。《青箱雜記》

楊允元

楊允元年二十一歲，爲光禄寺丞，太宗極愛之，三月後苑曲宴，未得貼職，不得與，以詩

帖寄館中諸公，曰：『聞説宫花滿鬢紅，上林絲管侍重瞳。蓬萊咫尺無由到，始信仙凡迴不同。』諸公進呈，太宗訝有司不召，左右以未得貼職爲奏。即日直集賢院，與晚宴。《古今詩話》。宗祥案：《澠水燕談録》記此爲楊億事。楊大年未爲光禄寺丞，楊允元則曾任此職。此必《澠水燕談録》誤記。

滕倪

滕倪苦詩，宗人滕郎中守吉州，往謁之，會秋試告别，爲詩云：『秋風江上别旌旗，故國無家淚欲垂。千里未知投足地，前程應是聽猿啼。誤攻文字身空老，卻返漁樵計已遲。羽翼凋零歸不得，丹青無路接差池。』《守得》詩云：『此生不與子相見』，别後卒于旅邸。倪又有詩云：『白髮不知容相國，也同閒客滿頭生。』又題《鷺鷥障子》云：『映水有深意，見人無懼心。』《古今詩話》

潘閬

潘閬，字逍遥，錢塘人。今武學前有潘閬巷，即其所居之里。巷内三將軍廟，有閬祠堂。閬工唐風，歸自富春，有『漁浦風波惡，錢塘《中山詩話》作『龍山』。燈火微』之句，人多稱之。爲秦王記室參軍，王坐罪，捕閬急。閬自髡其發，易緇衣出南薰門。後太宗意漸解，再

入京，敕受四門助教，閬以老懶不任朝謁爲辭，自封還敕命時文法猶疏簡若此。未幾，論者謂閬終秦黨，語多怨望，遂編置信上，勺道旁石井泉，題詩柱上，云：『炎炎畏日樹將焚，卻恨都無一點雲。强跨蹇驢來得到，皆疑渴殺老參軍。』猶稱記室舊銜，亦可謂忠于所事矣。蘇黄門見之，以爲有前輩氣味，不在石曼卿、蘇子美下。沈存中《筆談》載潘閬有詩名，與錢易、許洞爲友。錢、許皆一時名士，閬之取友，又可想見。近世陸放翁《老學庵筆記》，亦稱其『夜涼疑有雨，院静似無僧』之句。嘉定間，杭守建先賢祠于西湖，欲祀閬于列，有風不宜預者，遂黜閬。事見葉靖逸《四朝聞見録》。《南磵詩話》。『夜涼疑有雨，院静似無僧。』此潘逍遥詩也。（《老學庵筆記》）

潘閬，字逍遥，詩有唐人風格，《歲暮自桐廬歸錢唐》云：『久客見華髮，孤棹桐廬歸。新月無朗照，落日有餘暉。漁浦風水急，龍山煙火微。時聞沙上雁，一一皆南飛。』僕以爲不減劉長卿。《中山詩話》

太宗晚年燒煉丹藥，潘閬嘗獻方書。及帝昇遐，懼誅，匿舒州灊山寺爲行者，題詩於鐘樓，云：『繞寺千千萬萬峰，忘第二句。頑童趁暖貪春睡，忘卻登樓打曉鐘。』孫僅爲郡守，見之曰：『此潘逍遥也』，告寺僧呼之，潘已亡去。《中山詩話》

潘閬《客舍》詩：『土床安枕穩，紙被轉身鳴』，定非『慵便枕玉涼，繡被春寒夜』者所能

道也。《後村詩話》

潘閬云：『白日昇天易，清朝處士難。』魏野聘召而不至，潘閬叫呼以求用，其詩與張元、姚嗣宗何異！《後村詩話》

潘逍遥《貧居》詩曰：『長喜詩無病，不憂家更貧。』《峽中聞猿》曰：『何須三叫絶，已恨一聲多。』《哭高舍人》詩曰：『生前是客曾投卷，死後何人與撰碑？』張乖崖《贈逍遥》詩云：『莫嗟黑鬢從頭白，終見黄河到底清。』宋白尚書贈云：『宋朝歸聖主，潘浪是詩人。』《退朝録》

信州道旁，有泉一泓，甚清，溉田極廣，舊有詩牌，云：『炎炎亭午暑如焚，恰恨都無一點雲。六月騎驢來到此，幾乎渴殺老參軍。』潘逍遥詩也，而《集》乃不收。徐斯遠家傳載其《牡丹》一絶，而逸此詩。徐家於信，豈未見之耶？《後村詩話》

潘閬累試不旋，太宗登極，以龍蛇皆變，惟己轗軻，乃興歸隱之志，高放之情，吟詩《寄陳希夷先生》曰：『不信先生語，剛來帝里游。清宵無好夢，白日有閒愁。世態既如此，壯心應已休。求歸歸未得，吟上水邊樓。』既達宸聰，懼其言如訕上，乃逃于江表，數載後入靈隱山。《澗泉日記》

望湖樓在昭慶寺前，錢王所作，潘閬詩：『望湖樓上立，竟日嬾思還。聽水分他界，看雲過别山。孤舟依岸静，獨鳥向人閒。回首重門閉，蛙聲夕照閒。』《西湖游覽志》

《南昌秋屏閣》云：『窺魚白鳥明殘照，抱石幽雲點半山。』《方輿勝覽》

近世好事者，以潘閬遨游浙江，詠潮著名，以輕綃寫其形容，謂之『潘閬詠潮圖』。閬酷嗜吟，自號『逍遥子』，嘗自詠《苦吟》詩曰：『髮任莖莖白，詩須字字清。』又《貧居》詩曰：『長喜詩無病，不憂家更貧。』又《峽中聞猿》云：『何須三叫絶，已恨一聲多。』《哭高舍人》云：『生前是客曾投卷，死後何人與撰碑？』《寄張詠》云：『莫嗟黑髮從頭白，終見黄河到底清。』皆佳句也。故宋尚書白贈詩曰：『宋朝歸聖主，潘閬是詩人。』王禹偁亦贈詩云：『江城買藥嘗將鶴，古寺看碑不下驢。』其爲名公賞激如此。《青箱雜記》。又見《春明退朝録》

苕溪漁隱曰：閲《古今詩話》，得四詩，皆材格相肖，語亦清新，今併録之，以備披閲。劉長卿題《餘干旅舍》云：『摇落暮天迥，丹楓霜葉稀。孤城向水閉，獨鳥背人飛。渡口月初上，鄰家漁未歸。鄉心正欲絶，何處擣征衣？』張籍《宿江上》云：『楚驛南渡口，夜深來客稀。月明見潮上，江静覺鷗飛。旅宿今已遠，此行殊未歸。離家久無信，又聽擣寒衣。』潘閬《暮歸錢唐》云：『久客見華髮，孤棹桐廬歸。新月無朗照，落日有餘輝。魚浦水風急，龍山煙樹微。時聞沙上雁，一一背南飛。』李建中題《望湖樓》云：『野艇閒撑處，湖天景亦微。春波無限緑，百鳥自由飛。柳色濃垂岸，山光冷照衣。時携一樽酒，戀到晚涼歸。』《青箱雜紀》以李建中詩是蘇爲知吴興日所作，未知孰是。《苕溪漁隱叢話》

潘逍遥閬有詩名，所交游者皆一時豪傑。盧相多遜欲立秦邸，潘預其謀，混迹于講堂巷開藥肆，劉少逸、鮑少孤，二人者爲藥童，唐巾韋帶，氣貌爽秀。後太宗登極，秦邸之謀不集，潘有詩曰：『不信先生語，剛來帝里游。清宵無好夢，白日有閒愁』云云。事敗，已環多遜宅，斯須將捕于閬。閬覺之，止奔其鄰曰：『吾謀逆事彰，吾若就誅，止一身，奈汝並鄰，皆知吾謀，編竄屠戮者，不下數十人。今若匿得吾一身，則脱汝輩數家之禍，然萬無搜近之理，所謂弩下逃箭也。吾出門則擒之，汝輩自度宜如何？』其鄰無可奈何，遂藏于壁。少頃，捕者四集，至則失之矣，朝廷下諸路畫影以搜。獄既具，投多遜于崖。已而沸議漸息，閬服僧服，髠鬚，五更持磬出宜秋門，至秦亭，挈擔爲箍音孤。桶匠，投故人阮思道，爲秦理掾陰認之，遂呼至庭，俾葺故桶。阮提錢三鍰，明示于閬，大擲于案，乘馬遂出。閬喻其意，提金直入于室，因匿焉。阮歸，責閽者曰：『案上三鍰，及桶匠安在？』皆曰：『不知。』遂痛杖閽者，令捕之。閽恨之，遍尋于市，數日不得其蹤。阮後徐諷秦帥曹武惠彬曰：『朝廷捕潘閬甚急，聞閬亦豪邁之士，竄伏既久，欲宜死地。稍裂網他逸，則何所不至。公大臣也，可奏朝廷，少寬捕典，或聊以一小官召出，亦羈縻之一端也。』帥然之，遂削奏太宗，以四門助教招之。因遂出。《湘山野録》

信州鉛山縣治之北三里間石井資福院，有泉湧于山壁之下，澄徹如鑒。本朝詩人潘閬

移太平州散參軍，過而留絶句，云：『炎炎畏日樹將焚，卻恨都無一點雲。强跨蹇驢來到得，皆疑渴殺老參軍。』蘇黄門過而跋之云：『東坡先生稱眉山矮道士好爲詩，詩格亦不能高，往往有奇語，如「夜過修竹寺，醉打老僧門」之句，皆可喜者也。』予舊讀《湘山野録》，喜閬所作《西湖曲》，及游江南，見《題石井》絶句，頗有前輩氣味，不在石曼卿、蘇子美下。若『老參軍』『矮道士』，自是一對。將恐漫滅失傳，不知法真師能刻之石否？《能改齋漫録》

東坡嘗過一僧院，見題壁云：『夜涼疑有雨，院静似無僧。』坡甚愛之，不知爲何人作也。劉孟熙《霏雪録》謂二句似唐人語，予近閲《潘閬集》見之，始知爲閬。《夏日宿西禪院作》詩云：『此地絶炎蒸，深疑到不能。夜涼如有雨，院静若無僧。枕潤連雲石，窗明照佛燈。浮生多賤骨，時日恐難勝。』通篇皆妙，但坡以『如』爲『疑』、『若』爲『似』，與此不同。《南濠詩話》

潘逍遥寓居錢塘，嘗一至陝觀華山，留題云：『高愛三峰插太虚，昂頭吟望倒騎驢。傍人大笑從他笑，終擬全家向上居。』時魏野仲先居陝，有贈逍遥詩云：『從此華山圖籍上，更添潘閬倒騎驢。』二公之高致可想也。《南濠詩話》

潘閬，字逍遥，咸平間，有詩名，與錢易、許洞爲友，狂放不羈，嘗爲詩曰：『散拽禪師來蹴踘，亂拖游女上鞦韆。』此其自序之實也。後坐盧多遜黨亡命，捕迹甚急，閬乃變姓名僧

服入中條山，許洞密贈之詩曰：『潘逍遥，平生才氣如天高，倚天大笑無所懼，天公嗔爾口呶呶。罰教臨老頭，補衲歸中條。我願中條山神鎮長在，驅雷叱電依前趂出這老怪。』後會赦，以四門助教召之，閬乃自歸，送信州安置，仍不懲艾，復爲《掃市舞》詞曰：『出砒霜價錢，贏得撥灰兼弄火，暢殺我。』以此爲士人不齒，放棄終身。《夢溪筆談》

李　度

度，河南洛陽人，周顯德中進士，工于詩，有句云：『醉輕浮世事，老重故鄉人。』時翰林學士申文炳知貢舉，王樸録其句薦之，即擢第三，累官知歙州，坐事左遷。度嘗以詩刻石，石本傳入禁中，太宗見之，謂宰相曰：『度今安在？』即召對便殿，擢爲虞部員外郎直史館，賜緋。《宋史·文苑傳》。宗祥案：《玉壺野史》云，人嘲之曰：『主司只誦一聯詩』，即指王朴録薦事也。

郭忠恕

建隆初，詔五代時命官投狀，敘理復命之。郭恕先詩云：『爲逢末劫歸依佛，不就新恩敘理官。』飛龍在天，利見大人，而猶不屈其志如此。《困學紀聞》

忠恕作篆隸，淩轢晉魏，喜畫樓觀臺榭，皆高古，謫官江都，逾旬失其所在，後閲數歲，

與陳摶會于華山，而後不復聞。蓋亦仙去矣。《宣和畫譜》

陳　摶

陳摶負經綸才，歷五季亂離，游行四方，志不遂，入武當山，後隱居華山。自晉漢以後，每聞一朝革命，嚬顣數日，人有問者，瞪目不答。一日，方乘驢游華陰市，聞太祖登極，驚喜大笑。問其故，又笑曰：『天下自此定矣。』太祖方潛龍時，摶嘗見天日之表，知太平之有自矣。遯迹之初，有詩云：『十年蹤迹走紅塵，回首青山入夢頻。紫陌縱榮争及睡，朱門雖貴不如貧。愁聞劍戟扶危主，悶見笙歌聒醉人。携取舊書歸舊隱，野花啼鳥一般春。』豈淺夫所能哉？《學易辨惑》

周世宗嘗召見，賜號『白雲先生』。太平興國初，召赴闕，太宗御賜詩，見前。先生服華陽巾，草屨垂縚，以賓禮見，賜坐。上方欲征河東，先生諫止。會軍已興，令寢于御園，兵還，果無功。百餘日方起，恩禮特異，賜號『希夷』，屢與之屬和。久之辭歸，進詩以見志云：『草澤吾皇詔，圖南摶姓陳。三峰千載客，四海一閒人。世態從來薄，詩情自得真。乞全麋鹿性，何處不稱臣？』上知不可屈，賜宴便殿，宰臣兩禁赴坐，爲詩以寵其行。《澠水燕談録》又見《五代史補》

陳希夷先生每睡則半載或數日，近亦不下月餘，贈金勵《睡》詩曰：『常人無所重，惟睡乃爲重。舉世皆爲息，魂離神不動。覺來無所知，貪求心愈動。堪笑塵中人，不知夢裏夢。』又曰：『至人本無夢，其夢本游仙。真人本無睡，睡則浮雲煙。爐裏近爲藥，壺中別有天。欲知睡夢裏，人間第一玄。』又嘗題《石水澗》曰：『銀河灑落翠光冷，一派回環湛晚暉。幾恨卻爲頑石礙，琉璃滑處玉花飛。』又《冬日晚望》云：『山鬼暖或呼，溪魚寒不跳。晚景愈堪觀，危峰露殘照。』題《西峰》曰：『爲愛西峰好，吟頭盡日昂。巖花紅作陣，溪水綠成行。幾夜礙新月，半山無夕陽。寄言嘉遯客，此處是仙鄉。』又《華山》曰：『半夜天香入巖谷，西風吹落嶺頭蓮。空愛掌痕侵碧漢，無人曾歎巨靈仙。』又《與毛女游》曰：『藥苗不滿笥，又更上危巔。回指歸去路，相將入翠煙。』又曰：『曾折松枝爲寶櫛，一作髻。又編栗葉作羅襦。有時問著秦宮事，笑撚仙花望太虛。』《翰府名談》

先生唐德宗時至僖宗，封清虚處士，賜宫女三人。先生貯之别室，以詩謝云：『雪爲肌體玉爲腮，深謝君王送到來。處士不生巫峽夢，虚勞雲雨下陽臺。』章聖累召不起，有學士譏之曰：『祇是先生詔不出，若還詔出一般人。』先生答曰：『萬頃白雲獨自有，一枝仙桂阿誰無？』後歸華陰，令王睦欲爲之起寢于溪巖，先生爲詩曰：『華山高處是吾宫，出即凌空跨晚風。臺殿不將金鎖閉，來時自有白雲封。』睦得詩愧謝。《青瑣集》

摶，譙郡真源人，與老聃同鄉里，嘗舉進士，不第，去隱武當山九室巖，辟穀鍊氣，作詩八十一章，號《指玄篇》，言修養之事。後居華山雲臺觀。《談苑》

張忠定少年游華山，謁陳圖南，遂欲隱華山，謂圖南曰：『欲就分先生山半住，可否？』圖南曰：『他人即不可，如公者，吾當分半山相奉。然公方有宦職，未可釋此。其勢如家人張筵，笙歌鼎沸，忽庖中火起，待公救之，豈可不赴？』贈之詩曰：『自吳入蜀是尋常，歌舞筵中救火忙。乞得金陵養閒散，也須多謝鬢邊瘡。』始皆不喻，後忠定更鎮杭、益，晚年發瘡於腦，不瘥，乞金陵，悉如其詩，大中祥符七年乙卯七月二十日終。《古今詩話》

予游邛州天慶觀，有陳希夷詩石刻，云：『因攀奉縣尹尚書水南小酌回，捨轡特扣松扃，謁高公。茶話移時，偶書二十八字，道門弟子圖南上。』詩云：『我謂浮榮真是幻，醉來捨轡謁高公。因聆玄論冥冥理，轉覺塵寰一夢中。』末書『太歲丁酉』，蓋蜀孟昶時，當石晉天福中也。天慶，本唐天師觀。詩後有文與可跋，大略云：高公者，此觀都威儀何昌一也，希夷從之學鎖鼻術。予是日迫赴太守宇文衮臣約飯，不能盡記，後卒不暇再到，至今爲恨。《老學庵筆記》

陳希夷詩：『倏爾火輪煎地脉，愕然神瀵湧山椒。』『神瀵』出《列子》，即《易》所謂山澤通氣，《參同契》所謂山澤氣相蒸，興雲而爲雨是也。《地理書》：『沃焦尾閭』，皆此理

耳。《升庵詩話》

陳希夷有詩云：『我見世人忙，箇箇忙如火。忙者不爲身，爲身忙卻可。』《玉堂嘉話》

華山隱士陳摶，字圖南，唐長興中進士，游四方，有大志，隱武當山，詩云：『他年南面去，記得此山名。』本朝張鄧公改『南面』爲『南嶽』，題其後云：『藓壁題詩志何大，可憐今老華圖南。』蓋唐末時詩也。常乘白騾，從惡少年數百，欲入汴州，中途聞藝祖登極，大笑墜騾曰：『天下于是定矣！』遂入華山，爲道士，葺唐雲臺觀居之。藝祖召，不至。太宗召，以羽服見于延英殿，顧問甚久，送中書見宰相。丞相宋琪問曰：『先生得玄默修養之道，可以教人乎？』曰：『摶不知吐納修養之理，假令白日沖天，亦何益于聖世！上博達今古，深究治亂，真有道仁明之主，正是君臣同德致理之時，勤心修練，無出于此。』琪等稱歎，以其語奏，帝益重之。帝初問以伐河南之事，不答。後師出，果無功。還華山數年，再召見，謂帝曰：『河東之事，今可矣！』遂克太原。帝以其善相人也，遣詣南衙見真宗，及門，亟還。問其故，曰：『王門廝役，皆將相也，何必見王。』建儲之議遂定。後賜號爲『希夷先生』。真宗即位，先生已化，因西祀汾陰，幸雲臺觀，謁其祠，加禮焉，帝知建儲之有助也。嗚呼！世以先生爲神仙，善人倫風鑒，淺矣！至康節先生，實傳其道，于先生之細者，尚以比漢四皓云。《聞見前録》

康節先生嘗誦希夷之語曰：『得便宜事，不可再作。得便宜處，不可再去。』又曰：『落便宜是得便宜。』故康節詩云：『珍重至人嘗有語，落便宜是得便宜。』蓋可終身行之也。《聞見前録》

《經籍志》載陳希夷詩二卷，今佚勿存。又《古今書刻》載《陳希夷集》，建寧府有鍥本，今亦不存。曹能始蒐刻宋詩，希夷缺焉。予考《華山志》，有《西峰》一首。見前。又《答辭不赴召》：『九重特降紫泥宣，才拙深居樂静緣。山色深庭供畫障，松聲萬壑即琴絃。無心享禄登臺鼎，有意求仙到洞門。軒冕浮雲絶塵念，三峰長乞睡千年。』又《赴召答葛守忠》云：『鶴氅翩翩即散仙，蒲輪争忍利名牽。留連華岳傷心别，回顧雲臺望眼穿。涉世風波真險惡，忘機鷗鳥自悠然。三峰纔欲和衣卧，又被天書下日邊。』又《辭朝歸華山》。見前。又《别麻衣道人》云：『華岳峰前兩路分，數間茅屋一溪雲。師言耳重知師意，人是人非總不聞。』周亮工《書影》

石玭

國初隱士石玭，居洛陽之北邙山。馮拯侍中爲留守，玭每騎驢直造，侍中見必拜之，飲酒至醉乃去。玭好作詩，多道家語，有曰：『結網蜘蛛翻仰肚，轉枝啄木倒垂頭』，意謂謀利

者如此。又曰：『蝸牛角上爭閒事，石火光中寄此身』，意謂好利者若此。洛人頗能誦之。一日，自城中飲酒大醉，騎驢夜歸，失所在。《聞見前録》

楊樸

楊樸，字契元，鄭州人，善爲詩，不仕，少時嘗與畢相同學，畢薦之太宗，召見，面賦《蓑衣》詩云：『狂脱酒家春醉後，亂堆漁舍晚晴時。』除官不受，聽歸山，以其子從政爲長水尉。樸嘗爲《七夕》詩云：『年年乞與人間巧，不道人間巧已多。』《續詩話》。宗祥案：《蓑衣》詩全篇云：『輭緑柔藍著勝衣，倚船吟釣正相宜。蒹葭影裏和煙卧，菡萏香中帶雨披。狂脱酒家春醉後，亂堆漁舍晚晴時。直饒紫綬金章貴，未肯輕輕博换伊。』見《瀛奎律髓》。《七夕》詩云：『未會牽牛意若何，須邀織女弄金梭。年年乞與人間巧，不道人間巧已多。』見後村《千家詩》。

楊樸，字契元，一日秋晴，戲釣于道旁溪澗中。值漕臺陳文惠出巡按，從者呵之，契元竟不顧。文惠怒，命從者攝至郵亭中詰之。契元風神村野，宛然一耕夫也。文惠益怒，欲加以刑。契元丐紙筆供狀，乃作絶句云：『昨夜西風爛漫秋，今朝東岸獨垂鈎。紫袍不識莎衣客，曾對君王十二旒。』文惠謝遣之。《桐江詩話》

楊樸處士詩云：『數箇胡皴徹骨乾，一壺春酒膠去聲牙酸。』《南楚新聞》亦云：『一楪毡根數十皴，盤中猶自有紅鱗。』不知『皴』何物？疑是餅餌之屬。《老學庵筆記》

『一壺春酒膠牙酸，十數胡皴徹骨乾。隨著四婆裙子後，杖頭挑去賽蠶官。』右畢仲笥景儒所記楊處士詩也。『四婆』即處士之配也。蘇嶠季真家，有處士夫妻像，野逸如生，恨不曾傳摹得之。《渭南集》

伍　彬

伍彬，邳陽人，初事馬氏，王師下湖湘，授官爲安邑簿，秩滿歸隱，題《全義分水嶺》云：『前賢功及物，禹後杳難儔。不改古今色，平分南北流。寒衝山影岸，清繞荻花洲。盡是朝宗去，潺湲早晚休。』《夏日喜雨》云：『稚子出看莎徑没，漁翁來報竹橋流。』《辭解牧》云：『蹤迹未辭鴛鷺客，夢魂先到鷓鴣村。』洎歸隱，廖融書其屋曰：『圓塘緑水平，魚躍紫蓴生。要路貧無力，深村老退耕。犢隨原草遠，蛙傍塹籬鳴。撥棹茶川去，初逢穀雨晴。』路振贈詩云：『考終秋鬢白，歸隱舊峰前。庭樹鳥頻啄，山房人尚眠。寒巖落桂子，野水過茶烟。已絶勞生念，虔心向竺乾。』《詩話總龜》

曹　谷

合肥人傳論言：曹谷善星曆衍數，談事如神，爲王冀公作命書云：『七十年中一一加，

弄珠灘上事堪誇。碧油幢下聞鳴鳥，千日催還上漢槎。』公年七十二，知襄陽，正得千日。公還，又云：『周匝將臨壬戌歲，雲鼎門前春色異。一千日上少三環，再入和羹宜盡瘁。』後冀公判西京，將七百日，再入政府，壬戌歲也。又云：『臨去尚猶聞禁漏，異姓佳名在史書。』冀公薨謝之夕，漏將盡。無子，其壻張環掌喪事。《古今詩話》

劉少逸

蘇州童子劉少逸，年十一，文辭精敏，有老成體，其師潘閬，携以見長洲宰王元之、吴縣宰羅思純，以所作贄二公。二公名重當時，疑所贄假手，未之信，因試之。與之聯句，略不淹思。思純曰：『無風煙焰直』，少逸曰：『有月竹陰寒。』又曰：『日移竹影侵棋局』，少逸曰：『風遞花香入酒尊。』元之曰：『風雨江城暮。』少逸曰：『波濤海寺秋』，元之曰：『一回酒渴思吞海』，少逸曰：『幾度詩狂欲上天。』二公大驚異，至聞于朝，賜進士及第，官止尚書員外郎。《續歸田録》

張沃

蟄龍潭上，有洲形如半月，名『半月洲』，宋進士張肩孟居此，其子勔，六歲誦唐詩『誰

把玉環分兩片，半將江水半浮空』之句，以形容其勝。又有張沃者，七歲不能言，一日過此潭，開口詠云：『蟄龍潭裏蟄，潭上風波急。一日飛上天，魚蝦不相及。』《全閩詩話》

許彦先

湖上十亭，在海陽湖上，唐刺史劉禹錫建，曰『吏隱亭』，曰『切雲亭』，曰『雲英潭』，曰『真覽亭』，曰『裴溪』，曰『飛線瀑』，曰『蒙池』，曰『梵絲瀑』，曰『月窟』，曰『雙溪』。元和間，裴休以御史坐事貶連州，嘗與禹錫相倡和，爲《海陽十詠》。宋運使許彦先有詩云：『昔年曾看海陽圖，巧狀湖山恐見誣。今日登臨真可愛，畫圖翻覺少工夫。』今圮。《連州志》

全宋詩話目録卷七

西崑體

楊億　字大年，建州浦城人。七歲能文。雍熙初，十一歲，召試詩賦，授秘書省正字。淳化中，命試翰林，賜進士第。真宗朝，歷官知制誥、工部侍郎、翰林學士，兼史館修撰。卒謚曰文。有《括蒼》、《武夷》、《潁陰》、《韓城》、《退居海陽》、《蓬山》、《辭榮》、《冠鼇》等集及内外制刀筆。

錢惟演　字希聖，吴越王俶之子。歸宋，累官翰林學士、樞密使，罷爲鎮國軍節度觀察留後，改保大軍節度使，知河陽。入朝，加同中書門下平章事。坐事，爲崇信軍節度，歸鎮卒，謚曰思，改謚文僖。有《擁旄集》、《伊川集》。

劉筠　字子儀，大名人，咸平元年進士。歷官御史中丞、知制誥、翰林承旨兼龍圖閣直學士。有《册府應言》、《榮遇》、《禁林》、《肥川》、《中司》、《汝陰》、《三入玉堂》七集。

李宗諤　字昌武，昉子。第進士，真宗朝歷官至右諫議大夫。有集。

陳越　字損之，開封尉氏人，咸平中，舉賢良方正。歷官著作佐郎直史館左正言。

李維　字仲方，肥鄉人，雍熙二年進士。歷官知制誥、翰林學士、刑部尚書、相州觀察使，出知陳州。有集。

丁謂　字謂之，更字公言，蘇州長洲人，淳化三年進士。歷官知制誥、同中書門下平章事，封晉公。乾興中，坐擅改永定陵，貶崖州司户參軍，徙道州。明道末，召還，卒于光州。有集。

張詠　字復之，濮州鄄城人，太平興國五年進士。歷樞密直學士，出知益州。真宗初，入爲御史中丞，出知杭州，再知益州，進禮部尚書。卒謚忠定，自號乖崖，有《乖崖集》。

舒雅　字子正，歙人。南唐時隨計金陵，韓熙載擢爲第一。歸宋，終直昭文觀。

晁迥　字明遠，澶州清豐人，徙居彭門，太平興國五年進士。歷官右正言、直史館、知制誥、翰林學士承旨。天禧中，判西京留司御史臺，以太子少保致仕，卒謚文元。有《翰林集》、《道院集》。

薛映　字景陽，蜀人，進士。歷官右諫議大夫，知杭州，禮部尚書、集賢院學士，分司南京。卒謚文恭。

劉綜

全宋詩話卷七

楊億

楊大年與錢、劉數公唱和，自《西崑集》出，時人争效之，詩體一變，而先生老輩，患其多用故事，至于語僻難曉。殊不知自是學者之弊，如大年《新蟬》云：『風來玉宇烏先覺，露下金莖鶴未知。』雖用故事，何害爲佳句也。又如：『峭帆横渡官橋柳，疊鼓驚飛海岸鷗。』不用故事，又豈不佳乎！蓋以雄文博學，筆力有餘，故無施而不可，非如前世號詩者，區區于風雪草木之類，爲許洞所困者也。《六一詩話》

楊文公年十一歲，建州送入闕下，章聖親試一賦二詩，頃刻而成。上喜，令中人送中書，俾宰臣再試，時參政李至狀：『臣等今月某日入内都，知王仁睿傳聖旨，押送建州十一歲習進士楊億到中書，其人來自江湖，對軒陛殊無震慴，便有老成。蓋聖祚承平，神童間出也。臣亦令賦《喜朝京闕》詩五言六韻，亦頃刻而成。其詩謹封進。』詩内有：『七閩波渺

漠，雙闕勢岧嶤。曉登雲外嶺，夜渡月中潮。』斷句云：『願秉清忠節，終身立聖朝』之句。《湘山野録》

楊文公在館閣时，占城進獅子，例進詩。文公云：『渡海鯨波息，登山豹霧清。』《雜説》

楊文公在館中，王文穆或繼至，必徑出，他出亦然，幾類爰晁故事。文穆去，舉朝皆有詩，獨文公不作，文穆辭日，奏真廟傳宣令作詩，竟遷延不送。江鄰幾《雜誌》

楊文公言：自雍熙初歸朝，迄今三十年，所閲士大夫多矣，能詩者甚鮮。如侍讀、兵部，宿擅其名。而徐鉉、梁周翰、范宗、黄夷簡，皆前輩。鄭文寶、薛映、王禹偁、吴淑、劉師道、李宗諤、李建中、李維、姚鉉、陳堯佐，悉當時儕流。後來著聲者，如路振、錢熙、丁謂、錢易、梅詢、李拱、蘇爲、陳越、朱嚴、王曾、李堪、陳詁、吕易簡、宋綬、邵焕、晏殊、江任、焦宗古。布衣有林逋、周啟明，錢氏諸子有封守惟濟、供奉錢昭度，郎典有今南鄭殿丞楊黎州，家居及高官簿覺宗人字牧之，並有佳句，可以摘舉。而錢惟演、劉筠，特工於詩。《談苑》

《楊文公談苑》云：『近世錢惟演、劉筠，首變詩格，得其格者，蔚爲佳詠。』予按首變詩格者，文公也。自歐陽公諸老，皆謂崑體自楊劉始，今文公乃巽與二人，若己無與者，前輩謙厚不争名如此。又公詠漢武『力通青海』云云，見下。《明皇》云：『河朔叛臣驚舞馬，渭橋遺老識真龍。蓬山鈿合空傳信，回首風濤百萬重。』比之錢、劉，尤老健。《後村詩話》

白樂天有《西省北院新築小軒，東通騎省，與李常侍飲》詩，東坡爲中書舍人，歎本省不得來往，謂執政曰：『説公應使簡要道通，何必樹籬插棘！』蓋謂此也。大抵近世爲禁太密，問人則疏。晁以道書楊大年《館宿》詩示予曰：『嚴更初道争傳鼓，下直朱門對掩關。夜半不聞宣室召，水沉香斷漆書間。』且云：『嘗宿閣下矣，乃在司馬門外。使人恨生身之晚，不得見太平之風也。』予因和其詩云：『翰林歷歷侵華蓋，禁掖明明侍紫微。自昔詞臣最清切，帝宸高拱借光輝。』《珊瑚鉤》

君謨以詩寄歐公，公答云：『先朝楊、劉風采，聳動天下，至今使人傾想。』世謂公尤惡楊、劉之作，而其言如此，豈公特惡其碑版奏疏磔裂古文爲偶儷者？其詩之精工律切者，自不可廢歟。《後村詩話》

丁晉公與楊文公，游處宴集，必有詼諧之語，復皆敏于應答。一日，臺諫攻文公，因晚俟晉公之門，方伏拜，晉公亟謂文公曰：『内翰拜時髭撆地，』文公隨聲答曰：『相公坐處幞瞞天。』蓋楊美髭髯，而丁第方盛誤帷幕，因互相譏也。《有宋佳話》。又見《聞見近録》

寇萊公在中書，與同列戲云：『水底月爲天上月，』未有以對，會楊公大年適來白事，因請其對。大年應聲曰：『眼中人是面前人。』一坐皆爲的對。《詩談》

祥符、天禧中，楊大年、錢文僖、晏元獻、劉子儀，以文章立朝，爲詩皆宗尚李義山，號

『西崑體』，後進多竊義山語句。賜宴，優人有爲義山者，衣服敗敝，告人曰：『我爲諸館職撏撦至此。』聞者歡笑。大年《漢武》詩曰：『力通青海求龍種，死諱文成食馬肝。待詔先生齒編貝，忍令索米向長安。』義山不能過也。元獻《王文通》詩曰：『甘泉柳苑秋風急，卻爲流螢下詔書。』子儀畫義山像，寫其詩句列左右，貴重之如此。《中山詩話》

祥符中，日本國遣使入貢，稱國之東有祥光現。其國素傳中原天子聖明，則此光現，章聖詔本國建寺，賜額曰『神光』。朝辭日，夷使乞令詞臣撰一寺記，是時當制者雖中魁選，然詞學不優贍，居常止以張君房代之，蓋假其稽古才雅也。既傳宣訖，撰寺記，時張尚爲小官，醉飲樊樓，遣人遍京城尋之不見，而夷人在閤門翹足以候文，中人三促之，紫微大窘。後錢希白、楊大年因玉堂暇日，改閒忙令。大年曰：『世上何人最號閒？司諫拂衣歸華山。』蓋种放得歸山時也。希白曰：『世上何人最號忙？紫微失卻張君房。』時傳此事爲雅笑。《湘山雜録》

楊大年《傀儡》詩云：『鮑老當筵笑郭郎，笑他舞袖太琅璫。若教鮑老當筵舞，轉更琅璫舞袖長。』語俚而意切，相傳以爲笑。《後山詩話》

張季常，名彝憲，三與計偕，不利，絶意功名，放懷林壑。與文公世親，文公自括蒼解印趨朝，兩造其居，贈之詩曰：『叠巘參差翠繞門，雕梁賀燕自成群。割雞日夕期嘉客，種竹

寒暄對此君。且向東皋輸黍稷，便應北闕降玄纁。子真漫説耕巖石，不奈聲名四遠聞。』《萬姓統譜》

楊文公《送劉綜學士出鎮并門》詩云：『關榆漸落邊鴻度，勸到劉郎酒十分。』《詩話總龜》

楊億在兩禁，變文章之體，劉筠、錢惟演輩，皆從而斅之，時號『楊劉』。三公以新詩更相屬和，極一時之麗。億復編敘之，題曰《西崑酬唱集》。當時佻薄者，謂之『西崑體』。其它賦、頌、章、奏，雖頗傷於雕摘，然五代以來蕪鄙之氣，由兹盡矣。陳從易頗好古，深擯億之文章，億亦陋之。天禧中，從易試別頭，進策問時文之弊，曰：『或下里如會粹，或叢脞如急就。』億黨見者深嫉之。《儒林公議·四》

真宗初，詔种隱君至闕，以敷對稱旨。日既高，中人送中書膳，諸相皆盛服俟其來，種隱巾韋布，止長揖而已。楊大年聞之，頗不平，以詩嘲之曰：『不把一言裨萬乘，祇叉雙手揖三公。』上聞之，獨召楊曰：『知卿有詩戲种某。』楊汗浹股栗，不敢匿避。又曰：『卿安知無一言裨朕乎？』出一皂囊，内有十軸，乃放所奏書之書也。其書曰『十議』，所謂議道、議德、議仁、議義、議兵、議刑、議政、議賦、議安、議危。俾大年觀之，從容奏曰：『臣當翌日負荆謝之。』《湘山野録》

楊大年不喜杜公部詩，謂爲村夫子。鄉人有强大年者，續杜句曰：『江漢思歸客』，楊亦屬對。鄉人徐舉『乾坤一腐儒』，楊默然若少屈。歐公亦不甚喜杜詩，謂韓吏部于唐世文章，未嘗屈下，獨稱道李、杜不已。歐貴韓而不悦子美，所不可曉，然于李白而甚賞愛，將由李白超趠飛揚，爲感動也。《中山詩話》

世傳楊文公方離襁褓，猶未能言，一日，其家人携以登樓，忽自語如成人，因戲問之：『今日上樓，汝能作詩乎？』即應聲曰：『危樓高百尺，手可摘星辰。不敢高聲語，怕驚天上人。』舊見《古今詩話》載此一事，後又見一石刻，乃李太白夜宿山寺所題，字畫清勁而大，且云『布衣李白作』。而此又以爲楊文公作，何也？豈好事者竊太白之詩，以神文公之事與？抑亦太白之碑爲僞耶？《竹坡詩話》。又見《西清詩話》

咸平、景德中，錢惟演、劉筠首變詩格，而楊文公與王鼎、王綽，號『江東三虎』，詩格與錢、劉亦絶相類，謂之『西崑體』。大率效李義山之爲，豐富藻麗，不作枯瘠語。故楊文公在至道中，得義山詩百餘篇，至于愛慕而不能釋手。公嘗論義山詩，以謂：『包藴密緻，演繹平暢，味無窮而炙愈出，鎮彌堅而酌不竭，使學者少窺其一斑，若滌腸而洗骨』。是知文公之詩，有得于義山者爲多矣。又嘗以錢惟演詩二十七聯，如：『雪意未成雲著地，秋聲不斷雁連天』之類，劉筠詩四十八聯，如：『溪牋未破冰生硯，壚酒新燒雪滿天』之類，皆表而

出之，紀之于《談苑》，且曰：『二公之詩，學者争慕，得其格者，蔚爲佳詠，可謂知所宗矣。』文公鑽仰義山于前，涵泳錢、劉于後，則其體製相同，無足怪者。小説載優人有以義山爲戲者，義山服藍縷之衣而出，或問曰：『先輩之衣何在？』曰：『爲館中諸學士撏扯去矣。』人以爲笑。《韻語陽秋》

『力通青海求龍種，死諱文成食馬肝。』此楊文公《詠武帝》詩。《漢書》：武帝既誅文成，惜其方不盡。膠東欒大，與文成同師，因樂成侯求見，帝説，大曰：『臣恐效文成，則方士皆掩口，烏敢言方哉！』上曰：『文成食馬肝死耳。』按《洞冥記》云：元鼎五年，郅支國貢馬肝石，半青半黑，如馬肝。春以和九轉之丹，用拭髮，白者皆黑。群臣于甘泉，有白髮者，賜拭皆黑。酷烈，不雜丹砂，不可近髮。齊人李少翁以神仙惑帝，帝乃以馬肝石和九轉神明丸賜少翁，少翁死，即文成也。今人見景帝有『食肉不食馬肝，未爲不知味』之語，遂謂文成食馬之肝而死，非也。《娱書堂詩話》

楊文公深達性理，精悟禪觀，捐館時作偈曰：『漚生復漚滅，二法本來齊。要識真歸處，趙州東院西。』《青箱雜記》

《朱子語録》云：人謂楊億通禪學者，以其有『八角磨盤』之句耳。按北澗禪師偈云：『六月一日前，萬象森羅替説禪。六月一日後，八角磨盤空裏走。今朝正當六月一，無位

真人赤骨律。金毛獅子解翻身，無角鐵牛眠少室。十聖三賢總不知，笑倒寒山併拾得。』楊億因演而爲頌曰：『八角磨盤空裏走，金毛獅子變作狗。擬欲藏身北斗中，應須合掌南辰後。』《升庵詩話》

本朝楊大年雖巧，然巧之中猶有混成底意思。及至歐公，漸漸要説出來。《朱子語類》

《蔡寬夫詩話》云：『國初沿襲五代之餘，士大夫皆宗白樂天詩，故在黄州主盟一時。祥符、天禧之間，楊文公、劉中山、錢思公，專喜李義山，故崑體之作，翕然一變：而文公尤酷嗜唐彦謙詩，至親書以自隨。景祐、慶曆後，天下知尚古文，于是李太白、韋蘇州諸人，始雜見于世。杜子美最爲晚出，三十年來，學詩者非子美不道，雖武夫、女子，皆知尊異之。李太白而下，殆莫與抗。文章隱顯，固自有時哉。今太白諸集猶兼行，獨彦謙殆罕有知其姓名者，詩亦不多，格力極卑弱，僅與羅隱相先後，不知文公何以取之？當是時以偶儷爲士耳。老杜詩既爲世所重，宿學舊儒，猶不肯深與之。嘗有士大夫稱杜詩用事廣，傍有一經生忽憤然曰：「諸公安得爲公論乎？且其詩云『濁醪誰造汝？一酌散千憂。』彼尚不知酒是杜康作，何得言用事廣！」聞者無不絶倒。予爲進士時，嘗舍于汴中逆旅，數同行亦論杜詩，旁有押糧運使臣，或顧之曰：「嘗亦觀乎」，曰：「平生好觀，然多不解。」因舉「白也詩無敵，飄然思不群」相問，曰：「既言無敵，安得卻似鮑照、庾信？」時座中雖笑之，

然亦不能遽對，則似不可忽也。』苕溪漁隱曰：『庾不能俊逸，鮑不能清新，白能兼之，此無敵也。武夫何足以知之！』《苕溪漁隱叢話》

《隱居詩話》云：楊億、劉筠作詩，務故實而語意輕淺，一時慕之，號『西崑體』。識者病之。歐公云：『大年詩有「峭帆横度官橋柳，疊鼓驚飛海岸鷗」，此何害爲佳句？』予見劉子儀詩句，有：『雨勢宫城闊，秋聲禁樹多。』亦不可誣也。《苕溪漁隱叢話》

《古今詩話》云：楊大年、錢文禧、晏元獻、劉子儀，爲詩皆宗義山，號『西崑體』。後進效之，多竊取義山詩句。嘗内宴，優人有爲義山者，衣服敗裂，告人曰：『吾爲諸館職撏撦至此。』聞者大噱。然大年《詠漢武》詩云：『力通青海求龍種，死諱文成食馬肝。待詔先生齒編貝，忍令乞米向長安。』義山不能過也。《苕溪漁隱叢話》

苕溪漁隱曰：《三朝正史》云：『楊億祖文逸，爲唐玉山令。億將生，文逸夢一道士，自稱「懷玉山人」。未幾，億生，有紫毛披體，長尺餘，經月乃落。』本朝《名臣傳》云：『母章氏，始生億，夢羽衣人自稱武夷君託化。既誕，則一鶴雛，盡室驚駭，貯而棄之江。其叔父曰：「我聞間世之人，其生必異」。追至江濱，開視，則鶴蜕而嬰兒具焉。體猶有紫毳尺餘，既月餘乃落。』二書所紀不同。予謂《名臣傳》其言怪誕甚，當以正史爲是也。《苕溪漁隱叢話》

舊學士院壁間有題云：『李陽生，指李樹爲姓，生而知之。』久無對者。楊大年爲學士，乃對云：『馬援死，以馬革裹屍，死而後已。』《侯鯖録》

今人解杜詩，但尋出處，不知少陵之意，初不如是。且如《岳陽樓》詩：『昔聞洞庭水，今上岳陽樓。吴楚東南拆，乾坤日夜浮。親朋無一字，老病有孤舟。戎馬關山隔，憑軒涕泗流。』此豈可以出處求哉！縱使字字尋得出處，去少陵之意益遠矣。蓋後人原不知杜詩所以妙絶古今者在何處，但以一字亦有出處爲工。如《西崑酧倡集》中詩，何曾有一字無出處者，便以爲追配少陵可乎？且今人作詩，亦未嘗無出處，渠自不知，若爲之箋注，亦字字有出處，但不妨其爲惡詩耳。《老學庵筆記》

杜甫有：『星落黄姑渚，秋辭白帝城』之句，説者但見古詩云：『東飛伯勞西飛燕，黄姑織女時相見』，謂『黄姑』乃『牽牛』，然不見其所出。大年《荷花》詩云：『舒女清泉滿，黄姑别渚通。』劉筠子儀《七夕》詩云：『伯勞東翥燕西飛，又報黄姑織女期。』大年和云：『天孫已渡黄姑渚，阿母還来漢帝家。』皆用此事。予後讀緯書，始見引張平子《天象賦》云：『河鼓集軍以嘈雜嘈。』張茂先、李淳風等注云：『河鼓三星，在牽牛星北。主軍鼓，蓋天子三軍之象。昔傳天牛、織女，見此星是也。』故《爾雅》：『河鼓謂之牽牛』又古詩云：『東飛伯勞西飛燕，黄姑織女時相見。』『黄姑』即『河鼓』也，音訛而然。今之學者，或謂是列舍，

牽牛而會織女，故以此析其疑。又張茂先《小家賦》曰：『九坎至牽牛，織女期河鼓。』石鍊注云：『河鼓星在牽牛北，天鼓也。主軍鼓，主鈇鉞。』李淳風云：『自昔相傳，牽牛、織女七月七日相見者，乃此星也。』予因此知『黄姑』乃『河鼓』，爲牽牛之别名。《墨莊漫録》

因與西廳參政侍郎弈棋，予輸紙、筆、硯三物，以詩見徵。屬宣毫適盡，但送蜀牋、端硯，繼以此章：『多年燥吻蒼苔砌，秃盡江南石上毫。五色蠻牋猶有剩，一拳端石豈勝勞。蕭齋幸預談賓末，謝墅深降弈思高。微物供堂正猶預，丹青筆下枉風騷。』又以建茶代宣筆，别書一絶：『青管演綸都已竭，文楸争道恨非高。輒將北苑先春茗，聊代山中墮月毫。』《事文類聚前集》

《南朝》云：『五鼓端門漏滴稀，夜籤聲斷翠華飛。繁星曉埭聞雞度，細雨春場射雉歸。步試金蓮波濺襪，歌翻玉樹涕沾衣。龍盤王氣終三百，猶得澄瀾對敞扉。』方回曰：『夜半至鷄鳴埭及射雉，乃齊事。金蓮，潘妃事。玉樹，陳後主事。此雜賦南朝耳。詩見《西崑酬唱集》，組織華麗，蓋一變晚唐香山體，而效李義山。歐陽既作，尋又一變，然歐公亦不非之，而服其工。』《瀛奎律髓》

楊大年云：『觀書百行須中程』，《漢·刑法志》：『夜理文書，自程法事，日懸石之一。』注云：『懸，稱也。省讀文書，日以百二十斤爲程。』《浩然齋雅談》

坡翁謂陳師仲曰：『足下所至詩，但不擇古律，以日月次之，異日觀之，便是行記。』此説極佳，故王筠以一官爲一《集》。楊大年亦然，所著有《括蒼》、《武夷》、《潁》、《陰》、《韓城》、《退居海陽》、《蓬山》、《冠鼇》辭之類，簡齋所謂『一官成一集，盡付古沙頭』是也。《浩然齋雅談》

《容齋五筆》『石尤風』：引陳子昂、戴叔倫、司空文明詩，意其爲打頭逆風也。李義山詩作『石郵』，『來風貯石郵』楊文公詩亦作『郵』：『石郵風惡客心愁。』《困學紀聞》

楊公詩：『鐵瑣銀鐺衆，金科伏念頻。絶聞空獄奏，深愧片言人。清潁黄公接，黄霸爲潁川太守八年，獄無重罪囚。甘棠召伯鄰。懷賢不能繼，多辟豈由民。』末句有如得其惜，則哀矜而勿喜之立思。葉廷秀《詩譚》

大年《西崑酬唱集序》略云：予景德中，忝佐修書，時紫微錢君希聖，秘閣劉君子儀，並負懿文，尤精雅道。予得以游其墻藩，而資其模楷，因以歷覽遺編，研味前作，更迭倡和，互相切磨。入蘭游霧，雖獲益以居多；觀海學山，歎知量而中止。雖榮于託驥，亦愧乎續貂。凡五七言律詩二百四十七章，其屬而和者，又十五人，析爲二卷。取玉山策府之名，命之曰《西崑酬唱集》。《後村詩話》

宋楊億、錢惟演、劉筠《西崑酬唱集》，凡五言七律詩二百四十七首，屬和者十五人，楊

文公自序。和者翰林學士李宗諤，户部員外郎直集賢院李維，著作佐郎直史館陳越，工部員外郎直集賢院劉騭，樞密直學士丁謂，駕部員外郎直秘閣刁衎、太常丞直集賢院任隨，樞密直學士張詠，恩州刺史錢惟濟，職方員外郎秘閣校理監舒州靈仙觀舒雅，翰林學士晁迥，左司諫直史館崔遵度，右諫議大夫薛映，缺秉，已上止十四人。乖厓英雄，道院禪寂，以及鶴相，皆倣此體，然皆不逮三公之神到也。《居易録》

錢惟演

楊文公云：錢惟演、劉筠首變詩格，學者慕之，得其格者，蔚爲佳句。二公麗語頗多，如惟演《奉使途中》云：『雪意未成雲着地，秋聲不斷雁連天。』又云：『客亭厭見名長短，村酒那能辨聖賢！』《送僧游楚》云：『宿舍孤煙起，行衣夢雨涼。』《張并州》詩云：『戈矛巡霧夕，鐃鼓宴蕭晨。』《章衢州》云：『平檻曉波吴榜渡，繞城春樹越禽飛。』《章南安》云：『離人南浦多春草，越鳥棲枝有早梅。』《劉潭州》云：『坐激鮮飈湘竹曉，樹含涼雨越禽歸。』《李太僕北使》云：『漢幟隨移帳，燕鴻伴解鞍。』《何袁州》云：『疏鐘静起軍城晚，華表雙高水國秋。』《陳江陵》云：『深沉珠網通歸夢，紫翠春山接去舟。』《太乙宫》云：『神庭古柏啼烏起，齋室虚簾宿霧通。』《送人》云：『思滿離亭酒，魂驚客舍烏。』《高泉州》云：

『東南地迥宵烽息，西北樓高晚望迷。』《章分寧》云：『小雨郊原連苦霧，夕陽樓閣照丹楓。』《東封應制》云：『羽毛襄野駕，宴喜魯郊民。』送予知處州云：『輕飈使車遠，明月直廬空。』《張僕射判河陽》云：『緑野桑麻連四水，黄堂歌吹擁千兵。』《孫永興》云：『魚尾故宫迷草樹，龍鱗平隰自風煙。』《漢武》云：『立候東溟邀鶴駕，窮兵西極待龍媒。』《公子》云：『歌翻南國桃根曲，馬過章臺杏葉韉。』《槿花》云：『欲作飛煙散，猶憐返照遲。』《荷花》云：『泪有鮫人見，魂須宋玉招。』《禁中鶴》云：『天淵風雨多秋思，遼海煙波失舊期。』《留題》云：『有時盤馬看尤懶，盡日投壺笑未迴。』又云：『春瘦已寬連理帶，夜長誰有辟寒金？』《元夜》云：『九枝火樹連金狄，萬里霜輪上璧璫。』《馬延州》云：『沃野桑麻涵細雨，嚴城鼓角送斜陽。』劉筠《直禁中》云：『雨勢宫城闊，秋聲禁樹多。』《陜州從事》云：『渝舞氣豪傳漢俗，丙魚味美敵吴鄉。』《李太僕》云：『惟月卿曹重，占星使者賢。』《送僧》云：『角迴含秋氣，橋長斷洛塵。』《周賢良》云：『崎嶇一乘傳，憔悴五羊皮。』《南鄭》云：『捲衲城鐘斷，搘笻岳雨寒。』《僧惠崇》云：『醉令難同社，仙鵝肯换書。』《葉金華》云：『柔桑蔽野鳴雛雉，高柳含風變早蟬。』《劉潭州》云：『坐席久虚温樹老，心旌無奈楚風長。』又云：『沙禽兩兩穿鈴閣，江草依依接射堂。』《章九隴》云：『溪牋未破冰生硯，爐酒新燒雪滿天。』又《周賢良》云：『春風亂鶯囀，夕霧一鴻冥。』《張嶺南》云：『山月愁猨子，風濤怒

鱷魚。』《西巡》云：『龍駕昌明御，天旗太乙神。』《張夔州》云：『大野幾星分婺女，清風萬古感顔烏。』《章南安》云：『嶺雲夏變梅蒸早，越雨秋藏桂蠹多。』《西京首坐》云：『滎河帶繞中天閣，空樂星懸大士居。』《題雪》云：『劉伶醉席梅花地，海客仙槎粉水天。』《利州轉運》云：『鴟蹲野芋誰爲尹？雪積泉鹽久置官。』《章分寧》云：『鶴伴鳴琴廳事晚，烏驚調角戍城秋。』《楊處州》云：『朱旆兩番巡屬邑，案留雙筆在中臺。』《閣宿》云：『三壤月臨承露掌，九雛烏繞守宮槐。』又云：『酒供硯滴濡毫冷，火守更籌沃漏長。』《雪月》云：『已回鄰面三分粉，又結寒絲幾許冰。』《汾陽道中》云：『鼓音記里繩阡遠，舞節鳴鸞玉步隨。』《楊洪州》云：『桃葉横波人共醉，劍光衝斗獄常空。』《李秦州》云：『右堿獨登溫樹密，前旌雙抗嶺雲高。』《劉潭州》云：『洛田荒一頃，楚浪漲三篙。』《槿花》云：『吴宮何薄命，楚夢不崇朝。』《宮詞》云：『難消守宮血，易斷舞鸞腸。』又云：『虹跨層臺晚，螢飛夏苑涼。』《夏日》云：『雲容倏變千峰險，草色相沿百帶長。』《新蟬》云：『翼薄乍舒宮女鬢，蜕輕今解羽人屍。』《公子》云：『行庖爨蠟雕胡熟，永埒鋪金血汗驕。』《明皇》云：『梨園法部兼胡部，玉輦長亭更短亭。』《荷花》云：『湔裙無限水，障袂幾多風。』《留題》云：『荷心出水終無定，蘿蔓從風莫自持。』又云：『藻井風高蛛壞網，杏園春暖燕争泥。』《詠梨》云：『先時櫻熟煩羊酪，遠信梅酸損瓠犀。』《洞户》云：『密鎖香風深處户，亂飄梨雪曉來天。』《贈希

晝》云：『吟餘雲散葉，坐久塵遺毛。』《夕陽》云：『塞迥横垣紫，江清照葉丹。』《禁中》云：『籠禽思隴樹，洞犬識秦人。』《柳絮》云：『平沙千里經春雪，廣陌三條盡日風。』《屬疾》云：『風簾鴟笑廚煙絶，月樹烏驚藥杵喧。』《燈夕》云：『金徒抱箭催壺水，玉宇風來滿砌蓂。』《禁中》云：『萬年宫省樹，五色帝家禽。』《詩史》

西洛古都，荒臺廢沼，遺迹依然，見于詩者多矣。惟錢文僖公一聯，最爲警絶，云：『日上故陵煙漠漠，春歸空苑水潺潺。』裴晉公緑野堂，在午橋南，往時屬張僕射齊賢家。僕射罷相歸洛，日與賓客宴于其間。惟鄭工部文寶一聯，最爲警絶，云：『水暖鳧鷖行哺子，溪深桃李卧開花。』人謂不減王維、杜甫。錢詩好句尤多，而鄭句不惟當時人莫及，雖其《集》中，自及此者亦少。《歐公詩話》

錢思公留守西洛，嘗對竹思鶴，寄李和文公詩云：『瘦玉蕭蕭伊水頭，風宜清夜露宜秋。更教仙驥傍邊立，盡是人間第一流。』其風致如此。淮寧府城上莎，猶是公所植。公在鎮每宴客，命廳籍分行剗襪步于莎上，傳唱《踏莎行》，一時勝事，至今稱之。《能改齋漫録》

歐公《花品序》云：『予居府中時，嘗謁思公。見一小屏立後，細書序滿其上。思公指之曰：「欲作花品，此是牡丹名，凡九十餘種。」然予所見而今人多稱者，纔三十許，不知思

公何從而得之多也。』東坡云：『惟演爲西都留守，始置驛貢花，識者鄙之。此宫妾愛君之意也。』故於《荔支歎》亦云：『洛陽相君忠孝家，可憐亦進姚黄花。』蓋爲思公惜之也。《苕溪漁隱叢話》

元獻晏公爲丞相時，作新第于城南，時錢思公鎮西洛，晏求牡丹于思公。公以絶句并花寄晏云：『名花封殖在秋期，翠石丹萱幸可依。華館落成和氣動，便隨桃李共芳菲。』《能改齋漫録》

惟演幼時，父俶使賦遠山，有句云：『高爲天一柱，秀作海三峰。』俶賞歎久之。《東都事略》

劉筠

劉子儀贈人詩云：『惠和官尚小，師達禄須干。』全用故事，取孟子所謂『柳下惠不卑小官』，仲尼曰『師也達，子張學干禄。』或有寫此兩句，減去『官』字，示人曰：『是番僧達禄須干』，見者大笑。詩有語病俗忌，當避之。此偶自諧合，無如輕薄子何，非刀筆過也。《古今詩話》。宗祥案：《詩史》不言劉子儀而言劉貢父，以爲番僧名。見《詩話總龜》。

劉子儀與夏英公同在翰林，子儀素爲先達。章獻臨朝，子儀主文在貢院，聞英公爲樞密副使，意頗不平，作《堠子》詩曰：『空呈厚貌臨官道，更有人從捷徑過。』《閒居詩話》

劉子儀三入玉堂，望大用，頗不懌，作詩云：『蟠桃三竊成何味？上盡鰲山迹轉孤。』移疾不出。朝士問疾，劉云：『虚熱上攻。』石文定在座云：『只消一服清涼散。』謂兩府方得涼繖。《談苑》。又見江鄰幾《雜志》、《侯鯖録》

《西崑酬唱集》中，有《宣曲》詩，劉子儀一首云：『八月收民算，三千異典章。天機從此淺，國蠹或非良。玉户銅爲沓，羅幬象作床。驪姬初悔泣，飛燕近專房。蓮小纔承步，梅新競試妝。盡知春可樂，終歎夜何長。取酒臨邛遠，吞聲息國亡。難消守宫血，易斷舞鸞腸。百草兼花鬭，雙鉤映燭藏。金人須手鑄，虎圈更身當。步輦回長樂，飛除接未央。琳珉飾歡館，藻繡裛周墻。厭火雙魚尾，鳴弦小雁行。雲甍澄顥氣，綺井激回光。路有斯須隔，憂難頃刻忘。新聲來樂府，别寢近温湯。虹跨層臺晚，螢飛下苑涼。錦帷迎七夕，蓬餌薦重陽。九畹蘭承露，三江橘帶霜。方資裂繒笑，可要盪舟狂。並釣池魚小，重衾穴鳳翔。珊瑚分碧樹，火齊列清防。背枕多幽怨，登樓更遠傷。下陳無自媿，人彘劇豺狼。』陸放翁跋云：『祥符中，嘗下詔禁文體浮艷，議者謂是時館中作《宣曲》詩。「宣曲」見《東方朔傳》，其詩盛傳都下，而劉、楊方幸，或謂頗指宫掖。又二妃皆蜀人，詩中有「取酒臨邛遠」之句。賴天子愛才士，皆置而不問，獨下詔諷切而已。不然，亦殆哉！』《渭南文集》

丁謂當國，恣行威福。筠在翰林，守正不阿附，謂深嫉之。筠乃求出爲郡，授諫議大

夫，守廬江。過淮上，遇水暴漲，作詩曰：『行行極目天無柱，渺渺横流浪有花。客子方思舟下碇，陰蚪自喜海爲家。村遥樹列清江薺，岸闊平分觸氏蝸。鳶嘯風高誠可畏，此情難喻坎中蛙。』蓋深有所刺。筠拜章，求兼集賢院學士，謂沮之不與。《儒林公議》

劉總學士出鎮并門，兩制館閣皆以詩餞其行。因進呈，章聖深究詩雅，時方競尚崑體，礫裂彫篆，親以御筆選其平淡者，得八聯。後綜寫爲御選句圖，立石于晉祠。《詩話總龜》。宗祥案：劉聯云：『極目關河高倚漢，順風鵰鶚遠凌秋。』

苕溪漁隱曰：古今詩人，以詩名世者，或只一句，或只一聯，或只一篇，雖其餘别有好詩，不專在此。然播傳于後世，膾炙于人口者，終不出此矣，豈在多哉！如『池塘生春草』，則謝康樂也。『澄江静如練』，則謝宣城也。『壠首秋雲飛』，則柳吴興也。『風定花猶落』，則謝元貞也。『鳥鳴山更幽』，則王文海也。『空梁落燕泥』，則薛道衡也。『楓落吴江冷』，則崔信明也。『庭草無人隨意緑』，則王胄也。凡此皆以一句名世者。温庭筠有『雞聲茅店月，人迹板橋霜。』嚴維有『柳塘春水慢，花塢夕陽遲。』常建有『竹徑通幽處，禪房花木深。』杜荀鶴有『風暖鳥聲碎，日高花影重。』韋蘇州有『兵衛森畫戟，燕寢凝清香。』孟浩然有『氣蒸雲夢澤，波撼岳陽城。』賈島有『鳥宿池邊寺，僧敲月下門。』張祜有『樹影中流見，鐘聲兩岸聞。』周樸有『曉來山鳥鬧，雨過杏花稀。』劉筠有『雨勢宫城闊，秋聲禁樹

多。』楊黎州有『剛腸欺竹葉，衰鬢怯菱花。』寇萊公有『遠水無人渡，孤舟盡日横。』徐鉉有『井泉分地脉，砧杵共秋聲。』趙師民有『麥天晨氣潤，槐夏午陰清。』魏野有『數聲離岸櫓，幾點别州山。』悟清有『鳥歸花影動，魚没浪痕圓。』惠崇有『河分岡勢斷，春入燒痕青。』夏英公有『山勢蜂腰斷，溪流燕尾分。』蔡天啟有『柳間黄鳥路，波底白鷗天。』秦少游有『雨砌墮危芳，風軒納飛絮。』陳無己有『髮短愁催白，顔衰酒借紅。』徐忻有『着衣輕有暈，入水淡無痕。』省題詩，如楊巨源有『爐煙添柳重，宫漏出花遲。』滕元發有『寒日邊聲斷，春風塞草長。』以至『漠漠水田飛白鷺，陰陰夏木轉黄鸝』，乃王維也。『殘星數點雁横塞，長笛一聲人倚樓』，乃趙嘏也。『禪伏詩魔歸静域，酒衝愁陣作奇兵』，乃韓偓也。『蝴蝶夢中家萬里，杜鵑枝上月三更』，乃崔塗也。『煙横博望乘槎水，月上文王避雨陵』，乃唐彦謙也。『水暖凫鷖行哺子，溪深桃李卧開花』，乃鄭文寶也。『雪意未成雲着地，秋聲不斷雁連天』，乃錢惟演也。『一聲啼鳥禁門静，滿地落花春日長』，乃王隨也。『樓臺側畔楊花過，簾幙中間燕子飛』，乃晏元獻也。『珠簾繡户遲遲日，柳絮梨花寂寂春』，乃周式也。『峭帆横渡官橋柳，疊鼓驚飛海岸鷗』，乃楊大年也。『長楊獵罷寒熊吼，太液波閒瑞鵠飛』，乃宋莒公也。『龍帶晚煙離洞府，雁拖秋色入衡陽』，乃王文穆也。『草解忘憂憂底事，花名含笑笑何人』，乃丁晉公也。『風定曉枝蝴蝶鬧，雨匀春圃桔槔閒』，乃韓魏公也。『黄蜂銜退

海潮上，白蟻戰酣山雨來』，乃錢昭度也。『園林換葉梅初熟，池館無人燕學飛』，乃謝景山也。『海鵬未擊三千里，天馬須歸十二閑』，乃王平甫也。『收取桑榆歸物外，種成桃李滿人間』，乃李絢也。『千重浪裏平安過，百尺竿頭穩下來』，乃陳從易也。『千里暮山横紫翠，一鈎新月破黄昏』，乃孫莘老也。『倒著衣裳迎户外，盡呼兒女拜燈前』，乃謝師厚也。『亞夫金鼓從天落，韓信旌旗背水陳』，乃梅聖俞也。『雲頭灧灧開金餅，水面沉沉卧彩虹』，乃蘇子美也。『斜日半竿眠犢晚，春波一望去鳧寒』，乃張文潛也。『千山送客東西路，一樹照人南北枝』，乃王康功也。鄭谷《詠海棠》云：『穠豔最宜新着雨，妖嬈全在欲開時。』林逋《詠梅花》云：『疏影横斜水清淺，暗香浮動月黄昏。』王禹玉《上元》云：『雙鳳雲中扶輦下，六鰲海上駕山來。』宋子京《落花》云：『將飛更作回風舞，已落猶成半面粧。』王君玉《聞角》云：『隴雁半驚天在水，征人相顧月如霜。』盛次仲《雪》云：『看來天地不知夜，飛入園林總是春。』凡此皆以一聯名世者。『春城無處不飛花，寒食東風御柳斜。日暮漢宫傳蠟燭，輕煙散入五侯家』，此韓翃也。『銀河漾漾月輝輝，樓礙天邊織女機。横玉叫雲清似水，滿空霜逐一聲飛』，此崔魯也。『宣室求賢訪逐臣，賈生才調更無倫。可憐夜半虚前席，不問蒼生問鬼神』，此李商隱也。『蠟屐經過滿徑蹤，隔溪遥見夕陽春。當時諸葛成何事？只合終身作卧龍』，此薛能也。『月落烏啼霜滿天，江村漁火對愁眠。姑蘇城外

寒山寺，夜半鐘聲到客船』，此張繼也。『紫陌紅塵拂面來，無人不道看花回。玄都觀裏桃千樹，盡是劉郎去後栽』，此劉夢得也。『芳草和煙暖更青，閒門要路一時生。年年點檢人間事，惟有春風不世情』，此羅鄴也。『鳴鶻直上一千尺，天静無風聲更乾。碧眼胡兒三百騎，盡提金勒向雲看』，此柳如京也。『平沙渺渺煙蒼蒼，菰蒲纔熟楊柳黄。扁舟繫岸不忍去，秋風斜日鱸魚香』，此陳文惠也。『落魄劉郎作帝歸，樽前感慨大風詩。淮陰反接英彭族，更欲多求猛士爲』，此張文定也。『築壇拜日恩雖重，躡足封時慮已深。龍準若知同鳥喙，將軍應起五湖心』，此錢昆也。『漢包六合網英豪，一個冥鴻惜羽毛。世祖功臣三十六，雲臺争似釣臺高』，此范文正也。『古木森森白玉堂，長年來此試文章。日斜奏賦長楊罷，閒拂塵埃看畫墻』，此王仲至也。『璧門金闕倚天開，五見宫花落古槐。明日扁舟滄海去，卻將雲氣望蓬萊』，此劉貢父也。『百尺絲綸直下垂，一波纔動萬波隨。夜静水寒魚不餌，滿船空載月明歸』，此華亭船子也。『西塞山邊白鳥飛，桃花流水鱖魚肥。青箬笠，緑蓑衣，斜風細雨不須歸』，此玄真子也。『迥臨飛鳥上，高謝世人間。天勢圍平野，河流入斷山』，此暢諸也。『白日依山盡，黄河入海流。欲窮千里目，更上一層樓』，此王之美也。『琉璃鍾，琥珀濃，小槽酒滴珍珠紅。烹龍炮鳳玉脂泣，羅幃繡幕圍香風。吹龍笛，擊鼉鼓。皓齒歌，細腰舞。况是青春日將暮，桃花亂落如紅雨。勸君終日酩酊醉，不到劉伶墳

上土』，此李賀《將進酒》也。并白樂天《琵琶行》，盧仝《月蝕》詩，杜牧之《華清宮》詩，石曼卿《籌筆驛》詩，郭功甫《金山行》，皆篇長不録。凡此皆以一篇名世者，予今姑敘其梗概如此。若唐之李、杜、韓、柳，本朝之歐、王、蘇、黄，清辭麗句，不可悉數，名與日月争光，不待摘句言之也。其餘詩人，佳句尚多，猶恐一時記憶有遺忘者，繼當附益之。《苕溪漁隱叢話》。宗祥案：此節專摘唐宋佳句，無可歸，姑附此。

李宗諤

宗諤仕至翰林學士，篇行筆劄，兩皆精妙。太宗朝，嘗以京官帶館職赴内宴，閤門拒之，宗諤獻詩曰：『戴了宫花賦了詩，不容重覩赭黄衣。無憀獨出金門去，恰似當年下第歸。』蓋宗諤嘗舉進士，御試下第，故詩因及之。太宗覽詩，即時宣召赴坐。後遂爲例，雖選人帶館職，亦預内宴，自宗諤始也。《青箱雜記》

李宗諤《春郊》云：『一溪曉緑浮鸂鶒，萬樹春紅叫杜鵑。』《贈蘇承旨》云：『金鑾後記人争寫，玉署新碑帝自書。』《楊文公談苑》

陳　越

《侍宴》云：『千鍾人既醉，九奏鳳來儀。』《與劉操》云：『莫哀城下酌，不廢洛中吟。』

《送李秦州》云：『擁路東方騎，懸腰左顧龜。』《楊文公談苑》

李維

李維《渚宫亭》云：『故宫芳草在，往事暮江流。』《送朱昂致政》云：『清朝納禄猶强健，白首還家正太平。』《和人贈馬太保》云：『轉盼迴巖電，分鬃礫蝟毛。』《寄洪湛》云：『謫去賈生身健否？秋來潘岳鬢斑無？』《楊文公談苑》

李維《送人越州》云：『風樵若耶路，霜釣洞庭秋。』《稗史》

丁謂

丁晉公鎮金陵，嘗作詩，有『吾皇寬大容尸素，乞與江城不計年』之句。天聖中，李文定公出鎮金陵，一日郡宴，優人作語：『其宰相出鎮，理必相符』，誦至落句，頂望抗聲曰：『吾皇寬大容尸素，乞與江城不計年。』賓僚皆俛首，文定笑曰：『是何是何，上聞見責！』《歸田録》

丁謂《和錢易》曰：『珊瑚新筆架，雲母舊屏風。』《送章安南》云：『梅花過嶺路，桃葉渡江船。』《送章明州》云：『泣珠泉客通闤市，種玉仙翁寄版圖。』《送陳荆南》云：『楚子夢雲鈴閣密，郢人歌雪射堂開。』《詩話總龜》

跼蹴惟柳三復能之，丁晉公亦好焉。晉公詩曰：『背裝花屈膝，白打大廉斯。進前行兩步，蹺去立多時。』《古今詩話》

丁晉公自朱崖召還，有《寄友人》詩曰：『九萬里鵬重出海，一千年鶴再歸巢。』句健意清，然議者謂：『鵬處於海爲得地，出海則失水；鶴返其巢，則不能翺翔矣。』卒如其說。又扈從東封，嘗聞奈河黑水，人間陰獄也，感其事而爲詩曰：『黑水溪旁聊駐馬，奈何岸上試回頭。高崖深處是陰獄，須信人生到此休。』非佳兆也。《古今詩話》

丁晉公爲侍中時，嘗作詩曰：『千金家累非良寶，一品高官是强名』，未幾奪爵籍没。初釋褐，爲饒倅，同年白稹爲判官。稹一日以片紙假緡五鐶於公，公笑曰：『榜下新婚京國富室，豈無半千質物耶？懼我挽之，故矯耳！』於簡尾書一絶戲之曰：『欺天行當吾何有？立地機關子太乖。五百青蚨兩家缺，赤洪崖打白洪崖。』朱崖之行兆於此。《古今詩話》，又見《湘山野録》

丁相謂善爲詩，在朱崖，猶有詩近百篇，號《知命集》。其警句有『草解忘憂憂底事，花能含笑笑何人？』少時好蹴鞠，長韻其一聯云：『鷹鶻騰雙眼，龍蛇繞四肢。』『躡來行數步，蹺後立多時。』《續詩話》

晉公少以文稱，南遷作《齋僧疏》云：『補仲山之袞，雖曲盡于乃心。和傅説之羹，實

難調於衆口。』至南海，有詩云：『草解忘憂憂底事，花名含笑笑何人？』士大夫傳誦，服其精巧。而識者以爲所憂所笑，公心知之，而不覺形於歌詠也。《五總志》

吕獻可誨嘗云：丁謂詩有『天門九重開，終當掉臂入。』王元之讀之曰：『入公門猶鞠躬如也，天門豈可掉臂入乎？此人必不忠。』後果如其言。《高齋詩話》

《公舍春日》云：『緑楊垂綫草鋪茵，觸處煙光舉眼新。一品也須妨白髮，千金莫惜買青春。鶯聲圓滑堪清耳，花豔鮮明欲照身。獨向此時爲俗吏，風流知是不如人。』方回曰：『近似白樂天體。』又《煎茶詩》：『堅留待雪天』，堅留佳茗，以待雪天，此一句無人曾道。《瀛奎律髓》

真宗朝，歲歲賞花、釣魚，群臣應制。嘗一歲臨池久之，而御鈎不食，丁晉公謂《應制》詩云：『鶯驚鳳輦穿花去，魚畏龍顔上釣遲。』真宗稱賞，群臣皆自以爲不及。《歸田録》

鶴相在海外，效唐李嶠爲單題詩，一句一事，凡一百二十篇，寄洛中子孫，名《青衿集》，徐堅《初學記》之類也。貶所無書籍，而默記舊讀，歷歷不忘。且篇篇用李韻。又《自序》云：『三歲欲齒諸兄行冠禮，祖母曰：「汝能諷五七言詩數十章，當從汝志。」異日能誦之，遂免總角。六七歲侍祖母讀《華嚴經》，即解句讀，辨難字。十四五舉業爲前輩推賞，擢高第，登貴仕，皆早學之力。』《後村詩話》

鞠，皮爲之，實以毛，蹙蹋而戲。見《霍去病傳》注：『穿城蹋鞠。』晚唐已不同矣。歸氏子弟《嘲皮日休》云：『八片尖皮砌作毬，火中燀了水中揉。一包閒氣如常在，惹蹋遭拳卒未休。』今柳三復能之，述曰：『背裝花屈膝，『屈』口勿反。白打大廉斯。進前行兩步，蹺後立多時。』柳欲見晉公，無由，會公蹴毬後園，偶迸出，柳挾取之，因懷所業，戴毬以見公。出書再拜者三，每拜，毬起復于背膂幞頭間，公乃笑而奇之，遂延于門下。然弟子拜師，常禮也，獨毬多賤人能之，每見勞于富貴子弟，莫不拜謝而去，此師拜弟子也。術不可不慎，此亦可以喻大云。《中山詩話》

丁晉公投朱崖幾十年，天聖末，乃草一表，極言策立之功，辨皇堂誣構之事，言甚哀切，自以無緣上達，乃外封題云『啟上昭文相公』。是時王欽若執政，丁自海外遣家奴持入京，戒云：『須俟王公見客日，方得當面投納。』其奴如戒，冀公得之，驚，不敢啟封，遽以上聞。仁宗拆奏，讀而憐之，乃命移道州司馬。晉公有詩數首，略曰：『君心應念前朝老，十載漂流若斷蓬。』又曰：『九萬里鵬容出海，一千里鶴許歸遼。且作瀟湘江上客，敢言瞻望紫宸朝。』天下之人，疑其復用矣。穆修聞道州之徙，作詩曰：『卻訝有虞刑典失，四凶何事亦量移？』謂之失人心如此。《東軒筆録》

《冷齋夜話》云：丁晉公『草解忘憂憂底事，花能含笑笑何人？』不若東坡『花如識面

嘗含笑，鳥不知名時自呼。』然丁詩本取唐人徐振《雷塘》詩：『花憶所爲猶自笑，草如無道更應荒。』《毛詩》：『焉得諼草。』釋者以爲諼草可以解人之憂耳。今丁詩乃以草憂底事何耶？然善論者不當如此。《優古堂詩話》

丁晉公至朱崖，作詩曰：『且作白衣菩薩觀，海邊孤絶寶陀山。』在朱崖作《青衿集》百餘篇，皆爲一字題，寄歸西洛。又作《天香傳》，敘海南諸書。又作州郡名配古人姓名詩。又集近人詞賦而爲之序，及他記傳題詠，各不下百餘篇，蓋未嘗廢筆硯也。後移道州，旋以秘書監致仕，許于光州居住。《東軒筆録》

潘子真《詩話》云：晉公自朱崖内徙，浮光、清逸尚幼，侍曾祖母壽安縣君歸寧。陶商翁，其族姪也，亦自義郴來。晉公一日循江湄散步，見船行，戲爲語曰：『舟移水面凹。』令諸甥對之。陶應聲云：『雲過山眉展。』丁以謂水實有面，眉以況山，虚實不等，當作『雲過山腰細』。規模雖出一時，不甚超卓，然前輩屬詞之切，教導後生，亦自有方。《苕溪漁隱叢話》

丁晉公在朱崖，作州郡名配古人姓名等詩，及雙聲疊韻，甚有源委。雙聲：『九曲流清泚，重輪抱祥光』，疊韻：『紫臘茱萸結，紅綃荳蔻房』。林和靖有：『草泥行郭索，雲木叫鉤輈。』而山谷效徐庾慢體云：『翡翠釵梁碧，石榴裙褶紅。』皆疊韻雙聲也，語尤工。潘子真《詩話》

丁晉公貶崖時，權臣實有力焉。後十二年，丁以秘監召還光州致仕，時權臣出鎮許田，丁以《啟》謝之，其畧曰：『三十年門館游從，不無事契。一萬里風波往復，盡出生成。』其婉約皆此。又自夔漕召還知制誥，《謝兩府啟》：『二星入蜀，難分按察之權。五月渡瀘，皆是隄封之地。』後云：『謹當揣摹往行，軌躅前修。效慎密于孔光，不言温樹。體風流于謝傅，且詠蒼苔。』《湘山野録》

真宗國恤，凡蔭補子弟，有當齋挽之職者，若齋郎止侍齋祭，若挽郎至有執紼翣導靈杖者，子弟或赧之。王沂公曾在中書，翰林李承旨維，視沂公爲姪壻，凡兩日詣中堂，求免其子挽鐸之執。沂公曰：『此末事，請叔丈稍候。首台聚廳，當白之。』丁晉公出廳，沂公白之。丁遂諾，謂李曰：『何必承旨親來。』李遂拜謝。拜起，戲謂丁曰：『昨日并今日，齋郎與挽郎』，蓋言兩日伺之。丁應聲曰：『自然堪下淚，何必更殘陽。』滿座服其捷敏，而事頗妥貼。不數日，遂出，未及洛而南遷，下淚之讖也。《湘山野録》。宗祥案：《古今詩話》載此事有誤。

丁晉公總章聖陵事，翰林學士李維，援其親識爲挽郎，懇請於晉公曰：『更在陶鉒。』丁應聲曰：『隔鉒復陶鑄，齋郎又挽郎。自然堪下淚，何必到斜陽。』未幾丁敗。《古今詩話》

洪駒父《詩話》云：『晉公詩：「緑楊垂手舞，黄鳥緩聲歌。」《樂府》有「大垂手」、「小

垂手」、「前緩聲」、「後緩聲」，故丁用之，其屬對律切如此。』予謂美則美矣，其如『緑楊無手何』，終不若下句意渾成。《履齋詩説》

張　詠

張乖崖公爲布衣時，與陳希夷善。因夜話，謂希夷曰：『欲分先生華山一半住得無？』希夷曰：『餘人不可，先輩則可。』及旦相别，希夷以宣毫筆十枝、白雲臺墨一劑、蜀牋一角贈之，公曰：『會得先生意，驅某入鬧處去。』曰：『珍重，珍重！』希夷送公回，謂門弟子曰：『此人無情於物，達則爲公卿，不達則爲帝王師。』公嘗感之。後尹蜀過華陰，寄希夷詩曰：『性愚不肯林泉住，强要清時擬致君。今日星馳劍南去，回頭慚愧華山雲。』《唐宋遺史》。宗祥案：《澠水燕談録》末有『及還，又以詩寄曰：「世人大抵重官榮，見我東歸夾道迎。應被華山高士笑，天真喪盡得虚名。」』三十五字。又見《貴耳集》。

《蔡寬夫詩話》云：乖崖少喜任俠，學擊劍，尤樂聞神仙事。爲舉子時，嘗從陳希夷，欲分華山一半，希夷以紙、筆、蜀牋贈之。公笑曰：『吾知先生之旨矣！殆欲驅我入鬧處乎？』然性極清介，居無妾媵，不事服玩，朝衣之外，燕處惟紗帽、皂絛，一黄土布裘而已。至今人傳其畫像，皆作此飾。始及第時，嘗以詩寄傅霖逸人云：『前年失脚下魚磯，若戀明

時不忍歸。爲報巢由莫相笑，此心非是愛輕肥。』李順之亂，乖崖帥蜀，有詩寄陳希夷云：『性愚不肯住山林，剛要清流擬致君。今日星馳劍南去，回頭慚愧華山雲。』皆真素志也。《詩話總龜》。又見《蔡寬夫詩話》

文章純古，不害其爲邪；文章豔麗，不害其爲正。世或見人文章鋪陳仁義道德，便謂之『正人君子』，及花草月露，便謂之『邪人』，兹亦不盡也。乖崖公張詠《席上贈官妓小英歌》曰：『天教摶百花，摶作小英明如花。住近桃花坊北面，門庭掩映如仙家。美人宜稱言不得，龍腦薰衣香入骨。維揚軟縠如雲英，亳郡輕紗似蟬翼。我疑天上婺女星之精，偷入筵中名小英。又疑王母侍兒初失意，謫向人間爲飲妓。不然何得膚如紅玉初碾成，眼似秋波雙臉横。舞態因風欲飛去，歌聲遏雲長且清。有時歌罷下香砌，幾人魂魄遥相驚。人看小英心已足，我看小英心未足。爲我高歌送一杯，我今贈爾新翻曲。』《青箱雜記》

張乖崖詩云：『兒童不慣錦衣榮，故我歸來夾路迎。不免舊溪高士笑，天真喪盡得虚名。』一同人歸太學，和其韻云：『四窗滅盡讀書燈，窗外唯聞步鐸聲。辜負江山好明月，閒來此地趁虚名。』因拂袖而去。《晁氏客語》

張乖崖鎮宛丘，邸報王文正大拜，不悦，謂坐客曰：『朝廷肯用經綸康濟人乎？余少以直節自誓，束發登用，無兩府心。』幕中杜壽隆曰：『固知公無兩府意。』公曰：『吾胸中

事，爾安得知！』杜曰：『嘗見公《柳》詩云：「安得辭榮同范蠡，緑絲和雨繫扁舟。」』《古今詩話》。又見《湘山野録》

張乖崖公守陳日，嘗游趙氏西園，詩曰：『方信承平無事久，淮南閒殺老尚書。』後一年捐舍，亦詩之讖。《青箱雜記》

張乖崖少與逸人傅霖同學，公既顯達，求霖三十年，不可得，作《憶霖》詩云：『寄語巢由莫相笑，此生終不羨輕肥。』晚年守宛丘，有被褐騎驢叩門大呼曰：『語尚書：青州傅霖。』閽吏走白，公曰：『傅先生天下士，汝何人？敢呼姓名。』霖笑曰：『别子一世，尚爾童心，是豈知世間有我哉！』公問：『何昔隱今出？』霖曰：『子將去矣，來報子耳。』公曰：『詠亦自知之。』霖曰：『知復何言。』後一月，公薨。《西清詩話》

《古今詩話》云：『張忠定少謁華山陳圖南，圖南贈詩云：「自吴入蜀楚尋常，歌舞筵中救火忙。乞得金陵養閒散，也須多謝鬢邊蒼。」始皆不諭，後忠定更鎮杭、益，晚年發瘡于鬢，移守金陵，遂薨，悉如其言。』苕溪漁隱曰：予考《三朝正史·張詠傳》，真宗時，詠再任昇州，頭瘡甚，上憫之，代還，不能朝謁，復求領郡，命知陳州卒。則《西清詩話》之言是也。其《古今詩話》以謂移守金陵遂薨，非也。《苕溪漁隱叢話》

《侯鯖録》云：傅逸人，真廟時人，贈張忠定詩曰：『忍把浮名賣卻閒，門前流水對青

山。青山不語人無事，門外風花任往還。』張答云：『蕭蕭疏葦對門墻，見説新秋鱠味長。何事輕拋來帝里？至今魂夢繞寒塘。』《苕溪漁隱叢話》

陳輔之《詩話》云：蕭楚才知溧陽縣，時張乖崖作牧，一日召食，見公几案有一絶云：『獨恨太平無一事，江南閑殺老尚書。』蕭改『恨』作『幸』字。公出視稿曰：『誰改吾詩？』左右以實對。蕭曰：『與公全身。公功高位重，姦臣側目之秋，且天下一統，公獨恨太平，何也？』公曰：『蕭弟一字之師也。』《苕溪漁隱叢話》

《復齊漫録》云：傅霖乃乖崖之友也，交甚密。開寶中，嘗會于幹城，終夕談話，鄰有病痁者，爲之不作。公每有書與傅，傅必先夢之，故傅有詩云：『劇談驅瘧鬼，幽夢得鄉書』，敘實事也。《苕溪漁隱叢話》

無盡居士云：乖崖公《題庭竹》詩：『小桃遮不得，深雪放教青。』在睢陽《書懷》詩曰：『每思舊隱歸何計？或問前程笑指空。』句清詞古，與郊、島相先後。《苕溪漁隱叢話》

乖崖公太平興國三年科場試《不陣成功賦》，蓋太宗明年將有河東之幸，公賦有：『包戈卧鼓，豈煩師旅之威。雷動風行，舉順乾坤之德。』自謂擅場，欲奪大魁。無何，有司以對耦顯失，因黜之，選胡旦爲狀元。公憤然毁裂儒服，欲學道于陳希夷摶，趨豹林谷，以弟子事之，決無仕意。希夷有風鑒，一見之，謂曰：『子當爲貴公卿。一生辛苦。譬由人家張

筵，方笙歌鼎沸，忽中庖火起，座客無奈，惟賴子滅之。然禄在後年，此地非棲憩之所。』乖崖堅乞入道，陳曰：『子性度明躁，安可學道！』果後二年，及第于蘇易簡牓中。希夷以詩遺之云：『征吴入蜀是尋常，鼎沸笙歌救火忙。乞得江南佳麗地，卻應多謝腦邊瘡。』初不甚曉，後果入蜀，定王均、李順之亂，又急移餘杭，剪左道僧紹倫妭蠱之叛，至則平定，此征吴入蜀之驗也。累乞閒地，朝廷終不允，因腦瘡，乞金陵養疾，方許之。《湘山野録》

益部淳化甲午歲，盜起邛蜀，圍逼城壘。主帥素無禦備，遂奔劍門。賊乘勢入城，燒掠殺傷至甚。坤維間，凡數十軍州悉爲賊之所有，惟眉、陵、梓、遂堅壁自守。賊據益郡，凡百日，天兵至，戮無遺類，軍旅所過皆爲荆棘。朝廷除樞密直學士、尚書虞部郎中張詠知益州。始至，察民疾苦，洞知亂起之由，因爲《悼蜀詩》四十韻，今備録之。《序》云：『至道紀號元祀春正月，爲審官院考績，引對。天子曰：「天厭西蜀，歲且薦饑，任失其人，枉政偷剥，民興怨嗟，構孽肆暴。授命虎旅，殄滅凶逆。矧彼黔首，不聊其生，覯人安民，朕意罔怠。寬即育奸，猛即殘俗，得夫濟者，實其人爾。惟方直、歷政有績，邛僰幽遐，往理其俗，克畏克愛，汝其欽哉。」祇奉厥命，乘軺西征。夏四月二十有八日供厥職。噫！謀算庸陋，罔敢怠忽，豪猾抑之，賦歛乃省，存恤窮困，招綏流亡，杜絶剥削，宣揚皇風。迨一歲而民弗克安，非郡縣之罪，偏將之罪也。有聽者，孰不知民心上畏皇師之剽掠，下畏草孽之强

暴乎！良家困弊，漸復從賊，庶賒其死，深可忿也！天子遠九重，孤賤者憚權豪不敢言。嗚呼！雖采詩之官闕之久矣，然歌詠諷刺之道不可寂然。詠敢作《悼蜀詩》四十韻，書于視政之廳，有識君子勿以狂瞽爲罪。』『蜀國富且庶，風俗矜浮薄。奢侈極珠貝，狂佚務娱樂。虹橋吐飛泉，煙柳閉朱閣。燭影逐星沉，歌聲和月落。鬥雞破百萬，呼盧縱大噱。游女白玉璫，驕馬黄金絡。酒肆夜不扃，花事春慚作。禾稼暮雲連，紈繡淑氣錯。熙熙三十年，光景倏如昨。天道本害盈，侈極必禍作。當時布政者，罔思救民瘼。不能宣淳化，移風復簡約。性情非直方，多爲聲色著。從容竊虚譽，隨俗縱貪攫。蠶食生靈肌，作威恣暴虐。佞罔天子聽，所利惟剥削。一方忿恨興，千里攘臂躍。火氣烘寒空，雪彩揮蓮鍔。無人能御敵，何暇施擊柝。害物黷貨輩，皆爲白刃爍。瓦礫積臺榭，荆棘迷城郭。里第鎖榛蕪，庭軒喧燕雀。斗粟金帛市，束芻綺羅博。悲夫驕奢民，不能飽葵藿。朝廷命元戎，帥師蕩元惡。虎旅一以至，梟巢一何弱。燎毛焰晶熒，破竹鋒熠爚。兵驕不可戢，殺人如戲謔。悼髦皆罹誅，玉石何所度。未能戮强暴，争先謀剽掠。良民生計空，賒死心殞獲。四野構豺狼，五畝孰耕鑿？黔首不安堵，炎如居鼎鑊。出師不以律，餘孽何由卻。俾夫識蜂蠆，寡算能籠絡。邊陲未肅清，胡顔食天爵。四方尚奔競，誰復振寒諤？黄屋遠萬里，九重高寥廓。時稱多英雄，才豈無衛霍？近聞命良臣，拭目觀奇略。』《茅亭客話》

舒雅

舒子正《答劉學士》詩云：『往歲別京畿，棲山與衆違。君心似松柏，雁足寄珠璣。學道情難篤，燒丹力尚微。雲中雞犬在，祇候主人歸。』《四朝詩》

雅以所學謁韓熙載，熙載一見如疇昔，館給之。雅性巧黠，應答如流，待之爲忘年之交，出入卧内，曾無間然。熙載性嬾，不拘禮法，常與雅易服燕戲，猱雜侍婢，入末念酸，以爲笑樂。或云：熙載所著格言，半雅之辭。馬令《南唐書》

韓熙載弊衣履，作瞽者，持獨絃琴，俾舒雅執板挽之，隨房歌鼓求乞，以足日膳，旦暮亦不禁其出入。《湘素雜記》

晁迥

晁伋爲予言：『文潞公出鎮長安，吾祖文元公知許昌，游公曲水園，留詩云：『夭桃穠李豔芳長，丞相園林瀍水濱。虎節麟符抛不得，卻將佳景付游人。』公得詩甚喜，乃作書并封園券與文元，曰：「可便作園中主人也。」』伋字仲思，文元五世孫。《風月堂詩話》。宗祥案：《石林詩話》作賈文元詩，惟第一句、第四句小異，他皆同。然賈氏太平興國中參大政，略早于文，且伋爲明遠裔孫，所言

宜可信也。

晁文元子宗慤，擢正字，章服詣謝，公亦不顧，其夫人嘗密覘之，但見瞑目端坐，鬚髮摇風，凝然若木偶。嘗有詩云：『鍊鑛成金得寶珍，鍊情成性合天真。相逢此理交談者，千百人中無一人。』《磵泉日記》

太宗賜錢思公已下《孝經》詩，令次韻和進。晁文元迥首出四句云：『舍後信標名，風篁自有聲。温柔敦厚教，仙果子難生。』思公即便對晁公曰：『今日須了。』晁大笑，諸公不曉，曰：『今日《孝經》詩稽遲，戲以此督之爾。』四句蓋次韻詩遲也。《詩史》

晁文元《耄智餘書》云：『新鮮膾一筯，清醇酒一杯。晉室惟張翰，當時得意來。』陳燦山琰《題二陸祠》云：『塵暗香殘二陸祠，可憐詞藻妙當時。聯鑣入洛成何事？一段淒涼鶴不知。』合二詩而觀，則張、陸禍福之幾，在知與不知耳。《梅磵詩話》

薛　映

薛文恭《曲水亭》在下天竺水臺盤，一曰流杯亭。詩云：『臺盤疏石渠，激流環四面。夏屋有餘清，羽觴隨意轉。賓告辭言歸，主稱情未倦。雖非禊飲晨，豈謝蘭亭讌。』《杭州府志》

薛映《送人知鄂州》云：『黄鶴晨霞傍樓起，頭陀秋草繞碑荒。』《皇朝類苑》

劉綜

劉綜學士出鎮并門，兩制館閣皆以詩餞其行，因進呈。章聖深究詩雅，時方競尚西崑體，磔裂雕篆，親以御筆選其平淡者，得八聯。句云：『夙駕都門曉，涼風苑樹秋。』晁迥『秋聲和暮角，膏雨逐行軒。』李維『置酒軍中樂，聞笳塞上情。』錢惟演『關榆漸落邊鴻度，勸到劉郎酒十分。』楊億『塞垣古木含秋色，祖帳行塵起夕陽。』朱巽『汾水冷光搖畫戟，蒙山秋色鎖層樓。』孫僅『河朔雪深思愛日，并門春暖詠甘棠。』王貽永『極目關河高倚漢，順風鵰鶚遠淩秋。』劉筠章聖謂綜曰：『并門，唐時皆將相出領，凡之官遣從事以題詠作寵其行，多刻諸道宮佛寺。纂集編聚，久不聞有是作也。』後綜寫爲《御選句圖》，立於晉祠。《古今詩話》

全宋詩話目録卷八

孫僅　字鄰幾，何弟，咸平元年進士第一。歷官集賢院學士、權知開封府，後領審刑院、進給事中。有《甘棠集》。

李慶孫　泉州惠安人，咸平元年進士。官水部郎。

錢易　字希白，昆弟，咸平二年進士。官翰林學士。有《金閨》、《瀛洲》、《西垣制》集。

李堪　字仲任，晉陵人，咸平二年進士。歷官至工部尚書。

陳堯咨　字嘉謨，堯佐弟，咸平三年進士第一。歷官翰林學士、武信軍節度使、知河陽，徙天雄軍。卒，贈太尉，謚康肅。

邵煥　淳安人，咸平三年進士。官員外郎。

李永

鄭戩　字天休，吴縣人，舉進士。歷官右諫議大夫、樞密副使，以資政殿學士知杭州，終奉國軍節度使。贈太尉，謚文肅。

王曙　字晦叔，河南人，咸平中舉賢良方正。仁宗朝，歷官同中書門下平章事，卒贈太保、中書令，謚文康。有集。

許洞　吴人，咸平三年進士。

王曾　字孝先，益都人，咸平五年鄉貢試、禮部、廷對皆第一。仁宗朝，右僕射兼門下侍郎平章事、集賢殿大學士，封沂國公卒贈侍中，謚文正。

陳亞　字亞之，維揚人，咸平五年進士。歷官於潛令，至太常少卿。好爲藥名詩，有《澄源集》。

李冠　字世英，歷城人。官乾寧主簿，有《東臯集》。

晏殊　字同叔，臨川人，七歲能文，景德初以神童召試，賜進士出身。歷官知制誥、翰林學士、集賢殿學士、同中書門下平章事，兼樞密院使，出知永興軍，徙河南，以疾歸京師，留侍經筵，卒贈司空兼侍中，謚元憲。有《臨川集》、《紫微集》。

晏穎　殊弟，官奉禮部。

張及　字之元，蜀人，景德二年進士。仕至淮南轉運使。

周啓明　字昭回，處州縉雲人。仁宗朝，官太常丞。

青陽楷，蜀人。

鮑當　景德二年進士。官至職方員外郎。有《清風集》。

江任　建陽人，景德二年進士。官秘閣校理，知秦州。

黄覺　字民先，浦城人，景德二年進士。官殿中丞。

杜衍　字世昌，越州山陰人，大中祥符元年進士。仁宗朝同中書門下平章事，罷知兗州，以太子少師致仕，封祁國公，卒贈司徒兼侍中，謚正獻。

曹修睦　建安人，大中祥符元年進士。官司封員外郎，分司南京。

葛宫

全宋詩話卷八

孫僅

孫何、孫僅，俱以能文馳名一時。僅爲陜西轉運使，作《驪山》詩二篇，其後篇有云：『秦帝墓成陳勝起，明皇宫就禄山來。』時方建玉清昭應宫，有惡僅者，欲中傷之，因録其詩以進。真宗讀前篇云『朱衣吏引上驪山』，遽曰：『僅小器也，此何足誇！』遂棄不讀，而陳勝、禄山之語，卒不得一聞，人以爲幸也。《歸田録》

孫給事僅及孫暨，皆咸平初省試放狀元，後各應制舉。給事與兄何齊名，有聲場屋。何淳化中魁多士，給事下第，有詩曰：『前春再就天階試，應被人呼小狀元。』次舉中甲科，王元之以詩贈曰：『病中何事忽開顔，憶得詩稱小狀元。粉壁已懸龍虎榜，錦標争屬鶺鴒原。』《古今詩話》

孫何、孫僅，學行文詞，傾動場屋。何既爲狀元，王黄州覽僅《文編》，書其後曰：『明

年再就堯階試，應被人呼小狀元。』後榜僅果爲第一，黄州復以詩寄之云：『病中何幸忽開顔，記得詩稱小狀元。粉壁乍懸龍虎榜，錦標終屬鶺鴒原。』并寄何詩曰：『唯愛君家棣華榜，登科記上並龍頭。』潘逍遥亦有詩曰：『歸來偏檢登科記，未見連年放弟兄。』而陳堯叟、堯咨兄弟，亦前後相繼爲狀元，實士林盛事也。《澠水燕談録》。宗祥案：二書所記略異，兩存其説。

《西齋詩話》曰：孫僅《傅巖》詩：『刑人一旦起幽深，功業煌煌照古今。』謂當時有胥靡築巖道，而傅説在困約中代之以假其貲，是爲胥靡傭資也。僕謂此説是矣，然自荀卿以來，已失之矣。荀子曰：『鄉也，胥靡之人，俄而授天下之大器。』是指傅説也。吕温作《傅巖銘》，亦嘗曰：『脱刑人之衣，而被公衮之服。』《野客叢書》

李慶孫

錢熙，泉南才士也，曾作《四夷來王賦》，獻太宗，愛其才。又嘗撰《三酌酸文》，世稱精絶，後亦不達而故。鄉人李慶孫以詩弔之曰：『四夷妙賦無人繼，三酌酸文舉世傳。』《詩話總龜》

李慶孫詩：『軸裝曲譜泥金字，樹記花名玉篆牌。』晏元獻云：『太乞兒相，若諳富貴者，不爾也。』《韻語陽秋》

錢易

錢希白内翰作擬唐詩百篇，備諸家之體。《自序》曰：『今之所擬，不獨其詞。至于題目，豈欲拋離本集！或有事迹，斯亦見之本傳。』故其《擬張籍上裴晉公》詩曰：『午橋莊上千竿竹，緑野堂中白日春。富貴極來惟歎老，功名高後轉輕身。嚴更未報皇城裏，勝賞時游洛水濱。昨日庭趨三節度，淮西曾是執戈人。』又作《擬盧仝》詩云：『門前飛揚花，屋後惡水鳴青蛙。案上兩卷書，堯典與舜典，留與添丁作生涯。』擬古當如此相似，方可傳。《彦周詩話》

錢希白《嵇康小舞詞序》云：『薛九，江南富家子，得侍宫中，善歌舞嵇康。「嵇康」，江南曲名也。學舞于鍾離氏，建業破，零落于江北。予遇于洛陽福善坊趙春舍，飲酣，于是歌嵇康，其詞即後主所製焉。嘗感激坐人皆泣，春舉酒請舞，謝曰：「老矣！腰腕衰硬，無復舊態。」乃强起小舞，終曲而罷。座有王生者，請予爲《嵇康小舞詞》』。詞曰：『薛九三十侍中郎，蘭香花態生春堂。龍盤王氣變秋霧，淮聲哭月浮秋霜。宜城酒烟溼羃腹，與君强舞當時曲。玉樹遺辭莫重聽，黄塵染鬢無前緑。我聞襄陽白銅鞮，荒情古豔傳幽悲。悽涼不抵亡國恨，塵中苦淚飛柔絲。洛陽公子擎銀觴，跪奴和曲生輝光。茂陵旅夢無春草，彤

管含羞裁短章。』《補侍兒小名録》

錢易《畫景》云：『雙峰上簾額，獨鵲裊庭柯。』《芭蕉》云：『緑章封事緘初啓，青鳳求凰尾乍開。』《詩話總龜》

錢内翰希白《畫景》詩云：『雙蜻上簾額，獨鵲裊庭柯。』『裊』字最其所用意處也。然韋蘇州《聽鶯曲》云：『有時斷續聽不了，飛去花枝猶裊裊。』趙嘏詩云：『語風雙燕立，裊樹百勞飛。』錢意韋、趙已先用，張文潛亦有『啄雀踏枝飛尚裊』之句。《優古堂詩話》

李　堪

李仲任《送周建州》詩云：『海月隨帆落，溪花遶驛流。』《皇朝類苑》

陳堯咨

三桂亭，在長安城南，宋諫議大夫陳公之别墅，三子堯叟、堯佐、堯咨，皆登科，故亭因以名。大中、祥符間，堯咨知永興軍，書詩于碑，云：『不誇六印滿腰懸，二頃仍尋負郭田。當日弟兄皆刷羽，如今鴻雁盡摩天。扶疏已問新栽竹，清淺猶尋舊漱泉。大尹今來還又去，夕陽旌旆復翩翩。』至今猶存。《陝西通志》

邵　煥

邵煥《送晏集賢南歸》云：『官船風破浪，關吏鼓通晨。』《皇朝類苑》

李　永

李永《熙陵挽詞》云：『朝馮玉几言猶在，夜啓金縢事已非。』《春明退朝録》

鄭　戩

長安北禪寺筍石，鄭天休資政題十字刊之，云：『春至不擇地，路旁花自開。』《嘉祐雜志》

王　曙

王文康公性質實重厚，嘗作詩曰：『棗花至小能成實，桑葉雖粗解吐絲。堪笑牡丹如斗大，不成一事又空枝。』此亦質實厚重之詞也。《青箱雜記》

文康王公晦叔，嘗宰定海縣，賦《回峰院》詩云：『山勢欲壓海，禪扃向此開。魚龍腥不到，日月影先來。樹色秋擎出，鍾聲浪答回。何期隨吏役，暫得拂塵埃？』商逸卿得遺

墨刻之。《娱書堂詩話》

王晦叔詩云：『千山送客東西路，一樹照人南北枝。』《苕溪漁隱叢話》

許　洞

國朝浮屠，以詩名于世九人，故有集號《九僧詩》，今不復傳。予聞人多稱其一曰惠崇，餘八人忘其名字。予亦記其詩云：『馬放降來地，雕盤戰後雲。』又云：『春生桂嶺外，人在海門西。』其佳句類此。當時有進士許洞，俊逸士也，會諸僧分題，出一紙約曰：『不得犯此一字。』其字乃山水、風雲、竹石、花草、雪霜、星日、禽鳥之類，諸僧閣筆。洞咸平三年進士及第，無名子嘲曰：『張康渾裹馬，許洞鬧裝妻』是已。九僧，謂希晝、寶通、守恭、行肇、簡長、尚能、智仁、休復、惟風，有《集》行于世。《談苑》亦有詩。《歐公詩話》

林逋傲許洞，洞作詩嘲逋，餘杭人以爲中的：『寺裏啜齋饑老鼠，林間咳嗽病獼猴。豪民送物伸鵝頸，好客窺門縮鼈頭。』江鄰幾《雜志》

許洞與潘閬、錢易爲友，狂放不羈。閬坐盧多遜黨亡命，乃變姓名，僧服入中條山，洞密贈詩云：『潘逍遥，平生才氣如天高。倚天大笑無所懼，天公嗔汝口呶呶。罰教臨老頭，補衲歸中條。我願中條山神鎮長在，驅雷叱電趕出者老怪。』《中吴紀聞》

許洞以文辭稱于吴，尤邃《左氏春秋》。嗜酒，嘗從酒家貸飲，一日大寫壁作歌數百言，鄉人競來觀之，售數倍，乃盡捐其所負。《吴郡圖經續記》

王曾

王沂公布衣時，以《梅花》詩獻吕文穆公，云：『雪中未問和羹事，且向百花頭上開。』文穆曰：『此生已安排狀元宰相也。』後果然。《古今詩話》

王沂公與李文定公，連榜取殿魁，又相繼秉鈞軸。文定鎮并門，公均勞逸本鄉，作詩寄之，略曰：『錦標得雋曾相繼，金鼎調元亦荐更。并市兒童公再見，會稽章紱我先榮。』或曰：『如此名實，何由企及。』《續歸田録》

王曾送李駙馬拜陵云：『人畏軒臺久，春歸雨澤多。』《談苑》

王文正公曾，李文定公迪，咸平、景德間，相繼狀元及第，其後更踐政府，及罷相鎮青，又爲交承，故文正《送文定移鎮兖海》詩，有『錦標得雋曾相繼，金鼎調元亦踐更』之句。又云：『并土兒童君再見，會稽章紱我偏榮。』蓋文定再鎮兖，而青社，文正鄉里也。《澠水燕談》

王文正《皇帝閤立春帖子》云：『北陸凝陰盡，千門淑氣新。年年金殿裏，寶字帖宜春。』《夫人閤端午帖子》云：『欲謝君恩卻無語，心前笑指赤靈符。』《合璧事類前集》

陳亞

陳亞郎中性滑稽，嘗爲藥名詩百首，其美者有：『風雨前湖夜，軒窗半夏涼』，不失詩家之體。其鄙者有《贈乞雨自曝僧》云：『不雨若令過半夏，定應晒作胡蘆巴。』又《詠上元夜游人》云：『但看車前牛領上，十家皮没五家皮。』蔡君謨嘗嘲之曰：『陳亞有心終是惡』，亞應聲曰：『蔡襄除口便成衰。』《續詩話》

陳亞大卿，士大夫徒傳其諧謔之語，不知其作詩甚佳。如『浪平天影接，山盡樹根回』，得作者之格。《翰府名談》。宗祥案：《墨客揮犀》作『浪平天接影，山盡樹回身』。

《惜竹》詩，獨陳亞少卿最佳，詩曰：『出檻亦不剪，從教長瘦叢。年年到朱夏，葉葉是清風。』《古今詩話》

陳亞少卿，維揚人，善詩什，滑稽尤甚，嘗與蔡君謨會於金山僧舍，酒酣，君謨題詩屏間曰：『陳亞有心終是惡。』即索筆對曰：『蔡襄無口便成衰。』少時爲杭州於潛令，以利口謔浪，人或厭之。太守馬忠肅因其趨府，戒之，陳懼受教。俄有通刺謁者，稱：『大詞郎李過庭』，公罵曰：『何人家子弟！』亞率爾云：『李趨兒。』馬公徐悟之，大笑。《唐宋遺史》

《西清詩話》云：藥名詩起自陳亞，非也。東漢已有離合體，至唐始著藥名之號。如張

籍《答鄱陽客》詩云：『江皋歲暮相逢地，黄葉霜前半夏枝。子夜吟詩向松桂，心中萬事豈君知』是也。《苕溪漁隱叢話》

陳亞卿揚州人，仕至太常少卿，年七十卒，蓋近世滑稽之雄也，嘗著藥名詩百餘首，若『風月前湖近，前胡。軒窗半夏涼。半夏。』『棊怕臘寒呵子下，呵子。衣嫌春暖縮紗裁。縮砂。』及《贈祈雨僧》詩云：『無雨若還過半夏，半夏。和師晄作葫蘆巴葫蘆巴。』之類，極爲膾炙。又嘗知祥符縣，親故多干託，借車牛，因作詩曰：『地名京界足親知，荆芥。借借尋常無歇時。蝎。但看車前牛領上，車前子。十家皮没五家皮。五加皮。』覽者無不絶倒。嘗言藥名用於詩無所不可，而幹運曲折，使各中理，在人之智耳。或曰：『延胡索可用乎？』亞曰：『可。』沉思久之，因朗誦曰：『一布袍袖裹懷漫刺，到處遷延胡索人。』鰻鯉、延胡索。此可贈游謁窮措大。』聞者莫不大笑。《青箱雜記》

亞又別有詩百餘首，號《澄原集》。有《歲旦示知己》云：『餘寒掃地浄，衰老向人間。』又《與友人郊游》云：『馬嘶曾到寺，犬吠乍行村。』《送歸化宰王秘丞赴闕》云：『吏辭如賀日，民送似迎時。』《懷舊隱》云：『排聯書品曾非借，愛惜苔錢不是慳。』亦自成一家體格。《青箱雜記》

陳亞以藥名《詠白髮》云：『若是道人頭不白，老人當日合烏頭。』《中山詩話》

藥名詩始于唐人張籍，有：『江皋歲暮相逢地，黄葉霜前半夏枝』之句。人謂起于亞，其實不然也。《郡齋讀書志》

陳亞少卿畜書數千卷，名畫數十軸，平生之所寶者。晚年退居，有華亭雙鶴，怪石一株，尤奇峭，與異花數十本，列植于所居。爲詩戒子孫云：『滿室圖書雜典墳，華亭仙客岱雲根。他年若不和花賣，便是吾家好子孫。』亞死未幾，皆散落民間矣。《澠水燕談録》

陳亞，維揚人，仕至太常少卿，性好諧謔，嘗著藥名詩，行于世。幼孤，育于舅家。舅姓李，爲醫，工人呼爲『衙推』。亞登第，人皆賀其舅。亞有詩云：『張公喫酒李公醉，自古人言信有之。陳亞今年新及第，滿城人賀李衙推。』《梅磵詩話》

陳郎中亞，有滑稽雄聲，知潤州，治迹無狀。浙憲馬卿等欲按之，至則陳已先覺，廉按訖，憲車將起，因觴于甘露寺閣。至卒爵，憲曰：『將注子來郎中處滿着。』陳驚起遽拜，憲訝曰：『何謂何謂？』陳曰：『不敢望滿，但得成資保全而去，舉族大幸也。』馬笑曰：『豈有此事！』既而竟不敢發。有陋儒者，貢所業，舉止凡下，陳玩之曰：『試請口占盛業。』生曰：『某卷中有方地爲輿賦。』誦破題曰：『粤有大德，其名曰坤。』陳應聲曰：『吾聞子此賦久矣，得非下句云「非講經之座主，乃傳法之沙門」乎？』滿座大笑。陳尤工藥名詩，有『棋爲臘寒呵子下，衫因春瘦縮砂裁』，『風月前湖近，軒窗半夏涼』之句，皆不失風雅。《湘山野録》

陳亞詩云：『陳亞今年新及第，滿城人賀李衙推。』李乃亞之舅，爲醫者也。今北人謂卜相之士爲『巡官』。巡官，唐五代郡僚之名，或謂以其巡游賣術，故有此稱。然北方市醫，皆稱『衙推』，又不知何謂。《老學庵筆記》

《懷舊隱》云：『多愧當年未第間，卜居人外得清閒。排聯花品曾非僭，愛惜苔錢不是慳。秋閣詩情天淡淡，夕溪漁思月彎彎。而今慚厚明朝禄，敢念藏愚莫買山。』方回曰：三、四絶佳。亞《黄蜀葵》詩：『秋風似學金丹術，戲把硫黄禦酒杯』尤佳。《瀛奎律髓》

《藥名詩》一卷，司封郎中陳亞亞之撰，咸平五年進士，有《集》三卷，《藥名詩》特其一體爾。如：『馬嘶曾到市，犬吠乍行村』，『吏辭如賀日，民送似迎時』皆佳句，不在此《集》也。《直齋書録解題》

李冠

王樵，字肩望，淄川人，性超逸，深《老》《易》，善擊劍，有概世之志，廬梓桐山，稱『淄右書生』，不交塵務。山東賈同、李冠，皆尊仰之。咸平中，契丹内寇，舉族北俘，潛入虜中，訪其親，累年乃歸。持諸喪刻木爲親，葬奂山東，立祠奉侍終身。太守劉通詣，樵踰垣遁去，其後高弁知州事，范諷爲通判，相與就見之。李冠以詩寄之云：『霜臺御史新爲郡，棘

寺廷評繼下車。首謁梓桐王處士，教風從此重詩書。』晚自號贅世翁，爲贊其門曰：『書生王樵，薄命寡志。無益于人，道號贅世。』豫卜地累卵，名『繭室』，中壘石，刻銘其上，曰：『生前殺軀，以虞不備。没後寄魄，以備不虞。』後感疾，即入室，自掩户乃卒，以古劍殉葬。著《游邊集》、《安邊三策》、《説史》，皆散失。濟南李芝爲《贅世先生傳》，載其事。《澠水燕談録》

晏　殊

孫少述《栽竹》詩曰：『更起粉墻高千尺，莫令墻外俗人看。』晏臨淄曰：『何用「粉墻高千尺，任教墻外俗人看」！』處士之節，宰相之量，各言其志。《古今詩話》

晏公風骨清羸，不喜肉食，尤嫌肥膻，每讀韋應物詩愛之，曰：『全没些脂膩氣。』故公于文章尤負賞識，集梁《文選》以後迄于唐，别爲《集選》五卷，而詩之選尤精。凡格調猥俗而脂膩者，皆不載也。公之佳句，宋莒公皆題於齋壁，若：『無可奈何花落去，似曾相識燕歸來』，『静尋啄木藏身處，閒見游絲到地時』，『樓臺冷落收燈夜，門巷蕭條掃雪天』，『已定復摇春水色，似紅如白野棠花』之類。莒公嘗謂，此數聯使後之詩人，無復措詞也。《青箱雜記》

晏元獻《與張臨川》云：『籬邊菊秀先生醉，桑下雛嬌稚子仁。』又云：『東陽詩骨瘦，

南浦别魂消。』《送章明州》云：『騷客登山知有助，秦源雞犬更相聞。』《送人知洪州》云：『干斗氣沉龍已化，置芻人去榻猶懸。』《談苑》

晏元獻稱國初待詔云：『醉輕浮世事，老重故鄉人』，張安道亦稱：『紅塵三尺險，終有是非波』。《詩史》

晏臨淄宴集詩最多，有一聯云：『春風任花落，流水放杯行。』《詩史》

詩家評論古人，多是書生空言爾。晏元獻《書平津侯傳》云：『主父仲舒容不得，未知賓閣是何人？』公能客富、歐二公于門下，然後可以爲此言。但主父非仲舒之倫，宜以汲黯代之。《後村詩話》

仁宗朝，張冕學士《賦蜀中海棠》詩，沈立取以載《海棠記》中，云：『山木瓜開千夥夥，水林禽發一攢攢。』注云：『大約木瓜、林禽花初開，皆與海棠相類，若冕言，則江西人正謂「棠梨花」耳。惟紫緜色者，始謂之「海棠」。』按沈立《記》言其花五出，初極紅，如燕脂點點然，及開則漸成纈暈，至落則若宿粧淡粉。審此，則知木瓜、林禽六花者，非真海棠明矣。晏元獻云：『已定復摇春水色，似紅如白海棠花。』然則元獻亦與張冕同意耳。《復齋漫録》

晏元獻《文集》，詩最多，幾萬餘篇，宋元憲尤喜：『樓臺冷落收燈夜，門巷蕭條掃雪天』，『梨花院落溶溶月，柳絮池塘淡淡風』。今記其全首于此。《正月十八日夜》云：『槿

户茅齋雅自便，京華風味入新年。樓臺冷落收燈夜，門巷蕭條掃雪天。病酒不聞花外漏，放朝仍得日高眠。何妨静習閒中趣，欲問林僧結浄緣。』《寄遠》云：『寶轂香輪不再逢，峽雲巫雨杳無蹤。梨花院落溶溶月，柳絮池塘淡淡風。幾日寂寥傷酒後，一番蕭索禁煙中。魚書欲寄無由達，水遠山長處處同。』《竹莊詩話》

晏元獻尤喜江南馮延巳歌詞，其所自作，不減延巳。《樂府》、《木蘭花》，皆七言詩，有云：『重頭歌詠響璁琤，入破舞腰紅亂旋』，『重頭』、『入破』，皆絃管家語也。《中山詩話》

詩詞中多用『南雲』，晏元獻公《寄遠》詩曰：『一紙短書無寄處，數行征雁入南雲。』紹興庚午歲，余爲臨安秋賦考試官，同舍有歐陽公長短句詞，曰：『雁過南雲，行人回淚眼。』因問曰：『「南雲」其義安在？』余答曰：『嘗見《江總》詩云：「心逐南雲去，身隨北雁來。故園籬下菊，今日幾花開。」恐出於此耳。』《庚溪詩話》

晏元獻小詞，爲本朝之冠，然小詩亦有工者。如：『春寒欲盡復未盡，二十四番花信風。遥想江南此時節，小梅黄熟子規啼』之類，亦有思致，不減唐人。《艇齋詩話》

晏元獻：『春水碧于天』，蓋全用唐韋莊詞中五字。《艇齋詩話》

《西清詩話》云：『紅梅清艷兩絶，昔獨盛于姑蘇，晏元獻始移植西岡第中，特稱賞之。一日貴游賂園吏，得一枝分接，由是都下有二本。公嘗與客飲花下，賦詩曰：「若更遲開三

二月，北人應作杏花看。」客曰：「公詩固佳，待北俗何淺也。」公笑曰：「顧傖父安得不然。」一坐絶倒。王君玉聞盜花事，以詩遺公云：「館娃宫北舊精神，粉瘦瓊寒露蘂新。園吏無端偷折去，鳳城從此有雙身。」自爾名園争培接，遍都城矣。」苕溪漁隱曰：王介甫《紅梅》詩云：『春半花纔發，多應不奈寒。北人初未識，渾作杏花看。』與元獻之詩暗合，然介甫句意俱工，勝元獻遠矣。《苕溪漁隱叢話》

《漫叟詩話》云：『江爲有詩：「吟登蕭寺旃檀閣，醉倚王家玳瑁筵。」或謂作此詩者，決非貴族。或人評「軸裝曲譜金書字，樹記花名玉篆牌」，乃乞兒口中語。』苕溪漁隱曰：《青箱雜記》亦載此事，乃元獻云嘗覽李慶孫《富貴曲》云云，此詩乃乞兒相，未嘗識富貴者。故公每言富貴，不及金玉錦繡，惟説氣象，若『樓臺側畔楊花過，簾幙中間燕子飛』，『梨花院落溶溶月，柳絮池塘淡淡風』之類是也。公自以此句語人曰：『窮人家有此景否？』《雲齋廣録》載近時人詩一聯云：『珠簾繡户遲遲日，柳絮梨花寂寂春。』雖用珠繡，其氣象豈不富貴？不害爲佳句也。《歸田録》云：『晏元獻喜評詩，嘗曰：「老覺腰金重，慵便枕玉涼」，未是富貴語，不如「笙歌歸院落，燈火下樓臺」，此善言富貴者也。人皆以爲知言。』《苕溪漁隱叢話》

《東軒筆録》云：『曾布以翰林學士權三司使，坐言市易事落職，知饒州。舍人許將當

制，頗多斥詞，制下，將往見曾曰：「始得詞頭，深欲繳納，又思之，釁隙如此，不過同貶耳，于公無所益也，遂僶勉爲之。然其中語言，頗經改易，公他日當自知也。」曾曰：「君不聞宋子京之事乎？昔晏元獻當國，子京爲翰苑，晏愛宋之才，雅欲旦夕相見，遂稅一第于旁近，延居之，其親密如此。遇中秋，晏啟宴召宋，出妓飲酒賦詩，達旦方罷。翌日，罷相，宋當草詞，頗極詆斥，至有『廣營産以殖私，多役兵而規利』之語。方子京揮毫之際，餘醒尚在，左右觀者亦駭歎。蓋此事由來久矣，何足校耶！」許亦憮然而去。』苕溪漁隱曰：元獻《弔劉蘇哥詩序》，蓋指宋子京而言也，吾故録此事以附益之。《苕溪漁隱叢話》

宋子京《筆記》云：天聖初元以來，縉紳間爲詩者益少，惟丞相晏公殊、錢公惟演、翰林劉公筠數人而已。至丞相王公曙、參知政事宋公綬、翰林李公淑，文章外亦作詩，而不專也。其後石延年、蘇舜欽、梅堯臣，皆自謂好作詩，不能自名矣。晏丞相末年詩見編集者，乃過萬篇，唐人以來未有。然晏不自貴重其文，凡門下客及官屬解聲律者，悉與之酬和。《苕溪漁隱叢話》

《詩眼》云：晏叔原見蒲傳正云：『先公平日小詞雖多，未嘗作婦人語也。』傳正云：『「緑楊芳草長亭路，年少抛人容易去」，豈非婦人語乎？』晏曰：『公謂「年少」爲何語？』傳正曰：『豈不謂其所歡乎？』晏曰：『因公之言，遂曉樂天詩兩句云，「欲留年少待富貴，

富貴不來年少去。」』傳正笑而悟。然如此語意，殊高雅爾。《苕溪漁隱叢話》

《復齋漫録》云：元微之詩：『蘂珠深處少人知，網索西臨太液池。浴殿曉聞天語後，步廊騎馬笑相隨。』注：『網索在太液池上，學士候對歇于此。』故元獻《和宋子京召還學士院》有云：『網索軒窗邃，鑾坡羽衛重。鷁舟還下瀨，星使出飛龍。賦待三英集，詞須五吏供。會看邊燧息，橫霈紫泥封』者，爲此也。《苕溪漁隱叢話》。宗祥案：『为此也』下《漫録》尚有又一篇云：『暮召三山峻，晨趨一節回。乍維青雀舫，還直右銀臺。陟降丹塗密，論思武帳開。欲談當世務，元藉軼群才。』四十字。

《復齋漫録》云：豫章事實，王勃序之詳矣，題詠此邦者，往往採之。元獻云：『望斗氣沉龍已化，置芻人去榻猶懸。』陶邕州云：『劍待張華時已晚，榻延徐孺禮應疏。』此二聯全是『龍光射斗牛之墟，徐孺下陳蕃之榻』也。宋公綬云：『江涵帝子翬飛閣，山際真君鶴馭天。』不襲陳迹，甚可嘉也。《苕溪漁隱叢話》

《蔡寬夫詩話》云：人夢中作爲詩文，覺多不省。設有能省者，其事往往皆驗。理固不可詰，豈禍福將至，精神自有感通者乎？王元之《商州》詩，有『節及登高忽嗟歎，經年憔悴到京華。貳車何事搔蓬鬢，九日樽前見菊花』之句，第四句乃夢中得也。初，元之在掖垣，忽夢賦詩御座前，既覺，獨記此句，未幾，至貶，以十月到郡，而菊花盛開，恍然如詩話

也。元獻公守亳，始至，亦嘗夢賦詩云：『一年爲客未歸去，笑殺城東桃李花。』初莫省謂何，已而因春出游，則州之園館，皆在城東。公留亳踰年，而後移睢陽，無不合者。元之自縱班謫敢秩先爲之兆，固宜矣；若元獻但日月淹速之間，亦有預告之者，則世間萬事何嘗不有定數耶！《苕溪漁隱叢話》

《復齋漫録》云：『元獻早入政府，迨出鎮，皆近畿名藩，未嘗遠去王室，自南都移陳留，離席，官奴有歌「千里傷行客」之辭，公怒曰：「予平生守官，未嘗去王畿五百里，是何千里傷行客也！」』苕溪漁隱曰：《昭陵諸臣傳》云：『天聖三年，殊爲樞密副使，坐以笏擊折從者齒，出知宣州。後數日，改應天府，召拜御史中丞，除參知政事，罷知江寧府，未行，改亳州，徙陳州。慶曆四年，罷集賢殿大學士同平章事，出知潁州，徙陳州，復徙應天府。未赴任，改許州，以觀文殿大學士知永興軍，徙河南府。』蔡寬夫云：『公留亳踰年而後移睢陽』，《復齋》云：『自南都移陳。』皆與本《傳》不合。《復齋》又載公曰：『予平生守官，未嘗去王畿五百里。』然永興軍乃長安也，去王畿千有餘里，則二書所言並誤矣。《苕溪漁隱叢話》

《復齋漫録》云：『唐人詩：「有意效承平，無功答盛明。灰心緣忍事，霜鬢爲論兵。道直身還泰，恩屯命轉輕。鹽梅非據擬，葵藿是平生。白日長垂照，青蠅謾發聲。嵩陽舊

田地，終擬自歸耕。」中書後堂北軒西壁，有題「灰心霜鬢」之句者，驗其筆迹，舊相李公迪之書也。李入相時，邊兵未動，意在忍事之語。元獻《中書即事》詩，敘其事云：「慘慘高槐落，淒淒餘菊寒。粉墻多記墨，聊爲拂塵看。」正爲此也。』苕溪漁隱曰：蔡寬夫《詩話》以『灰心緣忍事，霜鬢爲論兵』之句是裴晉公作，李文定嘗親書于中書壁間。《苕溪漁隱叢話》

《蔡寬夫詩話》云：南京高辛廟，制度甚雄，世傳太祖龍潛時，嘗以木杯珓占己名位，自小官以漸數之，至極品，皆不應，忽曰：『過是則爲天子乎？』一擲而契，至今父老猶能言之。晏元獻爲留守日，嘗以詩題廟中曰：『炎宋肇英主，初九方潛鱗。嘗因蓍蔡占，來決天地屯。庚庚大横兆，謦咳如有聞。』蓋記此也。《苕溪漁隱叢話》。又見《揮麈後録》

《東皋雜録》云：『江南日初春到初夏，有二十四風信。梅花風最早，楝花風最後。唐人詩有「楝花開後風光好，梅子黄時雨意濃。」晏元獻有「二十四番花信風」之句。』苕溪漁隱曰：徐川師一聯云：『一百五日寒食雨，二十四番花信風。』《苕溪漁隱叢話》

晏元獻公撰《章懿太后神道碑》，破題云：『五嶽峥嶸，崑山出玉。四溟浩渺，麗水生金。』蓋言誕育聖躬，寔繫懿后，奈仁宗夙以母儀事明肅劉太后，膺先帝擁祐之託，難爲直致。然才者則愛其善比也，獨仁宗不悦，謂晏曰：『何不直言「誕育朕躬」，使天下知之。』晏公具以前意奏之，上曰：『此等事卿宜置之，區區不足較，當更别改。』晏曰：『已焚草于

神寢。』上終不悦。逮陞祔二后赦文，孫承旨抃當筆，協聖意，直敘曰：『章懿太后丕擁慶羡，寔生眇冲，顧復之恩深，保綏之念重。神御既往，仙游斯邈。嗟乎！爲天下之母，育天下之君，不逮乎九重之承顔，不及乎四海之致養。念言一致，追慕增結。』上覽之，感泣彌月，明賜之外，悉以東宫舊玩密賚之，歲餘，參大政。《湘山野録》

律詩對偶最難，如賈浪仙：『獨行潭底影，數息樹邊身』，至有兩句三年得之句。許用晦：『湘潭雲盡暮山出，巴蜀雪消春水來』，皆有感而後得者也。戴石屏：『夕陽山外山』，對『春水渡傍渡』，亦然。若晏元獻對：『無可奈何花落去，似曾相識燕歸來』，尤覺相稱耳。《麓堂詩話》

晏元獻公爲童子時，張文節薦之于朝廷，召至闕下，適值殿試進士，便令公就試。公一見試題，曰：『臣十日前已作此賦，有賦草尚在，乞别命題。』上極愛其不隱。及爲館職，時天下無事，許臣僚擇勝燕飲，當時侍從文館士大夫爲燕集，以至市樓酒肆，往往皆供帳爲游息之地。公是時貧甚不能出，獨家居與昆弟講習。一日選東宫官，忽自中批除晏殊，執政莫諭所因。次日進覆，上諭之曰：『近聞館閣臣寮，無不嬉游宴賞，彌日繼夕，惟殊杜門與兄弟讀書。如此謹厚，正可爲東宫官。』公既受命得對，上面諭除授之意。公語言質野，則曰：『臣非不樂燕游者，直以貧，無可爲之。臣若有錢，亦須往，但無錢不能出耳。』上益嘉

其誠實，知事君體，眷注日深。仁宗朝，卒至大用。《夢溪筆談》

『衣上六花非所好，畝間盈尺是吾心。何由更得齊民暖，恨不偏于宿麥深。』《雪》詩無出晏元獻、韓持國之右。《困學紀聞》

晏元獻詩：『二龍驂夏服，雙鶴記堯年。』宋元憲詩：『軒野龍催馭，堯宫鶴厭寒。』劉敬叔《異苑》：『太康二年冬，大寒，南州人見二白鶴于橋下，曰「令兹寒不減堯崩年」。』故山陵挽章用之。《困學紀聞》

仁廟初即位，秋宴，百戲有緣橦竿者，忽墜地碎其首死，上惻然憐之，命以金帛厚賜其家，且詔自是橦竿減去三之一。晏元獻作詩紀之曰：『君王特軫推溝念，詔截危竿橫賜錢。』予往在從班侍燕時，見百戲橦竿，纔二丈餘，與外間絶不同，一老中貴人爲予言。後閱元獻詩，果見之。廟號稱仁，信哉。《避暑録話》

《藝苑雌黄》云：維揚后土祠有瓊花，潔白而香，天下惟此一株，好事者剙亭於其側，曰『無雙』。韓魏公詩：『維揚一株花，四海無同類。』蓋謂是也。比觀《晏元獻集》，有《翰林盛諫議借示揚州后土祠玉蘂花詩序》云：『此花因王禹偁更名瓊花。案李善《文選》注：「瓊，赤玉也。」蓋王之誤。』故《晏集》有《拒霜花》詩：『江城嘉號木芙蓉，金蘂瓊房綻蓼風。』又《紅梅花》詩：『巧綴瑚瓊綻色絲，三千宫面宿胭脂。』又《紅蓼》詩：『絳英瓊粒傲霜

前，冷落池臺亦自妍。』又《泛濠至祁氏園》詩：『素花皎霜雪，紅豔比瑰瓊。』皆注云：『瓊，赤玉也。』其意蓋欲辨證世俗之謬。案許慎《説文》，亦以瓊爲赤玉，然瓊花之名，至今不改，豈其相承之久歟？又王彦輔《麈史》云：『《説文》以瓊爲赤玉，比見人詠白物多用瓊，退之《雪詩》云：「若非燖鵠鷺，定是屑瓊瑰。」又有「今朝踏作瓊瑶迹，爲有詩從鳳沼來」等句，將别有所稽邪？豈用之不審也？』《苕溪漁隱叢話》

故都紫宸殿有二金狻猊，蓋香獸也。故晏公《冬宴》詩：『狻猊對立香煙度，鸑鷟交飛組繡明。』今寶玉大弓之盜未得，而奉使至虜廷率見之，真卿大夫之辱也。《老學庵筆記》

胡應麟《元瑞詩藪》云：『晏同叔「冰從太液池邊動，柳向靈和殿裏看。」「靈和」字僻，又與「柳」不切，易作「長楊」。』按『靈和』乃張緒事，何得謂僻！元瑞號博雅，豈《南史》亦未讀耶？《居易録》

紫閣山老僧文聰説，晏相來游山，獼猴萬數，偏滿山谷，僧言未嘗如此之多，晏詩尋添獼猴之句。《詩話總龜》

晏元獻因觀王琪《大明寺》詩板，大加稱賞，召至同飯，飯已，又同步游池上。時春晚有落花，晏公每得句書墻壁間，或彌年未嘗强對，且如『無可奈何花落去』一句，至今未能對也，王應聲曰：『似曾相識燕歸來。』自此辟置館職，遂躋侍從。《復齋漫録》。宗祥案：元獻《示

張寺丞、王校勘》詩云：『元已清明假未開，小園幽徑獨徘徊。春寒不定斑斑雨，宿醉難禁灩灩杯。無可奈何花落去，似曾相識燕歸來。游梁賦客多風味，莫惜青錢萬選才。』此聯已成全篇故復示王也。

晏元獻《詠上竿伎》詩云：『百尺竿頭裊裊身，足騰跟掛駭傍人。漢陰有叟君知否？抱甕區區亦未貧。』《侯鯖録》

晏元獻初罷政事，守亳，每歎士風彫落。一日，營妓曰劉蘇哥，有約終身，而其母禁之至苦，不勝鬱悒，方春物暄妍，馳駿馬出郊，登高塚曠望，長慟而卒。元獻云：『士大夫受人盼睞，隨燥溼變渝，如翻覆手，曾狂女子不若。』爲序其事，以詩弔之云：『蘇哥風味逼天真，恐是文君以上人。何日九原芳草緑？大家携酒哭青春。』《西清詩話》。又見《侯鯖録》

元獻《弔劉蘇哥詩序》，蓋指子京而言也。《苕溪漁隱叢話》

李義山《雜纂》品目數十，蓋以文滑稽者，其一曰『殺風景』，謂：『清泉濯足，花上曬褌，背山起樓，燒琴煮鶴，對花啜茗，松下喝道。』晏元獻守潁，以惠山泉烹日注茶，從容置酒賦詩，曰：『稽山新茗緑如煙，静挈都籃煮惠泉。未向人間殺風景，更持醪醑醉花前。』自此『殺風景』之語，頗著于世。《西清詩話》

故都殘暑，不過七月中旬。俗以望日具素饌享先，織竹作盆盎狀，貯紙錢，承以一竹焚之，視盆倒所向以占氣候。謂向北則冬寒，向南則冬温，向東西則寒温得中，謂之盂蘭盆，

蓋俚俗老媪輩之言也。又每云：『盂蘭盆倒，則寒來矣。』晏元獻詩云：『紅白薇英落，朱黄槿豔殘。家人愁溽暑，計日望盂蘭。』蓋也戲述俗語耳。《老學庵筆記》

晏元獻《題東湖涵虚閣》詩云：『水有支流樹有孫，重重門巷挂朱軒。三君雅望標人傑，千里澄波隔世喧。西對户庭徐孺宅，北傳鐘梵給孤園。欲知嗣續無窮勝，兩兩榮歸漢使轎。』《江西詩話》

晏元獻公雖早富貴，而奉養極約，惟喜賓客，未嘗一日不宴飲，而盤饌皆不預辦，客至旋營之。蘇丞相子容嘗在公幕府，見每有嘉客必留，但人設一空案、一杯，既命酒，果實蔬茹漸至，亦必以歌樂相佐，談笑雜出。數行之後，案上已燦然矣。稍闌，即罷遣歌舞，曰：『汝曹呈藝已徧，吾當呈藝。』乃具筆劄相與賦詩，率以爲常。前輩風流，未之有此。《避暑録話》

殊性剛峻，幼孤篤學，爲文温純應用，尤長于詩，抒情寓物，詞多曠達。當世賢士，如范文正、歐陽文忠，皆出其門。女適富鄭公、楊察，世稱其知人云。《郡齋讀書志》

晏　穎

晏穎，臨川人，丞相元獻公之弟，童子時有聲，真宗召試翰林院，賦《宫沼瑞蓮》，賜出

身，授奉禮郎。穎聞報，閉書室高卧，家人呼之不應，掊鎖就視，則已蜕去。旁得書一紙云：『江外三千里，人間十八年。此時誰復見？一鶴上遼天。』時年十八。《道山清話》

張及

黄處士延矩，字垂範，眉陽人也，少爲僧，性僻而簡。常言：『家習正聲，自唐以來，待詔金門，父隨僖宗入蜀，至某四世矣。琴最盛于蜀，製斲者數家，惟雷氏而已。』又云：『雷氏之琴，不必盡善，有瑟瑟徽者爲上，金玉者爲次，螺蚌者又次焉。所以爲異者，岳雖高而弦低，雖低而不拍面，按之若指下無弦，吟振則有餘韻。非雷氏者，箏聲，絶無琴韻也。』嘗言：『隋文帝子蜀王秀，造千面琴，散在人間，故有號「寒玉」、「韻磬」、「響泉和志」者。』咸平中，知州馮公知節，召孫知微畫，俾處士彈琴，二公俱止僧舍，嘗會愚茅亭，進士張及贈詩云：『二公高節厭喧卑，同寄蕭宫共展眉。玉樹冰壺齊品格，野雲皋鶴本追隨。泉流指下何人賞？岳峭毫端只自知。眷戀賢侯美風教，故山歸去尚遲遲。』《茅亭客話》

杜鼎昇，字大舉，形氣清秀，雅有古人之風，鬻書自給，夫婦皆八十餘。每遇芳時好景，出郊選勝偕行，人皆羡其高年逸樂如是。進士張及贈之詩云：『家本樊川老蜀都，世家冠劍豈寒儒。筆耕尚可儲三載，酒戰猶能敵百夫。僻愛舜琴湘水弄，每懸孫畫醉仙圖。孟光

笑語長相逐，喚作梁鴻得也無。』《茅亭客話》

周啓明

周啓明《近臣疾愈》云：『一丸童子藥，五返使人車。』《送皇甫提刑》云：『鴟夷江上畲田稔，斗牛星邊貫索空。』《楊文公談苑》

青陽楷

玉光亭，在玉山縣廳之東，章郇公詩碑在焉。蜀人青陽楷和韻云：『鳴琴賢宰有三長，吟得新詞敵夜光。好是斷章無以和，神仙官職水雲鄉。』《信州圖經》

鮑當

鮑當，善爲詩，景德二年登進士第，爲河南法掾，薛映尚書知府，嘗失其意，初甚怒之，獻《孤雁》詩云：『天寒稻粱少，萬里孤難進。不惜充君庖，爲帶邊城信。』薛大稱賞，自是游宴無不預焉，不復以掾屬之禮待之，時人謂之『鮑孤雁』。薛嘗暑月詣其舍，當方露頂，狼狽入，易服把版而出，忘其幞頭。薛公嚴重，左右莫敢言。坐久之，月上，當顧見髮影，大

慚，以公服袖掩頭而走。《司馬太師詩話》

先子至杭，創小圃，在清波門外，有詩云：『安得斷茅環堵地，漁樵終老繼清風。』方知是圃乃鮑當郎中故居。鮑有詩名《清風集》，時號『鮑清風』。《泊宅編》

漢皋張君《詩話》，謂鮑當吟《孤雁》詩云：『更無聲接續，空有影相隨』，當時號爲『鮑孤雁』。凡物有聲而孤者皆然，何獨雁乎！此人論詩，正如王君卿以林和靖《梅花》詩亦可作桃、李、杏花之類，宜取東坡之笑也。然予觀司馬温公《詩話》，乃謂當爲河南府法曹，嘗忤知府薛映，因獻《孤雁》詩，所謂：『天寒稻粱少，萬里孤難進。不惜充官庖，爲帶邊城信。』薛大嗟賞，時號『鮑孤雁』，與張君所記不同，而詞句亦非前句可及。予後因讀《江南野録》，乃知張君所記，是南唐人詩。《能改齊漫録》

江　任

江任《送人》云：『珠盤臨路泣，斗印入鄉提。』《玉堂詩話》

黄　覺

黄覺仕官不遂意，送客都門外，至則客已遠不及。寓旅舍中，見一道士在側，因取所携

酒肉，呼道士共飲食之。既罷，道士舉杯摭水寫『吕』字，覺始悟其爲吕洞賓。道士曰：『數不可益也。予藥可寸許。』告覺曰：『歲旦以酒磨服之，可保一歲無疾。』覺如其言，至七十余，藥亦將盡，作詩曰：『床頭曆日無多字，屈指明年七十三。』果以是歲終。《貢父詩話》

梅昌言出鎮太原，黄覺送詩曰：『五馬雍容出鎮時，都人争看好風儀。文章一代誼高價，忠直三朝受聖知。帳下軍容森劍戟，門前行色擁旌旗。雲籠古戍黄榆暗，雪滿長郊白草衰。出去暫開貔虎幕，歸來須占鳳凰池。鬢間未有一莖白，陶鑄蒼生固不遲。』梅雅自修飾，容貌偉如，大喜之。《中山詩話》

杜衍

慶曆末，祁公告老，退居南京，與太子賓客致仕王涣，光禄卿致仕畢世長，兵部郎分司朱貫，尚書郎致仕馮平，爲『五老會』，吟醉相勸，士大夫高之。祁公以故相耆德，尤爲天下傾慕。兵部詩云：『九老且無元老貴，莫將西洛一般看。』五人年皆八十餘，康寧爽健，相得甚歡，故祁公詩云：『五人四百有餘歲，俱稱分曹與掛冠。』而畢年最高，時已九十餘，故其詩云：『非才忝預最高年。』是時歐文忠留守睢陽而歎慕，借其詩觀之，用次韻卒章云：『聞

説優游多唱和，新詩何惜借傳看。』《澠水燕談録》

杜祁公《林下書懷》云：『從政區區到白頭，一生寧肯顧恩讐。雙鳧乘雁常深媿，野馬、黄羊亦過憂。豈是林泉堪佚老，只緣蒲柳不禁秋。始終幸會承平日，樂聖唯能擊壤謳。』『野馬黄羊』，乃《張説傳》所謂：『吾肉非黄羊，必不畏喫。血非野馬，必不畏刺』也。《皇朝類苑》

張鑄希顔，祥符中登進士甲科，歷四郡守，五任漕憲。嘗帥南陽，王介甫乃其門人也，與侄顯，並以光禄卿致仕，同歸鄉，搢紳榮之。杜祁公贈詩云：『七十引年遵禮經，君家何事最爲榮。清朝叔侄同辭禄，歸去田園盡列卿。』《事文類聚前集》

《蔡寛夫詩話》云：張文孝公觀，性端静，一生未嘗作草字，故其詩有『保心如止水，爲行見真書』之句。世多以謂人之所爲，可于書體見之，此殆不然，亦適然耳。今書吏自少即學楷法，往往自不解破體，其人豈皆端愿者耶？人物之高下，要自其書之氣韻觀之，蓋精神所寓，有必不可掩者，初不在真與草也。杜正獻公以直諒端方名天下，平生踐履，未有一事少出禮法，年過七十，謝事，始學草書，遂盡其妙。今使人每見之，其英特秀爽，無所降屈之氣，猶若可想見者，此其所以異乎。《苕溪漁隱叢話》

《林間録》云：杜祁公衍，張文定方平，皆致政居睢陽，里巷相往来。有朱承事者，以醫

藥游之二老之間。祁公勁正，未嘗雜學，每笑安道佞佛，對賓客必以此嘲之，文定但笑而已，朱承事乘間謂文定曰：『杜公天下偉人，惜未知此事。公有力，盍不勸發文？』文定曰：『君與此老緣熟勝我，我止能助之耳。』朱應之而去。一日，祁公呼朱切脉甚急，朱謂使者曰：『汝先往白相公，但云看《首楞嚴》未了。』使者如所告，馳白祁公，默然久之，乃至，隱几揖令坐，徐曰：『老夫以君疏通解事，不意近亦例闒茸。如所謂《首楞嚴》者，何等語，乃爾躭着。聖人微言，無出孔孟，捨此而取彼，是大惑也！』朱曰：『相公未讀此經，何以知不及孔、孟？以某觀之，似過之也。』袖中出其首卷曰：『相公試閱之。』祁公熟視朱，不得已乃取默看，不覺終軸，忽起大驚曰：『世間何從有此書耶？』遣使盡持其餘來，偏讀之，捉朱手曰：『君真我知識！安道知之久，而不以告我，何哉？』即命駕見文定，敘其事。文定曰：『譬如人失物，忽已尋得，但當喜其得之而已，不可追悔得之早晚也。僕非不相告，以公與朱君緣熟，故遣之耳。雖佛祖化之，亦必籍同事也。』祁公大悦。《苕溪漁隱叢話》

苕溪漁隱曰：《昭陵諸臣傳》云：慶曆四年，正獻拜中書門下平章事，每内降與恩澤者，積數十，而面納上前。上嘗謂諫官歐陽修曰：『外人知衍封還内降，吾居禁中，有求恩澤者，每以衍不可告之而止者，多于所封還也。』由是僥倖者不悦，出知兖州，明年正旦，上表曰：『臣年七十，願上印綬。』乃以太子少師致仕。議者謂故相一上章得請以三少致仕，

皆非故事，蓋宰相賈昌朝嫉之也。蔡寬夫云：『正獻居相位未幾，以歲旦請老，不言出鎮東魯，蓋闕文也。』《苕溪漁隱叢話》

東坡云：『杜正獻公爲相，蔡君謨、孫之翰爲諫官，屢乞出外。仁宗云：「卿等審欲得郡，當具所欲乞奏來。」于是蔡除福州，孫除安州。正獻云：「諫官無故出，終非美事，乞且仍舊。」上可之。退書聖語，時陳恭公爲執政，不肯書，曰：『吾初不聞。』正獻懼，遂焚之，由此罷相。議者謂正獻當候明日審奏，不當遽焚其書也。正獻言：『始在西府時，上每訪以中書事，及爲相，中書事不以訪。』公因言：『君臣之間，能始終者，蓋難也。』苕溪漁隱曰：東坡所記正獻罷相事，與《昭陵諸臣傳》不同。蓋正獻在相位，既沮抑恩澤，疑僥倖不悦者，因此譖之，遂罷相，則不可知。諸臣《傳》遺之而不載，故筆之。《苕溪漁隱叢話》

東坡云：『王公送行詩，凡六十有六人。慶曆、皇祐間，朝廷號稱多士，光禄卿王公因掛冠歸江陵，作詩紀行者，多一時之傑。嗚呼！唐虞之際，于斯爲盛，非獨以見王公取友之端，亦足以知朝廷得士之美也。』苕溪漁隱曰：《送行》詩，正獻有之，句法殊高古，今録入《叢話》，云：『早修天爵邀人爵，才近耆年便引年。出處對揚多稱職，始終操履衆推賢。鑒湖賀老非陳迹，荆渚朱公合比肩。此去優游益吟詠，枝江集外别成編。』《苕溪漁隱叢話》

《東觀餘論》云：『高適年五十，始爲詩，而與李、杜抗行；正獻公暮年乃學草書，筆勢

翩翩，遂逼魏晉，孰謂秉燭不迨晝游哉？』苕溪漁隱曰：正獻有《和孫珪秘丞説草書》云：『老來楷法不如初，試向閒齋習草書。落筆何曾見飛動，彫章早已過吹噓。伯英比聖功難到，懷素稱狂力有餘。若謂伊余堪繼踵，只應緣木可求魚。』黄魯直、蔡寬夫皆言，正獻草書之工，第今無蓄之者，恨不一見之。《苕溪漁隱叢話》

《復齋漫録》云：賈黯，廷試第一，往謝祁公，公獨以生事有無爲問。賈退，謂祁公門下士曰：『黯以鄙文冠天下而謝于公，公不問，而獨在于生事，豈以黯爲不足冠乎？』公聞而言曰：『凡人無生事，雖爲顯官，不能無俯仰依違，進退不輕。今賈君名在第一，則其學不問可知。其爲顯官，則又不問可知。衍獨懼其生事不足，以致進退不輕，而道不行耳。何怪焉！』賈爲之歎服。《苕溪漁隱叢話》

杜祁公《齒落》詩，有『剛須饒舌在，寒不爲唇亡』之句，時年八十，其警策尚如此。《聞見後録》

杜正獻公詩：『因念古聖賢，名爲千古垂。何嘗廣居室，儉爲後人師。亞聖樂簞食，寢丘無立椎。文終防勢奪，景威耻家爲。文園四壁立，鄭公小殿移。』陳正獻公詩：『遺汝子孫清白在，不須厦屋太渠渠。』二賢相之清風，可以愧木妖之習。《困學紀聞》

徐佑，字受夫，擢進士第，仕至都官員外郎，以清白著聲。慶曆中，屏居于吴日涉廬，以

自適。時葉公參亦退老于家，同爲『九老會』。晏元獻、杜正獻皆寓詩以高其趣。杜之卒章云：『如何九老人游少，應許東歸伴醉吟。』時與會者才五人，故杜詩及之。《稗史彙編》

《題懷素自敘卷後》：『狂僧草聖繼張顛，卷後兼題大曆年。堪與儒門爲至寶，武功家世久相傳。太子太師致仕杜衍記，時至和甲午中夏在南都。』《懷素帖》

《題范文正公書伯夷頌後並序》：『遠蒙運使度支以資政范公所寄黄素小字《韓文公頌》，請許昌文公、淮西富公，題詩于後，才翁復綴雅什，兼寄長安晏公，公亦有作。衍久兹休退，人事僅廢，不意雅故未移，悉以副本爲貺，俾愚繼之，斷此怔忪，既感且愧，輒爾率成拙句奉呈。敢言亦驥之乘，聊爲續貂之比耳。衍上。「希文健筆妙韓文，文爲首陽山下人。寧止一言旌義士，欲教萬古勸忠臣。頌聲並與英聲遠，事迹還隨墨迹新。當世宗工復題詠，尤宜率爾盡書紳。」』《式古堂書考》

曹修睦

曹司封修睦，深達性理，知邵武軍時，嘗以竹簟贈禪僧仁曉，因作偈與之曰：『翠筠織簟寄禪齋，半夜秋從枕底來。若也此時人問道，涼天捲卻暑天開。』《青箱雜記》

葛　宫

葛立方曰：先曾伯祖有句云：『翩翩燕子朱門静，狼藉梨花小院閒。』《韻語陽秋》

全宋詩話目録卷九

蕭貫　字貫之，臨江軍新喻人，大中祥符二年進士。官刑部員外郎，知饒州，遷兵部員外郎。

司馬池　字和中，陝州夏縣人，舉進士。歷官天章閣待制，知河中府，徙同州，又徙杭州、晉州。

燕肅　字穆之，青州益都人，進士。歷官龍圖閣待制、知鄧州，以禮部侍郎致仕。

蔣堂　字希魯，宜興人，大中祥符五年進士。歷官江淮發運使禮部侍郎，兩守吴郡。謝事後家焉，自號遂翁。有《吴門集》。

蔡齊　字子思，萊州膠水人，大中祥符八年進士第一。歷官禮部侍郎、參知政事，出知潁州，卒贈兵部尚書，謚文忠。

黄鑒　字唐卿，浦城人，大中祥符八年進士。歷官太常博士國史院編修官，出倅蘇州。有《楊文公談苑》、《楊公筆苑句圖》。

謝絳　字希深，其先陽夏人，後家富陽，大中祥符八年進士。歷官知制誥、判吏部流内銓太常禮院，出知鄧州。有集。

范仲淹　字希文，其先邠人，後徙吴縣，大中祥符八年進士。歷官右司諫、樞密副使、參知政事，以資政殿學士爲陜西四路宣撫使，知邠州，徙鄧州、荆南、杭州、青州，卒贈兵部尚書，謚文正。有《丹陽集》。

滕宗諒　字子京，河南人，大中祥符八年進士。歷官泰州軍事推官、大理寺丞、左司諫，出知湖、虢、岳、蘇四州。

詹中正　衢州人，大中祥符八年進士。時稱詹白雲。

王益　字舜良，臨川人，安石父，祥符八年進士。歷官新繁令、都官員外郎。

田況　字元均，冀州信都人，舉進士甲科，復舉賢良方正。歷官右正言知制誥，以右諫議大夫知成都，召爲御史中丞樞密使，終尚書右丞，贈太子太保，謚宣簡。有《金巖集》。

种放　字明逸，洛陽人，隱終南山豹林谷。薦授左司諫，累遷諫議大夫，辭歸。大中祥符八年，終工部侍郎。有集。

黄康弼

蘇爲　大中祥符間，知邵武軍，又嘗知宣州、湖州。

賈同　字希得，臨淄人，舉進士。歷官大理評事、通判兖州、殿中丞，知棣州。卒，門人私謚存道先生。

趙宗萬　字仲囦，越州人。大中祥符間，詔舉遺逸，召不起。

賈昌朝　字子明，獲鹿人。天禧初，召試，賜同進士出身。慶曆間同中書門下平章事，英宗加左僕射，封魏國公。卒謚文元。有集。

蘇耆　字國老，易簡子。大中祥符間，以父任，仕至工部郎中、直集賢院。

王逵　濮陽人，天禧三年進士。官刑部郎中。

宋綬　字公垂，趙州平棘人。以外祖楊徽之遺恩，授太常寺太祝。真宗召試學士院，爲集賢校理。仁宗朝，歷兵部尚書、參知政事，卒贈司徒兼侍中，謚宣獻。有《文館記事》、《外制》、《禁林甲乙》、《秘殿遺札》七集。

薛奎　字宿藝，絳州正平人，進士。歷官龍圖閣待制、權知開封府。仁宗朝，樞密院直學士、知益州，召拜參知政事，罷爲資政殿學士，卒贈兵部尚書，謚簡肅。有集。

龐籍　字醇之，單州武成人，舉進士。仁宗時，歷官侍御史、天章閣待制，元昊反，爲陝西安撫使，召拜樞密使、同中書門下平章事，加觀文殿大學士，以太子太保致仕，封潁國公，薨贈司空，謚莊敏。有《清風集》。子元英，朝散大夫，著《文昌雜録》。

陳執中　字昭譽，南昌人。以父恕任秘書省正字，上建儲議，擢正言。皇祐初，累官吏部尚書、同中書門下平章事、司徒，封岐國公，卒贈太師兼侍中，謚曰恭。

全宋詩話卷九

蕭貫

陳明信云：蕭貫少時嘗夢至宫廷中，長廊邃館，如王者所居，有千門萬户，望之洞然，金碧爍耀。既過數門，見群婦人如神仙，視貫驚問何所從來。貫愕然亦不知對，自陳進士，能爲詩。中有一人授貫紙曰：『此所謂衍波牋，煩賦《宫中曉寒歌》。』貫援筆立成，既有奇語。其人甚賞之，因曰：『先輩異日必貴，此天上，非人間也。』貫寤，尚能記所賦。俞秀老往嘗得之于蕭翰林之孫，其詩有云：『十二嶢闗隱空緑，獸猊呼焰椒壁馥。渴烏涓涓不相續，轆轤欲轉霏紅玉。百刻香殘隕蓮燭，九龍吐水漫寒漿。紅絹佩魚無左璫，兩兩趨走瞻扶桑。紅萍半圭出波面，回首觚稜九霞絢。嗚鞘聲從天上來，大劍高冠滿前殿。』秀老誦之，尚有四五韻忘之。《直方詩話》

貫初感疾夢，夢緑衣中人召至帝所，賦《禁中曉寒歌》，詞語清麗，人以比唐李賀。《宋史·文苑傳》

司馬池

張文潛云：『冷于陂水淡于秋，遠陌初窮到渡頭。賴是丹青不能畫，畫成應遣一生愁。』右《行色》詩，故待制司馬公所作也。公諱池，以某年中嘗監安豐酒税，實作此詩，距今若干年，其孫宏知縣事，刻此篇於石，屬予記之。惟公以文學風節，爲時名臣，是生丞相温公，以盛德名世，以直道立朝，名聞華夷，功施社稷。其完節美行，既載在天下，而著書立言，皆足以師範來世。蓋嘗評古今詩句，著《詩話》一卷，亦載此詩，以其甚工，不敢以父子之嫌廢也。梅聖俞以詩名一時，嘗言詩之工者，寫難狀之景，如在目前，含不盡之意，見於言外。此詩有焉。《苕溪漁隱叢話》

司馬公諱池，仁廟朝待制，温國文正公之父也。作《行色》詩云：『冷于陂水淡於秋，遠陌初窮見渡頭。賴得丹青無畫處，畫成應遣一生愁。』又黄公諱庶，魯直之父，作《大孤山》詩云：『銀山巨浪獨夫險，比干一片崔嵬心。』人傳温公家舊有琉璃盞，爲官奴所碎，洛尹怒，令糾録聽温公區處。公判云：『玉爵弗揮，典禮雖聞於往記；彩雲易散，過差宜恕於斯人。』又魯直作詩，用事押韻，皆超妙出人意表，蓋其傳襲文章，種性如此。《彦周詩話》

燕　肅

本朝之制：待制，止繫皁鞓犀帶，遷龍圖閣直學士，始賜金帶。燕公爲待制，十年不遷，乃作《陳情》詩上時宰，云：『鬢邊今日白，腰下幾時黄？』遂遷直學士，賜帶。《詩話總龜》。又見《青箱雜記》

蔣　堂

蔣堂侍郎方六歲，父令作《梔子花》詩，曰：『庭前梔子樹，四畔有椏杈。未結黄金子，先開白玉花。』《古今詩話》

惟政禪師，字浼然，居功臣山浄土院，出入常跨一黄牛，慶曆中，侍郎蔣公堂贈以詩云：『禪客尋常入舊都，黄牛角上掛瓶盂。有時帶笠穿雲去，便好和雲作畫圖。』蓋實録也。《西湖高僧事略》

吴殿丞應之新葺兩圃，圃中有紅梅閣，吴有姬曰紅梅，因以名閣焉。蔣公堂有句云：『深鎖煙光在樓閣，旋移春色入門墻。』《吴郡志》

景祐中，會稽太守蔣堂，修永和故事，嘗有詩云：『一派西園曲水聲，水邊終日會冠纓。

幾多詩筆無停綴，不似當年有罰觥。』蓋爲獻之等發也。《韻語陽秋》

陳之奇，字虞卿，鄉人以其有賢德，故以君子稱之，雖閭巷小兒，亦知愛敬。有争訟久不決者，跨蹇驢至其家，大義感動之，皆爲之革心。自掛冠後，閒居十八年，熙寧初卒，葬花山。王岐公爲作《志》，題之曰『陳君子墓銘』。始公之謝事也，蔣堂侍郎語人曰：『舉天下皆知有富貴，而虞卿獨以知止易衆人之心，吾喜林下有人矣。』贈詩曰：『寵秩拜春坊，歸休識慮長。掃門卑魏勃，設醴謝元王。一水蓴鱸國，群山橘柚鄉。喜君添老社，煙駕尚徜徉。』《中吴紀聞》

隱圃在靈芝坊，樞密直學士蔣堂之居。堂兩守吴，謝事，因家焉，自號遂翁，圃中有巖扃、水月庵、煙蘿亭、風篁亭、香嵓峰、古井、貪山等。堂嘗自賦《隱圃十二詠》，結庵池上，名『水月』；宅南小溪上結宇十餘柱，名『溪館』；又築『南湖臺』于水中，皆有詩。《隱圃》云：『雅得菟裘地，清宜隱者心。緑葵才有甲，青桂漸成陰。獨曳山屐往，無勞俗駕尋。湛然常寂處，水月一庵深。』《南湖臺》曰：『危臺竹樹間，湖水伴深閒。清淺採香徑，方圓明月灣。放魚隨物性，栽石作家山。自喜歸休早，全勝賀老還。』又：『嶢榭水中央，兹爲隱遯鄉。小園香寂寂，一派曉泱泱。煙草碧彌岸，露桃紅壓墻。自注：新植桃一百本。鴟夷儻居此，未必入滄浪。』又：『水次揭危亭，煙堤四面平。栽蘆延宿鷺，種柳待啼鶯。雪霽清流漲，風

來夜艇横。輕微莫臨壁，吾老懶逢迎。』《吴郡志》

蔡　齊

真宗臨軒策士，夜夢墻下有菜，一苗甚盛，與殿基相高，及拆第一卷，乃是蔡齊。上見其容貌，曰『得人矣』，特詔金吾七人清道，自齊始。孔平仲《談苑》

黄　鑒

黄鑒學士七歲而不言，其祖愛之，以謂『風骨之美，當大吾門，不宜如是也！』每遇景物，必道其名，達其理，以指教之。然終不言。一日，又謂之曰：『楊文公幼而不言，文公之父告之曰：「後園梨落籬，神童知不知？」文公發聲曰：「不是風摇樹，便是鵲驚枝。」汝風骨若此，何爲不言？』鑒竟不對。後携行河上，其祖曰：『水馬池中走』，鑒曰：『游魚波上浮』。後任館閣。《靖康聞見録》

謝　絳

《答聖俞問隱》詩云：『聖俞一紙書，問我小隱居。小隱詎有異，築室數畝餘。巖壑不

峻崪，田園非美腴。所欲近丘墓，歲時來掃除。先人夢讀史，遵道本聖徒。絶筆于此詩，子孫無忽諸。刻石置中堂，但使過者趨。題榜爲服訓，義取銘盤盂。後嶺雙松亭，徑衢何縈迂。下臨富春渚，萬象生有無。東偏作草舍，可以施琴壺。門前碧塘水，萬本栽荷蕖。風來觸香气，長著人衣裾。溪水泱泱流，黍稻可勿枯。柔桑及美果，種廣莫記株。澗草不識名，野禽多異呼。坐此易歲晏，漸與人世疏。在昔東陵侯，瓜壠猶親鉏。楊惲謝九列，種豆南山隅。余嘗考槃賦，從我者誰歟？近來傅越石，趣尚若不殊。儻閉丘壑徑，不顧升斗儲。如君美才具，日月升雲衢。安敢預招挽，粗自陳其愚。』《杭州府志》

梅聖俞堯臣，與謝希深爲詩文友，互相切劘。希深居富陽小隱山，别築室曰『讀書堂』，構『雙松亭』于前。倚山臨江，雜植花果，荷沼稻圩，環流布種，頗稱幽人之居。聖俞慕悦其風，時以詩文問答倡和，一時傳爲雅事云。《富春遺事》

國朝天聖中修《國史》，王安簡、謝陽夏、李邯鄲、黄唐卿爲編修官。安簡神情冲澹，唐卿刻意篇什，謝戲爲句云：『王貌閒如鵠，黄吟苦似猿。』《職官分紀》

謝絳，吴人，有詞藻，景祐中，知制誥，然輕黠利脣吻，人罕測其心，人謂之『十一面觀音』。《儒林公議》

范仲淹

公以晏元獻薦入館，終身以門生事之，後雖名位相亞，亦不敢少變。慶曆末，晏公守宛丘，文正赴南陽道過，特留歡飲數日，其書題門狀，猶稱『門生』，將别投詩，有『曾入黄扉参國論，卻來絳帳受師資』之句，聞者歎服。《石林燕語》

范希文有《贈釣者》詩曰：『江上往來人，盡愛鱸魚美。君看一葉舟，出没風濤裏。』《觀競渡》詩曰：『小艇破濤去，旁觀亦損神。他年在平地，無忽險中人。』皆不徒作也。《翰府名談》。又見江氏《類苑》

范文正有《採茶歌》，天下共傳。蔡君謨謂：『公歌，膾炙人口，有少未完，蓋公才氣豪傑，失於少思。』希文曰：『何以言之？』君謨曰：『昔茶句云：「黄金碾畔緑塵飛，碧玉甌中翠濤起」，今茶之絶品，其色貴白，翠緑乃茶之下者耳！』希文曰：『君善鑒茶者，此中吾語之病。公意如何？』君謨曰：『欲革公詩二字，非敢有加焉。』公曰：『革何字？』君謨曰：『「翠緑」二字。可云：「黄金碾畔玉塵飛，碧玉甌中素濤起。」』希文曰：『善。』又見君謨之精茶，希文之伏於義。《青瑣集》

范希文於江上見一漁父，意其有德隱者也，問姓名，不對，但留一絶，云：『十年江上無

人間，兩手今朝一度叉。』《詩史》

范文正，謫睦州，過嚴陵釣臺，作詩曰：『漢包六合網英豪，一個冥鴻惜羽毛。世祖功臣三十六，雲臺争似釣臺高。』《古今詩話》

羅隱《嚴陵灘》詩，范正文公《釣臺》詩，俱押『高』字。范詩特高妙，至用雲臺事，尤非隱所及。羅云：『中都九鼎勒英髦，漁釣牛蓑且遁逃。世祖昇遐夫子死，原陵不及釣臺高。』范云：『漢包六合網英豪，一個冥鴻惜羽毛。世祖功臣三十六，雲臺争似釣臺高。』《娱書堂詩話》

錢塘林逋處士有高節，范文正公贈詩曰：『巢由不願仕，堯舜豈遺人。風俗因公厚，文章到老醇。』《唐宋遺史》

范希文以大理寺丞，監西溪鹽場。西溪素多蚊蚋，希文作詩曰：『飽去櫻桃重，饑來柳絮輕。但知求旦暮，休更問前程。』《詩史》。又見《齊東野語》

范文正公云：『一入諫諍司，鴻毛忽其身。』《碧溪詩話》

范文正云：『雷霆日有犯，始可報吾親。』誰謂臣子忠孝難於兩全也！莅官不敬，戰陳無勇，本非事親事，《禮記》必以爲非孝，公之謂歟。《碧溪詩話》

汲長孺、段太尉，皆義勇奮不顧身之人，至于仁愛撫養，則矜憐惻怛，無所不至，所謂

『剛者必仁，仁者必勇』也。嘗觀樂天云：『況多剛狷性，難與世同塵。』希文云：『吾生豈不幸，所稟多剛腸。』皆心中語也。白則有『敢辭爲俗吏，且欲活疲民。』又云：『心中爲念農桑苦，耳裏如聞饑凍聲。』范又有『寸懷如春風，思與天下芳。』《赴姑蘇》云：『豈辭雲水三千里，因濟瘡痍十萬民。』與汲、段正相似。《䂬溪詩話》

范文正《淮上遇風》云：『一棹危於葉，旁觀欲損神。他年在平地，無忽險中人。』雖弄翰戲語，卒然而作，其險濟加澤之心，未嘗忘也。《䂬溪詩話》。又見《後山詩話》

《藝苑雌黃》云：『玉川子有《謝孟諫議惠茶歌》，范希文亦有《鬭茶歌》，此二篇皆佳作也，殆未可以優劣論。然玉川歌云：「至尊之餘合王公，何事便到山人家？」而希文云：「北苑將期獻天子，林下雄豪先鬭美。」若論先後之序，則玉川之言差勝。雖然，如希文豈不知上下之分者哉？亦各賦一時之事耳。』苕溪漁隱曰：《藝苑》以此二篇皆佳作，未可優劣論，今録全篇。予謂玉川之詩，優於希文之歌。玉川自出胸臆，造語穩貼，得詩人之句法；希文排比故實，巧欲形容，宛成有韻之文，是果無優劣耶。玉川《走筆謝孟諫議寄新茶》云：『日高丈五睡正濃，軍將打門驚周公。口云諫議送書信，白絹斜封三道印。開緘宛見諫議面，手閲月團三百片。聞道新年入山裏，蟄蟲驚動春風起。天子須嘗陽羨茶，百草不敢先開花。仁風暗結珠琲瓃，先春抽出黄金芽。摘鮮焙芳旋封裏，至精至好且不奢。至

尊之餘合王公，何事便到山人家？柴門反關無俗客，紗帽掛頭自煎吃。碧煙引風吹不斷，白花浮光凝盌面。一碗喉吻潤，兩碗破孤悶，三碗搜枯腸，惟有文字五千卷。四碗發輕汗，平生不平事，盡向毛孔散。五碗肌骨清，六碗通仙靈。七碗吃不得也，惟覺兩腋習習清風生。蓬萊山，在何處？玉川子乘此清風欲歸去。山上群仙司下土，地位清高隔風雨。安得知百萬億蒼生，命墮顛崖受辛苦。便爲諫議問蒼生，到頭合得蘇息否？』希文《和章岷從事鬭茶歌》云：『年年春自東南來，建溪先暖水微開。溪邊奇茗冠天下，武夷仙人從古栽。新雷昨夜發何處，家家嬉笑穿雲去。露芽錯落一番營，綴玉含珠散嘉樹。終朝采掇未盈襜，唯求精粹不敢貪。研膏焙乳有雅製，方中圭兮圓中蟾。北苑將期獻天子，林下雄豪先鬭美。鼎磨雲外首山銅，瓶携江上中濡水。黄金碾畔緑塵飛，碧玉甌中翠濤起。鬭茶味兮輕醍醐，鬭茶香兮薄蘭芷。其間品第胡能欺，十目視而十手指。勝若登仙不可攀，輸同降將無窮恥。吁嗟天產石上英，論功不愧階前蓂。衆人之濁我可清，千日之醉我可醒。屈原試與招魂魄，劉伶卻得聞雷霆。盧仝不敢歌，陸羽須作經。森然萬象中，焉知無茶星！商山丈人休茹芝，首陽先生休采薇。長安酒價減千萬，成都藥市無光輝。不如仙山一啜好，泠然便欲乘風飛。君莫羨花間女郎只鬭草，贏得珠璣滿斗歸。』《苕溪漁隱叢話》

《吹劍録》載范文正守饒，喜妓籍一小鬟，既去，以詩寄魏介曰：『慶朔堂前花自栽，便

移官去未曾開。年年長有別離恨，已托春風幹當來。』介買送公。王衍曰：『情之所鍾，正在我輩，以范公而不免。』慧遠曰：『順境如磁石遇針，不覺合而爲一處。無情之物尚爾，況我終日在情裏做活計耶！』張衡作《定情賦》，蔡邕作《靜情賦》，淵明作《閒情賦》，蓋尤物能移人情，蕩則難返，故防閑之。《青箱雜記》

又《青箱雜記》云：逋，景祐初尚無恙，范文正公亦過其廬，贈逋詩曰：『巢由不願仕，堯舜豈遺人。』又曰：『風俗因君厚，文章到老醇。』其激賞如此。《言行録》

海陵西溪鹽場，初吕文靖公嘗官于此，手植牡丹一本，有詩刻石。後范文正公亦嘗臨莅，復題一絶云：『陽和不擇地，海角正逢春。憶得上林色，相看如故人。』以二公詩筆，故題詠極多。而花亦爲人貴重，護以朱欄不朽，歲久茂盛，枝復數丈，每歲開花數百朵，爲海濱之奇觀。《澠水燕談録》

范文正公未完乳，喪其父，隨母嫁淄州朱氏。既冠，文行過人，一試爲南宫第一人，遂擢第，仕宦四十年。晚鎮青州，西望故居，才百余里，以詩寄其鄉人曰：『長白一寒儒，登榮三紀餘。百花春滿路，二麥雨隨居。鼓吹迎前道，煙霞指舊廬。鄉人莫相羡，教子讀詩書。』《澠水燕談録》

公守鄱陽，喜樂籍，未幾召還，作詩寄後政，云：『慶朔堂前花自栽，便移官去未曾開。

如今憶著成離恨，祇託春風管領來。』到京，以緜臙脂寄其人，題詩云：『江南有美人，別後長相憶。何以慰相思？贈汝好顔色。』至今墨迹在鄱陽士大夫家。《西溪叢語》

范文正公自京尹謫守鄱陽，作堂于後圃，名曰『慶朔』，未幾，易守丹陽，有詩云云。見上。予昔官江東，嘗至其處，詩龕壁間。郡人猶有能道當時事者云：『春風，天慶觀道士也，其所居之室曰「春風軒」，因以自名。公在郡時與之游，詩蓋寄道士云。』《卻掃編》。宗祥案：《饒州府志》：慶朔堂在舊州治内，公謫守時所建。則『春風』恐非道士之名。《卻掃編》之説恐誤。

葉參，字少列，嘗守吴郡，既謝事，因居焉。其子清臣，字道卿，登禁從，持本路漕節侍養，縉紳榮之，范文正公贈以詩云：『退也天之道，東南事了人。風波拋舊路，花月伴閒身。湖外扁舟遠，門中駟馬新。心從今日泰，家似昔時貧。見子登西掖，携孫過北鄰。白雲高閣曙，渌水後池春。尊酒呼前輩，爐香叩上真。只應陰德在，八十富精神。』《中吴紀聞》

吴郡子城之西，舊建樓其上，名『觀風』，在唐但謂之西樓，白樂天有《西樓命宴》詩，後改爲『觀風』，今復名『西樓』矣。公作守時，賦《觀風樓》詩云：『高壓郡西城，觀風不浪名。山川千里色，語笑萬家聲。碧寺煙中静，紅橋柳際明。登臨豈劉白，滿目是詩情。』《中吴紀聞》

《野色》詩云：『非煙亦非霧，羃羃映樓臺。白鳥忽點破，殘陽還照開。肯隨芳草歇，

疑逐遠帆來。誰會山公意？登高醉始回。』范文正此詩，不下司馬池《行色》之作，梅聖俞所謂：『寫難狀之景，如在目前』也。《林下偶談》

范文正公謫睦州，過嚴陵祠下，會吴俗歲祀，里巫送神，但歌《滿江紅》，有『桐江好，煙漠漠，波似染，山如削，遶嚴陵灘畔，鷺飛魚躍』之句，公曰：『吾不善音律，撰一絶送神，曰：「漢包六合網英豪，一個冥鴻惜羽毛。世祖功臣三十六，雲臺争似釣臺高。」』吴俗至今歌之。《湘山野録》

桐廬方正父家，藏唐翰林畫《白芍藥》，予來領郡事，因獲一見，感歎久之，題二十八字，景祐元年十月七日。詩云：『治亂興衰甚可嗟，徒憐水調訴榮華。開元盛事今何在？尚有霓裳寄此花。』《困學齋雜録》

范文正公《寄林處士》詩云：『片心高與月徘徊，豈爲千金下釣臺。猶笑白雲多事在，等閒爲雨出山來。』僧顯萬詩云：『萬松嶺上一間屋，老僧半間雲半間。三更雲去逐行雨，回頭卻羨老僧閒。』二詩寫出山林真趣。《梅磵詩話》

范文正公幼孤，隨母適朱氏，因冒朱姓，後復本姓。《啟》曰：『志在投秦，入境遂稱于張禄。名非霸越，乘舟乃效于陶朱。』孔平仲《談苑》

范文正公喜彈琴，止彈《履霜》一操，時人謂之『范履霜』。《老學庵筆記》

《山谷戲筆》：尚書范文正公，爲舉子時，作《虀賦》，有云：『陶家甕内，淹成碧緑青黄。措大口中，嚼出宫商徵羽。』吾州劉沆丞相，微時讀書山寺，寺僧請公戲作《偷狗賦》，有云：『搏飯引來，猶掉續貂之尾。索綯牽去，尚回顧兔之頭。』常州人諱『打爺』，蓋嘗有子爲任伯而其父坐罪當笞者，其子恐他人杖其父之重，而身請行刑，故有此譏。士人有戲作此賦者云：『當年祖逖，見而知，聞而知。後日孫權，出乎爾，反乎爾。』《誠齋詩話》

蘇子由《龍川别志》：『慶曆中，劫盜張海將過高郵，知軍姚仲約度不能禦，諭軍中富民：出金帛，市牛酒，使人迎勞，且厚遺之。海悦，逕去不爲暴。富鄭公議欲誅仲約，范文正公欲宥之，争于上前，仁宗從之。富公慍曰：「方今患法不舉，尚多方沮之，何以整衆！」范公密告之曰：「祖宗以來，未嘗輕殺臣下，此盛德事，奈何欲輕壞之？且吾與公在此，同僚之間，同心者有幾？雖上意亦未知所定也。而輕導人主以誅戮臣下，他日手滑，雖吾輩亦未敢自保也。」富公終不以爲然。及二公迹不安，范公出按陝西，富公出按河北。范公因自乞守邊。富公自河北還，及國門，不許入，未測朝廷意，比夜彷徨不能寐，繞床歎曰：「范六丈，聖人也。」』予考《資治通鑒》：唐武宗賜劉宏逸、薛季稜死，又遣使就潭州誅楊嗣，復及李珏，杜悰奔馬見李德裕曰：『天子少年新即位，兹事不宜手滑。』德裕因與崔珙、崔鄲、陳夷行三上奏，乃釋之。乃知范公所言者，楊嗣復等公案耳。世有肆行胸臆者，多以

紙上語爲不足用。以今觀之，是否蓋可見矣。《優古堂詩話》

范文正公鎮越，民曹孫居中死于官，其家大窘，遺二子幼妻，長子方三歲，公乃以俸錢百緡周之，其他郡官從而遺之者，百倍公數。公爲具舟，擇一老吏送轄其舟，且戒其吏曰：『過關防，汝以吾詩示之。』其詩曰：『一葉輕舟泛巨川，來時煖熱去涼天。關防若要知名姓，乃是孤兒寡婦船。』公之振濟孤貧，可見也。《青瑣詩話》

范文正公在睢陽，遣堯夫到姑蘇搬麥五百斛。堯夫時尚少，既還，舟次丹陽，見石曼卿，問：『寄此久如？』曼卿曰：『兩月矣。三喪在淺土，欲葬之而北歸，無可與謀者。』堯夫以所載麥舟付之，單騎兼程，取捷徑而歸。到家，拜起，侍立良久，文正曰：『東吴見故舊乎？』曰：『曼卿爲三喪未舉，方留滯丹陽，時無郭元振，莫可告者。』文正曰：『何不以麥自與之？』堯夫曰：『已付之矣。』《清波雜誌》

朱子跋范文正公《送竇君》詩，云：『片帆飛雲若輕鴻，一霎春潮過浙東。王謝江山久蕭索，子真今爲起清風。』右范文正公詩也，鄞尉廳無壁記，不知竇君何許人，及居官歲月，然爲范公所與如此，必非常流矣。新安滕璘德粹，嗣守其官，以是詩不可無傳也，礲石治舍，請書而刻之。《晦庵題跋》

慶曆間，范文正公知杭州，有惠政，嘗作《西湖絶句》云：『長憶西湖勝鑒湖，春波千頃

緑如鋪。吾皇不讓明皇美，可賜疏狂賀老無。』公詩不多見，觀此其山水襟懷，亦不淺也。《西湖志餘》

范仲淹出守桐廬，道中有詩，其一云：『壠上帶經人，金門齒諫臣。雷霆日有犯，始可報吾親。』顯親揚名，忠以成孝之謂乎？又：『君恩泰山重，爾命鴻毛輕。一意懼千古，敢懷妻子榮。』又：『萬鍾誰不慕？意氣滿堂金。儻若枉此道，傷哉非素心。』何等光明俊偉。葉廷秀《詩譚》

《隱居詩話》云：詩豈獨言志，往往識終身之事。希文小官時，作《十四夜月》詩云：『天意將圓夜，人心待滿時。已知千里共，猶訝一分虧。』希文負人望，世期以爲相，而止于參知政事。介甫爲殿中丞群牧判官時，作《郢州白雪樓》詩，略云：『折楊皇荂笑者多，陽春白雪和者少。知音四海無幾人，况復區區郢中小。千載相傳始欲慕，一時獨唱誰能曉？古心以此分冥冥，俚耳至今徒擾擾。』及作相，更新天下之務，而一時沮毁之者蠭起，皆如『白雪』之句也。《苕溪漁隱叢話》

《後山詩話》云：文正爲《岳陽樓記》，用對語説時景，世以爲奇，尹師魯讀之曰：『傳奇體耳。』『傳奇』，唐裴硎所著小説也。《苕溪漁隱叢話》

苕溪漁隱曰：吴興，澤國也，春夏之交，地尤卑濕，仍多蚊蚋。子瞻作守日，有詩云：

『風定軒窗飛豹脚，雨餘欄楯上蝸牛。』真紀實也。舊説秦州西溪，濱海多蚊，范文正爲監鹽，題詩云：『飽去櫻桃重，饑來柳絮輕。但知離此去，莫要問前程。』想與吴興同患也。《苕溪漁隱叢話》

慶朔堂，公之所創也，在州國之北偏。左瞰蜀錦，右連流杯，前占『春香』、『虚静』，二亭名。傍對湖光四望，直見清心退思，以正設廳，儀門之道，基平而棟隆，勢巍而氣壯。公之意非所以示游玩也，將以承宣天子風教，而發施於政令，儀乎古諸侯藏朔焉，所以題之曰『慶朔』，而且親植花卉，欄爲二壇。公既移潤，是以作詩紀之。云：『慶朔堂前花自栽，便移官去未曾開。公景祐三年八月三日到任，五年正月十三日移潤州。年年憶著成離恨，秖託春風管勾來。』後之人觀公之堂，思公之政，及公之詩之來而争和之，以刊于石壁：度支員外郎提點鑄錢魏兼：『使君去後堪思處，慶朔堂前獨到來。桃李無言争不怨，滿園紅白爲誰開？』職方員外郎知饒州畢京：『花木還依舊徑栽，春園不惜爲時開。幾多民俗熙熙樂，似到老聃臺上來。』祠部郎中提點江東路刑獄公事陳希亮：『弱柳奇花遞間栽，紅芳緑翠對時開。主人當日幸真賞，魂夢還應屢到來。』供備庫副使同提點江東刑獄公事曹涇：『池館名花舊日栽，幾番零落又春開。誰人解釋紅芳意？猶有多情五馬來。』噫！世之人常以絳之園亭爲最，而鄧之百花洲抑爲其冠，若錢塘『有美』，烏程『碧瀾』，瑯琊『醉翁』，貴池『弄水』，

率爲士大夫之所矜愛者。然以公之『慶朔』，名著乎建康、廣信，雖愚夫稚子，莫不知尚頌念之，非公之仁德惠澤，流播于風俗間，安及於此哉！陳貽範《鄱陽遺事録》

公守饒凡十有八月，移潤。而饒爲繁劇之郡，民頑好鬬，吏狡多梗，公下車，興庠序，曉教令，待賢愛物，壹以愷悌，終日無事。故嘗留題曰：『三出專城鬢似絲，公自河中府通判移陳州，後爲右司諫出知睦州，後徙蘇，又知饒，是三專城也。齋中瀟洒過禪師。齋之存，今有養正堂及默軒，『養正』、『默軒』之名，得非過禪師云？每疏歌酒緣多病，公守饒宴飲有節，然寄居過客，無不得其歡心。不負雲山賴有詩。公守饒多歌詠，今之所有者，有《郡齋即事》、《慶朔堂》、《芝山寺》、《五老亭》及《題昇上人碧雲軒，并贈御賜名道士鐘惟静傳神道士程用之》二絶句，凡六篇。半雨黄花秋賞健，郡有提點鑄錢司廨宇，廳之旁有一亭，盡種菊。時提點魏兼與公劇相得，其亭名『秋香』，公爲之作《秋香亭賦》，『黄花』之句得無意於是乎？一江明月夜歸遲。人間禍福何須道，塞上衰翁也自知。後之爲守者，以饒之繁劇，雖窮日力，常懼其不治。公處之有方，而民樂於愷悌，每閲公《郡齋即事》之詩，必跂仰而談公之優游於政也。』陳貽範《鄱陽遺事録》

五老峰，廬山之勝也，饒去江殆數百里，而州北芝山院，危坡屹起，晴霽間可以瞰焉。公下車憐其可觀，乃作《題芝山寺》詩云：『樓殿冠崔巍，靈芝安在哉。雲飛過江去，花落入城來。寺去州城止三里。得食鴉朝聚，聞經虎夜迴。偶臨西閣望，五老在寺之西。五老夕陽開。』寺僧遂作『五老亭』于危坡之頂，饒之人寒食以芝山爲踏青所，至者必曰：『范公五老

亭也。』陳貽範《鄱陽遺事録》

碧雲軒，芝山寺海會堂後之小軒也，外瞰危石，中鎖幽檻。軒簷之庭，栽列花木蘭蘆諸藥，似有高人達士趣嚮。公守饒時，有昇上人占居此軒，公每到寺必適其處，愛其閒寂瀟洒，常爲之留題，曰：『愛此詩家好，幽軒絶世紛。澄霄半床月，淡曉數峰雲。遠意經年就，微吟並舍聞。只應虚静處，所得自蘭芬。』公移潤，而饒人矜公之詩，有以二《南》名者。蓋見公之辭騷雅且名重當世，足以爲後人稱想，有以然也。今之人纔游芝山，莫不尋傃其所以閲公之詩榜焉。陳貽範《鄱陽遺事録》

予幼時得抄本《劍鶴聯句》，因没前後，不知其名，乃云：『范文正公仲淹在海鹽時與歐静、滕宗諒劍鶴聯句。皆屬對森嚴，造語雅健，當時已爲難得。寶元二年，石曼卿與滕集于闕下，始得其備，乃用唐楷法書，以附九華書堂，厥後代爲名人題跋。』近讀《歐文忠公外集》内載此詩，乃知歐非歐静也；參之范《集》，又無，意或范《集》失收耳。蓋滕乃范之相好同年，二本俱曰仲淹；曼卿真宗時已死，何謂寶元年書？是知歐静則訛也。況詩比舊爲多，故特録於稿而註于下，句下人名一一不同，姑仍舊耳。《劍聯》句曰：『聖人制神兵，以定天下厄。范。蚩尤發靈機，干將構雄績。歐。橐籥天地間，爐冶陰陽闢。滕。南帝輸火精，西皇降金液。歐。炎炎崑岡焚，歐本作『瑩』。洶洶洪河擘。范。雷霆助意氣，日月淪精魄。

滕。神氣不在大，錯落就三尺。直淬靈溪泉，横磨太山歐本作『行』。石。歐。雌雄威並立，晝夜光相射。范。提携風雲生，指顧煙塵寂。滕。堅剛正人心，耿介志士迹。歐。初疑成夏鼎，魑魅世所適。滕。又若引吴刀，犀象洞歐本作『謂』。無隔。抄本無『夏鼎』、『吴刀』二句，止云『魑魅類已亡，犀象洞無隔』云云。范。截波虬尾滑，脱浪鯨牙直。頑冰挂斷崖，歐本『陰雷』。皎月垂歐本『乘』。孤隙。歐。河角起彗芒，歐本『氣』。雲鎛露秋碧。范。曉鐔星斗躔，歐本『爛』。夜匣龍蛇歐本『飛龍』。宅。歐。舞酣霰雪回，彈俊球琳擊。滕。鮮摇雪水光，膩刮湘江歐本『山』。色。青蛟渴雨瘦，素虺蟠霜瘠。歐。清音鏘以鳴，塞姿堅且澤。范。鬼類喪影響，佞黨摧肝膈。歐。一旦會神武，四海屠凶逆。周王奉天討，商郊千里赤。《文鑒》『周王』二句作『歐』。楚子揚軍聲，秦抄誤『晉』。師萬首白。范。祥暉貫吴越，殺氣横燕易。歐。爲君斬巨鼇，四極可指畫。爲君決長雲，三辰乃歐本『增』。焕赫。范。無使化猿翁，辱我爲幻惑。無使暴虎人，屈我執讎敵。滕。尊嚴漢冠歐本『侯』。冕，左右舜干戚。歐。功成不可留，延平空霹靂。范。』《鶴聯》句曰：『上清歐本『霄』。降靈氣，鐘此千年禽。范。幽閒靖節性，孤高伯夷心。歐。嶽湛有仙姿，鈞韶無俗音。范。目流泉客珠，翅重羽人衿。滕。毛滋月華淡，頂粹霞光深。歐。騰漢雪千仞，歐本『丈』。照溪霜半尋。范。纖啄礪青鐵，修脛雕碧琳。歐。巖棲小雞樹，澤飲皋牛涔。滕。鸞凰自塤篪，燕雀徒商參。范。獨翹聳瓊枝，群舞傾瑶林。歐。病餘葭露零，歐本作『雲段』。

夢警歐作『迴』。松風吟。滕。静嫌鸚鵡言，高笑鴛鴦淫。范。金精冷澄澈，玉格寒蕭森。歐。潔白不自持，腥羶非歐作『無』。所任。滕。稻粱不得已，蟣虱胡爲侵。范。風流超縞素，雅淡絶規箴。歐。天池憶鵬游，雲羅傷鷹歐本『鳳』。沉。滕。相親長道情，偶見消煩襟。范。西漢惜馮唐，華皓欲投簪。歐。南朝仰衞玠，清羸疑不禁。滕。端如方直臣，處群誠足欽。介若廉退士，驚秋猶在陰。范。幾消鷹隼鷙，羈鞲俄見臨。還嗤鳧鷖貪，弋繳終就擒。歐本止曰『鷹鷙鳥鞲得，鳧貪或繳擒』二句，未知孰是。頡頏清霄垠，飄飖滄海潯。歐本無此二句。乘軒乃一芥，空籠仍萬金。滕。片雲伴遥影，冥冥越煙岑。范。長飆送逸響，亭亭出霜砧。蓬瀛忽往來，桑田成古今。歐。願下虞舜歐作『八佾』。庭，鼓舞薰風琴。范。』二篇共六十二韻，歐最爲多也。《七修類稿》

滕宗諒

頃年滕宗諒謫守巴陵郡，有華州回道士上謁，風骨聳秀，神宇清邁，滕知爲異人，口占一詩贈之云：『華州回道士，來到岳州城。别我游何處？秋空一劍横。』回聞之，憮然大笑而别，莫知所之。《東軒筆録》

嚴光釣于七里灘，滕子京以爲釣名，所謂：『祇將溪上一竿竹，釣卻人間萬古名』是也。

《稗史》

詹中正

《退居》云：『宦情文思競闌珊，利户名樞莫我關。無可奈何新白髮，不如歸去舊青山。須知百歲多爲夢，未信千金買得閒。珍重樽中聖賢酒，非因風月亦開顔。』方回曰：中正，祥符八年蔡齊榜甲科，衢州人。三四東坡嘗用爲詞，世人不知爲詹白雲詩也。中正又有一聯云：『吟餘妓散杯中酒，歸去蜨隨頭上花。』《瀛奎律髓》

王益

晁以道云：杜安世詞：『燒殘絳蠟淚成痕，街鼓報黄昏』，或譏其黄昏未到，焉得燒殘絳燭。或云王荆公父益都官所作，曾有人以此問之，答曰：『重簷遝屋，簾幕擁密，不到夜已可然燭矣。』韓魏公以此賞杜公，杜云，乃王益作，荆公時在坐，聞語離席。其全章云：『燒殘絳蠟淚成痕，街鼓報黄昏。碧雲又阻來信，廊上月侵門。愁永夜，拂香裀，待誰温。夢蘭憔悴，擲果淒涼，兩處銷魂。』蓋訴衷情也。《能改齋漫録》

田況

康定間，益州書生張俞，嘗獻書朝廷，天下由是知其名，然不喜仕進，隱于青城山白雲溪，時樞密田況守成都，與詩曰：『深慚蜀太守，不及採芝人。』《雲齋廣録》

种放

太平興國中，李繼遷以西夏叛，朝廷興師剪伐，迨十年餘。至咸平末，猖獗愈盛，寇陷邊境。章聖以西民疲於輸輓，有厭兵之意，而無名以罷師伐，議者益紛紜未決。事固秘密，未聞於外。處士种放山中有詩云：『胡雛負恩信，聖主耻干戈。』章聖聞之歎美，且愜素志，即遣使齎詔召至，授左司諫，直昭文館。會景德初，邊臣奏李繼遷死，其子阿移，即德明也，願納款，遂罷兵。放隱終南山，累詔不起，至拜官復歸，終於工部侍郎。《詩話總龜》

真宗西祀，回蹕次河中，時長安父老三千人，具表詣行在，乞臨幸，且稱：『漢唐舊都，關河雄固，神祇人民，無不望天光之下臨也。』上意未果，召种司諫放以決之。時种持兄喪于家，既至，而真廟携之登鸛鶴樓，與決雍都之幸。种懇奏曰：『大駕此幸，有不便者三：陛下方以孝治天下，翻事秦漢侈心，封禪群岳，而更臨游别都，久抛宗廟，于孝爲闕，此其不

便一也；百司供擬頓仗事繁，晚春蠶麥已登，深費農務，此不便二也；精兵重臣，扈從車蹕，京師一空，民心無依，况九廟乎？此陛下深宜念之，此其三也。』上玉色悚然，曰：『臣僚無一語及此者。』放曰：『近臣但願扈清蹕，行曠典，文頌聲以邀己名，此陛下當自悟于清衷也。』翌日，傳召鑾輿還闕，臨遣，雍人所幸宜不允。真宗便欲邀放從駕至京，放乞還家林，上曰：『非久必當召卿。』《湘山野録》

种司諫既以三不便之奏，諫真皇長安之幸，惟大臣深忌之，必知車輅還闕不久須召，先布所陷之基，使其里舊雷有終諷之曰：『非久朝旨必召，明逸慎勿輕起，當自存隱節，徐宜特削一奏請覲，以問鑾駕還闕之良苦，乃君臣之厚誠也。』种深然之。上還京已，佇與執政議种詔之事，大臣奏曰：『种某必辭免。乞陛下記臣語，久而不詔，往往將自乞覲。』試召之，詔下，果不至。辭曰：『臣父幼亡，伯氏鞠養，誓持三年之喪，以報其德，止有數月，乞終其制。』上已微惑。後半年，知河陽孫奭果奏入，具言种某乞詣闕請覲。上大駭，召執政曰：『率如卿料，何耶？』大臣曰：『素知放之所爲，彼視山林若桎梏，蓋强持隱節以沽譽，豈嘉遁之人也！請此一覲，亦妄心狂動，知鼎席將虚，有大用之覦。陛下宜察之。』蓋王文貞旦累章求退之時也。由此寵待遂解，劄付河陽，賜种買山銀一百兩，所請宜不允。是年遂亡，祥符八年也。种少時有《瀟湘感事》詩曰：『離離江草與江花，往事洲邊一歎嗟。

漢傳有才終去國，楚臣無罪亦沉沙。淒涼野浦飛寒雁，牢落汀祠聚晚鴉。無限清忠歸浪底，滔滔千頃屬漁家。』誠先兆也。初，种隱君少時與弟汶，往拜陳希夷摶，陳宿戒厨僕：來日有二客，一客膳于廊。纔旦果至，惟邀放升堂，殷勤眦睨，以一絶贈之曰：『鑒中有客白髭多，鑒外先生識也麽。只少六年年六十，此中陰德莫蹉跎。』种都不知曉，但屈指以三指語授之曰：『子貴爲帝友，而無科名，晚爲權貴所陷。』种又乞素履之術，陳曰：『子若寡欲，可滿其數。』种因而不娶不媵，壽六十一。《湘山野録》

种徵君明逸，既隱操不終，雖驟登侍從，眷禮優渥，然常懼讒嫉，其《寄懷》詩曰：『予生背時性孤僻，自信已道輕浮名。中途失計被簪紱，目覩寵辱心潛驚。雖從鵷鸞共班序，常恐青蠅微有聲。清風滿壑石田在，終謝吾君甘退耕。』其憂畏如此。又有《寄二華隱者》詩曰：『我本厭虛名，致身天子庭。不終高尚事，有愧少微星。北闕空追悔，西山羡獨醒。秋風舊期約，何日去冥冥？』然其後卒遭王嗣宗之辱，可以爲輕出者之戒。世傳常夷甫晚年悔仕，亦不足多怪也。《老學庵筆記》

東蒙，蓋終南山峰名。杜詩云：『故人昔隱東蒙峰，已佩含景蒼精龍。故人今居子午谷，獨在陰崖結茅屋。』皆長安也。种明逸《東蒙新居》詩亦云：『登遍終南峰，東蒙最孤秀。』南士不知，故注杜詩者，妄引顓臾爲東蒙主，以爲魯地也。《老學庵筆記》

放有《無題》詩云：『丹樓縹緲路歧傍，共説祈真白玉堂。珠樹風高低絳節，靈臺香冷醮虚皇。名傳六合何昭晰，事隔三清限渺茫。欲識當年漢家意，竹宫梧殿更淒涼。』《玉照新志》插入一條，种明逸嗜酒，嘗種秫自釀，曰：『空山清寂，聊以養和。』自號『雲谿醉侯』。《澄懷録》

黄康弼

阿育王塔，在臨淄城西，唐太和中建寺，五代無棣僧道圓居之，與宋太祖有舊，加號蓋國大師。塔，爲十二級。祥符中，更名廣化寺。黄康弼詩云：『齊野非吴渚，支郎是子陵。釣臺千古月，寶塔萬年燈。』于欽《齊乘》

蘇　爲

蘇爲酷嗜吟詠，知湖州日，有詩數十首，惟一篇足爲絶唱，曰：『野艇閒撑處，湖天景亦微。春波無限緑，白鳥自由飛。柳色濃垂岸，山光冷照衣。時携一壺酒，戀到晚涼歸。』在宣城亦有詩十首，皆以宣城爲目，内《宣城花》一首尤爲清麗，曰：『宣城花，疊嶂樓前簇綺霞。若非翠露陶潛宅，即是紅藏小謝家。』又嘗知邵武軍，亦有小詩十首，唯一篇最善，曰：『愛從八九月，登臨高下樓。樹紅雲白處，寒瀨泊漁舟。』《青箱雜記》

蘇爲《送劉端州》云：『夜浪珠還浦，春泥象印蹤。』《湖州作》云：『春波無限緑，白鳥自由飛。』《宋事實類苑》

賈　同

蔡文忠公齊，喜酒，飲量過人，既登第，通判濟州，日飲醇酎，往往至醉，是時太夫人年已高，頗憂之。一日，賈存道先生過濟，文忠館之數日，先生愛文忠之賢，慮其酒廢學生疾，乃爲詩示文忠云：『聖君恩重龍頭選，慈母年高鶴髮垂。君寵母恩俱未報，酒如成病悔何追！』文忠瞿然起謝，自是非親客不對酒，終身未嘗至醉。《合璧事類》

趙宗萬

宗萬字仲囦，越州人，築室于越郡之照水坊，左瞰平湖，前挹秦望，畜一鶴，號『丹砂』，引以爲侶，讀書鼓琴，怡然自適。祥符中，詔舉遺逸，郡守康戩以宗萬薦，尋被召，因獻《跛鼈傳》以自見，且請自託于道家者流，朝廷不奪其志，即其家賜以羽服，後十餘年卒。嘗爲詩云：『斗懸金印心難動，屏列春山眼暫開。』《萬姓統譜》

賈昌朝

賈文元，乃唐相造華夷圖丞相耽之遠孫，七歲童子舉關頭及第，李文和贈之詩云：『七歲神童古所難，賈家門户有衣冠。七人科第排頭上，五部經書論舌端。見榜不知名字貴，登筵未識管絃歡。從兹穩上青霄路，萬里誰能測羽翰。』太平興國中，參大政。《玉壺清話》

賈文元曲水園，在許昌城北，有大竹三十餘畝，潩河貫其中，以入西湖，最爲佳處。初，爲本州民所有，文潞公爲守，買得之。潞公自許移鎮北門，而文元爲代，一日挈家往游，題詩壁間云：『畫船載酒及芳辰，丞相園林潩水濱。虎節麟符抛不得，卻將清景付閒人。』遂走使持詩寄北門，潞公得之，大喜，即以地券歸賈氏，文元亦不辭而受。然文元居京師後，亦不復再至。園今荒廢，竹亦殘毁過半矣。《石林詩話》。宗祥案：曲水園事已見前『晁迥』下，或者兩人同謚文元，因而傳聞致誤歟？

蘇　耆

泗州塔，人傳下藏真身，後閣上碑，道興國中塑僧伽像事甚詳。退之詩曰：『火燒水轉掃地空』，則真身焚矣。塔本喻都料造，極工巧。俗謂塔頂爲『天門』，蘇國老詩曰：『上到

天門最高處，不能容物只容身。』以譏在位者。《中山詩話》

王逵

王逵以司部員外郎知福州，尚氣自矜。福唐有當罏老媪，釀美酒，士人多飲其家。有舉子謂曰：『吾能與媪致十數千，信乎？』媪曰：『倘能之，敢不奉教！』因俾媪市布爲一酒帘，題其上曰：『下臨廣陌三條闊，斜倚危樓百尺高。』又曰：『太守若出，呵道者必令媪卸酒帘，但佯若不聞，俟太守行馬至帘下，即出卸之。如見責稽緩，謝罪而已。必問酒帘上詩句何人題寫？但云：某嘗聞飲酒者好誦此二句，言是酒望子詩。』遂托善書者題于旗上。王果大喜，呼媪至府，與錢五千、酒一斗，曰：『賜汝作酒詩。』乃王《詠酒旗》詩也，平生最爲得意者。《宋事實類苑》

苗振，熙寧初知明州，致仕歸鄆，自明州造一堂，極華壯，載以歸。或言鄆州置田，亦多機數而得。是時王逵亦居鄆，作詩嘲之曰：『伯起雄豪世莫偕，官高禄重富于財。田從汶上天生出，堂自明州地架來。十隻畫船風破浪，兩行紅粉夜傳杯。自憐憔悴東鄰叟，草舍茅檐真可咍。』伯起，振字；東鄰，逵自謂。是時荆公秉政，聞此詩，遽遣王子韶爲浙路察訪，于明州廉得其實，遂起大獄，振竟至削籍。《臨漢隱居詩話》。又見《東軒筆録》

宋綬

故事：春試進士，皆在南省中東廂。刑部有樓甚寬壯，旁視宣德門，直抵州橋，鎖院每以正月五日至元夕例未引試，考官往往竊登樓，以望御路燈火之盛。宋宣獻公在翰林時，上元以修史促成書，特免扈從，嘗賦詩云：『屬官不得陪春豫，結客何妨事夜游。還勝南宫假宗伯，黄扉深鎖暗登樓。』蓋謂此也。至嘉祐中，歐陽文忠公知舉，梅舜俞作《莫登樓》詩，諸公相與唱和，自是遂爲禮闈一盛事。《詩史》

學士院舊與宣徽院相鄰，玉堂兩壁有巨然畫山、董羽畫水。宋宣獻公爲學士時，燕穆之復寫六幅山水屏寄之，遂置於中間。宣獻詩云：『憶昔唐家扃禁地，粉壁曲龍閏曩記。承明意義今頓還，永與鑾坡爲故事。』唐翰林壁畫海曲龍山，故引用之。《詩史》

豫章事實，王子安序之詳矣。題詠此邦者，往往採之。晏元獻云：『望斗氣沉龍已化，置芻人去榻猶懸。』陶雍州云：『劍待張華時已晚，榻懸徐孺禮應疏。』此二聯全是『龍光射牛斗之墟』、『徐孺下陳蕃之榻』也。宋綬公垂云：『江涵帝子翚飛閣，山際真君鶴馭天。』不襲陳迹，甚可嘉也。《優古堂詩話》

宋綬《送人知江陵》云：『奇才劍客當前隊，麗賦騷人託後車。』《送人知洪州》云：『江

涵帝子翬飛閣，山際真君鶴馭天。』《送周賢良》云：『楚澤傷春怨鶗鴂，長安索米愧侏儒。』《詩話總龜》

《蔡寬夫詩話》云，唐學士院，在右銀臺内。含光殿宴罷歸院，多經叡武樓，故鄭畋《酬通義劉相瞻》詩曰：『劉剛暗借颷輪便，叡武樓中似去年。』蓋以嘗與瞻同爲學士侍宴故也。故事：凡禁中有燕設，則學士院備食以延從官。宋宣獻公罷禁林後，因宴日再至，以詩寄故院云：『雲間乍闋仙韶曲，禁裏還過叡武樓。』蓋用唐事。前輩立意命詞，皆不草草，此尤精確云。《苕溪漁隱叢語》

《松陵唱和》皮日休《新秋即事》云：『酒坊吏到常先見，鶴俸特來每探支。』注云：『吴都有鶴料案。』殊未詳『鶴俸』之説。曾文彦和，博學之士也，知滁州，有《次韻趙仲美表弟西齋自遣》詩云：『謫守凄凉卧郡齋，史君失意偶同來。海邊故國渺何許，城上新樓空幾迴。寧羨一囊供鶴料，會看千里躍龍媒。清吟未免縈機慮，只恐飛鷗便見猜。』註云：『唐幕府官俸，謂之「鶴料」，今歲敕頭所得止此。仲美省試下，故云。』彦和用事，必有所據，當更考之。又宋宣獻有《送黄秘丞倅蘇臺》云：『鶴料署文移，鯗場收賦算。』此宣獻用皮日休所云吴郡事也。《墨莊漫録》

宋宣獻公綬《宫梅》詩云：『閬苑春多非世境，層城花早出宫欄。』用梁簡文帝《梅花

賦》曰：『層城之宫，靈苑之中，梅花特早，偏能識春』之語也。《墨莊漫録》

景祐中，宋宣獻《上楊太妃挽詩》曰：『神歸梁小廟，禮祔漢餘陵。』文士稱其用事精當。楊昌言詩曰：『先帝遺弓劍，排雲上紫清。同時受顧託，今日見昇平。』雖不用事，意思宏深，足爲警語。《中山詩話》

薛奎

薛簡肅公尹開封，以嚴爲治，謂之『薛出油』，其後牧成都，歲豐人樂，作《春游好》十首，自號『薛春游』，欲换前稱也。《詩話總龜》

宋薛奎未第時，贄謁馮魏公，首篇有：『囊書空自負，早晚達明君。』馮掩卷謂曰：『不知秀才所負何事？』讀至第三篇，云：『千林如有喜，一氣日無私。』乃曰：『秀才所負如此！』薛後登第，官至參政，拱辰、歐陽公皆其婿也。《歸田詩話》。又見《東齊紀事》

龐籍

夏文莊謫守黄州，時龐穎公爲郡掾，文莊識之，異禮優待。而龐嘗有疾，以爲不起，遂屬公後事，文莊親臨之曰：『異日當爲貧宰相，亦有年壽。疾非其所憂。』龐語之曰：『已爲

宰相，豈得貧耶？』文莊曰：『但于一等人中貧爾。』故龐公晚年退老作詩曰：『田園貧宰相，圖史富書生。』爲是故也。《青箱雜記》

公性喜詩，雖相府機務之繁，邊庭軍旅之急，未嘗一日置。凡所以怡神養志，及逢時值事，一寓之于詩。《司馬温公序畧》

陳文惠，與龐穎公同戊子生。陳已貴，龐尚爲小官，嘗戲龐曰：『君乃小戊子耳！』後穎公大拜，文惠致書賀曰：『今日大戊子卻爲小戊子矣！』穎公笑之。《東軒筆録》

龐穎公喜爲詩，雖臨邊典郡，文案委前，日不廢三兩篇，以此爲適。及疾甚，予時爲諫官，以十餘篇相示，手批其後曰：『欲令吾弟知老夫病中，尚有此意耳！』字已慘淡難識，後數日而薨。《續詩話》

周盤龍以武功爲散騎常侍，齊武帝戲之曰：『貂蟬何如兠鍪。』對曰：『貂蟬生于兠鍪。』外大父穎公罷相建節，出帥太原，其詩曰：『兠鍪卻自貂蟬出，敢用前言戲武夫。』李待制師中，以相業自任，嘗帥秦，以事去，其詩曰：『兠鍪不勝任，猶可冠貂蟬。』《後山詩話》

王文正公遺事：公幼時見天門開，中有公姓名，弟旭乘間問之，公曰：『要待死後墓銘寫上，吾不知此。』言雖云拒之，亦可見其實有是事矣。龐莊敏公帥延安日，因冬至奉祠家廟齋居，中夜恍忽間，見天象成文云：『龐某後十年作相，當以仁佐天下』，凡十三字，駐視

久之方滅，公因作詩記之，云：『冬至子時陽已生，道隨陽長物初萌。星辰賜告銘心骨，願以寬章輔太平。』手緘之，題曰：『齋誠密記之詩』，藏其曾孫益孺處，用小粉牋，字劄極草草。按《實録》，自慶曆元年初，分陝西四路，公與韓忠獻公、范文正公、王聖源公俱爲帥，至皇祐三年登庸，適十年。夫天道遠矣，而告人諄諄如此，理固有之，不可盡詰。《南窗紀談》

陳執中

陳恭公執中，以衛尉寺丞知梧州，驛遞上疏，乞立儲貳，真宗嘉其敢言，翊日臨朝，袖其疏以示執政，歎獎久之，召爲右正言，然爲王冀公所忌。一日，真宗賦《御溝柳》詩，宣示宰相兩省，皆和進。恭公因進詩曰：『一度春來一度新，翠光長得照龍津。君王自愛天然色，恨殺昭陽學舞人。』《東軒筆録》

陳恭公初罷政事，判亳州，年六十九遇生日，族親往往獻老人星圖爲壽，獨其姪世修獻范蠡五湖圖，且贊曰：『賢哉陶朱，霸越平吴。名遂身退，扁舟五湖。』恭公喜甚，即日上表納節，明年累表求退，遂以司徒致仕。《東軒筆録》

全宋詩話目録卷十

夏竦　字子喬，江州德安人，以父死事補官。真宗朝，舉賢良，除光禄丞。仁宗朝，官知制誥、同中書門下平章事，封英國公，後改封鄭，卒贈太師、中書令，謚文莊。有集。

穆脩　字伯長，鄆州汶陽人。真宗東封，詔舉齊魯經行之士，預選，賜進士出身，調海州理掾，忤監郡，削籍隸池州，遇赦，敘潁州文學參軍。五季文敝，脩始獨爲古文。有《穆參軍集》。

李若谷　徐州豐人。官至少傅。

王洙　字原叔，應天宋城人，舉進士，官直龍圖閣同判太常寺，坐事黜知濠州，徙襄州，召還，累遷翰林學士，改侍讀兼侍講學士，卒謚曰文。

張觀　字思正，絳縣人，中服勤辭學科，爲秘書郎。仁宗朝，同知樞密院事，以觀文殿學士知許州，卒贈吏部尚書，謚文孝。

王隨　字子正，河南人，舉進士。歷官知制誥、龍圖閣直學士、門下侍郎、同中書門下

平章事、昭文館大學士，罷除彰信軍節度使，判河陽，卒贈中書令，謚章惠。

掌禹錫　字唐卿，郾城人，進士。歷官直秘閣。英宗立，遷太子賓客，以工部侍郎致仕。預修《皇祐方域圖志》，及校正《類編本草圖經》。

吕夷簡　字坦夫，先世萊州人，祖龜祥，知壽州，遂家焉，蒙亭子，蒙正猶子，第進士。慶曆初司空平章軍國重事，封許國公，薨贈太師中書令，謚文靖。有集。

范雍　字伯純，世居河東，父德隆，葬河陽，遂家焉，舉進士。爲洛陽簿。天聖中，樞密副使，元昊叛，爲鎮武軍節度使，知延州，左遷户部侍郎，復吏部侍郎，知河南，遷禮部尚書，卒謚忠獻。

王奇　字漢謀，贛縣人。真宗時，官至殿中侍御史。

李淑　字獻臣，徐州豐人，少傅若谷子。年十二，獻文行在，真宗賜童子出身，授校書郎。景祐初知制誥、翰林學士、户部侍郎，出知河中府，卒贈尚書右丞。有《李公詩苑類格》及别集。

成鋭　許州臨潁人，應制科高第。

林坰　福州羅源人。真宗朝特奏名。有《南華集》。

范諷　字補之，齊州人，進士。累官翰林侍讀學士、給事中、知兗州，遷光禄卿。

石延年　字曼卿，一字安仁，其先幽州人，家宋城。真宗朝三舉進士，爲三班奉職，歷太子中允、同判登聞鼓院。有集。

狄遵度　字元規，長沙人，侍郎棐子，以父任爲襄陽簿。有集。

魏野　字仲先，號草堂居士，蜀人，後居陝州東郊。真宗西祀，召之，閉户，踰垣遁。天禧三年卒，贈秘書省著作郎。有《草堂集》、《鉅鹿東觀集》。

全宋詩話卷十

夏　竦

丁晉公爲玉清昭應宫使，夏英公爲判官。一日，賜宴齋宫，優人有雜手藏擫者，晉公顧英公曰：『古人無詠藏擫詩，請賦一章。』英公爲一絶云：『舞拂挑珠復吐丸，遮藏巧使百千般。主公端坐無由見，卻被旁人冷眼看。』《詩史》

夏英公慶曆中欲真拜，以言者罷除使相，知南京，到任，以一詩寄執政，云：『造化平分荷大鈞，腰間新佩玉琪璘。南湖不住栽桃李，擬狎沙鷗過十春。海雁橋邊春水深，略無塵土到花陰。忘機不取人知否？自有江鷗信此心。』復徙西都，張昪知諫院，作《青雀》詩寄之，曰：『弱羽傷弓尚未完，孤飛誰敢擬鴛鸞？明珠自有千金價，莫爲游人作彈丸。』昪卒不敢言及之。《詩話總龜》

夏英公竦，每作詩，舉筆無虚致。鎮襄陽時，胡秘監旦喪明居襄，性多狷躁，屢譏郡政，

英公昔嘗師焉，及貴達，尚以青衿眂公，公出鎮襄陽，時一造焉，一日，謂公曰：『讀書乎？』曰：『郡事少暇，比只作得一《燕雀》詩。』胡曰：『試舉之。』曰：『燕雀紛紛出亂麻，漢江西畔使君家。空堂自恨無金彈，任爾啾啾到日斜。』自爾少戢。《古今詩話》。宗祥案：以上二條又見《湘山野録》，作一條。

應制詩非他詩比，自是一家句法，大抵不出典實富豔爾。夏英公《和上元觀燈》詩云：『魚龍曼衍六街呈，金鎖通宵啟玉扃。冉冉游塵生輦道，遲遲漏箭入歌聲。寶坊月皎龍燈淡，紫館風微鶴焰平。宴罷南端天欲曉，回瞻河漢尚盈盈。』王岐公詩云：『雪消華月滿仙臺，萬燭當樓寶扇開。雙鳳雲中扶輦下，六鼇海上駕山來。鎬京春酒霑周宴，汾水秋風陋漢才。一曲昇平人盡樂，君王又進紫霞杯。』二公雖不同時，而二詩如出一人之手，蓋格調當如是也。丁晉公《賞花釣魚》詩云：『鶯驚鳳輦穿花去，魚畏龍顏上釣遲。』胡文恭云：『春暖仙蓂初霏靡，日斜芝蓋尚徘徊。』鄭毅夫云：『水光翠繞九重殿，花氣濃熏萬壽杯。』皆典實富豔有餘，若作清癯平淡之語，終不近爾。《韻語陽秋》

夏英公《宮詞》云：『絳唇不敢深深注，卻怕香脂汙玉簫。』不減香奩花間之作。王岐公《夫人閤端午帖子》云：『後苑尋青趁午前，歸來競鬭玉欄邊。袖中獨有芸香草，留與君王辟蠹編。』出新意於綵絲巧粽之外，可喜也。《韻語陽秋》

江州琵琶亭，前臨江左，枕湓浦，地尤勝絶，夏、梅詩最佳。英公、公儀。夏云：『年光過眼如車轂，職事羈人似馬銜。若遇琵琶應大笑，何須涕泣滿青衫。』梅云：『陶令歸來爲逸賦，樂天謫宦起悲歌。有絃應被無絃笑，何況臨絃泣更多。』又有葉氏女名桂女，字月流。詩曰：『樂天當日最多情，淚滴青衫酒重傾。明月滿船無處問，不聞商女琵琶聲。』《中山詩話》

夏文莊公景德初，侍父監通州狼山鹽場，嘗登狼山，賦《渡口詩》云：『渡口人稀黯翠煙，登臨猶喜夕陽天。殘雲右倚維陽樹，遠水南回建業船。山引亂猨啼古寺，電驅甘雨過閒田。季鷹死後無歸客，江上鱸魚不直錢。』時年十七，後之題詩，無出其右。識者以爲：甘雨過閒田，雖有爲霖之志，終無澤物之功。《澠水燕談録》

夏鄭公竦，以父歿王事，得三班差使，然自少好讀書，工爲詩，一日，携所業伺宰相李文靖沆退朝，拜于馬首而獻之。文靖讀其句，有『山勢蜂腰斷，溪流燕尾分』之句，深愛之，終卷皆佳句。翊日，袖詩呈真宗，及叙其死事之後，乞與换文資，遂改潤州金壇主簿。《東軒筆録》

英公少年作詩，語意驚人，有『野花無主傍人行』之句。江鄰幾《雜志》

張介以命術游公卿門，寓居錢塘西湖上，嘗自京師南歸，士大夫率爲詩贈之，吕許公、王沂公時方執政，亦皆有詩。夏鄭公留守南京，爲詩寄二公曰：『上公詩筆千金重，逋客歸

裝一舸輕。莫到青山更招隱，且留明哲爲蒼生。』鄭公在朝，數爲御史糾劾，疑時宰諷旨，作《青雀》詩：『青雀孤飛毛羽單，卑稱豈敢礙鵷鸞。明珠自有千金價，莫爲他人作彈丸。』《中山詩話》

夏文莊舉制科，對策罷，方出殿門，遇楊徽之，見其年少，遽邀與語曰：『老夫他則不知，惟喜吟詠。願丐賢良一篇，以卜他日之志。』公欣然援筆曰：『殿上袞衣明日月，硯中旗影動龍蛇。縱横禮樂三千字，獨對丹墀日未斜。』楊公歎服曰：『真宰相器也。』此《青箱雜記》所載。又《東軒筆録》與此少異，云：『公舉制科，對策廷下，有老宦者前揖曰：「吾閱人多矣，視賢良他日必貴，求一詩以誌今日之事。」因以吴綾手巾展前，公乘興題曰：「簾内袞衣明黼黻，殿中旗旆雜龍蛇。縱横落筆三千字，獨對丹墀日未斜。」』然不若前詩用字之工。所謂宦者以吴綾手巾求詩，想必有此。至今殿試唱名，宦者例求三名詩，但句語少有工者，詩亦不足重矣。《耆舊續聞》

穆修

《燈》詩云：『黯黯有時當永恨，依依何處照閒眠？靜臨客枕愁寒雨，遠出魚篷耿暝煙。纖影乍敧還自立，冷花時結不成圓。消魂猶憶江樓夜，曾對離觴賦半篇。』《穆参軍集》

公登進士第後，爲潁州文學參軍，人稱之曰『穆參軍』，家有唐本韓、柳《集》，乃丐于所親，得金，用工鏤板，印數百帙，携入京師相國寺，設肆鬻之。有儒生數輩，至肆輒取閲，公奪取，怒謂曰：『先輩能讀一篇，不失一句，當以一部相送。』遂終年不售。時學者方從事聲律，未知古文，伯長始爲之倡。其後尹洙師魯，始從之學古文，又傳其《春秋》學。《五朝名臣言行録》

穆修有詩名，多游京、洛，有題其詩于禁中壁間者，真宗一見大加賞歎，問爲誰詩，左右以穆修對。上曰：『有文如此，公卿何不薦來！』時丁晉公在側，從容答曰：『此人行不逮文。』由此上不復問。《宋稗類鈔》

李若谷

天聖中，李康靖公若谷；慶曆中，邯鄲公淑，皆知滑州。後八年，審言又知。前此，邯鄲公迎康靖公到滑，康靖題詩于州廨曰：『滑守如今是世官，阿戎出守自金鑾。郡人莫訝留題别，孫息期同住此看。』後審言刊石紀其事。《古今詩話》。參見《青箱雜記》

王洙

宋莒公判館事，督諸館職必至，而刁景純數日不來，莒公使人邀之，加之誚讓。王原叔改杜少陵《贈鄭廣文》詩云：『景純過官舍，走馬不曾下。驀地稱朝歸，便遭官長罵。』《詩話總龜》

張觀

張思正平生未嘗草書，因自爲詩云：『保心如止水，爲行見真書。』《歷代吟譜》

王隨

丞相王公隨，深悟性理，捐館時知河陽，作偈曰：『畫堂燈已滅，彈指向誰説？去住本尋常，春風掃殘雪。』是夕薨，淩晨大雪，實正月六日。《青箱雜記》

《探春》句云：『好客幾嫌州路僻，愛山長上郡樓高。』《旅店》句云：『水村煙暝早，山館夜寒多。』《中庭》云：『掃徑苔痕破，開扉竹影分。』《吟窗雜録》

王隨《宮詞》云：『一聲啼鳥禁門静，滿地落花春日長。』又有句云：『桑斧劚春色，漁

歌唱夕陽。』《歷代吟譜》

掌禹錫

掌禹錫，博通子史百家，作《證類本草》，而訥于爲文，時賢頗以此鄙之。嘗作詩云：『風定落花深一寸，日高啼鳥度千聲。』又云：『曉鶯林外千聲囀，芳草階前一尺長。』歐公謂：『忽作人言』。《過庭録》

吕夷簡

吕文靖公題《天花寺》云：『賀家湖上天花寺，一一軒窗向水開。不用閉門防俗客，愛閑能有幾人來。』賀家池，即賀監所賜之湖。詩後爲風雨所損，惜乎寺僧不留。《老學庵筆記》

吕夷簡《早春》云：『梅無驛使飄零盡，草怨王孫取次生。』《九日呈梅集仙人》云：『人歸北闕知何日？菊映東籬似去年。』《寒食》云：『人爲子推初禁火，花愁青女再飛霜。』《楊文公談苑》

范雍

夏寇既敗官軍，劉平、石元孫陷没，延州幾至不守。雍日告朝廷益兵，復爲詩以言賊事，凡數十章。其傳播者，一云：『七百里山界，飛沙與亂雲。虜騎擇虚至，戍兵常忌分。嘯聚類宿鳥，奔敗如驚麏。難稽守邊謡，應敵若絲棼。』二云：『承平廢邊事，備預久已亡。萬卒不知戰，兩城皆復隍。輕敵謂小醜，視地固大荒。願因狂狡叛，從此葺兵防。』三云：『劇賊稱中寨，『中寨』，賊之勁悍者也。驅馳甲鎧精。昔惟矜突騎，今亦教攻城。伏險多邀擊，驅羸每玩兵。拘俘詢虜事，肉盡一無聲。』蓋爲前屢得賊中諜者，雖臠其肉且盡，終無一言，故雍詩有云。初，朝廷輕視元昊，邊臣奏請，不甚允從。至是，方罪樞臣而逐之。《儒林公議》

王奇

奇字漢謀，贛縣人，少爲縣掾史，令題《雁》詩一聯于屏風，云：『隻隻銜蘆背曉霜，晝隨鴛鴦立寒塘。』奇密續後二句，云：『曉來漁櫂驚飛去，書破遥天字一行。』令奇之，因激使學。後游京師，居李文靖沆客位，真宗臨奠，見屏間《秋興》詩云：『澤國來游豈厭重，羇

孤懷感自無窮。雁聲不到歌樓上，秋色偏欺客路中。宿寺夢回蓮葉雨，渡江衣冷荻花風。誰憐未得青雲志？琴劍年年西復東。』召對稱旨，特許殿試賜第。奇作詩云：『不拜春官爲座主，親逢天子作門生。』官至殿中侍御史。《贛州府志》

李淑

淑在翰林，奉詔撰《陳文惠公神道碑》。李爲人高亢，少許可，文章尤尚奇澀，碑成，殊不稱文惠之功烈，文章但云：『平生能爲二韻小詩而已』。文惠之子述古等，懇乞改去『二韻』等字，答以『已經進呈，不可刊削』。述古極銜之。會李出知鄭州，奉時祀于恭帝陵，而作恭帝陵詩云：『弄楯牽車挽鼓催，不知門外倒戈回。荒墳斷隴纔三尺，猶認房陵半仗來。』述古得其詩，遽諷寺僧刻石，打墨百本傳于都下，俄有以詩上聞者，仁宗以其詩送中書，翰林學士葉清臣等言：『本朝以揖遜得天下，而淑誣以干戈，且臣子非所宜言。』仁宗亦深惡之，遂褫李所居職，自是連蹇于侍從，垂二十年，竟不用而卒。《東軒筆録》

刁景純有見無類，必往復歸每至三鼓。宋祁判館，集僚屬，而刁或連日不赴，因邀而譙讓之。王原叔戲改杜《贈鄧廣文》云：『景純過官舍，走馬不曾下。驀地趁朝歸，便遭官長罵。』李獻臣曰：『我爲足之云：「多羅四十年，偶未識摩氊。時西戎喃氏子名「摩氊」。近有王宣

政，時時與紙錢。』刁嘗爲王宣政作墓銘。以古文篆隸加褾軸，密掛刁廳事，會一日大雨不出，周步廳廡間，始見此圖，問之。從者曰：『掛此已數日矣！』先造者往往能通步也。《中山詩話》

李邯鄲公作詩，格句自三字至九字、十一字，有五句成篇，盍古今詩之格律，足以資詳博，不可不知也。伯父娶邯鄲孫女，嘗聞邯鄲公與小宋飲酒，舉一物隸僻事，以多者爲勝。飲不勝者，他人莫敢造筵。許彦周《詩話》

成　鋭

王丞相隨，刻意于詩，以謂詩皆言志，不可容易而作。嘗有應制科人成鋭，集詩三篇，國子博士侯君以獻，隨覽之，乃親筆尺牘答侯君。其略曰：『隨拜啟：伏承賢良成秀才見訪不及，裁製三册文華宏逸，學術該贍，然覽《野菊》詩云：「彩檻應無分，春風不借恩。」又《野花》詩云：「馨香雖有豔，栽植未逢人。」實皆綺靡之詞，未協榮登之兆。復閲《别隨州裴員外嘉》句云：「憑高看漸遠，更上再高樓。」諒惟再舉，合踐高科。』其好品藻如此。鋭，許州臨潁人，後以獻邊事得官，竟坐贓斥，餒死于京師。《青箱雜記》

林坰

真廟朝，寢殿側有古檜，秀茂不群，名『御愛檜』，然横礙殿簷，真皇意欲去之。一夕，風雷轉摺其枝，因以爲瑞，題詠者多，惟羅源林坰唐律稱旨，賜號『南華翁』，詩名由此大顯。其詩曰：『古殿當年欲葺時，槎牙高檜礙簷榱。人間斤斧難容手，天上風雷爲轉枝。煙色併來春益重，月華饒得夜相宜。吾皇一駐鑾輿賞，從此聲名四海知。』《藏一話腴》

范諷

鼎州甘泉寺，介官道之側，嘉泉也，便于漱酌，行客未有不舍車而留者。始，寇萊公南遷日，題于東檻曰：『平仲酌泉經此，回望北闕，黯然而行。』未幾，丁晉公又過之，題于西檻曰：『謂之酌泉，禮佛而去。』後范補之諷安撫湖南，留詩于寺，云：『平仲酌泉回北望，謂之禮佛向南行。煙嵐翠鎖門前路，轉使高僧厭寵榮。』詩牌猶存。《湘山野録》，又見《古今詩話》

范諷性疏誕，嘗忤外計，求監舒州靈仙觀，莊獻太后臨朝，聞其俊邁，召拜諫官。好朋飲，高歌嗷呼，或不冠幘，禮法之士深嫉之，顔太初作《東州逸黨》詩以譏之。《儒林公議》

范諷自給事中謫官，數年方歸濟南，城有張氏園亭，數泉上出，有『金線』、『真珠』之

目，水木環合，乃歷下之勝景。園亭主人，乃張寺丞聰也，嘗邀范宴飲于亭。范題二韻詩于壁，云：『園林再到身猶健，官職全抛夢乍醒。唯有南山與君眼，相逢不改舊時青。』《江氏類苑》

石延年

章獻太后輓辭數百首，惟石曼卿一聯首出，曰：『震出坤柔變，乾成太極虚。』太后稱制日久，仁宗端拱，至是始親萬機。曼卿詩切合時宜，又不卑長樂也。《古今詩話》

李長吉歌云：『天若有情天亦老。』人以爲奇絶無對，石曼卿對云：『月如無恨月長圓。』《古今詩話》。又見《續詩話》

趙平叔客漣水軍，郡守召置門下。數年，平叔以館職守漣水，後守以所居爲豹隱堂。石曼卿有詩云：『熊飛清渭逢何暮，龍卧南陽去不還。年少宦游今郡守，蔚然疑在立談間。』士大夫留詩甚多，莫可偕者。《古今詩話》

石曼卿嘗於平陽會中，代作《寄尹師魯》一篇，曰：『十年一夢花空委，依舊河山損桃李。雁聲北去燕南飛，高樓日日春風裏。眉黛石州山對起，嬌波淚落粧如洗。汾河不斷天難流，天色無情淡如水。』曼卿死後數年，關永言夢曼卿曰：『延年平生作詩多矣，常以爲

平陽代意篇最得意，而世人少稱之。能令予此詩傳于世者，在永言耳。』永言乃增其詞爲曲，度以『迷仙引』，於是人争歌之，他日，夢曼卿致謝焉。曲云：『春陰霽，岸柳參差，裊金絲細。畫閣晝眠鶯唤起，煙光媚。燕燕雙高，引愁人如醉。慵緩步，眉斂金鋪倚。嘉景易失，懊惱韶光改，花空委。忍厭厭地。施朱粉，臨鸞鑒，膩香消減摧桃李。獨自個凝睇。暮雲暗，遥山翠。天色無情，四遠低垂淡如水。離恨託，征鴻寄。旋嬌波，暗落相思泪，粧如洗。向高樓，日日春風裏。悔凭闌，芳草人千里。』《古今詩話》

石曼卿《贈鍼師》云：『卧龍有病君醫取，心爲生靈不爲身。』王逢原云：『丈夫出處誠何較，知痛蒼生爲淚垂。』賢者設心，不期而合如此。皆未行其志，惜哉！《砦溪詩話》

石曼卿以詩酒豪爽得名，嘗獨行京師，倏有豪士揖曼卿，語已而曰：『公幸過我家。』曼卿語諾，豪士顧從騎載曼卿同行。入委巷，前抵大第，三四門乃至内堂，庭户宏麗，施設錦繡，侍女珠翠，延飲，求曼卿書字。曼卿寫己詩，書其《籌筆驛》等數篇。豪士甚珍愛之，贈曼卿金帛，可值數十百千，使從騎送歸。初不知其誰何，後日尋迷不省所居，閭里人不能知。他日，復遇之途，又以金數十兩贈曼卿，云：『《籌筆驛》詩「意中流水遠，愁外舊山青」最佳。』《詩話總龜》。又見《中山詩話》

石曼卿登第，有人訟科場，覆考，落者數人，曼卿在焉。方興國寺期集，符至，追所賜敕

牒，餘人皆泣而起，獨曼卿解靴還使人，露體戴幞頭，笑語終席。次日，放黜者例受三班借職，曼卿作詩曰：『無才且作三班借，請俸争如録事參。從此免稱鄉貢進，且須走馬東西南。』《詩話總龜》。又見《中山詩話》

《復齋漫録》云：唐宰相鄭綮爲詩，好歇後句，行第五，時人呼爲『歇後鄭五』。今人無有蓄其詩者，惟舊史載其一聯云：『只有兩行公廨淚，臨行灑向渡頭風』，真俳詞也。後之文士，不復作歇後體，以其非雅正。獨石曼卿因登第覆落，例受三班借職，賦詩一首，所謂『無才且作三班借，請俸争如録事參』是也。韓子蒼云：唐人詩：『落花滿地寂寥紅，獨有離人萬恨中。回首池塘總無語，手彈珠淚與東風。』綮之意，此之意也，而詞語頓異。《苕溪漁隱叢話》

《古松》，石延年：『直氣森森耻屈盤，鐵衣生色紫鱗乾。影摇千尺龍蛇動，聲撼半天風雨寒。蒼蘚盡緣離石上，緑蘿高附入雲端。報言帝室掄材者，便作明堂一柱看。』曼卿上世家幽州，燕俗勁武，少以氣自豪，書體兼顔柳，前輩謂愈大愈奇。予三見真迹，禮部尤尚書家《西帥》詩，有『旂光秋曉起，甲色大河横』之句，歐陽氏《籌筆驛》詩，有『意中流水遠，愁外舊山青』之句，今又見此詩，『影摇千尺』、『聲撼半天』，尤爲膾炙，皆警策也。歐陽公稱文章勁健稱其意，吾以爲字畫猶有劍拔弩張之勢。吾鄉郡從事官舍中，先有《籌筆

驛》詩，石刻久矣，今趙君致遠，又欲刻此，是二妙也。四明樓鑰。《鐵網珊瑚》

集句，自國初有之，未盛也，至石曼卿，人物開敏，以文爲戲，然後大著。嘗見手書《下第偶成》一詩云：『一生不得文章力，欲上青雲未有因。聖主不勞千里召，姮娥何惜一枝春。鳳凰詔下雖霑命，豺虎叢中也立身。啼得血流無用處，著朱騎馬是何人？』又云：『年去年來來去忙，爲他人作嫁衣裳。仰天大笑出門去，獨對春風舞一場。』至元豐間，王文公益工于此，人言始自公，非也。《金玉詩話》

石延年長韻律詩，善敘事，其它無大好處。《籌筆驛》、《銅雀臺》、《留侯廟》詩，爲一集之冠。五言小詩，如：『海雲含雨重，江樹帶蟬疏。平蕪遠更緑，斜日寒無輝。』此殆其庶幾乎。《臨漢隱居詩話》

石曼卿自少以詩酒豪放自得，其氣貌偉然，詩格奇峭。又工于書，筆畫遒勁，體兼顔、柳，爲世所珍。予家嘗得南唐後主澄心堂紙，曼卿爲予以此紙書其《籌筆驛》詩，詩，曼卿平生所自愛者，至今藏之，號爲『三絶』，真予家寶也。曼卿卒後，其故人有見之者，恍惚如夢中。言『我今爲鬼仙也，』所主芙蓉城。欲呼故人往游，不得，忿然騎一素騾，去如飛。其後又云降于亳州一舉子家，又呼舉子去，不得，因留詩一篇與之。余亦略記其一聯云：『鶯聲不若春光老，花影長隨日脚流。』神仙事怪不可知，其詩頗類曼卿平生語，舉子不能道也。《歐

公詩話》

曼卿以天聖四年，來令金鄉，故詩爲此邑人作者多。如題張氏園亭詩云：『樂意相關禽對語，生香不斷樹交花』，尤爲佳句。其地在邑東郭，近秦城古寺，蓋太宗時御史張公案之別業，園諸子之所營也。《雞肋集》

《金鄉張氏園亭》詩云：『亭館連城敵謝家，四時園色門明霞。窗迎西渭封侯竹，地接東鄰隱士瓜。樂意相關禽對語，生香不斷樹交花。縱游會約無留事，醉待參横落月斜。』《宋文鑒》

仁宗朝，内臣孫可久，賦性恬淡，年踰五十，即乞致仕，都下有居第，堂北有小園，城南有別墅，每良辰美景，以小車載酒，優游自適。曼卿嘗過其居，題詩云：『南北霑河潤，幽深在禁城。疊山資遠意，讓俸買閒名。閉户斷蛛網，折花移鳥聲。誰人識高趣？朝隱石渠生。』《青箱雜記》

石曼卿詩《贈孫可久》云：『閉户斷蛛網，折花移鳥聲。』或云『閉』字不若作『開』，予以爲不然。户開而有蛛網，閉則斷之，見其無人往來也。若云『開户斷蛛網』，則是閉門時有蛛網，而開則斷之，又何足以盡幽閒之趣。《敬齋古今注》

『緜州有籌筆驛，石曼卿嘗游焉，作詩以紀其迹。詩見下。寶元二年，大書以遺朱君復

之。後二年，朱爲四明節度推官，刻石于廳事。又十有九年，胡宗愈全夫至，作亭于後圃以貯之。中更兵火，亭壞碑仆。又八十有三年，予交代，劉偉子才至，得斷碑于榛莽中，乃建南堂，函置壁間，且因以名其堂。然驛在西蜀，而碑見于此，觀者多疑之，故敘其始末，庶幾來者有攷云。鄱陽王剛中時亭題。』『昔范文正公評石學士云：「曼卿之詩，氣雄而奇，大愛杜甫，酷能似之。曼卿之筆，顔筋柳骨，散落人間，寶爲神物。」今觀此詩此字，則所謂「寶爲神物」，非虚語也。予至鄞之明年，乃得此書，及李陽冰篆額數字，皆斷碑糞壤中，取而滌之，缺裂之餘，遒勁如新，視其生意凛然，使工摹之，以貽好事。其必不以予爲愛奇之過者。天下之目，舉相似也。詩缺十五字，得《曼卿集》補之：「臣」字下「與逆子摇岳」，「坰」下「虎奔咸逐」，「廼」下「不經惟」，「關」下「徐駭」，「蠻」下「土」。長樂林栗識。』《竹莊詩話》

《史記正義》：『首陽山有五。』顔師古注《漢書》云：『伯夷歌登彼西山，當以隴西爲是。』石曼卿詩曰：『耻生湯武干戈日，寧死唐虞揖讓區。』謂首陽在河東蒲坂，乃舜都也。予嘗攷之：曾子書以爲死于濟澮之間，其仁成名于天下；又云二子居河濟之間。則曼卿謂首陽在蒲，爲得其實。原注：澮，水名，左氏所謂『汾澮』。《困學紀聞》

曼卿《籌筆驛》詩云：『漢室虧皇象，乾坤未即寧。姦臣與逆子，摇嶽復翻溟。權表分

江域，曹袁鬭夏坰。虎奔咸逐逐，龍卧獨冥冥。從衆非無術，欺孤迺不經。惟思恢正道，直起復炎靈。管樂韜方略，關徐駭觀聽。一言俄遇主，三顧已忘形。南既清蠻土，東期赤魏庭。出師功自著，治國志誰銘？歷劍兵如水，臨秦策若瓴。舉聲將潰虜，横勢欲逾涇。仲達耻巾幗，辛毗嚴壁扃。可煩親細務，遽見墮長星。戰地悲陵谷，來賢賞德刑。意中流水遠，愁外遠山青。想像音徽在，侵尋毛骨醒。遲留慕英氣，沉歎撫青萍。』右驛在蜀中綿州，石曼卿爲諸葛武侯賦也。寶元二年，大書以遺朱復之。後二年，朱爲四明節度推官，遂刻石于廳事。《蘆浦筆記》

石曼卿詩，惟《籌筆驛》詞翰俱妙，人所傳誦，他作苦不甚見。晚得其《集》，石徂徠作《序》，稱其與穆參軍以古文自任，而曼卿尤豪于詩。石《自序》：『性懶，有作不能録。早時解記數百篇，過壯記益衰，近幾盡廢。有收百篇來者，覽之或尚能識，或如非己言，久乃能辨，遂併近詩存三百篇，藏之于家。』歐公尤重其人，范公有『鑿幽索秘，破堅發奇，高淩虹霓，清出金石』之評。《集》中《華山》、《泰山》、《嵩山》五言長篇各一首，筆力在薛能之上，其餘警句尚多。五言云：『行人晚更急，歸鳥夕無行。』『天寒河影淡，山凍瀑聲微。』『水盡天不盡，人在天盡頭。』五絶云：『草白有時榮，髮白不再好。人生不如春，髮白不如草。』『弋下失冥鴻，網細遺巨鯤。』『風勁香逾遠，天寒色更鮮。秋天買不斷，無意學金錢。』

七言云：『洛渚微波常映步，漢宫香水不濡肌。』『獨步世無吴苑艷，渾身天與漢宫香。』『耻生湯武干戈域，寧死唐虞揖遜區。』『汾河不斷天南流，天色無情淡如水。』『南朝文物盡清賢，不事風流即放言。三百年間卻堪笑，絶無人可定中原。』『中散向人疏懶甚，步兵因酒過差多。』皆清拔有氣骨。《後村詩話》

石曼卿詩如飢鷹乍歸，迅逸不可言。《詩林廣記》

張浮休評曼卿詩：『如飢雁夜歸，巖冰秋拆。俊爽有餘，不可尋繹。』《文獻通考》

唐李義山《霜月》絶句：『青女素娥俱耐冷，月中霜裏鬥嬋娟。』本朝石曼卿云：『素娥青女元無匹，霜月亭亭各自愁』，意相反而句皆工。《二老堂詩話》

石曼卿詩云：『水活冰無日，枝柔樹有春。』語活而巧。《藏海詩話》

東坡云：詩人有寫物之功，『桑之未落，其葉沃若』，他木不可以當此。林逋梅花詩：『踈影横斜水清淺，暗香浮動月黄昏。』決非桃李詩；皮日休《白蓮》詩：『無情有恨何人見？月冷風清欲墮時。』決非紅蓮詩，此乃寫物之功。若石曼卿《紅梅》詩：『認桃無緑葉，辨杏有青枝。』此至陋語，蓋村學中體也。《苕溪漁隱叢話》

苕溪漁隱曰：裴璘詠白牡丹詩云：『長安豪貴惜春殘，争賞先開紫牡丹。别有玉杯承露冷，無人起就月中看。』時稱絶唱。以予觀之，語句凡近，不若胡武平《詠白牡丹》詩云：

『璧堂月冷難成寐，翠幄風多不奈寒。』其語意清勝，過裴璘遠矣。如皮日休《詠白蓮》詩云：『無情有恨何人見，月冷風清欲墮時。』若移作《白牡丹》詩，有何不可？彌更親切耳！曼卿《詠小桃》二絶句云：『生色深紅綬帶長，宮簾寒在井欄香。母家昇上瑶池品，先得春風一面粧。』『本分桃花寒食前，小桃長是上春天。二喬、二趙俱傾國，女弟嬌强意自先。』其模寫命意，豈不佳哉？《苕溪漁隱叢話》

王直方《詩話》云：曼卿以書名世，然大字愈妙。嘗讀龜山寺三佛名榜，最爲雄偉。張文潛有詩云：『煌煌三佛榜，鐵貫金石鈕。開張宫室正，渾實山岳厚。井水駭龍跧，蟻封觀驥騄。』真能道盡其妙處。《苕溪漁隱叢話》

《桐江詩話》云：曼卿一日春初，見階砌初生之草，其屈如鉤，而顔色未變，因得一句云：『草屈金鉤緑未回』，遂作《早春》詩一篇，旬日方足成，曰：『簷垂冰筋晴先滴，草屈金鉤緑未回。』其不逮先得之句遠甚。始知詩人一篇之中，率是先得一聯或一句，其最警拔者是也。《苕溪漁隱叢話》

《西清詩話》云：曼卿官册府時，五鼓趨朝，見二舉子繫邏舍，望曼卿號呼請救，因駐馬召卒長問之。曰：『昨夕里閈間有納婦者，二子穴隙以窺，夜分乃被執。』曼卿力爲揮解，卒長勉從之，二子叩頭拜于馬前。曼卿按轡口占絶句詩調之，云：『司空憐汝汝須知，月下敲

門更有誰？叵耐一雙窮相眼，得便宜似失便宜。』《苕溪漁隱叢話》

予行蜀道，過籌筆驛，如石曼卿詩云：『意中流水遠，愁外舊山青。』膾炙天下久矣。然有山水處便可用，不必籌筆驛也。殷潛之與小杜詩甚健麗，亦無高意，惟義山詩云：『魚鳥猶疑畏簡書，風雲長爲護儲胥。』『簡書』，蓋軍中法令約束，言號令嚴明，雖千百年之後，魚鳥猶畏之也；『儲胥』，蓋軍中藩籬，言忠誼貫神明，風雲猶爲護其壁壘也。誦此兩句，使人凛然復見孔明風烈。至于『管樂有才真不忝，關張無命欲何如。』屬對親切，又自有議論，他人亦不及也。《苕溪漁隱叢話》

石曼卿隱于酒，謫仙之流也，然善戲，嘗出報慈寺，馭者失控，馬驚，曼卿墮馬，從吏驚，遽扶掖陞鞍，市人聚觀，意其必大詬怒，曼卿徐着幘帽，謂馭者曰：『賴我石學士也！若瓦學士，則固不破碎乎？』《冷齋夜話》

《曹太尉西帥》云：『仁者雖無敵，王師尚有征。獨乘金厩馬，都領鐵林兵。肅氣關河暮，屯煙部落晴。旍光秋曉合，甲色夜江横。士喜擊中鼓，虜疑聞後鉦。無私乃時雨，不殺是天聲。濯濯前誰拒，堂堂彼自傾。寒踰博望塞，春宴隗囂城。外使戎心伏，旁資帝道平。公還如畫像，爲贊學班生。』《宋文鑒》

石曼卿詩極有好處，如『仁者雖無敵，王師固有征。無私乃時雨，不殺是天聲』長篇，

某舊于某人處見曼卿親書此詩，大字，氣象方嚴遒勁，極可寶愛。真所謂『顏筋柳骨』。今人喜蘇子美字，以曼卿字比之，子美遠不及矣。某嘗勸其人刻之，不知今安在？曼卿詩極雄豪，而縝密方嚴極好，如《籌筆驛》詩，『意中流水遠，愁外舊山青。』又『樂意相關禽對語，生香不斷樹交花』之句，極佳，可惜不見其全集，多于小説、詩話中，略見一二闋。曼卿胸次極高，非諸公所及。其爲人豪放，而詩詞乃方嚴縝密，此便是他好處，可惜不曾得用。《朱子語類》

或有稱《詠松》句云：『影摇十尺龍蛇動，聲撼半天風雨寒』者，一僧在坐曰：『未若「雲影亂鋪地，濤聲寒在空」。』或以語聖俞，聖俞曰：『言簡而意不遺，當以僧語爲優。』《直方詩話》

石曼卿居蔡河下曲，鄰有一豪家，日聞歌鐘之聲。其家僮僕數十人，常往來曼卿之門。曼卿呼一僕，問豪爲何人？對曰：『姓李氏，主人方二十歲，並無昆弟，家妾曳羅綺者數十人。』曼卿求欲見之，其人曰：『郎君素未嘗接士大夫，他人必不可見。然喜飲酒，屢言聞學士能飲酒，意亦似欲相見，待試問之。』一日，果使人延曼卿。曼卿即著帽往見之，坐于堂上，久之方出。主人著頭巾，繫勒帛，都不具衣冠，見曼卿全不知拱揖之禮。引曼卿入一别館，供張赫然，坐良久，有二鬟妾，各持一小槃，至曼卿前。槃中紅牙牌十餘，其一槃是酒，

凡十餘品，令曼卿擇一牌。其一槃肴饌名，令擇五品。既而二鬟去，有群妓十餘人，各執肴果樂器，粧服人品，皆體麗粲然，一妓酌酒以進。酒罷樂作，群妓執果肴者，萃立其前，食罷則分列其左右，京師人謂之軟槃。酒五行，群妓皆退，主人者亦翩然而入，略不揖客，曼卿獨步而出。曼卿言：『豪者之狀，懵然愚騃，殆不分菽麥，而奉養如此，極可怪也！』他日，試使人通鄭重，則閉門不納，亦無應門者。問其近鄰，云：『其人未嘗與人往還，雖鄰家亦不識面。』古人謂之『錢癡』，信有之。《夢溪筆談》

曼卿《紅梅》云：『認桃無緑葉，辨杏有青枝。』坡謂有村學中體，嘗嘲之曰：『詩老不知梅格在，强拈緑葉與青枝。』至于『未應嬌意急，發赤怒春遲。』成均瞽宗，無以加也。《碧溪詩話》

韓退之《雪》詩云：『今朝踏作瓊瑤迹』，又《雪》詩云『疑是屑瓊瑰』，皆比雪爲瓊者，以其白也。許慎《説文》則云：『瓊，赤玉也。』石曼卿《紅梅花》詩云『繁萼香瓊亂，殘英絳雪遺』謂此耳。若以予觀之，瓊未必是赤玉，恐叔重言之誤也。《甕牖閑評》

崔存，字存中，博州博手人。因游王屋，見二人坐于水濱，存曰：『願聞二仙名號。』東坐曰：『豈不知世有石曼卿乎？』西坐者，即蘇舜欽子美也。存曰：『世傳學士爲鬼仙矣。』曼卿曰：『甚哉！二字之妄也。夫純陽即仙，純陰即鬼。昇于天者爲仙，沉于幽者爲

鬼，處于中者爲人。既爲仙，又爲鬼乎？』存曰：『願得一語，以救塵骸。』曼卿作詩曰：『牛毛麟角成真少，莫道將來是壯夫。龜鶴性靈終好道，神仙言語不關書。不將青目觀浮世，都把仙春駐玉壺。寄語世人莫妄語，高真幽鬼迴殊途。』子美作詩曰：『宿植靈根何太早，洞悟真風正年少。常令丹海飛日烏，又使玉液朝元腦。崑臺氣候四時者，紫夜光陰夜如曉。來時不用五雲車，跨着清風下蓬島。』須臾，翠鳥飛下，銜書置于二子前。子美曰：『瀛洲有召。』遂飛踰山頂而去。《詩話總龜》

狄遵度

狄遵度，字元規，樞密直學士棐之子，敏慧夙成，當楊文公崑體盛行，乃獨爲古文章，慕杜子美、韓退之之句法。一夕，夢子美自誦其逸詩數十章，既覺，猶記其兩句云：『夜卧北斗寒掛枕，木落霜拱雁連天。』因書其後曰：『子美存耶？果亡耶？其肯爲予來嘿誦人未知之者，俾予知耶？觀其詞，蓋非他人所能爲，真子美無疑矣！』遵度因足成其詩，號《佳城篇》。不幸年二十，爲襄陽簿而卒。詩云：『佳城鬱鬱頹寒煙，孤雛乳兔號荒阡。夜卧北斗寒掛枕，木落霜拱雁連天。浮雲西去伴落日，行客東盡隨長川。乾坤未死吾尚在，肯與蟪蛄論大年。』《侯鯖録》

狄遵度幼而總慧，弱冠爲文詞，氣豪邁，有韓、柳之風。其爲歌詩，每以子美爲法，既而友人有經湘中者，乃爲文使之耒陽，弔子美之墳。數日，忽夢子美與之反覆諷誦其平生所爲詩十餘篇，皆世所未聞者。及覺，彷彿可紀纔十餘字，遂自綴成章，云：『佳城鬱鬱頽寒煙，孤城乳獸號荒阡。夜卧北斗寒挂枕，木落霜拱雁連天。浮雲西去伴落日，行客東逝隨長川。乾坤未毁吾尚在，肯與蟪蛄論大年。』歲餘，遵度卒，時十六矣。予從遵度族人聞此事，爲最詳，因附于此。東坡亦嘗記此事，但差略耳。《遯齋閒覽》

狄遵度夢中句，有丘墓間意，不數月卒。《夢溪筆談》

魏野

章聖幸汾陰回，望林嶺間亭檻幽絶，意非民俗所居，時魏野方教鶴舞，俄報有中使至，抱琴踰垣而走。後寇萊公鎮洛，凡三邀，不至。萊公暇日寫刺訪之，野葛巾、布袍，長揖萊公，禮甚平簡。頃之，議論騷雅，相得甚歡。將别，謂萊公曰：『盛刺不復還，留爲山家之寶。』萊公再秉鈞軸，野常游門下，顧遇之禮，優異等倫，一日，獻詩曰：『好去上天辭富貴，卻來平地作神仙。』萊公得詩不悦，自是，禮日益薄，即辭去。後二年，貶通州，每題前詩於窗，朝夕吟哦之。《詩話總龜》。亦見《青箱雜記》

王文正公旦，在中書僅二十年，魏野贈詩曰：『聖朝宰相年年出，公在中書十四秋。西祀東封今已畢，可能來伴赤松游？』公袖詩以進，累表求退，不許。《青箱雜録》

別本云：『昔時宰相年年出，公在中書十一秋。西祀東封俱已了，如今好逐赤松游。』《詩話總龜》

魏野，陝人，字仲先，少時未知名，題河上寺柱云：『數聲離岸櫓，幾點別州山。』時有幕僚，本江南人士，見之大驚，邀與相見，贈詩曰：『怪得名稱野，元來性不群。』仍爲延譽，由是人始重之。真宗西祀，遣中使召之，野閉户踰垣而遁。《詩話總龜》

魏仲先《獻冠萊公生日》詩曰：『何時生上相，明日是中元。』以萊公七月十四日生故也。又《贈萊公》詩曰：『有官居鼎鼐，無宅起樓臺。』播傳漠北，故真宗末年，北使詣闕，詢于譯者曰：『那個是無地起樓臺相公？』時萊公方居散地，即召還授北門宫鑰。《青箱雜記》

魏仲先，寇萊公，游陝郊僧寺，多留題。後又到，見萊公詩已用碧紗籠，而仲先詩獨塵昏在壁。時有從行官妓，頗慧，以紅衣袖拂之，仲先徐曰：『若得時將紅袖拂，也應勝着碧紗籠。』萊公大笑。《青箱雜記》

雷有終自平蜀後，人爲立祠，又嘗以私財犒士，貧不能足，貸錢以給，比捐館舍時，尚欠三萬緡，章聖特出内帑錢償之。故魏仲先《悼有終》詩曰：『聖代賢臣喪，何人不慘顔！新祠

民祭祀，舊債帝填還。鹵簿塵侵暗，銘旌淚灑斑。功名誰可繼？勒葬向家山。』《青箱雜記》

祥符中，契丹使至，因言：『本國喜誦魏野詩，但得上帙，願求全部。』真宗始知其名，將召之，死已數年。搜其詩，果得《草堂集》十卷，詔賜之。魏野，字仲先，其詩固無飄逸俊邁氣，但平樸而常不事虚語，如《贈寇萊公》云：『有官居鼎鼐，無地起樓臺。』及《謝寇萊公見》訪云：『驚回一覺游仙夢，村巷傳呼宰相來。』中的易曉，故虜俗愛之。《玉壺清話》

祥符中，有劉偁者，久困銓調，爲陝州司法參軍，廉甚至貧，及罷官，無以爲歸計，賣所乘馬辨裝，跨驢以歸，魏野以詩贈行曰：『誰是甘棠劉法掾，來時騎馬去乘驢。』未幾，真宗祀汾陰，過陝，徵野赴行在，野避不奉詔。上遣中使就野家，索其所著，首得贈偁詩。上歎賞久之，語宰臣曰：『小官有廉貧如此者。』使召之。偁方爲江南幕吏，至以爲京官，知青州博陵縣。後每有差除，上曰：『得如劉偁者可矣。』未數年遷主客郎中三司户部判官。真宗之獎拔廉吏如此，然由野一詩發之也。《澠水燕談録》

祥符二年，真宗東封岱山，六月，放梁固已下進士三十一人及第。四年，祀后土于汾陰，十一月，放張師德以下三十一人及第。固，雍熙二年狀元顥之子。師德，建隆二年狀元去華之子。兩家父子狀元，當時士大夫榮之。甘棠魏處士野聞而以詩賀之曰：『封禪汾陰連歲榜，狀元俱是狀元兒。』《澠水燕談録》

長兄伯聲云：昔至澠邑，獲一古琴，中題云：『合雅大樂，成文正音。徽絃一泛，山水俱深。雷威斵，歐陽詢書。』陝郊處士魏野家藏，後歸澠人温氏，予得之，喜而不寐。野嘗有詩云：『棋退難饒客，琴生卻問兒。』聲又過忘味云。《西溪叢語》

章聖遣使詔魏野，仲先聞使至，留詩一聯于壁而遽去。云：『洗硯魚吞墨，烹茶鶴避煙。』使還，以壁間詩對。章聖曰：『野不求仕矣！』遂不召。《古今詩話》

魏野《五言》云：『常憐士子爵，不及嚴光足。』真處士語也。《野村詩話》

魏野詩除前輩拈出數聯之外，如『棋退難饒客，琴生卻問兒』，『松風輕賜扇，石井勝頒冰』，『雁急長天外，帆遲落照中。』又《詠菊》云：『五色中偏貴，千花後獨尊。』皆逼姚、賈，而少有誦之者。《後村詩話》

种放別業，在終南山，後生從之學者甚衆。性頗嗜酒，躬耕種秫以自釀。所居有林泉之勝，殊爲幽絶。真宗聞之，遣中使携畫工圖之，開龍圖閣，召輔臣觀焉。上欲賞之，其後復聞魏野居有幽致，帝亦遣人圖之。故野有詩云：『幽居帝畫看』。《澠水燕談録》

處士魏野字仲先，陝州人，居於東郊，架草堂，有水竹之勝，好彈琴，作詩清苦，多聞於時，前後郡中，皆所禮遇。上祀汾陰，召之，辭疾不至。野以詩贄公曰：『從前輔相皆頻出，獨在中書十五秋。泰岳汾陰俱禮畢，這回好伴赤松游。』公覽之，喜形於色，以酒、茗、藥物

爲答。素編先公遺劄，有公自寫此詩數本。《王文正公遺事》

旦得詩感悟，以疾屢辭政柄，遂拜太尉玉清昭應宮使。又曰：魏野謂寇準曰：『自古功名蓋世，少有全者』，因與詩曰：『好去上天辭將相，歸來平地作神仙。』及貶，始悔不用野之言云。《仁宗政要》

《迂叟詩話》云：『王太尉旦，從車駕過陜，魏野貽詩，曰：「昔時宰相年年替，君在中書十一秋。西祀東封俱已了，如今好伴赤松游。」王袖其詩以呈上，累表請退，上不許。』苕溪漁隱曰：余按三朝正史云，旦登柄用十八年，爲相僅一紀，素羸多疾，又以名位太重，憂畏不自安，連歲拜章求解。上素重其德望，聞其引退，甚不樂，優詔褒答，繼以面諭。旦一日獨對滋福殿，令左右扶掖而陞，復求遜位。上覩其瘦瘁，閔然許之。則《迂叟詩話》以爲『上不許』，蓋誤矣。其《蔡寬夫詩話》云，『遂得謝』，此言良是。《苕溪漁隱叢話》

蜀人魏野，隱居不仕宦，以詩著名，卜居陜州東門之外。有《陜州平陸縣》詩云：『寒食花藏縣，重陽菊遶灣。數聲離岸櫓，幾點別州山。』最爲警句。所居頗瀟洒，當世顯人，多與之游，寇忠愍尤愛之。嘗有贈忠愍詩云：『好向上天辭富貴，卻來平地作神仙。』後忠愍鎮北都，召野置門下。北都有妓女，美色而舉止生硬，士人謂之『生張八』，因府會，忠愍令乞詩于野。野贈之曰：『君爲北道生張八，我是西州熟魏三。莫怪尊前無笑語，半生半

熟未相諳。』吴正憲《憶陝郊》詩曰：『南郭迎天子，東郊訪隱人。』隱人，謂野也。野死，子閒，亦有清名，今尚居陝中。《夢溪筆談》

魏仲先《晨興》詩云：『夜長已待得晨興，躭枕童猶喚不譍。燒葉爐中無宿火，讀書窗下有殘燈。臨階短髮梳和月，傍岸衰容洗帶冰。料得巢禽翻怪訝，尋常日午起慵能。』此詩本是『燒葉爐中無宿火』，或有嫌『燒葉』之語，爲貧寒太甚，改『葉』字爲『藥』字，不惟壞此一句，併下句減氣味矣！《六一詩話》

處士魏野，貌寢性敏，志節高尚。鳳閣舍人孫僅，與野敦縞素之舊，尹京兆日，寄野詩，説府中之事，野和之，其末有『見説添蘇亞蘇小，隨軒應是珮珊珊』之句。『添蘇』，長安名姬也，孫頗愛之。一日，孫召添蘇謂曰：『處士詩中，以爾方蘇小，如何？』添蘇曰：『魏處士詩名，藹于天下，著鄙薄在其間，是蘇小之不如矣，又何方之乎！』孫大喜，以野所和詩贈之，添蘇喜，如獲寶，一夕之内，長安爲之傳誦。添蘇以未見野，深懷企慕，求善筆札者，大署其詩于堂壁，衒鬻于人。未幾，野因事抵長安，孫忻聞其來，邀置府宅，他人未之知也。有好事者，密召過添蘇家，不言姓氏。添蘇見野風貌魯質，因不前席。野忽舉頭見壁所題，添蘇曰：『魏處士見譽之作。』野殊不答，乃索筆于其側，别紀一絶。添蘇始知是野，大加禮遇。詩曰：『誰人把我狂詩句，寫向添蘇繡户中。閒暇若將紅袖拂，還應勝得碧紗籠。』《續

湘山野録》

魏仲先《清明》詩云：『無花無酒過清明，興味都來似野僧。昨日鄰翁乞新火，曉窗分與讀書燈。』《合璧事類前集》

魏仲先《尋隱者不遇》詩云：『尋真誤入蓬萊島，香風不動松花老。採芝何處未歸來，白雲滿地無人掃。』《古今詩話》

《書友人屋壁》云：『達人輕禄位，居處傍林泉。洗硯魚吞墨，烹茶鶴避煙。閒惟歌聖代，老不恨流年。静想閒來者，還應我最偏。』方回云：仲先名野，真宗祀汾陰，遣使召之，題此詩壁間，遁去。使還，以詩奏，上曰『野不來矣。』此洗硯烹茶一聯最佳。又有詩云：『易諳馴鹿性，難辨鬥雞情。妻喜栽花活，童誇鬥草贏。』能盡閒適之味。种放出而名少摧，如後來常秩敗闕，處士之能終者鮮矣。當時惟仲先、林君復、楊契元，終始全節，故其詩尤可敬云。《瀛奎律髓》

又有《啄木鳥》詩云：『千林蠹如盡，一腹餒何妨。』又《竹林玟》詩云：『吉凶終在我，反覆漫勞君。』有詩人規戒之風，卒贈著作郎，仍詔子孫租税外，其餘科役，皆無所預。仲先詩有：『妻喜栽花活，童誇鬥草贏』，真得野人之趣，以其皆非急務也。仲先詩有：『燒葉爐中無宿火，讀書窗下有殘燈。』仲先既沒，集其詩者，嫌『燒葉』貧寒太甚，故改『葉』爲

『藥』，不惟壞此一字，乃併一句亦無氣味，所謂『求益友損』也。仲先贈先公詩，有：『文雖如貌古，道不似家貧。』先公監安豐酒税赴官，嘗有《行色》詩云：『冷于陂水淡于秋，遠陌初窮見渡頭。猶賴丹青無處畫，畫成應遺一生愁。』豈非狀難寫之景也。《續詩話》

魏野仲先，在章聖朝，隱居陝府東郊，召之不至，王文正公旦，寇忠愍公準，皆與之相好。其詩句傳于人多矣。其《詠啄木鳥》詩云：『千林蠹如盡，一腹餒何妨』，司馬温公頗稱之。然又有一聯云：『莫因饑不足，翻愛蠹偏多』，其言有規戒矣。至斷句云：『勤勤詠還屬，無損好枝柯』，蓋仁人之言也。世之貪進，因媒蘖他人以售己，而傷及善類者，聞之亦少媿矣！仲先又有《竹杯珓》詩云：『吉凶終在我，翻覆漫勞君』，尤有所箴也。又《秋夕懷人》詩云：『空看新雁字，不得故人書。』亦爲佳句。《庚溪詩話》

魏仲先詩十卷，名《鉅鹿東觀集》，予嘗閲之，今記其數聯。《閒居書事》云：『成家書滿屋，添口鶴生孫。』《和王衢見寄》云：『身猶爲外物，詩亦是虚名。』《詠懷》云：『拜少腰寧負，眠多眼不辜。』《春日》云：『妻喜栽花活，童誇鬭草贏。』《杜居述懷》云：『鶴病生閒惱，僧來廢静眠。』又有《詠盆池萍》云：『莫嫌生處波瀾小，免得漂然逐衆流。』真隱者之言也。《南濠詩話》

魏野詩『數聲離岸櫓』一篇最佳，王彦輔記其一絶，亦有風致可喜：『城裏争看城外

花，獨來城裏訪僧家。辛勤旋覓新鑽火，爲我親烹嶽麓茶。』《香祖筆記》

野世爲農，母嘗夢引袂于月中，承兔得之，因有娠，遂生野。及長，嗜吟詠，不求聞達，居州之東郊，手植竹樹，清泉環繞，鑿土袤丈，曰『樂天洞』，前爲草堂，彈琴其中。好事者多載酒肴從之游，嘯詠終日，野不喜巾幘，無貴賤，皆紗帽白衣以見。出則跨白驢，過客居士往來，留題會話，累宿而去。野爲詩精苦，有唐人風格，多警策句，所有《草堂集》十卷。大中祥符初，契丹使至，嘗言：本國得其上帙，願求全部，詔與之。《宋史·隱逸傳》

全宋詩話目録卷十一

林逋　字君復，錢塘人，隱西湖孤山。真宗詔長吏歲時勞問，卒賜謚『和靖先生』。有集。

韓退　字知止，絳州人。

黄亢　字清臣，浦城人。有《東溪集》。

令狐揆　字子先，安陸人。

高言　字明道，汴人。

段全與　丁謂同時，人稱『段推官』。

廖齊

宋庠　字公序，初名郊，字伯庠，安州安陸人，徙開封雍丘，天聖二年進士第一。入翰林，爲學士，歷檢校太尉平章事、樞密使，封莒國公，以司空致仕，卒贈太尉兼侍中，謚元憲。有集。

宋祁　天聖二年進士，奏名第一，章獻太后以爲弟不可先兄，擢庠第一，祁改第十，時號『大小宋』。歷仕知制誥、工部尚書、翰林學士承旨，卒謚景文。有集。

包拯　字希仁，廬州合肥人，天聖五年進士。歷官龍圖閣直學士、御史中丞、知開封府、權三司使、樞密副使，遷禮部侍郎，辭不受，卒謚孝肅。

全宋詩話卷十一

林逋

孫炎作反切語，本出于俚俗常言，尚數百種，故謂『就』爲『鯽溜』，凡人不慧者，即曰『不即溜』；謂『團』曰『突欒』；謂『精』曰『鯽令』；謂『孔』曰『窟窿』，不可勝舉。而唐盧仝詩云『不鯽溜鈍漢』，國朝林逋詩云『團欒空繞百千回』，是不曉俚人反語。逋雖變『突』爲『團』，亦其繆也。宋祁《筆記》

林逋處士有句云：『茂陵他日求遺稿，猶喜曾無封禪書。』當時見者，頗高其節，予竊謂逋自矜之詞，此何足道！　蓋不務奔競者皆能之。《談選》

處士林逋，居杭州西湖之孤山，真宗聞其名，賜號『和靖處士』，詔長吏歲時勞問。逋工書畫，善爲詩，如：『草泥行郭索，雲木叫鉤輈』，頗爲士大夫所稱。又《梅花》詩云：『疏影横斜水清淺，暗香浮動月黄昏。』評詩者謂前世詠梅者多矣，未有此句也。及其臨終，爲

句云：『茂陵他日求遺稿，猶喜初無封禪書。』尤爲人稱誦。自逋之卒，湖山寂寥，未有繼者。《歸田録》

杜子美流離兵革中，其《吟内子》云：『香霧雲鬟溼，清輝玉臂寒。何時倚虚幌，雙照淚痕乾。』歐文忠、范文正，矯矯風節，而歐公詞云：『寸寸柔腸，盈盈粉淚，樓高莫近危欄倚。』又：『薄倖辜人終不憤，何時枕上分明問？』文正詞云：『都來此事，眉間心上，無計相迴避。』又：『明月樓高休獨倚，酒入愁腸，化作相思淚。』讀林和靖《梅》詩及『春水浮于僧眼碧，晚山濃似佛頭青』之句，可想見其清雅，而《長相思》詞云：『君淚盈，妾淚盈，羅帶同心結未成。江頭潮已平。』情之所鍾，雖賢者不能免，豈少年所作耶！《吹劍録》

和靖詩，屬對精切，如《贈煅藥秀才》詩云：『鶡鵬懶擊三千水，龍虎閒分六一泥。』許彦周《詩話》

和靖《書孤山隱居壁》：『山水未深猿鳥少，此生猶擬別移居。直過天竺溪流上，獨木爲橋小結廬。』和靖居西湖之孤山，結廬其上，足未嘗履城市，此詩有卜居之意，猶以爲入山未深，入林未密也。《名賢詩話》

林君復以湖山傲人，然亦不免愛名之習。當時有作西湖墨本者，于孤山左側林蘿秘邃間，狀出衡茅景象，題云：『林山人隱居』，以示君復。君復喜甚，爲作一詩以承之，云：『泉

石年來偶結廬，冷挨松雪瞰西湖。高僧好事仍多藝，已共孤山入畫圖。』《六硯齋二筆》

『華陽』華字是去聲，『華山』之華也，林和靖詩云：『終約吾師指芳草，静吟閒步岸華陽。』疑『華』字不可作平聲。《甕牖閒評》

偏提，猶今之酒鼇，長可尺五而匾，容斗餘，上竅出入如小錢大，長可五分，用塞，設兩環，帶以革維，漆爲之。和靖翁《送李山人》詩歌有『身上祇衣粗直掇，馬前長帶古偏提』之句。《稗史彙編》

晉桓玄喜陳書畫，客有食寒具不濯手而執書籍者，偶涴之，後不設寒具，此必用油蜜者；《要術·并食經》：『并只曰環餅。』世疑饊子也，或巧夕蜜食也；杜甫《十月一日》乃有『粔籹作人情』之句，《廣記》則載寒食事，總三者皆可疑。及考朱氏注楚詞『粔籹蜜餌，有餦餭些』，謂『以米麪煎熬作寒具』是也。以是知楚詞一句，自是三品：『粔籹』，乃蜜麪之乾者也，十月開爐餅也；『蜜餌』，乃蜜麪少間者，七夕蜜食也；『餦餭』，乃寒食寒具，無可疑者。閩人會婣友煎餔，以糯粉和麪油煎，沃以糖，食之不濯手則能污物，且可留月餘，宜禁煙用也。吾翁和靖先生《山中寒食》詩云：『方塘坡緑杜蘅青，布穀提壺已足聽。定有初嘗寒食罷，據梧痛飲散幽襟。』吾翁讀天下書，攻愧先生具服其和琉璃堂應事者，信乎此爲寒食具矣。《山家清供》

孔天瑞《西資詩話》云：『疏影横斜水清淺，暗香浮動月黄昏。』不知和靖意偶到，爲復愛其句取以詠梅也。然唐人詩或林君復詩可否未必，而句中有『黄昏』二字，議詩者謂『日斜爲黄昏』，非也。此二字蓋亦兩字耳！若謂『日斜』，而詩不曰『日黄昏』，而曰『月黄昏』，蓋有源矣。予嘗宿于月湖外家，其家有堂植梅竹，因曰『雙清』。予至每宿于此，而花盛開，其香發于四鼓後，起視日已西下，而月色此當午時而黄更昏，正此時已五鼓矣！非獨此花言，應有香之花皆然。薝蔔，古有賦：『惱人惟是夜深，梔子香濃。』非云『夜淺』而云『夜深』，亦此意也。蓋謂晝午後陰氣用事，而花斂豔藏香，夜午後陽氣用事，而花敷蕊散香耳。以此知『黄昏』乃夜深也。《葦航記談》

《淮南子》曰：『九疑之南，山事少而水事多。』『水事』二字妙甚。郄昂《蚌鷸相持賦》曰：『水濱父老，以漁弋爲事。』此句全學《南史》所云沿潮居民，以鵝鴨爲業也。晁无咎《跋王右丞捕魚圖》，有曰：『晚道吴江，如此漁者，業廉而事佚』，用『事』字更好。皮日休詩《序》曰：『各補茶事十數條』，林和靖詩，亦曾用『茶事』二字，尤清絶。《緯略》

《和靖先生傳》，淮海桑世昌字澤卿作，附于此：先生林公逋，字君復，世爲錢塘人。祖克己，世仕錢氏，爲通儒院學士。逋少孤，刻志爲學，景德中，放游江淮，及歸，結廬西湖之孤山。真宗聞其名，屢賜粟帛，詔州縣常存遇之。善行草書，喜爲詩，其語孤峭澄淡，而未

嘗録其稿。或謂曰：『先生何不録所著詩以傳于後世？』逋曰：『吾終志山林，尚不欲取名于時，况後世乎！』逋不娶，無子，教兄子宥登進士第。居西湖，二十年來，未嘗入城市。李及薛映知州，每造其居，清談終日而去。臨終，有詩曰：『湖上青山對屋廬，墳前修竹亦蕭疏。茂陵他日求遺稿，猶喜曾無封禪書。』天聖六年十二月丁卯，仁宗賜謚曰『和靖先生』，仍賜其家米五十石，帛五十疋。初，逋客臨江，李諮始舉進士，而未有知者，逋嘗謂人曰：『此公輔之器。』逋卒而諮適知杭州，爲制緦麻服，與其門人哭而葬之，刻臨終詩，納其墳中。《林逋省心詮要》

林和靖書法秀勁，詩律精細。觀其自序《深居雜興》詩曰：『諸葛孔明、謝安石，蓄經濟之才，雖結廬南陽，携妓東山，未嘗不以平一宇内，躋致生民爲意。鄙夫則不然，胸腹空洞，翦然無所存置，但能行樵坐釣外，寄心于小律詩。時或鏖景物于衡門，則睨二君而反有德色。』其自負深矣。予于『暗香』、『疏影』外，極愛其：『夕寒山翠重，秋浄雁行高』。又：『鶴閒臨水久，蜂懶得花疏』，『晝岩松鼠静，春壍竹雞深』，『水風清晚釣，花日重春眠』，『早煙村意遠，春漲岸痕深』。七言則：『四壁苔衣釣具腥，已甘衡泌號沈冥。伶倫近日無侯白，奴僕當時有衛青』，『花月病懷看酒譜，雲蘿幽信寄茶經。茅君使者蕭閒甚，獨理叢毛向户庭。』『閒搭綸巾擁縹囊，此心隨分識興亡。黑頭爲相原無謂，白眼看人亦不妨』，

『雲噴石花生劍壁，雨敲松子落琴床。清猿幽鳥遥相叫，數崋湖山又夕陽。』俱有事外遠致。《紫桃軒雜綴》

山谷云：『歐陽文忠公極賞林和靖「疏影横斜水清淺，暗香浮動月黄昏」之句，而不知和靖别有《詠梅》一聯云：「雪後園林纔半樹，水邊籬落忽横枝。」似勝前句，不知文忠何緣棄此而賞彼？文章大概亦如女色，好惡止繫于人。』苕溪漁隱曰：王直方又愛和靖『池水倒窺疏影動，屋檐斜入一枝低。』以謂此句於前所稱，真可處伯仲之間。予觀此句略無佳處，直方何爲喜之？真所謂『一蟹不如一蟹』也。《苕溪漁隱叢話》

《詠蜨》詩，《和靖集》亦有之：『細眉雙聳敵秋毫，荏苒芳園日幾遭。清露宿花應自得，暖風和絮欲争高。情人殁久魂猶在，傲吏齊來夢亦勞。閒掩遺編苦堪恨，不并香草入離騷。』此詩精緻，不減唐人，獨恐非晚年作耳。《深雪偶談》

《宿洞霄宫》：『大滌山相向，華陽路暗通。風霜唐碣朽，草木漢祠空。劍石苔花碧，丹池水氣紅。幽人天柱側，茅屋洒松風。』又：『秋山石可畫，秋思亦無垠。碧澗流紅葉，青林點白雲。涼陰一鳥下，落日亂蟬分。此夜芭蕉雨，何人枕上聞？』右二詩不見先生《集》中，乃得真迹于先生七世孫可山林君洪處，使人驚喜，如獲至寶。嗚呼！先生高才清節，照映千古，且生長是邦，此詩又其用意之作，向微尋訪得之，乃幾至流落，甚可歎也。道士

王思明書。《洞霄詩集》

林君復《詠敝筆》詩序云：『頃得宛陵葛生所茹筆，每用之如麾百勝之師，横行于紙墨間，所向無不如意。惜其久且弊，作詩以録其功云』。『神鋒雖缺力終存，架琢珊瑚欠策勳。日暮閒窗何所似？灞陵憔悴故將軍。』殊有憫勞念舊之意。《苕溪漁隱叢話》

五言尤難工。林和靖一生苦吟，自摘出十三聯，今惟五聯見《集》中。如句云：『隱非秦甲子，病有晉春秋』；『水天雲黑白，霜野樹青紅』；『風回時帶笛，煙遠忽藏村』。如：『郭索』、『鉤輈』之類，皆不在焉。七言十七聯，《集》逸其三，向非有摘句圖旁證，則皆成逸詩矣。梅聖俞作《集序》，謂先生詩未嘗自負，就輒弃之，所存百無一二，蓋實録云。《後村詩話》

歐陽文忠愛林逋詩『草泥行郭索，雲木叫鉤輈』，以謂語新而屬對親切。『鉤輈』，鷓鴣聲也；『郭索』，蟹行貌。太玄曰：『蟹之郭索，用心躁也。』《古今詩話》

騷人韻事，多能手談，而林和靖乃曰：『平生所不能者，擔糞與著棋。』其鄙殘之如此。後見本《集》，内有云：『坐讀棋慵下，眠看酒恰中。』則是棋慵下者，因坐讀耳，非不能也。又《春暮寄懷曹南通》云：『跌宕情懷每事同，十年曹社醉春風。彈弓園圃陰森下，棋子虚空寂寞中。』是著棋一事，亦與人同。豈逋翁亦能擔糞者耶？《七修類稿》

林逋處士，錢塘人，家于西湖之上，有詩名。人稱其《梅花》詩云：『疏影横斜水清淺，暗香浮動月黄昏。』曲盡梅之體態。《續詩話》

林和靖贈人詩云：『馬從同事借，妻怕罷官貧』，頗能狀寒廉態，抑又有意？所謂『怕貧』者，婦人女子耳。大丈夫之不移，何隕穫之有！子美『長貧任婦愁』，亦以男子未嘗愁也；『讓粟不謀妻』，以明謀及婦人，則不得辭也。又云：『浮生有定分，餓飽豈可逃。歎息謂妻子，我何隨汝曹。』樂天云：『妻孥不悦生怪問，而我醉卧方陶然。』退之曰：『莫爲兒女態，戚嗟憂賤貧。』《珸溪詩話》

和靖與士大夫詩，未嘗不及遷擢；與舉子詩，未嘗不言登第。視此爲何等隨緣應接，不爲苟難亢絶如此。老杜云：『本無軒冕意，不是傲當時。』『鐘鼎山林各天性，濁醪麄飯任吾年。』道義重而不輕王公者也。阮孝緒，南平王致書要之，不赴，曰：『非志驕富貴，但性畏廟堂，使麏麚可驂，何異驥騄。』《珸溪詩話》

西湖『横斜』、『浮動』之句，屢爲前輩擊節，嘗恨未見其全篇。及得其《集》觀之，云：『衆芳摇落獨暄妍，占盡風情向小園。疏影横斜水清淺，暗香浮動月黄昏。霜禽欲下先偷眼，粉蝶如知合斷魂。幸有微吟可相狎，不須檀板共金尊。』其卓絶不可及，專在十四字耳。又有七言數篇，皆無如『池水倒窺疏影動，屋簷斜入一枝低。雪後園林纔半樹，水邊

籬落忽横枝』之句。《砦溪詩話》

和靖：『馬從同事借，妻怕罷官貧』，情狀已可喜，乃岑參《送顔少府府》云：『愛客多酒債，罷官無俸錢』、戎昱《題李明府壁》云：『料錢供客盡，家計訓到官貧』，雖欲不喜得也。《砦溪詩話》

林和靖詩，好爲的對，雖人名亦取其字虚實色類相偶，如：『伶倫近日無侯白，奴僕當時有衛青』之類，人多稱其工。然『侯白』本非『伶倫』，以秀才入官，隋文帝嘗令于秘書省修國史，但好爲滑稽，《啟顔録》亦稱其機辨敏捷，楊素與牛宏退朝，白謂素曰：『日之夕矣。』素大笑曰：『以我爲牛羊下來耶！』其詼諧皆此類。隋、唐《書》亦有侯白《笑林》十卷，世爲優者多附益之。故和靖以爲『伶倫』，誤也。《梅磵詩話》

林和靖《梅》詩：『疏影横斜水清淺，暗暗浮動月黄昏』，《葦航紀談》云：『黄昏』以對『清淡』，乃兩字，非一字也。『月黄昏』謂夜深香動，月爲之黄而昏，非謂人定時也。蓋晝午后陰氣用事，花房斂藏；夜半後陽氣用事，而花敷蕊散香。凡花皆然，不獨梅也。坡詩：『只恐夜深花睡去，高燒銀燭照紅粧。』宋人《梔子花》詞：『惱人惟是夜深時』，是此理。于嘗有詩：『曉屏睡夢暖香中，花氣薰人怯曉風』，亦意同，蓋物理然耳。《升庵詩話》

唐張謂詩：『櫻桃解結垂簷子，楊柳能低入户枝』，乃悟林和靖《梅》詩『屋簷斜入一枝

低』之句所本。《優古堂詩話》

舉人過失難于當，其尤者，臧孫之犯門斬關，惟孟椒能數之。臧紇謂國有人焉必椒也，其難如此。司馬相如竊妻滌器，開巴蜀以困苦鄉邦，其過已多，至爲《封禪書》，則諂諛蓋天性，不復自新矣。子美猶云：『竟無宣室召，徒有茂陵求』，李白亦云：『果得相如草，仍餘封禪文。』和靖獨不然，曰：『茂陵他日求遺稿，猶喜曾無封禪書。』言雖不迫，責之深矣！李商隱云：『相如解草長門賦，卻用文君取酒金』，亦舍其大論其細也。舉其大者，自西湖始，其後有譏其諂諛之態，死而未已。正如捕逐寇盜，先爲有力者所獲，嗌其吭而騎其項矣，餘人從旁助捶縛耳。《碧溪詩話》

《蔡寬夫詩話》云：林和靖《梅花》詩，『疏影横斜水清淺，暗香浮動月黄昏』，誠爲警絶，然其下聯乃云：『霜禽欲下先偷眼，粉蝶如知合斷魂』，則與上聯氣格全不相類，若出兩人，乃知詩全篇佳者誠難得。唐人多摘句爲圖，蓋以此。大抵和靖詩喜于對意，如：『伶倫近日無侯白，奴僕當時有衛青』、『破殿静披齏臼古，齋房閒試酪奴春』之類，雖假對亦不草草，故氣格不無少貶。然五言如：『夕寒山翠重，秋静鳥行疏』、長句如：『橋横水木已秋色，寺倚雲峰更晚晴』、『煙含晚樹人家遠，雨溼春蒲燕子低』等，何害爲工夫太過。《苕溪漁隱叢話》

《雪浪齋日記》云：爲詩當飽參，然後臭味乃同，雖爲大宗匠者亦然。『月觀横枝』之語，乃何遜之妙處也！自林和靖一參之後，參之者甚衆。《苕溪漁隱叢話》

《湖樓寫望》云：『湖水混空碧，憑欄凝睇勞。夕陽山翠重，秋淨鳥行高。遠意極千里，浮生輕一毫。叢林數未徧，杳靄隔漁舠。』方回曰：和靖先生林處士，錢唐西湖孤山隱居，《夕陽》一聯，佳句也。《梅花》詩，冠絶古今。《瀛奎律髓》

《小隱自題》云：『竹樹繞吾廬，清深趣有餘。鶴閒臨水久，蜂懶得花疏。酒病妨開卷，春陰入荷鋤。嘗憐古圖畫，多半寫樵漁。』方云：『有工有味，句句佳。』又云：『和靖詩，予評之在姚合上，兼無以詩自矜之意，而渾涵亦非合可望。』《瀛奎律髓》

和靖于僧徒交游良多，如《送機素》云：『錫潤飛晴靄，羅寒渡曉澌』，下一句新奇。《寄清曉》云：『樹叢歸夕鳥，湖影浸寒城』，尤妙不可言。宜其隱于湖山，而名聞天下，敬九重，垂百世也。胸次筆端，兩相扶竪如此。《瀛奎律髓》

和靖《梅花》七言律凡八首，前輩以爲孤山八梅，胡澹庵嘗兩和之，成十六首。『半黏殘雪不勝清』，亦佳句也。李雁湖注荆公《梅花》詩，謂：『蘂訝粉綃裁太碎，蔕疑紅蠟綴初乾』爲魏野詩，恐不然也。《瀛奎律髓》

《遯齊閒覽》云：林逋詩：『草泥行郭索，雲木叫鈎輈』，『鈎輈』、『格磔』，謂鷓鴣聲也。

《詩話筆談》皆美其善對，然鷓鴣未嘗栖木而鳴，惟低飛草中。孫莘老知福州，有《荔枝》十絶句云：『兒童窮食不知禁，格磔山禽滿院飛』，蓋譜言荔枝未經人摘，百禽不敢近；或已經摘，飛鳥蜂蟻，競來食之。或謂鷓鴣既不登木，又非庭院之禽，性又不嗜荔枝，夏月即非鷓鴣之時，語意雖工，亦詩之病也。《苕溪漁隱叢話》

《蔡寬夫詩話》云：吴中陂湖間，茭蒲所積，歲久根爲水所衝蕩，不復與土相着，遂浮水面，動輒數十丈，厚亦數尺，遂可施種植耕鑿，人據其上如木筏然，可撑以往來，所謂『葑田』是也。林和靖詩云：『陰沉畫軸林間寺，零落棋枰葑上田』，正得其實。嘗有北人宰蘇州，屬邑忽有投牒訴夜爲人竊去田數畝者，怒以爲侮己，即苛繫之。已而徐詢左右，乃葑田也，始釋之。然此亦惟浙西最多，浙東諸郡已少矣。《苕溪漁隱叢話》

《藝苑雌黄》云：和靖詩：『惟應數刻凄涼夢，時曲顔肱興未厭。』按《論語》云：『飯疏食飲水，曲肱而枕之，樂亦在其中矣。』孔子自謂也。至如顔子『簞食瓢飲，在陋巷，人不堪其憂，回也不改其樂。賢哉回也！』『不改其樂』，即無曲肱之説。又按《南史》：劉之遴嘗墮車折臂，周捨戲之曰：『雖復並坐可横，正恐陋巷無枕。』則此謬亦已久矣。張子野《過和靖隱居》詩，一聯云：『湖山隱後家空在，煙雨詞亡草自青。』注云：『先生嘗著《春草曲》，有「滿地和煙雨」之句，今亡其全篇。』予按楊元素《本事曲》，有《點絳唇》一闋，乃和

靖《草》詞，云：『金谷年年，亂生春色誰爲主？　餘花落處，滿地和煙雨。　又是離歌一闋長亭暮，王孫去，萋萋無數，南北東西路。』此詞甚工，子野乃不見其全篇，何也？《苕溪漁隱叢話》

《苕溪漁隱》曰：秦太虛和黄法曹《憶梅花》詩，但只平穩，亦無驚人語。子瞻繼之，以唱首第二韻是『倒』字，故有：『西湖處士骨應槁，只有此詩君壓倒』，亦是趁韻而已，非謂太虛此詩，真能壓倒林逋也。林逋：『疏影横斜水清淺，暗香浮動月黄昏』之句，古今詩人，尚不曾道得到，第恐未易壓倒耳。後人不細味太虛詩，遂謂誠然，過矣。《苕溪漁隱叢話》

和靖雖隱居，而亦以豪放玩世，故當時頗有不足之者，其詩曰：『道著權名便絶交，一峰春翠溼衡茅。莊生已慣鴟鴞嚇，揚子休譏蝘蜓嘲。潏潏藥泉來石竇，霏霏茶藹出松梢。琴僧新借南熏譜，且併閒工仔細抄。』又：『黑頭爲相雖無謂，白眼看人亦未妨。』其玩世之態，可想見矣。《西湖志餘》

王冀公鎮金陵，以書致錢塘講師遵式。遵式以病辭，及愈，將謁公，乃過孤山和靖先生林逋，逋以詩送之曰：『虎牙熊軾隱鈴齋，棠樹陰陰長碧苔。丞相望崇賓謁少，清談應許道人來。』《冷齋夜話》

《霏雪録》曰：唐詩如貴介公子，舉止風流；宋詩如三家村乍富人，盛服揖賓，辭容鄙俗。殊不知老農亦有名言，貴介公子不能道者。林逋曰：『茂陵他日求遺稿，猶喜曾無封

禪書。』此乃反唐人之意。竇庠曰：『漢家若欲論封禪，須及相如未病時。』《四溟詩話》

林和靖《梅》詩：『疏影横斜水清淺，暗香浮動月黄昏』，議者以『黄昏』難對『清淺』，楊升庵《丹鉛續録》云：『黄昏謂夜深香動，月之黄而昏，非謂人定時也。』予意二説皆非，豈詩人之固哉！《梅花》詩往往多用『月落參横』字，但冬半黄昏時參横已見，至丁夜，則西没矣。和靖得此意乎？《逸老堂詩話》

退之《杏花》云：『鷓鴣鉤輈猿叫歇。』《本草》鷓鴣鳴云：『鉤輈格磔。』李群玉云：『方穿詰曲崎嶇路，又聽鉤輈格磔聲』，林逋云：『草泥行郭索。雲木叫鉤輈』，當時人盛誦之。以今所聞之聲，不與四字合。若云『行不得也哥哥』，不知《本草》何故知謂此聲？鷓鴣非啼于木上，止啼于草茅中。逋，錢塘人，浙無此禽，蓋傳聞之誤。段成式則云：『鳴云「向南不北逃」。』《猗覺寮雜記》

林和靖詩：『怪書披月看銅墻』，放翁文有『銅墻鬼炊』之語，出東方朔《神異經》。《困學紀聞》

韓退

韓退處士，絳州人，放誕不拘，浪迹秦晉間，以詩自名。嘗跨一白驢，有詩云：『山人跨

雪精，上便不論程。嗅地打不動，笑天休始行。』爲人所稱。好著寬袖鶴氅，醉則鶴舞。石曼卿贈詩曰：『醉狂玄鶴舞，閒卧白驢號。』《續詩話》

黄　亢

《文鑒》載黄亢《臨水》詩云：『人生朝復暮，水波流不駐。去年昨日水，今日到何處？惆悵雨殘花，嫣紅隨水去。花落水東流，識盡人生趣。』蓋蹈襲杜牧《題安州浮雲樓寄湖州張郎中》云：『當時樓下水，今日到何處』句也。《荆溪林下偶談》

令狐挨

令狐子先，安陸鄉先生也，筮仕齊安理掾，歲滿還里，卜築涓溪之南，耕釣之外，著書彈琴而已，時入城，至集賢張君房之第借書。布衣林逸，善繪事，乃擬摩詰寫浩然故事，以爲《令狐秋掾雪中渡郎溪圖》，其《序》略曰：『張侯畜書萬卷，掾嘗就閲，或假輟以歸，每出入跨羸馬，頂戴華陽紗巾，著墨慘布裰，繫條；小童携書篚負琴以隨。冬中復來假書，時值微雪飄灑，景物蕭索，掾渡溪以歸，常服外加以皂繒暖帽，委轡長吟曰：「借書離近郭，冒雪渡寒溪」。聞者毛骨寒聳。是知至人操履卓越，風韻體裁，乃與天地四時之氣相參焉。』先生

諱揆云。《塵史》

高言

高言，京師人，字明道，好學有志義，以詩干友人，曰：『昨夜陰風透膽寒，地爐無火酒瓶乾。男兒慷慨平生事，時復挑燈把劍看。』《青瑣高議》

段全

段全薄有才思，不拘細行，歷幕席，浪别陝右，務嘲誚取悦于人。雷掾丁謂好蹴踘，既貴後，亦爲之，全撰《踘》詩二十韻以獻，内有：『斜搊花脚面，闊大打廉㡘』句，稱爲中的。《友會談叢》

廖齊

廖齊父爽直，嘗爲永州刺史。齊後游零陵，于民間見父題壁，感而成詩，云：『下馬連聲叩竹門，主人何事感遺恩？回頭泣向兒童道，重見甘棠舊子孫。』《青瑣後集》

宋庠

宋元憲爲内庠，望臨一時，且大用矣，同列有譖其姓宋名郊，非便。公奉詔更名『庠』，意殊怏怏。會用新名，移書與葉清臣，仍呼『同年』。葉戲答云：『清臣是宋郊第六中選，徧閲《小録》，無「宋庠」，不知何許人？』公因寄一絶自解云：『紙尾勤勤問姓名，禁林依舊玷華纓。莫驚書録題臣向，即是當時劉更生。』《西清詩話》

《西清詩話》曰：許昌西湖展江亭就，宋元憲留題，有：『鑿開魚鳥忘情地，展盡江湖極目天』之句，皆曠古未有。然本于五代馬殷據潭州時明月圃，徐仲雅詩：『鑿開青帝春風圃，移下姮娥夜月樓』。僕謂又不止此，觀唐沈彬建《望廬山》詩：『壓低吴楚殺涵水，約破雲霞獨倚天』，前此蓋有是意。皮日休《滆溪洞》詩亦曰：『敲碎一輪月，鎔銷半段天。』《野客叢書》

夏文莊守安州，宋莒公兄弟尚皆布衣，文莊異待，命作《落花》詩。莒公一聯曰：『漢皋珮冷臨江失，金谷樓危到地香。』子京一聯曰：『將飛更作回風舞，已落猶成半面粧。』是歲詔下，兄弟將應舉，文莊曰：『詠《落花》而不言「落」，大宋君當狀元及第，又風骨秀重，異日作宰相。小宋君非所及，然亦須登嚴近。』後皆如其言。故莒公登第，文莊在河陽，以

別紙賀曰：『所喜者昔年安樂，已識台光。』蓋爲是也。《青箱雜記》

《落花》全首云：『一夜春風拂苑墻，歸來何處剩凄涼。漢皋颯冷臨江失，金谷樓危到地香。淚臉補痕煩獺髓，舞臺收影費鸞腸。南朝樂府休賡曲，桃葉桃根盡可傷。』方回曰：宋郊，字伯庠，復改名庠，字伯序，皇祐宰相，謚元憲。弟祁，字子京，翰林學士，謚景文。英公席上賦此詩，英公以爲有宰輔器，後元憲狀元，景文甲科同榜，天下以爲『二宋』。其詩學李義山，楊文公憶集爲《西崑酬唱集》，故謂之『崑體』云。《瀛奎律髓》

周必大云：本朝承五季之後，詩人猶有唐末之遺風，迨楊文公、錢文僖、劉中山諸賢繼出，一變而爲崑體。未幾，宋元憲、景文公兄弟，以學問文章，别爲一家，藻飾而歸之雅正，學者宗之，號爲『二宋』。東坡先生詩云：『吾觀二宋文，字字照縑素。淵源皆有攷，奇險或難句。後來邈無繼，嗣子其殆庶。』《益公題跋》

潁昌西湖展江亭成，莒公作詩云：『緑鴨東陂已可憐，更因雲竇注新泉。鑿開魚鳥忘情地，展盡江湖極目天。向夕舊灘都浸月，過空新樹便留煙。使君直欲稱漁叟，願賜閒州不記年。』《侯鯖録》

元微之爲承旨時，詩曰：『蘂珠深處少人知，網索西臨太一池。』自注：『網索在太一池上，學士候對歇于此。』予按：『網索』乃是無壁或有窗處，以索掛網，遮護飛雀，故云『網

索』，猶挂鈴之索爲『鈴索』也。宋元憲《喜子京召還爲學士》詩曰：『綱索軒窗邃，鑾坡羽衛重。』用微之語也。《雍録》

陸魯望《南征》詩：『曉帳生犀一萬枝』，宋元憲詩：『帳犀森别校』，『犀株衛帳并兒勇』，景文詩：『合宴傳餐帳繞犀』，皆用此。《困學紀聞》

宋庠、葉清臣、鄭戬及庠弟祁，同年登第，皆有名稱。康定中，庠爲參知政事，戬爲樞密副使，清臣任三司使，祁爲天章閣待制，趣向既同，權勢亦盛，時人謂之『四友』。吕夷簡深忌之，指爲朋黨，俄有無名子作詩謗庠，有：『天下文章惟獨我，榜中龍虎更無人』之句，餘韻甚多，深訐庠之私，語寖聞，上乃盡罷四人爲郡，仍降詔天下，戒朋比焉。《儒林公議》

許昌西湖，與子城密相附，緣城而下，可策杖往來，不涉城市。云是曲環作鎮時，取土築城，因以其地道潩水瀦之，略廣百餘畝，中爲横隄，初但有其東之半耳，其西廣于東增倍，而水不甚深。宋莒公爲守時，因起黄河春夫使浚治之，始與西相通，則其詩所謂：『鑿開魚鳥忘情地，展盡江湖極目天』者也。其後韓持國作大亭水中，取其詩名之曰『展江』。然水面雖闊，西邊終易堙塞，數十年來，公廚規利者遂涸以爲田，歲入纔得三百斛，以佐釀酒，而水無幾矣。予爲守時，復以還舊，稍益開浚，渺然真有江湖之趣。莒公詩更有一篇，中云：『向晚舊灘都浸月，遇寒新水便生煙。』尤風流有味，而世不傳，往往但記前聯耳。《石林詩話》

《文房四譜》載段成式以雲藍紙贈温庭筠，有詩云：『三十六鱗充使時，數番猶得裹相思。』謂鯉魚三十六鱗，『充使』謂憑鯉魚寄書也，用《文選》『呼兒烹鯉魚，中有尺素書』之義。沈存中《筆談》云：『鯉魚當脇一行，三十六鱗，鱗有黑文如「十」字，故謂之鯉。』二宋亦嘗用此而聞其説，元憲云：『私書一紙離懷苦，望斷波中六六鱗。』景文云：『君軒戀結蕭蕭馬，尺素愁憑六六鱗。』謂『六六，三十六』也。《韻語陽秋》

前輩稱宋莒公賦《落花》詩，其警句有：『漢皋佩冷臨江失，金谷樓危到地香』之句，蓋本于唐張泌《惜花》詩：『看多記得傷心事，金谷樓前委地時。』其弟景文公同賦云：『將飛更作回風舞，已落猶成半面妝』，亦本于李賀《殘絲曲》云：『落花起作回風舞，榆筴相催不知數。』《優古堂詩話》

宋莒公兄弟，皆以高名擢用，仁廟時，本朝文章多人，未有二公比者。少時作《落花》詩，爲時膾炙，莒公詩云：『一夜東風拂苑墻，歸來何處剩凄涼。漢皋佩冷臨江滏，金谷樓危到地香。淚臉補痕勞獺髓，舞臺收影費鸞腸。南朝樂府休賡曲，桃葉桃根盡可傷。』景文詩云：『墜素翻紅各自傷，青樓煙雨忍相忘。欲飛更作回風舞，已落猶成半面粧。滄海客歸珠迸泪，章臺人去骨微香。可憐無意傳雙蝶，盡委芳心與蜜房。』《侯鯖録》

宋元獻晚歲有詩云：『老矣師丹多忘事，少之燭武不如人。』其後元厚之作執政參知

政事，一日，奏事差誤，神宗顧謂曰：『卿如此忘事耶？』明日乞退，遂用元憲語作《致仕表》云：『少之燭武尚不如人，老矣師丹，仍多忘事。』神宗讀《表》至此，憐其意而留之。王銍《王公四六話》

宋祁

二宋俱爲晏元獻門下士，兄弟雖甚貴顯，爲文必手抄寄公，懇求雕潤。嘗見景文公寄公書曰：『莒公兄赴鎮圃田，同游西池，作詩云：「長楊獵罷寒熊吼，太一波閒瑞鵠飛。」語意警絶。因作一聯云：「白雪久殘梁複道，黄頭閒守漢樓船。」』仍注『空』字于『閒』之旁，批云：『二字未定，更望指示。』晏公書其尾曰：『「空」優于「閒」，且見雖有船不御之意。』又字好，語健，蓋前輩務求博約，情實肫至，蓋如此也。《西清詩話》

宋景文公曰：『夢得嘗作《九日》詩，欲用「糕」字，思六經中無此字，遂止。』故景文九日詩曰：『劉郎不肯題糕字，虚負人生一世豪。』僕讀《〈周禮〉疏》：『羞籩之實，糗餌粉餈。』鄭箋：『今之餈糕。』安得謂六經中無此字也？又觀揚雄《方言》，亦有此字。苕溪漁隱謂：『古人《九日》詩，未有用「糕」字，惟崔德符和呂居仁一詩，有「買糕沽酒」之語。』僕謂景文詩，兹豈古人詩未用『餻』耶？《野客叢書》

劉夢得作《九日》詩，欲用『餻』字，以五經中無之，輟不復爲。宋子京以爲不然，故子京《九日食餻有詠》云：『飆館輕霜拂曙袍，糗餈花飲鬭分曹。劉郎不敢題餻字，虚負詩中一世豪。』遂爲古今絶唱。糗餌粉餈，餻類也，出《周禮》，詩豪樂天、目夢得云。《聞見後録》

宋景文平生數賦《落花》詩，晚于圃田，又賦此題云：『香歸蜂蜜盡，紅入燕泥乾。』人謂：『景文與落花俱盡』，未幾果卒。《稿簡贅筆》

李後主《落花》詩云：『鶯狂應有限，蝶舞已無多。』未幾亡國。宋子京亦有《落花》詩云：『香隨蜂蜜盡，紅入燕泥乾。』亦不久下世。詩讖蓋有之矣。《老學庵筆記》

劉夢得《嘉話》云：『爲詩用僻字，須有來處。宋考功云：「馬上逢寒食，春來不見餳。」嘗疑此字，因讀《毛詩》鄭箋，説吹簫處云：即今賣餳人家物，六經唯此注中有「餳」字。』本朝宋子京《寒食》詩云：『草色引開盤馬路，簫聲吹暖賣餳天。』亦用鄭箋吹簫『賣餳』之義。然詞致騷雅，勝考功多矣。《緗素雜記》

《酉陽雜俎》云：『舊傳月中有桂樹，有蟾蜍，故異書言：月桂高五百丈，下有一人常斫之，樹創隨合，人姓吴名剛，學道有過，謫令伐樹。』故宋子京《嘲月》詩云：『吴生斫鈍西河斧，無奈婆娑又滿輪。』《藝苑雌黄》

宋景文有詩曰：『捫虱須逢英俊主，釣鰲豈在牛蹄灣。』小物以大爲對，而語壯氣勁，可

嘉也。又東坡一聯曰：『聞説騎鯨游汗漫，亦嘗捫蝨話悲辛。』則律切而語益奇矣。《庚溪詩話》

《韓非子》有云：『吴起教楚悼王損不急之枝官。』注謂：『非要急，若樹之枝也。』養樹者必披落其枝，爲政者亦損其閒冗。宋景文詩：『何言漢樸學，正似楚枝官。』注：『枝官』二字，前有用者。《困學紀聞》

《詠藤》句云：『虺蔓相結盤，虯梢久回曲。紛若未契繩，繁似已綸綍。』《哲匠金桴》

種竹之法，要得天時。五、六月間，舊筍已成，新根未行，此時可移，又須醉日。宋子京云：『除地墻陰植翠筠，疏枝茂葉與時新。賴逢醉日原無損，政是得全于酒人。』五月十三日爲竹醉日，《岳陽風土記》謂之『龍生日』，栽之勿用脚踏椎打，遇陰雨更妙。《群芳譜》

天子曰『黄闥』，三公曰『黄閣』，給事舍人曰『黄扉』，太守曰『黄堂』。凡天子禁門曰『黄闥』，以中人主之，故號曰『黄門令』，秦、漢有『給事黄門』之職是也。天子之與三公，禮秩相亞，故黄其閣以示謙。《漢舊儀》云：『丞相廳事門曰「黄閣」。』又《王瑩傳》云：『既爲公，須開黄閣』，張敬兒謂其妻嫂曰：『我拜後府開黄閣』是也。黄門郎，給事於黄闥之内，入侍禁中。後漢獻帝初，置侍中、給事黄門侍郎員各六人，唐郭承嘏嘗爲給事中矣，文宗謂宰臣曰：『承嘏久在黄扉』是也。『黄堂』者，太守聽事之堂也，亦謂之『雌堂』。杜詩

爲南陽太守，請郭丹爲功曹，敕以丹事編置黄堂，以爲後法是也。或以大拜爲身到黄扉，予所未諭。故杜少陵《與嚴閣老》詩云：『扈聖登黄閣，明公獨妙年。』宋子京《與王相公》云：『薰琴順署，雌閣偃藩。』又《和公序再入玉堂》云：『七年辭玉署，再入佐黄扉。』《與徐舍人》云：『果紆繡扆之知，趨上黄扉之試。』又《初到郡齋》云：『姑俟天藏疾，雌堂日晏居。』又《謝寄公醪》云：『老依滴曲作蕃牧，月例黄堂給宴醅。』又《重修諸亭記》云：『太守牙居，惟有黄堂便坐。』則三公爲『黄閣』，給事舍人爲『黄扉』，太守爲『黄堂』明矣。《緗素雜記》

應劭《風俗通》，嘗論太史公記高漸離變名易姓，爲人傭保，匿作于宋子，久之作苦，聞其家堂上有客擊筑，伎癢，不能無出言。按『伎癢』者，懷其伎而腸癢也，是以潘岳《射雉賦》亦云：『徒心怛而伎癢。』李善云：『有伎藝欲逞，曰「伎養」。』今《史記》並作：『仿徨不能去，每出言曰：「彼有善有不善。」』或作：『徘徊不能去而出言』，是爲俗傳寫誤也。故景文公詩云：『技癢新禽百種啼』，蓋用此義。《苕溪漁隱叢話》

宋子京《春詞》云：『新年十日逢春日，紫禁千觴獻壽觴。寰海歡心共萌達，宅家慶柞與天長。』案李濟翁《資暇集》云：『公、郡、縣主，宮禁呼爲「宅家子」。蓋以至尊以天下爲宅，四海爲家，不敢斥呼，故名「宅家」，亦猶陛下之義。至公主以下，則加「子」字，亦猶帝

子也。又謂「阿宅家子」。「阿」，助詞也；急語乃以「阿宅家子」爲「茶子」，既而亦云「阿茶子」，或削其「子」，遂曰「阿茶」。』一説漢魏以來，宫中尊美之呼，曰『大家子』，今急訛以『大』爲『宅』焉。故昔人屬對云：『都尉指揮都尉馬，大家齊唤大家茶。』《苕溪漁隱叢話》

蘇鶚《演義》云：『蚩者，海獸也。漢武帝作柏梁殿，有上疏者云：「蚩尾水之精，能辟火災，可置之堂殿。」今人多作「鴟」字，顔之推亦作此「鴟」。劉孝孫《事始》作此「蚩」。蚩尾既是水獸，作「蚩」字者是也。蚩尤，銅頭鐵額，牛角牛耳，獸之形也，作「鴟鳶」字，恐無意義。』古老傳云：『蚩聳尾出于頭上，遂謂之「蚩尾」』。《顔氏家訓》曰：『《東宫舊事》呼「鴟尾」爲「祠尾」，蓋張敞不甚稽古，隨宜解注，逐鄉俗訛謬，取吴呼「蚩」爲「祠」，遂爲祠尾。』又俗間呼爲『鴟吻』，見其吻如鴟鳶，遂以此呼之，自後『蚩』字因有作此者。予按《倦游雜録》云：『漢以宫殿多災，術者言天上有魚尾星，宜爲其象，冠于屋以禳之。今亦有自唐以來寺觀舊殿宇，尚有爲飛魚形尾上指者，不知何時易名爲「鴟吻」，狀亦不類魚尾。』又按《陳書》：『舊制，三公黄閣廳事置鴟尾，後主時，蕭摩訶以功授侍中，詔摩訶開閤門，施行馬，廳事寢堂，並置鴟尾。』又《北史・宇文愷傳》云：『自晉以前，未有鴟尾。』用『鴟』字。宋子京詩云：『久叨鴟尾三重閣』，兼撰《新唐書》，皆用『鴟』字。又《江南野録》云：『初，臺殿角皆有鴟吻，自乾德之後，天王使至則去之，使還復用。至是遂除。』此又用『鴟吻』，

竟未詳其旨。《緗素雜記》

《正俗》云：或問：『今以卧氈著裏施緣者，何以呼爲「池氈」？』答曰：『《禮》云「魚躍拂池」。』池者，緣飾之名，謂其形像水池耳。左太沖《嬌女》詩云：『衣被皆重池』，即其証也。今人被頭别施帛爲緣者，猶呼爲『被池』。此氈亦爲有緣，故得名『池』耳。俗間不知根本，競爲異説，當時已少有知者，況比來士大夫耶？獨宋子京博學，嘗用作詩云：『曉日侵簾壓，春寒到被池。』《侯鯖録》

嘉祐中，翰林諸公皆入二府，時包拯爲三司使，宋祁守鄭州，二公久次著人望，而不見用。京師諺語曰：『撥隊爲參政，成群作副樞。虧他包省主，悶殺宋尚書。』明年，包亦爲樞密副使，而徐以翰林承旨召景文，景文以詩寄梁丞相，略云：『梁園賦罷相如至，宣室釐殘賈誼歸。』蓋謂差除兩府足，方被召也。爲承旨，又作詩云：『粉署重來憶舊游，蟠桃開盡海山秋。寧知不是神仙骨，上到鰲山更上頭。』《東軒筆録》

宋景文《詠漢史》詩云：『朱游朱雲英氣凜生風，濱死危言悟帝聰。殿檻不修旌直諫，安昌依舊漢三公。』信乎！去佞如拔山也。《韻語陽秋》

三泉龍洞，以山爲門，深數十步，復見天日，及山水之秀，蓋自然而成，非人力也。宋景文公賦詩云：『蚪洞聳雲峰，緣虛一棧通。雲披雙壁敞，樹補半巖空。概竹森煙纛，飛泉曳

玉虹。垂蘿不肯晝，陰壑自然風。嶺斷天斜碧，崖傾日倒紅。浮邱邈難遇，留恨翠微中。』曲盡龍洞之景。利路漕爲刻石，仍以石本寄公，公答書云：『龍門拙句，斐然妄發。閣下仍刊翠琰，示方來，言詩之人，得不笑我哉！』江左有文拙而好刊石者，謂之『詅蚩符』，非此謂乎？噱噱。《能改齋漫録》

夏英公守安州，景文兄弟以布衣游學，席上各賦《落花》詩，英公以爲有臺輔器。後元憲狀元，景文甲科，天下以爲『二宋』。景文《落花》詩云：『墜素翻紅各自傷，青樓煙雨忍相忘。將飛更作迴風舞，已落猶成半面粧。滄海客歸珠迸淚，章臺人去骨遺香。可能無意傳雙婕，盡付苦心與蜜房。』《瀛奎律髓》

《雲齋廣録》云：『二宋以文章齊名天下，子京守蜀日，有詩云：「碧雲漫有三年信，明月空爲兩地愁。」其後卒不入兩府，人以爲讖。』予以子京用何遜《與胡興安夜別》詩：『念此一筵笑，分爲兩地愁。』《廣録》之論，不知所自也。《優古堂詩話》

韓魏公知定州，因作閱古堂，自爲記，刻于石，後人又畫魏公像于堂上。宋子京知定州，作《樂歌》十闋，其一曰：『聽説中山好，韓家閱古堂。畫圖真宰相，刻石好文章。』魏公聞之，不喜。《皇朝類苑》

自科場用賦取人，進士不復留意于詩，故絶無可稱者。惟天聖二年省試「采侯」詩，宋

尚書祁最擅場，其句有：『色映堋雲爛，聲迎羽月遲』，尤爲京師傳誦。當時舉子，目公爲『宋采侯』。《六一詩話》

近世作文者，多以「紫荷囊」作侍從事用。如宋景文詩，所謂：『榮觀聳麟族，賦筆助荷囊』之類，承襲而用者非一，而不知其誤也。按《晉書·輿服志》云：『文武百官，皆有囊綬，八座尚書則荷紫，以生紫爲袷囊，綴之服外，加于左肩。』則所謂『荷紫』者，非『芰荷』之荷，乃『負荷』之荷也。《南史》載周捨嘗問劉杳曰：『著紫荷囊，相傳云挈囊，竟何所出？』杳曰：『《張安世傳》云：「持橐簪筆，事孝武帝數十年。」注曰：「橐，囊也。」』蓋人徒見《南史》有『著紫荷囊』四字，遂作一句讀之，殊未知《晉書》『荷紫』之義也。《韻語陽秋》

漢成帝時，張禹用事，朱雲對上曰：『臣願賜尚方斬馬劍，斷佞人一人，以厲其餘。』上問：『誰也。』對曰：『安昌侯張禹。』上大怒曰：『居下訕上，罪死不赦。』御史將雲下，雲攀殿檻折，曰：『臣願從龍逢、比干游于地下。』如雲者，可謂忠直有餘矣。後世思其人而不可得，則作爲韻語以聲其美。肅宗時，元載用事，故杜子美詩云：『千載少似朱雲人，至今折檻空嶙峋。』武后時，傅游藝用事，故盧照鄰詩云：『昔有平陵男，姓朱名阿游。願得斬馬劍，先斷佞臣頭。』言當時立朝之士，不能如雲，以二人之惡而告于上也。若二人者，姦諛百倍張禹矣，腥臊之血，豈足以污尚方之劍乎？宋景文云：『朱游英氣凜生風，濱死危言

悟帝聰。殿檻不修旌直諫，安昌依舊漢三公。』信乎去佞如拔山也。《韻語陽秋》

宋景文《詠叔孫通》詩云：『馬上功成不喜文，叔孫綿蕝强經綸。諸君可笑貪君賜，便許當時作聖人。』王逢原《詠叔孫通》，亦用此意，云：『弟子由來亦未純，異時得失亦頻頻。一官所買知多少？便擬先生作聖人。』其用意正同。今荆公《集》亦載宋詩，非也。《優古堂詩話》

蔡絛《西清詩話》，取權僧：『谷口未斜日，數峰生夕陰』之句，然唐宋之問詩云：『日落西山陰，衆草起寒色』，權實取此。沈約《登元暢樓》詩亦云：『雲生嶺乍黑，日下溪半陰。』宋景文公《過行慶關》詩云：『雲生全嶺失，日隱半崖陰。』宋全用沈詩也。梁庾肩吾詩云：『塵飛遠騎没，日徙半峰寒。』庾、沈同時人。《優古堂詩話》

《東軒筆録》云：子京博學能文章，天資醖藉，好游宴，以矜持自喜。晚年知成都府，帶《唐書》于本任刊修，每宴罷盥漱畢，開寢門，垂簾，燃二椽燭，媵婢夾侍，和墨伸紙，遠近觀者，皆知尚書修《唐書》矣，望之如神仙焉。多内寵，後庭曳羅綺者甚衆。嘗宴于錦江，偶微寒，命取半臂，諸婢各送一枚，凡十餘枚皆至，子京視之茫然，恐有厚薄之嫌，竟不敢服，忍冷而歸。《苕溪漁隱叢話》

苕溪漁隱曰：夏文莊守安州，莒公兄弟尚在布衣，文莊異待之，命作《落花》詩。莒公

一聯云：『漢皋佩冷臨江失，金谷樓危到地香。』子京一聯云：『將飛更作迴風舞，已落猶成半面粧』。予觀《南史》，宋元帝妃徐氏，無容質，不見禮于帝，帝眇一目，每知帝將至，必爲半面粧以俟之，此『半面粧』所從出也。若『迴風舞』無出處，則對偶偏枯，不爲佳句，殊不知乃出李賀詩：『花臺欲暮春辭去，落花起作迴風舞。』前輩用事，必有來處，又精确如此，誠可法也。《苕溪漁隱叢話》

《東觀餘論》云：小宋《太乙宮》詩：『瑞木千尋竦，仙圖幾弔開。』注云：『真誥以一卷爲一弔。』殊不知真誥所謂『弔』，即『卷』字，蓋從省文，真誥音亦爾非弔字也。巖虚子陳景元據真誥以此字即『篇』字，亦誤。《苕溪漁隱叢話》。宗祥案：此即『弓』字之誤也。

《藝苑雌黄》云：義山詩：『莫羨仙家有上真，仙家暫謫亦千春。月中桂樹高多少？試問西河斫樹人。』按《酉陽雜俎》云：『舊傳月中有桂樹，有蟾蜍，故異書言月桂高五百丈，下有一人常斫之，樹創隨合。人姓吴名剛，西河人，學仙有過，謫令伐樹。』故宋子京《嘲月》詩亦云：『吴生斫鈍西河斧，無奈婆娑又滿輪。』《緗素雜記》嘗論吴生斫桂事，引李賀《箜篌》云：『吴質不眠倚桂樹。』李賀謂之『吴質』，段成式謂之『吴剛』，未詳其義。竊意《箜篌引》所謂『吴質』，非吴剛也，恐別是一事。魏有吴季重，亦名質。《苕溪漁隱叢話》

《緗素雜記》云：《后漢禰衡傳》云：『衡方爲漁陽摻撾，蹀躍而前。』注云：『《文士傳

曰》：「衡擊鼓作漁陽參槌，蹋地來前，躡鼓足跗，容態不常，鼓聲甚悲，易衣畢，復擊鼓摻槌而去。」至今有漁陽摻槌，自禰衡始也。臣賢按：「搥」及「撾」，並擊鼓杖也。「參撾」是擊鼓之法，而王僧孺詩云：「散度廣陵音，參寫漁陽曲」，而于其詩自音云：「參，七甘反。」後諸文人多同用之。據此詩意，以「參」爲曲奏之名，則「槌」字入于下句，全不成文。下云復參撾而去，是知「參撾」二字，當相連而讀，「參」字音爲去聲，不知何所憑也？』按《談苑》載：『徐鍇仕江左，領集賢學士校秘書，時吴淑爲校理，古《樂府》中有「摻」字者，淑多改爲「操」，蓋章草之變。鍇曰：「非可以一例。若漁陽摻者，七鑒反，三撾鼓也」，禰衡作「漁陽摻撾」。古歌詞云「邊城晏聞漁陽摻，黄塵蕭蕭白日暗。」淑嘆服之。』予謂『槌』、『撾』一也，故或用『搥』字。然『摻』字當如徐説，音『七鑒反，三撾鼓也。』以其三撾，故因謂之『摻』。故唐李義山《聽鼓》詩云：『欲問漁陽摻，時無禰正平。』又《口占》詩云：『必投潘岳果，誰摻禰衡撾？』亦以去聲讀之也。觀《筆談·論廣陵散》云：『「散」是曲名，如操、弄、摻、談、序、引之類』，乃引潘岳《笙賦》云：『流廣陵之名散。』又應璩詩云：『聽廣陵之清散。』則知『散』爲曲名明矣。所謂『漁陽摻』者，正如『廣陵散』是也，此僧孺詩所以有云。又宋景文《喜雨》詩云：『波生客浦楊舲遠，潤逼漁陽撾摻遲。』又《送李冀州》詩云：『征鼙曲曲漁陽傪，後乘人人鄴下才』，皆以去聲呼之，但『傪』字從『人』爲異耳。《苕溪漁隱叢話》

潘子真《詩話》云：《楚國先賢傳》：『孫雋，字文英，與李元禮俱娶太尉桓叔元女，時人謂桓叔元「兩女乘龍」，言得婿如龍也。』杜詩云：『門闌多喜色，女婿近乘龍。』宋景文亦云：『承家男得鳳，擇婿女乘龍』，用事不如宋之切當，至造語則杜渾厚而有工。是知文章當以韻爲勝也。《苕溪漁隱叢話》

《緗素雜記》云：《蘇鶚演義》云：『今人以酒巡匝爲「啉尾」，即再命其爵也。云南朝有異國進貢藍牛，其尾長三丈。一云：藍潁水牛，其尾三丈，時人倣之，以爲酒令，今兩盞從其簡也。此皆非正，行酒巡匝，即重其盞，蓋慰勞其得酒在後也。又「啉」云者，貪也，謂處于座末，得酒最晚，腹癢于酒，既得酒巡匝更貪婪之，故曰「啉尾」，「啉」字從「口」，是明貪婪之意。此說近之。』予觀宋景文公《守歲》詩云：『迎新送故只如此，且盡燈前婪尾杯。』又云：『稍倦持螯手，猶殘婪尾觴。』又東坡《寒食》詩云：『藍尾忽驚新火後，遨頭要及浣花前』，注引樂天《寒食》詩云：『三盃藍尾酒，一楪膠牙餳。』乃用『藍』字，蓋『婪』、『藍』一也。《苕溪漁隱叢話》

《緗素雜記》云：《筆談》云：『今人守郡，謂之「建麾」，蓋用顔延年詩「一麾乃出守」，此誤也。延年謂「一麾」者，乃「指麾」之麾，如「武王右秉白旄以麾」之麾，非「旌麾」之麾也。延年《爲阮始平》詩云「屢薦不入官，一麾乃出守」者，謂山濤薦咸爲吏部郎，三上，武

帝不用，後爲荀勗一擠，遂出始平，故有此句。延年被擯，以此自託耳。自杜牧爲《登樂游原》詩云「擬把一麾江海去，樂游原上望昭陵」，始謬用「一麾」，自此遂爲故事。』凡此以上，皆存中之語。以予意測之，杜樊川之意則善矣，而謂之擬把，則尤謬也。蓋自作太守而謂之『一麾』，于理無礙，但不可以此言贈人作太守耳。宋景文公詩云『使麾得請印垂腰』，又云『一封通奏領州麾』，又云『乞得一麾行』，又云『竟獲一麾行』，是真得延年之意，未嘗謬用也。《苕溪漁隱叢話》

宋子京博學，作詩云：『何但魚知丙，非徒字識丁。』唐張弘靖曰：『天下無事，汝輩挽兩石弓，不如識一「丁」字。』『丙』者，左太沖《蜀都賦》云：『嘉魚出於丙穴。』注：『丙穴，在漢中沔陽縣北，有魚穴二所，常以三、八月取之。丙，地名也。』或云魚以丙日出穴，故陳藏器云：『嘉魚，乳穴中小魚，能久食，力强于乳。丙者，向陽穴，多生魚。魚復何能擇丙日出入耶？』酈善長云：『穴口向丙』。又引柏枝山中有丙穴，穴方數丈，有嘉魚，嘗以春末游渚，冬入穴。故知丙穴之魚，不獨漢有也。老杜詩云：『魚知丙穴由來美。』《侯鯖録》

潘子真《詩話》云：『杜子美詩「門闌多喜色，女壻近乘龍」，爲誤引楚國《先賢傳》：「孫儁，字文英，與李元禮俱娶太尉桓延女，時人謂桓叔元兩女乘龍。」言得壻如龍也。故宋景文公詩亦云：「承家男得鳳，擇壻女乘龍」，俱用此事。』予嘗以潘子真之論爲非，蓋景

文所用，乃是此事。至杜子美詩『女壻近乘龍』，蓋用《太平廣記·蕭史傳》，所謂『弄玉乘鳳』，蕭史，乘龍者是也。《能改齋漫録》

葉少藴云：『《漢書》司馬遷救李陵之言曰：「全軀保妻子之臣，從而媒蘖其短。」孟康注：「媒，酒酵蘖麴，謂釀成其罪。」蓋齋人名麴餅爲媒。宋景文好造語，于《唐新史》記程元振惡李光弼，乃言「媒蝎以疑之」，不知其别有據云，抑自爲之也？《春秋外傳》有云：「雖蝎譖焉避之者」，「蝎」音「曷」，木蠹也，言譖由中出如蠹然。或謂取諸此，然亦奇矣。』以上皆葉語。予按《唐書·宦官列傳》又云：『如媒而成，如蝎之蠹。』審此，則景文果用此也。然少藴所援《春秋》，乃《國語》。《能改齋漫録》

宋景文公帥真定時，漕使周浩郎中已罷，李維少卿方到。宋公往見，參狀稱『運使郎中』，李怒曰：『我非郎中！』辭不受。典賓以情懇宋曰：『沿襲前官之誤，願賜矜貸。』公題一詩于狀後以遺李，末句曰：『若向西清遇榮顯，少卿只合作郎中。』李詰其故，宋曰：『國朝故事，無少卿知制誥者。若當制，即少卿改授前行郎中。』李愧謝之。《能改齋漫録》

《詩正義》曰：『絡緯鳴，嬾婦驚。』宋子京《秋夜》詩云：『西風已飄上林葉，北斗直掛建章城。人間底事最堪恨，絡緯鳴時無婦驚。』其妙于用事如此。《老學庵筆記》

真宗御《集》，有《苑中賞花》詩十首，内一首《龍柏花》。李文饒《平泉山居草木記》有

『藍田之龍柏』，宋子京又有《真珠龍柏》詩，劉子儀、晁以道、朱希真亦皆有此作。予長于江南，未嘗見也。或云，本出鄜坊間。《老學庵筆記》

宋子京罷守成都，故事當爲執政。未至，宰相于兩地見次，盡以他人充之。子京聞報悵然，有『梁園賦罷相如至，宣室釐殘賈誼歸』之句。言者又論蜀人不安其奢侈，遂止爲鄭州，望國門不得入。久之，再爲翰林承旨，未幾，不幸訃至，成都士民哭于其祠者數千人，謂不安其奢侈者誣矣。宰相韓魏公也，言者包孝肅也。然子京先有『碧雲漫有三年信，明月長爲兩地愁』之句，竟不至兩地，悲憤而没，世以爲讖云。《聞見後録》

《古樂府》：『藁砧今何在？山上復有山。何當大刀頭，破鏡飛上天。』『藁砧』，鈇也。問夫『何在』；重『山』，『出』字，夫出也。『何當大刀頭』，刀頭有環，何時還也。『破鏡飛上天』，月半還也。李義山：『空看小垂手，忍問大刀頭。』宋子京：『曾損歸書憑鯉尾，莫令殘月誤刀頭』，俱用此事云。《聞見後録》

《筆談》曰：『今人守郡謂之「建麾」，蓋用顔延年詩「一麾乃出守」事，此誤也。延年謂「一麾」者，乃「指麾」之麾，非「旌麾」之麾也。自杜牧之有「擬把一麾江海去」，始謬用「一麾」，自此遂爲故事。』此沈存中所言也。僕因考唐人詩，如杜子美、柳子厚、許用晦、獨孤及、劉夢得、陸龜蒙等，皆用『一麾』事，獨牧之謂『把一麾』爲露圭角，似失延年之意。若如

張説詩：『湘濱擁出麾』，如此而言，初亦何害？《緗素雜記》謂：『牧之意則善矣，言「擬把」，則謬也。自謂「一麾」，于理無礙，但不可以此言贈人。宋景文公詩曰：「使麾請得印垂腰。」又曰：「一封通奏領州麾」，是真得延年之意，未嘗謬用也。』僕謂黄朝英妄爲之説耳。牧之之誤，正坐以『指麾』之麾，爲『旌麾』之麾，景文之誤亦然。朝英乃取宋斥杜，謂牧之不當言『擬把』，而景文自用爲宜，然則牧之『擬把一麾江海去』，豈不自用？景文『使麾請得印垂腰』，獨非旌麾耶？朝英又謂一麾事但不可以贈人，僕謂以景文詩『使麾』、『州麾』字語人，又何不可！所謂貶辭者，麾去云爾。既是旌麾，何貶之有？朝英又謂景文用『一麾』事真得延年之意，則是延年以『一麾』爲旌麾之麾，初非『指麾』之麾也。其言翻覆，無一合理，甚可笑也。《筆談》謂今人守郡爲建麾，謂用顔詩事，自牧之始。僕謂此説亦未爲是。觀《三國志》：『擁麾守郡』，《文選》：『建麾作牧』，此語在牧之前久矣。謂把一麾之誤自牧之始則可，謂建麾之誤則不可。《野客叢書》

《符瑞圖》：『日二黄人守者，外國人來降。』宋景文云：『青帝回風還習習，黄人捧日故遲遲。』翟公巽云：『青女霜如失，黄人日故遲。』《困學紀聞》

宋景文公詩曰：『蟹美持螯日，魴甘抑鮓天。』用楊淵《五湖賦》云『連瓶抑鮓』。《墨莊漫録》

包拯

苕溪漁隱曰：包孝肅拯，合肥人，及出守本郡，不肯少屈法以阿鄉曲之好，故流俗稍稍謗議，公乃爲詩以見意。其間一聯云：『直幹終爲棟，真剛不作鈎。』其守正不回如此。《苕溪漁隱叢話》

包孝肅公《家訓》云：『後世子孫，仕宦有犯贜濫者，不得放歸本家；亡殁之後，不得葬于大塋之中。不從吾志，非吾子孫！』共三十七字，其下押字。又云：『仰珙刊石，豎于堂屋東壁，以詔後世。』又十四字。『珙』者，孝肅之子也。《能改齋漫録》

詩言志，『秀幹終成棟，精鋼不作鈎』，包孝肅之志也。『人心正畏暑，水面獨摇風。』豐清敏之志也。《困學紀聞》

全宋詩話目録卷十二

吕造　晉江人，天聖二年進士。

尹洙　字師魯，河南人，天聖二年進士。歷官知伊陽縣、館閣校勘、右司諫，知渭州，兼領涇原路經略公事。貶卒，有《河南集》。

謝伯初　字景山，晉江人，天聖二年進士。許州法曹。

黄孝先　字子思，浦城人，天聖二年進士。歷官宿州司理、大理丞，知咸陽縣，終太常博士。

孫甫　字之翰，陽翟人，舉進士。歷右正言、天章閣待制、河北轉運使。有集。

張方平　字安道，宋城人，舉茂才異等。歷官校書郎、禮部尚書，出知鄆州。神宗立，參知政事。薨，贈司空，謚文定。有《樂全先生集》。

余靖　字安道，韶州曲江人，天聖二年進士。歷官右正言、知制誥，出知古州，經略廣西南路安撫使。儂賊平，遷工部侍郎。英宗朝，工部尚書。卒，贈刑部尚書，謚曰襄。有《武溪集》。

王琪　字君玉，華陽人，徙舒，舉進士。歷官江都主簿、知制誥，加樞密直學士。

韓琦　字稚圭，安陽人，天聖進士。歷官同中書門下平章事、集賢殿大學士，封魏國公。薨，贈尚書令，謚忠獻。徽宗時，贈魏郡王。有《安陽集》。

趙抃　字閲道，衢州西安人，進士。歷官龍圖閣直學士、知成都。神宗時，參知政事，以資政殿大學士出知外郡，加太子少保。致仕卒，贈太子少師，謚清獻。有集。

孫定　字至光，景祐中下第。

丘濬　字道源，黟縣人，天聖五年進士。歷官句容令、殿中丞。後在池州，一日起盥沐，索筆爲詩，端坐而逝。有《洛陽貴尚録》。

阮逸　字天隱，建陽人，天聖五年進士。爲鎮江軍節度推官。皇祐中，與師安定先生胡瑗，同典樂事，遷尚書屯田員外郎。

張維　烏程人。仁宗朝，衛尉寺丞，贈尚書刑部侍郎。

顔太初　字醇之，徐州人，顔子四十七世孫，进士。官國子監直講，出爲臨晉簿，掌南京學。有《鳧繹先生集》。

梅摯　字公儀，成都新繁人，天聖進士。歷官殿中侍御史、户部副使，出知蘇州，進龍圖閣學士，知杭州，遷右諫議大夫，徙知江寧河中。

富弼　字彦國，河南人，天聖八年舉茂才異等。歷官知制誥、同中書門下平章事，封鄭國公，進昭文殿大學士。監修國史，進司徒。薨，贈太尉，謚文忠。

全宋詩話卷十二

吕　造

宋進士吕造詩云：『閩海雲霞繞刺桐，往年城郭爲誰封？　鷓鴣啼困悲前事，荳蔻香消減舊容。』刺桐城，今泉州。築城時，環城皆植刺桐，故號『桐城』。《泉南雜記》

尹　洙

石林葉氏曰：尹師魯不長于詩，亦自以爲無益而廢事故，方洛中歐陽文忠公與梅聖俞鋭意作詩時，獨不作。予平生僅見其三五篇而已。吴下施昌言家子弟，有其和昌言一絶，云：『千里觀風使節來，百城舒慘係行臺。威嚴少霽猶知幸，誰信芳樽盡日開。』氣格終自不凡。《文獻通考》

本朝古文，柳開仲塗、穆脩伯長，首爲之倡，尹洙師魯兄弟，繼其後。歐陽文忠早工偶

麗之文，及官河南，始得師魯，乃出韓退之文學之。蓋公與師魯，文雖不同，公爲古文，則居師魯後也。《聞見録》。宗祥案：尹師魯有《河南集》，集中《皇雅》十篇，皆仿《雅》、《頌》。

謝伯初

閩人有謝伯初者，字景山，天聖、景祐之間，以詩知名。余謫夷陵，景山爲許州法曹，以長韻見寄，頗多佳句。有云：『長官衫色江波緑，學士文華蜀錦張。』予答曰：『參軍春思亂似雲，白髮題詩愁送春。』蓋景山詩有『多情未老頭先白，野思到春亂似雲』之句，故予以此戲之也。景山詩頗多，如：『自種黄花添野景，旋移高竹聽秋聲。園林換葉梅初熟，池館無人燕學飛』之類，皆無愧于唐賢，而仕宦不偶，終以困窮而卒。其寄予詩，迨今三十五年矣，予猶能誦之。蓋其人不幸既可哀，其詩淪弃亦可惜，因録于此。詩曰：『江流無險似瞿塘，湍峽猿聲斷旅腸。萬里可堪人謫宦，經年應合鬢成霜。長官衫色江波緑，學士文華蜀錦張。異域化爲儒雅俗，遠民争識校讎郎。才如夢得多爲累，情似安仁久悼亡。下國難留金馬客，新詩傳與竹枝娘。典辭懸待修青史，諫草當留集皂囊。莫爲明時輕譴謫，便將纓足濯滄浪。』《六一詩話》

嘉祐中，劉諷都官，簡州人，方年六十三致仕，夫婦徙居賴山。謝景山有詩送，云：『移

家尚恐青山淺，隱几唯知白日長。』朱公綽詩云：『諫草焚來應見史，槖金散盡只留書。』《詩話總龜》

天聖中，修國史，王安簡、謝陽夏、李邯鄲、黄唐卿爲編修官，安簡神情沖淡，唐卿刻意篇什，謝、李嘗戲爲句曰：『王貌閑如鶴，黄吟苦似猿。』《春明退朝録》

《隱居詩話》云：歐陽文忠公《詩話》稱謝伯初之句，如『園林换葉梅初熟』，不若『庭草無人隨意緑』也；『池館無人燕學飛』，不若『空梁落燕泥』也。蓋伯初句意凡近，似所謂『西崑體』，而王胄、薛道衡峻潔可喜也。《苕溪漁隱叢話》

黄孝先

宿州妓張玉姐，字温卿，色藝冠一時。沈子山爲獄掾，最所鍾愛，罷官，途次南京，念之不忘，爲《剔銀燈》一闋，云：『一夜隋河風勁，霜混水天如鏡。古柳長隄，寒煙不起，波上月無流影。那堪嬾聽，疏星外離鴻相應。須信道情多足病，酒未到愁腸還醒。數叠蘭衾，餘香未滅，甚時枕鴛重並，教伊須更將盟誓後言約定。』其後明道中，張子野、黄子思相繼爲掾，尤賞之。偶陳師之求古，以光禄卿來掌榷酤，温卿遂托其家，僅二年而亡，才十九歲。子思以詩弔之云：『人生第一莫多情，眼看仙花結不成。爲報兩京才子道，好將詩句弔温

卿。』先是，子思有愛姬宜哥，客死舟中，遺言：『葬隄下，冀他日過此得一見以慰孤魂。』子思從之，作詩納棺中，其斷章云：『恩同花上露，留得不多時。』二人皆葬宿州之東。《能改齋漫録》

子思云：『余嘗守官咸陽，縣廨之後臨渭河，汀嶼中連，歲中有孤雁來棲于葭葦中。今歲冬深，不復至矣。或已在矰弋，或去而之他，皆不可知也。』感而爲詩，題亭壁云：『天寒霜落雁來棲，歲晚川空雁不歸。江海一身多少事，清風明月我需衣。』《侯鯖録》

宋衮嘗賞黄子温詩。子温名孝恭，天聖八年進士第，爲大理寺丞，失官。從兄子思，亦善詩，《詠懷》曰：『目者未知裴令貴，世人争笑禰生狂。』《重午》句曰：『風簾燕引五六子，露井榴開三四花。』子思名孝先，天聖二年登進士第，終太常博士。《春明退朝録》

孫　甫

孫之翰有《乞茶》句，云：『衰病自憐無酒趣，塵容猶賴有詩情。』《歷代吟譜》

張方平

張文定安道，未第時貧甚，衣食殆不給，然意氣豪舉，未嘗少貶，與劉潛、李冠、石曼卿，

往來山東諸郡，任氣使酒，見者皆傾下之。沛縣有漢高祖廟并歌風臺，前後題詩人甚多，無不推頌功德，獨安道《高祖廟》詩曰：『縱酒疏狂不治生，中陽有土不歸耕。偶因亂世成功業，更向翁前與仲爭。』又《歌風臺》曰：『落魄劉郎作帝歸，樽前感慨《大風》詩。淮陰反接英彭族，更欲多求猛士爲。』蓋自少已不凡矣。《石林詩話》

元豐三年，蘇子由謫官筠州，張安道口占一絶送之，云：『因嗟萍梗才名客，自歎匏瓜老病身。一榻從兹還倚壁，不知重掃是何人？』已而涕下。東坡云：『安道平生未能出涙向人。』《直方詩話》

張安道舉進士，再失意，而作歌曰：『休休，歸去休。清風釣艇，明月酒樓。公不見寇相、丁相，雷州、崖州？休休，歸去休。』景佑元年，中茂才異等，復又中賢良方正。《歸田録》

徐州歌風臺題者甚多，惟尚書張公方平最爲絶唱，曰：『落魄劉郎作帝歸，樽前一曲《大風》詞。才如信越猶葅醢，安用思他猛士爲。』《青箱雜記》

張安道以異議出守宛丘，次守南都，蘇子由皆從之游。元豐初，子由謫筠州酒税，安道悽然不樂，手寫詩爲别，曰：『可憐萍梗漂浮客，自歎匏瓜老病身。從此空齋掛塵榻，不知重掃待何人？』後十五年，子由方和其詩云：『少年便識成都尹，中歲仍爲幕下賓。待我江西徐孺子，一生知己有斯人。』《韻語陽秋》

《冷齋夜話》云：『張文定方平，慶曆中嘗爲滁州，游琅琊山藏院，俛仰久之，呼左右取梯，升梁得經函，發之，即《楞伽經》，餘半卷未寫，忽悟前身蓋知藏僧也，寫楞經未畢而化，因續書殘軸，筆迹宛然如昔，因號「三生經」。嘗經首四句偈發明心要，其倡云：「世間離生滅，猶如虛空華。知不得有無，而興大悲心。」公後以此經授東坡，東坡爲《序》其事，代寫此經，刻于浮玉山龍游寺。』苕溪漁隱曰：《楞伽經》文字簡古，讀者或不能句，近時有閩人楊彦國深究宗乘，遂箋注此經，仍析爲七十一分，以偈贊之，讀之其義曉然可見。彦國臨終，謂其家曰：『即以此經殉葬。』久之，其家聞神光發現，村夫疑其所藏珍寶，謀劫其家。其家知之，即發出此經，神光遂滅，因傳此經于世。《韻語陽秋》。又見《冷齋夜話》

晏元獻稱國初待詔云：『醉輕浮世事，老重故鄉人。』張安道亦稱：『紅塵三尺險，中有是非波。』《韻語陽秋》

半山詩云：『謀臣本自繫安危，賤妾何能作禍基？但願君王誅宰嚭，不愁宫裏有西施。』李泰伯詩云：『若教管仲身長在，宫内何妨有六人！』在管仲時，桓公之心未蠹也。若已蠹，雖管仲奈何？未有心蠹，尚能用管仲之理。張文定《游華清宫》云：『當初不是不窮奢，民樂昇平不怨嗟。姚宋未亡妃子在，胡塵那得到中華。』亦此意也。《浩然齋雅談》

張尚書方平，尤達性理。有人問祖師西來意，張作偈答之，曰：『自從無始千千刦，萬

法本來無一法。祖師來意我不知，一夜西風吹黄葉。』《青箱雜記》

余靖

余靖尚書使虜爲胡詩，契丹愛之，再往，情益親。余詩云：『夜筵設羅侈盛也。臣拜洗，受賜也。兩朝厥荷通好也。情幹勒。厚重也。微臣稚魯拜舞也。祝若統，福祐也。聖壽鐵擺嵩高也。俱可忒。無極也。』虜舉大杯謂余曰：『能道此，余爲卿飲。』復舉之，虜大笑，遂爲酹觴。《漢史》記槃木白狼詩，漢語則協，夷語則否。其實夷人先作詩，反用夷語譯出，不如余真胡語也。《詩史》

余襄公靖，嘗在契丹，作胡語詩云：『夜筵沒邏臣拜洗，兩朝厥荷情幹勒。微臣雅魯祝君統，聖壽鐵擺俱可忒。』『沒邏』言『後盛』；『拜洗』言『受賜』；『厥荷』言『通好』；『幹勒』言『厚重』；『鐵擺』言『嵩高』也。沈存中《筆談》載刁約使契丹，戲爲詩云：『押燕移離畢，看房賀跋支。餞行三匹裂，密賜十貔貍。』『移離畢』，如中國執政官；『賀跋支』，執衣防閣人；『匹裂』，小木罌；『貔貍』，如鼠而大，狄人以爲珍饌。二詩可作對，故表而出之。《韻語陽秋》

前人詠落花，世傳『二宋兄弟』元憲公庠、景文公祁詩爲工。元憲詩云：『漢皋佩冷臨

江失，金谷樓危到地香。』景文詩云：『將飛更作迴風舞，已落猶成半面妝。』固佳矣，而余襄公靖安道詩亦工，云：『金谷已空新步障，馬嵬徒見舊香囊』，不減二宋也。而景文公又有五言《殘花》詩，一聯云：『香歸蜜房盡，紅入燕泥乾』，雖不用事，亦自是佳句。《庚溪詩話》

羅浮有五色雀，以絳羽爲長，餘皆從之東西，俗云：『有貴人入山則出。』余安道有詩云：『多謝珍禽不隨俗，謫官猶作貴人看。』予過南華，亦見之。海南人則謂之『鳳皇』，云：『久旱而見則雨，潦則反是。』及謫儋耳，亦嘗集于城南所居。予今日游進士黎威家，又集庭下，鏘然和鳴，回翔久之。予舉酒囑之：『汝若爲予來者，當再集也。』已而果然。《東坡題跋》

廣有潮雞，潮至則啼，身小足矮，昔余襄公靖詩云：『客聽潮雞迷半夜，人瞻颶母識陰晴』是也。《嶺外代答》

《藝苑雌黃》云：閩廣有木名『榕』，《子厚集》有《柳州二月榕葉落盡》詩云：『山城雨過百花盡，榕葉滿庭鶯亂啼。』東坡詩云：『疏雨蕭蕭作晚涼，卧聞榕葉响空廊。』又云：『笑説南荒底處所，一作『好』。只今榕葉下庭皋。』即此木也。其木大而多陰，可蔽百牛，故字書有『寬芘廣容』之説。《集韻》：『榕初生，如葛藟緣木，後乃成樹，枝下著地，又復生根，異于他木。』比觀余襄公靖詩：『有語嫌雙燕，無虞羨大槦』，注云：『横蔭數畝，斤斧不

按字書：『槝槦，木中箭笴。』似非此榕，豈襄公之誤歟？按韻，榕又祥容切，即古文『松』字，與此榕木又不同。《苕溪漁隱叢話》

余安道自番禺詔赴闕，過韶陽，《游龍光寺》詩云：『暫離人世界，且至佛家鄉。』議者謂非吉兆，果卒于秦淮亭下。嘗有日者謂曰：『到秦地嘗有災。』果如其言。《詩話總龜》

王　琪

金陵賞心亭，丁晉公出鎮日重建也，秦淮絶致，清在軒檻，取家匣所寶《袁安臥雪圖》張于亭之屏，乃唐周昉絶筆，凡經十四守，雖極愛而不敢輒覬，偶一帥遂竊去，以市畫《蘆雁》掩之。後君玉王公琪復守是郡，登亭留詩曰：『千里秦淮在玉壺，江山清麗壯吴都。昔人已化遼天鶴，舊畫難尋《臥雪圖》。冉冉流年去京國，蕭蕭華髮老江湖。殘蟬不會登臨意，又噪西風入座隅。』此詩與江山相表裏，爲貿畫者之蕭斧也。《湘山野録》

紅梅粉紅色，標格猶是梅，而繁密則如杏，香亦類杏，詩人有『北人全未識，渾作杏花看』之句，與江梅同開，紅白相映，園林初春絶景也。梅聖俞詩云：『認桃無緑葉，辨杏有青枝』，當時以爲著題，東坡詩云：『詩老不知梅格在，更看緑葉與青枝』，蓋謂其不韻，爲紅梅解嘲云。承平時，此花獨盛于姑蘇，晏元獻公始移植西岡圃中，一日貴游賂園吏得一枝

分接，由是都下有二本。嘗與客飲花下，賦詩云：『若更開遲三二月，北人應作杏花看。』客曰：『公詩固佳，待北俗何淺耶？』晏笑曰：『傖父安得不然！』王琪君玉時守吴郡，聞盜花種事，以詩遺公云：『館娃宫北發精神，粉瘦瓊寒露蕊新。園吏無端偷折去，鳳城從此有雙身。』當時罕得如此，比年屢轉移接，殆不可勝數矣。世傳吴下《紅梅》詩甚多，惟方子通一篇絶唱，有『紫府與丹來换骨，春風吹酒上凝脂』之句。《范村梅譜》

《東軒筆録》云：彭乘爲翰林學士，文章誥命，尤爲可笑。有邊帥乞朝覲，仁宗許其候秋凉即途，乘爲批答之詔，曰：『當俟蕭蕭之候，爰興靡靡之行。』王琪性滑稽，多所侮誚。及乘死也，琪爲挽詞，云：『最是蕭蕭句，無人繼後風。』蓋爲是也。《耆舊續聞》

翰林學士彭乘，不訓其子文學，參軍范宗翰學士責之曰：『王氏之琪、珪、玘、琰，器盡璠璵；韓氏之綜、絳、縝、維，才皆經緯。非蔭而得，由學而然。』《耆舊續聞》

《西清詩話》言：王君玉謂人曰：『詩家不妨間用俗語，尤見工夫。』雪止未消者，俗謂之『待伴』，嘗有《雪》詩：『待伴不禁鴛瓦冷，羞明常怯玉鈎斜。』『待伴』、『羞明』皆俗語，而採拾入句，了無痕纇，此點瓦礫爲黄金手也。《緗素雜記》

《復齋漫録》云：『晏元獻赴杭州，道過維揚，憩大明寺，瞑目徐行，使侍史讀壁間詩板，戒其勿言爵里姓氏，終篇者無幾。又誦一詩，云：「水調隋宫曲，當年亦九成。哀音已

亡國，廢沼尚留名。儀鳳終沉寂，鳴蛙秖沸聲。凄涼不可問，落日下蕪城。」徐問之，江都尉王琪詩也。召至同飯，飯已，又同步池上，時春晚，已有落花，晏云：「每得句書墻壁間，或彌年未嘗强對，且如『無可奈何花落去』，至今未能對也。」王應聲曰：「似曾相識燕歸來。」自此辟置館職，遂躋侍從矣。山谷南遷，還至南華竹軒，亦令侍史誦詩板，有一絶云：「不用山僧供帳迎，世間無此竹風清。獨拳一手支頤卧，偷眼看雲生未生。」稱歎不已，徐視姓名，曰：「果吾學子葛敏修也。」』苕溪漁隱曰：《昭陵諸臣傳》，元獻不曾知杭州，《復齋》乃云元獻赴杭州、道過維揚，《豫章先生傳》：山谷崇寧四年卒於宜州，紀皆誤也。《苕溪漁隱叢話》

王君玉内翰初登第，調揚州江都縣令，題《九曲池》詩云：『越調隋家曲，當年亦九成。哀音已亡國，廢沼尚留名。儀鳳終沉影，鳴蛙祇沸聲。凄涼不可問，落日背蕪城。』晏元獻閲詩賞歎，薦爲館職。又嘗乞夢于后土祠，夜得報云：『君年二十七，官至四品。』時年正二十七，大惡之，過歲乃稍自安。後以禮部侍郎樞密直學士致仕，未改官制時正四品，年七十二云。《彦周詩話》

晏元獻公留守南郡，王君玉時已爲館閣校勘，公特請于朝，以爲府簽判，朝廷不得已，使帶館職從公。外官帶館職，自君玉始。賓主相得，日以賦詩飲酒爲樂，佳時勝日，未嘗輒

廢也。嘗遇中秋陰晦，齋廚夙爲備，公適無命。既至夜，君玉密使人伺公，曰『已寢矣。』君玉亟爲詩以入，曰：『只在浮雲最深處，試憑絃管一吹開。』公枕上得詩大喜，即索衣起，徑召客治具，大合樂。至夜分，果月出，遂樂飲達旦。前輩風流固不凡，然幕府有佳客，風月亦自如人意也。《石林詩話》

前輩稱王君玉詩刻琢深淳，且舉『蠶寒冰繭瘦，蜂老露房欹』、『魚寒不食清池釣，鷺靜頻驚小閣棋』二聯。予以其《集》考之，五言如：『露槿東西照，風荷向背愁』，七言如：『涼吹易成團扇恨，夕陽偏結小窗愁。』如《詠明皇》云：『誰將水調歌秋雁？不遣君王待曲終。』絶句如：『香溪春老誤尋芳，只有愁雲映夕陽。今日重來已如此，何須更問海生桑。』如：『正月初弦二月賒，小陽春事已如麻。强誇力健因移石，不減公忙爲種花。』皆精妙有思致，絶句可入選，而《詩話》所稱二聯，乃不在《集》中。君玉，晏元獻客也，嘗與楊大年、歐公唱和。《後村詩話》

王琪、張亢，同在晏元獻幕。張肥大，王以太牢目之；王瘦小，張以獼猴目之。一日有米綱至八百里村，水淺當剥載，張往督，王曰：『所謂八百里駁也。』張曰：『未若三千年精矣。』琪嘗嘲亢曰：『張亢觸藩成八字』，亢應聲曰：『王琪望月叫三聲。』《堯山堂外紀》

《西清詩話》云：王琪君玉《詠秋蓮》詩曰：『蠶寒冰繭瘦，蜂老露房空。』《聞角》曰：

『隴雁半驚天在水，征人相顧月如霜。』又有詩曰：『魚寒不食清池釣，鷺静頻驚小閣棋。』《苕溪漁隱叢話》

《鍾山語録》云：或歌王琪詩者，荆公曰：『琪詩雖時有奇句，然雕鎸不自在。』《苕溪漁隱叢話》

王禹玉丞相《寄程公闢》詩云：『舞急錦腰迎十八，酒酣玉醆照東西』，《樂府・六么曲》有『花十八』，古有玉『東西杯』，其對甚新也。《墨莊漫録》

王禹玉爲翰苑，治平三年二月十五日，召對蕋珠殿，時賜紫花墩令坐，踰數刻方罷。明年，英廟上仙，珪作挽詞，有云：『曾陪蕋珠殿，獨賜紫花墩』，蓋謂是也。《墨莊漫録》

熙寧十年，京師春旱，上心焦勞，于後苑瑶津亭，建道場祈禱。上精誠甚切，一夕夢一僧，形容甚異，于空中吐雲霧以興雨，及覺，雨遂大注。上大悦，求其像于佛閣中，乃羅漢中第十尊者也。元絳厚之時爲參政，作《喜雨》詩，王禹玉和其韻云：『紫殿宵稱感聖憂，玉毫曾降梵王州。慈深三界雲常聚，法徧諸天雨自流。作弼爲霖孤宿望，神僧吐霧應精求。』云云，人多稱之。《墨莊漫録》

王君玉琪詩務刻琢，而深醇獨至，高視古今。每云：『初學詩易于形狀寫物，而難于題贈。至成一家言，則反此。』君玉《秋後蓮實》詩：『蠶寒冰繭瘦，蜂老露窠欹』，比興曲盡其

妙也。他詩數百首，字字清奇。《宋事實類苑》

《復齋漫録》云：《荆楚歲時記》云：『冬至一百五日，即有疾風甚雨，謂之「寒食」。』王君玉詩：『疾風甚雨青春老，瘦馬肥牛緑野深。』又見周明老詩稿云：『疾風甚雨悲游子，峻嶺崇岡非故鄉。』《苕溪漁隱叢話》

王琪君玉《金陵飲酒》詩云：『蜀江雪浪來天際，一派泉春寶釵碎』，蓋謂水碓舂金釵糯也。『金釵』乃糯米之名，詩載荆公《集》中，非是。《西溪叢語》

韓　琦

韓魏公初鎮定武，時年纔四十五，德望偉然，中外莫不傾屬。公亦自以天下爲己任，遇事不憚勤勞。晚作閲古堂，嘗爲八詠，其《叠石》、《藥圃》、《溝泉》三篇卒章云：『主人未有銘功處，日視崔嵬激壯懷。』『吾心盡欲醫民病，長得憂民病不消。』『誰知到此幽閒地，多少餘波濟物來。』其意氣所懷，固已見于造次賦詠之間，終成大勳，豈徒言之而已哉。《石林詩話》

熙寧初，魏公罷相，留守北京，新進多陵慢之。魏公鬱鬱不得志，嘗爲詩云：『花去曉叢蜂蝶亂，雨勻春圃桔槔閒。』時人稱其微婉。《續詩話》

韓魏公起堂於北池上，放樂天，因名曰『醉白堂』。五月堂成，公賦詩二篇，其一卒章云：『霓裳歌舞非吾事，且學熏酣石上眠。』自爾寢疾，以六月二十五日薨，此詩遂爲絶筆。既而神廟遣使特爲石藏以葬，始悟『石上眠』之句若讖云。公薨，士大夫恨勳德之難名，知與不知，皆爲泫然而歎曰：『天何不爲我留歐陽公爲魏公作誌文而後死也！』《韓魏公别録》

章聖朝，春月多召兩府、兩制、三館，於後苑賞花、釣魚、賦詩。自趙元昊背畔，西陲用兵，廢缺甚久。嘉祐末，仁宗始復修故事，群臣和御製詩。是日微陰寒，韓魏公爲首相，和詩卒章云：『曾參二十年前會，今備臺司得再陪。』時内侍都知任守忠，以滑稽侍上，從容曰：『韓琦譏陛下。』仁宗愕然，問其故。守忠曰：『譏陛下游宴太頻。』仁宗爲之笑。《閒居詩話》。又見《續詩話》

嘉祐六年三月，仁宗皇帝幸後苑，召宰執侍從臺諫館閣以下，賞花、釣魚。中觴，上賦詩。見上。宰相韓琦、樞密曾公亮、參政張昇、孫抃、副樞歐陽修、陳旭以下皆和。帝獨稱賞韓琦：『輕陰閣雨迎天步，寒色留春送壽杯』之句。《聞見後録》

公在相臺，作《久旱喜雨》詩，上句言雲動風行雷雨作解之事，斷句云：『須臾慰滿三農望，卻斂神功寂似無』，人謂此真做出相業也。《韓魏公遺事》

公在北門，重陽燕諸曹于後園，有詩一聯云：『不嫌老圃秋容淡，且看寒花晚節香。』公

居常謂：『保初節易，保晚節難。』故晚節事事尤着力，所立特完。又作《喜雪》詩一聯云：『危石蓋深鹽虎陷，老松擎重玉龍寒。』人謂公身雖在外，自任以天下之重如此。公之爲詩，用意深，非詳味之，莫見其旨，皆此類也。《韓魏公遺事》

苕溪漁隱曰：魯直詩云：『黄花晚節尤可惜，青眼故人殊不來』，與魏公：『且看黄花晚節香』，皆于黄花用『晚節』二字。蓋草木正摇落之時，惟黄花獨秀，故用此二字。《苕溪漁隱叢話》

韓魏公出鎮中山，有門客夜踰墻出宿娼家。公知，作《種竹》詩以警之，云：『殷勤洗濯加培植，莫遣狂枝亂出墻。』門客自愧，作詩云：『主人若也憐高節，莫爲狂枝贈斧斤。』公置一女奴贈之。《青瑣集》

慶曆八年，王則叛真定，既誅，始析河北大名、定武、真定、高陽爲四路，置帥，更命儒臣以輯邊備。魏公自鄆州徙鎮，則大興方略，事無不自親。嘗有《題養真亭》詩云：『所期清策慮，不是愛精神。』又云：『吏民還解否？吾豈苟安人。』其志可見矣。郡圃號衆春，會歲饑，涉春未嘗一游。陳薦在幕府，以詩請公，云：『水底魚龍思鼓吹，沙頭鷗鷺望旌旗。』公亟答之云：『細民溝壑方援手，别館鶯花任送春。』在鎮五年，政聲流聞，自是天下遂屬以爲相。《石林詩話》

畿邑扶溝有白鶴觀，向才翁、子美壁間留題二絶，周元郎中知是邑，愛之，作詩紀其美。公卿和者，韓魏公詩最佳。詩云：『二蘇遺迹匿仙扃，賢宰重來爲發明。字久半隨風雨駁，氣豪猶入鬼神驚。直疑鸞鳳騫雲去，不假江山到地清。人對盛時須自勉，酒豪顛草尚垂名。』公詩格高古雄豪如此，又應制仁廟賞花、釣魚之詩，大爲士君子稱賞。《詩話總龜》

《早夏》：『脱幘吏休後，凭軒風快餘。瀑泉增瀨急，新葉補林疏。』又：『暑初天未熱，觀閣進新涼。果熟愁枝重，荷生覺渚香。』又：『十里溪源注北塘，貯成寬碧澮泱泱。新蒲弱荇參差緑，去鷺來鳧斷續行。一攬輕波摇鷁舸，滿罾斜日曬魚梁。使君思拙無清夢，高柳陰成草自長。』韓魏公手書《早夏》三詩，備蕭散閒適之趣，《安陽集》所無。《吴禮部詩話》

瑞香花，即《楚辭》所謂『露甲』也，一名『錦薰籠』，又名『錦被堆』。韓魏公詩云：『不管鶯聲向曉催，錦衾春曉尚成堆。香紅若解知人意，睡取東君莫放回。』張圖之改『瑞香』爲『睡香』，詩云：『曾向廬山睡裏聞，香風占斷世間春。採花莫撲枝頭蝶，驚覺陽臺夢裏人。』陳子高詩：『宣和殿裏春風早，紅錦薰籠二月時。流落人間真誑事，九秋秋露卻相宜。』蓋詠九日瑞香也。又唐人詩云：『誰將玉膽薔薇水，新濯瓊肌錦繡襌？『單』音。』體物既工，用韻又奇，可謂絶唱矣。余亦有一章。《升庵詩話》

司馬温公既辭樞密副使，名重天下。韓魏公元臣舊德，倍加欽慕，在北門，與温公書

云：『多病寢劇，闕于修問。但聞執事以宗社生靈爲意，屢以直言正論，開悟上聽，懇辭樞弼，必冀感動；大忠大義，充塞天地，横絶古今。固與天下之人，歎服歸仰之不暇，非于紙筆一二可言也。』又書云：『音問罕逢，闕于致問。但與天下之人，欽企高誼，間有執鞭忻慕之意，未嘗少忘也。』又書云：『伏承被命，再領西臺，在于高識，固有優游之樂，其如蒼生之望何？此中外之所以鬱鬱也。』《紫薇詩話》

《東皋雜録》云：北門舊有過馬廳，韓魏公爲留守，更新之，榜曰『雅集』，賦詩云：『過馬傳聞事莫詳，我嚴賓席在更張。不資金石升堂樂，務接芝蘭入室香。農穫大田歌滯穗，訟消群枉闃甘棠。時聞雅集延諸彥，病守心閒興亦長。』《苕溪漁隱叢話》

《幕府燕閒録》云：『韓魏公初罷相，出鎮長安，或獻詩云：「是非莫問門前客，得失須憑塞上翁。引取碧油紅旆去，鄴王臺畔醉春風。」公以爲然，即請守相州。』苕溪漁隱曰：先君有言，近世士人與上官詩，無非諛詞，未聞有規勸之語者。或者獻詩于魏公，勸其辭分陝之重，而爲晝錦之榮，可謂能規勸矣。《苕溪漁隱叢話》

駕幸西太一宫，道傍耕桑者，皆以茶絹賜之。『杪春時澤未全滂，西禱真祠徯福祥。筮女捨籠驚法從，耕夫投耒目天光。勤勞率省優恩極，拜賜皆知佚道長。海内承風誰不勸？何須躬籍與躬桑。』方回曰：此甲辰治平元年，英宗出郊時詩，昇平之象可掬，魏公爲

太平宰相無愧矣。時耕者叱牛聲甚厲，駕前衛士，咸以爲笑，公亦以詩紀之。《瀛奎律髓》。宗祥案：公有絶句云：『皇心憫雨出西垌，親禱靈宫致潔誠。扈蹕不知農事苦，輦前争笑叱牛聲。』即紀此事也。

韓忠獻《王帥定武嘉得蘭亭石刻》詩云：『臺英正約尋芳會，誰是山陰作序人？』又云：『欲繼永和脩故事，愧無神筆走龍蛇。』又云：『欲學永和當日序，愧無奇筆紹前蹤。』又云：『一觴一詠無絲營，恰似蘭亭列坐時。』又云：『休論俛仰爲陳迹，且學山陰祓禊杯。』又云：『會餘俯仰皆陳迹，不醉山陰定笑人。』桑世昌《蘭亭考》。

趙抃

趙清獻公以清德服一世，平生畜雷氏琴一張，鶴與白龜各一，所向與之俱。始除帥成都，蜀風素侈，公單馬就道，以琴、鶴、龜自隨，蜀人安其政，治聲藉甚。元豐間，既罷政事守越，復自越再移蜀。時公將老矣，過泗州渡淮，前已放鶴，至是，復以龜投淮中。既入見，先帝問：『聞卿前以匹馬入蜀，所携獨琴、鶴，廉者固如是乎？』公頓首謝。故其詩有云：『馬尋舊路如歸去，龜放長淮不再來』者，自紀其實也。《石林詩話》

治平初，龍圖閣直學士趙公抃鎮成都。有張山人者，不知所居，數至李道士舍，一日，語李曰：『爲我白龍圖公促治裝，行當入覲，且參大政矣。』趙聞而異之，喻李令與俱來。及

至，李欲同見公，張固辭曰：『與公相見自有期，今未可也。』李具以告公。公曰：『俟其再至，密令人來白。』他日又至，李方遣人白公，張遽求還，留之不可，曰：『龍圖且來矣。』公方命駕，聞其去而止，益奇之。未幾，果應召命，乃參政柄，及鎮青社。熙寧五年，張遺公書云：『當來相見。』公大喜，語賓僚曰：『張山人且來矣。』久之無耗。至秋，公奉詔再領成都，方悟曰：『山人言來，乃吾當往也。』故將行，先寄張詩，有：『不同參政初時入，謂呂餘慶。也學尚書兩次來。謂張乖崖。到日先生應笑我，白頭猶自走塵埃』之句。《澠水燕談録》

兩當縣，在鳳州，故老相傳，嘉陵江與牛沮水相會于縣界，故名『兩當』。又云東京、西蜀，至此皆三十程，故名『兩當』。本朝知成都府趙抃，被詔還朝，宿廣鄉驛，有詩云：『被召趨都景物疏，兩當中夜宿中途。本朝五任東西蜀，還有區區似我無？』注云：『《圖經》東京、西蜀至此道里均等，驛在縣中。』《海録碎事》

宋趙屼倅温州時，其父清獻公致仕家居，屼迎以就養，作堂名『戲綵』。公題堂中云：『我憩堂中樂可知，優游踰月竟忘歸。老萊不及吾兒少，且著朱衣勝綵衣。』《蓉塘詩話》

絶句括盡題意方佳。清獻趙公《八詠樓》詩云：『隱侯詩價滿東吴，八詠篇章意思殊。聞説當時清瘦甚，不知還爲苦吟無？』又《繡川湖》詩云：『東南山水聞之久，未省人曾説義烏。萬頃波濤驚客眼，始知中有繡川湖。』二詩盡括題意，得絶句體。《梅磵詩話》

清獻趙公，嘉祐六年，言陳旭與御藥王世寧通家親戚，用是遷副樞。未行，遂匄出知虔州。有詩云：『乍辭龍尾道，來刺虎頭城。』蓋唐含元殿前龍尾道，自平階地凡詰曲七轉，由丹鳳門北望，宛如龍尾下垂于地焉，兩垠欄悉以青石爲之，故謂之『龍尾道』。賈公《談録》：公既出，而旭亦罷。其《謝到任表》云：『且虔雖遠方，而衢乃便道，過家上冢，悉章盡得于哀榮。跋山涉川，之任敢辭于艱險。而況樞臣報罷，物議有歸。廣聖君從諫之名，遂微臣納忠之志。』蓋公乃衢人也。《能改齋漫録》

宋元豐己未，趙清獻公抃，再帥錢唐，抗章告老。歲甲子八月，忽來游山，謂道士沈士益曰：『近夢入真境，宫闕巍峨，有數道士相迓，詢之，曰「此洞霄宫」。既覺思之，兩典是郡，未嘗至此，故冒暑來。今觀泉石樓觀，與夢中所見無異，豈仙聖有緣耶？』留詩曰：『龍穴藏身穩，泉源撫掌清。紅塵人絶迹，白日世長生。我分諳沖寂，誰能願利名？夢中休指笑，又作洞霄行。』《洞霄圖志》

趙清獻公抃，以重光禪師爲方外交，暨牧青州日，聞雷有省，即説偈曰：『退食公堂自凭几，不動不摇心似水。霹靂一聲透頂門，驚起從前自家底。舉頭蒼蒼喜復喜，刹刹塵塵無不是。中下之人不得聞，妙用神通而已矣。』公以少保致仕歸衢州，築居曰『高齋』，有偈見意，曰：『腰佩黄金已退藏，個中消息也尋常。時人未識高齋老，只是柯村趙四郎。』《羅湖

雜録》。宗祥案：《稗史彙編》，前偈作『默坐公堂虚隱几，心源不動湛如水。一聲霹靂頂門開，喚起從前自家的。』後偈『時人要識』作『世人欲識』，『趙四郎』作『趙五郎』。

金船嶺有香林寺，趙抃自虔州赴召，通判周惇頤餞之，《香林唱和》詩云：『更游蕭寺千山好，不惜蘭舟一日留。』《方輿勝覽》

趙抃，字閲道，衢州西安人，熙寧三年，以資政殿大學士知杭州。細民聞抃寬大，多駱聚爲盗。抃捕獲，其情重者，黥配他州，法禁嚴肅，盗遂遁去，境内以清。嘗題郡中《清風閣》云：『庭有松蘿砌有苔，退公聊此遠塵埃。潮音隱隱海門至，泉勢潺潺石縫來。夜榻衾裯仙夢覺，曉窗燈火佛書開。休官不久輕舟去，喜過嚴陵舊釣臺。』蓋公琴鶴之操，所在如一也。《西湖志餘》

宋世小説，謂趙清獻公不知周茂叔。予觀趙公贈周公詩云：『心似冰輪浸玉淵，節如金井冽寒泉。』知之深，贊之至，無踰此矣。或者初不相知，而後乃相信耳。《升庵集》

趙清獻詩曰：『山外長溪溪外山，捲簾空闊水雲間。高齋有問如何答，清夜安眠白晝閒。』此非有平昔之焚香告天，何易及此哉！常人汩没情欲，憧憧擾擾，日夜無息，那討安閒境地？葉廷秀《詩譚》

文潞公詩婉麗濃嫵，絶似西崑。趙清獻詩亦有似潞公者，殊不類其爲人。如《暖風》

云：『薄袂歌雲散，輕霞舞袖低。簾疏蕩樓閣，塵暗逐輪蹄。絮亂垂楊道，香流種藥畦。春宵惱春思，一枕杜鵑啼。』《芳草》云：『翠密馴文雉，叢深隱畫輪。離披金谷曉，寂寞茂陵春。古渡班荆客，長隄走馬人。芊芊似袍緑，一雨一番新。』《杜鵑》云：『響亂書窗外，人驚夢枕中。江城啼曉月，澤國怨春風。柳道盤餐緑，桃園蹀躞紅。年年來此地，留恨任西東。』《寒食》云：『城郭青煙散，郊園麗日長。鬥雞紅錦翅，游騎紫絲韁。有蝶俱含粉，無人不惜芳。儘拚花下飲，歸去醉成鄉。』《觀水》云：『澄江抵練長，極目路蒼茫。煙芷差差緑，風荷柄柄香。西流終古恨，南浦鎮時忙。擬待傳辭念，離人在楚鄉。』右數詩掩卷讀之，豈復知鐵面所爲耶。《居易録》

趙參政抃閲道，初好神仙術，在成都有僧上詩云：『須向維摩頂上行』，閲道遂悟。後有道士獻紫金盂，閲道拒不受。道士求金三兩易之，閲道曰：『吾以三兩凡金换奇金，不可。』後歸鄉里。一日，忽徧辭親友，趺坐而化。孫公《談圃》

孫　定

孫定，字至光，涪州犬戎之族子，長於修。定數舉，而修方就貢，或訪於定。定詿之曰：『十三儀表堂堂，好個將軍，何須以科舉爲意。』修頗銜之。後修貴達，未嘗言定長短。

晚年喪志，放意酒杯。景祐二年，下第游京師，出開遠門，醉中作詩曰：『行行汗血洒塵襟，事逐東流渭水深。私跨蹇驢風尚緊，静投孤店日方沉。一枝猶掛東堂夢，千里空馳北巷心。明月悲歌又前去，滿城煙樹噪春禽。』《詩史》

丘濬

康定中，嘗上《觀風感事》詩一百篇，往往譏刺權貴。嘲宰相張士遜詩曰：『中書壞了朝綱後，方始辭榮學退居。』又嘲張耆詩曰：『西鄙用兵閒處坐，可能羞見碧油幢。』又嘲執政曰：『密院中書多出入，不論功績便高遷。金銀一似佛世界，動便三千與大千。』執政怒，且以詩多及朝廷休咎，于是言于上，請誅之。仁宗曰：『狂夫之言，聖人擇焉。古有郇謨哭市，其斯人之徒歟！』皇祐中，以爲光禄寺丞。有詩云：『三聖艱難平九有，纔當陛下守宗祧。太平日久還知否？官濫民窮士卒驕。太陽日日無光彩，陰霧漫漫甚可驚。臣道昏蒙君道蔽，天垂警戒最分明。太陰度度臨南斗，南斗當寅屬艮宫。月是大臣艮是主，何人敢爾竊天功！太祖艱難恢帝業，庚申起曆到庚辰。庚辰自是元九數，國事邊機合鼎新。大游太乙臨西北，便有干戈動城中。五將三門如不會，謾言邊吏盡英雄。小游丙午歸東北，内外宫中兩相來。客算雖然二十五，其如廹脅也成災。好是四京兼九有，人人盡着窄衣

裳。天垂美意還知否？急迫須憂萬事忙。取士衹憑詩與賦，謀猷方略悄無聲。今朝正是求賢際，又把科場引後生。枉費民財修郡學，總言丞意比文翁。其中只聚漂浮輩，教化根源恰是空。』道源名濬，黟人，天聖中進士。讀《易》，悟『損』、『益』二卦，能通數知未來。歷官殿中丞。嘗語家人曰：『吾壽終于九十九。』後至池州，一日，起盥沐，索筆爲《春草》詩畢，端坐而逝，年八十一。殮時衣空，衆謂屍解。後數年，有黄衣人持濬書抵滁，家人啓封，持書者忽不見。書云：『吾本預仙籍，以推步象數，謫爲泰山主宰。』《湧幢小品》

丘濬十歲，謁陳州太守，曰：『前日寺中聞射，因成詩云：「殿宇時聞燕雀鳴，虚庭盡日少人行。孤吟獨坐情何限，時喜風傳中鵠聲。」』守喜，令對：『弱柳絲絲搓緑線』，曰：『春雲片片揭新緜。』《古今詩話》

丘寺丞失意，徧游諸郡，至山陽，郡守屢召之夜飲，翌日作詩曰：『醜卻天下美人面，正得世間男子心。』郡守它日再爲文字之飲以謝之。又至五羊，贈太守詩云：『階上腥臊堆蜆子，口中濃血吐檳榔。』又云：『風腥蠻市合，日上瘴雲紅。』守見之不懌。《翰府名談》

靖康中，金人圍京城，朝廷急于命將。有郭京者，自云用六甲法可以擒敵，朝廷錫以金帛，使自募兵。有賣線兒，京授以將命；又有劉無忌，乃賣藥道人，常倒植泥中乞錢，亦作統制官，蓋取丘濬詩有『郭京楊式劉無忌，皆在東南卧白雲』之讖。郭京出，前軍爲金兵一

掃而空，城遂陷。《潤聖皇帝要録》

丘濬至儀真，太守召看牡丹，賦詩曰：『何事化工情愈重，偏教此卉太妖妍。王孫欲種無餘地，顔巷安貧欠買錢。曉檻競開香世界，夜闌誰結醉因緣？須知村落桑麻處，田叟饑耕婦不眠。』又《贈五羊太守》曰：『碧睛蠻婢頭蒙布，黑面胡兒耳帶環。幾處樓臺皆枕水，四周城郭半圍山。』《翰府名談》

阮　逸

至和中，阮逸爲王宫教授，有宗室能詩，多與逸唱和。逸有句曰：『易立太山石，難枯上林柳。』有言其事者，朝廷方治之，會逸復以請求受賄事，因廢斥之。《隱居詩話》

阮户部《游紫微觀》詩：『春來猶未到金庭，桃杏離披柳已青。直待斜陽方興盡，一筇獨立紫微亭。』《古今詩話》

張　維

先世舊藏吴興張氏《十詠圖》一卷，乃張子野圖其父維平生十首也。其一《太守馬大卿會六老于南園》云：『賢侯美化行南國，華髮欣欣奉宴娱。政績已聞同水薤，恩輝遂喜及

桑榆。休言身外榮名好，但恐人間此會無。他日定知傳好事，丹青寧羡洛中圖。』其二《庭鶴》云：『戢翼盤桓傍小庭，不無清夜夢煙汀。静翹月色一團素，閒啄苔錢數點青。終日稻粱聊自足，滿前雞鶩漫相形。已隨秋意歸詩筆，更與幽棲上畫屏。』其三《玉蝴蝶花》云：『雪朵中間蓓蕾齊，驟開尤覺繡工遲。品高多説瓊花似，曲妙誰將玉笛吹？散舞不休零晚樹，團飛無定撼風枝。漆園如有須爲夢，若在藍田種更宜。』其四《孤帆》云：『江心雲破處，遥見去帆孤。浪闊疑昇漢，風高若汎湖。依微過遠嶼，髣髴落荒蕪。紀事作『平蕪』。莫問乘舟客，利名同一途。』其五《宿清江小舍》，破損僅存一句云：『菰葉青青緑荇齊。』其六《歸燕》云：『社燕秋歸何處鄉？群雛齊老稻青黄。猶能時暫棲庭樹，漸覺稀疏度苑墻。已任風庭下簾幕，卻隨煙艇過瀟湘。前春認得安巢所，應免差池揀杏梁。』其七《聞砧》云：『遥野平林砧杵聲，淺沙棲雁自相鳴。西風送响暝色静，久客感秋愁思生。何處征人移塞帳，即時新月落董逌周《吴興藝文補》作『滿』。江城。不知今夜擣衣曲，欲寫秋閨多少情？』其八《宿後陳莊》云：『臘凍初開苕水清，煙村遠郭漫行吟。灘頭斜日鳧鷖隊，枕上西風鼓角聲。一棹寒燈隨夜釣，滿犁膏雨趁春耕。誰言五福仍須富？九十年餘樂太平。』其九《送丁遜秀才赴舉》云：『鵬至天池鳳翼隨，《藝文補》作『衆莫隨』。風雲高處約先飛。青袍錫宴出關近，帶取瓊林春色歸。』其十《貧女》云：『蒿《藝文補》作『荆』。簪掠鬢布裁衣，水鑒雖

明亦懶窺。數畝秋禾滿家食，一機官帛幾梭絲。物爲貴寶天應與，花有秋香春不知。多謝年來豪族女，總教時樣畫蛾眉。』孫覺莘老《序》之云：『富貴而壽考者，人情之所甚慕；貧賤而夭短者，人情之所甚哀。然有得于此者，必遺于彼。故寧處康强之貧、壽考之賤，不願多藏而病憂、顯榮而夭短也。贈尚書刑部侍郎張公，諱維，吳興人。少年學書，貧不能卒業。去而躬耕以爲養，善教其子，至于有成。平居好詩，以吟詠自娱，浮游閭里，上下于谿湖山谷之間，遇物發興，率然成章，不事彫琢之巧、采繪之華，而雅意自得，往往與異時處士能詩者爲輩。蓋非無憂于中，無求于世，其言不能若是也。公不出仕而以子封至正四品，亦可謂貴；不治職而受禄養以終其身，亦可謂富。行年九十有一，可謂壽考。夫享人情之所甚慕，而違其所哀，無憂無求，見之吟詠，則其自得而無怨懟之辭，蕭然而有沉澹之思，其亦宜哉。公卒十八年，公子尚書都官郎中先，亦致仕家居，取公平生所自愛詩十首，寫之縑素，號《十詠圖》，傳示子孫，而以《序》見屬。予既愛侍郎之壽，都官之孝，爲之序而不辭。都官，字子野，蓋其年八十有二云。』此事不詳于郡《志》，而張維之名亦不顯，故人少知者。會直齋陳振孫貳卿，方修《吳興志》，討摭舊事，見之大喜，遂傳其圖，且詳考顛末，爲之跋云：『慶曆六年，吳興郡守宴六老于南園，酒酣賦詩。安定胡先生瑗，教授湖學，爲序其事。六人者，工部侍郎郎簡，年七十九；司封員外郎范説，年八十六；衛尉寺丞張維，年九十

一，俱致仕。劉餘慶，案今刻本誤作『維慶』。年九十二；周守中，年九十五；吳琰，年七十二，皆有子弟列爵于朝。劉，殿中丞述之仲父；周，大理丞頌之父；吳，大理丞知幾之父也。詩及《序》刻石園中。園廢，石亦不存。其事見《圖經》及《安定言行録》。予嘗攷之：郎簡，杭人也，或嘗寓于湖；范説，咸平案今刻本誤作『治平』，今依《吳興藝文補》改。三年進士，同學究出身；周頌，天聖八年進士；劉、吳盛族，述與知幾，皆有名迹可見，獨張維無所攷。近周明叔史君，得古畫三幅，號《十詠圖》者，乃維所作詩也。首篇即《南園宴集序》所賦，孫覺莘老序之，其略云云。于是始知維爲子野之父也。時熙寧五年，歲在壬子，逆數而上八十二年，子野之生當在淳化辛卯，其父享年九十有一，正當爲守。會六老之年，實慶曆丙戌。逆數而上九十一年，則周世宗顯德丙辰也。後四年宋興，自是日趨太平極盛之世，及于熙寧元豐，再更甲子矣。子野于其間擢儒科，登膴仕，爲時聞人，贈其父官四品，仍父子皆耄期，流風雅韻，使人遐想慨慕不能已。可謂吾鄉衣冠之盛事矣！世固知有子野，而不知有其父也。自慶曆丙戌後十八年，子野爲《十詠圖》，當治平甲辰。又後八年，孫莘老爲太守，爲之作《序》，當熙寧壬子。又後一百七十七年，當淳祐己酉，其圖爲好古博雅君子所得。會予方緝《吳興人物志》，見之如獲拱璧，因細考而詳録之，庶幾不朽于世。其詩亦清麗閒雅，如「灘頭斜日鳧鷖隊，枕上西風鼓角聲」，又「花有秋香春不知」，皆佳句也。子野之墓，

在下山多寶寺，今其後影响不存矣。此圖之獲，豈不幸哉！』賦詩云：『平生聞説張三影，十詠誰知有乃翁？逢世昇平百年久，與齡耆艾一家同。名賢敘述文章好，勝事流傳繪素工。遐想盛時生恨晚，恍如身在畫圖中。』予家又偶藏子野詩一帙，名《安陸集》，案今刻本誤，作《安六集》。舊京本也，鄉守楊嗣翁見之，因取刻之郡齋。適二事皆出予家，似與子野父子有緣耳。《齊東野語》

顔太初

鼂繹先生作《許希詩序》云：『鍼工許希，下蔡人，住梁門西市三十年。及天聖中，皇躬違豫，有内戚達其姓名，上召見，三進鍼而疾平，面授尚藥奉御，其賜，予不可勝紀。謝恩畢，西向而拜，上詢其故，奏曰：「臣拜本師扁鵲也。」上惜其用心不忘本，給錢五十萬爲立祠，封曰「靈應侯」。或曰：人生乎世，慎乎習，希失其所習者也，使不習醫而習儒，其遇主之日，不忘先師明矣。』若然，則讀書爲儒，乘時取富貴，高冠長劍，昂昂廟堂之上，自負自得，不知素王之力者，許希之罪人也。』因爲之詩云：『京城名利塗，車馬相奔馳。其間取富貴，往往輸巫醫。前後十數輩，身没名已隳。獨有許希者，藴蓄何瓌奇。始自下蔡來，所處尤喧卑。西市三十年，汩汩無人知。一朝仗至藝，驟登文石墀。三鍼愈上疾，神速不移時。

酬以六尚官，著籍通端闈。旌以三品服，佩紫垂金龜。于時稱謝畢，西向復陳儀。當廳驚且問，歷歷宣其辭。臣傳扁鵲術，遇主今得施。特此一展謝，臣心不自私。主上惜其意，繫賞爲噓唏。仍給水衡錢，國西命立祠。復加靈應號，金額照華榱。自此輦轂下，求禱何祁祁。我過慶成坊，見之心且悲。秦醫術雖妙，五藏及四肢。所習得其人，千齡祀不虧。魯聖術至大，帝道與民彝。所習非其人，一朝反相持。小吏師荀況，竊爲辨説資。作相勸焚書，詐云愚蚩蚩。後之爲儒者，其心皆李斯。昔在布衣日，動守先王規。朝談十二經，夕誦三百詩。依憑稽古力，榮進無他岐。及居廟堂上，長劍冠峩巍。自謂天所賦，焉知有宣尼？宣尼斷襲封，十經寒暑移。他姓爲邑官，鄉老皆驚疑。上章寢不報，九重遭面欺。諫官不舉失，御史不言非。盡爲許希笑，得路忘先師。』《宋文鑒》

天聖中，文宣公孔聖祐卒，無子，除襲封且十年。是時有醫許希，以鍼愈仁宗疾，拜賜已，西向拜扁鵲曰：『不敢忘師也。』帝爲封扁鵲神應侯，立祠城西。太初作《許希》詩，指聖祐事以諷在位，又致書參政蔡齊，齊爲言于上，遂以聖祐弟襲封。《宋史·文苑傳》

太初又作《東州逸黨》詩云：『天之有常度，躔次絶乖離。地之有常理，沈潛無變虧。人之有常道，高下遵軌儀。三才各定位，萬古永不移。二儀設有變，修德可以祈。人道或反常，其亂何由支。昔在典午朝，國祚向陵夷。日向中夜出，赫赫來東陲。地向太極裂，中

有蒼鵝飛。高厚災且異，人妖亦繁滋。始有竹林民，怪誕名不羈。次有夷甫輩，高談慕無爲。沉湎多越禮，阮籍兼輔之。虚名能飾詐，光逸與王尼。何曾有先見？不能救其衰。張華徒竭力，無以扶其危。至今西晉書，讀之堪涕洟。爾來歷千年，炎宋運重熙。東州有逸黨，尊大自相推。號曰方外交，蕩然絶四維。六籍被詆訶，三皇遭毁訾。阮儒愚黔首，快哉秦李斯。與世立憲度，迂哉魯先師。流宕終忘反，惡聞有民彝。或爲童牧飲，垂髽以相嬉。或作概量歌，無非市井辭。或作薤露唱，發聲令人悲。或稱重氣義，金帛不爲貲。或曰外形骸，頂踵了無私。麀聚復獿雜，何者爲尊卑？遥聞風波民，未見如調飢。偶逢紳帶士，相對如拘縻。不知二紀來，此風肇自誰？都緣極顯地，多用寧馨兒。斯人之一唱，翕然天下隨。斯人之一趨，靡然天下馳。鄉老爲品狀，不以逸爲嗤。宗伯主計偕，不以逸爲非。私庭訓子弟，多以逸爲宜。公朝論人物，翻以逸爲奇。家國盡爲逸，禮法從何施？我常病其事，中夜起思惟。平地三尺限，空車登無歧。重載歷百仞，所來因陵遲。萬一染成俗，雖悔何由追。衆人皆若夢，焉能分其麋。衆人皆若醉，不知啜其醨。天下皆病瘻，俾誰就魯醫？天下皆病狂，何暇灸其眉？幸有名教黨，可與決雄雌。所嗟九品賤，不得立文墀。賈誼惟慟哭，梁鴻空五噫。終削南山竹，冒死指其疵。願乘九廟靈，感悟宸心知。赫爾奮獨斷，去邪在勿疑。分捕復大索，憸人無孑遺。大者肆朝市，其徒竄海湄。殺一以戒

萬，是曰政之基。千奴共一膽，膽破衆自隳。無使永嘉風，敗亂昇平時。』《宋史·文苑傳》曰：『山東人范諷、石延年、劉潛之徒，豪放劇飲，不循禮法。後進多慕之，太初作《東州逸黨詩》。』《宋文鑒》

梅摯

梅公儀《琵琶亭》詩云：『陶令歸來爲逸賦，樂天謫宦起悲歌。有絃應被無絃笑，何況臨絃泣更多。』《中山詩話》，參見『夏竦』條

梅摯《昭州詠月》句云：『涼生荔浦月，冷熨桂江秋。』《哲匠金桴》

《山海經》云：崑崙之墟，北有『珠樹、文玉樹、玕琪樹』，皆實樹也。詩家用琪樹多矣，往往以爲仙樹，不易得見，故孫綽《天台賦》云：『琪樹璀璨而垂珠。』蕭防云：『桂宫露冷鶴歸早，琪樹風清鸞去遲。』武伯奮云：『琪樹年年玉蕊新，洞宫長閉綵霞春。』蔡隱丘《詠琪樹》詩云：『山上天將近，人閑路漸遥。誰當雲裏見，知欲度仙橋。』是人間未必有此樹也。而《六朝事蹟》載，寶林寺有琪樹，在法堂前。梅摯有詩云：『影借金田潤，香隨璧月流。遠疑元帝植，近想誌公游。』何耶？《韻語陽秋》

富弼

富鄭公築第，與康節天津隱居相邇。公曰：『自此可時相招矣。』康節曰：『某冬、夏不出，春、秋時間過親舊間，公相招未必來，不召或自至。』一日過之，公作詩云：『先生自衛客西畿，樂道安閒絶世機。再命初筵終不起，獨甘窮巷寂無依。貫穿百代嘗探古，吟詠千篇亦造微。珍重相知忽相訪，醉和風雨夜深歸。』《聞見前録》

邵堯夫集平生所作爲十卷，號曰『擊壤』。富丞相作詩題其後云：『黎民於變似堯時，便字堯夫德可知。更覽新詩名擊壤，先生全道略無遺。』爲偉人所重如此。《詩話總龜》

鄭公《耆英會詩序》云：『伏承留府太尉相公，就敝居爲耆年之會，承命賦詩，謹録上呈，伏惟采覽。』詩曰：『西洛古帝都，衣冠走集地。豈惟名利場，驟爲耆德會。大尹吾舊相，曠懷輕富貴。日與退老游，臺閣并省寺。予慙最衰老，亦許預其次。遂欲省儀容，爛然形繪事。閩嶠訪精筆，鮫綃布絶藝。今復崇宴衎，聊以示慈惠。幽居近銅駝，荒弊仍湫底。塞路移君庖，盈車載春醴。獻酬互相趣，觀處不知止。商嶺有四翁，晉林惟七子。較我集諸賢，盛衰何遠邇。並事實可矜，傳之爲千祀。』時公年九十九。又一絶云：『弼竊覽長篇』，斷章有『十二人中第二人』之句。又賦一絶上呈，詩曰：『顧我年齡雖第一，在公勳德自無雙。不推

行業終難敵，富貴康寧亦可降。』司馬光《洛中耆英會詩》。宗祥案：是時鄭公年爲七十九，上『九』字誤。

富鄭公早年嘗夢青州王相公以後事相託，公曰：『相公德被生民，當延遐壽，何遽及此？』後二年，罷相知鄆州，辟鄭公爲倅。到任月餘，有大星隕于宅園，家人怪之，相告曰：『後月當見。』不至後月，薨，鄭公爲治喪事。故鄭公挽詞曰：『道德被生民』，與當年夢中符契。《古今詩話》

華陰員資深《三蓮詩話》云：『或傳富鄭公奉使遼國，虜使者云：「蚤登雞子之峰，危如累卵。」答曰：「夜宿丈人之館，安若泰山。」又云：「酒如線因針乃見」，富答曰：「餅如月遇食則缺。」』《詩話》系録本，員乃南渡前人，辛巳歲偶于朋友處見之。所載富公之詩，皆傑特不凡，因筆于此。《梅磵詩話》

東坡云：『永叔作《醉翁亭記》，其辭玩易，蓋戲云耳，又不自以爲奇特也。而妄庸者乃作永叔語云：「平生爲此文最得意。」又云：「吾不能爲退之《畫記》，退之亦不能爲《醉翁亭記》。」此又大妄也。』陳後山云：『退之作《記》，記其事爾，今之記，乃論也。少游謂《醉翁亭記》亦用賦體。』余謂文：忠公此《記》之作，語意新奇，一時膾炙人口，莫不傳頌，蓋用杜牧《阿房賦》體，游戲于文者也，但以記其名『醉』爲號耳。富文忠公嘗寄公詩云：『滁州太守文章公，謫官來此稱『醉翁』。醉翁醉道不醉酒，陶然豈有遷客容。公年四十號

翁早，有德亦與耆年同。』又云：『意古直出茫昧始，氣豪一吐閶闔風。』蓋謂公寓意于此，故以爲『出茫昧始』，前此未有此作也。不然公豈不知『記』體耶？觀二公之論，則優《竹樓》而劣《醉翁亭記》，必非荆公之言也。《耆舊續聞》

全宋詩話目録卷十三、十四、十五

歐陽修　字永叔，廬陵人，天聖八年進士。歷官知制誥、翰林學士、樞密副使、參知政事。神宗朝，兵部尚書，以太子少師致仕。卒贈太子太師，諡文忠。晚號六一居士，有集及《六一詩話》。

全宋詩話卷十三

歐陽修一

南嶽李巖老好睡，衆人食罷下棋，巖老輒就枕，閱數局乃一展轉，云：『我始一局，公幾局矣？』東坡曰：『巖老常用四脚棋盤，只着一色黑子。昔與邊韶敵手，今被陳摶饒先，著時似有輸贏，著了全無一物。』歐陽公詩云：『夜涼吹笛千山月，路暗迷人百種花。棋罷不知人換世，酒闌無奈客思家。』殆類是也。《百斛明珠》

歐陽文忠《送張至秘校歸莊》詩云：『鳥聲梅店雨，柳色野橋春』，此『茅店月』、『板橋霜』之意。《詩話總龜》

劉壯輿云：歐陽公自謂：『吾畏慕不可及者，聖俞子美。』及贈詩云：『文會忝予盟，詩壇推子將。』又曰：『維持於文章，泰山一浮塵。』既曰：『郊死不爲島，聖俞發其藏。』又曰：『堪笑區區郊與島，螢飛露溼凝秋草。』是其自謂不如者，乃所以過之也。《直方詩話》

永叔言《苦吟》句云：『一句坐中得，片心天外來』，兹所謂苦吟破的之句。《青瑣集》

韓魏公自中書出相州，於居第作狎鷗亭。永叔以詩寄曰：『豈止忘機鷗鳥信，鈞陶萬物本無心。』魏公喜曰：『余在中書，進退升黜，未嘗置心於其間，永叔可謂知我！』《古今詩話》

趙叔平退居睢陽，歐陽永叔致政居潁。叔平來訪永叔，時吕晦叔知潁，開宴召二公。永叔自爲作致語，曰：『欲知盛席繼荀陳，請看當筵主與賓。金馬玉堂三學士，清風明月兩閒人。紅芳已過鶯猶囀，清杏初嘗酒正醇。好景難逢良會少，乘歡舉白莫辭頻。』《倦游録》

『冰斤』事見《因話録》，歐陽有詩云：『獨宿冰斤夢帝闕。』《直方詩話》

京師芡實，最盛於會靈觀之凝祥池，故文忠詩曰：『凝祥池鎖會靈園，僕射荒村安可比。』而東坡又云：『忽憶嘗新會靈館，滯留江海得加飡。』『僕射坡』在鄭州，世亦稱其芡實也。《直方詩話》

京師舊無鴨脚，李文和自南方來，私植於私第，因而著子，自後稍稍蕃多，不復以南方者爲貴。歐陽文忠作詩云：『鴨脚生江南，名實未相浮。絳囊因入貢，銀杏貴中州。致遠有餘力，好奇自賢侯。因令江上根，結實夷門秋。始摘纔三四，金奩獻凝旒。公卿不及識，天子百金酧。歲久子漸多，纍纍枝上稠。玉人名好客，贈我比珠投。博望昔所徙，葡萄安

石榴。想其初來時，厥價與此侔。今也徧中國，籬根及墻頭。物性久雖在，人情逐時流。惟當貴其始，後世知來由。是亦史官法，豈徒續君謳。』《直方詩話》

禮部貢院試進士，設香案于階前，試官與舉人對拜，此唐故事也。列坐設位，供帳亦盛，乃具茶湯。至于試學究，則撤去帟幕，亦無茶湯，渴則飲硯水，皆黔其吻，非固困之，蓋防氈幕中藏文字，供應人傳經義爾，故事爲之防。歐陽文忠公詩云：『焚香答進士，撤幕待經生。』《古今詩話》

『昵昵兒女語，恩怨相爾汝。劃然變軒昂，勇士赴敵場。』此退之《聽穎琴》詩。歐陽文忠嘗問僕：『琴詩何者最佳？』予以此答之。公言：『此詩最奇麗，然自是聽琵琶詩，非琴詩。』予退而作《聽杭僧惟賢琴》詩云：『大絃春温和且平，小絃廉折亮以清。平生不識宫與角，但聽牛鳴盎中雉登木。門前剥啄誰叩門？山僧未閑君勿慎。歸家且覓千斛水，浄洗從前箏笛耳。』詩成欲寄公而薨，至今以爲恨。《紀詩》

王君貺送牡丹與永叔，答詩云：『最好花常最後開』，蓋君貺同時輩皆入兩府，永叔以最後戲之也。王得詩不喜，對來价擲之。永叔謂人曰：『好花不開也』，君貺聞之愈怒。《詩史》

石守道爲國子監直講，天下呼爲『徂徠先生』，作《慶曆聖德頌》，大爲時所忌。會徐賊

孔直温叛，搜其家，有介書，坐貶而卒。時疑其詐死，欲剖棺驗之，近臣言介實死，得免。永叔一詩哭之，曰：『埋猶不信死，終免斲其棺。』楊章安云：『章安』或爲『章亦』。『誰道蓋棺人事定？是非猶及土中身。』《詩話總龜》

永叔登第後，授洛陽節推，聖俞爲洛陽簿，乃得友之初也。一日，同游嵩山佳處，相對吟醉，遂望四峰巨崖之上，有丹書四字云：『神清之洞』，指示聖俞，聖俞曰：『不見。』洎告老歸潁，思前四字，作一絶云：『四字丹書萬仞崖，神清之洞鎖樓臺。煙霞極目無人到，鸞鶴今應待我來。』後數月薨。《青瑣集》

嘉祐二年，予與端明韓子華、翰長王禹玉、侍讀范景仁、龍圖梅公儀，同知禮部貢舉，辟梅聖俞爲小試官。凡鎖院五十日，六人者相與唱和，爲古律歌詩一百七十餘篇，集爲三卷。禹玉，予爲校理時武成王廟所解進士也，至此新入翰林，與予同院，又同知貢舉，故禹玉贈予云：『十五年前出門下，最榮今日預東堂。』予答云：『昔時叨出武成宫，曾看揮毫氣吐虹。夢寐閒思十年事，笑談今日一樽同。喜君新賜黄金帶，顧我宜爲白髪翁』也。天聖中，予舉進士，國學南省，皆忝第一人薦名，其後景仁相繼亦然，故景仁贈予云：『淡墨題名第一人，孤生侍幸繼前塵』也。聖俞自天聖中與爲詩友，予嘗贈云：『猶喜共量天下士，亦勝東野亦勝韓。』而子華筆力豪贍，公儀文思温雅而敏捷，皆勁敵也。前此爲南省試官者，

多窘束條制，不少放懷。予六人者，歡然相得，群居終日，長篇險韻，衆製交作，筆吏疲于寫録，僮史奔走往來，間以滑稽嘲謔，加於風刺，更相酧酢，往往哄堂絶倒，自謂一時盛事，前此未之有也。《歸田録》

永叔嘗試謁執政，坐中賦《雪》詩云：『主人與國共憂戚，豈惟喜悦將豐登。須憐鐵甲冷徹骨，四十餘萬屯邊兵。』當時乃謂：『唐韓退之亦能道言語，其預裴晉公宴會，但云：「園林窮勝事，鐘鼓樂清時」，不曾如此作鬧。』殊不知老杜一言一詠，未曾不在於憂國恤人，物我之際，則淡然無著。《夏日歎》曰：『浩蕩想幽薊，王師安在哉？』《夏夜歎》曰：『念我荷戈士，窮年守邊疆。』此仁人君子之用心，終日不可忘也。邊兵之語，豈爲過哉！如退之『始知神官未賢聖，護短憑愚要我敬』、『雪徑抵樵叟，風廊接談僧』，真作鬧詩也。《碧溪詩話》

慶曆中，西師未解，晏元獻爲樞密使，大雪置酒西園。歐陽永叔賦詩云：『須憐鐵甲冷徹骨，四十餘萬屯邊兵。』晏曰：『昔韓愈亦能作言語，赴裴度會，但云：「園林窮勝事，鐘鼓樂清時」，不曾如此合鬧。』《談苑》

六一有云：『自慚前引朱衣吏，不稱閒行白髮翁』，説者謂不言亦可。然次山《宿丹崖翁宅》詩云：『吾將求退與翁游，學翁歌醉在漁舟。官吏隨人往來得，卻望丹崖慚復羞。』

吁！淫乎富貴者也。《砦溪詩話》

王元之《到任表》，有『全家飽暖，盡荷君恩』之語，到今傳誦。永叔用爲詩云：『諸縣豐登少公事，全家飽暖荷君恩。』夢得亦嘗有云：『一生不得文章力，百口空爲飽暖家。』白云：『不才空飽暖，無力及饑貧。』《砦溪詩話》

《蔡寬夫詩話》云：『正獻公以清德直道聞天下，而風姿尤奇古，年近七十，髮鬢皤然，無一莖黑者，居相位未幾，以歲旦請老，一章得謝，退居睢陽。歐陽文忠公未顯時，正獻推薦特厚，及文忠爲留守，日與公酧唱。文公有答公見贈，末章云：「報國如乖願，歸耕寧買田。期無辱知己，肯逐利名遷。」熙寧初，文忠致政歸汝陰，時正獻捐館已十有五年矣。文忠復用前詩題其祠堂云：「門生今白首，墓木已蒼煙。報國如乖願，歸耕寧買田。此言今始踐，知不愧黃泉。」』苕溪漁隱曰：『昭陵諸臣《傳》云，慶曆四年，拜中書門下平章事，每內降與恩澤者，積數十而面納上前。上嘗謂諫官歐陽修曰：「外人知衍封還內降，吾居禁中，有求恩者，每以衍不可告之而止者，多於所封還也。」由是僥倖不悅，出知兗州，明年正旦，上表曰：「臣年七十，願還上印綬。」乃以太子少師致仕。議者謂故相一上章得請以三少致仕，皆非故事。蓋宰相賈昌期疾之。』蔡寬夫云：正獻居相位，未幾以歲旦請老，不言鎮東晉，蓋闕文也。《詩話總龜》

庫部林郎中説：『建州上春採茶時，茶園人無數，擊鼓聲聞數里，然一園中纔間壟，茶品已相遠，又況山園之異耶？』苕溪漁隱曰：歐陽永叔《嘗新茶》詩云：『年窮臘冬春欲動，蟄雷未起驅龍蛇。夜聞擊鼓滿山谷，千人助叫聲喊呀。萬木寒癡睡不醒，惟有此樹先萌芽。』予官富沙凡三春，備見北苑造茶，但其地暖，纔驚蟄茶芽長已寸許，初無擊鼓喊山之事。永叔詩與文昌所紀，皆非也。北苑茶山凡十四、五里，茶味惟均，亦豈有間壟茶品已相遠之説邪！《文昌雜録》

羅黄儒撰《品茶要録》，極稱當時靈芽之富，謂：『使陸羽數子見之，必爽然自失矣。』其茶歲分十餘綱，惟『白茶』與『勝雪』，自驚蟄後興役，浹日乃成，飛騎疾馳至中都，名出中春已至，號爲『頭綱』。『玉芽』以下，先後而發，逮至夏過半矣。歐陽公詩云：『建安三千五百里，京師三月嘗新茶。』蓋御茶園自九十二隴至小山，凡四十六所，惟龍游窠、小苦竹、張坑、西際，又爲禁園之先也。《負暄雜録》

鄭可簡以貢茶進用，累官職至右文殿修撰福建路轉運使。其姪千里，於山谷間得朱草，可簡令其子待問進之，因此得官。好事者作詩云：『父貴因茶白，兒榮爲草朱。』而千里以從父奪朱草以予子，譊譊不已。待問得官而歸，盛集再慶，親姻畢集，衆皆贊喜，可簡云：『一門僥倖』，其姪遽云：『千里埋冤』，衆皆以爲的對。是時，貢茶一方騷動故也。苕

溪漁隱曰：予觀東坡《荔枝歎》注云：『大小龍茶，始于丁晉公，而成于蔡君謨。』歐陽永叔聞君謨進小龍團，驚歎曰：『君謨，士人也，何至作此事？』今年閩中監司乞進鬥茶，許之，故其詩云：『武夷溪邊粟粒芽，前丁後蔡相籠加。爭新買寵各出意，今年鬥品充官茶。』則知始作俑者，大可罪也。《高齋夜話》

蔡寬夫《詩話》云：文忠與趙康靖公槩，同在政府，相得歡甚。康靖先告老歸睢陽，文忠相繼謝事歸汝陰。康靖一日單騎車特往過之，時年已八十矣，留劇飲踰月，日於汝陰縱游而後返。前輩掛冠後，能從容自適，未有若此者。文忠賦詩云：『古來交道愧難終，此會今時豈易逢。出處三朝俱白首，凋零萬木見青松。公能不遠來千里，我病猶堪釂一鍾。已勝山陰空興盡，且留歸駕爲從容。』因榜其游從之地爲『會老堂』。明年，文忠欲往睢陽報之，未果而薨。兩公名節，固師表天下，而風流襟度又如此，誠可以激薄俗也。《詩話總龜》

永叔：『萬釘寶帶爛饅環』，人謂此帶幾度道著。觀子美：『緋魚以及之，扶病垂朱紱』、『挈帯看朱紱，銀章付老翁』，世未嘗識之者，豈以其人不止宜此服耶？固嘗有云：『朱紱負平生』，又云：『居然綰章紱，受性本幽獨』。《砦溪詩話》

歐陽永叔素不信釋氏之說，如《酧浄照師》云：『佛說吾不學，勞師忽欵關。吾方仁義急，君且雲水閒。』《酬惟吾師》云：『子何獨吾慕？自忘夷其身。』韓子亦謂『收斂加冠巾』

是也。既登二府，一日，被病亟，夢至一所，見十人端冕環坐，一人云：『參政安得至此！宜速返舍。』公出門數步，復往問之：『公等豈非釋氏所謂十王者乎？』曰：『然。』因問：『世人飯僧造經，爲亡人追福，果有益乎？』答云：『安得無益！』既寤，病良已，自是遂信佛法。文康公得之於陳去非，去非得之於公之孫恕，當不妄。葉少藴守汝陰，謁見永叔之子棐，久之不出，已而棐持數珠出謝曰：『今日適與家人共爲佛事。』葉問其所以，棐曰：『先公無恙時，薛夫人已如此，公弗之禁止也。』《丹陽集》、《韻語陽秋》

歐陽公謫永陽，聞其倅杜彬善琵琶，酒間取之，杜正色盛氣而謝不能，公亦不復强也。後杜置酒，數行，遽起還内，微聞絲聲，且作且止而漸近，久之，抱器而出，手不絶彈，盡暮而罷。公喜甚，過所望也。故公詩云：『座中醉客誰最賢？杜彬琵琶皮作絃。自從彬死世莫傳。』皮絃，世未有也。《後山詩話》

苕溪漁隐曰：《後山詩話》謂六一居士聞杜彬彈琵琶，作詩云：『坐中醉客誰最賢？杜彬琵琶皮作絃。自從彬死世莫傳。』皮絃，世未有也。丙戌歲，居苕溪，暇日因閲《酉陽雜俎》，云：『開元中，段師能彈琵琶，用皮絃。賀懷智破撥彈之，不能成聲。』因思永叔、無己皆不見此説，何也？《苕溪漁隱叢話》

葉少藴《避暑録》云：『文忠在滁州，通判杜彬善彈琵琶，故其詩云：「坐中醉客誰最

賢，杜彬琵琶皮作絃。」此詩既出，彬頗病之，祈公改去姓名，而人已傳，卒不得諱。』又云：『琵琶以下撥重爲難，猶琴之用指深，故本色有「轢絃護索」之稱。文忠嘗問彬琵琶之妙，亦以此對，乃取使教他樂工試爲之，下撥絃皆斷，因笑曰：「如公之絃，無乃皮爲之耶。」故有「皮作絃」之句，而好事者遂傳彬真以皮爲絃，其實非也。唐人説賀懷智以鵾雞筋作絃，人因疑之，筋比皮雖有可作絃之理，然亦不應得許長，且所貴者聲爾，安在以絃爲奇乎？梅聖俞《醉翁吟》亦云：「當時滁州所樂者，惟有杜彬彈琵琶。」使誠有之，聖俞亦當以異見于詩也。』以上皆葉説。予按陶岳《五代史補》云：『馮道之子，能彈琵琶，以皮爲絃。世宗令彈，深喜之，因號琵琶爲「遶殿雷」。』乃知以皮爲絃，古有其法，而杜彬得之。葉爲妄辨，無可疑者。且文忠公詩云：『我昔被謫居滁州，雖名爲翁實少年。坐中醉客誰最賢？杜彬琵琶皮作絃。自從彬死世莫傳，玉練鎖聲入黄泉。』則公作此詩時，杜彬已死之後，葉安得有祈公改去姓名之説哉！予以意料之，當是葉只據兩句，而遂为此説，又不考《五代史補》，偶忘馮氏舊事耳。不然，何舛誤之甚也！《能改齋漫録》

予每評詩，多與存中合。予頃年嘗與王荆公評詩，予謂凡爲詩當使挹之而源不窮，咀之而味愈長，至如永叔之詩，才力敏邁，句亦雄健，但恨其少餘味爾。荆公不然，如『行人仰頭飛鳥驚』之句，亦可謂有味矣。然至今思之，不見此句之佳，亦竟莫原荆公之意。信

乎！所見各殊，不可强同也。《臨漢隱居詩話》

會老堂口號：『金馬玉堂三學士，清風明月兩閒人。』初謂『清風明月』古通用語，後讀《南史·謝譓傳》曰：『入我室者，但有清風。對我飲者，惟當明月。』歐陽文忠公文章雖優，詞亦精緻如此。《彦周詩話》

姑蘇州學之南，積水瀰數頃，旁有一小山，高下曲折相望，蓋錢氏時廣陵王所作。既積土山，因以其地瀦水，今瑞光寺即其宅，而此其别圃也。慶曆間，蘇子美謫廢，以四十千得之爲居，傍水作亭曰『滄浪』。歐陽文公詩所謂：『清風明月本無價，可惜祗賣四萬錢』者也。子美既死，其後不能保，遂屢易主，今爲章僕射子厚家所有，廣其故址爲大閣，又爲堂山上，亭北跨水復有山，名『洞山』，章氏并得之。既除地，發其下，皆嵌空大石，又得千餘株，皆廣陵時所藏，益以增累其隙，兩山相對，遂爲一時雄觀。土地蓋有所歸也。《石林詩話》

歐陽文忠公詩，始矯崑體，專以氣格爲主，故其言多平易疏暢，律詩意所到處，雖語有不倫，亦不復問。而學之者往往遂失真，傾困倒廩，無復餘地。然公詩好處，豈專在此？如《崇徽公主手痕》詩：『玉顔自古爲身累，肉食何人與國謀？』此自是兩段大議論，而抑揚曲折，發見于七字之中，婉麗雄勝，字字不失相對。雖崑體之工者，亦未易比。言意所會，要當如是，乃爲至到。《石林詩話》

杜正獻公自少清羸，若不勝衣，年過四十，鬢髮即盡白，雖立朝孤峻，凛然不可屈，而不爲奇節危行，雍容持守，不以有所不爲爲賢，而以得其所爲爲幸。歐陽文忠公素出其門，公謝事居宋，文忠適來爲守，相與懽甚。公不甚飲酒，惟賦詩倡酬，是時年已八十，然憂國之意，猶慷慨不已，每見于色。歐公嘗和公詩，有云：『貌先年老因憂國，事與心違始乞身。』公得之大喜，常自諷誦。當時以爲不惟曲盡公志，雖其形貌，亦在模寫中也。《石林詩話》

常待制秩，居汝陰，與王深父皆有盛名，于嘉祐、治平之間，屢召不至。雖歐陽文忠公亦重推禮之，其詩所謂：『笑殺潁川常處士，十年騎馬聽朝雞』者是也。熙寧初，荆公當國，力致之，遂起判國子監太常禮院，聲譽稍減于前。嘗一日大雪趨朝，與百官待門于仗舍，時秩已衰，寒甚不可忍，喟然若有所恨者，乃舉文忠詩以自戲曰：『凍殺潁川常處士，也來騎馬聽朝雞。』《石林詩話》

歐陽公在政府，寄潁州處士常秩詩云：『笑殺汝陰常處士，十年騎馬聽朝雞。』公將休致，又寄秩詩云：『賴有東鄰常處士，披蓑戴笠伴春鋤。』蓋公先爲潁州，得秩于民伍中，殊好之。至公休致歸，每接賓客，必返退士初服，秩已從王荆公之招，公獨朝章以見，愧之也。《聞見後録》

前輩詩文各有平生自得意處，不過數篇，然他人未必能盡知也。毘陵正素處士張子厚

善書，予嘗于其家，見歐陽文忠子棐以烏絲欄絹一軸，求子厚書文忠《明妃曲》兩篇、《廬山高》一篇。略云：『先公平日未嘗矜大所爲文。一日被酒，語棐曰：「吾《廬山高》，今人莫能爲，惟李太白能之。《明妃曲》後篇，太白不能爲，惟杜子美能之。至于前篇，則子美亦不能爲，惟我能之也。」』因欲別録此三篇也。《石林詩話》

歐公與王禹玉、范忠文，同在禁林。故事：進春帖子，自皇后、貴妃以下，諸閤皆有。是時温成薨未久，詞臣闕而不進。仁宗語近侍曰：『詞臣觀望，温成獨無有。』意甚不懌，諸公聞之皇駭，禹玉、忠文，倉卒作不成，公徐云：『某有一首，但寫進本時偶忘之耳。』乃取小紅箋自録其詩，云：『忽聞海上有仙山，煙鎖樓臺日月閒。花下玉容長不老，只應春色勝人間。』既進，上大喜。禹玉撫歐公背曰：『君文章真是含香丸子也。』《曲洧舊聞》

歐公、王禹玉，俱在翰苑。立春日當進詩帖子，會温成皇后薨，閤虚不進，有旨亦令進，歐公經營中，禹玉口占促寫曰：『昔聞海上有三山，煙鎖樓臺日月閒。花似玉容長不老，只應春色勝人間。』歐公喜其敏速。禹玉，歐公門生也，而同局，近世盛事。其詩略曰：『當年叨入武成宫，曾看揮毫氣吐虹。夢寐閒思十年事，笑談今此一樽同。喜君新賜黄金带，顧我今爲白髮翁』云云。《冷齋夜話》。宗祥案：温成閤詞，乃歐陽作，冷齋誤記。

歐公詩云：『玉勒争門隨仗入，牙牌當殿報班齊。』或疑其不然。今朝殿争門者，往往

隨仗而入，及在廷排立既定，駕將御殿，閤門持牙牌刻『班齊』二字，候班齊，小黄門接入。上先坐後幄，黄門復出揚聲云：『人齊未？』行門當頭者應云：『人齊。』上即出，方轉照殿，衛士即鳴鞭。然此乃是駕出時，常日則不同。《二老堂詩話》

歐陽公與人行令，各作詩兩句，須犯徒以上罪者。一云：『持刀哄寡婦，下海劫人船。』一云：『月黑殺人夜，風高放火天。』歐云：『酒粘衫袖重，花壓帽簷偏。』或問之，答云：『當此時，徒以上罪亦做了。』《捫掌録》

歐陽永叔詩，如春服既成，春酒既釃，登山臨水，竟日忘歸。《詩林廣記》

或疑六一居士詩，以爲未盡妙，以質于子和。子和云：『六一詩只欲平易耳。「西風酒旗市，細雨菊花天」，豈不佳？「晚煙寒橘柚，秋色老梧桐」，豈不似少陵？』《雪浪齋日記》

韓子蒼言：歐陽文忠寄荆公詩云：『翰林風月三千首，吏部文章二百年。』『吏部』蓋謂北史謝朓，于宋明帝時爲尚書吏部郎，長五言詩，沈約嘗云：『二百年來無此作也』。文忠之意，直使謝朓事。而荆公答之曰：『他日若能窺孟子，終身安敢望韓公。』則荆公之意，竟指『吏部』爲退之矣。《優古堂詩話》

《漫叟詩話》云：『歐公有詩與王荆公云：「翰林風月三千首，吏部文章二百年。」荆公答詩云：「他日若能窺孟子，終身何敢望韓公。」文忠所謂「吏部」，乃謝吏部也，後人疑荆

公有韓公之句，遂以爲韓吏部，非也。此二聯政不相參涉。』苕溪漁隱曰：齊吏部侍郎謝朓，以清詞麗句，動于一時，長五言詩，與沈約友善，約嘗謂：『二百年來無此詩』也。歐公所用乃此事，見《南史》。《苕溪漁隱叢話》

歐陽文忠公詩云：『拂面蜘蛛占喜事，入簾蝴蜨報佳人。』自注云：『李賀詩「東家蝴蜨西家飛，白騎少年今日歸。」』蓋用李淳風《占怪書》云：『蛺蜨忽入人宅舍及帳幕内者，主行人即返。』又云：『生貴子，吉。』《能改齋漫録》

至和、嘉祐間，場屋舉子爲文，尚奇澀，讀或不能成句。歐陽文忠公力欲革其弊，既知貢舉，凡文涉雕刻者，皆黜之。時范景仁、王禹玉、梅公儀、韓子華同事，而梅聖俞爲參詳官，未引試前，唱酬詩極多。歐公有：『無譁戰士銜枚勇，下筆春蠶食葉聲。』最爲警策，聖俞有：『萬蟻戰酣春晝永，五星明處夜堂深。』亦爲諸公所稱。及放榜，平時有聲如劉暉輩，皆不預選，士論頗洶洶。未幾，詩傳，遂鬨然以爲主司耽于唱酬，不暇詳考校，且言以『五星』自比，而待我輩爲蠶蟻，因造爲醜語。自是禮闈不復敢作詩，終元豐末，幾三十年。元祐初，雖稍稍爲之，要不如前日之盛。然是榜得蘇子瞻爲第二人，子由與曾子固皆在選中，亦不可謂不得人矣。《石林詩話》

歐公守滁陽，築『醒心』、『醉翁』兩亭于瑯邪幽谷，且命幕客謝某者，雜植花卉其閒。

謝以狀問名品，公即題紙尾云：『淺深紅白宜相間，先後仍須次第栽。我欲四時携酒去，莫教一日不花開。』其清放如此。《西清詩話》

歐陽文忠《唐崇徽公主手痕》詩：『玉顔自古爲身累，肉食何人與國謀？』以詩言之，第一等詩；以議論言之，第一等議論也。《朱文公語録》

歐陽文忠公《題崇徽公主手痕》云：『玉顔自古爲身累，肉食何嘗與國謀？』朱文公云：『以議論言之，第一等議論。以詩言之，第一等詩。』其全篇云：『故鄉飛鳥尚啁啾，何況悲笳出塞愁。青塚芳魂知不返，翠崖遺迹爲誰留？玉顔自昔爲身累，肉食何嘗預國謀？行路至今空歎息，巖花野草自春秋。』全篇前後亦相稱。公主，僕固懷恩女，唐代宗册立之，以嫁吐蕃，此其出塞時所記云。《歸田詩話》

潁陽石唐山，絶頂有石室，邢和璞算心處，治平中，許昌齡早得仙術，杖策來居焉。歐陽文忠公守亳社，聞之，要致郡齋與語，豁然有悟。一日，公問道，許告以公：『屋宅已壞，難復語此，但明了前境，猶庶幾耳。』且道昔游嵩山，日暮于絶壁上見苔蘚成文，云：『神清之洞』，語秘不傳。後公歸汝陰，臨薨，以詩寄之云：『石唐仙室紫雲深，潁陽真人此算心。真人已去昇寥廓，歲歲嵒花自開落。我昔曾爲洛陽客，偶向嵒前坐磐石。四字丹書萬仞崖，神清之洞鎖樓臺。雲深路絶無人到，鸞鶴今應待我來。』《西清詩話》

歐陽公與韓子華、吴長文、王禹玉，同直玉堂，嘗約五十八歲即致仕，子華書于柱上。後過限七年，方踐前志，作詩寄子華曰：『人事從來無處定，世途多故踐言難。誰知潁水閒居士，十頃西湖一釣竿。』且曰：『俗諺云：「也賣弄得過裏。」』《墨莊漫録》

詩以意爲主，文詞次之。或意深義高，雖文詞平易，自是奇作。世效古人平易句而不得其意義，翻成鄙野可笑。盧仝云：『不即溜鈍漢，非其意義，自可掩口，寧可效之耶？』韓吏部古詩高卓，至律詩雖稱善，要有不工者，而好韓之人，句句稱述，未可謂然也。韓云：『老公真個似童兒，汲水埋盆作小池。』直諧戲語耳！歐陽永叔、江鄰幾論韓《雪》詩，以『隨車翻縞帶，逐馬散銀杯』爲不工，謂『坳中初蓋底，凸處遂成堆』爲勝，未知真得韓意否也？永叔云：『知聖俞詩者莫如某，然聖俞平生所自負者，皆某所不好；聖俞所卑下者，皆某所稱賞。』知心賞音之難如是，其評古人之詩，得毋似之乎？《中山詩話》

歐陽永叔不好杜詩，蘇子瞻不好司馬《史記》，余每與黄魯直怪歎以爲異事。《後山詩話》

歐陽文忠作《詩話》，稱周樸之詩曰：『風暖鳥聲碎，日高花影重。』以爲佳句，此乃杜荀鶴之句，非樸也。《臨漢隱居詩話》

韓退之《聽潁師彈琴》詩云：『浮雲柳絮無根蒂，天地闊遠隨飛揚。』此泛聲也，謂輕非絲，重非木也。『喧啾百鳥群，忽見孤鳳凰。』泛聲中寄指聲也。『躋攀分寸不可上』，吟繹

聲也；『失勢一落千丈强』，順下聲也。僕不曉琴，聞之善琴者云：『此數聲最難工。』自文忠公與東坡論此詩作聽琵琶詩之後，後生隨例云云。柳下惠則可，我則不可。故特論之，少爲退之雪寃。《彦周詩話》

『姑蘇城外寒山寺，夜半鐘聲到客船。』此唐張繼《題城西楓橋寺》詩也，歐陽文忠公嘗病其夜半非打鐘時，蓋公未嘗至吴中。今吴中山寺，實以夜半打鐘。繼詩三十餘篇，予家有之，往往多佳句。《石林詩話》

《歸叟詩話》載《鼾睡》詩一篇，以爲韓退之遺文，其實非也。所謂：『有如阿鼻尸，長唤忍衆罪。鐵佛聞皺眉，石人戰摇腿』等句，皆不成語言，而厚誣退之，不亦寃乎！歐陽永叔有《謝人送枕簟》詩，因及喜睡，其曰：『少壯喘息人莫聽，中年鼻鼾尤惡聲。癡兒掩耳謂雷作，竈婦驚窺疑釜鳴。』與前詩不侔矣。《韻語陽秋》

歐公一世文宗，其《集》中美梅聖俞詩者，十幾四五。稱之甚者，如：『詩成希深擁鼻謳，師魯捲舌藏戈矛。』又云：『作詩三十年，視我猶後輩。』又云：『少低筆力容我和，無使難追韻高絶。』又云：『嗟哉吾豈能知子，論詩賴子能指迷。』聖俞詩佳處固多，然非歐公標榜之重，詩名亦安能至如此之重哉！歐公後有詩云：『梅窮獨我知，古貨今難賣。』而聖俞《贈滁州謝判官》詩亦云：『我詩固少愛，獨爾太守知。』皆言識之者鮮矣！張芸叟評其詩

云：『如深山道人，草衣捆屨，王公大人，見之屈膝。』《韻語陽秋》

歐陽永叔詩文中好説『金帶』，《初寒》詩云：『若能知此樂，何必戀腰金。』《寄江十》詩云：『白髮乘兩鬢，黄金腰九環。』《答王禹玉》詩云：『喜君所賜黄金帶，故我宜爲白髮翁。』而《謝表》又云：『頭垂兩鬢之霜毛，腰束九環之金帶。』或謂：『未免矜服銜寵，而况下于金帶者乎？』杜子美、白樂天皆詩豪，器識皆不凡，得一緋衫何足道，而詩句及之不一，何耶？子美詩云：『挈帶看朱紱，開箱覩黑裘。』《贈盧參謀》云：『素髮乾垂領，銀章破在腰。』《江村》詩云：『扶病垂朱紱，歸休步紫苔。』樂天《寄荔子》詩云：『映我緋衫渾不見，對公銀印最相鮮。』《初除忠州》云：『魚綴白金隨步躍，鵠銜紅綬繞身飛。』又云：『徒使花袍紅似火，其如蓬鬢白成絲。』《脱刺史緋》云：『便留朱紱還鈴閣，卻着青袍侍玉除。』《加朝散大夫得品緋》云：『五品足爲婚嫁主，緋袍著了好歸田。』又云：『那知垂白日，始是著緋年。』蓋命服章身，人情所甚喜，故心聲所發如是。退之云：『峩峩進賢冠，耿耿水蒼珮。服章非不好，不與德相對。』其必有以稱之哉。《韻語陽秋》

歐公嘗爲《感事》詩曰：『仙境不可到，誰知仙有無？或乘九斑虬，或駕五雲車。往來幾萬里，誰復遇諸途？』又爲《仙草》詩曰：『世説有仙草，得之能隱身。仙書已怪妄，此事况無文。』則凡神仙之説，皆在所麾也。而《贈石唐山人》詩乃云：『我昔曾爲洛陽客，偶

向巖前坐盤石。四字丹書萬仞崖，神清之洞鎖樓臺。雲深路絶無人到，鸞鶴今應待我來。』何耶？蔡約之云：公守亳社日，有許昌齡者，得神仙之術，來游太清宫，公邀致州舍，與語，豁然有悟。一日，公問道，許告以公：『屋宅已壞，難復語此，但明了前境，猶庶幾焉。』所謂《石唐山人》詩，乃公臨終寄許之作也。《韻語陽秋》

歐陽永叔居官之日多，然志未嘗一日不在潁也。《下直》詩云：『終當自駕柴車去，獨結茅廬潁水西。』《齋宫偶書》云：『誰爲寄聲清潁客？此生終不負漁竿。』《呈同行三公》云：『買地淮山北，垂竿潁水東。』《秋懷》詩云：『鹿車終自駕，歸去潁東田。』《送職方》云：『三年解組來歸日，吾已先耕潁水頭。』《書懷》云：『潁水多年已結廬，白首歸來一鹿車。』《表海亭》云：『潁田二頃春蕪没，安得柴車自駕還？』《青州書事》云：『君恩天地不違物，歸去行歌潁水傍。』《謝石抗蘄簟》詩云：『終當卷簟携歸去，築室買田清潁尾。』《清明日》詩云：『有田清潁間，尚可事桑麻。安得一黄犢，幅巾駕柴車？』《送祖擇之》云：『待君今日我何爲，手把鉏犁汝陰叟。』《歸田樂》云：『我已買田清潁上，更欲臨流作釣磯。』觀其思歸之言，重復如是，豈懷禄固位者哉！老杜云：『非無江海志，瀟灑送日月。生逢堯舜君，不忍便永決。』此永叔志也。《韻語陽秋》

煙霞泉石，隱遁者得之，宦游而癖此者鮮矣。謝靈運爲永嘉，謝玄暉爲宣城，境中佳

處，雙旌、五馬，游歷殆遍，詩章吟詠甚多，然終不若隱遁者，藜杖芒鞋之爲適也。玄暉《敬亭山》詩云：『我行雖紆組，兼得尋幽蹊。』《板橋》詩云：『既歡懷禄情，復叶滄洲趣。』自謂兩得之者，其後又有《鼓吹登山》之曲。且松下喝道，李商隱猶謂之『殺風景』，而況于『鼓吹』乎？韋應物、歐陽永叔，皆作滁州太守。應物《游瑯琊山》則曰：『鳴騶響幽澗，前旌耀崇岡。』永叔則不然，《游石子澗》詩云：『麕麚魚鳥莫驚怪，太守不將車騎來。』又云：『使君厭騎從，車馬留山前。行歌招野叟，共步青林間。』游山當如是也。《韻語陽秋》

歐陽文忠公詩云：『古畫畫意不畫形，梅詩寫物無隱情。忘形得意知者寡，不若見詩如見畫。』東坡詩云：『論畫以形似，見與兒童鄰。賦詩必此詩，定知非詩人。』或謂：『二公所論不以形似，當書何物？』曰：『非謂畫牛作馬也，但以氣韻爲主爾。』謝赫云：『衛協之畫，雖不該備形妙，而有氣韻，凌跨雄傑。』其此之謂乎？陳去非作《墨梅》詩云：『含章檐下春風面，造化工成秋兔毫。意得不求顔色似，前身相马九方臯。』後之鑒畫者，如得九方臯相馬法則善矣！《韻語陽秋》

《酉陽雜俎》言：隋朝《種植法》七十卷，不説牡丹，則隋朝花藥中所無也。然北齊楊子華，在隋朝之前，乃有『畫牡丹處極分明』之句，何耶？至唐則此花盛矣！柳子厚《龍城録》載，宋單父能種藝之術，牡丹變易千種，上皇召至驪山，種花萬本，色樣各不同。信

乎人力或能勝天工也。歐陽永叔《洛陽牡丹圖》詩云：『當時絶品可數者，魏紅窈窕姚黄妃。壽安細葉開尚少，朱砂玉版人未知。四十年間花百變，最後最好潛溪緋。』自唐天寶至本朝熙豐間，三百餘年，宜其花種日盛，然見于圖者，九十種而已，豈能登萬樣之數哉？柳濘詩云：『近來無奈牡丹何，數十千錢買一窠。今朝始得分明見，也共戎葵較幾多。』王文康公詩云：『棗花至小能成實，桑葉雖柔解吐絲。堪笑牡丹如斗大，不成一事只空枝。』皆激逐末之弊者也。《韻語陽秋》

人之悲喜，雖本于心，然亦生于境。心無係累，則對境不變，悲喜何從而入乎？淵明見林木交蔭，禽鳥變聲，則歡然有喜。人以爲達道，余謂尚未免著于境者。歐陽永叔先在滁陽，有《啼鳥》一篇，意謂緣巧舌之人謫官，而今反愛其聲。後考試崇政殿，又有《啼鳥》一篇，似反滁陽之詠。其曰：『提葫蘆，不用沽美酒，宫壺日賜新撥醅。老病足以扶衰朽，百舌子莫道泥滑滑。宫花正好愁雨來，暖日方催花亂發。』末章云：『可憐枕上五更聽，不似滁州山裹聞。』蓋心有中外枯苑之不同，則對境之際，悲喜隨之爾。啼鳥之聲，夫豈有二哉。《韻語陽秋》

王介甫、蘇子瞻，皆爲歐陽文忠公所收。公一見二人，便知其他日不在人下。《贈介甫》詩云：『老去自憐心尚在，後來誰與子争先？』子瞻登乙科，以書謝歐公，歐公語梅聖俞曰：『老夫當避此人，放出一頭地。』當是時，二人俱未有聲，而公知之于未遇之時，如此，

所以爲一世文宗也與？東坡《跋梅聖俞詩後》云：『先君與梅二丈游時，軾與子由弟年甚少，未有知者。家有老泉公，作詩云：「歲月不知老，家有雛鳳凰。百鳥戢羽翼，不敢呈文章。」』則二蘇當少年時已擅文價矣。《韻語陽秋》

歐公與尹師魯、蘇子美，俱出杜祁公之門。歐公雖貴，猶不替門生之禮，和祁公詩云：『麈柄屢揮容請益，龍門雖峻許先登。』又云：『公齋每偷暇，師席屢攻堅。善誨常無倦，餘談亦可編。』又云：『立朝行已師資久，寧止篇章此服膺。』又云：『昔日青衫遇知己，今來白髮再陞堂。』蓋未嘗一日忘祁公也。張芸叟有《荆公哀詞》四首，有：『慟哭一聲惟有弟，故時賓客合如何？』又云：『今日江湖從學者，人人諱道是門生。』蓋深病人情之薄也，其歐公之罪人哉。《韻語陽秋》

歐公贈介甫詩云：『翰林風月三千首，吏部文章二百年。』可謂極其褒美。世傳介甫猶以歐公不以孔、孟許之爲恨，故作報詩云：『他日若能窺孟子，終身何敢望韓公。』恐未必然也。嘗讀《曾子固集》，見子固與介甫書云：『歐公更欲足下少開廓其文，勿爲造語及模擬前人，孟、韓文雖高，不必似之，但取其自然。』蓋荆公之文，因子固而授于歐公者甚多，則知介甫歸附歐公，非一日也。葉少藴以爲荆公自期于孟子，而處歐公以韓愈，恐未必然爾。《韻語陽秋》

歐陽文忠公《外集》，有《早赴府學釋奠》詩，蓋任留守推官，陪錢惟演行禮時也。諸處

本皆如此寫。達云：『省題詩，《集》只云「釋奠」，卻注作「國子監試題」，蓋惟演止是使相，詩中不應云「行祠漢丞相」，且「俎豆兼三代」，及「首善自西京」，語皆有嫌，專指漢事，非惟演也。當從省題。』余答云：省題所印如《秋彌》之類，乃官中試題，至于《釋奠》，似太平易。況諸本元有『早赴府學』二字，書坊傅之剿之耳。其云：『昔齒公卿日，嘗聞弦誦聲。』豈舉業當用乎？所謂『漢丞相』，乃詩句偶然如『唐卿』、『周士』之類，何必拘泥！且漢時釋奠，豈預丞相耶？今公《外集》第二卷《書懷感事寄梅聖俞》云：『丞相忽南遷，送之伊水頭。』此惟演落平章事移鄧州時亦呼『丞相』。《外集》十四卷《送河南戸曹楊子聰序》云：『居一歲，相國彭城公薦之。』『彭城』惟演所封郡，是又呼爲『相國』。按唐《白樂天集》第五十八卷《論節度使王鍔除平章事》云：『伏以宰相者，人臣極位，天下具瞻。非有清望大功，不容輕授。鍔非清望，又無大功，深爲不可。』此是唐使相亦謂之『宰相』，故有繫銜大敕之後者。茲乃『丞相』、『相國』、『宰相』三者，在使相皆可稱呼之明證。達號博洽，故著此以示後學。《二老堂詩話》

文忠公詩，有：『春深桃李作絪緼，又欲晴花氣漸絪緼。一作『氤氲』。』皆麗句也。絪緼，厚貌，今《四聲韻》：『絪，烏昆切，赤之間色。』《觀林詩話》

王懿洛公拱辰，與歐陽文忠公同年進士。文忠自監元省元赴廷試，鋭意魁天下，明日

當唱名，夜備新衣一襲。懿恪輒先衣以入，文忠怪焉。懿恪笑曰：『爲狀元者當衣此。』至唱名，果第一。後懿恪、文忠同爲薛簡肅公子壻，文忠先娶懿恪夫人之姊，再娶其妹，故文忠有『舊女壻爲新女壻，大姨夫作小姨夫』之戲。懿恪早貴，文忠自選入館職，謫夷陵時，懿恪已爲知制誥，後入翰林，爲學士，盡轉八座尚書，熙寧初拜宣徽使，遍歷藩府，元豐初召還，赴院供職，出判北京，時賜笏頭毬露、金帯佩魚，如兩府之所服者。懿恪以表謝曰：『横金三紀，未佩隨身之魚。賜帯萬釘，改觀在廷之目也。』蓋祖宗舊制，見任兩府許笏頭毬露、金帯佩魚，前任者非得旨不許。尚書、翰林學士，于御仙花金帯上佩魚者，元豐近制也。惟方團胯帯乃可佩魚，毬露帯方團胯也，故曰近制也。文忠與懿恪雖友壻，文忠心少之。文忠爲參政時，吏擬進懿恪僕射，文忠曰：『僕射，宰相官也。王拱辰非曾任宰相者，不可。』改東宫官，以至拜宣徽使，終身不至執政。蓋懿恪主吕文靖，文忠主范文正，其黨不同云。《聞見前録》

士有不遇，則託文見志，往往反物理以爲言，以見造化之不可測也。屈原《離騷》曰：『朝飲木蘭之墜露兮，夕餐秋菊之落英』，原蓋借此以自喻，謂木蘭仰上而生，本無墜露而有墜露；秋菊就枝頭而殞，本無落英而有落英，物理之變則然。『吾憔悴放浪于楚澤之間』，固其宜也。異時賈誼過湘，作賦弔原，有『鏌鎁爲鈍』之語。張平子《思玄》賦，有：

『珍蕭艾于重笥兮，謂蕙芷之不香』，此意正與二公同，皆所以自傷也。古人託物之意，大率如此。本朝王荆公用殘菊飄零事，蓋祖此意，歐公以詩譏之。荆公聞之，以爲歐公不學之過，後人遂謂歐公之誤，而不知歐公意蓋有在。歐公學博一世，楚詞之事，顯然耳目之所接者，豈不知之！其所以爲是言者，蓋深譏荆公用落英事耳。以謂荆公得時行道，自三代以下，未見其比，落英反理之諭，似不應用。故曰：『秋英不比春花落，爲報詩人子細看。』蓋欲荆公自觀物理而反之于正耳。《野客叢書》。宗祥案：或謂譏荆公者似是東坡，此實爲歐陽。謂東坡，乃小説家言，出《王安石三難蘇學士》，非事實也。

歐公詩：『邇來不覺三十年，歲月纔如熟羊胛。』於夾子韻内押用。史載及《通典》骨利國事，骨利國地近扶桑，晝長夜短，夜煮一羊胛，纔熟而東方已明，言其疾也。《漁隱叢話》又引《資治通鑒》云：『煮羊脾熟，日已出矣。』所紀與國載《通典》小異。郭次象謂，羊脾至微薄，不應大疾如此，當以胛爲是。僕考《唐書·骨利幹傳》，亦曰「羊脾」，然又觀《唐書·天文志》，則曰「羊髀」，此一字三説不同。蓋「脾」、「胛」、「髀」字文相近，諸公姑存其舊，不敢必以爲孰爲正也。然「胛」者，肩也；「髀」者，股也，二字意雖不同，爲熟之時，似不相遠，至「脾」則太速矣。魯直詩亦曰：『數面欣羊胛，論詩載雉膏。』「羊胛」字魯直亦嘗用之，不但歐公也。《野客叢書》

全宋詩話卷十四

歐陽修二

世謂六一居士歐陽永叔不好杜少陵詩，觀《六一詩話》載：陳從易舍人初得《杜集》舊本，多脱誤，其《送蔡都尉》詩云：『身輕一鳥』，其下脱一字。陳公與數客，各用一字補之，或云『疾』；或云『落』；或云『起』；或云『下』；其後得善本，乃『身輕一鳥過』，陳歎服，以爲雖一字諸君不能到也。又曰：『唐之晚年，無復李杜豪放之格，但務以精意相高而已。』又《集古目録》曰：『秦嶧山碑非真，杜甫直謂棗木傳刻爾。』杜有《李潮八分小篆歌》云：『嶧山之碑野火焚，棗木傳刻肥失真。』故也。六一于杜詩既稱其雖一字人不能到，又稱其格之豪放，又取以證碑刻之真僞，詎可謂六一不好之乎？後人之言，未可信也。《庚溪詩話》

劉偉明《贈熊本待制》詩云：『西清寓直荷爲橐，左蜀宣風繡作衣。』蓋《南史·劉香傳》：『著紫荷橐。』事見漢《張安世傳》《持橐簪筆》之意，而偉明乃以荷爲『芰荷』之荷，何

耶？歐陽文忠公《回吴舍人啟》云：『紅藥翻階，直禁垣之清切。紫荷持橐，陪法從以雍容。』又《上胥偃啟》曰：『白蟫素簡以香生，玆焉辟惡。紫袷荷囊而備問，最近清光。』乃知誤者非一人。然《隋書·樂志》：尚書録令僕射、吏部尚書朝服綴紫荷，録令左僕射左荷，右僕射、吏部尚書右荷，此又何耶？姑俟博識者。《優古堂詩話》

歐公在禁中，作《端午帖子》云：『綵索盤中結，楊梅糉裏紅。』蓋用《古樂府》：『酒中挑喜子，糉裏得楊梅。』然《古樂府》『糉裏楊梅』不爲端午言，乃爲除夜言也。《優古堂詩話》

歐陽文忠公詩：『山浦轉帆迷向背，夜江看斗辨西東。』東坡亦云：『山水照人迷向背，只尋孤塔認西東。』身游山水間，果有玆理，二公善于形容矣。《娱書堂詩話》

歐公《寄常秩》詩云：『笑殺汝陰常處士，十年騎馬聽朝雞。』伊川云：『夙興趨朝，非可笑事，永叔不必道。』夫詩人之言，豈可如是論哉！程子之誠敬，亦已甚矣。《滹南詩話》

七言律詩，有上三下四格，謂之『折腰句』。白樂天守吴門日，《答客問杭州》詩云：『大屋檐多裝雁齒，小航船亦畫龍頭。』歐陽公詩云：『静愛竹時來野寺，獨尋春偶到溪橋。』盧贊元《雨》詩：『想行客過溪橋滑，免老農憂麥隴乾。』劉後村《衛生》詩云：『采下菊宜爲枕睡，碾來芎可入茶嘗。』《胡琴》詩云：『出山雲各行其志，近水梅先得我心。』皆此格也。《梅磵詩話》

温庭筠《商山早行》詩，有：『雞聲茅店月，人迹板橋霜。』歐陽公甚嘉其語，故自作：『鳥聲茅店雨，野色板橋春。』以擬之。終覺其在範圍之内。《存餘堂詩話》

歐陽公自言，《廬山高》、《明妃曲》，李、杜所不能作。余謂此非公言也，果爾，公是一夜郎王耳！《廬山高》僅玉川之淺近者，無論其他，只『半壁見海日，空中聞天雞』，太白率爾語，公能道否耶？二歌警句，如：『紅顔勝人多薄命，莫怨春風强自嗟』，尋常閨閤，不足形容明妃也！耳目所及尚如此，『萬里安能制夷狄』，論學繩尺，公從何處削去之乎拾來？《藝苑巵言》

永叔不識佛理，强闢佛；不識書，强評書；不識詩，自標譽能詩。子瞻雖復墮落，就彼趣中，亦自一時雄快。《藝苑巵言》

苕溪漁隱曰：永叔《送原甫出守永興》詩云：『酌君以荆州魚枕之蕉，贈君以宣城鼠鬚之管。酒如長虹飲滄海，筆若駿馬馳平坡。』黄魯直《送王郎》詩云：『酌君以蒲城桑落之酒，泛君以湘纍秋菊之英。贈君以黟漆之墨，送君以陽關墮淚之聲。酒澆胸中之磊落，菊制短世之頹齡。墨以傳千古文章之印，歌以寫從來兄弟之情。』近時學者，以謂此格獨魯直爲之，殊不知永叔已先有也。《苕溪漁隱叢話》

《西清詩話》云：劉原甫敞再婚，永叔以二絶戲之，云：『平生志業有誰先？落筆文章

海内傳。明日都城應紙貴，開簾卻扇見新篇。』『仙家千載一何長，浮世空驚歲月忙。洞裏新花莫相笑，劉郎今是老劉郎。』原甫不悦。《苕溪漁隱叢話》。又見《侯鯖録》

《高齋詩話》云：祖無擇晚娶徐氏，有姿色，議親之時，無擇爲館職，徐氏必欲呰相其人，而無擇兒寢，恐不得當也。同舍馮當世，丰姿秀美，乃諭媒妁：『俟馮出局，揚鞭躍馬，經過徐居，曰：「此祖學士也。」』徐竊窺甚喜，成婚始悟其非，竟以反目離婚。歐公嘗作詩云：『無擇名聲重當世，早歲多奇晚乃偶。』蓋爲此也。《苕溪漁隱叢話》

《桐江詩話》云：永叔《送李留後知鄆州》詩，乃士君子之處富貴、非庸鄙有力者所可爲。詩云：『北州能事藹佳聲，東土還聞政有成。組甲光寒圍夜帳，綵旗風暖看春耕。金釵墜鬢分行立，玉麈高談四座傾。富貴常情誰不愛？羨君瀟灑有餘清。』李名愿，李都尉長子，先曾知相州。《苕溪漁隱叢話》

苕溪漁隱曰：歐公《花品序》云：『牡丹初不載文字，自則天已後始盛。如沈、宋、元、白之流，皆喜詠花，當時有一花之異，彼必形于篇什，而寂無傳焉。惟劉夢得有《詠魚朝恩宅》牡丹，但云「一叢千朵」而已。』余謂歐公此言非是，觀劉夢得、元微之、白樂天三人，其以牡丹形于篇什者甚衆，烏得謂之『寂無傳』焉？劉夢得乃是《詠渾侍中牡丹》，非詠魚朝恩宅者，此亦歐公誤記耳！其詩云：『徑尺千餘朵，人間有此花。今朝見顔色，更不向諸

家。』又《賞牡丹》詩云：『庭前芍藥妖無格，池上芙蕖淨少情。惟有牡丹真國色，花開時節動京城。』又云：『有此倾城好顔色，天教晚發賽諸花。』其詩若是，非獨『但云一叢千朵而已』。元微之《看牡丹》古詩云：『蝶舞香暫飄，蜂牽蘂難正。籠處綵雲合，露湛紅珠瑩。』又《西明寺》絶句云：『花向琉璃地上生，光風眩轉紫雲英。自從天女盤中見，直至今朝眼更明。』若白樂天，凡有此詩數十首，其《牡丹芳》長篇云：『千片赤英霞爛爛，百枝絳豔燈煌煌。照地初開錦繡段，當風不結麝臍囊。映葉多情隱羞面，臥叢無力含醉粧。』又《看渾家牡丹戲贈李二十》云：『香勝燒蘭紅勝霞，城中最數令公家。人人散後君須看，歸到江南無此花。』又《買花》詩云：『灼灼百朵花，戔戔五束素。』又云：『一叢深色花，十户中人賦。』則當時此花之貴，斷可知矣。《花品序》又云：『牡丹自則天已後始盛。』歐公此言信然。予今因以開元時牡丹二事驗之，蓋開元正是則天巳後也。其一事，即《李翰林集後序》，云：『開元中，禁中初重木芍藥，即今牡丹也。得四本：紅、紫、淺紅、通白者，上因移植于興慶池東沉香亭前。會花方繁開，上乘照夜車『車』當作『白』，太真妃以步輦從，詔選梨園弟子中尤者，得樂十六色。李龜年以歌擅一時之名，手捧檀板，押衆樂前，將歌之，上曰：「賞名花，對妃子，焉用舊樂辭爲？」遽命李龜年持金花牋，賜翰林供奉李白，立進《清平調》辭三章。白欣然承詔，猶苦宿酲未解，因援筆賦之。其一曰：「雲想衣裳花想容，春

風拂檻露華濃。若非群玉山頭見，曾向瑶臺月下逢。」其二曰：「一枝紅豔露凝香，雲雨巫山枉斷腸。借問漢宮誰得似？可憐飛燕倚新粧。」其三曰：「名花傾國兩相歡，長得君王帶笑看。解釋春風無限恨，沉香亭北倚闌干。」龜年以歌辭進，上命梨園弟子，略約調撫絲竹，遂促龜年歌之。太真妃持玻璃七寶杯，酌西涼州蒲萄酒，笑領歌辭，意甚厚。上因調玉笛以倚曲，每曲徧將换，則遲其聲以媚之。太真妃飲罷，斂繡巾重拜。上自是顧李翰林尤異于諸學士。』其一事，即《松窗雜録》，云：『明皇内殿賞牡丹，問侍臣曰：「牡丹詩誰爲首？」奏云：「李正封，詩曰：國色朝酣酒，天香夜染衣。」帝謂妃子曰：「粧臺前飲一紫金盞酒，則正封之詩可見矣。」』予嘗謂二李之詩，詞格騷雅，真可壓倒元、白，歐公亦遺之而不言，獨稱劉夢得有此詩，殊不可曉也。《花品序》又云：『予居府中時，嘗謁思公，見一小屏立坐後，細書字滿其上。思公指之曰：「欲作《花品》，此是牡丹名，凡九十餘種。」然予所經見，而今人多稱者，纔三十許，不知思公何從而得之多也。』思公即錢惟演。東坡云：『惟演爲西都留守，始置驛貢洛花。識者鄙之：此宫妾愛君之意也。』故于《荔支歎》亦云：『洛陽相君忠孝家，可憐亦進姚黄花。』蓋爲思公惜之也。《苕溪漁隱叢話》。

王直方《詩話》云：澄心堂紙，乃江南李後主所製，國初亦不甚以爲貴，自劉貢父首爲題之，又邀諸公賦之，然後世以爲貴重。貢父詩云：『當時百金售一幅，澄心堂中千萬軸。

後人聞名寧復得，就令得之當不識。』文忠公詩云：『君不見曼卿、子美真奇才，久矣零落埋黄埃。君家雖有澄心紙，有敢下筆知誰哉？』梅聖俞云：『寒溪浸楮春夜月，敲冰舉簾匀割脂。焙乾堅滑若鋪玉，一幅百金曾不疑。』東坡云：『詩老囊空一不留，一番曾作百金收。』又從宋肇求此紙云：『知君也厭雕肝腎，分我江南數斛愁。』《苕溪漁隱叢話》

《西清詩話》云：丹青吟詠，妙處相資，昔人謂『詩中有畫，畫中有詩』者，蓋畫手能狀，而詩人能言之。唐人有《盤車圖》，畫重崗複嶺，一夫馳車山谷間。永叔賦詩：『坡長坂峻牛力疲，天寒日暮人心速。』又南唐畫俗號《四暢圖》，其一㓷耳者，曲肘仰面作挽弓勢；一搔首者，使小青理髮，趺坐頻首，兩手置膝作輪指狀。魯直題云：『㓷耳厭塵喧，搔頭數歸日。』且畫工意初未必然，而詩人廣大之。乃知作詩者徒言其景，不若盡其情，此題品之津梁也。《苕溪漁隱叢話》

《侯鯖録》云：永叔閒居汝陰時，一妓能盡記公所爲歌詞，公戲云：『他日當來作守。』後自維揚移汝州，其人已不復見，《題擷芳亭》云：『柳絮已將春去遠，海棠應恨我來遲。』後二十年，東坡來作守，見之曰：『此乃杜牧之緑葉成陰之句也。』《苕溪漁隱叢話》

《西清詩話》云：歐公語人曰：『修在三峽賦詩云：「春風疑不到天涯，二月山城未見花」，若無下句，則上句不見佳處。併讀之，便覺精神頓出。』文意難評如此，要當着意詳味

之耳。《苕溪漁隱叢話》

王直方《詩話》云：荆公云：『凡人作詩，不可泥于對屬，如歐陽公作《泥滑滑》云：「畫簾陰陰隔宫燭，禁漏杳杳深千門」。「千」字不可以對「宫」字，若當時作「朱門」，雖可以對，而句力便弱耳。』歐陽公《歸田樂》四首，只作二篇，餘令聖俞續之。及聖俞續成，歐陽公一簡謝之，云：『正如雜劇人上名，下韻不來，須副末接續。家人見誚，好時節將詩去人家廝攪，不知吾輩用以爲樂。』真所謂一時之雅戲也。《苕溪漁隱叢話》

《侯鯖録》云：歐公自揚州移汝州，作《西湖》詩云：『緑芰紅蓮畫舸浮，使君那復憶揚州。都將二十四橋月，換得西湖十頃秋。』後東坡復自汝移揚，作詩曰：『二十四橋亦何有，換此十頃玻璃風。』用歐公詩也。《苕溪漁隱叢話》

苕溪漁隱曰：儲光羲詩曰：『蒲葉日已長，杏花日已滋。老農要看此，貴不違天時。』永叔詩云：『田家何所樂？　簑笠日相親。桑條起蠶事，菖葉候耕辰。』用前詩之意而益工也。《苕溪漁隱叢話》

東坡云：『大川雖有神，淫祀亦其俗。石馬繫祠門，山鴉噪叢木。潭潭村鼓隔溪聞，楚巫歌舞送迎神。畫船百丈山前路，上灘下峽長來去。江水東流不暫停，黄牛千古長如故。峽上侵天起青嶂，崖崩路絶無由上。黄牛不下江頭飲，行人惟向舟中望。朝朝暮暮見黄

牛，徒使行人過此愁。山高更遠望猶見，不見黄牛滯客舟。』右文忠公爲峽州夷陵令日所作《黄牛廟》詩也。軾嘗聞之于公云：『昔以西京留守推官爲館閣校勘時，同年丁寶臣元珍，適來京師，夢與予同舟，泝江干入一廟中，拜謁堂下，予班元珍下，元珍固辭，予不可。方拜時，神像爲起，鞠躬堂上，且使人邀予上，耳語久之。元珍私念，神亦如世俗，待館閣乃爾異禮耶？既出門，見一馬隻耳。覺而語予，固莫識也。不數日，元珍除峽州判官，已而予亦貶夷陵令，日與元珍處，不復記前夢矣。一日，與元珍泝峽謁黄牛廟，入門惘然，皆夢中所見。予爲縣令，固班元珍下，而門外鐫石爲馬，缺一耳，相視大驚。乃留詩廟中，有「石馬繫祠門」之句，蓋私識其事也。』元豐五年，軾謫居黄州，宜都令朱君嗣先見過，因語峽中山水，偶及之。朱君請書其事與詩：『當刻石于廟，使人知進退出處，皆非人力。如石馬一耳，何與公事？而亦前定，況其大者。公既爲神所禮，而猶謂之淫祀，以見其直氣不可回如此。』感其言有味，故爲録之。《苕溪漁隱叢話》

《六一居士傳》云：居士初謫滁州，自號『醉翁』。既老而衰且病，將退休于潁水之上，則又更號『六一居士』。客有問曰：『「六一」，何謂也？』居士曰：『吾家藏書一萬卷，集録三代以來金石遺文一千卷，有琴一張，有棋一局，而常置酒一壺。』客曰：『是爲五一爾。奈何？』居士曰：『以吾一翁，老于此五物之間，是豈不爲「六一」乎？』客曰：『子欲逃名者

乎？而屢易其號，此莊生所謂「畏影而走乎日中」者也。予將見子疾走大喘渴死而名不得逃也。』居士曰：『吾固知名之不可逃，然亦知夫不必逃也。吾爲此名，聊以志吾之樂耳。』《苕溪漁隱叢話》

苕溪漁隱曰：《石林詩話》云：『歐公一日被酒，語其子棐云：「吾詩《廬山高》，今人莫能爲，惟李太白能之；《明妃曲》後篇，太白不能爲，惟杜子美能之；至于前篇，則子美亦不能，惟吾能之也。」』近觀本朝名臣《傳》，乃云：『歐陽修爲詩，謂人曰：「《廬山高》惟韓愈可及；《琵琶前引》，韓愈不可及，杜甫可及。《後引》，李白可及，杜甫不可及。」其自負如此。』則與《石林》所紀全不同。《琵琶引》即《明妃曲》也。此三詩並録于此。《廬山高贈同年劉凝之歸南康》，其詩云：『廬山高哉幾千仞兮，根盤幾百里，巀然屹立乎長江。長江西來走其下，是爲揚瀾左蠡兮，洪濤巨浪，日夕相舂撞。雲消風止水鏡净，泊舟登岸而遠望兮，上摩雲霄之晻靄，下壓后土之鴻龐。試往造乎其間兮，攀緣石磴窺空硿。千巖萬壑響松檜，懸崖巨石飛流淙。水聲聒聒亂人耳，六月飛雪洒石矼。仙翁釋子亦往往而逢兮，吾常惡其學幻而言哤。但見丹霞翠壁，遠近映樓閣，晨鐘暮鼓，杳靄羅幡幢。幽花野草不知其名兮，風吹露溼香澗谷，時有白鶴飛來雙。幽尋遠去不可極，便欲絶世遺紛厖。羨君買田築室老其下，插秧盈疇兮，釀酒盈缸。欲令浮嵐暖翠千萬狀，坐卧常對乎軒窗。君懷

磊砢有至寶，世俗不辨珉與玒。策名爲吏二十載，青衫白首困一邦。寵榮聲利不可以苟屈兮，自非青雲白石有深趣，其氣兀硉何由降？丈夫壯節似君少，嗟我欲説，安得巨筆如長杠。』《明妃曲·和王介甫作》，其一云：『胡人以鞍馬爲家，射獵爲俗，泉甘草美無常處，鳥驚獸駭争馳逐。誰將漢女嫁胡兒？風沙無情貌如玉。身行不遇中國人，馬上自作思歸曲。推手爲琵卻手琶，胡人共聽亦咨嗟。玉顔流落死天涯，琵琶卻傳來漢家。漢宫争按新聲譜，遺恨已深聲更苦。纖纖女手生洞房，學得琵琶不下堂。不識黄雲出塞路，豈知此聲能斷腸。』其二云：『漢宫有佳人，天子初未識。一朝隨漢使，遠嫁單于國。絶色天下無，一失難再得。雖能殺畫工，于事竟何益？耳目所及尚如此，萬里安能制夷狄？漢計誠已拙，女色難自誇。明妃去時淚，灑向枝上花。狂風日暮起，飄泊落誰家？紅顔勝人多薄命，莫怨春風當自嗟。』予觀介甫《明妃曲》二首，辭格超逸，誠不下永叔，不可遺也，因附益之。其一云：『明妃初出漢宫時，淚溼春風鬢脚垂。低回顧影無顔色，尚得君王不自持。歸來卻怪丹青手，入眼平生未曾有。意態由來畫不成，當時枉殺毛延壽。一去心知更不歸，可憐着盡漢宫衣。寄聲欲問塞南事，只有年年鴻雁飛。家人萬里傳消息，好在氊城莫相憶。君不見咫尺長門閉阿嬌，人生失意無南北。』其二云：『君妃出嫁與胡兒，氊車百輛皆胡姬。含情欲語獨無處，傳與琵琶心自知。黄金捍撥春風手，彈看飛鴻勸胡酒。漢宫侍

女暗垂淚，沙上行人卻回首。漢恩自淺胡自深，人生樂在相知心。可憐青冢已蕪没，尚有哀絃留至今。』《苕溪漁隱叢話》

《復齋漫録》云：文忠詩：『小雨斑斑作燕泥』，東坡詩：『小雨斑斑亦作泥』，山谷六言詩：『潤花小雨斑斑』。《苕溪漁隱叢話》

苕溪漁隱曰：歐公云：『身行南雁不到處，山與北人相對愁。』汪彦章云：『路行歸雁不到處，家在長江欲盡頭。』彦章雖體歐公詩，然終不及歐之自在也。《苕溪漁隱叢話》

苕溪漁隱曰：歐公作詩，蓋欲自出胸臆，不肯蹈襲前人，亦其才高，故不見牽强之迹耳。如《六月十四夜飛蓋橋玩月》云：『天形積輕清，水德本虚静。雲收風浪止，始見天水性。澄光與粹容，上下相涵映。乃于其兩間，皎皎掛寒鏡。餘輝所照耀，萬物皆鮮瑩。矧夫人之靈，豈不醒視聽。而我于此時，翛然發孤詠。紛昏忻洗滌，俯仰恣涵泳。人心曠而閒，月色高愈迥。惟恐清夜闌，時時瞻斗柄。』《苕溪漁隱叢話》

《塵史》云：文忠《早朝》詩云：『月在蒼龍闕角西』，甚爲美句。然予按漢之四闕：南曰『朱雀』，北曰『玄武』，東曰『青龍』，西曰『白虎』，今歐之詩意，蓋以當前門闕狀蒼龍，故云月在西也，不用漢闕也。《苕溪漁隱叢話》

苕溪漁隱曰：永叔《喜雪》云：『常聞老農語，一臘見三白。是爲豐年候，占驗勝著

策。』『三白』事古人不曾用，自永叔始，遂爲故實。如鮑欽止《雪霽》云：『三白歲可期，一飽分已足。』吕居仁《雪》詩云：『看取一年三白，喜歡共入新年。』皆本此也。《苕溪漁隱叢話》

六一居士云：牡丹花之絶，而無甘實；荔枝果之絶，而非名花。昔樂天有感于二物矣，是孰尸其賦予邪？然斯二者，惟一不兼萬物之美，故各得極其精。此于造化不可知，而推之至理，宜如此也。予少游洛陽，花之盛處也，因爲牡丹作記；君謨，閩人也，故能識荔枝而譜之。因念昔人嘗有感于二物，而二人者適各得其一之詳，故聊書其所以然，而附君謨譜之末焉。《苕溪漁隱叢話》

《復齋漫録》云：東坡言古今七言偉麗之句，永叔一聯云：『蒼波萬古流不盡，白鳥雙飛意自閒。』上句取李太白『長波瀉萬古』之句。東坡一聯云：『令嚴鐘鼓三更月，野宿貔貅萬竈煙。』上句取杜子美『中天懸明月，令嚴夜寂寥』之句也。《苕溪漁隱叢話》

苕溪漁隱曰：永叔有句云：『黄栗留鳴桑椹美，紫櫻桃熟麥風凉。』先君有句云：『含桃紅紫鶯聲老，宿麥青黄燕子飛。』皆《初夏》詩也。《苕溪漁隱叢話》

《本朝名臣傳》云：初，仁宗以《唐書》淺陋，命官刊修，在職五年而修至，分撰《紀》、《表》、《志》，七年書成。宰相韓琦，素不悦宋祁，以所上《列傳》文采雕飾太過，又一書出兩手，詔修看詳，改歸一體。修受命歎曰：『宋公于我前輩，人所見不同，詎能盡如己意？』

遂不易一字。又故事：修書進御，惟書官崇者。是時，祁守鄭州，修位在上，修曰：『宋公于此，日久功深，吾可掩其長哉！』遂各列其姓名。宋庠聞而喜曰：『自昔文人相凌掩，斯事古未有也。』《苕溪漁隱叢話》

《本朝名臣傳》云：歐陽公知開封府，承包拯政猛之後，一切循理，不事風采。或以拯之政勵修者，答曰：『凡人材性不一。各有長短。用其所長，事無不舉；强其所短，政必不逮。吾亦任吾所長爾。』聞者服其言。《苕溪漁隱叢話》

司馬文正公《日録》云：歐陽公坐擅止青苗錢，特放罪，上表謝曰：『敢不戒小人之遂非，思君子之改過。』《苕溪漁隱叢話》

東坡云：『頃歲孫莘老識文忠公，乘間以文字問之，云：「無他術，惟勤讀書而多爲之，自工。世人患作文字少，又懶讀書，每一篇出，即求過人，如此少有至者。疵病不必待人指摘，多作自能見之。」此公以其嘗試者告人，故尤有味。』苕溪漁隱曰：舊説梅舜俞日課一詩，寒暑未嘗易也。聖俞詩名滿世，蓋身試此説之效耳。《苕溪漁隱叢話》

苕溪漁隱曰：歐陽永叔《宛陵集序》、晁无咎《海陵集序》，二序皆論詩人之多窮，予嘗愛之，故兹併録。《宛陵集》略云：『予聞世謂詩人少達而多窮，夫豈然哉？蓋世所傳詩者，多出于古窮人之辭也。凡士之藴其所有而不得施于世者，多喜自放于山巔水涯之外，

見蟲魚草木風雲鳥獸之狀類，往往探其奇怪，内有憂思感憤之鬱積，其興于怨刺，以道羈臣寡婦之所歎，而寫人情之難言，蓋愈窮則愈工。然則非詩之能窮人，殆窮者而後工也。』《海陵集序》略云：『文學不足以發身，春秋時士大夫顯名諸侯，人稱之至今者，皆有他事業，舉大而任重，排難而解紛，其用如穀帛藥茗，而文章者特以緣飾而行之耳。戰國異是，一切趨合抵巇，無春秋時事業矣，而文學尤爲不急，詩又文學之餘事，至唐始盛，然爲之而工，不足以取世資，故世稱少達而多窮。自蘇、李而下，枚數之至唐，皆孫樵所論相望于窮者也。以其不足以發身而取世資，又多窮如此。而士或千一好焉，惟恐其學之不至，營度雕琢，會其得意，不啻如鐘鼎之獲，顧他好嗜，無足以易此者，雖數用以得詬病，猶不自悔，曰：「吾固有得予此也。」嗚呼！非誠心好之，孰能困而堅，往而忘返如此哉！』《苕溪漁隱叢話》

東坡云：陶潛詩：『但恐多謬誤，君當恕醉人』，此未醉時説也，若已醉何暇憂誤哉！然世人言『醉時是醒時語』，此最名言。張安道飲酒，初不言盞數，與劉潛、石曼卿飲，但言：『當飲幾石而已。』歐公盛年時能飲百盞，然常爲安道所困。聖俞亦能百許盞，然醉輒高叉手而語彌温謹。此亦知所不足而勉之，非善飲者。善飲者，淡然與平時無少異。若僕者，又何其甚，飲一盞而醉，醉味與數君何異，亦無所羡耳。《苕溪漁隱叢話》

寒食清明，多用餳粥事。如李義山詩云：『粥香餳白杏花天』，宋子京《途中清明》詩云：『漠漠輕花着早桐，客甌餳粥對禺中。』苕溪漁隱曰：六一居士詩云：『杯盤餳粥春風冷，池館榆錢夜雨新。』又云：『多病正愁餳粥冷。』東坡詩云：『新火發茶乳，温風散粥餳。』皆清明寒食詩也。《苕溪漁隱叢話》

苕溪漁隱曰：六一居士詩云：『静愛竹時來野寺，獨尋春偶過溪橋。』俗謂之折句。盧贊元《雪》詩云：『想行客過梅橋滑，免老農憂麥壠乾』，效此格也。予亦嘗云：『鸚鵡杯且酌清濁，麒麟閣懶畫丹青。』《苕溪漁隱叢話》

六一居士云：陸羽《茶經》，其論水云：『山水上，江水次，井水下。』又云：『山水乳泉石池漫流者上，瀑湧湍漱勿食，食久令人有頸疾。江水取去人遠者，井取汲多者。』其説止于此，而未嘗品第天下之水味也。至張又新《煎茶水記》始云：『劉伯芻謂水之宜茶者有七等』，又載羽爲李秀卿論水，次第有二十種。予考二説，與羽《茶經》皆不合。謂山水上，乳泉石池又上，江水次而井水下。伯芻以揚子江南零水爲第一，惠山石泉爲第二，虎丘石井第三，丹陽寺井第四，揚州大明寺井第五，而松江第六，淮水第七，與羽説皆相反。秀卿所説二十水，廬山康王谷水第一，無錫惠山石泉水第二，蘄州蘭溪石下水第三，扇子峽蝦蟇口水第四，虎丘寺井水第五，廬山招賢寺下方橋潭水第六，揚子江南零水第七，洪州西山瀑

布水第八，桐柏淮源第九，廬山龍池山頂水第十，丹陽寺井第十一，揚州大明寺井第十二，漢江中零水第十三，五虚洞香溪水第十四，武闗西水第十五，松江水第十六，天台千丈瀑布水第十七，郴州圓泉第十八，嚴陵灘水第十九，雪水第二十。如蝦蟇口水、西山瀑布、天台千丈瀑布，皆戒人勿食，食之生疾。其餘江水居山水之上，井水居江水上，皆與羽《經》相反。疑羽不當二説以自異，使誠羽説，何足信也？得非又新妄附益之耶？其述羽辨南零岸水特怪誕妄甚也。《苕溪漁隱叢話》。宗祥案：南零水事見『蘇軾』條。

苕溪漁隱曰：歐公《和劉惇父揚州時會堂》絶句云：『積雪猶封蒙頂樹，驚雷未發建溪春。中州地暖萌芽早，入貢宜先百物新。』注云：『時會堂，造茶所也。』予以陸羽《茶經》考之，不言揚州出茶，惟毛文錫《茶譜》云，揚州禪智寺，隋之故宫，寺枕蜀岡，其茶甘香如蒙頂焉。第不知入貢之因，起于何時？故不得而誌之也。《苕溪漁隱叢話》

《歸田録》云：臈茶出于建、劍，草茶盛于兩浙。兩浙之品，日注爲第一。自景祐以後，洪州雙井白芽漸盛，近歲製作尤精，囊以紅紗，不過一二兩，以常茶十數斤養之，用避暑溼之氣，其品遠出日注上，遂爲草茶第一。《苕溪漁隱叢話》

苕溪漁隱曰：醉翁又有《雙井茶》詩云：『兩江水清江石老，石上生茶如鳳爪。窮臈不寒春氣早，雙井芽生先百草。白毛囊以紅碧紗，十觔茶養一觔芽。長安富貴五侯家，一啜

尤須三日誇。』蔡君謨好茗飲，又精于藻鑒，《答程公闢簡》云：『向得雙井四兩，其時人還未試，敘謝不悉。尋烹治之，色香味皆精好，是爲茗芽之冠，非日注、寶雲可並也。』涪翁尤譽雙井，蓋鄉物也。李公擇有詩嘲之，戲作解嘲云：『山芽落磑風廻雪，曾與尚書破睡來。勿以姬姜棄憔悴，逢時瓦釜亦雷鳴。』又《答黄冕仲索煎雙井并簡王揚休》云：『江夏無雙乃吾宗，同舍頗似王安豐。能澆茗椀湔祓我，風神欲挹浮丘公。吾宗落筆賞幽事，秋月下照澄江空。家山鷹爪是小草，敢與好賜雲龍同。不嫌水厄幸來辱，寒泉湯鼎聽松風。』《苕溪漁隱叢話》

《復齋漫録》云：《遯齋閒覽》記歐陽文忠公《詩話》，譏唐人『夜半鐘聲到客船』之句，云：『半夜非鳴鐘時，疑詩人偶聞此耳！』且云渠嘗過蘇州，宿一寺，夜半聞鐘聲，因問寺僧，皆云：『「分夜鐘」，曷足怪乎？』尋聞他寺皆然，始知夜半鐘惟姑蘇有之。』此皆《閒覽》所載也。予考唐詩，知歐公所記，乃張繼《楓橋夜泊》詩，全篇云：『月落烏啼霜滿天，江楓漁火對愁眠。姑蘇城外寒山寺，夜半鐘聲到客船。』此歐公所譏也。然唐詩人皇甫冉有《秋夜宿嚴維宅》詩云：『昔聞元度宅，門向會稽峰。君住東湖下，清風繼舊蹤。秋深臨水月，夜半隔山鐘。世故多離別，良宵詎可逢。』且維所居在會稽，鐘聲亦鳴于半夜，遂知張繼詩不爲誤。歐公不察，而半夜鐘亦不止于姑蘇，有如陳正敏説也。又陳羽《梓州與温商

夜别》詩：『隔水悠揚午夜鐘。』乃知唐人多如此。《苕溪漁隱叢話》

吕氏《童蒙訓》云：老杜云：『新詩改罷自長吟』，文字頻改，工夫自出。近世歐公作文，先貼于壁，時加竄定，有終篇不留一字者。魯直長年多改定前作，此可見大略，如《宗室挽》詩云：『天綱恢中夏，賓筵禁列侯。』後乃改云：『屬舉左官律，不通宗屋侯。』此工夫自不同矣。《苕溪漁隱叢話》

東坡云：常建詩：『竹徑通幽處，禪房花木深。』歐陽文忠公最愛賞，以爲不可及，此語誠可人意，然于公何足道，豈非厭飫芻豢，反思螺蛤耶？《苕溪漁隱叢話》

劉中原父望歐陽公稍後出，同爲昭陵侍臣，其學問文章，勢不相下，然相樂也。歐陽公喜韓退之文，皆成誦，中原父戲以爲『韓文究』，每戲曰：『永叔于韓文，有公取，有竊取，竊取者無數，公取者粗可數。』永叔《贈僧》云：『韓子亦嘗謂，收斂加冠巾。』乃退之《送僧澄觀》『我欲收斂加冠巾』也。永叔《聚星堂燕集》云：『退之嘗有云：「青蒿倚長松」』，乃退之醉留孟東野『自慚青蒿倚長松』也，非公取乎？歐陽公以退之『讀《墨子》不相用，不足爲孔墨』爲叛道，中原父笑曰：『永叔無傷事主也。』《聞見後録》

張宗祥 纂輯 曹錦炎 整理

全宋詩話

第三册

卷十五至卷二十六

浙江大學出版社

本册目録

全宋詩話目録卷十八……五三九

全宋詩話目録卷二十五……七一〇

全宋詩話卷二十五……七一四

全宋詩話卷十五

歐陽修三

潘子真《詩話》云：永叔頗聞晏因賦《雪》詩有語，其後歐守青社，晏亦出殿宛丘。歐乃作啟，敘平生出處，以致謝悃，其略曰：『伏念曩者相公始掌貢舉，修以進士而被選掄。及當鈞衡，又以諫官而蒙獎擢。出門館不爲不舊，受恩知不爲不深。』晏得書，即于書尾作數語，授掌記謄本答之，甚滅裂。坐客怪而問焉，晏徐曰：『作答知舉時一門生書也。』意終不平。《苕溪漁隱叢話》

苕溪漁隱曰：醖酒之法，無出《月令》數語，能盡其要，予嘗試之，酒無不佳矣。其語云：『秫稻必齊，麴糵必時，湛熾必潔，水泉必香，陶器必良，火齊必得。』用此六物耳。六一居士《醉翁亭記》云：『釀泉爲酒，泉香而酒冽。』本此語也。《苕溪漁隱叢話》

苕溪漁隱曰：《荆楚歲時記》云：『立春日悉翦綵爲燕子以戴之』，故歐陽永叔詩云：

『不驚樹裏禽初變，共喜釵頭燕已來。』鄭毅夫云：『漢殿鬬簪雙綵燕，併知春色上釵頭。』皆《立春日帖子》詩也。《苕溪漁隱叢話》

士大夫發迹壟畝，貴爲公卿，謂父祖舊廬爲不可居，而更新其宅者多矣。復以醫藥勿便，飲膳難得，自村疃而遷于邑，自邑而遷于郡者，亦多矣。惟翩然委而去之，或遠在數百千里之外，自非有大不得已，則舉動爲不宜輕。若夫以爲得計，又從而詠歌夸詡之，著于詩文，是其一時思慮，誠爲不審，雖名公鉅人，未能或之免也。歐陽公，吉州盧陵人，其父崇公，葬于其里之瀧岡，公自爲阡表，紀其平生。而公中年乃欲居潁，其《思潁詩序》云：『予自廣陵得請來潁，愛其民淳訟簡，土厚水甘，慨然有終焉之志。爾來思潁之念，未嘗少忘于心，而意之所存，亦時時見于文字。乃發舊稿，得南京以後詩十餘篇，皆思潁之作，以見予拳拳于潁者，非一日也。』又《續詩序》云：『自丁家難，服除，入翰林爲學士，忽忽八年間，歸潁之志雖未遂，然未嘗一日少忘焉。至于今年六十有四，免并得蔡，蔡、潁連疆，因得以爲歸老之漸。又得在亳及青十有七篇，附之。時熙寧三年也。』公次年致仕，又一年而薨，其逍遥于潁，蓋無幾時，惜無一語及于松楸之思。崇公惟一子耳，公生四子，皆爲潁人，瀧岡之上，遂無復有子孫臨之。是因一代貴達，而墳墓乃隔爲他壤。予每讀二《序》，輒爲太息。嗟乎！此文不作可也。若東坡之居宜興，乃因免汝州居住而至，其後自海外北還，無

以爲歸，復暫至常州，已而捐館。文定公雖居許，而治命返葬于眉山云。《容齋續筆》

國朝承平之時，四方之人以趨京邑爲喜，蓋士大夫則用功名進取係心；商賈則貪舟車南北之利；後生嬉戲，則以紛華盛麗而悦。夷考其寔，非南方比也，讀歐陽公《送僧慧勤歸餘杭》之詩可知矣。曰：『越俗僭宫室，傾貲事雕墻。佛屋尤其侈，耽耽擬侯王。文彩瑩丹漆，四壁金焜煌。上懸百寶蓋，宴坐以方床。胡爲棄不居，棲身客京坊。辛勤營一室，有類燕巢梁。南方精飲食，菌筍比羔羊。飯以玉粒粳，調之甘露漿。一饌費千金，百品羅成行。晨興未飯僧，日昃不敢嘗。乃兹隨北客，枯粟充饑腸。東南地秀絶，山水澄清光。餘杭幾萬家，日夕焚清香。煙霏四面起，雲霧雜芬芳。豈如車馬塵，鬢髮染成霜。三者孰苦樂，子奚勤四方。』觀此詩所謂吴越、宫室、飲食三者之勝，昔日固如是矣。公又有《山中之樂》三章送之歸，勤後識東坡，爲作詩集序者。《容齋五筆》

『夜涼吹笛千山月，路暗迷人千種花。棋罷不知人换世，酒闌無奈客思家。』此歐陽公絶妙之語，然以四句各一事，似不相貫穿，故名之曰《夢中作》。《容齋五筆》

世俗多指言月中桂为娑羅樹，不知所起。歐陽公有《定力院七葉木》詩云：『伊洛多佳木，娑羅舊得名。常于佛家見，宜在月宫生。釦砌陰鋪静，虚堂子落聲。』亦此樹耳，所謂『七葉』者，未詳。《容齋四筆》

歐公《樂郊》詩云：『有山在其東，有水出逶夷。』近歲丁朝佐《辨正》，謂其字參古今之變，必有所據。予因其説而悉索之，此二字凡十二變。一曰『委蛇』，本于《詩·羔羊》：『退食自公，委蛇委蛇。』毛公注：『行可從迹也。』鄭箋：『委曲自得之皃。委於危反，蛇音移』。《左傳》引此句，杜注云：『順皃。』《莊子》載齊威公澤中所見，其名亦同。二曰『委佗』，《詩·君子偕老》：『委委佗佗。』毛注：『委委者，行可委曲從迹也。佗者，德平易也。』三曰『逶迤』，《韓詩》釋上文云：『公正皃。』《説文》：『逶迤，斜去皃。』四曰『逶遲』，《詩·四牡騑騑》：『周道逶遲。』注：『歷遠之皃。』五曰『逶夷』，《韓詩》之文也。六曰『威夷』，潘岳詩：『迴谿縈曲阻，峻阪路威夷。』孫綽《天台山賦》：『既克隮于九折，路威夷而修通。』李善注引《韓詩》『周道威夷』，薛君曰：『威夷，險也』。七曰『委移』，《離騷》經載『雲旗之委蛇』，一本作『逶迤』，一本作『委移』，注：『雲旗委移，長也』。八曰『逶移』，劉向《九歎》：『遵江曲之逶移』。九曰『逶蛇』，後漢《費鳳碑》：『君有逶蛇之節』。十曰『蝼蛇』，張衡《西京賦》：『女娥坐而長歌，聲清暢而蝼蛇。』李善注：『蝼蛇，聲餘詰曲也』。十一曰『禕池』，漢《逢盛碑》：『當遂禕池，立號建基』。十二曰『威遲』，劉夢得詩：『柳動御溝清，威遲堤上行』。韓公《南海廟碑》：『蜿蜿蛇蛇』亦然也。則歐公正用《韓詩》，朝佐不暇尋繹之爾。《容齊五筆》

歐陽公詩：『我亦只如常日醉，莫教絃管作離聲。』按《吴越春秋》：勾踐伐吴，乃命國中與之訣，而國人悲哀，皆作離别之聲。《能改齋漫録》

陳後山云：歐陽公謂：『「袖中諫草朝天去，頭上宫花侍燕歸」，诚爲佳句，但進諫必以章疏，無真用藁草之理。』按此詩乃太宗朝王操《投贈李昉相國》詩，不若印粲《與徐翰林》詩云：『諫書未上先焚草，御筆曾傳立制麻。』粲，五代人。然予見《雅言系述》，載操詩乃『詔草』，非『諫』字。《能改齋漫録》

『北州從事藹家聲，東土還聞政有成。組甲光寒圍夜帳，綵旗風暖看春耕。金釵墜鬢分行立，玉麈談詩四座傾。富貴常情誰不愛？羡君瀟灑有餘清。』此歐公《送李留後知鄆州》詩也。公語人云：『人開口好言富貴，如此詩所誇，清而不俗，非善處富貴者不能也。』《歸田詩話》

六一居士云：『盧仝、韓愈不在世，彈壓百怪無雄文。』文潛《題磨崖碑》云：『元功高名誰與紀？風雅不繼騷人死。』魯直《過桂林》云：『李成不生郭熙死，奈此百嶂千峰何！』《與退之石鼓歌》云：『少陵無人謫仙死，才薄將奈石鼓何。』老杜《雙松歌》云：『天下幾人畫古松？畢宏已老韋偃少。』殆一律也。《履齋詩説》

亳州太清宫檜至多，檜花開時，蜜蜂飛集其間，不可勝數，作蜜極香，而味帶微苦，謂之

『檜花蜜』，真奇物也。歐陽公守亳時，有詩曰：『蜂採檜花村落香』，則亦不獨太清而已。《老學庵筆記》

韓退之詩云：『夕貶潮陽路八千』，歐公云：『夷陵此去更三千』，謂八千里、三千里也。或以爲歐後，非也。《書》：『弼成五服，至于五千。』注云：『五千里。』《論語》：『冉有曰：方六七十，如五六十。』注亦云：『六七十里，五六十里』也。《老學庵筆記》

歐陽公、梅宛陵、王文恭《集》皆有《小桃》詩，歐詩云：『雪裏花開人未知，摘來相顧共驚疑。便當索酒花前醉，初見今年第一枝。』初但謂桃花有一種早開者耳，及游成都，始識所謂『小桃』者，上元前後即着花，狀如垂絲海棠。曾子固《雜識》云：『正月二十，開天章閣賞小桃。』正謂此也。《老學庵筆記》

歐陽公謫夷陵時詩云：『江上孤峰蔽緑蘿，縣樓終日對嵯峨。』蓋夷陵縣治，下臨峽江，名『緑蘿溪』，自此上泝，即上牢、下牢關，皆山水清絶處。『孤峰』者，即甘泉寺山，有孝女泉及祠，在萬竹間，亦幽邃可喜，峽人歲時游觀頗盛。予入蜀，往來皆過之。韓子蒼舍人《泰興縣道中》詩云：『縣郭連青竹，人家蔽緑蘿。』似因歐公之句而失之，此詩蓋子蒼少作，故不審云。《老學庵筆記》

歐陽公《早朝》詩云：『玉勒争門隨仗入，牙牌當殿報班齊。』李德芻言：『自昔朝儀，

未嘗有牙牌報班齊之事。』予考之，實如德芻之説，問熟于朝儀者，亦惘然以爲無有。然歐陽公必不誤，當更博考舊制也。《老學庵筆記》

歐陽文忠守潁日，因小雪，會飲聚星堂賦詩，約不得用玉、月、梨、梅、練、絮、白、舞、鵞、鶴等事，歐公一篇云：『脱遺前言笑塵雜，搜索高家窺冥漠。』自後四十餘年，莫有繼者。元祐六年，東坡在潁，因禱雪于張龍公，獲應，遂復舉前篇令，末云：『汝南先賢有故事，醉翁詩話誰能説？當時號令君聽取，白戰不許持寸鐵。』《漫叟詩話》

宋初臺閣倡和，多宗義山，名『西崑體』。梅聖俞、蘇子美起而矯之，盡翻科臼，蹈厲發揚，才力體製，非不高于前人，而淵涵渟滀之趣，無復存矣。歐陽七言古專學昌黎，然意言之外，猶存餘地。《説詩晬語》

歐陽永叔深于爲詩，高自許與。觀其思致，視格調爲深，然校之唐詩，似與不似，亦門墻藩籬之間耳。梅聖俞云：『永叔要做韓退之，硬把我做孟郊。』今觀梅之于孟，猶歐之于韓也。或謂梅詩到人不愛處，彼孟之詩，亦曷嘗使人不愛哉。《麓堂詩話》

全宋詩話目録卷十六

文彦博　字寬夫，介休人，舉進士。歷官樞密副使、參知政事、同中書門下平章事，封潞國公，以太師致仕。紹聖中，預元祐黨籍，降官，後追復，謚忠烈。有集。

劉几　字伯壽，洛陽人，進士。神宗朝，官秘書監。

劉槩　字孟節，青州壽光人。少師种放，隱青州南冶源山，富鄭公爲築室，范文正、文潞公優禮之，欲薦於朝，懇辭不就。

張望

劉沆　字沖之，吉州永新人，天聖八年進士。歷官同中書門下平章事、集賢殿大學士，出知應天府，徙陳州。

陸軫　山陰人，官兵部郎。

張先　字子野，烏程人，天聖八年進士。知吴江縣，仕至都官郎中。有《安陸集》。

李之才　字挺之，青州人，天聖八年進士。師穆脩受《易》，脩受之种放，放受之陳摶，邵雍傳其學。官至殿中丞、簽書澤州判官。

石介　字守道，奉符人，天聖八年進士。歷嘉州判官。居憂，耕徂徠山下，魯人號『徂徠先生』。遷直集賢院，出判濮州。有《徂徠集》。

元絳　字厚之，錢塘人，天聖八年進士。神宗時，歷官翰林學士、參知政事，出知亳州，改潁州，致仕卒，贈太子少師，謚章簡。有《玉堂集》。

刁約　字景純，潤州人，天聖八年進士。嘉祐中，以兵部員外郎集賢校理知越州。

蔡襄　字君謨，莆田人，天聖八年進士。歷官龍圖閣學士、知開封府，徙知泉州，召爲翰林學士，乞杭州，以端明殿學士知杭州。治平四年卒，乾道中謚忠惠。有集。

王素　字仲儀，大名莘人，旦季子，賜進士出身。歷官知諫院、出知成都府，復尹開封。熙寧初，入爲通進銀臺司，轉工部尚書。卒謚懿敏。

趙師民　字周翰，青州臨淄人，進士。歷官天平軍節度推官天章閣侍講刑部郎中，判宗正丞。有集。

唐介　字子方，江陵人，進士。官殿中侍御使，劾宰相文彦博，貶春州别駕。神宗朝，參知政事，與王安石争論，不勝憤，疽發背卒，贈禮部尚書，謚質肅。

李師中　字誠之，應天府楚丘人，舉進士。歷官天章閣待制、河東都轉運使、知泰州，貶和州團練副使安置，徙單州，復分司南京提舉太極觀。有集。

全宋詩話卷十六

文彦博

白樂天居洛陽履道里，與胡杲、吉皎、鄭據、劉真、盧真、張渾、狄兼謨、盧貞燕集，皆高年不事事者，人慕之，繪爲《九老圖》。至本朝，李昉再入相，以司空致仕，慕樂天之爲，得宋琪等八人，年七十餘，將爲『九老會』，未果而卒。自後洛中諸公，圖形普明僧舍。文潞公留守西都，富鄭公納政居里第，與席汝言、王尚恭、趙丙、劉几、馮行己、楚建中、王慎言、王拱辰、張問、張燾、司馬光共十三人，置酒相樂，謂之『耆英會』。劉几詩所謂：『制舉省元推二相，龍頭昔日屬宣猷。人間盛事並遐算，一席幾盈九百籌』是也。後潞公與程伯温、司馬伯康、席君從之，又作『同甲會』，潞公詩所謂：『四人三百十二歲，況是同生丙午年。招得梁園同賦客，合成商嶺采芝仙』是也。潞公又與范鎮、張宗益、張周、史招爲『五老會』，公詩所謂：『四個老兒三百歲，當時此會已離倫。如今白髮游河叟，半是清朝解紱

人』是也。潞公以勳德享大耋，功成名遂，優游臯壤，日與賢士大夫譏笑，而飲食起居，端類少壯，非天畀全福，疇能若是？司馬温公在洛作『真率會』，杜祁公在睢陽作『五老會』，趙閱道在三衢作『三老會』，各有詩詠傳焉。《韻語陽秋》

文潞公居伊洛日，年七十八。同時中散大夫程珦、朝議大夫司馬旦、司封郎中致仕席汝言，皆年七十八，嘗爲『同甲會』，各賦詩一首。潞公詩曰：『四人三百十二歲，況是同生甲午年。招得梁園爲賦日，合成商嶺采芝仙。清談亹亹風盈席，素髮飄飄雪滿肩。此會從來誠未有，洛中應作畫圖傳。』《夢溪筆談》。又見《墨客揮犀》

富韓公，熙寧四年以司空歸洛，時年六十八。是年，司馬端明不拜樞密副使，求判西臺，時年五十三。二公安居沖默，不交世務。後十一年，當元豐五年，文潞公留守西京，慕唐白樂天『九老會』，于是悉聚洛中大夫賢而老自逸者，韓公置酒相樂，凡十二人。又命鄭奂圖形妙覺僧舍，各賦詩。時人呼之曰『洛陽耆英會』，而司馬公爲之《序》。其相聚也，用洛中舊俗，敘齒不尚官，韓公年七十九，潞公與司封席汝言字君從皆七十七，朝議大夫王尚恭字安之七十六，太常卿趙丙字南正、秘書監劉禦字伯壽、衛州防御使馮行己字肅之皆七十五，天章閣待制楚建中字正叔七十三，朝議大夫王慎言字不疑七十二，大中大夫張問字昌言、龍圖閣直學士張燾字景元皆七十，司馬公六十四。故潞公詩云：『當年尚齒尤多幸，

十二人中第二人。』韓公贈潞公詩云：『顧我年齡雖第一，在公勳德自無雙。』潞公再贈韓公詩云：『惟公福禄并功德，合是人間第一流。』是時宣徽使王公拱辰字君貺年七十，留守大名，貽書二公預其數，凡十三人。《澠水燕談録》

昌元縣南有老鴉山，有李勘、李戣兄弟善棋。會虜索棊戰于國朝，詔求天下善奕者，蜀帥以勘應詔，虜望風知畏，不敢措手。譙南薰，昌元人，登皇祐五年進士第。文潞公詩云：『昌元建邑幾經春，百里封疆秀氣新。鴨子池邊登第客，老鴉山下著棋人。』《方輿勝覽》

世傳太祖謂一縣令曰：『勿于黄紬被里放衙。』潞公《題榆次縣鼓樓》云：『置向譙樓一任撾，撾多撾少不知他。如今幸有黄紬被，努出頭來放早衙。』《合璧事類前集》

文潞公自兖州通判代歸，吕文靖一見奇之，問潞公曰：『有兖州墨，携以來。』明日，潞公進墨，文靖熟視之，蓋欲相潞公手也，遂薦爲殿中侍御史。邵氏《聞見前録》

投人詩文，有語忌者，不可不知。人有上文潞公詩，用『壽考』字，公曰：『五曰考終命，和我死也説了。』程子山自中書舍人謫爲贛州安遠令，士子上生日詩，用『嶽降』事，子山曰：『降做縣令了，更去甚處！』周茂振《賀劉季高由謫籍放自便啟》云：『十年去國，驚我馬之虺隤；一日還家，喜是翁之矍鑠。』季高曰：『「是翁」卻將對「我馬」，此類多矣！』至如紹興間，張叔夜之子常先，爲江西常平使者，有小官上《啟》，其自敘處云：『叔夜麄

疏，次山漫浪。』常先大怒曰：『我爺何曾麄疏？』雖常先不學可笑，然小官亦可當問上官家諱。吉州推官李椿，嘗于一上官舉狀，而上官家諱有複名而一字『椿』者，初許薦而後不與，諸余族弟炎正，字濟翁，作一《啟》以解之云：『諱名不諱姓，雖存羊棗之遺文。言在不言徵，亦有杏壇之故事。』上官遂舉之。濟翁年五十二乃登第，初任寧遠簿，甚爲京丞相所知，有《啟》上丞相云：『秋驚一葉，感蒲柳之先知。春到千花，歎桑麻之後長。』丞相遂下待除掌故之令。《誠齋詩話》

《東軒筆録》云：嘉祐中，文潞公彦博、富鄭公弼爲相，劉沆、王堯臣爲參政，始議立皇嗣，而事秘不傳，雖英宗亦莫知也。元豐中，王公之子同老上書言：『先帝之立，乃先臣在政府始議也，其始終事並藏于家。』及宣取，上驚歎久之。是時，富、劉、王三公皆已薨，獨潞公留守西京，遽召至闕，慰藉恩禮隆厚，册拜太尉。及還西都，上作詩送行，有『報在不言功』之句，兩府並出餞，皆有詩。王禹玉詩云：『功業特高嘉祐末，精神如破貝州時。』蓋謂是也。《苕溪漁隱叢話》

《送時郎中》詩云：『一從辭畫省，洊歲守坤維。久浹于藩任，常分乃睿思。六條遵漢寄，千里奉堯咨。按部壺漿擁，行春茜旆隨。握蘭班已峻，拔薤化方施。吏服蒲鞭耻，童懷竹馬期。不藏金似粟，傾降雨如絲。每見求民瘼，寧聞拾路遺。責躬還掩閤，察吏更褰帷。

好續循良傳，宜刊德政碑。姦邪隨草靡，權黠望風移。渤海繩皆治，葵丘戍及期。佩牛登富庶，負虎變淳熙。雲路徵賢日，星郎拱極時。將升嚴助室，暫輟阮咸麾。挽鄧舟停水，思何詠載岐。魚城初解印，鳳闕即移墀。曲樹青雲路，離筵白紵詞。玳簪縈别恨，金酒折芳枝。從此三巴俗，多吟蔽芾詩。』軾嘗得聞潞公之語矣，其雄才遠度，固非小子所能窺測。至于學問之富，自漢以來，出入馳騁，略無遺者。下逮曲技小數，靡不究悉，雖篤學專門之師，莫能與之較。然世不以此稱公，豈勛德所掩覆故耶？今其幼時詩，精審研密，句句皆有所考，蓋其積之也久矣。元豐二年二月二十九日書。《東坡題跋》

文潞公承楊、劉之後，詩學西崑，其妙處不減温、李。五言如：『雲淡天迷楚，樓高地占秦。哀箏兩行雁，小字數鉤銀。巷陌三條月，池塘十步春。府門初夜閉，多少夜游人。』《見山樓》『蘅薄頻牽望，楊林久駐鑣。香囊徒叩叩，雲月自苕苕。翠佩傳情密，微波託意遥。翩鴻漸高逝，翻恨隔神霄。』《蘅皋》『楊柳亭臺暮，梨花院落深。玉池波湛湛，珠幌影沉沉。遠思隨莊蝶，春懷怯雍琴。萱蘇不蠲忿，擁鼻獨清吟。』《深院》『小檻風驚葉，幽庭露泣柯。芳塵千里遠，幽恨九廻多。螢影穿簾押，蛩聲出砌莎。寸心無以寫，望月但長歌。』《秋夕》七言如：『小閣登臨春暮時，綺闌飛閫映游絲。鶯喧曲檻韓憑樹，蘚晦幽庭貢禹綦。閒對碧雲吟桂水，狂思長袂宿蘭池。徘徊望斷江邊客，采得瑶華寄與誰？』《登通山閣》『獵徧蘭蘗

與桂枝，巢居未必有先期。靈臺十仞烏隨轉，阿閣三重鳳豈知。度柳暗催蟬嘒嘒，出雲高送雁離離。漢宫玉樹知何恨？争忍重吟畫扇詩。』《秋風》『高樓閒背夕陽登，眇眇長懷不自勝。錦瑟有時聞北里，鈿車何日到西陵？地寒萱草猶難種，天遠瑶華豈易憑。多謝蘇門清嘯客，了無塵事染壺冰。』《寫懷》『縹帙青箱次第開，慨然英氣轉難裁。莫言每事俱長往，須有清風屬後來。彈鋏始知皆瑣旅，枕戈方信是雄才。平生自信真非薄，只是休容楚鴆媒。』《閲史有感》蘇文忠公常稱潞公長律無一字無考據，世猶未知其工妙如此。明内鄉李子田撰《藝圃集》，近吕莊生、吴孟舉撰《宋詩鈔》，皆遺潞公。予偶讀公《集》，摘録如此。《池北偶談》

元豐七年春，文太師告老，奏乞赴闕親辭天陛，庶盡臣子之誠。既見神宗，即日對御賜宴，顧問温密，上酌御盞親勸。數日，將朝辭，上遣中使以手劄諭公，留過清明，敕有司爲公備二舟，泝汴還洛。清明日賜宴玉津園，公作詩示同席，翌日上用公韻屬和，親洒宸翰，就第賜公。將行，特命三省已上，赴瓊林苑宴餞，復賜御詩送行。公留京師一月，凡對上者五，錫宴者三，賜詩者再。顧問不名，稱曰『太師』，寵數優異，近世無比。《澠水燕談録》

劉几

劉伯壽，洛陽九老之一也，築室嵩山玉華峰下，號『玉華庵主』。有妾名萱草、芳草，皆秀麗善音律。伯壽出入乘牛，吹鐵笛，二草以蘄曲和之，聲滿山谷。出門不言所之，牛行即行，牛止即止。其止也，必命壺觴，盡醉而歸，嵩前人以爲地仙云。《風月堂詩話》

劉槩

劉槩，字孟節，青州人，喜爲詩，慷慨有氣節。舉進士及第，爲幕僚一任，不得志，棄官隱居野原山，去人境四十里。好游山，常獨挈飯一甖，窮探幽險，無所不至，夜則宿于巖石之下，或累日乃返，不畏虎豹蛇虺。富丞相甚禮重之，嘗在府舍西軒有詩云：『昔年曾作瀟湘客，憔悴東秦歸未得。西軒忽見好溪山，如何尚有楚鄉憶？讀書悞人四十年，有時醉把闌干拍。』《續詩話》

青州有劉槩，方富韓公守青時，遇之甚厚，因得臨朐縣西南官地曰冶源，結茅居之。有雜文及詩歌，其子印行。青人傳其詩，有：『西軒忽見好溪山，一歎閒愁減三尺』，末句云云，别見《温公詩話》。《西溪叢語》。宗祥案：《續詩話》第二句不同，或改正後之句也。

張望

張金部名方，爲白波三門發運使，文潞公父令公名異爲屬官。金部召去，薦令公爲代。潞公爲子弟，讀書于孔目官張望家，望嘗爲舉子，頗知書，後隸軍籍，其諸子皆爲儒學。潞公少年好游，令公怪責之。潞公久不敢歸，望白令公曰：『郎君在某家，學問益勤苦，不復游矣。』因出潞公文數百篇，令公爲之喜。後潞公出入將相，張望尚無恙。公判河南日，母申國太夫人生日，望自河清獻壽，有詩云：『庭下郎君爲宰相，門前故吏作將軍。』望以子通籍，封將軍云。望嘗曰：『吾子孫當以立門金石心爲名。』長子靖，與潞公同年登科。兄弟爲監司者數人，潞公遇之甚厚，至門字行諸孫益顯，有爲侍從者。康節先生云：『嘗見張將軍沉深雄偉，有異於衆人，能識潞公于童子時，宜其有後也。』《邵氏聞見録》

劉沆

丞相劉公沆，廬陵人，少以氣義自許。嘗詠《牡丹》詩曰：『三月內方有，百花中更無。』《述懷》詩云：『虎生三日便窺牛，獵食寧能掉尾求。若不去登黄閣貴，便須來伴赤松游。奴顔婢舌誠堪耻，羊狠狼貪自合羞。三尺太阿星斗焕，何時去取魏齊頭？』皇祐初，

公出鎮豫章，漕使潘夙素有詩名，乃以《小孤山》四十字示公，公即席和呈，文不加點，詩曰：『擎天有八柱，一柱此焉存。石聳千尋勢，波流四面痕。江湖中作鎮，風浪裏蟠根。平地安然者，饒他五岳尊。』覽者皆知有宰相器矣。未幾，參大政，遂正鼎席。《青箱雜記》

沆與鄉人尹鑒少同場屋，劉已登第大拜，皇祐中，尹以恩榜始登第還鄉，劉以詩送之云：『少年相款老相逢，鄉舉雖同遇不同。我已位塵三事後，君方名列五科中。榮登莫計名高下，宦達須由善始終。若到鄉關人見問，爲言歸思滿秋風。』《青箱雜記》

大丞相劉公沆赴舉，道遇獨木鎮，有老人出曰：『知公赴舉，有一聯相贈曰：「今年直跨窮驢去，異日當乘寶馬歸。」』公曰：『何以知之？』叟曰：『公自是羅浮山玉源道君。』公愧謝。《青瑣集》

陸　軫

山陰陸太傅軫，神采秀異，七歲猶不能語，一日，乳嫗携往後園，俄而吟詩云：『昔時家住海三山，日月宫中屢往還。無事引來天女笑，謫來爲吏在人間。』後仕至兵部郎官，歸老稽山，宋元憲、杜祁公皆有詩送行，篇中多及神仙事，蓋公雅志也。《耆舊續聞》

張先

張先郎中，字子野，能爲詩及樂府，至老不衰，居錢塘。蘇子瞻作倅時，先年已八十餘，視聽尚精强，家猶畜聲妓。子瞻嘗贈以詩云：『詩人老去鶯鶯在，公子歸來燕燕忙。』蓋全用張氏故事戲之。先和云：『愁似鰥魚知夜永，懶同蝴蝶爲春忙。』極爲子瞻所賞。然俚俗多喜傳詠先樂府，遂掩其詩聲，識者皆爲恨云。《石林詩話》

張子野云：往歲吴興守滕子京席上，見小妓兜娘，子京賞其佳色。後十年，再見于京口，絶非向時之容態。因感之作詩云：『十載芳洲採白蘋，移舟弄水賞青春。當時自倚青春力，不信東風解誤人。』《侯鯖録》

張子野《過和靖隱居》一聯：『湖山隱後居空在，煙雨詞亡草自青。』自注云：『先生嘗著《春草曲》，有「滿地和煙雨」之句。』《藝苑雌黄》

李之才

韓中令宣撫河東，委之才以秦鳳鑄鐵錢事，在鳳州有作云：『去年三月洛城游，今日尋春到鳳州。欲把雙魚附歸信，嘉陵江水不東流。』《西溪叢語》

石介

石徂徠《讀石安仁曼卿舊字安仁。學士》詩云：『齊梁無駿骨，李杜得秋毫。後世益綦組，變風堪鬱陶。奔遒少驥逸，禿穴如牛毛。試看安仁詠，秋風有怒濤。』徂徠力排楊、劉而推重曼卿如此。但前云『駿骨』，後又云『驥逸』，何也？《寄張從道》云：『臘盡妻未褐，天寒子讀書。』《寄明復先生》云：『殘書幾篋蠹，寒菊半籬荒。惟學《春秋》者，時時到此堂。』殊有魏野林逋氣格。《後村詩話》

石介爲國子直講，是時兵討元昊久無功，海内重困。仁宗奮然思欲振起威德，宰相呂夷簡以疾罷歸第，夏竦罷樞密使，章得象、晏殊爲相，賈昌朝參知政事，用杜衍爲樞密使，范仲淹、韓琦、富弼樞密副使，王素、歐陽修、余靖同爲諫官。介躍然曰：『此盛德事也！《雅》、《頌》吾職，其可已。』乃作《慶曆聖德》詩。詩出，孫復謂介曰：『子禍始于此矣！夏竦見而銜之。』介既卒，竦欲以奇禍中富弼，指介以起事，謂其詐死北走契丹，請發棺。仁宗察其誣，得不發。《東都事略》

《慶曆聖德頌》：『於維慶曆，三年三月。皇帝龍興，徐出闈闥。晨坐太極，晝開閶闔。躬攬賢英，手鋤姦枿。大聲渢渢，震摇六合。如乾之動，如雷之發。昆蟲蹢躅，妖怪藏滅。

同明道初，天地嘉吉。初聞皇帝，蹙然言曰：予父予祖，付予大業。予恐失墜，實賴輔弼。汝得象殊，重慎微密。君相予久，予嘉君伐。君仍相予，笙鏞斯協。昌朝儒者，學費該洽。與予論政，傅以經術。汝貳二相，庶績咸秩。惟汝仲淹，汝誠予察。太后乘勢，湯沸水熱。汝時小臣，危言業業。爲予司諫，正予門闑。爲予京兆，堲予讒説。賊叛于夏，往予一作『汝往』。式遏。六月酷日，大冬積雪。汝暑汝寒，同于士卒。予聞辛酸，汝不告乏。予晚得弼，予心慰悦。弼每見予，無有私謁。以道輔予，弼言深切。予不堯舜，弼自笞罰。諫官一年，奏疏滿篋。侍從週歲，忠力盡竭。契丹亡一作『忘』。義，檮杌饕餮。敢侮大國，其辭慢悖。弼將予命，不畏而慴。卒復舊好，民得食褐。沙磧萬里，死生一節。視弼之膚，霜剥風裂。觀弼之心，鍊金煅鐵。寵名大官，以酬勞竭。弼辭不受，其志莫奪。惟仲淹、弼，一夔一契，天實賚予。予其敢忽，並來弼予。民無瘥札，曰衍汝來。汝予黄發，事予二紀。毛禿齒豁，心如一兮。率履弗越，遂長樞府。兵政無蹶，予蚤識琦。琦有奇骨，其器魁礨。豈視店楔，其人渾樸。不施剞劂，可屬大事。敦厚如勃，琦汝副衍。知人予哲，惟修惟靖。立朝巘巘，言論磥砢。忠誠特達，禄微身賤。其志不怯，嘗詆大臣。亟遭貶黜，萬里歸來。剛氣不折，屢進直言。以補予闕，素相之後。含忠履潔，昔爲御史。幾叩予榻，至今諫疏。在于箱匣，襄雖小臣。名聞予徹，亦嘗獻言。箴予之失，剛守粹慤。與脩儔匹，並爲諫官。正色

在列，予過汝言。無鉗汝舌，皇帝明聖。忠邪辨別，舉擢俊良。掃除妖魃，衆賢之進，如茅斯拔。大姦之去，如距斯脱。上倚輔弼，司予調燮。下賴諫諍，維予紀法。左右正人，無有邪孽。予望太平，日不逾浹。皇帝嗣位，二十三年。神武不殺，其默如淵。聖人不測，其動如天。賞罰在予，不失其權。恭己南面，退姦進賢。進賢不易，非明不得。去邪惟艱，惟斷乃克。明則不貳，斷則不惑。既明且斷，惟皇之德。群下踧踖，重足屏息。交相告語，曰惟正直。毋作側僻，皇帝汝殛。諸侯危慄，墮玉失舄。交相告語，皇帝神明。四時朝覲，謹修臣職。四夷走馬，墜鐙遺策。交相告語，皇帝神武。解兵修貢，永爲屬國。皇帝一舉，群臣懾焉，諸侯畏焉。四夷服焉。臣願陛下，壽萬千年。』《徂徠集》

范仲淹、富弼初被進用，鋭于建謀作事，不顧時之可否。時山東人石介，方爲國子監直講，撰《慶曆聖德》詩，以美得人，中有『惟仲淹、弼，一夔一契』之句，氣類不同者，惡之若仇。未幾，謗訾群興，范、富皆罷爲郡，介詩頗爲累焉。《儒林公議》

慶曆中，吕、許公罷政事，以司徒歸第，拜晏元獻、章郇公得象爲相。又以諫官歐陽修、余靖上疏，罷夏竦樞密使，其他陞拜不一。時石介爲國子監直講，獻《慶曆聖德頌》，褒貶甚峻，而于夏竦，尤極詆斥，至目之爲不肖，及有『手鉏姦枿』之句。《頌》出，泰山孫復曰：『子之禍自此始矣！』未幾黨議起，介遂罷監事，通判濮州，歸徂徠山而病卒。會山東舉人

孔直温謀反，或言直温嘗從介學，于是英公言于仁宗曰：『介實不死，北走胡矣。』有旨編管介之子于江淮，又出中使，與部刺史發介棺以驗虛直。是時呂居簡爲京東轉運使，謂中使曰：『若發棺而介屍在，是朝廷無故剖人塚墓，何以示後世？介之死必有棺殮之人，内外親族及會葬門生，無慮數百，至于舉柩窆棺，必用凶肆之人，今皆召至劾問之，苟無異説，即令具狀保任之，亦足以應詔也。』中使大以爲然，遂自介親屬及門人姜潛以下，并凶肆棺殮舁柩之人，合數百狀，皆結罪保證。中使持以入奏，仁宗亦悟竦之譖，尋有旨放介妻、子還鄉，而世以居簡爲長者。《東軒筆録》

慶曆三年三月，呂夷簡以司徒歸第，夏竦召至國門而罷，詔以賈昌朝參知政事，杜衍爲樞密使，富弼爲樞密副使。弼固辭，改資政殿學士，乃以范仲淹代弼，又以歐陽修、余靖、蔡襄、王素充諫官。一時朝野歡欣，至酌酒相慶。太學博士石介，因作《慶曆聖德頌》，其詞太激，邪佞切齒。其《頌》至范仲淹，曰：『太后乘勢，湯沸火熱。汝時小臣，危言蹇蹇。』『太后』一語，仁宗含之在中，不敢出之口者。所不宜言，其最儆心目者，如『衆賢之進，如茅斯拔。大姦之去，如距斯脱。』又曰：『神武不殺，其默如淵。聖人不測，其動如天。』時韓魏公與范文正公適自陝來朝，竦之密姻有令于閿者，手録此《頌》，進于二公，且口道竦非，爲諸君子慶。二公去閿，范撫股謂韓曰：『爲此怪鬼輩壞之也。』韓曰：『天下事不可如

此，必壞。』孫復聞之，亦曰：『石守道禍始于此也。』《楓窗小牘》

《聖德》詩云：『惟仲淹、弼，一夔一卨。』又曰：『琦器魁櫑，豈視居楔。可屬大事，重厚如勃。』其後富弼、范仲淹爲宋名臣，而魏公定策兩朝，措天下于泰山之安，人始歎先生之知人。《澠水燕談録》

景祐中，趙元昊尚修職貢，萊州進士趙禹庶明上書言：『元昊必反，請治兵爲邊備。』宰相以爲狂言，流禹建州。明年，元昊果反，禹逃歸京師，上言自理，宰相益怒，下禹開封府獄。是時陳希亮爲司録，言：『禹可賞不可罰。』宰相不從，希亮争不已，卒從希亮言，以禹爲徐州推官。徂徠先生有詩曰：『萊牧男兒忽議兵』，謂禹也。《澠水燕談録》

石介詩：『斷霞半赭燕脂木，零露偏留筀竹叢。』筀竹蜀中産，羅甸國尤多。《玉篇》：『筀，古惠切，竹名。傷人則死。』其竹又名『防露』，言其上密防露，下疏來風，見《竹譜》。《升庵集》

元　絳

元厚之知荆南，嘗夢至仙府，與三人者連書名，旁有告之曰：『君三人蓋兄弟也。』覺而思之，莫知所謂。未幾，召入爲學士，時韓持國維、楊元素繪先已在院。一日，因書奏列名，

三人名皆從絞絲，始悟夢中兄弟之意。豈造物以是爲戲邪！已而持國、元素皆外補，厚之尹京。後三年，復與元素還職，而鄧文約相繼爲直院，則三人之名，又皆從絞絲，蓋終始皆同，決非偶然。以此推之，仕宦陞沉進退，亦何可以人力計。許大夫選嘗作《四翰林》詩記其事，厚之和云：『聯名適似三株樹，傳玩驚看五朵雲。』此亦一時之異也。《石林詩話》

京師職事官，舊皆無公廨，雖宰相執政官，亦僦舍而居。每遇出省，或有中批外奏急速文字，則省吏徧持于私第呈押，既稽緩，又多漏洩。元豐初，姑建東、西二府于右掖門之前，每府相對爲四位，俗謂之『八位』。裕陵幸尚書省，駐輦環視久之。時張侍郎文裕以詩慶宰執，元參政厚之和云：『黄閣勢連東鳳闕，紫樞光直右銀臺。』蓋東府與西闕相近，西府正直右掖門。崇寧末，蔡魯公罷相，始賜第于梁門外，大觀初再入，因不復還府居，自是相繼。何丞相伯通、鄭丞相達夫與今王丞相將明，皆賜第，援魯公例，皆于私第治事。而二府往往多虚位，或爲書局官指射以置局，與元豐本意稍異也。《石林詩話》

元豐既行官制，準唐故事：定宰相上事儀，以御史中丞押百官，拜于階下，宰相答拜於阼階上。時王禹玉除左僕射，蔡持正右僕射，神宗命即尚書省行之。二人力辭，帝不可，曰：『既以董正治官，不得不正其名分於始。此國體，非爲卿設也。』二人乃受命。時元厚之已致仕居吴，以詩賀王禹玉，有：『前殿聽宣中禁制，南宫看集外朝班。星辰影落三階

下，桃李陰成四海間』之句，時最爲盛事。自是相繼入相者，皆不復再講此禮，信不可常行也。《石林詩話》

杜牧之《聞慶州趙縱使君與黨項戰死》詩云：『將軍獨乘鐵驄馬，榆溪戰中金僕姑。死綏卻是古來有，驍將自驚今日無。青史文章争點筆，朱門歌舞笑捐軀。誰知我亦輕生者，不得君王丈二殳。』皇祐中，儂賊犯康州，闔郡潰去，惟守臣趙師旦死之，妻方産子，棄之草間，亂後訪之，尚呱呱然。諸公哀誄，惟元厚之云：『轉戰譙門日欲晡，空拳猶自把戈鋌。身垂虎口方安坐，命在鴻毛更疾呼。柱下呆卿存斷節，袴中杵臼得遺孤。空餘三尺英雄血，不愧山西士大夫。』欲與牧詩並驅。《後村詩話》

趙師旦潛叔，皇祐中守康州，儂賊犯城死，於是士大夫作詩者衆，而元厚之、李擇思中詩最佳。元詩云：『轉戰譙門日再晡，空拳由是冒戈殳。身垂虎口方安坐，命弃鴻毛更疾呼。柱下呆卿存斷節，袴間杵臼得遺孤。可憐三尺英雄氣，不愧西山士大夫。』李詩云：『賊壯兵孤衆膽驚，忠臣此日見專城。負君罪大寧如死，守土城堅不問生。報國存心惟自愧，呼天壯氣幾時平？潺湲多少英雄淚，千古封江不斷聲。』《雲齋廣録》

沙門文瑩嘗謂：爲文老而不衰者，惟元厚之。在禁林時，有《懷荆南舊游》云：『去年曾醉海棠叢，聞説新枝發舊紅。昨夜夢回花下飲，不知身在玉堂中。』《詩話總龜》

徐師閔，字聖徒，仕至朝議大夫，退老于家，日治園亭，以文酒自娱樂。時太子少保元公絳，正議大夫程公師孟，朝議大夫閭丘公孝終，亦以安居歸老，因相與繼會昌洛中故事，作『九老會』。章岵爲郡守，大置酒合樂，會諸老于廣化寺。又有朝請大夫王琉，承議郎通判蘇温與焉。王賦詩爲倡，諸公屬而和之，以爲吴門盛事。元公詩云：『五日佳辰郡政閒，延賓談笑豁幽關。閶門歌舞尊罍上，林屋煙霞指顧間。德應華星臨潁尾，年拘皓髪下商顔。昌花美酒疏鐘永，坐見斜暉隱半山。』《中吴紀聞》

元豐中久旱，裕陵禁中齋禱甚力，一夕，夢有僧乘馬馳空中，口吐雲霧，覺而大雨。翌日，命中貴人物色于相國寺五百羅漢中，至第十三尊略仿佛，即迎入内觀之，正所夢也。元參政厚之《喜雨》句云：『仙驥籋雲穿仗下，佛花吹雨帀天流。』蓋紀此事。《石林詩話》

大參元厚之公，成童時，侍錢塘府君于荆南，每從學于龍安僧舍。後三十年，公以龍圖貳卿帥于府，昔之老僧猶有存者，引旌鉞訪舊齋，而門逕窗扉及魚池釣游之迹，歷歷如昨。公感之，因構一巨堂，牓曰『碧落』，手寫詩于堂。詩有『九重侍從三明主，四紀乾坤一老臣』及『過盧多失眼前人』之句，雖向老而男子雄瞻之氣殊未衰歇。未幾，果以翰林召歸爲學士，俄而又參熙寧天子大政，真所謂『乾坤老臣』也。其堂遂爲後進之大勸。《湖山野録》

元厚之《與介甫》詩云：『陳前輿服嘉桓傳，拜後金珠有魯公。』是時修三《經義》成，有

賜予。元澤亦加職，厚之此詩爲切當。桓榮以所賜輿服陳之前曰：『此稽古之力也。』《公羊》封魯公，以爲周公也。周公拜乎前，魯公拜乎後。』《猗覺寮雜記》

熙寧中，收復熙河、洮、岷、疊、巖等州，裕陵歸功介甫，親解玉帶以賜。元厚之詩云：『何人更得通天帶？謀合君心只晉公。』蓋謂是也。周益公《題跋》

元厚之絳，以給事領長樂，親舊祖道，多以東閩柑、荔等食用之物珍美爲言。絳以詩謝之云：『丹荔黄柑北苑茶，勞君誘我向天涯。爭如太液池邊看，池北池南總是花。』然則重内輕外之情見矣。人臣隨分自盡，何内外歧視如此！葉延秀《詩譚》

刁約

刁景純使契丹，戲作詩云：『押燕移離畢，看房賀跋支。餞行三匹裂，密賜十貔貍。』「移離畢」，官名，如中國執政；「賀跋支」，如執衣防閤；「匹裂」，小木罌，以色綾木爲之，如黄漆；『貔貍』，形如鼠而大，穴居食穀粱，北人爲珍膳，味如豚肉而脆。《夢溪筆談》

蔡襄

仁宗正月十四日御樓，遣中使宣從官曰：『朕非好游觀，與民同樂。』翌日，蔡君謨獻詩

云：『高列千峰寶炬森，端門方喜翠華臨。宸游不爲三元夕，樂事還同萬衆心。天上清光留此夜，人間和氣閣春陰。要知盡慶華封祝，四十余年惠愛深。』《東齋録》

樂天云：『報道前驅少呵唱，恐驚黄鳥不成啼。』坡云：『鬢絲只好對禪榻，湖亭不用張旌旗。』蔡君謨云：『因傍隄松卻飛蓋，爲聞山鳥輟鳴騶。』若俗士務此誇張俗眼，又豈識數公意！黄常明《詩話》

建安北苑茶，始於太宗，太平興國二年，遣使造之，取象于龍鳳，以别庶幾，由此入貢。至道間，仍添造石乳。其後大、小龍茶，又起于丁謂而成于蔡君謨。謂之特漕閩中，實董其事。《賦北苑焙新茶》詩，其《序》云：『産茶者將七十郡，每歲入貢，皆以社前、火前爲名，悉無其實。惟建州出茶有焙，焙有三十六。三十六中，惟北苑早發而味尤佳，社前十五日即採其芽，日數千工，聚而造之，逼社即入貢。工甚大，造甚精，皆載于所撰《建安茶録》，仍作詩以大其事。』云：『北苑龍茶者，甘鮮的是珍。四方惟數此，萬物更無新。纔吐微茫緑，初沾少許春。散尋索樹遍，急採上山頻。宿葉寒猶在，芳芽冷未伸。茅茨溪口焙，籃籠雨中民。長疾勾萌拆，開齊分兩均。帶煙蒸雀舌，和露疊龍鱗。貢作勝諸道，先嘗祇一人。緘封騰闕下，郵傳渡江濱。特旨留丹禁，殊恩賜近臣。啜爲靈藥助，用與上罇親。頭進英華盡，初烹氣味醇。細香勝卻麝，淺色過於筠。顧渚慚投木，宜都愧積薪。年年號供御，天

産壯甌閩。』此詩敘貢茶頗爲詳盡，亦可見當時之事也。又君謨《茶録序》云：『臣前因奏事，伏蒙陛下諭臣，先任福建轉運使日，所進上品龍茶，最爲精好。臣退念草木之微，首辱陛下知鑒，若處之得地，則能盡其材。昔陸羽《茶經》，不逮建安之品，丁謂《茶圖》，獨論採造之本，至於烹試，曾未有聞。輒條數事，簡而易明，勒成二篇，名曰《茶録》。』至宣、政間，鄭可簡以貢茶進用，久領漕試，創添續入，其數侵廣，今猶因之。細色茶五綱，凡四十三品，形製各異，共七千余餅，其間貢新試，新龍團、勝雪、白茶、御苑、玉芽，此五品乃水揀，爲第一；餘乃生揀，次之。又有粗色茶七綱，凡五品，大、小龍鳳並揀芽，悉入龍腦，和膏爲團餅茶，共四萬余餅。東坡《題汶公詩卷》云：『上人問我留連意，待賜頭綱八品茶。』即今粗色紅續袋八品者是也。蓋水揀茶即社前者，生揀茶即火前者，粗色茶即雨前。閩中地暖，雨則茶已老而味加重矣。山谷《和提點王體點密雲龍》詩云：『小璧雲龍不入香，元豐龍焙承詔作。』今細色茶中，卻無此一品也。又有石門、乳吉、香口三外焙，亦隸於北苑，皆採摘茶芽，送官焙添造。每歲糜金共二萬余緡，日役千夫，凡兩月方能訖事。第所造之茶不許過數，入貢之後市無貨者，人所罕得。惟壑源諸處私焙茶，其絶品亦可敵官焙，自昔至今，亦皆入貢，其流販四方，悉私焙茶耳。蘇、黄皆有詩稱道壑源茶，蓋壑源與北苑爲鄰，山阜相接，纔三里餘，其茶甘香，特在諸私焙之上。東坡《和曹輔寄壑源試焙新芽》詩云：『仙

山靈雨溼行雲，洗遍香肌粉未勻。明月未投玉川子，春風吹散武林春。要知玉雪心腸好，不是膏油首面新。戲作小詩君一笑，從來佳茗似佳人。』山谷《謝送碾賜壑源揀芽》詩云：『喬雲從龍小蒼璧，元豐至今人未識。壑源包貢第一春，御奩碾香俱玉食。睿思殿中金井欄，甘露薦椀天開顔。橋山事嚴庀百局，衮司諸公省中宿。中人傳賜夜未央，雨露恩光照宫燭。右丞似是李元禮，好事風流有涇渭。肯憐天禄校書郎，親敕家庭遣分似。春風飽食大官羊，不慣腐儒湯餅腸。搜攪十年燈火讀，令我胸中書卷香。已戒應門老馬走，客來問字莫載酒。』《苕溪漁隱叢話》

苕溪漁隱曰：郭忠恕嘗玩聶崇義，戲嘲之云：『近貴全爲聵，攀龍即是聾。雖然三個耳，其奈不成聰。』崇義應聲反以『忠恕』二字解嘲云：『勿笑有三耳，全勝畜二心。』陳亞、蔡襄互相嘲云：『陳亞有心終是惡』，『蔡襄無口便成衰』。近時吕擴、謝暉，亦以名相嘲云：『吕擴無才終入廣』，『謝暉不日便充軍。』是知戲謔不可不謹，至于爲虐，可以爲戒。《苕溪漁隱叢話》

曾子固之祖曾易占，南豐人，知信州玉山縣，坐法失官，閒居十餘年。執政憐之，諷令至京師。行次至洪州樵舍僧寺，題詩屋壁云：『今朝才是雪泥乾，日薄雲移又作寒。家山千里何時到？溪上梅花正好看。』是時慶曆七年六月十二日也，人怪其寫景不侔，既而行

次睢陽而卒，其孫子固，載柩還鄉，復過樵舍，乃臘中雪日梅芳。然此詩乃蔡君謨詩，易占偶書之耳。《能改齋漫録》

景祐中，范文正公知開封府，忠亮讜直，言無迴辟。左右不便，因言公離間大臣，自結朋黨，乃落天章閣待制，出知饒州。余靖安道上疏論救，以朋黨坐貶。尹洙師魯上言：『靖與仲淹交淺，臣于仲淹義兼師友，當從坐。』貶監郢州税。歐陽永叔貽書司諫高若訥不能辨其非辜，若訥大怒，繳奏其書，降授夷陵縣。永叔復與師魯書云：『五六十餘年來，此輩沉默畏懼在市間，忽見吾輩作此事，下至竈間老婢，亦相驚怪。』時君謨爲《四賢一不肖》詩，播于都下，人争傳寫，鬻書者市之，頗獲厚利。虜使至密市以還，張守庸奉使過幽州，館中有書永叔詩在壁者。『四賢』，希文、安道、師魯、永叔也。『一不肖』，若訥也。《澠水燕談録》

詩云：『中朝鸞鵠何儀儀，慷慨大體能者誰？之人起家用儒業，馳騁古今無所遺。當年得從諫官列，天庭一露胸中奇。失身受責甘如薺，沃然華實相葳蕤。漢文不見賈生久，詔書曉落東南涯。歸來俯首文石陛，尹以京兆天子毗。名都翼翼郡國首，里區百萬多占辭。豪宗貴倖矜意氣，半言主上承其頤。昂昂孤立中不倚，傅經決訟無牽羈。老姦黠吏束其手，衆口附和歌且怡。日朝黄幄邇天問，帝前大畫當今宜。文陳疏舉時密啟，此語多秘

世莫知。傳者藉藉十其一，一者已足爲良醫。一麾出守番君國，惜此智慮無所施。吾君睿明廣視聽，四招俊乂隆邦基。廷臣諫列復箝口，安得長喙號丹墀？晝歌夕寢心如疚，咄哉汝憂非汝爲。』右范仲淹。『南方之强君子居，卓然安道襟韻孤。詞科判等屢得雋，呀然鼓焰天地爐。三年待詔處京邑，斗粟不足榮妻孥。耳聞心慮朝家事，螭頭北奏帝曰都。校書計課當序進，麗賦集仙來顯途。誥墨未乾尋已奪，不奪不爲君子儒。前日希文坐言事，手題勑教東南趨。希文鯁亮素少與，失勢誰復能相扶？嶄然安道生頭角，氣虹萬丈横天衢。臣靖胸中有至語，舉嗌不避蕭斧誅。使臣仲淹在廷列，日獻陛下之嘉謨。刺史榮官雖重任，奈何一郡卷不舒！言非由位固當罪，隨漕扁舟盡室俱。炎陬此去數千里，槖中狼藉惟蠹書。高冠長珮叢闕下，千百其群呼爾愚。吾知萬世更萬世，凛凛英風激懦夫。』右余靖。『君子道合久以成，小人利合久以傾。世道下衰交以利，遂使周雅稱嚶鳴。煌煌大都足軒冕，綽有風采爲名卿。高名重位蓋當世，退朝歸舍賓已盈。脅肩謟笑不知病，指天報遇如要盟。一朝勢奪德未改，萬鈞已與毫釐輕。畏威諛上亦隨毁，矧復鼓舌加其評。逶迤陰拱質氣厚，兩耳塞豆心無營。嗚呼古人不可見，今人誰與明？章章節義尹師魯，飭躬佩道爲華榮。希文被寵激人怒，君獨欣慕如平生。抗書轂下自論劾，惟善與惡宜彙徵。削官竄逐惟適楚，一語不挂《離騷》經。當年亦有大臣逐，朋邪隱縮無主名。希文若果事姦險，何此

吉士同其聲？　高堂本欲悟人主，豈獨區區交友情！』右尹洙。『先民至論推天常，補衰扶世爲儒方。　圜冠博帶不知本，樗櫟安可施青黄。　帝圖日盛人世出，今吾永叔誠有望。　虚心學古貴適用，異端莫得窺其墻。　子年五月范京兆，服天子命臨鄱陽。　二賢拜疏贖其寵，勢若主沸反揚湯。　敕令百執無越位，諫垣何以敢封囊？　哀求激憤亦復奮，强食不得下喉吭。　位卑無路自聞道，日視雲闕高蒼茫。　裁書數幅責司諫，落筆騄驥騰康莊。　刃迎縷析解統要，其間大意可得詳。　書曰希文有本末，學古通今氣果剛。　始從理官來秘閣，不五六歲爲天章。　上心倚若左右手，日備顧問鄰清光。　苟爾希文實邪佞，曷不開口賦否臧？　陰觀被譴始醜詆，摧枯拉朽奚爲彊。　倘曰希文實賢士，因言被責庸何傷？　漢殺王章與長倩，當時豈曰誅賢良！　惟時諫官亦結舌，不曰可諫曰罪當。　遂令百世覽前史，往往心憤涕泗滂。　斯言感切固已重，讀者不得令激昂。　肯圖反我爲怨府，袖書乞憐天子傍。　謫官一邑固分耳，恨不剖腹呈琳瑯！　我嗟時輩識君淺，但推藻翰高文場。　斯人滿腹有儒術，使之得地能弛張。　皇家太平幾百歲，正當鑒古修紀綱。　賢才進用忠言録，祖述聖德垂無疆。』右歐陽修。『人稟天地中和生，氣之正者爲誠明。　誠明所鍾皆賢傑，從容中道無欹傾。　嘉言讜論范京兆，激姦糾繆揚王庭。　積羽沉舟毁銷骨，正人無徒姦者朋。　主知膠固未遐棄，兩轓五馬猶專城。　歐陽秘閣官職卑，欲雪忠良無路歧。　累幅長書抉幽憤，一責司諫心無疑。　人謂高君

如撻市，出見縉紳無面皮。高君搆書奏天子，游言容色仍怡怡。反謂希文謀疏闊，投彼南方誠爲宜。永叔忤意竄西蜀，不免一中讒巧辭。汲黯嘗糾公孫詐，宏于上前多謝之。上待公孫禮益厚，當時史館猶刺譏。司諫不能自引咎，復將己過揚當時。四公稱賢爾不肖，讒言易已天難欺。朝家若有觀風使，此語請與風人詩。』右高若訥。《蔡忠惠集》

慶曆初，永叔、安道、王素俱除諫官，君謨以詩賀曰：『御筆新除三諫官，喧騰朝野競相懽。當時流落丹心在，自古忠良得路難。必有謀謨裨帝右，直須風采動朝端。世間萬事皆塵土，留取功名久遠看。』三人以其詩薦于上，亦除諫官。《江氏類苑》

《〈謝賜字〉詩并序》云：『臣襄伏蒙陛下特遣中使，賜臣御書一軸，其文曰：御筆賜字君謨者。臣孤賤遠人，無大材藝。陛下親洒宸翰，推著經義，俾臣佩誦，以盡謨謀之道，事高前古，恩出非常。臣感懼以還，謹撰成古詩一首，以敘遭遇，干冒聖慈，臣無任荷戴兢榮之至。「皇華使者臨清晨，手開寶軸香煤新。沿名與義發深旨，宸毫洒落奎鈎文。精神高遠照日月，乃知學到非天真。緘藏自語價希代，誰顧四壁嗟空貧？臣聞帝舜優聖域，臯陶大禹爲其鄰。吁俞敕戒成典要，垂覆後世如穹旻。陛下仁明加舜禹，豪英進用司鴻鈞。臣襄材智最駑下，豈有志業通經綸？獨是丹誠抱忠朴，常欲贊奏上古珍。又聞孔子《春秋》法，片言褒貶賢愚分。考經内省莫能稱，但思至理書諸紳。乾坤大施入洪化，將圖報效無

緣因。誓心願竭謨謀義，庶裨萬一唐虞君。」』《蔡忠惠帖》

『天際烏雲含雨重，樓前紅日照山明。嵩陽居士今何在？青眼看人萬里情。』此蔡君謨《夢中》詩也。僕在錢唐，一日謁陳述古，邀予飲堂前小閣中，壁上小書一絶，君謨真迹也：『綽約新嬌生眼底，侵尋舊事上眉尖。問君别後愁多少？得似春潮夜夜添。』又有人和云：『長垂玉筋殘妝臉，肯爲金釵露指尖。萬斛閒愁何日盡？一分真態更難添。』二詩皆可觀，後寫不知誰作也。《鐵網珊瑚·東坡書蔡詩帖》

《石刻詩稿》詩之三皇祐二年十一月外除赴京《南劍州芋陽鋪見臘月桃花》：『可笑夭桃耐雪風，山家墻外見疏紅。爲君持酒一相向，生意雖殊寂寞同。』《書戴處士屋壁》：『長岡隆雄來北邊，勢到舍下方迴旋。三世白士猶醉眠，山翁作善天應憐。如彼發源今流泉，兒孫何數膺馬然。有起家者出其間，願翁壽考無窮年。』《題龍紀僧屋室》：此一篇極有古人風格。『山僧九十五，行是百年人。焚香猶夜起，意酒見天真。生平持戒定，老大有精神。須知不變者，那滅故時新。』《題南劍州延年閣》：『雙溪會一流，新搆横鮮赭。浮居紫霄傍，卧影澄川下。峽深風力豪，石峭湍聲瀉。古劍蟄神龍，商帆來陣馬。晴光轉群山，翠色著萬瓦。汀洲生芳香，草樹自閒冶。主郡黄士安，高文勇扳賈。顧我久疏悴，霜髩漸盈把。臨津張廣筵，窮晝傳清斝。舞鼙驚浪翻，歌扇嬌雲惹。驩餘適晚霽，望外迷空野。曾是倦游

人，意慮亦瀟洒。』《自漁梁驛至衢州，大雪有懷》：『大雪壓空野，驅車猶遠行。乾坤初一色，晝夜忽通明。有物皆遷白，無塵頓覺清。只看流水在，卻喜亂山平。逐絮飄飄起，投花點點輕。玉樓天上出，銀闕海中生。舞極摇溶態，聞餘淅瀝聲。客爐何暇暖，官酤去聲未能醒。薄吹消春凍，新暘破曉晴。更登分界嶺，南望不勝情。』《福州寧越門外石橋，看西山晚照》：『寧越門前路，歸鞍駐石梁。西山氣色好，晚日正相當。』《杭州臨平精嚴寺西軒，見芍藥滿枝，追想吉祥院賞花，慨然有感，書呈蘇才翁四月七日》：『吉祥亭下萬千枝，看盡將開欲落時。卻是雙紅有深意，姑留春色綴人思。烘簾微照自生光，吹面輕風與送香。誰把金刀收絶艷，醉紅深淺上釵梁？的的花名對酒尊，欄邊沉醉月黄昏。今朝闕外尋蘭惹，忽見孤芳欲斷魂。』《崇德夜泊，寄福建提刑章屯田，思錢唐春月竝游》：『夙昔神都别，于今浙水遭。故情彌切到，佳月事追遨。太守才賢重，清明土俗豪。犀珠來戍削，鉦鼓去啾嘈。湖樹涵天闊，舡旍罥日高。醉中春渺渺，愁外自陶陶。新曲尋聲倚，名花逐種褒。吟亭披越岫，夢枕覺胥濤。論議刀矛快，心懷鐵石牢。淹留趨海角，分散念霜毛。鱸膾紅隨筯，予之吴江。瀧波渌滿篙。君往嚴瀧。試思南北路，燈暗雨蕭騷。』《嘉禾郡偶書》：『盡道瑶池瓊樹新，仙源尋到不逢人。陳王也作驚鴻賦，未必當時見洛神。』《無錫縣弔浮屠日開》：『輕瀾還故滆，墜軫無遺音。好在池邊竹，猶存虚直心。往還二十年，每見惟清吟。

覺性既合如，世味隨浮沉。琅琅孤雲姿，悵望空山岑。豈不悟至理，悲來難獨任。』《即惠山泉煮茶》：『此泉何以珍？適與真茶遇。在物兩稱絶，于予獨得趣。鮮香筯下雲，甘滑杯中露。當能變俗骨，豈特湔塵慮！晝静清風生，飄蕭入庭樹。中含古人意，來者庶冥悟。』端明蔡公詩稿云：『此一篇極有古人風格者』，歐陽文忠公所題也。二公齊名一時，其文章皆足以垂世傳後。端明又以翰墨擅天下，片言寸簡，落筆人争藏之，以爲寶玩，况盈軸之多，而兼有二公之手澤乎？覽之彌日不能釋手，因書于其後。政和丙申夏四月癸未，延平楊時書。《秋碧堂帖》

王　素

王懿敏公任御史日，嘗夢中至玉京黄闕，殿上有紺服翠冠者，曰：『吾東門侍郎，公則西門侍郎也。昔以奏牘玉帝前，語傷鯁訐，遂謫于世。』公夢迴，題詩曰：『似去華胥國裹來，雲霞深處見樓臺。月光吟射雞窗急，驚覺游仙夢一迴。』《詩話總龜》

王仲儀鎮真定，惠愛在人，罷日，攀轅卧轍不得去。《題村寺》曰：『寬猛三年無枉理，公私兼濟不欺心。如今受代朝天去，遮路人人淚滿襟。』《古今詩話》

趙師民

龍圖學士趙師民，以醇儒碩學，名重當時。爲人沈厚端默，群居終日，似不能言，而於文章之外，詩思尤精，如：『麥天晨氣潤，槐夏午陰清』，前世名流，皆所未到也。又有：『曉鶯林外千聲囀，芳草階前一尺長』，殆不類其爲人矣。《六一詩話》

趙師民龍圖，有《春日即事》詩云：『委地露花啼曉淚，拂堤煙柳弄春容。』又如：『麥天晨氣潤，槐夏午陰清』，『曉鶯林外千聲囀，芳草階前一尺長』，皆佳句。《翰府名談》

先君嘗從趙周翰授《易》，與周翰稍密。先君嘗與客語：『周翰作詩，極有風味，是温飛卿、韓致光之流，而世以朴儒處之，非也。《向來》一絶云：「向來情思已陳陳，旅恨無端不及春。潘子形容傷白髮，沈郎文字暗丹青。」』張耒《明道雜志》

趙周翰《詠漢文帝》云：『露臺枉惜千金費，卻把銅山賜幸臣。』可與李義山『不問蒼生問鬼神』之句，並驅争先。《風月堂詩話》

唐介

唐質肅公參禪，得法于浮山遠禪師，嘗作《贈僧》詩云：『今日是重陽，勞師訪野堂。

相逢又無語，籬下菊花黄。』《老學庵筆記》

唐子方謫官渡淮，至中流，風作，舟欲覆，作詩曰：『聖宋非狂楚，清淮異汨羅。平生仗忠信，今日任風波。』日暮泊舟岸下，續云：『舟楫顛危甚，黿鼉出没多。斜陽幸無事，沽酒聽漁歌。』真詩無諂，可以格鬼神。《雲齋録》

李師中

鄭谷與僧齊己、黄損等，共定今體詩格云：『凡詩用韻有數格，一曰葫蘆，一曰轆轤，一曰進退。葫蘆韻者，先二後四。轆轤韻者，雙出雙入。進退韻者，一進一退。失此則俗矣。』予按《倦游雜録》載唐介爲臺官，廷疏宰相之失，仁廟怒，謫英州别駕，朝中士大夫以詩送行者頗衆，獨李師中待制一篇，爲人傳誦。詩曰：『孤忠自許衆不與，獨立敢言人所難。去國一身輕似葉，高名千古重於山。並游英俊顔何厚，未死姦諛骨已寒。天爲吾君扶社稷，肯教夫子不生還。』此正所謂進退韻格也。按韻略，『難』字第二十五，『山』字第二十七，『寒』字又在二十五，而『還』又在二十七，一進一退，誠合體格，豈率爾而爲之哉！近閲《冷齋夜話》載當時唐、李對答語言，乃以此詩爲落韻詩。蓋渠等不見鄭谷所定詩格有進退之説，而妄爲云云也。《緗素雜記》

唐介始彈張堯佐，諫官皆上疏，及彈文彦博，則盧奎畏縮不前，當時謂『拽動陣脚』。時李師中詩送唐，有『並游英俊顔何厚，未死奸諛骨已寒』之句，爲奎發也。《東軒筆録》

及唐争論于上前，遂並及奎之背約，執政又黜奎，而文潞公益不安，遂罷政事。

韓魏公爲陝西安撫，開府長安，李待制師中過之。李有詩名，席間使爲官妓賈愛卿賦詩，云：『願得貔貅十萬兵，犬戎巢穴一時平。歸來不用封侯印，只問君王乞愛卿。』《後山詩話》

周盤龍以武功爲散騎常侍，齊武帝戲之曰：『貂嬋何似兜鍪？』對曰：『貂嬋生於兜鍪。』外大父潁公罷相，建節出帥太原，其詩曰：『兜鍪原自貂嬋出，敢用前言戲武夫。』李待制師中以相業自任，嘗帥秦，以事去。其詩曰：『兜鍪不勝任，猶可冠貂嬋。』《後山詩話》

李師中《送唐介謫官》詩曰：『去國一身輕似葉，高名千古重如山。並游英俊顔何厚，已死姦諛骨尚寒。』已而聞介趁月上任，大悔，乃以書索詩。唐公笑曰：『吾正不用此無對屬韻詩。』送還，李乃悟『一身』、『千古』非協對。《與荆公指東坡游羅浮》詩曰：『潛鱗有饑蛟，掉尾取渴虎。我來方醉後，濯足聊戲侮。』想見海上超放之類，然後疑不能《掉尾》，雪里芭蕉也。《詩話總龜》

唐子方以言事謫宜春監酒，待制李師中作詩贈别曰：『孤忠自許衆不與，獨立敢言人

所難。去國一身輕似葉，高名千古重於山。並游英俊顔何厚，已死姦諛骨尚寒。天意若爲宗社計，肯教夫子不生還？』《倦游録》

李參少有吏材，仁宗奇之，殿柱題其名，有繁劇人所避者，必用參。自將作監簿擢至右丞樞密直學士，元豐中卒。李師中以詩弔之，曰：『當年殿柱題名處』。《詩史》

李誠之才致高妙，守邊有威信，熙寧初，荆公用事，議論不合，退居汶上。題詩云：『燕子知時節，還尋舊宇歸。新人方按曲，不許傍簾飛。』嘗作《昭陵挽詞》云：『堯民喪考無生意，杞國憂天有壞時。聞道宗祧歸聖嗣，一時收淚賀重熙。』其它佳句甚多。《東皋雜録》

李誠之《詠松》云：『半依嵓岫倚雲端，獨上亭亭耐歲寒。一事頗爲清節累，秦時曾作大夫官。』《鶴林玉露》

詩句固難用經語，然善用者不勝其韻。李師中云：『夜如何其斗欲落，歲云暮矣天無情。』又：『山如仁者壽，風似聖之清。』又：『詩成白也知無敵，花落虞兮可奈何。』《誠齋詩話》

李師中《送唐介》詩，雜壓『寒』、『删』二韻。《冷齋夜話》謂其落韻，而《緗素雜記》云：『此用鄭谷等進退格。』《藝苑雌黄》則疑而兩存之。予謂皆不然。謂之落韻者，固失之太拘；而以爲有格者，亦私立名字，而不足據。古人何嘗有此哉！意到即用，初不必校，古律皆然，胡乃妄爲云云也。但律詩比古稍嚴，必親鄰之韻乃可耳。《滹南詩話》

『轆轤』出入用韻，必有奇句乃可，如李師中《送唐介》詩是也。若句韻尋常，用此何爲？又必用韻連而聲協者，若『東冬』、『寒山』、『爻豪』、『清青』之類，今人乃間越用之，或一在上平，一在下平，皆非是。《吴禮部詩話》

全宋詩話目録卷十七

楊諤　梓州人，景祐元年進士。

趙寅　神宗時，知德平縣。

魏瓘　字用之，歙州婺源人，父羽。奏補校書郎，歷官集賢院學士、廣東安撫使、龍圖閣直學士、吏部侍郎，致仕卒。

熊知至　字意誠，建陽人，天聖中，五舉不第，歸隱鼇峰。有集。

陸經　字子履，越州人。仁宗時集賢殿修撰。有《寓山集》。

張唐卿　景祐元年進士第一。

楊察　字隱甫，成都人，景祐元年進士。歷官知制誥、翰林學士，權御使中丞、端明殿學士户部侍郎三司使。有集。

何郯　字聖從，成都人，景祐元年進士。歷官殿中侍御史、龍圖閣學士，出知外郡。熙寧中，以尚書右丞致仕。有《盧江文集》。

馬遵　字仲塗，樂平人，景祐元年進士。歷官臺諫、吏部員外郎、直龍圖閣。

葛密　字子發，江陰人，宮弟。官太常博士。

柳永　字耆卿，初名三變，崇安人，景祐元年進士。爲屯田員外郎，擅名樂章。兄三復、三接，皆工文，號『柳氏三絶』。

吴中復　字仲庶，興國永興人，進士。歷官殿中侍御、史龍圖閣直學士，出知成都。

陳薦　字彦昇，邢州沙河人，舉進士。歷官龍圖閣直學士、河北都轉運使、資政殿學士，提舉崇福宫。

蘇舜欽　字子美，其先梓州人，家開封，易簡孫，耆子，舜元弟，景祐進士。歷官集賢校理、監進奏院，坐用故紙錢除名，居蘇州，築蒼浪亭以居，終湖州長史。有《沧浪集》。

江休復　字鄰幾，開封陳留人，舉進士。充集賢校理，坐舜欽祠神案，謫監蔡州税，久之復官，歷刑部郎中，修《起居注》。有集。

石中立

王益柔

李絢　字見素，邛州依政人，進士。官太子中允，坐讒，出知潤州，累遷起居舍人、權判吏部流内銓。

呂溱　字濟叔，揚州人，寶元元年進士第一。歷官知制誥、知杭州、翰林學士、樞密直學士，提舉醴泉觀。

范鎮　字景仁，華陽人，居洛陽，寶元元年進士。歷官知制誥、翰林學士、端明殿學士，提舉崇福宮，封蜀郡公，謚忠文。有集。

全宋詩話卷十七

楊諤

科場程試詩，國初以來，難得佳者。天聖中，梓州進士楊諤，始以詩著，其天聖八年省試《蒲車》詩云：『草不驚皇轍，山能護帝輿。』是歲以策用清問字下第。景祐元年，省試《宣室受釐》詩云：『願前明主席，一問洛陽人。』諤是年及第，未幾卒。《續詩話》

自唐以來試進士詩，號『省題』，近年能詩者，亦時有佳句。蜀人楊諤《宣室受釐》落句云：『願前明主席，一問洛陽人。』《滕甫西旅來王》云：『寒日邊聲斷，春風塞草長。』傳聞漢都護，歸奉萬年觴。』諤有詩名，題《驪山》詩云：『行人問宮殿，耕者得珠璣。』最爲警策。《中山詩話》

赵寅

公韓琦移鎮相臺，寅知德州德平縣，值公生日，用皮筒附詩二首，大字書，公拆閲甚喜。時許茂先知在坐，當時拆開，稱其雅贍。一云：『手抉浮雲開晝中，重明親捧麗旋穹。議行平日難言際，德在群生不報中。强擬範模揮彩筆，了無形迹似春風。混同今古思前後，希闊功名得始終。』其二云：『生處行爲盡至誠，九州四海仰儀刑。器同琮璧荆山玉，節固風波砥柱銘。身立三朝惟一德，力扶七廟更千齡。時人不用燒香祝，自是昌辰一壽星。』熙寧三年秋，公自並州移鎮定武，慮百姓遮道相送不能行，隔夜宿城北廟下。百姓知明日隔城不能送，其上户各留一小弟子宿于廟門，五更見一燈籠出廟門，子弟驚叫云：『走了本尉也。』纷纷人马填咽。及明，百姓節次勸酒，無數時，郝質作總管，下馬云：『你百姓輩休煩聒！資政若入相，天下蒙福；若不入相，一二年再來。不可如此！爾等百姓都勸資政一盞酒。』衆曰：『然。』于是郝質執杯，衆百姓齊斟，遍野皆拜，放聲大哭，相送十餘里，方肯散去。事聞虜中，無不歎服。《韓魏公遺事》

魏瓘

魏侍郎瓘初知廣州日，忽于城一角頹塹，得一古磚，磚面範四大字云：『委于鬼工』，蓋合而成『魏』也。感其事，大築子城，纔罷，詔還，除仲待制簡代之。未幾，儂智高寇廣，其外城一擊而摧，獨子城堅完，民逃于中，獲生者甚衆。賊退，帥謫筠州。朝廷以公有前知之備，加諫議，再知廣，二年召還。公以築城之效，有自論，久不報。《感懷》詩曰：『羸羸霜髮一衰翁，蹤迹年來類斷蓬。萬里遠歸雙闕下，一身閒在衆人中。螭頭賜對恩雖厚，雉堞論功事已空。淮上有山歸未得，獨揮清涕灑春風。』文潞公采詩進呈，加龍圖尹京。魏詩精處，《五羊書事》曰：『誰言嶺外無霜雪，何事秋來亦滿頭』之句。《湘山野録》

嘉祐中，仁宗自内閤降密勅：『近以女謁縱横，無由禁止。今後應内降批出事，主司未得擅行，次日執奏定可否。』始數日，左承天門一寬衣老兵，持竹弊器，上以敗荷覆之，門吏搜之，乃金巨弁一枚，上綴巨蚌，燦然不知其數。禁門舊律，盡依外門例，凡有搜攔，更不申覆，即送所司。時開封方鞫劾次，一小璫馳騎急傳旨令于其物仰進呈，府尹魏公瓘不用執奏法，遂放之。唐質肅公介方在諫垣，疏曰：『陛下臨御以來，所降勅旨，未有若執奏内批之勅，爲治世之大公也。臣風聞禁門近有搜攔之獄，傳旨令放，主司殊不顧執奏之法，乞再

收犯者劾之，使正其典。』疏入，不報。公又疏曰：『臣聞王者一語朝出，四海夕聞。今執奏之勅，既爲無用，乞下詔收之，免惑天下。』既而又不報。公又疏曰：『臣聞開封乃天下百執事之首司也，魏某如尹臣君父詔旨，輒不遵守，望端門無咫尺之地，尚敢輒爾，況九州之遠乎？欲重貶魏某，以咎不遵君命之惡。臣以言職不能早竄清衷，亦乞罷黜。』魏由是降越州，時《感事》詩，有『鐵冠持白簡，藩棘聚青蠅』之句，《謝上表》略云：『狂風動地，孤蓬所以易飄。象斧登山直，木終須先伐。』才者愛之。《湘山野録》

熊知至

熊意誠《觀燈》句云：『樓臺上下火照火，車馬往來人看人。』《萬姓統譜》

陸經

陸子履《贈山陽令》云：『薄有田園歸去好，苦無官況莫來休。』士君子莫不賞味其意。《青瑣高議》

陸經多與人寫碑銘，頗得濡潤。人有問子履近日所寫幾何？對曰：『近日所寫甚少，總在街上唱道行裏。』《談苑》

陸經學士作謫流落，歐陽文忠公憐其貧，每與人作碑誌，必先約令陸子履書，欲以濡潤助之也。由是子履書名，亦自此而盛。《續東軒筆録》

張唐卿

張唐卿進士第一人登科，期集興國寺，題句于壁云：『一舉首登龍虎榜，十年身到鳳凰池。』有人續云：『君看姚曄並梁固，不得朝官未可知。』後果終于京官。《古今詩話》

楊察

楊侍郎謫信州，及召還，有士子十二人送于境上，察即席賦詩云：『十二天辰數，今宵席客盈。位如星占野，人若月分卿。極醉巫山側，聯吟嶰管清。他年爲舜牧，協力濟蒼生。』皆用十二事，而引諭精切，士子無能屬和者。《東軒筆録》。又見《隱居詩話》

何郯

文潞公知成都，喜行樂，有飛語至京師。御史何剡，字聖從，蜀人，上遣察之。張少愚謂公曰：『無足慮』，因迎謁聖從于漢州，有妓善舞，聖從喜之，問其姓，曰：『楊』。聖從

曰：『所謂楊臺柳也。』少愚取妓帕題詩云：『蜀國佳人好細腰，東臺御史惜妖嬈。從今喚作楊臺柳，舞盡春風萬萬條。』數日，聖從至成都，頗嚴重。潞公一日宴聖從，迎妓歌前詞以勸酒，聖從每爲之醉，竟無所問。《邵氏聞見録》

姚令威寬記陳德潤云：『一貴人知成都，朝廷遣御史何某入蜀按事。貴人遍召幕客，詢何人與御史密者？有賢良某人，令出界候迎，兼携名妓王宫花往，候其宴狎，出家姬以佐酒善舞。何醉，喜題其項帕云：「按徹梁州更六么，西臺御史惜嬌嬈。從今改正王宫柳，舞盡春風萬萬條。」至成都，此娼出迎，遂不復措手而歸。』予按：邵伯温所載詳且盡，疑得其真。云：『文潞公慶曆間以樞密直學士知成都府，時年未四十，成都風俗喜行樂，公多讌集，有語至京師。御史何郯聖從，蜀人，因謁告歸，上遣伺察之。聖從將至，潞公亦爲之動，張俞少愚者謂公曰：「聖從之來，無足念。」少愚因迎見于漢州，因郡會，有營妓善舞，聖從喜之，問其姓，曰：「楊。」聖從曰：「所謂楊臺柳者。」少愚即取妓之項帕羅題詩曰：「蜀國佳人號細腰，東臺御史惜妖嬈。從今喚作楊臺柳，舞盡春風萬萬條。」命其妓作《柳枝詞》歌之，聖從爲之霑醉。後數日，何至成都，頗嚴重。一日，潞公大作樂以燕何，迎其妓雜府中，歌少愚詩以酌何，何每爲之醉。何還朝，潞公之謗遂息。』與陶穀使江南事略相類，且云少愚奇士，潞公固重其人也。《能改齋漫録》

馬遵

馬遵謫守宣州，及其去也，郡僚軍民争欲駐留，至以鐵鎖絶江。遵于餞筵倚醉，令官妓剥榧實而食，眷眷若留連狀，夜使人絶鎖解舟，以水沃櫓牙，使之不鳴，逮曉，舟去遠矣。《隱居詩話》

葛密

余曾祖通議，楊寘牓登科，未四十致政，享年八十七，居江陰軍青陽之上湖，自號『草堂逸老』，參佛日契嵩，遂悟真諦。嘗與嵩詩云：『山禽啼曉四時别，林藪戰秋千里空。』又云：『我悟儻來空世界，師知休去忘形骸。』又與智慧上人詩云：『色空了了空還執，體相如如相即非。』則知所得深矣。又讀《道藏》一過，故見于篇詠者多真仙語，如：『仙莖屢隕三危露，真館常開四照花。鵲渚曉煙飛玉洞，琅池秋水接星槎。』又云：『煉成真炁發雙華，還向囊中秘玉霞。呪水夜潭龍怖劍，弄雲秋嶺鶴看家。』皆佳句也。有《注證道歌方外言詮》行于世，《上湖集》二十卷，《弋陽酬倡》三卷，《隱居唱和》十卷，藏于家。《韻語陽秋》

蔡君謨娶予祖姑清源君，而赴漳南幕。予曾祖通議，嘗贈之詩曰：『藻思舊傳青管夢，

哲科新試碧雞才。乍依仲寶蓮花幕，更下温郎玉鏡臺。』可謂佳句矣。韓退之《送陸暢》詩云：『一來取高第，官佐東宫軍。迎婦丞相府，誇映秀士群。鳴鸞桂樹間，觀者何繽紛。』此二詩，事相類而語皆奇也。《韻語陽秋》

柳　永

柳耆卿有《贈内臣孫可久》詩云：『故侯幽隱直城東，草樹扶蘇一畝宫。曾珥貂璫爲近侍，卻餘條褐作閒翁。高吟擁鼻詩懷壯，雅論盱衡道氣充。壓盡繁華天上樂，始將蹤迹學冥鴻。』《青箱雜記》

柳耆卿風流俊邁，聞于一時，既死，葬于棗陽縣花山。遠近之人，每遇清明日，多載酒肴，飲于耆卿墓側，謂之『弔柳會』。《獨醒雜志》

柳耆卿題《會景亭》句云：『分得天一角，織成山四圍。』《會稽志》

吴中復

吴仲庶《游海雲寺唱和詩序》云：『成都風俗，歲以三月二十一日游城東海雲寺，摸石于池中，以爲求子之祥。太守出郊，建高旗，鳴笳鼓，作馳騎之戲，大讌賓從，以主民樂。觀

者夾道百重，飛蓋蔽山野，讙謳嬉笑之聲，雖田野間如市井，其盛如此。渤海吴公，下車期月，簡肅无事，從俗高會于海雲。酒既中，顧謂寮屬曰：「一觴一詠，古人之樂事也。」首作七言詩，以寫勝賞。席客亦有以詩獻者，更相酬和，得一十三篇，乃命幕下吏会稽王霽爲之序。』吴詩云：『錦里風光勝別州，海雲寺枕碧江頭。連郊瑞麥青黄秀，遶路鳴泉深淺流。彩石池邊成故事，茂林坡上憶前游。自注：予昔陪樞密田公游此。緑樽好陪衰翁醉，十日殘春不少留。』《成都文類》

寶元己卯歲，予游泗州昭信縣，時大龍吴公中復，初筮尉此邑，因獲謁之。一日往訪，其廳已摧，延于別齋會話，且述楝橈之由，云：『此廳不知其幾十百年，凡直更者，無一夕不在其下。今日五鼓忽摧，僕大驚，已謂更人必虀粉矣！急開堂扉呼之，五吏俱聲「喏」。僕怪問曰：「汝輩夜來何處打更？」更夫對曰：「某等皆見甲士數人，仗戈叱起。令速移東廊，稍緩則死。時驚怖顛仆，疾走而去，未及廊，其廳已摧。」』公因謂予曰：『儓隸，賤人也，動静尚有物衛之，況崇高聰明乎！』予後還餘杭，猶憶公以詩送行，有：『談經飛辨伏簪紳，杯渡西來訪故人』之句。《湘山野録》

陳薦

《桐江詩話》云：陳舍人薦彦陞，有《彭城八詠》，爲人所稱，多以《燕子樓》爲絶唱，殊不知《子房廟》詩最爲警絶，詩云：『博浪沙頭觸副車，潛游東夏識真符。風雲智略移秦鼎，星斗功名啓漢圖。商老已來寧少海，赤松還約訪僊都。雍容進退全天道，凜凜高風萬古無。』《燕子樓詩》併載於後，識者自知其優劣也。詩云：『僕射新阡狐兔游，侍兒猶住水邊樓。風清玉簟慵欹枕，月好珠簾懶上鈎。寒夢覺來滄海闊，新詩吟罷紫蘭秋。樂天才思如春雨，斷送殘花一夕休。』燕子樓即張建封侍兒所居，其事具載《麗情集》。彦陞《高祖廟》詩云：『塵静山川狂鹿死，雷驚天地老龍飛。』《范增墓》詩云：『忿失壯圖撞玉斗，豈知天命與金刀。』皆佳句也。《八詠》今不傳於世，惜哉！《苕溪漁隱叢話》

蘇舜欽

蘇子美《淮中晚泊犢頭》詩云：『春陰垂野草青青，時有幽花一樹明。晚泊孤舟古祠下，滿川風雨看潮生。』又《夏意》云：『别院深深夏簟清，石榴開遍透簾明。樹陰滿地日卓午，夢覺流鶯時一聲。』黄山谷最愛此二詩，累書之，或真草，或大字。王直方《詩話》

蘇子美《獨步滄浪亭》詩云:『花枝低攲草生迷,不可騎入步是宜。時時携酒只獨往,醉倒唯有春風知。』此詩真能道幽獨閒放之趣也。《苕溪漁隱叢話》

蘇子美《秋日登閶門》詩:『年光冉冉催人老,雲物涓涓又變秋。家在鳳凰城闕下,江山何事苦相留?』自書此詩,旁云:『江山留人也,人留江山也。』卒不用,亦詩之讖。《古今詩話》

蘇子美《窮居和長安帥葉清臣見寄》詩云:『玉帳夜嚴冰似水,茅齋春静草如煙。』《西清詩話》

子美嘗作《春睡》詩云:『身如蟬蜕一榻上,夢似楊花千里飛。』歐公見之,驚曰:『子美可念!』未幾果卒。王直方《詩話》

蘇子美監奏邸,舊例鬻故官券以賽神,因而宴客,獨李定不預,遂捃摭其事,言于中丞王拱辰。御使劉元瑜迎合時宰之意,興奏邸之獄,一時英雋,斥逐殆盡,有『一網打盡』之語。故梅聖俞有詩云:『一客不得食,覆鼎傷衆賓。』蓋指李定也。《耆舊續聞》

江外有石,人破之,其形色皆類月。歐陽文忠有《月石》詩云『二曜分爲三』,固爲佳句,尚念未快。子美見之,作詩寄之云:『我疑此山石,久爲月昭著。老蚌吸月月降胎,水犀望星星入角。彤霞爍石變丹砂,白虹貫岩生美璞。』永叔見之曰:『此奇才,精通物理者

也。』《詩話總龜》

松江新作長橋，制度宏麗，前世所未有，蘇子美《新橋對月》詩所謂：『雲頭灩灩開金餅，水面沉沉卧彩虹』者是也。時謂此橋非此句雄偉不能稱也。子美兄舜元，字才翁，詩亦遒勁多佳句，而世獨罕傳。其與子美紫閣寺聯句，無媿韓、孟也，恨不得盡見之耳。《六一詩話》

蘇子美魁偉，與宋中道並立，下睨之，笑曰：『交不著。』京師市井語也。號爲『錐宋』，爲其穎利而么麽云。贈詩曰：『譬如利錐末，所到物已破。』後倅洺州。洺本趙地，有毛遂家，聖俞遂舉處囊事爲送行詩戲之。《中山詩話》

蘇舜欽以詩得名，學書亦飄逸，然其詩以奔放豪健爲主；梅堯臣亦善詩，雖乏高致，而平淡有工，世謂之『蘇梅』，其實與蘇相反也。舜欽嘗自歎曰：『平生作詩被人比梅堯臣，寫字比周越，良可笑也。』周越爲尚書郎，在天聖、景祐間，以書得名，輕俗不近古，無足取也。《臨漢隱居詩話》

前輩稱蘇子美詩：『山蟬帶響穿疏户，野蔓延清入破窗』，蓋出于唐方干詩：『鶴盤遠勢投孤嶼，蟬曳殘聲過别枝』。《優古堂詩話》

退之有言曰：『清而容物，恕以及人。』蘇子美進邸之會，謂人曰：『食中無饅羅畢夾，

座上安得有國舍虞比？』竟以此語招覆鼎之禍。畢氏、羅氏，蕃人之好以羊彘之肉餅異而食者，因號『畢羅』。或問湯餅謂之『不托』，何也？曰：『未有刀機時，以手托之。既用刀機，則不托矣。』出李濟翁《資暇集》。《珊瑚鉤詩話》

苕溪漁隱曰：《元次山集·自釋》云：『帶笭箵而畫船。』注云：『上郎丁切，下桑荒切，竹器也。』故《唐書音訓》云：『讀作「郎桑」，見結本集。』《音訓》又音：『上力丁切，下息拯切，取魚籠也。』蓋有平、仄兩音。《自釋》又云：『能帶笭箵，全獨保生。能學聱五交切齖，保宗全家。聱也如此，漫乎非耶。』其語雖協韻，然《廣韻》、《集韻》，于『庚』、『清』、『青』三韻中不收此『箵』字，並于上聲迥字韻中收之。蘇子美《松江長橋觀漁》詩：『鳴榔莫觸蛟龍睡，舉網時聞魚鼈腥。我實宦游無況者，擬來隨爾帶笭箵。』黄魯直《雨晴過石塘》詩：『長虹垂地若篆字，晴岫插天如畫屏。耕夫荷鋤解襏襫，漁夫晒網投笭箵。』秦少游《德清道中還寄子瞻》詩：『叢薄開羅帳，淪漪寫鏡屏。疏籬窺窅窕，支港泛笭箵。』皆于『青』字韻中押，真誤也。《苕溪漁隱叢話》

蘇子美詩：『笠澤鱸肥人膾玉，洞庭柑熟客分金。』吕吉父詩：『魚出清波胞膾玉，菊浮寒露酒傾金。』《優古堂詩話》

《大唐新語》曰：『漁具總曰「笭箵」，漁服總曰「袯衫」。』《唐書·元結傳》載《自釋》語

曰：『能帶笭箵，全獨而保生。能學聱齖，保宗而全家。聲也如此，漫乎非耶。』語皆協韻，故『箵』音平聲，與『生』相協。今《唐書音釋》乃作：『蓰振切』，誤矣。故蘇子美《松江觀漁》詩云：『鳴榔莫觸蛟龍睡，舉網時聞魚鼈腥。我實宦游無況者，擬來隨爾帶笭箵。』皆作平聲。今《韻略》不收此字。《能改齋漫録》

《復齋漫録》云：子美詩云：『笠澤鱸肥人膾玉，洞庭橘熟客分金。』吕吉甫詩：『魚出清波庖膾玉，菊含寒露酒浮金。』吕勝于蘇，蓋『人』、『客』兩字，雖無亦可。《苕溪漁隱叢話》

苕溪漁隱曰：《吴江長橋》詩，世稱三聯，子美云：『雲頭灩灩開金餅，水面沉沉卧綵虹。』楊次公云：『八十丈虹晴卧影，一千頃碧玉無瑕。』鄭毅夫云：『插天螮蝀玉腰闊，跨海鯨鯢金背高。』永叔謂子美此句雄偉。予謂次公、毅夫兩聯粗豪，較以子美之句，二公殊少藴藉也。《苕溪漁隱叢話》

山谷云：二蘇《送梁子熙聯句》云：『大榮大辱，能生死人。』叔才。『二物不並，以撓厥真。』子美。『之子病悶，腸如車輪。』叔才。『勞憂到母，饑寒著身。』子美。『世俗鹵莽，輒置莫親。』叔才。『文彩光豔，伏不得伸。』子美。『淒吟哀號，酸入四鄰。』叔才。『夜計破午，若燕作秦。』子美。『腹憤軋軋，胸奇陳陳。』叔才。『淮國晚嶺，吴渠春津。』子美。『去謝夙藴，歸逢故辛。』子美。『雌火在丑，刮鑿遯屯。』叔才。『駕風鞭霆，以脱凡鱗。』子美景祐元年仲春，子美

于蜀紋紙上楷寫，字極端勁可愛。叔才蓋才翁舊字。此篇不見于家《集》，略計雄文妙墨，流落人間者，必千數百紙。二蘇文章，豪健痛快如此，潘、陸不足呑也。《苕溪漁隱叢話》

《復齋漫録》云：『田家汩汩水流渾，一樹高花明遠村。雲意不知殘照好，卻將微雨送黄昏。』鄭毅夫詩也。『春陰垂野草青青，時有幽花一樹明。晚泊孤舟古祠下，滿川風雨看潮生。』蘇子美詩也。第二句相類，然皆清絶可愛。《苕溪漁隱叢話》

蘇子美有《贈秘演》詩，中有：『垂頤孤坐若癡虎，眼吻開合猶光精』之句，人謂與演寫真。演頷額方厚，顧視徐緩，喉中含其聲，嘗若鼾睡然。其始云：『眼吻開合無光精』，演以濃筆塗去『無』字，自改爲『猶』。子美詬之曰：『吾尚活，豈當目無光精耶！』中又有一聯云：『賣藥得錢祗沽酒，一飲數斗猶惺惺。』又都抹去。蘇曰：『吾之作誰敢點竄耶？』演曰：『君之詩出，則傳四海。吾不能斷葷酒，爲浮圖罪人，何堪更爲君詩所暴。』子美亦笑而從之。《湘山野録》

蘇子美以奏邸舊有賽神之會，局吏皆鬻積架舊倫以置餚具，歲以爲常。惟子美作之，言者圖席人以進，制獄鍛鍊，皆一時之名賢。獄就盡黜，臺館爲之一空。子美坐自盜律，削籍竄湖州。後朝廷有哀之之意，因郊赦文中特主一節：『應監主自盜情稍輕者，許刑部理雪。』言者又抨云：『郊赦之敕，先無此項，必挾情曲庇蘇舜欽，固以此文舞之。拐言破律，

殺無赦。乞付立法者于理。』竟不雪，遂死。有《郊禋感事》詩云『不及雞竿下坐人』之句，嗟哉！《湘山野録》

世以韋蘇州詩：『書後欲題三百顆，洞庭猶待滿林霜。』以韋嘗守蘇，遂謂太湖洞庭山產柑橘，并以唐吴融序賦、及王維《送人赴越州》詩：『風樵若耶路，霜橘洞庭秋』、蘇子美《姑蘇》詩：『洞庭甘熟客分金』爲據，而以洞庭湖爲非。其實不然，蓋『洞庭』見于吴、楚，皆產柑橘，第湖、山爲異耳。觀《襄陽記》，李叔平臨終敕其子曰：『龍陽洲裏，有千頭木奴及柑橘，成歲得絹數千匹。』審此，則龍陽洲正在洞庭矣。又況晉張華詩云：『橘在湘水側，菲陋人莫傳。』劉瑾《甘賦》云：『寄生于南楚。』謝惠連《甘賦》云：『傾予節兮湖之區。』徐陵《甘》詩云：『江潭間修竹』。由古以來，洞庭湖之有橘舊矣。故柳毅叩橘而書始傳。至若洞庭山之有橘，不讀唐吴融序賦，未必其名顯也。《湘山野録》

江休復

江鄰幾善爲詩，清淡有古風。蘇子美坐進奏院事謫官，後死吴中，江作詩云：『郡邸獄冤誰與辨？皋橋客死世同悲。』用事甚精。嘗有古詩云：『五十踐衰境，加我在明年。』論者謂人莫不用事，能令事如己出，天然渾厚，乃可言詩，江得之矣。江天資淳雅，喜飲酒、鼓

琴、圍棋，人以酒召之，未嘗不往，飲未嘗不醉，已醉眠，人强起飲之，亦不辭也，或不能歸，即留宿人家，商度風韻，陶靖節之比。江嘗通判廬州，有酒官善琴，以坐局不得出。江且就之，郡中沙門羽士及里氓能棋者數人，呼與同往。郡人見之習熟，因畫爲圖：前列騶道，有一人騎馬青蓋，其後沙門道士褐衣數人，葛巾芒屩，累累相尋，意思蕭散。惜時無名手，此畫不足傳後，何必減嵇、阮也。唐卧《抒情》。又見《中山詩話》

蘇子美謫死姑蘇，江鄰幾作詩云：『郡邸獄冤誰與辨？皋橋客死世同悲。』按《吴郡圖經續記》云：『皋橋，在吴縣西北。皋伯通，字奉卿，所居之地也。伯通爲漢朝議郎，卒葬胥門西二百步，號「伯通墩」。昔梁鴻娶孟光，同至吴，居伯通廡下，爲人賃舂。伯通察而異之，乃舍之于家。鴻卒，又爲葬之。《哀江南賦》云「皋橋羈旅」謂此。』古今謂江善用事者以此。《能改齋漫録》

石中立

石資政中立好談諧，樂易人也。楊文公一日置酒，作絶句招之，末云：『好把長鞭便一揮』，石留其僕，即和曰：『尋常不召猶相造，況是今朝得指揮。』其恢諧敏捷，類如此也。又嘗于文公家會葬，坐客乃執政及貴游子弟，皆服白襴衫，或羅或絹，有差等。中立坐而大

慟，人問其故，曰：『憶吾父。』又問之，曰：『父在時，當得羅襴衫也。』蓋見執政子弟服羅，而石止服絹，坐中皆大笑。《東齋記事》

王益柔

王益柔勝之爲館職，年少意頡頏。張掞叔文亦新貼職，年長而官已高，每群聚輒居上座。王密于屏風題云：『四十餘年老健兒。』此唐徐州節度王智興《自詠》詩句。翼日會食，張正坐詩下，衆無不哂。《中山詩話》

李絢

李絢公素有詩贈同姓人，曰：『吾宗天下著』，王勝之輒取注之曰：『居甘泉者以謳著，京師名娼李氏居甘泉坊，善謳。賣藥者以木牛著，京師李家賣藥以木牛自表，人呼爲『李木牛』。圍棋者以憨著，李乃國手，而神思昏濁，人呼爲『李憨子』。裁幞頭者以拗著，李家幞頭，天下稱善，而必與人乖剌，歲久自以『拗李』呼。作詩者以豁達著。豁達老人喜爲詩，所至輒自題寫，詩句鄙下，而自稱『豁達李老』。嘗書人新素墻壁，主人憾怒，訴官杖之，拘執使市石灰更圬漫訖，告官，乃得縱舍。聞者哂之。』此數人因勝之有云，遂自託不朽。《中山詩話》

景祐三年後苑生雙竹，宣宰相從臣賦詩。知制誥李絢有詩云：『日迴龍並影，風過鳳聯聲。』衆嗟賞之。《詩史》

李見素《和杜相衍》詩云：『收得桑榆歸物外，種成桃李滿人間。』《歷代吟譜》

吕　溱

景祐五年院試進士，以『鯤化爲鵬』爲詩題。吕濟叔詩云：『九霄離海嶠，一夕過天池。』論者以此詩當爲第一人。《雲齋録》

范　鎮

范景仁鎮喜爲詩，年六十三致仕，一朝思鄉里，遂行入蜀。故人李才元大臨知梓州，景仁枉道過之。歸至成都，日與鄉人樂飲，散財於親舊之貧者。遂游峨眉青城山，下巫峽，出荆門，凡期歲乃還京師。在道作詩凡二百五篇，其一聯云：『不學鄉人誇駟馬，未饒吾祖泛扁舟。』此二事他人所不能用也。《續詩話》

嘉祐中，有劉諷都官，簡州人，亦年六十三致仕，夫婦徙居賴山，景仁有詩送之，云：『移家尚恐青山淺，隱几惟知白日長。』時有朱公綽送諷詩，云：『疏草焚來應見史，橐金散

盡只留書。』皆爲時人所傳誦。《續詩話》

范鎮自給事中謫官，數年方歸。濟南城西有張聰寺丞園亭，甲於歷下，張邀公飲于園中，因作詩云：『園林再到身猶健，官職全抛夢乍醒。惟有南山與君眼，相逢不改舊時青。』《倦游録》

范景仁《和王都尉》詩：『慣乘霄漢鶴，翻説淤泥蓮。可惜玉臺處，等閒閒幾年。』王晉卿跋云：『公不喜釋氏，故有是句，亦可一笑也。』又云：『余前年恩移清潁，道出許昌，前途小阻，留西湖之别館者幾一月。常與韓持國、范景仁泛舟嘯詠，使人頓忘去國流離之恨也。韓公德性温厚，風度高雅，固已可愛；范公雖老而精神不衰，議論純正，白須紅面，動輒醺酣。時余有所賦詠，公即取紅蓮葉，命筆疾書，初不經思，佳詞麗句，頃刻而成，坐客莫不驚歎也。比聞朝廷就除端明殿學士以寵之，因思方今進任老成，如公者若再起之，亦足以厚風俗耳。』《式古堂書考》

范蜀公少與柳耆卿同年，愛其才美，聞作樂章，嘗歎曰：『繆其用心。』謝事之後，親舊間盛唱柳詞，復歎曰：『仁廟四十二年太平，吾身爲史官二十年，不能贊述，而耆卿能盡形容之。』故再至史局，有詩云：『史局逾年别，重來已涕零。先書未絶筆，又欲汗新青。』《合璧事類後集》

某公用事，排斥端士，矯飾僞行。范蜀公《詠僧房假山》：『倏忽平爲險，分明假奪真。』蓋刺之也。《後山詩話》

《蔡寬夫詩話》云：『禮部淡墨書榜首，不知始何時。或曰：李程應舉時，嘗遇陰府吏于貢院前，問其登第人姓名，則有「李和」而無「程」，乃祈之，蒼黄中用淡墨筆加「王」字于「和」下，果得第，後爲相，因命凡榜書人名，皆用淡墨，遂爲故事。此固不可考，然相傳至今。據此則所當書者，乃登第人姓名也。今貢院放榜，但以黄紙淡墨前書「禮部貢院」四字，餘皆濃墨，豈流傳既久，遂失其本耶？』《學林新編》云：『《西京記》曰：「隋無漏寺，在長安，唐武德初，廢無漏寺。正觀二十年，高宗在春宫，爲文德皇后立寺于無漏寺故基，以『慈恩』爲寺名。西院浮圖高三百尺，永徽五年沙門元楚所立，國人謂之雁塔。」唐故事：進士及第，列名于慈恩寺塔，因此謂之「雁塔題名」。塔以石爲壁，唐人游觀留題甚多，不特進士題名而已。而塔屢遭火，斷石遺字，猶有存者。近時好事者，裒其遺字，作十卷，鎸之石，進士題名僅存數處，餘皆唐賢游觀留題也。賈公《談録》曰：「唐李仲侍郎知貢舉，夜放榜，書榜未畢，而書吏得疾暴卒，遂更呼一善書吏，而吏方醉，磨墨鹵莽，或淡或濃，一榜之字，濃淡相半，反致其妍，遂成淡墨故事。」本朝禮部貢院放榜，亦以淡墨書榜首，蓋循唐故事也。因此賀人及第，用「雁

塔題名」、「淡墨題名」以爲事實。』苕溪漁隱曰：淡墨題名，二事不同，未詳孰是，今兩存之。《苕溪漁隱叢話》

晏元獻喜薦士，其得人最多。范蜀公作公挽詞云：『生平欲報國，所得是知人。』《能改齋漫録》

全宋詩話目録卷十八

司馬光　字君實，陝州夏縣人，以父池任入官。寶元初，進士甲科。歷官知制誥、天章閣待制、知諫院、龍圖閣直學士、右諫議大夫、翰林學士、判西京留司御史臺、資政殿學士、左僕射兼門下侍郎，薨贈太師、温國公，謚文正。有《傳家集》、《續詩話》。

石楊休　字昌言，眉山人，舉進士。歷官刑部員外郎、知制誥、同判太常寺、工部郎中。

吕公著　字晦叔，夷簡子，舉進士。歷官殿中丞、資政殿大學士、右僕射兼中書侍郎、司空、同平章軍國事，薨贈太師申國公，謚正獻。有集。

吴充　字仲卿，建安浦城人，寶元元年進士。歷官檢校太傅、樞密使，代王安石爲中書門下平章事，監修國史，罷爲觀文殿大學士、西太一宫使，卒贈司空兼侍中，謚正獻。

宋敏求　字次道，綬子，賜進士第。歷官館閣校勘、知制誥，忤王安石，以右諫議大夫奉朝請，尋除史館修撰、集賢院學士，加龍圖閣學士。有《書闈》前、後集，《西垣辭文集》。

薛利加　字天益，興化人，寶元元年進士。歷知春、潮、惠三州，遷屯田員外郎。

柳應辰　武陵人，寶元元年進士。官尚書都官員外郎、永州通判。

張宗永　華州人。寶元中，知建安縣。

周孟陽　字春卿，成都人，徙海陵，第進士。歷官集賢殿修撰、同判太常寺、天章閣待制。

蘇頌　字子容，紳子，南安人，徙居丹陽，慶曆二年進士。歷官集賢院學士、知開封府、翰林學士、右僕射兼中書門下侍郎，罷爲集禧觀使。徽宗立，進太子太保，累爵趙郡公，薨贈司空、魏國公。有集。

陳洙　字師道，建陽人，慶曆二年進士。歷官殿中侍御史。嘉祐中，疏論建儲，助司馬光，仰藥卒，以明無所覬望。奏下，大計遂定，仁宗賜錢百萬。元祐初，用光言，官其一子。

王珪　字禹玉，華陽人，徙舒，琪從弟，慶曆二年進士。歷官翰林學士、知開封府、兼侍讀學士、尚书左僕射、門下侍郎，封岐國公，卒贈太師，謚曰文。有《華陽集》。

黄庶　字亞夫，分寧人，慶曆二年進士。庭堅父。歷官州郡從事，攝康州。有《伐檀集》。

全宋詩話卷十八

司馬光

王荆公暮年喜爲集句唐人，號爲『四體』，黄魯直謂『正堪一笑爾』。司馬温公爲定武從事，同幕私幸營妓而公諱之，嘗會僧廬，公往迫之，使妓踰牆而去，度不可隱，乃具道。公戲之曰：『年去年來來去忙，暫偷閒卧老僧床。驚回一覺游仙夢，又逐流鶯過短牆。』又杭之舉子中老榜第，其子以緋裹之，客賀之曰：『應是窮通自有時，人生七十古來稀。如今始覺爲儒貴，不著荷衣便著緋。』壽之醫者，老娶少婦，或嘲之曰：『偎他門户傍他牆，年去年來來去忙。采得百花成蜜後，爲他人作嫁衣裳。』真可笑也。《後山詩話》

七哀詩起曹子建，其次則王仲宣、張孟陽也。釋詩者謂病而哀，義而哀，感而哀，悲而哀，耳目聞見而哀，口歎而哀，鼻酸而哀，謂一事而七者具也。子建之『七哀』，哀在於獨棲之思婦；仲宣之七哀，哀在於棄子之婦人；張孟陽之七哀，哀在於已毁之園寢。唐雍陶亦

有『七哀』詩，所謂：『君若無定雲，妾作不動山。雲行出山易，山逐雲去難。』是皆以一哀而七者具也。老杜之『八哀』，則所哀者八人也。王思禮、李光弼之武功，蘇源明、李邕之文翰，汝陽鄭虔之多能，張九齡嚴武之政事，皆不復見矣。蓋當時盜賊未息，歎懷舊賢而作者也。司馬温公亦有『五哀』詩，謂楚屈原，趙李牧，漢晁錯、馬援，齊斛律光，皆負才竭忠，卒困於讒而不能自脱，蓋有激而云爾。葛常之《詩話》

温公《題趙舍人庵》云：『清茶淡話難逢友，濁酒狂歌易得朋。』雖造次間語，亦在於直諒之益，而退便僻之損也。《碧溪詩話》

温公無子，又無姬侍，裴夫人既亡，公常忽忽不樂，時至獨樂園，于讀書堂危坐終日，常作小詩，隸書梁間云：『暫來還似客，歸去不成家。』其回人簡有云：『草妨步則薙之，木礙冠則芟之。其他任其自然，相與同生天地間，亦各欲遂其生耳。』可見公存心也。《道山清話》

文潞公守洛，富鄭公致仕，司馬温公宫祠，范蜀公自許下來，同過郡會，出四玉杯勸酒，官妓不謹碎其一，潞公將治之，温公請書牘尾云：『玉爵勿揮，典禮雖聞於往記。彩雲易散，過差可恕於斯人。』乃笑而釋之。《詩説雋永》

司馬温公熙寧間自長安得請留臺歸，始至洛中，嘗以詩言懷云：『三十餘年西復東，勞生薄宦等飛蓬。所存舊業惟清白，不負明君有樸忠。早避喧煩真得策，未逢危辱早收功。

太平觸處農桑滿，贏取閭閻鶴髮翁。』出處大節，世固不容復議，是時雖以論不合去，而神宗眷禮之意愈厚，然猶以避煩畏辱爲言，況其下者乎。元祐初起相，至是十七年矣。度公之意，初蓋未嘗以自期也。《石林詩話》

司馬文正公言行俱高，然亦每有謔語，嘗作詩云：『由來獄吏少和氣，皋陶之狀如削瓜。』《侯鯖録》

司馬公《早朝》詩：『太白明如李』，出漢《天文志》：『熒惑踰歲星，居其東北半寸所，如連李。』又《即事》云：『雨不成游布路歸』，出《左傳》：『自朝布路而罷。』今《集》皆注云恐誤，蓋不考也。《困學紀聞》

司馬公《皇后閤春帖子》云：『慶壽風煙接未央，飛樓複道鬱相望。春來無以消長日，閒取經書教小王。』《夫人閤春帖子》云：『聖主終朝視萬機，燕居專事養希夷。千門永晝春岑寂，不用車前插竹枝。』亦皆寓諷勸之意。《詩林廣記》

公判西京留司御史臺，遂居洛，買園于尊賢坊，以『獨樂』名之。嘗謂康節曰：『光，陝人；先生衛人，今同居洛，即鄉人也。有如先生道學之尊，當以年德爲貴，官職不足道也。』一日，著深衣，自崇德寺書局散步洛水隄上，因過天津之居，謁曰：『程秀才云』，既見，温公也。問其故？笑曰：『司馬出程伯休父，故曰「程」。』其《過堯夫天津居》詩云：『草輭波

清沙路微，手携筇杖著深衣。白鷗不信忘機久，見我猶穿柳岸飛。』《聞見前録》

正獻公守河陽，范蜀公、司馬温公往訪，公具燕設口號，有云：『玉堂金馬，三朝侍從之臣。清洛洪河，千古圖書之奥。』《紫薇詩話》

東坡云：晁无咎言司馬温公有言：『吾無過人者，但平生所爲，未嘗有不可對人言者耳。』予亦記前輩有詩云：『怕人知事莫萌心。』皆至言，可終身守之。《苕溪漁隱叢話》

苕溪漁隱曰：洛中尚齒會，起于唐白樂天，至本朝君實亦居洛中，遂繼爲之，謂之『真率會』。好事者寫成圖，傳于世，所謂『九老圖』者也。《長慶集》云：『會昌五年三月二十一日，履、道弊居同宴，胡果年八十九，吉旼年八十六，鄭據年八十四，劉貞年八十二，盧真年八十二，張渾年七十四，白居易年七十四，已上七人，合五百七十歲，成尚齒之會。七老相顧，既醉甚歡，静而思之，此會甚稀。秘書狄兼謨、河南尹盧真，以年未七十，雖與會而不及列。』賦詩云：『七人五百七十歲，拖紫紆金垂白鬚。手裏無金莫嗟歎，樽中有酒且歡娱。詩吟兩句神還旺，酒飲三杯氣尚粗。嵬峩狂歌教婢拍，婆娑醉舞遣孫扶。天年高過《二疏傳》，人數多于《四皓圖》。除卻三山五天竺，人間此會更應無。』温公《集》云：『三月二十六日作真率會，伯康與君從七十八歲，安之七十七歲，正叔七十四歲，不疑七十三歲。叔達七十歲，光六十五歲，合五百一十五歲，用安之韻，招諸子西園爲會，云：「榆錢零亂柳花

飛，枝上紅英漸漸稀。莫厭銜杯不虚日，須知共力惜春暉。真率春來頻宴集，不過東里只西家。小園容易邀佳容，饌具雖無已有花。」』《會約》云：『一，序齒不序官；一，爲具務簡素；一，朝夕食不過五味；一，菜果脯醢之類，各不過三十器；一，酒巡無算，深淺自斟，主人不勸，客亦不辭，逐巡無下酒時，作菜羹不禁；一，召客共作一簡，客注可否于字下，不别作簡，或因事分簡者聽；一，會中早赴不待促；一，違約者每事罰一巨觥。』而七人合五百一十五歲，再成詩，用前韻云：『七人五百有餘歲，同醉花前今古稀。走馬鬬雞非我事，紵衣絲髮且相暉。』『經春無事連翩醉，彼此往來能幾家？切莫辭斟十分酒，儘教人笑滿頭花。』『真率會』中止有七人，而《九老圖像》有九人，不知彼二人者果何人，《集》中不載也。

《苕溪漁隱叢話》

《筆談》云：『唐白樂天居洛，與高年者八人游，謂之「九老」。洛中士大夫，至今居者，多繼而爲九老之會者再矣。元豐五年，文潞公守洛，又爲「耆年會」，人爲一詩，命畫工鄭奐圖于妙覺寺，凡十三人：守司徒致仕韓國公富弼年七十九，守太尉判河南府潞國公文彦博年七十七，司封郎中致仕席汝言年七十七，朝議大夫致仕王尚恭年七十六，太常少卿致仕趙丙年七十五，秘書監劉几年七十五，衛州防禦使馮行已年七十三，大中大夫充天章閣待制楚建中年七十三，朝議大夫致仕王慎言年七十二，宣徽南院使檢校太尉判大名府王拱

辰年七十一，大中大夫張問年七十，龍圖閣直學士通議大夫張燾年七十，端明殿兼翰林侍讀學士大中大夫司馬光年六十四。』苕溪漁隱曰：温公《集》有《洛陽耆英會序》，正紀此事，《筆談》以爲『耆年會』，非是。《苕溪漁隱叢話》

苕溪漁隱曰：予讀《迂書》，見温公自于書中或稱『迂夫』，或稱『迂叟』，蓋通稱之也。其《釋迂》云：『或謂迂夫曰：「子之言太迂，于世無益也？」迂夫曰：「子知迂之無益，而不知其爲益且大也。子之知迂之有益，而不知其爲損亦大也。子不見夫樹木者乎？樹之一年而伐之，則足以給薪蘇而已；二年而伐之，則足以爲桷；五年而伐之，則足以爲楹；十年而伐之，則足以爲棟。夫以爲收功愈遠而爲利愈大乎？古之人，惟其道宏大而不狹也，其志邃奥而不邇也，其言崇高而不卑也，是以所適齟齬，而或窮爲布衣，貧賤困苦以終其身，然其遺風餘烈，數百千年而人猶以爲法。向使其人狹道以求容，邇志以取合，卑言以趨功，雖當時貴爲卿相，利止于其躬，榮盡于其生，恶得餘澤以及後世哉！如予者，患不能迂而已矣，迂何病哉！」』故東坡《謝二鮮于君》詩云：『迂叟向我言，青齊歲方艱。』因取以爲稱也。《苕溪漁隱叢話》

《東皋雜記》云：温公居洛陽，有詩云：『四月清和雨乍晴，南山當户轉分明。更無柳絮隨花起，惟有葵花向日傾。』愛君忠義之志，概見于此。《苕溪漁隱叢話》

《復齊漫録》云：司馬文正嘗銘范蜀公所惠布衾云：『藜藿之甘，綈布之温，名教之樂，德義之尊，求之孔易，享之常安。綺繡之奢，膏粱之珍，權寵之盛，利欲之繁，苦難其得，危辱旋臻。取易捨難，去危就安，至愚且智，寧不其然。顔樂一簞，萬世師模；紂居瓊室，死爲獨夫。君子以儉爲德，小人以侈喪軀。然則斯衾之陋，其可忽諸？』侍讀范公淳父爲之跋曰：『温國文正公所服之布衾，隸書百有十字，曰「景仁惠」者，端明殿學士范蜀公所贈也；曰「堯夫銘」者，右僕射高平公所作也。元豐中，公在洛，蜀公自許往訪之，贈以是衾。先是，高平公作《布衾銘》以戒學者，公愛其文義，取而書于衾之首，及寢疾東府，治命欲以深衣，而覆以是衾。公于物澹無所好，惟于德義名利，欲其清如水而澄之不已，其道直之如矢，而端之不止，故其居處必有法，動作必有禮，其被服如陋巷之士，一室蕭然，群書盈几，終日正坐，淡如也。又以圓木爲警枕，少睡則枕轉而覺，乃起讀書。蓋恭儉勤禮，出于天性，自以爲適，不勉而能。與二范爲心交，以善道相與，以忠告相益，凡皆如此，其誠心終始如一，將殁而猶不忘。祖禹觀公大節與其細行，雖不可遽數，然本于至誠無欲，天下信之，故能奮然有爲，超絶古今。于洛十五年，若將終身焉，一起而澤被天下，内之兒童，外之蠻、夷、戎、狄，莫不欽其德，服其名，惟至誠無欲故也。公兄子宏，得公手澤紙本于家，屬祖禹敘其本末，俾後世師公之儉云。』《苕溪漁隱叢話》

《文昌雜録》云：司門范郎中云：『叔父蜀郡公鎮居許昌，作高庵以待司馬公，累招未至。庵極高，在一臺基上。司馬公居洛，作地室，隧而入，以避暑，故蜀公作高庵以爲戲也。』北京留守王宣徽洛中園宅尤勝，中堂七間起高樓，更爲華侈。司馬公在陋巷，所居纔能庇風雨，又作地室，嘗讀書于其中。洛人戲云：『王家鑽天，司馬入地。』然而道德之尊，彼亦不知顏氏子之樂也。《苕溪漁隱叢話》

苕溪漁隱曰：《塵史》云：『王公拱辰於洛營第甚侈，中堂起屋三層，最上曰「朝元閣」。時司馬君實亦在洛，于私第穿地深丈餘，作壤室。邵雍堯夫見富鄭公，公問洛中新事，堯夫云：「近有一巢居，一穴處者。」富爲之大笑。』《苕溪漁隱叢話》

司馬文正《日録》云：翰林書待詔請春詞，以立春日剪貼于禁中門帳。皇帝閣六篇，其一曰：『漠然大造與時新，根着浮流一氣均。萬物不須彫刻巧，正如恭己布深仁。』皇后閣五篇，其一曰：『春衣不用蕙蘭薰，領緣何煩刺繡紋。曾在蠶宫親織就，方知縷縷盡辛勤。』夫人閣四篇，其一曰：『聖主終朝親萬機，燕居專事養希夷，千門永晝春岑寂，不用車前插竹枝。』《苕溪漁隱叢話》

許彦周《詩話》云：宣和癸卯，僕游嵩山，峻極，中院法堂後簷壁間有詩四句，云：『一團茅草亂蓬蓬，驀地燒天驀地紅。争似滿鑪煨榾柮，慢騰騰地熱烘烘。』字畫極草草，其旁

隸書四字云：『勿毁此詩。』寺僧指示僕曰：『此四字，司馬相公親書也。』嗟乎，此言豈有感于公耶！ 又于柱間大書隸字云：『旦、光、頤來。』其上一字，公兄也；第三字，程正叔也。又壁間題云：『登山有道，徐云則不困，措足于實地則不危。』皆公隸書。《苕溪漁隱叢話》

司馬文正公言行俱高，然亦每有謔語，嘗作詩云：『由來獄吏少和氣，皋陶之狀如削瓜。』又有長短句云：『寶髻怱怱梳就，鉛華淡淡妝成。青烟紫霧罩輕盈，飛絮游絲無定。相見争如不見，有情何似無情。笙歌散後酒初醒，深院月明人静。』風味極不淺，乃《西江月》詞也。《侯鯖録》

温公有句云：『烟曲香尋篆，杯深酒過花。』《明道雜志》

司馬文正公高才全德，大得中外之望。公之退十有餘年，天下日冀其復用，故子瞻《獨樂園》詩曰：『先生獨何事？ 四海望陶冶。兒童誦君實，走卒知司馬。』蓋紀實也。《澠水燕談》

『更無柳絮隨風舞，惟有葵花向日傾。』可以見司馬公之心。『浮雲世事改，孤月此心明。』見東坡公之心。《困學紀聞》

石楊休

皇祐間，館中詩筆，石易言楊休最得唐人風格。予嘗携琴訪之，一詩見謝尤佳，曰：『鄭衛湮俗耳，正聲追不回。誰傳廣陵操？老盡嶧陽材。古意爲師復，清風尋我來。幽陰竹軒下，重約月明開。』恐遺泯，故録焉。《湘山野録》

本朝狀頭入相者，吕文穆蒙正、王文正曾、李文定迪、宋元憲。元憲登庸，知制誥石揚休賀以詩曰：『皇朝四十三龍首，身到黄扉止四人』。副樞王伯庸堯臣曰：『何不道已四人，而特言止，惜哉！』蓋伯庸繼元憲魁天下士，然未幾薨于位。自慶曆距今，迄未有先多士而後大拜者，異哉！《西清詩話》

吕公著

歐公居潁上，申公吕晦叔作太守，聚星堂燕集，賦詩分韻，公得『松』字，申公得『雪』字，劉原父得『風』字，魏廣得『春』字，焦千之得『石』字，王回得『酒』字，徐無逸得『寒』字。又賦室中物，公得『鸚鵡螺杯』，申公得『癭木壺』，劉原父得『張越琴』，魏廣得『澄心紙』，焦千之得『金星硯』，王回得『方竹杖』，徐無逸得『月研屏風』。又賦席間果，公得『橄欖』，

申公得『紅蕉子』，劉原父得『温柑』，魏廣得『鳳棲』，焦千之得『金橘』，王回得『荔枝』，徐無逸得『楊梅』。又賦壁間畫像，公得『杜甫』，申公得『李文饒』，劉原父得『韓退之』，魏廣得『謝安石』，焦千之得『諸葛孔明』，王回得『李白』，徐無逸得『魏鄭公』。詩編成一集，流行于世。當時四方能文之士及館閣諸公，皆以不與此會爲恨。《風月堂詩話》

呂晦叔《癭木壺》詩云：『天地産衆材，任材謂之智。棟桷與楹杙，小大無有棄。方者以矩度，圓者中規制。嗟爾木之癭，何異肉有贅。生成擁腫姿，賦象難取類。隳括所不施，鈎繩爲爾廢。大匠睨而往，惻然乃有意。孰非造化功，而終朽不器。刳剔虚其中，朱漆爲之僞。斛漿挹酒醴，施用惟其利。犧象非不珍，金罍非不貴。設之于楹階，十目肯注視。幸因左右容，反見爲奇異。人之于才性，夫豈遠于是。性雖有不善，在教之揉勵。才亡不可用，由上所措置。飾陋就其長，皆得爲良士。執一以廢百，衆功何有備？是惟聖人心，能通天下志。』歐公稱賞此詩，以爲有宰相器。《南窗紀談》

吴充

神宗朝，詔修仁、英二朝國史，開局日詔史院賜筵，時吴沖卿爲首相，提舉二府及修史官就席上成詩。沖卿唱首云：『蘭臺開史局，玉斝賜君餘。賓友求三事，規摹本八書。汗

青裁仿此，衰白盍歸歟。詔許從容會，何妨醉上車。』《揮麈後録》

宋敏求

王安國平甫作詩，多使酒樓，語宋次道曰：『楊文公詩有酒樓，「江南堤柳拂人頭」；李白題詩遍酒樓，錢昭度亦有一酒樓：「長憶錢塘江上望，酒樓人散雨千絲。」今子詩有幾酒樓？』次道曰：『吾詩有二酒樓。《九江琵琶亭》云：「夜泊潯陽宿酒樓，琵琶亭畔荻花秋。雲沈鳥没事已往，月白風清江自流。」又《送客西陵》云：「若耶溪畔醉秋風，獵獵船旗照水紅。後夜錢塘酒樓上，夢魂應繞浙江東。」』《青箱雜記》

宋次道《次西都》詩，以『野狐落』對『五鳳樓』。言『野狐落』，唐人名，宫人所聚也。《中山詩話》

《蔡寬夫詩話》云：唐兩省官上事，皆宰相親送之，上事官設床几面南，判案三道，宰相別施一床，坐于西隅，謂之『壓角』。不知何義，亦不知所從起。此禮今不復存，惟中書舍人上日，設氈褥于庭下，北向再拜，閣老一人，別設褥位立于東北隅，俟上事官拜畢，則相與揖而陞階，亦謂之『壓角』。蓋有餘風也。吴正憲詩云：『壓角舊儀煩閣老，濡毫逋責費公移。』宋龍圖次道詩云：『聖世建官追茂制，唐家壓角失前規。』皆以記此宰相不親送。或

曰：『馮瀛王爲相時，判紙尾罷之，後遂不講。舊制辭皆有潤筆，隨官品定數，以謂當制官辭頭，疏數不同，其所得亦有多寡不均，因請集而分之，故晏元獻有『潤毫均厚薄』之句。其後有當送而不至者，往往牒催，是以正憲公詩併及之。此皆西垣舊事，元豐官制行，遂罷潤筆。今惟石刻官品物數，尚龕于舍人廳壁云。《苕溪漁隱叢話》

薛利和

熙寧二年，王安石議榷茶，欲擢利和提舉廣東茶事。利和作詩謝之，云：『一路生靈陡頓貧，廟堂康濟豈無人？君侯若問茶租日，請把茶租乞與人。』遂就常調通判廣州，茶法卒不行。《莆陽文獻》

柳應辰

予頃因見鄂州南樓土中磨崖碑，其一刻『柳』字，下一字不可識，後訪得其人名『應辰』，而云是唐末五代時湖北人也，既載之《四筆》中。今始究其實，柳之名是已，蓋以國朝寶元元年吕溱榜登甲科。今浯溪石上有大押字，題云：『押字起于心，心之所記，人不能知。大宋熙寧七年甲寅歲刻，尚書都官員外郎武陵柳應辰，時爲永州通判。』仍有詩云：

『浯溪石在大江邊，心記間將此地鎸。自有後人來屈指，四千六百甲寅年。』有閬中陳思者，跋云：『右柳都官欲以怪取名，所至留押字盈丈，莫知其何爲。押字古人書名之草者，施于文記間，以自别識耳。今應辰鎸刻廣博如許，已怪矣！好事者從而爲之説，謂能祛逐不祥，真大可笑。』予得此帖，乃恨前疑之非。石傍又有蔣世基《述夢記》云：『至和三年八月，知永州職方員外郎柳拱辰，受代歸闕，祁陽縣令齊術送行，至白水，夢一儒衣冠者曰：「我元結也，今柳公游浯溪，無詩而去，子盍求之。」覺而心異之，遂獻一詩，柳依韻而和，其語不工。』拱辰以天聖八年王拱辰榜登科，殆應辰兄也，輒并記之。《容齋五筆》

張宗永

張宗永嘗以事失鄭州陳相意，陳公有别業在鄠、杜間，宗永知公好絶句，乘間詣之，于壁大書二韻云：『喬松翠竹絶纖埃，門對寒山盡日開。應是主人貪報國，功成名遂不歸來。』莊督録以聞，公覽而善之，待之如初。《墨客揮犀》

宗永有斷句云：『大書文字隄防老，剩買峰巒准備閒。』《倦游雜録》

周孟陽

待制周孟楊，海陵人，少游徑山賦詩，有『地高多與風雲會，天近常爲日月鄰』之句，人以爲遭遇英宗之符。臨川何尚書異，少時登高峰壇，有『天近風轉清，地高日難晚』之句，林黄中侍郎見之，知其異日必貴且壽。予二十年前之杭，常登吴山，見一第宅桃符云：『地高春易盛，天近澤常多。』亦以『地高』對『天近』，仿前人句法也。《梅磵詩話》

蘇頌

翰苑作《春帖子》，往往秀麗可喜，如蘇子容云：『璇霄一夕斗杓東，瀲灩晨曦照九重。和氣熏風摩蓋壤，競消金甲事春農。』鄧温伯云：『晨曦瀲灩上簾櫳，金屋熙熙歌吹中。桃臉似知官宴早，百花頭上放輕紅。』蔣穎叔云：『昧旦求衣向曉雞，蓬萊仗日下將西。花添漏鼓三聲遠，柳映春旂一色齊。』梁君貺云：『東方和氣斗回杓，龍角中星轉紫霄。聖主問安天未曉，求衣親護玉宸朝。』皆佳作也。予觀鄭毅夫《新春詞》四首，其一云：『春色應隨步輦還，珠旒玉几照龍顔。紫雲殿下朝元罷，便領東風到世間。』其二云：『春風細拂緑波長，初過層城渡建章。草色未迎雕輦翠，柳梢先學赭衣黄。』其三云：『晴暉散入鳳凰樓，一

桁朱簾不上鉤。漢殿鬬簪雙彩燕，併和春色上釵頭。』其四云：『小池春破玉玲瓏，聲觸簾鉤漸好風。閒繞欄杆掐花樹，春痕已着半梢紅。』觀此四詩，與帖子格調何異！豈久於翰苑而筆端自然習熟耶。《韻語陽秋》

《藝苑雌黄》云：《修真入道祕言》曰：『以立春日清晨北望，有紫、緑、白雲者爲三元君三素飛雲。三元君以是日乘八輿，上詣天帝，子候見，當再拜自陳：「某已乞得給付輪轂三過。」見元君之輦者，白日昇天。』《歲時廣記》載此事，云：『臣鍇按舉場嘗試《立春日望三素雲》詩，取此事。故蘇子容作皇太妃閣《春帖子》云：「萬年枝上看春色，三素雲中望玉辰。」許沖元作皇帝閣《春帖子》云：「三素雲飛依北極，九農星粲見南方。」』《苕溪漁隱叢話》

蘇子容詩云：『起草才多封卷速，把麻人衆引聲長。』蘇子由詩云：『明日白麻傳好語，曼聲微繞殿中央。』蓋昔時宣制，皆曼延其聲，如歌詠之狀。張天覺自小鳳拜右揆，旨下閣門，令平讀，遂爲故事。《老學庵筆記》

熙寧間，蘇丞相奉使契丹，道過北京，時文潞公爲留守，燕會款洽。公因問魏攸有『逋峭難爲』之語，何謂？蘇公曰：『聞之宋元憲公，蓋梁上小柱名，取有曲折之義耳。』蘇公以文人多用近語，而未及此，乃用爲一詩，記席上之事。獻文公云：『高燕初陪聽拊鼙，清

談仍許奉揮犀。自知伯起難逋峭，不及淳于善滑稽。舞奏未終花十八，酒行先困玉東西。荷公德度容狂簡，故敢忘懷去町畦。』《卻掃編》

獻肅公諱絳，字子華，發解、過省、殿試皆第三，以元祐三年三月薨，皆三數，亦異事也。故蘇惠公頌挽詩云：『三登慶曆三人第，四入熙寧四輔尊。』蓋公自樞副遷參政，改宣撫陝右，即軍中拜昭文相，再入史館相也。韓元吉《桐陰舊話》

陳　洙

陳洙書御史臺壁云：『清朝無事諫章疏，竊禄經年卧直廬。惆悵平生不如夢，春來三度到溪居。』與荆公：『三年衣染禁城塵，撫事茫然愧古人。明月滄波江萬頃，扁舟長載夢中身。』之作暗合。《後村詩話》

王　珪

神廟時，經月每夕有赤氣見西北隅，如火，至人定乃滅，人以爲王子生之祥，故禹玉作《大燕樂詞》云：『未曉清風生殿角，經旬赤色照乾坤。』未幾，皇子生，大燕群臣于集英殿。《文正公日録》

元豐間，嘗久旱不雨，裕陵禁中齋禱甚力，一日，夢有僧乘馬馳空中，口吐雲霧，既覺而雨大作。翼日遣中貴人尋夢中所見，物色于相國寺三門五百羅漢中，至第十三尊，略仿佛，即迎入内，視之，正所夢也。王丞相禹玉作《喜雨》詩云：『良弼爲霖辜所望，神僧吐霧應精求。』元參政厚之云：『仙驥籋雲穿仗下，佛花吹雨布天流。』蓋記此事。相國寺羅漢，本江南李氏時物，在盧山東林寺，曹翰下江州，盡取其城中金帛寶貨，連百餘舟，私盜以歸，無以爲名，乃取羅漢，每舟載十許尊獻之，詔因賜相國寺，當時謂之『押綱羅漢』云。《石林詩話》

晁以道云：王禹玉詩，世號『至寶丹』，以其多使珍寶，如『黄金』必以『白玉』爲對。有人云：『詩能窮人，且試强作此富貴語，看如何？』其人數日搜索，云：『止得一聯云：「脛脡化爲紅玳瑁，眼睛變作碧琉璃。」』予爲之絶倒。《古今詩話》

王岐公詩，喜用金玉珠璧，以爲富貴，而其兄謂之『至寶丹』。《後山詩話》

大社二祭，多差近臣。王禹玉在兩禁二十年，熙寧間爲翰林學士，復被差，題詩于齋宫曰：『鄰雞未動曉驂催，又向靈壇飲福杯。自笑治聾知不足，明年强健更重來。』《古今詩話》

外祖父邵安簡公，布衣時上《平元昊策》，又嘗勸仁廟早立太子，晚年自樞府出知越州，又移知鄆州，其薨也，岐公作挽詞，云：『被褐曾陳定羌策，汗青猶著立儲書。春風澤國

吟殘落，夜雨谿堂燕豆疏。』前輩詩不獨語句精煉，且是著題。《彦周詩話》

王岐公《宫詞》云：『翠眉不及池邊柳，取次飛花入建章。』雖本王昌齡『玉顔不及寒鴉色』之句，然殊不相犯。又云：『重教按舞桃花下，只踏殘花作地裀。』又云：『吹回一覺昭陽夢，帳外春風太薄情。』其思致在王建之上矣。退之自負去陳言，然『坐茂樹，濯清泉』，即《楚詞》『飲石泉，蔭松柏』也；『飄輕裾，翳長袖』，即《洛神賦》『揚輕袿，翳修袖』也，豈非熟讀忘其相犯耶？《後村詩話》

嘉祐七年冬，宴近臣於群玉殿，英宗以皇子預坐，在舍人待制之後。岐公詩云：『翠輦生香容扈蹕，黄金塗紙看揮毫。』介甫云：『何不言「翠玉裝輿」。』岐公改之以進。《復齋漫録》

婦翁説：岐公在翰苑時，中秋有月，上問當直學士是誰？左右以姓名對，命小殿對設二位，召來賜酒。公至殿側侍班，俄頃，女童小樂引步輦至，宣學士就坐。公奏故事無君臣對坐之禮，正其席。上云：『天下無事，月色清美，與其醉聲色，何如與學士論文。若要正席，則外廷賜宴。正欲略去苛禮放懷飲酒。』公固請不已，再拜就坐。上引謝莊賦、李白詩，稱美其才，又出御製詩示公。公歎仰聖學高妙，每起謝，必敕内侍挾掖下，不令下拜。夜漏下三鼓，上悦甚，令左右宫嬪，各取領巾、裙帶，或團扇、手帕求詩。内侍舉牙床，以金

廂水晶硯、珊瑚筆格、玉管筆，皆上所用者于公前。來者應之，略不停綴，都不蹈襲前人，盡出一時新意，仍稱其所長，如美目者必及「盼睞」。人人得其歡心，悉以進呈。上云：『豈可虚辱，須與學士潤筆。』遂各取頭上珠花一朵，裝公幞頭，簪不盡者，置公服袖中，宫人旋取針線縫聯袖口。宴罷，月將西沉，上命輟金蓮燭，令内侍扶掖歸院。翌日，問學士夜來醉否？奏云：『雖有酒，不醉倒。到玉堂，不解帶便上床，取幞頭在面前，抱兩公服袖坐，睡恐失花也。』都下盛傳『天子請客』。明年中秋，公已參政。蔡確爲學士，上講故事，命宫嬪求詩。蔡奏云：『不敢。』遂命出公舊作，蔡云：『臣才思短澀，不及王某。』酒再行而止，左右不悦，云：『這個學士！』又上鍾愛一公主，七歲而薨，親送殯，歸路悲甚，命宫門外再設祭，合用祭文，公度起草不及，乃就馬上自書祝版云：『惟主如冰如雪，如花如月。冰散雪消，花殘月缺。嗚呼哀哉！尚饗！』皆服其敏辨得體。在相位，御樓觀燈，同列謂公云：『上或索詩，用甚故事？』公云：『只是鰲山鳳輦。』同列以爲相薄。洎進詩，云：『雪消華月滿仙臺，萬燭當樓寶扇開。五鳳雲中扶輦下，六鰲海上駕山來。鎬京春酒沾周宴，汾水秋風陋漢才。一曲昇平人共樂，君王又進紫霞杯。』時高麗賀正旦禮物，中有紫霞杯、五色玻璃也。是夕，上用進酒，同列始服。《錢氏私誌》

元豐中，令從臣《和元夕觀燈》詩，蔡持正密叩王公云：『應制上元詩，如何使事？』禹

玉曰：『鼇山鳳輦外不可使。』章子厚面笑之。十七日登對，神宗獨賞禹玉詩，妙于使事。《韻語陽秋》

嘉祐中，文潞公彦博、富鄭公弼爲相，劉沆、王堯爲參政，始議立皇嗣，而事秘不傳，雖英宗亦莫知也。元豐中，王公之子同光上書言：『先帝之立，乃先臣在政府始議也。其始終事，並藏臣家。』乃宣取，上驚歎久之。是時富、劉、王三公皆已薨，獨潞公留守西京，遽召至闕，慰藉恩禮隆厚，册拜太尉。及還西都，上作詩送行，有『報在不言功』之句，兩府並出餞，皆有詩。王禹玉詩云：『功業特高嘉祐末，精神如破貝州時。』蓋謂是也。《東皐筆録》

王禹玉《送文潞公丞相出鎮西京》詩云：『都門秋色滿旌旗，祖帳容陪醉御卮。功業特高嘉祐末，精神如破貝州時。匣中寶劍騰霜鍔，海上仙桃壓露枝。昨日更聞褒詔下，別刊名姓入周彝。』《墨莊漫録》

王禹玉《和梅公儀琴高魚》詩云：『三月江南花亂開，青溪曲曲水如苔。琴高一去無蹤迹，枉是漁人尚見猜。』《賓退録》

王禹玉《端午帖子》：『紫閣曈曨擁曉霞，瑶墀九御薦菖華。何人又進江心鑒？試與君王卻衆邪。』《容齋五筆》

王禹玉夫人閣《端午帖子》云：『後苑尋青趁午前，歸來競鬭玉闌邊。袖中獨有芸香

草，留與君王辟蠹編。』《後村詩話》

王禹玉《大饗明堂慶成》詩云：『皇祐更秋律，明堂奉帝禋。粢盛雖薦德，霜露本懷親。於赫朝三后，無文秩百神。九筵交玉幣，重屋近星辰。邃幄留飈御，清壇墮月津。衣冠漢儀舊，金石舜韶新。受祚開宣室，鳴鐘降紫宸。群陰光復旦，叶氣斗回春。靈貺叢千祀，豐恩滲四垠。慚非老辭筆，徒學焕堯文。』禹玉爲詞臣，則摛藻細潤，典雅勁健，未有後來全句長句之病，時號爲『至寶丹』，以多用金玉珠璣錦繡之類，然亦有不全然者。此詩豈不謂之細潤典雅？《瀛奎律髓》

禹玉夫人閣《端午帖子》云：『金縷黄龍扇，蘭芽翠釜湯。』又云：『繞臂雙條達，紅紗晝夢驚。』晏元獻挽詩云：『震邸陪經席，辰街總化鈞。』皇后閣《帖子》云：『未染仙人杏，先柔帝女桑。』《南郊》云：『靈宫千福墮，清廟一誠專。』《校理東觀》云：『舊蠹繙書檛，群訛正説鈴。』《祠太乙宫》云：『曉日破紅浮鬬栱，夕雲凝紫護周垣。』《和石昌言雪詩》云：『官職聲名君自有，何妨更絶郢中吟。』又詩云：『灼灼海棠誰復折？差差燕子又還飛。』《海録碎事》

王禹玉句云：『舞急錦腰迎十八，酒酣玉琖照東西。』樂府《六么曲》有『花十八』，古有玉東、西杯，對甚新。《墨莊漫録》

人言居富貴之中者，則能道富貴語，亦猶居貧賤者，工于説饑寒也。王岐公被遇四朝，目濡耳染，莫非富貴，則其詩章雖欲不富貴得乎？故岐公之詩，當時有『至寶丹』之喻，如：『寶藏發函金作界，仙醪傳羽玉爲臺。』『夢回金殿風光別，吟到銀河月影低』等句甚多。李慶孫《富貴曲》云：『軸裝曲譜金書字，樹記花名玉篆牌。』晏元獻云：『太乞兒相，若諳富貴者，不爾道也。』元獻詩云：『梨花院落溶溶月，柳絮池塘淡淡風。』此自然有富貴氣。吾曾伯祖侍郎諱宮，雖起于寒微，而論富貴若固有之，嘗有詩云：『翩翻燕子朱門静，狼藉梨花小院閒。』又云：『西樓月上簾簾静，後苑花開院院香。』其視晏公，真不愧矣！若孟郊：『借車載家具，家具少于車。』陶潛：『敝襟不揜肘，藜羹常乏斟。』杜甫：『天吳與紫鳳，顛倒在短褐』，皆巧于説貧者也。《韻語陽秋》

元豐中，王禹玉《餞文潞公》詩云：『功業獨高嘉祐末，精神如破貝州時。』最爲的當，然此語亦本白樂天《上裴晉公》：『聞説風情筋力在，祇如初破蔡州時。』世間佳語，未有無來歷也。《艇齋詩話》。又見《娱書堂詩話》

白樂天《寄裴晉公》詩云：『聞 説風情筋力在，只如初破蔡州時。』王禹玉《送文太師》詩云：『精神如破貝州時。』用白語而加工，信乎善用事也。《老學庵筆記》

隱居詩話云：温成皇后初薨，會立春進詩帖子，是時歐陽修、王珪同在翰苑，以其虛

閤，故不進。俄有旨令進温成閤帖子，文忠未能成詩，禹玉遽口占一首曰：『昔聞海上有仙山，烟鎖樓臺日月閒。花下玉容長不老，只因春色勝人間。』文忠深歎其敏麗。《苕溪漁隱叢話》

《蔡寬夫詩話》云：蘇參政易簡取開封府解時，宋尚書白爲試官，是歲狀頭登第，後十年，白爲翰林學士，易簡亦繼召入，故易簡贈白詩云：『天子昔取士，先俾分媸妍。濟濟俊兼秀，師師麟與鸞。小子最承知，同輩尋改觀。甲第叨薦名，高飛便淩烟。遂使拜宸坐，果得超神仙。迄今才七歲，相接乘華軒。』慶曆二年，歐陽文忠公爲别頭試官，王文恭公預薦，至嘉祐初，文忠在北門，文恭亦同院，仍同知貢舉，故文恭公詩有『十五年前門下客，最榮今日預東堂』之句。座主、門生同列，固儒者盛事，而玉堂尤天下文學之極選，國朝以來，惟此二人，前此所未有也。《苕溪漁隱叢話》

黄　庶

黄庶，字亞夫，嘗有《怪石》一絶傳于世，云：『山鬼水怪着薜荔，天禄辟邪眠莓苔。鉤簾坐對心語口，曾見漢家池館來。』人士膾炙以爲奇作。唐張碧詩，亦不多見，嘗有《池上怪石》詩云：『寒姿數片奇突兀，曾作秋江秋水骨。先生應是壓風雷，着向池邊塞龍窟。我

來池上傾酒尊，半酣書破青烟痕。參差翠柳擺不落，筆頭驚怖黏秋雲。我聞吳中項容水墨有高價，邀得將來倚松下。鋪卻雙繒直道難，掉首空歸不成話。』二詩殆未易甲乙也。《韻語陽秋》

黄亞夫庶《怪石》絶句云：『山鬼水怪著薜荔，天禄、辟邪眠莓苔。鉤簾坐對心語口，曾見漢唐池館來。』天禄、辟邪，獸名。《漢書·西域傳》：『烏弋有桃拔。』孟康曰：『似鹿長尾，一角者謂爲「天禄」，兩角者或爲「辟邪」。』《娱書堂詩話》

黄庶亞夫，山谷之父，世所稱《怪石》絶句之外，如：『書對聖賢爲客主，竹兼風雨似咸韶』，如：『史解戮人惟戮古，地能埋死只埋愚』，皆奇崛不蹈襲。如《大孤山》：『不知天星何時落，春秋不書不可尋。』如《宿趙屯》云：『蘆花一船水，弭棹已日暮。山間聞雞犬，無人見煙樹。行逐羊豕迹，始識入市路。菱芡與魚蟹，居人足未去。漁家無鄉縣，滿船載稚乳。鞭笞公私急，醉眠聽秋雨。』雜之《山谷集》中，不能辨。山谷嘗手書此二詩，刻于星子灣，跋云：『先君平生刻意于詩。』與子美『吾祖詩冠古』之評何異，亞夫真黄氏之審言矣。《後村詩話》

洪駒父《詩話》云：山谷父亞夫，詩自有句法，山谷書其《大孤山》、《宿趙屯》兩詩刻石於落星寺，兩詩警拔，世多見之矣。余記其《怪石》一絶句云：『山鬼水怪着薜荔，天禄辟

邪眠莓苔，鉤簾坐對心語口，曾見漢唐池館來。』老杜祖審言，與沈、宋同時，詩極工，不在沈、宋下，故老杜詩云：『吾祖詩冠古，同年蒙主恩』是也。山谷句法高妙，蓋其源流有所自云。《苕溪漁隱叢話》

韓欽聖

韓欽聖省試《勳門賜戟》詩云：『迎鋒畫幡轉，交鏃采文繁。』《古今詩話》

全宋詩話目録十九

王安石　字介甫，臨川人，慶曆二年進士。歷官知制誥、翰林學士、同中書門下平章事、尚書左僕射兼門下侍郎，封荆國公，卒謚曰文，崇寧間，追封舒王。有《臨川集》。

全宋詩話卷十九

王安石一

古人有『風定花猶落』之句，無人能對，舒王對以『鳥鳴山更幽』，本宋王籍詩，元對『蟬噪林逾静，鳥鳴山更幽。』上下句只是一意，若對『風定花猶落』，則上句静中有動，下句動中有静。《古今詩話》

舒王有詩云：『篺龍將雨遶山行』，而周次元有《游天竺觀》詩，亦云：『竹龍驅水轉山鳴』。余以爲當與秦少游同科。《古今詩話》

舒王詩云：『投老歸來供奉班，塵埃無復見鍾山。何須更待黄粱熟，始信人間是夢間。』又云：『黄粱欲熟日流連，謾道春歸莫悵然。蝴蝶豈能知夢事？蘧蘧先墮晚風前。』又云：『客舍黄粱今始熟，鳥殘紅柿昔分甘。』蓋三用『黄粱』，而意義皆妙。《詩話總龜》

舒王《送吴仲庶待制守潭》云：『自古楚有材，醽醁多美酒。不知尊前客，更待賈生

否？』賈誼初爲江南吴公召置門下，而謫死長沙。其用事之精，予以爲可師法。《詩話總龜》

舒王有云：『卻憶金明池上路，紅裙争看緑衣郎。』歐公謂舒王曰：『謹愿者亦復爲之耶。』《詩話總龜》

荆公嘗作一絶《題張文昌詩後》云：『蘇州司業詩名老，樂府皆言妙入神。不似尋常最奇崛，成如容易卻艱辛。』文昌平生所得，荆公兩句言盡。《詩話總龜》

荆公有詩云：『端能過我問奇字，亦復令君見異書。』東坡亦云：『未許中郎得異書，且共楊雄説奇字。』陳無己又以『奇書』對『異方』。《詩話總龜》

舒王詩曰：『紅梨無葉庇華身，黄菊分香委路塵。晚歲蒼官才自保，日高青女尚横陳。』又云：『木落岡巒因自獻，水歸洲渚得横陳。』山谷謂予曰：『「自獻横陳」見相如賦，荆公用不應完耳。』予曰：『《首楞嚴經》亦曰：「於横陳時，味如嚼蠟。」』《冷齋夜話》

舒王得請金陵，寓定力院，題一絶于壁間云：『溪北溪南水暗通，隔溪遥見夕陽春。思量諸葛成何事？只合終身作卧龍。』《冷齋夜話》

詩云：『璧門金闕倚天開，五見宫花落石槐。明日扁舟滄海去，卻將雲氣望蓬萊。』此劉貢父詩也，自館中出知曹州時作。舊云：『雲表』荆公改作『雲氣』，又云：『五見宫花落石槐』，此作詩法也。《直方詩話》

王中至召至館中，試罷作一絶，題於壁云：『古木森森白玉堂，長年來此試文章。日斜奏賦長楊罷，閒拂塵埃看畫墻。』舊云：『奏罷長楊賦』亦荆公所改。《直方詩話》

石曼卿《詠紅梅》云：『認桃無緑葉，辨杏有青枝。』東坡云：『詩老不堪梅格在，更看緑葉與青枝。』荆公云：『北人初未識，渾作杏花看。』又能盡紅梅之妙處也。有單葉梅、千葉梅、蠟梅，故予作《四梅》詩。《直方詩話》

舒王和人歌曲，有『暖』字韻一篇，余清老云：『更有一篇，只記一句云：「夕陽到處花偏暖」，及嘗代一小兒賦《花糕》詩一絶，恨不得見。』《直方詩話》

荆公居金陵，嘗指壁上所題兩句云：『一水护一云『護』。田將緑繞，兩山排闥送青來。』《直方詩話》

舒王《與吴彦律》云：『舍風鴨緑鱗鱗起，弄日鵞黄裊裊垂。』自云：『此幾凌轢造物。』《直方詩話》

舒王嘗寄蔣山元禪師詩，曰：『不與物違真道廣，每隨緣起自禪深。』《冷齋夜話》

熙寧間初作東、西府，望氣者云有天子氣，及府成，車駕果幸。張栻以詩慶二府諸公，荆公和云：『曾留上主經過迹，更費高人賦詠才。』《倦游録》

前輩訪人不遇，不書壁。東坡作行説，不肯書牌，惡其特地，只書壁耳，候人未至，則掃

墨竹。荆公訪一高士不遇，題曰：『墻角數枝梅，凌寒獨自開。遥知不是雪，爲有暗香來。』《詩話總龜》

荆公罷相知金陵，有詩曰：『投老歸來一幅巾，君恩猶許備藩臣。芙蓉堂下疏秋水，聊與龜魚作主人。』再罷相，以會靈觀使居鍾山，又作詩曰：『乞得膠膠擾擾身，江湖波浪替埃塵。只同鳧雁爲閒侣，不與龜魚作主人。』《詩史》

舒王得請金陵，門下有人賣魚，一日放魚，有門生獻詩云：『直須自向池邊看，今日誰非鄭校人？』公誦久之。《詩史》

荆公初拜相，以未謝，坐閣門不見客，一二門生侍坐，但見顰蹙不言，徐題詩於窗曰：『霜筠雪竹鍾山寺，投老歸歟寄此生。』放筆而起，人莫測其意。《詩史》

李希聲云：『舒王罷政事時，居州東劉相宅，於東院小廳題「當時諸葛成何事？只合終身作卧龍」者數十處，至今尚有兩三處在。』希聲，劉氏婿，故知其詳云。曾見數紙屏，亦只寫此兩句。《直方詩話》

荆公作相，苑中有石榴一叢，枝葉甚茂，止發一花，題詩云：『濃緑萬枝紅一點，動人春色不須多。』《詩話總龜》

荆公過東坡，見案上有石硯，甚愛賞，曰：『當集句賦之。』唱曰：『巧匠斲山骨』，沉吟

久之，不能成，因命駕去。《詩話總龜》

王荆公好集句，嘗於東坡處見古研，東坡令荆公集句，荆公云：『巧匠斲山骨』，只得一句，遂逡巡而去。山谷嘗有句云：『琪璘卧葬功名骨』，終身不得好對。吕氏《童蒙訓》

舒王與薛處士棋，賭《梅花》詩輸一首曰：『華髮尋春始見梅，一枝臨路雪培堆。鳳城南北他年憶，杳杳難尋驛使來。』與俞秀老至報寧，王假寐，秀老私跨王驢，謁寶覺禪師，有頌。秀老至，王曰：『爲士子敢私跨吾驢！』秀老願自贖其罪，王曰：『罰《松聲》詩一首。』秀老立就，詞極佳，人忘之。予補曰：『萬壑摇蒼煙，百灘度流水。下有跨驢人，涓涓吹醉耳。』《冷齋夜話》

舒王在鍾山，有道士來謁，因與棋，輒作數語曰：『彼亦不敢先，此亦不敢先。惟其不敢先，是以無所争。惟其無所争，故能入於不死不生。』舒王曰：『此特棊隱語。』《冷齋夜話》

邯鄲公《周陵》詩曰：『纔及春高鼎祚移』，舒王詩云：『春高鼎祚不成詩。』《紀詩》

舒王《集》中有《落星寺》詩，其末云：『勝概惟詩可收拾，不才羞作等閒來。』落星寺在彭蠡湖中，劉咸臨嘗親見寺僧，言幼時目覩閩中章傳道作此詩，其前六句皆同，其末云：『勝概詩人盡收什，可憐蘇、石不曾來。』蘇、石謂子美并曼卿也。後人愛其詩者，改末句作舒王詩傳之，遂使一篇之意不完，其體與舒王所作詩語不同也。《古今詩話》

王石甫博學耿介，語言輕人，或戲爲心風，熙寧由乞郡得湖州，舒王以詩送之曰：『吴興太守美如何？柳惲詩才不足多。遥想郡人迎下担，白蘋江上起滄波。』譏其風也。石甫知其意，即以『吴興太守美如何』爲破題，作詩十首。其一曰：『吴興太守美如何？太守從來惡祝鮀。生若不爲上柱國，死時猶合作閻羅。』舒王聞之曰：『閻王見闕，請便赴任。』《談苑》

王丞相好嘲謔，初執政，對客悵然曰：『投老欲依僧』，再三言之。客應之曰：『急則抱佛脚，丞相善之。』復曰：『「投老欲依僧」，是古人一句詩。』客曰：『「急則抱佛脚」，亦是俗諺。全句上去頭，下去脚，豈不是的對？』丞相大笑。《古今詩話》

太宗時，進士同年有數人名似姓者，或有取以爲詩，云：『郭鄭鄭東東野絡，馬張張夏夏侯璘。』熙寧中，有『崔度、崔公度』，『王詔、王子詔』，皆的對也。又有章君陳、陳君章二人，未有似者。唐『東方虬』欲爲『西門豹』作對，亦當時好事者爲此對耳。給事中馬子山，穆王八駿有山子馬，王丞相云：『馬子山騎山子馬』，莫有對者，相傳久之，姓錢人爲衡水令罷歸，或取以爲對云：『錢衡水盜水衡錢』，錢聞之變色，或者對云：『吾正欲作對耳，非有實也。』《古今詩話》

唐僧多佳句，其琢句法，比物以意，而不指言一物，謂之『象外句』。如無可上人詩曰：

『聽雨寒更盡，開門落葉深』，是落葉比雨聲也；又曰：『微陽下喬木，遠燒入秋山』，是微陽比遠燒也。用事琢句，妙在言其用而不言其名耳。此法惟荆公、山谷、東坡知之。荆公曰：『含風鴨緑鱗鱗起，弄日鵞黄裊裊垂』，此言水柳之用，而不言水柳之名。坡《别子由》曰：『猶勝相逢不相識，形容變盡語音存』，此用事而不言其名。山谷曰：『管城子無食肉相，孔方兄有絶交書。』又曰：『語言少味無阿堵，冰雪相看有此君。』又曰：『眼看人情如格五，心知世事等朝三。』『格五』是融法也，《後漢》注云：『常置人于險處。』然句中『眼』者，世尤不能解。王荆公欲行新政，作《雪》詩曰：『勢合便宜包地盡，功成終欲放春回。農家不念豐年瑞，只欲青雲萬里開。』《詩話總龜》

唐人題《西山寺》云：『幾夜碍新月，半江無夕陽』，或謂冠絶古今，以其盡得西山之景趣也。金山寺題者甚多，而絶少佳句，唯『樹影中流見，鐘聲兩岸聞』，又『天多剩得月，地少不生塵』最爲人傳誦，要亦未爲至工，若用於落星寺，有何不可乎？熙寧中，介甫有句云：『天末海門横北固，煙中沙岸似西興』，尤爲中的。《冷齋閒覽》

王儉《七志》曰：宋高祖游張良廟，並命僚佐賦詩。謝瞻所賦，冠于一時，今載于《文選》者是也。其曰：『鴻門銷薄蝕，垓下隕欃槍。爵仇建蕭宰，定都護儲皇。肇允契幽叟，翻飛指帝鄉。』則子房輔漢之策，盡於此數語矣。王荆公云：『素書一卷天與之，穀城黄石

非吾師。固陵解鞍聊出口，捕取項羽如嬰兒。從來四皓招不得，爲我立棄商山芝。』亦用此數事，而論議格調出人一等。東坡論子房袖椎之事，以謂良不爲伊吕之謀，而下出於荆軻聶政之計。以予觀之，此良少年之鋭氣，未足以咎良也，圯上授書之後，所見豈前比哉！葛常之《詩話》

荆公《初去臨川》詩云：『馬頭西去淚霑襟，一望親庭更苦心。已覺省煩非仲叔，安能養志似曾參？』赴調西笑時詩也，非仲叔，則自傷不能養口體；不如曾參，則自傷不能養志也。人士一官所驅乃爾，爲志亦豈得已哉！後又有詩云：『古人一日養，不以三口换』，正爲此爾。葛常之《詩話》

張劍州以太夫人喪劍州歸，荆公予之詩，并示女弟，云：『烏辭反哺顛毛黑，烏引思歸口舌丹。』又有《張劍州至劍，一日以親憂罷》詩云：『白頭反哺秦烏側，流血思歸蜀鳥前』，所賦皆一時之事，而語意重複如此，何耶？葛常之《詩話》

陳繹奉親至孝，嘗作慶老堂以娱其母，介甫贈之詩云：『種竹常疑出冬笋，開池故合涌寒泉』，蓋不獨詠堂前景物，而孝感之事實寓焉。『出冬笋』暗用孟宗事，『涌寒泉』暗用姜詩事。葛常之《詩話》

臨川云：『黄雀有頭顱，長行萬里餘。因君令出守，暫得免苞苴。』使能行此言，則虐生

類以飽口腹，刻疲民以肥權勢者寡矣！其詩才二十字耳，崇仁愛，抑奔競，皆具焉，何以多爲？黄常明《詩話》

《高齋詩話》云：荆公《題金陵此君亭》詩云：『誰憐直節生來瘦？自許高才老更剛。』賓客每對公稱頌此句，公輒顰蹙不樂，晚年與平甫坐亭上，視詩牌曰：『少時作此題榜，一傳不可追改。大抵少年題詩，可以爲戒。』平甫曰：『此楊子雲所以悔其少作也。』《苕溪漁隱叢話》

《石林詩話》云：荆公以意氣自許，故詩語爲其所向，不復更爲涵蓄，如：『天下蒼生待霖雨，不知龍向此中蟠』，又：『濃緑萬枝紅一點，動人春色不須多』，又：『平治險穢非無力，潤澤焦枯是有才』之類，皆直道其胸中事。後爲郡牧判官，從宋次道盡假唐人詩集，博觀而約取，晚年始盡深婉不迫之意。乃知文字雖工拙有定限，然必視其幼壯，雖公方其未至，亦不能力强而遽至也。《詩話總龜》

胡氏評詩曰：澶淵之役，王介夫以謂『丞相萊公功第一』，張文潛以爲『可能功業盡萊公』。大抵人之議論，各有所見，故爾不同，今具載二詩，識者當能辨之。介甫《澶州》詩云：『去都二百四十里，河流中間兩城峙。南城草木不受兵，北城樓櫓如邊城。城中老人爲予語，契丹此地曾鈔虜。黄屋親臨矢石間，胡馬飲踏河冰渡。天發一矢胡無酋，河冰亦

破河水流。歡盟從此至今日，丞相萊公功第一。』文瑩《聽客話澶淵事》詩云：『憶昔胡來動河朔，黄河飲馬吹胡角。澶淵城下冰載車，邊風蕭蕭千里餘。城上黄旗坐真主，夜遣六丁張猛弩。雷驚電發一矢飛，横射胡酋貫車柱。犬羊無蹤大漢空，歸來封禪告成功。自是乾坤扶聖主，可能功業盡萊公。』《詩話總龜》

江漢有滸，以杆制泛濫，大漲則溢於平陸，水退滸見，舟人謂之『水落槽』。又灘石湍激，其中深僅可容舟者謂之『洪』，若大水則不復問洪矣。臨川：『萬里寒江正復槽，東江水落水分洪』，以此。亦謂『水黄帽』，謂『雲砲車』，非遐征遠涉，不能知也。黄常明《詩話》

永叔以昌黎比介甫，答云：『他日若能窺孟子，終身何敢望韓公。』吴季野以方賈誼，答云：『俯仰繆恩方自慊，慚君將比洛陽人。』皆憤然不平，如惡無鹽唐突。而宋景文《贈文忠》詩，有：『才如夢得今爲累，情似安仁久悼亡』，即開門當之。二公何抑揚之異也？黄常明《詩話》

荆公嘗有詩云：『功謝蕭規慚漢第，恩從隗始上燕臺。』或謂公曰：『蕭何萬世之功，則「功」字固有來處，若「恩」字則未見有出也。』荆公答曰：『《韓集鬥雞聯句》孟郊云：「受恩慚始隗。」』則知荆公詩用法之嚴如此。然『一水護田將緑繞，兩山排闥送青來』之句，乃以樊噲排闥事對『護田』，豈『護田』亦有所出耶？有好事者謂予言：『一日，有人面稱公詩，

謂「自喜田園安五柳，但嫌尸祝擾庚桑」以爲的對。公笑曰：伊但知「柳」對「桑」爲的對，然「庚」亦是數，蓋以十日數之也。』予謂荆公未必有此意，使果如好事者之説，則作詩步驟亦太拘窘矣！錢起《送屈突司馬》詩云：『星飛麗統驥，箭發魯連書』，人多稱其工，予恨『麗統驥』出處無『星』字，而『魯連書』有『箭』字也。趙給事《晚歸不遇》詩：『忽看童子掃花處，始愧夕郎題鳳來』，前句不用事，後句用二事，皆非律也。《丹陽集》

漢文欲輕利而反重義者，以謂失本惠而傷吾仁，固也。或又咎帝短喪爲傷於孝，予觀《遺詔》，率皆言爲己損制，未嘗使士庶皆短喪也。厥後丞相翟方進與薛宣，服母喪皆三十六日而除。而顔師古注云：『漢制自文帝遺詔，國家遵以爲常。』則咎不在文帝矣。而王荆公詩云：『輕刑死人衆，短喪生者偷。仁孝自此薄，哀哉不能謀。』『輕刑死人衆』，則固然矣；『短喪生者偷』，則似誣文帝也。葛常之《詩話》

許汜不爲陳元龍所禮，嘗與劉備稱之。備曰：『君有國士名望，無救世意，而求田問舍，言無可采，何緣當與君語。如小人欲卧百尺樓，卧君於地，何但上下床之間耶？』然介甫屢用之：『求田問舍轉無成』，『更覺求田問舍遲』，《讀蜀志》曰：『無人語與劉玄德，問舍求田意最高。』又有《游西霞庵》云：『求田此山下，終欲忤陳登』，豈非力欲轉此一重公案哉！葛常之《詩話》

漢元帝時，弘恭、石顯用事，京房、劉向皆深嫉之，嘗上書力詆，蓋薰猶冰炭，不能以共處，理之必然也。然房欲淮南王爲己助，代王作《求朝奏章》，向令外親上疏，謂：『小人在朝，以致地動』，雖嫉惡之心切，然於忠實，亦少貶矣。使二子果輸忠於漢，當明目張膽，論至再三可也，何暇爲身謀而假之於他人哉？故荆公詩云：『京房劉向各稱忠，詔獄當年迹自窮。畢竟論心異榮顯，不妨迷國略相同。』後之論人物者，倘取其心而略其迹則善矣。《韻語陽秋》

楊雄之迹，曲謟新室，議之者衆矣，此置而不論，雄之心如何哉？觀《法言》之書，似未明乎大道之旨也。王荆公乃深許之，何耶？詩云：『寥寥鄒魯後，於子獨先覺。』又云：『儒者陵夷此道窮，千秋止有一楊雄。』又云：『道真沉溺九流渾，獨泝頹波討得源。』又云：『子雲平生人莫知，知者乃獨稱其辭。今尊子雲者皆是，得子雲心亦無幾，是亦聖人許雄也。』東坡謂雄以艱深之辭、文淺易之説，與公矛盾矣。《韻語陽秋》

謝元暉善爲詩，任彦升工於筆。又云『任筆沈詩』。劉孝綽稱弟儀與成云『三筆六詩』。故牧之云：『杜詩韓筆愁來讀，似倩麻姑癢處爬。』近人亦用之，臨川云：『閒時用意歸詩筆，静外安生比太山。』坡云：『水洗禪心都眼静，山供詩筆總眉愁。』黄常明《詩話》

《後山詩話》云：荆公詩：『力去陳言誇末俗，可憐無補費精神。』而公平生文體數變，

暮年詩益工，用意益苦，故言不可不謹也。呂氏《童蒙訓》

臨川：『慷慨秋風起，悲歌不爲鱸』，眉山：『不須更説知幾早，直爲鱸魚也自賢』，反覆曲折，同歸一意。亦如：『把酒祝公公莫拒，《緇衣》心爲好賢傾』，『我欲折縞留此老，《緇衣》誰作好賢詩？』共用一事，而造語居然不同。《砦溪詩話》

臨川詩：『道德文章吾事落，南華天子盍行耶。』無落吾事，乃柳詩有：『惆悵樵漁事，今還又落然』，恐亦用此。《砦溪詩話》

嘗觀臨川《詠棗》，止數韻：『餘甘入鄰家，尚得饞婦逐。』『贄享古已然，《豳》詩自宜録。』用『女贄棗脩』，『八月剥棗』；『雖云食之昏』，用范曄『棗膏昏蒙蒙』；『願比赤心投，皇明倘加燭』，用蕭琛『陛下投臣以赤心，臣敢不報以戰栗』。以是知凡作詩者，須飽材料。傳稱任昉用事過多，屬辭不得流便。予謂昉詩所以不能傾沈約者，乃才有限，非用事之過。《砦溪詩話》

舊觀《臨川集》：『背顧北山如慧約，與公西崦劚莓苔』，嘗愛其劚字最有力，後讀《杜集》：『當爲劚青冥』、『藥許鄰人劚』，退之：『詩翁憔悴劚荒棘』、『窖溪劚株橛』，子厚：『戒徒劚雲根』，雖一字之法，不無所本。《砦溪詩話》

世傳五月十三日爲竹迷日，凡種多以五月。杜云：『東林竹野薄，臘月更須栽』，則唐

人植竹用季冬月也。又云：『平生憩息地，必種數竿竹。』嘗欲闢小軒，以『必種』名之。前輩戲語：『以郊外呵喝，月下燭龍，皆謂之「殺風景」。』介甫戲示穎叔云：『但怪傳呼殺風景，豈知禪客夜相投。』蓋用此也。《韻語陽秋》

律詩有一對通用一事者，『更尋嘉樹傳，莫忘《角弓》詩』，乃《左傳》韓宣子聘魯，嘗賦《角弓》及譽嘉樹，魯人請封殖此樹，以無忘《角弓》。介甫：『久諳郭璞言多謚，老比顔含意更疏』，乃景純欲爲顔含筮，含曰：『年在天，位在人。修己而天不與，命也；守道不回，性也。人自有性命，無勞蓍龜。』《韻語陽秋》

杜云：『卿到朝廷説老翁，漂零已共滄浪客。』又：『朝覲從容問幽仄，勿云江漢有垂綸。』其後夢得《送陳郎中》云：『若問舊人劉子政，而今懶拙每如初。』《送慧》則云：『林公久别如相問，楚客逢秋心更悲。』小杜：『江湖酒伴如相問，終老煙波不計程。』交游問我憑君道，除卻鱸魚更不聞。』商隱《寄崔侍御》云：『若向南臺見鶯友，爲言垂翅度春風。』臨川：『故人亦見如相問，爲道方尋木雁編。歸見江東諸父老，爲言飛鳥會知還。』聖俞：『倘或無忘問姓名，爲言懶拙皆如故。』坡：『單于若問君家世，莫道中朝第一人。』皆有所因也。黄常明《詩話》

臨川：『蕭蕭出屋千尋玉』，竹也。『靄靄當窗一炷雲』，香也。皆不名其物，然子厚：『破

額山前流碧玉』，泉也。已有此格。近詩：『蕨芽已作小兒拳』，退之已有『初拳幾枝蕨』。《詩話總龜》

真珠雞，生夔峽山中，畜之甚馴，以其羽毛有白圓點，故號『真珠雞』，又名『吐綬雞』，生而反哺，亦名『孝雉』。每至春夏之交，景氣和暖，頷下出綬帶方尺餘，紅碧鮮然，頭有翠角雙立，良久悉斂於嗉下，披其毛不復見。或有死者，割其頸臆間，亦無所覩。苕溪漁隱曰：『廣右、閩中亦有吐綬雞，予在二處見人多養之，不獨巴峽中有也。』王荆公有絶句云：『樊籠寄食老低摧，組麗深藏肯自媒。天日清明聊一吐，兒童初見互驚猜。』《倦游録》

李衛公詩云：『五月畬田收火米，三更津吏報朝雞』，頗似少陵句。王荆公詩云：『紛紛易變浮雲白，落落難鍾老柏清。』山谷《蟹》詩云：『已標天上三辰次，未免人間五鼎烹。』此皆得老杜句法。《雪浪齋日記》

玉溪生《牡丹》詩『錦帳佳人』，乃《越絶書》中事。退之《燈花》詩，全似老杜，所用『黄裏』事，見《前漢》『黄屋』注中。荆公詩曰：『溪邊飲啄白浮鳩』，『浮鳩』出《晉志》。《倦游録》

紅梅清豔兩絶，昔獨盛於姑蘇，晏元獻始移植西岡第中，特珍賞之。一日，貴游賂園吏，得一枝分接，由是都下有二本。公嘗與客飲花下，賦詩曰：『若更遲開三二月，北人應

作杏花看。』客曰：『公詩固佳，待北俗何淺也？』公笑曰：『顧傖父安得不然？』一坐絶倒。王君玉聞道花事，以詩遺公云：『館娃宮裏舊精神，粉瘦瓊寒露蕊新。園吏無端偷折去，鳳城從此有雙身。』自後名園日事培接，徧都城矣。苕溪漁隱曰：『王介甫《紅梅》詩云：「春半花纔發，多應不耐寒。北人初未識，渾作杏花看。」與元獻之詩暗合，然介甫句意俱工，勝元獻遠矣！』《西清詩話》

凡詠梅多詠白，而荆公詩獨云：『鬚撚黄金危欲墮，蒂團紅臘巧能妝』，不惟造語巧麗，可謂能道人不到處矣！又東坡《詠梅》一句云：『竹外一枝斜更好』，語雖平易，然頗得梅之幽獨閒静之趣。凡詩之詠物，雖平淡巧麗不同，要能以隨意造語爲主。公後復有詩云：『遥知不是雪，爲有暗香來』，蓋取蘇子美云：『只言花似雪，不悟暗香來』之意。公在金陵，又有《和徐仲羉文字韻梅》詩二首；東坡在嶺南，有《噉字韻梅》詩三首，皆韻險而語工，非大手筆不能到也。《遯齋閒覽》

退之：『心訝近來惟貯火，眼知别後自添花。』臨川云：『髮爲感傷無翠葆，眼從瞻望有玄花。久欽江總文才妙，自相虞翻骨相屯。』又云：『久諳郭璞言多驗，老比顔含意更疏。韓我今罪重無歸望，直去長安路八千。』永叔：『今日始知余罪大，夷陵去此更三千。』柳：『十年顦顇到秦京，誰料今爲嶺外行。』王：『十年江海别常輕，豈料今隨寡嫂行。』柳：『直

以疏慵招物議，休將文字趁時名。』王：『直以文章供潤色，未應風月負登臨。十一年前南渡客，四千里外北歸人。』又：『一身去國六千里，萬死投荒十二年。』蘇：『七千里外二毛人，十八灘頭一葉身。黄五更歸夢三千里，一日思親十二時。』皆不約而合，句法使然也。黄常明《詩話》

苕溪云：李白畫像，古今詩人題詠多矣。若子美，其詩高妙，固不待言，要當知其平生用心處，則半山老人之詩得之矣。詩云：『吾觀少陵詩，謂與元氣侔。力能排天斡九地，壯顔毅色不可求。浩蕩八極中，生物豈不稠。醜妍巨細千萬殊，竟莫見以何雕鎪？惜哉命之窮，顛倒不見收。青衫老見斥，餓走半九州。瘦妻僵前子仆後，攘攘盜賊森戈矛。吟哦當此時，不廢朝廷憂。嘗願天子聖，大臣各伊周。寧令吾廬獨破受凍死，不忍四海赤子寒颼颼。傷屯悼屈止一身，嗟時之人我所羞。所以見公像，再拜涕泗流。推公之心古亦少，願起公死從之游。』《苕溪詩話》

司馬遷游江淮汶泗之境，紬金匱石室之書而作《史記》，上下數千年，殆如目覩，可謂孤拔。初遭李陵之禍，不肯引決而甘腐刑者，實欲效《離騷》、《吕覽》説難之書，以攄憤悱。故荆公詩云：『嗟子刀鋸間，悠然止而食。成書與後世，憤悱聊自釋。』觀《史記》評贊，於范雎、蔡澤則曰：『二子不相戹，烏能激乎？』於季布則曰：『彼自負才，故受辱而不羞。』

於虞卿則曰：『虞卿非窮愁，則不能著書以自見。』於伍員則曰：『隱忍以就功名。』至於作《貨殖》、《游俠》二傳，則以『家貧不能自贖，左右親戚不爲一言』，而寄意焉。』則荆公釋憤悱之言，非虚發也。《韻語陽秋》

荆公作《商鞅》詩云：『今人未可非商鞅，商鞅能令政必行。』予竊疑焉，孔子論爲君難，有曰：『如其善而莫予違也，不亦善乎？如不善而莫予違也，不幾乎一言而喪邦乎？』蓋人君操生殺之權，志在使人無違於我，其何所不至哉！商鞅助秦爲虐，而乃稱其使政必行，何耶？後又有《謝安》詩云：『謝公才業自超群，誤長清談助世紛。秦晉區區等亡國，可能王衍勝商君。』則知前篇有激而云也。杜子美云：『舜舉十六相，身尊道何高。秦時用商鞅，法令如牛毛。』則知所去取矣。《韻語陽秋》

荆公以詩賦決科，而深不樂詩賦，試院中五絶，其一云：『少年操筆坐中庭，子墨文章頗自輕。聖世選才終用賦，白頭來此試諸生。』後作詳定官，復有詩云：『童子常誇作賦工，暮年羞悔有楊雄。當年賜帛倡優等，今日論才將相中。細甚客卿因筆墨，卑於《爾雅》注魚蟲。漢家故事真當改，新詠知君勝弱翁。』熙寧四年，既預政，遂罷詩賦，以經義取士，蓋平日之志也。葛立之《詩話》

王荆公丁家艱，閲《内典》于蔣山，與贊元禪師游從如兄弟。公嘗問祖師意旨，元不

答，公益叩之，曰：『公般若有鄣三，有近道之質一，更兩生來恐純熟。』公曰：『願聞其説。』元曰：『公世緣深，懷經濟之志，用舍不能必，心未平，又多怒，而學問尚理於道，爲所知愚，此其三也。特視利名如脱髮，甘淡薄如頭陀，此爲近道。且當以教乘滋茂之可也。』公再拜受教。元爲人閒静寡言，客來，無貴賤寒温外無別語。公後罷相居定林，稍覺煩動，即造元，相向默坐，終日而去。有詩題《覺海方丈贈之》云：『往來城府住山林，諸法翛然但一音。不與物爲真道廣，每隨緣起自禪深。舌根已淨誰能壞？足迹如空我得尋。歲晚北窗聊寄傲，蒲萄零落半床陰。』人以爲實録。《僧寶傳》

吕温詩云：『天下起兵誅董卓，長沙義士最先來。』荆公云：『江東子弟多才俊，卷土重來未可知？』皆可以倡東南勇敢之氣。《後村詩話》

雁湖注半山『歸腸一夜繞鍾山』之句，引韓昌黎『腸胃繞萬象』，非也。孫堅母懷娠堅，夢腸出繞吴閶門，半山本此，見《吴志》。《和王賢良龜》詩云：『世論妄以蟲疑冰』，注雖引《莊子》，但出處無『疑』字，意公别有所本。後讀盧鴻《嵩山十志》，有『疑冰』之語，又唐彦謙《中秋》詩云：『霧浄不容玄豹隱，冰寒卻恐夏蟲疑』，乃知唐人已屢用之矣。《後村詩話》

半山《挽裕陵》云：『玉暗蛟龍蟄，金寒雁鶩飛。』《挽吴春卿》云：『曲突非無驗，方穿有不行。』煉字斵對無遺巧。《後村詩話》

半山《擬寒山》云：『我曾爲牛馬，見草豆歡喜。又曾爲女人，歡喜見男子。我若真是我，只合長如此。若好惡不定，應知爲物使。堂堂大丈夫，莫認物爲己。』後有慈受和尚者，擬作云：『姦漢瞞淳漢，淳漢總不知。姦漢做驢子，卻被淳漢騎。』半山大手筆，擬二十篇殆過之。慈受一僧耳，所擬四十八篇，亦逼真可喜也。寒山詩粗中有細，語皆精詣透徹，所謂『一死生』，『齊彭殤』者。亦有絶工緻者，如：『城中嬋娟女，玉佩響珊瑚。鸚鵡花間弄，琵琶月下彈。長歌三日繞，短舞萬人看。未必長如此，芙蓉不耐寒。』殆不減齊梁人語。此篇亦見《山谷集》，豈谷喜而筆之，後人誤以入《集》與？《後村詩話》

魯直謂荆公之詩，暮年方妙，然格高而體下，如云：『似聞青秧底，復作龜兆坼』，乃前人所未道。又云：『扶輿度陽焰，窈窕一川花』，雖前人亦未易道也。然學二謝，失于巧爾。《後山詩話》

元豐癸亥春，予謁王荆公於鍾山，因從容問公比作詩否？公曰：『久不作矣，蓋賦詠之言，亦近口業。然近日復不能忍，亦時有之。』予曰：『近詩自何始，可得聞乎？』公笑而口占一絶云：『南圃東岡二月時，物華撩我有新詩。含風鴨緑鱗鱗起，弄日鵝黄嫋嫋垂。』此之真爲佳句也。《臨漢隱居詩話》

王荆公晚年詩律尤精嚴，造語用字，間不容髮，然意與言會，言隨意遣，渾然天成，殆不

見有牽牽排比處。如：『含風鴨緑鱗鱗起，弄日鵝黄褭褭垂』，讀之初不覺有對偶，至：『細數落花因坐久，緩尋芳草得歸遲』，但見舒閒容與之態耳。而字字細考之，若經檃括權衡者，其用意亦深刻矣。嘗與葉致遠諸人和『頭』字韻詩，往返數四，其末篇有云：『名譽子真矜谷口，事功新息困壺頭。』以『谷口』對『壺頭』，其精切如此。後數日，復取本追改云：『豈愛京師傳谷口，但知鄉里勝壺頭。』至今《集》中兩本並存。《石林詩話》

蔡天啟云：荆公每稱老杜『鉤簾宿鷺起，丸藥流鶯囀』之句，以爲用意高妙，五字之模楷。他日公作詩，得：『青山捫蝨坐，黄鳥挾書眠』，自謂不減杜語，以爲得意，然不能舉全篇。予頃嘗以語薛肇明，肇明後被旨編公《集》，求之終莫得。或云，公但得此一聯，未嘗成章也。《石林詩話》

詩下雙字極難，須使七言、五言之間，除去五字、三字外，精神興致，全見于兩言，方爲工妙。唐人記『水田飛白鷺，夏木囀黄鸝』爲李嘉祐詩，王摩詰竊取之，非也。此兩句好處，正在添『漠漠陰陰』四字，此乃摩詰爲嘉祐點化，以自見其妙，如李光弼將郭子儀軍，一號令之，精彩數倍。不然，如嘉祐本句，但是詠景耳，人皆可到。要之當令如老杜：『無邊落木蕭蕭下，不盡長江滾滾來』，與『江天漠漠鳥雙去，風雨時時龍一吟』等，乃爲超絶。近世王荆公：『新霜浦溆綿綿白，薄晚林巒往往青』，與蘇子瞻：『浥浥爐香初泛夜，離離花影

欲摇青』，皆可以追配前作也。《石林詩話》

王荆公詩，有『老景春可惜，無花可留得。莫嫌柳渾青，終恨李太白』之句，以古人姓名藏句中，蓋以文爲戲。或者謂前無此體，自公始見之。予讀《權德輿集》，其一篇云：『藩寄秉戎寄，衡石崇位勢。年紀信不留，弛張良自媿。樵蘇則爲愜，瓜李斯可畏。不顧榮宦尊，每陳農畝利。家林類巖巘，負郭躬斂積。志滿寵生嫌，養蒙恬勝智。疏鍾皓月曉，晚景丹霞異。澗谷永不諼，山川景梁冀。無累頗符生，學展禽尚志。從此直不疑，支離疏世事。』則德輿已嘗爲此體，乃知古人文章之變，殆無遺藴。德輿在唐，不以詩名，然詞亦雅暢，此篇雖主意在立别體，然亦自不失爲佳製也。《石林詩話》

王荆公在鍾山，有馬甚惡，蹄囓不可近，一日，兩校牽至庭下，告公請鬻之。蔡天啟時在坐，曰：『世安有不可調之馬？第久不騎，驕耳！』即起捉其鬉，一躍而上，不用銜勒，馳數十里而還。荆公大壯之，即作集句詩贈天啟，所謂：『蔡子勇成癖，能騎生馬駒』者，後又有：『身著青衫騎惡馬，日行三百尚嫌遲。心源落落堪爲將，卻是君王未備知。』士大夫盛傳荆公以將帥之材許天啟。紹聖初，章申公當國，首欲進天啟侍從，會執政有不悦者，乃出爲永興軍路提舉常平，因欲稍遷爲帥，會丁内艱，不果。猶是用荆公遺意也。《石林詩話》

荆公詩用法甚嚴，尤精于對偶。嘗云：『用漢人語，止可以漢人語對，若參以異代語，

便不相類。』如：『一水護田圍緑去，兩山排闥送青來』之類，皆漢人語也，此惟公用之，不覺拘窘卑凡。如：『周顒宅在阿蘭若，婁約身隨窣堵波』，皆以梵語對梵語，亦此意。嘗有人向公稱『自喜田園安五柳，但嫌尸祝擾庚桑』之句，以爲的對，公笑曰：『伊但知「柳」對「桑」爲的，然「庚」亦自是數。』蓋以十干數之也。《石林詩話》

王荆公編《百家詩選》，嘗從宋次道借本，中間有『暝色赴春愁』，次道改『赴』字作『起』字，荆公復定爲『赴』字，以語次道曰：『若是「起」字，人誰不能到？』次道以爲然。《石林詩話》

王介，字中甫，衢州人，博學善譏謔，嘗舉制科，不中，與王荆公游，甚款曲，然未嘗降意少相下。熙寧初，荆公以翰林學士被召，前此屢召不起，至是始受命。介以詩寄云：『草廬三顧動幽蟄，蕙帳一空生曉寒。』用『蕙帳』事，蓋有所諷。荆公得之大笑，他日作詩，有『丈夫出處非無意，猿鶴從來自不知』之句，蓋爲介發也。《石林詩話》

王荆公五字詩，得子美句法。其詩云：『地蟠三楚大，天入五湖低。』唐子西《文録》

杜子美居蜀累數年，吟詠殆遍，海棠奇豔而詩章獨不及，何耶？鄭谷詩云：『浣花溪上堪惆悵』，子美：『無情爲發揚』，是已。本朝名士賦海棠甚多，往往皆用此爲實事。如石延年云：『杜甫句何略，薛能詩未工。』錢易詩云：『子美無情甚，都官著意頻。』李定詩

云：『不霑工部風騷力，猶占句芒造化權。』獨王荆公詩用此作《梅花》詩，最爲有意。所謂『少陵爲爾牽詩興，可是無心賦海棠』。近于曾大父《酬倡集》中，有淩景陽一絶句，亦似有意，末句云：『多謝許昌傳雅釋，蜀都曾未識詩人。』不道破爲尤工也。《韻語陽秋》

賈誼曰：『古之聖人，不居朝廷，必在醫卜。』則從事于醫卜者，未可輕也。京兆杜嬰，能讀書，其言近《莊子》，而自託于此，豈足以病嬰之高乎？故荆公有詩傷之，云：『叔度醫家子，君平卜肆翁。蕭條昨日事，彷佛古人風。』梅聖俞《贈何山人》詩亦云：『日聞古賢哲，必與醫卜鄰。』宋景文云：『醫卜之事，士君子能之，則不迂不泥，不矜不神；小人能之，則迂而入諸拘礙，泥而弗通大方，矜以誇己，神以誣人，真名言哉。《韻語陽秋》

王荆公病喘，藥用紫團山人參，不可得。時薛師政自河東還，適有之，贈公數兩，不受。人有勸公曰：『公之疾非此藥不可治，疾可憂，藥不足辭。』公曰：『平生無紫團參，亦活到今日。』竟不受。公面黧黑，門人憂之，以問醫。醫曰：『此垢汗，非疾也。』進澡豆令公頮面，公曰：『天生黑于予，澡豆其如予何！』《夢溪筆談》

周瑜赤壁，謝安淝水，寇萊公澶淵，陳魯公采石，四勝大略相似。杜牧云：『東風不與周郎便，銅雀春深鎖二喬。』意亦著矣。謝安圍棋別墅，真是矯情鎮物，喜出望外，宜其折屐。澶淵之役，畢士安有相公交取鶻崙官家之説，高瓊有好喚宰相來吟兩首詩之説，則當

時策略，亦自可見，『天發一矢胡無酋』，荆公句意與杜牧同。采石之師，若非逆亮暴急嗜殺，自激三軍之變，亦未易驅攘。是時亮雖遭戕，虜師北歸，紀律肅然，無一人叛亡，此豈易勝之師乎！朱文公曰：『謝安之于桓温，陳魯公之于完顔亮，幸而捱得他死爾。』要之吴、晉乃天幸，宋朝真天助也。《鶴林玉露》

全宋詩話卷二十

王安石二

集句，近世往往有之，惟王荆公得此三昧。前人所傳如『雨荒深院菊，風約半池萍』之句，非不切律，但苦無思致耳。《竹坡詩話》

儀真沈彦述爲予言：荆公詩如：『濃緑萬枝紅一點，動人春色不須多』，『春色惱人眠不得，月移花影上闌干』等篇，皆平甫詩，非荆公詩也。沈乃元龍家壻，故嘗見之耳。《竹坡詩話》

王荆公作集句，得『江州司馬青衫溼』之句，欲以全句作對，久而未得，一日，問蔡天啟：『「江州司馬青衫溼」，可對甚句？』天啟應聲曰：『何不對「梨園弟子白髮新」。』公大喜。《竹坡詩話》

淮陰勝而不驕，乃能師李左車，最奇特事，荆公詩云：『將軍北面師降虜，此事人間久寂寥。』李廣誅霸陵尉薄於德矣，東坡詩云：『今年定起故將軍』，未肯説誅霸陵尉。用事

當如此向背。《竹坡詩話》

荆公愛看水中影，此亦性所好，如：『秋水寫明河，迢迢藕花底。』又《桃花》詩云：『曉溝漲春淥周遭，俯視紅影移魚舠』，皆觀其影也，其後云：『攀條弄芳畏晼晚，已見黍雪盤中毛。』事見《家語》。《竹坡詩話》

『風定花猶舞，鳥鳴山更幽』，世傳荆公改『舞』字作『落』字，其語頓工。然『風定花猶落』乃梁謝貞八歲時所作《春日閒居》詩也，從舅王筠奇之曰：『逡步惠連矣。』《竹坡詩話》

詩人以『乾鵲』對『溼螢』，唯王荆公以爲『虔』字，音見於『鵲之彊彊』。《易・統卦》曰：『鵲者陽鳥，先物而動，先事而應。』《淮南子》曰：『乾鵲知來而不知往，此修短之分也。』《緯略》

荆公《金陵懷古》詩：『逸樂安知與禍雙』，『雙』字最佳。《史記・龜策傳》：『禍與福同，刑與德雙。聖人察之，以知吉凶。』《芥隱筆記》

荆公：『晴日暖風爭麥氣』，蓋用何遜《新林分别》詩：『麥氣始清和』。《芥隱筆記》

荆公詩：『緑攬寒蕪出，紅爭暖樹歸』，妙甚『歸』字，蓋老杜：『紅入桃花嫩，春歸柳葉新』、李白：『寒雪梅中盡，春風柳上歸』意。老杜：『花遠重重樹，雪輕處處山』，可作畫本。《芥隱筆記》

芽茶早春極少，景德中，建守周絳爲《補茶經》，言：『茶芽只作早茶，馳奉萬乘嘗之可也。』若一旗一槍，可謂奇茶也。故一槍一旗號『揀芽』。王金陵《送人長閩》詩云：『新茗齋中試一旂』，謂揀芽也。《負暄雜録》

王介甫作韓魏公輓詩云：『木稼曾云達官怕，山摧果見哲人萎。』時華山崩，京師木稼，爲中的。人多不見『木稼』出處，按《舊唐書・五行志》：開元十九年十一月二十二日，雨木冰凝寒凍冽，數日不解。寧王見而歎曰：『詩云：「樹稼達官怕」，必有大臣當之。』其月王薨。《雞肋編》

王荆公《謝公墩》詩云：『千枝遜嶧陽，萬本無淇澳。滿門陶令株，彌岸韓侯蔌。』貢父云：『不成語。』《道山清話》

荆公詩云：『卧占寬間五百弓』，蓋佛家以四肘爲弓，肘一尺八寸，四肘蓋七尺二寸，其說出譯梵。《鶴林玉露》

王介甫只知巧語之爲詩，而不知拙語亦詩也。山谷只知奇語之爲詩，而不知常語亦詩也。歐陽公詩專以快意爲主，而蘇端明專以新意爲工。李義山詩只知有金玉鸞鳳，杜牧之詩只知有綺羅脂粉，李長吉詩只知有花草蜂蝶，而不知世間一切皆詩也。惟杜子美不然，在山林則山林，在廊廟則廊廟，遇巧則巧，遇拙則拙，遇奇則奇，遇俗則俗，或放或收，或新

或舊，一切物，一切事，一切意，無非詩者，故曰：『吟多意有餘』，又曰：『詩盡人間意』，誠哉是言。《歲寒堂詩話》

《長恨歌》：『上窮碧落下黄泉，兩處茫茫都不見。』人謂是目連救母。孟浩然詩：『春眠不覺曉，處處聞啼鳥。夜來風雨聲，花落知多少？』人謂是盲子。荆公宅乃謝安所居地，有謝公墩，公賦詩曰：『我名公字偶相同，我宅公墩在眼中。公去我來墩屬我，不應墩姓尚隨公。』人謂與死人争地界。《吹劍録》

退之詩云：『長安衆富兒，盤饌羅羶葷。不解文字飲，惟能醉紅裙。』然此老有二妓，號「絳桃」、「柳枝」，故張文昌云：『爲出二侍女，合彈琵琶筝』也。又爲李于志敘當世名貴服金石藥，欲生而死者數輩，著之石，藏之地下，豈爲一世戒耶？而竟以藥死。故白傅云：『退之服硫黄，一病竟不痊』也。荆公詩云：『力去陳言誇末俗，可憐無補費精神。』而公文體數變，暮年詩益苦，故知言不可不慎也。《後山詩話》

王臨川詩云：『細數落花因坐久，緩尋芳草得歸遲』，此與杜詩：『見輕吹鳥毳，隨意數花鬚』命意何異？予詩云：『雲移鳥滅没，風霽蝶飛翻』，此與東坡：『飛鴻群往，白鳥孤没』作語何異？茲可爲知者道，不可與愚者説也。《珊瑚鉤詩話》

老杜之詩，備于衆體，是爲詩史。近世所論東坡長于古韻，豪逸大度；魯直長于律詩，

老健超邁；荆公長于絶句，閒暇清癯，其各一家也。然則荆公之詩，覃深精思，是亦今時之所尚者。魯直曰：『荆公暮年小詩，雅麗清絶，脱去塵俗，不可以常理待之也。』荆公《送和甫寄女子》詩云：『荒烟涼雨助人悲，染溼征衣不自知。除卻春風沙際緑，一如送女過江時。』拂雲豪逸之氣，屏蕩老健之節，其意韻幽遠，清癯雅麗爲得也。釋普《聞詩論》

《史記》載秦始皇遂上泰山，立石，封，祠祀；下，風雨暴至，休于樹下，遂封其樹爲『五大夫』；禪梁父，刻所立石。蓋『五大夫』者，秦官名，第九爵也。唐陸贄作《禁中春松》詩云：『不羨五株封。』按《史記》但云封其樹爲五大夫，不聞有五株松之説，而贄云爾者，何耶？又李商隱有《五松驛》詩云：『獨下長亭念過秦，五松不見見輿薪。』又李白《送人游桃源序》云：『登封太山，風雨暴作，雖五松受職，草木有知』云云，唯舒王《詠松》詩云：『老松先得大夫官』，乃爲切當。《緗素雜記》

王荆公嘗與客飲，喜摘經書中語作《禽言令》，《燕》云：『知之爲知之，不知爲不知，是知也。』久之無酧者，劉貢父忽曰：『吾摘句取字可乎？』因作《鵓鴿令》曰：『沽不沽，沽。』坐客皆笑。《捫掌録》

仁廟嘉祐中，開賞花、釣魚宴，介甫以知制誥預末坐。帝出詩示群臣，次第屬和，末至介甫，日將夕矣，亟欲奏御，得『披香殿』字，未有對，時鄭毅夫獬接席，顧介甫曰：『宜對

「太液池」。』故其詩有云：『披香殿上留朱輦，太液池邊送玉盃。』翌日，都下盛傳：『王舍人竊柳詞「太液波翻，披香簾卷」。』介甫頗銜之。《西清詩話》

韓退之《喜雪獻裴尚書》詩云：『喜深將策試，驚密仰簷窺。』又云：『氣嚴當酒暖，灑密聽窗知。』荆公全用一聯云：『借問火城將策試，何如雲屋聽窗知。』《優古堂詩話》

王荆公之時，學者得出其門，自以爲榮，一被稱與，往往名重天下。公之治經，尤尚解字，末流務爲新奇，寖成穿鑿，朝廷患之，詔學者兼用舊傳注，不專治新經，禁援引《字解》，于是學者皆變所學，至有著書以詆公之學者，又諱稱公門人。故張芸叟爲《挽詞》曰：『今日江湖從學者，人人諱道是門生。』及後詔公配享神廟，贈官賜謚，俾學者復治新經，用《字解》，昔之學者，稍稍復稱公門人。有無名氏改芸叟卒章，云：『人人卻道是門生。』《澠水燕談》

荆公《團扇》詩云：『玉斧修成寶月團，月中仍有女乘鸞。青冥風露非人世，鬢亂釵横特地寒。』讀之令人一唱三歎，譬如朱絃疏越有遺音者也。《天廚禁臠》

舒王女吴安持妻蓬萊縣君，工詩，多佳句，有詩寄舒王。王以《楞嚴經新釋》付之，並和云：『青燈一點映窗紗，好讀楞嚴莫憶家。能了諸緣如幻夢，其間惟有妙蓮花。』《冷齋夜話》

華亭有寒穴泉，與無錫惠山泉味相同。荆公嘗有詩云：『神泉冽冰霜，高穴與雲平。空山渟千秋，不出嗚咽聲。山風吹更寒，山月相與清。北客不到此，如何洗煩酲？』《墨莊漫録》

荆公《寄蔡氏女》詩，其一云：『建業東郭，望城西堠。千嶂承宇，百泉遶霤。青遥遥兮纚屬，緑宛宛兮横逗。積李兮縞夜，崇桃兮炫晝。蘭馥兮衆植，竹娟兮常茂。柳蔫綿兮含姿，松偃蹇兮獻秀。鳥跂兮下上，魚躍兮左右。顧我兮適我，有斑兮伏獸。感時物兮念汝，遲歸兮携幼。』其二云：『我營兮北渚，有懷兮婦女。石梁兮以苫蓋，緑陰陰兮承宇。仰有桂兮俯有蘭，嗟女歸兮路豈難。望超然之白雲，臨清流而長歎。』朱文公《楚詞後語》云：『《寄蔡氏女》者，王文公之所作也。公以文章節行高一世，而尤以道德經濟爲己任。被遇神宗，致位宰相，世方仰其有爲，庶幾復見二帝三王之盛，而公乃汲汲以財利兵革爲先務，引用凶邪，排擯忠直，躁迫强戾，使天下之人囂然喪其樂生之心，卒之群姦嗣虐，流毒四海，至於崇、宣之際，而禍亂極矣。公又以女妻蔡卞，此其所予之詞也。然其言平淡簡遠，翛然有出塵之趣，視其平生行事心術，略無毫髮肖似，此夫子所以有「于予改是」之歎也歟？』《詩林廣記》

元豐没，有以王介甫罷相歸金陵後，資用不足，達裕陵睿聽者，上即遣使以黄金二百兩

就賜之。介甫初喜意召己，既知賜金，不悦，即不受，舉送蔣山修寺，爲朝廷祈福。介甫絶句云：『穰侯老擅關中事，嘗恐諸侯客子來。我亦暮年專一壑，每聞車馬便驚猜。』蓋未能忘情在丘壑者也。《侯鯖録》

山谷言：詩意無窮，而人才有限，以有限之才追無窮之意，雖淵明、少陵不得工。不易其意而造其語，謂之『换骨法』；規摹其意形容之，謂之『奪胎法』。如顧況詩曰：『一别二十年，人堪幾回别。』其詞簡緩而意精確。荆公《與故人》詩云：『一自君家把酒杯，六年波浪與塵埃。不知烏石岡頭路，到老相尋得幾回？』所謂奪胎法也。《冷齋夜話》

予與鄉人翁行可同舟泝汴，因談及詩。行可云：『介甫善下字，如「空場老雉挾春驕」，下得「挾」字最好，即《孟子》「挾長」、「挾貴」之挾。』予謂：『介甫又有：「紫莧淩風怯，蒼苔挾雨驕」，後山有：「寒氣挾霜侵敗絮，賓鴻將子度微明。」其用「挾」字，亦與前一聯同。末言陵墓遭發，金玉出于人間矣。』《藝苑雌黄》。宗祥案：半山《金陵至丹陽道中有感》詩云：『數百年來王氣消，難將往事問漁樵。苑方秦地皆蕪没，山借揚州更寂寥。荒埭暗雞催月曉，空場老雉挾春驕。豪華只有諸陵在，往往黄金出市朝。』

荆公定林後詩，精深華妙，非少作之比，嘗作《歲晚》詩，自比謝靈運，識者以爲然。詩云：『月映林塘静，風涵笑語涼。俯窺憐浄渌，小立佇幽香。携幼尋新菂，扶衰上野航。延

緣久未已，歲晚惜流光。』《漫叟詩話》

荆公《泊船瓜州》詩曰：『京口瓜州一水間，鍾山衹隔數重山。春風又緑江南岸，明月何時照我還？』吴中士人家藏其草，初云：『又到江南岸』，圈去『到』字，注曰：『不好，改爲「過」。』復圈去而改爲『入』，旋改爲『滿』，凡如是十許字，始定爲『緑』。《容齋續筆》

王荆公有唐律一首，《寄池州夏太初》，今《集》不載，《序》云：『不到太初郎中兄所居，遂已十年，以詩攀寄。』詩云：『一水衣巾剪翠綃，九華環佩刻青瑶。生才故有山川氣，卜築兼無市井囂。三葉素風門閥在，十年塵迹履綦銷。歸榮早晚重携手，莫負幽人久見招。』《能改齋漫録》

荆公題一絶于夏旼扇，今《集》不載，詩云：『白馬津頭驛路邊，陰森喬木帶漪漣。斜陽一馬恖恖過，夢寐如今十五年。』《能改齋漫録》

王荆公嘗寄正獻公書云：『備官京師二年，鄙吝積于心，每不自勝，一詣長者，即廢然而反。夫所謂德人之容，使人之意消者，于晦叔得之矣。以安石之不肖，不得久從左右，以求其放心，而稱近于道，猥以私養竊禄，所以重貪污之罪，惓惓企望，何以勝懷，因書見教，千萬之望。』《紫微詩話》

畫山水詩，少陵數首後，無人可繼者，惟荆公《觀燕公山水》詩，前六句差近之。東坡

《煙江疊嶂圖》一詩，亦差近之。《彦周詩話》

舊中書南廳壁間，有晏元獻題《詠上竿伎》一詩云：『百尺竿頭裊裊身，足騰跟掛駭傍人。漢陰有叟君知否？抱甕區區亦未貧。』當時固必有謂。文潞公在樞府，嘗一日過中書，與荆公行至題下，特遲留誦詩久之，亦未能無意也。荆公他日復題一篇于詩後，云：『賜也能言未識真，誤將心許漢陰人。桔槔俯仰何妨事，抱甕區區老此身。』《石林詩話》

晉謝安居金陵之冶城，洎廢，李太白嘗營園其上，賦詩云：『冶城訪古迹，猶有謝安墩。』後爲王荆公之居，公爲詩曰：『我名公字偶相同，我屋公墩在眼中。公去我來墩屬我，不應墩姓尚隨公。』至于敘其所居草木，則又有詩云：『千枝孫嶧陽，萬本母淇澳。滿門陶令株，彌岸韓侯蔌。跳鱗出重錦，舞羽墮輭玉。』此等句仰可以想像其林巒之盛，今復爲瓦礫之場矣，可勝歎哉！《韻語陽秋》

皇祐三年，荆公倅舒，與道人文銳、弟安國，擁火游石牛洞，玩李習之題字，聽泉而歸。故有詩曰：『水泠泠而北出，山靡靡而旁圍。欲窮源而不得，竟悵望而空歸。』元豐間，魯直嘗至其處，亦題詩云：『司命無心播物，祖師有記傳衣。白雲横而不度，高鳥倦而猶飛。』蓋效其作也。晁无咎《續楚詞》載荆公詞，以爲『二十四言，具藝群言之遺味，故與經學典策之文俱傳。』未曉其説也。《韻語陽秋》

僧惠崇善爲寒汀煙渚瀟灑虚曠之狀，世謂『惠崇小景』，畫家多喜之。故魯直詩云：『惠崇筆下開江面，萬里晴波浴落暉。梅影横斜人不見，鴛鴦相對浴紅衣。』東坡詩云：『竹外桃花三兩枝，春江水暖鴨先知。蔞蒿滿地蘆芽短，正是河豚欲上時。』舒王詩云：『畫史紛紛何足數，惠崇晚出我最許。沙平水澹西江浦，鳧雁静立將儔侣。』皆謂其工小景也。《韻語陽秋》

歐公贈介甫詩云：『翰林風月三千首，吏部文章二百年。』可謂極其褒美。世傳介甫猶以歐公不以孔、孟許之爲恨，故作報詩云：『他日若能窺孟子，終身何敢望韓公。』恐未必然也。嘗讀《曾子固集》，見子固與介甫書云：『歐公更欲足下少開廓其文，勿爲造語及摸擬前人。孟、韓文雖高，不必似之，但取其自然。』蓋荆公之文，因子固而授于歐公者甚多，則知介甫歸附歐公，非一日也。葉少藴以爲荆公自期于孟子，而處歐公以韓愈，恐未必然爾。《韻語陽秋》

古今人詠王昭君多矣，王介甫云：『意態由來畫不成，當時枉殺毛延壽。』歐陽永叔云：『耳目所及尚如此，萬里安能制夷狄？』白樂天云：『愁苦辛勤顦顇盡，如今卻似畫圖中。』後有詩云：『自是君恩薄於紙，不須一向恨丹青。』李義山云：『毛延壽畫欲通神，忍爲黄金不爲人。』意各不同，而皆有議論。非若石季倫、駱賓王輩徒敍事而已也。邢惇夫十四歲作《明君引》，謂：『天上仙人骨法别，人間畫工畫不得。』亦稍有思致。《韻語陽秋》

王荆公《百家詩選》，蓋本于唐人《英靈》、《閒氣》集，其初明皇、德宗、薛稷、劉希夷、韋述之詩，無少增損，次序亦同，孟浩然止增其數首，儲光義後方是荆公自去取，前卷讀之盡佳，非其選擇之精，蓋盛唐人詩，無不可觀者。至于大曆以後，其去取深不滿人意，況唐人如沈、宋、王、楊、盧、駱、陳拾遺、張燕公、張曲江、賈至、王維、獨孤及韋應物、孫逖、祖詠、劉昚虚、綦母潛、劉長卿、李長吉諸公，皆大名家。李、杜、韓、柳四家，家有其《集》，故不載，而此《集》無之。荆公當時所選，當據宋次道之所有耳，其《序》乃言：『觀唐詩者，觀此足矣。』豈不誣哉！今人但以荆公所選，斂袵而莫敢議，可歎也。《滄浪詩話》

荆公有一家但取一二首而不可讀者，如曹唐二首，其一首云：『年少風流好丈夫，大家望拜漢金吾。閒眠曉日聽啼鴂，笑倚春風仗轆轤。深院吹笙從漢婢，静街調馬任奚奴。牡丹花下鈎簾畔，獨倚紅肌捋虎鬚。』此不足以書屏幛，可以與閭巷小人文背之詞。又《買劍》一首云：『青天露拔雲霓泣，黑地潛驚鬼魅愁。』但可與師巫念誦也。《滄浪詩話》

庾信《鴛鴦賦》云：『昔有一雙鳳，飛來入魏宫。今成兩株樹，若個是韓馮。』蓋『符中切』，半山《蝶》詩云：『豈能投死爲韓馮』，乃『皮冰切』。《滄浪詩話》

華亭並海有金山，潮至則在海中，潮退乃可游。山有寒穴泉，甘冽與惠山相埒。穴在山麓，泉鍾其間，適與海平，而半山《和華亭令唐詢十詠·寒穴泉》詩乃云：『高穴與雲

平』，蓋未嘗至其處也。毛澤民作《泉銘》，敘半山詩云：『泉當因此詩以名世。』然予以爲因半山詩以增重于世，則此泉之幸；若後世好事者欲憑此詩以考寒穴所在，則失之遠矣，非泉之不幸歟？《滄浪詩話》

半山云：『不知太乙游何處，定把青藜獨照公』，乃《上元夜戲劉貢父》詩。貢父時在館中，適與王嘉所載劉向上元夜天禄閣遇太乙降事相契，事見《拾遺記》，原本『嘉』譌『家』，今正。故有此句。然此事前人引用已多，特半山用得着題耳。《滄浪詩話》

都下舊無紅梅，一貴人家始移植，盛開，召士大夫燕賞，皆有詩，號《紅梅集》，傳于世。以半山：『北人初未識，渾作杏花看』爲冠。後東坡見云：『何待北人太薄！』《滄浪詩話》

半山云：『窗明兩不借，榻淨一籧篨。』揚雄《方言》：『絲作曰履，麻作曰不借。』崔豹《古今注》：『草履曰不借。』許慎《說文》云『綥』或作『綦』，『帛蒼艾色』，『《詩》曰縞衣綥巾，未嫁女所服。一曰「不借」。』常所服禦，而人皆易有者，皆可謂之『不借』，不獨屨也。然半山所指，乃草屨耳。《滄浪詩話》

半山詩有用蔡澤事云：『安排壽考無三甲』，又用退之語對云：『收拾文章有六丁』。東坡詩有用屈原事云：『豈意日斜庚子後』，又用鄭康成夢對曰：『忽驚歲在己辰年』。皆天設對也。《滄浪詩話》

涪翁跋半山書云：『今世惟王荆公字，得古人法，自楊虚白以來，一人而已。楊虚白自云：「浮世百年今過半，較他蘧瑗十年遲」者，荆公此二帖近之。』往時李西臺喜學書，題《楊少師題大字院壁後》云：『枯杉倒檜霜天老，松煙麝煤陰雨寒。我亦生來有書癖，一回入寺一回看。』西臺真能賞音者，今金陵定林寺壁，荆公書數百字，未見賞音者。《滄浪詩話》

半山酷愛唐《樂府》『雨打梨花深閉門』之句。《滄浪詩話》

半山嘗于江上人家壁間，見一絶云：『一江春水碧揉藍，船趁歸潮未上帆。渡口酒家賒不得，問人何處典春衫？』深味其首句，爲躊躇久之而去，已而作小詞，有『平漲小橋千嶂抱，揉藍一水縈花草』之句，蓋追用其語。《滄浪詩話》

半山《酴醿金沙》詩云：『我無丹白看如夢，人有朱鉛見即愁。』孫思邈云：『苟丹白存于心中，即神靈如不降。』其用事精切如此。《滄海詩話》

楊元素疏論半山云：『臣竊見唐賢，多以所爲之文，見其人生平行事，如蓍龜之不謬。往李紳作《閔農》詩，當時文士稱其有宰相器；韓愈稱歐陽詹亦曰：「讀其書知其慈孝最隆也」。近世丁謂詩有：「天門深九重，終當掉臂入」，王禹偁讀之曰：「入公門猶鞠躬如也，天門豈可掉臂入乎？此人必不忠。」後果如其言。臣聞王安石文章之名久矣，嘗聞其詩曰：「今人未可非商鞅，商鞅能令政必行」，今睹其行事，已頗類矣。願陛下詳其言而防其

志。』《滄浪詩話》

半山晚年，所至處書窗屏間云：『當時諸葛成何事？只合終身作卧龍。』蓋痛悔之詞，此乃唐薛能詩句。《滄浪詩話》

顔魯公云：『夕照明村樹』，僧清塞云：『夕照顯重山』，顧非熊云：『斜日曬林桑』，杜牧云：『落日羨樓臺』，半山云：『返照媚林塘』，皆不若嚴維：『花塢夕陽遲』也。《滄浪詩話》

東坡云：『春宵一刻直千金，花有清香月有陰。歌管樓臺人寂寂，鞦韆院落夜沉沉。』介甫云：『金鑪香燼漏聲殘，剪剪輕風陣陣寒。春色惱人眠不得，月移花影上欄干。』二詩流麗相似，然亦有甲乙。《誠齋詩話》

介甫當國，喜言農田水利。有獻議：『梁山濼可涸之以爲田』，介甫欲行之，又念水無所歸，以問劉貢父，曰：『此事楊蟠無齒。』貢父退，介甫思其説而不得，呼其子雱，問以此語何意，且出何書？雱曰：『不知，當召而問之。』貢父既至，雱以父之問問焉，貢父笑曰：『此易曉耳！楊蟠，杭人，善作詩，自號「浩然居士」，相公熟識之。今欲涸湖爲田，此事「浩然無涯」也。』一時聞者絶倒。《誠齋詩話》

王荆公介甫辭相位，退居金陵，日游鍾山，脱去世故，平生不以勢利爲務，當時少有及之者。然其詩曰：『穰侯老擅關中事，長恐諸侯客子來。我亦暮年專一壑，每逢車馬便驚

猜。』既以丘壑存心，則外物去來，任之可也，何驚猜之有？是知此老胸中尚蔕芥也。如陶淵明則不然，曰：『結廬在人境，而無車馬喧。問君何能爾，心遠地自偏。』然則寄心于遠，則雖在人境，而車馬亦不能喧之；心有蔕芥，則雖擅一壑，而逢車馬亦不免驚猜也。《庚溪詩話》

荆公詩：『日高青女尚横陳』、『潮回洲渚得横陳』，『横陳』二字見《首楞嚴經》及宋玉《風賦》，前輩以用『横陳』始于荆公，非也。陸龜蒙《薔薇》詩云：『倚墻當户自横陳，致得貧家似不貧。』沈約《夢見美人》詩云：『立望復横陳，忽覺非在側。』見《玉臺新詠》。《優古堂詩話》

荆公詩：『各據槁梧同不寐，偶然聞雨落階除。』唐李嘉祐詩：『據梧聽好鳥，行藥寄名花。』《莊子》：『據槁梧而瞑。』《優古堂詩話》

荆公詩云：『一水護田將緑遶，兩山排闥送青來』，蓋本五代沈彬詩：『地隈一水巡城轉，天約群山附郭來』，彬又本唐許渾：『山形朝闕去，河勢抱關來』之句。《優古堂詩話》

《西清詩話》記荆公《賞花釣魚》詩：『披香殿上留珠輦，太液池邊送玉杯』，都下翼日競以公用柳耆卿詞『太液波翻，披香簾捲』之語。予讀唐上官儀《初春》詩：『步輦出披香，清歌臨太液。』乃知上官儀已嘗對之，豈始耆卿耶！周庾信《春賦》：『宜春苑中春已歸，

披香殿裏作春衣。』長安有宜春宮，以『宜春』對『披香』矣。《優古堂詩話》

荆公詩：『玉斧修成寶月團，月邊仍有女乘鸞。青冥風露非人世，鬢亂釵横特地寒。』江淹《詠扇》詩：『畫作秦王女，乘鸞向烟霧。』非止用蕭史事也，玉斧事見《酉陽雜俎》。《優古堂詩話》

前輩讀詩與作詩既多，則遣詞措意，皆相緣以起，有不自知其然者。荆公晚年閒居詩云：『細數落花因坐久，緩尋芳草得歸遲』，蓋本于王摩詰：『興闌啼鳥换，坐久落花多』，而其辭意益工也。徐師川自謂：荆公暮年金陵絶句之妙傳天下，其前兩句與渠所作云：『細落李花那可數，偶行芳草步因遲』，『偶似之耶？竊取之耶？喜作詩者不可不辨。』予嘗以爲王因于唐人，而徐又因于荆公，無可疑者。但荆公之詩，熟味之可以見其閒適優游之意，至于師川，則反是矣。《優古堂詩話》

前輩以荆公詩：『功謝蕭規慚漢第，恩從隗始詫燕臺』，以『臺』字爲失。按《史記》云：『爲隗改築宫而師事之。』然太白詩云：『何人爲築黄金臺？』則荆公詩本此。

東湖喜荆公《燕侍郎畫山水圖》詩，其間云：『燕公侍書燕王府，王求一筆終不予。仁人志士埋黄土，只有粉墨歸囊楮。』此可謂能形容燕公也。《艇齋詩話》

荆公《汴水》詩云：『相逢故人昨夜去，不知今日到何州？州中人物不相似，處處蟬

聲令客愁。』讀此足知汴水湍急，一日動數百里。《艇齋詩話》

荆公『北山梅花何所似』一篇，詩意高遠。《艇齋詩話》

東萊不喜荆公詩，云：『汪信民嘗言，荆公詩失之軟弱，每一詩中，必有依依嫋嫋等字。』予以東萊之言考之，荆公詩每篇必用連緜字，信民之言不繆。然其精切藻麗，亦不可掩也。《艇齋詩話》

荆公《賀曾魯公》詩云：『功謝蕭規慚漢第，恩從隗始媿燕臺』，人多疑『隗始』無出處，不知韓退之聯句云：『受恩從隗始』，則『隗始』出于韓文也。按『隗始』二字出《國語》。《艇齋詩話》

東湖言：荆公詩多學唐人，然百首不如晚唐人一首。《艇齋詩話》

東湖言：『荆公「月移花影上闌干」，不是好詩。』予以爲止似小詞。《艇齋詩話》

荆公《定林》詩云：『定林修木老參天，横貫東南一道泉。五月枝藜尋石路，午陰多處弄潺湲。』嘗見許子禮吏部云：渠『親見定林題壁，不云「修木」云「喬木」，不云「石路」云「去路」，不云「弄潺湲」曰「聽潺湲」』。』又《試院中》詩云：『白髮無聊病更侵，移床向竹卧秋陰。』子禮云：『見荆公真本，不云「向竹卧秋陰」，卻云「卧竹向秋陰」。』皆與印本不同。《艇齋詩話》

東湖詩云：『芙蕖漫漫疑無路，楊柳蕭蕭獨閉門。』荆公云：『漫漫芙蕖難覓路，蕭蕭楊柳獨知門。』又唐人劉威云：『遥知楊柳是門處，似隔芙蕖無路通。』三人者同一機杼也。《艇齋詩話》

東湖云：荆公《謝安》詩云：『一去可憐終不返，暮年垂淚對桓伊。』蓋譏安也，而其詩自言志，卻云：『殘年歸去終無樂，聞説章江即淚流』，何其與譏安相反耶！《艇齋詩話》

南朝人詩云：『蟬噪林逾静，鳥鳴山更幽。』荆公嘗集句云：『風定花猶落，鳥鳴山更幽。』説者謂上句静中有動意，下句動中有静意，此説亦巧矣。至荆公絶句云：『茅檐相對坐終日，一鳥不鳴山更幽』，卻覺無味，蓋鳥鳴即山不幽，鳥不鳴即山自幽矣，何必言『更幽』乎！此所以不如南朝之詩爲工也。《艇齋詩話》

荆公絶句云：『細數落花因坐久，緩尋芳草得歸遲。』東湖晚年絶句云：『細落李花那可數，緩行芳草步因遲。』自題云：『荆公絶句妙天下，老夫此句，偶似之耶？竊取之耶？學詩者不可不辨。』予謂東湖之詩，因荆公之詩觸類而長，所謂『舉一隅三隅反者』也，非偶似之，亦非竊取之。《艇齋詩話》

荆公詩及四六法度甚嚴，湯進之丞相嘗云：『經對經，史對史，釋氏事對釋氏事，道家事對道家事。』此説甚然。《艇齋詩話》

荆公：『種種春風吹不長，星星明月照還稀』，詠白髮也。『種種』出《左氏》，音董。『星星』對『種種』，甚工。《艇齋詩話》

荆公詩《葛谿驛》云：『缺月昏昏漏未央』，其末云：『鳴蟬正亂行人耳』。予嘗疑夜間不應有蟬鳴，後見説者云：『葛谿驛夜間常有蟬鳴』，此正與寒山半夜鐘相類。《艇齋詩話》

荆公《梅》詩云：『肌雪參差冷太真』，出樂天詩：『中有一人字太真，雪膚花貌參差是』。東坡：『揚州近日紅千葉，自是風流時世妝』，出樂天《諷諫》詩云：『元和時世妝』。《艇齋詩話》

荆公：『别開小徑留松路，只與鄰僧作往還』，東湖化之云：『與客登臨定自好，他時無客與僧游』。《艇齋詩話》

荆公詠史詩，最于義理精深，如《留侯》詩，伊川謂：『説得留侯極是。』予謂《武侯》詩，説得武侯亦出。又如《范增》詩云：『有道弔民天即助，不知何用牧羊兒？』又：『誰合軍中稱亞父？直須推讓外黄兒。』詠史詩有如此等議論，他人所不能及。《艇齋詩話》

荆公《扇》詩云：『鬢亂釵横特地寒。』荆公嘗自書此詩，云：『鬢亂釵斜，不言「釵横」也。』蓋釵當横，惟亂則斜爾。《艇齋詩話》

政和間，董逌、王賓于館中和荆公『義』字韻《雪》詩，至一百篇。詩語雖未必盡入律，

然『義』字尋至百韻，佛書、道書，往往披盡，非博者不能也。《艇齋詩話》

荆公《贈北山道人》云：『可惜昂藏一丈夫，生來不讀數行書。』此語本李賀《嘲少年》詩云：『每揖閒人多意氣，生來不讀半行書。』《艇齋詩話》

荆公絶句云：『有似錢塘江上見，晚潮初落見平沙』，兩句皆有來歷。《才調集》詩云：『還似琵琶絃畔見，細圓無節玉參差』，此上句來歷也；張籍詩云：『閒尋泊船處，潮落見平沙』，此下句來歷也。第讀詩不多，則不知耳。《艇齋詩話》

前人詩如：『竹影金瑣碎，竹日静暉暉』，又：『野林細錯黄金日，溪岸寬圍碧玉天』，此荆公詩也。『錯』謂『交錯』之錯。又『山月入松金破碎』，亦荆公詩，此句造作，所以不入七言體格。如柳子厚：『清風一披拂，林影久參差』，能形容出體態，而又省力。《藏海詩話》

白樂天詩云：『紫藤花下怯黄昏』，荆公作《苑中》絶句，其卒章云：『海棠花下怯黄昏』，乃是用樂天語，而易『紫藤』爲『海棠』，便覺風韻超然。『人行秋色裏，家在夕陽邊』，有唐人體，韓子蒼云：『未若「村落田園静，人家竹樹幽」，不用工夫，自然有佳處。』蓋此一聯，頗近孟浩然體製。《藏海詩話》

荆公詩云：『黄昏風雨打園林，殘菊飄零滿地金。攧得一枝還好在，可憐公子惜花

心。』東坡云：『秋花不似春花落，寄語詩人仔細看。』荆公云，東坡不曾讀《離騷》。《離騷》有云『朝飲木蘭之墜露，夕餐秋菊之落英。』案：此事《西清詩話》作歐陽修語，《高齋詩話》則與此所記同。胡仔《漁隱叢話》辨其皆出依託。《藏海詩話》

《隱巖古松》云：『勁節端爲百木長，治朝無復五株封。』又《和上元》云：『化國風光原有象，春臺人物不知寒。』立意下語好。《藏海詩話》

『細數落花因坐久，緩尋芳草得歸遲。』細數落花，緩尋芳草，其語輕清；因坐久，得歸遲，則其語典重。以輕清配典重，所以不墮唐末人句法中，蓋唐末人詩輕佻耳。《藏海詩話》

介甫《宜春苑》詩云：『無復增修事，君王惜費金』，乃暗用漢文惜百金之産而輟露臺事。《藏海詩話》

老杜《劉少府畫山水幛歌》云：『反思前夜風雨急，乃是蒲城鬼神入。元氣淋漓障猶溼，真宰上訴天應泣。』應物《聽嘉陵江聲》云：『水性自云静，石中本無聲。如何兩相激，雷轉空山鳴。』《贈能吟李儋詩》云：『絲桐本異質，音響合自然。吾觀造化意，二物相因緣。』臨川《詠魯公壞碑》云：『六書篆籀數變改，遂令後世多失真。誰初妄鑿好與醜，坐令學士勞骸筋。堂堂魯公勇且仁，豈亦以此誇常民？直疑技巧有大德，不必强勉亦通神。』坡《詠歙硯》詩云：『與天作石來幾時，與人作硯初不辭。詩成鮑謝石何與，筆落鍾王硯不

知。』此皆窮本探妙，超出準繩外，不特狀寫景物也。《藏海詩話》

人才各有分限尺寸，不可强同一物也，而詠物之工有遠近，皆此意也，而用意之工有淺深。章八元《題雁塔》云：『十層突兀在虚空，四十門開面面風。卻訝鳥飛平地上，忽驚人語半天中。回梯倒踏如穿洞，絶頂初攀似出籠。』此乞兒口中語也。梅聖俞云：『復想下時險，喘汗頭目旋。不如且安坐，休用窺雲煙。』何其語之凡也。東坡《真興寺閣》云：『山林與城郭，漠漠同一形。市人與鴉鵲，浩浩同一聲。側身送落日，引手攀飛星。登者尚呀咻，作者何以勝？』《登靈隱寺塔》云：『相勸小舉足，前路高且長。漸聞鐘磬音，飛鳥皆下翔。入門亦何有，雲海浩茫茫。』意雖有佳處，而語不甚工，蓋失之易也。劉長卿《登西靈寺塔》云：『化塔淩虚空，雄規壓川澤。亭亭楚雲外，千里看不隔。盤梯接元氣，坐壁棲夜魄。』王介甫《登景德寺塔》云：『放身千仞高，北望太行山。邑屋如蜡冢，蔽虧塵霧間。』此二詩語雖稍工，而不爲難到。杜子美則不然，《登慈恩寺塔首》云：『高標跨蒼天，烈風無時休。自非曠士懷，登兹翻百憂。』不待云『千里』、『千仞』、『小舉足』、『頭目旋』，而窮高極遠之狀，可喜可愕之趣，超軼絶塵而不可及也。『七星在北户，河漢聲西流。羲和鞭白日，少昊行清秋。』視東坡『側身』、『引手』之句，陋矣。『秦山忽破碎，涇渭不可求。俯視但一氣，焉能辨皇州？』豈特『邑屋如蜡塚，蔽虧塵霧間』、『山林城郭，漠漠一形；市人鴉鵲，浩浩

一聲』而已哉！人才有分限不可强乃如此。《歲寒堂詩話》

王介甫云：『遠引江山來控帶，平看鷹隼去飛翔』，疑非介甫語。又云：『留歡薄日晚，起視飛鳥背』，又云：『灑筆飛鳥上，爲王賦雌雄』，語雖稍工，而不爲難到。東坡云：『飛鳥皆下翔』，失之易也。李太白《登西靈寺塔》云：『鳥拂瓊簷度，霞連練栱張』，亦疑非太白語。《廬山謡》云：『翠景紅霞映朝日，鳥飛不到吴天長。登高壯觀天地間，大江茫茫去不還。』此乃真太白詩矣！如介甫、東坡，皆一代宗匠，然其詞氣，視太白一何遠也。陶淵明云：『迢迢百尺樓，分明望四荒。暮則歸雲宅，朝爲飛鳥堂。』此語初若小兒戲弄不經意者，然殊有意味可愛。《歲寒堂詩話》

全宋詩話卷二十一

王安石三

王荆公《初夏》絶句：『石梁茅屋有灣碕，流水濺濺度兩陂。晴日暖風生麥氣，緑陰幽草勝花時。』范石湖云：『嘗蒙恩獨引觴燕，壽王與行苑中親。』誦後句以爲佳。《娱書堂詩話》

荆公：『繅成白雪桑重緑，割盡黄雲稻正青』之句，今古傳誦。宋人廷博案：『宋人』二字似誤。紫芝《送謝耘游淮》詩，有云：『柘空淮繭白，梅近楚秧青』，蓋模倣此。《娱書堂詩話》

金陵半山寺，乃荆公舊宅，屋後有謝公墩，下臨深溝，上有古木，予嘗與漕幕諸公同游。荆公舊有詩云：『我名公字偶相同，我屋公墩在眼中。公去我來墩屬我，不應墩姓尚隨公。』他人欲隱括此意，非累數十言不可，而公以二十八字盡之，真得束廣就狹體。《梅磵詩話》

荆公詩云：『蕭蕭摶黍聲中日，漠漠舂鉏影外天。』『摶黍』，黄鸝也。《詩疏》云：『黍

方熟時，鳴于桑間。』『春鉏』，鷺也，《爾雅》云：『取鷺之行步』云。《冰崖蕭立之秋日》絶句云：『野店聊爲一枕謀，五更歸夢入鄉愁。溪流清淺春鉏曉，籬落荒涼絡緯秋。』詠二物而寓耕織意，亦一格。《梅礀詩話》

荆公手種松，在定林庵前，高標挺然，上侵霄漢。南豐曾景建詩云：『彙進群姦卒召戎，萌芽培養自熙豐。當時手植留遺愛，只有巖前十八公。』此亦誅心之論。《梅礀詩話》

植物中惟竹挺高節，抱貞心，故君子比德于竹焉，古今賦詠者不一，半山老人一聯云：『誰憐老節生來瘦？自許高才老更剛』，自負甚高。李師直一聯云：『未出土時先有節，便侵雲去也無心』，語亦奇的。李叔與一絶云：『一種春風到町畦，物情春亦不能齊。過籬新筍貪成竹，不管同根未脱泥。』殊有言外之意。《梅礀詩話》

昔人譏王介甫『殘菊飄零滿地金』之句，以『秋英不比春花落』，公引《楚詞》爲證。或謂：『落』，初也，始也，如落成之落。愚謂《楚詞》『落英』與『墜露』對言，屈子似非指『落』爲『始』者，讀者不以辭害意可也。朱子不釋『落』字，亦闕疑之意。《吴禮部詩話》

王半山文：『梁王墜馬，賈傅自傷。門人泔魚，曾子垂涕。』又詩曰：『泔魚已悔當年事，搏虎方驚此日身。』『泔魚』事出《荀子》，云：『曾子食魚有餘，曰：「泔之。」門人曰：「泔之傷人，不若奥之。」曾子泣涕曰：「有異心乎哉！」傷其聞之晚也。』《左傳》：『林楚怒

馬，及衢而騁。』《莊子》：『草木怒生』，又説：『大鵬怒而飛，其翼若垂天之雲』。林希逸曰：『《莊子》好用一「怒」字。』王介甫詩：『山木悲鳴水怒流』，此老善用古人好字面。《升庵詩話》

王維《書事》詩：『輕陰閣小雨，深院晝慵開。坐看蒼苔色，欲上人衣來。』洪覺範《天廚禁臠》云：『此詩含不盡之意，子由所謂「不帶聲色」者也。王半山亦有絶句，詩意頗相類。』按半山詩云：『山中十日雨，雨晴門始開。坐看蒼苔文，欲上人衣來。』蔡正孫編《詩林廣紀》，乃以『若耶溪上踏莓苔』一首當之，謬矣！《升庵詩話》

古字『窺』作『闚』，《論語》：『闚見室家之好』，《易》：『闚觀利女貞』，《史記》：『以管闚天』，《莊子》：『上闚青天』，陸賈《新語》：『楚王作乾谿之臺闚天文』，潘岳《秋興賦》：『闚天文之秘奥』。杜詩：『天闚象緯逼』，正用上數語，不識古字者，改爲『天闕』。王安石云『天閲』，黄山谷亟贊其是，東坡云：『只是怕他！』《升庵詩話》

宋詩信不及唐，然其中豈無可匹體者？在選者之眼力耳。如蘇舜欽《吴江》詩：『月從洞庭來，光映寒湖凸。四顧無纖塵，魚躍明鏡裂。』王半山《雨》詩云：『山中十日雨，雨晴門始開。坐看蒼苔紋，欲上人衣來。』孔文仲《早行》云：『客行謂已旦，出視見落月。瘦馬入荒陂，霜花重如雪。』崔鶠《春日》云：『落日不可盡，丹林紫閣開。明明遠色裏，歷歷

暝鴉回。』寇平仲《南浦》云：『春風入垂楊，烟波漲南浦。落日動離魂，江花泣微雨。』郭功甫《水車嶺》云：『千丈水車嶺，懸空九叠屏。北風來不斷，六月亦生冰。』蘇子由《中秋夕》云：『巧轉上人衣，徐行度樓角。河漢泠無雲，冥冥獨飛鵲。』《旅行》云：『猿狖號枯木，魚龍泣夜潭。行人已天北，思婦隔江南。』朱文公《雨》詩云：『孤燈耿寒焰，照此一窗幽。卧聽簷前雨，浪浪殊未休。』張南軒《題南城》云：『坡頭望西山，秋意已如許。雲影渡江來，霏霏半空雨。』《東渚》云：『團團陵風桂，宛在水之東。月色穿林影，卻下碧波中。』《麗澤》云：『長吟《伐木》詩，停立以望子。日暮飛鳥歸，門前長春水。』《西嶼》云：『繫舟西岸邊，幅巾自來去。島嶼花木深，蟬鳴不知處。』《采菱舟》云：『散策下舸亭，水清魚可數。卻上采菱舟，乘風過南浦。』五詩有王維輞川遺意，誰謂宋無詩乎！《升庵詩話》

唐盧延遜詩：『樹上諮諏批頰鳥，牕間壁剥叩頭蟲。』王半山詩：『翳林窺搏黍，藉草聽批頰。』元人《送春》詩：『批頰穿林叫新緑』，韓致光《春恨》詩云：『殘夢依依酒力餘，城頭批頰伴啼烏。平明乍捲西樓幙，院静初聞放轆轤。』『批頰』，蓋鳥名，但不詳爲何形狀耳。或曰，即鵯鶋也，催明之鳥，一名『夏雞』，俗名『隔隥雞』。《升庵詩話》

定陶孫器之評詩曰：魏武帝如幽燕老將，氣韻沉雄。曹子建如三河少年，風流自賞。鮑明遠如飢鷹獨出，奇矯無前。謝康樂如東海揚帆，風日流麗。陶彭澤如絳雲在霄，舒卷

自如。王右丞如秋水芙蓉，倚風自笑。韋蘇州如園客獨繭，暗合音徽。孟浩然如洞庭始波，木葉微落。杜牧之如銅丸走坂，駿馬注坡。白樂天如山東父老課農桑，事事言言皆着實。元微之如李龜年説天寶遺事，貌悴而神不傷。劉夢得如鏤冰雕瓊，流光自照。李太白如劉安雞犬，遺響白雲，覈其歸存，恍無定處。韓退之如囊沙背水，惟韓信獨能。李長吉如武帝食露盤，無補多欲。孟東野如埋泉斷劍，臥壑寒松。張籍如優工行鄉飲，醻獻秩如，時有詼氣。柳子厚如高秋獨眺，霽晚孤吹。李義山如百寶流蘇，千絲鐵網，綺密瓌妍，要非適用。宋朝蘇東坡，如屈注天潢，倒連滄海，變眩百怪，終歸雄渾。歐公如四瑚八璉，正可施之宗廟。荆公如鄧艾縋兵入蜀，要以險絶爲功。山谷如陶宏景入官，析理譚玄，而松風之夢故在。梅聖俞如關河放溜，瞬息無聲。秦少游如時女步春，終傷婉弱。後山如九皋獨唳，深林孤芳，沖寂自妍，不求識賞。韓子蒼如梨園按樂，排比得倫。吕居仁如散聖安禪，自能奇逸。其他作者，未易殫陳，獨唐杜工部如周公製作，後世莫能擬議。《升庵詩話》。宗祥案：此爲唐宋詩人總評，特全録以便閲者。

唐詩：『春寒側側掩重門』，王介甫：『側側輕寒剪剪風』，許奕小詞：『玉樓十二春寒側』，吕聖求詞：『側寒邪雨』，『側寒』字詞人相承用之，不知所出，大意側不正也。『側寒』字甚新，特拈出之。《升庵詩話》

唐李賀《雁門太守行》首句云：『黑雲壓城城欲摧，甲光向日金鱗開』，摭言謂賀以詩卷謁韓退之，韓暑卧方倦，欲使閽人辭之，開其詩卷，首乃《雁門太守行》，讀而奇之，乃束帶出見。宋王介甫云：『此兒誤矣！方黑雲壓城時，豈有向日之甲光也！』或問：『此詩韓、王二公去取不同，誰爲是？』予曰：『宋老頭巾不知詩。凡兵圍城，必有怪雲變氣。昔人《賦鴻門》，有「東龍白日西龍雨」之句，解此意矣。』予在滇，值安鳳之變，居圍城中，見日暈兩重，黑雲如蛟在其側，始信賀之詩善狀物也。《升庵詩話》

王荆公《題燕侍郎山水》詩，有『燕公侍書燕王府，王求一筆終不與』之句，故燕畫之在世者甚鮮。學士院亦有燕侍郎畫圖，荆公有一絶云：『六幅生綃四五峰，暮雲樓閣有無中。去年今日長千里，遥望鍾山與此同。』張天覺有詩跋其後云：『相君開卷憶江東，仿佛鐘山與此同。今日還爲一居士，翛然身在畫圖中。』《升庵詩話》

宋詩亦有單句不成詩者，如王介甫：『青山捫蝨坐，黄鳥挾書眠』。又黄魯直：『人得交游是風月，天開圖畫即江山』，潘邠老：『滿城風雨近重陽』，雖境涉小佳，大有可議，覽者當自得之。《藝苑卮言》

子瞻多用事實，從老杜五言古排律中來。魯直用生拗句法，或拙或巧，從老杜歌行中來。介甫用生重字，力于七言絶句及頷聯内，亦從老杜律中來。但所謂：『差之毫釐，謬以

千里』耳。骨格既定，宋詩亦不妨看。《藝苑卮言》

古人殿閣簷稜間有風琴、風箏，皆因風動成音，自諧宫商。元微之詩：『爲琢風箏碎珠玉。』高駢有《夜聽風箏》詩云：『夜静絃聲響碧空，宫商信任往來風。依稀似曲纔堪聽，又被風吹别調中。』僧齊己有《風琴引》云：『按吴絲，雕楚竹，高托天風拂爲曲。一一宫商在素空，鸞鳴鳳語翹梧桐。夜深天碧松風多，孤窗寒夢驚流波。愁魂傍枕不肯去，翻疑住處鄰湘娥。金風聲盡薰風發，冷泛虚堂韻難歇。常恐聽多耳漸煩，清音不絶知音絶。』王半山有《風琴》詩云：『風鐵相敲固可鳴，朔兵行夜響行營。如何清世容高枕，翻作幽窗枕上聲。』此乃簷下鐵馬也，今名紙鳶曰『風箏』，亦非也。《升庵詩話》

丁晉公《築毬》詩，世稱曲盡形容之妙。如半山《觀棊》詩云：『旁觀各技癢，竊議兒女囁。諱輸寧斷頭，悔誤乃搏頰。』亦曲寫人情之妙也。《觀林詩話》

陸龜蒙《謝人詩卷》云：『談仙忽似朝金母，説豔渾如見玉兒。』杜牧之云：『粉毫唯畫月，瓊尺只裁雲。』半山：『美似狂酲初啖蔗，快如衰病得觀濤。』涪翁：『清似釣船聞夜雨，壯如軍壘動秋鼙。』論用事之工，半山爲勝也。《觀林詩話》

予家有聽雨軒，嘗集古今人句。杜牧之云：『可惜和風夜來雨，醉中虚度打窗聲。』賈島云：『宿客不來過半夜，獨聞山雨到來時。』歐陽文忠公：『芳叢緑葉聊須種，猶得蕭蕭聽

雨聲。』王荆公：『深炷爐香閉齋閣，卧聞簷雨瀉高秋。』東坡『一聽南堂新瓦響，似聞東塢少荷香。』陳無己云：『一枕雨窗深閉閣，卧聽叢竹雨來時。』趙德麟云：『卧聽簷雨作宫商』，尤爲工也。《觀林詩話》

魏文帝《柳賦》：『在予年之二七，植斯柳乎中庭，始圍寸而高尺，今連拱而九成。』桓温北伐，經金城，見爲琅琊時種柳，皆已十圍，慨然曰：『木猶如此，人何以堪！』乃知覩木而興歎，代有之矣。按《廣州人物志》載，蘇頲年五歲，裴談過其父，試誦《枯樹賦》，頲避『談』字易字，易其韻曰：『昔年移柳，依依漢陰。今看摇落，悽愴江潯。樹猶如此，人何以任！』文忠詩云：『人昔共游今孰在？　樹猶如此我何堪！』荆公詩：『道人從何來？　問松我東岡。舉手指屋脊，云今如許長。』劉斯立詩云：『麥隴漫漫宿藁黄，新苗寸寸未禁霜。手中馬箠餘三尺，想見歸時如許長。』意皆相沿而生也。《優古堂詩話》

東湖言：荆公《桃源行》前二句倒了，『望夷宫中鹿爲馬，秦人半死長城下』，當言：『秦人半死長城下，望夷宫中鹿爲馬』，方有倫序。《艇齋詩話》

東湖言：荆公《畫虎行》，用老杜《畫鶻行》，奪胎换骨。宗祥案：下原缺。《艇齋詩話》

昔人用『五馬』事，多因游遨行動出處方用之，如老杜《賦王閬州餞蕭遂州》云：『二天開寵餞，五馬爛生光』，其賓主去住分矣。又《送李梓州》：『五馬何時到？』《贈嚴武》：

『五馬舊曾諳小逕』，《送賈閣老出汝州》：『人生五馬貴』，太白：『五馬莫留連』，岑參：『門外不須五馬』，戎昱：『五馬幾時朝魏闕』，子厚：『五馬助征騑』，樂天：『五馬無由入酒家』，坡：『鼓吹未容迎五馬』，介甫：『尚得使君驅五馬』。近人于太守安居閒閤，例稱『五馬』，此理恐未安也。《碧溪詩話》

子美除草云：『草有害于人，曾何生阻脩。芒刺在我眼，焉能待高秋！』其憤邪嫉惡，殺芟夷蘊崇之，以肅清王所者，懷抱可見。臨川有：『勿去草，草無惡，若比世俗俗浮薄。』此方外之語，異乎農夫之務去者也。《碧溪詩話》

愈《寄孟刑部聯句》云：『美君知道腴，逸步謝天械。』或問：『道果有味乎？』予曰：如介甫：『午雞聲不到禪林，柏子烟中静擁衾。』『竹雞呼我出華胥，起滅篝燈擁燎爐。』『各據槁梧同不寐，偶然聞雨落階除。』皆淡泊中味，非造此境，不能形容也。《碧溪詩話》

漫叟《無爲洞口》云：『洞旁山僧皆學禪，無求無欲亦忘年。』又云：『無爲洞口春水滿，無爲洞旁春雲白。愛此躊躇不能去，令人悔作衣冠客。』岑參《宿仙游寺》云：『寄報乘軒客，簪裾爾何容。』臨川《和秀老》云：『解我葱珩脱孟勞，莫年甘與子同袍。』比之退之云：『方將斂之道，且欲冠其顛。向風長歎不可見，我欲收斂加冠巾。』異矣。《碧溪詩話》

荆公云：『李白歌詩，豪放飄逸，人固莫及，然其格止于此而已，不知變也。至于杜甫，

則發斂抑揚，疾徐縱横，無施不可，蓋其緒密而思深，非淺近者所能窺，斯其所以光掩前人，而後來無繼也。』而歐公云：『甫之于白，得其一節，而精强過之。』是何其相反歟？然則荆公之論，天下之言也。《滹南詩話》

荆公《虎圖》：『目光夾鏡當坐隅』，『夾鏡』出《文選》顔延年《赭白馬賦》：『雙瞳夾鏡，兩權協月。』《艇齋詩話》

杜子美《游龍門奉先寺》詩曰：『天闕象緯逼，雲卧衣裳冷。』此寺在洛陽之龍門。按韋述《東都記》，龍門號『雙闕』，以與大内對屹，若天闕然。此詩『天闕』，指龍門也，後人爲其屬對不切，改爲『天闚』，王介甫改爲『天閲』，蔡興宗又謂世傳古本作『天闚』，引《莊子》用管闚天爲證。以予觀之，皆臆説也。且『天闕象緯逼，雲卧衣裳冷』，乃此寺中即事耳，以彼天闕之高，則勢逼象緯；以我雲卧之幽，則冷侵衣裳。語自混成，何必屑屑較瑣碎，失大體哉！《庚溪詩話》

荆公詩：『秋日不可見，林端但餘黄』，釋者謂『黄』爲黄落，非也。『黄』指日之餘暉也。故其下云：『杖藜思平野，俯仰畏無光。』吴禮部《詩話》

孟東野《連州吟》云：『春風朝夕起，吹緑日日深』，乃悟荆公：『春風日日吹香草，山北山南路欲無』所自。《優古堂詩話》

宋之問詩有云：『年年歲歲花相似，歲歲年年人不同。』或曰：『此之問甥劉希夷句也。之問酷愛，知其未之傳人，懇乞之，不與。之問怒，乃以土袋壓殺之。』此殆妄耳！之問固小人，然亦不應有是。『年年歲歲』、『歲歲年年』，何等陋語，而以至殺其所親乎？大抵詩話所載，不足盡信。『池塘生春草』，有何可嘉？而品題者百端不已，荆公《金牛洞》六言詩，初亦常語，而晁无咎附之《楚辭》，以爲『二十四字，而有六籍群言之遺味』，書生之口，何所不有哉！《滹南詩話》

王仲至召試館中詩，有『日斜奏罷長楊賦』之句，荆公改爲：『奏賦長楊罷』，云如此語乃健，是矣，然意無乃復窒乎？《滹南詩話》

後周静帝，令宫人黄眉墨粧，至唐猶然，觀唐人詩詞，如：『蘂黄無限當山額』，又：『額黄無限夕陽山』，又：『學盡鴉黄半未成』，又：『鴉黄粉白車中出』，又：『寫月圖黄罷』，其證也。然温飛卿詩有『豹尾車前趙飛燕，柳風吹散蛾間黄』之句，王荆公詩亦云：『漢宫嬌額半塗黄』，事已起于漢，特未見所出耳。又《幽怪録》：『神女智瓊額黄。』《升庵詩話》

集句惟荆公最長，《胡笳十八拍》，渾然天成，絶無痕迹，如蔡文姬肺腑間流出。《滄浪詩話》

杜云：『築室憐蟻穴，拾穗許村童』，人謂有仁民愛物意。臨川《詠促織》云：『只向貧

家促機杼，幾家能有一鈎絲。』愚謂世之嚴督征賦，而不恤疲瘵之有無者，雖魁然其形，實微蟲智耳！《碧溪詩話》

《漫叟詩話》云：荆公定林後詩，精深華妙，非少作之比，嘗作《歲晚》詩云：『月映林塘静，風涵笑語涼。俯窺憐净淥，小立佇幽香。携幼尋新的，扶衰上野航。延緣久未已，歲晚惜流光。』自以比謝靈運，議者亦以爲然。《苕溪漁隱叢話》

《遯齋閒覽》云：『或傳一詩謎云：「佳人佯醉索人扶，露出胸前白雪膚。走入繡幃尋不見，任他風雨滿江湖。」乃賈島、李白、羅隱、潘閬四詩人名也，云是荆公所作。』苕溪漁隱曰：世傳『霞頭』隱語是荆公老人作，云：『生在色界中，不染色界塵。一朝解纏縛，見性自分明。』《苕溪漁隱叢話》

《遯齋閒覽》云：『荆公棋品殊下，每與人對局，未嘗致思，隨手疾應，覺其勢將敗，便斂之，謂人曰：「本圖適性忘慮，反苦思勞神，不如且已。」與葉致遠敵手，嘗贈致遠詩云：「垂成忽破壞，中斷俄連接」，是知公棋不甚高。又云：「諱輸寧斷頭，悔誤仍摶頰」，是又未能忘情于一時之得喪也。』苕溪漁隱曰：介甫有絶句云：『莫將戲事擾真情，且可隨緣道我贏。戰罷兩奩收黑白，一枰何處有虧成。』觀此詩，則『圖適性忘慮』之語，信有證矣。若魯直于棋則不然，如：『心似蛛絲游碧落，身如蜩甲化枯枝』，則苦思忘形，較勝負于一著，

與介甫措意異矣。《苕溪漁隱叢話》

蘇子由云：今州縣之間，隨其大小，皆有富民，此理勢之所必至，所謂物之不齊，物之情也。然州縣賴之以爲强，國家恃之以爲固，非所當憂，非所當去也。能使富民安其富而不横，貧民安其貧而不匱，貧富相恃，以爲長久，而天下定矣。介甫不忍貧民而深疾富民，志欲破富民以惠貧民，不知其不可也。方其未得志也，爲兼并之詩，其詩曰：『三代子百姓，公私無異財。人主擅操柄，如天持斗魁。賦予皆自我，兼并乃姦回。姦回法有誅，勢亦無自來。後世始倒持，黔首遂難裁。秦王不知此，更築懷清臺。禮義日以媮，聖經久煙埃。法尚有存者，欲言時所咍。俗吏不知方，掊克乃爲才。俗儒不知變，兼并可無摧。利孔至百出，小人私闔開。有司與之争，民愈可憐哉。』及其得志，專以此爲事，設青苗法以奪富民之利，民無貧富，兩税之外，皆重出息十二，吏緣爲姦，至倍息，公私皆病矣。吕惠卿繼之以手實之法，私家一毫以上，皆籍于官。民知有奪取之心，至于賣田殺牛，以避其禍。朝廷覺其不可，中止不行，僅免于亂。然其徒世守其學，刻下媚上，謂之『享上』，有一不享上，皆廢不用，至于今日，民遂大病，原其禍出于此詩，蓋昔之詩病，未有若此酷者也。《苕溪漁隱叢話》

王直方《詩話》云：『《送吴仲庶守潭》詩云：「自古楚有材，醽醁多美酒。不知樽前

客，更得賈生否？」蓋賈誼初爲河南吳公召置門下，而後謫長沙，其用事之精如此。』苕溪漁隱曰：《上元戲劉貢父》詩云：『不知太一遊何處？定把青藜獨照公。』此詩用事亦精切。劉向校書天禄閣，夜有老人着黄衣，植青藜杖，叩閣而進。向請問姓名，『我是太一之精，天帝聞卯金之子，有博學者，下而觀焉。』乃出懷中竹牒授之。見王子年《拾遺》。此事既與貢父同姓，又貢父時在秘閣也。《苕溪漁隱叢話》

《冷齋夜話》云：山谷嘗言：『天下清景，初不擇貴賤、賢愚而與之，然吾特疑端爲我輩設。』荆公在鍾山官床，與客夜坐，作詩云：『殘生傷性老耽書，年少東來復起予。各據槁梧同不寐，偶然聞雨落堦除。』東坡《宿餘杭山寺》詩云：『暮鼓朝鐘自擊撞，閉門欹枕對殘釭。白灰旋撥通紅火，卧聽蕭蕭雪打窗。』以山谷之言爲確論。《苕溪漁隱叢話》

《蔡寬夫詩話》云：荆公居中山，一日晝寢，夢有服古衣冠相過者，貌偉甚，曰：『我桀也，與公論治道。』反覆百餘語，不相下。公既覺，猶汗流被體，若作氣劇，因笑語客曰：『吾習氣尚若是乎？』乃作小詩識之，有『堯、桀是非猶入夢，因知餘習未能忘』之句。《苕溪漁隱叢話》

《遯齋閒覽》云：莆陽通應子魚，名著天下。蓋其地有通應侯廟，廟前有港，港中之魚最佳，今人必求其大可容印者，謂之『通印子魚』，故荆公亦有詩云：『長魚俎上通三印』，此傳聞之訛也。《苕溪漁隱叢話》

《遯齋閒覽》云：『唐人詩：「濃緑萬枝紅一點，動人春色不須多。」不記作者名氏，鄧元孚曾見介甫親書此兩句于所持扇上，或以爲介甫自作，非也。』王直方《詩話》云：『荆公作内相時，翰苑中有石榴一叢，枝葉甚茂，但只發一花，故荆公題此。予每以不見全篇爲恨。』二説未知孰是。《苕溪漁隱叢話》

《漫叟詩話》云：『荆公嘗在歐公坐上賦《虎圖》，衆客未落筆，而荆公草已就，歐公亟取讀之，爲之擊節稱歎，坐客閣筆不敢作。』苕溪漁隱曰：《西清詩話》中亦載此事，云此乃體杜甫《畫鶻行》，以紓急解紛耳。吾今具載二詩，讀者當有以辨之。荆公《虎圖》詩云：『壯哉非羆亦非貙，目光夾鏡當坐隅。横行妥尾不畏逐，顧盼欲去仍躊躇。卒然一見心欲動，熟視稍稍摩其鬚。固知畫者巧爲此，此物安肯來庭除？想當槃礴欲畫時，睥睨衆史如庸奴。神閒意定始一掃，功與造化論錙銖。悲風颯颯吹黄蘆，上有寒雀驚相呼。槎牙死樹鳴老烏，向之俛噣如哺雛。山墻野壁黄昏後，馮婦遥看亦下車。』杜甫《畫鶻行》云：『高堂見老鶻，颯爽動秋骨。初驚無拘攣，何得立突兀？乃知畫師妙，功剖造化窟。寫此神俊姿，充君眼中物。烏鵲滿樛枝，軒然恐其出。側腦看青霄，寧爲衆禽設。長翮如刀劍，人寰可超越。乾坤空峥嶸，粉墨且蕭瑟。緬思雲沙際，自有煙霧質。吾今意何傷，顧步獨紆鬱。』《苕溪漁隱叢話》

《隱居詩話》云：熙寧庚戌冬，王荆公安石自參知政事拜相，是日，官僚造門奔賀者，相屬于路，公以未謝，皆不見之。獨與予坐于西廡之小閣，荆公語次，忽顰蹙久之，取筆書窗曰：『霜筠雪竹鍾山寺，投老歸歟寄此生。』放筆揖予而入。元豐癸亥，公已謝事爲會靈觀使，居金陵白下門外。予謁公，公欣然邀予，同游鍾山，憩法雲寺，偶坐于僧房。是時，正當霜雪，而虚窗松竹，皆如詩中之景。予因述昔日題窗，并誦此詩，公憮然曰：『有是乎。』頷略微笑而已。《苕溪漁隱叢話》

《高齋詩話》云：舒州三祖山金牛洞山水聞于天下，荆公嘗題詩云：『水泠泠而北去，山靡靡以旁圍。欲窮源而不得，竟悵望以空歸。』後人鑿山刊木，浸失山水之勝，非公題詩時比也。魯直效公題六言云：『司命無心播物，祖師有記傳衣。白雲横而不度，高鳥倦而猶飛。』識者云：『語雖奇，亦不及荆公之自然也。』《苕溪漁隱叢話》

王直方《詩話》云：『李希聲言，荆公罷政事時，居于州東劉相宅，于書院小廳題「當時諸葛成何事？只合終身作卧龍」數十處。』苕溪漁隱曰：此乃薛能詩：『山屐經過滿徑蹤，隔溪遥見夕陽春。當時諸葛成何事？只合終身作卧龍。』《唐百家詩選》中有之，或云荆公詩，非也。《苕溪漁隱叢話》

王直方《詩話》云：『荆公《集》中有《落星寺》詩，其末云：「勝概惟詩可收拾，不才羞

作等閒來。」落星寺在彭蠡湖中，劉咸臨嘗親見寺僧，言幼時目覩閩中章傳道作此詩，其前六句皆同，其末云：「勝概詩人盡收拾，可憐蘇、石不曾來。」蘇、石謂子美、曼卿也。後人愛其詩者，改末句作荆公詩傳之，遂使一篇之意不完，其體與荆公所作詩亦不類。』苕溪漁隱曰：直方所言非也。予細觀此詩，句語體格，真是荆公作，餘人豈能道此。今具載全篇，識者必能辨之。詩云：『窣雲臺殿起崔嵬，萬里長江一酒杯。坐見山川吞日月，杳無車馬送塵埃。雁飛雲路聲低過，客近天門夢易回。勝概惟詩可收拾，不才羞作等閒來。』《苕溪漁隱叢話》

《遯齋閒覽》云：『唐人《題西山寺》詩云：「終古礙新月，半江無夕陽。」人謂冠絶古今，以其盡得西山之景趣也。今山寺留題者亦多，而絶少佳句，惟「寺影中流見，鐘聲兩岸聞」，又「天多剩得月，地少不生塵」，最爲人傳誦，要亦未爲至工。若用之于落星寺，有何不可乎？熙寧中，荆公有句云：「天末海門横北固，煙中沙岸似西興」，尤爲中的。』《西清詩話》云：『荆公云：「李漢豈知韓退之，緝其文，不擇美惡，有不可以示子孫者，况垂世乎？」以此語門弟子，意有在焉。其文迄無善本，如「春殘葉密花枝少，睡起茶多酒盞疏」，「吾皇英睿超光武，上將威名得隗囂」，皆王元之詩也。《金陵獨酌》：「西江雪浪來天際」，《寄劉原甫》：「翰林放逐蓬萊殿」，皆王君玉詩也。「臨津豔豔花千樹」，「天末海門横北

固」，「不知朱户鎖嬋娟」，皆王平甫詩也。』苕溪漁隱曰：《遯齋閒覽》以『天末海門横北固，煙中沙岸似西興』之句，爲荆公《題金山寺》詩，尤爲中的。王直方《詩話》以『臨津豔豔花千樹，夾徑斜斜柳數行。卻憶金明池上路，紅裙争看緑衣郎』之句，仍載永叔戲介甫曰：『謹厚者亦復爲之耶？』以二説考之，則《西清詩話》以爲元之、平甫詩，恐誤也。《苕溪漁隱叢話》

《冷齋夜話》云：荆公詩曰：『道人北山來，問松我東岡。舉手指屋脊，云今如許長。』今誤作『問松栽東岡』。王元之詩云：『春殘葉密花枝少，睡起茶親酒盞疏。』今誤作『睡起茶多酒盞疏』。《苕溪漁隱叢話》

《西清詩話》云：『歐公嘉祐中，見王荆公詩：「黄昏風雨暝園林，殘菊飄零滿地金。」笑曰：「百花盡落，獨菊枝上枯耳。」因戲曰：「秋英不比春花落，爲報詩人子細看。」荆公聞之曰：「是豈不知《楚詞》夕餐秋菊之落英，歐陽九不學之過也。」』《高齋詩話》云：『荆公此詩，子瞻跋云：「秋英不比春花落，説與詩人子細看。」蓋爲菊無落英故也。荆公云：「蘇子瞻讀《楚詞》不熟耳。」予以謂屈平「餐秋菊之落英」，大概言花衰謝之意，若「飄零滿地金」，則過矣。東坡既以落英爲非，則屈原豈亦謬誤乎？坡在海南《謝人寄酒》詩，有云：「漫遶東籬嗅落英」，又何也？』苕溪漁隱曰：『秋英不比春花落，爲報詩人子細看。』

此是兩句詩，予于《六一居士全集》及《東坡前後集》徧尋並無之，不知《西清》、《高齋》，何從得此二句詩，互有譏議，亦疑其不審也。《苕溪漁隱叢話》

《漫叟詩話》云：荆公詩：『紅梨無葉庇花身，黄菊分香委路塵。歲晚蒼官纔自保，日高青女尚横陳。』『蒼官』事見唐刺史樊宗師所作《絳守居園亭記》中，云：『蒼官青士，權列與槐朋友。』『横陳』事見宋玉《風賦》，云：『横自陳兮君之前。』若《楞嚴經》所謂：『于横陳時，味如嚼蠟。』乃房融筆，用其語也。《苕溪漁隱叢話》

《冷齋夜話》云：『木落岡巒因自獻，水歸洲渚得横陳。』山谷謂予曰：『「自獻横陳」，見《相如賦》，荆公不應用耳。』予以《楞嚴經》語答之。《苕溪漁隱叢話》

山谷云：『荆公暮年作小詩，雅麗精絶，脱去流俗，每諷味之，便覺沆瀣生牙頰間。』苕溪漁隱曰：荆公小詩，如：『南浦隨花去，回舟路已迷。暗香無覔處，日落畫橋西。』『染雲爲柳葉，剪水作梨花。不是春風巧，何緣見歲華。』『簷日陰陰轉，床風細細吹。翛然殘午夢，何許一黄鸝。』『蒲葉清淺水，杏花和暖風。地偏緣底緑，人老爲誰紅？』『愛此江邊好，留連至日斜。眠分黄犢草，坐占白鷗沙。』『水浄山如染，風暄草欲熏。梅殘數點雪，麥漲一川雲。』觀此數詩，真可使人一唱而三歎也。《苕溪漁隱叢話》

《西清詩話》云：『熙寧初，張掞以二府初成，作詩賀荆公，公和曰：「功謝蕭規慚漢

第，恩從隗始詑燕臺。」以示陸農師，農師曰：「蕭規曹隨，高帝論功，蕭何第一，皆摭故實；而請從隗始，初無恩字。」公笑曰：「子善問也。韓退之《鬬雞聯句》：『感恩慙隗始』，若無據，豈當對『功』字也？」乃知前人以用事，一字偏枯，爲倒置眉目，反易巾裳，蓋謹之如此。』苕溪漁隱曰：荆公《春日》絶句云：『春風過柳緑如繰，晴日蒸紅出小桃。』予嘗疑『蒸紅』必有所據，後讀退之《桃源圖》詩云：『種桃處處惟開花，川原遠近蒸紅霞。』蓋出此也。

《苕溪漁隱叢話》

《冷齋夜話》云：『山谷言詩意無窮，而人才有限，以有限之才，追無窮之意，雖淵明、少陵，不得工也。不易其意而造其語，謂之「换骨法」。規摹其意形容之，謂之「奪胎法」。如鄭谷詩：「自緣今日人心别，未必秋香一夜衰。」此意甚佳，而病在氣不長；西漢文章，雄深雅健，其氣長故也。曾子固曰：「詩當使人一覽語盡，卻意有餘，乃古人用心處。」荆公《菊》詩曰：「千花百卉雕零後，始見閒人把一枝。」東坡曰：「萬事到頭都是夢，休休，明日黄花蝶也愁。」又李翰林曰：「鳥飛不盡暮天碧」，又曰：「青天盡處没孤鴻」，其病如前所論。山谷《達觀臺》詩曰：「瘦藤掛到風煙上，乞與游人眼豁開。不知眼界闊多少，白馬去盡青天回。」凡此之類，皆换骨法也。顧況詩曰：「一别二十年，人堪幾回别。」其詩簡緩而意精確。荆公《與故人》詩曰：「一日君家把酒杯，六年波浪與塵埃。不知烏石江頭路，到

老相尋得幾回？」樂天詩：「臨風杪秋樹，對酒長年身。醉貌如霜葉，雖紅不是春。」東坡詩：「兒童誤喜朱顏在，一笑那知是酒紅。」凡此之類，皆奪胎法也。學者不可不知。』苕溪漁隱曰：『「飛鳥不盡暮天碧」之句，乃郭功甫《金山行》，《冷齋》以爲李翰林詩，何也？《苕溪漁隱叢話》

李士寧，蓬州人，有異術，王荆公所謂：『李生坦蕩蕩，所見實奇哉』者。熙寧中，宗室世居獄連士寧，吕惠卿初叛荆公，欲深文之，以侵荆公，神宗覺之，亟復相荆公。荆公平生好辭官，不復辭，自金陵連日夜以來，惠卿罷去，士寧止從編置。初，士寧贈荆公詩，多全用古人句，荆公問之，則曰：『意到即可用，不必皆自己出。』又問：『古有此律否？』士寧笑曰：『《孝經》，孔子作也，每章必引古詩。孔子豈不能自作詩者，亦所謂意到即可用，不必皆自己出也。』荆公大然之。至辭位遷觀音院，題薛能、陸龜蒙二詩于壁，云：『江上悠悠不見人，十年一覺夢中身。殷勤爲解丁香結，放出枝頭自在春。』『蠟屐尋苔認舊蹤，隔溪遥見夕陽春。當年諸葛成何事？只合終身作卧龍。』用士寧體也。後又多集古句，如《胡笳曲》之類不一，《夫子曳杖之歌》有『泰山其頽，哲人其萎』之語。唐天寶中，長安雨木冰，寧王薨，謡曰：『冬淩樹稼達官怕』。熙寧中，京師雨木冰，又華山崩阜頭谷數千百丈，壓七村之人，時王荆公爲相，變亂典常，徵斂財利，識者危之。適韓魏公薨，荆公作輓詩，云：『木

穡曾聞達官怕，山頹果見哲人萎。』遂以魏公當之。《聞見後録》

古今詩人，多以記境熟語或相類。鮑明遠云：『昔如韝上鷹，今似檻中猿。』杜子美云：『昔如縱壑魚，今如喪家狗。』王荆公云：『昔如下擊三鶻拳，今如倒曳九牛尾。』李太白云：『沙墩至梁苑，二十五長亭。』杜牧之云：『故鄉七十五長亭。』選詩云：『流波戀舊浦，行云思故山。』太白云：『水忽戀前浦，雲猶歸舊山。』嵇叔夜云：『委性命兮任去留。』陶淵明云：『曷不委心任去留。』方干云：『蟬曳殘聲過别枝。』蘇子美云：『山蟬帶響穿疏户。』韋應物云：『野渡無人舟自横。』寇萊公云：『野水無人渡，孤舟盡日横。』王元之云：『謫居思遁世，多病厭浮生。』萊公云：『愁多怯秋夜，病久厭人生。』唐人云：『人心勝潮水，相送過潯陽。』梅聖俞云：『寒潮如特送，不肯過湓城。』元之云：『燒殘灰燼方分玉，撥盡寒沙始見金。』聖俞云：『力槌頑石方逢玉，盡撥寒沙始見金。』杜子美云：『坐飲賢人酒，門聽長者車。』荆公云：『室有賢人酒，門多長者車。』唐人云：『萬井閭閻皆禁火，九原松柏自生煙。』聖俞云：『千門皆禁火，九野自生煙。』劉夢得云：『藥性病生諳。』于鵠云：『病多諳藥性。』唐人云：『中流見樹影，兩岸聞鐘聲。』張祜云：『樹影中流見，鐘聲兩岸聞。』諸名下之士，豈相剽竊者耶！《聞見後録》

王荆公以『力去陳言誇末俗，可憐無補費精神』薄韓退之矣。然：『喜深將策試，驚密

仰簷窺』，又：『氣嚴當酒暖，灑急聽窗知』，皆退之《雪》詩也。荆公《詠雪》則云：『借問火城將策試，何如雲屋聽窗知』，全用退之句也。去古人陳言以爲非，用古人陳言乃爲是耶。《聞見後録》

王荆公之子雱，作《荆公畫像贊》曰：『列聖垂教，參差不齊。集厥大成，光于仲尼。』是聖其父過于孔子也。雱死，荆公以詩哭之曰：『一日鳳鳥去，千年梁木摧。』是以兒子比孔子也。父子相聖，可謂無忌憚者矣。《聞見後録》

全宋詩話卷二十二

王安石四

《西清詩話》云：王文公見東坡《醉白堂記》，云：『此乃是韓、白優劣論。』東坡聞之曰：『不若介甫《虔州學記》，乃學校策耳。』二公相誚或如此，然勝處未嘗不相傾慕。元祐間，東坡奉祠西太一宫，見公舊詩云：『楊柳鳴蜩緑暗，荷花落日紅酣。三十六陂春水，白頭想見江南。』注目久之，曰：『此老野狐精也。』《苕溪漁隱叢話》

《雪浪齋日記》云：荆公詩：『草深留翠碧，花遠没黄鸝』，人只知『翠碧』、『黄鸝』爲精切，不知是四色也。又以『武丘』對『文鵠』，『殺青』對『生白』，『苦吟』對『甘飲』，『飛瓊』對『弄玉』，世皆不及其工。小杜以『錦字』對『琴心』，荆公以『帶眼』對『琴心』。謝夷季以『鏡約』對『琴心』，比荆公爲最精切。近時洪駒父以『青奴』對『黄嬭』，『黄嬭』，出《金樓子》；『青奴』，山谷所名也。予讀《國史補》，得『銀鹿』，後以對《子建集》中『金瓠』。『溼

螢』，出《李長吉集》；『乾鵲』，出《西京雜記》，予以『涇螢』對『乾鵲』。又王存以『河魚』對『海鳥』，人以爲工。《苕溪漁隱叢話》

《西清詩話》云：荆公詩以故事紀實事，如《韓魏公挽詞》云：『木稼嘗聞達官怕，山頽果見哲人萎。』用孔子及唐寧王事。時熙寧中華山圮，冰成木稼，已而魏公薨。如《追傷陸子履》詩云：『主張壽禄無三甲，收拾文章有六丁。』用管輅及退之詩事。初，日者王生相子履云：『學士無背不壽，仕宦齟齬。』已而子履蚤世，如日者之言。子履既死，家人悉夢云：『帝命同宋次道修官制，凡吾平生所著職官書，可盡焚之。』未幾，朝廷果修官制焉。《苕溪漁隱叢話》

《雪浪齋日記》云：陸龜蒙以『二酉』對『六丁』，荆公以『三甲』對『六丁』，發機自陸子也。《苕溪漁隱叢話》

《遯齋閒覽》云：『荆公集句詩，雖累數十韻，皆頃刻而就，詞意相屬，如出諸己，他人極力效之，終不及也。如《老人行》云：「翻手作雲覆手雨，當面論心背面笑。」前句老杜《貧交行》，後句老杜《莫相疑行》，合兩句爲一聯，而對偶親切如此。又《送吴顯道》云：「欲往城南望城北，此心炯炯君應識。」《胡笳十八拍》云：「欲往城南望城北，三步回頭五步坐。」此皆集老杜句也。案杜詩《哀江頭》云：「黄昏胡騎塵滿城，欲往城南忘南北。」荆

公兩用，皆以「忘南北」爲「望城北」，始疑杜詩誤，其後數善本皆作「忘南北」。或云：「荆公故易此兩字，以合己一篇之意。」然荆公平生集句詩，未嘗改古人字，觀者更宜詳考。』苕溪漁隱曰：予聞洪慶善云：『老杜「欲往城南忘南北」之句，《楚詞》云：「中心瞀亂兮迷惑」，王逸注云：「思念煩惑，忘南北也。」』子美蓋用此語也。《苕溪漁隱叢話》

吕氏《蒙童訓》云：爲詩文常患意不屬，或只得一句，語意便盡，欲足成一章，又惡其不相稱，若未有其次句，即不若且休，養鋭以待新意；若盡力須要相屬，譬如力不敵而苦戰，一敗之後，意氣沮矣。荆公好集句，嘗于東坡處見古硯，東坡令荆公集句，荆公云：『巧匠斵山骨』，只得一句，遂逡巡而去。山谷嘗有句云：『麒麟卧葬功名骨』，終身不得好對。《苕溪漁隱叢話》

《三山老人語録》云：荆公詩云：『細數落花因坐久，緩尋芳草得歸遲。』六一居士詩云：『静愛竹時來野寺，獨尋春偶過溪橋。』二公皆狀閒適，荆公之句爲工。《苕溪漁隱叢話》

唐子西《語録》云：荆公詩得子美句法，其詩云：『地蟠三楚大，天入五湖低。』《苕溪漁隱叢話》

苕溪漁隱曰：半山老人《題雙廟》詩云：『北風吹樹急，西日照窗涼。』細詳味之，其託意深遠，非止詠廟中景物而已。蓋巡遠守睢陽，當時安慶緒遣突厥勁兵攻之，日以危困，所

謂『北風吹樹急』也，是時肅宗在靈武，號令不行于江淮，諸將觀望，莫肯救之，所謂『西日照窗涼』也。此深得老杜句法。如老杜《題蜀相廟》詩云：『映階碧草自春色，隔葉黃鸝空好音。』亦自別託意在其中矣。《苕溪漁隱叢話》

《遯齋閒覽》云：荆公《百家詩選序》云：『予與宋次道同爲三司判官，次道出其家所藏唐《百家詩》，請予擇其善者，廢日力于此，良可悔也。雖然，欲觀唐人詩，觀此足矣。』今世所傳《百家詩選》印本，已不載此序矣。然唐之詩人，有如宋之問、白居易、元稹、劉禹錫、李益、韋應物、韓翃、王維、杜牧、孟郊之流，皆無一篇入選者。或謂公但據當時所見之集詮擇，蓋未有盡見者，故不得而偏録。其實不然，公選此詩，自有微旨，但恨觀者不能詳究耳。公後復以杜、歐、韓、李別有《四家詩選》，則其意可見。《苕溪漁隱叢話》

《西清詩話》云：《百家詩選》，予讀之，見其取張祜《惠山寺》詩：『泉聲到地盡，山色上樓多』，而不取《孤山寺》詩：『樓臺聳碧岑，一徑入湖心。不雨山長潤，無雲水自陰。斷橋荒蘚澁，空院落花深。猶憶西窗月，鐘聲在北林。』又賈島平生得意句：『獨行潭底影，數息樹邊身』，復不取，而載：『寫留行道影，焚卻坐禪身』，不知意果如何耳？《苕溪漁隱叢話》

《石林詩話》云：『王荆公從宋次道借本，編《百家詩選》，中間有「暝色赴春愁」，次道改「赴」字作「起」字，荆公復定爲「赴」字，以語次道曰：「若是起字，誰不能之！」次道以

爲然。』苕溪漁隱曰：予觀《鍾山語録》云：『「暝色赴春愁」，下得「赴」字最好，若下「起」字，即小兒言語也。』所云止此，不知石林之説，何從得之？《苕溪漁隱叢話》

《冷齋夜話》云：『用事琢句，妙在言其用而不言其名，此法惟荆公、東坡、山谷三老知之。荆公曰：「含風鴨緑鱗鱗起，弄日鵝黄裊裊垂」，此言水柳之名也。東坡《答子由》詩曰：「猶勝相逢不相識，形容變盡語音存」，此用事而不言其名。山谷曰：「管城子無食肉相，孔方兄有絶交書。」又曰：「語言少味無阿堵，冰雪相看有此君。」又曰：「眼看人情如格五，心知外物等朝三。」格五，今之蹙融是也，《後漢》注云：「常置人于險惡處耳。」』苕溪漁隱曰：荆公詩云：『繅成白雪桑重緑，割盡黄雲稻正青』，『白雪』則絲，『黄雲』則麥，亦不言其名也。予嘗效之云：『爲官兩部喧朝夢，在野千機促婦功』，蛙與促織二蟲也。《苕溪漁隱叢話》

《蔡寬夫詩話》云：雁有小而善鳴者，謂之『雁奴』，雁每群宿，雁奴則往來巡視不瞑，微聞人聲，則長鳴以警，蓋亦物之能愛其類者。以故江湖間捕雁，必先以計殺雁奴，然後群雁可得。宋景文公嘗著其説。王荆公亦有詩曰：『人將伺其怠，奴輒告之亟。舉群寤而飛，機巧無所得。』此與樂天所賦雉媒者異也。《苕溪漁隱叢話》

《禁臠》云：沙草則衆人所謂水邊林下之物，所與之游處者牛羊鷗鳥耳，而荆公造而

爲語曰：『眠分黄犢草，坐占白鷗沙。』其筆力高妙，殆若天成。凡貧賤則語言不爲人所敬信，歲寒則無如松竹，魯直造而爲語曰：『語言少味無阿堵，冰雪相看有此君。』其語便韻。《苕溪漁隱叢話》

《類苑》云：荆公《題王昂霄水亭》云：『蕭蕭摶黍聲中日，漠漠舂鋤影外天。』事實人多不知。『摶黍』，蓋黄鸝也，黍方熟時，鳴于桑間，或謂之黄鸝，見《詩疏》。『舂鋤』，鷺，《爾雅》曰：『鷺，舂鋤。』亦取其鷺之行步云。皮日休詩云：『數點舂鋤煙雨微』，蓋言此耳。《苕溪漁隱叢話》

苕溪漁隱曰：荆公詩：『客舍黄粱今始熟，烏殘紅柿昔曾分。』事見《傳燈録》：『潙山與仰山游，行次，烏銜一紅柿落前，祐將與仰山，仰山接得，以水洗了，卻與祐。祐曰：「什麽處得來？」寂曰：「此是和尚道德所感。」祐曰：「不得空然。」即分半與寂。』《苕溪漁隱叢話》

《六朝事迹》云：『半山報寧禪寺，荆公故宅也。其地名白塘，舊以地卑，積水爲患，自荆公卜居，乃鑿渠決水，以通城河。元豐七年，公病愈，乃請以宅爲寺，因賜寺額。由城東門至蔣山，此半道也，故今亦名半山寺。陳軒《金陵集》，載荆公《半山》詩，凡十五首。』苕溪漁隱曰：山谷稱荆公爲『半山老人』，故《跋胡笳集句》云：『溢城王寅擬半山老人集句

胡笳十八拍』是也。《苕溪漁隱叢話》

《蔡寛夫詩話》云：荆公嘗云：『詩家病使事太多，蓋皆取其與題合者類之，如此乃是編事，雖工何益。若能自出己意，借事以相發明，情態畢出，則用事雖多，亦何所妨。』故公詩如：『董生只爲《公羊》感，豈肯捐書一語真』，『桔槔俯仰何妨事，抱甕區區老此身』之類，皆意與本題不類，此真所謂使事也。《苕溪漁隱叢話》

《復齋漫録》云，荆公詩：『静憩鳩鳴午，荒尋犬吠昏。』學者謂公取唐詩『一鳩鳴午寂，雙燕語春愁』之句。予嘗見東坡手寫此詩，乃是：『静憩鷄鳴午。』讀者疑之，蓋不知取唐詩：『楓林社日鼓，茅屋午時雞。』《苕溪漁隱叢話》

陳子高云：『庚辰三月十日，與關聖淵、陳明信集太平寺。明信誦介甫《三品石》句，以爲介甫善論古今，如「國亡今日頑無耻，自謂當年不與謀」，後之詩人，不復措詞矣。聖淵云：「介甫但是融化《石笥行》舊語，且陳亡，江總輩皆北面讎仇，豈如此石之耐久耶？」聖淵及予作詩以反介甫，明信終守己説，争論紛然，日暮罷去，詩竟不就。後十四年，當癸巳寒食，重尋昔游，群石巋然固在，聖淵、明信死已久矣。』苕溪漁隱曰：子高《三品石》詩云：『臨春結綺今何在？屹立巋巋終不改。可憐江總負君恩，白頭仍作北朝臣。』此反介甫詩意也。《苕溪漁隱叢話》

《藝苑雌黄》云：予頃與荆南同官江朝宗論文，江云：『前輩爲文，皆有所本。如介甫《虎圖》詩，語極遒健，其間有「神閒意定始一掃」之句，爲此只是平常語，無出處，後讀《莊子》：「宋元君畫圖，有一史後至，儃儃然不趨，受揖下立，因之舍，解衣盤礴羸。君曰：是真畫者也。」郭象注：「内足者神閒而意定。」乃知介甫實用此語也。』又言：『杜陵有《王十五閣會》詩：「病身虚俊味，何幸飫兒童。」「俊味」亦有來處，《本草》葫注中云：「此物煮爲羹臛，極俊美，除風破冷，足爲饌中之俊。」』又言：『韓退之《叉魚》詩：「駢首類同條」「駢首」雖是常語，然考之《周易》「貫魚以宫人寵」，王弼注：「貫魚謂五陰駢頭相次，似貫魚也。」退之蓋取此。又杜詩《贈李校書》：「衆中每一見，使我潛動魄。」按文選江淹《雜體詩序》云：「蛾眉詎同貌，而俱動于魄。芳草寧共氣，而皆悦于魂。」則動魄之説，杜亦有所本也。』《苕溪漁隱叢話》

司馬文正公《日録》云：介甫初爲政，每贊上以獨斷，上專信任之。蘇軾爲開封試官，策問進士，以『晉武平吴以獨斷而克，苻堅伐晉以獨斷而亡。齊桓專任管仲而霸，燕噲專任子之而敗。事同而功異，何也？』介甫見之，不悦。軾弟轍辭條例司，言青苗不便，介甫尤怒，乃定制策登科者，不得與館職，皆送審官，與合入差遣，以軾、轍兄弟故也。《苕溪漁隱叢話》

《復齋漫録》云：荆公既排退之，後而喜揚雄，故著説以明《劇秦》非雄所作，又爲詩以辨之曰：『豈嘗知符命，何苦自投閣。長安諸愚儒，操行自爲薄。謗誚出異己，傳載因疏略。孟軻勸伐燕，伊尹干説亳。扣馬觸兵鋒，食牛要禄爵。史官蔽多聞，自古喜穿鑿。』蓋以投閣、《劇秦》等事，比伊尹干湯、伯夷扣馬、百里奚飯牛，爲不足信也。人之嗜好，一有所惑如此。然其後又作絶句，以詠雄云：『他年未免投天閣，虚爲新都著《劇秦》。』又古詩云：『歲晚天禄閣，强顔爲《劇秦》』者，何耶？《苕溪漁隱叢話》

《藝苑雌黄》云：僧惠洪《冷齋夜話》，載介甫詩云：『春殘葉密花枝少，睡起茶多酒盞疏』，『多』字當作『親』，世俗傳寫之誤。洪之意蓋欲以『少』對『密』，以『疏』對『親』。予作荆南教官，與江朝宗滙者同僚，偶論及此，江云：『惠洪多妄誕，殊不曉古人詩格。此一聯以「密」字對「疏」字，以「多」字對「少」字，正交股用之，所謂蹉對法也。』《苕溪漁隱叢話》

《復齋漫録》云：荆公詩：『日高青女尚横陳』，『横陳』事見相如《賦》及《楞嚴經》云。『青女』者，主霜雪之神也，故《淮南子》云：『至秋三月，青女乃出降霜雪。』高誘注云：『青女，乃天神青腰玉女，主天霜雪。』荆公以青女爲『霜』，于理未當。杜子美《秋野》詩云：『飛霜任青女』，乃爲盡理。梁昭明《博山香爐賦》云：『青女司寒，紅光翳景。』亦皆爲霜雪神矣。《苕溪漁隱叢話》

苕溪漁隱曰：王駕《晴景》云：『雨前初見花間蘂，雨後兼無葉底花。蛺蝶飛來過墻去，應疑春色在鄰家。』此《唐百家詩選》中詩也。予因閲荆公《臨川集》，亦有此詩，云：『雨來未見花間蘂，雨後全無葉底花。蜂蝶紛紛過墻去，卻疑春色在鄰家。』《百家詩選》是荆公所選，想愛此詩，因爲改七字，使一篇語工而意足，了無鑱斧之迹。真削鐻手也。《苕溪漁隱叢話》

《復齋漫録》云：烏石岡，距臨川三十里，荆公外家吴氏居其間，故詩云：『不知烏石岡邊路，到老相尋得幾回。』鹽步門，在荆公舊居之前，故詩云：『曲池丘墓心空折，鹽步庭闈眼欲穿。』臨川郡學，在州治之東，城隅之上，其門庭之間，有池不廣，而旱暵不竭，世傳以爲王右軍墨池，每當貢士之歲，或見墨汁點滴如潑出于水面，則次春郡人必有登科者，荆公《送和甫奉使江南》詩：『爲我聊尋逸少池』，皆紀實也。《苕溪漁隱叢話》

《遯齋閒覽》云：『六一居士推重陶淵明《歸去來》，以爲江左高文，當世莫及。涪翁云：「顔謝之詩，可謂不遺鑪錘之功矣。然淵明之墻數仞而不能窺也。」東坡晚年，尤喜淵明詩，在儋耳，遂盡和其詩。荆公在金陵，作詩多用淵明詩中事，至有四韻詩全使淵明詩者。又嘗言其詩有奇絶不可及之語，如「結廬在人境，而無車馬喧。問君何能爾？心遠地自偏」，由詩人以來，無此句也。然則淵明趣向不群，詞彩精拔，晉、宋之間，一人而已。』

苕溪漁隱曰：荆公詩云：『先生歲晚事田園，魯叟遺書廢討論。問訊桑麻憐已長，按行松菊喜猶存。農人調笑追尋壑，稚子歡呼出俟門。遥謝載醪祛惑者，吾今欲辨已忘言。』所謂四韻全使淵明詩者，即此詩是也。《苕溪漁隱叢話》

苕溪漁隱曰：《後出塞》詩云：『借問大將誰？恐是霍嫖姚。』《陪柏中丞觀宴將士》詩云：『漢朝頻選將，應拜霍嫖姚。』按《漢史》：『霍去病再從大將軍受詔，予壯士爲票姚校尉。』服虔曰：『音「飄摇」。』師古曰：『「票」音頻妙反，「摇」音羊召反。「票姚」，勁疾之貌也。荀悦《漢紀》作「票鷂」字。去病後爲票騎將軍，尚取「票姚」之字耳。今讀者音「飄摇」，不當其義也。』予謂子美今以平聲用此兩字，蓋從服虔音爾。王荆公嘗有詩云：『莫教空説霍嫖姚』，亦以平聲用之，必承襲子美之意也。《苕溪漁隱叢話》

苕溪漁隱曰：李、杜畫像，古今詩人題詠多矣。若杜子美，其詩高妙，固不待言，要當知其平生用心處，則半山老人之詩得之矣。若李太白，其高氣蓋世，千載之下，猶可歎想，則東坡居士之《贊》盡之矣。半山老人詩云：『吾觀少陵詩，謂與元氣侔。力能排天斡九地，壯顔毅色不可求。浩蕩八極中，生物豈不稠！醜妍巨細千萬殊，竟莫見以何雕鏤。惜哉命之窮，顛倒不見收。青衫老更斥，餓走半九州。瘦妻僵前子仆後，攘攘盜賊森戈矛。吟哦當此時，不廢朝廷憂。嘗願天子聖，大臣各伊周。寧令吾廬獨破受凍死，不忍四海赤

子寒飀飀。傷屯悼屈止一身，嗟時之人我所羞。所以見公像，再拜涕泗流。推公之心古亦少，願起公死從之游。』東坡居士《贊》云：『天人幾何同一漚，謫仙非謫乃其游，麾斥八極隘九州。化爲兩鳥鳴相酬，一鳴一止三千秋。開元有道爲少留，縻之不可矧肯求。西望太白横峩岷，眼高四海空無人。大兒汾陽中令君，小兒天台坐忘身。平生不識高將軍，手汙吾足乃敢嗔！作詩一笑君應聞。』《苕溪漁隱叢話》

《石林詩話》云：讀古人詩多，意有所喜，誦憶之久，往往不覺誤用爲己語。『緑陰生晝寂，孤花表餘春』，此蘇州《集》中爲警策，而荆公詩乃有：『緑陰生晝寂，幽草弄秋妍』之句，大抵荆公閲唐人詩多，觀《百家詩選》可見也。如蘇子瞻：『山圍故國城空在，潮打西陵意未平』，此非誤用，直取舊句縱横役使，知彼我莫辨耳。《苕溪漁隱叢話》

《西清詩話》云：義山《雜纂》品目數十，蓋以文滑稽者，其一曰『殺風景』，謂清泉濯足，花上曬褌，背山起樓，燒琴煮鶴，對花啜茶，松下喝道。晏元獻慶曆中罷相守潁，以惠山泉烹日注，從容置酒賦詩曰：『稽山新茗緑如煙，静挈都藍煮惠泉。未向人間殺風景，更持醪醑醉花前。』王荆公元豐末居金陵，蔣大漕之奇夜謁公于蔣山，騶喝甚都，公取松下喝道語作詩戲之，云：『扶衰南陌望長楸，燈火如星滿地流。但怪傳呼殺風景，豈知禪客夜相投。』自此『殺風景』之語，頗著于世。《苕溪漁隱叢話》

《三山老人語録》云：唐人以對花啜茶，謂之『殺風景』，故荆公《寄茶與平甫》詩有『金谷看花莫謾煎』之句。《苕溪漁隱叢話》

《漫叟詩話》云：荆公和人詩，以『庚桑』對『五柳』，『黄耇日』對『白雞年』，此名『借對』。不特此也，如李白詩：『水衡雲女碓，風掃石楠花。』皆此類也。《苕溪漁隱叢話》

《東皋雜録》云：介甫《梅花》詩有：『額黄映日明飛燕，肌粉含風冷太真』，後改曰：『肌冰綽約如姑射，膚雪參差似玉真。』《莊子》：『藐姑射之山有神人，肌膚若冰雪，綽約若處子。』《長恨歌》：『中有一人字玉真，雪膚花貌參差是。』全用古字，只易一『若』爲『如』耳。《苕溪漁隱叢話》

《東皋雜録》云：韓魏公守維揚，王荆公、王岐公爲幕客，公愛重之。方春芍藥會，有四枝正紫，重跗累萼，中有金蕋遶之，號『腰金紫』，每歲不過一二。公召二幕賞之，尚少一客，俄報陳太傅入境，秀公也，即召之，後皆爲宰相。故荆公作魏公挽詩云：『幕府少年今白髮，傷心無路送靈輀。』《苕溪漁隱叢話》

苕溪漁隱曰：柳子厚、王介甫，以道傍大松，人多取以爲用，各以詩惜之。子厚意雖自謂語反成晦，不若介甫語顯而意適也。子厚云：『孤松停翠蓋，託根臨廣路。不以險自防，遂爲明所誤。』介甫云：『虬甲龍髯不可攀，亭亭千尺蔭南山。自嗟無地逃斤斧，豈願争明

爝火間？』余頃過衡嶽，夾道古松最盛，正有此患，雖嶽祠相近，官不能禁也。《苕溪漁隱叢話》

《藝苑雌黄》云：宋玉《九辯》云：『悲哉秋之爲氣也，蕭瑟兮草木揺落而變衰。憀慄兮若在遠行，登山臨水兮送將歸。』潘安仁《秋興賦》引此語，而曰：『送歸懷慕徒之戀兮，遠行有羈旅之憤。臨川感流以歎逝兮，登山懷遠而悼近。彼四感之疚心兮，遭一途而難忍。』安仁以「登山」、「臨水」、「遠行」、「送歸」爲四感。予頃年較進士于上饒，有同官張扶云：『曾見人言、若在遠、行、登山、臨水、送、將、歸是七件事。謂遠也，行也，登山也，臨水也，送也，將也，歸也。前輩詩中，惟王介甫有一聯云：「一水護田將緑遶，兩山排闥送青來」「將」「送」二字，與《楚辭》合。』予嘗考詩之《燕燕》篇曰：『之子于歸，遠于將之。之子于歸，遠送于野。』一篇詩中，亦用此『送』、『將』、『歸』三字，然則《楚辭》之言，亦有所本也。安仁謂之『四感』，蓋略而言之。《苕溪漁隱叢話》

《復齋漫録》云：『晉左思《白髮賦》：「髮乃辭盡，誓以固窮。昔臨玉顏，今從飛蓬。髮膚至昵，尚不克終。聊用擬辭，比之國風。」』苕溪漁隱曰：王介甫《嘲白髮》詩曰：『久應飄轉作蓬飛，眷惜冠巾未忍違。種種春風吹不長，星星明月照還稀。』真佳句也。《苕溪漁隱叢話》

許彦周《詩話》云：『畫山水詩，少陵數首，無人可繼者，惟荆公《觀燕公山水》詩前六句、東坡《煙江叠嶂圖》一詩，差近之。』苕溪漁隱曰：少陵題畫山水數詩，其間《古風》二篇，尤爲超絶，荆公、東坡二詩，悉録于左，時時哦之，以快滯懣。少陵《奉先劉少府新畫山水障歌》云：『堂上不合生楓樹，怪底江山起煙霧。聞君掃卻赤縣圖，乘興遣畫滄洲趣。畫師亦無數，好手不可遇。對此融心神，知君重毫素。豈但祁岳與鄭虔，筆迹遠過楊契丹。得非元圃裂，無乃瀟湘翻。悄然坐我天姥下，耳邊已似聞清猿。反思前夜風雨急，乃是滿城鬼神入。元氣淋漓障猶溼，真宰上訴天應泣。野亭春還雜花遠，漁翁暝踏孤舟立。滄浪水深青溟闊，欹岸側島秋毫末。不見湘妃鼓瑟時，至今斑竹臨江活。劉侯天機精，愛畫入骨髓。自有兩兒郎，揮洒亦莫比。大兒聰明到，能添老樹巔崖裏。小兒心孔開，貌得山僧及童子。若耶溪，雲門寺，吾獨何爲在泥滓，青鞋布襪從此始。』《戲題王宰山水圖歌》云：『十日畫一水，五日畫一石。能事不受相促迫，王宰始肯留真迹。壯哉崑崙方壺圖，掛君高堂之素壁。巴陵洞庭日本東，赤岸水與銀河通，中有雲氣隨飛龍。舟人漁子入浦漵，山木盡亞洪濤風。尤工遠勢古莫比，咫尺應須論萬里。焉得并州快剪刀，剪取吴淞半江水。』荆公《題燕侍郎山水圖》云：『往時濯足瀟湘浦，獨上九嶷尋二女。蒼梧之野煙漠漠，斷隴連岡散平楚。暮年傷心波浪阻，不意畫中能更覩。燕公侍書燕王府，王求一筆終不

與。奏論讞書誤當赦，全活至今何可數。仁人義士埋黄土，祇有粉墨歸囊楮。』東坡《題王定國所藏煙江叠嶂圖》云：『江上愁心千叠山，浮空積翠如雲煙。山耶雲耶遠莫知，煙空雲散山依然。但見兩崖蒼蒼暗絶谷，中有百道飛來泉。縈林絡石隱復見，下赴谷口爲奔川。川平山開林麓斷，小橋野店依山前。行人稍度喬木外，漁舟一葉江吞天。使君何從得此本？點綴毫末分清妍。不知人間何處有此境？徑欲往買二頃田。君不見，武昌樊口幽絶處，東坡先生留五年。春風摇江天漠漠，暮雲卷雨山娟娟。丹楓翻鴉伴水宿，長松落雪驚醉眠。桃花流水在人世，武陵豈必皆神仙！江山清空我塵土，雖有去路尋無緣。還君此畫三歎息，山中故人應有招我《歸來》篇。』《苕溪漁隱叢話》

《復齋漫録》云：荆公不以退之爲是，故其詩云：『力去陳言誇末俗，可憐無補費精神。』《送吴使君潮州》詩：『不必移鱷魚，詭怪以疑民。有若大顛者，高才能動人。亦勿與爲禮，聽之汩彜倫。』《韓子年譜》云：『與孟簡書言：潮州時有一老僧，號大顛，頗聰明識道理，遠地無可與言者。故自山召至州郭，留數十日。及祭神海上，遂造其廬。及來袁州，留衣服爲别，乃人之情，非崇信其法，求福田利益也。』東坡云：『退之喜大顛，如喜文暢、澄觀之意。而世妄撰退之與顛書，其詞凡鄙。有一士人，又于其末題云：「歐陽永叔謂此文非退之莫能及。」此又誣永叔也。』近世所傳《退之别傳》，載公與大顛往復之語，深詆退之。

其言多近世經義之説，又于其末作永叔跋云：『使退之復生，不能自解免。』吾友吴源明云：『徐君平見介甫不喜退之，故作此文耳。』《苕溪漁隱叢話》

《文昌雜録》云：『世言燕子至秋社乃去，仲春復來，《詩》謂玄鳥，鳦也，春分玄鳥降。昔年因京東開河岸崩，見蟄燕無數。晉郗鑒爲兖州刺史，鎮鄒山，百姓饑饉，或掘野鼠、蟄燕而食之。乃知燕去亦蟄耳，驚蟄後中氣乃出，非渡海也。』苕溪漁隱曰：予曩歲冬間，于吴興山中營先壠，開一山路，路旁有數巨石，其穴頗深，試令僕輩劚之，曰：『見鶯燕蟄于其間者甚衆。』急掩之，因驗《文昌》之言爲是，而《摭遺》之説爲非也。半山老人有《歸燕》詩云：『馬上逢歸燕，知從何處來？　貪尋舊巢去，不帶錦書回。』亦用寄書事，蓋不知此耳。《苕溪漁隱叢話》。宗祥案：《叢話》又載《摭遺》之説，今附于後。《藝苑雌黄》云：『夢得詩：「朱雀橋邊野草花，烏衣巷口夕陽斜。舊時王謝堂前燕，飛入尋常百姓家。」朱雀橋，烏衣巷，皆金陵故事。』《輿地志》云：『晉時，王導自立烏衣宅，宋時諸謝曰「烏衣之聚」，皆此巷也。』『王氏、謝氏，乃江左衣冠之盛者，故杜詩云：「從來王謝郎」。比觀劉斧《摭遺》，載《烏衣傳》，乃以「王謝」爲一人姓名，其言既怪誕，遂託名錢希白，終篇又取夢得詩實其事。希白不應如此謬，是直劉斧之妄言耳！　大抵小説所載事，多不足信，而《青瑣》、《摭遺》，誕妄尤多。』又《六朝事迹》云：『王榭，金陵人，世以航海爲業。一日，海中失船，泛一木登岸，見一翁一嫗，皆衣皂，引榭至所居，乃烏衣國也，以女妻之。既久，榭思歸，復乘雲軒，泛海至家。有二燕棲于梁上，榭以手招之，即飛來臂上，取片紙書小詩繫于燕尾曰：「誤到華胥國裏來，玉人終日苦憐才。雲軒飄去無消息，灑淚臨風幾百回。」來春，燕又飛來榭身上，有詩云：「昔日相逢

皆冥數，如今睽遠是生離。來春縱有相思字，三月天南無燕飛。」至來歲，燕竟不至，因目榭所居爲烏衣巷。劉禹錫有詩曰：「朱雀橋邊野草花，烏衣巷口夕陽斜。舊時王榭堂前燕，飛入尋常百姓家。」此見《摭遺》。《圖經》云：「烏衣巷，在縣東南里。《晉書》云：王導紀、瞻宅，皆在此巷。」」苕溪漁隱曰：《六朝事迹》引《摭遺》此事，以證烏衣巷，是信其説爲然也。《藝苑雌黄》乃力詆其妄。姑兩存之，以俟考。

《苕溪漁隱》曰：魯直《書荆公集句菩薩蠻詞碑本》云：『數間茅屋閒臨水，窄衫短帽垂楊裏。花是去年紅，吹開一夜風。娟娟新月偃，午醉醒來晚。何許最關情，黄鸝三兩聲。』因閲《臨川集》，乃云：『今日是何朝，看余度石橋。』予謂不若：『花是去年紅，吹開一夜風』爲勝也。《苕溪漁隱叢話》

《遯齋閒覽》云：沈内翰譏『黛色參天二千尺』之句，以謂『四十圍』配『二千尺』爲太細長，不知子美之意，但言其色而已。猶言其翠色蒼然，仰視高遠，有至于二千尺而幾于參天也。若如此求疵，則二千尺固未足以參天，而詩人謂峻極于天者，更爲妄語。又論退之《城南聯句》『竹影金瑣碎』云：金瑣碎者，乃日光，題中無『日』字，不當言竹影，凡物因日而有影，苟無日，影從何生？言『竹影』，即日光在其中矣。如荆公《金山寺》詩云：『江月入松金破碎』，亦須藉松影方見月光之破碎，卻怪題中無『影』字可乎？善論詩者，正不應爾。《苕溪漁隱叢話》

《隱居詩話》云：沈括存中，吕惠卿吉甫，王存正仲，李常公擇，治平中同在館下談詩。

存中曰：『韓退之詩，乃押韻之文耳。雖健美富贍，而格不近詩。』吉甫曰：『詩正當如是。我謂詩人以來，未有如退之者。』正仲是存中，公擇是吉甫，四人交相詰難，久而不決。公擇忽正色謂正仲曰：『君子群而不黨，公何黨存中也？』正仲勃然曰：『我所見如是，顧豈黨耶？以我偶同存中，遂謂之黨，然則君非吉甫之黨乎？』一座大笑。予每評詩，多與存中合。予頃年嘗與王荆公評詩，予謂：『凡爲詩當使挹之而源不窮，咀之而味愈長。至如永叔之詩，才力敏邁，句亦健美，但恨其少餘味耳。』荆公曰：『不然。如「行人仰頭飛鳥驚」之句，亦可謂有味矣。』然至今思之，不見此句之佳，亦竟莫原荆公之意。信乎所見之殊，不可强同也。《苕溪漁隱叢話》

《蔡寛夫詩話》云：王荆公晚年，亦喜稱義山詩，以爲唐人知學老杜，而得其藩籬，惟義山一人而已，每誦其：『雪嶺未歸天外使，松州猶駐殿前軍』，『永憶江湖歸白髪，欲回天地入扁舟』，與：『池光不受月，暮氣欲沉山』，『江海三年客，乾坤百戰場』之類，雖老杜無以過也。義山詩合處信有過人，若其用事深僻，語工而意不及，自是其短，世人反以爲奇而效之，故崑體之弊，適重其失，義山本不至是云。《苕溪漁隱叢話》

《復齋漫録》云：『王公韶少日讀書于廬山東林裕老庵，庵前有老松，因賦詩云：「緑皮皺剥玉嶙峋，高脚分明似古人。解與乾坤生氣概，幾因風雨長精神。裝添景物年年换，

擺捭窮愁日日新。惟有碧霄雲裏月，共君孤影最相親。」王荆公爲憲江東，過而見之，大加稱賞，遂爲知己。』苕溪漁隱曰：《蔡寬夫詩話》云：『盧龍圖秉少豪逸，熙寧初游京師，久不得調，嘗作詩曰：「青衫白髮病參軍，旋糶黄粱置酒樽。但得有錢留客醉，何須騎馬傍人門。」荆公一見曰：「此亦非碌碌者」，即薦用之，前此蓋未嘗相識也。』又《石林詩話》云：『劉季孫初以右班殿直，監饒州酒，荆公爲憲江東，巡歷按酒務，始至廳事，見屏間有題小詩曰：「呢喃燕子語梁間，底事來驚夢裏閒。説與傍人應不解，杖藜携酒看芝山。」大稱賞之，即召與語，嘉歎之久，陞車而去，不復問務事。』荆公以三詩而取三士，其樂善之心，今人所未有也。吾故表而出之。《苕溪漁隱叢話》

王荆公絶句云：『京口瓜洲一水間，鍾山祇隔數重山。春風又緑江南岸，明月何時照我還？』吴中士人家藏其草，初云：『又到江南岸』，圈去『到』字，注曰：『不好，改爲「過」』。復圈去而改爲『入』，旋改爲『滿』，凡如是十許字，始定爲『緑』。黄魯直詩：『歸燕略無三月事，高蟬正用一枝鳴。』『用』字初曰『抱』，又改曰『占』、曰『在』、曰『帶』、曰『要』，至『用』字始定。予聞于錢伸仲大夫如此。今豫章所刻本，乃作『殘蟬猶占一枝鳴。』《容齋續筆》

王荆公議論高奇，果于自用。嘉祐初爲度支判官，上萬言書，以爲：『今天下財力日以

困窮，風俗日以衰壞，患在不知法度，不法先王之政故也。法先王之政者，法其意而已。法其意則吾所改易更革，不至乎傾駭天下之耳目，而固已合矣。因天下之力以生天下之財，取天下之財，以供天下之費，自古治世，未嘗以不足爲公患也，患在治財無其道耳。在位之人才既不足，而閭巷草野之間，亦少可用之材。社稷之託，封疆之守，陛下其能久以天幸爲常，而無一旦之憂乎？願監苟且因循之敝，明詔大臣，爲之以漸，期爲合于當世之變。臣之所稱，流俗之所不講，而議者以爲迂闊而熟爛者也。』當時富、韓二公在相位，讀之不樂，知其得志必生事。後安石當國，其所注措，大抵皆祖此書。又不忍貧民而深疾富民，志欲破富以惠貧。嘗賦《兼并》詩一篇曰：『三代子百姓，公私無異財。人主擅操柄，如天持斗魁。賦予皆自我，兼并乃姦回。姦回法有誅，勢亦無自來。後世始倒持，黔首遂難裁。秦王不知此，更築懷清臺。禮義日已媮，聖經久堙埃。法尚有存者，欲言時所咍。俗吏不知方，掊克乃爲才。俗儒不知變，兼并可無摧。利孔至百出，小人司闔開。有司與之争，民愈可憐哉。』其語絶不工。迨其得政，設青苗法以奪富民之利，民無貧富，兩税之外皆重出息十二，吕惠卿復作手實之法，民遂大病，其禍源于此詩。蘇子由以爲昔之詩病，未有若此其酷也。痛哉！《容齋三筆》

『楊柳鳴蜩緑暗，荷花落日紅酣。三十六陂春水，白頭想見江南。』荆公《題西太一宫》

六言首篇也，今臨川刻本，以『楊柳』爲『柳葉』，其意欲與『荷花』爲切對，而語句遂不佳。此猶未足問。至改『三十六陂春水』爲『三十六宫煙水』，則極可笑。公本意以在京華中，故想見江南景物，何預于宫禁哉！不學者妄意塗竄，殊爲害也。彼蓋以太一宫爲禁廷離宫爾。《容齋三筆》

王荆公《集古胡笳詞》一章云：『欲問平安無使來，桃花依舊笑春風。』後章云：『春風似舊花仍笑，人生豈得長年少。』二者貼合如出一手，每歎其精工。其上句蓋用崔護詩，後一句久不見其所出，近讀范文正公《靈巖寺》一篇云：『春風似舊花猶笑』，以『仍』爲『猶』乃此也。李義山又有絶句云：『無賴夭桃面，平明露井東。春風爲開了，卻擬笑春風。』語意兩極其妙。《容齋五筆》

吾弟超然善論詩，其爲人純至有風味，嘗曰：『陳叔寶絶無肺腸，然詩語有警絶者。如曰：「午睡醒來晚，無人夢自驚。」「夕陽如有意，偏傍小窗明。」王維摩詰《山中》詩曰：「溪清白石出，天寒紅葉稀。山路元無雨，空翠溼人衣。」舒王《百家衣體》曰：「相看不忍發，慘澹暮潮平。欲别更攜手，月明洲渚生。」此皆得于天趣。』予問之曰：『句法固佳，然何以識其天趣？』超然曰：『能知蕭何所以識韓信，則天趣可言。』予竟不能詰，歎曰：『溟涬然弟之哉！』《冷齋夜話》

詩到李義山，謂之文章一厄，以其用事僻澁，時稱『西崑體』。然荆公晚年亦或喜之，而字字有根蒂，如作《雪》詩曰：『借問火城將策探，何如雲屋聽窗知？』又曰：『未愛京師傳谷口，但知鄉里勝壺頭。』其用事琢句，前輩無相犯者。昔李師中作《送唐介謫官》詩曰：『去國一身輕似葉，高名千古重于山。並游英俊顔何厚，已死姦諛骨尚寒』云云，已而聞介赴月首上官，乃大悔，以書索其詩。唐公笑曰：『吾正不用此無對屬落韻詩。』遂以還之。李大驚，久之，乃悟『一身』、『千古』非挾對，與荆公措意異矣。《冷齋夜話》

荆公嘗訪一高士不遇，題其壁曰：『墻角數枝梅，凌寒特地開。遥知不是雪，爲有暗香來。』《冷齋夜話》

全宋詩話卷二十三

王安石五

黄朝英《緗素雜記》云：『宋子京有《帝幸南園觀刈麥》詩云：「農扈方迎夏，官田首告秋。」注云：「臣謹案：物成熟者謂之秋，取揫斂之義，故謂四月爲麥秋。」予按《北史·蘇綽傳》云：「布種既訖，嘉苗須理。麥秋在野，蠶停于室」，則「麥秋」之説，其來舊矣。』已上皆朝英説。予考『麥秋』之始，在《禮記·月令》自有成説，何必引蘇綽説耶。釋其意則景文之説尤盡。及觀王荆公絶句云：『荷葉初開筍漸抽，東陂南蕩正堪游。無端隴上翛翛麥，横起寒風占作秋。』此又何也？然景文所注，本出蔡邕《月令章句》曰：『百穀各以其初生爲春，熟爲秋。故麥以孟夏爲秋。』《能改齋漫録》

葉少藴《石林詩話》云：『或者以荆公詩以古人姓名藏句中，如：「莫嫌柳渾青，終恨李太白」，自公始發之，然唐權德輿已有此體。』予按梁元帝時，已有人姓名詩及將軍名詩，

不始于權德輿也。《能改齋漫録》

蔡絛《西清詩話》記荆公有『黄菊飄零滿地金』之句，而文忠公非之，荆公以文忠不讀《楚辭》之過也。以予觀之，『夕餐秋菊之落英』，非『零落』之落，落者，始也，故築室始成謂之『落成』，《爾雅》曰：『俶落權輿，始也。』至若錢昭度詩云：『蕎麥花殘小雪飛』，乃爲詩病。《能改齋漫録》

孫少魏《東臯録》：『荆公詩：「窗明兩不借，榻浄一籧篨。」《古今注》云：「漢文履不借以視朝。」《齊民要術》云：「冬月令民作不借。」「不借」，草履也。』予考《中華古今注》云：『「不借，草履也。以其輕賤易得，故人人自有，不假借也。』然則循名以考實，其義可信。及觀揚雄《方言》，乃云：『絲作者曰不借』，此又何耶？《能改齋漫録》

臨川郡圃，舊名『金柅』，今則没其名。徐鉉鼎臣《送從兄赴臨川幕》詩云：『石頭城下春潮滿，金柅亭邊緑樹繁』，謂此也。荆公《集句送吴顯道》詩亦云：『臨川樓上柅園中。』《能改齋漫録》

《西清詩話》記：『熙寧初，張侍郎掞以二府成，詩賀王文公。公和曰：「功謝蕭規慙漢第，恩從隗始詫燕臺。」示陸農師，曰：「蕭規曹隨，高帝論功，蕭何第一，皆摭故實。而請從隗始，初無恩字。」公笑曰：「子善問也。韓退之《鬭雞聯句》：『感恩慙隗始』，若無據，

豈當對功字耶。」乃知前人以用事一字偏枯，爲倒置眉目，返易衣裳，蓋慎之如此。』以上皆《西清》説。予嘗以此論近誣，蓋荆公用『蕭何』事，乃漢嘗賜蕭何等北闕大第，今二府成，乃切題。若以蕭何功第一，則『次第』之第，非『第宅』之第。或又牽强云：『借「第」以對「臺」，唐人有此格。』此蓋不知漢嘗賜第事，故作此語耳，所恨未知正出處只具于唐李郢詩注。郢有《奉陪裴相公重陽日游安樂池亭》詩云：『絳霄輕靄翊三臺，嵇阮襟情管樂才。蓮沼昔爲王儉府，菊籬今作孟嘉臺。寧知北闕元勳在，卻引東山舊客來，自笑吐茵還酩酊，日斜空從絳衣迴。』郢于第五句下注云：『漢賜蕭何等北闕大第。』以郢猶能知之，孰謂荆公捨此而反舉第一之事爲對耶？況荆公嘗上曾魯公詩云：『且開經洛蕭何第，未泛江湖范蠡船。』以此證之，則非用『第一』之第甚明。《能改齋漫録》

王荆公《彎碕》詩云：『石梁茅屋有彎碕，流水濺濺度兩陂。晴日暖風生麥氣，緑陰幽草勝花時。』按左太沖《吴都賦》：『左稱彎碕，右號臨硎。』此言建業離宮也。故李善注曰：『彎碕、臨硎，闔闥名。』李周翰注曰：『彎碕、臨硎，皆險峻也。』三注不同，何耶？《能改齋漫録》

荆公《字説》成後，賦絶句云：『久苦諸君共此勞。』按李密兵敗，謂王伯當曰：『兵敗矣，久苦諸君。我今日自刎，請以謝衆。』《能改齋漫録》

王荆公詩：『静占寛間五百弓』，又詩：『白下亭東鳴一牛』，又詩：『潮濤直下兩牛鳴』。按唐《西域記》云：『夫數量之稱，謂「踰繕那」。舊曰由旬。踰繕那者，曰古聖王一日軍行。舊傳一踰繕那，四十里矣。印度國俗乃三十里。教所載唯十六里。窮微之數，分一踰繕那四十里爲八拘盧舍。八拘盧舍者，謂大牛鳴聲所極聞，爲拘盧舍。分一拘盧舍爲五百弓。分一弓爲四肘，分一肘爲二十四指，分一指節爲七宿度，乃至虱蟣、隙塵、牛毛、羊毛、兔毫、銅水次第七分，以至細塵。細塵七分爲極細塵，極細塵者，不可復析，析即歸空，故曰「極微」。』《能改齋漫録》

王荆公《草堂懷古》詩：『周顒宅作阿蘭若。』按《顒傳》云：『顒于鍾山西立隱舍，休沐則歸之』，又云：『清貧寡慾，終日長蔬。雖有妻子，獨處山舍。』故其詩云：『昔遭衰世皆晦迹，今幸樂國養微軀。依止老宿亦未晚，富貴功名焉足圖。』葉少藴云：『杜詩：「久爲野客尋幽慣，細學何顒免興孤。」何顒，後漢人，見《黨錮傳》，蓋義俠者，與詩意不類，當作「周顒」。「周」、「何」字相近而訛。』顒奉佛有隱操，殆信然耶。《能改齋漫録》

王荆公《答劉原父書》，稱『鄗宗夷甫』。按楊脩《答臨淄侯》云：『君侯忘聖賢之顯迹，述鄗宗之過言。』乃知前輩雖『鄗宗』二字，亦有所本也。《能改齋漫録》

陳無己有《山谷草書》絶句：『當年闕里與論詩，歲晚河山斷夢思。妙質不爲平世用，

高懷猶有故人知。』末後兩句，乃合荆公《思王逢原》詩：『妙質不爲平世得，微言但有故人知。』《能改齋漫録》

孟東野《連州吟》云：『春風朝夕起，吹緑日日深。』乃悟荆公：『春風日日吹香草，山北山南路欲無』所自。《能改齋漫録》

烏石岡，距臨川三十里，荆公外家吴氏居其間，故《與外氏飲》詩云：『不知烏石岡邊路，到老相逢得幾回？』又《游草堂寺》詩云：『烏石岡邊繚繞山，紫荆細落水雲間。』又《雜詠》云：『烏石岡頭躑躅紅，江邊柳色漲春風。』吴氏所居，又有柘岡。柘岡故多辛夷，荆公詩云：『柘岡西路花如雪，回首春風最可憐。』又《寄正之》詩云：『試問春風何處好？辛夷如雪柘岡西。』又《贈黄吉父》詩云：『柘岡西路白雲深，想子東歸得重尋。亦見舊時紅躑躅，爲言春至每傷心。』又《送吴彦珍》詩云：『柘岡定有辛夷發，亦見東風使我知。』鹽步門，乃撫州郡城之水門，卸鹽之地，公舊居在焉，今爲祠堂。公有詩云：『曲城丘墓心空折，鹽步庭幃眼欲穿。』皆紀實也。故烏石岡、柘岡、鹽步門，其名至今猶存。韓子蒼寄居臨川，《送鄉人陳亨仲》詩云：『兒童共戲苦鹽岸，老大相逢烏石岡。』《能改齋漫録》

陳橋距舊城二十里，即古之板橋，太祖北征次陳橋，軍士推戴即其地也。白居易《板橋路》詩曰：『梁苑城西二十里，一渠長水柳千條。若爲此路應重過，十五年前舊板橋。曾

共玉顔橋上别，不知消息到今朝。』李義山《板橋曉别》云：『迴望高城落曉河，長亭窗户壓微波。水仙欲上鯉魚去，一夜芙蓉紅淚多。』王荆公《陳橋》詩云：『走馬黄昏渡河水，夜争歸路春風裏。指點韋城太白高，投鞭日午陳橋市。楊柳初回陌上塵，胭脂洗出杏花匀。紛紛塞路堪追惜，失卻新年一半春。』《能改齋漫録》

王荆公《草堂》詩，蓋以《北山移文》爲不然，『叢條瞋膽，叠穎怒魄。或飛柯以折輪，乍低枝而掃迹。請回俗士駕，爲君謝逋客。』故卒章云：『叠穎何勞怒，東風汝自摇。』《能改齋漫録》

陳無己記秦少游云：『《元和聖德》詩，于韓文爲下，與《淮西碑》如出兩手，蓋其少作也。』然荆公于《淮西碑》不以爲是，其《和董伯懿詠晉公淮西碑佐題名》詩云：『退之道此尤儁偉，當鏤玉版東燔柴。欲編詩書播後嗣，筆墨雖巧終類俳。』而孫莘老又謂《淮西碑》『序如書，銘如詩』，何耶？信知前輩嗜好不同如此。《能改齋漫録》

荆公不以退之爲是，故其詩云：『力去陳言誇末俗，可憐無補費精神。』《送吕使君潮州》詩云：『不必移鰐魚，詭怪以愚民。有若大顛者，高材能動人。亦勿與爲禮，聽之泊彝倫。』故其《答文忠公》詩云：『他日倘能窺孟子，終身何敢望韓公。』《能改齋漫録》

鄭谷《送春》詩云：『三月正當三十日，風光别我苦吟身。共君一夜不須寐，未到曉鐘

猶是春。』胡少伋詩云：『含酸梅子漸生仁，鶯老花飛迹已陳。一夜南風摇斗柄，明朝煙柳不關春。』信知才力之不侔也。然胡意亦本荆公詩：『欲知人世春多少，先驗東方北斗杓』，荆公詩又本于張説《守歲》詩：『愁心隨斗柄，東北望回春。』《能改齋漫録》

《吕氏春秋》載戎嘗寇周，幽王擊鼓，諸侯皆至，褒姒大悦而笑，王欲褒姒之笑，數擊鼓，而諸侯至無寇；及真寇至，擊鼓而諸侯不來，遂爲戎所滅。予嘗觀宋景文《雁奴説》、王荆公《雁奴》詩，然後知幽王者其自爲雁奴乎？《史記》以爲舉烽火。《能改齋漫録》

王荆公有唐律一首，《寄池州夏太初》，今《集》不載。其敘云：『不到太初郎中兄所居，遂已十年，以詩奉寄。』詩云：『一水衣巾剪翠綃，九峰環佩刻青瑶。平生故有山川氣，卜築兼無市井囂。三葉素風門閥在，十年陳迹履綦銷。歸來早晚重携手，莫負幽人久見招。』《能改齋漫録》

王荆公嘗題一絶句于夏旼扇云：『白馬津頭驛路邊，陰森喬木帶漪漣。夕陽一馬匆匆過，夢寐如今十五年。』本《集》不載，見《湟川集》。《能改齋漫録》

荆公嘗任鄞縣令。昔見一士人收公親劄詩文一卷，内有兩篇，今世所刊《文集》無之，其一《馬上》云：『三月楊花迷眼白，四月柳條空老碧。年光如水盡東流，風物看看又到秋。人世百年能幾許？何須戚戚長辛苦。富貴功名自有時，簞瓢捽茹亦山雌。』其二《書

會别亭》云：『西城路，居人送客西歸處。年年郎問去何時？今日扁舟從此去。春風吹花落高枝，飛來飛去不自知。路上行人亦如此，應有重來此處時。』《能改齋漫録》

王荆公《詠謝公墩》云：『我名公字偶相同，我屋公墩在眼中。公去我來墩屬我，不應墩姓尚隨公。』或謂荆公好與人争，在朝則與諸公争新法，在野則與謝公争墩。亦善謔也。然公《詠史》云：『穰侯老擅關中事，長恐諸侯客子來。我亦暮年專一壑，每逢車馬便驚猜。』則公不獨欲專朝廷，雖丘壑亦欲專而有之，蓋生性然也。《歸田詩話》

荆公《詠鴟》云：『依倚秋風氣勢豪，似欺黄雀在蓬蒿。不知羽翼青冥上，腐鼠相隨勢亦高。』又《詠小魚》云：『遶岸車鳴水欲乾，魚兒相逐尚相歡。無人挈入滄溟去，汝死那知世界寬？』二詩皆託物興詞，而有深意。《歸田詩話》

荆公詠《北高峰塔》云：『飛來峰上千層塔，聞説雞鳴見日昇。不畏浮雲遮望眼，自緣身在最高層。』鄭丞相清之《詠六和塔》云：『經過塔下幾春秋，每恨無因到上頭。今日始知高處險，不如歸卧舊林丘。』二詩皆自喻。荆公作于未大用前，安晚作于既大用後，然卒皆如其意，不徒作也。《歸田詩話》

荆公《一日歸行》云：『賤貧奔走食與衣，百日奔走一日歸。生平歡意苦未盡，正欲老大相因依。空房蕭瑟施繐帷，青燈半夜哭聲稀。音容想像知何處？地下相逢果是非。』

劉須溪云：『此悼亡作也，古無復悲如此者。』傅汝礪《憶内》云：『湘皋煙草碧紛紛，淚灑東風憶細君。浪説嫦娥能入月，虚疑神女解爲雲。花陰晝坐閒金剪，竹裏春游冷翠裙。留得舊時殘錦在，傷心不忍讀迴文。』真致雖不及，而悽惋過之。予自遭難，與内子阻隔十有八年，謫居山後，路遠弗及迎取，不意遂成永别。祭文云：『花冠繡服，享榮華之日淺；荆釵布裙，守困厄之時多。忍死獨居，尚圖一見。敘久别之舊事，講垂死之餘歡。促膝以擁寒爐，齊眉以酌春釀。』蓋祖荆公詩意也，及讀汝礪詩，而益加悲惻焉。《歸田詩話》

詩人下雙字不一，然各有旨趣。如盧子諒：『槭槭芳葉零』；韓吏部：『淮之水舒舒』，『楚山直叢叢』，『野晴山簇簇』，『霜曉菊鮮鮮』，『晨游百花叢，朱朱兼白白』，『剥剥啄啄有客至門』，『角角雉雊』，『群雌粥粥』，『鵲聲鳴楂楂』，『烏噪聲擭擭』，『蛙黽鳴無謂，閣閣祇亂人』，『腷腷膊膊雞初鳴』，『月吐窗冏冏』；韋蘇州：『漠漠帆來重，冥冥鳥去遲』；杜工部：『野日荒荒白，江流泯泯清』，『無邊落木蕭蕭下，不盡長江滚滚來』；荆公：『新霜浦漵綿綿白，薄晚林巒往往青』；東坡：『浥浥爐香初泛夜，離離花影欲摇春』；六一翁：『霜華映月鮮鮮色，風葉飛空摵摵聲』，『古屋醉吟燈黯黯，畫廊静聽雨瀟瀟』；聖俞：『淡淡平田水，濛濛半嶺雲』。雖隨事命詞，要不苟也。《履齋詩説》

『爾』、『汝』群物，前此未有，倡自少陵。《白鹽山》詩云：『他皆任厚地，爾獨近高

天。』《花鴨》詩云：『稻粱霑汝在，作意莫先鳴。』《落日》云：『濁醪誰造汝？一酌散千憂。』《梔子》云：『無情移得汝，貴在映江梅。』《病馬》云：『乘爾亦已久，天寒關塞深。』《雞》詩云：『充庖爾輩堪，問俗人情似。』《瘦馬行》云：『當時歷塊誤一蹶，委棄非汝能周防。』《杜鵑行》云：『爾豈摧殘始發憤，羞帶羽翮傷形愚。』《見螢火》云：『滄江白髮愁看汝，來歲如今歸未歸。』至于有『一重一掩吾肺腑』，『山鳥山花吾友于』之句，《岳麓山道林二寺》詩。則於物無異觀如此。王荆公《梅》詩，有：『少陵爲汝添詩興，可是無心賦海棠』，亦得公之遺意。《履齋詩説》

『鴨緑』、『鵝黄』，經兩詩人道之。荆公《南浦》云：『含風鴨緑粼粼起，弄日鵝黄裊裊垂』，則以『鵝黄』爲柳，主柳色黄金嫩而言之。東坡《過賈收水閣》云：『小舟浮鴨緑，大杓瀉鵝黄』，則以『鵝黄』爲酒，主鵝兒黄似酒而言之。皆爲奇句，然辭意雅馴，則荆優于坡。《履齋詩説》

詩人喜荆公『繰成白雪桑重緑，割盡黄雲稻正青』之句，莫不極口稱誦，而不知其有斧鑿痕。竊謂雪不成繰，雲不可割，請易『繰』爲『捲』，易『割』爲『收』，則絲、麥自見，而非但意語天出，用字不露。歐公《詩話》云：『魏野《啄木》云：「千林蠹如盡，一腹餒何妨」，宜改作「千林蠹如去」，卻不犯題上字，又見其有諷去蠹之意。』《雅言新載》云：『李範《道旁

木》云：「雖當南北路，不礙往來人。」予謂是道旁石詩，不如换「當」字作「生」字，始見題意也。』李畋《該聞録》云：『有縣令姓張，榜云某日知縣生日，告示諸色人，不得獻送，而曹吏各持縑獻，一無所拒，復告後月縣君生日，更莫將來。王喦以《鷺鷥》詩諷之曰：「飛來疑是鶴，下處卻尋魚。」爲易「下處」爲「到處」，則見張何所往而不貪也。』《履齋詩說》

花、竹亦有無香者，世所共知。櫻桃初無香，退之云：『香隨翠籠擎初重』，則以香言之。竹與枇杷本無香，子美云：『風吹細細香』，『枇杷樹樹香』，則皆以香稱之。元照案：韓退之詩『落水紫苞香』，亦是以竹爲有香。至于太白，又以柳爲有香，其曰：『風吹柳花滿店香』是也。若夫荆公《梅》詩，有云：『少陵爲爾添詩興，可是無心賦海棠』，豈爲海棠無香而不賦乎？《履齋詩說》

《庭燎》曰：『「夜未央」』，箋云：「夜未央，猶言夜未渠央也。」渠，陸音，其據反。』胡氏曰：『《說文》云：「央，中央也。」《廣雅》曰：「央，極中也。」《秦風》云：「宛在水中央」，央亦中也。二章言未艾，三章言鄉晨，是從未央而至未盡，從未盡而至鄉明也。』嘗原音『其據反』者，即與『遽』同音，故《荀子·修身》篇云：『有法而無志，其義則渠渠然。』渠讀爲遽，古字渠、遽通。渠渠，不寬大之貌。《顏氏家訓》曰：『古樂歌詞云：「大人且安坐，調絃未遽央」。』淵明雜詩曰：『嚴霜結野草，枯瘁未遽央。』《談藪》載高爽《題鼓嘲孫挹》云：

『身有八尺圍，腹内無寸腸。面皮如許厚，受打未遽央。』邢居實《寄陳履常》云：『會合能幾日，歡樂何遽央。』王介甫《少壯喜文章》云：『良夜未遽央，青燈對寒更。』皆作『遽』字。放之《廣韻》：『遽，卒也，急也。』是謂未卒然而中也。至如淵明《讀山海經》詩：『方與三辰游，壽考豈遽央。』魯直《觀伯時畫馬》詩云：『木穿石盤未渠透，坐窗不邀令人瘦。』此古體必讀爲去聲。近世内翰汪彦章藻《挽洪承議太孺》詩，落句云：『欲識慶源何自遠，大川東去未渠央。』中書舍人張安國孝祥《水調歌頭》末句云：『莫遣兒輩覺，此樂未渠央。』二公直作平音用，誤也。或者謂《新唐書》王求禮讓蘇味道曰：『果以爲瑞，則冬月雷渠爲瑞耶？』李絳謂憲宗曰：『陛下焦心銷志，求濟時之略，渠便高枕而卧哉！』《邢文偉傳》曰：『自非義均弼諧，渠能進此藥石。』《張説傳》：『説曰：「宰相時來則爲，非可長保。若貴臣盡杖，正恐吾輩及之，渠爲士君子地乎？」』皇朝《文鑒》宋子京治戒曰：『兄弟之不懷，求合他人，人渠肯信哉。』張舜民《與石司理書》曰：『惟是問能求益，渠敢遽然，聞命已來，勿知所濟。』魯直《和王世弼寄七兄》曰：『小材渠困我，持斵問輪扁。』凡此皆言『渠』，又何謂耶？按《高祖紀》項伯告羽曰：『沛公不先破關中兵，公巨能入乎？』服虔曰：『巨音渠，猶未應得入也。』師古曰：『服説非也。巨讀曰詎，詎猶豈也。』《孫寶傳》曰：『掾部渠有人乎？』渠讀曰詎，詎，豈也。杜詩曰：『牽牛處河西，織女處其東。萬古永相望，七夕詎見

豈同。』亦此意也。渠音雖同，而有二訓，讀者當審，轉爲『遽』，又爲『詎』，渠與詎皆訓『豈也』，第與前之『未渠央』、『未遽央』字同而意異。《履齋詩説》

孫少述，一字正之，與王荆公交最厚。故荆公《别少述》詩云：『應須一曲千回首，西去論心有幾人？』又云：『子今去此來何時，後有不可誰予規？』其相與如此。及荆公當國，數年不復相聞，人謂兩公之交遂睽，故東坡詩云：『蔣濟謂能來阮籍，薛宣真欲吏朱雲。』劉舍人《貢父》詩云：『不負興公遂初賦，更傳中散絶交書。』然少述初不以爲意也。及荆公再罷相歸，過高沙，少述適在焉，亟往造之，少述出見，惟相勞苦，及弔元澤之喪，兩公皆自忘其窮達，遂留荆公置酒共飯，劇談經學，抵暮乃散。荆公曰：『退即解舟，無由再見。』少述曰：『如此更不去奉謝矣。』然惘惘各有惜别之色，人然後知兩公之未易測也。《老學庵筆記》

俞秀老紫芝，物外高人，喜歌謳，醉則浩歌不止，故荆公贈之詩曰：『魯山眉宇人不見，只有歌辭來向東。借問樓前蹋于蔿，何如雲卧唱松風。』又云：『暮年要與君携手，處處相煩作好歌。』不知者以爲賦詩也。紫芝之弟清老，欲爲僧，荆公名之曰紫琳，因手簡目之爲琳公，然清老卒未嘗祝髮也。《老學庵筆記》

杜樊川《題烏江項羽廟》詩云：『勝敗兵家不可期，包羞忍耻是男兒。江東子弟多豪

俊，卷土重來未可知。』後王荆公詩云：『百戰疲勞壯士哀，中原一敗勢難迴。江東子弟今雖在，肯爲君王捲土來？』荆公反樊川之意，似爲正論，然終不若樊川之死中求活。謝叠山謂柳子厚《書箕子廟碑陰》，意亦類此。《南濠詩話》

半山詩云：『謀臣本自繫安危，賤妾何能作禍基？但願君王誅宰嚭，不愁宫裏有西施。』李泰伯詩云：『若教管仲身長在，宫内何妨有六人。』在管仲時，桓公之心未蠹也，若已蠹，雖管仲奈何！未有心蠹尚能用管仲之理。張文定《游華清宫》云：『當初不是不窮奢，民樂昇平不怨嗟。姚宋未亡妃子在，胡塵那得到中華？』亦此意也。《弁陽詩話》

王荆公《書堂》詩：『烏石岡頭上塚歸，柘岡西畔下書帷。辛夷花發白如雪，萬國春風慶曆時。』皆有可觀者。《弁陽詩話》

晉左思《賦白髮》云：『髮乃辭盡，誓以固窮。昔臨玉顔，今從飛蓬。髮膚至昵，尚不克終。聊用擬辭，比之國風。』王荆公詩：『久應飄轉作蓬飛』。《能改齋漫録》

晉陸雲《逸民賦》曰：『富貴者是人之所欲，而古之逸民，輕天下，細萬物，而欲專一丘之懽，擅一壑之美，豈不以身重于宇宙，而恬貴于芬華哉！』荆公詩：『我亦暮年專一壑，忽聞車馬便驚猜。』蓋用此。《能改齋漫録》

《苕溪叢話》曰：聖俞云：『南嶺禽過北嶺叫，高田水入低田流。』魯直曰：『野水自添

田水滿，晴鳩卻喚雨鳩歸。』詩意皆相類，然魯直造語有工，優于聖俞。予謂瀘谿先生王民瞻《禱雨有應》云：『東嶺雲遮西嶺黑，高田水與低田通。』石湖居士《范致能埶江縣》云：『舊雨已招新雨至，高田水入下田鳴。』雖皆沿襲二公，語意相屬又過之，直與荆公『北澗欲通南澗水，南山正遶北山雲』，樂天《題天竺寺》云『東澗水流西澗水，南山雲起北山雲』之句，無間然矣。合六詩觀之，惟『招』之一字爲尤長。《履齋詩説》

王仲至召試館中詩，有『日斜奏罷長楊賦』之句，荆公改爲『奏賦長楊罷』，云『如此語乃健是矣。』然意無乃復窒乎？《滹南詩話》

顏延年作《靖節徵士誄》云：『徽音遠矣，誰箴予闕？』王荆公用此意作《别孫少述》詩：『子今去此來何時，後有不可誰予規？』青出于藍者也。《老學庵筆記》

王介甫才力頗張，而意味較薄，《桃花源》一篇外，良楛互見矣。王逢力求生新，亦同時之錚錚者。《説詩晬語》

作詩有三等語：堂上語，堂下語，階下語。知此三者，可以言詩矣。凡上官臨下官，動有昂然氣象，開口自别，若李太白：『黄鶴樓中吹玉笛，江城五月落梅花』，此堂上語也。凡下官見上官，所言殊有條理，不免局促之狀，若劉禹錫：『舊時王謝堂前燕，飛入尋常百姓家』，此堂下語也。凡訟者説得顛末詳盡，猶恐不能勝人，若王介甫：『茅簷長掃淨無苔，花

木成蹊手自栽』，此階下語也。有學晚唐者，再變可躋上乘；學宋者，則墮下乘而變之難矣。《四溟詩話》

梅花格高韻勝，見稱于詩人，吟詠多矣。自和靖『香影』一聯，爲古今絶唱。近見王涵峰理約詩云：『傍水濃開落影斜，依稀遥認雪中花。何如西子春江上，淡掃蛾眉自浣紗。』許理齋《詩話》謂其詠梅當以神仙比之，可以自況，比之婦人則非也。予閲《木天禁語》，有『借喻格』，如詠婦人必借花爲喻，詠花者必借婦人爲比。如王荆公《詠梅》詩云：『額黄映日明飛燕，肌粉含風冷太真。』東坡云：『春入西湖到處花，裙腰芳草傍山斜。盈盈解佩臨湘浦，脉脉當壚賣酒家。』蕭東之云：『湘妃危立凍蛟背，海月冷掛珊瑚枝。』皆借喻也，許子失于攷耳。予友江陰曹毅之弘，號方壺，《詠梅》一絶，殊有風致：『清香疏影獨踟躕，脉脉黄昏思有餘。恰似文君新寡後，不施脂粉嫁相如。』亦借喻格也。《逸老堂詩話》

詩貴意，意貴遠不貴近，貴淡不貴濃，濃而近者易識，淡而遠者難知。如杜子美：『鈎簾宿鷺起，丸藥流鶯囀。』『不通姓字麤豪甚，指點銀缾索酒嘗。』『銜泥點涴琴書内，更接飛蟲打著人。』李太白：『桃花流水杳然去，别有天地非人間。』王摩詰：『返景入深林，復照青苔上。』皆淡而愈濃，近而愈遠，可與知者道，難與俗人言。王介甫得之曰：『坐看蒼苔色，欲上人衣來。』虞伯生得之曰：『不及清江轉柁鼓，洗盞船頭沙鳥鳴。』曰：『繡簾美人時共

看，堦前青草落花多。』楊廉夫得之曰：『南高峰雲北高雨，雲雨相隨惱殺儂。』可謂閉户造車，出門合轍者矣。《麓堂詩話》

王介甫點景處，自謂得意，然不脱宋人習氣。其《詠史》絶句，極有筆力，當别用一具眼觀之。若《商鞅》詩，乃發洩不平語，于理不覺有礙耳。《麓堂詩話》

老杜《秋興》云：『紅稻啄殘鸚鵡粒，碧梧棲老鳳凰枝。』荆公效其錯綜體，有：『繰成白雪桑重緑，割盡黄雲稻正青』，言『繰成』則知白雪爲絲，言『割盡』則知黄雲爲麥矣。近時吴興丘大祐有：『梧老鳳凰枝上雨，稻香鸚鵡粒中秋』，亦得老杜不言之妙。《逸老堂詩話》

介甫《雙廟》云：『兩公天下駿，無地與騰驤。』《西京雜記》：『文帝自代還，有良馬九匹，皆天下駿。』《猗覺寮雜記》

荆公多用晉『白雞』事，《酬許奉議》云：『後會敢期黄耇日，相看且度白雞年。』《游齊安院》云：『老值白雞能不死，復隨春色破寒來。』《次張唐公韻》云：『君騎白鳳今何處？我適新年遇白雞。』蓋公生于辛酉也。『騎白鳳』事，見孫光憲《北夢瑣言》：沈詢除節旄，曹唐作《游仙》詩：『玉詔新除沈侍郎，便分茅土領東方。不知今夜游何處？侍從皆騎白鳳凰。』東坡云：『自怪騎白鳳。』《猗覺寮雜記》

介甫云：『投老歸來一幅巾』、『黄塵投老判悠悠』、『投老歸來天柱峰』，『投老』見《後

漢・仇覽傳》，云：『苦身投老。』《王羲之傳》：『懷祖正當作尚書，投老可得僕射。』《猗覺寮雜記》

歐陽永叔《贈介甫》云：『翰林風月三千首，吏部文章二百年。』介甫答云：『他日若能窺孟子，終身何敢望韓公。』議者謂介甫怒永叔以退之相比，介甫不知二百年事乃《南史》謝朓吏部也。沈約見其詩云：『二百年來無此詩』，以介甫爲誤。以余考之，歐公必不以謝比介甫，介甫不應誤以謝爲韓也。孫樵《與高錫望書》曰：『唐朝以文索士，二百年間，作者數十輩，獨高韓吏部。』歐公用此爾，介甫未嘗誤認事也。見樵《集》。《猗覺寮雜記》

介甫云：『虎士開閶闔，雞人唱早朝。』『虎士』，衛士也。魏《許褚傳》：『太祖引入宿衛，從褚俠客，皆以爲虎士。』又《周禮》：『虎賁氏，虎士八百人』。《猗覺寮雜記》

壽皇問王季海曰：『「聾」字何以從「龍」耳？』對曰：『《山海經》云：龍聽以角不以耳。』荆公解『蔗』字，不得其義，一日行圃，見畦丁蒔蔗，横瘗之，曰：『他時節節皆生。』公悟曰：『蔗，草之庶生者也。』字義固有可得而解者，如：『一而大謂之「天」』，是誠妙矣，然不可强通者甚多。世傳東坡問荆公：『何以謂之「波」？』曰：『水之皮。』坡曰：『然則「滑」者，水之骨也。』荆公《字説》成，以爲可亞六經，作詩云：『鼎湖龍去字書存，開闢神機有聖孫。湖海老臣無四目，漫將糟粕汙修門。正名百物自軒轅，野老何知强討論。但可與

人漫醬瓿，豈能令鬼哭黄昏。』蓋蒼頡四目，其製字成，天雨粟、鬼夜哭：『漫瓿』之句，言知者少也。《鶴林玉露》

荆公《題舒州山谷寺石牛洞泉穴》云：『水泠泠而北出，山靡靡以旁圍。欲窮源而不得，竟悵望以空歸。』晁无咎編《續楚詞》，謂此詩具六藝群書之餘味，故與其經學典策之文俱傳；朱文公編《楚詞後語》，亦收此篇。《鶴林玉露》

張文潛云：《詩》三百篇，雖云婦人、女子、小夫、賤隸所爲，要之非深于文章者不能作。如『七月在野』以下，皆不道破，至『十月入我床下』，方言是蟋蟀，非深于文章者能之乎？然是詩乃周公作，其超妙宜矣。荆公絶句云：『昏黑投林曉更驚，背人相唤百般鳴。柴門長閉春風暖，事外還能見鳥情。』蓋祖此法。《鶴林玉露》

荆公詩云：『謀臣本自繫安危，賤妾何能作禍基？但願君王誅宰嚭，不愁宫裏有西施。』夫妲己者，飛廉、惡來之所寄也；褒姒者，聚子、膳夫之所寄也；太真者，林甫、國忠之所寄也，女寵蠱君心，而後憸壬階之以進，依之以安。大臣格君之事，必以遠聲色爲第一義，而謂：『不愁宫裏有西施』，何哉？范蠡霸越之後，脱屣富貴，扁舟五湖，可謂一塵不染矣，然猶挾西施以行。蠡非悦其色也，蓋懼其復以蠱吴者而蠱越，則越不可保矣，于是挾之以行，以絶越之禍基。是蠡雖去越，未嘗忘越也。曾謂荆公之見，而不及蠡乎？惟管仲之

告齊桓公，以豎刁、易牙、開方爲不可用，而謂聲色爲不害霸，與荆公之論略同。其《論商鞅》曰：『今人未可非商鞅，商鞅能令政必行。』夫二帝三王之政，何嘗不行，奚獨有取于鞅哉？東坡曰：『商鞅、韓非之刑，非舜之刑，而所以用刑者，則舜之術也。』此説猶回護，不如荆公之直截無忌憚。其《詠昭君》曰：『漢恩自淺胡自深，人生樂在相知心。』推此言也，真苟心不相知，臣可以叛其君，妻可以棄其夫乎？其視白樂天『黄金何日贖娥眉』之句，真天淵懸絶也。其《論馮道》曰：『屈己利人，有諸佛菩薩之行。』唐質肅折之曰：『道事十主，更四姓，安得謂之純臣！』荆公乃曰：『伊尹五就湯，五就桀，亦可謂之非純臣乎？』其强辨如此！又曰：『有伊尹之志，則放其君可也。有周公之志，則誅其兄可也。有周后妃之志，則求賢審官可也。』似此議論，豈特執抝而已，真悖理傷道也。荀卿立性惡之論，法後王之論，李斯得其説，遂以亡秦。今荆公議論，過于荀卿，身試其説，天下既受其毒矣，章、蔡祖其説而推演之，加以凶險，安得不産靖康之禍乎？荆公《論韓信》曰：『貧賤侵陵富貴驕，功名無復在芻蕘。將軍北面師降虜，此事人間久寂寥。』《論曹參》曰：『束髮山河百戰功，白頭富貴亦成空。華堂不着新歌舞，卻要區區一老翁。』二詩意卻甚正，然其當國也，偏執己見，凡諸君子之論，一切指爲流俗，曾不如韓信之師李左車、曹參之師蓋公，又何也？《鶴林玉露》

唐李渤問歸宗禪師曰：『須彌納芥子，僕即不疑。芥子藏須彌，恐無是理。』歸宗曰：『人言學士讀萬卷書，是否？』渤曰『然。』歸宗曰：『是心如椰子大，萬卷書從何處着？』荆公詩云：『巫醫之所知，瞽史之所業。載車必百兩，獨以方寸攝。』即歸宗之意。予謂一心具一太極，前輩謂鵬摶鵾運，不足計其高深；日昇月沉，不足計其廣狹，萬卷百車，又何足道！《鶴林玉露》

舒王嘗戲作《急足集句》云：『年去年來來去忙，傍他門户傍他墻。一封朝奏緣何事？斷盡蘇州刺史腸。』《泊宅編》

雁湖注荆公詩，于《明妃曲》：『漢恩自淺胡自深，人間樂在相知心』，則引范元長之語，以致其譏。《日出堂上飲》之詩，『爲客當酌酒，何預主人謀』，則引鄭氏『考槃』之誤，以寓其貶。《君難託》之詩曰：『世事反覆那得知？讒言入耳須臾離』，則明君臣始終之義，以返諸正。愚按楊元素謂介甫詩：『今人未可輕商鞅，商鞅能令政必行』，今覩其行事，已頗類之矣。言，心聲也，其可揜乎？《困學紀聞》

荆公《傷杜醇》曰：『隱約不外求，耕桑有妻子。藜杖牧雞豚，筠筒釣魴鯉。』《弔王致》曰：『老妻稻下收遺秉，稚子松間拾墮樵。』二人，四明鄉先生也，固窮守道如此，今人知者鮮矣。利欲滔滔，廉耻寥寥，孰能景慕前賢哉！《困學紀聞》

王荆公書清勁峭拔，飄飄不凡，世謂之『横風疾雨』。黄魯直謂學王濛，米元章謂學楊凝式，以余觀之，乃天然如此。《墨莊漫録》

荆公退居鍾山，常獨游山寺。有人擁數卒按膝據床而坐，驕氣滿容慢駡，左右爲之辟易，公問爲誰？僧云：『押綱張殿侍也。』公即索筆題一詩于扉云：『口銜天憲手持鈞，已是龍墀第一人。回首三千大千界，此身猶是一微塵。』《墨莊漫録》

或曰，子瞻詩多用小説中事，而介甫詩則無有也。予謂介甫詩時爲之用，比子瞻差少耳。如《酬王賢良松》詩云：『世傳壽可三松倒，此語難爲常人道。』『壽倒三松』，見裴鉶《傳奇》。《春日郊步》云：『興盡無人楫迎汝，卻隨倦鵲歸鄰春。』『楫迎汝』，見《古樂府》王獻之《桃葉歌》。《金陵西齋》詩云：『黄奴三倒頻璚樹，小砑紅綾鬭詩句。』『小砑紅綾』，見《大業拾遺》。《舒州》云：『巫祝方説茶不救，只疑天賜雨工閒。』『雨工』，見《洞庭靈怪傳》。《墨莊漫録》

全宋詩話目録卷二十四

李覯　字夢符，自號玉谿叟，袁州人，慶曆二年登第。以著作佐郎知臨江軍清江縣，嘗爲太學官，出判處州。

石蒼舒　字才叔，雍人。善行草，官承事郎，通判保安庫。

胡恢　金陵人，華州推官。

姚嗣宗　關中人，韓魏公薦試大理評事。

俞汝尚　字仁廓，號退翁，又號溪堂居士，歸安人，慶曆二年進士。辭王安石御史之召，從趙抃青州，以屯田郎中致仕。

王介　字中父，衢州人，制科登第，終館職。

劉敞　字原父，臨江新喻人，慶曆六年進士第二。歷官知制誥、翰林學士、集賢院學士、判南京御史臺。卒，私謚公是先生。有集。

劉攽　字貢父，與兄敞同登第。歷官秘書少監、知蔡州、中書舍人。卒，私謚公非先生。有集。

裴煜　字如晦，慶曆六年省元。歷官開封府提刑、知蘇州，判三司都磨勘司。

劉彝　字執中，福州人，少從胡瑗學，慶曆六年進士。歷官朐山令、兩浙運判、知虔州、加直史館、知桂林，除名，編隸涪州，召還卒。有《居陽集》。

楊蟠　字公濟，章安人，一作錢塘人。慶曆六年進士。歷官密、和二州推官，杭州通判，知温、壽二州。與蘇軾倡酬。有集。

袁陟　字世弼，號遯翁，南昌人，慶曆六年進士。知當塗縣，終太常博士。有《遯翁集》。

謝景初　字師厚，絳子，慶曆六年進士。歷官大理評事、知餘姚縣、益州路提點刑獄，以屯田郎致仕。壻黄庭堅。有《宛陵集》。

陳舜俞　字令舉，烏程人，慶曆六年進士。嘉祐四年登制科，歷都官員外郎，詆新法，謫南康酒税，赦還卒。嘗居秀州白牛村，自號白牛居士。有集。

王存　字正仲，丹陽人，慶曆六年進士。歷官龍圖閣直學士、知開封府、兵部尚書、尚書左丞、以端明殿學士知蔡州。紹聖初，提舉崇禧觀致仕。

韓維　字持國，靈壽人，徙雍丘，億子，絳弟。以廕仕，歷官知制誥、翰林學士、門下侍郎，以太子少傅致仕。紹聖中，坐元祐黨，謫均州安置。元符初，復官。有《南陽集》。

韓縝　字玉汝，維弟，第進士。歷官淮南轉運使、知樞密院事、尚書右僕射兼中書侍郎，出知潁昌府，以太子太保致仕，卒贈司空崇國公，謚莊敏。

邵亢　字興宗，丹陽人，舉茂才入等。歷官樞密直學士、知開封府、樞密副使，以資政殿學士知外郡，卒謚安簡。

丁偃　蘇州人，仁宗朝進士。

全宋詩話卷二十四

李 覯

李覿，字子範，袁州人，元豐二年以特奏名推恩，尉吉州太和縣。時豫章先生爲令，贈之詩曰：『乃兄自是文章伯，之子今爲矍鑠翁。』蓋覿乃李覯之弟也。覯字夢苻，初試南宫，賦偶落韻，有司愛其策，爲取特旨，由是登第，以著作佐郎知臨江軍清江縣。時歐陽文忠公扶護太夫人喪歸盧陵，船過清江，太守請公爲文以祭之。太守以簡率爲訝，覯曰：『無深訝也。』既而文忠擊節稱之。其文曰：『昔孟軻亞聖，母之教也。今有子如軻，雖死何憾。尚饗！』覯初爲太學官，因上言役法不合，出通判處州，題詩一絶于直廳之壁，曰：『十謁朱門九不開，利名淵藪且徘徊。自知不是公侯骨，夜夜江山入夢來。』後終于朝議大夫。《能改齋漫録》

石蒼舒

石蒼舒與韓魏公有舊，韓拜相，石至干禄，留數月無成。石作詩以别歸云：『失首句。簾前二聖擁千官。惟有掃門霜鬢客，卻隨社燕入長安。』韓覽之惻然，遂注一官而去。《過庭録》

胡　恢

金陵胡恢，善篆隸，坐法失官，困于京師，上韓魏公詩，有『建業江山千里遠，長安風雪一家寒』之句。魏公深憐之，令篆太學石經，得復官，任華州推官而卒。《夢溪筆談》。亦見《古今詩話》

方圭好爲惡詩，宋公序知揚州日，圭來謁，讌于平山堂。圭誦詩不已，宋欲他辭已之，顧野外牛就木磨痒，謂座客胡恢曰：『青牛恃力狂挨木』，詼應聲曰：『妖鳥啼春不避人』，宋公大笑。圭悟其意，飲散，至客次，欲奮拳擊恢，衆救而免。《談苑》

姚嗣宗

高副樞訥一旦召姚嗣宗晨膳，忽一客老郎官者至，遂自舉新詩，喋喋不已。日既高，賓主盡餒，無由其去。姚亦關中詩豪，辯譃無羈，潛計之：『此老非玩不起。』果又舉《甘露寺閣》詩云：『下觀揚子小』，姚應聲曰：『宜對「卑末狗兒肥」。』雖愠不已。又舉《秋日峽中感懷》曰：『猿啼旅思淒，』姚應聲曰：『好對「犬吠王三嫂」。』老客振色曰：『是何輩，余場屋馳聲二十年！』姚對曰：『未曾撥斷一條絃。』因奮然而去，高大喜，因得就食也。《湘山野録》

姚嗣宗，關中詩豪，忽繩檢，坦然自任。杜祁公帥長安，多裁品人物，謂尹師魯曰：『姚生如何人？』尹曰：『嗣宗者俠。白衣入翰林亦不忝，減死一等，黥流海島，亦不屈。』姚聞之，大喜曰：『所謂善評我者也！』時天下久撤邊禁，一旦忽元昊以河西叛，朝廷方羈籠關豪之際，嗣宗因寫二詩于驛壁，有『踏破賀蘭石，掃清西海塵。布衣能效死，可惜作窮鱗。』又一絶『百越干戈未息肩，九原金鼓又轟天。崆峒山叟笑不語，静聽松風春晝眠』之句。韓忠獻公奇之，奏補職官。繼而一庸生張，忘其名。亦堂堂人，蝟髯黑面，頂青巾，緇衣，持一詩代刺，摇袖以謁杜公曰：『昨夜雲中羽檄來，按兵誰解掃氛埃？長安有客面如鐵，爲報君王早築臺。』祁公亦異之，奏補乾祐一尉，而胸中無一物。未幾，以贓去任。《湘山野録》

俞汝尚

俞子清之祖，仁廟時因作《三角亭》詩知名，召爲御史，不拜。人問其故，曰：『壞心術。』予在朝，曾見朝列云：『言官退無所爲，不相識者，又多不知其事，但把相識人逐个思過，所謂壞人心術者，誠有之矣。』《三角亭》詩云：『夜缺一簷雨，春無四面花。』缺一則安知其非二？無四則見其止于三。昌黎送窮，形容『五』字云：『非三非四，滿七除二』，以兩句形容『五』字，然則此詩先當以一句言二數，則形容親切。《因話録》

俞退翁《三角亭》詩云：『奇哉山中人，構此亭上宇。蕙徑斜映帶，林煙盡吞吐。春無四面花，夜欠一簷雨。寄傲足有餘，何須存廣廡。』《前賢小集拾遺》。宗祥案：《因話録》『俞』誤『余』，詩句亦誤倒。

王介

王中父作詩，多用助語作句，如《贈人落第》詩云：『命也豈終否，時乎不暫留。勉哉藏素業，以待歲之秋。』此格古未有也。《明道雜志》

王介，字中甫，衢州人，博學善譏謔，嘗舉制科，不中，與王荆公游，甚欵曲，然未嘗降意

少相下。熙寧初，荆公以翰林學士被召，前此屢召不起，至是始受命。介以詩寄云：『草廬三顧動幽蟄，蕙帳一空生曉寒。』用『蕙帳』事，蓋有所諷。荆公得之大笑，他日作詩，有：『丈夫出處非無意，猿鶴從來自不知』，蓋爲介發也。《石林詩話》

盧延遜有詩云：『不同文賦易，爲有者之乎。』予以爲不然。嘗見張右史記衢州人王介，字仲甫，以制舉登第，作詩多用助語足句，有《送人應舉》詩，落句云：『上林春色好，携手去來兮。』又贈人落第詩云：『命也豈終否，時乎不暫留。勉哉藏素業，以待歲之秋。』且云『此格古所未有』。予以是知延遜之詩未盡。《能改齋漫録》

王介出守湖州，嘗有詩曰：『吴興太守美如何？太守從來惡祝鮀。生若不爲上柱國，死時猶合替閻羅。』後兩句事見《北史·韓擒虎傳》：擒虎曰：『生爲上柱國，死爲閻羅王，亦足矣。』夫子稱祝鮀之佞，蓋美其有材耳。謂衛靈公不亡者，以有祝鮀等之故。《左氏傳》亦謂祝鮀排難解紛，賢者也。介以諂媚者爲祝鮀，是狃于流俗之見。觀晉王沉爲豫州刺史，下教曰：『達幽顯之賢，去祝鮀之佞。』《北史》曰：『群犬吠新客，佞童排疏賓。望衛惋祝鮀，眄楚悼靈均。』知此説久矣，不知『佞』有二義，有才佞之佞；有諂佞之佞。《野客叢書》

劉敞

劉原父《詠春草》云：『春草緜緜不可名，水邊原上亂抽榮。似嫌車馬繁華處，纔入城門便不生。』貢父絶句云：『青苔滿地初晴後，緑樹無人晝夢餘。惟有南風舊相識，逕開門户亂翻書。』皆有元和意度，不似本朝人詩。《後村詩話》

劉原父《贈李才元詩》云：『待詔先生窮巷居，簞瓢屢空方晏如。自探井臼秣羸馬，卻整衣冠迎賜書。王人駐車久歎息，天子聞之動顏色。飽死曾不及侏儒，牧民會肯舒筋力。詔書朝出蓬萊宫，繡衣還鄉由上東。君今已作二千石，亦將復爲第五公。』李才元大臨，仕仁宗朝，爲館職，家貧甚，僮僕不具，多躬執賤役。一日，自秣馬，會例賜御書，使者及門，適見之，歎息而去，歸以白上。上大驚異，遂命知廣安軍。熙寧中，知制誥，坐封還李定除御史詞頭，與宋次道、蘇子容俱得罪，于是名重。《卻掃編》

原父出知永興，惑官妓，得驚眩疾，力求便郡。仁宗謂執政曰：『如敞者，豈易得耶！』賜以新橙五十。《郡齋讀書志》

劉原父晚年病，不復識字，日、月、兒女，皆不能認。人言永興中多發冢墓求古物致此。劉跂《暇日記》

劉原父《喜雨》詩云：『涼風響高樹，清露墜明河。雖復夏夜短，已覺秋氣多。豔膚麗華燭，皓齒揚清歌。臨觴不肯醉，奈此粲者何。』此詩無愧唐人，不可云宋無詩也。《升庵詩話》

劉原父晚守長安，眷官妓蔡嬌，所謂『添酥者』也，其召還，作詩別之曰：『玳筵銀燭徹宵明，白玉佳人唱渭城。更盡一杯須起舞，關河秋月不勝情。』《侯鯖録》

『涼風響高樹，清露墜明河。誰謂夏夜短？已覺秋意多。豔膚麗華燭，皓齒揚清歌。臨觴不作意，奈此粲者何。』翰林侍讀學士劉敞原父，在永興軍所作詩也。葉少藴《避暑録話》嘗載之，且云：『恨原父此病未除也。』予後讀國史原父本《傳》，載原父在永興，惑官妓得驚瞀病，乃知前詩故不徒作也。《能改齋漫録》

劉　攽

劉貢父天資滑稽，不能自禁，遇可諧諢，雖公卿不避。與王荆公素厚，荆公後當國，亦屢謔之，雖每爲絶倒，然意終不能平也。元豐末，爲東京轉運使，貶衡州監酒，雖坐他累，議者或謂常以時相姓名爲戲，惡之也。元祐初，起知襄州，淳于髡墓在其境内，嘗以詩題云：『微言動相國，大笑絶冠纓。流轉有餘智，滑稽全姓名。師儒空稷下，衡蓋盡南荆。贅壻

不爲辱，旅墳知客卿。』又有《續謝師厚善謔》詩云：『善謔知君意，何傷睿武公。』蓋記前事，且以自解云。《石林詩話》

元豐初，虜人來議地界，韓丞相名縝，自樞密院都承旨出分畫。玉汝有愛妾劉氏，將行，劇飲通夕，且作樂府詞留别。翼日，神宗已密知，忽中批步軍司遣兵馬搬家追送之。玉汝初莫測所因，久之，方知其自樂府發也。蓋上以恩澤待下，雖閨門之私，亦恤之如此，故中外士大夫無不樂盡其力。劉貢父，玉汝姻黨，即作小詩寄之以戲，云：『嫖姚不復顧家爲，誰謂東山久不歸？卷耳幸容攜婉孌，皇華何啻有光輝。』玉汝之詞，由此亦遂盛傳于天下。《石林詩話》

内朝辰入庭内錯立，至駕欲坐，即御史臺知班唱班，欲依班立也。王彦和汾，與劉貢父攽同趨朝，王戲劉曰：『内朝日日須呼汝』，劉應聲曰：『寒食年年必上公。』《談苑》

劉貢父與王介甫最爲故舊，荆公嘗戲拆貢父名曰：『劉攽不直一分文』，貢父復戲拆荆公名曰：『失女便成宕，無宀真是妬。下交亂真如，上交誤當宁。』荆公大慙，而心銜之。《默記》

王荆公一日謂劉貢父曰：『「三代夏商周」，可對乎？』貢父應聲曰：『四詩風雅頌。』荆公拊髀曰：『天造地設也。』《東皋雜録》

劉貢父《詠史》云：『自古邊功緣底事，多因嬖倖欲封侯。不如直與黄金印，借取沙場萬髑髏。』往往指王韶、李憲輩。唐人曹松亦云：『憑君莫話封侯事，一將功成萬骨枯。』《後村詩話》。亦載《齊東野語》

唐文皇聚一時名流天策府，始有『十八學士』之號，後來凡居館殿者皆稱之。國朝以來，任于外非兩制，則雖帥守監司上呼寄禄官，惟通判多從館中帶職出補。如蔡君謨湖州，歐陽文忠公滑州，王荆公舒州，東坡先生杭州，如此之類甚多。劉貢父《赴泰倅》詩云：『璧門金闕倚天開，五見宫花落早梅。明日扁舟滄海去，卻尋雲氣望蓬萊。』蓋在道山五戰，然後得之。學士之稱，施于外者，縣通判而然，今外庭過，呼，可笑也。《揮麈録》

長安妓有茶嬌者，以色慧稱，貢父惑之。被召造朝，茶嬌遠送，貢父作詩别之云：『畫堂銀燭徹宵明，白玉佳人唱渭城。唱盡一杯須起舞，關河風月不勝情。』至闕，永叔去城四十五里迓，貢父適病酒未起，永叔曰：『非獨酒能病人，茶亦能病人矣！』《過庭録》

錢唐南屏謙師，妙于茶事，東坡贈之詩云：『道人曉出南屏山，來試點茶三昧手。』劉貢父亦贈詩云：『瀉湯奪得茶三昧，覓句還窺詩一斑。』《優古堂詩話》

《東軒筆録》云：劉攽性滑稽，喜謔玩。王汾口吃，攽嘲曰：『恐是昌家，又疑非類。不見雄名，惟聞艾氣。』以周昌、韓非、揚雄、鄧艾皆吃也。又同趨朝，聞叫班聲，汾謂攽曰：

『紫宸殿下頻呼汝』，攽應聲曰：『寒食原頭屢見君』，各以其名爲戲也。吕嘉問提舉市易務，三司使曾布劾其違法，王荆公惑黨人之説，反以罪三司。曾既隔下朝請，而嘉問治事如故。攽聞而歎曰：『豈意曾子避席，望之儼然。』『望之』，嘉問字也。王平甫盛夏入館中，下馬流汗浹衣，攽見而笑曰：『君真所謂汗淋學士也。』馬默爲臺官，彈攽輕薄，不當置在文館，攽曰：『既云馬默，豈合驢鳴？』《苕溪漁隱叢話》

王直方《詩話》云：『璧門金闕倚天開，五見宫花落古槐。明日扁舟滄海去，卻將雲氣望蓬萊。』此劉貢甫詩也，自館中出知曹州時作。舊云『雲裹』，荆公改作『雲氣』。又云：『五見宫花落古槐』，此詩法也。《苕溪漁隱叢話》

元城先生《語録》云：先生平日皆莊語，有一雅謔，漫記之。先生爲諫議大夫日，值除一執政，姓胡，名不欲記之，先生再三論列，文字不降出。時劉貢父爲給事中，先生于朝路見之，問曰：『昨晚有甚文字降出？』貢父曰：『豈非器之于新除有異聞乎？』先生曰：『然。若遲回不去，當率全臺諫攻之，孔子所謂「鳴鼓而攻之」者。』貢父應聲曰：『將謂是障箭子，元來是鳴鼓兒。』聞者皆啟齒，先生素嚴毅，亦有笑容。又曰：『貢父好謔，然立身立朝，極有可觀，故某與之交游。』《苕溪漁隱叢話》

裴煜

多景樓，在北固山甘露寺中，李贊皇題《臨江亭》詩，有『多景懸窗牖』之句，以是命名，樓即臨江亭故基。裴煜守潤日，賦詩云：『登臨每憶衛公詩，多景惟于此處宜。海岸千艘浮若芥，邦人萬室布如棋。江山氣象回環見，宇宙端倪指點知。禪老莫辭勤迓候，使君官滿有歸期。』《墨莊漫録》

劉彛

前剡令過昱，字彦冑，皇祐三年以秘書郎來知剡事。連值歲祲，出常平錢糴米以活流民，復割俸麥七十斛爲種，假超化院十餘頃役饑民耕種之，明年得麥五百餘斛，民賴以活。熙寧中，昱已亡，彛過故院，與僧追誦欷歔，見民有談及公去，無不泣下，因作詩題之院壁。詩云：『良田十頃接晴煙，曾假過侯救旱年。俸麥一車開德濟，流民千里荷生全。人嗟逝水今亡已，俗感遺風尚泫然。獨對老僧談舊事，斜陽春色漫盈川。』《嵊縣志》

楊蟠

楊蟠，字公濟，爲《蓴菜》詩云：『休説江東春水寒，到來且覔鑒湖船。鶴生嫩頂浮新紫，龍脱香髯帶舊涎。玉割鱸魚迎刃滑，香炊稻飯落匙圓。歸期不待秋風起，漉酒調羹任我年。』時人以爲讀其詩不必食蓴羹，然後知其味。予以爲可以言詠物，未可以語詩耳。《直方詩話》

《後山詩話》云：楊蟠《金山》詩云：『天末樓臺横北固，夜深燈火見揚州。』王平甫云：『莊宅牙人語也，解量四至。』吴僧《錢塘白塔院》詩曰：『到江吴地盡，隔岸越山高。』予謂分界堠子語也。《直方詩話》

袁陟

《隱居詩話》云：王斻游金陵昇元寺僧房，見壁有繪一金紫大夫，上題詩一絶云：『陣前金玶生無愧，鼓下蠻奴死合羞。三尺吴縑暗塵土，凛然蒼鶻欲横秋。』斻不能辨，卷畫歸示其父王安國平甫，曰：『此劉仁贍像，袁世弼詩也。』袁，汝州人，慶曆初登進士第，官止太常博士，壽不滿四十，少有文學，古詩尤佳，惜乎蚤死，文章多流落。此詩在袁，未爲佳句，

然亦俊拔可喜。『玭』實音蠙，袁誤呼也。《苕溪漁隱叢話》

潘子真《詩話》云：『渺渺洞庭野，蕭蕭黄鶴樓。水通雲夢浦，人渡沔陽舟。廣澤侵吴壤，孤城接郢丘。山分三楚斷，溪入九江流。寂寞休兵月，紛紜戰國秋。吴生來赤壁，魏武失荆州。六代憑形勢，群雄死寇讎。淒涼帝子宅，浩蕩禰衡洲。萬里浮雲暮，千年故國愁。武昌宫不見，麋鹿自群游。』蜀人張俞所賦也。客有自荆湘傳此詩，時世弼尚未冠，見之，笑曰：『此筆力不難到。』因過金陵，遂作《謁吴大帝廟》詩云：『人苦曹瞞虐，天悲漢祿終。山河分鼎峙，氣象發江東。一旦墟京洛，彌年豢幼冲。炎精竟灰燼，紫蓋出艨艟。長策資公瑾，雄才得吕蒙。招延師友議，繼述父兄忠。舊府峨雙闕，驚濤涌半空。風雲龍虎勢，日月帝王宫。地力因時險，神謀與意通。屈伸思所濟，逆順審于衷。駿足嗤交貨，靈牙耀即戎。同盟界函谷，獨斷保蠶叢。定霸葵丘劣，推心建武同。長沙兆生識，典午賴餘風。戰守遺蹤在，登臨四望中。陵遷成萬古，世異想群雄。歌舞居民祀，干戈逐虜功。征帆來浦外，久客愴途窮。精鋭銷孤劍，飄零若斷蓬。裴回堂廡下，暮葉亂江楓。』其詞不減于張，而敘事曲折過之。《苕溪漁隱叢話》

荆公居金陵，爲功甫手寫所賦詩一軸，有：『從來多病王僧祐，自小能文謝惠連。各厭塵勞思物外，莫辭携手訪林泉。』又曰：『雪後姑溪水更深，冥冥寒雨作連陰。旅懷未可頓

消遣，思與洛生溪上吟。』此兩篇，世弼贈功甫詩也。世弼年十七，《題百丈山》詩云：『瓊田收䆉稏，玉溜注琅玕。』讀書最苦，因爾癯瘠，没時纔三十四歲。自作墓銘，敘其平生。有詩文十卷，號《遯翁集》。《苕溪漁隱叢話》

世弼能爲詩，慕韋應物而遒麗奇壯過之。王介甫嘗手書世弼《贈功父詩》云：『方山憶共汎金船，屈指于今五六年。風送梨花吹醉面，月和溪水上歸轎。浮生聚散應難料，末路窮通盡偶然。欲問故人牢落事，鹿裘深入白雲眠。』世弼自號『遯翁』，臨死一篇尤佳：『青靄千峰暝，悲風萬古呼。其誰掛寶劍？應有奠生芻。皎月東方隕，長松半壑枯。山泉吾所愛，聲到夜臺無。』《直方詩話》

世弼宦游當塗，時郭功甫尚未弱冠，世弼愛其才，薦于梅聖俞，自爾有聲。功甫嘗曰：『數載汲引，袁二丈力也。蒿埋三尺，不敢忘其賜。』潘子真《詩話》

謝景初

謝師厚廢居于鄧，王左丞存，其妹壻也，奉使荆湖，枉道過之，夜至其家。師厚有詩云：『倒著衣裳迎户外，盡呼兒女拜燈前。』《後山詩話》

山谷每與予言，謝師厚七言絶類老杜，但少人知之耳，如：『倒着衣裳迎户外，盡呼兒

女拜燈前。』編入杜《集》，無愧。《直方詩話》

謝師厚詩《喜故人夜相過》云：『倒着衣裳迎户外，盡呼兒女拜燈前』，形容得故舊久别乍相見之情，極佳。《艇齋詩話》

謝師厚方爲其女擇對，見黄山谷詩，曰：『吾得壻如此足矣。』山谷之詩，卒從謝公得句法，有詩曰：『自往見謝公，論詩得濠梁。』《直方詩話》

紙以人得名者，有謝公，有薛濤。所云『謝公』者，富春謝司封景初，創箋樣以便尺書，因以爲名。『謝公』有十色箋，深紅、粉白、杏紅、明黄、深青、淺青、深緑、淺緑、銅緑、淺雲十色也。《天中記》

元微之貶江陵府士曹，少年氣俊，過襄陽，夜召名妓劇飲，將别，作詩云：『花枝臨水復臨堤，也照清江也照泥。寄語東風好擡舉，夜來曾有鳳凰棲。』謝師厚作襄倅，聞營妓與二胥相好，此妓乞書扇子，遂改二字云：『寄語東風好擡舉，夜來曾有老鵶棲。』《侯鯖録》

陳舜俞

陳舜俞令舉，嘉禾人，慶曆中登進士乙科，嘉祐四年中制科，宰越之山陰。秩滿當召試館職，會朝廷行青苗法，上書力詆時政，謫監南康軍酒税。到官，與劉太博凝之，日跨雙犢，

以窮匡廬泉石之勝。作《騎牛歌》云：『我騎牛，君莫笑，人間萬事從吾好。千金市骨駿馬來，乘肥大躍須年少。蒲爲鞭，草爲韉，瀑布山前松徑裏。看山聽水要行遲，輕策緩驅塵不起。布袍葛帶烏接羅，山家裝束不時宜。匏尊注酒就背飲，皁囊貯書當角垂。我狂吟，醉欲倒，同醉同吟白雲老。此老不可天下人，一住廬山三十春。聲如洪鐘目如電，七十神光射人面，上牛下牛不要扶。合與山中作畫圖，汴州馬上顧何如？春泥没腹仍濺帽，夜半歸來人亦痛。天真喪盡百憂集，衣食毛髮歸妻孥。争如來騎牛，水光山色俱悠悠。』此歌世争傳之，後遇赦還鄉，絶意仕進。元豐中卒，葬于吾鄉南門外之蘇灣，距城僅三里許，過者必式焉。《梅磵詩話》

王　存

光獻曹太皇嘗作珠子鞍韉，上施紅羅銷金坐子，賜神宗。神宗駕幸金明池，遂乘此韉。太皇太后病稍間，神宗親製一小輦，極爲輕巧，以珠玉黄金飾之，進于太皇，遂載而之涼殿，太后扶其左，神宗扶其右，太皇下輦曰：『官家、太后，親自扶輦，當時在曹家作女時，安知有今日之盛？』喜見顏色。王正仲進《光獻挽詞》云：『珠韉錫御恩猶在，玉輦親扶事已空。』蓋用此兩事也。《談苑》

韓維

韓持國雖剛果特立，風節凛然，而情致風流，高其流輩。許昌崔象之侍郎舊第，今爲杜君章家所有，廳後小亭僅丈餘，舊有海棠兩株。持國每花開時，輒載酒日飲其下，竟謝而去，歲以爲常，至今故老猶能言之。予嘗於小亭柱間，得公二絶句，其一云：『濯錦江頭千萬枝，當年未解惜芳菲。而今得向君家見，不怕春寒雨溼衣。』尚可想見當時氣味。韓忠憲公嘗帥蜀，持國兄弟皆侍行，尚少，故前兩句云爾。其二云：『長條無風亦自動，柔豔着雨更相宜。』漫其後句，曾存之家。池中島上，亦有海棠十許株，予爲守時歲亦與王幼安諸人席地屢飲，然此公勝處，不能繼也。《石林詩話》

韓持國《酴醿》一絶云：『平生爲愛此香濃，仰面常迎落絮風。每到春歸有遺恨，典刑尤在酒杯中。』《直方詩話》

韓持國有云：『青煙人幾家，緑野山四合』，當時無不傳誦。《直方詩話》

韓持國守許，孔寧極居郊，常具車馬，邀致郡治之養真庵，同衾促膝，快論人間事，久而後歸。一夕大雨，孔告還，持國獨寢庵中，寄詩云：『雨滴庵上茅，風亂窗前竹。繁聲互入耳，欲寐不得熟。緬懷田舍翁，石徑滑馬足。連山暗秋燈，一路何處宿？』《過庭録》

澄心堂紙，乃江南李後主所製，國初亦不甚以爲貴，自劉貢父首爲題之，又邀諸公賦之，然後世以爲貴重。貢甫詩云：『當時百金售一幅，澄心堂中千萬軸。後人聞名寧復得，就令得之亦不識。』文忠公詩云：『君不見曼卿子美真奇材，久已零落埋黄埃。君家雖有澄心紙，有敢下筆知誰哉？』梅聖俞詩：『寒溪浸紙春夜月，敲冰舉簾匀割指。焙乾堅滑若鋪玉，一幅百金曾不疑。』東坡云：『詩老囊空一不留，一番曾作百金收。』又從宋肇求此紙云：『知君也厭雕肝腎，分我江南數斛愁。』《直方詩話》。宗祥案：韓持國有《奉同原父賦澄心堂紙》詩云：『江南國土未破前，澄心名紙世已傳。高堂久傾不復見，誰謂此物猶依然？當時萬杵擣雲葉，鋪出几案滑且堅。剡溪藤骨不足數，蜀江玉屑誰復憐？君臣嬉燕盛文采，駢章麗句鬬巧儇。一朝零落隨散地，中原箧笥生光鮮。君安得此尚百幅，題以大句先群賢。群賢落筆富精麗，瓊琚寶玦相鉤聯。嗟予材力豈當敵，雖欲强賦何能妍。獨耽玩物古所戒，崇尚浮藻政豈先。江南可哀紙可惜，後有觀者存吾篇。』觀持國此詩，是劉氏昆季均愛此紙，惟王氏《詩話》中于貢甫諸人之詩，未載全篇，故特見于此。

韓持國句云：『數畝家園荒杞菊，一池秋水沸鼉魚。』前人評云：『「沸」字直錢。』《雪浪齋日記》

韓持國《過孔寧極處士山居》，又《與孔寧極别後懷寧極》二詩，極雍容簡遠，《過寧極》詩云：『驅車上横隴，西奏龍陽道。青煙人幾家，緑野山四抱。鳥啼春意闌，林變夏陰蚤。知近先生廬，民風故淳好。』《别後》詩云：『雨滴庵上茅，風亂窗前竹。繁聲夜入耳，

欲寐不得熟。永懷歸田客，石徑滑馬足。連山暗秋霧，一鐙何處宿？』《艇齋詩話》

潘子真《詩話》云：韓子華自相府以病乞補外，出鎮北門，韓持國時以論事不當罷，猶帶職名，以詩寄其兄，有『移病暫休丞相府，坐謾猶著侍臣冠』之句。『移病』謂移書言病，見《楊敞傳》；『坐謾免』，見《孝武功臣表》，謾，誑也。《苕溪漁隱叢話》

《雪浪齋日記》云：韓持國、謝師厚詩絶妙，莘老亦亹亹逼人。韓云：『數畝家園荒杞菊，一池秋水沸黿魚。』前人評此詩云：『「沸」字值錢。』謝師厚詩云：『倒着衣裳迎户外，盡呼兒女拜燈前。』莘老云：『尚想紫芡盤，明珠出新烹。』又云：『千里暮山横紫翠，一鈎新月破黄昏。』《苕溪漁隱叢話》

吕氏《童蒙訓》云：持國閒居潁昌，程伯淳自洛往訪之，時范中丞純禮亦居潁昌。持國作詩示二公云：『閉門讀《易》程夫子，清坐焚香范使君。顧我未能忘世味，緑樽紅妓對西曛。』《苕溪漁隱叢話》

《東皋雜録》云：『子華、玉汝，相繼命相，未幾，持國拜門下侍郎，甚有爰立之望，其家建堂，榜曰「三相」。俄持國罷，遂請老。東坡聞之曰：「既不成三相堂，可且名爲二相公廟。」』苕溪漁隱曰：《復齋漫録》稱子華兄弟皆爲宰相，觀此則知其言誤矣。《苕溪漁隱叢話》

苕溪漁隱曰：《石林詩話》云：『許昌崔象之舊第，柱間有持國《海棠詩》：「濯錦江頭

千萬枝，當年未解惜芳菲。」韓忠獻嘗帥蜀，持國兄弟皆侍行，尚少，故前句云爾。』又《復齋漫録》云：『持國家門，有梧桐木，京師人呼爲「桐木韓家」，以別魏公。』又《韓忠獻別録》云：『得請鄉郡，起堂于北池上，以效樂天，名曰「醉白堂」。五月堂成，賦詩三章。其一卒章云：「霓裳舊舞非吾事，且事醺酣石上眠。」自爾寢疾六月遂薨，此詩爲絶筆。』此相州韓家也，兼《別録》止載忠獻歷帥中山、維揚、大名，及守相臺，不言帥蜀。《石林》乃謂韓忠獻嘗帥蜀，持國兄弟皆侍行，俱誤矣。《苕溪漁隱叢話》

韓持國《謝邵堯夫九日遠寄新酒》詩云：『有客忽傳龍阪至，開樽如對馬軍嘗。』自注云：『錦屏山題名，有記：「河南府使馬軍送新酒」。』予乃知杜詩：『洗盞開嘗對馬軍。』《能改齋漫録》

張文潛言：『王仲父詩喜用助語，自成一體。』予按韓少師持國亦喜用之，如：『酒成豈見甘而壞，花在須知色即空』，『居仁由義吾之素，處順安時理則然』，『不盡良哉用，空令識者傷』，『用舍時焉耳，窮通命也歟』。《老學庵筆記》

韓維持國詩格甚奇，如《寄范德儒》云：『睥睨峰高迴過雁，琵琶宵寂語流鶯。』《和兄康公罷相》云：『移病早休丞相筆，坐餐猶着侍臣冠。』《和曾存之》云：『自愧效陶無好語，敢煩凌杜發新章。』皆佳句也，恨世少傳者。《墨莊漫録》

韓持國句云：『一笛西風吹落日，滿帆行客背孤城。』《合璧事類後集》

韓　縝

東坡云：韓縝爲秦州，酷暴少恩，以賊殺不辜去官。秦人語云：『寧逢乳虎，莫逢韓玉汝。』孫臨最善滑稽，尤善對，或曰：『「莫逢韓玉汝」，當以何對？』孫應聲曰：『「可怕李金吾」。』天下以爲口實。『可怕李金吾』，乃杜子美詩也。《苕溪漁隱叢話》

莊敏公縝，初求字于歐陽文忠公。公以小合幅紙書『玉女』二字送來，莊敏大不樂，明日相見，猶有愠容。文忠公曰：『出處無點水，君何怪邪？』取筆添『女』字三點，相與一笑。蓋詩中『王欲玉女』，但音發作『汝』也，前輩亦雅戲如此。《桐陰舊話》

邵　亢

樞密邵公亢，謂予詩似樂天。一日，閲相藍書肆，得馮瀛王《詩集》歸，公與語予曰：『子詩似樂天，又愛馮《集》，將來拈取個豁達李老。』慶曆中，京師有人號『豁達李老』，每好吟詩，而詞多鄙陋，以此戲之。遂皆大笑。熙寧中，予辟定武帥幕，公自鄆附所作詩一軸，并寄予詩，曰：『流年真似隙中駒，别後情懷懶更疏。天上又頒新曆日，床頭未答故人書。殷勤羔雁工曹

檄，狼藉杯盤上客魚。好在仲宣家萬里，從軍苦樂定何如。』《青箱雜記》

丁　偃

省試邇英延講藝，丁偃詩云：『白虎前芳掩，金華舊事輕。天心非不痞，垂意在蒼生。』《温公詩話》

全宋詩話目録卷二十五

張師錫　開封襄邑人，工部侍郎去華子。仁宗朝，仕至殿中丞。

楊備　字修之，建平人，億弟。慶曆中，爲尚書虞部員外郎分司南京，上輕車都尉。有《妨蘇百題》、《金陵覽古詩》。

張俞　字少愚，益州郫人。文彦博治蜀，築室青城山白雲溪山居，號白雲先生。有《白雲集》。

蘇麟

任大中　字子固，三衢人。

張球

郭從周　西川人。

馮京　字當世，鄂州江夏人，皇祐元年舉進士，鄉選、禮部、廷試皆第一。歷官知制誥、翰林學士、參知政事，以觀文殿大學士出鎮河陽，歷大名、彰德，拜太子太師致仕，卒贈司

徒，謚文簡。有《灊山集》。

祖無擇　字擇之，上蔡人，進士高第，歷官直集賢院，知袁州，龍圖閣學士，權知開封府，進學士，知鄭、杭二州，知通進銀臺司，知明州。坐事，謫忠正軍節度副使，移知信陽軍。有《炴斗集》。

張公庠　字元善，皇祐元年進士。有《泗州集》。

盧秉　字仲甫，湖州德清人，皇祐年進士，歷官提點兩浙刑獄、集賢殿修撰、知渭州、龍圖閣直學士、提舉洞霄宫。有文集。

李育　字仲蒙，吴人，皇祐元年進士。

吕誨　字獻可，開封人，端孫，第進士。歷官殿中侍御史、御史中丞，與王安石不合，出知鄧州，提舉崇福宫致仕。

趙君錫　字無媿，洛陽人，舉進士。歷官宗正丞，御史中丞，以天章閣待制出知應天府，紹聖中貶少府監，分司南京。

周敦頤　字茂叔，道州營道人。以舅龍圖閣學士鄭向恩補官。歷廣東轉運判官、提點刑獄。因疾求知南康軍，築室廬阜下，號濂溪。嘉定中，謚元公。淳祐中，封汝南伯，從祀孔廟。有集。

楊繪　字九素，綿竹人，皇祐初進士。歷官翰林學士、御史中丞，終天章閣待制、知杭州。有集。

吕大防　字微仲，藍田人，皇祐初進士。歷官知制誥、翰林學士、尚書右丞，封汲郡公、尚書左僕射兼門下侍郎，責受舒州團練使、循州安置，未踰嶺卒。高宗時，復官，贈宣國公，謚正愍。

李覯　字泰伯，建昌軍南城人。皇祐初，以薦試太學助教，終海門主簿太學説書。有《退居類稾》。

張唐英　字次功，蜀州新津人，商英兄，自號黄松子。皇祐初，調穀城令，仕至殿中侍御史。有《嘉祐名臣傳》、《蜀檮杌》。

滕元發　初名甫，字元發，避高魯王諱，改字爲名，而字達道，東陽人，家蘇州，皇祐五年進士。歷官知開封府、翰林學士、以龍圖閣學士知揚州，卒謚章敏。

鄭獬　字毅夫，安州安陸人，皇祐五年進士第一。歷官翰林學士，爲王安石所惡，出知杭州，徙青州，提舉鴻慶宫。有《鄖溪集》。

吴處厚　字伯固，邵武人，皇祐五年進士。歷官將作丞，除館職，知漢陽軍，擢知衛州。有《青箱雜記》。

馬雲　皇祐中，蘇州節度推官。

陳洎　字亞之，彭城人，師道祖。皇祐中，官鹽鐵副使。有詩集。

蘇舜元　字才翁，舊字叔才，開封人，易簡孫。皇祐中，爲提點兩浙刑獄，守尚書度支員外郎。有集。

管師復　龍泉人，從胡安定學，隱居不仕，人稱卧雲先生。

李清臣　字邦直，魏人，舉進士，治平二年舉制科。歷官尚書右丞、門下侍郎，出知大名府。有《淇水集》。

蔡挺　字子正，宋城人，舉進士。歷官樞密副使、判南京留司御史臺，卒謚敏肅。

蘇洵　字明允，眉山人。至和中，歐陽修薦除校書郎，以霸州文安縣主簿與姚闢同修《太常因革禮》，書成而卒。有《嘉祐集》。

張鑄　官河北轉運使。

林希　字子中，號醒老，福州人，嘉祐二年進士。歷官翰林學士、同知樞密院事，罷知揚州，徙舒州，卒謚文節。

胡歸仁　成都人，至和中，爲詩自號『安定八體』。

張伯玉　字公達，建安人，第進士。歷官蘇州郡從事御史、知太平府、司封郎中。有《蓬萊集》。

全宋詩話卷二十五

張師錫

張師錫，工部侍郎去華子，仕至殿中丞。嘗作《老兒》詩五十韻云：『鬢髮盡皤然，眉分白雪鮮。週遮延客話，傴僂抱孫憐。無病常供粥，非寒亦衣緜。假温衾擁背，借力杖撦肩。貌比三峰老，年過四皓仙。喚方離枕上，扶始到門前。每愛烹山茗，常嫌飣石蓮。耳聾如塞纊，眼暗似籠煙。宴坐羸凭几，乘騎困嚲鞭。頭搖如轉旋，脣動若抽牽。骨冷愁離火，牙疼怯漱泉。形骸將就木，囊橐尚貪錢。膠睫乾眵綴，黏髭冷涕懸。披裘腰嬾繫，濯手袖慵揎。擡舉衣頻換，扶持藥屢煎。坐多茵易破，行少履難穿。喜婢裁幫布，憎妻買粉鈿。食罷羹房教深下幕，床遺厚鋪氈。琴聽憐三樂，圖張笑七賢。看經嫌字小，敲磬喜聲圓。食罷羹流袂，杯餘酒帶涎。樂來須遣罷，醫到久相延。裹帽縱横掠，梳頭取次纏。長吁思往事，多感聽哀絃。氣注腰還重，風牽口更偏。墓松先遺種，誌石預教鐫。客到惟求藥，僧來忽問

襌。養茶懸竈壁，曬艾曝簷椽。怒僕空睜眼，嗔兒謾握拳。心驚嫌蹴踘，脚輭怕秋千。局縮同寒狖，摧㾏似餓鳶。觀瞻多目眩，舉動即頭旋。女嫁求紅燭，男婚乞綵錢。已聞捐几杖，寧更佩韋弦。賓客身非與，去聲。兒孫事已傳。養和屏作伴，如意拂相連。久棄登山屐，惟存負郭田。呻吟朝不樂，展轉夜無眠。呼稚臨床畔，看書就枕邊。冷疑懷貯水，虚訝耳聞蟬。束帛非無分，安車信有緣。伏生甘坐末，絳老讓行先。拘急將風夜，昏沉欲雨天。雞皮塵漸漬，齯齒食頻填。每憶居郎署，常思釣渭川。喜逢迎佛會，羞赴賞花筵。徑狹容移檻，階危索減甎。好生焚鳥網，惡殺拆漁船。既感桑榆日，常嗟蒲柳年。長思當弱冠，悔不臢狂顛。』《賓退録》

張侍郎師錫，年八十，有《喜子弟登第》詩曰：『御榜今朝至，見名心始安。爾能俱中第，吾遂可休官。賀客留連飲，家書反覆看。世科雖不繼，得慰二親難。』張氏常有中甲科者，故有『世科』之語。《青箱雜記》

楊備

楊郎中天聖中爲長溪令，夢中忽作詩云：『月俸蚨錢數甚微，不知從官幾時歸？東吴一片煙波在，欲問何人買釣磯？』及寤，心潛異之。明道初，宰華亭，俄丁内艱，遂家于吴

中，樂其風土之美，安而弗遷，因悟夢中所作，幾于前定。嘗效白體作《我愛姑蘇好》十章，又作《姑蘇百題》詩，每題箋釋其事。《中吴紀聞》

張　俞

張少愚《游驪山》詩：『玉帝樓前鎖碧霞，終年培養牡丹芽。不妨野鹿踰垣入，銜出宫中第一花。』《青瑣高議》

慶曆間，文潞公知成都府，年未四十，多譏集，有飛語至京師。御史何郯聖從因謁告歸。上遣伺察之。聖從將至，潞公亦爲之動，少愚謂公曰：『聖從之來無足念。』因迎見于漢州，會有營妓善舞，聖從喜之，問其姓，妓曰『楊。』聖從曰：『所謂楊臺柳者。』少愚即取妓之項帊羅題詩曰：『蜀國佳人號細腰，東臺御史惜妖嬈。從今唤作楊臺柳，舞盡春風萬萬條。』命其妓作《柳枝詞》歌之，聖從爲之霑醉。後數日，聖從至成都，頗嚴重，一日潞公大作樂，迎其妓雜府妓中，歌少愚之詩，以酌聖從，每爲之醉。聖從還朝，潞公之謗乃息。《聞見前録》

張少愚《楚中作》云：『渺渺洞庭野，蕭蕭黄鶴樓。水通雲夢浦，人渡沔陽舟。廣澤侵吴壤，孤城接郢丘。山分三楚斷，溪入九江流。寂寞休兵月，紛紜戰國秋。吴生來赤壁，魏

武定荆州。六代憑形勢，群雄死寇讐。淒涼帝子宅，浩蕩禰衡洲。萬里浮雲暮，千年故國愁。武昌宫不見，麋鹿自群游。』潘子真《詩話》

蘇　麟

蘇麟爲杭州屬縣巡檢，范文正鎮錢塘，城中兵官往往皆獲薦書。獨麟在外邑，未見收録，因公事入府，獻詩曰：『近水樓臺先得月，向陽花木易逢春。』文正薦之。《翰府名談》

任大中

潘子真《詩話》云：任大中，字子固，三衢人，老于儒學，作詩寒苦，趙清獻喜之。其《集》中有：『莫管流年一擲梭，花前對酒且高歌。命中若有終須有，到底無時不奈何。』嘗從清逸老人游西山，夜宿翠巖聯句：『蒼龍夭矯西北來，鑿破明珠成碧岫。任。何人架空起樓閣？地靈不敢藏餘秀。潘。鎖窗雲重衣巾潤，梳木風清肌骨透。任。客來一夜與僧談，氣覺浩然充宇宙。潘。』《苕溪漁隱叢話》

張　球

吕許公一日有張球獻詩曰：『近日廚中乏短供，孩兒啼哭飯籮空。母因低語告兒道，爺有新詩謁相公。』公以俸錢百緡遺之。《青瑣高議》

郭從周

何龍圖中正初登第，聞西川郭從周精于卜，乃以縑素求筮。從周作一絶贈之，云：『三字來時月正圓，一麾從此出秦川。錢唐春色濃如酒，貪醉花間卧不還。』後自秦川移杭州而捐館。從周之筮，何其驗歟！《翠屏筆談》

馮　京

馮大參當世始求薦于武昌，會小宗者庸繆寡鑒，堅欲黜落，又欲置末綴。時鄂倅南宫誠監試當拆封定卷，大不平，奮臂力主之，須俾魁送，小宗者理沮，不免以公冠于鄉版，果取大魁，釋褐除荆南倅。南宫遷潭倅，公以詩寄謝曰：『嘗思鵬海葛飛翻，曾得天風送羽翰。恩比丘山何以戴？心同金石欲移難。經年空歎音書絶，千里常思道義歡。每向江陵試遺

治，邑人猶指縣題看。』箋云：『江陵縣額，即君臨治時親墨也。』《湘山野録》

《雲齋廣録》記馮當世慶曆中，以鄂州首薦，至大江，風濤洶湧，幾至沉没。來春廷試第一，還鄂州，復過大江，風微浪穩，舟楫安然，公題詩江亭云：『江神也世情，爲我風色好。』予讀《唐文粹》，見施肩吾《及第後過揚子江》詩云：『憶昔將貢年，抱愁此江邊。魚龍互閃爍，黑浪高于天。今日步春草，復來經此道。江神也世情，爲我風色好。』乃知當時取肩吾末句題于江亭耳，非自作也。《能改齋漫録》

丞相馮當世，少嘗薄游里巷，爲街卒所縶，鄂守王素，見而釋之。及使關中，素方帥渭，與之燕犒，歡甚，貽之以詩曰：『呑炭難酧當日事，積薪深愧後來思。』爲吕獻可所劾，云：『京所至嗜利，西人目爲金毛鼠，以其外文采而中實貪穢也。』《湘山野録》

馮京，字當世，鄂州咸寧人。其父商也，壯歲無子，將如京師，其妻授以白金數笏，曰：『君未有子，可以此爲買妾之資。』及至京師，買一妾，立券償錢矣。問妾所自來，涕泣不肯言，固問之，乃言其父有官，因綱運欠折，鬻妾以爲賠償之計。遂惻然不忍犯，遣還其父，不索其錢。及歸，妻問：『買妾安在？』具告以故，妻曰：『君用心如此，何患無子！』居數月，妻有娠，將誕，里中人皆夢鼓吹喧闐迎狀元，京乃生。家貧甚，讀書于灊山僧舍，僧有犬，京與共學者烹食之，僧訴之縣，縣令命作《偷狗賦》，援筆立成，警聯云：『團飯引來，喜

掉續貂之尾。索綯牽去，驚回顧兔之頭。』令擊節釋之，延之上座。明年，遂作三元。有詩號《瀔山集》，皆其未遇時所作。如：『琴彈夜月龍魂冷，劍擊秋風鬼膽粗。』『吟氣老懷長劍古，醉胸横得太行寬。』『塵埃掉臂離長陌，琴酒和雲入舊山。』『豐年足酒容身易，世路無媒着脚難。』皆不凡。《鶴林玉露》

馮當世未第時，客餘杭縣，爲官逋拘窘，計無所出，悶題小詩于所寓寺壁。一胥魁范生見之，爲白縣令，匃寬假。令疑胥受賕游説，胥云：『馮秀才甚貧，但見所留詩，他日必貴顯。』因誦其詩，令遽釋之。詩云：『韓信棲遲項羽窮，手提長劍喝西風。可憐四海蒼生眼，不識男兒未濟中。』《泊宅編》

祖無擇

祖擇之有記《萬載縣風俗》詩云：『居民覆其屋，大半施白瓦。山際兩三家，如經新雪下。』《袁州府志》

祖無擇晚娶徐氏，有姿色。議親之時，無擇爲館職，徐氏必欲諳相其人，而無擇貌寢，恐不得當，同舍馮當世丰姿秀美，乃諭媒妁：俟馮出局，揚鞭躍馬經過徐居，曰『此祖學士也。』徐竊窺甚喜，成婚始悟其非，竟以反目離婚。歐公嘗作詩曰：『無擇聲名重當世，早歲

多奇晚乃偶。』蓋謂此也。《高齋詩話》

張公庠

張才翁風韻不羈，初仕臨邛秋官，郡守張公庠待之不厚。會有白鶴之游，郡守率屬官同往，才翁不預，乃語官妓楊皎曰：『老子到彼，必有詩詞，可速寄來。』公庠既到白鶴，便留題云：『初眠官柳未成陰，馬上聊爲擁鼻吟。遠宦情懷消壯志，好花時節負歸心。別離長恨人南北，會合休辭酒淺深。欲把春愁閒抖擻，亂山高處一登臨。』皎録寄才翁。才翁增減作《雨中花詞》寄皎云：『萬縷青青，初眠官柳，向人猶未成陰。據雕鞍馬上擁鼻微吟。遠宦情懷誰問？空嗟壯志消沉。正是好花時節，山城留滯，忍負歸心。別離長恨飄蓬無定，誰念會合難憑？相聚裏休辭金盞，酒淺還深。欲把春愁抖擻，春愁轉更難禁。亂山高處，憑闌垂袖，聊寄登臨。』公庠再坐，皎歌于側。公庠問之，皎前稟曰：『張司理恰寄來，令皎歌之，以獻台座。』公庠遂青顧才翁尤厚。《能改齋漫録》

張公庠《道中》絶句云：『一年春事已成空，擁鼻微吟半醉中。夾路桃花新雨過，馬蹄無處避殘紅。』《侯鯖録》

盧秉

盧仲甫絶句云：『十月都門風薄衣，搗砧聲裏雁南飛。野人不識長安樂，且趁鱸魚一櫂肥。』《西溪叢語》

盧秉侍郎嘗爲江南郡掾，于傳舍中題詩云：『青衫白髮病參軍，旋糶黄粱置酒樽。但得有錢留客醉，也勝騎馬傍人門。』王荆公見而稱之，立薦于朝，不數年，登貳卿。近時韓駒待制、董耘尚書以詩文見知貴近，聞于天子，自諸生三四年至清從。嗚呼！士有片文隻字，而遭遇如此者！《珊瑚鉤》。亦見《雅言雜載》

李育

《吴志》：孫權征合肥，爲魏將張遼所襲，乘駿馬上津橋，橋板撤丈餘，超度得免，故名橋曰『飛渡』，今在廬州境中。李育有詩云：『魏人野戰如鷹揚，吴人水戰如龍驤。氣吞魏王惟吴王，建旗敢到新城旁。霸主心當萬夫敵，麾下倉皇無羽翼。途窮事變接短兵，生死之間不容息。馬奔津橋橋半撤，洶洶有聲如地裂。蛟怒横飛秋水空，鶚鷩徑度秋雲缺。奮迅金羈汗霑臆，濟主艱難天借力。艱難始是報主時，平日主君須愛惜。』《避暑録話》

吕　誨

吕獻可知鄧州時，邵堯夫以詩寄之，和云：『冥冥鴻羽在雲天，邈阻風音已十年。不謂聖朝求治理，尚容遺逸卧林泉。羡君自有隨時樂，顧我官閒飽晝眠。應笑無成三黜後，病衰方始賦歸田。』《聞見前録》

趙君錫

太師潞公西歸，開封推官趙君錫作小詩二十篇，紀恩寵以送行。其尤爲人傳誦者，如：『樂人多用教坊家，席上群公换口誇。内裏宣來蕉葉盞，御前賜出鏤金花。』『坐上纔初佳句傳，中官寫得便聞天。聖人含笑搜尋了，依韻當時賜和篇。』『西苑重排餞會時，新篇御製降彤墀。明朝上已無公事，赴宴臣僚總進詩。』雖王建宫詞，無以過此也。《文昌雜録》

周敦頤

茂叔《春晚》絶句云：『花落柴門掩夕暉，昏鴉數點傍林飛。吟餘小立闌干外，遥見漁樵一路歸。』《濂溪集》

楊繪

楊繪，字元素，皇祐初擢進士第二，嘗賦《落花》詩云：『夜來經雨學啼粧，今日摧紅怨夕陽。已落旋隨春水急，强留還怯晚風狂。應將別恨憑鶯語，更把歸期趁蝶忙。誰謂多情消不得？夢魂猶惜滿闌香。』《夢粱録》

嘉祐中，有王永年者娶宗女，求舉于竇卞、楊繪，得監金耀門書庫。嘗置酒延卞、繪，出其妻間坐，妻以左右手掬酒以飲卞、繪，謂之『白玉蓮花杯』，可謂善體物者也。《墨莊漫録》

楊元素《勸酒》詩云：『何必口辭山簡醉，但教心似屈原醒。』此語殊可味也。《觀林詩話》

東坡在湖州，甲寅年，與楊元素、張子野、陳令舉由苕、霅泛舟至吴興。東坡家尚出琵琶，并沈冲宅犀、玉，共三面胡琴；又州妓一姓周、一姓邵，呼爲『二南』，子野賦《六客辭》。後子野、令舉、孝肅化去，惟東坡與元素、公擇在爾，元素因作詩寄坡云：『仙舟游漾霅溪風，三奏琵琶一艦紅。門望喜傳新政異，夢魂猶憶舊歡同。二南籍裏知誰在？六客堂中已半空。細問人間爲宰相，争如願住水晶宫？』天池問盧杞：『願住水晶宫？願爲人間宰相？』杞對曰：『願作人間宰相』，遂不得仙。今吴興有『水晶宫』之號，故云。《觀林詩話》

《樂府》有風人詩，如『圍棋燒敗絮，著子故衣然』之類是也，然或一句托一物耳。獨楊

元素《荷花借字》詩，四韻全托一物，尤爲工也。詩云：『香艷憐渠好，無端雜芰窠。向來困藕斷，特地見絲多。實有終成的，露摇争奈何。深房蓮底味，心裏苦相和。』《墨莊漫録》

前輩作桃花、菊詩雖多，而未見拔俗者。楊元素云：『清香舊已親陶令，紅艷新能惑阮郎。』張敏叔云：『但令陶令長爲主，莫遣靈均錯認伊。』然世復盛傳一聯云：『陶令歸來驚色變，劉郎去後笑開遲』，亦未爲勝。但『陶令歸來』『劉郎去後』，乃切對也。《觀林詩話》

吕大防

康節先公與吕微仲丞相不相接，先公與横渠先生張子厚同以熙寧十年丁巳捐館。今微仲《文集》中有《和母同州丁巳吟》云：『行高名並美，命否數皆殂。嗟爾百君子，賢哉二丈夫。母方敦薄俗，邵堯夫樂道不仕。誰復距虚無？張子厚論佛老之失。望道咸瞠若，脩梁遽壞乎。密章燔漢綬，環絰泣秦儒。賴有諸良友，能令紹不孤。』爲先公與子厚作也。蓋河南府以先公訃聞，詔贈著作郎，謚康節；子厚自秘閣病免，西歸及長安以殁，門人衰服挽車，葬横渠云。伯温獲見公，每語先公，則悵然有不可及之歎。後伯温初仕長子縣尉，公入相，元祐改西京國學教授，未久公罷政。嗚呼！亦所以爲不孤之惠歟。《觀林詩話》

李　覯

李泰伯有絶句云：『人言落日是天涯，望極天涯不見家。已恨碧山相掩映，碧山還被暮雲遮。』識者謂：『此詩意有重重障礙，李君其不偶乎？』後果如其言。《青箱雜記》

蔡君謨守福唐，會李泰伯與陳烈于望海亭，以歌者侑酒。方舉板一拍，陳驚怖越席，攀木踰垣而去。李作詩曰：『七閩山水掌中窺，乘興登臨到落暉。誰在畫簾沽酒處？幾多嗚櫓趁潮歸。晴來海色依稀見，醉後鄉心積漸微。山鳥不知紅粉樂，一聲檀板便驚飛。』蓋譏其矯也。《古今詩話》

泰伯《仙都觀句》云：『幾函道藏金壺墨，一片秋容玉井花。』《和陳殿撰》云：『酒鄉貧更入，詩債病猶還。』《感秋》云：『天冷雲含白，溪清水獻沙。』《歷代吟譜》

江南李泰伯，嘗著書非孟子，名曰《常語》。時有一士人，頗滑稽而饕餮，聞有饋李以酒者，欲以計求之，因録所業詩數篇投之，其首章，乃非孟詩也。詩曰：『焚廩捐階事可嗤，孟軻深信不知非。岳翁方且爲天子，女壻如何弟殺之？』言雖鄙俚，然頗合李意。李喜甚，留飲連日，酒盡方去。他日，士人又聞有饋李以酒者，復著論一篇，名曰《疑孟》以投之。李讀畢，謂之曰：『前此酒本擬留作數日計，君至一飲遽盡，旬餘殊索寞也。公之論固

佳，然此酒不可復得也。』士人遂缺望逡巡而退，傳者以爲笑。《庚溪詩話》

李泰伯《潛書》，其一曰：『孔子之言滿天下，孔子之道未嘗行。簠簋牲幣，廟以王禮。食其死不食其生，師其言不師其道。得其言者爲富貴，得其道者爲餓夫。』馮當世丞相有《答伯庸》詩云：『孔子之文滿天下，孔子之道滿天下。得其文者公卿徒，得其道者爲餓夫。』馮用泰伯語也。《能改齋漫録》

張唐英

熙寧元年春，唐英以前御史服除還京朝，過洛陽，府尹同僚屬出賞花，皆不見，題詩傳舍云：『先帝昭陵土未乾，又聞永厚葬衣冠。小臣有淚皆成血，忍向東風看牡丹。』時仁宗山陵初成，英宗厭代，尹聞之，遣書爲禮，卻而不受。賴唐英還朝，不得歸臺，不然，河南尹者不免矣。《聞見前録》

滕元發

詩人造語用字，有著意道處，往往頗露風骨，如滕元發《月波樓》詩：『野色更無山隔斷，天光直與水相連』是也。只一『直』字，便是着力道處，不惟語稍峥嶸，兼亦近俗，何不

云『野色更無山隔斷，天光自與水相連』，爲微有藴藉，然非知之者，不足以語此。《竹坡詩話》

『江山千里接仁風，都在東南秀氣中。爲問玉皇香案吏，蓬萊何似水晶宫？』此滕元發《寄越州范希文太守》詩也，時元發守吴興。《能改齋漫録》

滕達道未遇時，與諸生講學于僧舍。主僧出，諸生夜盗其犬而烹之。事聞，有司治其罪，滕公爲丐免，守曰：『如能爲《盗犬賦》，則將釋之。』滕公即口占，其詞曰：『僧既無狀，犬誠可偷。輟藍宫之夜吠，充絳帳之晨羞。摶飯引來，喜掉續貂之尾。索綯牽去，驚回顧兔之頭。』守大笑，竟置不問。《梁溪漫志》。宗詳案：《鶴林玉露》謂《盗犬賦》係馮當世作。

滕元發皇祐五年御試改律《聽軍聲》詩云：『萬國休兵外，群生奏凱中。』《西旅來王》詩云：『寒日邊聲動，春風塞草長。傳聞漢都護，歸奉萬年觴。』《古今詩話》

滕達道長于五言，省試詩云：『寒日邊聲斷，春風塞草長。』《結客》詩云：『結客結英豪，莫同兒女曹。黄金裝劍佩，猛獸畫旌旄。北極狼星落，中原王氣高。終令賀蘭賊，不著赭黄袍。』《侯鯖録》

東坡謂驪山温湯以妃子之故，後世耻言之。予以是知物之輕重顯晦，必以其人也。李太白以青陽九子山爲九華山，以武昌南湖爲郎官湖；元發之在越州，賦詩云：『我是玉皇

香案吏，謫居猶得小蓬萊。』其後州治有閣名『蓬萊』，楊漢公守湖州，賦詩云：『溪上玉樓樓上月，清光合作水晶宫。』其後遂以湖州爲『水晶宫』，古今皆因之。由是言之，豈不以人哉！范文正守越州，滕元發守湖，寄詩云：『江山千里接仁風，都在東南秀氣中。爲問玉皇香案吏，蓬萊何似水晶宫。』《能改齋漫録》

鄭　獬

鄭内翰獬未貴時，嘗病瘟疫，數日未愈，甚困，俄夢至一處，若宫闕，有吏迎謁甚恭。公謂吏曰：『吾病甚倦，煩熱，思得涼浴以清其肌。』吏云：『已爲公辦浴久矣。』吏引公至一室中，有小池，方闊數尺，甃以明玉，水光瀲灩，以手測之，清冷可愛。公乃坐甃上，以水泛身，俄視兩脅，已生白鱗，視水中影，則頭已角出，公驚遽出。吏云：『此玉龍池也。公不入其水中，入則爲宰輔。』乃覺，少選出汗。公後登第爲第一人，爲詩戲友人云：『文闈數戰奪先鋒，變化須知自古同。霹靂一聲從地起，到頭身是白龍翁。』《直方詩話》

古今佳文章，其湮没而不傳者，亦復何限。鄭獬，字毅夫，守江陵，作《楚樂記》云：『予之有頌云：「我是蘇州監本獃，與爺祝壽獻棺材。近來髣髴知人事，雨落還歸屋裏來。」』予謂張季鷹之先見，陸魯望之高標，張伯英之草聖，此不待論多知。如丁晉公在朱

崖，猶能使商人迎奏，乞憐于君父。盛德如范六丈，終始能先天下之憂，風流文彩如石湖，使軺一節，聲名山立。蘇人猷不猷哉？若今之所觀，則風移俗改，正恨欠對耳。《姑蘇筆記》

鄭毅夫守杭，題僧文瑩所居壁云：『西湖頻送客，緑波舟檝輕。春入蘿徑静，浪花翻遠晴。』又云：『東風江雲北飛燕，同寄青春不相見。』又爲《杭郡閣》云：『雨影横殘紅，秋容陰映日。寒江帶暮流，曉角穿雲出。峰藏翠如織，宿鳥去無迹。封書寫所懷，聊託金門翼。』時頗訝其氣象不遠。後解杭麾，將赴青社，以病泊舟楚州而卒，其語已兆於先矣。《玉壺清話》

鄭毅夫罷禁林，行次南都，遇雨，爲二篇，曰：『雨聲飄斷忽南去，雲勢旋生從北流。應料涼風消息近，蕭蕭已在樹梢頭。』又曰：『榴火燒空未擬休，忽驚快雨破清秋。晚雲淡淡趁落日，只到楚江南岸頭。』僧文瑩見之，訝其氣不振。解錢塘，赴青社，卒楚州。《古今詩話》

鄭毅夫《朱亥冢》詩云：『高論唐虞儒者事，賣交負國豈勝言。憑君莫笑金椎陋，卻是屠酤解報恩。』《老學庵筆記》

鄭毅夫絶句云：『田家汩汩水流渾，一樹高花明遠村。雲意不知殘照好，卻將微雨送黄昏。』《能改齋漫録》

鄭毅夫《代探花郎》一絶云：『嫩緑輕紅相向開，一番走馬探春回。春衫不管露痕溼，

直入亂花深處來。』《苕溪漁隱叢話》

吴門蠡口瀬太湖，乃范蠡自此乘扁舟泛五湖也。鄭毅夫獬有詩曰：『千重越甲夜城圍，戰罷君王醉不知。若論破吴功第一，黄金只合鑄西施。』《庚溪詩話》

鄭毅夫有句云：『東飛江雲北飛燕，同寄青春不相見。』又有句云：『夜來過嶺忽聞雨，今日滿溪俱是花。』《詩人玉屑》

毅夫爲文有豪氣，峭整無長語。與滕達道少相善，嗜酒落魄，無檢操，人目之曰：『滕屠鄭沽』。《郡齋讀書志》

西方琥，東州人，鄭毅夫榜登第，期集處，告毅夫曰：『榜中琥最少年，乞作探花郎。』毅夫云：『已差二人。』琥曰：『此無定員，添一員何損。』公吏曰：『前日琥第三甲，合出鋪地錢二十緡。若作職事，則不出錢。』琥曰：『願出錢。』毅夫從其請。琥已受符，不出緡，毅夫切責之而倍其罰。琥白毅夫曰：『晚進未嘗工詩，願狀元先爲之，以爲楷式。』毅夫曰：『緑袍不怕露痕溼，直入鬧花深處來。』他日，復見毅夫曰：『一見雅詩，不敢下筆。翌日當再進詩，願公代之。』毅夫復云：『朝來已與碧桃約，留住春風不放歸。』聞者歎服。《翰府名談》

鄭毅夫《題吴江長橋》云：『插天蝃蝀玉腰闊，跨海鯨鯨金背高。』《青瑣集》

鄭毅夫獬詩云：『夜來過嶺忽聞雨，今日滿溪俱是花。』語意清絶。頃在澄江，見外叔祖朱少魏良臣書帙中録一詩云：『坐見第齋一葉秋，小山叢桂鳥聲幽。不知叠嶂夜來雨，清曉石楠花亂流。』其下注云：『司馬才叔作。』近閲曾端伯慥所編《詩選》，乃載于何正平詩中，未知孰是。然能狀霽後景物，語不凡也。《庚溪詩話》

『田家汩汩流水渾，一樹高花明遠村。雲意不知殘照好，卻將微雨送黄昏。』鄭毅夫詩也。『春陰垂野草青青，時有幽花一樹明。晚泊孤舟古祠下，滿川風雨看潮生。』蘇子美詩也。第二句相類，皆清絶可愛。《優古堂詩話》

《侯鯖録》云：『張公庠自少能詩，一絶云：「一年春事又成空，擁鼻微吟半醉中。夾道桃花新雨過，馬蹄無處避殘紅。」』苕溪漁隱曰：《雲齋廣録》只載此詩後兩句，云是李元膺《游春》詩，未知孰是。鄭毅夫《代探花郎》一絶，與前詩格調殊相類，今録于此。詩云：『嫩緑輕紅相向開，一番走馬探春回。青衫不管露痕溼，直入亂花深處來。』《苕溪漁隱叢話》

内翰鄭毅夫，久負魁望。而滕甫元發，名亦不在其下。暨試禮闈，鄭爲南宫第四場魁，滕爲南廟別頭魁。及入殿試《圓丘象天賦》，未入殿門，已風聞此題，遂同論議，下筆皆得意。時留後李公端夢滕作第三人，服緋牙繫鞋來謝，而鄭亦有白龍之夢。將唱名，二公相遇，各舉程文。滕破題云：『大禮必簡，圓丘自然』，及聞鄭賦『禮大必簡，丘圓自然』，滕即

嘆服曰：『公在我先矣。』然未忘魁望，預爲笏記云：『朝廷取士，惟求一日之長。畎畝望君，咸務積年之學。』及唱第，鄭果第一，滕果第三，皆如素望。鄭卻無陛謝之備，遂用滕記。《能改齋漫録》

王荆公素不樂滕元發、鄭毅夫，目爲『滕屠鄭酤』，然二公資豪邁，殊不病其言。毅夫爲内相，一日送客出郊，過朱亥冢，俗謂之屠兒原者，作詩云：『高論唐虞儒者事，賣交負國豈勝言。憑君莫笑金椎陋，卻是屠酤解報恩。』《老學庵筆記》

吴處厚

王安國作詩，多使酒樓，嘗語余曰：『楊文公詩有「江南一酒樓，隄柳拂人頭。」李白題詩徧酒樓，錢昭度詩亦有酒樓：「長憶錢塘江上望，酒樓人散雨千絲。」子詩有幾酒樓？』余答曰：『吾詩有二酒樓。』安國曰：『足矣。』《青箱雜記》。宗祥案：吴氏《九江琵琶亭》詩云：『夜泊潯陽宿酒樓，琵琶亭畔荻花秋。雲沉鳥没事已往，月白風清江自流。』《送客西陵》詩云：『若耶溪畔醉秋風，獵獵船旗照水紅。後夜錢唐酒樓上，夢魂應繞浙江東。』此所謂『二酒樓』也。

王轂，字正叔，居偃城之南城，有小亭，下臨㶏水，榜曰：『㶏景亭』，南通淮、蔡，北望箕、潁，川原明秀，甚類江鄉景物。吴處厚題詩云：『亂鶯啼處柳飛花，拍拍春流漲曉沙。

正是江南梅子熟，年年離恨寄天涯。』《宣和畫譜》

吴處厚知漢陽軍，每謂鸚鵡洲沔鄂佳處，欲賦詩未就。一日，綱吏來告覆舟，吴問所在，吏曰『鸕鷀堰』。吴拊案連唱大奇，徐曰：『吾經年爲鸚鵡洲尋一對不得，天俾汝也。』因得末減。《萍洲可談》

蘇緘，字宣甫，性忠義，喜功名，皇祐中，知英州，儂賊作過，以守禦功换館職，尋坐事貶房州司馬。嘉祐中，復官，知越州諸暨縣。予與之同僚，嘗贈詩曰：『燕頷將軍欲白頭，昔年忠勇動南州。心如鐵石老不挫，功在桑榆晚可收。』十八年，再知邕管，交趾叛，攻城，戰殁，朝廷憫之，贈奉國軍節度使，謚忠勇，則『忠勇』之謚，已見于予詩矣。《青箱雜記》

《東皋雜録》云：『蔡忠懷秉政日，吴處厚數干以差遣，得知漢陽，不如意。忠懷俄出守安陸，賦詩十絶，處厚乃箋注，文致其怨望，疏于朝，宣宗大怒，遂竄新州。處厚改知衛州，素餌硫黄，至是疽發于腦，自嚼其舌斷而死。』苕溪漁隱曰：予于《叢話前集》已載持正因吴處厚箋注其詩而得罪，今録此事，以附益之，姑爲小人之戒也。《苕溪漁隱叢話》

馬　雲

馬雲《踞湖山》詩云：『山臨太湖上，寺隱青蘿間。五塢洞壑邃，衆峰屏障環。濃嵐面

光彩，驚波背潺湲。雲歸定僧寂，月伴樵夫還。林墅掩蒙密，級磴容躋攀。錢氏建茅社，此地爲家山。』踞湖山，即横山也。錢氏有國日，造寺于山下，曰『薦福寺』，里人又以寺名名之。山有五大塢，《圖經》又名『五塢山』。『五塢』舊名不雅，皇祐五年節度使推官馬雲三游此山，求其林澗之美，峰巒之秀，雲景之麗，泉石之怪，因其物象，名之曰『芳桂』、『飛泉』、『條竹』、『丹霞』、『白雲』，合『踞湖』爲六題以詠之。《吴郡志》

陳　洎

眉山李𡌴云：案陳公《國朝正史》、《實録》俱無傳，然常以歲月考求，公嘗歷知懷州審刑院，寶元間自屯田員外郎爲副端，尋陞臺端，已而出漕京西、淮南、京東；慶曆五年轉吏部員外郎，加直史館，改使益梓路；六年入爲度支使副，尋轉鹽鐵。《後山集》載皇祐元年以副使行河還卒。今史亦失書。《吏部陳公詩跋》

曲阜顔復云：少于先子遺書中，得公啟問、詩章讀之，往往意在棲退，若《送行閬中》詩，公時爲審刑官，朝中望譽始充大，已有乞醉墦間之歎。是知君子自重而不苟合者。……詩稿一卷，詞格秀古，造句愈工，則入淡泊愈深。若《借宅》云：『四壁舊貧寧畏盜，一枝雖小易容巢。』《贈無已師》云：『他年遠公社，若個是遺民。』《藍溪閒適》云：『露侵僧履

蘭三徑，秋入農歌雨一犁。』《秋居》云：『井臼貧雖樂，溪山遠未歸。』《貽漁者》云：『擬共停橈醉天幕，緩歌濯足不迴頭。』……詩大小二十二篇，《閬中送行》不預焉，逸者可知已。《吏部陳公詩跋》

蘇舜元

才翁，子美兄弟也。子美名藉甚，才翁人少稱之。然才翁書字清勁老健，實過子美。至爲詩有嘉句，子美亦不逮也。《明道雜志》

才翁《宿僧院》句云：『斷香浮缺月，古像守昏燈。』《明道雜志》

叔才、子美《送梁子熙聯句》詩云：『大榮大辱，能生死人。叔才。二物不並，以撓厥真。子美。之子病悶，腸如車輪。叔才。勞憂到母，饑寒著身。子美。世俗鹵莽，輒置莫親。叔才。文殺光豔，伏不得伸。子美。悽吟哀號，酸入四鄰。叔才。夜計破午，若燕作秦。子美。腹憤軋軋，胸奇陳陳。叔才。淮國晚嶺，吴渠春津。子美。去謝夙藴，歸逢故辛。子美。雌火相丑，刮鑿遯屯。叔才。駕風鞭霆，以脱凡鱗。子美。』山谷云：『二蘇文章，豪健痛快如此，潘、陸不足吞也。』《苕溪漁隱叢話》

蘇才翁舜元，仕至轉運使，皇祐辛卯，按部至海昌安國寺藏院，留一詩于壁曰：『畫堂

三月初三日，絮撲紗窗燕拂簷。蓮子數杯嘗冷酒，柘枝一曲試春衫。階臨池面勝看鏡，屋映花叢當下簾。誰倚南樓指新月？玉鈎素手兩纖纖。』書法遒勁，有懷素體，今刻于石。《娱書堂詩話》

管師復

管師復有句云：『滿塢白雲耕不破，一潭明月釣無痕。』《括蒼彙紀》

李清臣

李清臣，北都人，方束髮則才俊詞句驚人，一日薄游鄭州，時韓魏公爲帥，因往見其太祝。吏報曰：『太祝方寢。』遂求筆爲詩一絶，書于刺，授其吏曰：『太祝覺則投之。』詩云：『公子乘閒卧綵廚，白衣老吏慢寒儒。不知夢見周公否，曾説當年吐哺無？』魏公見之曰：『吾知此人久矣。』遂有東床之選。《青瑣高議》

李清臣南遷時，作詩曰：『居近城南樓，步月時散策。小市早收燈，空山晚吹笛。兒呼翁可歸，恐我意慘戚。從來堅道念，老去倦形役。皇天卒相予，休以南荒謫。宴坐及此時，聊觀鼻端白。』又有絶句云：『八尺方床織白藤，含風漪裏睡瞢騰。若無萬里還家夢，便是

三湘退院僧。』《後村詩話》

李邦直祈雨沂山龍祠有應，作詩云：『南山高崚嶒，北山亦峭崒，坐看南山雲出没。行如驅，歸如呼，始覺山中有靈物。鬱鬱其焚蘭，覃覃其擊鼓，祝屢歌，巫屢舞。我民無罪神所憐，一夜雷風三尺雨。嶺木兮蒼蒼，溪泉兮央央，雲散諸峰互明滅。東阡西陌農事忙，廟閉空山音響絶。』《苕溪漁隱叢話》

李資政邦直有與韓魏公書云：『前書戲問玉梳、金篦者，侍白髮翁，幾欲淡死矣，然常山頗多老伶人，吹彈甚熟，日使教此五六人。近者稍便串，異時願傳飲期一嚼觴也。』『玉梳』、『金篦』，蓋邦直之侍姬也。人或問命名之意，邦直笑曰：『此俗所謂和尚置梳篦也。』又有與魏公書云：『舊日梳篦固無恙，亦嘗增添三兩人，更似和尚撮頭帶子爾。』《墨莊漫録》

《江干初雪圖》真迹，藏李邦直家，唐蠟本，世傳爲摩詰所作，末有元豐間王禹玉、蔡持正、韓玉汝、章子厚、王和甫、張邃明、安厚卿七人題詩。建中靖國元年，韓師樸相，邦直、厚卿同在二府，時前七人者，所存惟厚卿而已。持正貶死嶺外，禹玉追貶，子厚方貶，玉汝、和甫、邃明則死久矣。故師樸繼題其後曰：『諸公當日聚巖廊，半謫南荒半已亡。惟有紫樞黄閣老，再開圖畫看瀟湘。』是時邦直在門下，厚卿在西府，『紫樞』、『黄閣』謂二人也。厚卿復題云：『曾游滄海困驚瀾，晚涉風波路更難。從此江湖無限興，不如祇向畫圖看。』而

邦直亦自題云：『此身何補一豪芒，三辱清時政事堂。病骨未爲山下土，尚尋遺墨話存亡。』余家有此摹本，并録諸公詩續之，每出慨然。自元豐至建中靖國，幾三十年，諸公之名宦亦已至矣，然始皆有願爲圖中之游而不暇得，故禹玉云：『何日扁舟載風雪，卻將蓑笠伴漁人。』玉汝云：『君恩未報身何有，且寄扁舟夢想中。』其後廢謫流竄，有雖死不得免者，江湖間此景無處不有，皆不得一償。厚卿至爲危詞，蓋有激而云，豈此景真不可得，亦自不能踐其言耳？《石林詩話》

韓魏公賦《喜雨》：『須臾慰滿三農望，收斂神功寂似無。』足以覘其相業。李邦直《沂山禱雨有應》詩云：『南山高崚層，北山亦嶓崒，坐看雨山雲出没。來如驅，歸如呼，始覺山中有神物。鬱鬱其焚蘭，坎坎其擊鼓，祝屢云云巫屢舞。我民無罪天所憐，一夜雷風三尺雨。嶺木兮蒼蒼，溪泉兮泱泱，雲散諸峰互明滅。東阡西陌農事忙，廟閉山空音響絶。』狀事造語極佳，然其意則本婦翁而衍之者也。公又有『雨勾春圃桔槔閒』之句，邦直『農事忙』句，亦反而用之也。《吴禮部詩話》

蔡挺

熙寧六年，有司言：『四月一日當日蝕』，上爲撤樂避正殿。一夕微雨，明日不見日食。

是日有皇子之慶，百官入賀。蔡子正爲樞副，因獻詩曰：『昨夜薰風入舜韶，君王方避正衙朝。陽暉已得前星助，陰沴潛隨夜雨消。』其序事切當，時無能過之者。《耆舊續聞》。亦見《詩話總龜》

蔡子正以南都種山藥法見貽，并詩《序》云：『蒙見索南都種山藥法，并以生頭百十莖送上，因成小詩。』詩云：『青青正是中分天，區種何妨試玉延。即見引鬚緣夏木，定知如蹠薦冬筵。俗傳種時以足按之，即如人足。潤還御水冰霜結，蔭迨堯雲雨露偏。自裹自題還自愧，揠苗應笑宋人然。』《王荆公詩》自注

曹元寵曰：熙寧中，蔡挺帥平涼，作『喜遷鶯霜天清曉』云云，示子矇，偶遺，爲膺門卒得之，特令筆吏辨之，適郡之娼魁素習之。會賜衣襖中使至，挺開筵，娼尊前執板歌此。挺怒，送獄根治，娼祈哀于中使爲援。中使得其本以歸，宫人輩争相傳授，歌聲徹于宸聽，迺知挺所製。裕陵即索紙批云：『玉關人老，朕甚念之。樞筦有缺，留以待汝。』即内召。《古今詞話》

蘇　洵

蘇明允至和間來京師，既爲歐陽文忠公所知，其名翕然，韓忠憲諸公皆待以上客。嘗過重陽，忠憲置酒私第，惟文忠與一二執政，而明允乃以布衣參其間，都人以爲異禮。席間

賦詩，明允有『佳節屢從愁裏過，壯心時傍醉中來』之句，其意氣尤不少衰。明允詩不多見，然精深有味，語不徒發，正類其文。如《讀易》詩云：『誰爲善相應嫌瘦，後有知音可廢彈。』婉而不迫，哀而不傷，所作自不必多也。《石林詩話》

老泉《九日和韓魏公》詩云：『晚歲登門最不才，蕭蕭華髮映金罍。不堪丞相筵東閣，閑伴諸儒老曲臺。佳節已從愁裏過，壯心偶傍醉中來。暮歸衝雨寒無睡，自把新詩百徧開。』《詩話》謂韓魏公九日飲執政，老泉以布衣與坐。今味『閒伴諸儒老曲臺』之句，即是修太常禮之時，非布衣也。《瀛奎律髓》

蘇老泉詩：『佳節每從愁裏過，壯心偶傍醉中來。』白樂天詩有『百年愁裏過，萬感醉中來』之句，老泉未必祖襲，蓋偶同耳。《升庵詩話》

《龜山語録》云：因論蘇明允《衡書》、《權書》，觀其著書之名已非，豈有山中逸民立言垂世，乃汲汲于用兵，如此所見，安得不爲荆公所薄？曰：『大蘇以當時不去二虜之患，則天下不可爲。』又其《審敵》篇引晁錯説景帝削地之策，曰：『今日夷狄之勢，是亦七國之勢』，其意蓋欲掃蕩二虜，然後致太平。且曰：『才以用兵爲事，只見騷擾，何時是天下息肩時節？』以仁宗之世視二虜，豈不勝如戰國時，然而孟子在戰國時所論，全不以兵爲先，豈以崇虚名而受實弊乎！亦必有道矣。《苕溪漁隱叢話》

苕溪漁隱曰：龜山謂老蘇爲荆公所薄，予觀張安道作老蘇《墓表》，老蘇亦自鄙荆公。蓋道不同不相爲謀，宜其矛盾如此。《墓表》云：『嘉祐初，王安石名始盛，黨友傾一時，其命相制曰：「生民以來，數人而已。」造作語言，至以爲幾于聖人。歐陽修亦與之善，勸先生與之游，而安石亦願交于先生。先生曰：「吾知其人矣。是不近人情者，鮮不爲天下患。」安石之母死，士大夫皆弔之，先生獨不往，作《辨奸論》一篇。當時見之者，多不謂然，曰：「嘻！其亦太甚矣。」先生既殁，三年之後，而安石用事，其言乃信。』《苕溪漁隱叢話》

張　鑄

張鑄，健吏也，性亦滑稽，爲河北轉運使，以事謫知信州。是時以屯田員外郎葛源新得提舉銀銅阬冶，信州在所提舉，源欲爲鑄發舉狀，移牒令鑄供歷任脚色狀。鑄不平，作詩寄之曰：『銀銅阬冶是新差，職任催綱勝一階。更使下官供脚色，下官踪迹轉沉埋。』源有慙色。《臨溪隱居詩話》

林　希

吴興之水晶宫，不載《圖經》，刺史楊漢公《九月十五日夜》絶句云：『江南地暖少南

風，九月炎涼正得中。溪上玉樓樓上月，清光合作水晶宫。』後來林子中聞滕元發得湖州，以詩賀何洵直邦彦曰：『清風樓下兩溪春，三十餘年一夢新。欲識玉皇香案吏，水晶宫主謫仙人。』因爲故事。《豹隱紀談》

胡歸仁

胡歸仁，至和中，成都人，所爲詩自號『安定八體』。嘗有五言集句云：『一第知何日？無端意不移。欲爲青桂主，誰與白雲期？傍架齊書帙，翻瓢作酒卮。文明終有託，休把運行推。』七言集句云：『白沙溪繞白雲堆，但有何人把酒杯？專慕聖賢知志氣，可憐談笑出塵埃。碧山終日思無盡，清世難群好自猜。風滿老松門晝掩，可憐高尚掞天才。』亦自精密，但所取多唐末五代人詩，無復佳話耳。《蔡寬夫詩話》

張伯玉

張端公過姑孰，見李太白《十詠》，歎美久之，周流泉石間，後見一水清激，詢地人，曰：『此名明月泉。』公曰：『太白不題此泉，將留以待我也。』因題詩曰：『至今千丈松，猶伴數巖雪。不見纖塵飛，寒泉湛明月。』《墨客揮犀》

全宋詩話目録卷二十六

梅堯臣　字聖俞，宣城人，詢從子。以蔭補齋郎。嘉祐初，召試，賜進士，擢國子直講，歷尚書都官員外郎。有《宛陵集》。

全宋詩話卷二十六

梅堯臣

聖俞、子美，齊名一時，而二家詩體特異。子美筆力豪俊，以超邁横絶爲奇；聖俞覃思精微，以深遠閒淡爲意。各極其長，雖善論者不能優劣。余《谷夜行》詩略道其一二云：『子美氣方雄，萬竅號一噫。有時肆顛狂，醉墨洒滂霈。譬如千里馬，已發不可殺。盈前盡珠璣，一一難揀汰。梅公事清淺，石齒漱寒瀨。作詩三十年，視猶後我輩。文詞愈清新，心意雖老大。有如妖嬈女，老自有餘態。近詩尤苦硬，咀嚼苦難嘬。又如食橄欖，真味久愈在。蘇豪以氣轢，舉世徒驚駭。梅窮獨我知，古器今難賣。』語雖非工，謂粗得仿佛，然不能優劣之。《歐公詩話》

梅聖俞嘗于范希文席上賦《河豚魚》詩云：『春洲生荻芽，春岸飛楊花。河豚于此時，貴不數魚蝦。』河豚常出于春暮，群游水上，食絮而肥，南人多以荻芽爲羹，云最美食，故知

詩者謂只破題兩句，已道盡河豚好處。聖俞平生苦于吟詠，以閒遠古淡爲意，故其構思極艱。此詩作于尊俎之間，筆力雄贍，頃刻而成，遂爲絶唱。《歐公詩話》

晏元獻公文章擅天下，尤善爲詩，而多稱引後進，一時名士，往往出其門。聖俞平生所作詩多矣，然公獨愛其兩聯，云：『寒魚猶着底，白鷺已飛前』，又：『絮暖鮆魚繁，露添蓴菜紫』。余嘗于聖俞家，見公自書手簡再三稱賞此二聯，余疑而問之，聖俞曰：『此非我之極致。』豈公偶自得意于其間乎？乃知自古文人，不獨知己難得，而知人亦難也。《歐公詩話》

范文正公直言勁節，知無不言，仁廟朝數出外補。梅聖俞作《啄木》詩以見意，曰：『啄盡林中蠹，未肯出林飛。不識黄金彈，雙翎墮落暉。』《古今詩話》

梅聖俞《河豚》詩曰：『春洲生荻芽，春岸飛楊花。河豚於此時，貴不數魚蝦。』劉厚甫戲曰：『鄭都官有《鷓鴣》詩，謂之「鄭鷓鴣」，聖俞有《河豚》詩，當呼爲「梅河豚」也。』《古今詩話》

梅聖俞過揚州，宋公序送鵝，作詩謝云：『嘗游鳳池上，曾食鳳池萍。乞與江湖客，從教養素翎。』公序得詩不懌。《古今詩話》

僧居寧，昆陵人，妙工畫草蟲。嘗見水墨《草蟲》，有長四五寸者，題云：『居寧醉筆，須大失真。』然筆力遒勁可愛。梅聖俞詩云：『草蟲有纖意，醉筆得正熟。』《古今詩話》

梅聖俞《河豚》詩云：『春岸飛楊花』，永叔謂河豚食楊花則肥。韓渥詩：『柳絮覆溪魚正肥』，大抵魚食楊花則肥，不必河豚。《詩話總龜》

梅聖俞與謝氏世姻，師直小字錦衣奴，聖俞作詩戲之曰：『古錦裁詩句，斑衣戲坐隅。木奴今正熟，肯效陸郎無？』師直方十歲，讀詩而悟。《詩話總龜》

歐陽知貢舉日，有詩云：『無謀戰士銜枚勇，下筆春蠶食葉聲』，絶爲奇妙。故聖俞作詩云：『食葉蠶聲句偏美，當時曾記賦初成。一作『將成』。』王直方《詩話》

梅聖俞在禮部考校時，和歐陽文忠公《春雪》詩云：『有夢皆蝴蝶，逢袍只紵麻』，用事如此乃可貴。王直方《詩話》

景祐末，元昊叛，夏鄭公守長安，梅聖俞送詩云：『亞夫金鼓從天落，韓信旌旗背水陳。』鄭公獨刻此詩於石。《詩史》

蘇子美監造奏院，因賽神，召館中同舍。是時江南人李中舍，因梅聖俞謁子美，且願預此會，聖俞以爲言，子美曰：『食中不設蒸饅餅夾。』坐上安有國舍虞臺，李銜之，遂暴其事于言官，爲劉元瑜所彈，子美坐謫。故聖俞有《客至》詩云：『有客十人至，共食一鼎珍。一客不得食，覆鼎傷衆賓。』蓋指李也。《詩史》

梅聖俞至寧陵，寄余詩云：『獨護慈母喪，泪與河水流。河水冬有竭，泪泉常在眸。』彦

獻持國譏其作詩太早，余應之《蓼莪》及傅威《贈王何二侍郎》詩。《雜誌》

梅聖俞客歐陽晦夫，使工畫茅庵，己居其中，一琴横床而已。曹子方作詩四韻，僕和之云：『寂寞王子猷，迴船剡溪路。超遥戴安道，月夕誰與度？倒披王恭氅，半掩袁安户。應調折絃琴，自和撚鬚句。』《百斛明珠》

昌黎云：『詣闕三上書，臣非黄冠師。臣有膽與氣，不忍死茅茨。』韋應物《送李山人》云：『聖朝多遺逸，披膽謁至尊。豈是貪寵榮，誓將救元元。』聖俞《贈師暮》云：『臣豈爲身謀，而邀陛下睠？』皆急於得君，非爲利禄計也。黄常明《詩話》

張堯佐以進士擢第，累官至屯田員外郎、知開州。會其姪女有寵於仁宗，册爲脩媛，堯佐遂驟遷擢，一日中除宣徽節度、景靈群牧四使。是時御史唐介上疏，引天寶楊國忠爲戒，不報，又與諫官包拯、吴奎等七人論列殿上，既而御史中丞留百官班欲以廷諍，卒奪堯佐宣徽、景靈兩使，特加介一品服，以旌敢言。未幾，堯佐復除宣徽使，知河陽。唐謂同列曰：『是欲與宣徽，而假河陽爲名耳！我曹豈可中已耶？』同列依違不前，唐獨争之，不能奪。仁宗論曰：『差除自是中書。』介遂極言宰相文彦博以燈籠錦媚貴妃而致位宰相，今又以宣徽使結堯佐，請逐彦博而相富弼；又言諫官觀望挾姦，而言涉宫掖，語甚切直。仁宗怒，趣召兩府，以疏示之，介猶争不已。樞密副使梁適叱介使下殿，介諍愈切，仁宗大怒，玉音

不容，盛美有所咈。平明中執法，懷疏又堅述。介言或似强，百豈無一實？恐傷四海和，貶海外春，速欲爲異物。内外官洶洶，陛下何未悉？即敢救者誰？襄執左右筆。謂言倘蜜。既知勿可懼，復以强詞窒。帝聲亦大厲，論奏不容畢。介也容甚閒，猛士膽爲慄。立啞横詆叱。指言爲罔上，廢汝還蓬蓽。是時白此心，尚不避斧鑕。雖令禦魑魅，甘且同飴平，在列無如弼。弼亦昧平生，况臣不阿屈。臣言天下公，奚以身自卹？君旁有側目，喑今得粗陳，狡滑彼非一。偷威與賣利，次第推甲乙。是惟陰猾雄，仁斷宜勇黜。必欲致太詰。既聞所從來，佞對似未失。且云奉至尊，於妾豈能必。遂回天子顔，百事容丐乞。臣燈戴星月。幾日成一端，持行如兔疾。明年觀上元，被服穩稱質。燦然耀上目，遽爾有薄使君，奇文纖纖密。遂傾西蜀巧，日夜擊鞭朴。紅絲緯金縷，排科鬥八七。比比雙蓮華，篝曩時守成都，委屈媚貴暱。銀璫插左貂，窮臘使馳驛。邦媛將夸侈，中金齎十鎰。爲我寄造膝。曰朝有巨姦，臣介所憤疾。願條一二事，臣職敢妄率。宰相文彦博，邪行世莫匹。其料。當是時，梅堯臣作《書竄》詩曰：『皇祐辛卯冬，十月十九日。御史唐子方，危言初始，上怒未已，兩府竊議曰：『必重貶介，則彦博不安。彦博去，即吾屬遞遷矣。』已而果如人主之美德，必望全貸。』遂貶青州别駕。翊日，御史中丞王舉正救解之，改爲英州别駕。甚厲。雖恐禍出不測，是時蔡襄修《起居注》，立殿陛，即進曰：『介誠狂直，然納諫容言，

幸勿苦倉卒。亟許遷英山，衢路猶嗟咄。翌日宣白麻，稱快口盈溢。阿附連諫官，去若壞絮蝨。其間因獲利，竊笑等蚌鷸。英州五千里，瘦馬行駃駃。毒蛇噴曉霧，晝與嵐氣没。妻孥不同途，風浪過蛟窟。存亡未可知，雨館愁傷骨。饑僕時後先，隨緣拾橡栗。粤林多蔽天，黄柑雜丹橘。萬室通釀酤，撫遠無禁律。醉去不須錢，醒來等鳴瑟。山水仍奇怪，已可消憂鬱。莫作楚大夫，懷沙自沉汨。西漢梅子真，出爲吴市卒。市卒且不慚，况兹别乘秩。』始，堯臣作此詩不敢示人，及歐陽修爲編其《集》，時有嫌避，又削去此詩。是以少人知者，故今全録焉。《東軒筆録》

謝師厚生女，梅聖俞與之詩曰：『生男衆所喜，生女衆所醜。生男走四鄰，生女各張口。男大守詩書，女大逐雞狗。』又云：『何時某氏郎，堂上拜媪叟？』蓋戲師厚也。陳琳、杜甫詩，及《楊妃外傳》，其説異焉。琳痛長城之役，則曰：『生男戒勿舉，生女哺用乳。』杜甫傷關西之戍，則曰：『生女猶是嫁比隣，生男埋没隨百艸。』楊妃專寵帝室，金印紫綬，寵遍于銛釗；象服魚軒，榮均于秦虢，當時遂有『生女勿悲酸，生男勿喜歡。男不封侯女作妃，看女卻爲門上楣』之詠。而樂天《長恨歌》亦云：『遂令天下父母心，不重生男重生女。』今師厚之女，毓質儒門，不過求賢士以爲之配爾，縱不至負薪如瞿婦、餉舂如孟光，亦豈能預知其必大富貴，光宗榮族，如蒲津之婦人乎？宜其聖俞以爲戲也。《韻語陽秋》

張藉嘗移書責退之：『與人商論，不能下氣。』愈亦有云：『我昔實愚蠢，不能降色辭。』予謂此乃書生常態。昔嘗見太中爐亭議題，紛喧鬨然，其後有二生坐是鳴鼓，豈直議禮家爲聚訟哉！聖俞《謝永叔惠酒》云：『貽詩語且横，既醉論益堅。曾不究世務，閒氣争占先。』誠有之也。黄常明《詩話》

建安七子，惟劉公幹獨爲諸王子所親。曹操威餤蓋世，甄夫人出拜，諸人皆伏，而公幹獨平視，雖輸作而不悔，亦可嘉矣。故梅聖俞詩云：『公幹才俊或欺世，平視美人曾不起。自兹不得爲故人，輸作左校瀕于死。』公幹嘗有《贈從弟》詩云：『亭亭山上松，瑟瑟谷中風。風聲一何盛，松枝一何勁。』其寄意如是，豈肯少屈於操哉！末篇又託興鳳凰，有『何時當來儀？將須聖明君』之句，則不以聖明待操矣。《韻語陽秋》

王綵，字敦素，越之蕭山人，景祐初，爲縣令，會歲歉，綵每家支錢一千以濟之，期以明年夏輸絹一疋。邑人大受其惠，稱爲德政，繇此當路薦之，蓋是時一縑售價不逾其數耳。仕止郎曹典州而已。范文正公爲作墓誌，具載其事。至荆公當國，效其法施之天下，號爲『和買』。久之，本錢既不復俵散，且有折帛之害，世誤傳始于王儀仲素。儀仲，文正公之子，早即貴達，未嘗爲邑令，官至八座，没謚懿敏，《國史》本《傳》可考。其子鞏，字定國，與東坡先生游。李定，字仲求，洪州人，晏元獻公之甥，文亦奇，欲預賽神會，而蘇子美以其任

子拒之，致興大獄，梅聖俞謂『一客不得食，覆鼎傷衆賓』者也，其詩即商老欵以詩名列江西派中。又李定，字資深，元豐御史中丞，其孫方叔、正民兄弟，皆顯名一時，揚州人。又李定，嘉祐治平以來，以風采聞，嘗巡歷天下諸路計度轉運使，官制未行，老于正卿，乃敦老如岡之祖，蓋濟南人也。同姓名者凡三人，世亦指而爲一，不可不辨。李易，陽翟人，東坡先生門下士，亦字方叔。兩方叔俱以文鳴，詩章又多互傳于世。《詩話總龜》

『驛使前時走馬回，北人未識越人梅。清香莫把酴醾比，只欠溪邊月下杯。』此梅二丈《京師逢賣梅花》絶句。吾隨後輩，猶及與之周旋，覽其親書，如見其抵掌談笑也。《東坡詩話》

鄭谷詩名，盛于唐末，號『雲臺編』，而世俗但稱其官爲『鄭都官』詩。其詩極有意思，亦多佳句，但其格不甚高，以其易曉，人家多以教小兒。余爲兒時猶誦之，今其《集》不行于世矣。梅聖俞晚年官亦至都官，一日會飲予家，劉原父戲之曰：『聖俞官必止于此。』坐客皆驚，原父曰：『昔有鄭都官，今有梅都官也。』聖俞頗不樂。未幾，聖俞病卒。予爲序其詩爲《宛陵集》，而今人但謂之『梅都官詩』。一言之謔，後遂果然，斯可歎也。《六一詩話》

聖俞嘗語予曰：『詩家雖率意，而造語亦難。若意新語工，得前人所未道者，斯爲善也。必能狀難寫之景，如在目前；含不盡之意，見于言外，然後爲至矣。賈島云：「竹籠拾

山果，瓦瓶擔石泉」，姚合云：「馬隨山鹿放，雞逐野禽棲」等，是山邑荒僻，官況蕭條，不如「縣古槐根出，官清馬骨高」爲工也。』予曰：『語之工者固如是，狀難寫之景，含不盡之意，何詩爲然？』聖俞曰：『作者得于心，覽者會以意，殆難指陳以言也。雖然，亦可略道其髣髴。若嚴維：「柳塘春水漫，花塢夕陽遲」，則天容時態，融和駘蕩，豈不如在目前乎？又若温庭筠：「雞聲茅店月，人迹板橋霜」，賈島：「怪禽啼曠埜，落日恐行人」，則道路辛苦，羇愁旅思，豈不見于言外乎？』《六一詩話》

聖俞嘗云，詩句義理雖通，語涉淺俗而可笑者，亦其病也。如有《贈漁父》一聯云：『眼前不見市朝事，耳畔惟聞風水聲』，説者云：『患肝腎風。』又有詠詩者云：『盡日覔不得，有時還自來』，本謂詩之好句難得耳，而説者云：『此是人家失卻猫兒詩』。人皆以爲笑也。《六一詩話》

退之筆力，無施不可，而嘗以詩爲文章末事。故其詩曰：『多情懷酒伴，餘事作詩人』也。然其資談笑，助諧謔，敘人情，狀物態，一寓于詩，而曲盡其妙。此在雄文大手，固不足論，而予獨愛其工于用韻也。蓋其得韻寬則波瀾横溢，泛入傍韻，乍還乍離，出入迴合，殆不可拘以常格，如此日足可惜之類是也；得韻窄則不復傍出，而因難見巧，愈險愈奇，如《病中贈張十八》之類是也。予嘗與聖俞論此，以謂譬如善馭良馬者，通衢廣陌，縱横馳

逐，惟意所之，至于水曲螘封，疾徐中節，而不少蹉跌，乃天下之至工也。聖俞戲曰：『前史言退之爲人木强，若寬韻可自足而輒傍出，窄韻難獨用而反不出，豈非其拗强而然與！』坐客皆爲之笑也。《六一詩話》

人多取佳句爲句圖，特小巧美麗可喜，皆指詠風景，影似百物者爾，不得見雄材遠思之人也。梅聖俞愛嚴維詩，曰：『「柳塘春水漫，花塢夕陽遲」，固善矣，細較之，夕陽遲則繫花，春水漫何須柳也？工部詩云：「深山催短景，喬木易高風」，此可無瑕纇。又曰：「蕭條九州内，人少豺虎多。少人慎勿投，虎多信所過。饑有易子食，獸猶畏虞羅。」若此等句其含蓄深遠，殆不可模倣。』《中山詩話》

閩士有好詩者，不用陳語常談，寫投梅聖俞。答書曰：『子詩誠工，但未能以故爲新，以俗爲雅爾。』《後山詩話》

梅堯臣《贈朝集院鄰居》詩云：『壁隙透燈光，籬根分井口。』徐鉉亦有《喜李少保卜鄰》云：『井泉分地脉，砧杵共秋聲』，此句尤閒遠矣。《臨漢隱居詩話》

梅聖俞詩，句句精鍊，如『焚香露蓮泣，聞磬清鷗邁』之類，宜乎爲歐陽文忠公所稱。其他古體，若朱絃疏越，一倡三歎，讀者當以意求之。寵嬖曹氏，作《一日曲》，爲曹氏也。《彦周詩話》

歐陽文忠公記梅聖俞《河豚詩》：『春洲生荻芽，春岸飛楊花』，破題兩句，已道盡河豚好處，謂河豚出于暮春，食柳絮而肥。殆不然。今浙人食河豚，始于上元前，常州、江陰最先得，方出時，一尾至直千錢，然不多得，非富人大家預以金啖漁人，未易致。二月後日益多，一尾纔百錢耳。柳絮時人已不食，謂之『斑子』，或言其腹中生蟲，故惡之，而江西人始得食。蓋河豚出于海，初與潮俱上，至春深其數稍流入于江。公吉州人，故所知者，江西事也。《石林詩話》

梅聖俞云：『作詩須狀難寫之景于目前，含不盡之意于言外。』真名言也。觀其《送蘇祠部通判于洪州》詩云：『沙鳥看來没，雲山愛後移』，《送張子野赴鄭州》云：『秋雨生陂水，高風落廟梧』之類，狀難寫之景也。《送馬殿丞赴密州》云：『危帆淮上去，古木海邊秋』，《和陳秘校》云：『江水幾經歲，鑒中無壯顔』之類，含不盡之意也。《韻語陽秋》

梅聖俞五字律詩，于對聯中十字作一意處甚多，如《碧瀾亭》詩云：『危樓喧晚鼓，驚鷺起寒汀。』《初見淮山》云：『朝來汴口望，喜見淮上山。』《送俞駕部》云：『何時鷁舟上，遠見爐峰迎。』《送張子野》云：『不知從此去，當見復何如。』《和王尉》云：『度鳥不曾下，新文誰寄評。』《晝寢》詩云：『及爾寂無慮，始知機盡空。』如此者不可勝舉。詩家謂之十字格，今人用此格者殊少也。老杜亦時有此格，《放船》詩云：『直愁騎馬滑，故作泛舟

迴。』《對雨》云：『不愁巴道路，恐溼漢旌旗。』《江月》云：『天邊長作客，老去一霑巾。』《韻語陽秋》

梅聖俞《寄題歐公醉翁亭》詩云：『日暮使君歸，野老紛紛至。但留山鳥啼，與伴松間吹。借問結廬何？使君游息地。借問醉者何？使君閒適意。借問鐫者何？使君自爲記。』全體歐公《醉翁亭記》而作。余謂滁之山水，得歐文而愈光；歐公之文，得梅擬而愈重。《韻語陽秋》

《左傳》云周成王蒐于岐陽，而韓退之《石鼓歌》則曰宣王，所謂『宣王憤起揮天戈，蒐于岐陽騁雄俊』是也。韋應物《石鼓歌》則曰文王，所謂『周文大獵岐之陽，刻石表功何煒煌』是也。唐蘇氏《載記》云，石鼓文謂周宣王獵碣，共十鼓。東坡《石鼓》詩亦云：『憶昔周宣歌鴻雁，方召聯翩賜圭卣。』不知韋詩云周文安據乎？歐陽永叔云：『前世所傳古遠奇怪之事，類多虛誕而難信。况傳記不載，不知韋、蘇二君，何據而有此説也？』梅聖俞亦有詩云：『傳至我朝一鼓亡，九鼓缺剥文失行。兵人偶見安碓床，云鼓作臼刳中央。心喜遺篆猶在旁，以臼易臼庸何傷，神物會合居一方。』此與延平寶劍何異哉。《韻語陽秋》

歐陽永叔《見楊直講女奴彈琵琶》云：『嬌兒兩幅青布裙，三脚木床坐調曲。雖然可愛眉目秀，無奈長饑頭項縮。』梅聖俞和篇亦云：『不肯那錢買珠翠，任從堆插階前菊。功

曹時借乃許出，他日求官龜殼縮。』亦可以想見風采矣。永叔倒壺得酒，于筐筥間得枯魚，强飲疾醉之時，亦有小婢鳴絃佐酒，所謂：『小婢立我前，赤脚兩髻丫。軋軋鳴雙絃，正如鱅嘔啞。』議者謂亦與楊家嬌兒不遠。余謂永叔作此詩時，已爲内相，觀其所作長短句，皆富豔語，不應當此以汙尊俎，永叔特自謙之詞爾。梅聖俞嘗和其詩云：『公家八九姝，鬒髮如盤鴉。朱脣白玉膚，參年始破瓜。』則永叔所言赤脚者，非誠語無疑矣。《韻語陽秋》

白樂天作中書舍人，入直西省，對紫薇花而有詠曰：『絲綸閣下文章静，鐘鼓樓中刻漏長。獨坐黄昏誰是伴？紫薇花對紫薇郎。』後又云：『紫薇花對紫薇翁。』名目雖同貌不同，則此花之珍豔可知矣。爪其本則枝葉俱動，俗謂之『不耐癢花』，自五月開至九月尚爛熳，俗又謂之『百日紅』。唐人賦詠，未有及此二事者，本朝梅聖俞時注意此花，一詩贈韓子華，則曰：『薄膚癢不勝輕爪，嫩幹生宜近禁廬。』一詩贈王景彝，則曰：『薄薄嫩膚搔鳥爪，離離碎葉剪城霞。』然皆著『不耐癢』事，而未有及『百日紅』者。胡文恭在西掖前，亦有三詩，其一云：『雅當翻藥地，繁極曝衣天。』注云：『花至七夕猶繁。』似有『百日紅』之意，可見當時此花之盛。省吏相傳，咸平中，李昌武自别墅移植于此，晏元獻嘗作賦題于省中，所謂『得自羊墅，來從召園』是也。《韻語陽秋》

老杜《白小》詩云：『白小群分命，天然二寸魚。細微霑水族，風俗當園蔬。』言白小與

菜無異，豈復有厚味哉！故白樂天亦有『下飯腥鹹白小魚』之句。余謂魚始二寸已就烹，魚之窮也，寒士又從而食之，其窮抑甚。梅聖俞有《琴高魚》詩云：『大魚人騎上天去，留得少鱗來按觴。』又有《針口魚賦》云：『有魚針喙形甚小，常乘春波來不少。取之一掬，不重銖秒。』則白小之魚，尚爲文人行也。《韻語陽秋》

楸花色香俱佳，又風韻絶俗，而名不編于花譜，何哉？老杜云：『要把楸花媚遠天』，言其色也，又曰：『楸樹馨香倚釣磯』，言其香也。梅聖俞《楸花》詩云：『圖出帝宫樹，聳向白玉墀。』言其韻也。是二子但知楸花色香韻勝，而未知其療病之功也。汝州楸樹極多，富鄭公知州時，手植數百本于後圃，後人思其政，建鄭公堂于楸林之下，宣和間，先人知州日，聽政、燕客俱在焉。一日，廉訪使周詢來訪，因云：『立秋日太陽未升，采其葉熬爲膏，傅瘡瘍立愈，謂之「楸葉膏」。』抵晚，客使王偉來訪，因道詢語，偉曰：『有人患發背，腸胃可窺，百方不差者。一醫者教用楸葉膏傅其外，又用雲母膏作小丸，服盡四兩止。不累日，雲母透出膚外，與楸葉膏相著，瘡遂差，功亦奇矣。』余欲廣傳此方，以拯病苦者，故因言楸花之美而併及之。《韻語陽秋》

梅聖俞《送方干下第》云：『竭澤古所戒，但飽腹中書。風雷變有時，且復歸孟瀦。』《送蔡驛下第》詩云：『爾持金錯刀，不入鵞眼貫。懷之歸河朔，慎勿輒鎔鍛。』蓋人士切于

得失，一不得意，則必變所學以求媚于有司，此學者之大病也，故聖俞以是戒之。《韻語陽秋》

六一居士《詩話》，載梅聖俞《賦河豚魚》詩云：『春州生荻芽，春岸飛楊花。河豚于此時，貴不數魚蝦。』此魚常出于春暮，食柳絮而肥，南人多與荻芽爲羹最美。知詩者謂祇破題兩句，已道盡河豚好處。然余嘗寓居江陰及毘陵，見江陰每臘盡春初已食之，毘陵則二月初方食，其後官于秣陵，則三月間方有之。蓋此魚由海而上，近海處先得之，魚至江左，則春已暮矣。江陰、毘陵無荻芽，秣陵等處則以荻芽芼之，然則聖俞所詠，乃江左河豚魚也。聖俞詩多古淡，而此詩特雄贍，故尤爲人稱美。如曰：『忿腹若對豕，怒目猶吴蛙。烹炰苟失所，入喉爲鏌鎁。』又曰：『退之來潮陽，始憚餐籠蛇。子厚居柳州，而甘食蝦蟆。二物雖可憎，性命無舛差。斯味曾不比，中藏禍無涯。甚美惡亦稱，此言誠可嘉。』真佳作也。《庚溪詩話》

梅聖俞《一日曲》極佳，又《謁薛簡肅墓》及《大水後田家》二詩等，極高古。大抵聖俞之詞高古。《艇齋詩話》

梅聖俞《送人知鄞縣》詩云：『君行問鮚埼，殊物可講解。一寸明月腹，中有小碧蟹。生意各蠕蠕，黔角容央央。願言寬賦刑，越俗久疲憊。』『鮚埼』事出《西漢·地理志》注，鄞

縣有鮚埼亭。『鮚』音『結』，蚌也，長一寸，廣二分，有一小蟹在其腹中；『埼』，曲岸也，其中多鮚，故以名亭。埼，鉅依反。《艇齋詩話》

梅聖俞詩云：『遠鐘撞白雲』，無合有合。《藏海詩話》

宋世寒食有抛堉之戲，兒童飛瓦石之戲，若今之打瓦也。梅都官《禁烟》詩：『窈窕踏歌相把袂，輕浮賭勝各飛堉。』堉，七禾切。或云起于堯民之擊壤。《升庵詩話》

梅聖俞詩：『南隴鳥過北隴叫，高田水入低田流。』山谷詩：『野水自添田水滿，晴鳩卻唤雨鳩來。』李若水詩：『近村得雨遠村同，上圳坡流下圳通。』其句法皆自杜子美『桃花細逐楊花落，黄鳥時兼白鳥飛』之句來。《升庵詩話》

陳張正《見鄰舍》詩曰：『簷高同落照，巷小共飛花。』符載詩：『緑迸穿籬笋，紅飄隔户花。』于鵠詩：『蒸藜嘗共竈，澆薤亦同渠。』傳屐朝尋藥，分燈夜讀書。』劉長卿：『雞聲共林巷，燭影隔茅茨。』徐鍇詩：『井泉分地脉，碪杵共秋聲。』梅聖俞詩：『籬根分井口，壁隙透燈光。』總不如杜工部《贈朱山人》云：『相近竹參差，相過人不知。幽花欹滿樹，曲水細通池。歸客村非遠，殘尊席更移。看君多道氣，從此數相隨。』渾成不見刳劂，而句句切題。《升庵詩話》

東漢李固，忠直鯁亮，志在討國，不爲身謀，争立清河，遂忤梁冀，以致身首異處。當時

有提鈇上章，乞收固尸，如汝南郭亮者；有星行至洛，守衛屍喪，如陳留楊羌者，亦可見固以忠護罪矣。唐李華嘗觀《黨錮傳》，撫卷而悲之，且作詩曰：『古墳襄城野，斜徑橫秋陂。況不禁樵采，茅莎無孑遺。』嗚呼！生不能保其身，死又不能保其藏骨之地，天之不相善人，何至是耶！梅聖俞詩云：『漢家誅黨人，誰與李杜死？死者有范滂，其母爲之喜。喜死名愈彰，生榮同犬豕。』故史臣以胡廣、趙戒爲糞土，而馬融真犬豕哉。《韻語陽秋》

《隱居詩話》云：呂士隆知宣州，好以事笞官妓，妓皆欲逃去而不敢也。會杭州有一妓到宣，其色藝可取，士隆喜之，留之使不去。一日，郡妓復犯小過，士隆又欲笞之，妓泣訴曰：『某不敢辭罪，但恐杭妓不能安也。』士隆愍而捨之。聖俞因作《莫打鴨》一篇曰：『莫打鴨，打鴨驚鴛鴦。鴛鴦新向池北落，不比孤洲老禿鶬。禿鶬尚欲遠飛去，何況鴛鴦羽翼長。』蓋謂此也。《石林詩話》

梅聖俞作試官日，登望有春色，題于壁云：『不上樓來今幾日，滿城多少柳絲黃。』唯歐公一見賞之，以爲非聖俞不能。《晁氏客語》

李白《過彭蠡湖》詩云：『水碧不可采，金膏祕莫言。』江文通詩云：『水碧驗未黷，金膏靈詎緇。』翰曰：『「水碧」，水玉也。「金膏」，仙藥也。』又云：『傲睨摘木芝，凌波采水碧。』謝靈運《入彭蠡湖口作》：『金膏滅明光，水碧輟流温。』注云：『「水碧」，水玉也。此

江中有之，然皆滅其明光，止見温潤。』《穆天子傳》：『河伯示汝黄金之膏。』《山海經》云：『耿山多水碧』，又云：『柴桑之山，潯陽水，其下多碧、多吟石赭。』未知何物。予嘗見《墨子》、道書，大藥中有水脂碧首，當是。梅聖俞《聽潘歙州話廬山》詩云：『絶頂水底花，開謝向淵腹。攬之不可得，滴瀝空在掬。』豈非水碧耶？《西溪叢語》

碧雲騢者，厩馬也，莊獻太后臨朝，初以賜荆王曦，王惡其旋毛，太后知之曰：『旋毛能害人耶？吾不信，留以備上閑。』爲御馬第一。以其吻肉色碧如霞片，故云。世以旋毛爲醜，此以旋毛爲貴，雖貴矣，病可去乎？梅聖俞不得志於諸公間，乃借此名著書一卷，詆譏慶曆巨公。後葉石林於《避暑録》嘗辨之，乃襄陽魏泰所著，嫁之聖俞。其略謂萬有一不至，猶當爲賢者諱，蓋亦未免置疑。邵康濟，康節孫也，亦引聖俞《聞范文正公訃》詩云：『一出屢更郡，人皆望酒壺。俗情難可學，奏記向來無。貧賤常甘分，崇高不解諛。雖然門館隔，泣與衆人殊。』謂爲郡以酒悦人，樂奏記納諛，豈所以論文正者，以是又疑真出聖俞也？李伯和大性著《典故辨》，疑非聖俞所作。諸公所見異同，終有一定論。煇昔得《碔砆録》一編，亦若《碧雲騢》，專暴人之短，爲人借去不歸。《清波雜誌》

梅宛陵詩好用『案酒』，俗言『下酒』也，出陸璣《草木疏》：『荇，接余也。白莖，葉紫赤色，正圓，徑寸餘，浮水上，根在水底，與之深淺，莖大如釵股，上青下白。煮其白莖，以苦酒

浸之，脆美可案酒。』今北方多言『案酒』。《老學庵續筆記》

梅聖俞詩，世稱五字之妙。其歌辭語勝理旨，大似元微之。作《花娘歌》曰：『花娘十二能歌舞，藉甚聲名居樂府。荏苒其間十四年，朝爲行雲暮行雨。格高氣俊能動人，人能動之無幾許。前歲適從江國來，時因華席相微語。雖有幽情未得傳，暗結殷勤度寒暑。去春送客出東城，舟中接膝心已傾。自兹稍稍有期約，五月蓮航並鈞行。曲隄别浦無人處，始笑鴛鴦浪得名。爾後頻逢殊燕婉，各恨從來相見晚。月下花前不暫離，暫離已抵銀河遠。青鳥傳音日幾回，雞鳴歸去暮還來。經秋度臘無纖失，愛極情專易得猜。前年南浦尋芳卉，小憤不勝投袂起。官司乘釁作威稜，督促倉皇出閭里。瀟瀟風雨滿長隄，一舸翩然逐流水。忽逢小吏向城東，泣淚寄言心欲死。願郎日日致青雲，妾已長甘在泥滓。更悲恩意不得終，世事難憑何若此！郎聞此語痛莫深，天地無窮恨不已。我今爲爾偶成章，便欲緘之託雙鯉。』又作《翡翠詞》云：『秦女乘鸞遺翠羽，落在人間與風舞。風休不歸誰作主？此郎拾取粧金縷。郎家夫婦愛且憐，繫向裙間同出處。朝來鄰里偶經過，方朔鄒枚争欲覩。主人重客苦留連，急走鈿車令去取。酒巡未匝掩閤扉，忽已聞歸報鸚鵡。重勻朱粉臨鏡臺，促息不停催出户。正抱琵琶穩繫絛，輥作輕雷攏作雨。自解彈成啄木聲，豈惟能寫胡人語。醉眼流波入鬢時，絃慢邀郎緊絲柱。身柔柱滑郎力微，欲倩傍人頻顧主。主

何磊落風味多，就請上賓無不許。相疏情遠誰稱渠？畫撥當胸客當去。』《侯鯖録》

梅舜俞寵嬖曹氏，作《一日曲》，爲曹氏也。苕溪漁隱云：予閲《宛陵集》見一曲，其詞乃爲南陽一娼話離而作，然則謹厚者亦復爲之耶。其曲云：『妾家鄧侯國，肯媿邯鄲姝。世本富繒綺，嬌愛比明珠。十五學組紃，未嘗開户樞。十六失所適，姓名傾里閭。十七善歌舞，使君邀宴娱。自兹著樂府，不得同羅敷。涼温忽荏苒，屢接朝大夫。相歡不及情，何異逢路衢。昨日一見郎，目色曾不渝。結愛從此篤，暫隔猶云疏。如何遂從宦，去涉千里途？郎跨青驄馬，妾乘白雲駒。送郎郎未遠，别妾妾情孤。不如水中鱗，雙雙依緑蒲。不如雲間鵠，兩兩下平湖。魚鳥尚有託，妾今誰與俱？去去約春華，終朝怨日賒。一心思杏子，便擬見梅花。梅花幾時吐？頻搯闌干數。東風若見郎，重爲歌金縷。』《苕溪漁隱叢話》

馬遵謫守宣州，及其去也，郡僚軍民争欲駐留，至以鐵鎖絶江。遵于餞筵倚醉，令官妓剥榧實而食，眷眷若留連狀，及以所乘驄寄聖俞家，郡人皆不疑其去也。遵夜使人絶鎖解舟，以水沃櫓牙，使之不鳴，逮曉，舟去遠矣。聖俞詩曰：『三更醉下陵陽峰，仙舟江上去無蹤。槎牙鐵鎖漫横絶，櫓溼不驚潭底龍。斷腸吴姬指如筍，欲剥玉榧將何從？短翎水鴨飛不遠，那經細雨山重重。卻顧舊埒病驄馬，塵沙歷經空龍鍾。』即紀此事。《隱居詩話》

晏元獻守汝陰，梅聖俞往見之，將行，公置酒潁河上，因言：『古人章句中全用平聲，製

字穩貼，如「枯桑知天風」是也，恨未見側字詩。』聖俞既引舟，遂作五側體寄公，云：『月出斷岸口，影照別舸背。且獨與婦飲，頗勝俗客對。月漸上我席，暝色亦少退。豈必在秉燭，此景亦可愛。』《西清詩話》

郭功父少時喜誦文忠公詩，一日過聖俞，聖俞曰：『近得永叔書云：作《廬山高》詩送劉同年勅。杜牧《晚晴賦》自以爲得意，恨未見此詩。』功父誦之，聖俞擊節歎賞曰：『使吾更學作詩三十年，不能道其中一句。』功父再頌，不覺心醉，遂置酒，又再誦數行，凡誦十數遍，不交一言而罷。明日，聖俞贈功父詩曰：『一誦《廬山高》，萬景不可藏。設如古畫詩，極意未能忘。』或云：『不及忘』。《詩話總龜》

聖俞《贈功甫》詩云：『采石月下訪謫仙，夜披錦袍坐釣船。醉中愛月江底懸，以手弄月身翻然。不應暴落饑蛟涎，便當騎鯨上青天。青山有冢人謾傳，卻來人間知幾年？在昔熟識汾陽王，納官貰死義難忘。今觀郭裔奇俊郎，眉目真似工文章。死生往復如康莊，樹穴探環知姓羊。』予謂李白從永王璘之辟，璘敗當誅，郭子儀請解官以贖其罪，有詔長流夜郎。聖俞用此事，尤爲親切，若非姓郭，亦難用矣！功甫母夢李白而生，功甫少有詩名，聖俞嘗曰：『天才如此，真太白後身也。』《苕溪漁隱叢話》

東坡云：先君與梅二丈游，時軾與子由甚少，未有知者，梅公獨知之。家有老人泉，公

作詩云：『泉中有老人，隱見不可常。蘇子居其間，飲水樂未央。泉中必有魚，與子日徜徉。泉中苟無魚，子持玩滄浪。歲月不知老，家有雛鳳凰。百鳥戢翼羽，不敢呈文章。去爲仲尼歎，出爲盛時祥。方今天子聖，毋滯此泉旁。』聖俞歿今四十年矣，南遷至合浦，見其門人歐陽晦夫，出其詩稿數十幅，其《遺晦夫》詩云：『我家無梧桐，安得久留鳳？』晦夫年六十六，尚少予一歲，然白髮蒼顔略相似，困窮亦不相遠。執手大笑曰：『聖俞所謂鳳者，豈例皆窮如此乎？』《苕溪漁隱叢話》

舊説梅聖俞日課一詩，寒暑未嘗易也。《苕溪漁隱叢話》

陳恭公事仁宗，兩爲相，悉心盡瘁，百度振舉，然性嚴重，語言簡直，與人少周旋，接賓客，以至親戚骨肉，未嘗從容談笑，尤靳恩澤，士大夫多怨之。惟仁宗嘗曰：『不昧我者，惟陳執中耳。』及終也，韓維張洞謚之曰『榮靈』，仁宗特賜曰『恭』。薨後月餘，夫人謝氏繼卒。一子纔七歲，諸侄俱之官，葬日，門下之士惟解賓王至墓所，世人嗟悼之。梅堯臣作挽詞兩首，具載其事。詞曰：『位至三公有，恩加錫謚無。再調金鉉鼎，屢刻玉麟符。已歎鸞同穴，還悲鳳少雛。擁塗看鹵簿，誰爲畢三虞？公在中書日，朝廷百事叢。王官多不喜，天子以爲忠。富貴人間少，恩榮歿後隆。若非笳鼓咽，寂寞奈秋風。』《東軒筆録》

劉丞相沆鎮陳州日，鄭獬經由，丞相爲啟宴于外庭，使妓樂迎引，至通衢，有朱衣樂人

誤旨，公性卞急，遂杖于馬前，既而即席，酒數行而公得疾，舁還府衙而終。先是，張侍讀環夢公馬前有一朱衣人被血而立，至是果有此變。梅堯臣爲公挽詩二首，具載其事，詩曰：『處外諸侯重，居朝聖主知。祆逢庚子日，夢異戊丁時。歸櫬江山遠，凝笳道路悲。欲傳千古迹，佐世本無爲。』『古今皆可見，富貴不長存。歌者未離席，弔賓俄在門。朱輪空返轍，渌酒尚盈尊。人事固如此，令名貽後昆。』《東軒筆録》

蘇子瞻學士，蜀人也，嘗于淯井監得西南夷人所賣蠻布弓衣，其文織成梅聖俞《春雪》詩，此詩在聖俞《集》中，未爲絶唱，而異域之人貴重如此。子瞻以予尤知聖俞者，得之因以見遺。予家舊畜琴一張，乃寶曆二年雷會所斲，其聲清越，如擊金石，遂以此布更爲琴囊。二物真予家之寶玩也。《六一詩話》。宗祥案：宛陵《春雪》詩云：『朔風三日吹暗沙，蛟龍捲沫噴成花。花飛萬里奪曉月，白日爛堆愁女媧。大明光庭踏朝賀，雉尾不掃黏官韉。宫中才人承聖顔，承觴稱壽呼南山。三公免責百姓喜，斗酒十千誰復慳！』

楚州有官妓王英英，喜筆劄，學顔魯公體，蔡襄頃教以筆法，晚年作大字甚佳。梅堯臣贈之詩曰：『山陽女子大字書，不學常流事梳洗。親傳筆法中郎孫，妙畫蠶頭魯公體。』英英貌甚陋，故有不事梳洗之句；中郎孫，君謨也。《隱居詩話》

聖俞《趙韓王故宅》句云：『不見分香妾，空餘鬭鴨闌。』《納涼》云：『竹陰過晚雨，林

表見殘虹。』《會東堂》云：『鬢約寒鵶碧，衣輕舞蝀黄。』《泛江》云：『斜陽鳥外落，新月樹端生。』《暮春》云：『緑草旋抽心，青梅猶帶蕚。』《夢後寄永叔》云：『五更千里夢，殘月一聲雞。』《送趙徐州》云：『雨過短亭雲斷續，鶯啼高樹路西東。』《和希深見過》云：『有客過顔巷，無貧似阮家。』《廣福閣》云：『曉漲林烟重，春歸野水平。』《山行》云：『好峰隨處改，幽徑獨行迷。』《朱家曲》云：『晚雲連雨黑，秋水帶沙渾。』《金山》云：『山形無地接，寺界與波分。』《送人永寧》云：『衣霑寒食雨，花發故宫墻。』《春日東齋》云：『迸筍過幽草，吹香到别家。』《秋日家居》云：『懸蟲低復上，鬬雀墮還飛。』《游嵩避雨》云：『風雨幽林静，雲烟古寺深。』《牛首山寺》云：『野色逼人寒，嵐光添酒緑。』《省中初直》云：『霜氣冷侵被，月光斜入扉。』《泛西湖》云：『對山憐去鳥，隔樹識游人。』《雨》云：『長楊静響千重瓦，太液寒生幾寸波。』《經田家》云：『南嶺禽過北嶺叫，高田水入低田流。』《東溪》云：『野鳬眠岸有閒意，老樹著花無醜枝。』《寄王學士》云：『花寒蛺蝀猶相守，水冷鴛鴦不暫分。』《吟窗雜録》

予每見舊所作文章，憎之必欲燒棄，梅堯臣曰：『公文進矣，僕之詩亦然。』宋子京《筆記》

梅聖俞以詩知名三十年，終不得一館職，晚年與修《唐書》，書成未奏而卒。其初受勅也，語其妻刁氏曰：『吾之修書，可謂「猢猻入布袋」矣。』刁氏對曰：『君于仕宦，亦何異

「鮎魚上竹竿」耶！』聞者皆以爲善對。《歸田録》

梅舜俞之卒也，予與宋之才選、韓欽舜宗彦、沈文通遘，俱爲三司僚屬，共痛惜之。子才曰：『比見聖俞面光澤特甚，意爲充盛，不知乃爲不祥也。』時欽聖面亦光澤，文通指之曰：『次及欽聖矣。』衆皆尤其暴謔。不數日，欽聖抱疾而卒。予謂文通曰：『君雖不爲呪詛，亦戲殺耳。』此雖無預時事，然以其與聖俞同時，事又相類，故附之。《續詩話》

梅舜俞因劉元甫戲言之讖，竟終于都官，葬在宣城，俗呼爲『梅夫子墓』。弔之者有句云：『赢得兒童叫夫子，可憐名位祇都官。』《娱書堂詩話》

孫君孚升云：昔與杜挺之、梅聖俞同舟溯汴，見聖俞吟詩，日成一篇，衆莫能和，因密伺聖俞如何作詩，蓋寢食游觀，未嘗不吟諷思索也。時時于座上忽引去，奮筆書一小紙，納算袋中，同舟竊取而觀，皆詩句也，或半聯，或一字，他日作詩有可用者入之。或云：『作詩無古今，惟造平淡難』，乃算袋中所書也。《娱書堂詩話》

陶潛、謝朓詩，皆平淡有思致，非後來詩人怵心劌目琱琢者所爲也。老杜云：『陶謝不枝梧，風騷共推激。紫燕自超詣，翠駮誰翦剔？』是也。大抵欲造平淡，當自組麗中來。落其華芬，然後可造平淡之境，如此則陶、謝不足進矣。今之人多作拙易語，而自以爲平淡，識者未嘗不絶倒也。梅聖俞和晏相詩云：『因今適性情，稍欲到平淡。苦詞未圓熟，刺

口劇蔆芡。』言到平淡處甚難也。所以贈杜挺之詩，有『作詩無古今，欲造平淡難』之句。李白云：『清水出芙蓉，天然去雕飾。』平淡而到天然處則善矣。《韻語陽秋》

王直方《詩話》云：『聖俞在禮部考校時，和歐公《春雪》詩云：「有夢皆蝴蝶，逢袍只紵麻。」諸人不復措手，蓋韻惡而能用事如此，可貴也。』苕溪漁隱曰：余閲《宛陵集》，聖俞此《雪》詩即非和歐公韻，乃是唱首此詩，聖俞自注云：『聞永叔謂子華曰：「明日聖俞若無詩，修輸一盃酒。」』歐公《集》中亦有《和聖俞春雪詩》，皆在禮部時唱和，以此可見矣。王直方不切審細，遂妄有『韻惡而能用事』之語，蓋其《詩話》中似此者甚衆，吾故辨證之。《苕溪漁隱叢話》

《藝苑雌黄》云：河豚，《新附本草》云：『味甘温，無毒。』《日華子》云：『有毒。』予按《倦游雜録》云：『河豚魚，有大毒，肝與卵，人食之必死。暮春柳花飛，此魚大肥，江淮人以爲時珍，更相贈遺，臠其肉，雜蔞蒿、荻芽，瀹而爲羹。或不甚熟，亦能害人，歲有被毒而死者。』然南人嗜之不已，故聖俞詩：『春洲生荻芽，春岸飛楊花。河豚當此時，貴不數魚蝦。』而其後又云：『炮煎苟失所，轉喉爲莫邪。』則其毒可知。《本草》以爲無毒，蓋誤矣！及觀張文潛《明道雜志》，則又云：『河豚，水族之奇味，世傳以爲有毒，能殺人。予守丹陽及宣城，見土人户食之，其烹煮亦無法，但用蔞蒿、荻芽、菘菜三物，而未嘗見死者。』若以

爲土人習之，故不傷。蘇子瞻，蜀人，守揚州；晁无咎，濟南人，作倅，每日食之，了無所覺。而此南人云：『魚無頰、無鱗，與目能開闔及作聲者，有大毒。』河豚備此四者，故人畏之。子瞻在資善堂，嘗與人談河豚之美者，云：『也直那一死。』其美可知。或云：『子不可食，其大纔一粟，浸之經宿如彈丸。人有中其毒者，以水調炒槐花末及龍腦，皆可解。』予嘗見漁者，説所以取之之由，曰：『河豚盛氣易怒，每伏水底，必設網以上，故以物就而觸之，彼將奮怒而上，遂爲所獲。』吴人珍之，目其腹腴爲西施乳。予嘗戲作絶句云：『蔞蒿短短荻芽肥，正是河豚欲上時。甘美遠勝西子乳，吴王當日未曾知。』雖然，甚美必甚惡。河豚，味之美也，吴人嗜之，以喪其軀；西施，色之美也，吴王嗜之，以亡其國。兹可以爲來者之戒。《苕溪漁隱叢話》

苕溪漁隱曰：聖俞詩工于平淡，自成一家。如《東溪》云：『野鳧眠岸有閒意，老樹著花無醜枝。』《山行》云：『人家在何許？雲外一聲雞。』《春陰》云：『鳩鳴桑葉吐，村暗杏花殘。』《杜鵑》云：『月樹啼方急，山房人未眠。』如此等句，須細味之，方見其用意也。《苕溪漁隱叢話》

《藝苑雌黄》云：『老杜《房公池鵝》詩：「鳳凰池上應回首，爲報籠隨王右軍。」山谷《題劉將軍畫鵝》詩：「還似山陰書罷，舉群軀向王家。」而前輩詩又有「鵝費羲之墨」，「書

罷籠鵝去」，「數紙尚可博白鵝」，「山陰不見换鵝經」，「白鵝曾换右軍書」，皆不斥言所書者何經。《西清詩話》載李白詩：「山陰道士如相訪，爲寫《黄庭》换白鵝。」考之晉史，逸少所寫，乃《道德經》，非《黄庭》也。太白蓋誤用此事。比觀梅聖俞《謝宋元憲贈鵝》詩：「昔居鳳池上，曾食鳳池萍。乞與江湖去，從教養素翎。不同王逸少，辛苦寫《黄庭》。」聖俞此語，豈亦承太白之誤歟？又觀《白氏六帖》所載，亦言《黄庭經》，則古人誤用此事，非獨太白爲然也。』苕溪漁隱曰：吕居仁《寄朱希真》詩云：『主人鵝可换，更爲寫《黄庭》。』亦沿襲誤用也。予謂太白又有詩云：『掃素寫《道經》，筆精妙入神。書罷籠鵝去，何曾别主人。』則又謂《道德經》矣。《苕溪漁隱叢話》

王直方《詩話》云：『山谷嘗稱聖俞「聲喧釜且裂，點疾盎爾立」之句，謂追古作者。陳無已喜聖俞詩，獨誦其兩句云：「胡地馬牛歸隴底，漢人煙火起湟中。」』苕溪漁隱曰：《臨川集》荆公《次韻元厚之平戎慶捷詩》，即是此兩句。王直方稱陳無己喜聖俞詩，獨誦此兩句，予徧閲《宛陵集》，無此兩句，乃直方之誤。《苕溪漁隱叢話》

《輟耕録》曰：梅聖俞《禽言》四章云：『泥滑滑，苦竹岡。雨瀟瀟，馬上郎。馬蹄凌兢雨又急，此鳥爲君應斷腸。婆餅焦，兒不食。爾父向何之？爾母山頭化爲石。山頭化石可奈何，遂作微禽啼不息。提壺蘆，沽美酒。風爲賓，樹爲友。山花撩亂目前開，勸爾今朝

千萬壽。不如歸去，春山云暮。萬木兮參天，蜀道兮何處。人言有翼可高飛，安用空啼向春樹。』沈雄曰：『此與文與可《題竹十字令》俱長短句，金、元人皆有和詞，而不可以被管絃者也，非詞也。』《古今詩話》

《江鄰幾雜志》云：『梅舜俞至寧陵寄詩云：「獨護慈母喪，淚與河水流。河水終有竭，淚泉常在眸。」彦猷持國譏作詩早，聖俞應之以《蓼莪》及傅咸《贈王何二侍中》詩。』以上皆江説。予謂不獨此，晉孫綽表哀作詩，其序云：『自丁荼毒，載離寒暑，不勝哀號，作詩一首，敢冒諒闇之譏，以申罔極之痛。』故洪玉父以魯直丁母憂，絶不作詩，夫魯直不作者，以非思親之詩也。孫綽作者，以思親之詩也。由是知聖俞作詩之早，庸何傷乎！其曰：『敢冒諒闇之譏』，則雖人臣亦可以稱『諒闇』也。《能改齋漫録》

杜子美有《從韋明府續處覓錦竹兩三叢》詩，黄鶴注云：『考《竹譜》、《竹記》，無錦竹，意其文如錦石名之。《竹記》有蒸竹、簹墮竹，其皮類繡，豈即此乎？』劉須溪亦不知所謂。近閲梅聖俞《宛陵集·錦竹》詩云：『雖作湘竹紋，還非楚筠質。化龍徒有期，待鳳曾無實。本與凡草俱，偶親君子室。』又自注其下云：『此草也，似竹而斑。』始知黄鶴有金注之昏耳。《逸老堂詩話》

梅聖俞著《碧雲霞》，應昭陵時名下大臣，惟杜祁公、富鄭公、韓魏公、歐陽公無貶外，

悉譏詆之無少避。其《序》曰：『碧雲騢，廄馬也。莊憲太后臨朝，以賜荆王。王惡其旋毛，太后知之曰：「旋毛能害人耶？吾不信，留以備上閑。」爲御馬第一。以其吻肉色碧如霞片，故號云。世以旋毛爲醜，此以旋毛爲貴。雖貴矣，病可去乎？』噫！范文正公者，亦在詆中，以文正微時，常結中書吏人范仲尹，因以破家。文正既貴，略不收卹，王銍性之不服，以爲魏泰僞託聖俞著此書。性之《跋范仲尹墓誌》云：『近時襄陽魏泰者，場屋不得志，喜僞作他人著書。如《志怪集》、《括異志》、《倦游録》，盡假名武人張師正。又不能自抑，出其姓名，作《東軒筆録》，皆用私喜怒誣蠛前人，最後作《碧雲騢》，假名梅聖俞，毁及范文正公，而天下駭然不服矣。且文正公與歐陽公、梅公，立朝同心，詎有異論？特聖俞子孫不耀，故挾之借重以欺世。今録楊闢所作《范仲尹墓誌》，庶幾知泰亂是非之實至此也。則其他泰所厚誣者，皆迎刃而解，可盡信哉。僕猶及識泰，知其從來最詳，張而明之，使百世之下，文正公不蒙其謬焉。潁人王銍性之題。』予以爲不然，亦書其下云：美哉性之之意也，使范公不蒙其謬，聖俞亦不失爲君子矣。然聖俞蚤接諸公，名聲相上下，獨窮老不振，中不能無躁。其《聞范公訃》詩：『一出屢更郡，人皆望酒壺。俗情難可學，奏記向來無。貧賤常甘分，崇高不解諛。雖然門館隔，泣與衆人俱。』夫爲郡而以酒悦人、樂奏記納諛佞，豈所以論范公者，聖俞之意，真有所不足耶。如著文公『燈籠錦』事，則又與《書竄》

詩合矣。故予疑此書實出于聖俞也。《聞見後録》

嘉祐中，侍從官列薦國子博士梅堯臣宜在館閣，仁皇帝曰：『能賦「一見天顔萬人喜，欲回宫路樂聲長」者也。』蓋帝幸景靈宫，堯臣有詩，或傳入禁中，帝愛此二語，君試賜等，竟不登館閣以死。《聞見後録》

韓魏公曰：『養兵雖非古，然亦自有利處。議者但謂不如漢唐調兵于民，獨不見杜甫《石壕吏》一篇，調兵于民，其弊乃如此。後世既收拾强悍、無賴者養之以爲兵，良民雖税斂良厚，而終身保骨肉相聚之樂，父子兄弟夫婦免生離死别之苦，此豈小事！』魏公此論，可謂至當。余觀梅聖俞寶元間爲葉縣宰，詔書令民三丁籍一，立校與長，號弓箭手，以備不虞，田里騷然。聖俞作《田家》詩云：『誰道田家樂？春税秋未足。里胥叩我門，日夕苦煎促。盛夏流潦多，白水高于屋。水既害我菽，蝗又食我粟。前月詔書來，生齒復版録。三丁籍一壯，惡使操弓韣。州符令又嚴，老吏持鞭朴。搜索稚與艾，惟存跛無目。田閭敢怨嗟，父子各悲哭。南畝焉可事？買箭賣牛犢。愁氣變久雨，鐺缶空無粥。盲跛不能耕，死亡在遲速。我聞誠所慚，徒爾叨君禄。卻詠《歸去來》，刈薪向深谷。』又《汝墳貧女》云：『汝墳貧家女，行哭音悽愴。自言有老父，孤獨無丁壯。郡吏來何暴，縣官不敢抗。督遣勿稽留，龍鍾去持杖。勤勤囑四鄰，幸願相倚傍。適聞閭里歸，問訊疑猶强。果聞寒雨

中，僵死壤河上。弱質無以託，橫屍無以葬。生女不如男，雖存何以當。拊膺呼蒼天，生死將奈向。』觀此二詩，與《石壕吏》等篇何以異？當是時，乃太平極盛之時，而一有籍民爲兵之令，便覺氣象與天寶相似。乃知養兵之制，實萬世之仁，而魏公之説，不可易也。然魏公既知籍民爲兵之害矣，而陝西義勇之制，實出于公，雖司馬温公極言其不便，竟不爲止。又何與前言相戾也？《鶴林玉露》

歐陽公《石月屏序》云：『張景山在虢州時，命治石橋。小版一石，中有月形，石色紫而月白，中有樹森森然，其文黑而枝葉老勁，雖世之工于畫者不能爲，蓋奇物也。景山因謫，留以遺余，因令善畫工模寫以爲圖，並書以遺蘇子美。其月滿，西旁微有不滿處，正如十三四時。其樹橫生，一枝外出。皆其實如此，不敢增損，貴可信也。子美、聖俞皆有詩。』余嘗于赤岸陳文惠裔孫忠懿家，出示余此屏，自言文忠公所藏之本其月樹枝葉，與公之《序》無少異，但其圖與石屏微不類爾，豈公所謂『世之工于畫者不能爲』乎？忠懿且求予跋語，予謂歐公方誇此石自云：『每到月滿時，石在暗室光出簷』，聖俞則曰：『曾無纖毫光，未若燈照席。徒爲頑璞一片圓，温潤又不如圭璧。』何貶此石之甚耶？雖然，此屏不幸而遇聖俞，亦幸而有聖俞，則此屏可以長寶而不爲好事者奪，豈願復有歐陽公者出而見之乎？《耆舊續聞》

張宗祥　纂輯　曹錦炎　整理

全宋詩話

第四册

卷二十七至卷三十七

浙江大學出版社

本册目録

全宋詩話目録卷二十七

曾鞏　字子固，建昌南豐人，嘉祐二年進士。歷官太平州司法參軍，集賢校理，知福、明等州，史館修撰，中書舍人。有《元豐類稿》、《續稿》、《外集》。

曾布　字子宣，與兄鞏同登第。歷官崇政殿説書、户部尚書、同知樞密院事、尚書右僕射。崇寧初，出知潤州，連遭貶竄，復提舉嵩山崇福宫，卒贈觀文殿大學士，謚文肅。

邵雍　字堯夫，河南人。嘉祐中，詔求遺逸，授將作監簿，復舉逸士，補潁州團練推官，均不起，自號安樂先生。元祐中，謚康節，有《擊壤集》。

葉沆　天慶中進士。

何恭　字欽聖，三衢人。

張峕　字子望，滎陽人，進士。受學于邵雍。

程顥　字伯淳，西洛人，舉進士。以薦爲太子中允監察御史裏行，罷知扶溝縣，責監汝州鹽税。卒，文潞公題其墓曰『明道先生』，嘉定中追謚曰純，封河南伯，從祀孔廟。有《明道集》。

楊傑　字次公，無爲軍人，嘉祐四年進士。歷官禮部員外郎、知潤州、兩浙提點刑獄。有《無爲集》。

張載　字子厚，大梁人，後居鳳翔横渠鎮，世稱横渠先生，嘉祐二年進士。以薦爲崇文院檢書，同知太常禮院，卒。有《崇文集》。

陸起

蕭注　字巖夫，新喻人。

翁邁

王彦博　字仲遠。

全宋詩話卷二十七

曾　鞏

曾子固《明妃曲》云：『丹青有迹尚如此，何况無形論是非』，諸家之所未發。《哭尹師魯》云：『悲公尚至千載後，况復悲者同其時』，意甚高。《挽丁元珍》云：『鵩來悲四月，鶴去遂千年』，尤精切。《北歸絶句》云：『江海多年似轉蓬，白頭歸拜未央宫。堵墻學士争相問，何處塵埃瘦老翁？』極似半山。誰謂子固不能詩耶？《後村詩話》

東北冬月寒甚，夜氣塞空如霧，著于林木，凝結如珠玉，旦起視之，真薄霧也，見晛乃消釋，因風飄落，齊魯謂之『霧淞』。諺云：『霧淞重霧淞，窮漢置飯甕。』蓋歲穰之兆也。曾子固在齊州，有《冬夜》詩云：『香清一榻氍毹暖，月淡千門霧淞寒。』又云：『園林初日静無風，霧淞開花處處同。記得集英深殿裏，舞人齊插玉瓏鬆。』蓋謂是也。東坡在定武，《送曹仲錫》詩亦云：『斷蓬飛葉落黄沙，衹有千林鬖鬆花。應薦王孫朝上國，珠幢玉節與

排衙。』亦謂此也。『霧淞』音『夢送』。、『鬖髿』皆同音。《墨莊漫録》

齊州城西張意諫議園亭，有金綫泉，石甃方池，廣袤丈餘，泉亂發其下，東注城壕中，澄澈見底。池心南北，有金綫一道，隱起水面，以油滴一隅，則綫紋遠去。或以紋亂之，則綫輒不見，水止如故。天陰亦不見。齊爲東方名郡，而張氏濟南盛族，園池乃郡之勝游，泉之出百年矣。士大夫過濟南，至泉上者，不可勝數，而無能究其所以然，亦無一人題詠者。獨蘇子瞻有詩，曰：『槍旗携到齊西境，更試城南金綫奇』，然亦不辨泉之所以有金線也。余讀曾南豐《集》，有《金綫泉》詩，云：『玉甃常浮灝氣鮮，金絲不定路南泉。雲依美藻争成縷，月照寒溪巧上弦。已繞渚花紅灼灼，更縈沙竹翠娟娟。無風到底塵埃盡，界破冰綃一片天。』蓋南豐元豐間嘗守齊州所作者，此《澠水燕談》所未見也。兼《倦游雜録》云：『范諷自給事中謫官，數年方歸濟南，城西有張氏園亭，泉有金綫、真珠之目，水木環合，乃歷下之勝景，園亭主人，乃張寺丞聰也。嘗邀范宴飲于亭，題二韻詩于壁：「園林再到身猶健，官職全拋夢乍醒。惟有南山與君眼，相逢不改舊時青。」』《能改齋漫録》

《集韻》：『淞，凍洛也。』《三蒼解詁》：『液雨也。』其字音『送』，俗曰『霧淞』。《漢書・五行志》：『雨木冰。』亦曰『樹介』，又曰『木稼』，『稼』即『介』之訛耳，寒甚而木冰，如樹著介冑也。曾南豐《集》云：『齊地寒甚，夜如霧淞于木上，日出飄滿庭階，尤爲可愛。』

遂作詩云：『園林初日浄無風，霧淞花開樹樹同。記得集英深殿裏，舞人齊插玉瓏鬆。』齊地以爲豐年之兆，諺云：『霜淞如霧淞，窮漢備飯瓮。』然淞之極，則以爲樹介冰木，諺云：『木若介，達官怕。』蓋寒淺則爲霧淞，寒極則爲木冰，霧淞召豐，而木冰召凶也。李獻吉詩：『大寒冰雨何紛紛，曉行日臨江吐雲。』蓋詠木冰也。又云：『今朝走白露，南枝參差開。紫宫散花女，騎龍下瑶陔。』蓋詠霧淞也。各極體物之妙云。《升庵詩話》

曾子固《享祀軍山廟歌》云：『土膏其兮，流泉駛兮。我徂于田，偕婦子兮。既耕且藝，芸且耔兮。一歲之工，在勤始兮。野無螟蟓，田有水兮。非神之力，其誰使兮？我苞盈兮，我實成兮。揮鐮揿揿，风雨聲兮。囷藏露積，如坻京兮。遺秉滯穗，富鰥煢兮。酒食勸酬，消忿争兮。非神之助，歲莫登兮。我有室家，神所佑兮。我有旄倪，神所壽兮。神之惠我，惟其舊兮。上之報神，亦云厚兮。釃酒刑牲，肴核豐兮。吹簫考鼓，聲逢逢兮。我民歲獻，無終窮兮。千秋萬歲，保此宫兮。』此詩王荆公稱賞，以爲有《雅》、《頌》之意，當表出。昧者言子固不能詩，豈其然乎！《升庵詩話》

曾子固舍人爲太平州司户時，張伯玉瑑作守，歐公、王荆公諸人皆與伯玉書，以子固屬之，伯玉殊不爲禮。一日，就設聽召子固作大排，惟賓主二人，亦不交一談也。既而召子固于書室，謂子固曰：『人謂公爲曾夫子，必無所不學也。』子固辭避而退。一日，請子固作

《六經閣記》，子固屢作，終不可其意，廼謂子固曰：『吾試爲之。』即令子固書，曰：『六經閣者，諸子百家皆在焉，不書，尊經也』，其下文不能具載。又令子固問《書》、《傳》中隱晦事，其應答入流。子固大服，始有意廣讀異書矣。《紫微詩話》

南豐《麻姑山》詩送南城羅尉，倣《廬山高》而不逮，絕唱寡和也。《困學紀聞》

『寶釵雙捧玉纖纖，星宿光芒動滿奩。解笑詩人誇博物，祇知紅果味酸甜。』曾子固《荔枝》詩也。白樂天《荔枝》詩曰，『津液甘酸如醴酪』，杜子美詩云，『紅顆甜酸祇自知』，故前詩譏二公也。政和初閩中貢連株者，移植禁中，次年結實，不減土出，道君御製詩云：『玉液乍凝仙掌露，絳紗初脱水晶丸。』蓋體物之工矣。時群臣皆應制焉。《墨莊漫録》

曾布

青社表海亭，取太公表東海之義，元祐初，曾子宣爲守，鼎新之，賦詩云：『表海風流舊所聞，青冥飛觀一番新。山河十二名空在，簪履三千迹已陳。極目煙嵐九霄近，滿川樓閣萬家春。由來興廢南柯夢，且喜登臨屬後人。』《東皋雜録》

布作高陽臺衆樂園成，被命與金陵易地。兄弟待罪侍從，對更方面，實爲私門之慶。《走筆寄子開弟》詩云：『樓臺丹碧照天涯，塞北江南未足誇。千里煙波方種柳，萬株桃李未開花。一麾同下西清路，兩鎮高迎上將牙。回首林塘莫留戀，風光還屬阿連家。』此事古今希有，將吏交迎送于途，誠盛事也。後子宣相，子開當制，尤爲盛事。又其後居京口，先後一日卒。惜子宣爲小人之相。《瀛奎律髓》

吕氏《童蒙訓》云：龔殿院彦和，清介自立，少有重名，元祐間簽判瀛洲，其弟大壯，尤特立不群。曾子宣帥瀛，欲見不可得，一日經過彦和，邀其弟出，不可辭也，遂出相見，即爲置酒，從容終日乃去。因題詩壁間云：『自慚太守非何武，得向河陽見兩龔。』近時貴人如子宣之能下士，亦難及也。《苕溪漁隱叢話》

邵　雍

康節《天津感事吟》：『水流任急境常静，花落雖頻意自閒。不似世人忙裏老，生來未始得開顔。』《擊壤集》

《先天吟》：『先天天勿違，後天奉天時。勿違無時虧，奉時有時疲。』《擊壤集》

《身心吟》：『身生天地後，心在天地前。天地自我出，自餘何足言。』《擊壤集》

康節《無憂吟》：『人生長有兩般愁，愁死愁生未易休。或向利中窮力取，或於名上盡心求。多思唯恐晚得手，未老已聞先白頭。我有何功居彼上？其間攘臂獨無憂。』《擊壤集》

康節《三皇吟》：『許大乾坤自我宣，乾坤之外復何言。初分大道非常道，終有先天永後天。作法極微難着迹，收功最久不知年。若教世上論功業，料得更無人在前。』《擊壤集》

《五帝吟》：『進退肯將天下讓，著何言語狀雍容。一作『從容』。衣裳垂處威儀盛，玉帛修時意思恭。物物盡能循至理，人人自願立殊功。當時何故得如此，只被昇明類日中。』《擊壤集》

《三王吟》：『一片中原萬里餘，殆非孱德所能居。『能』一作『宜』。夏商正朔猶能布，湯武干戈未便驅。澤火有名方受革，水天無意不成需。請觀仁義爲心者，肯作人間淺丈夫。』『意』一作『應』，『請觀』一作『詳知』。《擊壤集》

《五伯吟》：『刻意争名名愈虧，人人奔命不勝疲。生靈劍戟圍中活，『圍』一作『林』。公道貨財心裏歸。雖則餼羊能盡禮，奈何鳴鳳未來儀。東周五百餘年内，歎息惟聞一仲尼。』《擊壤集》

《七國吟》：『當其末路尚縱横，仁義之言固不聽。肯爲破齊存即墨，能勝坑趙盡長平。清晨見鬼未爲怪，白日殺人奚足驚。加以蘇、張掉三寸，扼喉其勢不俱生。』《擊壤集》

《嬴秦吟》：『轟轟七國正争籌，利害相摩未便休。比至一雄心底定，其如四海血横流。三千賓客方成夢，百二山河又變秋。謾説罷侯宜置守，趙高元不是封侯。』《擊壤集》

《兩漢吟》：『秦破山河舊戰場，豈期民復見耕桑。九千來里開封域，四百餘年號帝王。剥喪既而遭莽、卓，經營殊不念高光。當時文物如斯盛，城復何由更有隍。』《擊壤集》

《三國吟》：『桓桓鼎峙震雷音，絶唱高踪没處尋。蕭鼓一方情味暢，弓刀萬里力難任。論兵狼石寧無意，飲馬黄河徒有心。雖曰天時亦人事，誰知慮外失良金。』《擊壤集》

《西晉吟》：『承平未必便無憂，安若忘危非善謀。題品人才憑雅譚，雌黄時事用風流。有刀難割公閭腹，無木可梟元海頭。禍在夕陽亭一句，上東門笑浪悠悠。』《擊壤集》

《十六國吟》：『溥天之下號寰區，大禹曾經治水餘。衣到敝時多蟣蝨，瓜當爛處足蟲蛆。龍章本不資狂寇，象魏何嘗薦亂胡。尼父有言堪味處，當時欠一管夷吾。』《擊壤集》

《南北朝吟》：『方其天下分南北，聘使何嘗絶往還。偏影商存前典憲，小康猶帶舊腥膻。一作『迍邅』。洛陽雅望稱崔浩，江表奇才服謝安。二百四年能並轡，謾將夷虜互爲言。』《擊壤集》

《有隋吟》：『始謀當日已非臧，又更相承或自戕。螻蟻人民貪土地，泥沙金帛悦姬姜。征遼意思麋荒服，泛汴情懷厭未央。三十六年都掃地，不然天下未歸唐。』《擊壤集》

《有唐吟》：『天生神武奠中央，不爾群兇未易攘。正觀若無風凜凜，開元安有氣揚揚。凭高始見山河壯，入夏方知日月長。三百年間能混一，事雖成往道彌光。』《擊壤集》

《五代吟》：『自從唐季墜皇綱，天下生靈被擾攘。社稷安危憑卒伍，朝廷輕重繫藩方。深冬寒木固不脱，未旦小星猶有光。五十三年更五姓，始知掃蕩待真王。』《擊壤集》

《我宋吟》二首：『紛紛五代亂離間，一旦雲開復見天。草木百年新雨露，車書萬里舊山川。尋常巷陌猶簪紱，取次園林盡管絃。「盡」一作「亦」。人老太平春未老，鶯花無害日高眠。』又：『吾曹養拙賴明時，爲幸居多寧不知。天下英才中遁迹，人間好景處開眉。生來只慣見豐稔，老去未嘗經亂離。一作「聞鼓鼙」。五事歷將前代舉，帝堯而下更無之。』《擊壤集》

或問邵堯夫云：『「誰信畫前元有《易》，自從删後更無《詩》。」畫前有《易》何以見？』曰：『畫前有《易》，其理甚微。然即用孔子之已發明者言之，未有畫前盡可見也。如云：「神農氏之耒耜」，蓋取諸「益」；「日中爲市」，蓋取諸「噬」、「嗑」；「黄帝、堯、舜之舟楫」，蓋取諸「涣」；「服牛乘馬」，蓋取諸「隨」。「益」、「噬」、「嗑」、「涣」、「隨」，重卦也。當神農、黄帝、堯、舜之時，重卦未畫，此理真聖人有以見天下之頤。故通變以宜民，而《易》之道得矣。然則非「畫前原有《易》」乎？』《龜山録》

熙寧十年夏，康節感微疾，氣日益耗，神日益明，笑謂司馬温公曰：『雍欲觀化一巡，如何？』温公曰：『先生未應至此。』康節笑曰：『死生亦常事耳！』張横渠先生喜論命，來問疾，因曰：『先生論命否？當推之。』康節曰：『若天命，則已知之矣。世俗所謂命，則不知也。』横渠曰：『先生知天矣，載尚何言！』程伊川曰：『先生至人，他人無以爲力，願自主張。』時康節居正寢，諸公議後事於外，有欲葬近洛陽城者，康節已知，呼伯温入曰：『諸公欲以近城葬我，不可。當從伊川先生塋耳。』七月初四日，大書詩一章曰：『生于太平世，死于太平世。客問年幾何？六十有七歲。俯仰天地間，浩然獨無愧。』以是五更捐館。《聞見録》

康節過士友家晝卧，見其枕屏畫小兒迷藏，以詩題其上，云：『遂令高卧人，欹枕看兒戲。』蓋熙寧間也。陳恬云：『《擊壤集》不載。』《南軒集》

邵堯夫先生居洛四十年，安貧樂道，自云未嘗攢眉，所居寢息處，爲安樂窩，自號『安樂先生』。又爲甕牖，讀書燕居，自平旦則焚香獨坐，晡時飲酒三四甌，微醺便止，不使至醉也，中間州府以更法不餉餽寓賓，乃为薄粥以代之，好事者或載酒以濟其乏。嘗有詩曰：『斟有淺深存燮理，飲無多少繫經綸。莫道山翁拙於用，也能康濟自家身。』喜吟詩，作大字書，然遇興則爲之，不牽强也。大寒、暑則不出，每出乘小車，用一人挽之，爲詩以自詠曰：『花似錦時高閣望，草如茵處小車行。』司馬温公贈以詩曰：『林間高閣望已久，花外小車猶未來。』隨意所之，遇主人喜客，則留三五宿，又之一家，亦如之，或經月忘返。雖性高潔，而接人無賢、不肖、貴、賤，皆歡然如親。嘗自言：『若至大病，自不能支。其遇小疾，得有客對語，不自覺疾之去體也。』學者來從之問經義，精深浩博，應對不窮，思致幽遠，妙極道數。間與相知之深者，開口論天下事，雖久存心世務者，不能及也。《詩話總龜》

康節嘗誦希夷之語曰：『得便宜事，不可再得。得便宜處，不可再去。』又曰：『落便宜是得便宜。』故康節詩云：『珍重至人嘗有語，落便宜是得便宜。』蓋可終身行之也。《易學辨惑》

康節除秘書省校書郎潁州團練推官，辭，不許。既受命，即引疾不起，且以詩答鄉人曰：『平生不作皺眉事，天下應無切齒人。斷送落花安用雨，裝添舊物豈須春。幸逢堯舜爲真主，且放巢由作外臣。六十病夫宜揣分，監司無用苦開陳。』《言行録》

康節《春游吟》：『人間佳節惟寒食，天下名園重洛陽。金谷暖横宫殿碧，銅駞晴合綺羅光。橋邊楊柳細垂地，花外秋千半出墻。白馬蹄輕草如剪，爛游於此十年狂。』《擊壤集》

邵堯夫《詠牡丹》云：『施朱施粉色俱好，傾國傾城豔不同。』可謂言工，殊無高致。《詩話總龜》

邵堯夫集平生所作爲十卷，號曰《擊壤》，富丞相作詩題其後云：『黎民於變似堯時，便字堯夫德可知。更覽新詩名《擊壤》，先生全道略無遺。』爲偉人所重如此。《詩話總龜》

或問安定先生胡侍郎：『何謂克己復禮，天下歸仁？』胡舉邵堯夫詩以答之云：『門前

路徑無令窄，路徑窄時無過客。過客無時路徑荒，人間滿地生荆棘。』其人默悟。《螢雪叢談》

邵堯夫之弟名睦者，無疾而化，前此有《重九》詩云：『擬問東籬事，東籬事渺茫。』後果殯于東籬之下。故堯夫哭之云：『自兹明月清風夜，蕭索東籬看斷腸。』又云：『腸斷東籬何所尋？東籬從此事沉沉。』《直方詩話》

康節先公慶曆間過洛，愛其山水風俗之美，始有卜築之意。至皇祐元年，洛人爲買宅于履道坊西、天慶觀東，康節復還葉縣。嘉祐七年，王宣徽尹洛，就天津橋南五代節度使安審琇故宅基，爲屋三十間，請康節還居之。富韓公命其客孟約，買對宅一園，皆有水竹花木之勝。熙寧初，行買官田之法，天津之宅亦官地，牓三月，人不忍買，諸公曰：『使先生之宅他人居之，吾輩蒙耻矣！』司馬温公而下，集錢買之。先生以詩謝温公諸公曰：『重謝諸公爲買園，買園城裏占林泉。七千來步平流水，二十餘家争出錢。嘉祐卜居終是僦，熙寧受券遂能專。鳳凰樓下新閒客，道德坊中舊散仙。洛浦清風朝滿袖，嵩岑皓月夜盈軒。接籬倒戴芰荷畔，談麈輕揮楊柳邊。陌徹銅駝花爛漫，隄連金谷草芊綿。青春未老尚可出，紅日已高猶自眠。洞號長生宜有主，窩名安樂豈無權？敢于世上明開眼，會向人間别看天。盡送光陰歸酒琖，都移造化入詩篇。也知此片好田地，消得堯夫筆似椽。』今宅契司馬温公户名，園契富韓公户名，莊契王郎中户名，康節初不改也。《聞見前録》

張文潛《明道雜志》記一詩云：『秋去暑無權』，以爲意新而韻工。予見邵潛夫云：『春陽得權故多旱，秋陰得權故多雨。』《優古堂詩話》

康節先公謂：本朝五事，自唐虞而下所未有者。一、革命之日，市不易肆。二、克服天下，在即位後。三、未嘗殺一無罪。四、百年方四葉。五、百年無心腹患。故《觀盛化》詩曰：『紛紛五代亂離間，一旦雲開復見天。草木百年新雨露，車書萬里舊山川。尋常巷陌猶簪紱，取次園亭亦管絃。人老太平春未老，鶯花無害日高眠。』又曰：『吾曹養拙賴明時，爲幸居多寧不知。天下英才中遁迹，人間好景處開眉。生來只慣見豐稔，老去未嘗經亂離。五事歷將前代舉，帝堯而下固無之。』伯温竊疑『未嘗經亂離』爲太甚，先公曰：『吾老且死，汝輩行自知之。』永念先公當本朝太平盛時，隱居求志，謝聘不屈，其發爲詩章每如此。《聞見前録》

康節先公與富文忠公早相知。文忠初入相，謂門下士田棐大卿曰：『爲我問邵堯夫，可出，當以官職起之；不即，命爲先生處士，以遂隱居之志。』田大卿爲康節言，康節不答，以詩二章謝之曰：『相招多謝不相遺，將爲胸中有所施。若進豈能禁吏意，既閒安用更名爲。願同巢許稱臣日，甘老唐虞比屋時。滿眼清賢在朝列，病夫無以繫安危。』又云：『欲遂終焉老閒計，未知天一果如何？幾重軒冕酬身貴，得此雲山到眼多。好景未嘗無興詠，壯心多已入消磨。鵷鴻自有江湖樂，安用區區設網羅。』文忠終不相忘，乃因明堂祫享，赦詔天下，舉遺逸，公意謂河南府必以康節應詔。時文潞公尹洛，以兩府禮召見康節，康節不屈，遂以福建黄景應詔。景字子蒙，亦從康節游，客李邯鄲公家，公之子壽朋薦于潞公。時天下應詔者二十八人，同見宰執于政事堂，至河南黄景，以閩音自通姓名，文忠不樂，各試論一首，命官爲試銜知縣。文忠奏天下尚有遺材，乞再令舉，詔從之。王拱辰尚書尹洛，乃以康節應詔，潁川薦常秩，皆先除試將作監主簿，不理選限。文忠招康節而不欲私，故以天下爲請。知制誥王介甫，不識康節，繳還辭頭曰：『使邵某常民，一試銜亦不可與。果賢者，不當止與試銜，宜召試然後官之。』上不納，下知制誥祖無擇，除去不理選限行詞，然康節與常秩皆不起，是時富公已丁太夫人憂去位矣。熙寧二年，神宗初即位，詔天下舉遺逸，御史中丞三司副使吴充，龍圖閣學士祖無擇，皆薦康節。時歐陽公作參知政事，素重常秩，故潁川亦再以秩應詔。康節除秘書省校書郎、潁川團練推官，辭，不許，既受命，即引疾不起。答鄉人二詩，一曰：『平生不做皺眉事，天下應無切齒人。斷送落花安用雨，裝添舊物豈須春。幸逢堯舜爲真主，且放巢由作外臣。六十病夫宜揣分，監司何用苦開陳。』二曰：『卻恐鄉人未甚知，相知深後又何疑。貧時與禄是可愛，老後得官難更爲。自有林泉安素志，況無才業動丹墀。荀、楊若守吾儒分，免被韓文議小疵。』常秩以職官起，時王介甫方行新法，天下紛然以爲不便，思得山林之士相合。常秩賜對，神宗問曰：『仁宗召卿，何故不起？朕召，何故起？』秩曰：『仁宗容臣不起，陛下不容臣不起。』因盛言新法之便，乃除諫官，以至待制，帝浸薄之，介甫主之不忘，然亦知其爲人矣。熙寧初，介甫之弟安國字平甫，爲西京國子監教授，從康節游，歸以出處語介甫。介甫歎曰：『邵堯夫之賢，不可及矣。』神宗正史《康節列傳》，史臣書云：『與常秩同召，某卒不起。』有以也夫。《聞見前録》

康節先公與富韓公有舊。公自汝州得請，歸洛養疾，築大第，與康節天津隱居相邇。公曰：『自此可時相招矣。』康節曰：『某冬、夏不出，春、秋時間過親舊間，公相招未必來，不召或自至。』公謝客，戒子曰：『先生來，不以時見。』康節一日過之，公作詩云：『先生自衛客西畿，樂道安閒絶世機。再命初筵終不起，獨甘窮巷寂無依。貫穿百代嘗探古，吟詠千篇亦造微。珍重相知忽相訪，醉和風雨夜深歸。』康節和曰：『道堂閒話儘多時，塵外杯觴不浪飛。初上小車人已識，醉和風雨夜深歸。』又《題康節〈擊壤詩集〉》云：『黎民於變是堯時，便字堯夫德可知。更覽新詩名《擊壤》，先生全道略無遺。』其知康節如此。《聞見前録》

熙寧三年，司馬温公與王荆公議新法不合，不拜樞密副使，乞守郡，以端明殿學士知永興軍。後數月，神宗思之曰：『使司馬在朝，人主自然無過舉。』移許州，令過闕上殿。公力辭，乞判西京留司御史臺，遂居洛，買園于尊賢坊，以『獨樂』名之，始與伯温先君子康節游。嘗曰：『光陜人，先生衛人，今同居洛，即鄉人也。有如先生道學之尊，當以年德爲貴，官職不足道也。』公一日著深衣，自崇德寺書局散步洛水堤上，因過康節天津之居，謁曰『程秀才云』，既見，温公也。問其故，公笑曰：『司馬出程伯休父，故曰「程」。』留詩云：『拜罷歸來抵寺居，解鞍縱馬罷傳呼。紫衣金帶盡脱去，便是林間一野夫。草軟波清沙路微，手携笻杖著深衣。白鷗不信忘機久，見我猶穿岸柳飛。』康節和曰：『冠蓋紛華塞九衢，聲名相軋在前呼。獨君都不將爲事，始信人間有丈夫。風背河聲近亦微，斜陽淡泊隔雲衣。一雙白鷺來煙外，將下沙頭卻背飛。』公一日登崇德閣，約康節，久未至，有詩曰：『淡日濃雲合復開，碧伊清洛遠縈迴。林間高閣望已久，花外小車猶未來。』康節和云：『君家梁上年時燕，過社今年尚未迴。謂罰誤君凝竚久，萬花深處小車來。』又云：『天啟夫君八斗才，野人中路必須迴。神仙一語難忘處，花外小車猶未來。』康節有《安樂窩中》詩云：『半記不記夢覺後，似愁無愁情倦時。擁衾側卧未欲起，簾外落花撩亂飛。』公愛之，請書紙簾上，字畫奇古，某家世寶之。公與康節唱酬甚多，具載《擊壤集》。公嘗問康節曰：『某何如人？』曰：『君實脚踏實地人也。』公深以爲知言。至康節捐館，公作挽詩二章，其一曰：『慕德聞風久，論交傾蓋新。何須半面舊，不待一言親。講道切磋直，忘懷笑語真。

重言蒙蹠實，佩服敢書紳。』記康節之言也。《聞見前録》

熙寧癸丑春，大名王荀龍字仲賢，入洛，見康節先公，其議論勁正，有過人者。康節喜之，和其詩曰：『車從賞花來北京，耿君先期已馳情。此時隕霜奈何重，今歲開花徒有聲。既辱佳章當墜刺，寧無累句代通名。天之美才應自惜，料得不爲時虚生。』仲賢，魏公客也，因出魏公送行詩，顔體大書，極奇偉。康節曰：『吾少日喜作大字，李挺之曰「學書妨學道」。故嘗有詩云：「憶昔初學大字時，學人飲酒與吟詩。若非益友推金石，四十五歲成一非。」』仲賢又誦魏公詩云：『春去花叢胡蝶亂，雨餘蔬圃桔槔閒。』康節愛之曰：『怨而不傷，婉而成章之言也。』仲賢之子名巖叟，字彦霖，元祐初，自知定州安喜縣，召爲監察御史，有直聲，後位簽書樞密院。彦霖父子，皆魏公之客，魏公定相州，薦彦霖爲屬。韓康公代魏公，康公欲留彦霖。彦霖謝曰：『某魏公之客，不願出他門也。』士君子稱之。《聞見前録》

康節先公嘗言：李復圭龍圖臨事有斷，年二十八，知滑州，與郡官夜會，有衙兵奪銀匠鐵鎚殺人者，一府皆驚擾。公捕至，立斬之，上章待罪，諸司亦按公擅殺。仁宗曰：『李復圭，帥才也。』除知慶州，責光化軍。有放停卒自陳，乞添租剗佃某人官田者，公曰：『汝揀停之兵，如何能佃官田？』卒曰：『筋力未衰也。』公曰：『汝以衰故揀停，既未衰，卻合充軍。』呼刺字人刺元軍分，人皆稱之。公才高爲衆所忌，故仕官數不進。公居多不平，康節因和其詩，作《天吟》一篇曰：『一般顔色正蒼蒼，今古人曾望斷腸。日往月來無少異，陽舒陰慘不相妨。迅雷震後山川裂，甘露零時草木香。幽暗嵒崖生鬼魅，清平郊野見鸞凰。千秋爛爲三春雨，萬木凋因一夜霜。此意分明難理會，直須賢者入消詳。』蓋其意使有所感悟也。《聞見前録》

康節先公于書無所不讀，獨以六經爲本，蓋得聖人之深意。平生不爲訓解之學，嘗曰：『經意自明，苦人不知耳。屋下蓋屋，床下安床，滋惑矣。所謂陳言生活者也。』故有詩曰：『陳言生活不須矜，自是中才皆可了。』以老子爲知《易》之體，以孟子爲知《易》之用。論文中子謂佛爲西方之聖人，不以爲過。于佛老之學，口未嘗言，知之而不言也。故有詩曰：『不佞禪伯，不諛方士。不出户庭，直際天地。』其所著《皇極經世》書，以元會運世之數推之，千歲之日，可坐致也。以太極爲堂奥，乾坤爲門户，包括六經，陰陽剛柔，行乎其間。消息盈虚，相爲盛衰。皇王帝伯，相爲治亂。其肯爲訓解之學也哉。《聞見前録》

康節先公《遺訓》曰：『汝固當爲善，亦須量力以爲之。若不量力，雖善亦不當爲也。』故有詩曰：『量力動時無悔吝，隨宜樂處省營爲。若求騏驥方乘馬，只恐終身無馬騎。』又嘗曰：『善人固可親，未能知不可急合。惡人固可疏，未能遠不可急去，必招悔吝也。』故嘗

戒伯温曰：『見善人未嘗急合，見不善人未嘗急去。』伯温佩之，終身不敢忘。《聞見前録》

康節先公居洛，凡交游，年長者拜之，年等者與之爲朋友，年少者以子弟待之，未嘗少異于人，故得人之歡心。每歲春二月出，四月天漸熱即止；八月出，十一月天漸寒即止。故有詩云：『時有四不出，大風、大雨、大寒、大暑。會有四不赴。公會、葬會、生會、醵會。』每出，人皆倒屣迎致，雖兒童奴隷，皆知尊奉。每到一家，子弟家人，争具酒饌，問其所欲，不復呼姓，但名曰吾家先生至也。雖閨門骨肉間事，有未決者，亦求教，康節先公以至誠爲之開諭，莫不悦服。十餘家如康節先公所居安樂窩，起屋以待其來，謂之『行窩』。故康節先公没，鄉人挽詩有云：『春風秋月嬉游處，冷落行窩十二家。』洛陽風俗之美如此。《聞見前録》

伯温之叔父諱睦，後祖母楊氏夫人出也，少康節先公二十餘歲，力學孝謹，事康節如父，熙寧元年四月八日，暴卒，年三十三。康節先公哭之慟，既卒，理其故書，得叔父所作《重九》詩云：『衣如當日白，花似昔年黄。擬問東籬事，東鄰事杳茫。』及死，殯後圃東籬下。噫！人之死生，是果前定矣。《聞見前録》

張文饒曰：『處心不可著，著則偏。作事不可盡，盡則窮。先天之學，止是此二語，天之道也。』愚謂邵子詩：『夏去休言暑，冬來始講寒』，則心不著矣。『美酒飲教微醉後，好花看到半開時』，則事不盡矣。《困學紀聞》

呂氏《童蒙訓》云：『康節先居衛州共城，後居洛陽，有商州太守趙郎中者，康節與之有舊，嘗往從之。章惇子厚作令商州，趙厚遇之。一日，趙請康節與章同會，章以豪俊自許，論議縱横，不知尊康節也。語次，因及洛中牡丹之盛，趙守因謂章曰：「先生洛陽人也，知花爲甚詳。」康節因言：「洛人以見根撥而知花高下者，知花之上也。見枝葉而知高下者，知花之次也。見蓓蕾而知高下者，知花之下也。如公所説，乃知花之下也。」章默然慚服。趙守因謂章曰：「先生學問淵源，世之師表。公不惜從之學，則日有進益矣。」章因從先生游，求傳數學，先生謂章十年不仕宦乃可學，蓋不許之也。』苕溪漁隱曰：《童蒙訓》，呂居仁作也。《復齋漫録》不載姓名，不知何人作也。二書所記，有二十餘事，全篇相同，莫辨誰作。然《童蒙訓》已鋟板行世，姑取以爲證耳。《苕溪漁隱從話》

《復齋漫録》云：康節自言『四不出』，所謂『大寒、大熱、大風、大雨』是也。然予觀國初孔拯侍郎，朝回遇雨，避于坊叟之廡下，延入廳事，叟烏帽紗衣，逢迎甚恭，因備酒饌爲待。孔公借油衣，叟曰：『某寒不出，熱不出，風不出，雨不出，未嘗置油衣也。』孔公不覺頓忘宦情。然則自孔拯侍郎時，已有『四不出』矣，不始于康節也。《苕溪漁隱從話》

司馬文正示康節以《王通傳》，康節贊之曰：『小人無是，當世已棄。君子有非，萬世猶譏。録其所是，棄其所非。君子有歸，因其所非。棄其所是，君子幾希。惜哉仲淹，壽不

永乎。非其廢是，瑕不掩瑜。雖未至聖，其聖人之徒歟。』《能改齋漫録》

康節先生六言《四賢吟》云：『彦國之言鋪陳，晦叔之言簡當。君實之言優游，伯淳之言條暢。四賢洛陽之望，是以在人之上。有宋熙寧之間，大爲一時之壯。』今盡去其『之』字，爲五言亦可。乃見：『有不爲剩，無不爲欠。』至如：『前日之事，今日不行。今日之事，後來必更。』此又是有韻散文也，施之文卷中，人將罔覺。前輩于詩，得三百篇微旨蓋如此。《履齋詩説》

南荒人稱『瓶罌』謂之『具理』，人不知何物。東坡在儋耳，以詩別黎秀才，詩後批云：『新釀佳甚，求一具理。』即瓶罌是也。今人以酒器爲『甃』，康節詩有云：『大甃子中消白日，小車兒上看青天。』《逸老堂詩話》

葉　沆

余昔官辰州，嘗借詩集于士人，中有小編字云《成都集》，乃天慶中進士葉沆所作，上百篇，時有可觀。如《閒居感懷》云：『身閒難報國，語直易傷時。』《村墅》云：『夜庭和月掃，秋户拂雲關。』亦可想見其胸襟矣。《碧溪詩話》

何恭

王氏主經術，蘇氏主詞章。東坡在錢唐，有三衢士人何欽聖，名恭，意以經爲然，獻長篇于東坡，欲其推尊王氏，詩曰：『昔日歐陽心獨苦，搜羅天下文中虎。未逢賈馬嗟誰有？崑體文章正旁午。一得眉山老翁語，始愜平生好奇古。騫騰鸞鳳螭虯侶，錦繡腎腸終日吐。眉山跨馬挾雙龍，迤邐斜欹劍閣東。一息萬里先群雄，是日魯酒歸醇醲。仁廟當朝起數公，四時閶闔來清風。眉山秉筆摩蒼穹，稽首獻議何雍容。是時慶曆垂嘉祐，東省西垣半耆舊。一代偉人争入彀，大開黄閣咸虚受。公時脱穎眉山後，歌向機雲同一奏。建安數子空鳴脰，集賢學士皆籠袖。玉人發馬下天街，華蓋星邊捧詔來。天子延英不浪開，爲公此日深徘徊。金吾侍側天顔低，上列四輔前三臺。相與疇咨將相才，飄然八駿先龍媒。西京應制十八九，晁董褒然爲舉首。此輩昂藏希世有，劉蕡又作蛟龍吼。觀公舉動新人手，玉壺破碎珠囊剖。許國誠心仍貫斗，識者談之不容口。天公一見列詩曹，指揮姮娥供兔毫。公歌數闋風刁刁，若耶溪上皆停橈。郢客擲筆不敢操，楚人往往收《離騷》。李杜籓墻不甚牢，李白脱去錦繡袍。東風顛入五湖裏，萬籟聲聲酷龍耳。河伯江妃愁欲死，只恐公來搜見底。南登瀛岸將何以？直節壯懷聊自倚。養得身長數千里，天地一夜雲雷起。

官家内相能幾人？幾人到此陪經綸。天語丁寧下降頻，金蓮燭伴窺龍鱗。日曝花磚暖繡裀，鐶金佩玉何申申。姮娥唤作真麒麟，焉知韓、李非前身。龍樓漏箭銅壺挹，隱約六階騶唱入。傳宣使者翻然集，月題控馬天門立。錦牋瓊管尚書給，九韶忽然如俯拾。宸恩四海周流極，武帝三封乃平揖。我宋修文偃武初，詞林翰苑森扶疏。竇儀、陶穀端何如？峩冠曳履承明廬。草昧功名向武夫，討論潤色姑徐徐。剪夷五代尊圖書，墨客稍稍躋天衢。中間作者相踵武，請試從頭爲君語。真宗皇帝親神寓，楊億風流玉堂處。傾金鑄瓦横尊俎，大笑哄堂任豪舉。逡巡百尺江南楮，密掃煤煙驟如雨。六一超然又不同，陳言萬紙一洗空。晉宋齊梁不行功，兩漢直抵元和中。龍驟鳳舉扶桑中，五綵射日呑長虹。滿堂玉磬諧金鐘，紛然和者如笙鏞。木鐸可憐聲獨悄，一振鏗然須大老。伊説數公無處討，蕭、曹、丙、魏規模小。馬遷、班固工品藻，出處行藏何太少。陞沉將相王侯了，經天緯地憑誰好，信知風采古爲多，堯、舜文章焕若何。東作西成南已訛，真人更集滿東坡。夷夔禮樂俄森羅，黼黻郊廟金盤陀。羽毛率舞呈天和，高陽才子前賡歌。君哉頷首一俞爾，執簡抽毫無及矣。周公整頓乾坤已，開闔明堂復如此。從頭制作軒轅始，海獸山禽咸獻美。衮冕分明圭玉侈，六代光華藹天子。日月星辰續九天，蟲魚草木續山川。群聖文章想亦然，百家妙理何周旋。離離黍稷春風前，東周一去追無緣。帝德王功只僅傳，廟堂急管催繁絃。巍哉孔子尊如帝，矯矯孟軻天莫製。斯文其喪今何在？鄒魯邈然安可再。揚雄力寡知無奈，天禄校讎真末計。江海悠悠百川逝，回首相望幾千載。熙寧天子憫斯文，展轉搜揚到海垠。丞相王公舉趾尊，委蛇二老西來賓。咀嚼六經如八珍，補葺東魯鉏西秦。天子資之又日新，八風自轉成天鈞。頃從孟子驅楊、墨，他日淫詞又榛棘。豐鎬涼涼天空碧，中庸一路幾充塞。金陵爲此深求直，二十年來人稍識。求之左右逢皇極，内聖外王真準的。古人效學豐文斯，堂陛之間意已移。彝何虎蜼尊何犧？云何簠簋加靈龜？不然制作知無時，及魯詩書一貫之。明明古訓識者誰？百家效語如嬰兒。科斗六書藏屋壁，豈比鍾、王論筆迹！會通意象如作《易》，不假言語含妙德。倘從對偶音聲覔，洙泗文章少平仄。解道雕蟲童子識，斯人稍得揚雄力。熙寧論譔復何慚，况把先儒衆説參。舉世傳經作指南，辟雍泮水堆牙籤。或者囂然痛欲殲，安得諸儒口遂鉗？聖主賢王實詢僉，公當一語令師嚴。翻思偃蹇熙寧末，苦信古書由世拙。金陵户外屨成列，禰衡一刺終漫滅。髣髴五經無二説，堂堂萬里星中月。欲論兩漢誰優劣？忽若吟蟬風脰咽。邊韶性懶讀書瞋，病甚相如下筆慳。敢望言如霧豹斑，擔簦負笈徒間關。沂水春來粗解顔，浴沂童子彌春灣。先哲如龍尚許攀，鼓琴從之豈浪間！可憐道德共耕獵，何苦侯門俟彈鋏。不挾而來聊自愜，詡然夢爾爲胡蝶。飲中數子劉伶俠，江外主人張翰懾。短船下水輕仍捷，落帆解桅吴山脅。』東坡

得詩，意不樂，然亦厚遇之，既乃謂人曰：『某詩亦佳，但觀其終篇，氣力盡於此矣，恐必不久。』已而果然。《視聽抄》

張　峬

張子望《洛陽觀花》詩云：『平生自是愛花人，到處尋芳不遇真。祇道人間無正色，今朝初見洛陽春。』此詩蓋託意邵堯夫。堯夫和云：『造化從來不負人，萬般紅紫見功真。滿城車馬空撩亂，未必逢春盡得春。』豈非欲使之有所行耶？《直方詩話》

程　顥

明道先生在長嘯巖中，得冰，以石敲滄，甚佳，作詩云：『車倦人煩渴思長，巖中冰片玉成方。老仙笑我塵勞久，乞與雲膏洗俗腸。』《河南程氏文集》

山谷稱周濂溪胸次如光風霽月，又云：『西風壯士淚，多爲程顥滴。』東坡《爲濂溪》詩云：『夫子豈我輩，造物乃其徒。』蓋蘇氏師友，未嘗不起敬于周、程如此，惜乎後因嘻笑而成仇敵也。《林下偶談》

楊傑

楊次翁守丹陽，米元章過郡，留數日而去。元章好易他人書畫，次翁作羹以飯之，曰：『今日爲君作河豚』，其實他魚。元章疑而不食，次翁笑曰：『公可無疑，此贗本耳！』其行，送之以詩，有『淮海聲名二十秋』之句。杜子中見之，謂次翁曰：『公言無乃過與！』次翁笑曰：『二十年來何處不知有米顛子耶？』予游濡須，識次翁之孫，爲予道此。《竹坡詩話》

歐陽价攻傳神，楊次公贈之詩曰：『國手曾煩寫幾回，無人仿佛醉顔開。青銅鑒裏尋常見，不謂今從筆下來。』奉職劉秘亦贈詩曰：『筆妙今爲第一人，心期造化奪天真。精神形骨從來一，移入青縑化兩身。』《古今詩話》

遠師作白蓮社，與謝靈運、陸修静等十八人爲社客，獨淵明不肯入社，視衆人固已高矣。無爲子楊次公，又從而笑之，其作《廬山五笑》，於陶有曰：『我笑陶彭澤，聞鐘暗皺眉。籃輿急回去，已是出山遲。』視彭澤又高一着矣。《丹陽集》

楊次公《佛日山詩序》云：元祐元年六月十六日，還自海上，入佛日山净慧道場，瞻禮懷禪師塔。時長老弼公，即阿育王大覺禪師之嗣也，送予出山，酌甘泉而別。因留詩曰：『佛日山前水，行人甘露杯。須知源派遠，直自四明來。』《鐵網珊瑚》

張　載

張橫渠《聖心》詩：『聖心難用淺心求，聖學須專禮法修。千五百年無孔子，盡因通變老優游。』《橫渠集》

張橫渠《八翁吟》詩十首：『步虚聲裏八奇翁，八奇須信古英雄。賓朋未散山翁醉，聽歌同入醉鄉中。』『傅巖巖下築巖翁，幽通心與帝心通。憂勤未感思賢夢，相霖何日見成功。』『磻溪溪畔釣魚翁，濯纓溪水聽溪松。龜猷未告非熊兆，漁篕堪笑老龍鍾。』『老原原上卜年翁，感天功業動天聰。流言未信成王悟，悟成全得起禾風。』『龜山山下感麟翁，麟翁知己幾時逢。自從顔孟希蹤後，幾人今日更希蹤。』『青牛西去伯陽翁，當年夫子歎猶龍。立言爲恐真風喪，豈知言立喪真風。』『寓言豪誕漆園翁，誇談名理浩無窮。早知懸解人間世，争知懸解不言中。』『一身無礙竺乾翁，遍員身□戒身同。船師從我乘桴去，頑空中與指真空。』『褒中斜谷卧龍翁，量如江海氣如虹。不應三顧逢先主，至今千載慕冥鴻。』『籃輿多病八吟翁，雲賓溪叟恣游從。清時無事青山醉，青山仍醉最青峰。』《橫渠集》

横渠絶句云：『渭南涇北已三遷，水旱縱横數畝田。四十二年居陝右，老年生計似初年。』又云：『兩山南北雨冥冥，四牖東西萬木青。面似骷髏頭似雪，後生誰與屬遺經？』

其清苦如此，所以爲一代儒宗。《後村詩話》

張先生子厚，與從祖子進同年進士也。張先生自登科不復仕，居毗陵。紹聖中，從祖自中書舍人出知睦州，子厚小舟相送數程，别後寄詩云：『籬鷃雲鵬各有程，匆匆相别未忘情。恨君不在篷籠底，共聽蕭蕭夜雨聲。』先生少有異才，多異夢，嘗作《夢録》，記夢中事，予舊寶藏，今失之。先生夢中詩，如：『楚峽雲嬌宋玉愁，月明溪浄印銀鈎。襄王定是思前夢，又抱霞衾上玉樓。』又『無限寒鴉冒雨飛，紅樹高高出粉墻』之句，殆不類人間語也。紹聖初，嘗訪祖父滎陽公于歷陽，既歸，乘小舟泝江至烏江，還書云：『今日江行，風浪際天，嘗記往在京師作詩云：「苦厭塵沙隨馬足，卻思風浪拍船頭」也。』《紫微詩話》

張子厚先生嘗游山寺，詩有『凍僕堆堆依竈燎，山僧草草具盤飧。井丹已厭嘗葱葉，庾亮何勞惜薤根』之句，蓋寺僧具食極疏略也。《紫微詩話》

張子厚先生，紹聖中，蘇常道中題余授讀書卷後云：『一水帝鄉路，片雲師子山。』不知此何人詩也。《後村詩話》

吕與叔嘗作詩云：『文如元凱徒成癖，賦似相如只類俳。惟有孔門無一事，止傳顔子得心齋。』楊中立云：『知此詩則可以讀三百篇矣。』横渠《讀詩》詩云：『致心平易始知詩。』《能改齋漫録》

横渠先生張載，作《克己復禮》詩曰：『克己工大未肯加，吝驕封閉縮如蝸。試于中夜深思省，剖破藩籬即大家。』《能改齋漫録》

陸　起

陸起性滑稽，宰吉州廬陵劇邑，訴訟尤多。起既才短，率五更視事，至夜分猶不能辨，自作一絶題廳壁云：『驅雞政府本來無，剛被人呼邑大夫。及至五更侵早起，算來還是被雞驅。』《臨漢隱居詩話》

蕭　注

蕭注，字巖夫，新喻人。少侍父之官康州，過悦城，《題五龍廟》詩云：『五龍兄弟古英名，今日拏舟過悦城。莫向草茅久盤屈，早施霖雨活蒼生。』孔道輔見其詩曰：『未可量也。』登慶曆第，爲番禺令。儂智高圍廣州，注突圍出，募壯士二千人解圍，與賊格，焚其舟數百，斬首五千級。《輿地紀勝》

翁　邁

翁邁年十二，爲郡舉首，邑侯歐陽疏試而奇之。郡守元暕，以其稺齡，不甚加禮，且叩所讀何書，邁曰：『近講《相鼠》之詩。』暕異其言，尚意其詞采未逮，及宴《鹿鳴》，乃遣小妓索詩，邁詩云：『年方十三四，嬌羞懶舉頭。舞餘駒皎皎，歌罷鹿呦呦。近座香先噴，持杯玉更柔。高唐人去遠，誰與話風流？』守大稱賞。《全閩詩話》

王彦博

仲遠嘗十七八歲時，鄰人有吹笛者，仲遠聽之而悲，賦詩曰：『黄鬚戰士據鞍賦，白髮將軍撫劍歎。』會補之先大夫與仲遠善，見之，愀然曰：『仲遠有大志，然終不遇，奈何！』無幾時，則仲遠卒。《雞肋集》

全宋詩話目録卷二十八

蘇軾　字子瞻，洵長子，嘉祐二年進士乙科，對制策入三等。歷官中書舍人、翰林學士、端明殿學士、禮部尚書。紹聖初，安置惠州，徙昌化。徽宗時，赦還，提舉玉局觀，卒于常州。高宗贈太師，謚文忠。自號東坡居士。有《東坡》前後集、《和陶集》、《應詔集》。

全宋詩話卷二十八

蘇軾一

東坡游廬山，至東林，作二偈曰：『溪聲便是廣長舌，山色豈非清净身？夜來八萬四千偈，他日如何舉似人。』『横看成嶺側成峰，遠近看山了不同。不識廬山真面目，只緣身在此山中。』山谷曰：『此老於般若，横説竪説，了無剩語。非筆端有口，安能吐此不傳之妙？』《冷齋夜話》

吾詩云：『日日出東門，步步東城游。城門抱關卒，疑我此何求。我亦無所求，駕言寫我憂。』章子厚謂參寥曰：『前步而後駕，何其上下紛紛也。』僕聞之曰：『吾以氣爲輪，以神爲馬，何曾上下乎？』參寥曰：『東坡文過有理，似孫子荆曰「枕流欲洗其耳。」』《東坡語録》

予在黄州，與陳慥季常往來，每過往之際，輒作『泣』字韻詩一篇，季常不禁殺，故以此

諷之。季常既不復殺，而里中皆化之，至有不食肉者，皆云：『未死神已泣』，此語使人悽然。《百斛明珠》

東坡云：在潁時，陳無己、趙德麟輩適亦守官於彼，而歐陽叔弼與季默，亦又居閒，日相唱和。而二歐頗不作詩，東坡以句挑之云：『君家文律冠西京，旋築詩壇按酒兵。袖手莫欺真將種，致師須得老門生。明朝鄭伯降誰受？昨夜條侯壁已驚。從此醉公天下樂，還須一舉百觴傾。』蓋謂文忠公昔有詩贈梅聖俞、蘇子美云：『我亦願助勇，鼓旗噪其旁。快哉天下樂，一嚼宜百觴』也。《直方詩話》

皎然禪師《贈吴馮處士》詩云：『世人不知心是道，只言道在他方妙。還如瞽者望長安，室在東南向西笑。』東坡代答曰：『寒時便具熱時風，飲漢那知食藥功。莫怪禪師向西笑，緣師身在長安東。』《石斛文》

山谷見東坡《和淵明飲酒》，讀至『前山正可數，後騎且勿驅』，云：『此老未死在。』《直方詩話》

荆公始爲集句，多至數十韻，往往對偶親切，蓋以其誦古人詩多，或座中率然而成，始爲可貴。其後多有人傚之者，但取數部諸《集》諸家之善耳。故東坡《次韻孔毅夫集句見贈》云：『羡君戲集他人詩，指呼市人如使兒。天邊鴻鵠不易得，便令作對隨家雞。退之驚

笑子美泣，問君久假何時歸？世間好事世人共，明月自滿千家墀。』《直方詩話》

慶曆中，歐陽文忠公謫守滁州，有琅邪幽谷，山川奇麗，鳴泉飛瀑，聲若環珮，公臨聽忘歸，僧智仙築亭其上，公刻石爲記，以遺州人。既去十年，太常博士沈遵，好奇之士，聞而往游，其山水秀絶，以琴寫其聲，爲《醉翁吟》，蓋宫聲三疊。後會公河朔，遵援琴作之。公歌以遺遵，并爲《醉翁引》，以敘其事，然調不主聲，爲知琴者所惜。後三十餘年，公薨，遵亦殁，其後廬山道人崔閑，遵客也，妙于琴理，常恨此曲無詞，乃譜其聲，請于東坡居士子瞻，以補其缺，然後聲詞皆備，遂爲琴中絶妙，好事者争傳。其詞曰：『琅然清圓，誰彈向空山無言？惟有醉翁知其天。月明風露娟娟，人未眠，荷蕢過山前，曰有心也哉此賢。第二疊泛聲同此。醉翁嘯詠，聲和流泉。醉翁去後，空有朝吟夜怨。山有時而童巔，水有時而回淵，思翁無歲年。翁今爲飛仙，此意在人間，試聽徽外兩三絃。』方其補詞，閑爲絃其聲，居士倚爲詞，頃刻而就，無所點竄。遵之子爲比丘，號本覺真禪師，居士書以與之云：『二水同器，有不相入。二琴同手，有不相應。沈君信手彈琴而與泉合，居士縱筆作詞而與琴會。此必有真同者矣。』《澠水燕談録》

蘇子瞻詩有『似聞指麾築上郡，已覺談笑無西戎』之句，嘗問子瞻：『當是用少陵「談笑無西河」之語？』子瞻笑曰：『故是。但少陵亦自用左太沖「長嘯激清風，志若無東吴」

也。』《道山清話》

劉貢父一日問蘇子瞻：『「老身倦馬河隄永，踏盡黄榆緑槐影」，非閣下之詩乎？』子瞻曰：『然。』貢父曰：『是日影耶？月影耶？』子瞻曰：『「竹影金瑣碎」，又何嘗説日、月也！』二公大笑。《道山清話》

章子厚，人言初生時父母欲不舉，以納水盆中，爲人救止，其後朝士頗聞其事。蘇子瞻嘗與子厚詩，有『方丈仙人出渺茫，高情猶愛水雲鄉』之語，子厚謂其譏己也，頗不樂。《道山清話》

采山桃用米泔煮熟，漉置水中，去核，候飯湧同煮，頃之如盦飯法。東坡《用石曼卿海州事》詩云：『戲將桃核裹紅泥，石間散擲如風雨。作令空山作錦繡，倚天照海光無數。』此種桃法也。桃三李四，越三年皆可飯矣。《山家清供》

夏初竹笋盛時，掃葉就竹邊煨熟，其味甚鮮，名曰『傍林鮮』。文與可守臨川，正與家人煨笋午飯，既食，忽得東坡書，詩云：『想是清貧饞太守，渭川千畝在胸中。』不覺噴飯滿案，想作此供也。大凡笋味甘鮮，不當與肉爲友，今俗庖多雜以肉，不思纔有小人，便壞君子。若對此君仍大嚼，世間那有揚州鶴？東坡之意微矣。《山家清供》

暑月命客棹舟蓮蕩中，先以酒入荷葉束之，又包魚鮓他葉内，候舟回，風薰日熾，酒香

魚熟，各取酒及鮓作供，真佳適也。坡云：『碧筩時作象鼻彎，白酒微帶荷心苦。』坡守杭時，想屢作此供也。《山家清供》

坡詩云：『贈君木魚三百尾，中有鵝黄子魚子。』春時剥椶魚蒸熟，與筍同蜜煮、醋浸，可致千里，蜀人供物多用之。《山家清供》

茶即藥也，煎服則去滯而化食；以湯點之，則反滯膈而損脾。蓋世之嗜利者，多采他葉，雜以爲末，人多怠於煎服，宜有害也。今法采芽或用碎擘，以活水煎之，飯後必少頃乃服。東坡詩云：『活水須將活火烹』，又云：『飯後茶甌味正深』，此煎服法也。陸羽《經》亦以江水爲第一，山泉與井俱次之。今世不擇水，且入鹽及果，殊失正味。不知惟薑去昏，惟梅去倦，如不昏不倦，亦何必用。古之嗜茶者，無如玉川子，惟聞煎喫，如有湯點，則又安能及七碗乎？山谷詞云：『湯響松風，早減了七分酒病。』倘知此味，口不能言，心下快活，自省之禪遠矣。《山家清供》

曩客鸝塘書院，每食後必出菜湯，青白極可愛。飯後得之，醍醐未易及此。詢庖者，止用菜與蘿菔細切，以井水煮之，爛爲度。初無他法，後讀坡詩，亦只用蔓菁萊菔而已，詩云：『誰知南嶽老，解作東坡羹。中有蘆菔根，尚含曉露清。勿語貴公子，從渠嗜羶腥。』以此可想二公之嗜好矣，今江西多用此法。《山家清供》

東坡有《巢故人元修菜》詩，每讀『豆英圓而小，槐葉細且豐』之句，未嘗不冥搜畦壟間，必求其是詩。詢諸老圃，亦罕能道。一日，永嘉鄭文千歸自蜀，過梅邊，首叩之，答曰：『蠶豆也，俗亦號「疏豆」也。蜀人謂巢菜苗葉嫩時，可采以爲茹，擇洗用真蔴油熱炒，乃下鹽醬煮之。春盡苗葉老，則不可食。』坡所謂『點酒下鹽豉，縷橙芼薑葱』者，正炮法也。君子耻一物不知，必游歷久遠，而後見聞博。讀坡詩二十年，一日得之，喜可知矣。《山家清供》

海南儋崖諸郡，出勒竹杖，大于瀏竹，膚有芒，可以剉爪。東坡云『倦看瀏勒暗蠻村』者是也。《老學庵續筆記》

郭璞《江賦》曰：『玉珧海月，吐内石華。』《晉安海物異名記》：『肉柱膚寸，美如珧玉。』《臨海異物志》曰：『玉珧柱厥甲美如珧玉。』趙德麟《侯鯖録》曰：『韓退之詩所云「馬甲柱」，正謂此。』《字書》曰：『珧蜃甲可飾物。』《爾雅·釋弓》曰：『弓有緣以金爲之，謂之銑；以玉爲之，謂之珧。』今人但用『瑶』字，固自有『珧』字也。東坡詩：『金虀玉鱠飯炊雪，海螯江柱初脱泉。』但用『柱』字，李商老詩：『江瑶初脱柱，蠔山憐叠嶂。』卻用『瑶』字也。《緯略》

陸放翁嘗問予曰：『比在成都，見綵帛鋪榜曰「翠色真紅」，殊不曉所謂「紅」而曰「翠」，何也？』予曰：『嵇康《琴賦》曰：「新衣翠粲，纓徽流芳。」班婕妤《自傷賦》曰：「紛

翠粲兮紈素聲。」「翠粲」，取其鮮明也。東坡《牡丹》詩：「一朵妖紅翠欲流」，蓋用鄉語。』放翁擊節大喜。《緯略》

孫賁公素畏内，衆所共知，嘗求東坡書扇，坡題云：『坡翁當年笑温嶠，握刀晚歲戰劉郎。不須戚戚如馮衍，但願時時説李陽。』公素昔爲程宣徽門賓，後娶程公之女，性極妬悍，故云。《侯鯖録》

蘇文忠公詩文，少重複者，惟『人生如寄耳』，十數處用，雖和陶詩亦及之，蓋有感于斯言。此句本起魏文帝《樂府》，厥後《高僧傳》載王羲之與支道林書，祖其語爾。朱翌新仲《猗覺寮雜志》乃引《高僧傳》及南齊劉善明事，似未記魏《樂府》。《二老堂詩話》

劉禹錫《淮陰行》云：『無奈脱菜時，清淮春浪軟。』黄魯直云：『《淮陰行》情調殊美，語氣尤穩切，惟「無奈脱菜時」不可解，當待博物洽聞者説也。』予嘗見古本作『挑菜時』，東坡《惠州新年》詩云：『水生挑菜渚』，恐用此字。《二老堂詩話》

陶隱居掛朝服神武門事，于當時本無意，自是棄官欲去爾。蘇子瞻倅錢塘時，作詩常用此事。後坐詔獄，吏舉詩問所出，子瞻倉卒誤記本《傳》云：『見齊祚將衰，故去。』不敢以實對，即謬言往官鳳翔，見壁間王嗣宗詩云：『欲掛衣冠神武門，先尋水竹渭南村。卻將舊斬樓蘭劍，旋博黄牛教子孫。』云詩事本此，實自作也。舒信道諸人得之，果大笑，以謂

未嘗讀陶《傳》，因釋不問。故至今傳此爲嗣宗詩。復嘗再用云：『歸來趁别陶弘景，看掛衣冠神武門。』《玉澗雜書》

東坡酷愛西湖，嘗作詩云：『若把西湖比西子，淡粧濃抹總相宜。』識者謂此兩句已道盡西湖好處，公又有詩曰：『雲山已作歌眉淺，山下碧流清似眼。』予謂此詩又是爲西子寫生也。要識西子，但看西湖；要識西湖，但看此詩。《捫蝨新話》

東坡詩用事多有誤處，《虢國夫人夜游圖》詩曰：『當時亦笑潘麗華，不知門外韓擒虎。』陳後主張貴妃名麗華，韓擒虎平陳，後主、麗華俱見收；而齊東昏侯有潘淑妃，初不名麗華也。又東坡《梅花絶句》云：『月地雲階漫一尊，玉奴終不負東昏。臨春結綺荒荆棘，誰道幽香是反魂？』此亦張麗華事，而東坡作東昏侯用之。坡又詩云：『全勝倉公飲上池』，《史記》『飲上池』乃扁鵲。又有詩云：『俄令司馬能鑱石，奈有中郎解摸金』，而袁紹《檄曹操》蓋云『發丘中郎』、『摸金校尉』。又詩云：『市區收罷魚豚税，東與彌陀共一龕』，褚遂良云：『一食清齋，彌勒同龕。』非『彌陀』也。此類非一。蓋惟大才，方可闊略，餘人正不可學。《捫蝨新話》

東坡嘗與劉景文語：『「一則仲父，二則仲父」，當以何對？』景文答：『俗諺「千不如人，萬不如人。」』坡首肯之。予以爲不如對『成也蕭何，敗也蕭何』，亦俗諺也。《捫蝨新話》

蘇子瞻元豐間赴詔獄，與長子邁俱行，與之期：送食惟菜與肉，有不測，則撤二物而送以魚，使伺外間以爲候。邁謹守逾月，忽糧盡，出謀于陳留，委其一親戚代送，而忘語其約。親戚偶得肥鮓送之，不兼他物，子瞻大駭，知不免，將以祈哀于上，而無以自達，乃作二詩寄子由，祝獄吏致之。蓋意獄吏不敢隱，則必以聞，已而果然。神宗固無殺意，見詩益動心，自是遂欲益從寬釋，凡爲深文者皆拒之。二詩不載《集》中，今附于此：『柏臺霜氣夜淒淒，風動琅璫月向低。夢繞雲山心似鹿，魂飛湯火命如雞。額中犀角真吾子，身後牛衣愧老妻。他日神游定何所，桐棺知葬浙江西。』『聖主如天萬物春，小臣愚暗自亡身。百年未了須還債，十口無家更累人。是處青山可藏骨，他時夜雨獨傷神。與君今世爲兄弟，更結來生未了因。』《乙卯避暑録》

東坡云：予飲少輒醉，卧則鼻鼾如雷，旁舍爲厭，而已不知也。一日因醉卧，有魚頭鬼身者，自海中來，告予廣利王來請端明。余披褐、草屨、黄冠而去，亦不知身步入水，但聞風雷聲，暴如觸石，意亦知在深水處。有頃，豁然明白，真所謂水晶宫殿相照耀也。其上則有驪目夜光，文犀尺壁，南金火齊，不可仰觀。而琥珀珊瑚，又不知多少也。廣利少間冠劍而出，從者二青衣。予對以：『海上逐客，重煩邀命。』廣利且歡且笑。頃，南溟夫人亦造焉，南華真人亦造焉，自知不在人世。少間，出鮫綃命予題詩，予乃賦之曰：『天地雖虚廓，淮海爲最大。聖主皆祀事，位尊河伯拜。祝融爲異號，怳惚聚百怪。三氣變流光，萬里風雲快。靈旂摇紅纛，赤虯噴滂湃。家近玉皇樓，彤光照無界。若得明月珠，可償逐客債。』寫竟，進廣利，諸仙咸稱妙，獨廣利傍一冠簪水族謂之『鼈相公』進言：『蘇軾不避忌諱，祝融字犯王諱。』王大怒。予退而歎曰：『到處被相公廝壞。』《侯鯖録》

《漫録》云：東坡詩云：『歸來笛聲滿山谷，明月正照金叵羅。』按《北史》祖珽盜神武金叵羅，蓋酒器也。韓子蒼詩亦曰：『觀我春風金叵羅。』入詩中用，已見李太白矣，不但蘇、韓二人也。雖知『金叵羅』爲酒器，然觀祖珽盜金叵羅置髻下，髻下豈可以置酒器乎？黄朝英亦有是疑。《野客叢書》

《晉書》載陸機造王武子，武子置羊酪，指示陸曰：『卿吴中何以敵此？』陸曰：『千里蓴羹，末下鹽豉。』或者謂『千里』、『末下』皆地名，蓴、豉所出之地。而《世説》載此語則曰：『千里蓴羹，但未下鹽豉耳。』觀此語似非地名。東坡詩曰：『每憐蓴菜下鹽豉』，又曰：『未肯將鹽下蓴菜』，坡意正協《世説》。然杜子美詩曰：『我里岷下芋，君思千里蓴。』張鉅山詩曰：『一出修道門，重嘗末下蓴。』觀二公所云，是又以『千里』、『末下』爲地名矣。前輩諸公之見，不同如此。僕嘗見湖人陳和之，言『千里』地名，在建康境上，其地所産蓴菜甚佳，『末下』亦地名。《緗素雜記》、《漁隱叢話》皆辨《世説》之言，以謂『末下』當云

『末下』，而《漁隱》謂『千里』湖名，且引《酉陽雜俎》『酒食品』亦有『千里之蓴』。僕謂『末下』少見出處，『千里蓴』言者甚多、如《南北史》載沈文季謂崔祖思曰：『千里蓴羹，非關魯衛。』梁太子《啟》曰：『吴愧千里之蓴，蜀慚七菜之賦。』吴均移曰：『千里蓴羹，萬丈名膾。』『千里之蓴』，其見稱如此。《野客叢書》

元豐六年十一月二十七日，天欲明，夢數吏人持紙一幅，其上題云：『請祭春牛文。』予取筆疾書其上云：『三陽既至，庶草將興。爰出土牛，以戒農事。衣被丹青之好，本出泥塗。成毁須臾之間，誰爲喜愠？』吏微笑曰：『此兩句復當有怒者。』傍一吏云：『不妨，此是唤醒他。』《東坡手澤》

詩人好改易地名，以就句法。如大孤山旁有女兒港，小孤山對岸有澎浪磯，韓子蒼詩：『小姑已嫁彭郎去，大姑常隨女兒住。』四者之中所不改者，女兒港耳。蜀大散關有喜歡鋪，東坡入贛詩：『山憶喜歡來遠夢，地名惶恐泣孤臣。』自下而上，第一灘在萬安縣前，名黄公灘，坡乃更爲『惶恐』以對『喜歡』。《廬陵志》二十四灘，坡詩乃云：『十八灘頭一葉身』，亦非也。《坦齋通編》

《逸少帖》：『奉橘三百顆，霜未降，未可多得。』即東坡所書劉景文所藏《子敬帖》，所謂『君家兩行十二字，氣壓鄴侯三萬籤』者是也。按元章《書史》云：王獻之《送梨帖》云：

『今送梨三百顆，雪殊不佳耳。』又《東坡詩話》云：『子敬《黄柑三百顆帖》，在劉景文處。』或以爲『橘』，或以爲『梨』，莫知孰是也。《浩然齋意抄》

東坡《海外上梁文口號》曰：『爲報先生春睡美，道人輕打五更鐘。』章子厚見之，遂再貶儋耳。以爲安穩，故再遷之。《艇齋詩話》

韓文《石鼎聯句》云：『長結喉中作楚語』，『結』字斷句。『結』音『髻』，西漢『髻』字皆作『結』字寫，退之正用此也。今人讀作『結喉』，非也。東坡云：『長頸高結喉』，蓋承誤也。《艇齋詩話》

東坡詩云：『公自主人身是客，舉觴登望得無愁』，用樂天：『心是主人身是客』。又『身是』字本語『身』，猶言『我』也。如張飛自言：『身是張益德，可共來決死。』及宋彭城王義真自關中歸，謂段宏曰：『身在此，刎身頭以南，使家公望絶。』謝倫云：『身家太傅。』若此類甚多，皆以『身』爲『我』也。韓子蒼詩云：『身今老病役炎瘴，最憶冰盤貯蔗漿。』亦用『身』字。《艇齋詩話》

鹽有五色：青、黄、赤、白、黑，又有紫鹽，或曰『戎鹽』，道書所謂『戎鹽壘卵』者是也。按郭璞《鹽池賦》云：『爛然溪明，冕爾霞赤。』則是赤鹽者。李太白詩：『客到但知留一醉，盤中只有水晶鹽。』又東坡：『水晶鹽，爲誰甜？』《金樓子》曰：『胡中有鹽，瑩如水晶，謂之「玉華鹽」。』又《南史》月氏恒水下有鹽，色正白，朝取暮生，非煮海也。東坡：『紛紛青子落紅鹽。』則恩州有鹽如絳雪，或謂煎染而成者。又琴湖池中有桃花鹽，色如桃花。青鹽，所謂螳螂頭鹽，入藥可用也。蔡邕《投羊月書》云：『幸得無恙，我至徒所，自城以西，惟有紫鹽也。』《續漢書》云：『天竺國出黑鹽、黄鹽，安西城北澗中有青鹽。』則鹽之所産，悉在外夷，惟清真詞云：『吴鹽勝雪。』今四明諸場多有之，獨此是中國之白鹽爾。《負暄雜録》

東坡作《海棠》詩云：『只恐夜深花睡去，更燒銀燭照紅粧。』事見《太真外傳》，曰：上皇登沉香亭，召太真妃，于時卯酒未醒，命力士從侍兒扶掖而至。妃子醉顔殘粧，鬢亂釵横，不能再拜。上笑曰：『是豈妃子醉，真海棠睡未足耳。』《冷齋夜話》

崔白《蘆雁》之類，雖清致，予平生不喜見之。獨有一大軸，絹闊一丈許，長二丈許，中濃墨塗作八大雁，盡飛鳴宿食之態，東坡先生大字題詩曰：『扶桑之繭如甕盎，天女織綃雲漢上。往來不遣鳳銜梭，誰能鼓臂投三丈？』云云，真白之得意筆也。《畫鑒》

東坡自謫海南歸，人有問其遷謫艱苦者，坡答曰：『此骨相所招。少時入京師，有相者云：「一雙學士眼，半個配軍頭。異日文章雖當知名，然有遷徙不測之禍。」今悉符其語。』《瑞桂堂暇録》

熙寧初，有人自常調上書，迎合宰相意，遂丞御史。蘇長公戲之曰：『有甚意頭求富貴，没些巴鼻使姦邪。』『有甚意頭』、『没些巴鼻』，皆俗語也。《後山詩話》

東坡喜嘲謔，以吕微仲豐碩，每戲之曰：『公真有大臣體。此《坤》六二所謂「直方大」也。』微仲拜相，東坡當制，其詞曰：『果藝以達，有孔門三子之風。直大而方，約《坤》爻六二之動。』一日，東坡謁微仲，微仲方晝寢，久而不出。東坡不能堪，良久，見于便坐有一菖蒲盆畜緑毛龜，東坡曰：『此龜易得，若六眼龜則難得。』微仲問六眼龜出何處？東坡曰：『昔唐莊宗同光中，林邑國常進六眼龜兒，口號「六隻眼兒分明，睡一覺抵别人三覺。」』《東皋雜録》

東坡作《蝸牛》詩云：『中弱不勝觸，外堅聊自郛。陞高不知疲，竟作黏壁枯。』後改云：『腥涎不滿殼，聊足以自濡。陞高不知迴，竟作黏壁枯。』余亦以爲改者勝。《直方詩話》

東坡愛韋蘇州詩云：『誰知風雨夜，獨此對床眠？』《向在鄭西别子由》云：『寒燈相對記疇昔，夜雨何時聽蕭瑟？』又有《初秋寄子由》云：『買田秋已議，築室春當成。雪堂風雨夜，已作對床聲。』又子由與坡相從彭城賦詩云：『逍遥堂後千尋木，長送中宵風雨聲。悞喜對床尋舊約，不知飄泊在彭城。』子由使虜，在神水館賦詩云：『夜雨從來相對眠，兹行萬里隔胡天。』此其兄弟所賦。坡在御史獄，有云：『他年夜雨獨傷神。』在東府，有云：

『對床定悠悠，夜雨今蕭瑟。』其《回轉對》有云：『對床貪聽連宵雨』，又云：『對床欲作連夜雨』，又云：『對床老兄弟，夜雨鳴竹屋。』可謂無日忘之。《直方詩話》

東坡爲温公作《獨樂園》詩，只從頭四句，便已都説盡，云：『青山在屋上，流水在屋下。中有五畝園，花竹秀而野。』此便可以圖畫。《直方詩話》

趙德甫云：東坡爲程筠作《歸真亭》詩云：『會看千粟記，木杪見龜趺。』『龜趺』是碑坐，不應見『木杪』。《直方詩話》

秦少章云：世上事絕有理會不得者。予前日見孫莘老，大笑東坡《謝御賜書》詩云：『有甚道理？後面更直説至陝西奏捷。』《直方詩話》

東坡《跋米元章所收書》云：『畫地爲餅未必似，要令癡兒出饞水。』又云：『錦囊玉軸來無趾。』山谷和之云：『百家傳本略相似，如月行天見諸水。』又云：『拙者竊鈎輒斬趾。』皆謂元章患浄病及好奪取人物。《直方詩話》

東坡平生最慕樂天之爲人，故有詩云：『我甚似樂天，但無素與蠻。』又云：『我似樂天君記取，箏顛賞遍洛陽春。』又云：『他時要指集賢人，知是香山老居士。』又云：『定似香山老居士。』又云：『淵明形神似我，樂天心相似我。』東坡在杭，又與樂天所留歲月略相似。《直方詩話》

東坡《送李公擇》云：『有如長庚星，到曉爛不收。』《贈道潛》云：『故人各在天一角，相望落落如晨星。』《任師中挽辭》云：『相看半作晨星没，可憐太白與殘月。』而《黄門送退翁守懷安》亦云：『我懷同門友，勢如曉天星。』『友』或做『客』。學者尤多用此。《直方詩話》

韓存中云：東坡嘗云：『人言盧杞是姦邪，我見鄭公但嫵媚。』好作一對，請諸人將去作一篇詩。《直方詩話》

韓存中云：東坡作：『漁蓑句好真堪畫，柳絮才高不道鹽。』只『不道鹽』與『真堪畫』自合是一對。《直方詩話》

東坡作《藏春塢》有云：『年抛造化甄陶外，春在先生杖履中。』而秦少游作《俞充哀詞》乃云：『風生使者旌旄上，春在將軍俎豆中。』予以爲依倣太甚。《直方詩話》

東坡作《百步洪》詩云：『有如兔走鷹隼落，駿馬下注千丈坡。』當在黄時，有人云：『「千丈坡」豈注馬處？』及還朝，其人云：『惟善走馬方能注坡。』聞者以爲『注坡』。《直方詩話》

東坡《送江公著》云：『忽憶釣臺歸洗耳』，又云：『亦念人生行樂耳』，註云：『「二『耳』義不同。」』故得重用。《直方詩話》

古詩云：『公道世間惟白髮，貴人頭上不曾饒。』而元祐初多用老成，故東坡有云：『此身自斷天休問，白髮年來漸不公。』陳無己《答邢敦夫》云：『今代貴人頭白髮，掛冠高處不宜彈。』其後秦少游謂李端叔復有『白髮偏於我輩公』之句，則是『白髮』有隨時之義。《直方詩話》

秦少游嘗和黄法曹憶《梅花》詩，東坡稱之，故次其韻，有『西湖處士骨應槁，只有此詩君壓倒』之句。此詩初無妙處，不知坡所愛者何語？和者數四，余獨愛坡兩句云：『江頭千樹春欲暗，竹外一枝斜更好。』後必有能辨之者。《直方詩話》

東坡《題李秀才醉眠亭》詩云：『君且歸休我欲眠，人言此語出天然。醉中對客眠何害？須信陶潛未苦賢。』山谷《題無咎卧陶軒》亦云：『欲眠不遣客，佳處更難忘。』意極相類。《直方詩話》

文忠公《盤車圖》詩云：『古畫畫意不畫形，梅詩詠物無隱情。忘形得意知者寡，不若見詩如見畫。』東坡作《韓幹畫馬圖》詩云：『韓生畫馬真是馬，蘇子作詩如見畫。世無伯樂亦無韓，此詩此畫誰當看？』又云：『論畫以形似，見與兒童鄰。賦詩必此詩，定知非詩人。詩畫本一律，天工與清新。』又云：『少陵翰墨無形畫，韓幹丹青不語詩。此畫此詩今已矣，人間駑驥謾爭馳。』予每誦數過，殆以爲法。《直方詩話》

詩云：『讀書頭欲白，相對眼終青。』『身更萬事已頭白，相對百年終眼青。』『看鏡白頭知我老，平生青眼爲君明。』『故人相見尚青眼，新貴即今多白頭。』『江山萬里盡頭白，骨肉十年終眼青。』『白頭逢國士，青眼酒尊開。』此坡、谷所爲，用『青眼』對『白頭』者非一，而工拙亦各有差。老杜亦云：『別來頭併白，相見眼終青』。《直方詩話》

東坡云：『「爲我周旋寧作我」一句，只是難對。』時王平甫在坐，應聲云：『只消道：「因郎憔悴卻羞郎」。』《直方詩話》

田承君云：王居卿在揚州，同孫巨源、蘇子瞻適相會。居卿置酒曰：『「疏影橫斜水清淺，暗香浮動月黄昏。」此林和靖《梅花》詩，然而爲詠杏與桃、李皆可。』東坡曰：『可則可，但恐杏、李花不敢承當。』一座大笑。《直方詩話》

東坡作彭門守時，遇齊州李公擇，中秋席上作一絶云：『暮雲收盡溢清寒，銀漢無聲轉玉盤。此生此夜不長好，明日明年何處看？』其後山谷在黔南，令人以《小秦王》歌之。《直方詩話》

韓子蒼曰：丁晉公海外詩云：『草解忘憂憂底事，花名含笑笑何人？』世以爲工，及讀東坡詩曰：『花非識面常含笑，鳥不知名時自呼。』便覺才力相去如天淵。《冷齋夜話》

東坡云：予在廣陵，與晁無咎、曇秀道人同舟送客山光寺，客去，予醉卧舟中。秀作詩云：『扁舟乘興到山光，古寺臨流勝氣藏。慚愧南風知我意，吹將草木作天香。』予和云：

『鬧裏清游似隙光，醉時真境發天藏。夢回拾得吹來句，十里南風草木香。』予昔對文忠公誦文與可詩云：『美人卻扇坐，羞落庭下花』，公曰：『此非與可詩，世間元有此句，與可拾得耳。』後五年，秀來惠州見予，偶道其事。《直方詩話》

眉山矮道士李伯祥，好爲詩，格亦不能高，往往有奇語，如：『夜過修行寺，醉打老僧門』，皆可愛。予幼時學于道士張易簡觀中，伯祥與易簡往來，嘗歎曰：『此郎君貴人也。』不知何以知之？《百斛明珠》

《元祐五年同景文義伯聖途次元題竹上》云：『結根豈殊衆，脩柯獨出林。孤高不可恃，歲晚風霜侵。』《百斛明珠》

予初謫嶺南，過田氏小園，東門一峰，豐下鋭上，俚人謂之『雞籠山』，予更名曰『獨秀峰』。今過之，留詩云：『倚天巉絶玉浮圖，肯與彭郎作小姑。獨秀江南如有意，要三三别四方壺。』《玉局文》

東坡愛西湖，詩曰：『若把西湖比西子，淡粧濃抹也相宜。』予宿孤山下，讀林和靖詩，句句皆西湖寫生詩，天姿自然，不施鉛華。再作詩書壁曰：『長愛東坡眼不枯，解將西子比西湖。先生詩妙真如畫，爲作春寒小谷圖。』《詩話總龜》

僕初入廬山，山谷奇秀，平生所未見，殆應接不暇，遂發意不作詩。已而見山中僧俗，皆言：『蘇子瞻來矣。』不覺作一絶云：『芒鞵青竹杖，自挂百錢游。可怪深山裏，人人識故侯。』既自悔前言之謬，又作兩絶云：『青山若無素，偃蹇不相親。要識廬山面，他年是故人。』又云：『自昔懷清賞，神游杳靄間。如今不是夢，真個是廬山。』是日，有以陳令舉《廬山記》見寄者，且行且讀，見其中云徐凝、李白之詩，不覺失笑。旋入開元寺，僧求詩，因作一絶云：『帝遣銀河一派垂，古來惟有謫仙辭。飛流濺沫知多少？不爲徐凝洗惡詩。』往來南、北山十餘日，以爲勝絶，不可勝談，擇其尤者，莫如漱玉亭、三峽橋，故作此二詩。最後與總老游西林，作一絶云：『横看成嶺側成峰，到處看山了不同。不識廬山真面目，只緣身在此山中。』予廬山詩盡於此。《百斛明珠》

予在岐下，見秦州進一馬，騣如牛項垂胡，側立顛倒，毛生肉端，蕃人云：『此肉騣馬也。』乃知《鄧公驄馬行》云『肉騣碨礧連錢動』，當作『肉騣』。《百斛明珠》

安定郡王以黄柑釀酒，謂之『洞庭春色』，色香味三絶，以餉其猶子德麟，德以飲予，爲作詩。醉後信筆，頗有沓拖風氣，云：『去年洞庭秋，香霧當噀手。于今洞庭春，玉色疑非酒。賢王文字飲，醉筆蛟蛇走。既醉念君醒，遠餉爲我壽。瓶開香浮坐，盞凹光照牖。方傾安仁醽，潘岳賦云：『披黄袍以授酒，置纏甕以酌醽。』莫遣公遠嗅。要當名字奇，未可論升斗。應呼釣詩鈎，亦號掃愁帚。君知葡萄惡，正是嫫母醜。須君灩海杯，澆我談天口。』《百斛明珠》

世人畫山水竹石，不假五色而成，未有以畫花者，汴解獨能之。因賦詩云：『造物本無物，忽然非所難。花心起墨暈，春色散毫端。縹緲形纔就，扶疏態自完。蓮花悉顛倒，苦雨半披殘。幸有狂居士，求爲黑牡丹。兼書平子賦，歸去雪堂看。』《百斛明珠》

十一月三日，與幾先自竹西來訪慶老，不見，獨與君卿供奉、蟾知客東閣道話久之。作詩云：『卷卷長廊走黄葉，席席垂地香煙歇。主人待來終不來，紅火消盡灰如雪。』《百斛明珠》

嶺南氣候不常，吾嘗云：『菊花開時乃重陽，涼天佳月即中秋，不須以日月爲斷。』今歲九月，殘暑方退，既望之後，月出愈遲。予嘗夜起，登合江樓，或與客游豐湖栖禪寺，叩羅浮道院，登逍遥堂，逮曉乃歸。杜子美云：『四更山吐月，殘夜水明樓。』此古今絶唱，因其句作五首，仍以『殘夜水明樓』爲韻。云：『一更山吐月，玉塔卧微瀾。正似西湖上，湧金門外看。冰輪横海闊，香霧入樓寒。停鞭且莫上，照我酒杯殘。』『二更山吐月，幽人方獨夜。可憐人與月，夜夜江樓下。風枝久未停，露草不可藉。歸來掩關卧，唧唧幽夜話。』『三更山吐月，棲烏夜驚起。起尋夢中游，清絶正如此。驅雲掃泉溜，俯仰迷空水。幸可飲我牛，不須還洗耳。』『四更山吐月，皎皎爲誰明？幽人赴我約，坐待玉繩横。野橋兩斷板，山寺可微行。今夕定何夕，夢中游化城？』『五更山吐月，窗向室幽幽。玉鈎還掛户，江練卻明

樓。星河淡欲曉，鼓角冷知秋。不眠翻五詠，清切變蠻謳。』《百斛明珠》

海南有五色雀，常以兩絳者爲長，進止必隨，俗謂之『鳳凰』，云久旱而見輒雨，潦則反。昔吾卜居儋耳城南，嘗一至庭下，今又見之黎子雲及其弟咸家，洎既去，吾舉酒祝之曰：『若爲吾來者，當再集也。』已而果然。乃爲賦詩云：『粲粲五色羽，炎方鳳之徒。青黄縞玄服，翼衛兩綵朱。仁心知閔農，常告雨霽符。我窮惟四壁，破屋無占烏。惠然此粲者，來集竹與梧。鏘鳴如玉珮，意欲相嬉娱。寂寞兩黎生，食菜真臞儒。小圃散春物，野桃凍雲膚。舉杯得一笑，見此紅鸞雛。高情如飛鴻，未易握粟呼。胡爲去復來，眷眷豈屬吾？一作『予』。回翔天壤間，何必懷此都。』《百斛明珠》

予與郭生游寒溪，主簿吴亮置酒。郭生善作挽歌，酒酣發聲，座爲凄然。郭生言：『恨無佳詞』，因爲略改樂天《寒食》詩歌之，坐客有泣者。其詞曰：『烏啼鵶噪昏喬木，清明寒食誰家哭？風吹曠野紙錢飛，古墓纍纍春草緑。棠梨花映白楊路，盡是死生離別處。冥漠重泉哭不聞，蕭蕭暮雨人歸去。』每句雜以散聲。《百斛明珠》

『人間無漏仙，兀兀三盃酒。世上無眼禪，昏昏一覺睡。雖然無交涉，其奈略相似。相似尚如此，何况真個是。』予奉使閩西，見邸壁書此，愛而誦之。故海上作《濁醪有妙理賦》曰：『嘗因既醉之適，方識此心之正。』此老氏言心之正，與孟子言人之性善何異？《百斛明珠》

蘇子瞻云：子美之詩，退之之文，魯公之書，皆集大成者也。學詩當以子美爲師，有規矩故可學。退之于詩，本無解處，以才高而好爾。淵明不爲詩，寫其胸中之妙爾。學杜不成，不失爲工；無韓之才與陶之妙，而學其詩，終爲樂天爾。《後山詩話》

蘇詩始學劉禹錫，故多怨刺，學不可不慎也。晚學太白，至其得意，則似之矣。然失于粗，以其得之易也。《後山詩話》

子瞻謂孟浩然之詩，韻高而才短，如造内法酒手而無材料爾。《後山詩話》

昔之黠者，滑稽以玩世，曰：『彭祖八百歲而死，其婦哭之慟，其鄰里共解之曰：「人生八十不可得，而翁八百矣，尚何尤？」婦謝曰：「汝輩自不喻爾！八百死矣，九百猶在也。」世以癡爲九百，謂其精神不足也。』又曰：『令新視事而不習吏道，召胥魁問之，胥魁具道笞十至五十，及折杖數，令遽止之曰：「我解矣，笞六十爲杖四十邪。」魁笑曰：「五十尚可，六十猶癡邪。」』長公取爲偶對曰：『九百不死，六十猶癡。』《後山詩話》

眉山長公守徐，嘗與客登項氏戲馬臺，賦詩云：『路失玉鈎芳草合，林亡白鶴野泉清。』廣陵亦有戲馬臺，其下有路號『玉鈎斜』，唐高宗東封，有鶴一焉，乃詔諸州爲老氏築宮，名曰『白鶴』。公蓋誤用，而後所取信，故不得不辨也。《後山詩話》

東坡作送人小詞云：『故將别語調佳人，要看梨花枝上雨。』雖用樂天語，而别有一種

風味。非點鐵成黄金手，不能爲此也。《竹坡詩話》

林和靖賦《梅花》詩，有『疏影横斜水清淺，暗香浮動月黄昏』之句，膾炙天下，殆二百年。東坡晚年在惠州，作《梅花》詩云：『紛紛初疑月挂樹，耿耿獨與參横昏。』此語一出，和靖之氣，遂索然矣。張文潛云：『調鼎當年終有實，論花天下更無香。』此雖未及東坡高妙，然猶可使和靖作衙官。政和間，予見胡份司業《和曾公衮梅》詩云：『絶豔更無花得侣，暗香惟有月明知。』亦自奇絶，使醉翁見之，未必專賞和靖也。《竹坡詩話》

淮陰勝而不驕，乃能師李左車，最奇特事，荆公詩云：『將軍北面師降虜，此事人間久寂寥。』李廣誅灞陵尉，薄于德矣，東坡詩云：『今年定起故將軍。』未肯説誅灞陵尉。用事當如此向背。《彦周詩話》

詩人寫人物態度，至不可移易。元微之《李娃行》云：『髻鬟峩峩高一尺，門前立地看春風。』此定是娼婦。退之《華山女》詩云：『洗粧拭面著冠帔，白咽紅頰長眉青。』此定是女道士。東坡作《芙蓉城》詩，亦用『長眉青』三字，云：『中有一人長眉青，炯如微雲淡疏星。』便有神仙風度。《彦周詩話》

東坡《贈陳季常》詩，戒其殺生，末云：『君勿棄此篇，嚴詩編杜集。』謂嚴武也，《工部集》中有武倡和數首。又《梅花》詩云：『憑仗幽人收艾蒳，國香和雨入莓苔。』『艾蒳』，香名，正松上莓苔也，出《本草》及沈氏《香譜》。又《紅梅》詩云：『玉人頩頰固多姿。』『頩』，怒色，普更切，見《神女賦》，婦人怒則面赤。《彦周詩話》

老杜作《曹將軍丹青引》云：『一洗萬古凡馬空。』東坡《觀吴道子畫壁》詩云：『筆所未到氣已吞。』吾不得見其畫矣，此兩句二公之詩，各可以當之。《彦周詩話》

柳柳州詩，東坡云在陶彭澤下，韋蘇州上。若《晨詣超師院讀佛經》詩，即此語是公論也。《彦周詩話》

東坡海南詩，荆公鍾山詩，超然邁倫，能追逐李、杜、陶、謝。《彦周詩話》

東坡《祭柳子玉文》：『郊寒島瘦，元輕白俗。』此語具眼。客見詰曰：『子盛稱白樂天、孟東野詩，又愛元微之詩，而取此語，何也？』僕曰：『「論道當嚴，取人當恕。」此八字，東坡論道之語也。』《彦周詩話》

李太白詩云：『問余何事栖碧山？笑而不答心自閒。桃花流水窅然去，別有天地非人間。』東坡嶺外詩云：『老父争看烏角巾，應緣曾現宰官身。溪邊古路三叉口，獨立斜陽數過人。』賀知章呼李白爲『謫仙人』，世傳東坡是戒禪師後身，僕竊信之。《彦周詩話》

林和靖《梅》詩云：『疏影横斜水清淺，暗香浮動月黄昏。』大爲歐陽文忠公稱賞。大凡和靖《集》中，『梅』詩最好。《梅花》詩中，此兩句尤奇麗。東坡《和少游梅》詩云：『西湖處士骨應槁，只有此詩君壓倒。』僕意東坡亦有微意也。然和靖詩屬對清切，如《贈煆藥秀才》詩云：『鵾鵬懶擊三千水，龍虎閒封六一泥。』《彥周詩話》

韓熙載仕江南，每得俸給，盡散後房歌姬，熙載披衲持鉢，就諸姬乞食，率以爲常。東坡以玉帶贈寶覺，寶覺酬以舊衲，東坡作詩謝之曰：『病骨難堪玉帶圍，鈍根仍落箭鋒機。欲教乞食諸姬院，故與雲山舊衲衣。』《江南野史》亦載韓事，與此小異。《彥周詩話》

東坡詩不可指摘輕議，詞源如長河大江，飄沙卷沫，枯槎束薪，蘭舟繡鷁，皆隨流矣。珍泉幽澗，澄澤靈沼，可愛可喜，無一點塵滓。只是體不似江湖，讀者幸以此意求之。《彥周詩話》

詩禁體物語，此學詩者類能言之也。歐陽文忠公守汝陰，嘗與客賦雪于聚星堂，舉此令，往往皆閣筆不能下。然此亦定法，若能者則出入縱横，何可拘礙。鄭谷：『亂飄僧舍茶煙溼，密洒歌樓酒力微』，非不去體物語，而氣格如此其卑。蘇子瞻：『凍合玉樓寒起粟，光摇銀海眩生花』，超然飛動，何害其言玉樓銀海。韓退之兩篇，力欲去此弊，雖冥搜奇譎，亦不免有『縞帶』、『銀杯』之句。杜子美：『暗度南樓月，寒生北渚雲。』初不避『雲』、『月』字，若『隨風且開葉，帶雨不成花。』則退之兩篇之工，殆無以愈也。《石林詩話》

孟郊詩：『楚山相蔽虧，日月無全輝。』『萬株古柳根，拏此磷磷溪。』『大行横偃脊，百里方崔嵬』等句，皆造語工新，無一點俗韻，然其他篇章，似此處絶少也。李翱評其詩云：『高處在古無上，平處下觀二謝。』許之亦太甚矣。東坡謂：『初如食小魚，所得不償勞。又似食蟛蜞，竟日嚼空螯。』貶之亦太甚矣。《韻語陽秋》

唐文宗《夏日聯句》，東坡謂宋玉對楚王雄風，譏其知己不知人也；公權小子，有美而無規，爲續之云：『一爲居所移，苦樂永相忘。願言均所施，清陰及四方。』或謂五絃之薰風，解愠阜財，已有陳善責難意。愚謂不然，凡規諫之辭，須切直分明，乃可以感悟人主，故盜言孔甘，良藥苦口。若以『薰風自南』，爲陳善閉邪，但恐後世導諛側媚、説持兩可者，皆得以冒敢言之名矣。《碧溪詩話》

樂天謫潯陽，元稹寄在絳詩云：『殘燈無焰影幢幢，此夕聞君謫九江。垂死病中驚起坐，暗風吹雨入寒窗。』白謂：『此句他人尚不可聞，况僕心哉！至今每吟猶惻惻耳。』復貽三韻云：『憶昔封書與君夜，金鑾殿後欲明天。今夜封書在何處？廬山庵裏曉燈前。』去來乃士之常，二公不應如此之戚戚也。子瞻《送文與可》云：『奪官遣去不自覺，曉梳脱髮誰能收？』推之前詩，厥論高矣。然居易答元書，以三秦爲報，且云：『可以樂之終身者。悲歡之語，恐特傷離索耳。』白公罷郡，亦嘗有云：『睡到午時歡到夜，回看官職是泥沙。』《碧溪詩話》

柳公權『殿閣生微涼』之句，東坡罪其有美而無箴，乃爲續成之。其意固佳，然責人亦已甚矣。吕希哲曰：『公權之詩，已含規諷。』蓋謂文宗居廣厦之下，而不知路有暍死也。洪駒父、嚴有翼，皆以爲然。或又謂五絃之薰，所以解愠阜財，則是陳善閉邪責難之意。此亦强勉而無謂，以是爲諷，其誰能悟？予謂其實無之，而亦不必有也。規諷雖臣之美事，然燕閒無事，從容談笑之暫，容得順適于一時，何必盡以此而繩之哉。且事君之法，有所寬乃能有所禁，略其細故于平素，乃能辨其大利害于一朝。若夫煩碎迫切，毫髮不恕，使聞之者厭苦而不能堪，彼將以正人爲仇矣，亦豈得爲善諫耶？《滹南詩話》

謝安謂王羲之曰：『中年以來，傷于哀樂。』羲之曰：『年在桑榆，自然至此。頃正賴絲竹陶寫，恒恐兒輩覺，減其歡樂之趣。』坡詩用其事云：『正賴絲與竹，陶寫有餘歡。』夫『陶寫』云者，排遣消釋之意也。所謂歡樂之趣有餘歡者，非陶寫其歡，因陶寫而歡耳。蕭閒屢使此字，而直云：『陶寫歡情』、『陶寫餘歡舊歡』，若爲陶寫，似背元意。《滹南詩話》

寇忠愍少知巴東縣，有『野水無人渡，孤舟盡日横』之句，固以公輔自期矣，奈何時未有知者。東坡《巴東訪萊公遺迹》詩云：『江山養豪俊，禮數困英雄。執版迎官長，趨塵拜下風。當年誰刺史？應未識三公。』公以瓌奇忠諒之才，而當路者祇以常輩遇之，信乎知人之難也！李太白《梁甫吟》云：『大賢虎變愚不測，當年頗似尋常人』，蓋謂此也。《韻語陽秋》

高適五十始爲詩，爲少陵所推。老蘇三十始讀書，爲歐公所許。功深力到，無早晚也，聖賢之學亦然。東坡詩云：『貧家浄掃地，貧女巧梳頭。下士晚聞道，聊以拙自修。』朱文公每借此句作話頭，接引窮鄉晚學之士。《鶴林玉露》

魏鶴山云：處人倫之變，當以三百五篇爲正。《考槃》、《小宛》之爲臣，《小弁》、《凱風》之爲子，《燕燕》、《谷風》之爲婦，《終風》之爲母，《柏舟》之爲宗臣，《何人斯》之爲友，皆不遇者也。而責己重以周，待人輕以約，優柔諄切，怨而不怒，憂而不敢疏也。東坡在黄、在惠、在儋，不患不偉，患其傷于太豪，便欠畏威敬怒之意。如『兹游最奇絶，所欠惟一死』之類，詞氣不甚平。又如《韓文公廟碑》詩云：『作書詆佛譏君王，要觀南海窺衡湘。』方作諫書時，亦冀諫行而迹隱，豈是故爲詆訐，要爲南海之行？蓋後世詞人多有此意，如『去國一身，高名千古』之類，十有八九若此，不知君臣義重，家國憂深。聖賢去魯、去齊，不若是恝者，非以一去爲難也。此論精矣！《鶴林玉露》

元祐中，東坡帥杭，予自江西來應舉，引試有日矣。忽同保進士，訟予户貫不明，賴公照憐，得就試，因預薦送，遂獲游公門。公嘗云：『王介甫初行新法，異論者譊譊不已。嘗有詩云：「山鳥不應知地禁，一逢春暖即啾喧。」古詩有：「鳥鳴山更幽」，更作：「一鳥不鳴山更幽」，誠有旨哉。』《泊宅編》

全宋詩話卷二十九

蘇軾二

元符三年十二月十九日，東坡生日，置酒赤壁磯下，倨高峰，俯鵲巢。酒酣，笛聲起於江上，客有郭、尤二生，頗知音，謂坡曰：『笛聲有新意，非俗工也。』使人問之，則進士李委，聞坡生日，作南曲曰《鶴南飛》以獻。呼之使前，則青巾紫裘，腰笛而已。既奏新曲，又快作數聲，嘹然有穿雲裂石之聲，坐客皆引滿醉倒，委袖出嘉紙一幅曰：『吾無求於公，得一絶句足矣。』坡笑而從之，詩云：『山頭孤鶴向南飛，載我南游到九嶷。下界何人也吹笛，可憐時復犯龜兹。』《玉局文》

蘇子由初謫高安，時雲庵居洞山，時時相過。有聰禪師者，蜀人，居聖壽寺。一夕，雲庵夢同子由、聰出城迎五祖戒禪師，既覺，私怪之。以語子由，語未卒，聰至。子由迎呼曰：『方與洞山老師説夢，子來亦欲同説夢乎？』聰曰：『夜來輒夢見我三人者，同迎五祖戒和尚。』子由拊手大笑曰：『世間果有同夢者，異哉！』良久，東坡書至，曰：『已次奉新，日夕可相見。』三人大喜，追笥輿而出城，至二十里建山寺而東坡至。坐定，無可言，則各追繹向所夢以語坡。坡曰：『軾年八九歲，常夢其身是僧，往來陝右。又先妣方孕時，夢一僧來託宿，記其頎然而眇一目。』雲庵驚曰：『戒，陝右人，而失一目，暮年棄五祖來游高安，終于大愚。』逆數蓋五十年，而東坡時年四十九。及謫英州，雲遺書至南昌，坡引紙大矣，書曰：『戒和尚又錯脱也。』後監玉局觀，作偈答南華長老曰：『惡業相纏四十年，常行八棒十三禪。卻着衲衣歸玉局，自疑身是五通仙。』《冷齋夜話》

子瞻歸自道場何山，遇大風雨，因憩耘老溪亭，命官奴秉燭捧研，寫風雨竹一枝，題詩云：『更將掀舞勢，把燭書風篠。美人爲破顔，恰似腰肢弱。』《百斛明珠》

劉仲幾餞飲東坡，中觴，聞笙簫聲杳杳在雲霄間，抑揚往返，粗中音節，徐而察之，則出於雙瓶水火相搏，自然吟嘯，食頃乃已。坐客驚歎，請作《瓶笙》詩以記，云：『孤松吟風細泠泠，獨繭長繰女媧笙。陋哉石鼎逢彌明，蚯蚓竅作蒼蠅聲。瓶中宫商自相賡，招文無虧亦無成。東坡醉熟呼不醒，但云作勞吾耳鳴。』《百斛明珠》

高致虚云：東坡言，過温泉，壁上見詩云：『直待衆生總無垢，我方清冷混常流。』問人，云『何遵作』。因作一絶云：『石龍有口口無根，自在流泉誰吐吞？若信衆生本無垢，

此泉何處覓寒温？』何遵緣此知名，後來京師，每有賓客，必出數十篇，讀者無不絶倒。《玉局遺文》

東坡《橄欖》詩云：『紛紛青子落紅鹽，氣味森森苦且嚴。待得微甘回齒頰，已輸崖蜜十分甜。』范景仁言：『橄欖木高大難采，以鹽擦木身，則其實自落，所以有「落紅鹽」之語。』南人誇橄欖，河東人誇棗。《直方詩話》

李公擇種竹館中，語同舍曰：『後人指此竹，必云李文正所植。』貢父笑曰：『文正不獨繁華，亦知種竹耶！』時有筆工李文正，故云。後到貢父西省種竹，東坡有詩云：『舊德終呼名字外，後生誰讀笑談餘』，謂此也。又一本云，貢父種竹，坡有詩云：『舊德言忘久，新材得再培。』《直方詩話》

東坡詩曰：『客來茶罷渾無事，盧橘楊梅尚帶酸。』張嘉甫曰：『盧橘何種果類？』答曰：『枇杷是矣。』又問：『何以驗之？』答曰：『事見相如賦。』嘉甫曰：『「盧橘夏熟，黄柑橙楱。枇杷然柿，楟柰厚樸。」盧橘果枇杷，則賦不應四字重用。應劭注曰：《伊尹》書曰：「箕山之東，青鳥之所，有盧橘，常夏熟。」不據依之，何也？』坡笑曰：『意不欲爾！』《冷齋夜話》

余游儋耳，及見黎氏，爲予言東坡無日不相從，相從乞園蔬。出其臨别北渡時詩：『我本儋耳民，寄生西蜀州。忽然跨海去，譬如事遠游。平生生死夢，三者無劣優。知君不再見，欲去且少留。』其末云：『新醖佳甚，求一具。臨行寫此詩，以折菜錢。』又登望海亭，柱間有擘窠大字曰：『貪看白鳥横秋浦，不覺青林没暮潮。』又謁姜唐佐，唐佐不在，見其母，母迎笑，食予檳榔。予問：『母識蘇公乎？』母曰：『識之，然無奈好吟詩。公嘗杖而至，指西木橙，自坐其上，問曰：「秀才何往哉？」言：「入村落未還。」有包燈心紙，公以手拭開，書滿紙，祝曰：「秀才歸，當示之。」今尚在。』予索讀之，醉墨欹傾，曰：『張睢陽生猶罵賊，嚼齒空齦。顔平原死不忘君，握拳透爪。』《冷齋夜話》

余昔在錢唐，一日晝寢寶山僧房，起題其壁云：『七尺頑軀走世塵，十圍便腹貯天真。此中空洞渾無物，何止容君數百人！』其后有數小子亦題名壁上，見者乃謂予誚之也。周伯仁所謂『君』者，乃王茂宏之流，豈此等輩哉！吾嘗作《太白真贊》云：『平生不識高將軍，手污吾足乃敢嗔。』吾今復此者，欲使後之小人少知自揆也。《百斛明珠》

僕在徐州，王子立、子敏皆館於官舍，而蜀人張師厚來過，二王方年少，吹洞簫飲酒杏花下。明年，予謫黄州，對月獨飲，嘗有詩云：『去年花落在徐州，對月酣歌美清夜。今夜黄州見花發，小院閉門風露下。』蓋謂與二王飲時也。張師厚久已死，今年子立復爲古人，哀哉！《百斛明珠》

予素不解棋，因獨游廬山白鶴觀，觀中人皆闔户晝寢，獨聞棋聲於古松流水之間，意欣然喜之，自爾欲學，然終不解也。兒子過乃粗能者，儋守張中從之戲，予亦偶坐竟日，不以爲厭也。詩曰：『五老峰前，白鶴遺址。長松映庭，風日清美。我時獨游，不逢一士。誰爲棋者？户外屨二。不聞人聲，時聞落子。紋枰坐對，誰究此味？空鈎意釣，豈在魴鯉！小兒近道，剥啄信指。勝固欣然，敗亦可喜。優哉游哉，聊以卒歲。』《百斛明珠》

湖口人李正臣，蓄異石，九峰玲瓏宛轉，若窗欞然。予欲以百金置之，與仇池石爲偶，方南遷，未暇也。名之曰：『壺中九華』，以詩識之云：『我家岷蜀最高峰，一作『清溪雷轉五雲峰』。夢裏猶驚翠掃空。五嶺莫愁千嶂外，九峰今在一壺中。天池水落層層見，一作『石泉影落涓涓滴』。玉女牕明處處通。念我仇池太孤絶，百金歸買小玲瓏。』《玉局遺文》

器之喜談禪，而倦游山。山中筍出，戲語器之同去參玉版和尚去來，乃作此句云：『叢林真百丈，法嗣有横枝。不怕石頭路，來參玉版師。聊憑柏樹子，與問籜龍兒。瓦礫猶能説，此君那不知。』《玉局遺文》

西蜀王者，數年前見之，甚貧；今見之，亦貧，所異於昔者，蒼頭華髮耳。女無美、惡富者妍，士無賢、不肖貧者鄙，使其逢時遇合，豈減當世之士哉！頃宿長安驛，聞泣者甚怨，問之，乃若惡而貧者，乃作一詩，今亦贈楊君：『孤村漸雨蓫秋涼，逆旅愁人怨夜長。不寢

相看惟櫪馬，愁吟互答有寒螿。天寒滯穗猶横畝，歲晚空機尚倚墻。勸爾一盃聊復睡，人間貧富海茫茫。』《玉局遺文》

予十八年前中秋與子由觀月彭城，作一詩以《陽關》歌之，今復過此，夜宿於贛上，方南北嶺表獨歌此曲，聊復書之，以識一時之事，雖未覺有今夕之悲，但懸知爲他日之喜也。『行歌野哭兩堪悲，遠火低星漸向微。病眼不眠非守歲，鄉音無伴苦思歸。重衾脚冷知霜重，新沐頭輕感髮稀。多謝殘燈不嫌客，孤舟一夜苦相依。』《玉局遺文》

東坡謫黄州，居於定惠院之東。雜花滿山，而獨有海棠一株，土人不知貴，東坡爲作長篇。平生喜爲人寫，蓋人間刊石者，自有五六本，云吾平生最得意詩也。《玉局遺文》

東坡南遷，有侍兒王朝雲請從行。坡嘉之，作詩，有序曰：『世謂樂天有《鬻駱馬放楊枝詞》，嘉其至老病不忍去也。然夢得云：「春盡絮飛留不得，隨風好去落誰家？」樂天亦曰：「病與樂天相共住，春同樊素一時歸。」則是樊素竟去也。予家有數妾，四五年相繼辭去，獨朝雲隨予南遷。因讀樂天詩，戲作此贈之。云：「不學楊枝别樂天，且同通德伴伶玄。伯仁絡秀不同老，天女維摩總解禪。經卷藥爐新活計，舞裙歌版舊因緣。丹成隨我三山去，不作巫山雲雨仙。」』蓋紹聖元年十一月也。三年七月五日，朝雲卒，葬於西禪寺松林中，直大聖塔，又和前詩曰：『苗而不秀豈其天，不使烏童與我玄。駐景恨無千歲藥，贈行惟有小乘禪。傷心一念償前債，彈指三聲斷後緣。歸卧竹根無遠近，夜深勤禮塔中仙。』又作《梅花》詞曰『玉骨那愁瘴霧』者，其寓意爲朝雲作也。《冷齋夜話》

浮玉老師元公，欲爲吾昔有詩云『江山如此不歸山，山神見怪驚我頑。我謝江神豈得已，有田不歸如江水』，今有田矣而不歸，無乃食言於神耶？《百斛明珠》

東坡有《送戴家赴成都玉局觀》詩云：『莫欺老病未歸身，玉局他年第幾人。』又有《過嶺》一篇云：『劍南西望七千里，乘興真爲玉局游。』後卒於是觀。《直方詩話》

上元夜登樓，貴戚例有黄柑相遺，謂之『傳柑』。東坡有《扈從端門觀燈》詩云：『老病行穿萬馬群，九衢人散月紛紛。歸來一盞殘燈在，猶有傳柑遺細君。』蓋謂此也。《直方詩話》

前輩戲語，有『西湖風月，不如東洛軟紅香塵』之語，故東坡《和錢穆公、蔣穎叔從駕景靈宫》詩云：『半白不嗟垂項髮，軟紅猶戀屬車塵。』《直方詩話》

李方叔爲坡公客，坡公知貢舉，而方叔下第，有詩云：『平生謾説古戰場，過目還迷日五色。』山谷和之云：『今年持槖佐春官，遂失此人難塞責。』蓋是時山谷亦在貢院中也。《直方詩話》

舟人占雲：若砲車雲起，輒急避，雲乃大風候也。東坡有云：『今日江頭天色惡，砲車雲起風欲作。』文潛有云：『喜逢山色開眉黛，愁對山雲起砲車。』《直方詩話》

宥護尚書言：『來禽』以味甘來衆禽也，而東坡和舒王詩云：『青李扶疏禽自來』，何耶？《直方詩話》

『宣勸』字東坡數使之：其一，《和王仲玉喜雪御筵》詩曰：『宣勸不多心自醉。』其一，《和蔣穎叔端門觀燈》詩云『十分宣勸恐難勝。』《直方詩話》

杭州有西湖，而潁亦有西湖，皆爲游賞之勝，而東坡連守二州。其初得潁也，有潁人在坐云：『内翰只消游湖中，便可以了郡事。』蓋言其訟簡也。秦觀少章因作一絶以獻云：『十里荷花菡萏初，我公初置有西湖。欲將公事湖中了，見説官閒事已無。』後東坡到潁，有《謝執政啟》，亦云：『入參兩禁，每帖北扉之榮。出典二邦，輒爲西湖之長。』《直方詩話》

世傳《王子敬帖》有『黄柑三百顆』之語，此帖乃在劉季孫家，景文死，不知今在誰家矣？韋蘇州有言：『書後欲題三百顆，洞庭須待滿林霜』，蓋蘇州亦見此帖也。予嘗有詩予景文云：『君家子敬十六字，氣壓鄴侯三萬籤。』劉季孫，景文之子也，慷慨奇士，博學能詩，僕薦之，得隰州以歿，哀哉！嘗有詩寄僕曰：『四海共知霜鬢滿，重陽能插菊花無？』死之日，家無一錢，但有書三萬軸，畫四百幅耳。《百斛明珠》

予自蜀中應舉京師，道過華清宫，夢明皇令賦《太真裙帶》詞，覺而記之，今書贈柯山潘大臨邠老。云：『百疊漪漪水皺，六銖縱縱雲輕。植立含風廣殿，微聞環珮摇聲。』《東坡詩話》

僕嘗夢有客携詩文見過者，覺而記其一詩云：『道惡賊其身，忠先愛厥親。誰知畏九折，亦自有忠臣。』又有數句若銘贊者云：『道之所以成，不以害其耕。德之所以終，不以賊其身。』《東坡詩話》

王梵志詩曰：『城外土饅頭，餡草在城裏。每人吃一個，莫嫌没滋味。』且爲餡草，當使誰食之？爲易其後兩句云：『預先着酒澆，圖教有滋味。』《東坡詩話》

有道人過沈東老飲酒，用石榴皮寫絶句壁上，稱『回山人』。東老送出門，渡橋不知所往，或曰：『此吕洞賓也』。僕見東老子偕，道其事，爲和此詩，後復與偕遇錢塘，更爲書之。回山人詩云：『西鄰已富憂不足，東老雖貧樂有餘。白酒釀來緣好客，黄金散盡爲收書。』東坡和曰：『世俗那知貧是病？神仙可學道之餘。但知白酒留佳客，不問黄公覓素書。符離道士晨興際，華岳先生詩解餘。忽見黄庭丹篆字，罔傳青紙小朱書。凄涼雨露三年後，仿佛塵埃數字餘。至用榴皮緣底事，中書君豈不中書。』《東坡詩話》

東坡將亡前數日，夢中作一詩寄朱行中云：『舜不作六器，誰知貴璵璠？哀哉楚狂士，抱璞號空山。相如起睨柱，投璧相與還。何如鄭子産，有禮國自閒。雖微韓宣子，鄙夫亦辭環。至今不貪寶，凛然照塵寰。』覺而紀之，自不曉所謂。東坡絶筆也。《直方詩話》

東坡號思聰詩爲《水鏡集》，又作《序》贈之云：『聽能爲水鏡，以一含萬，則書與詩當

益奇，吾將觀焉。』以爲聰得道深淺之候。及聰來京師，種種不進，有人戲之云：『水鏡年來亦太昏。』《直方詩話》

高愈主簿云，東坡云：『世間事勿笑爲易，惟讀王祈大夫詩不笑爲難。』祈嘗謂東坡云：『有竹詩兩句，最爲得意，曰：「葉垂千口劍，幹聳萬條鎗。」』坡云：『好則極好，則是十條竹竿，一個葉兒也。』《直方詩話》

以道云：『初見東坡詞云：「素面常嫌粉涴，洗粧不退唇紅」，便知此老須過海。』予問：『何邪？』以道曰：『只爲古今人不曾道到此，須罰教遠去。』《直方詩話》

東坡倅錢塘，夢神考召入禁中，宫女環侍，一紅女持紅靴一隻，命坡銘之。其中一聯云：『寒女之絲，銖積寸累。步武所及，雲蒸雷起。』上極歡其敏劭。《脞説後集》

元居中作宿守，郡有官妓小蘇善歌舞，幼而聰慧，元守甚憐之。一日宴罷，令就座客關彦長求詩。關善詠諧，即當時名公也，得詩云：『昔日聞蘇小，今朝見小蘇。未知蘇小貌，得似小蘇無？』由是以此自負，相傳以起聲，士大夫從此作詩甚衆。洎長大，數年間體豐脩長，未免尚語此。蘇子瞻出知湖州，亦來乞詩，蘇書與之云：『舞腰窈窕，影摇千尺龍蛇動。歌喉宛轉，聲散半天風雨寒。』此石曼卿《古松》詩，士夫遂大笑。《泗上録》

東坡宿曹溪，讀《傳燈録》，燈花墮卷上，燒一『僧』字，以筆記於窗曰：『曹溪岑寂夜，

燈下讀《傳燈》。不覺燈花落，荼毘一个僧。』《詩話總龜》

幼時里人程建周、楊咨，家弟子由，會草舍，天雨聯句六言。程云：『庭松偃蓋如醉』，楊云：『夏雨新涼似秋』，軾云：『有客高吟擁鼻』，子由云：『無人共吃饅頭』，皆絶倒，已四十餘年。《百斛明珠》

張乖崖在蜀，州有録事參軍，老病廢事，公曰：『胡不歸？』明日，參軍求去，且以詩留别，其略云：『秋光都似宦情薄，山色不如歸興濃。』公驚曰：『同僚有詩人而吾不知！』留而薦之。元祐中，老人守潁。有路都曹者，以小疾求致仕，老人誦此詩以留之，不可，乃採前人之意作詩送之，曰：『淮光釀山色，先作歸意濃。恨無乖崖公，一洗芥蒂胸。』《百斛明珠》

賣墨者潘谷，予不識其人，然聞其所爲，非市人也。墨既精妙，而價不二，或不持錢米求墨，不計多少與之，此豈徒然者哉！予嘗與詩云：『一朝入海尋李白，空看人間畫墨山。』一日，忽取欠墨錢券焚之，飲酒三日，發狂浪走，遂赴井死。人下視之，蓋趺坐井中，手尚持數珠也。見張明言如此。《百斛明珠》

趙成伯家有姝麗，僕忝鄉人，不肯開樽，徒吟春雪，謹依元韻，以當一笑云：『繡簾朱户未曾開，誰見楊花落鏡臺？試問高吟三十韻，何如低唱兩三杯。莫嫌衰鬢柳相映，須得纖腰妙共回。知道文君共青瑣，梁園賦客敢言才。』俗云：『檢驗雪壓秀才，衣帶上有雪詩三十韻。』又世傳陶穀學士買得党太尉家故妓，過定陶，取雪水烹團茶，謂妓曰：『党太尉應不識此。』妓曰：『彼粗人，安有此景。但能於銷金暖帳下，淺斟低唱，吃羊羔兒酒爾。』穀愧其言。答來句罪過之義，取質而已。《玉局遺文》

趙成伯家宴，造之無由，輒欲效顰而酒已盡，入夜不欲煩擾，戲作小詩求數酌而已。詩曰：『道士令嚴難繼和，僧銜帽小卻空回。隔籬不欲鄰翁飲，抱甕惟防吏部來。』《玉局遺文》

僕少好種松，過泗上，與杜子師出山中。子師求予種松法，欲之都梁山中。戲作二絕云：『露宿泥行草棘中，千年春雨養髯龍。如今五尺城南杜，欲向東坡學種松。君方掃雪收松子，我已開榛得茯苓。爲問何如插楊柳？明年飛絮落浮萍。』《玉局遺文》

僕去歲，錢塘十六年而又來，留二年乃去，平生自覺出處老少，相似樂天，雖才名相遠，而安分寡求，亦庶幾焉。二月六日，來別南、北山，惠淨上人以天竺鬼石見贈，乃作絕句三首，以全樂天之好。曰：『當年衫鬢兩青青，强説重臨説別情。衰髮只今無可白，故應相對話平生。』其二曰：『出處依稀似樂天，敢將衰朽校前賢。便從洛渡休官去，猶有閒居三十年。』其三曰：『在郡依前六百日，山中不記幾回來。還將天竺一峰去，欲把雲根到處栽。』

《紀事詩》

海南城東有兩井，相去咫尺而異味，號『雙井』，井源出山石罅中。東坡酌泉異之，曰：『吾尋白龍不見，今家此水乎？』同游怪問其故，曰：『白龍當爲東坡出。』俄見其脊尾如爛銀蛇伏，忽水渾有氣浮水面，舉首如捶玉筯，乃泳而去。余定兩井，太守張子修爲造庵井上，號『思遠』，亭號『洞酌』。崖有怪樹，樹枝腋有詩，曰：『巖泉未入井，蒙然冒沙石。泉漱洄爲靨，石老生罅隙。異哉寸波中，露此横海脊。先生酌泉笑，泉香龍神蟄。舉首玉筯捶，忽去銀釘擲。大身何時見？夭矯翔霹靂。誰言鵬背大？更覺宇宙窄。』字畫如顔書，無名銜、日月。此詩氣格似東坡，而言『泉漱』、『石老』，似非東坡。又語散緩，疑學而爲之也。龍爲蛇形，小如玉筯。《野人閒話》。又見《苕溪漁隱叢話》引《冷齋夜話》

《石林詩話》：『元豐間東坡繫獄，神宗本無意罪之，時相因舉軾《檜》詩「根到九泉無曲處，歲寒惟有蟄龍知」，且云：「龍飛在天，軾以爲不知己，而求知地下之蟄龍，非不臣何！」得章子厚從而解之，遂薄其罪。』而王定國《見聞録》云：『東坡在黄州時，上欲復用，王禹玉以「歲寒惟有蟄龍知」激怒上意，章子厚力解遂釋。』予觀東坡自獄中出，與章子厚書云：『某所以得罪，其過惡未易一二數。平時惟子厚與子由，極口見戒，反復甚苦，某强狠自不以爲然。』又云：『異時相識，但過相稱譽，以成吾過，一旦有患難，無復相哀。昔惟

子厚平居遺我以藥石，及困急又有以救恤之，真與世異矣。』則知坡繫獄時，子厚救解之力爲多，《石林詩話》不妄也。《韻語陽秋》

東坡歸陽羨時，流離顛躓之餘，絶禄已數年，受梁吉老十絹百絲之鐀，可見非有餘者。李憲仲之子廌，以四喪未舉而見公，則盡以贈之，且贈以詩曰：『推衣贈孝子，一溉滋湯旱。誰能解左驂？大事不可緩。』章季末三喪未葬，亦求於公，公亦以助之，有『不辭毛粟施，行自丘山積』之句，其高蓋出於天資矣。《韻語陽秋》

魯直謂東坡作詩未知句法，而東坡題魯直詩云：『每見魯直詩，未嘗不絶倒。』然此卷語妙甚，殆非悠悠者可識。能絶倒者，已是可人。又云：『讀魯直詩，如見魯仲連、李太白，不敢復論鄙事。雖若不適用，然不爲無補。』如此題識，其許之乎？其譏之也。魯直酷愛陳無己詩，而東坡亦不深許。魯直爲無己揚譽，無所不至，而無己乃爲人言：『我語勝黄語』，何耶？《韻語陽秋》

東坡云：『東來賈客木棉裘，飲散金山月滿樓。夜半潮來風又熱，卧吹簫管到揚州。』《集》中題云《夢中作》。蓋坡嘗衣此，坐客誤云：『木綿襖』，客飲散乃出此詩，且云：『雖欲不作，不可得也。』坐客大慚。『賈客』事乃《南史》：孔覬二弟，頗營産業，請假東還。覬出渚迎之，輜重二十餘船，皆綿絹紙席之屬。覬僞喜，命且置岸側，既而正色謂曰：『汝輩

忝預士流，何至還東作賈客耶？』命燒盡乃去。《砻溪詩話》

嘗恨王子猷作此君語，輕以難名者告人，遂使庸夫俗子妄意其間，酤坊茗肆，適以汚累之。謫仙云：『但得酒中趣，勿爲醒者傳。』此理信然。和靖《招靈魄》云：『百千幽勝無人見，説向吾師是洩機。』東坡云：『此味只憂兒輩覺，逢人休道北窗涼。人生此樂須天賦，莫遣兒曹取次知。』使子猷知此，必鉗其喙也。《砻溪詩話》

東坡《送山本禪師赴法雲》：『是身如浮雲，安得限南北。』此二句乃老杜《別贊上人》詩中全語，豈偶然用之耶？　題碧落洞詩云：『小語輒響答，空山白雲驚。』此語全類李太白，今印本誤作『自雷驚』，不惟無意味，兼與上句重疊也。後自嶺外歸，《次韻江晦叔》詩云：『浮雲時事改，孤月此心明。』語意高妙，如參禪悟道之人，吐露胸襟，無一毫窒碍也。《詩話總龜》

《侯鯖録》云：東坡作《雪》詩云：『凍合玉樓寒起粟，光摇銀海眩生花。』後見荆公云：『道家以兩肩爲玉樓，目爲銀海，是使此事否？』坡退曰：『惟荆公知此出處。』《詩話總龜》

《藝苑雌黄》云：『吟詩喜作豪句，須不畔於理方善，如東坡《觀崔白驟雨圖》云：「扶桑大繭如甕盎，天女織綃雲漢上。往來不遺鳳銜梭，誰能鼓臂投三丈？」此語豪而又甚工。石敏若《橘林文》中《詠雪》，有「燕南雪花大於掌，冰柱懸簷一千丈」之語，豪則豪矣，然安得此高屋？ 或云：「《詠雪》非敏若詩，見鮑欽止《夷白堂小集》。」』苕溪漁隱曰：《東坡集》載此詩，是題趙令晏、崔白大圖，幅徑三丈，故云：『往來不遣鳳銜梭，誰能鼓臂投三丈。』可謂善造語，能形容者也。《畫品》：『人間刀尺不敢裁，丹青付與濠梁崔。 風蒲半折寒雁起，竹間的皪横江梅。』乃是崔白《冬景圖》，《藝苑》以謂《驟雨圖》，誤矣。 余〔觀〕李太白《北風行》云：『燕山雪花大如席』，《秋浦歌》云：『白髮三千丈』，其句可謂豪矣，奈無此理何！ 如秦少游《秋日絶句》云：『連卷雌霓摇西樓，逐雨追晴意未休。 安得萬粧相向舞，酒酣卻把作纏頭。』此語亦豪而工矣。《詩話總龜》

錢惟演爲洛帥留守，始置驛貢花，識者鄙之。 蔡君謨加法小團茶貢之，富彦國歎曰：『君謨乃爲此也。』坡作《荔枝歎》曰：『我願天公憐赤子，莫生尤物爲瘡痏。 雨順風調百穀登，民不饑寒爲上瑞。 君不見武陵溪邊粟粒芽，前丁後蔡相籠加。 吾君盛德豈在此，致養口腹何陋耶。 又不見洛陽丞相忠孝家，可憐亦進姚黄花。』補世之語，不能易也。 嘗愛李敬方《汴河直進船》詩云：『汴水通淮利最多，人生爲害亦相和。 東南四十三州地，取盡脂膏是此河。』此等語皆爲曝背之獻也。《詩話總龜》

介甫詩：『少陵爲爾牽詩興，可見無心賦海棠。』杜默云：『倚封莫怨唐工部，後裔誰知不解詩？』曾不若東坡《柯丘海棠》長篇，冠古絶今。 雖不指名老杜，而補詩之意，蓋使來

世自曉也。《詩話總龜》

樂天《九日思杭州》云：『笙歌委曲聲延耳，金翠動摇光照身。』子瞻有《懷錢塘》云：『剩看新番眉倒暈，未應泣别臉消紅。』黎元耆舊，何遽忘之也。徐考其《集》，白《送杭州姚因思舊游》云：『閭里固宜勤撫恤，樓臺亦要數躋攀。』蘇亦云：『細雨暗時一百六，畫橈鼉鼓莫遺民。』是未嘗無意於民庶也。然白又有：『故妓數人憑問訊，新詩兩首倩留傳。』坡又有：『休驚歲歲年年貌，且對朝朝暮暮人。』大抵淫樂之語多於撫養之語耳。夫子稱：『未見好德如好色，而傷之曰已矣乎？』二公未能免俗，餘人不必言。《詩話總龜》

自古文人，雖在艱危困踣之中，亦不忘於製述，蓋性之所嗜，雖鼎鑊在前不恤也，况下於此者乎？李後主在圍城中，可謂危矣，猶作長短句，所謂：『櫻桃落盡春歸去，蝶翻金粉雙飛，子規啼月小樓西。』文未成而城破。蔡約之嘗親見其遺稿。東坡在獄中，作詩贈子由云：『是處青山可藏骨，他年夜雨獨傷神。』猶有所託而作。李白在獄中，作詩上崔相公云：『賢相燮元氣，再欣海縣康。』應念覆盆下，雪泣拜美光。』猶有所訴而作。是皆出於不得已者。劉長□在獄中，非有所託訴也，而作詩云：『斗間誰與看寃氣？盆下無由見太陽。』一詩云：『壯志已憐成白髮，餘生猶待發青春。』一詩云：『冶長空得罪，夷甫不言錢。』又有《獄中見畫佛》詩，豈性之所嗜，則縲絏之苦，不能易雕章繢句之樂歟？《詩話總龜》

王夷甫、蔡景節，並號：『口不言錢』，二子皆因弊矯之者，衍以其妻貪淫黷貨，至藉俠士李陽以懼之。撙在臨海，其婦納女巫之賂，爲百姓撾登聞鼓，其絶口蓋有由。然如子美、張籍，皆見：『散寫乞錢書』，太白：『頻將三十萬，盡付酒家錢』，岑參：『閒君耐相訪，正有床頭錢』，小杜：『清貧長欠一杯錢』，東坡：『滿江風月不論錢』，山谷：『青山好去坐無錢』，曾不害諸公之高也。《詩話總龜》

老杜《畏人》有云：『門徑從榛草，無心待馬蹄。』又：『直須上番看成竹，客至從嗔不出迎。』將遺物離人矣。《答嚴八》乃云：『只須伐竹開荒徑，拄杖穿花聽馬蹄。』又有：『草萊無徑欲教鋤』，亦如：『厭就成都卜』，而云：『憑將百錢卜，漂泊問君平。』自智者觀之，則爲游戲篇章，得失自在。俗士拘泥，則全不相應也。東坡《答林塘》云：『古今正自同，歲月何必書。』《游香積山》又云：『尋幽恐不繼，書版記歲月。』蕭思話先於曲阿起宅，有閒曠之致，子惠基嘗謂所親曰：『婚嫁畢，當歸老舊廬。』故元次山《招陶别駕》云：『無惑别婚嫁，竟爲俗務牽。』退之云：『如今便可爾，何用畢婚嫁。』《詩話總龜》

子美《夜宴左氏莊》：『檢書燒燭短』，燭正不宜觀書，檢閲時暫可也。退之：『短檠二尺便且光』，可謂燈窗人中語，猶有未便，燈不籠則損目，不宜勤且久。山谷：『夜堂朱墨小燈籠』，可謂善矣，而虚堂非夜久所宜。子瞻：『推門入室書縱横，蠟紙燈籠晃雲母』，慣親

燈火，儒生酸態盡矣。黄常明《詩話》

少游贈坡詩云：『節毛零落氈餐雪，辨舌縱横印佩金。』語太不等。子瞻譏集句云：『天邊鴻鵠不易得，便令作對隨家雞。』此詩正此類。黄常明《詩話》

莊子文多奇變，『技經肯綮之未嘗』，乃未嘗經肯綮也。詩句時有此法，如昌黎：『一蛇兩頭見未曾』，『拘管計日月，欲進又不可』，『君欲强起時難更』，東坡云：『追兹霜雪未，兹謀待君必』，『聊亦記吾曹』，餘人罕敢用。黄常明《詩話》

詩終篇有操縱，不可拘用一律。蘇子瞻：『林行婆家初閉户，翟夫子舍尚留關。』始讀殆未測其意，蓋下有『娟娟缺月黄昏後，嫋嫋新居紫翠間。繫懣豈無羅帶水，割愁還有劍鋩山』四句，則入頭不怕放行，寧傷于拙也。然『繫懣』『羅帶』、『割愁』『劍鋩』之語，大是險譁，亦何可屢打。《石林詩話》

詩之用事，不可牽强，必至于不得不用而後用之，則事詞爲一，莫見其安排鬬湊之迹。蘇子瞻嘗爲人作挽詩，云：『豈意日斜庚子後，忽驚歲在己辰年。』此乃天生作對，不假人力。温庭筠詩亦有用甲子相對者，云：『風卷蓬根屯戊己，月移松影守庚申。』兩語本不相類，其題云：『與道士守庚申，時聞西方有警。』事邂逅適然，固不可知，然以其用意附會觀之，疑若得此對而就爲之題者。此蔽于用事之弊也。前輩詩材，或亦預爲儲蓄，然非所當用，未嘗强出。余嘗從趙德麟假《陶淵明集》，本蓋子瞻所閲者，時有改定字，末手題兩聯云：『人言盧杞有奸邪，我覺魏公真嫵媚。』又：『槐花黄，舉子忙。促織鳴，嬾婦驚。』不知偶書之邪？或將以爲用也？然子瞻詩後不見此語，則固無意于必用矣。王荆公作《韓魏公挽詞》云：『木稼曾聞達官怕，山頽今見哲人萎。』或言亦是平時所得。魏公之薨，是歲適雨木冰，前一歲華山崩，偶有二事，故不覺爾。《石林詩話》

楊大年、劉子儀，皆喜唐彦謙詩，以其用事精巧，對偶親切。黄魯直詩體雖不類，然亦不以楊、劉爲過。如彦謙《題漢高廟》云：『耳聞明主提三尺，眼見愚民盜一抔。』雖是著題，然語皆歇後。『一抔』事無兩出，或可畧去『土』字，如『三尺律』、『三尺喙』皆可，何獨劍乎？『耳聞明主』、『眼見愚民』，尤不成語。予數見交游道魯直意，殊不可解。蘇子瞻詩有：『買牛但自捐三尺，射鼠何勞挽六鈞。』亦與此同病。『六鈞』可去『弓』字，『三尺』不可去『劍』字，此理甚易知也。《石林詩話》

蘇子瞻嘗兩用孔稚圭鳴蛙事，如：『水底笙簧蛙兩部，山中奴婢橘千頭。』雖以『笙簧』易鼓吹，不礙其意同；至：『已遣亂蛙成兩部，更邀明月作三人。』則成『兩部』不知爲何物？亦是歇後。故用事寧與出處語小異而意同，不可盡牽出處語而意不顯也。《石林詩話》

學者多議子瞻『木杪見龜趺』以爲語病，謂龜趺不當出木杪，殊未之思此題程筠光墓

歸真亭也。東南多葬山上，碑亭柱往往在半山間，未必皆平地，則下視之，龜趺出木杪，何足怪哉！《石林詩話》

李廌，陽翟人，少以文字見蘇子瞻，子瞻喜之。元祐初知舉，廌適就試，意在必得廌以魁多士。及考章援程文，大喜，以爲廌無疑，遂以爲魁。既拆號，悵然出院，以詩送廌歸，曰：『平時謾識古戰場，過眼終迷日五色。』蓋道其本意。廌自是學亦不進，家貧，不甚自愛，嘗以書責子瞻不薦己。子瞻後稍薄之，竟不第而死。《石林詩話》

劉季孫平之子，能作七字，家藏書數千卷，善用事，《送孔宗翰知揚州》詩，有云：『詩書魯國真男子，歌吹揚州作貴人。』多稱其精當。爲杭州幹轄，子瞻作守，深知之，後嘗以詩寄子瞻云：『四海共知霜滿鬢，重陽曾插菊花無？』子瞻大喜。在潁州和季孫詩，所謂：『一篇向人寫肝肺，四海知吾霜鬢斑。』蓋記此也。《石林詩話》

古今人用事，有趁筆快意而誤者，雖名輩有所不免。蘇子瞻：『石建方欣洗牏厠，姜龐不解歎蚼蟓。』據《漢書》，『牏厠』本作『厠牏』，蓋中衣也，二字義不應可顛倒用。魯直：『啜羹不如放麑，樂羊終愧巴西。』本是『西巴』，見《韓非子》，蓋貪于得韻，亦不暇省爾。《石林詩話》

讀古人詩多，意所喜處，誦憶之久，往往不覺誤用爲己語。『緑陰生晝寂，孤花表春餘。』此《韋蘇州集》中最爲警策，而荆公詩乃有『緑陰生晝寂，幽草弄秋妍』之句，大抵荆公閲唐詩多，于去取之間，用意尤精，觀《百家詩選》可見也。如蘇子瞻：『山圍故國城空在，潮打西陵意未平。』此非誤用，直是取舊句縱横役使，莫彼我爲辨耳。《石林詩話》

唐詩僧自中葉以後，其名字班班爲當時所稱者甚多，然詩皆不傳，如『經來白馬寺，僧到赤烏年』數聯，僅見文士所録而已。凌遲至貫休、齊己之徒，其詩雖存，然無足言矣。中間惟皎然最爲傑出，故其詩十卷獨全，亦無甚過人者。近世僧學詩者極多，皆無超然自得之氣，往往反拾掇摹，效士大夫所殘棄。又自作一種僧體，格律尤凡俗，世謂之『酸餡氣』。子瞻有《贈惠通》詩云：『語帶煙霞從古少，氣含蔬筍到公無。』嘗語人曰：『頗解蔬筍語否？爲無酸餡氣也。』聞者無不皆笑。《石林詩話》

東坡作《病鶴》詩，嘗寫『三尺長脛瘦軀』，缺其一字，使任德翁輩下之，凡數字。東坡徐出其藳，蓋『閣』字也。此字既出，儼然如見病鶴矣。唐子西《文録》

東坡詩，敘事言簡而意盡。忠州有潭，潭有潛蛟，人未之信也，虎飲水其上，蛟尾而食之，俄而浮骨水上，人方知之。東坡以十字道盡云：『潛鱗有饑蛟，掉尾取渴虎。』言『渴』則知虎以飲水而召災，言『饑』則蛟食其肉矣。唐子西《文録》

東坡隔句對：『著意尋彌明，長頸高結喉。無心逐定遠，燕頷飛虎頭。』或云：『結，古

「髻」字也。」退之《序》是『長頸高結喉，中又作楚語。』唐子西《文録》

東坡赴定武，過京師，館于城外一園子中。予時年十八，謁之。問余觀甚書，余云：『方讀《晉書》。』卒問其中有甚好亭子名，余茫然失對，始悟前輩觀書用意蓋如此。唐子西《文録》

王筠爲沈約作《草木十詠》，直寫文詞，不加篇題。約曰：『此詩指物呈形，無假題注。』東坡作《竹鼦鼠》詩，模寫肥腯醜濁之態，讀之亦足想見風彩。《彥周詩話》

張又新品天下甘泉，以常州惠山泉爲第二，東坡謂『獨携天上小團月，來試人間第二泉』是也。荆門軍亦有惠泉，李德裕有詩題于泉上云：『兹泉由太潔，終不蓄纖鱗。到底清何益？涵虛祇自貧。』至今碑版存焉。小説載德裕在中書，置水遞以取惠山泉，一僧指昊天觀井，謂與惠山水脉相通，辨之味同，遂停水遞，其好水殆成癖矣。荆門惠泉，本名蒙泉，沈傳師有『蒙泉聊息駕，可以洗君心』之句，而德裕乃直名曰惠泉，豈非思惠山泉不可得，求其似者而强名之與？然德裕嘗令所親取揚子江中泠水，其人醉忘，乃汲石城水以給之，德裕能辨其非是，審爾其可以蒙泉爲惠泉而自欺乎？《韻語陽秋》

漢張芝嘗自品其書云：『上比崔、杜不足，下方羅、趙有餘。』故世之言惡劄者，必曰『羅、趙』。東坡《贈孫莘老》詩云：『龔、黄側畔難言政，羅、趙前頭且衒書。』言『羅、趙』

者，譏苹老書不工也。『羅』謂羅暉，『趙』謂趙襲。按張彦遠《法書要録》云：『襲與暉並以能草見重關西，矜巧自衒，衆頗惑之。』則謂之惡劄亦宛矣。《韻語陽秋》

杜工部詩屢及『銀章』，歐陽文忠公詩數言『金帶』，此亦常事。後來士大夫，多以不仕爲曠達，又因前輩偶謂『老覺腰金重，慵便枕玉涼』爲未是富貴，小説遂云：『永叔這條金帶幾道著』。予謂近世邁往凌雲，視官職如韁鎖，誰如東坡？然《送陳睦》詩云：『君亦老嫌金帶重』，《望湖詞》云：『不堪金帶垂腰』，豈害其爲達耶？《二老堂詩話》

凡作詩有用事出處，有造語出處，如：『五陵裘馬自輕肥』，雖出《論語》，總合其語，乃潘岳：『裘馬悉輕肥』。『柳絮才高不道鹽』，雖謝女事，乃借張融以《海賦》示人，人評其賦：『但不道鹽耳』。『紅袖泣前魚』，本《戰國策》事，乃陸韓卿《中山王孺子妾》歌：『安陵泣前魚』。坡作《太白畫像》詩云：『大兒汾陽中令君，小兒天台坐忘真。』其事乃用白交汾陽于行伍中，竟脱白于禍；天台司馬子微，謂白有仙風道骨，可與神游八極之表。所造之語，乃《禰衡傳》云：『大兒孔文舉，小兒楊德祖。』《䂬溪詩話》

沈攸之晚好讀書，手不釋卷，嘗歎曰：『早知窮達有命，恨不十年讀書。』坡《再和劉景文介亭長篇》云：『早知事大謬，恨不十年讀。』又云：『文如翻水成，賦作叉手速。』乃《北夢瑣言》記温庭筠才思豔麗，工于小賦，每入試，押官韻作賦，凡八叉手而八韻成，多爲鄰

鋪假手，號曰：『救數人』也。余嘗以『八叉手』對『三折肱』。《砦溪詩話》

唐詩：『殘霞蹙水魚鱗浪，薄日烘雲卵色天。』東坡詩：『笑把鴟夷一樽酒，相逢卵色五湖天。』正用其語。《花間詞》：『一方卵色楚南天。』注以『卵』爲『柳』，非也。注東坡詩者，亦改『卵色』爲『柳色』，王龜齡亦不及此耶。《升庵詩話》

『謝朝華之已披，啟夕秀于未振』，學詩者尤當領此。陳腐之語，固不必涉筆，然求去其陳腐不可得，而翻爲怪怪奇奇，不可致詰之語以欺人，不獨欺人，而且自欺，誠學者之大病也。詩人首二謝，靈運在永嘉，因夢惠連，遂有『池塘生春草』之句；元暉在宣城，因登三山，遂有『澄江靜如練』之句。二公妙處，蓋在于鼻無堊，目無膜爾。『鼻無堊斤將曷運，目無膜篦將曷施。』所謂混然天成，天球不琢者與？靈運詩如：『矜名道不足，適己物可忽。清暉能娛人，游子澹忘歸。』元暉詩如：『春草秋更緑，公子未西歸。大江流日夜，客心悲未央』等語，皆得三百五篇之餘韻，是以古今以爲奇作，又曷嘗以難解爲工哉？東坡《跋李端叔詩卷》云：『暫借好詩消永夜，每逢佳處輒參禪。』蓋端叔作詩，用意太過，參禪之語，所以警之云。《韻語陽秋》

韓愈以瀑布爲天紳，所謂『懸瀑垂天紳』是也。孟郊以簷溜爲天紳，所謂『簷溜擲天紳』是也。東坡《次韻王定國倅潁》詩，亦有『餘波猶足挂天紳』之句。《韻語陽秋》

或問東坡：『雲龍山人張天驥者，一無知村夫耳，公爲作《放鶴亭記》，以比古隱者。又遺以詩，有「脱身聲利中，道德自濯澡。」過矣！』東坡笑曰：『裝鋪席耳。』東坡之門，稍上者不敢言，如琴聰蜜殊之流，皆鋪席中物也。《聞見後録》

陳希亮，字公弼，天資剛正人也，嘉祐中，知鳳翔府。東坡初擢制科簽書判官事，吏呼『蘇賢良』，公弼怒曰：『府判官，何賢良也？』杖其吏不顧，或謁入不得見。故東坡《客次假寐》詩：『雖無性命憂，且復忍斯須。』又《九日獨不預府宴，登真興寺閣》詩：『憶弟恨如雲不散，望鄉心似雨難開。』其不堪如此。又《東坡詩案》云：『任鳳翔府簽判日，爲中元節不過知府廳，罰銅八斤。』亦公弼案也。東坡作府齋醮禱祈諸小文，公弼必塗墨改定數往反，至爲公弼作《凌虚臺記》曰：『東則秦穆公祈年橐泉，南則漢武長楊五柞，北則隋之仁壽、唐之九成，計一時之盛。宏傑詭麗堅固而不可動者，豈特百倍于臺而已哉？然數世之後，欲求其髣髴，破瓦頹垣，無復存者，既已化爲禾黍荆棘，丘墟隴畝矣，而况于此臺歟？夫臺不足恃以長久，而况于人事之得喪，忽往而忽來者歟？或者欲以夸世而自足，則過矣。』公弼覽之，笑曰：『吾親蘇明允，猶子也，某猶孫子也。平日故不以辭色假之者，以其年少暴得大名，懼夫滿而不勝也，乃不吾樂耶？』不易一字，亟命刻之石。後公弼受他州饋酒，從贓坐，沮辱抑鬱抵于死。或云：歐陽公憾于公弼有曲折東坡，不但望公弼相遇之薄也。公弼子慥季常，居黄州之岐亭，慕朱家、郭解爲人，閭里之俠皆歸之。元豐初，東坡謫黄州者，執政疑公弼廢死自東坡，委于季常甘心焉。然東坡、季常，相得歡甚，故東坡特爲公弼作《傳》，至比之汲黯，曰：『軾官鳳翔，實從公二年。方是時，年少氣盛，愚不更事，屢與公争議，至形于言色，已而悔之。』崔德符戲語予曰：『果如元豐執政之疑，東坡之悔，豈釋氏懺悔之悔乎？』《聞見後録》

贛石數百里之險，天下所共聞，若雨少溪淺，則舟舫皆艤以待，有留數月者。虔州水東有慶顯廟，甚靈，或至誠禱之，則一夕爲漲水數尺，送舟出石，故無雨而漲，土人謂之『清漲』。前此士大夫有禱，輒應，刻石以識于廟庭者甚多，東坡北歸亦然，行次清都觀，有『自笑勞生消底物，半篙清漲百灘空』之句。《泊宅編》

東坡《次韻朱公掞初夏》詩：『《諫苑》君方續承業，醉鄉我欲訪無功。』隋樂運字承業，録夏殷以來諫争事，名《諫苑》，文帝覽而嘉焉。注謂：『《南史》李承業作《諫苑》。』誤矣。《困學紀聞》

《答王定國》詩：『謹勿怨謗讒，乃我得道資。淤泥生蓮花，糞土出菌芝。賴此善知識，使我枯生荑。』此尹和靖所謂『困窮拂鬱，能堅人之志而熟人之仁』也。《詩》曰：『它山之石，可以攻玉。』《困學紀聞》

『浮雲世事改，孤月此心明』，坡公晚年所造深矣。《困學紀聞》

陸務觀記東坡詩『翠欲流』，謂：蜀語『鮮翠』，猶言鮮明也。愚按嵇叔夜《琴賦》云：『新衣翠粲。』李周翰注：『翠粲，鮮色。』李善注引《子虛賦》：『翕呷翠粲。』張揖曰：『翠粲，衣聲。』《漢書》作『萃蔡』。班倢伃賦『紛綷綵兮紈素聲』其義一也。以鮮明爲翠，乃古語。《困學紀聞》

東坡與歐陽晦夫詩三首。晦夫名闢，桂州人，梅聖俞有詩送之云：『我家無梧桐，安可久留鳳？』東坡南遷至合浦，晦夫時爲石康令，出其詩稿數十幅，事見《桂林志》。注坡詩者，以爲文忠之族，非也。《困學紀聞》

《夏小正》：『九月榮鞠。』東坡詩云：『黄花候秋節，遠自《夏小正》。』注只引《月令》，非也。《困學紀聞》

東坡《雪後書北堂壁》云：『試掃北臺看馬耳，未隨埋没有雙尖。』按北臺在密州之北，因城爲臺，馬耳與常山在其南，東坡爲守日，葺而新之，子由因請名之曰『超然臺』。偶閲注東坡詩，見注者不得其詳，因記之。《雲谷雜記》

《邵氏聞見後録》：『韓熙載畜妓樂數百人，俸入爲妓争奪以盡，至貧乏無以給朝夕，則敝衣屨，作瞽者，負獨弦琴，隨房歌鼓以丐食。東坡《謝元長老衲裙》詩云：「欲教乞食歌妓院，故與雲山舊衲衣。」用其事也。然予未達東坡之意。』以上邵氏語。予按《北夢瑣言》：『裴休披毳衲于歌妓院持鉢乞食，曰：「不爲俗情所染，可以説法爲人。」東坡乃用此事。』邵公濟蓋未嘗見此，宜其未達東坡之意也。《雲谷雜記》

全宋詩話卷三十

蘇軾三

三良以身殉秦繆之葬，《黄鳥》之詩哀之。序詩者謂國人刺繆公以人從死，則咎在秦繆，而不在三良矣。王仲宣云：『結髮事明君，受恩良不訾。臨末要之死，焉得不相隨？』陶元亮云：『厚恩固難忘，君命安可違？』是皆不以三良之死爲非也。至李德裕，則謂爲社稷死則死之，不可許之死，與梁丘據、安陵君同譏。則是罪三良之死，非其所矣。然君命之於前，而衆驅之於後，爲三良者，雖欲不死得乎？惟柳子厚云：『疾病命固亂，魏氏言有章。從邪陷厥父，吾欲討彼狂。』使康公能如魏顆，不用亂命，則豈至陷父於不義如此哉！東坡和陶亦云：『顧命有治亂，臣子得從違。魏顆真孝愛，三良安逆希。』似與柳子之論合。而《過秦穆公墓》詩乃云：『繆公生不疏孟明』，豈有死之日而忍用其良？乃知三良殉公意，亦如齊之二子從田横，則又言三良之殉非繆公之意也。葛常之《詩話》

會稽、臨安、金陵三郡，皆有東山，俱傳以爲謝安携妓之所。按安本《傳》：『初安石寓居會稽，與王羲之、許珣、支遁游處，被召不至，遂棲遲東土。』唐裴冕與吕謂等《鑒湖聯句》有：『興衰還尋戴，東山更向東。』此會稽之東山也。本《傳》又云：『安石嘗往臨安山中，坐石室，臨濬谷，悠然歎曰：「此與伯夷何遠！」』今餘杭縣有東山，東坡有《游餘杭東西巖》詩，注云：『即謝安東山，所謂「獨携縹緲人，來上東西山」者是也。』此臨安之東山也。本《傳》又謂：『及登臺輔，於土山營墅樓館，林竹甚盛，每携中外子姪游集。』今土山在建康上元縣崇禮鄉，載《建康事迹》，云：『安石於此擬會稽之東山，亦號「東山」。』此金陵之東山也。李白有《憶東山》二絶：『不到東山久，薔薇幾度花。白雲他自散，明月落誰家？』『我今携謝妓，長笑絶人群。欲報山東客，開關掃白雲。』不知所賦者何處之東山也。陳軒乃録此詩於《金陵集》中，將别有所據耶。《南史》載劉勔經始鍾嶺，以爲棲息，亦號『東山』，金陵遂有兩東山矣。葛常之《詩話》

温公治第洛中，闢園曰『獨樂』，其心憂樂未始不在天下也。其自作《記》有云：『世有人肯同此樂，必再拜以獻矣。』東坡賦詩曰：『兒童誦君實，走卒知司馬。』蓋名其得人心也。又云：『撫掌笑先生，年來學瘖瘂。』疑未盡命名之義。葛常之《詩話》

韓退之《雙鳥》詩，多不能曉。或者謂其詩有『不停兩鳥鳴，百物皆生愁』、『不停兩鳥鳴，大法失九疇』、『周公不爲公，孔子不爲丘』之句，遂謂排釋老而作，其實非也。前云：『一鳥落城市，一鳥巢岩幽』，後云：『天公怪兩鳥，各捉一處囚』，則豈謂釋老耶？予嘗觀東坡作《李白畫像》詩云：『天人幾何同一漚，謫仙非謫乃其游。揮斥八極隘九州，化爲二鳥鳴相酬。一鳴一息三千秋，靡之不得矧肯求。』且知所謂『雙鳥』者，退之與孟郊輩爾；所謂『不停兩鳥鳴』等語，乃審公告天之言，甚其辭以譖二鳥爾。『落城市』，退之自謂；『落巖幽』，謂孟郊輩也。『各捉一處囚』，非『囚禁』之囚，止言韓孟各居天一方爾。末云：『還當三千秋，更起鳴相酬』，謂賢者不當終否，當有行其言者。葛常之《詩話》

張籍云：『愛養無家客，多傳得力方。』坡《贈金完老》云：『蒜山幸有閒田地，招此無家客任居。』葛常之《詩話》

東坡《與子由論書》云：『吾雖不善書，曉書莫如我。苟能通其意，嘗謂不學可。』故其子叔黨跋公書云：『吾先君子豈以書自名哉，特以其至大至剛之氣，發於胸中，而應之於手。故不見其有刻畫嫵媚之態，而端乎章甫，若有不可犯之色。少年喜二王書，晚乃喜顔平原，故時有豪邁風氣。俗子不知，妄謂學徐浩，陋矣。』觀此則知初未嘗規規然出於翰墨積習也。葛常之《詩話》

東坡詩云：『玉奴絃索花奴手』，『玉奴』謂楊妃，『花奴』謂汝陽王璡也。及觀《和楊公

濟梅花》詩，乃言：『玉奴終不負東昏』，何耶？按《南史》，東昏妃潘玉兒，當是筆誤爾。《詩話總龜》

黄魯直詩云：『世有捧心學，取笑似東施。』梅聖俞云：『曲眉不想西家樣，腰腹還須二子清。』《太平寰宇記》載西施事云：『施其姓也，是時有東施家、西施家。』故李太白《效古》云：『自古有秀色，西施與東鄰。』而東坡《代人留別》詩乃云：『絳蠟燒殘玉斝飛，離歌唱徹萬行啼。他年一舸鴟夷子，應記儂家舊姓西。』似與《寰宇記》所言不同，豈爲韻所牽耶？《丹陽集》

杜牧之詩，字多意用老杜，如《觀東兵》長句云：『黑稍將軍一鳥輕』，蓋用子美『身輕一鳥過』也；《游樊川》詩云：『野竹疏還密，岩泉咽復流』，蓋用子美『微雨止還作，斷雲疏復行』也。蓋其心景仰之切，則下語自然相符，非有意於蹈襲。故其論杜詩云：『天外鳳凰誰得髓，何人解合續絃膠？』豈非自以爲得髓者耶？東坡《贈孔毅甫》詩云：『天下幾人學杜甫，誰得其皮與骨髓？前生子美只君是，信手拈得俱天成。』學杜甫而得其皮骨者鮮矣，又况其髓哉！《丹陽集》

苕溪云：退之有《藤杖》詩：『空堂晝眠倚户牖，飛電着壁搜蛟螭。』故東坡《鐵拄杖》云：『入懷冰雪生秋思，倚壁蛟龍護晝眠。』山谷《卭竹杖贊》：『涪翁晝寢，蒼龍掛壁。』皆

用退之詩。《砦溪詩話》

坡記王陵過賈逵廟，呼曰：『賈梁道，我大魏之忠臣也。』及司馬景王病，夢逵爲祟，因爲詩曰：『嵇紹似康爲有子，郄超畔鑒似無孫。如今更恨賈梁道，不殺公間殺子元。』蓋怪梁道忠義之靈，不能自已其子元之惡。按《晉紀》，賈所復者乃宣帝，名懿，字仲達，非景帝子元也。《砦溪詩話》

黄州麻城縣界有萬松亭，連日行清陰中，其館亭亦可愛，適當關山路往來，留題無數。東坡傷來者不嗣其意，嘗有詩云：『十年栽種百年規，好德助人無我儀。』又云：『爲問幾株能合抱？殷勤記取《角弓》詩。』中壞嘗撤碑，有士題云：『舊韻無儀字，蒼髯有恨聲。不可不録。』《砦溪詩話》

前人文章，各自一種句法。如老杜：『今君起柂春江流，予亦江邊具小舟。同心不減骨肉親，每語見許文章伯。』如此之類，老杜句法也。東坡：『秋水今幾竿』，此東坡句法。魯直之：『夏扇日在搖，行樂亦云聊。』此魯直句法也。學者若能遍攷前作，自然度越流輩。呂氏《童蒙訓》

予嘗論李廣以私憾殺灞陵尉，其褊忮險刻，決非長者，所以不侯，非直殺降之譴也。因觀坡云：『明年定起故將軍，未肯先誅灞陵尉。』恐亦寓此意。《砦溪詩話》

坡云：『賓鴻社燕巧相違。』《月令》『來賓』事，常疑人未曾用及，及觀夢得《秋江晚泊》云：『暮霞千萬狀，賓鴻次第飛。』顧況云：『安得凌風翰，肅肅賓天京。』杜：『别浦雁賓秋。』《砦溪詩話》

坡《集》有全篇用事者，如《賀人生子》曰：『鬱葱佳氣夜充閭，喜見徐卿第二雛。我亦從來識英物，試教啼看定何如。』《戲子野買妾》曰：『錦里先生自笑狂，身長九尺鬢眉蒼。平生謬作安昌客，略遣彭宣到後堂。』句句用事，曷嘗不流便哉。《砦溪詩話》

坡：『藍尾忽驚新火後，遨頭要及浣花前』，及樂天：『三杯藍尾酒，一楪膠牙餳。』觀《長慶集》此詩題云：『七年元日對酒』，非鑽火時事也。宋景文《守歲》云：『且盡燈前藍尾杯』。《砦溪詩話》

老杜：『途窮反遭俗眼白』，本用阮籍事，意我輩本宜以白眼視俗人，至小人得志，疾視君子，是反遭其白眼，故倒用之。亦如『水清反多魚』，乃倒用『水至清則無魚』也。夢得：『酌我莫憂狂，老來無逸氣』，乃倒用黄次翁：『無多酌我』；《寄謝嵇中散》：『予無甚不堪』，倒用《絶交論》。坡云：『後生可畏吾衰矣，刀筆從來錯料堯。』周昌以趙堯刀筆吏，後果無能爲，所料信不錯，而云『錯料堯』，亦以涉譏謗倒用爾。又有：『窮鬼卻相呼，乃知飯後鐘。』『闍黎蓋其眼』、『他年五君詠』、『山王一時數』，皆倒用也。《砦溪詩話》

坡云：『通家不隔同年面，得路方知異日心。』乃唐人責同年不赴期集，辭云：『紫陌尋春，尚隔同年之面。青雲得路，可知異日之心。』臨川有：『暮林摇落獻南山』，又云：『木落岡巒因自獻』，如云：『名譽子真矜谷口，事功新息困壺頭』，又：『未愛京師傳谷口，但知鄉里勝壺頭』。昔人行事措意，默與己合，則喜用之。馬少游欲乘下澤，御欵段，不去鄉里，雖自謀獨善，亦可爲貪躁之戒。伏波在浪泊，下潦上霧，仰視飛鳶跕跕墮水中，卧念少游平生時語，以爲不可復得。故坡云：『何須更待飛鳶墮，方念平生馬少游。』又：『丈夫行役家人怨，應念鄉居馬少游。』『雪堂唯有《思歸曲》，爲念平生馬少游。』以其可喜，不直押韻也。《碧溪詩話》

古人作詩，有用經傳全句，《選》詩云：『小人計其功，君子道其常。』樂天：『疾惡如《巷伯》，好賢如《緇衣》。』乃兩句渾用之。韓云：『无妄之憂勿藥喜』，杜云：『誰謂荼苦甘如薺』，『富貴於我如浮雲』。近人亦多用史語，坡云：『人言盧杞似奸邪，我見鄭公但嫵媚。』嘗觀《南史》載王宜興云：『爲刲不須伴。』甚似一側音五言，但無題目耳。《碧溪詩話》

李商隱《詠淮西碑》云：『言訖屢頷天子頤』，雖務奇崛，人臣言不當如此。乘輿軒陛，自不敢正斥，如老杜：『天顔有喜近臣知』，『虯鬚似太宗』，可謂知體矣。東坡《贈寫御容》詩云：『野人不識日月角，彷徨尚憶重瞳光。天容玉色誰能畫，老師古寺晝閒房。』蓋遵此法。

《碧溪詩話》

坡有：『欲吐狂言喙三尺，怕君憎我卻須吞。』嘗疑其語太怪，及觀杜《集》，亦有：『臨風欲慟哭，聲出已復吞。』韋蘇州：『高歌長安酒，中憤不可吞。』《碧溪詩話》

柳子厚《牡丹》曰：『欹紅醉濃露，窈窕留餘春。』坡云：『殷勤木芍藥，獨自殿餘春。』『留』與『殿』重輕雖異，各有宜也。《碧溪詩話》

東坡《游金山寺》詩云：『江山如此不歸山，江山見怪驚我頑。我謝江神豈得已，有田不歸如江水。』蓋與江神指水爲盟耳。句中不言盟誓者，乃用子犯事。指則誓在其中，不必詛神血口，然後謂之盟也。《送程六表弟》云：『浮江泝蜀有成言，江水在此吾不食。』黄常明《詩話》

坡游武昌，見農夫皆騎秧馬，較之傴僂而作者，勞佚相絶，嘗作《秧馬歌》，敘述甚詳。唐子西至羅浮，始識此器，作詩云：『擬向明時受一廛，著鞭尚恐老農先。行藏已問吾家舉，從此馳名四十年。』亦巧於用事。黄常明《詩話》

坡《和柳子玉暨景純岡字韻》詩至七篇，云：『屢把鉛刀齒步光，更遭華衮照龐涼』，乃用子建《七啟》云：『步光之劍，華藻繁縟』、《左傳》：『龐涼冬殺。』雖第一韻衆人所更易，而七篇未嘗改，又貫穿精絶如此。黄常明《詩話》

子瞻《送江公》詩曰：『忽憶釣臺歸洗耳』，又曰：『亦念人生行樂耳』，自注：『二「耳」義不同，故得重用。』蓋子瞻自不必注。黄常明《詩話》

東坡在儋耳時，予三從兄延譜之，自江陰擔簦萬里絶海往見，留一月。坡嘗誨以作文之法曰：『儋州雖數百家之聚，州人之所須，取之市而足，然不可徒得也。必有一物以攝之，然後爲己用。所謂一物者，「錢」是也，作文亦然。天下之事，散在經、子、史中，不可徒使，必得一物以攝之，然後爲己用。所爲一物者，「意」是也。不得錢不可以取物，不得意不可以用事。此作文之要也。』吾兄拜其言而書諸紳，嘗以親製龜冠爲獻，坡受之而贈以詩云：『南海神龜三千歲，兆葉朋從生慶喜。智能周物不周身，未免人鑽七十二。誰能用爾作小冠？岣嶁耳孫刱其製。今君此去寧復來，欲慰相思時整視。』今《集》中無此詩，予嘗見其親筆。後坡歸宜興，道由無錫洛社，嘗至孫仲益家。時仲益年在髫齔，坡曰：『孺子習何藝？』孫曰：『學對屬。』坡曰：『試對看。』徐曰：『衡門稚子璠璵器』，孫應聲曰：『翰苑仙人錦繡腸。』坡撫其背曰：『真璠璵器也，異日不凡。』二事皆吾鄉人士所知，輒記於此。《韻語陽秋》

凡用己詩爲故事，須作詩多者乃有之。太白云：『滄浪吾有曲，相子棹歌聲。』樂天：『卻須菊酒登高會，從此多無二十場。』《明年》云：『去秋共數登高會，又被今年減一場。』

《過概里》云：『昔嘗詠遺風，著爲十六篇。』蓋居渭上醞熟獨飲，曾效淵明體爲十六篇。又《贈微之》云：『昔我十年前，曾與君相識。曾將秋竹竿，比君孤且直。』蓋舊詩云有『秋竹竿』也。坡赴黄州過春風嶺，有兩絶句，後詩云：『去年今日關山路，細雨梅花正斷魂』，又云：『柯丘海棠吾有詩，獨笑山林誰敢侮。』又有《畫竹》云：『吾詩固云爾，可使食無肉。』《韻語陽秋》

唐諺云：『槐花黄，舉子忙。』東坡有：『强隨舉子踏槐花，槐花還似昔年忙』，山谷云：『槐催舉子踏花黄』，是也。《韻語陽秋》

昔人用『五馬』事，多因游遨動出處方用之。如老杜《賦王閬州餞蕭遂州》云：『二天開寵餞，五馬爛生花』，其賓主出住分矣。又《送李梓州》：『五馬何時到』，《贈嚴武》：『五馬舊曾諳小徑』，《送賈閣老出汝州》：『人生五馬貴』。太白云：『五馬莫留連』，岑參云：『門外不須催五馬』，戎昱：『五馬幾時朝魏闕』，子厚：『五馬助征騑』，樂天：『五馬無由入酒家』，東坡：『鼓吹未容迎五馬』，介甫：『尚得使君驅五馬』。近人於太守安居閒閣，例稱『五馬』，此理恐未安也。《丹陽集》

羊叔子鎮襄陽，嘗與從事鄒湛登峴山，慨然有泯没無聞之歎，峴山亦因是以傳，古今名賢賦詠多矣。吴興、東陽二郡，亦有峴山。吴興峴山，去城三里，有李適之窪尊在焉，東坡守吴興日，嘗登此山，有詩云：『苕水如漢水，鱗鱗鴨頭青。吴興勝襄陽，萬瓦浮青冥。我非羊叔子，愧此峴山亭。悲傷意此同，歲月如流星。湛輩何足道，當以德日銘。』東陽峴山，去東陽縣亦三里，舊名三丘山，宋商仲文素有時望，自謂必登台輔，忽除東陽太守，意甚不樂，嘗登此山，悵然流涕，郡人愛之，如襄陽之於叔子，因名峴山。二峰相峙，有東峴、西峴，唐寶曆中，縣令于興宗結亭其下，名曰『涵碧』。劉禹錫有詩云：『新開潭洞疑仙府，遠寫丹青到雍州。』即其所也。葛立之《詩話》

臨川愛眉山《雪》詩能用韻，如云：『冰下寒魚漸可叉』和『羔袖龍鍾手獨叉』，蓋子厚嘗云：『江魚或共叉』，又云：『入郡腰常折，逢人手盡叉。』黄常明《詩話》

唐趙璘述《因話録》，載其家兵部君性尤嗜茶，能自煎，謂人曰：『茶須緩火炙，活水煎。』坡有：『活水還須緩火煎』，恐亦用此。黄常明《詩話》

『柳色黄金嫩，梨花白雪香。』陰鏗詩也，李太白取用之。杜子美《太白》詩云：『李侯有佳句，往往似陰鏗。』後人以謂以此譏之。然子美詩有：『蛟龍得雲雨，鵰鶚在秋天』一聯，已見《晉書》載記矣。如：『冰肌玉骨清無汗，水殿風來暗香滿』，孟蜀王詩，東坡先生度以爲詞，昔人不以蹈襲爲非。《南部煙花録》：『「夕陽如有意，偏旁小窗明。」唐人方域詩，《新唐書·藝文志》有《方域詩》一卷。』《煙花録》一名《大業拾遺記》，文詞極惡可疑，

而《大業幸江都記》，自有詩一卷，唐著作郎杜寶所纂，明清有之，永平時揚州印本也。《揮麈録》

元、白齊名，有自來矣。元微之寫白詩於閬州西寺，白樂天寫元詩百篇，合爲屏風，更相傾慕如此。如樂天必言微之詩得己格律頓進，所謂『每被老元偷格律』是也。然微之《江陵放言》與《送客嶺南》詩，樂天皆擬其作，何耶？東坡嘗效山谷體作『江』字韻詩，山谷謂坡：『收斂光芒，入此窘步。』予於樂天亦云。《丹陽集》

韓持國雖剛果特立，風節凜然，而情致風流，絶出時輩。許昌崔象之侍郎舊第，今爲杜君章所有，廳後小亭僅丈餘，有海棠兩株，持國每花開輒載酒日飲其下，竟謝而去，歲以爲常，至今故吏猶能言之。余嘗於小亭柱間得公二絶句，其一云：『濯錦江頭千萬枝，當年未解惜芳菲。而今得向君家見，不怕春寒雨溼衣。』尚可想見當時氣味。韓忠獻公嘗帥蜀，持國兄弟皆侍行，尚少，故前句云爾。其二云：『長條無風亦自動，柔豔着雨更相宜』，漫其後句。苕溪漁隱曰：鄭谷《海棠》詩云：『穠麗最宜新着雨，妖嬈全在欲開時。』前輩以謂此兩句説盡海棠好處，今持國『柔豔着雨更相宜』之句，乃用鄭谷語也。至於東坡作此詩，則詞格超逸，不復蹈襲前人。其詩有：『嫣然一笑竹籬間，桃李漫山總粗俗。』自然富貴出天資，不待金盤薦華屋。朱脣得酒暈生臉，翠袖卷紗紅映肉。林深霧暗曉光遲，日暖風輕春睡足。雨中有泪亦悽愴，月下無人更清淑。』元豐間，東坡謫黄州，寓定惠院。院之東小山上有海棠一株，特繁茂，每歲盛開時，必爲携客置酒，已五醉其下矣，故作此長篇。平生喜爲人寫，蓋人間刊石者，自有五六本，云軾平生得意詩也。《石林詩話》

東坡《汲江水煎茶》詩云：『活水還須緩火烹，自臨釣石取深清。大瓢貯月歸春瓮，小杓分江入夜瓶。』此詩奇甚，道盡烹茶之要，且茶非活水則不能發其鮮馥，東坡深知此理矣。予頃在富沙，嘗汲溪水烹茶，色、香、味俱成三絶，又况其地産茶，爲天下第一，宜其水異於他處，用以烹茶，水功倍之。至於浣衣，尤更潔白，則水之輕清，益可知矣。近城山間有陸羽井，水亦清甘，實好事者爲名之。羽著《經》言建州茶未得詳，則知羽不曾至富沙也。《苕溪漁隱叢話》

《詩》云：『誰謂荼苦？』《爾雅》云：『檟，苦荼。』注：『樹似梔子，今呼早采者爲「荼」，晚采者爲「茗」，一名「荈」，蜀人名之「苦荼」。』故東坡《乞茶栽》詩云：『周《詩》記苦荼，茗飲出近世。初緣厭粱肉，假此雪昏滯。』蓋謂是也。六一居士《嘗新茶》詩云：『泉甘器潔天色好，坐中揀擇客亦佳。』東坡守維揚，於《石塔寺試茶》詩云：『禪窗麗午景，蜀井出冰雪。坐客皆可人，鼎器手自潔。』正謂諺云『三不點』也。《苕溪漁隱叢話》

東坡詩：『春濃睡足午窗明，想見新茶如撥乳』，又云：『新火發茶乳』，此論皆得茶之正色矣。至《贈謙師點茶》則云：『忽驚午盞兔毫班，打作春瓮鵝兒酒』，蓋用老杜詩：『鵝兒黄似酒，對酒愛鵝兒。』若是，則色黄，烏得爲佳茗矣？今東坡《前集》不載此詩，想自知其非，故删去之。《苕溪漁隱叢話》

古辭云：『藁砧今何在？山上復有山。何當大刀頭，破鏡飛上天？』『藁砧』，砆也，謂夫也；『山上』『有山』，出也；『大刀頭』，刀上環也；『破鏡』，言半月當還也。此詩格非當時有釋之者，後人豈能曉哉？古辭又云：『圍棋燒敗襖，著子故依然。』陸龜蒙、皮日休固嘗擬之，陸云：『旦日思雙履，明時願早諧』，皮云：『莫言春繭薄，猶有萬重思』，是皆以下句釋上句，與『藁砧』異矣。《樂府解題》以此格爲風人詩，取陳詩以觀民風，示不顯言之意。至東坡《無題》詩云：『蓮子擘開須見薏，楸枰著盡更無棋。破衫卻有重縫處，一飯何曾忘卻匙。』是文與釋普見於一句中，與風人詩亦小異矣。《丹陽集》

老杜歌行，與長韻律詩，後人莫及。而蘇、黄用韻下字用故事處，亦古所未到。晉宋間人，造語題品，絶妙今古。近世蘇、黄帖題跋之類，率用此法，尤爲要妙。《吕氏童蒙訓》

老杜歌行，最見次第出入本末；而東坡長句，波瀾浩大，變化不測，如作雅劇，打猛顛入，卻打猛顛出也。《吕氏童蒙訓》

學者須做有用文字，不可盡力虚言。有用文字，議論文字是也。議論文字，須以董仲舒、劉向爲主，《禮記》、《周禮》及《新序》、《説苑》之類，皆當貫穿熟倣，則做一日便有一日工夫。近世文字，如曾子固諸《序》，尤須詳味。學古人文字，須得短處，如杜子美詩，頗有近質野處，如《封主簿親事不合》詩之類是也。東坡詩有汗漫處，魯直詩有太新奇太巧處，皆不可不知。東坡詩如：『成都畫手開十眉』，『楚山固多猏』，『青者黠而壽』，皆窮極思致，出新意於法度之表，前賢所未到。然學者專力於此，則亦失古人作詩之意。《吕氏童蒙訓》

夢得《送僧君素》云：『去來皆是道，别此不消魂。』坡云：『古今正自同，歲月何必書。』此等語皆通徹無碍，釋氏所謂具眼也。《碧溪詩話》

東坡作詩歎賈梁道爲魏忠臣，然不能紹其子于後，而使充懷姦附晋，以首成濟之禍；徐世勣爲唐佐命，乃不能正其君于初，而使敬業發憤僞周，以倡誅武之謀。嗚呼！豈忠孝之道，父不能傳之于其子，子不能獻之于其父耶。熙豐間，王氏變法，新進附之，而仲弟平甫譏焉，不其賢乎？吕公守正，舊交佐之，而子弟背焉，不其戾乎？噫！是是非非，非是是非，人各有心，不可革而化耶。安得嵇、卞二家，世濟忠誠者乎？《珊瑚鈎詩話》

東坡云：『董如郎中，安丘人，能詩于寶元康定間。其書尤工，而人莫知，僕以爲勝李西臺也。』豫章《與李端叔書》云：『比得荆州一詩人高荷，極有篆力，使之凌厲中州，恐不減晁、張，恨公不識耳。』夫高、董之詞翰，二公稱道如此，必非尋常者，而人或不知識，矧今

之世抱負材術而嗟不遇者，可勝數哉。《珊瑚鈎詩話》

東坡先生，人有尺寸之長，瑣屑之文，雖非其徒，驟加獎借。如曇秀『吹將草木作天香』、妙總『知有人家住翠微』之句，仲殊之曲，惠聰之琴，皆咨嗟歎美，如恐不及，至于士大夫之善，又可知也。觀其措意，蓋將攬天下之英才，提拂誘掖，教裁成就之耳。夫馬一駿驥坂，則價十倍；士一登龍門，則聲烜赫，足以高當時而名後世矣。嗚呼！惜公逝矣，而吾不及見之矣。《珊瑚鈎詩話》

杜甫《觀安西過兵》詩云：『談笑無河北，心肝奉至尊。』故東坡亦云：『似聞指揮築上郡，已覺談笑無西戎。』蓋用左太冲《詠史》詩：『長嘯激清風，志若無東吴』也。王維云：『虜騎千重只似無』句，則拙矣。《韻語陽秋》

韋應物詩，平平處甚多，至于五字句，則超然出于畦逕之外。如《游溪》詩：『野水煙鶴唳，楚天雲雨空』，《南齋》詩：『春水不生煙，荒崗筠翳石』，《詠聲》詩：『萬物自生聽，太空常寂寥』，如此等句，豈下于『兵衛森畫戟，燕寢凝清香』哉！故白樂天云：『韋蘇州五言詩，高雅閒淡，自成一家之體。』東坡亦云：『樂天長短三千首，卻愛韋郎五字詩。』《韻語陽秋》

梅聖俞早有詩名，故士能詩者，往往寫卷投擲，以質其是非，梅各有報章，未嘗輕許之也。《讀黄萃詩卷》則云：『鳳凰養雛飛未高，雞鶩成群翅終短』，《讀簫淵詩卷》則云：『野雉五色且非鳳，知時善鳴雞若何』，《讀孫且言詩卷》則云：『汲井欲到深，磨鑒欲盡塵』，《讀張今詩卷》則云：『讀之不敢倦，十未能一曉』，《讀邵不疑詩卷》則曰：『既觀坐長歎，復想李杜韓』，皆因其短而教誨之也。東坡喜奬與後進，有一言之善，則極口褒賞，使其有聞于世而後已。故受其奬者，亦踴躍自勉，樂于修進，而終爲令器。若東坡者，其有功于斯文哉，其有功于斯人哉。《韻語陽秋》

韋應物《奉謝處士叔》詩云：『高齋樂宴罷，清夜道相存。』東坡《次王鞏韻》云：『那能廢詩酒，亦未妨禪寂。』子由《春盡》詩云：『楞嚴十卷幾回讀，濁酒三升是客同。』道貴冲寂，宴主懽暢，二者恐不能相兼也。白樂天延樂命醻之時，不忘于佛事，達者至今譏之。《韻語陽秋》

《洛陽伽藍記》載河東人劉白墮善釀酒，盛暑曝之日中，經旬不壞，當時謂之『鶴觴』。『白墮』乃人名，子瞻詩云：『獨看紅渠傾白墮。』《石林避暑録》云：『若以白墮爲酒，則醋浸曹公、湯燖右軍可也。』予按《文選》魏武帝《短歌行》云：『何以解憂？惟有杜康。』康亦作酒人，而《選》詩遂以爲酒用，東坡豈祖是耶？《韻語陽秋》

白樂天號爲知理者，而于仕宦陞沉之際，悲喜輒繫之，自中書舍人出知杭州，未甚左也，而其詩曰：『朝從紫禁歸，暮出青門去』，又曰：『委順隨行止』，又曰：『退身江海應無用，憂國朝廷自有賢』。自江州司馬爲忠州刺史，未爲超也，而其詩曰：『正聽山鳥向陽眠，黄紙除書落枕前』，又云：『五十專城未是遲』，又云：『三車猶夕會，五馬已晨裝』。及被召中書，則曰：『紫微今日煙霄地，赤嶺前年泥土身。得水魚還動鱗鬣，乘軒鶴亦長精神。』觀此數詩，是未能忘情于仕宦者。東坡謫瓊州，有詩云：『平生學道真實意，豈與窮達俱存亡。』要當如是爾。《韻語陽秋》

晉樂廣曰：『人未嘗夢乘車入鼠穴、搗虀噉鐵杵，以無想因也。』自樂論之，則凡夢皆出于想爾。而殷浩乃曰：『官本臭腐，故將官而夢屍。』是豈出于想邪？《周官》有『六夢』，夢非止于思而已。劉發方赴舉也，秦少游夢有發殯而葬之者，云是劉發之柩。是歲發首薦，少游以詩賀之曰：『世傳夢凶常得吉，神物戲人良有旨。』全美聲名海縣聞，閉久當開乃其理。』少游所原，乃一時褒美贊喜之詞，非殷浩之意也。東坡云：『世衰道微士失己，得喪悲歡反其故。草袍蘆箠相嫵媚，飲食嬉游事群聚。曲江船舫月燈毬，是謂舞殯而歌墓。』其末又有『故令將仕夢發棺，勸子勿爲官所腐』之語，全篇二百餘言，皆用浩意，可謂巧于遺詞者矣。《韻語陽秋》

蘇子由病酒，肺疾發，東坡告之以修養之道，有曰：『寸田可治生，誰勸畊黄糯？探懷得真藥，不待君臣佐。初如雪花積，漸作櫻珠大。隔墻聞三嚥，隱隱如轉磨。』此鍊炁法也。後至海上，有道人傳以神守氣之訣，云：『但向起時作，還從作處收。』故《天慶觀乳泉賦》及《養生論》、《龍虎鉛汞論》，皆析理入微，則知東坡于養生之道深矣。《韻語陽秋》

唐人詩云：『惟有河隄衰柳樹，蟬聲相送到揚州。』東坡詩云：『夜半潮來風又熱，卧吹簫管到揚州。』參寥詩云：『波底鯉魚來去否？ 尺書寄汝到揚州。』皆用『到揚州』三字，各有思致。《艇齋詩話》

蘇州《贈趙氏生》云：『寧知風雨夜，復此對床眠。』《簡盧氏生》云：『忽羡後生連榻話，獨依寒燭一齋空。』又《贈令狐士曹》云：『秋霖滴滴對床寢，山路迢迢聯騎行。』坡有：『夜雨何時聽蕭瑟？ 對床欲作連夜語』、『誤喜對床尋舊約』、『對床老兄弟，夜雨鳴竹屋』。《艇齋詩話》

樂天云：『報道前驅少呵喝，恐驚黄鳥不成啼。』坡云：『鬢絲只好對禪榻，湖亭不用張旌旗。』蔡君謨云：『因傍低松卻飛蓋，爲聞山鳥輟鳴騶。』若俗士正務以此誇張俗眼，又豈識數公意！《艇齋詩話》

宋之問《陸渾山莊》云：『野人相問姓，山鳥自呼名。』東坡《海外》詩云：『花曾識面香仍好，鳥不知名聲自呼。』蓋《古今注》：『南方有鳥名「鷓鴣」，其名自呼，向日而飛。』柳子

厚云：『楚越有鳥甘且腴，嘲嘲自呼爲鷓鴣。』《艇齋詩話》

白云：『趁涼行繞竹，引睡卧觀書。』坡：『引睡文書信手翻。』書引睡魔，誠人人所同也。《艇齋詩話》

曼卿《紅梅》云：『認桃無緑葉，辨杏有青枝。』坡謂有村學中體，嘗嘲之曰：『詩老不知梅格在，强拈緑葉與青枝。』至于『未應嬌意急，發赤怒春遲』，成均、瞽宗，無以加也。《艇齋詩話》

子美：『於菟侵客恨』，乃楚人謂虎爲『於菟』；『土銼冷疏煙』，乃蜀人呼釜爲『銼』；『富豪有錢駕大舸』，《方言》：『南楚江湘凡船大者謂之舸』；『百丈誰家上水船』，荆峽以竹纜爲『百丈』；『塹抵公畦稜』，京師農人指田云『幾稜』；去聲。『市暨瀼西嶺』，夔人謂江水横通山谷處爲『瀼』。子厚：『桃笙葵扇安可當』，宋魏之間，謂簟爲『笙』；『欸音『襖』。乃音靄。一聲山水緑』，乃楚人歌聲；『臨川窗明兩不借』，楚人以草履爲『不借』。東坡：『倦看澀勒暗蠻村』，蓋嶺南竹名；又：『蓬沓障前走風雨』，注云：『於潛婦人皆插大銀櫛，謂之「蓬沓」』；又：『幾思壓茅柴，禁網日夜急』，山谷：『燕溼社公雨，鶯啼花信風』，皆方言也。《艇齋詩話》

有童子問予東坡《梅花》詩：『玉奴終不負東昏。』按《南史》：齊東昏侯妃潘玉兒，有國色。牛僧孺《周秦行記》：『薄太后曰：「牛秀才遠來，誰爲伴？」潘妃辭曰：「東昏侯以玉兒身亡國除，不擬負他。」』注云：『玉兒，妃小字。』東坡正用此事，以『玉兒』爲『玉奴』，誤也。又《過岐亭陳季常》詩：『不見盧懷慎，烝壺似烝鴨。』按盧氏《雜記》：鄭餘慶約客食，戒中廚爛烝去毛，勿拗項折，客爲烝鵝鴨，既就食，各置烝壺盧一枚于前。則烝壺似烝鴨者鄭餘慶，非盧懷慎，亦誤也。又《送子由出疆》詩：『憶昔庚寅降屈原，旋看蠟鳳戲僧虔。』按《南史》：王曇首内集，聽子孫爲戲：僧達跳地作虎子，僧虔累十二博碁不墜落，僧綽采蠟燭作鳳皇。則以『蠟鳳戲』者僧綽，非僧虔，亦誤也。又《和徐積》詩：『殺雞未肯邀季路，裹飯應須問子來。』按《莊子》：子輿與子桑友，而霖雨十日，子輿曰：『子桑殆疾矣！』裹飯往食之。則『裹飯』者子輿，非子來，亦誤也。又《謝黄師是送酒》詩：『偶逢元放覓拄杖，不覺麴生來坐隅。』檢《左慈元放傳》，無『拄杖』酒事。按《抱朴子·列仙傳》：孔元方每飲酒，以拄杖卓地倚之，倒其身，頭在下，足在上。則『拄杖』酒事乃孔元方，非左元放，亦誤也。又《和李邦直》詩：『恨無楊子一區宅，嬾卧元龍百尺樓。』按陳登字元龍，許汜與劉備在劉表坐，表與備共論天下人，汜曰：『陳元龍湖海之士，豪氣不除。』備問汜：『寧有事耶？』汜曰：『昔過下邳見元龍，元龍無客主之意，久不相與語，自上大床卧，使客卧下床。』備曰：『君有國士之名，今天下大亂，無救世之意，而求田問舍，言無可采，是元龍所諱也，何當與君語？如小人欲卧百尺樓上，卧君于地，何止上下床之間耶！』表大笑。則『百尺樓』者劉備，非元龍，亦誤也。又《豆粥》詩：『溼薪破竈自燎衣，飢寒頓解劉文叔。』按《漢史》：王郎起，光武自薊東南馳，至南宫縣，遇大風雨，引車入道旁空舍，馮異抱薪，鄧禹爇火，光武對竈燎衣。馮異進麥飯，非豆粥。若無蔞亭豆粥，則無『溼薪』、『破竈』、『燎衣』等事，亦誤也。又《和劉景文聽琵琶》詩：『猶勝江左狂靈運，共鬭東昏百草鬚。』按唐劉夢得《嘉話》：晉謝靈運美鬚，臨刑，施爲南海祇洹寺維摩塑像鬚。寺人寶惜，初無虧損，至中宗朝，安樂公主五日鬭百草，欲廣物色，令馳驛取之，又恐爲他所得，盡棄其餘。則以『靈運鬚』、『鬭百草』者，唐安樂公主，非齊東昏侯，亦誤也。又《會獵》詩：『不向如臯間射雉，歸來何以得卿卿？』按《左傳·昭公二十八年》，賈大夫娶妻美，御以如臯，射雉，獲之。杜氏注：『爲妻御之臯澤。』則如當訓之，非地名，亦誤也。又《海市》詩：『潮陽太守南遷歸，喜見石廩堆祝融。』按韓退之《謁衡嶽》詩：『紫蓋連延接天柱，石廩騰擲堆祝融。』又云：『竄逐蠻夷幸不死』，故以爲退之遷潮陽歸日作。是未詳退之先謫陽山令，徙掾江陵日，委舟湘流，往觀衡嶽之語。乃云『潮陽太守南遷歸』，亦誤也。周《詩》『大姒嗣徽音』者，大姒嗣大任耳，大任于大姒，君姑也，有『嗣』之義。《司馬文正行狀》：『二聖嗣位』，哲宗于神廟爲子，曰『嗣位』則可；宣仁后于神廟爲母，曰『嗣位』則不可，亦誤也。又

《二疏贊》：『孝宣中興，以法馭人。殺蓋、韓、楊，蓋三良臣。先生憐之，振袂脱屣，使知區區，不足驕士。』『三良臣』謂蓋寬饒、韓延壽、楊惲也，意以孝宣殺此三人，故二疏去之耳。按《漢史》：孝宣地節三年，疏廣爲皇太子太傅，兄子受爲少傅。至元康四年，俱謝病去。後二年，當神爵二年九月，司隸校尉蓋寬饒下有司自殺。又三年，當五鳳元年十二月，左馮翊韓延壽棄市。又一年，當五鳳二年十二月，平通侯楊惲要斬，皆在二疏去之後。以二疏因殺三人而去者，亦誤也。《佛書》：『日月高懸，盲者不見。』日喻眇者不識日，眇能視，非盲也，豈不識日？亦誤也。又敘『謝自然欲過海求師，或謂：「蓬萊隔弱水三萬里，不可到。天台有司馬子微，身居赤城，名在絳闕，可往從之。」自然乃還，授道于子微，白日仙去。』按子微以開元十五年死于王屋山，自然生于大曆五年，至貞元十年仙去，是子微死四十三年，自然始生。乃云『自然授道于子微』，亦誤也。東坡信天下後世者，寧有誤耶？予應之曰：『東坡累語千百，尚信天下後世也。』童子更曰：『有是言，凡學者之誤亦許矣。』予曰：『爾非東坡奈何？』《聞見後録》

呂申公帥維揚，東坡自黄岡移汝海，經從見之。申公置酒，終日不交一語，東坡昏睡，歌者唱『夜寒斗覺羅衣薄』，東坡驚覺，小語云：『夜來走卻羅醫博也。』歌者皆匿笑。酒罷，行後圃中，至更坐，東坡即几案間筆墨書歌者團扇云：『雨葉風枝曉自匀，緑陰青子静

無塵。閒吟遶屋扶疏句，須信淵明是可人。」申公見之，亦無語。《聞見後録》

東坡爲董毅夫作長短句：「文君壻知否？笑君卑辱。」奇語也。「文君壻」猶「虞姬壻」云，今刻本者不知，有自改「文君細知否」，可笑耳。《聞見後録》

東坡《別李公擇》長短句：「憑仗飛魂招楚些，我思君處君思我。」退之與孟東野書：「以余心之思足下，知足下懸懸于余」之意也。《聞見後録》

全宋詩話卷三十一

蘇軾四

《古今詩話》云：『牧之爲御史，分司洛陽。時李司徒罷鎮閒居，聲妓爲當時第一。一日開筵，朝士臻赴，以杜嘗持憲，不敢邀飲。杜諷□客達意，願預斯會。李馳書，杜聞命遽來。會中女妓百餘，皆絶色殊藝，杜獨坐南行，瞪目注視，滿引三卮，問李曰：「聞有紫雲者孰是？」李指示之。杜凝睇良久曰：「名不虚傳，宜以見惠。」李俯首而笑，諸妓亦皆回首破顔。杜又自引三爵，朗吟而起曰：「華堂今日綺筵開，誰唤分司御史來？忽發狂言驚滿座，兩行紅粉一時回。」意氣閒逸，旁若無人。』苕溪漁隱曰：東坡聞李公擇飲傅國博家，大醉，有詩云：『不肯醒醒騎馬回，玉山知爲玉人頽。紫雲有語君知否？莫唤分司御史來。』即此事也。又《侍兒小名録》云：『兵部李尚書樂妓崔紫雲，詞華清峭，眉目端麗。李公爲尹東洛，宴客將酣，杜公輕騎而來，連飲三觥，謂主人曰：「嘗聞有能篇詠紫雲者，今日方知名不虛得。倘垂一惠，無以加焉。」諸妓回頭掩笑，杜作前詩罷，上馬而去。李公尋以紫雲送贈之，紫雲臨行，獻詩曰：「從來學製斐然詩，不料霜臺御史知。愁見便教隨命去，戀恩腸斷出門時。」』《侍兒小名録》不載此事出於何書，疑好事者附會爲之也。黄常明《詩話》

東坡《續麗人行》：『李仲謀家有周昉畫背面欠伸内人，極精，戲作此詩。』云：『深宫無人春晝長，沉香亭北百花香。美人睡起薄梳洗，燕舞鶯啼空斷腸。畫工欲畫無窮意，背立春風初破睡。若教回首更嫣然，陽城下蔡俱風靡。』子蒼用此意題伯時所畫宫女云：『睡起昭陽暗淡粧，不知緣底有斜陽。若教轉面一回首，三十六宫無粉粧。』絶不及坡之偉麗也。黄常明《詩話》

晨牝妖鴟，喪家生亂，自古而然，故夏姬亂陳，費無極亂楚。李義山《詠北齊》云：『小憐玉體横陳夜，已報周師入晉陽。』東坡：『成都畫手開十眉，横雲卻月争新奇。游人指點小顰處，中有漁陽胡馬嘶。』熟味此詩，則『吴人何苦怨西施』，豈是稱詠史哉？等而下之，凡移于尤物，皆可以爲戒。黄常明《詩話》

『詩有人之情性也，非强諫争於庭，怨詈於道，怒鄰詈坐之所爲也。』予謂怨鄰詈坐，固非詩本旨，若《小弁》親親，未嘗無怨；《彼何人斯》『取彼譖人，投畀豺虎』，未嘗不憤。謂不可諫争，則又甚矣，箴規刺誨何爲？而古者帝王，尚許百工各執藝事以諫，詩獨不得與工技等哉？故譎諫而不斥者，惟《風》爲然。如《雅》云：『匪面命之，言提其耳』，『彼童而角，實訌小子』，『憂心慘慘，念國之爲虐』，『亂匪降自天，生自婦人。』忠臣義士，欲正君定國，惟恐所陳不激切，豈盡優柔婉媚乎？故樂天《寄唐生》詩云：『篇篇無空文，句句必盡規。』子建稱孔北海文章多雜以嘲戲，子美亦戲傚俳諧體，退之亦有『寄詩雜談俳』，不獨文舉爲然。自東方生而下，禰處士、張長史、顔延年輩，往往多滑稽語，大抵才力豪邁有餘，而用之不盡，自然如此。韓詩：『濁醪沸入口，口角如銜箝。』『試以《詩》義授，如以肉貫串。』『初食不下喉，近亦能稍稍』，皆譃語也。坡集類此，不可勝數。《寄蘄簟與蒲傳正》云：『東坡病叟長羈旅，饑飢餓吟似饑鼠。依賴東風先破衾，一夜雪寒披故絮。』《黄州》云：『自慚無補絲毫事，尚費官家壓酒囊。』《將之湖州》云：『吴兒膾縷薄欲飛，未去先説饞涎垂。』又：『尋花不論命，愛雪長忍凍。天公非不憐，聽飽即喧鬨。』《食笋》云：『紛然生喜怒，似被狙公賣。』《種茶》云：『饑寒未已免，已作大飽計。』『平生五千卷，一字不救饑。』『寒來凭空案，一字不可煮。』皆斡旋其語而弄，信恢刃有餘，與血指汗顔者異矣。黄常明《詩話》

坡《游武昌寒溪》云：『楚雨遂昏雲夢澤，吴潮不到武昌宫。』又：『周游困卧九折嶺，褰衣獨上吴王臺。』於一時筆快，遂以上宫目之。而有李成伯云：『嗟嗟漢鼎久傾東，肉食曾無智與忠。孟德仲謀交號令，本初竊地搶姦雄。武侯偶失三分策，孫氏俄成一戰功。寂寞西山舊巢穴，庸兒猶道帝王宫。』語幾乎詈矣。但渠不記其家太白曾作《武昌韓侯去思頌》：『黄金之車，大吴天子，武昌鼎據，實爲帝里。』其罪大矣。《碧溪詩話》

作詩不知《風》、《雅》之意，不可以作詩。詩尚譎諫，惟言之者無罪，聞之者足以戒，乃爲有補。而涉於毁謗，聞者怒之，何補之有！觀蘇東坡詩，只是譏誚朝廷，殊無温柔崇厚之氣，以此人故得而罪之。若是伯淳詩，聞者自然感動，因舉伯淳《和温公諸人禊飲》詩云：『未須愁日暮，天際是輕陰。』又《泛舟》詩云：『只恐風花一片飛』，何其温厚也。《龜山語録》

元祐文章，世稱蘇、黄，然二公當時争名，互相譏誚。東坡嘗云：『黄魯直詩文，如「蝤蛑江瑶柱」，格韻高絶，盤飧盡廢，然不可多食。多食則發風動氣。』山谷亦云：『蓋有文章妙一世，而詩句不逮古人者。』此指東坡而言也。二公文章，自今視之，世有公論，豈至各如前事，蓋一時争名之詞耳。俗人便以爲誠然，遂爲譏誚，所謂『蚍蜉撼大樹，可笑不自量』者耶。《詩話總龜》

東坡《山村》詩云：『煙雨濛濛雞犬聲，有生何處不安生。但教黄犢無人佩，布穀何勞也勸耕。』意言是時販私鹽者，多帶刀杖，故取前漢龔遂令人賣劍買牛，賣刀買犢，曰：『何爲帶牛佩犢？』意言但得鹽法寬平，令民不帶刀劍而買牛犢，則民自力耕，不勞勸督，以譏鹽法太峻不便也。又云：『老翁七十自腰鐮，慚愧春山筍蕨甜。豈是聞韶解忘味，爾來三月食無鹽。』意言山中之人饑貧無食，雖老猶自採筍蕨，譏時鹽法峻急，僻遠之人無鹽食用，動經數月，若古之聖賢則能聞韶忘味，山中小民豈能食淡而樂乎？以譏鹽法太急也。又云：『杖藜裹飯去匆匆，過眼青錢轉手空。贏得兒童語音好，一年强半在城中。』意言百姓請得青苗錢，立便於城中使卻，又言鄉村之人一年兩度夏、秋税，及數度請納和預買錢，今來更添青苗助役錢，因此莊家幼小子弟多在城市，不着次第，但學得城中人語音而已。以譏新法青苗助役不便也。《詩話總龜》

東坡《開運鹽河》詩云：『居官不任事，消散羡長卿。胡不歸去來，滯留愧淵明。鹽事星火急，誰能卹農耕？薨薨曉鼓動，萬指羅溝坑。天雨助官政，泫然淋衣纓。人如鴨與猪，投泥相濺驚。下馬荒隄上，四顧但湖泓。线路不容足，又與牛羊争。歸田雖賤辱，豈失泥中行。寄語故山友，謹勿厭藜羹。』是時盧秉提舉鹽事，擘畫開運鹽河，差夫千餘人，集於大雨中部役。其河只爲般鹽，既非農事而役農民，秋田未了，有妨農事。又其河中間有湧沙數里，意言開得不便，自歎泥行勞苦，羡司馬長卿居官而不任事，又愧陶淵明不早去官歸去也。農事未休而役千餘人，故云：『鹽事星火急，誰能卹農耕？』又言百姓已勞苦不易，天雨又助官政之勞民，轉致百姓疲弊，役人在泥水中，辛苦無異鴨與猪。又言某亦在泥中，與牛羊争路而行，若歸田，豈失此哉！故云：『寄語故山友，謹不厭藜羹。』而思仕宦，以譏開運鹽河不當，又妨農事也。《詩話總龜》

蘇東坡《八月十五日觀潮》作詩云：『吴兒生長狎濤淵，冒利忘生不自憐。東海若知明主意，應教斥鹵變桑田。』時新有旨禁弄潮，故云：『吴兒生長狎濤淵，冒利輕生不自憐。』蓋言弄潮之人爲貪官中利物，致其間有溺死者，故朝旨禁斷。某爲其時又好興水利，因作此詩，言：『東海若知明主意，應教斥鹵變桑田。』意言東海若知此意，當令斥鹵地盡變桑田，此事之必不可成者，以譏興水利之難成也。《詩話總龜》

子瞻任杭州通判日，轉運司差往湖州相度隄岸利害，因與知湖州孫覺相見，作詩與孫覺云：『嗟念與子久離群，耳冷心灰百不聞。昔對青山談世事，當須舉白便浮名。』某是時約孫覺并坐客，如有言及時事者，罰一大盞，雖不指言時事是非，意言時事多不便，不得説也。又云：『天目山前緑浸裾，碧瀾堂下看銜艫。作隄捍水非吾事，閑送苕溪入太湖。』某爲先曾言水利不便，卻被轉運司差相度隄岸。又云：『作隄捍水非吾事』，意言本非興水利之人，以譏諷水利之不便也。《詩話總龜》

王駪送韓幹畫馬十二匹，求跋尾。子瞻作詩云：『南山之下，汧渭之間，想見開元天寶年。八方分屯溢秦川，四十萬匹如雲煙。騅駓駰駱驪騮騵，白魚赤兔騂皇䮍。龍顱鳳頸獰且妍，奇姿逸德隱駑頑。碧眼胡兒手足鮮，歲時翦刷供帝閑。柘袍臨池侍三千，紅粧照日光流淵。樓下玉螭吐青寒，往來蹙踏生飛端。鬼工䑛筆和朱鉛，先生曹霸弟子韓。廐馬多肉骨脽圓，肉中畫骨誇尤難。金羈玉勒繡羅鞍，鞭箠刻烙傷天全，不如此圖近自然。平沙細草荒芊緜，驚鴻脱兔争後先。王良挾策飛上天，何必俯首服短轅。』意以騏驥自比，譏執政大臣無能盡我才，如王良之御者，何必折節以求進用也。《詩話總龜》

子瞻《臘月游孤山》詩云：『獸在藪，魚在湖，一入池檻歸期無。誤隨弓旌落塵土，坐使鞭箠環呻呼。追胥連保罪及孥，百日愁歎一日娱。白雲舊有終老約，朱綬豈合幽人紆。人生何者非蘧廬，故山鶴怨秋猿孤。何時自駕鹿車去？掃除白髮煩菖蒲。麻鞋短褐隨獵夫，射弋狐兔供朝餔。陶潛自作《五柳傳》，潘閬畫入《三峰圖》。吾年凛凛今幾餘，知非不去慚衛蘧。歲亡無術歸亡逋，鵠則畫虎爲難摹。』此詩云：『誤隨弓旌落塵土，坐使鞭箠環呻呼』，以譏新法行後公事鞭箠多也。《詩話總龜》

坡《贈辨才》云：『我比陶公愧，公爲遠公優。』時辨才退居，未嘗出入，坡往見之，遂出至風篁嶺。又云：『如使北山人，求記二老游。』用老杜《寄贊上人與子成二老》：『來往亦風流』，皆一儒一釋也。又《寄參寥問少游出解》云：『底事秋來不得解，定中試與問諸天。』蓋劉禹錫《和宣上人賀王侍郎放榜後》詩云：『借問至公誰可印？支郎天眼定中觀。』不惟兼具儒釋，又正屬科場事，其不泛如此。《碧溪詩話》

子由誦《楞嚴經》，悟『一解六亡』之義，自言於此道更無疑。然其作《風痺》詩，乃有『數盡吾則行，未應墮冥漠』之句，則於理尚有礙矣。而東坡乃謂子由『聞道先我』，何耶？東坡《奉新別子由》詩云：『何以解我憂？粗了一事大。』《哭遯兒》詩云：『中年忝聞道，夢幻講已詳。』故《贈錢道人》詩云：『首斷故應無斷者，冰消那得有冰知。主人若苦令儂認，認主人人竟是誰？』又云：『有主還須更有賓，不如無鏡自無塵。只從半夜安心後，失卻當年覺痛人。』《贈東林總老》詩云：『溪聲便是廣長舌，山色豈非清淨身。夜來八萬四千偈，他日如何舉似人？』如此等句，雖宿禪老衲，不能屈也。《西清詩話》

人君不能制欲於婦人，以至溺惑廢政，未有不亂亡者。桀奔南巢，禍階妹喜；魯威不國，惑始齊姜；妲己、褒姒，以至楊妃、張、孔之徒，皆是也。吴以西施，王之耽惑，不減于諸后，一夕越兵至而王不知也。鄭毅夫詩云：『千重越甲夜城圍，燕罷君王醉不知。若論破吴功第一，黄金只合鑄西施。』謂非西施則吴不亡，吴不亡則安得以黄金而鑄之容哉？東坡《范蠡》詩云：『誰將暗矢射吴兒，長笑申公爲夏姬。卻遣姑蘇有麋鹿，更令夫子得西施。』言楚申公欲弱楚而强吴者，以夏姬之故，曾不如范蠡滅吴霸越，而坐得西施也。《苕溪漁隱叢話》

東坡嘗飲一豪士家，出侍姬十餘人，皆有姿伎。其間有一善舞者，名媚兒，容質頗麗而軀幹甚偉，豪士特所寵愛，命乞詩於公。公戲爲四句云：『舞袖翩躚，影摇千尺龍蛇動。歌喉宛轉，聲撼半天風雨寒。』妓赬然不悦而去。《遯齋閒覽》

蘇子瞻通判錢塘，嘗權領郡事。新太守將至，營妓陳狀，以年老乞出籍從良，公即判曰：『五日京兆，判狀不難。九尾野狐，從良任便。』有周生者，色藝爲一郡之最，聞之，亦陳狀乞嫁，公惜其去，判云：『慕周南之化，此意誠可嘉。空冀北之群，所請宜不允。』其敏捷喜謔如此。《澠水燕談録》

東坡在豐城，有老人生子焉，具名東坡，且求一詩。東坡問翁年壽幾何，曰『七十』；翁之妻幾何，曰『三十』。東坡即席戲作八句，其警聯云：『聖善方當而立歲，乃翁已及古稀年。』《遯齋閒覽》

《晉史》稱何劭驕奢簡貴，衣裘服玩，新故巨積，食必盡四方珍異，一日之供，以錢二萬爲限，而曾所食不過萬錢，是劭之自奉，侈於父也。而劭《贈張華》詩乃云：『周旋我陋圃，西瞻廣武廬。既貴不忘儉，處約能存無。鎮俗在簡約，塞問焉足模。』是以姬孔爲法，以管氏爲戒也。審能如是，則史所書又如何哉！以史爲正，則劭所言誣矣。東坡《擷菜》詩云：『秋來霜露滿東園，蘆菔生兒芥有孫。我與何曾同一飽，不知何苦食雞豚。』苟能如此，

則豈肯縱嗜欲于口腹之間哉！《東皋雜録》

《酉陽雜俎》載鄭愨嘗于使君林避暑，取蓮葉以簪刺其心，令與柄通，其屈莖如象鼻，傳酒噏之，名爲『碧筩』。蓋取蓮葉芳馨之氣，雜于酒中，爲可喜也。故東坡詩云：『碧筩時作象鼻彎，白酒微帶荷心苦。』是已。大抵醪醴之妙，藉外而發其中，則格高而味奇。如大宛之葡萄，大官之桐馬，皆藉他物以成者。趙德麟以黄柑釀酒，東坡嘗作《洞庭春色賦》遺之，所謂：『命黄頭之千奴，卷震澤而俱還』。坡亦以松明釀酒，所謂：『味甘餘而小苦，歎幽姿而獨高』。二酒至今有用其法而爲之者。至坡在黄州自作蜜酒，惠州自作桂酒，皆一世而止。蓋出於一時之戲劇，未必皆中節度耳。《東皋雜録》

張衡曰：『客賦醉言歸，主稱露未晞。』王式曰：『客歌驪駒，主人歌庸歸，賓主之情，可謂粲然者。』至李太白、陶淵明則不然，如嘗爲詩曰：『我醉欲眠君且去』，雖曰任真之言，然亦太無主人之情矣。司馬温公《獨樂園飲》云：『浩歌縱飲任天機，莫使歡娱與性違。玉枕醉人從獨卧，金羈倦客聽先歸。』其亦二子之意也。白樂天《招客飲》云：『客告暮將歸，主稱日未斜。又命小青娥，長跪謝貴客。』其視張衡、王式，尤爲有委曲相者，然《置酒送李漳州》詩曰：『獨醉似無名，借君作題目』，又何與招飲之詩異乎？東坡《醉眠亭》詩云：『醉中對客眠何害，須信陶潛未苦賢。』山谷云：『欲眠不遣客，佳處更難忘。』如是則

不失賓主之禮，又有可以適我之情，是賓、主之情兩得矣。《東皋雜録》

舒王作《前元豐行》云：『倒持龍骨掛屋梁』，《後元豐行》云：『龍骨長乾掛梁梠』，龍骨，水車也。是歲豐稔，故龍骨掛而不用。又有《寄楊德》詩云：『遥聞青秧底，復作龜兆拆。倐倐兩龍骨，豈得長掛壁？』是歲亢旱，反前詠爾。東坡亦有《水車》詩云：『翻翻聯聯銜尾鵶，犖犖确确蜕骨蛇。分畦翠浪走雲陣，刺水緑針抽稻芽。天公不念老農泣，唤取阿香推雷車。』言水車之利，不及雷車所霑者廣矣。《碧溪詩話》

杜《劉少府畫山水障歌》云：『反思前夜風雨急，乃是滿城鬼神入。元氣淋漓障猶溼，真宰上訴天應泣。』《應物聽嘉陵江聲》云：『水性自云静，石中本無聲。如何兩相敵？雷轉空山鳴。』《贈能吟李儋》詩云：『絲桐本異質，音韻合自然。吾觀造化意，二物相因緣。』臨川《詠魯公壞碑》云：『六書篆籀數變改，遂使後世多失真。誰能妄鑿妍與醜？坐令學士勞骸筋。堂堂魯公勇且仁，豈亦以此夸常民。直疑技巧有天巧，不必强勉亦通神。』坡《詠歙硯》詩云：『與天作石來幾時？與人作硯初不辭。詩成鮑謝石何與，筆落鍾王硯不知。』此窮本探妙，超出準繩外，不特狀寫景物也。《碧溪詩話》

李遠贈寫御容，李長史云：『初分隆準山河秀，再點重瞳日月明。』極工，及坡公『仰觀眩晃日生暈，但見曉色開扶桑。迎陽晚出步就坐，絳紗玉斧光照廊。野人不識日月角，髣

鬅尚記重瞳光。』之篇一出，光焰萬丈，視遠所作，真小兒語。《後村詩話》

坡詩略如昌黎，有汗漫者，有典嚴者，有麗縟者，有簡澹者，翕張開闔，千變萬態。蓋自以其氣魄力量爲之，然非本色也。他人無許大氣魄力量，恐不可學。和陶之作，如海東青西極，爲一瞬千里，了不爲韻束縛。《後村詩話》

眉山長公守徐，嘗與客登項氏戲馬臺，賦詩云：『路失玉鈎芳草合，林亡白鶴野泉清。』廣陵亦有戲馬臺，其下有路號『玉鈎斜』，唐高宗東封，有鶴一焉，乃詔諸州爲老氏築宫，名以『白鶴』。公蓋誤用，而後所取信，故不得不辨也。《後山詩話》

東坡居惠、廣守，月饋酒六壺，吏嘗跌而亡之，坡以詩謝曰：『不謂青州六從事，翻成烏有一先生。』《後山詩話》

東坡詩云：『君欲富餅餌，會須縱牛羊』，殊不可曉。河朔土人言：『河朔地廣，麥苗彌望，方其盛時，須使人縱牧其間，踐蹂令稍疏，則其收倍多。』是『縱牛羊』所以『富餅餌』也。《竹坡詩話》

『冰肌玉骨清無汗，水殿風來暗香滿。繡簾一點月窺人，欹枕釵横雲鬢亂。起來庭户悄無人，時見疏星渡河漢。屈指西風幾時來？不道流年暗中换。』世傳此詩爲花蘂夫人作，東坡嘗用此詩作《洞仙歌曲》，或謂東坡託花蘂以自解耳。不可知也。《竹坡詩話》

白樂天《長恨歌》云：『玉容寂寞淚闌干，梨花一枝春帶雨。』人皆喜其工，而不知其氣韻之近俗也。東坡作《送人小詞》云：『故將别語調佳人，要看梨花枝上雨。』雖用樂天語，而别有一種風味，非點鐵成黄金手，不能爲此也。《竹坡詩話》

林和靖賦《梅花》詩，有『疏影横斜水清淺，暗香浮動月黄昏』之語，膾炙天下，殆二百年。東坡晚年在惠州，作《梅花》詩云：『紛紛初疑月掛樹，耿耿獨與參横昏。』此語一出，和靖之氣，遂索然矣。張文潛云：『調鼎當年終有實，論花天下更無香。』此雖未及東坡高妙，然猶可使和靖作衙官。政和間，予見胡份司業《和曾公衮梅》詩云：『絶豔更無花得似，暗香惟有月明知。』亦自奇絶，使醉翁見之，未必專賞和靖也。《竹坡詩話》

有明上人者，作詩甚艱，求捷法於東坡，作兩頌以與之。其一云：『字字覔奇險，節節累枝葉。咬嚼三十年，轉更無交涉。』其一云：『衝口出常言，法度法前軌。人言非妙處，妙處在于是。』乃知作詩到平淡處，要似非力所能。東坡嘗有書與其姪云：『大凡爲文，當使氣象峥嶸，五色絢爛，漸老漸熟，乃造平淡。』予以爲不但爲文，作詩者尤當取法于此。《竹坡詩話》

予讀東坡《和梵天僧守詮》小詩，所謂：『但聞烟外鐘，不見烟中寺。幽人行未已，草露溼芒屨。唯應山頭月，夜夜照來去。』未嘗不喜其清絶過人遠甚。晚於錢塘，始得詮詩云：『落日寒蟬鳴，獨歸林下寺。松扉竟未掩，片月隨行屨。時聞犬吠聲，更入青蘿去。』乃

知其幽深清遠，自有林下一種風流。東坡老人雖欲回三峽倒流之瀾，與谿壑争流，終不近也。《竹坡詩話》

東坡性喜嗜猪，在黄岡時嘗戲作《食猪肉》詩云：『黄州好猪肉，價賤等糞土。富者不肯喫，貧者不解煮。慢著火，少著水，火候足時他自美。每日起來打一盌，飽得自家君莫管。』此是東坡以文滑稽耳。後讀《雲仙散録》，載黄昇日食鹿肉二斤，自晨煮至日影下西門，則曰『火候足』，乃知此老雖煮肉亦有故事，他可知矣。《竹坡詩話》

錢塘强幼安爲予言：頃歲調官都下，始識博士唐庚，因論坡詩之妙，子美以來，一人而已，其敘事簡當，而不害其爲工。如《嶺外》詩敘虎飲水潭上，有蛟尾而食之，以十字説盡云：『潛鱗有飢蛟，掉尾取渴虎。』虎著『渴』字，便見飲水意，且屬對親切，他人不能到也。《竹坡詩話》

東坡喜食燒猪，佛印住金山時，每燒猪以待其來。一日，爲人竊食，東坡戲作小詩云：『遠公沽酒飲陶潛，佛印燒猪待子瞻。采得百花成蜜後，不知辛苦爲誰甜？』《竹坡詩話》

東坡在黄州時，嘗赴何秀才會，食油果甚酥，因問主人：『此名爲何？』主人對以『無名』，東坡又問『爲甚酥？』坐客皆曰：『是可以爲名矣。』又潘長官以東坡不能飲，每爲設醴，坡笑曰：『此必錯著水也。』他日忽思油果，作小詩求之云：『野飲花前百事無，腰間惟繫一葫蘆。已傾潘子錯著水，更覓君家爲甚酥。』李端叔嘗爲予言：東坡云：『街談市語，皆可入詩，但要人鎔化耳。』此詩雖一時戲言，觀此亦可以知其鎔化之功也。《竹坡詩話》

黄師是赴浙憲，東坡與之姻家，置酒餞其行，使朝雲侍飲，坐間賦詩，有『緑衣有公言』之句。後人乃謂：『緑衣小官，猶惜其不留，是有公言也。』時朝雲語師是曰：『他人皆進用，而君數補外，何也？』是謂公言，而『緑衣』，則東坡指朝雲也。《竹坡詩話》

吕舍人作《江西宗派圖》，自是雲門、臨濟始分矣。東坡《寄子由》云：『贈君一籠牢收取，盛取東軒長老來。』則是東坡、子由爲師兄弟也。陳無己詩云：『鄉來一瓣香，敬爲曾南豐。』則陳無己承嗣鞏和尚爲何疑。予嘗以此語客，爲林下一笑，無不撫掌。《竹坡詩話》

『燕燕于飛，差池其羽。之子于歸，遠送于野。瞻望弗及，泣涕如雨。』此真可泣鬼神矣。張子野長短句云：『眼力不知人，遠上溪橋去。』東坡《送子由》詩云：『登高回首坡隴隔，惟見烏帽出復没。』皆遠紹其意。《彦周詩話》

古人文章，不可輕易，反復熟讀，加意思索，庶幾其見之。東坡《送安惇落第》詩云：『故書不厭百回讀，熟讀深思子自知。』僕嘗以此語銘座右而書諸紳也。東坡在海外，方盛稱柳柳州詩，後嘗有人得罪過海，見黎子雲秀才，説海外絶無書，適渠家有柳文，東坡日夕玩味。嗟乎！雖東坡觀書，亦須著意研窮，方見用心處耶。《彦周詩話》

寫生之句，取其形似，故詞多迂弱。趙昌畫黄蜀葵，東坡作詩云：『檀心紫成暈，翠葉森有芒。』揣摸刻骨，造語壯麗，後世莫及。《彦周詩話》

韋蘇州詩云：『落葉滿空山，何處尋行迹？』東坡用其韻曰：『寄語庵中人，飛空本無迹。』此非才不逮，蓋絶唱不當和也。如東坡《羅漢贊》云：『空山無人，水流花開。』八字，還許人再道否？《彦周詩話》

『誰人把醆慰深憂？開自無憀落更愁。幸有清溪三百曲，不辭相送到黄州。南枝北枝春事休，榆錢可寄柳帶柔。定是沈郎作詩瘦，不應春能生許愁。』此東坡《魯直梅》詩二章。作詩名貌不出者，當深攷二詩。《彦周詩話》

東坡受知神廟，雖謫而實欲用之。東坡微解此意，論賈誼謫長沙事，蓋自况也。後作《神廟挽詞》云：『病馬空思櫪，枯葵已泫霜。』此非深悲至痛，不能道此語。在元祐間，獲鬼章，《告裕陵文》云：『將帥用命，争酬未報之恩。神靈在天，難逃不漏之網。』後人輒謂東坡以微文謗訕。天乎！寧有是哉！《彦周詩話》

元豐間，蘇子瞻繫大理獄，神宗本無意深罪子瞻。時相進呈，忽言蘇軾於陛下有不臣意，神宗改容曰：『軾固有罪，然于朕不應至是。卿何以知之？』時相因舉軾《檜》詩『根到九泉無曲處，世間惟有蟄龍知』之句，對曰：『陛下飛龍在天，軾以爲不知己，而求之地下之蟄龍，非不臣而何？』神宗曰：『詩人之詞，安可如此論！彼自詠檜，何預朕事。』時相語塞，章子厚亦從旁解之，遂薄其罪。子厚嘗以語予，且以危言詆時相曰：『人之害物，無所忌憚，有如是也。』《石林詩話》

蘇文忠公詩，初若豪邁天成，其實關鍵甚密。《再來杭州壽星院寒碧軒》詩，句句切題，而未嘗拘。其云：『清風肅肅摇窗扉，窗裏修竹一尺圍。紛紛蒼雪落夏簟，冉冉緑霧沾人衣。』寒、碧各在其中。第五句：『日高山蟬抱葉響』，頗似無意，而杜詩云：『抱葉寒蟬静』，併葉言之，寒亦在中矣。『人静翠羽穿林飛』，固不待言，末句卻説破『道人絶粒對寒碧，爲問鶴骨何緣肥』，其妙如此。《二老堂詩話》

漢武好大喜功，瀆武嗜殺，而乃齋戒求仙，畢生不倦，亦可謂『癡絶』矣。李頎《王母歌》云：『武皇齋戒承華殿，端拱須臾王母見。手指玄梨使帝食，可以長生臨寓縣。』又云：『若能鍊魄去三屍，後當見我天皇所。』觀武帝所爲，是能鍊魄去三屍者乎？善哉東坡之論也：『安期與羨門，乘龍安在哉？茂陵秋風客，勸爾麾一杯。帝鄉不可期，楚些招歸來。』言武帝非得仙之姿也。又有《安期生》詩云：『嘗干重瞳子，不見龍準翁。茂陵秋風客，望祀猶蟻螽。海上如瓜棗，可聞不可逢。』言安期尚不見高祖，而肯見武帝乎？其薄武帝甚矣！吴筠《覽古》詩云：『嘗稽真仙道，清淑秘衆煩。秦皇及漢武，焉得游其藩？

既欲先宇宙，仍規後乾坤。崇高與久遠，物莫能兩存。矧乃恣所欲，荒淫伐靈根。安期反蓬萊，王母還崑崙。』此詩殆與東坡之旨合。《韻語陽秋》

杜甫詩云：『萬古仇池穴，潛通小有天。』則『仇池』者，必真仙所舍之地。東坡在潁州，夢至一官府，顧視堂上，牓曰『仇池』，自後作詩，往往自稱『仇池』，如：『記取和詩三益友，他年弭節過仇池。』按《唐書·志》，成州同谷縣有仇池，與秦州接壤，故老杜《秦州雜詩》嘗曰：『藏書聞禹穴，讀記憶仇池』，《送韋十六赴同谷郡》嘗曰：『受詞太白脚，走馬仇池頭。』是已。歐陽仲醇父語人曰：『嘗夢上帝命我爲長白山主，此何祥也？』明年，仲醇父亡，故東坡有詩云：『死爲長白主，名字書絳闕。』《松漠紀聞》云：『長白山在冷山東南，白衣觀音所居，其山禽獸皆白，人或穢其間，則致蛇虺之害。』則知福地何處無之。白樂天之蓬萊山，王平甫之靈芝宮，歐陽永叔之神清洞，皆有詩章以紀其異，其亦仇池、長白之類歟。《韻語陽秋》

汝人多苦癭，故歐公《汝癭》詩云：『傴婦垂瓮盎，嬌嬰包卵鷇。無由辨肩頸，有類龜縮殼。』梅聖俞詩云：『或如雞膆滿，或若蝯嗛並。女慚高掩襟，男衣闊裁領。』東坡《量移汝州》詩云：『闊領先裁蓋癭衣』，又云：『汝陽瓮盎吾何恥。』魯直《汝州葉縣》詩亦云：『癭民見我亦悠悠』。余嘗侍先人知汝州，見州治諸井，皆以夾錫錢鎮之，每井率數十千。

問其故，一老兵曰：『此邦磽風沙，沙入井中，人飲之則成癭。夾錫錢所以製沙土也。』因思無錫惠山泉，清甘甲于二浙者，以有錫也。則老兵之言不妄矣。《韻語陽秋》

荆州者，上流之重鎮，詩人賦詠多矣。韓退之云：『窮冬或揺扇，盛夏或重裘』，言氣候之不正。劉夢得云：『渚宫楊柳暗，麥城朝雉飛』，言城郭之荒涼。張説云：『旃裘吴地盡，髽薦楚言多』，言蠻夷之與鄰。張九齡云：『枕席夷三峽，關梁豁五湖』，言道路之四達。若其邑屋之繁富，山川之秀美，則罕有言之者。蓋自秦并楚之後，宫室盡爲禾黍，未易興復，而況秦楚之後，代代爲百戰争奪之場邪。故東坡《渚宫》詩，備言楚王宫室之盛，而繼之以『秦兵西來取鐘虡，故宫禾黍秋離離。千年壯觀不可復，今之存者蓋已卑。池空野迥樓閣小，惟有深竹藏狐狸。』之句。《韻語陽秋》

漣水軍有真君泉，在軍治園中，東坡嘗題字于石欄，又作長短句，所謂：『勸客塵埃何處洗，真君堂下寒泉水。』是也。又有藍家井，亦絶佳。二水清甘無比，嘗以惠山泉比試而惠泉翻不及。予隨侍文康公，僑寄此軍二年，每日烹茶，更用二水，遂擯惠泉不用。信知陸鴻漸《茶經》、張又新《水記》，皆虚語耳。山谷《省城烹茶》詩云：『閤門井不落第二，竟陵谷簾定誤書』，亦謂此也。歐公《再至汝陰》詩云：『水味甘于大明井。』則知天下甘泉，不爲陸、張所録者，何可勝數哉！《韻語陽秋》

白樂天《九江春望》詩云：『鑪煙豈異終南色，盆草寧殊渭北春。』蓋不忘蔡渡舊居也。老杜《偶題》云：『故山迷白閣，秋水憶皇陂。』蓋不忘秦中舊居也。東坡《横翠閣》詩云：『已見西湖懷濯錦，更看横翠憶峩眉。』殆亦此意。《韻語陽秋》

蘇東坡兄弟，以仕宦久不得歸蜀，懷歸之心，屢見于篇詠。東坡《金山》詩云：『江山如此不歸山，江神見怪驚我頑。我謝江神豈得已，有田不歸如江水。』《送程六表弟》詩云：『憑君寄謝江東叟，念我空見長安日。浮江泝蜀有成言，江水在此我不食。』《子由汝南遷居》詩云：『病暑暑已退，思歸未成歸。』《初得南園》云：『千里故園魂夢裏，百年生事寂寥中。』及子由潁濱買宅，坡又和其詩云：『劍關大道車方軌，君自不歸歸何難。山中故人應大笑，築室種柳何時還？』則二蘇未嘗一日不懷歸也。嘉祐丙申歲，老蘇在京師，乃有厭蜀之意，嘗有意嵩山之下，洛水之上，買地築室而居。故爲詩曰：『岷山之陽土如腴，江水清清多鯉魚。古人居之富者衆，我獨厭倦思移居。』是時鄉人陳景回自蜀居蔡，故以是詩告之。則是二蘇欲歸蜀，而老蘇欲出蜀也。厥後老蘇葬于蜀，而治命指其墓旁庚壬地，爲二子之藏，而二子終不得歸焉，信知人事之不可期也。《韻語陽秋》

徐凝《瀑布》詩云：『千古猶疑白練飛，一條界破青山色。』或謂樂天有『賽不得』之語，獨未見李白詩耳。李白《望廬山瀑布》詩云：『飛流直下三千尺，疑是銀河落九天。』故東坡云：『帝遣銀河一派垂，古來惟有謫仙詞。』以予觀之，『銀河一派』，猶涉比類，未若白前篇云：『海風吹不斷，江月照還空。』鑿空道出，爲可喜也。《韻語陽秋》

琴曲有賀若最古淡。東坡云：『琴裏若能知賀若，詩中定合愛陶潛。』以賀若比潛，必高人。或謂賀若弼也。考弼之爲人，殊不類潛，亦無狀小人，背烏丸軌之議，而軌見誅；争韓擒虎之功，至挺刃而出；不平楊素爲相，而有惟堪啗飯之誚。至于富極貴盛，家積珍玩不可計，妾曳羅綺數百。卒以私議大帳，爲煬帝所誅。余考之，蓋賀若夷也。夷善鼓琴，王涯居别墅，常使鼓琴娱賓，見《涯傳》。文瑩《湘山野録》載：『太宗愛宫調中十小調子，乃賀若弼所撰，其聲音及用指之法，古今無以加，世亡其名，琴家祇命曰「賀若」。』文瑩不深考，遂以爲弼，而世因是傳以爲弼也。東坡《序武道士彈琴》云：『賀若，宣宗時待詔。』不知何所據。據《序》，則是姓賀名若。《猗覺寮雜記》

東坡《孔毅夫集句》云：『路旁拾得半段鎗，何必開鑪鑄矛戟。用之如何在我爾，入手當令君喪魄。』哥舒翰以半段鎗破吐蕃，見本《傳》。《猗覺寮雜記》

杜詩云：『黄鳥時兼白鳥飛。』『黄鳥』，鶯也；『白鳥』，鷺也。《振鷺》注云：『鷺，白鳥也，蚊亦名白鳥。』《月令》：『仲秋之月，群鳥養羞。』注：『白鳥謂蚊蚋。』又《金樓子》：『齊桓寢，謂仲父曰：「一物失所，寡人悒悒。白鳥營營，饑而未食。」遂開翠紗之幮進之。』東坡云：『不怕飛蚊如立豹，又隨白鳥過長虹。』《詩話》引前証謂白鳥爲蚊、吴江多蚊爾，不知政爲鷺也。上句云『飛蚊如立豹』矣，何用更説蚊也。《猗覺寮雜記》

劉夢得云：『盛時一失難再得，桃笙葵扇安可常？』東坡云：『揚雄《方言》以簟爲笙。』則知桃笙者，桃竹簟也。《南史·顧憲之傳》：『疾疫死者，裹以笙席。』益知笙即簟也。左太冲《吴都賦》云：『桃笙象簟，韜于筒中。』李善注云：『桃枝簟也。』東坡不喜《文選》，故不用《吴都賦》。嶺外有桃竹，堅韌可作拄杖。善謂是桃枝，則恐桃枝不能爲簟，當從坡爲桃竹。《猗覺寮雜記》

東坡《琴》云：『平生不識宫與角，但聞牛鳴窖中雉登木。』出《管子·地員篇》：『凡聽宫，如牛鳴窖中；聽角，如雉登木。』《猗覺寮雜記》

東坡《橄欖》詩：『待得餘甘回齒頰，已輸崖蜜十分甜。』王立之《詩話》云：『崖蜜，櫻桃，出《金樓子》。』坡意正爲蜜爾，言『餘甘』者，甘味有餘，非果中餘甘也。立之見餘甘爲果，遂以崖蜜爲櫻桃。然則崖蜜豈專是櫻桃？且櫻桃非十分甜者，又不與橄欖同時。杜詩云：『充腸多薯蕷，崖蜜亦易求』，又云：『崖蜜松花白』，皆『蜜蜂』之蜜也。《猗覺寮雜記》

東坡《鶴歎》云：『戛然長鳴乃下趨，何至以身爲子娱。』《世説》：有遺支道林雙鶴，林曰：『既有淩霄之資，何肯爲人作耳目之玩？』養令翮成，使飛去。《猗覺寮雜記》

東坡云：『青浮卵盌槐芽餅，紅點冰盤藿葉魚。』『槐芽冷淘』，見杜詩；『藿葉膾』，見《禮記》注：『牛與羊魚之腥，聶而切之爲膾。』注：『聶，膘也。』先藿葉切之，復報切之，然後爲膾。《猗覺寮雜記》

東坡云：『此生有味在三餘』，用董邁：『冬者歲之餘，夜者日之餘，陰雨月之餘』，皆爲閒暇無事時也。人有疑陰雨者，蓋陰雨則無出入，無賓客，俗事少，故可以讀書。余嘗驗之，則知古人不虛語也。《猗覺寮雜記》。宗祥案：董邁語見《三國志·王朗傳》，『月之餘』當作『時之餘』。

唐《本草》注：『雁與燕相反，燕來則雁往，燕往則雁來。』故坡云『秋鴻社燕巧相逢。』《猗覺寮雜記》

坡云：『宜蠶使汝繭如瓮。』《述異記》云：『園客種五色香草，有五色蛾集其上。蠶時有一女來養蠶，得繭百二十枚，大如瓮，女與客俱仙去。』《猗覺寮雜記》

坡云：『彭仇不難逐。』《宣室志》：『僧契虛游稚川山頂，見宫殿有具簪冕者，曰「稚川真君」也。真君曰：「爾絶三彭之仇乎？」契虛不能對。真君曰：「不可留也。」』《猗覺寮雜記》

坡曰：『玉骨何勞獺髓醫。』《拾遺記》：『孫和月下舞水精如意，傷鄧夫人頬。醫曰：「得白獺髓，雜玉與琥珀屑，當滅痕。」』《猗覺寮雜記》

坡云：『但令有婦如康子，安用生兒比仲謀。』皇甫謐《高士傳》：『黔婁先生卒，曾西來弔，見覆以布被，覆頭則足見，覆足則頭見。曾西曰：「斜其被則歛矣。」其妻曰：「先生而不斜，死而斜之，非先生之意也。」西曰：「以何爲謚？」妻曰：「謚曰康。」西曰：「先生存時，食不充飽，衣不盡形，何以謚爲康？」妻曰：「昔先生，君欲用爲國相，辭不爲，是有餘貴；君賜粟，辭不受，是有餘富。甘天下之淡味，安天下之卑位，謚爲康，不亦宜乎？」』《魏書》：「生子當如孫仲謀，劉景昇兒子，豚犬爾！」』《猗覺寮雜記》

坡云：『揚州銅器越州羅，争唱洪農得寶歌。』見《韋堅傳》云云。《猗覺寮雜記》

坡云：『留連一物吾過矣。』《北史》：盧思道謂王晞曰：『昨被召已朱顏，得無以魚鳥致怪。』晞答曰云云，『卿輩亦是留連之一物，豈直在魚鳥？』《猗覺寮雜記》

坡云：『百尺飛泉瀉漏天。』任升《梁益記》：『漏天在雅之西北，山高谷深，陰晦常雨。』又云：『憒憒到天公。』《晉·天文志》：康帝『二年，歲星犯天關。庾翼與其兄冰書曰：「歲星犯天關，占云梁益當分。比來江東無他故，而石季龍頻年再閉關，不通信使，此復是天公憒憒，無皁白之徵。」』又云：『天形倚一笠。』《晉·天文志》：『天似蓋笠。』《猗覺寮雜記》

坡云：『《賀雨》詩成即諫書。』樂天有《賀雨》詩，末章云：『一言獻天聰，君以明爲聖，

臣以直爲忠。敢賀有其始，亦賀有其終。』此即諫疏也。《猗覺寮雜記》

坡云：『腹摇鼻息庭花落，償盡當年未足心。』孫樵云：『腹摇鼻息，夢到鄉國。槐花撲庭，鳴蜩噪晴。』《猗覺寮雜記》

坡云：『一似獮猴騎土牛。』《魏晉新語》：『尚書鍾繇謂周泰：「君釋褐登宰府，乞兒乘小車，一何駛？」泰曰：「君名公之子，少有文彩，故守吏職。獮猴騎土牛，一何遲耶？」』《猗覺寮雜記》

全宋詩話卷三十二

蘇軾五

韓康公絳子華謝事後，自潁入京看上元，至十六日，私第會從官九人，皆門生故吏，盡一時名德，如傅欽之、胡完夫、錢穆父、東坡、劉貢父、顧子敦，皆在坐。錢穆父知府至晚，子華不悦，坡云：『今日爲本殿燒香人多留住。』坐客大笑。錢形肖九子母丈夫也。方坐，出家妓十餘人侍飲，其專寵者曰魯生，舞罷，爲游蜂所螫，子華意不甚懌，久之呼出，持白團扇從東坡乞詩。坡書云：『窗摇細浪魚吹日，舞罷花枝蜂繞衣。不覺南風吹酒醒，空教明月照人歸。』上句記姓，下句書蜂事。康公大喜，坡曰：『惟恐他姬厮賴故云耳。』客皆大笑。《侯鯖録》

萬松亭在關山，始麻城縣令張毅植萬松于道，用以庇行者，且以名其亭。去未十年，而松之存者十不及三四。東坡元豐二年謫居黄州，過而賦詩云：『十年種木百年規，好德無人助我儀。縣令若同倉庾氏，亭松應長子孫枝。天公不赦斧斤厄，野火解憐冰雪姿。爲問幾株能合抱？殷勤記取《角弓》詩。』崇寧以還，坡文方禁，故詩碑不復見，而過往題詠者，不可勝紀。鄱陽倪左司濤，傷之以詩云：『舊韻無儀字，蒼髯有恨聲。』謂此也。《復齋漫録》

英州小市，江水貫其中，舊架木作橋，每不過數年，輒爲湍潦所壞，郡守建安何智甫始叠石爲之。方成，而東坡還自海外，何求文以紀。坡作四言詩，凡五十六句。予侍親居英，與僧希賜游南山，步過橋上，讀詩碑。希賜云：『真本藏于何氏，此有石刻，經黨禁亦不存，今以板刻之。』乃希賜所書也。賜因言：何公初請《記》，坡爲賦此詩，既大書矣，而未遣送郡侯，兵執役者見之，以告何。何又來謁，坡曰：『軾未到橋所，難以想像落筆。』何即命具食，拉坡偕往。坡曰：『使君爲地主，宜先陞車。』何謝不敢，乃並轎而行。既至，坡曰：『正堪作詩，晚當奉戒。』抵暮送與之。蓋中云：『我來與公，同載而出。驩呼填道，抱其馬足。』故欲同行以印此語耳。《容齋三筆》。宗祥案：東坡《何公橋》（一名『政和橋』）詩云：『天壤之間，水居其多。人之往來，如鵜在河。順水而行，雲駛鳥疾。惟水之利，千里咫尺。亂流而涉，過膝則止。惟水之害，咫尺千里。沔彼濫觴，蛙跳儵游。溢而懷山，神禹所憂。豈無一木，支此大壞？舞于盤渦，冰拆雷解。坐使此邦，畫爲兩州。雞犬相聞，胡越莫救。允毅何公，甚勇于仁。始作石梁，其艱其勤。將作復止，更此百難。公心如鐵，匪石則堅。公以身先，民以悦使。老壯負石，如負其子。疏爲玉虹，隱如金隄。直欄橫檻，百賈所棲。我來與公，同載而出。驩呼闐道，抱其馬足。我歎而言，視此滔滔。未見剛者，孰爲此橋？願公千歲，與橋壽考。持節復來，以慰父老。如朱仲卿，食于桐鄉。我作銘詩，子孫不忘。』

呂大臨，字與叔，丞相大防之弟，監鳳翔府司竹監，東西省從官列，其行義脩飭，文辭爾雅，除太學博士，著《考古圖》三十卷。其卒也，東坡作挽詩哭之云：『言中謀猷行中經，關西人物數清英。欲過叔度留終日，未識魯山空此生。論議凋零三益友，功名分付二難兄。老來尚有憂時歎，此涕無從何處傾？』《籀史》

東坡《端午帖子》云：『上林珍木暗池臺，蜀産吳苞萬里來。不獨盤中見盧橘，時于糉裹得楊梅。』《玉臺新詠·徐君蒨共内人夜守歲》詩：『酒中喜桃子，糉裹覓楊梅。』今人未見以楊梅爲糉，東坡以角黍爲午日之饌，故借言之耳。《墨莊漫録》

予汴城故居，近陳州門内蔡河東畔，居後有圃，喬林深竹，映帶城隅，中有來鶴亭，王大父時有野鶴來棲，遂馴狎不去。蘇子瞻有詩云：『鴻漸偏宜丹鳳南，冠霞披月羽毵毵。酒酣亭子來看舞，有客新名唤作眈。』每誦之，未嘗不淚滿青衫也。《楓窗小牘》

東坡還至庾嶺上，少憩村店，有一老翁出問從者曰：『官爲誰？』曰：『蘇尚書。』曰：『是蘇子瞻歟？』曰：『是也。』乃前揖坡曰：『我聞人害公者百端，今日北歸，是天祐善人也。』東坡笑而謝之，因題一詩于壁云：『鶴骨霜髯心已灰，青松夾道手親栽。問翁大庾嶺頭住，曾見南遷幾個迴？』《娱書堂詩話》

東坡書劉君佐小女裠帶云：『任從酒滿翻香縷，不願書來繫綵牋。半接西湖橫緑草，

雙垂南浦拂紅蓮。』每句皆用一事，尤可珍寶也。《春渚紀聞》

徐黄州之子叔廣，嘗書先生醉墨一幅，乃是張無盡過黄州，而黄州有四侍人，適張夫人携其一往壻家，爲浴兒之會，無盡因戲語云：『厥有美妾，良由令妻。』即續之爲小賦云：『道得徽章鄭趙，姓稱孫妻閻齊。浴兒于玉潤之家，一夔足矣。侍坐于冰清之側，三英粲兮。』既暮而張夫人復還，其一乃閻姬也。公復書絶句云：『玉筍纖纖揭繡簾，一心偷看緑羅尖。使君三尺毬頭帽，須信從來只有簷。』《春渚紀聞》

元祐二年十二月五日，進皇太妃閣《春帖子》：『東風弱柳萬絲垂，的皪殘梅尚一枝。蠒館乍欣蠶浴後，祼壇猶記燕來時。』殿閣位次《春帖》，自歐公涑水之後，惟有坡老，因頌寓規，不但求工樂府而已。坡老欲以秦郎供帖子，豈非以其才調宜用于此耶？少游不歷此官，莫知工拙。周美成亦有才思者，代内製《春帖子》卅首，率平平無奇。及讀楊廷秀詩云：『玉堂著句轉春風，諸老從前亦寓忠。誰爲君王供帖子？丁寧綺語不須工。』劉潛夫嘗充爆值，恨不得當筆措詞，以續古人。使果楊、劉爲之，又不知能如坡否？若徒緝綺麗諛説之詞，則在太白《清平樂》，王建、和凝《宫詞》下風矣。噫！元祐往矣，咸淳而後，不見春帖者四五十年矣，黄金臺下，白玉堂中，今揮翰手，代不乏人，太平典故，行當拭目。錢唐淳祐遺民仇遠謹書。《式古堂書考》

蘇惠州嘗以作詩下獄，再起遂徧歷侍從。而作詩每爲不知者咀味，以爲有譏訕，而實不然也。出守錢塘，來别潞公，公曰：『願君至杭少作詩，恐爲不相喜者誣謗。』再三言之，臨别上馬，笑曰：『若還興也，便有箋云。』時有吴處厚者，取蔡安州詩作注，蔡安州遂遇禍，故有『箋云』之戲。又云：『願君不忘鄙言，某雖老悖，然所謂者希之歲不妨也言之善。』《明道雜志》

蘇東坡如屈注天潢，倒連滄海，變眩百怪，終歸雄渾。敖陶孫《詩評》

光堯太上皇帝朝，盡復軾官，擢其孫符至尚書，今上皇帝尤愛其文。梁丞相叔子，乾道初任掖垣，一日，内中宿直召對，上曰：『近有趙夔等注蘇詩甚詳，卿見之否？』命内侍取以示之。至乾道末，上遂爲軾《御製文集序贊》，命有司刊之。因贈太師，謚文忠，又賜曾孫嶠出身，擢爲臺諫侍從。《庚溪詩話》

附烏臺詩案：

《年譜》云：『元豐二年己未，先生四十四歲。七月，太子中允權監察御史何大正舒亶、諫議大夫李定，言公作爲詩文，謗訕朝政，及中外臣僚，無所畏憚。國子博士李宜之狀亦上。七月二日，奉聖旨送御史臺根勘。二十八日，皇甫遵到湖州追之，過南京，文定張公上劄，范蜀公上書，救之。八月十八日，赴臺。獄司必欲置之死地，煆煉久之，不決。子由請以所賜爵贖之，而上亦終憐之，促其獄。十二月二十四日，得旨責檢校尚書水部員外郎，黄州團練副使，本州安置。』

按舒亶論公云：『陛下發錢，本以業貧民，則曰：「贏得兒童語音好，一年强半在城中。」陛下明法以課群吏，則曰：「讀書萬卷不讀律，致君堯舜知無術。」陛下興水利，則曰：「造物若知明主意，應教斥鹵變桑田。」陛下議鹽鐵，則曰：「豈是聞韶解忘味，邇來三月食無鹽。」』

東坡云：昔年過洛，見李公簡，言真宗既東封，訪天下隱者，杞人楊樸能爲詩，召對，自言不能。上問：『臨行有人作詩送卿否？』樸曰：『惟臣妻有一首云：「更休落魄耽杯酒，且莫猖狂愛詠詩。今日捉將官裏去，這回斷送老頭皮。」』上大笑，放還山。予在湖州，坐作詩追赴詔獄，妻、子送予出門，皆哭，無以語之，顧謂妻、子曰：『子獨不能如楊處士妻，作一詩送我乎？』妻、子不覺失笑。予乃出。

《山村絶句》：『煙雨濛濛雞犬聲，有生何處不安生？但教黄犢無人佩，布穀何勞也勸耕。』

《詩案》云：『此詩意言是時販私鹽者，多帶刀杖，故取前漢龔遂令人賣劍買牛、賣刀買犢，曰「何爲帶牛佩犢。」意言但得鹽法寬平，令民不帶刀劍而買牛犢，則民自力耕，不勞勸督。以譏鹽法太峻不便也。』

『老翁七十自腰鐮，慙媿春山筍蕨甜。豈是聞韶解忘味，邇來三月食無鹽。』

《詩案》云：『此詩意言山中之人，饑貧無食，雖老猶自採筍蕨充饑。時鹽法峻急，僻遠之人，無鹽食用，動經數月。若古之聖賢，則能聞韶忘味，山中小民，豈能食淡而樂乎？以譏鹽法太急也。』

『杖藜裹飯去怱怱，過眼青錢轉手空。贏得兒童語音好，一年强半在城中。』

《詩案》云：『此詩意言百姓請得青苗錢，立便于城中浮費使卻。又言鄉村之人，一年兩度夏、秋税，及數度請納和糴預買錢，今來更添青苗助役錢，因此莊家小子弟多在城市，不著次第，但學得城中語音而已。以譏新法青苗助役不便也。』

《塔前古檜》：『凜然相對敢相欺，直幹凌雲未要奇。根到九泉無曲處，世間惟有蟄龍知。』

《石林詩話》：元豐間，蘇子瞻繫御史獄，神宗本無意深罪之。時相進呈，忽言蘇軾于陛下有不臣之意，神宗改容曰：『軾固有罪，然于朕不應至是。卿何以知之？』時相因舉軾檜詩云：『「根到九泉無曲處，世間惟有蟄龍知。」陛下飛龍在天，軾以爲不知己，而求地下之蟄龍。非不臣而何？』神宗曰：『詩人之詞，安可如此論？彼自詠檜，何預朕事。』時相語塞，章子厚亦從旁解之，遂薄其罪。子厚嘗以語予，且以醜言詆時相曰：『人之害物，無所忌憚，有如此也。』

王定國《聞見近録》：王和甫嘗言：蘇子瞻在黄州，上數欲用之。王禹玉輒曰：『軾嘗有「此心惟有蟄龍知」之句，陛下龍飛在天而不敬，乃反求知蟄龍乎？』章子厚曰：『龍者，非獨人君，人臣亦皆可言龍也。』上曰：『自古稱龍者多矣，如荀氏「八龍」，孔明「卧龍」，豈人君也？』及退，子厚詰之曰：『相公乃欲覆人家族耶？』禹玉曰：『此舒亶言爾。』子厚曰：『亶之唾其亦可食乎？』

《贈孫莘老》：『嗟余與子久離群，耳冷心灰百不聞。若對青山談世事，當須舉白便浮君。』

《詩案》云：『任杭州通判日，轉運司差往湖州，相度隄岸利害。因與知湖州孫覺相見，作詩與之。某是時約孫覺并坐客：「如有言及時事者，罰一大盞。」雖不指言時事是非，意言時事多不便，不得説也。』

『天目山前緑浸裾，碧瀾堂下看銜艫。作隄捍水非吾事，閒送苕溪入太湖。』

《詩案》云：「某爲先曾言水利不便，卻被轉運司差相度隄岸。又云『作隄捍水非吾事』，意言本非興水利之人，以譏水利之不便也。」

趙彦才云：「先生倅杭，以開運鹽河至湖，其言『作隄捍水非吾事』，意謂于此可以爲隄，而事不在己也。」

《秋日牡丹》：『一朵妖紅翠欲流，春光回照雪霜羞。化工只欲呈新巧，不放閒花少得休。』

《詩案》云：「杭州一僧寺内，開牡丹花數朵。陳襄作絶句，某和之。此詩譏當時執政，以『化工』比執政，以『閒花』比小民，言執政但欲出新意擘畫，令小民不得暫閒也。」

《寄子由》：『眼看時事力難任，貪戀君恩退未能。遲鈍終須投劾去，使君何日换聾丞？』

《詩案》云：「某初到杭州寄弟轍詩，此詩云『眼看時事力難任』，『時事』謂新法、青苗、助役等事也，言己才力不能勝任，意亦是譏新法事煩難了辦也。」

《八月十五觀潮》：『吴兒生長狎濤淵，冒利忘生不自憐。東海若知明主意，應教斥鹵變桑田。』

《詩案》云：「時新有旨禁弄潮，故云『吴兒生長狎濤淵，冒利忘身不自憐』，蓋言弄潮之人，爲貪官中利物，致其間有溺死者，故朝旨禁斷。某爲主上好興水利，因作此詩。言『東海若知明主意，應教斥鹵變桑田』，意言東海若知此意，當令斥鹵地盡變桑田，此事之必不可成者，以譏興水利之難成也。」

《和李常韻》：『何人勸我此間來？絃管生衣甑有埃。緑蟻濡唇無百斛，蝗蟲撲面已三回。磨刀入谷追窮寇，灑涕

循城拾棄孩。爲郡鮮歡君莫歎，猶勝塵土走章臺。』

《詩案》云：『李常寄「來」字韻，某依韻和之。此詩譏新法減削公使錢太甚，及造酒不得過百石，致絃管生衣、釜甑有塵，及言蝗蟲、盜賊、災傷、饑饉之甚，以譏朝廷政事闕失，及新法不便之所致也。』

《題風水洞》：『山前乳水隔塵凡，山上仙風拂檜杉。細細龍鱗生亂石，團團羊角轉空巖。馮夷窟宅非梁棟，禦寇車輿謝轡銜。世事漸艱吾欲去，永隨二子脱譏讒。』

《詩案》云：『熙寧七年八月望，游杭州風水洞留題。此詩云「世事漸艱吾欲去，永隨二子脱譏讒」，意謂朝廷行新法之後，世事漸以艱難，小人多務讒謗，某思之不可以合，又不可以容，故欲棄官求隱居之地也。』

趙彦材《詩注》云：『蓋言世態可厭，欲從馮夷之水居，禦寇之風馭，爲可以脱譏讒也。《詩集》作「欲出」，《詩案》作「吾欲去」，今從《詩案》。』

《和劉道原》：『敢向清時怨不容，直嗟吾道與君東。坐談足使淮南懼，歸去方知冀北空。獨鶴不須驚夜旦，群烏未可辨雌雄。廬山自古不到處，得與幽人子細窮。』

《詩案》云：『《和劉道原見寄》詩，意謂劉恕有學問，性正直，故作此美之，因以譏諷當今進用之人也。「敢向清時怨不容」，是時恕自館中出監税，言非敢怨時之不容子也。馬融謂鄭康成：「吾道東矣」，故以比之。汲黯及朝，淮南寢謀，又以比恕之直也。又使韓愈云「冀北馬群遂空」，言館中無人也。嵇紹昂昂如獨鶴在雞群，又《淮南子》「雞知將旦，鶴知夜半」，又以劉恕比鶴，謂衆人爲雞也。《詩》云「具曰余聖，誰知烏之雌雄？」意言當今朝廷進用之人，君子小人雜處，如烏不可辨雌雄也。』

《習射放鷹》：『青蓋前頭點皂旗，黄茅岡下出長圍。弄風驕馬跑空立，趁兔蒼鷹掠地飛。回望白雲生翠巘，歸來紅葉滿征衣。聖朝若用西涼簿，白羽猶能效一揮。』

《詩案》云：『知密州日，因祭常山回，與同官習射放鷹，作此詩。意取西涼州主簿謝艾，本是書生，卻善用兵。意以自比，言聖朝若用某爲將，不減謝艾也。』

《和劉攽韻》：『白髮相望兩故人，眼看時事幾番新。曲無和者應思郢，論少卑之且借秦。歲惡詩人無好語，夜長鰥守向誰親？少思多睡無如我，鼻息如雷撼四鄰。』

《詩案》云：『熙寧九年，劉攽寄「秦」字韻詩與某，尋和之。此詩云「眼看時事幾番新」，以譏近日更立新法事多也。』

『十載漂然不可期，那堪重作看花詩。門前惡語誰傳出？醉後狂歌自不知。刺舌君今猶未戒，炙眉我亦更何辭。相從痛飲無餘事，正是春容最好時。』

《詩案》云：『劉攽聞人唱某小詞，作詩相戲，某和之。此詩引賀拔惎以錐刺其子舌，戒以言語事以戲攽。又不合引王舒狂言，爲王敦炙其眉事以自比。以譏時人不能容狂直之言也。』

《和李清臣韻》：『五斗塵勞尚足留，閉門聊欲治幽憂。羞爲毛遂囊中穎，未許朱雲地下游。無事會須成好飲，思歸時亦賦登樓。羨君幕府如僧舍，日向城西看浴鷗。』

《詩案》云：『弟轍時在徐州，李清臣與詩，于詩後批云「可求子瞻共和。」某次其韻。朱雲，漢成帝時乞斬張禹，漢成帝欲誅之，朱雲曰：「臣得地下從龍逢、比干游足矣。」龍逢、比干，皆因諫而死。某爲屢言新法，不蒙施行，不合以朱雲自比。意言聖明之世，必無誅戮之事，故未許與朱雲地下游。及王粲是魏武帝時人，因天下亂離，故粲在荆州依託劉表，作《登樓賦》，中有懷鄉思歸之心，意亦欲作此賦也。』

《送李清臣》：『珥筆西歸近紫宸，太平典册不緣麟。付君此事寧論晉，載我當時舊過秦。門外想無千斛米，墓中知有百年人。看君兩眼明如鏡，休把春秋坐素臣。』

《詩案》云：『李清臣差修國史，賦詩送之。某于仁宗朝，曾進論二十五首，皆論往古得失。賈誼，漢文帝時人，追論秦之過失，作《過秦論》，《史記》載之。某妄以賈誼自比，意欲李清臣于國史中載所進論。』

《司馬君實獨樂園》

《元城先生語録》云：『老先生于國子監之側，得故營地，創獨樂園，自傷不得與衆同也。以當時君子，自比伊、周、孔、孟，公乃以種竹澆花事，自比晉唐間人，以救其弊也。』

胡苕溪云：『元城所謂「當時君子，自比伊、周、孔、孟」者，意誚金陵也。』

『青山在屋上，流水在屋下。中有五畝園，花竹秀而野。花香襲杖屨，竹色侵盞斝。尊酒樂餘春，棊局消長夏。洛陽古多士，風俗猶爾雅。先生卧不出，冠蓋傾洛社。雖云與衆樂，中有獨樂者。才全德不形，所貴知我寡。先生獨何事？四海望陶冶。兒童誦君實，走卒知司馬。持此欲安歸，造物不我舍。名聲逐我輩，此病天所赭。撫掌笑先生，年

來學喑啞。』

《詩案》云：『司馬光在西京，葺一園，名「獨樂園」，作詩寄之。此詩言四海望光執政，陶冶天下，以譏見任執政不得其人。又言兒童走卒皆知其姓字，終當進用，緣光曾言新法不便，某亦曾言新法不便，既言終當進用，光意亦譏朝廷新法不便，終用光改變此法也。又言光卻瘖默不言，意望光依前上言攻擊新法也。』

《送劉攽通判泰州》：『君不見阮嗣宗，臧否不掛口。莫誇舌在牙齒牢，是中惟可飲醇酒。讀書不用多，作詩不須工。海邊無事日日醉，夢魂不到蓬萊宮。秋風昨夜入庭樹，蓴絲未老君先去。君先去，幾時回？劉郎應白髮，桃花開不開。』

《詩案》云：『此詩云「君不見阮嗣宗，臧否不挂口。莫誇舌在牙齒牢，是中惟可飲醇酒」。言當學阮籍口不臧否人物，惟可飲酒，勿談時事。意以譏新法不便，不容人直言也。』

《送曾鞏通判越州》：『醉翁門下士，雜遝難爲賢。曾子獨超軼，孤芳陋群妍。昔從南方來，與翁兩聯翩。翁今自憔悴，子去亦宜然。賈誼窮適楚，樂生老思燕。那因江鱠美，遽厭天庖羶。但苦世論隘，聒耳如蜩蟬。安得萬頃池，養此橫海鱣？』

《詩案》云：『曾鞏通判越州，臨行，館閣同舍，舊例餞送，衆人分韻，得『然』字韻。此詩云「但苦世論隘，聒耳如蜩蟬」，以譏近日朝廷進用多刻薄之人，議論褊隘，諠亂如蟬。又云「安得萬頃池，養此橫海鱣」者，以比曾鞏賢才也。《後漢》黄憲：「汪汪如萬頃陂」，言安得有度量如黄憲者，以容養此宏才也。熙寧五年，某寫書柬寄曾鞏，言「賦役毛起，鹽法峻急，民不安命」，以譏新法、青苗、助役煩碎如毛，及鹽法峻急不堪也。』

《留題風水洞》：『春山磔磔鳴春禽，此間不可無我吟。路長漫漫傍江浦，此間不可無君語。金鯽池邊不見君，進君直過定山村。路人皆言君未遠，騎馬少年清且婉。風巖水穴舊聞名，只隔山溪夜不行。溪橋曉溜浮梅萼，知君繫馬巖花落。出城三日尚逶遲，妻孥怪罵歸何時？世上小兒誇疾走，如君相待今安有？』

《詩案》云：『熙寧七年二月二十七日，游杭州風水洞，節推李佖知軾到來，先行三日，留彼見待。某到彼，于壁上留題詩，末句云「世上小兒誇疾走，如君相待今安有」，意以譏諷世之小人多務急進也。』

先生《詩話》云：『舊讀蘇子美《六和塔》詩云「松橋待金鯽，竟日獨遲留」，初不喻此語，及倅錢唐，乃知寺後池中有此魚金色也。昨日復游池上，投餅餌，乃略出，不食復入。則此魚自珍貴蓋久矣。』

《和劉道原寄張師民》：『仁義大捷徑，《詩》、《書》一旅亭。相夸綬若若，猶誦麥青青。腐鼠何勞嚇，高鴻本自冥。顛狂不用喚，酒盡漸須醒。』

《詩案》云：『此詩譏近日朝廷進用之人，以仁義爲捷徑，《詩》、《書》爲逆旅，但爲印綬爵禄所誘，則假捷徑以進，如《莊子》所謂『儒以《詩》、《禮》發冢』，故云「麥青青」。又言小人之顧禄位，如鵄鳶以腐鼠嚇鴻鵠，其溺于利，如人之醉于酒，盡則自醒也。』

《元城先生語録》：『子弟固欲其佳，然不佳者，亦未必無用處。元豐二年，東坡下御史獄，天下之士痛之，環視而不敢救。時張安道在南京，憤然上疏，欲附南京遞。府官不敢受，乃遣其子恕，持至登聞鼓院投進。恕素愚懦，徘徊不敢投。後東坡出獄，見其副本，因吐舌色動久之。問其故，東坡不答。後子由亦見之，云「宜吾兄之吐舌也，此事正得張恕力。」或問其故，子由曰：「獨不見鄭崇之救蓋寬饒乎？其疏有云：上無許史之屬，下無金張之託。此語正是激宣帝怒耳。且寬饒正以犯許史輩有此禍，今乃再訐之，是益其怒也。且東坡何罪？獨以名太高，與朝廷爭勝耳。今安道之疏乃云：其文學實天下之異才也。獨不激人主之怒乎？但一時急欲救之，故爲此言耳。」僕曰：「然則是時救東坡，宜爲何說？」先生曰：「但言：本朝未嘗殺士大夫，今乃開端，則是殺士大夫自陛下始。神宗好名而畏義，疑可以止之。」』《詩案》所載不止此，餘長篇詳見別集刊行。

《御史獄中遺子由》：『聖主如天萬物春，小臣愚暗自亡身。百年未滿先償債，千日無歸更累人。是處青山可藏骨，他年夜雨獨傷神。與君今世爲兄弟，更結來生未了因。』

本《序》云：『予以事繫御史臺獄，府吏稍見侵。自度不能堪，死獄中，不得一別子由，故作詩授獄卒梁成，以遺子由。』以上《詩林廣記》

元次山結屋浯溪之上，有『三吾』焉：因水而吾之，則曰『浯溪』；因屋而吾之，則曰『吾亭』；因石而吾之，則曰『峿臺』。蓋取吾所獨有之義，故自爲銘曰：『命之曰吾，荅吾獨有。』噫！次山何其不達之甚邪？且身非我有，是天地之委形；生非我有，是天地之委和；性命非我有，是天地之委順；孫子非我有，是天地之委蛻。而次山乃區區然認山川叢薄之微，惑其靈臺，認爲我有，抑可哀也已！《莊子》曰：『獨往獨來，是謂獨有。獨有之人，是謂至貴。』次山儻知此乎？司馬温公有園名『獨樂』，嘗爲記云：『叟之所樂者，寂寞固陋，皆衆所鄙笑，雖推以予人，人且不取，安得强之乎！必也有人肯同此樂，則再拜而獻之，豈能專哉。」故東坡爲賦詩云：『雖云與衆樂，中有獨樂者。才全德不形，所貴知我寡。』惟温公獨有之道，藴于胸中，故東坡獨樂之章形于筆下，與次山所見，殆霄壤矣。《韻語陽秋》

本朝書，米元章、蔡君謨爲冠，餘子莫及。君謨始學周越書，其變體出于顔平原。元章始學羅遜、濮王諱讓書，其變體出于王子敬。君謨泉州橋柱題記，絶過平原；元章鎮江焦山方丈六版壁所書，與子敬行筆絶相類，藝至于此，亦難矣！東坡《贈六觀老人》詩云：『草書非學聊自悟，落筆已唤周越奴。』則越之書未甚高也。《襄陽學記》，乃羅遜書，元章亦襄陽人，始效其作。至于筆挽萬鈞，沉著痛快處，遜法豈能盡耶！《韻語陽秋》

東坡詩云：『元章作書日千紙，平生自苦誰與美？畫地爲餅未必似，要令癡兒出饞水。』如此等句，似非知元章書者。晚年尺牘中語乃不然，所謂：『嶺海八年，念我元章邁往凌雲之氣，清雄絶俗之文，超邁入神之字，何時見之？以洗瘴毒。』又云：『恨二十年相從，知元章不盡。』所謂『畫地爲餅未必似』者，其知元章不盡者與？《韻語陽秋》

東坡評張顛、懷素草書云：『張顛、醉素兩秃翁，追逐世好稱書工，有如市娼抹青紅』，卑之甚矣。至評六觀老人草書則云：『心如死灰實不枯，逢塲作戲三昧俱。蒼鼠奮髯飲松腴，剡溪玉液開雪膚。夏雲飛天萬人呼，莫作羞癡楊氏姝。』則知坡之所喜者，貴于自然，琱鎸而成者，非所貴也。然張顛自言：『見公主、擔夫争道而得筆法，觀公孫大娘舞劍器而得神俊。』僧懷素自言：『我觀夏雲多奇峰，輒師之。』謂夏雲因風變化無常勢，草書亦當爾。則二人筆法，固亦出于自然，而坡去取之異如此，何邪？李頎贈顛詩云：『皓首窮草隸，時稱太湖精。』則知顛又精于隸書。錢起贈素詩曰：『能翻梵王字，妙盡伯英書。』則知素又精梵字。苑舍人亦能梵字，故王維贈詩云：『楚詞共許勝揚馬，梵字何人辨魯魚？』言世人識梵字者少也。《韻語陽秋》

予時隨家先文康公至汝州，嘗至龍興寺，觀吴道子畫兩壁：一壁作維摩示疾，文殊來問，天女散花；一壁作太子游四門，釋迦降魔成道，筆法奇絶。壁用黄沙搗泥爲之，其堅如鐵，然土人不知愛重。宣和間，家先公到官，始命修整，置關鎖，納匙于郡治。後劉元忠傳得東坡《寄子由》詩，方知子由曾施百縑，所謂：『似聞遺墨留汝海，古壁蝸蜒可垂涕。力捐金帛扶棟宇，錯落浮雲捲新霽。』是也。坡《集》載《鳳翔普門開元吴畫》詩，所謂：『亭亭雙林間，彩暈扶桑暾。中有至人談寂滅，悟者悲涕迷者手自捫。蠻君鬼伯千萬萬，相排競進頭如黿。』當是作釋迦涅槃相爾，恨不得一見之。《韻語陽秋》

《鳳將雛》曲，吴兢《樂府題要》云：『漢世樂曲名也。』而郭茂倩《樂府詩集》中無此詞，獨《通典》載應璩《百一》詩云：『爲作《陌上桑》，反言《鳳將雛》。』張正見《置酒高殿上》云：『琴挑鳳將雛。』當是用相如鼓《琴挑》云：『鳳兮歸故鄉，四海求其凰』之義，則此曲其來久矣。按《晉書·樂志》，吴聲十曲：一曰《子夜》，二曰《上柱》，三曰《鳳將雛》。此三曲自漢至今有歌，今不傳矣。故東坡《寄劉孝叔》詩云：『平生學問止流俗，衆裏笙竽誰比數？忽令獨奏《鳳將雛》，倉卒欲吹那得譜？』言古有名而今無譜也。岑參《蓋將軍歌》云：『美人一雙閒且都，朱唇翠眉映明爐。清歌一曲世所無，今日喜聞《鳳將雛》。』非謂歌《鳳將雛》也，但取世所無之義爾。《韻語陽秋》

《文選》載石季倫《昭君詞》云：『昔公主嫁烏孫，令琵琶馬上作樂，以慰其道路之思，昭君亦然。』則馬上彈琵琶，非昭君自彈也。故孟浩然《涼州詞》云：『故地迢迢三萬里，那堪馬上送明君。』而東坡《古纏頭曲》乃云：『翠鬟女子年十七，指法已似呼韓婦。』梅聖俞《明妃曲》亦云：『月下琵琶旋製聲，手彈心苦誰知得。』則皆以爲昭君自彈琵琶，豈別有所據耶？《韻語陽秋》

唐明皇酷好羯鼓，汝陽王璡精于其事，明皇喜之，屢有賞賚。東坡所謂：『汝陽真天人，破帽插紅槿。纏頭三百萬，不買一笑哂。』是也。杜甫嘗以詩二十韻贈之，有云：『聖情常有眷，朝退若無憑。仙醴來浮蟻，奇毛或賜鷹。』則當時恩寵之盛可知矣。又曰：『筆飛鸞聳立，章罷鳳騫騰』，美其書翰之妙也。又有詩稱之曰：『箭出飛鞚内，上又回翠麟』，美其射御之精也。則其可喜處，豈特羯鼓而已哉？《韻語陽秋》

《後漢·和帝紀》言：『南海舊獻荔枝，十里一置，五里一堠，奔騰阻險，死者堆路。』故東坡詩云：『十里一置飛塵灰，五里一堠兵火催。顛阬仆谷相枕藉，知是荔枝龍眼來。』而張九齡作《荔枝賦序》云：『南海郡荔枝，壯甚瓌詭。予往在西掖，嘗盛稱之，諸公莫有知者，惟舍人劉侯知之。作賦以誇大，以爲甘旨之極。』則是九齡乃創見也。議者謂楊妃酷好，安知非九齡有以啟之？鮑防《雜感》詩云：『五月荔枝初破顔，朝離象郡夕函關。雁飛不到桂陽嶺，馬走皆從林邑山。』則當時征求之急，亦可見矣。《韻語陽秋》

東坡《賞枇杷》詩曰：『魏花真老伴，盧橘認鄉人。』又曰：『客來茶罷空無有，盧橘、楊梅尚帶酸。』則皆以盧橘爲枇杷也。彼徒見《上林賦》有『盧橘夏熟』之語，遂以爲枇杷。審爾，則夏熟之下，不當復有黄甘、枇杷、橪柿之品。然唐子西《李氏山園記》言：『有一物而爲二物者，如《上林賦》所謂「盧橘夏熟」，又言「枇杷橪柿」是也。』若據子西言，則盧橘即枇杷矣。李白《宫中行樂詞》云：『盧橘爲秦樹』，許渾《送表兄奉使南海》云：『盧橘花香拂釣磯』，若以爲枇杷，則何獨秦中、南海有耶？錢起《送陸贄》詩云：『思親盧橘熟』，用陸績懷橘事，則又以爲木奴，益無按據。《韻語陽秋》

歐公在揚州，暑月會客，取荷花千朵插畫盆中，圍繞坐席。又命坐客傳花，人摘一葉，盡處飲以酒。故《答吕通判》詩云：『千頃芙渠蓋水平，揚州太守舊多情。畫盆圍處花光合，紅袖傳來酒令行。』然維揚芍藥妙天下，可以奴視荷花，而是時歐公不聞有芍藥勝會，何耶？東坡在東武，四月大會于南禪、資福兩寺，剪芍藥寘瓶盎中，供佛外以供賞玩，不下七千餘朵。有白花獨出于衆花之上，圓如覆盂，因有『兩寺裝成寶瓔珞，一枝争看玉盤盂。』之詠。惜乎歐公未知出此。《韻語陽秋》

竹固多種，所謂『桃枝竹』者，叢生而節疏，亦謂之『慈竹』，言生不離本也。王勃所謂：『宗生族茂，天長地久。萬柢争盤，千株競紏』者，梁簡文《答獻箄書》云：『五離九折，出桃枝之翠筍』，皆言桃枝竹也，若桃竹則異是矣。老杜《桃竹杖引》云：『江心磻石生桃竹，斬根削皮如紫玉。』則其色正紫，今桃枝竹不然。東坡援柳子厚詩云：『盛時一失貴反賤，桃笙、葵扇安可常？』初不知桃笙爲何物，偶閲《方言》：『宋魏之間，謂箄爲笙。』方悟桃笙以桃竹爲箄也。坡又云：『桃竹葉如椶，身如竹，密節而實中，犀理瘦骨。』豈非以此竹爲箄耶？梅聖俞云：『誰知廣文直，桃箄冷如冰。』恐亦是用此竹。《韻語陽秋》

縮項鯿出襄陽，以禁捕，遂以槎斷水，因謂之『槎頭縮項鯿』。孟浩然云：『魚藏縮項鯿』，老杜云：『謾釣槎頭縮項鯿』，皆言縮項，而東坡乃謂：『一鉤歸釣縮頭鯿』。或疑坡

爲平仄所牽廼爾，殊不知『長腰粳米，縮頭鯿魚』，楚人語也。《韻語陽秋》

湖州上强精舍寺，有陳朝觀音，商仲容書寺額，三門高百尺，謂之『三絶』。又池有金鯽魚，數年一現。故白樂天詩有『惟有上强精舍寺，最堪游處未曾游』之句，蓋謂此也。臨安六和寺，亦有金鯽池，蘇子美《六和寺》詩云：『松橋待金鯽，竟日獨遲留』，亦以其出有時，故竟日待之云爾。自子美之後四十年，東坡始游兹寺，嘗投餅餌待之，廼畧出，不食復入。坡以爲此魚難進易退而不妄食，宜其壽若此。其語深有味也。《韻語陽秋》

退之《三星行》云：『我生之辰，月宿南斗。』以五星法凖之，則知退之以磨蠍爲身宫。又云：『牛奮其角，箕張其口。牛不見服箱，斗不挹酒漿。箕獨有神靈，無時停簸揚。無善名已聞，無惡身已讙。』則知太陰在磨蠍者，主得謗譽。東坡嘗援退之《三星行》之句，以謂『僕以磨蠍爲命』，殆與退之同病。然觀東坡《謝生日啟》云：『攝提正于孟陬，已光初度。月宿直于南斗，更借虚名。』則是東坡亦磨蠍爲身宫，而乃云『磨蠍爲命』，豈非身與命同宫乎？尋常算五星者，以爲命宫災福不及身宫之重，東坡以身命同宫，故謗譽尤重于退之。職鑾坡而代言，犯鯨波而遠謫，退之之榮悴，未至如是也。孔子曰：『不知命無以爲君子。』所謂『知命』者，不爲名利所汩，而能安時處順者也。後世貪求之士，不能自安分義，徒知金印艾綬之榮，而不知苟得爲可愧，于是君平之肆，許負之廬，衣冠盈矣。劉夢得《和蘇十郎中》詩云：『菱花照後容雖改，蓍草占來命已通。』武伯奮《長安述懷》詩云：『聞説唐生子孫在，何當一爲問窮通。』觀此又奚知孔子所謂命也哉？劉孝標作《辨命論》，言：『壽夭窮達，一歸之命，可以使人杜奔競僭偪之患。』蕭瑀《非辨命論》，言：『人之禍福，一本之人事，可以使人起修身累善之心。』二人皆非以甲乙丙丁、休囚旺相而求吉凶者也。《韻語陽秋》

古今人賦棊詩多矣，『幾局賭山果，一先饒海僧』者，鄭谷之詩也；『雁行布陣衆未曉，虎穴得子人皆驚』者，劉夢得之詩也；『古人重到今人愛，萬局都無一局同』者，歐陽炯之詩也。觀諸人語意，皆無足取，獨愛荆公贈葉致遠之作，其略云：『或撞關以攻，或覷眼而壓，或羸形伺擊，或猛出追躡。垂成忽破壞，中斷俄連接。或外示閒暇，或事先和燮。或冒突超越，鼓行令震疊。或粗見形勢，驅除令遠蹀。或開拓疆境，欲并包總攝。或慚如告亡，或喜如獻捷。諱輸寧斷頭，悔誤乃披頰。』可謂曲盡圍棋之態，非筆力可以回萬鈞，豈易至此？取退之《南山》詩讀之，若可齊驅並駕也。王無功亦有《圍棋》長篇云：『雙關防易斷，隻眼畏難全。魚鱗張九拒，鶴翅擁三邊』等句，鋪敘類荆公，而其他句醜蘺處尚衆。東坡《白鶴觀》四言詩云：『小兒近道，剥啄信指。勝固欣然，敗亦可喜。』夫恣貪欲于指顧，争勝負于毫釐，業棋者之常情，而坡乃置之膜外，亦可見其胸中倐然者矣。荆公亦有『棋

羆兩奮收白黑，一枰何處有虧成』之句。《韻語陽秋》

秦太虚舉進士不得，東坡詩曰：『底事秋來不得解，定中試與問諸天。』深爲稱屈也。李方叔省試不得第，而東坡領貢舉，嘗有詩贈之云：『平生漫説古戰場，過眼終迷日五色。我慚不出君大笑，行止皆天子何責？』山谷和云：『今年持橐佐春官，遂失此人難塞責。』座主歸過于己，門生歸命于天，俱一世之賢也。《韻語陽秋》

方惟深子通隱于吴，吴人宗之，以詩行。其詩格高下，似晚唐諸人，絶不喜蘇子瞻詩文，至云：『淫言褻語，使驢兒馬子決驟。』胡文仲連因語及蘇詩云：『清寒入山骨，草木盡堅瘦』，子通曰：『做多自然有一句半句道得著也。』余問：『何至是？』曰：『子通及識蘇公。蘇公之譏評詩文，殆無逃者，子通必嘗見薄于蘇，故終身銜之。』《野客叢書》

東坡詩曰：『蒼茫瞰奔流。』又曰：『愁度奔河蒼茫間。』趙注謂：『「蒼茫」兩字，古人用之皆是平聲，而先生所用乃是仄聲。「蒼」字《廣韻》音麤朗反，而「茫」字上聲皆不收，不知先生所用出處，以俟博聞。』僕觀揚雄《校獵賦》：『鴻濛沆茫』，字音『莽』；白樂天《雪》詩：『寒消春蒼茫』，又曰：『野道何茫蒼』，注竝音上聲。近時蘇子美詩亦曰：『淮天蒼茫背殘臘，江上委蛇逢舊春。』自注：『「蒼茫」仄聲。』茫作仄用，似此甚多。《野客叢書》

東坡《橄欖》詩曰：『待得微甘回齒頰，已輸崖蜜十分甜。』《冷齋夜話》謂事見《鬼谷子》：『崖蜜』，櫻桃也。漫叟、漁隱諸公引《本草》：『石崖間蠭蜜』爲證。僕謂坡詩爲橄欖而作，疑似櫻桃對言。世謂棗與橄欖争曰：『待你回味，我已甜了。』正用此意，蠭蜜則非其類也。固自有言蠭蜜處，如張衡《七辯》云：『沙餳石蜜。』乃其等類，閩王遺高祖石蜜十斛，此亦一石蜜也。僕嘗考之，石蜜有數種：《本草》謂崖石間蠭蜜爲石蜜，必有所謂乳餳爲石蜜者，《廣志》謂蔗汁爲石蜜，其不一如此。『崖』、『石』一義，又安知古人不以櫻桃爲石蜜乎？觀魏文帝詔曰：『南方有龍眼、茘枝，不比西園蒲萄、石蜜。』以龍眼、茘枝相對而言，此正櫻桃耳，豈餳蜜之謂耶？坡詩所言，當以此爲證。《野客叢書》

《漫録》曰：東坡賞花詩曰：『仙花不用剪刀裁，國色朝酣卯酒來。太守問花花不語，爲誰零落爲誰開？』《南部新書》記嚴惲詩：『春光冉冉歸何處？更向花前把一杯。盡日問花花不語，爲誰零落爲誰開？』東坡全用此兩句。僕謂用前人一聯，足以己意，古人蓋有此體。觀宋于侯《董嬌嬈》詩曰：『洛陽城東路，桃李生路旁。花花自相對，葉葉自相當。』而曹植《豔歌曲》曰：『出自薊北門，遥望湖池桑。枝枝自相值，葉葉自相當。』但易『枝』、『植』二字而已，意則一也。唐人詩多有此體，如昌黎詩：『舉世盡從愁裏老，誰人肯向死前休？』而杜荀鶴則改一字曰：『誰人肯向死前閒』，是也。《野客叢書》

前輩謂東坡詩曰：『不向如皋閒射雉，歸來何以得卿卿。』按《左傳》：『賈大夫娶妻美，御以如皋。』『如』訓『往』也，非地名。曰『如皋』，坡誤用之耳。僕觀古樂府張止見、毛處約、江總等《雉子斑》詩，皆以《如皋》爲地名用，知此誤非始于坡。僕得此詩後，檢諸家詩注，見趙次公亦引其間一詩，乃知暗合孫吴。又觀《宋書》：明帝射雉無所得，謂侍臣曰：『吾旦來如皋空行可笑。』陳蕭有《射雉》詩：『今日如皋路，能將巧笑回。』《野客叢書》

東坡詩曰：『他年一舸鴟夷去，應記儂家舊姓西。』趙次公注：『按《寰宇記》「東施家、西施家。」「施」者其姓，所居在西，故曰「西施」。今云「舊姓西」，坡不契勘耳。』僕謂坡公不應如是之疏鹵，恐言『舊住西』，傳寫之誤，遂以『住』字爲『姓』字耳。既是姓『西』，何問新舊？此説甚不通。『應記儂家舊住西』，正此一字，語意益精明矣。《野客叢書》

東坡《和劉貢父》詩曰：『青派連淮上，黄樓冠海隅。此詩尤偉麗，夫子計魁梧。』趙次公引《前漢・張良傳贊》注曰：『蘇林注：「梧音悟。」師古謂：「魁，大貌也，言其可驚悟，今人讀爲吾，非也。」顔之説如此，而先生作平聲，則别從己見爲義乎？「計魁梧」者，計度其魁梧耳。』此趙次公所言也。僕謂次公亦未深考，以『梧』爲『吾』，非東坡自爲己義，而『計魁梧』字亦有所祖。按《後漢》：『臧洪體貌魁梧。』注：『音吾。』故杜子美詩曰：『魁梧秉至尊』，杜正用《後漢》意。又按《史記・張良世家》曰：『余以爲其人計魁梧。』後曾文清詩亦曰：『乃翁容貌計魁梧。』是又用《史記》意也。二事皆有所祖，前後人皆用過，安可謂坡公自爲己義而無所本乎？次公但見《前漢》所云，未睹《史記》、《後漢》故爾。僕又考之，漢史之贊張良曰：『張良之智勇，以爲魁梧奇偉，反若婦人女子。』此意正祖趙人述孟嘗君之意。趙人聞孟嘗君之賢，出而觀之，皆曰：『始以薛公爲魁梧，然今觀之，眇小丈夫耳。』然則『魁梧』二字，其來又遠。《野客叢書》

全宋詩話卷三十三

蘇軾六

蜀中食品，南方不知其名者多矣，而况其味乎？東坡所謂『豆莢圓且小，槐牙細而豐』者，巢菜也；所謂『贈君木魚三百尾，中有鶿黄子魚子』者，椶筍也。是此物者，蜀川甚貴重。東坡在黄州時，去鄉已十五年，思巢菜而不可得，會巢元修自蜀來，使歸致其子而種之東坡之下。又作椶筍、蜜煮酢浸，可致千里外，嘗以餉殊長老。則此二物之珍可知矣。『蒟醬』，蜀醬也，《蜀都賦》所謂『蒟醬流味』是也。苞蘆，蜀鮓也，老杜所謂『香飯兼苞蘆』是也。《韻語陽秋》

白樂天爲忠州刺史，有《東坡種花》二詩，又有《步東坡》詩云：『朝上東坡步，夕上東坡步。東坡何所愛？愛此新成樹。』本朝蘇文忠公不輕許可，獨敬愛樂天，屢形詩篇，蓋其文章、皆主辭達，而忠厚好施，剛直盡言，與人有情，于物無著，大略相似。謫居黄州，始

號『東坡』，其原必起于樂天忠州之作也。《二老堂詩話》

蘇文忠公詩文，少重複者，惟『人生如寄耳』十數處用，雖和陶詩亦及之，蓋有感于斯言。此句本起魏文帝《樂府》，厥後《高僧傳》王羲之與支道林書，祖其語爾。朱翌新仲《猗覺寮雜志》乃引高僧及高齊劉善明，似未記魏《樂府》。予爲太和蕭人傑秀才作《如寄齋説》，引文忠詩甚詳。《二老堂詩話》

陸游務觀云：王性之謂蘇子瞻作《王莽》詩譏介甫云：『入手功名事事新』，又詠《董卓》云：『公業平生勸用儒，諸公何事起相圖？只言世上無健者，豈信車中有布乎！』蓋譏介甫争市易事自相叛也。『車中有布』，借吕布以指惠卿姓、曾布名，其親切如此。又云：『曾吉甫侍郎藏子瞻《和錢穆父》詩真本，所謂「大筆推君西漢手，一言置我二劉間」者，其自注云：「穆父嘗草某答詔，以歆、向見喻，故有此句」。』而廣川董彦遠待制，乃譏子瞻不當用高光事，過矣。《二老堂詩話》

廣西有趙夢得，處于海上，東坡謫儋耳時，爲致中州家問。坡嘗題其澄邁所居二亭，曰『清斯』，曰『舞琴』，仍録陶淵明、杜子美詩及舊作數十紙與之。夢得以綾絹求，東坡答云：『幣帛不爲服章，而以書字，上帝所禁。』又有帖云：『舊藏龍焙，請來共嘗。蓋飲非其人茶有語，閉門獨啜心有愧。』真佳句也。後趙君子婦將産，夢有題開國男來謁者，生子名之曰『荆』，而字『夢授』，紹興末登科，豐厚夷雅，所至牓書室曰『見坡』，乾道中，以左奉議郎知吉州龍泉縣。予因得盡觀坡之翰墨。荆去調欽倅，未上而卒。夢開國男者，殆縣宰耶？《二老堂詩話》

元豐己未，東坡坐作詩謗訕，追赴御史獄。當時所供詩案，今已印行，所謂『烏臺詩案』是也。靖康丁未歲，臺吏隨駕，挈真案至維揚，張全真參政時爲中丞，南渡，取而藏之。後張丞相德遠，爲全真作墓誌，諸子以其半遺德遠充潤筆，其半猶存全真家。予嘗借觀，皆坡親筆，凡有塗改，即押字于下，而用臺印。蘇子容丞相元豐戊午歲，尹開封，治陳世儒獄，言者誣以寬縱請求，是秋，亦自濠州攝赴臺獄，嘗賦詩十四篇，今在《集》中。《序》云：『子瞻先已被繫，予晝居三院東閣，而子瞻在知雜南廡，才隔一垣。』其詩云：『遥憐北户吴興守，詬辱通宵不忍聞。』注謂：『所劾歌詩，有非所宜言，頗聞鍜詰之語。』《二老堂詩話》

東坡和『辛』字韻，至『擣殘椒桂有餘辛』，用意愈工，出人意外。然陳無己：『十里塵沉不受辛』，亦自然也。《觀林詩話》

東坡：『幾思壓茅柴，禁網日夜急。』蓋世號市沽爲『茅柴』，以其易著易過。周美成詩云：『冬曦如村釀，奇温止須臾。行行正須此，戀戀忽已無。』非慣飲茅柴，不能爲此語也。《觀林詩話》

『婪尾酒』，出《佛圖澄傳》，婪尾者，最後飲酒也。東坡《除夜》詩云：『不辭最後飲屠蘇』，是以樂天詩以『婪』作『藍』云：『三杯藍尾酒，一碟膠牙餳』，皆更歲之事。而東坡詩有『藍尾忽驚新歲火，遨頭及要浣花前』之語，自注云：『樂天《寒食》詩云：「三杯藍尾酒」』。當是誤記。《觀林詩話》

嘗見東坡手寫《會獵》詩云：『向不如皋閒射雉，人間何以得卿卿。』世所傳本，乃作『不向如皋』，遂以爲東坡誤用『如皋』爲地名，特未嘗見寫本耳。《觀林詩話》

東坡詩有：『絶勝倉公飲上池』，誤以長桑君爲倉公。《觀林詩話》

東坡名賈耘老之妾爲『雙荷葉』，初不曉所謂，他日傳趙德麟家所收《泉南老人雜記》記此事云：『兩髻並前，如雙荷葉，故以名之。』如『荷葉髻』，見温飛卿詞：『裙拖安石榴，髻嚲偏荷葉。』《觀林詩話》

太虚云：僕有《梅花》一詩，東坡爲和，王荆公嘗書之于扇。有見荆公扇上所書者，乃『月落參横畫角哀，暗香消盡令人老』兩句。涪翁又愛其四句云：『清淚斑斑知有恨，恨春相從苦不早。甘心結子待君來，洗雨梳風爲誰好？』曰：『玉臺詩中，氣格高者，乃能及此耳。』《觀林詩話》

《澠水燕譚》記張芸叟奉使遼東，宿幽州館中，有題子瞻《老人行》于壁者，聞范陽書肆，亦刻子瞻詩數十首，謂之《大蘇小集》。芸叟題其後云：『誰傳佳句到幽都？逢着群兒問大蘇。莫把文章動蠻貊，恐妨談笑卧江湖。』此乃子由與坡詩，『佳句』二字，本云『家集』。坡亦有和篇，所謂『欲問君王乞鑒湖』是也。《觀林詩話》

東坡云：『醉眼炫紅緑』，此乃『看朱成碧顔始紅』换骨句耳。《觀林詩話》

鹽官倪清，素寶東坡墨迹數軸，如護眼目。縣官數以勢力劫之，卒不可得。取試經行中語，自牓其所居曰：『薄命佳人之館』。《觀林詩話》

東坡愛玉女洞中水，既致兩瓶，恐後復取，而爲使者見紿，因破竹爲契，使寺僧藏其一，以爲往來之信，戲謂爲『調水符』。作詩云：『欺謾久成俗，關市有契繻。誰知南山下，取水亦置符。古人辨淄澠，皎若鶴與鳧。吾今既謝此，但視符有無。常恐汲水人，智出符之餘。多防竟無及，棄置爲長吁。』此當與擇勝亭俱傳于好事者，非確論也。《觀林詩話》

一僧問王茂公云：『凡花皆經歲復開，東坡何爲獨于梅花言返魂香耶？』茂公云：『以梅花清絶能醒人，非餘花可比故耳。』遂引蘇德哥及聚窟洲返魂香事爲證。僧來從予借二書驗之，皆與梅花了不相關，遂憾茂公之欺。予爲言其事，見韓偓《金鑾密紀》，出内廷詩，有『玉爲通體尋常見，香號返魂容易回』之語，其題云：『嶺南梅花，一歲再發。故作此詩，題于花下。』東坡云：『返魂香入嶺頭梅。』僧遂釋然。《觀林詩話》

贈人詩多用同姓事，如東坡《贈鄭户曹》云：『公業有田常乏食，廣文好客竟無氈。』又《贈蔡子華》云：『莫尋唐舉問封侯，但遣麻姑爲爬背。』涪翁和東坡詩云：『人間化鶴三千歲，海上看羊十九年。』陳無己《贈何郎中》云：『已度城陰先得句，不應從俗未忘葷。』惟徐師川《贈張仁》云：『詩如雲態度，人似柳風流。』尤爲工也。又半山與劉發詩云：『何妨過我論奇字，亦復令公見異書。』則又用彼我兩姓事。《觀林詩話》

東坡詩有：『灩翻白獸罇中酒，歸煮青泥坊底芹。』爲貶謫者設也。《續仙傳》載一神仙詩，有『灩翻王母九霞觴，謫向人間作酒狂』之語，蓋用此耳。『灩』，一本作『踏』。《觀林詩話》

東坡《王平父哀詞》云：『已知毅豹爲均死，未識荆凡定孰存。』雖拘詩律，易『楚』爲『荆』，然古人多以『荆』、『楚』二字互用，如《後漢》臧洪論云：『可謂懷哭秦之節，存荆則未也。』亦不云『楚』而云『荆』也。《觀林詩話》

樂天云：『近世韋蘇州歌行，才麗之外，頗近興諷。其五言詩文，又高雅閒淡，自成一家之體。今之秉筆者，誰能及之？』故東坡有『樂天長短三千首，卻愛韋郎五字詩』之句。然樂天既知韋應物之詩，而乃自甘心于淺俗，何耶？豈才有所限乎？《觀林詩話》

一日，璉公與予書，紙尾批云：『比雨過，庵前後竹萌戢戢，取以充庖，頗覺有味。因誦東坡「我與何曾同一飽，不知何苦食雞豚」之語。時敏聞同槃，亦云：「白湯澆飯肥腯腯，喫肉一把骨。」相與大笑，噴飯滿案。』因書及此，庶知庵中亦不寂寞也。《觀林詩話》

錢伯瞻有侍兒，妙麗爲一時衣冠家桃李之冠，故時人號『花王』，即東坡《涪翁賡和蓬字韻》詩所謂『安得春筍手，爲我剥蓮蓬』者也。名倩奴。坡與涪翁詩，皆曰《青人詠》云。《觀林詩話》

東坡詩有『厭小人羹』者，蓋用潁叔之語：『小人有母，皆嘗小人之食矣，未嘗君之羹。』然初不云『小人羹』也。《觀林詩話》

詩有驚人句，杜《山水障》：『堂上不合生楓樹，怪底江山起烟霧。』又：『斫卻月中桂，清光應更多。』白樂天云：『遥憐天上桂華孤，爲問姮娥更寡無？』『月中幸有閒田地，何不中央種兩株？』韓子蒼《衡岳圖》：『故人來自天柱峰，手提石廩與祝融。兩山陂陀幾百里，安得置之行篋中？』此亦是用東坡云：『我持此石歸，袖中有東海。』杜牧之云：『我欲東召龍伯公，上天揭取北斗柄。蓬萊頂上斡海水，水盡見底看海空。』李賀云：『女媧鍊石補天處，石破天驚逗秋雨。』《誠齋詩話》

東坡《煎茶》詩云：『活水還將活火烹，自臨釣石汲深清。』第二句七字而具五意：水清一也；深處清二也；石下之水，非有泥土，三也；石乃釣石，非尋常之石，四也；東坡自汲，非遺卒奴，五也。『大瓢貯月歸春甕，小杓分江入夜瓶。』其狀水之清美極矣，『分江』二字，此尤難下。『雪乳已翻煎處脚，松風仍作瀉時聲。』此倒語也，尤爲詩家妙法，即少陵：『紅稻啄餘鸚鵡粒，碧梧棲老鳳凰枝。』也。『枯腸未易禁三椀，卧聽山城長短更。』又翻卻盧仝公案。仝吃到七椀，坡不禁三椀。山城更漏無定，『長短』二字，有無窮之味。《誠齋詩話》

五七字絶句，最少而最難工，雖作者亦難得四句全好者，晚唐人與介甫，最工于此。如李義山憂唐之衰云：『夕陽無限好，其奈近黄昏。』如：『青女素娥俱耐冷，月中霜裏鬭嬋娟。』如：『芭蕉不解丁香結，同向春風各自愁。』如：『鶯花啼又笑，畢竟是誰春。』唐人《銅雀臺》云：『人生富貴須回首，此地豈無歌舞來？』《寄邊衣》云：『寄到玉關應萬里，戍人猶在玉關西。』《折楊柳》云：『羌笛何須怨楊柳，春光不度玉門關。』皆佳句也。如介甫云：『更無一片桃花在，爲問春歸有底忙？』『祇是蟲聲已無夢，三更桐葉强知秋。』『百囀黄鸝看不見，海棠無數出墻頭。』『暗香一陣風吹起，知有薔薇澗底花。』不減唐人。然鮮有四句全好者。杜牧之云：『清江漾漾白鷗飛，緑净春深好染衣。南去北來人自老，夕陽長送釣船歸。』唐人云：『樹頭樹尾覓殘紅，一片西飛一片東。自是桃花貪結子，錯教人恨五更風。』韓偓云：『昨夜三更雨，臨明一陣寒。薔薇花在否？側卧捲簾看。』介甫云：『水際柴扉一半開，小橋分路入青苔。背人照影無窮柳，隔屋吹香併是梅。』東坡云：『暮雲收盡溢清寒，銀漢無聲轉玉盤。此生此夜不長好，明月明年何處看？』四句皆好矣。《誠齋詩話》

神宗徽猷閣成，告廟祝文，東坡當筆。時黄魯直、張文潛、晁无咎、陳無己畢集，觀坡落筆云：『惟我神考，如日在天。』忽外有白事者，坡放筆而出，諸人擬續下句，皆莫測其意所向。頃之坡入，再落筆云：『雖光輝無所不充，而躔次必有所舍。』諸人大服。《誠齋詩話》

庾信《月》詩云：『渡河光不溼。』杜云：『入河蟾不没。』唐人云：『因過竹院逢僧話，又得浮生半日閒。』坡云：『殷勤昨夜三更雨，又得浮生盡日涼。』杜夢李白云：『落月滿屋梁，猶疑照顔色。』山谷《簟》詩云：『落日映江波，依稀比顔色。』退之云：『如何連曉語，祇是説家鄉。』吕居仁云：『如何今夜雨，祇是滴芭蕉。』此皆用古人句律，而不用其句意，以故爲新，奪胎换骨。《誠齋詩話》

歐陽公作省試知舉，得東坡之文，驚喜，欲取爲第一人，又疑其是門人曾子固之文，恐招物議，抑爲第二。坡來謝，歐陽問坡所作《刑賞忠厚之至論》，有：『皋陶曰殺之三，堯曰宥之三』，此見何書。坡曰：『事在《三國志·孔融傳》注。』歐退而閲之，無有。他日，再問坡，坡云：『曹操滅袁紹，以袁熙妻賜其子丕，孔融曰：「昔武王伐紂，以妲己賜周公。」操驚問何經見，融曰：「以今日之事觀之，意其如此。」堯、皋陶之事，某亦意其如此。』歐退而大驚曰：『此人可謂善讀書，善用書。他日文章，必獨步天下。』然予嘗思之，《禮記》云：『獄成，有司告于王。王曰：「宥之。」有司曰：「在辟。」王又曰「宥之。」有司又曰「在辟。」三宥不對，走出，致刑于甸人。』坡雖用孔融意，然亦用《禮記》故事，其稱王謂王三皆然，安知此典故不出堯！《誠齋詩話》

東坡談笑善謔，過潤州，太守高會以饗之。飲散，諸妓歌魯直《茶》詞云：『惟有一杯春草，解留連佳客。』坡正色曰：『卻留我吃草！』諸妓立東坡後，憑東坡胡床者，大笑絶倒，胡床遂折，東坡墮地，賓客一笑而散。見蜀人李珪説。《誠齋詩話》

東坡知徐州，李定之子某過焉，坡以過客故事宴之。其人大喜，以爲坡敬愛之也，因起而請求薦墨，坡佯應曰『諾』。久之，閒談，坡忽問李：『相法謂面上人中長一寸者，壽百年。有是説否？』李曰：『未聞也。』坡曰：『果若人言，彭祖好一个猷長漢！』李大慚而遁。見王僑卿説。《誠齋詩話》

東坡嘗宴客，俳優者作伎萬方，坡終不笑。一優突出，用棒痛打作伎者，曰：『内翰不笑，汝猶稱良優乎？』對曰：『非不笑也，不笑所以深笑之也。』坡遂大笑。蓋優人用東坡《王者不治夷狄論》云：『非不治也，不治乃所以深治之也。』見子由五世孫奉新縣尉懋説。

《誠齋詩話》

予過金山，見妙高臺上掛東坡像，有東坡親筆《自贊》云：『目若新生之犢，身如不繫之舟。試問平生功業？黄州、惠州、崖州。』今《集》中無之。予昔爲零陵丞，嘗肩輿過一野寺，壁間山谷親筆一詩，予小立肩輿，誦之三過，既歸書之，止記一聯云：『春將國艷薰花骨，日借黄金縷水紋。』今《集》中亦無之。《誠齋詩話》

東坡詩云：『卧占寬閒五百弓。』汪彦章《啟》云：『嗟甫里百弓之别墅。』七尺二寸爲一弓，事見《釋梵》：『一尺八寸爲一肘，四肘爲一弓。』今《通鑒》二百四十八卷：『會昌五年，祠部奏天下寺四千六百，蘭若四萬。』注下亦詳史炤《釋文》引《薩波多論》云：『西天度地，以四肘爲一弓。去寺店五百弓，不遠不近，以閒静處爲蘭若。』今以唐尺計之，蓋二里許也。《誠齋詩話》

東坡先生學術文章，忠言直節，不特士大夫所欽仰，而累朝聖主，寵遇皆厚。仁宗朝，登進士科，復應制科，擢居異等。英宗朝，自鳳翔簽判滿任，欲以唐故事召入翰林，宰相限以近例，且召試秘閣，上曰：『未知其能否，故試之。如軾豈不能耶，宰相猶難之。』及試，又入優等，遂直史館。神宗朝，以議變更科舉法，上得其議，喜之，遂欲進用，以與王安石論新法不合補外。王黨李定之徒，媒蘖浸潤不止，遂坐詩文有譏諷，赴詔獄，欲寘之死。賴上獨軾雖有罪，不應至此。』時相舉軾《檜》詩云：『「根到九泉無曲處，世間惟有蟄龍知。」陛下龍飛在天，軾以爲不知己，而求地下蟄龍，非不臣而何？』上曰：『詩人之詞，安可如此論！彼自詠檜，何預朕事。』時相語塞。又上一日與近臣論人材，因曰：『軾方古人孰比？』近臣曰：『唐李白文才頗同。』上曰：『不然。白有軾之才，無軾之學。』上累有意復用，而言者力沮之。上一日特出手劄曰：『蘇軾默居思咎，閱歲滋深，人才實難，不忍終棄。』因量移臨汝。哲宗朝，起知登州，召爲南宮舍人，不數月遷西掖，遂登翰苑。紹聖以後，熙、豐諸臣當國，元祐諸臣例遷謫。崇、觀間，蔡京、蔡卞等用事，拘以黨籍，禁其文辭墨迹而毁之。政和間，忽弛其禁，求軾墨迹甚鋭，人莫知其由。或傳徽宗皇帝實籙宫醮筵，常親臨之，一日啟醮，其主醮道流拜章伏地，久之方起，上詰其故，答曰：『適至上帝所，值奎宿奏事，良久方畢，始能達其章故也。』上歎訝之，問曰：『奎宿何神爲之？所奏何事？』對曰：『所奏不可得知。然爲此宿者，乃本朝之臣蘇軾也。』上大驚，不惟弛其禁，且欲歆其文辭墨迹，一時士大夫從風而靡。光堯太上皇帝朝，盡復軾官職，擢其孫符自小官至尚書。今上皇帝尤愛其文，梁丞相叔子，乾道初任掖垣兼講席，一日，内中宿直召對，上因論文，問曰：『近有趙夔等注軾詩甚詳，卿見之否？』梁奏曰：『臣未之見。』上曰：『朕有之。』命内侍取以示之。至乾道末，上遂爲軾御製《文集敍贊》，命有司與《集》同刊之，因贈太師，謚文忠。又賜其曾孫嶠出身，擢爲臺諫侍從。嗚呼！昔揚雄之文，當時人忽之，且欲覆醬瓿，雄亦自謂：『後世復有揚子雲，當好之。』今東坡詩文，乃蒙當代累朝神聖之主，知遇如此，使忌能之臣，譖言不入。且道流之語，未必可信。注解之士，出于一時之意，而當寧以軾之忠賢而確信之。身後恩寵異常，此誠堯舜之君，樂取諸人以爲善。而軾遂被此光榮，不其偉哉！《庚溪詩話》

東坡在黄岡，每用官妓侑觴，群姬持紙乞歌詩，不違其意而予之。有李琦者，獨未蒙賜，一日有請，坡乘醉書：『東坡五載黄州住，何事無言贈李琦。』後句未續，移時乃以『卻似城南杜工部，海棠雖好不吟詩』足之，奬飾乃出諸人右。其人自此聲價增重，殆類子美詩中黄四娘。《清波雜志》

東坡謫君齊安，時以文筆游戲三昧。齊安樂籍中李宜者，色藝不下他妓，他妓因燕市中有得詩曲者，宜以語訥，不能有所請，人皆咎之。坡將移臨汝，于飲餞處，宜哀鳴力請，坡半酣，笑謂之曰：『東坡居士文名久，何事無言及李宜。恰似西川杜工部，海棠雖好不吟詩。』《庚溪詩話》

葉少藴夢得《石林詩話》，以楊大年、劉子儀喜唐彦謙《題漢高帝廟》云：『耳聞明主提三尺，眼見愚民盜一抔』，語皆歇後，如『三尺律』『三尺喙』皆可，何獨劍乎？又蘇子瞻云：『買牛但自捐三尺，射鼠何勞挽六鈞』，亦與此同病。然予按《漢・高帝紀》曰：『吾以布衣，提三尺取天下。』又《韓安國傳》：『高帝曰：「提三尺取天下者，朕也。」』皆無『劍』字，惟注曰：『三尺，謂劍也。』出處既如此，則詩家用其本語，何爲不可？又曰：子瞻用孔稚圭鳴蛙事，如：『水底笙簧蛙兩部，山中奴婢橘千頭』，『已遣亂蛙成兩部，更邀明月作三人』，則兩部不知爲何物？今按《孔珪傳》：『珪不樂世務，庭下草萊不翦，中有鳴蛙。或問之，珪笑曰：「我以此當兩部鼓吹。」』然則嘗觀此《傳》者，亦豈不知兩部爲何物哉？若謂出處僻，人少有知者，則何待人之淺也。《庚溪詩話》

古今以體物語形于詩句，或以人事喻物，或以物喻人事。如唐許渾《題崔處士幽居》云：『荆樹有花兄弟樂，橘林無實子孫忙。』語亦工矣。及觀柳子厚《過盧少府郊居》云：『蒔藥閒庭延國老，開樽虛室值賢人。』則語尤自在而意勝。至東坡因章質夫以書送酒六壺，書至而酒不至，坡答以詩云：『豈意青州六從事，化爲烏有一先生。』則上下意相關，而語益奇矣。《庚溪詩話》

宋景文有詩曰：『捫虱須逢英俊士，釣鰲豈在牛蹄灣。』以小物與大爲對，而語壯氣勁，可嘉也。而東坡一聯曰：『聞説騎鯨游汗漫，亦嘗捫虱話悲辛。』則律切而語益奇矣。《庚溪詩話》

元祐間，東坡與曾子開肇，同居兩省，扈從車駕，赴宣光殿。子開有詩，其略曰：『鼎湖弓劍仙游遠，渭水衣冠輦路新。』又云：『階除翠色迷宮草，殿閣清陰老禁槐。』詩語亦佳。坡兩和其斷句『辛』字韻皆工，云：『輦路歸來聞好語，共驚堯顙類高辛。』又云：『最後數篇君莫厭，擣殘椒桂有餘辛。』按《楚辭》：『昔三后之純粹兮，固衆芳之所在。雜申椒與菌桂兮，豈維紉夫蕙茝。』蓋以椒、桂、蕙、茝，皆草木之香者，喻賢人也。詩人押險韻，宜搜至此，可謂工矣。而《西清詩話》遂改其句云：『讀罷君詩何所似？擣殘椒桂有餘辛。』以謂坡譏唱首多辣氣，此何理也？坡爲人慷慨疾惡，亦時見于詩，有古人規諷體，然亦詎肯效閭閻以鄙語相詈哉！恐誤後人心術，不得不辨。《庚溪詩話》

元祐間，有旨修上清儲祥宮成，命翰林學士蘇軾作碑紀其事。坡敘事既得體，且取道家所言與吾儒合者記之，大有補于治道。紹聖、元符間，黨禁興，遂毀其碑，命翰林學士蔡京別爲之。京之文類三舍舉子經義程文耳。正如唐時仆韓退之《平淮西碑》，命段文昌改作，後人有詩曰：『淮西功業冠吾唐，吏部文章日月光。千載斷碑人膾炙，不知世有段文昌。』予于儲祥宮碑亦云。後見韓无咎元吉云，是江子我詩。《庚溪詩話》

苕溪胡元任《叢話》曰：律詩有扇對格，第一與第三句對，第二與第四句對。如少陵《台州鄭司户、蘇少監》詩云：『得罪台州去，時危棄碩儒。移官蓬閣後，穀貴歿潛夫。』東

坡蘇子瞻《和鬱孤臺》詩云：『邂逅陪車馬，尋芳謝脁州。悽涼望鄉國，得句仲宣樓。』之類是也。《草堂詩話》

《漫叟詩話》曰：杜詩有：『自天題處溼，當暑著來清。』『自天』、『當暑』，乃全語也。東坡蘇子瞻詩云：『公獨未知其趣耳，臣今時復一中之。』可謂青出于藍。苕溪胡元任《叢話》曰：子瞻此詩，戲徐君猷、孟亨之皆不飲酒，不止天生此對，其全篇用事親切尤可喜。詩云：『孟嘉嗜酒桓温笑，徐邈狂言孟德疑。公獨未知其趣耳，臣今時復一中之。風流自有高人識，通介寧隨薄俗移。二子有靈應撫掌，吾孫還有獨醒時。』皆徐、孟二人事也。《草堂詩話》

東坡《吉祥賞花寄陳述古》詩云：『仙花不用剪刀裁，國色初酣卯酒來。太守問花花不語，爲誰零落爲誰開？』《南部新書》記嚴惲詩：『春光冉冉歸何處？更向花前把一杯。盡日問花花不語，爲誰零落爲誰開？』東坡全用此兩句也。惲字子重，能詩，與杜牧善。《優古堂詩話》

東坡《泗州僧伽塔》詩云：『耕田欲雨刈欲晴，去得順風來者怨。若使人人禱輒應，造物應須日千變。』張文潛用其意別爲一詩云：『山邊半夜一犂雨，田父高歌待收穫。雨多瀟瀟蠶簇寒，蠶婦低眉憂繭單。人生多求復多怨，天公供爾良獨難。』《優古堂詩話》

參寥詩：『可人惟有秦淮月，出没娟娟波浪中。』東坡《送蜀僧》詩：『當時半破蛾眉月，還在平羌江水中。』二意偶同，而東坡乃用李白詩。《優古堂詩話》

《侯鯖録》云：東坡謂世之對偶，如『紅生白熟』、『手文脚色』二對，無復加也。然予嘗記唐羅虬詩云：『窗前遠岫懸生碧，簾外殘霞挂熟紅。』然則羅虬已用『生碧』對『熟紅』矣。《優古堂詩話》

杜子美《贈曹將軍霸》詩：『淩煙功臣少顔色，將軍下筆開生面。良相頭上進賢冠，猛將腰間大羽箭。褒公鄂公毛髮動，英姿颯爽來酣戰。』『鄂公』謂尉遲敬德，『褒公』謂段志元也。故東坡《贈寫真何充》詩：『黄冠野服山家容，意欲置我山巖中。勳名將相今何限，往寫褒公與鄂公。』鮑真由《謝傳神蔡景直》詩：『馳譽丹青有古風，筆端及我未宜蒙。雲臺麟閣遥相望，往寫褒公與鄂公。』用東坡語，尤爲無功。《優古堂詩話》

東坡《送魯元翰》詩：『皎皎千丈清，不如尺水渾。』陳後山《次韻東坡》詩：『信有千丈清，一如一尺渾。』參寥詩：『乍爲含垢千尋濁，不作驚人一掬清。』《優古堂詩話》

東坡詩：『白水滿時雙鷺下，午陰清處一蟬鳴。』唐李端《茂陵山行陪韋金部》詩云：『盤雲雙鶴下，隔水一蟬鳴。』東坡本此。《優古堂詩話》

東坡《次韻徐積》詩：『殺雞未肯邀季路，裹飯應須問子來。』按《莊子》書，子杞、子輿、子犂、子來四人，相與爲友，然無裹飯之事。《莊子》書又載子輿、子桑友，而霖雨十日，子輿曰：『子桑殆病矣。』裹飯而往食之。乃知『裹飯者』子輿、子桑，非子來也。東坡此詩爲誤。予又觀韓退之《贈崔立之》詩云：『昔者十日雨，子來寒且饑。其友名子輿，忽然憂且思。褰裳觸泥水，裹飯往食之。好事漆園吏，書之存雄詞。』然則退之亦誤用耳。《優古堂詩話》

『憶昔庚寅降屈原，旋看蠟鳳戲僧虔。隨翁萬里心如鐵，此子何勞爲置田。』東坡《送子由奉使》最後一章也。時子由之子侍行，故及之。然『蠟鳳之戲』，議者以爲誤。蓋《南史》：王曇首與兄弟集會，子孫任其戲：適僧達跳其地作虎子；僧虔累十二博棋，既不墜落，亦不重作；僧綽采蠟燭作鳳凰。乃知『蠟鳳之戲』，非僧虔也。《優古堂詩話》

東坡：《和楊公濟梅花》詩云：『月地雲階漫一尊，玉奴終不負東昏。』又《四時》詩云：『玉奴纖手嗅梅花。』《南史》齊東昏侯妃潘玉兒，有國色。牛僧孺《周秦行紀》：薄太后曰：『牛秀才遠來，誰爲伴？』潘妃辭曰：『東昏侯以玉兒身死國除，不擬負他。』注云：『玉兒，妃小字。』東坡蓋兩用此，而以『兒』爲『奴』者，誤也，然不害爲佳句。《優古堂詩話》

東坡《和山谷嘲小德》詩，末云：『但使伯仁長，還興絡秀家。』蓋伯仁乃絡秀子耳。洪駒父《哭謝無逸》詩云：『但使添丁長，終興謝客家。』此學東坡語尤無功。『添丁盧仝子，氣骨不相屬。』絡秀本周伯仁父浚之妾，小德亦庶出，故坡用事，其切如此。山谷詩：『解著《潛夫論》，不妨無外家。』更覺其切。《優古堂詩話》

東坡《岐亭『汁』字韻》詩：『不見盧懷真，蒸壺似蒸鴨。坐客皆忍笑，髡然發其幕。』按《太平廣記》載《盧氏雜説》：『鄭餘慶與人會食，日高，衆客囂然。呼左右曰：「爛蒸去毛，莫拗折項。」諸人相顧以爲必蒸鵝鴨。良久就餐，每人前下粟米飯一椀，蒸胡盧一枚。餘慶餐美，諸人强進而罷。』然則『蒸壺似蒸鴨』，乃鄭餘慶，非懷真也。豈東坡偶忘之耶？《優古堂詩話》

東坡『羡君懷中雙橘紅』，用陸績事也。以績《傳》考之云『懷中橘三枚』，卻不云『二枚』也。《艇齋詩話》

東萊喜東坡《贈眼醫王彦若》詩，王履道亦言東坡自負此詩，多自書與人。予讀其詩，如佛經中偈贊，真奇作也。《艇齋詩話》

東坡《黄子思詩序》：『論詩至李杜，字畫至顔柳，無遺巧矣。然鍾、王蕭散簡遠之意，至顔柳而盡。魏晉詩人，高風遠韻，至李、杜而亦衰。』此説最妙。大抵一盛則一衰，後世以爲盛，則古意必已衰，物物皆然，不獨詩、字畫然也。《艇齋詩話》

東坡：『病來彌勒與同龕』，『彌勒同龕』，出法帖。《艇齋詩話》

東坡：『起伏龍行』，蓋諷富韓公也。韓公熙寧初入相，時荆公用事，韓公多稱疾在告，故范忠宣在諫路，嘗以書責之。東坡《起伏龍行》，即與忠宣之意同。其間如云：『滿腹雷霆暗不吐』，又云：『赤龍白虎戰明日，有事徑須煩一怒』，意欲韓公與荆公争辨也。《艇齋詩話》

東坡《梅花》詩：『玉妃謫墮煙雨村』，『謫墮』二字，出《楊貴妃外傳》，『玉妃』即貴妃也，韓子蒼云。《艇齋詩話》

東坡《與錢穆父》詩云：『尊前俱是蓬萊守』，是時東坡守登，錢穆父守越，道過登，故東坡有此詩。謂登、越二州皆瀕海，故言：『俱是蓬萊守』。下原缺二行。《艇齋詩話》

東坡：『江上秋風無限浪，枕中春夢不多時。』蓋用白樂天詩。白樂天云：『秋風江上浪無限，夜雨舟中酒一尊。』《艇齋詩話》

東坡黄州詩云：『長江繞郭知魚美，好竹連山覺筍香。』讀此可見黄州専有水竹也。《艇齋詩話》

東坡《雪》詩云：『水精鹽，爲誰甜？』鹽味不應言『甜』，以《古樂府》考之，言『白酒、甜鹽』，則知鹽可言甜。《艇齋詩話》

東坡《表忠觀碑》言『龍飛鳳舞』者，郭璞言天目山形，如『龍飛鳳舞』。故《徑山》詩又

云『山前鳳舞遠徵璞』是也。東坡碑初出，人疑『龍飛鳳舞』之語，惟林子中知此四字出于郭璞，它人不知也。《艇齋詩話》

徑山開山大覺禪師，名道欽，唐肅宗時人，嘗養白雞。故東坡詩云：『冢上雞鳴猶憶欽』。《艇齋詩話》

東坡詩云：『五百年間異人出，盡將錦繡裹山川。』『錦繡裹山川』，錢氏事也；『五百年間異人出』，亦郭璞讖語也，東坡用之。又《徑山》詩云：『人言山住水亦住』，郭璞語也。《艇齋詩話》

東坡詩云：『雪眉老人夜扣關』，老人即天目山龍也，今有老人亭。又『明窗睡足來朴握』者，道欽禪師嘗有兔爲師暖輭。『問龍乞水歸洗眼』者，龍井水可洗眼故也。又云：『兩眼尚能看細字』。《艇齋詩話》

東坡詩云：『明朝入山房，石鏡炯當户。昔照熊虎姿，今爲猿鳥顧。』石鏡禪師有石鏡，照錢王微時在鏡中被王者之服。《艇齋詩話》

東坡詩云：『喝石巖前自過春』，又言：『喝石巖前後欲冰』者，俱胝道者嘗呪冰，故有喝石巖。坡詩又云『精城貫山山爲裂』者，正謂此也。《艇齋詩話》

徑山有《山中故事》一卷，東坡臨安詩多用之。《艇齋詩話》

東坡杭州詩云：『在郡依前六百日』，用白樂天事。樂天詩云：『在郡六百日，游山二十回。』《艇齋詩話》

東坡《梅花》詩云：『帬腰芳草抱山斜』，即白樂天詩：『誰開湖寺西南徑？草緑帬腰一道斜』是也。《艇齋詩話》

東坡詩：『問堞知秦過，看山識禹功。』皆用出處對屬，如此親切。《艇齋詩話》

東坡：《海外上梁文口號》云：『爲報先生春睡美，道人輕打五更鐘。』章子厚見之，遂再貶儋耳，以爲安穩，故再遷也。《艇齋詩話》

東坡：『纖纖入麥黄花亂』，用司空圖『緑樹連村暗，黄花入麥稀』之句。《艇齋詩話》

東坡『電光時掣紫金蛇』，出白樂天詩。《艇齋詩話》

東坡《佛日寺》詩云：『千株玉槊撓雲立，一穗珠旒落鏡寒。』『玉槊』，謂竹也；『珠旒』，謂以竹引水倒流也。《艇齋詩話》

東坡詩：『未放蒼龍入渥洼』者，松下有澗故云。《艇齋詩話》

東坡：『飛蝨繞鬢鳴』，出《文粹》何諷《蔓渴賦》，文潛詩亦云：『飛蝨繞枕細而清』。《艇齋詩話》

韓文《石鼎聯句》云：『長頸而高結，喉中又作楚語。』『結』字斷句。『結』音『髻』，西

漢『髻』字皆作『結』字寫，退之正用此也，今人讀作『結喉』，非也。東坡云：『長頸高結喉』，蓋承誤也。《艇齋詩話》

東坡《蘄竹簟》詩云：『卧此八尺黄瑠璃』，瑠璃世人但知有青色，而不知有五色。顔師古注《西域傳》，辨之甚詳，引大秦國五色瑠璃，且破孟康注，言青色是指藥燒者，非真瑠璃也。《艇齋詩話》

東坡：『江上愁心千叠山。』『江上愁心』，出《唐文粹》，張説有《江上愁心賦》。《艇齋詩話》

慈聖光獻大漸，上純孝，欲肆赦，后曰：『不須赦天下兇惡，但放了蘇軾足矣。』時子瞻對吏也。后又言：『昔仁宗策賢良歸，喜甚，曰：「吾今日又爲子孫得太平宰相兩人」。蓋軾、轍也。而殺之，可乎？』上悟，即有黄州之貶。故蘇有《聞太皇太后服藥赦》詩一本云：『故蘇後聞太皇太后不豫有詩』。及挽詞甚哀。《耆舊續聞》

全宋詩話卷三十四

蘇軾七

東坡《放魚》詩：『不用辛苦泥沙底』，出樂天詩：『不須泥沙底，辛苦覓明珠。』《艇齋詩話》

東坡：『老守自醉霜松折』，取退之：『起舞先撼霜松摧。』《艇齋詩話》

東坡公言：『百歲和風狂』，取退之詩：『百歲如風狂。』《艇齋詩話》

東坡：『素月流天掃積陰』，『素月流天』，出《文選·月賦》。《艇齋詩話》

東坡：『婉婉幾時來入夢』，出退之詩：『旅宿夢婉婉。』《艇齋詩話》

東坡：『玉女窗明處處通』，出《文選·靈光殿賦》：『玉女窺窗而下視。』《艇齋詩話》

東坡：『美滿風帆十幅蒲』，『美滿』字出杜牧之詩：『千帆美滿風』。東湖亦用『美滿』字：『正須美滿十分晴。』《艇齋詩話》

東坡：『誰謂他鄉復異縣？天遣君來破吾願。』『他鄉各異縣』，出選詩。《艇齋詩話》

東坡在徐州作長短句云：『半依古柳賣黄瓜』，今印本作：『牛衣古柳賣黄瓜』，非是。予嘗見坡墨迹，作『半依』，乃知『牛』字誤也。《艇齋詩話》

東坡之文妙天下，然皆非本色，與其他文人之文、詩人之詩不同。文非歐曾之文，詩非山谷之詩，四六非荆公之四六，然皆自極其妙。《艇齋詩話》

予舊因東坡詩云：『我憎孟郊詩』及『要當鬬僧清，未足當韓豪』。何苦將兩耳，聽此寒蟲號』，遂條不喜孟郊詩。五十以後，因暇日試取細讀，見其精深高妙，誠未易窺，方信韓退之、李習之尊敬其詩，良有以也。東坡性痛快，故不喜郊之詞艱深。要之孟郊、張籍，一等詩也。唐人詩有《古樂府》氣象者，惟此二人。但張籍詩簡古易讀，孟郊詩精深難窺耳。孟郊如《游子吟》、《列女操》、《薄命妾》、《古意》等篇，精確宛轉，人不可及也。《艇齋詩話》

東坡《送顧子敦》詩云：『磨刀向猪羊，霍霍鬧鄰里』，蓋譏子敦也。子敦體肥，當時有『顧屠』之號。然『磨刀霍霍向猪羊』，乃《古樂府》全一句。《艇齋詩話》

東坡和陶云：『一揮三十紙，持去聽坐人』，蓋用《南史》蕭子顯事。《艇齋詩話》

工部詩得造化之妙。如李太白《鸚鵡洲》詩云：『字字欲飛鳴』，杜牧之云：『高摘屈宋豔，濃薰班馬香』，如東坡云：『我携此石歸，袖中有東海。平生五千卷，一字不救饑』，

魯直《茶》詩：『煎成車聲繞羊腸』，其因事用事，造化中得其變者也。《藏海詩話》

東坡詩：『已有小舟來賣餅』，曾公卷：『已有小舟來賣魚』，學者當試商略，看優劣如何。《藏海詩話》

東坡詩不無精、粗，當汰之，葉集之云：『不可，于其不齊不整中，時見妙處爲佳。』《藏海詩話》

東坡豪，山谷奇，二者有餘，而于淵明則爲不足，所以皆慕之。《藏海詩話》

東坡《謝李公擇惠詩帖》云：『公擇遂做到人不愛處。』評放翁詩：『到無人愛處工』，蓋本東坡也。《藏海詩話》

温公治第洛中，闢園曰『獨樂』，其心憂樂未始不在天下也。其自作《記》有云：『世有人肯同此樂，必再拜以獻之矣。』東坡賦詩云：『兒童誦君實，走卒知司馬。』蓋言其得人心也，又云：『撫掌笑先生，年來效瘖瘂。』疑未盡命名之意。《碧溪詩話》

老杜《畏人》有云：『門徑從榛草，無心待馬蹄。』又：『直須上番看成竹，客至從嗔不出迎。』將遺物離人矣。《答嚴八》乃云：『只須伐竹開荒徑，拄杖穿花聽馬嘶。』又有：『草萊無徑欲教鋤，亦如厭就成都卜』，而云：『憑將百錢卜，漂泊問君平。』自知者觀之，則爲游戲篇章，得大自在。俗士拘泥，則前後不相應也。東坡《谷林堂》云：『古今正自同，歲

月何必書。』《游香積山》又云：『尋幽志不繼，書版記歲月。』《䂬溪詩話》

坡有：『試問高吟三十首，何如低唱兩三杯？』又：『譬如長鬣人，不以長爲苦。歸來被上下，一夜着無處。』天覺真讚云：『書生大抵多窮相，金眼除非是党公。』皆笑林語也。《䂬溪詩話》

顔延之嘗問鮑昭：己與靈運優劣。昭曰：『謝五言如初發芙蓉，自然可愛。君詩鋪錦列繡，亦雕繢滿眼。』鍾嶸《詩品》乃記湯惠休云：『謝如芙蓉出水，顔如錯采鏤金。』與本《傳》不同。《傳》又稱延之嘗薄惠休製作，以爲委巷中歌謡耳。豈惠休因爲延之所薄，遂爲『芙蓉』、『錯鏤』之語，故史取以文飾之耶？坡云：『辨才詩如風吹水，自成文理。吾輩與參寥，如巧婦織錦耳。』取况亦類此。淵明所以不可及者，蓋無心于非譽、巧拙之間也。《䂬溪詩話》

東坡詩云：『文章豈在多，一《頌》了伯倫。』朱少章云：『唐《藝文志》，有《劉伶文集》三卷，則非無他文章也，坡豈偶忘于落筆之時乎？抑別有所聞也？』予謂不然。按《晉史》云，伶未嘗措意文翰，惟著《酒德頌》一篇，坡亦據此而已。且公意本謂只此一篇，足以道盡平生，傳名後世。則他文有無，亦不必論也。《滹南詩話》

東坡《章質夫惠酒不至》詩，有『白衣送酒舞淵明』之句，《䂬溪詩話》云：『或疑「舞」

字太過，及觀庾信《答王褒餉酒》云：「未能扶畢卓，猶足舞王戎」，乃知有所本。』予謂疑者但謂淵明身上不宜用耳，何論其所本哉。《滹南詩話》

東坡《題陽關圖》云：『龍眠獨識殷勤處，畫出陽關意外聲。』予謂可言『聲外意』，不可言『意外聲』也。《滹南詩話》

東坡酷愛《歸去來辭》，既次其韻，又衍爲長短句，又裂爲集字詩，破碎甚矣！陶文信美，亦何必爾，是亦未免近俗也。《滹南詩話》

東坡和陶詩，或謂其終不近，或以爲實過之，是皆非所當論也。渠亦因彼之意以見吾意云爾，曷嘗心競而較其勝劣耶。故但觀其眼目旨趣之何如則可矣。《滹南詩話》

東坡云：『論畫以形似，見與兒童鄰。賦詩必此詩，定知非詩人。』夫所貴于畫者，爲其似耳。畫而不似，則如勿畫。命題而賦詩，不必此詩，果爲何語？然則坡之論非歟？曰：『論妙在形似之外，而非遺其形似。不窘于題，而要不失其題』。如是而已耳。世之人不本其實，無得于心，而借此論以爲高。畫山水者，未能正作一木一石，而託雲煙杳靄，謂之『氣象』；賦詩者茫昧僻遠，按題而索之，不知所謂，乃曰『格律貴爾』。一有不然，則必相嗤點，以爲淺易而尋常，不求是而求奇，真僞未知而先論高下，亦自欺而已矣。豈坡公之本意也哉！《滹南詩話》

東坡《送王緘》詞云：『坐上别愁君未見，歸來欲斷無腸。』此未别時語也，而言『歸來』，則不順矣。『欲斷無腸』，亦恐難道。《贈陳公密侍兒》云：『夜來倚席曾親見』，此本即席所賦，而下『夜來』字，卻是隔一日。《滹南詩話》

王直方《詩話》稱：晁以道見東坡《梅》辭云：『便知道此老須過海，只爲古今人不曾道到此。須罰教去。』苕溪漁隱曰：『此言鄙俚，近于忌人之長。幸人之禍，直方無識，載之《詩話》，寧不畏人之譏誚乎？』慵夫曰：『此詞意屬朝雲也。以道之言，特戲云爾。蓋世俗所謂「放不過」者，豈有他意哉！苕溪譏直方之無識，而不知己之不通也。』《滹南詩話》

東坡《南行唱和詩序》云：『昔人之文，非能爲之爲工，乃不能不爲之爲工也。山川之有雲，草木之有華實，充滿勃鬱而見于外，雖欲無有，其可得耶。故予爲文至多，而未嘗敢有作文之意。』時公年始冠耳，而所有如此，其肯與江西諸子終身争句律哉。《滹南詩話》

韓退之《石鼎聯句詩序》云：『元和七年十二月四日，衡山道士軒轅彌明，自衡山來，舊與劉師服進士衡湘中相識，將過太白，知師服在京，夜抵其居宿。有校書郎侯喜，新有能詩聲，夜與劉説詩，彌明在其側，貌極醜，白鬚黑面，長頸而高結，喉中又作楚語。』唐子西《語録》云：『東坡隔句對云：「著意尋彌明，長頸高結喉。無心逐定遠，燕頷飛虎頭。」』或云「結」字古「髻」字。按東漢《馬廖傳》：「長安語云：城中好高結。」讀作「髻」而退之《序》

是「長頸高結句斷喉中又作楚語。」』予謂如此點句方是。近世劉後村《老道士》詩云：『老于蒙叟仍黃馘，配以彌明亦結喉。』此又因坡詩而承襲其誤也。《梅磵詩話》

羊叔子鎮襄陽，嘗與從事鄒湛登峴山，慨然有湮没無聞之歎，峴山因是以傳。吾鄉亦有峴山，在南門外，距城三里而近，上有李適之窪樽，下有古刹一區，乙亥冬，經兵火不存。東坡爲守時，嘗登此山，詩云：『苕水如漢水，鱗鱗鴨頭青。吴興勝襄陽，萬瓦浮青冥。我非羊叔子，愧此峴山亭。悲傷意則同，歲月如流星。湛輩何足道，當以德自銘。』此山經東坡品題，亦因之而重。《滹南詩話》

東坡過皇恐灘，有『山憶喜歡勞遠夢，灘名皇恐泣孤臣』之句，蜀中有喜歡山，坡公借此以對。胡澹庵南遷，行臨皋道中，抵買愁村詩：『北望長思聞喜縣，南來怕入買愁村。』漢武元鼎六年，幸緱氏。至左邑桐鄉，聞南越破，以爲『聞喜縣』。楊廷秀《過瘦牛嶺》詩云：『平生豈願乘肥馬，臨老須教過瘦牛。』二公效坡體，對俱的。予嘗冬夜宿縉雲打鐵山，有『飲羔肯羡銷金帳，問驛姑投打鐵山』之句，又泊奔牛閘，亦有一聯云：『浮家小泊奔牛堰，遠信因思回雁峰。』仿諸老格也。《梅磵詩話》

放翁《老學庵筆記》載：『《孫策傳》：「張津嘗著絳帕頭。」「帕頭」者，巾幘之類，猶今方言幞頭也。韓文公云：「以紅帕首」，已爲失之。東坡云：「絳帕蒙頭讀道書。」增一

「蒙」字，其誤尤甚。』按《江表傳》：『孫策欲斬道士于吉，諸將勸之。策曰：「昔南陽張津爲交州刺史，捨前聖典訓，廢漢家法律，嘗著絳帕蒙頭，鼓琴燒香，讀邪俗道書，云以助化，卒爲南夷所殺。此甚無益，諸君但未悟耳！」』放翁以東坡增一『蒙』字爲誤，特未詳覽《江表傳》耳。《梅磵詩話》

梅格高韻勝，詩人見之吟詠多矣。自和靖『香影』一聯，爲古今絕唱，詩家多推尊之。其後東坡《次少游槁字韻》，及謫羅浮時《賦古詩》三篇，運意琢句，造微入妙，極其形容之工，真可企蹴孤山。以此見騷人詠物，愈出而愈奇也。《梅磵詩話》

謝安石與王坦之見郗超，久而不出，坦之欲去，安石云：『豈不能爲性命忍須臾耶？』以超乃桓温腹心故也。東坡爲鳳翔府僉判，謁太守陳希亮公弼，久不得見，有《客位假寐》詩云：『謁入不得去，兀坐如枯株。豈惟主忘客，今我亦忘吾。同僚不解事，慍色見髯鬚。雖無性命憂，且復忍須臾。』末句用謝公語。余觀張世南《宦游紀聞》：『余儔，字季倫，章泉趙昌父雅愛之，作書使訪韓仲止。及門，候謁甚久，將命者出，叩所從來，久猶未出。余儔題詩壁間云：「謁入久不出，兀坐如枯荄。蒼頭前致詞，問我因何來？士節久凋喪，人情易嫌猜。本無性命憂，不去安待哉！」已而拂袖去。仲止見詩，遣人追之，余儔竟不返。』二詩起結事意同，余儔實效彼體。《梅磵詩話》

東坡少年有詩云：『清吟雜夢寐，得句旋已忘。』固已奇矣，晚謫惠州，復有一聯云：『春江有佳句，我醉墮渺莽。』則又加少作一等。評書家謂『筆隨年老』，豈詩亦然耶？《存餘堂詩話》

南方歌詞，不入管絃，亦無腔調，如今之弋陽腔也。蓋自唐宋已如此，繆音相傳，不可詰也。東坡《贈王定國歌姬》云：『好把鸞黄記宫樣，莫教絃管作蠻聲』，亦是此意。《升庵詩話》

王梅谿注東坡詩，世稱其博。予偶信手繙一册，《除夜大雪留濰州》詩云：『敢怨行役勞，助爾歌飯瓮。』山東民謡云：『霜淞打霧淞，貧兒備飯瓮。』『淞』音『宋』，積雪也，以爲豐年之兆。坡詩正用此，而注云：『山東人以肉埋飯下，謂之「飯瓮」。』何異小兒語耶？又《祈雪霧猪泉》云：『歲晏風日暖，人牛相對閒。』『人牛』字用東方朔《占書》『春與歲齊，人牛並立』之語，而注亦失引。《升庵詩話》

蘇東坡詩八首，大率皆田中語。其第四首云：『種稻清明前，樂事我能數。毛空暗春澤，鍼水聞好語。分秧及初夏，漸喜風葉舉。月明看露上，一一珠垂縷。秋來霜穗重，顛倒相撑拄。但聞畦壠間，蚱蜢如風雨。新春便入甑，玉粒照筐筥。』云云。此詩敘田家自清明至成熟，曲盡其趣。注未能盡發其妙，今補之于後：『漸喜風葉舉』，秧初立苗後得風則長，《吕氏春秋》所謂『禾心中央，疏爲泠風』是也。『月明看露上』，農夫云：『秧苗得露，皆先潤其根，由根上節至葉稍垂一點，月明窺見其上』。洪舜俞《平齋集》，有《魏城晚涼倚窗觀稼》二絶云：『晚風不動稻苗平，葉葉頭邊沆瀣明。井養不窮功用在，誰將易象細推評？』其二云：『飛明一點上苗端，難作尋常露雨看。碧眼道人參解得，黄河夜半泝崑崙。』以此補坡詩注，真妙也。此事奇，坡詩詠之奇，平齋二詩注之又奇，特表出之。《升庵詩話》

《禪宗頌古》：『唐僧《古梅》詩云：「雪虐風饕水浸根，石邊尚有古苔痕。天公未肯隨寒暑，又孽清香與返魂。」』東坡《梅花》詩：『蕙死蘭枯菊已摧，返魂香入隴頭梅。』正用此事，而注者亦不之知也。《升庵詩話》

魏文帝《示群臣詔》曰：『中國珍果甚多，蒲桃當其末夏涉秋，尚有餘暑，醉酒宿醒，掩露而食，甘而不餇，脆而不酸，冷而不寒，味厚汁多，除煩解倦，釀以爲酒，甘于麯糵，善醉而易醒。道之固已流羨咽嗌，況親食之耶！南方有橘，酸正裂人牙，時有甜耳。他方之果，寧有匹者？』東坡《橄欖》詩：『待得餘甘回齒頰，已輸崖蜜十分甜。』俗諺傳南人説：『橄欖回味清甘』，北人云：『待他回味時，我棗兒已甜了半日矣。』坡詩蓋用此意。今觀魏文帝以蒲桃壓橘，亦相類，可入《笑林》也。《升庵詩話》

近有士人熟讀杜詩，予聞之曰：『此人詩必不佳，所記是棋勢殘著，元無金鵬變起手局也。』因記宋章子厚日臨蘭亭一本，東坡曰：『章七終不高，從門入者非寶也。』此可與知者道。《升庵詩話》

東坡先生在杭州、潁州、許州，皆開西湖，而杭湖之功尤偉。其詩云：『我在錢塘拓湖淥，大堤士女争昌丰。六橋横絶天漢上，北山始與南山通。忽驚二十五萬丈，老葑席卷蒼雲空。』此詩史也，而注殊畧。今按宋《長編》云：『杭本江海之地，水泉鹹苦，唐刺史李泌始引西湖水作六井，故井邑日富。及白居易復浚西湖，所溉千餘頃。然湖多葑，近歲廢而不理，湖中葑田，積二十五萬餘丈，而水無幾矣。運河失湖水之利，則取給于江潮，潮渾多淤，河行闤闠中，三年一淘，爲市井大患，而六井亦幾廢。公始至，浚茅山、鹽橋二河，以茅山一河專受江潮，以鹽橋一河專受湖水，復造堰閘以爲湖水蓄泄之限，然後潮不入市。間至湖上，周視良久，曰：「今願去葑。葑田如雲，將安所置之。湖南北三十里，環湖往來，終日不達。若取葑田積之湖中，爲長堤以通南北，則葑田去而行者便矣。」隄成，杭人名之曰「蘇公堤」云。』合是觀之，則公之有功于杭人大矣。予昔在京日，問之杭之士大夫，亦不知，今閲公詩注亦畧，故詳注之。嗚呼！治水之難久矣。宋之世修六塔河、三股河，安石以范子淵、李仲昌專其事，聽小人李公義、宦官黄懷忠之言，用鐵龍爪濬川杷，天下皆笑其兒戲。積以數年，縻費百十萬之錢穀，漂没數十萬之丁夫，迄無成功，而猶不肯止。至其績敗功圮，而姦臣李清臣爲考官，猶以《修河問策》欲掩護之，甚矣宋之君臣愚且戇也！視東坡杭湖、潁湖之役，不數月之間，無縻百金，而成百世之功，其政事之才，豈止十倍時流乎？公又欲鑿石門山運河，以避浮山之險，當時妬者盡力排之；又欲于蘇州以東鑿挽踣爲千橋，以迅江勢，亦不果用，人皆恨之。噫！難平者事，古今同一慨矣。《升庵詩話》

沈約《八詠》詩云：『登臺望秋月，會浦臨春風。秋至愍衰草，寒來悲落桐。夕行聞夜鶴，晨征聽曉鴻。解佩去朝市，被褐守山東。』此詩乃唐五言律之祖也。『夕』、『夜』、『晨』、『曉』四字，似複非複，後人決難下也。東坡詩：『朝與鳥一作『烏』。鵲朝，夕與牛羊夕。』二句尤妙，亦祖沈意。《升庵詩話》

東坡《泛潁》詩：『散爲百東坡，頃刻復在兹。』劉須溪謂本《傳燈録》。按《傳燈録》：良价禪師因過水覩影而悟，有偈云：『切忌從他覓，迢迢與我疏。我今獨自往，處處得逢渠。渠今正是我，我今不是渠。』《升庵詩話》

吴均詩：『秋風瀧白水，雁足印黄沙』，爲沈約所笑。唐人以此句爲險諢句，傳奇詩多有之，沈青箱『夜月琉璃水，春風卵色天』是也。韓退之：『水作青羅帶，山如碧玉篸。』杜牧詩：『錢塘鸚鵡緑，吴岫鷓鴣斑。』東坡詩：『山爲翠浪湧，水作玉虹流。』大家亦時有之

也。《升庵詩話》

蘇文忠公云：『蘇武、李陵之詩，乃六朝人擬作。』宋人遂謂在長安而言『江漢盈卮酒』之句，又犯惠帝諱，疑非本作。予考之，殆不然。班固《藝文志》有《蘇武集》、《李陵集》之目，摯虞，晉初人也，其《文章流别志》云：『李陵衆作，總雜不類，殆是假托，非盡陵志。至其善篇，有足悲者。』以此考之，其来古矣。即使假託，亦是東漢及魏人張衡、曹植之流，始能之耳。杜子美云：『李陵、蘇武是吾師』，子美豈無見哉？東坡《跋黄子思詩》云：『蘇、李之天成，尊之亦至矣。』其曰『六朝擬作』者，一時鄙薄蕭統之偏辭耳。《升庵詩話》

東坡評文勛篆云：『世人篆字，隸體不除，如浙人語，終老帶吴音。安國用筆，意在隸前，汲冢、魯壁、周鼓、泰山。』東坡此語，不特篆字法，亦古詩法也。世人作篆字不除隸體，作古詩不免律句，要須意在律前，乃可名古詩耳。《歲寒堂詩話》

《國風》、《離騷》固不論，自漢魏以来詩，妙于子建，成于李、杜，而壞于蘇、黄。予之此論，固未易爲俗人言也。子瞻以議論作詩，魯直又專以補綴奇字，學者未得其所長而先得其所短，詩人之意掃地矣。段師教康崑崙琵琶，且遣不近樂器十餘年，忘其故態，學詩亦然。蘇、黄習氣净盡，始可以論唐人詩。唐人聲律習氣净盡，始可以論六朝詩。鎸刻之習氣净盡，始可以論曹、劉、李、杜詩。《詩序》云：『情動于中，而形于言。言之不足，故嗟嘆之。』子建、李、杜，皆情意有餘，洶湧而後發者也。劉勰云：『因情造文，不爲文造情。』若他人之詩，皆爲文造情耳。沈約云：『相如工爲形似之言，二班長于情理之説。』劉勰云：『情在詞外曰「隱」，狀溢目前曰「秀」。』梅聖俞云：『含不盡之意，見于言外。狀難寫之景，如在目前。』三人之論，其實一也。《歲寒堂詩話》

詩有實字，而善用之者，以實爲虚，杜云：『弟子貧原憲，諸生老伏虔』，『老』字蓋用趙充國請行『上老之』。有用文語爲詩句者尤工，杜云：『侍臣雙宋玉，《戰策》兩穰苴』，蓋用如『六五帝』、『四三王』。有用法家吏文語爲詩句者，所謂以俗爲雅，坡云：『避謗詩尋醫，畏病酒入務』，如前卷：『僧顯萬探支闌入』，亦此類也。《誠齋詩話》

東坡拈出陶淵明談理之詩，前後有三：一曰：『采菊東籬下，悠然見南山』；二曰：『笑傲東軒下，聊復得此生』；三曰：『客養千金軀，臨化消其實』，皆以爲知道之言。蓋摛章繪句，嘲弄風月，雖工亦何補？若覩道者，出語自然超詣，非常人能蹈其軌轍也。山谷嘗《跋淵明詩卷》云：『血氣方剛時，讀此詩如嚼枯木。及緜歷世事，如決定無所用智。』又嘗論云：『謝康樂、庾義城之詩，鑪錘之功，不遺餘力，然未能窺彭澤數仞之墻者。二子有意于俗人贊毁其工拙，淵明直寄焉。』持是以論淵明詩，亦可以見其關鍵也。《韻語陽秋》

張籍居韓門弟子之列，又以愈薦爲國子博士，東坡所謂『汗流籍湜走且僵，滅没倒景

不得望』者。而籍作《祭愈》詩乃云：『公文爲時師，我亦有微聲。』而後之學者，或號爲『韓張』，何耶？《韻語陽秋》

世傳《職貢圖》，乃閻立本所畫，東坡作詩，亦云立本筆，所謂『音容獊獰服奇厖，横絶嶺海逾濤瀧。珍禽瑰産争牽杠，名王解辮卻蓋幢』者也。按朱景元《畫録》，謂《職貢圖》乃其弟立德所作，立本所畫，諸國王粉本爾。《韻語陽秋》

東坡文章妙一世，然在掖垣作《吕吉甫謫詞》，繼而吕復用，遂納告毁抹。在翰苑作《上清儲祥碑》，繼而蔡元長復作，遂遭磨毁。非特此也，蘇叔黨云：『昔公爲《藏經記》，初傳于世，或以爲非。在惠州作《梅花》詩，至有以爲笑。』此皆士大夫以文鳴者，其説能使人必信，乃謬妄如此，信知識古戰場文者鮮矣。子由嘗跋東坡遺稿云：『展卷得遺草，流涕湮冠纓。斯文久衰弊，流涇自爲清。科斗藏壁間，見者空歎驚。廢興自有時，詩書付西京。』《韻語陽秋》

語貴含蓄，東坡云：『言有盡而意無窮者，天下之至言也。』山谷尤謹于此。『清廟之瑟，一唱三歎，遠矣哉！』後之學詩者，可不務乎？若句中無餘字，篇中無長語，非善之善者也；句中有餘味，篇中有餘意，善之善者也。《白石道人詩説》

夫詩有别才，非關書也；詩有别趣，非關理也。然非多讀書、多窮理，則不能極其至，所謂『不涉理路不落言筌者上』也。詩者，吟詠情性也。盛唐諸人，惟在興趣，羚羊掛角，無迹可求，故其妙處，透徹玲瓏，不可湊泊，如空中之音，相中之色，水中之月，鏡中之象，言有盡而意無窮。近代諸公，乃作奇特解會，遂以文字爲詩，以才學爲詩，以議論爲詩，夫豈不工，終非古人之詩也。蓋于一唱三歎之音，有所歉焉。且其作多務使事，不問興致，用字必有來歷，押韻必有出處，讀之反覆終篇，不知着到何處？其末流甚者，叫噪怒張，殊乖忠厚之風，殆以駡詈爲詩。詩而至此，可謂一厄也！然則近代之詩無取乎？曰：『有之』。我取其合于古人者而已。國初之詩，尚沿襲唐人，王黄州學白樂天，楊文公、劉中山學李商隱，盛文肅學韋蘇州，歐陽公學韓退之古詩，梅聖俞學唐人平淡處。至東坡、山谷，始自出己意以爲詩，唐人之風變矣。山谷用工，尤爲深刻，其後法席，盛行海内，稱爲『江西宗派』。近世趙紫芝、翁靈舒輩，獨喜賈島、姚合之詩，稍稍復就清苦之風，江湖詩人、多效其體，一時自謂之『唐宗』，不知祇、入聲聞辟支之果，豈盛唐諸公大乘正法眼者哉！嗟乎，正法眼之無傳久矣！唐詩之説未唱，唐詩之道或有時而明也。今既唱其體曰『唐詩』矣，則學者謂唐詩誠止于是耳，得非詩道之重不幸耶？故予不自量度，輒定詩之宗旨，且借禪以爲喻，推原漢魏以來，而截然謂當以盛唐爲法。後舍漢魏而獨言盛唐者，謂古律之體備也。雖獲罪于世之君子，不辭也。《滄浪詩話》。宗祥案：此論宋詩變遷，特録于此。

苕溪漁隱評昔賢聽琴、阮、琵琶、箏諸詩，大率一律，初無的句，互可移用。予謂不然。聽琴，如昌黎云：『喧啾百鳥群，忽見孤鳳凰。躋攀分寸不可上，失勢一落千丈强。』歐陽文忠公云：『渢渢驟風雨，隆隆隱雷霆。無射變凛冽，黃鐘催發生。詠歌文王雅，怨刺《離騷》經。二典意淡薄，三盤語丁寧。』東坡云：『大絃春温和且平，小絃廉折亮以清。門前剥啄誰叩門？山僧未聞君勿嗔。』山谷云：『孝子流離在中野，羈臣歸來哭亡社。空床思婦感蟰蛸，暮年遺老依桑柘。』自是聽琴詩，如曰『聽琵琶』，吾未之信也。聽琵琶，如白樂天云：『大絃嘈嘈如急雨，小絃切切如私語。嘈嘈切切錯雜彈，大珠小珠落玉盤。間關鶯語花底滑，幽咽流泉冰下灘。』元微之云：『月寒一聲深殿磬，驟彈曲破音繁併。』歐陽公云：『春風和暖百鳥語，花間葉底時丁丁。』王仁裕云：『寒敲白玉聲何緩，暖逼黃鶯語自嬌。』自是聽琵琶詩，如曰『聽琴』，吾不信也。山谷《聽摘阮》云：『寒蟲促織月籠秋，獨雁叫群天拍水。楚國羈臣放十年，漢宫佳人嫁千里。』以爲聽琴，似傷于怨；以爲聽琵琶，則絶無豔氣，自是聽摘阮也。歐陽公《聽箏》云：『綿蠻巧囀花間舌，嗚咽交流冰下泉。』綿蠻之語，可移以詠情乎？東坡《聽箏》云：『喚取吾家三鳳槽，移作三峽孤猿號。』可移以詠琵琶乎？自是聽箏詩也。《存餘堂詩話》

錢塘南屏謙師妙于茶事，東坡贈之詩云：『道人曉出南屏山，來試點茶三昧手。』劉貢

父亦贈詩云：『瀉湯舊得茶三昧，覓句還窺詩一斑。』《優古堂詩話》

前人論詩初不知有韋蘇州、柳子厚，論字亦不知有楊凝式，二者至東坡而後發此秘，遂以韋、柳配淵明，凝式配顏魯公。東坡真有德于三子也。《艇齋詩話》

《南海使君令北海》詩，坡在嶺南與廣帥章質夫也。質夫之死，其家以其詩葬。《艇齋詩話》

東坡：『歸來晚歲同元亮，卻掃何人伴敬通。』『敬通』，馮衍字也；『卻掃』事不見本《傳》。江文通《恨賦》云：『敬通見抵，罷歸田里。閉關卻掃，塞門不仕。』東坡蓋取諸此。《艇齋詩話》

東坡『玉盤盂』一聯，極似樂天。又《次韻李端叔謝送牛戩畫》：『笑指塵壁間，此是老牛戩。』『牛戩』做不著此一句，蓋語意不足也。《藏海詩話》

蘇叔黨云：『東坡嘗語後輩：「作古詩當以老杜《北征》爲法。」』《藏海詩話》

柳子厚《牡丹》曰：『欹紅醉濃露，窈窕留餘春。』坡云：『慇懃木芍藥，獨自殿餘春。』『留』與『殿』重輕雖異，用各有宜也。楊中立《梅》詩云：『欲驅殘臘變東風，只有寒梅作選鋒。』頗恨不與殿軍商榷，正一的對。《碧溪詩話》

世言白少傅詩格卑，雖誠有之，然也不可不察也。元白、張籍詩，皆自陶、阮中出，專以道得人心中事爲工，本不應格卑，但其詞傷于太煩，其意傷于太盡，遂成冗長卑陋爾，比之吴融、韓偓俳優之詞，號爲『格卑』，則有間矣。若收斂其詞而少加含蓄，其意味豈復可及也？蘇端明子瞻喜之，良有由然。皮日休曰：『天下皆汲汲，樂天獨恬然。天下皆悶悶，樂天獨舍旃。仕若不得志，可爲龜鑒焉。』此語得之。《歲寒堂詩話》

元微之《戲贈韓舍人》云：『玉磬聲聲徹，金鈴個個圓。高疏明月下，細膩早春前。』此律詩法也。五言律詩，若無甚難者，然國朝以來，惟東坡最工，山谷晚年乃工。山谷嘗云：『要須唐律中作活計，乃可言詩。』雖《山谷集》中，亦不過《白雲亭宴集》十韻耳。《歲寒堂詩話》

詩人喜用全語，東坡戲徐君猷、孟亭之皆不飲酒，詩云：『公獨未知其趣耳，臣今時復一中之。』近世王才臣詩云：『歸去來兮覺今是，不知我者謂何求？』鄉人方君遇詩云：『是有命焉非倖致，不知我者謂何求？』方秋崖《送客水月園》詩云：『翁之樂者山林也，客亦知夫水月乎。』潘倬詩云：『逝者如斯未嘗往，後之視昔亦猶今。』下語皆渾然天成，然非詩之正體。《梅磵詩話》

東坡《送别子由》詩云：『登高回首坡隴隔，時見烏帽出復没。』模寫甚工。《異時記·凌虚臺》謂：『見山之出于林木之上者，纍纍然如人之旅行于墻外而見其髻也。』蓋同一機

軸。《吳禮部詩話》

東坡：『春事闌珊芳草歇』，或疑『歇』字似趁韻，非也。唐劉瑶詩：『瑶草歇芳心耿耿』，傳奇女郎王真詩：『燕折鶯離芳草歇』，皆有出處，一字不苟如此。又謝康樂：『芳草今未歇』。《升庵詩話》

杜工部《和裴迪登州東亭送客逢早梅相憶見寄》詩云：『東閣官梅動詩興，還如何遜在揚州。』按遜《傳》無揚州事，遜《集》亦無揚州《梅花》詩，但有《早梅》詩云：『菟園標節序，驚時最是梅。銜霜當路發，映雪凝寒開。枝横卻月觀，花繞凌風臺。應知早飄落，故逐上春來。』杜公以裴迪逢早梅而作詩，故用何遜比之，又以『卻月』、『凌風』，皆揚州臺觀名耳。所謂『東閣官梅』者，乃新津之地也，非揚州有東閣也。宋世有妄人，假東坡名，作《杜詩注》一卷刻之，一時争尚杜詩，而坡公名重天下，人争傳之，而不知其僞也。其注此詩云：『遜作揚州法曹，廨舍有梅一株。遜吟詠其下，後居洛思之，因請再任。及抵揚州，梅花盛開，相對仿佛終日。』按何遜未嘗爲揚州法曹，是時南北分裂，遜爲梁臣，何得復居洛陽？洛陽乃魏地也。既居魏，何得又請再任？請于梁乎？請于魏乎？其説之脱空無稽如此。略曉史册者，知其僞矣。近日邵文莊寶乃手抄其注入《杜詩七言律》刻行，豈不誤後學耶！僞蘇注之謬，宋世洪容齋、嚴滄浪、劉須溪父子、馬端臨《經籍考》，皆力辨其謬，而文章鉅公如邵文莊者，乃獨信之，亦尺有所短也。僞蘇注中如謂『不分桃花紅勝錦』，爲李夫人之語；『十年厭見旌旗紅』，爲四皓語，皆架空妄説，如盲人風漢之言，然猶借古人名也。又謂『碧山學士』，爲梁章褒；又『昏黑應須到上頭』，爲隋常琮語，併人名亦杜撰之。又妄撰景差五言律一聯，尤可笑，蘇、李始有五言古詩，而楚襄王時乃有五言律乎？其人信白丁也，而讀者不之誤，其奈之何！《升庵詩話》

王摩詰：『酌酒與君君自寬，人情翻覆似波瀾。白首相知猶按劍，朱門先達笑彈冠。草色全經細雨溼，花枝欲動春風寒。世事浮雲何足問，不知高卧且加餐。』岑嘉州：『嬌歌急管雜青絲，銀燭金尊映翠眉。使君地主能相送，河尹天明坐莫辭。春城月出人皆醉，野戍花深馬去遲。寄聲報爾山翁道，今日河南異昔時。』蘇子瞻：『我行日夜見江海，楓葉蘆花秋興長。平淮忽迷天遠近，青山久與船低昂。壽州已見白石塔，短棹又轉黄茅岡。波平風軟望不到，故人久立天蒼茫。』八句皆拗體也，然自有唐、宋之辨，讀者當自得之。《藝苑卮言》

讀子瞻文，見才矣，然似不讀書者。讀子瞻詩，見學矣，然似絶無才者。《藝苑卮言》

詩格變自蘇、黄，固也。黄意不滿蘇，直欲凌其上，然故不如蘇也。何者？愈巧愈拙，愈新愈陳，愈近愈遠。《藝苑卮言》

詩自正宗之外，如昔人所稱『廣大教化主』者，于長慶得一人，曰『白樂天』；于元豐得一人焉，曰『蘇子瞻』；于南渡後得一人，曰陸務觀，爲其情事景物之悉備也。然蘇之與白，塵矣；陸之與蘇，亦劫也。《藝苑卮言》

嚴滄浪論詩又云：『詩不必太切。』予初疑此言，及讀子瞻詩，如『詩人老去』、『孟嘉醉酒』各二聯，方知嚴語之當。又近一老儒，嘗詠道士號一鶴者云：『赤壁横江過，青城被箭歸。』使事非不極親切，而味之殆如嚼蠟耳。《藝苑卮言》

劉駕詩體近卑，無可采者，獨『馬上續殘夢』一句，千古絶唱也。東坡改之作：『瘦馬兀殘夢』，便覺無味矣。《升庵詩話》

吴中每暑月，則東南風數日，甚者至踰旬而止，吴人名之曰『舶趠風』，『趠』音『敕教切』云：『海外舶船，禱于神而得之，乘此風至江浙間也。』東坡《吴中》詩曰：『三旬已過黄梅雨，萬里初來舶趠風。』余官吴門，庚午歲夏六月既望之三日，風作，踰旬而止，暑氣頓減。余因作賦以廣之，其略曰：『度華夏而既爽，入窮閻而亦清。無雖雄之或異，信造物之均平。』蓋彌旬而後止，失六月之炎蒸。又曰：『彼鑾檣與海檝，得乘時伺便而至耳』，謂區區專意于此曹，則亦豈天壤之至理？蓋欲脱吾民于焦灼，竊意造物其專在是也，即其後往來吴户不常至。丙子歲，余罷尚書郎，寓居無錫，至六月前三日，此風作，凡七月而止。按坡詩謂『梅雨』『已過』，此風初來，則當在五月或六月初，而予觀之，乃在六月望後與六月晦前。或曰：『節氣有早晚也。』然庚午歲梅月過兩旬而風來，丙子歲梅雨過一月始來，得非此風早晚本無定，東坡亦據當時所見而言耶？《庚溪詩話》

杜子美《古柏行》云：『霜皮溜雨四十圍，黛色參天二千尺。』沈存中《筆談》云：『無乃太細長乎？』予謂詩意止言高大，不必以尺寸計也。《詩評》載：王郊《大夫竹》詩示東坡，其一聯云：『葉排千口劍，榦聳萬條槍。』坡曰：『十條竹，一個葉也。』若郊者又何足以語詩乎？坡公云：『人看王郊詩，若能忍笑，誠爲難事。』蓋謂此爾。《韻語陽秋》

張子野年八十五猶聘妾，東坡作詩所謂『詩人老去鶯鶯在，公子歸來燕燕忙』是也。荆公亦有詩云：『篝火尚能書細字，郵筒還肯寄新詩。』其精力如此，宜其未能息心于粉白黛緑之間也。坡復有《贈張、刁二老》詩，有『共成一百七十歲』之句，則子野年益高矣，故其末章云：『惟有詩人被磨折，金釵零落不成行。』《韻語陽秋》

自唐文士詩詞多用『縹眇』二字，本朝蘇文忠公亦數用之，其後蜀中大字本改作『縹緲』。蓋韻書未見『緲』字爾，或改作『渺』，未知孰是？予校正《文苑英華》，姑仍其舊，而往此説于下。《二老堂詩話》

歐陽文忠公《詩話》：陳公時得杜《集》，至《蔡都尉》『身輕一鳥』，下脱一字，數客補之，各云『疾』、『落』、『起』、『下』，終莫能定，後得善本，乃是『過』字。其後東坡詩：『如觀李杜飛鳥句，脱字欲補知無緣。』山谷詩：『百年青天過鳥翼。』東坡詩：『百年同過鳥。』皆從而效之也。予見張景陽詩云：『人生瀛海内，忽如鳥過目。』則知老杜蓋取諸此，況杜又有《晛柳少府》詩：『予生如過鳥。』又云：『愁窺高鳥過』。景陽之詩，梁氏取以入《選》。杜《贈驥子》詩：『熟精文選理。』則其所取亦自有本矣，如《贈韋左丞》詩，皆倣鮑明遠。《東武吟》：『主人且勿喧，賤子歌一言。』然《古詠香爐詩》：『且座且勿喧，願聽歌一言。』

《優古堂詩話》

全宋詩話卷三十五

蘇軾八

東坡云：『世之對偶，如「紅生白熟」、「手文脚色」二對，無復加也。』又云：『「與我周旋寧作我，爲郎憔悴卻羞郎」，亦的矣。』予詩中有『青州從事』，對『白水真人』，公極稱之云：『二物皆不道破爲妙。』《侯鯖録》

東坡在黄州日，作《雪》詩云：『凍合玉樓寒起粟，光摇銀海眩生花。』人不知其使事也。後移汝海，過金陵，見王荆公，論詩及此云：『道家以兩肩爲「玉樓」，以目爲「銀海」，是使此否？』坡笑之，退謂葉致遠曰：『學荆公者，豈有此博學哉！』《侯鯖録》

東坡云：硯之美者必費筆，不費筆則退墨，二德難兼，非獨硯也。大字難結密，小字常局促，真書患不放，草書患無法。茶苦患不美，酒美患不辣。萬事無不然。可以付之大笑也。《侯鯖録》

東坡書與毛國鎮云：『歲行盡矣，風雨淒然。紙窗竹屋，燈火青熒。時于此有小佳處，無緣持獻，獨享爲媿。』想當一笑也。《侯鯖録》

東坡游廬山湯泉，閲留題百餘篇，愛遵老一偈，云：『禪庭誰作石龍頭？龍口湯泉沸不休。直待衆生塵垢盡，我方清冷混常流。』坡戲作一絶云：『石龍有口卻無根，自在流泉誰吐吞？若信衆生本無垢，此泉何處覔寒温？』《侯鯖録》

僧遵可者，詩本凡惡，偶以『直待衆生總無垢』句爲東坡所賞，書一絶于壁間繼之。山中道俗，隨東坡者甚衆，即日傳至圓通，遵適在焉，大自矜詡，追東坡至前途。而途中又傳東坡《三峽橋》詩，遵即對東坡自言有一絶，卻欲題三峽之後，旅次不及書，遂朗吟曰：『君能繼我《湯泉》句，我卻愛君《三峽》詩。道得可嘸不可漱，幾多詩將豎降旗。』東坡既悔賞拔之誤，且惡其無禮，因促駕去，觀者稱快。遵方大言曰：『子瞻護短！見我詩好甚，故妬而去。』徑至棲賢，欲題所舉絶句，寺僧方礱寺刻東坡詩，大詬而逐之。山中傳以爲笑。《老學庵筆記》

東坡老人在昌化，嘗負大瓢行歌于田間，有老婦年七十，謂坡云：『内翰昔日富貴，一場春夢。』坡然之，里人呼此媪爲『春夢婆』。坡被酒獨行，遍至子雲諸黎之舍，作詩云：『符老風情奈老何，朱顔減盡鬢絲多。投梭每困東鄰女，換扇惟逢春夢婆。』是日，老符秀才言换扇事。《侯鯖録》

東坡在黄岡，與張從惠吉老同一州。吉老妻，予從姑也，遇生日請坡夫婦飲，適有新桃，食之見雙仁。坡戲作《獻壽》詩云：『終須跨個玉麒麟，方丈蓬萊走一巡。敢獻些兒長壽物，蟠桃核裏有雙仁。』《侯鯖録》

東坡嘗作《韓幹馬》詩云：『少陵翰墨無形畫，韓幹丹青不語詩。此畫此詩今已矣，人間駑驥謾争馳。』予以爲若論詩畫，于此盡矣，每誦數過，殆欲常以爲法也。《侯鯖録》

東坡作詩，妙于使事，如：『剩欲去爲湯餅客，卻愁錯寫弄麞書。』『弄麞』乃李林甫事；『湯餅客』出劉禹錫《贈張盥》詩云：『憶爾懸弧日，予爲坐上賓。舉筯食湯餅，祝辭天麒麟。』若以爲明皇王后事，則不見坐食湯餅之意。公在黄州，邀一隱士相見，但視傳舍，不言而去。坡曰：『豈非以身世爲傳舍乎？』因贈詩云：『士廉豈識桃椎妙，妄意稱量未必然。』蓋用『朱桃椎』事：高士廉備禮請見，與之語，不答，瞪目而去，士廉再拜曰：『祭酒其使我以無事治蜀耶。』乃簡條目，州遂大治。東坡取隱士相見不言之意爲詩，真切當也。《侯鯖録》

東坡少時，夢召入禁中，一官人引行，見風吹裙帶在笏上有詩云：『百疊漪漪水皺，六銖纚纚雲輕。植立含風廣殿，微聞環佩摇聲。』既至小殿，裕陵坐其上，脱絲鞵令坡銘之。坡即書云：『寒女之絲，銖積寸累。步武所臨，雲生雷起。』裕陵稱賞。《侯鯖録》

東坡倅錢塘日，夢神宗召入禁，宮女環侍，一紅衣女捧紅靴一雙，命軾銘之，覺而忘其中一聯，云：『寒女之絲，銖積寸累。步武所及，雲蒸雷起。』既畢，進御，上極歎其敏，詔使宮女送出，睇視裙帶間，有六言詩一首，曰：『百疊依像水縐，六銖縱縱雲輕。植立含風殿廣，微聞環珮搖聲。』《冷齋夜話》

東坡作《海棠》詩曰：『只恐夜深花睡去，更燒銀燭照紅粧。』事見《太真外傳》，曰：『上皇登沉香亭，詔太真妃子，妃子時卯醉未醒，命力士從侍兒扶掖而至。妃子醉顔殘粧，鬢亂釵橫，不能再拜。上皇笑曰：「是豈妃子醉，真海棠睡未足耳！」』作《尼童》詩曰：『應將白練作仙衣，不許江膏汙天質。』事見則天《長壽二年詔書》，曰：『應天下尼，當用細白練爲衣。』作《橄欖》詩曰：『待得微甘回齒頰，已輸崖蜜十分甜。』『崖蜜』事見《鬼谷子》，曰：『照夜青，螢也；百花醴，蜜也；崖蜜，櫻桃也。』作《贈舉子》詩曰：『平生萬事足，所闕惟一死。』事見梁《僧史》，曰：『世祖宴東府，王公畢集，詔跋陀羅至。跋陀羅皤然清癯，世祖望見，謂謝莊曰：「摩訶衍有機辨，當戲之。」跋陀趨外陛，世祖曰：「摩訶衍不負遠來，惟有一死在。」即應聲曰：「貧道客食陛下三十載，恩德厚矣。無所闕。所闕者惟一死耳。」』《李太白》詩曰：『昔作芙蓉花，今爲斷腸草。以色事佗人，能得幾時好？』陶弘景《仙方注》曰：『斷腸草不可食，其花美好，名曰「芙蓉」。』《冷齋夜話》

苕溪漁隱曰：『崖蜜』，《本草》云『石蜜也』，老杜逸詩有『崖蜜松花白』之句，《冷齋》謂《鬼谷子》云『崖蜜，櫻桃也』，其説非是。『所欠惟一死』，事出《北史》：『劉聰時，陳休、卜崇爲人清直，素惡王、沈等。侍中卜幹謂休、崇曰：「王、沈等勢力足以回天地，卿輩親賢，孰與竇武、陳蕃？」休、崇曰：「吾輩年踰五十，職位已崇，惟欠一死耳。死于忠義，乃爲得所安？能俛首低眉以事閹豎乎！」』此事在前，乃梁《僧史》用其語耳。《苕溪漁隱叢話》

東坡南遷，侍兒王朝雲者請從行，東坡佳之，作詩，有《序》曰：『世謂樂天有《鬻駱放楊枝詞》，佳其至老病不忍去也，然夢得詩云：「春盡絮飛留不得，隨風好去落誰家？」樂天亦云：「病與樂天相共住，春同樊素一時歸。」則是樊素竟去也。予家有數妾，四五年相繼辭去，獨朝雲隨予南遷。因讀樂天詩，戲作此贈之。』云：『不學楊枝別樂天，且同通德伴伶玄。伯仁絡秀不同老，天女維摩總解禪。經卷藥爐新活計，舞裙歌板舊因緣。丹成隨我三山去，不作巫陽雲雨仙。』蓋紹聖元年十一月也。三年七月五日，朝雲卒，葬于棲禪寺松林中，直大聖塔，又和詩曰：『苗而不秀豈其天？不使童烏與我玄。駐景恨無千歲藥，贈行惟有小乘禪。傷心一念償前債，彈指三聲斷後緣。歸卧竹根無遠近，夜燈勤禮塔中仙。』又作《梅花》詞曰：『玉骨那愁瘴霧者』，其寓意爲朝雲作也。秦少游曰：『唐詩《閨怨》詞曰：「繡閣開金鏁，銀臺點夜燈。長征君自慣，獨卧妾何曾？」此正語病之著者，而

《選詩》自謂精之。果精乎？』參寥子曰：『林下人好言詩，纔見誦貫休、齊己詩，便不必問。』《冷齋夜話》

東坡嘗曰：『淵明詩初看若散緩，熟看有奇句，如：「日暮巾柴車，路暗光已夕。歸人望煙火，稚子候簷隙。」又曰：「採菊東籬下，悠然見南山。」又曰：「靄靄遠人村，依依墟里煙。犬吠深巷中，雞鳴桑樹巔。」大率才高意遠，則所寓得其妙。造語精到之至，遂能如此。似大匠運斤，不見斧鑿之痕，不知者疲精力至死不知悟，而俗人亦謂之佳。如曰：「一千里色中秋月，十萬軍聲半夜潮。」又曰：「蝴蝶夢中家萬里，子規枝上月三更。」又曰：「深秋簾幙千家雨，落日樓臺一笛風。」皆如寒乞相，一覽便盡。初如秀整，熟視無神氣，以其字露也。』東坡作對則不然，如曰：『山中老宿依然在，案上楞嚴已不看』之類，更無齟齬之態，細味對甚的而字不露，此其得淵明遺意耳。《冷齋夜話》

東坡詩曰：『客來茶罷渾無有，盧橘微黄尚帶酸。』張嘉甫曰：『盧橘何種果類？』答曰：『枇杷是矣。』又問：『何以驗之？』答曰：『事見相如《賦》。』嘉甫曰：『「盧橘復熟，黄甘橙楱，枇杷橪柿，楟奈厚樸。」盧橘果枇杷，則賦不應四字重用。應劭注曰：「《伊尹書》曰：箕山之東，青鳥之所，有盧橘，夏熟。」不據依之，何也？』東坡笑曰：『意不欲耳！』《冷齋夜話》

東坡曰：『世間之物，未有無對者，皆自然生成之象，雖文字之語亦然，但學者不思耳。如因事當時爲之語曰：「劉蕡下第，我輩登科。」則其前有雍齒且侯，吾屬何患？太宗曰：「我見魏徵常嫵媚」，德宗乃曰：「人言盧杞是姦邪。」』《冷齋夜話》

東坡曰：『予少官鳳翔，行山邸，見壁間有詩曰：「人間無漏仙，兀兀三杯醉。世上没眼禪，昏昏一覺睡。雖然没交涉，其奈略相似。相似尚如此，何况真個是。」』故其海上作《濁醪有妙理賦》曰：『常因既醉之適，方識此心之正。』然此老言人心之正，如孟子言人性善，何以異哉。《冷齋夜話》

東坡在儋耳，有姜唐佐者，從乞詩。唐佐，朱崖人，亦書生。東坡借其手中扇，大書其上曰：『滄海何曾斷地脉？朱崖從此破天荒。』又書司命宫楊道士息軒曰：『無事此静坐，一日是兩日。若活七十年，便是百四十。黄金不可成，白髮日夜出。開眼三十秋，速于駒過隙。是故東坡老，貴汝一念息。時來登此軒，望見過海席。家山歸未得，題詩寄屋壁。』有黎女插茉莉花，嚼檳榔，戲書姜秀郎几間曰：『暗麝著人簪茉莉，紅潮登頰醉檳榔。』其放浪如此。《冷齋夜話》

范文正公鎮鄱陽，有書生獻詩甚工，文正禮之，書生自言：『天下之至寒餓者，無在某右。』時盛習歐陽率更字，薦福寺碑墨本直千錢，文正爲具紙墨，打千本，使售于京師。紙墨已具，一夕，雷擊碎其碑，故時人爲之語曰：『有客打碑來薦福，無人騎鶴上揚州。』東坡作《窮措大》詩曰：『一夕雷轟薦福碑。』《冷齋夜話》

『晚披雲夢澤，笠釣青茫茫』，又曰：『暮騎紫雲去，海氣侵肌涼』，東坡曰：『此語非李太白不能道也。』嘗作贊曰：『天人幾何同一漚，謫仙非謫乃其游，揮斥八極隘九州。化爲兩鳥鳴相酬，一鳴一止三千秋，開元有道爲少留，縻之不可矧肯求。東望太白横峨岷，眼高四海空無人。大兒汾陽中令君，小兒天台坐忘身。生平不識高將軍，手涴吾足乃敢嗔。作詩一笑君應聞。』《冷齋夜話》

東坡曰：『羅浮有野人，山中隱者或見之，相傳葛稚川之隸也，有鄧道士者，嘗見其足迹。』予偶讀韋蘇州詩《寄全椒道士》云：『今朝郡齋冷，忽念山中客。澗底束荆薪，歸煮白雲石。遥持一罇酒，遠慰風雨夕。落葉滿空山，何處尋行迹？』迹其風度，則全椒道士，豈亦鄧君之流乎？因以酒問，依蘇州韻作詩寄之曰：『一杯羅浮春，遠餉採薇客。遥知獨酌罷，醉卧松下石。幽人不可見，清嘯聞月夕。聊戲庵中人，飛空本無迹。』《冷齋夜話》

對句法，詩人窮盡其變，不過以事、以意、以出處具備謂之妙。如荆公曰：『平昔離愁寬帶眼，迄今歸思滿琴心。』又曰：『欲寄歲寒無善畫，賴傳悲壯有能琴。』乃不若東坡微意特奇，如曰：『見説騎鯨游汗漫，亦曾捫虱話辛酸。』又曰：『蠶市風光思故國，馬行燈火記當年。』又曰：『龍驤萬斛不敢過，漁舟一葉縱掀舞。』以『鯨』爲『虱』對，以『龍驤』爲『漁舟』對，小大氣燄之不等，其意若玩世謂之『秀傑之氣，終不可没』者，此類是也。《冷齋夜話》

有村校書年已七十，方買妾饌客，東坡杖藜相過。村校喜，延坐其東，起爲壽，且乞詩。東坡問所買妾年幾何，曰：『三十。』乃戲爲詩，其略曰：『侍者方當而立歲，先生已是古稀年。』此老滑稽于文章如此。又曰：『世間事無有無對，第人思之不至也。』如曰：『我見魏徵嘗嫵媚』，則對曰：『人言盧杞是姦邪』。又曰：『無物不可比類，如蝎花似石榴花，紙花似罌粟花，通草花似梨花，羅絹花似海棠花。』《冷齋夜話》

哲宗問右璫陳衍：『蘇軾襯朝章者何衣？』衍對曰：『是道衣。』哲宗笑之。及謫英州，雲居佛印遣書追至南昌，東坡不復答書，引紙、大書曰：『戒和尚又錯脱也。』後七年，復官，歸自海南，監玉局觀，作偈戲答僧曰：『惡業相纏四十年，當行八棒十三禪。卻著衲衣歸玉局，自疑身是五通仙。』《冷齋夜話》

東坡在惠州，盡和淵明詩。魯直在黔南，聞之，作偈曰：『子瞻謫南海，時宰欲殺之。飽喫惠州飯，細和淵明詩。淵明千載人，子瞻百世士。出處固不同，風味亦相似。』尋又遷儋耳，久之，天下盛傳子瞻已仙去矣。後七年，北歸，時章丞相方貶雷州，東坡至南昌，太守葉公祖洽問曰：『世傳端明已歸道山，今尚甘游戲人間耶？』東坡曰：『途中見章子厚，乃

迴反耳。』《冷齋夜話》

東坡自海南至處上，以水涸不可舟，逗留月餘，時過慈雲寺浴。長老明鑒魁梧如所畫慈恩然，叢林中以道學與之。東坡作偈戲之曰：『居士無塵堪洗沐，老師有句借宣揚。窗間但見蠅鑽紙，門外時聞佛放光。遍界難藏真薄相，一絲不挂且逢場。卻須重説圓通偈，千眼熏籠是法王。』又嘗要劉器之同參玉版和尚，器之每倦山行，聞見玉版，忻然從之，至廉泉寺，燒筍而食。器之覺筍味勝，問此筍何名，東坡曰：『即玉版也。此老師善説法，要能令人得禪悦之味。』于是器之乃悟其戲，爲大笑。東坡亦作偈曰：『叢林真百丈，嗣法有横枝。不怕石頭路，來參玉版師。聊憑柏樹子，與問籜龍兒。瓦礫猶能説，此君那不知？』《冷齋夜話》

蘇子由初謫高安時，雲庵居洞山，時時相遇。有聰禪師者，蜀人，居聖壽寺。一夕，雲庵夢同子由、聰出城，迎五祖戒禪師。既覺，私怪之，以語子由。語未卒，聰至，子由迎呼曰：『方與洞山老師説夢，子來也欲同説夢乎？』聰曰：『夜來輒夢見吾三人者，同迎五祖戒和尚。』子由拊手大笑曰：『世間果有同夢者，異哉！』良久，東坡書至，曰：『已次奉新，旦日可相見』。三人大喜，追筍輿以出城，至二十里建山寺而東坡至，坐定，無可言，則各追繹向所夢以語坡。坡曰：『軾年八九歲時，嘗夢其身是僧，往來陝右。又先妣方孕時，夢一僧來託宿，記其頎然而眇一目。』雲庵驚曰：『戒，陝右人，而失一目，暮年棄五祖來游高安，終于大愚。』逆數蓋五十年，而東坡時年四十九歲矣。後東坡以書抵雲庵，其略曰：戒和尚不識人嫌，强顔複出，真可笑矣。既是法契，可痛加磨礪，使還舊觀，不勝幸甚。自是常衣衲衣。《冷齋夜話》

徐師川曰：『予于東坡、山谷、瑩中三君子，但知敬畏者也。然其瑕疵，予能笑之。如東坡議論諫諍，真所謂「殺身成仁」者，其視死生如旦夜爾，安能爲哉，而欲學長生不死？山谷赴官姑熟，既至，未視事，聞當罷，不去，竟俯就之，七日符至乃去。問其故，曰：「不爾，無舟吏可遷。」夫士之進退，本體欲分明，不可苟也，豈以舟吏爲累耶？瑩中大節昭著，其能必行其志者，視爵禄如糞土，然猶時對日者説命，此皆顛倒也。』吾同笑之。《冷齋夜話》

東坡夜宿曹溪，讀《傳燈録》，燈花墮卷上，燒一『僧』字，即以筆記于窗間，曰：『山堂夜岑寂，燈下讀《傳燈》。不覺燈花落，荼毗一个僧。』《梵誌》詩曰：『城外土饅頭，餡草在城裏。一人喫一個，莫嫌没滋味。』魯直曰：『既是餡草，何緣更知滋味？』易之曰：『預先以酒澆，且圖有滋味。』《冷齋夜話》

王直方《詩話》云：東坡喜韋蘇州詩『寧知風雨夜，復此對床眠』之句，故在鄭别子由云：『寒燈相對記疇昔，夜雨何時聽蕭瑟？』又初秋子由與坡相從彭城，賦詩云：『誤喜對床尋舊約，不知飄泊在彭城。』子由使虜，在神水館賦詩云：『夜雨從來對榻眠，兹行萬里隔胡天。』坡在御史獄，有云：『他年夜雨獨傷神。』在東府有云：『對床定悠悠，夜雨今蕭瑟。』其同轉對有云：『對床貪聽連宵雨。』又曰：『對床欲作連夜雨。』又云：『對床老兄弟，夜雨鳴竹屋。』此其兄弟所賦也。相約退休，可謂無日忘之，然竟不能成其約。其意見于《逍遥堂詩敘》云。《苕溪漁隱叢話》

《漫叟詩話》云：『東坡最善用事，既顯而易讀，又切當。若《招持服人游湖不赴》云：「卻憶呼盧袁彦道，難邀罵座灌將軍。」《柳氏求字荅》云：「君家自有元和脚，莫厭家雞更問人。」天然奇作。《賀人洗兒詞》云：「犀錢玉果，利市平分霑四座。深愧無功，此事如何到得儂。」南唐時，宫中嘗賜洗兒果，有近臣謝表云：「猥蒙寵數，深愧無功。」李主曰：「此事卿安得有功？」尤爲親切。』苕溪漁隱曰：《世説》：『元帝生子，普賜群臣，殷羨謝曰：「皇子誕育，普天同慶。臣無勳焉，而猥頒賚。」中宗笑曰：「此事豈可使卿有勳耶！」』二事相類，聊録于此。但『深愧無功』之語，東坡乃用南唐事也。《苕溪漁隱叢話》

東坡云：宋玉對楚王：『此獨大王之雄風也，庶人安得而共之？』譏楚王知己而不知人也。柳公權小子與文宗聯句，有美而無箴，故爲足成其篇云：『人皆苦炎熱，我愛夏日

長。熏風自南來，殿角生微涼。一爲居所移，苦樂永相忘。願言均此施，清陰分四方。』《苕溪漁隱叢話》

王直方《詩話》云：謝朓嘗語沈約曰：『好詩圓美流轉如彈丸。』故東坡答王鞏云：『新詩如彈丸。』又《送歐陽季弼》云：『中有清圓句，銅丸飛柘彈。』蓋詩貴于圓熟也。余以謂圓熟多失之平易，老硬多失之枯乾，能不失于二者之間，則可與古之作者並驅矣。《苕溪漁隱叢話》

《西清詩話》云：『東坡謫黄岡，與陳慥季常游。季常自以爲飽禪學，而妻柳頗悍忌，季常畏之，故東坡以詩戲之曰：「龍丘居士亦可憐，談空説有夜不眠。忽聞河東獅子吼，拄杖落手心茫然。」』潘子真《詩話》云：『吴瑛德仁，襟情高遠，遵路之子，淑之孫也。未五十，以虞部員外郎致仕，歸隱蘄春。元祐間，朝廷聞其高，聘之，不起。「稽山不是無賀老，我自興盡回酒船。恨我不識元魯山，恨君不識顔平原。銅駞陌上會相見，拍手一笑三千年。」東坡爲德仁作也。』苕溪漁隱曰：《寄吴德仁兼簡陳季常》詩，全篇云：『東坡先生無一錢，十年家火燒凡鉛。黄金可成河可塞，只有霜鬢無由玄。龍丘居士亦可憐，談空説有夜不眠。忽聞河東獅子吼，拄杖落手心茫然。誰似濮陽公子賢？飲酒食肉自得仙。平生寓物不留物，在家學得忘家禪。門前罷稏十頃田，清溪遶屋花連天。溪堂醉卧呼不醒，落花如雪春風顛。我游蘭溪訪清泉，已辦布襪青行纏。稽山不是無賀老，我自興盡回酒舡。恨君不識顔平原，恨我不識元魯山。銅駞陌上會相見，握手一笑三千年。』詩中所云『龍丘居士』，即陳季常也；『濮陽公子』，即吴德仁也。又云：『我游蘭溪訪清泉，已辦布襪青行纏。稽山不是無賀老，我自興盡回酒舡。』蓋欲往訪德仁未成也。李白詩云：『稽山無賀老，却棹酒舡回。』用此事也。又云：『恨君不識顔平原』，東坡自謂也；『恨我不識元魯山』，謂德仁也。『銅駞陌上會相見，握手一笑三千年』，蓋言終當相見，如薊子訓之徒。此一篇詩意，本末次序，有倫有理，可謂精緻矣。潘子真但只言『稽山不是無賀老』以下六句爲德仁作，不知『濮陽公子』復是何人，無乃與詩題相戾乎？《苕溪漁隱叢話》

東坡云：『予在黄州，與陳慥季常往來，每往過之，輒作「汁」字韻詩一篇，季常不禁殺，故以此諷之。季常既不復殺，而里中皆化之，至有不食肉者，皆云：「未死神已泣」，此語使人悽然也。』苕溪漁隱曰：予憂患之餘，久亦戒殺。細味東坡此詩，欣然會意，故録全章，益以自警。詩曰：『我哀籃中蛤，閉口護殘汁。又哀網中魚，開口吐微溼。剖腸彼交病，過分我何得？相逢未寒温，相勸此最急。不見盧懷慎，烝壺似烝鴨。坐客皆忍笑，髡然發其幎。不見王武子，每食刀機赤。琉璃載蒸豚，中有人乳白。盧公信寒陋，衰髮得滿幘。武子雖豪華，未死神已泣。先生萬金璧，護此一蟻缺。一年如一夢，百歲真過客。君

無廢此篇，嚴詩編《杜集》。』《苕溪漁隱叢話》

王直方《詩話》云：『顧子敦有「顧屠」之號，以其肥偉也。故東坡《送子敦奉使河朔》詩云：「我友顧子敦，軀膽多雄偉。便便十圍腹，不但貯書史。」又云：「磨刀向猪羊，釃酒會鄰里。」至于云「平生批勅手」，亦皆用屠家語也。子敦讀之，頗不樂，東坡遂和前篇，末句云：「善保千金軀，前言戲之耳。」錢穆父眉宇秀整，東坡云：「穆四莫亂呼它名字。」是時穆父已有九子，東坡遂以九子母丈夫呼之。有詩云：「九子羨君門户壯，八州憐我往來頻。」』苕溪漁隱曰：東坡《送子敦》詩，有『會當勒燕然，廊廟登劍履』之句。山谷和云：『西連魏三河，東盡齊四履。』或云：『東坡見山谷此句，頗忌之，以其用事精當，能押險韻故也。』然東坡復自和云：『我以病杜門，《商頌》空振履。』蓋諸公餞子敦，以病不往，押韻用事，豈復不佳？山谷亦再和，有『發政恐傷民，天步薄冰履』之句，押韻又似牽强也。《苕溪漁隱叢話》

苕溪漁隱曰：東坡《次韻米黻〈二王書跋尾〉》詩云：『怪君何處得此本？上有桓玄寒具油。』劉公《嘉話》云：『《晉書》有飯食名「寒具」者，後于《齊民要術》并《食經》中檢得，是今所謂「鐶餅」。桓玄嘗盛陳書畫，召客觀之，客有食寒具，不濯手而執書，因有汚處。玄不懌，自是命賓不設寒具。』《苕溪漁隱叢話》

王直方《詩話》云：蘇黄門以己卯生，故東坡有『卯君』之語。其以檀香觀音像遺黄門云：『持是壽卯君。』其《出局偶書》云：『傾杯不能飲，待得卯君來。』其《送王鞏》詩云：『淚溼粉箋書不得，憑君送與卯君看。』《苕溪漁隱叢話》

《西清詩話》云：東坡在北扉，自以獨步當世，與一時侍從，更唱迭和，莫不稱首。曾子開賦《扈蹕》詩，押『辛』字韻，韻窘束而往返絡繹不已，坡厭之，復和云：『讀罷君詩何所似，擣殘薑桂有餘辛。』顧問客曰：『解此否？謂唱首有辣氣故耳。』《苕溪漁隱叢話》

苕溪漁隱曰：《和子由使契丹至涿州見寄》詩云：『始憶庚寅降屈原，旋看蠟鳳戲僧虔。』《晉書》：『王弘與兄弟會集，任子孫戲：僧達跳下地作虎子；僧綽正坐，采蠟燭珠爲鳳凰，僧達奪取打壞，亦復不惜；僧虔累十二博碁，既不墜落，亦不重作。』則『蠟鳳凰戲』乃僧綽也。又《立春日與李端叔》詩云：『丞掾頗哀亮。』定武有此碑本，坡自大字寫之，作『亮』字。後漢馬援爲隴西太守，務開恩信，寬以待下，任吏以職，但總大體而已。諸曹時白外事，援輒曰：『此丞掾之任，何足相煩。頗哀老子，使得遨游。若大姓侵小民，黠吏不從令，此乃太守事耳。』則『亮』字當作『援』也。又《次韻錢舍人病起》云：『何如一笑千痾散，絶勝倉公飲上池。』《史記》：『扁鵲遇長桑君曰：「我有禁方，年老欲傳與公。」乃出其懷中藥予扁鵲：「飲以上池之水，三十日當知物矣。」』則非太倉公也。《苕溪漁隱叢話》

《緗素雜記》云：『韓熙載本高密人，後主即位，頗疑北人，鴆死者多，而熙載且懼，愈肆情坦率，不遵禮法，破其財貨，售集妓樂，迨數百人，日與荒樂。蔑家人之法，所受月俸，至即散爲妓女所有，而熙載不能制之以爲喜。而日不能給，遂敝衣屨，作瞽者，持獨絃琴，俾舒雅執板挽之，隨房歌鼓求丐，以足日膳。旦暮亦不禁其出入，或竊與諸生糅雜而淫，熙載見之，趨過而笑曰「不敢阻興」而已。及夜奔客寢者，其客詩云：「若是五更留不住，向人枕畔著衣裳。」時人議謂北齊徐之才豁達，無以過之。故東坡詩云：「欲教乞食歌姬院，奴與雲山奮衲長。」蓋用熙載求丐事也。』苕溪漁隱曰：予讀《北夢瑣言》：『裴休常被毳衲，于歌姬院持鉢乞食，自方不爲俗情所染，可以説法爲人。』蓋東坡以玉帶施元老，元以衲裙相報，即用此事爲是。若《緗素雜記》謂用前事，非也。《苕溪漁隱叢記》

王直方《詩話》云：東坡嘗令門人輩作《人不易物賦》，或人戲作一聯曰：『伏其几而陞其堂，曾非孔子。襲其書而戴其帽，未是蘇公。』蓋元祐之初，士大夫效東坡，頂短簷高桶帽，謂之子瞻樣，故云。《苕溪漁隱叢話》

王直方《詩話》云：『東坡在定武，作《松醪賦》，有云：「遂從此而入海，渺翻天之雲濤。」蓋自定再謫惠州，自惠而遷昌化，人以爲語讖。秦少游紹聖間請外，以校勘爲杭倅，方至楚、泗間，有詩云：「平生逋欠僧坊睡，准擬如今處處還。」詩成之明日，以言者落職，監處州酒，好事者以爲詩讖。陳無己《賦高軒過》詩云：「老知書畫真有益，卻悔歲月來無多」之句，不數月遂卒，或以爲詩讖。』苕溪漁隱曰：人之得失生死，自有定數，豈容前逃，烏得以讖言之？何不達理如此，乃庸俗之論也。如東坡自黄移汝，别雪堂鄰里，有詞云：『百年强半少，來日苦無多。』蓋用退之詩『年皆過半百，來曰若無多』之語。然東坡自此脱謫籍，登禁從，累帥方面，晚雖南遷，亦幾二十年乃薨，則『來日苦無多』之語，何爲不成讖耶？《苕溪漁隱叢話》

《夷堅志》云：燕邸萊州洋川公家，裝褫古今畫爲十册，東坡過之，因爲書籤，仍題其後云：『高堂素壁，無舒卷之勞。明牕净几，有坐卧之安。』又《題王靄畫如來出山相》云：『頭鬅鬙，耳卓朔，適從何處來？碧色眼有角。明星未出萬象閒，外道天魔猶奏樂。錯不錯，安得無上菩提成等正覺。』山谷詩云：『蕭寺吟雙竹，秋醪薦二螯。破塵歸騎速，横日雁行高。』又：『擁膝度殘臘，攀條驚淺春。』皆洋川公養浩堂故事，而《集》中不載。家君在北方，宗室子伯璘言如此。予家有大年畫小景二幅，山谷親書兩絶句其上，曰：『水色煙光上下寒，忘機鷗鳥恣飛還。年來頻作江湖夢，對此身疑在故山。』『輕鷗白鷺定吾友，翠柏幽篁是可人。海角逢春知幾度？卧游到處總傷神。』今豫章所刻《集》及它本皆無。《苕溪漁隱叢話》

東坡云：吾昔在錢塘，一日，晝寢寶山僧舍，題其壁云：『七尺頑軀走世塵，十圍便腹貯天真。此中空洞渾無物，何止容君數百人。』其後有小子亦題名壁上，見者乃謂余誚之也。周伯仁所謂『君』者，乃王茂弘之流，豈此等輩哉？《苕溪漁隱叢話》

苕溪漁隱曰：東坡詩云：『圖書跌宕悲年老，燈火青熒語夜深。』山谷詩云：『弓刀陌上望行色，兒女燈前語夜深。』蓋皆出予老杜『廚人語夜闌』之意。王直方《詩話》以謂二詩當以先後分勝負。非也。《苕溪漁隱叢話》

東坡云：『軾倅武林日，夢神宗召入禁中，宮女圍侍，一紅衣女童捧紅靴一隻，命軾銘之，覺而記其一聯云：「寒女之絲，銖積寸累。天步所臨，雲蒸霧起。」既畢，進御，上極歎其敏，使宮女送出，睇眎裙帶間，有六言詩一首，云：「百疊漪漪風縐，六銖縱縱雲輕。植立含風廣殿，微聞環珮摇聲。」』又云：『軾自蜀應舉京師，道過華清宮，夢明皇令賦《太真妃裙帶》詞，乃前六言詩也，覺而記之，今書贈柯山潘大臨邠老。』二説不同，故併録之。《苕溪漁隱叢話》

王直方《詩話》云：東坡與孫巨源同會于王晉卿花園中，晉卿言：『都教餵飼了官員輩馬著。』巨源云：『都尉指揮都餵馬，好一對。』適長主送茶來，東坡即云：『大家齊喫大家茶。』蓋長公主呼『大家』也。山谷嘗以『賣菜賣生菜』，對『磨刀磨剪刀』，東坡以洞庭春色

爲掃愁帚，山谷以水晶膾爲醒酒冰，余謂正好作一對。《苕溪漁隱叢話》

東坡云：昨日，太守楊君采、通判張君規，邀予出游安國寺，坐中論風氣養生之事。余曰：『皆不足道，難在去慾。』張曰：『蘇子卿齧雪啗氈，縮背出血，無一語少屈，可謂了死生之際矣。然不免爲胡婦生子，而況洞房綺疏之下乎？乃知此事不易消除。』衆客皆大笑，予愛其語有理，故爲記之。《苕溪漁隱叢話》

王直方《詩話》云：『《橄欖》詩：「紛紛青子落紅鹽，正味森森若且嚴。待得微甘回齒頭，已輸崖蜜十分甜。」范景文言：「橄欖木高大難採，以鹽擦椽，則其實自落，此所以有落紅鹽之語也。」』苕溪漁隱曰：予居嶺外七年，備見土人採橄欖，初未嘗以鹽擦樹身，亦只以梯採之，或杖攀之。而東坡『落紅鹽』之語，當自别出小説也。《苕溪漁隱叢語》

蘇子由云：『東坡居士謫居儋耳，置家羅浮之下，獨與幼子過負擔渡海，葺茅竹而居之，日啗藷芋，而華屋玉食之念，不存于胸中。平生無所嗜好，以圖史爲園囿，文章爲鼓吹，至是亦皆罷去。猶獨喜爲詩，精深華妙，不見老人衰憊之氣。』苕溪漁隱曰：凡人能處憂患，蓋在其平日胸中所養。韓退之，唐之文士也，正色立朝，抗疏《諫佛骨》，疑若殺身成仁者。一經竄謫，則憂愁無聊，槩見于詩詞。由此論之，則東坡所養，過退之遠矣。《苕溪漁隱叢話》

《三山老人語録》云：自來九日多用落帽事，獨東坡云：『破帽多情卻戀頭』，尤爲奇特。《苕溪漁隱叢話》

《緗素雜記》云：《舊唐書》載唐明皇時，宰相李林甫，自以無學術，僅能秉筆，有才名于時者，尤忌之。林甫典選時，選人嚴迥判語『杕杜』二字，林甫不識，謂韋侍郎曰：『此謂「杕杜」，何也？』韋俛首不敢言。又太常少卿姜度妻誕子，林甫手書慶之曰：『聞有弄麞之慶。』客視之掩口。故東坡《賀人生子詩》云：『甚欲去爲湯餅客，卻愁錯寫弄麞書。』蓋用此也。惜乎《新史》不載其事。《苕溪漁隱叢話》

紹興辛酉，煇隨侍之鄱陽，至南康，揚瀾左蠡失舟，老幼僅以身免。小泊沙際，俟易舟。信步至山椒一寺，軒名『重湖』，梁間一木牌，老僧指似是乃蘇内翰留題。登榻觀之，即『八月渡重湖，蕭條萬象疏。秋風片帆急，暮靄一山孤。許國心猶在，康時術已虚。岷峨千萬里，投老得歸無』詩也，漶漫尚可讀。僧云：『以所處深險，人迹不到，故留至今。』然律詩而用兩韻，叩于能詩者，曰：『詩格不一，如李誠之《送唐子方》，亦兩押「山」、「難」字韻，正不必拘也。』而坡《歧亭》詩凡二十六句，而押六韻，或云無此格。韓退之有《雜詩》一篇，二十六句押六韻。《清波雜志》

東坡自海外歸毗陵，病暑，著一冠，披半臂坐船上。夾運河千萬人隨觀之，坡顧坐客

曰：『莫看殺我否？』則素知彼民愛慕，坡亦眷眷此地而不忘。强伯尸而祝之之意出此。《清波雜志》

東坡初入荆溪，有『樂死』之語，蓋樂其風土也。繼抱疾稍革，徑山老惟琳來問候，坡曰：『萬里嶺海不死，而歸宿田里，有不起之憂，非命也耶？然死生亦細故耳。』後二日，將屬纊，聞根先離，琳叩耳大聲曰：『端明勿忘西方。』曰：『西方不無，但個裏著力不得。』語畢而終，歸老素志，竟墮渺茫，一丘一壑，天實嗇之。淳熙己酉，周益公罷相回江右，小泊荆溪，因董氏出《楚頌帖》，乃考坡自元豐七年以後，經從此地日月本末爲詳，刻石具在。《楚頌》，乃坡欲以橘名亭而不遂者也。《清波雜志》

東坡《上元》詩：『前年侍玉輦，端門萬枝燈。璧月掛罘罳，珠星照觚稜。去年中山府，老病亦宵興。牙旗穿夜市，鐵馬響春冰。今年江海上，雲房寄山興。亦復舉膏火，松間見層層。散策桄榔林，林疏月鬅鬙。使君置酒罷，簫鼓轉松陵。狂生來索酒，一舉輒數升。浩歌出門去，我亦歸瞢騰。』王初寮履道《象州上元》詩：『二年白玉堂，揮翰供帖子。風生起草臺，墨點澄心紙。三年文昌省，拜賜近尺咫。紅蔘盼御盤，金幡裊宮蘂。晚爲日南客，環堵隱烏几。朝來聞擊鼓，土牛出城市。幽懷不自開，欲逐春事起。安得五畝園，種蔬引江水？』二篇之詩，先後而作，何語意切類如此。煇在番江，于初寮孫稷處，得公自監《大名倉洎波遇等兩地建節帥燕》遺文，朱板橘行者，如《睿謨殿曲宴》及《賞橘》律詩各百韻，鋪張太平盛事，皆在焉。亦嘗見《立春》詩墨迹于洪成季尚書家。《清波雜志》

『大夢行當覺，百年特未滿。遑哀已逝人，長眠寄孤館。念我同年生，意長日月短。鹽車困騏驥，烈火廢圭瓚。後生有奇骨，出語已精悍。蕭然野鶴姿，誰復識中散？有生寓大塊，死者誰不窾！嗟君獨久客，不識黄土暖。推衣助孝子，一溉滋湯旱。誰能脱左驂？大事不可緩。』此詩東坡爲李憲仲作。憲仲之子廌坡得粱吉老十縑百絲，舉以賻之，度是詩出，當多有助之者。又作《章默》詩，意益深，辭益哀。今之人親喪未舉，豈免求哀于時，若假是名，因以爲利，或廣求以侈其葬，恐失脱驂之本意也。《清波雜志》

全宋詩話卷三十六

蘇軾九

王直方《詩話》云：東坡嘗以所作小詞，示無咎、文潛，曰：『何如少游？』二人皆對云：『少游詩仙小詞，先生小詞似詩。』陳无己云：『荆公晚年詩傷工，魯直晚年詩傷奇。』予戲之曰：『子欲居工、奇之間耶？』《苕溪漁隱叢話》

《遯齋閒覽》云：蘇子瞻嘗自言：『平生有三不如人』，謂『著棋』、『飲酒』、『唱曲』也。然三者亦何用如人。子瞻之詞，雖工而多不入腔，正以不能唱曲耳。《苕溪漁隱叢話》

王直方《詩話》云：邢惇夫言：『「掃地焚香閉閤眠，簟紋如水帳浮煙。客來夢覺知何處？掛起西窗浪接天。」此東坡詩也，嘗題于予扇，山谷初讀，以爲是劉夢得所作。』《苕溪漁隱叢話》

《緗素雜記》云：東坡于金門寺中，見李留臺與二錢唱和，戲用其韻跋之，有云：『欲問君王乞符竹，但憂無蟹有監州。』注云：『皆世所傳錢氏故事。』事見《歸田録》，云：『國朝自下湖南，始置通判，既非副貳，又非屬官，故常與知州争權。每云：「我是監郡，朝廷使我來監汝。」舉動爲其所制。太祖聞而患之，下詔書戒勵，自此稍絀。然至今州郡往往與通判不和。往時有錢昆少卿者，家世餘杭人也。杭人嗜蟹。昆嘗求補外，人問其欲何州，昆曰：「但得有螃蟹無通判處可矣。」至今士人以爲口實。』《苕溪漁隱叢話》

《蔡寬夫詩話》云：學士院舊與宣徽院相鄰，今門下後省，乃其故地。玉堂兩壁，有巨然畫山，董羽水。宋宣獻公爲學士時，燕穆之復爲六幅山水屏寄之，遂置于中間。宣獻詩所謂『憶昔唐家扃禁地，粉壁曲龍聞曩記。承明意象今頓還，永與鑾坡爲故事』是也。唐翰林壁畫海曲龍山，故詩引用之。元豐末，既修兩後省，遂移院于今樞密院之後，兩壁既毁，屏亦莫知所在。今玉堂中屏，乃待詔郭熙所作『春江曉景』。禁中官局，多熙筆迹，而此屏獨深妙，意若欲追配前人者。蘇儋州嘗賦詩云：『玉堂晝掩春日閒，中有郭熙畫春山。』今遂爲玉堂一佳物也。《苕溪漁隱叢話》

苕溪漁隱曰：《才調集》有無名氏絶句云：『春光冉冉歸何處？更向樽前把一杯。盡日問花花不語，爲誰零落爲誰開？』東坡《吉祥寺花》詩云：『太守問花花有語，爲君零落爲君開。』遂與前詩略同，豈偶然耶？《古今詩話》載：『太上隱者，人莫知其本末，好事者從之問姓名，不答，留詩一絶云：「偶來松樹下，高枕石頭眠。山中無曆日，寒盡不知年。」』東坡《贈梁道人》詩云：『寒盡山中無曆日』，用此事也。又《行瓊儋間肩輿坐睡夢中得句》云：『千山動鱗甲，萬谷酣笙鐘。』覺而遇清風急雨，戲作數句云：『幽懷忽破散，永嘯來天風。千山動鱗甲，萬谷酣笙鐘。』蓋風來則千山草木皆動，如動鱗甲；萬谷號呼有聲，如酣笙鐘耳。《苕溪漁隱叢話》

王直方《詩話》云：東坡《送楊孟容》詩云：『我家峨眉陰，與子同一邦。相望六十里，共飲玻璃江。江山不違人，徧滿千家窗。但苦窗中人，寸心不自降。子歸治小國，洪鍾噎微撞。我留侍玉堂，弱步欹豐扛。後生多高才，名與黄童雙。不肯入州府，故人餘老龐。殷懃與問訊，愛惜霜眉厖。何以待我歸，寒醅發春缸。』蓋效山谷體作也。山谷云：『子瞻詩句妙一世，廼云效廷堅體，退之戲效孟郊、樊宗師之比，以文滑稽耳。恐後生不解，故次韻道之曰：「我詩如曹、鄶，淺陋不成邦。公如大國楚，吞五湖三江。赤壁風月笛，玉臺雲霧窗。句法提一律，堅城受我降。枯松倒澗壑，波濤所舂撞。萬牛挽不前，公乃獨力扛。諸人方嗤點，渠非晁、張雙。但懷相識察，床下拜老龐。小兒未可知，客或許敦厖。誠堪壻阿巽，買紅纏酒缸。」』歐陽文忠亦嘗效聖俞體作一篇，有云：『嘉子治新園，乃在太行谷。』題劉羲叟家園也。《苕溪漁隱叢話》

苕溪漁隱曰：東坡《送人守嘉州》古詩，其中云：『蛾眉山月半輪秋，影入平羌江水流。謫仙此語誰解道？請君見月時登樓。』上兩句全是李謫仙詩，故繼之以『謫仙此語誰解道，請君見月時登樓』之句。此格本出于李謫仙，其詩云：『解道澄江静如練，令人還憶謝玄暉。』蓋『澄江浄如練』，即元暉全句也。後人襲用此格，愈變愈工。《苕溪漁隱叢話》

王定國《甲申雜記》云：『天下之公論，雖仇怨不能奪也。李承之奉世知南京，嘗謂余曰：「昨在從班，李定資深鞫子瞻獄，雖同列不敢輒啟問。一日，資深于崇政殿門忽謂諸人曰：『蘇軾，奇才也。』衆莫敢對。已而曰：『雖三十年所作文字詩句，引證經傳，隨問即答，無一字差舛，誠天下之奇才也。』歎息不已。」』苕溪漁隱曰：予之先君，靖康間嘗爲臺端，臺中子瞻詩案俱在，因録得其本，與近時所刊行《烏臺詩案》爲尤詳。今節入《叢話》，以備觀覽。《苕溪漁隱叢話》

《臈月游孤山》詩云：『獸在藪，魚在湖，一入池檻歸期無。誤隨弓旌落塵土，坐使鞭箠環呻呼。追胥連保罪及孥，百日愁歎一日娱。白雲舊有終老約，朱綬豈合山人紆？人生何者非蘧盧，故山鶴怨秋猿孤。何時自駕鹿車去？掃除白髮煩菖蒲。麻鞋短後隨獵夫，射弋狐兔供朝哺。陶潛自作《五柳傳》，潘閬畫入「三峰圖」。吾年凛凛今幾餘，知非不去慙衛蘧。歲荒無術歸亡逋，鵠則易畫虎難摹。』此詩云：『誤隨弓旌落塵土，坐使鞭箠環呻呼』，以譏新法行後，公事鞭箠多也。又云：『追胥連保罪及孥』，以譏鹽法收坐同保妻子移鄉，法太急也。又云：『歲荒無術歸亡逋，鵠則易畫虎難摹』，意取馬援言：『畫鵠不成猶類鶩，畫虎不成反類狗』，言歲既饑荒，我欲出奇，擘畫振濟，又恐不從，恐似畫虎不成反類狗也。《苕溪漁隱叢話》

《戲子由》詩云：『宛丘先生長如丘，宛丘學舍小如舟。當時低頭誦經史，忽然欠身屋打頭。斜風吹帷雨注面，先生不愧旁人羞。任從飽死笑方朔，肯爲雨立求秦優。眼前勃谿何足道，處置六鑿須天游。讀書萬卷不讀律，致君堯舜知無術。勸農冠蓋鬧如雲，送老虀鹽甘似蜜。門前萬事不掛眼，頭雖長低氣不屈。餘杭別駕無功勞，畫堂五丈容旂旄。重樓跨空雨聲遠，屋多人少風騷騷。平生所慙今不耻，坐對疲氓更鞭箠。道逢陽虎呼與言，心知其非口諾唯。居高志下真何益，氣節消縮今無幾。文章小技安足程，先生別駕舊齊名。如今衰老俱無用，付與時人分重輕。』此詩云：『任從飽死笑方朔，肯爲雨立求秦優。』意取《東方朔傳》：『侏儒飽欲死，臣朔饑欲死。』及《滑稽傳》：『優旃謂陛楯郎：「汝雖長何益，乃雨立；我雖短，幸休居。」』言弟轍居貧官卑，而身材長大，故以比東方朔、陛楯郎，而以當今進用之人比侏儒、優旃也。又云：『讀書萬卷不讀律，致君堯舜知無術。』是時新興律學，某意非之，以謂法律不足以致君堯舜，今時人專學法律，而忘詩書，故言我讀書萬卷，惟不讀法律，蓋知法律之中，無致君堯舜之術也。又云：『勸農冠蓋鬧如雲，送老虀鹽甘似蜜』，以譏所差提舉官，所至苛碎生事，發摘官吏，惟學官無吏責也。又云：『平生所慙今不耻，坐對疲氓更鞭箠』，是時多徒配犯鹽之人，例皆饑貧，言鞭撻此等貧民，平生所慙，今不復耻，以譏鹽法太急也。又云：『道逢陽虎呼與言，心知其非口諾唯』，是時張靚、俞希旦作鹽司，意不喜其人，不敢與争議，故詆毁之爲『陽虎』也。《苕溪漁隱叢話》

《山村》詩云：『煙雨濛濛雞犬聲，有生何處不安生？但教黄犢無人佩，布穀無勞也勸耕。』意言是時販私鹽者，多帶刀杖，故取前漢龔遂令人賣劍買牛，賣刀買犢，曰：『何爲帶牛佩犢。』意言但得鹽法寬平，令民不帶刀劍，而買牛犢，則民自力耕，不勞勸督，以譏鹽法太峻不便也。又云：『老翁七十自腰鐮，慙愧春山筍蕨甜。豈是聞韶解忘味，爾來三月食無鹽。』意言山中之人，饑貧無食，雖老猶自采筍蕨充饑，時鹽法峻急，僻遠之人，無鹽食用，動經數月。若古之聖賢，則能聞韶忘味，山中小民豈能食淡而樂乎？以譏鹽法太急也。又云：『杖藜裹飯去怱怱，過眼青錢轉手空。贏得兒童語音好，一年强半在城中。』意言百姓請得青苗錢，立便于城中浮費使卻；又言鄉村之人，一年兩度夏秋税，及數度請納和預買錢，今來更添青苗助役錢。因此莊家幼小子弟，多在城市，不著次第，但學得城中人語音而已。以譏新法青苗助役不便也。《苕溪漁隱叢話》

《開運鹽河》詩云：『居官不任事，蕭散羨長卿。胡不歸去來，滯留愧淵明。鹽事星火急，誰能卹農耕？薨薨曉鼓動，萬指羅溝坑。天雨助官政，泫然淋衣纓。人如鴨與豬，投泥相濺驚。下馬荒隄上，四顧但湖泓。綫路不容足，又與牛羊争。歸田雖賤辱，豈失泥中行。寄語故山友，慎勿厭藜羹。』是時，盧秉提舉鹽事，擘畫開運鹽河，差夫千餘人，某于大雨中部役。其河只爲般鹽，既非農事，而役農民，秋天未了，有妨農事。又其河中間有湧沙數里，意言開得不便，自歎泥雨勞苦，羨司馬長卿居官而不任事，又愧陶淵明不早棄官歸去也。農事未休，而役千餘人，故云：『鹽事星火急，誰能卹農耕？』又言百姓已勞苦不易，天雨又助官政之勞民，轉致百姓疲弊，役人在泥水中辛苦，無異鴨與豬。又言某亦在泥中，與牛羊争路而行，若歸田豈至此哉！故云寄語故山友，慎不可厭藜羹而思仕宦。以譏開運鹽河不當，又妨農事也。《苕溪漁隱叢話》

王詵送韓幹畫馬十二疋求跋尾，作詩云：『南山之下，汧、渭之間，想見開元天寶年。八坊分屯隘秦川，四十萬疋如雲煙。騅、駓、駰、駱、驪、騮、騵，白魚、赤兔、騂皇鶬。龍顱鳳頸獰且妍，奇姿逸德隱駑頑。碧眼胡兒手足鮮，歲時翦刷供帝閑。柘袍臨池侍三千，紅粧照日光流淵。樓下玉螭吐清寒，往來蹙踏生飛湍。衆工舐筆和朱鉛，先生曹霸弟子韓。厩馬多肉尻脽圓，肉中畫骨誇尤難。金羈玉勒繡羅鞍，鞭箠刻烙傷天全。不如此圖近自然，平沙細草荒芊緜。驚鴻脱兔争後先，王良挾策飛上天，何必俯首服短轅！』意以騏驥自比，譏執政大臣無能盡我才，如王良之御者，何必折節干求進用也。《苕溪漁隱叢話》

李清臣因沂山龍祠祈雨有應，作詩云：『南山高崚嶒，北山亦崷崒，坐看兩山雲出没。行如驅，歸者呼，始覺山中有靈物。鬱鬱其焚蘭，覃覃其擊鼓，祝屢云云巫屢舞。我民無罪神所憐，一夜當風三尺雨。嶺木兮蒼蒼，溪泉兮泱泱。雲散諸峰互明滅。東阡西陌農事忙，廟閉山空音響絶。』某和云：『高田生黄埃，下田生蒼耳。蒼耳亦已無，更問麥有幾？蛟龍睡足亦解慚，二麥枯時雨如洗。不知雨從何處來，但聞吕梁百步聲如雷。試上城南望城北，際天菽麥青成堆。饑火燒腸作牛吼，不知待得秋成否？半年不雨坐龍慵，但怨天公不怨龍。今朝一雨聊自贖，龍神社鬼各言功。無功日盜太倉粟，嗟我與龍同此責。勸農使者不汝容，因君作詩先自劾。』此詩言龍神本因懶惰不行雨，卻使人怨天公，以譏執政大臣不任職，不能調理陰陽，卻使人怨天子。以天公比天子，以龍神、社鬼比執政大臣及百執事。某自言無功竊禄，與大臣無異。當時送李清臣，後得一兩日，李清臣來相看，笑言：『承見示詩，只是勸農使者，不管恁地事。』弟轍時在徐州，李清臣與詩，于詩後批云：『可求子瞻共和。』其詩云：『已飯盤蔬强少留，相逢何物可消憂？緣君未得酒中趣，與我謾爲方外游。草亂不容移馬足，山雄全欲逼城樓。濟時異日須公等，莫狎翩翩海上鷗。』某和云：『五斗塵勞尚足留，閉門聊欲治幽憂。羞爲毛遂囊中穎，未許朱雲地下游。無事會須成好飲，思歸時亦賦登樓。羡君幕府如僧舍，日向城西看浴鷗。』朱雲，漢成帝時乞斬張禹，漢成帝欲誅之，朱雲曰：『臣得下從龍逢、比干游，足矣。』龍逢，夏桀臣；比干，商紂臣，皆因諫而死。某爲屢言新法，不蒙施行，不合與朱雲自比，意言聖明之世，必無誅戮之事，故未許與朱雲地下游。及王粲是魏武帝時人，因天下亂離，故粲在荆州依託劉表，作《登樓賦》，賦中有懷鄉思歸之思，意亦欲作此賦也。又用轍韻贈李清臣云：『城南短李好交游，箕踞狂歌總自由。尊主庇民君有道，樂天知命我無憂，醉呼妙舞留連夜。』注云：『邦直家有舞者甚妙。』又云：『閒作清詩斷送秋，瀟灑使君殊不俗。樽前容我攬鬚否？』後李清臣再次元韻云：『東來常歎尠朋游，得遇高人蘇子由。已誓不言天下事，相看俱遺世間憂。新詩定及三千首，曩別幾成二十秋。南省都臺風雪夜，問君還記劇談不？』後李清臣差修國史，賦詩送之云：『珥筆西歸近紫宸，太平典册不緣麟。付君此事寧論晉，載我當時舊過秦。門外想無千斛米，墓中知有百年人。看君兩眼明如鏡，休把《春秋》坐素臣。』某于仁宗朝曾進論二十五首，皆論往古得失。賈誼，漢文帝時人，追論秦之過失，作《過秦論》，《史記》載之。某妄以賈誼自比，意欲李清臣于國史中載所進論。《苕溪漁隱叢話》

章傳作詩見寄，某次韻云：『並生天地宇，同閲古今宙。視下則有高，無前孰爲後？

達人千鈞弩，一弛難再彀。下士沐猴冠，已繫猶跳驟。欲將駒過隙，坐待石穿漏。君看漢唐主，宫殿悲麥秀。而況彼區區，何異一醉叟。爰居非所養，俯仰眩金奏。髑髏有餘樂，不博南面后。嗟我昔少年，守道貧非疚。自從出求仕，役物恐見囿。馬融既依梁，班固亦事竇。效嚬豈不欲，頑質謝鐫鏤。仄聞長者言，婞直非養壽。唾面慎勿拭，出胯當俯就。居然成懶廢，敢復齒豪右。子如照海珠，網目疏見漏。宏材乏近用，巧舞困短袖。坐令傾國容，臨老見邂逅。吾衰信久矣，書絶十年舊。門前可羅雀，感子煩屨叩。願言歌《緇衣》，子粲予還授。』此詩云：『馬融既依梁，班固亦事竇。效嚬豈不欲，頑質謝鐫鏤。』所引梁冀、竇憲，並後漢時人，因時君不明，驕暴竊威福用事，馬融、班固皆儒者，並依託之。此詩詆毁當時執政大臣，引梁冀、竇憲驕暴竊威福用事，以比執政大臣，言我不能效馬融、班固依託此人也。《苕溪漁隱叢話》

赴杭州通判，弟轍送至潁州，作初别詩云：『征帆掛西風，别淚滴清潁。留連知無益，惜此須臾景。我生三度别，此别尤酸冷。念子似先君，木訥剛且静。寡詞真吉人，介石乃機警。至今天下士，去莫如子猛。嗟我久病狂，意行無坎井。有如醉且墜，幸未傷輒醒。從今得閒暇，默坐清日永。作詩解子憂，持用日三省。』此詩云：『至今天下士，去莫如子猛』，爲弟轍曾差在制置三司條例司，充檢詳文字，争議新法，不合而罷。既美弟轍去之果決，則意亦是譏新法不便也。某初到杭州，寄子由詩云：『眼看時事力難任，貪戀君恩退未能。遲鈍終須投劾去，使君何日换聾丞。』此詩云『眼看時事力難任』，『時事』，謂新法青苗助役等事也，言己才力不能勝任，意亦是譏新法事煩難了辦也。《苕溪漁隱叢話》

《游徑山留題》詩云：『衆峰來自天目山，勢若駿馬奔平川。中塗勒破千里足，金鞭玉鐙相回旋。人言山住水亦住，下有萬古蛟龍淵。道人天眼識王氣，結茅宴坐荒山巔。精誠貫山石爲裂，天女下試顔如蓮。寒牕暖足來扑握，夜盋呪水降蜿蜒。雪眉老人朝叩門，願爲弟子長參禪。爾來廢興三百載，奔走吴會輸金錢。飛樓湧殿壓山破，朝鐘暮鼓驚龍眠。晴空偶見浮海蜃，落日下數投村鳶。有生共處覆載内，擾擾膏火同烹煎。近來愈覺世議隘，每到寬處差安便。嗟余老矣百事廢，卻尋舊學心茫然。問龍乞水歸洗眼，欲看細字消殘年。』龍井水洗病眼有效。此詩云『近來愈覺世議隘』，以譏近日進用之人，多是刻薄，議論偏隘，不容人過失，故見山中寬閒之處爲樂也。《苕溪漁隱叢話》

八月十五觀潮，作詩云：『吴兒生長狎濤淵，冒利忘生不自憐。東海若知明主意，應教斥鹵變桑田。』時新有旨禁弄潮，故云：『吴兒生長狎濤淵，冒利忘生不自憐』，蓋言弄潮之人，爲貪官中利物，致其間有溺死者，故朝旨禁斷。某爲主上好興水利，因作此詩，言『東海若知明主意，應教斥鹵變桑田』，意言東海若知此意，當令斥鹵地盡變桑田，此事之必不

可成者，以譏興水利之難成者。《苕溪漁隱叢話》

黄庭堅寄書並古風詩與某，其書云：『伏惟閣下：學問文章，度越前輩大雅，豈弟博約，後來立朝，以直言見排，補郡輟上課最，可謂聲實相中，内外稱職。』其古風詩云：『江梅有佳實，託根桃李場。桃李終不言，朝露借恩光。孤芳忌皎潔，冰雪空自香。古來和鼎實，此物陞廟廊。歲月坐成晚，因雨青已黄。得陞桃李盤，以遠初見嘗。終然不可口，擲棄官道傍。但使本根在，棄捐果何傷。』又云：『長松出澗壑，十里聞風聲，上有百尺絲，下有千歲苓。自性得久要，爲人製頽齡。小草有遠志，相依在平生。醫和不並世，深根且固蒂。人言可醫國，何用太早計。小大才則殊，氣味故相似。』某答書云：『觀其文以求其爲人，必輕外物以自重者，今之君子，莫能用也。』『今之君子』，謂近日朝廷進用之人，意言黄庭堅輕外物而自重，以譏諷當今進用之人，不能援引庭堅而用之也。及依韻和答古風詩云：『佳穀卧風雨，稂莠登我場。陳前謾方丈，玉食慘無光。大哉天宇間，美惡更臭香。君看五六月，飛蚊殷回廊。兹時不少假，俛仰霜葉黄。期君蟠桃枝，千載終一嘗。顧我如苦李，全生依路傍。紛紛不足愠，悄悄徒自傷。』此詩云：『佳穀卧風雨，稂莠登我場。陳前謾方丈，玉食慘無光』，以譏世之小人輕君子，如稂莠之奪佳穀也。又云：『大哉天宇間，美惡更臭香。君看五六月，飛蚊殷回廊。兹時不少假，俛仰霜葉黄。期君蟠桃枝，千載終一嘗。

顧我如苦李，全生依路傍。紛紛不足愠，悄悄徒自傷』，意言君子小人進退有時，如夏月蚊蟲縱横，至秋自息，比黄庭堅于蟠桃，進用必遲，自比苦李，以無用自全。又取詩云：『憂心悄悄，愠于群小。』皆以譏當今進用之人爲小人也。又云：『空山學仙子，忘意笙簫聲。千金得奇藥，開視皆豨苓。不知市人中，自有安期生。君今已度世，坐閲霜中蔕。摩挲古銅人，歲月不可計。閬風安在哉？要君相指似。』此詩即無譏諷。《苕溪漁隱叢話》

劉邠通判秦州，作詩送之云：『君不見，阮嗣宗，臧否不挂口。莫誇舌在牙齒牢，是中惟可飲醇酒。讀書不用多，作詩不須工。海邊無事日日醉，夢魂不到蓬萊宫。秋風昨夜入庭樹，蓴絲未老君先去。君先去，幾時回？劉郎應白髮，桃花開不開。』此詩云：『君不見，阮嗣宗，臧否不挂口。莫誇舌在牙齒牢，是中惟可飲醇酒』，言當學阮籍口不臧否人物，惟可飲酒，勿談時事，意以譏新法不便，不容人直言也。熙寧四年，赴杭州通判，到揚州，有劉邠、孫洙、劉摯，皆在本州，偶然相聚數日，别後作詩三首，各用逐人字爲韻。内寄劉邠詩云：『去年送劉郎，醉語已驚衆。如今各飄泊，筆硯誰能弄？我命不在天，羿彀未必中。作詩聊遣意，老大慵譏諷。夫子少年時，雄辨輕子貢。爾來再傷弓，戢翼念前痛。廣陵三日飲，相對怳如夢。況逢賢主人，白酒撥春甕。竹西已揮手，灣口猶屢送。羨子去安閒，吾邦正喧閧。』此詩云：『羨子去安閒，吾邦正喧閧』，言杭州監司所聚，是時初行新法，青苗助役事多，詩云：『吾邦正喧閧』，以譏新法事多不便也。熙寧九年，劉邠寄秦字韻詩與某，尋和云：『白髮相望兩故人，眼看時事幾番新。曲無和者應思郢，論少卑之且借秦。歲惡詩人無好語，夜長鰥守向誰親？少思多睡無如我，鼻息如雷撼四鄰。』此詩云：『眼看時事幾番新』，以譏近日更立新法事多也。劉邠聞人唱某小詞，作詩相戲，某和云：『十載漂然未可期，那堪重作看花詩。門前惡語誰傳出？醉後狂歌自不知。刺舌君今猶未戒，炙眉我亦更何詞。相從痛飲無餘事，正是春容最好時。』此詩引賀拔基以錐刺其子舌，戒以言語事，以戲邠，又不合引王舒狂言爲王敦炙其眉事以自比，以譏時人不能容狂直之言也。《苕溪漁隱叢話》

任杭州通判日，轉運司差往湖州，相度隄岸利害，因與知湖州孫覺相見，坐作詩與孫覺云：『嗟余與子久離群，耳冷心灰百不聞。若對青山談世事，當須舉白便浮君。』某是時約孫覺並坐客，如有言及時事者，罰一大盞。雖不指言時事是非，意言時事多不便，不得説也。又云：『天目山前渌浸裾，碧瀾堂下看銜艫。作堤捍水非吾事，閒送苕溪入太湖。』某爲先曾言水利不便，卻被轉運司差相度堤岸。又云：『作堤捍水非吾事』，意言本非興水利之人，以譏諷水利之不便也。《苕溪漁隱叢話》

錢藻知婺州，臨行，館閣同舍舊例餞送，席上衆人先索錢藻相別詩，欲各分韻作送行詩。錢藻作五言絶句一首，分得『英』字韻，作古詩送之，云：『老手便劇郡，高懷厭承明。聊紆東陽綬，一濯滄浪纓。東陽佳山水，未到意已清。過家父老喜，出郭壺漿迎。子行得所願，愴恨居者情。吾君方急賢，日旰坐邇英。黄金招樂毅，白璧賜虞卿。子不少自貶，高義空峥嶸。古稱爲郡樂，漸恐煩敲榜。臨分敢不盡，醉語醒還驚。』此詩言朝廷方急才，多士並進，子獨遠出爲郡，不少自勉，强求進，但守高義，意時人之急進也。又言青苗助役既行，百姓輸納不前，則爲郡者不免用鞭箠催督，醉中道此，醒後卻驚恐得罪，以譏新法不便也。《苕溪漁隱叢話》

張方平陳乞得南京留臺，有詩送之，云：『我公古仙伯，超然羨門姿。偶懷濟物志，遂爲世所縻。黄龍游帝郊，蕭韶鳳來儀。終然反冥極，豈復安籠池。出入四十年，憂患未嘗辭。一言有歸意，闔府諫莫移。吾君信英睿，搜士及茅茨。無人長者側，何以安子思。歸來掃一室，虚白以自怡。游于物之初，世俗安得知。我亦世味薄，因循鬢生絲。出處良細事，從公當有時。』此詩云：『無人長者側，何以安子思』，意以子思比方平之賢，言朝廷當堅留本人要任，不可令閒也。元豐元年，王鞏來徐州，方平令王鞏將書一封、詩一卷，封題曰《樂全堂雜詠》，開看，是方平舊詩一卷，某作題卷末云：『人物一衰謝，微言難重尋。慇勤永嘉末，復聞正始音。清談未足多，感時意殊深。少年有奇志，欲和南風琴。荒林蜩螿亂，廢沼蛙蟈淫。遂欲掩兩耳，臨文但噫瘖。蕭然王郎子，來自緱山陰。』注云：『其壻王鞏攜來。』又云：『云見浮丘伯，吹簫明月岑。遺聲落淮泗，蛟鼉爲悲吟。願公正王度，祈招繼愔愔。』此詩云：『人物一衰謝，微言難重尋。慇勤永嘉末，復聞正始音。清談未足多，感時意殊深』，晉元帝時，衛玠初過江左，王導見之，云：『昔王輔嗣吐金聲于中朝，今此子復玉振于江左，不意永嘉之末，復聞正始之音。』某意言晉元帝之時，人物衰謝，不意復見衛玠之清談風流，亦如今時人物衰謝，不意復見方平之文章才氣，以譏今時風俗浮薄，人物衰謝也。意以衛玠比方平，故云：『清談未足多，感時意殊深』，言我非獨多衛玠之清談，但感時之人物衰謝，微言難繼，此意殊深遠也。又云：『少年有奇志，欲和南風琴。荒林蜩螗亂，廢沼蛙蟈淫。遂欲掩兩耳，臨文但噫瘖』，意言少年本有志，欲和天子熏風之詩，因見學者皆空言無實，或雜引佛老異端之書，文字雜亂，故以荒林廢沼，比朝廷新法，屢有變改，事多荒廢，致風俗虛浮，學者誕妄，如蜩螗蛙蟈之紛亂，故遂掩耳不復論也。又云：『蕭然王郎子，來自緱山陰。云見浮丘伯，吹簫明月岑。遺聲落淮泗，蛟鼉爲悲吟』，意以王子晉比王鞏，浮丘伯比方平也。又云：『願公正王度，祈招繼愔愔』，據《左傳》，楚靈王欲求九鼎于周，求地于諸侯，其臣右尹子革諫王，言昔周穆王欲巡行天下，皆將有車轍馬迹，祭公謀父作《祈昭》之詩以諫王，其詩曰：『祈招之愔愔，式昭德音。思我王度，式如玉，式如金，形民之力，而無醉飽之心。』楚靈王不能用，以及于難。意欲方平勿爲虚言之詩，當作詩諷諫朝政闕失，如祭公謀父作《祈昭》之詩也。《苕溪漁隱叢話》

李常寄《來》字韻詩，某依韻和云：『何人勸我此間來？絃管生衣甑有埃。淥蟻濡唇無百斛，蝗蟲撲面已三回。磨刀入谷追窮寇，灑涕循城拾棄孩。爲郡鮮歡君莫歎，猶勝塵土走章臺。』此詩譏新法減刻公使錢太甚，及造酒不得過百石，致絃管生衣，釜甑有塵，及言蝗蟲盜賊災傷饑饉之甚，以譏朝廷政事缺失，及新法不便之所致也。《苕溪漁隱叢話》

赴杭州通判，到揚州，有劉摯爲作臺官言事，責降湖南。孫洙、劉邠皆在揚州，偶然相聚數日，别後作詩三首，各用逐人字爲韻。其作劉摯詩云：『江陵昔相遇，幕府稱上賓。再見明光宫，莪冠揖搢紳。而今三見子，坎軻爲逐臣。朝游雲霄間，欲分丞相茵。暮落江湖上，遂與屈子鄰。了不見喜愠，子豈真可人。邂逅成一歡，醉語出天真。士方在田里，自比渭與莘。出試乃大謬，芻狗難重陳。歲晚多霜露，歸耕當及辰。』此詩云：『暮落江湖上，遂與屈子鄰』，意取屈原放逐湘潭之間，而非其罪，今劉摯也謫官湖南，故言與屈子相鄰近也。緣是時聞説劉摯爲言新法不便責降，既以屈原非罪比摯，即是謂摯所言爲當，意以譏新法不便也。又云：『士方在田里，自比渭與莘。出試乃大謬，芻狗難重陳』，莊子詆毁孔子，言孔子所陳先王之陳迹，譬如已陳之芻狗難再陳也。意亦以譏當時執政大臣，在田里

之時，自比太公、伊尹，出而試用，乃大謬戾，當使罷退，不可再施用也。《苕溪漁隱叢話》

知徐州日，僧道潛來相看，同在河亭上坐，見人打魚，其僧買魚放生，作詩。某依韻和云：『法師説法臨泗水，無數天花隨麈尾。勸將净業種西方，莫待夢中呼起起。哀哉若魚竟坐口，遠愧知幾穆王醴。況逢孟簡對盧仝，不怕校人欺子美。疲民尚作魚尾赤，數罟未除吾顙泚。法師自有衣中珠，不用辛苦沙泥底。』《左傳》云：『如魚赬尾，横流而方洋。』杜注云：『魚勞則尾赤。』是時，徐州大水之後，夫役數起，言民之疲病，如魚勞而尾赤也。『數罟』謂漁網之細密者，又言民既疲病，朝廷又行青苗助役法，不爲除放，如密網之取魚也。皆以譏諷朝政闕失，及青苗助役新法不便，致大水爲災也。《苕溪漁隱叢話》

杭州一僧寺内，秋日開牡丹花數朶，陳襄作絶句，某和云：『一朶妖紅翠欲流，春光回照雪霜羞。化工只欲呈新巧，不放閒花得少休。』此詩譏當時執政，以『化工』比執政，以『閒花』比小民，言執政但欲出新意擘畫，令小民不得暫閒也。《苕溪漁隱叢話》

司馬君實在西京，葺一圃，名『獨采園』，作詩寄之，云：『青山在屋上，流水在屋下。中有五畝園，花竹秀而野。花香襲杖屨，竹色侵盞斝。樽酒樂餘春，碁局消長夏。洛陽古多士，風俗猶爾雅。先生卧不出，冠蓋傾洛社。雖云與衆樂，中有獨樂者。才全德不形，所貴知我寡。先生獨何事？四海望陶冶。兒童誦君實，走卒知司馬。持此欲安歸？造物不我捨。聲名逐吾輩，此病天所赭。撫掌笑先生，年來效瘖啞。』此詩言四海望光執政，陶冶天下，以譏見任執政不得其人。又言兒童走卒皆知其姓字，終當進用。緣光曾言新法不便，某亦曾言新法不便，既言終當進用光，意亦是譏朝廷新法不便，終用光改變此法也。又言光卻瘖默不言，意望光依前上言攻擊新法也。《苕溪漁隱叢話》

曾鞏通判越州，臨行，館閣同舍舊例餞送，衆人分韻，探得『燕』字韻，作詩送之，云：『醉翁門下士，雜遝難爲賢。曾子獨超軼，孤芳陋群妍。昔從南方來，與翁兩聯翩。翁今自憔悴，子去亦宜然。賈誼窮適楚，樂生老思燕。那因江膾美，遽厭天庖羶。但苦世論隘，聒耳如蜩蟬。安得萬頃池，養此横海鱣。』此詩云：『但苦世論隘，聒耳如蜩蟬』，以譏近日朝廷進用多刻薄之人，議論褊隘，喧亂如蟬。又云：『安得萬頃池，養此横海鱣』者，以比曾鞏賢才也。後漢黃憲汪汪如萬頃波，言安得有度量如黃憲者，以容養此宏才也。熙寧五年，某寫書簡寄曾鞏，言賦役毛起，鹽法峻急，民不堪命，以譏新法青苗助役，繁碎如毛，及鹽法峻急不堪也。《苕溪漁隱叢話》

游杭州風水洞，節推李泌，知軾到來，在彼等待。軾到彼，于壁上留題詩云：『春山磔磔鳴春禽，此間不可無我吟。路長漫漫傍江浦，此間不可無君語。金鯽池邊不見君，追君直過定山村。路人皆言君未遠，騎馬少年清且婉。風巖水穴舊聞名，只隔山溪夜不行。溪橋曉溜浮梅萼，知君繫馬巖花落。出城三日尚逶遲，妻孥怪罵歸何時。世上小兒誇疾走，知君相待今安有？』此詩云：『世上小兒誇疾走』，意以譏諷世之小人，多務急進也。當年再游風水洞，又留題詩云：『山前乳水隔塵凡，山上仙風舞檜杉。細細龍鱗生亂石，團團羊角轉空巖。馮夷窟宅非梁棟，禦寇車輿謝轡銜。世事漸艱吾欲去，永隨二子脱譏讒。』此詩云：『世事漸艱吾欲去，永隨二子脱譏讒』，意謂朝廷行新法，後來世事漸以艱難，小人多務讒謗，故欲去官隱居也。《苕溪漁隱叢話》

《和劉道原寄張師民》詩云：『仁義大捷徑，詩書一旅亭。相誇綬若若，猶誦麥青青。腐鼠何勞嚇，高鴻本自冥。顛狂不用喚，酒盡漸須醒。』此詩譏近日朝廷進用之人，以仁義爲捷徑，《詩》、《書》爲逆旅，但爲印綬爵禄所誘，則假捷徑以進，如《莊子》所謂『儒以詩禮發冢』，故云『麥青青』。又言小人之顧禄位，如鴟鳶以腐鼠嚇鴻鵠，其溺於利，如人之醉於酒，酒盡則自醒也。又《和劉道原見寄》詩云：『敢向清時怨不容，真嗟吾道與君東。坐談足使淮南懼，歸去方知冀北空。獨鶴不須驚夜旦，群烏未可辨雌雄。廬山自古不到處，得與幽人子細窮。』意爲劉恕有學問，性正直，故作此詩美之，因以譏諷當今進用之人也。『敢向清時怨不容』，是時恕自館中出監税，言非敢怨時之不容子也。馬融謂鄭康成：『吾道東矣。』故以比之。汲黯在朝，淮南寢謀，又以比恕之直也。又使韓愈云：『冀北馬群遂空。』言館中無人也。嵇紹昂昂如獨鶴在雞群。又《淮南子》：『雞知將旦，鶴知夜半。』又以劉恕比鶴，謂衆人爲雞也。《詩》云：『具曰余聖，誰知烏之雌雄？』意言當今朝廷進用之人，君子小人雜處，如烏不可辨雌雄也。《苕溪漁隱叢話》

蔡冠卿知饒州，作詩送之，云：『吾觀蔡子與人游，掀㕑笑語無不可。平生儻蕩不驚俗，臨事迂闊乃過我。橫前坑穽衆所畏，布路金珠誰不裹？爾來變化驚何速，昔號剛强今亦頗。憐君獨守廷尉法，晚歲卻理鄱陽柁。莫嗟天驥遂羸牛，欲試良玉須猛火。世事徐觀真夢寐，人生不信長轗軻。知君決獄有陰功，他日老人酬魏顆。』此詩云：『橫前坑穽衆所畏』，以譏當時用事之人，有逆其意者，則設坑穽以陷之也。又云：『布路金珠誰不裹』，以譏當時用事之人，有順其意者，則以利誘之，如金珠布道路也。又云：『爾來變化驚何速，昔號剛强今亦頗』，以譏士大夫爲利害所誘脅，變化以從之，雖舊號剛强者，今亦然也。又云：『憐君獨守廷尉法，晚歲卻理鄱陽柁』，言冠卿獨能守舊法，屢與朝議争議刑名，以致不進用，卻出守小郡也。又云：『莫嗟天驥遂羸牛』，軾以冠卿比天驥，以進用而不才者比羸牛，意以譏諷朝廷進退人不當也。又云：『欲試良玉須猛火』，良玉經火不變，然後爲良，言冠卿經歷艱難，險阻挫折，節操不改，如良玉也。又云：『世事徐觀真夢寐，人生不信長轗軻』，爲冠卿屢與朝議争議刑名，致不進用，言人事得喪去來，譬如夢幻，當時執政必不常

進，冠卿也不常退，故云：『人生不信長轗軻』。《苕溪漁隱叢話》

杭州知録杜子方、司録陳珪、司理戚秉道，各爲曾承勘本州姓裴人家女使夏沉香投井，及姓裴人家小女孩在井内身死不明事，當時夏沉香只決脊杖放，後來本路提刑陳睦舉駁上件公案，差秀州通判張若濟重勘，決殺夏沉香，上件三員官，因此衝替。軾意謂提刑陳睦及勘官張若濟駁勘不當，致此三人非罪失官。軾作詩送之，云：『秋風摵摵鳴枯蓼，舡閣荒村夜悄悄。正當逐客斷腸時，君獨歌呼醉連曉。老夫平生齊得喪，尚戀微官失輕矯。君今憔悴歸無食，五斗未可秋毫小。君言失意能幾時？月啖蝦蟇行復皎。殺人無驗中不快，此恨終身恐難了。徇時所得無幾何，隨手已遭憂患繞。期君正似種宿麥，忍饑待食明年麨。』此詩云：『君言失意能幾時，月啖蝦蟇行復皎』，意取盧仝《月食》詩云：『傳聞古老説，月食蝦蟇精。』盧仝意以比朝廷爲小人所蒙蔽也。某亦言杜子方等本無罪，爲陳睦、張若濟蒙蔽朝廷，衝替逐去，後當感悟牽復。又云：『徇時所得無幾何，隨手已遭憂患繞』，意謂張若濟不久自爲公事故也。《苕溪漁隱叢話》

錢顗在秀州監税，舊曾作臺官，始於秀州與之相見。後錢顗作詩送茶來，某作詩謝之，云：『我官于南今幾時，嘗盡溪茶與山茗。胸中似記故人面，口不能言心自省。爲君細説我未暇，試評其略差可聽。建溪所産雖不同，一一天與君子性。森然可愛不可慢，骨清肉膩和且正。雪花兩卻何足道，啜過始知真味永。縱復苦硬終可録，汲黯少憨寬繞猛。草茶無賴空有名，高者妖邪次頑獷。體輕雖復强浮泛，性滯偏工嘔酸冷。其間絶品豈不佳？張禹縱賢非骨骾。葵花玉銙不易致，道路幽險隔雲嶺。誰知使者來自西，開緘磊落收百餅。嗅香嚼味本非别，透紙自覺光炯炯。粃糠團鳳友小龍，奴隸日注臣雙井。收藏愛惜待佳客，不敢包裹鑽權倖。此詩有味君勿傳，空使時人怒生癭。』此詩云：『草茶無賴空有名，高者妖邪次頑獷』，以譏世之小人，若不諂媚妖邪，須頑獷狠劣也。又云：『體輕雖復强浮泛，性滯偏工嘔酸冷』，亦以譏世之小人體輕浮而性滯泥也。又云：『其間絶品豈不佳？張禹縱賢非骨骾』，亦以譏世之小人，如張禹雖有學問，細行謹飭，終非骨骾之人也。又云：『收藏愛惜待佳客，不敢包裹鑽權倖。此詩有味君勿傳，空使時人怒生癭』，以譏世之小人，有以好茶鑽求富貴權要者，見此詩當大怒也。《苕溪漁隱叢話》

范鎮往西京游山，作詩送之，云：『小人真闇事，閑退豈公難。道大吾何病，言深聽者寒。憂時雖早白，住世有還丹。得酒相逢樂，無心所遇安。去年行萬里，蜀路走千盤。投老身彌健，登山意未闌。西游爲櫻筍，東道盡婉孌。杖履携兒去，園亭借客看。折花修竹寺，弄水石樓灘。鬻馬衰憐白，驚雷怯笑韓。蘚書標洞府，松蓋偃天壇。試與劉夫子，重尋靖長官。』此詩云：『小人真闇事，閑退豈公難』，意以譏今時之小人，闇于事理，以進爲榮，以退爲辱，范鎮賢者難進而易退，小人不知也。又云：『言深聽者寒』，謂范鎮舊日多論時事，其言深切，聽者爲恐，意言范鎮所言爲當時事多不便也。《苕溪漁隱叢話》

知密州日，因祭常山回，與同官習射放鷹，作詩云：『青蓋前頭點皂旗，黄茅岡下出長圍。弄風驕馬跑空立，趁兔蒼鷹掠地飛。回望白雲生翠巘，歸來紅葉滿征衣。聖朝若用西涼簿，白羽猶能效一揮。』意取西涼州主簿謝艾本是書生，卻善用兵，意以自比，言聖朝若用軾爲將，不減謝艾也。《苕溪漁隱叢話》

知徐州日，作《觀百步洪》詩云：『平明坐衙不暖席，歸來閉閤閑終日。卧聞客至倒屣迎，兩眼蒙籠餘睡色。城東泗水步可到，路轉河洪翻雪白。安得青絲絡駿馬，蹙踏飛波柳蔭下。奮身三丈兩蹄間，振鬣長鳴身自乾。少年狂興久已謝，但憶嘉陵遶劍關。劍關大道車方軌，君自不去歸何難。山中故人應大笑，築室種柳何時還？』教授舒焕和云：『先生何人堪並席，李、郭相逢上舟日。殘霞明滅日腳沉，水面浮空天一色。磷磷石若鐵林兵，翻激奔衝精甲白。岸頭旌旗簇五馬，一櫓飛艎信東下。入夜寒生波浪間，汗衣如逐秋風乾。相忘河魚元出没，得性沙鳥鳴關關。委蛇二龍乃神物，游樂諸溪誠爲難。築亭種柳恐不暇，天下龍雨須公還。』此詩意並無譏諷。《苕溪漁隱叢話》

《寄劉述》詩云：『君王有意誅驕虜，椎破銅山鑄銅虎。聯翩三十七將軍，走馬西來各開府。南山伐木作車軸，東海取鼉漫戰鼓。汗流奔走誰敢後，恐乏軍興汙質斧。保甲連村團未遍，方田訟牒紛如雨。爾來手實降新書，抉剔根株窮脉縷。詔書惻怛信深厚，吏能淺薄空勞苦。平生學問止流俗，衆裏笙竽誰比數？忽令獨奏《鳳將雛》，倉猝欲吹那得譜。況復連年苦饑饉，剥齧草木啖泥土。今年雨雪頗應時，又報蝗蟲生翅股。憂來洗盞欲强醉，寂寞虚齋卧空甁。公廚十日不生煙，更望紅裙踏筵舞。』注云：『近日齋廚索然，可笑可笑。』又云：『故人屢寄山中信，只有當歸無別語。猶將雀鼠偷太倉，未肯衣冠掛神武。吴興丈人真得道，平日立朝非小補。自從四方冠蓋鬧，歸作二浙湖山主。高蹤已自雜魚釣，大隱何曾棄簪組。去年相從殊未足，問道已許談其粗。逝將棄官往卒業，俗緣未盡那得覩。公家只在霅溪上，上有白雲如白羽。應憐進退苦皇皇，更把安心教初祖。』此詩云：『君王有意誅驕虜，椎破銅山鑄銅虎。聯翩三十七將軍，走馬西來各開府』，某爲是時朝廷遣使諸路點檢軍器，及置三十七將官，謂今上有意征討胡虜，以譏朝廷遣使，及置將官張皇不便也。又云：『南山伐木作車軸，東海取鼉漫戰鼓。汗流奔走誰敢後，恐乏軍興汙質斧。保甲連村團未遍，方田訟牒紛如雨。爾來手實降新書，抉剔根株窮脈縷。詔書惻怛信深厚，吏能淺薄空勞苦』，以譏諷朝廷法令屢變，事目繁多，吏不能辨也。又云：『況復連年苦饑饉，剥齧草木啖泥土。今年雨雪頗應時，又報蝗蟲生翅股。憂來洗盞欲强醉，寂寞虚齋卧空甑。公廚十日不生煙，更望紅裙踏筵舞。』注云：『近日齋廚索然，可笑可笑。』又云：『近來屢得山中信，只有當歸無别語。猶將雀鼠偷太倉，未肯衣冠掛神武』，意言近日饑饉蝗蟲之甚，以譏諷朝廷政事闕失，并新法不便之所致也。又言酒食無備，『齋廚索然』，以譏諷朝廷新法，減削公使太甚也。公事既多，旱蝗又甚，公使窘迫，所以言山中故人，寄語令歸，某貪禄未能便掛衣冠而去也。又云：『自從四方冠蓋鬧，歸作二浙湖山主』，以譏諷近日提舉官所至，苛碎生事，故劉述乞宫觀歸湖州也。《苕溪漁隱叢話》

在杭州日，因往諸縣季點，至臨安縣，有知縣大理寺丞蘇舜舉來相接，某與本人同年，自來相識，本人相見，便言我數日前入州，卻被訓狐押出我來。某問其故，舜舉言：『我擘畫人户供通家業役錢規例一本，甚簡便，前日將去呈本州諸官，皆不以爲然，呈轉運使王廷老等，不喜，差急卻子押出城來。』軾取例看詳，委是簡便。因問『訓狐』事。舜舉言：『自來聞人説一小話云：燕以日出爲旦，日入爲夕；蝙蝠以日入爲旦，日出爲夕。争之不決，訴以鳳凰。鳳凰是百鳥之主。至路次，相逢一禽鳥，謂燕云：「不須往訴，鳳凰在假，或鳳凰渴睡。」今不記其詳，卻是訓狐權攝。』舜舉意以此話戲誚王廷老等不分明别是非。隔得一日，有周邠、李行中二人亦來，與同游徑山，蘇舜舉亦來山中相見。周邠作詩，某次韻和答，兼贈蘇舜舉云：『年來戰紛華，漸覺夫子勝。欲求五畝宅，灑掃樂清浄。學道恨日淺，問禪慚聽瑩。聊爲山水行，遂此麋鹿性。獨游吾未果，覓伴誰復聽？吾宗古遺直，窮達付前定。餔糟醉方熟，灑面呼不醒。奈何效燕蝠，屢欲争晨暝。不如從我游，高論發犀柄。溪南渡横木，山寺稱小徑。幽尋自兹始，歸路微月映。南望功臣山，雲外盤飛磴。二更渡錦水，再宿留石鏡。緬懷周與李，能作洛生詠。明朝三子至，詩律嚴號令。籃輿置紙筆，得句輕千乘。玲瓏若奇秀，名實巧相稱。九仙更幽絶，笑語千山應。空巖側破甕，飛溜灑浮磬。山前見虎迹，候吏鐃鼓競。我生本艱奇，塵土滿釜甑。山禽與野獸，知我久蹭蹬。笑謂候吏還，禦虎吾有命。徑山雖云遠，行李稍可併。頗訝王子猷，忽起山陰興。但報菊花開，吾當理歸榜。』此詩云：『餔糟醉方熟，灑面呼不醒。奈何效燕蝠，屢欲争晨暝』，軾意以譏諷王廷老等昏闇如醉，不從蘇舜舉擘畫箇便規例，如訓狐不分明别是非也。《苕溪漁隱叢話》

知湖州日，周邠作長韻律詩見寄，依韻和答云：『俯仰東西閲數州，老于岐路豈伶優。初聞父老推謝令，已見兒童迎細侯。政拙年年祈水旱，民勞處處避嘲謳。河吞巨野那容塞，盜入蒙山不易搜。仕道固應慚孔孟，扶顛未可責求由。漸謀田舍猶懷禄，未脱風濤且傍洲。罔罔可憐真喪狗，時時相觸是虚舟。朅來震澤都如夢，只有苕溪可倚樓。齋釀酸甜如蜜水，樂工零落似風甌。遠思顔、柳並諸謝，近憶張、陳與老劉。風定軒窗飛豹脚，雨餘欄檻上蝸牛。舊游到處皆蒼蘚，同甲惟君尚黑頭。憶昔湖山共尋勝，相逢杯酒兩忘憂。醉看梅雪清香過，夜棹風船駭汗流。百首共成山上集，三人俱作月中游。海南未起垂天翼，澗底仍依徑寸麻。已許秋風歸過我，預憂詩筆老難酬。此生歲月行飄忽，晚節功名亦繆悠。犀首正緣無事飲，馮讙應爲有魚留。從今便踏青州麴，薄酒知君笑督郵。』此詩云：『俯仰東西閱數州，老于歧路豈伶優。初聞父老推謝令，已見兒童迎細侯。政絀年年祈水旱，民勞處處避嘲謳。河吞巨野那容塞，盜入蒙山不易搜。仕道固應慚孔孟，扶顛未可責求由』，意自言遷徙數州，未蒙朝廷擢用，老于道路，并所至遇水旱盜賊，夫役數起民勞，以譏朝廷政事闕失，并新法不便之所致也。言已仕而道不行，則非仕道也，故有慚于孔孟。孔子責仲由，冉求云：『危而不持，顛而不扶，則將焉用彼相矣。』『顛』謂傾仆也，意以譏當今朝政闕失，而執政大臣不能扶正傾仆也。《苕溪漁隱叢話》

全宋詩話卷三十七

蘇軾十

王定國《聞見近録》云：『王和父嘗言，蘇子瞻在黄州，上數欲用之，王禹玉輒曰：「軾嘗有『此心惟有蟄龍知』之句，殿下龍飛在天，而不敬，乃反求知蟄龍乎？」章子厚曰：「龍者非獨人君，人臣皆可以言龍也。」上曰：「自古稱龍者多矣。如荀式八龍、孔明卧龍，豈人君也！」及退，子厚詰之曰：「相公乃覆人家族耶！」禹玉曰：「此舒亶言爾。」子厚曰：「亶之唾亦可食乎？」』《石林詩話》云：『元豐間，蘇子瞻繫御史獄，神宗本無意深罪子瞻，時相進呈，忽言蘇軾于陛下有不臣意，神宗改容曰：「軾固有罪，然于朕不應至是，卿何以知之？」時相因舉軾《檜》詩「根到九泉無曲處，歲寒惟有蟄龍知」之句：「陛下龍飛在天，軾以爲不知己，而求地下之蟄龍，非不臣而何？」神宗曰：「詩人之詞，安可如此論！彼自詠檜，何預朕事。」時相語塞。子厚亦從旁解之，遂薄其罪。子厚嘗以語予，且以醜言詆時

相曰：「人之害物，無所忌憚，有如是也。」』二説未知孰是。《苕溪漁隱叢話》

苕溪漁隱曰：東坡《鳳咮古研銘》云：『帝規武夷作茶囿，山爲孤鳳翔且嗅。下集芝田啄瓊玖，玉乳金沙散虚竇。殘璋斷璧澤而黝，治爲書研美無有。至珍驚世初莫售，黑眉黄眼争妍陋。蘇子一見名鳳咮，坐令龍尾羞牛後。』余至富沙，按其地里，武夷在富沙之西，隸崇安縣，去城二百餘里。北苑在富沙之北，隸建安縣，去城二十五里。北苑乃龍焙，每歲造貢茶之處，即與武夷相去遠甚，其言『帝規武夷作茶囿』者，非也。想當時傳聞不審。又以武夷山爲鳳凰山，故有『山爲孤鳳翔且嗅』之句，其實北苑茶山，乃名『鳳凰山』也。北苑土色膏腴，山宜植茶，石殊少，亦頑燥，非研材。予屢至北苑，詢之土人，初未嘗以此石爲研，方悟東坡爲人所誑耳。若劍浦黯淡，有一種石，黑眉黄眼，自昔人以爲研，予意鳳咮研必此灘之石，然亦與武夷相去遠矣。又《荔枝歎》云：『君不見，武夷溪邊粟粒芽，前丁後蔡相籠加』，亦誤指其地，武夷未嘗有茶，茶之精絶者，乃在北苑。自有一溪，南流至富沙城下，方與西來武夷溪水合流，東去劍浦，固亦不可雷同言之。《苕溪漁隱叢話》

苕溪漁隱曰：《詩》云：『誰謂茶苦？』《爾雅》云：『檟，苦茶。』注：『樹似梔子。今呼早采者爲「茶」，晚采者爲「茗」，一名「荈」，蜀人名之「苦茶」。』故東坡《乞茶栽》詩云：『周《詩》記苦茶，茗飲出近世。初緣厭粱肉，假此雪昏滯。』蓋謂是也。六一居士《嘗新茶》詩云：『泉甘器潔天色好，坐中揀擇客亦佳。』東坡守維揚，于石塔寺試茶，詩云：『禪窗麗午景，蜀井出冰雪。坐客皆可人，鼎器手自潔。』正謂諺云『三不點』也。《苕溪漁隱叢話》

《夷堅志》云：紹興二年，虔寇謝達陷惠州，民居、官舍，焚蕩無遺，獨留東坡白鶴故居，并率其徒葺治六如亭，烹羊致奠而去。次年，海寇黎盛犯潮州，悉毀城堞，且縱火，至吴子野近居。盛登開元寺塔見之，問左右曰：『是非蘇内翰藏圖書處否？』麾兵救之，復料吴氏歲寒堂，民屋附近者，賴以不爇甚衆。是皆劇賊，而知尊敬蘇公如此，彼欲火其書者，可不愧乎？《苕溪漁隱叢話》

苕溪漁隱曰：東坡《送范景仁游洛中》詩：『薜書標洞府，松蓋偃天壇。』注云：『歐陽永叔嘗游嵩山，日暮，于絶壁上見苔蘚成文云「神清之洞」。明日，復尋不見。又《六一居士集》有《戲占唐山隱者》詩：「我昔曾爲洛陽客，偶向巖前坐盤石。四字丹書萬仞崖，神清之洞瑣樓臺。」蓋紀此事。』予謂二公人物文章，俱爲天下第一，自是神仙中人，應居紫府閬苑，固宜所見所夢之異也。《苕溪漁隱叢話》

《藝苑雌黄》云：東坡《端午帖子·皇帝閣》云：『微涼生殿閣，習習滿皇都。試問吾民愠，南風爲解無？』原其意，蓋欲聖君推南風之德，以及于黎庶也。唐文宗與柳公權聯句，東坡以爲公權有美而無箴，因續四句，其作《端午帖子》，用此意也。然洪駒父謂公權已含箴規之意，雖不必續可也。故《吕氏家塾廣記》云：『説者謂公權有諷諫之意，以文宗樂廣厦之涼，而不知路有暵死也。』此語良是。觀公權嘗以筆諫，蓋造次不忘納君于善者，豈于此而無箴耶？又陳輔之以『殿桷生餘涼』，此兩字有功于修辭。予謂輔之此語，無甚意義，今世所傳，多只用公權舊語，故東坡詩：『微涼生殿閣，習習滿皇都。』又云：『卧聞疏滴梧桐雨，獨詠微涼殿閣風。』不聞有『殿桷餘涼』之説。《苕溪漁隱叢話》

苕溪漁隱曰：東坡所記湯泉，泰州之駱谷，渝州之陳氏山居，與秦君之所賦東坡，及匡廬、汝水、尉氏、驪山，後謫居惠州，游白水山佛迹巖，浴于湯泉，共有其八矣。余之所見，新安之黄山，閩中之劍浦，亦有其二矣。第湯泉多作硫黄氣，浴之則襲人肌膚，惟驪山是礬石泉，李賀詩云：『華清源中礬石湯，徘徊百鳳隨君王。』黄山是硃砂泉，《圖經》云：『黄山舊名黟山，黟山東峰下有硃砂湯泉，熱可點茗，春時即色微紅。』昔人題詩云：『三十六峰高倚天，瑶臺金闕貯神仙。嵩陽若與黄山比，猶少靈砂一道泉。』蓋謂是也。余嘗謂湯泉，其理不可致詰，故東坡《白水山湯泉》詩云：『積火焚大槐，蓄油災武庫。驚燃丞相井，疑浣將軍布。自憐耳目隘，未測陰陽故。鬱攸火山裂，觱沸湯泉注。豈惟渴獸駭，坐使癡兒怖。安能長魚鼈，僅可燖狐兔。山中惟木客，户外時芒屨。雖無傾城浴，幸免亡國汙。』唐子西《湯泉記》云：『佛迹院中湧二泉，其東所謂「湯泉」，其西「雪如」也。二泉相去步武間，而東泉熱甚，殆不可觸指，以西泉解之，然後調適可浴。意山之出二泉，專爲浴者計哉？或説炎州地性酷烈，故山谷多湯泉；或説水出硫黄，地中即温，初不問南北。今臨潼湯泉，乃在正西，而炎州餘水，未必皆熱，則地性之説，固已失之。然以硫黄置水中，水不能温，則硫黄之論，亦未爲得。吾意湯泉在天地間，自有一類，受性本然，不必有待，然後温也。凡物各求其類，而水性尤耿介，得其類，則雖千萬里，而伏流相通；非其類，則横絶徑過，十字旁午，而不相入。故二泉之間，不能容尋常，而炎涼特異如此，蓋亦無足怪者。吹氣爲寒，呵氣爲温，而同出于一口，此其證也。』《苕溪漁隱叢話》

《藝苑雌黄》云：『吟詩喜作豪句，須不畔于理方善。如東坡《觀崔白驟雨圖》云：「扶桑大繭如甕盎，天女織綃雲漢上。往來不遣鳳銜梭，誰能鼓臂投三丈？」此語豪而甚工。石敏若《詠雪》詩，有「燕南雪花大于掌，冰柱懸簷一千丈」之語，豪則豪矣，然安得爾高屋耶？雖豪，覺畔理。或云，《詠雪》非敏若詩，見鮑欽止《夷白堂小集》。』苕溪漁隱曰：《東坡集》載此詩，是《題趙令晏崔白大圖》，幅徑三丈，故云：『往來不遣鳳銜梭，誰能鼓臂投三丈？』可謂善造語，能形容者也。《畫品》中止有李營丘《驟雨圖》，從無崔白者，兼東坡此詩又云：『人間刀尺不敢裁，丹青付與濠梁崔。風蒲半折寒雁起，竹間的皪横江梅。』乃是崔白《冬景圖》，《藝苑》以爲《驟雨圖》，誤矣。予又觀李太白《北風行》云：『燕山雪花大如席』，《秋浦歌》云：『白髮三千丈』，其句可謂豪矣，奈無此理何？如秦少游《秋日絶句》：『連卷雌蜺拱西樓，逐雨追晴意未休。安得萬粧相向舞，酒酣聊把作纏頭。』此語豪而且工。《苕溪漁隱叢話》

《復齋漫録》云：『《送顧子敦》詩：「人間一好漢，誰是張長史？」《舊史》：「張柬之爲荆州長史，則天問狄仁傑曰：『安得一好漢用之？』狄因薦柬之。」《新史》易「好漢」爲「奇男子」。』苕溪漁隱曰：予閲《舊史》云：『則天問仁傑曰：「朕要一好漢任使，有乎？」仁傑曰：「荆州長史張柬之，其人雖老，真宰相才也。」』温公《通鑒》云：太后嘗問仁傑：『朕欲得一佳士用之。』《新史》云：『武后謂仁傑曰：「安得一奇士用之？」』孫之翰《唐史論斷》云：『武氏問仁傑曰：「我要一好人任使」。』並不云『奇男子』，《復齋》誤矣。《苕溪漁隱叢話》

《東皋雜録》云：顧子敦肥偉，號『顧屠』，故東坡《送行》詩有『磨刀向豬羊』之句以戲之。又尹京時，與從官同集慈孝寺，子敦憑几假寐，東坡大書案上曰：『顧屠肉案。』同會皆大笑。又以三十錢擲案上，子墩驚覺，東坡曰：『且快片批四兩來。』《苕溪漁隱叢話》

苕溪漁隱曰：《送小本禪師赴法雲》云：『是身如浮雲，安得限南北？』此二句乃老杜《別贊上人》詩中全語，豈偶然用之耶？《題碧落洞》詩云：『小語輒響答，空山白雲驚。』此語全類李太白，今印本誤作『自雷驚』，不惟無意味，兼與上句重疊也。後自嶺外歸，《次

韻江晦叔》詩云：『浮雲時事改，孤月此心明。』語意高妙，參禪悟道之人，吐露胸襟，無一毫窒礙也。《苕溪漁隱叢話》

《復齋漫録》云：《肉芝詩序》曰：『頃在京師，有鑿井得如嬰兒手以獻者，臂指皆具，膚理如生。余聞之隱者曰：「此肉芝也。」與子由烹而食之。』按《仙傳拾遺》載：『進士蕭靖之，掘地得物，類人手，微嫩，色微紅，烹食之。後遇異人曰：「嘗食仙藥」，因告之。曰：「肉芝，食之者多壽。」』何東坡忘之耶？《苕溪漁隱叢話》

苕溪漁隱曰：吾家有二畫馬，乃陸遠所摹伯時舊本，其一則子瞻詩：『龍膺豹股頭八尺，奮迅不受人間羈。』其一則黄魯直詩：『西河聯作蒲萄錦，目光夾鏡耳卓錐。』止哦此二詩，雖不見畫圖，當如支遁語『道人憐其神俊也』。《苕溪漁隱叢話》

苕溪漁隱曰：東坡《題伯時畫馬》云：『龍眠胸中有千駟。』議者謂譏其無德而稱。予意其不然，如文與可善作墨竹，故《和篔簹谷》云：『料得清貧饞太守，渭濱千畝在胸中。』豈亦是譏之耶？又山谷《詠伯時虎脊天馬圖》亦云：『筆端那有此，千里在胸中。』蓋言畫馬之妙，得之于心，應之于手，若輪扁之斲輪也。《苕溪漁隱叢話》

《復齋漫録》云：山谷《次韻子瞻和子由觀韓幹馬因論伯時畫天馬》云：『曹霸弟子沙苑丞，喜作肥馬人笑之。李侯論幹獨不爾，妙畫骨相遺毛皮。翰林評書乃如此，賤肥貴瘦渠未知。』蓋謂東坡嘗作《孫莘老墨妙亭》詩云：『嶧山傳刻典型在，千載筆法留陽冰。杜陵評書貴瘦硬，此論未公吾豈憑？短長肥瘦各有態，玉環飛燕誰敢憎？』意屬此也。《苕溪漁隱叢話》

《復齋漫録》云：《古樂府》張正見《雉子斑》云：『惟當渡弱水，不怯如皋箭。』毛處約《雉子斑》云：『能使如皋路，相迎巧笑間。』蓋用賈大夫事耳，而黄朝英《緗素雜記》乃謂東坡錯用如皋事，故云：『不向如皋閒射雉，歸來何以得卿卿？』蓋承《古樂府》之誤耳。若潘安仁《射雉賦》云：『昔賈氏之如皋，試解顔之一笑。』山谷《南園記》云：『可盡記子之言，我將鑱之南園之石，他日御以如皋，雖不獲雉，尚期一笑哉。』若二公者，真可謂得傳意。《苕溪漁隱叢話》

《復齋漫録》云：《虢國夫人夜游圖》詩：『當時亦笑張麗華，不知門外韓擒虎。』蓋全用小杜《臺城曲》兩句云：『門外韓擒虎，樓頭張麗華。』凡此，取陳後主張貴妃名麗華，尤見寵幸，隋遣韓擒虎平陳，後主與麗華俱被收。今之坡詩，爲誤作『潘麗華』，遂致黄朝英《湘素雜記》以東坡爲誤，蓋彼不記小杜詩也。《苕溪漁隱叢話》

《藝苑雌黄》云：《前漢·龔遂傳》，有令民種一百本薤、五十本葱之説，坡《和段逢》詩云：『細思種薤五十本，大勝取禾三百廛。』則誤以『一百本』爲『五十本』矣。陳孔璋《爲袁紹檄豫州文》，言曹操之罪云：『特置發丘中郎、摸金校尉，所過隳突，無骸不露。』《游聖女山》詩云：『縱令司馬能鑱石，奈有中郎解摸金。』則誤以『校尉』爲『中郎』矣。《盧氏雜説》：『鄭餘慶召親朋，呼左右曰：「處分廚家，爛蒸去毛，莫拗折項。」諸人以謂蒸鵝鴨，良久，就食，每人前粟米飯一盂，爛蒸葫蘆一枚。』《贈陳季常》詩曰：『不見盧懷慎，蒸壺如蒸鴨。』則又以『鄭餘慶』爲『盧懷慎』。《雪》詩押『簷』字一聯云：『敗屨尚存東郭指，飛花又舞謫仙簷。』『東郭指』正用雪事，出《史記·滑稽傳》；『謫仙簷』蓋取李太白詩所謂『飛花送酒舞前簷』者，即無雪事矣。《贈王子直》詩云：『水底笙歌蛙兩部，山中奴隸橘千頭。』誰不愛其語之工？ 然《南史》：『孔德彰門庭之内，草萊不剪，中有蛙鳴，或問之曰：「欲爲陳蕃乎？」曰：「我以此當兩部鼓吹，何必效蕃。」』即無笙歌之説。《次韻滕元發寄詩》云：『坐看青丘吞澤芥，自慚黄潦薦溪蘋。』按《子虚賦》云：『秋田乎青丘，徬徨乎海外。吞雲夢者八九于其胸中，曾不蔕芥。』『蔕芥』，刺鯁也，非『草芥』之芥。西湖詩亦有『青丘已吞雲夢芥』之説，皆非也。《苕溪漁隱叢話》

《谷庵銘》云：『孔公之堂名虚白，蘇子堂後作圓屋。堂雖白矣庵自黑，知白守黑名曰谷。』《老子》曰：『知其雄，守其雌，爲天下谿。知其白，守其黑，爲天下式。知其榮，守其辱，爲天下谷。』然則『知白守黑』，不可謂之『名曰谷』也。又詩中言宋廣平爲『鐵心』、夏

仲御爲『木腸』，亦皆與本處不合。《苕溪漁隱叢話》

《復齋漫録》云：韓子蒼言：『作語不可太熟，亦須令生。近人論文，一味忌語生，往往不佳。東坡作《聚遠樓》詩，本合用「青江緑水」對「野草閒花」，以此太熟，故易以「雲山煙水」，此深知詩病者。』予然後知陳無己所謂『寧拙毋巧，寧朴毋華，寧粗毋弱，寧僻毋俗』之語爲可信。《苕溪漁隱叢話》

《藝苑雌黄》云：予與潘伯龍食榧子，乃言諸處榧皆不及玉山者。予方悟東坡詩有『彼美玉山果，粲爲金盤實』之語，恐是上饒玉山縣。潘云：『玉山，地名，在婺之東陽縣。所生榧子，香脆過它處。』予攷《集韻》『榧』字注云：『木名，有實，出東陽諸郡。』而《本草》『榧實』注亦云：『今出東陽諸郡』。《苕溪漁隱叢話》

東坡云：『無事静坐，便覺一日似兩日。若能處置此生，常似今日，得年至七十，便是百四十歲。人世間何藥能有此效？既無反惡，又省藥錢，此方人人收得，但苦無好湯使，多嚥不下。』坡《題息軒》詩云：『無事此静坐，一日如兩日。若活七十年，便是百四十。』正此意也。苕溪漁隱曰：予連蹇選調四十年，在官之日少，投閒之日多，固能知静坐之味矣。第向平婚嫁之志未畢，退之啼號之患方劇，正所謂『無好湯使多嚥不下』也。《苕溪漁隱叢話》

苕溪漁隱曰：東坡于飲食，作詩、賦以寫之，往往皆臻其妙，如《老饕賦》、《豆粥》詩是也。又《寒具》詩云：『纖手搓來玉數尋，碧油煎出嫩黄深。夜來春睡無輕重，壓扁佳人纏臂金。』『寒具』，乃撚頭也，出劉禹錫《佳話》。《過子忽出新意，以山芋作玉糝羹，色香味皆奇絶，添酥酯則不可知，人間決無此味也》詩云：『香似龍涎仍釅白，味如牛乳更全清。莫將北海金虀鱠，錯比東坡玉糝羹。』《苕溪漁隱叢話》

《藝苑雌黄》云：古人文章中多言盧橘，李白詩：『盧橘爲秦樹，蒲萄出漢宫。』宋之問詩：『芙蓉秦地沼，盧橘漢家園。』又云：『冬花掃盧橘，夏果摘楊梅。』戴叔倫詩：『盧橘花開楓葉衰。』而蔡君謨《荔枝譜》亦云：『道里遼絶，曾不得班于盧橘、江橙之右。』皆不顯言盧橘爲何物。《東坡集》中言：『真覺院有洛花，花時不暇往，四月十八日，與劉景文同往，賞枇杷，作詩』，有『魏花非老伴，盧橘是鄉人』之句，蓋指盧橘爲枇杷也。故僧惠洪《冷齋夜話》載此意，而《筠谿甘露集》中，有《嘗盧橘》一絶云：『皮似椑柿鬆而剥，核如龍眼味甘鮮。滿盤的皪如金彈，叢子分嘗憶去年。』此正謂枇杷。然山谷以謂夔湘間有一種色黑而夏熟者，疑其爲盧橘，則與東坡之意相戾。予嘗攷之，《伊尹書》曰：『果之美者，箕山之東，青鳧之所，有盧橘，其夏熟。』《吴録》曰：『朱光禄爲建安，庭有橘，冬覆其樹，春夏色變青黑，味絶美。《上林賦》曰：「盧橘夏熟」，近是也。』《魏書·花木志》曰：『蜀土有給客橙，似橘而非，若柚而香，冬夏花實相繼，通歲食之，亦名盧橘。』則盧橘似非枇杷，故《上林賦》既言『盧橘夏熟』，又言『枇杷橪柹』，不應如此重複，不知東坡何所據而言？《復齋漫録》云：『唐庚子西《李氏山園記》云：「枇杷盧橘一也」，而《上林賦》曰「盧橘夏熟，黄甘橙榛，枇杷橪柹，亭柰厚朴」，則一物爲二物矣。』然予觀張勃《吴興録》云：『建安郡中有橘，冬月于樹上覆裹之，至明年春夏，色變青黑，味尤絶美。《上林賦》云「盧橘夏熟」，盧，黑也。蓋近是乎？』張勃之説既如此，則相如之《賦》，殆未可以爲失也。《苕溪漁隱叢話》

苕溪漁隱曰：東坡《書劉景文所藏王子敬帖》云：『家雞野鶩同登俎，春蚓秋蛇總入奩。君家兩行十二字，氣壓鄴侯三萬籤。』此帖乃《右軍帖》，云：『奉橘三百枚，霜未降，未可多得。』東坡以爲《子敬帖》，誤矣。韋應物《答鄭騎曹青橘》絶句云：『憐君卧病思新橘，試摘猶酸亦未黄。書後欲題三百顆，洞庭須待滿林霜。』應物嘗爲蘇州刺史，所言『洞庭』，即太湖中洞庭山。或云用洞庭湖橘洲事，非也。魯直《謝檀君寄黄柑》云：『色深林表風霜下，香着尊前指爪間。書後合題三百顆，頻隨驛使未爲慳。』右軍又一帖云：『奉黄柑二百，不能佳，想故得至耳。』魯直誤用爲『三百』。《豫章集》又載魯直語：『予往時以爲《右軍帖》中贈予「黄柑三百」者，亦誤也。右軍前一帖在《賜書堂法帖》中，後一帖在《劉莊法帖》中，皆墨本也。』《苕溪漁隱叢話》

苕溪漁隱曰：東坡帥定武，《和曾仲錫元日見寄》云：『燕南異事真堪紀，三寸黄柑擘永嘉。』宋武帝子義康，時四方獻饋，皆以上品薦之，而以次者供御。文帝嘗冬月噉柑，歎其形、味並劣，義康在坐，曰：『今年殊有佳者。』遣還東府，取柑供御，大者三寸。見《南史》。《苕溪漁隱叢話》

《復齋漫録》云：《去杭十五年復游西湖》詩，斷章云：『誰憐寂寞高常侍，老去狂歌憶孟諸。』高適有兩詩言『孟諸』，其一云：『朝臨孟諸上，忽見芒碭間。赤帶終已矣，白雲長不還。』其後又有《封丘》詩云：『我本漁樵孟諸野，一生自是悠悠者。乍可狂歌草澤中，寧堪作吏風塵下。』東坡所用，乃後一篇也。《苕溪漁隱叢話》

苕溪漁隱曰：《雪》詩云：『紛紛兒女争所似，碧海長鯨君未掣。』用杜詩：『或看翡翠蘭苕上，未掣鯨魚碧海中。』又云：『泥乾路穩放君去，莫倚馬蹄如踣鐵。』用杜詩：『腕促蹄高如踣鐵，交河幾蹴層冰裂。』《書李公擇白石山房》云：『偶尋流水上崔嵬，五老蒼顔一笑開。若見謫仙煩寄語，匡山頭白早歸來。』用杜詩《不見李白》云：『匡山讀書處，頭白早歸來。』東坡嘗作《李氏山房藏書記》云：『予友李公擇，少時讀書于廬山五老峰下，白石庵之僧舍。公擇既去，而山中之人思之，指其所居爲「李氏山房」，藏書凡九千卷。』此詩雖言『謫仙』，實指公擇，以事與姓皆同故也。又《濟南和公擇》詩云：『敝裘羸馬古河濱，野闊天低糁玉塵。自笑滄溟典屬國，來看换酒謫仙人。』爲蘇、李也。東坡作詩用事，親切類如

此，他人不及也。《苕溪漁隱叢話》

苕溪漁隱曰：《謁告》絶句云：『心有何求遺病安，年來古井不生瀾。祇愁戲瓦閒童子，卻作泠泠一水看。』事見《楞嚴經》：『月光童子，室中安禪。我有弟子，窺窗觀室，惟有清水，徧在室中，了無所見。童稚無知，取一瓦礫，投于水内，激水作聲，顧盼而去。我出定後，頓覺心痛。爾時童子，捷來我前，説如上事。我則告言：「汝更見水，可即開門入此中，除去瓦礫。」童子奉教，我後出定，身質如初。』《古樂府》云：『昔有行道人，陌上見三叟。年各百餘歲，相與鋤禾莠。中叟前致辭：室内嫗粗醜。』故《薄薄酒》云：『醜妻惡妾壽乃公』，用此意也。《次韻李邦直感舊》云：『婉娩有時來入夢，温柔何日聽還鄉？』用退之『旅宿夢婉娩』之句；『温柔鄉』，事見《飛燕外傳》。《苕溪漁隱叢話》

東坡云：『世之蓄某詩文者多矣，率真僞相半，又多爲俗子所改竄，讀之使人不平。然亦不足怪，識真者少，蓋從古所病。李太白、韓退之、白樂天詩文，皆爲庸俗所亂，可爲太息。』苕溪漁隱曰：《東坡文集》行于世者，其名不一，惟《大全備成》二集，詩文最多，誠如所言，真僞相半。其後居世英家刊大字《東坡前後集》，最爲善本。世傳《前集》乃東坡手自編者，隨其出處，古律詩相間，謬誤絶少，如《御史府》諸詩，不欲傳之于世，《老人行》、《題申王畫馬圖》，非其所作，故皆無之。《後集》乃後人所編，惜乎不載《和陶》諸詩，大爲闕文也。山谷亦有兩三《集》行于世，惟大字《豫章集》、并《外集》詩文最多，其間不無真僞，其後洪玉父别編《豫章集》，李彤、朱敦儒正是，詩文雖少，皆擇其精深者，最爲善本也。《苕溪漁隱叢話》

《復齋漫録》云：東坡初登第，以書謝梅聖俞，以示歐文忠公。公《答聖俞書》，略云：『不意後生，能達斯理也，吾老矣，當放此子出一頭地。』故東坡《送晁美叔》詩云：『醉翁遺我與子游，翁如退之蹈軻丘。尚欲放予出一頭，酒醒夢斷四十秋。』蓋叙書語也。《苕溪漁隱叢話》

《文昌雜録》云：『予見光禄卿解賓王，説登州每晴霽，煙霧中有城闕樓閣、人物車馬、雞犬往來之狀，彼人謂之「海市」。』苕溪漁隱曰：東坡言：『予聞登州海市久矣，父老云：「嘗出于春夏，今歲晚不復見矣。」予到官五日而去，以不見爲恨。禱于海神廣德王之廟，明日見焉。乃作此詩』。云：『東方雲海空復空，群仙出没空明中。蕩摇浮世生萬象，豈有貝闕藏珠宫？心知所見皆幻影，敢以耳目煩神工。歲寒冰冷天地閉，爲我起蟄鞭魚龍。重樓翠阜出霜曉，異事驚倒百歲翁。人間所見容力取，世外無物誰爲雄？卒然有請不我拒，信我人厄非天窮。潮陽太守南遷歸，喜見石廩堆祝融。自言正直動山鬼，豈知造物哀龍鍾。信眉一笑豈易得，神之報汝亦已豐。斜陽萬里孤鳥没，但見碧海磨青銅。新詩綺語

亦安用？相與變滅隨東風。』《苕溪漁隱叢話》

東坡云：『世謂樂天有《鬻駱馬放楊柳枝詞》，嘉其主老病不忍去也。然夢得有詩云：「春盡絮飛留不得，隨風好去落誰家？」樂天亦云：「病與樂天相伴住，春隨樊子一時歸。」則是樊素竟去也。予家有數妾，四五年相繼辭去，獨朝雲者隨予南遷，因讀《樂天集》，戲作此詩。朝雲姓王氏，錢塘人，嘗有子曰幹兒，未期而夭。詩云：「不似楊枝別樂天，恰如通德伴伶玄。阿奴絡秀不同老，天女維摩總解禪。經卷藥爐新活計，舞衫歌扇舊因緣。丹成逐我三山去，不作巫陽雲雨仙。」』苕溪漁隱曰：詩意佳絶，善于爲戲，略去洞房之氣味，翻爲道人之家風。非若樂天所云：『櫻桃樊素口，楊柳小蠻腰』，但自咤其佳麗，塵俗哉。《苕溪漁隱叢話》

苕溪漁隱曰：李太白《潯陽紫極宮感秋》云：『何處聞秋聲，翛翛北窗竹。回薄萬古心，攬之不盈掬。』東坡和韻云：『寄卧虛寂堂，月明浸疏竹。泠然洗我心，欲飲不可掬。』予謂東坡此語似優于太白矣。大率東坡每題詠景物，于長篇中，只篇首四句，便能寫盡，語仍快健。如《廬山開元漱玉亭》首句云：『高岩下赤日，深谷來悲風。劈開青玉峽，飛出兩白龍。』《谷林堂》首句云：『深谷下窈窕，高林合扶疏。美哉斯堂成，及此秋風初。』《行瓊儋間》首句云：『四州環一島，百洞蟠其中。我行西北隅，如度月半弓。』《藤州江上夜起對月》首句云：『江月照我心，江水洗我肝。端如徑寸珠，墮此白雲盤。』此聊舉四詩，其他甚衆。又《栖賢三峽橋》詩，有『清寒入山骨，草木盡堅瘦』之句，此等語精研絶韻，真他人道不到也。《苕溪漁隱叢話》

苕溪漁隱曰：《和道潛放魚》詩云：『况逢孟簡對盧仝，不怕校人欺子美。』《左傳·襄公二十五年》：『命子展、子産，帥車七百乘伐陳。宵突陳城，遂入之。子美入，數俘而出。』注：『子美，即子産也。』東坡詩用此。或以《孟子》所言，『有饋生魚于鄭子産，校人烹之』，疑非子美，蓋不曾見此耳。《苕溪漁隱叢話》

苕溪漁隱曰：新安龍尾石，性皆潤澤，色俱蒼黑，縝密可以敵玉，滑膩而能起墨，以之爲研，故世所珍也。石雖多種，惟羅紋者、眉子者、刷絲者最佳。東坡《爲孔毅甫作龍尾研銘》云：『澁不留筆，滑不拒墨。瓜膚而縠理，金聲而玉德。』此羅紋石也。又詩云：『君不見成都畫手開十眉，横雲卻月争新奇。游人指點小顰處，中有漁陽胡馬嘶。又不見王孫青瑣横雙碧，腸斷浮空遠山色。書生性命何足論，坐費千金買消渴。邇來喪亂愁天公，謫向君家書硯中。小窗虚幌相嫵媚，令君曉夢生青紅。』此眉子石也。汪彦章詩云：『冰蠶吐蠒抽銀葱，仙女鳴機號月窟。雲綃裂斷擲殘繻，淪入空山作尤物。中書君老不任事，蛛網陶泓空俗骨。故令玉質傲松腴，萬縷秋毫聊出没。』此刷絲石也。《研譜》云：『歙石出于龍尾溪，其石堅勁，大抵多發墨，故前世多用之。較其優劣，龍尾遠出端溪上。』《硯録》云：『歙石，其最可尚者，每用墨訖，以水滌之，泮然盡去，不復留漬于其間，是足過于端石矣。端溪石，則色貴青紫，聲欲清越，向日視之有芒，入水漬之無瑕，備此四者，乃爲佳品也。』李長吉詩云：『端州石工巧如神，踏天磨刀割紫雲。傭刓抱水含滿脣，暗洒萇弘冷血痕。』劉夢得《答唐秀才贈紫石硯》詩云：『端州石硯人間重，贈我應知正草《玄》。闕里廟中空舊物，開方竈下豈天然？玉蠀吐水霞光浄，彩翰摇風絳錦鮮。』《苕溪漁隱叢話》

東坡云：『阮生言「未知一生當著幾兩屐？」吾有嘉墨七十枚，而猶求取不已，不近愚耶？是可嗤也。石昌言蓄李廷珪墨，不許人磨，或戲之云：「子不磨墨，墨將磨子。」今昌言墓木拱矣，而墨放無恙。李公擇見墨輒奪，相知間抄取殆遍，近有人從梁許來云：「懸墨滿堂。」此通人之一蔽也。余嘗有詩曰：「非人磨墨墨磨人」，此語殆可凄然云。』苕溪漁隱曰：東坡前詩，乃《和舒教授觀所藏墨》，其略云：『世間有癖念誰無？傾身障簏尤堪鄙。一生當著幾兩屐，定心肯爲微物起。此墨足支三十年，但恐風霜侵發齒。非人磨墨墨磨人，缾應未罄罍先耻。』又云：『吾蓄墨多矣，其間數枚，云是庭珪所造，雖形色異衆，然歲久，墨之亂真者多，皆疑而未決也。』《苕溪漁隱叢話》

東坡云：『潘谷作墨，所以精妙軼倫，堪爲世珍者，惟雜用高麗煤故也。以是詩云：

「徂徠無老松，易水無良工。珍材取樂浪，妙手惟潘翁。魚胞熟萬杵，犀角盤雙龍。」』苕溪漁隱曰：予謂李墨既爲難得，則潘墨亦非易求。然今世無二人，佳墨終不乏，固不必愛奇也。《苕溪漁隱叢話》

苕溪漁隱曰：東坡在御史獄，獄吏問云：『《雙檜》詩：「根到九泉無曲處，世間惟有蟄龍知」，有無譏諷？』答云：『王安石詩：「天下蒼生待霖雨，不知龍向此中蟠」，此龍是也。』吏亦爲之一笑。《苕溪漁隱叢話》

苕溪漁隱曰：唐昌觀玉蘂、鶴林寺杜鵑，二花在唐時爲盛，名聞天下。玉蘂花尤有詞人賦詠，《唐百家詩選》載王建詩云：『一樹籠鬆玉刻成，飄廊點地色輕輕。女冠夜覓香來處，惟見階前碎月明。』《劇談録》云：『上都安樂坊唐昌觀，舊有玉蘂花甚繁，每發若瑶林瓊樹。元和中，春物方盛，車馬尋翫者相繼。忽一日，有女子年可十七八，衣緑繡衣，乘馬，峩髻雙鬟，無簪珥之飾，容色婉約出于衆，從以二女冠，三小僕。既下馬，以白角扇障面，直造花所，佇立良久，令小僕取花數枝而出，將乘馬回，謂女冠曰：「曩有玉峰之約，自此可以行矣。」時觀者如堵，皆見舉轡百步，有輕風擁塵，隨之而去，須臾塵滅，望之已在半天：方悟神仙之游。』劉賓客有詩云：『玉女來看玉樹花，異香先引七雲車。攀枝弄雪時回首，驚怪人間日易斜。』《續仙傳》云：『鶴林寺有杜鵑花。寺僧相傳云，正元中，外國僧自天台鉢中，以藥養其根，來植此寺。人或見女子，紅裳豔色，游于花下，俗傳花神也。一日，周寶謂殷七七曰：「鶴林寺花，天下奇絶。嘗聞汝能開頃刻花，此花可副重九乎？」曰：「可也。」乃前二日往鶴林寺宿，中夜，女子來謂七七曰：「妾爲上蒼所命，下司此花，非久即歸閬苑，今爲道者開之。」來日，寺僧訝花漸拆，至九日爛熳。後經兵火，其花遂亡，信歸閬苑矣。』予求之唐人詩集，寂無詠此花者，惟東坡守錢塘，《觀菩提寺南漪堂杜鵑花》云：『南漪杜鵑天下無，披香殿上紅氍毹。鶴林兵火真一夢，不歸閬苑歸西湖。』又《和述古冬日牡丹》云：『當時只道鶴林仙，能遣秋光發杜鵑。誰信詩能回造化，直教霜枿放春妍。』又云：『安得道人殷七七，不論時節遣花開。』皆用此故事也。予嘗謂小説載事，好爲附會，以聳動人觀聽，使讀之者忘倦，每竊疑之。凡言花卉，必須附會以婦人女子，如玉蘂花，則言有仙女來游；杜鵑花，則言有女子司之。又《摭遺》云：『蜀州郡閣，有紅梅數株，方盛開，有二婦人，高髻大袖，倚欄而觀，題詩于壁曰：『南枝向暖北枝寒，一種春花有兩般。憑仗高樓莫吹笛，大家留取倚欄看。』詩思清麗，豈非神仙乎？』又《龍城録》云：『隋開皇中，趙師雄遷羅浮。一日，天寒日暮，于松竹林間，見美人淡粧素服出游，時已昏墨，殘雪未消，月色微明。師雄與語，言極清麗，芳香襲人，因與之叩酒家共飲。少頃，一緑衣童來歌舞。師雄醉寢，但覺風寒襲人，久之，東方已白，起視乃在梅花樹下，上有翠羽，啾嘈相顧。月落參橫，

但惆悵而已。』凡此之類，其言怪誕，無可考據，誠是虚撰，不足信矣。《苕溪漁隱叢話》

苕溪漁隱曰：杜牧之《九日齊安登高》云：『江涵秋影雁初飛，與客携壺上翠微。』又有詩云：『煙深隋家寺，殷葉暗相照。獨佩一壺酒，秋毫泰山小。』東坡用其語作詩云：『明日南山春色動，不知誰佩紫微壺？』以牧之曾作中書舍人，故言『紫微壺』。又牧之詩：『何如釣船雨，篷底卧秋江。』又《憶齊安郡》云：『平生睡足處，雲夢澤南州。一夜風欺竹，連江雨送秋。』東坡用其語作詩云：『客睡不妨船背雨。』又云：『平生睡足連江雨，盡日舟横拍岸風。』《苕溪漁隱叢話》

全宋詩話

第五册

卷三十八至卷四十九

張宗祥 纂輯
曹錦炎 整理

浙江大學出版社

本册目録

全宋詩話目録卷四十五……一二二二

全宋詩話卷四十五……一二二五

全宋詩話卷三十八

蘇軾十一

苕溪漁隱曰：吕丞相《跋杜子美年譜》云：『考其筆力，少而鋭，壯而肆，老而嚴。非妙于文章，不足以至此。』予觀東坡自南遷以後詩，全類子美夔州以後詩，正所謂『老而嚴』者也。子由云：『東坡謫居儋耳，獨喜爲詩，精鍊華妙，不見老人衰憊之氣。』魯直亦云：『東坡嶺外文字，讀之使人耳目聰明，如清風自外來也。』觀二公之言如此，則予非過論矣。《苕溪漁隱叢話》

苕溪漁隱曰：《次韻沈長官》詩云：『莫道山中食無肉，玉池清水自生肥。』《天慶觀乳泉賦》云：『鏘瓊佩之落谷，灩玉池之生肥。』《澄邁驛通潮閣》詩云：『杳杳天低鶻没處，青山一髮是中原。』《伏波將軍廟碑》有云：『南望連山，若有若無，杳杳一髮耳。』皆兩用之，其語倔奇，蓋得意也。《苕溪漁隱叢話》

東坡：『《泗州大聖傳》云：「和尚，河國人也。」又曰：「世莫知其所從來，不知何國人也。」近讀《隋書・西域傳》，乃有「河國」。予在惠州，忽被命謫儋耳，太守方子容自携告身來，且語予曰：「此固前定，無可恨。吾妻沈，素事僧伽謹甚，一夕，夢和尚告别，沈問所往，答云：『當與蘇子瞻同行，後七十二日當有命。』今適七十二日矣，豈非前定乎？」予以謂事之前定者，不待夢而知。然予何人也，而和尚辱與同行，得非夙世有少緣契乎？』苕溪漁隱曰：參寥有詩誌此事云：『臨淮大士亦無私，應物長于險處施。親護舟航渡南海，知公盛德未全衰。』《苕溪漁隱叢話》

蘇少公云：『吾兄子瞻，謫居儋耳。瓊州進士姜唐佐，往從之游，氣和而言道，有中州士人之風。子瞻愛之，贈之詩曰：「滄海何曾斷地脉，白袍端合破天荒。」且告之曰：「子異日登科，當爲子成此篇。」君游廣州州學，有名學中，崇寧二年正月，隨計過汝陽，以此句相示，時子瞻之喪，再逾歲矣，覽之流涕。念君要能自立，而莫與終此詩者，乃爲足之云：「生長茅間有異芳，風流稷下古諸姜。適從瓊管魚龍窟，秀出羊城翰墨場。滄海何曾斷地脉，白袍端合破天荒。錦衣今日千人看，始信東坡眼力長。」』苕溪漁隱曰：《冷齋夜話》載此句，乃云：『滄海何曾斷地脉，朱崖從此破天荒。』遂以姜唐佐爲朱崖人，附會爲説，今當以子由詩爲正也。《苕溪漁隱叢話》

《復齋漫録》云：子瞻、子由，門下客最知名者，黄魯直、張文潛、晁无咎、秦少游，世謂之『四學士』。至若陳無己，文行雖高，以晚出東坡門，故不及四人之著。故無己作《佛指記》云：『予以詞義，名次四君，而貧于一代』是也。而无咎詩云：『黄子似淵明，城市亦復真。陳君有道澤，化行閭井淳。張侯公瑾流，英思春泉新。高才更難及，淮海一髯秦。』當時以東坡爲『長公』、子由爲『少公』，無己《答李端叔書》云：『蘇公之門，有四客人：黄魯直、秦少游、晁无咎，則長公之客也；張文潛，則次公之客也。』然而四客各有所長，魯直長于詩詞，秦晁長于議論，魯直《與秦觀書》曰：『庭堅心醉于《詩》與《楚詞》，似若有得。至于議論文字，今日乃當付之少游及晁、張、無己。足下可從此四君子一一問之。』其後張文潛《贈李德載》詩亦云：『長公波濤萬頃海，少公峭拔千尋麓。黄郎蕭蕭日下鶴，陳子峭峭霜中竹。秦文倩麗紓桃李，晁論峥嶸走珠玉。』乃知人才各有所長，雖蘇門不能兼全也。

《苕溪漁隱叢話》

《漫叟詩話》云：『東坡作《吃語》詩：「江干高居堅關扃，耕犍躬駕角掛經。孤航繫舸菰茭隔，笳鼓過軍雞狗驚。解襟顧影各箕踞，擊劍高歌幾舉觥。荆笄供膾愧攬聒，乾鍋更戛甘瓜羹。」山谷亦有《戲題》云：「逍遥近道邊，憩息慰憊懣。晴暉時晦明，譃語諧讜論。草萊荒蒙蘢，室屋壅塵坌。僮僕侍偪側，涇渭清濁混。」二老亦作詩戲耶。苕溪漁隱曰：東

坡後又有《吃語》詩一篇，謂此爲『一字語』，『故居劍閣隔錦官』者是也。《苕溪漁隱叢話》

山谷云：東坡在潁州時，因歐陽叔弼讀《元載傳》，歎淵明之絶識，遂作詩云：『淵明求縣令，本緣食不足。束帶向督郵，小屈未爲辱。翻然賦歸去，豈不念窮獨。重以五斗米，折腰營口腹。如何元相國，萬鍾不滿欲？胡椒銖兩多，安用八百斛。以此殺其身，何翅抵鵲玉。往者不可悔，吾其反自燭。』淵明隱約栗里柴、桑之間，或飯不足也，顔延年送錢二十萬，即日送酒家，與蓄積不知紀極、至藏胡椒八百斛者，相去遠近，豈直睢陽蘇合彈與蜣螂糞丸比哉！《苕溪漁隱叢話》

東坡云：『陶潛詩：「採菊東籬下，悠然見南山。」採菊之次，偶然見山，初不用意，而景與意會，故可喜也。今皆作「望南山」。杜子美云：「白鷗没浩蕩，萬里誰能馴。」蓋滅没于煙波間耳，而宋敏求謂予云：「鷗不解没，改作波字。」二詩改此兩字，覺一篇神氣索然也。』《冷齋夜話》云：『老杜「白鷗波没蕩」，今誤作「浩蕩」，非惟無氣，亦分外閒置「波」字。』苕溪漁隱曰：《禽經》云：『鳧善浮，鷗善没。』以『没』字易『波』字，則東坡之言益有理。《冷齋》以『没』字易『浩』字，其理全不通。『浩蕩』謂煙波也，今云『波没蕩』，亦不成語，此言無足取。《苕溪漁隱叢話》

《雞肋集》云：詩以一字論工拙，如『身輕一鳥過』、『身輕一鳥下』，『過』與『下』與

『疾』與『落』，每變而每不及，易較也。如魯直之言，猶碔砆之于美玉是也。然此猶在工拙精觕之間，其致思未失也。記在廣陵日，見東坡云：『陶淵明意不在詩，詩以寄其意耳。「采菊東籬下，悠然望南山」，則既采菊又望山，意盡于此，無餘藴矣，非淵明意也。「采菊東籬下，悠然見南山」，則本自采菊，無意望山，適舉首而見之，故悠然忘情，趣閒而景遠。此未可于文字精觕間求之，以比碔砆美玉不類。』《苕溪漁隱叢話》

東坡云：古之詩人，有擬古之作矣，未有追和古人者也。追和古人，則始于東坡。吾于詩人無所甚好，獨好淵明之詩。淵明作詩不多，然其詩質而實綺，癯而實腴，自曹、劉、鮑、謝、李、杜諸人，皆莫及也。吾前後和其詩，凡百有九篇，至其得意，自謂不甚愧淵明。然吾之于淵明，豈獨好其詩也哉？如其爲人，實有感焉。淵明臨終，疏告儼等：『吾少而窮苦，每以家弊，東西游走，性剛才拙，與物多忤。自量爲己，必貽俗患，僶俛辭世，使汝等幼而餓寒。』淵明此語，蓋實録也。吾真有此病，而不早自知，半世出仕，以犯大患。此所以深愧淵明，欲以晚節師範其萬一也。《苕溪漁隱叢話》

《詩眼》云：東坡《和貧士》詩云：『夷、齊耻周粟，高歌誦虞、軒。禄、産彼何人，能致綺與園？古來避世士，死灰或餘煙。末路益可羞，朱墨手自研。淵明初亦仕，絃歌本誠言。不樂乃徑歸，視世嗟獨賢。』此詩言夷、齊自信其去，武王周召，不能挽之使留；若四皓自信其進，雖産、禄之聘，亦爲之出。蓋古人無心于功名，信道而進退。舉天下萬世之是非，不能回奪。伯夷之非武王，綺園之從禄、産，自合爲世所笑，不當有名。偶然聖賢辨論之于後，乃信于天下，非其始望，故其名之傳，如死灰之餘煙也。後世君子，既不能以道進退，又不能忘世俗之毁譽，多作文以自明其出處，如《答客難》、《解嘲》之類皆是也，故曰『朱墨手自研』。韓退之亦云：『朱丹自磨研。』若『淵明初亦仕，絃歌本誠言』，蓋無心于名，雖晉末亦仕，合于綺、園之出。其去也，亦不待以微罪行，『不樂乃徑歸』，合于夷、齊之去。其事雖小，其不爲功名累其進退，蓋相似。使其易地，未必不追蹤二子也。東坡作文，工于命意，必超然獨立于衆人之上，非如昔人稱淵明以退爲高耳，故又發明如此。《苕溪漁隱叢話》

《類苑》云：『石曼卿喜豪飲，與布衣劉潛爲友，嘗倅海州，潛訪之，劇飲中夜。酒欲竭，有醋斗餘，乃傾入酒中併飲之，明日，酒醋俱盡。每與客痛飲，露髮跣足，著械而坐，謂之「囚飲」；坐木杪，謂之「巢飲」；以藁束之，引首出飲，復就束，謂之「鼇飲」。廨後爲一庵，常卧其間，名之曰「捫蝨庵」。』苕溪漁隱曰：東坡詩云：『試問高吟三十韻，何如低唱兩三盃？』世傳陶穀買得党太尉故妓，取雪水烹團茶，謂妓曰：『党家應不識此。』妓曰：『彼粗人，安得有此景！但能銷金帳下，淺斟低唱，飲羊羔兒酒耳。』陶愧其言。如曼卿喜

豪飲，亦大麄俗，了無風味，是豈知人間有此景哉。《苕溪漁隱叢話》

苕溪漁隱曰：律詩之作，用字平仄，世固有定體，衆共守之。然不若時用變體，如兵之出奇，變化無窮，以驚世駭目。如老杜詩云：『竹裏行廚洗玉盤，花邊立馬簇金鞍。非關使者徵求急，自識將軍禮數寬。百年地闢柴門迥，五月江深草閣寒。看弄漁舟移白日，老農何有罄交歡？』此七言律詩之變體也。韋蘇州云：『南望青山滿禁闈，曉陪鴛鷺正差池。共愛朝來何處雪，蓬萊宫裏拂松枝。』老杜云：『山瓶乳酒下青雲，氣味濃香幸見分。鳴鞭走送憐漁父，洗盞開嘗對馬軍。』此絶句律詩之變體也。東坡嘗用此變體作詩云：『華髮蕭蕭老遂良，一身萍挂海中央。無錢種菜爲家業，有病安心是藥方。才疏正類孔文舉，癡絶還同顧長康。萬里歸來空泣血，七年供奉殿西廊。總角黎家三小童，口吹葱葉送迎翁。莫作天涯萬里意，溪邊自有舞雩風。半醒半醉問諸黎，竹刺藤梢步步迷。但尋牛矢覓歸路，家在牛欄西復西。』又有七言律詩，至第三句便失粘落平側，亦别是一體。唐人用此甚多，但今人少用耳。如老杜云：『摇落深知宋玉悲，風流儒雅亦吾師。悵望千秋一灑淚，蕭條異代不同時。江山故宅空文藻，雲雨荒臺豈夢思。最是楚宫俱泯滅，舟人指點到今疑。』《嚴武》云：『漫向江頭把釣竿，懶眠沙草愛風湍。莫倚善題鸚鵡賦，何須不著鵕鸃冠。腹中書籍幽時曬，肘後醫方静處看。興發會能馳駿馬，終須重到使君灘。』韋應物云：『夾水蒼山路向東，東南山豁大河通。寒樹依微遠天外，夕陽明滅亂流中。孤村幾歲臨伊岸，一雁初晴下朔風。爲報洛橋游宦侣，片舟不繫與心同。』此三詩起頭用側聲，故第三句亦用側聲。老杜云：『暮春三月巫峽長，晶晶行雲浮日光。雷聲忽送千山雨，花氣渾如百和香。黄鶯過水翻回去，燕子銜泥溼不妨。飛閣卷簾圖畫裏，虚無只少對瀟湘。』韋應物云：『與君十五侍皇闈，曉拂爐煙上玉墀。花開漢苑經過處，雪下驪山沐浴時。近臣零落今猶在，仙駕飄飄不可期。此日相逢非舊日，一杯成喜亦成悲。』此二詩起頭用平聲，故第三句亦用平聲。凡此皆律詩之變體，學者不可不知。《苕溪漁隱叢話》

《漫叟詩話》云：『杜詩有「自天題處溼，當暑著來清」，「自天」「當暑」，乃全語也。東坡詩云：「公獨未知其趣耳，臣今時復一中之」，可謂青出于藍。』苕溪漁隱曰：東坡此詩，戲徐君猷、孟亨之皆不飲酒，不止天生此對，其全篇用事親切，尤爲可喜。詩云：『孟嘉嗜酒桓温笑，徐邈狂言孟德疑。公獨未知其趣耳，臣今時復一中之。風流自有高人識，通介寧隨薄俗移。二子有靈應撫掌，吾孫還有獨醒時。』皆徐、孟二人事也。又王直方《詩話》載蔡寬夫啟爲太學博士，和人治字韻詩，有『先生萬古有何用？博士三年冗不治』，與此相類，亦佳對也。《苕溪漁隱叢話》

苕溪漁隱曰：古今聽琴、阮、琵琶、箏、瑟諸詩，皆欲寫其音聲節奏，類以景物故實狀之，大率一律，初無中的句，互可移用，是豈真知音者。但其造語藻麗，爲可喜耳。『昵昵兒女語，恩怨相爾汝。劃然變軒昂，勇士赴敵場。浮雲柳絮無根蔕，天地闊遠隨飛揚。喧啾百鳥群，忽見孤鳳凰。躋攀分寸不可上，失勢一落千丈强。』此退之聽琴詩也。『孤禽曉警秋野露，空澗夜落春巖泉。』又『經緯文章合，調和雌雄鳴。颯颯驟風雨，隆隆隱雷霆。無射變凜冽，黄鐘催發生。詠歌文王雅，怨刺離騷經。二典意澹薄，三盤語丁寧。』此永叔聽琴詩也。『大絃春温和且平，小絃廉折亮以清。平生未識宫與角，但聞牛鳴盎中雉登木。門前剥啄誰扣門？山僧未聞君勿嗔。』此子瞻聽琴詩也。『春天百鳥語撩亂，風蕩楊花無畔岸。微霧愁猿抱山木，玄冬孤雁渡雲漢。斧斤丁丁空谷樵，幽泉落澗夜蕭蕭。十二峰前巫峽雨，七八月後錢塘潮。孝子流離在中野，羈臣歸來哭亡社。空床思婦感蠨蛸，暮年遺老依桑柘。』此魯直聽琴詩也。『寒蟲催織月籠秋，獨雁叫群天拍水。楚國羈臣放十年，漢宫佳人嫁千里。深閨洞房語恩怨，紫燕黄鸝韻桃李。楚狂行歌驚市人，漁夫拏舟在葭葦。』此魯直聽摘阮詩也。『大絃嘈嘈如急雨，小絃切切如私語。嘈嘈切切錯雜彈，大珠小珠落玉盤。間關鶯語花底滑，幽咽泉流水下灘。』又『銀瓶乍破水漿迸，鐵騎突出刀鎗鳴。』此樂天聽琵琶詩也。『一彈既罷又一彈，珠幢夜静風珊珊。低回慢弄關山思，坐對燕然秋月寒。月寒一聲深殿磬，驟彈曲破音繁併。百萬金鈴旋去聲。玉盤，醉落滿船皆暫醒。』又『猿鳴雪岫來三峽，鶴唳晴空聞九霄。』此微之聽琵琶詩也。『湘水冷波鼙鼓瑟，秦樓明月罷吹簫。寒敲白玉聲何婉，暖逼黄鶯語自嬌。』此王仁裕聽琵琶詩也。『春風和暖百鳥語，磽确山路行人行。啄木飛從何處來？花間葉底時丁丁。林空山静啄愈響，行人舉頭飛鳥驚。』此永叔聽琵琶詩也。『八鸞鏘鏘渡銀漢，九雛威鳳鳴朝陽。』又『馮夷躚躚舞渌波，鮫人出聽停綃梭。』此夢得聽箏詩也。『緜蠻巧囀花間舌，嗚咽交流冰下泉。』此永叔聽箏詩也。『江妃出聽霧雨愁，白浪翻空動浮玉。喚取吾家雙鳳槽，遣作三峽孤猿號。與君合奏芳春調，啄木飛來霜樹杪。』此子瞻聽箏詩也。永叔、子瞻謂退之聽琴詩，乃是聽琵琶詩。僧義海謂子瞻聽琴詩，絲聲八音，宫角皆然，何獨琴也。互相譏評，終無确論。如玉谿生《錦瑟》詩云：『莊生曉夢迷蝴蝶，望帝春心託杜鵑。滄海月明珠有淚，藍田日暖玉生煙。』此亦是以景物故實狀之，若移作聽琴、阮箏詩，誰謂不可乎？《苕溪漁隱叢話》

《西清詩話》云：三吴僧義海，以琴名世。六一居士嘗問東坡琴詩孰優，東坡答以退之《聽穎師琴》，公曰：『此祇是聽琵琶耳。』或以問海，海曰：『歐陽公一代英偉，然斯語誤矣。「昵昵兒女語，恩怨相爾汝」，言輕柔細屑，真情出見也。「劃然變軒昂，勇士赴敵場」，精神餘溢，竦觀聽也。「浮雲柳絮無根蔕，天地闊遠隨飛揚」，縱横變態，浩乎不失自然也。「喧啾百鳥群，忽見孤鳳凰」，又見穎孤絶，不同流俗下俚聲也。「躋攀分寸不可上，失勢一落千丈强」，起伏抑揚，不主故常也。皆指下絲聲妙處，惟琴爲然，琵琶格上聲烏能爾耶？退之深得其趣，未易譏評也。』東坡後有《聽惟賢琴》詩云：『大絃春温和且平，小絃廉折亮以清。平生未識宮與角，但聞牛鳴盎中雉登木。門前剥琢誰扣門？山僧未閒君莫嗔。歸家且覓千斛水，洗盡從來箏笛耳。』詩成欲寄歐公，而公亡，每以爲恨。客復以問海，海曰：『東坡詞氣倒山傾海，然亦未知琴。「春温和且平」、「廉折亮以清」，絲聲皆然，何獨琴也？又特言大、小絃聲，不及指下之韻。「牛鳴盎中雉登木」，概言宮、角耳，八音宮、角皆然，何獨絲也？』聞者以海爲知言。予嘗考今昔《琴譜》，謂『宮』者非宮，『角』者非角。又五調迭犯，特宮聲爲多，與五音之正者異。此又坡所未知也。苕溪漁隱曰：東坡嘗因章質夫家善琵琶者乞歌詞，亦取退之《聽穎師琴》詩稍加檃括，使就聲律，爲水調歌頭以遺之。其《自序》云：『歐公謂退之此詩最奇麗，然非聽琴，乃聽琵琶耳。』予深然之，觀此則二公皆以此詩爲聽琵琶矣。今《西清詩話》所載義海辨證此詩，復曲折能道其趣，爲是真聽琴詩。世有深于琴者，必能辨之矣。《苕溪漁隱叢話》

苕溪漁隱曰：東坡聽琵琶詩云：『何異烏孫送公主，碧天無際雁行高。』乃用《文選·王明君辭序》云：『昔公主嫁烏孫，令琵琶馬上作樂，以慰其道路之思，其送明君亦爾。』則琵琶非起于明君，蓋前已有也。《釋名》云：『琵琶本胡中馬上所鼓也。四絃，象四時也。

推手向前曰「琵」，卻手向後曰「琶」，因以爲名焉。』《苕溪漁隱叢話》

東坡云：予年十二，先君自虔州爲予言：『近城山中天竺寺，有樂天親書詩云：「一山門作兩山門，兩寺元從一寺分。東澗水流西澗水，南山雲起北山雲。前臺花發後臺見，上界鐘清下界聞。遥想吾師行道處，天香桂子落紛紛。」筆勢奇逸，墨迹如新。』今四十七年矣，予來訪之，則詩已亡，有刻石存耳。故有詩云：『空詠連珠吟叠璧，已亡飛鳥失驚蛇。』蓋爲是也。《苕溪漁隱叢話》

《緗素雜記》云：義山《錦瑟》詩云：『錦瑟無端五十絃，一絃一柱思華年。莊生曉夢迷蝴蝶，望帝春心託杜鵑。滄海月明珠有淚，藍田日暖玉生煙。此情可待成追憶，只是當時已惘然。』山谷道人讀此詩，殊不曉其意，后以問東坡，東坡云：『此出《古今樂志》，云錦瑟之爲器也，其絃五十，其柱如之，其聲也適怨清和。』案李詩：『莊生曉夢迷蝴蝶』，適也；『望帝春心託杜鵑』，怨也；『滄海月明珠有淚』，清也；『藍田日暖玉生煙』，和也。一篇之中，曲盡其意，史稱其瑰邁奇古信然。劉貢父《詩話》以謂『錦瑟』乃當時貴人愛姬之名，義山因以寓意，非也。《苕溪漁隱叢話》

《復齋漫録》云：『曹植詩：「鬬雞東郊道，走馬長楸間。」陳沈炯《邊馬有歸心》詩：「彌憶長楸道，金鞍背落暉。」杜子美《玉腕騮》詩：「頓驂飄赤汗，跼蹐顧長楸。」《畫馬圖》

詩：「霜蹄蹴踏長楸間。」』苕溪漁隱曰：《文選》注云：『古人種楸于道，故曰「長楸」。』王介甫詩：『扶衰南陌望長楸。』東坡《題韋偃牧馬圖》詩：『當年爲誰掃驊騮？ 至今霜蹄踏長楸。』山谷《和子瞻觀畫馬》詩：『長楸落日試天步。』《苕溪漁隱叢話》

《復齋漫録》云：東坡以淵明『採菊東籬下，悠然見南山』，而無識者以『見』爲『望』，不啻碔砆之與美玉。然予觀樂天效淵明詩有云：『時傾一樽酒，坐望東南山』，然則流俗之失久矣。惟韋蘇州《答長安丞裴棁》詩有云：『採菊露未晞，舉頭見秋山』，乃知真得淵明詩意，而東坡之説爲可信。《苕溪漁隱叢話》

《藝苑雌黄》云：『秦繆公以三良殉葬，詩人刺之，則繆公信有罪矣。雖然，臣之事君，猶子之事父也，以陳尊己、魏顆之事觀之，則三良亦不容無譏焉。昔之詠三良者，有王仲宣、曹子建、陶淵明、柳子厚，或曰「心亦有所施」，或曰「殺身誠獨難」，或曰「君命安可違」，或曰「死没寧分張」，曾無一語辨其非是者。惟東坡《和陶》云：「殺身故有道，大節要不虧。君爲社稷死，我則同其歸。顧命有治亂，臣子得從違。魏顆真孝愛，三良安足希！」審如是言，則三良不能無罪，東坡一篇，獨冠絶于古今。』苕溪漁隱曰：予觀東坡《秦繆公墓》詩意，全與三良詩意相反，蓋是少年時議論如此。至其晚年，所見益高，超人意表，此揚雄所以悔少作也。詩云：『昔公生不誅孟明』，豈有死之日而忍用其良。乃知三子

殉公意，亦如齊之二子從田橫。《苕溪漁隱叢話》

《龜山語録》云：因讀東坡《和淵明形影神》詩，其《影答形》云：『君如煙上火，火盡君乃别。我如鏡中像，鏡壞我不滅。』影因形而有無，是生滅相，故佛嘗云：『一切有爲法，如夢幻泡影。』正言非實有也，何謂不滅？ 他日讀《九成臺銘》，云：『此説得之莊周。』然以江山吐吞，草木俯仰，衆竅呼吸，鳥獸鳴號爲天籟，此乃周所謂『地籟』也。 但其文精妙，讀之者咸不之察耳。《苕溪漁隱叢話》

《藝苑雌黄》云：張文潛《明道雜誌》云：『讀書有義未通而輒改字，最學者大病也。杜詩「黄精無苗」，後人所改也。 舊乃「黄獨」，讀者不知其義，因改爲「精」。 其實「黄獨」自一物也，本處謂之「土芋」，根惟一顆而色黄，故名「黄獨」。 饑歲，土人掘以充糧食，故老杜云耳。』僧惠洪則曰：『黄獨，芋魁之小者，俗人易曰「黄精」。 子美流離，亦未至作道人劍客、食黄精也。』此語殊謬。 惠洪徒見『黄獨』一名『土芋』，遂謂芋魁之小者。 殊不知與芋魁懸别。 觀子美詩，有『三春溼黄精，一食生毛羽』、『掃除白髮黄精在，君看他時冰雪容』之句，安得云『未至作道人劍客、食黄精』乎？ 東坡云：『詩人空腹待黄精，生事只看長柄械。』則坡讀杜詩，亦以『黄獨』爲『黄精』矣。《苕溪漁隱叢話》

《東皋雜録》云：『《詩·烝民》：「任賢使能，周室中興焉。」陸德明《釋文》：「張仲切。」故老杜詩云：「今朝漢社稷，新數中興年。」又「萬里傷心嚴譴日，百年垂死中興時。」古人留意音訓如此。又嘗見人讀「冒頓」音「墨突」，偏閲《漢書》無此音，後出《晉書音義》。又「曲逆」音「句遇」，亦出《文選》注《功臣贊》中。』苕溪漁隱曰：東坡詩云：『威聲又數中興年，二虜行當一矢聯。』呂居仁詩云：『謝安肯爲蒼生起，早爲吾君了中興。』皆『張仲切』，用『中興』字也。《苕溪漁隱叢話》

《藝苑雌黄》云：《題元武禪師居壁》云：『何年顧虎頭，滿壁畫滄洲。』注：『虎頭，僧相也。』又《送許八拾遺歸江寧省覲詩序》云：『甫昔客游此縣，于許生處乞瓦棺寺維摩圖像，誌諸篇末：「虎頭金粟影，神妙獨難忘。」』注云：『虎頭，維摩相也。』攷之《南史·夷貊傳》：『師子國，晉義熙初，始遣使獻玉像，高四尺二寸，玉色潔潤，形製殊特，殆非人工。此像歷晉、宋在瓦棺寺。先有徵士戴安道手製佛像五軀，及顧長康維摩像畫圖，世人號之「三絶」。』所謂『虎頭』，即長康耳。注家不曉其義，或云僧相，或云維摩相，良可嗤笑。《杜位宅守歲》詩破題云：『守歲阿戎家。』又有『盍簪喧櫪馬，列炬散林鴉』之句。潘惇《詩話補闕》云：『舊本作「守歲阿咸家」。』按杜位，子美侄也，當以『阿咸』爲是。故東坡有『除夜』詩：『欲喚阿咸來守歲，林鴉櫪馬鬬喧譁。』正用杜詩，則知今本作『阿戎』者誤。予又攷之，子美有《送蜀州柏二别駕將中丞命赴江陵，起居衛尚書太夫人，因示從弟行軍司

馬位》云：『與報惠連詩不惜，知吾斑鬢已如銀。』則位，恐所謂『阿咸』也。《苕溪漁隱叢話》

苕溪漁隱曰：東坡《九日》詩云：『相逢不用忙歸去，明日黄花蝶也愁。』又詞云：『萬事到頭終是夢，休休，明日黄花蝶也愁。』吕居仁詩云：『尚惜故人輕作別，亂山深處過重陽。』又詞云：『短籬殘菊一枝黄，已是亂山深處過重陽。』皆兩用之。詩意脉絡貫穿，並優于詞，但居仁以『殘菊』于重陽言之，此一字爲病。《苕溪漁隱叢話》

苕溪漁隱曰：李潮《八分小篆歌》云：『蒼頡鳥迹既茫昧，字體變化如浮雲。陳倉石鼓又已訛，大小二篆生八分。秦有李斯漢蔡邕，中間作者寂不聞。嶧山之碑野火焚，棗木傳刻肥失真。苦縣光和尚骨立，書貴瘦硬方通神。』此詩敘書之顛末，可謂詳盡，後人筆力，豈能到此？而嶧山碑『棗木傳刻』之語，尤爲人所取信，往往引以爲證。故《集古録》云：『秦二世詔李斯篆，今俗謂之「嶧山碑」，《史記》不載其事，特大不類泰山存者。其本出于徐鉉，又有別本出于夏竦家。自唐封演已言嶧山碑非真，而杜甫直謂棗木傳刻爾。』《金石録》云：『秦嶧山刻石者，鄭文寶得其摹本于徐鉉家，刻石寘之長安，此本是也。唐封演《聞見記》載此碑云：「後魏太武帝登山，使人排倒之。然歷代摹之，以爲楷則。邑人疲于奔命，聚薪其下，以野火焚之，由是殘缺，不堪摹搨。然由求者不已。有縣宰取舊文勒于石碑之上，置之縣廨，今人間有嶧山碑者，是皆新刻之本。」而杜甫詩直以爲棗木傳刻者，豈又有别本與？泰山之梁山刻石，《集古録》以爲非真。』又云：『麻溼故學士于登州海上得片木，有此文，豈杜甫所謂棗木傳刻失真者耶？』此論非是。蓋杜甫指嶧山碑，非此文明矣。東坡《賦墨妙亭》詩云：『杜陵評書貴瘦硬，此論未公吾不憑。』蓋東坡學徐浩書，浩書多肉，用筆圓熟，故不取此語。殊不知唐初歐、虞、褚、薛，字皆瘦勁，故子美有『書貴瘦硬』之語，此非獨言篆字，蓋真字亦皆然也。《苕溪漁隱叢話》

《遯齋閒覽》云：『《荔枝譜》稱：「漢初南越王尉佗，以備方物。和帝時，交趾七年貢生荔枝。天寶中，涪州歲驛致之。」未嘗言及閩中者。今廣南、夔、梓所出，僅比閩中之下品。是真荔枝，自唐其名未著。今莆陽爲天下第一。然閩中佳者，六月方熟，其四月熟者，謂之「火山荔枝」。東坡有《四月十三日食荔枝》詩：「海山仙人絳羅襦，紅綃中單白玉膚。」予誦之，未嘗不愛其體物之工。然其後云：「似開江珧砍玉柱，更洗河豚烹腹腴。」予意東坡未嘗到閩中，亦不識真荔枝。其曰「四月十三日」，是特廣南火山者耳，故其比類，僅與魏文帝、庾信等同科。《荔枝譜》又云：「火山，本出廣南，四月熟，味甘酸而肉薄。閩中近亦有之，山在梧州。」按《寰宇記》云：「《嶺表録》：梧州府對岸西火山，山形高下大小，如桂林獨秀山。山下水澄，潭深無底。其火，每三更夜見于山頂，一更初見火起，匝其頂，如野燒，甚者廣十丈餘，食頃而息。或言其下水中有寶珠，光照于上。上有荔枝，四月先熟，以其地熱，故爲火山也。沈佺期詩：『身經火山熱，顔入瘴鄉低。』即此山也。」予按《宋之問集》有《早發韶州》一聯云：「身經火山熱，顔入瘴江消。」恐非佺期詩，蓋《寰宇記》之誤。』苕溪漁隱曰：東坡《四月十三日初食荔枝》詩，注云：『予嘗謂荔枝味厚、高格兩絶，果中無比，惟江珧柱、河豚魚近之耳。』又曰：『僕嘗問荔枝何所似？或曰：「荔枝似龍眼」，客皆笑其陋，實無所似也。僕曰：「荔枝似江珧柱」，應者皆憮然，僕亦不辨。』此可謂善于比類者，若魏文帝、庾信之蒲萄，乃至謬耳。《藝苑雌黄》殊無鑒裁，遂言東坡比類，僅與魏文帝庾信等同科。若言閩、廣荔枝，高下不同則可，若言東坡不善比類，則不可也。

《苕溪漁隱叢話》

《復齋漫録》云：『《唐書·禮樂志》：「帝幸驪山，楊貴妃生日，命小部張樂長生殿，因奏新曲，未有名，會南方進荔枝，因名曰荔枝香。」樂史所作《楊貴妃外傳》亦云：「新曲未有名，會南海進荔枝，因名焉。」故子美《病橘》詩云：「憶昔南海使，奔騰獻荔枝。百馬死山谷，到今耆舊悲。」又《解悶》詩云：「先帝貴妃今寂寞，荔枝還復入長安。炎方每續朱櫻獻，玉座應悲白露團。」按《唐志》以荔枝貢自南方，《楊妃外傳》爲南海，杜詩亦以爲南海及炎方，則明皇時進荔枝自嶺表明矣。東坡詩乃以「永元荔枝來交州，天寶歲貢取之涪」，張君房脞説以爲忠州，何耶？』當有辨其是非者。苕溪漁隱曰：予觀蔡君謨《荔枝譜》云：

『東京：交趾七郡貢生荔枝，十里一置，五里一堠，晝夜奔騰。有毒蟲猛獸之害。臨武長唐羌上書言狀，和帝詔大官省之。唐天寶中，妃子尤愛嗜，涪州歲命驛致之。時詩人多所稱詠，此張九齡賦之以托意。』又東坡《荔枝歎》云：『十里一置飛塵埃，五里一堠兵火催。顛坑仆谷相枕藉，知是荔枝龍眼來。飛車跨山鶻横海，風枝露葉如新採。宫中美人一破顔，驚塵濺血流千載。永元荔枝來交州，天寶歲貢取之涪。至今欲食林甫肉，無人舉觴酹伯游。』皆以荔枝天寶時貢自涪州。二公著譜、作詩，意欲傳于後世，其攷之必審，不應有誤。蓋唐都長安，視涪州爲正南，荔枝由子午谷路進入。《唐志》云『南方』，杜詩云『炎方』，悉指其方而言之也。若《病橘》詩、《妃子外傳》以爲『南海』，則道里遼遠，所記必誤。《復齋》信以爲然，過矣。《荔枝譜》又云：『洛南取于嶺南，長安來自巴蜀。』蓋涪、忠二州，俱爲巴蜀之地，境土相接。白居易嘗刺忠州，以其地多産荔枝，形于篇什，又圖而序之。予意君房《脞説》，因此遂言忠州也。居易《序》云：『荔枝若離本枝，一日而色變，二日而香變，三日而味變，四五日外色香味盡變去矣。』予頃在閩、廣，驗此語信然。矧傳置之遠，腐敗之餘，烏能適口也哉？《苕溪漁隱叢話》

苕溪漁隱曰：東坡《荔枝詞》云：『閩溪珍獻，過海雲帆來似箭。玉坐金盤，不貢奇葩四百年。輕紅釃白，雅稱佳人纖手擘。骨細肌香，恰似當年十八娘。』《荔枝譜》云：『十八娘荔枝，色深紅而細長，時人以少女比之。俚傳：閩王王氏，有女第十八，好噉此品，因而得名。其家今在城東報國院，家傍猶有此樹。』《譜》中又有『將軍荔枝』，云是五代間人，有爲此官者種之，後人以其官號其樹，而失其姓名之傳。東坡云：『惠州太守東堂祠，故相陳文惠公堂下，有公手樹荔枝一株，郡人謂「將軍樹」。今歲大熟，賞啖之餘，下逮吏卒。其高不可致者，縱猿取之。』詩云：『丞相祠堂下，將軍大樹傍。炎雲駢火實，瑞露酌天漿。爛紫垂先熟，高紅挂遠揚。分甘徧鈴下，也到黑衣郎。』豈將軍之號，偶爾同之耶？《苕溪漁隱叢話》

《藝苑雌黄》云：『昔人文章中，多以兄弟爲「友于」，以日月爲「居諸」，以黎民爲「周遺」，以子姓爲「詒厥」，以新婚爲「燕爾」，類皆不成文理。雖杜子美、韓退之，亦有此病，豈非徇俗之過耶？子美云「山鳥山花吾友于」，又云「友于皆挺拔」。退之云「豈謂詒厥無基址」，又云「爲爾惜居諸」。《後漢·史弼傳》云：「陛下隆于友于，不忍恩絶。」曹植《求通親親表》云：「今之否隔，友于同憂。」《晉史》贊論中，此類尤多。洪駒父云：「此歇後語也。頃有人年七十餘，置一侍婢，年三十，東坡戲之曰：『侍者方當而立歲，先生已是古稀年。』得無類是乎？」』苕溪漁隱曰：『友于』之語，自陶彭澤已自承襲用之，詩云：『一欣侍温顔，再見喜友于。』然則少陵蓋承之也。且歇後語，蘇、黄亦有之，蘇云：『伯時有道真吏隱，飲啄不羡山梁雌。』黄云：『斷送一生惟有，破除萬事無過。』然黄集此句對偶甚工，後山以爲妍而反嗜之，不以爲病也。又《遯齋閒覽》云：『東坡在豐城，有老人生子求詩，東坡問：翁年幾何？曰「七十」。翁之妻年幾何？曰：「三十」。戲作八句，警聯云：「聖善方當而立歲，乃翁已及古稀年。」今《藝苑》以爲有人年七十餘，置侍妾，仍竄易其詩。記事之誤有如此，當以《遯齋》爲正。』《苕溪漁隱叢話》

《藝苑雌黄》云：『遮莫』，俚語，猶言儘教也。自唐以來有之，故當時有『遮莫爾古時五帝，何如我今日三郎』之説，然詞人亦稍有用之者。杜詩云：『久拚野鶴同雙鬢，遮莫鄰雞唱五更。』李太白詩：『遮莫枝根長百尺，不如當代多還往。遮莫親姻連帝城，不如當身自簪纓。』元微之詩：『從兹罷馳鶩，遮莫寸陰斜。』東坡詩：『芒鞋竹杖布行纏，遮莫千山更萬山。』洪駒父詩：『圍棋争道未得去，遮莫城頭日西沉。』皆用此語。《苕溪漁隱叢話》

《藝苑雌黄》云：東坡《次王介甫韻》詩：『斫竹穿花破緑苔，小詩端爲覓榿栽。』又《送戴蒙赴玉局觀》詩：『芋魁徑尺誰能盡？榿木三年已足燒。』又《木山》詩：『一頃良田不難買，三年榿木可行樵。』『榿』字人少有識者，遍尋字書，亦皆無之。蜀中多此木，詢之蜀人，則相傳以爲『丘宜切』。按介甫絶句所謂『木有榿』者，與『移』字同押，則知『丘宜切』爲是也。按杜陵有《憑何十步府邕覓榿木栽》詩：『飽聞榿木三年大，與致溪邊十畝陰。』

注：『蜀人以榿爲薪，三年可燒。』又《堂成》詩：『榿林礙日吟風葉，籠竹和煙滴露梢。』注云：『榿木下材，止可充薪而已，惟蜀地最宜種。』《苕溪漁隱叢話》

《復齋漫録》云：『《送元二安西》絶句云：「渭城朝雨浥輕塵，客舍青青柳色新。勸君更盡一杯酒，西出陽關無故人。」李伯時取以爲畫，謂之《陽關圖》。予嘗以爲失。按《漢書》：「陽關去長安二千五百里。」唐人送客，西出都門三十里，特是渭城耳，今有渭城館在焉。據其所畫，當謂之《渭城圖》可也。東坡《題陽關圖》詩：「龍眠獨識慇懃處，畫出陽關意外聲。」皆承其失耳。山谷題此圖云：「渭城柳色關何事？自是離人作許悲。」然則詳味山谷詩意，謂之《渭城圖》宜矣。』苕溪漁隱曰：右丞此絶句，近世人又歌入《小秦王》，更名《陽關》，用詩中語也。舊本《蘭畹集》，載寇萊公《陽關引》，其語豪壯，送别之曲，當爲第一，亦以此絶句填入。詞云：『塞草煙光闊，渭水波聲咽。春朝雨霽，輕塵歇，征鞍發。指青青楊柳，又是輕攀折。動黯然，知有後會，甚時節？更盡一杯酒，歌一闋。歎人生最難歡聚易離别。且莫辭沉醉，聽取陽關徹。念故人，千里自此共明月。』東坡取此《蘭畹集》，不載此詞，何也？《苕溪漁隱叢話》

《金石録》云：『石鼓文，世傳周宣王刻石，史籀書。歐陽文忠公以謂今世所有漢桓、靈時碑，往往而在，距今未及千載，大書深刻，而磨滅者十有八九。自宣王時至今，實千有九百餘年，鼓文細而刻淺，理豈得存？以此爲可疑。予觀秦以前碑刻，如此鼓及《詛楚文》、泰山秦篆，皆粗石，如今世以爲碓臼者。石性既堅頑難壞，又不堪他用，故能存至今。漢以後碑碣，石雖精好，然易剥缺，又往往爲人取作柱礎之類。蓋古人用意深遠，事事有理，類如此。况此文字畫奇古，決非周以後人所能到。文忠公亦謂非史籀不能作，此論是也。』苕溪漁隱曰：韋蘇州《石鼓歌》云：『周宣大獵兮岐之陽，刻石表功兮煒煌煌。石如鼓形數止十，風雨缺訛苔蘚澁。今人濡紙脱其文，既擊既掃白黑分。忽開滿卷不可識，驚潛動蟄走云云。喘逶迤，相糾錯，乃是宣王之臣史籀作。』退之《石鼓歌》云：『周綱陵遲四海沸，宣王憤起揮天戈。鐫功勒成告萬世，鑿石作鼓隳嵯峨。從臣才藝成第一，揀選撰一作『譔』刻留山阿。』退之初不指言史籀所作。永叔《集古録》云：『至于字畫，亦非史籀不能作。』此蓋原蘇州之歌而云爾。蘇長公《鳳翔八觀石鼓》詩云：『憶昔周宣歌鴻雁，當時史籀變蝌蚪。』亦原于蘇州也。黄太史云：『石鼓文筆法，如珪璋特達，非後人所能贗作。熟觀此書，可得正書行草法，非老夫臆説，蓋王右軍亦云爾。』《苕溪漁隱叢話》

苕溪漁隱曰：予觀《詛楚文》，茫然初不知其顛末，及讀《集古録》、《金石録》跋尾、蘇長公詩，然後知之。《集古録》云：『秦祀巫咸神文，今流俗謂之「詛楚文」，其言首述秦穆公與楚成王事，遂及楚王熊相之罪。』按司馬遷《史記·世家》，自成王以後，王名有熊良夫、熊適、熊槐、熊元，而無熊相。據文言穆公與成王盟好，而後云倍十八世之詛盟。今以《世家》考之，自成王十八世爲頃襄王。而頃襄王名横，不名熊相。又以《秦本紀》與《世家》參較，自楚平王娶婦于秦昭王時，吴伐楚，而秦救之。其後歷楚惠、簡、聲、悼、肅五王，皆寂不與秦相接。而宣王熊良夫時，秦始侵楚。至懷王槐、頃王横，當秦惠文王及昭襄王時，秦、楚屢相攻伐，則此文所載，非懷王則頃襄王也，而名皆不同。又以十八世數之，則當是頃襄王。然熊相之名，理不宜謬。《史記》或失之爾。疑「相」傳寫爲「横」也。』蘇長公云：『《詛楚文》碑，獲于鳳翔開元寺土下，今在太守便廳。秦穆公葬于雍橐泉祈年觀下，今墓在開元寺之東南數十步，則寺豈非祈年觀之故基耶？』詩云：『峥嶸開元寺，仿佛祈年觀。舊築掃成空，石碑埋不爛。《詛書》雖可讀，字法嗟久换。』詞云：『秦嗣王，敢使祝用瓚。先君穆公世，與楚約相捍。質之于巫咸，萬葉期不叛。今其後嗣王，乃敢謀多難。刳胎殺無罪，親族遭圉絆。計其所稱數，何啻桀紂亂。吾聞古秦俗，面詐背不汗。豈惟公子卬，社鬼亦遭謾？遼哉千歲後，發此一笑粲。』《金石録》云：『秦《詛楚文》，予所藏凡有三本：其一祀巫咸，舊在鳳翔府廨，今歸御府，此本是也；其一祀大沈久湫，藏于南京蔡氏；其一祀亞駝，藏于洛陽列氏。秦以前遺迹，見于今者絶少。此文皆出于近世，而刻畫完好，文詞字札，奇古可喜。元祐間，張芸叟侍郎、黄魯直學士，皆以今文訓釋之，然小有異

同。』《苕溪漁隱叢話》

《復齋漫録》云：元微之詩：『爾生不我待，我願裁爲琴。宫絃春似君，君若春日臨。商絃廉似臣，臣作旱天霖。』蓋取《史記》：『騶忌子聞齊威王鼓琴而爲説曰：「大絃濁以春温者，君也。小絃廉折以清者，相也。」』《西清詩話》乃云：『吴僧義海，琴妙天下，而東坡聽惟賢琴，有「大絃春温和且平，小絃廉折亮以清」之句。』至謂東坡未知琴趣。不獨琴爲然，殊不知亦取騶琴之事耳？可謂不學。《苕溪漁隱叢話》

苕溪漁隱曰：『天街小雨潤如酥，草色遥看近卻無。最是一年春好處，絶勝煙柳滿皇都。』此退之《早春》詩也。『荷盡已無擎雨蓋，菊殘猶有傲霜枝。一年好景君須記，最是橙黄橘緑時。』此東坡《初冬》詩也。二詩意思頗同而詞殊，皆曲盡其妙。《苕溪漁隱叢話》

全宋詩話卷三十九

蘇軾十二

許彦周《詩話》云：『聯句之盛，退之、東野、李正封也。《城南》聯句云：「紅皺晒簷瓦，黄團繫門衡」，是説甘棗與瓜蔞，讀之想見西北村落間氣象。《征蜀》聯句云：「刑神咤犛旄，陰焰颭犀札」，盡雕刻之工，而語仍壯。李正封善押韻，如《從軍》聯句，押「大水沙囊涸」，皆不可及。』苕溪漁隱曰：東坡《游蜀岡次蘇伯固韻》詩，造語全效退之《城南》聯句。其詩云：『新苗未没鶴，老葉初翳蟬。緑渠浸麻水，白板燒松煙。笑窺有紅頰，醉卧皆峰顛。家家機杼鳴，樹樹梨棗懸。』雖退之筆力，殆無以過之。《苕溪漁隱叢話》

《復齋漫録》云：子厚《寄劉夢得》詩：『書成欲寄庾安西，紙背應勞手自題。聞道近來諸子弟，臨池尋已厭家雞。』蓋其家有右軍書，每紙背庾翼題云：『王會稽六紙。』其詩謂此也，故夢得有酬家雞之贈，乃答前詩，非子厚作也。其中有『柳家新樣元和脚』，人竟不曉，高子勉舉以問山谷，山谷云：『取其字製之新。昔元豐中，晁无咎作詩文極有聲，陳無己戲之曰：「聞道新詞能入樣，湘州紅纈鄂州花。」蓋湘州纈、鄂州花也。則「柳家新樣元和脚」者，其亦此類與。』予頃見徐仙者效山谷書，而無己以詩寄之曰：『蓬萊仙子補天手，筆妙詩清萬世功。肯學黄家元祐脚，信知人厄非天窮。』則知山谷之言無可疑。最後見東坡《柳氏求筆迹》詩：『君家自有元和手，莫厭家雞更問人。』其理雖同，但『手』字爲異。《苕溪漁隱叢話》

苕溪漁隱曰：東坡詩：『春濃睡足午窗明，想見新茶如潑乳。』又云：『新火發茶乳』，此論皆得茶之正色矣。至《贈謙師點茶》則云：『忽驚午盞兔毫斑，打作春甕鵝兒酒。』蓋用老杜詩：『鵝兒黄似酒，對酒愛鵝兒。』若是，則其色黄，烏得爲佳茗矣？今《東坡前集》不載此詩，想自知其非，故删去之。《苕溪漁隱叢話》

《詩説雋永》云：贊皇好石，有《謝臨海守寄石》詩云：『聞君採奇石，翦斷赤城霞。』牛奇章亦好石，洛中關地多得之，刻文可辨。近世東坡亦好之，有仇池石，程德孺所遺。其詩云：『慇懃嶠南使，餽餉淮東牧。』即今英石也。《苕溪漁隱叢話》

苕溪漁隱曰：東坡于平山後圃，得黑石白脉，如蜀孫知微所畫，石間奔流，盡水之變，名之曰『雪浪石』。有詩云：『畫師争摹雪浪勢，天工不見雷斧痕。』又以湖口李正臣所蓄石，九峰玲瓏宛轉，若窗櫺然，名之曰『壺中九華』。後歸自嶺南，欲買此石，與仇池爲偶，已爲好事者取去，賦詩有『尤物已隨清夢斷』之句。蓋用劉夢得《九華山歌》云：『九華山，自是造化一尤物，焉能藉甚乎人間。』《苕溪漁隱叢話》

苕溪漁隱曰：夢得《觀棊歌》云：『初疑磊落曙天星，次見搏擊三秋兵。雁行布陣衆未曉，虎穴得子人皆驚。』予嘗愛此數語，能模寫奕棊之趣。夢得必高于手談也。至東坡觀棋則云：『勝固欣然，敗亦可喜。優哉游哉，聊復爾耳。』蓋東坡不解棋，不究此味也。《苕溪漁隱叢話》

《藝苑雌黄》云：南方競渡，治其舟使輕利，謂之『飛鳧』，又曰『水車』，又曰『水馬』。相傳以爲始于越王勾踐，蓋斷髮文身之俗，習水而好戰，古有其風。而《荆楚歲時記》則曰：『五月五日，爲屈原投汨羅江。人傷其死，並將舟檝拯之，至今爲俗。』然考之《懷沙賦》，則曰：『滔滔孟夏兮，草木莽莽。傷懷永哀兮，汨徂南土。』似非五月五日。豈原以孟夏徂南，至五日方赴淵乎？未可知也。夢得《競渡曲》云：『沅江五月平隄流，邑人相將浮綵舟。靈均何年歌已矣，哀謡振檝從此起。』夢得蓋以此爲屈原事。《初學記》説筒粽事，引《續齊諧記》曰：『屈原五月五日，自投汨羅而死。楚人哀之，每至此日，以竹筒貯米，投水祭之。漢建武中，長沙歐回，白日見一人，自稱「三閭大夫」，謂回曰：「見祭甚善，常苦蛟龍所竊。可以楝葉塞其上，以綵絲纍縛之，二物爲蛟龍所畏。」』東坡嘗作《皇太后閤端午帖子》云：『翠筒初窒楝，薌黍復纏菰。水殿開冰鑒，瓊漿凍玉壺。』注云：『新筒裹練，明皇《端午詩序》也。蓋取吴筠《續齊諧記》。今行于世，與明皇所用蓋同。徐堅集《初學記》，引筠此説，乃作「楝葉」，豈傳寫之誤耶？』東坡之意，蓋謂『楝』當作『練』也。《苕溪漁隱叢話》

《脞説》云：『商玲瓏，餘杭歌者。樂天作郡日，賦歌與之云：「罷胡琴，掩秦瑟，玲瓏再拜歌初畢。誰道使君不解歌？聽唱黄雞與白日。黄雞催曉丑時鳴，白日催年酉時没。腰間紫綬繫未穩，鏡裡朱顔看已失。玲瓏玲瓏奈老何，使君歌罷汝還歌。」時元微之在越州，厚幣邀至月餘，使盡歌所唱之曲，作詩送行，兼寄樂天云：「休遣玲瓏唱我辭，我辭多是寄君詩。卻向江邊整回櫂，月落潮平是去時。」』苕溪漁隱曰：東坡用此歌，《夜飲次韻畢推官》云：『紅燭照庭嘶騕褭，黄雞催曉唱玲瓏。』又《次韻蘇伯固主簿重九日》云：『只有黄雞與白日，玲瓏應識使君歌。』又樂天《與劉十九同宿》詩：『紅旗破賊非吾事，黄紙除書無我名。惟共嵩陽劉處士，圍棋賭酒到天明。』故東坡《題杜介熙熙堂》云：『白沙碧玉味方永，黄紙紅旗心已灰。』『白沙碧玉』事，見《續神仙傳》。《苕溪漁隱叢話》

苕溪漁隱曰：《九日》云：『曾共山公把酒卮，霜天白菊滿階墀。十年泉下無消息，九日樽前有所思。不學漢臣栽苜蓿，空教楚客詠江蘺。郎君官貴施行馬，東閣無人得再窺。』《古今詩話》云：『李商隱依令狐楚，以牋奏受知。後其子綯，有韋平之拜，浸疏商隱。其後重陽日，商隱造其廳事，題此詩。綯覩之，慚悵，鎖此廳，終身不處。』又《唐史》本《傳》云：『令狐楚奇其文，使與諸子游。楚徙天平、宣武，皆表署巡官，後從王茂元之辟，其子綯以爲忘家之恩，放利偷合，謝不通。綯當國，商隱歸窮，綯憾不置。』則商隱此詩，必此時作也。若《古今詩話》以謂『綯有韋平之拜，浸疏商隱』，其言殊無所據，予故以本《傳》證之。但綯父名楚，商隱又受知于楚，詩中有『楚客』之語，題于廳事，更不避其家諱，何耶？東坡《九日》云：『聞道郎君閉東閣，且容老子上南樓。』又云：『南屏老宿閒相過，東閣郎君懶重尋。』皆用商隱語也。《苕溪漁隱叢話》

《談苑》云：『予知制誥日，與余恕同考試。恕曰：「夙昔師範徐騎省爲文，騎省有《徐孺子亭記》，其警句云：『平湖千畝，凝碧乎其下。西山萬疊，倒影乎其中。』他皆常語。近得舍人所作《涵虚閣記》，終篇皆奇語，自渡江來，未嘗見此，信一代之雄文也。」其相推如此。因出義山詩共讀，酷愛一絶云：「珠箔輕明拂玉墀，披香新殿鬭腰肢。不須看盡魚龍戲，終遣君王怒偃師。」擊節稱歎曰：『古人措辭寓意，如此之深妙，令人感慨不已。」』苕溪漁隱曰：東坡《快哉亭》詞云：『一千頃都鏡浄倒碧峰』，用徐騎省語意也。《苕溪漁隱叢話》

苕溪漁隱曰：王建云：『閉門留野鹿，分食與山雞。』魏野云：『洗硯魚吞墨，烹茶鶴避煙。』二人之詩，巧欲摹寫山居意趣，第理有當否。如建所言二物，何馴狎如許，理必無之。如野所言，雖未必皆然，理或有之。至若少陵云：『得食階除鳥雀馴』，東坡云：『爲鼠長留飯，憐蛾不點燈』，皆當于理，人無得以議之矣。《苕溪漁隱叢話》

《麗情集》云：『太和末，杜牧自侍御史出佐沈傳師宣城幕，雅聞湖州爲浙西名郡，風物妍好，且多麗色，往游之。時刺史崔君，亦牧之素所厚者，頗喻其意，凡籍之名妓，悉爲致之。牧殊不愜所望，史君復候其意，牧曰：「願得張水戲，使州人畢觀之。俟其雲合，牧當間行寓目，冀此際或有閲焉。」史君大喜如其言，至日，兩岸觀者如堵。迨暮，竟無所得。將罷，忽有里姥引髽髻女年十餘歲，牧熟視之，曰：「此真國色也。」因使語其姥，將致舟中。姥、女皆懼，牧曰：「且不即納，當爲後期。吾十年必爲此郡，若不來，乃從所適。」因以重幣結之。尋拜黄、池二州，皆非意也。洎周墀入相，牧以其素善，乃併上牋乞于墀守湖州。大中三年，移授湖州刺史，比至郡中，十四年所約之姝，已從人三載而生二子矣。牧即政之夕，亟使人召之，夫母懼其見奪也，因携幼以詣之。牧詰其母曰：「曩許我矣，何爲適人？」母拜曰：「向約十年不來而後嫁，嫁已三年矣！」牧俛首曰：「辭也直，强之不祥。」乃禮而遣之，因爲悵别詩曰：「自恨尋芳到已遲，往年曾見未開時。如今風擺花狼藉，緑葉成陰子滿枝。」』苕溪漁隱曰：顔魯公《題謝公塘碑陰》云：『太保謝公，東晉咸和中，以吴興山水清遠，求典此郡。』故東坡《將之湖州戲贈莘老》詩云：『亦知謝公到郡久，應怪杜牧尋春遲。鬢絲只好對禪榻，湖亭不用張水嬉。』《苕溪漁隱叢話》

《古今詩話》云：『牧之爲御史，分司洛陽。時李司徒罷政閒居，聲妓爲當時第一。一日開筵，朝士臻赴，以杜嘗持憲，不敢邀飲。杜諷坐客達意，願預斯會。李馳書，杜聞命遂赴會。中有妓百餘，皆絶色殊藝。杜獨坐妓行，瞪目注視，滿飲三卮，問李曰：「聞有紫雲者，孰是？」李指示之。杜凝睇良久曰：「名不虚得，宜以見惠。」李俯首而笑，諸妓亦皆回首破顔。杜又自飲三爵，朗吟而起曰：「華堂今日綺筵開，誰喚分司御史來？忽發狂言驚四座，兩行紅粉一齊回。」意氣閒逸，傍若無人。』苕溪漁隱曰：東坡聞李公擇飲傅國博家，大醉，有詩云：『不肯醒醒騎馬回，玉山知爲玉人頽。紫雲有語君知否？莫喚分司御史來。』即此事也。又《侍兒小名録》云：『兵部李尚書樂妓崔紫雲，詞華清峭，眉目端麗。李公爲尹東洛，宴客將酣，杜公輕騎而來，連飲三觥，謂主人曰：「嘗聞有能篇詠紫雲者，今日方知名不虚得。倘垂一惠，無以加焉。」諸妓回頭掩笑。杜作前詩，詩罷，上馬而去。李公尋以紫雲贈之。紫雲臨行獻詩：「從來學製斐然詩，不料霜臺御史知。忽見便教隨命去，戀恩腸斷出門時。」』《侍兒小名録》不載此事出于何書，疑好事者附會爲之也。《苕溪漁隱叢話》

苕溪漁隱曰：《唐史》載，王播父恕，爲揚州倉曹參軍，遂家焉。播少孤貧，嗜權利。穆宗立，權倖競進，播賴其力至宰相，不厭人望，出爲淮南節度使，仍領鹽鐵。是時，南方旱歉，人相食，播掊斂不少衰，民怨之。按《古今詩話》云：『王播少孤貧，嘗客揚州惠昭寺木蘭院，隨僧齋餐，僧頗厭之，及播至，已飯矣。後二紀，播自重位鎮是邦，因訪舊游向所題，以碧紗籠之。播題二絶云：「二十年前此院游，木蘭花發院初修。而今再到經行處，樹老花無僧白頭。」「上堂已了各西東，慚愧闍黎飯後鐘。二十年來塵撲面，而今始得碧紗籠。」』以《唐史》攷之，則《古今詩話》所言「播少孤貧，嘗客揚州，後自重位鎮是邦」，皆與《唐史》合。又按東坡云：『世傳王播飯後鐘詩，蓋揚州石塔寺事也，相傳如此。』戲作詩云：『饑眼眩東西，詩腸忘早晏。雖知燈是火，不悟鐘非飯。山僧異漂母，但可供一莞。胡爲二十年，記憶作此訕。齋廚養若人，無益祇遺患。乃知飯後鐘，闍黎蓋具眼。』其貶之至矣。《苕溪漁隱叢話》

《江夏辨疑》云：『州之有樓，著稱于江湖之間，如江之「庚公」，岳之「岳陽」，鄂之「黄鶴」是也。然則「黄鶴」多以爲費禕昇仙之地，故永泰初閻伯理爲之記曰：「州城西南隅，有黄鶴樓者。《圖經》云：費禕登仙，駕黄鶴返憩于此，遂以名樓。事列神仙之傳，迹存述異之志。」予按《蜀志》，費禕爲魏降人郭循所害，則禕固不得其終，安有駕鶴而憩此者也？梁任昉《述異記》曰：「荀瓌，字舒偉，潛棲卻粒，嘗東游，憩江夏黄鶴樓上。望西南有物，飄然降自霄漢，俄頃已至，乃駕鶴之仙也。鶴止户側，仙者就席，羽衣紅裳，賓主歡對，已而辭去，跨鶴騰空，眇然而滅。」雖然，昉有是説，而亦未嘗言禕也，不知伯珵何以爲據？州城之東十里許，其最高聳而秀者，是爲黄鶴山。祥符中所修《圖經》，稱《方輿記》云：「昔有仙人，駕黄鶴于此山，因以爲名。」今自樓以西，可六七步，有磯焉，即庾子山賦所謂「落帆黄鶴之浦」也，故魏彦淵注引《荆州記》曰：「江夏郡西大江，有黄鶴磯，後人建樓，既俯磯上，故不更别名耳。」』苕溪漁隱曰：崔顥《題黄鶴樓》詩，亦以爲費禕昇仙之地，承襲謬誤，不復攷正，故其詩云：『昔人已乘白雲去，此地空餘黄鶴樓。黄鶴一去不復返，白雲千載空悠悠。』東坡因李公擇求黄鶴樓詩，以舊記所聞于馮當世者，與《江夏辨疑》全異，故録于後。云：『黄鶴樓前月滿川，抱關老卒饑不眠。夜聞三人笑語言，羽衣著屐響空山。非鬼非人意其仙，石扉三扣聲清圓。洞中鏗鈜落門關，縹緲入石如飛煙。雞鳴月落風馭還，迎拜稽首願執鞭。汝非其人骨腥羶，黄金乞得重莫肩。持歸包裹弊席氊，夜穿茅屋光射天。閭里來觀已變遷，似石非石鉛非鉛。或取而有衆忿喧，訟歸有司今幾年。無功暴得喜欲顛，神人戲汝真可憐。願君爲考然不然，此語可信馮公傳。』《苕溪漁隱叢話》

《復齋漫録》云：《漢皋詩話》謂杜詩『東閣官梅動詩興，還如何遜在揚州』，今本《傳》不見揚州事。遜《早梅》詩云：『荒園標物序，驚時最是梅。啣霜當路發，映雪擬寒開。枝橫卻月觀，花遶凌風臺。朝洒長門泣，夕駐臨邛杯。應知早飄落，故逐上春來。』此詩見《初學記》，杜詩所用，非爲此也。《三輔決録》云：『遜在揚州，見官梅亂發，賦四言詩，人爭傳寫。』故東坡詩云：『何遜揚州又幾年，官梅詩思故依然。』《苕溪漁隱叢話》

苕溪漁隱曰：陳敏政《遯齋閒覽》云：『荆公在金陵，有《和徐仲文顰字韻詠梅》詩二首。東坡在嶺南，有《暾字韻詠梅》詩三首，皆韻險而語工，非大手筆不能到也。』余以《臨川集》、《東坡後集》細細味之，『顰』字韻二首，亦未是荆公平日得意詩。其一云：『額黄映日明飛燕，肌粉含風冷太真。』其一云：『肌冰綽約如姑射，膚雪參差是玉真。』其餘亦別無奇特句。至若東坡『暾』字韻三首，皆擺落陳言，古今人未嘗經道者。三首並妙絶，第二首尤奇，詩云：『羅浮山下梅花村，玉雪爲骨冰作魂。紛紛初疑月掛樹，耿耿獨與參橫昏。先生索居江海上，悄如病鶴棲荒園。天香國豔肯相顧，知我酒熟詩情溫。蓬萊宫中花鳥使，緑衣倒掛扶桑暾。抱叢窺我方醉卧，故遣啄木先敲門。麻姑過君急洒掃，鳥能歌舞花能言。酒醒人散山寂寂，惟有落蘂點空樽。』注云：『嶺南珍禽，有「倒掛子」，緑毛紅喙，如鸚䳇而小，自海東來，非塵埃間物也。』又有《西江月・梅》詞云：『海仙時遣探芳叢，倒掛緑毛么鳳。』亦謂此耳。《苕溪漁隱叢話》

苕溪漁隱曰：《古樂府》：『梅花落。』蘇子卿云：『祇言花似雪，不悟有香來。』王介甫

《詠梅》云：『遥知不是雪，惟有暗香來。』韓子蒼《詠梅》云：『那知是花處，但覺暗香來。』介甫、子蒼，雖襲子卿之詩意，然思益精而語益工也。東坡詩云：『去年今日關山路，細雨梅花正斷魂。』子蒼詩：『只度關山魂已斷，何須疏雨溼梅花。』此蓋反東坡之意，但爲關山斷魂，卻無佳思也。《苕溪漁隱叢話》

《元城先生語録》云：『先生呼温公則曰「老先生」，呼荆公則曰「金陵」。老先生居洛，先生從之蓋十年。先生于國子監之側，得故營地創獨樂園，自傷不得與衆同也。以當時君子，自比伊、周、孔、孟，公乃以種竹澆花等事，自比晉唐間人，以救其弊也。獨樂園子吕直者，性愚鯁，故公以直名之。有草屋兩間，在園門側。然獨樂園在洛中諸園，最爲簡素，人以公之故，春時必游。洛中例，看園子所得茶湯錢，閉園日與主人平分之。一日，園子吕直得錢十千，肩來納，公問其故，以例對，曰：「此自汝錢，可持去。」再三欲留，公怒，遂持去，回顧曰：「只端明不愛錢者。」十許日，公見園中新創一井亭，問之，乃前日不受十千所創也，公頗多之。』苕溪漁隱曰：東坡有詩云：『士方在田里，自比渭與莘。出試乃大謬，芻狗難重陳。』與元城所云：『當時君子，自比伊、周、孔、孟』，意皆誚金陵也。《苕溪漁隱叢話》

《藝苑雌黄》云：《南史》：『張融作《海賦》成，示顧凱之，凱之曰：「此賦實超元虚，但恨不道鹽耳。」融因命筆益之云：「漉沙成白，熬波出素。積雪中春，飛霜暑路。」』東坡

《雪》詩押『鹽』字一聯：『漁蓑句好真堪畫，柳絮才高不道鹽。』學者徒知柳絮撒鹽，用謝安故事，殊不知『不道鹽』三字，亦有來處也。《苕溪漁隱叢話》

《復齋漫録》云：東坡《雨中明慶賞牡丹》云：『霏霏雨霧作清妍，爍爍明燈照欲燃。明日春陰花未老，故應未忍著酥煎。』又云：『千花與百草，共盡無妍鄙。未忍汙泥沙，牛酥煎落蕋。』孟蜀時，兵部尚書李昊，每將牡丹花數枝分遺朋友，以牛酥同贈，且曰：『俟花彫謝，即以酥煎食之，無棄穠豔。』其風流貴重如此。《苕溪漁隱叢話》

東坡云：揚州芍藥，爲天下冠。蔡繁卿爲守，始作萬花會，用花十餘萬株。既殘諸園，又更因緣爲姦，民大病之。予始至，問民疾苦，以此爲首，遂罷之。花本洛陽故事，亦必爲民害也，會當有罷之者。錢惟演爲留守，始置驛貢洛陽花，識者鄙之：『此宮妾愛君之道也。』故《次韻林子中春日見寄》詩云：『爲報年來殺風景，連江夢雨不知春』，以此也。《苕溪漁隱叢話》

苕溪漁隱曰：東坡言：『世傳王迥子高與仙人周瑶英游芙蓉城。元豐元年三月，予始識子高，問之信然。乃作此詩。』云：『芙蓉城中花冥冥，誰其主者石與丁。珠簾玉案翡翠屏，雲舒霞卷千娉婷。中有一人長眉青，炯如微雲澹疏星。往來三世空鍊形，竟坐誤讀《黄庭經》。天門夜開飛爽靈，無復白日乘雲軿。俗緣千劫磨不盡，翠被冷落凄餘馨。因過緱山朝帝廷，夜聞笙簫弭節聽。飄然而來誰使令？皎如明月入窗櫺。忽然而去不可執，寒衾虛幌風泠泠。仙宫洞房本不扃，夢中同躡鳳凰翎。徑度萬里如奔霆，玉樓浮空聳亭亭。天書雲篆誰所銘？遶樓飛步高竛竮。仙風鏘然韻流鈴，蘧蘧雲開如酒醒。芳卿寄謝空丁寧，一朝覆水不返瓶。羅巾别淚空熒熒，春風花開秋葉零。世間羅綺紛羶腥，此生流浪隨滄溟，偶然相值兩浮萍。願君收視觀三庭，勿與嘉穀生蝗螟。從渠一念三千齡，下作人間尹與邢。』東坡此詩，最爲流麗，故秦太虚《與東坡簡》云：『素紙一軸，敢冀醉後揮掃近文，并《芙蓉城》詩，時得把玩，以慰馳情。』《苕溪漁隱叢話》

《冷齋夜話》云：荆公言：『前輩詩「風定花猶落」，静中見動意。「鳥鳴山更幽」，動中見静意。』山谷云：『此老論詩，不失解經旨趣，亦可怪耳。唐人詩有曰「海月生殘夜，江春入暮年」者，置早意于殘曉中。又曰「驚蟬移别樹，鬬雀墮閒庭」者，置静意于喧動中。』東坡作《眉子研》詩：『君不見成都畫手開十眉，横雲却月争新奇。游人指點小顰處，中有漁陽胡馬嘶。』用此微意也。《苕溪漁隱叢話》

《西清詩話》云：元豐中，王文公在金陵。東坡自黄北遷，日與公游，盡論古昔文字，閒即俱味禪説。公歎息謂人曰：『不知更幾百年，方有如此人物？』東坡渡江，至儀真，《和游蔣山》詩，寄金陵守王勝之益柔。公亟取讀之，至『峰多巧障日，江遠欲浮天』，乃撫几曰：『老夫平生作詩，無此二句。』又在蔣山時，以近製示東坡，東坡云：『若「積李兮縞夜，崇桃兮炫晝」，自屈、宋没世，曠千餘年，無復《離騷》句法，乃今見之。』荆公曰：『非子瞻見諛，自負亦如此。然未嘗爲俗子道也。』《苕溪漁隱叢話》

潘子真《詩話》云：東坡得請宜興，道過鍾山，見荆公。時公病方愈，令坡誦近作，因爲手寫一通以爲贈。復自誦詩，俾坡書以贈己。仍約坡卜居秦淮。故坡和公詩云：『騎驢渺渺入荒陂，想見先生未病時。勸我試求三畝宅，從公已覺十年遲。』《苕溪漁隱叢話》

王直方《詩話》云：荆公始爲集句，多者至數十韻，往往對偶親于本詩。蓋以誦古今人詩多，或坐中率然而成，始可以爲貴也，其後多有效之者。孔毅甫嘗集句贈東坡，東坡戲次韻云：『羡君戲集他人詩，指呼市人如使兒。天邊鴻鵠不易得，便令作對隨家雞。退之驚笑子美泣，問君久假何時歸？世間好句世人共，明月自滿千家墀。』《苕溪漁隱叢話》

《西清詩話》云：少陵文自古奥，如『九天之雲下垂，四海之水皆立。』『忽翳日而翻萬象，卻浮空而留六龍。』其語磊落驚人。或言無韻者不可讀，是大不然。東坡有《美堂》詩云：『天外黑風吹海立，浙東飛雨過江來。』蓋出此也。《苕溪漁隱叢話》

東坡云：先友史經臣彦輔，謂予：『阮籍登廣武而歎曰：「時無英雄，使竪子成名。」豈謂沛公「竪子」乎？』予曰：『非也。傷時無劉、項也。「竪子」指魏晉間人耳。』其後予游京口甘露寺，寺有孔明、孫權、梁武、李德裕之遺迹，予感之賦詩，其略曰：『四雄皆龍虎，遺迹儼未刓。方其盛壯時，争奪肯少安？廢興屬造物，遷逝誰控摶？况彼妄庸子，而欲事所難。聊興廣武歎，不待雍門彈。』則猶此意也。今日讀李白《登廣武古戰場》詩云：『沉湎呼豎子，狂言非至公。』乃知李太白亦誤認嗣宗，語與先友之言無異也。嗣宗雖放蕩，本有志于世，以魏晉間多故，一放于酒耳。何至以沛公爲豎子乎？《苕溪漁隱叢話》

《緗素雜記》云：《西清詩話》言：『王君玉謂人曰：詩家不妨間用俗語，尤見工夫。雪止未消者，俗謂之「待伴」，嘗有《雪》詩：「待伴不禁鴛瓦冷，羞明常怯玉鈎斜。」「待伴」、「羞明」，皆俗語，而採拾入句，了無痕纇，此點瓦礫爲黄金手也。』予謂非特此爲然，東坡亦有之：『避謗詩尋醫，畏病酒入務。』又云：『風來震澤帆初飽，雨入松江水漸肥。』『尋醫』、『入務』、『風飽』、『水肥』，皆俗語也。又南人以飲酒爲『軟飽』，北人以晝寢爲『黑甜』，故東坡云：『三盃軟飽後，一枕黑甜餘。』此亦用俗語也。《苕溪漁隱叢話》

《漫叟詩話》云：『南唐僧謙明，中秋得句云：「此夜一輪滿，清光何處無？」先得上句，次年秋方得下句。嘗見《使燕録》云：「惟中秋天色陰晴，與夷狄同。」』苕溪漁隱曰：東坡《中秋月》詩云：『嘗聞此宵月，萬里同陰晴。』注云：『故人史生爲予言：嘗見海賈云：「中秋有月，則是歲珠多而圓，常以此候之。」雖相去萬里，他日會合相問，陰晴無不同者。』是説與《使燕録》相合，因附之。《苕溪漁隱叢話》

苕溪漁隱曰：六一居士守汝陰日，因雪會客賦詩，詩中『玉』、『月』、『梨』、『梅』、『練』、『絮』、『白』、『舞』、『鵝』、『鶴』、『銀』等事，皆請勿用。詩曰：『新陽力微初破萼，客陰用壯猶相薄。朝寒稜稜風莫犯，暮雪緌緌止還作。驅馳風雲初慘淡，炫晃山川漸開廓。光芒可愛初日照，潤澤終爲和氣爍。美人高堂晨起驚，幽士虛窗静聞落。酒壚成徑集缾罌，獵騎尋蹤得狐貉。龍蛇掃起斷復續，猊虎團成呀且攫。共貪終歲飽麰麥，豈恤空林饑鳥雀。沙墀朝賀迷象笏，桑野行歌没芒屩。乃知一雪萬人喜，顧我不飲胡爲樂？坐看天地絶氛埃，使我胸襟如洗瀹。脱遺前言笑塵雜，搜索萬象窺冥漠。潁雖陋邦文士衆，巨筆人人把矛槊。自非我爲發其端，凍口何由開一噱？』其後，東坡居士出守汝陰，禱雨張龍公祠，得小雪，與客會飲聚星堂。忽憶歐陽文忠公作守時，雪中約客賦詩，禁體物語，于艱難中特出奇麗，爾來四十餘年，莫有繼者。僕以老門生繼公後，雖不足追配先生，而賓客之美，殆不減當時。公之二子，又適在郡，故輒舉前令，各賦一篇。詩曰：『窗前暗響鳴枯葉，龍公試手行初雪。映空先集疑有無，作態斜飛正愁絶。衆賓起舞風竹亂，老守先醉霜松折。恨無翠袖點横斜，衹有孤燈照明滅。歸來尚喜更鼓暗，晨起不待鈴索掣。未嫌長夜作衣稜，卻怕初陽生眼纈。欲浮大白追餘賞，幸有回飈驚落屑。模糊檜頂獨多時，歷亂瓦溝裁一瞥。汝南先賢有故事，醉翁詩話誰續説？當時號令君聽取，白戰不許持寸鐵。』自二

公賦詩之後，未有繼之者，豈非難措筆乎？《苕溪漁隱叢話》

《漫叟詩話》云：『王綸女爲鬼所憑，有《雪》詩云：「何事月娥欺不在，亂飄端葉向人間。」説云天上有端木，開花六出。』苕溪漁隱曰：東坡《雪》詩有『薝蔔無香散六花』之句，注云：『薝蔔，梔子花也，與雪花皆六出。』蓋亦猶王綸女《雪》詩，以端木開花六出，遂以比雪花之六出耳。山谷乃謂東坡未極其趣，曰：『薝蔔花，即今山梔子花也。染梔子花六出，雖香不濃郁。山梔子花八出，一株可香一園。佛説：「譬如入薝蔔林中，惟齅薝蔔，不齅餘香。」于此可驗。』予謂山谷此説殊穿鑿，東坡止言梔子花六出，以比雪花六出而已，初不論其香之有異。兼梔子花只有一種，即無『染梔子』、『山梔子』二種，但其地有肥瘠，故開花有大小，皆是六出，亦無八出者，其香悉濃郁。佛書止言『如入薝蔔林中』，何嘗分一株之異乎？《苕溪漁隱叢話》

苕溪漁隱曰：東坡《雪》詩，有『飛花又舞謫仙簷』之句。予讀李謫仙詩：『好鳥迎春歌後院，飛花送酒舞前簷。』恐或用此事也。『應慚落地梅花識，故作漫天柳絮飛。』世傳王淡交雪句：『似梅花落地，如柳絮因風。』與坡詩全相類，豈偶然耶？『遺蝗入地應千尺，宿麥連雲有幾家？』蓋蝗遺子于地，若雪深一尺，則入地一丈，麥得雪則資茂而成稔歲，此老農之語也。故東坡皆收拾入詩句，殆無餘蘊矣。予亦嘗有《春雪》鄙句：『潤資宿麥兩

歧秀，寒勒新花幾信風。』」《苕溪漁隱叢話》

《元城先生語録》云：『安世之北歸，與東坡同途，兩舟相銜，未嘗三日不相見。嘗記東坡言少年時，與其父并弟同讀富鄭公《使北語録》，至于「説大遼國主云：『用兵則士馬物故，國主受其害，爵賞日加，人臣獲其利。故凡北朝之臣勸用兵者，乃自爲計，非爲北朝計也。』虜主明知利害所在，遂罷兵。」三人歎其言，以爲明白而切中事機。時老蘇謂二子曰：「古人有此意否？」東坡對曰：「嚴安亦有此意，但不如此明白。」老蘇笑以爲然。』先生又曰：『前輩讀書，例皆如此。故謂之學問，必見于用乃可貴。不然，即腐儒。且武帝時嚴安上疏諫用兵，其略云：「今狥南夷，朝夜郎，深入匈奴，燔其龍城，議者美之。此人臣之利，非天下之長策也。」鄭公之言，其源蓋出于此。』《苕溪漁隱叢話》

《復齋漫録》云：『崔豹《古今注》云：「秦築長城，土皆紫色，謂之紫塞。南徼土色丹，謂之丹徼。塞，則壅塞夷狄也；徼，遶也，免侵中國也。」《千字文》：「雁門紫塞。」鮑昭《蕪城賦》：「北走紫塞燕門。」故子美詩「旅雁上雲歸紫塞」，又「紫塞寧論尚有霜」，又「翻然紫塞翮，下拂明月輪」。《觀李固詣司馬第山水圖》詩，末章云：「浮槎相並坐，仙老暫相將。」前輩引張騫爲証，非也。予按王子年《拾遺記》：「堯時有巨楂，浮于西海。楂上有光若星月，楂浮四海，十二年一週天，名貫月楂，又名掛星楂，羽仙棲息其上。」解道康《齊地記》云：「齊有不夜城，蓋古有日，夜中照于東境，故萊子立此，以不夜爲名。」方悟子美詩「無風雲出塞，不夜月臨關」。』苕溪漁隱曰：東坡《雪後》詩云：『風花誤入長安苑，明月長臨不夜城。』蓋取諸此。《苕溪漁隱叢話》

《藝苑雌黄》云：《三齊略記》云：『不其城東有黌山，鄭玄刪注詩書棲于此山。上有古井，不竭，傍生細草如薤，葉長尺餘，堅韌異常，土人謂之「康成書帶」。』故夢得詩：『墨池半在頽垣下，書帶猶生蔓草中。』東坡詩：『庭下已生書帶草，使君疑是鄭康成。』汪彦章詩：『門外滿生書帶草，林間知是德星堂。』何文縝《送王正臣序》云：『煙波暈，墨頭魚，風庭緑，書帶草。』皆用此事。『墨頭魚』，予嘗問人，有泉州南安縣佛迹長老道虁者，蜀人也，嘗謂予言：『嘉州烏牛山，在水中心，昔郭景純注《爾雅》于此，有臺在焉。景純每以研之餘水，瀝于臺下，遂生墨頭魚，至今有之。後人作佛刹于其上。』《苕溪漁隱叢話》

《龍川畧志》云：『予兄子瞻，嘗從事扶風，開元寺多古畫，而子瞻少好畫，往往疋馬入寺，循壁終日。有一老僧出，揖之曰：「小院在近，能一相訪否？」子瞻欣然從之。僧曰：「貧道平生好藥術，有一方能以硃砂化淡金爲精金，老當傳人，而患無可傳者。知公可傳，故欲一見。」子瞻曰：「吾不好此術。雖得之，將不能爲。」僧云：「此方知而不可爲。公若不爲，正當傳矣。」是時，陳希亮少卿守扶風，而平生溺于黄白，嘗于此僧求方，而僧不與。

子瞻曰：「陳卿求而不與，吾不求而得，何也？」僧曰：「貧道非不悦陳卿，畏其得方不能不爲耳。貧道昔嘗以方授人矣，有爲之即死者，有遭喪者，有失官者，故不敢輕以授人。」即出一卷書，曰：「此中皆名方，其一則化金方也。公必不肯輕作，且勿輕以授人，如陳卿，謹勿傳也。」子瞻許諾。歸視其方，每淡金一兩，視其分數，不足一分，輔以丹砂一錢益之，雜諸藥入甘鍋内煆之，鎔即傾出，金砂俱不耗，且其色斑斑相雜，當再烹之，色匀乃止。後偶見陳卿，語及此僧，遽應之曰：「近得其方矣。」陳卿驚曰：「君何由得之？」子瞻具道僧不欲輕傳人之意，不以方示之。陳固請不已，不得已與之。陳試之良驗。子瞻悔曰：「某不惜此方，惜負此僧耳。公謹爲之。」陳姑應曰：「諾。」未幾，坐受鄰郡公使酒，以贓敗去。子瞻疑其以金故，深自悔恨。後謫居黄州，陳公子慥在黄，子瞻問曰：「少卿昔時嘗爲此法否？」慥曰：「吾父既失官，至洛陽，無以買宅，遂大作此，然竟病指癱而歿。」乃知僧言誠不妄也。後十年，予謫居筠州，有蜀僧儀介者，師事文禪師。文之所至，輒爲修造，所費不貲，而莫知錢所從來。介秘其術，問之，不以告人。介與聰禪師善，密爲聰言其方，大類扶風開元寺僧所傳者。然介未嘗以一錢私自利，故能保其術而無恙。』苕溪漁隱曰：《洞微志》載葉生者，與前事相類，亦以得乾銀術妄費而受禍。故回仙謂沈東老云：『聞公自能黄白之術，未嘗妄用。』蓋嘉之也。此真可爲貪者之戒。《苕溪漁隱叢話》

全宋詩話卷四十

蘇軾十三

东坡云：予讀《文選》，恨其編次無法，去取失當。齊、梁文章衰陋，而蕭統尤爲卑弱，《文選引》斯可見矣。今觀《淵明集》，可喜者甚多，而獨取數首，以知其餘忽遺者多矣。淵明作《閒情賦》，所謂『《國風》好色而不淫』，正使不及《周南》，與屈、宋所陳何異？而統大譏之，此乃小兒强作解事者。劉子元辨李陵《與蘇武書》，非西漢文，蓋齊、梁間文士擬作者。吾因悟陵與蘇武《贈答》五言詩，亦後人所擬，而統不能辨。李善注《文選》，本末詳備，極可喜。所謂『五臣』者，真俚儒之荒陋者也，而世以爲勝善，亦謬矣。謝瞻《張子房》詩云：『苛慝暴三殤』，此《禮》所謂『上中下殤』，言暴秦無道，戮及孥稚也。而乃引『苛政猛于虎，吾父吾子吾夫皆死于是』，謂夫與父爲殤，此豈非俚儒之荒陋乎？五臣既陋甚，至于蕭統，亦其流耳。宋玉《高唐神女賦》，自『玉曰唯唯』以前皆賦也，而統謂之『序』，大

可笑也。相如賦首有子虛、烏有、亡是三人論難，豈亦『序』耶？其餘繆陋不一，亦聊舉其一二耳。《苕溪漁隱叢話》

東坡云：司空表聖自論其詩，以爲得味外味，『緑樹連村暗，黄花入麥稀』，此句最善。又云：『棋聲花院閉，幡影石壇高。』吾嘗獨游五老峰，入白鶴觀，松陰滿地，不見一人，惟聞棋聲，然後知此句之工也，但恨其寒儉有僧態。若杜子美云：『暗飛螢自照，水宿鳥相呼。』『四更山吐月，殘夜水明樓。』則才力富健，去表聖之流遠矣。《苕溪漁隱叢話》

唐子西《語録》云：『詩在與人商論，深求其疵而去之，等閒一字放過則不可，殆近法家，難以言恕矣，故謂之詩律。東坡云：「敢將詩律鬭深嚴。」予亦云：「詩律傷嚴近寡恩。」大凡立意之初，必有難易二途。學者不能强所易，往往捨難而趨易，文章罕工，每坐此也。作詩自有穩當字，第思之不到耳。皎然以詩名于唐，有僧袖詩謁之，然指其《御溝》詩云：「此波涵聖澤，波字未穩，當改。」僧佛然作色而去。僧亦能詩者也。皎然度其去必復來，乃取筆作「中」字掌中，握之以待。僧果復來云：「欲更爲中字，如何？」然展手示之，遂定交。要當如此乃是。《郡閣雅言》云：『王貞白，唐末大播詩名，《御溝》爲卷首，云：「一派御溝水，緑槐相映清。此波涵帝澤，無處濯塵纓。鳥道來雖險，龍池則自平。朝宗心本切，願向急流傾。」自爲冠絶無瑕，呈僧賀林，休公曰：「此甚好，只是剩一字。」貞白揚袂而去。休公曰：「此公思敏。」取筆書「中」字掌中，逡迴貞白回，忻然曰：「已得一字？」云：「此中涵帝澤。」休公將掌中字示之。』二説不同，未知孰是。《苕溪漁隱叢話》

韓子蒼云：東坡今集本《蜜酒歌》，少兩句，改數字。蘇公下筆奇偉，尚竄定如此。嘗語參寥曰：『如老杜言「新詩改罷自長吟」者，乃知此老用心甚苦。後人不復見其剞劂，但稱其渾厚耳。』《苕溪漁隱叢話》

《高齋詩話》云，子美詩云：『兩個黄鸝鳴翠柳，一行白鷺上青天。窗含西嶺千山雪，門泊東吴萬里船。』東坡《題真州范氏溪堂》詩云：『白水滿時雙鷺下，緑槐高處一蟬吟。酒醒門外三竿日，卧看溪南十畝陰。』蓋用老杜詩意也。《苕溪漁隱叢話》

東坡云：七言之偉麗者，子美云：『旌旗日暖龍蛇動，宫殿風微燕雀高。』『五更鼓角聲悲壯，三峽星河影動摇。』爾後寂寥無聞焉，直至永叔云：『滄波萬古流不盡，白鳥雙飛意自閒。』『萬馬不嘶聽號令，諸番無事着耕耘。』可以並驅争先矣。小生亦云：『令嚴鼓角三更月，野宿貔貅萬竈煙。』又云：『露布朝馳玉關塞，捷書夜到甘泉宫。』亦庶幾焉耳。《苕溪漁隱叢話》

東坡云：《桃竹杖引》：『江心磻石生桃竹，斬根削皮如紫玉。』桃竹葉如椶，身如竹，密節而實中，犀理瘦骨，天成拄杖也。嶺外人多種此，而不知其爲桃竹。流傳四方，視其端

有眼者，蓋自東坡出也。《苕溪漁隱叢話》

《後山詩話》云：永叔不好杜詩，子瞻不好司馬遷《史記》。予每與黄魯直怪歎，以爲異事。《苕溪漁隱叢話》

苕溪漁隱曰：予觀《注詩史》是二曲李歜，述其《自序》云：『歜上書之明年，言狂意妄，聖天子不賜鑊樵，全生弃逐嶺表。東坡先生亦謫昌化，幸忝門下青氊。又于疑誤處，授先生指南三千餘事。疏之編簡，聊自記其忘遺爾。』然三千餘事，予嘗細考之史傳小説，殊不略見一事，寧盡出于異書耶？以此驗之，必好事者僞撰以誑世。所謂『李歜』者，蓋以詭名耳。其間又多載東坡語，如『草黄騏驥病』，則注云：『陳畯卧疾，梁栒過門曰：「霜經草黄，騏驥病矣。」駑駘何以快駃？蓋言君子不得時，小人自肆也。』『少游一日來問予曰：「某細味杜詩，皆以古人語句補綴爲詩，平穩妥帖，若神施鬼設，不知工部腹中幾個國子監耶？」予喜此譚，遂筆寄同叔，「子由」一名「同叔」。使知少游留心于老杜。』『意欲鏟疊嶂』，則注云：『袁盎曰：「諸侯欲鏟連雲疊嶂，而造物夫復如何？」』『予因舟中與兒子迨同注，檢書倦先卧，予繼燭至曉，遂疏之。』似此等語甚衆，此聊舉其一二言之，當亦是僞撰耳。近時又有箋注東坡詩句者，其集刊行，號曰《東坡錦繡段》者是也，亦隨句撰事牽合，殊無根蔕，正與李歜注《詩史》同科，皆不可信也。閩中近時又刊《詩話總龜》，此集即阮閱所編《詩總》也，予于《漁隱叢話序》中，已備言之。阮字閎休，官至中大夫，嘗作監司郡守，廬州舒城人，其《詩總》十卷，分門編集，今乃爲人易其舊序，去其姓名，略加以《蘇黄門詩説》，更號曰《詩話總龜》，以欺世盗名耳。世所傳《眼兒媚》詞：『樓上黄昏，杏花寒。斜月小欄干。一雙燕子，兩行歸雁，畫角聲殘。綺窗人在東風裏，無語對春閒。也應似舊，盈盈秋水，淡淡春山。』亦閎休所作也。閎休嘗爲錢唐幕官，眷一營妓，罷官去，後作此詞寄之。《苕溪漁隱叢話》

東坡云：書之美者，莫如顔魯公，然書法之壞，自魯公始。詩之美者，莫如韓退之，然詩格之變，自退之始。《苕溪漁隱叢話》

東坡云：歐陽文忠公言：『晉無文章，惟陶淵明《歸去來》一篇而已。』予亦謂唐無文章，惟韓退之《送李愿歸盤谷序》一篇而已。平生欲效此作一文，每執筆輒罷，因自笑曰：『不若且放教退之獨步。』退之尋常詩，自謂不逮李杜，至于『昔尋李愿向盤谷』一篇，獨不減子美。《苕溪漁隱叢話》

東坡云：《南澗中》詩：『秋氣集南澗，獨游亭午時。回風一蕭瑟，林影久參差。始至若有得，稍深遂忘疲。羈禽響幽谷，寒藻舞淪漪。去國魂已游，懷人淚空垂。孤生易爲感，失路少所宜。索寞竟何事？徘徊只自知。誰爲後來者？當與此心期。』柳儀曹詩，憂中

有樂，樂中有憂，蓋絶妙古今矣，然老杜云：『王侯與螻蟻，同盡隨丘墟』，儀曹何憂之深也？《苕溪漁隱叢話》

東坡云：余自東武適文登，並海行數日，道傍諸峰，真若劍鋩，誦子厚詩，知海山多奇峰也。子厚記云：『每風自四山而下，振動大木，掩冉衆草，紛紅駭緑，蓊葧薌氣。』子厚、夢得，皆善造語，若此句殆入妙矣。夢得云：『水禽嬉戲，引吭伸翮。紛驚鳴而決起，拾綵翠于砂礫。』亦妙語也。《苕溪漁隱叢話》

東坡云：『盛時一失貴反賤，桃笙葵扇安可常。』不知『桃笙』爲何物，偶閲《方言》：『簟，宋魏之間謂之笙。』乃悟『桃笙』以桃竹爲簟也。梁簡文《答湘南王獻簟書》云：『五離九折，出桃枝之翠筍。』乃謂桃枝竹簟也。『桃竹』，出巴渝间，杜子美有《桃竹杖》歌。《苕溪漁隱叢話》

《緗素雜記》云：《魏略》曰：『明帝景初元年，徙長安鐘虡駱駝銅人承露盤，盤折，銅人重不可致，留于霸城。大發卒鑄作銅人二，號曰「翁仲」，列坐司徒門外。』又《漢晉春秋》曰：『帝徙盤，盤折，聲聞數十里，金狄或泣，因留霸城。』又唐李賀《金銅仙人辭漢歌序》云：『魏明帝青龍九年八月，詔宫官牽車，西取漢孝武捧露盤仙人，欲立置前殿。宫官既拆盤，仙人臨載，乃潸然淚下。』歌曰：『茂陵劉郎秋風客，夜聞馬嘶曉無迹。畫欄桂樹懸秋香，三十六宫土花碧。魏官牽車指千里，東關酸風射眸子。空將漢月出宫門，憶昔清淚如鉛水。衰蘭送客咸陽道，天若有情天亦老。携盤獨出月荒凉，渭城已遠波聲小。』案《明帝紀》，青龍五年三月，改爲景初元年，是歲徙長安銅人，重不可致。而李賀以爲青龍九年八月，蓋明帝以青龍五年三月，改爲景初元年，至三年而崩，則無青龍九年明矣，疑李誤也。酈道元《水經注》云：『魏文帝黄初元年，徙咸陽始皇所鑄金人十二，重不可致，因留霸城南。』即與明帝所徙銅人事略同，竟未詳其旨。《史記》：秦始皇二十六年，有大人長五丈，足履六尺，皆夷狄服，凡十二人，見于臨洮。是歲，始皇初并六國，反喜以爲瑞，銷天下兵器，作金人十二以象之。後十四年而秦亡。又後漢薊子訓，有神異之道，時有百歲翁，自説爲兒童時，已見子訓賣藥于會稽市，顔色不異于今。後人復于長安東霸城見之，與一老翁，共摩挲銅人，相謂曰：『適見鑄此，而已近五百歲矣。』注云：『秦始皇二十六年，收天下兵器聚咸陽，鑄金人十二，重各千石，置宫庭中，至此四百二十餘年。』故東坡《贈梁道人》詩云：『採藥壺公處處過，笑看金狄手摩挲。』又張天覺《贈人》詩云：『鶴骨飄飄紫府仙，摩挲金狄不知年。』皆用此也。《苕溪漁隱叢話》

東坡云：舊傳《陽關三疊》，然今世歌者，每句再疊而已，若通一首言之，是四疊，皆非是。或每句三唱，以應三疊之説，則叢然無復節奏。予在密州，有文勛長官，以事至密，自云得古本《陽關》，其聲宛轉凄斷不類，乃知唐本三疊蓋如此。及在黄州，偶讀樂天《對酒》詩云：『相逢且莫推辭醉，聽唱陽關第四聲。』注云：『第四聲「勸君更盡一杯酒」。』以此驗之，若一句再疊，則此句爲第五聲。今爲第四聲，則一句不疊審矣。《苕溪漁隱叢話》

《西清詩話》云：『陳傳道嘗于彭門壁間見書一聯云：「一鳩鳴午寂，雙燕話春愁。」後以語東坡：「世謂公作，然否？」坡笑曰：「此唐人得意句，僕安能道此？」』苕溪漁隱曰：予嘗用此語作《春日》一聯云：『話盡春愁雙紫燕，喚回午夢一黄鸝。』《苕溪漁隱叢話》

苕溪漁隱曰：東坡詩云：『竹外桃花三兩枝，春江水暖鴨先知。蔞蒿滿地蘆芽短，正是河豚欲上時。』此正是二月景致，是時河豚已盛矣，但欲上之語，似乎未穩。《苕溪漁隱叢話》

《東皋雜録》云：東坡喜嘲謔，以吕微仲豐碩，每戲曰：『公真有大臣體，《坤》六二所謂「直方大」也。』後拜相，東坡當制，有云：『果藝以達，有孔門三子之風。直方而大，得《坤》爻六二之動。』又嘗謁微仲，值其晝寢，久之方見，便坐昌陽盆畜一緑龜，坡指曰：『此易得耳。唐莊宗時，有進六目龜者，敬新磨獻口號云：「不要鬧，不要鬧，聽取龜兒口號。六隻眼兒睡一覺，抵别人三覺。」』微仲不悦。《苕溪漁隱叢話》

《復齋漫録》云：『東坡作《諫論》云：「魏鄭公以蘇、張之辨，而爲諫諍之術」，且云：「鄭公之初，實學縱横之術，其所以與蘇、張異者，心正也。」世或以東坡之論爲不然。予讀鄭公《出關》詩云：「中原還逐鹿，投筆事戎軒。縱橫計不就，慷慨志猶存。策杖謁天子，驅馬出關門。請纓羈南越，憑軾下東藩。鬱紆陟高岫，出没望平原。古木鳴寒鳥，空山啼夜猿。既傷千里目，還驚九折魂。豈不憚艱險，深懷國士恩。季布無一諾，侯嬴重一言。人生感意氣，功名誰復論？」東坡實不見此詩，蓋識見之明，有以探其然耳。乃知讀書未博，不可以輕議前輩也。』苕溪漁隱曰：予讀三蘇文，有《諫論》上、下二篇，其間云：『吾觀昔之臣，言必從，理必濟，莫若唐魏鄭公。其初實學縱横之説，此所謂得其術者也。』其言止此而已，復齋乃云：『鄭公以蘇、張之辨，而爲諫諍之術』，『其所以與蘇、張異者，心正也』，《諫論》中初無此等語，不知《復齋》何從得之耶？予觀《諫論》，殆是老蘇作，格力辭旨，可以見矣，非東坡所作也。《苕溪漁隱叢話》

《詩説雋永》云：『秦湛處度，爲韓膺胄作《枝巢》詩，建炎間，在會稽，一日語伋云：「先得兩句：『大勝商山老，同居一木奴。杌梍危中壘，高聳垛中雛。』未知後成篇否？」』苕溪漁隱曰：《元怪録》云：『巴邛人家有橘園，霜後諸橘盡收，餘二大橘，如三四斗盎，巴人異之，即令攀摘。輕重亦如常橘，剖開，每橘有二老人，相對象戲，談笑自若。一叟曰：「橘中之樂，不減商山，但不得深根固蒂，爲人摘耳。」』處度此詩，殊不善用事，此但言『橘中之樂，不減商山』，烏得便謂『商山老』？每橘有二老人，亦烏得謂之『同居』也？若東坡《洞庭春色賦》云：『吾聞橘中之樂，不減商山，豈霜餘之不食，而四老人者游戲于其間。』謝無逸《詠橘》詩云：『巴邛清霜後，獨餘兩大橘。一朝剖而食，四老欣然出。乃知避世士，退藏于深密。』皆善用事，無疵病可指摘也。《苕溪漁隱叢話》

《復齋漫録》云：『廬山瑞香花，古所未有，亦不産他處，天聖中始稱傳。東坡諸公，繼有詩詠，豈靈草異芳俟時乃出？故記序篇什，悉作「瑞」字。訥禪師云：「山中瑞采一朝出，天下名香獨見知。」張祠部圖之，强名佳客，以「瑞」爲「睡」焉，其詩曰：「曾向廬山睡裏聞，香風占斷世間春。竊花莫撲枝頭蝶，驚覺南柯半夢人。」』苕溪漁隱曰：予觀元祐群公《集》，並無《詠瑞香花》詩，惟東坡《次韻曹子方龍山真覺院瑞香花》云：『幽香結淺紫，來自孤雲岑。骨香不自如，淺色意殊深。移栽青蓮宇，遂冠簷蔔林。結爲楚臣佩，散落天女襟。』又有《西江月》詞三首，其一云：『領巾飄下瑞香風，驚起謫仙春夢。』其一云：『更看微月轉光風，歸去春雲入夢。』東坡詞意，亦與張祠部詩意相類，但能含蓄之耳。《苕溪漁隱叢話》

東坡云：過太平州，見郭祥正，言：『嘗從章惇入梅山溪洞中，説降其首領。見洞主蘇母家有神畫，被服如士大夫，事之甚嚴。問之云：「此知桂州李大夫也。」問其名，曰：「此豈可名哉！」叩頭稱死罪數四，卒不敢名。徐考其年月本末，則李師中誠之也。誠之嘗爲

提刑桂府爾。』吾識誠之，知其爲一時豪傑也。然小人多異議，不知夷獠乃爾畏信之，彼其利害不相及爾。《苕溪漁隱叢話》

《冷齋夜話》云：『漁翁夜傍西巖宿，曉汲清湘然楚竹。煙銷日出不見人，欸乃一聲山水緑。回看天際下中流，巖下無心雲相逐。』東坡云：『詩以奇趣爲宗，反常合道爲趣。熟味此詩，有奇趣，然其尾兩句，雖不必有亦可。』《苕溪漁隱叢話》

王直方《詩話》云：東坡云：『「一爲我周旋寧作我」，真一好句，只是難對。』時直方在坐，應聲云：『只消道「因郎憔悴卻羞郎」。』《苕溪漁隱叢話》

苕溪漁隱曰：長吉詩：『楊花撲帳春雲熱，龜甲屏風醉眼纈。』東坡《雪》詩：『未嫌長夜作衣稜，卻怕初陽生眼纈。』觀此則不獨醉眼可言也。《苕溪漁隱叢話》

淵明詩：『結廬在人境，而無車馬喧。問君何能爾，心遠地自偏。採菊東籬下，悠然見南山。山氣日夕佳，飛鳥相與還。此中有真意，欲辨已忘言。』東坡和云：『小舟真一葉，下有暗浪喧。夜棹酒中發，不知枕幾偏。天明問前路，已渡千銀山。嗟我亦何爲，此道常往還。未來寧早計，已往復何言。』韋蘇州《寄全椒道士》詩：『今朝郡齋冷，忽憶山中客。澗底拾（一作『束』）荆薪，歸來煮白石。欲持一尊（一作『瓢』）酒，遠慰風雨夕。落葉滿空山，無處尋行迹。』東坡和云：『一杯羅浮春，遠餉采薇客。遥知獨釣罷，醉卧松下石。幽人不可見，長嘯聞月夕。聊戲庵中人，飛空本無迹。』杜詩：『小奴縛雞出市賣，雞被縛急相喧争。家中厭雞食蟲蟻，不知雞賣還遭烹。雞蟲得失何厚薄，吾叱奴兒解其縛。雞蟲得失無了時，注目寒江倚山閣。』山谷倣此云：『小黠大癡螗捕蟬，有餘不足夔憐蚿。退食歸來北窗夢，一江風月趁漁船。』愚謂陶、韋、杜三詩結尾，自是詩人造玄入妙處，如機動籟鳴，非思索可到，又豈模倣所能及。近世詩人，攻晚唐體，句語輕清而意趣深遠，則謂之『作家詩』；餖飣故事語澁而旨近，則謂之『秀才詩』。觀應物《全椒》詩，初無一字援引，而超清高遠，與坡公所和者不同矣。《吹劍録》

韋應物《贈元常、全貞二生》詩：『誰知風雨夜，復此對床眠？』東坡《與劉寺丞》詩：『中和堂後石楠樹，與君對床聽夜雨。』又《宿净行院》詩：『林下對床聽夜雨，静無燈火照淒涼。』則同游皆可言『對床』。自子由《别東坡》詩云：『悮喜對床聽夜雨，不知漂泊向彭城』，又坡《寄子由》詩：『雪堂風雨夜，已作對床聲』，由是人以『對床』爲兄弟事。《吹劍録》

東坡效歐陽體作《雪》詩，不用『鹽』、『玉』、『鶴』、『鷺』、『絮』、『蝶』、『飛』、『舞』、『皓』、『白』、『潔』、『素』等字，中間云：『老僧斫路出門去，寒液滿鼻清淋漓。洒袍入袖溼靴底，亦有執板上階墀。』其他形容皆類此。然古今《雪》詩，不犯東坡所記字，如鄭古：『亂飄僧舍茶煙溼，密洒高樓酒力微。江上晚來堪畫處，漁人披得一簑歸。』又盧次春：

『看來天地不知夜，飛入園林總是春。』二詩亦未易及。《吹劍録》。宗祥案：盧詩《續揮麈》作盛次仲詩

東坡《贈東林長老》云：『溪聲便是廣長舌，山色豈非清淨身。夜來八萬四千偈，他日如何舉似人。』山谷改曰：『溪聲廣長舌，山色清淨身。八萬四千偈，如何舉似人。』時謂：『上二句「腰斬」，下二句「處斬」。』《吹劍録》

東坡問秦少游：『别後有何作？』少游舉『小樓連苑横空，下窺繡轂雕鞍驟』，坡曰：『十三個字。只説得一人騎馬樓前過。』文豹亦謂公《次沈立之韻》：『試問别來愁幾許？春江萬斛若爲情』，十四字只是少游『愁如海』三字耳。作文亦如此。又少游《曲游春》云：『臉薄難藏淚』，又云：『哭得渾無氣力』，又云：『但掩面滿袖啼紅』，一詞乃至三言哭泣。《吹劍録》

林侍郎栗守四明，嘗禱雨，應，吏請謝諸廟。公書紙尾曰：『東坡詩云：「半年不雨坐龍慵，共怨天公不怨龍。今朝一雨聊自贖，龍神社鬼各言功。」』予謂此坡公有所激云耳。人神一也，有施必有報，有祈必有謝。《載芟》《良耜》之詩，爲祈報作也。《吹劍録》

作文援經須對經，史須對史，三代須對三代，漢唐須對漢唐。荆公詩：『一水護田將緑繞，兩山排闥送青來。』『護田』、『排闥』皆漢事。東坡詩：『嵇紹似康爲有子，郗超叛鑒是無孫。』皆晉人。稼軒《上梁文》：『吾亦愛吾廬，卿自用卿法。』皆晉語。若樂天詩：『周公

恐懼流言日，王莽謙恭未篡時。』則非類矣。《吹劍録》

張衡《靈憲序》：『月者陰精，積而成獸象兔，其數偶。羿請不死之藥于西王母，羿妻嫦娥竊之奔月，是爲蟾蜍。』韓文《毛穎傳》云：『竊嫦娥，騎蟾蜍入月。』《酉陽雜俎》云：『月桂高五百丈，西河人姓吴名成，學道有過，謫令伐樹，斫之創隨合。或言蟾蜍，地影也；常空處，水影也。』佛書言：『須彌山閻扶樹，及山河影。』荆公言：『月中仿佛有物，乃山河影。』東坡詩：『明月本自明，無心孰爲境？挂空如冰鑒，寫此山河影。我觀大瀛海，巨浸與天並。九州居其間，無異地盤鏡。空水兩無質，相照俱耿耿。妄言桂兔蟇，俗説皆可屏。』《吹劍録》

『來』音『離』，《漢書》：『無説《詩》，匡鼎來』。『作』音『佐』，《廉犯傳》：『不禁火，民安作』。『判』音『潘』，杜詩：『痛飲已判人共棄』。『相』音『瑟』，白詩：『爲問長安月，誰教不相離』。『治』音『持』，俗言：『治魚治雞』，韓文：『冗不見治』。『閥閲』，出《漢書》，『閥』謂戰伐，『閲』謂閲歷。柳詩：『欸靄一聲山水緑』，一本作『欸乃』，陳氏《博聞録》遂以『欸乃』爲兩字，謂『靄』字誤。『母』字『部』字在『有』字韻，世皆從『九』、『麌』韻讀，東坡《贈舒堯文》詩：『先生堂前霜月苦，弟子讀書喧兩廡。推門入室書縱横，蠟紙燈籠晃雲母。』《吹劍録》

東坡先生嘗遇客，行一令，以兩卦名證一故事。一人云：『孟嘗門下三千客，《大有》《同人》。』一人云：『光武兵渡滹沱河，《未濟》《既濟》。』一人云：『劉寬羹汙朝衣，《家人》《小過》。』先生曰：『牛僧孺父子犯罪，先斬《大畜》，後斬《小畜》。』蓋爲荆公發也。《吹劍録》

《甘澤謡》云：『唐李澄之子源，以父死王難，不仕，居洛陽惠林寺，與僧圓澤游。一日，相約游峨嵋山，源欲泝峽，澤欲取斜谷路，源不可，曰：「吾已絶世事，豈可復道京師哉？」舟次南浦，見婦人錦襠負甖而汲者，澤望而泣曰：「吾不欲由此者，爲是也。」源驚問之，澤曰：「婦人姓王氏，吾當爲子，孕三載矣，吾不來，故不得乳。今既見，無可逃者。三日浴兒時，願公臨我，以一笑爲信。後十二年，杭州天竺寺外，當與公相見。」至暮，澤亡。婦乳三日，源往視之，兒見源果笑。源後適吴，赴其約，聞葛洪川畔有牧童，扣牛角而歌曰：「三生石上舊精魂，賞月吟風不要論。慚愧情人遠相訪，此身雖異性常存。」問：「澤公健否？」答曰：「李公真信士。」又歌曰：「身前身後事茫茫，欲話因緣恐斷腸。吴越山川尋已徧，却回煙櫂上瞿塘。」遂去不知所之。』東坡詩云：『欲向錢塘訪圓澤，葛洪陂畔帶秋深。』即此事也。《苕溪漁隱叢話》

苕溪漁隱曰：木穉，閩中最多，路傍往往有參天合抱者，土人以其多而不貴之。漕宇門前兩徑，自有一二百株，至秋花盛開，籃輿行清香中，殊可愛也。古人賦詠，惟東坡倅錢塘，八月十七日，天竺送桂花，分贈元素詩云：『月缺霜濃細蘂乾，此花原屬桂堂仙。鷲峰子落驚前夜，蟾窟枝空記昔年。破戒山僧憐耿介，練裙溪女鬭清妍。願公採擷紉幽佩，莫遣孤芳老澗邊。』陳去非有詞云：『黄衫相倚，翠葆層層底。八月江南風日美，弄影山腰水尾。楚人未識孤妍，《離騷》遺恨千年。無住庵中新夢，一枝喚起幽蟬。』万俟雅言有詞云：『芳菲葉底，誰會秋江意？深緑護輕黄，怕青女霜侵憔悴。開分早晚，都占九秋天。花四出，香七里。獨步珠宮裏。佳名巖桂，卻是因遺子。不自月中來，又那得蕭蕭風味。霓裳舊曲，休問廣寒人，飛太白，酬仙蘂，香外無香比。』《苕溪漁隱叢話》

《司馬文正公日録》云：『朱壽昌父任諫議大夫，壽昌母素微，生壽昌歲餘，遣出之，因是不知所在。壽昌既長，求之不得，乃棄官尋之，刺血書懺，以散與人，至是得之于同州，迎以歸。錢子飛知永興軍，奏其事，乞加旌賞，故召之。王介甫方以李定爲至孝，故送壽昌赴審官，而壽昌以同母弟、妹皆在同州，乃折資授河中通判。』苕溪漁隱曰：東坡云：『朱壽昌郎中，少不知母所在，刺血寫經，求之五十年，去歲得之蜀中。以詩賀之。』云：『嗟君七歲知念母，憐君壯大心愈苦。羡君臨老得相逢，喜極無言淚如雨。不羨白衣作三公，不愛白日昇青天。愛君五十着綵服，兒啼卻得償當年。烹龍爲炙玉爲酒，鶴髮初生千萬壽。金花詔書錦作囊，白藤肩輿簾蹙繡。感君離合我酸心，此事今無古或聞。長陵謁來見大姊，仲孺豈意逢將軍。開皇善桃空記面，建中天子終不見。西河郡守誰復譏？潁谷封人羞自薦。』《日録》又云：『淮南轉運司體量李定，嘉祐八年四月母亡，不曾丁憂，介甫以李定爲至孝，何其蔽耶？』《苕溪漁隱叢話》

今人梅花詩詞，多用『參横』字，蓋出柳子厚《龍城録》所載趙師雄事，然此實妄書。或以爲劉無言所作也，其語云：『東方已白，月落參横。』且以冬半視之，黄昏時參已見，至丁夜則西没矣，安得將旦而横乎？秦少游詩：『月落參横畫角哀，暗香消盡令人老』，承此誤也。唯東坡云：『紛紛初疑月挂樹，耿耿獨與參横昏』，乃爲精當。老杜有『城擁朝來客，天横醉後參』之句，以全篇攷之，蓋初秋所作也。《容齋隨筆》

王戎詣阮籍，時兖州刺史劉昶，字公榮在坐。阮謂王曰：『偶有二斗美酒，當與君共飲，彼公榮者無預焉。』二人交觴酬酢，公榮遂不得一杯，而言語談戲，三人無異。或有問之者，阮曰：『勝公榮者，不得不與飲酒。不如公榮者，不可不與飲酒。惟公榮可不與飲酒。』此事見《戎傳》，而《世説》爲詳。又一事云：『公榮與人飲酒，雜穢非類。人或譏之，答曰：「勝公榮者，不可不與飲。不如公榮者，亦不可不與飲。是公榮輩者，又不可不與飲。」故終日共飲而醉。』二者稍不同。公榮待客如是，費酒多矣，顧不蒙一杯于人乎？東

坡詩云：『未許低頭拜東野，徒言共飲勝公榮。』蓋用前事也。《容齋隨筆》

東坡游羅浮山，作詩示叔黨，其末云：『負書從我盍歸去，群仙正草新宫銘。汝應奴隸蔡少霞，我亦季孟山玄卿。』坡自注云：『唐有夢書新宫銘者云：「紫陽真人山玄卿撰」，其略曰：「良常西麓，原澤東泄。新宫宏宏，崇軒轥轥。」又有蔡少霞者，夢人遣書碑銘曰：「公昔乘魚車，今履瑞雲，躅空仰塗，綺輅輪囷。」其末題云：「五雲書閣吏蔡少霞書。」』予按唐小説薛用弱《集異記》，載蔡少霞夢人召去，令書碑，題云：『蒼龍溪新宫銘，紫陽真人山玄卿撰。』其詞三十八句，不聞有『五雲閣吏』之説。『魚車瑞雲』之語，乃《逸史》所載陳幼霞事，云：『蒼龍溪主歐陽某撰』。蓋坡公誤以『幼霞』爲『少霞』耳。《容齋隨筆》

韋應物在滁州，以酒寄全椒山中道士，作詩曰：『今朝郡齋冷，忽念山中客。澗底束荆薪，歸來煮白石。欲持一樽酒，遠慰風雨夕。落葉滿空山，何處尋行迹。』其爲高妙超詣，固不容夸説，而結尾兩句，非復語言思索可到。東坡在惠州，依其韻作詩，《寄羅浮鄧道士》曰：『一杯羅浮春，遠餉采薇客。遥知獨酌罷，醉卧松下石。幽人不可見，清嘯聞月夕。聊戲庵中人，飛空本無迹。』劉夢得『山圍故國周遭在，潮打空城寂寞回』之句，白樂天以爲後之詩人，無復措詞，坡公倣之曰：『山圍故國城空在，潮打江陵意未平。』坡公天才，出語驚世，如追和陶詩，真與之齊驅，獨此二者，比之韋、劉爲不侔，豈非絶唱寡和，理自應爾

耶？《容齋隨筆》

唐文宗開成元年，歸融爲京兆尹，時兩公主出降，府司供帳事繁，又俯近上巳，曲江賜宴，奏請改日。上曰：『去年重陽取九月十九日，未失重陽之意。今改取十三日可也。』且上巳、重陽，皆有定日，而至展一旬，乃知鄭谷所賦《十日菊》詩云：『自緣今日人心別，未必秋香一夜衰』，亦爲未盡也。惟東坡公有『菊花開時即重陽』之語，故記其在海南藝菊九畹，以十一月望，與客泛酒作重九云。《容齋續筆》

吕布爲曹操所縛，將死之際，乃語操曰：『明公之所患，不過于布。今已服矣，今布將騎，明公將步，天下不足定也。』操竟殺之。布之材未必在橫下，而欲忍耻事讎，故東坡詩曰：『猶勝白門窮吕布，欲將鞍馬事曹瞞。』蓋笑之也。蔡京禁蘇氏學，蘄春一士，獨杜門注其詩，不與人往還。錢伸仲爲黄岡尉，因考校上舍，往來其鄉，三進謁然後得見。首請借閲其書，士人指案側巨編數十，使隨意抽讀，適得《和楊公濟梅花》十絶：『月地雲階漫一尊，玉奴終不負東昏。臨春結綺荒荆棘，誰信幽香是返魂？』注云：『「玉奴」，齊東昏侯潘妃小字。「臨春結綺」者，陳後主三閣之名也。』伸仲曰：『所引止于此乎？』曰：『然。』伸仲曰：『唐牛僧孺所作《周秦行紀》，記入薄太后廟，見古后妃輩，所謂「月地雲階見洞仙」。東昏以玉兒故，身死國除，不擬負他。乃是此篇所用。先生何爲没而不書？』士人怳然失色，不復一語，顧其子然紙炬悉焚之。仲仲勸使姑留之，竟不可，曰：『吾枉用工夫十年，非君幾貽士林嗤笑。』仲仲每談其事，以戒後生。但『玉奴』乃楊貴妃自稱，潘妃則名『玉兒』也。《容齋續筆》

全宋詩話卷四十一

蘇軾十四

《酉陽雜俎·天咫篇》，載月星神異數事，其命名之義，取《國語》楚靈王曰：『是知天咫，安知民則』之説。其紀月中蟾桂，引釋氏書言：『須彌山南面有閻扶樹，月過樹影入月中。或言月中蟾桂，地影也；空處，水影也。』予記東坡公《鑒空閣》詩云：『明月本自明，無心孰爲境？挂空如水鑒，寫此山河影。我觀大瀛海，巨浸與天永。九州居其間，無異蛇盤鏡。空水兩無質，相照但耿耿。妄云桂兔蟇，俗説皆可屏。』正用此説，其詩在《集》中，題爲《和黄秀才》。頃予游南海，西歸之日，泊舟金利山下，登崇福寺，有閣枕江流，標曰『鑒空』，正見詩牌揭其上，蓋當時臨賦處也。《容齋續筆》

《陶淵明集·歸田園居》六詩，其末『種苗在東皋』一篇，乃江文通《雜體》三十篇之一，明言斅陶徵君《田居》。蓋陶之三章云：『種豆南山下，草盛豆苗稀。晨興理荒穢，帶月荷鋤歸。』故文通云：『雖有荷鋤倦，濁酒聊自適。』正擬其意也。今《陶集》誤編入，東坡據而和之。又『東方有一士』詩十六句，復重載于《擬古》九篇中，坡公遂亦兩和之，皆隨意即成，不復細考耳。陶之首章云：『榮榮窗下蘭，密密堂前柳。初與君别時，不謂行當久。出門萬里客，中道逢嘉友。未言心先醉，不在接杯酒。蘭枯柳亦衰，遂令此言負。』坡和云：『有客叩我門，繫馬庭前柳。庭空鳥雀噪，門閉客立久。主人枕書卧，夢我平生友。忽聞剥啄聲，驚散一杯酒。倒裳起謝客，夢覺兩愧負。』二者金石合奏，如出一手，何止子由所謂『遂與比轍者』哉！《容齋三筆》

陳慥，字季常，公弼之子，居于黄州之岐亭，自稱『龍丘先生』，又曰『方山子』，好賓客，喜畜聲妓。然其妻柳氏絶凶妬，故東坡有詩云：『龍丘居士亦可憐，談空説有夜不眠。忽聞河東師子吼，拄杖落手心茫然。』『河東師子』，指柳氏也。坡又嘗醉中與季常書云：『一絶乞秀英君』，想是其妾小字。黄魯直元祐中，有與季常簡曰：『審柳夫人時須醫藥，今已安平否？公暮年來想漸求清净之樂，姬媵無新進矣，柳夫人比何所念以致疾耶？』又一帖云：『承諭老境情味，法當如此。所苦既不妨游觀山川，自可損藥石，調護起居飲食而已。河東夫人亦能哀憐老大，一任放不解事耶？』則柳氏之妬名，固彰著于外，是以二公皆言之云。《容齋三筆》

蘇公責居黄州，始自稱『東坡居士』。詳考其意，蓋專慕白樂天而然。白公有《東坡種花》二詩云：『持錢買花樹，城東坡上栽。』又云：『東坡春向暮，樹木今何如？』又有《步東坡》詩云：『朝上東坡步，夕上東坡步。東坡何所愛？愛此新成樹。』又有《别東坡花樹》詩云：『何處殷勤重回首？東坡桃李種新成。』皆爲忠州刺史時所作也。蘇公在黄，正與白公忠州相似。因憶蘇詩如《贈寫真李道士》云：『他時要指集賢人，知是香山老居士。』《贈善相程傑》云：『我似樂天君記取，華顛賞遍洛陽春。』《送程懿叔》云：『我甚似樂天，但無素與蠻。』《入侍邇英》云：『定似香山老居士，世緣終淺道根深。』而跋曰：『樂天自江州司馬除忠州刺史，旋以主客郎中知制誥，遂拜中書舍人。某雖不敢自比，然謫居黄州，起知文登，召爲儀曹，遂忝侍從。出處老少，大略相似，庶幾復享晚節閒適之樂。』《去杭州》云：『出處依稀似樂天，敢將衰朽較前賢。』《序》曰：『平生自覺出處老少，粗似樂天。』則公之所以景仰者，不止一再言之，非『東坡』之名偶爾暗合也。《容齋三筆》

韓、蘇兩公，爲文章用譬喻處，重複聯貫，至有七八轉者。韓公《送石洪序》云：『論人高下，事後當成敗，若河決下流東注，若駟馬駕輕車就熟路，而王良、造父爲之先後也，若燭照數計而龜卜也。』《盛山詩序》云：『儒者之于患難，其拒而不受于懷也，若築河隄以障屋霤，其容而消之也，若水之于海，冰之于夏日，其翫而忘之以文辭也，若奏金石以破蟋蟀之鳴、蟲飛之聲。』蘇公《百步洪》詩云：『長洪斗落生跳波，輕舟南下如投梭。水師絶叫鳧雁起，亂石一綫争磋磨。有如兔走鷹隼落，駿馬下注千丈坡。斷絃離柱箭脱手，飛電過隙珠翻荷。』之類是也。《容齋三筆》

東坡初赴惠州，過峽山寺，不值主人，故其詩云：『山僧本幽獨，乞食況未還。雲碓水自舂，松門風爲關。石泉解娱客，琴筑鳴空山。』既至惠州，殘臘獨出，至栖禪寺，亦不逢一僧，故其詩云：『江邊有微行，詰曲背城市。平湖春草合，步到栖禪寺。堂空不見人，老稚掩關睡。所營在一食，食已寧復事。客行豈無得？施子浄掃地。風松獨不静，送我作鼓吹。』後在儋耳，作《觀棋》詩，記游廬山白鶴觀，觀中人皆闔户晝寢，獨聞棋聲，云：『五老峰前，白鶴遺址。長松蔭庭，風日清美。我時獨游，不逢一士。誰歟棋者？户外屨二。不聞人聲，時聞落子。』其寂寞冷落之味，可以想見。句語之妙，一至于此。《容齋三筆》

白樂天焉人誠實洞達，故作詩述懷，好紀年歲。蘇公素重樂天，故間亦效之。如『龍鍾三十九，勞生已强半。歲暮日斜時，還爲昔人歎。』正引用其語。又『四十豈不知頭顱，畏人不出何其愚。』『我今四十二，衰髮不滿梳。』『憶昔錢塘正如此，回頭四十二年非。』『行年四十九，還此北窗宿。』『吾年四十九，賴此一笑喜。』『嗟我與君皆丙子，四十九年窮不死。』『五十之年初過二，衰顔記我今如此。』『白髮蒼顔五十三，家人强遣試春衫。』『先生年來六十化，道眼已入不二門。紛紛華髮不足道，當返六十過去魂。』『我年六十一，頽景薄西山。』『結髮事文史，俯仰六十踰。與君皆丙子，各已三萬日。』翫味莊誦，便如閱年譜也。《容齋五筆》

東坡賦詩，用人姓名，多以『老』字足成句。如《壽州龍潭》云：『觀魚并記老莊周』，《病不赴會》云：『空對親春老孟光』，《看潮》云：『猶似浮江老阿童』，《贈黄山人》云：『説禪長笑老浮屠』，《元長老衲裙》云：『乞與佯狂老萬回』，《東軒》云：『挂冠知有老蕭郎』，《侍立邇英》云：『定似香山老居士』，《贈李道士》云：『知是香山老居士』，《蒜山亭》云：『奇逸多聞老敬通』，《汶公東堂》云：『一帖空存老遂良』，《次韻韶守》云：『華髮蕭蕭老遂良』，《游羅浮》云：『還須略報老同叔』，《贈辨才》云：『中有老法師』，《寄子由》云：『青山老從事』，《贈眼醫》云：『忘言老尊宿，妙高臺中老比丘』，《謝惠酒》云：『青州老從事』，《謝餉魚》云：『誰似老方朔』，《贈吴子野扇》云：『得之老月師』，《次韻李端叔》云：『此是老牛戩』，是皆以爲助語，非真謂其老也。大抵七言則于第五字用之，五言則于第三字用之。若其他錯出，如『再説走老瞞』，『故人餘老龎』，『老濞宫粧傳父祖』，『便腹從人笑老韶』，『老可能爲竹寫真』，『不知老奘幾時歸』之類，皆隨語勢而然。白樂天云：『每被老元偷格律』，蓋亦有自來矣。《容齋三筆》

坡公游鶴林招隱，有『岡』字韻詩，凡作七首。最後云：『背城借一吾何敢，切勿樽前替戾岡。』小兒問三字所出，按《晉書·佛圖澄傳》：『澄能聽鈴音以知吉凶。往投石勒，及劉曜攻洛陽，勒將救之，其群下咸諫以爲不可。勒以訪澄，澄曰：『相輪鈴音云：「秀支替戾岡，僕谷劬禿當。」』此羯語也。『秀支』，軍也；『替戾岡』，出也；『僕谷』，劉曜胡位也；『劬禿當』，捉也。此言『軍出捉得曜也』，勒遂擒曜。坡公正用此云。《容齋四筆》

『魚通印』之語，本出于王荆公《送張兵部知福州》詩『長魚俎上通三印』之句。蓋以福州瀕海多魚，其大如此，初不指言爲子魚也。東坡始以『通印子魚』對『披綿黄雀』，乃借『子』字與『黄』字爲假對耳。山谷所云：『子魚通印蠔破山』，蓋承而用之。陳正敏《遯齋閒覽》云：『其地有通應廟，廟前港中子魚最佳。』王初寮詩『通應子魚鹽透白，正采其説。』郡人黄處權云：『興化子魚，去城五十里，地名迎仙者爲上。所産之處，土人謂之「子魚潭」而已，初無「通應港」之名。』有大神祠，賜額曰『顯應』，乃《遯齋》所指之廟者，亦非『通應』也。潭傍又有小祠一間，庳陋之甚，農家以祀田神，好事欲實《遯齋》之説，遂粉刷一扁，妄標曰『通應廟』，側題五小字曰『元祐某年立』，此尤可笑，且用神廟封額，以名土物，他處未嘗有也。《容齋四筆》

《潭州石刻法帖》十卷，蓋錢希白所鐫，最爲善本。吾鄉程欽之待制，以元符三年帥桂林，東坡自儋耳移合浦，得觀其藏帖，每册各題其末，第二卷云：『唐太宗作詩至多，亦有徐庾風氣，而世不傳，獨于《初學記》時時見之。』第四卷云：『吴道子始見張僧繇畫，曰：「浪得名耳。」已而坐卧其下，三日不能去。庾征西初不服逸少，有「家雞野鶩」之論，後乃以爲伯英再生。今觀其書，乃不逮子敬遠甚，正可比羊欣耳。』第六卷云：『「宰相安和，殷生無恙」，「宰相」當是簡文帝，「殷生」則淵源也耶。』第八卷云：『希白作字，自有江左風味，故《長沙法帖》，比淳化待詔所摹爲勝。世俗不察，争訪閣下本，誤矣。此逸少一卷尤妙。庚辰七夕，合浦官舍借觀。』第九卷云：『謝安問獻之：「君書何如尊公？」答曰：「故自不同。」安曰：「外人不爾？」曰：「人那得知。」』已上所書，今麻沙所刊《大全集志林》中或有之。案庾亮及弟翼，俱爲征西將軍，坡所引者，翼也。坡又有詩曰：『暮年卻得庾安西，自厭家雞題六紙。』蓋指翼前所歷官云。此帖今藏予家。《容齋四筆》

嚴有翼所著《藝苑雌黄》，該洽有識，蓋近世博雅之士也，然其立説，頗務譏詆東坡公。予嘗因論玉川子《月蝕》詩，誚其輕發矣，又有八端，皆近于蚍蜉撼大木，招後人攻擊。如《正娱》篇中，摭其用『五十本葱，爲種薤五十本』；『發丘中郎將』爲『校尉解摸金』；『扁鵲見長桑君，使飲上池之水』，爲『倉公飲上池』；『鄭餘慶蒸胡蘆』爲『盧懷謹』云，如此甚多。坡詩所謂『抉雲漢，分天章，萬斛泉源，不擇地而出』，若用『葱』爲『薤』，用『校尉』爲『中郎』，用『扁鵲』爲『倉公』，用『餘慶』爲『懷謹』，不失爲名語，于理何害？公豈一一如學究書生，按圖索駿，規行矩步者哉！《四凶》篇中，謂坡稱太史公多見先秦古書，四族之誅皆非殊死，爲無所攷據。《盧橘》篇中謂坡《詠枇杷》云『盧橘是鄉人』，爲何所據而言。《昌陽》篇中《昌蒲贊》以爲信陶隱居之言，以爲昌陽，不曾詳讀《本草》妄爲此説。《苦荼》篇中謂周詩記苦荼，爲誤用《爾雅》。《如皋》篇中謂『不向如皋閒射雉』，與《左傳》杜注不合，其誤與江總『暫往如皋路』之句同。《荔枝》篇中謂《四月食荔枝》詩，愛其體物之工，而坡未嘗到閩中，不識真荔枝，是特『火山』耳。此數者或是或非，固未爲深失，然皆不必爾也。最後一篇，遂名曰《辨坡》，謂《雪》詩云『飛花又舞謫仙簷』，李太白本言送酒，即無雪事。『水底笙歌蛙兩部』，無笙歌字，殊不知坡借花詠雪，以鼓吹爲笙歌，正是妙處。『坐看青丘吞澤芥』、『青丘已吞雲夢芥』，用『芥』字和韻，及以『澤芥』對『溪蘋』，可謂工新，乃以爲出處『曾不蔕芥』，非『草芥』之芥。『知白守黑名曰谷』，正是《老子》所言，又以爲老子只云『爲天下谷』，非『名曰谷』也。如此論文，其意見亦淺矣。《容齋四筆》

白樂天《琵琶行》一篇，讀者但羡其風致，敬其詞章，至形于樂府，詠歌之不足，遂以謂真爲長安故倡所作。予竊疑之。唐世法綱，雖于此爲寬，然樂天嘗居禁密，且謫官未久，必不肯乘夜入獨處婦人船中，相從飲酒。至于極彈絲之樂，中夕方去，豈不虞商人者他日議其後乎？樂天之意，直欲攄寫天涯淪落之恨爾。東坡謫黃州，賦《定惠院海棠》詩，有『陋邦何處得此花？無乃好事移西蜀。天涯流落俱可念，爲飲一尊歌此曲』之句，其意亦爾也。謂殊無一話一言與之相似，是不然。此真能用樂天之意者，何必效常人章摹句寫而後已哉！《容齋五筆》

樂天云：『醉貌如霜葉，雖紅不是春。』坡則曰：『兒童誤喜朱顏在，一笑那知是酒紅。』杜老云：『休將短髮還吹帽，笑倩旁人爲正冠。』坡則曰：『酒力漸消風力軟，颼颼，破帽多情卻戀頭。』鄭谷《十日菊》云：『自緣今日人心別，未必秋香一夜衰。』坡則曰：『相逢不用忙歸去，明日黃花蝶也愁。』又曰：『萬事到頭都是夢，休休，明日黃花蝶也愁。』正采舊公案，而機杼一新，前無古人，于是爲至。與夫用『見他桃李樹，思憶後園春』之意，以爲『長因送人處，憶得別家時』，爲一僧所嗤者有間矣。《容齋五筆》

韓公《人物畫記》，其敘馬處云：『馬大者九匹。于馬之中，又有上者、下者焉。行者，牽者，奔者，涉者，陸者，翹者，顧者，鳴者，寢者，訛者，立者，齕者，飲者，溲者，陟者，降者，痒磨樹者，噓者，嗅者，喜而相戲者，怒相踶齧者，秣者，騎者，驟者，走者，載服物者，載狐兔者，凡馬之事，二十有七焉。馬大小、八十有三，而莫有同者焉。』秦少游謂其敘事該而不煩，故仿之而作《羅漢記》。坡公《賦韓幹十四馬》詩云：『二馬並驅攢八蹄，二馬宛頸鬉尾齊。一馬任前雙舉後，一馬卻避長鳴嘶。老髯奚官騎且顧，前身作馬通馬語。後有八匹飲且行，微流赴吻若有聲。前者既濟出林鶴，後者欲涉鶴俯啄。最後一匹馬中龍，不嘶不動尾搖風。韓生畫馬真是馬，蘇子作詩如見畫。世無伯樂亦無韓，此詩此畫誰當看？』詩之與《記》，其體雖異，其爲布置鋪寫則同。誦坡公之語，蓋不待見畫也。予雲林繪監中有臨本，略無小異。杜老《觀曹將軍畫馬圖》云：『昔日太宗拳毛騧，近時郭家師子花。今之新圖有二馬，復令識者久歎嗟。其餘七匹亦殊絶，迥若寒空動煙雪。霜蹄蹴踏長楸間，馬官厮養森成列。可憐九馬争神駿，顧視清高氣深穩。』其語視東坡，似若不及。至于『斯須九重真龍出，一洗萬古凡馬空』，不妨獨步也。杜又有《畫馬》云：『韓幹畫馬，毫端有神。驊騮老大，騕褭清新。』及『四蹄雷雹，一日天池。瞻彼駿骨，實惟龍媒』之句。坡公《九馬贊》，言薛紹彭家藏《曹將軍九馬圖》，杜子美所爲作詩者也，其詞云：『牧者萬歲，繪者惟霸。甫爲作誦，偉哉九馬。』讀此詩文數篇，真能使人方寸超然，意氣横出，可謂妙絶動宫商矣。《容齋五筆》

唐世五月五日，揚州于江心鑄鏡，以進。故國朝翰苑撰《端午帖子》詞，多用其事，然遣詞命意，工拙不同。王禹玉云：『紫閣曈曨隱曉霞，瑶墀九御薦菖華。何時又進江心鑒？試與君王卻衆邪。』李邦直云：『艾葉成人後，榴花結子初。江心新得鏡，龍瑞護仙居。』趙彦若云：『揚子江中方鑄鏡，未央宫裏更飛符。菱花欲共朱靈合，驅盡神姦又得無。』又『揚子江中百鍊金，寶奩疑是月華沉。争如聖后無私鑒，明照人間萬善心。』又『江心百鍊青銅鏡，架上雙紉翠縷衣。』李士美云：『何須百鍊鑒，自勝五兵符。』傅墨卿云：『百鍊鑒從江上鑄，五時花向帳前施。』許沖元云：『江中今日成龍鑒，苑外多年廢鷺陂。宫合照乾坤共作鏡，放生河海盡爲池。』蘇子由云：『揚子江中寫鏡龍，波如細縠不摇風。宫中驚捧秋天月，長照人間助至公。』大概如此。惟東坡不然，曰：『講餘交翟轉回廊，始覺深宫夏日長。揚子江心空百鍊，只將無逸監興亡。』其輝光氣焰，可畏而仰也。若白樂天《諷諫百鍊鏡》篇云：『江心波上舟中鑄，五月五日日午時。背有九五飛天龍，人人呼爲天子鏡。』又云：『太宗常以人爲鏡，監古監今不監容。乃知天子别有鏡，不是揚州百鍊銅。』用意正與坡合。予亦嘗有一聯云：『願儲醫國三年艾，不博江心百鍊銅。』然去之遠矣。端午故事，莫如楚人競渡之的，蓋以其非吉祥，不可施諸祝頌，故必用鏡事云。《容齋五筆》

歐陽公《黄牛廟》詩曰：『石馬繫祠門』，東坡《錢塘》詩曰：『我識南屏金鯽魚』，二句皆似童稚語，然皆記一時之事。歐陽嘗夢至一神祠，祠前有石馬缺左耳，及謫夷陵，過黄牛廟，所見如夢。西湖南屏山興教寺，池有鯽十餘尾，皆金色，道人齋餘，争倚檻投餅餌爲戲，東坡習西湖久，故寓于詩詞耳。《冷齋夜話》

山谷云：『天下清景，初不擇賢愚而與之遇，然吾特疑端爲我輩設。』荆公在鍾山定林，與客夜對，偶作詩曰：『殘生傷性老耽書，年少東來復起予。各據槁梧同不寐，偶然聞雨落階除。』東坡宿餘杭山寺，贈僧曰：『暮鼓朝鐘自擊撞，閉門欹枕對殘缸。白灰旋撥通紅火，卧聽蕭蕭雪打窗。』人以山谷之言爲確論。《冷齋夜話》

《弇州詞評》曰：永叔、長公，極不能作麗語，而亦有之。永叔如『當路游絲縈醉客，隔花啼鳥唤行人』，長公如『綵索身輕常趁燕，紅窗睡重不聞鶯』，勝人百倍。《古今詞話》

蘇東坡曰：『山抹微雲秦學士，露花倒影柳屯田。』微以氣格爲病。《古今詞話》

詩雖能致禍，然亦能解患。王維陷賊中，受僞命，禄山于凝碧池置宴作樂，維有詩云：『萬户傷心生野煙，千官何日再朝天？秋槐葉落空宫裏，凝碧池邊奏管絃。』及唐收復兩京，凡污于賊者，以五等定罪。肅宗見此詩，得免。太白坐永王璘事，繫潯陽獄，朝命崔圓鞫問于獄中，上詩曰：『邯鄲四十萬，同日陷長平。能回造化筆，或冀一人生。』得減死流夜郎。東坡爲舒亶、李定等所論，自湖州逮繫御史臺獄，時宰欲致之死，于獄中作詩寄子由曰：『聖主如天萬物春，小臣愚暗自亡身。百年未滿先償債，十口無歸更累人。是處青山可埋骨，他年夜雨獨傷神。與君世世爲兄弟，更結來生未了因。柏臺霜氣夜凄凄，風動琅璫月向低。夢遶雲山心似鹿，魂飛湯火命如雞。眼中犀角真吾子，身後牛衣愧老妻。百歲神游定何處？桐棺知葬浙江西。』神宗見而憐之，遂得出獄，謫授黄州團練副使。後作《中秋月》詞云：『惟恐瓊樓玉宇，高處不勝寒。』神宗覽之曰：『蘇軾終是愛君。』得改汝州聽便。《歸田詩話》

太白《廬山瀑布》詩後，徐凝有『一條界破青山色』之句，東坡云：『帝遣銀河一派垂，古今惟有謫仙詞。飛流濺沫知多少？不爲徐凝洗惡詩。』及其自題《漱玉亭》云：『擘開青玉峽，飛出兩玉龍。蕩蕩白銀闕，沉沉水晶宫。願隨琴高生，脚踏赤鯶公。手持白芙蕖，跳下清泠中。』意氣偉然，真可以追蹤太白矣。然太白又有『海風吹不斷，山月照還空』，亦奇妙句，惜世少稱之者。《歸田詩話》

東坡詩云：『小兒不識愁，起坐牽我衣。我欲嗔小兒，老妻勸兒癡。兒癡君更甚，不樂復何爲？還坐愧此言，洗盞當我前。大勝劉伶婦，區區爲酒錢。』其曠達如此。又《與李之儀小簡》云：『伏惟起居佳勝，眷聚各安慶。無他祝，惟保愛之外，「酌酒與婦飲，尚勝俗侶對。」梅二丈詩云爾。』梅二丈，謂聖俞也。《歸田詩話》

韓文公上《佛骨表》，憲宗怒遠謫，行次藍關，示姪孫湘云：『一封朝奏九重天，夕貶潮陽路八千。欲爲聖明除弊事，肯將衰朽惜殘年。雲横秦嶺家何在？雪擁藍關馬不前。知汝遠來應有意，好收吾骨瘴江邊。』又題《臨瀧寺》云：『不覺離家已五千，仍將衰病入瀧船。潮陽未到吾能説，海氣昏昏水拍天。』讀之令人悽然傷感。東坡則放曠不羈，《出獄和韻》即云：『卻對酒杯渾似夢，試拈詩筆已如神。』方以詩得罪，而所言如此。又云：『卻笑睢陽老從事，爲予投檄向江西。』不以爲悲而以爲笑，何也？至惠州云：『日啖荔枝三百顆，不妨長作嶺南人。』《渡海》云：『九死南荒吾不恨，兹游奇絶冠平生。』方負罪戾，而傲世自得如此，雖曰取快一時，而中含戲侮，不可以爲法也。《歸田詩話》

東坡詩云：『寂寞東坡一病翁，白頭蕭散滿霜風。兒童誤喜朱顔在，一笑那知是酒紅。』又云：『公退清閒如致仕，酒餘歡適似還鄉。不妨更有安心法，卧對縈簾一炷香。』皆言閒退而無愁恨之思。至黄山谷則云：『老色日上面，歡悰日去心。』今既不如昔，後當不如今。』讀之令人慘然不樂。《歸田詩話》

東坡《次韻趙明叔碧香酒》詩：『先生未出禁酒國』，蓋用盧仝『何時得出禁酒國』。《能改齋漫録》

東坡詩：『留我同行木上座，贈君無語竹夫人。』按慧日至夾山，夾山問與甚麽人同行，曰云：『有個木上座。』蓋謂拄杖也。《能改齋漫録》

『别駕』始後漢，州置别駕治中，然則『别駕』者，官之名也。若『别乘』，則别駕之義，非官名也。晉庾亮《與郭游書》云：『别駕舊與别乘同，流王化于萬里，任居刺史之半。』東

坡《答田國博》詩：『風流别乘多才思。』《能改齋漫録》

東坡《宿海會寺》詩：『本來無垢洗更輕。』《樂府》云：『居士本來無垢。』按《維摩詰經偈》云：『八解之浴池，定水湛然滿布，以七浄華，浴此無垢人。』《能改齋漫録》

東坡《石臺長老嘗不至席二十年贈詩》云：『誰信吾師非不睡，睡蛇已死得安眠。』按《遺教經》：『煩惱毒蛇，睡在汝心。睡蛇既出，乃可安眠。』坡取此。《能改齋漫録》

東坡《贈眼醫王生彦若》詩云：『吾于五輪間，蕩蕩見空曲。』按《龍樹王菩薩眼論》有『五輪，血、風、氣、水、肉。』五輪應五臟也。《能改齋漫録》

東坡詩云：『花因識面常含笑，鳥不知名時自呼。』按《北山經》：『蔓聯之山，有鳥焉，群居而朋飛，其毛如雌雉，名曰「交鳥」，而其名自呼：食之已風。』《能改齋漫録》

蔡絛《西清詩話》云：『杜少陵文自古奥，如云「九天之雲下垂，四海之水皆立。忽翳日而翻萬象，卻浮雲而留六龍。萬舞陵亂，又似乎春風壯而江海波。」其語皆磊落驚人。或言無韻者不可讀，是大不然。東坡有《美堂》詩：「天外黑風吹海立，浙東飛雨過江來。」蓋出此。』以上皆蔡説。予按：長水校尉關子陽謂『天去人尚遠，而黑風吹海。』蓋東坡博極群書，兼用乎此。政如《雪》詩云：『柳絮才高不道鹽。』人徒知用撒鹽空中差可擬，而不知兼用《南史》『但不道鹽耳』故事也。《能改齋漫録》

東坡詩有『夾道青煙鵲尾爐』。按《松陵唱和集》皮日休《寄華陽潤卿》詩云：『鵲尾金爐一世焚。』注云：『陶貞白有金鵲尾香爐。』又《珠林》云：『宋吴興人費崇先，少信佛法，每聽經，常以鵲尾香爐置膝前。』費崇先事，又見王琰《冥祥記》。《能改齋漫録》

梁蕭惠開云：『南方之珍，惟荔枝矣。其味絶美，楊梅、盧橘，自可投諸藩溷。』故東坡詩云：『南村諸楊北村盧，直與荔枝爲先驅。』《能改齋漫録》

東坡在海南，作《東莞縣資福禪院阿羅漢閣偈》云：『五百大士栖此城，南金大貝皆東傾。衆心回春柏再榮，鐵林東來閣乃成。寶骨未到先通靈，赤蛇白璧珠夜明。三卜襲吉誰敢争？』内翰吴弁正仲云：『予至東莞，黎武文通爲言僧祖堂者，先住寺，未幾謝去。東廡有二柏枯死，衆迎堂再至，柏復榮茂，人皆異之。始營閣，東至鐵竈塘山南黄氏家。前夕，黄夢羅漢僧行化，旦起，祖堂來，黄厚具資糧，入山獲巨木，閣遂以成。乃走惠州，求碑于東坡，諾之矣。心欲以犀帶所易得者佛腦骨，骨出舍利，薦以白玉璧施之，而未言也。祖堂歸累月，一夕，夢赤蛇吐珠白璧上，驚悟曰：「蘇公之文且成矣。」即往速之，且告以夢。坡大喜，出腦骨舍利璧視之。祖堂因請歸，作金銀琉璃窣堵坡，藏閣上。遂併付之，仍别作《舍利塔銘》矣。』《能改齋漫録》

東坡詩：『叩檻出魚鼋，詩取一笑粲。』按柳子厚《河間傳》云：『遂入禮隥州，西浮圖

兩池間，叩檻出魚鼈食之，河間爲一笑。』《能改齋漫録》

東坡《病中大雪》詩：『飲雋瓶屢卧。』趙夔注云：『歐陽詩「不覺長瓶卧」。』『張籍詩「酒盡卧空瓶」。』《能改齋漫録》

東坡《吉祥寺賞花寄陳述古》詩云：『仙花不用剪刀裁，國色初酣卯酒來。太守問花花不語，爲誰零落爲誰開？』《南部新書》記嚴惲詩：『春光冉冉歸何處？更向花前把一杯。盡日問花花不語，爲誰零落爲誰開？』東坡全用此兩句也。惲字子重，能詩，與杜牧善。《能改齋漫録》

全宋詩話卷四十二

蘇軾十五

東坡詩：『白水滿時雙鷺下，午陰清處一蟬鳴。』唐李端《茂陵山行陪韋金部》詩云：『盤雲雙鶴下，隔水一蟬鳴。』東坡本此。《能改齋漫録》

東坡《贈傳真妙善大師惟真》詩，先言『平生慣寫龍鳳質』，後言『爾來傳寫亦及我』。林子中謂失爲臣體，予以爲論詩豈當爾耶。《能改齋漫録》

東坡熙寧十年，知徐州，李邦直因沂山龍祠祈雨，有應，作詩寄東坡。東坡和之，末云：『半年不言坐龍慵，但怨天公不怨龍。今來一雨何足道，龍神社鬼各無功。無功日盜太倉粟，嗟我與龍同此責。勸農使者不汝容，因君作詩先自劾。』李邦直來謁東坡，因戲笑言：『承見示詩，只是勸農使者，不管岳地事。』元豐二年，東坡下御史臺獄，嘗供此詩云：『本因龍神慵惰不行雨，卻使人心怨天子。以譏諷大臣不任職，不能燮理陰陽，卻使人心怨天子。以天公比天子，以神龍社鬼比執政大臣及百執事也。』邦直嘗答蘇子由詩：『匕飯盤蔬强少留，相逢何物可消憂？緣君未得酒中趣，與我漫爲方外游。草亂不容移馬迹，山雄全欲逼城樓。濟時異日須公等，莫狎翩翩海上鷗。』東坡和云：『五斗塵勞尚足留，閉門卻欲治幽憂。羞爲毛遂囊中穎，未許朱雲地下游。無事會須成好飲，思歸時欲賦登樓。羡君幕府如僧舍，日向城西看浴鷗。』此詩《集》所不載，故見于此。《能改齋漫録》

『吟哦傲兀，仰晤巖月。遇巘迎崖，銀刓玉齕。鼂鼊噞喁，雁鶩嶋屼。卧玩我語，聱牙岌嶪。』右《江行見月》四言也。『江郊葱瓏，雲水蒨絢。碕岸斗入，洄潭輪轉。先生悦之，布席開宴。初日下照，潛鱗俯見。意釣忘魚，樂此竿綫。優哉游哉，玩物之變。』右《郊行》四言也。皆東坡作。《能改齋漫録》

『葑草尚能攔浪，藕絲不解留連。』此一聯，東坡在黄時戲書也。又云：『湖上秋風聚螢苑，門前春浪散花洲。』王文甫所居，在黄之東湖，即武子故居，宅枕大江，即散花洲也。東坡屢過其家，戲書此。《能改齋漫録》

僕寓吴興，有《游飛英寺》詩云：『微雨止還作，小窗幽更妍。盆中不見日，草木自蒼然。』非至吴越，不見此景也。《東坡詩話》

退之詩云：『我生之辰，月宿直斗。』乃知退之磨蝎爲身宫，而僕乃以磨蝎爲命，平生多

得謗譽，殆是同病也。《東坡詩話補遺》

丁丑二月十四日，白鶴峰新居成，自嘉祐寺遷入，詠淵明《時運》詩曰：『斯晨斯夕，言息其廬。』似爲予發也。長子邁與予别三年，携諸孫萬里遠至，老朽憂患之餘，不能無忻然，乃次其韻：『我卜我居，居非一朝。龜不我欺，食此江郊。廢井已塞，喬木干霄。昔我伊何，誰其裔苗？下有澄潭，可漱可濯。江山千里，供我遐矚。木固無脛，瓦豈有足！陶匠自至，笑歌相樂。我視此邦，如洙如沂。邦人勸矣，老我安歸。自我幽獨，倚門或麾。豈無親友？雲散莫追。旦暮丁丁，誰欵我廬？子孫遠至，笑語紛如。剪鬃垂結，覆此瓠壺。三年一夢，乃復見予。』予在都下，每謁范純夫，子孫環繞，投紙筆求作字，每調之曰：『訴旱乎？訴澇乎？』今皆在萬里外，欲復見此，豈可得哉！有來請純夫書，因録此數紙寄之。丁丑閏三月五日。多難畏人，此詩慎勿示人也。《蘇詩紀事》

子瞻在黄州，病赤眼，踰月不出。或疑有他疾，過客遂傳以爲死矣。有語范景仁于許昌者，景仁即舉袂大慟，召子弟，具金帛，遣人賙其家。子弟言：『此傳聞未審，當先以書問之。』乃走僕以往，子瞻發書大笑。故後《量移汝州謝表》有云：『疾病連年，人皆相傳爲已死。』未幾，復與數客飲江上，夜歸，江面際天，風露浩然，乃作歌辭，所謂『夜闌風静縠紋平，小舟從此逝，江海寄餘生』者，與客大歌數過而散。翌日，喧傳子瞻夜作此辭，掛冠服江邊，拏舟長嘯去矣。郡守徐君猷聞之，驚且懼，以爲州失罪人，急命駕往謁，則子瞻鼻鼾如雷，猶未興也。然此語卒傳至京師，雖裕陵亦聞而疑之。《蘇詩紀事》

子瞻《渡江和介甫游蔣山》詩，介甫指『峰多巧障日，江遠欲浮天』，撫几嘆曰：『老夫一生作詩，無此兩句。』又誦子瞻《荔枝》一聯云：『海中仙人絳羅襦，紅綃中單白玉膚』，絶歎以爲名言。《蘇詩紀事》

歐公論坡詩文，落筆輒爲人傳頌，每篇出，歐公終日喜。一日，與子棐論文，因及坡公，乃歎曰：『汝記吾言，三十年後，世人更不道著我也。』崇寧間，海内外稱坡公詩文，不復有言歐公者。《蘇詩紀事》

書《黄泥坂》詞後，予在黄州大醉，作此詞，小兒輩藏去稿，醒後不復見也。前夜與王直方、張文潛、晁无咎夜坐，三客翻倒几案，搜索篋笥，偶得之。字半不可讀，以意尋究，乃得其全，文潛喜甚，手録一本以遺予，持先本去。明日，得王晉卿書云：『吾日夕購子書不厭，近又以三縑博兩紙。子有近書，當稍以遺我，毋多費我絹也。』乃用澄心堂紙、李承晏墨，書此遺之。《蘇詩紀事》

韋蘇州云：『落葉滿空山，何處尋行迹。』坡用其韻，此絶唱，不當和也。《羅漢贊》云：『空山無人，水流花開。』此八字，還許人再道否？又『明月易低人易散，歸來呼酒更

重看。』又『當其下筆風雨快，筆所未到氣已吞。』又『醉中不覺度千山，夜聞梅香醉失眠。』《蘇詩紀事》

徐信言：東坡北歸時過其書齋，書一帖云：『嘗見王平甫自負其《甘露寺》詩：「平地風煙飛白鳥，半山雲木卷蒼藤。」予應之曰：「精神全在『卷』字上，但恨『飛』字不稱耳。」平甫請予易，予遂易以『横』字。』《蘇詩紀事》

東坡云：『春宵一刻值千金，花有清香月有陰。歌管樓臺聲寂寂，鞦韆院落夜沉沉。』介甫云：『金爐香燼漏聲殘，剪剪輕風陣陣寒。春色惱人眠不得，月移花影上闌干。』二詩流麗相似。《蘇詩紀事》

子瞻作詩，長于譬喻，如《和子由》詩云：『人生到處知何似？應似飛鴻踏雪泥。泥上偶然留指爪，鴻飛那復計東西？』《蘇詩紀事》

欒城遺言：『讀書百遍，經義自見。』東坡《送安惇》詩云：『故書不厭百回讀，熟讀深思子自知。』《荀子》：『誦數以貫之，思索以通之。』朱子曰：『誦數，即今人讀書遍數也。古人讀書精勤如此。』又云：『看書如服藥，藥多力自行。』《蘇詩紀事》

坡少年有詩云：『清吟雜夢寐，得句旋已忘。』晚謫惠州，復有一聯云：『春江有佳句，我醉墮渺莽。』《蘇詩紀事》

韓退之詩云：『水作青羅帶，山爲碧玉簪。』柳子厚詩云：『海上群山似劍鋩，秋來處處割愁腸。』陸道士云：『二公當時不相會，好作成一屬對。』坡爲之對曰：『繫悶豈無羅帶水，割愁還有劍鋩山。』《蘇詩紀事》

《跋李端叔詩卷》云：『暫借好詩消永夜，每逢佳處輒參禪。』《蘇詩紀事》

『蓮子劈開須見薏，楸枰著盡更無棋。破衫卻有重縫處，一飯何曾忘卻匙。』趙彦村《詩注》云：『此吴歌格借字寓意也。古詩有云：「圍棋燒敗襖，着子更依然。」劉禹錫《竹枝歌》云：「東邊日出西邊雨，道是無晴還有情。」此是此意蓋用「晴」字隱「情」字也。』《蘇詩紀事》

蘇公《百步洪》詩云：『長虹斗落生跳波，輕舟南下如投梭。水師絶叫鳧雁起，亂石一綫争磋磨。有如兔走鷹隼落，駿馬下注千丈坡。斷絃離柱箭脱手，飛電過隙珠翻荷。』《蘇詩紀事》

劉季孫平之子，家藏書數千卷，其《送孔宗翰知揚州》詩云：『詩書魯國真男子，歌吹揚州作貴人。』多稱其精當。爲杭州鈐轄，子瞻作守，深知之。後嘗以詩寄子瞻云：『四海共知霜鬢滿，重陽曾插菊花無？』子瞻大喜，在潁州和詩，所謂『一篇向人寫肝膽，四海知我霜鬢斑』，蓋記此也。《蘇詩紀事》

坡公《次魯直韻題李伯時畫王摩詰》詩云：『前身陶彭澤，後身韋蘇州。欲覓王右丞，還向五字求。詩人與畫手，蘭菊芳春秋。又恐兩皆是，分身來入流。』《蘇詩紀事》

東坡帥杭，一日，與徐璹坐雙檜堂，指二檜吟曰：『二疏辭漢去。』以兄弟皆補外也，璹應聲曰：『大老入周來。』對偶親切，又善迎合，公大喜。《蘇詩紀事》

熙寧六年正月作詩云：『馬融既依梁，班固亦仕竇。效顰豈不欲，頑質謝鎸鏤。』又詩《送劉述》云：『君王有意誅驕虜，搥碎銅山鑄銅虎。聯翩三十七將軍，走馬歸來各開府。』《蘇詩紀事》

參寥嘗與客評詩，客曰：『世間故實小説，有可以入詩者，有不可以入詩者。惟東坡不揀擇，入手便用，如街談巷説，一經此老手，點瓦礫爲黄金，自有妙處。』參寥曰：『老坡牙頰間，别有一副鑪鞲，他人豈可學耶？』《蘇詩紀事》

坡詩如武庫初開，矛戟森然，一一求之，不無利鈍，然天才宏放，直與日月争光，凡古人所不到處，發明殆盡，『萬斛泉源』，未爲過也。然頗恨方朔極諫，時雜滑稽，故罕醞藉。《蘇詩紀事》

『餘杭自是水仙窟，似聞吴興更清絶。湖中橘林新著霜，溪上苕花正浮雪。顧渚茶芽白于齒，梅溪木瓜紅勝頰。吴兒鱠縷薄欲飛，未去先説饞涎垂。亦知謝公到郡久，應怪杜牧尋春遲。』予謂苕水出浮玉山，又云『霅水』，大率一水二名，總之苕溪四水之一名耳。四水合爲一溪，曰『苕』、曰『前』、曰『餘』、曰『霅』，合而有聲，因曰『霅』云。《蘇詩紀事》

『杏花飛簾散餘春，明月入户尋幽人。褰衣步月踏花影，炯如流水涵青蘋。花間置酒清香發，争挽長條落香雪。山城酒薄不堪飲，勸君且吸杯中月。洞簫聲斷月明中，惟憂月落酒杯空。明朝卷地春風惡，但見緑葉棲殘紅。』《東坡詩話》云：余在徐州，王子立、子敏，皆館于官舍，蜀人張思厚來過，二王方年少，吹洞簫飲酒杏花下，予作此詩。明年，余謫黄州，對月獨飲，嘗有詩云：『去年花落在徐州，對月酣歌美清夜。今年黄州見花發，小院閉門風露下。』蓋憶與二王飲時也。張思厚久已死，今年子立復爲古人，哀哉！《蘇詩紀事》

有明上人者，作詩甚難，求捷法于東坡。東坡作兩頌以與之，其一云：『字字覓奇險，節節累枝葉。咬嚼三十年，轉更無交涉。』其一云：『衝口出常言，法度法前軌。人言非妙處，妙處在于是。』《蘇詩紀事》

子瞻有《和楊公濟梅花》三絶，亦皆西湖景，云：『春入西湖到處花，裙腰芳草抱山斜。盈盈解佩臨湘浦，脉脉當壚傍酒家。』又：『湖面初驚片片飛，尊前吹折最繁枝。何人會得春風意？怕見黄梅細雨時。』又：『北客南來豈是家，醉看參月半横斜。他年欲識吴姬面，秉燭三更對此花。』更有《紅梅》、《蠟梅》兩種，《紅梅》詩云：『怕愁貪睡獨開遲，自恐冰容不入時。故作小紅桃杏色，尚餘孤瘦雪霜姿。寒心未肯隨春態，酒暈無端上玉肌。詩老不知梅格在，更看緑葉與青枝。』其種來自閩、湘中，故有『福州紅』、『潭州紅』、『邵武紅』等號。蠟梅又名『緑萼梅』，色黄白，酷似蜜脾，檀心爲上，磬口次之。花小香淡，以子種出，不經接者又次之，子瞻詩云：『萬松嶺上黄千葉，玉蘂檀心兩奇絶。』高子勉云：『少鎔燭淚裝應是，多爇龍涎嗅不如。只恐春風有機事，夜來開破幾丸書。』《蘇詩紀事》

瑞香有黄、紫二種，有紫瓣而緣金者。子瞻有《次曹子方龍山真覺院瑞香》詩，云：『幽花結淺紫，來自孤雲岑。骨香不自知，色淺意殊深。移栽青蓮宇，遂冠薝蔔林。紉爲楚臣佩，散落天女襟。』云云。今爲馬塍種最多，大者名『錦熏籠』。《蘇詩紀事》

杜鵑花，諸山皆有之，而宋時菩提寺南漪堂獨盛。子瞻詩云：『南漪杜鵑天下無，披香殿上紅氍毹。鶴林兵火真一夢，不歸閬苑歸西湖。』《蘇詩紀事》

枇杷，白者爲上，黄者次之，無核者名『椒』。子瞻《同劉景文真覺院賞枇杷》詩云：『緑暗初迎夏，紅殘不及春。魏花非老伴，盧橘是鄉人。』其《序》云：『院有洛花，花時不暇往，故有「魏花非伴」之句。』《蘇詩紀事》

東坡《梅》詩：『鮫綃翦碎玉簪輕，檀暈粧成雪月明。肯伴老人春一醉，懸知欲落更多情。』王十朋集諸家注，皆不解『檀暈』之義，今爲著之。宇文氏《粧臺記》紀婦女畫眉，有

『倒暈粧』；《古樂府》有『暈眉攏鬢』之説；元微之《與白樂天書》：『近昵婦人，暈澹眉目，綰約頭鬢』；《畫譜》有『正暈牡丹』、『倒暈牡丹』；《太平廣記》許老翁有『銀泥裙五暈羅』；畫工七十二色，有『檀色』，與張萱所畫婦人暈眉，所謂『紫沙羃』酷似。可以互證也。坡詩又云：『剩看新翻眉倒暈』，又云：『倒暈連眉秀嶺浮』。《蘇詩紀事》

杭州寶雲山産者，名『寶雲茶』；下天竺香林洞者，名『香林茶』；上天竺白雲峰者，名『白雲茶』。坡詩云：『白雲山下兩旗新。』又寶嚴院垂雲亭亦産茶，有僧怡然，以垂雲新茶見餉，坡報以大龍團，戲作云：『妙供來香積，珍烹具大官。揀牙分雀舌，賜茗出龍團。』云云。又嘗游山寺，飲釅茶七碗，戲書云：『示病維摩元不病，在家靈運已忘家。何須魏帝一丸藥，且盡盧仝七碗茶。』《蘇詩紀事》

子瞻佐郡日，與僧惠勤、惠思、清順、可久、惟肅、義詮，爲方外之交，嘗同泛西湖，詩云：『三吴雨連月，湖水日夜添。尋僧去無路，瀲瀲雨拍簷。駕言徂北山，得與幽人兼。清風洗昏翳，晚景分濃纖。縹緲朱樓人，斜陽半疏簾。』云云。《蘇詩紀事》

惠勤、惠思者，皆居孤山，蘇子瞻倅郡，以臘日訪之，作詩云：『天欲雪，雲滿湖，樓臺明滅山有無。水清石出魚可數，林深無人鳥相呼。臘日不歸對妻孥，名尋道人實自娱。道人之居在何許？寶雲山前路盤紆。孤山孤絶誰肯廬？道人有道山不孤。紙窗竹屋深自暖，擁褐坐睡依團蒲。天寒路遠愁僕夫，整駕催歸日未晡。出山回望雲水合，但見野鶴盤浮屠。茲游淡泊歡有餘，到家怳如夢蘧蘧。作詩火急追亡逋，清景一失後難摹。』《蘇詩紀事》

風篁嶺，多蒼筤篠簜，風韻凄清，至此林壑深沉，迥出塵表，流淙活活，自龍井而下，四時不絶，嶺故叢薄荒密。元豐中，僧辨才淬治潔楚，名曰『風篁』。蘇子瞻訪辨才龍井，送至嶺上，左右驚曰：『遠公過虎溪矣！』辨才笑曰：『杜子有云：「與子成二老，來往亦風流。」』遂作亭嶺上，名曰『過溪』，亦曰『二老』。子瞻紀之詩云：『日月轉雙轂，古今同一丘。惟此鶴骨老，凛然不知秋。去住兩無礙，人士争挽留。去如龍出水，雷雨捲潭湫。來如珠還浦，魚鼈争駢頭。此生暫寄寓，常恐名實浮。我比陶令媿，師爲遠公優。送我過虎溪，溪水當逆流。聊使此山人，永記二老游。』《蘇詩紀事》

仲殊嗜蜜，思聰嗜琴，東坡詩所謂『招得琴聰與蜜殊』者是也。仲殊善詞，而小調尤勝，如《訴衷情·詠西湖》詠夏景：『風流藴藉，不減少年。』《蘇詩紀事》

坡《和僧守詮詩》云：『但聞煙外鐘，不見煙中寺。幽人行未已，草露溼芒屨。惟應山頭月，夜夜照來去。』未嘗不喜其清絶，及讀詮詩云：『落日寒蟬鳴，獨歸林下寺。松扉竟未掩，片月隨行屨。時聞犬吠聲，更入青蘿去。』其幽深清遠，亦自有林下風味也。《蘇詩紀事》

坡在嶺海間，最喜讀陶淵明、柳子厚《集》，謂之『南遷二友』。《蘇詩紀事》

元祐二年正月十二日，蘇子瞻、李伯時爲柳仲遠作《松石圖》，仲遠取杜子美詩『松根胡僧憩寂寞，龐眉皓首無住著。偏袒右肩露雙脚，葉裹松子僧前落』，復求伯時畫此數句，爲《憩寂圖》。子由題云：『東坡自作蒼蒼石，留取長松待伯時。只有兩人嫌未足，兼收前世杜陵詩。』因次其韻云：『東坡雖是湖州派，竹石風流各一時。前世畫師今姓李，不妨題作輞川詩。』文與可嘗云：『老夫墨竹一派，近在徐州，吾竹雖不及，石似過之。』此一卷公案，不可不令魯直下一句。魯直跋云：『或言子瞻不當目伯時爲前身畫師，流俗人不領，便是詩病。伯時一丘一壑，不減古人，誰當作此癡計？子瞻此語，是真相知。』《蘇詩紀事》

味摩詰之詩，詩中有畫；觀摩詰之畫，畫中有詩。詩曰：『藍溪白石出，玉川紅葉稀。山路原無雨，空翠溼人衣。』《蘇詩紀事》

坡有題所畫雁詩，云：『野雁見人時，未起意先改。君從何處看，得此無人態？』《蘇詩紀事》

鄢陵王主簿，長于花鳥，東坡有書所畫折枝詩，云：『瘦竹如幽人，幽花如處女。低昂枝上雀，摇蕩花間雨。雙翎決時起，衆葉紛自舉。可憐採花蜂，清蜜寄兩股。若人富天巧，春色入毫楮。懸知君能詩，寄聲求妙語。』《蘇詩紀事》

李世南，字唐臣，嘗與晁无咎同試諸生。无咎有求横幅長篇，又有題扇詩，蓋長于山水也。東坡亦嘗題其秋景平遠，云：『人間斤斧日創夷，果見龍蛇百尺姿。不是溪山曾獨往，何人解作掛猿枝？　野水參差落漲痕。　疏林欹倒出霜根，浩歌一棹歸何處？　家在江南黄葉村。』《蘇詩紀事》

子瞻所作枯木枝榦，虬屈無端倪，石皴亦奇怪，如其胸中蟠鬱也。作墨竹，從地一直起至頂，或問何不逐節分，曰：『竹生時何嘗逐節生耶？』又作寒林，嘗以書告王定國曰：『予近畫得寒林，已入神品。』雖然，先生平日胸臆宏放如此。而蘭陵胡世將家收所畫蟹，瑣屑毛介，曲屈芒縷，無不備具。先生又自題郭祥正壁云：『枯腸得酒牙角出，肺肝槎牙生竹石。森然欲作不可回，寫向君家雪色壁。』則知先生非乘酣發真興，亦不爲也。《蘇詩紀事》

李頎，字粹老，不知何許人，少舉進士，當得官，弃去，烏巾布衣，爲道人，遍歷湖湘間，晚樂吴中山水，遂隱于臨安大滌洞天，往來苕溪之上，遇名人勝士，必與周旋，素善丹青，而間作小詩。東坡倅錢塘日，粹老以幅絹作春山横軸，而書一詩其後，付樵者，令俟坡之出投之。坡展視詩畫，蓋已奇之矣，及問樵者，曰：『我負薪出市，始經公門，有一道人，與我百錢，令我至此。』坡益驚異，即散問西湖名僧輩，云是『粹老』。久之，會于湖山僧居。坡因和其詩云：『詩句對君難出手，雲泉勸我早抽身』是也。粹老畫出筆力之妙，盡物之變，而秀潤簡遠，非若近世士人，略得形似，便復輕訾前人、自有超神之妙、出于法度之外者。然

不能爲特作，世所有者絶少，得其小屏幅紙，以爲寶玩也。《蘇詩紀事》

寫生之句，取其形似，故詞多迂弱。趙昌畫黄葵，坡題詩云：『檀心紫成暈，翠葉森有芒』，蓋佳語矣。《蘇詩紀事》

東坡喜食燒豬，佛印住金山時，每燒豬以待其至。一日，爲人竊食，坡戲作云：『遠公沽酒飲陶潛，佛印燒豬待子瞻。採得百花成蜜後，不知辛苦爲誰甜？』在黄岡時，嘗戲作：『黄州好猪肉，價錢如糞土。富者不肯喫，貧者不解煮。慢著火，少著水，火候足時他自美。每日起來打一碗，飽得自家君莫管。』《雲仙散録》載黄昇日食鹿肉二斤，自晨煮至日影下西門，曰：『火候足矣。』同此。《蘇詩紀事》

承平時，國家與遼歡盟，文禁甚寛，輅客者往來，率以談謔詩文相娱樂。元祐間，東坡實膺是選，遼使素聞其名，思以奇困之。其國有一對，曰：『三光日月星』，凡以數言者，必犯其上一字，于是徧國中無能屬者，有以請于坡。坡唯唯，謂其介曰：『我能而君不能，亦非所以全大國之體。「四詩風雅頌」，天生對也。盍先以此復之。』介如言，方共歎愕，坡徐曰：『某亦有一對曰：「四德元亨利。」』使睢盱欲起辨，坡曰：『而謂我忘其一耶？謹閟而言。兩朝兄弟邦，卿爲外臣，此固仁祖之廟諱。』使臣出意，大駭服。既又有所談，輒爲破逆敚，使自愧弗如，及白溝往返，齚舌不敢復言他。《蘇詩紀事》

坡有妹，敏慧多辨，其額廣而如凸，坡嘗戲曰：『蓮步未離香閣下，梅粧先露畫屏前。』妹即應云：『欲扣齒牙無覓處，忽聞毛裏有聲傳。』公多須髯，遂戲答之，時年十歲也。《蘇詩紀事》

《洗兒戲作》云：『人皆養子望聰明，我被聰明誤一生。惟願孩兒愚且魯，無災無難到公卿。』《蘇詩紀事》

蘇子瞻自黄徙汝，過金陵，荆公野服乘驢，謁于舟次。子瞻迎揖曰：『軾今日敢以野服見大丞相。』公因招游蔣山，坐方丈飲茶，指案上大研曰：『可集古詩聯句賦之。』子瞻應聲曰：『巧匠斲山骨。』公沉思良久而起，曰：『且趁晴色，窮攬蔣山之勝。』田承君與一二客從後，言曰：『荆公尋常好以此困人，今日反爲蘇公所困矣。』《蘇詩紀事》

佛印禪師，法名了元，饒州人，公久與之游，時住持潤州金山寺，公赴杭過潤，爲留數月。一日，值師挂牌，與弟子入室，公便服入方丈見之。師云：『内翰何來？此間無坐處。』公戲云：『暫借和尚四大，用作禪床。』師曰：『山僧有一轉語，内翰言下即答，當從所請。如稍涉擬議，所繫玉帶，願留以鎮山門。』公許之，便解玉帶置几上。師云：『山僧四大本無，五蘊非有，内翰欲于何處坐？』公擬議未即答，師急呼侍者云：『收此玉帶，永鎮山門。』公笑而與之，師遂取衲裙相報，因有二絶。公次韻答之云：『病骨難堪玉帶圍，鈍根仍落箭鋒機。欲教乞食歌姬院，故與雲山舊衲衣。』《北夢瑣言》云：裴休嘗披毳衲，于歌姬院持鉢乞食也。又云：『此帶閲人如傳舍，流傳到我亦悠哉。錦袍錯落真相稱，乞與佯狂老萬回。』《傳燈録》云：萬回法雲公者，虢州人也，姓張氏，唐貞觀六年五月五日生，八歲時，言其兄戍安西，歸持信朝往夕還萬餘里，故號『萬回』，唐武后賜以錦袍玉帶。《蘇詩紀事》

子瞻守杭日，春時每遇休暇，必約客湖上，早食于山水佳處。飯畢，每客一舟，令隊長一人，各領數妓，任其所適。晡後鳴鑼集之，復會望湖樓，或竹閣，極歡而罷。至一二鼓，夜市猶未散，列燭以歸，城中士女夾道雲集而觀之。故其詩云：『游舫已粧吴榜穩，舞衫初試越羅新。』又云：『映山黄帽螭頭舫，夾道青煙雀尾爐。』誠熙世樂事也。《蘇詩紀事》

有美堂，在鳳山之頂，左江右湖，舉陳目下。子瞻九日泛湖，而魯少卿會客堂上，妓樂合作，子瞻從湖中望之，戲以詩云：『指點雲間數點紅，笙歌正擁紫髯翁。誰知愛酒龍山客，卻在漁舟一葉中。』又云：『西閣珠簾捲落暉，水沉煙斷佩聲微。遥知通德淒涼甚，擁髻無言怨未歸。』『通德』，乃趙飛燕女史，後爲伶玄妾。魯公使事已完，不回朝，家有美妾，故子瞻譏之。一日，子瞻會客堂上，妓樂合作，周長官邠同數僧泛湖，戲以詩，子瞻因和二首：『靄靄君詩似嶺雲，從來不許醉紅裙。不知野屐穿山翠，惟見輕橈破浪紋。頗憶呼盧袁彦道，難邀罵坐灌將軍。晚風落日原無主，不惜清涼與子分。』又云：『載酒無人過子雲，掩關晝卧客書裙。歌喉不共聽珠貫，醉面何因作纈紋。僧侣且陪香火社，詩壇欲斂鸛鵝軍。憑君遍遶湖邊寺，漲渌晴來已十分。』《蘇詩紀事》

白樂天爲河南尹日，有客舒員外云：『員外游香山寺，數日不歸，兼辱尺書，大誇勝事。』時正值坐衙慮囚之際，走筆題長句以贈，曰：『黄菊繁時好客到，碧雲合處佳人來。酡顔一笑夭桃綻，清冷秋聲寒玉哀。軒騎逶迤棹容與，留連三日不能回。白頭老尹府中坐，早衙纔退暮衙催。』謝希深、歐陽永叔官洛陽，同游嵩山歸，暮抵龍門香山，雪作，留守錢文僖公遣使以厨，傳歌妓至，且勞之曰：『山行良勞，當少留龍門賞雪，無遽歸也。』王定國訪坡公于彭城，一日棹小舟，與顔長道携盼、英、卿三子游泗水，南下百步洪，吹笛飲酒，乘月而來。坡時以事不得往，夜着羽衣，佇立黄樓上，相視而笑，以爲李太白死，世間無此樂三百餘年矣。定國既去，逾月，復與參寥師泛舟洪下，追憶曩游，作詩曰：『輕舟弄水買一笑，醉中蕩槳肩相摩。歸來笛聲滿山谷，明月正照金叵羅。』味此三游之勝，今者寧復有之。《蘇詩紀事》

余始赴中山，連日風埃，未嘗了了見太行也，頗以爲恨。今將適嶺表，過臨城道中，天氣肅然，西山草木皆可數。忽悟笑曰：『予南遷其必返乎？此退之衡山之祥也。』作詩志之：『逐客何人着眼看？太行千里送征鞍。未應愚谷能留柳，可獨衡山解識韓。』《蘇詩紀事》

坡有《送戴蒙赴成都玉局觀》云：『莫欺老病未歸身，玉局他年第幾人？』又有《過嶺》一篇云：『劍南西望七十里，乘興真爲玉局游。』後卒于提舉玉局觀。《蘇詩紀事》

純夫元祐末，與東坡數上疏論事，嘗約各草一疏。及東坡訪純夫，觀所作疏，遂書名于其末云：『某不復自爲疏矣。』純夫再三求觀，竟不肯出，云：『無以易公者。』東坡《別和純夫月研》詩：『上書掛名豈待我，獨立自可當雷霆』，蓋紀實也。《蘇詩紀事》

王凌謂賈充曰：『汝非賈梁道之子耶？乃欲以國與人。』由此觀之，梁道之忠于魏也久矣。司馬景王既執凌而歸，過梁道廟，凌大呼曰：『我大魏之忠臣也。』及司馬景王病，見凌與梁道守而殺之，二人者可謂忠義貫于幽明矣。然梁道之靈，獨不能已子元之姦，至使首發成濟之事。予戲爲小詩云：『嵇紹似康爲有子，郗超叛鑒似無孫。如今更恨賈梁道，不殺公閭殺子元。』《蘇詩紀事》

陽孝本，字行先，居虔州城西，一圃甚幽邃，學博行高。東坡謫惠州，過而愛之，爲留月餘，號曰『玉巖居士』，仍作真贊。居士平生不娶，坡每來謁，直造其室，嘗戲以『元德秀』呼之，居士曰：『某乃陽城之裔。』故坡詩曰：『衆謂元德秀，自稱陽道州』，皆謂無妻也。《蘇詩紀事》

東坡《贊文與可梅竹石》云：『梅寒而秀，竹瘦而壽，石文而醜，是爲三益之友。』《蘇詩紀事》

舊聞靖長官、賀水部，皆唐末五代人，得道不死。章聖皇帝東封，謁于道左，其謁云：『晉水部員外郎賀亢再拜』，而去。上不知也，已而閲謁，見之大驚，物色求之，不可得矣。天聖初又使其弟子喻澄者，詣闕進佛道像，值數千萬，張安道與澄游，具得其事。又有喬仝者，少得大風疾，幾死，賀使學道，今年八十，益壯盛。人無復見賀者，而仝數見之。元祐二年十二月，仝來京師十許日，予留之不可，曰：『賀以上元期我蒙山。』又曰：『吾師嘗游密州，識君于常山道上，意若喜君者。』因作是詩以送之，且作五絶句以寄賀。詩云：『君年二十美且都，初得惡疾墮眉鬚。紅顔白髮驚妻孥，覽鏡自嫌欲棄身。結茅窮山啖松腴，路逢逃秦博士盧。方瞳照野清而臞，再拜未起煩一呼。覺知此身了非吾，炯然蓮花出泥塗。隨師東游渡濰欲，『濰』、『卻』，密州二水名山頭見吾兩輪朱。豈知仙人混屠沽，邇來八十胸垂胡。上山如飛嗔人扶，東歸有約不敢渝。新年當參神仙儒，秋風西來下雙鳧，得棗如瓜分我無？』《蘇詩紀事》

《春渚録》云：東坡與山谷，同見清老。清語坡：『前身爲五祖戒和尚。』故嶺外詩云：『父老争看烏角巾，應緣曾現宰官身。溪邊古路三叉口，獨立斜陽數過人。』豈真戒禪師後身耶？而謂山谷：『前身一女子，我不能詳語。後日至涪陵，當有告者。』山谷既坐黨人遷涪，夢一女子曰：『某前身誦《法華經》，志願後身作男子，得大智慧，爲時名人，今學士吾後身也。學士年來所患腋氣，緣某墓棺朽，蟻穴兩腋，故有此苦。此山後即吾墓，學士能啟而除其蟻，則腋氣平矣。』既覺而訪，如言修掩，既畢而腋氣遂除。《蘇詩紀事》

蘇子瞻守杭日，有妓名琴操，頗通佛書，解言辭，子瞻喜之。一日，游西湖，戲語琴操曰：『我作長老，汝試參禪。』琴操敬諾。子瞻問曰：『何謂湖中景？』對曰：『落霞與孤鶩齊飛，秋水共長天一色。』『何謂景中人？』對曰：『裙拖六幅湘江水，髻挽巫山一段雲。』『何謂人中意？』對曰：『隨他楊學士，鼈殺鮑參軍。如此究竟何如？』子瞻曰：『門前冷落車馬稀，老大嫁作商人婦。』琴操言下大悟，遂削髮爲尼。《蘇詩紀事》

坡參五泉皓禪師，師問：『尊官高姓？』坡曰：『姓秤。秤天下長老輕重。』師喝曰：『且道這一喝重多少？』坡無對，于是尊禮之。後過金山，坡題自己照容偈曰：『心是已灰之木，身如不繫之舟。問汝平生功業？黄州、惠州、瓊州。』《蘇詩紀事》

房琯嘗宰盧氏，與道士邢和璞出游，過夏口村，入廢佛寺，坐古松下。和璞使人鑿地，得甕中所藏婁師德《與永禪師書》，笑謂琯曰：『頗憶此耶？』琯因悵然，悟前生之爲永師也。故人柳子玉寶此畫，云是唐本、宋復古所臨者。元祐六年三月十九日，予自杭州還朝，宿吴松江，夢長老仲殊挾琴過予，彈之有異聲，就視琴有破損，而有十三絃。予方歎息不已，殊曰：『雖損尚可修！』曰：『奈十三絃何。』殊不答，誦詩云：『度數形名本偶然，破琴今有十三絃。此生若遇邢和璞，方信秦箏是響泉。』予夢中了然，識其所謂，既覺而忘之。明日晝寢，復夢殊來理前語，再誦其詩，方驚覺而殊適至，意其非夢也，問之，殊蓋不知。是歲六月，見子玉之子子文，京師求得其畫，乃作詩并書所夢其上。子玉名瑾，善作詩及行草書。復古名迪，畫山水草木，蓋妙絶一時。仲殊本書生，棄家學佛，通脱無所著。皆奇士也。『破琴雖未修，中有琴意足。誰云十三絃，音節如佩玉？新琴空高張，絲聲不附木。宛然七絃箏，動與世好逐。陋矣房次律，因循墮流俗。懸知董庭蘭，不識無絃曲。』《蘇詩紀事》

先生稱：『劉景文博學能詩，凛凛有英氣，如三國陳元龍之流。』元祐五年，守錢塘，景文爲東南將領，佐公開治西湖日，由萬松嶺以至新堤，故坡在潁川和景文詩，有『萬松嶺上黄千葉，載酒年年踏松雪。劉郎去後誰復來？花下有人愁斷絶』謂此。後坡薦景文，得隰州以殁也。景文晚歲，常夢與晉文公神交，夢中酬唱甚多，家有編録，既至隰州三日，謁神祠，出東城，所歷之地及拜瞻神像，曉然夢中往還所在。一日，夢文公云：『已受帝旨，得景文爲代。』月餘，景文得疾。郡人有宿郊外者，見郡守嚴衛而入文公祠中，凌晨趨府，公已屬纊矣。《蘇詩紀事》

昔在九江，與蘇伯固唱和，其略曰：『我夢扁舟浮震澤，雪浪横江千頃白。覺來滿目是廬山，倚天無數開青碧。』蓋實夢也。昨又夢伯固手持乳香嬰兒示余，覺而思之，蓋南華賜物也，豈復與伯固相見于此耶？今得來書，已知在南華待數日矣，感歎不已。《蘇詩紀事》

全宋詩話卷四十三

蘇軾 十六

《司馬公紀聞》載：『進士葉適，試補監生第一，王介甫愛其所對策。布衣徐禧，得洪州進士黄雍所著書，竊其語上書褒美新法，介甫亦賞其言。皆奏除官，令于中書習學檢正。及介甫出知金陵，吉甫薦二人皆安石素所器重，上召見，適奏對不稱旨；徐禧無學術而口辨，揚眉奮髯，足以動人主意，或問以故事，禧對：「此非臣所學，臣所學」云云，其説皆雍語也。而蔡承禧收得雍草，封上之，承禧又言：「禧母及妻，皆非良家」，又言：「禧前居父喪而博，爲吏所捕，因亡命詣闕上書。」』《紀聞》以此事得于王熙。温公著《紀聞》，多得于人言，則有毀者或失其真之説，是非特未定也。或者又以《紀聞》非公所爲，然後人不能不致疑于其間、最後。予讀東坡《悼徐德占》詩，其序云：『予初不識德占，但聞其初爲惠卿所薦，以處士用。元豐五年二月，偶以事至蘄水，德占聞予在傳舍，惠然見訪，與之語，有過人者。是歲十月，聞其遇禍，作詩弔之。』云：『美人種松柏，欲使低蔭門。栽培雖易長，流惡病其根。哀哉歲寒姿，骯髒誰與論？竟爲時所誤，不免刀斧痕。一遭兒女汙，始覺山林尊。從來亙棟梁，未免傍籬藩。南山隔秦嶺，千樹龍蛇奔。大厦若果傾，萬牛何足言？不然老巖壑，合抱枝生孫。死者不可悔，吾將遺後昆。』乃知《紀聞》所傳不足信。《能改齋漫録》

詩律有借對法，苟下字工巧，賢于正格也。少陵《北鄰》云：『愛酒晉山簡，能詩何水曹。』《贈張四學士》云：『紫誥仍兼綰，黄麻似六經。』又『無復隨高鳳，空餘泣聚螢。』《送楊六使西蕃》云：『子雲清自守，今日起爲官。』《寄韋有夏郎中》云：『飲子頻通汗，懷君想報珠。』《九日》云：『坐開桑落酒，來折菊花枝。』一作『來把』。蓋用『山簡』對『水曹』，『兼綰』對『六經』，『高鳳』對『聚螢』，『子雲』對『今日』，『飲子』對『懷君』，『桑落』對『菊花』，亦『清秋方落帽，子夏正離群』之比也。如少游與子瞻同席，自矜髭鬚之美曰：『君子多乎哉』，子瞻戲曰：『小人樊須也。』（氏《聞見後録》）。尤借對之的者，況又全用經語。《履齋詩説》

杜甫《送張參軍赴蜀》云：『好去張公子，通家别恨添。兩行秦樹直，萬點蜀山尖。』張祐《骰子》詩云：『骰子逡巡裹手拈，無因得見玉纖纖。但知報道金釵落，髣髴還應露指尖。』東坡《雪夜》詩云：『試掃北臺看馬耳，未隨埋没有雙尖。』皆押『尖』字韻，偏閲近世刊行《韻略》，無此『尖』字，當是《禮部韻略》脱文。《履齋詩説》

東坡和陶詩，或謂其終不近，或以爲實過之，是皆非所當論也。渠亦因彼之意以見吾意云爾，曷嘗心競而較其優劣耶？故但觀其眼目旨趣之何如則可矣。《滹南詩話》

鄭厚云：『魏晉以來，作詩唱和，以文寓意。近世唱和，皆次其韻，不復有真詩矣。詩之有韻，如風中之竹，石間之泉，柳上之鶯，墻下之蛩，風行鐸鳴，自成音響，豈容擬議。夫笑而呵呵，歎而唧唧，皆天籟也，豈有擇呵呵聲而笑，擇唧唧聲而歎者哉？』慵夫曰：鄭厚此論，似乎太高，然次韻實作者之大病也。詩道至宋人，已自衰弊，而又專以此相尚，才識如東坡，亦不免波蕩而從之，《集》中次韻者，幾三之一，雖窮極技巧，傾動一時，而害于天全多矣。使蘇公而無此，其去古人何遠哉！《滹南詩話》

東坡《薄薄酒》二篇，皆安分知足之語，而山谷稱其憤世嫉邪，過矣。或言山谷所擬勝東坡，此皮膚之見也。彼雖力加奇險，要出第二，何足多貴哉！且東坡後篇，自破前說，此乃眼目。而山谷兩篇，只是東坡前篇意，吾未見其勝之也。《滹南詩話》

王直方《詩話》稱：『晁以道見東坡《梅》詞云：「便知道此老須過海，只爲古今人不曾道到此，須罰教去。」』苕溪漁隱曰：『此言鄙俚，近于忌人之長，幸人之禍。直方無識，載之《詩話》，寧不畏人之譏誚乎？』慵夫曰：此詞意屬朝雲也，以道之言，特戲云爾，蓋世俗所謂『放不過』者，豈有他意哉！苕溪譏直方之無識，而不知己之不通也。《滹南詩話》

東坡，文中龍也，理妙萬物，氣吞九州，縱横奔放，若游戲然，莫可測其端倪。魯直『區區持斤斧準繩』之説，隨其後而與之争，至謂未知句法，東坡而未知句法，世豈復有詩人？而渠所謂法者，果安出哉？老蘇論揚雄，以爲使有孟軻之書，必不作《太玄》。魯直欲爲東坡之邁往而不能，于是高談句律，旁出樣度，務以自立而相抗，然不免居其下也。彼其勞亦甚哉，向使無坡壓之，其措意未必至是。世以坡之過海，爲魯直不幸，由明者觀之，其不幸也舊矣。《滹南詩話》

東坡詩云：『大弨一弛何緣彀，已覺翻翻不受檠。』《考工記》：『工人寒奠體。』注曰：『「奠」讀爲「定」。至冬膠堅，内之檠中，定往來體。』《釋文》：『「檠」音「景」。』《前漢·蘇武傳》：『武能網紡繳檠弓弩。』顔師古曰：『「檠」謂輔正弓弩，音「警」，又「巨京反」。』東坡作平聲押，蓋用《漢書》注也。《老學庵筆記》

東坡海外詩云：『夢中時見作詩孫』，初不解，在蜀，見蘇山藏公墨迹疊韻《竹》詩，後題云：『寄作詩孫符。』乃知此句爲仲虎發也。《老學庵筆記》

東坡《牡丹》詩云：『一朵妖紅翠欲流』，初不曉『翠欲流』爲何語，及游成都，過木行街，有大署市肆曰：『郭家鮮翠紅紫鋪』，問土人，乃知蜀語『鮮翠』猶言『鮮明』也，東坡蓋用鄉語云。蜀人又謂糊窗爲『泥窗』，《花蕊夫人宫詞》云：『紅錦泥窗遶四廊』，非曾游蜀，

亦所不解。《老學庵筆記》

故事：謫散官，雖别駕司馬，皆封賜如故。故宋尚書在鄜時詩云：『經時不巾櫛，慵更佩金魚。』東坡先生在儋耳亦云：『鶴鬢驚全白，犀圍尚半紅』是也。至司户參軍，則奪封賜。故世傳冠萊公謫雷州，借録事參軍緑袍拜命，袍短纔至膝。又予少時見王性之曾夫人，言曾丞相謫廉州司户，亦借其姪緑袍拜命云。《老學庵筆記》

老杜《寄薛三郎中》詩云：『上馬不用扶，每扶必嗔怒。』東坡《送喬仝》詩云：『上山如飛嗔人扶。』皆言老人也，蓋老人諱『老』故爾。若少壯者，扶與不扶皆可，何嗔之有。《老學庵筆記》

東坡在黄州時，作《西捷》詩，曰：『漢家將軍一丈佛，詔賜天閑八尺龍。露布朝馳玉關塞，捷烽夜到甘泉宫。似聞指麾築上郡，已覺談笑無西戎。放臣不見天顔喜，但覺草木皆春容。』『一丈佛』者，王中正也。以此詩爲非東坡作耶？氣格如此，孰能辨之？以爲果東坡作耶？此老豈譽王中正者？蓋刺之也。以三百篇言之，『君子偕老』是矣。《老學庵筆記》

南朝謂北人曰『傖父』，或謂之『虜父』。南齊王洪軌，上谷人，事高帝，爲青、冀二州刺史，勵清節，州人呼爲『虜父使君』。今蜀人謂中原人爲『虜子』，東坡詩『久客厭虜饌』是也。因目北人仕蜀者爲虜官，晁子止爲三榮守，民有訟資官縣尉者，曰：『縣尉虜官，不通民情。』子止爲窮治之，果負冤。民既得直，拜謝而去，子止笑諭之曰：『我亦虜官也，汝勿謂「虜官不通民情」。』聞者皆笑。《老學庵筆記》

東坡在嶺海間，最喜誦陶淵明、柳子厚二《集》，謂之『南遷二友』。予讀宋白尚書《玉津雜詩》，有云：『坐臥將何物？陶詩與柳文。』則前人蓋有與公暗合者矣。《老學庵筆記》

東坡素知李廌方叔。方叔赴省試，東坡知舉，得一卷子，大喜，手批數十字，且語黄魯直曰：『是必吾李廌也。』及折號，則章持致平，而廌乃見黜。故東坡、山谷皆有詩，在《集》中。初廌試罷歸，語人曰：『蘇公知舉，吾之文必不在三名後。』及後黜，廌有乳母，年七十，大哭曰：『吾兒遇蘇内翰知舉不及第，他日尚奚望？』遂閉門睡，至夕不出，發壁視之，自縊死矣。廌果終身不第以死，亦可哀也。《老學庵筆記》

東坡絶句云：『梨花淡白柳深青，柳絮飛時花滿城。惆悵東闌一株雪，人生看得幾清明？』紹興中，予在福州，見何晉之大著，自言嘗從張文潛游，每見文潛哦此詩，以爲不可及。予按杜牧之有句云：『砌下梨花一堆雪，明年誰此凭闌干？』東坡固非竊牧之詩者，然竟是前人已道之句，何文潛愛之深也，豈别有所謂乎？聊記之以俟識者。《老學庵筆記》

徐敦立侍郎頗好謔，紹興末，嘗爲予言：『柳子厚非《國語》之作，正由平日法《國語》

爲文章，看得熟，故多見其疵病。此俗所謂「没前程」者也。』予曰：『東坡公在嶺外，特喜子厚文，朝夕不去手，與陶淵明並稱二友。及北歸，與錢濟明書，乃痛詆子厚《時令》、《斷刑》、《四維》、《貞符》詩篇，至以爲小人無忌憚者，豈亦由朝夕紬繹耶？恐是非《國語》之報。』敦立爲之抵掌絶倒。《老學庵筆記》

蘇文忠公文章之富，古今莫有過者。予頃見公詩真迹于友人家，皆《集》中所不載，詩凡五首，前題云：『村醪二尊，獻張平陽。』其一：『萬户春濃酒似油，想須百甕列床頭。主人日飲三千客，應笑窮官送督郵。』其二：『詩裏將軍已築壇，後來裨將欲登難。已驚老健蘇梅在，更作風流王謝看。』其三：『缺一字出定知書滿腹，瘦生應爲語雕肝。缺二字灑落江山外，留與人間激懦官。』其四：『張公高躅不可到，我欲俛眉纔學難。事業已歸前輩録，典刑留與後人看。』其五：『詩如琢雪清牙頰，身覯飛龍吐膽肝。少負清名晚方用，白頭翁竟作缺一字官。』《南濠詩話》

余家向有小廨，在杭之曲阜橋，每夕五鼓，聞早朝傳呼之聲，雖大而風雪中亦然，于是慨歎虚名之役人也如此。既而于壁間得一絶云：『霜拂金鞍玉墜腰，鄰雞催唤紫宸朝。争如林下飽清夢，殘月半窗松影摇。』頗得予心之同，因以類得數篇，併書于此。樂天《寄陳山人》云：『待漏五門外，候對三殿裏。髭鬚凍生冰，衣裳冷如水。忽思仙游客，暗謝陳居士。暖覆褐衣眠，日高應未起。』又詩云：『重裘暖帽寬氈履，小閣低窗深地爐。身穩心安眠未起，西京朝士得知無？軟綾腰褥薄綿被，涼冷秋天穩暖身。一覺曉眠殊有味，無因説與早朝人。』又云：『雞鳴一覺睡，不博早朝人。』諺云：『骨邊肉，五更睡。雖不多，最有味。』正此意也。坡翁《寄傲軒》詩云：『牀頭車馬道，殘月挂疏木。朝客紛擾時，先生睡方熟。』范至能《冬至晚起》云：『新衣兒女鬧燈前，夢裏莊周正栩然。騎馬十年聽曉鼓，人生元有日高眠。』近世翁定遠新其説，云：『遲明騎馬謁朱門，安得梅花入夢魂？慚愧高人眠正熟，一生知不受人恩。』周端臣《題東庵》云：『一庵自隱古城邊，不是山林不市廛。落月滿窗霜滿屋，卧聽宰相去朝天。』《弁陽詩話》

蘇子瞻胸有洪爐，金銀鉛錫，皆歸鎔鑄。其筆之超曠，等于天馬脱羈，飛仙游戲，窮極變幻，而適如意中所欲出，韓文公後，又開闢一境界也。元遺山云：『只知詩到蘇、黄盡，滄海横流卻是誰？』嫌其有破壞唐體之意，然正不必以唐人律之。蘇門諸君子清才林立，並入寰中，猶之邾、莒已。蘇詩，長于七言，短于五言；工于比喻，拙于莊語。《説詩晬語》

洪州西山有諶母觀，母乃許旌陽授道之師也。觀有母所種仙茅，與今山野中所産者不相遠，第採以作湯，則香味差别耳，少年飲之，至于口鼻出血，蓋性極暖也。然《抱朴子》云：『堯時有草夾階而生，隨月開落，名「蓂莢」，又曰「曆莢」，又名「仙茅」。』不知其種是此否？按《本草注》『仙茅方』云：『明皇服鍾乳不效，開元婆羅門僧進仙茅藥，服之有效。』故東坡《謝王澤州寄長松》詩云：『無復青黏和漆葉，枉將鍾乳敵仙茅。』『漆葉』，出《華陀傳》。《能改齋漫録》

晁子止云：『曾見東坡手書《四州環一島》詩，其間「茫茫太倉中」一句，乃「區區魏中梁」，不知果否？』蘇季真云：『《寄張文潛桄榔木》詩，初本云「酒半消」，其下云：「江邊獨曳桄榔杖，林下閒尋蓽撥苗。」盛孝章又誤爲「孝標」，已而悟，故盡易之。雖其家所傳，然去今所行「亡」字韻殊遠，恐傳之誤也。』《老學庵筆記》

東坡詩喜用『朅來』字：『朅來東觀棄丹墨』，『長陵朅來見大姊』，『朅來城下作飛石』，『朅來畦東走畦西』，『朅來從我游』，『朅來齊安野』，『朅來清潁上』，『朅來廉泉上』。其用字蓋出于顔延年《秋胡》詩：『朅來空復辭。』所用之意同耳。《弁陽詩話》

坡翁嘗作《女髑髏贊》云：『黄沙枯髑髏，本是桃李面。而今不忍看，當時恨不見。業風相鼓轉，巧色美倩盼。無師無眼禪，著便成一片。』其後徑山大慧師宗杲，亦作《半面女髑髏贊》云：『十分春色，誰人不愛？視此三分，可以爲戒。』甫成四句，忽若有續之者云：『玉樓清夜未眠時，留得香雲半邊在。』吴君特嘗戲賦《思佳容》詞云：『釵燕攏雲睡起時，隔墻折得杏花枝。青春半面粧如畫，細雨三更花欲飛。情輕愛別舊相知，斷腸青冢幾斜暉。亂紅一任風吹起，結習空時不點衣。』案此詞未載《詞譜》，後半闋當以三字二句換頭。乃作七字一句，或宋人有此别體。《弁陽詩話》

唐張謂詩：『家無阿堵物，門有寧馨兒。』以『寧』爲去聲。劉夢得《贈日本僧智藏》詩云：『爲問中華學道者，幾人雄猛得寧馨？』以『寧』爲平聲。蓋《王衍傳》曰：『何物老嫗，生寧馨兒！』山濤叱王衍語也。又《南史》：『宋王太后疾篤，使呼廢帝，帝曰：「病人間多鬼，那可往。」太后怒，謂侍者取刀來，剖我腹，那得生此寧馨兒！』按二説，知晉宋間以『寧馨兒』爲不佳也。故山濤、王太后皆以此爲詆叱，豈非以兒爲非馨香者邪？雖平去兩聲，皆可通用，然張、劉二詩，義則乖矣。東坡亦作仄聲，《平山堂》詩云：『六朝文物餘丘壟，空使姦雄笑寧馨。』《能改齋漫録》

蔡絛《西清詩話》，謂三吴僧義海，以琴名世。謂歐陽文忠公問東坡琴詩孰優，坡答以退之《聽穎公琴》，曰：『此祇是聽琵琶爾。』或以問海，海曰：『歐陽公一代英偉，何斯人而斯誤也。「昵昵兒女語，恩怨相爾汝」，言輕柔細屑，真情出見也。「劃然變軒昂，勇士赴敵場」，精神餘溢，竦觀聽也。「浮雲柳絮無根蔕，天地闊遠隨飛揚」，縱横變態，浩乎不失自然也。「喧啾百鳥群，忽見孤鳳凰」，又見穎孤絶，不同流俗下俚聲也。「躋攀分寸不可上，失勢一落千丈强」，起伏抑揚，不主故常也。皆指下絲聲妙處，惟琴爲然。琵琶格上聲，烏能爾耶？』退之深得其趣，未易譏評也。以上皆《西清詩話》。予謂義海以數聲非琵琶所及，是矣。而謂真能知琴趣，則非也。昔晁无咎謂：嘗見善琴者云：『「浮雲柳絮無根蔕，天地闊遠隨飛揚」，爲泛聲中寄指聲也。「躋攀分寸不可上」，爲吟繹聲也。「失勢一落千丈强」，爲歷聲也。數聲琴中最難工。』洪慶善亦嘗引用，而未知出于晁，是豈義海所知，况《西清》耶？東坡後有《聽惟賢琴》詩：『大絃春温和且平，小絃廉折亮以清。平生未識宫與角，但聞牛鳴盎中雉登木。』云云，亦未知琴。『春温和且平』、『廉折亮以清』，絲聲皆然，何獨琴也？『牛鳴盎中雉登木』，概言宫角耳，八音皆然，何獨宫角也？聞者以義海爲知言。《西清》又謂嘗攷今昔《琴譜》，謂：『宫者非宫，角者非角』，又『五音迭起，宫聲爲多，與五音之正者異。』此又坡所未知也。以上皆西清語。予考《史記》，騶忌子聞齊威王鼓琴而爲説曰：『大絃濁以春温者，君也。小絃廉折以清者，相也。』又《管子》：『凡聽宫如牛鳴窌中，凡聽角如雉登木以鳴，音疾以清。』故景書亦云：『牛鳴盎中宫，雉登木中角。』以此知義海、《西清》，寡陋而妄爲之説，可付之一笑。《能改齋漫録》

蘇詩云：『往年京國厭蓬蒿，長羡淮魚壓楚糟。今日槖駞橋下泊，恣看修網出銀刀。』觀顔魯公《放生池碑》，方悟此詩湖州所作。《能改齋漫録》

顔之推云：『眉毫不如耳毫，耳毫不如項條，項條不如老饕。』此言老人雖有壽相，不如善飲食也。故東坡《饕餮賦》蓋本諸此。然《左氏傳》：『縉雲氏有不才子，貪于飲食，冒于貨賄。天下之民，以此三凶，謂之饕餮。』杜預注曰：『貪財爲饕，貪食爲餮。』何耶？無乃與東坡之説悟耶？予又按漢服虔引《神異經》云：『饕餮，獸名，身如羊，人面，目在腋下，食人。』然則饕餮均能食人，且字皆從『食』，雖不以財、食分别亦可矣。惟《離騒》經：『象皆競進以貪婪兮，憑不厭乎求索。』王逸注云：『愛財曰貪，愛食曰婪。』蓋此二字或可分别，以貪字從『貝』故耳。《能改齋漫録》

東坡《虔州八境圖》：『回峰亂嶂鬱參差，雲外高人世得知。誰向空中弄明月？山中木客解吟詩。』徐鼎臣《搜神記》云：『鄱陽山中有木客，秦時採木者，食木實遂得不絶，時就民間飲酒，爲詩一章，云：「酒盡君莫沽，壺傾我當發。城市多囂塵，還山弄明月。」』東坡蓋用此也。然唐劉長卿有《龍門八詠》，其七《渡水》詩云：『日暮下山來，千山暮鐘發。不如波上棹，還弄山中月。伊水連白雲，東南遠明滅。』乃知『還山弄明月』，唐人已言之矣。《能改齋漫録》

《世説》載支遁道林，常養馬數匹，或言道人畜馬不韻，支云：『貧道重其神駿。』《高僧傳》載支遁常養一鷹，人問之何以，答曰：『賞其神駿。』然世但稱其『賞馬』，不稱其『賞鷹』，惟東坡有《謝雲師無著遺支遁鷹馬圖》詩，所謂『莫學王郎與支遁，臂鷹走馬憐神駿。還君畫圖君自收，不如木人騎土牛。』《能改齋漫録》

文之所以貴對偶者，爲出于自然，非假于牽强也。潘子真《詩話》記王禹玉元豐間，以錢二萬、酒十壺餉吕夢得。夢得作《啟》謝之，有所謂『白水真人，青州從事』，禹玉歎賞之爲切題。後毛達可有《謝人惠酒啟》云：『食窮三歲，曾無白水之真人。出錢百壺，安得青州之從事。』此用夢得語，尤爲無功，非特出于剽竊，又且白水真人爲虚設也。至若東坡得章質夫書，遺酒六瓶，書至而酒亡，因作詩寄之，云：『豈意青州六從事，化爲烏有一先生。』二句渾然一意，無斧鑿痕更覺其工。《能改齋漫録》

葉少藴《石林詩話》云：『楊大年、劉子儀，皆喜唐彦謙詩，以其用事精巧，對偶親切。黄魯直詩體雖不類，然不以楊、劉爲過。如彦謙《題高廟》云：「耳聞明主提三尺，眼見愚民盜一抔。」每稱賞不已，多示學詩者，以爲模式。「三尺」、「一抔」，雖是著題，然語皆歇後。「一抔」事無兩出，或可略去上字；如「三尺」，則「三尺律」、「三尺喙」皆可，豈獨劍乎？「耳聞明主」、「眼見愚民」，尤不成語。予數見交游道魯直語，意不可解。蘇子瞻有「買牛但自捐三尺，射鼠何勞挽六鈞。」亦同此病。「六鈞」可去「弓」字，「三尺」不可去「劍」字，此理甚易知也。』以上皆石林語。予按《高祖紀》云：『上嫚駡之曰：「吾以布衣，提三尺取天下。」』又《韓安國傳》云：『高帝曰：「提三尺取天下者，朕也。」』顔師古注曰：『三尺，劍也。』而流俗書本或云『提三尺劍』，『劍』字後人所加耳。然則《石林詩話》乃有歇後之説，何耶？《能改齋漫録》

半山云：『退之善爲銘，如《王適》、《張徹》尤奇。』予亦謂《董府君》及《貞曜》二銘尤妙。《董》云：『物以久弊，或以轢毁。攷致要歸，孰有彼此。由我者吾，不我者天。斯而以然，其誰使然？』《貞曜》云：『於戲貞曜，維出不訾。維持不猗，維卒不施。以昌于詩。』坡翁嘗舉此問王定國，云：『當昌其身耶？昌其詩也？』王來詩不契所問，乃作詩答之，曰：『昌身如飽腹，飽盡還復饑。昌詩如膏面，爲人作容姿。不如昌其氣，鬱鬱者不衰。雖云老不衰，劫壞安所之？不如昌其志，志一氣自隨。養之塞天地，孟軻不吾欺。』《弁陽詩話》

參寥詩：『可人惟有秦淮月，出没娟娟波浪中。』東坡《送蜀僧》詩：『當時半被峨眉月，還在平羌江水中。』二意偶同，而東坡乃用李白詩。《能改齋漫録》

韓子蒼作《草堂和尚善清真贊》云：『蓬鬆頭，卓削耳，一生説法牙無水。』云云，蓋用東坡《題王靄如來出山相》云：『頭鬅鬙，耳卓削，適從何處來？碧色眼有角。明星未出萬象閒，外道天魔猶奏樂。錯不錯，安得無上菩提成等正覺？』《東坡集》不載此文。《能改齋漫録》

陳無己《詩話》云：『某公用事，排斥端士，矯節僞行。范蜀公《詠僧房假山》曰：「倏忽平爲險，分明假奪真」，蓋刺公也。』某公，荆公也。予又嘗記一《假山》詩云：『安石作假山，其中多詭怪。雖然知是假，争奈主人愛。』云云，世以爲東坡所作，不知是否？《能改齋漫録》

宣和五年十月乙丑，臣寮言：『徽猷閣待制蔡絛，私撰文一編，目爲《西清詩話》，其論議專以蘇軾、黄庭堅爲本。』奉聖旨，蔡絛特落職勒停。《能改齋漫録》

太白：『獨酌勸孤影』，同淵明：『揮杯勸孤影』。退之：『江燕正飛飛』，同陸機：『飛飛燕弄聲』。韋蘇州《答裴棁》云：『采菊露未晞，舉頭見南山』，同淵明：『采菊東籬下，悠然見南山』。蘇子美：『峽束滄淵深貯月，巖排紅樹巧妝秋』，同老杜：『峽束滄江起，巖排石樹圓』。徐師川《早朝》云：『黄帝遠臨天北極，紫宸位在殿中央』，同老杜：『玉几由來天北極，朱衣只在殿中央』。元白《酧和》云：『有月多同賞，無杯不共持』，即昌黎《縣齋讀書》云：『詩成有共賦，酒熟無孤斟』。潘佑《感懷》云：『幽禽唤杜宇，宿蝶夢莊周』，即李白：『野禽啼杜宇，山蝶舞莊周』。東坡《西湖新成》云：『二十四橋亦何有？换此十頃玻瓈風』，即歐公《西湖》云：『都將二十四橋月，换得西湖十頃秋』。太白云：『但得酒中趣，勿爲醒者傳』，類靖節：『但得琴中趣，何勞絃上聲』。六一翁《食車螯》云：『但知美無厭，誰謂來甚遐』，梅聖俞《河豚》亦云：『但言美無度，誰知死如麻』。東坡《初冬》云：『一年好處君須記，正是橙黄橘緑時』，類昌黎《早春》云：『最是一年春好處，絶勝煙柳滿皇都』。山谷云：『去時魚上冰，歸時燕哺兒』，類昌黎《征蜀》聯句：『始去杏飛蜂，及歸柳嘶蜇』。王元之《春日雜興》云：『何事春風容不得？和鶯吹折數枝花』，同老杜：『恰似春風相欺得，夜來吹折數枝花』。宋元憲《郊》云：『鑿開魚鳥忘情地，展盡江湖極目天』，同徐仲雅五代人《題明月圃》云：『鑿開青帝春風闥，移下姮娥夜月樓』。王荆公《梅花》云：『遥知不是雪，爲有暗香來』，類蘇子卿：『只言花似雪，不悟有香來』。徐師川云：『誰家竹可欸？何處酒難忘』，類退之《游青龍寺》云：『何人有酒身無事？誰家多竹門可欸』。太白《瀑布》云：『海風吹不斷，江月照還空』，介甫《嘲白髮》云：『種種春風吹不長，星星明月照還稀』。樂天《琵琶行》云：『間關鶯語花底滑，幽咽泉流水下灘』，醉翁《聽箏》云：『綿蠻巧囀花間舌，嗚咽交流水下泉』。唐朱書《喜陳懿老至》云：『一别一千日，一日十二憶。苦心無閒時，今日見玉色』，乃知山谷『五更歸夢三百里，一日思親十二時』之語相若。李白《題峰頂寺》云：『夜宿峰頂寺，舉手捫星辰。不敢高聲語，恐驚天上人』，乃知晏元獻《危樓》詩全似之。陰鏗云：『柳色黄金嫩，梨花白雪香』，太白《行樂》詞亦全用之。《晉書載記》云：『蛟龍得雲雨，鵰鶚在秋天』，杜子美《贈嚴閣老》亦全用之。（履齋詩説）

楊軒《牡丹》詩云：『楊妃歌舞態，西子巧讒魂。利劍斫不斷，餘妖種此根。』東坡《詠酴醾》，以『昊宫紅粉』命意，而終之曰：『餘妍入此花』。山谷《詠桃花》，以『九疑萼緑華』命意，而終之曰：『猶記餘情開此花』；《詠水仙》，以『淩波仙子』命意，而終之曰：『種作寒花寄愁絶』。是皆以美人比花，而不失其爲花。近世士大夫有以《墨梅》詩傳于時者，其一云：『高髻長眉滿漢宫，君王圖上按春風。龍沙萬里王家女，不著黄金買畫工。』其一云：『五换鄰鐘三唱雞，雲昏月淡正低迷。風簾不著欄杆角，瞥見傷春背面啼。』予嘗誦之于人，而問其詠何物，莫有得其髣髴者，告以其題，猶惑也，尚不知爲花，況知其爲梅又知其爲畫哉！自賦詩不必此詩之論興，作者誤認而過求之，其弊遂至于此，豈獨二詩而已。東坡《眉石硯》、《醉道士石》等篇，可謂横放而曠遠，然亦未嘗去題也，而論者猶戒其專力于是，則秉筆者曷少貶乎？《滹南詩話》

柳子厚詩云：『海上尖山似劍鋩，秋來處處割愁腸。』東坡用之云：『割愁還有劍鋩山』。或謂：『可言「割愁腸」，不可但言「割愁」。』亡兄仲高云：『晉張望詩曰：「愁來不可割」，此「割愁」二字出處也。』《老學庵筆記》

蘇子曰：『晚歲游許昌賈文元公園，作詩云：「前朝輔相終難得，父老咨嗟今亦無。」』蓋謂方仁祖時，士大夫多議文元，然自今觀之，豈易得哉！其感慨如此。《老學庵筆記》

錢穆父風姿甚美，有九子。都下九子母祠，作一巾紵美丈夫，坐于西偏，俗以爲『九子

母之夫』，故都下謂穆父爲『九子母夫』。東坡贈詩云：『九子羨君門户壯』，蓋戲之也。《老學庵筆記》

題目詩最難工妙，如東坡爲俞康直郎中作所居四詠，中有《退圃》詩一首，云：『百丈休牽上瀨船，一鈎歸釣縮頭鯿。園中草木知無數，獨有黄楊厄閏年。』其于『退』字，略不發明，而『休牽上瀨』、『歸釣縮頭』、『黄楊厄閏』，則已曲盡『退』字之妙。此詠題三昧也。《存餘堂詩話》

『新繫青絲百尺繩，心在君家轆轤上。我心皎潔君不知，轆轤一轉一惆悵。何處春風吹曉幕？江南緑水通朱閣。美人二八顔如花，泣向春風畏花落。臨春風，聽春鳥，别時多，見時少。愁人一夜不得眠，瑶井玉繩相對曉。』此顧況《古意》詩也，然又見《東坡全集》，題曰《轆轤歌》，不異一字，何也？豈編詩者之誤耶？《揮麈詩話》

《藝文類聚》載束晳《餅賦》，有『牢九』之目，蓋食具名也。東坡詩以『牢九具』對『真一酒』，誠工矣，然不知爲何物。後見《酉陽雜俎》引《伊尹》書，有『籠上牢丸』、『湯中牢丸』，『九』字乃是『丸』字，詩人貪趁奇韻，而不知其誤，雖東坡亦不能免也。『牢丸』，即今之『湯餅』是也。《逸老堂詩話》

人之于詩，嗜好往往不同。如韓文公讀孟東野詩，有『低頭拜東野』之句，《唐史》言：

退之性倔强，任氣傲物，少許可，其推讓東野如此。坡公讀孟郊詩，有云：『初如食小魚，所得不償勞。又如食蟛蜞，竟日嚼空螯。』二公皆才豪一世，而其好惡不同若此。元次山有云：『東野悲鳴死不休，高天厚地一詩囚。江山萬古潮陽筆，合卧元龍百尺樓。』推尊退之而鄙薄東野至矣，此詩斷盡百年公案。《逸老堂詩話》

古人文辭中，往往談及西子事，而其説不一。《吴越春秋》云吴亡西子被殺，則西子之在當時固已死矣。宋之問詩：『一朝還舊都，艷粧尋若耶。鳥驚入松網，魚畏沉荷花。』則西子復還會稽矣。杜牧之詩：『西子下姑蘇，一舸逐鴟夷。』則西子甘心隨范蠡矣。及觀東坡《范蠡》詩：『誰遺姑蘇有麋鹿？更憐夫子得西施。』則又爲蠡竊西子而去矣。予按《墨子·親士》篇曰：『西施之沉，其美也。』西子之終，不見于史、傳，古今咸謂其從范蠡五湖之游，今乃知其終于沉，可以爲西子浣千古之寃矣。墨子，春秋末人，所言當信。《逸老堂詩話》

昔人論詩，謂『韓不如柳，蘇不如黄』。雖黄亦云：『世有文章名一世，而詩不逮古人者』，殆蘇之謂也。是大不然。漢魏以前，詩格簡古，世間一切細事長語，皆著不得，其勢必久而漸窮。賴杜詩一出，乃稍爲開擴，庶幾可盡天下之情事。韓一衍之，蘇再衍之，于是情與事無不可盡，而其爲格，亦漸麤矣。然非具宏才博學，逢原而泛應，誰與開後學之路

哉？《麓堂詩話》

蘇子瞻才甚高，子由稱之曰：『自有文章，未有如子瞻者。』其辭雖夸，然論其才氣，實未有過之者也。獨其詩，傷于快直，少委曲沉著之意，以此有『不逮古人』之誚。然取其詩之重者，與古人之輕者而比之，亦奚翅古若耶。《麓堂詩話》

東坡作《儋耳山》詩云：『突兀隘空虛，他山總不如。君看道傍石，盡是補天餘。』叔黨云：『「石」當作「者」，傳寫之誤。一字不工，遂使全篇俱病。』《墨莊漫録》

東坡《贈黄照道人》詩云：『面臉照人元自赤，眉毛覆眼見來烏。』王立之《詩話》云：『「元自」、「見來」，皆俚語也。』杜子美詩云：『鑠石藤梢元自落，倚天松骨見來枯。』坡句法此，而謂之『俚語』，立之未之思耳。《墨莊漫録》

熙寧五年，杭州民裴氏妾夏沉香澣衣井旁，裴之嫡子戲，誤墮井而死，其妻訴于州，必以謂沉香擠之而墮也。州委録參軍杜方、司户陳珪、司理戚秉道，三易獄皆同，沉香從杖一百，斷放。時陳睦任本路提刑，舉駁不當，劾三掾皆罷。州委秀州倅張濟鞫勘，許其獄具即以才薦，竟論沉香死。故東坡《送三椽》詩云：『殺人無驗終不快，此恨終身恐難了。』其後睦還京師，久之未有所授，聞廟師邢生頗從仙人游，能知休咎，乃往見之，叩以來事。邢拒之弗答，而語所親曰：『其如沉香何？』睦聞之，悚懼汗下，廢食者累日。釋氏所云：『寃對

終不免。』可不戒哉！《墨莊漫録》

東坡在黄州，而王文甫家東湖，公每乘興必訪之。一日，逼歲除，至其家，見方治桃符，公戲書一聯于其上云：『門大要容千騎入，堂深不覺百男歡。』《墨莊漫録》

東坡知徐州，作黄樓，未幾，黄州安置，爲定師作《松醪賦》，有云：『遂從此而入海，渺翻天之云濤。』俄貶惠州，移儋耳，竟入海矣。在京師送人入蜀，云：『莫欺老病未歸身，玉局他年第幾人？』比歸，果得提舉成都玉局觀。三事皆讖也。《墨莊漫録》

東坡自常州赴登州，經過揚州石塔寺，長老戒公來別，東坡云：『經過草草，恨萬一别石塔。』塔起立云：『這個是磚浮圖耶？』坡云：『有縫。』答云：『若無縫，何以容得世間螻蟻？』坡首肯之。元豐八年八月二十七也。明日，坡又作詩贈之云：『竹西失卻上方老，石塔還逢惠照師。我亦化身東漢去，姓名莫遣世人知。』《墨莊漫録》

東坡性喜飲，而飲亦不多，在黄州，嘗以蜜爲釀，又作《蜜酒歌》，人罕傳其法。每蜜用四觔煉熟，入熟湯相攪，成一斗，入好麵麯二兩、南方白酒餅子米麯一兩半，擣細生絹袋盛，都置一器中，密封之。大暑中冷下，稍涼温下，天冷即熱下。一二日即沸，又數日沸定，酒即清可飲。初全帶蜜味，澄之半月，渾是佳酎。方沸時，又煉蜜半觔，冷投之，尤妙。予嘗試爲之，味甜如醇醪，善飲之人，恐非其好也。《墨莊漫録》

蘇子由在政府，子瞻爲翰苑。有一故人與子由兄弟有舊者，來干子由求差遣，久而未遂，一日來見子瞻，且云：『某有望内翰以一言爲助。』公徐曰：『舊聞有人貧甚，無以爲生，乃謀伐冢，遂破一墓，見一人裸而坐曰：「爾不聞漢世楊王孫乎？裸葬以矯世，無物以濟汝也。」復鑿一冢，用力彌堅，既入，見一王者曰：「我漢文帝也，遺制：壙中無納金玉。器皆陶瓦，何以濟汝？」復見有二冢相連，乃穿其在左者，久之方透，見一人曰：「我伯夷也，瘠羸，面有饑色，餓于首陽之下，無以應汝之求。」其人歎曰：「用力之勤無所獲，不若更穿西冢，或冀有得也。」瘠羸者謂曰：「勸汝别謀于他所。汝視我形骸如此，舍弟叔齊豈能爲人也？」』故人大笑而去。《墨莊漫録》

京口北固山甘露寺，舊有二大鐵鑊，梁天監中鑄。東坡游寺詩云：『蕭翁古鐵鑊，相對空團圓。玻陀受百斛，積雨生微瀾』是也。予往來數見之，然未嘗稽考何物，本爲何用也。近復游于寺，因熟觀之，蓋有文可讀云：『天監十八年，太歲乙亥，十二月丙午朔，十日乙卯，皇帝親造鐵鑊，于解脱仏古『佛』字殿前。滿漫滅一字甘泉，種以荷蕖，供養十方一切諸仏。以仏神力，遍至十方盡虚空界，窮未來際；令地獄苦鑊，變爲七珍寶池；地獄沸湯，化爲八功德水。一切四生，解脱衆苦，如蓮花在泥，清净無染，同得安樂，到涅槃城。斯鑊之用，本在烹鮮，八珍興染，五味生纏。我皇净照，慈被無邊，法喜禪悦，何取又漫一字膻。爰造斯器，回成勝緣，如含碧水，又漫一字發經蓮，道場供養，永永無邊。』其後又云：『帥吴虎子近禁道真槩懷于佐陳僧圓丞宋又漫一字令宣令鄭休之。』義不可曉，疑當時幹造之人耳。又一行云：『五十石鑊。』然形製不能容今之五十石，蓋古之斗斛小也。始知二鑊乃當時植蓮供養佛之器耳。《墨莊漫録》

韓退之詩云：『前計頓乖張，居然見真贗。』《廣韻》及字書云：『贗，「五晏」切。』注：『僞物也。』東坡嶺外詩云：『茯苓無人採，千歲化虎魄。我豈無長鑱，真贗苦難識。』《韓非子》曰：『齊伐魯，索鑱鼎。魯以其贗往，齊曰：「雁也。」魯曰：「真也。」』古乃以『雁』爲『贗』，亦借用也，今人若作真雁，人必笑也。《墨莊漫録》

全宋詩話目録卷四十四

蘇轍　字子由，與兄軾同登進士。舉制科，歷官翰林學士、尚書右丞、門下侍郎。自紹聖至崇寧，再被貶，晚罷祠居許州，復大中大夫致仕。自號『潁濱遺老』。卒，追復端明殿學士，淳熙中，謚文定。有《欒城》前後集、《應詔集》。

吕惠卿　字吉甫，晉江人，嘉祐二年進士，歷官真州推官、翰林學士、參知政事。元祐初，降建寧軍節度副使，建州安置。崇寧中，安置宣州，再移廬州。有《東平集》。

王韶　字子純，江州德安人，嘉祐二年進士。歷官龍圖閣學士、知熙州、觀文殿學士、樞密副使，罷知洪州。卒謚襄敏。有《敷陽集》。

王觀　字通叟，高郵人，嘉祐二年進士，歷官大理丞、知江都縣。著《揚州賦》及《芍藥譜》。

劉煇元　名幾，字之道，鉛山人，嘉祐二年進士第一。官大理評事。有《東歸集》。

章惇　字子厚，浦城人，嘉祐四年進士。歷官門下侍郎、知樞密院事、左僕射兼門下侍郎，遷特進，封申國公。徽宗朝，責潭州安置，再貶雷州司户參軍，徙湖州居住。

蔡確　字持正，晉江人，嘉祐四年進士，歷官知制誥、御史中丞、參知政事、尚書右僕射兼中書侍郎、左僕射。元祐中，罷知陳州，奪職徙安州，又徙鄧州。坐譏訕，責英州別駕，新州安置。

關景仁　字彦長，錢唐人，嘉祐四年進士。

李定　字資深，揚州人，舉進士。元豐間，御史中丞。哲宗朝，謫居滁州。

劉摯　字莘老，永静東光人，家于東平。嘉祐中，擢甲科，歷官禮部侍郎門下侍郎，以觀文殿大學士出知鄆州。紹聖初，貶光禄卿，分司南京，再貶鼎州團練副使，新州安置，卒。紹興中，贈少師，謚忠肅。有集。

王俊民　字康侯，萊州掖縣人，嘉祐六年進士第一。

沈括　字存中，錢唐人，嘉祐八年進士。編校昭文館書籍，爲館閣校勘，歷官翰林學士、龍圖閣待制，坐事謫均州團練副使，徙秀州，復光禄少卿，分司南京，居潤州。有《長興集》、《夢溪筆談》。

范祖禹　字淳父，鎮從孫，嘉祐八年進士。歷官右諫議大夫、給事中、翰林學士，出知陝州，貶謫以終。有《范太史集》。

陳軒　字元輿，建陽人，嘉祐八年進士，歷官知汀州、中書舍人，至龍圖閣學士。

馬默　字處厚，單州成武人，第進士。歷官臨濮尉、知項城縣、監察御史、户部侍郎、寶文閣待制。告老，提舉鴻慶宫。

潘興嗣　字延之，莆田人，家新建，慎修孫。以蔭授將作監主簿，調德化尉，投劾去，築室豫章城南，自號『清逸居士』。熙寧初，召爲筠州推官，辭不就。有文集及《詩話補遺》。

胡宗炎　字彦聖，常州晉陵人，舉進士。官至直龍圖閣、知潁昌府。

陳大雅　張表臣外祖。

陳知默

崔唐臣　閩人。

陳烈　字季慈，侯官人。鄉薦不第，與陳襄、周希孟、鄭穆稱『海濱四先生』。薦除國子直講，元祐中，詔爲本州教授。

彭汝礪　字器資，鄱陽人，治平二年進士第一，歷官提點京西刑獄、中書舍人、權吏部尚書，出知江州。有《鄱陽集》。

舒亶　字信道，明州慈谿人，治平二年進士。歷官御史中丞、龍圖閣待制。有集。

孫升　字君孚，高郵人，治平二年進士。歷官侍御史、中書舍人、天章閣待制、知應天府。紹聖中，謫江州安置。劉延世嘗從孫游，録其言論，爲《孫公談圃》。

孔平仲　字毅父，治平二年進士。仕至提點京西刑獄，坐黨籍，安置英州。徽宗即位，召爲户部員外郎，遷金部郎中，出使陝西，帥鄜、延、環、慶。奉祠。

常秩　字夷甫，潁州汝陰人。神宗三使往聘，詣闕任右正言，進寶文閣待制。

許安世　襄邑人，治平四年進士第一。爲都官員外郎。卒于黄州。

劉恕　字道原，筠州人，舉進士，官至秘書丞。

魏廣　嘉祐時濟源縣尉。

全宋詩話卷四十四

蘇轍

瓊州進士姜唐佐，東坡極愛之，贈之詩曰：『滄海何曾斷地脉？白袍端合破天荒。』且告之曰：『子異日登科，當爲子成此篇。』及唐佐預廣州計偕，過汝陽見子由，時東坡已下世矣。子由因爲足成其篇，云：『生長茅間有異芳，風流稷下古諸姜。適從瓊筦魚龍窟，秀出羊城翰墨場。滄海何曾斷地脉？白袍端合破天荒。錦衣他日千人看，始信東坡眼力長。』唐佐是年省闈不利，則有負于錦衣之祝矣。東坡嘗書唐佐課册云：『雲興天際，倏若車蓋。凝矑未瞬，瀰漫霮霸。驚雷出火，喬木糜碎。懸溜緪縋，日中見沫。移晷而收，埜無全塊。』今亦刊《集》中，乃戲書劉夢得《楚夢賦》也。《韻語陽秋》

蘇子由四絶句：『泉流逢石缺，脉散成寶網。水作瓔珞看，山是如來想。』《瓔珞巖》『巖花不可攀，翔蓝久未墮。忽墜幽人前，知子觀空坐。』《雨花巖》『白龍晝飲潭，修尾挂石壁。

幽人欲下看，雨雹晴相射。』《白龍潭》『蒼壁立積鐵，懸泉瀉天紳。行山見已久，指與未來人。』《陳彭漈》此四詩，泉既奇，詩亦稱，何異王右丞。《升庵詩話》

蘇子由《題李龍眠山莊圖》四詩，奇景奇句，可誦可想。放翁謂子由詩勝子瞻，亦有見也。『漈』，閩中水名，鄭樵號『夾漈』，可證。仙游縣九鯉湖有九漈。《升庵詩話》

韓子蒼少以詩見蘇黄門，黄門贈詩云：『我讀君詩默無語，怳然重見儲光義。』人問黄門：何以比儲光義？黄門云：『見其行鍼布綫似之。』《艇齋詩話》

四方聲音不同，形于詩歌，往往多礙，其來久矣。如北方以『行』爲『形』，故《列子》直以『大行山』爲『太形』。又如『居』、『姬』、『與』、『以』、『高』、『俄』等音，古今文士，皆作協韻，雖《釋文》亦然。《禮記》『何居』注云：『「居」音「姬」。』《列子》：『何姬』，卻注云音『居』。其他詩文，『與以』、『吕累』之類尤多，近世士大夫頗笑閩人作賦協韻云：『天道如何？仰之彌高。』殊不知蘇子由，蜀人也，《文集》第一卷《巖碑》長韻『磨』、『訛』、『高』、『豪』、『何』、『曹』、『荷』、『戈』，亦相間而用云。《二老堂詩話》

予最愛蘇黄門《送文潞公》云：『遍閲後生真有道，欲談前事恐無人。』蓋潞公官爵年德，難爲形容，非此兩句，不能優游而自見。《詩話總龜》、《直方詩話》

張文潛病中作七言詩，蘇黄門和之云：『長空雁過疑來答，虛幌螢飛坐恐燒。』秦觀

云：『文潛讀至此不樂，予曰：「何也？」覯云：「虚幌、坐燒，近于死，病人所諱。」』《直方詩話》

藝苑雌黄云：『士人言縣令事，多用「彭澤五柳」，雖白樂天六《帖》亦然。以予考之，陶淵明潯陽柴桑人也，宅邊有五柳樹，因號「五柳先生」，後爲彭澤令，去官百里，則彭澤未嘗有五柳也。予初論此，人或不然其説，比觀《南部新書》云：「《晉書》陶潛本《傳》云：『潛少懷高尚，博學善作文，嘗作《五柳先生傳》以自況。先生不知何許人，不詳姓字，宅邊有五柳樹，因以爲號焉。』則非彭澤令時所栽，人多于縣令事使五柳，誤也。」豈所謂「先得我心之所同」然者歟？』苕溪漁隱曰：沈彬詩：『陶潛彭澤五株柳，潘岳河陽一縣花。』蘇子由詩：『指點縣城如掌大，門前五柳正摇春。』皆誤用也。《苕溪漁隱叢話》

吕氏《童蒙訓》云：蘇子由晚年，多令人學劉禹錫詩，以爲用意深遠，有曲折處。後因見夢得《歷陽》詩云：『一夕爲湖地，千年列郡名。霸王迷路處，亞夫所封城。』皆歷陽事，語意雄健，後殆難繼也。《苕溪漁隱叢話》

『嬉笑之怒，甚于裂眥；長歌之哀，過于慟哭。』此語誠然。元微之在江陵，病中聞白樂天左降江州，作絶句云：『殘燈無焰影幢幢，此夕聞君謫九江。垂死病中驚起坐，暗風吹雨入寒窗。』樂天以爲『此句他人尚不可聞，况僕心哉？』微之《集》作：『垂死病中仍悵望』，此三字既不佳，又不題爲病中作，失其意矣。東坡守彭城，子由來訪之，留百餘日而去，作二小詩，曰：『逍遥堂後千尋木，長送中宵風雨聲。誤喜對床尋舊約，不知漂泊在彭城。』『秋來東閣涼如水，客去山公醉似泥。困卧北窗呼不醒，風吹松竹雨淒淒。』東坡以爲讀之殆不可爲懷，乃和其詩以自解。至今觀之，尚能使人悽然也。《容齋隨筆》

『蜀茶總入諸蕃市，胡馬常從萬里來。』蓋元豐末陸師閔提舉川陝茶馬，運茶抵陝，蜀人苦之，中丞蘇轍、御史呂陶以爲言。司馬丞相建遣户部郎官黄廉往察視，同省皆云：『一筆勾斷，歸來作從官。』既堂辭，黄云：『容到彼親看利害，方敢奏陳。』既至，知得馬利，運茶爲害，乃奏乞置鋪兵，官運茶以寬民力，大忤宰執之意，就委措置行之。未幾，公私果以爲便，故詩云：『兩猾論兵幾敗國』，蓋此爲王中正俞允作也。《能改齋漫録》

文潞公嘗曰：『人但以彦博長年爲慶，獨不知閲世既久，内外親戚皆亡，一時交游，凋零殆盡，所接皆邈然少年，無可論舊事者。』王立之喜蘇黄門《送人歸洛》詩云：『遍閲後生真有道，欲談前事恐無人。』殊不知蘇敘潞公語也。《能改齋漫録》

王直方《詩話》謂：『東坡《送李公擇》云：「有如長庚月，到曉不收明。」《贈參寥》云：「故人各在天一角，相望落落如星辰。」《任師中挽詞》云：「相看半作星辰没，可憐太白與殘月。」而蘇黄門《送退翁守懷安》亦云：「我懷同門客，勢若曉天星。」其後學者尤多用此。

以上皆王説。』予按《古樂府》：『兩頭纖纖月初生，半白半黑眼中睛。腷腷膊膊雞初鳴，磊磊落落向曙星。』故劉夢得作《韋處厚集序》亦云：『古今相望，落落然如騎星辰。』乃知二蘇所用本《古樂府》，豈直方忘之耶？《能改齋漫録》

王立之《詩話》云：『或云「一則仲父，二則仲父」，可對「千不如人，萬不如人」。』予以爲『一則仲父，二則仲父』，可對『千馮道，萬馮道』。蘇子由《和東坡定惠院月夜》詩有云：『婁公見唾行已乾，馮老尚多定誰罵？』自注云：『「千馮道，萬馮道」，此語乃舊傳也。』然五代有『一則任圜，二則任圜』之語，此亦可對也。《能改齋漫録》

《唐拾遺》耿緯《下邽喜叔孫主簿、鄭少府見過》詩云：『不是仇梅至，何人問百憂？』蘇子由作績溪令時，有贈同官詩云：『歸報仇梅知文字，麥苗含穟欲蠶眠。』蓋用緯語也。近歲筠州版本，輒改爲『仇香』。《老學庵筆記》

張文昌《成都曲》云：『錦江近西煙水緑，新雨山頭荔支熟。萬里橋邊多酒家，游人愛向誰家宿？』此未嘗至成都者也。成都無山，亦無荔支。蘇黄門詩云：『蜀中荔支出嘉州，其餘及眉半有不。』蓋眉之彭山縣已無荔支矣，况成都乎？《老學庵筆記》

蘇子容詩云：『起草才多封卷速，把麻人衆引聲長。』蘇子由詩云：『明日白麻傳好語，曼聲微繞殿中央。』蓋昔時宣制，皆曼延其聲，如歌詠之狀。張天覺自小鳳拜右揆，有旨下

閤門令平讀，遂爲故事。《老學庵筆記》

元祐中，哲宗旬日一召輔臣于邇英閣聽講讀，時曾肇子開、蘇轍子由，自左右史並除中書舍人，入侍講筵。子由作詩呈同省諸公，悉和之。『邇英』、『延義』，皆祖宗所建講筵，每講，記注官賜坐飲茶，將罷，賜湯，仍皆免拜，無復外廷之禮。故子開詩云：『二閣從容訪古今，諸儒葵藿但傾心。君臣相對疑賓主，誰識昭陵用意深？』邇英閣，前槐後竹，雙槐極高，而柯葉拂地，狀如龍蛇，或謂之『鳳尾槐子』。開詩云：『鳳尾扶疏槐影寒，龍吟蕭瑟竹聲乾。漢皇恭默尊儒學，不似公孫見不冠。』子由詩云：『銅瓶灑遍不勝寒，雨點匀圓凍未乾。回首曈曨朝上日，槐龍對舞覆衣冠。』並謂此也。《墨莊漫録》

子由《煎茶》詩云：『煎茶舊法出西蜀，水聲火態猶能諳。相傳煎茶只煎水，茶性仍存偏有味。』此茶之佳者也。又云：『北方俚人茗飲無不有，鹽酪椒薑誇滿口。』茶出南方，北人罕得佳品，以味不佳，故雜以他物煎之。陳後山《茶》詩云：『愧無一縷破雙團，慣下薑鹽枉肺肝。』東坡《和寄茶》詩亦云：『老妻稚子不知愛，一半已入薑鹽煎。』若茶品自佳，雜以他物，適敗其味爾。茶性冷，鹽道入下經，非養生所宜。山谷謂：『寒中瘠氣，莫甚于茶。或濟以鹽，勾賊破家。』薛能《鳥觜茶》詩，亦有『鹽損添宜戒，薑宜著更誇』之句。則知以鹽煎茶，誠無益于養生也。《韻語陽秋》

蘇黄門云：『人生逐日胸次須出一好議論，若飽食暖衣，惟利欲是念，何以自别于禽獸？予歸蜀當杜門著書，不令廢日，只效温公《通鑒》樣作議論，商略古人，歲久成書，自足垂世也。』《唐子西文録》

子由《南窗》詩云：『京師三日雪，雪盡泥方深。閉門謝還往，不聞車馬音。西齋書帙亂，南窗朝日昇。展轉守床榻，欲起復不能。開户失瓊玉，滿階松竹陰。故人遠方來，疑我何苦心。疏拙自當爾，有酒聊共斟。』此其少年時所作也。東坡好書之，以爲人間當有數百本，蓋閒淡簡遠，得味外味。《容齋隨筆》

崇寧丙戌十一月八日四鼓，夢中得《石菖蒲》詩云『一人得飽滿，餘人皆不悦』之句。王介甫在側借觀，示之，赧然有愧恨之色。《蘇籀欒城遺言》

張文定公在蜀，一見蘇公父子，即以國士許之。熙寧中，張守陳州南都，辟子由幕府。元豐初，東坡謫齊安，子由貶監筠酒税，與張别，張悽然不樂，酌酒相命，手寫一詩。後七年，子由召還，猶復見之于南都。及元符末，自龍川還許昌，因姪叔黨出坡遺墨，再讀張所贈詩，其薨已十年，泣下不能已，乃追和之云：『少年便識成都尹，中歲仍爲幕下賓。待我江西徐孺子，一生知己有斯人。』哀而不怨，使人至今有感于斯文。《容齋四筆》

子由奉使契丹，寄子瞻云：『誰將家《集》過幽都？每被行人問大蘇。莫把文章動蠻貊，恐妨談笑卧江湖。』此《欒城集》中詩也。《渑水燕談録》云：張芸叟奉使大遼，宿幽州館中，有題蘇子瞻《老人行》于壁間者，聞范陽書肆亦刻子瞻詩數十篇，謂之《大蘇集》。芸叟題其後曰：『誰傳佳句到幽都？逢著胡兒問大蘇。』此二句與子由之詩全相類，疑好事者改之而爲此説也。《苕溪漁隱叢話》

古北口一寺中，有石刻蘇潁濱詩云：『亂山環合疑無路，小徑縈迴長傍溪。仿佛夢中尋蜀道，興州東谷鳳州西。』蓋公元祐間奉使契丹時所題，而遼人刻石者。《池北偶談》

呂惠卿

子美詩：『笠澤鱸肥人鱠玉，洞庭橘熟客分金。』呂吉甫詩：『魚出清波庖膾玉，菊含寒露酒浮金。』呂勝于蘇，蓋『人』、『客』兩字，雖無亦可。《復齋漫録》

趙鑒堂《朝野遺事》云：呂吉甫在趙韓王南園，京師匄人風乞兒者，持大扇造呂求詩。呂即書扇上云：『無人肯作音『佐』除非乞，没藥堪醫最是風。求乞害風都占斷，算來世上少如公。』《賓退録》

王　韶

王公韶，少日讀書于廬山東林裕老庵。庵前有老松，因賦詩曰：『緑皮皴剥玉嶙峋，高節分明似古人。解與乾坤生氣槩，幾因風雨長精神。裝添景物年年别，擗闔窮愁日日新。惟有碧霄雲裏月，共君孤影最相親。』王荆公爲憲江東，過而見之，大加稱賞，遂爲知己。《復齋漫録》

王　觀

『穀垂乾穗豆垂角，雨足年登不勝樂。烏巾紫領銀鬚長，白酒滿杯翁自酌。翁醉不知秋色涼，兒捋翁鬚孫撼床。莫惱翁，翁年已高百事慵。』遂與文昌争衡矣。《竹坡詩話》

劉　煇

劉煇，字之道，嘉祐四年進士第一，其《與客游太平僧舍》絶句云：『兩道翠陰迎騎合，四圍清氣逼人來。林端有路雲千級，物外忘機酒一杯。』《翰府名談》

陳氏曰：煇文體奇澀，歐陽公惡之，下第。及是在殿廬，得其賦，大喜，既唱名，乃煇

也，公愕然。《堯舜性仁賦》至今傳誦。《文獻通考》

章　惇

長沙國，漢高帝始王吴芮。芮將梅鋗，時以益陽梅林爲家，號『梅山』，後爲蠻王扶氏據之。至宋熙寧六年，章惇諭平五寨，分其地爲二，始以下梅山地安化縣屬武安軍。惇有《梅山歌》云：『開梅山，開梅山，梅山萬仞摩星躔。捫蘿鳥道十步九曲折，時有僵木横崖巔。肩摩直下視南岳，迴首蜀道猶平川。人家迤邐見板屋，火耕磽确多畬田。穿堂之鼓堂壁懸，兩頭擊鼓鼓聲傳。長藤酌酒跪而飲，何物爽口鹽爲先。白巾裹髻衣錯結，野花山果青垂肩。如今丁口漸繁息，世界雖異如桃源。熙寧天子聖慮遠，命將傳檄令開邊。給牛貸種使開墾，植桑種稻輸緡錢。不持寸刃得地一千里，王道蕩蕩堯爲天。大開庠序明禮教，撫柔新俗威無專。小臣作詩備雅樂，梅山之崖詩可鎸。此詩可勒不可泯，頌聲千古長潺潺。』《湖廣總志》

子厚題李邦直家《江行初雪圖》云：『江頭微雪北風急，憶泊武昌舟尾時。潮來浪打船欲破，擁被醉眠人不知。』《退齋閒雅録》

章惇之父俞，郇公族子，早歲無行。妻之母楊氏早寡，俞與之通，已而生子，以一合置水，緘置其内，持以還俞。俞得之云：『此兒五行甚佳，將大吾門。』既長登第，即惇也。東坡先生送其出守湖州詩云：『方丈仙人出淼茫，高情猶愛水雲鄉。』惇以爲譏己，怨之。紹聖中爲相，坡渡海，蓋修怨也。《揮麈餘話》

宋章惇《開梅山》詩云：『開梅山，梅山萬仞摩星躔。捫蘿鳥道十步九曲折，時有僵木横崖顛。負麻直上視南岳，回首蜀道猶平川。人家迤邐列板屋，火耕磽确名畬田。穿堂之鼓堂穿壁，兩頭擊鼓鼓聲傳。長藤弔酒跪而飲，何物爽口鹽爲先。馬郎酣歌苗女和，不待媒妁自相牽。白巾纏髻衣繞頏，野花山果青垂肩。如今丁口漸蕃息，世界雖異非桃源。熙寧天子廑聖慮，命將傳檄令開邊。給牛貸種使耕墾，植桑插稻輸緡錢。人人歡呼願歸順，裹頭異語淳風旋。不特得地一千里，王道蕩蕩堯爲天。漢皇黷武竟何益？性命百萬塗戈鋋。李廣自殺馬援死，寂寞銅柱并燕然。伊溪之源最沃壤，擇地作邑民争先。大開庠序明禮樂，撫柔新俗威無專。小臣作詩諧樂府，梅山之崖石可鐫。此詩可勒不可泯，頌聲萬古長潺湲。』惇之此詩，專頌開梅山之利。又按濟北晁無咎《開梅山》一篇云：『開梅山，梅山開自熙寧之五年。其初連峰上參天，巒崖盤巇閡群巒。南北之帝鑿混元，此山不圮藏雲煙。躋攀鳥道出薈蔚，下視蛇脊相夤緣。窮南山，南山石室大如屋，黄閔之記盤瓠行迹今依然。高辛氏時北有犬戎寇國中，下令購頭首，妻以少女金盈斗。遍國無人有畜狗，厥初得之病耳婦，以盤覆瓠化而走。堪嗟吴將軍，屈死狺狺口。帝皇下令萬國同，事成違信道不容。竟以女妻之，狗乃負走逃山中，山崖幽絶不復人迹通。帝雖悲思深，往來輒遇雨與風。更爲獨力之衣短後裾，六男六女相婚姻。木皮草實五色文，武溪赤髀皆子孫。佅離其聲異言語，情黠貌癡喜安土，自以吾父有功母帝女。淩夷夏商間，稍稍病侵侮。周宣昔中興，方叔幾振旅。春秋絶筆逮戰國，一負一勝安可數。邇來梅山恃險阻，黄茅竹箭霪霧雨。南人顛踣斃溪弩，據關守隘類穴鼠。一夫當其阨，萬衆莫能武。欲知梅山開，誰施神禹斧？大使身服儒，賓客盈幕府。檄傳傜初疑，叩馬卒歡舞。坦然無障礙，土石填溪渚。伊川被髮祭，一變卒爲虜。今雖關梁通，失制後誰禦？開梅山，開山易，防獠難，不如昔人閉玉關。』則言不必開。蓋因章惇小人專其事，爲清議所不與也。然梅山地今爲長沙府之安化縣五寨，自熙寧至今，永無蠻獠之患，則惇之此舉，一秦之長城也。不然則爲長沙之害，豈減于廣西之猺、獞哉？《升庵詩話》

蔡確

蔡確以弟碩贓敗，謫守安州，夏日登車蓋亭，作十絶。時吴處厚知漢陽軍，箋注以聞，其略云：『五篇涉譏諷。「何處機心驚白鳥，誰人怒劍逐青蠅」，以譏讒譖之人。「葉底出巢黄口閙，波間逐隊小魚忙」，譏新進用事之人。「睡起莞然成獨笑」，方今朝廷清明，不知確笑何事？「矯矯名臣郝甑山，忠言直節上元間」，按郝處俊封甑山公，唐高宗欲遜位天后，處俊上疏諫，此事正在上元三年。今皇太后垂簾，遵用章獻明肅故事，確指武后以比太后。「沉沉滄海會揚塵」，謂人壽幾何，尤非佳語。』宣仁盛怒，令確分晰，終不自明，遂貶新州。《堯山堂外紀》

蔡持正謫新州，侍兒名琵琶。嘗養一鸚鵡，持正每呼琵琶，即扣一響板，鸚鵡傳言呼之。琵琶卒後，悮觸響板，猶傳言呼之，持正感傷成疾不起。嘗爲詩云：『鸚鵡言猶在，琵琶事已非。傷心瘴江水，同渡不同歸。』苕溪漁隱曰：持正守安州，夏日登車蓋山，作十絶句，爲吴處厚箋注，得罪謫新州。其間一絶云：『紙屏石枕竹方床，手倦抛書午夢長。睡起莞然成獨笑，數聲漁笛在滄浪。』殊有閒適自在之意。《侯鯖録》。宗祥案：《夏日登車蓋亭》詩，其一：『公事無多客亦稀，朱衣小吏不須隨。溪潭直上虚亭裏，卧展柴桑處士詩。』其二：『一川佳景疏簾外，四面涼風曲檻頭。緑野平流來遠棹，青天白雨起靈湫。』其三：『紙屏石枕竹方床，手倦抛書午夢長。睡覺莞然成獨笑，數聲漁笛在滄浪。』其四：『静中自足勝炎蒸，入眼兼無俗物憎。何處機心驚白鳥？誰人怒劍逐青蠅？』其五：『西山髣髴見松筠，日日來看色轉新。聞説桃花巖石畔，讀書曾有謫仙人。』其六：『風摇熟果時聞落，雨滴餘花亦自香。葉底出巢黄口閙，波間逐隊小魚忙。』其七：『來結芳廬向翠微，自持杯酒對清輝。水趨夢澤悠悠過，雲抱西山冉冉飛。』其八：『矯矯名臣郝甑山，忠言直節上元間。古人不見清風在，歎息思公俯碧灣。』其九：『溪中曾有戈船士，溪上今無佩犢人。病守翛然唯坐嘯，白鷗紅鶴伴閒身。』其十：『喧豗六月浩無津，行見沙洲束兩濱。如帶溪流何足道，沉沉滄海會揚塵。』

蔡忠懷公持正，爲某州司理日，韓康公宣撫陝右河東，道出其境。太守具宴，委蔡撰樂語口號，一聯云：『文價早歸唐吏部，將壇今拜漢淮陰。』康公極喜，請相見，觀其人物高爽，議論不凡，謂群將曰：『蔡司理非池中物。』因相與薦之，改秩，已而薦與弟持國。時持國知開封府，初置八廂，乃辟爲都廂，暇日相見，頗加禮接，後已舉爲府曹。持國既入翰苑，劉彦一作『庠』尹京，趨上幕府堦墀，持正獨否。劉大怒奏聞，得旨取勘，持正不答，乞移棘寺，乃供狀云：『京朝官著令無堦墀，蓋太宗、真宗爲牧時講此禮。今輦轂之下，比肩事主，雖故事不可用。而開封府尚仍舊例，未當。』大理卿求對，特袖蔡所供呈奏。裕陵喜曰：『蔡確知典故，何得作幕府？可除館職。』到館復進《百官圖》。識者云：『此生看看待作宰相。』久之果然。故元祐新州之貶，程顥有憂色，蓋憂其已甚也。《耆舊續聞》

熙寧六年，有司言：『日當食』。四月朔，上爲撤膳避殿，一夕微雨，明日不見日食。是日有皇子之慶，百官入賀，蔡持正爲樞副，獻詩，前四句曰：『昨日熏風入舜韶，君王未御正衙朝。陽輝已得前星助，陰沴潛隨夜雨消。』其敘四月一日避殿、皇子慶誕雲陰不見日食，四句盡之，當時無能過之者。《耆舊續聞》

關景仁

元居中作宿守郡，有官妓小蘇善歌舞，令就坐客關彦長求詩，贈之云：『昔日聞蘇小，今朝見小蘇。未知蘇小貌，得似小蘇無？』《泗上録》

李　定

李定《海棠》詩云：『輕紅如杏素遮梨，直似佳人照碧池。已是化工教艷絶，莫嫌青帝與開遲。煙滋綽約明雙臉，雨借妖嬈入四支。西蜀有名須得地，瓊林高壓百花奇。』《海棠譜》

潘子賤《題蔡奴傳神》云：『嘉祐間，風塵中人亦如此。嗚呼盛哉！』蔡實，元豐中人也。仇氏初在民間，生子爲浮屠，曰『了元』，即佛印禪師。又爲廣陵國子博士李問妾，生定。出嫁郜氏，生蔡奴。故京師人謂蔡奴爲『郜六』。《老學庵筆記》

司農少卿朱壽昌，在襁褓，所生母被出，治平中，棄官入關中尋訪，得于陜州。蘇子瞻作詩、序，且譏切世之不養者。李定見之大惋恨，會爲中丞，劾軾作詩訕謗。將致不測，賴上保持之，止黜爲黄州團練副使。《東軒筆録》

劉摯

劉丞相莘老殿試時，蘇丞相子容爲詳定官。子容後尹南京，莘老復僉判在幙中，相與歡甚。元祐初，莘老自中司入爲左丞，子容猶爲翰林學士承旨。及莘老遷黄門，子容始爲左丞。莘老宿東省，嘗以詩寄子容云：『膺門早歲預登龍，僉幙中間託下風。敢謂彈冠煩貢禹，每思移疾避胡公。』蓋記前事。而子容答之，有『末路自驚黄髮老，平生曾識黑頭公』之句，當時以爲盛事。又三年，莘老既相而罷，子容始踐其位云。《石林詩話》

蘇子容留守南都，莘老時爲判官，蘇大器愛之，後同秉政，因祠事，各居本省致齋。寄詩云：『膺門早歲預登龍，儉幕中間託下風。敢謂彈冠煩貢禹，每思移疾避胡公。論文青眼今猶在，報國丹心老更同。夜直沉迷坐東省，齋居清絶望南宫。』《卻掃編》

胡仔《苕溪詩話》，以詞句欲全篇皆好，極爲難得，如賀方回『淡黄楊柳帶棲鴉』、秦處厚『藕葉清香勝花氣』二句，寫景詠物，可爲造微入妙。然予見劉忠肅莘老已言之矣。《湖上口號》云：『緑荷深處見湖光，萬柄清風動晚涼。莫恨紅葩猶未爛，葉香原自勝花香。』《優古堂詩話》

劉莘老丞相《和王定國雪中絶句》：『袁安只有高眠興，謝朓空餘後會艱。十萬健兒春瘴近，飛花宜過海南山。』定國云：『公無乃學歐陽公耶。』劉爲之一笑。蓋晏元獻爲樞密使，時西師未解嚴，會天雪，陸子履與歐公同謁之。晏置酒西園，歐即席賦詩，有：『主人與國同休戚，不惟喜悦將豐登。須憐鐵甲冷徹骨，四十餘萬屯邊兵。』晏由是銜之，語人曰：『韓愈亦能作言語，作《裴晉公宴集》，但云：「園林窮勝事，鐘鼓樂清時。」』劉和詩時，政元豐間，朝廷方問罪安南，故定國援以爲戲。《能改齋漫録》

劉莘老丞相工詩，送厚卿二人使高麗云：『杳杳三韓國，煌煌二使星。海神無暴横，天子有威靈。』時以爲絶唱。後四句不傳。《清波雜志》

王俊民

世俗所謂王魁之事，殊不經，且不見于傳記雜説，疑無此事。後見虞初志所集《養生必用方》戒人不可妄服金虎碧霞丹，云：『狀元王俊民，爲應天府發解官，得狂疾，于貢院中，嘗對一石碑呼叫不已，碑中若有聲之者，亦若康侯之奮怒也。病甚不省，取書册中交股刀自裁及寸，左右抱持之，遂免。出試院未久，疾勢亦已平復。予與康侯有鄉曲之舊，童稚共筆硯，傳聞可駭。亟自汶拏舟抵彭城，康侯亦起居飲食如故，但愔愔不樂。歲暮，予北歸，康侯有詩送予云：「寒窗一夜雪，紛紛來朔風。之子動歸興，輕袂飄如蓬。問子何所如？家在濟水東。問子何所學？上庠教化宫。」予既去，徐醫以爲有涎，以碧霞金虎丹吐之。積久，爲寒中洞泄而死。康侯父知舒州太湖縣，遣一道士來作醮書符，傳道冥中語云：「五十年前，打殺謝、吴，留不結案。」有妄人托夏噩姓名，作《王魁傳》，欲市利于少年狹邪輩，其事皆不然。』《齊東野語》

沈　括

沈存中括，元豐中入翰林，爲學士，有《開元樂》詩四首，裕陵愛賞之。詞云：『鸛鵲樓頭日暖，蓬萊殿裏花香。草緑煙迷步輦，天高日近龍床。』『樓上正臨宫外，人間不見仙家。寒食輕煙薄霧，滿城明月梨花。』『按舞驪山影裏，回鑾渭水光中。玉笛一天明月，翠華滿陌東風。』『殿後春旗簇仗，樓前御隊穿花。一片紅雲鬧處，外人遥認官家。』《侯鯖録》

《陳丞相故宅》詩云：『丞相旌旗久不歸，虚堂寧止嘆伊威。緑槐樓閣山蟬響，青草池塘野燕飛。』丞相陳秀公，治第于潤州，極爲閎壯，池館綿亘數百步。完成，公已疾甚，惟肩輿一登西樓而已。《夢溪筆談》

《延州》詩云：『二郎山下雪紛紛，旋卓穹廬學塞人。化盡素衣冬未老，石煙都似洛陽塵。』鄜州、延州境内有石油，舊説高奴縣出脂水，即此也。生于水際沙石，土人以雉尾裛之，乃采入缶中。頗似淳漆，燃之入麻，但煙甚濃，所霑幄幕皆黑。予疑其煙可用，試掃其煤以爲墨，黑光如漆，松墨不及也，遂大爲之，其識文爲『延州石液』者是也。《夢溪筆談》

《嘗茶》詩云：『誰把嫩香名雀舌？定來北客未曾嘗。不知靈草天然異，一夜風吹一寸長。』茶牙謂之『雀舌麥顆』，言其至嫩也。今茶之美者，新牙一發，便長寸餘，其細如針，惟牙長者爲上品，以其質榦土力皆有餘故也。北人不識，誤爲品題，如雀舌麥顆，極下材耳。《夢溪筆談》

沈存中宅，在潤州朱方門外。存中嘗夢至一處小山，花如覆錦，喬木覆其上，山下有水，夢中樂之。後守宣城，有道人無外者，爲言京口山川之勝，郡人有地求售，以錢三十萬得之。又六年，坐邊議謫官，廬于潯陽。元祐初，道京口，登所買地，即夢中所游處，遂築室焉，名曰『夢溪』。《方輿勝覽》

范祖禹

李方叔送長沙猫頭筍，作詩爲貺。詩云：『穿雲劚石遠林空，來涉煙波萬萬重。實比梧桐能食鳳，籜翻風雨便成龍。一枝不許塵鞍褂，千畝終留渭水封。陋巷菜羹知不忝，君王玉食願時供。』李廌《師友談記》

陳軒

寧化劉氏女，生不茹葷，美而慧，以不嫁自誓。父母許石城何氏子，卜吉，聚族往送之，甫越境，白鵝從天下，乘之飛去，衆共刱祠，郡以狀聞，賜爲蓬萊觀。守陳軒題詩觀中云：『白鵝乘去人何在？青鳥飛來信已遥。若使何郎有仙骨，也須同引鳳凰蕭。』《汀州府志》

馬默

馬處厚《思郭真人》詩云：『郭也三峰秀，文章似性淳。汶陽初識面，謂我舊相親。題詩敘游隱，於今經幾春。有家歸未得，西望涕霑巾。』《陶朱新録》

馬默爲臺官，彈奏輕薄。劉貢父曰：『既云馬默，不合驢鳴。』孔平仲《談苑》

潘興嗣

袁世弼，南昌人，宦游當塗。時功甫尚未冠也，世弼愛其才，薦于梅聖俞，自爾有聲。功父嘗謂吾大父清逸云潘自號『清逸居士』：『數載汲引，梅二丈力也。蒿埋三尺，不敢忘其賜。』功甫既壯，頗恃其才，下筆曾不經意，論者或惜其造語無刻厲之功，清逸云：『如功甫豈易得？但置作者中，便覺有優劣耳。』清逸嘗有詩戲之云：『休恨古人不見我，猶喜江東獨有君。盡怪阿戎從幼異，人疑太白是前生。雲間鸞鳳人間現，天上麒麟地上行。詩律暮年誰可敵？筆端談笑掃千兵。』《潘子真詩話》

胡宗炎

胡文恭公子宗炎，善爲詩，有句云：『飛禽避軒蓋，殘果落莓苔。』歐陽公賞之。《娱書堂詩話》

宗炎爲詩，藻思清婉。歐陽修守亳，與客游郡圃，或誦其詩，修賞味不已，以爲有鮑、謝風致。《宋史》本傳

陳大雅

外祖陳公大雅，爲人剛果，文章似之。再舉不第，裂冠文身，示不復踐場屋。能詩，爲清獻趙公所知。踰八十乃死，翌日復蘇，索筆題詩曰：『胡柳陂中過，令人念戰功。兵交千騎没，血染一川紅。朱氏皆豚犬，唐家盡虎龍。壯圖成慷慨，擲劍向西風。』題畢乃逝。味其言，豈葛從周、王彦章之徒與？英雄之氣，毅然猶在也。《珊瑚鈎》

陳知默

田承君云：歐陽公晚年最喜陳知默詩，至云：『修方且欲學之。』陳詩不多見，承君但見其兩聯，云：『平地風煙横白鳥，半山雲木捲蒼藤。』『雲埋山麓藏秋雨，葉脱林梢帶晚風。』《直方詩話》。又見《侯鯖録》

崔唐臣

唐臣與蘇子容、吕晉叔同學相好，二公先登第，唐臣遂罷舉，久不相聞。嘉祐中，二公在館下，一日忽見艬舟汴岸，坐于船窗者，唐臣也，亟就見之，邀與歸，不可，問其别後事，曰：『初倒篋中，有錢百千，以其半買此舟，往來江湖間，意所欲往則從之。以其半居貨，間取其贏以自給，粗足即已，差愈于應舉覔官時也。』二公相顧太息而去。翌日自局中還，唐臣有留刺，乃携酒具舟往謁之，則舟已不知所在矣。歸視其刺，末有細字小詩云：『集仙仙客問生涯，買得漁舟度歲華。案有黄庭尊有酒，少風波處便爲家。』訖不復再見。《避暑録話》

陳烈

蔡君謨守福唐，政尚嚴肅。陳烈先生過福唐，維舟溪亭，留詩于亭上曰：『溪山龍虎蟠，溪水鼓角喧。中有鄉夢破，六月夜衾寒。風雨生殘木，蛟螭喜怒瀾。殷勤告舟子，放棹過前灘。』亭吏録以呈公，公遽令追之，已不及矣。公自此爲之少霽威明。《翰府名談》。宗祥案：《皇朝類苑》作：『陳烈嘗與蔡君謨同硯席，時君謨出鎮福唐，束吏治民，毫髮不容。一日烈往見之，維舟亭下，聞其嚴察，不往謁，但留詩』云云。

元豐中，劉待制瑾爲守，元夕，不問貧富，每户科燈十盞。陳先生以詩題鼓門大燈籠云：『富家一椀燈，太倉一粒粟。貧家一椀燈，父子相聚哭。風流太守知不知？惟恨笙歌無妙曲。』瑾聞而謝之。《淳熙三山志》

彭汝礪

《復齋漫録》云：番陽張吉父介，方娠時，父去客東西川，不還。張君自爲兒時，愴然有感，其言語聲息，未嘗不在蜀也。與尚書彭公器資同學，作詩云：『應是子規啼不到，致令吾父未歸家。』聞者皆憐之。既長走蜀，父初無還意，乃還省母，復至涪閬，往返者三，其父遂以熙寧十年三月至自蜀。鄉人迎謁歎息，或爲感泣，一時名士，皆賦詩以記其事。器資詩略云：『河可以竭山可徙，我翁不歸行不已。三往三復翁歸止，翁行尚壯今老矣。兒昔未生今壯齒』云云。郭功甫詩略云：『父昔離家子方孕，子得其父今壯年。胡弗歸兮死敢請，慰我慈母心懸懸。三往三復又十載，孝子執鞭方言還。』云張君自其父歸，又作軒以安之，而名之曰『怡軒』，器資爲之記云。《能改齋漫録》

舒　亶

『香泛釣筒萍雨夜，緑摇花塢柳風春』，舒亶信道詩也。信道清才，而詩刻峭，有如此者。又有云：『空外水光風動月，暗中花氣雪藏梅。』又云：『宿雨閣雲千嶂碧，野花弄日一春香。』又云：『萬壑水澄知月白，千林霜重見松高。』皆警句也。《墨莊漫録》

舒信道《村居》詩云：『水繞陂田竹繞籬，榆錢落盡槿花稀。夕陽牛背無人卧，帶得寒鴉兩兩歸。』《墨莊漫録》

舒信道句云：『春禽得意千般語，澗草無名百種香。』《墨莊漫録》

舒信道《敗荷》詩云：『忍看夜影分殘月，别送秋聲入晚風。』《墨莊漫録》

舒亶《題慶安寺》詩云：『門前屏障遶潺湲，付與鄰僧夜定還。松蓋作雲遮十里，竹龍

行雨出千山。白公香火蓮開後，謝氏池塘草夢間。我亦鳳凰臺上客，圖閈卻笑未能閒。』《藏一話腴》

孫　升

鄭待制穆，字閎中，福州人，與劉彝、陳襄，皆以德行爲世所重，號『四先生』。鄭歸閩，公有詩送之云：『清曉都門祖帳開，路人相與歎賢哉。流塵幾翳看山眼，落日休停别酒杯。何待諸生留北闕，自存遺直在東臺。連江四老嗟誰在？白首今朝祇獨來。』《孫公談圃》

公嘗以詩索劉述之新釀，云：『稍覺香熏鼻，還思酒入脣。盈缸止三斗，可撥甕頭春。』《孫公談圃》

公嘗學詩于孫莘老，嘗曰：『近世作詩，無復有唐人風。』予嘗得公詩，今略誦數聯，《宣仁后挽詞》云：『玉筍千官散，珠簾一夜空。』《峽口送人》云：『來書占喜鵲，落日聽鳴鼉。』《屈原宅》云：『若與蛟龍争角黍，應同漁父啜糟醨。』《述懷》云：『睡須山鳥唤，酒聽竹枝斟。』《長陽道中》云：『窮搜詩句熟，老練世情通。』《袁州道中》云：『白雲每逐晨光出，紅鶴長隨暮靄還。』《自南京和彭九江》云：『梁臺歌吹餘衰草，湓浦琵琶悵晚風。』《在汀州作》云：『慈竹筍抽疑夏籜，木犀花發認春香。』在汀州避謗，不作詩，有一聯道盡汀州景物。

《孫公談圃》。宗祥案:《孫公談圃》者,劉延世從孫游,録其言論,以成此書。此條中『予嘗得公詩』,即劉得孫之詩也。

孔平仲

孔毅父喜集句,東坡嘗以『指呼市人如使兒』戲之。觀其《寄孫元忠》詩云:『不恨我衰子貴時,經濟實藉英雄姿。君有長才不貧賤,莫令斬斷青雲梯。驊騮作駒已汗血,坐看千里當霜蹄。省郎京軍必俯拾,軍符侯印取豈遲。』殆不減《胡笳十八拍》也。《竹坡詩話》

孔毅甫平仲學士,建中靖國間作《吴正獻夫人輓詩》云:『贊夫成相業,聽子得忠言。』其子蓋傳正安詩舍人也。傳正有賢行,紹聖初以左史權中書舍人,欲論事而懼其親老未敢。夫人聞之,屢促其子論列時事,傳正由此遂貶,夫人不以爲恨也。輓詩乃蘇子由作《紫微詩話》

院中有雙鵲,棲于玉堂之後海棠樹,每學士會食,必徘徊翔集,或鳴噪,必有大詔令或宣召之事,因謂之『靈鵲』。故晁翰林詩云:『卻聞靈鵲必應喜』,并予詩云:『靈鵲先依玉樹棲』,蓋謂此也。《談苑》

《漫叟詩話》云:嘗見近世作藥名詩,或未工,要當字則正用,意須假借,如『日仄柏陰斜』是也。若『側身直上天門東』,『風月前湖夜』,『湖』、『東』二字即非正用。孔毅父有詩云：『鄙性常山野，尤甘草舍中。鉤簾陰卷柏，障壁坐防風。客土依雲實，流泉架木通。行當歸去矣，已逼白頭翁。此地龍舒骨，池隍獸血餘。木香多野橘，石乳最宜魚。古瓦松杉冷，旱天麻麥疏。題詩非杜若，牋膩粉難書。』《苕溪漁隱叢話》

孔毅夫《館中詠雪》云：『斜拖闕角龍千尺，淡抹墻腰月半稜。』《冷齋夜話》

世傳孔毅甫《野史》一卷，凡四十事。予得其書于清江劉靖之，所載：趙清獻爲青城宰，挈散樂妓以歸，爲邑尉追還，大慟且怒，又因與妻忿争，由此惑志。文潞公守太原，辟司馬温公爲通判，夫人生日，温公獻小詞，爲都漕唐子方峻責。歐陽永叔、謝希深、田元均、尹師魯在河南，携官妓游龍門，半月不返，留守錢思公作簡招之，亦不答。范文正與京東人石曼卿、劉潛之類，相結以取名，服中上萬言書，甚非言不文之義。蘇子瞻被命作《儲祥宫記》，大貂陳衍幹當宫事，得旨置酒與蘇高會，蘇陰使人發御史董敦逸，即有章疏，遂墮計中。又云子瞻四六表章，不成文字。其他如潞公、范忠宣、吕汲公、吴沖卿、傳獻簡諸公，皆不免譏議。予謂决非毅甫所作，蓋魏泰、碧雲騢之流耳。温公自用龐潁公辟，不與潞公子方同時，其謬妄不待攻也。靖之乃原甫曾孫，佳士也，而跋是書云：『孔氏兄弟，曾大父行也，思其人欲聞其言久矣，故録而藏之。』汪聖錫亦書其後，但記上官彦衡一事，豈弗深攷云。《容齋隨筆》

常秩

常待制秩，居汝陰，與王回深父皆有盛名于嘉祐、治平之間，屢召不至，雖歐陽文忠公亦重推禮之，其詩所謂『笑殺潁川常處士，十年騎馬聽朝雞』者是也。熙寧初，荆公當國，力致之，遂起判國子監太常禮院，聲譽稍減于前。嘗一日大雪趨朝，與百官待漏于仗舍，秩已來，寒甚不可忍，喟然若有所恨者，乃舉文忠詩以自嘲云：『凍殺汝陰常處士，也來騎馬聽朝雞。』《石林詩話》

許安世

先伯父，熙寧九年四月二十七日夜，夢至一處，榜曰『清香館』，東邊有别院，東壁有詩牌云：『題冀公功德院。山東李白。』其詩曰：『秋風吹桂子，只在此山中。待得春風起，還應生桂叢。桂叢日以滿，清香何時斷？只爲愛清香，故號清香館。』伯父自作《記夢》一篇，書之甚詳。嘗記季公説：元豐五年，自房陵召還，一日忽獨言曰：『清香館』，自後多不屑世間事，或默坐終日，人莫敢問其曲折。《彦周詩話》

先伯父，治平四年舉進士第一。少從丁寶臣，以文字爲歐陽文忠公、王岐公所稱重。其試《公生明賦》曰：『依違牽制者既已去矣，則明白洞達者乃其自然。』此不刊之語也。嘗作《詠史》詩曰：『天下有誅賞，固非君所私。太宗泣君集，意恐勞臣疑。至公一以廢，智術相維持。哀哉功名士，汲汲尚趨時。』推斯志也，雖蹈滄海，餓西山可也。在熙寧間，爲荆公薦，竟不委曲得貴達，然亦爲司馬温公、吕獻可、吕微仲、范堯夫諸公所知。元豐七年，自都官外郎奔祖父喪，卒于黄州，東坡解衣賻之。《彦周詩話》

劉　恕

劉道原《題靈山寺》詩曰：『早晚報衙蜂擾擾，友朋相和鳥關關。餘香滿袖花驚眼，空翠霑巾雨暝山。』《西江詩話》

魏　廣

嘉祐中，有李殿丞者知濟源縣，魏廣者主薄汜水，人二人素相好。一日，會府中，李被酒，謂廣曰：『我果官達，當薦君爲屬。』未幾，河南倅闕，李又攝之，遂檄廣權幕官，相從益歡。監司以燕會數，俱罷歸故官。廣先去，李餞于東門，席上賦詩，有曰：『今日不知明日事，人情反復似車輪。我今自是飄萍客，更向長亭作主人。』蓋當時朝廷文法寬，所用監司皆長者，故能容州縣之吏如此。任道司門爲康節先生云。《聞見前録》

全宋詩話目録卷四十五

張景脩　字敏叔，常州人，治平四年進士，浮梁令，兩爲憲漕，五領郡符。大觀中，遷祠部郎中。有《張祠部集》。

蔣㮚　字康叔，江西龍泉人，治平間進士。

徐積　字仲車，楚州山陽人，治平四年進士。授楚州教授，事母極孝。政和中，賜謚節孝。有集。

江公著　字晦叔，睦州建德人，治平四年進士，歷提點刑獄、京西轉運使。

鄭俠　字介夫，福州福清人，治平四年進士，歷官光州司法參軍、監安上門，坐上書詆王安石、吕惠卿，謫英州編管。徽宗時，除監潭州南嶽廟，自號『一拂居士』。有《西塘集》。

曾肇　字子開，布弟，治平四年進士，歷官黄巖尉、崇文校書、國史編修官、起居舍人、翰林學士，安置汀州，歸潤州。卒，謚文昭。有《曲阜集》、《西掖集》。

孫洙　字巨源。

何宗韓　蜀狂士，爲鄧州司士參軍。

劉定　字子先，仕至户部侍郎。

王詵　字晉卿，開封人，選尚英宗女秦國大長公主，爲利州防禦使，貶均州。歷定州觀察使、開國公、駙馬都尉。謚榮安。

馬道　吉州人。

錢忠

錢信

王安國　字平甫，安禮弟，神宗召試賜第，爲秘閣校理。吕惠卿引連鄭俠獄，奪官。有集。

沈遼　字睿達，錢唐人，遘弟。歷官監壽州酒税、以太常寺奉禮郎監杭州軍資庫、轉運使攝華亭縣。受誣下獄，奪官，流永州，徙池州。有《雲巢編》。

王欽臣　字仲至，洙子，應天宋城人，以蔭入官，薦試學士院，賜進士及第。歷官集賢殿修撰、知和州，徙饒州，斥提舉太平觀。徽宗立，復待制、知成德軍。有《廣諷味集》。

韓忠彦　字師朴，琦子，以父任爲將作監，復舉進士。歷官同知樞密院、左僕射兼門下侍郎，封儀國公，謫磁州團練副使，致仕卒。

張舜民　字芸叟，邠州人，第進士。歷官監察御史、吏部侍郎，以龍圖閣待制知同州。坐元祐黨，貶商州。高宗追贈寶文閣學士。自號「浮休居士」，又號「矴齋」。有《畫墁集》。

陶弼　字商翁，永州祁陽人，以功授陽朔縣主簿。歷官知邕州、東上閤門使、康州團練使。有集。

錢勰　字穆父，易孫，彦遠子，居崇德州錢里，以從父明逸任。歷官龍圖閣直學士，知開封府、翰林學士，出知徐州。

葉祖洽　字敦禮，邵武人，熙寧庚戌進士第一，終集賢殿修撰。

王令　字逢原，廣陵人。王安石愛其才，因妻以吴夫人女弟，年二十八卒。有《廣陵集》。

詹价

全宋詩話卷四十五

張景脩

張景脩，字敏叔，常州人，予大父客也，少刻苦作詩，至老不衰，典雅平易，時多佳句。元豐末，爲饒州浮梁令，邑子朱天錫以神童應詔，景脩作詩送之。天錫到闕，會忘取本州公據，爲禮部所卻，因擊登聞鼓院，繳景脩所送詩爲證。神宗一見，大稱賞之，翌日，以語宰相王禹玉，恨四方有遺才，即令召對。禹玉言不欲以一詩召人，恐長浮競，不若俟其秩滿赴部命之，遂止中書籍記姓名。比景脩罷官任，神宗已升遐，亦云命矣。大觀中，始與予同爲祠曹郎中，年已幾七十，有詩數千篇。大父元祐間，自湖南憲請宫祠歸，景脩嘗以詩寄曰：『聞説年來請洞霄，江湖奉使久勤勞。有神仙處閒方得，用老成時退更高。借宅但須新種竹，尋仙想見舊栽桃。浮梁居士塵埃甚，鬢髮而今也二毛。』其詩大抵類此，流落無聞，亦可惜也。《石林詩話》

初，景脩爲浮梁令，作《送朱天錫童子》詩云：『黄金滿篋富有餘，一經教子金不如。君家有兒不肯娱，口誦七經隨卷舒。渥洼從來産龍駒，鸑鷟乃是真鳳雛。一朝過我父子俱，自稱窮苦世爲儒。雪窗夜映孫康書，春隴畫荷兒寬鉏。翻身西入天子都，出門慷慨曳長裾。神童之科今有無，談經射策皆壯夫。古來取士凡數塗，但願一一令吹竽。甘羅相秦理不誣，世人看取掌中珠。折腰未便賦歸歟，待君釋褐還鄉閭。』天錫既到闕，忘取本州公據，爲禮部所卻，因擊登聞鼓，繳景脩詩爲證。神宗大稱賞之，翌日，以語宰相王珪，而恨西方有遺材，即令召對。珪言不欲以一詩召人，恐長浮競，不若俟其秩滿，然後擢用之，遂止令中書籍記姓名。比罷官，而神宗升遐矣。景脩歷事三朝，每登對，上必問：『聞卿作《朱童子》詩，試爲舉似。』由此詩名益著。《中吴紀聞》

景脩《貧居》詩云：『茅檐月有千錢税，稻飯年無一粒租。生事蕭條人問我，水芭蕉與石菖蒲。』《中吴紀聞》

廬山瑞香花，天聖中始傳。張祠部以『瑞』爲『睡』，其詩云：『曾向廬山睡裏聞，香風占斷世間春。竊花莫撲枝頭蜨，驚覺南窗半夢人。』《能改齋漫録》

張景脩《題集清軒》云：『洗竹放教風自在，傍溪看得月分明。』《中吴紀聞》

蔣粲

蔣粲，治平中登第，後久不調官，游河朔，登權州北門樓，有詩曰：『壯士未酬志，乘秋感慨多。幽燕新種落，唐漢舊關河。塞月沉青冢，邊聲起白波。如何得萬騎？玉壘夜經過。』不幸早死，觀其志亦有爲者也。《青箱雜記》

徐積

徐仲車嘗作《愛愛歌》云：案《節孝集·愛愛歌序》云：『子美爲《愛愛歌》，已失之矣。又其辭淫漫，而敘事不得愛愛本心，甚無以示後學。予欲爲子美抉去其文，而易以此歌，以解學者之惑。其《序》曰：「愛愛，吴女也，幼孤，託于嫂氏。其家即娼家也，左右前後，亦娼家也。居娼家而不爲娼事者，蓋天下無一人，而愛愛以小女子，能傑然自異，不爲其黨所汙，其已艱矣。然愛愛以小女子，顧其勢終不能固執，此其所以操心危慮、患深之道不得止，而爲奔女之計也，于是與其人來京師。既數年，其人歸江南，遂死于江南。愛愛居京師，自以爲未亡人也，慨然有必死之計，故雖富貴百計萬力，卒不能動其心，以至于死。此固不得謂之小節，是奇女子也。古之所謂義烈之女者，心同而迹異。」案愛愛所奔，即江寧富人張氏也。張氏納奔妾于外，棄父母而不歸，以至其父捕去，此乃不孝之大者，固不得齒于人類，雖蠻貊禽獸之不若也。故予之所歌，意有詳畧，事有取捨，文皆主于愛愛焉。』『吴越佳人古云好，破家亡國可勝道。昨夜問觀《愛愛歌》，坐中歎息無如何。愛愛本是娼家女，金魂玉魄沉塵土。歌舞吴中第一人，緑鬢雙鬟纔十五。耳聞目見是何事？不謂其人乃如許。操心危兮慮患深，半夜窗前淚如雨。假饒一笑得千金，何如嫁作良人婦。桃李不爲當路花，芙蓉開向秋風渚。忽然一日逢張氏，便約終身不相棄。山可磨兮海可枯，生惟一兮死無二。有如樗櫟叢中木，忽然化作瀟湘竹。又如黄鳥春風時，遷喬林兮出幽谷。文君走馬來成都，弄玉吹簫能幾曲？不聞馬上琵琶聲，忽作山頭望夫哭。去年春風還滿房，昨夜月明還滿床。行人一去不復返，不念關山歧路長。前年猶惜縷金衣，去年不畫深臙脂。今年今日萬事已，鮫綃翡翠看如泥。一女二夫兮妾之所羞，不忠所事兮志將何求？蛾眉皓齒兮妾之所憂，不如無生兮庶幾無尤。喓喓草蟲，趯趯阜螽。靡不有初，鮮克有終。鴛鴦于飛兮畢之羅之，人間此恨兮何時休時。深山人迹不到處，病鸞歛翼巢空枝。』《侯鯖録》。宗祥案：《麗情集》載此曲，後有云：『楊愛愛，錢唐倡女也，垂髫喜歌舞，初學胡琴數曲，遂通他調。七月七日，泛舟西湖採荷香，爲金陵少年張逞所調，相携潛遁，旅于京師逾年。逞爲父捕去，愛留巷中，好事者百計圖之不可得，念逞之勤，感疾而死。』。八十字，今附于後。

東坡云：『徐積，字仲車，古之獨行也，於陵仲子不能過，然其詩文，則怪而放，如玉川子，此一反也。耳聵甚，畫地爲字，乃始通語。終日面壁坐，不與人接，而四方事無不周知其詳，雖新且密，無不先知，此二反也。』苕溪漁隱曰：予嘗記仲車二詩，有云：『淮之水，淮之水，春風吹，春風洗。青于藍，緑染指，魚不來，鷗不起。瀲瀲灩灩天盡頭，衹見孤帆不見舟。殘陽欲落未落處，盡是人間今古愁。今古愁，可奈何，莫使騷人聞棹歌。我曹盡是浩歌客，笑聲酒面春風和。』又《詠蒲扇》詩云：『妾有一尺絹，以爲身上衣。自織青溪蒲，團團手中持。朝携麥隴去，暮汲井泉歸。無人不看妾，不使見蛾眉。』皆佳作也。《苕溪漁隱叢話》

江公著

《復齋漫録》云：江公著初任洛陽尉，久旱微雨，作詩云：『雲葉紛紛雨脚匀，亂花柔草長精神。雷車卻碾前山過，不洒原頭陌上塵。』温公于士人處見之，借紙筆修刺謁江，且爲稱薦，由是知名。《苕溪漁隱叢話》

鄭俠

鄭介夫《和王荆公何處難忘酒》詩云：『何處難緘口？熙寧政失中。四方三面戰，十室九家空。見佞眸如水，聞忠耳似聾。君門深萬里，焉得此言通？』《翠屏筆談》

西塘先生鄭俠，字介夫，福州福清人。父監江寧府稅，時先生就清涼寺讀書，不交人事，惟正旦至日，一歸省親。時荆公以舍人居憂，聞而奇之。有楊驥者，自鄱陽來，學于荆公，荆公使依先生學。一夕大雪，先生讀書過夜半，寒甚，呼驥起飲，酒酣登樓觀雪賦詩，氣宇浩然。詩云：『濃雪暴寒齋，寒齋豈怕哉！漏隨書卷盡，春逐酒瓶開。一酌招孔、孟，再斟留賜、回。醺酣入詩句，同上玉樓臺。』他日驥謁荆公，語次，誦先生詩，公歎賞曰：『真好學者。』累誦其『漏隨書卷盡，春逐酒瓶開』之句。先生將應舉，因贄所業謁荆公，公益稱獎。既而登進士甲科，年二十四，釋褐授將仕郎，試秘書省校書郎，調光州法曹。熙寧間，監安上門，時天久不雨，河北、陝西饑民皆流入京城，而京城外饑民尤多。公盡而爲圖，且上書曰：『臣謹案：安上門逐日所見，繪成一圖，百不及一，但經聖眼，亦可流涕，况于千萬里之外哉！』歷言大旱及青苗免役等事，上出俠圖及疏示輔臣，問安石曰：『識俠否？』安石曰：『嘗從臣學，固乞避位。』俠未幾下臺獄，竄汀州，又改英州，由是直聲聞天下。後年踰八十，以壽終于家。觀其妙年《詠雪》之作，其志趣已不凡。《南磵詩話》

曾肇

曾文昭，元祐中邇英侍講筵，作詩云：『二閣從容訪古今，諸儒葵藿但傾心。君臣相對疑賓主，誰識昭陵用意深？』又邇英閣，前槐後竹，雙槐極高，而柯葉拂地，狀如龍蛇，或謂之『鳳尾槐』，亦賦詩曰：『鳳尾扶疏槐影寒，龍吟蕭瑟竹聲乾。漢皇恭默尊儒學，不似公

孫見不冠。』《墨莊漫録》

元祐間，東坡與曾子開同居兩省，扈從車駕赴宣光殿，子開有詩，其畧云：『鼎湖弓劍仙游遠，渭水衣冠輦路新。』又曰：『階除翠色迷宫草，殿閣清陰老禁槐。』語亦佳。《庚溪詩話》

世言團茶始于丁晉公，前此未有也。慶曆中，蔡君謨爲福建漕，更製小團，以充歲貢。元豐初，下建州又製密雲龍以獻，其品高于小團，而其製益精矣。曾文昭所謂『莆陽學士蓬萊仙，製成月團飛上天』，又云『密雲新様尤可喜，名出元豐聖天子』是也。唐陸羽《茶經》，于建茶尚云未詳，而當時獨貴陽羨茶，歲貢特盛。茶山居湖、常二州之間，修貢則兩守相會，山椒有境會亭，基尚存。盧仝《謝孟諫議茶》詩云：『天子須嘗陽羨茶，百草不敢先開花』是已。然又云：『開緘宛見諫議面，手閲月團三百斤』，則團茶已見于此。當時李郢《茶山貢焙歌》云：『蒸之護之香勝梅，研膏架動聲如雷。茶成拜表貢天子，萬人争喊春山摧。』觀研膏之句，則知嘗爲團茶無疑。自建茶入貢，陽羨不復研膏，祇謂之『草茶』而已。《韻語陽秋》

曾文昭公《河間》詩云：『南北車書久混同，河間今有楚人風。獨慙太守非何武，已見州閭出兩龔。』謂彦和兄弟也。《童蒙訓》以爲曾子宣作，恐誤。《困學紀聞》

紹聖三年，始詔福唐與明州歲貢車螯肉柱五十斤，俗謂之『紅蜜丁』，東坡所傳『江瑶柱』是也。時曾子開感而賦詩，略云：『巖巖九門深，日舉費十萬。忽于泥滓中，得列方丈案。腥鹹置齒牙，光彩生顧盼。從此辱虚名，歲先包橘獻。微生知幾何？得喪孰真贋。玉食有云補，刳腸非所患。』瑶當作『珧』。郭璞《江賦》：『玉珧海月，土肉石華。』《能改齋漫録》

孫　洙

李端愿宫保，文和長子，治園池，延賓客，不替父風。每休沐，必置酒高會，延侍從館閣，率以爲例，至夜分，寢閣什物供帳，皆不移而具。元豐中，會佳客坐中，忽召學士，將鎖院，孫巨源適當制，甚怏怏不欲去，李飭侍妾，取羅巾求長短句。巨源援筆欲書，從者告以『將掩門矣。』草草作數語云：『城頭上有三鼕鼓，何須抵死催人去。上馬苦匆匆，琵琶曲未終。回頭腸斷處，卻更廉纖雨。漫道玉爲堂，玉堂今夜長。』李邦直在坐，頗以卒章非佳語。巨源是夕得疾于玉堂，後六月卒。《南游紀舊》

孫洙，字巨源，元豐間爲翰苑，名重一時。李端愿太尉世戚里，折節交縉紳間，而孫往來尤數。會一日鎖院，宣召者至其家，則已出，數十輩蹤迹之，得于李氏。時李新納妾，能琵琶，孫飲不肯去，而迫于宣命，李不敢留，遂入院，幾二鼓矣。草三制罷，復作長短句，寄恨恨之意，遲明遣示李。其詞曰：『樓頭尚有三通鼓，何須抵死催人去。上馬苦匆匆，琵琶曲未終。回頭凝望處，那更廉纖雨。漫道玉爲堂，玉堂今夜長。』《夷堅志》

何宗韓

神宗朝，蔣堂爲樞密直學士，知成都。府有狂士何宗韓，上堂詩，有：『截斷劍門燒棧閣，此中別是一乾坤。』堂懼，遽下宗韓吏，繳其詩待罪。一日，上問政府：『何宗韓事如何？』諸公對：『方欲進呈，此本狂生，欲請諸州編置可也。』上曰：『不可如此。窮措大爲饑寒迫所致，與一不管事官。』遂授鄧州司士參軍，仍賜袍笏。呂本中《紫微雜記》

劉定

章子厚嘗與劉子先定有場屋之舊，又頗相厚善。隔闊十年，子厚拜相，亦不通問，寄書誚其相忘遠引之意，子先以詩謝曰：『故人天上有書來，責我疏愚喚不回。兩處共瞻千里月，十年不寄一枝梅。塵泥自與雲霄隔，駑馬難追德驥才。莫謂無心向門下，也曾終夕望三臺。』公得詩甚喜，即召爲宰屬，遂遷户部侍郎。《優古堂詩話》

王詵

王晉卿都尉既喪蜀國，貶均州，姬侍盡逐，有一歌者，號『囀春鶯』，色藝兩絶，平居屬念，不知流落何許。後二年，内徙汝陰，道過許昌，市傍小樓聞泣聲甚悲，晉卿異之，問乃囀春鶯也，恨不可復得，因賦一聯：『佳人已屬沙吒利，義士今無古押衙。』晉卿每話此事，客有足成章者，晉卿覽之尤愴然。其詞曰：『幾年流落向天涯，萬里歸來兩鬢華。翠袖香殘空挹泪，青樓雲渺定誰家？佳人已屬沙吒利，義士今無古押衙。回首音塵兩沉寂，春鶯休囀沁園花。』《西清詩話》

王晉卿得罪外謫，後房善歌者，名囀春鶯，乃東坡所見也，亦遂爲密縣馬氏所得。後晉卿還朝尋訪，微知之，作詩云：『佳人已屬沙吒利，義士今無古押衙。』僕在密縣，與馬縉輔游甚久，知之最詳。縉輔在其兄處猶見之，國色也。《西清詩話》中載此事云『過潁昌見之』，傳誤也。《彦周詩話》

魯直嘗言：鬚多人，疏秀者必貴，密而泛短者，必神氣不足。駙馬都尉王晉卿與殿帥曹貫道皆無鬚，每指鬚多者爲中相法。晉卿尚貴王，嘗過鞏、洛間，道傍有後唐莊家廟，默念始治終亂，意斯人必胡。及觀神像，兩眼外皆髭也。晉卿作詩寄貫道云：『代梁繼李號

良圖，卻惑歌兒便喪軀。試拂塵埃覘遺像，原來滿面是髭鬚。』《侯鯖録》

本朝戚畹，惟李端愿、王晉卿二駙馬好文喜士，世傳孫巨源《三通鼓》、眉山公《金釵墜》之詞，想見一時風流醞藉。未幾，烏臺鞫詩案，賓主俱謫，而嚩春鶯輩，亦流落于他人矣。劉後村《西園雅集圖跋》

王晉卿《湖上贈别詩序》云：『余前年恩移清潁，道出許昌，前途小阻，留西湖之别館者幾一月。常與韓持國、范景仁，汎舟嘯詠，使人頓忘去國流離之恨也。韓公德性温厚，風度高雅，固已可愛。范公雖老，而精神不衰，議論純正，白鬚紅面，動輒醺酣。時余有所賦詠，公即取紅蓮葉命筆疾書，初不經思，佳辭麗句，頃刻而成，坐客莫不驚歎也。比聞朝廷，就除端明殿學士以寵之。因思方今進任老成，如公者若再起之，亦足以厚風俗耳。』詩云：『清影十分月，暗香千柄蓮。不知從此别，高會復何年？』《式古堂書考》

馬　道

治平中，有爲吉水令者，忘其姓名，治邑嚴酷，野人馬道爲《啄木》詩諷之。詩曰：『翠翎迎日動，紅觜嚮煙蘿。不顧泥丸及，惟貪得食多。纔離枯朽木，又上最高柯。吴楚園林闊，茫茫爭奈何！』令見詩，稍緩刑，時人目曰『馬啄木』。《翰府名談》

錢忠

治平中，錢忠道過吴江，愛其風物清佳，留戀不能去，諷詠游賞。遇一女子，小舟獨棹于煙波浩渺間，忠悦之，作詩贈女子。其警句云：『滿目生涯千頃浪，全家衣食一綸竿。』女子得詩，携之歸，呈其父。父蓋隱淪客也，喜忠此詩，遂以女奉忠箕帚，泛舟同入煙波，不知所往。《青瑣集》

錢信

錢信《平望驫》詩：『安得神仙術，試爲施康濟？使此平望村，如吾江子滙。』吴興獨江子滙無驫，舊傳馬自然泊舟于此。《齊東野語》

王安國

王師弔伐江左，城破，或夢丱角女子行空中，以巨篚篚物，散落如豆者，著地皆成人。問其故，曰：『此當死于難者。』後見貴人盛冠服纚墮于地，云：『此徐舍人也。』既寤，聞徐鍇死圍城中。王文公兄弟在金陵，和王微之哲詩，押『篚』字，平甫有『當時徐氏擅筆墨，夜

圍夢墮空中筵』。此事奇譎，而盤崛就强韻中，可謂搏虎手也。《金玉詩話》

王平甫熙寧癸丑歲，直宿崇文院，夢人邀至海上，見宫殿甚盛，其中作樂簫鼓之伎甚衆，其宫曰『靈芝』，邀平甫俱往。有人在宫側隔山水曰：『時未至，且令去，他時迎之。』恍然夢覺，時禁中已鳴鐘。平甫頗自負非凡，爲詩記之曰：『萬頃波濤木葉飛，笙簫宫殿號靈芝。揮毫不似人間世，長樂鐘聲夢覺時。』後四年卒，其家哭訊之：『嘗夢靈芝宫，其信然乎？當召告我。』是夕暮奠，若有聲音接人，其家復卜之，果獲兆。昔有人至海上蓬萊，見樓臺中有待樂天之室，樂天自爲詩以紀其事，與平甫之夢實相似。蓋二人皆天才逸發，則其精神所寓，必有異者，物理蓋有之，而不可窮也。《紀詩》（此事又見《直方詩話》）

熙寧中，高麗使人至京師，求王平甫詩，有旨令京兆尹元厚之鈔録以賜。厚之自誼平甫求新著，平甫以詩戲之曰：『誰使詩仙來鳳沼？欲傳賈客過雞林。』《紀詩》。又見《耆舊續聞》

王平甫句云：『海鵬未擊三千里，天馬須歸十二閑。』《苕溪漁隱叢話》

王平甫句云：『風暄翠幕春沽酒，露溼筠籠夜賣花。』《洛中聞見前録》

唐語曰：『二十四考中書令』，謂汾陽王也，而無其對。或以問平甫，平甫應聲曰：『萬八千户冠軍侯。』不惟對偶精切，其貴亦相當也。《後山詩話》

王平甫在三館曝書，見韓幹所畫馬，作《畫馬行》，又作《畫馬跋》云：『明皇召幹上南薰殿，問曰：「汝奚不師陳翃？」是時翃擅名天下，幹奏曰：「臣不願也。」明皇曰：「然則汝以何爲師？」幹曰：「飛龍廐數萬匹，皆臣師也。」余于是知幹真善畫者。蓋以筆墨之迹，口耳之傳，而臻神妙之品者，古今未之有也。又以爲彼一畫史耳，且能不怵于形勢，而信其所知如此，學士大夫，其可愧于幹哉！』又云：『所見畫病馬甚腯，疑少陵所謂「畫肉不畫骨」者，殆于此有遺恨焉。然少陵爲幹贊，則又愛其駿健清新，疑其論曹、韓二人之詞，不能無抑揚耳。善論文者，當知昔人所謂言，豈一端而已，因此可以求著書者之意。』又云：『「幹自言不願師陳翃，而少陵以幹爲曹霸弟子，無乃一時傳者失其指歟。惟「丹青不知老將至，富貴于我如浮雲」，則爲知言。蓋中心無蔽于外物，然後有見于理，此不易之論，而莊生所謂「槃礴贏」者是已。此可以爲學者之法。』平甫于此，蓋三致意焉。予讀之，犂然有當于心，其論幹不願師陳翃，蓋以自况也。平甫在熙寧間，不與其兄雷同，是亦幹不師陳翃之比。故平甫言之重，詞之復，有深意存焉。《艇齋詩話》

《復齋漫録》云：『陳無己《詩話》謂平甫以楊蟠《金山》詩爲莊宅牙人語，解量四至。詩云：「天末樓臺横北固，夜深燈火見揚州。」然予觀荆公《金山》詩，前四句亦類此，「天末海門横北固。煙中沙岸似西興。已無船舫猶聞笛，遠有樓臺衹見燈。」』苕溪漁隱曰：平甫

《游金山》詩云：『北固山連三楚盡，中濡水入九江深。』平甫譏楊蟠詩，反自作此等語，何也？《苕溪漁隱叢話》

流。勝地幾經興廢事，夕陽偏照古今愁。城中樹密千家市，天際人歸一葉舟。極目煙波吟不盡，西山重叠亂雲浮。』時郡守張侯見而異之，爲啟宴張樂于其上。其後建中靖國元年，其女識之于石云。平甫元豐初，以交鄭俠，遂廢于家，作詩云：『三見齊王不一言，須知自古致君難。紛紛齊虜誇迂闊，口舌從來易得官。』《苕溪漁隱叢話》

《復齋漫録》云：平甫年十三，登滕王閣，賦詩云：『滕王平日好追游，高閣依然枕碧

《復齋漫録》云：劉禹錫《嘉話》謂唐延英殿，即靈芝殿也，謂之『小延英』。予見《雲齋廣録》載平甫熙寧六年冬，直宿崇文院，夢有人邀至海上，見海中宫殿甚盛，其中樂作，題其宫曰『靈芝』。平甫有詩紀之，略云：『萬頃波濤木葉飛，笙簫宫殿號靈芝。』則靈芝之號，不特世間也。予又觀平甫女名茂者石刻云：『曾子固舊有《夢紀》，以述其事。』然子固之文，世竟無蓄之者。《苕溪漁隱叢話》

《隱居詩話》云：蘇丞相頌嘗云：『館中見平甫題壁，有「宫殿影摇河漢外，江湖夢斷鼓鍾邊。」使人吟想不已。平甫尤工用事，而復對偶親切。在京師，有病中答予秋日詩曰：「忽吟佳句詩消暑，遠勝前人檄愈風。」又曰：「北海知天諭牛馬，東方傲俗任龍蛇。」王繹

學士葬以九月，平甫爲挽詞云：「九月清霜送陶令，千年白日見滕公。」時挽詞甚多，無出此句。』《苕溪漁隱叢話》

《東軒筆録》云：陳繹晚爲敦朴之狀，時謂之『熱熟顔回』。孔文仲舉制科庭試對策，言時事有可痛哭太息者，執政惡而黜之。繹時爲翰林學士，語于衆曰：『文仲狂躁，真杜園賈誼也。』王平甫笑曰：『「杜園賈誼」，可對「熱熟顔回」。』合坐大噱，繹有慚色。『杜園』、『熱熟』，皆當時鄙語。《苕溪漁隱叢話》

王平甫年十一，過洪州，有《滕王閣》詩，蓋其少成如此。又再賦一首敍其事云：『滕王平昔好追游，高閣依然枕碧流。勝地幾經興廢事，夕陽偏照古今愁。層城樹密千家笛，江渚人孤一葉舟。悵望滄波吟不盡，西山重疊亂雲浮。』十四歲再題一首，其序云：『予始年十一時，從親還里中，道出洪州，泊滕王閣下。俯視山川之勝，而求士大夫所留之詩，凡百餘篇，自唐杜紫微外，類皆世俗氣，不足矜愛，乃作一章，牓之西楹。後三年，客淮上，思其幼時，勇于述作，不自意其非也。輒改作一章，以誌當時之事。其舊者往往傳于江西，今故併存之。』詩云：『地勢遠連徐孺亭，窮南有客兩曾經。簷前燕雀鳴相鬬，潭裏蛟龍困未醒。亂靄蒼茫侵樹色，驚濤浩蕩失天形。當時好景無同賞，對此悲歌孰爲聽？』《侯鯖録》

沈遼

遼尤工翰墨，登科之後游京師，偶爲人書裙帶，詞頗不典，流傳達於宫禁，近幸嬪御服之，遂塵乙覽。後削籍爲民。《揮麈餘話》

王欽臣

王仲至用蔭入官，文潞公薦，召試學士院。試罷，作詩曰：『翠木陰陰白玉堂，老來方此試文章。日斜奏罷《長楊賦》，閒拂塵埃看畫墻。』荆公見之，甚歎賞，爲改作『奏賦《長楊》罷』，且云：『詩家語如此乃健。』《西清詩話》

王仲至《宿華岳觀》詩云：『凌空老樹雲垂葉，壓屋梨花雪照人。深愧地仙教俗客，殷勤留看華山春。』再題云：『石壇流水共蒼苔，青竹林間一徑開。可惜梨花飛已盡，前年游客始重來。』《江鄰幾雜志》

王欽臣自西京一縣令，召入議法，與舒王不合，令學士院試賦一篇，但賜出身，卻歸本任。獻舒王二首，頗爲婉雅，其一：『蜀國相如最好詞，武皇深恨不同時。凌雲賦罷渾無用，寂寞文園意可知。』其二：『古木陰森白玉堂，老年來此試文章。宫簷日永揮毫罷，閒拂

塵埃看畫墻。』《泊宅編》

熙寧中，王欽臣仲至自河北被召，用荆公薦對。神宗問所與游從，公奏『宋敏求』，帝默然，遣還任。公因留一詩書長老院中，云：『蜀地相如最好詞，武皇深恨不同時。凌雲奏罷還無事，寂寞文園興可知。』然荆公愛其詩，自題于所執扇。《能改齋漫録》

王仲至與秦少游謁恭敏李公，《燕閒堂聯句》云：『黄葉山頭初带雪，緑波尊酒暫回春。王已聞璧月瓊枝句，更著朝雲暮雨人。秦老愧紅妝翻曲妙，喜逢佳客放懷新。王天明又出桃源去，仙境何時再問津。秦』《能改齋漫録》

王仲至使遼回，謁恭敏李公，席上作詩曰：『穹廬三月已淹留，白雪黄雲見即愁。滿袖塵埃何處洗？李家池上海棠洲。』《詩人玉屑》。又見《優古堂詩話》

韓仲彦

《江干初雪圖》真迹藏李邦直家，唐蠟紙本，世傳王摩詰所作。元豐間，王禹玉、蔡持正、韓玉汝、章子厚、王和甫、張邃明、安厚卿七人題詩。建中靖國元年，韓師朴相、邦直厚卿同在二府，時前七人者，所存惟厚卿而已。持正貶死嶺外，禹玉追貶，子厚方貶，玉汝、和甫、邃明，則死久矣。故師朴題其後云：『諸公當日聚巖廊，半謫南荒半已亡。唯有紫樞黄閣老，再開圖畫看瀟湘。』『紫樞黄閣』，謂邦直在門下，厚卿在西府也。厚卿復題曰：『曾游滄海困驚瀾，晚涉風波路更難。從此江湖無限景，不如祇向畫中看。』邦直亦自題云。

《石林詩話》。宗祥案：『安厚卿』即安燾，哲宗時爲門下侍郎。

張舜民

真州即揚州之揚子縣，古白沙子鎮也，祥符中，丁晉公鑄聖祖天尊像，遂爲真州。有儀真觀，觀西一水縈迴，南入大江，號曰『胥浦』。一日三潮，俗云：『子胥解劍渡江之所』。觀之記載，使者以像在舟，日方午，潮水忽至。今有午潮。張芸叟有詩云：『聞説仙鄉接瀨鄉，閒游詩侣禮虛皇。三潮寳派通前浦，萬葉靈杉蔽蜀岡。天地杳冥供寫像，江山迴合助靈祥。五雲送入蓬萊島，留與人間作道場。』《雅言雜載》。又見《古今詩話》

陳後主起『臨春』、『結綺』、『望仙』三閣，極其華麗。後主與張麗華、孔貴妃各居其一，與狎客贈詩，互相贈答，采其豔麗者，被以新聲，奢淫極矣。隋克臺城，後主與張、孔坐視無計，遂俱入井，所謂『胭脂井』是也。楊脩詩云：『擒虎戈矛滿六宫，春花無樹不秋風。蒼皇益覺多情處，同穴甘心赴井中。』李白亦云：『天子龍沉景陽井，誰歌玉樹后庭花？』今胭脂井在金陵之法寳寺。井有石欄，紅痕若胭脂，相傳云後主與張孔泪痕所染。石欄上刻後主事迹，八分書，乃大歷中張著文。又有篆書『戒哉、戒哉』數字，其他題刻甚多，往往漫滅不可考。寺即景陽宫故地也，亦井在焉，好事者往來不絶，寺僧頻厭苦之。張芸叟嘗有詩戲僧云：『不及馬嵬襪，猶能致萬金。』《韻語陽秋》

張芸叟評本朝名公詩：梅聖俞如深山道人，草衣木食，王公大人見之，不覺屈膝。石曼卿如饑鷹乍歸，迅逸不可言。歐陽永叔如春服乍成，漉酒初熟，登山臨水，竟日忘歸。王介甫如空中之音，相中之色，欲有尋繹，不可得矣。蘇子瞻如武庫乍開，干矛森然，見之不覺令人神慄，子細檢點，不能無利鈍。郭功甫如大排筵席，二十四味，終日揖遜，適口者少。《賓退録》

張舜民芸叟，邠人也。通練西事，稍能詩。從高遵裕西征，中途作詩二絶，云：『靈州城下千枝柳，總被官軍斫作薪。他日玉關歸去路，將何攀折贈行人？』一云：『青銅峽裏韋州路，十去從軍九不回。白骨似沙沙似雪，將軍休上望鄉臺。』爲轉運判官李密所奏，得罪，貶邠州監税。舜民言：『官軍圍靈武不下，糧盡而退。西人從城上呼官軍：「漢人兀擦否？」或仰而答曰：「兀擦。」城上皆大笑，西人謂「慙」爲『兀擦』也。』《東坡題跋》

熙寧四年，荆公預政，罷詩賦，專以經義取士。元祐五年，復用詩賦。紹聖初，以詩賦爲元祐學術，復罷之。政和中，遂著于令：『士庶傳習詩賦者，杖一百。』畏謹者至不敢作。

故芸叟感而賦詩曰：『少年辛苦校蟲魚，晚歲雕蟲耻壯夫。自是諸生猶習氣，果然紫詔盡驅除。酒間李賀皆投筆，地下班楊亦引車。惟有少陵頑鈍叟，静中吟撚白髭鬚。』《韻語陽秋》

喻陟明仲，睦州人，持節數部，政績藹著。雅善散隸，尤妙長笛，每行按至山水佳處，馬上臨風，快作數弄。嘗有《馬上吹笛》詩寄芸叟，芸叟和之曰：『越客思歸黯不平，閒持長笛寫秦聲。羨君氣海如斯壯，博我詞鋒孰敢争？江上梅花開又落，隴頭流水咽還驚。豈知不寐鰥魚眼，獨坐山堂對月明。』《墨莊漫録》

紹聖初，東坡帥中山，得黑石白脈，如孫知微所畫，石間奔流，盡水之變。又作白石大盆以盛之，激水其上，名其室曰『雪浪齋』。公自銘有云：『玉井芙蓉丈八盆，伏流飛空漱其根。』時四月二十日也，閏四月三日，乃有英州之命。其後謫惠州，又徙海外。故中山後政，以公遷謫，『雪浪』之名廢而不問。元符庚辰五月，公始被北歸之命，明年夏方至吴中，時張芸叟守中山，方葺治雪浪齋，重安盆石，方欲作詩寄公，九月聞公之薨，乃作哀詞。有云：『我守中山，乃公舊國。雪浪蕭齋，於焉食宿。俯察履綦，仰看梁木。思賢閲古，皆經貶逐。玉井芙蓉，一切牽復』云云。其詞曰：『石與人俱貶，人亡石尚存。卻憐堅重質，不減浪花痕。滿酌中山酒，重添丈八盆。公兮不歸北，萬里一招魂。』『思賢』、『閲古』，皆中山後圃堂名也。《墨莊漫録》

衢州廳事下，舊有土，勢隆起，篠木叢生，相傳云『古冢也』。舊有碑，其文曰：『五百年刺史爲吾守墓。』以此前後相承，皆畏而不敢慢。紹聖元年，齊安孫賁公素爲守，問之左右，以是對。公命毁去之，官吏大恐，闔府叩頭以諫。公曰：『藉令土中有賢者骨，當以禮法遷之。』乃爲文自祭而除之。劚深丈餘，了無他異，但有二石峰，長五六尺，堅瘦清潤，又有大木之根，蟠踞其下，群疑遂定。石上有刻云：『乾符五年五月三日，安于此。押衙徐諷，龍山起此石處得二石，刺史季□題。』又刻云：『開寶七年，重疊峩嵋山于廳事前，于郡齊文會閣，移季公之石安置于此。刺史慎知禮題。』時公素方修州治南韶光園圃，重建清泠臺堂，堂成，乃移二石于堂下，名曰『雙石』。嗟乎！慎公移石，去季公之得石，凡九十七年。公素之破疑冢出石，去慎公又一百二十一年。物之顯晦，抑自有數，第不知峩嵋之廢，乃冒冢之名，自何時也？公素一旦戲笑爲之，遂釋千百年之惑。張芸叟有詩曰：『芝蘭雖好忌當門，何況庭前惡土墩。畚锸纔興雙劍出，狐狸盡去老松蹲。百年守冢真堪笑，一日開軒亦可尊。安得擲從天外去，成都石筍至今存。』公素可謂剛毅正直自信之君子也。《墨莊漫録》

浮休居士張舜民芸叟，忠義人也。紹聖中，入元祐責籍爲黨人，繫潭州。赦書中獨元祐人不赦，有《宣赦》詩云：『擊鼓填街道，傳聲過水濱。國嚴三歲祀，恩洗萬方春。舟檝

隨南斗，衣冠拱北辰。嶺南并嶺北，多少望歸人。』《侯鯖録》

治平中，英宗患歷代史繁多難見，令司馬温公編進君臣事迹，請置局辟官，薦劉道原、劉貢父，又辟范淳父在局，書成進上，神宗賜名《資治通鑑》。元豐末，進《五代紀》，遷公資政殿學士，除淳父秘書省正字爲賞。時道原已死，貢父方貶官衡州也。元祐初，温公還朝，作門下侍郎。用宰相蔡持正劄子，付下國子監開板，令温公門下士及館職校讎之。板成，偏賜宰執侍從，及校讎官，各以表謝。張芸叟詩云：『《通鑑》初成賜近臣，不遺疏賤布恩均。我投淮水五千里，君滯周南二十春。東觀汗春身是夢，西宮削稿事如新。細思當日修書者，衹有三人今一人。』『三人』，謂貢父、道原、淳父也。《菊坡叢話》

芸叟生平嗜畫，題評精確，雖南遷羈旅中，每所經從，必搜訪題識。東南士大夫家所藏名品，悉載録中，亦能自作山水。《畫繼》

芸叟爲文，豪重有理致，最刻意于詩。晚好《樂府》百餘篇，《自序》云：『年踰耳順，方敢言詩。百世之後，必有知音者。』《郡齋讀書志》

張芸叟謫郴州税。郴多碧蓮，根大如盌，張嘗以墨印于詩稿上，以詫北人也。《孫公談圃》

張芸叟《紈扇》詩云：『紈扇本招風，曾將熱時用。秋來挂壁上，卻被風吹動。』《蒙齋筆談》

芸叟《九日》詩云：『一見黄花只自羞，蕭然短髮不禁秋。誰人爲整烏紗帽？獨倚西風滿眼愁。』《合璧事類前集》

季父浮休侍郎詠長安興廢地，有詩云：『憶昔開元全盛日，漢院隋宫已黍離。覆轍由來皆在後，今人還起古人悲。』張琰《洛陽名園記序》

李方叔喜吴可小詩『東風可是閑來往，時送紅梅一陣香』，殊不知張芸叟《酴醾》詩亦云：『晚風亦自知人意，時去時來管送香。』《優古堂詩話》

米元章書畫奇絶，從人借古本自臨搨，臨竟，併與臨本、真本還其家，令自擇其一，而其家不能辨也，以此得人古書畫甚多。東坡屢有詩譏之，《二王書跋尾》則云：『錦囊玉軸來無趾，粲然奪真擬聖智。』又云：『巧偷豪奪古來有，一笑誰似癡虎頭。』山谷亦有戲贈云：『澄江静夜虹貫月，定是米家書畫船。』余謂人之嗜好耽著，乃至于此。元章嘗以九物换劉季孫《子敬帖》，不獲，其意歉然，張芸叟作詩云：『請君出奇帖，與此九物并。今日投汴水，明日到滄溟。』又有『破紙博珠玉』之句。此詩亦可以警膏肓于書畫者。《韻語陽秋》

張芸叟作吕子固挽詩云：『大塊分勞逸，惟君獨不均。險夷安若性，金石想爲人。萬卷書奚託？重泉恨莫伸。誰知丞相子，天地一窮民。』《侯鯖録》

張芸叟作《漁父》詩曰：『家住耒江邊，門前碧水連。小舟勝養馬，大罟當耕田。保甲

元無籍，青苗不著錢。桃源在何處？此地有神仙。』蓋元豐中謫官湖湘時所作，東坡取其意爲《魚蠻子》云。《老學庵筆記》

張芸叟過魏文正公舊莊，居者猶魏氏也，爲賦詩云：『破屋居人少，柴門春草長。兒童不識字，耕稼鄭公莊。』此猶未失爲農。神宗夜讀《宋璟傳》，賢其人，詔訪其後，得于河朔，有裔孫曰宋立，遺像、譜牒、告身皆在。然宋立者，已投軍矣，欲與一武官，而其人不願，乃賜田十頃，免徭役雜賦云。其微又過于魏氏，言之可爲流涕。《侯鯖録》

華州以華山得名，城中不見華山，而同州見之，故華人每曰：『世間多少不平事，卻被同州看華山。』張芸叟守同，嘗用此語作絶句，後二句云：『我到左馮今一月，何曾得見好孱顔。』蓋同州亦登高乃見之爾。《侯鯖録》

放臣逐客一旦棄遠外，其憂悲憔悴之歎，發于詩什，特爲酸楚極，有不能自遣者。滕子京守巴陵，修岳陽樓，或贊其落成，答以『落甚成？只待凭欄大慟數場！』閔已傷志，固君子所不免，亦豈至是哉。《清波雜志》

木犀花，江浙多有之，清芬漚鬱，餘花所不及也。一種色黄深而花大者，香尤烈；一種色白淺而花小者，香短。清曉朔風香來鼻觀，真天芬仙馥也。湖南呼『九里香』，江東曰『岩桂』，浙人曰『木犀』，以木紋理如犀也。然古人殊無題詠，不知舊何名。故張芸叟詩云：『竚馬欲尋無路入，問僧曾折不知名。』蓋謂是也。王以寧《周士道中聞九里香花》詩云：『不見江梅三百日，聲斷紫蕭愁夢長。何許緑裙紅帔客，御風來獻返魂香。』近人採花蘂以薰蒸諸香，殊有典刑。山僧以花半開、香正濃時，就枝頭採擷取之，以女貞樹子俗呼『冬青』者擣裂其汁，微用拌其花入有釉磁瓶中，以厚紙冪之，至無花時于密室中取置盤中，其香裛裛中久，如秋開時，後入器藏可留久也。樹之幹大者，可以旋爲盂合茶托種種器用，以淡金漆飾之，殊可佳也。《墨莊漫録》

韓退之《木居士》詩：『偶然題作木居士，便有無窮祈福人。』蓋當時以枯木類人形，因以乞靈也。在今衡州之耒陽縣北，沿流三十里鼇口寺，至今人祀之。元豐初年旱暵，縣令禱之不應，爲令析而焚之，主僧道符乃更刻木爲形而事之。張芸叟南遷郴州，過而見之，題詩于壁云：『波穿火透木無奇，初見潮州刺史詩。當日老翁終不免，後來居士欲奚爲？山中雷雨誰宜主？水底蛟龍睡不知。若使天年俱自遂，如今已復長孫枝。』予每憤南方淫祠之多，所至有之陸龜蒙所謂『有雄而毅黝而碩者，則曰「將軍」；有温而愿哲而少者，則曰「某郎」；有媪而尊嚴者，則曰「姥」；有婦而容者，則曰「姑」。』而三吴尤甚，所主之神不一，或曰『太尉』，或曰『相公』，或曰『夫人』，或曰『娘子』。村民家有疾病不服藥劑，惟神是恃，事必先禱之，謂之『問神』。苟許其請，雖冒險以觸憲綱，必爲之儻。不諾其請，卒不敢違也。凡禱，必許以牲牢，祀謝封物，命所費不貲。禱而不驗，病者已殂，猶償所許之祭，曰『弗償，其禍必甚』無知之俗，以神之禦災、捍災爲可，惴惴然不敢少解也，豈獨若是乎？近時士大夫家亦漸習此風，士大夫稍有識者，心知其非，而見女子之易惑，故牽于閨幃之愛，亦遂狥俗，殊可駭歎！且神聰明正直，而一者也，豈有以酒食是嗜，而竊福于饕餮、于愚魯之民，豈所謂聰明正直者耶？至于嶽也瀆也，古先賢德有功于人，載在祀典，血食一方者，吾敢不欽奉之乎？所謂『郎』者、『姑』者，安能禍福于忠信之士？吾所未信也，世豈無一狄公爲一革之？木居士既爲令之所焚矣，彼庸髡者復假託以惑衆，此尤可笑云。《墨莊漫録》

陶　弼

陶弼商翁，與楊畋樂同時，一生仕宦廣西，晚守欽、順二州。《集》中多佳句，前已采其一二，他五言如《塞上》云：『星落胡王死，河窮漢使歸。雪山經夏冷，天馬入秋肥。』《觀教戰》云：『晉興由帥讓，楚敗以師喧。』《行役》云：『陰微辨樵火，霽早誤僧鐘。』《雜詩》云：『久閒忘將略，多病熟醫書。』《順州》云：『渴蜂銜研水，饑蝶嗅屏花。』七言《汴河》云：『柳與揚州今獨在，水和煬帝不重來。』《柳州》云：『人心如地少平處，天氣似春無冷時。』《送人》云：『泠酒十分無客送，輕車一輛有民攀。』又云：『兵堪渡海將軍老，史不占天處士閒。』《村行》云：『路小馬蹄高復下，村深雞唱有如無。』《後村詩話》

崇真宫，在臨江新淦縣北，山形如閣，山色如皁，故名『閤皁』。《道書》云『第二十福地』，即漢張道陵、丁令威、葛孝先修煉之地。陶商翁有詩曰：『萬仞天門閤皁形，陰陽不似衆山青。一區海上神仙宅，數曲人間水墨屏。華表鶴歸春谷響，玉京龍起夜潭腥。可憐張、葛無人繼，三級高壇拂杳冥。』《方輿勝覽》

陶商翁觀曹武惠畫像，有句云：『蒐兵四解降王縛，報國三登上將壇。』《澠水燕談》

陶弼，宋仁宗時人，有詩名，仕于兩廣。詩絶似晚唐，《宋文鑒》選其二首，《虔化縣》云：『暖雪梅花樹，晴雷贛石溪。』《出嶺》云：『天文離卷石，人影背含沙。』其他如《僧寺》云：『花露生瓶水，松風落架書。』《早行》云：『照枕殘雞月，吹燈落葉風。』李洞、喻鳬，可相伯仲。《升庵詩話》

《東皋雜録》云：熙寧中，章子厚奉詔城沅州，時陶弼知辰州，贈詩云：『善戰無如新息侯，漢兵纔渡緑蘿州。愛君挽我陶溪粟，直到牂牁水口頭。』詩刻今在沅州洪江寨，寨正與牂牁相直。《苕溪漁隱叢話》

鶴相海外書，稱其子詞翰。陶商翁有《别丁珙》詩云：『風霜慈母衣中綫，塵土先人壁

後書。』珙乃鶴相之子，必好學者。《後村詩話》

陶商翁五言如：『梟鳴社旁樹，盜發塚中金。』『煉成丹竈在，騎去鶴巢空。』『鹿飲沙渾水，蝯饑果落雲。』七言如：『將老未聞金作印，師寒猶用鐵爲衣。』『山險不能留霸業，水聲惟解送年華。』『道近可憐駑馬駿，時平不見布衣雄』之類，皆可傳。《後村詩話》

錢勰

錢穆父以米二石，送秦少游，作二十八字曰：『儒館優賢蓋取頤，校讎尤自困朝饑。西鄰爲禄無多少，希薄才堪作渟糜。』《直方詩話》

勰知開封，臨事益精。蘇軾乘其据案時遺之詩，勰掃筆立就以報，軾曰：『電掃訟庭，響答詩筒』。近所未見也。《宋史》本傳

錢穆父風姿甚美，有九子。都下九子母祠作一巾紵美丈夫，坐于西偏，俗以爲『九子母之夫』。都下謂穆父爲『九子母夫』，東坡贈詩云：『九子羡君門户壯』，蓋戲之也。《老學庵筆記》

張右史《明道雜志》云：錢内翰穆父知開封府，斷一大事，或語之曰：『可謂霹靂手。』錢答曰：『僅免胡盧提。』蓋俗語也。然予見王樂道記輕薄者改張鄧公罷政詩云：『赭案當

衙並命時，與君兩個没操持。如今我得休官去，一任夫君鶻露蹄。』乃作『鶻露蹄』，何耶？更俟識者。《能改齋漫録》

張文潛《明道雜志》云：錢穆父尹開封府，剖決無滯，東坡譽之爲『霹靂手』。穆父曰：『敢云霹靂手，且免胡盧蹄。』蓋俗諺也。《能改齋漫録》記張鄧公《罷政》詩云：『赭案當衙並命時，與君兩個没操持。如今我得休官去，一任夫君鶻鷺蹄。』予又見李屏山《樂府》，末句云：『但尊中有酒，心頭無事，葫蘆提過。』『鶻鷺蹄』，即今俳優指爲鶻突者，即『胡塗』之謂也。《逸老堂詩話》

葉祖洽

邵武郡庭，有石榴一株，士人視結實之多少，以爲登科之信。熙寧庚戌歲，有雙實于木末者，又有附枝而雙實者，是歲，葉祖洽、上官均名在一二，何與均兄弟同榜。祖洽有句云：『已分桂葉争雲路，不負榴花結露枝。』《海録碎事》

王　令

退之《詠蚊蠅》云：『涼風九月到，掃不見蹤迹。』夢得《聚蚊》云：『清商一來秋日曉，羞爾微形飼丹鳥。』聖俞云：『薨薨勿久恃，會有東方白。』王逢原《晝睡》云：『蚊蟲交紛始誰造？一一口吻如針錐。嚼人肌膚得腹飽，不解默去猶鳴飛。雖然今尚爾無奈，當有獵獵秋風時。』小人稔惡，豈漏恢網？但可僥倖目前耳。《左氏》曰：『天之假助不善，非右之也，將厚其惡而降之罰也。』其是之謂乎？《碧溪詩話》

王令逢原，廣陵人，既見知於舒王，聲譽赫然，時附麗之徒，望風伺候，守牧冠蓋，日滿其門，進譽獻諂，初不及文字間也。逢原厭之，大署其門云：『紛紛閭巷士，看我復何爲？來即令我煩，去即我不思。』意有知耻者，而干謁不衰。《直方詩話》

王逢原作《假山》詩云：『鯨牙鯤鬣相摩捽，巨靈戲撮天凹突。舊山風老狂雲根，重湖凍脱秋波骨。我來謂怪非得真，醉揭碧海瞰蛟窟。不然禹鼎魑魅形，神顛鬼脇相撐挨。』夏均父爲予言：『此詩奇險，不蹈襲前人。韓退之所謂「惟陳言之是去者，非筆力豪放不能爲也。」』《墨莊漫録》

王令逢源，荆公、王深父兄弟交游也，嘗賦《韓幹馬》詩云：『天寶天子盛天厩，土番入馬上天壽。紫衣馭吏偏坐前，騎入金門不容驟。西極苜蓿爲誰肥？六閑飛黄卧嗟瘦。乾元殿下誰把筆？當年人無出幹右。傳聞三馬同日死，死魄到紙氣方就。鐵勒夾口重兩銜，墨絲卝尾合雙紐。天門未上人就觀，老胡驚嗟失開口。生搜朔野空毛群，死斷世工無後手。當時天子惜不傳，送入御府置官守。胡塵勃鬱燕薊來，宫闕蕭騷既焚後。誰拚千金出手收？足踏萬里避奔走。幾經蹂棄道邊塵，今日寧無紙上垢。尊前病客不識畫，但驚骨氣世未有。冀北駿足無時無，生不逢幹死空朽。世工無手不肯休，往往氣骨陋如狗。』《侯鯖録》

王逢原詩：『退之昔裁詩，頗以豪横恃。暮年意氣得，金玉多自慰。買居紀厢榮，顧影樂冠佩。喜將閭巷好，持與妻子議。彼哉何足道，進退兹焉係。安知九列榮，顧是德所累？』謂《南内朝賀歸及示兒》詩也。朱子曰：『此篇所詩，乃感二鳥符讀書之成效極致，而《上宰相書》所謂「行道憂世」者，已不復言矣。』鄧志宏亦謂：『愛子之情則至矣，導子之志則陋也。』《困學紀聞》

廣陵先生逢原，嘗爲《暑熱思風》詩云：『力卷雨來無歲旱，盡驅雲去放天高。』客有傳示王介甫，歎曰：『有致君澤民之志，惜乎不振也。』《墨莊漫録》

逢原一日與王平甫數人登蔣山，相與賦詩，而逢原先成，舉數聯。平甫未屈，至聞『仰躋蒼厓顛，下視白日徂。夜半身在高，芳騎箕尾居。』乃歎曰：『此天上語，非我曹所及。』遂閣筆。《墨莊漫録》

王逢原《暑旱苦熱》云：『清風無力屠得熱，落日著翅飛上山。人固已懼江海竭，天豈不惜河漢乾？崑崙之高有積雪，蓬萊之遠常遺寒。不能手提天下往，何忍身去游其間。』

其骨氣老蒼，識度高遠如此，豈得不爲荆公所推！《後村詩話》

富公由并州入相，外廷至于舉笏相賀，王逢原獨不，云：『要須待見成堯舜，未敢輕浮作頌聲。』所見高于石徂徠一等矣。《答孫莘老》云：『生無人愧寧非樂，死有天知豈待名。』其固窮自守，亦士之高致也。《後村詩話》

王逢原《聞雁》云：『萬里波濤九秋後，五更風雨一燈旁。』不待着『雁』字，而題見矣。《後村詩話》

房千里作《骰子選格序》云：『以六骰雙雙爲戲，以數多少爲進身官職之序，而乃條其選黜之目焉。』東坡以流俗狂惑，經營儻來，惴惴惟恐後于他人，何異投骰者心動于中，而色形于外，欲求勝人者哉！王逢原《彩選》詩云：『卒無及物效，徒有高人氣。昏昏忘其大，擾擾争其細。』其理信然。《苕溪漁隱叢話》

《桐江詩話》云：逢原《集》中佳句頗多，如《讀老杜詩》：『鐫劖物象三千首，照耀乾坤四百春。』《瓜洲渡》云：『風力引雲行玉馬，水光連日動金虵。』《謝滿子權寄詩》云：『九原黄土英靈活，萬古青天霹靂飛。』《苕溪漁隱叢話》

詹价

詹价，南方人，有《詠梅》詩云：『只有雪争白，更無花似香。』全似裴説詩格。《説棋》詩云：『人心無算處，國手有輸時。』又《牡丹》詩云：『未嘗貧處見，不似土中生。』又嘗有詩云：『入山不避虎，當路卻防人。』格雖不高，真入理之言。《侯鯖録》

全宋詩話目録卷四十六

文同　字與可，梓潼人，第進士。仕至太常博士、集賢校理。元豐初，出守湖州，行至宛丘驛，忽留不行，沐浴冠帶正坐而逝。自號『笑笑先生』。有《丹淵集》。

李奉世

晁端友　字君成，迥四世孫，无咎父，第進士。爲杭州新城令。有《新城集》。

李行中　字無悔，霅川人，徙居松江。高尚不仕，詩酒自娱，晚治園亭，號『醉眠』。東坡與之游。

徐介　陽翟人，官屯田。

胡瑗　字器之，南平人，熙寧三年進士。

陸佃　字農師，越州山陰人，熙寧三年甲科。歷官吏部尚書、尚書右丞，罷知亳州。有《陶山集》。

蔡京　字元長，興化軍仙游人，熙寧三年進士。歷官尚書右僕射、司空，封魯國公，加太師。靖康中，再被貶，死于潭州。

汪泌

錢暄　字載陽，惟演子，父蔭入官。歷駕部郎中、知台州、寶文閣待制。子景臻，尚秦魯國大長公主。

晁端禮　字次膺，熙寧六年進士。兩爲縣令，忤上官坐廢，晚以承事郎爲大晟府協律。有《閒適集》。

晏幾道　字叔原，號小山，殊幼子。監潁昌許田鎮。子溥，字慧開，靖康初官河北，與妻玉牒趙氏死難。

賀鑄　字方回，衛州人，孝惠皇后族孫，娶宗女，授右班殿直。元祐中，李清臣奏换通直郎，通判泗州、太平州。有《慶湖遺老》集。

王雱　字元澤，安石子，未冠舉進士。歷官龍圖閣學士，早死。

袁點　字師與，無錫人。熙寧初，太學直講。

藍奎　字秉文，潮州程鄉人，第進士。官郡博士。

周諝　字希聖，尤溪人，熙寧六年進士。知新會縣，不肯奉行新法，求歸。著《孟子解義》、《禮記説》，門人稱『周夫子』。

關澥　字子容，景仁子，熙寧六年進士。餘杭令。

曾旼　字彦和，龍溪人，熙寧六年進士。監潤州倉曹。嘗纂《潤州類集》。

龔程　字信民，宗元子，熙寧六年進士。歷西安丞、桐廬令。

劉涇　字巨濟，簡州陽安人，熙寧六年進士。歷官經學所檢討、國子監丞，知處、虢、真、坊四州，職方郎中。有《前溪集》。

朱服　字行中，烏程人，熙寧六年進士。歷官中書舍人、禮部侍郎、集賢殿修撰，知廣州，黜知袁州，再貶蘄州安置。子彧。有《萍洲可談》。

葛書思　字進叔，密子，熙寧六年進士。官朝奉郎，卒特謚清孝。

劉次莊　字中叟，長沙人，以《開梅山入洞曉諭》得官。熙寧六年，賜同進士出身，仕至侍御史、江西漕使。

崔嶧　長安人，第進士。歷官河東轉運使、刑部侍郎。

吕大臨　字與叔，大均弟，登進士。歷官監鳳翔府司竹監、太學博士，遷秘書省正字。有《玉溪集》。

全宋詩話卷四十六

文同

文同，字與可，蜀人，與蘇子瞻爲中表兄弟，相厚。爲人靖遠，超然不攖世故。善畫墨竹，詩騷亦過人。熙寧初，時論既不一，士大夫好惡紛然，同在館閣，未嘗有所向背。時子瞻數上書論天下事，退而與賓客言，亦多以時事爲譏誚。同極以爲不然，每苦口力戒之，子瞻不能聽也，出爲杭州通判。同送行詩有『北客若來休問事，西湖雖好莫吟詩』之句，及黄州之謫，正坐杭州詩語，人以爲知言。《石林詩話》

世徒知文與可掃墨竹，不知其高才兼諸家之妙，詩尤精絶。《戲作鷺鷥》六言曰：『頸細銀鈎淺曲，脚高緑玉深翹。岸上水禽無數，有誰似汝風標？』《冷齋夜話》

文與可《朱櫻歌》：『君王日午坐滴蘭，翡翠一盤紅靺鞨。』然『靺鞨』二字人少用。按《唐寶記》曰：『紅靺鞨大如巨粟，赤爛若朱櫻，視之如不可觸，觸之甚堅不可破。』施此事

於櫻桃，尤爲奇切。《緯略》

《冷齋夜話》稱：文與可詩精絶，《鷺鷥》云：『頸細銀鈎淺曲，脚高緑玉深翹。岸上水禽無數，有誰似爾風標？』予閲與可詩，復有云：『避雨竹間點點，迎風柳下翩翩。静依寒蓼如畫，獨立晴沙可憐。』尤清拔可喜。《娱書堂詩話》。又見《能改齋漫録》

予游大足鶴鳴觀，所謂張天師鵠鳴化也。其東北絶頂，又有上清宫，壁間有文與可題一絶曰：『天氣陰陰别作寒，夕陽林下動歸鞍。忽聞人報後山雪，更上上清宫上看。』《老學庵筆記》

文與可畫竹，初不自貴重，四方之人持縑素而請者，足相躡于門。與可厭之，投諸地而駡曰：『吾將以爲韈材！』士大夫傳之以爲口實。及與可洋州還，而余爲徐州，與可遺余書曰：『近語士大夫：吾墨竹一派，近在彭城，可往求之，韈材當萃于子矣。』書尾復寫一詩，其畧云：『擬將一段鵝溪綃，掃取寒梢萬尺長。』余謂與可竹長萬尺，當用絹二百五十匹，知公倦于筆硯，願得此絹而已，因答其詩曰：『世間那有千尋竹？月落空庭影許長。』與可笑曰：『蘇子辨則辨矣，然二百五十匹，吾將買田而歸老焉。』與可嘗令予作《洋州三十詠》，《篔簹谷》其一也，予詩云：『漢川修竹賤如蓬，斤斧何曾赦籜龍。料得清貧饞太守，渭濱千畝在胸中。』與可是日與其妻游谷中，燒筍晚食，發函得詩失笑，噴飯滿案。《東坡題跋》

世傳道臻浄因禪師居都城隅，三十年不出户，無所嗜好，獨雪方丈四壁，請與可畫墨竹。謂人曰：『若使游人見之，心自清涼，此君蓋替我説法也。』《退谷消夏録》

坡公亟稱文與可之詩，而世罕傳，《丹淵集》余家有之，其五言律有韋蘇州、孟襄陽之風，信坡公不虚賞也，今録其數首于此。《詠閒樂》云：『晝睡欲過午，好風吹竹床。溪雲生薄莫，山雨送微涼。粉㬥衣裳潤，蘭薰枕席香。歸來閒且樂，多謝墨君堂。』《過友人谿居》云：『籬巷隔菰蒲，閒扉掩自娱。水蟲行插岸，林鳥過提壺。白浪摇秋艇，青煙蓋晚廚。主人誇野飯，爲我煮秋鱸。』《晚次江上》云：『宛轉下江岸，霜氣繞人衣。翩翩渚鴻壓，閃閃林鴉歸。雨罊已重靄，遠峰猶落暉。孤舟欲何向？擘浪去如飛。』《玉蜂園避暑值雨》云：『南園避中伏，意適晚忘歸。墻外谷雲起，簷前山雨飛。興饒思秉燭，坐久欲添衣。爲愛東巖下，泉聲通翠微。』《極寒》云：『燈火宜冬杪，圖書稱夜長。簾鈎挂新月，窗紙漏飛霜。酒醴慚孤宦，氈裘逐異鄉。誰知舊山下，梅豔滿東墻。』《江上主人》云：『客路逢江國，人家占畫圖。青林隨遠岸，白水滿平湖。魚小猶論尺，鷗輕欲問銖。何時遂休去，來此伴潛夫？』《詠梨花》云：『素質静相依，清香暖更飛。笑從風外歇，啼向雨中歸。江令歌瓊樹，甄妃夢玉衣。畫堂明月地，常此惜芳菲。』《詠杏花》云：『仙杏一番新，妖嬈洗露晨。待粧嫌粉重，欲點要酥勻。月淡斜分影，池清倒寫真。君須憐舊物，曾伴曲江春。』此八詩

置之開元諸公《集》中，殆不可别。今曰無宋詩，豈其然乎？《升庵詩話》

東坡云：予在廣陵，與晁无咎、曇秀道人同舟送客山光寺。時客去，予醉卧舟中，曇秀作詩云：『扁舟乘興到山光，古寺臨流勝概藏。慚愧南風知我意，吹將草木作天香。』予和之云：『鬧處清游借隙光，醉時真境發天藏。夢回拾得吹來句，十里南風草木香。』予昔對歐公誦文與可詩云：『美人卻扇坐，羞落庭下花。』公曰：『此非與可詩，世間元有此句，與可拾得耳。』《苕溪漁隱叢話》

今人但能知文與可之竹石，惟東坡公稱其詩騷，又表出『美人卻扇坐，羞落庭下花』之句，予常恨不見其全。比得蜀本石室先生《丹淵集》，蓋其遺文也，于《樂府·雜詠》，有《秦王卷衣》篇，曰：『咸陽秦王家，宫闕明曉霞。丹文映碧鏤，光采相鈎加。銅螭逐銀猊，壓屋驚蟠拏。洞户鎖日月，其中光景賒。春風動珠箔，鸞額金窠斜。美人郤扇坐，羞落庭下花。閒弄玉指環，輕冰扼紅牙。君王顧之笑，爲駐七寶車。自卷金縷衣，龍鸞蔚紛葩。持以贈所愛，結歡期無涯。』其語意深入騷人閫域。又有《王昭君》三絶句，云：『絶豔生殊域，芳年入内庭。誰知金屋寵，只是信丹青。』『幾歲後宫塵，今朝絶國春。君王重恩信，不欲遣他人。』『極目胡沙滿，傷心漢月圓。一生埋没恨，長入四條絃。』令人讀之，縹縹然感慨無已也。《容齋四筆》

李奉世

神宗皇帝天性儉約，奉慈壽宫尤盡孝道。慈聖太后嘗以乘輿服物未備，因同天節，作珠子鞍轡爲壽，神宗一御于禁中，後藏去不復用。一日，與兩宫幸後苑賞花，慈壽輦至，神宗即降步親扶，慈聖出輦，屢卻不從，聞者太息。慈聖上仙，李奉世時爲侍郎，進輓詩，有『珠韉昔御恩猶在，上輦親扶事已非。』蓋記此二事，神宗覽之泣下。《石林詩話》

晁端友

晁端友《馬處厚席上探得早梅》詩云：『嶺梅何處早？雪裏看芳菲。北陸寒猶在，南枝春已歸。曉妝初見妬，殘角未成飛。引我江頭夢，清香憶滿衣。』《瀛奎律髓》

外祖晁君成善詩，蘇子瞻所謂『清厚静深，如其爲人者』也。《石林詩話》

李行中

李行中《賦佳人齅梅圖》云：『蠶眉鴉鬢縷金衣，折得梅花第幾枝？齅盡餘香不回面，思量何事立多時。』此詩意尚深遠。《中吴紀聞》

徐介

熙寧初，調官泊報慈寺，陽翟徐秀才出其父屯田詩，清苦平淡，有古人風。其《過杜工部墓》一首云：『水與汨羅接，天心深有存。遠移工部死，來伴大夫魂。流落同千古，風騷共一源。江山不受弔，寒日下西原。』王得臣《麈史》

胡璞

胡器之經采石渡，有詩云：『抗議金鑾反見讐，一杯蟬蛻此江頭。當時醉弄波間月，今作寒光萬里流。』蘇子瞻見之，疑唐人作，歎賞不已。《輿地紀勝》

陸佃

陸農師《送人之潤州》詩云：『丹青太守舊名卿，騎竹兒童夾道迎。醉尹笙歌添酒病，謫仙風月苦詩情。江湖天地農桑早，水竹人家枕簟清。白首懷君心未已，夢魂猶繞鳳凰城。』《詩林萬選》

陸放翁云：先少師宣和初，有贈晁以道詩云：『奴愛才如蕭穎士，婢知詩似鄭康成』，晁公大愛賞。二事所出，漫紀于此：《世説》：『鄭玄使一婢，忤意，將撻之，方自陳説，玄曳之泥中。一婢來曰：「胡爲乎泥中？」答曰：「薄言往愬，逢彼之怒。」』《摭言》：『蕭穎士有僕，事之十餘年，穎士箠楚嚴慘，人或激之擇木，僕曰：「非不能也，愛其才耳。」』《娱書堂詩話》

《復齋漫録》云：子華兄弟皆爲宰相，其家呼爲『三相公』，呼持國爲『五相公』。又京師人呼爲『桐木韓家』，蓋公家門有梧桐木，取爲稱，以别魏公。子華殁，陸農師爲挽章以紀之，所謂『棠棣行中排宰相，梧桐名上識韓家』是也。子華以辰年辰月辰日辰時死，農師又詩云：『非關庚子曾占鵩，自是辰年併值龍。』曾子宣以亥年亥月亥日亥時生，故章子厚以『四亥公』呼之。《苕溪漁隱叢話》

王荆公父子，俱侍經筵，陸農師以詩賀云：『潤色聖猷雙孔子，調燮元化兩周公。』議者爲太過，然不知取杜子美《送薛明府》詩：『侍臣雙宋玉，戰策兩穰苴。』《能改齋漫録》

元豐七年秋宴，神廟舉御觴，示丞相王岐公以下，忽暴得風疾，手弱觴側，餘酒霑汗御袍。是時京師方盛歌《側金盞》，皇城司中官以爲不祥，有歌者輒收繫之，由是遂絶。先楚公進裕陵輓詞有云『輅從元朔朝時破，花是高秋宴後萎』二句，皆當時實事也。《老學庵筆記》

蔡京

蔡元長既南遷，中路有旨，取所寵姬慕容、邢、武者三人，以金人指名來索也。元長作詩以別云：『爲愛桃花三樹紅，年年歲歲惹春風。如今去逐他人手，誰復尊前念老翁？』初，元長之竄也，道中市飲食之類，問知蔡氏，皆不肯售，至于詬罵，無所不道，州縣吏爲驅逐之。稍息，元長轎中獨歎曰：『京失人心，一至于此！』至潭州作詞曰：『八十一年住世，四千里外無家。如今流落向天涯，夢到瑶池闕下。玉殿五回命相，彤庭幾度宣麻。只因貪寵戀榮華，便有如今事也。』後數日卒，門人吕川卞老醵錢葬之。《揮麈録》

姑蘇南園，錢氏廣陵王之舊圃也，老木皆合抱，流水奇石，參錯其間，最爲工巧。王翰林元之爲長洲縣宰時，無日不携客醉飲，嘗有詩曰：『他年我若功成後，乞取南園作醉鄉。』今園中大堂，遂以『醉鄉』名之。大觀末，蔡魯公罷相，欲東還，詔以園賜公，公即戲以詩示親黨云：『八年帷幄竟何爲？更賜南園寵退師。堪笑當時王學士，功名未有便吟詩。』《石林詩話》

南園乃廣陵王舊圃，中有流杯旋螺亭，亞于滄浪之景。王黄州爲長洲時，無日不携客醉飲，嘗賦云：『他年我若功成後，乞取南園作醉鄉。』今園中大堂，遂以『醉鄉』名之。大觀末，蔡京罷相，欲東還，詔以其園賜之，京即以詩贈親黨云：『八年帷幄竟何爲？更賜南園寵太師。堪笑當時王學士，功名未有便吟詩。』黄州之詩，不過寓意耳，京遽以無功名誚之。黄州雖終爲黜臣，其名與天地同不朽矣。《中吴紀聞》

東都宣政間，禁中有保和殿，殿西南廡有玉真軒，軒内有玉華閣，即安妃粧閣也。妃姓劉氏，入宫，進位貴妃。林靈素以左道得幸，謂上爲『長生帝君』、妃爲『九華玉真安妃』，每降神必别置妃位，畫妃像其中。每祀像，妃方寢而覺有酒容。是時群臣惟蔡元長最承恩遇，嘗賦詩題殿壁云：『瓊瑶錯落密成林，檜竹交加午有陰。恩許塵凡時縱步，不知身在五雲深。』侍宴于保和殿，上令安妃見京，先有詩，命京賡補成篇，云：『保和新殿麗秋暉，恩許塵凡到綺闈。雅興酒酣添逸興，玉真軒内見安妃。』須臾，命京入軒，見妃像，京又有詩云：『玉真軒内暖如春，只見丹青未見人。月裏嫦娥終有恨，鑒中姑射未應真。』已而至閣，妃出見京，勸酬至再，日暮而罷。《碧湖雜記》

范致虚謙叔與蔡元長相忤，久處閒散，宣和初，自唐州方城召還，提舉寶籙宫，未幾執政。時元長以五日一造朝，居西第，乃與謙叔釋憾。一日，觴于西園，主禮勤渥，元長作詩見意，云：『一日趨朝四日閒，荒園薄酒願交歡。三峰崛起無平地，二派争流有急湍。極目榛蕪惟野蔓，忘憂魚鳥自波瀾。滿船載得圭璋重，更掬珠璣洗眼看。』三峰、二派，雖皆園

中景，蓋有激而云，時罷政未久，王黼、林靈素、師成輩方盛也。《墨莊漫録》

蔡元長《恭和御製己亥十一月十三日南郊祭天齋宫即事賜詩》云：『雪晴至日日初南，帝舉明禋祀事嚴。萬瓦溝中寒色在，一輪空外曉光暹。雲和龍軫開冰轍，風暖鸞旗拂凍簷。共喜天心扶聖德，珠璣更誤寵恩霑。』《揮麈餘話》

蔡元長《題神霄宫》絶句云：『下馬神霄第一回，晴空宫殿九秋開。月中桂子看時落，雲外仙軿特地來。』《揮麈餘話》

燕山招納之舉，多出于蔡攸。王師敗于白溝河，元長以詩寄攸云：『老嬾身心不自由，封書寄與淚横流。百年信誓當深念，三伏征途盍少休。目送旌旗如昨夢，心存關塞起新愁。緇衣堂下清風滿，早早歸來醉一甌。』稍傳入禁中，徽宗命京進呈，上閲畢曰：『「三伏征途」？不若改作「六月王師」。』觀此，則是舉非惟當時人知其非，雖其父亦知之矣。《獨醒雜志》。又見《苕溪漁隱叢話》

家公在玉堂，《春日帖子》句云：『三十六宫人第一，玉樓春困夢熊羆。龍燭影中猶是臘，鳳簫聲裏已吹春。』世傳蔣穎叔作，非也。《西清詩話》

蔡京死潭州，數日不得殮，稿葬漏澤園，以青布條裹尸。初，宣和年間京師染坊有名『太師青』者，兹其讖也。《清波雜志》

《西清詩話》謂蔡元長《春帖子》『龍燭影中猶是臘，鳳簫聲裏已吹春』，薦紳類能傳誦，以爲蔣穎叔作，非也。予以爲此一聯全是方干《除夜》詩：『寒燈短焰方燒臘，畫角聲殘已報春。』《優古堂詩話》

自古姦人周身之術非不至，然而禍患之來，卒出于非意所及者，何耶？蓋惡逆既積，則天地鬼神所不容，其謀徒巧也。宣和四年，金人攻大遼，遣王緯來乞師，宰相王將明主其議，以童貫爲宣撫使，蔡居安副之，蔡元長作詩送其行，有曰：『百年信誓宜堅守，六月行師合早歸。』元長之爲是詩也，蓋欲爲他日敗事張本耳。殊不知政和中，元長首建平燕之議，招納燕人李良嗣以爲謀，又欲以妖人王仔息服錦袍鐵幘爲大將，計議已定，會仔息抵罪伏誅，遂止。將明所爲，乃推行元長之意，世可盡欺乎？元長始以『紹述』兩字，劫持上下，擅權久之，知公議不可以久鬱也，宣和間，始令其子約之，招致習爲元祐學者，是以楊中立、洪玉父諸人，皆官于中都。又使其門下客著《西清詩話》，以載蘇、黄語，亦欲爲他日張本耳。終之禍起朔方，竟以不免，豈前所謂其謀徒巧耶？《能改齋漫録》

蔡攸初以淮康節領相印，徽宗賜曲宴，因語之曰：『相公公相子。』蓋是時京爲太師，號『公相』，攸即對曰：『人主主人翁』。其善爲諧給如此。《老學庵筆記》。宗祥案：《能改齋漫録》作徽宗作詩賜京，京對云云。此作攸對，是爲近情。可參考『徽宗』條。

蔡元度魯公在位，錫賚無窮，而用度亦廣，京師感慈寺修浮圖，題三千緡。時有吴鍊師者，丹陽人，辟穀修養館于西園庵中，後有隙地，吴勸令蒔麥，既穫，頗厭狼藉。公見之，題詩于庵曰：『塔緣便捨三千貫，月俸無踰一萬緡。卻向西園課小麥，老來顛倒見愁人。』《墨莊漫録》

汪泌

台之東湖地初爲水軍營，熙寧四年，郡守錢暄始開爲湖，中有共樂堂、流杯亭諸勝。汪泌有詩云：『臨海城東湖，氣象清且奇。無風緑色浄，十頃澄琉璃。中有共樂堂，今其名者誰？或人答我問，太守下車時。訪民所疾苦，民曰水最危。其水或暴至，城壞民流屍。公謀得上策，疊石金城基。外遣數百家，室屋鱗參差。水至無所障，適與潭溺期。又欲隄其東，苦乏土石資。開湖足取用，隄勢横虹霓。湖光占空闊，物從鑒中窺。紫翠前後山，環列如屏幃。結堂就虚曠，與俗同游嬉。太守宴堂上，游人歌水湄。歌云從公來，除患補瘡痍。况有此壯觀，不樂復何爲？有如登春臺，人心舉熙熙。從事能文者，作辭書之碑。庶幾不朽功，上徹堯軒墀。』《台州府志》

錢暄

熙寧四年，暄守台州，累石修城，以水至漂溢，鑿湖以受衆水，凡一萬六千步，有共樂堂、流杯亭在湖心。詩云：『疏就湖山秀氣濃，花林茂列景争雄。管絃交奏客懽合，臺榭競登人喜同。環障鷺行飛早晚，平波魚陣掠西東。荒蕪芟去成佳致，换得汀洲月與風。』《台州府志》

晁端禮

次膺薄游南京，嘗作詞云：『花前月下堪垂淚，水邊樓上總關心。』後過其家，已與客飲，復作詩云：『去日玉刀封斷恨，見來金斗熨愁眉。黄昏飲散歌闌後，懊惱水邊樓上時。』《侯鯖録》

次膺即席贈妓句『尋常自是司空慣，咫尺寧憂丞相嗔』，雅不減張祜骰子裹手之作。《漫叟詩話》

政和癸巳，大晟樂成，嘉瑞既至，蔡元長以晁端禮次膺薦于徽宗，詔乘驛赴闕。次膺至都，會禁中嘉蓮生，分苞合趺，夐出天造，人意有不能形容者。次膺效《樂府》體，屬詞以進，名《並蒂芙蓉》，上覽之稱善，除大晟府協律郎，不克受而卒。《能改齋漫録》

《説文》熨："『持火，申繒也。』一曰『火斗』，柳文所謂『鈷鉧也』，古音『鬱』，今轉音『暈』。杜工部詩："『美人細意熨貼平』，白樂天詩："『金斗熨波刀剪文』，温庭筠詩："『緑波如熨割愁腸』，陸魯望詩："『波平熨不如』，又『天如重熨皺』，王君玉詞："『金斗熨秋江』，晁次膺詞："『去日玉刀封斷恨，見時金斗熨愁眉』。《升庵詩話》

晏幾道

太史公曰："『《國風》好色而不淫，《小雅》怨誹而不亂。』《左氏傳》曰："『《春秋》之稱微而顯，忠而晦，婉而成章，盡而不汙。』此《詩》與《春秋》紀事之妙也。近世詞人閒情之靡，如伯有所賦，趙武所不得聞者，有過之無不及焉，是得爲好色而不淫乎？惟晏叔原云："『落花人獨立，微雨燕雙飛。』可謂好色而不淫矣。唐人《長門怨》云："『珊瑚枕上千行淚，不是思君是恨君。』是得爲怨誹而不亂乎？惟劉長卿云："『月來深殿早，春到後宫遲。』可謂怨誹而不亂矣！近世陳克《詠李伯時畫寧王進史圖》云："『汗簡不知天上事，至尊新納壽王妃。』是得謂爲微、爲誨，爲婉、爲不汙穢乎？惟李義山云："『侍宴歸來宫漏永，薛王沉醉壽王醒。』可謂微婉顯晦盡而不汙矣。《誠齋詩話》

《侯鯖録》載：裕陵喜晏叔原《與鄭俠》絶句云："『小白長紅又滿枝，築毬場外獨支頤。

春風自是人間客，主管繁花得幾時？』然山谷少時有《感春》詩云：『風光不長妍，如客暫時寓。』則晏意山谷已道之矣。《能改齋漫録》

唐張子容《巫山》詩云：『巫嶺岧嶤天際重，經期夙昔願相從。朝雲暮雨連天暗，神女知來第幾峰？』近時晏叔原作《樂府》云：『憑君問取歸雲信，今在巫山第幾峰？』最爲人所稱，恐出于子容。《詩話總龜》

熙寧中，鄭俠上書事作，下獄，悉治平時所往還厚善者，晏叔原皆在數中。俠家搜得叔原與俠詩云：『小白長紅又滿枝，築毬場外獨支頤。春風自是人間客，張主繁華得幾時？』裕陵稱之，即令釋出。《詩話總龜》

晏叔原聚書甚多，每有遷徙，其妻厭之，謂叔原『有類乞兒搬漆椀』。叔原戲作詩云：『生計惟兹椀，般擎豈憚勞？造雖從假合，成不自埏陶。阮杓非同調，顔瓢庶共操。朝盛負餘米，暮貯藉殘糟。幸免墦間乞，終甘澤畔逃。挑宜筇作杖，捧稱葛爲袍。儻受桑間餉，何堪井上螬。綽然真自許，嘑爾未應饕。世久輕原憲，人方逐子敖。願君同此器，珍重到霜毛。』《墨莊漫録》

唐韓翃詩云：『門外碧潭春洗馬，樓前紅燭夜迎人。』近世晏叔原《樂府》詞云：『門外緑楊春繫馬，床前紅燭夜呼盧。』氣格乃過本句，不謂之『剽』可也。《老學庵筆記》

賀鑄

賀方回嘗作《青玉案》詞，有『梅子黄時雨』之句，人皆服其工，士大夫謂之『賀梅子』。郭功父有《示耿天隲》一詩，王荆公嘗爲之書其尾云：『廟前古木藏訓狐，豪氣英風亦何有？』方回晚倅姑熟，與功父游，甚歡。方回寡髮，功父指其髻謂曰：『此真賀梅子也。』方回乃捋其鬚曰：『君可謂郭訓狐。』功父髯而鬍，故有是語。《竹坡詩話》

王直方《詩話》云：賀鑄，字方回，嘗作一絶，題于定林寺云：『破冰泉脉漱籬根，壞衲遥疑掛樹猿，蠟屐舊痕尋不見，東風先爲我開門。』荆公見之，大相稱賞，緣此知名。方回嘗作《望夫石詩》云：『亭亭思婦石，下閲幾人代。蕩子長不歸，山椒久相待。微雲蔭髮彩，初月輝蛾黛。秋雨疊苔衣，春風舞羅帶。宛然姑射子，矯首塵冥外。陳迹遂無窮，佳期後莫再。脱如魯秋氏，妄結桑下愛。玉質委淵沙，悠悠複安在。』交游間無不愛之。《苕溪漁隱叢話》

方回言：學詩于前輩，得八句，云：『平淡不涉于流俗；奇古不鄰于怪癖；題詠不窘于物義；敘事不病于聲律；比興深者通物理；用事工者如己出；格見于成篇，渾然不可鐫；氣出于言外，浩然不可屈。』盡心于詩，守而勿失。《直方詩話》

方回《和彭城王生悼歌人盼盼》詩云：『東園花下記相逢，倩盼偷回一笑濃。書篋尚緘香豆蔻，鏡匳初失玉芙蓉。歌闌燕子樓前月，魂斷鳳凰原上鐘。寄語虞卿漫多賦，九原無路達魚封。』盼盼馬氏，善書染，死葬南臺，即鳳凰原也。《慶湖遺老集》

賀方回狀貌奇醜，色青黑而有英氣，俗謂之『賀鬼頭』。喜校書，朱黄未嘗去手。詩文皆高，不獨攻長短句也。潘邠老贈方回詩云：『詩束牛腰藏舊稿，書訛馬尾辨新讐。』有二子，曰房、曰廩，于文：『房』從『方』、『廩』從『回』，蓋寓父字于二子名也。《老學庵筆記》

王　雱

王元澤少時作《白苧行》，有云：『君心莫厭頻歡樂，請看雲間日西入。』議者謂：『美則美矣，然日西光景無多，近乎讖。』果不永壽。《拾遺》

王元澤詩不滿百，《度關山》篇：『萬馬度關山，關山三尺雪。馬盡雪亦乾，沙飛石更裂。歸來三五騎，旌旗映雪滅。不見去時人，空流磧中血。』古《樂府》無以加。《春懷》云：『朝日上屋角，百鳥鳴不休。豈復辨名字，但聞鬧鉤輈。亂我讀書語，驚我夢寐游。彎弓彈使去，暫去還啾啾。彈十得一丸，窮時來愈稠。投弓坐榻上，咄咄空自尤。時節使汝鳴，我何爲汝讐？』絶句云：『一雙燕子語簾前，病客無憀盡日眠。開徧杏花人不到，滿庭

輕雨緑如煙。霏微細雨不成泥，料峭春寒透夾衣。處處園林皆有主，欲尋何地看春歸？』殊有乃翁思致。《後村詩話》

《鍾山》有一詩云：『當年睥睨此山阿，欲著紅樓貯綺羅。今日重來無一事，卻騎羸馬下陂陀。』此王雱訐直，不爲荆公所喜，然此詩實可傳也。《彦周詩話》

王雱丞相之次子，有心疾，娶龐氏，不睦，丞相離而嫁之。時侯叔獻死，其妻幃箔不修，丞相表其事而斥去。時人語曰：『王太祝生前嫁婦，侯工部死後休妻。』《見聞雜録》

袁 點

東坡南遷北歸，次毗陵。時久旱得雨，有里人袁點呈一絶云：『青蓋美人回鳳帶，繡衣男子返雲車。上天一笑渾無事，從此人間樂有餘。』坡見之，大喜，爲之重寫，且以手簡褒之。命袁氏刻石，藏之于家。《玉照新志》

藍 奎

藍秉文句云：『嬾思身外無窮事，願讀人間未見書。』《廣東通志》

周　諝

周希聖《寄子弟》詩云：『浪有虚名落世間，自慚無實骨毛寒。未年三十力先倦，纔得一官心已闌。卜宅擬尋栽藥圃，買田宜近釣魚灘。他年子弟重相見，藜杖蓑衣筍籜冠。』《溪山餘話》

關　澥

關子容絶句云：『野艇歸時蒲葉雨，繅車鳴處楝花風。江南舊日經行地，盡在于今醉夢中。寺官官小未朝參，紅日半竿春睡酣。爲報鄰雞莫驚起，且容殘夢到江南。』關氏詩律，精深妍妙，世守家法。此子容詩，世傳以爲東坡先生作，非也。《春渚紀聞》

曾　旼

曾彦和《次韻趙仲美表弟西齋自遣詩》云：『謫守凄涼卧郡齋，夫君失意偶同來。海邊故國渺何許，城上新樓空幾回。寧羡一囊供鶴料，會看千里躍龍媒。清吟未免縈機慮，只恐飛觴便見猜。』自注云：『唐幕官俸謂之「鶴料」，今歲敕頭所得止此。仲美省試下第，故云。』《墨莊漫録》

龔程

龔信民題壁絶句云：『月墮疏櫺起更慵，坐聽澄照五更鐘。卻思湖上西風急，吹送山前萬個松。』《中吴紀聞》

信民嘗憤聖道不明，排異端之學，家不置釋老像，祭祀未嘗焚紙錢，儒家甚宗之。讀書攻苦食淡，手未嘗釋卷，記聞精確，鄉人號爲『有脚書廚』。《中吴紀聞》

劉涇

陜蜀路間有溪，曰『韓溪』，爲蕭酇侯追淮陰侯處。劉涇巨濟題詩云：『豪傑相從意氣中，憐才傾倒獨蕭公。後來可是無奇客，東閣投名尚不通。』《彦周詩話》

秘府右軍書一卷，有一龍形『真』字印。元章作《龍真行》，巨濟和之云：『秦火蕩焚天地赤，孔堂壞後無餘壁。不知科斗六書文，化作龍蛇二王迹。集賢他日作仙久，官姓篆章存歷歷。自憐黄眼未親逢，一段因依徒奪魄。元章揮灑早驚動，秘篋墨皇曾敬識。孤標未要後生知，劣許下官論莫逆。好奇舉世不多得，神物尤來終變易。神鋒雙合會有時，真璽一飛無處覓。頗聞秘篋作訛語，别有攖龍招異客。不乾没，歸去來，勝在個家遭水厄。』米

芾《書史》

巨濟又有一詩，云：『元章好古過人，書畫驚世，起余作歌。』歌云：『天下愛奇人没量，奇不諛人奇解相。奇人奇物方合璧，乞與世間人物樣。六朝唐盛始兼得，訪古知名已蕭爽。人亡物喪付衰夢，注想後來逢好尚。元章心自鑒秋月，一路仍行九霄上。家時菜色無斗粟，書畫奇奇世人望。譬如大海沉百寶，爾輩乘風得之浪。二王褚陸已天作，老顧如來更天匠。其餘緹襲凡幾重，但見光明爛垂象。珍犀瑞錦扶蘭莛，龍躍鸞驚訶魍魎。金仙詎敢觸以手，雪子玉人聊置掌。余家僻素最沉著，退舍還師覺難傍。世人往往力能幹，未免目蝦終惚恍。緘機僞謬各臣妾，未覯堂堂筆中王。袖間澀縮氣如綫，浄几明窗謾瞻仰。從來所有萬錢價，不即臭帑當火葬。傾心妙絶豈求勝，妄意臨摹須殺謗。端居自號書一品，好事如封繪三藏。諸郎青出即護持，未肯充饑謬爲駔。《書史》載薛道祖詩云『寧罄動破千金資』是也。余衰二物擬高閣，子可專之世無兩。書來詩往但悠悠，塵土欺人正惆悵。』米芾《畫史》

涇爲米元章畫友，善作林石槎竹，筆墨狂逸，體製拔俗。《畫繼》

朱服

先公崇寧元年帥廣，正月游蒲澗，見游人簪鳳尾花，作口號一聯云：『孤臣正泣龍鬚草，游子空簪鳳尾花。』蓋以被遇先朝，自傷流落。後監司乃指此句爲罪，其誣注云：『契勘正月十二日，哲帝皇帝已大祥，豈是孤臣正泣之時？』鞫獄竟無他意，讒口可畏如此。朱彧《萍洲可談》

服知廣州，哲宗既祥，服賦詩有『孤臣正泣龍鬚草』之句，爲部使者所上，黜知袁州。《宋史》本《傳》

朱行中句云：『西清邇英閣，密勿侍經筵。晝漏逾三鼓，宸居近五甎。多聞資學殖，清問發真詮。』記元豐盛事。《合璧事類後集》

葛書思

葛進叔有《喜子勝仲登第》詩曰：『廣場筆陣數千人，喜汝穿楊箭鏃親。慶緒緜長時幸會，文科興復事還新。昔年繼榜熙寧歲，今寓同登紹聖春。從此莫教書種斷，孫曾應復值昌辰。』蓋進叔爲熙寧六年進士，故云。《韻語陽秋》

劉次莊

劉中叟《敷淺原見桃花》詩云：『桃花雨過碎紅飛，半逐溪流半染泥。何處飛來雙燕

子，一時銜在畫梁西。』《墨莊漫録》

中叟《王昭君》詩曰：『歛袖出明光，琵琶道路長。初聞胡騎語，未解漢宮粧。薄命隨塵土，元功屬廟堂。蛾眉知有用，慚愧羽林郎。』《瀛奎律髓》

殿中侍御史劉公次莊中叟，元祐中，罷官，寄居臨江軍之新淦，嘗往來袁州。時有一倡，爲郡官所據，太守怒之，逐出境外。中叟感其事而作《樂府·塵土黄》，並譯箋，凡三章。其序曰：『崔徽、霍玉、愛愛等事，昔人歌之，非特爲二三子而作也。然遺語序情，雖爲詩曲，而參比《樂府》，則失古遠矣。故自唐以來，杜甫則壯麗結約，如龍驤虎伏，容止有威；李白則飄揚振激，如浮雲轉石，勢不可遏；李賀則摘裂險絶，務爲難及，曾無一點塵嬰之；張籍則平易優游，足有雅思，而氣骨差弱。世異才殊，體隨之變，亦其勢也。予比感宜春事，作《塵土黄》一首，雖不足方駕漢魏，而討本探原，或庶幾焉。既又爲之譯，爲之箋，其義類雖同，至于淺深遠近，要自以意考之耳。』其詞曰：『翠眉連娟舞袖長，春風自對理容妝。染絲繡作雙鴛鴦，欲飛不飛在羅裳。耳中明月珠，肘後錦香囊。凭高欲有寄，所寄在遠方。追風還君立路傍，豈不有地能相當？請著一鞭《塵土黄》。』譯曰：『妾本倡家女，笄鬟擅容止。名隸倡籍中，生娼即倡死。物勢本從權，情恩亦遂遷。一朝官長怒，獨抱錦衾眠。日暮倚高樓，青絲繫白馬。豈不謝慇懃？汪汪淚盈把。萬感自有因，無容遽相親。

請君促金勒，妾願看飛塵。』箋曰：『春臺女兒如紅玉，曾奉當筵《柘枝曲》。舞成早自得癡名，更傍春風情不足。客携黄金欲有贈，多在鄰家賭雙陸。近從新官作顔面，祇得低心隨所欲。自知久去非所安，夜半東門車特碌。秀闕芙蓉潭畔起，每向波間得雙鯉。水流卻上大應難，惟有孤懷似潭水。一騎翩翩錦臂韝，紅羅百丈作纏頭。爲言聞得琵琶怨，當門下馬欲登樓。莫登樓，君馬駿，無限朱簾薰好香，城北城南無一瞬。』《能改齋漫録》

崔嶧

崔嶧《題萊公泉》詩曰：『三相南行至道初，記名留詠在精廬。甘泉不洗天涯恨，留與行人鑒覆車。』《湘山野録》

吕大臨

吕大臨與叔，微仲丞相弟也，爲《克己復禮銘》曰：『凡厥有生，均氣同體。胡爲不仁，我則有己。立己與物，私爲町畦。勝心内發，擾擾不齊。大人存誠，心見帝則。初無吝驕，作我蟊賊。志以爲帥，氣爲卒徒。奉辭于天，孰敢侮予。且戰且來，勝私窒欲。昔爲寇讎，今則臣僕。方其未克，窒我室廬。婦姑勃蹊，安取厥餘？亦既克之，皇皇四達。洞然八

荒，皆在我闥。孰曰天下，不歸吾仁？痾痒疾痛，舉切其身。一日至之，莫非吾事。顔何人哉，希之則是。』《能改齋漫録》

全宋詩話目録卷四十七

秦觀　字少游，一字太虛，高郵人，舉進士。元祐初，蘇軾以賢良方正薦，除秘書省正字，兼國史院編修官。紹聖初，坐黨籍削秩，監處州酒税，徙郴州，編管横州，又徙雷州。放還，至藤州卒。有《淮海集》、《閒居集》。

全宋詩話卷四十七

秦觀

呂申公在揚州日，因中秋，令秦少游作口號。少游有『照海旌幢秋色裹，激天鼓吹月明中』之句。是夜卻微陰，公云：『不著也。』少游乃别作一篇，末云：『自是我公多惠愛，卻回秋色作春陰。』參寥與余言如此，余曰：『此真所謂「翻手作雲」也。』《直方詩話》

秦少游爲黄本校勘，錢穆父爲户書，皆居於東華門之堆垛場。少游春日嘗以詩遺穆父云：『三年京國鬢如絲，又見新花發故枝。日典春衣非爲酒，家貧食粥已多時。』穆父以米二石送之，復爲二十八字云：『儒館優賢蓋取頤，校讐猶自困朝饑。西鄰爲禄無多少，稀薄才堪作淖糜。』時人以少游有如此人而亦食粥，似不相稱。《直方詩話》

秦少游紹聖初請外，以校勘爲杭倅，方至楚泗間，有詩云：『平生逋欠僧房睡，准擬如今處處還。』詩成之明日，以言者落職，監處州酒，人以爲詩讖。《直方詩話》

鍾嶸稱張茂先：『惜其兒女情多，風雲氣少。』喻鳧嘗謁杜紫薇不遇，乃曰：『我詩無綺羅鉛粉，宜不遇也。』淮海詩亦然，人戲謂『可入小石調』，然率多子美句，但綺羅大勝耳。子美：『並蒂芙蓉本自雙，水荇牽風翠帶長』，退之：『金釵半醉坐添春』，牧之：『春風十里揚州路』，誰謂不可入黃鐘宮耶？《黃常明詩話》

秦少游『雨砌墮危芳，風軒納飛絮』之類，李公擇以爲謝家兄弟得意不能過也。少游嶺南後，詩嚴重高古，自成一家，與舊作不同。呂氏《童蒙訓》

杜子美褒稱元結《舂陵行》、《兼賊退後示官吏》二詩，云：『兩章對秋月，一字偕華星。致君唐虞際，淳朴憶大庭。』又云：『今盜賊未息，得結輩數十公，落落然參錯爲天下邦伯，天下少安，可立待已。』蓋非專稱其文也。至於李義山，乃謂次山之作：『以自然爲祖，以元氣爲根』，無乃過乎？秦少游《漫郎》詩云：『字偕華星章對月，漏泄元氣煩揮毫。』蓋用子美、義山語也。《詩話總龜》

秦少游謫雷州，有詩曰：『南土四時都熱，愁人日夜俱長。安得此心如石，一時忘了家鄉？』黃魯直謫宜州，作詩曰：『老色日上面，歡情日去心。今既不如昔，後當不如今。輕紗一幅巾，短簟六尺床。無客日自静，有風終夕涼。』少游鍾情，故詩酸楚；魯直學道，故詩閒暇。至東坡《南中》詩曰：『平生萬事足，所欠惟一死。』則英特之氣，不受折磨。《詩話總龜》

秦少游始作蔡州教授，意謂朝夕便當入館，步青雲之上，故作《東風解凍》詩云：『更無舟楫礙，從此百川通。』已而久不召用，作《送張和叔》云：『大梁豪英海，故人滿青雲。爲謝黄叔度，鬢毛今白紛。』謂山谷也。説者以爲意氣之盛衰，一何容易。《詩話總龜》

參寥云：舊有一詩寄少游，少游和云：『樓閣過朝雨，參差動霽光。衣冠分禁路，雲氣繞宫墻。亂絮迷春闊，嫣花困日長。平康何處是？十里帶垂楊。』孫莘老讀此詩至末句，云：『這小子又賤相發也。』少游後編《淮海集》，遂改云『經旬率酒伴，猶未厭長楊。』《詩話總龜》

秦少游晚出左掖門，有詩云：『金雀觚稜轉夕暉，飄飄宫葉墮秋衣。出門塵漲如黄霧，始覺身從天下歸。』識者以爲少游作一黄本校勘，而衒耀如此，必不遠到。《詩話總龜》

暢姓惟汝南有之，其俗尤奉道，男女爲黄冠者，十之八九。時有女冠暢道姑，姿色妍麗，神仙中人也，少游挑之不得，作詩云：『瞳人剪水腰如束，一幅烏紗裹寒玉。超然自有姑射姿，回首粉黛皆塵俗。霧閣雲窗人莫窺，門前車馬任東西。禮罷曉壇春日静，落紅滿地乳鴉啼。』《桐江詩話》

秦少游《秋日》詩三章，其一曰：『霜落邗溝積水清，寒星無數傍船明。菰蒲深處疑無地，忽有人家笑語聲。』其二曰：『月團新碾瀹花瓷，飲罷呼兒課《楚辭》。風定小軒無落葉，青蟲相對吐秋絲。』其三曰：『連蜷雌蜺挂西樓，逐雨追晴意未休。安得萬妝相向舞，酒酣聊把作纏頭？』此語亦豪而工矣。《藝苑雌黄》

少游嘗作《游仙》詞，坡稱之，云：『陰風一夜攪青冥，風定霏霏雪霰零。想見玉清真境上，白虚光裏誦黄庭。』又云：『夜深樓上撥書眠，天在闌干四角邊。風掃亂雲毫髪盡，獨留璧月照人圓。』又云：『天風吹月入闌干，烏鵲無聲子夜閒。織女明星來枕上，了知身不在人間。』又云：『本是廬山種杏人，出山來事碧虚君。上清欲問因何到，請看仙家十賚文。』予聞仙家十賚，猶人間九錫也。《侯鯖録》

少游侍兒朝華，姓邊氏，京師人，元祐癸酉歲，少游納之。嘗爲『天風吹月入闌干』之詩，時朝華年十九也。後三年，少游欲修真斷世緣，遂遣歸父母家，資以金帛而嫁之。朝華臨别，泣不已，少游作詩云：『月露茫茫曉柝悲，玉人揮手斷腸時。不須重向燈前泣，百歲終當一别離。』既去二十餘日，使其父來云：『不願嫁，卻乞歸。』少游憐而復取歸。明年，少游出倅錢塘，至淮上，因與道友論議，歎光景之遄歸，謂朝華曰：『汝不去，吾不得修真矣。』亟使人走京師，呼其父來，遣朝華隨去，復作詩云：『玉人前去卻重來，此處分携更不回。腸斷龜山離别處，夕陽孤塔自崔嵬。』時紹聖元年，少游嘗手書記此事。未幾，遂竄南荒。《墨莊漫録》

秦少游如時女游春，終傷婉弱。敖陶孫《詩評》

予舊藏秦少游《上正獻公投卷》，張丈文潛題其後云：『余見少游投卷多矣，《黄樓賦》、《哀鏄鐘文》，卷卷有之，豈其得意之文與？少游平生爲文不多，而一一精好可傳，在嶺外亦時爲文。此卷是投正獻公者，今藏居仁處。居仁好其文，出以示予，覽之令人愴恨，時大觀改元二月也。』《紫微詩話》

秦太虛用樂天《木藤謡》『吾獨一身，賴爾爲二』，作六言云：『身與杖藜爲二，影將明月成三。』真奇對也。《觀林詩話》

太虛《梅》詩末云：『安得健步遠移歸，亂插繁花向晴昊？』乃用蘇端《薛復筵簡薛華醉歌》兩句。《觀林詩話》

秦少游在嶺外貶所，有詩云：『揮汗讀書不已，人皆笑我何求。我豈更求聞達，日長聊以消憂。』其語平易渾成，真老作也。今《集》中不見有之，予見吕東萊之子逢吉口説。《艇齋詩話》

秦少游詩：『十年逋欠僧房睡，準擬如今處處還。』又晏叔原詞：『唱得紅梅字字香。』如『處處還』、『字字香』，下得巧。《藏海詩話》

少游贈坡詩云：『節旄零落氈餐雪，辨舌縱横印佩金。』語太不等，子瞻譏集句云：『天

邊鴻鵠不易得，便令作對隨家雞。』此詩正類此。《碧溪詩話》

陸龜蒙詩云：『他年欲事先生去，十賚須加陸逸沖。』注：『逸沖嘗事陶隱居，錫名「栖静居士」。「十賚」，猶人間九錫也。』秦少游《游仙詞》一絶，亦用此意，詩云：『本是廬山種杏人，出山來事碧虚君。上清欲問因何到？請看仙家十賚文。』《娛書堂詩話》

李尚書公擇，向見秦少游予正獻公投卷詩云：『雨砌墮危芳，風軒納飛絮』，再三稱賞云：『謝家兄弟得意詩只如此也。』《紫微詩話》

元祐初，駕幸太學，吕丞相微仲有詩，中間押『行』字韻，館閣諸人皆和。秦學士觀一聯云：『涵天璧水遥迎仗，映月深衣不亂行』，諸生聞之亦閧然。觀爲人喜傲謔，然此句實迫于趁韻，未必有意也。《石林詩話》

晉宋間沃州山帛道猷詩曰：『連峰數千里，修林帶平津。茅茨隱不見，雞鳴知有人。』後秦少游詩云：『菰蒲深處疑無地，忽有人家笑語聲。』僧道潛，號參寥，有云：『隔林髣髴聞機杼，知有人家住翠微。』其源乃出于道猷，而更加鍛鍊，亦可謂善奪胎者也。《庚溪詩話》

《高齋詩話》云：『少游在蔡州，與營妓婁婉字東玉者甚密，贈之詞云：「小樓連苑横空」，又云「玉佩丁東别後」者是也。又贈陶心兒詞云：「天外一鈎横月帶三星」，謂「心」字也。』葉致遠屢對荆公稱秦少游詩，公嘗有别紙云：「秦君之詩，清新婉麗，鮑謝似之。」又云：「公愛秦君數口之，今得其詩，手之而不釋。然聞秦君嘗學至言妙道，無乃笑吾二人嗜好異乎？」蓋少游嘗爲道士，書符咒水，故公有是語。』苕溪漁隱曰：東坡嘗有書薦少游于荆公云：『向屢言高郵進士秦觀太虚，公亦粗知其人。今得其詩文數十首拜呈，詞格高下，固已無逃于左右。此外博綜史傳，通曉佛書，若此類未易一一數也。』荆公答書云：『示及秦君詩，適葉致遠一見，亦以謂清新嫵麗，鮑謝似之。公奇秦君，口之而不置；我得其詩，手之而不釋。又聞秦君嘗學至言妙道，無乃笑我與公嗜好異乎？』二書所云如此。《高齋》以謂『葉致遠屢對荆公稱秦少游詩』，『嘗有别紙』，真誤也。東坡謂少游『通曉佛書』，故荆公有『秦君嘗學至言妙道』之語，高齋以謂『少游嘗爲道士，書符咒水』，又誣也。《苕溪漁隱叢話》

《桐江詩話》云：少游汝南作教官日，郡將向宗回團練有《登城》詩，少游次韻兩篇，云：『沄沄汝水抱城根，野色偷春入燒痕。千點湘妃枝上淚，一聲杜宇水邊魂。遥憐鴻隙陂穿路，尚想元和賊負恩。粉堞朱垣都過了，恍如陶侃夢天門。』『庖煙起處認孤村，天色清寒不見痕。車輞湖邊梅濺淚，壺公祠畔月消魂。封疆盡是春秋國，廟食多懷將相恩。試問李斯長歎後，誰牽黄犬出東門？』又嘗于程文通會間《賦牽牛花》詩云：『銀漢初移漏欲殘，步虚人倚玉欄杆。仙衣染得天邊碧，乞與人間向曉看。』又一歲，太守王左丞二月十一日生日，程文通諸人前期袖壽詩草謁少游，問曰：『左丞生日，必有佳作。』少游以詩草示之，乃壓九『青』字韻俱盡，首云：『元氣鍾英偉，東皇賦炳靈。蓂敷十一莢，椿茂八千齡。汗血來西極，摶風出北溟。』諸人愕然相視，讀畢，俱不敢出袖中之草，唯唯而退。《苕溪漁隱叢話》

吕氏《童蒙訓》云：『雨砌墮危芳，風簷納飛絮』之類，李公擇以爲『謝家兄弟得意不能過也』。少游過後詩，嚴重高古，自成一家，與舊作不同。《苕溪漁隱叢話》

《雪浪齋日記》云：少游詩甚麗，如：『翡翠側身窺緑醑，蜻蜓偷眼避紅粧。』又：『海棠花發麝香眠』，又：『青蟲相對吐秋絲』之句是也。《苕溪漁隱叢話》

《雪浪齋日記》云：《弔辯才》詩云：『滄海盡頭人滅度，亂峰深處塔孤圓。憶登夜閣天連雁，同看秋崖月上煙。』劉倜云：『天連雁，前人有「古戍天連雁」之句。』《苕溪漁隱叢話》

王直方《詩話》云：東坡作《藏春塢》詩，有：『年抛造物甄陶外，春在先生杖履中』，而少游作《俞充哀詞》乃云：『風生使者旌旄上，春在將軍俎豆中。』予以爲依仿太甚。《苕溪漁隱叢話》

《復齋漫録》云：少游别蘇子由于斗野亭，作詩云：『古埭天連雁，荒祠木蔽牛。不堪春解手，更爲晚停舟。』子由和云：『飲食逢魚蟹，封疆入斗牛。』予觀其意，上句取杜詩：

『青青竹筍迎船出，白白江魚入饌來』，其下句乃取庾蘭成：『路已分于湘漢，星猶看于斗牛』也。《苕溪漁隱叢話》

苕溪漁隱曰：《和東坡金山詩》云：『雲峰一隔變炎涼，猶喜重來飯積香。』《維摩經》云：『維摩詰往上方，有國號香積，以衆香鉢盛滿香飯，悉飽衆會。』故今僧舍廚名『香積』，二字不可顛倒也。太虛乃遷就押韻，殊不成語。小詞云：『落紅鋪徑水平池，弄晴小雨霏霏。杏園憔悴去杜鵑啼，無奈春歸。』用小杜詩：『莫怪杏園憔悴去，滿城多少插花人。』《春日》云：『卻憩小庭纔日出，海棠花發麝香眠。』語固佳矣，第恐無此理。《香譜》云：『香中尤忌麝，唐鄭注赴河中，姬妾百餘盡騎，香氣數里，逆于人鼻。是歲，自京兆至河中，所過瓜盡一蒂不獲。』然則海棠花下，豈應麝香可眠乎？《同子瞻端午日游諸寺》云：『雙溪貫城郭，暝色帶孤禽。』用老杜《秦中紀行》詩『暝色帶遠客』之語也。《苕溪漁隱叢話》

許彦周《詩話》云：『元撰作《樹萱録》，載有人入夫差墓中，見白居易、張籍、李賀、杜牧諸人賦詩，皆能記憶，句法亦各相似。最後老杜亦來賦詩，記其前四句云：『紫領寬袍漉酒巾，江頭蕭散作閒人。悲風有意摧林葉，落日無情下水濱。』吁嗟！若數君子者，皆不能脱然高蹈，猶爲鬼耶？殊不可曉也。若以爲元撰自造此詩，則數公之詩，尚可庶幾，而少陵之四句，孤韻出塵，非元所能道也。』苕溪漁隱曰：予閲《淮海後集》，秦少游有《秋興》

九首，皆擬古人，如韓退之、李賀、杜牧之、白居易、李太白、杜子美、玉川子、孟郊、韋應物，内擬子美詩云：『紫領寬袍漉酒巾，江頭蕭散作閒人。悲風有意摧林葉，落日無情下水濱。車馬憧憧誰道義？ 市朝袞袞共埃塵。覓錢稚子啼紅頰，不信山翁篋笥貧。』前四句與《樹萱録》同，竟誰作耶？《苕溪漁隱叢話》

苕溪漁隱曰：『梨花一枝春帶雨』，『桃花亂落如紅雨』，『小院深沉杏花雨』，『黄梅時節家家雨』，皆古今詩詞之警句也。予嘗欲作一亭子，四面皆插花一色，榜曰『四雨』，豈不佳哉！ 秦少游題扇頭小詩云：『絶島煙生樹，秋江浪拍空。憑君添小艇，畫我作漁翁。』予嘗用寫真，則元真子家風也。《苕溪漁隱叢話》

苕溪漁隱曰：淵明自作挽辭，秦太虚亦效之。予謂淵明之辭了達，太虚之辭哀怨。淵明三首，今録其一云：『有生必有死，早終非命促。昨暮同爲人，今旦在鬼録。魂氣散何之，枯形寄空木。嬌兒索父啼，良友撫我哭。得失不復知，是非安能覺？ 千秋萬歲後，誰知榮與辱？ 但恨在世時，飲酒不得足。』太虚云：『嬰釁徙窮荒，茹哀與世辭。官來録我橐，吏來驗我屍。藤束木皮棺，藁葬路傍陂。家鄉在萬里，妻、子天一涯。孤魂不敢歸，惴惴猶在兹。昔忝柱下史，通籍黄金閨。奇禍一朝作，飄零至于斯。弱孤未堪事，還骨知何時？ 修途繚山海，豈免從闍維。荼毒復荼毒，彼蒼那得知。歲晚瘴江急，鳥獸鳴聲悲。空濛寒雨零，慘淡陰雲吹。殯宫生蒼蘚，紙錢掛空枝。無人設薄奠，誰與飯黄緇？亦無挽歌者，空有挽歌辭。』東坡謂：『太虚情鍾世味，意戀生理，一經遷謫，不能自釋，遂挾忿而作此辭。』豈真若是乎？《苕溪漁隱叢話》

少游《題大年小景》四首，云：『本自江湖客，宦游何苦心。因君小平遠，還我舊登臨。』又云：『公子歌鐘裏，何曾識渺茫。惟應斗帳夢，曾入水雲鄉。』又云：『曉浦煙籠樹，晴江水拍空。煩君添小艇，畫我作漁翁。』又云：『島外雲峰晚，沙邊水樹明。想當揮灑就，侍女一時驚。』《侯鯖録》

瞿塘之下，地名『人鮓甕』，少游嘗謂未有以對，南遷度鬼門關，乃用爲絶句云：『身在鬼門關外天，命輕人鮓甕頭船。北人慟哭南人笑，日落荒村聞杜鵑。』《侯鯖録》

安世高者，安息國王之嫡子也，爲沙門，漢桓帝建和初，至長安。靈帝末，關中大亂，謂人曰：『我有道伴在江南，當往省之。』人曰：『游宦乎？沙門乎？』曰：『以嗔故爲神，然吾亦往廣州償債耳。』世高舟次廬山郱亭湖廟下，廟甚靈，能分風送往來之舟。世高舟人捧牲請福，神輒降曰：『舟有沙門，乃不俱來耶？』世高聞之，爲至廟下，神復語曰：『我果以多嗔致此業，今家此湖，千里皆所轄。以雖嗔而好施，故多寶玩。以縑千匹、黄白物付君，爲建佛寺爲冥福。』今洪州大安寺是也。秦少游南遷，宿廟下，登岸縱望，久之，歸卧舟中，聞風聲，側枕視微波月影，縱横追繹。昔嘗宿雲老惜竹軒，見西湖月色如此，遂夢美人，自言維摩詰散花天女也，以維摩詰像來求贊。少游極愛其畫，然念曰：『非道子不能作此。』天女以詩戲少游曰：『不知水宿分風浦，何似秋眠惜竹軒？聞道詩詞妙天下，廬山對眼可無言？』少游夢中題其像曰：『竺儀華夢，瘴面囚首。口雖不言，十分似九。應笑舌覆大千作師子吼，不如搏取妙喜如陶家手。』予過雷州天寧，與戒禪師夜話，問少游字畫，戒出此傳爲示少游筆迹也。《冷齋夜話》

秦少游《和黄法曹梅花詩》：『月落參横畫角哀，暗香銷盡令人老。』世謂少游用古《善哉行》云：『月没參横，北斗闌干。親友在門，忘寢與餐。』按《異人録》載：『隋開皇中，趙師雄游羅浮。一日天寒日暮，于松林間酒肆旁舍，見美人淡妝素服出迎。時已昏黑，殘雪未消，月色微明，師雄與語，言極清麗，芳香襲人。因與之叩酒家門共飲，少頃，一緑衣童來，笑歌戲舞。師雄醉寢，但覺風寒相襲，久之東方已白，起視乃在大梅花樹下，上有翠羽，啾嘈相顧，月落參横，但惆悵而已。』乃知少游實用此事。《能改齋漫録》

秦少游侍兒朝華，年十九。少游欲修真，遣朝華歸父母家，使之改嫁。既去月餘，父復來云：『此女不願嫁。』少游憐而歸之。明年，少游倅錢塘，謂華曰：『汝不去，吾不得修真矣。』臨別，作詩云：『玉人前去卻重來，此度分攜更不迴。腸斷龜山離別處，夕陽孤塔自崔嵬。』未幾，遂竄南荒。予友唐子畏閱《墨莊漫録》，偶見此事，以詩嘲少游云：『淮海修真黜麗華，他言道是我言差。金丹不了紅顔别，地下相逢兩面沙。』又《題陶穀郵亭圖》云：『一宿姻緣逆旅中，短詞聊以識泥鴻。當初我做陶丞旨，何必尊前面發紅。』語意新奇，如醉後啖一蛤蜊，頗覺爽口。《逸老堂詩話》

少游云：『夢魂思汝鳥工往，世故著人羊負來。』膾炙人口。『鳥工往』，舜濬井事；『羊負來』，乃蒼耳子，見《千金要方·果菜門》。《猗覺寮雜記》

全宋詩話目録卷四十八

張亶

張耒　字文潛，楚州淮陰人，第進士。元祐仕至起居舍人。紹聖中，謫監黄州酒税。徽宗召爲太常少卿，復以元祐黨貶房州别駕、黄州安置，尋得自便，居陳州，主管崇福宫。有《柯山集》。

劉純臣　新建主簿。

陳師錫　字伯修，建安人，熙寧中，廷試第三。歷官昭慶軍掌書記、考功員外郎、殿中侍御史，出知潁、廬、滑三州，坐黨削官，安置郴州。紹興中，贈直龍圖閣。

程建用　字彛仲，眉山人，熙寧進士。

李復圭　字審言，淑子。神宗朝，歷鹽鐵副使、知荆南。

楊适　字時可，棣州人，年十八登第。晚爲尚書比部郎。

張師正　字不疑。熙寧中，爲辰州帥。著《括異志》、《倦游雜録》。

王世寧　太原人。

李公麟　字伯時，舒城人，第進士。歷官泗州録事參軍、中書門下後省删定官、御史檢法。病痺，致仕，歸老龍眠山。

林迥　羅源人。熙寧中，惠安簿。

郭祥正　字功父，當塗人，舉進士。歷官知端州，階至朝請大夫。告老歸，家于青山下。有《青山集》。

吕希純　字子進，公著次子，登第。歷官太常博士、寶文閣待制、知亳州，謫道州安置。

陳覺民　字達野，仙游人，熙寧九年進士。歷官知建陽縣，宗正丞，知漳、建二州，移知福州，劾罷，起知泉州、本路提刑，以右文殿修撰知廣州。

黄冕仲

劉公述　字孝叔。

張嘉甫

詹默　字存中，會稽人。

徐忻

全宋詩話卷四十九

張　亶

張亶熙寧中夢行入空中，聞天風海濤，聲振林木，徐見海中樓闕金碧，瓊琚琅珮者數百人，揖亶出紙請賦詩。細視筆硯，皆碧玉色，且戒之曰：『此間文章，要似隱起鸞鳳，當與織女機杼分巧，過是乃人間語耳。』亶成一絶句云：『天風吹散赤城霞，染出連雲萬樹花。誤入醉鄉迷去路，旁人應笑忘還家。』有仙人曰：『子詩佳絶，未免近凡。』酌酒一盃，極甘寒，忽覺身墮萬仞山而寤。《西清詩話》

張　耒

石曼卿以書名世，然愈大愈妙，嘗書三佛名，最爲雄俊。張文潛有詩云：『煌煌三佛名，榜鐵金石鈕。開張宫室上，渾質山岳厚。井水駭龍吟，蟻封觀驥騄。』予愛能道其妙

處。《直方詩話》

予愛張文潛《過宋都》詩云：『白頭青鬢有存没，落日斷霞無古今』，不減老杜。《直方詩話》

李希聲云：見文潛外生，言文潛每作詩，其有用得妙處，必自紀録，如《法雲會中懷无咎》云：『獨覺欠此翁』，自以『欠』字頗佳。《直方詩話》

文潛嘗因過倉前，作《輸麥行》，有云：『場頭雨乾場地白，老稚相呼打新麥。半歸倉廩半輸王，免教縣吏相煎逼。』『輸王』乃老農語，若時享幾貢『終王』、『勤王』之類，其語古矣。《詩話總龜》

元祐中，諸公以上巳日會西池。王仲至有二詩，張文潛和之最工，云：『翠浪有聲黄帽動，春風無力綵旗垂。』至秦少游即云：『簾幙千家錦繡垂。』仲至讀之笑曰：『此語又待入小石調也。』然少游有『已煩逸少書陳迹，更屬相如賦上林』之句，諸人亦以爲難及。《詩話總龜》

謝安雖有盛名，而當桓温恣横之際，所以不仕者，政畏温耳。故雖有司按奏被召，歷年不至，禁錮終身而不辭。而其妻不解其意，既見家門富貴，而安獨静退，乃曰：『大丈夫不如此也！』安掩鼻曰：『恐不免耳。』其後遂爲桓温司馬，竟受簡文顧命，與王坦之同事。而温欲殺之，坦之流汗沾衣，倒執手版，安則從容就席。以此觀之，安之所以答妻以『不免』之言，而推求之所以掩鼻之意，蓋温知之而不免其禍耳，非爲不免富貴也。張文潛《和

東坡先生西山舊事》詩，有云：『謝公富貴知不免，醉眼未爲蒼生開』，豈失史意耶？《能改齋漫録》

公言：張文潛詩云：『龍驚漢武英雄射，山笑秦皇爛熳游』，晚節作詩，似稍失其精處。《欒城遺言》

張文潛初官通許，喜營妓劉淑女，爲作詩曰：『可是相逢意更深，爲郎巧笑不須金。門前一尺春風髻，窗外三更夜雨衾。别燕從教燈照泪，夜船惟有月知心。東西芳草皆相似，欲望高樓何處尋？』又云：『未説蝤蠐如素領，固應新月學纖眉。引成密約因言笑，認得真情似别離。樽酒且傾濃琥珀，淚痕更看薄臙脂。北城月落烏啼後，便是孤舟腸斷時。』《侯鯖録》

元祐中，館職諸公賦《韓幹馬》詩，獨文潛最高勝，云：『頭如翔鸞月頰光，背如安輿鳧臆方。心知不載田舍郎，尚帶開元天子紅袍香。韓幹寫時國無事，天閑樹蔭春晝長。雙鬟執轡儼在傍，如瞻馳道黄屋張。北風揚塵燕賊狂，厩中萬馬驅范陽。天子乘騾蜀山險，滿川苜蓿爲誰芳？』《侯鯖録》

張文潛作《七夕歌》，爲東坡所稱，詞云：『人間一葉梧桐飄，蓐收行秋回斗杓。神宮召集役靈鵲，直渡天河雲作橋。橋東美人天帝子，機杼年年勞玉指。織成雲霧紫綃衣，辛苦無懽容不理。帝憐獨居無與娱，河西嫁得牽牛夫。自從嫁後廢織紝，緑鬢雲鬟朝暮梳。

貪懽不歸天帝怒，謫歸卻踏來時路。但令一歲一相逢，七月七日河邊渡。别多會少知奈何，卻憑從前恩愛多。忽忽離恨説不盡，燭龍已駕隨羲和。河邊靈官曉催發，令嚴不管輕離别。空將淚作雨滂沱，淚痕有盡愁無歇。寄言織女若休歎，天地無情會相見。猶勝嫦娥不嫁人，夜夜孤眠廣寒殿。』此歌東坡稱之。《侯鯖録》

文潛暮年哦老杜《玉華宫》，極力模寫。其《離黄州》詩，偶同此韻，音響節奏，固似之矣，讀之可默喻也。《容齋隨筆》。宗祥案：張文潛《離黄州》詩云：『扁舟發孤城，揮手謝送者。山迴地勢卷，天豁江面瀉。中流望赤壁，石脚插水下。昏昏煙霧嶺，歷歷漁樵舍。居夷十三載，鄰里通假借。别之豈無情，老淚爲一灑。篙工起鳴鼓，輕櫓健于馬。聊爲過江宿，寂寞樊山夜。』

張文潛《木香》詩：『紫皇寶輅張珠幰，玉女熏籠覆繡衾。萬紫千紅休巧笑，人間春色在檀心。』《墨莊漫録》

自鎮江以東，有獨輪小車，凡百乘載皆用之，一人挽于前，一人推于後，謂之『羊頭車』。書籍未見載此名者，獨張文潛《輸麥行》云：『羊頭車子毛布囊，泥淺易涉登前岡』，始見詩人用之。《蓉塘詩話》

頃見晁无咎舉文潛：『斜日兩竿眠犢晚，春波一頃去鳧寒』，自以莫及。又云：『文潛過宋都詩：「白頭青鬢隔存没，落日斷霞無古今」，氣格不減老杜。』《石林詩話》

張文潛言：昔以黨人之故，坐是廢放，每作詩嘗寄意焉。有云：『最憐楊柳身無力，付與春風自在吹。』又云：『梧桐直不甘衰謝，數葉迎風尚有聲。』《能改齋漫録》

本朝《樂府》，當以張文潛爲第一。文潛《樂府》，刻意文昌，往往過之。頃在南都，見《倉前村民輸麥行》，嘗見其親稿，其後題云：『此篇效張文昌而語差繁。』乃知其喜文昌如此。《輸麥行》云：『予過宋，見倉前村民輸麥，止車槐陰下，其樂洋洋也。晚復過之，則扶車半醉，相招歸矣。感之，因作《輸麥行》，以補《樂府》之遺。「場頭雨乾場地白，老稚相呼打新麥。半歸倉廩半輸官，免教縣吏相催迫。羊頭車子毛布囊，淺泥易涉登前岡。倉頭買券槐陰涼，清嚴官吏兩平量。出倉掉臂呼同伴，旗亭酒美單衣換。半醉扶車歸路涼，月出到家妻具飯。一年從此皆閒日，風雨閉門公事畢。射狐罝兔歲蹉跎，百壺社酒相經過。」』《竹坡詩話》

張文潛《中興碑》詩，可謂妙絶今古，然『潼關戰骨高于山，萬里君王蜀中老』之句，議者猶以肅宗即位靈武，明皇既而歸自蜀，不可謂『老于蜀』也。雖明皇有『老于劍南』之語，當須説此意則可，若直謂『老于蜀』，則不可。《竹坡詩話》

今日校《譙國集》，適此兩卷，皆公在宣城時詩，某爲兒時，先人以公真稿指示，某是時已能成誦。今日讀之，如見數十年前故人，終是面熟，但句中時有與昔時所見不同者，必是痛遭俗人改易耳。如《病起》一詩云：『病來久不上層臺謂宣城叠嶂雙溪也，窗有蜘蛛徑有苔。多少山茶梅子樹，未開齊待主人來。』此篇最爲奇絶，今乃改云：『爲報園花莫惆悵，故教太守及春來』，非特意脉不倫，然亦是何等語！又如『櫻桃欲破紅』，改作『綻紅』；『梅粉初墜素』，改作『梅葩』，殊不知『綻』、『葩』二字是世間第一等惡字，豈可令入詩來？又《喜雨晴》詩云：『豐穰未可期，疲瘵何日起？』乃易『疲瘵』爲『瘦饑』，當時果有『瘦饑』二字，此老側大段窘也！《竹坡詩話》

張丈文潛大觀中歸陳州，至南京，答予書云：『到宋冒雨，時見數花凄寒，重裘附火端坐，略不類季春氣候也。』《紫微詩話》

文潛嘗爲其甥楊道孚作《真贊》云：『其氣揚以善動，其神驚以思用。盍觀老氏之言乎？君子行不離輜重。』蓋規之也。《紫微詩話》

蔡天啟云：嘗與張文潛論韓、柳五言警句，文潛舉退之『暖風抽宿麥，清雨卷歸旗』、子厚『壁空殘月曙，門掩候蟲秋』皆爲《集》中第一。《石林詩話》

東坡死，李方叔誄之曰：『道大不容，才高爲累。皇天后土，知平生忠義之心；名山大川，還千古英豪之氣。』可謂簡而當矣。晁无咎死，張文潛銘之曰：『車堅馬良，不得出門。策駑駕朽，道上紛紛。』兹亦可悲矣。《珊瑚鈎詩話》

五王之誅二張也，張柬之啟其謀，桓彦範任其事，敬暉、崔元暐、袁恕己各效其力，坐使天后還政。中宗即祚，所謂『取日虞淵，洗光咸池。潛授五龍，夾之以飛』者，誠爲社稷之奇勳。然尚有可恨者焉，薛季昶勸除武三思，而彦範乃謂：『如几上肉，留爲天子藉手。』彦範輩豈不知中宗非剛斷之主乎？彼之意以爲三思方烝亂韋氏，而中宗孱懦，一聽其所爲，苟誅三思，必不利于己，故不肯誅耳。不旋踵而自罹殺身之禍，實自取之也。張文潛云：『繫狗不繫首，反噬理必然。智勇忽迷方，脱匣授龍泉。區區薛季昶，先事僅能言。留禍啟臨淄，敗謀豈非天？』《韻語陽秋》

《漢史》載韓信教陳豨反，有『挈手步庭之議』，且曰：『我爲汝從中起』。時蕭相國居中，而信欲以烏合不教之兵，從中起以圖帝業，雖使甚愚，必知無成，信豈肯出此哉？故其詩曰：『何待陳侯乃中起，不思蕭相在咸陽。』又一詩云：『平生蕭相真知己，何事還同女子謀。』則又責蕭相不爲信辨其枉也。予觀班《史》，吕后與蕭相國謀，詐令人從帝所來，稱豨已破，群臣皆賀，相國紿信曰：『雖病强入賀。』信入，吕后使武士縛信斬之。則斬信者，相國計也。縱使其枉，相國其肯爲辨之哉？信死則劉氏安，不死則劉氏危，相國豈肯以平日相善之故而誤社稷大計乎？文潛後有一絶云：『登壇一日冠群雄，鐘室倉皇念蒯通。能用能誅誰計策？嗟君終自愧蕭公。』《韻語陽秋》

余觀漁父告屈原之語曰：『聖人不凝滯于物，而能與世推移』，又云：『衆人皆濁，何不淈其泥而揚其波。衆人皆醉，何不哺其糟而啜其醨。』此與孔子『和而不同』之言何異？使屈原能聽其説，安時處順，置得喪于度外，安知不在聖賢之域？而仕不得志，狷急褊躁，甘葬江魚之腹，知命者肯如是乎？故班固謂：『露才揚己，忿懟沉江。』劉勰謂：『依彭咸之遺則者，狷狹之志也。』揚雄謂：『遇不遇，命也，何必沉身哉！』孟郊云：『三黜有慍色，即非賢哲模。』孫郃云：『道廢固命也，何事葬江魚？』皆貶之也。而張文潛獨以謂：『楚國茫茫盡醉人，獨醒惟有一靈均。哺糟更使同流俗，漁父由來亦不仁。』《韻語陽秋》

汲引之恩，不可忘也，一日得志，思有以報之，亦人情之常也。王稽薦范雎于秦，而昭王以爲相，其後稽爲河東守者，因雎之言也。魏無知薦陳平于漢，而高祖用之，其後賞無知者，因平之言也。唐馬周以一介草茅遭遇太宗，不累年而致位卿相，皆由常何之一言，而身貴得志之時，于何不聞有報，何耶？李邦直詩云：『底事馬周身富貴，不聞推寵報常何』是也。張文潛詩云：『馬周未遇虬髯公，布衣落魄來新豐。一尊獨酌豈無意，俗子不解知英雄。』蓋周雖緣常何之一言，而其智諝忠亮，亦自有以取之，如疏宗室世守居藩，樂工鳴玉曳履，皆切中時病者也，史臣至比之爲『築巖』、『釣渭』，亦過矣哉！岑文本云：『周鳶肩火色，騰上必速，但不能久。』其後周年止五十，志不盡行，文本殆如蓍龜矣。《韻語陽秋》

紫芝云：『「兩京作斤賣，五溪無人採。」此高力士詩也，魯直作《食筍》詩云：「尚想高將軍，五溪無人採」是也。張文潛作《薺羹》詩乃云：「論斤上國何曾飽？旅食江城日至前。嘗慕藜羹最清好，固應加糝愧吾緑。」則是高將軍所作，乃薺詩耳，非筍詩也。二公同時而用事不同如此，不知其故。』予按二詩各因筍、薺而借用作斤賣之句，初非用事不同，紫芝何其拘也！《竹坡詩話》

《荆楚歲時記》：『去冬至一百五日，即有疾風甚雨，謂之「寒食」。』王君玉詩：『疾風甚雨青春老，瘦馬疲牛緑野深。』頃又見周知微詩稿云：『疾風甚雨悲游子，峻嶺崇山非故鄉。』張文潛詩云：『荒山野水非吾土，寒食清明似去年。』《優古堂詩話》

張右史耒《晝卧口占》云：『病栽薏苡無勞謗，涇要芎藭不待廋。』東坡亦云：『巧語屢曾傷薏苡，廋詞那復託芎藭。』《優古堂詩話》

張文潛《法雲懷無咎》云：『獨覺欠此公。』或傳某生語，文潛自以『欠』字爲得意。然夢得《送皇甫》云：『從兹洛陽社，吟詠欠書生。』樂天：『可憐閒氣味，惟欠與君同。』『得君更有無厭意，猶恨尊前欠老劉。』退之云：『今者誠自幸，所懷無一欠。』張何得意之有？《砦溪詩話》

文潛云：『兒曹鞭笞學官府，翁憐兒癡傍笑侮。平明坐衙鞭復呼，賢于群兒能幾何？

亦不可不令操權者知也。坡云：『不辭脱袴溪水寒，水中照見催税瘢。』等閒戲語，亦有所補。《碧溪詩話》

往在柏臺，鄭亨仲、方公美誦張文潛《中興碑》詩，戒曰：『此弄影戲語耳。』二公駭笑，問其故，戒曰：『「郭公凛凛英雄才，金戈鐵馬從西來。舉旗爲風偃爲雨，灑掃九廟無塵埃。」豈非弄影戲乎？「水部胸中星斗文，太師筆下蛟龍字。」亦小兒語耳。如魯直詩，始可言詩也。』二公以爲然。《歲寒堂詩話》

張文潛詩云：『不用爲文送窮鬼，直須圖事祝錢神。』唐子西云：『脱使真能去窮鬼，自量無以致錢神。』夫錢神所以不至者，惟其有窮鬼在耳。二子之語似可喜，而實不中理也。《滹南詩話》

張文潛《蓮花》詩：『平池碧玉秋波瑩，緑雲擁扇青摇柄。水宫仙子鬬紅粧，輕步凌波踏明鏡。』杜衍《雨中荷花》詩：『翠蓋佳人臨水立，檀粉不匀香汗溼。一陣風來碧浪翻，真珠零落難收拾。』此二詩絶妙。又劉美中《夜度娘歌》：『菱花炯炯垂鸞結，爛學宫粧匀腻雪。風吹凉鬢影蕭蕭，一抹疏雲對斜月。』冠平仲《江南曲》：『煙波渺渺一千里，白蘋香散東風起。惆悵汀洲日暮時，柔情不斷如春水。』亡友何仲默嘗言：『宋人書不必收，宋人詩不必觀。』予一日書此四詩，訊之曰：『此何人詩？』答曰：『唐詩也。』予笑曰：『此乃吾子所不觀宋人之詩也。』仲默沉吟久之曰：『細看亦不佳。』可謂倔强矣。《升庵詩話》

唐劉禹錫《秋螢引》云：『漢陵秦苑遥蒼蒼，陳根腐葉秋螢光。夜空寂寥金氣浄，千門九陌飛悠揚。紛綸輝映半明滅，金鑪星噴燈花發。露華洗濯清風吹，攢茅不定招摇垂。高麗罘罳過蛛網，斜歷璇題舞羅幌。褰衣樓上拂香裙，承露臺前轉仙掌。槐市諸生夜對書，北窗分明辨魯魚。行子東山起征思，中郎騎省悲秋氣。銅雀人歸自入簾，長門帳空來照淚。誰言向晦常自明？兒童走步嬌女争。天生有光非自衒，遠近低昂暗中徧。撮蚊妖鳥亦夜飛，翅如車輪人不見。』宋張文潛《熠熠行》云：『碧梧含風夏夜清，林塘五月初飛螢。翠屏玉簟起涼意，一點秋心從此生。方池水深涼雨集，上下輝輝亂凝碧。幸因簾捲到華堂，不畏人驚照涼夕。漢宫千門連萬户，夜夜熒煌暗中度。光流太液池上波，影落金盤月中露。銀闕茫茫玉漏遲，年年爲爾足愁思。長門怨妾不成寐，團扇美人還賦詩。避暑風廊人語悄，闌下撲來羅扇小。已投幽室夜分明，更伴殘星天未曉。君不見建章宫殿洛陽西，破瓦頹垣今古悲。荒榛蕪草無人迹，只有秋來熠熠飛。』劉禹錫、張文潛二《集》今不傳，予家有之，兼愛二詩之工，故録之于此。昔年予寓居大理三塔寺，榛莽滿目，飛螢數萬如白晝。予戲相從諸生曰：『車允見此，不必囊螢。隋煬帝見此，不必下詔搜索矣。』因作《流螢篇》。何仲默枕藉杜詩，不觀餘家，其于六朝、初唐，未數數然也，與予及薛君采言及六朝、初唐，始恍然自失，乃作《明月》、《流螢》二篇擬之，然終不若其效杜諸作也。如予此篇，『明珠按劍』、及『鯤鵬斥鷃』，皆與流螢無交涉，可以知詩之難矣！《升庵詩話》

春晚景物，説得出者，惟韋蘇州：『緑陰生晝寂，孤花表春餘』，最有思致，如杜牧之：『晚花紅豔静，高樹緑陰初』，亦甚工，但比韋詩，無雍容氣象爾。至張文潛：『草青春去後，麥秀日長時』，及：『新緑染成延晝永，爛紅吹盡送春歸』，亦非不佳，但刻畫見骨耳。《艇齋詩話》

《復齋漫録》云：『韓子蒼言：「張文潛《集》中，載《中興頌》詩，疑秦少游作。不惟浯溪有少游字刻，兼詳味詩意，亦似少游語也。此詩少游號傑出，第『玉環妖血無人掃』之句爲病，蓋李遐周詩云：『若逢山下鬼，環上繫羅衣。』貴妃之死，高力士以羅巾縊焉，非死兵刃也。」然予以杜詩有「血汚游魂歸不得」之語，亦指妃子，張蓋本杜也。』苕溪漁隱曰：予游浯溪，觀磨崖，碑之側，有此詩刻石，前云：『讀《中興頌》，張耒文潛。』後云：『秦觀少游書。』當以刻石爲正。不知子蒼亦何所據而言耶？《苕溪漁隱叢話》

王直方《詩話》云：『文潛先與周翰、公擇輩來飲予家，作長句，後數十日，再同東坡來，讀其詩，歎息云：「此不是喫煙火食人道底言語。」蓋其間有「漱井消午醉，掃花坐晚涼。衆緑結夏帷，老紅駐春粧」之句也。故山谷次韻亦云：「張侯筆端世，三秀麗齋房。掃花坐晚吹，妙語益難忘。」』苕溪漁隱曰：文潛此詩首句云：『朝衫衝曉塵，歸帽障夕陽。日月馬上過，詩書篋中藏。』造語極工。後又有一詩云：『歸帽見新月，撲衫暮塵紅。』似不及前兩句也。《苕溪漁隱叢話》

苕溪漁隱曰：東坡云：『茶筍盡禪味，松杉真法音。』山谷云：『魚游悟世網，鳥語入禪味。』文潛云：『鳥語演實相，飯香悟真空。』此三聯語意相類，然山谷一聯最爲優。《苕溪漁隱叢話》

潘子真《詩話》云：文潛《次張遠韻》，有：『襄王坐上徽詞客，子建車前步水妃。瞥過低鬟留盼處，争先凝笑獨來時。東邊日下終無雨，闕上題詩合有碑。腸斷吴王煙水國，扁舟何日逐鴟夷？』或問：『「無雨」、「有碑」，何等語也？』予答以『「東邊日出西邊雨，道是無情卻有情。」劉夢得《竹枝歌》也。「别後常相思，頓書千丈闕，題碑無罷時。」宋《華山畿》詞也，事見匠智《古今樂録》。』《苕溪漁隱叢話》

王直方《詩話》云：文潛《賦虎圖》詩，末云：『煩君衛吾寢，振此蓬蓽陋。坐令盜肉鼠，不敢窺白晝。』或云：『此卻是猫兒詩也。』又《大旱》詩云：『天邊趙盾益可畏，水底武侯方醉眠。』時人以爲幾于湯燖右軍也。《苕溪漁隱叢話》

王直方《詩話》云：舟人占雲，若砲車起，輒急避之，乃大風候也。東坡有云：『今日江頭天色惡，砲車雲起風欲作。』文潛有云：『喜逢山色開眉黛，愁對江雲起砲車。』《苕溪漁隱叢話》

《石林詩話》云：『頃見晁无咎舉文潛「斜日兩竿眠犢晚，春波一眼去鳧寒」，自以爲莫能及。』苕溪漁隱曰：文潛《夜直館中》詩云：『蒼龍掛斗寒垂地，翡翠浮花暖作春。』亦佳句也。《苕溪漁隱叢話》

王直方《詩話》云：『白頭青鬢隔存没，落日斷霞無古今。』此文潛《過宋都》詩，氣格似不减老杜也。『千山送客東西路，一樹照人南北枝。』此王康功詩，語意新奇。《苕溪漁隱叢話》

吕氏《童蒙訓》云：文潛詩自然奇逸，非他人可及。如：『秋明樹外天』，『客燈青映壁，城角冷吟霜』，『淺山寒帶水，旱日白吹風』，『川塢半夜雨，卧冷五更秋』之類，迥出時流，雖是天姿，亦學可及。學者若能常玩味此等語，自然有變化處也。《苕溪漁隱叢話》

《復齋漫録》云：文潛詩云：『新月已生飛鳥外，落霞更在夕陽西。』蓋用郎士元《送楊中丞和番》詩耳。郎詩云：『河陽飛鳥外，雪嶺大荒西。』《苕溪漁隱叢話》

《復齋漫録》云：東坡《泗州僧伽塔》詩：『耕田欲雨刈欲晴，去得順風來者怨。若使人人禱輒遂，造物應須日千變。』文潛用其意，别作一詩云：『南風霏霏麥花落，豆田漠漠初垂角。山邊夜半一犂雨，田父高歌待收穫。雨多蕭蕭蠶簇寒，蠶婦低眉憂繭單。人生多求

復多怨，天公供爾良獨難。」』《苕溪漁隱叢話》

苕溪漁隱曰：『「夜涼江海近，天闊斗牛微。」張右史《集》中佳句也，《備成集》中亦有之，蓋誤收入，非東坡所作。李太白有云：「天清一雁遠」，文潛有云：「天形一雁高」，二句俱工，未易分優劣也。』《苕溪漁隱叢話》

《金石録》云：『《唐昭陵六馬贊》，初太宗以文德皇后之葬，自爲文刻石于昭陵，又琢石像平生征伐所乘六馬，爲《贊》，刻之，皆歐陽詢八分書，世以爲殷仲容書，非是。至諸降將名氏，乃仲容書耳。』苕溪漁隱曰：文潛有《昭陵六馬》詩云：『天將剗隋亂，帝遣六龍來。森然風雲姿，颯爽毛骨開。飈馳不及視，山立儼莫回。長鳴視八表，擾擾萬駑駘。秦王龍鳳姿，魚鳥不足摧。腰間大白羽，中物如風雷。區區數豎子，縛取如提孩。手持掃天帚，六合無塵埃。艱難濟大業，一一非常材。惟時六驥足，績與英衛陪。功成鏘八鸞，玉輅行天街。荒涼昭陵闕，古石埋蒼苔。』文潛得意筆也。《苕溪漁隱叢話》

『溪迴松風長，蒼鼠竄古瓦。不知何王殿，遺締絕壁下？陰房鬼火青，壞道哀湍瀉。萬籟真笙竽，秋色正瀟灑。美人爲黄土，况乃粉黛假。當時侍金輿，故物獨石馬。憂來藉草坐，浩歌淚盈把。冉冉征途間，誰是長年者？』此老杜《玉華宫》詩也。張文潛暮年在宛丘，何大圭方弱冠，往謁之，凡三日，見其吟哦此詩不絕口，大圭請其故，曰：『此章乃風雅鼓吹，未易爲子言。』大圭曰：『先生所賦，何必減此。』曰：『平生極力模寫，僅有一篇稍似之，然未可同日語。』遂誦其《離黄州》詩，偶同此韻。曰：『扁舟發孤城，揮手謝送者。山回地勢卷，天豁江面瀉。中流望赤壁，石脚插水下。昏昏煙霧嶺，歷歷漁樵舍。居夷實三載，鄰里通借假。别之豈無情，老淚爲一洒。篙工起鳴鼓，輕艣健于馬。聊爲過江宿，寂寂樊山夜。』此其音響節奏固似之矣，讀之可默喻也。又好誦東坡《梨花》絶句，所謂『梨花淡白柳深青，柳絮飛時花滿城。惆悵東欄一枝雪，人生看得幾清明』者，每吟一過，必擊節賞歎不能已，文潛蓋有省于此云。《容齋隨筆》

張文潛《戲作雪獅》絶句云：『六出裝來百獸王，日頭出後便郎當。争眉霍眼人誰怕？想你應無熱肺腸。』《侯鯖録》

張文潛有二石龜，晁无咎名其大者爲『九江』、小者爲『千歲』。文潛因作《九江千歲龜歌》一首贈无咎，畧云：『老龍洞庭怒，蕩覆堯九州。』謂半山老人也；又云：『禹咄嗟，水平流。』謂司馬君實也。《能改齋漫録》

潘子真《詩話》記張文潛詩云：『東邊日下終無雨，闕下封書合有碑。』『東邊日出西邊雨，道是無晴卻有情』，此劉禹錫《竹枝歌》也；『别後長相思，頓書千丈闕，題碑無罷時』，此宋《華山畿》詞也，事見匠智《古今樂録》。予又以爲文潛兼取宋《讀曲歌》詞耳。『打壞

木棲床，誰能坐相思？三更書石闕，憶子夜啼碑。』梁元帝《金樂歌》亦云：『石闕題書字』。《侯鯖録》

張右史文潛《竹》詩云：『裊裊墻陰竹數竿，秋風盡日舞青鸞。平生愛爾緣瀟灑，莫作封君渭上看。』潘邠老問張曰：『「渭川千畝竹，皆與千户侯」等，非斥此耶？』張曰：『非也，陸龜蒙詩云：「叢竹當封瀟灑侯。」』《侯鯖録》

子瞻、子由門下客最知名者，黄魯直、張文潛、晁无咎、秦少游，世謂之『四學士』。至若陳無己，文行雖高，以晚出東坡門，故不若四人之著。故陳無己作《佛指記》云：『予以辭義名次四君，而貧于一代』是也。晁无咎詩云：『黄子似淵明，城市亦復真。陳君有道舉，化行閭井淳。張侯公瑾流，英思春泉新。高才更難及，淮海一髯秦。』當時以東坡爲長公，子由爲少公，陳無己《答李端叔》云：『蘇公之門，有客四人：黄魯直、秦少游、晁无咎，則長公之客也；張文潛，則少公之客也。』又《次韻黄樓》詩云：『一代蘇長公，四海名未已。』又云：『少公作長句，班揚安可擬？』謂二蘇也。然四客各有所長，魯直長于詩辭，秦、晁長于議論。魯直《與秦少章書》曰：『庭堅心醉于詩與《楚辭》，似若有得，至于議論文字，今日乃當付之少游及晁、張、無己。足下可從此四君子一一問之。』其後張文潛《贈李德載》詩亦云：『長公波濤萬頃海，少公峭拔千尋麓。黄郎蕭蕭日下鶴，陳子峭峭霜中

竹。秦文倩麗若桃李，晁論峥嶸走珠玉。』乃知人才各有所長，雖蘇門不能兼全也。《侯鯖録》

東坡先生謫居黄州，作《卜算子》云：『闕月掛疏桐，夢斷人初静。時見幽人獨往來，縹緲孤鴻影。驚起卻回頭，有恨無人省。揀盡寒枝不肯棲，寂寞沙洲冷。』其屬意蓋爲王氏女子也，讀者不能解。張右史文潛繼貶黄州，訪潘邠老，嘗得其詳，題詩以誌之：『空江月明魚龍眠，月中孤鴻影翩翩。有人清吟立江邊，葛巾藜杖眠窺天。夜冷月墮幽蟲泣，鴻影翹沙衣露溼。仙人采詩作步虚，玉皇飲之碧琳腴。』《侯鯖録》

張文潛《虎圖》詩云：『煩君衛吾寢，起此蓬蓽陋。坐令盜肉鼠，不敢窺白晝。』譏其似猫也。《老學庵筆記》

紹興初，程氏之學始盛，言者排之，至譏其幅巾大袖。胡康侯乃辨其不然，曰：『伊川衣冠，未嘗與人異也。』然張文潛元祐初《贈趙景平主簿》詩曰：『明道新墳草已春，遺風猶得見門人。定知魯國衣冠異，盡戴林宗折角巾。』則是自元祐初爲程學者，幅巾已與人異矣。衣冠近古，正儒者事，譏者固非，辨者亦未然也。《老學庵筆記》

張文潛《詠孔光》云：『試問不言温室木，何如休望董賢車？』仲彌性《詠韋執誼不看嶺南圖》云：『政恐崖州如有北，卻應未肯受饞夫。』二詩誅姦諛之蕭斧也。《困學紀聞》

朱雲爲槐里令，上書求見而即得對，成帝時言路猶未塞也。張文潛詩曰：『直言請劍斬安昌，勿謂朱游只素狂。君看漢家文景業，張侯能以一言亡。』《困學紀聞》

唐内人墓謂之『宫人斜』『宫人斜』見宋次道《春明退朝録》，四時遣使祭之。『唯應四仲祭，使者暫悲嗟。』令狐楚詩也。『荒涼□南奉先寺，後宫美人官葬此。角樓相望高起墳，墳間柏下多石人。秩卑埋骨不作冢，青石浮屠當墳壠。家家墳上作亭亭，朱門相向無人聲。樹頭土梟作人語，日黑風悲鬼摇樹。宫中養女作子孫，年時犢車來做主。廢后園陵官道側，家破無人掃陵陌。官家歲給半千錢，街頭買餅作寒食。』此元豐中張文潛《留題奉先寺》詩。煇季女葬臨安北山僧舍，十五年來每值春時往寺，視之兩廡皆内人殯宫，徘徊次未嘗不長哦此詩也。煇復得歷陽所刊唐張文昌《樂府·北邙山》篇，云：『洛陽北門北邙道，喪車轔轔入秋草。車前齊唱薤露歌，高墳新起白峩峩。朝朝暮暮人送葬，洛陽城中人更多。千金立碑高百尺，終作人間柱下石。隴頭松柏半無主，地下白骨多于此。寒食家家送紙錢，鵶鳶作窠巢上樹。人居朝市未解愁，請君暫向北邙游。』古今名勝賦詠之工，覽者當自得之。《清波雜志》

劉純臣

熙寧中，王迪爲洪州左司理參軍。一日，有道人來磨鏡，因俾迪自照，乃見星冠羽帔，縹緲見鏡中。迪問其故，曰：『此汝前身也。由汝誤念墮此，勉自修証，勿淪苦海。』既去，迪具以告其妻，妻然之，遂棄官與妻隱去，郡僚挽留不可，皆作詩以餞行。時新建主簿劉純臣有詩，雖未警拔，可以紀其實。云：『髮如抹漆左參軍，脱去青衫作隱淪。世上更無羈絆事，壺中别有自由身。鼎烹玉兔山前藥，花看金鰲背上春。莫怪少年能決裂，藍田夫婦總登真。』後歸姑蘇，不知所終。《復齋漫録》

周貫自言膠東人，嘗號木雁子，善屬文，游于洪州西山，嗜酒不羈，布褐粗全。人或贈之錢，則詣酒家取醉，餘皆散墜不顧。西山之人，見貫往來者五十餘年，而顔如初至。有以道術訪之，則必報以惡聲，使之親近不得也。熙寧元年，至豫章石頭市，遇故人棲止，張生爲具酒食而宿。中夜逆旅之主人，聞户外有車馬合沓聲，起而視之，無有也，惟貫所卧室户正開，猶奄奄然喘息，就而察之，貫已死矣。明日，告新建縣尉吴杲卿往案之，貫身潔如生，扶而轉之，腹中汩汩如浪鳴焉。縣主簿劉純臣，使人棺殮埋于地云。張生還家，其弟迎門曰：『周翁淩晨見過，今往雙嶺矣。』衆乃知貫非實死者也。貫所著《華陽》二篇，坐卧不離懷袖，人莫得見，殮之日，純臣取而有之。純臣謂其文險絶而有條理。純臣以詩記之曰：『八十西山作酒仙，麻鞋索斷布衣穿。形骸一脱塵緣盡，太極光陰不紀年。』洪覺範《冷齋夜話》嘗記之，然互有不同。《復齋漫録》

陳師錫

崇寧初，滎陽公自曹州與相州太守劉壽臣、唐老學士兩易，會于滑州。滑守陳伯修師錫，殿院也，坐中有詩云：『金馬舊游三學士，玉麟交政兩諸侯。』蓋記當時事也。《紫微詩話》

程建用

東坡言：予幼時里人程建用、楊咨、家弟子由會草舍中，大雨，聯句六言，云：『庭松偃蓋如醉建用，夏雨淒涼似秋楊咨。有客高吟擁鼻軾，無人共喫饅頭轍。』坐皆絶倒，今四十餘年矣。《苕溪漁隱叢話》

李復圭

曾魯公自嘉祐秉政，至熙寧中尚在中書，年雖甚高，而精力不衰，故臺諫無非之者。惟

李復圭作詩譏之云：『老鳳池邊蹲不去，饑烏臺上噤無聲。』魯公遂致仕去。《事文類聚前集》

楊　适

本朝《百家詩》載：錢次公以墨四丸、筆五枚，賜楊時可。楊戲曰：『安得硯乎？』次公曰：『不難，須一詩。』楊乃作一絶：『尖頭奴有五兄弟，十八公生四客卿。過我書齋無一事，似應終日待陶泓。』《合璧事類前集》

張師正

張不疑帥鼎，文瑩往謁。後帥辰，又謁之；既别，慨然以二詩贈行，曰：『憶昔荆門屢過從，當時心已慕冥鴻。渚宫禪伯唐齊己，淮甸詩豪宋惠崇。老格疏閒松倚澗，清談瀟灑坐生風。史官不見高僧事，莫把名參技術中。』又云：『碧嶂孤雲冉冉歸，解携情緒異常時。餘生歲月能多少？此别應難刻後期。』《玉壺清話》

《隱居詩話》云：《楊文公談苑》載：『本朝武人多能詩，若曹翰句有「曾經國難穿金甲，不爲家貧賣寶刀。」劉吉甫云：「一箭不中鵠，五湖歸釣魚。」大年稱其佳。近世有張師正，本進士及第，换武爲遥郡防禦使，亦能詩，有《昇平》詞云：「舊將封侯盡，降王賜姓歸。」又：「蝸角功名時不與，澗松才幹老甘休。」「分鹿是非皆委夢，落花貴賤不由人。」他句皆類此。』《苕溪漁隱叢話》

王世寧

太原王世寧自言，籍係第十八洞玉仙人。熙寧中，以暴疾終于家，臨終作詩曰：『翠羽旌幢仙子隊，紫雲樓閣玉皇家。人間風雨易分散，回首武陵空落花。』《詩話總龜》。又見《青瑣集》

李公麟

韓幹畫馬，多分其騣爲三，莫曉何意。惟白樂天《春深學士家》詩云：『鳳書裁五色，馬鬣翦三花。』唐學士例借飛龍廐馬，則應是時國馬皆如此也。李伯時喜學韓幹畫，每不知三騣之意，常難於下筆，有得樂天詩者，先爲誦之，而不言所出。伯時請之力，乃使爲畫數馬，始以《集》示云。《蔡寛夫詩史》

李伯時《春社出郊》詩云：『千尋古櫟笑聲中，此日春風屬社公。開眼已憐花壓帽，放

懷聊喜酒治聾。携刀割肉餘風在，卜瓦傳神俚俗同。聞説已栽桃李徑，隔溪遥認淺深紅。』《事文類聚前集》

林　迥

林迥與黄秘教，同游連江玉泉，有詩曰：『泉山好景微，權尹訟庭稀。曉馬破雲去，夜船乘月歸。妓歌珠不斷，人醉玉相依。薄宦自拘者，咄哉多少非。』《青瑣集》

郭祥正

郭祥正，字功甫，自梅聖俞贈詩有『采石月下聞謫仙』，以爲李白後身，緣此有名。又有《金山行》云：『鳥飛不盡暮天碧，漁歌忽斷蘆花風。』大爲王荆公所賞。秦少章嘗云：『郭功父過杭州，出詩一軸示東坡。先自吟誦，聲振左右，既罷，謂坡曰：「祥正此詩幾分？」坡曰：「十分詩也。」祥正問之，坡曰：「七分來是讀，三分來是詩，豈不是十分也？」』《直方詩話》

功父曾題人山居一聯云：『謝家莊上無多景，只有黄鸝三兩聲。』荆公命工繪爲圖，自題其上云：『此是功父題山居詩處。』即遣人以金酒鍾并圖遺之。《遯齋閒覽》

郭功甫嘗與王荆公登金陵鳳凰臺，追次李太白韻，援筆立成，一座盡傾。白句人能誦之，郭詩罕有記者，今俱記之。太白云：『鳳凰臺上鳳凰游，鳳去臺空江自流。吴時花草埋幽徑，晉國衣冠成古丘。三山半落青天外，二水中分白鷺洲。總爲浮雲能蔽日，長安不見使人愁。』功父云：『高臺不見鳳凰游，浩浩長江入海流。舞罷青娥同去國，戰殘白骨尚盈丘。風摇落日催行櫂，潮擁新沙换故洲。結綺臨春無處覓，年年荒草向人愁。』《娱書堂詩話》

賀方回嘗作《青玉案》詞，有『梅子黄時雨』之句，人皆服其工，士大夫謂之『賀梅子』。郭功父有《示耿天隲》一詩，王荆公嘗爲之書，其尾云：『廟前古木藏訓狐，豪氣英風亦何有。』方回晚倅姑孰，與功父游甚歡，方回寡髮，功父指其髻謂曰：『此真「賀梅子」也。』方回乃捋其鬚曰：『君可謂「郭訓狐」。』功父髯而鬍，故有此語。《竹坡詩話》

苕溪漁隱曰：功甫《金山行》，造語甚豪，世多不見全篇，今録于左方。『金山杳在滄溟中，雪崖冰柱浮仙宫。乾坤扶持自今古，日月仿佛纏西東。我從靈槎出塵世，搜索異境窺神工。一朝登臨重歎息，四時想像何其雄。捲簾夜閣掛北斗，大鯨駕浪吹長空。舟摧岸斷豈足數，往往霹靂搥蛟龍。寒蟾八月蕩摇海，秋光上下磨青銅。鳥飛不盡暮天碧，漁歌忽斷蘆花風。蓬萊久聞未成往，壯觀絶致遥應同。潮生潮落夜還曉，物數交會誰能窮？百年形影浪自苦，便欲此地安吾躬。白雲南去供長望，又起歸興隨征鴻。』《苕溪漁隱叢話》

郭功父晚年不廢作詩，一日，夢中作《游采石》一詩，明日書以示人，曰：『予決非久于世者。』人問其故，功父曰：『予近詩有「欲尋鐵索排橋處，只有楊花慘客愁」之句，豈特非予平日所能到，雖前人亦未嘗有也，忽得之不祥。』不踰月果死。李端叔聞而笑曰：『不知杜少陵如何活得許多時？』《竹坡詩話》

東坡文章好譏刺，文與可戒以詩云：『北客若來休問事，西湖雖好莫吟詩。』晚年郭功父寄詩云：『君恩浩蕩似陽春，海外移來住海濱。莫向沙邊弄明月，夜深無數採珠人。』《困學紀聞》

潘子真《詩話》云：袁世弼，南昌人，宦游當塗。時功甫尚未冠也，世弼愛其才，薦于梅聖俞，自爾有聲。功甫嘗謂吾大父清逸云：『數載汲引，袁二丈力也。蒿埋三尺，不敢忘其賜。』功甫既壯，頗恃其才力，下筆曾不經意，論者或惜其造語無刻勵之功，清逸云：『如功甫豈易得，但置作者中，便覺有優劣耳。正如晉楚之輕剽，不當威文之節制也。』清逸嘗有詩戲之云：『休恨古人不見我，尤喜江東獨有君。盡怪阿戎從幼異，人疑太白是前生。雲間鸞鳳人間現，天上麒麟地上行。詩律暮年誰可敵？筆頭談笑掃千兵。』《苕溪漁隱叢話》

章衡子平《答郭功甫書》，其略云：『鄭公毅夫，吾叔表民，及梅聖俞皆以功甫爲李謫仙之後身，吾不知謫仙之如夫子之少時，其標格淵敏，已能如此老成否？』子平所以答功甫之貺，不得不爾，然梅聖俞諸公以功甫爲李白後身，求諸詩文，信不誣矣。蓋聖俞有贈功甫云：『采石月下聞謫仙，夜披錦袍坐釣船。』然東坡、山谷不以爲然，故《題功甫醉吟庵》云：『不用騎鯨學李白，東入滄海觀桑田。』蓋有所激耳。而王直方《詩話》亦載東坡謂郭祥正『只知有韻底是詩』，而張芸叟詩評亦云：『如大排筵席，二十四味，終日揖遜，求其適口者少矣。』《能改齋漫録》

呂希純

崇寧間，談命術者，多言叔祖待制子進、與曾内翰子開，皆宰相命也。或有以吉凶占于紫姑神者，代書村童即書于紙云：『待曾、呂相方發。』人皆以二公可必相也，然皆不驗，豈鬼神亦但聞人所祝，而遂以爲然乎？叔祖有詩云：『夢寢西山結草廬，逝將臨水詠游魚。何人見卵求時夜，更著閒言問紫姑？』《紫微詩話》

紹聖初，滎陽公自浙中赴懷州，叔祖赴睦州，邂逅于鎮江。别後叔祖寄絶句云：『江南江北來，昨夜同枝宿。平明一聲起，四顧已極目。』《紫微詩話》

叔祖待制尊德樂道，以父師禮事滎陽公。嘗寄公詩，有『久矣摳衣闕過庭』之句。《紫微詩話》

崇寧初，叔祖待制自瀛帥改知潁州，過曹南省滎陽公，見學院諸生作詩，因和之：『騏驥方騰踏，蚊蝱敢撲緣。明年小期集，請看十廬鞭。』紹聖間，調知歸州，過太平州，亦和諸生詩，其末句有『何處孤城號秭歸』之句。《紫微詩話》

陳覺民

陳達野《武夷山》詩云：『昇真洞口接天門，靈草丹桃日日春。聽説列仙來瑞世，三朝德業在斯民。』章聖出自武夷，事見楊大年《家集》，神考、哲廟，亦武夷真君應出，故有『三朝德業』之句。事見《氏族編》。《方輿勝覽》

黄冕仲

黄冕仲未第時，嘗有魁天下之意。元豐四年，南劍州譙門一柱，忽爲迅雷所擊，冕仲聞之，口占絶句云：『風雷昨夜破枯株，借問天公有意無？莫是卧龍蹤迹困，放開頭角入亨衢。』次年，冕仲遂膺首薦。又次年，對策爲天下第一。饒之浮梁縣有讖語云：『青山圓，出狀元。』邑人程瑀尚書，在上庠累爲優等，而尚未登第，嘗寄詩與鄉人云：『試問青山圓也未？不應久負壯圖心。』明年公試上舍，爲第一人。《能改齋漫録》

劉公述

劉孝叔吏部公述，深味道腴，東吴端清之士也，方强仕之際，已恬于進，撰一闋以見志曰：『挂冠歸去舊煙蘿，閒身健，養天和。功名富貴非由我，莫貪他，這歧路，足風波。水精宫裏家山好，物外勝游多。晴溪短棹，時時醉唱裏稜羅，天公奈我何？』後將引年，方得請，爲三茆宫僚，始有養天和之漸。夫何已先朝露，歌此闋幾卅年，信乎一林泉與軒冕，難爲必期。《湘山野録》

張嘉甫

張嘉甫云：『余少年見人誦一詩，所謂「但存方寸地，留與子孫耕」，不知何人語。元符三年，過毘陵汪迪家，出所藏水部賀公手書，乃知此詩賀所作，世俗以爲他人，非也。賀天聖中爲郎，真宗東封，謁于道左。元祐初，其二弟踰喬者來京師云：「賀嘗于泰山望見東坡，意甚喜之，欲上元至龜蒙。東坡爲作詩，亦賦五篇。」』予愛《嘉甫》一章云：『方寸平田便有餘，子孫無復廢耕鋤。已將不死爲佳種，更向無何築隱居。』《直方詩話》

張嘉父云：長韻詩要韻成雙不成隻，鋪敘詩要説事相稱，卻拂體前一句敘事，後一句

説景。如：『惆悵無因見范蠡，參差煙樹五湖東。』又如：『我今身世兩相違，西流白日東流水。』《藏海詩話》

詹　默

《漫叟詩話》云：詹默存中，會稽人，博極群書，文詞高古，陸農師列爲上客。元符中，在臨川作法椽，游從甚久。嘗愛其詩曰：『茅屋不聞雪，紙窗宜讀書。』又曰：『山人誤採槍旗信，卻怪枝頭雪未消。』又《禱雨》詩曰：『下僚竊有隨車喜，遥見枝頭少女風。』又《送高彦應》詩曰：『莫似公家三十五，時來不寄一行書。』皆奇作。《苕溪漁隱叢話》

徐　忻

《西清詩話》云：徐忻作詩，有唐人風氣。《游劍池》詩曰：『劍去池空一水寒，游人到此凭欄干。年來是事消磨盡，只有青山好静看。』又《和雪》詩云：『著衣輕有暈，入水淡無痕。』《苕溪漁隱叢話》

全宋詩話目録卷四十九

楊時　字中立，將樂人，熙寧九年進士。歷官知瀏陽、餘杭、蕭山三縣，秘書郎兼國子祭酒。高宗朝，工部侍郎兼侍讀，以龍圖閣直學士提舉洞霄宫，卒謚文靖。游二程之門，學者稱『龜山先生』。有《集》。

俞充　熙寧中，虞鄉令。

李格非　字文叔，濟南人，舉進士。歷官國子博士、禮部郎、提點京東刑獄，黨籍罷。女易安。有《集》。

張介　字吉甫，番陽人。

杜默　字師雄，濮州人，熙寧末，特奏名，仕新淦尉。

廖正一　字明略，號竹林居士，安陸人，元豐二年進士。歷官秘書省正字、知常州，坐黨籍，貶監玉山税。有《竹林集》

蔡肇　字天啓，丹陽人，元豐二年進士。歷官户部郎兼修國史、中書舍人，以顯謨閣待制知明州，奪職提舉洞霄宫，會赦，復知睦州。有《丹陽集》。

華鎮　字安仁，會稽人，元豐二年進士。官至朝奉大夫。作《會稽覽古》詩。子初平，亦進士，爲太常博士。有《越中考古録》。

陳瓘　字瑩中，號了翁，沙縣人，元豐二年進士，歷官右司、諫權給事中，黨籍除名，編隸台州，移楚州。卒，靖康中贈諫議大夫，紹興中賜謚忠肅。有《了齋集》。

沈偕　字君與，湖州人，元豐二年進士。

陳偁　字君舉，沙縣人，世卿子，以父任補太廟齋郎。歷官蔡州通判，知泉、尉、惠三州，以朝議大夫致仕。

李昭玘　字成季，任城人，濤五世孫，自洛徙齊，元豐二年進士。歷官秘書正字、起居舍人，以黨奪官。自號『樂静先生』。有《樂静集》。

劉弇　字偉明，江西安福人，元豐二年進士，復中詞科。歷官知峨眉縣、太學博士、秘書省正字。著作佐郎、實録館檢討。有《龍雲集》。

仵盤　字艮翁，終南人，以蔭補借職。元豐中，監臨淄酒税。

陳輔　字輔之，丹陽人。少負才，不事科舉，自號『南谷子』。

劉跂　字斯立，摯子，元豐三年進士。遭黨禍，爲李延年所誣，編管壽春。自號『學易老人』。有《學易集》。

晁説之　字以道，濟州鉅野人，元豐五年進士。元符末，與崔鶠同書邪籍。靖康初，召爲著作郎，試中書舍人，兼東宫詹事。建炎初，終徽猷閣待制。自號『景迂生』。有《景迂生集》。

晁補之　字無咎，年十七從父端友宰杭州新城，著《錢唐七述》，受知東坡，舉進士，爲著作郎。紹聖末，謫監信州酒税，起知泗州。有《雞肋集》。

李之儀　字端叔，之純從弟，元豐中，舉進士。歷官樞密院編修官、監内香藥庫、提舉河東常平，坐草范純仁遺表，編管太平州。有《姑溪集》。

王鞏　字定國，莘縣人，旦孫，素子。坐與蘇軾游，謫監筠州鹽税，罷還，官至宗正丞。自號『清虚先生』。有《集》。

張唐英　商英兄，進士，御史。

全宋詩話卷四十九

楊 時

『欲驅殘臘變春風，只有寒梅作選鋒。莫把疏英輕鬬雪，好藏清豔月明中。』楊龜山爲胡文定作也。『千畝寒林一樹梅，自妍自笑已堪哀。今朝更被風吹卻，擬遣春從底處回。』項平庵爲朱文公作也。二詩一欲文定鎖闥之留，一惜文公經筵之去。《後村詩話》

俞 充

俞充《王官谷十詠》，今存其四，《貽溪》云：表聖《山居記》云：『谷之名本以王官廢壘在其側，司空氏易之爲「貽溪」。溪舊不蓄魚，及表聖居之，石竇泉隙，魚皆充牣，見于《説魚》篇，今亦無魚。』『濯纓溪流上，清心共澄澈。人存魚自躍，人亡魚亦竭。此意雖冥冥，可與仁者説。遺音竟誰繼？十里間風月。』《休休亭》云：本『濯纓亭』，爲俠軍所焚，復構之，易名『休休』。『洗耳謝市朝，構亭得餘址。

三徑草長深，一毫塵不起。支肘看青山，引鶴聽流水。獨有愛君心，時時擬綸旨。』《司空氏舊居》云：王官谷舊皆司空氏别業，自表聖没，轉易不常。『孤鶴去不還，雲間犬空吠。猶聞溪鳥衙，表聖詩云：『溪鳥待排衙。』尚有里人愛。表聖多以金帛施于閭里。巖花無開落，表聖云：『小峰西鬲有石蘚，故老目爲杏花。』世事幾興廢。我乘幽興來，静邀秋月對。』《石硯》云：表聖云：『西谷路有石如硯，人謂之「秦王硯」。』『嘗讀表聖詩，云是秦王成。憫時著密史，表聖所著《密史》，深救時病。對此潛經營。新雨浄如洗，亂苔生復平。表聖詩云『硯石苔平失。』應誤山中客，浪近翰墨名。』《王官谷集》

李格非

李格非，字文叔，濟南人。詩、文四十五卷，文高雅條鬯，有義味，在晁、秦之上，詩稍不逮。元祐末爲博士，紹聖始爲禮部郎。有《挽蔡相確》詩云：『邴吉勳勞猶未報，衛公精爽僅能歸。』豈蔡嘗汲引之乎？《挽魯直》五言八句，首云：『魯直今已矣，平生作小詩。』下六句亦無褒詞。文叔與蘇門諸人尤厚，其殁也，文潛志其墓，獨于山谷在日，以詩往還。而此二詞如此，良不可曉。其《過臨淄》絶句云：『擊鼓吹竽七百年，臨淄城闕尚依然。如今只有耕耘者，曾得當時九府錢。』《試院》五言云：『斗暄成小疾，亦稍敗吾勤。豈是朱衣吏，乘時欲舞文？』亦佳作。文叔，易安父也，文潛誌云：『長女能詩，嫁趙明誠。』《後村詩話》

張介

番陽張吉甫，方娠時，父去客東西川不還。張君自爲兒時，已愴然有感，其言語食息，未嘗不在蜀也？與尚書彭公器資同學，作詩云：『應是子規啼不到，致令我父未歸家。』聞者皆憐之。既長走蜀，父初無還意，乃歸省母。復至涪閬，往返者三，其父遂行，以熙寧十年三月至自蜀。鄉人迎謁太息，或爲感泣，一時名士，賦詩以紀其事。《能改齋漫録》

杜默

石守道作《三豪》詩，謂曼卿豪於詩，永叔豪於文，杜默豪於歌，故詩云：『師雄二十二，筆距猛如鷹。玉川月蝕句，意欲相憑陵。』而歐公亦有詩云：『南山有鳴鳳，其音和自清。鳴於有道國，出則天下平。杜默東土秀，能作鳳凰聲。作詩幾百篇，長歌仍短行。』杜默，濮州人，師雄其字，謂豪於歌者，有《送守道》六字詩云『聖人門前大蟲』，及『推倒楊朱、墨翟，扶起仲尼、周公』之句。默詩謂之豪者，豈在是耶？予嘗得師雄《全集》觀之，全作皆不及此。《直方詩話》

濮州杜默，當年目之爲『三豪』，謂默豪於歌。石守道赴詔，作太學直講，默作六字歌送之，今舉其豪句云：『仁義途中馳騁，詩書府裏從容。』『頭角驚殺蝦蟹，學海波中老龍。』『爪距逐出狐鬼，聖人門前大蟲。』『推倒楊朱、墨翟，扶起仲尼、周公。』『一條路出甕口，幾程身在雲中。』『水浸山影倒碧，春着花梢丰紅。』因此歌得在『三豪』之列。又《上永叔》詩云：『一片靈臺掛明月，萬丈詞燄飛長虹。乞取一勺鳳池水，活取久旱泥蟠龍。』其豪例皆此類。《青瑣集》

石介作《三豪》詩，略云：曼卿豪於詩，永叔豪於文，杜默師雄豪於歌。永叔亦謂默云：『贈之《三豪》篇，而我濫一名。』默之歌少見於世，初不知之，後聞其篇云：『學海波中老龍』、『聖人門前大蟲』、『推倒楊朱、墨翟，扶起仲尼、周公』，皆此等語，甚矣介之無識也。永叔不欲嘲誚之者，此公惡争名，且爲介諱也。吾觀杜默豪氣，正是京東學究，飲私酒，食瘴死牛肉，醉飽後而發之者也。作詩之狂，至於盧仝、馬異極矣，若更求奇，便作杜默也。《百斛明珠》

冠萊公七月十四日生，魏野詩云：『何時坐上相，明日是中元。』李文定迪八月十五日生，杜默作《中秋月》詩以獻，僅數百言，皆以月况文定，其中有云：『蟾輝吐光育萬種，我公得此爲心胸。老桂根株撼不折，我公得此爲清節。孤輪輾空迴復圓，我公得此爲機權。餘光燭物無洪惠，我公得此爲經濟。』終篇大率皆如此。雖造語粗淺，然亦豪爽也。默少以歌行自負，石介贈《三豪》詩，謂之歌豪，以配石曼卿、歐陽永叔。晚節益縱酒落魄，文章猶狂鄙。熙寧末，以特奏名得同出身，一命得臨江軍新塗縣尉。年近七十卒。《隱居詩話》

陳臺、杜默，預東平郡宴，太守請賦海棠詩，默云：『倚風莫怨唐工部，後裔寧知不解詩？』坐客歎服。《詩史》

『包彈』對『杜撰』爲甚的。包拯爲臺官，嚴毅不恕，朝列有過，必須彈擊，故言事無瑕疵者，曰『没包彈』。杜默爲詩，多不合律，故言事不合格者，爲『杜撰』。世言『杜撰』、『包彈』出此。然僕又觀俗有『杜田』、『杜園』之説。『杜』之云者，猶言『假』耳。如言自釀薄酒則曰『杜酒』，子美詩有『杜酒偏勞勸』之句。子美之意，蓋指杜康，意與事適相符合，有如此者，此正與『杜撰』之説同。《湘山野録》載盛文肅公撰《文節神道碑》，石參政中立急問曰：『誰撰？』盛卒曰：『度撰。』滿堂大笑。文肅在杜默之前，又知『杜撰』之説其來久矣。《野客叢書》

廖正一

宣和殘冬，予道由穎昌之汝墳，驛壁間得廖正一明略手題三詩，其一云：『阿憐二十頗有餘，秀眉豐頰冰瓊膚。無端欲作商人婦，更枉方尋海畔夫。』其二云：『阿梅笄歲得同歡，懊惱情深解夢蘭。鶯語輕清花裏活，柳條弱嫩掌中看。』其三云：『淮源距襄陽，驛傾逾十年。征鞍背繡帷，雲雨周四夜。雙豔盡傾城，一姝偏瘦借。獨怒蕙心輕，誤許商人嫁。』初不曉其意，是年至唐州外氏家，因與是詩，邦人任喻義可云：『頃年，明略與郡之二營妓往來，情好甚篤，其一小字「憐憐」，其一名「梅」，時憐憐爲大賈所納，明略既去，道過汝墳，作詩蓋有感也。』憐憐竟隨賈去，『方尋海畔夫』，用海上有逐臭之夫事譏之也。《墨莊漫録》

廖明略元祐中召試館職，蘇子瞻在翰林，見其所對策，大奇之，俄除正字。時黄、秦、晁、張，皆子瞻門下士，號『四學士』，子瞻待之厚，每來，必命侍妾朝雲取密雲龍，家人以此知之。一日，子瞻又取密雲龍，家人謂是四學士，窺之，乃明略來謝也。《郡齋讀書志》

蔡　肇

詩體如『八音歌』、『建除體』之類，古人賦詠多矣，用『十二神』爲詩者，始見于沈炯，山谷亦嘗效爲之。予友人莫之用，其祖戬，嘗以辯舌説賊，脱百人於死，意其後必昌，而之用乃貧不能以自存，天理殆難曉也。予嘗以此格作詩贈之云：『抱犬高眠已云足，更得牛衣省餘燠。起來敗絮擁懸鶉，誰羡龍髯織冰縠？踏翻菜園底用羊，從他春雷吼枯腸。擊鐘烹鼎莫渠愛，小苍自許猴葵香。半世饑寒孔移帶，鼠米占來身漸泰。吉雲神馬日匝三，

樗蒲肯作豬奴態。虎頭食肉何足誇，陰德由來報宜奢。丹竈功成無躍兔，玉函方秘緣青蛇。』《丹陽集》

蔡天啟初見荆公，以能暗誦韓文、《南山》詩，見知于荆公。大抵前輩如《上林》、《子虚》等賦，解嘲之類，往往能成誦，不特天啟也。今人能成誦此等者蓋少。《艇齋詩話》

《東皋雜録》云：荆公在鐘山興國寺，見一尼入寺，使蔡天啟集句嘲之云：『不住熏爐换好香，爲他人作嫁衣裳。因過竹院逢僧話，始覺空門氣味長。』又集句《詠百行池魚》云：『門前流水清粼粼，赤鯉騰出如有神。君欲釣魚須遠去，慎勿近前丞相嗔。』《苕溪漁隱叢話》

《雪浪齋日記》云：天啟詩：『城響濤頭入，江昏雨脚斜。』『柳間黄鳥路，波底白鷗天。』皆佳句。《松江》詩最奇，云：『斷蓬帆影天平入，夾鏡波光水倒流。』《苕溪漁隱叢話》

蔡天啟《從孫元忠乞猫》詩曰：『廚廪空虚鼠亦饑，終宵龁齧近秋帷。腐儒生計惟黄卷，乞取銜蟬與護持。』《墨莊漫録》

《東坡集》有《申王畫馬圖》詩，乃蔡天啟作，氣格有類東坡，世因誤收入，其後姑蘇居世英家刊《東坡前後集》，遂删去。今録之，云：『天寶諸王愛名馬，千金争致華軒下。當時不獨玉花驄，飛電流雲絶瀟灑。兩坊岐薛寧與申，憑陵内厩多清新。肉駿汗血盡龍種，紫袍玉帶真天人。驪山射獵包原隰，御前急召穿圍入。揚鞭一蹙破霜蹄，萬騎如風不能及。雁飛兔走驚弦開，翠華按轡從天回。五家錦繡徧山谷，百里烏珥遺塵埃。青騾蜀棧西超忽，高隼濃娥散荆棘。苜蓿連天鳥自飛，五陵佳氣春蕭瑟。』天啟復有《題李伯時所畫照夜白馬圖》詩云：『天上房星不下來，連山芻粟飽駑駘。龍姿逸駕飛騰盡，賴爾毫端力挽回。』《苕溪漁隱叢話》

夏畸道言：蔡天啟初見荆公，坐間偶言及盧仝《月蝕》詩，人鮮有誦得者，天啟誦之終篇，遂爲荆公所知。《直方詩話》

蔡天啟肇，嘗從王介甫游。一日，語及盧仝《月蝕》詩，辭語奇險，介甫曰：『人少有誦得者。』天啟立誦之，不遺一字。一日，又與介甫同泛舟，適見群凫數百，掠舟而過，介甫戲曰：『子能數之乎？』天啟一閲，即得其數。因遣人詢之放牧者，其數不差，可謂機警也。天啟紹聖元符間，爲中書舍人，坐嘗與元祐諸公游，遂遭斥不復用。嘗守睦州，到任《謝表》有曰：『城譙闃寂，一葉落而知秋。島嶼縈迴，二水合而成字。』復有詩曰：『疊嶂巧分丁字水，臘梅遲見二年花。』人謂能狀桐廬郡景物也。《庚溪詩話》

曾讜，孝序之子，元符中上書，論元符之政論，編入邪爲中等。後爲二蔡客，上書詆元祐，美崇寧政事，爲正論上等。後因陛對作聖語令進擢，又背京從卞，言章及之，遂貶丹陽閒居。嘗送新茶與蔡天啟，天啓于簡後批一詩云：『欲言正焙香全少，便道沙溪味卻嘉。

半正半邪誰可會？似君書疏正交加。』《侯鯖録》

蔡肇天啟久官京師日，有藪澤之思，常于尺素作平岡老木，極有清思。因授李伯時，令于餘地加遠水、歸雁，作扁舟以載天啟，及題小詩曰：『鴻雁歸時水拍天，平岡老木尚寒煙。付君餘地安漁艇，乞我寒江聽雨眠。』伯時嬾，不能竟，他日王漁之彦舟取去以示宗子，令戩即取筆點染，如詩中意。天啟見之，愛其佳。後天啟泛舟，宿横塘，遇雨，閉篷而卧，夜分不寢，聞歸雁聲，因復爲詩云：『平野風煙人夢思，殷勤作畫更題詩。扁舟卧聽横塘雨，恰遇江南歸雁時。』此畫後入貴家，予嘗見之，渺然有江湖之思。《墨莊漫録》

華鎮

華鎮，字安仁，會稽人，有《會稽覽古》詩。《鐵門限》云：王中令裔孫智永，善隸草，爲世所重。求者弗違，户外之人如市，所居限頻爲之毁，以鐵固定之，時號『鐵門限』。『真草千字文』，十九年成一千通，柳誠懸稱其書得家法。世傳右軍《蘭亭》真迹，弟子辨才尤加寶秘，貞觀中求之不得，至使蕭翼設奇而取之。山中父老，尚能道其遺事。『鐵限僧坊迹未移，千通真草了無遺。《蘭亭》墨迹何由見？衹説蕭郎奉使時。』《秦望山》云：秦始皇東廻，登高歷覽，刻石紀功，故曰『秦望』。『秦人兩世盡東游，輦輅曾臨到上頭。睫在眼前終不見，不知登望竟何求？』《樵風涇》云：鄭巨君弘采薪若耶山中，得仙人遺箭，歸之而獲便風之報，千載之下，朝暮不渝。『碧山重疊水溶溶，南北朝來旦暮風。巖壑會稽真勝絶，樵蘇猶是漢三公。』《城山》云：其山中卑四高，宛如城堞。吴伐越，次查浦，句踐保此拒吴，又名『越王城』。有佛眼泉、洗馬池，泉中産嘉魚。越拒吴時，吴意越之乏水，以鹽魚爲饋，越取雙魚答之，遂解圍去。『兵家制勝舊多門，贈答雍容亦解紛。緩報一雙文錦鯉，坐歸十萬水犀軍。』《雙筍石》云：在上虞縣釣臺山，高百餘丈，若人冕而對峙者。其巔有異花，每杜鵑啼時，開若霞錦，神宗崩，三年不榮；高宗崩，花忽變白；孝宗崩，三年若枯，既而復茂。『千尺相高卓翠珉，雨餘雲外露嶙峋。鼎湖龍去蒼髯斷，三載叢花不記春。』《放馬澗》云：在新昌縣，支道林放馬之所。或譏道人養馬不韻，答曰：『貧道賞其神駿。』『春草茸茸澗水清，路人猶記昔時名。金羈縱後雙蹄逸，想見風前蹀躞聲。』《虞國墅》云：在餘姚羅壁山，襟帶溪山，大勢具體金谷。郗太宰遍游諸境，棲情于此，每至良辰，携子游憩，後以司空臨郡，遂卜居之。『山列翠屏圍碧落，水流鳴管繞平田。郗家池館蘿蕪没，金谷形容自渺一作『宛』然。』《燕竹》云：越人以其燕來時出筍，因以爲名。『竹箭黄芽欲老時，杏梁日暖燕初歸。他林未聳千竿翠，此地先抽一握肥。』《孟橋》云：『橋南漢孟嘗宅也。溪上還珠太守家，小橋斜跨碧流沙。清風不共門墻改，長與寒泉起浪花。』傅崧卿云：『詞格清麗，興寄深遠，足以垂觀來者。』《會稽志》

陳瓘

陳文惠公《留題松陵》詩，其末有『秋風斜日鱸魚鄉』之句。屯田郎林肇爲吴江日，作亭江上，因以『鱸鄉』名之。了翁初至吴江簿，賦詩云：『中郎亭榭據江鄉，雅稱詩翁賦卒章。蓴菜鱸魚好時節，秋風斜日舊煙光。一杯有味功名小，萬事無心歲月長。安得便抛塵網去，釣舟閒繫畫闌旁。』筮仕之初，已無戀官職之意矣。《中吴紀聞》

陳瑩中謫合浦時，寄長沙覺範詩曰：『大士游方興盡回，家山風月絶纖埃。杖頭多少閒田地，挑取華嚴入嶺來。』《苕溪漁隱叢話》。宗祥案：此條《冷齋夜話》載之較詳，見下『覺範』條。

宣和壬寅，陳瑩中自南康謫所徙楚州，李景淵爲天台守，遣信致書，慰問安否。未至前一夕，夢作頌云：『静坐一川微雨，未辨雷音起處。夜深風作清寒，清曉月明歸去。』及答李書，因以寄之。是年寒食，陳下世。秋八月，李亦捐館，終于朝奉大夫直秘閣。《夷堅志》

沈偕

賈耘老隱苕城南横塘上，沈以詩遺之，《蟹》詩曰：『黄秔稻熟墜西風，肥入江南十月雄。横跪蹣跚鉗齒白，圓臍吸脇斗膏紅。虀須園老香研柚，羹藉庖丁細擘葱。分寄横塘溪上客，持螯莫放酒杯空。』賈得詩不樂，和韻詆之。沈得報怒曰：『吾聞賈多與郡將往還預政，言人短長，曾爲人所訟。吾以長上推之，乃鄙我若此！』復用韻報之，有『團雌還卻勝尖雄』之句。賈晚娶真氏，人謂『賈秀才取真縣君』以爲笑，沈所指爲此。賈尋悔之，而戲語已傳播矣。《齋東野語》

吴興東林沈偕，東老之子，家饒于財，少游京師，入上庠，好狎游。時蔡奴聲價，甲于都下。沈欲訪之，乃呼一賣珠人，于其門首茶肆中議價，再三不售，撤其珠于屋上。賣珠者窘甚，沈笑曰：『第隨我來，依汝所索還錢。』蔡于中簾中窺見，令取視之，珠也，大驚，惟恐其不來。後數日，乃詣之，其家喜相報曰：『前日撒珠郎至矣。』接之甚至。一日，携上樊樓，樓乃京師酒肆之甲，飲徒常千餘人，沈遍語在坐，皆令極量盡歡，至夜盡，爲還所直而去。于是豪侈之聲，滿三輔。既而擢第，盡買國子監書以歸。《齋東野語》

陳偁

陳君舉《題泉州萬安橋》詩曰：『跨海爲橋布石牢，那知直下壓靈鼇。基連島嶼規模壯，勢截淵潭氣象豪。鐵馬著行横絶漠，玉鯨張鬛露寒濤。縑圖已幸天顔照，應得元豐史筆褒。』泉州萬安橋，一名洛陽橋，嘉祐間，太守蔡君謨勸州民成此橋。元豐初，運使王公

嘗進畫本，天子嘉賞，故卒章及此。《方輿勝覽》

李昭玘

李昭玘有句云：『静疑多事非求福，老覺無心勝攝生。』《優古堂詩話》

前輩《詩話》稱李成季詩曰：『日邊雁帶臘寒去，雪裏梅將春信來。』以爲美，然唐人曹松《除夜》已嘗云：『半夜臘因風捲去，五更春被角吹來。』《優古堂詩話》

崇寧中，蔡京當國，欲洗邢恕誣謗宗廟之罪，既拔拭用之，又欲令立邊功以進身，于是以爲涇原經略使。遂謀用車戰法，及造舟五百艘，將直抵興靈，以空夏國。詔以付熙河漕臣李復。復長安人，久居兵間，習熟戎事，力上疏詆切之，予頃書之于《國史·恕列傳》中。比得上饒所刊《潏水集》，正復所爲文。得此兩奏，歎其能以區區外官，而排斥上相之客如此，恨史傳爲不詳盡，乃録于此。其《乞罷造戰車疏》云：『奉聖旨令，本司製造戰車三百兩。臣嘗覽載籍，古者師行，固嘗用車，蓋兵不妄動，征戰有禮，不爲詭遇，多在平原廣野，故車可以行。今盡在極邊，戎狄乘勢而來，雖鷙鳥飛翥，不如是之迅捷。下寨駐軍，各以保險爲利。其往也，車不及期。居而保險，車不能登。歸則虜多襲逐，争先奔趨，不暇回顧，車安能收？非若古昔于中國爲用。臣聞此議出于許彦圭，彦圭因姚麟而獻説，朝廷遂然之，不知彦圭劇爲輕妄。唐之房琯，嘗用車戰，大敗于陳濤斜，十萬義軍，無有脱者，畿邑平地且如此，況今欲用于峻阪溝谷之間乎？又戰車比常車闊六七寸，運不合轍，牽拽不行。昨來兵夫典賣衣物，自賃牛具，終日方進五七里，遂致兵夫逃亡，棄車于道，大爲諸路之患。今乞便行罷造，如别路已有造者，乞更不牽拽前來。』其《乞罷造船奏》云：『邢恕乞打造船五百隻，于黄河順流放下，至會州西小河内藏放。有旨專委臣監督，限一年了當。契勘本路只有船匠一人，須乞于荆、江、淮、浙和雇。又丁綫物料，亦非本路所出。觀恕奏請，實是兒戲，且造船五百隻，若自今工料並備，亦須數年。自蘭州駕放至會州，約三百里，北岸是敵境，豈可容易。會州之西小河，鹹水，其闊不及一丈，深止于一二尺，豈能藏船？黄河過會州入韋精山，石峽險窄，自上乘流直下，高數十尺，船豈可過？至西安州之東，大河分爲六七道，水淺灘磧，不勝舟載，一船所載，不過五馬、二十人，雖到興州，又何能爲？又不知幾月得到。此聲一出，必爲夏國侮笑，臣未敢便依旨揮擘畫，恐虚費錢物，終誤大事。』疏既上，徽宗察其言忠，遂罷二役。復字履中，爲關内名儒，官至中大夫集英殿修撰。李昭玘嘗贈詩云：『結交賴有紫髯翁，鶴骨嶄嶄爛修目。五言長城屹千丈，萬卷書樓聊一讀。』可知其人矣。《容齋四筆》

劉弇

吉水南華院，在山谷窮絶處，有白雲堂。劉偉明未第時，曾寓書、劍于此堂。有詩云：『紫翠浮浮奪晚昏，生涯谷汲與松焚。俗塵一點自應少，終日到門惟白雲。』又：『野興由來愜杖藜，層巒影裏見翬飛。虚堂一炷起凝碧，化作九天雲染衣。』《獨醒雜志》

《復齋漫録》云：劉偉明贈熊待制詩云：『西清寓直荷爲橐，在蜀宣風繡作衣。』蓋《南史・劉香傳》：『著紫荷橐』，事見《張安世傳》，持橐簪筆之意，而偉明乃以『荷』爲『芰荷』之荷，何耶？《苕溪漁隱叢話》

仵盤

仵艮翁絶句云：『太一峰前是我家，滿床書籍舊生涯。春城戀酒不歸去，老卻碧桃無限花。』或以此詩題酒樓，皆云是神仙，非也。《西溪叢語》

陳輔

王直方《詩話》云：丹陽陳輔，每歲清明過金陵上冢，事畢則過蔣山詣湖陰先生，歲率爲常。元豐辛酉、癸亥兩歲，訪之不遇，因題一絶于門云：『北山松粉未飄花，白下風輕麥脚斜。身似舊時王謝燕，一年一度到君家。』湖陰歸，見其詩，吟賞久之，稱于荆公。荆公笑曰：『此正戲君爲尋常百姓耳。』湖陰亦大笑。蓋古詩云：『舊時王謝堂前燕，飛入尋常百姓家。』《苕溪漁隱叢話》

《復齋漫録》云：王直方《詩話》記陳輔題湖陰先生壁詩云：『身似舊時王謝燕，一年一度到君家。』荆公見而笑曰：『此戲君爲尋常百姓耳。』然予觀山谷有詩答直方，《送並蒂牡丹》云：『不如王謝堂前燕，曾見新粧並倚欄。』若以荆公之言，則直方未免爲山谷所戲，正苦不自覺耳。《苕溪漁隱叢話》

劉　跂

《三國志》帝魏而卑吴、蜀，説者謂陳壽蜀人，仕屢見黜，父爲諸葛所髡，於劉氏君臣不能無憾而然。翁浦仲山作《蜀漢書》以矯之，游丞相亟稱其書，仲山亦求序于予。予觀其書大意是矣，但書後主爲安樂公，欲以著其不能負荷之罪，復翁書云：『後主不能負荷，史官自貶抑之可也，豈可因曹氏貶削之稱？』會仲山仙去，其論未竟。後得廬陵貢士蕭常所作《續後漢書》，大綱與仲山同，但蕭氏直書其名曰《續後漢》，仲山猶加『蜀』字耳。蕭書後主爲『少帝』，按後主嗣位二十五年而後播遷，歿時已六十五，似非少帝。周丞相爲蕭序此書，謂歐公議正統不黜魏，其客章望之著《明統論》以辨之。張南軒《經世紀年》，直以先主繼獻帝，而附魏、吴于下方，又引習鑿齒《漢晉春秋》，以蜀爲正，魏爲篡，考訂詳備，惜仲山游公，皆未之見。予亦近方見之。劉斯立《病中》詩云：『欲成蹇士賦，應作半人詩。』『半人』當是用習鑿齒事。《後村詩話》

劉斯立有絶句云：『麥隴漫漫宿稿黄，新苗寸寸未經霜。手中馬箠餘三尺，想見歸時如許長。』《能改齋漫録》

李太白詩云：『幾度雨來成惡熱，一番風過有新涼。』劉莘老子劉企，字斯立，《龍山寺》詩亦云：『急雨欲來先暑氣，涼風已過卻秋聲。』詩意雖同，然皆佳句。《優古堂詩話》

劉跂斯立，莘老丞相長子，賢而能文。建中靖國間，丞相追復，斯立以《啟》謝諸公云：『晚歲《離騷》，旋招魂于異域。平生精爽，猶見夢于故人。』《紫微詩話》

晁説之

崇寧初，晁以道居登封，滎陽公嘗寄詩云：『將謂清風全掃地，世間今復有盧鴻。』以道和詩云：『渭濱人老釣綸中，晚歲那知有早窮。顧我巖棲終作底，謾將病目送飛鴻。』《紫微詩話》

崇寧末，東萊公迎侍滎陽公，居真州船場。晁以道赴官明州，來訪公，留連數日而去，別後以詩寄公云：『鳳老不行食，子復將衆雛。一門三世行，名數文章俱。自可不富貴，天德公已餘。公乎默終日，誰言得親疏？人間亦何事，前賢重作書。公豈不窮愁，聊爲筆墨娱。掩卷長歎息，曷不巖廊與？卻慙小人計，不當君子居。可恨空江水，潮生明月初。捩柁讋北客，別去敢踟蹰。回首望丹穴，涕泣日漣如。』《紫微詩話》

陳叔易居陽翟澗上村，號『澗上丈人』，無仕宦意。崇、觀間，朝廷召之，郡守勸駕，不得已而起。晁以道時致仕居嵩山，有詩云：『處士誰人爲作牙？盡攜猨鶴到文華。從今林壑堪惆悵，六六峰前只一家。』而叔愈《過澗上丈人陳恬故居》詩云：『北山去已遠，南山去已近。驅車兩山間，舉策聊一問。昔有隱君子，出處頗矛盾。平生勇且剛，垂老畏而慎。』皆譏之也。後靖康間，以道亦起，而女弟四娘適唐氏者，頗復誚其出焉。《珊瑚鉤詩話》

唐秦系《和韋蘇州》詩，具銜云：『東海釣客試秘書省校書郎。』本朝陳恬叔易，隱陽翟澗上，號『澗上丈人』，大觀間，宋喬年諷監司薦于朝，起爲館閣，書疏中猶不去『丈人』之號。晁以道作詩譏之云：『東海一生垂釣客，石渠萬卷校書郎。丈人風味今如此，鶴到揚州興更長。』其後以道謁叔易于京師，有婢應門，嚴妝麗服，熟視之，乃故時澗上赤脚也，以道又作一絶云：『處士何人爲作牙？盡攜猨鶴到京華。故山巖壑應惆悵，六六峰前只一

家。』《風月堂詩話》

以道《排悶》詩曰：『鄜時來爲吏，多愁尚喜論。山川分漢郡，人物客羌村。老杜詩有羌村。宫廢神仙在，天清貳負昏。《山海經》『貳負之梏』在此。莫言無妙麗，土稺動金門。』陸放翁跋景迂此詩云：『鄜人善作土偶兒，精巧，雖都下莫及。宫禁及貴戚家，争以高價取之。喪亂隔絶，南人不復知，此句遂亦難解。可歎。』《風月堂詩話》

晁氏世居都下昭應坊，其家以元祐黨人及元符上書籍記，不許入國門者數人，以道其一也。鄭洛道中遇降羌，以道詩云：『沙場尺箠致羌渾，玉陛俱承雨露恩。自笑百年家鳳闕，一生腸斷國西門。』《老學庵筆記》

晁景迂贈田玘詩曰：『前世能歌田順郎，今生追悔太昌昌。戲泥巧盡群兒態，休憶小姑初倚床。』承平時，鄜州田氏作泥孩兒，名天下，態度無窮，一對至直十縑，一床至三十千。一床者，或五或七也。予家舊藏一對，卧者有小字云：『鄜州田玘製。』《老學庵筆記》

晁説之以道作《感事》詩云：『干戈難作墻東客，疾病猶存硯北身。』『墻東』，用王君公事，而『硯北身』，乃《漢上題襟集》段成式書云：『杯宴之餘，常居硯北。』蓋言几案南面，人坐硯之北也。《墨莊漫録》

晁丈以道言：劉斯立跂初登科，以賢稱，就亳州見劉貢父，所稱引皆劉所未知，于是始有意讀書。以道又言：少年讀書時，嘗鄙薄蔭補得官，以蔭補得官，不是作官。後從李德操游，德操更輕賤科名，議論高遠，方有意于爲學矣。《紫微詩話》

晁丈以道嘗以所爲《易解》示謝丈顯道，他日，顯道還其書，因批其後云：『事忙不及相難。』《紫微詩話》

以道嘗令子弟、門人學《易》，先治李鼎祚《集解》。或以語楊丈中立，中立問其故，其人曰：『以其集衆説。』楊丈笑曰：『集衆説不好者。』《紫微詩話》

晁以道贈予詩曰：『春去欣搜粟，秋來謾護軍。』以予勸率鄉人捐貲助國、及募河東兵赴援也。又曰：『《迷樓》賦就夢何處？《雙廟》詩成淚不孤。』以予嘗作是賦，陳古義以刺今，及作此詩，哀往事以傷時耳。又曰：『顧我何堪鳴玉佩，如君不得侍金華。』予乃戲之曰：『公鳴玉佩來幾何時耶？』蓋公元祐黨人之家，上書邪等，禁錮不得仕二十餘年，靖康中，始落致仕，爲中書舍人兼太子詹事，後得待制，已暮齡矣。《珊瑚鉤詩話》

東坡先生詩曰：『論畫以形似，見與兒童鄰。作詩必此詩，定知非詩人。』言畫貴神，詩貴韻也。然其言有偏，非至論也。晁以道和公詩云：『畫寫物外形，要物形不改。詩傳畫外意，貴有畫中態。』其論始爲定，蓋欲以補坡公之未備也。《升庵詩話》

諸晁酬和『柳』字韻詩，至三四反不困，蓋爲篇篇可觀。『世已乏知音，何勞問迭柳。』

尤爲工也。《觀林詩話》

《雪浪齋日記》云，晁以道詩云：『清霜下牛斗，凛然北固秋。』全似選詩。又有：『謝公樽俎煙霞外，庾信文章涕淚前。』極爲佳句。《苕溪漁隱叢話》

晁以道與其弟季比同應舉，以道獨拔解。時考試官葛某眇一目，以道戲作詩云：『没興主司逢葛八，賢弟被黜兄薦發。細思堪羨又堪嫌，一壁有眼一壁瞎。』《老學庵筆記》

故都里巷間人，言利之小者曰『八文十二』，謂『十』爲『諶』，蓋語急故以平聲呼之。白傅詩曰：『緑浪東西南北路，紅欄三百九十橋。』宋文安公《宫詞》曰：『三十六所春宫館，二月香風送管絃。』晁以道詩亦云：『煩君一日殷勤意，示我十年感遇詩。』則詩家亦以『十』爲『諶』矣。《老學庵筆記》

王直方《詩話》云：『曹輔，字子方，嘗爲省郎，交游間多以爲有智數者。故晁无咎贈詩，有「兵甲胸中無敵國」之語。』苕溪漁隱曰：予纂集《叢話》，歷覽群賢詩説，並無評議無咎者，止有此一句，不知當時群賢偶遺之耶？《苕溪漁隱叢話》

苕溪漁隱曰：予觀《雞肋集》，惟古樂府是其所長，辭格俊逸可喜。如《行路難》云：『贈君珊瑚夜光之角枕，玳瑁明月之雕床，一璽秋蟬之麗縠，百和更生之寶香。穠華紛紛白日暮，紅顔寂寂無留芳。人生失意十八九，君心美惡誰能量？願君虚懷廣末照，聽我一

曲關山長。不見班姬與陳后，寧聞衰落尚專房。』《苕溪漁隱叢話》

《復齋漫録》云：無咎評本朝樂章，不見諸集，今録于此。云：『世言柳耆卿曲俗，非也，如《八聲甘州》云：「漸霜風淒慘，關河冷落，殘照當樓。」此唐人語不滅高處矣。歐陽永叔《浣溪沙》云：「堤上游人逐畫船，拍堤春水四垂天，緑楊樓外出鞦韆。」更皆絶妙，然只一「出」字，自是後人道不到處。東坡詞，人謂多不諧音律，然居士詞横放傑出，自是曲中縛不住者。黄魯直間作小詞，固高妙，然不是當家語，自是着腔子唱好詩。晏元獻不蹈襲人語，而風調閒雅，如「舞低楊柳樓心月，歌盡桃花扇影風。」知此人不住三家村也。張子野與柳耆卿齊名，而時以子野不及耆卿，然子野韻高，是耆卿所乏處。近世以來，作者皆不及秦少游，如「斜陽外，寒鵶萬點，流水繞孤村。」雖不識字，亦知是天生好言語。』《苕溪漁隱叢話》

《東皐雜録》云：予昔爲太學生，暇日游西池，過道者院，池上壁間，見東坡題詩：『下馬逢佳客，携壺傍小池。清風亂荷葉，細雨出魚兒。井好能冰齒，茶甘不上眉。歸途更蕭瑟，真個解催詩。』後有諸公和，獨記無咎一聯，云：『雨園鳩逐婦，風徑燕將兒。』亦佳句也。《苕溪漁隱叢話》

許彦周《詩話》云：晁無咎在宗寧間，次李誠之長短句韻，以弔誠之曰：『射虎山邊尋舊迹，騎鯨海上追前約。便與江湖永相忘，還堪樂。』不獨用事的確，其措意高古，深悲而善怨似《離騷》，故特録之。《苕溪漁隱叢話》

晁無咎《和李秬雙頭牡丹》有云：『二喬新獲吴宫怯，雙隗初臨晉帳羞。月地故應相伴語，風前各是一般愁。』政和間，汴都平康之盛，而李師師、崔念月二妓名著一時，晁沖之叔用每會飲多召侑席。其後十許年，再來京師，二人尚在而聲名溢于中國，李生者門第尤峻。叔用追往昔，成二詩，以示江子我。其一云：『少年使酒來京華，縱步曾游小小家。看舞《霓裳羽衣曲》，聽歌《玉樹後庭花》。門侵楊柳垂珠箔，窗對櫻桃捲碧紗。坐客半驚隨逝水，吾人星散落天涯。』其二云：『春風踏月過章華，青鳥雙邀阿母家。繫馬柳低當户葉，迎人桃出隔墻花。鬢深釵暖雲侵臉，臂薄衫寒玉照紗。莫作一生惆悵事，鄰州不在海西涯。』靖康中，李生與同輩，趙元奴及築毬吹笛袁陶武震輩，例籍其家。李生流落來浙中，士大夫猶邀之以聽其歌，然憔悴無復向來之態矣。《墨莊漫録》

明尊，人皆用之。《淮南子》云：『聖人之道，猶中衢而致尊耶。』注云：『道通謂之衢。尊，酒器也。六尊爲衢尊，人絶未用。』晁無咎和東坡詩云：『一篇尚可三致意，聽人酌去如衢尊。』蓋用此也。《臆乘》

韓退之作《羅池廟碑迎饗送神》詩，蓋出於《離騷》。而晁无咎效之，作《楊府君碣系》

云：『范之山兮石水砥，木蕭蕭兮草靡靡。侯愛我邦兮歸萬里，山中人兮春復秋。日慘慘兮雲悠悠，侯壯長兮所居游。侯之來兮民喜，風飄帷兮雨霑几。鼓淵淵兮舞侯祀，紛進拜兮侯鄰里。侯不見兮德可思，侯行不來兮民心悲。謂侯飲食兮無去斯，福爾之土兮以慰民之思。』予謂雜之韓文中，豈復可辨耶？《珊瑚鉤詩話》

李芳儀，江南國主李景女也，納土後，在京師，初嫁供奉官孫某，爲武疆都監妻，生女皆爲遼中聖宗所獲，封芳儀，生公主一人。趙至忠虞部自北歸明，嘗仕遼爲翰林學士，修國史，著《虜庭雜記》載其事。時晁補之爲北都教官，覽其書而悲之，與顏復長道作《芳儀曲》云：『金陵宮殿春霏微，江南花發鷓鴣飛。風流國主家千口，十五吹簫粉黛稀。滿堂詩酒皆詞客，奪錦揮毫在瑶席。後庭一曲風景改，收淚臨江悲故國。令公獻籍朝未央，勅書築第優降王。魏俘曾不輸織室，供奉一官奔武疆。秦淮潮水鍾山樹，塞北江南易懷土。雙燕清秋夢柏梁，吹落天涯猶並羽。相隨未是斷腸悲，黄河應有卻還時。寧知翻手一朝事，咫尺河山不可期。倉皇三鼓滹沱岸，良人白馬今誰見？國亡家破一身存，薄命如雲信流轉。芳儀加我名字新，教歌遺舞不由人。採珠拾翠衣裳好，深紅暗盡驚胡塵。陰山射虎邊風急，嘈雜琵琶酒闌泣。無言數遍天河星，只有南箕近鄉邑。當年千指渡江來，千指不知身獨哀。中原骨肉又零落，黄鵠寄意何當回？生男自有四方志，女子那知出門事。君不見，李陵椎髻泣窮邊，丈夫漂泊猶堪憐。』江州廬山真風觀，李主有國日施財修之，刊姓氏于石，有太寧公主、永禧公主，皆李景女，不知芳儀者孰是也。《避暑漫鈔》

王直方立之父，名棫，家多侍兒，而小鬟素兒尤妍麗。王嘗以蠟梅花送晁無咎，以詩謝之，有句曰：『去年不見蠟梅開，準擬新年恰恰來。芳菲意淺姿容淺，憶得素兒如此梅。』《墨莊漫録》

李之儀

利州褒禪山相近，地名平痾鎮，湯泉温温可探，是朱砂湯。人傳昔有兩美人來浴，既去，異香郁郁，累日不散。端叔過浴池上作詩曰：『華清賜浴記當年，偶託荒山結勝緣。未必興衰異今昔，曾經天女卸金鈿。』《墨莊漫録》

揚州吕吉甫觀文宅，乃晉鎮西將軍謝仁祖宅也，在唐爲法雲寺，有雙檜存焉，猶當時物也。劉禹錫有詩云：『雙檜蒼然古貌奇，含煙吐霧鬱參差。晚依禪客當金殿，初對將軍映畫旗。龍篆界中成寶蓋，鴛鴦瓦上出高枝。長明燈是前朝焰，曾照青青年少時。』吉甫家居時，檜尚依然。李之儀端叔用夢得詩韻云：『故迹悲涼古木奇，勢分庭下蔚相差。霜根半露出林虎，畫影全舒破賊旗。寶界曾回鋪地色，節旄遠映插雲枝。劉郎風韻知誰敵，儒

帥端能表異時。』建炎兵火，樹遂亡矣。予後到鄉里，訪其遺迹不可得矣。《墨莊漫録》

端叔任許幕時，曾借范光禄麻師一《雪雀圖》，有詩曰：『圖中塵迹已冥冥，説著麻翁耳便醒。凍雀高低棲舞白，枯槎零亂倚寒青。欲憑妙手聊模寫，暫借遺蹤作典刑。老去未能忘著相，他年要伴草堂靈。』《過庭録》

東南之有蠟梅，蓋自近時始，予爲兒童時，猶未之見。元祐間，魯直諸公方有詩，前此未嘗有賦此詩者。政和間，李端叔在姑溪，元夕見之僧舍中，嘗作兩絶。其後篇云：『程氏園當足五天，千金争賞凭朱欄。莫因今日家家有，便作尋常兩等看。』觀端叔此詩，可知前日之未嘗有也。《竹坡詩話》

護聖楊老説：『被當令正方，則或坐或睡，更不須覓被頭。』此言大是。又云：『平旦粥後就枕，則粥在腹中，暖而宜睡，天下第一樂也。』予雖未之試，然覺其言之有味。後讀李端叔詩云：『粥後復就枕，夢中還在家。』則固有知之者矣。《老學庵筆記》

杜牧之作《還俗僧》詩云：『雪髮不長寸，秋寒力更微。獨尋一徑葉，猶挈衲殘衣。日暮千峰裏，不知何處歸？』此詩蓋會昌廢佛時所作也。又有《斫竹》詩，亦同時作，云：『寺廢竹色死，官家寧爾留。霜根漸隨斧，風玉尚敲秋。江南苦吟客，何處寄悠悠？』詞意凄愴，蓋憐之也。至李端叔《還俗道士》詩云：『聞道華陽客，儒衣謁紫微。舊山連藥賣，孤

鶴帶雲歸。柳市名猶在，桃源夢已稀。還家見鷗鳥，應愧背船飛。』此道士還俗，非不得已者，故直譏之耳。《老學庵筆記》

《封氏聞見録》云：海内温湯泉甚多，有新豐驪山湯，藍田石門湯，岐州鳳泉湯，同州北山湯，河南陸渾湯，汝州廣成湯，兗州乾封湯、邢州沙湯，凡八處，皆有温泉。《墨莊漫録》云：泉大熱而氣烈者，乃硫黄湯也。惟利州平痾鎮湯泉温和，手可探而不作臭氣，云是朱砂湯也，人傳昔有兩美人來浴，既去，異香馥郁，累日不散。李端叔過浴池上，作詩云：『華清賜浴憶當年，偶記荒山結勝緣。未必興衰異今昔，曾經美女卸金鈿。』予讀唐子西《温泉記》云：其下未必有硫黄，以爲水受性本然。按李賀有詩云：『華清宫中礜石湯』，以此推之，泉之温者，其下必有硫黄、礜石、朱砂之類。子西指以爲水受本然之性，其然？豈其然乎？《老學庵筆記》

李端叔有贈人二小詩，一云：『通中玉冷夢偏長，花影籠階月浸涼。挽斷羅巾留不住，覺來猶有去時香。』一云：『情隨榆莢不勝飄，心似楊花暖欲消。擬借瓊林大盈庫，約君孤注賭妖嬈。』蓋有所爲也。或云：是與當塗楊珠者，博者以勝彩累注數者，至乘敗者惟有畸零不累注數，謂之『孤注』，故端叔戲云。《墨莊漫録》

王鞏

蘇黄門子由薨于許下，王鞏定國作挽詞三首。其一云：『憶昔持風憲，防微意獨深。一時經國慮，千載愛君心。坤道存終始，乾綱正古今。當時人物盡，惆悵獨知音。』注云：『元祐中議册后，宣仁御文德殿發册，公語余密告吕丞相微仲。母后御前殿，兹不可啓。微仲明日留身，宣仁詔宫中本殿發册，時人無知者。』其二云：『已矣東門路，空悲未盡情。交親踰四紀，憂患共平生。此去音容隔，徒多涕淚横。蜀山千萬叠，何處是佳城？』注云：公前年寄書，約予至許田，曰：『有南齋翠竹滿軒，可與定國爲十日之飲。』此老年未盡之情也。其三云：『静者宜膺壽，胡爲忽夢楹？傷嗟見行路，優典識皇情。徒泣巴山路，終悲蜀道程。弟兄仁達意，千古各垂名。』注云：公與子瞻嘗泊巴江，夜雨，相約伴還蜀，竟不果歸。今子瞻葬汝，公歸眉山。王祥有言：『歸葬，仁也。留葬，達也。』右三詩，予在高郵于公之子處見其遺稿，因録之，皆當時事。今公之後邈然，《家集》不復存，惜其亡也，因附于此。《墨莊漫録》

王定國寄詩于東坡，答書云：『新詩篇篇皆奇，老拙此回真不及矣。窮人之具，輒欲交割與公。』魏道輔見而笑曰：『定國亦難作交代，只是且權攝耳。』《墨莊漫録》

王定國《蕭相樓》詩云：『廬杞姦邪四海憂，相君邦國自同休。分符朝去雲中闕，開府南來江上州。百尺樓高瞻故國，九華山色倚晴眸。定知直道傳千古，杜牧文章在上頭。』杜牧《池州重建蕭相樓記》：『蕭丞相復爲刺史時，樹樓于大廳西北隅，上藏九經書，下爲刺史便廳事，大曆十年乙卯建。會昌四年甲子，權刺史李方元具材，刺史杜牧命工，皆仍舊制。自初至再，凡七十一年。』《方輿勝覽》

張唐英

張唐英者，天覺丞相兄也，丞相少受學于唐英。唐英有史才，嘗作《宋名臣傳》、《蜀檮杌》行于代。熙寧元年春，以前御史服除還京朝，過洛，府尹同僚屬出賞花，皆不見，唐英題詩傳舍云：『先帝昭陵土未乾，又聞永厚葬衣冠。小臣有淚皆成血，忍向東風看牡丹。』尹聞之，遽遣書爲禮，卻而不受。蓋仁宗山陵初成，英宗厭代，賴唐英還朝，不得歸臺，不然，河南尹者不免矣。

張宗祥　纂輯　曹錦炎　整理

全宋詩話

第六册

卷五十至卷六十一

浙江大學出版社

本册目録

全宋詩話目録卷五十一……一三八六

全宋詩話卷五十三、五十四、五十五、五十六、五十七、五十八

全宋詩話目録卷五十

張商英　字天覺，號無盡居士，蜀之新津人，第進士。歷官左司諫、工部侍郎、尚書右僕射、中書侍郎，貶衡州，復官。卒贈少保，謚文忠。有《無盡集》。

陳體常

鄒浩　字志完，常州晉陵人，元豐五年進士。歷右正言，以諫立劉后謫新州。徽宗朝，遷吏部侍郎，再謫永州。大觀元年，復直龍圖閣。高宗贈寶文閣學士，謚曰忠。有《道鄉集》。

周邦彦　字美成，錢唐人，元豐中，獻《汴都賦》，召爲太學正。歷官徽猷閣待制提舉大晟府，出知順昌府，提舉洞霄宫。晚居明州，自號『清真居士』。有文集。

翟嗣宗　臨淮尉。

陳傳

魏泰　字道輔，襄陽人，曾布婦弟，有口無行。章惇爲相，欲官之，不就。有《臨漢隱居集》、《東軒筆録》、《隱居詩話》。

劉誼　字宜翁，長興人，第進士。元豐間，廣東、江西提舉常平，上疏論新法，勒停，隱茅山。

趙彦若　字元考，師民子，以父任將作監簿，歷官秘書監、禮部尚書、翰林學士，紹聖初，貶安遠軍節度副使，澧州安置。有集。

杜常　字正甫，衛州人，昭憲皇后族孫。元豐中，知鄆州、權發遣秦、鳳等路提刑、工部尚書。

黄夷仲　元豐中監察御史。

彭淵材　筠州人。

張勵　字深道，長樂人。神宗朝，官江淮制置發遣使。

王仲修　珪子，元豐中登第。官崇文院校書。

毛滂　字澤民，衢州人。歷官杭州法曹，知武康縣，守嘉禾。有《東堂集》。

盛次仲　元豐中翰林學士。

王仲甫　字明之，岐公從子，少年以詞賦登科。

蔡載　字天任，潤州人，肇弟。元豐中，晉陵簿，以薦，改承事郎。

薛昂　字肇明，錢唐人，元豐八年進士，附蔡京，仕至尚書左丞。靖康初，責徽州居住。

朱京　字世昌，南豐人，舉進士。歷官太常博士、國子司業。

全宋詩話卷五十

張商英

張無盡嘗和『山』字，云：『安得將相似仲山』，人疑之，以近人所常用皆『山甫』也。觀《後漢志》：『陽樊攢茅田。』服虔注云：『楚仲山所居。』又楊脩《答臨淄侯箋》：『仲山周旦之儔。』止稱『仲山』，何疑之有。黄常明《詩話》

張天覺《題睢陽五老圖》詩云：『德政調元向道間，天朝詔許實辭冠。丹心耿耿懸象魏，青史昭昭照玉桓。晚節友賢陽鳳暖，老年憂世谷駒寒。太平猶自存龜鑒，後進儀刑仰慕看。』《式古堂書考》

張天覺紹聖初，章子厚薦登言路，攻擊元祐諸賢，不遺餘力，至欲發温公、吕正獻公之墓。晚既免相，詩有『回看同列進，不覺寸心忙』之句。《揮麈前録》

商英雄辯詭譎，自謂得兜率悦之傳，天下號『相公禪』。《桐江集》

蓬州道士賈善翔，字鴻舉，能劇談，善琴嗜酒，士大夫喜與之游。東坡嘗過之，獻書問曰：『身如芭蕉，心如蓮花。百節疏通，萬竅玲瓏。來時一去，時八萬四千。』末云：『鴻舉下語。』賈答曰：『老道士這裏没許多般數。』張天覺跋其後云：『去時八萬四千，不知落在那邊？若不斬頭覓活，誰知措大參禪。』《東皋雜録》

杜甫《悲陳濤》詩云：『野曠天清無戰聲，四萬義軍同日死。』言房琯之敗也。琯臨敗猶持重，而中人邢延恩促戰，遂大敗，故甫深悲之。甫爲右拾遺，會琯罷相，上疏力救琯，肅宗大怒，詔三司推問，宰相張鎬救之，獲免。故《洗兵馬》云：『張公一生江海客，身長九尺鬚眉蒼。』蓋感其救己也。張無盡《孤憤吟》云：『房琯未相日，所談皆皋夔。一朝陳濤下，覆没十萬師。中原已紛潰，老杜尚嗟咨。』則老杜救琯之章，豈亦出于私情乎？《韻語陽秋》

李覯泰伯，江西人，作《非孟子書》，有高世之論，無盡讀其所作，《新成院記》詩云：『昔讀《盱川集》，嘗聞泰伯賢。新成文刻在，往事野僧傳。氣格終驚俗，光芒冷貫天。田翁不知價，祇得十千錢。』蓋僧云：『時以十千潤筆』耳。《觀林詩話》

張天覺既相，《謝表》有云：『十年去國，門前之雀可羅。一日歸朝，屋上之烏亦好。』徽宗親題于所御扇。然丁晉公詩固嘗云：『屋可占烏曾貴仕，門堪羅雀稱衰翁』矣。王元之《黄州上任謝表》云：『宣室鬼神之問，敢望生還。茂陵封禪之書，已期身後。』亦出于杜子美『竟無宣室召，徒有茂陵求』之語。前輩不以爲嫌者，蓋文勢事情，自須如此也。《優古堂詩話》

張無盡《題武昌靈竹寺》云：『孟宗泣竹筍冬生，豈是青青竹有情？影響主張非別物，人心但莫負幽明。』語雖淺近，然當于理。樂天云：『餘霞散成綺，別葉乍辭風』等語，麗矣，不過于嘲風雪，弄花草而已。故寄唐生詩云：『非求宮律高，不務文章奇。惟歌生民病，願得天子知。』《砦溪詩話》

《雪浪齋日記》云：無盡《會稽樓》詩云：『天連遠水三吴闊，人倚危樓萬象低。』又：『湖上青山一抹高，煙中草木細如毫。』語甚奇壯。《苕溪漁隱叢話》

苕溪漁隱曰：梅聖俞有《續金針詩格》，張天覺有《律詩格》，洪覺範有《禁臠》，此三書皆論詩也。聖俞《金針詩格》云：『詩有内外意，内意欲盡其理，外意欲盡其象。内外含蓄，方入詩格。如：「旌旗日暖龍蛇動，宫殿風微燕雀高。」「旌旗」喻號令；「日暖」喻明時；「龍蛇」喻君臣，言號令當明時，君所出，臣奉行也。「宫殿」喻朝廷；「風微」喻政教；「燕雀」喻小人，言朝廷政教才出，而小人向化，各得其所也。如「島嶼分諸國，星河共一天。」言明君理亂一統也。』天覺《律詩格辯・諷刺》云：『諷刺不可怒張，怒張則筋骨露矣。

若「廟堂生莽草，岩谷死伊周」之類也，未如「花濃春寺靜，竹細野池幽。」「花濃」喻媚臣秉政，「春寺」比國家；「竹細野池幽」，喻君子在野，未見用也。「沙鳥晴飛遠，漁人夜唱閒。」「沙鳥晴飛遠」，喻小人見用；「漁人」比君子，「夜」不明之象，言君子處昏亂朝廷而樂道也。「芳草有情皆礙馬，好雲無處不遮樓。」「芳草」比小人，「馬」喻勢利之輩；「雲」喻諂佞之臣，「樓」比鈞衡之地。若此之類，可謂言近而意深，不失風騷之體也。』其説數十，悉皆類此。覺範《禁臠》云：『杜子美詩言山間野外事，意在譏刺風俗。如三絶句曰：「楸樹馨香倚釣磯，斬新花蘂未應飛。」言後進暴貴可榮觀也。「不如醉裏風吹盡，可忍醒時雨打稀。」言其恩重材薄，眼見其零落，不若未受恩眷時，比天恩以雨多，故致花易壞也。「門外鸕鷀久不來，沙頭忽見眼相猜。」言貪利小人，畏君子之譏其短也。「自今已後知人意，一日須來一百回。」言君子蒙以養正，瑾瑜匿瑕，山藪藏疾，不發其惡，而小人未革面，諂諛不知愧耻也。「無數春笋滿林生，柴門密掩斷人行。會須上番看成竹，客至從嗔不出迎。」言惟守道爲歲寒也。前輩多法其意作之，如韓稚圭詩曰：「風定曉枝蝴蝶鬧，雨勻春圃桔槔閒。」又蔡持正詩曰：「風摇熟果時聞落，雨滴餘花亦自香。」以「雨」比天恩也，「桔槔」比宰相功業之就，已退閒矣，時公在相州；作「熟果」比大臣黜落，時公在安州。』覺範舊游天覺之門，宜其論詩之相似也。予謂論詩若此，皆非知詩者。善乎山谷之言曰：『彼喜穿鑿者，

棄其大旨，取其發興。于所遇林泉、人物，草木、魚蟲，以爲物物皆有所托，如世間商度隱語者，則詩委地矣。』《砦溪詩話》

陳體常

陳體常《答黄冕仲二書》，敘學佛之旨，深切著明。予嘗三復其言，歎其有理，恨未能盡行也。體常又有頌六首，今録二首。其一云：『密坐研窮有細微，到頭須是自忘機。應無祖佛能超越，豈有冤親更順違。歷歷孤明猶認影，巍巍獨露尚披衣。翻嗟會得昭靈者，也道尋師不肯歸。』其二云：『個中端的有誰知？知者歸來到者稀。即見即聞還錯會，離聲離色轉乖違。山青水緑明玄旨，鶴唳猿啼顯妙機。有意覓渠終不遇，無心到處盡逢伊。』《冷齋夜話》

鄒浩

龔彦和謫化州，持不殺戒，日夜禮佛，對客蟣蝨滿衣領，不恤也。鄒志完嘲曰：『衣領從教蝨子緑，夜深拜得薦兒穿。道鄉活計君知否？饑即須湌困即眠。』《冷齋夜話》

陳瑩中北歸，過南昌，言鄒志完在韶州極精進，閉門誦《華嚴經》，舍利生袖間，此真入信位。日誦《華嚴》于觀音像前，有修竹三根，生像之後，志完揭茅出之，不可，乃垂枝覆像，如世所畫寶陀巖竹，今猶無恙。韶人扃鎖之，以爲過客游觀。北還，至永州淡山巖。有馴狐，凡貴客至則鳴。志完將至而狐輒鳴，寺僧出迎。志完怪之，僧以狐鳴爲言。志完作詩曰：『我入幽巖亦偶然，初無消息與人傳。馴狐戲學仙伽客，一夜飛鳴報老禪。』《苕溪漁隱叢話》

仲殊長老喜食蜜，崇寧中，忽上堂辭衆，閉門自縊死，及火化，舍利不可勝計。鄒忠公爲作詩云：『逆行天莫測，雉作瀆中經。漚滅風前質，蓮開火後形。鉢盂殘蜜白，爐篆冷煙青。空有誰家曲，人間得細聽。』末句謂其工于樂府也。《老學庵筆記》

鄒志全貶昭，陳瑩中貶廉，間以長短句相諧樂。『有個胡兒模樣別，滿頷髭鬚生得渾如漆。見説近來頭也白，髭鬚那得長長黑？』志全句『籥子摘來，須有千堆雪。莫向細君容易説，恐他嫌你將伊摘。』此瑩中語，謂志全之長髯也。『有個頭陀修苦行，頭上頭髮毵毵。身披一副黲裙衫，緊纏雙脚，苦苦要游南。聞説度牒朝久到，並除頷下髭髯。鉢中無粥住無庵，摩登伽處，只恐卻重參。』此志全語，謂瑩中之多欲也。廣陵馬推官，往來二公間，亦嘗以詩詞贈之。『有才何事老青衫，十載低徊北斗南。肯伴雪髯千日醉，此心真與古人參。今見故人今幾年，年來風物尚依然。遥知閒望登臨處，極目登臨萬里天。』志全語也。

『一尊薄酒，滿酌勸君君舉手。不是親朋，誰肯相從寂寞濱？人生似夢，夢裏惺惺何處用？盞到休辭，醉後全勝未醉時。』瑩中語也。初，志全自元符間貶新州，徽宗即位，以中書舍人召。未幾，謫零陵別駕，龍水安置。未幾，徙昭焉。《苕溪漁隱叢話》

周邦彦

周美成邦彦元豐初以太學生進《汴都賦》，神宗命之以官，除太學録，其後流落不偶，浮沉州縣三十餘年。蔡元長用事，美成獻生日詩，略云：『化行禹貢山川内，人在周公禮樂中。』元長大喜，即以秘書少監召，又復薦之。《揮麈録》

《西清詩話》記周邦彦祝壽詩：『化行禹貢山川外，人在周公禮樂中。』予以爲此乃模寫東坡《刁景純藏春塢》詩：『年抛造物甄陶外，春在先生杖履中』是也。《優古堂詩話》

漂水縣南，有羊角哀左伯桃墓。元祐中，美成爲縣令，過而作詩曰：『古交久淪喪，末世尤反覆。谷風歌焚輪，黄鳥譬伐木。永懷羊與左，重義踰血屬。客行干楚王，冬雪無斗粟。傾糧活一士，誓不俱死辱。風雲爲慘變，鳥獸同躑躅。角哀哭前途，伯桃槁空谷。終乘大夫車，千騎下棺櫝。子長何所疑？舊史刊不録。獨行貴苟難，義俠輕殺戮。雖云匪中制，要可興薄俗。荒墳鄰萬鬼，溘死皆碌碌。何事荆將軍，摻戈相窘逐？』《景定建康志》

周美成《曝日》詩云：『冬曦如村釀，奇温止須臾。行行正須此，戀戀忽已無。』《齋東野語》

永樂城陷，王湛、曲真夜縋以出。真持木爲兵，且走且敵，前陷大澤中，顧其旁有馬而白，暫上馳去，五鼓達米脂城，因以得脱。真名其馬爲『天賜白』。蔡天啓得其事于西人，邀予同賦。詩曰：『君不見，書生鎸羌勒兵入，羌來薄城束練急。蠟丸飛出辭大家，帳下健兒紛雨泣。鑿沙到石終無水，擾擾萬人如渴蟻。挽絙竊出兩將軍，虜箭隨來風掠耳。道傍神馬白雪毛，噤口不嘶深夜逃。忽聞漢語米脂下，黑霧壓城風怒號。脱身歸來對刀筆，短衣射虎朝朝出。自椎雜寶塗箭創，心折骨驚如昨日。穀城魯公天下雄，陰陵一跌兵力窮。檥舟不渡謝亭長，有何面目歸江東？將軍偶生名已弱，鐵花暗澀龍文鍔。縞帳肥芻酬馬恩，閒望旄頭向西落。』《藏一話腴》

周邦彦，字美成，自號清真，二百年來，以《樂府》獨步。貴人、學士、市儂、妓女，皆知美成詞爲可愛。至于詩歌，自經、史中流出，當時以詩名家如晁、張，皆自歎以爲不及。《藏一話腴》

翟嗣宗

翟嗣宗尉臨淮，頗爲監司所窘，遂于臨淮館驛題詩，其《序》云：『偶見蜘蛛，因成四韻。』『織絲來往疾如梭，長愛騰空作網羅。害物身心雖甚小，漫天綱紀亦無多。林間宿鳥應嫌汝，簾下飛蛾亦懼他。莫學螳螂捕蟬勇，須知黄雀奈君何。』林子中時爲發運，過而見之，召而誚責，且戒以『毋爲浮薄』，因薦之于朝。《復齋漫録》

陳　傳

元豐中，交趾李乾德陷邕、廉州，詔郭逵討之，遂復邕州，進次富良江，又破之，獲賊將洪真太子者，于是乾德議降。而逵以重兵壓富良江，與交人止一水之隔。吴冲卿丞相忌其成功，堂帖令班師，逵逗遛不進，交人大入，全軍皆覆，逵坐貶秩。當時詩人陳傳作《佐郎將》云：『林中生致佐郎將，名王頭顱十四五。乾德可禽嗟不謀，同惡相濟能包羞。降書冉冉過中洲，中軍傳呼笑點頭。鑾首算成勿藥喜，君臣稱觴弭多壘。元戎凱旋隔天水，夜經桄榔趨決里。驅將十萬人性命，换得交州數張紙。』《揮麈後録》

魏　泰

熙寧中，河東、河北、陝西大饑，百姓流移，于京西就食。鄭俠監安上門，遂畫流民圖，及疏言時政之失，遂坐流竄。而中丞鄧綰知諫院，鄧潤甫言：『王安國嘗借俠奏稿觀之，有奬成之言。』意在非毁其兄，坐此放歸田里。逾年起爲大理丞，監真州糧料院，不赴而卒。予嘗爲挽詞，頗道其事。詞曰：『海内文章傑，朝廷亮直聞。黄瓊起處士，子夏遽修文。貝錦生遷怒，江湖久離群。傷心王佐略，不得致華勳。』《東軒筆録》

黄庭堅喜作詩得名，好用南朝人語，專求古人未使之事。又一二奇字，綴葺而成詩，自以爲工。其實所見之僻也，故句雖新奇，而氣乏渾厚。吾嘗作詩題其《編》後，其略云：『端求古人遺，琢抉手不停。方其拾機羽，往往失鵬鯨。』蓋謂是也。《隱居詩話》

《桐江詩話》云：魏道輔泰，襄陽人，元祐名士也，與王介甫兄弟最相厚。僕初以謂有隱德不仕，及試院中，因上請主文。道輔恃才豪縱，不能忍一時之忿，毆主文幾死，坐是不許取應。嘗有《别張天覺》詩云：『秋風十驛望台星，想見冰壺照坐清。零雨已回公旦駕，挽鬚聊聽野王箏。三朝元老心方壯，四海蒼生耳已傾。白髮故人來一别，卻歸林下看昇平。』詩律峻峭，今人不可及也。《苕溪漁隱叢話》

潘子真《詩話》云：道輔少與徐忠愍及山谷老人友善，博極群書，尤能談朝野可喜事，亹亹終日。作詩自成一家，有《集》二十卷，號『漢上丈人』，其間有『博山燒沉水，煙燼氣不滅。日暮向門前，楊花散成雪。』不減江左詩人語。

秦少章詩：『燭花漸暗人初睡，金鴨無煙卻有香。』道輔詩云：『博山燒沉水，煙燼氣不

滅。日暮向門前，楊花散成雪。』與少章詩意同。《優古堂詩話》

劉　誼

劉宜翁《題黄山温泉》云：『山有靈砂泉色紅，滌除身垢信成功。不除心上無明業，只與山間泉水同。』《曲洧舊聞》

劉宜翁元豐間任廣東、江西提舉常平官，上疏論新法，勒停，隱于茅山。嘗作詩曰：『曾跨江西使者鞍，舊言才上便休官。三茅得夢全清瘦，頭髮鬅鬙布襖寬。』《西吴里語》

趙彦若

趙元考《端午帖子》云：『揚子江中方鑄鏡，未央宫裏更飛符。菱花欲共朱靈合，驗盡神姦又得無。』《容齋五筆》

杜　常

杜正甫《題華清宫》云：『東别家山十六程，曉來和月到華清。朝元閣上西風急，都入長楊作雨聲。』《夜雨晨霽》云：『柏葉青青櫟葉紅，高低相倚弄秋風。夜來雨後輕塵斂，繡出驪山嶺上宫。』《温泉》云：『已去開元四百年，此泉猶自響潺潺。也知不憤當時事，長作悲聲恨禄山。』《驪山》云：『漁陽烽燧起雲間，玉輦蒼黄下此山。何事君王自神武，區區南渡鹿頭關。』臨潼驪山華清宫，温泉在焉，中有萃玉屏，皆宋元及今人詩刻。内杜常詩四篇，前題：『權發遣秦鳳等路提點刑獄公事太常寺杜常』，後跋云：『正甫大寺自河北移使秦、鳳，元豐三年九月二十七日過華清，有詩四首，詞意高遠，氣格清古。邑人曹端儀既親且舊，因請副本，勒諸方石，以垂不朽。閏九月初一日，潁川杜詡記。』《河上楮談》

黄夷仲

元豐中，王闢之調博州高唐令，往别監察御史黄夷仲。夷仲口占一絶謔之云：『高唐不是那高唐，風物由來各異鄉。若向此中求薦枕，只應愁殺楚襄王。』此雖詼談，亦足以辨輿地之殊也。《山東通志》

彭淵材

前輩作花詩，多用美女比其狀。如曰：『若教解語應傾國，任是無情也動人。』陳俗哉。山谷作《酴醿》詩曰：『露濕何郎試湯餅，日烘荀令炷爐香。』乃用美丈夫比之，特若出類。

而吾叔淵材作《海棠》又不然，曰：『雨過温泉浴妃子，露濃湯餅試何郎。』意尤工也。《冷齋夜話》

淵材迂闊好怪，嘗畜兩鶴，客至，指以誇曰：『此仙禽也。凡禽卵生，而此胎生。』語未卒，園丁報曰：『此鶴夜産一卵，大如梨。』淵材面發赤，訶曰：『敢謗鶴也。』卒去，鶴輒兩展其脛伏地，淵材訝之，以仗驚使起，忽誕一卵。淵材嗟咨曰：『鶴亦敗道，吾乃爲劉禹錫佳話所誤，自今除佛、老子、孔子之語，餘皆勘驗。』予曰：『淵材自信之力，然讀《相鶴經》未熟耳。』又嘗曰：『平生無所恨，所恨者五事耳。』又問其故，淵材斂目不言，久之，曰：『吾論不入時聽，恐汝曹輕易之。』問者力請説，仍答曰：『第一恨鰣魚多骨，二恨金橘太酸，三恨蓴菜性冷，四恨海棠無香，五恨曾子固不能作詩。』聞者大笑，而淵材瞠目答曰：『諸子果輕易吾論也！』《冷齋夜話》

紹聖初，曾子宣在西府，淵材往謁之，論邊事，極言官軍不可用，用士爲良，子宣喜之。既罷，與予過興國寺河上食素分茶，甚美，將畢，問奴楊照取錢，奴曰：『忘持錢來，奈何？』淵材色窘，予戲曰：『兵計將安出？』淵材以手捋鬚良久，目予趨自後門出，若將便旋然。予追逐，淵材以手拿帽，褰衣走如飛。予與奴楊照追逐至二相公廟，淵材乃敢回顧喘立，面無人色，曰：『編虎頭，撩虎鬚，幾不免于虎口哉。』予又戲曰：『在兵法何如？』淵才曰：

『三十六計，走爲上計。』《冷齋夜話》

張勵

張公翊《清溪圖》，畫池陽清溪也。郭功甫題五絶句，有『惟欠子瞻詩』之語，遂求東坡爲賦《清溪詞》。蘇公復令某示秦少游，寫小杜《弄水亭》詩。其後自元豐以來，諸賢題詠甚多，真迹在金華智者寺草堂。蓋宋季王偘元敬使君得之，易世後，其家以售于寺。坡公作詞之後，有長樂張勵深道長句，仿佛蘇體，亦佳：『九華鬱兮江南山，清溪下兮貫山間。江北鶩兮溪東旋，濁湯湯兮清漫漫。山幾轉兮水幾盤，近交臂兮遠連環。泱天末兮浮雲端，齊之山兮秋之浦。景晦明兮氣呑吐，草木蓊兮媚林莽。繡屏張兮翠綃舞，深窈窕兮幽掩隖。雨吟猿兮風嘯虎，下梟雁兮泳魴鱮。商之檣兮漁之罟，互出没兮更散聚。樵有舍兮梵有宇，雲巖阿兮棘樊圃。翚連甍兮岸之滸，弄潺湲兮棹容與。中横绝兮梁爲渡，隱孤城兮其西去。春之朝兮秋之夕，風既清兮月又白。遐矯首兮俯陳迹，携佳人兮不可得。空遠望兮中感百，思悠悠兮情惻惻。悵興亡兮懷今昔，獨兹溪兮無終極。嗟夫人兮擺塵滓，遥徜徉兮玩雲水。移山川兮置窗几，手舒卷兮千萬里。軿余車兮秣余馬，往其從兮山之下。枻吾舟兮泛清瀉，樂魚鳥兮放林野。顧未適兮胡爲者，聊寓言兮公墨畫。』勵嘗爲江淮制置發運使，名字見王明清《揮塵録》。吾鄉時天彝復作後詞，自謂：『非敢僭追老仙，聊自寄其耿耿，』併録于此：『予悲時俗之汩汙兮，欲往睨乎鴻蒙。托剛風而上浮兮，恐毳羽之不豐。乃有啟予以幽狀兮，繚陘峴其逶遲。斂千嶂于掌握兮，裒百派于一卮。修梁横絶兮，平漲淼瀰。重巒迴複兮，衆漁四來。突空明兮，卧鮮瀲。予精壯而神注兮，若有聆其弩音。願自致于其間兮，嗟道里之邈綿。萃埃塩其壓頂兮，忽不料其凋年。懷庚白而莫見兮，訪杜子其迹遼。雖枯骴之潰蝕兮，尚想見其宏標。託孤嘯于煙月兮，委逸才于篇翰。徒飛揚于迮地兮，孰知得志之爲憾。遺佔畢于來世兮，徒組藻之可尋。謂厥智之殫此兮，非彼昊疇與明。方擎嵩且挾華兮，超東海而控搏。何有九華之韶麗兮，孰眷秋浦之淙潺。顧熾陽之黧皺兮，望茂樹而少休。固知其異于高甍兮，聊以給俄頃之淺謀。後二子數百祺兮，宛勝踐其猶白。孰使予鬱邑而侘傺兮，古與今如一丘之貉。惟宇宙之曠大兮，舍夫人其誰整？何夫人之足悲兮，恐帝監之未審。予誠非其任兮，背膺胖以紆軫。因幽狀之臨睫兮，獨默默而深省。』《吴禮部詩話》

王仲修

岐國公王珪，在元豐中爲丞相。父準曾，祖贄，曾祖景圖，皆登進士第。其子仲修，元豐中登第。公有詩云：『三朝遇主惟文翰，十榜傳家有姓名。』注云：『自太平興國以來，四世凡十榜登科。』後侄仲原子耆、仲孜子昂，相繼登科，昂又魁天下，本朝六世登第者，與晁文元二家，而晁一世賜出身也。崇寧四年，耆初及第，仲修作詩慶之曰：『錫宴便傾光禄酒，賜袍還照上林花。衣冠盛事堪書日，六世詞科只一家。』《雞肋編》

毛滂

毛澤民受知曾文肅，擢置館閣。文肅南遷，坐黨與得罪，流落久之。蔡元度鎮潤州，與澤民俱臨川王氏婿，澤民傾心事之。一日家集，觀池中鴛鴦，元度席上賦詩云：『莫學饑鷹飽便飛。』澤民和呈曰：『貪戀恩波未肯飛。』元度夫人笑曰：『豈非適從曾相公池中飛過來者乎？』澤民大慚。《揮麈後録》

毛澤民有《禱雨》句云：『百里飽看紅穲稏，一杯輕愧黑蜿蜒。』《湘煙録》

盛次仲

盛學士次仲，孔舍人平仲，同在館中。雪夜論詩，平仲曰：『當作不經人道語。』曰：『斜拖闕角龍千丈，澹抹墻腰月半稜。』坐客皆稱絶。次仲曰：『句甚佳，惜其未大。』乃

云：『看來天地不知夜，飛入園林總是春。』平仲服其工。《冷齋夜話》。又見《北夢瑣言》

王仲甫

古《樂府》云：『藳砧今何在』，言『夫』也；『山上復有山』，言『出』也；『何當大刀頭，破鏡飛上天。』言月半當還也。王明之在姑蘇，有所愛，比至京師，爲岐公丞相强留之，逾時，作詩云：『黄金零落大刀頭，玉箸歸期畫到秋。紅錦寄魚風逆浪，碧簫吹鳳月當樓。伯勞知我經春别，香蠟窺人一夜愁。好去渡江千里夢，滿天梅雨是蘇州。』此詩之巧可傳也。《彦周詩話》

仲甫風流翰墨，名著一時，其殁也，丁永州、汪葆光祭之。有云：『爽秀豪拔，出于天資。談經詠史，博識周知。文華自得，不務競時。古格近體，率意一揮。金玉鏘揚，組繡陸離。世俗所得，特其歌辭。生習華貴，不見艱巇。徘徊鵷閣，出入鳳池。乘興南游，曠達不羈。朝賞夕宴，選勝搜奇。擺脱冠裳，卻去輪蹄。不驚榮辱，不競是非。擾擾萬緒，付于一卮。頽然終日，去智忘機。』《中吴紀聞》

蔡載

錢仲仲大夫，于錫山所居漆塘村作四亭。自其先人已有卜築之意，而不克就，故名曰『遂初』；先壠在其上，名曰『望雲』；種桃數百千株，名曰『芳美』；鑿地湧泉，或以爲與惠山泉同味，名曰『通惠』。求詩于一時名流，自葛魯卿、汪彦章、孫仲益既各極其妙，而母舅蔡載天任四絶獨擅場。《遂初亭》曰：『結廬傍林泉，偶與初心期。佳處時自領，未應魚鳥知。』《望雲亭》曰：『白雲來何時？英英冠山椒。西風莫吹去，使我心摇摇。』《芳美亭》曰：『高人不惜地，自種無邊春。莫隨流水去，恐汙世間塵。』《通惠亭》曰：『水行天地間，萬派同一指。胡爲穿石來？要洗巢由耳。』四篇既出，諸公皆自以爲弗及也。吴傅朋游絲書，賦詩者以百數，汪彦章五言數十句，多用翰墨故事，固已超拔，而劉子翬彦沖《古風》一篇，蓋爲絶唱。其辭云：『圓清無瑕二三月，時見游絲轉空闊。誰人寫此一段奇？著紙春風吹不脱。紛紜糾結疑非書，安得龍蛇如許臞？神蹤政喜縈不斷，老眼只愁看若無。定知苗裔出飛白，古人妙處君潛得。勿輕漠漠一縷浮，力道可挂千鈞石。眷予弟兄情不忘，軸之遠寄悠然堂。謝公遺髯凛若活，衛后落鬢摇人光。翻思長安夜飛蓋，醉哦聲落南山外。亂離契闊四十秋，筆意與人俱老大。政成著脚明河津，外家風流今絶倫。文章固自有機杼，戲事豈足勞心神。』此章尤爲馳騁痛快，且卒章含譏諷，正中傳朋之癖。予少時見二公所作，殊敬愛之，至今五十年，尚能記憶。懼其益久而不傳，故紀于此。《容齋三筆》

薛　昂

薛昂《賦蔡京君臣慶會閣》詩云：『逢時可謂真千載，拜賜應須更萬回。』時人謂之『薛萬回』。賈秋壑柄國時，浙漕朱浚深源每有劄子禀事，必稱『某萬拜覆』，時人謂之『朱萬拜』。深源，晦翁曾孫也，惜哉。《姑蘇筆記》

荆公在鍾山下棊，薛門下昂與焉，賭《梅花》詩一首，昂敗而不善詩，荆公爲代作，今《集》中所謂『薛秀才』者是也。薛既宦達，出知金陵，或者嘲以詩曰：『好笑當年薛乞兒，荆公坐上賭梅詩。而今又向江東去，奉勸先生莫下棋。』薛書名似『丐』字，故人有『乞兒』之諭。《能改齋漫録》

朱　京

朱世昌《祥光寺》詩曰：『山寺藏遺刻，塵埃字半昏。空揮峴首淚，誰起謝公門？白石千年像，蒼頭五世孫。他年想陳迹，卜築向雲根。』《西江詩話》

全宋詩話目録卷五十一

俞紫芝　字秀老，金華人，流寓揚州。少有高行，游荆公之門。有詩名《敝帚集》。弟清老，名澹，志操修潔，頗使酒。

王邦憲

王復　洛人，鄉貢進士，官典郡正郎。

饒竦　臨川人。

龍太初

顔幾　字幾聖，錢唐人。

劉季孫　字景文，侍中平子。以左藏庫副使爲两浙兵馬都監，蘇軾薦，除知隰州，仕至文思副使。有《集》。

賈收　字芸老，烏程人，有詩名。李公擇、蘇東坡與之游，倡酬極多。蘇去，作亭名『懷蘇』。有詩一編，號《懷蘇集》。

舒焕　字堯文，徐州教授。

許仲蔚　字子均，仕杭新城令。

何去非　字正臣，浦城人。累舉對策稱旨，授左班殿直武學博士，蘇軾薦，授承奉郎，仕至司農寺丞、通判廬州。有集。

何頡之　字斯舉，黄岡人。從蘇、黄學。

邵迎　高郵人，登進士。

朱炎

劉師川

劉賓　官至太傅。

朱適

侯穆　字清叔，汝陽人。

陳智夫　襄陽人。遇異人授吐納術，夢中多得佳句。

劉郛　青州推官。

王山　魏人。

王崇　字極之。

王禹錫

黄嗣徽

吕川　字、里不詳。吕吉甫知維揚日，賣詩于市。

張頌　字公美，潁昌人。

徐璹　字全父，少年登科，晚益流落，終武義縣主簿。

薛紹彭　字道祖，號翠微居士，長安人。定武帥薛向師正子，米芾書畫友。

王紘　字稚川，與黄山谷倡和。

蔣擴　字充之。

吕由庚　誨子。

鄭景望　湘山人，生元豐元祐間。有《蒙齋筆談》。

鄭周卿　襄邑人，知鄆州中都縣。

楊萬畢　字通一，洪州人。

史驤　字思遠。

令狐挺

閭欽受　官御史。

閻伯才

晁元忠

周式　成都人。

蘇文饒　官大監。

傅子容

鄭猶

史沆　早登第，坐事遷謫死。好詆訾人，世以凶人目之。

王子韶　字聖美，太原人，舉進士。歷官禮部員外郎、秘書監、集賢殿修撰，知明州。

陳純　字元樸，莆田人。

李廌　字方叔，陽翟人，受知蘇軾。軾知舉，竟不獲取，無成而卒。有《濟南集》。

全宋詩話卷五十一

俞紫芝

俞秀老紫芝詩，有云：『有時俗事不稱意，無限好山都上心。』雖峭，然中實人情也。《彥周詩話》

俞紫芝，字秀老，揚州人。少有高行，不娶，得浮圖心法，所至翛然，而工於作詩。王荆公居鐘山，秀老數相往來，尤愛重之，每見於詩，所謂『公詩何以解人愁？初日芙蓉映碧流。未怕元劉争獨步，不妨陶謝與同游』是也。秀老嘗有『夜深童子唤不起，猛虎一聲山月高』之句，尤爲荆公所賞，亟和云：『新詩比舊仍增峭，若許追攀莫太高。』秀老卒於元祐初，惜時無發明之者，不得與林和靖一流槩見於隱逸。其弟澹，字清老，亦不娶，滑稽善諧謔，洞曉音律，荆公亦善之，晚年作《漁家傲》等《樂府》數闋，每山行，即使澹歌之。然澹使酒好駡，不若秀老之恬静。一日，見公云：『我欲去爲浮圖，但貧無錢買祠部爾。』公欣然，爲置祠部。澮約日祝髮，既過期，寂無耗，公問其然，澮徐曰：『我思僧亦不易爲，公所贈祠部，已送酒家償舊債矣。』公爲之大笑。黄魯直嘗作三詩贈澮，其一云：『有客夢超俗，去髮脱塵冠。平明視清鏡，正爾良獨難。』蓋荆公事也。《石林詩話》

山谷云：『「一釣魚船上謝三郎，雙鬢已蒼蒼。沙衣未必清貴，不肯换金章。汀草畔，浦花旁，静鳴榔。自來好個漁父家，風一片瀟湘。」金華俞秀老作此篇，道人多傳之，非道意岑寂，其語不能如是。』苕溪漁隱曰：《傳燈録》云：『玄沙，福州閩縣人，姓謝氏。幼好垂釣，泛小艇于南臺江，狎諸漁者。年甫三十，忽慕出塵，乃棄釣艇，投芙蓉山訓禪師落髮。』用此事也。《苕溪漁隱叢話》

潘子真《詩話》云：俞紫芝，字秀老，喜作詩，人未知之，荆公愛焉，手寫其一聯『有時俗事不稱意，無限好山都上心』于所持扇，衆始異焉。弟清老，亦修潔可喜，俱從山谷游。山谷所書『釣魚船上謝三郎』一帖，石刻在金山寺，雞林每入貢，輒市模本數百以歸，亦秀老詞也。《苕溪漁隱叢話》

《冷齋夜話》云：荆公食宫使禄，居蔣山，時時往來白下門西庵草堂法雲，止以一黥挾蹇驢。門人乘間諷筍輿宜老者，公曰：『古之王公，至不道，未嘗以人代畜。』一日，與俞秀老至報寧，公方假寐，秀老私跨公驢入法雲，謁寶覺禪師。有頃，秀老至，公睡起，遣秀老下階曰：『爲士子乃敢盜跨吾驢！』秀老叩頭，願有以自贖。公徐曰：『罰《松聲》詩一首。』秀老立就，其詞極佳，山中之人忘之，予爲補曰：『萬壑摇蒼煙，百灘渡流水。下有跨驢人，蕭蕭吹凍耳。』《苕溪漁隱叢話》

七言絶句，唐人之作往往皆妙，頃時王荆公多喜爲之，極爲清婉，無以加焉。近人亦多佳句，其可喜者不可概舉。予每愛俞紫芝秀老《歲杪山中》云：『石亂雲深客到稀，鶴和殘雪在高枝。小軒日午貪濃睡，門外春風過不知。』舒亶信道《村居》云：『水遶陂田竹遶籬，榆錢落盡槿花稀。夕陽牛背無人卧，帶得寒鴉兩兩歸。』崔鶠德符《秋日即事》云：『秋草門前已没鞾，更無人過野人家。離離疏竹时聞雨，淡淡輕煙不隔花。』又《黄州道中》云：『莫愁微雨落輕雲，十里長亭未墊巾。流水小橋山下路，馬頭無處不逢春。』劉次莊中叟《桃花》云：『桃花雨過碎紅飛，半逐溪流半染泥。何處飛來雙燕子，一時銜在畫梁西。』僧如璧德操《偶成》云：『松下柴門晝不開，只有蝴蝶雙飛來。蜜蜂兩髀大如蠒，應是山前花又開。』吴可思道《病酒》云：『無聊病酒對殘春，簾幙重重更掩門。惡雨斜風花落盡，小樓人下欲黄昏。』又《春霽》云：『南國春光一半歸，杏花零落淡胭脂。新晴院宇寒猶在，曉絮欺風不肯飛。』趙士掞才孺《登天清閣》云：『夕陽低盡已西紅，百尺樓高萬里風。白髮年年何處得？只應多在倚欄中。』李尉去言《春晚》云：『花瘦煙羸可奈何，不關渠事鳥聲和。無人掃地驚□□，分付輕紅上碧莎。』趙鯱之子雍《春日》云：『拂床欹枕晝初長，好夢驚回燕語忙。深竹有花人不見，直應風轉得幽香。』曾紆公袞《江樾軒書事》云：『卧聽灘聲淲淲流，冷風凄雨似深秋。江邊石上烏桕樹，一夜水長到梢頭。』胡直孺少汲《春日》云：『風雲吹絮柳飛花，睡起鈎簾日半斜。四海隨人雙燕子，相逢處處作生涯。』曾繹仲成《還家途中》云：『疏林殘嶺起昏鴉，臘盡行人喜近家。江北江南春信早，傍籬穿竹見梅花。』劉無極希顔《漾花池》云：『一池春水緑如苔，水上新紅取次開。閒倚東風看魚樂，動摇花片卻驚猜。』王銍性之《山村》云：『家依溪口破殘村，身伴渡頭零落雲。更向空山拾黄葉，姓名那有世人聞。』陳與義去非《秋夜》云：『中庭淡月照三更，白露洗空河漢明。莫遣西風吹葉落，只愁無處着秋聲。』如此之類甚多，不愧前人。《墨莊漫録》

俞秀老《詠草》云：『滿目芊芊野渡頭，不知若個解忘憂？細隨緑水侵離館，遠帶斜陽過別洲。金谷園中荒映月，石頭城下碧連秋。行人悵望王孫去，買斷金釵十二愁。』《歲杪山中》云：『石亂雲深客到稀，鶴和殘雪在高枝。小軒日午貪濃睡，門外春風過不知。』《墨莊漫録》

秀老句曰：『莫怪野人經宿住，白蘋霜落蟹螯肥。』《蟹略》

王邦憲

維揚之擾，衣冠皆南渡，王邦憲客宛陵，與其鄉人相遇，作集句云：『揚子江頭楊柳春，衣冠南渡多崩奔。柳條弄色不忍見，東西南北更堪論。誰謂他鄉各異縣？豈知流落復相見。青春作伴好還鄉，爲問淮南米貴賤。』其敘事有情致，爲可喜，近時集句所無也。《竹坡詩話》

王　復

王復《題洛陽大字院》句云：『早秋蟬有信，多雨暑無權。』《明道雜志》

饒　餗

饒竦，臨川人，下第，投荆公一絶云：『又還垂翅下丹霄，歸指臨川去路遥。二頃荒田都賣卻，要錢準備納青苗。』《豫章詩話》

撫人饒餗者，馳辨逞才，素捭闔于都下。熙寧初，免解到闕，因又失意，當朝廷始立青苗，方沮議交上，大丞相閉閤不視事之際，生將出關，以詩投相閤曰：『又還垂翅下煙霄，歸指臨川去路遥。二畝荒田須賣卻，要錢準備納青苗。』丞相亦以十千賫之。生少與劉史館相公沖之有素，時劉相館職知衡州，生假道封下，因謁之。公睹名紙，已蹙額不悦，生趨前亟曰：『某此行有少急幹，不可暫緩。行李已出南關，又不敢望旌麾潛過，須一拜見，但乞一飯而去。』公既聞不肯少留，遂開懷待之，問曰：『途中無闕否？』生曰：『並無，惟乏好酒耳。』遂贈佳釀一擔，拜别鞭馬遂行，公頗幸其去。至耒陽，密覘其令，譽不甚謹，遽謁之曰：『知郡學士甚託致意，有雙壺，乃兵厨精醖，仗某携至奉贈，請具書謝之。』其令聞以書爲謝，必非誑詐，又幸其以酒令故人送至，其勢可持，大喜之，急戒刻木，數刻間醵金半鍰賞之，瞽然遂去。後數日，劉公得謝醖書方寤，寤已噬臍矣。又一歲，下第出京，庇巨商厚貨以免征算，自撰除目一紙，盡宰輔兩禁及三路巨鎮，除拜遷移，皆近擬議。凡過關首謁局吏，坐定，遽曰：『還聞近日差除否？』仕人無不願聞者，曰：『某前數日聞瑣院，臨出京，在某官宅，恰見内探，録至遂行。』其間寧不少關親舊者，聞之無不願見，讀訖，即曰：『下第窮生，弊舟無一物，敢煩公吏略賜一檢。』其官皆曰：『豈煩如是。』言訖，拜辭，飄然遂行。凡藉此術下汴、淮，歷江、海，其關貨僅免二三千緡。苟移其用以濟大謀，遂爲妙策歟！《湘山野録》

龍太初

郭功父方與荆公坐，有一人展刺云：『詩人龍太初。』功父勃然曰：『相公前敢稱詩人！其不識去就如此。』荆公曰：『且請來相見。』既坐，功父曰：『賢道能作詩，能爲我賦乎？』太初曰：『甚好。』功父曰：『只從相公請個詩題。』時方有一老兵，以沙擦銅器，荆公曰：『可作《沙》詩。』太初不頃刻間誦曰：『茫茫黄出塞，漠漠白鋪汀。鳥去風平篆，潮回日射星。』功父閣筆，太初緣此名聞東南。予後于喬希聖家，見太初詩一軸，皆不及前所作。《直方詩話》

龍太初自稱『詩人』，謁介甫，坐中賦《沙》云：『鳥過風平篆，潮回日射星。』成於促迫，而切當如此。固宜詩人不復措辭，然皆有所據。韓公聯句云：『窯煙幕疏島，沙篆印迴平。』《詠月》云：『輝斜通壁練，彩碎射沙星。』《砦溪詩話》

顔幾

錢唐顔幾聖，俊偉不羈，性復嗜酒，無日不飲。東坡先生臨郡日，適當秋賦，幾于場中潛代一豪子劉生者，遂魁送，舉子致訟，下幾吏。久不得飲，密以詩付獄吏，送外間酒友，詩曰：『軀不靈身禍有胎，刀從林甫笑中來。憂惶囚繫二十日，辜負醺酣三百杯。病鶴雖甘低羽翼，罪龍尤欲望風雷。諸豪俱是知心友，誰遣尊罍向北開？』吏以呈坡，坡因緩其獄，會赦得免。一日，醉卧西湖寺中，起題壁云：『白日尊中短，青山枕上高。』不數日而卒。《春渚紀聞》

劉季孫

劉季孫初以左班殿直，監饒州酒。王荆公爲江東提刑，巡歷至饒，按酒務，始至聽事，見屏間有題小詩曰：『呢喃燕子語梁間，底事來驚夢裏閒。説與傍人應不解，杖藜携酒看芝山。』大稱賞之，問專知官誰所作，以季孫言，即召與之語，嘉歎陞車而去，不復問務事。既至傳舍，適郡學生持狀立庭下，請差官攝州學事，公判『監酒殿直』，一郡大驚，遂知名云。《石林詩話》

劉季孫，平之子，能作七字，家藏書數千卷，善用事。《送孔宗翰知揚州》詩有云：『詩書魯國真男子，鼓吹揚州作貴人。』多稱其精當。爲杭州鈐轄，子瞻作守，深知之。後嘗以詩寄子瞻云：『四海共知霜滿鬢，重陽曾插菊花無？』子瞻大喜，在潁州和季孫詩，所謂『一篇向人寫肝肺，四海知吾雙鬢斑。』蓋紀此也。《石林詩話》

劉季孫景文公，頃年王安石使對『念茲在茲，釋茲在茲，名言茲在茲。』季孫對之以『揭諦揭諦，波羅揭諦，波羅僧揭諦。』安石大笑。《直方詩話》

劉景文作饒州監酒，得一詩，題芝山寺壁云：『數聲燕語落簷間，底事驚回夢裏閒。說與傍人都不信，杖藜携酒看芝山。』舒王作本路憲，見之，愛甚，遂令權州學。《古今詩話》

承議郎任隨成，字師心，劉景文甥也，嘗爲予言：景文昔爲忻州守，間數日率一謁晉文公祠。既至祠下，必與神偶語，久之乃出。文公亦時時來謁景文，景文閉關若與客語者，則神之至也。一日，于廣座中謂一掾曰：『天帝當來召君，我亦當繼往。』坐客皆相視失色，已而掾果無疾而逝，劉亦相繼而亡。亡後一日，死而復甦，起作三詩，乃復就瞑。其一云：『中官在天半，其上乃吾家。紛紛鸞鳳舞，往往芝木華。揮手謝世人，聳身入雲霞。公暇詠天海，我非世人譁。』其二云：『仙都非世間，天神繞樓殿。高低霞霧匀，左右蛇龍徧。雲車山岳聳，風輦天地顫。從茲得舊渥，萬物毫端變。』其三云：『從來英傑自消磨，好笑人間事更多。艮上巽宮爲進發，千車安穩渡銀河。』詩成，謂其家人曰：『我今掌事雷部中，不復爲世間人矣。』《竹坡詩話》

賈收

錢塘吴山有美堂，乃仁宗朝梅摯公儀出守杭，上賜之詩，有曰：『地有吴山美，東南第一州。』梅以上詩語名堂。士大夫留題甚衆。東坡倅杭，因令筆吏盡録之，而未著其姓名，默定詩之高下，遂以賈收耘老詩爲冠。其詩云：『自刊宸畫入雲端，神物應須護翠巒。吴越不藏千里色，斗牛常占一天寒。四簷望盡回頭懶，萬象搜來下筆難。誰信静中疏拙意？略無蹤迹到波瀾。』坡因此與耘老游從。《庚溪詩話》

賈收，字耘老，霅之隱君子也，居城南，東坡作守時屢過之，題詩、畫竹于壁間。耘老有《詩集》行于世。其家臨流，扁水閣爲浮暉，沈蔚會宗賦《天仙子》詞，詠其景，首句云：『景物因人成勝概』是也。其後屋屢易主，南渡後，胡仔仲任卜居城南，與其故址相近，賦一絶載其事云：『三間小閣賈耘老，一首佳詞沈蔚宗。無限當時好風月，如今盡屬績溪翁。』仲任乃待制，號三山老人，貫本歙之績溪，後家居于苕。仲任著《叢話》行于世，自號『苕溪漁隱』。又繪《漁隱圖》，賦詩其上，其居今亦不存。余景定壬戌冬，得數椽于城南慈感渡側，詢之故老，云距賈公舊址不遠，因作五言八句云：『卜居求静處，喜傍碧溪灣。隔岸高低柳，當軒遠近山。天開圖畫久，人共水雲閒。聞説賈耘老，舊曾居此間。』鄉人多有和者。《梅磵詩話》

耘老《和沈君與送蟹韻》云：『彭越孫多伏下風，蝤蛑奴視敢稱雄。江湖縱養膏腴紫，鼎鑊終烹爪眼紅。嘲稱吴兒牙似鍍，劈慚湖女手如葱。獨憐盤内秋臍實，不比溪邊夏殼空。』《齋東野語》

東坡嘗寫古木怪石，書其後贈賈耘老云：『今日舟中霜寒，十指如懸槌，適有人致嘉酒，遂進獨飲一杯，醺然徑醉。念賈處士貧甚，無以慰其意，爲作古木怪石一紙，每遇饑時，輒一開看，飽人否？若吴興有好事，能爲君月致米三石、酒三斗，終君之世者，當便以贈之。不爾，可令雙荷葉收掌，須添丁長以付之也。』『雙荷葉』，賈侍姬；『添丁』，賈之子。《湖州府志》

舒　焕

舒堯文有《和蘇子瞻觀百步洪原韻》詩曰：『先生何人堪並席？李郭相逢上舟日。殘霞明滅日脚沉，水面浮光天一色。磷磷石若鐵林兵，翻激奔衝精甲白。岸頭旌旗簇五馬，一艫飛艎信東下。入夜寒生波浪間，汗衣如逐秋風乾。相忘河魚元出没，得性沙鳥鳴關關。委蛇二龍乃神物，游樂諸溪誠爲難。築臺種柳恐不暇，天下龍雨須公還。』《苕溪漁隱叢話》

許仲蔚

杜公井，在新城。唐大順間，淮南楊氏遣兵圍城，城乏水，兵民穿井百餘尺，不得泉。杜棱至誠請之，泉立至，城得不陷。人曰爲『杜公井』。許仲蔚爲令時，有詩曰：『德地見圖牒，神機發杜棱。寇圍炎甚火，壺渴冽于冰。古邑桑田换，雲源鑒面澄。如今風月夕，煮茗詫山僧。』《咸淳臨安志》

何去非

翟三丈公巽，少年侍龍圖，出守會稽時，嘗賦《猩猩毛筆》詩，甚奇妙。何去非次韻和之云：『貌妍足巧語，軀惡招廠廠。賦形具人獸，寧脱荆榛居。肉嘗登俎鼎，餉餽傳甘腴。失計墮醉鄉，顛躓無與扶。柔毫傳束縛，航海歸仙癯。浴質逸少池，摛藻知章湖。殺身固有用，賦芧從衆狙。坐令宣城工，無復誇栗鬚。宣城出栗鼠鬚也。文房甲四寶，萬兔慚蒙膚。數管友十年，閉門賦三都。之子信豪邁，嗜學每致劬。未冠游膠庠，已推經行儒。蓬山天禄閣，峥嶸凌碧虚。期予早登躡，同舍校魯魚。』公巽之詩恨未見，有《緑毛龜》詩，皆少年所作也。《墨莊漫録》

何斯舉頡嘗和予詩曰：『秋水因君話河伯，接羅持酒對山公。』斯舉即無己詩所謂『黄塵投老得何郎，準擬明年共我長』者也。然斯舉與予，初不相識。《紫微詩話》

何頏之，字斯舉，黄岡人，從蘇、黄學。嘗有《觀李伯時題閻立本西域圖》詩，曰：『窮荒未信子年欺，自笑山林老一枝。海上嘗思龜殼卷，天涯欲化鳥工窺。丹青閻令如曾到，風俗張騫舊獨知。公喜著書尤博雅，山經暇日補殘遺。』《能改齋漫録》

天聖中，詔營浮圖。姜遵在永興，毁漢唐碑之堅好者，以代甎甓。當時有一縣尉，投書啟具言不可，力懇不已，至于叩頭流血。遵以其故沮格朝命，按罷之，自是人無敢言者，遵因此得進用。何斯舉詩云：『長安古碑用樂石，蠆尾銀鉤擅精密。缺訛横道已足哀，况復鐫裁代甎甓。有如天吴及紫鳳，顛倒裁衣吁可惜。』斯舉黄州人，少年識蘇子瞻，初名頏，字頡之，後名頡之。黄庭堅魯直極推重之，嘗與斯舉簡云：『老病昏塞，不記貴字。欲奉字曰「斯舉」，取「色斯舉矣，翔而後集。」但恐或犯公家諱字爾。』《道山清話》

靖康初，韓子蒼知黄州，頗訪東坡遺迹，常登赤壁，而賦所謂『棲鶻之危巢』者，不復存矣，悼悵作詩而歸。又何頡斯舉者猶及識東坡，因次韻獻子蒼云：『兒時宗伯寄吴州，諷誦遺文至白頭。二賦人間真吐鳳，五年江上不驚鷗。蟠常見水人猶惡，鶻有危棲孰肯留。珍重使君尋往事，西風悵望古城樓。』然黄之赤壁，土人云本赤鼻磯也，故東坡長短句『故壘西邊，人道是、三國周郎赤壁。』則亦是傳疑而云也。今岳陽之下，嘉魚之上，有烏林赤壁，蓋公瑾自武昌列艦，風帆便順，泝流而上，遇戰於赤壁之間也。牡牧有《寄岳州李使君詩》云：『烏林芳草遠，赤壁健帆開。』則此真敗魏軍之地也。《墨莊漫録》

邵　迎

邵迎，高郵人，嘗《詠蟹》云：『鹽豉調羹金液膩，橙齏薦鱠玉絲肥。』《蟹略》

朱　炎

東坡言：從上人爲余言：『有節度判官朱炎，學禪久之，忽于《楞嚴經》若有得者，問講僧義江云：「此身死後，此心何在？」江云：「此身未死，此心何在？」炎良久以偈答之云：「四大不須先後覺，六根還向用時空。難將語默呈師教，只在尋常語默中。」師可之。』《苕溪漁隱叢話》

劉師川

劉師川，莘老丞相幼子，力學有文，嘗贈舍弟詩云：『大阮平生予所愛，小阮相逢亦傾蓋。濟陰未識情更親，信手新詩落珠貝。楊氏作公誰料理？臧孫有後誠可喜。長亭水落風雨多，無酒飲君如別何？』予時爲濟陰縣主簿，『大阮』，謂知止也。《紫微詩話》

劉　賓

郢州白雪樓，素多題詠。一日，守倅燕集是樓，方命坐客賦詩，時劉太傅賓以恙羈置是郡，不得預會，遂使人持詩以獻曰：『江上樓高十二梯，梯登偏與白雲齊。人從別浦經時去，天向平蕪儘眼低。寒色不堪長黯黯，秋光無奈更凄凄。闌干曲盡愁無盡，水正東流日正西。』才致蕭散，一坐爲之閣筆。《皇朝類苑》

朱　適

朱適，高郵士人，納婦之夕，夢爲詩兩句云：『燒殘紅燭客未起，歌斷一聲塵繞梁。』不踰月卒。《補夢溪筆談》

侯　穆

侯穆有詩名，因寒食郊行，見數少年共飲于梨花下，穆長揖就坐，衆皆哂之。或曰：

『能詩者飲。』乃以『梨花』爲題，穆吟詩曰：『共飲梨花下，梨花插滿頭。清香來玉樹，白蟻泛金甌。妝靚青娥妒，光凝粉黛羞。年年寒食夜，吟遶不勝愁。』衆客閣筆。《雲齋廣録》

陳智夫

陳智夫，襄陽人，博學有才思，尤長於歌詩。嘗遇異人，授以吐納之術，故佳句多於夢中得之。若『花笑似召客，鳥聲如喚人』，又『野花臨水數枝恨，芳草連天千里情』之句，雖前輩不能遠過。《遯齋閒覽》

劉郛

劉郛爲青州推官，嘗因公宴，作謔詩曰：『坐上若有一點紅，斗筲之器飲千鍾。坐上若無油木梳，烹龍庖鳳都成虛。』《迂齋詩話》

王山

魏人王山，能爲詩，標韻清卓，因省試下第，薄游東海。值吴女盈盈者來，年方十六，善歌舞，尤工彈箏，容貌甚冶，詞翰清思，翹然出群。少年子争登其門，不惜金帛，盈遴簡嘉耦，乃許一笑。府守田龍圖召使侍宴，山預賓列，相得于樽俎之間，從之懽處累月。山辭歸，盈垂泣悲啼，不能自止。明年，寄《傷春曲》示山，山作長歌答之。曰：『東風艷艷桃李鬆，花圍春入屠酥濃。龍腦透縷鮫綃紅，鴛鴦十二羅芙蓉。盈盈初見十五六，眉試青膏鬟垂緑。道字不正嬌滿懷，學得襄陽大堤曲。阿母偏憐掌上看，自此風流難管束。鶯啄含桃未嚥時，便會郎時風動竹。日高一丈羅窗晚，啼鳥壓花新睡短。膩雲纖指擺還偏，半被可憐留翠暖。淡黄衫袖仙衣輕，紅玉欄干妝粉淺。酒痕落腮梅忍寒，春羞入眼横波豔。一縷未消山枕紅，斜睇整衣移步嬾。才如韓壽潘安亞，擲果竊香心暗嫁。小花静院酒闌珊，别有私言銀燭下。簾聲浪皺金泥額，六尺牙床羅帳窄。釵横啼笑兩不分，歷盡風期腰一搦。若教飛上九天歌，一聲自可傾人國。嬌多必是春工與，有能動人情幾許？前年按舞使君筵，睡起忍羞頭不舉。鳳凰簫冷曲成遲，凝醉桃花過風雨。阿盈阿盈聽我語，勸君休向陽臺住。一生縱得楚王憐，宋玉才多誰解賦？洛陽無限青樓女，袖籠紅牙金鳳縷。春衫粉面誰家郎，只把黄金買歌舞。就中薄倖五陵兒，一日憐新棄如土。雲零雨落正堪悲，室入他人夢來去。浣花溪上海棠灣，薛濤朱户皆金鐶。韋皋筆逸玳瑁落，張佑盞滑琉璃乾。壓倒念奴價百倍，興來奇怪生毫端。醉眸覷紙聊一掃，落花飛雪聲漫漫。夢得見之爲改觀，樂天更敢尋常看。花間不肯下翠幙，竟日烜赫羅雕鞍。掃眉塗粉迨七十，老大始頂菖蒲冠。薛濤壽七十，始頂菖蒲冠，學謝自然上升之術。至今愁人錦江口，秋蛩露草孤墳寒。盈盈大雅真可惜，爾旯此後不可得。滿天風月獨倚欄，醉岸濃雲呼佚墨。久之不見予心憶，高城去天無幾尺。斜陽銜山雲半紅，遠水無風天一碧。望眼空遥沉翠翼，銀河易闊天南北。瘦盡休文帶眼移，忍向小樓清淚滴。』又明年，山適淄川，遇王通判于邸舍，出盈盈簡，欲偕游山東。時方初夏，山已病，不克赴其約，秋中再如山東，盈已死。山登岱岳，至玉女池，題詩于石，弔之云：『浮世繁華一夢休，登臨因憶昔年游。人歸依舊野花笑，玉冷幾經墳樹秋。風月過情須感慨，江山多恨即遲留。如今縱擬誇才思，事往情多特地愁。』《夷堅志》

王　崇

王崇極之與先君同在熙河，作詩送先君入京，云：『渭城楊柳已青青，强駐行人聽渭城。不問使車歸路遠，且從樽酒滿杯傾。相逢洮塞休兵後，此去秦川照眼明。若立螭頭借前箸，且教充國事春耕。』先君誦其詩于吴沖卿丞相，由此知名。《直方詩話》

王禹錫

王禹錫行十六，與東坡有姻連。嘗作《賀知縣春雨》詩云：『打葉雨拳隨手重，吹涼風口遂人來。』東坡云：『十六郎作詩，怎得如此不入規矩？』禹錫云：『是醉中作。』異日，又持一大軸呈坡，坡曰：『爾復醉耶？』《直方詩話》

方　澤

《題華清宫》一絶，乃杜常作也。《武昌阻風》一絶，乃方澤作也。二人不以文藝名世，而詩話驚人如此，殆不可知矣。《西清詩話》。宗祥案：方詩云：『江上春風留客舟，無窮歸思滿東流。與君盡日閒臨水，貪看飛花忘卻愁。』

黄嗣徽

黄嗣徽，少年時讀書有俊聲，不幸爲後母訴于官，隸軍籍。王岐公丞相宣籍得之，聞其識字，使抄書。一日，觀宋復古郎中所畫山水，使子弟賦詩，嗣徽亦請賦，公頷之。頃刻成一絶句曰：『匣有瑶琴篋有書，棲遲猶未卜吾廬。主人况是丹青手，乞取生涯似畫圖。』岐公大嗟賞之，及問知曲折，以故人子奏于朝，乞以門客恩澤承務郎特補之。命下之日，暴卒，窮命如此哉！《彦周詩話》

吕川

吕川，字、里未詳，吕吉甫知維揚日，賣詩于市，有《贈致仕郭朝儀》詩曰：『漫道任公釣有神，六鼇無迹海生塵。争如静卧南窗下，蘭菊任争秋與春。』《陶朱新録》

張頌

張公美，潁昌人，舉進士，不第。嘗有句云：『人散鞦韆閒挂月，露零蝴蝶冷眠風。』《麈史》

徐璹

徐璹，字全父，疏俊不事事，少年登科，晚益流落，終于武義縣主簿。嘗寓婺州清漣寺，醉中走筆題詩于壁曰：『驚雷殷殷南山曲，一夜山前春雨足。美人睡起怯餘寒，衣褪香消紅減玉。朝雲靄靄弄情態，野柳狂花無管束。東風也自足春情，吹破一溪煙水緑。』《泊宅編》

薛紹彭

薛紹彭，字道祖，自號『翠微居士』，爲米元章書畫友。嘗有句云：『曉露凝蕪徑，斜陽滿畫橋。』『曾夢春塘題碧草，偶來霧夕看紅蕖。』『不眠聽竹雨，高卧枕風湍。』『去意已輕千里陌，深杯難醉九迴腸。灞陵葉落秋風裏，忍對霜天數雁行。』郁氏《書畫題跋記》

王紘

彭山黄氏，有山谷手書此詩，云：『王紘稚川，元豐初調官京師，寓家鼎州，親年九十餘矣。嘗閲貴人家歌舞，醉歸，書其旅邸壁曰：「雁外無書爲客久，蛩邊有夢到家多。畫堂玉佩縈雲響，不及桃源欸乃歌。」予訪稚川于邸而和之。』天社任淵《山谷内集》注

蔣擴

鄧璋德甫，永州人，鄉舉八行。忠宣謫永，館門下教授諸孫。後過長沙，與故人蔣充之遇。蔣送以詩曰：『高談耳冷幾經秋，解逅長沙得少留。莫畏洞庭風浪險，主翁元是濟川舟。』蔣由是詩名播湖湘間。《過庭録》

吕由庚

神宗即位，吕誨獻可擢御史中丞。一日，紫宸早朝，司馬温公爲翰林學士，相遇朝路。温公密問曰：『今日請對何所言？』獻可舉手曰：『袖中彈文，乃新參也。』温公愕然曰：『王介甫數有學行，奈何論言？』獻可正色曰：『君實亦爲是言耶？安石雖有時名，好執偏見，不通物情，喜人佞己。置諸宰輔，天下必受其禍矣！』未幾，中書省置三司條例司，始變祖宗舊法，所用皆憸薄少年，天下騷然。温公退居洛，慨然曰：『吕獻可之先見，吾不如也。』獻可出知鄧州，病乞致仕，温公、康節日就卧内問疾。一日，手書托温公以墓銘，温公亟省之，已瞑目矣，温公呼之曰：『更有以見屬乎？』獻可復張目曰：『天下事尚可爲，君實勉之。』後温公相天下，再改元祐之盛，獻可不及見矣。温公薨，獻可之子由庚挽詩云：『地下若逢中執法，爲言今日再昇平。』（《聞見前録》）

鄭景望

予每夜寐，過分輒不能再睡，展轉一榻，時聞鼠嚙唧唧有聲，亦是一樂事。當門老僕，鼻息如雷，間亦爲囈語，或悲或喜，或怒或歌，聽之每啓齒，意其亦必自以爲得，而予不得與也。常在潁州，時初自翰林免官，先君爲倅歸養，居後圃，三間小室，旁無與鄰，左右惟一騾，意况已如此。嘗有詩云：『城頭曉漏鳴丁丁，窗間月落卻未明。衡陽歸雁過欲盡，汝南荒雞初一鳴。悠悠斷夢了不記，草草微吟還獨成。人生得意須幾許，一睡稍足無餘情。』《蒙齋筆談》

鄭周卿

鄭周卿，僕鄉人也，公肅右丞之孫，能詩。一日，鄭之他郡而愛妾死，作詩云：『鶴歸空有恨，雲散本無心。』于情念中猶稍自在也。後娶熊氏晉如之女。丙午丁未年，知郾州中都縣，連年與盜賊鏖戰，巋然獨存。權朝美曾録其功上之，後不報，今不知消息，可憐哉！《彦周詩話》

楊萬畢

洪州人楊萬畢，字通一，作《聞梧桐夜雨》詩云：『千里暮雲山已黑，一燈孤館酒初醒。』索寞之意，盡于此矣。《蔡寬夫詩史》

史驤

史思遠有句云：『花分先後留春久，地帶東南見月多。』《塵史》

令狐挺

鄜州北百里，有相思河，岸有郵置，曰『相思鋪』，令狐挺題詩曰：『誰把相思號此河？塞垣車馬往來多。只應自古征人淚，灑向空川作逝波。』《墨客揮犀》

閻欽受

閻欽受《宿瀛洲高唐館》詩曰：『借問襄王安在哉？山川此地勝陽臺。今朝寓宿高唐館，神女何曾入夢來。』《漫叟詩話》

閻伯才

閻伯才《陰平橋》句云：『魚貫羸師堪坐縛，爾時可歎蜀無人。』《困學紀聞》

晁元忠

晁元忠有《西歸》詩，曰：『安得龍山一作『湖』潮，駕回安河水。水從樓前來，中有美人淚。人生高唐觀，有情何能已。』《復齋漫録》

周　式

周式有句云：『珠簾繡户遲遲日，柳絮梨花寂寂春。』《苕溪漁隱叢話》

蘇文饒

蘇大監文饒，作《鴻溝》詩云：『置俎匀牢皛，峨冠信沐猴。方矜几上肉，已墮幄中籌。海屋歸三尺，衣冠閟一丘。路人猶指似，山下是鴻溝。』《彦周詩話》

傅子容

唐人題《唐昌觀玉蘂花》詩云：『一樹瓏鬆玉刻成，飄廊點地色輕輕。女冠夜覓香來處，惟見階前碎月明。』今瑒花即玉蘂花也。介甫以『比瑒』謂當用此『瑒』字。蓋瑒，玉名，取其白耳。魯直又更其名爲『山礬』，謂可以染也。廬陵段謙叔，多聞士也，家藏異書古刻至多，有《楊汝士與向二十二帖》云：『唐昌玉蘂，以少故見貴耳。自來江南，山山有之，土人取以供染事，不甚惜也。』則知瑒花之爲玉蘂無疑矣。傅子容見此帖，乃作絶句云：『比瑒更礬總未佳，要須博物是張華。因觀異代前賢帖，知是唐昌玉蘂花。』《高齋詩話》

鄭　猶

鄭猶《詠王子安應城新亭》二絶云：『一簪華髮一床書，盡日新亭適意無。莫道長安天樣遠，長安自不厭江湖。』『前年諫獵出長楊，乞得新亭作醉鄉。好把青衫送酒媪，從教人識御爐香。』《侯鯖録》

史　沆

史沆早登進士第，坐事遷謫而死。平生好持人短長，世以凶人目之，雖古人亦妄肆詆訾。其《題琵琶亭》詩云：『坐上騷人雖有淚，江邊寡婦不難欺。若使王涯聞此曲，織羅應過賞花詩。』《賓退録》

王子韶

王子韶《神宗挽詞》，其一云：『賓餌方璣玉，金盤忽造冰。周人悲地拆，杞國怨天崩。杳霧霾陰月，鯢膏耿夜燈。傷心歌舞妓，灑血望西陵。』其二云：『脱屣人寰忽上天，投淵果熟會群仙。帳宫雲暝龍爲駕，綴幄天寒鶴記年。萬里出師輕衛霍，一朝行事付談遷。功名半古昇遐早，獨抱遺弓涕泫然。』《筆録》

陳純

陳純，字元樸，莆田人，因游桃源，中秋夜遇玉源、靈源、桃源三夫人。玉源令純舉中秋月詩，純言一聯云：『莫辭終夕看，動是隔年期。』桃源曰：『意雖佳，但不見中秋月。作七月十五夜月亦可。』玉源因作詩曰：『金風時拂袂，氣象更分明。不是月華别，都緣秋氣清。一輪當極滿，群籟正無聲。曉魄沉煙外，人間萬事驚。』靈源詩曰：『高秋渾似水，萬里正圓明。玉兔步虚碧，冰輪輾太清。廣寒宫有路，桂子落無聲。吾館無絃彈，棲烏莫要驚。』桃源詩曰：『金吹掃天幕，無雲方瑩然。九秋今夕半，萬里一輪圓。皓彩盈虚碧，清光射玉川。瑶樽休惜醉，幽意正綿綿。』玉源謂純曰：『子能繼桃源之什乎？』純作詩曰：『仙源

嘗誤到，羈思正蕭然。秋静夜方静，月圓人更圓。清尊歌越調，仙棹泛晴川。幽意知多少？重重類楚綿。』《青瑣集》

李廌

友人董耘，饋長沙猫笋，廌以享太史公。太史公輒作詩爲貺，曰：『因笋寓意，且以爲贈爾。』其詩曰：『穿雲斲石遠林空，來涉江波萬萬重。實比梧桐能養鳳，籜翻風雨便成龍。一枝未許塵鞍掛，千畝終留渭水封。陋巷菜羹知不稱，君王玉食願時供。』廌即和之，亦以寓自興之意，且述前相知之情焉。其詩曰：『節藏泥滓氣淩空，薦俎寧知肉味重。未許韋編充簡册，已勝絲委誑蛟龍。短萌任逐霜刀重，美幹須煩雪壤封。他日要令高士愛，不應常奉宰夫供。』秦少游亦和之曰：『楚山春笋劚雲空，北客常嗟食不重。秀色可憐刀切玉，清香不斷鼎烹龍。調羹未愧蓴千里，入貢常隨傳一封。薄禄養親甘旨少，滿苞時賴故人供。』《師友談記》

李方叔廌，嘗作《寒食》詩：『千株蜜炬出嚴闉，走馬天街賜近臣。我亦茅簷自鑽燧，煨針燒艾檢銅人。』又嘗贈汝州太守詩，云：『安得吾皇四百州，皆如此邦二千石。』方叔祭東坡文云：『皇天后土，實表平生忠義之心。名山大川，復收自古英靈之氣。』《紫微詩話》

李方叔飲于襄陽沈氏，醉後題詩侍兒小瑩裙帶云：『旋剪香羅列地垂，嬌紅嫩緑寫珠璣。花前欲作重重結，繫定春光不放歸。』《墨莊漫録》

全宋詩話目録卷五十二

劉延世　字述之，臨江人，敞猶子。元祐初，游太學，不得志，築堂講業，名曰『抱甕』。

王履　字坦翁，開封人，元祐初從父景琚南郊恩，爲三班奉職。元符上書，編置新州。靖康初，除相州觀察使，扈駕不屈，死。

王公亮　字明遠。

范子正　純仁長子。

趙宗印　汾州孝義人，少爲僧，范致虚令還俗，授河東制置使，提義兵所向輒下。王師敗于富平，慟哭入華山，不知所終。

劉燾　字無言，長興人，元祐三年進士。爲秘閣修撰。有《見南山集》。

郭三益　字慎求，常州人，元祐三年進士。歷官仙居令、湖南安撫。建炎初，同知樞密院事。

謝公定

馬存　字子才，鄱陽人，元祐三年進士。從徐積學，卒業于其門。官越州觀察使。有集。

孫發　字妙仲，元祐三年進士，崇仁尉。

宗澤　字汝霖，婺州義烏人，元祐六年進士。靖康元年，知磁州，勤王兵起，康王以澤爲副元帥。建炎間，累遷延康殿學士京城留守，兼開封尹。連結諸路義兵，剋日渡河，力請上還京，爲王潛善、汪伯彦所沮，憂憤疽發背卒。謚忠簡。有《集》。

張塈　字子厚，武進人，元祐三年進士。養親不仕。崇寧初，賜處士號，卒謚正素。

秦覯　字少章，觀弟，元祐六年進士。臨安簿。

鮑慎由　字欽止，處州龍泉人，元祐六年進士，歷官工部員外郎，知明、海二州。有《夷白堂小集》。

周之深　長興人，元祐六年進士。

鄭居中　字達夫，開封人，舉進士。歷官少保太宰兼門下侍郎兼知樞密院事，封燕國公，進太保。薨，贈華原郡王，謚文正。

崔鶠　字德符，雍丘人，元祐進士。元符末上書，入邪等，坐廢三十年。靖康初，擢右正言，以疾乞解官，除直龍圖閣、提舉嵩山崇福宫，自號『婆娑先生』，有《婆娑集》。

黄葆光　字元暉，黟縣人，賜進士出身。歷官太學博士、侍御史，守處州。

晁詠之　字之道，説之從弟，以蔭入官。復登進士第，中宏詞科第一，除河中教授。元符上書，罷爲京兆録事。以朝請郎提舉崇福宫。有《崇福集》。

晁載之　字伯禹，仕封丘丞。有《封丘集》。

程頤　字正叔，顥弟。元祐初，以薦授崇政殿説書。紹聖中，削籍竄涪州，徙峽州。學者稱『伊川先生』。嘉定中，追謚曰正，封伊陽伯，從祀孔廟。有《伊川集》。

司馬槱　字才仲，光姪孫，元祐舉賢良，調錢唐尉。有《夏陽集》。

司馬棫　字才叔，槱弟，第進士。應賢良，以黨錮不召。有《逸堂集》。

趙鼎臣　字承之，衛城人，自號『葦溪翁』，元祐進士。歷官右文殿修撰、知鄧州太府卿。有《竹隱畸士集》。

吴則禮　字子副，富川人，中復子，以父任入仕。晚居豫章，自號『北湖居士』。有《北湖集》。

范純粹　字德孺，仲淹第四子，以蔭仕。歷官寶文閣待制，知熙州。徽宗時，鄂州安置。

秦覯　字少儀，游弟。

全宋詩話卷五十二

劉延世

劉延世，字述之，公是先生猶子，少有盛名。元祐初，游太學，不得志，築堂講業，名曰『抱甕』。嘗自題墨竹云：『酷愛此君心，常將墨點真。毫端雖在手，難寫淡精神。』《畫繼》

劉述之《和孫公索酒》詩云：『紫貂寒擁鼻，緑蝗細侵脣。蓮燭當時事，壺頭此日春。』《孫公談圃》

『静室焚香盤膝坐，長廊看畫散衣行。』劉述之句，趣尚之高，有如此者。《孫公談圃》

王　履

王履，字坦翁，靖康初，除相州觀察使，扈駕被留，死之。有《臨難歌》曰：『矯首向天兮天卒無言，忠臣效死兮死亦何愆。』《三朝北盟會編》。宗祥案：此歌《宋史》入《李若水傳》，當從《三朝北盟會編》。

王公亮

予弟光輔鄰臣，郡以經行應詔。元祐丁卯，賜第歸，未幾，因出墜馬，傷甚，十一日而卒，年四十八。王公亮明遠挽詞云：『足穀醫還驗，占桑夢已靈。』衆咸推服。《麈史》

范子正

六伯祖子正《孔林》詩云：『漢陵玉匣盡，秦山銀海空。干戈百世後，獨究先聖宫。樹有千年色，門無數仞崇。盛德包覆載，遂順因所宗。坐若顔閔後，頗聞鄒魯風。撫膺感遺言，零落涕霑胸。』《過庭録》

又《寄季顔師顔謫齊州》詩云：『歷下故人今何在？音書又已隔寒暄。多年别後紛紛事，何日尊前細細論？忍見風霜摧羽翮，空教江漢瀉詞源。聖朝寬大超前古，即有恩光照覆盆。』《過庭録》

六伯祖子正，丞相長子，有大才博學，年甫三十二而卒。有《文集》百卷，魯直爲《跋》其後。兵火，《集》散亡，而《魯直集》中，此跋亦闕。其略云：『士之學期于没而不朽，君子之道，百世以俟聖人。故壽夭之際，未嘗置言鳧鶴之短長，故物不能齊也。雖然，有連城之璧，操之甚栗，中道而毁，豈能使人無概于心哉？范子正，予不及友也。予聞其人，又得其言，皆可傳後。問其所游，則司馬温公愛之。問其爲吏，則年三十試吏單父，方使者剥膚椎髓，取于民以自爲功，子正以歲饑，獨捨單父民錢十九，雖没可以不朽矣。或謂子正父祖皆名世士，自宜如此。應之曰：「文王割烹，武王餁鼎，叔旦舉而用之，管、蔡不食，誰强之？」則子正賢于人遠矣。元祐二年三月庚午，豫章黄庭堅書。』《過庭録》。宗祥案：《宋史》載范忠宣二子，正平字子夷，正思字子默。范公稱《過庭録》載六伯祖子正、七伯祖子夷，是子正乃忠宣長子，史失載，其名遂佚。

趙宗印

范致虚在長安，措置兵馬，招募諸色人，借補官資。宗印，本姓趙，汾州人，題詩佛刹云：『七十勞生西復東，鄉關在念感飄蓬。大遼半歲九分盡，全晉一年千里空。周召已亡無善政，蔡、童雖死有餘風。華陰乞食商山去，嚴壑幽尋四老翁。』安撫席益遣人追回，與語，大奇之，薦之致虚，令還俗，爲節制參議。宗印以僧爲一軍，謂之『尊勝隊』；以行童爲一軍，謂之『静勝隊』，軍至陝州，攻奪潼關。《封氏編年》

劉　燾

劉無言過召伯埭斗野亭，題詩曰：『地勢如披掌，天形似覆盤。三星羅户牖，北斗挂闌干。晚色芙蕖静，秋香桂子寒。更無山礙眼，剩覺水雲寬。』此詩題梁間，盡得斗野景物。《庚溪詩話》

劉燾《宿華嚴院》詩云：『夜宿霧山霧，晨茹芝山芝。年來嗜好衰，但與青山宜。登臨意未愜，出户車已脂。王事有期程，愛山豈餘私。崎嶇田野間，食寢將安之。天寒未落日，税駕忽在兹。二山已陳迹，兹處尤新奇。翠竹與黄花，一一對山扉。對景自忘言，若與予心期。眠雲飽山色，那得困與饑？山僧喜我來，迎我留新詩。我有愛山癖，山僧知不知？』《吴氏詩永》

元祐間，馬涓、張庭堅等四人，擅名太學，時號『四俊』。劉燾，湖州人，年少亦自負，初補太學生，聞而慕之，以刺謁曰：『不識可當一俊否？』涓等詭計以困之，曰：『每誠當預爲一字，限于程試中用之，善者乃預。』既而程試，燾請字，涓等曰：『第一句用「將」字。』其時策問《神宗實録》，燾對曰：『秉史筆者，權猶將也，雖君命有所不受，而況其他乎？』後果爲第一。聞者服之，因目燾曰『挨屍俊』。《上庠録》

郭三益

大德丙午，師道侍先君在仙居郭外數里南峰僧寺，山水頗清絶，嘗一至焉。寺在藍光軒，宋季名士吴諒直翁講授其上，壁間題刻詩詞，甚有佳者，略記三首于後。郭三益詩云：『山光竹影交寒輝，下有碧浸吹漣漪。沙痕隱隱白鳥去，石聲鑿鑿扁舟歸。芝蘭發香禪味遠，雲霧吐秀人家稀。須知春事不可挽，杜鵑已遶林中飛。』郭南渡後人，嘗爲令。陳碧棲仁玉騷詞云：『懷佳人兮山扃，躡煙霏兮步輕。蹇獨立兮山上，空山無人兮寒松自聲。懷佳人兮何許？白雲封關兮猿鶴看户。羌有懷兮曷愬，風虚徐兮簷鐸語。遲佳人兮未來，聊逍遥兮容與。』陳有文名，以白衣召用，作此時年甚少，蓋懷吴直翁也。《吴禮部詩話》

謝公定

范正平子夷，丞相忠宣公長子，少有高節，專務静退。紹聖中，欽聖向后爲其家作功德寺，爲屋數百間，百姓訴其地民間地也，朝廷下其事開封府。府尹王震，户部尚書蔡京，皆定以爲官地，民訴不已，再委開封尉覈實。時子夷適爲開封尉，驗治實民地也。哲宗問正平何人家，執政對曰：『純仁子也。』上曰：『名家有子。』詔改寺城外，王震、蔡京各贖金，用事者怒之。開封縣有兩尉，一尉治内，一尉治外，子夷，治外尉也，治内尉失囚被譴，遂并子夷衝替。子夷不恤也，常以爲好事到手難得，豈可不做，做而被辜，其庸多矣！後益連蹇不進，恬如也，常乘一馬卑小。謝公定贈詩云：『一官如馬小，衆眼似衫青。』《紫微詩話》

馬存

馬存，字子才，鄱陽人，因慕徐節孝道德，寓楚州，卒業于其門。節孝先生作《淮之水》贈之，子才答以《長淮謡》云：『長淮之水青如苔，行人但覺心眼開。湘江豈無水？魚腹忠魂埋，但見愁雲結雨猿聲哀。浙江豈無水？鴟革漂胥骸，但見潮頭怒氣如山來。孤臣詞客到江上，何以寬心懷？長淮之水繞楚流，先生家住淮上頭。黄金萬斛浴明月，碧玉一片含清秋。酒花入面歌一曲，淮上百物無閒愁。』《合璧事類前集》

馬子才《詠漢文帝》云：『可憐一覺登天夢，不夢商巖夢櫂郎。』《困學紀聞》

孫發

『枕亭長夏愛濃陰，來引茶甌一散襟。忽去卻來蜂個個，自啼還住鳥深深。』『山家一尺瀟湘石，掃盡雲腴齒頰清。驚破午窗箕潁夢，轉爲風外小松聲。』豐城孫妙仲兩絶句也。

孫有《謝登第啟》云：『虎士開關，徬徨丹禁。龍章在御，髣髴天光。』《能改齋漫録》

妙仲，名發，豐城人，崇寧初，尉于撫之崇仁。才一月，兇民陳平，爲族人陳遇執以爲盜。後二十日，而平之父宗應老且瞽，平乃以誣陳遇之子洵直，以爲執己爲盜時，其父爲洵直以鐵梃擊傷其首。發與覆驗官吴某忘其名。按之，絶無迹狀，謂平雅與遇有釁，欲必誣遇之子以死，俟其屍胖脹潰爛，不可別白。後發与吴所驗時，又二十日，然後醉其弟，訹之使斷一手，以訴於州。州大驚，不復察其事情，惟以斷手爲決有冤，于是帖宜黄簿李涇再覆。涇流外人，專以迎合爲事，遂指閲二十日胖脹潰爛之屍爲有迹狀，以傅會之。既而獄具，發辨之不已，州稍悟，然業已不可盡變，乃變其情得不殺，而發與吴猶以輕罪罷官。蓋崇仁之民，前此有避刑名，塞逋負，而輒殘其支體者，平之姦謀既逞，而效之者益衆。始惟山谷無賴之民，至其後市人舒琦、吏人吴昕輩，亦相繼而作。凡此非因州縣阻抑，或予奪不中，有激而後爲，祇欲取必于官司，以濟其姦耳。發因作《截臂行》，以告在位者，庶革其風，然江西之民，習俗至今猶爾也。今録于此。云：『吾聞兩臂重于天下不可廢，知之不必子華子。愚民氣焚胸，一忿敢趨死。以死視四肢，截臂如去指。嗚呼巴陵之民何以有此風？疾痛利害人所同。甘心一臂捐糞壤，終身廢卧閭閻中。前年截臂渠得理，今年截臂吾亦爾。村南截臂殺平人，村北炰烋還準擬，乪民乪民用心若此非吾人。有冤自可次第訴，毒人何必

冤宜勿受。一姦不濟百姦消，共致和平禪在宥。』《能改齋漫録》

殘其身。聞者苦驚喧，此弊吾能言。其初姑息吏，不與杜其源。嗟哉惡俗傷仁厚，明明有

宗澤

宗、岳二公，以忠節戰功，冠于南宋，戎馬倥偬，筆硯想無暇也。余嘗見宗惠簡石刻《華陰道》二絶，云：『煙遮晃目初疑雪，日映斕斑卻是花。馬渡急流行小崦，柳絲如織映人家。』又云：『菅茅作屋幾家居，雲碓風帘路不紆。坡側杏花溪畔柳，分明摩詰輞川圖。』岳公《湖南僧寺》詩，有『潭水寒生月，松風夜帶秋』之句。唐之名家，不過如此。嗚呼！二公其可謂全才乎？《升庵詩話》

張𡐓

張𡐓，字子厚，崇寧初賜進士號，卒謚正素。嘗夢中作詩曰：『楚峽雲嬌宋玉愁，月明溪浄印銀鈎。襄王定是思前夢，又抱霞衾上玉樓。』《紫微詩話》

正素處士，清通遠略，不爲崖異。賀鑄最有口才，好雌黄人物，于子厚亦無間言，每折節事之，稱曰『通隱先生』。《蒙齋筆談》

秦觀

東坡守杭、守潁，皆有西湖，故《潁川謝表》云：『入參兩禁，每玷北扉之榮。出典二州，輒爲西湖之長。』秦少章詩云：『十里薰風菡萏初，我公所至有西湖。欲將公事湖中了，見説官閒事亦無。』《鶴林玉露》

少章初登第，成親後，和予《夜坐》詩云：『幃幔高深夜漏長，頗從詩酒傲冰霜。燭花漸暗人初睡，金獸無煙卻有香。』讀者無不笑其貧富之頓異。《直方詩話》

秦少章不見十年，忽一日見訪，書一篇爲惠，云：『不到王家近十年，子猷風韻亦依然。舊時朋友今何在？別後新詩誰與傳？』予戲曰：『莫太犯老杜所謂：「不見旻公三十年，封書寄與淚潺湲。舊來好事今能否？老去新詩誰與傳？」』《直方詩話》。宗祥案：《宋史》：觀弟覿，字少章；覯字少儀。而任淵注陳後山詩云：『秦覯字少章，從蘇公學。』任淵宋人，當不誤，恐亦《宋史》之疏。

鮑慎由

鮑欽止有《謝傳神蔡景直》詩云：『馳譽丹青有古風，筆端及我未宜蒙。雲臺麟閣遥相望，枉寫褒公與鄂公。』《能改齋漫録》

鮑欽止與鄭公華，自朐山鄰舟行，作詩曰：『舟行有後先，相去能幾許？鏗轟金鼓聲，見面不得語。水花來幽香，岸柳過疏雨。登艫各乘風，解帆會聯浦。閒携小龍團，睡起就君煮。』楊慎《清暑録》

周之深

周之深《游清果寺》詩云：『西郊出郭未十里，寺在白雲深處藏。僧爲愛閒長閉户，客來無路自迴廊。近松古瓦落夜子，傍水小池生暮光。指點依稀飯籮水，不知何處問興亡？』《吴氏詩永》

鄭居中

鄭達夫《挽顧學正公甫》詩，其一云：『可惜病相如，誰尋《封禪書》？雙親千里外，一葉九秋餘。風露翻歸旐，塵埃鎖故廬。虎丘山下路，會葬有鄉車。』其二云：『廣文官舍冷如冰，幾歎朝衫脱未能。忽買春田埋玉地，猶懸絳帳讀書燈。佳名空綴仙都石，妙偈争傳野寺僧。一幅粉旌春水漫，惜君誰不涕奔騰。』《中吴紀聞》

崔鶠

崔德符《過鄱陽》詩曰：『記得詩狂欲發時，鄱陽湖裏月明知。無人爲覓桓伊笛，自捲秋蘆片葉吹。』《過庭録》

崔德符《秋日即事》詩云：『秋草門前已没鞾，更無人過野人家。離離疏竹時聞雨，淡淡輕煙不隔花。』又《黄州道中》詩云：『莫愁微雨落輕雲，十里長亭未墊巾。流水小橋山下路，馬頭無處不逢春。』《墨莊漫録》

崔德符詩，幽麗高遠，了不蹈襲，蓋用功最深者。《觀魚》云：『小魚喜親人，可釣亦可網。大魚自有神，隱見誰能量？老禪雖無心，施食不肯嘗。時于千尋底，隱見如龍章。』《桃花》云：『如何一朽株，孕此千億花？雖云行且闌，明歲亦再華。豈如世上人，一老不復佳。』《過湖》云：『誰見詩顛顛發時？鄱陽湖裏月明知。無人爲覓昭華琯，自捲秋蘆片葉吹。』皆精詣可吟諷。《後村詩話》

德符詩，所謂『食鯨老氣横九州。』《廬山》詩云：『遥知金刹近，林表颺幡尾。』《滕王閣》詩云：『小艇元從天上來，白雲自向杯中落。』潁昌富文物，崔鶠、陳恬，猶爲下士。《雪浪齋日記》

崔鷗德符崇寧後，監洛南稻田務，嘗送客會節園，時梅花正開。明年，監修大内閹官容佐取以爲景華御苑，德符不知，春晚，復騎瘦馬，與老兵來游，坐梅下，賦詩云：『去年白玉花，結子深枝間。小憩藉清影，深顰啄微酸。故人不可見，春事今已闌。繞樹尋履迹，空餘玉花斑。』次日，佐入園，見馬糞，知爲德符，且怒其未嘗見己，即具奏劾以擅入御苑，勒停。家貧，傳食諸人家，久而後歸陽翟。洪氏《隨筆》載其事，以爲馬永卿嘗載《嬾真子録》中而未見。今考馬《録》正同，特以爲在宣和中者，當是劉克莊潛夫，嘗賦《梅》云：『東君誤執花權柄，卻忌孤高不主張。』忤史相彌遠不得遷。又有詩云：『夢得因桃數左遷，長源爲柳忤當權。雖然不識桃和柳，卻被梅花累十年。』又云：『一聯半首致魁臺，前有沂公後簡齋。自是君詩無警策，梅花窮殺幾人來。』按詩人坐梅見累，無如德符，而潛夫不及之者，恐未聞爾。《吴禮部詩話》

崔德符坐元符上書邪黨，困于崇寧，後監洛南稻田務。嘗送客于會節園，是時冬暮，梅花已開。明年春，監修大内閹官容佐取以爲景華御苑，德符不知也。至春晚，復騎瘦馬，與老兵游園内，坐梅下賦詩。其詞曰：『去年白玉花，結子深枝間。小憩藉清影，低顰啄微酸。故人不可見，春事今已闌。繞樹尋履迹，空餘土花斑。』次日，佐入園，見地上馬糞，知爲德符。是時府官事佐如不及，而德符未嘗謁之，佐即具奏，劾以擅入御苑作踐，有旨勒停。家素貧，傳食于諸賢之舍，久乃歸陽翟。德符没于靖康，官卑不應立《傳》，予詳考本末，爲特書之。頗憶此段事，擬載于《傳》中，以悼君子之不幸。且知馬永卿《嬾真録》中有之，而求不可得，漫記于此。《容齋四筆》

《漫叟詩話》云：潁昌崔鶠德符，博學能詩，嘗惠予三詩。其一《潛心齋》詩：『雙扉掩餘香，一榻下涼幔。前人嗟不死，萬古映黄卷。時時擷英華，一一詣微遠。鼎食姑置之，此味良不淺。』《止遽軒》云：『我如萬斛船，歲久腰已懶。誰能逐相師？終日問手版。去謀一寸安，輒被三尺挽。憐公謝蠻觸，鼓卧旗亦偃。』《丈室》云：『此家英妙姿，玉雪照冠冕。新詩一何似？鸞鵠見蕭散。躡屐往從之，寧復念重趼。』《苕溪漁隱叢話》

崔德符《子石硯》詩云：『石家有兒玉含晶，嘘爲雲氣吸爲晴。純精與之相感并，孕育萬狀流千名。黄昏鬼泣不忍聽，且爲白鵝换黄庭。』《硯箋》

鶠長于詩，清婉敷腴，有唐人風。《郡齋讀書志》

黄葆光

麗水孫薪至豐元祐中，以明經擢第，授荆門軍教授，不赴，性質清介，絶意仕進，與黄葆光爲太學舊游。宣和六年，黄出守處州，薪不屑詣郡謁見。黄約以勸農日會于湖溪僧舍，

至期薪以扁舟來會，黄贈詩云：『勸農因到好溪頭，把酒相看憶舊游。三十年來如一夢，可憐空負釣魚舟。』《蓉塘詩話》

晁詠之

晁以道詠之《西池唱和》詩：『旌旗太乙三山外，車馬長楊五柞中。柳外琱鞍公子醉，水邊紈扇麗人行。』殆絶唱也。《紫微詩話》

崇寧初，凡元祐子弟仕宦者，並不得至都城。晁之道自洛中罷官回，留中牟驛累日，以詩寄京師姻舊。其結句云：『一時雞犬皆霄漢，獨有劉安不得仙。』語傳于時，議者美之。《曲洧舊聞》

晁詠之之道，美叔子，奇士也，宏詞第一人，負其才可淩厲要途，以元符封事廢。有詩曰：『元年四月朔，日食國有赦。』又有『已失青雲空老去』之語。後爲西京管庫，蔡元度留守，稍禮之，以係籍不能薦，忽謂晁曰：『如子之才，何必上書。』之道罔措，徐曰：『只是没處頓文章。』蔡亦大笑。之道年四十餘，終朝請郎。《耆舊續聞》

晁載之

政和以後，花石綱浸盛。晁伯宇有詩云：『森森月裏栽丹桂，歷歷天邊種白榆。雖未乘槎上霄漢，會須沉網取珊瑚。』人多傳頌。《曲洧舊聞》

晁伯禹載之，學問精碻，少見其比。嘗作《昭靈夫人祠》詩云：『殺翁分我一杯羹，龍種由來事杳冥。安用生兒作劉季，暮年無骨葬昭陵。』《紫微詩話》

東萊先生吕居仁，記晁伯宇載之，學問精确，少見其比。嘗作《昭靈夫人祠》詩云：『殺翁分我一盃羹，龍種由來事杳冥。安用生兒作劉季，暮年無骨葬昭陵。』《高祖紀》止云：漢王即皇帝位于汜水之陽，追尊先媪曰『昭靈夫人』。其詳見于《陳留風俗傳》云：『小黄縣者，宋地黄鄉也。沛公起兵野戰，喪皇妣于黄鄉。天下平定，乃使使者以梓宫招魂幽野。于是有丹蛇在水，自灑濯入于梓宫，其浴處有遺髮，故謚曰「昭靈夫人」。』《能改齋漫録》

程頤

邢和叔尚書嘗以丹遺伊川先生，先生以詩謝之云：『至神通化藥通神，遠寄衰翁救病身。我亦有丹君信否？用時還解壽斯民。』《紫微詩話》

程正叔云：『王子真寄藥與頤，無以爲答，且素不作詩，亦非禁而不作，第不欲爲閒言語耳。如古人作詩，無如杜甫，云：「穿花蛺蝶深深見，點水蜻蜓款款飛。」如此閒言語，道出則甚，頤所以不作詩。今寄子真詩云：「至誠通化藥通神，遠寄衰翁濟病身，我亦有丹君信否？用時還解壽斯民。」子真之學，須是獨善，雖至誠潔行，然大抵只是爲長生久視之術，止濟一身，故有是句。』正叔且云：『既學詩須是用功，方合詩人之格，既用功則于事有妨。古人詩云：「吟成五個字，用破一生心。」可惜一生心用在五字上，此言甚當。』予謂正叔蓋有激而云，且《詩》云：『桑之未落，其葉沃若。桑之落矣，其黄而隕。昔我往矣，楊柳依依。今我來思，雨雪霏霏。蕭蕭馬鳴，悠悠旆旌』之類，皆未免乎寫物也。《能改齋漫録》

伊川先生不作詩，惟寄王子真詩云：『我亦有丹君信否？用時還解壽斯民。』先生入嵩山，子真已候于松下，問：『何以知之？』曰：『去年已有消息來矣。』蓋先生前一年欲往，以事而止。子真名筌，岐下陽平人，元豐中賜號『沖熙處士』。張芸叟爲功行碑，謂超世之資，與陳圖南侔。《困學紀聞》

司馬槱

才仲有《閨怨》詩曰：『銷盡輕寒不自禁，新愁惟向静中深。尋常曾入三更夢，咫尺空

論萬里心。人去鳳幃雲漠漠，雁回珠箔日沉沉。春風洞口花常在，只許劉郎一度尋。』《前賢小集拾遺》

才仲《洛春謡》云：『洛陽春水揚春風，銅駝陌上桃花紅。高樓叠柳緑相向，綃帳金鸞香霧濃。錦裘公子五陵客，拳毛赤兔雙蹄白。金鉤寶玦逐飛香，醉入花叢惱花魄。青蛾皓齒别吴倡，梅粉妝成半額黄。羅屏繡幕圍寒玉，帳裏吹笙學鳳凰。細緑圍紅曉煙溼，車馬騑騑雲櫛櫛。瓊蘂杯深琥珀濃，鴛鴦枕冷珊瑚澀。吹龍笛，歌白紵，蘭席淋漓日將暮。君不見灞陵岸上楊柳枝，青青送别傷南浦。』《古今詩統》

同州登城縣，有九龍廟，只一妃耳，土人云：『馮瀛王之女也。』司馬才仲戲題詩云：『身既事十主，女亦妃九龍。』過客讀之，無不一笑。《懶真子集》

才仲喜爲宫體詩，故世傳其爲鬼物所崇。《郡齋讀書志》

劉須溪所選《古今詩統》，亡其《辛集》一册，諸藏書家皆然。予于滇南偶得其全集，然其所選，多不愜人意，可傳者止十之一耳。《辛集》中皆宋人詩，無足採取，獨司馬才仲《洛春謡》、曹元寵《夜歸曲》，尚有長吉、義山之遺意，今録于此。《洛春謡》云：『洛陽碧水揚春風，銅駞陌上桃花紅。商樓叠柳緑相向，綃帳金鸞香霧濃。龍裘公子五陵客，拳毛赤兔雙蹄白。金鉤寶玦逐飛香，醉入花叢惱花魄。青蛾皓齒别吴倡，梅粉妝成半額黄。羅屏繡幕圍寒玉，帳裏吹笙學鳳皇。細緑團一作『圍』紅曉煙溼，車馬騑騑雲櫛櫛。瓊蕊杯深琥珀濃，鴛鴦枕鏤珊瑚澀。吹龍笛，歌白苧，蘭席淋漓日將暮。君不見灞陵岸上楊柳枝，青青送別傷南浦。』《夜歸曲》云：『饑烏啞啞啼莫寒，回風急雪飄朱一作『未』闌。鎖窗繡閣豔紅獸，畫幙金泥摇彩鸞。吴妝秀色攢眉緑，能唱襄陽大曲。酒酣横管咽孤吹，吹裂柯亭傲霜竹。遠空寒雲渾不動，老狐應渡黄河凍。暗回微暖入江梅，何處荒榛掛么鳳？歸來穩跨青連錢，貂茸擁鼻行翩翩。籠紗密炬照飛霞，十二玉樓人未眠。』《升庵詩話》

司馬棫

才叔有《妾薄命》詩，自注：『近有里中舉子，棄其妻者，戲爲賦之。』詩曰：『二月東風初不惡，後園桃李先春落。高堂去婦對花愁，君恩非輕妾命薄。憶昔三星光在天，煌煌車馬朱門前。結褵幸得事君子，願託絲蘿千百年。履痕纔遍君家地，相看已覺君心異。門外新歡一破顏，室中舊愛雙垂淚。妾心比玉自堅貞，君眼如星到處明。女子睽離泰山重，丈夫棄置鴻毛輕。莫誇緑鬢紅顔好，女色由來不長保。君不見灞上鑾輿祓禊回，阿嬌已向長門老。』《前賢小集拾遺》

才叔詩雖纖豔，比其兄稍莊雅。《郡齋讀書志》

趙鼎臣

趙承之《二蘇賢良硯》詩：『不見東坡老弟昆，年年曲阜履猶存。計功何必悲周鼎，會使詞林百怪奔。』《硯箋》

趙鼎臣句云：『詞源江海浩奔忙，句法風騷森出入。』又《中秋待月》云：『古來此景歎經歲，今夜誰家不倚樓！』《雪浪齋日記》

吴則禮

尤延之嘗誦吴則禮詩：『華館相望接使星，長淮南北已休兵。便須買酒催行樂，更覓何時是太平？滿船買了洞庭柑，雪色新裁白苧衫。唤得吴姬同一醉，春風相送過江南。』又：『楓葉蘆花滿釣船，水風清處枕琴眠。覺來失卻瀟湘月，卻問青山覓酒錢。』《誠齋詩話》

范純粹

范德孺崇寧之貶，與山谷倡和甚多。有一聯云：『慣處賤貧知世態，飽諳遷謫見家風。』可以識范氏之名節矣。《風月堂詩話》

秦　觀

秦觀字少儀，好爲詩，初亦不甚工，既而以獻山谷。山谷贈之曰：『乃能持一鏃，與我箭鋒直。』又云：『自我得此詩，三日卧向壁。才難不其然，有亦未易識。』當時交游，以此言爲過，然少儀緣此思大發，交游亦刮目視之。《直方詩話》。宗祥案：少儀名，《宋史》及宋人《詩話》均作『覿』，惟任淵《蘇詩註》作『覿』，恐字偶誤。

全宋詩話目録卷五十三、五十四、五十五、五十六、五十七、五十八 江西詩派

黄庭堅　字魯直，洪州分寧人，舉進士。爲葉縣尉，歷秘書丞。紹聖初，坐修《神宗實録》失實，貶涪州别駕，黔州安置。建中靖國初，召還，知太平州，復除名，編管宜州。自號『山谷老人』。有《豫章集》、《精華録》

全宋詩話卷五十三

黄庭堅一

文與可嘗云：『老僧墨竹一派，近在湖州。予竹雖不及，石似過之。』此一卷公案，不可無山谷下一句。山谷因次其韻云：『東坡雖是湖州派，竹石風流過一時。前世畫師今姓李，不妨還作輞川詩。』或言東坡不曾目伯時爲前身畫師，俗人不知，便是語病。伯時一丘一壑，風流未減古人，誰當作此癡計？東坡此語是真相知。又作二詩云：『秋山風雨石骨瘦，法窟寂寥僧定時。李侯有句不肯仕，淡墨寫作無聲詩。』『龍眠不是虎頭癡，妙筆無機可並馳。蘇仙咒墨作竹石，應解種花聞此詩。』《詩話總龜》

山谷作《漁父》詞，清新婉麗，聞其得意自言：『以水光山色，替卻玉肌花貌，乃真得漁父家風。』然『纔出新婦磯，又入女兒浦』，此漁父無乃太瀾浪也。《百斛明珠》

山谷云：謝師厚方其爲女擇對，見山谷詩曰：『吾得婿如是足矣。』庭堅欲求之。然庭

堅之詩，卒從謝公得句法，故山谷有詩曰：『自往見謝公，論詩得濠梁。』《直方詩話》

山谷惠予詩兩篇，一云：『多病廢詩仍止酒』，一云：『醉餘睡起怯春寒』，觀者以爲疵。予曰：『説詩者不以文害辭，豈非謂此耶？』《直方詩話》

山谷有詩云：『小立佇幽香，農家能有幾？』韻聯與荆公詩頗相同，當是暗合。《直方詩話》

方時敏言：荆公言：『鷗鳥不驚之類，如何作語則好？』故山谷有云：『一鷗同一波。』《直方詩話》

崔中云：山谷稱晏叔原『舞低楊柳樓心月，歌盡桃花扇底風。』定非窮兒家語。《直方詩話》

陳無己云：山谷最愛舒王『扶輿度陽羡，窈窕一川花。』謂包含數個意。《直方詩話》

韓存中云：家中有山谷寫詩一紙，乃是：『公有胸中五色筆，平生補袞用功深。』此詩本用小杜詩中『五色綫』，而卻書云『五色筆』，此真所謂『筆誤』。《直方詩話》

賀方回初作《青玉案》詞，遂知名，其間有云：『彩筆新題斷腸句』。後山谷有詩云：『少游醉卧古藤下，誰作詩歌送一杯？　解道江南斷腸句，只今惟有賀方回。』蓋載青玉案事。《直方詩話》

『日月老賓客』，山谷詩也；『日月馬上過』，文潛詩也，其工拙有能辨之者。老杜云：『廚人語夜闌』，東坡云：『圖書跌宕悲年老，燈火青熒語夜深』，山谷云：『兒女燈前語夜

深』，予爲當以先後分勝負。《直方詩話》

山谷與予詩云：『百葉湘桃苦惱人』，又云：『欲作短歌憑阿素，丁寧誇與落花風』。其後改『苦惱』作『觸撥』，改『歌』作『章』，改『丁寧』作『緩歌』。予以爲詩不厭多改。《直方詩話》

山谷有《茶》詩，押『腸』字韻，和者已數四。而山谷最後有『曲几團蒲聽煮湯，煎成車聲入羊腸』之句，東坡云：『黄九怎得不窮？』故晁無咎復和云：『車聲出鼎細九盤，如此佳句誰能識？』《直方詩話》

文潛先與李公擇輩來予家作長句，後再同東坡來。坡讀其詩，歎息云：『此不是吃煙火食人道底言語。』蓋其間有『漱井消午醉，掃花坐晚涼。衆緑結夏帷，老紅駐春妝。』山谷次韻云：『張侯筆端勢，三秀麗芝房。掃花坐晚吹，妙語亦難忘。』《直方詩話》

宋景文云：詩人必自成一家，然後傳不朽，若體規畫圓準方作矩，終爲人之臣僕。故山谷詩云：『文章最忌隨人後』，又云：『自成一家始逼真』，誠不易之論。《直方詩話》

陳淳，字子真，南昌人也，嘗以詩呈山谷，云：『作詩須要開廣，如老杜「日月籠中鳥，乾坤水上萍」之類。』子真云：『淳輩那便到此？』山谷曰：『無亦只是初。』《直方詩話》

洪龜父有詩云：『琅玕嚴佛界，薜荔上僧垣。』山谷改云：『琅璫鳴佛屋』，以謂『薜荔』

是一聲，須要一聲對，『琅瑺』即一聲也。予以爲然。《直方詩話》

鼂父云：明見張文潛言：『魯直《楚詞》，誠不可及』。晁無咎言：『魯直《楚詞》，固不可及。而律詩，補之終身不敢近也。』予嘗聞鼂父前後詩，有『一朝厭蝸角，萬里騎鵬背』一聯，最爲妙絶。鼂父云：『山谷亦嘆賞此句。』《直方詩話》

山谷謂鼂父云：『甥最愛老舅詩中何等篇？』鼂父舉『螘穴或夢封侯王，蜂房各自開户牖』及『黄塵不解涴明月，碧樹爲我生涼秋』，以爲絶類工部。山谷云：『得之。』《直方詩話》

秦少游嘗以真字題『月團新碾瀹花甆，飲罷呼兒課《楚詞》。風定小軒無落葉，青蟲相對吐秋絲』於邢敦夫扇上。山谷見之，乃於扇背復作小草，題『黄葉委庭觀九州，小蟲催女獻公裘。金錢滿地無人費，百斛明珠薏苡秋。』皆所自作也。少游後見之，云：『逼我太甚！』邢敦夫云：『掃地燒香閉閤眠，簟紋如水帳如煙。客來夢覺知何處？掛起西窗浪接天。』東坡詩嘗題於余扇，山谷初讀，以爲是劉夢得所作也。《直方詩話》

陳留市中有一刀鑷工，隨所得爲一日費，醉吟於市，負其子以行歌。江端禮以爲達者，爲作《傳》，而要無己賦詩。無己詩有『閉門十日雨，餓作饑鳶聲』，大爲山谷所愛。山谷後亦擬作，有云：『養性霜刀在，閲人清鏡空。』無以復加。《直方詩話》

潘邠老云：陳三所謂『學詩如學仙，時至骨自换』，此語爲得之。然余見山谷有『學詩

如學道』之句，陳三所得，豈苗裔耶？《直方詩話》

山谷謂余言：吾少年時作《漁父》詞曰：『新婦磯頭眉黛愁，小姑堤畔眼波秋。魚兒錯認月沈鉤。青箬笠前無限事。緑蓑衣底一時休，斜風細雨轉船頭。』以示坡，坡笑曰：『山谷境界，乃於青箬笠前而已耶。』後謝師直一讀，知吾用意，謂人曰：『此即能以水容山光，玉肌花貌無異見，是真解脱游戲耳。』《冷齋夜話》

山谷曰：予作兩句云：『清鑒風流歸賀八，飛揚跋扈付朱三。』未知可贈誰，不能成章。《直方詩話》

山谷有《光山道中雪》詩云：『山銜斗柄三星没，雪共月明千里寒。』都尉王晉卿足成《鷓鴣天》云：『才子陰風度遠關，清愁曾向畫圖看。山銜斗柄三星没，雪共月明千里寒。新路陌，舊江干，崎嶇誰歎客程難？臨風更聽昭華笛，簌簌梅花滿地殘。』《直方詩話》

山谷云：金華俞清老，名子中，三十年前與余共學於淮南。元豐甲子，相見於廣陵，自云荆公欲使之脱縫掖，着僧伽藜，奉香火於半山宅寺，所謂報寧禪院者，予之僧名紫琳，字清老，無妻之累，去作半山道人，似爲不難事，然生龜脱筒，亦難堪忍。後數年見之，儒冠自若，因嘗戲和清老詩曰：『索索葉如雨，月寒遥夜闌。馬嘶車鳴鐸，群動不遑安。有人夢超俗，去髪脱儒冠。平明視清鏡，政爾良獨難。』子瞻屢哦此詩以爲妙。《直方詩話》

魯直使予對句曰：『呵鏡雲遮月』，對曰：『啼妝露着花』。魯直罪人未於詩深刻見骨，不務含蓄。余竟不曉此論，當有知者。《廣卓異記》

張塤，字叔和，謂余曰：塤一日到洛中謁潞公，方飯後，坐於一亭，亭邊皆蘭，既見，不交一談。對坐幾時，公方曰：『香來也。』叔和以爲平生所未聞，潞公云：『凡香嗅之則不佳，須待其因風自至。』余始悟山谷詩云：『披拂不盈懷，時有暗香度。』《直方詩話》

張文潛謂余曰：黄九云：『桃李春風一杯酒，江湖夜雨十年燈。』真奇語。《直方詩話》

『酴醿』，本酒名也，新開花本以其顔色似之，故以取名。山谷所以有『名字因壺酒，風流付枕幃』之句。又云：『風流徹骨成春酒，夢寐宜『宜』或作『疑』人入枕囊。』《直方詩話》

山谷既貶袁，在館中時，多食東華門椀脱蒸餅，後從黔南，王定國寄之以詩云：『北海未常樽有酒，馮驩何止食無魚。黔州椀脱無蒸餅，自合官稱削校書。』《直方詩話》

前輩花詩，多用美女比狀。如云：『若教解語應傾國，任是無情也動人。』俗哉！山谷《酴醿》詩曰：『露溼何郎試湯餅，日烘荀令炷爐香。』乃是以丈夫比之，若出類。而吾叔彭淵材作《海棠》詩又不然，曰：『雨過温泉浴妃子，露濃湯餅試何郎。』尤工也。《冷齋詩話》

東坡在黄州，盡和淵明詩，惠州魯直在黔南聞之，作偈曰：『子瞻謫海南，時宰欲殺之。飽喫惠州飯，細和淵明詩。淵明千載人，子瞻百世士。出處固不同，風味亦相似。』《冷齋詩話》

山谷晝臥，夢與一道士昇空。道士曰：『與公游蓬萊，覺天風吹鬢。』道士曰：『斂目。』俄有狗吠，開目不見道士，惟見宫殿。魯直入，有兩玉人導陞殿，主降揖之，仙女侍之。中有一女，方整琵琶，魯直愛其風韻，顧之，忘揖主者，主者色莊。故其詩曰：『試問琵琶可聞否？靈君色莊妓摇手。』與予親已言之，今《山谷集》語不同，蓋更易耳。《冷齋詩話》

臘梅，山谷初見之，作二絶。一云：『金蓓鎖春寒，惱人香未展。雖無桃李紅，風味極不淺。』一云：『體薰山麝臍，色染薔薇露。披拂不盈懷，時有暗香度。』緣此蠟梅盛於京師，然交游間亦有不甚喜之者。余嘗爲作解嘲云：『紛紛紅紫雖無韻，映帶園林卻要渠。『要』或曰『見』誰遣一枝香最勝？故應有客謂何如。』《詩話總龜》

《西清詩話》云：魯直少警悟，作《牧童》詩云：『騎牛遠遠過前村，吹笛風斜隔隴聞。多少長安名利客，機關用盡不如君。』《詩話總龜》

胡氏評詩曰：魯直過平輿，《懷李子克》詩：『世上豈無千里馬？人中難得九方臯。』《題徐孺子祠堂》詩：『白屋可能無孺子，黄堂不是欠陳蕃。』二詩命意絶相似，蓋歎知音者難得耳。《詩話總龜》

作詩貴雕琢，又畏有斧鑿痕；貴破的，又畏粘皮骨，此所以爲難學。商隱《柳》詩云：『初春何限葉，撼曉幾多枝。』恨其有斧鑒痕也。石曼卿《梅》詩云：『認桃無緑葉，辨杏有青枝。』恨其粘皮骨也。能脱此二病，始可以言詩矣。劉夢得稱：『白樂天詩云：「郢人斤斲無痕迹，仙人衣裳棄刀尺。世人方内欲相從，行盡四維無處覓。」若能如是，雖終日斲而鼻不傷，終日射而鵠必中，終日行於規矩之中，而其迹未嘗滯也。』山谷嘗與楊明叔論詩，謂：『以俗爲雅，以故爲新，百戰百勝。如孫吴之兵，棘端可以破鏃；如甘蠅飛衛之射，捏聚放開，在我掌握。』與劉所論，殆一轍矣。《詩話總龜》

王稚川調官京師，母老留鼎州，久不歸侍，嘗閲貴人歌舞，有詩云：『畫堂玉佩縈雲響，不及桃源欸乃歌。』山谷次韻諷之曰：『慈母每占烏鵲喜，家人應賦扊扅歌。』可謂盡朋友責善之義。山谷至孝，奉母安康君，至爲親滌側牏，浣中裙，未嘗頃刻不供子職。洎貶黔南，不能與親俱，則贈王郎詩云：『留我左右手，奉承白髮親。』至贛上食蓮有感，則曰：『蓮實大如指，分甘念母慈。』亦可見其孝誠矣。予聞無瑕者可以録人，則其告稚川之語，未爲過也。老杜送李舟詩，非不歸重，而其中亦不能無譏焉，所謂：『舟也衣彩衣，告我欲遠適。倚門固有望，斂衣就行役。南登吟白華，已見楚山碧。何時太夫人，堂上會親戚？』豈非譏其無方之游耶？孔子云：『父母在，不遠游。』游必有方，則山谷、少陵之詩，皆孔子之心也。葛常之《詩話》

山谷詩多用『稻田衲』，亦云『田衣』。王摩詰詩云：『乞飯從香積，裁衣學水田。』又

云：『手中花氈浄，香飯稻畦成。』豈用是耶？《丹陽集》

張祐《觀狄梁公傳》云：『失運廬陵厄，乘時武后尊。五丁扶造化，一柱正乾坤。』而山谷有『鯨波横流砥柱，虎口活國宗臣』之句，可謂善論仁傑者。余謂仁傑不畏武后羅織之獄、三族之夷，强犯逆鱗，敢以廬陵王爲請者，非特天資忠義，亦以先得武后之心故也。且張易之、昌宗，后之嬖臣也。欲歸廬陵，事大體重，非二嬖之言，后孰信之？吉頊能以危言撼二嬖，陳易弔爲賀之計，故二嬖敢從容以請，而后意遂定，於是仁傑之諫得行。卒之遣徐彦伯迎廬陵王於房州者，由仁傑之言也。故史援吕温之言，稱之曰：『取日虞淵，洗光咸池。潛授五龍，挾之以飛。於乎仁傑，其忠且賢哉！』按《仁傑傳》：『始后欲立武三思』，而《李昭德傳》乃云：『洛陽人王慶之，請以武承嗣爲皇太子，昭德力争。』今考三思本《傳》，不載爲皇太子之説，而《承嗣傳》云：『洛州人請立承嗣爲皇太子，岑長倩格輔元皆争，不從』而不及昭德，豈有牴牾耶？《韻語陽秋》

『忘年交』，謂雖年齒尊幼不侔，而道義可爲友也。如張鎰之於陸贄，崔鄘之於李謙，是已。魯直云：『逐貧不去與忘年』，便以『忘年』作朋友用，蓋有來處也。老杜《過孟倉曹》詩云：『清談見滋味，爾輩可忘年。』則山谷之用，豈苟云乎哉？葛常之《詩話》

淵明退之詩，句法分明，卓然異衆，惟魯直爲能深識之。學者若能識此等語，自然過

人。阮嗣宗詩亦然。《吕氏童蒙訓》

徐師川云：作詩回頭一句，最爲難道，如山谷詩，所謂『忽思鍾陵江十里』之類是也。他人豈如此？尤見句法要壯。山谷平日詩多用此格。《吕氏童蒙訓》

詠物詩不待分明説盡，只仿佛形容，便見妙處。如魯直《酴醾》詩云：『露溼何郎試湯餅，日烘荀令炷爐香。』義山《雨》詩云：『摵摵度瓜園，依依傍水軒。』此不待説雨，自然知是雨也。後來魯直、無己諸人，多用此體。《吕氏童蒙訓》

周顒有云：『性命之在彼極切，滋味之於我可賒。』今人以活臠而資口福者，比比皆是也，是誠何心哉？』或曰：『羊豕大身，難於刲割，蛸蛤微命，易於烹熬。』如是，則性命之小者尤不幸也。鐘岏嘗告其師何子季曰：『車螯、蚶、蠣，眉目内闕，脣吻外緘，不悴不榮，曾草木之不若，無聲無臭，與瓦礫其何異？故可長充庖廚，永爲口實。』何其仁於大而忍於細歟？山谷信佛甚篤，而晚年酷好食蟹，所謂：『寒蒲束縛十六輩，已覺酒興生江山。』又云：『雖爲天上三辰次，未免人間五鼎烹。』乃果於殺如是，何哉？東坡在海南，爲殺雞而作疏，張乖崖在成都，爲刲羊而轉經，是豈愛物之仁，不能勝口腹之欲耶？山谷談無礙禪，蘇、張行有爲法，亦各具所見爾。葛常之《詩話》

凡聚落相近，期某旦集，交易閧然，其名爲『虚』。柳云：『包飯趁虚人』，臨川云：『花

間人語趁朝虛』，山谷：『筍葉裹鹽同趁虛』、『人集春蔬好趁虛。』黃常明《詩話》

王誼伯謂西川有杜鵑，東川無杜鵑，蓋是題下註，斷自『我昔游錦城』爲句首。子瞻謂杜備諸家體，非必牵合程度，詩意蓋譏當時刺史，有禽鳥不若者。明皇已後，天步多棘，凡尊君者爲有也，懷二者爲無也。魯直亦云：『臣結春秋二三策，臣甫杜宇再拜詩。忠臣銜憤痛切骨，後世但識瓊瑰辭。』今觀此篇，敘鴻雁、羔羊，禮自太古，尊親君上之意，爲明皇設不疑。至於《杜鵑行》，乃云：『雖同君臣有舊禮，骨肉滿眼身羈孤。』又云：『爾惟摧殘始發憤，羞帶羽翮傷形憑。』指斥罵詈，殊無致嚴之語，莫不皆有所主也？黃常明《詩話》

『千里蓴羹，未下鹽豉。』蓋言未受和耳。子美：『豉化蓴絲熟，又豉添蓴菜紫。』聖俞《送人秀州》：『剩將鹽豉煮紫蓴。』魯直：『鹽豉欲催蓴菜熟。』《碧溪詩話》

唐以前茶惟貴蜀中所産，孫楚歌云：『茶出巴蜀。』張孟陽《登成都樓》詩云：『芳茶冠六情，溢味播九區。』他處未見稱者。唐茶品雖多，亦以蜀茶爲重。然惟湖州『紫笋』入貢，每歲以清明日貢到，先薦宗廟，然後分賜近臣。『紫笋』生顧渚，在湖、常二境之間，當採茶時兩郡守畢至，最爲盛會。杜牧詩所謂：『溪盡停蠻棹，旗張草翠苕。柳村穿窈窕，桃澗渡喧豗。』劉禹錫：『何處人間似仙境，春山携妓采茶時。』皆以此。建茶絶亡貴者，僅得挂一名爾。至南唐李氏時，漸見貴，始有團圈之製。而造作之精，經丁晉公始大備。自建茶出，天下所産，皆不復可數。今出處壑源沙溪，土地相去丈尺之間，品味已不同，謂之『外焙』，況他處乎？則知雖草木之微，其顯晦亦自有時。然唐自常袞以前，閩中未有讀書者，自袞教之，而歐陽詹之徒始出，而終唐世亦不甚盛。今閩中舉子，常數倍天下，而朝廷將相公卿，每居十四五，人物尚爾，況草木微物也。顧渚湧金泉，每造茶時，太守先祭拜，然後水漸出，造貢茶畢，水稍減，至供堂茶畢，已減半，太守茶畢，遂涸。蓋常時無水也，或聞今龍焙泉亦然。苕溪漁隱曰：北苑，官焙也，漕司歲以入貢，茶爲上。壑源，私焙也，土人亦入貢，茶爲次。二焙相去三四里間。若沙溪，外焙也，與二焙相去絶遠，自隔一溪，茶爲下。山谷詩云：『莫遣沙溪來亂真』，正謂此也。官焙造茶，嘗在驚蟄後一二日，興工採摘，是時茶芽已皆一槍，蓋閩中地暖如此。舊讀歐公詩，有『喊山』之説，亦傳聞之訛耳。龍焙泉，即御泉也，水之增減亦隨水旱，初無漸出遂涸之異，但泉水極甘，正宜造茶耳。《蔡寬夫詩話》

臘茶出於建、劍，草茶盛於兩浙。兩浙之品，『日注』爲第一。自景祐已後，洪州『雙井白芽』漸盛，近歲製作尤精，囊以紅紗，不過一二兩，以常茶十數斤養之，用辟暑濕之氣，其品遠出『日注』上，遂爲草茶第一。苕溪漁隱曰：醉翁又有《雙井茶》詩云：『西江水清江石老，石上生茶如鳳爪。窮臘不寒春氣早，雙井芽生先百草。白毛囊以紅碧紗，十斤茶養一斤芽。長安富貴王侯家，一啜猶須三日誇。』蔡君謨好茗飲，又精於藻鑒，《答程公闢簡》

云：『鼎得雙井四兩，其時人還未識，敘謝不悉。尋烹治之，色香味皆精好，是爲茗芽之冠，非「日注」、「寶雲」可並也。』涪翁尤譽『雙井』，蓋鄉物也。李公擇有詩誦之，《戲作解嘲》云：『山芽落磑風回雪，曾與尚書破睡來。勿以姬姜棄憔悴，逢時瓦釜亦鳴雷。』又《答黄冕仲索煎雙井并簡王揚休》詩云：『江夏無雙乃吾宗，同舍頗似王安豐。能澆茗椀湔祓我，風袂欲挹浮丘公。吾宗落筆賞幽事，秋月下照澄江空。家山鷹爪是小草，敢與好賜雲龍同。不嫌水厄幸未辱，寒泉湯鼎聽松風。』《苕溪漁隱叢話》

學退之不至李翺、皇甫湜，然翺、湜之文，足以窺測作文用力處。近世欲學詩，則莫若先考江西諸派。《吕氏童蒙訓》

陶淵明《乞食》詩云：『饑來驅我去，不知竟何之。』而繼之以『感子漂母惠，愧我韓才非。』則求而有獲者也。杜子美《上水遣懷》云：『驅馳四海内，童稚日餬口。』而繼之以『但遇新少年，少逢舊知友。』則求而無所得者也。山谷《貧樂齋》詩云：『饑來或乞食，有道無不可。』《過青草湖》云：『我雖貧至骨，猶勝杜陵老。憶昔上岳陽，一飯從人討。』由是論之，則杜之貧甚於陶，如山谷之貧，尚優於杜也。黄常明《詩話》

老杜避亂秦蜀，衣食不足，不免求給於人。如《贈高彭州》云：『百年已過半，秋至轉饑寒。爲問彭州牧，何時救急難？』《客夜》詩云：『計拙無衣食，途窮仗友生。老妻書數紙，應悉未歸情。』《狂夫》詩云：『厚禄故人書斷絶，常饑稚子色淒涼。』《答裴道州》詩云：『露名但蒙寒温問，泛愛不救溝壑辱。』《簡韋十》詩云：『因知貧病人須棄，能使韋郎迹也疏。』觀此五詩，可見其艱窘而有望於朋友故舊也。然當時能期之者，幾何人哉！劉長卿云：『世情薄恩義，俗態輕窮厄。』山谷云：『持饑望路人，誰能顔色温？』予於子美亦云。葛常之《詩話》

緑珠井在白州雙角山下，昔梁氏之女，有容貌，石季倫爲交趾采訪使，以真珠三斛買之。梁氏之居，舊井存焉，耆老云：『汲飲此井者，誕女必多美。里閭以美色無益，於是遂以巨石填之。』苕溪漁隱曰：山谷詩云：『欲買娉婷供煮茗，我無一斛明月珠。』用此事也。《太平廣記》

遠法師居廬山下，持律精苦，過中不受蜜湯，而作詩换酒。飲陶彭澤，送客，無貴賤不過虎溪，而與陸道士行過虎溪數百步，大笑而别。故禪月作詩云：『愛陶長官醉兀兀，送陸道士行遲遲。買酒過溪皆破戒，斯何人斯師如斯。』予故效之：『留陶淵明把酒椀，送陸静修過虎溪。胸次九流情似鏡，人間萬事醉如泥。』《山谷詩話》

柳展如，東坡甥也，不問道於東坡，而問道於山谷。山谷作八詩贈之，其間有『寢興與時俱，由我屈伸肘。』『飯羹自知味，如此是道否』之句，是告之以佛理也。其曰：『鹹池浴日月，深宅養靈根。』『胸中浩然氣，一家同化元。』是告之道教也。『聖學魯家恭，惟同出自異。』『乘流去本遠，遂有作書肆。』是告之以儒道也。《西清詩話》

山谷《戲聞喜遣侍兒來促》詩云：『日遣侍兒來報嘉，草鞋十里踏隄沙。鳩盤荼様施丹粉，只欠一枝蒿苣花。』其醜陋可想，山谷亦善戲也。《苕溪漁隱叢話》

山谷以崇寧甲申謫宜州，道由洞庭，潭、衡、永、桂，皆有詩。是歲五六月間，至宜，明年乙酉九月卒，年六十一。以《集》考之，在宜僅有七詩：《與黄龍清老》三首，《別元明》一首，《和范寥》二首，而絶筆於《乞鍾乳》一首，豈年高地惡而然耶？其《別元明》猶云：『術者謂吾兄弟俱壽八十，谷亦不自料，大期止此。』少游在藤州，自作輓歌之屬，比谷尤悲哀。惟坡公海外，筆力益老健宏放，無憂患遷謫之態，黄、秦皆不能及，李文饒亦不能及。《後村詩話》

張嵲又評魯直詩文云：譽者或過其實，毁者或損其真，皆非真知魯直者，或有所愛憎而然。大抵魯直文不如詩，詩律不如古，古不如《樂府》。魯直自以爲出於詩與《楚詞》，過矣。蓋規撫漢魏以下者也，佳處往往與《古樂府》、《玉臺新詠》中諸人所作合，其古律詩酷學少陵，雄健太過，遂流而入于險怪。要其病在太著意，欲道古今人所未道語。而其文則專學西漢，惜其才力褊局，不能汪洋趦趄，如其紀事立言，頗時有類處。二評不易之論也。《後村詩話》。宗祥案：此條載張嵲評語，今分爲二，後半屬山谷。

魯直《乞猫》詩云：『秋來鼠輩欺猫死，窺甕翻盤攪夜眠。聞道貍奴將數子，買魚穿柳聘銜蟬。』雖滑而可喜，千載而下，讀者如新。《後山詩話》

魯直有癡弟，畜漆琴而不御，蟲蝨入焉。魯直嘲之曰：『龍池生壁蝨』，而未有對。魯直之兄大臨，旦見床下以溺器畜生魚，問知其弟也，大呼曰：『我有對矣。』乃『虎子養溪魚』也。《後山詩話》

予家藏山谷《謝李邦直送喬雲龍茶》詩，所謂『喬雲從龍小蒼璧，元豐至今人未識』者是也。用以麻矮紙作鉅軸，書如拳許大，字畫飛動，可與《瘞鶴銘》、《離堆記》争雄。政和甲午携以示李端叔。端叔和山谷韻，又用此韻作詩見貽，且跋其尾云：『元豐八年九月，魯直入館，是月裕陵發引前一日，百官集朝堂，與余適相值，邂逅邦直送茶。居兩日，聞有詩。又數日，相見于文德班中，爲余口占。政和四年中元前一日，宣城周少隱出此詩相示，蓋二十有九年矣，感舊愴然。因借其韻，書于卷尾。是日，大旱久不雨而雨，黄昏月出，已而復雨。』紹興兵至姑谿，詩帖兩牛腰，併與山谷墨妙，爲之一空。《竹坡詩話》

《周禮》：『庖人共祭祀之好羞。』鄭康成注云：『好羞，謂四時所謂膳食。若荆州之鮺魚，揚州之蟹胥。』陸德明《音釋》云：『蟹醬也。』山谷詩云：『蟹胥與竹萌，乃不羡羊腔。』《鶴林玉露》

唐李匡乂《資暇集》曰：『借借書籍，俗曰：借一癡，借二癡，索三癡，還四癡。』又按王府《新書》：『杜元凱遺其子書曰：「書勿借人。」』古諺『借書一嗤』，後人更生其詞至三四，因訛爲『癡』。《集韻》釋『瓻』字：『酒器也。古以借書謂借書餽酒一瓻，還書亦餽酒一瓻。』故山谷從人借書有詩曰：『勿辭借我千里，他日還君一瓻。』三説可並存之。恒惜《集韻》不載以瓻盛酒借書出何典故也。《東皋雜録》

舊客江西林谷梅山房書院，春時多食此草蔏菜蔞，嫩莖去葉，湯焯，用油、鹽、苦酒，沃之爲茹，或加以肉，香脆良可愛。後歸京師，春輒思之，偶與李竹埜制機伯恭鄰，以其江西人，因問之。李云：『《廣雅》云：「蔏蔞生下田，江西用以羹魚。」陸疏云：「葉似艾，白色，可蒸爲茹。」即《漢廣》言「刈其蔞」之蔞。』山谷詩云：『蔞蒿數筯玉簪横』，及證以《詩》註，果然。李乃怡軒之子，嘗從江西西山問宏詞法，多識草木宜矣。《山家清供》

蟹生于江者黄而腥，生于河者紺而馨，生于溪者蒼而清，越、淮多趣掠，故或朽而不盈。辛卯，有錢君謙齋震祖，惟硯存復歸于吴門，秋偶過之，把酒論文，猶不減乎昨之勤也。留旬餘，每旦市蟹，必取其圓臍，烹以酒醋，雜以蔥芹，仰之以臍，少候其凝人各舉一，痛飲大嚼，何異乎拍浮于湖海之濱，庸庖俗飣，非口不知味，恐失此物風韻，但以橙醋，自足以發揮其所蘊也。且曰：『圓臍膏，尖臍螯。秋風高，團者豪。請舉手，不必刀。羹以蒿，尤可饕。』因舉山谷詩云：『一腹金相玉質，兩螯明月秋高。』真可謂詩中之騷。『舉以手，不用刀』，尤見錢君之豪也。或曰：『蟹所惡，唯朝霧。實簗筐，噀以醋。雖千里，無所誤。』因筆之爲蟹助。《山家清供》

曾紆云：山谷用樂天語，作《黔南》詩。白云：『霜降水返壑，風落木歸山。冉冉歲將晏，物皆復本原。』山谷云：『霜降水返壑，風落木歸山。冉冉歲將晏，昆蟲皆閉關。』白云：『渴人多夢飲，饑人多夢餐。春來夢何處？合眼到東川。』山谷云：『病人多夢醫，囚人多夢赦。如何春來夢，合眼在鄉社？』白云：『相去六千里，地絶山邈然。十書九不到，何以一開顔？』山谷云：『相望六千里，天地隔江山。十書九不到，何用一開顔。』紆愛之，每對人口誦，謂是『點鐵成金』也。范寥云：寥在宜州，嘗問山谷，山谷云：『庭堅少時誦熟，久而忘其爲何人詩也。嘗阻雨衡山尉廳，偶然無事，信筆戲書爾。』寥以紆點鐵之語告之，山谷大笑曰：『焉有是理，便如此點鐵？』《道山清話》

興化軍莆田縣去城六十里，有通應侯廟，江水在其下，亦曰『通應』，地名『迎仙』。水極深緩，海潮之來，亦至廟所，故其江水鹹淡得中。子魚出其間者，味最珍美，上下數十里，魚味即異，頗難多得，故『通應子魚』，名傳天下。而四方不知，乃謂子魚大可容印者爲佳，雖山谷之博聞，猶以『通印紫魚』爲『枝緜黄雀』之對也。至云『鮝魚皆上通三印』，則傳者

益誤，正可謂『一麾爲比』矣。以『子』名者，子多爲貴也。《雞肋編》

《鼎卦》：『雉膏不食。』註：『食之美者。』山谷云：『數面欣羊脾，論詩善雉膏。』乃借用美之意。唐張演先有詩云：『雉膏美景在蓑陰，紅蕊丹跗次第尋。』『羊脾』，即《夷狄傳》：『日入烹羊脾熟，東方已明。』《説文》曰：『戴角曰脂，無角曰膏。』《臆乘》

李淳希聲言：頃侍其祖茂直爲江西監司日，聞徐禧德霑自御史中丞，以母喪還洪府日。洪有媪，善以《三世禄命書》言人吉凶。德霑俾占之，媪曰：『當以兵死。』徐氏皆怒之，媪曰：『無煩怒也。其書，古人所記，其變具存。』以其書示之，畫一僵尸，身首異處，血污狼藉，而烏鳥啄之。徐氏猶欲以妖言，將檄有司笞之，媪以衆解得免。後德霑敗永樂，城破，虜既害之，蹂踐其尸，正符媪説。媪尚存，洪人因重之。又曰：禧經制西事，日與沈括議入居永樂，括不欲入。禧以不同其計，自以數萬人守焉。禧自守，虜大縱兵圍之，四面不見其際。禧節制諸將，不許出戰，城中兵相殘殺，禧命曲珍内平之。守既久，城中無水，兵皆渴，至有殺人而吮睛飲血者。禧命掘井，數十尺方及泉，既汲，禧命以軍額高下次第飲之，衆兵怨怒，凡汲一罌，衆兵皆以衣漬而吮之，衆渴不已，請開城飲于壕，雖死不憾。城開，外兵遂入而屠焉。又言：徐禧之妻，黄魯直之堂妹也，故禧死，魯直祭文有『文足以經邦，武足以定難』之語。禧之没，朝廷厚其贈典，至金紫光禄大夫、吏部尚書，謚忠愍，官其子弟八人。禧止有一子，甚幼，曰俯，遂獨受其遺澤，至通直郎。今上即位覃恩，轉奉議郎，今年才十有六歲矣。近娶吕温卿之女，蓋吕吉甫與禧厚善故也。每讀《責吕吉甫誥》，至于『力引狂生之謀，馴至永樂之禍』，未嘗不泣涕也。好讀兵書，善學其舅魯直，近有詩云：『平生功名心，夜窗短檠火。』大賞之也。《師友談記》

詩所以吟詠情性，乃閒中之一適，非欲以求名也。予詩自知其淺，然卻是自作生活，未嘗寄人籬下。若有以艱深之辭文之，人未必以爲淺也。黄魯直詩非不清奇，不知自立者，翕然宗之，如多用釋氏語，卒推墮于洳瀆之中，本非其長處也。而乃字字剽竊，萬首一律，不從事于其本，而影響于其末，讀之令人厭。章茂深郎中，葉石林甥也，自言從小學作江西詩，石林每見之，必顰蹙曰：『何用事此死聲活氣語也。』此言真有味。《石林詩話》談山谷之詩不容口，非不取之，惡夫學之者過也。《視聽鈔》

魯直《答雍熙長老寄糖霜》詩：『遠寄蔗霜如有味。』又《糖霜譜》曰：『遂寧有糖冰，冠于四郡』云。《浩然齋意抄》

高荷，荆南人，學杜子美作五言，頗得句法。黄魯直自戎州歸，荷以五十韻見，魯直極愛賞之，嘗和其言，有云：『張侯海内長句，晁子廟中雅歌，高郎少加筆力，我知三傑同科。』『張』謂文潛，『晁』謂無咎也。無咎聞之，頗不平。荷晚爲童貫客，得蘭州通判以死，既不

爲時論所與，其詩亦不復傳云。《石林詩話》

俞紫芝，字秀老，揚州人，少有高行，不娶，得浮圖心法，所至翛然，而工于作詩。王荆公居鍾山，秀老數相往來，尤愛重之，每見于詩，所謂『公詩何以解人愁，初日芙蓉映碧流。未怕元劉争獨步，不妨陶謝與同游』是也。秀老嘗有『夜深童子唤不起，猛虎一聲山月高』之句，尤爲荆公所賞，亟和云：『新詩比舊仍增峭，若許追攀莫太高。』秀老卒于元祐初，惜時無發明之者，不得與林和靖一流，槩見于隱逸。其弟澹，字清老，亦不娶，滑稽善諧謔，洞曉音律，能歌，荆公亦善之。晚年作《漁家傲》等樂府數闋，每山行，即使澹歌之。然澹使酒好駡，不若秀老之恬静，一日，見公云：『我欲去爲浮圖，但貧無錢買祠部爾。』公欣然爲置祠部，澹約日祝髮。既過期，寂無耗，公問其然，澹徐曰：『我思僧亦不易爲，公所贈祠部，已送酒家償舊債矣。』公爲之大笑。黄魯直嘗作三詩贈澹，其一云：『有客夢超俗，去髮脱塵冠。平明視清鏡，正爾良獨難。』蓋述荆公事也。《石林詩話》

黄著作庭堅《荆江亭》詩曰：『魯中狂士邢尚書，自言挾日上天衢。敦夫若在鎸此老，不令平地生崎嶇。』敦夫，名居實，早死，尚書公子也。《聞見後録》

前輩詩文中多用化鶴事，其事有二，雖若相類，其實不同。《神仙傳》：『蘇仙公者，桂陽人，《洞仙傳》云蘇公名耽。漢文帝時得道，有白鶴數十降于門，乃跪白母曰：「某當仙」。被召有期，即便拜辭，遂昇雲漢而去。後白鶴來止郡城東北樓上，人或挾彈彈之。鶴以爪攫樓板似漆書云：「城郭是，人民非。三百甲子一來歸，吾是蘇君，彈吾何爲？」』此一事也。《續搜神記》：『遼東城門華表柱，忽有白鶴來集，人或欲射之，于空中歌曰：「有鳥有鳥丁令威，去家千歲今來歸。城郭猶是人民非。」又《洞仙傳》云『令威，遼東人，少隨師學得仙道。』此又一事也。山谷《戲書秦少游壁》云：『化作遼東白鶴歸，朱顏未改故人非。』此用令威事。《次韻宋楙宗觀東坡出游》云：『人間化鶴三千歲，海上看羊十九年。』此用蘇耽事也。『化鶴』、『看羊』，皆蘇氏事，其工的如此。《雲谷雜記》

山谷有《贈米元暉》詩云：『我有元暉古印章，印刓不忍與諸郎。虎兒筆力能扛鼎，教字元暉繼阿章。』任淵注其詩，引《漢書·舊儀》曰：『銀印龜紐，其文曰章。』又曰：『元暉謂謝元暉。』淵之所引非也，虎兒蓋米芾之子友仁小字爾。曾慥《百家詩》引云：『友仁少俊早成，魯直有元暉古印章，因以爲字。』是山谷以古印偶有『元暉』二字，故贈之令字元暉，以其父米芾字元章，故有『繼阿章』之語。淵既不得其實，闕之可也，乃强爲解釋，徒自纇其書。《雲谷雜記》

涼寢竹器，俗曰『竹夫人』。黄山谷謂趙子充曰：『憩臂休膝，似非夫人之職。冬夏青青，竹之所長，請名曰「青奴」』。故其詩云：『我無紅袖堪娯夜，正要青奴一味涼。』瑒花，荆公欲爲賦詩，而鄙其名。『瑒』蓋玉也，未爲不佳，但其音乃『杖梗切』，故公陋之。山谷復呼爲『鄭』，且謂野人采鄭花葉以染黄，不借礬而成色，乃以『山礬』爲名。而詩有『山礬獨自倚春風』及『山礬是弟梅是兄』之句，二名皆其所命，而作詩復自引用，其意蓋欲顯二者之名于人耳。王立之云：『蠟梅，山谷初見，戲作二絶，緣此盛于京師。「青奴」、「山礬」，今藉藉于人，正以山谷之詩耳。』《雲谷雜記》

魯直與高子勉云：『尊前八米句，窗下十年書。』徐師川與潘邠老云：『字直千金師智永，句稱八米繼盧郎。』齊宣文崩，文士各作挽詩十首，擇其善者用之，每人不過一二首，惟盧思道獨得八首，時人稱爲『八采盧郎』。『米』字蓋『采』字之誤也，十首中采擇八首耳，若作『米』字，無義理。詩人不之考，相襲以爲『八米』，蓋言精鑿，失之甚矣。元微之《酬樂天》云：『八采詩成未伏盧』，可證『采』字爲是。《猗覺寮雜記》

魯直詩曰：『管城子無食肉相，孔方兄有絶交書。』今謂此體魯直挪見，僕謂不然。唐詩此體甚多，張祜曰：『賀知章口徒勞説，孟浩然身更不疑。』李益曰：『柳吴興近無消息，張長公貧苦寂寥。』貫休曰：『郭尚父休誇塞北，裴中令莫説淮西。』杜荀鶴曰：『卷一箔絲供釣線，種千林竹作漁竿。』皆此句法也。讀之似覺齟齬，其實協律。《野客叢書》

林季野觀魯直詩，紬繹再四，云：『詩未必篇篇佳，但格制高耳。』《野客叢書》

李正文《資暇集》曰：『借書集，俗謂借一癡，與二癡，索三癡，還四癡。』又杜元凱遺其子書曰：『書勿借人。』古諺云：『借書一嗤，還書一嗤』，後人生其詞至三四，譌爲『癡』。或曰：『癡』甚無謂，當作『瓻』。僕觀《廣韻》注、張孟《押韻》所載『瓻』字，皆曰：『借書盛酒器也。』故曾文清公《還鄭侍郎〈通鑒〉》詩曰：『借我以一《鑒》，餉公無兩瓻。』然又觀魯直詩曰：『願公借我藏書目，時送一鴟開鎖魚。』蘇養直詩曰：『休言貧病惟三篋，已辦借書無一鴟。』又曰：『去止書三篋，歸亡酒一鴟。』曰：『慙無安世書三篋，濫得揚雄酒一鴟。』乃作『鴟夷』之鴟。近見《漁隱後集》，亦引黄詩爲證，與僕暗合。《野客叢書》

烏戍張仲思家，多前人墨迹，有魯直親染題李伯時畫欲驟玉花驄後一詩。其間云：『此篇晁无咎、蔡天啟諸人皆和，多有好句。昨見允蹈齋官書工，有士人寫繁城隸，筆法秀整，試爲問姓名，當求寫此詩本著馬後。』魯直此紙，筆力勁甚，非尋常石刻者比。其詩三句一换，三疊而止，《禁臠》謂之『促句换韻』。僕又觀當時名公，如鮑夷白亦多此作。漁隱第言魯直有此一篇，而不知其他。或者又謂唐人亦有此體，以僕考之，非止唐人，其苗裔蓋出于三百篇之中，如《素冠》之詩是也。《野客叢書》

魯直詩：『糴矮金壺肯持送，挼莎殘藾更傳杯。』注詩者但知『挼莎』字見《曲禮》『不擇手』注，至『糴矮』則引《玉篇》注曰：『糴，短也。矮，不長也。』不知此二字見《春官》『附音注』下，謂：『矲雉，上皮買反，下苦買反。』《方言》：『桂林之間，謂人短爲矲雉』。『雉』正作『矮』字呼也。前輩用事，貴出處相等，傳注中用事，必以傳注中對。此如荆公詩：『一水護田將緑繞，兩山排闥送青來』，『護田』、『排闥』，皆西漢語也。謝薖詩亦曰：『挼挲蕉葉展新緑，從便桃花舒小紅。』《野客叢書》

山谷詩晚歲所得尤深，鶴山稱其：『以草木文章，發帝機杼；以花竹和氣，騐人安樂。』《困學紀聞》

《題蘇若蘭回文錦詩圖》云：『亦有英靈蘇蕙子，只無悔過竇連波。』『連波』，竇滔字也。《武后記》云：『因述若蘭之多才，復美連波之悔過。』《困學紀聞》

《物理論》云：『虚無之談，無異春鼃秋蟬聒耳而已。』山谷《演雅》：『春蛙夏蜩更嘈雜』，本于此。《困學紀聞》

《題王黄州墨迹》：『掘地與斷木，智不如機舂。聖人懷餘巧，故爲萬物宗。』注不言所出。嘗觀孔融《肉刑論》云：『賢者所制，或踰聖人。水碓之功巧，勝于斷木掘地。』此詩意本于此。『機舂』，即水碓也。《困學紀聞》

《立春》詩：『看鏡道如咫』，出《汲冢周書》：『王子曰：遠人來驩，視道如尺。』《困學紀聞》

《呈吉老縣丞》詩：『觟觽今無種，蒲盧教未形。』注云：『「觟觽」，此兩姓，今無人。』按

太元《難十九》云：『角觟鯱終以直其有犯』，二字與『解豸』同。亦見王充《論衡》云：『一角之羊也』，注誤矣。《困學紀聞》

『八百老彭嗟杖晚』，出《莊子》釋文：『彭祖至上百歲，猶曰悔不壽，恨杖晚而唾遠。』『醇樸乃器師』，二字出《荀子》。《困學紀聞》

《江西道院賦》：『堂密有美樅』，出《爾雅》注：『《尸子》謂松柏之鼠，不知堂密之有美樅。』《困學紀聞》

山谷詩云：『能與貧人共年穀，必有明月生蚌胎。』爲富不仁者可以警。《困學紀聞》

山谷詩：『金石在波中，仰看萬物流。』出《孟子》注：『萬物皆流，而金石獨止。』《困學紀聞》

黄魯直少有詩名，未入館時，在葉縣、大名、吉州、太和、德平，詩已卓絶。後以史事，待罪陳留，偶自編《退聽堂》詩，初無意盡去少作。胡直孺少汲，建炎初帥洪州，首爲魯直類詩文爲《豫章集》，命洛陽朱敦孺山房李彤編集，而洪炎玉父專其事，遂以《退聽》爲斷，以前好詩皆不收。而不用吕汲《老杜編年》爲法，前後參錯，殊牴牾也。反不如姑胥居世英刊《東坡全集》，殊有敘，又絶少舛謬，極可賞也。盧陵守陳誠虚中刊《歐陽公居士集》，亦無倫次，蓋不知編摩之體耳。《耆舊續聞》

全宋詩話卷五十四

黄庭堅二

山谷《題竹石牧牛圖》云：『野次小崢嶸，幽篁相依緑。阿童三尺箠，御此老觳觫。石吾甚愛之，勿遣牛礪角。牛礪角尚可，牛鬭殘我竹。』一日，因坐客論魯直詩體製新巧，客舉魯直此詩云：『「石吾甚愛之，勿使牛礪角。牛礪角尚可，牛鬭殘我竹。」如此體製甚新。』公徐云：『「獨漉水中泥，水濁不見月。不見月尚可，水深行人没。」蓋是李太白《獨漉篇》也。山谷亦效此語意耳。』《陵陽室中語》

山谷《記夢》云：『衆真絶妙擁靈君，曉然夢之非紛紜。窗中遠山是眉黛，席上榴花皆舞裙。借問琵琶得聞否？靈君色莊妓摇手。兩客争棋爛斧柯，一兒壞局君不呵。杏梁歸燕空語多，奈此雲窗霧閣何。』余嘗問山谷，云：『此記一段事也。嘗從一貴宗室携妓游僧寺，酒闌，諸妓皆散入僧房中，主人不怪也。故有「曉然夢之非紛紜」之句。』洪駒父《詩話》

山谷《宗室公壽挽詞》云：『昔在熙寧日，葭莩接貴游。題詩奉先寺，横笛寶津樓。天網恢中夏，賓筵禁列侯。但聞劉子政，頭白更清修。』意深語到，可見宗室前肆後拘氣象。《二老堂詩話》

山谷《觀伯時畫馬禮部試院》詩曰：『儀鸞供帳饕蝨行，翰林溼薪爆竹聲，風簾官燭淚縱横。水穿石盤未渠透，坐窗不遨令人瘦，貧馬百莝逢一豆。眼明見此玉花驄，徑思著鞭隨詩翁，城西野桃尋小紅。』此格《禁臠》謂之『促句换韻』，其法三句一换韻，三疊而止。此格甚新，人少用之。《苕溪漁隱叢話》

黨禍既起，山谷居黔，有以屏圖遺之者，繪雙蝭翾舞，罥于蛛絲，而隊蟻憧憧其間。題六言于上云：『蝴蝭雙飛得意，偶然畢命綱羅。群蟻争收墜翼，策勛歸去南柯。』崇寧間，又遷于宜，圖偶爲人携入京，鬻于相國寺肆。蔡客得之，以示元長，元長大怒，將指爲怨望，重其貶。會以訃奏僅免。《桯史》

山谷在荆州時，鄰居一女子，閒静妍美，綽有態度，年方笄也，山谷殊嘆惜之。其家蓋閭閻細民，未幾嫁同里，而夫亦庸俗貧下，非其偶也。山谷因和荆南太守馬瑊中玉《水仙花》詩云：『淤泥解作白蓮藕，糞壤能開黄玉花。可惜國香天不管，隨緣流落小民家。』蓋有感而作。後數年，此女生二子，其夫鬻于郡人田氏家，憔悴頓挫，無復故態，然猶有餘妍，

乃以『國香』名之。《墨莊漫録》

東坡《寄柳子玉》云：『聞道床前惟竹几，夫人應不解卿卿。』又《送竹几與謝秀才》云：『留我同行木上座，贈君無語竹夫人。』山谷云：『「竹夫人」迺涼寢竹器，憩臂休膝，非夫人之職。而冬夏青青，竹之所長，名曰「青奴」。』作詩云：『穠李四絃風掃席，昭華三弄月侵床。我無紅袖堪娱夜，正要青奴一味涼。』穠李、昭華，貴人家兩女奴也。《侍兒小名録拾遺》

懷寧縣山谷寺西北，有石牛洞，其狀如牛，唐李翺諸賢，題詠甚多。李伯時畫黄魯直坐石牛上，魯直因自號『山谷道人』，仍題詩石上云：『鬱鬱窈窈天官宅，諸峰排霄帝不隔。六時謁天開關鑰，我身金華牧羊客。羊眠草間我世間，高真衆靈思我還。石盆之中有甘露，青牛駕我山谷路。』《方輿勝覽》

《牧童》詩云：『騎牛遠遠過前村，吹笛風斜隔隴聞。多少長安名利客，機關用盡不如君。』此詩世傳山谷七歲作。《桐江詩話》

魯直入宫教予兄弟，伯父五開府，酒餘脱淺色香羅襖衣之，魯直作詩曰：『疊送香羅淺色衣，著來春氣入書帷。到家慈母驚相問，爲説王孫脱贈時。』《侯鯖録》

龍眠李亮工家藏周昉畫《美人琴阮圖》，殊有宫禁富貴氣，旁有竹馬小兒，欲折檻前柳者。亮工官長沙時，山谷謫宜州，過而見之，嘆愛彌日，大書一詩于黃素上云：『周昉富貴女，衣飾新舊兼。髻重髮根急，薄粧無意添。琴阮相與娛，聽絲不停手。敷腴竹馬郎，跨馬要折柳。』此詩不見今《集》。《墨莊漫録》

山谷《答王道濟寺丞觀許道寧山水圖》詩云：『往逢醉許在長安，蠻溪大硯磨松煙。忽呼絹素翻硯水，久不下筆或經年。一日踏門撼門鈕，巾帽欹斜猶索酒。舉杯意氣欲翻盆，倒卧虛樽將八九。醉拈枯筆嘗墨色，勢若山崩不停手。數尺江山萬里遥，滿堂風物冷蕭蕭。山僧歸寺童子後，漁伯欲渡行人招。先君笑指溪上宅，鸕鶿白鷺如相識。許生再拜謝不能，乃是天機非筆力。自陳精力初未衰，八幅生絹作四時。早師李成最得意，什襲自藏人已知。貴人取去棄墻角，流落幾姓今知誰？大梁畫肆閱水墨，四圖宛然當物色。自言早過許史門，常賣一聲偶然得。雨雪涔涔滿寺庭，四圖冷落讓丹青。往來睥睨誰比數？十萬酬之觀者驚。客還次第閱冬夏，坐見歲序寒峥嶸。王丞來觀歎嘖嘖，亦如我昔初見日。新詩雖黃初得實，信知君家有摩詰。我持此圖二十年，眼見緑髮皆華顛。許生縮手入黃泉，衆史弄筆摩青天。君家枯松出老翟，頗似破屏有骨骼。一時所棄願愛惜，不誣方將有人識。』此詩正本有二篇，互有不同，今録其後篇。《聲畫集》

予家有大年畫小景二幅，山谷親書兩絶句其上，今豫章所刻《集》，及他本皆無。詩云：『水色煙光上下寒，忘機鷗鳥恣飛還。我來頻作江湖夢，對此身疑在故山。輕鷗白鷺定吾友，翠柏幽篁是可人。海角逢春知幾度？卧游到處總傷神。』《苕溪漁隱叢話》

漢嘉城西北山麓，有一石洞，泉出其間，良久一滴，清如金石。山谷詩云：『古人題作東丁水，自古東丁直到今。我爲改名方響洞，要知山水有清音。』《老學庵筆記》

《贈宗室大年》詩云：『揮毫不作小池塘，蘆荻江邊落雁行。雖有珠簾籠翡翠，不忘煙雨罩鴛鴦。』大年喜微行，而善畫小景，山谷蓋有所譏也。《直方詩話》

山谷題野寺壁句云：『春將國豔熏花骨，日借黄金縷水紋。』《詩人玉屑》

山谷句云：『人得交游是風月，天開圖畫即江山。』《石林燕語》

吕居仁作《江西詩社宗派圖》，其略云：『古文衰于漢末，先秦古書存者，爲學士大夫剽切之資。五言之妙，與三百篇、《離騷》争烈可也。自李、杜之出，後莫能及。韓、柳、孟郊、張籍諸人，自出機杼，别成一家。元和之末，無足論者。衰至唐末，極矣。然《樂府》長短句，有一倡三歎之致，國朝文物大備，穆伯長、尹師魯始爲古文，盛于歐陽氏。歌詩至于豫章，始大出而力振之，後學者同作並和，盡發千古之秘，亡餘藴矣。録其名字曰「江西宗派」，其源流皆出豫章也。宗派之祖曰山谷，其次陳師道無己，潘大臨邠老，謝逸無逸，洪朋龜父，洪芻駒父、饒節德操，乃如璧也。祖可正平，徐俯師川，林敏修子仁，洪炎玉父，汪革信民，李錞希聲，韓駒子蒼，李彭商老，晁沖之叔用，江端友子我，楊符信祖，謝薖幼槃，夏倪均父，林敏功，潘大觀，王直方立之，善權巽中，高荷子勉，凡二十五人。』居仁其一也。議者以謂陳無己爲詩高古，使其不死，未必甘爲宗派。若徐師川，則固嘗不平，曰：『吾乃居行間乎？』韓子蒼云：『我自學古人。』均父又以在下爲耻。不知居仁當時果以優劣銓次，姑記姓名，而紛紛如此？以是知執太史之筆者，戛戛乎難哉！又不知諸公之詩，其後人品藻，與居仁所見，又何如也？《雲麓漫鈔》

《江西詩派》一百三十七卷，《續派》十三卷。《文獻通考》

山谷舊所作詩文，名以《焦尾敝帚》。秦少游云：『每覽此編，輒悵然終日，殆忘食事，邈然有二漢之風。』今交游中以文墨稱者，未見其比，所謂『珠玉在旁，覺我形穢』也。《直方詩話》

山谷詩妙脱蹊徑，言謀鬼神，無一點塵俗氣。所恨務高，一似參曹洞下禪，尚墮在玄妙窟裏。《西清詩話》

元祐文章稱蘇、黄，時二公争名，互相譏誚。東坡嘗云：『魯直詩文，如蝤蛑、江瑶柱，格韻高絶，盤餐盡廢。然不可多食，多則發風動氣。』山谷亦云：『蓋有文章妙一世，而詩句不逮古人者。』此指東坡而言也。任天社云：『山谷詩律妙一世，用意未易窺測。然置字下語，皆有所從來。』張巨山云：『山谷古律詩酷學少陵，雄健太過，遂流而入于險怪。要其病在太著意，欲道古今人所未道語耳。其文專學西漢，惜才力褊局，不能汪洋恣肆。如其紀事立言，頗有類處。』《西清詩話》

黄山谷如陶弘景抵召入宫，析理談元，而松風之韻故在。《詩評》

國初詩人，如潘閬、魏野，規規晚唐格調，楊、劉則又專爲崑體；蘇、梅二子，稍變以平淡豪傑，而和之者尚寡。至六一公，巍然爲大家數，學者宗焉。然二公亦各極其天才筆力之所至而已，非必鍛煉勤苦而成也。豫章稍後出，會粹百家句律之長，究極歷代體製之變，蒐討古書，穿穴異聞，作爲古律，自成一家，雖隻字半句不輕出，遂爲本朝詩家宗祖。《後村詩話》

《豫章先生傳贊》云：『山谷自黔州以後，句法尤高，筆勢放縱，實天下之奇作，自宋興以來，一人而已。』東坡云：『讀魯直詩，如見魯仲連、李太白，不敢復論鄙事。雖若不適用，然不爲無補于世。』《詩林廣記》

山谷惠余詩兩篇，一云：『多病廢詩仍止酒』，一云：『醉餘睡起怯春寒』，觀者以爲疵。余曰：『説詩者不以文害辭，豈非謂此耶？』《直方詩話》

詩云：『讀書頭欲白，相對眼終青。』『身更萬事已頭白，相對百年終眼青。』『看鏡白頭知我老，平生青眼爲君明。』『故人相見尚青眼，新貴即今多白頭。』『江山萬里盡頭白，骨肉十年終眼青。』『白頭逢國士，青眼酒尊開。』此坡、谷所爲，用『青眼』對『白頭』者非一，而工拙亦各有差。老杜亦云：『別來頭併白，相見眼終青。』《直方詩話》

東坡《題李秀才醉眠亭》詩云：『君且歸休我欲眠，人言此語出天然。醉中對客眠何害？須信陶潛未若賢。』山谷《題無咎卧陶軒》亦云：『欲眠不遣客，佳處更難忘。』意極相類。《直方詩話》

山谷云：『詩意無窮，人之才有限。以有限之才，追無窮之意，雖少陵、淵明，不得工也。然不易其意而造其語，謂之「换骨法」；規模其意而形容之，謂之「奪胎法」。』如鄭谷《十日菊》曰：『自緣今日人心别，未必秋香一夜衰。』此意甚佳，而病在氣不長。西漢文章，雄深雅健，其氣長故也。曾子固曰：『詩當使人一覽語盡而意有餘，乃古人用心處。』所以舒王《菊》詩曰：『千花百卉凋零後，始見閒人把一枝。』坡則曰：『萬事到頭都是夢，休休，明日黄花蝶也愁。』李翰林曰：『鳥飛不盡暮天碧』，又曰：『青天盡處没孤鴻』，其病如前所論。山谷《登達觀臺》詩曰：『瘦藤拄到風煙上，乞與游人眼界開。不知眼界開多少，白鳥去盡青天回。』凡此之類，皆换骨法也。顧況詩曰：『一别二十年，人堪幾回别？』其詩簡緩，而立意精確。舒王《與故人》詩曰：『一日君家把酒杯，六年波浪與塵埃。不知烏石江邊路，到老相尋得幾回？』樂天曰：『臨風杪秋樹，對酒長年身。醉貌如霜葉，雖紅不是春。』東坡《南中》詩曰：『兒童誤喜朱顔在，一笑那知是醉紅。』凡此皆奪胎法。唐詩曰：『長因送人處，憶得别家時。』又曰：『舊國别多日，故人無少年。』舒王、東坡用其意，作古今不經人道語。王詩曰：『木末北山煙冉冉，草根南澗水泠泠。繰成白雪桑重緑，割盡黄雲稻正青。』坡曰：『桑疇雨過羅紈膩，麥隴風來餅餌香。』如《華嚴經》舉果知因：『譬如蓮花，方其吐花，而果具蕊中。』造語之工。至于舒王、東坡、山谷，盡古今之變。舒王曰：『江月轉空爲白晝，嶺雲分暝與黄昏。一水護田將緑繞，兩山排闥送青來。』坡《海棠》詩曰：『只恐夜深花睡去，故燒高燭照紅妝。』又曰：『我携此石歸，袖中有東海。』山谷曰：『此皆謂之「句中眼」。』李格非嘗曰：『老杜謂之「詩史」者，其大過人在誠實耳。』如玉川子《醉歸》詩曰：『昨夜村飲歸，健倒三四五。摩挲青莓苔，莫嗔驚着汝。』舒王用其意作《扇子》詩曰：『玉斧修成寶月圓，月邊仍有女乘鸞。青冥風露非人世，鬢亂釵横特地寒。』謝公有『池塘生春草，園柳變鳴禽。』謂之神助，古今文士多稱之，李元膺曰：『此句未有過人處，古人意所至則見于情，詩句，蓋寓也。謝公喜惠連夢中，當論情意，不當泥句。』吾弟超然曰：『陳叔寶絶無肺腸，詩語有警絶者，如「午醉醒來晚，無人夢自驚。」「夕陽如有意，長傍小窗明。」』王摩詰《山中》小詩曰：『荆溪白石出，天寒紅葉稀。山路原無雨，空翠溼人衣。』舒王《百家衣體》曰：『相看不忍發，慘淡暮潮平。欲别更携手，月明洲渚生。』此得天趣。問曰：『何以識其天趣？』曰：『能知蕭何所以識韓信，則天趣可解。』余竟不能詰。《冷齋夜話》

詩云：『夜闌更秉燭，相對如夢寐。』更互秉燭照之，恐是夢也。作『更』字讀，則失意甚矣。山谷每用之，所謂『一霎社公雨，數番花信風』是也。《冷齋夜話》

張文潛謂予曰：黄九云：『桃李春風一杯酒，江湖夜雨十年燈。』真奇語。《直方詩話》

魯直少警悟，八歲能作詩，《送人赴舉》云：『送君歸去明主前，若問舊時黄庭堅，謫在人間今八年。』此已非髫稚語矣。《西清詩話》

王夷甫、蔡景節並號『口不言錢』，二子皆因弊矯之者，衍以其妻貪淫黷貨，至藉俠士李陽以懼之。樽在臨海，其婢納女巫之賂，爲百姓撾登聞鼓，其絶口蓋有由然。如子美、張籍皆云：『散寫乞錢書。』太白：『頻將三十萬，盡付酒家錢。』岑參：『閒君耐相訪，正有床頭錢。』小杜：『清貧長欠一杯錢。』東坡：『滿江風月不論錢。』山谷：『青山好去坐無錢。』曾不害諸公之高也。《碧溪詩話》

詩家有『换骨法』，謂用古人意而點化之，使加工也。李白詩云：『白髮三千丈，緣愁似個長。』荆公點化之，則云：『繰成白髮三千丈。』劉禹錫云：『遥望洞庭湖翠水，白銀盤裹一青螺。』山谷點化之，云：『可惜不當湖水面，銀山堆裹看青山。』孔稚圭《白苧歌》云：『山虚鐘響徹』，山谷點化之，云：『山空響管絃。』盧仝詩云：『草石是親情』，山谷點化之，云：『小山爲友朋，香草當姬妾。』學詩者不可不知此。《丹陽集》

魯直謂東坡作詩，未知句法。而東坡題魯直詩云：『每見魯直詩，未嘗不絶倒，然此卷語妙甚，殆非悠悠者可識。』能絶倒者，已是可人。又云：『讀魯直詩，如見魯仲連、李太白，不敢復論鄙事。雖若不適用，然不爲無補。』如此題識，其許之乎？其譏之也。魯直酷愛陳無己詩，而東坡亦不深許。魯直爲無己揚譽，無所不至，而無己乃謂人言：『我語勝黄語』，何耶？《韻語陽秋》

陳子昂《感遇》詩云：『樂羊爲魏將，食子狥軍功。骨肉且相薄，他人安得忠？』又曰：『吾聞中山相，乃屬放麑翁。孤獸猶不忍，况以奉君終？』一則忍于其子，一則不忍于麑。故魯直《懷荆公》詩有：『啜羹不如放麑，樂羊終愧巴西。』陳無己《啓》亦用此事，所謂『中山之相，仁於放麑。亂世之雄，疑於食子』是也。然屬麑于秦西巴者，孟孫也，非中山相也。子昂徒見樂羊中山事，遂誤作孟孫用，無己亦遂襲之。魯直以『西巴』爲『巴西』，亦誤矣。《丹陽集》

前人文章，各自一種句法。如老杜：『今君起拖春江流，予亦江邊具小舟。同心不減骨肉親，每語見許文章伯。』如此之類，老杜句法也。東坡：『秋水今幾竿？』爲東坡句法。魯直：『夏扇日在摇，行樂亦云聊。』此魯直句法也。學者若能遍考前作，自然度越流輩。

《吕氏童蒙訓》

建安北苑茶，始于太宗太平興國二年，遣使造之，取象于龍鳳，以別庶幾，由此入貢。至道間，仍添造『石乳』，其後大、小『龍茶』，又起于丁謂，而成于蔡君謨。謂之『將漕』，閩中實董其事。賦《北苑焙新茶》詩，其《序》云：『産茶者將七十郡，每歲入貢，皆以社前、火前爲名，悉無其實。惟建州出茶有焙，焙有三十六，三十六中惟北苑先發而味尤佳。社前十五日，即採其芽，日數千工，聚而造之，逼社即入貢。工甚大，造甚精。皆載於所撰《建安茶録》，仍作詩以大其事。』云：『北苑龍茶者，甘鮮的是珍。四方惟數此，萬物更無新。纔吐微茫緑，初沾少許春。散尋索樹遍，急採上山頻。宿葉寒尤在，芳芽冷未伸。茅茨溪口焙，籃籠雨中民。長疾勾前拆，開齊分兩均。帶煙蒸雀舌，和露叠龍鱗。貢作勝諸道，先嘗秖一人。緘封瞻闕下，郵傳渡江濱。特旨留丹禁，殊恩賜近臣。啜同靈藥助，用與上罇親。頭進英華盡，初烹氣味醇。細香勝卻麝，淺色過于筠。顧渚慚投木，宜都愧積薪。年年號供御，天産壯甌閩。』此詩敘貢茶頗爲詳盡，亦可見當時之事也。又君謨《茶録序》云：『臣前因奏事，伏蒙陛下諭臣。先任福建轉運使日，所進上品龍茶，最爲精好。臣退念草木之微，首辱陛下知鑒，若處之得地，則能盡其材。昔陸羽《茶經》，不第建安之品；丁謂《茶圖》，獨論采造之本。至于烹試，曾未有聞。輒條數事，簡而易明，勒成二篇，名曰《茶録》。』至宣、政間，鄭可簡以貢茶進用，久領漕試，創添續入，其數浸廣，今猶因之。細色茶五綱，凡四十三品，形製各異，共七千餘餅。其間貢新試『新龍團』、『勝雪』、『白茶』、『御苑』、『玉芽』，此五品乃水揀，爲第一，餘乃生揀，次之。又有粗色茶七綱，凡五品，大、小『龍鳳』并『揀芽』，悉入『龍腦』，和膏爲團餅茶，共四萬餘餅。東坡《題汶公詩卷》云：『上人問我留連意，待賜頭綱八品茶。』即今粗色紅纈袋八品者是也。蓋水揀茶即社前者，生揀茶即火前者，粗色茶即雨前。閩中地暖，雨則茶已老而味加重矣。山谷和提點王體仁《點密雲龍》詩云：『小璧雲龍不入香，元豐龍焙承詔作。』今細色茶中，卻無此一品也。又有『石門』、『乳吉』、『香口』三外焙，亦隸于北苑，皆採摘茶芽，送官焙添造。每歲糜金共二萬餘緡，日役千夫，凡兩月方能迄事。第所造之茶，不許過數，入貢之後，市無貨者，人所罕得。惟壑源諸處私焙茶，其絶品亦可敵官焙，自昔至今，亦皆入貢。其流販四方，悉私焙茶耳。蘇、黄皆有詩稱道。壑源茶，蓋壑源與北苑爲鄰，山阜相接，纔二里餘，其茶甘香，特在諸私焙之上。東坡《和曹輔寄壑源試焙新芽》詩云：『仙山靈雨溼行雲，洗遍香肌粉未勻。明月來投玉川子，春風吹散武林春。要知玉雪心腸好，不是膏油首面新。戲作小詩君一笑，從來佳茗似佳人。』山谷《謝送碾賜壑源揀芽》詩云：『喬雲從龍小蒼璧，元豐至今人未識。壑源包貢第一春，御奩碾香俱玉食。睿思殿中金井欄，甘露薦枕天開顔。橋山事嚴庀百局，衮司諸公省中宿。中人傳賜夜未央，雨露恩光照宫燭。右丞似是李元禮，好事風流有涇渭。肯憐天禄校書郎，親敕家庭遣分似。春風飽食大官羊，不慣腐儒湯餅腸。搜攪十年燈火讀，令我胸中書傳香。已戒應門老馬走，客來問字莫載酒。』《苕溪漁隱叢話》

韓退之作《李干墓志》云：『予不知服食之説自何起，殺人不可計，而慕尚之益至，臨死乃悔其爲。』而退之乃躬自蹈之，以至於死。白樂天所謂『退之服硫黄，一病訖不痊』是也。陳後山作《嗟哉行》云：『張生服石奴，下潦上乾如渴烏。韓子作《志》還自屠，白笑未竟人復吁。』蓋爲此也。然樂天《與刑部李侍郎》詩云：『金丹周學都無益，姹女丹沙燒即飛。』則樂天深知服食之無驗，其肯以身試藥以自斃乎？則『白笑未竟人復吁』之句，未必然爾。山谷在貶所，曾公衮有書勸其勿服金石藥，谷報云：『公衮疽根在旁，乃不可食。庭堅服之，如晴雲之在川谷，安得有霹靂火也？』則知服金石者，尤當屏去粉白黛緑之輩，或者用以資色力，其斃宜哉！《丹陽集》

李衛公詩云：『五月畬田收火米，三更津吏報朝雞。』頗似少陵句。王荆公詩云：『紛紛易變浮雲白，落落難鍾老柏青。』山谷《蟹》詩云：『已標天上三辰次，未免人間五鼎烹。』

此皆得老杜句法。《雪浪齋日記》

苕溪漁隱云：退之有《藤杖》詩：『空堂晝眠倚户牖，飛電著壁搜蛟螭。』故東坡《鐵柱杖》云：『入懷冰雪生秋思，倚壁蛟龍護晝眠。』山谷《筇竹杖贊》：『涪翁晝寢，蒼龍挂壁。』皆用退之詩。《苕溪詩話》

元、白齊名，有自來矣。元微之寫白詩于閬州西寺，白樂天寫元詩百篇，合爲屏風，更相傾慕如此。如樂天必言微之詩得己格律頓進，所謂『每被老元偷格律』是也。然微之《江陵放言》與《送客嶺南》詩，樂天皆擬其作，何耶？東坡嘗效山谷體作『江』字韻詩，山谷謂坡：『收斂光芒，入此窘步。』余于樂天亦云。《丹陽集》

歐陽季默嘗問東坡：『魯直詩何處是好？』東坡不答，但極口稱重黄詩。季默云：『如「卧聽疏疏還密密，曉看整整復斜斜」豈是佳耶？』東坡云：『正是佳處。』《紫微詩話》

山谷《贈晁無咎》詩云：『執持荆山玉，要我琱琢之。』蓋無咎初從山谷理會作詩，故無咎舊詩往往似山谷。《紫微詩話》

黄魯直愛與郭功父戲謔嘲調，雖不當盡信，至如曰：『公做詩費許多氣力做甚？』此語切當，有益於學詩者，不可不知也。《彦周詩話》

蜀人石異，黄魯直在黔中時，從游最久，嘗言見魯直自矜詩一聯云：『人得交游是風月，天開圖畫即江山。』以爲晚年最得意，每舉以教人，而終不能成篇，蓋不欲以常語雜之。然魯直自有『山圍燕坐圖畫出，水作夜窗風雨來』之句，余以爲氣格當勝前聯也。《石林詩話》

律詩中間對聯，兩句意甚遠而中實潛貫者，最爲高作。如介甫《示平甫》詩云：『家世到今宜有後，士才如此豈無時？』《答陳正叔》云：『此道未行身有待，古人不見首空回。』魯直《答彦和》詩云：『天于萬物定貧我，智效一官全爲親。』《上叔父夷仲》詩云：『萬里書來兒女瘦，十月山行冰雪深。』歐陽永叔《送王平甫下第》詩云：『朝廷失士有司耻，貧賤不憂君子難。』《送張道州》詩云：『身行南雁不到處，山與北人相對愁。』如此之類，與規規然在于媲青對白者，相去萬里矣。魯直如此句甚多，不能概舉也。《韻語陽秋》

『水田飛白鷺，夏木囀黄鸝。』李嘉祐詩也，王摩詰衍之爲七言曰：『漠漠水田飛白鷺，陰陰夏木囀黄鸝。』而興益遠。『九天閶闔開宫殿，萬國衣冠拜冕旒。』王摩詰詩也，杜子美删之爲五言句：『閶闔開黄道，衣冠拜紫宸。』而語益工。近觀山谷《黔南》十絶，七篇全用樂天《花下對酒》、《渭川舊居》、《東城尋春》、《西樓委順》、《竹窗》等詩，餘三篇用其詩略點化而已。樂天云：『相去六千里，地絶天邈然。十書九不到，何以開憂顔？』山谷則云：『相望六千里，天地隔江山。十書九不到，何用一開顔。』樂天云：『霜降水反壑，風落木歸山。冉冉歲時晏，物皆復本原。』山谷云：『霜降水反壑，風落木歸山。冉冉歲華晚，昆蟲皆閉關。』樂天詩云：『渴人多夢飲，饑人多夢餐。春來夢何處？合眼到東川。』山谷云：『病人多夢醫，囚人多夢赦。如何春來夢，合眼見鄉社？』葉少藴云：『詩人點化前作，正如李光弼將郭子儀之軍，重經號令，精彩數倍。』今觀三公所作，此語殆誠然也。《韻語陽秋》

蘇子由自績溪被召除校書郎，元祐之初年也。山谷和王定國詩云：『后皇蒔嘉橘，中歲多成枳。佳人來何時？天爲啟玉齒。』言欲子由變熙寧人才也。《和子由病起被召》詩云：『方來立本朝，獻納繼晨暝。必開曲突謀，滿慰傾耳聽。』言欲子由變熙寧法度也。其措意如此？然官不得至侍從，謫黔移戎，流離困躓，豈非命哉？至建中靖國之初，雜用熙、豐、元祐人才，山谷喜而成詩云：『維摩老子五十七，天子大聖初元年。傳聞有意用幽仄，病著不能朝日邊。』後雖有銓曹之召，不旋踵又有宜州之行，有才無命如山谷者，其可憫也。《韻語陽秋》

江南野中有小白花，本高數尺，春開極香，土人呼爲『瑒花』。『瑒』，玉名，取其白也。魯直云：『荆公欲作詩而陋其名，余謂名曰「山礬」。野人取其葉以染黄，不借礬而成色，故以名爾。』嘗有絶句云：『高節亭邊竹已空，山礬獨自倚春風』是也。近見曾端伯《高齋詩話》云，此花即唐昌玉蘂花，所謂『一樹瓏鬆玉刻成，飄廊點地色輕輕』者。以余觀之，恐未必然爾。玉蘂，佳名也，此花自唐流傳至今，當以『玉蘂』得名，不應舍『玉蘂』而呼

『瑒』，魯直亦不應舍『玉蘂』而名『山礬』也。豈端伯别有所見耶？《韻語陽秋》

山谷平生爲目所苦，故和東坡詩有『請天還我讀書眼，欲載軒轅乞鼎湖』之句。其攝養禁忌之法論之詳矣。故《次韻元實病目》詩云：『道人常恨未灰心，儒士苦愛讀書眼。要須玄覽照鏡空，莫作白魚鑽蠹簡。』病者苟能知此，其賢于金篦刮膜遠矣。大抵書生牽于習氣，不能割愛于書册，故爲目害尤甚。唐張籍，好學業文之士也，中年病目失明，議者謂不能損讀之過。孟郊嘗贈之詩云：『西明寺後窮瞎張太祝，縱爾有眼誰能珍？天子咫尺不得見，不如閉口且養真。』蓋非特傷籍，而郊亦自傷，雖有眼而不得見君也。《韻語陽秋》

魯直詩云：『眼見人情如格五，心知外物等朝三。』又云：『肉食傾人如出九，藜羹飯我等朝三。』兩聯之意，雖不相遠，然似不若前句之無斧鑿痕也。《漢書》：『吾丘壽王以善格五待詔。』劉德謂：『格五棋，行以塞法。』《齊書》：『沈文季善塞，其法用五子。』沈存中《筆談》云：『「一格五」，即今之「蹙融」，其法以己常有餘，而致敵人于險。』《酉陽雜俎》亦云：『于棋局中各用五子，共行一道，以角遲速。』則『格五』也，『塞』也，『蹙融』也，名雖不同，其制一而已。彼蘇林以爲五博之類，不用箭，但行梟散，未知所據。『出九』亦賭博之法，詳見《刑統》。《韻語陽秋》

蒙恬造筆，《博物志》云：『以狐狸毛爲心，兔毛爲副。心柱遒勁，鋒鋩調利，故難乏而易使。』白樂天作《雞距筆賦》云：『中山之明視勁而後，汝陰之翰音勇而雄。雙美是合，兩揆相同。不得兔毛，無以成起草之用；不爲雞距，無以表入墨之功。』蓋亦兼而用之也。近世作筆專用兔毛，而好奇者或屏兔毛不用，更以他毫爲之。晉王隱《筆銘》云：『豈其作筆，必兔之毫？調利難秃，亦有鹿毛。』而王羲之、鍾繇、張芝，皆用鼠鬚筆。錢穆父奉使高麗，得猩猩毛筆，甚珍之，嘗以分贈山谷。山谷所謂『愛酒醉魂在，能言機事疏。平生幾兩屐，身後五車書』是也。《嶺表録》云：『嶺外無兔，郡守偶得兔毫，令匠者作筆。匠者偶因醉遺墜，惶懼無以爲計，遂以己鬚製之，反佳，其後遂户科人鬚一合。』此殆好事者説爾。《韻語陽秋》

王逢原以書上介甫，且以《南山》之詩，求學于荆公，師資之禮已定。故逢原未死以前，荆公贈之詩曰：『楩柟豫章槩白日，只要匠石聊穿裁。』逢原既死之後，荆公思之曰：『便恐世間無妙質，鼻端從此罷揮斤。』皆以師道自任也。然觀逢原寄介甫詩云：『天門廉陛鬱巍巍，勢利寧無淡泊譏？豈與跖徒争有道，盍忍吾黨自言歸。古人踽踽今何取，天下滔滔昔已非。終見乘桴去滄海，好留餘地許相依。』則識度之遠，又過荆公矣。又作荆公書，皆稱『介甫』；作詩皆稱『君』，所謂：『行藏願與君同道，祇恐蹉跎我獨羞。』又云：『想今愈有江湖興，亦欲同君一釣綸。』所謂『師資』者，果如何邪？山谷嘗避暑李氏園，題詩于壁云：『題詩未有驚人句，喚取謫仙蘇二來。』秦少游言于東坡曰：『以先生爲「蘇二」，大似相薄。』則又甚于逢原稱『介甫』矣。《韻語陽秋》

魯直云：『小字莫作癡凍蠅，《樂毅論》勝《遺教經》。』又嘗云：『《遺教經》或云羲之書，在楷法中小不及《樂毅論》。然清新方重，度越蕭子雲數等。則是小字中《樂毅論》爲冠絶也。』米氏《書畫史》云：『《樂毅論》智永跋云，梁世摹出，天下珍之。内書誤兩字，以雌黄塗定。世無此本，予于杭州天竺僧處得一本，有改誤兩字，又不缺唐諱，是梁本也。』《韻語陽秋》

張長史以醉故草書入神，老杜所謂『楊公拂篋笥，舒卷忘寢食。念昔揮毫端，不獨觀酒德』是也。許道寧以醉故畫入神，山谷所謂『往逢醉許在長安，蠻溪大硯磨松煙。醉拈枯筆墨淋漓，勢若山崩不停手』是也。大抵書畫貴胸中無滯，小有所拘，則所謂神氣者逝矣。鍾、王、顧、陸不假之酒而能神者，上機之士也。如張、許輩，非酒安能神哉？《韻語陽秋》

全宋詩話卷五十五

黄庭堅三

《陳平傳》：『言解衣贏，而佐刺船。』涪翁《與洪覺範》詩云：『脱卻衲衣著蓑笠，來佐涪翁刺釣船。』似惱之太酷，而覺範自以爲我欲收斂加冠巾之意，所謂『欲蓋而彰』也。《觀林詩話》

華亭《船子和尚》詩，少見于世，吕益柔刻三十九首于楓涇寺，云得其父《遺編》中。一詩云：『歐冶鈷鋒價最高，海中收得用吹毛。龍鳳繞，鬼神號，不見全牛可下刀。』涪翁屢用其語。《觀林詩話》

涪翁《讀中興碑》詩云：『涷雨爲灑前朝碑。』《楚詞》云：『使涷雨兮灑途』，故張平子賦：『涷雨沛其灑途。』舊註云：『涷雨，暴雨也。巴都暴雨爲「涷雨」。』《觀林詩話》

樂天云：『眉月晚生神女浦，臉波春傍窕娘堤。』涪翁用此意作《漁父》詞云：『新婦磯

邊眉黛愁，女兒浦口眼波秋。』然『新婦磯』、『女兒浦』，顧況六言已作對矣。《觀林詩話》

『九原』，《檀弓》一作『九京』，涪翁兩用之，云：『九京喚起杜陵翁』，又云：『百不一試埋九京。』《觀林詩話》

涪翁云：『江南野中，有一種小白花，木高數尺，春開極香，野人號爲「鄭花」。王荆公嘗求此花栽，欲作詩而陋其名，予請名曰「山礬」。野人采鄭花葉以染黃，不借礬而成色，故曰「山礬」。海岸孤絶處，補陀落伽山，譯者謂「小白山」，余疑即此花是也。不然，何以觀音老人端坐而不去也？』此《題花光補題二絶句跋》。翁作水仙花詩，有：『山礬是弟，梅花是兄』，亦謂此也。《觀林詩話》

昔人有言：『詩有三百四病，馬有三百八病，詩病多于馬病。』信哉。高子勉能詩，涪翁與之詩云：『更能識詩家病，方是我眼中人。』此亦苦口也。《觀林詩話》

山谷云：『予從半山老人得古詩句法云：「春風取花去，酬我以清陰。」』《觀林詩話》

沈休文《鍾山應西陽王教》一首五章，第四章用兩『足』字韻。上云：『多值息心侶，結架山之足』，下云：『所願從之游，寸心于此足。』一章纔四韻，而兩韻同一字。又陸士衡《擬古》一篇，用兩『音』字，前云：『思君徽與音』，後云：『歸雲難寄音。』東坡一詩用兩『耳』字，云二義不同，故得重用。又涪翁一詩壓兩『朋』字，云：『大府佳友朋，歸鳥求其

朋。』又有一詩用兩『扁』字韻，『責任媿和扁，持斵問輪扁。』自註云：『復有此一韻，事異似不類出此也。』《觀林詩話》

鮑明遠《昇天行》云：『九籥隱丹經。』李善云：『《易緯》：「齊魯之間，名門户及藏器之管曰籥。以藏經而丹有九轉，故曰九籥。」』此可笑也。天門有九，故曰『九籥』。涪翁云：『九籥天闕守夜叉』，義是也。《觀林詩話》

鳳之九苞：一曰『口包命』，二曰『心合度』，三曰『耳聽達』，四曰『舌屈伸』，五曰『色光采』，六曰『冠矩朱』，七曰『距鋭鈎』，八曰『音激揚』，九曰『腹文户』。涪翁《和蕭元禮》詩云：『歸鳳求凰振九苞』，自註乃云：『苞，尾也。』未詳。《觀林詩話》

句有偶似古人者，亦有述之者。杜子美《武侯廟》詩云：『映階碧草自春色，隔葉黄鸝空好音。』此何遜行《孫氏陵》云：『山鶯空樹響，壠月自秋暉』也。杜云：『薄雲巖際宿，孤月浪中翻。』此庾信『白雲巖際出，清月波中上』也。『出』、『上』二字勝矣。陰鏗云：『鶯隨入户樹，花逐下山風。』杜云：『月明垂葉露，雲逐渡溪風。』又云：『水流行地日，江入度山雲。』此一聯勝。庾信云：『永韜三尺劍，長卷一戎衣。』杜云：『風塵三尺劍，社稷一戎衣。』亦勝庾矣。南朝蘇子卿《梅》詩云：『祇言花是雪，不悟有香來。』介甫云：『遥知不是雪，爲有暗香來。』述者不及作者。陸龜蒙云：『殷勤與解丁香結，從放繁枝散誕香。』介甫云：『殷勤爲解丁香結，放出枝頭自在香。』作者不及述者。《山谷集》中有絶句云：『草色青青柳色黄，桃花零亂李花香。春風不解吹愁去，春日偏能惹恨長。』此唐人賈至詩也，特改五字耳。賈云：『桃花歷亂李花香』，又：『不爲吹愁惹夢長。』《誠齋詩話》

『問余何意栖碧山？笑而不答心自閒。桃花流水杳然去，别有天地非人間。』又：『相隨遥遥訪赤城，三十六曲水回縈。一溪初入千花明，萬壑度盡松風聲。』此李太白詩體也。『麒麟圖畫鴻雁行，紫極出入黄金印。』又：『白摧朽骨龍虎死，黑入太陰雷雨垂。』又：『指揮能事回天地，訓練强兵動鬼神。』又：『路經灩滪雙蓬鬢，天入滄浪一釣舟。』此杜子美詩體也。『明月易低人易散，歸來呼酒更重看。』又：『當其下筆風雨快，筆所未到氣已吞。』又：『醉中不覺度千山，夜聞梅香失醉眠。』又《李白畫象》：『西望太白横峨岷，眼高四海空無人。大兒汾陽中令君，小兒天台坐忘身。平生不識高將軍，手涴吾足乃敢嗔。』此東坡詩體也。『風光錯綜天經緯，草木文章帝杼機。』又：『澗松無心古鬚鬣，天球不琢中粹温。』又：『兒呼不蘇驢失脚，猶恐醒來有新作。』此山谷詩體也。《誠齋詩話》

初學詩者，須學古人好語，或兩字，或三字。如山谷《猩猩毛筆》：『平生幾兩屐，身後五車書。』『平生』二字出《論語》；『身後』二字，晋張翰云：『使我有身後名』；『幾兩屐』，阮孚語；『五車書』，《莊子》言惠施。此兩句乃四處合來。又：『春風春雨花經眼，江北江南水拍天。』『春風春雨』、『江北江南』，詩家常用。杜云：『且看欲盡花經眼』，退之云：『海氣昏昏水拍天』，此以四字合三字，入口便成詩句，不至生硬。要誦詩之多，擇字之精，始乎摘用，久而自出肺腑，縱横出没，用亦可，不用亦可。《誠齋詩話》

詩家用古人語而不用其意，最爲妙法，如山谷《猩猩毛筆》是也。猩猩喜著屐，故用阮孚事。其毛作筆，用之鈔書，故用惠施事。二事皆借人事以詠物，初非猩猩毛筆事也。《左傳》云：『深山大澤，實生龍蛇。』而山谷《中秋月》詩云：『寒藤老木被光景，深山大澤皆龍蛇。』《周禮·考工記》云：『車人蓋圜以象天，軫方以象地。』而山谷云：『大夫要宏毅，天地爲蓋軫。』孟子云：『武成取二三策。』而山谷稱東坡云：『平生五車書，未吐二三策。』孔子、老子相見傾蓋，鄒陽云：『傾蓋如故。』孫侔與東坡不相識，乃以詩寄坡，坡和云：『與君蓋亦不須傾。』劉寬責吏，以蒲爲鞭，寬厚至矣，東坡詩云：『有鞭不使安用蒲？』老杜有詩云：『忽憶往時秋井塌，古人白骨生青苔，如何不飲令心哀。』東坡則云：『何須更待秋井塌，見人白骨方銜杯。』此皆翻案法也。予友人安福劉浚，字景明，《重陽》詩云：『不用茱萸仔細看，管取明年各强健。』得此法矣。《誠齋詩話》

杜《蜀山水圖》云：『沱水流中座，岷山赴北堂。白波吹粉壁，青嶂插雕梁。』此以畫爲真也。曾吉父云：『斷崖韋偃樹，小雨郭熙山。』此以真爲畫也。白樂天《女道士》詩云：

『姑山半峰雪，瑶水一枝蓮。』此以花比美婦人也。東坡《海棠》云：『朱唇得酒暈生臉，翠袖捲紗紅映肉。』此以美婦人比花也。山谷《酴醿》云：『露溼何郎試湯餅，日烘荀令炷爐香。』此以美丈夫比花也。山谷此詩出奇，古人所未有，然亦是用『荷花似六郎』之意。《誠齋詩話》

唐朱晝《喜陳懿老至》詩云：『一別一千日，一日十二憶。苦心無閒時，今日見玉色。』乃知山谷『五更歸夢三千里，一日思親十二時』之句取此。《優古堂詩話》

文忠公詩：『小雨斑斑作燕泥』，東坡詩『小雨斑斑未作泥』，山谷詩：『潤花小雨斑斑。』《優古堂詩話》

蔡絛《西清詩話》云：『黄魯直貶宜州，謂其兄元明曰：「庭堅筆老矣，始悟抉章摘句爲難，要當于古人不到處留意，乃能聲出衆上。」元明問其然，曰：「庭堅六言近詩『醉鄉閒處日月，鳥語花間管絃』是也。」此優入詩家藩閫，宜其名世如此。』以上皆蔡語。予按此説出于魯直，是否雖未敢必，然上句本于唐皇甫嵩『醉鄉日月發』之意，下句本于唐崔湜《應制》詩：『庭際花飛錦繡合，枝間鳥囀管絃同。』《優古堂詩話》

白樂天云：『相争兩蝸角，所得一牛毛。』後之使蝸角事悉稽之，而偶對各有所長。呂吉甫云：『南北戰争蝸兩角，古今興廢貉同丘。』山谷云：『千里追奔兩蝸角，百年得意大槐

宫。』又云：『功名富貴兩蝸角，險阻艱難一酒杯。』洪龜父云：『一朝厭蝸角，萬里騎鯨背。』《優古堂詩話》

《侯鯖録》載裕陵喜晏叔原《與鄭俠》絶句云：『小白長紅又滿枝，築球場外獨支頤。春風自是人間客，主管繁華得幾時？』然山谷少時有《感春》詩云：『風光不長妍，如客暫時寓。』則晏意山谷已道之矣。《優古堂詩話》

陳無己有山谷草書絶句：『當年闕里與論詩，歲晚河山斷夢思。妙質不爲平世用，高懷猶有故人知。』末後兩句，乃合荆公《思王逢原》詩：『妙質不爲平世得，微言但有故人知』。《優古堂詩話》

山谷嘗自贊其真曰：『似僧有髮，似俗無塵。作夢中夢，見身外身。』蓋亦取詩僧淡白寫真詩耳。淡白云：『已覺夢中夢，還同身外身。堪嘆余兼爾，俱爲未了人。』《優古堂詩話》

王維《送元二》詩：『渭城朝雨裛輕塵，客舍青青柳色新。勸君更盡一杯酒，西出陽關無故人。』李伯時取以爲畫，謂《陽關圖》，予嘗以爲失。按《漢書》，上黨有天井關，燉煌龍勒有玉門關。陽關去長安四千五百里。唐人送客，西出都門三十里，特是渭城耳，今有渭城館在焉，即古之渭陽。據其所畫，當謂之渭城可也。東坡《題陽關圖》詩：『龍眠獨識殷勤處，畫出陽關意外聲。』皆承其失耳。至山谷《題陽關圖》斷章云：『渭城柳色關何事？

自是離人作許愁。』然則詳味山谷詩意，謂之《渭城圖》宜矣。《優古堂詩話》

山谷《贛上食蓮》詩，讀之知其孝弟人也。東湖每喜誦此詩。《艇齋詩話》

山谷《和高麗松扇》詩云：『可憐遠渡幘溝漊，不堪今時褦襶子。』『幘溝漊』，高麗城名也，見《三國志》。『褦襶子』，用程曉《伏日》詩：『今時褦襶子，觸熱向人門。』《艇齋詩話》

山谷《筆》詩云：『宣城變樣蹲雞距，諸葛名家捋虎鬚。』予嘗見東湖口誦，與此本不同，云：『宣城諸葛尊雞距，筆陣王家將鼠鬚。』『雞距』、『鼠鬚』皆筆名也，言『蹲』言『捋』則無意義，言『尊』言『將』則有理。東湖喜誦此詩，又喜《知常軒》詩，即『新晴鼓角報斜陽』者是也。二詩皆親見其誦。《艇齋詩話》

山谷詩人米事，用《北史》盧思道事。《艇齋詩話》

山谷《謝人茶》詩云：『涪翁投贈非世味，自許詩情合得嘗。』出薛能《茶》詩云：『粗官乞與真拋卻，只有詩情合得嘗。』《艇齋詩話》

荆公詩云：『祇向貧家促機杼，幾家能有一鉤絲？』山谷詩云：『莫作秋蟲促機杼，貧家能有幾鉤絲？』二詩語甚相似。《艇齋詩話》

山谷《浯溪碑》詩有史法，古今詩人，不至此也。張文潛《浯溪》詩，止是事持語言。今碑本並行，愈覺優劣易見，張詩比山谷，真『小巫見大巫』也。潘邠老亦有《浯溪》詩，思致

卻稍深遠，吕東萊甚喜此詩。予以爲邠老詩雖不敢望山谷，然當在文潛之上矣。《艇齋詩話》

山谷論詩，多取《楚詞》。東湖論詩，多取《選詩》。《艇齋詩話》

山谷詩妙天下，然自謂：『得句法于謝師厚，得用事于韓持國。』此取諸人以爲善也。以此見昔人尊事前輩，不敢輕老成如此。《艇齋詩話》

山谷：『不須盡出我門下，實用人才即至公。』謂范忠宣也，事見《忠宣言行録》。《艇齋詩話》

山谷《中興頌》詩：『臣結春秋二三策』，所謂『春秋二三策』者，言元結《頌》用《春秋》之法。其首云：『天寶十四年，安禄山陷雒陽，明年陷長安。天子幸蜀，太子即位于靈武。』以上四句，即《春秋》書法也。《艇齋詩話》

山谷《浯溪》：『涷雨爲洗前朝碑。』『涷雨』，暴雨也，出《楚詞》。今《韻略》亦載，一作平聲讀，一作去聲讀。《艇齋詩話》

山谷詩云：『王侯鬚若緣坡竹』，蓋用王褒罵髯僮文云：『鬚若緣坡之竹。』《艇齋詩話》

山谷《雪》詩云：『明知不是剪刀催』，本宋之問詩云：『今年春色早，應爲剪刀催。』《艇齋詩話》

山谷：『杯行到手不留殘』，用王仲宣詩：『合坐同所樂，但訴杯行遲。』《艇齋詩話》

山谷：『蓮生于泥中，不與泥同調。』『同調』二字，出謝靈運詩：『誰謂古今殊？異世可同調。』《艇齋詩話》

山谷：『堂前水竹湛清華』，用《選詩》謝叔源：『水木湛清華。』《艇齋詩話》

山谷《謝人惠筆》詩云：『莫將空寫吏文書』，用樂天《紫毫筆》詩：『慎勿空將彈失儀，慎勿空將録制詞。』《艇齋詩話》

山谷《詠明皇時事》云：『扶風喬木夏陰合，斜谷鈴聲秋夜深。人到愁來無處會，不關情處亦傷心。』全用樂天詩意。樂天云：『峽猿亦無意，隴水復何情。爲到愁人耳，皆爲斷腸聲。』此所謂『奪胎換骨』者是也。《艇齋詩話》

山谷：『百年中半夜分去，一歲無多春再來。』全用樂天兩句：『百年夜分半，一歲春無多。』《艇齋詩話》

山谷：『試説宣城樂，停杯且試聽。』取退之：『番禺軍府盛，欲説暫停杯。』《艇齋詩話》

山谷：『簡編自襁褓，簪笏到仍昆。』取退之聯句：『爵勳逮僮隸，簪笏自懷繃。』《艇齋詩話》

山谷《清江引》云：『全家醉著篷底眠，家在寒沙夜潮落。』『醉著』二字，出韓偓詩：『漁翁醉著無人喚，過午醒來雪滿船。』《艇齋詩話》

山谷：『平山行樂自不思，豈有竹西歌吹愁？』出杜牧之詩：『誰知竹西路？歌吹是揚州。』《艇齋詩話》

山谷：『胸中五色綫，補衮用工深。』出杜牧之詩：『平生五色綫，願補舜衣裳。』《艇齋詩話》

山谷詩云：『十度欲言九度休，萬人叢中一人曉。』曾吉父云：『此正山谷詩法也，其説盡之。』《艇齋詩話》

山谷：『馬上時時夢見之。』『夢見之』三字，出《選詩》：『遠道不可思，夙昔夢見之。』《艇齋詩話》

山谷詩云：『小草有遠志。』《本草》：『遠志葉，名小草。』《艇齋詩話》

山谷詩云：『董狐常直筆，汲黯少居中。』予按西漢黯以數切諫，不得久留内，爰盎以數直諫，不得久居中。『少居中』，乃袁盎事，非汲黯也。《艇齋詩話》

山谷《漁父詞》：『新婦磯頭新月明，女兒浦口暮潮平，沙頭鷺宿戲魚驚。』此三句本顧況《夜泊江浦》六言，山谷每句添一字而已。『新月』、『暮潮』、『戲魚』，乃山谷新添也。《艇齋詩話》

山谷《嘲小德》詩云：『書窗行暮鴉。』蓋用盧仝《添丁》詩：『忽來案上翻墨汁，塗抹書

窗如老鴉。』《艇齋詩話》

山谷和一僧偈頌，押『風』字韻，云：『空餘祇夜數行墨，不見伽黎一臂風。』『祇夜』即伽佗之類，謂偈頌也；『伽黎』乃袈裟，『一臂風』，當作『一角風』。事見《楞嚴經》。《艇齋詩話》

『北嶺山礬取次開，清風正用此時來。平生習氣難料理，愛著幽香未擬回。』山谷詩學者云：『自公退食入僧定，心與篆香俱寒灰。小兒了不解人意，正用此時持事來。』韓子蒼云：『全用此一句，有甚意思？不欲其此時持事來，用得此語甚妙。』『故人相見眼偏明』，子蒼云：『當有律度，豈容如此道。』《藏海詩話》

山谷詩云：『淵明千載人，東坡百世士。出處固不同，風味要相似。』有以杜工部問東坡似何人，坡云：『似司馬遷。』蓋詩中未有如杜者，而史中未有如司馬者。又問荔枝似何物，『似江瑶柱。』亦其理也。《藏海詩話》

國朝諸人詩爲一等，唐人詩爲一等，六朝詩爲一等，陶、阮、建安七子、兩漢爲一等，《風》、《騷》爲一等，學者須以次參究，盈科而後進，可也。黄魯直自言學杜子美，子瞻自言學陶淵明，二人好惡，已自不同。魯直學子美，但得其格律耳。子瞻則又專稱淵明，且曰：『曹、劉、鮑、謝、李、杜諸子，皆不及也。』夫鮑、謝不及則有之，若子建、李、杜之詩，亦何愧于淵明？即淵明之詩，妙在有味耳，而子建詩，微婉之情，灑落之韻，抑揚頓挫之氣，固不可以優劣論也。古今詩人推陳王，及古詩第一，此乃不易之論，至于李、杜，尤不可輕議。歐陽公喜太白詩，乃稱其『清風明月不用一錢買，玉山自倒非人推』之句。此等句雖奇逸，然在太白詩中，特其淺淺者。魯直云：『太白詩與漢魏《樂府》争衡』，此語乃真知太白者。王介甫云：『白詩多説婦人，識見污下。』介甫之論過矣。孔子删詩三百五篇，説婦人者過半，豈可亦謂之識見污下耶？元微之嘗謂自詩人以來，未有如子美者，而復以太白爲不及，故退之云：『不知群兒愚，那用故謗傷。』退之于李、杜，但極口推尊，而未嘗優劣，此乃公論也。子美詩奄有古今，學者能識《國風》騷人之旨，然後知子美用意處；識漢魏詩，然後知子美遺詞處，至于掩顔、謝之孤高，雜徐、庾之流麗，在子美不足道耳。歐陽公詩學退之，又學李太白。王介甫詩，山谷以爲學三謝。蘇子瞻學劉夢得，學白樂天、太白，晚而學淵明。魯直自言學子美。人才高下，固有分限，然亦在所習，不可不謹，其始也學之，其終也豈能過之。屋下架屋，愈見其小，後有作者出，必欲與李、杜争衡，當復從漢、魏詩中出爾。《歲寒堂詩話》

詩以用事爲博，始于顔光禄而極于杜子美。以押韻爲工，始于韓退之而極于蘇、黄。然詩者，志之所之也，情動于中而形于言，豈專意于詠物哉？子建：『明月照高樓，流光正徘徊。』本以言婦人清夜獨居愁思之切，非以詠月也，而後人詠月之句，雖極其工巧，終莫能及。淵明：『狗吠深巷中，雞鳴桑樹巔』。本以言郊居閒適之趣，非以詠田園，而後人詠田園之句，雖極其工巧，終莫能及。故曰：『言之不足，故長言之。長言之不足，故詠嘆之。詠嘆之不足，故不知手之舞之，足之蹈之。』後人所謂『含不盡之意者』此也，用事押韻，何足道哉！蘇、黄用事押韻之工，至矣盡矣，然究其實乃詩人中一害，使後生只知用事押韻之爲詩，而不知詠物之爲工，言志之爲本也，《風》、《雅》自此掃地矣。《歲寒堂詩話》

杜子美《登慈恩寺塔》云：『回首叫虞舜，蒼梧雲正愁。惜哉瑶池飲，日宴昆侖丘。』此但言其窮高極遠之趣爾。南及蒼梧，西及昆侖，然而叫虞、舜，惜瑶池，不爲無意也。《白帝城最高樓》云：『扶桑西枝對斷石，弱水東影隨長流。』使後來作者，如何措手？東坡《登常山絶頂廣麗亭》云：『西望穆陵闕，東望瑯邪臺。南望九仙山，北望空飛埃。相將叫虞舜，遂欲歸蓬萊。』襲子美已陳之迹，而不逮遠甚。山谷《登快閣》詩云：『落木千山天遠大，澄江一道月分明。』此但以遠大、分明之語爲新奇，而究其實乃小兒語也。山谷晚作《大雅堂記》，謂子美死四百年，後來名世之士，不無其人，然而未有能陞子美之堂者。此論不爲過。《歲寒堂詩話》

韓退之之文，得歐公而後發明。陸宣公之議論，陶淵明、柳子厚之詩，得東坡而後發明。子美之詩，得山谷而後發明。後世復有揚子雲，必愛之矣，誠然誠然。往在桐廬，見吕舍人居仁，予問：『魯直得子美之髓乎？』居仁曰：『然。』『其佳處焉在？』居仁曰：『禪家所謂「死蛇弄得活」。』余曰：『活則活矣，如子美「不見旻公三十年，封書寄與淚潺湲。舊來好事今能否？老去新詩誰與傳。」此等句魯直少時能之。「方丈涉海費時節，元圃尋河知有無。桃源人家易制度，橘州田土仍膏腴。」此等句魯直晚年能之。至于子美「客從南溟來」、「朝行青泥上」，《壯游》、《北征》，魯直能之乎？如「莫自使眼枯，收汝淚縱横。眼枯卻見骨，天地終無情。」此等句魯直能到乎？』居仁沈吟久之，曰：『子美詩有可學者，有不可學者。』余曰：『然則未可謂之得髓矣。』《歲寒堂詩話》

國初詩人，如潘閬、魏野，規規晚唐格調，寸步不敢走作；楊、劉則又專爲崑體，故優人有撏扯義山之誚。蘇、梅二子，稍變以平淡豪俊，而和之者尚寡。至六一、坡公，巍然爲大家數，學者宗焉。然二公亦各極其天才筆力之所至而已，非必鍛煉勤苦而成也。豫章稍後出，會粹百家句律之長，究極歷代體制之變，蒐獵奇書，穿穴異聞，作爲古律，自成一家，雖隻字半句不輕出，遂爲本朝詩家宗祖，在禪學中，比得達磨，不易之論也。其《内集》詩尤善，信乎其自編者。頃見趙履常，極宗師之。近時詩人，惟趙得豫章之意，有絶似之者。《江西詩派小序》

《芝田録》云：鑰必以魚者，取其不瞑目守夜之義。王荆公詩云：『開厨發篋鳴鎖

魚』，山谷詩云：『時送一鴟開鎖魚。』《娱書堂詩話》

史舜元作吾舅詩集《序》，以爲有老杜句法，蓋得之矣，而復云：『由山谷以入』，則恐不然。吾舅兒時便學工部，而終身不喜山谷也。若虚嘗乘間問之，則曰：『魯直雄豪奇險，善爲新樣，固有過人者，然于少陵初無關涉。前輩以爲得法者，皆未能深見耳。』舜元之論，豈亦襲舊聞而發歟？抑其誠有所見也？更當與知者訂之。《滹南詩話》

荆公《詠雪》云：『試問火城將策試，何如雲屋聽窗知？』苑極之不愛其上句；山谷云：『管城子無食肉相，孔方兄有絶交書。』極之不愛其下句，此與人意暗同。《滹南詩話》

東坡，文中龍也，理妙萬物，氣吞九州，縱横奔放，若游戲然，莫可測其端倪。魯直區區持斧斤準繩之説，隨其後而與之争，至謂未知句法。東坡而未知句法，世豈復有詩人？而渠所謂法者，果安出哉？老蘇論揚雄，以爲使有孟軻之書，必不作《太玄》。魯直欲爲東坡之邁往而不能，于是高談句律，旁出樣度，務以自立而相抗，然不免居其下也，彼其勞亦甚哉。向使無坡壓之，其措意未必至是。世以坡之過海，爲魯直不幸，由明者觀之，其不幸也舊矣。《滹南詩話》

吴虎臣《漫録》云：歐陽季默嘗問東坡：『魯直詩何處是好？』東坡不答，但極稱道。季默復問：『如《雪》詩「卧聽疏疏還密密，起看整整復斜斜。」豈亦佳耶？』坡云：『正是佳處。』慵夫曰：『予于詩固無甚解，至于此句，猶知其不足賞也，當是所傳妄耳。徐師川亦嘗《詠雪》云：「積得重重那許重，飛時片片又何輕。」曾端伯以爲警策，且言師川作此罷，因誦山谷「疏疏」「密密」之句云：「我則不敢容易道。」意謂魯直草率，而已語爲工也。』噫！予之惑滋甚矣。《滹南詩話》

王直方云：東坡言魯直詩『高出古人數等，獨步天下。』予謂坡公決無是論。縱使有之，亦非誠意也。蓋公嘗跋魯直詩云：『每見魯直詩，未嘗不絶倒，然此卷語妙甚，能絶倒者，已是可人。』又云：『讀魯直詩，如見魯仲連、李太白，不敢復論鄙事，雖若不適用，然不爲無補于世。』又云：『如蝤蛑、江瑶柱，格韻高絶，盤餐盡廢，然多食則動風發氣。』其許可果何如哉？《滹南詩話》

山谷之詩，有奇而無妙，有斬絶而無横放，鋪張學問以爲富，點化陳腐以爲新，而渾然天成，如肺肝中流出者不足也，此所以力追東坡而不及歟。或謂論文者尊東坡，言詩者右山谷，此門生親黨之偏説，而至今詞人，多以爲口實。同者襲其迹而不知返，異者畏其名而不敢非，善乎吾舅周君之論也。曰：『宋之文章，至魯直已是偏仄處。陳後山而後，不勝其弊矣。人能中道而立，以巨眼觀之，是非真僞，望而可見也。』若虛雖不解詩，頗以爲然。近讀《東都事略·山谷傳》云：『庭堅長于詩，與秦觀、張耒、晁補之游蘇軾之門，號「四學

士」。獨江西君子，以庭堅配軾，謂之「蘇黄」，蓋自當時已不以是爲公論矣。』《滹南詩話》

山谷《題陽關圖》云：『渭城柳色關何事？自是行人作許悲。』夫人有意而物無情，固是矣。然《夜發分寧》云：『我自只如常日醉，滿川風月替人愁。』此復何理也！《滹南詩話》

山谷詩云：『語言少味無阿堵，冰雪相看有此君。』夫『阿堵』者，謂阿底耳。顧愷之云『傳神寫照，正在阿堵中。』殷浩見佛經云：『理應阿堵上。』謝安指桓温衛士云：『明公何須壁間阿堵輩。』是也。今去『物』字，猶『此君』去『君』字，乃歇後之語，安知其爲錢乎？《滹南詩話》

山谷《題嚴溪釣灘》詩云：『能令漢家九鼎重，桐江波上一絲風。』説者謂東漢多名節之士，賴以久存，迹其本原，正在子陵釣竿上來。予謂論則高矣，而風何與焉？嘗質之吾舅周君，君笑曰：『想渠下此字時，其心亦必不能安也。』或曰：「詩人語不當如是論。」曰：「固也。」然亦須不害于理乃可。如東坡《眉石硯》詩，指胡馬于眉間，與此是一個規模也，而豈有意病哉？』《滹南詩話》

蘇、黄各因元真子《漁父詞》增爲長短句，而互相譏評。山谷又取船子和尚詩爲訴衷情，而冷齋亦載之。予謂此皆爲蛇畫足耳，不可作也。《滹南詩話》

山谷詞云：『新婦磯邊眉黛愁，女兒浦口眼波秋。』自謂『以山色水光，替卻玉肌花貌，

真得漁父家風。』東坡謂其『太瀾浪，可謂虐謔。』蓋漁父身上，自不宜及此事也。《滹南詩話》

山谷最不愛集句，目爲『百家衣』，且曰『正堪一笑。』予謂詞人滑稽，未足深誚也。山谷知惡此等，則藥名之作，建除之體，八音、列宿之類，獨不可一笑耶？《滹南詩話》

山谷《雨絲》詩云：『煙雲杳靄合中稀，霧雨空濛密更微。園客蠒絲抽萬緒，蛛蝥網面罩群飛。風光錯綜天經緯，草木文章帝杼機。願染朝霞成五色，爲君王補坐朝衣。』夫『雨絲』云者，但謂其狀如絲而已，今直說出如許用度，予所不曉也。《滹南詩話》

荆公有『兩山排闥送青來』之句，雖用『排闥』字，讀之不覺其詭異。山谷云：『青州從事斬關來』，又云：『殘暑已促裝』，此與『排闥』等耳，便令人駭愕。《滹南詩話》

山谷《閔雨》詩云：『東海得無冤死婦，南陽應有卧雲龍。』『得無』猶言『無』乃耳，猶欠有字之意。『卧雲龍』，真龍邪，則豈必南陽？指孔明邪？則何關雨事。若曰遺賢所以致旱，則迂闊甚矣。《滹南詩話》

《清明》詩云：『人乞祭餘驕妾婦，士甘焚死不封侯。』『士甘焚死』，用介之推事也。齊人『乞祭餘』，豈寒食事哉！若泛言所見，則安知其必『驕妾婦』？蓋姑以取對，而不知其疏也。此類甚多。《滹南詩話》

《食瓜有感》云：『田中誰問不納履？坐上適來何處蠅？』是固皆瓜事，然其語意豈

可相合也。《滹南詩話》

《奕棋》云：『湘東一目誠甘死，天下中分尚可持。』以『湘東』目爲棋眼，不愜甚矣？且此聯豈專指輸局耶？不然，安可通也。《滹南詩話》

《接花》云：『雍也本謂子，仲由元鄙人。陞堂與入室，只在一揮斤。』『揮斤』字無乃不安，且取喻何其迂也。《滹南詩話》

士會自秦還晉，繞朝贈之以策，蓋當時偶以此耳，非送行者必須策也。而山谷《送人》詩云：『願卷囊書當贈鞭』，又云：『折柳當馬策』，亦無謂矣。《滹南詩話》

秦繆公謂蹇叔曰：『中壽爾墓之木拱矣。』蓋墓木也。山谷云：『待而成人吾木拱』，此何木邪？《滹南詩話》

山谷《牧牛圖》詩，自謂平生極至語，是固佳矣。然亦有何意味？黄詩大率如此。謂之奇峭，而畏人説破，元無一事。《滹南詩話》

《弔邢惇夫》云：『眼看白璧埋黄壤，何況人間父子情。』既下『何況』字，須有他人猶痛悼之意乃可。《滹南詩話》

《猩毛筆》云：『身後五車書。』按《莊子》：『惠施多方，其書五車。』非所讀之書，即所著之書也，遂借爲作筆寫字，此以自贊耳。而呂居仁稱其善詠物而曲當其理，不亦異乎？

只『平生幾兩屐』，細味之亦疏。而拔毛濟世，事尤牽强可笑。以予觀之，此乃俗子謎也，何足爲詩哉！《滹南詩話》

詩人之語，詭譎寄意，固無不可，然至于太過，亦其病也。山谷《題惠崇畫圖》云：『欲放扁舟歸去，主人云是丹青。』使主人不告，當遂不知。王子端《叢臺》絶句云：『猛拍闌干問廢興，野花啼鳥不麿人。』若麿人，可是怪事。《竹莊詩話》載法具一聯云：『半生客裏無窮恨，告訴梅花説到明。』不知如何消得如此。昨日酒間，偶談及之，客皆絶倒也。《滹南詩話》

古之詩人，雖趣尚不同，體製不一，要皆出于自得。至其辭達理順，皆足以名家，何嘗有以句法繩人者？魯直開口論句法，此便是不及古人處。而門徒親黨，以衣鉢相傳，號稱『法嗣』，豈詩之真理也哉！《滹南詩話》

魯直于詩，或得一句而終無好對；或得一聯而卒不能成篇；或偶有得而未知可以贈誰何。嘗見古之作者如是哉。《滹南詩話》

山谷自謂得法于少陵，而不許于東坡。以予觀之，少陵，典謨也；東坡，孟子之流，山谷則揚雄《法言》而已。《滹南詩話》

魯直論詩，有『奪胎』、『换骨』、『點鐵成金』之喻，世以爲名言。以予觀之，特剽竊之黠者耳。魯直好勝，而耻其出于前人，故爲此强辭而私立名字。夫既已出于前人，縱復加工，要不足貴。雖然，物有同然之理，人有同然之見，語意之間，豈容全不見犯哉？蓋昔之作者，初不校此，同者不以爲嫌，異者不以爲夸，隨其所自得，而盡其所當然而已，至于妙處，不專在于是也。故皆不害爲名家，而各傳後世。何必如魯直之措意耶？《滹南詩話》

蜀馬良兄弟五人，而良眉間有白毫，時人爲之語曰：『馬氏五常，白眉最良。』蓋良實白眉，而良不在乎白眉也。而北齊陽休之《贈馬子結兄弟》詩云：『三馬俱白眉。』山谷《送秦少游》云：『秦氏多英俊，少游眉最白。』豈不可笑哉！《滹南詩話》

王直方《詩話》云：秦少游嘗以真字題邢惇夫扇云：『月團新碾瀹花甆，飲罷呼兒課《楚辭》。風定小軒無落葉，青蟲相對吐秋絲。』山谷見之，乃于扇背復作小草云：『黄葉委庭觀九州，小蟲催女獻功裘。金錢滿地無人費，百斛明珠薏苡秋。』少游後見之，復曰：『逼我太甚！』予謂黄詩語徒雕刻，而殊無意味，蓋不及少游之作。少游所謂『相逼』者，非謂其詩也，惡其好勝而不讓耳。《滹南詩話》

朱少章論江西詩律，以爲用崑體功夫，而造老杜渾全之地。予謂用崑體功夫，必不能造老杜之渾全，而至老杜之地者，亦無事乎崑體功夫，蓋二者不能相兼耳。茆璞評劉夷叔長短句，謂『以少陵之肉，傅東坡之骨。』亦猶是也。《滹南詩話》

楊軒《牡丹》詩云：『楊妃歌舞態，西子巧讒魂。利劍斫不斷，餘妖鍾此根。』東坡《詠酴醾》，以『吴宫紅粉』命意，而終之曰：『餘妍入此花。』山谷《詠桃花》，以『九疑萼緑華』命意，而終之曰：『猶記餘情開此花。』《詠水仙》，以『凌波仙子』命意，而終之曰：『種作寒花寄愁絶。』是皆以美人比花，而不失其爲花。近世士大夫有以《墨梅》詩傳于時者，其一云：『高髻長眉滿漢宫，君王圖上按春風。龍沙萬里王家女，不著黄金買畫工。』其二云：『五换鄰鐘三唱雞，雲昏月淡正低迷。風簾不著欄干角，瞥見傷春背面啼。』予嘗誦之于人，而問其詠何物，莫有得其髣髴者。告以其題，猶惑也，尚不知爲花，況知其爲梅？又知其爲畫哉？自賦詩不必此詩之論興，作者誤認而過求之，其弊遂至于此，豈獨二詩而已。東坡《眉石硯》、《醉道士石》等篇，可謂横放而曠遠，然亦未嘗去題也。而論者猶戒其專力于是，則秉筆者曷少貶乎？《滹南詩話》

山谷元豐间，宰吉之太和，秩滿，有《晚登快閣》詩云：『癡兒了卻公家事，快閣東西倚晚晴。落木千山天遠大，澄江一道月分明。朱弦已爲佳人絶，青眼聊因美酒横。萬里歸船弄長笛，此心吾與白鷗盟。』此閣一經品題，名重天下，前後和者無慮數百篇，罕有傑出者。近世文溪李公昴英一絶云：『賦詩江閣憑闌日，伸足城樓濯雨時。逆順境殊同一快，先生學力豈專詩？』命意造語俱切。文溪自註云：『山谷謫居宜州城樓，得熱疾，病中以簷漏濯

足，連稱「快哉」！未幾仙去。』《梅礀詩話》

趙德行《賓退録》云：州縣率南面，然『南面』二字，人臣不得用也。惟山谷《送徐隱父宰餘干》詩云：『地方百里身南面』，豈別有所本歟？余謂《論語》：『子曰：「雍也可使南面」。』則此二字人臣亦通用。《梅礀詩話》

山谷《別楊明叔》詩云：『皮毛剥落盡，惟有真實在。』用藥山答石頭禪師語，但易『膚』爲『毛』耳。戴式之《小樓登覽》詩云：『皮毛剥落一真在，年紀侵尋百事非。』上句亦用藥山語。《梅礀詩話》

黄山谷詩，可嗤鄙處極多。其尤無義理者，莫如『雙鬟女弟如桃李，早年歸我第二雛』之句，稱子婦之顔色于詩句，以贈其兄，何哉？朱文公謂其詩多信筆亂道，信矣！《升庵詩話》

黄山谷詩『蕨芽初長小兒拳』以爲奇句，然太白詩已有『不知行徑下，初拳幾枝蕨』之句，已落第二義矣。《升庵詩話》

『庭珪膩墨出蘇家，麝煤添澤紋烏韡。柳枝瘦龍印香字，十襲一日三摩挲。』此山谷《題庭珪膩墨》詩，然其製可見，今膩者亦希見矣。《升庵詩話》

頃見晁無咎舉魯直詩：『人家圍橘柚，秋色老梧桐。』張文潛云：『斜日兩竿眠犢晚，春

波一頃去凫寒。』皆自以爲莫能及。《石林詩話》

唐人不學杜詩，惟唐彦謙與今黄亞夫庶、謝師厚景初學之。魯直，黄之子，謝之婿也。其于二父，猶子美之于審言也，然過于出奇，不如杜之遇物而奇也。三江五湖，平漫千里，因風石而奇爾。《後山詩話》

魯直《與方蒙書》：『頃洪甥送令嗣二詩，風致灑落，才思高秀，展讀賞愛，恨未識面也。然近世少年，多不肯治經術及精讀史，乃縱以助詩，故致遠則泥。想達源自能追琢之，必皆離此諸病，漫及之爾。』與洪朋書云：『龜父所寄詩，語益老健，甚慰相期之意。方君詩如鳳雛出瞉，雖未能翔于千仞，竟是真鳳爾。』《後山詩話》

自古詩人文士，大抵皆祖述前人作語。梅聖俞詩云：『南隴鳥過北隴叫，高田水入低田流。』歐陽文忠公誦之不去口。魯直詩有『野水自添田水滿，晴鳩卻唤雨鳩來』之句，恐其用此格律，而其語意高妙如此，可謂善學前人者矣。《竹坡詩話》

《晉書·阮咸傳》云，咸善琵琶。今有圓槽而十三柱者，世號『阮』，亦謂『阮咸』，相傳謂阮咸所作，故以爲名，而《咸傳》乃不及此。山谷《聽宋宗儒摘阮歌》云：『手揮琵琶送飛鴻，促弦聒醉驚客起。圓璧庚庚有横理，閉門三月傳國工，身今親見阮仲容。』則亦以爲仲容所作，豈咸用琵琶餘製而作『阮』耶？又有所謂『五弦』者，《唐書·樂志》云：『如琵琶而小，北國所出。樂工裴神符初以手彈，太宗悦甚，後人習爲搊琵琶。』則五弦之製，亦出于琵琶也。樂天有《五弦彈》詩云：『趙璧知君入骨愛，五弦一一爲君調。』又云：『惟憂趙璧白髮生，老死人間無此聲。』想其搊彈之妙，冠古絶今，人未易企及也。嘗觀《國史補》云：『人問璧彈五弦之術，璧曰：「我之于五絃也，始則神遇之，終則天隨之。眼如耳，耳如鼻，不知五絃之爲璧，璧之爲五絃也。」』其莊周所謂乎？嘗觀《琵琶録》云，『元和中，曹保有子善才，善才有子綱，皆能琵琶。』又有裴興奴，長于攏撚，時人謂『綱有右手，興有左手』。蓋攏撚在左手也，綱劣于左手，則琵琶之妙處逝矣。白樂天有《聽彈琵琶示重蓮》詩云：『誰能截此曹綱手，插向重蓮紅袖中？』惜乎，樂天未知截興奴妙手之妙也。《竹坡詩話》

秦太虚《與花光老求墨梅書》云：『僕此憂患無以自娱，願師爲我作兩枝見寄，令我得展玩，洗去煩惱，幸甚！』涪翁和『昊』字韻梅詩云：『夢蝶真人貌黄槁，籬落逢花曾絶倒。雅聞花光能畫梅，更乞一枝洗煩惱。』謂此也。《觀林詩話》

唐梁鍠《詠木老人》詩：『刻木牽絲作老翁，雞皮鶴髮與真同。須臾舞罷寂無事，卻似人生一夢中。』《開元傳信記》稱明皇還蜀，嘗以爲誦，而非明皇作也。觀山谷詩：『世間盡被鬼神誤，看取人間傀儡棚。煩惱自無安脚處，從他鼓笛弄浮生。』蓋用鍠意也。《優古堂詩話》

魯直《飲酒》九首，『公擇醉面桃花紅，焚香默坐日生東』一絶，其體效《飲中八仙歌》。

《藏梅詩話》

作粗俗語仿杜子美，作破律句仿黄魯直，皆初機耳，必欲入室陞堂，非得其意則不可。張文潛與魯直同作《中興碑》詩，然其工拙不可同年而語。魯直自以爲入子美之室，若《中興碑》詩，則真可謂入子美之室矣。首云：『春風吹船著浯溪』，末云：『涷雨爲洗前朝悲』，鋪敘云云，人能道之，不足爲奇。《歲寒堂詩話》

魯直不足小乘，直是外道耳，已墮傍生趣中。南渡以後，陸務觀頗近蘇氏而麄，楊萬里、劉改之俱弗如也，謝臯羽微見翹楚，《鴻門行》諸篇，大有唐人之致。《藝苑卮言》

唐人詩云：『海色晴看雨，鐘聲夜聽潮。』至周以言則云：『海色晴看近，鐘聲夜聽長。』唐僧詩云：『經來白馬寺，僧到赤烏年。』至皇甫子循則云：『地是赤烏分教後，僧同白馬賜經時。』雖以剽語得名，然猶未見大決撒。獨李太白有『人煙寒橘柚，秋色老梧桐』句，而黄魯直更之曰：『人家圍橘柚，秋色老梧桐。』晁无咎極稱之，何也？予謂中只改兩字，而醜態畢具，真『點金作鐵』手耳。《藝苑卮言》

温庭筠《樂府》：『春水碧于天，畫船聽雨眠。』皮日休《松陵集》詩云：『漢水碧于天，荆南廓然秀。』豫章取以作《演雅》云：『江南野水碧于天，中有白鷗閒似我。』《優古堂詩話》

唐吴子華詩云：『暖漾魚遺子，晴游鹿引麛。』乃悟山谷詩『河天月暈魚分子，桐葉風

微麝養茸』所自。《優古堂詩話》

『秋來鼠輩欺猫死，窺甕翻盆攪夜眠。聞道貍奴將數子，買魚穿柳聘銜蟬。』『聘』字下得好，『銜蟬』、『穿柳』四字尤好。又『貍奴』二字，出釋書。《藏海詩話》

全宋詩話卷五十六

黄庭坚四

《漫叟詩話》云：山谷詩云：『遣悶悶不離眼前，避愁愁亦知人處。』乃出庾子山《愁賦》云：『深藏欲避愁，愁已知人處。』《苕溪漁隱叢話》

《禁臠》云：『魯直換字對句法，如：「只今滿坐且尊酒，後夜此堂空月明。」「清談落筆一萬字，白眼舉觴三百杯。」「田中誰問不納履？坐上適來何處蠅？」「鞦韆門巷火新改，桑柘田園春向分。」「忽乘舟去值花雨，寄得書來應麥秋。」其法于當下平字處，以仄字易之，欲其氣挺然不群。前此未有人作此體，獨魯直變之。』苕溪漁隱曰：此體本出于老杜，如『寵光蕙葉與多碧，點注桃花舒小紅。』『一雙白魚不受釣，三寸黄柑猶自青。』『外江三峽且相接，斗酒新詩終日疏。』『負鹽出井此溪女，打鼓發船何郡郎。』『沙上草閣柳新暗，城邊野池蓮欲紅。』似此體甚多，聊舉此數聯，非獨魯直變之也。予嘗效此體作一聯云：『天連

風色共高運，秋與物華俱老成。』今俗謂之『拗句』者是也。《苕溪漁隱叢話》

張文潛云：『以聲律作詩，其末流也，而唐至今詩人謹守之。獨魯直一掃古今，出胸臆，破棄聲律，作五七言，如金石未作，鐘磬聲和，渾然有律吕外意。近來作詩者，頗有此體，然自吾魯直始也。』苕溪漁隱曰：古詩不拘聲律，自唐至今詩人皆然，初不待破棄聲律。詩破棄聲律，老杜自有此體，如《絶句漫興》、《黄河》、《江畔獨步尋花》、《夔州歌》、《春水生》，皆不拘聲律，渾然成章，新奇可愛。故魯直效之，作《病起荆州江亭即事》、《謁李材叟兄弟》、《謝答聞善絶句》之類是也。老杜七言，如《題省中院壁》、《望岳》、《江雨有懷鄭典設》、《晝夢》、《愁强戲爲吴體》、《十二月一日》三首。魯直七言，如《寄上叔父夷仲》、《次韻李任道晚飲鎖江亭兼簡履中南玉》、《廖致平送緑荔枝》、《贈鄭郊》之類是也。此聊舉其二三，覽者當自知之。文潛不細考老杜詩，便謂此體『自吾魯直始』，非也。魯直詩本得法于杜少陵，其用老杜此體何疑。老杜自我作古，其詩體不一，在人所喜，取而用之。如東坡《在嶺外游博羅香積寺》、《同正輔游白水山》、《聞正輔將至以詩迎之》，皆古詩，而終篇對屬精切，語意貫穿，此亦是老杜體。如《岳麓山道林二寺行》、《追酬故高蜀州人日見寄》、《入衡州奉贈李八丈判官》、《晚登瀼上堂》之類，槩可見矣。《苕溪漁隱叢話》

山谷云：『詩詞高勝，要從學問中來。後來學詩者，雖時有妙句，譬如合眼摸象，隨所觸體得一處，非不即似，要且不是。若開眼全體見之，合古人處，不待取證也。』又云：『詩文不可鑿空强作，待境而生，便自工耳。每作一篇，先立大意，長篇須曲折三致意，乃可成章。』《苕溪漁隱叢話》

王直方《詩話》云：『山谷謂洪龜父云：「甥最愛老舅詩中何語？」龜父舉「蜂房各自開户牖，蟻穴或夢封侯王」、「黄流不解涴明月，碧樹爲我生秋涼」，以爲深類工部。山谷云：「得之矣。」「腸」字韻《茶》詩，山谷自和云：「曲几團蒲聽煮湯，煎成車聲繞羊腸。」東坡見之云：「黄九怎得不窮？」張文潛嘗謂予曰：「黄九似『桃李春風一杯酒，江湖夜雨十年燈』，真是奇語。」』苕溪漁隱曰：汪彦章有『千里江山漁笛晚，十年燈火客氈寒』之句，效山谷體也。予亦嘗效此體作一聯云：『釣艇江湖千里夢，客氈風雪十年寒。』《苕溪漁隱叢話》

《吕氏童蒙訓》云：或稱魯直『桃李春風一杯酒，江湖夜雨十年燈』，以爲極至。魯直自以此猶砌合，須『石吾甚愛之，勿使牛礪角。牛礪角尚可，牛鬭殘我竹』，乃可言至耳。然如魯直《百里大夫冢》詩與《快閣》詩，已自見成就處也。《苕溪漁隱叢話》

苕溪漁隱曰：山谷詩：『焉知冶容子，掩袂泣前魚。』事見《文選·中山王孺子妾歌》註：『魏王與龍陽君共舡而釣，得十餘魚而棄之，泣下，曰：「臣始得魚甚喜，後得益多而大，欲棄前所得也。今臣得拂枕席，爵至人君，四海之内，美人甚多，聞臣得幸，畢褰裳而

趨，臣亦同所得魚將棄矣，得無涕乎！」王乃令曰：「敢言美人者族。」』《苕溪漁隱叢話》

《高齋詩話》云：『唐人題唐昌觀玉蕊花詩云：「一樹瓏鬆玉刻成，飄廊點地色輕輕。女冠夜覓香來處，唯見堦前碎月明。」今瑒花即玉蕊花，王介甫以比瑒，謂當用此「瑒」字。蓋「瑒」玉名，取其白耳。魯直又更其名爲「山礬」，謂可以染也。廬陵段謙叔，多聞士也，家藏異書古刻至多，有楊汝士《與白二十二帖》，云：「唐昌玉蕊，以少故見貴耳。自來江南，山山有之，土人取以供染事，不甚惜也。」則知瑒花之爲玉蕊，斷無疑矣。傅子容見此帖，乃作絕句云：「比瑒更礬總未佳，要須博物似張華。因觀異代前賢帖，知是唐昌玉蕊花。」』苕溪漁隱曰：予放浪林泉之日久矣，屢從樵夫、野叟問所謂鄭花者，指其木謂予曰：『此鄭木也』。其葉如凍青，高二三丈，或有小者，亦丈餘，暮春開花，如凍青花，雖香而甚烈，全不旖旎。但山谷云：『江南野中有一種小白花，木高數尺，春開極香。』與余所見全不類。今江、浙山野間，別有一種，其木高二三尺，或五六尺，初春開小白花，極香而有遠韻，土人謂之『白丁香花』，但其葉不能染黃耳。未知孰是。《苕溪漁隱叢話》

苕溪漁隱曰：予頃歲往來湘中，屢游浯溪，徘徊摩崖碑下，讀諸賢留題，惟魯直、文潛二詩，傑句偉論，殆爲絕唱，後來難復措詞矣。魯直詩云：『春風吹舡著浯溪，扶藜上讀中興碑。平生半世看墨本，摩挲石刻鬢成絲。明皇不作包桑計，顛倒四海由禄兒。九廟不守乘輿西，萬官奔竄鳥擇棲。撫軍監國太子事，何乃趣取大物爲。事有至難天幸耳，上皇蹦蹐還京師。内間張后色可否，外間李父頤指揮。南内淒涼幾苟活，高將軍去事尤危。臣結春陵二三策，臣甫杜鵑再拜詩。安知忠臣痛至骨，後世但賞瓊琚詞。同來野僧六七輩，亦有文士相追隨。斷崖蒼蘚對立久，凍雨爲洗前朝悲。』文潛詩云：『玉環妖血無人掃，漁陽馬厭長安草。潼關戰骨高于山，萬里君王蜀中老。金戈鐵馬從西來，郭公凜凜英雄才。舉旗爲風偃爲雨，灑掃九廟無塵埃。元功高名誰與紀？風雅不繼騷人死。水部胸中星斗文，太師筆下蛟龍字。天遣二子傳將來，高山十丈磨蒼崖。誰持此碑入我室？使我一見昏眸開。百年廢興增歎慨，當時數子今安在？君不見荒涼浯水棄不收，時有游人打碑賣。』《苕溪漁隱叢話》

《漫叟詩話》云：山谷晚年草字，高出古人。予嘗收得草書陶淵明『結廬在人境』一篇，紙尾復作行書小字跋之，云：『往時作草，殊不稱意，人甚愛之，惟錢穆父、蘇子瞻以为筆俗，予心知其然而不能改。數年，百憂所集，不復玩思於筆墨，試以作草，乃能蟬蜕于塵埃之外，然自此人當不愛耳。』又《榮衰無定在》一篇，跋云：『陶淵明此詩，乃知阮嗣宗當斂衽，何況鮑謝諸子耶？詩中不見斧斤，而磊落清壯，惟陶能之。』又《題大雲倉達觀臺》一首：『瘦藤拄到風煙上，乞與游人眼豁開。不知眼界闊多少，白鳥飛盡青天回。』又《甲

子春過揚州芍藥未開》一首：『春風十里珠簾卷，髣髴三生杜牧之。紅藥梢頭初繭栗，揚州風物鬢成絲。』《苕溪漁隱叢話》

苕溪漁隱曰：詩人詠物形容之妙，近世爲最。如梅聖俞：『猬毛蒼蒼磔不死，銅盤矗矗釘頭生。吴雞鬬敗絳幘碎，海蚌扶出真珠明。』誦此，則知其詠芡也。東坡：『海山仙人絳羅襦，紅紗中單白玉膚。不須更待妃子笑，風骨自是傾城姝。』誦此，則知其詠荔枝也。張文潛：『平池碧玉秋波瑩，緑雲擁扇青摇柄。水宫仙女鬬新粧，輕步凌波踏明鏡。』誦此，則知其詠蓮花也。如唐彦謙《詠牡丹》詩云：『爲雲爲雨徒虚語，傾國傾城不在人。』羅隱《詠牡丹》詩云：『若教解語應傾國，任是無情也動人。』非不形容，但不能臻其妙處耳。蘇、黄又有詠花詩，皆托物以寓意，此格猶新奇，前人未之有也。東坡《謝杜沂游武昌以酴醿見惠》詩云：『凄涼吴宫闕，紅粉埋故苑。至今微月夜，笙簫來絶巘。餘妍入此花，千載尚清婉。』山谷《詠水仙花》詩云：『凌波仙子生塵襪，水面盈盈步微月。是誰招此斷腸魂，種作寒花寄愁絶？』《詠桃花》絶句云：『九疑山中萼緑華，黄雲承襪到羊家。真筌蟲蝕詩句斷，猶托餘情開此花。』予嘗因庭下黄、白菊花相間開，遂效此格，作詩詠之曰：『何處金錢與玉錢，化爲蝴蝶夜翩翩。青絲網住芳叢上，閒作秋花取意妍。』金玉錢事見《杜陽雜編》：『唐穆宗時，禁中花開，夜有蛺蝶數萬，飛集花間，宫人以羅巾撲之，無有獲者。上令張綱空中，得數百，遲明視之，皆庫中金玉錢也。』古人有《詠玉簪花》詩云：『燕罷瑶池阿母家，飛瓊扶上紫雲車。玉簪墜地無人拾，化作東南第一花。』稱此格也。《苕溪漁隱叢話》

《冷齋夜話》云：『秦少游《責雷州》詩曰：「南土四時都熱，愁人日夜俱長。安得此身如石，一時忘了家鄉。」黄魯謫宜州，詩曰：「老色日上面，懽悰日去心。今既不如昔，後當不如今。」「輕紗一幅巾，小簟六尺床。無客盡日静，有風終夜涼。」少游情鍾，故詩酸楚；魯直學道，故詩閒暇。至東坡則云：「平生萬事足，所欠惟一死。」英特邁往之氣，可畏而仰哉。』苕溪漁隱曰：『老色日上面，懽悰日去心。今既不如昔，後當不如今。』乃白樂天《東城尋春》詩也。『輕紗一幅巾，小簟六尺床。無客盡日静，有風終夜涼。』亦白樂天《竹窗》詩也。二詩既非魯直所作，《冷齋》何爲妄有『學道』『閒暇』之語耶？《苕溪漁隱叢話》

苕溪漁隱曰：吕居仁近時以詩得名，自言傳衣江西，嘗作《宗派圖》，自豫章以降，列陳師道、潘大臨、謝逸、洪芻、饒節、僧祖可、徐俯、洪朋、林敏修、洪炎、汪革、李錞、韓駒、李彭、晁沖之、江端本、楊符、謝薖、夏倪、林敏功、潘大觀、何覬、王直方、僧善權、高荷，合二十五人，以爲法嗣，謂其源流皆出豫章也。其《宗派圖序》數百言，大略云：『唐自李、杜之出，焜耀一世，後之言詩者，皆莫能及。至韓、柳、孟郊、張籍諸人，激昂奮厲，終不能與前作者並。元和以後至國朝，歌詩之作或傳者，多依效舊文，未盡所趣。惟豫章始大出而力振之，抑揚反覆，盡兼衆體，而後學者同作並和，雖體制或異，要皆所傳者一。予故録其名字，以遺來者。』予竊謂豫章自出機杼，别成一家，清新奇巧，是其所長，若言『抑揚反覆，盡兼衆體』，則非也。元和至今，騷翁墨客，代不乏人，觀其英詞傑句，真能發明古人不到處，卓然成立者甚衆，若言『多依效舊文，未盡所趣』，又非也。所列二十五人，其間知名之士，有詩句傳于世，爲時所稱道者，止數人而已。其餘無聞焉，亦濫登其列。居仁此圖之作，選擇勿精，議論不公，餘是以辨之。《苕溪漁隱叢話》

《呂氏童蒙訓》云：『學古人文字，須得其短處。如杜子美詩，頗有近質野處，如《封主簿親事不合》詩之類是也。東坡詩有汗漫處，魯直詩有太尖新、太巧處，皆不可不知。東坡詩如「成都畫手開十眉」，「楚山固多猿，青者黠而壽」，皆窮極思致，出新意于法度之表，前賢所未到。然學者專力于此，則亦失古人作詩之意。』苕溪漁隱曰：《童蒙訓》乃居仁所撰，譏魯直詩『有太尖新、太巧處』，無乃與《江西宗派圖》所云『抑揚反覆，盡兼衆體』之語背馳乎？《苕溪漁隱叢話》

山谷云：詩者，人之情性也，非强諫争于廷，怨忿詬于道，怒鄰罵坐之爲也。其人忠信篤敬，抱道而居，與時乖違，遇物悲喜，同床而不察，並世而不聞，情之所不能堪，因發于呻吟調笑之聲，胸次釋然。而聞者亦有所勸勉，比律吕而可歌，列干羽而可舞，是詩之美也。

其發爲訕謗侵陵，引頸以承戈，披襟而受矢，以快一朝之忿者，人皆以爲詩之過。是失詩之旨，非詩之過也。《苕溪漁隱叢話》

山谷云：嘗作得兩句云：『清鑒風流歸賀八，飛揚跋扈付朱三』，未知可贈誰，遂不能成章。又嘗嘲一浴濁者人云：『濁氣撲不破，清風倒射回。』東坡言無以復加。《苕溪漁隱叢話》

苕溪漁隱曰：《正法眼藏》云：『石頭一日問藥山，曰：「子近日作麼生？」山曰：「皮膚脱落盡，惟有真實在。」』魯直《別楊明叔》詩：『皮毛剥落盡，惟有其實在。』全用藥山禪語也。《苕溪漁隱叢話》

《冷齋夜話》云：王榮老嘗官于觀州，罷官渡觀江，七日風作不得濟。父老曰：『公舟中必有奇異，此江神極靈，當獻之，得濟。』榮老顧無有，止有黄麈尾，以獻之，風如故。又以端石研獻之，風愈作。又以宣包虎帳獻之，皆不驗。夜卧念曰：『有魯直草書扇頭子，題韋應物詩曰：「爲憐幽草澗邊行，上有黄鸝遶樹鳴。春潮帶雨晚來急，野渡無人舟自横。」』公取視，慌惚之勢，曰：『我猶不識，鬼寧識之乎？』持以獻之，香火未收，天水相照，如兩鏡對展，南風徐來，帆一飽而濟。予謂觀江神必元祐遷客之鬼，不然，何嗜之深耶？《苕溪漁隱叢話》

苕溪漁隱曰：魯直《觀伯時畫馬》詩云：『儀鸞供帳饕蝨行，翰林溼薪爆竹聲，風簾官燭淚縱横。木穿石槃未渠透，坐窗不遨令人瘦，貧馬百菆逢一豆。眼明見此玉花驄，徑思著鞭隨詩翁，城西野桃尋小紅。』此格，《禁臠》謂之『促句换韻』，其法三句一换韻，三疊而止。此格甚新，人少用之。予嘗以此格爲鄙句云：『青玻璃色瑩長空，爛銀盤掛屋山東，晚涼徐度一襟風。天分風月相管領，對之技癢誰能忍，吟哦自恨詩才窘。掃寬露坐發興新，浮蛆琰琰抛青春，不妨舉醆成三人。』《苕溪漁隱叢話》

苕溪漁隱曰：近時學詩者，率宗江西，然殊不知江西本亦學少陵者也。故陳無己曰：『豫章之學博矣，而得法于少陵，故其詩近之。』今少陵之詩，後生少年不復過目，抑亦失江西之意乎？江西平日語學者爲詩旨趣，亦獨宗少陵一人而已。予爲是説，蓋欲學詩者師少陵而友江西，則兩得之矣。《苕溪漁隱叢話》

吕居仁《與曾吉甫論詩第一帖》云：『寵諭作詩次第，此道不講久矣，如本中何足以知之。或勵精潛思，不便下筆；或遇事因感，時時舉揚，工夫一也。古之作者，正如是耳。惟不可鑿空强作，出于牽强，如小兒就學，俯就課程耳。《楚詞》、杜、黄，固法度所在，然不若徧考精取，悉爲吾用，則姿態横出，不窘一律矣。如東坡、太白詩，雖規模廣大，學者難依，然讀之使人敢道，澡雪滯思，無窮苦艱難之狀，亦一助也。要之，此事須令有所悟入，則自然越度諸子。悟入之理，正在工夫勤惰間耳。如張長史見公孫大娘舞劍，頓悟筆法，如張者，專意此事，未嘗少忘胸中，故能遇事有得，遂造神妙。使他人觀舞劍，有何干涉？非獨作文學書而然也。和章固佳，然本中猶竊以爲少新意也。近世次韻之妙，無出蘇、黄，雖失古人唱酬之本意，然用韻之工，使事之精，有不可及者。』《第二帖》云：『詩卷熟讀，深慰寂寞。蒙問加勤，尤見樂善之切，不獨爲詩賀也。其間大概皆好，然以本中觀之，治擇工夫已勝，而波瀾尚未闊，欲波瀾之闊去，須于規摹令大，涵養吾氣而後可。規摹既大，波瀾自闊，少加治擇，功已倍于古矣。試取東坡黄州已後詩，如《種松》、《醫眼》之類，及杜子美歌行及長韻近體詩，看便可見。若未如此而事治擇，恐易就而難遠也。退之云：「氣，水也；言，浮物也。水大則物之浮者大小畢浮，氣之與言猶是也，氣盛則言之長短與聲之高下皆宜。」如此，則知所以爲文矣。曹子建《七哀》詩之類，宏大深遠，非復作詩者所能及，此蓋未始有意于言語之間也。近世江西之學者，雖左規右矩，不遺餘力，而往往不知出此，故百尺竿頭，不能更進一步，亦失山谷之旨也。』《苕溪漁隱叢話》

王直方《詩話》云：山谷舊所作詩文，名以《焦尾》、《弊帚》，少游云：『每覽此編，輒悵然終日，殆忘食事，邈然有二漢之風。今交游中，以文墨稱者，未見其比，所謂「珠玉在傍，覺我形穢」也。』有學者問文潛模範，曰：『看《退聽稿》。』蓋山谷在館中時，自號所居曰『退聽堂』。《苕溪漁隱叢話》

《漫叟詩話》云：『王侯文采似於菟，洪甥人間汗血駒。相將問道城南隅，無屋止借船官居。』或云『當作「官船居」』，非也。庾子山賦云：『風吹雲夢，凍合船官。』注：『船官，官船也。』凡讀人詩，不可以臆見擅改字。《苕溪漁隱叢話》

王直方《詩話》云：『蠟梅，山谷初見之，作二絶。一云：「金蓓鏁春寒，惱人香未展。雖無桃李顔，風味極不淺。」一云：「體薰山麝臍，色染薔薇露。披拂不滿襟，時有暗香度。」緣此蠟梅盛于京師。然交游間亦有不喜之者，予嘗爲作解嘲云：「紛紛紅紫雖無韻，映帶園林正要渠。誰遣一枝香最勝？故應有客問何如。」』苕溪漁隱曰：東坡亦有《蠟梅》詩云：『天工點酥作梅花，此有蠟梅禪老家。蜜蜂采花作黄蠟，取蠟爲花亦其物。』不獨山谷有詩也。予嘗和人詠蠟梅絶句，因紀其事云：『新詩湔拂自蘇、黄，想見當年喜色香。草木無情遇真賞，豈知千載有餘芳。』《苕溪漁隱叢話》

山谷云：『賈天錫作意和香，自然有富貴氣，覺諸人家和香極寒氣也。天錫屢惠此香，惟要作詩，因以「兵衛森畫戟，晝寢凝清香」爲韻，作十小詩贈之。猶恨詩語未工，未稱此香耳。然予甚寶此香，未嘗妄以與人。城西張仲謀爲我作寒計，惠送騏驥院馬通薪二百，因以香二十餅報之。或笑曰：「不爲公詩爲地耶？」應之曰：「詩或能爲人作祟，豈若馬通薪，使冰雪之辰，鈴下馬走，皆有挾纊之温耶！學詩三十年，今乃大覺，然見事亦太晚

也。」』苕溪漁隱曰：十詩中如『險心游萬刃，躁欲生五兵。隱几香一炷，靈臺湛空明』，誠佳句也。《苕溪漁隱叢話》

《漫叟詩話》云：諺云：『去家千里，勿食蘿摩枸杞。』山谷嘗《賦道院枸杞》詩云：『去家尚勿食，出家安用許？』時同賦者，服其用事精確。《苕溪漁隱叢話》

《高齋詩話》云：山谷詩云：『山椒欲雨好雲氣，湖面逆風生水紋。』汪彦章詩云：『野田無雨出龜兆，湖水得風生縠紋。』《苕溪漁隱叢話》

山谷云：古人有言：『並敵一嚮，千里殺將。』要須心地收汗馬之功，讀書乃有味，棄書册而游息，書味猶在胸中，久之乃見古人用心處。如此，則盡心于一兩書，其餘如破竹，皆迎刃而解耳。古人嘗喻植楊：楊，天下易生之木也，倒植之而生，横植之而生，然一人植之，一人拔之，雖千日之功皆棄。此最善喻也。《苕溪漁隱叢話》

苕溪漁隱曰：《食筍》詩云：『甘葅和菌耳，辛膳胹薑芥。』葅，酢菜也，亦作『菹』，『側魚切』；胹音『而』，煮熟也。《苕溪漁隱叢話》

潘子真《詩話》云：『霜威能折緜』之句，予問『折緜』所從來，山谷曰：『「勁氣嚴凝海，清威正折緜」，庾肩吾詩也。』《苕溪漁隱叢話》

苕溪漁隱曰：予讀《豫章先生傳》云：『公嘗游皖，樂山谷寺石牛洞之林泉，因自號

「山谷道人」。天下皆稱曰「山谷」，而不名字，以配「東坡」云。』《苕溪漁隱叢話》

《復齋漫録》云：『無己呼山谷爲「金華仙伯」，故《題李白真書》：「金華仙伯哦七字，好事不復千金模。」蘇養直詩亦云：「但見金華仙伯語，筆端丘壑飽經心。」』苕溪漁隱曰：葛洪《神仙傳》云：『皇初平年十五，家使牧羊。有道士見其良謹，將至金華山石室中。其兄初起，入山索之，累年不得。後隨一道士歸，初起見而問曰：「羊何在？」初平曰：「近在山東。」兄往，見白石，初平叱之，白石皆起爲羊。後易姓爲「赤松子」。』不知無己呼魯直爲『金華仙伯』，若取其同姓，『皇』固非『黄』矣。《苕溪漁隱叢話》

《復齋漫録》云：『山谷謫涪州别駕，因自號「涪翁」。按《益部耆舊傳》：「廣陵有老翁，釣于涪水，自號涪翁。」然則「涪翁」之稱，古有之矣。』苕溪漁隱曰：《後漢·逸民傳》云：『初，父老不知何出，常漁釣于涪水，人因號涪翁。』復齋不取于此，乃取《益部耆舊傳》，以爲異書耶？《苕溪漁隱叢話》

苕溪漁隱曰：魯直以雙井茶送孔常父，常父答詩，有『煎點徑須煩緑珠』之句，因戲答云：『知公家亦闕掃除，但有文君對相如。政當爲公乞如願，作書遠寄宫亭湖。』《録異傳》云：『廬陵歐陽明，道彭蠡，以船中所有投湖中，云以爲禮。積數年復過，有數吏來候明，云：「青洪君相邀」。且曰：「感公有禮，且厚遺公，願勿取，獨求如願耳。」明既見，遂求如

願。如願者，青洪君婢也。』明將歸，所願輒得，數年大富。《苕溪漁隱叢話》

苕溪漁隱曰：前輩譏作詩多用古人姓名，謂之『點鬼簿』。其語雖然如此，亦在用之何如耳，不可執以爲定論也。如山谷《種竹》云：『程嬰、杵臼立孤難，伯夷、叔齊食蕨瘦。』《梅花》云：『雍也本犁子，仲由元鄙人。』善于比喻，何害其爲好句也。《苕溪漁隱叢話》

苕溪漁隱曰：魯直少喜學佛，遂作《發願文》云：『今日對佛發大誓，願從今日盡未來世，不復婬欲飲酒食肉，設復爲之，當墮地獄，爲一切衆生，代受其苦。』可謂能堅忍者也。其後悉毁禁戒，無一能行之，于詩句中可見矣。以《酒渴愛江清》作五詩，其一云：『廖侯勸我酒，此亦雅所愛。中年剛制之，常懼作災怪。連臺盤拗倒，故人不相貸。誰能知許事？痛飲且一快。』《嘲小德》云：『中年舉兒子，漫種老生涯。學語囀春鳥，塗窗行暮鴉。欲嗔主母惜，稍慧女兄誇。解著《潛夫論》，不妨無外家。』《謝榮緒割獐見貽二首》云：『何處驚麏觸禍機，煩公遣騎割鮮肥。秋來多病新開肉，糲飯寒虀得解圍。』『二十餘年枯淡過，病來筋下劇甘肥。果然口腹爲災怪，夢去呼鷹雪打圍。』《傳》云：『飲食男女，人之大欲存焉』。若戒之則誠難，節之則爲易，乃近于人情也。《苕溪漁隱叢話》

《東皋雜録》云：魯直《嘲小德》，有『學語春鶯囀，書窗秋雁斜』，後改曰：『學語囀春鳥，塗窗行暮鴉。』以是知詩文不厭改也。《苕溪漁隱叢話》

苕溪漁隱曰：《題摩崖碑後》詩云：『事有至難天幸耳，上皇蹰躇還京師。内間張后色可否？外間李父頤指揮。南内淒凉幾苟活，高將軍去事尤危。臣結《春秋》二三策，臣甫《杜鵑》再拜詩。安知忠臣痛至骨，後世但賞瓊琚詞。』觀詩意皆是言明皇末年事。予以《唐史》考之，明皇幸蜀還，居興慶宫，李輔國遷之西内，居甘露殿，繼流高力士于巫州。詩云『南内』，誤矣。又以元結本《傳》及《元次山集》考之，但有《時議》三篇，指陳時務而已，初無一言以及明皇、肅宗父子間，不知魯直所謂『臣結《春秋》二三策』者，更别出何書也。魯直以此配『臣甫《杜鵑》再拜詩』，子美《杜鵑》詩，正爲明皇遷居西内而作，則次山『《春秋》二三策』，亦當如《杜鵑》詩有爲而言。若以《時議》三篇爲是，則事無交涉，乃誤用也。或云，魯直蓋用《孟子》『吾于《武成》取二三策』之語，然于元結果何預焉？如顔魯公《湖州放生池碑》，載其《上肅宗表》云：『一日三朝，大明天子之孝，問安視膳，不改家人之禮。』東坡謂魯公知肅宗有愧于此乎？孰謂公區區于放生哉？此事若用之，卻爲親切。

《苕溪漁隱叢話》

苕溪漁隱曰：予官閩中，見其風俗，呼父爲『郎罷』，呼子爲『囝』。顧況有詩云：『郎罷别囝，囝别郎罷。及至黄泉，不得在郎罷前。』乃知顧況用此方言也。山谷《送秦少章往餘杭從蘇公》詩：『斑衣兒啼真自樂，從師學道也不惡。但使新年勝故年，即如常在郎罷

前。』唐子西詩『兒餒嗔郎罷。』皆用顧況語也。《苕溪漁隱叢話》

《復齋漫録》云：《題子美浣花圖》云：『鄰家有酒邀皆去，得意魚鳥來相親。』按《世説》：『簡文入華林園，曰：「會心處不必在遠，翛然林水，便自有濠濮間趣，覺鳥獸禽魚，自來親人。」』又《贈晁无咎》詩：『雞蘇胡麻留渴羌，不應亂我官焙香。』按《拾遺記》：『晉有羌人姚馥，字世芬，充圉人。每醉中好言王者興亡事，但言渴于酒，群輩呼爲「渴羌」也。』《苕溪漁隱叢話》

苕溪漁隱曰：《真誥》云：『昔有傅先生者，其少好道，入焦山石室中，積七年，而太極老君詣之，與之木鑽，使穿一石槃，厚五尺許，云：「穿此槃，便當得道。」其人乃晝夜穿之，積四十七年，鑽盡石穿，遂得神丹，乃昇太清。』故《觀伯時畫馬》詩云：『木穿石槃未渠透，坐窗不邀令人瘦。』即前事也。《北史》云：『齊高歡在勅勒川，命斛律明月奏琵琶，作歌，應詔曰：「勅勒川，陰山下，天似穹廬，籠罩四野。天蒼蒼，沙茫茫，風吹草低見牛羊。」』故《題陽關圖》詩云：『想得陽關更西路，北風低草見牛羊。』此語殊有所本也。《苕溪漁隱叢話》

苕溪漁隱曰：《筆談》云：『嘉祐中，揚州有一珠甚大，天晦多見，初出于天長縣陂澤中，後轉入甓社湖，又後乃在新開湖中，凡十餘年，居民行人，常常見之。予友人書齋在湖上，一夜忽見其珠甚近，初微開其房，光自吻中出，如横一金綫。俄頃，忽張殼，其大如半席，殼中白光如銀，珠大如拳，爛然不可正視。十餘里間，林木皆有影，如初日所照，遠處但見天赤如野火。倏然遠去，其行如飛，浮于波中，杳杳如日。古有明月之珠，此珠色不類月，熒熒有芒焰，殆類日光。崔伯易嘗爲《明珠賦》，伯易，高郵人，蓋嘗見之。近歲不復出，不知所往。樊良鎮正當珠往來處，行人至此，往往維舟數宵以待現，名其亭爲「玩珠」。』又《文昌雜録》云：『禮部李侍郎説，秘書少監孫莘老，莊居在高郵新開湖邊，一夕陰晦，莊客報湖中珠見，與數人同行小草徑中，至水際，見微有光彩，俄而明如月，陰霧中人面相睹。忽見蚌蛤如蘆席大，一殼浮水上，一殼如帆狀，其疾如風。舟子飛小艇競逐之，終不可及，既遠乃没。故呈孫莘老詩云：「甓社湖中有明月，淮南草木借光輝。故應剖蚌登王府，不若含沙弄夕霏。」莘老又是高郵人，用此事以擬之，大爲切當。』《苕溪漁隱叢話》

《復齋漫録》云：唐朱晝喜《陳懿老至》詩云：『一别一千日，一日十二憶。苦心無閒時，今日見玉色。』乃知山谷『五更歸夢三千里，一日思親十二時』之句取此。《苕溪漁隱叢話》

苕溪漁隱曰：《水仙花》詩云：『借水開花自一奇，水沉爲骨玉爲肌。暗香已壓酴醾倒，只愧寒梅無好枝。』第水仙花初不在水中生，雖欲形容『水』字，卻反成語病。《苕溪漁隱叢話》

山谷云：『野人采鄭花以染黄，不借礬而成色，故名「山礬」。海岸孤絶處補陀山，譯者以謂小白花，予疑即此花爾。不然，何以觀音老人端坐不去耶？』苕溪漁隱曰：予閲《華嚴經合論》云：『觀世音住居補陀洛迦。』註云：『小白華山，觀世音菩薩居之，爲諸菩薩説《慈悲經》，此山多有小白花，甚香。』山谷所言，即此事也。《苕溪漁隱叢話》

《藝苑雌黄》云：種竹者多用辰日，山谷所謂『根須辰日劚，筍看上番成』是也。又用臘月，杜陵所謂『東林竹影薄，臘月更須栽』是也。非此時移之，多不活。惟五月十三日，古人謂之『竹醉日』，栽竹多茂盛。按《筍譜》云：『民間説竹有生日，即五月十三日也。移竹宜用此日。或陰雨土虚，則鞭行，明年筍莖交出。』故晏元獻詩云：『苒苒渭濱族，蕭蕭塵外姿。如能樂封殖，何必醉中移。』宋景文詩云：『除地墻陰植翠筠，纖莖潤葉與時新。賴逢醉日終無損，正似得全于酒人。』黄元明詩云：『夏栽醉竹餘千個，春糞辰瓜滿百區。』《苕溪漁隱叢話》

《復齋漫録》云：諺云：『情人眼裏有西施。』又云：『千里寄鵝毛，物輕人意重。』皆鄙語也。山谷取以爲詩，故《答公益春思》云：『草茅多奇士，蓬篳有秀色。西施逐人眼，稱心最爲得。』《謝陳適用惠紙》云：『千里鵝毛意不輕。』《苕溪漁隱叢話》

苕溪漁隱曰：零陵郡澹山巖，秦周貞實之舊居。予往歲嘗游之，因見李西臺、黄太史詩刻，愛其詞翰雙美，因搨墨本以歸，真佳玩也。西臺詩石刻漫滅，九字不可辨，因闕之。詩云：『常思羽衣人，宅此巖崖傍。□□通大道，元關掩中黄。古朴宫殿□，偃亞松桂香。

洞户漏夕月，木鏄生□陽。叠齒上層巔，露井連曲房。斷壁横廣幕，矗石排吟□。蟄痕燕穴空，乳漏虬鱗張。清泉弄春□，靈草經冬芳。自笑老倒容，誰□刀圭霜？金版佩上籍，玉音歌洞章。□□夜森立，絳節朝飛揚。咫尺仙路高，喧囂機世忙。浮埃走車馬，奔迸多事場。真地擁煙霞，根本無爲鄉。不到久嘆息，一來徒悲傷。但聽鏗華鐘，所得心耳涼。』太史詩二首，其一云：『去城二十五里近，天與隔斷俗子塵。春蛙秋蠅不到耳，夏涼冬暖總宜人。巖中清磬僧定起，洞口緑樹仙家春。惜哉此山世未顯，不得雄文鑱翠珉。』其二云：『澹山澹姓人安在？徵君避秦亦未歸。石門竹徑幾時有？瑶臺瓊室至今疑。洞中明潔坐十客，亦可呼樂醉舞衣。閬州城南果何似，永州澹巖天下稀。』《苕溪漁隱叢話》

苕溪漁隱曰：本朝能書者，有李西臺、宋宣獻。東坡謂：『李俗而宋寒，殆是浪得名。』又謂：『建中書雖可愛，終可鄙；雖可鄙，終不可棄。』予于西臺書不多見，獨見其永州澹山巖詩，清勁簡遠，不減晉唐間人書，則東坡之論有不然者矣。惟六一居士云：『五代之際有楊少師，建隆已後稱李西臺，二人筆法不同，而書名爲一時之絶。』山谷云：『李西臺出群拔萃，肥不剩肉，如世間美女，豐肥而神氣清秀者。』則二公之論得之矣。山谷《因李君貺借示其祖西臺草聖並書賦》詩云：『當時高蹈翰墨場，江南李氏洛下楊。二人歿後數來者，西臺惟有尚書郎。篆科草聖凡幾家，奄有漢魏跨兩唐。紙摹石鏤多仿佛，曾未得似君家藏。

側理數幅冰不及，字體欹傾墨猶溼。明窗棐几開卷首，坐客失床皆起立。新春一聲雷未聞，何得龍蛇已驚蟄？仲將、伯英無後塵，邇來此公下筆親。使之早出見李、衛，不獨右軍能逼人。』山谷此詩，許可如此，真不虛美矣。予素未曾見宣獻書，不知其果如何，但山谷云：『近世士大夫書，富有古人法度，惟宋宣獻公耳。能用徐季海書意，暮年擺落右軍父子規模，自成一家，當無遺恨矣。又其書清秀而不弱，亦古人所難。』則坡、谷之論，異同如此。予欲折衷之，以未見其書，故不敢爾。東坡云：『歐陽文忠公論蔡君謨書，獨步當世，此爲至言。君謨行書第一，小楷第二，草書第三，就其所長，而求其所短，大字爲少疏也。天資既高，又輔以篤學，其獨步當世宜哉。近世論君謨書者，頗有異論，故特爲明之。』山谷云：『蔡君謨行書簡劄，甚秀麗可愛，至于作草，自云得蘇才翁屋漏法，令人不解。』又云：『頃年觀《廟堂碑》摹本，竊怪虞永興名浮于實，及見舊刻，方知永興得智永筆法爲多；又知蔡君謨真行簡劄，能入永興之室也。邇來士大夫，惟荆公書有古人氣質，而不端正，然筆間甚逸。士大夫學荆公書，但爲横風疾雨之勢，至于不著繩尺，而有魏晉間風氣，不復髣髴。嘗觀王濛書，想見其人秀整，所謂毫髮無遺恨者。荆公嘗自言學濛書。』東坡《賦孫莘老墨妙亭》詩云：『徐家父子亦秀絶，字外出力中藏稜。』山谷云：『書家論徐會稽筆法：「怒猊抉石，渴驥奔泉。」以予觀之，誠不虛語。如季海少令韻勝，則與稚恭並驅争先可也。

季海長處，正是用筆勁正而心圓。若論工不論韻，則王著優于季海，季海不下子敬；若論韻勝，則右軍大令之門，誰不服膺？往時觀「怒猊抉石、渴驥奔泉」之論，茫然不知是何等語，老年乃于季海書中見之，如觀人眉目也。三折肱知爲良醫，誠然哉。季海暮年乃更擺落王氏規模，自成一家，所謂「盧蒲嫳其髮甚短而心甚長」，惜乎，當時君子，莫能以短兵伐此老賊也。前朝翰林侍書王著，筆法圓勁，今所藏《樂毅論》、周興嗣《千字文》，皆著書墨迹，此其長處，不減季海，所乏者韻耳。沈傳師《道林嶽麓寺》詩，字勢豪逸，真復奇倔，所恨工巧太深耳。少令巧拙相半，使子敬復生，不過如此。』東坡蓋學徐浩書，山谷蓋學沈傳師書，皆青過于藍者，然二公深諱之。故東坡云：『見歐陽叔弼云：「予書大似李北海。」予亦自覺其如此。世或謂似徐浩，非也。』山谷云：『予比來極愛顏魯公書，時時輒有其氣骨，而人以爲殊未得其仿佛。寫我心耳，豈可謂衆目哉？』二公當時自言如此，自今觀之，人固不信也。山谷《跋東坡書》云：『如華嶽三峰，卓然參昴，雖造化之鑪錘，不自知其妙也。中年書圓勁而有韻，大似徐會稽，晚年沉着痛快，乃似李北海。此公天資解書，比之詩人，是李太白之流。士大夫學子瞻書，但卧筆取妍，至于老大，精神可與顏、楊方駕，則未之有也。』山谷自云：『予書姿媚而乏老氣，自不足學，學者輒萎弱不能立筆。雖然，筆墨各繫其人工拙，要須其韻勝耳。病在此處，筆墨雖工，終不近也。』《苕溪漁隱叢話》

《冷齋夜話》云：鄧峰永庵主，南禪師法子也，初未嘗問法，南公所至處，輒隨之，魯直聞其風而悦之，恨不及識。有嗣慶者，事永甚久，即以慶主黄龍，魯直爲作疏語，特奇峻，叢林于慶改觀。及見之，與語多解體，又嗣法南公。魯直過永舊庵，題其壁曰：『奪得胡兒馬便休，休嗟李廣不封侯。當年射得南山虎，今日看來是石頭。』《苕溪漁隱叢話》

全宋詩話卷五十七

黄庭堅五

苕溪漁隱曰：涪翁晚年再遷宜州，道出祁陽，草書《靖節》詩四首，『清晨聞叩門，倒裳往自開』者，其一也；『棲棲失群鳥，日暮猶獨飛』者，其二也；『昔欲居南村，非爲卜其宅』者，其三也；『春秋多佳日，登高賦新詩』者，其四也。並鑱石于嘉會亭。予昔經由，摹得墨本，愛其筆法之妙，自成一家。涪翁嘗言：『元祐中，與子瞻、穆父在寶梵僧舍，因作草數紙，子瞻賞之不已，穆父無一言，問其所以，但云：「恐公未見藏真真蹟。」庭堅心竊不平。紹聖貶黔中，得藏真《自敘》于石揚休家，諦觀數日，恍然自得，落筆便覺超異，回視前日所作，可笑也。然後知穆父之言不誣，且恨其不及見矣。』今祁陽草聖，正是涪翁黔州以後作，誠佳絶也。東坡嘗跋之云：『曇秀來海上，見東坡，出黔安居士草書一軸，問此書如何，東坡云：「張融有言，不恨臣無二王法，恨二王無臣法。」吾于黔安亦云然。他日，黔安見之，當捧腹軒渠也。』藏真又有《千字文》真迹，舊蓄于江南李氏，紙尾有後主錯金書，題云：『懷素僧草書。』戴叔倫詩云：『詭形怪狀翻合宜』，誠哉是言。其後，此真迹又轉蓄于董令升家。紹興間，歸天上矣。桂林有此石刻，予嘗得摹本，因取古人書評疏于後。見東坡于此書，且褒且貶，深竊怪之，其言曰：『僧藏真書七紙，開封王君巽所藏。君侍親平涼，始得其一二，而兩紙在張鄧公家，其後馮公當世又獲其三，雖所從得者異，不可考，然筆勢奕奕，七紙意相屬也。君，鄧公外孫，而與當世相善，乃得而合之。予嘗愛梁武帝評書，善取物象，而此公尤能自譽，觀者不以爲過，信乎其書之工也。然其爲人倜儻，本不求工，而能工如此，如没人之操舟，無意于濟否，是以覆卻萬變，而舉止自若，其近于道者耶？張長史草書，頹然天放，略有點畫處，而意態自足，號稱神逸。』此其褒之也。又其詩云：『顛張醉素兩禿翁，追逐世好稱書工。何曾夢見王與鍾，妄自粉飾欺盲聾。有如市娼抹青紅，妖歌嫚舞眩兒童。』此其貶之也。至于涪翁則云：『張長史書《郎官廳壁記》，楷法妙天下，故草聖度越諸家，無輙迹可尋。懷素見顔尚書，道張長史書意，故獨入筆墨三昧。懷素草工瘦，而長史草工肥，瘦硬易作，肥勁難工，此兩人者，一代草書之冠冕也。』詳味其言，真確論矣。《苕溪漁隱叢話》

苕溪漁隱曰：山谷詩『雪裏過門多惡客。』自註云：『不飲者爲惡客，出《元次山集》。』

予以《元集》撿尋其詩云：『將船何處去？送客小回南。有時逢惡客，還家亦少酣。』注云：『非酒徒即爲惡客。』山谷又一絶云：『破卯扶頭把一杯，燈前風味唤仍回。高陽社裏如相訪，不用閒携惡客來。』《苕溪漁隱叢話》

《復齋漫録》云：『唐吴子華詩云：「暖漾魚遺子，晴游鹿引麛。」乃悟山谷詩「河天月暈魚分子，槲葉風微鹿養麛」所自。苕溪漁隱曰：山谷此詩，乃是「河天月暈魚分子，槲葉風微鹿養茸」，非「麛」字韻，《復齋》誤矣。』《苕溪漁隱叢話》

苕溪漁隱曰：後山謂：『魯直作詩，過于出奇。』誠哉是言也，如《和文潛贈無咎》詩：『本心如日月，利欲食之既。』《王聖涂二亭歌》：『絶去藪澤之羅兮，官于落羽。』洪玉父云：『魯直言羅者得落羽以輸官。』凡此之類，出奇之過也。《苕溪漁隱叢話》

《藝苑雌黄》云：《宿觀音院》詩云：『相戒莫浪出，月黑虎夔藩。』予不解此语，『夔』字不知作何訓。嘗讀老杜《課伐木詩序》云：『維條伊枚，委積庭内。我有藩籬，是闕是補，則旅次于小安，山有虎知禁。夔人屋壁，列樹白菊，鏝焉墻，實以竹，示式遏，爲虎近。』此序所謂『夔人』，正謂夔府之人耳，不知山谷用此意否？《苕溪漁隱叢話》

《復齋漫録》云：《薄薄酒》云：『吾聞食人之肉，可隨以鞭仆之戮；乘人之車，可加以鈇鉞之誅。』按老萊子妻云：『妾聞之：可食以酒肉者，可隨以鞭捶；可授以官禄者，可隨

以斧鉞。今先生食人之酒肉，受人之官祿，此皆人之所制也。』《苕溪漁隱叢話》

山谷云：『今俗書「庵」字，既于篆文無有，又庵非屋，不當從「广」。《三國志·焦光傳》云：「居蝸牛廬中。」意今庵也。《後漢》皇甫規爲中郎，持節監關中兵，會軍大疫，死者十三四，親入庵廬巡視，三軍感悅。即用此「庵」字，爲有依據。』苕溪漁隱曰：《廣韻》云：『庵，小草舍也。』『菴，菴蕳果，又菴羅果也。』《集韻》云：『庵，圜屋曰庵，或從草。』『菴，菴蕳，草名，或作葊。』魯直以『庵非屋』，不當從『广』，然與《廣》、《集》二韻全不合，殆亦難用，殊不知《漢史》從省文，借用爲『庵』字耳。《苕溪漁隱叢話》

《藝苑雌黄》云：《荆楚歲時記》：『春節懸長繩于高木，士女袨服，坐立其上，推引之，名「鞦韆」。楚俗謂之「施鉤」，《涅槃經》謂之「罥索」。』《古今藝術圖》曰：『鞦韆，北方山戎之戲，以習輕趫者。或云齊威公北伐山戎，此戲始傳中國。然考之字書，則曰「鞦韆，繩戲也」。今其字從「革」，實未嘗用革。』按王延壽作《千秋賦》，正言此戲，則古人謂之『千秋』，或謂出自漢宫祝壽詞也，後人妄易其字爲『鞦韆』，而語復顛倒耳。山谷詩：『未到清明先禁火，還依桑下繫千秋。』又云：『穿花蹴踏千秋索，挑菜嬉游二月晴。』皆用『千秋』字，蓋得其實也。《苕溪漁隱叢話》

苕溪漁隱曰：杜牧之詩云：『蔫紅半落平池晩，曲渚飄成錦一張。』又云：『平生五色線，願補袞衣裳。』魯直皆用其語，詩云：『菰葉蘋花飛白鳥，一張紅錦夕陽斜。』又云：『公有胸中五色線，平生補袞用功深。』《苕溪漁隱叢話》

《藝苑雌黄》云：李濟翁《資暇集》云：『假借書籍云，借一癡，借二癡，索三癡，還四癡。』又《玉府新書》：『杜元凱遺其子書曰：「書勿借人，古諺借書一嗤，還書二嗤。」後人更生其辭，至于三四，因訛爲「癡」焉。』《緗素雜記》載此二事，云：『「癡」之與「嗤」，其義略同。或曰傭書者之誤。』予謂此二字皆非，按《廣韻》云：『瓻，丑饑切，酒器，大者一石，小者五斗。』古之借書盛酒瓶，則借書一瓻，當用此字。或又用『鴟』者，鴟夷亦盛酒器也。所謂『鴟夷滑稽，腹大如壺，盡日盛酒，人復借沽』，蓋此物也。山谷詩云：『願公借我藏書目，時送一鴟開鏁魚。莫惜借行千里遠，他日還君又一鴟。』然則『借書一鴟』，用『鴟』字爲勝。《苕溪漁隱叢話》

苕溪漁隱曰：予讀《豫章先生傳贊》云：『山谷自黔州以後，句法尤高，筆勢放縱，實天下之奇作。自宋興以來，一人而已矣。』此語蓋本吕居仁《江西宗派圖敘》而言。《敘》云：『國朝歌詩之作或傳者，多依效舊文，未盡所趣，惟豫章始大出而力振之，抑揚反覆，盡兼衆體，以此也。』《苕溪漁隱叢話》

《復齋漫録》云：荆公《詠淮陰侯》詩：『將軍北面師降虜，此事人間久寂寥。』山谷亦云：『功成千金募降虜，東面置坐師廣武。雖云晚計太疏略，此事亦足垂千古。』二詩意同。荆公《送望之出守臨江》云：『黄雀有頭顱，長行萬里餘。』山谷《黄雀》詩：『牛大垂天且剖烹，細微黄雀莫貪生。頭顱須復行萬里，猶和鹽梅傳説羹。』二詩使袁譚事亦同。許彦周《詩話》云：『淮陰勝而不驕，乃能師李左車，最奇特事。荆公詩「將軍北面師降虜，此事人間久寂寥」。李廣誅霸陵尉，薄于德矣。東坡詩：「今年定起故將軍，未肯先誅霸陵尉。」用事當如此向背。』《苕溪漁隱叢話》

苕溪漁隱曰：魯直《過平輿懷李子先》詩：『世上豈無千里馬，人中難得九方皋。』《題徐孺子祠堂》詩：『白屋可能無孺子，黄堂不是欠陳蕃。』二詩命意絶相似，蓋歎知音者難得耳。《苕溪漁隱叢話》

苕溪漁隱曰：山谷以今時人形入詩句，蓋取法于少陵。少陵詩云：『不見高人王右丞，藍田丘壑蔓寒藤。』又云：『復憶襄陽孟浩然，清詩句句盡堪傳』之類是也。故山谷云：『司馬丞相驟登庸，詔用元老超群公。』又云：『閉門覓句陳無己，對客揮毫秦少游』之類是也。近世風俗諛甚，悉以丈相呼，更不復知其字，疇敢形入詩句，必相顧而失色也。《禮記》云：『年長以倍，則父事之。十年以長，則兄事之。五年以長，則肩隨之。』今不問其長幼，悉以丈呼之，是不曾讀《禮記》，寧不羞乎？《苕溪漁隱叢話》

《復齋漫録》云：潘子真《詩話》云：『「霜威能折綿」之句，予問山谷所從出。山谷曰「『勁氣方凝酒，清威正折綿。』庾肩吾詩也。」予讀晉阮籍《大人先生歌》，略曰「陽和微弱陰氣竭，海凍不流綿絮折，呼吸不通寒冽冽。」乃知「折綿」之事，始于阮籍，庾肩吾用此耳。豈山谷偶忘之耶？』《苕溪漁隱叢話》

《復齋漫録》云：東坡《和山谷嘲小德》，末句云：『但使伯仁長，還與絡秀家。』蓋伯仁乃絡秀子耳。洪駒父《哭謝無逸》詩：『但使添丁長，終興謝客家。』此學東坡語尤無功。添丁，盧仝子，骨氣不相屬也。絡秀，本伯仁父浚之妾，小德亦庶出，故坡用事，其切如此。山谷詩：『解著《潛夫論》，不妨無外家。』更覺其工。《王符傳》云：『安定俗鄙庶孽，而符無外家，爲鄉人所賤，隱居著書，以譏當世得失，又欲彰顯其名，故號《潛夫論》。』晉周顗，字伯仁，母絡秀，少時在室，顗父浚爲安東將軍，嘗出獵，遇雨，止絡秀家，會其父兄不在，絡秀聞浚至，與一婢具數十人饌，甚精辦而不聞人聲。浚因求爲妾。其父兄不許，秀曰：『門户殄瘁，何惜一女。若連姻貴族，將來庶大有益矣。』父兄許之。後生顗及嵩、謨，並列顯位。絡秀謂顗曰：『我屈節爲汝家妾，門户計耳，汝不與我家爲親，吾亦何惜餘年。』顗等從命，由是李氏遂得爲方雅之族。《苕溪漁隱叢話》

《復齋漫録》云：內翰顧子敦，身體魁偉，與山谷同在館中。夏多晝寢，山谷俟其耳熱熟寐，即于子敦胸腹間寫字，子敦苦之。一日，據案而寢，既覺曰：『爾亦無如我何。』及還舍，夫人詰其背字，脱衣觀之，乃山谷所題詩，云：『緑暗紅稀出鳳城，暮雲樓閣古今情。行人

莫聽官前水，流盡年光是此聲。』此乃市廛多用此語以文背，故山谷因以爲戲。《苕溪漁隱叢話》

苕溪漁隱曰：吾家有二畫馬，乃陸遠所摹伯時舊本，其一則子瞻詩：『龍膺豹股頭八尺，奮迅不受人間羈』；其一則黄魯直詩：『西河聯作蒲萄錦，目光夾鏡耳卓錐。』止哦此二詩，雖不見畫圖，當如支遁語『道人憐其神俊也』。《苕溪漁隱叢話》

苕溪漁隱曰：山谷《題伯時天育驃騎圖》云：『明窗盤礴萬物表，寫出人間真乘黄。邂逅今身猶姓李，可非前世江都王。』山谷用此事于伯時，尤爲親切，姓與藝皆同也。江都王畫馬，今猶有存者，陳去非嘗跋以小詩云：『天上房星空不動，人間畫馬亦難逢。當年筆下千金鹿，此日窗前八尺龍。』《苕溪漁隱叢話》

苕溪漁隱曰：世傳《黄庭經》、《樂毅論》、《遺教經》、《蘭亭序》，皆爲王會稽書。予觀諸公評論，各有區別，今悉著於篇，蓋欲其知是否耳。永叔云：『《黄庭經》一篇，皆不著書人姓名。予初得石本，已愛其不俗，遂録之。既而又得前本于殿中丞裴造。造，好古君子也，自言藏此本數世矣。世傳王羲之嘗寫《黄庭經》，此豈其遺法歟？』魯直云：『《黄庭經》，王氏父子書，皆不可復見。小字殘缺者，云是永禪師書，既刓缺亦難辨真僞。差大者，是吴通微書；字形差長而瘦勁筆圓，勝徐浩書也。』二公雖不明言《黄庭經》爲王會稽書，然亦疑似其語，蓋牽于世俗之傳故耳。永叔云：『《樂毅論》石，在高紳學士家。紳死，好事者往往就閲，或模傳其本，其家秘藏，漸爲難得。後其子弟以其石質錢于富人家，而富人家失火，遂焚其石，今無復石本矣。』《金石録》云：『《集古録》言《樂毅論》石已焚之，非也。元祐間，故郎官趙竦常挈石隨行，已斷裂，用木匣貯之。』沈存中云：『王羲之書，舊傳惟《樂毅論》乃羲之親書于石，其它皆紙素所傳。唐太宗裒聚二王墨迹，惟《樂毅論》是石本，其後隨太宗入昭陵，朱梁時，耀州節度使温韜發昭陵得之，後傳人間。或云公主以僞本易之，元不曾入壙。本朝藏高紳學士家，皇祐中，紳之子安世爲錢塘主簿。《樂毅論》猶在，予嘗見之，時石已破缺，末後獨有一「海」字者是也。後十餘年，安世在蘇州，石已破爲數片，以鐵束之。安世亡，不知所在。或云蘇州一富家得之，今之《樂毅論》，皆其摹本也。』魯直云：『《樂毅論》舊石刻軼其半者，字瘦勁無俗氣，後有人復刻此斷石文，摹傳失真多矣。其完書者，是國初翰林侍書王著寫，用筆圓熟，亦不易得，如富貴人家子弟，非無福氣，但病在韻耳。』觀此，則《樂毅論》時所珍愛如此，但舊本今難得耳。永叔云：『《遺教經》相傳云羲之書，僞也。蓋唐世寫經手所書耳。唐時佛書，今在者，大抵書體皆類此，第其精粗不同耳。近有得唐人所書經題，其一云「薛稷」，一云「僧行敦」，皆與二人所書不類，而與此頗同，即知寫經手所書也，然其字亦可愛。』子瞻云：『歐公言《遺教經》非逸少筆，以其言觀之，信不妄。然自逸少在時，小兒亂真，自不解辨，況數百年後，傳刻之餘，而欲必其真僞，難矣。顧筆畫精穩，自可爲師法。』魯直云：『《遺教經》不知何世何人書，或曰右軍書。黄庭堅曰：吾評此書，在楷法中，小不及《樂毅論》耳。清勁方重，蓋度越蕭子雲數等。頃見《瘞鶴銘》大字，右軍書，其勝處乃不可名貌。以此觀之，良非右軍筆畫也。』則諸公之論如此，其《遺教經》非王會稽書審矣。永叔云：『《蘭亭修禊序》世所傳本尤多，而皆不同，蓋唐數家所臨也。其轉相傳摹，失真彌遠，然時猶有可喜處，豈其筆法，或得其一二耶？想其真迹，宜如何也！世言真本葬在昭陵，唐末之亂，昭陵爲韜所發，其所藏書畫，皆剔取裝軸金玉而棄之，于是魏晉傳授以來，諸賢墨迹，遂復流落于人間。太宗時搜訪所得，集爲十卷，俾摹傳之，數以分賜近臣，今公卿家有法帖是也。然獨《蘭亭》真本已失，故不得列于法帖以傳。』子瞻云：『唐太宗訪晉人書，自二王以下，僅千軸，《蘭亭文》以玉匣葬昭陵，世無復見。故孫莘老《詠墨妙亭》詩云：「蘭亭繭紙入昭陵，世間遺迹猶龍騰。」』魯直云：『王右軍《禊飲序》草，號稱最得意書，宋齊以來，似藏在秘府，士大夫間未聞稱述，豈未經大盜兵火時，蓋有墨迹在蘭亭右者？及蕭氏、宇文焚蕩之余，千不存一。永師晚出，其妙迹惟有《蘭亭》，故爲虞、褚輩道之，所以太宗求之百方，期于必得。其後公私相盜，今竟失之。書家晚得定武石本，蓋仿佛存古人筆意耳。』又云：『《蘭亭序》草，王右軍平生得意書也。反復觀之，略無一字一筆不可人意，摹寫或失之肥瘦，亦自成妍，要各存之，以心會其妙處耳。』予性亦嗜古刻，所得《蘭亭序》亦數本，肥瘦不同，並存之，聊爲佳玩。洪慶善頃知憲江左，以《黄庭經》、《樂毅論》見遺，殘缺過半，云得之鄱陽。予觀秘閣曠帖，有此二刻，皆完好無一字殘缺，則知此爲舊本矣。《苕溪漁隱叢話》

《藝苑雌黄》云：『古人詩押字，或有語顛倒，而于理無害者。如韓退之以「參差」爲「差參」，以「玲瓏」爲「瓏玲」是也。比觀王逢原有《孔融》詩云：「虚云座上客常滿，許下惟聞笑習脂。」黄魯直有《和荆公西太一宫》六言詩云：「啜羹不如放麑，樂羊終愧巴西。」按《後漢史》有「脂習」而無「習脂」，有秦「西巴」而無「巴西」，豈二公之誤耶？』《漢皋詩話》云：『字有顛倒可用者，如「羅綺」、「綺羅」；「圖畫」、「畫圖」；「毛羽」、「羽毛」；「白黑」、「黑白」之類，方可縱横。惟韓愈、孟郊輩才豪，故有「湖江」、「白紅」、「慨慷」之句，後人亦難仿之。若不學矩步而學奔逸，誠恐「麟麒」、「凰鳳」、「木草」、「川山」之句紛然矣。』《苕溪漁隱叢話》

山谷云：老杜《飲中八仙歌》，『船』字、『眠』字、『天』字韻各再押，『前』字韻凡三押，此歌分八篇，人人各異。雖重用韻無害，亦周《詩》分章之意耳。《苕溪漁隱叢話》

《冷齋夜話》云：《贈同游》詩：『唤起窗全曙，催歸日未西。無心花裏鳥，更與盡情啼。』山谷曰：『吾兒時每哦此詩，而了不解其意。自謫峽川，吾年五十八矣，時春晚，憶此詩，方悟之。「喚起」、「催歸」二鳥名若虛設，故人不覺耳。古人于小詩，用意精深如此，況其大者乎。』『催歸』，子規鳥也。『喚起』聲如『絡緯』，圓轉清亮，偏于春曉鳴，亦謂之『春喚』。《苕溪漁隱叢話》

《雪浪齋日記》云：『退之《征蜀聯句》云：「始去杏飛蜂，及歸柳嘶蟄。」語新意妙，《詩》曰：「昔我往矣，楊柳依依。今我來思，雨雪霏霏。」亦記時也。』苕溪漁隱曰：山谷亦有『去時魚上冰，歸來燕哺兒』之句。《苕溪漁隱叢話》

《東觀餘論》云：『邵公亢嘗就焦山下《瘞鶴銘》缺石，考次其文，其不可知者闕之，其文首尾似粗可讀，雖文全亦止此百餘字爾，而《集古録》謂「好事者往往只得數字，惟予所得六百餘字，獨爲多耳。」蓋印書者傳訛，誤以「十」爲「百」，當時所得，蓋「六十餘字」，故云比數字本爲多。此銘相傳爲王右軍書，故蘇子美詩云：「山陰不見换鵝經，京口空傳《瘞鶴銘》。」文忠以爲不類王法，而類顔魯公，又疑是顧況道號，又疑王瓚。僕今審定，文格字法，殊類陶宏景。宏景自稱「華陽隱居」，今曰「真逸」者，豈其别號與？又其著《真誥》但云「己卯歲」而不著年名，其它書亦爾。今此銘「壬辰歲」、「甲午歲」，亦不書年名，此又可證。云「壬辰」者，梁天監十一年也；「甲午」者，十三年也。案隱居天監七年東游海嶽，權駐會稽，永嘉十一年始還茅山，十一年乙未歲，其弟子周子良仙去，爲之作傳，即十一年、十三年正在華陽矣。此銘後又有題「丹陽尉」、「山陰宰」數字，及唐王瓚詩，字畫亦頗似瘞鶴，但筆勢差弱，當是效陶書，故題于石側也。或以銘即瓚書，誤矣。』苕溪漁隱曰：《東觀餘論》，黄伯思所作也，其《跋陶華陽書》云：『隱居書，故自入流，其在華陽，得華陽許三真真迹最多而學之，故蕭遠淡雅，若其爲人。今金陵有許長史舊《館壇碑》，最先一行，乃隱居書。又世有畫版帖四十三字，與碑字筆勢同。今觀其爲楊瓊瑶作奏章稿，與前二書雖真、行不同，要非異手作也。袁昂《論書》以隱居若吴興小兒，形狀未成長，而骨體甚峭快。今審其書，比之鍾、王爲未成就，然神韻閒曠，那可以峭快目之？獨竇息謂其高爽自然，逸勍奮舉，頗近實云。』黄伯思此跋，稱贊宏景書如此，故以瘞鶴銘爲類之，第予初不曾見宏景書，未敢遽以爲然，姑俟識者辨之。《金石録》云：『《瘞鶴銘》題華陽真逸撰，莫詳其爲何代人。《集古録》云：「華陽真逸，是顧況道號。」予偏檢《唐史》及《顧況集》，皆無此號，惟況撰《湖州刺史廳記》，自稱華陽山人爾，不知歐陽公何所據也。』苕溪漁隱曰：《集古録》云：『華陽真逸是顧況道號』，今不敢遂以爲況者，碑無年月，不知何時，疑前後有人同斯號者也。《西清詩話》云：『予讀《道藏・陶隱居外傳》，號華陽真人，晚號華陽真逸，此蓋同斯號矣。』《集古録》云：『按《潤州圖經》，以《瘞鶴銘》爲王羲之書，字亦奇怪，不類羲之筆法，而類顔魯公，不知何人書。』第蘇子美、黄魯直皆以此銘爲右軍書，得非本《潤州圖經》而言之？故子美詩曰：『山陰不見换鵝經，京口新傳《瘞鶴銘》』。魯直云：『頃見京口斷崖中《瘞鶴銘》大字，右軍書，其勝處不可名貌。以此觀之，《遺教經》良非右軍筆畫也。若《瘞鶴銘》斷爲右軍書，使人不疑，如歐陽評顔、柳數公書，最爲端的，然纔得《瘞鶴銘》仿佛爾。惟魯公《宋開府碑》，瘦健清拔，在四王間。』又嘗有詩云：『小字莫作癡凍蠅，《樂毅論》勝《遺教經》，大字無過《瘞鶴銘》。』《東觀餘論》云：『王逸少以晉惠帝大安二年癸亥歲生，年五十九，至穆帝升平五年辛酉歲卒，則成帝咸和九年甲午歲，逸少方年三十二，至永和七年辛亥歲，年三十八，始去會稽而閒居，則不應三十二歲已自稱「真逸」也。又未嘗于朝及閒居時不在華陽。以是考之，此銘決非右軍也審矣。』又《與劉無言論書》云：『焦山《瘞鶴銘》，俗傳王逸少書，非也。一小書中載云，陶隱居書，此或近之。然此山有唐王瓚一書刻，字畫頗全類此銘，不知即瓚書？抑瓚學銘中字而書此詩也？』劉曰：『嘗親至彼觀，疑即瓚書也。下有云：「黄山樵人逸少書，非王逸少也。蓋唐有此人，亦號逸少耳。」』《東觀餘論》又有此二説，漫附于後，姑俟識者，併折衷之。《苕溪漁隱叢話》

《復齋漫録》云：古曲有《落梅花》，非謂吹笛則梅落，詩人用事，不悟其失。予意不然之，蓋詩人因笛中有《落梅花曲》，故言吹笛則梅落，其理甚通，用事殊未爲失。且如角聲有大、小《梅花曲》，初不言『落』，詩人尚猶如此用之，故秦太虚《和黄法曹梅花》云：『月落參横畫角哀，暗香消盡令人老』者是也。古今詩詞，用吹笛則梅落者甚衆，若以爲失，則《落梅花》之曲，何爲笛中獨有之？決不虚設也。故李謫仙《吹笛》詩：『黄鶴樓中吹玉笛，江城五月落梅花。』又《觀胡人吹笛》云：『胡人吹玉笛，一半是秦聲。十月吴山曉，梅花落敬亭。』戎昱《聞笛》云：『平明獨惆悵，飛盡一庭梅。』崔魯《梅》詩云：『初開已入雕梁畫，未落先愁玉笛吹。』黄魯直《從王都尉覓千葉梅》詩云：『落盡戲作嘲，吹笛侍兒云。昭華得脱帽，看髪已微霜。催盡落梅春已半，更吹三弄乞風光。』張子野詞云：『雲輕柳弱。内家髻子新梳掠，天香真色人難學。横管孤吹，月淡天垂幕，朱脣淺破桃花萼。倚樓人在闌杆角，夜寒指冷羅衣薄。聲入霜林，簌簌驚梅落。』《摭遺》載《梅》詩云：『南枝向暖北枝寒，一種春風有兩般。憑仗高樓莫吹笛，大家留取倚欄看。』晁次膺填入《水龍吟詞》云：『一『最是關情處，高樓上一聲羌管。仗何人説與，争如留取倚欄看。』孫濟《落梅》詞云：『一聲羌管吹雲笛，玉溪半夜梅翻雪。』泛觀古今詩詞，用事一律，可見《復齋》妄辨也。《苕溪漁隱叢話》

苕溪漁隱曰：太白云：『解道晴江静如練，令人還憶謝玄暉。』至魯直則曰：『憑誰説與謝玄暉，休道澄江浄如練。』王文海云：『鳥鳴山更幽。』至介甫則云：『茅簷相對坐終日，一鳥不鳴山更幽。』皆反其意而用之，蓋不欲沿襲之耳。《苕溪漁隱叢話》

苕溪漁隱曰：山谷《題浩然畫像》詩，平生出處事迹，悉能道盡，乃詩中《傳》也。其詩曰：『先生少也隱鹿門，爽氣洗盡塵埃昏。賦詩真可淩鮑謝，短褐豈愧公卿尊。故人私邀伴禁直，誦詩不顧龍鱗逆。風雲感會雖有時，顧此定知毋枉尺。襄江渺渺泛清流，梅殘臈月年年愁。先生一往今幾秋，後來誰復釣槎頭？』《苕溪漁隱叢話》

《緗素雜記》云：『劉夢得《嘉話》云：「今謂進士登第爲遷鶯者久矣，蓋自《毛詩·伐木》篇云：『伐木丁丁，鳥鳴嚶嚶。出自幽谷，遷于喬木。』又曰：『嚶其鳴矣，求其友生。』並無鶯字。頃歲省試《早鶯求友》詩，又《鶯出谷》詩，別書固無證據，斯大誤也。」予謂今人吟詠，多用「遷鶯出谷」之事，又曲名《喜遷鶯》者，皆循襲唐人之誤也。故宋景文公詩云：「曉報谷鶯朋友動。」又云：「杏園初日待鶯遷。」舒王云：「鶯猶尋舊友，惟漢梁鴻東游作《思友人》詩曰：『鳥嚶嚶兮友之期，念高子兮僕懷思。』《南史》劉孝標《廣絶交論》云：『嚶嚶相召，星流電激。』是真得毛《詩》之意。」』苕溪漁隱曰：涪翁《和答元明》詩云：『千林風月鶯求友，萬里雲山雁斷行。』亦承唐人之誤。然自唐至今，誤用者甚衆，爲時碩儒，尚猶如此，餘何足怪耶。洪駒父《詩話》云：『古今詩人，誤用「忘憂」爲萱草，「出谷遷鶯」爲黃鶯。按《詩》云「焉得諼草，言樹之背」，諼，忘也，《詩》言焉得芳草，可以忘憂，植之于北堂。本非庭萱也。《詩》曰：「伐木丁丁，鳥鳴嚶嚶。出自幽谷，遷于喬木。」註云：「嚶嚶，兩鳥聲也。」非鶯也。崔豹《古今注》云：「萱草忘憂，與《禽經》稱鶯鳩嚶嚶然，要是後人傳會，非詩本意。」」苕溪漁隱曰：余觀《詩注》云：『諼草令人忘憂，背，北堂也。』箋云：『憂以生疾，恐將危身，欲忘之。』又嵇康《養生論》云：『合歡蠲忿，萱草忘憂。』李善引毛萇《詩傳》與《詩注》同。然則駒父之言真誤矣。《苕溪漁隱叢話》

『若到江南趕上春，千萬和春住』，體山谷語也。《苕溪漁隱叢話》

《冷齋夜話》云：人意趣所至，多見于嗜好。歐公喜士，爲天下第一，常好誦孔北海：『坐上客常滿，樽中酒不空。』范文正清嚴而喜論兵，常好誦韋蘇州詩：『兵衛森畫戟，燕寢凝清香。』東坡友愛子由，而味着清境，每誦：『寧知風雨夜，復此對床眠』。山谷寄傲士林，而意趣不忘江湖，其作詩曰：『九陌黃塵烏帽底，五湖春水白鷗前。』又曰：『夢作白鷗去，江湖水粘天。』又作《演雅》詩云：『江河野水碧于天，中有白鷗閒似我。』《苕溪漁隱叢話》

潘子真《詩話》云：皮日休云：『梁武帝詩：「後牖有朽柳」，沈約詩：「偏眠船舷邊」，疊韻興焉。《詩》曰：「螮蝀在東」，又曰：「鴛鴦在梁」，雙聲興焉。』王元謨問謝莊：『何者爲雙聲？何者爲疊韻？』答曰：『「互」、「護」爲雙聲，「磝」、「碻」爲疊韻。』當時伏其捷。丁晉公在朱崖，作州郡名配古人姓名等詩，及雙聲疊韻，甚有源委，雙聲：『九曲流清泚，車輪抱祥光。』疊韻：『紫蠟茱萸結，紅綃荳蔻房。』林和靖有：『草泥行郭索，雲木叫鉤輈，』

而山谷《效徐庾慢體》云：『翡翠釵梁碧，石榴裙褶紅。』皆疊韻、雙聲也，語尤工。《苕溪漁隱叢話》

山谷云：『予謫居黔州，盡書子美兩川、夔峽諸詩，以遺丹陵楊素翁，俾刻之石，使大雅之音，久湮没而復盈三巴之耳。素翁又欲作高屋廣楹庇此石，因請名焉，予名之曰「大雅堂」，仍爲作記。』其略云：『由杜子美以來，四百餘年，斯文委地，文章之士，隨世所能。傑出時輩，未有陞子美之堂者，況室家之好耶？予嘗欲隨欣然會意處，箋以數語，終以汩没世俗，初不暇給。雖然，子美詩妙處，乃在無意于文。夫無意而意已至，非廣之以《國風》、《雅》、《頌》，深之以《離騷》、《九歌》，安能咀嚼其意味，闖然入其門耶？故使後生輩自求之，則得之深矣。使後之登大雅堂者，能以予説而求之，則思過半矣。彼喜穿鑿者，棄其大旨，取其發興于所遇林泉、人物、草木、魚蟲，以爲物物皆有所托，如世間商度隱語者，則子美之詩委地矣。』《苕溪漁隱叢話》

山谷云：『會合聯句，孟郊、張徹與焉，四君子皆佳士，故意氣相入，雜然成文。世之文章之士少聯句，嘗病筆力不能相追，或成四公子棋耳。』《苕溪漁隱叢話》

《吕氏童蒙訓》云：徐師川問山谷云：『人言退之、東野聯句，大勝東野平日所作，恐是退之有所潤色。』山谷云：『退之安能潤色東野？若東野潤色退之，即有此理也。』《苕溪漁隱叢話》

山谷云：『「千里楓林煙雨深，無朝無暮有猿吟。停橈静聽曲中意，好是雲山韶濩音。零陵郡北湘水東，浯溪形勝滿湘中。溪口石顛堪自逸，誰人相伴作漁翁？」右元次山《欸乃曲》，「欸」音「媪」，「乃」音「靄」，湘中節歌聲。子厚《漁父》詞，有「欸乃一聲山水緑」之句，誤書「欸欠」，少年多承誤妄用之，可笑。』苕溪漁隱曰：予游浯溪，讀摩崖《中興頌》，于碑側有山谷所書《欸乃曲》，因以百金買碑本以歸，今録入《叢話》。又《元次山集》，《欸乃曲》註云：『「欸」音「襖」，「乃」音「靄」，棹船之聲。』洪駒父《詩話》謂『欸』音『靄』、『乃』音『襖』，遂反其音，是不曾看《元次山集》及山谷此碑，而妄爲之音耳。《苕溪漁隱叢話》

《高齋詩話》云：山谷嘗云：『杜荀鶴詩：「舉世盡從愁裏老」，正好對退之詩：「誰人肯向死前休」。』《苕溪漁隱叢話》

苕溪漁隱曰：魯直詩云：『黄花晚節尤堪惜，青眼故人殊不來』，與魏公『且看黄花晚節香』，皆于黄花用『晚節』二字，蓋草木正摇落之時，惟黄花獨秀，故可用此二字。《苕溪漁隱叢話》

王直方《詩話》云：山谷避暑城西李氏園，題詩于壁云：『荷氣竹風宜永日，冰壺涼簟不能回。題詩未有驚人句，會唤謫仙蘇二來。』少游言于東坡曰：『以先生爲蘇二，大似相薄。』少游極怨山谷《和寄寂齋》詩云：『志大略細謹』，言蔡州事，少人知者，因此句使人吹

毛耳。《苕溪漁隱叢話》

《藝苑雌黄》云：秦少游言：『宋初受命，陶潛自以祖先晉世宰輔，耻復屈身，投劾而歸，躬耕于潯陽之野。其所著書，自義熙以前，題晉年號，永初以後，但稱甲子而已。』魯直詩亦有『甲子不數義熙前』之句。此説，蓋出五臣《文選註》。《淵明集》第三卷首已嘗辨此説爲非是，如少游、魯直，尚惑于五臣之説，其他可知。《苕溪漁隱叢話》。宗祥案：《復齋漫録》云：『《文選》五臣註《辛丑歲七月赴假還江陵夜行途中》詩云：「淵明，晉所作者，皆題年號，入宋所作，但題甲子而已。意者耻事二姓，故以異之。」思悦考淵明詩，有以甲子題者，始庚子距丙辰，凡十七年間，只九首耳，皆晉安帝時所作也。後一十六年庚申，晉禪宋，恭帝元熙二年也，寧有晉未禪宋、輒耻事二姓、所作詩但題甲子而自取異哉？矧詩中又無有標晉年號者。予觀《南史・淵明傳》，亦云所著文章，皆題其年月，義熙以前，明書晉氏年號，自永初以前，惟云甲子而已，乃知《南史》之失，有自來矣。』

洪駒父《詩話》云：山谷至廬山一寺，與郡僧圍爐，因舉生公《講堂》詩末云：『一方明月可中庭』，一僧率爾云：『何不曰「一方明月滿中庭」？』山谷笑去。《苕溪漁隱叢話》

《吕氏童蒙訓》云：山谷嘗謂諸洪言：『作詩不必多，如三百篇足矣。某平生詩甚多，意欲止留三百篇，餘者不能認得。』諸洪皆以爲然，徐師川獨笑曰：『詩豈論多少，只要道盡眼前景致耳。』山谷回顧曰：『某所説止謂諸洪作詩太多，不能精致耳。』《苕溪漁隱叢話》

苕溪漁隱曰：予舊覽《倦游雜録》，言桂州左右山皆平地拔起，竹木蓊鬱，石如黛染。

陽朔縣尤奇，四面峰巒駢立，故沈水部彬嘗題詩曰：『陶潛彭澤五株柳，潘岳河陽一縣花。兩處争如陽朔好，碧蓮峰裏住人家。』予初未之信也，比歲，兩次侍親，赴官桂林，目睹峰巒奇怪，方知《倦游雜録》所言不誣。因誦韓柳詩云：『水作青羅帶，山爲碧玉篸。』又云：『海上群峰似劍芒，春來處處割愁腸』之句，真能紀其實也。山谷老人謫宜州，道過桂林，亦嘗有詩云：『桂嶺環城如雁蕩，平地蒼玉忽嶒峨。李成不生郭熙死，奈此百嶂千峰何？』《苕溪漁隱叢話》

孔子曰：『《詩》三百，一言以蔽之，曰思無邪。』世儒解釋終不了。予嘗觀古今詩人，然後知斯言良有以也。《詩序》有云：『詩者志之所之也，在心爲志，發言爲詩，情動于中，而形于言。其正少，其邪多，孔子删詩，取其思無邪者而已。』自建安七子、六朝、有唐，及近世諸人，思無邪者，惟陶淵明、杜子美耳，餘皆不免落邪思也。六朝顔、鮑、徐、庾，唐李義山，國朝黄魯直，乃邪思之尤者。魯直雖不多説婦人，然其韻度矜持，冶容太甚，讀之足以蕩人心魄，此正所謂邪思也。魯直專學子美，然子美詩讀之，使人凜然興起，肅然生敬，《詩序》所謂『經夫婦，成孝敬，厚人倫，美教化，移風俗』者也，豈可與魯直詩同年而語耶！《歲寒堂詩話》

山谷自黔中還荆南，見一女子奇美，因賦《水仙花》以寓意。山谷下世，女子貧不能給，其夫鬻于田氏。一日召高子勉飲，妾出侑觴，子勉請以詩中國香字之，因作長篇紀其事。有云：『卻把水仙花説似，猛省西家黄學士。』乃能知妾妾當時，悔不書空作黄字。』每誦此句，未達其旨，因閲李賀《唐兒歌》，而有『東家嬌娘求對值，濃笑書空作唐字』之句。《娱書堂詩話》

鷓鴣其聲『格磔』可聽，世俗想像其音，或云：『懊惱澤家』，或云：『行不得哥哥』，蓋方言不同而歌詠亦各用之。韋莊《詠鷓鴣》詩云：『南禽無侶似相依，錦翅雙雙傍馬飛。孤竹廟前啼暮雨，汨羅祠畔弔殘暉。秦人只解歌爲曲，越女空能畫作衣。懊惱澤家非有恨，年年長憶鳳城歸。』山谷《詠李居士馴鷓鴣》云：『真人夢出大槐宫，萬里蒼梧一洗空。終日憂兄行不得，鷓鴣應是庳亭公。』韋用前語，黄用後語。《娱書堂詩話》

《冷齋夜話》云：『前輩作花詩，多用美女比其狀，如曰：「若教解語應傾國，任是無情也動人。」塵俗哉！山谷作《酴醾》詩曰：「露溼何郎試湯餅，日烘荀令炷爐香。」乃用美丈夫比之，特若出類。而吾叔淵材作《詠海棠》詩，則又曰：「雨過温泉浴妃子，露濃湯餅試何郎。」意尤佳也。』慵夫曰：花比婦人尚矣，蓋其于類爲宜，不獨在顔色之間。山谷易以男子，有以見其好異之僻，淵材又雜而用之，益不倫可笑，此固甚紕繆者。而惠洪乃節節歎賞，以爲愈奇，不求當而求新，吾恐他日復有以白皙武夫比之者矣，此花無乃太麄鄙乎？

魏帝疑何郎傅粉，止謂其白耳，施于酴醾尚可，比海棠則不類矣。且夫雨過露濃，同于言濕而已，果何所異而別之爲對耶？《滹南詩話》

山谷云：『俞清老作景陶軒，名爲未當，《詩》云：「高山仰止，景行行止。」景，明也，高山則仰之，明行則行之耳。魏晉間所謂「景莊」、「景儉」，從一人差謬，遂相承謬。』予觀葉靖逸《四朝聞見録》云：『真文忠公德秀，字景元。樓宣獻公鑰嘗從容扣之以字義，真公答以「慕元德秀之爲人，故曰景元。」樓公取《詩》注「景行行止」處示之，則「景」之義爲「明」，謂「高山仰止」對「明行行止」也。真遽易爲「希元」。』蓋『景元』乃『明元』，無謂也。今人命字，以『景』爲『希』者，滔滔皆是，亦承襲之誤歟。《梅磵詩話》

山谷用『酒渴愛江清』爲韻，人知爲唐人詩，而不知其爲誰氏也。顧陶《詩選》載暢當作，當有詩名，其詩云《單中醉飲作》，其前四句云：『酒渴愛江清，餘酣漱晚汀。軟沙攲坐穩，冷石醉眠醒。』皆佳句，狀得醉與酒渴之意極工。《艇齋詩話》

東湖言，山谷詩對『褦襶子』，對得不親。《艇齋詩話》

東湖喜山谷《落星寺》詩。《艇齋詩話》

杜牧之云：『杜若芳洲翠，嚴光釣瀨喧。』此以『杜』與『嚴』爲人姓相對也；又有『當時物議朱雲小，後代聲名白日懸』，此乃以『朱雲』對『白日』，皆爲假對。雖以人姓名偶物，不

爲偏枯，反爲工也。如涪翁：『世上豈有千里馬，人中難待九方臯』，尤爲工緻。《觀林詩話》

黄魯直云：杜之詩法出審言，句法出庾信，但過之爾。杜之詩法，韓之文法也，詩文各有體，韓以文爲詩，杜以詩爲文，故不工爾。《後山詩話》

黄魯直謂：白樂天：『笙歌歸院落，燈火下樓臺』，不如杜子美云：『落花游絲白日静，鳴鳩乳燕青春深』也；孟浩然云：『氣蒸雲夢澤，波撼岳陽城』，不如九僧云：『雲中下蔡邑，林際春申君』也。《後山詩話》

黄詩、韓文，有意故有工，老杜則無工矣。然學者先黄後韓，不由黄、韓而由老杜，則失之拙易矣。《後山詩話》

詩欲其好，則不能好矣。王介甫以工，蘇子瞻以新，黄魯直以奇，而子美之詩，奇常工易、新、陳，莫不好也。《後山詩話》

梁太祖受禪，姚垍爲翰林學士，上問及裴延裕行止，曰：『頗知其人，文思甚捷。』垍曰：『向在翰林，號爲「下水船」。』太祖應聲曰『卿便是「上水船」。』議者以垍爲『急灘頭上水船』。魯直詩曰：『花氣薰人欲破禪，心情其實過中年。春來詩思何所似，八節灘頭上水船。』山谷點化前人語，而其妙如此，詩中三昧手也。《竹坡詩話》

韓退之《城南聯句》云：『庖霜鱠元鯽，淅玉炊香秔。』語固奇甚，魯直云：『庖霜刀落

鱠，執玉酒明船。』雖依退之，而駸駸直與少陵分路而揚鑣矣。若明眼人見之，自當作兩等看，不可與退之同調也。《竹坡詩話》

『誰人把醆慰深憂，開自無憀落更愁。幸有清溪三百曲，不辭相送到黄州。』『南枝北枝春事休，榆錢可寄柳帶柔。定是沈郎作詩瘦，不應春能生許愁。』此東坡、魯直《梅》詩二章，作詩名貌不出者，當深考二詩。《彦周詩話》

退之詩云：『泥盆淺小詎成池，夜半青蛙聖得知。』言初不成池，而蛙已知之速如聖耳。山谷詩云：『羅幃翠幕深調護，已被游蜂聖得知。』此『知』字何所屬耶？若以屬蜂，則『被』字不可用矣。《滹南詩話》

顔平原書妙天下，迹其所自，雖受法于其舅商仲容，然究其妙處，得于張顛爲多。予家舊藏數碑，皆用筆清勁，而剛方之氣，如其爲人，真山谷所謂『筆法錐沙屋漏，心期曉日秋霜』者耶。《韻語陽秋》

樊宗師《園記》云：『蟲鳥聲無人』，句甚妙，黄魯直《送王郎》詩，全用此句。又《贈黄從善》云：『鳥聲無人兮我友來即』。又手寫其父亞夫《宿趙屯》詩云：『山間聞雞犬，無人見煙樹。』亦是用此意。古人于作者好語，不忘如此。《吴禮部詩話》

全宋詩話卷五十八

黄庭堅六

徐陵《鴛鴦賦》云：『山雞映水那相得？孤鸞照鏡不成雙。天下真成長會合，無勝比翼兩鴛鴦。』黄魯直《題畫睡鴨》曰：『山雞照影空自愛，孤鸞舞鏡不作雙。天下真成長會合，兩鳧相倚睡秋江。』全用徐語點化之，末句尤精工。又有《黔南》十絶，盡取白樂天語，其七篇全用之，其三篇頗有改易處。樂天《寄行簡》詩，凡八韻，後四韻云：『相去六千里，地絶天邈然。十書九不達，何以開憂顔。渴人多夢飲，饑人多夢餐。春來夢何處？合眼到東川。』魯直翦爲兩首，其一云：『相望六千里，天地隔江山。十書九不到，何用一開顔。』其二云：『病人多夢醫，囚人多夢赦。如何春來夢，合眼在鄉社？』樂天《歲晚》詩七韻，首句云：『霜降水返壑，風落木歸山。冉冉歲將晏，物皆復本源。』魯直改後兩句七字，作『冉冉歲華晚，昆蟲皆閉關。』《容齋隨筆》

魯直《題陽關圖》詩云：『想得陽關更西路，北風低草見牛羊。』又《集》中有《書韋深道諸帖》云：『斛律明月，胡兒也，不以文章顯。老胡以重兵困敕勒川，召明月作歌以排悶，倉卒之間，語奇壯如此。蓋率意道事實耳。』予按《古樂府》有《敕勒歌》，以爲齊高歡攻周玉壁而敗，恚憤疾發，使斛律金唱敕勒，歡自和之。其歌本鮮卑語，詞曰：『敕勒川，陰山下，天似穹廬，籠罩四野。天蒼蒼，野茫茫，風吹草低見牛羊。』魯直所題、及詩中所用，蓋此也，但誤以『斛律金』爲『明月』。明月名光，金之子也。歡敗于玉壁，亦非困于敕勒川。《容齋隨筆》

黄魯直《宿舒州太湖觀音院》詩云：『汲烹寒泉窟，伐燭古松根。相戒莫浪出，月黑虎夔藩。』『夔』字甚新，其意蓋言抵觸之義，而莫究所出。惟杜工部《課伐木詩序》云：『課隸人入谷斬陰木，晨征暮返，我有藩籬，是闕是補。旅次于小安，山有虎知禁，若恃爪牙之利，必昏黑撐突。夔人屋壁，列樹白桃鏝焉，墻實以竹，示式遏，爲與虎近，混淪乎無良賓客。』其詩句有云：『藉汝跨小籬，乳獸待人肉。虎穴連里閭，久客懼所觸。』乃知魯直用此序中語。然杜公在夔府所作詩，所謂夔人者，述其土俗耳，本無抵觸之義，魯直蓋誤用之。又《寺齋睡起》絶句云：『人言九事八爲律，倘有江船吾欲東。』按《主父偃傳》：『上書言九事，其八事爲律令，一事諫伐匈奴。』謂八事爲律令而言，則爲字當作去聲讀。今魯直似以

爲平聲，恐亦誤也。《容齋隨筆》

杜子美有《存殁》絶句二首，云：『席謙不見近彈棋，畢曜仍傳舊小詩。玉局他年無限笑，白楊今日幾人悲。』『鄭公粉繪隨長夜，曹霸丹青已白頭。天下何曾有山水，人間不解重驊騮。』每篇一存一殁，蓋席謙、曹霸存，畢、鄭殁也。黄魯直《荆江亭即事》十首，其一云：『閉門覓句陳無己，對客揮毫秦少游。正字不知温飽未，西風吹淚古藤州。』乃用此體，時少游殁而無己存也。近歲新安胡仔，著《漁隱叢話》，謂魯直以今時人形入詩句，蓋取法于少陵，遂引此句，實失于詳究云。《容齋續筆》

黄魯直和張文潛八詩，其二云：『談經用燕説，束棄諸儒傳。濫觴雖有罪，末派瀰九縣。』大意指王氏新經學也。『燕説』出于《韓非子》，曰：『先王有郢書，而後世多燕説。』又引其事曰：『郢人有遺燕相國書者。夜書，火不明，謂持燭者曰「舉燭」。』已而誤書「舉燭」二字，非書本意也。燕相受書曰：「舉燭者，尚明也。尚明者，舉賢而用之。」遂以白王，王大説，國以治。治則治矣，非書意也。』魯直以新學多穿鑿，故有此句。《容齋續筆》

黄魯直和王定國詩，《聞蘇子由病卧績溪》云：『湔祓瘴霧姿，朝趨去天咫。』蜀士任淵注：『引「天威不違顔咫尺」。』予按《國語》：『楚靈築三城，使子皙問范無宇，無宇不可。王曰：「是知天咫，安知民則！」』韋昭曰『咫者，少也。言少知天道耳。』《酉陽雜俎》有

《天咫篇》，黄詩蓋用此。徐師川《喜王秀才見過小酌翫月》四言曰：『君家近市，所見天咫。庭户之間，容光能幾？菰蒲之中，江湖之涘。一碧萬頃，長空千里。』正祖述黄所用云。《容齋四筆》

黄魯直初謫戎涪，既得歸，而湖北轉運判官陳舉，以時相趙清憲與之有小怨，訐其所作《荆南承天塔記》，以爲幸災，遂除名羈管宜州，竟卒于彼。今《豫章集》不載其文，蓋謂因之兆禍，故不忍著録。其曾孫罃續編《别集》，始得見之。大略云：『予得罪竄黔中，道出江陵，寓承天禪院。住持僧智珠，方撤舊浮圖于地，而屬曰：「予成功之後，願乞文記之。」後六年，蒙恩東歸，則七級巋然已立。于是作記其後云：「儒者嘗論一佛寺之費，蓋中民萬家之産，實生民穀帛之蠹，雖亦謂之然。然自省事以來，觀天下財力屈竭之端，國家無大軍旅勤民丁賦之政，則蝗旱水溢，或疾疫連數十州。此蓋生人之共業，盈虚有數，非人力所能勝者耶。」』其語不過如是，初無幸災風刺之意，乃至于遠斥以死，冤哉！《容齋四筆》

黄魯直《讀太真外傳》詩云：『扶風喬木夏陰合，斜谷鈴聲秋夜深。人到愁來無處會，不關情處總傷心。』亦妙語也。《侯鯖録》

黄魯直《戲作貴耳賤目謎》云：『驢耳對軒軒，争酬價十千。眈眈兩虎視，不直一文錢。』《侯鯖録》

山谷建中靖國間，例復官職，有詩十首。一曰：『陽城論事蓋當世，陸贄草詔傾諸公。翰林若要真學士，喚取儋州禿鬢翁。』謂東坡也。《侯鯖録》

山谷在涪溪，《詠水仙花》詩云：『淩波仙子生塵襪，波上盈盈步微月。被誰招此斷腸魂，種作寒花寄愁絶？含香體素欲傾城，山礬是弟梅是兄。坐對真成被花惱，出門一笑大江横。』《侯鯖録》

舒王宿金山寺賦詩，一夕而成長句，妙絶。如曰：『天多剩得月，月落聞津鼓。』又曰：『乃知像教力，但渡無所苦』之類，如生成。山谷在星渚，賦道士快軒詩，點筆立成。其略曰：『吟詩作賦北窗裏，萬言不及一杯水。願得青天化爲一張紙。』想見其高韻，氣摩雲霄，獨立萬象之表，筆端三昧，游戲自在。《冷齋夜話》

杜子美愛君之意，出于天性，非他人所能及。岑參詩：『聖朝無闕事，自覺諫書稀。』杜詩則云：『明朝有封事，數問夜如何？』孟浩然詩：『不才明主棄，多病故人疏。』明皇曰：『卿不求朕，朕何嘗棄卿！』杜詩則云：『聖朝無棄物，老病已成翁。』《長恨歌》：『六軍不發無奈何，宛轉蛾眉馬前死。』杜詩則云：『未聞夏、殷衰，中自誅褒、妲。』元微之詩：『寥落古行宮，宮花寂寞紅。白頭宮女在，閒坐説玄宗。』杜詩則云：『少陵野老吞聲哭，春日潛行曲江曲。江頭宮殿鎖千門，細柳青蒲爲誰緑？』杜牧詩：『樽前豈解憂家國，輦下惟應社弟兄。』杜詩則云：『弟妹悲歌裏，朝廷醉眼中。』樂天詩：『退身江海應無用，憂國朝廷自有賢。』杜詩則云：『在家當早起，憂國願年豐。』元稹詩：『無妨思帝里，不合厭杭州。』杜詩則云：『帝鄉愁緒外，春色淚痕邊。』高適《人日》詩：『身在遠藩無所預，心懷百憂復千慮。』子美和之則云：『摇拱北辰瞻寇盜，欲傾東海洗乾坤。』山谷《浣花圖引》云：『中原未得平安報，醉裏眉攢萬國愁。』狀盡子美平生矣。《吹劍三録》

東坡《贈東林長老》云：『溪聲便是廣長舌，山色豈非清淨身？夜來八萬四千偈，他日如何舉似人？』山谷改曰：『溪聲廣長舌，山色清淨身。八萬四千偈，如何舉似人？』時謂：『上二句腰斬，下二句處斬。』《吹劍三録》

《古樂府·羅敷》詩：『使君從南來，五馬立踟躕。』『使』如『節度使』、『觀察使』之使，非『使令』之使也。《本草》：『使君子，潘州郭使君療小兒，多用此物，醫家因號爲「使君子」，猶言太守子也。』山谷《題餘干縣令吴可權白雲亭》詩云：『寄語吴令君，但遣糟床注。』『令君』亦『使君』之意耳。錢穆父有《藥名》詩云：『一來亦甘草草别，疏薄無使君子疑。』是以『使君』爲『使令』之使矣。山谷《藥名》詩云：『楊侯濟北使君子』，其用意與錢異。《能改齋漫録》

豫章《奕棊》詩：『坐隱不知巖穴樂，手談勝與俗人言。』按《世説》：『王中郎以圍棊是坐隱，支公以圍棋爲手談。』又《語林》曰：『王以圍棋爲手談，在哀制中祥後，客來方幅爲會戲。』然唐《杜陽編》云：『大中間，日本國貢玉棋子，云：「本國南有集真島，島上有手談池，池中出棋子。」』此又何耶？《能改齋漫録》

豫章《古漁父》詩云：『魚收亥日妻到市，醉卧水痕船信風。』嘗以未知『亥日』事，讀張籍《江南曲》云：『江村亥日長爲市，落帆度橋來浦裏。』乃知籍亦用此，然尚未知出處。後得館中本李淳風《易鏡》，《占漁獵勝負》篇云：『取魚卦宜二水』，又云：『取魚宜見水，忌土。』蓋『亥』、『子』屬水，乃知魚收亥日所自。《能改齋漫録》

豫章《和東坡韻送李豸下第》云：『博懸于投不在德。』按班固《奕旨》曰：『博懸于投，不必在行。』裴駰謂：『「投」，投瓊也。』見《蔡澤傳》。《能改齋漫録》

豫章《題陽關圖》絶句云：『斷腸聲裏無聲畫，畫出陽關更斷腸。』按李義山《贈歌妓》詩云：『紅綻櫻桃歌白雪，斷腸聲裏唱陽關。』豫章所用也。《能改齋漫録》

山谷《送曹子方赴閩漕》詩：『子魚通印蠔破山，不但蕉黄荔枝丹。』『子魚』出于興化軍通應廟前，語訛以『應』爲『印』。或曰：『子魚以容印者爲佳，故王荆公詩云：「長魚俎上通三印，新茗齋中試一旗。」』則此説容可信也，東坡亦云：『通印子魚猶帶骨。』然山谷以『蠔』而云『破山』，則理不可曉。按《番禺記》云：『蠔之殼，即藥中之牡蠣也。有高四五尺者，水底見之，如崖岸然，故呼爲「山」。』今山谷謂之『蠔破山』，豈取蠔肉之謂耶？ 然韓退之亦云：『蠔相粘如山。』《能改齋漫録》

豫章寓荆州，除吏部郎中，再辭，得請守當塗，幾一年。方到官，七日而罷，又數日乃去。其詩云：『歐倩腰支柳一渦，大梅催拍小梅歌。舞餘細點梨花雨，奈此當塗風月何？』蓋歐、梅，當塗官妓也。李之儀云：『人之幸不幸，歐、梅偶見録于豫章，遂爲不朽之傳。與杜詩黄四娘何異。』然豫章又有《木蘭花令敘》云：『庭堅假守當塗，故人庾元鎮窮巷讀書，不出入州縣，因作此以勸庾酒。』云：『庾郎三九常安樂，使有萬錢無處著。徐熙小鴨水邊花，明月清風都占卻。朱顏老盡心如昨，萬事休休還莫莫。尊前見在不饒人，歐舞梅歌君更酌。』自批云：『歐、梅，當時二妓也。』《能改齋漫録》

魯直在戎州，作《樂府》曰：『老子平生，江南江北，愛聽臨風笛。孫郎微笑，坐來聲噴霜竹。』予在蜀見其稿，今俗本改『笛』爲『曲』以協韻，非也，然亦疑『笛』字太不入韻。及居蜀久，習其語音，乃知瀘戎間謂『笛』爲『曲』，故魯直得借用，亦因以戲之耳。《老學庵筆記》

山谷《水仙花》二絶，『淡掃蛾眉篸一枝』及『只比江梅無好枝』者，見于李端叔《集》中，然非端叔所及也。賀方回作《王子開挽詞》：『和璧終歸趙，干將不葬吴』者見于秦少游《集》中。子開大觀己丑卒于江陰，而返葬臨城，故方回此句爲工，時少游已没十年矣。

《水仙花》則不可考，然氣格似山谷晚作，不類端叔也。《老學庵筆記》

先君讀山谷《乞猫》詩，歎其妙。晁以道侍讀在坐，指『聞道貍奴將數子』一句，問曰：『此何謂也？』先君曰：『老杜云「暫止啼烏將數子」，恐是其類。』以道笑曰：『君果誤矣。《乞猫》詩「數」字當音『色主反』，「數子」謂猫狗之屬多非一子，故人家初生畜，必數之曰「生幾子」。「將數子」，猶言將生子也。與杜詩語同而意異。』以道必有所據，先君言，當時偶不叩之以爲恨。《老學庵筆記》

古所謂『路寢』，猶今言『正廳』也。故諸侯將薨，必遷于路寢，不死于婦人之手，非惟不瀆，亦以絶婦、寺矯命之禍也。近世乃謂死于堂奥爲終于正寢，誤矣。前輩墓誌之類，數數有之，皆非也。黄魯直詩云：『公虚采蘋宫，行樂在小寢。』按魯僖公薨于小寢，杜預謂『小寢，夫人寢也。』魯直亦習于近世謂堂爲正寢，故以小寢爲妾媵所居耳。不然，既云『虚采蘋宫』，又云『在小寢』，何耶？《老學庵筆記》

山谷嘗和東坡《春菜》詩曰：『公如端爲苦筍歸，明日春衫誠可脱。』坡得詩，戲語坐客曰：『吾固不愛做官，魯直遂欲以苦筍硬差致仕。』聞者絶倒。《蘇詩紀事》

豫章《次韻錢穆父贈松扇》詩云：『可憐遠度幘溝漊，過堪今時襬襶子。』《釋名》云：『襬襶子，不曉事之稱也。』出晉程曉詩，見《藝文類聚》、《初學記》二書，其詩云：『平生三伏時，道路無行車。閉門避暑卧，出入不相過。今世褦襶子，觸熱到人家。主人聞客來，嚬蹙奈此何。摇扇胛中疼，流汗正滂沱。傳誡諸高明，熱行宜見訶。』《藝文》、《初學》二書，所載無少異，惟《太平廣記》載《啟顔録》有晉程季明《嘲熱客》詩曰：『平生三伏時，道路無行車。閉門避暑卧，出入不相過。今代愚癡子，觸熱到人家。主人聞客來，嚬蹙奈此何。謂當起行去，安坐正咨嗟。所説無一急，嗒嗒吟何多。摇扇胛中疼，流汗正滂沱。莫謂爲小事，亦是人一瑕。傳誡諸朋友，熱行宜見呵。』此詩比前本多三韻，意前一本非全文也。一以爲『褦襶子』，一以爲『愚癡子』，其末又以『訶』爲『呵』，當有辨其非是者。其曰『程季明』，是『曉』之字，然《晉書》無《傳》，《魏志》有《傳》。宋景文本『多』字韻下有兩句云：『疲倦向之久，甫問君極那？』《能改齋漫録》

《淮南子》：『日經于泉隅，是謂「高春」，頓于連音『爛』石，是謂「下春」。』乃悟梁元帝《游後園》詩：『暮春多淑氣，斜景落高春。』又《納涼》詩：『高春斜日下，佳氣滿欄楹。』唐薛能詩：『隔溪遥見夕陽春。』然山谷《夢伯兄》詩云：『相携猶聽隔溪春』，此豈誤也哉！《能改齋漫録》

山谷《次韻子瞻和子由觀韓幹馬》，因論天馬詩云：『曹霸弟子沙苑丞，喜作肥馬人笑之。李侯論幹獨不爾，妙畫骨相遺毛皮。翰林評書乃如此，賤肥貴瘦人未知。』蓋謂東坡嘗《與孫莘老求墨妙亭》詩云：『嶧山傳刻典刑在，千載筆法留陽冰。杜陵評書貴瘦硬，此論未公吾不憑。短長肥瘦各有態，玉環飛燕誰敢憎？』意屬此也。《能改齋漫録》

黄豫章《薄薄酒》云：『傳呼鼓吹擁部曲，何如春水一池蛙。』予按僕射王晏，嘗鳴鼓吹候孔稚圭，聞蛙鳴，晏曰：『此殊聒人耳。』稚圭曰：『我聽卿鼓吹，殆不及此。』出齊陽玠《談藪》。《能改齋漫録》

世俗博戲，有『出九入十』之説，謂之『攤贈』。故《律》云：『諸博戲賭財物并停止，出九和合者，各令衆五日。』豫章詩：『肉食傾人如出九。』《能改齋漫録》

洪覺範《冷齋夜話》曰：山谷云：『詩意無窮，而人之才有限。以有限之才，追無窮之意，雖少陵、淵明不得工也。然不易其意而造其語，謂之「换骨法」。規模其意形容之，謂之「奪胎法」。』予嘗以覺範不學，故每爲妄語。且山谷作詩，所謂『一洗萬古凡馬空』，豈肯教人以蹈襲爲事乎？唐僧皎然，嘗謂：『詩有三偷：偷語最是鈍賊，如傅長虞「日月光太清」、陳後主「日月光天德」是也；偷意事雖可罔，情不可原，如柳渾「太液微波起，長楊高樹秋」，沈佺期「小池殘暑退，高樹早涼歸」是也；偷勢才巧意精，略無痕迹，蓋詩人偷狐白裘手，如嵇康「目送歸鴻，手揮五絃」，王昌齡「手携雙鯉魚，目送千里雁」是也。』夫皎然尚知此病，孰謂學如山谷，而反以不易其意，與規模其意，而遂犯鈍賊不可原之情耶？《能改

齋漫録》

晁无咎《行路難》云：『贈君珊瑚夜光之角枕，玳瑁明月之雕床，一繭秋蠶之麗縠，百和更生之寶香。』黄魯直《送王郎》云：『酌君以蒲城桑落之酒，泛君以湘纍秋菊之英，贈君以黟川點漆之墨，送君以陽關墮淚之聲。酒澆胸次之磊磈，菊制短世之頹齡，墨以傳千古文章之印，歌以寫一家兄弟之情。』此誠相若，然魯直辭雄意婉，壓倒无咎。原其句法，實有來處，得非顧況《金璫玉珮歌》云：『贈君金璫大霄之玉佩，金瑣禹步之流珠，五嶽真君之秘籙，九天文人之寶書。』晁、黄得奪胎换骨之活法，于此者乎？《履齋詩説》

涪翁云：『百葉緗梅觸撥人。』又云：『推床破面振觸人。』樂天《榴花》詩：『撑撥詩人興。』陸天隨《蠹化》曰：『或伥觸之，輒奮角而怒。』《朝野僉載》楊廷玉《回波》詞：『阿姑婆見作天子，旁人不得振觸。』《弁陽詩話》

山谷《詠鷓鴣》詩云：『終日憂兄行不得，鷓鴣應是鼻亭公。』象嘗封于鼻亭，柳子厚有《鼻亭神記》，或謂山谷在永所作，永州道接鼻亭故云。非也。《弁陽詩話》

西江派黄魯直太生，陳無己太直，皆學杜而未嚌其胔者，然神理未浹，風骨獨存。南渡以下，范石湖變爲恬縟，楊誠齋、鄭德源變爲諧俗，劉潛夫、方巨山之流，變爲纖小。而四靈諸公之體，方幅狹隘，令人一覽易盡，亦爲不善變矣。《説詩晬語》

前輩言：『韓退之書沉潛乎訓義，反覆乎句讀。』『讀』不音『獨』，『徒鬬反』。殊不知山谷《次韻黄冕仲木字韻》詩云：『變名溷甲乙，謄寫失句讀。』止作『獨』音也。然馬融《笛賦》云：『觀法于節奏，察度于句投。』『投』音『徒鬬反』，注言：『「句」猶「章句」之句。』然則豈兩字既異，而義亦别耶？何休《公羊傳》序亦云：『失其句讀。』無音。《能改齋漫録》

洪覺範《冷齋夜話》謂：『山谷謫宜州，殊坦夷，作詩曰：「老色日上面，懽悰日去心。今既不如昔，後當不如今。」又云：「輕紗一幅巾，短簟六尺床。無客白日静，有風終夜涼。」且曰：「山谷學道休歇，故其閒暇若此。」以上皆冷齋語也。』予以冷齋不讀書之過，上八句皆樂天詩，蓋是編者之誤，致令渠以爲山谷所爲。前四句『老色日上面』，乃樂天《東城尋春》詩，尚餘八句，所謂『今猶未甚衰，每事力可任』是已。後四句『輕紗一幅巾』，乃樂天《竹窗》詩，亦尚餘二十四句，所謂『常愛輞川寺，竹窗東北廊』是已。《山谷外集》更有『嘖嘖雀引雛，梢梢筍成竹』數篇，皆非山谷詩，偶會其意，故記之册。學者不可不知也。《能改齋漫録》

豫章《中興碑》詩：『明皇不作包荒計，顛倒四海由禄兒。』按《禄山事迹》云：『正月二十日，禄山生日，賜物甚多。後三日，召禄山入内，貴妃以錦繡綳縛禄山，令内人以綵輿舁之，宫中歡呼動地，明皇使人問之，報云：「貴妃與禄山作三日洗兒。」明皇就觀之，大悦，因

賜貴妃洗兒金銀錢物，極歡而罷。自是宫中皆呼禄山爲「禄兒」，不禁其出入。』《能改齋漫録》

東萊先生吕居仁，愛豫章少年時作《泰和縣樓》詩：『木葉千山天遠大，澄江一道月分明。』然白樂天亦有《江樓夕望》詩云『燈火萬家城四畔，星河一道水中央』之句。《能改齋漫録》

山谷與洪駒父云：『更須留意作五言六韻詩，若能此物，取青紫如拾芥耳。大體作省題詩尤當用老杜句法，若有鼻孔者，便知是好詩也。』近年許琮以『聖圖天廣大』，對『王度日清夷』，乃用老杜全句，與傅咸全句配，遂魁南省，其有鼻孔可知。此味不必全句，但能著意點化，深造詩仙句法，則亦必壓倒元白，突過黄初矣。廬陵董克正，以其父參政當國，避親就别院。考官周孟覺因以二月一日試，出《中和節》詩，董上請云：『何謂中和節？』周答曰：『元宵已過，上巳未至，今日所以爲中和也。』董即體其意曰：『上巳時將近，元宵節已過。仲春方駘蕩，今日是中和。』遂高中。又嘗聞艮齋謝尚書云：『每考較賦卷子，必先看第一、第二韻。即以詩看有何好句，有好句則遍看，徹定去留，不爾便斥下。則詩斷不可輕視。』又聞西昌譚高立一飛臨汝考試歸云：『省題詩不宜押協韻，有堅守貢舉條制者，謂限五言六韻成。是竝不容取協韻之詩矣。』《履齋詩説》

晉人所謂『見何次道，令人欲頃家釀』，猶云『欲傾竭家貲，以釀酒飲之』也。故魯直云：『欲傾家以繼酌。』韓文公借以作《簟》詩云：『有賣直欲傾家貲。』王平甫謝先大父贈簟詩亦云：『傾家何計效韓公。』皆得晉人本意。至朱行中舍人有句云：『相逢盡欲傾家釀，久客誰能散橐金？』用『家釀』對『橐金』，非也。《老學庵筆記》

黄山谷曰：『彼喜穿鑿者，棄其大旨，取其發興于所遇林泉、人物、草木、魚蟲，以爲物物皆有所託，如世間商度隱語，則詩委地矣。』予所謂：『可解不可解，不必解』。與此意同。《四溟詩話》

山谷晚歲，信佛甚篤，酷好嗜蟹，有詩云：『寒蒲束縛十六輩，已覺酒興生江山。』東坡亦愛食蟹，其《謝丁公默惠蟹》詩云：『堪笑吴興饞太守，一詩换得兩尖團。』『尖團』，即蟹腹下靨也。雄蟹臍尖，至十月極肥大，而膏腴甚有味，古人謂之『餬口』者是已。劉孟熙謂雌蟹臍圓而珍，蓋不知其味者矣。《逸老堂詩話》

杜征南與兒書言：『昔人云：借人書一癡，還人書一癡。』山谷《借書》詩，有『時送一鴟開鎖魚。』宋艾性父《借書》詩，有『校讐未必及三豕，還借最慚無一鴟。』予考《唐韻》，『瓻』與『癡』同用，注云：『酒器，大者一石，小者五斗，古借書盛酒瓶也。』後人訛以爲『癡』，不亦謬乎？《逸老堂詩話》

郯九成與倪元鎮齊名，詩亦清麗，其《春暮》詩云：『春色三分都有幾？二分已在雨聲中。墻東兩個桃花樹，恨殺朝來一番風。』又云：『世事總如春夢裏，雨聲渾在杏花中。』

人多稱誦。唐人有：『二十四番花信風』，山谷有：『一霎社公雨，數番花信風。』皆平聲用。今九成作去聲，必有所自。杜詩：『會須上番看成竹』，元微之有：『飛舞先春雪，因依上番梅』，俱用『上番』字，則『上番』不專爲竹也。退之《筍》詩云：『庸知上幾番』，又作平聲押。《逸老堂詩話》

熊蹯、雞跖，筋骨有餘，而肉味絶少，好奇者不能舍之，而不足以厭飫天下。黄魯直詩，大抵如此，細咀嚼之可見。《麓堂詩話》

詩用助語字貴妥帖，如杜少陵云：『古人稱逝矣，吾道卜終焉。』又云：『去矣英雄事，傷哉割據心。』山谷云：『且然聊復爾，得也自知之。』韓子蒼云：『曲檻以南青嶂合，高堂其上白雲深。』皆渾然帖妥。吾郡前輩王才巨云：『並舍者誰清可喜？各家之竹翠相交。』曾幼度云：『不可以風霜後葉，何傷于月雨餘雲。』亦佳。《鶴林玉露》

食無精粗，饑皆適口，故善處貧者，有『晚餐當肉』之語。煇家與宗室通婚姻，常赴其招。家家類留意庖饌，非特調芼應律令，且三字『爛』、『熱』、『少』，爛則易于咀嚼；熱則不失香味；少則俾不屬饜而飫後品。煇少出疆，自過淮，見市肆所售羊邊甚大，小者亦不下五六十觔，蓋河北羊之胡頭有及百觔者。驛館中晚供羊甚腆，既苦生硬，且雜以蕪荑醬，臭不可近。若用前二説製以餉客，豈不快屠門之嚼哉！王荆公解『美』字：『從羊、大，謂羊之大者方美』。而東坡亦有『剪毛胡羊大如馬，誰記鹿角腥盤筵』之句。山谷《簡何斯舉治具待客》，亦謂：『軟爛則宜老人，豐潔則稱佳客。』今日蔬食，起權輿之歎，説食經而偶及此。《清波雜志》

山谷詩云：『争名朝市魚千里。』予問諸學士『魚千里』，多云：『此《齊民要術》載范蠡種魚事法，池中作九墩。』然初無『千里』字，心頗疑之，後因讀《關尹子》云：『以盆爲沼，以石爲島。魚環游之，不知其幾千萬里不窮也。』乃知前輩用事如此該博，字皆有來處。《墨莊漫録》

山谷作《釣亭》詩，有云：『影落華亭千尺月，夢通岐下六州王。』上句蓋用華亭船子和尚詩，云：『千尺絲綸直下垂，一波纔動萬波隨。夜静水寒魚不食，滿船空載月明歸。』下句蓋用文王夢吕望事。然『六州王』事見《毛詩・漢廣》云：『文王之道，被于南國。』疏云：『言南國則一州也，于時三分天下有其二，故雍、梁、荆、豫、徐、揚之人咸被其德而從之』云云。山谷用事深遠，其工如此，可爲法也。《墨莊漫録》

蘇陰和尚作《穆護歌》，又地里風水家亦有《穆護歌》，皆以六言爲句，而用側韻。黄魯直云：『黔南、巴、僰間賽神者，皆歌穆護。』其略云：『聽唱商人穆護，四海五湖曾去。』因問『穆護』之名，父老云蓋『木瓠』耳，曲木狀如瓠，擊之以節歌耳。』予見淮西村人多作《炙手歌》，以大長竹數尺，刳去中節，獨留其底，築地『逢逢』若鼓聲，男女把臂成圍，撫髀而歌。亦以竹筒築地爲節，四方風俗不同，吴人多作山歌聲，怨咽如悲，聞之使人酸辛。柳子厚云：『欸乃一聲山水緑』，此又嶺外之音，皆此類也。《墨莊漫録》

酴醾花或作『荼蘼』，一名『木香』，有二品。一種花大而棘，長條而紫心者，爲酴醾；一品花小而繁，小枝而檀心者，爲木香。題詠者多。常記周無外云『暖風吹麝入鉛華，不肯隨春到謝家。半夜粉寒香泣露，也應和月怨梨花。』韓維持國云：『平生爲愛此香濃，仰面常迎落架風。每恐春歸有遺恨，典型元在酒杯中。』未若張文潛云：『紫皇寶輅張珠幰，玉女熏籠覆綉衾。萬紫千紅休巧笑，人間春色在檀心。』又未若黄魯直云：『漢宫嬌額半塗黄，入骨濃薰賈女香。日色漸遲風力細，倚欄偷舞白霓裳。』《墨莊漫録》

全宋詩話目録卷五十九 江西詩派

陳師道　字無己，一字履常，號後山居士，彭城人。元祐中，以蘇軾、傅堯、俞孫覺薦，授徐州教授，歷秘書省正字。扈從南郊，不屑服趙挺之衣，以寒疾卒。有集，及《後山詩話》。

潘大臨　字邠老，齊安人，有《柯山集》。次弟大觀，字仲達，亦入江西派，其詩不傳。

謝逸　字無逸，臨川人，屢舉不第，以詩文自娱。有《溪堂集》。

全宋詩話卷五十九

陳師道

予登多景樓，南望丹徒，有大白鳥飛近青林，得句云：『百鳥過林分外明』，謝朓亦云：『黄鳥度青枝』，語巧而弱。杜詩云：『白鳥去邊明』，語少而意廣。予每還里而每覺老，復得句云：『坐下漸人多』，而杜云：『坐深鄉里敬』，而語益工。乃知杜詩無不有也。《後山詩話》

陳無己《賦宗室畫》詩云：『滕王蛺蝶江都馬，一紙千金不當價。』又作《曾子固挽詞》云：『丘園無起日，江漢有東流。』近世詩人莫及。《彦周詩話》

杜工部詩云：『髮短何勞白，顔衰肯更紅。』鄭都官云：『衰鬢霜供白，愁顔酒借紅。』白太傅云：『鬢爲愁先老，顔因醉後赬。』陳後山云：『髮短愁催白，顔衰酒借紅。』語意相類，必有定其優劣者。《豹隱紀談》

崇寧初，滎陽公守曹州，陳無己以詩寄公云：『往時三吕共脩途，擬上青雲近玉除。中道勒回奔電足，今年還值邇英廬。縱談尚記華嚴夜，枉道難隨刺史車。遣興寬爲七字句，逢人聊代一行書。』紹聖初，滎陽公罷經筵，出舍城東華嚴寺，無己與晁伯禹載之、唐季實之問，皆來訪公。每晨興，公未起，三人者皆揖於門外。及寢，公就枕，三人皆揖於門外。如親弟子云。《紫微詩話》

陳無己云：『石池隨處數游魚。』予以爲不若李希聲云：『緑净隨時看上魚』。《詩話總龜》

洪駒父見陳無己《小放歌行》云：『不惜捲簾通一顧，怕君着眼未分明。』此爲奇語，蓋『通』字未嘗有人道。予曰：子豈不記老杜云：『簾户每宜通乳燕』耶？《詩話總龜》

陳無己有《寄晁以道》詩云：『子較東方生，自視何益損。人言不當價，一錢萬金産。』其後無己又《賦高軒過》云：『滕王蛺蝶江都馬，一紙千金不當價。』以道云：『陳三兩度不當價。』《直方詩話》

有人云：陳無己『閉門十日雨』，即是退之『長安閉門三日雪』。予以爲作詩者容有意思相犯，亦不必爲病，但不可太甚耳。《直方詩話》

予問山谷：『今之詩人誰爲冠？』曰：『無出陳無己。』『其佳句可得聞乎？』曰：『吾

見其作《温公挽辭》一聯，便知其才不可敵。曰：「政雖隨日化，身已要人扶。」』《冷齋夜話》

陳無己《賦高軒過》詩云：『因知書畫真有益，卻怪幾月來無多。』不數月遂卒。《直方詩話》

元豐中，晁無咎詩極有聲，無己以詩戲之曰：『聞道新文能入樣，相州紅纈鄂州花。』蓋是時方尚相州纈、鄂州花也。晁堯民子損之云。《直方詩話》

張文潛在一時中人物，最爲魁偉，故陳無己有詩云：『張侯魁然腹如鼓，雷爲饑聲酒爲雨。』又云：『要瘦君則肥。』山谷云：『六月火雲蒸肉山。』又云：『雖肥如瓠壺。』而文潛卧病，秦少游又和其詩云：『平時帶十圍，頗復減臂環。』皆戲語也。《直方詩話》

《復齋漫録》云：『書當快意讀易盡，客有可人期不來。世事相違每如此，好懷百歲幾回開。』其後又寄黄充前四句云：『俗子推不去，可人費招呼。世事每如此，我生亦何娱？』蓋無己得意，故兩見之。《苕溪漁隱叢話》

王直方《詩話》云：樂天有詩云：『醉貌如霜葉，雖紅不是春。』東坡有詩云：『兒童誤喜朱顔在，一笑那知是酒紅。』鄭谷有詩云：『衰鬢霜供白，愁顔酒借紅。』老杜有詩云：『髮少何勞白，顔衰肯更紅。』無己詩云：『髮短愁催白，顔衰酒借紅。』皆相類也。然無己初出此一聯，大爲當時諸公所稱賞。《苕溪漁隱叢話》

魯直謂：『陳後山學詩如學道，此豈尋常雕章繪句之可擬哉。』客有爲予言：『後山詩其要在於點化杜甫語爾。杜云：「昨夜月同行」，後山則云：「勤勤有月與同歸」。杜云：「林昏罷幽磬」，後山則云：「林昏出幽磬」。杜云：「古人日已遠」，後山則云：「斯人日已遠」。杜云：「中原鼓角悲」，後山則云：「風連鼓角悲」。杜云：「暗飛螢自照」，後山則云：「飛螢無失照」。杜云：「更覺追隨盡」，後山則云：「林湖更覺追隨事盡」。杜云：「文章千古事」，後山則曰：「文章平日事」。杜云：「乾坤一腐儒」，後山則曰：「乾坤着腐儒」。杜云：「孤城隱霧深」，後山則曰：「寒城着霧深」。杜云：「寒花只暫香」，後山則曰：「寒花只自香」。如此類甚多，豈非點化老杜之語而成者？』予謂不然。後山詩格律高古，真所謂『碌碌盆盎中，見此古罍洗』者。用語稍同，乃是讀少陵詩熟，不覺在其筆下，又何足以病公。《丹陽集》

後山《妾薄命》兩章，其一云：『主家十二樓，一身當三千。古來妾薄命，事主不盡年。起舞爲主壽，相送南陽阡。忍著主衣裳，爲人作春妍。有聲當徹天，有淚當徹泉。死者恐無知，妾身長自憐。』其二云：『葉落風不起，山空花自紅。捐世不待老，惠妾無其終。一死尚可忍，百歲何當窮？天地豈不寬，妾身自不容。死者如有知，殺身以相從。向來歌舞地，夜雨鳴寒蛩。』謝疊山云：『元豐間，曾鞏修史，薦後山有道德，有史才，乞自布衣召入史館。命未下而曾去，後山感其知己，不願出他人門下，故作《妾薄命》。』鞏，南豐人，歐陽公

之客，後山尊之，號曰『南豐先生』。《詩林廣記》

後山丞相《温公挽詞》一章云：『恭默思良弼，詩書正百工。事多違謝傅，天遽奪楊公。一代風流盡，三師禮數崇。若無天下議，美惡併成空。』謝叠山云：『時哲宗諒陰，見上帝賚良弼，非偶然也。周公位冢宰，正百工，以《詩》《書》治天下，與熙寧變法者不同。』蓋熙、豐新法，與温公所志所學，皆相反也。二章云：『百姓歸周老，三年待魯儒。俗方隨日化，身已要人扶。玉几雖來晚，明堂訖授圖。心知死諸葛，終不羡曹蜍。』黄山谷見此詩『俗方隨日化，身已要人扶』之句，歎曰：『陳三直不可及。』蓋天不憖遺老，悲盡于此矣。三章云：『少學真成已，中年託著書。輟耕扶日月，起廢極吹噓。得志寧論晚，成功不願餘。一爲天下慟，不敢愛吾廬。』任天社云：『「輟耕扶日月，起廢極吹噓」。言公既執政，士大夫得罪于熙、豐者，極力薦引而用之。』『日月』、『吹噓』，字雖不對，而事勢氣象實相等，此詩人之妙也。《詩林廣記》

後山嘲秦覯云：『長鋏歸來夜帳空，衡陽回雁耳偏聰。若爲借與東風看，無限珠璣咳唾中。』少章登第後方娶，後山作此詩時猶未娶，故多戲句。『帳空』、『聞雁』之語，皆戲其獨宿無寐也。《直方詩話》

『書當快意讀易盡，客有可人期不來。世事相違每如此，好懷百歲幾回開。』此無己得

意詩也。《復齋漫録》

後山《寄外舅郭大夫》詩：『巴蜀通歸使，妻孥得定居。深知報消息，不忍問何如。身健無妨遠，情親未肯疏。功名欺老病，淚盡數行書。』趙章泉先生嘗云：『學詩者莫不以杜爲師，然能如其師者鮮矣。句或有似之，而篇之全似者絶難得。陳后山《寄外舅郭大夫》詩，乃全篇之似杜者也。』後戴式之亦有思家用陳韻，又全篇之似陳者也。《詩人玉屑》

《曾南豐先生挽詞》，其一云：『早棄人間事，真從地下游。丘原無起日，江漢有東流。身世從違裏，功言取次休。不應須禮樂，始作後程仇。』其二云：『精爽回長夜，衣冠出廣庭。勳庸留琬琰，形象付丹青。道喪餘篇翰，人亡更典刑。侯芭才一足，白首《太玄》經。』此二詩，後山感南豐之薦引未遂而遽亡，故其詞深切。《珊瑚鉤詩話》

無己嘗作《小放歌行》兩篇，其一云：『春風永巷閉娉婷，長使青樓誤得名。不惜卷簾通一顧，怕君著眼未分明。』其二云：『當年不嫁惜娉婷，傅白施朱作後生。説與傍人須早計，隨宜梳洗莫傾城。』山谷云：『無己他日作詩，語極高古，至于此篇，則顧影徘徊，炫耀太甚。』《直方詩話》

後山《寄曹州晁大夫》詩云：『墮絮隨風化作塵，黄樓桃李不成春。只今容有名駒子，困倚闌干一欠伸。』陳後山此詩自注云：『周昉畫美人，有背立欠伸者，最爲妍絶。東坡所

賦《麗人行》也。』《菊坡叢話》

《賦宗室士暕高軒過圖》云：『滕王蛺蝶江都馬，一紙千金不當價。異才天縱非力能，畫工不是甘爲下。今代風流數大年，含毫落筆開山川。忽忘朽老壓塵底，卻怪鳧鴻墮目前。邇來八二復秀出，萬里山河才咫尺。眼邊争得有突兀，復似天地初開闢。明窗寫出高軒過，便逐愈湜聞吟哦。晚知書畫真有益，卻悔歲月來無多。官禁修嚴絶過訪，時于僻寺聊税鞅。秀潤如行琮璧間，清明似引星辰上。憂悲愉佚百不平，河擘太華東南傾。平生秀句寰區滿，掇拾棄置成丹青。平湖遠岫開精神，陡覺文字生清新。未許二豪今角立，也知旁有衛夫人。』無己謂予曰：『近宗子節使，使予作一詩，挂名其間，得百千以爲女子嫁資，可乎？』予曰：『詩未成則錢不可緩，詩已成則錢不可來。』數日，無己卒，士暕贈以百縑。《直方詩話》

陳無己詩，亦多用一時俚語。如『昔日剜瘡今補肉』，『百孔千瘡容一罅』，『拆東補西裳作帶』，『人窮令智短』，『百巧千窮只短檠』，『起倒不供聊應俗』，『經事長一智』，『稱家豐儉不求餘』，『卒行好步不兩得』，『巧手莫爲無麪餅』，巧媳婦做不得無麪餺飥『不應遠水救近渴』，『留渴須遠井』，遠水不救近渴『瓶懸甇間終一碎』，瓦罐終須井上破『急行寧小緩』，急行趕過慢行遲『早作千年調』，『一生也作千年調』，人作千年調，鬼見拍手笑『拙勤終不補』，將勤補拙『斧斫仍手摩』，大斧斫了手摩娑『鷺雞透籬犬升屋』，雞飛狗上屋『割白鷺股何作難』，鷺鷥腿上割股『薦賢仍賭命』。而東坡亦有：『三杯輭飽後，一枕黑甜餘』，皆世俗語，如『賭命』，輭飽猶可解，而『黑甜』，後世不知其爲睡矣。如《詩》之：『串夷載路』、《書》云：『弔由靈』，安知非當時之常談也？《雞肋編》

黄山谷詩云：『閉門覓句陳無己，對客揮毫秦少游。』陳無己平時出行，覺有詩思，便急歸擁被，卧而思之，呻吟如病者，或累日而後起，真是『閉門覓句』者也。《朱文公語録》

或言後山之詩，非一過可了。近于枯淡，彼其用意，直追《騷》、《雅》，不求合于世俗，亦惟恃有東坡、山谷之知也。自此兩公外，政使舉世無領解者，渠亦安瑕恤哉。《詩林廣記》

石林葉氏曰：世言陳無己每登覽得句，即急歸卧一榻，以被蒙首，惡聞人聲，謂之『吟榻』。家人知之，即猫犬皆逐去，嬰兒稚子，亦抱寄鄰家，徐待詩成，乃敢復常。《文獻通考》

陳後山如九皋獨唳，深林孤芳，冲寂自妍，不求賞識。《詩評》

東坡以侍讀爲禮部尚書，時正得志之秋，而陳無己寄其詩乃云：『經國向來須老手，有懷何必到壺頭。遥知丹地開黄卷，解記清波没白鷗。』是勸其早休也。洎坡知定州，時事變矣，又爲詩勸之曰：『功名不朽聯通袖，海道無違具一舟。』坡未能用其語，而已有南遷絶海之禍矣。所謂『海道無違具一舟』者，蓋用坡所作《八聲甘州》『約他年東還海道，願謝公雅志莫相違』之意以動公，而不知二句皆成讖也。《韻語陽秋》

梅聖俞詩『莫打鴨，打鴨驚鴛鴦』之語，譏宣守笞官妓也。陳無己《戲楊理曹》詩云：『從來相戒莫打鴨，可打鴛鴦最後孫。』又與宣守詩云：『一爲文俗事，打鴨起鴛鴦。』皆用此也。然『起鴛鴦』三字，亦有來處，杜牧之云：『織篷眠舴艋，驚夢起鴛鴦。』《觀林詩話》

鮑慎由《答潘見素》詩云：『學詩比登仙，金膏换凡骨。』蓋用陳無己《答秦少章》『學詩如學仙，時至骨自换』之句。《優古堂詩話》

程文簡公有《飲酒戴花》詩云：『衰顔紅易借，短髮白難遮。』乃知陳無己：『髮短愁催白，顔衰酒借紅』，蓋本諸此。《優古堂詩話》

陳後山《爲正字》詩云：『寧辭乳媪譏』，用《南史》何承天事。《艇齋詩話》

後山論詩説『换骨』，東湖論詩説『中的』，東萊論詩説『活法』，子蒼論詩説『飽參』，入處雖不同，然其實皆一關捩，要知非悟入不可。《艇齋詩話》

後山：『平生西方願，擺脱區中緣』，出謝靈運詩：『想象昆山姿，緬邈區中緣。』《艇齋詩話》

後山作《南豐先生挽詞》云：『侯芭才一足，白首《太玄》經。』本李白詩：『誰能書閣下，白首《太玄》經。』《艇齋詩話》

後山樹立甚高，其議論不以一字假借人，然自言其詩師豫章公。或曰：『黄、陳齊名，何師之有？』余曰：射較一鏃，奕角一著，惟詩亦然。後山地位，去豫章不遠，故能師之。

若同時秦、晁諸人，則不能爲此言矣，此惟深于詩者知之。文師南豐，詩師豫章，二師皆極天下之本色，故後山詩文，高妙一世。然《題太白畫像》云：『江西勝士與長吟，後來不憂身陸沉。』『勝士』，謂饒德操也。按德操此詩，去手污吾足之作，大争地位，太白非德操，遂陸沉耶？似非篤論。《江西詩派小序》

苕溪漁隱有『溪邊短短長長柳』之句，後山詩云：『短短長長柳，三三五五星。』又《後山詩注》云：『唐王建詩：「長長南山松，短短北澗楊。」前輩詩字字有來歷。』楊時可《梅》詩云：『初無汲汲争春意，自是群花不肯開。』僧居簡《柳》詩云：『初無惱亂東風意，自是東風惱亂他。』二詩皆有新意。《梅磵詩話》

陳後山詩：『吴吟未至慢，楚語不假些。』任淵注云：『「慢」謂南朝慢體，如徐庾之作。』予謂此解是也，但未原其始。《樂記》云：『宫商角徵羽，五者皆亂迭相陵，謂之「慢」』。又曰：『鄭衛之音，亂世之音也，比于慢矣。』宋詞有《聲聲慢》、《石州慢》、《惜餘春慢》、《木蘭花慢》、《拜星月慢》、《瀟湘逢故人慢》，皆雜比成調，古謂之『噴曲』。『噴』與『曊』同，雜亂也。琴曲有名『散』，元曲有名『犯』，又曲終入『破』，義亦如此。《升庵詩話》

李長吉云：『我當二十不得意，一心愁謝如枯蘭。』至二十七而卒。陳無己《除夜》詩云：『七十已强半，所餘能幾何？遥知暮雨促，更覺後生多。』至四十九而卒。語意不祥如

此，豈神明者先授之耶？《韻語陽秋》

『中庭有樹自語，梧桐摧枝布葉。』《神絃曲》。陳後山詩：『庭梧盡黄隕，風過自成語。』又：『衝風窗自語，涴壁蝸成字。』皆用此事。《升庵詩話》

錢昭度詩云：『伯禹無端教鮮食，水中魚盡不知休。』陳無己云：『誰初教鮮食？竭澤未能休。』便覺語勝。《觀林詩話》

詩有一句七言而三意者，杜云：『對食暫餐還不能』，退之云：『欲去未到先思回』。有一句五言而兩意者，陳後山云：『更病可無醉，猶寒已自知』。詩有句中無其辭，而句外有其意者，《巷伯》之詩，蘇公刺暴公之譖己，而曰：『二人同行，誰爲此禍？』杜云：『遺人向市賒香秔，喚婦出房親自饌。』上言其力窮故曰『賒』，下言其無使令故曰『親』。又：『東歸貧路自覺難，欲別上馬身無力。』上有相干之意而不言，下有戀別之意而不忍。又：『朋酒日歡會，老夫今始知。』嘲其獨遺己而不招也。又夏日不赴而云：『野雪興難乘』，此不言熱而反言之也。《誠齋詩話》

陳無己先生語予曰：『今人愛杜甫詩，一句之内，至竊取數字，以髣像之，非善學者。學詩之要，在乎立格、命意、用字而已。』予曰：『如何等是？』曰：『《冬日謁玄玄皇帝廟》詩，敘述功德，反復外意，事核而理長；《閬中歌》辭致峭麗，語脉新奇，句清而體好，茲非立格之妙乎？《江漢》詩言乾坤之大，腐儒無所寄其身；《縛雞行》言雞蟲得失，不如兩忘，而寓于道，兹非命意之深乎？《贈蔡希魯》詩云：「身輕一鳥過」，力在一「過」字；《徐步》詩云：「蘂粉上蜂鬚」，功在一「上」字，兹非用字之精乎？學者體其格，高其意，鍊其字，則自然有合矣，何必規規然髣像之乎？《珊瑚鉤詩話》

李白云：『人煙寒橘柚，秋色老梧桐。』老杜云：『荒庭垂橘柚，古屋畫龍蛇。』氣燄蓋相敵。陳無己云：『寒心生蟋蟀，秋色上梧桐。』蓋出于李白也。《艇齋詩話》

杜東原先生嘗云：繪畫之事，胸中造化，吐露于筆端，恍惚變幻，象其物宜，足以啟人之高志，發人之浩氣。晉唐之人，以爲玩物適情，無所關係。若曰黼黻皇猷，彌綸治具，至於圖史，以存鑒戒，豈無所關係哉？陳後山詩云：『晚知詩畫真有得，悔卻歲月來無多。』亦此意也。《夷白齋詩話》

淵明、子美、無己三人，作《九日》詩，大概相似。子美云：『竹葉于人既無分，菊花從此不須開。』淵明所謂『塵爵耻虚罍，寒花徒自容』也。無己云：『人事自生今日意，寒花衹作去年香。』此淵明所謂『日月依辰至，舉俗愛其名』也。《誠齋詩話》

又有點金成鐵者，少陵有句云：『昨夜月同行』，陳無己則云：『勤勤有月與同歸』。少陵云：『暗飛螢自照。』陳則曰：『飛螢元失照』。少陵云：『文章千古事』，陳則云：『文章平日事』。少陵云：『乾坤一腐儒』，陳則云：『乾坤着腐儒』。少陵云：『寒花只自香』，陳則云：『寒花只自香』。一覽可見。《藝苑卮言》

王直方《詩話》云：陳留市中有刀鑷工，隨其所得，爲一日費，醉吟于市，負其子以行歌。江端禮以爲達者，爲作《傳》，而要無己作詩，有『閉門十日雨，吟作饑鳶聲』之句，大爲山谷所愛。山谷亦擬作，有云：『養性霜刀在，閲人清鏡空。』《苕溪漁隱叢話》

王直方《詩話》云：邢惇夫以詩寄無己，無己和云：『漢廷用少公何在，不使群飛接羽翰。今代貴人須白髮，掛冠高處未宜彈。』蓋元祐之初，多用老成故也。又《除官》一篇云：『扶老趨嚴詔，徐行及聖時。端能幾字正，敢恨十年遲。肯復金根謬，寧辭乳媪譏。向來憂畏斷，不盡鹿門期。』臨川饒推守云：『此詩不作可也，才得一「正字」，亦未須云「嚴趨詔」。』後作《謝啟》，復云：『名雖文字之選，實爲將相之儲。』又云：『頭童齒豁，敢辭乳媪之譏。聞淺見輕，益畏金根之謬。』《苕溪漁隱叢話》

苕溪漁隱曰：履常絶句云：『此生精力盡于詩，末歲心存力已疲。』與温公《進呈〈資治通鑒〉表》云『臣之精力，盡于此書』之語，共相脗合，豈偶然耶？《苕溪漁隱叢話》

《復齋漫録》云：『《荆楚歲時記》：「正月七日，剪綵爲人。或鏤金薄貼屏風上，亦戴之，像人入新年，形容改新。」無己《立春》詩云：「巧勝向人真耐老，衰顔從俗不宜新。」』更覺其工。苕溪漁隱曰：予閱《荆楚歲時記》，云：『正月七日，剪綵爲人，或鏤剪金薄爲人，貼屏風，亦戴之頭鬢，以識新歲更始。』所云止此，即無『像人入新年，形容改新』九字。《復齋》以無己詩有『衰顔從俗不宜新』之句，遂牽合撰此九字，亦誣甚矣。《苕溪漁隱叢話》

苕溪漁隱曰：《寄送定州蘇尚書》云：『枉讀平生三萬卷，貂蟬當復作兜牟。』齊武帝戲周盤龍曰：『貂蟬何如兜鍪？』對曰：『貂蟬生于兜鍪。』履常反用此事意，言蘇公之才學不當臨邊。然頗牧出于儒林，古人以爲美談，履常之言，殊覺非也。《苕溪漁隱叢話》

苕溪漁隱曰：杜牧之《早雁》詩云：『仙掌月明孤影過，長門燈暗數聲來。』六一居士《汴河聞雁》云：『野岸柳黄霜正白，五更驚破客愁眠。』皆言幽怨羈旅，聞雁聲而生愁思。至後山則不然，但云：『遠道勤相唤，羈懷誤作愁。』則全不踏襲也。《苕溪漁隱叢話》

張籍在他鎮幕府，鄆帥李師古又以書、幣辟之，籍卻而不納，而作《節婦吟》一章寄之，曰：『君知妾有夫，贈妾雙明珠。感君纏綿意，繫在紅羅襦。妾家高樓連苑起，良人執戟明光裏。知君用心如日月，事夫誓擬同生死。還君明珠雙淚垂，恨不相逢未嫁時。』陳無己爲潁州教授，東坡領郡，而陳賦《妾薄命》篇，言爲曾南豐作，其首章云：『主家十二樓，一身當三千。古來妾薄命，事主不盡年。起舞爲主壽，相送南陽阡。忍著主衣裳，爲人作春妍。有聲當徹天，有淚當徹泉。死者恐無知，妾身長自憐。』全用籍意。或謂無己輕坡公，是不然。前此無己官于彭城，坡公由翰林出守杭，無己越境見之于宋都，坐是免歸，故其詩云：『一代不數人，百年能幾見？昔爲馬首銜，今爲禁門鍵。一雨五月涼，中宵大江滿。風帆目力短，江空歲年晚。』其尊敬之盡矣。《薄命》擬況，蓋不忍師死而遂倍之，忠厚之至也。《容齋三筆》

陳後山《别張芸叟》詩云：『此别時須問生死，孰知詩律解窮人？』韓子蒼《送張右司》詩云：『遥知此别常乖隔，莫惜書來訪死生。』或者謂用柳子厚《與王參元書》云：『因人南來，致書訪死生。』非也，蓋本出梁王僧孺《送商、何兩記室》詩：『儻有還書便，一言訪死生。』《能改齋漫録》

陳後山除秘書省正字，賦詩云：『端能幾字正？敢恨十年遲。』按唐明皇御勤政樓，時劉晏以神童爲秘書正字，年方十歲，明皇問晏曰：『爲正字正得幾字？』晏曰：『天下字皆正，惟有「朋」字未得正。』《能改齋漫録》

陳後山《贈黄知命》詩：『公家魯直不解事，愛作文章可人意。』按楊脩《答臨淄侯》云：『脩家子雲，老不曉事，强著一書，悔其少作。』《能改齋漫録》

韓致光《湖南食含桃》詩云：『苦筍恐難同象匕，酪漿無復瑩蠙珠。』自注云：『秦中謂三月爲「櫻筍時」。』乃知李綽《秦中歲時記》所謂『四月十五日，自堂厨至百司厨，通謂之

「櫻筍厨」。』非妄也。陳無己《春懷》詩云：『老形已具臂膝痛，春事無多櫻筍來。』《能改齋漫録》

陳後山少爲曾南豐所知，東坡愛其才，欲牢籠于門下，不屈，有『向來一瓣香，敬爲曾南豐』之句。又《妾薄命》云：『主家十二樓，一身當三千。忍著主衣裳，爲人作春妍。』亦爲南豐作。然《送東坡》則云：『一代不數人，百年能幾見？風帆目力盡，江空歲年晚。』推重向慕甚至，特不肯背南豐爾，志節可尚也。一生清苦，妻、子寄食外家，《寄外舅郭大夫》云：『嫁女不離家，生男已當户。』《得家信》云：『深知報消息，不敢問何如。』況味可知也。詩格極高。吕本中選江西宗派，以嗣山谷，非一時諸人所及。《歸田詩話》

『閉門覓句陳無己，對客揮毫秦少游。』山谷詩喻二人才思遲速之異也。後山詩如：『壞墻得雨蝸成字，古屋無人燕作家。』寥落之狀可想。淮海詩如：『翡翠側身窺緑酒，蜻蜓偷眼避紅妝。』豔冶之情可見。二人他作，亦多類此。後山宿齋宫驟寒，或送綿半臂，卻之不服，竟感疾而終。淮海謫藤州，以玉盂汲水，笑視而卒。二人于臨終，屯泰不同又如此，信乎各有造物也！《歸田詩話》

後山：『仰看一鳥過，虛負百年身』，極有深意。《牟陽詩話》

陳無己《寄外舅郭大夫》詩曰：『巴蜀通歸使，妻孥且定居。深知報消息，不敢問何如。身健何妨遠，情深未肯疏。功名欺老病，淚盡數行書。』趙章象謂此作絶似子美，然兩聯爲韻所牽，虛字太多而無餘味，若此前後爲絶句，氣骨不減盛唐。《四溟詩話》

陳無己詩綽有古意，如：『風帆目力短，江空歲年晚』，興致藹然，然不能皆然也，無乃亦『骨勝肉』乎？陳與義：『一涼恩到骨，四壁事多違』，世所傳誦，然其支離亦過矣。《麓堂詩話》

杜陵詩云：『桑麻深雨露，燕雀半生成。』後山詩云：『輟耕扶日月，起廢極吹噓。』或謂虛實不類，殊不知『生』爲『造』、『成』爲『化』；『吹』爲『陰』、『噓』爲『陽』，氣勢力量，與『日月』字正相配也。《鶴林玉露》

韓文公作《歐陽詹哀詞》云：『詹，閩人也，父母老矣，捨朝夕之養，以來京師。其心將以有得于是，而歸爲父母榮也，雖其父母之心亦然。詹在側雖無離憂，其志不樂也。詹在京師，雖有離憂，其志樂也。』山谷《送秦少章從蘇公學》云：『斑衣兒啼真自樂，從師學道也不惡。但使新年勝故年，即如常在郎罷前。』後山云：『士有從師樂，諸兒卻未知。欲行天下獨，信有俗間疑。秋入郊原秀，風連鼓角悲。目前豚犬類，未必慰親思。』二詩皆用韓意，而後山之味永。陸象山云：『男子生而以桑弧蓬矢射天地四方，示有四方之志，此其父母教之、望之第一義也。顔子之家，一簞食，一瓢飲，在人不堪憂之之地，而其子乃從其師，周游天下，履宋、衛、陳、蔡之厄，而不以爲悔。此豈俚俗之人，拘曲之士，所能知其義哉？

蓋誠使此心無所放失，無所陷溺，全天之所予而無傷焉，則千萬里之遠，無異于親膝。不然，雖日用三牲之養，猶爲不孝也。』象山此説，尤更精透。《鶴林玉露》

范二員外、吴十侍御訪杜少陵于草堂，少陵偶出不及見，謝以詩云：『暫往比鄰去，空聞二妙歸。幽棲誠簡略，衰白已光輝。野外貧家遠，村中好客稀。論文或不愧，重肯款柴扉。』陳後山在京師，張文潛、晁無咎爲館職，聯騎過之，後山偶出蕭寺，二君題壁而去，後山亦謝以詩云：『白社雙林去，高軒二妙來。排門銜鳥雀，掃壁帶塵埃。不憚陞堂費，深愁載酒回。功名付公等，歸路在蓬萊。』杜、陳一時之事相類，二詩醖藉風流，亦未易可優劣。《鶴林玉露》

潘大臨

癸未正月三日，徐師川、胡少汲、謝夷季、林子仁、潘邠老、吴君裕、饒次守、楊信祖、吴迪吉見過，會飲於賦歸堂，亦可爲一時之盛。潘作一詩，歷數其人云：『胡子雲中白鶴，林生初發芙蓉。吴十九成雅奏，饒三百鍊奇鋒。南州復見高士，東山行起謝公。信祖真成德祖，立之無愧行中。吴生可兵南部，老夫寧附石崇。閒雅已傾重客，説談仍得王戎。冠蓋城南高會，山陰未掃餘風。客散日銜西壁，主人不道尊空。』徐師川輩，皆言此詩殊不工。

又六字，無人曾如此作，想爲五言亦可，遂去一字，句皆可讀。至『老夫附石崇』，座客無不大笑。《詩話總龜》

張文潛嘗作《齊安行》，詞甚不美，末云：『最愁三伏熱如甑，北客十人九人病。百年生死向中州，千金莫作齊安游。』而潘邠老，黄人也，爲作解嘲云：『爲邦雖陋勿雌黄，我曾侍立蘇公旁。見公顔色不憔悴，不似賈誼來江湘。他州雖粗勝吾州，無此兩公相繼游。』《直方詩話》

潘邠老作《洪氏蠣殼軒》云：『封胡羯末謝，龜駒玉鴻洪。千載望四謝，四洪天壤同。』爲龜父、駒父、玉父、鴻父也，時人以爲急口令。《直方詩話》

潘邠老有《登漢陽江樓》詩云：『兩屐上層樓，一目略千里。』説者以爲『着屐豈可登樓』？《直方詩話》

邠老《送山谷貶宜州》詩：『可是中州著不得，江南已遠更宜州。』山谷極稱賞之。《紫微詩話》

饒德操初見潘邠老《和山谷中興碑》詩，讀至『天下寧知再有唐？皇帝紫袍迎上皇』，歎曰：『潘十後來做詩，直至此地位耶！』《紫微詩話》

潘邠老《哭東坡》絶句十二首，其最盛傳者：『元祐絲綸兩漢前，典型意得寵光宣。裕陵聖德如天大，誰道微臣敢議天？公與文忠總遇讒，讒人有口直須緘。聲名百世誰常

在？公與文忠北斗南。』《紫微詩話》

邠老嘗寄德操、均父詩，云：『文如二稚徒懷璧，武似三明卻韔弓。松檜參天西邑路，時時騎馬訪龐公。』『文如二稚』謂德操，『武似三明』謂均父也。後德操爲僧，名『如璧』，殆詩之讖也。《紫微詩話》

邠老《江間》五言詩兩章，其一云：『白鳥没飛煙，微風逆上船。江從樊口轉，山自武昌連。日月懸終古，乾坤别逝川。羅浮南斗外，黔府古河邊。』其二云：『西山連虎穴，赤壁隱龍宫。形勝三分國，波流萬世功。沙明拳宿鷺，天闊退飛鴻。最羨魚竿客，歸船雨打篷。』二詩似杜。《苕溪漁隱叢話》

邠老《江口》句云：『八字山頭雁，武昌江上魚。』《能改齋漫録》

邠老《贈賀方回》詩云：『詩束牛腰藏舊稿，書訛馬尾辨新讎。』《老學庵筆記》

謝無逸嘗從潘邠老求近作，邠老答曰：『秋來景物，件件是佳句，恨爲俗氛所蔽。昨日清卧，聞攪林風雨聲，欣然起題其壁云：「滿城風雨近重陽」，忽催租人至，遂敗意。止此一句奉寄。』《梁溪漫志》

東坡、文潛，先後謫黄州，皆與邠老游。其詩自云：『師老杜』，然有空意，無實力。予舊讀之，病其深蕪。後見夏均父讀邠老詩，亦有『深蕪』之評。《江西詩派小序》

王立之云：潘邠老《望漢陽》詩云：『兩屐上層樓，一目略千里。』説者云『着屐豈可登樓？』予以爲不然。殷浩、王胡之徒，秋夜登武昌南樓，聞亟道中屐聲甚夥，定是庾公，俄而率左右十許人步來，非着屐登樓耶。『亟道』，今所謂『胡梯』是也。《觀林詩話》

王直方《詩話》云：潘大臨，字邠老，有《登漢陽江樓》詩曰：『兩屐上重樓，一目略千里。』説者以爲『著屐豈可登樓』？又嘗賦《潘庭之清逸樓》詩，有云：『歸來陶隱居，拄頰西山雲。』或謂：『既已休官，安得手板而拄之也？』洪氏劬殼軒，邠老作詩云：『封胡羯末謝，龜駒玉鴻洪。千載望四謝，四洪天壤同。』謂龜父、駒父、玉父、鴻父也，時人以爲急口令。又《寄人》詩，有『思君帶移孔』之句。惟《和張文潛『痛』字韻》詩，頗有佳話，其云：『文章邇來氣餤低，聖經頗遭餘子弄。公歸除□□□□，荆舒之説懲應痛。』蓋王介甫始封于舒，後封于荆，故邠老云耳。邠老作詩，多犯老杜，或若邠老爲之不已，老杜亦難爲存活。使老杜復生，則須共潘十廝吵。《苕溪漁隱叢話》

潘子真《詩話》云：『白鳥没煙飛，微風逆上船。江從樊口轉，山自武昌連。日月懸終古，乾坤別逝川。羅浮南斗外，黔府古河邊。』『波浪三江口，風雲八字山。斷崖東北際，虛艇有無間。卧柳堆生岸，跳魚水擣灣。悠然小軒冕，幽興滿鄉關。』『西山連虎穴，赤壁隱龍宮。形勝三分國，波流萬世功。沙明拳宿鷺，天闊退飛鴻。最羨魚竿客，歸船雨打篷。』

『落日春江上，無人倚杖時。私蛙鳴鼓吹，宫柳舞腰支。獵遠頻翻臂，漁深數治絲。我猶無彼是，風豈有雄雌。』此邠老《江間》所賦也。邠老，唐太僕卿季荀之後，衢之曾孫，鯁之子，寓居齊安，得句法于東坡，頃與洪駒父、徐師川洎予友善。山谷嘗稱：『邠老，天下奇才也，其爲詩文，他皆稱是。』年未五十已殁，良可惜也。《苕溪漁隱叢話》

晉方士戴洋語庾亮曰：『武昌土地，有山無林，政可圖始，不可居終。山作八字，數不及九，昔吴用壬寅來上，創立宫城。至于己酉，還下秣陵。某見陶公亦涉八年，土地盛衰有數，人心去就有期，不可移也。』潘邠老《江口》詩云：『八字山頭雁，武昌江上魚。』《能改齋漫録》

亡友潘邠老，有『滿城風雨近重陽』之句。今去重陽四日，而風雨大作，遂用邠老之句，廣爲三絶：『滿城風雨近重陽，無奈黄花惱意香。雪浪翻天迷赤壁，令人西望憶潘郎。』『滿城風雨近重陽，不見修文地下郎，想得武昌門外柳，垂垂老葉半青黄。』『滿城風雨近重陽，安得斯人共一觴？欲問小馮今健否，雲中孤雁不成行。』《合璧事類前集》

謝　逸

王方之作軒，蘇公名之曰『大裘』，無逸題詩云：『小人拙生事，三冬卧無帳。忍寒東窗底，坐待朝曦上。徐徐晨光熙，稍稍血氣暢。薰然四體和，恍若醉春釀。此法秘勿傳，不易車百輛。君胡得此法，開軒亦東向。蘇公名大裘，意豈在萬丈。但觀名軒心，人人如挾纊。」《齊東野語》

謝無逸作《胡蜨》詩三百首，人號『謝胡蜨』。有句云：『狂隨柳絮有時見，舞入梨花何處尋？江天春晚暖風細，相逐賣花人過橋。』《豫章詩話》

謝無逸句云：『閻浮檀水心無染，優鉢曇花體自香。』《合璧事類後集》

『風雨』字最入詩，唐詩最妙者曰：『風雨時時龍一吟』，曰：『江中風浪雨冥冥』，曰：『筆落驚風雨』。他如『夜來風雨聲』，『洗天風雨幾時來』，『山雨欲來風滿樓』，『山頭日日風和雨』，『上界神仙隔風雨』，未可僂數。宋詩惟：『滿城風雨近重陽』，爲詩家所傳，餘不能記也。《麓堂詩話》

苕溪漁隱曰：吕居仁云：『潘邠老嘗得詩云：「滿城風雨近重陽」，文章之妙，至此極矣。後託謝無逸綴成篇，云「病思王子同傾酒，愁憶潘郎共賦詩。」爲此語也。』予觀謝無逸《溪堂集》云：『亡友潘邠老，有「滿城風雨近重陽」之句，今去重陽四日，而風雨大作，遂用邠老之句，廣爲四絶。』然則居仁所云，後託無逸綴成前一聯詩，蓋非是也。無逸四絶，今録三絶。《苕溪漁隱叢話》。宗祥案：詩三章，已見前。

無逸《擬峴臺》云：『耿耿抱孤韻，寂寂扃柴扉。束書卧環堵，交游車馬稀。風流佳公子，妙年秉天機。邀予步層雲，目送孤鴻飛。山影漾清流，翠色侵人衣。漁浦晚煙暝，霽雰蒙夕暉。静言思叔子，悵然憺忘歸。坐有庖丁手，奏刀心術微。萬象含筆端，縑素聊一揮。古來勝達士，欻如朝露晞。吾人各勉力，毋爲鄒湛譏。』臺在撫州城東隅，守裴某建，曾文定公爲記。《撫州府志》

謝逸，字無逸，臨川縣人，勝士也，工詩能文。黄魯直讀其詩曰：『晁、張流也，恨未識之耳。』無逸詩曰：『老鳳垂頭噤不語，枯木槎牙噪春鳥。』又曰：『貪夫蟻旋磨，冷官魚上竹。』又曰：『山寒石髮瘦，水落溪毛凋。』皆爲魯直稱賞。《冷齋夜話》

紫薇評無逸詩似康樂，幼槃詩似元暉。按康樂一字，百鍊乃出冶，元暉尤麗密。無逸輕快有餘，而欠工緻；幼槃差苦思，其合元暉者亦少。然弟兄在政宣間，科舉之外，有歧路可進身。韓子蒼諸人，或自鬻其技至貴顯，二謝乃老死布衣，其高節亦不可及。《後村詩話》《漫叟詩話》云：謝無逸學古高潔，文詞煆煉，篇篇有古意，尤工于詩。予嘗愛其《送董元達》詩云：『讀書不作儒生酸，躍馬西入金城關。塞垣苦寒風氣惡，歸來面皺鬚眉斑。先皇召見延和殿，議論慷慨天開顔。謗書盈篋不復辨，脱身來看江南山。長江滾滾蛟龍怒，扁舟此去何當還。大梁城裏定相見，玉川破屋應數間。』又《寄隱居士》詩云：『處士骨相不封侯，卜居但得林塘幽。家藏玉唾幾千卷，手校韋編三十秋。相知四海孰青眼，高卧一庵今白頭。襄陽耆舊節獨苦，只有龐公不入州。』淮南潘邠老與之甚熟，二公皆老死布衣，士議惜之。《苕溪漁隱叢話》

《復齋漫録》云：晉許遜爲旌陽令，時江西有蛟爲害，旌陽與丹徒吴猛，仗劍殺之，遂作大鐵柱，以鎮壓其處。今豫章有鐵柱觀，而柱猶存也，無逸嘗賦詩云：『豫章城南老子宫，階前一柱立積鐵。云是旌陽役萬鬼，夜半舁來老蛟穴。插定三江不沸騰，切勿摇撼坤軸裂。蒼苔包裹鱗皺皮，我欲摩挲肘屢掣。旌陽挈家上天去，只留千夫應門户。西山高處風露寒，兹事恍惚從誰語？安得猛士若朱亥，袖往横山打狂虜。』《苕溪漁隱叢話》

唐范傳正作《李白墓碑》云：『明皇泛白蓮池，公不在宴。皇情既洽，召公作序，時公已被酒于翰苑中，乃命高將軍扶以登舟，優寵如是。』杜子美《八仙歌》云：『天子呼來不上船，自稱臣是酒中仙。』蓋謂此也。王立之《詩話》以夏彦剛云：『蜀人以襟領爲船』，不知何所據也。謝逸作《逸軒》詩云：『太白列仙人，名綴雲房籍。』又云：『朝衫不上船，拜舞墮巾幘。』皆承彦剛之誤也。《能改齋漫録》

豫章喜謝逸詩：『山寒石髮瘦，水落溪毛彫。』予按《酉陽雜俎》：『張乘言南中水底有草，如石髮，每月三四日始生，至八九以後可採，及月盡悉爛，以隨月盛衰，若蚌蛤、魚胎

也。』審如張説，則石髮生于水中。《能改齋漫録》

臨川郡學，在州治之東城隅之上，其門庭之間，有池，深而不廣，而旱暵不竭，世傳以爲王右軍之墨池。每當貢士之歲，或見墨汁點滴，如潑出于水面，則次春郡人必有登第者。荆公《送和甫奉使江南》詩云：『爲我聊尋逸少池。』曾子固嘗爲之《記》，郡人謝逸嘗賦詩云：『張芝學書池水黑，章草如芝古無敵。右軍睥睨難抗行，恨不臨池作書癖。云何汝水之上崔嵬峰，到今方池有遺墨。此事不特古老傳，往往故事書簡册。南豐先生欣得之，手揮巨筆飛霹靂。云是逸少徜徉山水間，筆墨淋漓此其迹。嗚呼勝事妙入神，千年尺水清粼粼。有時水面浮墨過，紛紛鬱鬱非煙雲。我書欹傾不成字，秋雁斜行落窗紙。印泥沙法安可傳？獨撫餘蹤玩清泚。但當一日書一箱，筆蹤或在子欽行。他年若榜凌雲殿，定不懸橙白頭如仲將。』《能改齋漫録》

全宋詩話目録卷六十 江西詩派

洪朋　字龜父，南昌人，黄庭堅甥。與弟芻駒父、炎玉父、羽鴻父，俱有才名，號『四洪』。有《清非集》。

洪芻　字駒父，紹聖元年進士。靖康中，爲諫議大夫。汴京失守，坐爲金人括財，流沙門島。有《老圃集》。

徐俯　字師川，洪州分寧人，以父禧死事，授通直郎。紹興初，賜進士出身，歷官端明殿學士、簽書樞密院事，權参知政事。有《東湖集》。

林敏修　字子來，敏功弟，皆隱君子。有《無思集》。

洪炎　字玉父，元祐末登第。南渡後，官秘書少監。有《西渡集》。

汪革　字信民，自歙徙臨川。紹聖四年，試禮部第一，分教長沙。又爲宿州教授、楚州教官。有《清溪集》。

李錞　字希聲，官至秘書丞。有集。

李彭　字商老，南康軍建昌人。有《日涉園集》。

韓駒　字子蒼，蜀仙井監人，政和召試，賜進士出身，歷官秘書省正字、中書舍人兼權直學士院。南渡後，知江州。有《陵陽集》。

全宋詩話卷六十

洪朋

吴賀迪吉者，撫州人，一日載酒來予家，召劉夷季、洪龜父、饒次守輩，酒酣頗紛紛。龜父先歸，作一絶題于予書室曰：『再爲城南游，百花已狂飛。更堪逢惡客，騎馬風中歸。』次守既醒，作十七字和云：『當時爲舉首，滿意望龍飛。而今已報罷，且歸。』蓋龜父是年自洪州首薦，自今上初即位，無建試也。《直方詩話》

洪龜父有詩云：『胡生畫山水，煙雨山更好。鴻雁書遠汀，馬牛風雨草。』潘邠老愛其第二句，予愛其第三句，山谷愛其第四句，徐師川愛其第三、第四句。『遠汀』後又改爲『遠空』，予云：『向上一句，莫是公未有所得否？何衆人之皆不好也。』龜父大笑。《直方詩話》

洪龜父嘗有詩云：『琅玕嚴佛界』，山谷改云：『琅璫鳴佛屋』。龜父前後作詩，惟有『一朝厭蝸角，萬里騎鵬背』一聯，最爲妙絶。山谷亦賞歎此句。《直方詩話》

洪龜父《寫韻亭》詩云：『紫極宫下春江横，紫極宫中百尺亭。水入方洲界玉局，雲映連山羅翠屏。小楷四聲餘翰墨，主人一粒盡仙靈。文簫彩鸞不復返，至今神界花冥冥。』作詩至此，殆無遺恨矣。《紫微詩話》

洪龜父詩：『鴻雁書遠空，馬牛風寒草。』予于下句全不解，按《左氏》：『君處北海，寡人處南海，惟是風馬牛不相及也。』按服虔云：『風，放也，牝牡相誘謂之「風」。《尚書》稱「馬牛其風。」』《左氏》所謂「風馬牛。」以馬牛風逸，牝牡相誘。』孔穎達云：『蓋是末界之微事，言此事不相及，故以取喻不相干也。』而洪用于此，何哉？《能改齋漫録》

洪　芻

洪駒父有詩送余赴官河内，末云：『眼中人物東南盡，肺病京華故倦游。』潘邠老每誦而喜之。李希聲亦有詩送余，云：『散盡平生眼中客，暖風晴日閉門居。』可以相上下也。是時紹聖改元之二月。《直方詩話》

洪駒父有《過李公擇尚書墓》一篇，其間云：『鹿場兔逕白晝静，稻壟松竹青嶂深』，説者以爲大逼老杜。《直方詩話》

『槐夏棗花纂纂，麥秋椹子離離。不沽十千美酒，難消三百枯棋。』『兩部池蛙當妓，千山飛鳥催沽。引睡直須黄妳，曲肱正要青奴。』此洪駒父少作也。又詩云：『背秋轉覺山形瘦，新雨還添水面肥。』『山形瘦』之語，古今少有道者。《雪浪齋日記》

駒父竄海島後，有詩云：『關山不隔還家夢，風月猶隨過海身。』《老學庵筆記》

陳氏曰：洪氏兄弟四人，其母黄魯直之妹，不淑早世，所爲『賦毀壁』者也。龜父舉進士，不第。其季弟羽鴻父，坐上書，元符中入黨籍，終其身。芻、炎皆貴，而芻靖康失節貶廢。羽詩不傳。《文獻通考》

豫章諸洪，作詩有外家法律，然不多見于世。舊傳龜父《游烏遮塔示師川》詩云：『華鯨喚起曲肱夢，行徑幽尋小雨乾。風吹龍沙江流斷，日下烏塔松陰寒。冰雪照人徐孺子，手提玉麈對西山。安得鴻崖入瓊藥，令我輩出六合間？』玉父寄兄詩云：『六年作別書頻至，一月相從袂又分。船宿緑波浦邊雨，客行烏泥岡上雲。陳留風俗尚可道，襄陽耆舊空復論。鴻飛沖天雁翅短，付與燕雀聊同群。』《觀林詩話》

洪駒父作《陶靖節祠堂》詩，全傚荆公《謝安墩》古詩。《艇齋詩話》

三洪與徐師川，皆豫章之甥。龜父警句，往往前人所未道，然早卒，惜不多見。駒父詩尤工，初與龜父游梅仙觀，龜父有詩，卒章云：『願爲龍鱗嬰，勿學蟬骨蜕。』是以直節期乃弟矣。駒父後居上坡，晚節不終，不特有愧于舅氏，亦有愧于長君也。玉父南渡後爲少蓬，聞師川召，有《懷駒父》詩云：『欣逢白鶴歸華表，更想黄龍出羽淵。』然師川卒不能返駒父于鯨波之外，玉父愛兄之道至矣，余讀而悲之。《江西詩派小序》

《玉堂閒話》云：『南中有閤皂山，山形如閤，山色如皁，故號閤皂山，乃葛仙翁得道之所，七十二福地。』予按陶弼詩云：『萬仞天然閨閤形，陰陰不似衆山青。』洪駒父詩云：『爰有福地直斗牛，厥名閤皁形色收。』蓋以《閒話》所謂形色而言也。今屬臨江軍，爲福地之一。《能改齋漫録》

宣和間，新喻傅侯初爲蘄春蔡氏婿，登第之歲，婦家簇蠶不繭，緣屋吐絲，自然成段，長丈餘，廣數尺，弈弈正黄，厚薄若一，如有邊幅然。鄉人以爲祥，賦詩盈軸，有一聯云：『園客有絲難比甕，鮫人無杼自成綃。』號爲絶出。洪駒父亦有一篇，云：『公子青衫得意朝，閨門異事喜成謡。星河牛女支機石，泉室鮫人暗織綃。園客憑虚誇獨繭，冰蠶志怪豈同條。細看霞綺驚群眼，詎減霓裳下九霄。』《能改齋漫録》

徐俯

徐師川有《陪李泰發登潤州城樓》詩云：『十年不復上南樓，直爲狂胡作遠游。滿地江湖春入望，連天章貢水争流。青雲聊爾居金馬，紫氣還應射斗牛。公是主人身是客，舉觴登望得無愁。』唐劉長卿有《和樊使君登潤州城樓》詩云：『山城迢遞敞高樓，露冕吹鐃居上頭，春草連天隨北望，夕陽浮水共東流。江田漠漠全吴地，野樹蒼蒼故□州。王粲尚爲南郡客，别來何處更消憂？』徐之詩絶類長卿，其間一聯，如出一手也。然宋仲安有《放船下湖口》詩云：『此地側身徒北望，餘生乘興復東流。』，乃是全用劉詩也。《優古堂詩話》

徐師川《題顔魯公畫像》詩云：『公生開元間，壯及天寶亂。捐軀范陽胡，竟死蔡州叛。其賢似魏徵，天下非正觀。四帝數十年，一身逢百難。少時讀書史，此事心已斷。老來鬢髮衰，慨歎功名晚。嗟哉忠義途，捷去不可緩。初無當年悲，只令後世歎。一朝絶霖雨，南畝常亢旱。小夫計雖得，斯民蓋塗炭。長歌詠君節，千載勇夫愞。敬書子張紳，庶幾古人半。』《容齋三筆》

徐俯，字師川，忠愍公之子，有『平生功名心，夜窗短檠燈』之句，大爲山谷所賞。山谷，其舅也。《直方詩話》

饒德操酷愛徐師川《俯雙廟》詩『開元天寶間，衮衮見諸公。不聞張與許，名在臺省中』之句。《紫微詩話》

徐師川《跋韓子蒼代葛亞卿作詩後》一絶云：『夏木陰陰欲放船，黄鸝啼了落花天。十詩盡説人間事，付與風流葛稚川。』《同曾户部諸公尋梅對弈》云：『處處已收南畝稻，閒閒還看北山梅。累觴聊爾酡顔在，對局怡然笑口開。掃徑似知佳客至，杖藜惟可數君來。移松種樹鄱陽老，章甫風帆歲一迴。』又《庭中梅花正開用舊韻貽端伯》云：『羌笛何勞塞北吹，江南何處不寒梅。千林寂寂無人看，獨樹亭亭對客開。偏爲咨嗟惟爾念，是誰移種待君來？縱留一曲安能唱，恰似朝歌墨子迴。』《豫章詩話》

徐師川句云：『一百五日寒食雨，二十四番花信風。』《歲時廣記》

師川《過張獻之主簿村居》云：『今時習主簿，還是魯諸生。』《合璧事類後集》

徐師川言：『作詩立意，不可蹈襲前人。』因言『慈母溪』與『望夫山』相對，望夫山詩甚多，而慈母溪古今無人題詩，自誦其末兩句云：『離鸞只説閨中事，舐犢那知母子情？』《呂氏童蒙訓》

徐師川以諫議召，程致道在西垣，封還除書，言與中貴人倡和魚須之句，爲人所傳。朱文公《語録》云：『師川游廬山，遇宦者鄭諶，與之詩。《後村》謂徐《集》不載《魚須》之篇，愚案《集》中有《次韻鄭本然居士》云：「頗知鶴脛緑詩瘦，早棄魚須伴我閒。」本然居士，豈即鄭諶與？』《困學紀聞》

師川《贈張仲宗》云：『詩如雲態度，人似柳風流。』《詩説雋永》

師川七歲能詩，山谷嘗曰：『洪龜父携師川《上藍莊》詩來，詞氣甚壯，筆力絶不類年少書生。意其行已讀書，皆當老成解事。熟讀數過，爲之喜而不寐。老舅年衰才劣，不足學，師川有意，自新之功，當于古人中求之耳。』《豫章詩話》

『佳樹冬不凋，横塘春更緑。』此徐師川詩，頗平淡，無雕鎸氣。《雪浪齋日記》

東湖論作詩，喜對景能賦，必有是景，然後有是句。若無是景而作，即謂之『脱空詩』，不足貴也。《艇齋詩話》

東湖喜錢氏子，忘其名，一聯云：『鷗飛波蕩緑，牛卧草分青。』《艇齋詩話》

東湖《紫極》七言詩，自云爲七言之冠，東萊亦喜此詩。《艇齋詩話》

東湖《宫亭湖》詩極佳，嘗自誦與予言：『「沙岸委它白，雲林迤邐清。千山擁廬阜，百水會宫亭。」説得景物出，身在宫亭經行，方見其工。』予謂此詩全似老杜。《艇齋詩話》

東湖《畫虎圖》詩云：『不向南山尋李廣，卻來東海笑黄公。』黄公虎事，見李善《文選》注。《艇齋詩話》

東湖《明皇夜游圖》詩，宣和間作，其意蓋諷當時也。詩中云：『苑風翠袖溼，宫露赭袍光』，可見其游宴達旦也；『閨閣連閶闔，驊騮從驌驦』，可見其宫禁與外無間也。東湖嘗對予自釋其意如此。《艇齋詩話》

東湖《滕王閣》詩，用老杜《玉臺觀》詩本，首云：『一日因王造，千年與客游。』即老杜

『浩劫因王造，平臺訪古游』也。《艇齋詩話》

東湖喜誦韋蘇州《贈王侍御》詩『心如野鶴與塵遠，詩似冰壺見底清』一篇，真佳句也。《艇齋詩話》

東湖喜言黄庭堅及《文選》詩。《艇齋詩話》

東湖言：『王維《雪》詩不可學，平生喜此詩。』其詩云：『寒更傕曉箭，清鏡减衰顔。隔牖風驚竹，開門雪滿山。灑空深巷静，積素廣庭閒。借問袁安舍，翛然尚閉關？』又言：『柳子厚《雪》詩，四句説盡。』《艇齋詩話》

東湖自言：『作詩至德興，方知前日之非。』《艇齋詩話》

東湖嘗與予言：『近世人學詩止于蘇、黄，又其上則有及老杜者，至六朝詩人，皆無人窺見。若學詩而不知有《選詩》，是大車無輗、小車無軏。』東湖嘗書此以遺予，且多相勸讀《選詩》。近世論詩，未有令人學《選詩》，惟東湖獨然，此所以高妙。《艇齋詩話》

東湖《朝容》篇，有《古樂府》氣象。《艇齋詩話》

東湖于近世詩人，專喜癩可。東萊專喜饒德操。《艇齋詩話》

東湖送謝無逸二詩，全似《選詩》，今《集》中無之。《艇齋詩話》

絶句之妙，唐則杜牧之，本朝則荆公，此二人而已。近年東湖絶句，亦可繼荆公。《艇齋詩話》

予嘗從東湖舟中，見誦杜牧之『爲問寒沙新到雁，來時曾下杜陵無』之句，及『欲把一麾江上去，樂游原上望昭陵』，誦詠久之。《艇齋詩話》

東湖江行，見雁，出一對云：『沙邊真見雁』，有『真贋』之意。久之，公自對：『雲外醉觀星。』以『醒醉』對『真贋』，極工。《艇齋詩話》

詩用人姓事，無如東湖《與張元幹》詩云：『詩如雲態度，人似柳風流。』皆張姓事。暗用之不覺，尤爲佳也。《艇齋詩話》

東湖年十三，有《紅梅》詩云：『紫府與丹來换骨，東風吹酒上凝脂。』東坡見之極稱賞，自此有詩名。《艇齋詩話》

東湖：『此身終擬拂衣閒』，出謝靈運詩：『高揖七州外，拂衣五湖裏。』《艇齋詩話》

韓子蒼《泛汴》詩云：『汴水日馳三百里』，末章卻云：『水色天光共蔚藍』。汴水黄濁，安得『蔚藍』也？東湖詩云：『晝暖坐迎日，夜寒眠見星。』説者謂能盡泛汴之景。《艇齋詩話》

東湖：『吕侯離筵一何綺』，『一何綺』三字，出《選詩》，有『高談一何綺』，又『高文一何綺』。《艇齋詩話》

東湖作《吕右丞輓詞》云：『補衮家風在，名門不乏公。』『不乏公』三字，出《南史》，宋

孝武以柳元景弟之子世隆，爲上庸太守，謂元景曰：『卿昔爲隨郡，今復以授世隆，使卿門世不乏公也。』《艇齋詩話》

蔡天啟坐有客云：『東湖詩叫呼而壯。』蔡云：『詩貴不叫呼而壯。』此語大妙。『擘開蒼玉巖』，『椎破銅山鑄銅虎』，何故爲此語？是欲爲壯語耶。『弄風驕馬跑空去，趁兔蒼鷹掠地飛。』山谷社中人，皆以爲笑。坡暮年極作語，直如此作也。此條疑有脱誤。《藏海詩話》

徐師川云：工部有『江蓮搖白羽，天棘夢青絲』之句，于『江蓮』而言『搖白羽』，乃見蓮而思扇也，蓋古有以白羽爲扇者。是詩之作，以時考之，乃夏日故也。于『天棘』言『夢青絲』，乃見柳而思馬也，蓋古有以青絲絡馬者。庾信《柳枝詞》案庾《集》作《楊柳歌》云：『空餘白雪案庾《集》作『獨憶飛絮』鵝毛下，無復青絲馬尾垂。』又子美《驄馬行》云：『青絲絡頭爲君老。』此詩後復用支遁事，則見柳思馬，形于夢寐審矣。東坡欲易『夢』爲『弄』，恐未然也。《藏海詩話》

有題金陵永慶招提壁云：『余從師川問句法，師川舉近詩云：「人言春事已，我言未遽央。試向後湖去，菰葉如許長。」』《觀林詩話》

徐師川詩云：『楚漢紛争辨士憂，東歸那復割鴻溝。鄭君立義不名籍，項伯何顔肯姓劉。』謂項伯，籍之近族，乃附劉而背項；鄭君已爲漢臣，乃違法也，其間豈無容狡詐之士，首鼠兩端，以觀成敗而爲身謀者乎？項伯是也。其意以爲項氏得天下，則吾嘗以宗族從軍，策畫定計，豈吾廢哉！劉氏得天下，則鴻門之會，吾嘗舞劍以蔽沛公矣；廣武之會，吾嘗勸勿烹太公矣，劉氏豈吾廢哉！高祖之封項伯，殆以此也。至鄭君則不然，事籍，籍死屬漢，高祖令故楚臣名『籍』，鄭君獨不奉詔，乃盡拜名籍者爲大夫，而逐鄭君。觀此則鄭君與項伯賢佞可見。高祖或逐或封，皆徇情之好惡，則知戮丁公者，一時矯激之爲也。《韻語陽秋》

王直方《詩話》，記徐師川《紫宸早朝》詩一聯云：『黄氣遠臨天北極，紫宸位在殿中央。』以予觀之，乃全是杜子美『玉几猶來天北極，朱衣只在殿中間』一聯也。《優古堂詩話》

柳子厚詩：『壁空殘月曙，門掩候蟲秋。』語意極佳。東湖詩云：『明月江山夜，候蟲天地秋。』蓋出于子厚也。《艇齋詩話》

徐師川，豫章之甥，然自爲一家，不似渭陽，高自標樹，藐視一世，同時諸人，多推下之。然《集》中不能皆善，舊傳豫章見師川《雙廟》詩，勉諸洪進步，今《雙廟》詩不存，則其詩零落亦多矣。師川在靖康中，朝列有改名避僞楚諱者，師川名婢曰『昌奴』，朝士至則呼之，以名節自任。故其詩云：『直道庶幾師柳下，不應四海獨詩名。』可謂實録。諸人所以推下之者，蓋不獨以其詩也。《江西詩派小序》

《詩説雋永》云：『徐師川《贈鄭公實諶》詩云：「平生不喜劉蕡策，色色人中自有人。」又云：「字得蘇、黄妙，文薰班、馬香。」鄭有《詩集》，其間與張嘉父唱酬頗多。』苕溪漁隱曰：師川因鄭諶而進，致身樞府，《東湖集》中，與鄭唱酬亦多，如：『誰家竹可款，何處酒難忘』，皆一時唱酬之詩也。《贈張仲宗》云：『詩如雲態度，人似柳風流。』《題于生畫》云：『故山黄葉下，夢境白鷗前。』此《集》中好句也。《苕溪漁隱叢話》

《詩説雋永》云：丁未之春，汴清淮濁，錢遜叔《登淮山樓》詩云：『華夷變氣俗，淮汴倒清渾。』徐師川詩云：『淮流漲後濁，汴水淺來清。』《苕溪漁隱叢話》

龍圖梅公摯，景祐初，以殿中丞謫知昭州，嘗著《瘴説》云：『仕有五瘴：急催暴斂，剥下奉上，此租賦之瘴也；深文以逞，良惡不白，此刑獄之瘴也；昏晨酣宴，弛廢王事，此飲食之瘴也；侵牟民利，以實私儲，此貨財之瘴也；盛陳姬妾，以娱聲色，此帷薄之瘴也。有一于此，民怨神怒，安者必疾，疾者必殞，雖在轂下，亦不可免，何但遠方而已。仕者或不自知，乃歸咎于土瘴，不亦繆乎？』其後鄒道鄉志完，元符中謫昭州，因其説以爲詩曰：『五瘴作時雖不染，一篇留誡指其然。』謂是也。徐師川建炎避地至昭州，感二公遺迹，作詩云：『正言鄒子獨留名，法從梅公尚有亭。藥是苦言能治瘴，竹生屈曲坐看經。風前雲似秋前赤，雨後山能燒後青。戀土懷鄉頻作惡，懷賢感舊歎飄零。』『竹生屈曲坐看經』者，蓋道鄉昔寓居閣上，忽于佛前地生五筍，甚可愛，地主云：『閣成今十年，隱築堅實，溝塹深闊，未嘗有此。』州人傳之，咸謂吉祥，以爲爲道鄉發也。道鄉因作詩云：『基創于今正十年，不容山竹暗行鞭。森然五筍自何出？盛矣一邦相與傳。』《能改齋漫録》

茶山先生云：徐師川擬荆公『細數落花因坐久，緩尋芳草得歸遲』云：『細落李花那可數？偶行芳草步因遲。』初不解其意，久乃得之，蓋師川專師陶淵明者也。淵明之詩，皆適然寓意，而不留于物，如：『悠然見南山』，東坡所以知其決非望南山也。今云：『細數落花，緩尋芳草』，留意甚矣，故易之。又云：荆公多用淵明語而意異，如：『柴門雖設要常關，雲尚無心能出岫』，『要』字、『能』字，皆非淵明本意也。《老學庵筆記》

林敏修

二林詩極少，曾端伯作《高隱小傳》，云有詩、文百二十卷，今所存十無一二。兄弟皆隱君子，不但以詩重。《江西詩派小序》

文湖州作山水横軸，吴希全家藏，其子誠伯、求蘇養直賦詩，語特奇妙，遂用其韻同賦：『明窗十日復五日，出此湖光與山色。前身畫師語不妄，文侯乃是金門客。乍從雲際辨遠岫，争數喬林誇眼力。波漂菰米歲事空，水濱枉下南飛鴻。欲投曉渡唤舟子，急槳已

入昏煙中。徑思天邊問歸路，錯認江鄉舊洲渚。能傳萬里在尺素，豪奪應防卷寒雨。』《聲畫集》

洪炎

洪玉父舍人有侍兒曰小九，知書，能爲洪檢閲，洪甚愛之。嘗月夜登滕王閣，賦詩云：『桃花浪打散花樓，南浦西山送客愁。爲理伊州十二叠，緩歌聲裏看洪州。』後因兵亂失之，洪悵恨不已。又和前詩云：『西江東畔見江樓，江月江風萬斛愁。試問海潮應念我，爲將雙淚到南州。』已而洪復尋得其人。《菊坡叢話》。又《艇齋詩話》

玉父重聽，嘗對上曰：『世人皆聾于心，臣則聾于耳。心則了了，惟上所使。』《江西宗派圖録》

汪革

汪信民革嘗作詩寄謝無逸，云：『問訊江南謝康樂，溪堂春木想扶疏？高談何日看揮麈，安步從來可當車？但得丹霞訪龐老，何須狗監薦相如。新年更勵於陵節，妻子同鋤五畝蔬。』饒德操節見此詩，謂信民曰：『公詩日進而道日遠矣。』蓋用功在彼，而不在此也。

《紫微詩話》

吕滎陽居符離，信民爲教官，從滎陽學，故紫微公尤推尊信民。其詩云：『富貴空中華，文章木上癭。要知真實地，惟有華嚴境。』蓋吕氏家世，本喜談禪，而紫微與信民，皆尚禪學云。《江西詩派小序》

饒德操、黎介然、汪信民寓宿州，作詩略有詆及時事者。吕滎陽聞之，作《麥熟》、《繰絲》等四詩以諷之，自此不復有作。《困學紀聞》

汪信民于文無不精到，嘗代滎陽公作《張先生哀詞》，云：『惟古制行，必中庸兮。降及末世，戾不通兮。首陽柱下，更拙工兮。』其餘忘之矣。《紫微詩話》

南康有賢女浦，蓋祥符間女子，姓劉氏，夫死誓不再嫁，父兄强之，因自沉于江浦，因以取名。初號『貞女』，後避昭陵諱，改爲『賢女』。汪革信民嘗賦二絶句，云：『賢女標名幾度秋，行人撫事至今愁。湘雲楚雨知何處？月冷風悲江自流。』『女子能留身後名，包羞忍耻漫公卿。可憐嗚咽灘頭水，渾似曹娥江上聲。』《能改齋漫録》

汪信民嘗和予《欲晴》詩，云：『釜星晚雜出，雨脚晨可歇。』又嘗和予《春日》絶句，云：『晏坐糞堂一事無，居官蕭散似相如。偶違濁酒風前約，不見繁英雨後疏。』《紫微詩話》

李　錞

李希聲《送王立之》句云：『散盡平生眼中客，暖風晴日閉門居。』《直方詩話》

李　彭

李商老《春日懷秦髯》詩云：『山雨蕭蕭作快晴，郊園物物近清明。花如解語迎人笑，草不知名隨意生。晚節漸于春事嬾，病軀卻怕酒壺傾。睡餘苦憶舊交友，應在日邊聽曉鶯。』《詩林萬選》

商老，公擇尚書家子弟也，東坡、山谷、文潛諸公，皆與往還，頗博覽强記，然詩體拘狹少變化。《江西詩派小序》

吕居仁云：商老詩文，富贍宏博，非後生容易可到。《江西宗派圖録》

崇寧二年，有旨：應天下碑碣牓額，係東坡書撰者，竝一例除毁。蓋本于淮南西路提點刑獄霍英所請。時廬山簡寂觀榜，亦遭毁去，李商老爲賦云：『筆底颶風吹海波，牓懸鬱鬱照巖阿。十年呵禁煩神護，奈爾焚柎滅札何。』《能改齋漫録》

韓　駒

韓子蒼《題昭君圖》詩：『寄語雙鬟負薪女，炙面謹勿輕離家。』予考唐《逸士傳》云：『昭君村至今生女必炙其面。』白樂天詩：『至今村女面，燒灼成瘢痕。』乃知炙面事，樂天已先道之也。《復齋漫録》

師住天台梅子真舊隱，一僧入山迷路，問曰：『和尚在此山多少時也？』師曰：『只見四山青又黄。』又問：『出山路什麽處去？』師曰：『流水可隨去。』僧歸，説似鹽官，鹽官令僧去請出山，師有偈云：『摧殘枯木倚寒林，幾度逢春不變心。樵客遇之猶不顧，郢人那得苦追尋？』大寂聞師住山，乃令一僧到，問曰：『和尚見馬師得個什麽，便住此山？』師云：『馬師向我道即心是佛，我便向這裏住。』僧云：『馬師近日佛法又别。』師云：『作麽生别？』僧云：『近日又道非心非佛。』師云：『這老漢惑亂人，未有了日。任汝非心非佛，我只管即心即佛。』其僧回，舉似馬祖，又云：『大衆梅子熟也。』苕溪漁隱曰：韓子蒼《送僧住梅山》詩云：『寺聞岑寂知何許，想到千巖萬壑開。待得梅山梅子熟，不辭先寄一枝來。』用前事也。《傳燈録》

宣、靖之禍，自滅遼取燕始，韓子蒼《挽中山韓帥》云：『金絜盟猶在，灰釘事已新。』語

妙而意婉，上句指『韓』，下句指『童、蔡』。《能改齋漫録》

宣和間重華葆真宮，曹王南宮也，燒燈盛于都下。癸卯上元，館職約集，而蔡老携家以來，珠翠闐溢，僮僕雜行，諸名士幾遭排斥，已而步過池北，游人縱觀。時少蓬韓駒子蒼詠小詩云：『玉作芙蓉院院明，博山香度小峥嶸。誰言水北無人到，亦有嫛姍勃窣行。』《耆舊續聞》

宣和初，賜中書何㮚御畫《雙鵲》，韓子蒼時爲校書郎，賦二絶云：『君王妙畫出神機，弱羽争巢並占時。想見春風鳷鵲觀，一雙飛上萬年枝。』『舍人簪筆上蓬山，輦路春風從駕還。天上飛來兩烏鵲，爲傳喜色到人間。』《墨莊漫録》。又見《彦周詩話》

韓子蒼《謝泉州連使君寄子魚》詩云：『驛騎持書自海旁，開籃剩喜子魚香。紅螺紫蛤俱羞避，獨許渠儂近酒觴。』子魚味鹹，止可噉水飯，若作酒品之物，殊無風味，子蒼之言誤矣。《苕溪漁隱叢話》

李伯時畫太乙真人，卧一大蓮葉中，手摯書卷仰讀，蕭然有物外思。子蒼有詩題其上，云：『太乙真人蓮葉舟，脱巾露髮寒颼颼。輕風爲帆浪爲檝，卧看玉宇浮中流。中流蕩漾翠綃舞，穩如龍驤萬斛舉。不是峰頭十丈花，世間那得葉如許？龍眠畫手老入神，尺素幻出真天人。恍然坐我水仙府，蒼煙萬頃波粼粼。玉堂學士今劉向，禁直岧嶤九天上。不須

對此融心神，會植青藜夜相訪。』語意絶妙，真能詠盡此畫也。《苕溪漁隱叢話》

王黼嘗命子蒼詠其家藏《太乙真人圖》，盛傳一時。《郡齋讀書志》

陳輔之《詩話》，記荆公喜王建宫詞：『樹頭樹底覓殘紅，一片西飛一片東。自是桃花貪結子，錯教人恨五更風。』韓子蒼反其意，而作詩送葛亞卿，云：『劉郎底事去悤悤，花有深情只暫紅。弱質未應貪結子，細思須恨五更風。』《優古堂詩話》

故事：西京歲貢牡丹，例以一百枝，及南庫酒賜館職。韓子蒼去國後詩云：『憶將南庫官供酒，共賞西垣敕賜花。白髮思春醒復醉，豈知流落到天涯。』《墨莊漫録》

韓子蒼贈向巨原詩云：『老子真祠地，君來覓紙題。文如士衡俊，年與正平齊。聞説鐘陵郡，官居章水西。涪翁詩律在，佳處可時携。』《容齋三筆》

子蒼，蜀人，學出蘇氏，與豫章不相接，吕公强之入派，子蒼殊不樂。其詩有磨淬剪截之功，終身改竄不已，有已寫寄人數年，而追取更易一兩字者，故所作少而善。《後村詩話》

韓子蒼如梨園按樂，排比得倫。《詩評》

韓子蒼作《送吕東萊赴召》詩，甚得意，東萊止稱一句『厭見西江殺氣纏』，云是詩語。《艇齋詩話》

韓子蒼詩：『塵緣吾未斷，不是薄蓬萊。』『薄蓬萊』三字，蓋柳子厚謫龍説：『吾薄蓬

萊，羞昆侖。』《艇齋詩話》

韓子蒼：『憶昨昭文並直廬，與君三歲侍皇居。花開輦路春迎駕，日曬蓬山曉曝書。學士南來尚巖穴，神州北望已丘墟。忽逢漢節滄江上，握手西風淚滿裾。』全用韋蘇州詩爲本。蘇州詩云：『與君十五侍皇闈，曉拂爐煙上赤墀。花開漢苑經過處，雪下驪山沐浴時。近臣零落今猶在，仙駕飄飖不可期。此日相逢非舊日，一林成喜又成悲。』《艇齋詩話》

人問韓子蒼詩法，蒼舉唐人詩：『打起黄鶯兒，莫教枝上啼。幾回驚妾夢，不得到遼西。』予嘗用子蒼之言，遍觀古人作詩，規模全在此矣。如唐人詩：『妾有羅衣裳，秦王在時作。爲舞春風多，秋來不堪著。』又如：『曲江院裏題名處，十九人中最少年。今日風光君不見，杏花零落寺門前。』又如荆公詩：『淮口西風急，君行定幾時？故應今夜月，未便照相思。』皆此機杼也，學詩者不可不知。《艇齋詩話》

韓子蒼《贈童子舉人》詩云：『十八重來詣太常』，盡用西漢《儒林傳》序。下原缺《艇齋詩話》

韓子蒼《番馬圖》詩：『回鞭慎勿向南馳』，『向南馳』三字，出《李廣傳》。《艇齋詩話》

韓子蒼云：老杜：『兩個黄鸝鳴翠柳，一行白鷺上青天』，古人用顏色字，亦須匹配得相當方用，『翠』上方見得『黄』，『青』上方見得『白』。此説有理。《艇齋詩話》

韓子蒼：『樓中有妾相思淚，流到樓前更不流』，用唐人孫叔向《温泉》詩：『雖然水是無情物，流到宫前咽不流。』其詩見顧陶《唐詩類選》，《金華瀛湘集》作王建詩，非也。子蒼在館中時，同舍李希聲賦《上元》詩，押『丸』字韻。館中諸公皆和，獨子蒼和『丸』字尤工，云：『坐看星橋開鐵鎖，卧聞雷鼓落銅丸。』事見前漢《史丹傳》，諫元帝節音律事。《艇齋詩話》

韓子蒼《太一真人歌》云：『脱巾露頂風颼颼』，『脱巾露頂』四字，出李白詩：『脱巾挂石壁，露頂灑松風。』《艇齋詩話》

歐公稱『身輕一鳥過』，子蒼云：『此非杜佳句。』僕云：『當時補一字者，又不知是何等人。』子蒼云：『極是。』《藏海詩話》

有大才作小詩，輒不工，退之是也，子蒼然之。劉禹錫、柳子厚小詩極妙，子美不甚留意絶句，子蒼亦然之。子蒼云：『絶句如小家事，句中著大家事不得。若山谷《蟹》詩，用「與虎争」及「支解」字，此家事大不當入詩中。如「虎争」詩語亦怒張，乏風流醖藉之氣。「南窗讀書聲吾伊」詩亦不佳，皆不如《羊》詩醖藉也。』《艇齋詩話》

『筍根稚子無人見』，不當用『稚子』字。蓋《古樂府》詩題有《雉子班》，『雉子』、『梟雛』，自是佳對，杜詩有『鳳子』亦對『梟雛』，案『鳳子』字出韓渥詩。此可以稽證也。金陵新刊《杜詩注》云：『稚子，筍也。』此大謬，古今未有此説。韓子蒼云：『《冷齋》所説皆非，初未

嘗有此説。』或有脱文，觀《冷齋》云云可見。《艇齋詩話》

『傾銀注瓦驚人眼』，韓子蒼云：『「瓦」當作「玉」。蓋前句中已有「老瓦盆」，此豈復更用「瓦」字？瓦與銀、玉固有異，其爲醉則一也。』『軒墀曾寵鶴』，當用『軒車』，非『軒墀』。『河内尤宜借寇恂』，非『河内』。《艇齋詩話》

師川云：『作詩要當無首無尾』，山谷亦云：『子蒼不然此説』。東湖云：『春燈無復上，暮雨不能晴』，昌黎云：『廉纖晚雨不能晴』，子蒼云：『暮不如晚』。昌黎云：『青蛙聖得知』，汪彦章云：『燈花聖得知』，子蒼云：『蛙不聖所以言聖，便覺有味。燈花本靈，能預知事，輒言「聖得知」，殊少意味。』《艇齋詩話》

『璇題』，倪巨濟作《謝御書表》用之，子蒼云：『乃椽頭，非題榜也。』《艇齋詩話》

蔡天啟云：『米元章詩有惡無凡』，孫仲益、韓子蒼皆云。子蒼又云：『師川詩無惡而無凡，不知初學何等詩，致如此無塵埃也。』《艇齋詩話》

汪内相將赴臨川，曾吉父以詩送之，有『白玉堂中曾草詔，水晶宫裏近題詩』之句。韓子蒼改云：『白玉堂深曾草詔，水晶宫冷近題詩。』吉父聞之，以子蒼爲一字師。《竹坡詩話》

韓致光，昭宗時以翰林承旨謫嶺表，道湖南，《謝人惠含桃》詩，末章云：『金鑾歲歲長宣賜，忍淚看天憶帝都。』自注云：『每歲初進之後，先宣賜學士。』韓子蒼《謝人惠茶》云：

『白髮前朝舊史官，風鑪煮茗暮江寒。蒼龍不復從天下，拭淚看君小鳳團。』自注云：『史官月賜龍團。』意雖本致光，而語工。《優古堂詩話》

晁元忠《西歸》詩：『安得龍山潮，駕回安河水？水從樓前來，中有美人淚。』山谷和答云：『熱避惡木陰，渴辭盜泉水。曾回勝母車，不落抱玉淚。晁氏《猛虎行》，皦皦壯士意。人生高唐觀，有情何能已。』韓子蒼取其意，以代葛亞卿作詩，云：『君住江濱起柁樓，妾居海角送潮頭。潮中有妾相思淚，流到樓前更不流。』唐叔孫向有《經昭應温泉》詩云：『一道流泉繞御溝，先皇曾向此中游。雖然水是無情物，也到宫前咽不流。』子蒼末句，乃用孫語。《優古堂詩話》

唐上官儀《詠雪》詩：『幸因千里應，還繞萬年枝。』謝玄暉《中書省》詩：『風動萬年枝。』晏元獻詩：『萬年枝上凝煙動，百子池邊瑞日長。』盧多遜：『太液池邊看月時，好風吹動萬年枝。』王維《史館山池》云：『春池百子内，芳樹萬年餘。』晏用此也。『萬年枝』，江南謂之『冬青』，惟禁中則否。韓子蒼《冬青》詩云：『離宫見爾近天墀，雨露常私養種時。惆悵一株嵐霧裏，無人識是萬年枝。』『百子池』，見《西京雜記》，戚夫人侍高祖，七月七日，臨百子池。何晏《景福殿賦》：『綴以萬年。』注引《晉宫閣銘》曰：『華林園萬年樹十四株。』《優古堂詩話》

韓子蒼作絶句：『天長候雁作行遠，沙晚浴鳧相對眠。松醪朝醉復暮醉，江月上弦仍下弦。』陸龜蒙《別墅懷歸》云：『題詩朝憶復暮憶，見月上弦還下弦。』韓所出也。《優古堂詩話》

韓子蒼《送王棁》詩，末章云：『虚作西清老從臣，知爾才華不能舉。』王摩詰《送丘爲》詩云：『知爾不能薦，羞稱獻納臣。』《優古堂詩話》

《復齋漫録》云：子蒼嘗言：『作詩文當得人印可，乃自不疑。所以前輩汲汲于求知也。』《苕溪漁隱叢話》

《復齋漫録》云：『火樹銀花合，星橋鐵鎖開。暗塵隨馬去，明月逐人來。游妓皆穠李，行歌盡落梅。金吾不禁夜，玉漏莫相催。』唐蘇味道《上元》詩也。韓子蒼《和館中上元游葆真宫觀燈》詩云：『開卷愛公如李益，解言明月逐人來。多情好共春流轉，刻燭題詩又一回。』子蒼以蘇詩爲李益，何耶？然蘇意乃取梁朱起《望月》詩耳。朱云：『唯餘故樓月，遠近必隨人。』《苕溪漁隱叢話》

苕溪漁隱曰：東坡《續麗人行》詩注云：『李仲謀家有周昉畫背面欠伸内人，極精，戲作此詩。』云：『深宫無人春晝長，沉香亭北百花香。美人睡起薄梳洗，燕舞鶯啼空斷腸。畫工欲畫無窮意，背立春風初破睡。若教回首更嬌然，陽城、下蔡俱風靡。』子蒼用此意《題伯時所畫宫女》云：『睡起昭陽暗淡粧，不知緣底背斜陽。若教轉盼一回首，三十六宫

無粉光。』終不及東坡之偉麗也。《苕溪漁隱叢話》

《復齋漫録》云：皮日休《謝人送酒》云：『門巷寂寥空紫苔，先生應渴解醒杯。醉中不得相親問，故遣青州從事來。』晉桓温有主簿，善别酒味，以好者爲『青州從事』，謂青州有齊郡，言到『臍』也。子蒼《謝信守連鵬舉送酒》云：『上饒藉甚文章守，曾共紫薇花下杯。鈴閣晝閒思老病，故交從事送春來。』意思頗同，當有辨其優劣者。《苕溪漁隱叢話》

《詩説雋永》云：王咸平黼爲校書郎日，嘗夢龍降其室，故子蒼作《咸平生日》詩云：『昔年親擢校書郎，夜夢蒼龍繞屋梁。異事那知今日應，六龍深駐載賡堂。』又云：『已向叢霄侍玉宸，竭來端爲付經綸。不須更説人間事，曾是仙中第一人。』黄《和固陵御製》詩云：『君王龍記赭加卿』，即其事也。《苕溪漁隱叢話》

《復齋漫録》云：『晁元忠《西歸》詩：「安得龍山潮，駕回安河水。水從樓前來，中有美人淚。」子蒼取其意以代葛亞卿作詩，云：「君住江濱起畫樓，妾居海角送潮頭。潮中有妾相思淚，流到樓前更不流。」唐孫叔向有《經昭應温泉》詩云：「一道泉回繞御溝，先皇曾向此中游。雖然水是無情物，也到宫前咽不流。」子蒼末句，又用孫語也。』苕溪漁隱曰：予以《陵陽集》閲之，子蒼《十絶爲葛亞卿作》，皆别離之詞，必亞卿與妓别，子蒼代賦此詩。其詩云：『妾願爲雲逐畫檣，君言十日看歸航。』以此可知也。又云：『初合雙鬟觸事羞，離筵酌酒强回頭。縱言眼軟偏饒淚，莫道心癡不解愁。』亦佳句也。徐師川跋云：『夏木陰陰欲放船，黄鸝啼了落花天。十詩説盡人間事，付與風流葛稚川。』《苕溪漁隱叢話》

苕溪漁隱曰：子蒼《題明皇上馬圖》云：『翠華欲幸長生殿，立馬樓前待貴妃。尚覓君王一回顧，金鞍欲上故遲遲。』予舊觀《蔡天啟集》中，有此詩，竟誰作耶？《苕溪漁隱叢話》

《復齋漫録》云：李彭商老有《建除體贈子蒼》云：『滿朝以詩名，何獨遺大雅？平生黄葉句，摸索便知價。』蓋是時子蒼自館職斥宰分寧縣時也。子蒼有《和李上舍冬日》詩，最爲世所推，故商老有『黄葉』之句。全篇云：『北風吹日晝多陰，日暮擁階黄葉深。倦鵲遶枝翻凍影，飛鴻摩月墮孤音。推愁不去如相覓，與老無期稍見侵。顧藉微官年少事，病來那復一分心。』《苕溪漁隱叢話》

苕溪漁隱曰：鄭谷等共定今體詩格，一進一退韻，如李師中《送唐介》七言八句詩是也。子蒼于五言八句近體詩，亦用此格，其詩云：『盜賊尤如此，蒼生困未蘇。今年起安石，不用笑包胥。子去朝行在，人應問老夫。髭鬚衰白盡，瘦地日携鉏。』蓋『蘇』『夫』在十『虞』字韻，『胥』『鉏』在九『魚』字韻。《苕溪漁隱叢話》

《詩説雋永》云：『子蒼和人詩云：「窮如老鼠穿牛角，拙似鮎魚上竹竿。」』苕溪漁隱曰：予蹭蹬銓選四十載，拙固有之，貧亦宜然，每以子蒼自況，屢哦此一聯，真予著題也。

以《陵陽集》徧尋無之，因足成一章云：『執戟老人雙鬢斑，陸沉三世不遷官。窮如老鼠穿牛角，拙似鮎魚上竹竿。豈有葡萄博名郡，空餘苜蓿上朝盤。榮華氣象無絲許，正坐平生骨相寒。』《苕溪漁隱叢話》

苕溪漁隱曰：子蒼《謝人寄茶筅子》詩云：『看君眉宇真龍種，尤解横身戰雪濤。』盧駿元亦有此詩，云：『到底此君高韻在，清風兩腋爲渠生。』皆善賦詠者，然盧優于韓。《苕溪漁隱叢話》

杜子美有《從人覓小胡孫許寄》詩云：『人説南州路，山猿樹樹懸。舉家聞若駭，爲寄小如拳。』意題皆是胡孫，而首句以山猿爲詞者，何耶？故韓子蒼有《謝人寄小胡孫》詩云：『直疑少陵覓，未解柳州憎。』然則雖子蒼亦以杜爲錯耶。《能改齋漫録》

韓子蒼《和李道夫》詩，兩首『頻』字韻，其一云：『麥天晨氣潤，況復雨頻頻。』其二云：『李侯梨釘坐，風味勝仁頻。』按《上林賦》：『仁頻并閭。』《仙藥録》云：『檳榔，一名仁頻。』《林邑記》曰：『葉如甘蕉，音賓。』恐韓別有所本耳。《能改齋漫録》

韓子蒼《夏夜廣壽寺偶書》云：『城郭初鳴定夜鐘，苾芻過盡法堂空。移床獨向西南角，卧看琅璫動晚風。』按顔之推《家訓》：『後漢司徒崔烈以琅璫上音『狼』下音『當』鏁。琅璫，大鏁也。世間多誤作金銀字。武烈太子亦是數千卷學士，嘗作詩云：「銀鏁三公脚，刀撞僕射頭。」蓋誤也。』顔所引『鋃鐺』，字皆從『金』；子蒼所用，字皆從『玉』，仍以鋃鐺爲鈴鐸而非鏁也。子蒼博極群書，恐當别有所本。洪龜父亦云：『琅璫鳴佛屋。』《能改齋漫録》

韓子蒼紹興初，寄居臨川，周表卿時爲宜黄丞，歲滿，公以詩送之，云：『往時束帶侍明光，曾看揮毫對御床。只道驊騮已騰踏，不知鷳鶚尚摧藏。官居四合峰巒緑，驛路千林橘柚黄。莫戀鄉關留不去，漢廷今重甲科郎。』其後改『峰巒緑』爲『峰巒雨』，『橘柚黄』爲『橘柚霜』，改『莫戀鄉關留不去』作『莫爲艱難歸故里』，益見其工。東坡嘗語參寥云：『如杜「新詩改罷自長吟」，乃知老杜用心甚苦。』予以是知詩不厭改。其末云：『漢廷今重甲科郎』，意韓自言也，其後讀後漢孔融《汝潁優劣論》曰：『汝南袁公著爲甲科郎，上書欲治梁、冀。潁川士雖慕忠讜，未有能授命直言者也。』乃知韓詩不苟如此。《能改齋漫録》

韓子蒼《獻王將明生日》二十絶句，内一絶句云：『萬里青霄發軔時，驊騮絶足看奔馳。太平宰相何人識？惟有巫咸得預知。』蓋王父行可初知臨泉時，將明爲編修官，行可問異人王老志他日官所至，書『太平宰相』四字遺之，即以墨塗滅其字，前詩敘此耳。《能改齋漫録》

韓子蒼《題御畫鵲扇》詩云：『君王妙畫出神機，弱羽争巢並語時。天上飛來兩鳷鵲，一雙飛上萬年枝。』蓋用馮延己《樂府》也。『曉月墜，宿雲披，銀燭錦屏幃。建章鐘動玉繩

低，宮漏出花遲。春態出來雙燕，紅日初長一線。嚴妝催罷囀黃鸝，飛上萬年枝。』乃鶴沖天也。《能改齋漫録》

『蔚藍』乃隱語天名，非可以義理解也。杜子美《梓州金華山》詩云：『上有蔚藍天，垂光抱瓊臺。』猶未有害，韓子蒼乃云：『水色天光共蔚藍』，乃直謂天與水之色俱是藍耳。恐又因杜詩而失之。《老學庵筆記》

歐陽公謫夷陵時詩云：『江上孤峰蔽緑蘿，縣樓終日對嵯峨。』蓋夷陵縣治，下臨峽江，名『緑蘿溪』，自此上泝，即上牢、下牢關，皆山水清絶處。『孤峰』者，即甘泉寺，山有孝女泉，祠在萬竹間，亦幽邃可喜。峽人歲時游觀頗盛，予入蜀往來皆過之。韓子蒼舍人《泰興縣道中》詩云：『縣郭連青竹，人家蔽緑蘿。』似因歐公之句而失之，此詩蓋子蒼少作，故不審云。《老學庵筆記》

荆公詩云：『閉户欲推愁，愁終不肯去。』劉賓客詩云：『與老無期約，到來如等閒。』韓舍人子蒼取作一聯，云：『推愁不去還相覓，與老無期稍見侵。』比古句蓋益工矣。《老學庵筆記》

韓子蒼詩喜用『擁』字，如『車騎擁西疇』、『船擁清溪尚一樽』之類，出于唐詩人錢起『城隅擁歸騎』也。《老學庵筆記》

韓子蒼《和錢遜叔》詩云：『叩門忽送銅山句，知是賦詩人姓錢。』蓋唐詩人錢起賦詩，以姓爲韻，有『銅山許鑄錢』之句。《老學庵筆記》

韓子蒼《挽中山韓帥》云：『金絮盟猶在，灰釘事已新。』後村以爲語妙而意婉，蓋宣、靖之禍，自滅遼取燕始。上句指韓，下句指童、蔡也。又梁徐勉以時人聞喪事相尚以速，勉上疏云：『屬纊才畢，灰釘已具。』又陳徐陵《遺楊遵彦書》云：『若鄙諺爲繆，來旨必通，分請灰釘，甘從斧鉞。』不特出前書也。《弁陽詩話》

鄂州蒲圻縣赤壁，正周瑜所戰之地。黄州亦有赤壁，東坡夜游之地，詩人托物比興，故有：『西望夏口，東望武昌，非孟德之困于周郎者乎？』蓋坡翁亦有疑之之辭矣。韓子蒼亦承東坡之誤，有：『齊安城畔山危立，赤壁磯頭水倒流。此地能令阿瞞走，小偷何敢下蘆洲！』元人陳菊南，上虞人，博古士也，其《詠蒲圻赤壁》詩云：『往事何消問阿瞞，到頭吞不去江山。自從羽艦隨煙盡，惟有漁舟竟日閒。碑字雷皴漫墨本，弩機土蝕點朱斑。淒其古思誰分付？白鳥蒼煙滅没間。』噫！千載之下，獨宋葛常之、元陳菊南二人之卓見耳。楊用修有云：『世之人無特見者，一一隨人之聲而和之，譬之應聲蟲焉。』思以青黛藥之，可發一笑。《逸老堂詩話》

韓子蒼詩云：『倦鵲遶枝翻凍影，征鴻摩月墮孤音。』誠佳句也，但太工矣。《墨莊漫録》

全宋詩話目録卷六十一 江西詩派

晁沖之　字叔用，濟北人，群從中獨不第，授承務郎。紹聖黨禍作，超然物外。有《具茨集》。

江端友　字子我，陳留人，鄰幾孫。以元祐黨，隱居封丘門外。靖康初，吴敏薦以爲承務郎，賜進士出身，諸王宫教授，上書辨宣仁誣謗，遭黜。渡江，寓居桐廬鸕鷀源，後爲太常少卿。有《七里先生自然庵集》。

楊符　字信祖。有詩集。

夏倪　字均父，蘄州人。宣和中，自府曹左官爲祈陽監酒。有《遠游堂集》。

謝薖　字幼槃，逸從弟，詩文媲美，稱『二謝』。有《竹友集》。

林敏功　字子仁，蘄春人，以春秋鄉薦不第。有《高隱集》。

王直方　字立之，汴人，補承務郎。元祐中，延致名士唱和，號歸叟。有集及《詩話》。

高荷　字子勉，荆南人，自號還還先生，元祐太學生。晚爲童貫客，得蘭州通判以終。

有《集》。

呂本中　字居仁，公著曾孫，好問長子。靖康初，官祠部員外郎。紹興中，賜進士出身，歷中書舍人，權直學士院。劾罷，提舉太平館，謚文清。世稱『東萊先生』。有《東萊集》、《紫微詩話》、《江西宗派圖》。

全宋詩話卷六十一

晁沖之

晁叔用嘗作《廷珪墨》詩，脱去世俗畦畛，高秀實深稱之。其詩云：『我聞江南墨官有諸奚，老超尚不如廷珪。後來承晏頗晚出，喧然父子名相齊。百年相傳紋破碎，仿佛尚見蛟龍背。雹光屬天星斗昏，雨痕倒海風雷晦。卻憶當年清暑殿，黄門侍立才人見。銀鉤灑落桃花牋，牙床磨試紅絲研。同時書畫三萬軸，二徐小篆徐熙竹。御題四絶海内傳，秘府毫芒惜如玉。君不見，建隆天子開國初，曹公受詔行掃除。王侯舊物人今得，更寫西天貝葉書。』《紫微詩話》

政和間，李師師、崔念月二妓，名著一時，晁叔用每會飲，多召侑席。其後十許年，再來京師，二人尚在，而聲名溢于中國，李生者，門第尤峻。叔用追往昔，作詩二首，以示江子之，云：『少年使酒走京華，縱步曾游小小家。看舞霓裳羽衣曲，聽歌玉樹後庭花。門侵楊柳垂珠箔，窗對櫻桃卷碧紗。坐客半驚隨逝水，吾人星散落天涯。』『春風踏月過章華，青鳥雙邀阿母家。繫馬柳低當户葉，迎人桃出隔墻花。鬟深釵暖雲侵臉，臂薄衫寒玉照紗。莫作一生惆悵事，鄰州不在海西涯。』靖康中，李生與同輩趙元奴及築毬吹笛袁綯、武震輩，例籍其家。李生流落于浙中，士大夫猶邀之，以聽其歌，然憔悴無復向來之態矣。《墨莊漫録》

衆人方學山谷詩，晁叔用沖之獨專學老杜。衆人求生西方，高秀實獨求生兜率。《紫微詩話》

叔用嘗戲謂予云：『我詩非不如子，我作得子詩，只是子差熟耳。』予戲答云：『只熟便是精妙處。』叔用大笑以爲然。《紫微詩話》

晁叔用詩：『不擬伊優陪殿下，相隨《于蔿》過樓前。』劉後村曰：『晁氏家世貴顯，而叔用不肯于此時陪伊優之列，而甘隨《于蔿》之後，可謂賢矣。』伊優，事見《東方朔傳》，人皆知之。《于蔿》事，博學者或不知也。按《明皇雜録》：『玄宗御五鳳樓，觀酺宴，時命三百里内刺史、縣令各以聲樂集樓下。時多以車載樂工數百，皆衣文繡，服箱之牛，皆爲虎豹犀象之狀。魯山令元德秀，惟遣樂工數十人，聯袂歌《于蔿》而已。《于蔿》者，德秀所爲歌也。帝聞異之，歎曰：「賢人之言哉。」』此事亦見《唐書》列傳宋時聖壽日，州縣皆集僧道誦經，

惟陸象山令儒生講《鴻範》『皇極錫福』一章，時議韙之，事與此同。《升庵詩話》

喻汝礪作《具茨集序》云：『予曩游都城，與晁用道爲同門生，後三十六年，識公武于涪陵，不知爲用道子也。一日來謁，曰：「先公平生論著，自丙午之亂，存者特歌詩二百許篇，敢匄先生一言以發之。」又出其《家譜牒》，乃知其先君名沖之，字叔用，世所謂「具茨先生」者也。予聳然曰：「是吾用道耶，第今字叔用爲小異耳。」方紹聖初，天下偉異豪爽絶特之士，離讒放逐，晁氏群從，多在黨中，叔用于是飄然遺形，逝而去之，宅幽阜，蔭茂林于具茨之下，世之網羅不得而嬰也。暨朝廷諸公謀欲起之，廼復任心獨往，高挹而不顧，世之榮利，不得而羈也。至于疾革，乃取平生所著書，聚而焚之，曰「是不足以成吾名，世之言語文章，不得而汙也。」然則吾叔用所以傳于後世者，果於詩乎？顧其胸中必有含章内奥而深于道者矣。宋興，至咸平、景德中，儒學文章之盛，不歸之平棘宋氏，則屬之清豐晁氏。二氏者，天下甲門也。文元公事章聖皇帝二十年，當是時，甄明舊儀，緒正禮樂，一時詔令，皆出其手。于是，朝廷典章法度之事，非六籍之英，則三代之器也。迨其子文莊公繼踐西省，時文元公方請老家居也。宋宣獻謂世掌書命者，惟唐新昌楊氏，及見其子，而晁氏繼之。叔用以文莊爲曾大父，以文元公爲高祖，家藏至二萬卷，故其子孫焠掌勵志，錯綜而藻繢之，皆以文學顯名。予嘗從叔用商近朝人物，嘉言善行，朝章國典，禮文損益，靡不貫洽。

以詩鳴者，豈叔用之志也哉！雖然，叔用既已油然棲志于林淵曠遠之中，遇事寫物，形于興屬，淵雅疏亮，未嘗爲悽怨危憤激烈愁苦之音；其于晦明消長用舍得失之際，未嘗不安而樂之也。嗚呼！所謂含章内奥而深于道者非耶？秦漢以來，士有抱奇懷能，留落不遇，往往燥心汙筆，有怨誹悁悁沉抑之思，氣候急刻，不能閒退，古之詞人皆是也。太史公作《賈誼傳》，蓋以屈原配之，又裁録其二賦焉。至誼論三代之陶世振俗，固結天下之具，與夫秦之所以暴興棘亡，斬艾天下之術，則遷有所不録，豈謂誼一不平于其中，遂哀怨壹鬱泣涕以死？借使文帝盡用其言，誼亦安能有所建立于天下乎？惟深于道者，遁于世而不怨，發于詞而不怒，君子是以知其必能有爲于世者也。吾于叔用，豈直以詩人命之哉！」此《序》筆力浩大，與叔用之詩相稱。予讀叔用詩，見其意度宏闊，氣力寬餘，一洗詩人窮餓酸辛之態。其律詩云：『不擬伊優陪殿下，相隨《于蔿》過樓前。』亂離後，追書承平事，未有悲哀警策于此句者。晁氏家世貴顯，而叔用不宜于此時陪伊優之列，而甘隨《于蔿》之後，可謂賢矣。他作皆激烈慷慨。南渡後，放翁可以繼之。《江西詩派小序》

《詩説雋永》云：晁冲之叔用《樂府》最知名，詩少見于世。政和末，先公爲御史，朱深明爲郎官，其謝先公寄茶兼簡深明詩曰：『諫議茶猶寄，郎官迹已疏。斜封三道印，不奉一行書。會遠長安去，終臨顧渚居。大江清見底，爲問渴如何。』《苕溪漁隱叢話》

江端友

江端友，字子我，鄰幾之孫，靖康間，以布衣召用。同時詩人，感慨北狩、南渡之作多矣，子我云：『楚欲圖周鼎，湯猶繫夏臺。』又云：『比年熒惑犯南斗，何日燕人祭北門？』事的切而語回互。《後村詩話》

江子我《詠象》云：『倉舒止用兒童計，亦自能知爾重輕。』蓋用王内翰元之譏玩張相齊賢之語，但含蓄而不刻露爾。《後村詩話》

紹聖、元符間，黨禁興，毁東坡《上清儲祥宫碑》，命蔡京别爲之，正如唐時仆韓退之《平淮西碑》，命段文昌改作。後人有詩云：『淮西功業冠吾唐，吏部文章日月光。千載斷碑人膾炙，不知世有段文昌。』予于《儲祥宫碑》亦云。後見韓無咎元吉云，是江子我詩。《庚溪詩話》

陳留江子我端友嘗賦《玉延行》云：『觀文學士留都守，中常侍門如役走。玉延厥篚二十五，謹書名銜細堪醜。推而上之何止此，牢耶石耶猶八九。嗟哉膏血出生靈，割剥乃餉無須口。仲華拜衮雖有年，宋璟、李鄘曾愧否？樂全見事何其微，義勇固應如此厚。翰林未用汝脱靴，不知何爲勤洗手？』留守，謂鄧氏也，其父元豐嘗位兩府，裕陵謂『趨向頗

僻，賦性姦回。』了翁云：『八字咸加于鄧某，萬幾獨運于元豐。』蓋王禹玉、蔡持正，取充位而已。《能改齋漫録》

宣和初，有鄧姓者留守西京，以牛酥百斤遺梁師成，江子我端友作《牛酥行》云：『有客有客官長安，牛酥百斤親自煎。倍道奔馳少師府，望塵且欲迎歸軒。守閽呼語不必出，已有人居第一先。其多乃復倍于此，臺顔顧視初怡然。昨朝所獻雖第二，桶以純漆麗且堅。今君來遲數又少，青紙題封難勝前。持歸定慙遼東豕，努力明年趁頭市。』《能改齋漫録》

楊符

楊信祖符句云：『吏道官官惡，田家事事賢。』唐人得意語也。《江西詩派小序》

夏倪

夏均父倪文詞富贍，儕輩少及，嘗以『天寒霜雪繁，游子有所之』爲韻，作十詩，留別饒德操，不愧前人作也。《紫微詩話》

王立之直方病中盡以書畫寄交舊，予亦得書畫數種，與予書云：『劉玄德生兒不象賢』，蓋譏其子不能守其圖書也。予初未與立之相識，而相與如此。夏均父嘗寄立之詩云：『書來整整復斜斜』，蓋謂其病中作字如此。《紫微詩話》

夏均父嘗言：『詩之比類，直要相停。』嘗與客泛舟，載肥妓而飲濁酒，其詩曰：『蟻浮金碗濁，妓壓畫船低。』《詩説雋永》

初以僧牒、鹽鈔羅軍儲，夏均父詩云：『坐食今添幾支遁，煮鹽那得百宏羊？』反本之論也。《後村詩話》

均父《集》中，如《擬陶韋》五言，亹亹逼真，律詩用事琢句，超出繩墨，言近旨遠，可以諷味。蓋用功于詩，而非所謂無意于文之文也，然諫之諸孫。故其詩云：『堂堂文莊公，事業何崢嶸？』《孟子》曰：『孝子慈孫，百世不能改。』均父欲改之乎？其志亦可悲已！《江西詩派小序》

均父《題漢陽郎官湖》詩云：『太白當年夜郎謫，一尊聊與故人留。南湖乞得郎官號，從此名傳五百秋。』《豫章詩話》

王立之、夏均父，俱以宗女夫入仕。均父饒財亦好學，立之晚年中風，以左手作字，均父寄詩云：『猶喜平生蟹螯手，尚能半幅寫行書。』《風月堂詩話》

均父文詞富贍，儔輩罕及，嘗以『天寒霜露繁，游子有所之』爲韻，作十詩，留別饒德操，曲盡芊緜之致。赴江守日，張彦寔贈詩云：『未覺朝廷疏汲黯，極知州郡要文翁。』均父朝夕諷誦之。詩、文一《集》，吕紫微爲之序。《江西宗派圖録》

夏均父詩：『欒城去聲色，老坡但稱快。嗚呼二法門，近古絶倫輩。』嘗觀欒城爲歐陽公碑云：『公之于文，雍容俯切，不大聲色，而義理自勝。』欒城評品文章，至佳者獨云：『不帶聲色』，蓋得于公也。歐陽公《與梅聖俞書》云：『快哉快哉！老夫當避路放他出一頭地。』東坡看人文字，于所酷爱者，但稱『快』而已，亦得于公也。《困學紀聞》

蘄州人夏均父，名倪，能詩，與吕居仁相善。既没六年，當紹興癸丑二月一日，其子見居仁嶺南，出均父所爲詩，屬居仁序之，《序》言其本末尤詳。已而居仁自嶺外寄居臨川，乃紹興癸丑之夏，因取近世以詩知名者二十五人，謂皆本于山谷，圖爲《江西宗派》，均父其一也。然則居仁作《宗派圖》時，均父没已六年矣。予近覽贛州所刊《百家詩選》，其序均父詩，因及宗派之次第，且云：『夏均父自言以在下列爲耻』，殊不知均父没已六年，不及見圖。斯言之妄，蓋可知矣。《能改齋漫録》

謝　薖

謝幼槃薖，《題吴彩鸞寫真圖》云：『天上鳳凰難獨宿，人間翡翠本雙棲。丹青不與文

簫共，誰遣雉東迷雀西？』《竹友集》

幼槃妻董氏，賢而知學。幼槃每與客論古事，有所遺忘，妻必能記之。李商老嘗來語及五代時有沙陀將卧疾，僚佐見其錦衾，曰：『爛兮』。怒曰：『我沙陀，安得謂我爲「奚」！』偶忘其姓名，遣稚子問之，董氏曰：『康福也。』《撫州府志》

《雪浪齋日記》云：『謝薖《初夏詩》云：「挼挲蕉葉展新緑，從便榴花舒小紅。」句雖雕刻，而事甚新。』苕溪漁隱曰：《江西宗派圖》中有謝薖，恐須别有佳句，若只此一聯，固無甚高論也。《苕溪漁隱叢話》

《雪浪齋日記》云：『謝夷季，江左知名士也。其詩云：「平生忠義寸心赤，萬里風波雙鬢斑。」其弟幼槃詩云：「覓句每從山色外，發機元自鳥聲中。」二人以布衣死。賈長江云：「賢人無官死，不親者亦悲。」信哉！』苕溪漁隱曰：夷季幼槃，容或謝薖之字乎？當俟知者問之。《苕溪漁隱叢話》。宗祥案：胡氏説誤，『夷季』爲其兄逸號也。

林敏功

宣和末，林子仁敏公寄夏均父詩云：『嘗憶他年接緒餘，饒三落拓我迂疏。溪橋幾换風前柳，僧壁今留醉後書。』忘記下四句饒三，謂德操也。《紫微詩話》

子仁年十六，預鄉薦，下第歸，杜門不出者二十年。元符末，詔徵不赴，與弟敬修居比鄰，終老以文字相友善。敏修亦終身不舉進士，世號『二林』。政和中，林震爲郡，首謂吾宗有隱君子，出郊見之，還朝，舉其隱德，賜號『高隱處士』，旌表其門。子仁謝表云：『自是難陪英俊之游，何敢妄意高尚之事。卧牛衣而待旦，寒如之何？搔鶴髮以興懷，老其將至。』《尚友録》

山谷云：林處士詩甚佳，《碧落碑》無贋本也。《江西宗派圖録》

王直方

《謝王炳之惠玉板紙》詩云：『王侯鬚若緣坡竹』，此出《髯奴傳》，炳之大以爲憾。《送零陵主簿夏君玉》詩，末云：『因行訪幽禪，頭陀煙雨外。』蓋君玉頭甚大，故以此戲之。《直方詩話》

直方自記云：山谷初見蠟梅，作二絶句，緣此蠟梅盛于京師，然交游間亦有不喜之者。予爲解嘲云：『紛紛紅紫雖無韻，映帶園林正要渠。誰遣一枝香最勝？故應有客問何如。』《苕溪漁隱叢話》

立之少樂從諸丈人行游，無他嗜好，惟晝夜讀書，手自傳録。非其所好，雖以勢力美官誘致之，莫肯自枉也。常監懷州酒税，尋易冀州羅官，僅數月，投劾歸。凡十五年，處城隅小園，嘯傲自適，命其園之堂曰『賦歸』、亭曰『頓有』，一時文士，多爲賦詩。彭城陳無己卒于京師，立之割田十畝，以周其孤。病中取平生書畫古器，散之四方朋友無遺。晁以道《王立之墓志銘》

高荷

國香，荆渚田氏侍兒名也。山谷自南溪召爲吏部員外郎，留荆州，乞守當塗待報，所居與此女子爲鄰。山谷偶見之，以爲幽閑姝美，目所未覩，後其家以嫁下俚貧民，因賦《水仙花》詩寓意，云：『淤泥解出白蓮藕，糞壤能開黄玉花。可惜國香天不管，隨緣流落小民家。』俾高子勉和之。後數年，山谷卒于嶺表，當時賓客雲散。此女既生二子矣，會荆南歲荒，其夫鬻之田氏家。田氏一日邀子勉，置酒出之，掩袂困悴，無復故態，坐間話當時事，相與感歎。子勉請田氏名曰『國香』，以成太史之志。政和三年，子勉客京師，會王性之問山谷詩中本意，因道其詳，且爲賦詩云：『南溪太史還朝晚，息駕江陵頗從欵。彩毫曾詠水仙花，可惜國香天不管。將花託意爲羅敷，十七未有十五餘。宋玉門墻紆貴從，藍橋庭户怪貧居。十年目色遥成處，公更不來天上去。已嫁鄰姬窈窕姿，空傳墨客殷勤句。聞道離鸞別鵠悲，稾砧無賴鬻蛾眉。桃花結子風吹後，巫峽行雲夢足時。田郎好事知渠久，酬贈明珠同石友。憔悴猶疑洛浦妃，風流固可章臺柳。寶髻犀梳金鳳翹，尊前初識董嬌嬈。來遲杜牧應須恨，愁殺蘇州也合銷。卻把水仙花説似，猛省西家黄學士。乃能知妾妾當時，悔不書空作黄字。王子初聞話此詳，索詩裁與漫淒涼。只今驅豆無方法，徒使田郎號國香。』性之亦次韻云：『百花零落悲春晚，不復園林門可款。待花結實春始歸，到頭只有春風管。楚宫女子春華敷，爲雨爲雲皆有餘。親逢一顧傾國色，不解迎入專城居。目成未到投梭處，後會難憑人已去。可憐天壤擅詩聲，不如崔護桃花句。坐令永抱埋玉悲，游子那知京兆眉。難堪别鶴分飛後，猶是驚人初見時。新歡密愛應長久，暫向華筵賞賓友。舞盡春風力不禁，困裊腰肢一渦柳。座上何人贈翠翹？蜀州風調尤情饒。歡濃酒暈上玉頰，香暖紅酥疑欲銷。佳人薄命古相似，先後乃逢天下士。但惜盈盈一水時，當年不寄相思字。宜州遺恨君能詳，瘴雲萬里空悲涼。無限風流等閒别，幾人鑒賞得真香？』《能改齋漫録》

子勉《蠟梅》詩云：『少鎔蠟淚裝應是，多爇龍涎臭不如。只恐春風有機事，夜來開破幾丸書。』《菊坡叢話》

子勉作詩，以杜子美爲標準，用一事如軍中之令，置一字如關門之鍵，而充之以博學，

行之以温恭，天下士也。《山谷跋》

子勉親見山谷，經指授，記覽多。如《麥城》詩押險韻，略無窘態，《集》中健語層出。紫微公乃以殿諸人，何也？可陞。《江西詩派小序》

山谷自戎州歸，荷以五言律三十韻贄見，山谷賞之。又《和王子予章華碑》云：『威强九鼎懼，喪亂一臺成。』又《芍藥》詩云：『勃興連轂雨，閏位次花王。』《謁馬中玉》云：『辨雖豪白馬，讒亦困青蠅。』皆可取，而《蠟梅》句尤奇。《瀛奎律髓》。宗祥案：子勉見黄太史詩云：『萬里南溪郡，黄香得賜環。盛名喧海内，摧翮返雲間。太史資誠峻，郎官選亦慳。朝廷才特起，堂奥援誰扳？一夢追前事，群公兀後艱。中喪皆死禍，放逐罕生還。别駕之戎僰，僑居傍葺菅。想知諸鳥道，聞説異人寰。揚子家元窘，王維室久鰥。鵩來心破碎，猨叫淚潺湲。達觀終難得，羈愁必易删。衆情相憫惻，靈物自恬憪。迴閣澄秋晚，幽窗聳夜跧。蜀天何處盡？巴月幾回彎？墜履魂空斷，遺弓涕忽潸。石門凄殿楯，銅雀慘宫鬟。帝統聯仁聖，皇恩感豔頑。綱羅疏黨禁，株蔓掃朋姦。點檢金閨彦，凋零玉笋班。尚令宗廟器，遥隔鬼門關。拊髀咨詢及，含香誥命頒。笑談趨赤縣，吟詠落烏蠻。奏記懷東觀，移文顉北山。應將九遷待，未補七年閒。士愧千鈞弩，身謀五兩綸。退藏欣望氣，延佇竊窺斑。昌谷詞源窄，浯溪筆力孱。斲輪深類扁，投斧欲隨班。鵠卵真能伏，龍鱗敢冀攀。不嗔無紹介，試遣略承顔。』其中『點檢金閨彦』二聯，大爲山谷所喜。見《雪浪齋日記》。

高荷子勉五言律詩，可傳後世，勝如後來諸公。《柳》詩：『風驚夜來雨』，『驚』字甚奇。琴聰云：『向詩中嘗用「驚」字。』坡舉古人數『驚』字。僕云：『東風和冷驚羅幙。』子

蒼云：『此「鶩」字不甚好，如《柳》詩「月明摇淺瀨」等語，人豈易到？』《藏海詩話》

《雪浪齋日記》云：高荷，字子勉，上山谷詩云：『點檢金閨彦，飄零玉筍班。尚令清廟器，猶隔鬼門關。』大爲谷所喜。《苕溪漁隱叢話》

《石林詩話》云：高荷，荆南人，學杜子美詩，頗得句法。黄魯直自戎州歸，荷以五十韻見魯直，極愛賞之，嘗和其六言，有云：『張侯海内長句，晁子廟中雅歌。高郎少加筆力，我知三傑同科。』『張』謂文潛，『晁』謂無咎也。無咎聞之，頗不平。荷晚爲童貫客，得蘭州通判以死，既不爲時論所與，其詩亦不復傳云。《苕溪漁隱叢話》

《雪浪齋日記》云：『「佳樹冬不凋，横塘春更緑。」此徐師川詩，頗平淡無雕鎸氣。「辭源江海浩奔忙，句法《風》、《騷》森出入。」此趙鼎臣詩，極爲雄偉。「沙軟緑頭相並鴨，水深紅尾自跳魚。」此高子勉詩，怪麗之甚。』苕溪漁隱曰：予嘗有一聯云：『霞抹晚空魚尾赤，水生春渚鴨頭青。』《苕溪漁隱叢話》

吕本中

東萊《恭和皇帝幸秘書》詩：『麟閣龍旗日月章，中興再見赭袍光。仰觀焜耀人文盛，始識扶持德意長。功利從今卑管晏，浮華自昔陋盧王。願求實學醻天造，肯效明河織女

襄。』《文集》

東萊《挽王詹事》：『諸老收聲盡，佳城又到公。蒼天不可問，吾道竟成窮。旌捲莆田雨，簫横霅浦風。今年襟上淚，三哭萬夫雄。』『太史交旃際，元戎捲甲秋。先鳴驚衆寐，孤憤厭群咻。羽翼新鴻鵠，聲華舊斗牛。斷橋無恙否？落月照寒流。』《文集》

東萊《挽汪端明》：『異時憂世士，歎息恨才難。每見公身健，猶令我意寬。凋零竟何極？合復豈無端？此理終難解，天風大隧寒。』『四海膺門峻，親承二紀中。論交由父祖，受學自兒童。山岳千尋上，江河萬折東。微言藏肺腑，欲吐與誰同？』《文集》

東萊《挽魏國録》：『麻衣見天子，拜疏不知休。落落山林氣，拳拳畎畝憂。極知千載遇，政用一身酬。繞舍閩溪水，朝宗日夜流。』『群公祖疏傳，多士送陽城。短棹非前約，長亭及此行。深留移白日，欵語只蒼生。會倚山陽賦，鄰人笛未横。』《文集》

東萊《挽簫祭酒》『摩揣誠斯薄，雕鎸質亦消。平生但真璞，直上絶枝條。氛霧終澄霽，丘山亦動摇。朝陽舊時鳳，聲入舞簫韶。』《文集》

古今辭人，作《明妃》辭，曲多矣，意皆一律，惟吕居仁獨不蹈襲。其詩云：『人生在相合，不論胡與秦。但取眼前好，莫言長苦辛。君看輕薄兒，何殊胡地人。』《苕溪漁隱叢話》

《詩説雋永》云：福州産蛤礪，號『西施舌』，極甘脆，其出時天氣正熱，不可致遠。吕

居仁有詩云：『海上凡魚不識名，百年生命一杯羹。無端更號西施舌，重與兒曹起妄情。』《苕溪漁隱叢話》

呂居仁《懷雪童犬名》詩云：『老來於世漫多悲，夢幻推移且自知。想得開山藏骨處，卻如摇尾乞憐時。送行識我貧無蓋，閒坐思渠悶有詩。從此窮居添寂寞，夜長誰復遶簾幃？』《東萊集》

東萊有句云：『忍窮有味知詩進，處事無心覺累輕。病知前路資糧少，老覺平生事業非。』《能改齋漫録》

呂居仁詩清駛可愛，如：『樹移午影重簾静，門閉春風十日閒。往事高低半枕夢，故人南北數行書。殘雨入簾收薄暑，破窗留月鏤微明。』《苕溪漁隱叢話》

呂居仁如散聖安禪，自能奇逸。《詩評》

居仁嘗敘詩社宗派圖，謂詩有活法，若靈均自得，忽然有入，然後惟意所出，萬變不窮。《西江宗派圖録》

家父嘗具飯，招公與呂十一郎昆仲。呂郎中先至，過僕書室，取案間書讀，乃《江西宗派圖》也。呂云：『安得此書，切勿示人，乃少時戲作耳。』他日公前道此語，公曰：『居仁卻如此説，《宗派圖》本作一卷，連書諸人姓字。後豐城邑官開石，遂如禪門宗派，高下分

爲數等，初不爾也。』范季隨《陵陽先生室中語》

本朝詩人與唐世相亢，其所得各不同，而俱自有妙處，不必相蹈襲也。至山谷之詩，清新奇峭，頗造前人未嘗道處，自爲一家，此其妙也。至古體詩，不拘聲律，間有歇後語，亦清新奇峭之極也。然近時學其詩者，或未得其妙處，每有所作，必使聲韻拗捩，詞語艱澁，曰『江西格』也，此何爲哉？吕居仁作《江西詩社宗派圖》，以山谷爲祖，宜其規行矩步，必踵其迹。今觀東萊詩，多渾厚平夷，時出雄偉，不見斧鑿痕，社中如謝無逸之徒亦然。正如魯國男子，善學柳下惠者也。《庚溪詩話》

吕東萊先生居仁詩云：『忍窮有味知詩進，處事無心覺累輕。』李成季己嘗云：『静疑多事非求福，老覺無心勝攝生。』二詩雖相似，然皆佳句也。《優古堂詩話》

吕東萊：『粥香餳白是今年。』『粥香餳白』四字，本李義山《寒食》詩云：『粥香餳白杏花天』。《艇齋詩話》

東湖喜吕東萊：『樹陰不礙帆影過，雨氣卻隨潮信來。』東湖見予誦東萊詩云：『傳聞胡虜三年旱，勢合河山一戰收』，云：『何不道「不戰收」？』《艇齋詩話》

東湖又見東萊：『滿堂舉酒話疇昔，疑是中原無是時』，云：『不合道破「話疇昔」，若改此三字，方覺下句好。』《艇齋詩話》

東萊《送珪公、果公入閩中》詩，五言『宿昔春水生』者，絶似《選詩》。東萊自云：『東萊濟陰寄故人，「柳絮飛時與君别。」有兩本者，東萊少時作，後失其本，在臨川因與學徒舉此詩，亡之，遂用前四句及結尾兩句，補成一篇。已而得舊詩，遂兩存之。「落花寂寂長安路」者，是舊詩；「千書百書要相就」者，是追作。』《艇齋詩話》

吕東萊喜令人讀東坡詩。《艇齋詩話》

吕東萊詩『用拍張公』事，出《南史·王儉傳》王敬則云：『臣以拍張得爲三公。』《艇齋詩話》

唐人薛能詩云：『青春背我堂堂去，白髮催人故故生。』有人舉此詩，稱其語意之美。吕東萊聞之笑曰：『此只如市井人歎世之詞，有何好處！』予以東萊之言思之，信然。《艇齋詩話》

吕東萊喜張文潛《七夕歌》，令人誦。《艇齋詩話》

吕東萊喜潘邠老《浯谿詩》。《艇齋詩話》

前人詩言『立鷺』者凡三，歐公：『稻田水浸立白鷺』；東坡：『潁水清淺可立鷺』；吕東萊：『稻水立白鷺』，皆本于李嘉祐：『漠漠水田飛白鷺』。然翦截簡徑，則東萊五字盡之矣。《艇齋詩話》

東萊《木芙蓉》絶句云：『小池南畔木芙蓉，雨後霜前著意紅。猶勝無言舊桃李，一生開落任東風。』極雍容含不盡之意，蓋絶句之法也。荆公《詠木芙蓉》云：『還似美人初睡起，强臨青鏡欲妝慵。』覺得味短不及遠矣。《艇齋詩話》

東萊論詩，嘗引《孫子》『始如處女，終如脱兔』之論，亦甚有意味，學詩者不可不知此理。《艇齋詩話》

東萊作《江西宗派圖》，本無詮次，後人妄以爲有高下，非也。予嘗見東萊自言：『少時率意而作，不知流傳人間，甚悔其作也。』然予觀其《序》，論古今詩文，其説至矣盡矣，不可以有加矣。其《圖》則真非有詮次。若有詮次，則不應如此紊亂，兼亦有漏落，如四洪兄弟皆得山谷句法，而龜父不預，何耶？《艇齋詩話》

東萊《江西宗派序》所論本朝古文，始于穆伯長，成于歐陽公。此論誠當，但論詩不及梅聖俞，似可恨也。詩之有聖俞，猶文之有穆伯長也。《艇齋詩話》

東萊喜癩可《惠日寺》詩。《艇齋詩話》

東萊喜謝無逸寄徐師川及李希聲等篇詩。《艇齋詩話》

吕東萊《貞女峽》詩云：『不是畏江險，愧此貞女名。』徐東湖云：『不合云自愧貞女，亦甚有意。』《艇齋詩話》

予幼學爲詩，未嘗經先達改抹，惟年十四時，有寄空青叔祖古詩，得吕東萊爲予全改四句，其詞云：『悠悠造物何所爲？賢愚其滯令人悲。男兒不恨功名晚，功名必在老大時。』其予至今記憶。是時，空青將漕江西，得詩喜甚，報書云：『極有家法，恨予先君不見也。』其帖至今尚存。《艇齋詩話》

吕東萊嘗有《猫》詩甚佳，云：『伴我閒中氣味長，竹輿游歷徧諸方。火邊每與人争席，睡起偏嫌犬近床。能與兒童較幾許，賢于臧獲便相忘。他生尚肯相從否？要奉香爐混水囊。』曲盡猫之情態。《艇齋詩話》

吕東萊在講筵，光堯索其詩，東萊寫一卷，其首以贈歐陽處士，及大倫與三曾、二范講學詩四首。三曾謂予兄弟，二范即范顧言叔姪也。《艇齋詩話》

吕東萊詩云：『非關秋後多霜露，自是芙蓉不耐寒。』蓋用寒山拾得『芙蓉不耐寒』五字。《艇齋詩話》

吕東萊圍城中詩，皆似老杜，韓子蒼最愛『乾坤德甚大，盜賊爾猶存』之句。《艇齋詩話》

吕東萊詩：『可到元和六七公。』『六七公』三字，出《賈誼傳》。韓退之《李干墓誌》云：『以藥敗六七公。』退之亦本《賈誼傳》也。《艇齋詩話》

吕東萊詩用『秋罷』二字，出《西漢·帝紀》，言秋不成熟也。《艇齋詩話》

吕東萊詩：『準擬春來泰出游。』『泰出游』，大出游也，出《漢·田叔傳》：『叔相魯王，不泰出游。』《艇齋詩話》

吕東萊詩：『風聲入樹翻歸鳥，月影浮江倒客帆。』此篇年十六時作，作此詩嘗嘔血，自此遂得羸疾終其身。其始作詩如是之苦也。《艇齋詩話》

吕東萊：『漢家宗廟有神靈，寄語胡兒莫狂蕩。』『漢家宗廟有神靈』，西漢全語，見《王莽傳》元后云。《艇齋詩話》

東萊：『晚菘蚤韭老不厭，夜鯉晨鳧多見疏。』『夜鯉晨鳧』，出《説苑》魏文侯事。《艇齋詩話》

東萊少作有：『白塔忽從林外過，青山常在馬頭看』，佳句也。《艇齋詩話》

東萊詩云：『布帆此去應無恙。』用李白詩：『布帆無恙掛秋風。』李蓋用《世説》顧長康語。《艇齋詩話》

吕東萊詩云：『舊游可數終難又。』『難又』二字，出韓文《祭李郴州》云，謂此會之難又。《艇齋詩話》

吕東萊喜晏元憲詩：『樓臺冷落收燈後，門巷清虚掃雪天。』蓋説得上元後天氣極佳。故東萊自有詩云：『江城氣候猶含雪，草市人家已掛燈。』蓋因元憲之詩，觸類而長。宗祥

案：『清虚』，《青箱雜記》作『蕭條』。《艇齋詩話》

紫微公作《夏均父集序》云：『學詩當識活法。所謂活法者，規矩備具，而能出于規矩之外；變化不測，而亦不背于規矩也。是道也，蓋有定法而無定法，無定法而有定法，知是者則可以與語活法矣。謝元暉有言：「好詩流轉圜美如彈丸。」此真活法也。近世爲豫章黄公，首變前作之弊，而後學者知所趨向，畢精盡知，左規右矩，庶幾至于變化不測。然予區區淺末之論，皆漢魏以來有意于文者之法，而非無意于文者之法也。子曰：「興于詩」，又曰：「詩可以興，可以觀，可以群，可以怨。邇之事父，遠之事君，多識于鳥獸草木之名。」今之爲詩者讀之，果可以使人興起其爲善之心乎？果可以使人興觀、群怨乎？果可以使人知事父、事君而能識鳥獸、草木之名之理乎？爲之而不能使人，如是則如勿作。吾友夏均父，賢而有文章，其于詩蓋得所謂規矩備具而出于規矩之外、變化不測者，後更多從先生長者游，聞聖人之所以言詩者，而得其要妙，所謂無意于文之文而非有意于文之文也。』予嘗以爲此《序》，天下之至言也。然均父所作，似未能然，往往紫微公自道耳。所引謝宣城『好詩流轉圜美如彈丸』之語，予以宣城詩攷之，如錦工機錦、玉人琢玉，極天下巧妙。窮巧極妙，然後能流轉圜美。近時學者，往往誤認『彈丸』之喻而趨于易，故放翁詩云：『彈丸之論方誤人。』又朱文公云：『紫微論詩，欲字字響，其晚年詩多啞了。』然則欲知紫微詩

者，以《均父集序》觀之，則知彈丸之語，非主于易。又以文公之語驗之，則所謂字字響者，果不可以退惰矣。《江西詩派小序》

吕紫微作《江西宗派》，自山谷而下，凡二十六人，内何人表顒、潘仲達大觀，有姓名而無詩，詩存者凡二十四家。王直方詩絶少無可采，餘二十三家，部帙稍多。今取其全篇佳者，或一聯一句可諷詠者，或對偶工者，各著于編，以便觀覽。派中如陳後山，彭城人；韓子蒼，陵陽人；潘邠老，黄州人；夏均父、二林，蘄人；晁叔用、江子之，開封人；李商老，南康人；祖可，京口人；高子勉，京西人，非皆江西人也。同時如曾文清乃贛人，又與紫微公以詩往還，而不入派。不知紫微去取之意云何？惜當日無人以此叩之。後來誠齋出，真得所謂活法，所謂流轉圜美如彈丸者，恨紫微公不及見耳。派詩舊本以東萊居後山上，非也，今以繼宗派，庶幾不失紫微公初意。《苕溪漁隱叢話》

苕溪漁隱曰：陳去非詩，平淡有工，如：『疏疏一簾雨，淡淡滿枝花』，『官裏簿書何日了，樓頭風雨見秋來』，『客子光陰詩卷裏，杏花消息雨聲中』。吕居仁詩，清駛可愛，如：『樹移午影重簾静，門閉春風十日閒』，『往事高低半枕夢，故人南北數行書』，『殘雨入簾收薄暑，破窗留月鏤微明』。去非《墨梅》絶句云：『含章簾下春風面，造化功成秋兔毫。意足不求顔色似，前身相馬九方皋。』後徽廟召對，稱賞此句，自此知名，仕宦亦寖顯。陳無己作《王平甫文集後序》云：『則詩能達人矣，未見其窮也。』故葛魯卿于去非《簡齋集序》遂用此語，蓋爲是也。居仁有絶句云：『胡虜安知鼎重輕，指蹤元自漢公卿。襄陽耆舊惟龐老，受禪碑中無姓名。』此詩有爲而作，可以意逆也。《苕溪漁隱叢話》

苕溪漁隱曰：沈存中《筆談》云：『真宗時，向文簡敏中拜右僕射，麻下日，李昌武爲翰林學士，當對，上謂之曰：「朕自即位以來，未嘗除僕射，今日以命敏中，此殊命也。敏中應甚喜。」對曰：「臣今日早候對，亦未知宣麻，不知敏中何如？」上曰：「敏中門下今日賀客必多，卿往觀之，明日卻對來，勿言朕意也。」昌武候丞相歸，乃往見，丞相謝客，門闌悄然無一人。昌武與向親，徑入見之，徐賀曰：「今日聞降麻，士大夫莫不歡慰，朝野相慶。」公但「唯唯」。又曰：「自上即位，未嘗除端揆，此非常之命，自非勳德隆重、眷倚殊越，何以至此！」公復「唯唯」。終未測其意。又歷陳前世爲僕射者，勳勞德業之盛，禮命之重，公亦「唯唯」。終無一言。既退，復使人至庖廚中，問今日有無親戚賓客、飲食宴會，亦寂無一人。明日再對，上問：「昨日見敏中否？」對曰：「見之。」「敏中之意何如？」乃以其所見對，上笑曰：「向敏中大耐官職。」』故吕居仁《寄向縣丞》詩云：『耐官丞相風流在，坐守簞瓢不訴窮。』張仲宗作《向伯恭薌熙堂》詩，亦云：『家世從來耐官職，百年猶見典型存。』然本朝《名臣傳》乃云：『李文靖沆，其初相也，真宗密使中人覘之，曰：「朕首命沆爲相，汝私往觀其忻戚。」中使還言：『其門無車馬，蕭然如常。』上歎曰：「李沆大耐官職。」』豈非《名臣傳》所記之誤耶？《苕溪漁隱叢話》

藏經中有《俱舍論》，載《頌》曰：『欲往前路無資糧，來往中間無所止。』東萊先生吕居仁臨終詩云：『病知前路資糧少，老覺平生事業非。』蓋用前語。《能改齋漫録》

吕居仁贈僧詩云：『莫言衲子籃無底，盛得山南骨董歸。』《廣燈録》：『契魂禪師上堂，僧問古言「路逢死蛇莫打殺，無底籃子盛將歸。」』蓋取此也。《能改齋漫録》

東萊先生吕居仁作《蜜蜂賦》，略云：『早出暮歸，聚房以居，生理甚微。檜花菊英，反爲身害。雖云甚甘，終以是敗。既奪之食，又腊其雛。以侑爾酒，以爲爾娱。醉而咀嚼，鼓舌自如。人之不仁，一如是乎？』云云。蓋東萊不察，凡今宣州所出蜂子，非蜜蜂也，乃山間火蜂，其色紅黑，其長徑寸，其大如之。人之被螫，則徧身腫痛，有至死者。其爲窠多在地窖中，取之者先以火塞穴口，熏死其類，然後取其子之未翼者乾之，以致遠方。故元豐中，中書舍人張諤《謝潛溪蔡聖俞蜂兒》詩略云：『溪上潛山山百尺，山人斫木燒山畬。延火入蜂穴，蜂子渾白如銜牙。』云『蜂子』，今所在山野有之，但不如宣州多耳。《能改齋漫録》

阮裕云：『非但能言人不可得，正索解言人亦不可得。』吕居仁用此意作詩云：『好詩正似佳風月，解賞能知已不凡。』《老學庵筆記》

唐人詩中有曰『無題』者，率杯酒狎邪之語，以其不可指言，故謂之『無題』，非真無題也。近歲吕居仁、陳去非亦有曰『無題』者，乃與唐人不類，或真亡其題，或有所避，其實失于不深考耳。《老學庵筆記》

吕紫微《明妃曲》：『人生在相合，不論胡與秦。但取眼前好，莫言長苦辛。君看輕薄兒，何殊胡地人。』其意固佳，然不脱王半山『人生失意無南北』之窠臼也。《弁陽詩話》

東萊吕舍人《贈林少穎、李迂仲》詩云：『嘗聞安身要，其本在無競。』自註云：『王輔嗣《易解》云：「安身莫若無競，修己莫若自保。守道則福至，求福則辱來。此格言也。」』《弁陽詩話》

吕居仁《春日即事》：『雪消池館初春後，人倚闌干欲暮時。』或云清景入畫，人之情意、物之容態，二意盡之。予觀此作，宛然一美人圖也。《四溟詩話》

《方言》：『斟，益也。凡病少愈而加劇，謂之「不斟」，或謂之「何斟」。』吕居仁《答曾吉父》詩：『記我今年病不斟』，蓋用此，而不知者改爲『不禁』。《韋元成傳》：『五世壙僚。』言五世無官也，吕成公《銘湯烈母》云：『湯世壙僚，委社于後。』而婺本改爲『曠遼』。東坡《春帖》用『翠管銀罌』，出老杜《臘日》詩，而注者改爲『銀鈎』。此邢子才所以有『日思誤書』之語也。《困學紀聞》

吕居仁詩：『弱水不勝舟，有此積立鐵。』又云：『何知若人胸，中有積立鐵。』出老杜《鐵堂峽》詩：『壁色立積鐵。』又云：『準擬春來大出游』，出《漢書·田叔傳》。又云：『日月已秋罷』，出《元帝紀》。《困學紀聞》

張宗祥　纂輯　曹錦炎　整理

全宋詩話

第七册

卷六十二至卷七十

浙江大學出版社

本册目録

全宋詩話目録卷六十三……一七一一

全宋詩話卷六十三……一七一四

全宋詩話目録卷六十八

全宋詩話卷六十八

全宋詩話目録卷七十……一九四三

全宋詩話目録卷六十二

邢居實　字惇夫，河南原武人，恕子，早卒。有《呻吟集》。

任伯雨　字德翁，眉山人，舉進士。官左正言，以黨禍謫儋州，移道州，遇赦，提點明道宫。紹興贈諫議大夫，淳熙謚忠敏。

徐大正　字得之，甌寧人。元祐中築室北山下，名閒軒，人以『北山學士』呼之。

葛敏修　字聖功，廬陵人，元祐進士。宰確山。元符間，上書願附黨籍。

李才甫　莆田人。

蘇邁　字伯達，軾長子。安化令。

陳復常　潁州教授。

蘇過　字叔黨，軾季子。仕權通判中山府。營水竹數畝于潁昌，號小斜川，自號斜川居士。有《斜川集》。

劉發　元祐中，華亭主簿。

高茂華　字秀實

王雍　旦姪。元祐中，通判濠州。

周沔　元祐中，溧水丞。

米芾　字元章，吴人。一云襄陽人以母侍宣仁后藩邸恩，補校書郎太常博士，出知無爲軍，召爲書畫博士，擢禮部員外郎。大觀二年，罷知淮陽軍。有《寶晉英光集》

孔夷　字方平，號滍皋先生，元祐隱士。

曾紆　字公衮，布子，以蔭補官。紹興二年，除直顯謨閣知衢州。自號空青先生。有集。

畢漸　潛江人，紹聖元年進士第一。官膳部員外郎，出知荆南府。

李樸　字先之，虔州興國人，紹聖元年進士。歷官著作郎、國子祭酒。高宗除秘書監，未任卒。少從伊川游，人稱章貢先生。有《章貢集》。

江公望　字民表，睦州人，舉進士。歷官太常博士左司諫，以直龍圖閣出知壽州，黨禍編管南安軍，赦還卒。

吴开　字正仲，滁州人，紹聖丁酉，中宏詞科。靖康中，官翰林承旨，使金被留，仕僞楚。建炎後，安置永州，移韶州。有《優古堂詩話》。

葛勝仲　字魯卿，丹陽人，書思子，紹聖四年進士。元符庚辰，中宏詞科。歷官國子司業、文華閣待制、知湖州，卒謚文康。有《丹陽集》。

胡直孺　字少伋，奉新人，紹聖四年進士。靖康間，知南京，爲金所執，不屈，久之得歸。擢龍圖閣直學士，知隆興府，進兵部尚書。有《西山老人集》。

胡安國　字康侯，建寧崇安人，紹聖四年進士。師朱長文靳裁，治伊川學。歷官寶文閣直學士，卒謚文定。有《武夷集》

葛次仲　字亞卿，江陰人，勝仲兄。兄弟皆爲大司成。有《集句詩》三卷

黄大臨　字元明，庭堅兄。紹聖中萍鄉令。

王元甫　紹聖間，居廬山，敕賜高尚處士。

葉夢得　字少藴，吴縣人，紹聖四年進士。歷官龍圖閣直學士帥杭州。高宗朝，官尚書右丞、江東安撫使兼知建康府行宫留守，移知福建，提舉洞霄宫。居吴興弁山，自號石林居士。有《石林集》及詩話。

寇國寶　字荆山，徐州人，紹聖四年進士。吴縣主簿。

黄叔達　字知命，庭堅弟。

周知微　字明老，吴興人，紹聖四年進士。任晉州縣尉。

李元膺　東平人，南京教官。

李釜　字元量，元符三年進士第一。

安惇　字處厚，廣安軍人，上舍釋褐。歷官御史中丞、同知樞密院。

向子諲　字伯恭，臨江人。欽聖憲肅皇后再從姪，以恩補官。高宗朝，歷徽猷閣直學士，知平江府，尋致仕，號所居曰薌林。

石悉　字敏若，蕪湖人，元符三年進士。宣和元年，中詞科，仕止密州教授。有《橘林集》。

曾誠　字存之，孝寬子。元符間秘書監。

田晝　字承君，陽翟人。以世父況任爲校書郎，歷官監廣利門、大宗正丞、知淮陽軍。有集。

王鄰臣　字光輔。

石齊老　字夷吾。

項傳　吴人。

王公亮

黄檥　字濟川，山谷猶子。

全宋詩話卷六十二

邢居實

邢居實，字惇夫，年少豪邁，所與游皆一時名士。方年十四五時，嘗作《明妃引》，末句云：『安得壯士霍嫖姚，縛取呼韓作編户。』諸公多稱之。既卒，予收拾其殘章，編成一《集》，號曰《呻吟集》。惇夫自少便多憔悴感慨之意，其作《秋懷》云：『高歌感人心，心悲將奈何。』其作《棗陽道中》詩云：『有意問山神，此生更來否？』已而果卒于漢東。惇夫之卒也，山谷以詩哭之云：『詩到隨州更老成，江山爲助筆縱橫。眼看白骨埋黄土，何况人間父子情。』蓋謂惇夫與其父歆、向也。蔡天啟亦有詩云：『人物於今歎渺然，孤墳宿草已生煙。日暮行人道傍會，應逢年少共談玄。』其餘作者甚衆，皆載於《呻吟集》後。《直方詩話》

邢惇夫有文，早夭，東坡云：『惇夫自爲童，所與交皆諸公長者，百不一見，遂與草木共盡。』山谷云：『謝師復年未二十，文章不類少年語，方行萬里，出門而車軸折。甚矣惇夫，似吾師復也！』且有絶句云：『詩到隨州更老成，江山爲助筆縱横。眼看白璧埋黄壤，何況人間父子情。』惇夫父名恕，字和叔，從伊川先生學，元祐初除御史，後謫隨州。《合璧事類前集》

惇夫有《寄陳後山》詩云：『微意平生在江海，塵冠今日爲君彈。』任淵《後山詩注》

雙井黄叔達，字知命，初自江南來，與陳履常俱謁法雲禪師于城南，夜歸，過龍眠居士李伯時。知命衣白衫，騎驢，緣道摇頭而歌，履常負杖挾囊于後，一市皆驚以爲異人。伯時因畫爲圖，而邢惇夫爲作歌曰：『長安城頭烏夜棲，長安道上行人稀。浮雲捲盡暮天碧，但見明月流清輝。君獨騎驢向何處？頭上倒着白接羅。長吟搔首望明月，不學山翁醉似泥。到得城中燈火鬧，小兒拍手攔街笑。道傍觀者那得知，相逢疑是商山皓。龍眠居士畫無比，摇毫弄筆長風起。酒酣閉目望窮途，紙上軒昂無乃似。君不學長安游俠誇年少，臂鷹挾彈章臺道。君不能提携長劍取靈武，指揮猛士驅貔虎。胡爲脚踏梁宋塵，終日飄飄無定所？武陵桃花春欲暮，白水青山起煙霧。竹杖芒鞋歸去來，頭巾任掛三花樹。』惇夫時年未二十。《直方詩話》

邢惇夫，恕子，年十四，賦《明妃引》。子瞻見而稱之，由是知名。病羸，早夭，王直方編其遺草，爲《呻吟集》。《雪浪齋日記》　宗祥案：《明妃引》云：『漢宫有女顔如玉，淺畫愁眉遠山緑。披香殿裏夜吹笙，未央宫中朝理曲。絳紗蒙籠雙蠟燭，簫鼓聲傳春漏促。玉輦三更别院歸，夜深月照黄金屋。莓苔滿院無行迹，總爲君王未相識。天上天仙骨格别，人間畫工畫不得。嫣然一笑金輿側，玉貌三千斂顔色。羅幃繡户掩香風，一朝反嫁單于國。金鳳羅衣爲誰縷，長袖弓彎不堪舞。一别昭陽舊院花，淚灑臙脂作紅雨。回頭不見雲間闕，黄河半渡新冰滑。馬蹄已踏遼羯塵，天邊尚挂長門月。黄沙不似長安道，薄暮微雲映衰草。胡兒馬上鳴胡笳，緑鬢紅顔爲君老。西風蕭蕭易水寒，啼痕不斷幾闌干。年年看盡南飛雁，一去天涯竟不還。少年將軍健如虎，日夕撞鍾槌大鼓。寶刀生澀旌旗卷，漢宫嫁盡嬋娟女。寂寞邊城日將暮，三尺角弓調白羽。安得壯士霍嫖姚？縛取呼韓作編户。』

《雪浪齋日記》云：崔子方喜作五言詩，如：『白日行空闊，青燈耿夜闌』，真佳句也。邢敦夫自少即爲壯語，如：『移床聽秋雨』是也。李漢老《題敗荷葉》云：『紫荷蟲篆霜葉枯，梟蹄垂房裂青膚。』造語甚奇。《苕溪漁隱叢話》

任伯雨

任德翁伯雨貶昌化時，和張才叔贈詩，云：『身投魑魅家何在？澤逮昆蟲罪未除。』《梁溪漫志》

任伯雨《獨坐》詩云：『得喪榮枯事，悠悠過耳風。此身猶是幻，何物不爲空。酒聖心常醉，詩窮語更工。小軒搔首坐，斜日滿窗紅。』《瀛奎律髓》

徐大正

徐得之嘗赴省試，過釣臺，題詩云：『光武初從血戰回，故人長短尚論材。中宵若起唐

虞興，未必先生戀釣臺。』東坡見之，遂與定交。《建寧府志》

葛敏修

山谷南遷，還至南華竹軒，令侍史誦詩板，戒勿言姓名。久之，有一絶云：『不用山僧供帳迎，世間無此竹風清。獨拳一手支頤卧，偷眼看雲生未生。』徐視之，曰：『果吾學子葛敏修也。』《能改齋漫録》

葛敏修《南華竹軒》絶句：『獨拳一手支頤卧，偷眼看雲生未生。』蓋用五代時陳況詩：『醒眼看諸峰，白雲開又集』。然唐吴融亦有『深感下峰顔色好，晚雲纔散又當門』之句。《能改齋漫録》

李才甫

李才甫《江西泊舟後》詩曰：『江水冥冥沙石陰，一舸行盡春已深。浪花緑蔓曳錦帶，短蘆刺水抽玉簪。饑魚未沉波面筒，小舫正横溪上風。清輝濯盡遠山碧，白鳥飛入蒼煙叢。』《山谷外集》自注云：『太和小舫板上塵土中得此詩。』《紫微詩話》

蘇　邁

蘇伯達，東坡長子，豪邁雖不及其父，而學問語言，亦勝他人子也。少年作詩云：『葉隨流水知何處？牛帶寒鴉過別村。』先生見之笑曰：『此村長官詩。』後東坡貶惠州，伯達求潮之安化令，以便饋親，果卒于官。《江鄰幾雜志》

東坡云：『兒子邁嘗作《林檎》詩云：「熟顆無風時自落，半腮迎日鬭鮮紅。」于等輩中亦號有思致者。今已老，無他技，但亦時出新句也。嘗作《酸棗尉》，有詩云：「葉隨流水歸何處？牛載寒鴉過別村。」此句亦可喜也。』《苕溪漁隱叢話》

陳復常

元祐六年，汝陰久雪。一日天未明，東坡來召議事，曰：『某一夕不寐，念潁人之饑，欲出百餘石造餅救之。老妻謂某曰：「子昨來陳，見傅欽之言，簽判在陳賑濟有功，何不問其賑濟之法？」某遂相召。』予笑謝曰：『已備之矣。今細民之困，不過食與火耳，義倉之積穀數千石，可以支散以救下民；作院有炭數萬秤，依原價賣之，二事可濟下民。』坡曰：『吾事濟矣。』遂草《放積穀賑濟奏》，檄上臺寺。陳聞之，有詩云：『掠地衝風敵萬人，蔽天密

雪幾微塵。漫山塞壑疑無地，投隙穿帷巧致身。映積讀書今已老，閉門高卧不緣貧。遥知更上湖邊寺，一笑潛回萬寶春。』《侯鯖録》

蘇　過

蘇叔黨過《賦鼠鬚筆》云：『太倉失陳紅，狡穴得餘腐。既興丞相歎，又發廷尉怒。磔肉餧餓猫，分髯雜霜兔。插架刀槊健，落紙龍蛇騖。物理未易知，時來即所遇。穿墉何卑微，託此得佳譽。』其步驟氣格，殊有父風也。《苕溪漁隱叢話》

蘇叔黨《送曇秀》詩云：『三年避地少經過，十日論詩喜琢磨。自欲灰心老南岳，猶能繭足慰東坡。來時野寺無魚鼓，去後閒門有雀羅。從此期師真似月，斷雲時復挂星河。』曇秀來惠州見余，余病，已絶不作詩，兒子過粗能搜句，時有可觀。此篇殆咄咄逼老人矣，特爲書之，以滿行橐。《東坡題跋》

蘇叔黨《金陵上吴開府》兩絶句云：『時平無事清吟好，衛霍貪功未是奇。争似一篇人膾炙，四方傳誦卧龍詩。』自注：『開府帥襄陽時，嘗游隆中，爲諸葛孔明賦詩，有「翻覆看俱好」之句，爲世稱誦，故云。』『廟堂陶鑄人材盡，流落江淮老病身。又踏槐花隨舉子，思量鄧禹是何人？』《式古堂書考》

靖康中，蘇叔黨以真定倅赴官，次河北，爲賊所脅。叔黨語賊曰：『若知世有蘇内翰乎？吾即其子。肯隨若求活草間耶？』通夕痛飲，翌日視之，卒矣。王明清《揮麈後録》載之，而晁以道志其墓稱『以暴疾卒于鎮陽』。繹其文，可云孝子，合而觀之，不媿其父矣。考東坡先生以徽宗建中靖國元年辛巳，卒于常州，先生既卒，而蔡京由尚書左丞進左右僕射，蔡卞旋知樞密院事。自崇寧元年，迄于四年，籍黨人榜朝堂，定上書人上、中、下六邪等，責逐責降，而又編管子弟，不許到闕，一刻石于端禮門，再刻石于諸州，三刻石于文德殿門，帝既親書之，京復自書，頒之天下。是時叔黨潛身，救過之不給，寧有富貴利達之念，萌于中哉？惟因梁師成自言爲東坡出子，嘗訴于裕陵曰：『先臣何罪，禁誦其文章，滅其尺牘？』于是先生遺文手迹，始稍稍復出。叔黨之不忍顯絶師成者，此也。然黨禁初弛，後雖得入京師，借詼諧以玩世，未嘗薰染，以道所云嘻笑謔浪，節槩存焉是已。乃毁之者謂叔黨諂事師成，自居乾兒。夫師成既以東坡爲父，稱曰『先臣』，則必以昆弟遇叔黨，豈有業爲兄弟而又降稱乾兒之理？此助洛攻蜀者謗之。貝錦南箕，尚論者不可不白其冤也。

《曝書亭集》

張芸叟詩：『夕陽牛背無人卧，帶得寒鴉兩兩歸』，與東坡所記蘇叔黨詩：『葉隨流水歸何處？牛帶寒鴉過别村』，與張詩相類。《能改齋漫録》

杭僧思聰，東坡爲作《字説》者，大觀政和間，挾琴游梁，日登中貴人之門，久之遂還俗，爲御前使臣。方其將冠巾也，蘇叔黨因浙僧入都，送之詩曰：『試誦北山移，爲我招琴聰。』詩至已無及矣。《老学庵筆記》

陶淵明《游斜川》詩，自序：『辛丑歲，年五十。』蘇叔黨宣和辛丑，亦年五十，蓋與淵明同甲子也，是歲得園于許昌西湖上，故名之曰『小斜川』云。《老学庵筆記》

劉發

劉發《贈鼓琴文照大師》詩云：『寶琴何所得？所得甚幽微。聊借絲桐韻，還超智慧機。霜風悲玉軫，江月入珠徽。向此諸緣盡，人間孰是非。』《普照寺續古録》

高茂華

僕年十七歲時，先大夫爲江東漕，李端叔、高秀實皆父執也。適在金陵，二公游蔣山，僕雖年少，數從杖屨之後。在定林説元微之詩，引事當有出處，屈曲隱奥，高秀實皆能言之，僕不覺自失。因思古人讀書多，出語皆有來處，前輩亦讀書多，能知之也。《彦周詩話》

高秀實又云：『元氏艷詩，麗而有骨，韓偓《香奩集》麗而無骨。』時李端叔意喜韓偓

詩，誦其《序》云：『咀五色之靈芝，香生九竅；咽三危之瑞露，美動七情。』秀實云：『勸不得也，勸不得也。』《彦周詩話》

『五年不出青門道，邂逅尋春此一回。忽憶秦川貴公子，桃花落盡合歸來。』此高秀實《城東寄王越州》詩。《彦周詩話》

高秀實茂華，人物高遠，有出塵之姿，其爲文稱是。嘗和予《高郵道中》詩，有『中途留眼占星聚，一宿披顔覺霧收』之句，便覺予詩急迫，少從容閒暇處。《紫微詩話》

王　雍

三學山，在蜀金堂縣東北，有佛迹石，理堅潤瑩白如玉，非世間追琢所能。又有神燈寺，有碧玉佛龕，藕絲袈裟、錦字《多心經》、貝葉金字《涅槃經》。寺前檜柏，皆隋唐故物。又有飛石，乃自雲頂山飛來。又有鸚鵡塔，乃鸚鵡能念佛，死遂瘗于塔。王雍有詩云：『五色琉璃白晝寒，當年佛脚印旃檀。藕絲織出三衣妙，貝葉經傳一偈難。夜看聖燈紅菡萏，曉驚飛石碧琅玕。更聞鸚鵡因緣塔，八十山僧試説看。』《方輿勝覽》

周　沔

周沔《題無想寺韓熙載讀書臺》云：『螢火不知人已去，夜深猶傍竹窗明。』《景定建康志》

米　芾

米芾元章，或云其母本産媼，出入禁中，以勞補其子爲殿侍，後登進士第。善書，尤工臨摹，人有古帖假去，率多爲其换易真本，至於紙素破汚，皆能爲之，卒莫辨也。有好潔之癖，仕太常博士，奉祠太廟，乃洗去祭服藻火，而坐是被黜，然亦半出不情。其知漣水軍日，先公爲漕使，每傳觀公牘，未嘗滌手。予昆弟訪之，方授刺，則已須盥矣，以是知其爲僞也。宗室華原郡王仲御，家多聲妓，嘗欲驗之，大會賓客，獨設一榻待之，使數卒解衣袒臂，奉其酒饌，姬侍環于他客，杯盤狼籍，久之，亦自遷坐于衆賓之間，乃知潔疾非天性也。然人物標致可愛，故一時名士，俱與之游。其作文亦狂怪，嘗作詩云：『飯白雲留子，茶甘露有兄』，人不省『露兄』故，嘗叩之，乃曰：『只是甘露哥哥耳！』大觀中，至禮部員外郎知淮陽軍，卒。《雞肋編》

米元章居鎮江，常在甘露寺，榜其所處曰『米老庵』。甘露大火，惟李衛公塔及米老庵獨存，元章作詩云：『雲護衛公塔，天存米老庵。』有戲之者，每各添兩字云：『神護李衛公塔颯，天留米老娘庵篜。』元章母乃入内祗應老娘，元章以母故命官。《軒渠録》

予家猶有米元章書『長壽庵』三字，後題兩句云：『人是西方無量佛，壽如南極老人星。』不知古人詩句，或元章自作也。《二老堂詩話》

杜甫詩謂薛少保『惜哉功名迕，但見書畫傳』，甫老儒『汲汲于功名』，豈不知固有時命，殆是平生寂寥所慕。嗟乎！五王之功業，尋爲女子笑，而少保之筆精墨妙，摹印亦廣，石泐則重刻，絹破則重補，又假以行者，何可謂也！然則才子鑒士，寶鈿瑞錦，繅襲數十，以爲珍玩，回視五王之煒煒，皆糠粃埃壒，奚足道哉！雖孺子知其不逮少保遠甚明白。余故題所得蘇氏薛稷二鶴云：『遼海歸來顧螻蟻，昂霄孤唳留清耳。從容雅步在庭除，浩蕩閒心存萬里。乘軒未失入佳談，寫真不妄傳詩史。好事心靈自不煩，臭穢功名皆一戲。武功中令應天人，束髮遼陽侍帝宸。連城照乘不俟寶，黄圖孔詰悉珍真。百齡生我欲公起，九原蕭蕭松嶷嶷。得公遺物非不多，賞物懷賢心不已。』其後以帖易與蔣長源，字仲永，吾書畫友也。予生平嗜此，老矣，此外無足爲者。嘗作詩云：『棐几延毛子，明窗館墨卿。功名皆一戲，未覺負生平。九原不可作，漫呼杜老曰杜二。酹汝一卮酒，愧汝在不能從我游也。』故敘平生所覩，以示子孫，題曰『畫史』，識者爲予增廣眼目也。《畫史序》

米元章少時作邑，會歲大旱，遣吏捕蝗甚急，有鄰邑宰忽移文責之，謂吏驅蝗入境。元章取公牒作一絶句，書其背而遣之，云：『蝗蟲本是天災，不可人力擠排。若是敝邑遣去，卻煩貴縣發來。』見者大笑。《竹坡詩話》

米元章賦詩絶妙，而人罕稱之者，以書名掩之也。如《不及陪東坡往金山作水陸》詩云：『久陰陣奪佳山川，長瀾四溢魚龍淵。衆看李郭渡浮玉，晴風掃出清明天。頗聞妙力開大施，足病不列諸方仙。想應蒼璧有垂露，照水百怪愁寒煙。』《栖雲閣》云：『雲出救世旱，澤浹雲尋歸。入石了不見，豐功已如遺。龍騫荐復起，抱石明幽姿。雲乎無定所，隱者何當棲？』如此二詩，殆出翰墨畦逕之表。蓋自邁往凌雲之氣流出，非尋規索矩者可到也。《韻語陽秋》

潤州火，爇盡室廬，惟存李衛公塔、米元章庵。元章喜，題塔云：『神護衛公塔，天留米老庵。』有輕薄子于『塔』、『庵』二字上添注『爺』、『娘』二字，元章見之，大罵。輕薄子再于『塔』、『庵』二字下添注『颯』、『糟』二字。蓋元章母嘗乳哺宮中，故云。『糟』字本出《漢書・霍去病傳》云：『鏖皋蘭山下。』注云：『今謂糜爛爲鏖糟。』輕薄子用『糟』字粘『庵』字，蓋今人讀『鏖』爲『庵』、讀『糟』爲『子甘切』，添注遂成七言兩句，云：『神護衛公爺塔颯，天留米老娘庵糟。』《誠齋詩話》

宗祥案：《寶晉英光集》載《甘露寺》詩并《序》云：『甘露寺壁間，有張僧繇四菩薩、吴道子行脚僧。元符末，一旦爲火所焚，六朝遺物掃地，李衛公祠手植檜亦焚蕩。寺故重金碧參差，多景樓背山面江，爲天下甲觀，五城十二樓不過也，今所存惟衛公鐵塔、米老庵三間，作詩悼之云：「色改重重構，春歸户户嵐。槎浮龍委骨，畫失獸遺耽。神護衛公塔，天留米老庵。柏梁終厭勝，會副越人談。」』

南唐硯山，米元章自記云：『右此石是南唐寶石，久爲吾齋研山，今被道祖易去。中美舊有詩，今每誦其詩，必懷此石。近余亦有詩云：「研山不復見，哦詩徒歎息。惟有玉蟾蜍，向予頻淚滴。」此石一入渠手，不得再見，每同交友往觀，亦不出示，紹彭公真忍人也。余今筆想成圖，仿佛在目，從此吾齋秀氣，尤不復泯矣。崇寧元年八月望，米芾書。』余二十年前，嘉興吴仲圭爲畫圖，錢唐吴孟思書文，後携至吴興，燬于兵。偶因清暇，默懷往事，漫記于此。《輟耕録》

『怒氣號聲迸海門，州人傳是子胥魂。天排雲陣千龍吼，地擁銀山萬馬奔。勢與月輪齊朔望，信如壺漏報晨昏。吴亡越霸成何事，一唱漁歌過遠村。』米元章《詠潮》詩也。書既遒勁，詩亦雄壯，邁往凌雲之氣，蓋可見矣。《夷白齋詩話》

米海岳《琴》詩云：『澹乎無味中，指下清音發。□□□□□，空山墮涼月。』訪因無礙首座，出觀米老墨迹一册四幅，此詩歸尋《英光集》檢之，不見。《郭天錫日記》

近傳邵文敬『半江帆影落樽前』之句，以爲奇絶，遂號爲『邵半江』。然唐趙嘏詩『半江

帆盡見分流』之句，宋米元章亦云：『六朝山色落樽前』，已落前人第二矣。《升庵詩話》

米元章之書法，人皆知之，其詩律之妙，人或不盡知也。予愛其《望海樓》一詩，云：『雲間鐵瓮近青天，縹緲飛樓百尺連。三峽江聲流筆底，六朝帆影落樽前。幾番畫角催紅日，無事滄洲起白煙。忽憶賞心何處是？春風秋月兩茫然。』又《詠潮》云：『怒氣號聲迸海門，州人傳是子胥魂。天排雲陣千家吼，地擁銀山萬馬奔。勢與月輪齊朔望，信如壺漏報朝昏。吴亡越霸成何事？一唱漁歌過遠村。』又《垂虹亭》一絶云：『斷雲一葉洞庭帆，玉破鱸魚霜破柑。好作新詩繼桑苧，垂虹秋色滿東南。』《升庵詩話》

徽宗嘗問米某：『蘇軾書如何？』對曰：『畫。』『黄庭堅書如何？』曰：『描。』『卿書如何？』曰：『刷。』《誠齋詩話》

苕溪漁隱曰：淮北之地平夷，自京師至汴口並無山，惟隔淮方有南山，米元章名其山爲『第一山』，有詩云：『京洛風塵千里還，船頭出没翠屏間。莫能衡霍撞星斗，且是東南第一山。』此詩刻在南山石崖上，石崖之側，有東坡《行香子》詞，後題云：『與泗守游南山作』。字畫是東坡所書，小字，但無姓名。崇、觀間，禁元祐文字，遂鐫去之。予頃居泗上，皆打得此二碑，至今尚存。《苕溪漁隱叢話》

米芾元章豪放戲噱有味，士大夫多能言其作，止有書名。嘗大字書曰：『君有瀑布詩，古今賽不得。最好是一條，界破青山色。』人固以怪之，其後題云：『蘇子瞻曰：此是白樂天《奴子》詩。』見者莫不大笑。《冷齋夜話》

徽宗嘗命米芾以兩韻詩草書御屏，次韻乃押『中』字，行筆自上至下，其直如綫。上稱賞曰：『名下無虚士。』芾即取所用硯入懷，墨汁淋漓，奏曰：『硯經臣下用，不敢復進御，臣敢拜賜。』又一日，米回人書，親舊有密于窗隙，窺其寫至『芾再拜』即放筆于案，整襟端下兩拜，三學多士皆知其説。《清波雜志》

海岳以書學士召對，上問本朝以書名世者凡數人，海岳各以其人對，曰：『蔡京不得筆；蔡卞得筆而少逸韻；蔡襄勒字；沈遼排字；黄庭堅描字；蘇軾畫字。』上復問：『卿書如何？』對曰：『臣書刷字。』《墨莊漫録》

孔　夷

孔方平《贈關淵聖學士》詩云：『吴越聲飛二十年，緇衣空復歎遺編。紫芝眉宇風塵外，太白文章錦繡前。可是石渠方載筆，未應水國要歸田。他時雪裏相逢處，能記騎驢孟浩然。』《萬姓統譜》

曾紆

曾公衮《江樾軒》二絶句云：『卧聽灘聲淲淲流，冷風凄雨似深秋。江邊石上烏桕樹，一夜水長到梢頭。』『竹間嘉樹密扶疏，異鄉物色似吾廬。清曉開門出負水，已有小舟來賣魚。』《詩人玉屑》

曾紆，字公衮，布子，嘗戲作冷語，云：『萬山雲雪陰霾空，千林霧凇水摇風。凍河徹底連三冬，嘉平曉獵崤函中。十二律吕相與宫，安得此候疏煩胸？』《墨莊漫録》

畢漸

畢漸《贈林子山》詩云：『兒童聞説子山名，將謂先生是古人。海上曾經仙洞府，巖前猶見玉精神。南華久徹逍遥夢，兆率重來自在身。携得新詩天上去，不教辜負到全閩。』畢狀元漸使福建日，嘗按部過羅源，時南華翁林子山致仕，居南華洞，年已八十餘，以詩迓之，有『當年春榜首傳名，對御如君有幾人』之句。畢公和贈，多所獎借。《捫蝨新語》

李樸

李先生樸《乞巧》詩云：『處處香筵拂綺羅，爲傳神女渡天河。休嫌天上佳期少，已恨人間巧態多。齚舌自應工嫵媚，方心誰更苦鎸磨？見孫樵、柳子厚《乞巧》文獨收至拙爲吾事，笑指雙鍼一縷過。』《瀛奎律髓》

江公望

江民表《題艮岳》句：『春光吴地減，山色上林深。』劉後村跋云：『江公題艮岳句，比之鄧肅《花石綱》詩，彼刻露而此含蓄矣。』

吴幵

譚彦成追贈陳瑩中云：『汲黯何爲，坐息淮南之變；鄭公若在，必輟遼東之行。』葛魯卿云：『夷考平日，素絲之節無聞；坐廢累年，白首之言猶在。』吴正仲别何文縝，但云：『切須念第一，莫打罵長行。』《能改齋漫録》

京師中太一宫，道士房有楮，結子如楊梅，徽宗車駕臨觀之，曰『擬梅軒』。李似矩、吴正仲皆有詩。正仲詩云：『陰陰緑葉不勝垂，著子全多欲壓枝。自得君王一留顧，故應雨露亦饒滋。』其二云：『五月霏霏雨不開，若耶溪畔摘楞梅。朱丸忽向雲窗見，疑是靈根越嶺來。』其三云：『誰家蜜漬借微酸？小摘曾聞飣玉盤。争似江南風致在，瓶紅初向緑陰看。』越州楊梅最佳，土人謂之『楞梅』。又，北人以梅汁漬楮實，益以蜜，名假楊梅，故正仲後二篇皆及之。《能改齋漫録》

金人欲廢趙氏，立張邦昌，令吴幵、莫儔傳道意旨，往返數四，京師人謂之『捷疾鬼』。《靖康傳信録》

葛勝仲

盗殺武元衡也，白樂天爲京兆掾，初非言責，而請捕盗，以必得爲期。時宰惡其出位，坐賦《新井篇》，逐之九江。故因聞琵琶，乃有天涯流落之感，至于淚濕青衫之上，何僨如此哉。予先文康公嘗有詩云：『平生趣操號安恬，退亦怡然進不貪。何事潯陽恨遷謫，輕將清淚濕青衫。』又云：『及泉曾改莊公誓，勝母終回曾子車。素綆銀床堪淚墮，更能賦詠獨何如。』《韻語陽秋》

先文康公晚歲卜居於寶溪之上，建觀禊堂于水濱。紹興癸丑，與客泛舟修禊甚樂，距永和癸丑，不知其幾癸丑也，因與客相與推算。自永和九年歲甲子一周，爲晉義熙九年，又一周爲宋元徽元年，自後梁大通元年，隋開皇十三年，唐永徽四年，開元元年，大歷八年，大和七年，景福二年，周顯德二年，本朝祥符六年、熙寧六年，皆歲在癸丑，凡七百八十年矣。乃作詩以記其事，云：『快雨霽亭午，晴曦作春妍。鄰曲饒勝士，共開浮棗筵。中流愜嘯詠，隱浪金壺偏。紅芰初出水，捧劍疑來前。緬懷蘭亭會，七百八十年。可憐右軍癡，生死情纏緜。由來彭殤齊，顧或謂不然。吾黨殆天放，卜夜就管絃。尺六細腰女，舞袖輕回旋。且畢今日歡，不期來日傳。』《韻語陽秋》

『身嘗静退緣知止，心不傾邪畏好還。』葛文康詩也。人有能味其言以養其志，必無意外之慮矣。《豹隱紀談》

葛魯卿《借書》詩：『大勝楊雄辭子駿，更殊班嗣阻君山。』《困學紀聞》

胡直孺

胡少汲《贈劉邦直》詩云：『夢魂南北昧平生，邂逅相逢意已傾。楚國山川千疊遠，隋隄煙雨一帆輕。我無健筆翻三峽，君有長才肅五兵。同是行人更分手，不堪風樹作離聲。』山谷云：『少汲，後生中豪士也，讀書作文，殊不塵埃，使之不倦，雖競爽者未易追也。

「同是行人更分手」，佳句也；「邂逅相逢意已傾」，已道了劉三十一矣。』《詩人玉屑》

胡少汲《春日》絶句云：『風雲吹絮柳飛花，睡起鈎簾日半斜。四海隨人雙燕子，相逢處處作生涯。』《墨莊漫録》

胡少汲《送春》云：『冷酸梅子漸生仁，鶯老花飛迹已陳。一夜南風摇斗柄，明朝煙柳不關春。』《能改齋漫録》

少汲宣和間在河朔作漕日，同官陳亨伯輩唱和『山』字韻詩，少汲最後和成，人皆歎服。詩云：『章句飄飄續小山，古風蕭瑟筆追還。海鵬共擊三千里，鐵馬同歸十二閑。功業會看鐘鼎上，聲華已在縉紳間。他年記憶憐衰老，爲報西川引一班。』苕溪漁隱曰：元豐間，王平甫有『海鵬未擊三千里，天馬須歸十二閑』之句，甚爲一時諸公所稱道，今少汲乃云『海鵬共擊三千里，鐵馬同歸十二閑』，豈非剽平甫之句，但易此三字，以爲己作耶？《苕溪漁隱叢話》

胡少伋夜夢游一寺，與勤和尚、衲僧六七人，共步長廊。少伋手持長鑱，劃青方石，如錐畫沙，書六句頌云：『我行世間，多動少息。暫休寶坊，萬慮入寂。明日出山，八面受敵。』勤和尚隨句微吟，旁皆太息，中有一僧云：『「萬慮入寂」，句法甚勝。「明日出山」，是將動耶。』似覺復寐，自理前頌，增『住爲主人，動轉爲客』兩語，于『出山』句上，廣爲八句。《能改齋漫録》

胡安國

胡文定《題崔白喧晴圖》云：『黑頭禽笑白頭禽，頭白初因計慮深。棲向柳條尤不穩，從風斜折更關心。』《式古堂畫考》

葛次仲

葛亞卿爲勝仲之兄，有《集句詩》三卷，其《崑山慧聚寺集句》云：『全吴臨巨溟皮日休，青山天一隅李頎。静境林麓好陸龜蒙，勝槩凌方壺李白。泓泓野泉潔韋應物，曖曖煙谷虚韋應物。攀雲造禪扃韋應物，躋險築幽居謝靈運，道人刺猛虎李白，復來薙榛蕪杜甫。咄嗟檀施開杜甫，以有此屋廬韓愈。側叠萬古石李白，功就豈斯須賈島。磥砢成廣殿陸龜蒙，鬼工不可圖皮日休。有窮者孟郊韓愈，過此亦躊躇孟郊。賦詩留巖屏李白，詞律響瓊琚錢起。我訪岑寂境陸龜蒙，幸與高士俱韋應物。時升翠微上李白。凉閣對紅蕖韋應物，岸幘偃東齋韋應物。果藥雜紛敷韋應物，上方風景清白居易，華敞綽有餘白居易。高窗瞰遠郊韋應物，萬壑明晴初齊己。賞愛未能去韋應物，頳霞照桑榆宋孝武。老僧道機熟柳宗元，閒持貝葉書柳宗元。秉心識本源杜甫，高談出有無李白。茗酌待幽客李白，頓令煩抱舒韋應物。儒道雖異門孟浩然，意合不爲殊李白。

抖擻垢穢衣白居易，惟有牟尼珠杜甫。餘生願休止賈島，投策謝歸途錢起。《崑山雜詠》

黄大臨

黄元明有《寅庵》詩，寄其弟魯直，云：『手把《齊民》種蒔書，莎衫臺笠事耘鉏。夏栽醉竹餘千個，春糞辰瓜近百區。早秫旋舂嘗麴蘖，新粱炊熟自樵蘇。日西杖履行山口，招得鄰丁作飲徒。』《西江詩話》

魯直有癡弟，蓄素琴而不御，蟲蝨入焉。魯直嘲之曰：『龍池藏壁蝨』，而未有對，魯直之兄大臨，且見床下以溺器畜生魚，問知乃其弟也，大呼曰：『我有對矣！乃「虎子養溪魚」也。』《後山詩話》

王元甫

『動地隋兵至，君王尚宴安。須知天下窄，不及井中寬。樓外鋒交白，溪邊血染丹。無情是殘月，依舊照欄杆。』廬山王元甫紹聖間敕賜『高尚處士』，所作《景陽井》詩也。東坡嘗跋云：『予聞江南王元甫、郭功甫皆有詩名，予南歸過九江，因道士胡洞微求謁之。元甫云：「吾不見士大夫五十年矣。」竟不可見。』後予過秣陵，有以元甫《景陽井》詩示予，乃

知其得名不虛也。《能改齋漫録》

葉夢得

大觀中，吴興郡有邵宗益者，剖蚌將食，中有珠現羅漢像，偏袒右肩，矯首左顧，衣紋畢具，僧俗創見，遂奉以歸慈感寺。寺臨溪流，建炎間憲使楊應誠與客傳玩之次，不覺越檻躍入水中，亟禱佛求之，于煙波渺茫之中，一索而獲，吁亦異矣。葉少藴有詩云：『九淵幽怪舞垂涎，游戲那知我獨尊？應迹不辭從異類，藏身何意戀窮源。歸來自説龍宫化，久住方知鷲嶺存。此話須逢老摩詰，圓通無礙本無門。』曾公衮云：『不知一殼幾由旬？能納須彌不動尊。疑是吴興清霅水，直通方廣古靈源。月沉濁水圓明在，蓮出汙泥實性存。隱現去來初一致，莫將虚幻點空門。』一時名公和篇甚衆，今藏慈感寺。《韻語陽秋》

葉少藴《戲方仁聲》四絶，云：『戲弄扁舟泊宅村，卻尋三徑築茅墩。雲邊此意真難解，賸作新詩與細論。』『水檻新開似浣花，傍溪須更作浮槎。祇應屢費王宏酒，時要清樽對落霞。』『不惜囊錢信手空，荒田卻擬望年豐。天公可是憐風月，判遣詩人一例窮。』『盧橘楊梅已及時，我歸先自在前期。平生不作宣明面，浪媿將軍建鼓旗。』仁聲舊居城東泊宅村，張志和所游也，今徙西溪，作雲茅庵，因東岡爲小亭，號『茅墩』。欲傍溪開水檻，久無資，會郡守有饋之酒五十壺，不敢飲，亟易之，乃克成。有田數十畝，常苦下潦。余居石林，與雲茅南北正相望，故四章皆及之。《建康集》

景修與吾同爲郎，夜宿尚書新省之祠曹廳，步月庭下，爲言往常以九月望夜，道錢唐，與詩僧可久泛西湖，至孤山，已夜分。是歲早寒，月色正中，湖面渺然如鎔銀，傍山松檜參天，露下葉間，蕿蕿皆有光，微風動湖水晃漾，與林葉相射。可久清癯苦吟，坐中凄然不勝寒，索衣無所有，空米囊覆其背，爲平生得此無幾。吾爲作詩記之：『霜風獵獵將寒威，林下山僧見亦稀。怪得題詩無俗語，十年肝膈湛寒輝。』《澄懷録》

葉少藴《送嚴堉侍郎北使》詩云：『朔風吹雪暗龍荒，荷橐驚看玉節郎。楛矢石砮音『拏』傳地產，毉閭析木照天光。傳車玉帛風塵息，盟府山河歲月長。寄語遺民知帝力，勉抛鋒鏑事耕桑。』少藴以妙年出蔡京之門，靖康初，守南京，當罷廢，胡文定公以其才奏，謂：『不當因蔡氏而棄之。』然《石林詩話》專主半山，而陰抑蘇、黄，非正論也。秦檜之和，雖萬世之下，知其非是，後四句含糊説過，無一毫忠義感慨之意，則猶是黨蔡尊舒、紹述之徒常態也。《瀛奎律髓》

皮日休嘗謂宋廣平正資勁質，剛態毅狀，宜其鐵腸石心，不解吐婉媚辭，然其所爲《梅花賦》，清便富豔，得南朝徐庾體，殊不類其人。故東坡亦有『請君援筆賦梅花，未害廣平心似鐵』之句。近見葉少藴效楚人《橘頌》體，作《梅頌》一篇，以謂梅于窮冬嚴凝之中，犯霜雪而不懾，毅然與松柏並配，非桃李所可比肩，不有鐵腸石心，安能窮其至？此意甚佳。審爾，則惟鐵腸石心人可以賦梅花，與日休之言異矣。《韻語陽秋》

石林爲蔡京客，故《避暑録》所書政宣間事，尊京曰『魯公』，凡及蔡氏，每委曲回互，而于元祐斥司馬温公名，何也？建炎、紹興初，仕宦者供家狀，有不係蔡京、王黼等親黨一項，今日江湖從學者，人人諱道是門生，石林其矯一時之弊耶？《清波雜志》

煇頃于池陽一士大夫處，見紙上横卷《山陰圖》，乃葉石林家本，人物止三寸許，已再三臨寫，神韻尚爾不凡，況龍眠真筆耶！前有《序》、《贊》各八句詞翰，皆出石林。《石林文集》世不見其全，此《贊》尚慮散逸，矧墨妙之雅玩乎？當時嘗録其文，恐好奇之士雖不見畫而欲想像高勝，今乃著于是。『龍眠李伯時畫許玄度、王逸少、謝安石、支道林四人像，作《山陰圖》，玄度超然萬物之表，見于眉睫；逸少藏手袖間徐行，若有所觀；安石膚腴秀澤，著屐返首與道林語；道林羸然出其後，引手出相酬酢，皆得其意。俯仰步趨之間，筆墨簡遠，妙絶一時。碧林道人梵隆少規模伯時，爲余臨寫，真僞殆不辨，更三十年世當不知有兩伯時也。』此《序》也。《贊》曰：『揚眉軒然，意軼萬里。亦將焉往，而竟斯止。日遠游者，以是爲游。疾走息陰，彼將安休？』其二：『翰墨之娛，以寓萬變。不償一姥，笑戢山扇。袖手縱觀，我行故遲。豈以懷祖，樂此逶迤。』其三：『韞玉于山，煒然不枯。我觀此容，非山澤儒。卻顧何爲？東山之陟。如何淮淝？乃折此屐。』其四：『一世所驅，顛倒衣裳。是身何依？獨委支郎。從容三人，亦躡其後。人所無言，聊一舉手。』後又見一本，摹益失真，第書四《贊》而亡其《序》。《清波雜志》

寇國寶

予居吴下，一日出閶門，至小寺中，壁間有題詩一絶云：『黄葉西陂水漫流，籧篨風急滯扁舟。夕陽暝色來千里，人語雞聲共一丘。』句意極可喜。初不書名氏，問寺僧，云：『吴縣寇主簿所作，今官滿去矣。』歸而問之吴下士大夫，云寇名國寶，蓋與予同年，然皆莫知其能詩。予與國寶榜下未嘗往來，亦漫不省其爲人。已而數爲好事者舉此詩，乃有言：『國寶，徐州人，久從陳無己學。』始知文字淵源，有所自來，亦不難辨，恨不得多見之也。《石林詩話》

宗祥案：此節亦載《梅磵詩話》，惟末云：『余攷之《登科記》，石林乃何昌言榜登科，寇乃元符三年李釜榜下。石林謂與之同年，何耶？』是石林誤記也。《後山集》有《贈寇荆山》詩云：『承家從昔如君少，得士于君孰我先。口擬説詩心已解，世間快馬不須鞭。』

黄叔達

黄叔達《行次巫山宋楙宗遣騎送折花厨醖》詩云：『攻許愁城終不開，青州從事斬關來。』《上南陵坡》云：『風飡水宿六千里，蛇退猿啼百八盤。上得坡來總歡喜，摩圍依約見峰巒。』《題小猿叫驛》云：『大猿叫罷小猿啼，箐裏行人白晝迷。惡藤牽頭石齧足。嫗牽兒隨淚陸續，我亦下行莫啼哭。』黔中數詩，附《山谷集》中，殊有家法。或云：『山谷潤色，以成弟之名。』嘗與陳履常謁法雲禪師，夜歸，衣白衫，騎驢緑道，摇頭而歌，履常行于後，一市驚以爲異人。明日，李伯時畫以爲圖，邢惇夫作歌。《豫章詩話》

周知微

有周知微者，字明老，爲晉州縣尉，到官不數月，不告于州，而徑來京師。人問其故，云：『我欲求教授。』至京求知己不得，大醉一夕而卒。然爲詩有可喜者，如《觀臨淮雙頭白蓮圖》云：『既不學叔隗、季隗南歸晉，又不學大喬、小喬東入吴。一種桃根與桃葉，若爲化作雙芙蕖。臨淮政成有餘暇，坐令華屋生瀟灑。鵝溪一幅萬里寬，移得斷江入圖畫。天空水闊江茫茫，想見女英與娥皇。九疑雲深蒼梧遠，冰姿泣露不成粧。苦心抱恨何年了？香骨應甘没秋草。不如回首謝秋風，分作尹、邢來漢宮。』又作《上巳日寒食》云：『疾風暮雨悲游子，峻嶺崇山非故鄉。』亦可賞。而其狂未見其比。《古今詩話》

《王直方詩話》載周知微明老，作《雙頭白蓮圖》及《寒食》詩，頗奇。余靖康間在京師，寓景德寺，偶見一士大夫文編中，載明老數詩，皆妙。其《詠浮萍》詩曰：『小蹙浮青水拍隄，隄邊草色更相宜。一番穀雨晚晴後，萬點楊花春盡時。解與曲池藏寶鑒，不教新月妬蛾眉。怪來别岸波光闊，知是漁郎艇子移。』又作《邊帥上元游宴口號》一聯，曰：『後車鶯燕春聲早，前騎熊羆夜氣遒。』又《詠雁》曰：『暮天斜去空成字，遠地頻來不寄書。』此皆佳句也。餘詩不復可記，然其人不遇而没，他詩文想有可取者，亦不多見。惜哉！《庚溪詩話》

周知微有句云：『疾風甚雨悲游子，峻嶺崇山非故鄉。』《優古堂詩話》

龜山在盱眙縣北，周知微題回文絶句一首云：『迢迢緑樹淮天曉，靄靄紅霞海日晴。遥望四山雲接水，碧峰千點數帆輕。』《方輿勝覽》

李元膺

《玉臺新詠》梁沈約休文有《六憶》詩，蓋艷詞也。其後少有效其體者，王全玉乃作宮體《十憶》詩，李元膺重見之，愛其詞意宛轉，且曰：『讀之動人，老狂不能已，聊復效尤，亦作十絶，謂《憶行》、《憶坐》、《憶飲》、《憶歌》、《憶書》、《憶博》、《憶顰》、《憶笑》、《憶眠》、《憶妝》也。』其一曰：『屏帳腰支出洞房，花枝窣地領巾長。裙邊遮定鴛鴦小，只有金蓮步步香。』其二云：『椅上藤花鬭面平，繡裙斜綽茜羅輕。踏青姊妹頻來唤，鴛履貪弓不肯行。』其三云：『緑蟻頻催未厭多，帕羅香輭襯金荷。從教弄酒春衫涴，别有風流上眼波。』其四云：『一串紅牙碎玉敲，碧雲無力駐晴霄。也知唱到關情處，緩按餘聲眼色招。』其五云：『纖玉參差象管輕，蜀牋小硯碧窗明。袖紗密掩嗔郎看，學寫鴛鴦字未成。』其六云：『小閣争籌畫燭低，錦茵圍坐玉相敧。嬌羞慣被諸郎戲，袖映春葱出注遲。』其七云：『漫注横波無語處，輕攏小板欲歌時。千愁萬恨關心曲，卻使眉尖學别離。』其八云：『從來題目值千金，無事羞多始見心。乍向客前猶掩斂，不知已覺鈿窩深。』其九云：『泥嬌成困日初長，暫卸輕裙玉簟涼。漠漠帳煙籠玉枕，粉肌生汗白蓮香。』其十云：『宫樣梳兒金縷犀，釵梁水玉刻蛟螭。眉間要點雙心事，不管蕭郎只畫眉。』其情致殊妍麗，自非風流才思者

不能也。《墨莊漫録》

李元膺《游春》詩云：『夾道桃花三月暮，馬蹄無處避殘紅。』其標致如此。《詩史》

李元膺喪妻，作長短句云：『去年相逢深院宇，海棠下曾歌《金縷》。歌罷花如雨。翠羅衫上，點點紅無數。今歲重尋揮手處，空物是人非春暮。回首青門路。亂紅飛絮，相逐東風去。』元膺尋亦卒。《冷齋夜話》

李元膺《秋晚早行》詩云：『霧侵駝褐曉寒輕，星斗闌干野外明。寂寞小橋和夢過，豆田深處草蟲鳴。』近世雪窗張武子亦有《早行》詩云：『千山萬山星斗落，一聲兩聲鐘磬清。路入小橋和夢過，豆花深處草蟲鳴。』末二句僅易三字，豈暗合耶？否則不無蹈襲之失。《梅磵詩話》

李釜

蒲倅李釜元量解官東還，蒲解巡鹽鄒信子亮、虞鄉酒正周謂德孺、尉孔壎和叔、首山孫鳳聖符，酌餞王官谷。食後至瀑布亭，取水試茶，日暮分首。舊有鄙詩一章，因并題焉。詩云：『司空唐達士，寂寞卧雲岑。擾擾任群態，休休信此心。泉聲半山急，柳色舊庭深。仿佛登臨處，遺蹤一訪尋。』《王官谷集》

安　惇

樞密安公，諱犯御名。元祐末，爲江東漕，因游廬山太虚觀，未至數里間，有道士紫衣皂巾，領徒七人迎謁，既而不知所在，至觀謁陸静修仙師遺像，則宛然其人也。元符末，庚辰，公再到，賦詩云：『昔年游歷訪霓旌，多謝仙師數里迎。今日重來知有意，此身應不爲公卿。』《能改齋漫録》

向子諲

香山得洛陽履道坊楊常侍舊宅，薌林得臨江五柳坊楊遵道光禄别墅，有詩云：『莫問清江與洛陽，山林總是一般香。兩家地占西南勝，可是前人例姓楊。』樓鑰《攻媿集》

向伯恭《題米元暉横軸》兩章云：『早爲山谷印可，晚陪帝所清閒。筆力休論扛鼎，神功更解移山。』『向日家居道士，今朝碧落仙鄉。胸次山高水遠，筆端雲起風狂。』樓鑰《攻媿集》

石　悉

董慶夫云：石悉敏若頃在都下，除夕作詩云：『索米長安久倦游，寂無杯盎洗牢愁。

歲除借問除何事，除盡朱顔與黑頭。』人以爲有昔人減盡風情之讖，明年果卒。悉有《橘林集》行于世，可讀者，皆汪彥章詩也。《觀林詩話》

石敏若絶句云：『來時萬縷弄輕黄，去日飛球滿路傍。我比楊花更飄蕩，楊花只是一春忙。』《後村詩話》

石敏若《詠雪》絶句云：『鸕鷀杯中未覺貧，寒凝酒面不成鱗。如何飛上參軍鬢？與惱紅樓歌舞人。』《菊坡叢話》

石敏若句云：『鳥聲應爲故人好，梨雪欲將春事空。』『負郭生涯千畝竹，長年心事四愁詩。』『千里江山漁笛晚，十年燈火客氈寒。』『日邊人去雁行斷，江上秋高楓葉寒。』『天闊鳥雙下，山寒人獨歸。』《苕溪漁隱叢話》云：石敏若《橘林集》、汪彥章《龍溪集》今並行于世，二集之詩，相犯甚衆，不可槩舉，未知果誰作耶？設或皆彥章作，則《橘林集》中好詩無多，儻去此，遂空冀北之群矣。《苕溪漁隱叢話》

曾誠

曾誠存之，元符間任館職，嘗與同舍諸公飲王詵都尉家，有侍兒輩侍香求詩求字者，以『煙濃近侍香』爲韻。存之得『濃』字，賦詩云：『俯仰佳人看墨踪，和研親炷寶熏濃。詩情過筆當千里，妙思凝香欲萬重。山盎洩雲傾白酒，越羅霑露浥黄封。從來粉黛宜燈燭，妙手憑誰寫醉容？』又有七夕，王都尉邀同舍置酒，《聽琵琶》詩云：『寶檻凌雲結綺高，小奩争巧暮分曹。春葱細撚龍香撥，秀頸偏明邏逤槽。牛既寫形呈粔籹，馬軍馳酒送蒲萄。淚珠散作人間露，最覺更闌潤錦縧。』道山學士嘗與貴戚駙車過從宴飲，真太平盛事也，其後禁之。誠元豐中坐與子瞻交結，嘗竄均州矣。後復與諸名士游，蓋風流好事不忘于情，寧獲譴戾，是可尚也。《墨莊漫録》

南豐之曾，曰鞏、曰牟、曰宰、曰布、曰肇；章貢之曾，曰弼、曰懋、曰班、曰開、曰幾，皆以伯仲取科第，致位通顯。南豐之最著者，子固、子開，而子宣遂登相位；章貢之最著者，叔夏、天猷，若吉甫雖晚遇，亦終次對，此二族蓋甲于江南也。泉南之曾，自丞相魯公，一傳而有樞密孝寬，再傳而爲秘監誠，三傳而爲今丞相懷，又曾氏之最著也。《獨醒雜志》

田　晝

田承君有《詠杜牧》詩云：『弟病兄孤失所依，當時書語最堪悲。豈圖乞得南州後，卻恨尋芳去較遲。』《宋文鑒》

潘牥云：鄒正言浩赴貶所，其友人告之曰：『使君官京師，遇寒疾五日不汗死矣。獨

嶺海之外，能死人哉！』友爲誰？田晝是也。《蘭亭續考》

許、洛兩都，士大夫之淵藪，黨論之興，指爲許、洛兩黨。崔德符、陳叔易皆戊戌生，田承君、李方叔皆己亥生，並居潁昌、陽翟，時號『戊己四先生』，以爲許黨之魁，故諸公皆坐廢之久。《墨莊漫録》

王鄰臣

予仲氏光輔元祐丁卯應詔，季道輔餞于郊，舉光輔舊詩云：『仲舒窺圃三年廢，東野看花一日多』，光輔笑曰：『我尚能爲此語耶。』明年失意，會有詔經行士未得黜落，具名以聞，于是有旨令與特奏名，唱名第一，賜同五經出身。予時自唐易守邠待次。光輔榮歸，爲學尚不輟，八月末，爲往州北視亡妻孫氏塋地，還次近郊，馬逸而墜，内傷殊甚，十日而卒。『看花一日多』，遂成其詩讖耶！《塵史》

石齊老

長林尉石夷吾齊老嘗游廬山，爲予言：『簡寂觀天尊銅像，制範精緻，然本乃佛像。唐會昌中，廢毀浮屠，有惜其像者，遂加冠于首，衣以羽衣，以爲天尊。』夷吾作詩云：『赤土坡

頭一寺基，天尊元是一牟尼。時難只得同香火，莫聽閒人説是非。』《塵史》

項　傳

《鄧先生墓表》：『諱御夫，字從義，濟川鉅野人，……結茅北郭水濱，……有石几。丹墨作《老子注》，寒暑易節，乃一再出。吴人項傳，見之心服，書其石几云：「昔聞河上公，今見濠上翁。姓名氏時易，《道德經》解同。」辭雖俚，然實事也。又作《農曆》一百二十卷。』《雞肋集》

王公亮

予弟光輔鄰臣，郡以經行應詔，元祐丁卯賜第歸，未幾因出墜馬傷甚，十一日而卒，年四十八。王公亮明道《挽詞》云：『足轂醫還驗，占桑夢亦靈。』衆咸推服。《塵史》

黄　檥

黄檥，字濟川，山谷老人猶子也。年十九歲，會山谷自涪歸寓荆州，教以詩律，濟川曰：『爲學當師古，吾叔源流，實自杜陵，即吾師也。』余時尚幼，方參老人，侍立在傍，會有乞草堂詩者，山谷即試之，濟川援筆立成云：『徑入小庭迂，登登豈按圖。主人緣雅趣，有客愛規模。鷗與鄰翁狎，船從稚子呼。何當迎接汝？有夢隔江湖。』山谷大奇之，既别，以所用研并手校注釋《杜詩》以遺之。且銘研曰：『其重也，可以壓嶮者之累卵。其堅也，可以當謗者之鑠金。其圓也，可以消非意之横逆。其方也，可以行立心之直方。夫如是，則研爲子師，亦爲子友。善友在前，良規在後。』後三年，余與濟川别，乃舉以相贈，蓋傳衣也。嗚呼！濟川肉爛久矣，而二物悉罹于兵火，念之令人鼻酸。《五總志》

全宋詩話目録卷六十三

邵伯温　字子文，雍子。以薦入仕，爲西京教授，累遷提點成都路刑獄。有《河南集》、《邵氏聞見録》。

吕希哲　字原明，公著子，以蔭入宫。歷崇政殿説書、直秘閣，出知曹州，黨籍奪職，罷爲宫祠。

楊道孚　字克一，張耒甥。

李甲　字景元，華亭人。善畫翎毛，工小令。

劉定　字子先，官户部侍郎。

劉彦祖　任館職。

岑碩　字希微。

郭挺　字元傑，許昌人。

蔡佃　字耕道，襄孫，崇寧初進士。星異上疏，責監温州税，後以朝請郎提點兩浙刑獄。

曾開　字天游，贛縣人，崇寧二年進士。歷官權中書舍人。建炎初，累遷禮部侍郎兼直學士院，忤秦檜，出知徽州。

朱勝非　字藏一，蔡州人，崇寧二年，上舍登第。高宗朝，累除尚書右僕射、同中書門下平章事，出知湖州，卒謚忠靖。

唐庚　字子西，丹棱人，舉進士。受知張商英，擢提舉京畿常平。商英罷相，貶惠州，會赦，北歸。有《眉山集》。

趙鼎　字元鎮，號得全居士，解州聞喜人，崇寧五年進士。紹興初，累官簽書樞密院事、尚書右僕射、同中書門下平章事，安置潮州，移吉陽軍。孝宗賜謚忠簡。有《忠正德文集》。

梅執禮　字勝和，婺州浦江人，崇寧五年進士。歷户部尚書，死靖康之難。

龔況　字濬之，程子，崇寧五年進士。終祠部員外郎、左朝議大夫。自號起隱子。有《起隱集》。

史徽　字洵美，鹽官人，崇寧五年進士。累官右司郎中，高宗起爲司農少卿，建炎三年，扈駕江口遇害。

李光　字泰發，上虞人，崇寧五年進士。累官司勳員外郎、右司諫。高宗進吏部尚書、參知政事，争和議，安置瓊州，移昌化軍。卒，追復資政殿學士，謚莊簡。

李邴　字漢老，濟州任城人，崇寧五年進士。累官翰林學士。紹興初，參知政事、資政殿學士，寓泉州，卒謚文敏。有《雲龕革堂集》。

方惟深　字子通，莆田人，家長洲。崇寧五年特奏名，授興化軍助教。有《方秘校集》。

王寀　字輔道，一字道輔，韶子。登第，官校書郎，翰林學士，兵部侍郎。宣和中，以左道爲林靈素所陷，棄市。

汪藻　字彦章，德興人，崇寧中進士。高宗朝，累官中書舍人兼直學士院、給事中、兵部侍郎兼侍講，翰林學士，出知外郡，奪職居永州。有《浮溪集》。

种師道

全宋詩話卷六十三

邵伯温

瓢之爲器，貧者所用，故顔子以一瓢飲，而揚子比之『山雌』。文康公築室泛金溪上，闔門千指，朝齏暮鹽，未嘗敢以貧爲病。嘗因溪結亭，號曰『瓢飲』，蓋欲少見慕賢好古安貧樂道之意。予嘗有詩云：『我不學許由隱煙霧，得瓢不飲惟掛樹。又不學德義居虎丘，帶瓢入市多騎牛。分無玉甌囊古錦，病渴文園只瓢飲。不瞰金溪新結亭，未須引吸如長鯨。但願金溪化爲酒，歲歲持瓢醉花柳。』《易學辨惑》

子文爲陝西宣撫司馬，與路鈐李君交往甚熟，李家有數侍婢，每遇歌宴，子文必預。後十餘年，而李君已死，值其妻生辰，命子侄宴子文于書舍，遣舊婢出舞。酒酣，子文感愴宿昔，即席作詩云：『翩翩繡袖上紅茵，舞姬猶是舊精神。坐中莫怪無歡意，我與將軍是故人。』諸子得之，入呈其母，皆感泣不自勝，乃令謂子文曰：『宅中得公佳句，情緒作惡，難復

行酒，即容别日欵會。』子文不終席而退，良久，憮然曰：『所謂口乃禍門！』《過庭録》

吕希哲

吕原明元祐間侍講，大雪不罷，講《孟子》，有感哲廟一笑，喜爲二絶，云：『水晶宫殿玉花零，點綴宫槐拂素屏。特敕下簾延墨客，不因風雪廢談經。』其二曰：『强記師承道古先，無窮新意出陳編。一言有補天顔動，全勝三軍賀凱還。』《晁氏客語》

滎陽公紹聖中謫居歷陽，閉門卻掃，不交人物。嘗有詩云：『老讀文書興易闌，須知養病不如閒。竹床瓦枕虚堂上，卧看江南雨後山。』《紫微詩話》

滎陽公元符末起知單州，《登城樓》詩云：『斷霞孤鶩欲寒天，無復青山礙目前。世路崎嶇飽經歷，始知平地是神仙。』《紫微詩話》

楊國寶應之，余從姑之子也，少强學力行，元豐中，會于都城。余見其貧而不屈，老而益壯，以詩贈之云：『獨抱遺經唐處士，差强人意漢將軍。』《吕氏家塾記》

滎陽公宿居宿州、真、揚間十餘年，衣食不給，有至絶糧數日者，公處之晏然，静坐一室，家事一切不問，不以毫髮事託州縣。其在和州，嘗作詩云：『除卻借書沽酒外，更無一事擾公私。』閒居日讀一爻，徧考古今諸儒之説，默坐沈思，隨事解釋；夜則與子孫評論古

今，商榷得失，久之方罷。《伊洛淵源録》

朱巽子權，荆門人，崇寧初，嘗客予家，未有聞也，其後赴舉，滎陽公送之以詩。子權後見胡康侯給事，康侯問：『朱子久從吕公，亦嘗聞吕公議論乎？』朱曰：『未也，獨記公有送行詩。卒章云：「他日稱成毛義志，再求師友究淵源。」』康侯曰：『是乃吕公深教子，以子問學爲未至，故勉子再求師友爾。』子權由是發憤爲學，與兄震子發，俱從師請問焉。《紫微詩話》

魏曹操有『寧我負人，毋人負我』之語。本朝滎陽吕原明乃云：『中年嘗書壁以自警曰：「寧人負我，無我負人。」後觀晁少傅《碎金録》，已前有此兩句，所謂先得我心之所欲者。然《晉紀》麴粥説羅仇：「以主上荒耄信讒，不若勒兵向西平。」羅仇曰：「誠如汝言，然吾家世以忠義著于西土，寧使人負我，我不忍負人也。」乃知晁少傅之前，羅仇已有此語。』羅仇，西涼羌胡耳，能發此語，猶可貴也。《優古堂詩話》

杨道孚

崇寧初，楊文道孚見寄數絶，有云：『東平佳公子，好學到此郎。别去今幾日，結交皆老蒼。』又一絶云：『不知更事多，但覺解人少。』其餘忘之。《紫微詩話》

楊廿三丈道孚克一，吕氏重甥，張公文潛之甥也，少有才思，爲舅所知，年十五時在鄂渚作詩云：『洞庭無風時，上下皆明月。微波不敢興，其静蛟蜃穴。』元符初，滎陽公謫居歷陽，道孚爲州法曹掾，嘗從公出游，以職事遽歸，遺公詩云：『雨緑霜紅郭外田，山濃水淡欲寒天。參軍抱病陪清賞，一檄呼歸亦可憐。』公甚稱之。《紫微詩話》

李甲

李甲字景元，華亭人，善填詞小令，畫翎毛有意外之趣，米海岳嘗稱之。有《題畫》絶句云：『誰潑煙雲六尺綃？寒山秋樹晚蕭蕭。十年來往吴淞口，錯認溪南舊板橋。』《柘上遺詩》

李甲，字景元，自號華亭逸人，作逸筆翎毛，有意外趣，但木柯未佳耳。坡題其《喜鵲圖》云：『聞説神仙郭恕先，醉中狂筆勢瀾翻。百年牢落何人繼？只有華亭李景元。』又晁無咎《題周兼彦所收李甲畫三絶》，《鵲》云：『上林花妥逐鶯飛，愁絶江南雪裏時。嘍啫何須傍簷喜，毰毸相對兩寒枝。』《雁》云：『網羅無限稻粱肥，憐爾冥冥亦庶幾。戲鴨眠鷗滿中沚，衡陽無意更南飛。』《鴨》云：『急風吹雪滿汀洲，近臘淮南憶倦游。小鴨枯荷野艇冷，去年今日凍高郵。』《畫繼》

劉　定

《高齋詩話》云：章子厚嘗與劉子先有場屋之舊。文頗相厚善。子厚居京口，子先守姑蘇，以新醖洞庭春寄之，子厚答詩云：『洞霄宫裏一閒人，東府西樞老舊臣。多謝姑蘇賢太守，殷勤分送洞庭春。』其後隔闊十年，子厚拜相，亦不通問，寄書誚其相忘遠引之意，子先以詩謝云：『故人天上有書來，責我疏愚喚不回。兩處共瞻千里月，十年不寄一枝梅。塵泥自與雲霄隔，駑馬難追騏驥才。莫謂無心向門下，也曾終夕望三臺。』公得詩大喜，即召爲宰屬，遂遷户部侍郎。《苕溪漁隱叢話》

劉彦祖

劉彦祖詩云：『别後頻芳草，愁邊更落花。』晁以道云：『此詩酷似劉夢得。』《風月堂詩話》

岑　碩

岑希微《詠雪》云：『金屋暖猶積，玉關寒更深。』《吴山廟》云：『伯嚭肆讒吻，夫差失

霸圖。』《旅中春日登樓》云：『極目又芳草，捲簾非故山。』《歷代吟譜》

郭　挺

郭元極，許昌人，從李方叔學。方叔殁，挽詞云：『鯨額詞林失俊英，已應精爽在蓬瀛。楷模昔日依元禮，貧病他年累長卿。無復波瀾窺大手，空將日月送虚名。當時潁曲爲耕地，祇有風灘晝夜聲。』《過庭録》

蔡　佃

雷轟漈，在仙游縣九鯉湖東。蔡耕道佃詩云：『水流石激擬鳴雷，洞裏乾坤别有臺。玉舄扶風飛復下，瓊花帶雨落還開。鐘聲敲斷白雲裊，樹影盤迴黄鶴來。笑道神仙無處覓，空留丹竈冷莓苔。』《興化府志》

直齋陳氏曰：余嘗宦莆，至蔡忠惠襄居，去城三里，荔子號『玉堂紅』者，正在其處，矮屋欲壓頭，猶是舊物。京、卞同郡晚出，欲附名閥，自稱『族弟』。襄孫佃，唱名第一，京時當國，以族孫引嫌降第二，佃終身恨之。《文獻通考》

曾開

曾天游《李伯紀丞相挽詩》四章，其一云：『先帝收多士，惟公發妙年。清班依日月，讜論薄雲天。終賴高名重，來扶大業全。誰提太史筆？臣主頌俱賢。』其二云：『太上初傳祚，安危俛仰間。從容回萬乘，指顧復三關。漠北塵沙迴，閩中日月閒。誰知千載後，遺恨在燕山？』其三云：『追數中興相，公居第一人。初期從北狩，寧料久南巡。此日勞明主，他年憶舊臣。東都朝萬國，不復見簪紳。』其四云：『一別睢陽後，風霜十五年。勞生俱老矣，流涕獨潸然。丹鼎秋來就，心燈半夜傳。定應真不死，歸卧白雲邊。』《梁溪集·附》

朱勝非

政和末，老蔡以太師魯國公總治三省，年已過七十，與少宰王黼争權相傾。朱藏一在館閣，《和同省秋夜省宿》詩云：『老火未甘退，稚金方力征。炎涼分勝負，頃刻變陰晴。』兩人門下士互興譖言，以爲嘲謗。其後黼獨相，館職多遷擢，朱居官如故。而和人菊花詩云：『紛紛桃李春，過眼成枯萎。晚榮方耐久，造物豈吾欺。』或又譖于黼，以爲怨懟。是時士論，指三館爲『鬧藍』。《容齋四筆》

唐庚

東坡游武昌，嘗作《秧馬歌》。唐子西至羅浮，始識此器，作詩云：『擬向明時受一廛，著鞭常恐老農先。行藏已問吾家舉，從此馳名四十年。』亦巧于用事。《碧溪詩話》

唐子西《内前行》云：『内前車馬撥不開，文德殿下宣麻回。紫微侍郎拜右相，中使押赴文昌臺。旄頭昨夜光照牖，是夕收光如禿帚。明日化爲甘雨來，官家唤作調元手。周公禮樂未要作，致身姚、宋也不惡。鄉來兩公當國年，民間斗米三四錢。』唐子西《内前行》，爲張天覺作也。天覺自中書侍郎除右僕射，蔡京以少保致仕，四海歡呼，善類增氣，時彗見而遽没，旱甚而雨，人皆以爲天覺拜相感召所致，上大喜，書『商霖』二字以賜。故子西具言之。《獨醒雜志》

直齋陳氏曰：張商英拜相，子西作《内前行》，坐貶惠州，歸蜀而卒。《文獻通考》

行父自錢唐罷官如京師，眉山唐先生同寓于城東景德僧舍，與同郡關注子東，日從之游，退而記其論文之語，得數紙以歸。明年，先生得請宫祠歸瀘，道卒于鳳翔。先生嘗次行父詩二首，蓋絶筆于是矣，集者逸之，故併記云。餘杭强行父幼安記。强行父《唐先生文録》宗祥案：《次韻强幼安冬日旅舍》詩云：『殘歲無多日，此身猶旅人。客情安枕少，天色舉杯頻。桂玉黄金盡，風埃白髮新。

異鄉梅信遠，誰寄一枝春？』《次韻幼安留别》詩云：『白頭重踏軟紅塵，獨立鵷行覺異倫。往事已空誰敘舊，好詩乍見且嘗新。細思寂寂門羅雀，猶勝纍纍冢卧麟。力請宫祠知意否？漸謀歸老錦江濱。』

謝固爲綿州推官，推官之廨，歐陽文忠公生焉，謝作『六一堂』，求予賦詩。予雅善東坡以約詞紀事，冥搜竟久，僅得句云：『即彼生處所，館之與周旋。』然深有愧于東坡矣。《文録》

詩在與人商論，深求其疵而去之，等閒一字放過則不可，殆近法家，難以言恕矣，故謂之『詩律』。東坡云：『敢將詩律鬭深嚴』，予亦云：『律傷嚴，近寡恩。』大凡立意之初，必有難易二途，學者不能强所劣，往往舍難而趨易，文章罕工，每坐此也。作詩自有穩當字，第思之未到耳。皎然以詩名于唐，有僧袖詩謁之，然指其《御溝》詩云：『此「波涵聖澤」，「波」字未穩，當改。』僧艴然作色而去。僧亦能詩者也，皎然度其去必復來，乃取筆作『中』字掌中，握之以待。僧果復來云：『欲更爲「中」字如何？』然展手示之，遂定交。要當如此乃是。《文録》

《樂府解題》，熟讀大有詩材。予詩云：『時難《將進酒》，家遠《莫登樓》。』用古《樂府》名作對也。《文録》

唐子西諸文皆高，不獨詩也，其出稍晚，使及坡門，當不在秦、晁之下。《集》中有《聞坡貶惠州》詩云：『元氣脱形數，運動天地内。東坡未離人，豈此元氣大。天地不能容，伸

舒輒有礙。低頭不能仰，閉口焉敢欬。東坡坦率老，局促應難耐。何當與道俱，逍遥天地外？』此詩甚佳，狀得出。《後村詩話》

『潮田無惡歲，酒國有長春。草木疑靈藥，漁樵或異人。』『花開不旋踵，草薙復齊腰。』『團扇侵時令，方書遣晝長。』『問學兼儒釋，交游半士農。』『國計中宵切，家書隔歲通。』『關河先壟遠，天地小臣孤。』『山静似太古，日長如小年。』皆唐子西惠州詩也，曲盡南州景物，略無遷謫悲酸之態。七言如『身雜蜑中誰是我？食除蛇外總隨鄉。』『驥子能吟《青玉案》，木蘭堪戰黑山頭。』亦甚工。《後村詩話》

後人取前作翻騰勘辨，有工于前作者。唐子西《過田横墓》云：『滄溟無際何方死，卻死東都未耿光。』乃反退之祭文之意，此詩必有謂，不獨爲横發。《後村詩話》

唐子西詩文皆精確，前輩謂其早及蘇門，不在秦、晁下。以予評之，規模意度，殆是陳無己流亞也。世稱宋詩人句律流麗，必曰陳簡齋；對偶工切，必曰陸放翁。今子西所作，流布自然，用故事古語，融化深穩，前乎二公，已有若人矣。劉後村《詩話》嘗舉十餘聯，考其《集》中，蓋不勝舉也。《春日郊外》詩：『水生看欲到垂楊』，絶句：『疑此江頭有佳句，爲君尋覓卻茫茫。』簡齋有『水光忽到樹』，及『忽有好詩生眼底，安排句法已難尋』之句，非襲用其語，則亦暗合者與。《吴禮部詩話》

唐子西《語録》云：子美詩云：『天欲今朝雨，山歸萬古春。』蓋絶唱也，予惠州詩亦云：『雨在時時黑，春歸處處青』。又云：『片雲明外暗，斜日雨邊晴。山轉秋光曲，川長暝色横。』皆閒中所得句也。《苕溪漁隱叢話》

苕溪漁隱曰：子西詩多佳句，如：『兒餧嗔郎罷，妻寒怨槀砧』，『十年駒局促，萬事燕差池』，『脱使真能去窮鬼，自量無以致錢神』，此用事對屬精切者。又有造語極工者，如：『水裁偏岸直，雲截亂山平』，『破窗燈焰走，凍硯筆鋒遲』，『手香橙熟後，髪脱草枯時』，皆清奇可愛。子西尤工對屬，佳句不可盡舉，姑言其大概如此。《苕溪漁隱叢話》

苕溪漁隱曰：《上張天覺内前行》云：『内前車馬撥不開，文德殿下宣麻回。紫微侍郎拜右相，中使押赴文昌臺。』此語善于敘事，質而不俚。又云：『周公禮樂未要作，致身姚宋亦不惡。向來兩翁當國年，民間斗米纔四錢。』此語善于諷誦，當而有理，皆可法也。《湖上》云：『佳月明作哲，好風聖之清。』《棲禪暮歸》云：『草青仍過雨，山紫更斜陽。』語意俱新矣。《苕溪漁隱叢話》

苕溪漁隱曰：《晚春》云：『水國春深梅子雨，江天日暮鯉魚風』，用李賀《江樓曲》云：『樓前流水江陵道，鯉魚風起芙蓉老』。子西有云：『素知行路惡，敢厭在家貧。』樂天有云：『始知爲客苦，不及在家貧。』二聯語意絶相類，並佳句也。《苕溪漁隱叢話》

《復齋漫録》云：《辨蜀論》云：『自頃諸公議論，頗以蜀人爲疑，苟可以防閑沮遏，無不爲矣。吾不知其説也。以公孫述嘗有蜀乎？是時王郎據邯鄲，盧芳據九原，劉永據梁宋，隗囂據秦隴，而秦豐、李憲之屬，不可勝數，何獨蜀也！以劉氏嘗有蜀乎？是時曹氏據河南，袁紹據河朔，袁術據九江，劉表據荆州，孫氏據江表，而公孫度、吕布之屬，不可勝數，何獨蜀也！以王、孟嘗有蜀乎？是時劉聰稱南漢，李景稱南唐，錢鏐稱吴越，劉崇稱東漢，而馬殷、王審知、高季興之屬，不可勝數，何獨蜀也！』其大略如此。予後因讀《外史檮杌》，見五代時後唐魏王伐蜀之後，朝廷頗疑蜀人，凡有勢力貲産之族，悉令遣入洛。隱士張立爲詩以諷曰：『朝廷不用憂巴蜀，稱伯何曾是蜀人！』乃知子西用意。凡子西數百言，而立以十四字盡之，可謂簡而當矣。《苕溪漁隱叢話》

唐子西《硯銘》，謂：『筆、墨、硯，氣類也。筆之壽以日計，墨之壽以月計，硯之壽以世計。其爲體也，筆最鋭，墨次之，硯鈍者也，豈非鈍者壽、鋭者夭乎？其爲用也，筆最動，墨次之，硯静者也，豈非静者壽、動者夭乎？銘曰：「不能鋭，因以鈍爲體；不能動，因以静爲用。惟其然，是以能永年。」』此銘猶濂溪《拙賦》，皆本于『仁者壽』之説。然世道不古，後生飄楊，朴厚遲鈍之人，懼不免于訕笑，又安敢語此？杜子美云：『晚將末契託年少，當面輸心背面笑。』東坡云：『世上小兒誇疾走，如公相待今安有？』《吹劍録》

唐子西立朝，《賦梅花》詩云：『桃花能紅李能白，春深無處無顔色。不應尚有數枝梅，可是東君苦留客？向來開處是嚴冬，桃李未在交游中。只今已是丈人行，勿與年少争春風。』執政者惡其自尊，一斥不復。後以黨禍謫羅浮，作詩云：『説與門前白鷺群，也須從此斷知聞。諸公有意除鉤黨，甲乙推求恐到君。』殊有意味。又云：『鶴歸遼海悲人世，猿入巴山叫月明。惟有蠱沙今好在，往來休傍水邊行。』《抱朴子》云：『周穆王南征，一軍皆化。君子化爲猿鶴，小人化爲蠱沙。』詩意言君子或死或貶，惟小人得志，深畏其含沙射影也。《鶴林玉露》

唐子西：『佳月明作哲，好風聖之清』，本于李誠之：『山如仁者静，風似聖之清』。朱新仲：『無人馬爲二，對飲月成三』，本于秦少游：『身與杖藜爲二，影將明月成三』。陸務觀：『誰其云者兩黄鵠，何以報之雙玉盤』，本于新仲：『何以報之青玉案，我姑酌彼黄金罍』。葉少藴：『逸人舊住子午谷，詩客獨尋丁卯橋』，務觀用之。程致道：『明知計出柏馬下，正擬身全木雁中』，敖器之用之。《困學紀聞》

唐子西《内前》云：『宅家喜得調元手。』唐時宫中謂天子爲『宅家』，《通鑒》：『韓建發兵圍十六宅，諸王呼曰：「宅家救兒！」』『劉季述等至思政殿，皇后趨至，拜曰：「軍容勿驚宅家。」』《困學紀聞》

唐子西嘗見桃李盛開，而梅尚存數枝，因作詩。時張無盡天覺被召，乃以詩投之云：『桃花能紅李能白，春來何處無顔色。不應尚有一枝梅，可是東君苦留客？向來開處當嚴冬，桃李未在交游中。只今已是丈人行，勿與少年争春風。』無盡大加稱賞。《墨莊漫録》

唐庚子西謫惠州時，自釀酒二種，其醇和者名『養生主』，其稍冽者名『齊物論』。子西詩多新意，不沿襲前人語，如《湖上》云：『佳月明作哲，好風聖之清。』《獨游》云：『烏攫春祠敏，鳶窺野燒癡。』《醉眠》云：『山静似太古，日長如小年。』又《芙蓉溪歌》云：『人間八月秋風嚴，芙蓉溪上春酣酣。二南變後魯叟筆，七國戰處鄒軻談。人間二月春光好，溪上芙蓉迹如掃。周家盛處伯夷枯，漢室隆時賈生老。小兒造化誰能窮？幾回枯枿還芳叢。只因人老不復少，有酒且發衰顔紅。』此與殊新奇也。《墨莊漫録》

趙鼎

趙元鎮丞相《雨夜不寐》詩云：『西風吹雨夜瀟瀟，冷燼殘香共寂寥。要作秋江篷底睡，正宜窗外有芭蕉。』歐陽《寓庵》詩云：『篷窗卧聽瀟瀟雨，卻似蕉窗夜半聲。』一蕉窗如在舟中，一舟中如在蕉窗。詩家意思無盡藏，特因所感而發耳。《梅磵詩話》

春坊，趙純湖璧會弟竹潭，壅亦在焉。論詩把酒及夜，無可供者，湖曰：『吾有鏡湖之蒓。』潭曰：『甕有稽山之筍。』僕笑曰：『可有一杯羹矣！』乃命庖作玉帶羹，以筍似玉，蒓似帶也。是夜甚適，今猶喜其清高而愛客也。每讀忠簡公『躍馬食肉付公等，浮家泛宅真吾徒』之句，有此兒孫宜矣。《山家清供》

趙元鎮丞相謫朱崖，病亟，自書銘旌云：『身騎箕尾歸天上，氣作山河壯本朝。』《老學庵筆記》

梅執禮

梅和勝執禮，宣和初爲給事中，與時相王甫論事不合，改禮部侍郎，遂黜守蘄，復落職責守滁。王甫罷相，復職知鎮江。靖康初，以翰林學士召，其《謝表》有曰：『喜照壁間而見蝎，乍離楓下而聞鐘。』蓋『照壁喜見蝎』，此韓退之詩句也；『離楓下聞鐘』，事偶不記。後數年，因閲劉禹錫《自武陵例召趣京》詩曰：『雲雨湘江起卧龍，武陵樵客躡仙蹤。十年楚水楓林下，今日乍聞長樂鐘。』蓋用禹錫詩語也。和勝，浦江人，方未冠時，家極貧而親老，無以爲養，大雪中以詩謁邑宰，云：『有令可干難閉户，無人堪訪嬾移舟。』邑令延之，令訓其子弟。方應舉未捷，有詩自遣云：『天之未喪斯文也，吾亦何爲不豫哉。』後蔡薿榜登科，終于户部尚書，死于靖康之難。《庚溪詩話》

龔況

龔濬之句云：『貪山借船賞，嗜酒典琴沽。』『客疏閒吠犬，庖匱割啼雞。』『得句怕難續，避人長轉多。』『山色秋難老，池光夜不昏。』『閒多卷滿新成句，嬾極床堆未答書。』《中吴紀聞》

史徽

史洵美大觀間《題南京道河亭》絶句云：『穀雨初晴緑漲溝，落花流水共浮浮。東風莫掃榆錢去，爲買殘春更少留。』《陶朱新録》

李光

李莊簡之子孟博，苦學有文，紹興五年進士第三人及第，隨父南遷，卒于瓊州。先是數月，孟博夢至一所，海山空闊，樓觀特起雲霄間，有軒，榜曰『空明』，先世諸父，環坐其中，指一席曰：『留以待汝』，遂寤。臨終，雲氣起于寢，冠服宛然，自雲中冉冉升舉，瓊人悉見之。莊簡有詩悼之云：『脱屣塵寰委蜕蟬，真形渺渺駕非煙。丹臺路杳無歸日，白玉樓成

不待年。宴坐我方依古佛，空行汝去作飛仙。恩深父子情難割，淚滴千行到九泉。』《賓退録》

李莊簡公泰發奉祠還里，居于新河。先君築小亭曰『千巖亭』，盡見南山，公來必終日，嘗賦詩曰：『家山好處尋難遍，日日當門只卧龍。欲盡南山巖壑勝，須來亭上少從容。』每言及時事，往往憤切興歎，謂秦相曰『咸陽』。一日，來坐亭上，舉酒屬先君曰：『某行且遠謫矣。咸陽尤忌者，某與趙元鎮耳。趙既過嶠，某何可免。然聞趙之聞命也，涕泣別子弟；某則不然，青鞋布襪，即日行矣。』後十餘日，果有藤州之命。先君送至諸暨，歸而言曰：『泰發談笑慷慨，一如平日。問其得罪之由，曰：「不足問，但咸陽終誤國家耳。」』《老學庵筆記》

《題廣德州三峰樓》詩曰：『一川花柳擁雕闌，濃緑浮空四面山。便欲携家來此住，不將名姓落人間。』莊簡自記云：『上虞李泰定，提兵平宣城寇回，登此留宿。紹興壬子季春五日題。』《方輿勝覽》

李莊簡公光詩清絶可愛，《越州雙雁道中》一絶云：『晚潮落盡水涓涓，柳老秧齊過禁煙。十里人家雞犬靜，竹扉斜掩護蠶眠。』後至政府，與秦檜議論不合，爲中司所擊，遂藤州安置，差密院使臣伴送，公戲贈之云：『日日孤村對落暉，瘴煙深處忍分離。追攀重見蔡

明遠，贖罪難逢郭子儀。南渡每憂鳶共墮，北轅應許雁相隨。馬蹄慣踏關山路，他日重來又送誰？』亦婉而有深意。《娱書堂詩話》

李　邴

李漢老《銅雀硯》詩云：『魏宫歌舞久成塵，重見陶家幾世孫。銅雀不鳴惟解渴，管城何罪遽遭髡？』徐鉉得銅雀瓦，注水試墨即滲，鉉笑曰：『豈銅雀之渴乎？』漢老詩蓋因此。《硯箋》

李漢老建炎末自簽樞遷右轄，未幾，遷知院，前後二三月而罷。因爲《梅》詩以託意，云：『綿霜歷雪忽開遲，風笛無情抵死吹。鼎實未成心尚苦，不甘桃李傍疏籬。』《能改齋漫録》

方惟深

吴人方子通作《古柏》詩云：『四邊喬木盡兒孫，曾見吴宫幾度春。若使當時成大廈，也應隨例作埃塵。』又作《灩澦堆》詩：『湍流怪石礙通津，一一操舟若有神。自是世間無妙手，古來何事不由人。』舒王見而奇之。《雲齋廣録》

子通最長于詩，凡有所作，王荆公讀之必稱善，謂深得唐人句法。子通游王氏之門，初無迎合意，後隱城東故廬，與樂圃先生皆爲一時所高，每部使者及守帥下車，必即其廬而見之。前後上章論薦者甚衆，竟絶禄仕意。僧仲殊贈詩，有『依舊淒涼無長物，只餘松檜養秋風』之句，可以見其清高矣。年八十三卒，無子，一女適樂圃先生之子發。《中吴紀聞》

方子通《謁荆公不遇》詩云：『春江渺渺抱檣流，煙草茸茸一片愁。吹盡柳花人不見，春旗催日下城頭。』此詩荆公親書方册間，因誤載《臨川集》中。《中吴紀聞》

方子通《和周楚望〈紅梅〉用韻》詩云：『清香皓質世稱奇，試作輕紅更自宜。紫府與丹來换骨，春風吹酒上凝脂。直叫臘雪無藏處，只恐朝雲有去時。溪上野桃何足種，秦人應獨未相知。』曾裘父《艇齋詩話》以此爲徐師川十三歲詩，見知東坡，蓋妄也。慶元中，陳剛刊板，已著爲『子通』矣。《瀛奎律髓》

方子通《舟下建溪》絶句云：『客航收浦月黄昏，野店無燈欲閉門。倒出岸沙楓半死，繫舟猶有去年痕。』此詩荆公愛之，嘗書坐右，後人誤入荆公《集》中。《莆陽文獻》。宗祥案：今《臨川集》中，仍收此詩，惟數字不同。云：『落帆江口月黄昏，小店無燈欲閉門。側出岸沙楓半死，繫船應有去年痕。』其風格固極似半山也。

王寀

洛陽劉伯壽築室嵩山下，每登高頂回，則于峻極中院援筆記歲月。捐館之年，題云：『予今年若干歲，登頂凡七十四次矣。精力雖疲，而心猶未足也。』王輔道學士與其孫宣義郎元靜游嵩，至中院，作一絶句示之云：『爛紅一點出浮漚，夜坐嵩峰頂上頭。笑對僧窗談祖德，當年七十四回游。』《風月堂詩話》

王輔道《浪花》詩云：『一江秋水浸寒空，漁笛無端弄晚風。萬里波心誰折得？夕陽影裏碎殘紅。』曹道沖售詩京都，隨所命題即就，群不逞欲苦之，乃求《浪花》詩絶句，仍以『紅』字爲韻。曹謝曰：『非吾所能爲，惟南薰門外菊坡王輔道學士能之耳。』不逞回：『我固知其名久矣，但彼任館閣，吾儕小人，豈容輒詣。』曹曰：『試齎佳紙筆往拜求之，必可得。』于是相率修謁，下拜有請，王欣然捉筆，一揮而成，讀者歎服。《夷堅志》

汪藻

汪彦章《龍溪集》，有《霜餘溪上》四絶。賴可《東溪集》，亦有《霜餘溪上》五絶，内四絶《即龍溪集》中詩，但一絶不是，所謂『故人江北江南岸』者，餘皆同之，不知竟誰作耶？

四絶中其一云：『水似秋蛇巧作蟠，山如濃翠擁高鬟。清風明月元無主，乞我煙蘿茅數間。』味清俊可愛。《苕溪漁隱叢話》

武陵桃源，秦人避世于此，至東晉始聞于人間，陶淵明作《記》，且爲之詩，詳矣。其後作者相繼，如王摩詰、韓退之、劉禹錫，本朝王介甫，皆有歌詩，争出新意，各相雄長。而近時汪彦章藻一篇，思深語妙，又得諸人所未道者。其詩曰：『祖龍門外神傳璧，方士猶言仙可得。東行欲與羨門親，咫尺蓬萊滄海隔。那知平地有青雲，只屬尋常避世人。關中日月空萬古，花下山川長一身。中原别後無消息，聞説胡塵因感昔。誰教晉鼎判東西？卻愧秦人限南北。人間萬事愈堪憐，此地當時亦偶然。何事區區漢天子，種桃辛苦求長年。』《庚溪詩話》

汪彦章《春日》詩云：『一春略無十日晴，處處浮雲將雨行。野田春水碧于鏡，人影渡傍鷗不驚。桃花嫣然出籬笑，似開未開最有情。茅茨煙暝客衣溼，破夢午雞啼一聲。』此篇一出，爲詩社諸公所稱，蓋公幼年作也。《游宦紀聞》

程進道紹興初帥閩中，殄滅諸寇，以武庫爲『止戈堂』，一時諸公題詠甚多。汪彦章二詩最爲絶唱，詩云：『此老胸中百萬兵，暫勞試手沸狼群。山頭不復望廷尉，柱後何須用惠文。解帶爲城聊戲劇，賣刀買犢便耕耘。三山勝處開華屋，千載人傳舊史名。』『千里閩山驛騎飛，天書趣解海邊圍。異軍方逐蒼頭起，元帥徐將白羽揮。翻就鐃歌春舉酒，收還烽火夜開扉。向來萬事關兵氣，都作風光坐上歸。』《桐江詩話》

士人買妾，既而疾，汪彥章以詩戲之，云：『但知瓊樹鬬清新，不道三彭接有神。處仲未聞開閤事，維摩空對問禪人。封侯燕頷何妨瘦，伐性蛾眉卻怕顰。從此空花掃除盡，定須嚼蠟向横陳。』《陶朱新録》

汪彥章《賦琴高魚》云：『百川萃南州，水族何磊砢。其間琴高魚，初未列楚些。豈堪陪薨鮮，裁用當肴果。士人私自珍，千里事封裹。遂令四方傳，噍嚼亦云頗。俗云琴高生，控鯉宛溪左。靈蹤散如煙，遺鬣尚餘顆。向來騎鯨人，逸駕嘗慕我。不應當時游，反用此么麽。得無效齊諧，怪者記之過。彭越小如錢，蹤迹由漢禍。越王載王餘，變化更微瑣。因知天地間，人莫窮物夥。區區于其中，臆決蓋不可。僞真吾何知，且用慰頤朵。』涇縣東北二十里有琴溪，俗傳琴高隱所。溪中有一種小魚，他處所無，俗謂琴高投藥滓所化，號『琴高魚』，歲三月來集，漁者網取，漬鹽曝之，州縣需索，以充苞苴。其來久矣，前輩多形之賦詠，汪浮溪此詩，本《集》不載。《賓退録》

汪彥章《隆祐太后挽詞》云：『慶源由魏國，奉祀及宣仁。盛德儀中壺，私恩絶外親。長秋期不老，厚夜忽無晨。來歲柔桑緑，誰臨繭館春？朔漠遐征後，南州俶擾時。人心憂

社稷，天意屬簾幃。擁佑千齡主，圖回萬世基。中興能事畢，倏與帝鄉期。』《合璧事類前集》

元祐末，哲宗方擇后，京師里巷作打毬戲，以一擊入窠者爲勝，謂之『孟入』，于是孟在女應入宫之選。至紹聖間，禁掖造纈，有匠者姓孟，獻樣兩大蝴蝶相對，掩以纈帶，曰『孟家蟬』，民間競服之。未幾，后廢，處瑶華宫，號華陽教主玉清妙靜仙師。議者皆以爲『蟬』者，禪也，出家之兆也。靖康中，京師失守，皇族近屬皆詣虜營，以后廢歲久，無預時事，不復取。虜既退，邦昌請后入居延福宫。今上踐阼，迎后至睢陽，上尊號曰『隆祐皇太后』。建炎三年，車駕至餘杭，有苗、劉之變，后復垂簾以平内難。紹興元年，崩于會稽，上謚號曰『昭慈獻烈』，後更謚曰『昭慈聖獻』，至是前讖乃驗焉。『孟入』者，兩復入也；『蟬』者，禪御兩地垂簾之應也。大統中絶而復續，天位暫傾而復正者，后之力可謂異人矣。《秀水閒居録》

汪彦章句云：『人間何事非兒戲，鶴有乘軒蛙給廩。』《水經注》引晉《中州記》：『惠帝爲太子令曰：「若官蝦蟇，可給廩。」』《困學紀聞》

靖康二聖北狩，皇屬畢遷，中原無主，惟高宗皇帝在外獨免，隆祐太后以書勸進。有云：『獻公之子九人，惟重耳之獨在。漢家之阨十世，宜光武之中興。』此汪彦章詞也。建炎苗、劉之禍，未幾復辟，《赦書》云：『斷鼇而立四極，既成開闢之勳。取日而授五龍，復正神明之御。』此李漢老詞也。張邦昌既僭竊竄謫，《謝高宗表》云：『孔子從佛肸之召，蓋欲興周。紀信乘漢王之車，固將誑楚。』其黨顔博文之詞也。邦昌初立時，博文首上《賀表》云：『非湯武之干戈，同堯舜之禪讓。』其反覆如此。《誠齋詩話》

李綱罷相被謫，汪彦章行詞云：『朋黨罔上，有虞必去于驩兜。欺世盜名，孔子首誅乎正卯。』又云：『專殺尚威，傷列聖好生之德。信讒喜佞，爲一時群小之宗。』客有問彦章者曰：『内翰頃有《啟》賀伯紀拜相云：「孤忠貫日，正二儀傾側之中。凛氣横秋，揮萬騎笑談之頃。」又云：「士頌公冤，亟舉幡而集闕下。帝從民望，令免胄以見國人。」與今謫詞抑何反也？』彦章曰：『某此《啟》，自直一翰林學士，渠不用我，故以後詞報之。』客又曰：『詞有云：「乃傾家積，陰與賊通。」若行此言，何從？』答曰：『某何從知得，但見渠兒子自虜中歸。』汪彦章初除北門，有小官賀以啟云：『當年翰苑，曾聞學士之葫蘆。今日玉堂，又見司空之蘿蔔。』自以爲奇，有問之者：『葫蘆事，得非用太祖皇帝嘲内翰陶穀所謂「年年依樣畫葫蘆」者乎？』曰：『然。』又問：『蘿蔔何出？』曰：『昔司空圖在翰苑，嘗作《蘿蔔詩》。』聞者絶倒。《誠齋詩話》

《復齋漫録》云：『予讀唐楊巨源詩「江邊楊柳麴塵絲」之句，皆不知所本，其後讀夢得《楊柳枝詞》云：「鳳闕輕遮翡翠幃，龍池遥望麴塵絲。御溝春水相輝映，狂殺長安年少兒。」乃知巨源取此。今《巨源集》作「緑煙絲」，非也。』苕溪漁隱曰：唐毛文錫詞云：『鴛鴦對浴銀塘暖，水面蒲梢短。垂楊低拂麴塵波。』汪彦章詩云：『垂垂梅子雨，細細麴塵波。』然則『麴塵』亦可于水言之也。或云：『《周禮》「鞠衣」注云：「黄桑服也，色如鞠塵，象桑葉始生。」鞠者，草名，花色黄，世遂以「鞠塵」爲「麴塵」。』其説非是。《誠齋詩話》

苕溪漁隱曰：石敏若《橘林文》，汪彦章《龍溪集》，今並行于世，二《集》之詩，相犯甚衆，不可概舉。如『鳥聲應爲故人好，梨雪欲將春事空』，『山色總兼溪色好，松聲長作雨聲寒』；『負郭生涯千畝作，長年心事《四愁》詩』，『千里江山漁笛晚，十年燈火客氊寒』；『日邊人去雁行斷，江上秋高風葉寒』，『天闊鳥雙下，山寒人獨歸』。及《阻風余干渡》、《詠水晶數珠》、《次蘇養直韻》、《寄黄元功阻風雨辟邪渡》、《寄王仲誠》、《客至》、《夏夜示友人》等詩，皆全篇見于兩《集》，未知果誰作耶？設或此諸詩皆彦章作，則《橘林文》中好詩，本來無多子，儻去此，遂空冀北之群矣。《誠齋詩話》

《夷堅志》云：錢唐關景仁子開，爲税官，爲其下告訐，郡守械之獄。子開弟子東，徑往會稽，告急于兵部侍郎汪彦章，汪爲馳書屬杭守，事遂釋。子開具《啟》謝汪，未達而死。子東爲致之。汪書其後曰：『解晏子之驂，昔曾伸于賢者。挂徐君之劍，今有感于斯文。』《苕溪漁隱叢話》

《四六談麈》云：靖康間，京兆尹程伯起《謝賜出等牙簡表》云：『看山拄頰，敢爲晉士之清狂。上馬投囊，豈有唐賢之風度。』汪彦章詞也。翟公巽以陳通之亂，自越援杭，其《謝降官表》云：『豈比越人，坐視秦人之瘠。欲安劉氏，固知晁氏之危。』李漢老坐其兄會稽失守落職，《謝表》云：『包胥不食而哭秦，素心猶在。李陵得當而報漢，後效難期。』席大光罷參政爲潭帥，《謝表》云：『暴揚之惡，初過于共兆。播告之詞，忽同于方召。』《誠齋詩話》

《高齋詩話》云：汪彦章《上蔡元長》詩云：『班立青雲腰佩玉，手持洪造印塗金。』《誠齋詩話》

梁張率《長相思》云：『長相思，久離别。美人之遠如雨絶，獨延心中結。』蓋用晉潘岳《哀》詩云：『濯若葉落樹，邈若雨絶天。』郭璞詩云：『君若秋日雲，妾似突中煙。高下理自殊，一乖雨絶天。』汪彦章《表》云：『生平戇直，不隨世俗于雷同。歲晚棲遲，乃望君門而雨絶。』《能改齋漫録》

顔魯公自撫州刺史移湖州刺史，汪彦章藻紹興初，自湖州移撫州，《謝上表》云：『惟臨汝之故都，有魯公之遺迹，時當大曆，來自吴興。雖賢愚比擬之非倫，然明聖選除之相似。奉明主十行之詔，願布寬條；想英賢百世之風，更思高節。』語意調暢亦奇矣，第『來自

吳興』，小疵也。《能改齋漫録》

汪章彦視中書舍人韓公駒子蒼，前輩也。紹興初，韓寄寓臨川，汪來守郡，通《啟》曰：『承作者百年之師友，爲斯文一代之統盟。』别《簡》云：『僕知有公，而公不知有僕。藻老矣，願焚筆硯以從公游。』蓋前輩相敬慕如此。《能改齋漫録》

黄魯直詩云：『山椒欲雨好雲氣，湖面逆風生水紋。』汪彦章用其體云：『野田無雨出龜兆，湖水得風生縠紋。』昔宋景文問晏元獻：『劉夢得「瀼西春水縠紋生」，「生」字當作何義？』元獻云：『作「生于縠紋」意不合，當作「生熟」之「生」。』景文歎服，以爲妙語。今彦章以『生』對『出』，則作『生長』之『生』矣，豈不聞元獻之説乎？《聞見後録》

种師道

老种太尉師道，豫知金人反復，上進二詩，多爲張六太尉者收藏不達，已備言大金連結情狀，後果叛盟。詩曰：『外塞胡兒裹黨臣，勾連數衆赴京城。團團闊闊孤平寨，不識皇家王氣星。』又云：『飛蛾視火殘生滅，燕逐群鷹命不存。從今一掃胡兵盡，萬年不敢正南行。』後金人奔突犯闕，皆如其言。初與折可存立殊勳。後欲擊賊，不用其言，氣憤而卒。《侯鯖録》

全宋詩話目録卷六十四

王雲　字子飛，澤州人，舉進士。嘗使高麗，撰《雞林志》，擢秘書郎。靖康中，以資政殿學士副康王使金，次磁州，爲百姓所殺。

徐文　高郵人。

程堂　字公明，眉山人，舉進士。爲駕部郎中。善畫墨竹。

翟汝文　字公巽，丹陽人，舉進士。累官浙東安撫使。紹興初，爲翰林學士參知政事。卒，門人私謚忠惠先生。有集。

江暐　字彦明，永新人。工詩，孝母，自號轑陽居士。

曹綫　字吉甫，贑縣人，徙河南。以兄弼恤恩，授將仕郎，試禮部優等，賜上舍出身，歷校書郎。高宗朝，歷江西、浙西提刑，與秦檜不合，去位，寓上饒茶山寺，自號茶山居士。檜死，召爲秘書少監，權禮部侍郎，提舉玉隆觀。致仕卒，謚文清。有集。

張擴　字彦實，一字子微，鄱陽人，崇寧中進士。南渡，歷中書舍人。有《東窗集》。

蔡居厚　字寬夫，第進士。大觀初，歷官右正言、徽猷閣待制。有《詩話》。

徐遹　閩人。崇寧中，特奏名，仕至朝官、知廣德軍。

王叡　號靈轂子，崇寧間人。

李夷行　字炳大。崇寧間，都水丞，出爲泗州守。

鄧春卿　字榮伯，長汀人。崇寧間，詔舉遺逸八行，皆不就。

陳虚中　崇寧間，臨川守。

陳恬　字叔易，居陽翟澗上村。崇、觀間，召之。建炎初，召赴行在，直秘閣。有《澗上文人集》。

王安中　字履道，陽曲人，第進士。歷官大名主簿、中書舍人、翰林學士承旨，出鎮燕山府，除檢校太保，大名府尹兼北京留守司公事。靖康初，貶象州。有《初寮集》。

周子雍　汝陰人。

盧襄　舊名天驥，字駿元，徽宗朝避『天』字，改名襄，字贊元，三衢人，大觀元年進士。以朝散郎出爲浙東提刑。靖康間，任吏部侍郎，推册張邦昌。建炎初，安置衡州。

宇文虚中　字叔通，益州廣都人，大觀二年進士。建炎初，以資政殿學士充祈請使，留金爲翰林學士。紹興中，謀劫金主，全家皆死。淳熙初，贈官，謚肅愍。

吴敏　字元中，真州人。大觀二年，辟雍私試首選，擢浙東學事司幹官，蔡京薦充館職。欽宗朝，知樞密院事、少宰，謫涪州安置。紹興初，復爲廣西宣撫使。

李邦彦　字士美，懷州人。大觀二年，釋褐第一。歷官尚書左丞，少宰特進太宰，門下侍郎兼神霄宫使。建炎初，責潯州安置。

劉才邵　字美中，廬陵人。大觀二年，上舍釋褐。仕至尚書。有《檆溪居士集》。

王珩　字彦楚，鄞人，大觀三年進士。官宗正卿。

倪濤　字巨濟，永嘉人，徙居廣德軍，大觀三年進士。歷官左司員外郎，貶監朝城縣酒稅。有《玉谿集》。

孫覿　字仲益，晉陵人，大觀三年進士。政和四年，中詞科。高宗朝，仕至户部尚書、提舉鴻慶宫。有《鴻慶集》。

胡舜陟　字汝明，自號三山老人，績溪人，大觀三年進士。高宗朝，歷官徽猷閣待制、廣西經略使，封績溪伯。忤秦檜，死于獄。有集。

左譽　字與言，天台人，大觀三年進士。仕終湖州通判。

李彌遜　字似之，連江人，居吴縣，大觀三年進士。高宗朝，試中書舍人，再試户部侍郎。争和議乞歸田，隱連江西山。有《筠溪集》。

趙企　字循道，大觀間，宰續溪。重和初，台州倅。

李元亮　字光禄，建昌人，大觀中，登貢士科。

譚知柔　字勝仲，金壇人。政和二年進士。通判邵州，終秘書少監。有《華陽居士集》。

全宋詩話卷六十四

王　雲

王子飛雲，靖康中以資政殿學士，副康王使金，次磁州，爲百姓所殺。有《贈大仰齊禪師》詩云：『大仰古名刹，師居二紀中。本無一法説，須信萬緣空。體與太虛合，心將諸祖同。唐來三百載，不墜釋迦風。』《袁州府志》

磁州驛有顯應崔府君廟，高宗爲王尚書雲迫以使金，磁人擊裂王雲，高宗欲退，無馬可乘，神人扶馬載之，南渡河，今立祠西湖。程卓《使金録》

王雲《此君軒》句云：『爲憐緑葉四時在，不可朱闌一日無。』《錦繡萬花谷》

徐　文

雪竇和尚親書偈卷，崇寧癸未，高郵徐文題詩云：『老子休去歇去，遺墨今傳古傳。相

見本來面目，不離當處湛然。』《志雅堂雜抄》

程　堂

程公明《題成都笮橋觀音院自畫竹》詩云：『無姓無名逼夜來，院僧根問苦相猜。攜燈笑指屏間竹，記得當年手自栽。』《畫繼》

翟汝文

《符瑞圖》：『日二黄人守者，外國人來降。』翟公巽詩云：『青女霜如失，黄人日故遲。』《困學紀聞》

江　暐

江彦明句云：『鬬草事空猶昨日，惜花心在又明年。』《獨醒雜志》

曾　幾

汪内相將赴臨川，曾吉父以詩送之，有『白玉堂中曾草詔，水晶宫裏近題詩』之句，韓

子蒼改云：『白玉堂深曾草詔，水晶宫冷近題詩』。吉父聞之，以子蒼爲『一字師』。《竹坡詩話》

曾文清吉父，孔毅父之甥也，早從學于毅父。文清以蔭入仕，大觀初，以銓試合格五百人爲魁，用故事賜進士出身。紹興中，明清以《啟》贄見云：『傳經外氏，早侍仲尼之閒居。提筆文場，曾寵于津之爲首。』文清讀之，喜曰：『可謂著題矣。』後與明清詩云：『吾宗擇壻得羲之，令子傳家又絶奇。甥舅從來多酷似，弟兄如此信難爲。』徐敦立覽之，笑云：『此乃用前日之《啟》爲體，修報耳。』《韻語陽秋》

唐人詩喜以兩句道一事，茶山詩中多用此體，如『又從江北路，重到竹西亭』，『若無三日雨，那復一年秋』，『似知重九日，故放兩三花』，『次第繙經集，教兒理在亡』，『又得清新句，如聞謦欬音』，『如何萬家縣，不見一枝梅』。此格亦甚省力也。又云：陸放翁詩本于茶山，故趙仲白題曾文清公詩集云：『清于月出初三夜，澹似湯烹第一泉。咄咄逼人門弟子，劍南已見一燈傳。』謂放翁也。然茶山之學，亦出于韓子蒼，三家句律，大概相似，至放翁則加豪矣。《詩人玉屑》

紹興末，曾茶山卜居于越，得禹迹寺東偏空舍十許間居之，手種竹盈庭，日讀書賦詩其中。公平生清約，不營尺寸之産，所至寓僧舍，蕭然不避風雨。公詩有曰：『手自栽培千個竹，身常枕藉一床書。』蓋寓居時所賦也。公年雖高，吟詠猶不輟。莆田趙仲白讀公《詩集》，有詩云：『茶山八十二癯仙，千首新詩手自編。吟到瘴煙因避寇，貴登從槖只棲禪。新于月出初三夜，淡比湯煎第二泉。咄咄逼人門弟子，劍南已見祖燈傳。』蓋山陰陸務觀實從公學詩。陸有《劍南集》行于世，故末及之。《梅磵詩話》

曾吉甫《荔子》六言二首，其一云：『蕉子定成噲伍，梅丸應愧盧前。金谷危樓魂斷，白州舊井名傳。』其二云：『紅皺解羅襦處，清香開玉肌時。繡嶺堪憐妃子，苧蘿不數西施。』《升庵詩話》

曾吉父詩云：『金馬門深曾草制，水精宮冷近題詩。』『深』、『冷』二字不閒道，若言『金馬門中』、『水精宮裏』，則閒了『中』、『裏』二字也。此詩全篇無病，大勝《與疏山》詩。《藏海詩話》

聞李泰發參政得旨自便，將歸，以詩迓之：『苦遭前政墮危機，二十餘年詠式微。天上謫仙皆欲殺，海濱大老竟來歸。故園松菊猶存否？舊日人民果是非。最小郎君今弱冠，别時聞道不勝衣。』《菊坡叢話》

茶山《種竹》云：『餘子不足數，此君何可無。』上句雖非竹事，不覺牽强。《荔枝》云：『絕知高韻傾珧柱，未覺豐肌病玉環。』上、下句皆切。又妙於融化，《送别》云：『不堪相背

處，何况獨歸時。』《行役》云：『一寸客亭燭，數聲村舍雞。』絶似唐人。《後村詩話》

紹興初，虜歸我河南，議者知和約之不堅久。錢氏之後，自中原遷奉三世喪柩，窆于越上。諸公皆爲哀輓，茶山獨云：『摸金千騎去，埋玉幾人歸。』可謂妙于用事。予爲袁守，項客孫被召過袁，自言其先世墳域在沙市者，皆已遷葬公安。國勢愈蹙矣，士大夫得無感慨乎！《後村詩話》

《茶山詩》十五卷，九百一十篇者是也。續刊《後集》亦十五卷，然中間多泛應漫興者，前輩所作，猶自删其半，今人乃並存而不削，欲其行世難矣。《後村詩話》

《諸人見和返魂梅，再次韻》云：『蠟炬高花半欲摧，斑斑小雨學黄梅。有時燕寢香中坐，如夢前村雪裏開。披拂故令携袖滿，横斜便欲映窗來。重簾幽户深深閉，亦恐風飄不得回。』製香者合諸香，令氣味如梅花，號之曰『返魂梅』，詩中數句善形容。『前村雪裏』、『横斜』、『映窗』等語，挽而歸之于所聞之香，既雅潔，又標致。《瀛奎律髓》

曾文清去位後，僑寓上饒，居茶山寺，自號茶山居士。《題茶山》云：『似病元非病，求閒方得閒。殘僧六七輩，敗屋兩三間。野外無供給，城中斷往還。同行木上坐，相與住茶山。』乃曾吉甫侍郎詩。茶山，上饒名刹也。煇在上饒三四年，日從寓之游，徧歷溪山奇勝。廖明略、徐師川、吕居仁、鄭顧道、曾宏父諸公，風流未遠，邦人類能道之。煇嘗欲裒集

賦詠爲一編，目爲《玉溪唱酬》，以侈一時人物之盛，因循不克成。《清波雜志》

韓子蒼《題淵明採菊圖》詩：『九日東籬採菊英，白衣遥見眼能明。向今自有杯中物，一段風流可得成。』曾文清公題《訪戴圖》詩：『小艇相從本不期，剡中雪月並明時。不因興盡回船去，那得山陰一段奇？』兩詩意同，同爲佳作。《優古堂詩話》

曾茶山《謝路憲送蟹》詩云：『從來歎賞内黄侯，風味尊前第一流。祇合蹣跚赴湯鼎，不須辛苦上糟丘。』『内黄侯』三字甚新。《娱書堂詩話》

曾文清《壬戌歲除作》一詩，自注：『明朝六十歲矣。』詩云：『禪榻蕭然丈室空，薰銷火冷閉門中。光陰大似燭見跋，問學祇如船逆風。一歲臨分驚老大，五更相守笑兒童。休言四十明朝過，看取霜髯六十翁。』此紹興十二年壬戌也。《瀛奎律髓》

曾文清《送倉部吕治先守齊安》詩云：『齊安剖竹要循良，分付吾家坦腹郎。賸有江山連赤壁，終稀獄訟到黄堂。鈴齋晝永宜深念，邊瑣秋高合過防。此地元之遺烈在，風流容易鬢毛蒼。』倉部名大器，字治先，茶山之壻，是生東萊先生成公者。曹氏《歷代詩選》

張擴

張彦實知廣德軍，秩滿造朝，除著作郎。其兄楚材，爲秘書少監。彦實約觀梅西湖，楚材有詩，彦實次韻云：『天上新驂寶輅回，看花仍趁雪英開。折歸忍負金蕉葉，笑插新臨玉鏡臺。女堞未須翻角調，錦囊先喜助詩材。少蓬自是調羹手，葉底應尋好句來。』時楚材再婚，故及玉鏡臺事。秦會之見之，大稱賞曰：『旦夕當以文字官相處。』遷擢左史，再遷而掌外制。《揮麈餘話》

楊原仲與彦實並居西掖，代言多彦實與之潤色。《偶成二毫筆》絶句云：『包羞曾借虎皮蒙，筆陣仍推兔作鋒。未用吹毛强分別，即今同受管城封。』原仲以爲誚己，愬之會之，訹言路彈之，彦實罷爲宫祠。《揮麈餘話》

夏均父稱：張彦實詩，出江西諸人。彦實《送均父作江守》詩云：『平時衮衮向諸公，投老猶推作郡公。未覺朝廷疏汲黯，極知州郡要文翁。』均父每諷誦之。《紫微詩話》

蔡居厚

蔡寬夫爲太學博士，《和人『治』字韻》詩云：『先生萬古名何用？博士三年冗不治。』見王直方《詩話》云。近時方烏山蒙仲吟稿中，亦有此聯。《梅磵詩話》

徐遹

徐遹子，閩人，博學尚氣，累舉不捷，久困場屋。崇寧二年，爲特奏名魁，時已老矣。赴聞喜賜宴于瓊林苑，歸騎過平康狹邪之所，同年所簪花，多爲群倡所求，惟遹至所寓，花乃獨存。因戲題一絶云：『白髮青衫老得官，瓊林宴罷酒腸寬。平康過盡無人問，留得宮花醒後看。』後仕至朝官，知廣德軍，謝事而歸。《墨莊漫録》

王叡

靈轂子王叡，有《解昭君怨》詩云：『莫怨工人醜畫身，莫嫌明主遣和親。當時不作閼氏去，祇是宮中一舞人。』《侯鯖録》

李夷行

李炳大《題獨樂園見山臺》詩云：『原缺首句紛紛紅紫簇虛簷。山光不肯饒春色，故向花間出數尖。』臺側盡栽花木，故云。《過庭録》

鄧春卿

鄧春卿卜築南山之阿，太守章清訪之，謝不能肅，有詩云：『在陋媿無顏子志，過廬難稱魏公心。望塵不敢希潘岳，雲滿山頭雪滿簪。』《萬姓統譜》

陳虚中

臨川距城南一里，有觀曰魏壇，蓋魏夫人經游之地，具諸顔魯公碑，以故諸女真嗣續不絶，然而守戒者鮮矣。陳守虚中詩云：『夫人在兮若冰雪，夫人去兮仙迹滅。可怕如今學道人，羅裙帶上同心結。』《復齋漫録》

陳　恬

長松之名，前世未有。以道居嵩少，叔易作詩求之云：『松上花兮松下根，食之年貌與松鄰。君今既是松間客，采送衰翁亦可人。』以道答云：『長松不經黄帝手，小劚漫翻嵩室雲。縱有何堪寄夫子，鼎頭寶氣自氤氲。』予亦和之云：『暫隱嵩高六六峰，未乘雲氣御飛龍。自餐白石求黄石，更采長松寄赤松。』《珊瑚鈎詩話》

陳叔易《謝葛汝州寧卿遺公庫酒肉薪米》詩云：『不是故人無禄米，初非縣令給豬肝。養賢禮厚隆三篋，拜賜恩深豔一簞。』《韻語陽秋》

隸州陳恬叔易，以才名稱鄉里，自號『澗上丈人』。里人之子，從叔易學文，而好刷飾頭面，舉止妖嬈，目爲『澗上丈母』。《過庭録》

陳恬與鮮于綽、崔鶠齊名，號『陽城三士』，又與晁以道同卜隱居于嵩山。大觀中，召赴闕，除校書郎，以道寄詩戲之曰：『處士何人爲作牙？盡携猿鶴到京華。故山巖壑應惆悵，六六峰前祇一家。』《郡齋讀書志》

王安中

徽宗宣和七年十二月二十一日，勑睿謨殿張燈，預賞元宵，内燕近臣，命左丞王安中、中書侍郎馮熙載爲詩以進。安中云：『上帝通明闕，神霄廣愛天。九光環日月，五色麗雲煙。紫氣開三極，瓊璈列萬仙。希夷塵境斷，髣髴玉經傳。妙道逢昌運，真王撫契賢。龜圖規大壯，龍位正純乾。穹昊親無間，皇居掇自然。剛風同變化，祥氣共陶甄。層觀星潢上，重闈斗柄邊。摩空七雉峻，冠嶠六鰲連。夢想何曾到，階升信有緣。昕朝初放仗，密宴忽聞宣。清禁來鳴佩，修廊入並肩。獸鋪金半闔，鸞幛繡微褰。霽景留庭砌，雷文繪桷梴。

宮簾波錦漾，殿榜字金填。花擁巍巍座，香浮秩秩筵。嵩呼稱萬億，韶奏侍三千。華歲推堯曆，元璣候舜璿。冰霜知臘後，梅柳認春前。造化應呈巧，芳菲已鬥妍。樛枝彫檻小，多葉露桃鮮。錯落飛杯斝，鏘洋雜管絃。承雲歌歷歷，回雪舞翩翩。黼幄祥氛合，銅壺永漏延。鎬京方置醴，羲馭自停鞭。上聖情深渥，諸臣意更虔。宗藩親魯衛，相芾拱閎顛。側弁恩光浹，中觴詔蹕旋。寶熏携滿袖，御果得加籩。要賞嬉游盛，俄追步武遄。騰身複道表，送目夾城陾。仰揖蒼龍象，旁臨艮岳顛。謳歌紛廣陌，簫鼓樂豐年。赫奕攢輕幰，珍奇集市廛。博盧多袒跣，飲肆競蹁躚。蕃衍開朱邸，崔嵬照彩椽。橋虹彎矗矗，江練泮濺濺。擊柝周廬晚，張燈別院先。餘霞摇綺暈，列宿舍朱躔。浩蕩三山島，稜層十丈蓮。再趨天北極，卻立榻東偏。既用家人禮，仍占聖製篇。兕觥從酩酊，蟾魄待嬋娟。轉盼隨親指，環觀得從穿。曲屏江浪蹙，巨柱赤虬纏。光透垂枝井，晶銜帶壁錢。蕭臺千級峻，重屋八窗全。就席花甃匝，行樽紫袖揎。交輝方爍爍，起立復闐闐。邃宇會寧過，中宵勝賞專。鋪陳尤有韻，清雅不相沿。户箔明珠串，欄缸水碧棬。規模商甗鑄，欵識魯壺鐫。秦曲移箏柱，唐粧儼鬢蟬。窄襟珠綴領，高朵翠爲鈿。喜氣排寒沍，輕飔洗静便。層琳籍璣組，方鼎炷龍涎。瑪瑙供盤大，玻璃琢琖圓。暖金傾小榼，屑玉釀新泉。帝子天才異，英姿棣蕚聯。頻看揮斗盌，端是吸鯨川。推食俱均逮，攘餐及墜捐。海螯初破殼，江柱乍離淵。寧數披繇雀，休論縮頸鯿。南珍誇飣餖，北饌厭烹煎。賜橘懷赬卵，酡顔醽寶船。言歸荷慈惠，末節笑拘攣。放鑰嚴扃啟，籠紗逸足牽。冰輪挂銀漢，夜色映華韉。人識重熙象，功參獨斷權。五辰今不忒，六氣永無愆。天紀承三古，時雍變八埏。比閭增版籍，疆埸罷戈鋋。文軌包夷夏，絃歌偏幅員。恢儒榮藻薦，作士極魚鳶。慶胄貽謀顯，多男景福緜。迓衡常穆穆，遵路益平平。亭障今踰隴，耕耘久際燕。信通鵬海漲，威竄犬戎羶。東擬封雲岱，西將欵澗瀍。琳科宣蘂笈，玉府下雲軒。帝籍勤初播，宮蠶長自眠。繭絲登六寢，稃米秀中田。廟鶴垂昭格，壇光監吉蠲。靈芝滋菌蠢，甘醴湧潺湲。合教龐風革，頒經衆疾痊。雨隨親禱降，河避上流遷。執契皇猷洽，披圖福物駢。太和輸槖籥，妙用絶蹄筌。此際君臣悦，應先簡册編。雅稱魚罩罩，頌述鼓咽咽。詎比千齡遇，猶聞四始箋。羈臣起韋布，陋質愧駑鉛。驟俾陪機政，由來出眷憐。恩方拜綸綍，報未效塵涓。密席叨臨勸，凡踪第曲卷。雖無三峽水，曾步八花甎。逾望知難稱，才慳合勉旃。鈞天思盡賦，賸續白雲牋。』熙載云：『化工欲放陽春到，先教元冥戮衰草。凝冰封地萬木僵，誰向雪中探天巧？璿璣星回斗指寅，群芳未知時已春。人心蕩漾趁佳節，燈夕獨冠年華新。昇平萬里同文軌，井邑相連通四裔。蘭膏競吐夜烘春，和叔回車避羲轡。巍巍九禁倚天開，温風更覺先春來。試燈不用雨花俗，迎陽爲卻寒崔嵬。宣和初載玄冬尾，瑞白纔消塵不起。穆清先賞屬欽鄰，錦繡雲龍頒宴喜。初聞傳詔開睿謨，步障幾里承金鋪。調音度曲三千女，正似廣樂陳清都。遏雲妙唱韓娥侶，回雪飛花稱獨步。千春蟠木效紅英，獻壽當筵豈金母。上林晚色煙靄輕，景龍游人歡笑聲。霞裾月佩擁仙仗，翠鳳挾輦趨平成。銅華金掌散晶彩，翠碧重重簇珠琲。先從前殿望修廊，日出綺霞紅滿海。神光通透雲母屏，驪龍出舞波濤驚。煌煌黼座承天命，座下錯落如明星。榻前玉案肴核旅，獸炭銀爐夜初鼓。憲天重屋訝雲屯，崇道簫臺疑蜃吐。前楹火柱回萬牛，藺卿璧碎光色浮。周圍照耀眼界徹，冰壺漾月生珠流。點點金錢盡銜壁，豹髓騰輝粲銀礫。絲篁人籟有機械，激繹清音傳屋壁。須臾隨蹕登會寧，如騰鸞鶴游紫清。彩蟾倒影上浮空，纖雲不點惟光明。四壁垂簾玉非玉，銀缸吐豔相連屬。棼楣橫帶碧玻璃，一朵翠雲承日轂。萬光閃爍争吐吞，燭龍銜耀輝西崑。又如雹母神鞭馳，金蛇著壁不可捫。端信奇工通造化，豈比胡人能幻假。丹青漫類顧虎頭，盤礴解衣未容寫。此時帝御鈞天臺，紫垣兩兩明三台。尚方飲器萬金寶，古玉未足誇雲雷。帝傍侍女雲華品，玉立仙標及時韻。四音促柱泛笙簫，應有翔鸞落千仞。龍瓶瀉酒如流泉，御廚絡繹紛珍鮮。榻邊争欲供天笑，快倒頗類虹吸川。厭厭夜飲方歡浹，玉漏頻催鼓三疊。金門初下醉歸時，正見冰輪上城堞。微臣去歲陪清班，惡詩悞辱重瞳觀。小才易窮正鼠技，再賦愈覺相如慳。』《履道》、《彦爲》二集中，今不復印行，故録于此。《丹陽集》

安中《百韻詩序》云：『臣比蒙聖恩，召赴禁殿曲宴。其日垂拱奏事退，俟于睿謨外次，花巾絲履，進自東序，促武再拜，陛即坐席。女樂數千，陳于殿廷南端，袍帶鮮澤，行綴嚴政。酒行歌啟，音節清亮，樂作舞入，聲度閒美，俱出于禁坊法部之右。于時臘雪新霽，風日妍暖，已作春意。御榻之前有寶檻，植千葉桃花，陛下指示群臣曰：「杪冬隆寒，花已盛開。」于是皆頓首曰：「陛下神聖，能回造化，草木實被生成之賜，乃先時呈瑞，以悦聖情。」日既中仄，甫畢初筵，有旨許登景龍樓。由穆清廉外閣道以東，升望艮嶽，松竹蒼然。南視琳宫，雲煙絢爛，其北則清江長橋，宛若物外。都人百萬，遨游樓下，歡聲四起，尤足以見太平豐盛之象，群臣頌歎久之。既久，復詔觀于穆清，遂侍宴于平成。萬炬層出，彌望不極，如星挂空，而光彩動摇于海雲濤波之上。户牖屏柱，茶床燎爐，皆五色琉璃，綴以夜光火齊，照耀璀璨。從官環繞，則又都合宫蕭臺，崇樓傑閣，森羅布濩。臣心目震駭，莫有能測其機緘製作之妙。已而陪從天步，至會寧殿，瓊鋪珠箔，合沓炳焕。其所陳則虞敦夏鼎，商盤紀甗，龍文夔首，雲雷科斗，真若邃古三代之物。陛下既于黼坐，親取寶器，酌酒臨勸，命宫婢奏細樂于前，玉食嘉果，南珍海錯，手自分賜。載色載笑，雍容無間。群臣飲德，莫不霑醉。夜分乃散，歸路觀者如堵。他日稱謝，陛下申諭一二輔臣，俾作詩以記，而臣安中預焉。臣猥以凡才，蒙陛下親擢，備位政府，曾未閲月，有此非常之遇，形容頌實，雖無詔旨，猶當自效。惟是鈞天帝所，昔人夢寐，或有形開而悟，想像莫及。而臣今者身歷邃嚴，目擊奇勝，顧嘗以文字，誤被聖獎，且面命之，其榮至矣！』《清波雜志》

徽宗嘗宴睿謨殿，命安中賦詩百韻，以紀其事。詩成，賞歎不已，令大書于殿屏，凡侍臣皆以副本賜之。《宋史》本《傳》

王安中政和七年《立春帖子》，《皇帝閣》云：『彤霞蒨霧繞觚稜，樓雪融銀滴半層。別曉擬開延福宴，夾城先試景龍燈。』《妃嬪閣》云：『玉燕翩翩入鬢雲，花風初掠縷金裙。神霄宫裏驂鸞侣，來侍長生大帝君。』安中以文章有時名，交結蔡攸。攸善之，引入禁中，太上賜燕，飲半酣，是時鄭妃有寵，猶未正中，宫上出之，鄭氏簪玉花，上有雙飛玉燕，攸謂安中曰：『豈可無詩！』安中即作詩進之，太上大喜。《幼老春秋》

翰苑歲供禁中立春、端午《帖子》，前後多矣。率多擬效舊語，故少新意，惟能道宫禁一時之事者爲妙。王履道《皇帝閣》云：『彤霞蒨霧繞觚稜，樓雪融銀滴半層。別繞擬開延福宴，夾城先試景龍燈。』《妃嬪閣》云：『玉燕翩翩入鬢雲，花風初掠縷金裙。神霄宫裏驂鸞侣，來侍長生大帝君。』政和七年所進也。有《皇后閣》云：『蘂笈琅函受秘文，清虚道合玉晨君。瑶臺夜静朝真久，金屋春寒閲籙勤。』《妃嬪閣》云：『曈曨曉日上金鋪，的皪春冰泮玉壺。繡户緑窗塵不到，凝酥點就輞川圖。』重和二年所進也。不唯才思清麗，皆紀

當時事也。《墨莊漫録》

明皇幸蜀，過嘉陵，愛其江山，命吴道子圖于大同殿壁，王維復畫小簇。王履道詩云：『江山已暗大同殿，絲管猶喧凝碧池。别寫嘉陵三百里，右丞心事與誰知？』《過庭録》

王履道《象州上元》詩云：『二年白玉堂，揮翰供帖子。風生起草臺，墨點澄心紙。三年文昌省，拜賜近尺咫。紅蔘盼御盤，金幡裊宫蘂。晚爲日南客，環堵隱烏几。朝來聞擊鼓，土牛出城市。幽懷不自閒，欲逐春事起。安得五畝園，種蔬引江水？』《清波雜志》

王安中《初到象州》句云：『後人誰促漁陽戰？舊守猶遷象郡來。』《中興遺史》

公年二十有七，送某曾大父詩云：『不論與汝小一月，政自容君數百人。』專用吾宗公瑾伯仁事，精切渾成，不類少作。周平園《初寮集序》

戴良少所推服，每見黄憲，必自降薄，悵然若有所失，母問：『汝何不樂乎？復從牛醫兒所來耶？』王履道詩：『不見牛醫黄叔度，即尋馬磨許文休。』語雖工，然牛醫，叔度之父耳，非叔度也。《竹坡詩話》

黄季岑云：王履道詩：『直須刺著天公眼，便遺雷霆下取將。』是能讀倚相三墳五典之書，且盡識建章千門萬户之制。又『順斗布合宫之政，分方調文鼎之神。』『金篆浮波，河伯順流而聽命；瓊科宣籙，清華正晝以臨壇。』又『鳳鞋微露繡幫相』，皆其警策也。《能改齋漫録》

周子雍

大觀初，京師元夕張燈。時再復湟、鄯，徽宗賦詩賜群臣，云：『午夜笙歌連海嶠，春風燈火過湟中。』開封尹宋喬年不能詩，走介求援于其客周子雍，得句云：『風生閶闔春來早，月到蓬萊夜未中。』爲時輩所稱。《容齋四筆》

盧　襄

贊元詩篇極多，向嘗得其數十首，皆清拔可喜，後因兵火失之。尚記其《贈鼓琴者》曰：『試將鍾子山水意，一洗退之冰炭腸。』恨失其全篇。《庚溪詩話》

盧贊元襄有九言《酴醾花》詩云：『天將花王國艷殿春色，酴醾洗妝素頰相追陪。絶勝濃英綴枝不韻李，堪友横斜照水攙先梅。瑶池董雙成浴香肌露，竹林嵇叔夜醉玉山頽。風流何事不入錦囊句，清和天氣直挽青陽回。』《詩話補遺》

宇文虚中

宇文虚中在金作三詩，所謂『人生一死渾閒事，裂眥穿胸不汝忘』，豈李陵所謂『欲一死效范蠡曹沫之事？』後虚中仕金，爲國師，遂得其柄，令南北講和，大母獲歸，往往皆其力也。近傳明年八月間，果欲行范蠡、曹沫事，欲挾淵聖以歸。前五日爲人告變，虚中覺有警，急發兵直至金主帳下，金主幾不能脱，遂爲所擒。嗚呼痛哉！實紹興乙丑也。審如是，始不負太學讀書耳。《北窗炙輠》

吴　敏

吴元中敏《贈王逵可自翰苑出知鎮江》云：『醉中擲筆金鑾殿，睡起鳴笳鐵甕城。』《耆舊續聞》

《復齋漫録》云：吴丞相敏，十歲時游山寺，賦詩云：『古木霜根重，殘僧雪頂深。棟梁元剥落，香火半消沉。』在真州時，《贈吴正仲》詩：『先生古人風，文字祖西漢。不令萬錢食，亦合五花判。』《苕溪漁隱叢話》

吴敏，儀真人，妙齡秀發，政和初，上庠試《書》義有聲，蔡京愛其丰韻粹美，欲以女妻之，元中辭焉。釋褐授浙東學事司幹官，除館職，擢記注西掖，時年二十七，玉立鴛鷺行中，一時歆豔。敏有侍兒曰遠山，美姿色，通文理，敏每爲文，使供筆硯之役。一日，有訪敏者，敏方據案運筆，遠山者方磨墨拂紙，時服其風流如此。《三朝北盟會編》

李邦彦

李邦彦性俊爽，喜閭閻鄙猥事，自號爲『李浪子』。每以市井鄙俚之語，綴成小詞，喧傳里巷。邦彦嘗自言：『賞盡天下花，踢盡天下毬，作盡天下官。』都人亦呼之爲『浪子宰相』。《三朝北盟會編》

劉才邵

劉尚書美中嘗夜夢與一方士談禪，往復辨論宗乘中事甚詳，因問之曰：『仙家亦談佛耶？』方士曰：『仙、佛雖二，理豈有二哉！』美中既寤，頗異其事，遂紀以詩云：『北風吹雲肅天宇，蕙帳寒生月當户。頽然就枕睡思濃，夢魂悠悠迷處所。仙君勝士肯見臨，促席從容欵陪語。自言本事清靈君，學佛求仙兩無阻。雲軿白日降瑶空，天衣飄飄袖輕舉。方諸宫深雲海闊，金碧禪房隔煙雨。與君初有香火緣，聊復東來相勞苦。方游崑閬還無期，君住世間須善爲。塵勞足厭何足厭，等是實相夫何疑。前身似是塵外人，端爲世緣縻此身。重聞妙語發深省，若更離塵佛亦塵。方平羽節何時來？道宫佛殿隨塵埃。未須苦説揚塵事，東海波聲政似雷。』詩中皆其間問答之語。《獨醒雜志》

劉美中《夜度娘歌》云：『菱花炯炯垂鸞結，嬾學宮妝匀膩雪。風吹涼鬢影蕭蕭，一抹疏雲對斜月。』《詩話補遺》

韓退之《行箴》云：『宜悔而休，汝惡曷瘳。宜休而悔，汝善安在。』柳子厚《憂箴》云：『宜言不言，不宜而煩。宜退而勇，不宜而恐。』二箴相似，未知孰先爲之者。曾子固《送王無咎字序》云：『以顔子之所以爲學者期乎已，予之所望于補之也。假借乎已而已矣，豈予之所望于補之哉！』此用《孟子》句法：『千里而見王，是予所欲也。不遇故去，豈予所欲哉！』而介甫《送陳升之序》云：『堪大臣之事，可信而望者，陳升之而已矣。煦煦然仁而已矣，孑孑然義而已矣，非予所望于升之也。』子固《送王希序》、介甫《九曜閣記》言洪撫兩州山川之盛，游覽之樂，亦大略相似，未知孰先爲之者。李彌遜知吉州，于州學立楊忠襄公祠堂，請劉尚書美中作祭文，首句云：『陰虹吐氣，暫翳圜景。斗于星中，孤光耿耿。洪河潰溢，滔天横騖。屹然中流，觀此砥柱。』又云：『公人中之龍，那肯屈節于犬羊。』又云：『欲贖忠義，人百其身。』彌遜歎服不已，不知其用太學生姚孝寧《祭李清卿》文，首句云：『皇穹將傾，天柱必折。大帝欲仆，泰嶽必蹶。』又云：『公人中龍，肯臣犬豕？』又云：『賊據床上，天子在下。公抱帝躬，嚼齒大罵。公于是時，皆裂髮立。乾坤晝昏，鬼神夜泣。』又云：『欲贖清卿，人百其身。百人何多？一世猶輕。』又云：『吾將提長劍而登泰華，抉浮雲而問蒼天。雖泣盡而繼之以血，安得吾清卿之復然？』蓋清卿之父，避亂至廬陵，嘗館于美中之家，故美中得此文。予少時嘗于劉彦純家，見其全篇，今亡矣，可惜！廬陵村落，地名何山，有金地寺。壁間有廬陵丞某人留題云：『今朝憩息來金地，何日翱翔到木天？』觀者歎其的對。後美中再入館職，唱和云：『見説木天猶突兀，暫時金地亦清閒。』是時南渡之後，駐蹕臨安，百司官寺未立，暫寓一僧舍爲秘書省，而汴京本省猶未毁，美中此聯，朝士歎其親切。《誠齋詩話》

鄉先生劉尚書才劭，字美中，云：『劉弇偉明獻《南郊大禮賦》，首句云：「粤惟古初，豺獺有祭。」南郊大禮，祭天地祖宗，而比之「豺獺」之祭，此譬如「千乘萬騎，羽獵長楊」，而于其間説鬭蝦蟆。』《誠齋詩話》

王珩

王彦楚夢中作詩云：『杖履步斜暉，煙村景物宜。溪深水馬健，霜重橘奴肥。春罷雞争黍，人行犬吠籬。可憐田舍子，理亂不曾知。』《西溪叢話》

倪　濤

倪濤，字巨濟，偶訪吉甫，畫三蠅壁間。吉甫有詩，次韻和之云：『何人刻獮猴？老眼覷荆棘。不如丹青手，快意風雨疾。我窮坐詩豪，九鼎扛筆力。偶然一點汙，著紙生羽翼。千言走蚍蜉，寧爲寸紙逼。還當寫君詩，什襲同藏羃。』《畫繼》

孫　覿

前此上在青城齋宫無聊，何栗奏宜賦詩以遣興，乃以孫覿、汪藻應制。上詩用『時』字韻，覿詩曰：『噬臍有媿平燕日，嘗膽無忘在莒時。』藻詩曰：『虜帳夢回驚日處，都城心切望雲時。』有以此達帥酋，因摭此爲名，遂遲留車駕。吕本中《痛定録》

東坡歸宜興，道由無錫洛社，嘗至孫仲益家。時仲益年在髫齔，坡曰：『孺子習何藝？』孫曰：『學屬對。』坡曰：『衡門孺子璠璵器』，孫應聲曰：『翰苑仙人錦繡腸。』坡撫其背曰：『真璠璵器也，異日不凡。』《韻語陽秋》

胡舜陟

胡舜陟，字汝明，自號三山老人。嘗泛歙溪，用老杜詩『青惜峰巒過』爲韻，作詩五章，云：『港静千尋碧，峰回兩岸青。鷺飛煙漠漠，猿嘯雨冥冥。雞犬聞聲地，雲霞蔽隱扃。桃源疑此是，時復問漁舲。溪山美有餘，自古神仙宅。築室隱宣平，題詩來李白。至今負薪人，聞是餐霞客。不向此尋真，飄蓬端可惜。萬山回合處，葱鬱釣臺峰。道義高千古，簞瓢敵萬鍾。羊裘甘寂寞，鳳闕肯從容。勿謂狂奴態，清風激懦庸。草木紛紛落，江山正薄寒。雲藏桐子宅，波急沈郎灘。回首家林遠，多愁革帶寬。青楓知客恨，塗血點林巒。觀山如走馬，倏忽千尋過。水從雲際來，舟疑天上坐。羈旅猨失群，往復蟻旋磨。五韻寫中腸，悲詞成楚些。』苕溪漁隱曰：先君平日尤喜作詩，手校老杜《集》，所正舛誤甚多，句法暮年深得其意味。《苕溪漁隱叢話》

『菊以黄爲正』，此朱遜之之語，東坡印可，作詩贈之，有『識真似淵明』之句。予頃歲居泗上，假館官舍。小圃中有一亭，牓曰『秋香』，環植以黄菊，别無他物，必好事者原東坡之意而作也。先君題詩云：『騷人足奇思，香草比君子。況此霜下傑，清芬絶蘭茝。氣稟金行秀，德備黄中美。古來鶴髮翁，餐英飲其水。但恐蓬藋傷，課童加料理。』附録于此。《苕溪漁隱叢話》

先君有句云：『含桃紅紫鶯聲老，宿麥青黄燕子飛。』《苕溪漁隱叢話》

苕溪漁隱曰：政和間，先君赴調京師，館于景德寺，夜步月庭中，指月爲對，云：『圓少缺多天上月』，同赴調者應聲戲云：『員多缺少部中官。』字雖假借，不甚親切，亦一時之實事。彼時尚爾，何況今乎！《苕溪漁隱叢話》

苕溪漁隱曰：宣、政間，京師置四輔郡，拱州，東輔也。先君時爲宗學官，從兄孝著游學拱輔，因以書來，先君寄之以詩曰：『東輔書初至，西宫夜正寒。感時嗟阻闊，喜汝報平安。學耨知兼力，辭淳發巨瀾。三冬文史足，軒輂未應難。』《苕溪漁隱叢話》

左　譽

左與言，天台名士也。錢唐幕府樂籍有名姝張穠者，色藝妙天下，君頗顧之，如『盈盈秋水，淡淡春山』及『帷雲剪水，滴粉搓酥』，皆爲穠作，當時都人有『曉風殘月柳三變，滴粉搓酥左與言』之對。俶擾之後，穠委身于立勳大將家，易姓章，疏封大國。紹興中，覓官行闕，暇日訪西湖兩山間，忽逢車輿甚盛，中覩一麗人，搴簾顧君而顰曰：『如今若把菱花照，猶恐相逢是夢中。』視之，乃穠也，君醒然悟入，即拂衣東渡，一意空門。《玉照新志》

李彌遜

《後村詩話》載李似之侍郎詩云：『老子因何一念差，肯將簪紱换袈裟。』謂公爲侍從，晚年有袈裟之羨，其誰信之？余觀《夷堅甲志》載：『李子約撰生六子，長彌性，次彌倫、彌大，皆預鄉貢，未第。子約議更其名，以須申禮部乃得易，先改第四子彌遠曰正路。正路年十六，入太學，夢神告曰：「李秀才君已及第。」出別紙，闊三寸許，上有「彌遜」二字以示之，李曰：「我舊名彌遠，今名正路，是非我。」其人曰：「是真郎君也。」辨論久之方寤，頗以爲喜，憚其父嚴毅，未敢白，以告母柳夫人。夫人爲言之，遂令名彌遜，而以似之爲字。後數年，試上舍畢，歸侍旁。報榜者一人先至云：「已魁多士。」索其榜，無有，但探懷中取片紙，上書「李彌遜」三字，方疑未信，似之云：「五年前所夢，豈非今日事乎？紙之廣狹，字之大小，無不同者，但夢中不著姓，未必可信。」已而果然。』又《丁志》載：『似之爲臨川守，以父忌日，往疏山寺設僧供，與長老行滿共飯。滿年八十餘矣，飯且竟，熟睨公曰：「公乃遜老乎？」李不應，左右皆愕。俄又曰：「此老僧同門兄也，名上下二字，皆與公同。自聞公出守，固已疑之，今日察公言笑動作，不見少異。公其後身，復何疑！」李叩以何年終，則元祐戊辰卒，李初生之年也。李亦感異，還家，揭燕寢曰「小雲堂」，而賦詩云：「老子當年一念差，肯將簪紱換袈裟。同堂尚有滿兄在，異世猶將遜老誇。結習未能忘作舞，因緣那得見拈花。卻修淨土尋來路，淡薄如今居士家。」』李初命名固復于夢兆，今以其全篇觀之，則其爲遜老後身決矣。後村謂公詩有『袈裟之羨』，『人不之信』，特未詳閱《夷堅

志》前後所載耳。《梅磵詩話》

《筠溪集》樓大防序云：『公以力鬬和議，歸隱西山，凡十六年，不復有仕宦意。詠詩自娱，筆力愈偉。』《宋詩紀事》

李侍郎宿觀妙堂遇雨，既度復回，一日竟游九曲而行，賦詩二首，云：『人間何地寄衰翁？偶到神仙一葦中。可是仙居謝逋客，船頭無處避西風。』『渡口回舟未忍移，浄坊聽雨坐題詩。餘齡儻有尋真路，試與披雲問鳳兒。』朱子跋云：『觀妙堂東楹，李公侍郎遺墨，語意清婉，字畫瑞勁，至其下輒諷玩不能去。然歲久剥裂，又適當供帳處，後數十年當不復可讀矣。别爲摹刻授道士，使陷寘壁間，庶幾來者得以想見前輩風度。李公諱某，時以力抵和議，出守臨漳云。慶元乙卯正月，新安朱某謹奉書。』《宋詩紀事》

趙　企

《高齋詩話》云：『趙企循道，以長短句得名，所爲詩亦工，恨不多見。嘗記其警句云「愁從竹葉杯中去，老向菱花鏡裏來。」「幾夜已生蝴蝶夢，三生辜負鷓鴣斑。」「青鏡不覽一兩日，白髮又添三四莖。」』苕溪漁隱曰：『「愁從竹葉杯中去，老向菱花鏡裏來。」乃用雍、熙間楊黎州詩：「剛腸欺竹葉，衰鬢怯菱花」之語也。予亦嘗有一聯云：「愁隨竹葉消春盞，喜入燈花綴夜缸。』大觀間，循道嘗宰績溪，績溪乃予桑梓之邦，因此傳録，得循道詩多，大率體格全學白樂天，故句語皆平易。如『青燈影冷棋三戰，紅火爐温酒一杯。』『四山來不斷，一水去無窮。』餘不及此者亦多。《苕溪漁隱叢話》

李元亮

建昌縣士人李元亮，山房公擇尚書族子也，抱才尚氣，不以詞色假人。崇寧中在大學，蔡薿爲學録，元亮惡其人，不以所事前廊之禮事之。蔡擢第魁多士，元亮失意歸鄉，大觀二年冬，復詣學，道過和州。蔡解褐即超用，纔二年至給事中，出補外，正臨此邦，元亮不肯入謁。蔡自到官，即戒津吏門卒：『凡士大夫往來，無問官高卑，必飛報，雖布衣亦然。』既知其來，便命駕先造所館，元亮驚喜出迎，謝曰：『所以來，顓爲門下之故。方修贄見之禮，須明旦扣典客，不意給事先生卑躬下賤如此，前贄不可復用，當别撰一通，然後敬謁。』蔡退，元亮旋營一《啟》，旦而往焉。其《警策》曰：『定館而見長者，古所不然。輕身以先匹夫，今無此事。』蔡摘讀嗟激，留宴連夕，贈以五十萬錢，且致書延譽于諸公間，遂登三年貢士科。元亮亦工詩，如『人間知晝永，花落見春深』，『朝雨未休還暮雨，臘寒纔過又春寒』，皆佳句也。《容齋三筆》

李光祿元亮，兄弟數人皆雋才。元亮作《弔項羽賦》，追古作者。世稱其詩有『可憐三萬六千日，長作東西南北人』之句，特中鼎之一臠耳。《觀林詩話》

譚知柔

苕溪漁隱曰：剽竊他人詩句，以爲己出，終當敗露，不可不戒。如近時吳可《晚春》詩云：『小醉初醒過別村，數家殘雪擁籬根。枝頭有恨梅千點，溪上無人月一痕。』亦灑落可喜。予偶于一達官處，見譚知柔所獻詩文一編，試取閱之，即吳可之詩在焉，但易其題曰『晚醉口占』，仍改詩中三四字而已：『晚醉扶筇過竹村，數家殘雪擁籬根。風前有恨梅千點，沙上無人月一痕。』然知柔《詩文編》中，小詩極有可喜者，今舉其尤者二絕：『麥隴風來翠浪浮，霏微小雨似深秋。野亭終日捲簾坐，清樾對啼黃栗留。』『漫郎無處覓歸田，江北江南水拍天。斗擻十年塵土夢，秋風吹上釣魚船。』又《詩文編》中，有《印纍纍》古風一篇，與予舊所傳呂居仁詩，亦有《印纍纍》古風一篇，略不異一字，未知竟誰作也。《苕溪漁隱叢話》

全宋詩話目録卷六十五

李綱　字伯紀，邵武人，政和二年進士，歷官尚書右丞。高宗初，爲尚書左僕射兼門下侍郎，落職，鄂州居住。紹興中，除觀文殿學士、湖廣宣撫使、知潭州。孝宗朝，謚忠定。有《梁溪集》。

楊景

陳與義　字去非，洛人一云汝州葉縣人，政和三年上舍甲科。紹興中，歷官中書舍人、翰林學士、知制誥、參知政事、提舉洞霄宫。有《簡齋集》。

黄伯思　字長睿，自號雲林子，邵武人。歷官秘書省秘書郎。有《東觀餘論》。

姚孝錫　字仲純，豐縣人，政和四年登第，代州兵曹。有《鷄肋集》。

胡景裕　字好問，湘潭進士。

何栗　字文縝，仙井監人，政和五年進士第一。歷官尚書右僕射兼中書侍郎，死靖康之難。

潘良貴　字子賤，一字義榮，金華人。政和初，上舍釋褐。南渡後，歷官左司諫，中書舍人，知明州，提舉明道宫，歸。李光得罪，以通書坐降三官。有《默成居士集》。

洪皓　字光弼，鄱陽人，政和五年進士。建炎三年，假禮部尚書使金，不屈，被留十五年始還。除徽猷閣直學士，尋謫英州，徙袁州。卒，復官，謚忠宣。有《鄱陽集》。

劉無極　字晞顔，丹徒人，政和五年進士，終尚書郎。

秦檜　字會之，江寧人，政和五年進士，中詞科。靖康中，官御史中丞，從二帝北遷。建炎初，撻嬾縱使來歸，官禮部尚書、右僕射、同中書門下平章事，加太師，封益國公。卒贈申王，謚忠獻。開禧初，奪王爵，改謚繆醜。

傅崧卿　字子駿，山陰人，政和五年進士，歷官中書舍人、給事中。有《樵風溪堂集》。

葉廷珪　字嗣宗，崇安人，政和五年進士，知德興縣。南渡，召爲太常寺丞，與秦檜不合，出知泉州。篤學淳雅。有《海録碎事》。

曾逢邍　歷仕州縣。

何大圭　字晉之，廣德人，政和八年進士，官秘書省著作郎。

鄭瑴　字致剛，建安人，政和八年進士，授安陸府教授。高宗時，歷官監察御史。御史中丞。端明殿學士。同簽書樞密院事。卒謚忠穆。

郭奕　川陝宣撫司幹辦公事。

王庭珪　字民瞻，安福人，政和八年進士。紹興中，胡銓上疏乞斬檜，謫新州，庭珪作詩送行，流夜郎。檜死，許自便。孝宗召對内殿，除直敷文閣。有《盧溪集》。

滕茂實　字秀穎，杭州臨安人。政和八年進士，初名裸，徽宗賜改。靖康初，以工部員外假侍郎使金見留，終身布衣，稱宋使者，殁于雁門。其友董詵録其哀詞來獻，詔宣付史館，褒録之，贈龍圖閣直學士，謚忠節。

朱松　字喬年，徽州婺源人，政和八年同上舍出身。南渡，歷司勳員外郎，出知饒州，主管台州崇道觀。有《韋齋集》。

張叔夜　字嵇仲，開封人，耆孫，以蔭補官，召試知制誥，賜進士出身。歷官中書舍人，給事中，知海、青二州，簽書樞密院事。靖康靖難，贈開府儀同三司，謚忠文。

謝舉廉　字民師，新喻人，政和進士，知南康。有《藍溪集》。

喻汝礪　字迪孺，蜀之仁壽人，第進士，官祠部員外郎。金議立僞楚，汝礪不屈，歸隱邛山之陽，自號捫膝先生。有《捫膝集》。

尹焞　字彦明，洛人，從伊川學。靖康中，賜號和靖處士。南渡初，以薦入經筵，擢徽猷閣待制。有集。

吴聿　著《觀林詩話》。

王仲嶷　字豐父，珪少子。建炎初，守袁州，金人入江西，坐失守削籍。兄仲山，女嫁秦檜。《啟》懇開陳，詔復元官。

朱載上　舒州人，官黄州教授，翌父。

全宋詩話卷六十五

李綱

李侍郎似之詩云：『老子因何一念差，肯將簪紱换袈裟。』折樞密仲古南遷，李相伯紀云：『待公輔佐中興了，乞取袈裟送暮身。』二公，一爲侍從，一爲執政，晚年乃有袈裟之羨，其誰信之。《後村詩話》

李伯紀丞相《過海》絶句云：『假使黑風漂蕩去，不妨乘興訪蓬萊。』與坡公『九死南荒吾不恨，兹游奇絶冠平生』之句，殆相伯仲，異乎李文饒、盧多遜窮愁無聊之作矣！《後村詩話》

李伯紀《晞真館詩序》曰：『余今夏夢乘舟亂石間，四顧峰巒奇秀，有如玉色者，覺頗異之。及謫官劍浦，道武夷山，小舟泝流，水落石出，徧覽勝概，至晞真館，雪作，巖石皆白，恍如舊游，然後信出處之分定，而斯游之清絶，已先兆于夢寐，雖欲不到，不可得也。作小詩以紀其事。』詩曰：『清夢先曾到武夷，玉峰積雪倍幽奇。小舟游罷尋歸路，恰似翛然夢

覺時。』《梁溪集》

楊景

政和二年三月廿四日，鄜延帥府大閲，即席呈獻帥座賈公《凱歌》十章，楊景。一：『旌旗風暖颺春暉，的礫寒光照鐵衣。壯士銜枚聽傳令，邊鴻敢傍陣雲飛。』二：『奏罷清笳聽凱歌，行營細柳拂彫戈。征人盡道征軍樂，城上黄雲喜氣多。』三：『天兵十萬擁貔貅，紫塞年年大有秋。不是頡羌求款附，爲君唾手取靈州。』四：『正塞從來豫虜謀，好將忠赤報衙頭。速修朝覲趨丹鳳，乞汝河西十二州。』五：『王畿諸將戍沙場，亦有家書寄雁行。不説邊庭征戰苦，侍郎恩意似汾陽。』六：『丈八蛇矛錦甲新，虬須虎頸漢將軍。彎弓盤馬當牙帳，雙發鳴髇入塞雲。』七：『控弦十萬漢蕃兵，行鼓分屯細柳營。白面元戎心似鐵，不教羌騎近長城。』八：『崆峒猛士射雕還，三石雕弓月樣彎。爲問轅門何似勇，剗騎生馬注南山。』九：『招馬紅旗繡浪開，戰鼙百面打春雷。南山萬仞陰崖險，似箭紅塵一溜來。』十：『宿麥斜桑滿塞垣，彎弓不復射游魂。華戎説罷干戈事，萬歲山呼荷至尊。』十首頗有古作者風。舊得之楊志行待制，所惜其人不著，故録之。《吴禮部詩話》

陳與義

元祐後詩人迭起，一種則波瀾富而句律疏，一種則煅煉精而情性遠，要之不出蘇、黄二體而已。及簡齋出，始以老杜爲師，《墨梅》之類，尚是少作，建炎以後，避地湖嶠，行路萬里，詩益奇壯。《元日》云：『後飲屠蘇驚已老，長乘舴艋竟安歸。』《除夕》云：『多事鬢毛隨節换，盡情燈火向人明。』《記宣靖事》云：『東南鬼火成何事？終待胡銓作諍臣。』謂方臘不能爲患，直待粘罕耳。《岳陽樓》云：『登臨吴蜀横分地，徙倚湖山欲暮時。』又云：『乾坤萬事集雙鬢，臣子一謫今五年。』《聞德音》云：『自古安危關政事，隨時憂喜到樵漁。』五言云：『泊舟華容縣，湖水終夜明。凄然不能寐，左右菰蒲聲。窮塗事多違，勝處心亦驚。三更螢火閒，萬里天河横。腐儒憂平世，况復值甲兵。終然無寸策，白髮滿頭生。』造次不忘憂愛，以簡嚴掃繁縟，以雄渾代尖巧，第其品格，故當在諸家之上。《後村詩話》

徐師川《聞捷》云：『時時傳破虜，日日問修門。』又云：『諸公宜努力，荆棘已千村。』陳簡齋《感事》云：『風斷黄龍府，雲移白鷺洲。菊花紛四野，作意爲誰秋？』頗逼老杜。《後村詩話》

士大夫當離亂時，有幸有不幸者。簡齋云：『浮世身難料，危途計易非。』東萊云：『後

死翻爲累，偷生未有期。』誦之皆可悲慨。《後村詩話》

李義山《答令狐補闕》云：『人生有通塞，公等繫安危。』于陞沉得喪之際，婉而成章。簡齋南渡初被召東還，同時召客云：『共談太極非無意，能繫蒼生本不同。』則氣象益開闢矣。《後村詩話》

揚子雲好著書，固已見誚于當世，後之議者紛紛，往往詞費而意殊不盡。惟陳去非一詩，有譏有評，而不出四十字：『揚雄平生書，肝腎間雕鎸。晚于玄有得，始悔賦《甘泉》。使雄早大悟，亦何事于玄。賴有一言善，《酒箴》真可傳。』後之議雄者，雖累千萬言，必未能出諸此。《竹坡詩話》

陳簡齋《以玉剛卯壽向薌林》詩曰：『仲冬吉日，風穆氣休。我出剛卯，以壽元侯。祝融之精，奠此離方。元侯佩之，如玉之剛。攘除厲凶，以迪明王。南門不鍵，有室剛强。三肅元侯，既贈既禱。曷以報我？當以剛卯。』剛卯，佩印也，其製外方内圓，以正月卯日作銘刻于上，以辟邪厲，詳見《王莽傳》及《後漢·輿服志》。簡齋詩十六句，句四字，皆如剛卯之銘。銘之文曰：『帝令祝融，以教夔龍。庶役癘癉，莫我敢當。』《説文》『殳』類釋『毅』曰：『毅，大剛卯也，以逐精鬼。从殳，亥聲。』『巳』類釋『攺』曰：『攺攺，大剛卯，以逐鬼魅也。音義如『魅』从攴，巳聲，讀若巳。』然則一名而異製也。《緯略》

歐陽文忠公詩云：『古畫畫意不畫形，梅詩寫物無隱情。忘形得意知者寡，不若見詩如見畫。』東坡詩云：『論畫以形似，見與兒童鄰。賦詩必此詩，定知非詩人。』或謂：『二公所論，不以形似，當畫何物？』曰：『非謂畫牛作馬也，但以氣韻爲主耳。』謝赫云：『衛協之畫，雖不該備形妙，而有氣韻，淩跨雄傑。』其此之謂乎？陳去非作《墨梅》詩云：『含章簷下春風面，造化工成秋兔毫。意得不求顔色似，前身相馬九方皋。』後之鑒畫者，如得九方皋相馬法則善矣。《韻語陽秋》

陳去非詩平淡有工，如『疏疏一簾雨，淡淡滿枝花。』『官裏簿書何日了？樓頭風雨見秋來。』『客子光陰詩卷裏，杏花消息雨聲中。』《苕溪漁隱叢話》

陳去非《墨梅》詩云：『粲粲江南萬玉妃，別來幾度見春歸。相逢京洛渾依舊，惟恨緇塵染素衣。含章簷下春風面，造化功成秋兔毫。意足不求顔色似，前身相馬九方皋。』徽廟召對，稱賞此句，自此知名，仕宦寖顯。《苕溪漁隱叢話》

陸士衡《爲顧彦先贈婦》詩云：『京洛多風塵，素衣化爲緇。』謝玄暉《酬王晉安》詩云：『誰能久京洛，緇塵染素衣。』予觀陳簡齋《和張規臣墨梅詩》云：『粲粲江南萬玉妃，別來幾度見春歸。相逢京洛還依舊，惟恨緇塵滿素衣。』結用陸謝語，道得著。《梅磵詩話》

自陳、黄之後，詩人無逾陳簡齋，其詩由簡古而發穠纖，遭值靖康之亂，崎嶇流落，感時恨别，頗有『一飯不忘君』之意。如『涼風又落宫南木，老雁孤鳴漢北州。』『乾坤萬事集雙鬢，臣子一謫今五年。』『天翻地覆傷春色，齒豁頭童祝聖時。』『近得會稽消息不？稍傳荆渚路歧寬。』『東南鬼火成何事？終籍胡銓作諍臣。』『龍沙此日西風冷，誰折黄花壽兩宫？』皆可味也。《鶴林玉露》

陳去非《茶花》詩，後二句云：『青裙白面初相識，十月茶花滿路開。』蓋用白樂天《江岸梨花》詩意：『梨花有思緣和葉，一樹江頭惱殺君。最似孀閨少年婦，白妝素面碧紗裙。』《優古堂詩話》

近時稱陳去非詩『案上簿書何日了，樓頭風月又秋來』之句，或者曰：『此東坡「官事無窮何日了，菊花有信不吾欺」耳。』予以爲本唐人羅鄴《僕射陂晚望》詩：『身事未知何日了，馬蹄惟覺到秋忙。』《優古堂詩話》

自崇寧以來，時相不許士大夫讀史作詩，何清源至于修入令式，政和後稍復爲之，而陳去非遂以《墨梅》絶句擢寘館閣。其《葆真避暑》詩云：『清池不受暑，幽討起予病。長安車轍邊，有此萬荷柄。是身惟可嬾，共寄無盡興。魚游水底涼，鳥語林間静。談餘日亭午，樹影一時正。清風不負客，意重百金贈。聊將兩鬢蓬，起照千丈鏡。微波喜摇人，小立待其定。粱王今何許？柳色幾衰盛。人生行樂耳，詩律已其賸。邂逅一尊酒，它年五君詠。

重期踏月來，夜半嘯煙艇。』詩成出示坐上，皆詫爲擅場。朱新仲時親見之，云：『京師無人不傳寫也。』《容齋四筆》

陶弘景隱居華山，梁高祖問曰：『山中何所有？』弘景以詩答曰：『山中何所有？嶺上多白雲。只可自怡悦，不堪持贈君。』陳簡齋嘗倣之云：『石壚深炷火，撩亂一榻書。只可自怡悦，不堪寄張扶。』《娱書堂詩話》

《復齋漫録》云：鄭谷蜀中《海棠》詩二首，前一云：『穠艷最宜新着雨，妖嬈全在欲開時。』一云：『浣花溪上堪惆悵，子美無情爲發揚。』故錢希白《海棠》詩云：『子美無情甚，郎官着意頻。』歐公以鄭詩爲格卑。近世陳去非嘗用鄭意賦《海棠》云：『海棠默默要詩催，日暮紫綿無數開。欲識此花奇絶處，明朝有雨試重來。』雖本鄭意，便覺才力相去不侔矣。山谷亦有『紫綿揉色海棠開』之句。《苕溪漁隱叢話》

苕溪漁隱曰：去非舊有詩云：『風流丘壑真吾事，籌策廟堂非所知。』其後登政府，無所建明，卒如其言。《九日》詞云：『九日登臨有故常，隨晴隨雨一傳觴。』用退之《淮西碑》『欲事故常』之語。《苕溪漁隱叢話》

《詩説雋永》云：京師葆真宫垂楊映沼，有山林之趣，去非將罷尚符日，題其池亭云：『聊將兩鬢蓬，起照千丈鏡。微波喜摇人，小立待其定。』《苕溪漁隱叢話》

苕溪漁隱曰：去非詩云：『一官成一集，盡付古沙頭。』蓋用王筠事，而楊大年亦如此。《南史》：『王筠自撰其文章，以一官爲一《集》，自《洗馬》、《中書》、《中庶》、《吏部》、《左佐》、《臨海》、《大府》各十卷，《尚書》三十卷，凡一百卷，行于世。』本朝《名臣傳》：『楊億爲文，每官成一集，所著《括蒼》、《武夷》、《穎》、《陰》、《韓城》、《退居汝陽》、《蓬山》、《辭榮》、《冠鰲》等集。』《苕溪漁隱叢話》

陳去非《衡嶽道中》詩：『客子山行不覺風，龍吟虎嘯滿山松。綸巾一幅無人識，勝業門前聽午鐘。』按，唐黄巢既敗，爲僧，投張全義，舍于南禪寺。有寫真絹本，巢題詩其上云：『猶憶當年草上飛，鐵衣脱盡掛僧衣。天津橋上無人識，獨倚欄杆看落暉。』去非詩意同。《能改齋漫録》

陳簡齋詩云：『客子光陰詩卷裹，杏花消息雨聲中。』陸放翁詩云：『小樓一夜聽春雨，深巷明朝賣杏花。』皆佳句也，惜全篇不稱。葉靖逸詩：『春色滿園關不住，一枝紅杏出墻來。』戴石屏詩：『一冬天氣如春暖，昨日街頭賣杏花。』句意亦佳，可以追及之。《歸田詩話》

簡齋《臘梅》詩曰：『黄羅爲廣袂，絳帳作中單。』既言『帳』，又言『中單』，似覺意重。僕觀東坡詩曰：『海山仙人絳羅襦，紅紗中單白玉膚。』恐簡齋用東坡意，『絳紗作中單』，而傳寫誤以爲絳帳耳。《野客叢書》

黄伯思

黄長睿《題河南王氏所藏子敬帖》詩云：『君家大令書盈紙，筆勢翩翩趣多媚。雖云沓拖如少年，豈至拘攣同餓隸。會稽七子五知名，此公風概尤超詣。太極璇題猶重書謂不書太極殿牓，一時凛凛標英氣。半袖精裓衆争求，數幅新裙世尤貴。當時親遇得已難，况復傳今僅千歲。龍珠歸浦劍還津，此帖君藏真得地。纔披尺許目增明，鸞跂鴻驚欲飛逝。硬黄響榻若傳吾，完碧摹刊願垂世。』《東觀餘論》

姚孝錫

姚仲純孝錫《題滕茂實祠》云：『本期蘇、鄭共揚鑣，不意芝蘭失後凋。遺老衹今猶涕淚，後生無復識風標。西陘雁度霜前塞，滹水樵争日暮橋。追想平生英偉魄，凌雲一笑豈能招。』《齊東野語》

姚仲純句云：『岸漲魚吹沫，山空石轉雷。』『谷虚生地籟，境寂散天香。』『節物後先南北異，人情冷暖古今同。』『久客交情諳冷暖，衰年病骨識陰晴。』『元晏暮年常抱病，子山終日苦思歸。』『食貧豈復甘秦炙，客病空懷奏楚音。』《齊東野語》

金人寇雁門，州將恇怯議降，孝錫竟投床大鼾，不與其議。既得脱去，遂往五臺簿，移疾不仕，因家焉，治生積粟至數萬石，遇饑歲盡出以賑貧乏。所居正據五臺之勝，亭榭數十座，花竹百畝。中歲，盡以家事付諸子，日與賓朋放浪山水詩酒間，自號『醉軒』。《齊東野語》

胡景裕

胡好問《餞范子》范公稱之父詩云：『當年邂逅帝王畿，歲月侵尋若電飛。學士榮除青瑣闥，故人老著白麻衣。尊前且鬬閒身健，眼底休論往事非。第恐鋒車促嚴召，片帆明發不輕違。』《過庭録》

何　栗

何文縝栗在金營，題詩云：『念念通前劫，依依返舊魂。人生會有死，遺恨滿乾坤。』《三朝北盟會編》

靖康元年春，徽宗巡幸淮泗，將還京闕，禮部郎中劉觀代宰臣《賀表》云：『漢室太公，本是蓬蒿之叟。唐朝肅帝，殊非揖遜之人。』何丞相文縝以其語太樸，因改云：『擁篲迎門，陋未央之末禮。御鞍馳道，笑至德之末情。』《能改齋漫録》

政和乙未殿試，何栗爲狀元，潘良貴次之，皆年少有丰貌，而第三郭孝友頗古怪。唱名日，呵出御街，觀者皆曰：『狀元真何郎，榜眼真潘郎，第三人真郭郎也。』《上庠録》

潘良貴

潘子賤待制良貴，以清德直節，退居鄉閭，近二十年。所居敝屋數間，略無生事，然自得其樂。平昔無所好，談禪之外，亦喜爲詩。巖肖之先君光禄，靖康間爲京城守禦司屬官，嘗以守禦策獻之朝，議者沮之，京城失守，督將士與虜戰，遂以身徇國。及歸葬日，公爲挽詩曰：『醜虜登城日，中華將士奔。人皆趨北闕，君獨死南門。秘計無人用，英聲有史存。秋原悲淚落，桂酒與招魂。』巖肖每一讀之，痛貫心膂。時爲挽詩者數十人，惟公詩事核而言簡也。又一日，從容侍公坐，公出所作詩文一帙相示。今惟記其《詠梅》詩一聯云：『九畹蕙蘭爲上客，千山桃李盡庸人。』句意清高多類此，其他不能盡記也。《庚溪詩話》。宗祥案：吴師道《敬鄉録》云：『陳巖肖子象，金華人，父德固，死靖康之難。子象以任子中詞科，仕至兵部侍郎。著《庚溪詩話》。』

洪　皓

洪忠宣《石碏大義滅親》詩云：『惡吁及厚篤忠純，大義無私遂滅親。後代奸邪殘骨肉，屢援斯語陷良臣。』《賓退録》

先忠宣公好讀書，北困松漠十五年，南謫嶺表九年，重之以風淫末疾，而繙閱書策，早暮不置，尤熟于杜詩。初歸國到闕，命邁作《謝賜物》一劄子，竄定兩句云：『已爲死别，偶遂生還。』謂邁曰：『此雖不必泥出處，然有所本更佳。東坡《海外表》云：「子孫慟哭于江邊」，已爲死别。杜老《羌村》詩云：「世亂遭飄蕩，生還偶然遂。」正用其語。』在鄉邦日，招兩使者會集，出所將宣和殿書畫舊物示之。提刑洪慶善作詩曰：『願公十襲勿浪出，六丁取將飛辟歷。』『辟歷』二字，如古文不從『雨』。公和之曰：『萬里懷歸爲公出，往事宣和空歷歷。』邁請其意，曰：『亦出杜詩「歷歷開元事，分明在目前」也。』《容齋五筆》

劉無極

劉晞顔《漾花池》絶句云：『一池春水緑如苔，水上新紅取次開。閒倚東風看魚樂，動摇花片卻驚猜。』《墨莊漫録》

秦檜

秦檜之《題范文正公書〈伯夷頌〉後》詩云：『高賢邈已遠，凛凛生氣存。韓、范不時有，此心誰與論？』長樂郭隚跋云：『片紙三百年，承平碩輔姓字，皦皦如日月，見之束衽盤辟。若檜、若似道，亦蝨其間，使人指畫唾駡。然則士不以夷、齊自淑，其不爲文正公罪人者幾希。』《鐵網珊瑚》

紹興間，禁中呼秦太師爲『太平翁翁』，見《放翁詩注》。《賓退録》

傅崧卿

趙宗萬，字仲囦，山陰人。築室郡之照水坊，畜一鶴，號『丹沙』，引以爲侶。祥符中，詔舉遺逸，郡守以宗萬薦，尋被召，乃曰：『吾老矣，不足任事。』獻《跛鼈傳》以自見。朝廷賜以羽服，崧卿爲賦詩云：『鶴書東召竟牢辭，一去騎鯨世莫追。會有丹青遺像在，誰將配食季真祠？』《會稽續志》

葉廷珪

葉廷珪，紹興間嘗爲兵部郎中、泉南太守，所編《海録碎事》，河陽傅安道爲之《序》，謂此書乃葉公『博極群書，撮其機要，廣録而儲用之。』且稱其《琴泉軒》詩云：『不是妙音生妙指，只緣流水似流泉』，《無名木》詩云：『人休清樾摩挲認，鳥宿高枝睥睨看』，置于唐人詩中，殆不能辨。同時朱喬年嘗喜稱之。葉公《詩集》，余未之見，嘗鼎一臠，可知已。《梅磵詩話》

曾逢遼

曾逢遼老于仕宦，所至以嚴憚稱。近有客舉一聯云：『他日諸侯不敢客，如今到處欲爲家』，曰：『此逢遼詩也。二十五年來，仕于州縣者，鮮有能詩。』乃知此老風力外别有深處。《觀林詩話》

何大圭

何晉之大圭，廣德人，早年有俊聲，宣、政間爲館職，但其人拓弛不羈，不能自重，仕官晚亦不偶。其詠殊有可喜者，常記其一詩，曰：『茅屋松窗小隱家，茶煙漠漠水斜斜。簷間乳燕未成語，庭下石榴争放花。賴有詩書銷白日，倦隨車馬走黄沙。林泉舊約好徑去，風雨滿江垂釣車。』又嘗記其一聯云：『蜂垂倒世界，蚊聚小雷霆。』又嘗爲姓韓貴人作樂語，乃以『唐吏部』、『漢將軍』爲對，亦有巧思。《庚溪詩話》

鄭 轂

鄭忠穆《杜鵑》詩云：『杜鵑飛飛無定棲，寄巢生子百鳥依。園林花老晝夜啼，安得百鳥挾以歸？』建炎己酉，苗、劉之變，端明殿學士同簽書樞密事鄭轂，奏苗傅、劉正彦等，悖逆肆虐，擅行殺戮，朝廷近日差除，多出二人之意，兼聞以簽書樞密院召吕頤浩，以禮部尚書召張浚，又分張俊之兵，以五百人歸陜。及浚不受命，俊不肯分所部兵，遂謫浚以散官，居郴州；擢俊以節度，知鳳翔，皆出傅等姦謀，使外無强兵謀臣，内生變亂，事不可緩。遂一章乞留吕頤浩知金陵；一章言張浚不當謫，而求有膽氣謹密可共事之人。得奉議郎謝嚮，令爲客旅，徒步如平江見張浚等，具言城中之事，令嚴兵備，大張聲勢，持重緩進，使其自遁，無致城中之變，驚動三宫。撰杜鵑詩四句，親寫令携去，報呈諸人，以爲信驗。《建炎復辟記》

建炎間，苗傅、劉正彦作亂，是時中丞鄭瑴密遣謝嚮如平江，仍作詩示吕元直、張德遠二公。吕、張得詩，即起兵成復辟功，詩不徒作也。《梅磵詩話》

郭　奕

建炎四年九月，張浚以陜西五路軍軍于富平，爲婁室所襲，不戰而潰。宣撫幹官郭奕爲詩曰：『婁室大王，傳語張老，謝得送到糧草。㪷秤不留一件，怎生見得多少？』及退軍入散關，過漫天坡，又有詩云：『秦山未盡蜀山來，日照關門兩扇開。刺史莫嫌迎候遠，相公新送陜西回。』後奕罷官住晉州，賣蒸餅爲生，晏如也。《三朝北盟會編》

王庭珪

吾州詩人瀘溪先生安福王民瞻，名庭珪。弱冠貢入京師太學，已有詩名。有絶句云：『江水磨銅鏡面寒，釣魚人在蓼花灣。回頭貪看新月上，不覺竹竿流下灘。』紹興間，宰相秦檜力主和戎之議，鄉先生胡邦衡名銓，時爲編修官，上書乞斬檜，謫新州。民瞻《送行》詩：『一封朝奏九重關，是日清都虎豹閑。百辟動容觀奏議，幾人回首愧朝班。名高北斗星辰上，身落南州瘴海間。不待百年公議定，漢廷行召賈生還。大厦原非一木支，要將獨力拄傾危。癡兒不了公家事，男子要爲天下奇。當日奸諛皆膽落，平生忠義祇心知。端能飽喫新州飯，在處江山足護持。』有歐陽安永上飛語告之，除名竄辰州。孝宗登極，召爲國子監簿，以老請祠，除直敷文閣宫觀。《誠齋詩話》

王民瞻《題石人峰》云：『偉岸稜稜似立朝，巍峩冠劍想風標。可憐有貌無肝膽，何用昂然近紫霄。』其託諷與退之《石鼎》之作何異！《後村詩話》

王廬溪《題辰州壁上》詩云：『辰州更在武陵西，每望長安信息希。二十年興縉紳禍，一終朝失相公威。外人初説哥奴病，遠道俄傳逐客歸。當日弄權誰敢指？如今憶得姓依稀。』王廬溪在夜郎，郡守承望風旨，待以四隸。檜死郵筒至，張燕公堂以待之，廬溪既得自便之命，題詩壁間，蓋志喜也。《桯史》

胡澹庵乞斬秦檜得貶，盧溪先生王庭珪字民瞻，以詩送之曰：『癡兒不了公家事，男子要爲天下奇。』亦貶辰陽。太府寺丞陳剛中字彦柔，以《啟》賀之云：『屈膝請和，知廟堂禦侮之無策。張膽事事，喜樞庭經遠之有人。身爲南海之行，名若泰山之重。』又云：『誰能屈大丈夫之志，寧忍爲小朝廷之謀？知無不言，願請尚方之劍。不遇故去，聊乘下澤之車。』亦貶安遠宰。盧溪晚年，孝宗召赴闕，除直秘閣，一子扶掖上殿，亦予官，壽踰九十。寺丞竟死安遠，無子，其妻削髮爲尼。幸、不幸之不同如此。吉州吉水縣江濱，有石材廟，隆祐太后避虜，御舟泊廟下。一夕，夢神告曰：『速行，虜至矣！』太后驚寤，即命發舟指章貢，虜果躡其後，追至造口，不及而還。事定，特封廟神剛應侯。寺丞南行，題詩廟柱云：『疏爵新剛應，論功舊石材。能形文母夢，還訝佞人來。《左氏傳》：『佞人來矣。』正謂逐客事，見《六一集》。海市爲誰出？衡雲豈自開。乞靈如見告，逐客幾時回？』卒不如其願，悲夫！《鶴林玉露》

滕茂實

滕茂實與路允迪樞密、宋彦通翰林修撰，奉使金國割三鎮，太原尋奉密詔，據城不下，金人怒之，囚于雲中。淵聖北遷，茂實冠裳迎謁，拜伏號泣，請侍舊主俱行，不從。且誘之曰：『國破主遷，所以留公者，蓋將大用。』遂留之雁門，放允迪、彦通南歸。先是，自分必死，遂囑友人董詵，以奉使黄旛裹屍而葬，且大字九篆字云：『宋使者東陽滕茂實墓』，復作詩。《自序》云：『茂實奉使無狀，不復返父母之邦。所當從其主以全臣節，或怒而與之死，幸以所杖旛裹其屍，及以所篆九字刊之石，埋之臺山寺下，不必封樹。蓋昔年病中，嘗夢游清涼境界，覺而病癒，恐亦前緣。今預作哀辭，幾于不達，方之淵明則不可，若蘇屬國牧羊海上，而五言之作，始敢援此例云。』詩曰：『齏鹽老書生，繆作王都官。索米了無補，從事敢辭難。殊鄰復盟好，仗節來榆關。城守久不下，川途望漫漫。僉輩果不惜，一往何當還？牧羊困蘇武，假道拘張騫。流離念宭束，坐閲四序遷。同來悉已歸，我獨留塞垣。形影自相弔，國破家亦殘。呼天竟不聞，痛甚傷肺肝。相逢老兄弟，悼歎安得歡？波瀾卷大厦，一木難求安。就不違我心，渠不汙我顔。昔燕破齊王，群臣望風奔。王蠋獨守節，齊人有甘言。經首自絶脰，感慨今昔聞。未嘗食齊禄，徒以老爲民。况我禄數世，一死何足論。遠或殁江海，近或死朝昏。斂我不須衣，裹屍以黄旛。題作宋臣墓，篆字當深刊。我室年尚少，兒女皆童頑。四海無置錐，飄流倍悲酸。誰當給衣食？使不死饑寒。歲時一酹我，猶足慰我魂。我魂亦悠悠，異鄉寄沉冤。他時風雨夜，草木號空山。』後竟以憂憤成疾殂。北人哀其忠，爲之起墓雁門山，歲時致祭焉。後董詵自拔南歸，上所爲詩，贈直龍圖閣。《國史》甚略，予訪之《北方紀録》，得其實焉。《齊東野語》

滕忠節《天寧節有感》詩云：『節臨重十慶天寧，古殿焚香祝帝齡。身在北方金佛刹，眼看南極老人星。千官花覆常陪燕，萬里雲遥阻在庭。松柏滿山聊獻壽，小臣孤操亦青青。』汴梁故老云：『徽宗本以五月五日生，以俗忌，移之十月十日。故此詩有「重十」之句。』《中州集》

朱松

苕溪漁隱曰：《詩選》云：『朱喬年絶句：「春風吹起籜龍兒，戢戢滿山人未知。急唤蒼頭劚煙雨，明朝吹作碧參差。」蓋前人有《詠筍》詩云：「急忙且喫莫踟躕，一夜南風變成竹。」喬年點化，乃爾精巧。』予觀魯直已先有此句，《從斌老乞苦筍》云：『煩君更致蒼玉來，明日風雨皆成竹。』前詩並蹈襲魯直也。《苕溪漁隱叢話》

朱喬年《新筍》詩云：『春風吹起籜龍兒，戢戢滿山人未知。急唤蒼頭劚煙雨，明朝吹作碧參差。』朱吏部喬年，儒學决科，刻苦爲詩。紹興初，綦處厚爲翰林學士，每哦其詩，最愛此絶。蓋前人有《筍》詩曰：『急忙喫著不可遲，一夜南風變成竹。』喬年點化，乃爾精巧。處厚力薦于朝，後爲尚書郎。曾端伯《百家詩選》

『且食莫踟躕，南風吹作竹。』此樂天《食筍》詩也，朱喬年因之曰：『南風吹起籜龍兒，戢戢滿山人未知。急唤蒼頭劚煙雨，明朝吹作碧參差。』『年年乞與人間巧，不道人間巧更多。』此楊樸《七夕》詩也，劉夷叔因之曰：『只應將巧畀人間，定卻向人間乞取。』此江西之餘派，欲益反損，正堪一笑。而曾端伯以喬年爲點化精巧，茅荆産以夷叔爲文婉而意尤長，嗚呼！世之末作，方日趨于詭異，而議者又從而簧鼓之，其爲弊何所不至哉！《滹南詩話》

張叔夜

樞密張公嵇仲，喜談兵，論邊事，面目極嚴冷，而作小詩有風味。岐王宫有侍兒出家爲比丘尼者，公賦詩云：『六尺輕羅染麹塵，金蓮步穩襯湘裙。從今不入襄王夢，剪盡巫山一朵雲。』殊可喜也。《竹坡詩話》

謝舉廉

《漫叟詩話》云：謝舉廉，字民師，予建中靖國中，與同寓興國寺，詩律尤古。嘗記其有《西捷口號》云：『聖明陛下如先帝，闢國謀臣似召公。不遣王嬙嬪漠北，只將魏尚守雲中。百年境土逡巡復，萬里窠巢指顧空。今日版圖非昔日，玉關西有嶺名葱。』章端明《西捷乞致仕》云：『虎頭壯士雪髭鬚，欲滅西羌更脅胡。先遣檻車傳妹勒，卻分裨將定天都。暮年投筆真男子，得意歸田亦丈夫。飽食自慚還自責，一毫曾有報君無？』《苕溪漁隱叢話》

江西自國初以來，士人未有以狀元及第者。紹聖四年，何忠孺昌言始以對策居第一，里人傳爲盛事。故謝民師有詩寄忠孺，云：『萬里一時開驥足，百年今始破天荒。』蓋記時人之語也。《獨醒雜志》

東坡嶺南歸，民師袖書及舊作遮謁。東坡覽之，大見稱賞，謂民師曰：『子之文如上等紫磨金，須還子十七貫五百。』遂留語終日。民師著述極多，今其族摘坡語名《上金集》，蓋其一也。《苕溪漁隱叢話》

喻汝礪

喻迪孺《草堂》詩云：『燦燦詩翁錦里西，只緣詩好合窮棲。竹鋪冷色雲連寺，柳漾晴絲鳥過溪。凝怨不禁鬬樹暗，駐情應恨蜀山低。離人苦怕春歸盡，可忍紅英半著泥。亂後飄零歇此身，風光無賴更清新。客懷易感酒添病，詩思苦慳花減春。南枝北枝鶯舌巧，前村後村雨脚匀。暫借溪邊老爲客，花心柳眼莫撩人。』《成都文類》

後魏葛榮陷冀州，賈景興稱疾不拜，每捫膝曰：『吾不負汝。』僞楚之僭，喻汝礪捫其膝曰：『此豈易屈者哉！』以『捫膝』自號，蓋本于此。《困學紀聞》。宗祥案：迪孺自號『捫膝先生』，其集曰《捫膝稿》。

尹焞

尹和靖詩僅二三首，其《自秦入蜀道中》云：『緑陰深處竹籬遮，也有紅花映白花。卻憶故鄉卿相第，不及張三李四家。』和靖，洛人，洛陽名園甲天下，一旦蕩爲刦灰，故其詩如此。又一絶云：『南枝北枝春事休。啼鶯乳燕也含愁。朝來回首頻惆悵，身在秦川最盡頭。』自种放、常秩後，惟尹和靖得位最速，然一生轉徙患難，全家死虜禍，僅以身脱。南渡再召，已六十七歲，不兩年至從橐，其峻擢以力拒僞齊，亡命入蜀，不專爲程氏高弟之故。《後村詩話》

吴　聿

程文若在官喜抄書，嘗云：『古人以是爲風流罪過。』予以李義山『舉白奕棋兼把釣，不離至教事顛狂』之語作對云：『舉白顛狂，不離至教。抄書罪過，『抄書』當是『殺青』之譌。要是風流。』《觀林詩話》

余在都下，嘗對客語：『古人詩集中可採而不見傳記者甚多，如杜牧之一絶句，題下注云：「李鄂州愛酒，性地閒雅。」一作「情地閒雅」，此亦可用。』坐有新第者，問予：『「情地閒雅」可對甚？』予答云：『可對「性天高明」。』旁坐有解其意者，爲之絶倒。《觀林詩話》

王仲嶷

王豐甫待制，歧公丞相之子，少年詞賦登科，文章世其家。我先伯父狀元，實岐公客，僕亦獲事待制公。世所見者，表、章、序、記應用之文耳，其詩精密，人鮮知者。如『白髮衰天癸，丹砂養地丁』，意脉貫串，尚勝『三甲六丁』之語，此所謂『參禪中參活句』也。又作《拄杖》詩云：『老境得爲丘壑伴，醉鄉還勝子孫扶。』其風味雍容如此。天下有公論，僕不敢私。豐父嘗言：『班孟堅《兩都賦》華壯第一，然只是文詞。若叔皮《北征賦》云：「劇蒙工之疲民兮，爲强秦而築怨。」此語不可及。』僕嘗三復玩味之，知前輩觀書，自有見處。《彦周詩話》

朱載上

東坡居黄州，客有誦朱公之詩云：『官閒無一事，胡蝶上階飛。』東坡稱賞再三，遂爲知己。《耆舊續聞》

全宋詩話目録卷六十六

朱翌　字新仲，舒州人，號灊山居士，政和進士。南渡後寓家桐廬，爲中書舍人，忤時宰，謫曲江。晚召還，卜居鄞，自號省事老人。有《灊山集》。

楊友夔　字舜韶，吴郡人。

李保　政和中，醫學博士。

蓋嶼　政和中，崑山令。

吴沆　字德遠，撫州崇仁人，隱居環溪，號無莫居士。有《環溪詩話》。

吴濤　字德劭，沆伯兄。

吴洸　字德强，沆仲兄。

徐端崇　字崇之，政和間，隱居禦兒。

曾續　字元嗣，政和間人。

曾繹　字仲成。

左緯　字經臣，黄巖人，政和中，以詩鳴。有《委羽居士集》。

何宏中　字定遠。先世居雁門，宣和元年，武舉廷對第二，調滑州韋城尉，後爲河東、河北統制。有《成真》、《通理》二集。

程俱　字致道，開化人，以外祖鄧潤甫蔭入仕。宣和二年，賜上舍出身。高宗朝，歷中書舍人兼侍講，罷提舉江州太平觀，除巖猷閣待制。有《北山集》。

張致遠　字子猷，南劍州沙縣人，宣和三年進士。高宗朝，歷户部侍郎、給事中，出知廣州，以顯謨閣待制致仕。

劉一止　字行簡，湖州歸安人，宣和三年進士。高宗朝，歷官秘書省校書郎、給事中，進敷文閣待制，致仕。有《苕溪集》。

胡珵　字德輝，晉陵人，宣和三年進士。紹興初，史館校勘，出守巖州。有《蒼梧集》。

李質　字文伯，内侍梁師成引之爲右列睿思殿應制。

曹組　字元寵，潁昌人，宣和三年進士。召試中書，换武階，兼閤門宣贊舍人，仍給事殿中，官止副使。有《箕潁集》。

范宗尹　字覺民，襄陽鄧城人，宣和三年，上舍登第。高宗朝，歷尚書右僕射同中書門下平章事，退居台州。

張邵　字才彦，烏江人，宣和三年，上舍登第。建炎初，以直龍圖閣假禮部尚書使金，被留不屈，徙會寧府。和議成，與洪皓、朱弁南歸，升秘閣修撰、敷文閣待制，知池州。奉祠，卒。有《輶軒倡和集》。

張祁　字晉彦，邵弟，有詩名。

張嵲　字巨山，襄陽人，宣和三年，上舍登第。紹興中，歷官司勳員外郎、中書舍人、實録院修撰。有集。

馬擴　字子充，中嘉王榜，宗祥案：政和八年。武舉。宣和四年，與趙良嗣使金議割燕山，特除武翼大夫、忠州刺史兼閤門宣贊舍人。紹興初，爲湖南宣撫司參議官。有《茅齋自敘》。

王次翁　字慶曾，濟南人，禮部别頭試第一。南渡，知處州，附秦檜，屢遷至參知政事。奉祠居明州。

傅墨卿　字國華，山陰人，以大父恩補官。宣和四年，使高麗有功，賜同進士出身，進龍圖閣學士，提舉杭州洞霄宫。

王洋　字元渤，山陽人，宣和六年甲科，官博士。歷典三郡，晚守鄱陽。洪皓使歸，洋獨候舍，坐免去。有《東牟集》。

祖秀實　字去華，浦城人，弱冠釋褐第一，除國子博士。高宗朝，禮部郎中。

詹度　宣和中，資政殿學士同知燕山府。

陸元光　字蒙老，歸安人，宣和初，爲嘉興令，後改晉陵。

趙良嗣　本遼人馬植，因童貫來降，改姓名李良嗣，薦于朝，獻策伐遼，賜國姓。累官延康殿學士、光禄大夫，以罪奪職。靖康初，戮于柳市。

吴可　字思道，金陵人。宣和末，官團練使，責授武節大夫。有《藏海詩話》。

趙季西　宣和間人。

王元

全宋詩話卷六十六

朱　翌

前輩記朱新仲舍人『天氣未佳宜且往，風濤如此亦安歸』之聯，取其自然，不煩斲削。然新仲此等句尚多，如《招郭侯飲》云：『此時老子興不淺，且日將軍幸早臨。』如『何以報之青玉案，我姑酌彼黄金罍。』凡引用前人語，皆蟠屈排奡，使之妥貼。他句如『滿地落花春病酒，一簾明月夜登樓』，『相親多謝風標子，可款豈無瀟灑侯』，『何從可覓秋消息，忽有先鋒到白蘋』。如『水篆行科斗，林粧轉畫眉』，若不經思，而俱出人意表。《讀杜詩》云：『縱之逼論劍，收之入檀弓』，尤前人所未發也。《後村詩話》

朱新仲《題元英舊隱》云：『五季浪拍天，不覆漢翁船。』語意甚新，不犯前人。《後村詩話》

鄧艾伐蜀，劉禪既降，又勑姜維使降于鍾會，將士咸怒，拔刀斫石。魏圍燕于中山，既久，城中將士皆思出戰，至數千人相率請于燕主，慕容隆言之尤力，爲慕容麟沮之而罷。契丹伐晉連年，晉拒之，每戰必勝，其後杜重威陰謀欲降，命將士出陳于外，士皆踴躍以爲出戰，既令解甲，士皆慟哭，聲振原野。予頃修《靖康實録》，竊痛一時之禍。以堂堂大邦，中外之兵數十萬，曾不能北向發一矢，獲一胡，端坐都城，束手就斃，虎旅雲屯，不聞有如蜀、燕、晉之憤哭者。近讀《朱新仲詩集》，有《記昔行》一篇，正敘此時事，其中云：『老种憤死不得戰，汝霖疽發何由痊？』乃知忠義之士，世未嘗無之，特時運使然耳。《容齋隨筆》

《灊山集》多不經人道語，此公讀書多，氣老筆遒。《題顏魯公像》云：『千五百年如烈日，二十四州惟一人。朝衣視坎趨前死，羽服行山即此身。』《與客晚集》云：『足下一來同晚步，先生小住大村春。』《春晴》云：『四野緑迴春補闕，亂山塵浄雨修容。』《懶軒》云：『經年不濯子春足，半月才梳叔夜頭。』《止酒》云：『縉紳處士議所以，將軍貴人須畢之。』《月夜》云：『琉璃虚空甚圓滿，紫磨山川更新鑄。』《梅花》絶句云：『姑射山頭冰雪仙，人間一見便豐年。卻應羞死琴臺女，不得乃翁分一錢。』《荷珠》云：『客來切勿令觀此，薏苡猶能困伏波。』如『大槐』、『小草』；『木偶』、『芻靈』；『朝采』、『夜光』；『立豹』、『蹲鴟』；『口代』、『手談』；『木上座』、『麴先生』；『千金子』、『萬玉妃』；『童欺我老』、『農報余春』；『下巖研』、『正焙茶』，皆的對。《後村詩話》

朱新仲有《邀郭侯飲》句云：『此時老子興不淺，旦日將軍幸早臨。』又：『何以報之青

玉案，我姑酌彼黄金罍。』《後村詩話》

朱翌《送汪彦章南遷》云：『天氣未佳宜小住，風波如此欲何之。』《耆舊續聞》

朱新仲《詠菊》云：『三徑誰從陶靖節？重陽惟有傅延年。』《本草》：『菊，一名「傅延年」。』《困學紀聞》

朱新仲仕江寧，在王彦昭幕中，有《代彦昭春日留客致語》云：『寒食止數日間，才晴又雨。牡丹蓋十數種，欲折還芳。』皆《魯公帖》與《牡丹譜》中全語也。《揮麈後録》

朱新仲《詠顔魯公》云：『千五百年如烈日，二十四州惟一人。』又《詠昭君》云：『當時夫死若求歸，凛然義動單于府。不知出此肯隨俗，顔色如花心糞土。』《困學紀聞》

朱新仲云，唐之詩人，達者惟高適，適位不過常侍。本朝歐、王、蘇、黄出，徐、陳、韓、吕繼之，八人一相、三執政、三從官，何其盛也！《困學紀聞》

吕伯恭先生嘗言：往日見蘇仁仲提舉，坐語移時，因論及詩。蘇言南渡之初，朱新仲寓居嚴陵，時汪彦章南遷，便道過新仲，適值清明，朱《送行》詩云：『天氣未佳宜且住，風波如此欲安之。』蓋用顔魯公帖及謝安事，語意渾成，全不覺用事。二十年欲效此體，用意不到，比作《陸仲高挽章》，偶然得之云：『殘年但願長相見，今雨那知更不來。』蓋用杜子美詩句：『但願殘年飽喫飯，但願無事常相見』及《秋述》：『常時車馬之客，舊雨來今雨不來』，亦不覺用事也，恐可庶幾焉。乃知待制公之詩，在當時已爲前輩所推重如此。蘇訓直云。《耆舊續聞》。宗祥案：蘇訓直名玭，陸《渭南集》有墓誌。

楊友夔

楊舜韶友夔，有《盜發孫堅墓》詩云：『闔廬城南荒古丘，昔誰葬者孫豫州。久無過客爲下馬，時有牧童來放牛。居然珍寶出光怪，識者夜見蹤其由。玉環金盌到廛市，土花不蝕餘千秋。州家廉問亟封守，賊曹掩骼窮姦偷。已知其中有可欲，亦恐未免無窮憂。當時義師奮四海，少日已無袁與劉。英雄異世凛如在，暴露無乃爲神羞。人生浮脆那可料，螻蟻烏鳶從所求。高陵勸爾一杯酒，自古南山能錮不？』吴孫王墓，在盤門外三里。政和間，村民發墓，甎皆作篆隸，爲萬歲永藏之文；有東西銀杯，初若燦花，良久化爲腐土；又得金搔頭數十枚。父老相傳云『長沙王墓』，王即孫策。郡人楊友夔爲詩，直指以爲孫堅，有『高陵』之句。按史，堅自葬曲阿。紹熙辛亥，郡人舉賢良方正滕宬，以史考之，定爲孫策所葬，與世俗長沙王之説稍合。《吴郡志》

楊舜韶名友夔，長僕十餘歲，向同在姑蘇。時盜賊發孫堅墓，楊作詩云：『闔廬城邊荒古丘，昔誰葬者孫豫州。久無行客爲下馬，時有牧童來放牛。』嗚呼！舜韶今已矣，他詩

皆工，必傳于世也。《彦周詩話》

李　保

大隱先生朱翼中，壯年勇退，著書釀酒，僑居西湖上而老焉。屬朝廷大興醫學，求深于道術者爲之，官司乃起公爲博士，與予爲同僚。明年，翼中坐書東坡詩，貶達州。又明年，以宫祠還，未至，予一夕夢翼中相過，且誦詩云：『投老南還愧轉蓬，會令浄土變炎風。由來祇進杯中物，萬事從渠醉眼中。』明日，理書帙，得翼中《北山酒經法》而讀之，蓋有『禦魑魅于煙巒，轉炎荒爲浄土』之語，與夢頗契，予甚異，乃作長詩以志之，他時見翼中，當以是問之，其真夢乎？非耶？政和七年正月二十五日也。『赤子含德天所鈞，日漸月化滋澆淳。惟帝哀矜憫下民，爲作醪醴發其真。炊者釀玉爲物春，投醹酴米授之神。成此美禄功非人，酣適安在味甘辛。一醉徑與羲皇鄰，薰然剛愎皆慈仁。陶冶窮愁孰知貧？頌德不獨有伯倫。先生作經賢聖分，獨醒正似非全身。德全不許世人聞，夢中作詩語爾親。不願萬户誤國恩，乞取醉鄉作封君。』《讀北山酒經》

蓋嶼

蓋嶼《讀冲邈〈翠微集〉》絶句云：『聖宋吟哦只九僧，詩成往往比陽春。翠微閣上今朝見，格老辭清又一人。』《中吴紀聞》

吴沆

吴德遠《和友人趨寧化》詩云：『聞君早晚趨寧化，尚有新詩別故人。試問幾程端可到？還憂半載不相親。傷心歲律峥嶸暮，解事梅花摘索新。去去冰霜頻莫厭，庭闈和氣即如春。』《環溪詩話》

又《春游吟》曰：『鳥語煙光裏，人行草色中。池邊各分散，花下復相逢。』李待制云：此所謂詩中有畫。《環溪詩話》

又《首夏》云：『積雨有餘潤，游雲無定陰。燕飛華屋静，鶯囀碧窗深。』此詩殊有富貴氣象。《環溪詩話》

又句云：『聖主思文德，元臣獻武功。一言深悟意，五利且和戎。』沈給事云：是使事。『天地包羞日，山河匿怨中。』給事云：太逼。『儒生別有淚，不是哭窮途。』給事云：作詩

當如此。『氛祲埋金闕，塵沙暝梓宫。古來嘗膽事，泣血望群公。』給事云：好語。《環溪詩話》

環溪吴沆《觀穫》詩有云：『新月輝輝動，黄雲漸漸收。』形容甚工。《娱書堂詩話》

吴　濤

吴德劭在官院日，作詩云：『時乖事轉拙，端居徒含情。不似階前草，春來隨意生。』又絶句云：『游子春衫已試單，桃花飛盡野梅酸。怪來一夜蛙聲歇，又作春風十日寒。』予伯兄德劭，作詩磨礎圓浄，都無病處。方休在官院日，小詩幷一絶句，最爲含蓄有氣象。《環溪詩話》

吴　洸

仲兄德强詩，從蘇、黄中入。如《暮春回文》云：『嬌聲囀處藏鸎小，美睡濃時落日斜。橋拂柳溪深漲水，眼驚春雨亂飛花。』又有句云：『日長人静聞風佩，久雨堂空生水衣。』《和發青亭》云：『簷飛謝女雪，徑掃沈郎錢。』《墨梅》云：『寫處定移墻上影，捲來如寄隴頭春。』《緑萼梅》云：『朱唇不駐曉粧薄，玉頬頻啼夜雨翻。』又句云：『花覺青春半，山將

白晝陰。』『夢過一年還是魘，心更萬事竟成灰。』《環溪詩話》

徐端崇

徐崇之《爲蝨所擾》絶句云：『空堂夜合勢如雲，溝壑寧知過去身？滿腹經營盡膏血，那知通夕不眠人。』時蔡京引用小人，賦外横斂，崇之此詩，殆託以規諷云。《春渚紀聞》

東坡帥杭日，與徐璹全父坐雙檜堂。公指二檜曰：『二疏辭漢去』，璹應聲曰：『大老入周來』。公爲擊節久之。繼而其子崇之，亦復少年俊偉，落筆千字。有人得山谷道人清江詞示之，崇之曰：『山谷當今作者，所知《漁父》止此耶？』或請爲賦，援筆立就，識者奇之。其末云：『魯邦司寇陳義高，三閭大夫心徒勞。相逢一笑無言説，去宿蘆花又明月。』識者奇之。《春渚紀聞》

曾續

曾元嗣續，政和間嘗作《十友》詩，蓋謂顔平仲岐、關止叔沼、饒德操節、高秀實茂華、韓子蒼駒，及予諸人，共十人也。其稱予詩云：『吕家三相盛天朝，流澤于今有鳳毛。世業中微誰料理？卻收才具入風騷。』《紫微詩話》

曾繹

曾仲成《還家途中》絶句云：『疏林殘嶺起昏鴉，臘盡行人喜近家。江北江南春信早，傍籬穿竹見梅花。』《墨莊漫録》

曾繹仲成詩云：『已無醜扇幾邊亂，空見春鉏天際飛。』《爾雅》：『醜扇，蠅也。』釋云：『醜，類也，青蠅之類，好摇翅自扇。』《弁陽詩話》

左緯

許少伊被召，追送至白沙不及，作小詩云：『短棹無尋處，嚴城欲閉門。水邊人獨自，沙上月黄昏。』此二十字可謂道盡惜别之情，至今使人黯然魂銷。《詩人玉屑》

左經臣《落葉》句云：『巢禽先覺曉，穴蟻未知霜。』《荆溪林下偶談》

陳了翁喜左經臣『一别又經無數日，百年能得幾多時』句，以爲非特辭意清遠，可玩味也，老于世幻，逝景迅速，讀之能無警乎？ 然此乃古人已道之句，戴叔倫《寄朱山人》云：『此别又萬里，少年能幾時？』杜荀鶴《送人游江南》云：『能禁幾度别？ 即到白頭時。』但經臣語，尤婉而不廹爾。《荆溪林下偶談》

何宏中

定遠爲韋城尉，汴京被圍，獨韋城不下，後爲兩路統制接應副使，以糧盡被擒。金人憐其忠，授之以官，定遠投牒于地曰：『我嘗以此物誘人出死力，若輩乃欲以此嚇我耶！』囚西京獄，久之，免爲黄冠，自號通理先生，起紫微殿，遷徽宗、東華君御容以事之。後病殁，臨終作詩云：『馬革盛屍每恨遲，西山餓死亦何辭。姓名不到中興歷，自有皇天后土知。』《齊東野語》

程俱

毘陵薦福寺紅梅閣，士大夫多留題，惟程給事致道俱嘗有詩，其略云：『春風如醇酒，著物物不知。居然此枝後，迨此白日遲。春風日浩蕩，醉色迴冰肌。所恨培雪根，向來歲寒枝。差池弄芳晚，坐令顔色移。顔色固嫵媚，清香無故時。』意新妙又存規戒，不苟作也。《庚溪詩話》

『博陵閣公總章右丞相，終于中書令，藝兼後素，時謂丹青神化，此其迹也。唐人張彦遠，出嗚珂三相家，風流博雅，著書記歷代畫，第閣上品，而《西域圖》在所録。又言王知慎亦揚之，則傳世者非一本。此弊刺諸馬多闕，而剪髮二人全失之，比見摹本，自高麗來，采筆殊惡，而馬之湩乳者，與人之剪髮者皆全，信外國自有唐時摹完本。今取全者備見之，且以浚都世臣大家秘藏圖史，以奇勝相高者極衆。至于閻迹乃少遇，其惟吕申公家有《唐太宗步輦圖》，引禄東贊對請公主事，皆傳寫一時容貌。贊皇李衛公小篆其語，采色神韻，與此同出一手。而張記亦曰：「時天下初定，外國入貢，詔立本寫外國圖。」而注指西域，則奉詔所爲者，即謂是耶。信真迹果不足疑。舊傳其書狄梁公之迹，觀其端重和勁，稍不類褚、薛，亦或當然。」竊嘗愛彦遠多識，著論得雅馴，引謝安言，韋誕書淩雲臺，已釘榜，籃懸去地二十五丈，及下，鬚眉盡白，因戒子孫絶楷法。而王子敬正色詆之曰：「仲將魏大臣，豈有此？」信如所説，魏德之不興，迺以子敬爲知言。因論閻令既爲星郎，不當有臨池之辱，況太宗治近侍有拔紹之恩，接下臣無撞郎之急，豈得不通官籍，直呼畫師？以至丹青之譽，非輔相之才。丹青固不足以輔相，而所以爲輔相，乃不在丹青。淺薄之俗，舉一廢百，而輕藝嫉能，一至于此，良可於邑？由是言之，窮神之藝，自不妨閻令之賢。斯人果賢，適增畫重。愚因取其説而併書之。元祐六年辛未九月，龍眠山人李公麟伯時題。』右伯時跋閻立本《西域圖》。盧陵王方贇侍郎家有之，其孫瓌夔玉寶藏之。大觀間，開封尹宋喬年言之省中，詔取以上進。時盧陵令張達淳，郡法掾吴祖源，被檄委焉，因竊摹之，于是始有摹本。有張天覺跋云：『崇寧甲申十二月甲寅，夔玉舟過善溪，盡得其家藏閻令、王維、王宰、韓幹、邊鸞、周昉畫閱之。佛書曰：「心如工畫師。」畫之妙出于心，猶足以濡毫設色，造化物像。況心之妙，薰以正法，無間斷哉。』信安程俱致道有詩云：『大塊浮空轉兩輪，越南燕北共毫塵。齊州古莽應相笑，夢覺何人定識真？』黄岡何頡之斯舉亦有詩：『窮荒未信子年欺，自笑山林老一枝。海上常思龜殼倦，天涯欲化鳥工窺。丹青閻令如曾到，氣俗張騫舊獨知。公喜著書尤博雅，山經暇日補殘遺。』《能改齋漫録》

飲席刻木爲人，而鋭其下，置之盤中，左右欹側，僛僛然如舞狀，久之力盡乃倒，視其傳籌所至，酬之以杯，謂之『勸酒胡』。程俱致道嘗作詩云：『簿領青州掾，風流麴秀才。長煩拍浮手，持贈合歡杯。屢舞回風急，傳籌白羽催。深慚偃師氏，端爲破愁來。』或有不作傳籌，但倒而指者當飲。《墨莊漫録》

張志遠

廖尚書剛用中嘗夢中作詩，其末句云：『家住五湖明月樓。』其後公薨，葬于沙縣二十五里交溪鳳山之下，其子遂建樓，以『明月』目之。張給事致遠賦詩云：『明月樓前可萬家，鳳山庵下日初斜。風流耆舊消沉盡，空睇寒江耿暮霞。』《能改齋漫録》

劉一止

梟茨粉可作粉食，甘滑異于他粉。偶天台陳梅廬見惠，因得其法。梟茨，《爾雅》一名『芍』。郭云：『生下溼，苗似龍鬚，根如指頭而黑，即荸薺也。』采以曝乾，磨而澄濾之，如蒜豆粉法。後讀劉一止《非有類稿》，有詩云：『南山有蹲鴟，春田多梟茨。何必泌之水，可以樂我饑。』信乎可以食矣。《山家清供》

胡珵

吾州天慶觀龍，姑蘇道士李懷仁所畫。懷仁者，酒豪不羈，嘗呼龍松江之上，狎而觀之，遂畫龍入神品。過毘陵天慶觀，大醉，索墨漿數斗，曳苕帚裂巾袂濡墨，號呼奮擲，斯須龍成。觀者失聲辟易，懼將搏也。懷仁後不知所終，而好事者每呼畫工就龍摹寫，工運筆之際，輒眩暈欲仆，竟不能成，觀者駭異。郡人胡德輝因與客論近世名畫，曰：『予每至畫龍處，輒諦玩彌時不能休，乃賦古風云：「道人龍中來，醉與神物會。寫茲蜿蜒質，日月爲冥晦。崩騰江海姿，素壁起濤瀨。呼吸見雌雄，抉石疑可碎。蕭森殿陰古，衆真儼飛旆。注觀恐騰躍，夜半失像繪。飛光者明珠，靈秘一何怪。爛爛照甍棟，那得久在外。偷兒伺

酣睡，不怕嬰鱗害。願言慎所託，未用期一快。」』《梁溪漫志》

李質

元符末，掖庭訛言祟出。有茅山道士劉混康者，以法籙符水，爲人祈禳，且善捕逐鬼物。上聞，得出入禁中，頗有驗，崇恩尤敬事之，寵遇無比，至于即其鄉里，建置道宫，甲于宇内。佑陵登極之初，皇嗣未廣，混康言：『京城東北隅地叶堪輿，儻形勢加以少高，當有多男之祥。』始命爲數仞岡阜，已而後宫占熊不絶，上甚以爲喜，繇是崇信道教，土木之工興矣。一時佞倖，因而逢迎，遂竭國力而經營之，是爲艮嶽。宣和壬寅歲，始告成，御製爲記，命睿思殿應制李質、曹組，共作百詠。李詩存十八首，《艮嶽》云：『勢連坤軸近乾岡，地首東維鎮八方。江不風波山不險，子孫千億壽無疆。』《極目亭》云：『千里飛鴻坐上看，山川風月在憑欄。不知地占最高處，但覺恢恢天宇寬。』《跨雲亭》云：『地高天近怯憑欄，下視浮雲咫尺間。只怪輕雷起嵓際，不知飛雨過山前。』《散綺亭》云：『斷虹飛雨過天涯，碧落浮雲不復遮。明日陰晴真可卜，倚欄來此看餘霞。』《蟠桃嶺》云：『不到瑶臺白玉京，海中仙果但聞名。何人爲報西王母，嶺上如今種已成。』《三秀堂》云：『窗户深沉晝不開，鳳凰時下九層臺。月明夜静聞環珮，知有霓旌羽扇來。』《書館》云：『蓮燭詞臣在外庭，青錢學士已登瀛。回廊屈曲隨巖阜。挾策何妨取次行。』《林華苑》云：『連雲複道映樓臺，茂苑奇花日日開。但得如春天一笑，芳菲何必曉風吹。』《和容廳》云：『白羽流星一點明，上林飛雁幾回驚。弓開月到天心滿，風外惟聞中的聲。』《漱瓊軒》云：『淺碧分江入衆山，山深無處不潺湲。開軒最近寒溪口，噴薄松風響珮環。』《峕春堂》云：『桂影亭亭漾碧溪，尋芳曾被暗香迷。碧桃開後晴風暖，花外幽禽自在啼。』《鑒湖》云：『水天澄□瑩寒光，一片波平六月涼。移得會稽三百里，不教全屬賀知章。』《蘆渚》云：『萬葉梢梢秋意初，斜風細雨憶江湖。誰知雪壓波澄後，更與宫中作畫圖。』《松谷》云：『雲藏煙鎖晝蒼蒼，得地何須作棟梁。聞道九龍扶輦過，一山風又作笙簧。』《蠟梅屏》云：『冶葉倡條不受羈，翠筠輕束最繁枝。未能隔絶蜂相見，一一花房似蜜脾。』《紫硯壁》云：『没水攀蘿琢馬肝，齎持堅潤出風湍。潛藩每恨端溪遠，疊作山中峭絶看。』《濯龍峽》云：『山東蒼煙細路通，噴泉飛雨灑晴空。真龍豈許尋常見，故作雲間飲澗虹。』《柳岸》云：『牽風拂水弄春柔，三月花飛滿御樓。不似津亭供悵望，一生長得繫龍舟。』質少不檢，文其身，賜號『錦體謫仙』。後隨從北狩。《揮麈後録》

曹組

曹組，字元寵，奉詔同李文伯質作《艮嶽百詠》，存十八首。《介亭》云：『雲棧横空入翠煙，躋攀端可躡飛仙。介然獨出諸山上，磊磊排衙石滿前。』《璿波亭》云：『水影摇暉動碧虚，日華淩亂上金鋪。安知不是鮫人寶，往往淵中得美珠。』《飛岑亭》云：『微雲將雨洗層巒，石磴莓苔路屈盤。正是江南最佳處，仰看蒼翠俯澄瀾。』《噰噰亭》云：『聖主從來不射生，池邊群雁恣飛鳴。成行卻入雲霄去，全似人間好弟兄。』《八仙館》云：『蟠桃初熟玉京春，圓屋如規户牖新。盡是瑶池高會客，豈容塵世飲中人。』《蕭閒館》云：『書草生來種種香，好風移韻入松篁。丹臺紫府無塵事，偏覺壺中日月長。』《梅池》云：『玉鈿匀點鑒新磨，香逐風來水上多。應爲横斜詩句好，故教疏影寫平波。』《絳霄樓》云：『翼瓦飛甍跨閬風，捲簾滄海日曈曨。佳時自有群仙到，笑語雲霞縹緲中。』《萬松嶺》云：『蒼蒼森列萬株松，終日無風亦自風。白鶴來時清露下，月明天籟滿秋空。』《萼緑華堂》云：『緑萼承趺正蘂輕，清香續續度簷楹。天教不雜閒桃李，賜與神仙物外名。』《清虚洞天》云：『玉關金鎖一重重，只見桃源路暗通。行到水雲空洞處，恍如身世在壺中。』《躡雲臺》云：『萬本琅玕密不開，林深明碧鎖高臺。更無一點游塵到，但覺雲隨步步來。』《汎雪廳》云：『月團携下九重天，來試人間第一泉。正在水聲山色裏，六花浮動紫甌圓。』《景龍江》云：『潤通河漢碧涵空，影倒山光曉翠重。聞説巨魚時駭浪，只應風雨是神龍。』《雪香徑》云：『夾徑梨花玉作英，年年寒食半陰晴。要看雪色無邊際，十二樓前月正明。』《百花屏》云：『衆香芬馥著人衣，雲母光寒露未晞。圍得春風勝繡幕，紛紛紅紫鬬芳菲。』《飛來峰》云：『突兀初驚倚碧空，翠嵐仍與瑞煙重。吴儂莫作西來認，真是蓬萊第一峰。』《敷春門》云：『帝力無私萬國通，尚思寒谷待春風。欲將和氣均天下，都在熙熙造化中。』《揮麈後録》

曹組元寵《題村學堂圖》云：『此老方捫蝨，衆雛争附火。想當訓誨間，都都平丈我。』語雖調笑，而曲盡村俗之狀。近吴敬夫一聯云：『闌干苜蓿先生飯，顛倒天吴稚子衣。』其景況可想也。《歸田詩話》

范宗尹

范覺民《游大有空明洞》在黄巖委羽山詩云：『暫到山中禮法壇，空明雲氣逼人寒。當年孤鴻知何處？遥想天風墜羽翰。』《台州府志》

范覺民作相，方三十二歲，肥白如冠玉，旦起與裹頭帶巾，必皆攬鏡，時謂之『三照相公』。《雞肋編》

張邵

張才彦《謝樞密王公倫惠綿衾》云：『蘇氊久絶寢衣想，姜被忽分挾纊香。』《待制張公行實》

公在會寧，士多從之授書。生徒斵木，書于其上捧誦，既過削去復書，中圓如瓠，而首尾尖，目之曰『木橄欖』，蓋其俗，兒童誦習率以此。《待制張公行實》

張祁

張邵，字才彦，簡池人。其子孝祥狀元及第，秦檜羅織下獄，檜死乃仕，後寓烏江，遂家焉。祁字晉彦，有詩名，《渡湘江》詩曰：『春過瀟湘渡，真觀八景圖。雲藏岳麓寺，江入洞庭湖。晴日花争發，豐年酒易沽。長沙十萬户，游女似京都。』《升庵詩話》

先人嘗從張晉彦覓茶，張答以二小詩：『内家新賜密雲龍，只到調元六七公。賴有家山供小草，猶堪詩老薦春風。』『仇池詩裏識焦坑，風味官焙可抗衡。鑽餘權倖亦及我，十輩遺前公試烹。』時總得偶病，此詩俾其子代書，後誤刊在《于湖集》中。『焦坑』，産庾嶺下，味苦硬，久方回甘。『浮石已乾霜後水，焦坑新試雨前茶。』坡南遷回，至章貢顯聖寺詩也。後屢得之，初非精品，特彼人自以爲重。『包裹鑽權倖』，亦豈能望『建溪』之勝？《清波雜志》

張嵲

《陳簡齋墓誌》，張巨山筆也，稱公詩：『體物寓興，清邃超特，紆徐閎肆，高舉橫絶，上下陶、謝、韋、柳之間。』又云：『公外王父存誠子，善行草書，世俗莫知。公初規模其外家法，晚益變體出新意，片紙數字，得者藏去。』乃知簡齋筆法，本存誠子。巨山，簡齋表姪也，其《夷陵》詩云：『吴蜀相持地，江山真險固。昔聞焚夷陵，今兹但遺堵。山遠欲連天，江寬疑浸樹。左顧渚宫塗，右眺襄陽路。野迥無居人，荒村但豺虎。依依念鄉井，愴愴悲墳墓。月淡江風寒，雲深楚山暮。佇立小踟蹰，蒼蒼歸鳥去。』《初夏》云：『孟夏忽已至，雨餘草木荒。俯澗有驚泉，仰林無遺芳。山中歲事晚，是日農始忙。布穀鳴遠林，田家競農桑。故園今何爲？黯黯心獨傷。』《防江》云：『虜去田事始，夜來春雨匀。向時偶耕者，十無三四人。努力勿轉徙，敕語如陽春。』又云：『大漠與吴越，天南天北頭。虜猶涉吾地，飲馬長淮流。飲馬尚猶可，莫使學操舟。』詞語高簡，意味幽遠。此類不可殫舉，真南渡巨擘。《與簡齋》五言云：『紛紛世上兒，啾啁亂鳴蜩。惟公妙句法，字字陵風騷。癯瘦藏具美，和平蓄餘豪。顧我吟風苦，知公心力勞。柳、韋儻可作，論詩應定交。』他人莫不自夸大，惟巨山能踐其言。《後村詩話》

巨山五言絶句，如：『犖確南山路，叢筠冒水生。寒梅銷落盡，猶有數花明。』如：『青林擁蕭寺，况乃在山陰。出見桃花發，方知春已深。』七言絶句，如：『十日濃陰飛細雨，清川多漲水平沙。幽人閉户春已半，開徧山南山北花。』如：『故園墳樹想青葱，寒食風光淚眼中。自痛不如傖父子，紙錢猶掛樹頭風。』如：『一行疏樹對柴門，又見荒煙上晚村。日日墻陰觀日影，人生消得幾朝昏。』『日炙櫻桃已半紅，更熏花氣滿襟風。路旁謁舍蹲遺獸，應有荒墳在麥中。』《讀〈太平廣記〉》云：『夢裏空驚歲月長，覺時追憶始堪傷。十年烜赫南柯守，竟日歡娱審雨堂。』有『人夢入蟻垤，榜曰「審雨堂」。』皆精麗宛轉有思致。又《讀〈楚世家〉》云：『喪歸荆楚痛遺民，修好行人繼入秦。不待金仙來震旦，君王已解等冤親。』其忠憤切於戊午讜議矣，但微婉而成章耳。《後村詩話》

張文潛《詠淮陰侯》云：『平生蕭相真知己，何事還同女子謀？』巨山《代蕭相答》云：『當日追亡如不及，豈於今日故相圖。身如累卵君知否？方買民田欲自汙。』亦前人所未發。世好巨山詩者絶少，惟予與湯伯紀耳。《後村詩話》

馬擴

紹興二年，曹成執湖南安撫使向子諲，據道州。宣撫司參議官馬擴，遣使臣張布，齎劄子招成，成受招安，乃放出子諲。參謀范直方曰：『曹成不可招，保之使赴行在。』馬曰：『彼既不願遠出，促之，是使散而爲亂也。』宣撫使吴敏，惑直方之議，馬以詩獻敏云：『未敢此時非趙括，已愁他日類田豐。』遂拂袖歸。又數日，敏以資學宫祠之命到城，成即復亂，湖廣被其害，直方得郡而去。《三朝北盟會編》

王次翁

王慶曾聞馬擴辭職，作二絶，云：『徙薪曲突論無憑，太尉山中混耦耕。頭額爛焦曾采録，參謀先已享專城。』『近來出處事何如？先輩風流掃地無。忽有子充驚末俗，一言未契便長驅。』《三朝北盟會編》

傅墨卿

傅國華《端午帖子》云：『百鍊鑒從天上鑄，五時花向帳前施。』《容齋五筆》

王　洋

吾州餘干縣東干越亭，有琵琶洲在下，唐劉長卿、張祜輩皆留題。王洋一絶句云：『塞

外風煙能記否？天涯淪落自心知。眼中風物參差是，只欠江州司馬詩。』《容齋三筆》

祖秀實

吴駿，字晞遠，中元豐八年進士，調潞州上黨簿。太宰張商英首加薦引，知虔化縣，通判永州，未幾告老。祖秀實以詩寄之，云：『官路聲名二十年，江鄉舊仰貳車賢。推將事業歸塵外，收得功夫到酒邊。解榻幾聞招隱士，炷香終日對韋編。公朝况是登耆哲，早晚蒲輪穩著鞭。』《萬姓統譜》

詹度

詹度《送宣撫童貫平燕班師》詩云：『長途春色送英雄，滿目江山映日紅。劍戟夜摇楊柳月，旍旗曉拂杏花風。行時一決平戎策，到後須成濟世功。爲報燕山諸將吏，太平取在笑談中。』《三朝北盟會編》

陸元光

吴興陸蒙老元光，嘗爲常之晉陵宰，頗喜作詩。時州幕官有好譏謗同列者，一日同會，忽聞蟬聲，幕官謂陸曰：『君既能詩，可詠此也。』陸辭之，不可，即席爲之曰：『緑陰深處汝行藏，風露從來是稻粱。莫倚高枝縱繁響，也須回首顧螳螂。』因是以譏之，其人媿而少戢。《庚溪詩話》

趙良嗣

趙良嗣，宣和四年使金，作詩云：『朔風吹雪下雞山，獨暗穹廬夜色寒。聞道燕然好消息，曉來驛騎報平安。』馬擴《茅齋自序》

趙良嗣，絳人，來降，以能文爲裕陵眷遇，曾兼史局，令續《通鑑長編》。重和元年十二月，推修《四朝會要》、《帝系后妃》、《吉禮》三類，賞良嗣以參詳轉秩，後坐誅。余讀《北遼遺事》，見良嗣與王瓌使女真，隨軍攻遼上京，城破，有詩云：『建國舊碑胡月暗，興王故地野風乾。回頭笑向王公子，騎馬隨軍上五鑾。』『五鑾』乃上京殿名，保機之故巢也。《桯史》

吴可

吴思道《病酒》詩云：『無聊病酒對殘春，簾幙重重更掩門。惡雨斜風花落盡，小樓人下欲黄昏。』又《春霽》云：『南國春光一半歸，杏花零落淡臙脂。新晴院宇寒猶在，曉絮欺

風不肯飛。』《戲作冷語》云：『首缺十八字思如冬，露下紫薇花影中。長哦白雪明光宫，衆泉涌此萬卷胸。』《墨莊漫録》

新安墨以黄山名，數十年來造者乃在婺源黄岡上，戴彦衡、吴兹爲最。彦衡自紹興八年以薦作復古殿等墨，其初降雙角龍樣，是米待制元暉所畫，繼作圭璧及戲虎樣。時議欲就禁苑爲窯，稍取九里松古松爲之，彦衡以松生道旁平地不可用。其後衢池工者，載他山松往造，亦竟不成。彦衡未幾死。嘗出貢餘一圭示米公，米以爲罕有其比。詩人吴可贈詩云：『病來謾喜折釵股，老去尚懷雙脊龍。他日扁舟會乘興，摩挲圭璧小從容。』羅願《新安志》

李方叔喜吴可小詩云：『東風可是閒來往，時送紅梅一陣香。』殊不知張芸叟《酴醿》詩亦云：『晚風亦自知人意，時去時來管送香。』《優古堂詩話》。宗祥案：《復齋漫録》『李方叔』作韓子蒼。

余題黄節夫所臨《唐元度十體書卷》末云：『游戲墨池傳十體，縱横筆陣掃千軍。誰知氣壓唐元度，一段風流自不群。』當改『游』爲『漫』，改『傳』爲『追』，以『縱横』爲『真成』，便覺兩句有氣骨，而意脈聯貫。《藏海詩話》

余題王晉卿畫《春江圖》，累十數句，事窮意盡，輒續以一對云：『寒煙炯白鷺，暖風摇

青蘋。』便覺意有餘。《藏海詩話》

孫仲益作《汪彦章墓誌》云：『大璫梁師成用事，小人朋附，目爲隱相。』武人吴可者，師成許以能詩，至出入卧内。公罷符寶，可過公致師成意，曰：『聞名久矣，幸不鄙過我，禁從可拱而俟也。』公謝不往，客曰：『吾曹望隱相之門，如在天上。召而不往，何故？』公曰：『若使我與可輩爲伍耶？』《藏海詩話》

趙季西

丹青閣，在建寧府開元寺側，元豐初太守石禹勤建。宣和中，趙季西命名，且賦詩云：『跨壑飛簷屋數楹，上横山色下溪聲。等閑題作丹青閣，未必丹青畫得成。』《方輿勝覽》

王 元

王元，字文元，桂林人，苦吟風月，終于貧病。妻黄氏，共持雅操，每遇得句，中夜必先起然燭，供具紙筆，元甚重之。有《聽琴》詩曰：『拂琴開素匣，何事獨顰眉？古調俗不樂，正聲公自知。寒泉出澗澁，老檜倚風悲。復有來聽者，誰堪繼子期？』好事者畫爲圖。《郡閣雅談》

王元，字文元，桂林人，有《登祝融峰》詩云：『草叠到孤頂，身齊高鳥翔。勢疑撞翼軫，翠欲滴瀟湘。雲溼幽崖滑，風梳古木香。晴空聊縱目，杳杳極窮荒。』又《聽琴》云：『拂塵開素匣，有客獨傷時。《郡閣雅談》記第二句『何事獨顰眉』。古調俗不樂，正聲君自知。寒泉出澗澁，老檜倚風悲。縱有來聽者，誰堪繼子期？』《題鄧真人遺址》云：『三千功滿輕昇去，留得山前舊隱基。但見白雲長掩映，不知浮世幾興衰？松梢風觸霓旌動，棱葉霜霑鶴翅垂。近代無人尋異事，野泉噴月寫秋池。』與廖融爲詩友，贈之云：『伴行惟瘦鶴，尋寺入深雲。』終于長沙。《詩話總龜》

全宋詩話目録卷六十七

許安仁　字仲山，襄邑人，以特奏名得官，調南劍州順昌尉。

章憲　字叔度，吴郡人，宣和中，監漢陽酒稅。有《復軒集》。

范周　字無外，仲淹姪孫，安貧自樂，所居號范家園。

范公稱　仲淹后裔。著《過庭録》。

燕照鄰　字明仲，陽翟人，隱居不仕。

范仲温　字元實，祖禹子，秦少游婿，吕居仁表叔。學詩于山谷。有《潛溪詩眼》。

陸宰　字元鈞，佃子，官朝請大夫、直秘閣。

田亘　字元邈，陽翟人。

蘇庠　字養直，澧州人，伯固子。初以病目，號眚翁，後居丹陽後湖，更號後湖病民。紹興間，居廬山，與徐俯同召，不起，年八十餘。有《後湖集》。

張彦智

陳序　字彦育，句容人，向伯恭薦授和州文學，終删定官。有《碧巖集》。

胡致隆　字藏之，臨江人，自號蕭灘居士。

何麒　張商英外孫。

李祁　字蕭遠，尚書郎，謫監漢陽酒税。

周李　字德紹，海陵人。

劉旦　敞孫，樞密奉世子。

晁貫之　字季一。

吕知止　本中從叔。

李忲　字去言，公擇猶子。

章綷　字伯成，楶子，終户部郎中權知揚州。

許彦國　字表民，青社人。有《詩集》。

葉大年

李若水　本名若冰，欽宗改賜，字清卿，曲周人。靖康初，上舍登第，由太學博士歷吏部侍郎，從欽宗幸金營，不屈，死之。建炎初，贈觀文殿學士，謚忠愍。有集。

陳君嚮

鄧肅　字志宏，沙縣人，承務郎。張邦昌僭位，奔赴南京，擢左正言，罷歸家居。有《栟櫚集》。

富直柔　字季申，弼孫，父任補官。靖康初，賜進士出身。高宗朝，累官同知樞密院事、提舉洞霄宫。

曾如驥　泰和人，寶慶通判，死金兵之難。建炎，贈官，謚忠愍。

何迂叟　字次仲，黄州人。

王以寧　字周士，湘潭人，由太學生仕鼎、澧帥幕。靖康初，徵天下兵，以寧走鼎州乞師，解太原圍。建炎中，以宣撫司參謀制置襄、鄧。有詞一卷。

熊彦詩　字叔雅，安仁人。靖康中，太學博士。

司馬樸　字文季，光姪孫，以外祖范純仁恩補官。欽宗時，任兵部侍郎，使金見留，挾以北去，居祁陽，授官不屈，握節死。高宗贈兵部尚書，謚忠潔。

余淳禮　靖康丙午海康令。

顔博文　字持約，德州人。靖康初官著作佐郎。僞楚時充事務官，草勸進表。南渡，竄澧州，移賀州死。

季炳　號寄庵。

宋齊愈　字文淵，靖康初，諫議大夫。建炎初，以推舉僞楚論死。

李儔　汴京留守，靖康間陷金。

上官仲恭

朱弁　字少章，徽州婺源人。建炎初，授修武郎，借吉州團練使。副王倫使金通問，被拘十九年，紹興十三年，始與洪皓、張邵南歸，易宣教郎，直秘閣主管佑神觀。有《聘游集》、《輶軒唱和集》、《曲洧舊聞》、《風月堂詩話》。

陳東　字少陽，鎮江丹陽人，貢入太學。欽宗時，率其徒伏闕上書，論蔡京、王黼等姦狀，又上書請留李綱。高宗召至行在，上書乞罷黄潛善、汪伯彦，會布衣歐陽澈亦上書言事，潛善激怒高宗，與澈同斬。越三年，高宗感悟，贈東承事郎，紹興四年加朝奉郎秘閣修撰。有《盡忠録》。

歐陽澈　字德明，撫州崇仁人。建炎初，徒步伏闕上書，請誅汪、黄等，死于市。紹興中，贈秘閣修撰。有《飄然先生集》。

曲端　字平甫，一字師尹，鎮戎軍人。建炎初，累官威武大將軍，涇州防禦使，張浚忌之，誣以反，下恭州獄，糊其口，熁之以火，乾渴求飲，予以酒，九竅流血死。

岳飛　字鵬舉，相州湯陰人。宣和間，應真定宣撫募，累立戰功。南渡，歷少保、南北諸路招討使、樞密副使、封武昌郡開國公，罷爲萬壽觀使，爲秦檜所陷，殞大理寺獄。淳熙六年，賜謚武穆；嘉定四年，追封鄂王；淳祐六年，改謚忠武。有集。

毛國英　衢州人。

俞處俊　字師郝，新淦人，登建炎龍飛乙科，未及仕而卒。

胡銓　字邦衡，廬陵人，建炎二年進士。紹興五年，以賢良方正薦，除樞密院編修官，抗疏詆和議，累謫吉陽軍。孝宗朝，歷權中書舍人兼國子祭酒，權兵部侍郎，以資政殿學士致仕，卒謚忠簡。有《澹庵集》。

陳剛中　字彦柔，閩清人，建炎二年進士，任太府丞。胡銓貶，剛中《啟》賀，忤秦檜，謫定遠縣。

阮閱　字閎休，舒城人。宣和中，知郴州。建炎初，知袁州。有《松菊集》、《詩話總龜》。

王銍　字性之，汝陰人，自稱汝陰老民。南渡，寓居剡中。建炎初，爲樞密院編修官。有《雪溪集》。

周芑　字秀實，錢唐人，南渡初廬陵倅。

鄭昺　字彦明，南渡初人。

秦湛　字處度，少游子。

許顗　字彦周，建炎中，襄邑人。有《詩話》。

顔岐　字夷仲，復子。建炎中，累官至門下侍郎。

陳石齋

陳貫道　字致一，閩人。

何薳　字子遠，號韓青老農，浦城人，東都遺老。有《春渚紀聞》。

何薖　字子薦，薳從兄。與友張圖南俱早世，薳集二人遺句，名《南金録》。

張圖南　字伯鵬，餘杭人。

鄭魁

吴曾　有《能改齋漫録》。

全宋詩話卷六十七

許安仁

季父仲山，先大夫同祖弟也，讀書精苦，作詩有源流。昔嘗上書，晚以特奏名得一官。政和間，御製宮詞三百首，嘗和進，今録一絶于此，染指可以知鼎味也。其詞曰：『輕寒慘慘透衾羅，玉箭銅壺漏水多。常是未明供御服，夢回頻問夜如何？』時道君皇帝在睿思殿，宣進甚急，意謂得美官。翼日，臺章論列，作詩害經旨，遂報罷，調南劍州順昌縣尉，後卒于揚州云。《彦周詩話》

季父仲山，病中夢至一處泛舟，環水皆奇峰可愛，賦詩云：『山色濃如滴，湖光平如席。風月不相識，相逢便相得。』既寤而言之，後數日卒。叔父楚若，先大夫母弟，甫壯而亡，少時獨不爲時學，愛《穀梁春秋》與柳柳州文，作詩用事，無一言蹈襲者。其所著撰，號《阨奇集》，《自序》曰：『水激之以亂石則有聲，廧藏之以褻器則罄。齊不下者二城，田單因而縱

兵，文獨不待阨而後奇乎？』兵火間，散亂不可復得，略記其敘數句，以見其措意如此。《彥周詩話》

許安仁尉順昌，郡廳事之後，創吏隱堂，植竹，題詩云：『劚破中庭一畝苔，主人髮白手親栽。即今誰信清貞節？須向三冬雪後來。』又云：『珍重勞君慰遠游，繁聲疏影一堂秋。主人看即官期滿，分付風煙與子猷。』《能改齋漫録》

季父仲山在揚州時，事東坡先生，聞其教人作詩曰：『熟讀毛詩《國風》與《離騷》，曲折盡在是矣。』僕嘗以謂此語太高，後年齒益長，乃知東坡先生之善誘也。《彥周詩話》

章　憲

章甫字端叔，自建之浦城徙居于吳。崇寧初，除都官郎中，尋挂冠歸，藏書萬卷，讎校精密。年六十二，卒。子八人，憲其一也。憲樂道好德，操履高潔，鄉里謂之隱君子。其學師事王信伯，而與朱子發、吕居仁等游。嘗自作《復軒記》，謂葺先人之廬，治東廡之軒，以貯經、史、百氏之書，名之曰『復』，以警其學。其後圃又有清曠堂，『詠歸』、『清閟』、『遐觀』三亭，以摹古尚賢，皆有詩。《遐觀亭》詩曰：『吾慕陶靖節，處約而平寬。涉園自成趣，矯首復遐觀。我亦散游目，俯仰天地間。雲煙自舒卷，湖嶺相回環。永與形役謝，豈有

俗慮干。想像斜川游，千載乃相關。』《吴郡志》

范周

方臘之亂，郡中令總甲巡護，雖士流亦不免。范無外率府庠諸生，冠帶夜行，首用大燈籠書一絶于其上云：『自古輕儒莫若秦，山河社稷付他人。而今重士如周室，忍使書生作夜巡。』郡將聞之，亟爲罷去。《中吴紀聞》

范無外《木香》絶句云：『暖風吹麝入鉛華，不肯隨春到謝家。半夜粉寒香泣露，也應和月怨梨花。』《墨莊漫録》

范周少負不羈之才，工于詩詞，不求聞達，所居號『范家園亭』，安貧樂道，未嘗屈折于人。盛季文作守時，頗嫚士，嘗以元宵作《寶鼎現》詞投之，極蒙嘉奬，因遺酒五百壺。其詞每遇燈夕，諸郡皆歌之。《中吴紀聞》

范公稱

范公稱《無題》云：『赤縣東城尉，它年業舊儒。老爲知道馬，中有報恩珠。歲月侵余齒，風埃上短鬚。賴逢同志友，襟韻不相孤。』《過庭録》

燕照鄰

燕明仲絶句云：『女騃兒癡十口餘，進時無業退無廬。一窗風雨韓城夜，火冷燈青照舊書。』《過庭録》

范仲温

表叔范元實，既從山谷學詩，要字字有來處。嘗有詩云：『夷甫雌黄須倚閣，君卿唇舌要施行。』《紫微詩話》

范仲温嘗預貴人家會，有侍兒喜歌秦少游长短句，坐中畧不顧及，酒酣懽洽，侍兒始問：『此郎何人？』仲温遽起，叉手而對曰：『某乃「山抹微雲」女婿也。』聞者爲之絶倒。《鐵圍山叢談》

陸宰

先少師宣和初有贈晁公以道詩，云：『奴愛才如蕭穎士，婢知詩似鄭康成。』晁公大愛賞。今逸全篇，偶讀晁公《文集》，注而足之：『士不逢時勇退耕，閉門自號景迂生。遠聞

佳士輒心許，老見異書猶眼明。奴愛才如蕭穎士，婢知詩似鄭康成。早孤遇事偏多感，欲續殘章淚已傾。』《劍南集》

田亘

田亘《江梅》詩云：『千林含凍鬱蒼蒼，只有江梅獨自芳。暗吐幽香穿别院，半攲斜影入寒塘。冰膚宛是姑仙女，粉面端疑騎省郎。若是蜜奴曾拂掠，肯收紅豔貯蜂房。』元邈《梅》詩三首，前二首云：『趁暖不隨千卉折，凌寒先伴六花開。』『臨流照影爲誰好？映竹無人空自憐。』皆佳，惟用索笑事不叶，故不録。《瀛奎律髓》

田元邈《飛鳶》詩云：『旋旋晴空作鶻盤，仰空誰不羡高閒？豈知盡日勞心眼，只在塵寰腐鼠間。』此蓋譏相國寺前資寮僧而作，其爲人可知也。《瀛奎律髓》

蘇庠

蘇伯固之子，名庠，字養直，作《清江曲》云：『屬玉雙飛水滿塘，菰蒲深處浴鴛鴦。白蘋滿棹歸來晚，愁看蘆花一片霜。扁舟繫岸依林樾，蕭蕭兩鬢吹華髮。萬事不理醉復醒，長占煙波弄明月。』東坡曰：『若置在《李太白集》中，誰疑其非？』《直方詩話》

蘇養直《後清江曲》云：『層波渺渺山蒼蒼，輕霜隕木蓮葉黄。呼兒極浦下笭箵，社甕欲熟浮蛆香。輕帆淅瀝鳴秋雨，日暮乘流自相語。一笛秋風萬事休，白鳥翩翩落煙渚。』《苕溪漁隱叢話》

蘇養直《清江曲》，見賞于東坡，以爲與李太白無異，所謂『屬玉雙飛水滿塘，菰蒲深處浴鴛鴦』是也。既爲前輩所賞，名已不没，而又作《後清江曲》一篇，豈養直尚惡其少作耶？所謂『呼兒極浦下笭箵，社甕欲熟浮蛆香。輕蓑淅瀝鳴秋雨，日暮乘流自相語』，如此等句，前曲似未到也。《詩話總龜》。又見《韻語陽秋》

吴江王份，字文孺，自號臞庵。嘗築圃于松江之側，買樹作址，計三百萬錢。圃成，極東南之勝。蘇庠詩云：『王郎臞庵摩詰詩，煙花遶舍江遶籬。石渠東觀了無夢，筆床茶竈行相期。古人已往不可作，甫里顧有今天隨。東鄰蟹舍肯著我，請辦蓑笠懸牛衣。』《中吴紀聞》

臞庵在松江之濱，邑人王份有超俗趣，營此以居。圍江湖以入圃，故多柳塘花嶼，景物秀野，名聞四方，一時名勝喜游之，皆爲題詩圃中。有『與閒』、『平遠』、『種德』及『山堂』四堂，『煙雨觀』、『横秋閣』、『凌風臺』、『鬱峩城』、『釣雪灘』、『琉璃沼』、『臞翁澗』、『竹廳』、『龜巢』、『雲關』、『缬林』、『楓林』等處，而『浮天閣』爲第一，總謂之『臞庵』。份字文孺，以特恩補官，嘗爲大冶令，歸休老焉。《吴郡志》。宗祥案：蘇庠有《平遠堂》詩云：『柳外西風六幅蒲，野塘睡鴨對春鉏。如何唤得王摩詰？畫作江南煙雨圖。』

蘇庠《與周德友》二絶句，其一云：『德友近在咫尺，乃不相過，因成一詩。「十日已吹梅信風，絶憐未許一尊同。喜君不減習主簿，媿我殊非龐德公。」』其二云：『德友求薝蔔花栽，戲作小詩代簡。「問訊雲蘿小隱家，剡藤醉墨半攲斜。酒餘落筆已殊絶，發興不須薝蔔花。」』紹興中，建安徐詡跋云：『蘇公隱丹徒，五召不起，周君德友主縣簿，願從之游，文書往來，委曲如瑣，求之古人，未易一二也。』《鐵網珊瑚》

《詩選》云：『蘇庠養直嘗盛夏追涼，方與客對棋，有衣褐者特謁云：「羅浮山道人江觀潮。」未及起迎，道士直造就坐，旁若無人。養直驚愕，問所從來，答曰：「羅浮黄直人，以公不好世人之所好，烝母已成，令某持丹度公，可服之。」袖中出一小盒，藥黄色而膏融。養直遲疑問，道人曰：「此丹非金非石，乃真烝煉成，疑即且止，俟有急服之。」出門徑去，俄頃不見。養直以丹置佛室，後與客飲醉後食蜜雪，和以龍腦，一夕暴下而卒，所親記道人之言，亟取丹視之，其堅如石，磨以飲之，即甦。自是，康强異常，齒落者復生，髮白者再黑，目枯者更明。紹興十七年歲旦日，與家人酌别，且告辭鄰里。二日，東方未明，披衣曳杖，出門行步如飛，妻孥奔逐，僅能挽其衣，則已逝矣。』苕溪漁隱曰：洪慶善與養直，皆丹陽人，予以問慶善，慶善云：『初無此事，乃曾端伯得之傳聞之誤耳。』予于《後湖集序》嘗言之云：『不待訪丹砂於岣嶁，依羽人于丹丘，而羅浮之客，九轉之丹至矣。僕馳書問之，且丐録近詩，居士答言：「頃得方士神藥，奪命鬼手中。服食以來，哦詩結字，無復餘習矣。」』養直後以壽終，亦無他異。端伯之言，不可信也。《苕溪漁隱叢話》

《樂府紀聞》曰：『蘇養直，字伯固，《詞品》訛爲：「名伯固，字養直」。東坡有《送伯固兄還吴》詩。其「屬玉雙飛水滿塘」句，東坡見而喜曰：「吾家蘇養直，如『醉眠小塢黄茅店，夢倚高城赤葉樓』，便有黄冠氣象。」傳其入羅浮羽化。』《詞綜》曰：丹陽人蘇庠，字養直，别號後湖，日放浪江湖間，《後湖集》見推于世。紹聖中，與徐俯同召，徐俯赴，蘇庠辭，且與康伯可有溪堂之約。作《采桑子》云：『山陰此夜明如晝，月滿前村，莫掩溪門，恐有扁舟乘興人。』東坡既没，不聞羽化。世數遥遥，恐是兩人也。《古今詩話》

張彦智

蔣三舍在宜興縣西，洴浰四圍皆澤國。宣和間，張寶文彦智遇風寄宿，贈以詩，有句云：『兩岸更無通步路，四時常有避風船。』和者盈卷。《咸淳昆陵志》

陳序

煇憶年及冠，從父執陳彦育序游鍾山，陳題三四詩于八功德水庵之壁：『寒騎瘦馬度山腰，目斷青溪第一橋。盡是帝王陵墓處，野風荒草暝蕭蕭。』『十年塵土暗衣巾，亂走江鄉一病身。西第將軍成底事，北朝開府是何人？』止記其二。陳，句容人，素與先人厚善。先人嘗次其韻：『雄壓吴頭控楚腰，千峰環拱冶城橋。黄旗紫蓋旋歸漢，古刹淒涼尚號蕭。』『北嶽經行匪濫巾，相陪來現隱淪身。春蘿秋桂還吾輩，白浪紅塵付若人。』皆書于壁。二十年後，再過之，皆不存矣。郗后化蟒之地鹿院苑，土人名爲『蕭帝寺』，寺之殿宇，猶是梁時建立者。《清波雜志》

胡致隆

胡藏之《題痊鶴銘》云：『當年誰爲裹元黄？潮打孤城草木荒。華表竟無新信息，斷碑空有碎文章。雲埋紫蓋峰何在？煙鎖青田路正長。遥想華亭披道氅，夜隨明月過錢唐。』《蘆浦筆記》

何麒

龍多山在合州赤水縣北，按唐孫職方樵《龍多山録》：有至道觀，東有大池，即唐武后時放生池；中峰有唐鷲臺；院東有佛慧院，有萬竹，竹徑圍尺；有東巖，廣五十丈，多唐人刻字；又有靈山院，泉自巖出，瀦爲方池，大旱不竭；其山高明窈深，變態萬狀，有鴐鶴軒，下視涪水如帶，煙雲出没，山之偉觀也。《圖經》云：『廣漢人馮蓋羅煉丹于此，晉永嘉三年，舉家十七人仙去。』何麒詩云：『世路聱牙赤水過，故陞天險問龍多。書中舊識唐公昉，圖裏又聞馮蓋羅。』《方輿勝覽》

李祁

《漢陽郎官湖春日》四絶句，其一：『兩山收雨暗平沙，遮斷溪梅隔水花。留得煙林作圖畫，依稀松磴有人家。』其二：『空山玉蘂照瓊瑰，到處尋花共往回。欲識春風最奇處，試來同看雨中梅。』其三：『朦朧花影月黄昏，著意春風入酒痕。知是江梅喜佳客，倒垂花蘂照清樽。』其四：『十日春陰到水亭，水邊楊柳一時青。梅花過盡桃花惡，乞取山礬入浄瓶。』尚書郎李祁蕭，遠謫漢陽酒税時作也。《能改齋漫録》

周　李

周德紹《悦川碾茶》詩云：『獨抱遺經舌本乾，笑呼赤脚碾龍團。但知兩腋清風起，未識捧甌春筍寒。』《清波雜志》

劉　旦

劉仲馮樞密之子旦，能詩，保康伯嘗薦之。旦後過公墓，賦詩：『膺門昔忝登龍客，董墓今悲下馬人。』時多稱傳。然東坡亦嘗云：『隻雞敢望喬公語，下馬來尋董相墳。』《能改齋漫録》

晁貫之

晁季一貫之嘗訪杜子師與，不遇，留詩云：『草堂不見浣溪老，折得青松度水歸。』《紫微詩話》

晁季一生無他嗜，獨見墨丸，喜動眉宇，其所製銘曰：『晁季一寄寂堂造者，不減潘、陳。』《春渚紀聞》

吕知止

從叔知止少年作詩云：『彭澤有琴嘗無絃，大令舊物惟青氊。我亦四壁對默坐，中有一床供晝眠。』元實深賞愛之，云殆似山谷少時。《紫微詩話》

知止叔少時嘗作《初涼》詩云：『西風吹木葉，庭户作涼時。夜有愁人歎，寒先病骨知。』予每喜誦此句。邇來少年，能爲此詩者蓋少矣。《紫微詩話》

李 忒

李去言《春晚》絶句云：『花瘦煙羸可奈何，不關渠事鳥聲和。無人掃地驚□□缺二字，分付輕紅上碧莎。』《墨莊漫録》

李忒去言，公擇尚書猶子，少能文詞。年十七八時，作詩云：『去國春城桃李花，楓林葉病尚天涯。今年九日風前帽，北客扁舟雨後沙。』忘下四句。汪信民甚稱之，以爲有過其姪商老處。然商老詩文，富贍宏博，非後生容易可到。方臘之亂，去言有詩：『蒼黄避地小兒女，飄泊連床老弟兄。』亦佳句也。《紫微詩話》

章綍

章伯成《送龔校書》云：『船尾淮山青未了，馬頭隋柳緑相迎。』《中吴紀聞》

許彦國

許表民《虞美人·草行》云：『鴻門玉斗紛如雪，十萬降兵夜流血。咸陽宫殿三月紅，霸業已隨煙燼滅。剛强必死仁義王，陰陵失道非天亡。英雄本學萬人敵，何須屑屑悲紅妝。三軍敗盡旌旗倒，玉帳佳人坐中老。香魂夜逐劍光飛，清血化爲原上草。芳心寂寞寄寒枝，舊曲聞來似斂眉。哀怨徘徊愁不語，恰如初聽楚歌時。滔滔逝水流今古，楚漢興亡两丘土。當年遺事總成空，慷慨尊前爲誰舞？』冷齋以此詩爲曾子宣夫人魏氏作。予昔隨侍先君守合肥，嘗借得許表民《家集》，集中有此詩。又合肥老儒郭全美，乃表民席下舊諸生，云親見渠作此詩。今曾端伯編《詩選》，亦列于表民詩中，覽者可以無疑，亦知冷齋之妄也。《苕溪漁隱叢話》

《許表民詩》十卷。右皇朝許彦國字表民，青社人。周邦彦稱其『寬平優游，中極物情，惜乎流落不偶，故世人知之者或寡也。』《郡齋讀書志》

葉大年

王偉字康國，居太學有聲，鄉人謂之王學正，識與不識皆尊敬之。有堂名『逸野』，以累試不利，日游適其中，讀書自娱，其持身治家，鄉中率以爲法。生平無子，王氏舉族祀之不絶。葉大年挽之云：『書劍當年游上都，賢關蟲篆校諸儒。文華燦燦九苞鳳，俊氣駸駸千里駒。妙質競誰揮堊墁？白頭空此死樵蘇。遺編殘稿應猶在，搔首令人益歎吁。遺文膾炙在吾鄉，賦罷誰能少薦揚？聲迹有妻先夢蜨，行藏無子付洴方。雲蘿煙蔓新泉宅，秋月春花舊野堂。交侣彩牋真翰墨，幾人知爲寶巾箱？』《中吴紀聞》

李若水

李侍郎奉使太原時，途中呈王坦翁副使詩，云：『舊持漢節愧前人，消息傳來苦不真。五鼓促回千里夢，一官妨盡百年身。關山吐月程程遠，詩景含秋句句新。孤館可能忘客恨，脱巾聊進一杯春。』《三朝北盟會編》

『代馬南來久不歸，山河殘破一身微。功名誤我等雲過，歲月驚人還雪飛。每事恐貽千古笑，此心甘與衆人違。艱難重有君親念，血淚斑斑染客衣。』李清卿所作也。清卿既

死，因葬，得此詩于衣襟。《能改齋漫録》

忠愍李公若水，字清卿，洛州人。靖康間，爲吏部侍郎，扈從欽宗至金人軍營，抗節不屈而死。予嘗見其集中有《都下言懷》詩一聯云：『報主有心葵向日，致身無路手捫天。』又有七言八句云：『胡馬南來久不歸，山河殘破一身微。功名誤我等雲過，歲月驚人還雪飛。每事恐遺千古笑，此生甘與衆人違。艱難猶有君親念，血淚斑斑滿客衣。』觀其平日言志之作，氣節可知矣。《梅磵詩話》

陳君嚮

陳君嚮少年在京，悦一小鬟，作絶句云：『無情今古垂楊岸，客舍不禁風絮亂。他年若解拂人頭，只恐青青顔色换。』《陶朱新録》

鄧　肅

朱韋齋觴客，栟櫚以冠帶寓之，醉起，韋齋曰：『留以質紙筆。』明日如約，韋齋受筆還冠，而以紙少留帶，曰：『儻無千幅終不還。』故栟櫚寄以詩云：『歸帽納毫真得策，要牋留帶計還疏。公如買菜苦求益，我已忘腰何用渠。閉户羽衣聊自適，推窗柿葉對人書。帝都

聲價君知否？ 寄付新傳折檻朱。』前輩風流調笑，藹藹如此。陸文裕《溪山餘話》

富直柔

先文康公知汝州日，段寶臣爲教官，富季申爲魯山主簿，而陳去非以太學録持服來寓，先公語人曰：『是三子者，非凡偶近器也。』是時富在外邑，則以職事處之于城中，列三人者薦于朝，以爲可用，仍以去非《墨梅》詩繳進。于是，去非除太學博士，季申除京西漕屬，寶臣亦相繼褒擢。初，寶臣字去塵，先公一日謂之曰：『君廊廟具也，宜改字「寶臣」。』取荀卿輔拂之人爲國寶之義，且作《序》而衍其意。及三人者俱貴，先公喜曰：『吾未嘗讀玉管之書，亦未嘗究金書之義，而能逆知其必大者，獨以其所爲知之耳。汝輩勉其在我者，在人者不問可也。』先公晚年寓居湖州之寶溪，季申既罷樞筦，亦挈家來寓，一觴一詠，必與之俱。季申嘗有十絶，其一云：『青衫短簿汝陽天，鶚牘當時誤薦賢。承乏西樞了無補，還依丈席聽韋編。』其二云：『洛陳花骨巧裁詩，曾把梅篇薦玉墀。未識他年調鼎事，只今身已鳳凰池。』其三云：『陳君談論席生風，段子文詞氣吐虹。參朮腶腆皆入篋，知人誰過葛仙翁？』餘七篇不録。陳君名恬，字叔易，有高節，貧甚，先公命公庫以酒肉薪米日給之，嘗謝以詩云：『不是故人供禄米，初非縣令給豬肝。養賢禮厚隆三篋，拜賜恩深豔一簞。』建

炎初，召赴行在，直秘閣。《韻語陽秋》

曾如驥

金兵薄寶慶，通判泰和曾公如驥遣弟如駿歸，曰：『吾既以身許國，不得顧先人宗祀矣，汝其圖之。』涕泣與別，復取考功印紙題其上云：『謹將節義二字，結果印紙一宗。了卻神游何處？澄江明月清風。』『澄江』，指泰和故鄉也。事亟矣，書《舍生取義》一章于壁，以明己志。城將陷，左右請迎降，公叱之，登子城投資江死，郡人義而歛厝之。明年，建炎改元，太學生上書敘其功。《豫章詩話》

何迂叟

東坡謫居于黄五年，赤壁巨鶻，棲于喬木之上，《後賦》所謂『攀栖鶻之危巢，俯馮夷之幽宫』是已。韓子蒼靖康中守黄州，三月而罷，因游赤壁，而鶻已去，作詩示何次仲迂叟。次仲和答云：『兒時宗伯寄吾州，諷誦高文至白頭。二賦人間真吐鳳，五年溪上不驚鷗。蟹嘗見水人猶怒，鶻有危巢孰敢留。珍重使君尋故迹，西風悵望卞城樓。』《能改齋漫録》

王以寧

木犀，湖南呼『九里香』，王周士道中聞之，有絶句云：『不見江梅三百日，聲斷紫簫愁夢長。何許緑裙紅帔客，御風來獻返魂香。』《墨莊漫録》

王周士和人句云：『人情千里白頭浪，世事幾番黄葉風。』《苕溪漁隱叢話》

熊彦詩

熊叔雅《和劉彦沖屏山夜雪》潭溪四景之一詩云：『夜深寒妥帖，前村人斷絶。何許小茅茨，開門滿山雪。』《翰墨大全》

自帝蒙塵，虜人館于齋宫，日遣蕭慶須索城中物。校書郎劉才、邵傅宿，國子監主簿葉將，博士熊彦詩、上官悟等五人，押經書印板并館中圖籍，往營中交割。《三朝北盟會編》

司馬樸

司馬文季工書翰，有晉人筆意，興陵萬機之暇，嘗購其遺墨學之。有《雪霽同韓公度登圓福寺閣，和李效之》詩，今略載于此：『積雪日出杲，雪飛梅已殘。朋游要及時，閣鄰有遐觀。乘此蕪穢平，快覽天宇寬。霽色混銀界，曠望連江干。山如白毫相，滉瀁清揚端。一氣轉浩渺，萬里皆瀰漫。優哉賦梁苑，想像排廣寒。』此下不可讀，當俟善本考之。《中州集》

余淳禮

遺直館，爲海康城南吴國鑒館蘇子由之所，時子瞻亦謫儋耳，同處月餘。靖康丙午，令余淳禮買地開軒，繪二公像于中，且賦詩曰：『二蘇翰墨仙，同謫百蠻裏。時有田舍翁，結茅住行李。邇來三十年，聞名輒掩耳。天定能勝人，稍復蒙料理。公卿尋斷編，臺隸藏敝屣。敗屋亦見修，變故乃如此。開軒畫遺像，凛凛有生氣。卻恨封德彝，不見盛時死。兄弟對床眠，此意孤一世。騎鯨倘相逢，笑人真好事。』《廣東通志》

顔博文

予有畫山水四横幅，卷上各有五言一首。其一曰：『高峰挂層霄，遠水没平野。當年居山客，半是愛山者。橋欹欲沉崖，路險不容馬。慎勿夸世人，正要知者寡。』其二曰：『青山爲誰高？影壓三百里。竹深已迷橋，荷密半藏水。區區名利人，坐暝真可鄙。慨想雲屋中，恐是古君子。』其三曰：『急雨冷捎溪，寒煙曉横塞。茅堂來軒車，中有隱者在。市朝一何有，雲水兩無礙。笑向塵世人，不知是何代。』其四曰：『通江石泉滑，崩崖朝雪重。牧兒心苦饑，牛寒挽不動。誰人倚長松？胸有九雲夢。西風吹屋倒，一笑無與共。』後題『李叔班作』，不知何許人。詩則持約所書，持約豈非顔氏邪？《後村詩話》

閩廣多異花，悉清芬鬱烈，而末利爲衆花之冠，嶺外人或云『抹麗』，謂能掩衆花也，至暮則尤香。今閩人以陶盎種之，轉海而來，浙中人家以爲嘉玩。然性不耐寒，極難愛護，經霜雪則多死，亦土地之異宜也。顔博文持約謫官嶺表，愛而賦詩云：『竹梢脱青錦，榕葉隨黄雲。嶺頭暑正熕，見此蕚緑君。欲言嬌不吐，藏意久未分。最憐月初上，濃香夢中聞。蕭然六曲屏，西施帶微醺。叢深珊瑚帳，枝轉翡翠裙。譬如追風騎，一抹萬馬群。銅瓶汲清泚，聊復爲子勤。願言少須臾，對此髯參軍。』觀此詩，則花之清淑柔婉，風味不言可知矣。《墨莊漫録》

顔持約晚有鄭虔之貶，作山水，横看頗有清致，在五羊賣畫自活，竟死瘴鄉。《清河書畫舫》

季　炳

危翁一，光澤人，家貧業樵，聞二帝北狩，哭三日，骨立而死。季寄庵以詩弔之，云：『南鄉老人危翁一，歲晏雨晴扶杖出。驚聞二帝塵再蒙，歸闔柴門哭三日。眼空愁絶聲遂

止，里人唁翁翁死矣。凛然生氣申包胥，萬古千秋葬忠義。』《邵武府志》

宋齊愈

諫議宋文淵齊愈《宮詞》云：『禁城春水碧溶溶，洗出桃花萬片紅。葉上細看無一字，始知無女怨春風。』《睢陽道中》云：『竹溪咽絶雨纔通。無數深紅間淺紅。山店落英春寂寂，青旂吹盡柳花風。』『向來松檜喜無恙，坐久忽聞南澗鐘。隱隱修廊人語絶，四山滴瀝雪鳴風。』《能改齋漫録》

李儔

張忠文公叔夜嵇仲，靖康間以南道總管知鄧州，首提兵勤王，以不推戴異姓，取過軍前。既議和，傳到訃音云：靖康丙午閏十一月内，提兵次安上門，除簽書樞密院，在國子監街東陶潛園子内住。十二月二十五日，京城破，以不推戴異姓取過軍前。丁未年三月二十七日，離京北去。道中不食，至白溝，或曰過界河也，仰天大呼，遂不復語。明日，薨在易州孤山寨，五月十六日也。擡三程，遂火化。第六子仲熊，字慈甫，隨行祭祀。丁巳年十一月十八日，到東京相國寺慧林禪院，後于天壽院前幕士馮真家下。戊午年十月十七日，葬于陽翟縣旌忠功德墳寺。及録到挽詩四首，汴京留守李儔一首云：『命世文章伯，鴻樞柱石臣。殞身因衛社，嗣德豈無人！丹旐西原路，輭車萬里春。一門蒙待遇，徒有淚霑巾。』《雲麓漫抄》

上官仲恭

蔡京父子，在京城之西南坊對賜甲第四區，極天下土木之工，一曰太師第，乃京之自居也；二曰樞密第，乃攸之居也；三曰駙馬第，乃鯈之居也。攸妻劉，乃明達明節之族，有寵，而二劉不能容，乃出嫁攸，權寵之盛，亞之京、攸。四第對開，金碧相照。嘗見上官仲恭詩一編，其間有《城西曲》，言蔡氏侈奢敗亡之事，最爲豪健，末句云：『君不見喬木參天獨樂園，至今猶是温公宅。』仲恭，乃上官彦衡之子也，惜其詩不行于世。《朱子語類》

朱弁

北人以松皮爲菜，予初不知味，虞侍郎分餉一小把，因飯素，授廚人與園蔬雜進，珍美可喜，因作一詩。『吾老似出家，晚悟媿根鈍。滋旨卻羶葷，禪悦要親近。偉哉十八公，兹道亦精進。舍身充刀几，割體絶嗔恨。鱗皴老龍皮，鳴齒溢芳潤。流膏爲伏龜，千歲未須問。便堪奴筍蕨，詎肯友芝菌。跏趺得一飽，萬事皆可擯。侍郎文懿後，落落衆推俊。澹然世味薄，内典得所信。香廚留净供，頻食不言頓。宴然默不語，草木雷音震。得法于此公，骨髓傳心印。應憐持節人，餉此爲問訊。欲將無上味，爲我洗塵坌。食之不敢餘，感激在方寸。』《中州集》

予以年事漸高，氣海不能熟生煐冷，旅中又無藥物，遂用火攻之策，灼艾凡二百壯，吟呻之際，得詩二十韻。『不作漳濱卧，年侵氣血衰。據鞍思少壯，攬鏡歎清羸。有病方求艾，無營莫問蓍。心知出下策，理勝遇中醫。陽燧神逾速，銅仙術盡施。論功鄙炮製，取穴辨毫釐。火帝恩光異，炎官績用奇。書熒比差似，珠蟻迫方知。忖物嗟炮鼈，觀形笑灼龜。煙微初炙手，氣烈漸鑽皮。閉目書徒展，支頭枕屢移。發狂還自哂，賈勇僅能支。宋鵲追風日，吴牛喘月時。忠言勞緩頰，善謔爲開眉。服氣工夫遠，燒丹歲月遲。衛生防後患，伐性釋前疑。展轉那成夢，呻吟且當詩。因心念民瘼，出位歎身卑。欲已七年病，當從百世師。保身將保國，未可廢箴規。』《中州集》

《炕寢三十韻》：『風土南北殊，習尚非一躅。出疆雖仗節，入國暫同俗。淹留歲再殘，朔雪滿崖谷。禦冬貂裘敝，一炕且跧伏。西山石爲薪，黝色驚射目。方熾絶可邇，將盡還自續。飛飛湧玄雲，燄燄積紅玉。稍疑雷出地，又似風薄木。誰容鼠棲冰？信是龍銜燭。陽曦助喘息，未害摇空腹。惠氣生袴襦，仍工展拳足。豈惟脱膚鳞，兼復平體粟。負暄那用詑，執熱定思沃。收功在歲寒，較德比時燠。雖餘炙手焰，寧有爛額酷。矧當凝沍晨，炎帝獨回轂。玄冥真退聽，祝融端可録。嗟予亦何者，萬里歌黄鵠。偃仰對窗扉，姸暖謝衾褥。壯懷羞竈媚，晚悟笑突曲。因思墮指人，暴露苦皸瘃。頻年未解甲，蹈此鋒刃毒。遥知革輅中，旰食安豆粥。陪臣將命來，意懇誠亦篤。有奇不能吐，何術止南牧。君心想更切，臣罪何由贖。此身雖自温，此志轉煩促。論武貴止戈，天必從人欲。安得四海春？永作蒼生福。聊擬少陵翁，秋風賦茅屋。』《中州集》

『李任道編録濟陽公文章，與僕鄙製，合爲一集，且以「雲館二星」名之。僕何人也，乃使與公抗衡？獨不慮公是非者，紛紜于異日乎？因作題于集後，俾知吾心者，不吾過也。庚申六月丙辰，江東朱弁書。』『絶域山川飽所經，客蓬歲晚任飄零。詞源未得窺三峽，使節何容比二星。蘿蔦施松慚弱質，蒹葭倚玉怪殊形。齊名李杜吾安敢，千載公言有汗青。』『濟陽公』謂宇文叔通。叔通受官，而少章以死自守，耻用叔通見比，故此詩以不敢齊名自託。至于書年爲庚申，與稱江東朱弁者，蓋亦有深意云。《中州集》

朱少章《謝范祖平朝散惠姚花》云：『平生所愛曾莫倦，天遣花王慰吾願。姚黄三月開洛陽，曾觀一尺春風面。』《曲洧舊聞》

弁留金，王倫先歸，以弁《奉送徽宗大行》之文爲獻。其辭有曰：『歎馬角之未生，魂消雪窖。攀龍髯而莫逮，淚灑冰天。』帝讀之感泣。《宋史》本《傳》

陳　東

陳東少陽，京口人，宣和、靖康間，爲太學生，上書攻詆六賊，天子嘉其忠，命之以官，勿受。建炎中興，以直言召至行在所，未得見，又三上書，首排柄國之臣，謂『不足共大事』。汪伯彦、黄潛善惡之，力請誅殛，遂身膏東市。後天子感悟，追贈京秩。紹興四年，再贈朝奉郎秘閣修撰，仍官其子弟，錫之土田，以恤其家。東少負氣節，有憤世嫉邪之志。在太學時，嘗因大雪，與同舍生飲，初筵齋酒酣，約聯句爲樂，公獨爲古詩一篇，曰：『飛廉强攪朔風起，朔雪隨風灑中土。雪花著地不肯消，萬億蒼生受寒苦。天公剛被陰雲遮，世人凍死如亂麻。人間愁嘆之聲不忍聽，誰肯採掇傳説聞達太上家？地上賤臣無言責，私憂過去如杞國。遏雲直欲上天門，首爲蒼生訟風伯。天公儻信臣言憐世間，開陽闔陰不作難。便驅飛廉囚下酆都獄，急使飛雪作水流潺潺。東方出日還照耀，坐令和氣生人寰。』又爲律詩三十韻，有『山岳遭埋没，乾坤著蔽蒙。已成堆積勢，還費掃除功』之句，皆有深意。被收之日，視死如歸，則東之志操，在此詩見之矣。《梅磵詩話》

靖康中，孫覿論太學生陳東誘衆伏闕爲亂；建炎中，黄潛善輩寘東極刑。覿、潛善不足道也，張魏公亦奏胡珵筆削東書，欲使布衣挾進退大臣之權，幾至召亂，遂以『諷諭狂生，規摇國是』，將珵追勒編置。或謂魏公乃潛善客，珵則李綱客也，因借此去之。公爲一代人物宗主，亦復有此失。高宗特以靖康之鬨爲懼，不欲伏闕，卻不以言罪人。他日贈東官，祭東墓，贍其家而官其後，以生前布衣爲身後法從，于東亦無憾。嘗曰：『朕即位聽用非人，至今痛恨之。贈官推恩，未足稱朕悔過之意。死者不可復生，追痛無已。』聖心惻怛如此，予深爲魏公惜之。戴埴《鼠璞》

歐陽澈

歐陽德明《戲促朝宗酒約》詩云：『雨收雲海湧金盆，簾卷香絲破篆紋。雙陸無心酬白璧，十千有約醉紅裙。哦詩誤許聯師服，載酒真當過子雲。待遣秋娘呈妙舞，春衫已把水沉熏。』《飄然先生集》

曲端

曲平甫蜀中作詩云：『破碎江山不足論，何時重到渭南村？一聲長嘯東風裏，多少未

歸人斷魂。』《賓退録》

曲端在陜西，甚有威望，張魏公宣撫首擢用之。金人萬户婁室與撒離曷等寇邠州，端擊敗之，至白店原，又大敗之。撒離曷登高望師，懼而號哭，金人因目之爲『啼哭郎君』。後以端恃功驕恣，廢不用，又懼其得士心，竟殺之。自端之死，衆心稍離。金人再入，戰于富平，我師詐張端旗以懼敵，婁室知端已死，撫掌笑曰：『何紿我也？』于是盡鋭力攻，我師敗績，自是陜西非我有矣。宋淳熙間議高廟配享，洪景盧舉此爲魏公罪，迄不得侑食。昔孔明斬馬謖，已爲失計，魏公襲其事，幾于自壞萬里長城。至于詐張端旗，尤爲拙謀，徒足以召敵人之笑，沮我師之氣耳。端亦知書，嘗作詩云：『破碎山河不足論，幾時重到渭南村？』昔人詩：『欲挂衣冠神武門，先尋水竹渭南村』，即此事也。《鶴林玉露》

張浚既失全陜，退保蜀中，復欲用曲端。王庶曰：『不可。富平之戰，宣撫與曲端有勝負之約。今日宣撫以何面目見端？』吴玠亦懼端之嚴明，乃書『曲端謀反』四字于手心。浚雖有殺端之意，而未有罪，庶等曰：『曲端作詩題柱，有指斥乘輿之意，曰：「不向關中興事業，卻來江上泛漁舟。」此其罪也。』浚乃送端萬州羈管，復令恭州取勘。康隨先在鳳翔，遭端決背一百。浚以康隨爲提點刑獄公事，端聞之曰：『吾其死也！』呼『天』者數聲。端有馬名『鐵象』，日馳四百里，惜之過于子息，連呼『鐵象可惜』者又數聲。既死，不旬日，鐵

象亦死。《三朝北盟會編》

岳　飛

紹興癸丑，岳武穆提兵平虔、吉群盜，道出新淦，題詩青泥市蕭寺壁間云：『雄氣堂堂貫斗牛，誓將直節報君讎。斬除頑惡還車駕，不問登壇萬户侯。』淳熙間，林令梓欲摹刻于石，會罷去不果，今寺廢壁亡矣。其孫類《家集》，惜未有告之者。《賓退録》

岳武穆《題池州翠微亭》詩云：『經年塵土滿征衣，特特尋芳上翠微。好水好山看不足，馬蹄催趁月明歸。』《岳武穆王集》

岳侯死後，臨安西溪寨將軍子弟，因請紫姑神，而岳侯降之，大書其名，衆已驚愕，請其花押，則宛然平日真迹也。復書一絶云：『經略中原二十秋，功多過少未全酬。丹心似石今誰訴？　空有游魂偏九州。』丞相秦公聞而惡之，捕治其徒，流竄者數人，人有死者。《睽車志》

毛國英

毛國英，澤民之從子也，以詩自鳴。嘗經岳侯駐兵之地，江禁方嚴，國英投詩云：『鐵

鎖沉沉截碧江，風旗獵獵駐危檣。禹門縱使高千尺，放過蛟龍也不妨。』侯曰：『詩人也。』委舟以渡之。《娱書堂詩話》

俞處俊

俞師郝處俊有句云：『叫月子規喉舌冷，宿花蝴蝶夢魂香。』《獨醒雜志》

俞處俊《傷春》云：『黏天芳草緑蒙茸，久客傷心望不窮。山色自隨人遠近，鶯聲只在水西東。』又《搜春》云：『千林欲暗稻秧雨，三月尚寒花信風。九節老笻應不惜，步隨流水看殘紅。』《合璧事類前集》

胡銓

胡澹庵十年貶海外，比歸，飲于湘潭胡氏園，題詩云：『君恩許歸此一醉，傍有梨頰生微渦。』謂侍妓黎倩也。後朱文公見之，題絶句云：『十年浮海一身輕，歸對梨渦卻有情。世上無如人欲險，幾人到此誤平生。』《鶴林玉露》

胡澹庵于福州僉廳分扇，得一扇，畫古木間一人騎驢，向西南行。及有新興之行，方知爲先兆也，題詩于扇曰：『誰向生綃白團扇，畫將羈客據征鞍？南遷萬里知前定，壁上崖

州莫怕看。』《藏一話腴》

胡澹庵《登南恩望海臺》詩云：『君恩寬逐客，萬里聽歸來。未上凌煙閣，先登望海臺。山爲翠浪涌，湖拓碧天開。目斷飛雲處，終身愧老萊。』時孝宗登極，起爲秘書少監，將歸朝作。《豫章詩話》

胡邦衡獲罪來福州，黄思憲致子魚、紅酒爲餉。胡報以詩云：『盈尺子魚來丙穴，一缾女酒敵新興。』以『子』對『女』、『丙』對『新』爲工。新興酒，閩人重之。《夷堅志》

澹庵胡公以攻和議謫新州，守臣張棣黨附秦檜，告公嘗賦詞云：『欲駕巾車歸去，有豺狼當轍』，語言不遜，再謫吉陽軍。余觀公《集》中有《次羅長卿韻懷親》詩云：『天乎自是非我孝，世間豈有人無親？索居誰念卜子夏，不死日飲拋青春。少年忽作老翁老，故鄉何似新州新。安得君來同夜話，寒爐自撥紅麒麟。』味詩起句，亦含諷意，不但賦詞也。《梅磵詩話》

澹庵在謫所，因讀《離騷》，浩然有江湖之思，作《瀟湘夜雨圖》以寄興，自題一絶云：『一片瀟湘落筆端，騷人千古帶愁看。不堪秋著楓林港，雨闊煙深夜釣寒。』時紹興丁卯七夕也，後一百三十五年辛巳，此畫歸之苕溪趙子昂，余得一觀，詩與畫俱清麗可愛，結字亦端勁。世但見其詩文，而不知其尤長於墨戲，可謂澹庵三絶。《梅磵詩話》

唐韋執誼自宰相貶崖州司户，刺史命攝軍事衙推，牒詞云：『前件官久在朝廷，頗諳公事，幸期佐理，勿憚麋賢。』當時傳以爲笑，然猶未至於挫抑也。盧多遜罷相流崖州，知州乃牙校，爲子求婚，多遜不許，遂侵辱之，將加害，不得已卒與爲婚。紹興中，胡邦衡銓竄新州，再徙吉陽，吉陽即朱崖也，軍守張生，亦一右列，指使遇之亡狀，每旬呈，必令囚首詣廷下。邦衡盡禮事之，至作五十韻詩，爲其生日壽。性命之憂，朝不謀夕。是時黎酋聞邦衡名，遣子就學，其居去城三十里，嘗邀致入山，見軍守者，荷枷絣西廡下，酋指而語曰：『此人貪虐已甚，吾將殺之，先生以爲何如？』邦衡曰：『其死有餘罪，果若此，足以洗一邦怨心。然既蒙垂問，切有獻焉。賢郎所以相從者，爲何事哉？當先知君臣、上下之名分。此人固亡狀，要之爲一州主，所謂邦君也。欲訴其過，合以告海南安撫司，次至廣西經略司，俟其不行，然後訟於樞密院。今不應擅殺人也。』酋悟，遽釋之，令自書一紙引咎，乃再拜而出。明日，邦衡歸，張詣門悔謝，殊感再生之恩，自此待爲上客。邦衡以隆興初在侍從，録所作生日詩示仲兄文安公，且備言昔日事，乃知去天萬里，身陷九淵，日與死迫，古今一轍也。《容齊三筆》

王瀘溪《送胡忠簡謫嶺表》二詩，有『癡兒不了公家事，男子要爲天下奇』之句。秦檜見而大惡之，以謗訕流辰州。二詩人皆傳誦，忠簡和韻少有見者，詩云：『巖耕名已振京關，未信終身袖手閒。萬卷不移顔子樂，一生無愧伯夷班。致君自許唐虞上，待我誰能季孟間？宗社年來欠元老，蒼生拭目看來還。士氣年來弱不支，逢時言行欲俱危。不因湖外三年謫，安得江南一段奇。非我獨清緣世濁，此心誰識只天知。萬牛回首須公起，大廈將顛要力持。』清峭警拔，與前詩相稱。瀘溪在辰州，人争迎以爲師，孝宗更化，許自便。光宗即位，忠簡薦之，召對便殿，除直敷文閣，年已九十餘矣。《歸田詩話》

陳剛中

陳彦柔《陽關》詞云：『客舍休悲柳色新，東西南北一般春。若知四海皆兄弟，何處相逢非故人。』《北窗炙輠》

寺丞南行時，吉州江濱有石材廟，隆祐太后避金兵，泊舟廟下，夢神告以兵至，即發舟指章貢，金兵追至造口，不及而還。寺丞題詩廟柱云：『疏爵新剛應，論功舊石材。能形文母夢，還訝佞人來。海市爲誰出，衡雲豈自開？乞靈如見告，逐客幾時回。』卒不如願，悲夫！《鶴林玉露》

阮閲

阮閲休《郴江百詠序》云：『郴，古桂陽郡，陳迹故事，盡載圖史，亦間見于名人才士歌詠。如杜子美《寄聶令入郴州》，韓退之《郴江》，柳子厚《登北樓》，沈佺期《望仙山》，戴叔倫《過郴州》之類是也。山川寺觀之勝，城郭臺榭之壯，未經品題者尚多，亦可惜爾。余官于郴三年，嘗欲補其闕，愧無大筆雅思可爲。然因暇日，時强作一二詩，遂積至於百篇。雖不敢比迹前輩，使未嘗到湖湘者觀之，亦可知郴在荆楚，自是一佳郡也。宣和甲辰二月中和日，舒城阮閲序。』《東樓》云：『危城雉堞對東山，誰挕高樓十二欄？獨鶴不來松已老，春風動處日三竿。』《山陰堂》云：『修竹蒼蒼似剡川，浮觴可繼永和年。不知誰有羲之筆？欲寫《蘭亭》第二篇。』《碧虚亭》云：『笻竹枝彎屐齒摇，登臨身覺在煙霄。千峰險似三川峽，一水深如八月潮。』《湖亭》云：『城外高堂俯碧灣，山如螺黛水如環。有時鼓棹來尋勝，直到斜陽未欲還。』《蘇仙觀》云：『寂寂星壇長緑苔，井邊橘老又重栽。城頭依舊東樓在，未見當時鶴再來。』《東山》云：『藜杖芒鞵過水東，紅裙寂寞酒尊空。郡人見我應相笑，不似山公與謝公。』（存六首。）《郴州文志》

王銍

王性之《追和周昉〈琴阮美人圖〉詩序》云：『龍眠李亮工家，藏周昉畫《美人琴阮圖》，兼有宮禁富貴氣象，旁有竹馬小兒，欲折檻前柳者。亮工官長沙，而黄魯直謫宜州，過見之，歎愛彌日，大書一詩于黄素上曰：「周昉富貴女，衣飾新舊兼。髻重發根急，薄粧無意添。琴阮相與娱，聽絃不觀手。敷腴竹馬郎，跨馬要折柳。」此畫後歸禁中，胡馬驚塵，流者何許？而詩亦世不傳，獨僕舊見之，位置猶可想象也。病中追和其詩，當令善工試圖之耳。』詩曰：『丹青有神藝，周郎獨能兼。圖畫絶世人，真態不可添。卻憐如畫者，相與落誰手？想像猶可言，雨重春籠柳。』《雪溪集》。宗祥案：《能改齋漫録》作高子勉序，吴曾詩。今重載之于後。

王性之《山村》絶句云：『家依溪口破殘村，身伴渡頭零落雲。更向空山拾黄葉，姓名那有世人聞。』《墨莊漫録》

周芑

宣和中，太白見，甚高。尚書劉公才邵時在中秘，見而歎曰：『是兵象也，國家其有外患乎？』因與僚友同觀，憂形于色。未幾，虜犯畿甸。後周芑秀實來倅廬陵，贈詩云：『劉

郎校書天禄閣，太白下觀光昭灼。心知漢祀厄中天，夜半瞻星涕零落。』尚書字美中。《獨醒雜志》

鄭昺

予嘗得《登瀛圖》本，規模布置，氣象曠雅，每思刱始者必非俗筆，又有石本，皆書名氏，後有李丞相伯紀贊跋，乃欽廟在東宫，得閻立本此畫，親爲題識，以賜詹事。李詩二本絶不同，嘗見鄭昺所賦長句云：『閻公十八學士圖，當時妙筆分錙銖。惜哉姓名不題别，但可以意推形模。十二匹馬一匹驢，五士無馬應直廬。五鞍施㺬乃禁從，長孫房杜王魏徒。一人醉起小史扶，一人欠伸若挽弧。一人觀鵝憑欄立，一人運筆無乃虞。樹下樂工鳴瑟竽，八士環列按四隅。笑談散漫若飲徹，盤盂杯勺一物無。坐中題筆清而癯，似是率更閒論書。其中一著道士服，又一道士倚枯株。三人傍樹各相語，一人繫帶行徐徐。後有一人豐而鬍，獨吟芭蕉立踟躕。一時登瀛客若是，正觀治效真不誣。書林我昔曾曳裾，三局腕脱幾百儒。雄文大筆亦何有，餐錢但日糜公厨。邦家治亂一無補，正論出口遭非辜。時危玉石一焚掃，覽畫思古爲嗟吁。』考其所序列，意鄭必爲畫本賦之，然長孫、王、魏元不在其中，不知鄭詩何爲及之耶？按《翰林盛事》記開元中張燕公等十八人，爲集賢學士，於東

都含象亭圖寫其貌，意二本必居其一，而後人皆以爲貞觀學士耳。《獨醒雜志》

秦湛

秦處度爲韓膺胄作《枝巢》詩，建炎間，在會稽先得兩句，云：『大勝商山老，同居一木奴』，以語伋，未知成篇否？《詩説雋永》

許顗

夢中賦詩，往往有之。宣和己亥，僕在洪州，宿城北鄭和叔家。夜夢行大路中，寒沙没足，其旁皆田苗丘隴，一婦人皂衣素裳行田間，曰：『此中無沙易行。』僕從之，不能登，婦人援僕手登焉。月明如晝，彌望皆野田麥苗。婦人求詩，引僕藉草坐，有矮磚臺一，上有紙筆，僕題詩四句云：『閒花亂草春春有，秋鴻社燕年年歸。青天露下麥苗濕，古道月寒人迹稀。』拍筆磚上，有聲驚覺，宛然記憶。是歲大病，後亦無他故。《彦周詩話》

作詩淺易鄙陋之氣不除，大可惡。客問：『何從去之？』僕曰：『熟讀唐李義山詩，與本朝黄魯直詩，而深思焉，則去也。』客言：『李、杜詩中説馬如《相馬經》，有能過之者乎？』僕曰：『《毛詩》過之。』曰：『六經固不可擬，然亦未嘗于細説馬相態行步也。』僕曰：『願熟讀之。「兩驂如舞」，此馹語所謂「花踏羊行」是也。「兩驂如手」，此馹語所謂「熟使喚」是也。思之，便覺「走過掣電傾城知」與「神行電邁涉恍惚」爲難騎耳。』《彦周詩話》

顔　岐

顔夷仲嘗從滎陽吕公學。吕居仁爲濟陰主簿時，夷仲適在曹南，贈居仁詩云：『念昔從學日，同登夫子堂。』『夫子』蓋謂滎陽公也。居仁罷官歸，作詩留别夷仲云：『昔者同登夫子堂，如今俱是鬢蒼浪。』蓋用其語也。《萬姓統譜》。又見《紫薇詩話》

陳石齋

陳石齋《葵花》俗名『一丈紅』詩云：『恐是牡丹重换紫，又疑芍藥再翻紅。妖嬈不辨桑間女，蔽芾深迷苧下翁。』《合璧事類别集》

陳貫道

陳致一《題嚴陵釣臺》云：『足加帝腹似癡頑，詎肯折腰求好官。明主莫將臣子待，故

人只作友朋看。』自出新意。《庚溪詩話》

何　薳

章序臣得銅雀硯，屬余作詩：『阿瞞示姦雄，挾漢令天下。惜時無英豪，磔裂異肩踝。終令盜坏土，埏作三臺瓦。雖云當塗高，會有食槽馬。人愚瓦何罪，淪蟄翳梧檟。錫花封雨苔，鴛彩晦雲罅。當時丹油法，銅雀瓦用鉛丹雜胡桃油擣治火之，取其雨過即乾。實非謀諸野。因之好奇士，探琢助揮寫。歸參端歙材，堅澤未渠亞。章侯捐百金，訪獲從吾詫。興亡何足論，徒足增忿罵。但嗟瓦礫微，亦以材用捨。徒令甀甓餘，當擅瓊瑰價。士患德不備，不憂老田舍。』《春渚紀聞》

何　薳

從兄子薦《賦藏筠軒》句云：『不使翠分旁牖去，卻緣清甚畏人知。』《春渚紀聞》

張圖南

圖南督予分韻詩，未就，有詩云：『坐中競病分明久，驢上推敲兀未裁。』用事精穩，如

老作者，惜乎天不少假之年，以觀其所止也。《春渚紀聞》

鄭　魁

永嘉林叔睿所藏端石，馬蹄樣，深紫色，厚寸許，面徑七八寸，下鄭魁銘詩云：『仙翁種玉芝，耕得紫玻璃。磨出海鯨血，鑒成天馬蹄。潤應通月窟，洗合就雲溪。常恐魍魎奪，山行亦自携。』隸字甚奇，末句所寄，旨哉！《春渚紀聞》

吴　曾

高子勉記：龍眠李亮工家藏周昉畫《美人琴阮圖》，兼有宫禁富貴氣象，旁有竹馬小兒，欲折檻前柳者。亮工官長沙，而黄魯直謫宜州，過見之，歡愛彌日，大書一詩于黄素上曰：『周昉富貴女，衣飾新舊兼。髻重發根急，薄裝無意添。琴絃相與娱，聽弦不觀手。敷腴竹馬郎，跨馬要折柳。』此畫後歸禁中，鐵馬驚塵，流落何許？而詩亦不傳，獨子勉舊見之，位置猶可想象也。因追和其詩，又使善工圖之。詩云：『丹青有神藝，周郎獨能兼。圖畫絶世人，真態不可添。卻憐如畫者，相與誰落手？想像猶可言，雨重春籠柳。』《能改齋漫録》

全宋詩話目録卷六十八

康與之　字伯可，南渡時，以詞受知高宗，官郎中。有《順庵樂府》。

莊綽　字季裕，清源人，官鄂州守。有《雞肋編》。

李唐　字希古，河陽三城人。徽宗時，補入畫院。建炎間，太尉邵宏淵薦授成忠郎畫院待詔，賜金帶。

張九成　字子韶，號無垢居士，開封人，徙錢塘，紹興二年進士第一。歷宗正少卿兼侍講、權刑部侍郎，累謫南安軍，起知温州。丐祠，卒，贈太師，封崇國公，謚文忠。有《横浦集》、《心傳録》、《日新録》、《論語詩》。

刁文叔　不知其名，九成友。

鄭剛中　字亨仲，婺州金華人，紹興二年進士。歷官秘書少監、四川宣撫使。爲秦檜所忌，罷謫桂陽軍，徙封州，卒。檜死，復原官，謚忠愍。有《北山集》。

陳用中　字彦才，永嘉人。

董穎　字仲達，德興人，從汪彦章、徐師川游。有《霜傑集》。

劉儀鳳　字韶美，普州人，紹興二年進士。歷官秘書少監、兵部侍郎。斥歸，復起知漢州、果州。

高登　字彦先，漳浦人。宣和間，爲太學士，與陳東等上書乞斬六賊，不報。紹興二年，廷對極言，授富川簿，轉古縣令，以不肯祠秦檜父，爲胡舜陟誣奏下獄，會舜陟以他事下獄死，乃得白，編管容州。有《東溪集》。

孫起卿　吴郡人，紹興五年進士。

沈作喆　字明遠，吴興人，紹興五年進士。嘗爲江右漕屬，作《哀扇工》詩，忤洪帥魏道弼，深文劾之，奪三官。有《寓山集》。

吕由義　居仁長弟，能詩，早世。

劉公彦　紹興時，以説李彦先功，轉承議郎。

齊術　祁陽令。

王玠　字介玉，鄂人，死孔彦舟之叛。

史堯弼　十四歲爲眉州解第二人，後爲張魏公客，早世。

謝洪

陳翔　紹興中，由童選進士，累官國子監簿。

李天才　紹興中，獻詩秦檜。

李季可　有《松窗百説》。

關注　字子東，景仁子，紹興五年進士。教授湖州，至太常博士。自號香巖居士，有《關博士集》。

朱敦儒　字希真，洛陽人，以薦起，紹興五年，賜進士出身。歷官秘書省正字兼兵部郎官、兩浙東路提點刑獄，乞歸，居嘉禾，晚除鴻臚少卿。有《巖壑老人詩文》一卷，又有《獵較集》。

王灼　字晦叔，遂寧人，嘗佐總幕。有《頤堂先生集》。

黄公度　字師憲，莆田人，紹興八年進士第一，簽書平海軍節度判官，累仕考功員外郎。有《知稼翁集》。

陳俊卿　字應求，莆田人，紹興八年進士。歷官尚書右僕射、同中書門下平章事、兼樞密使、少保、判建康府，以少師魏國公致仕，卒贈太保，謚正獻。有集。

方翥　字次雲，莆陽人，紹興八年進士。調閩清尉，召對除秘書省正字，補外。翥與鹽官施廷先游，傳楊龜山之學。

葛立方　字常之，丹陽人，徙吴興，勝仲子，紹興八年進士。官至吏部侍郎。有《西疇筆耕歸愚集》、《韻語陽秋》。

龔茂良　字實之，興化軍人，紹興八年進士。歷官敷文閣待制，禮部侍郎，參知政事，安置英州。卒後復官，謚莊敏。有《静泰堂集》。

陳長方　字齊之，號唯室，福州長樂人，徙居吴中，紹興八年進士。終宣教江陰軍教授。有《唯室集》。

孫仲鰲

吕之鵬

王勝之

全宋詩話卷六十八

康與之

康與之在高宗朝，以詩章應制，與左璫狎。適睿思殿有徽宗御畫，特爲卓絶，上時持玩，以起羮墻之悲，璫偶下直，竊携至家，而康適來，留之飲，因出示之。康紿璫入取殽核，輒書一絶于上曰：『玉輦宸游事已空，尚餘奎藻繪春風。年年花鳥無窮恨，盡在蒼梧夕照中。』璫見之，大駭，然無奈何。明日，伺間叩頭請死。上大怒，亟取視之，天威頓霽，但一慟而已。《娱書堂詩話》

康伯可與之，紹興間過清江游慧力寺，題二詩于松風亭。其一云：『天涯芳草盡緑，路傍柳絮争飛。啼鳥一聲春晚，落花滿地人歸。』其二云：『江上濃陰曉未開，瘦筇支我上蒼苔。春寒前日去已盡，今日又從何處來？』《娱書堂詩話》

建炎中，大駕駐維揚，伯可上中興十策，名聲甚著。後秦檜當國，乃附會求進，擢爲臺郎。值慈寧歸養，兩宮宴樂，伯可專應制爲歌詞，諛豔粉飾，于是聲名掃地，世但以比柳耆卿輩矣。檜死，伯可亦貶五羊。《鶴林玉露》

康與之伯可詩云：『越王山下千樹梅，逐客年年走馬來。寒玉滿枝風色裏，不受暖靄輕煙催。故人千里復萬里，折香欲寄生徘徊。孤吟獨醉常夜半，山月野風騎馬回。』予家有與之手書古詩一卷，自號八本，辭語亦騷雅，往往反爲樂府所掩也。劉克莊潛夫嘗賦《梅花百詠》，其間有云：『春風謬掌花權柄，卻忌孤高不主張。』當國者以爲譏己，遂以煩言去國。其後又作《訪梅》詩云：『夢得因桃數左遷，長源爲柳忤當權。幸然不識桃并柳，卻被梅花累十年。』原注：『鄴侯詠柳云：「青青東門柳，歲晏必憔悴。」楊國忠以爲譏己，明皇曰：「詠李者當爲譏朕乎？」』又嘗《通朝行啟》云：『實則詠桃，乃曰含譏于燕麥。偶然題檜，遂云寓意于蟄龍。』東坡《梅》詩云：『憑仗幽人收艾納，國香和雨入莓苔。』『艾納』，梅枝上苔也，梅至花過，則苔極香，取少許細嚼之，苦而後甘，如食橄欖，坡意蓋在此也。吴興張沄聲父有《苔梅》詩云：『老龍全身著艾納，不耐久蟄潛拏空。爪頭撥動陽春信，香在霜痕雪點中。』然苔亦多不同，陽羨石庭者如松花，越中項里者如緑髮，予嘗有句云：『山林緑髮秦宮女，風雨青萍禹廟梁』，或以爲可。林靖之共甫，吴興前輩，能詩不凡，《賦梅》云：『與月淡交連影瘦，于春無競著花疏。細雨斂塵棲萼潤，輕雲度谷壓香低。』《弁陽詩話》

莊綽

建炎三年七月，寓長洲白馬澗張氏舍，題壁絶句云：『昔年隨牒作邊侯，愁望長安向戍樓。今日衰頽來澤國，又看烽火照長洲。』莊綽《雞肋編》

莊季裕《和吴正仲〈觀李廷珪墨〉》詩云：『賴召陳元典籍傳，肯教邊腹擅便便。竟誇削木真餘事，卻笑磨人得永年。三友不居毛穎後，五車仍在楮生前。祇愁公子從醫説，火煅生分不直錢。』吴幵正仲家蓄唐以來諸李所製墨，無出廷珪之右者，其堅利可以削木。王彦若《墨説》云：『趙韓王從太祖至洛行宫，見架上一篋，取視，皆李氏父子墨也，因盡以賜王。後王之子婦，蓐中血運危甚，醫求古墨爲藥，因取一枚，投烈火中，研末酒服即愈。諸子欲各備産乳之用，乃盡取墨煅而分之，自是李氏墨世益少得。』《雞肋編》

莊季裕年未甚老而體極癯瘠，洪析仲本呼爲『細腰宫院子』。《軒渠録》

李唐

錢塘宋杞云：唐初至杭，無有知者，貨楮畫以自給，日甚困。有中使識其筆，曰：『待詔作也。』唐因投謁中使奏聞，而唐之畫杭人即貴之。嘗有詩云：『雲裏煙村雨裏灘，看之

容易作之難。早知不入時人眼，多買臙脂畫牡丹。』《郁氏書畫題跋》

李唐年近八十，善畫人物、山水，筆意不凡，尤工畫牛。高宗雅重之，嘗題其《長夏江寺》卷云：『李唐可比唐李思訓。』《圖繪寶鑒》

建炎南渡，李唐如杭，得幸高宗。余家有唐畫《胡笳十八拍》，高宗親書劉商辭，留空絹俾唐圖寫，亦見高宗雅愛唐畫也。《書繼補遺》

張九成

張南軒《采菊亭》詩《引》曰：『陶靖節人品甚高，晉宋諸人所未易及，讀其詩可見胸次灑落，八窗玲瓏，豈野馬游塵所能棲集。前建安丞張君，精力未衰，即掛冠，家于瀏陽有年矣，葺一小園，爲亭面南山，來求予名。予名之曰「采菊亭」，取陶靖節所謂「采菊東籬下，悠然見南山。」嗚呼！靖節興寄深遠，特可爲識者道耳。』詩曰：『陶公千載人，高標跨餘子。豈無濟時念？斂蔭獨知止。歸來卧衡門，無愠復何喜。九日天氣佳，東籬擷芳蕋。舉頭見南山，佳處正在此。地偏心則遠，意得道豈否。張侯謝銀艾，築室娱燕几。小亭才尋丈，景物自新美。頗聞方瞳法，亦復强步履。不妨數登臨，倚杖看雲起。高詠悠然篇，飛鴻送千里。』《文集》

張南軒《輓劉觀文》詩：『憶時登廊廟，忠言達帝聰。聽思惟盡瘁，敢復計成功。半世江湖上，千憂寤寐中。汗青誰秉筆？請放衆言公。』(一)『國耻臣當死，公家三世心。忍看惟絶筆，誰續斷弦音？精爽合如在，衣冠恨更深。卻嗟蜍與志，處世漫侵尋。』(二)『平日多奇節，中間如富公。天從廬墓請，人説救荒功。辛苦培邦本，雍容遏亂鋒。人傳遺奏切，更過子囊忠。』(三)『曾是南荆地，他年竹馬迎。旌旂嚴騎士，弧矢盛民兵。細放規摹舊，還知節制明。思公如峴首，同我泪縱横。』(四)《文集》

南軒《輓王詹事》詞：『大節元無玷，中心本不欺。排奸力扛鼎，憂國髪成絲。方喜三旌召，俄興一鑒悲。西風吹淚眼，夫豈哭吾私。』(一)『睿主龍飛日，如公舊學臣。忠言關國計，清節映廷紳。歲月身多外，江湖澤在民。當年遺直歎，千古更如新。』(二)《文集》

横浦先生遺樊茂實硯，硯後刻詩云：『端溪石硯天下奇，紫光夜半吐虹霓。不隨凡石追時好，真與日月争光輝。韜藏久矣不亂用，惟恐翰墨汙染之。樊子文章有餘地，汪汪萬頃誰能窺？贈君此硯無輕棄，經史妙處其發揮。飛流濺沫徧天下，要使咳唾皆珠璣。』《游宦紀聞》

刁文叔

刁文叔《春日旅中》詩云：『來時江梅散玉蘂，歸去麰麥如人深。桃花只解逞顔色，惟有垂楊知客心。』思致尤遠，不止工也。《横浦心傳録》

鄭剛中

鄭亨仲過越江，見人家臨水竹可愛，詩云：『何人此地得幽居？水竹中間宅一區。無盡江山千萬里，有情花木兩三株。應無俗客來驚犬，時有扁舟過賣魚。我欲他時成卜築，更添幾架古人書。』《北山集》

《辛未元夜》詩云：『輕寒擁山城，遠緑生春草。迎神樂元夜，笑語聞蠻獠。惟有團圞月，報我時節好。寸燈豈爲孤，卮酒未爲少。微醺短檠傍，人静茅屋小。』《北山集》

蜀人任子淵，好譃。鄭宣撫剛中自蜀召歸，其實秦檜欲害之。鄭公有惠政，衆皆歎息，或曰：『鄭不來矣。』子淵對曰：『秦少恩哉！』人稱其敢言。《老學庵筆記》

方萬里《〈北山集〉跋》云：『北山文簡古，詩峭健，在封州詩尤佳。』

陳用中

紹興初，有退相寓永嘉，獨陳用中彦才雖鄰不謁。及再相，有薦之者，止就部註邑『連江』。戲作小詩云：『賦命安能比鉅公，偶然年月與時同。只因日上争些子，笑向連江作醉翁。』蓋其所生年、月、時，適與時宰同，但日差異耳。《竹坡詩話》

董穎

董仲達《江上》絶句云：『萬頃滄江萬頃秋，鏡天飛雪一雙鷗。摩挲數尺沙邊柳，待汝成陰繫客舟。』《前賢小集拾遺》

董仲達句云：『雲壑釀成千嶂雨，風蘋吹老一川秋。』《夷堅志》

洪景盧《夷堅志》記董穎詩：『雲壑釀成千嶂雨，風蘋吹老一川秋』，上句蓋襲陳知默詩。陳云：『雲埋山麓藏秋雨，葉脱林梢帶晚風。』《優古堂詩話》

劉儀鳳

純陽山，在合州石照縣北，唐女冠范志元得道處。天寶間，天使任安者至山中，慕之，而志元變爲男子。劉儀鳳有詩云：『誰家游冶郎？闖首窺幽闥。但見臉如花，不知心是鐵。一夕變其軀，雪姿映雲髮。昔爲桃李顔，今作松篁節。』《方輿勝覽》

高登

秦相當國，桂帥胡舜陟謂古縣乃秦父舊治，諷縣立祠。令高登彦先也，爲太學生時，屢上書，與陳東齊名，既登第考試潮州，以論題策問忤秦相者。至是，以爲不可祠。舜陟怒，借他事劾上，興獄逮捕。彦先母死舟中，而彦先航海投匭上書，乞納官葬母。秦素蓄憾，下彦先静江獄。比至，舜陟爲漕吕源發買馬事，先下吏死，秦人皆哀舜陟之非辜，而不知有天道焉。舜陟諂秦而死，彦先忤秦而生，亦可爲士大夫謬用其心者之戒。彦先《端午》詩云：『無邪煩艾子，有愠賴桐孫。』用家琢對，深于五言者。《後村詩話》

孫起卿

江纂，江逌子也。木瀆孫起卿，頃于天平山下地名『上沙』獲墓碑，乃以大方甎刻之，字畫俱存，與石無異。起卿爲賦詩云：『家有古冢碑，近自田家獲。藏之五六年，未甚見省録。古苔侵文理，封結殆莫識。偶然嗟其窮，一一爲磨剔。始若漫無文，細尋適可讀。文云晉江纂，長夜垂兹刻。貞石殊不用，塊然但埏埴。合葬無别銘，背面書反覆。一字不涉華，本枝記明白。二父遂兼書，于逌乃宗嫡。自注：『誌云：「養父諶，本父逌也。」』考諸晉史篇，真是小出入。字畫亦險勁，然不類鎸斵。漢魏尚豐碑，兹獨何褊迫？豈時丁喪亂，不暇如品式？于時義熙季，處次實庚戌。五胡剖中華，典午竄南極。苟簡理宜爾，寧詒不孝責。審訂昭昭然，疑去喜自適。歷年七百餘，瞥爾駒過隙。名節苟不傳，埃化先庀石。寘兹當眼前，用代銘几席。』《吴郡志》

沈作喆

沈作喆，字明遠，吴興人，守約丞相之姪，自號寓山，登紹興進士第。嘗爲江右漕屬，作《哀扇工》詩，掇怒洪帥魏道弼，捃深文劾之，坐奪三官。其後從人使虜，南澗韓無咎遺之詩曰：『但如王粲賦《從軍》，莫爲班姬詠《團扇》。』有旨哉！洪有士子與寓山往來相款洽，一日清晨來訪，寓山猶在寢，遂徑造書室，翻篋中紙，詩稿在焉，由是達魏之聽。陳直齋《吴興氏族誌》云：『《哀扇工》詩，罵而非諷，非言之者罪也。』其詩不傳。《梅磵詩話》。宗祥案：厲樊榭以《清波别志》中無名子一詩歸沈，今附于後。『黄州竹扇名字著，織扇供官困追捕。使君開府未浹旬，欲戴綸巾揮白羽。新模巧制旋剪裁，百中無一中程度。犀革鎸柄出蟲魚，麝煤熏紙生煙霧。蕺山老姥羞翰墨，漢宮佳人掩紈素。衙内白取知何名？帳下雄拏不知數。供輸不辦箠楚頻，一朝赴水將誰訴？使君崇重了不聞，嗚呼何以慰黎庶，聞道園家賣菜翁，又説江頭打魚户。號令亟下須所無，官不與錢期限遽。歸來痛哭辭妻兒，宿昔投繯挂枯樹。一雙婉婉良家子，吏兵奪取名爲顧。弟兄號叫鄰里驚，兩家吞聲喪其嫗。死者已矣可奈何，冤魂成群空號呼。（去聲）殺人縱欲勢位尊，貪殘無道天所怒。邦人蓄憤不敢言，君其拊馬章臺路。』此詩周密亦作『無名氏』。

呂由義

呂東萊長弟字由義，亦能詩，惜其早死，世不知爾。如『老去看花如隔霧，醉來騎馬似乘船』，亦佳句也。《艇齋詩話》

劉公彦

招討使韓世忠回自淮陽，其後軍李彦先叛據東海，公彦討之，爲賊所得。以公彦威信在人，更欲托之軍事，公彦以死辭。一日，偕衣冠十餘輩，載酒訪之，欲申前請，且以刀脅之，指階下小松曰：『是不可用，當斬。』公彦不爲動，因請賦松詩，蓋欲以觀其意。公彦應聲云：『誰植蒼官近阼階？青青不肯雜蒿萊。他時若有風雷便，拔向南山穩處栽。』賊知不可强而止。公彦自宣和七年以招安賈進功補官，以説李彦先功轉至承議郎，自後間關兵中六七年，屢有戰功，未嘗受賞。嘗作《古鏡》詩云：『平生膽氣忠于國，顧爾何曾照膽

明。』蓋亦可觀。《京口耆舊傳》

齊術

祁陽令齊術，送永州守柳公拱辰歸闕。術送至白水，夜夢一儒曰：『我元結也，今柳公游浯溪，無詩而去，子盍求之？』覺而心異之，作詩述于公云：『零陵太守吟情逸，惟過浯溪未有詩。』《輿地紀勝》

王玠

王烈士諱玠，字介玉，自長沙徙居鄂，携文謁黄魯直，深加賞歎，贈詩云：『滿袖清風偃人意，見君詩與字俱清。』孔彦舟爲蘄黄鎮撫使招致之，俾請于朝，有旨拜公迪功郎鎮撫使司幹辦公事。會彦舟謀叛，公開陳百端，彦舟不聽。公大駡曰：『逆賊萬段！』彦舟并公家屬沉之龍眼磯。公嘗《題楚辭》云：『忠臣遭放逐，委質湘江沉。空餘《離騷》辭，萬世蒙賞音。我今未忍死，終有報國心。叩閽且無路，寫作哀愁吟。』君喜讀《楚辭》，又以沉死，無乃詩之讖歟！《輿地紀勝》

史堯弼

李仁甫十八歲爲眉州解魁，時第二人史堯弼，字唐英，方十四歲，人疑其文未工也。赴鹿鳴燕，猶著粉紅袴。太守命坐客分韻賦詩，唐英得『建』字，援筆立成。有云：『四歲尚少房玄齡，七步未饒曹子建。』即席後爲張魏公客，不幸早世。《浩然齋雅談》。案仁甫生于政和四年甲午，年十八歲，當紹興元年辛亥，則唐英登第，年已十四矣。《蓮峰集》中任清全《序》亦云：『李巽巖以《南北六朝策》首送眉陽，蓮峰在第二，年甚少。』又云：『兄弟三人，兄長諱克俊，歲辛酉，四川類試第一人。蓮峰下第時，張魏公在潭，見之，留官于潭。明年，試湖南漕，蓮峰第一，南軒第二。』又云：『歲丁丑，蓮峰偕其弟堯夫登第，弟卒，南軒以書相開勉，是時南軒蓋年未二十也。』考南軒以紹興三年癸丑生，辛酉年九歲，丁丑年二十五歲，清全之言皆不合。

謝　洪

謝洪，來蘇里人也。父穆，號鰲軒主人，力學教子，人目爲書笥。洪聰悟絶人，童丱時已有文名。鰲軒嘗以事忤縣令，洪亟走救之，令指庭中梅謂曰：『能賦此乎？』洪操筆立就云：『朔吹颼颼着古梅，寒枝冷落俟春回。可憐雪萼無人問，乞借陽和早放回。』令異之。《興化府志》

陳　翔

陳翔七歲時，劉子翬命賦燈詩，援筆立成云：『耿耿照幽房，熒熒鶴焰長。昔年江上女，曾向乞餘光。』紹興中，由童選進士，累官國子監簿，時韋太后既歸慈寧宫，祥瑞交至，因獻十二章。云：『天意回，皇母歸。戢烽燧，敞宫闈，朝陽赫奕明鞠衣。皇之孝，惟母慈。陳仙仗，薦壽卮，從之冢后與庶妃，奏之九成與咸池。沓珍瑞，駢福祺，山陬水裔咸熙熙。惟天之相，與帝之宜。千萬年，無窮期。』《全閩詩話》

李天才

天才豪于詩。紹興間，獻詩秦檜，檜喜，將言之上。會旱求雨不獲，天才題詩天竺寺壁間云：『走殺東頭供奉官，御香頻降雨猶慳。相公端坐都堂裏，天竺觀音又下山。』檜聞大怒，天才泛海得脱，隱居終身。《京口耆舊傳》

李季可

孔子之文，可謂有補矣，猶曰：『我欲載之空言，不如見之于行事之深切著明也。』尚怒其文之無益，至他人可知矣。然自晉宋以來尤病，而詩賦歌詠爲甚。僕近代人作《臨江太守生日》詩，末云：『道路盡歌賢太守，祈頌萬人同一口。只應憫及黄衣兒，亦使銜環致君壽。』諷守事雖多，而此邦以黄雀遺權要，殺害之衆所獨也。中人以上聞之，當少戒焉。詩成，送所代，代云：『聞守有不嗜鮮者。』臨去，此雀以萬數飛翔送之。《松窗百説》

關注

宣和二年，睦寇方臘起幫源，浙西震恐，士大夫相與奔竄。關注子東在錢唐，避地携家于無錫之梁溪。明年，臘就擒，離散之家悉還桑梓。子東以貧未能歸，乃僑寓毗陵郡崇安寺古柏院中。一日，忽夢臨水有軒，主人延客，年可五十，儀觀甚偉，玄衣而美鬚髯，揖坐，使兩女子以銅杯酌酒，謂子東曰：『自來歌曲新聲，先奏天曹，然後散落人間。他日東南休兵，有《樂府》曰《太平樂》，汝先聽其聲。』遂使兩女子舞，主人抵掌而爲之節。已而恍然而覺，猶能記其五拍。子東以詩紀云：『玄衣仙子從雙鬟，緩節長歌一解顔。滿引銅杯效鯨吸，低回紅袖作弓彎。舞留月殿春風冷，樂奏鈞天曉夢還。行聽新聲《太平樂》，先傳五拍到人間。』後四年，子東始歸杭州，而室廬已焚于兵火，因寄家菩提寺。復夢前美髯者，腰一長笛，手披書册，舉以示子東，紙白如玉，小朱欄界間行似譜，有其聲而無其詞，笑謂子東曰：『將有待也。往時在梁溪，曾按《太平樂》，尚能記其聲否乎？』子東因爲之歌。美髯者援腰間笛，復作一弄，亦能記其聲，蓋是重頭小令。已而遂覺。其後又夢至一處，榜曰『廣寒宫』，宫門夾兩池，水瑩浄無波，地無纖草，仰視嵬峩若洞府然，門鑰不啟。或有告之者曰：『但曳鈴索呼月姊，則門開矣。』子東從其言，試曳鈴索，果有膺者，乃引入至堂宇，見二仙子，皆眉目疏秀，端莊靚麗，冠青瑶冠，衣彩霞衣，似錦非錦，似繡非繡，因問引者曰：『此謂誰？』曰：『月姊也。』乃引子東陞堂，皆再拜。月姊因問：『往時梁溪曾令雙鬟歌舞，傳《太平樂》，尚能記否？又遣紫髯翁吹新聲，亦能記否？』子東曰：『悉記之。』因爲歌之。月姊喜見顔面，復出一紙，書以示子東曰：『亦新詞也。』姊歌之，其聲宛轉似《樂府·昆明池》。子東因欲强記之，姊有難色，顧視手中紙，化爲碧字皆滅迹矣，因揖而退。乃覺，時已夜闌矣。獨記其一句云：『深誠杳隔無疑』，亦不知爲何等語也。前後三夢，後多忘其聲，惟紫髯翁笛聲尚在，乃倚其聲而爲之詞，名曰《桂華明》，云：『縹緲神清，開洞府，遇廣寒宫女。問我雙鬟梁溪舞，還記得，當時否？碧玉詞章教仙女，爲按歌宫羽。皓月滿窗，人何處？聲未斷，瑶臺路。』子東嘗自爲予言之。《墨莊漫録》

闞子東《松聲》詩云：『夢破松聲枕上聞，睡魔夜半戰吟魂。初疑夜雨連江岸，乍覺寒潮上海門。招引好風來古寺，追隨月色下前村。晚行欲向聲來處，鬱鬱蒼波盡日奔。』《南窗紀談》

『鍾聲互起東西岸，漁火遥分遠近村。』此余友關子東西湖夜歸所作，非身到西湖，不知此語形容之妙。《春渚紀聞》

關子東一日寓辟雍，朔風大作，因得句云：『夜長何時旦？苦寒不成寐。』以問唐先生云：『詩律雖不到，對亦似不穩。』先生云：『正要如此。一似藥中要存性也。』《唐子西先生文録》

朱敦儒

《獵較集》前已摘數聯，晚温故讀，再録昔遺忘者。七言《雪中》云：『但能閉户酌季雅，安用馭風尋伯昏？』《種蕪菁作羹》云：『且喜蕪菁種得成，薹心散出碧縱横。脆甜肭子無反惡，肥嫩羔兒不殺生。樂羊豈斷兒孫念，劉季寧無父子情？争似野人茅屋下，日高淡煮一杯羹。』《歷世》云：『面朋面友風雨散，山鳥山花淡薄交。一榻氍毹容獨卧，滿盤杞菊是兼肴。』五言云：『天寒猶著絮，雨溼欲蒸書。吴地人情薄，西人客計疏。無書堪着眼，有法可安心。』絶句云：『誰倚黄旗唤阿瞞？令君終作可憐人。蕭然惟有鹿門老，不帶孫劉一点塵。』『輕陰小雨晚難收，柳瘦梅窮卻似秋。可恨水仙花不語，無人共我説春愁。』《春怨》云：『梨花雨送海棠落，不借胭脂作小紅。幾日無人吹玉笛，鴛鴦飛入館娃宫。』此老筆力，有謫仙風骨。《集》中有云：『老鶴梅拋青嶂裏，客星倦倚紫微邊。』又云：『而今心服陶元亮，得作人間第一流。』豈非深悔晚出之誤歟？《後村詩話》

頃歲朝廷多事，郡縣不頒曆，所至晦朔不同。朱希真避地廣中，作《小盡行》一詩云：『藤州三月作小盡，梧州三月作大盡。哀哉官曆今不頒，憶昔昇平淚成陣。我今何異桃源人，落葉爲秋花作春。但恨未能與世隔，時聞喪亂空傷神。』與夫『山中無曆日，寒盡不知年』無間然矣。《竹坡詩話》

朱希真七言如：『幾許少年春欲夏，一番夢事緑催紅』，『過時不語鶯解事，怕客深藏魚見機』，『人間萬事若無味，天下四時秋最愁』；五言如：『剪茅編鶴屋，篩米聚雞糧』，『燈昏鼠窺硯，雨急犬穿籬』，皆警策不蹈襲。《後村詩話》

朱希真舊有詞云：『詩萬首，醉千場，幾曾著眼看侯王？玉京有路終須去，且插梅花住洛陽。』後召用，好事者改云：『如今縱把梅花插，未必侯王着眼看。』放翁自郎官去國，有五言云：『從今君看取，死是出門時。』晚以史官召，數月而歸。高九萬有《過南園》詩云：『早知花木今無主，不把豐碑累放翁。』种放、常秩亦然。凡人晚出皆誤，右軍至於誓墓，僅能自全。《後村詩話》

陸放翁云：朱希真居嘉禾，與朋儕詣之，聞笛聲自煙波間起，頃之，櫂小舟而至，則與俱歸，室中懸琴、筑、阮咸之類，簷間有珍禽，皆目所未覩，室中籃缶貯果實脯醢，客至，挑取以奉客。其詩曰：『青羅包髻白行纏，不是凡人不是仙。家在洛陽城裏住，卧吹銅笛過伊川。』《澄懷録》

朱敦儒，字希真，洛陽人，紹聖諫官勃之孫。靖康亂離，避地自江西走二廣。紹興二年，詔廣西宣諭明槖，訪求山林不仕賢者，槖薦希真：『深達治體，有經世之才，静退無競，安于賤貧。』嘗三召不起，特補迪功郎，後賜出身，歷官職郎官，出爲浙東提刑，致仕居嘉禾。詩詞獨步一世。秦丞相晚用其子某爲删定官，欲令希真教秦伯陽作詩，遂落致仕，除鴻臚寺少卿，蓋久廢之官也。或作詩云：『少室山人久挂冠，不知何事到長安？如今縱插梅花醉，未必王侯著眼看。』蓋希真舊嘗有《鷓鴣天》云：『我是清都山水郎，天教懶慢帶疏狂。曾批給露支風勅，累奏留雲借月章。詩萬首，醉千場，幾曾着眼看侯王？玉樓金殿慵歸去，且插梅花醉洛陽。』最膾炙人口，故以此譏之。淳熙間，沅州教授湯巖起刋《詩海遺珠》，所書甚略，而云蜀人武横詩也。未幾，秦丞相薨，希真亦遭臺評，高宗曰：『此人朕用明槖薦，以隱逸命官，置在館閣，豈有始恬退而晚奔競耶！』其實希真老愛其子，而畏避竄逐，不敢不起，識者憐之。《二老堂詩話》

王灼

王道成先生者，夔州人，射利江湖間，爲賈客。政和六年，忽遇異人，傳内丹之妙，遂破家從王鼎學道，遨游東西二蜀。鼎亦時見荆南市中，不與人交一談，無能識其誰何者，身長七尺，廣目美髯，狀貌如四十許人。荆南父老，自兒童時蓋已見之。一日，與道成飲，自通姓名曰：『吾洛陽人，唐武德初，事秦王，爲御者，奔走兵間。後得仙法，隱華岳山中，以至于今。』酒酣别去，不知所往。道成本愚民，不能從其詞訪大業武德中事，且驗其是否。紹興六年，道成見王灼晦叔于金川，講巖盟之好，爲作古風一篇與之，曰：『龍鍾健兒鬚如棘，幼事秦府持鞭靮。戰塵撲面心已灰，徑上三峰弄泉石。乾坤變化五百年，人間未識地行仙。布囊落魄荆州市，丹經秘法爲君傳。散盡千金何所用，腹有氣作蛟龍吼。功成直欲投紫霄，尚愛岷峨山下酒。年來我亦厭樊籠，乞取微言爲指蹤。君不見，葉縣雙鳧緱嶺鶴，古來度世多吾宗。』此篇見《頤堂集》中，不終言道成之究竟也。《夷堅志》

成都郫縣村民鑿古墓，遂得一銅馬，高三尺餘，制作精妙。前簡池守景季淵取以歸，中宵風雨，輒聞嘶聲，怪而不敢留，移送佛寺。紹興二十六年，王晦叔自小淡至淡都，士人黄伯淵請作銅馬歌，其詞曰：『君不見武皇逸志役九垓，追風攝影思龍媒。魯班門外立銅馬，大厩萬匹皆塵埃。又不見，伏波將軍破交賊，歸來殿前獻馬式。據鞍習氣殊未衰，想見老子甚矍鑠。兩京翻覆知幾秋，只有山河供客愁。孤湘落日蠶叢國，出此神物于荒丘。千年黄壤誰作主？獨抱歸心泣風雨。但恐一朝去無蹤，有似豐城寶劍化雙龍。』王之歌甚工，不知此馬今安在也。《夷堅志》

開封宋元柱老家藏一物，類初生蝸鼓，曰：『此長生蝸也。』其真在元祐間，得于相國寺道人處，常寘諸篚笥，往往終歲一發視，亦無他異，但其性若喜酸，徙之醯中，則旋轉而行。王晦叔驗而怪之，以爲身走四方，水路之産，要不盡識，亦得其七八，若此蝸者，實未嘗聞見也，戲爲作贊：『昆蟲介族，自託倀倀。如彼醯雞，甕牖彷徉。豈不能飲醇而漸甘，奈鼻觀之或妨。問塗微生高之鄰，集百酸于中腸。幸陋質之收斂，税駕于不死之鄉。時無張茂先之多識，郭景純之窮搜，没世無聞，亦可傷哉！』此蝸留于宋氏且百年，而不知其前之歲月，矻矻腐殼中，物理不可曉測者如此。《夷堅志》。宗祥案：此即今之醋蠶，沿浙海有之。

黄公度

黄公度爲秘書省正字，貽書臺官，言者謂其譏訕時政，罷爲主管台州崇道觀。過分水嶺，有詩云：『嗚咽流泉萬仞峰，斷腸從此各西東。誰知不作多時别，依舊相逢滄海中。』及

公歸莆，趙丞相鼎謫居潮陽，讒者傅會其説，謂公此詩指趙而言，將不久復偕還中都也。秦檜怒，令通判肇慶府。《肇慶府志》

陳俊卿

卿相陳魏公《去位》詩云：『病深老迫寧歸去，莫作留侯范蠡看。』時公年五十四，而其言如此。《後村詩話》

方 翥

方次雲《和鄭處易溪邊贈别》云：『山寒一杯酒，歲晚兩窮人。』《游石泉》云：『可惜聽泉夜，還當殘月時。』《林巙齋續集》

自隆興以來，以詩名者，林謙之、范致能、陸務觀、尤延之、蕭東夫，近時後進有張鎡功父、趙蕃昌父、劉翰武子、黄景説巖老、徐似道淵子、項安世平甫、鞏豐仲至、姜夔堯章、徐賀恭仲、汪經仲權，前五人皆有詩集傳世。謙之嘗稱重其友方翥次雲詩云：『秋明河漢外，月近斗牛旁。』延之有云：『去年江南荒，趁逐過江北。江北不可住，江南歸未得。』又《寄友人》云：『胸中襞積千般事，到得相逢一語無。』又《台州秩滿歸》云：『送客漸稀城漸遠，歸途應減兩三程。』東夫《飲酒》云：『信脚到太古。』又《登岳陽樓》：『不作蒼茫去，真成浪蕩游。三年夜郎客，一柂洞庭秋。得句鷺飛處，看山天盡頭。猶猜未奇絶，更上岳陽樓。』又：『荒村三月不肉味，併與瓜茄倚閣休。造物于人相補報，問天賒得一山秋。』《致能有》云：『月從雪後皆奇夜，天到梅邊有别春。』功父云：『斷橋斜取路，古寺未關門。』絶似晚唐人。《詠金林禽花》云：『梨花風骨杏花妝』，《詠黄薔薇》云：『已從槐借葉，更染菊爲裳』，寫物之工如此。予歸自金陵，功父送之，末章云：『何時重來桂隱軒，爲我醉倒春風前。看人唤作詩中仙，看人唤作飲中仙。』此詩超然矣。昌父云：『紅葉連村雨，黄花獨徑秋。詩窮真得瘦，酒薄不禁愁。』武子云：『自鋤明月種梅花』，又云：『吹入征鴻數字秋』。淵子云：『暖分煨芋火，明借績麻燈。』又：『客路二千年五十，向人猶自説歸耕。』平甫《題釣臺》：『醉中偶爾閒伸脚，便被劉郎賣作名。』恭仲云：『碎斫生柴爛煮詩』。又有姚宋位輔之一絶句云：『梅花得月太清生，月到梅花越様明。梅月蕭疏兩奇絶，有人踏月遶花行。』僧顯萬亦能詩，『萬松嶺上一間屋，老僧半間雲半間。須臾雲去作行雨，回頭卻羡老僧閒。』又《梅》詩：『探支春色墻頭朵，闌入風光竹外梢。』又：『河横星半三更後，月過梧桐一丈高。』又有龐右甫者，使金《過汴京》云：『蒼龍觀闕東風外，黄道星辰北斗邊。月照九衢平似水，胡兒吹笛内門前。』《誠齋詩話》

葛立方

自左元放蟬蜕之后，金丹九轉之妙不聞。葛玄之弟子鄭隱得其訣，玄之從孫諱洪，乃加赤祖肘伏之禮而師之，于是密訣再傳。按《九域志》，葛洪鍊丹之處，在天下者十有三，湖州烏程縣葛山者，其一也。山之上，丹竈尚存，人傳風雨之夕，有火毬吞吐巖谷間，其徒以爲丹光，亦異矣。山之麓有普照觀，主者浩然，頗有道業，余嘗贈之四絶句云：『餐霞吸瀣炯方瞳，時著青裙拜木公。玉女投壺天爲笑，卻來繡嶺伴仙翁。』『丹成誰羨伯陽仙？白犬騰空恐浪傳。未似尊師得丹訣，火毬吞吐葛山前。』『靈桃入手亦艱勤，正一門中近策勳。未説趙昇王長在，鵲鳴衣鉢已輸君。』『舊得《陰符》虎口岩，《素書》添軸玉函緘。君方濡筆書靈篆，已有飛來青鳥銜。』山之下號『菁村』，蓋仙翁手蒔黄精，取以壽其鄰里者，故以名云。《韻語陽秋》

《金光明經》載流水長者子，以象負水，救十千魚生叨利天，可謂悲濟之極，報驗之速矣。厥後見于記、傳，有放蜥得金，放龜得印者，其類甚多，遂使上機生無緣之慈，下士冀有因之果，皆流水長者子之慈意也。余居泛金溪上，暇日率同志拏小舟，載魚鼈蝦蟹，命五比丘誦寶勝佛名，若十二因緣法，作梵唄捨之溪中。坐間有請作詩以紀一時之事者，余輒爲書，云：『漁師竟日漁，水族作斤賣。小捐使鬼兄，滿載獲鱗介。鯤鯨未易羅，所得亦殊態。青蛙盡公私，朱鮪兼小大。霜鱸尚貫鈎，土負或粘塊。輪囷積文螺，郭索走蒼蟹。溼沫相呴濡，自分煎薑芥。豈知惻隱人，規作江湖貸。因呼小青翰，收留舞澎湃。趺坐延黑衣，號佛指清瀨。經飛流水篇，梵起魚山唄。傾盆帶寒藻，圉圉看于邁。驚疑或依蒲，喜躍或生喝。快若鷹避鞲，歡如囚破械。定非校人池，恐是餘不派。願汝藉佛力，永脱鈎網債。口腹聊爾耳，香餌莫巨愛。』《韻語陽秋》

韓幹畫馬，妙絕一時，杜子美嘗贊之云：『韓幹畫馬，毫端有神。驊騮老大，腰褭清新。』此畫與《贊》，舊藏李後主家，其後李伯時得之，則馬四足已敗爛，伯時題之云：『此馬雖無追風奔電之足，然甚有生氣，因自作四足以補之。』遂爲伯時家畫譜中第一。一日，出以示王公明之祖，祖甚愛之。時祖有商鼎，亦甚珍惜，王曰：『如能以韓畫相易，不敢靳也。』于是贈商鼎而得其畫，今見藏公明家。余婿沈子直嘗見，極愛之，爲余言此。余因作六字四言云：『刖足俄然增足，蹶蹄那害全蹄。還解追風奔電，不妨一躍檀溪。』後見《張文潛集》有《蕭朝散韓幹馬圖亡後足》詩，殆與此相類，豈幹之畫馬，尤妙于足，天工敕六丁雷電下取將耶？《韻語陽秋》

杜牧、張祜皆有《春申君》絕句，杜云：『烈士思酬國士恩，春申誰與快冤魂？三千賓客總珠履，欲使何人殺李園？』張云：『薄俗何心議感恩，諂容卑節賴君門。春申還道三千客，寂寞無人殺李園。』二詩語意太相犯。嗚呼！朱英之言盡矣，而春申不能必用；李園之計巧矣，而春申不能預防；春申之客衆矣，而無一人爲春申殺李園者，所以起二子之論也。予亦嘗有二絶云：『朱英若在强黄歇，黄歇如何弱李園？一旦棘門奇禍作，自詒伊戚向誰論？』又：『先秦豈謂嬴爲吕，東晉那知馬作牛。不悟春申亦如許，敢憑宫掖妻邪謀。』《韻語陽秋》

予家自曾伯祖侍郎諱宫，以甲科起家，至慶曆中，曾大父通議楊寘榜相繼及第，爾後世世有人。大父清孝公余中牓，先人文康公何昌言牓，某黄公度牓，至小子邲朱待問牓，連五世矣，當時尊長，皆有詩以紀慶。曾大父贈先祖詩云：『傳家何用富金籯，教子何如只一經。慶曆科名今已繼，更教來葉嗣前馨。』先大父贈先人及伯父詩云：『廣場筆陣數千人，喜汝穿楊箭鏃新。慶緒綿長時幸會，文科興後事還新。昔年繼牓熙寧歲，今偶同科紹聖春。從此莫教書種斷，孫曾應復值昌辰。』文康公賜某詩云：『兒曹春牓預言揚，竊吹知難復士鄉。黄絹未能摛好語，青氈偶幸繼前芳。穿楊喜共東床客，女夫章倧同牓攀桂同標北寺房。聖世選才如華嶽，積塵曾不愧毫芒。』予嘗贈邲詩云：『吾家五世十三人，競擷丹枝撼月輪。慶曆賢科開後裔，隆興儒業繼前塵。泥金帖報家庭喜，燒尾筵中帝里春。從此傳芳應未艾，桂香應已襲天倫。』通議之子若孫若曾孫，在桂籍者，于今已十有三人，故言之于前。長子郛亦不廢學業，故期之于後，其他宗從登科者甚多，各有詩紀慶，不暇録。《韻語陽秋》

郯始留意星曆學，紹興癸酉取解，漕臺問《斗爲帝車賦》，省試復以『日星爲紀，三臺色齊』爲詩、賦題，其所爲貫穿甘、石之學甚詳。小孫女夜夢郯登樓，至十六級而止，筮之，爲省闈第十六人之祥，已而果然。予作詩贈之曰：『張鈴走幟到金谿，喜子文闈預品題。名字巍峨先蘂牓，詞章斐亹動文奎。階梯已合嬰兒夢，星斗先分天老題。後日臚傳當第一，天倫科甲尚爲低。』時郯第王佐牓甲科第七人。《韻語陽秋》

瓢之爲器，貧者所用，故顔子以一瓢飲，而揚子比之山雌。文康公築室泛金溪上，闔門千指，朝齏暮鹽，未嘗敢以貧爲病，嘗因溪結亭，號曰『瓢飲』，蓋欲少見慕賢好古、安貧樂道之意。予嘗有詩云：『我不學許由隱煙霧，得瓢不飲惟挂樹。又不學德義居虎丘，帶瓢入市多騎牛。分無玉甌囊古錦，病渴文園只瓢飲。下瞰金溪新結亭，未須引吸如長鯨。但願金溪化爲酒，歲歲持瓢醉花柳。』《韻語陽秋》

詩體如八音歌、建除體之類，古人賦詠多矣。用十二神爲詩者，始見于沈炯，山谷亦嘗效爲之。余友人莫之用，其祖戩，嘗以辨舌説賊，脱百人于死，意其後必昌，而之用乃貧不能以自存，天理殆難曉也！余嘗以此格作詩贈之云：『抱犬高眠已云足，更得牛衣有餘燠。起來敗絮擁懸鶉，誰羨龍髯織冰穀？踏翻菜園底用羊，從他春雷吼枯腸。擊鐘烹鼎莫渠愛，小芼自喜猴葵香。半世饑寒孔移帶，鼠米占來可漸泰。吉雲神馬日匝三，樗蒲肯作豬奴態。虎頭食肉何足誇，陰德由來報宜奢。丹竈功成無躍兔，玉函方秘緣青蛇。』《韻語陽秋》

予曾祖通議兄弟四人，取『良辰美景，賞心樂事』之義，作四并堂于東園。故通議詩云：『華圃控弦秋學射，寒窗留燭夜抄書。良辰美景饒心事，歡日相并樂起予。』先祖清孝公兄弟六人，取三荆同株之義，作培荆亭于西園，當時篇詠無存者。清孝《安遇集》中，有《培荆亭記》，其略云：『西園椎輪，無亭觀之玩。伯兄欲糾合叔季，同耳目之適，于是基盈尺之高，宏一筵之廣，列楹爲亭，號曰「培荆」。至先人文康公，罷官南陽，適當兵擾，復還舊棲，奉伯父工部居焉，别建二老堂于宅南，秦望、由里諸山皆在目，植花竹于四隅，命某日治饌，往往樂飲竟日。某嘗賦詩云：「去家纔隔水一股，二老堂成三百弓。鴒原暮下沙水暖，雁行夜落霜天空。竹根酌酒不妨醉，花萼斲詩如許工。坐久興闌筇竹杖，出門人指兩仙翁。」』《葛常之詩話》

龔茂良

故參政龔公，行役過一山，有老木參天，再過其山，童矣，居人云：『巨室以此造屋』。公紀以絶句云：『千章古木轉頭空，去與人間作棟隆。未必真能庇寒士，不如留此貯清風。』晦翁後見此詩，歎曰：『此龔公一生詩讖。』意謂公初爲諫官，負重名，晚不必爲執政也。《後村詩話》

陳長方

《題定武本蘭亭》三絶云：『昭陵一入見無從，鐫石猶將贋本供。八法典刑今在此，華山天外立三峰。』『不須苦恨厭家雞，自是鹽車後月題。弄筆數行書紙背，莫教人唤庾安西。』『此甥此舅兩風流，翰墨相傳不誤投。大似曹溪付衣鉢，臨池他日看銀鈎。』吾友胡少明教官，以王正文家所得《蘭亭》惠其甥王立之。定武石刻，屢經牧守私易，此本信非近年撫榻失真者所能髣髴也。紹興乙卯上元日，閩人陳長方齊之題于笠澤寓舍。《蘭亭續考》

孫仲鼇

光堯賜御書秦益公『一德格天』之閣牌，一時縉紳獻詩以賀，惟孫仲鼇一聯，爲秦所賞，云：『名向阿衡篇裏得，書從復古殿中來。』生日四方賀詩尤多，嘗取其三聯云：『朝回不入歌姬院，夜半猶看寒士文。』『友邦争問年今幾，天子恨無官可酬。』『建業三公今始有，靖康一節古來無。』蓋取其親切耳。蜀人李善詩：『無窮基業無窮聞，第一人爲第一官。』其後言者以爲過，有旨禁之，仍著令。然前輩類多有之，如荆公、東坡，皆有曾魯公、張文定生日詩。《能改齋漫録》

吕之鵬

吕之鵬，密縣人，申公之裔也。大金宣宗頻年南伐，因作詩憾主兵者，云：『縫掖無由掛鐵衣，劍花生澀馬空肥。燈前草就平南策，一夜江神泣涕歸。』其自負如此。《弁陽詩話》

王勝之

盱人王勝之詩云：『蛙鼓鳴時月滿川，斷螢飛處草迷煙。敲門欲向田家宿，猶有青燈人未眠。』殊有思致。《弁陽詩話》

全宋詩話目録卷六十九

陳巖肖　字子象，東陽人，紹興八年以任子中詞科。仕至兵部侍郎。有《庚溪詩話》。

王逵　淄川人，復孫，佾子。

洪适　初名造，後更今名，字景伯，皓長子，紹興十二年中博學宏詞科。歷官尚書右僕射、同中書門下平章事兼樞密使，提舉太平興國宫，卒謚文惠。有《盤洲集》。

洪邁　字景盧，皓季子，紹興乙丑中博學宏詞科。歷官中書舍人兼侍讀、直学士院、翰林學士、焕章閣學士、知紹興府。以端明殿學士致仕，卒謚文敏。有《野處類稿》、《容齋五筆》、《夷堅志》、《唐人萬首絶句》。

李端民　字平叔。

胡憲　字原仲，文定公從子，紹興中貢入太學，賜進士出身。授左迪功郎添差福州教授，以母老求監南岳廟歸，起爲福建路安撫司屬官，復請祠。秦檜用事不出，檜死，以大理司直召，未至，改秘書正字，既至，病，改秩與祠歸。稱『籍溪先生』。

張元幹　字仲宗，長樂人，紹興中坐送胡銓詞，得罪除名。有《蘆川歸來集》。

鄭汝諧　字舜舉，青田人，紹興中進士。官吏部侍郎、徽猷閣待制。有《東谷集》。

米友仁　一名尹仁，字元暉，自稱『嬾拙老人』，襄陽人，芾子。紹興中擢工部侍郎，終敷文閣待制。

仲并　字彌性，江都人，紹興中進士。歷光禄寺丞、淮東安撫司參議。有《浮山集》。

周紫芝　字少隱，宣城人，紹興中進士。歷官樞密院編修右司、知興國軍。自號『竹坡居士』。有《太倉稊米集》、《竹坡詩話》。

闞耆孫　字壽卿，蜀人，紹興中進士。官著作佐郎。

劉僩　字寬夫，吉水人，紹興中進士。官待制。

折彦質　字中古，雲中人。紹興間，官樞密使，爲趙鼎所薦。秦檜指爲黨，謫昌化軍，後移郴州，復官。

馬純　字子約，自號『樸樕翁』，默孫。紹興中，爲江西漕。隆興初，以太中大夫致仕，居越之陶朱鄉。有《陶朱新録》。

吕愿中　字叔恭，紹興中知静江府。

張表臣　字正民，右承議郎、通判常州，與晁以道游。紹興中，爲司農丞。有《珊瑚鈎詩話》。

郭明復　蜀人。

童敏德　臨川人。

胡宏　字仁仲。

全宋詩話卷六十九

陳巖肖

陳亞少卿有《惜竹》詩曰：『出檻亦不剪，從教長舊叢。年年到朱夏，葉葉是清風。』其兼收並蓄，使物各効其用，則此詩深可尚也。余比因洗竹，戲用其韻曰：『直幹解新籜，低枝蔽舊叢。芟繁留嫩緑，引月更添風。』其去冗除繁，使物無所壅蔽，則余詩亦自有味也。

《庚溪詩話》

王　逵

王復，字景仁，淄川人，高宗詔公知徐州。黏罕寇徐，公領兵閉城拒守，城陷不屈，爲虜殺，凡闔門百口俱遇害，時建炎三年正月二十九日也。天子震悼，特贈資政殿學士，謚壯節。先是，公長子佾以太僕丞從高宗過淮陽。紹興八年，和好成，奏乞訪先臣遺骸，優詔許之，行至泗州，馬上得疾，暴卒。佾子逵，留淄川，南北隔絶。紹興十年，承宣使田謂扈從顯仁太后回鑾，逵以詩送謂云：『兩地音塵隔死生，十年常效執珪吟。羡君已作遼東鶴，顧我空存魏闕心。日下既蒙新眷遇，海邊休忘舊知音。儻憐萬里親庭在，爲向雲山處處尋。』詩至而佾卒已一歲矣，聞者哀之。《蘆浦筆記》

洪　适

三瑞堂，洪公弼爲寧海主簿時建，適以荷花、桃實、竹幹有連理之瑞，已而生适。故适以貳車行縣題詩曰：『久矣馳魂夢，今登三瑞堂。故山有喬木，近事話甘棠。展驥慚充位，占熊憶問祥。白雲留不住，極目是吾鄉。』《方輿勝覽》

紹興十六年十月二十五夜，伯兄文惠公以台州通判出行縣，宿天台山。夢息擔山中，獨游旁近僧舍，至妙緣寺欲回，忽雨作，僧指西邊曰：『彼方霞彩如此，少頃必開霽。田家常以此爲占也。』東顧凝陰雨下如注，高峰樵徑，衆水争流。公竝山而南，復東折，有橋長二十餘丈，自深澗聳起，巨松參雲，每五十步，必夾橋，蜿蜒枝幹俯就橋上若龍然，謂之『盤龍橋』。直東至所憩處，時有一僧，自妙興相從，求先去，口占絶句送之歸，曰：『西望霞光東望雲，劃然晴晦此區分。小橋過盡盤龍險，回首高人多謝君。』遂覺。俄復夢侍親攜家登陸，日色已高，而兒曹尚告未辦，忠宣公輒命之行。嫂魯國夫人方梳粧，伯姊解篋取衣授公，遂偕文安公及予侍行，步尋近境。又至一橋畔，欲往西隅水寺，視所取道，頗類昨所經行，因話前夢。二弟曰：『此妙緣寺也。』將度橋，雨復作，意欲輟行，而忠宣强使往，疑若彼寺有先世稿葬其間者。忠宣杖策，命一兵張蓋，既登岸，文惠踵而前，此橋危甚，反顧二弟勿來，未至妙緣而寤。時忠宣在鄉里，文安在毗陵，予處寺下。此夢殆不可曉。《夷堅志》

淳熙四年七月二十四夜，文惠公在鄉里，夢至一野寺，不見僧，而數羽人環坐，其一高吟曰：『六十乃買妾，七十乃生兒。旁人掩口笑，老子知不知？』公生于丁酉，是歲本命年正六十有一矣，此客若有所諷也。而公清居累歲，未嘗蓄姬妾，即應聲答以詩七言云：『桑榆景迫鬢毛蒼，已過耆年去路忙。不把精神陪綺席，從他歌舞競新粧。掃除萬事身如夢，斷送一生心勿狂。賴有清風與明月，肯來相伴一爐香。』衆皆大笑。而高吟者有慚色，啜茗清談，良久乃散。既覺，命筆記之。所謂七十之語，公不登此數而終。《夷堅志》

洪　邁

紹興十九年，葉晦叔爲福建帥屬，予嘗因春補諸生白于府主，邀與同考校，鎖宿貢院兩旬，作詩兼簡謝景思：『沉沉廣廈清如水，市聲人聲不到耳。一閒十日豈天賜，慚愧紛紛白袍子。相逢更得金玉人，久矣眼中無此士。連床夜語不成寐，往往雞聲忽驚起。是中差樂真難名，昔者相過安得此。但憐時節不相謀，正墮清明寒食裏。梨花已空海棠謝，外間物色知餘幾？只恐風雨摧折之，負此一春吾過矣。謝公尋山飽閒雅，應笑腐儒黏故紙。錦囊得句應已多，萬一相思頻寄似。』《容齋三筆》

車駕宿戒幸玉津園，命下，大雨，將曉，有晴意，已而天宇豁然，至晚歸。邁進一詩，歌詠其實云：『五更猶自雨如麻，無限都人仰翠華。翻手作雲方悵望，舉頭見日共驚嗟。天公的有施生妙，帝力堪同造物誇。上苑春光無盡藏，可須羯鼓更催花。』《容齋五筆》

『天上長留滕六在，人間會有葛三來。』野處《雪》句。『葛三』事，出《太平廣記》，葛仙翁第三子。《困學紀聞》

晦叔云：『七言律，大抵多引韻起，若以側句入，尤峻健，如老杜「幽棲地僻」是也，然猶是對偶。若以散句起又佳，如「苦憶荆州醉司馬」是也。』洪容齋送晦叔詩：『此地相從今歲晚，登臨況是客歸時。卻將襟抱向誰可？正爾艱難惟子知。情到中年工作惡，別于生世易爲悲。梅花盡醉沾江上，黯淡西風凍雨垂。』正用此體。予謂絶句如劉長卿『天書遠召滄浪客』一詩，尤奇。《升庵詩話》

中書舍人洪景盧知婺州，召至都下，而從臣未有虛位，孝宗除爲在京宫觀兼侍讀。太府少卿張抑，字子儀，以《啟》賀之云：『珍臺閒館，冠皋伊之倫魁。廣廈細旃，論唐虞之聖道。』前兩句用揚雄賦全語，後兩句用王吉疏全語，皆西漢文章也。子儀舉示予，予驚歎擊節，以爲不減前輩。未幾，景盧入翰林，爲學士。適梁叔子丞相以病辭位，孝宗愛重之，不欲聽其去，累辭，不得已拜大觀文醴泉觀使兼侍讀。景盧當筆，麻制中全用此一聯。是日，朝士聽麻，皆稱賞之，不知其爲子儀語也。《誠齋詩話》

相州古鄴都，魏太祖銅爵臺在其處，今遺址髣髴尚存。瓦絶大，艾城王文叔得其一，以爲硯，餉黃魯直，東坡所爲作銘者也，其後復歸王氏。硯之長幾三尺，闊半之。先公自燕還，亦得二硯。大者長尺半寸，闊八寸，中爲瓢形，背有隱起六隸字，甚清勁，曰『建安十五年造』。魏祖以建安九年領冀州牧，治鄴始作此臺云。小者規範全不逮，而其腹亦有六篆字，曰『大魏興和年造』，中皆作小簇花團。『興和』乃東魏孝静帝紀年，是時正都鄴，與建安相距三百年，其至于今，亦六百餘年矣。二者皆藏姪孫僩處。予爲銘『建安』者曰：『鄴瓦所范，嘻其是耶。幾九百年，來隨漢槎。淬爾筆鋒，肆其滂葩。僩實寶此，以昌我家。』銘『興和』者曰：『魏元之東，狗脚于鄴。吁其瓦存，亦禪千劫。上林得雁，獲貯歸笈。玩而銘之，衰淚棲睫。』贛州雩都縣，故有灌嬰廟，今不復存。相傳左地嘗爲池，耕人往往於其中耕出古瓦，可窾爲硯。予向來守郡日所得者，刓缺兩角，猶重十斤，瀋墨如發型，其光沛然，色正黄，考德儀年又非銅雀比，亦嘗刻銘于上曰：『范土作瓦，既埴既已。何斷制于火，而卒以囿水？廟于漢侯，今千幾年。何址蹶圮歟，而此獨也存？縣贛之雩，曰若灌池。研爲我得，而銘以章之。』蓋紀實也。《容齋續筆》

今人謂寒食爲『一百五』者，以其自冬至之後至清明，歷節氣六，凡爲一百七日，而先兩日爲寒食故云，他節皆不然也。老杜有《鄜州一百五日夜對月》一篇，江西宗派詩云：『一百五日足風雨，三十六峰勞夢魂』，『一百五日寒食雨，二十四番花信風』之類，是也。吾州城北芝山寺，爲禁煙游賞之地，寺僧欲建華嚴閣，請予作《勸緣疏》，其末一聯云：『大善知識五十三，永壯人天之仰。寒食清明一百六，鼎來道俗之觀。』或問『一百六』所出，應之曰：『元微之《連昌宮》詞：「初過寒食一百六，店舍無煙宮樹緑。」是以用之。』《容齋三筆》

《韻略》上聲『二腫』字險窄，予向作《汪莊敏銘》詩八十句，惟蕭敏中讀之曰：『押盡一韻。』今考之猶有十字，越用『一董』内韻。其詞曰：『維天生材，萬彙傾竦。侯王將相，曾是有種。公家江東，世繹耕壟。桃谿之溪，是播是穮。孰丰厥培？蓺此圭珙。公羈未奮，逸駕思駷。沉酣春秋，蹈迪周孔。徑策名第，稍辭渫溽。横經湘沅，士敬如捧。蓬萊方丈，佩飾有琫。應龍天飛，薈蔚雲滃。千官在序，名利從臾。吾惟片言，借箸泉湧。正冠霜臺，遇者卞悚。顔顔殿陀，聲氣不動。顯仁東欑，巫史呼洶。昌言一下，恩浹千冢。獯粥孔熾，邊戒毛氄。嬪娶當位，左掣右奲。公云當今，沸渭混澒。天威震耀，誰不憤踊！遂遷中司，西柄是董。出關啟旆，籌檄倥傯。業業荆襄，將懦曰拱。投袂電赴，如尊乃勇。鄧唐陳蔡，馳捷系踵。佛狸歸骴，民恃不恐。璽書賜朝，百揆參總。亞勛贊册，國勢尊聳。督軍載西，寄責罙重。方規許洛，事援秦隴。符離罔功，奇蚩膠拲。鈞樞建使，宰席亢寵。還臨西州，夾道歡擁。有銜未⿱罒巳，病癖且尰。曾不憖遺，使我心懵。湘湖高丘，草木蔚蓊。維水容裔，維山巃嵸。矢其銘詩，詞費以宂。奈何乎公，萬禩毋聳。』若韓、孟籍徹會合聯句三十四韻。除『蝝』、『蛹』二字《韻略》不收外，餘皆不出『二腫』中。雄奇激越，如大川洪河，不見涯涘，非瑣瑣潢汙行潦之水，所可同語也。其詩曰：『離別言無期，會合意罙重。病添兒女戀，老喪丈夫勇。劍心知未死，詩思猶孤聳。愁去劇箭飛，讙來若泉涌。析言多新貫，攄抱無昔壅。念難須勤追，悔易勿輕踵。吟巴山犖嶨，説楚波堆壟。馬辭虎豹怒，舟出蛟鼉恐。狂鯨時孤軒，幽狖雜百種。瘴衣常腥膩，蠻器多疏宂。剥苔弔斑林，角飯餌沉冢。忽爾銜遠命，歸與舞新寵。鬼窟脱幽妖，天居覿清拱。京游步方振，讁夢意猶恟。詩書誇舊知，酒食接新奉。嘉言寫清越，瘉病失肬腫。夏陰偶高庇，宵魂接虛擁。雪弦寂寂聽，茗盌纖纖捧。馳輝燭浮螢，幽響泄潛蛩。詩老獨何心，江疾有餘尰。我家本瀍穀，有地介皋聳。休迹憶沉冥，峩冠慚闒茸。陞朝高轡逸，振物群聽悚。徒言濯幽泌，誰與薙荒茸？朝紳鬱青緑，馬飾曜珪珙。國讎未銷鑠，我志蕩邛隴。君才誠倜儻，時論方洶溶。格言多彪蔚，縣解無梏拲。張生得淵源，寒色拔山冢。堅如撞群金，眇若抽獨蛹。伊余何所擬，跛鼇詎能踊。塊然墮岳石，飄爾罥巢氄。龍旆垂天衢，雲韶凝禁甬。君胡眠安然，朝鼓聲洶洶。』其間或有類句，然衆手立成，理如是也。《容齋四筆》

紹興十三年，勑令所進書删定官五員，皆自選人改秩。潘良能季成、游操存誠、沈介德和、伯兄景伯，皆拜秘書省正字。張表臣正民以無出身，除司農丞。四正字同日赴館供職，少監秦伯陽于會食之次，謂坐客言：『一旦增四同舍，而姓皆從「水傍」』。熺有一句，願諸君爲對之，以成三館異日佳話。』即云：『潘游洪沈泛瀛洲』，坐客合詞賞歎，竟無有能對者。予因記《筆談》所載，元厚之絳少時曾夢人告之曰：『異日當爲翰林學士，須兄弟數人同在禁林。』厚之自思素無兄弟，疑爲不然。及熙寧中，除學士，同時相先後入院者，韓維持國、陳繹和叔、鄧綰文約、楊繪元素，名皆從『系』，始悟兄弟之説。欲用『絳繹繪維綰綸綍』爲對。然未暇考之史録，歲月果同否也。《容齋四筆》

作詩要有來處，則爲淵原宗派。然字字執泥，又爲拘罬。予于此學，無自得之見，少年時尤失之琱琢。記一聯，初云：『雨深荒病菊，江冷落愁楓』，後以其太險，改爲：『雨深人病菊，江冷客愁楓』，比前句微有藴藉。蓋取崔信明『楓落吴江冷』，老杜『雨荒深院菊』、

『南菊再逢人卧病』，嚴武『江頭赤葉楓愁客』，合而用之。乃如補衲衣裳，殊爲可笑，聊書之以示兒輩云。《容齋五筆》

光堯上仙，于梓宫發引前夕，合用警場導引鼓吹詞。邁在翰苑製撰，其《六州歌頭》内一句云：『春秋不説楚冥靈』，常時進入文字，立待報者，則貼黄批急速，未嘗停滯。是時首尾越三日，又入奏趣請付出，太常吏欲習熟歌唱，守院門伺候。適有表弟沈日新在軍將橋客邸，一士人乃上庠舊識，忽問『楚冥靈』出處，沈亦不能知，來叩予，因以《莊子》語告之。急走報此士，大喜。初，孝宗以付巨璫霍汝弼，使釋其意，此士霍客也，故宛轉費日如此。又面奉旨令，代作挽詩五章。其四云：『鼎湖龍去遠，社首鳳來遲。』當時不敢宣泄，而帶御器械謝純孝密以爲問，乃爲舉王子年《拾遺記》，蓋周成王事也。禁苑文書周悉乃爾。《容齋五筆》

高州茂名縣，本唐潘州也，縣界有黄尖嶺。父老言：昔有仙人姓潘，居此鍊丹。近十數年來，工人入山鑿石，乃得樹木屏于石中，蓋仙所遺丹劑，墮地融結者，一層復一層，殆可揭取，但枝葉端正者，百無一二。民黄氏擅此，山外人欲采伐，則先以鹽綵與之，然後入山，祀土神畢，徐徐施工。朱子淵爲桂帥，致兩屏遺予，老幹扶疏，上挾雲氣，下臨廣漠，混然天成，略無斧鑿之迹，非若祁陽所産，藉人力磨治，故齟齬高下，失其自然也。又云：海涵萬族，無所不有。范石湖《虞衡志》嘗載石柏，今方得一株，自海底石塊上生，根株盤錯，枝葉如畫，其色紫，其根白，其質皆石也。天陰雨時，必有水珠在葉上，枝間亦有柏子，皆石脂凝結而成。子淵賦詩云：『海物難窮造化奇，後凋惟有歲寒知。誰將修月黄金斧，斲就凌雲紫玉枝？直幹豈容塵點涴，靈根偏與石相宜。天然不假栽培力，肯逐春風盛與衰。』予和之云：『海底靈根石効奇，山經地志不曾知。凝紅幻出珠千顆，染紫裝成玉一枝。鶴骨龍姿隨質見，鸞棲鳳宿與香宜。元戎高唱真難繼，愧我年來筆力衰。』《夷堅志》

李端民

《唐書·藝文志》元稹《長慶集》一百卷，《小集》十卷，而傳于今者，惟閩蜀刻本爲六十卷，三館所藏，獨有《小集》。文惠公鎮越，以其舊治，而文集蓋缺，乃求而刻之。外《春游》一篇云：『酒户年年減，山行漸漸難。欲終心懶慢，轉恐興闌散。鏡水波猶冷，稽峰雪尚殘。不能辜物色，乍可怯春寒。遠目傷千里，新年思萬端。無人知此意，閒凭小闌干。』白樂天書之，題云『元相公《春游》』。錢思公藏其真迹，穆父守越時，摹刻于蓬萊閣下，今不復存。《集》中逸此詩，文惠爲列之于《集外》。李端民平叔嘗和其韻寄公云：『東閣經年别，窮愁客路難。望塵驚岳峙，懷舊各雲散。茵醉恩逾厚，檣歌興未殘。馮唐嗟已老，范

叔敢言寒。玉燭調魁柄，陽春在筆端。應憐掃門役，白首滯江干。』樂天所書，予少時得其石刻，後亦失之。《容齋四筆》

胡　憲

建安胡原仲憲，宣和中赴省試于京都，留中途，夜夢對白鷴而賦長篇。既覺，但能記四句云：『惟餘虛名在，長江與蒼山。不逢堯舜世，終若此鳥閒。』念之不樂。旦起，爲同途士友言，以爲方從事科取，而得此詩，前歧事不問可知，必老死布衣，無爲汲汲哂笑也。諸友强挽之行，竟不第。紹興中，用趙簡公薦，詔召之，辭以母老，乃補官就教授本州，誥詞云：『朕聞堯舜之世，天下無窮人。』然後恍悟前語。孝宗在御，復用大臣薦，拜大理司直秘書省正字，引老丐歸，特改京秩，與祠禄，後以壽終。《夷堅志》

五峰胡原仲有詩《答朱元晦》絶句云：『幽人偏愛青山好，爲是青山青不了。山中出雲雨太虛，一洗塵埃山更好。』朱子跋云：『右衡山胡子詩也。初，紹興庚辰，熹病卧山間，親友仕于朝者，以書見招。某戲以兩詩代書報之，曰：「先生去上芸香閣，時怡溪先生字赴館職閣老新峨豸角冠。劉共甫秘書丞除察官留取幽人卧空谷，一川風月要人看。」一章「甕牖前頭列畫屏，晚來相對盡儀刑。浮雲一任閒舒卷，萬古青山只麽青。」二章或傳以語胡子，胡子謂其學者張敬夫曰：「吾未識此人，然觀此詩，庶幾能有進矣。特其言有體而無用。」故吾爲是詩以箴警之，庶其聞之而有發也。明年，胡子卒。又四年，某始見敬夫而後獲聞之，恨不及見胡子而卒請其目也。因敘其本末，而書之于策，以無忘胡子之意云。』《濂洛風雅》

張元幹

予宣和間居泗上，于王周士處見張仲宗詩一卷，因借録之。後三十年，于錢唐與仲宗同館穀，初方識之。因戲謂仲宗曰：『三十年前，已識公于詩卷中。』仲宗請予舉其詩，渠皆不能記，殆如隔世，反從予求之。向伯恭，仲宗之舅也。仲宗有《香林九詠》，其間《雍熙堂》詩云：『鼎彝勛業推元老，文采風流及後昆。家世從來耐官職，百年猶見典刑存。』《麥秋亭》詩云：『東坡喜雨事如此，吾舅名亭思不群。不問兩歧何許秀，且看十傾卷黃雲。』皆可喜也。《苕溪漁隱叢話》

張元幹，紹興間人，詩不多見，其人蓋嘗識東湖，所謂『詩如雲態度，人似柳風流』者是也，後以累失官。有《瀟湘圖》詩，甚佳，云：『落日孤煙過洞庭，黃陵祠畔白蘋汀。欲知萬里蒼梧恨，淚盡君山一點青。』《艇齋詩話》

古今游廬山詩，予得兩首絶佳。其一，潘子真《詩話》所載王光遠云：『明朝山北山南路，各自逢人話勝游。』蓋廬山之美不可盡，惟此兩句，形容得極佳。又張元幹詩云：『古木寒藤挽我住，身非靖節誰能留？多慚不及鸞谿水，長向山前山後流。』此詩興致極高遠。《艇齋詩話》

鄭汝諧

鄭舜舉《題盱眙第一山》詩云：『忍恥包羞事北庭，奚奴得意管逢迎。燕山有石無人勒，卻向都梁記姓名。』南北通和時，聘使往來，旁午于道，凡過盱眙，例游第一山，酌玻瓈泉，題詩石壁，以紀歲月，遂成故事，鐫刻題名幾滿。紹興癸丑，國信使鄭汝諧一語，可謂知言矣。《齋東野語》

米友仁

米元暉《題禊帖》云：『圖契朴琱推聖智，萬古奔沉餘末技。《蘭亭》醉墨更無加，始信功名皆儻爾。庾翼兒郎豈不黠，自是家雞慚野雉。退之强聒六藝疏，見處纔能到姿媚。相公有官那得取，不與官家深自秘。卻因同好露心胸，謾使蕭郎誇末計。摸金不必曹阿瞞，温韜家有昭陵器。披沙只恐取黄金，剔軸誰能收故紙？天章寶塔高嵯峨，永表文皇好文

藝。至今油蠟傳未休，善本何辭萬金弃？』《蘆浦筆記》

《題定武本蘭亭》云：『翰墨風流冠古今，鵝池誰不賞山陰。此詩雖向昭陵朽，刻石猶能易萬金。』紹興十六年歲次丙寅，嬾拙翁米元暉，在行朝天慶觀東私居之北窗跋。《蘭亭續考》

《自題大姚村圖》二絶，云：『廣文當日官雖冷，可奈才名振世何。他日君家須炙手，而今聊復雀堪羅。』『老年尚喜管城子，更愛好山江上青。武林秋高曉欲雨，正若此畫雲冥冥。』紹興戊午季春十一月，書于大姚五湖田舍。又《自題山水》云：『霄壤千千萬萬山，東南勝地熟躋攀。古人作語詠不得，我寓無聲縑楮間。』紹興己未，除守瑯琊，待次平江，寓居大姚村妹家戲作。《清河書畫舫》

按米氏襄陽人，而《宋史》以爲吴人。觀海岳撰《樂圃墓表》云：『予昔居郡，與先生游』，今觀畫跋，則米老父子皆嘗居吴，故其女嫁大姚，其實非吴産也。《寓意編》

仲　并

『政恐崖州如有北，卻應未肯受讒夫。』仲彌性《詠韋執誼不看嶺南圖》詩，誅姦諛之蕭斧也。《困學紀聞》

周紫芝

予嘗戲作小詩，用少陵事云：『百尺寒松老幹枯，韋郎筆妙古今無。何如莫掃鵝溪絹，留取天吴紫鳳圖。』使少陵尚無恙，當爲我一捧腹也。《竹坡詩話》

中興死節之士固不乏，而女子守節者亦多有之。洪鴻父羽之女，適繁昌焦洧，一日，遇巨盜于江中，欲逼之，女義不受汙，投江而死。兩侍兒大曰宜恩，小曰匀奴，姓吴氏，女兄弟也，俱有色藝，亦相隨赴水死。焦之甥徐伯遠傳其事，竹坡周少隱爲之賦二詩，云：『就死由來不自疑，玉顔那爲賊鋒低。了知今日投淵婦，猶勝當年斷臂妻。』『敵騎駸駸戰艦驕，春江漫漫溼金翹。但將紅袖供歌舞，卻爲周郎笑二喬。』《梁溪漫志》

東坡嘗言，古今語未有無對者。琴家謂琴聲能娱俗耳者，爲『設客曲』。頃時有作送太守詩者，僕嘗問之其人，曰：『此「供官詩」，不足觀。』于是『設客曲』乃始有對，戲作俳體詩云：『設客元無琴裹曲，供官尚有篋中詩。』《太倉稊米集》

闞耆孫

兵部侍郎劉朝美儀鳳，蜀之普州人，性酷嗜書，喜傳録。初以禮部侍郎攝秘書少監，後即真，凡秘府書籍傳寫殆徧，如國史之類，又置副本，親自校讎，至杜門絶交。遷兵侍，猶傳寫不已。張持國之綱爲副端，言其書癖，至曠廢職事，以是罷歸蜀。蜀人關壽卿耆卿，爲著作佐郎，以詩餞行曰：『清議久不作，世無公是非。祇因翻故紙，不覺蹈危機。東壁夢初斷，西山蕨正肥。十年成底事，贏得載書歸。』《庚溪詩話》

劉　僩

劉寬夫僩《青原臺》詩云：『春臺百尺枕蕪城，傑檻層簷入紫清。坐嘯風雲生畫棟，劇談河漢瀉朱甍。山圍蘭若青螺遠，江帶蘋洲白練横。挂席會凌南斗去，羽人遼海看騎鯨。』臺在廬陵郡西，射圃東南隅。《豫章詩話》

折彦質

東坡移廉州，以茶盂惠許君瑤，後爲折樞密所得，有詩謝許云：『東坡遺物來歸我，兩手摩挲思不窮。舉取吾家阿堵物，愧無青玉案酬公。』《廣東通志》

馬　純

僧宗昂，住會稽能仁寺。有故相寓寺中，已而復相，宗昂被敕住持。郎官馬子約題詩法堂壁上云：『十年衰病卧林泉，鵷鷺群飛競刺天。黄紙除書猶到汝，固知清世不遺賢。』《會稽志》

吕愿中

静江府驛名秦城，愿中率賓僚賦《秦城王氣》詩媚檜，由此得召。《宋史·秦檜傳》

張表臣

高郵陸仲仁畫王右軍、支道林、許遠游《三高圖》，以獻晁以道。以道命予題詩其後，中有云：『已乘雲氣翳鳳麟，六百餘歲無斯民。想像璧月何當親，虎頭摩詰俱泯淪。誰其畫者陸仲仁，遠紹乃祖高無倫。』以道歎曰：『後世視陸生爲何等人耶！』予觀高郵寺壁曹仁熙畫水，感事傷時，呈以道舍人。舍人先有題詠，高不可及，予詩云：『曹生畫手信有神，毫端風雨生脅沄。波濤不合來翻屋，蛟鰐何須欲噬人。湯湯此水勢方割，陽侯鬱怒馮夷摶。鼉擲鯨呿海岳驚，霧塞雲昏光景薄。開元將軍愛驊騮，拳奇滅没溢九州。時危此物豈易得，寫此尚可消人憂。末有乃孫工畫水，逋客見之心欲死。雷奔電擊走中原，魚怖龍愁寧忍視。先生道眼高崑崙，聊將妙語破迷津。中流險絶待舟楫，四海浩蕩須經綸。我衰甘作淮海客，身脱垂涎頭雪白。驚心未定畏湍湍，欲覓平波泛家宅。此身端的老江湖，雨笠煙蓑是所圖。他年但飽揚州米，今日寧論甓社珠。』以道覽之云：『此詩波瀾亦可駭矣！』因舉昔人云：『斯文可愛可畏，亦可妬也。』《珊瑚鈎詩話》

金陵鳳凰臺，在城之東南，四顧江山，下窺井邑。古題詠惟謫仙爲絶唱，其詩曰：『鳳凰臺上鳳凰游，鳳去臺空江自流。吴宫花草埋幽徑，晉代衣冠成古丘。三山半落青天外，二水中分白鷺洲。總爲浮雲能蔽日，長安不見使人愁。』予游覽壁間刻宋齊丘詩，與梁棟間懸今人詩，而乃無此篇。予作絶句曰：『騎鯨仙伯已淩波，奈爾三山二水何。地老天荒成脉脉，鳳凰臺上獨來過。』《珊瑚鈎詩話》

睢陽雙廟，俗謂之『五侯廟』。雙廟者，爲張、許忠烈而始建廟也。五侯者，南、雷、賈與同功，皆受封爵，亦作其像于廊廡耳。古今歌詠，惟王荆公、黄豫章爲警策。王詩云：『就死得處所，至今猶耿光。此獨身如在，誰令國不亡！』黄詩云：『縱使賀蘭非長者，未妨南八是男兒。』予官宋城，題詩云：『張、許昭鴻烈，南、雷、賈共靈。無瑕雙白璧，有曜五華星。懷哲音容在，傷時涕淚零。向來丹鳳闕，猶帶犬羊腥。』蓋當是時，金人始去城下之役，故云耳。又絶句云：『漁陽突騎滿關東，百戰孤城挫賊鋒。唐室興亡繫公等，九原可作更誰從？』自以爲無愧前人。《珊瑚鉤詩話》

靖康元年冬十一月，金人長驅薄王畿，無一障之阻。春爲城下盟，歸渡大河，莫或邀擊。予竊料其知我無謀，審我無勇，必且再至，冬十月，作《將歸賦》，以書投胡少汲，欲求侍養。公以《啟事》見答曰：『伏承主簿秘書寵以華箋，副之佳什，屬詞近古，陳義甚高。横槊賦詩，不廢軍中之樂；登高舒嘯，少賒社下之歸。祝頌之深，敷染奚既。』遂堅留在帥幕下。數日，淵聖手詔沓至曰：『金人分兩道深入，必犯京師，卿可提所部兵前來捍禦。』又曰：『金人分兩道深入，已渡大河，卿可將見在兵速來赴援。』公即日出次于郊，不三四日，遇敵于杞，力戰敗績。予傷之以詩曰：『選將他年重，作師此日難。傷心閔東道，白首戴南冠。』公宿儒，戎事非長，庶幾以禮與人相終始者。《珊瑚鉤詩話》

唐周邯自蜀買奴，曰『水精』，善沉水，乃崑崙奴之屬也。邯疑瞿塘之險必有怪，使水精入之，久乃出曰：『下有關不可渡。』得珠貝而還。每遇潭洞，多令探求，輒得珍寶。至汴，或云八角井有神龍，時游水面，意有頷下物。復使覘之，經夕，始出躍于井口，有金爪拏而入焉，遂亡奴。又有農夫耕地得劍，磨洗適市，值賈胡，售以百千，未可；至百萬，約來旦取之。夜歸，語妻子：『此何異而價至是？』庭中有石，偶以劍指之，立碎。詰旦，胡人載鏹至，則歎叱曰：『劍光已盡！』不復買。農夫苦問之，曰：『此是破山劍，惟可一用，吾欲持之破寶山耳。』農夫惋恨，旬月不能已。予有詩云：『采玉應求破山劍。探珠仍遣水精奴。』用此事耳。《珊瑚鈎詩話》

客有獻李衛公以古木者，云有異。公命剖之，作琵琶槽，其文自然成白鴿。予嘗語晁次膺曰：『公《緑頭鴨琵琶》詞誠妙絶』，蓋自『曉風殘月』之後，始有『移船出塞』之曲。然某亦曾有一詩云：『白鴿潛來入紫槽，朱鸞飛去唳青霄。江邊塞上情何限，瀛府霓裳曲再調。謾道靈妃鼓瑶瑟，虚傳仙子弄雲璈。小憐破得春風恨，何似今宵月正高。』曰：『詩亦不惡。』《珊瑚鈎詩話》

酒有若『下春』，謂『烏程』也；『九醖』，謂『宜城』也；『千日』，『中山』也；『蒲桃』，『西涼』也；『竹葉』，『豫北』也；『土窟春』，『滎陽』也；『石凍春』，『富平』也；『燒春』，『劍南』也；『桑落』，『陜右』也。烏孫國有青田核，莫知其木與實，而核如五六斤瓠，空之盛水，俄而成酒。劉章曾得二焉，集賓設之，一核才盡，一核又熟，可供二十客，名曰『青田壺』。歷城北有使君林，魏正始中鄭公慤三伏避暑于此，取大蓮葉寘硯格上，盛酒三升，以簪刺葉，令酒與柄通，屈莖吸之，香氣清洌，名曰『碧筩酒』。余詩曰：『釀憶青田核，觴宜碧藕筩。直須千日醉，莫放一杯空。』」近時以黃柑醞酒，號『洞庭春色』；以糯米藥麴作白醪，號『玉友』，皆奇絶者。《珊瑚鉤詩話》

余暇日曾作《酒具》詩三十首，有引曰：『咸通中，皮襲美著《酒中十詠》，其自序云：「大聖人之誡，酒禍也深矣，在《書》爲沉湎，在《詩》爲童羖，在《禮》爲豢豕，在《史》爲狂藥。」余飲至酣，徒以爲融肌柔神，消沮迷喪，頽然無思，以天地大順爲提封；傲然不持，以洪荒至化爲爵賞，抑無懷氏之民乎？葛天氏之民乎？噫！天之不全予也多矣，獨以麴糵全之。于是徵其具，悉爲之詠，以繼東皋子《酒譜》之後，而有酒星、酒泉、酒篘、酒床、酒壚、酒樓、酒旗、酒樽、酒城、酒鄉之詠，以示吴中陸魯望。魯望和之，且曰：「昔人之于酒，有注爲池而飲之者；有象爲龍而吐之者；親盜瓮間而卧者；將實舟中而浮者。徐景山有酒鎗，嵇叔夜有酒杯。皆傳于世，故復添六詠。」余覽之，慨然歎曰：余亦嗜酒而好詩者也。昔退之有言送王含曰：「少時讀《醉鄉記》，私怪隱居者無所累于世，而猶有是言，豈誠旨于味耶？及讀阮籍、陶潛詩，然後知彼雖偃蹇不欲與世接，然猶未能平其心，或爲事物是非相感發，于是有託而逃焉者也。」雖然，尚有未盡者。中古之時，未知麴糵，杜康肇造，爰作酒醴，可名「酒后」。近世以來，人徒酣酗，李白一斗，爲詩百篇，自名「酒仙」。酈食其，辨士也，初見沛公，稱「高陽酒徒」。杜根，賢者也，逃難宜城，爲酒家傭保。鄭廣文，貧而好飲，蘇司業送酒錢。杜子美無錢賒酒，而詩言「酒債」。《周官》有「酒正」，則掌之者必有其人，以法式授酒材，則醞之者必有其物。翰林詩曰：「鷺鷥杓，鸚鵡杯。」夫杓者，勺也，勺酒而錯之杯中者也。工部詩曰：「莫笑田家老瓦盆，自從盛酒長兒孫。」夫盆者，槃也，載酒而寘之座中也。韓奕詩云：「顯父餞之，清酒百壺。」壺便提挈，故陶令挂之于車上，呂公負之于杖頭，遇興則傾之，「鴟夷」之異名者耳。《緇衣》詩云：「兕觥其觩，旨酒思柔。」觥爲罰爵，而于定國飲至一石不亂，劉伯倫既醉，以五斗解醒，快飲痛釂則用之，蓋觚、角之出類者耳。注云：「觚受二升，觶三升，角四升，散五升，而觥七升。」又兕角爲之，形器特異。于是更作《酒后》、《酒仙》、《酒徒》、《酒保》、《酒錢》、《酒債》、《酒正》、《酒材》、《酒杓》、《酒盆》、《酒壺》、《酒觥》一十二詩，而附益之。庶古今同志，而終始相成之義耶？詩多不載。』《珊瑚鉤詩話》

長松之名，前世未有。以道居嵩，少叔易作詩求之云：『松上花兮松下根，食之年貌與松鄰。君今既是松間客，采送衰翁亦可人。』以道答云：『長松不經黄帝手，小劚漫翻嵩室雲。縱有何堪寄夫子，鼎頭寶氣自氤氳。』余亦和之云：『暫隱嵩高六六峰，未乘雲氣御飛龍。自餐白石求黄石，更采長松寄赤松。』《珊瑚鉤詩話》

白樂天有《西省北院新作小軒，東通騎省，與李常侍飲》詩，東坡爲中書舍人，歎本省不得來往，謂執政曰：『説公應使簡要道通，何必樹籬插棘？』蓋謂此也。大抵近世爲禁太密，問人則疏。晁以道書楊大年《館宿》詩示余，曰：『嚴更初道爭傳鼓，下直朱門對掩關。夜半不聞宣室召，水沉香斷漆書閒。』且云：『嘗宿閣下矣，乃在司馬門外。使人恨生身之晚，不得見太平之風也。』予因和其詩云：『翰林歷歷侵華蓋，禁掖明明侍紫微。自昔詞臣最清切，帝宸高拱借光輝。』《珊瑚鉤詩話》

余年十五時感傷寒，至六七日，困重將斃，父母環而泣之。忽夢二皂，持馬呼余乘之，自成武東北，道濟兖郡縣，直抵嶽祠，入西偏門，列諸曹院。至一所，見紫衣人據案云：『爾安得殺某命！』取鏡燭之，非是，遣余去。若一僧相引，巡觀諸院囚徒甚衆，既而復出廟門，二皂持馬在焉。已據鞍，于街東民居若茶肆者，覯胥吏十輩，内一人乃姑丈惠澤，字慎微，亟下馬揖之。渠已蔽身簾箔間，挽而出之，問何似，且云：『姑丈棄世數年矣，安得在此爲吏？』渠唯唯。叩之：『主何事？』曰：『户案。』『還知某之壽命，有官禄否乎？』曰：『非某所司。然嘗竊見之，公有年在，他日當來作監河侯。』乃相别上馬，復遵舊涂歸焉。至城北，墮一池，颯然寤。汗出遍體，而疾去矣。常誌之，豈余不偶于世，而將官于地下乎？今潦倒流離，從人貸粟，生不爲監河侯，而死乃爲之，可發一笑。《珊瑚鉤詩話》

王臨川詩云：『細數落花因坐久，緩尋芳草得歸遲。』此與杜詩『見輕吹鳥毳，隨意數花鬢』，命意何異？余詩云：『雲移鳥滅没，風霽蜨飛翻。』此與東坡『飛鴻群往，白鳥孤没』，作語何異？兹可爲知者道，不可與愚者説也。《珊瑚鈎詩話》

杜詩云：『虎氣必騰上，龍身寧久藏。』《蕃劍》詩也。世傳虎丘常有劍氣狀如虎，延津劍躍化爲龍也。晉咸康三年，武庫火，咸見漢高祖斬白蛇劍穿屋壁飛去。許真人令旌陽，有蛇害人，投劍斬之，至唐復出，漁者網而獲之。又武勝之知静江縣事，忽于灘中見雷公踐微雲，逐一小蛇，勝之以石投焉，得一銅劍，有文曰：『許旌陽斬蛟第三劍』云。余作《劍》詩曰：『蛇蛟已盡定飛去，雷電欻驚重下來。』《珊瑚鈎詩話》

開元中，河西將宋青春驍猛，敵畏之。西戎犯邊，每戰，運劍大呼，執馘而旋，未嘗中鋒鏑。後獲吐蕃主帥，問曰：『衣大蟲皮者，爾輩何不能害？』曰：『常見青龍突陣而來，兵刃所及，如擊銅鐵，我以爲神助將軍也。』乃知劍之異。澶淵之役，安床子弩于城上，使卒守之，困著弩邊，忽寤驚起，擊而發之，遂中敵酋，軍退。余曾戲作詩曰：『床弩天誅韓闥覽，劍鋒神助宋將軍。』《珊瑚鈎詩話》

韓嫣以佞幸竊富貴，作金彈射飛鳥，長安人常逐之，曰：『苦饑寒，逐彈丸。』荆山下多美玉，居人以璞抵鵲。符載蓄寶劍，水斷蛟龍。他日截飯臠而食，劍乃頑頓。西戎獻寶刀，割玉如泥，周穆王嘗藏之。余曾戲題曰：『射飛何必捐金彈，抵鵲虚煩用夜光。切玉昆吾

寧刺豕，斷蛟干越豈封羊。』《珊瑚鉤詩話》

武侯創八陣圖與木牛流馬法，後人俱不能得。故余《八陣圖》詩云：『八陣功成妙用藏，木牛流馬法俱亡。後來識得常山勢，縱有桓温恐未詳。』《珊瑚鉤詩話》

古今詩體不一，太師之職，掌教六詩，風、賦、比、興、雅、頌備焉。三代而下，雜體互出。漢唐以來，鐃歌鼓吹，拂舞矛渝，因斯而興。晉、宋以降，又有回文反復，寓憂思展轉之情；雙聲疊韻，狀連駢嬉戲之態，郡縣、藥石名，六甲、八卦之屬，不勝其變。古有采詩官，命曰『風人』，以見風俗喜怒好惡。皮日休云：『疏杉低通洞，冷鷺立亂浪』，此雙聲也。陸龜蒙嘗曰：『膚愉吳都姝，眷戀便殿宴』，此疊韻也。劉禹錫曰：『東邊日出西邊雨，道是無晴卻有晴。』杜詩曰：『俱飛蛺蝶元相逐，並蒂芙蓉本自雙。』又曰：『滿目飛明鏡，歸心折大刀。』此皆風言。又《戲作俳優體》二首，純用方語云：『異俗吁可怪，斯人難並居。家家養烏鬼，頓頓食黃魚。舊識難爲態，新知已暗疏。治生且耕鑿，只有不關渠。』『西歷青羌版，南留白帝城。於菟侵客恨，粔籹作人情。瓦卜傳人語，畬田費火耕。是非何處定，高枕笑浮生。』余嘗有語云：『碧藕連根絲不斷，紅蕖著子薏何多。』亦風人類也。又《婺州山中》詩云：『作甽捉詹卸，呼田款乃儂。山塘莫車水，梅雨正分龍。』亦方語也。《珊瑚鉤詩話》

余近作《示客》云：『刺美風化，緩而不迫，謂之「風」。采摭事物，摛華布體，謂之

「賦」。推明政治，莊語得失，謂之「雅」。形容盛德，揚厲休功，謂之「頌」。幽憂憤悱，寓之比興，謂之「騷」。感觸事物，託于文章，謂之「辭」。程事較功，考實定名，謂之「銘」。援古刺今，箴戒得失，謂之「箴」。猗遷抑揚，永言謂之「歌」。非鼓非鐘，徒歌謂之「謡」。步驟馳騁，斐然成章，謂之「行」。品秩先後，敘而推之，謂之「引」。聲音雜比，高下短長，謂之「曲」。吁嗟慨歎，悲憂深思，謂之「吟」。吟詠情性，總合而言志，謂之「詩」。蘇、李而上，高簡古澹，謂之「古」。沈、宋而下，法律精切，謂之「律」。此詩之語衆體也。帝王之言，出法度以制人者，謂之「制」。絲綸之語，若日月之垂照者，謂之「詔」。「制」與「詔」同，「詔」亦「制」也。道其常而作彝憲者，謂之「典」。陳其謀而成嘉猷者，謂之「謨」。順其理而廸之者，謂之「訓」。屬其人而告之者，謂之「誥」。即師衆而申之者，謂之「誓」。因官使而命之者，謂之「命」。出于上者，謂之「教」。行於下者，謂之「令」。時而戒之者，「勑」也。言而喻之者，「宣」也。諮而揚之者，「贊」也。登而崇之者，「册」也。言其倫而析之者，「論」也。度其宜而揆之者，「議」也。别嫌疑而明之者，「辨」也。正是非而著之者，「説」也。「記」者，記其事也。「紀」者，紀其實也。「纂」者，纘而述焉者也。「策」者，條而對焉者也。「傳」者，傳而信之也。「序」者，緒而陳之也。「碑」者，披列事功而載之金石也。「碣」者，揭示操行而立之墓隧也。「誄」者，累其素履而質之鬼神也。「誌」者，識其行藏而謹其終始也。「檄」者，激發人心而喻之禍福也。「移」者，自近移遠，使之周知也。「表」者，布臣子之心，致君父之前也。「牋」者，脩儲後之問，申官闈之儀也。「簡」者，質言之而略也。「啟」者，文言之而詳也。「狀」者，言之于公上也。「牒」者，用之于官府也。捷書不緘、插羽而傳之者，「露布」也。尺牘無封、指事而陳之者，「劄子」也。青黄黼黻，經緯以相成者，總謂之「文」也。此文之異名也。』客有問古今體制之不一者，勞于應答，乃著之篇以示焉。《珊瑚鉤詩話》

余以百司從車駕止建康。一日，謁内相朱子發，論文甚洽，適有數青貴俱在座，顧不肖而謂諸人曰：『兹人文學該贍，尤長于詩，然坐是以窮耳。』意謂古人有言『詩能窮人』故也。余奮然答曰：『内翰之言誤矣！夫詩非能窮人，待窮者而後工耳。此歐陽文忠公之語也。以不肖觀之，猶爲未當。《詩》三百六篇，其精深醇粹，博大宏遠者，莫如《雅》、《頌》，然《鴟鴞》之詩，周公所作也；《泂酌》之詩，召公所作也，詩云：「吉甫作頌，穆如清風。其詩孔碩，其風肆好。」顧不美乎？數君子者，顧不達而在上，功名富貴人乎？何詩能窮人，又何必待窮者而後工耶！漢唐以來，不暇多舉，近時歐陽公、王荆公、蘇東坡號能詩，三人者亦不貧賤，又豈碌碌者所可追及？然則謂詩能窮人者固非矣，謂待窮者而後工，亦未是也。夫窮通者時也，達則行于天下，窮則獨善其身，政不在能詩與不能詩也。』

座客爲之憮然。《珊瑚鈎詩話》

宋張表臣嘗游南徐甘露寺，偶題小詞于壁間，其僧愚俗且瞶，愀然不樂曰：『方泥得一堵好壁，可惜塗壞了。』張笑曰：『頗有祖風。』客問何謂，張曰：『昔李衛公亦曾以方竹杖贈甘露寺僧，尋問之，僧欣然曰：「已規而漆之矣。」衛公嗟惋竟日。祖風之謂，此也。』余正德辛未春，與張堯臣游虎立竹樓禪房，酒半，堯臣留句壁間，予亦和之，有『松竹陰中鶴蝨墮，翠微深處僧房開。』他日有客戲之曰：『以汝對鶴，受其侮矣。』僧愚俗無知，遂磨滅『鶴蝨』二字。重游見之，詢知其故。噫！天下事未嘗無對，『方杖削圓甘露祖，清詩磨滅虎丘僧。』與客一笑而罷。《逸老堂詩話》

郭明復

江州琵琶亭，下臨江津，國朝以來，往來者多題詠，其工者輒爲人所傳。淳熙己亥歲，蜀士郭明復以中元日至亭，賦《古風》一章，其前云：『白樂天流落溢浦，作《琵琶行》，其放懷適意，視憂患死生、禍福得喪爲何物，非深于道者能之乎？賈傅謫長沙，抑鬱致死；陸相竄南賓，屏絶人事，至從狗竇中度食飲，兩公猶有累乎世，未能如樂天逍遥自得也。予過九江，維舟琵琶亭下，爲賦此章。』『香山居士頭欲白，秋風吹作溢城客。眼看世事等虚空，雲夢胸中無一物。舉觴獨醉天爲家，詩成萬象遭梳爬。不管時人皆欲殺，夜深江上聽琵琶。賈胡老婦兒女語，淚溼青衫如著雨。此公豈作少狂夢，與世浮沉聊爾汝。我來後公三百年，潯陽至今無管弦。公詩有『潯陽地僻無音樂』之句長安不見遺音寂，依舊匡廬翠掃天。』郭君成都人，隆興癸未登科，仕不甚達。但賈誼自長沙召還，後爲梁王傅乃卒，前所云少誤矣。吾州餘干縣東于越亭，有琵琶洲在下，唐劉長卿、張祐輩皆留題。紹興中，王洋元勃一絶句云：『塞外烽煙能記否？天涯淪落自心知。眼中風物參差是，只欠江州司馬詩。』真佳句也。《容齋三筆》

童敏德

予家藏雲林繪監册，有顔魯公畫像，徐師川題詩曰：『公生開元間，壯及天寶亂。捐軀范陽胡，竟死蔡州叛。其賢似魏徵，天下非貞觀。四帝數十年，一身逢百難。少時讀書史，此事心已斷。老來鬢髮衰，慨歎功名晚。嗟哉忠義途，捷去不可緩。初無當年悲，只合後世歎。一朝絶霖雨，南畝常亢旱。小夫計雖得，斯民蓋塗炭。長歌詠君節，千載勇夫懦。敬書子張紳，庶幾古人半。』師川以詩鳴江西，然此篇不爲工。嘗記李德遠舉似童敏德游湖州題公祠堂長句曰：『掛帆一縱疾于鳥，長興夜發吴興曉。杖藜上訪魯公祠，一見目明心皦皦。未説邦人懷使君，且爲前古惜忠臣。德宗更用盧杞相，出當斯位誠艱辛。生逆龍鱗死虎口，要與乃兄同不朽。狂童希烈何足罪，姦邪嫉忠假渠手。乃知成仁或殺身，保身不必皆哲人。此公安得世復有，洗空凡馬須麒麟。』童之詩語意皆超拔，亦臨川人，而終身不得仕，爲可惜也。《容齋三筆》

胡宏

陶淵明作《桃源記》云：『源中人自言先世避秦時亂，率妻子邑人，來此絶境，不復出焉。乃不知有漢，無論魏晉。』系之以詩曰：『嬴氏亂天紀，賢者避其世。黄綺之商山，伊人亦云逝。願言躡輕風，高舉尋吾契。』自是之後，詩人多賦《桃源行》，不過稱贊仙家之樂，惟韓公云：『神仙有無何渺茫，桃源之説誠荒唐。世俗那知僞爲真，至今傳者武陵人。』亦不及淵明所以作《記》之意。按《宋書》本《傳》云：『潛自以曾祖晉世宰輔，耻復屈身後代，自宋高祖王業漸隆，不復肯仕。所著文章，皆題其年月，義熙以前，則書晉氏年號，自永初以來，惟云甲子而已。故五臣注《文選》用其語。』又繼之云：『意者耻事二姓，故以異之。』此説雖經前輩所詆，然予竊意桃源之事以『避秦』爲言，至云『無論魏晉』，乃寓意於劉裕，託之于秦，借以爲喻耳。近時胡宏仁仲一詩，屈折有奇味，大略云：『靖節先生絶世人，奈

何記僞不考真。先生高步窘末代，雅志不肯爲秦民。故作斯文寫幽意，要似寰海離風塵。』其説得之矣。《容齋三筆》

全宋詩話目録卷七十

鄭望之　字顧道，彭城人，官吏部侍郎，僑居上饒。

程敦厚　字子山，眉山人。紹興間，官中書舍人，附秦檜，坐謫。

曾惇　字宏父，紆子。紹興中，守台州、黄州。有《詩集》。

葉黯　字晦叔，嘗除敕令所删定官。紹興中，爲福建帥屬。

向滈　字巨源，開封人。有《葵齋雜稿》。

郭浩　字充道，順德軍中安堡人，充渭州兵馬都監。紹興中，歷金房開達州經略安撫使、樞密院都統制。卒謚恭毅。

司馬伋　字季思，官處州通判、敷文閣待制，守蘇州。

陳克　字子高，臨海人。紹興中，爲敕令所删定官，僑居金陵，自號赤城居士。有《天台集》。

劉子翬　字彦沖，號病翁，崇安人，韐季子。蔭補承務郎，通判興化軍，以宿疾辭歸。

與胡憲、劉勉之講學，稱屏山先生。有集。

姚宏　字令聲，剡人。宣和中，在上庠。南渡後，任監杭州税調，知衢州江山縣，秦檜以宿怨追赴大理而死。

莫濟　字子齊，吴興人，紹興十五年進士。甲戌中宏詞科，官秘書監。

湯思退　字進之，青田人，紹興十五年中宏詞科。歷官特進觀文殿大學士、左僕射，封岐國公。隆興初，責居永州。

黄徹　字常明，莆田人，紹興十五年進士。官辰州。有《碧溪詩話》。

周麟之　字茂振，海陵人，紹興十五年進士。中宏詞科，歷官知制誥、翰林學士、知樞密院事。有《海陵集》。

董德元　字體仁，永豐人，特奏名補文學，任寧遠簿。紹興戊辰，試禮部第一，秦檜援引至參知政事。檜死，以言章罷。

尤袤　字延之，無錫人，紹興十八年進士。歷官樞密院正兼左諭德、權禮部侍郎、直學士院、禮部尚書，卒謚文簡。自號遂初，光宗書扁賜之。有《遂初小稾》、《梁溪集》。

葉衡　字夢錫，婺州金華人，紹興十八年進士。歷官右丞相兼樞密使，責授安德軍節度使，郴州安置，復官與祠。

朱熹　字元晦，一字仲晦，徽州婺源人，父松，移居建陽之考亭，紹興十八年進士。歷官寶文閣待制，僞學禁起，落職奉祠。卒贈官，謚曰文，理宗贈太師，追封徽國公，從祀孔廟。曾築室建陽蘆峰之雲谷，曰晦庵，亦號雲谷老人，更建竹林精舍。又號滄洲病叟，最后號遯翁。有文集。

莫汲　字子及，吴興人，紹興十八年進士。爲學官，以言獲罪，南遷石龍。

芮曄　字國器，一字仲蒙，烏程人，紹興十八年進士。歷官御史司業祭酒。

歐陽鈇　字伯威，號寓庵，盧陵人。工詩。有《脞辭集》。

李德遠

吴説　字傅朋，錢唐人。官至郎中。

全宋詩話卷七十

鄭望之

鄭顧道侍郎居上饒，享高壽，嘗見其《除夕》小詩親筆，云：『可是今年老也無，兒孫次第飲屠蘇。一門骨肉知多少？日出高時到老夫。』《清波雜志》

舅氏曾宏父，生長綺紈，而風流醞藉，聞于搢紳，長于歌詩，膾炙人口。紹興中，守黄州，有雙鬟小顰者，頗慧黠，宏父令誦東坡先生《赤壁》前後二賦，客至代謳，人多稱之。後歸上饒，時鄭顧道、吕居仁、晁恭道俱爲寓客，日夕往來，顧道教其小獲，亦爲此技。宏父顧鄭笑曰：『此真所謂效顰也！』《揮麈後録》

程敦厚

程子山《題陳閎中書明皇太真聯轡圖》詩云：『並轡春風禁籞游，外間底事上心頭。

騎驢後日嘉陵道，料得君王始欲愁。』《緯略》

程子山爲中舍時，秦檜善之。一日，呼入内閣，坐候終日，獨案上有紫綾褾一册，書《聖人以日星爲紀賦》，末有『類貢進士學生秦塤呈』，文采豔麗，子山兀坐静觀，幾成誦。及晚，竟不出，乃退，子山叵測也。又數日，差知貢舉，乃大悟，以此命題，乃孫果首選。《朝野遺記》

齊高帝使江夏王學鳳尾，一學便工，帝以玉麒麟賜之。蓋諸侯箋奏，皆批曰『諾』，『諾』字有尾若鳳焉，蓋花書也。有持二畫求售，乃《楊妃並馬圖》，上題『陳宏』二字，筆力甚清壯。又有兩墨迹如飛燕狀，全類鳳尾者，殊不可解。徐考之，乃江南李王花書。陳宏者，會稽人，天寶間妙于畫，嘗寫《明皇御容》與《太真》二圖，筆墨之妙，不可贊歎。韓子蒼詩：『翠華欲幸長生殿，立馬門前待貴妃。尚覓君王一迴顧，金鞍欲上故遲遲。』即此二圖也。蔡天啟《集》中亦有此詩。程子山題陳宏畫明皇太真聯鑣圖、太真上馬圖詩：『並轡春風禁籞游，外間底事上心頭。騎驢後日嘉陵道，料得君王始欲愁。』『阿環百巧專恩寵，自是三郎騃不知。上馬未應渾乏力，要迴一顧特遲遲。』予所得二圖，即此本也。《緯略》

曾　惇

紹興壬戌，朝廷既罷三大將，息兵議和。曾郎中惇時守黄州，獻《書事》十絶句于秦益公。秦繳進于上，上喜與陞擢，差遣任滿除台州。詩云：『黄泥坂下雪猶深，赤壁磯頭江欲平。驛吏西來聞好語，蕃人已出蔡州城。』『和戎詔下破群疑，無復旄頭彗紫微。屈己銷兵宜有報，先看長樂版輿歸。』『吾君見事若通神，兵柄收還號令新。裴度只今真聖相，勒碑十丈可無人。』『淮上州州盡滅烽，今年方喜得和戎。問誰整頓乾坤了？學語兒童道相公。』『連營貔虎氣如雲，聽詔人人願立勳。沔、鄂、蘄、黄一千里，更無人説岳家軍。』『田父今年作社頻，邊頭聞見一番新。官軍不斫人家樹，各自持錢去買薪。』『江頭柳木已參天，柳色花光日日妍。驚怪田家頻得醉，今年斗米不論錢。』『村村準擬十分禾，老稚扶携笑且歌。租税况今黄紙放，陽城元自拙催科。』『淮畔風塵自此清，斯人還喜見昇平。田家盡説今年好，要雨雨來晴便晴。』『百丈岢峨賈客船，張帆打鼓下長川。路人指點幾垂淚，江道無來十六年。』其三章稱『裴度只今真聖相』者，李義山《韓碑》詩云：『帝得聖相相曰度』，蓋取《晏子春秋》云：『仲尼，魯之聖相也。』其五章云『岳家軍』者，蓋時江左三大將皆以『家』稱之。《能改齋漫録》

葉黯

亡友葉黯晦叔，嘗除勑令所删定官，紹興十九年，爲福建帥屬。予嘗因春補諸生，白于府主，邀與同考校，鎖宿貢院兩旬。予作長句云：『沉沉廣廈清如水，市聲人聲不到耳。一閒十日豈天賜，慚愧紛紛白袍子。相逢更得金玉人，久矣眼中無此士。連床夜語不成寐，往往雞聲忽驚起。是中差樂真難名，昔者相過安得此。但憐時節不相謀，正墮清明寒食裏。梨花已空海棠謝，外間物色知餘幾？只恐雨風摧折之，負此一春吾過矣。謝公尋山飽閒暇，應笑腐儒黏故紙。錦囊得句應已多，萬一相思頻寄似。』時謝景思爲參議官，故卒章箇之。晦叔和篇云：『文章萬言抵杯水，世上虛名徒爾耳。我常自笑一生癡，那更將癡笑群子。大屋沉沉餘百年，到今所閱知幾士？看渠得失自偶然，其間悲喜從何起？君聞我言亦大笑，爲說萬事總如此。缺兩句急須了卻公家事，門外不知春有幾。缺三句飛雨時聞打窗紙。他年萬一復相從，未必從容今日似。』其語意超新，惜不能盡憶。又嘗云：『五、七、六言大抵多引韻起，若以側句入尤峻健，如老杜「幽棲地僻經過少，老病人扶再拜難」是也。然此猶是作對，若以散句起又佳，如「苦憶荆州醉司馬，謫官樽俎定常開」是也。』故予自福倅滿歸，晦叔以二詩送別，正用此體。一章云：『一門伯仲知誰似？四海文章正數君。何事與予如舊識？由來于世兩相聞。閒官各喜光陰賸，勝地空多物色分。忽復翩然從此去，便應變化上青雲。』二章云：『此地相從驚歲晚，登臨況是客歸時。卻將襟抱向誰可，正爾艱難惟子知。情到中年工作惡，別于生世易爲悲。梅花盡醉清江上，黯淡西風凍雨垂。』可謂奇作。然相别不兩年，即下世。每誦味其語，輒爲悽然，因刻所作《容齋記》，嘗識于末。《容齋三筆》

郭　浩

《建炎筆録》云：浩按邊至隴，見紅、白鸚鵡，鳴于樹間，問上皇安否。浩詰其因，蓋隴州歲貢鸚鵡，徽宗置在安妃閣，教以詩文，及宣和末，使人發還本土，二鳥猶感恩不忘。浩因賦詩曰：『隴口山深草木荒，行人到此斷肝腸。耳中不忍聽鸚鵡，猶在枝頭説上皇。』《蓉塘詩話》

向　滈

亡友向巨原，自少時能作詩，予初識之于梁宏夫坐上，未深知之也。是日，偕二友從吴傅朋游芝山，登五老亭，以『駕言出游』分韻賦詩。巨原得『駕』字，其語云：『兹山何巍巍？氣欲等嵩華。從公二三子，勝日飽閒暇。躋攀謝車輿，自辦兩不借。捫蘿覓幽蹬，行椒得孤樹。側送夕陽移，俯視高鳥下。登臨記曩昔，歲月驚代謝。卻數一周星，復命千里駕。身從泛梗流，事與浮雲化。揭來共一尊，似爲天所赦。明發還問途，合離足悲吒。』詩成，觀者皆服。傅朋《游絲》詩卷數百篇，巨原獨不深歎美之，頗記其數句曰：『先生著名節，百世追延陵。我評先生賢，不以能書稱。功成磨蒼崖，盛德頌日昇。勿書陵雲榜，華顛踏高層。』句格超峻，其旨皆有規諷，與前所紀劉彦沖《古風》相類也。後裒其平生所作數千篇，目爲《葵齋雜稿》，倩予爲序。時予在章貢，及序成持寄之，則已卧病，僅能于枕上一讀而已。巨原初見韓子蒼，得一詩曰：『老子真祠地，君來覓紙題。文如士衡俊，年與正平齊。聞説鍾陵郡，官居章水西。涪翁詩律在，佳處可時携。』而韓《集》佚不收，但見《序》中耳。《容齋三筆》

司馬伋

紹興末，謝景思守括蒼，司馬季思佐之，皆名『伋』。劉季高以書與景思曰：『公作守，司馬九作倅，想郡事皆如律令也。』聞者絶倒。《老學庵筆記》

陳克

苕溪漁隱曰：陳子高九日瑞香盛開，有詩云：『宣和殿裏春風早，紅錦熏籠二月時。流落人間真善事，九秋霜露卻相宜。』俚俗因此詩遂號瑞香爲『錦熏籠』。予嘗嫌其名不雅，未能易之也，兼此詩亦淺近。子高别有古詩一篇，意含諷刺，語加微婉，得騷人之格。其詩云：『佳人在空谷，雙星思銀河。契闊不自命，盛時豈蹉跎。娟娟匡廬秀，如此粲者何。幽窗下團欒，微風自婆娑。寂寥千載初，戢戢蓬艾多。何階託方便，千金聘綺羅？赤欄青篾舫，丁寧護根窠。泥沙亦天幸，扳聯入宣和。誰令蘭蕙徒，憔悴守巖阿？』《苕溪漁隱叢話》

陳克子高作《贈别》詩云：『淚眼生憎好天色，離腸偏觸病心情。』雖韓偓、温庭筠，未嘗措意至此。《彦周詩話》

毛友達可内翰守鎮江時，賀方回以過客留寓。一日，陳克繼至，同會于郡樓，即席賦詩，所謂『徘徊臨北顧，慷慨俯東流』是也。毛稱賞曰：『雖杜子美不是過矣。』翌日，賀求去，毛留之，且訝去亟，賀曰：『一郡豈容有兩個杜子美！』二公相與大笑。《能改齋漫録》

陳子高句云：『鳥聲妨客夢，花片攪春心。』《西溪叢話》

陳子高詩云：『江頭柳樹一百尺，二月三月花滿天。裊雨拖風莫無賴，爲我繫着使君船。』乃轉俗爲雅，似《竹枝詞》。《藏海詩話》

紹興七年，命吕祉節制淮西軍馬，辟陳克子高爲參謀。子高欣然應其辟，葉夢得曰：『吕安老非馭將之才，子高詩人，非國士也。』勸止之，不從。夢得贈以詩曰：『解談孫破虜，那厭羽征西。』克留其家，以單騎從軍，後酈瓊之變，終于不免。《三朝北盟會編》

古今賦詠閨情者，不過恩怨相爾汝。賀方回詞云：『插金陌上郎，化石山頭婦。無物繫君心，三歲扶床女。』陳子高絶句云：『壁間衛玠眉目是，膝下枚皋言語真。縱使無情似郎主，那能對此不沾巾！』乃從幼稚上發意尤新。前世惟蔡琰《胡笳》諸篇爲然。子高别有句云：『莫向邊鴻問消息，斷腸書信不如無。』甚有思致。《後村詩話》

陳克子高《題三品石》云：『臨春結綺今何在？屹立亭亭終不改。可憐江令負君恩，白頭仍作北朝臣。』《題望夫石》云：『望夫處，江悠悠，化爲石，不回頭。山頭日日風和雨，行人歸來石應語。』二詩皆超出常格，而意警拔，不與諸作同。《歸田詩話》

陳子高云：『我亦快飲月氏頭。』《史記》：『匈奴破月氏，以其頭爲飲器。』《春秋後語》：『智伯圍趙襄子。智伯大敗，漆其頭爲飲器。』《漢·張騫傳》晉灼注爲虎子。《周官》：『玉府掌褻器。』鄭司農注：『虎子也。』魏蘇則爲侍中，親省起居執虎子，吉茂嘲之

曰：『仕宦不已執虎子。』《猗覺寮雜記》

劉子翬

吴傅朋《游絲書歌》云：『圓清無暇二三月，時見游絲轉空闊。誰人寫此一段奇，著紙春風吹不脱？紛紜糾結疑非書，安得龍蛇如許臞。神蹤政喜縈不斷，老眼只愁看若無。定知苗裔出飛白，古人妙處君潜得。勿輕漠漠一縷浮，力遒可挂千鈞石。眷予弟兄情不忘，軸之遠寄悠然堂。謝公遺髯凛若活，衛后落鬟摇人光。翻思長安夜飛蓋，醉哦聲落南山外。亂離契闊四十秋，筆意與人俱老大。政成著脚明河津，外家風流今絶倫。文章固自有機杼，戲事豈足勞心神。』吴傅朋《游絲書》，賦詩者以百數，劉彦冲《古風》一篇，尤爲馳騁痛快，且卒章含譏諷，正中傅朋之癖。《容齋三筆》

劉彦冲《汴京紀事》云：『空嗟覆鼎誤前朝，骨朽人間罵未消。夜月池臺王傅宅，春風楊柳相公橋。篤耨清香步障遮，並桃冠子玉簪斜。一時風物堪魂斷，機女猶挑韻字紗。萬炬銀花錦繡圍，景龍門外輭紅飛。凄涼但有雲頭月，曾照當時步輦歸。橋上游人度鏡光，五花殿裏奏笙簧。日曛未放龍舟泊，中使傳宣趣鄆王。盤石曾聞受國封，承恩不與倖臣同。時危運作高城礮，猶解捐軀立戰功。梁園歌舞足風流，美酒如刀解斷愁。憶得少年多樂事，夜深燈火上樊樓。倉黃禁陌夜飛戈，南去人稀北去多。自古胡沙埋皓齒，不堪重唱蓬上聲蓬歌。輦轂繁華事可傷，師師垂老過湖湘。縷衣檀板無顏色，一曲當年動帝王。』不減唐人。《瀛奎律髓》

劉屏山《題李忠愍集》云：『二帝蒙塵言幸虜，六臣奉璽更朝梁。』敘當時事，忠憤悲壯。尹少稷聞僞齊入寇云：『酬功不惜賞千尺，送死惟堪縛一驢。』足與前句相上下。《後村詩話》

汴都角妓郜六、李師師，多見前輩雜記。郜即蔡奴也，元豐中，命待詔崔白圖其貌入禁中。師師著名宣和，入至掖庭。頃見鄭左司子敬云：『汪端明家有《李師師傳》，欲借鈔不果。』劉屏山詩云：『輦轂繁華事可傷，師師垂老過湖湘。縷衣檀板無顏色，一曲當年動帝王。』亦前人感慨杜秋娘梨園子弟之類。《後村詩話》

屏山《子魚》詩云：『虐戲等刳孕，淫刑真戮孥。』茶山《食蜂兒》云：『奪食已非義，焚巢真不仁。殺身緣底罪，作俑定何人？』二詩可戒暴殄天物者。《後村詩話》

詠明妃者多矣，劉屏山云：『羞貌丹青鬬麗顏，爲君一笑静天山。西京自有麒麟閣，畫向功臣衛、霍間。』語意不與前人相犯。《後村詩話》

《題李廷珪墨》云：『長春殿古生荆薔，猶有前朝遺物在。錦囊珍重出玄珪，雙虬刻作蜿蜒態。枯皮剥裂弄幾刓，斷玦精堅磨不殺。吾聞李氏據江左，文采風流高一代。當時好玩不獨此，器用往往窮奢汰。徽工選技填御府，不惜千金爲賞賚。治兵唐推英衛精，治民漢許龔黄最。惜哉取士不知術，妙手獨得庭珪輩。真主驅馳八極中，荒王逸樂孤城内。汗青得失更誰論？尤物競爲人寶愛。嗟乎視此真糞土，事有至微猶足戒。投文欲往弔江流，幽魂未泯應慚悔。』此詩極詣，然李氏有潘佑、林仁肇而不能用，亦未嘗無士。《後村詩話》

屏山《輓李伯紀丞相》云：『引裾堯浸縮，斷鞅虜氛消。』指論水災、守汴京二事，語簡而盡。六言云：『鼎食鼎烹謀拙，山南山北興長。片夢彭殤壽夭，一枰楚漢興亡。』有不可勝言之妙。《後村詩話》

《明妃曲》見於篇詠者多矣，劉屏山云：『羞貌丹青鬬麗顔，爲君一笑定天山。西京自有麒麟閣，畫向功臣衛、霍間。』語意不蹈襲。許梅屋云：『漢宫眉嫵息邊塵，功壓貔貅十萬人。好把深閨舊脂粉，黶粧顔色上麒麟。』王金陵則不然，有云：『漢恩自薄胡自深，人生樂在相知心。』即此見其心術也。柯東海又可發笑，云：『龍首山頭桑苧翁』，謂漢元帝不識美色，乃一桑苧翁耳。《負暄雜録》

莫濟

莫子齊《次韻梁尉秦碑詩序》云：『秦會稽刻石，唐人如張守節、司馬貞，皆嘗援以證《史記》。紹興初，舅氏姚令威删定登山弔古，見碑石猶存，後二十餘年，分教是邦，以語簽判王龜齡，勉邑尉梁君求之，則石已缺，字不可見矣，以詩記其事。龜齡既賡之，以濟首發其端，書以示濟。按會稽《秦頌德碑》凡二百九十六字，視秦世泰山、之罘諸刻，獨此碑字爲最多。唐李嗣真云：「斯小篆之精，古今妙絶，秦望諸山，及皇帝玉璽，猶千鈞强弩，萬石洪鐘，豈徒後學之宗匠，亦是傳國之遺寶。」周越《法書苑》獨載封禪碑數十字而已，至歐陽公、趙德父，集録天下金石遺文殆盡，亦不復有秦望山碑。姚令威紀鵝鼻山頂石屋所插一碑，今石屋故在，碑蓋無有。梁次張所模片紙，指爲秦碑，乃在何山，其去鵝鼻尤爲隔絶。盡記本末，以俟後之君子。』詩云：『六王失國四海歸，秦皇東刻南巡碑。法因史籀有增減，名與蒼頡争飛馳。自言功德可歌頌，黔首個個愚無知。海神何故獨拒命，風濤塞路蟠蛟螭。群臣諂佞仙藥遠，死生治亂分兩歧。山靈不可守碑記，片段應作龜床支。陵谷雖存世代異，耳目雙被誑者欺。只餘紙本落人世，千古遺臭東南崖。我聞秦望最高峻，城域所見非昔時。何山距縣四十里，符合傳記壯且奇。衆峰乃是子孫行，古木幾换蛟龍枝。指東作西未足怪，父老流傳從小兒。政如塗山玉帛會，漫不可考歲久之。梁君吏隱年甚少，鬱鬱寸角初解麋。裹糧挈榼訪古迹，氣味蕭散如分司。忽聞片石在絶頂，小篆無乃斯翁爲。手披荆棘訶虎兕，拄杖直叩山頭皮。糢糊豈復有字畫，此物及見秦亂離。當時威勢振天下，不言慘毒民嗟咨。乘輿所至爲刀鋸，方嶽何暇安禮儀。關中屢棄百二險，歷數浪指億萬期。君臣乃爾自賢聖，鯁論不復相瑕疵。陳迹安知百世後，樵夫牧子笑脱頤。興亡俄頃三嘆息，撫掌重閲太史辭。假使玉筯餘筆畫，文過其實世所嗤。早知金石不可恃，相君應悔燔書詩。』《雲門志略》

姚宏

夢筆驛乃江淹舊居，姚宏令聲一絶，可警後學者。詩云：『一宵短夢驚流俗，千載高名挂里閭。遂使晚生矜此意，癡眠不讀半行書。』《庚溪詩話》

湯思退

宋高宗一日坐寢殿，湯丞相思退侍立。上曰：『卿家處州，有何異迹？』思退曰：『臣鄉有石僧題詠云：「雲作袈裟石作身，巖前獨立幾經春。有人若問西來意，默默無言總是

真。」』遂大稱旨。本無此詩，徹夜遣人歸，刻石石僧之旁。《湖海新聞》

湯岐公《顯仁皇后挽詩》云：『虞妃從梧野，啟母祔稽山。』無一字閒。蓋顯仁初以賢妃從徽宗北狩，其後祔徽宗葬會稽之永祐陵。『虞妃』，爲徽宗也。『啟母』，爲高宗也。用事可謂的切。高宗山陵，予進挽詩，取法焉。其云『生年同藝祖』，謂創業中興之主，皆丁亥生也。『慶壽似慈寧』，謂母子皆嘗慶八十也。然不若岐公之工。《二老堂詩話》

黄　徹

杜牧、張祐，皆有《春申君》絶句。杜云：『烈士思酧國士恩，春申誰與快寃魂？三千賓客總珠履，欲使何人殺李園？』張云：『薄俗何心議感恩，諂容卑迹賴君門。春申還道三千客，寂寞何人殺李園！』二詩語意太相犯。於乎！朱英之言義矣，而春申不能必用；李園之計巧矣，而春申不能預防；春申之客衆矣，而無一人爲春申殺李園者。所以起二子之論。予亦嘗有二絶云：『朱英意在强黄歇，黄歇如何弱李園？一旦棘門奇禍作，自貽伊戚向誰論？』又：『先秦豈謂嬴爲吕，東晉那知馬作牛。不悟春申亦如許，敢憑宫掖肆邪謀。』《黄常明詩話》

予嘗赴京師，往辭伯父，坐中舉《兄弟送行》詩云：『問人求隱店，下馬過危橋』，及觀

《坡集·送姪安節詩序》，其伯曾有《送蘇老下第歸蜀》云：『人稀野店休安枕，路入靈關穩跨驢』，急難之誠，意皆相若，但字有多寡耳。予官辰沅逾年，族弟來相視，將行，率爾送之云：『就舍勿令人避席，渡江莫與馬同船。』雖鄙近不工，亦可用于畏途也。《黄常明詩話》

某見同儕因行飲令，人索一魚名，有浙人大唱云：『周公魚。』予謂坐客曰：『且喜「召伯鮓」有對矣！』滿堂『葫蘆』不止，因戲爲足成其語云：『京語鮓先誇召伯，浙因魚或號周公。』《黄常明詩話》

澧陽道旁有甘泉寺，因萊公丁謂曾留《行記》，從而題詠者甚衆，碑牌滿屋。孫諷有『平仲酌泉曾頓轡，謂之禮佛遂南行。高臺下瞰炎荒路，轉使高僧薄寵榮。』人獨傳道，予獨恨其語無别，自古以直道見黜者多矣，豈皆貪寵榮者哉！又有人云：『此泉不洗千年恨，留與行人戒覆車』，害理尤甚。萊公之事，亦例爲覆車乎？因過之，偶爲數韻，其間有云：『已憑静止鑒忠精，更遣清泠洗讒喙。』蓋指二公也。《砉溪詩話》

《賓客集》：『添爐擣雞舌，灑水净龍鬚。』駱賓王：『桃花嘶别路，竹葉瀉離尊。』此體甚衆，惟柳子厚《從崔中丞過盧少府郊居》一聯最工，云：『蒔藥閒庭延國老，開尊虚室值賢人。』只似稱坐客而有兩意，蓋甘草爲國老，濁酒爲賢人故也。夢得又有：『藥鑪燒姹女，酒甕貯賢人』，近于湯燖右軍矣。余嘗爲《郊行》詩云：『江干食息呼扶老，木末攀緣訝宛童。』乃《古今注》：『禿鶖一名扶老』、《爾雅》：『女蘿謂之宛童』也。又題一士人所居云：『但遣一枝居巧婦，不殊大廈賀嘉賓。』蓋用《爾雅注》：『鷦鷯俗呼巧婦』、《炙轂子》：『雀一名嘉賓，言集人屋如嘉賓』也。樂天曾用『巧婦』對『慈姑』。《碧溪詩話》

《北夢瑣言》載江陵在唐世號『衣冠藪澤』，琵琶多如飯甑，措大多如鯽魚。退之《酬崔少府伊陽》詩云：『下言人吏稀，惟足彪與虦。』予官辰溪時，士人皆可喜而不多得，近城人、虎雜居，戲爲對云：『圓冠思得多于鯽，刻木惟宜少似彪。』《碧溪詩話》

周麟之

周茂振《金瀾酒》詩云：『金瀾酒，皓月委波光入牖。冰臺避暑壓瓊艘，火炕敵寒揮玉斗。追歡長是秉燭游，日高未放傳杯手。生平飲血狐兔場，釀糜爲酒氈爲裳。猶存故事設茶食，金剛大鐲胡麻香。五辛盈柈雁粉黑，豈解玉食羅雲漿。南使來時北風冽，冰山峨峨千里雪。休嗟北酒不醉人，别有班觴下層闕。或言此酒名金瀾，金數欲盡天意闌。醉魂未醒醆未覆，會看骨肉争相殘。一雙寶榼雲龍翥，明日朝辭倒壺去。只留餘瀝酹昭臺，帝鄉自有薔薇露。』予憩燕京會同館，有梁天使者，先朝内侍官也，入館傳旨，賜金瀾酒二瓶，銀魚、牛魚二盤。瓶、盤皆金銀爲之，升龍交錯，形製甚精古，且並令留之。《古樂府》曰：

『月穆穆以金波』，『金瀾』之名，其取諸此乎？然金瀾，金運其將闌也。銀魚長尺餘，比南方者尤大；牛魚出混同江，其大如牛，或云可與牛同價，故名。又燕中暑月于冰窨造御酒，甚清洌，使至嘗被賜。女真人多釀糜爲酒，醉則殺人。盛饌以雁粉爲貴，以木柈貯之，其瀋黑色，以生葱、蒜、韭之屬置于上，臭不可近。又俗重茶食，阿姑打開國之初，尤尚此品，若中州餅餌之類，多至數十種，用大盤累飣高數尺，所至供客，賜宴亦用焉。一種名金剛鐲，最大。《海陵集》

周樞密麟之充金哀謝使，金主愛之，享以所釣牛魚，非舊例也。樞密糟其首，歸獻于朝，同館王龜齡目爲『魚頭公』。聞金人甚貴此魚，一尾之直與牛同。《二老堂雜志》

董德元

董體仁德元登第後，報家人詩云：『御筆封題墨未乾，君恩重許拜金鑾。故鄉若問登科事，便是當初老榜官。』廬陵之俗，謂特奏名爲『老榜』。初，體仁既預漕舉，謁一達官，干東上之資。達官語坐客有『老榜』之語，體仁頗不能平，故其詩及之。《獨醒雜志》

廬陵董體仁參政德元，累舉不第，用特恩得州助教，貧甚，無以自養，乃從富人家書館。紹興丁卯秋試，諸生有赴漕臺請舉者，欲使偕入貢場，董時年已高，無復有功名奮飛志，不肯往，强挽以東。道過臨江，郡守彭子從合鄉人也，視其刺字，曰：『老榜官耳，何足道！』略不加恤。是歲預薦選，次年南省奏名廷試居第一，以有官之故，詔陞王宣子居上，而董次之，恩例與大魁等，得左丞事，即僉書鎮南軍判官。歸次臨江，彭守遣介持公狀迎候，董批絶句于紙尾曰：『黄牒初開墨未乾，君恩重許拜金鑾。故鄉知己來相迓，便是從前老榜官。』彭聞之慚悔。自是六七年，董驟進用，爲侍御史，彭不敢出求官。已而董執政，適揆路虚席，遂行相事，起彭爲廣東使者。人善其能捐怨云。《夷堅志》

尤袤

紹興三十一年，金主亮傾國入寇，嘗以淮南置山水寨擾民。泰興縣令尤袤竊哀之，作《淮民謡》云：『東府買舟船，西府買器械。問儂欲何爲？團結山水寨。寨長過我廬，意氣甚雄粗。青衫兩承局，暮夜連句呼。句呼且未已，椎剥到雞豕。供應稍不如，向前受笞箠。驅東復驅西，棄卻鉏與犁。無錢買刀劍，典盡渾家衣。去年江南荒，趁熟過江北。江北不可往，江南歸未得。父母生我時，教我學耕桑。不識官府嚴，安能事戎行？執槍不解刺，執弓不能射。團結我何爲？徒勞定無益。流離重流離，忍凍復忍飢。誰謂天地寬？一身無所依。淮南喪亂後，安集亦未久。死者積如麻，生者能幾口？荒村日西斜，破屋兩

三家。撫摩力不給，將奈此擾何！』《三朝北盟會編》

尤延之《無題》句云：『去年江南荒，趁逐過江北。江北不可往，江南歸未得。』《寄友人》云：『胸中襞積千般事，到得相逢一語無。』《台州秩滿歸》云：『送客漸稀人漸遠，歸途應減兩三程。』《後村詩話》

宋中興來，言詩必曰尤、楊、范、陸，誠齋時出奇峭，放翁善爲悲壯，公與石湖，冠冕佩玉，度《騷》婉《雅》。《梁溪集·方萬里跋》

葉衡

葉夢得《鹿田寺集杜詩》云：『水花分塹弱，山木抱雲稠。更宿招提境，還同惠遠游。』

謝翱《金華游録》

朱熹

朱氏《感興》詩第七章，以『唐經亂周史』咎歐陽子，卒章曰：『侃侃范太史，受説伊川翁。《春秋》二三策，萬古開群蒙。』此一大議論，《通鑒綱目》所爲作也，學者相承皆謂其説本於程氏，而范氏、朱氏發之，其實未然。按《唐書·沈既濟傳》云：『既濟，吴人，以宰相楊炎薦，爲太史修撰。初，吴兢撰《國史》，爲《則天本紀》，次《高宗》下。既濟奏議，以爲則天進以强有，退非德讓，史臣追書，當稱爲「太后」，不宜曰「上」。中宗雖降居藩邸，本吾君也，宜稱「皇帝」，不宜曰「廬陵王」。睿宗在景龍間，假臨大寶，于誼無名，宜曰「相王」，未可曰「帝」，且則天改「唐」爲「周」，立七廟，今以周側唐，列于《帝紀》，考之《禮經》，是謂亂名。中宗嗣位在太后前，而序年製紀，反居其下，方之躋僖公，是謂不智。昔漢高后獨有王諸吕爲負漢約，無遷鼎革命事，時孝惠已殁，子非劉氏不繼，吕后尚誰與哉？議者猶謂不可。魯昭公之出，《春秋》歲書其居曰「公在乾侯」。君在，雖失位不敢廢也。請省《天后紀》合《中宗紀》，每歲首必書中宗所在以統之，曰「帝在房陵，太后行其事」，改某制紀稱中宗，而事述太后，名不失正，禮不違常矣。』又云：『太后遺制：自去帝號。及中宗上册，后之名不易。今祔陵配廟，皆以后禮，宜入《皇后傳》，題曰「則天順聖武皇后」，議不行而止。』蓋吴兢承遷、固《吕紀》之誤，歐公承兢《武紀》之悮，中間有一沈既濟，健論卓識，照映千古。蓋乞削去《武紀》者，既濟也。引『公在乾侯』例，書『帝在房陵』者，亦既濟也。其間此議，在伊洛諸賢之先，諸老先生非掩人之善者，偶未之見耳。己未二月十九夜，偶讀沈《傳》，時年七十二。《後村詩話》。宗祥案《大全集》此詩全章云：『晉陽啟唐祚，王明紹巢封。乘統已如此，繼體宜昏風。麀聚瀆天倫，牝晨司禍凶。乾綱一以墜，天樞遂崇崇。淫毒穢宸極，虐焰播蒼穹。向非狄張徒，誰辨取日功？

云何歐陽子，秉筆迷至公。唐經亂周紀，凡例孰能容！侃侃范太史，愛説伊川翁。《春秋》二三策，萬古開群蒙。』

晦庵《寄劉珙、胡憲》一絶云：『先生去上芸香閣胡，閣老新峨獬豸冠劉除御史。留取幽人卧空谷，一川風雨要人看。』《翠屏笔談》

晦庵、象山二先生，不惟以書往復辨論無極，鵝湖倡和，尤見旨趣。象山詩云：『墟墓生哀宗廟欽，斯人千古最靈心。涓流積至滄溟水，拳石崇成太華岑。簡易工夫終久大，支離事業竟浮沉。欲知自下陞高處，真僞先須辨古今。』晦庵次韻云：『德義風流夙所欽，别離三載更關心。偶扶藜杖過寒谷，又枉籃輿度遠岑。舊學商量加邃密，新知培養轉深沉。只愁説到無言處，不信人間有古今。』《庶齋老學叢談》

晦庵十九歲時作《遠游》篇，云：『舉坐且停杯，聽我歌遠游。遠游何所至？咫尺視九州。九州何茫茫？環海以爲疆。上有孤鳳翔，下有神駒驤。孰能不憚遠？爲我游其方。爲子承尊酒，擊鋏歌慨慷。送子臨大路，寒日爲無光。悲風來遠壑，執手空徊徨。問子何所之？行矣戒關梁。世路百險艱，出門始憂傷。東征憂暘谷，西游畏羊腸。南轅犯癘毒，北駕風裂裳。願子馳堅車，躪險摧其剛。峨峨既不支，瑣瑣誰能當？朝登南極道，暮宿臨太行。睥睨即萬里，超忽凌八荒。無爲蹩躠者，終日守空堂。』《濂洛風雅》

沈菊山，袁州宜春人，由進士知錢唐，嘗植菊數百本以自樂，晚節益堅。適以九月九日殁，朱文公挽之云：『愛菊平生不愛錢，此君原是菊花仙。正當地下修文日，恰值人間落帽天。生與唐詩同一脉，死隨陶令葬千年。如今忍向西郊哭，東野無兒更可憐。』《杭州府志》

月波臺，在開化縣金錢山北，宋山長江天然建。朱子過訪，作詩遺之云：『潺湲流水注回塘，中作平臺受晚涼。四面不通車馬迹，一尊聊飲芰荷香。韓公無復吟花島，楚客何妨賦葯房。少待須臾更清徹，月華零露洗匡床。』《衢州府志》

過德興縣葉元愷家，題壁云：『葱湯麥飯兩相宜，葱暖丹田麥療飢。莫道儒家風味薄，隔鄰猶有未炊時。』《大全集補遺》

朱子《感興》詩，第一篇云：『崑崙大無外，旁礴下深廣。陰陽無停機，寒暑互來往。皇羲古神聖，妙契一俯仰。不待窺馬圖，人文已宣朗。渾然一理貫，昭晰非象罔。珍重無極翁，爲我重指掌。』北山何先生曰：『此篇三節，首尾一意。首四句言盈天地間，別無物事，一陰一陽，流行其中，實天地之功用，品彙之根柢。次六句言伏羲觀象設卦，開物成務，建立人極之功。「無極翁」只是舉濂溪之號，猶昔人目范太史爲唐鑒翁爾。此篇只是以陰陽爲主，後面諸章，亦多是説此者，而諸説推之太過。』蔡仲覺謂：『此篇言無極、太極，不知指何語爲説太極，況無極乎。太極固是陰陽之理，言陰陽則太極已在其中。若强揠作太極説，則一章語脉皆貫穿不來。此等言語滉瀁，最説理之大病。』第二篇云：『吾觀陰陽化，升降八紘中。前瞻既無始，後際那有終。至理諒斯存，萬世與今同。誰言混沌死？幻語驚盲聾。』勉齋先生曰：『兩意皆是言陰陽。前篇是説横看底，後篇是説直看底。横是上下四方，遠近大小，此理拍塞，無一處不周，無一物不到；直是上自開闢以來，下至千萬世之後，只是這物事流行不息。』而蔡氏反以勉齋之説爲不然，使二篇果爲太極作，勉齋安得無一言以及之乎？或者猶謂一理至理，豈非太極之名？且何先生固已言太極是陰陽之理，但全篇章指，非説太極耳。蔡氏乃以次篇爲説動而陽，静而陰，尤不可通。又第十四章『元亨』云云，因誠字萬化原字，諸公又以爲説太極，竊謂此言天道元亨利貞，非誠則無有，而人之五性，實以此存。世人逞其私見，穿鑿以爲知，不順乎自然，故道愈昏而不可見。若山林之士，幽寂探索，反得其原，此指先天太極圖之傳出于隱者也。蓋上篇言聖賢操存之要，無非踐行；下篇言異端詞藻之害道，故于此發明其旨，亦不必深爲之説也。《吴禮部詩話》

或語予曰：『朱文公《感興》詩，比陳子昂《感遇》詩有理致。』予曰：『譬之青裙白髮之節婦，乃與靚粧袨服之宫娥，争妍取憐，埒材角妙，不惟取笑旁觀，亦且自失所守，要之不可同日而語也。彼以《擬招》續《楚辭》，《感興》續《文選》，無見于此矣。故曰：離之則雙美，合之則兩傷。』要有契予言者。《升庵詩話》

朱子作《詩傳》，盡去《小序》，蓋矯吕東萊之弊、一時氣信之偏，非公心也，馬端臨及姚、牧、安諸家辯之悉矣。有一條可發一笑，併記于此：《小序》云：『菁莪，樂育人才也。子衿，學校廢也。』《傳》皆以爲非。及作《白鹿洞賦》，有曰：『廣青衿之疑問』，又曰：『樂菁莪之長育』，或舉以爲問，先生曰：『舊説亦不可廢。』此何異俗諺所謂『玉波去四點，依舊是王皮』乎？《升庵詩話》

後漢崔酺將試政事文學道術，而忌太史令孫懿，乃往候之，涕泗流漣，曰：『圖書有漢賊孫登，將以材智見害。觀君表相，似當應之，故愴得禍耳。』懿懼，乃不試，酺爲第一。晦庵省試，經題出『剛中而應』，連案者云：『此句凡七出，先生默數止五出。』乃據所記對義，及出院檢視，果只五出，乃悟同經者相忌。是年，先生登科。東萊與唐悦齋同試宏詞，問唐：『路鼓在寢門裏？寢門外？』曰：『在門裏。』及試出檢視，始知爲其所紿。既而悦齋中選，東萊語之曰：『只緣一個路鼓，被君掇在門裏。』吾鄉解試『孟軻勇于義賦』，一人欲以『過孟賁者遠矣』爲第四聯，而未得其對，忽友人來問：『「若荆軻則盜諸」，何以對？』其人隱而不言，竟以此聯魁取。故晦庵因此，每戒人自爲實學。《吹劍四録》

朱文公《感興》詩，其間二篇云：『飄飄學仙侶，遺世在雲山。盜啟元命秘，竊當生死關。金鼎蟠龍虎，三年養神丹。刀圭一入口，白日生羽翰。我欲往從之，脱屣諒非難。但恐逆天道，偷生詎能安？』『西方論緣業，卑卑喻群愚。流傳世代久，梯接凌空虛。顧盼指心性，名言超有無。捷徑一以開，靡然世争趨。號空不踐實，躓彼荆棘塗。誰哉繼三聖？爲我焚其書。』論二教之害，然亦有輕重。《歸田詩話》

朱子五言，不必嶄絶凌厲，而意趣風骨自見，知爲德人之音。《説詩晬語》

晦翁深于古詩，其效漢、魏，至字字句句、平側高下，亦相依倣。命意託興，則得之三百篇者爲多。觀所著《詩傳》，簡當精密，殆無遺憾，是可見已。《感興》之作，蓋以經史事理，播之吟詠，豈可以後世詩家者流例論哉！《麓堂詩話》

晁以道與陳叔易，俱隱嵩山。叔易被召出山，以道作詩云：『處士何人爲作牙？盡携猿鶴到京華。故山巖壑應惆悵，六六峰前只一家。』籍溪胡原仲除正字，朱文公寄詩云：『先生去上芸香閣，閣老新峨豸角冠。留取幽人卧空谷，一川風月要人看。』閣老，劉共父也。二詩相似，然以道後亦出山，時人反以此詩嘲之。文公卷舒以道，難進易退，高節全名，師表百世，乃知終南少室之流，與有道之士，正不可同年語也。《鶴林玉露》

朱文公有足疾，嘗有道人爲施鍼熨之術，旋覺輕安。公大喜，厚謝之，且贈以詩云：『幾載相扶藉瘦笻，一鍼還覺有奇功。出門放杖兒童笑，不是從前勃窣翁。』道人得詩徑去。未數日，足疾大作，甚于未鍼時，亟令人尋逐道人，已莫知其所往矣。公歎息曰：『某非欲罪之，但欲追索其詩，恐其持此誤他人爾！』《鶴林玉露》

胡澹庵十年貶海外，北歸之日，飲于湘潭胡氏園，題詩云：『君恩許歸此一醉，傍有梨頰生微渦。』謂侍妓黎倩也。厥後朱文公見之，題絶句云：『十年浮海一身輕，歸對梨渦卻有情。世上無如人欲險，幾人到此誤平生。』《文公全集》載此詩，但題曰《自警》云。余觀《東坡志林》載張元忠之説曰：『蘇子卿嚙雪啖氈，啗血出背，可謂了死生之際矣，然不免與胡婦生子，而況洞房綺繡之下乎？』乃知此事未易消除，文公之論澹庵，亦猶張元忠之論蘇子卿也。近時劉叔友論劉、項曰：『項王有吞嶽瀆意氣，咸陽三月火，骸骨亂如麻，哭聲慘怛天日，而眉容不斂，是必鐵作心肝者。』然當垓下訣别之際，寶區血廟，了不經意，惟眷眷一婦人，悲歌悵飲，情不自禁。高帝非天人歟，能決意于太公、吕后，而不能決意于戚夫人。杯羹可分，則笑嫚自若；羽翼已成，則欷歔不止。乃知尤物移人，雖大智大勇不能免。由是言之，『世上無如人欲險』，信哉！《鶴林玉露》

莫　汲

石龍地並海，子及素負邁往之氣，暇日具大舟，招一時賓友之豪，泛海以自快。將至北洋，海之尤大處也，舟人畏不敢進，子及大怒，脅之以劍，不得已從之。及至，四顧無際，浪湧舟掀簸如桔槔，見三魚皆長十餘丈，浮弄日光，衆皆戰慄，不能出語。子及命大白連酌，

賦詩數絶。其一云：『一飃點破碧落界，八面展盡虚無天。柁樓長嘯海波闊，今夕何夕吾其仙。』興盡乃返。《齊東野語》

芮　曄

芮國器官左從郎仁和縣尉，嘗和沈長卿《牡丹》詩曰：『寧知漢社稷，變作莽乾坤。』秦檜惡之，坐竄化州。檜死，始召還。《吴興備志》

芮國器《從沈文伯乞娑羅樹碑》詩云：『楚州淮陰娑羅樹，霜露榮悴今何如？能令草木死不朽，當時爲有北海書。荒碑雨侵澀苔蘚，尚想墨本傳東吴。』《容齋四筆》

秦少游嘗謫處州，後人摘『柳邊沙外』詞中語，爲鶯花亭，題詠甚多。芮國器曄一詩云：『人言多技亦多窮，隨意文章要底工。淮海秦郎天下士，一生懷抱百憂中。』《後村詩話》

歐陽鈇

絶句云：『戀樹殘紅溼不飛，楊花雪落水生衣。年來百念成灰冷，無語送春春自歸。』『桑麻得雨更青葱，芍藥留春結晚紅。怪得鳥聲如許好，此身還在亂山中。』『爲憐紅杏亞枝斜，看到斜陽送亂鴉。又是一春窮不死，天教留眼看鶯花。』『篷窗卧聽疏疏雨，卻是芭蕉夜半聲。煙浪蔽天天倚蓋，略容一點白鷗明。』《示二子》云：『先君以官貧，我仍遺以安。但願兩兒健，扶持一翁孱。何須待門生，悠然柴桑間。』《游愚堂》云：『聞説名園尚修竹，花壓頹垣筍穿屋。雨痕半掩壁間題，飢鼠跳梁狐晝啼。前人已爲後人笑，後人更使誰人悼？嗚呼全盛幾時奈衰何，古人興廢何其多！』又句云：『細雨雙飛鷺，寒蓑獨釣船。』『誰知花過半，纔與酒相尋。』『故人驚會面，新恨説從頭。』『天上張公子，人間陸士龍。』『夢回千里外，燈轉一窗深。』『月白玄猿哭，更殘絡緯悲。』『語離遽如許，話舊復何如？』『風色似傳花信到，夕陽微放柳梢明。』『巷南巷北人招飲，一雨一晴花耐看。』『有客過門湖海士，隔籬呼酒咄嗟間。』『夢回金馬玉堂上，文在冰甌雪椀中。』『青山如故情非故，芳草喚愁詩遺愁。』『擾擾征人相顧語，蕭蕭落木不勝秋。』『千里歸來人事改，十年猶幸此身存。』楊誠齋《跋》云：『鳥啼花落，欣然會心處，酌大白，噱伯威詩，欲馭風騎氣也。』《詩人玉屑》

廬陵歐陽伯威鈇，少與周益公同場屋，連戰不利，遂篤意于詩。誠齋嘗摘其警句抄之，如『西風五更雨，南雁數行書。』『詩成夔子國，人在仲宣樓。』『細雨雙飛鷺，寒蓑獨釣船。』『夢回千里外，燈轉一窗深。』『誰知花過半，纔與酒相尋。』『故人驚會面，新恨説從頭。』『天上張公子，雲間陸士龍。』『月白玄猿哭，更殘絡緯悲。』『語離遽如許，話舊復何時？』『巷南巷北人招飲，一雨一晴花耐看。』『有客過門湖海士，隔籬呼酒咄嗟間。』『夢回金馬玉堂上，文在冰甌雪椀中。』『青山如故情非故，芳草喚愁詩遣愁。』『擾擾征人相顧語，蕭蕭落葉不勝秋。』『風色似傳花信到，夕陽微放柳梢明。』『千里歸來人事改，十年猶幸此身存。』絶句四首：『戀樹殘紅溼不飛，楊花雪落水生衣。年來百念成灰冷，無語送春春自歸。』『桑麻得雨更青葱，芍藥留春結晚紅。怪得鳥聲如許好，此身還在亂山中。』『爲憐紅杏亞枝斜。看到斜陽送亂鴉。又是一春窮不死，天教留眼看鶯花。』『篷窗卧聽疏疏雨，卻是芭蕉夜半聲。煙浪蔽天天倚蓋，略容一點白鷗明。』公跋云：『鳥啼花落，欣然會心處，酌大白，噈伯威詩，欲御風騎氣也。』《娱書堂詩話》。宗祥案：《詩人玉屑》所載，與此略有出入，兩存之。

李德遠

老杜《縛雞行》一篇，云：『小奴縛雞向市賣，雞被縛急相喧争。家中厭雞食蟲蟻，不知雞賣還遭烹。蟲雞于人何厚薄，吾叱奴兒解其縛。雞蟲得失無了時，注目寒江倚山閣。』此詩自是一段好議論，至結句之妙，非他人所能跂及也。予友李德遠嘗賦《東西船行》，全擬其意，舉以相示云：『東船得風帆席高，千里瞬息輕鴻毛。西船見笑苦遲鈍，汗流撑折百張篙。明日風翻波浪異，西笑東船卻如此。東西相笑無已時，我但行藏任天理。』是時德遠誦至三過，頗自喜，予曰：『語意絶工，幾於得奪胎法，只恐「行藏任理」與「注目

寒江」之句，似不可同日語。』德遠以爲知言，鋭欲易之，終不能滿意也。《容齋三筆》

吴説

吴傅朋《酬次李辰甫所寄》三首，云：『近知盡室入煙霞，兒女甘貧慣食鮭。方外何人差可友，歲闌底處定爲家。江城潮盛漫秋滷，驛道風高捲霽沙。子拾墮樵歸未得，能無借地種桃花。』『桐花竹實幾時生，桑野秋枯繭未成。肯信飢寒能累道，惟餘寂寞許尋盟。年顔已愧神仙事，江海難忘故舊情。何日往來同井徑，清談清坐到天明。』『扁舟東下初乘興，明月南飛竟失群。田父語言時近道，世人嘲笑尚論文。九山斂氣横寒野，一塢朝陽聚暖雲。勝處借人教暫看，後來何必問靈氛。』《真迹詩册》

张宗祥 纂輯 曹錦炎 整理

全宋詩話

第八册

卷七十一至卷七十九

浙江大學出版社

本册目録

全宋詩話目録卷七十一

曾慥　字端伯，晉江人。官尚書郎、直寶文閣，奉祠閒居銀峰，集百家類説，凡六百二十餘種，自號至游居士。

方豐之　字德亨，莆田人，監豐國鎮。

章淵　字伯淵，淳後，用蔭入仕，不就，卜居長興若溪。有《槁簡贅筆》。

康執權　官待制，寓居永嘉。

曾季貍　字裘父，號艇齋，南豐人。師事韓駒、吕本中。張孝祥、劉珙薦，皆不起。有《艇齋雜著》。

韓元吉　字無咎，號南澗，許昌人，寓居信州。隆興間，官吏部尚書。有《南澗甲、乙稾》。

高元之　字瑞叔，武烈王瓊七世孫。南渡，家明州，人號萬竹先生。有《茶甘甲、乙稾》。

刁麟游　南徐人。

朱謙之

林季仲　字懿成，永嘉人。南渡時，太常少卿，守婺州。

王鎬　字從周，永嘉人。仕至忠州守。

葉采　字仲圭，號平巖。

陳光道　字不矜，南城人。

鄭子覃

周仲卿

王密　字德陞，新淦人。困躓場屋，入玉笥山，依道士潘與齡，獨居白雲齋十餘年。

俞似　官廣州鈐轄。

王度　字武臣，豫章新吴人。

王葉漪

李似權

俞疇

柴中守

沈長卿　字文伯，湖州人。爲常州倅，忤秦檜，貶化州。

史幹

陸永仲　字維之，一名凝之，字子才，餘杭人。隱大滌洞天之石室，因以石室稱。有《石室集》。

駱適正

劉博文　字元素，宣城人。

劉棐　字仲忱。

劉望之　自號觀堂蜀人。

强彦文　溧陽丞。

李璜　字德劭，江都人，流寓四明。有《檗庵集》。

唐哲　字端仲。

吴璋

胡仔　字元任，舜陟子，官晉陵令。居吴興，號苕溪漁隱。有《苕溪漁隱叢話》。

左鄯

賴鑄　字成之，號竹莊。

陸士規

周必大　字子充，一字洪道，廬陵人，紹興二十一年進士，中宏詞科。歷官中書舍人、右丞相、少保，封益國公，以少傅致仕，卒贈太師，謚文忠。有《平園集》、《二老堂詩話》。

蕭德藻　字東夫，閩人，紹興二十一年進士。嘗令烏程，遂家焉，所居屏山，自號千巖老人。有《千巖擇稿》。

程大昌　字泰之，休寧人，紹興二十一年進士。歷官權吏部尚書、龍圖閣直學士，卒謚文簡。有集。

秦熺　字伯陽，檜妻兄王㬇孽子，檜乞養爲後，紹興二十一年進士。歷官翰林學士、知樞密院事，進少師，致仕。

陳從古　字希顔，紹興二十一年進士。

聞人武子　紹興間人。

張戒　有《歲寒堂詩話》。

蕭國梁　字翀峰。

胡詠　胡銓子。

謝堯仁　淳熙初鄉薦。

陳益　字仲理，錢唐人，進士。淳熙間，爲使金屬官。

全宋詩話卷七十一

曾慥

曾端伯《題蘇養直詞翰軸後》詩云：『元祐文章絶代無，爲盟主者眉山蘇。舊聞宗匠爲詩匠，今見東湖説後湖原注：徐師川號東湖居士。寂寞香山老居士，浩蕩煙波古釣徒。瀾翻翰墨驚人眼，一段清冰在玉壺。』《鐵網珊瑚》

方豐子

方德亨《歷崎道中》絶句云：『漠漠春陰接海低，濛濛晚雨傍山飛。半敧古埭無人過，時有村童護鴨歸。』《後村詩話》

章　淵

章伯淵《子夜吴歌序》云：『齊梁以來，江南《樂府》詞，多采方言用之，穩帖不覺爲俗語。吴中下里之曲有云：「消梨應郎心上冷，甘蔗應郎心上甜。」又云：「羅裙十二褶，小妻也是妾。」皆有類《樂府》詞。予因爲《子夜歌》二章』，云：『消梨得能冷，甘蔗復能甜。總應郎心上，爲儂素比縑。桃根復桃葉，羅裙十二褶。阿郎歡自濃，小妻也是妾。』《稿簡贅筆》

康執權

康待制執權，奉祠寓居永嘉。籍妓中有山姓者，頗慧麗，康時命之侑尊。一日，妓之父以事繫縣中，當坐罪，倡涕泣歷求救于士大夫，康憫之，戲爲一絶云：『昔日緹縈亦如許，盡道生男不如女。河陽滿縣皆春風，忍使梨花偏帶雨。』明日，倡詣縣投狀，乞代父罪，且連此詩于狀前，邑宰一見，遂笑而釋之。《庚溪詩話》

曾季貍

曾裘甫作《秦女行》并《序》云：『靖康間，有女子爲金人所掠，自稱秦學士女，在道中題詩云：「眼前雖有還鄉路，馬上曾無放我情。」讀之者悽然。予少時常欲紀其事，因循數十年，不克爲之。壬辰歲九月，因讀蔡琰《胡笳十八拍》，慨然有感于心，乃爲之追賦其事，號《秦女行》。』云：『妾家家世居淮海，郎罷聲名傳海內。自從貶死古藤州，門户凋零三十載。可憐生長深閨裏，耳濡目染知文字。亦嘗强學謝娘詩，未敢女中稱博士。年長以來逢世亂，黄頭鮮卑來入漢。妾身亦復墮兵間，往事不堪回首看。飄然一身逐胡兒，被驅不異犬與雞。奔馳萬里向沙漠，天長地久無還期。北風蕭蕭易水寒，雪花席地經燕山。千杯虜酒安能醉，一曲琵琶不忍彈。吞聲飲恨從誰訴？偶然信口題詩句。「眼前有路可還鄉，馬上無人容我去。」詩成吟罷只茫然，豈意漢地能流傳。當時情緒亦可想，至今聞者猶悲酸。憶昔中郎有女子，亦陷虜中垂一紀。暮年不料逢阿瞞，厚幣贖之歸故里。惜哉此女不得如，終竟老死留穹廬。空教詩話傳悽惻，不減《胡笳十八拍》。』秦女一行，意甚淒楚；曾詩一篇，詞甚感愴，皆可傳也。《梅磵詩話》

韓元吉

韓無咎有《題北齊校書圖》詩，《序》云：『齊文宣天保七年，詔樊遜校定群書，供皇太子。遜與諸群秀高乾和、馬敬德、許散愁、韓同寶、傅懷德、顧道之、季道子、鮑長暄、景孫，及梁王主簿王九元、水曹參軍周子深等十一人，借邢子才、魏收諸家本，共刊定秘府紕繆。于是五經諸史，殆無遺闕，此圖之所以作也。黄太史所謂士大夫十二員，今范明州謂逸其半者，皆是矣。至唐，已隔周、隋二代，不知何自得其形容髣髴耶！高氏起索虜，以兵力奮，然敦尚儒風，立石經，興黌序，定《尚書》于涼風堂，質經義于春宫，意當時文士歆豔之，故相傳于圖畫哉。流及後裔，文林之館既興，《御覽》之書既作，無愁之聲，已播于天下，不捄其亡，故予感而賦詩。』云：『齊高校讐誰作圖？一時紬書亦名儒。緗羅卷軸三千餘，俗傳非真類迂愚。雌黄是正定不無，虚文末學徒區區。豈識治道通唐虞，文林高館希石渠。後來《御覽》嗟何書，修文偃武事益誣。轉頭鄴城已丘墟，峨冠廣袖長眉鬚。丹青寫此猶不渝，高鬟侍女曳紅裾。兩騅帕鞍立奚奴，罷琴涉筆傾酒壺。蘭臺供擬信樂歟，不知畫手安用摹？無乃逞巧聊自娱，千年視之一欷歔。君不見文皇學士十八人，謀猷事業皆功臣。瀛洲舊圖應更真，请君尋觀爲拂塵。』《硯北雜志》

高元之

四明高端叔，博學能詩，鄉里所推重。嘗有《雪》詩一聯云：『灑窗蠶食葉，入竹蟹行沙。』竟坎壈不仕。樓攻愧挽之云：『弟子皆藍綬，先生竟白袍。』《娱書堂詩話》

刁麟游

福唐黄文若言：南徐刁氏子，字麟游，十歲時賦《竹馬》詩云：『小兒騎竹作驊騮，猶是東西意未休。我已童心無一在，十年渾付水東流。』後十歲果卒。客有志其墓者，以比李長吉。蓋文章早成，古人有之，然亦天所忌也。《竹坡詩話》

朱謙之

嚴州壽昌縣道旁，有朱買臣廟，廟貌甚設。其地有朱池村，居人多朱姓。朱謙之有詩云：『貧賤難堪俗眼低，區區何事便雲泥。會稽乞得無他念，祇爲歸來詫故妻。束薪行道自歌呼，越俗安知有丈夫！一見印章驚欲倒，相看方悔太模糊。』《談藪》

林季仲

林懿成季仲嘗爲太常少卿，永嘉人，頗喜爲詩。嘗與會稽虞仲琳少崔相好，虞頗通性理之學，林以詩送其行，曰：『男兒何苦弊群書，學到根源物物無。曾子當年多一唯，顔淵終日只如愚。水流萬折心無競，月落千山影自孤。執手沙頭休話别，與君元不隔江湖。』

又嘗爲婺守，《題赤松山黄初平祠》云：『路轉溪回草木香，有人荷笠山之陽。定知我是金華守，笑道牧民如牧羊。』又云：『羽仗霓旌去不還，空餘匊水落人間。至今山下無枯旱，便是田家九轉丹。』詩語佳而意新也。《庚溪詩話》

王　鎬

王從周鎬，吉之永豐人，仕至忠州守，喜爲詩，亦有警句。《早行》云：『髪爽帶風梳，齒疏和月漱。』《觀橋寓樓》云：『避喧那厭雨，宜睡不思茶。』《將雨》云：『雲學催詩黑，風仍作誦清。』《望岳》云：『未知真是岳，祇見半爲雲。』《望仙樓》云：『只言弱水蓬萊遠，無奈仙風道骨何。』《壽趙倅》云：『仁心廣大麟難比，壽骨清奇鶴不如。』《紹師覓句》云：『凍雪寒梅雙屐蠟，澄江明月一竿絲。』《送潘文叔》云：『催租例攪潘邠老，付麥誰憐石曼卿！』《出春陵》云：『山色兩間供步障，松陰半畝當郵亭。』《上何尚書》云：『籍通上界神仙府，身現甘泉侍從臣。』《移竹後》絶句：『洗紅窣窣烏薀雨，落紫颼颼皂角風。掛起北窗聊問訊，新移來竹定醒鬆。』《娱書堂詩話》

葉 采

葉仲圭采《書事》云：『雙雙瓦雀行書案，點點楊花入硯池。閒坐小窗讀《周易》，不知春去已多時。』《濂洛風雅》

陳光道

陳不矜光道，夢神女蔡箏娘，贈十詩。其中四章云：『長恐凡才不合仙，喜逢神女熟因緣。雲中隱隱開金鎖，路入麻姑小有天。』『海石榴花映綺窗，碧芙蓉朵亞銀塘。青鸞不舞蒼虬卧，滿院春風白日長。』『老聃西去即浮屠，莫怪窗間貝葉書。長哂楊妃仙格劣，卻教鸚鵡誦真如。』『玉女倚天多喜笑，素娥如月與精神。假饒不許長年住，猶勝人間不遇人。』《夷堅志》

鄭子覃

鄭子覃《題苕溪道觀壁》云：『紛紛紅雨入蒼苔，密蔭新成鶯友來。擬逐幽人夢蓬島，一聲裂竹故驚回。』《苕溪漁隱叢話》

周仲卿

月泉，在德清縣慈相寺，出石罅間，形如半月。吕東萊《疏》云：『斷崖吐月，纔出半規。古甃涵星，尚懷全璧。久矣寶奩之廢，時哉玉斧之修。獲此清寒，祓其氛翳。名高詩社，再傳和仲之符。價重帝城，復值文饒之運。』周仲卿有詩云：『石罅玉爲髓，月梭金作棱。蒼苔誰鑿破？白雪自堅凝。穿豈太山霤，清于萬壑冰。此中無六月，門外氣如蒸。』《湖州府志》

王　宻

王德陞宻，新淦人，因躓場屋，入玉笥山，依道士潘與齡，獨居白雲齋十餘年而卒。嘗有《磬山道中》小詩云：『濺石韻寒泉，依稀言語處。回頭覺無人，又上前溪去。』又《山樵》詩云：『山樵竹裏居，略彴纔堪度。落日淡平疇，牛羊點寒暮。』語意蕭散，非遠外聲利者不能也。《獨醒雜志》

俞似

英州之北三十里有金山寺，予嘗至其處，見法堂後壁題兩絶句。僧云：『廣州鈐轄俞似之妻趙夫人所書。』詩句灑落不凡，而字畫徑四寸，遒健類薛稷，極可喜。數年後又過之，僧空無人，壁亦隳圮，猶能追憶其語，爲紀于此，其一云：『莫遣鞲鷹飽一呼，將軍誰志滅匈奴？年來萬事灰人意，只有看山眼不枯。』其二云：『轉食膠膠擾擾間，林泉高步未容攀。興來尚有平生履，管領東南到處山。』蓋似所作也。《容齋隨筆》

王度

王武臣度，豫章新吳人。吟詩有警句，如：『雲生坐來石，風捲讀殘書。』『危紅賒晚景，漲緑上平沙。』『鴉分供餘食，鴿亂著殘棋。』『樵斧和雲斫，漁蓑帶雪披。』皆清奇可誦。張紫微、謝艮齋極稱賞之。《娱書堂詩話》

王菉漪

王菉漪《梅》詩云：『不受塵埃半點侵，竹籬茅舍自甘心。祇因誤識林和靖，惹得詩人

説到今。』《西溪叢話》

李似權

李似權《記夢》詩云：『碧玉山頭碧玉泉，琮琤聲裏數流年。不知曾與何人到，笑想丹題似昔緣。石壁蒼苔露未乾，小池射日石團團。弄泉漱玉歸何暮，風捲横雲細細看。』《能改齋漫録》

俞　疇

俞叔惠疇《跋山谷書范滂傳帖》詩云：『貂璫群雛擅天綱，手驅名流入鈎黨。屯雲蔽日日光無，卯金神器春冰上。汝南節士居危邦，志剗蕭艾扶蘭芳。致君生不逮堯、舜，死合夷、齊俱首陽。千年興壞真暮旦，殷鑒詎應如許遠。安知後人哀後人，又起諸賢落南歎。宜州老子筆有神，蟬蜕顔、楊端逼真。少模龍爪已名世，晚用雞毛亦絶人。平生孟博吾尚友，時事騷騷建寧舊。胸蟠萬卷老蠻鄉，獨感斯文聊運肘。《老子》書名横九州，一紙千金不當疇。此書豈但翰墨設，心事恨恨闢百憂。人言老子味禪學，疾惡視滂寧爾切。須知許國本精神，不幸爲滂甘伏節。九原莫作令人悲，遺墨敗素皆吾師。從君乞取宜州字，要對

崇寧黨籍碑。』《桯史》

柴中守

柴中守《跋山谷書范滂傳帖》詩云：『小春晝日如春晚，飲罷披圖清興遠。夜光照屋四座驚，金薤銀鈎真墨本。當年太史謫宜州，腸斷梅花棲戍樓。拾遺不逢東道主，翰林長作夜郎囚。蠻煙瘴雨森鈇鉞，更值韓、盧搜兔窟。老色上面歡去心，惟有忠肝懸日月。郡丞嗜好殊世人，投箋乞字傳兒孫。平生孟博是知己，筆下寫出精神騫。興亡萬古同一轍，黨論到頭不堪説。刊章下郡漢道微，清流入河唐祚絶。先朝白晝狐亦鳴，正氣消盡邪氣生。殿門斷碑仆未起，中原戎馬來縱横。生蛟入手不敢玩，往事凄凉重三歎。《蘭亭》、《瘞鶴》徒爾爲，好刻此書裨廟算。』《桯史》

沈長卿

洲前市，在崇德縣西北二十七里，宋南渡初，士大夫來寓者，殆二十家。贈申國趙公不求父子，寓踰一紀。慶公善應，字彦遠，書翰尤妙。蘇計屬師德仁仲、吕顯謨正已仲發，迭主詩盟，即祇園精舍，爲簪盍之所。詩人沈文伯有句云：『翠蛾環坐憶洲前。』《至元嘉禾志》

史幹

鵝鼻山，在眉州青神縣長泉北，長泉士人每登科而歸，鄉人迓之于此三酌。史幹有詩曰：『龍泉五盞張帆去，鵝鼻三杯衣錦歸。寄與長泉後來者，年年盛事莫相違。』《方輿勝覽》

陸永仲

陸維之永仲絶筆云：『岳南之館白雲端，鳳笛龍簫徹廣寒。一鶴曉飛沖碧落，群仙笑倚玉闌干。』《咸淳臨安志》

光堯嘗幸大滌，憲聖亦侍，進主觀者，問以山中詩客，以維之對。進其行卷，光堯讀之，太息曰：『布衣入翰林可也。』憲聖曰：『山林隱士，不要人知。要他出山，卻是苦他。』遂止。《四朝聞見録》

永仲少與計偕入汴，群法徒邀令雜坐，命道人相之。道人指永仲曰：『秀才。』問以科第，曰：『且還山。』及别，道人以粒丹授之曰：『緩急用之。』永仲下第，循汴而歸，怒濤大作，以丹投之，風浪恬息。岸有呼永仲姓名者，則道人也，遂出家，隱大滌山。《西湖志餘》

駱適正

煇居建康，春晚赴張德共會于西園，呼數輩侑酒。酒酣，忽有傳府呼其人，時張安國開府方兩日，其人臨去，求自解之説，衆但以實告，况社中二客不至，必留鈴齋。翌旦詢之，如所料焉。歌者既去，坐客駱適正即席賦詩云：『花隨春盡覓無痕，尚續餘歡侑素尊。一曲未終人已去，西園燈火欲黄昏。』《清波雜志》

劉博文

劉元素，名博文，與予爲同郡，其爲人静退有守，好作詩而語不妄發。内子朱，賢而善事其夫，每舉案齊眉，則相敬如賓。一日，元素與客飲，分韻得柳眼，其詩云：『青眼初垂已可知，精神渾在豔陽時。只因嫁得東風後，兩淚相看是別離。』詩成，坐客皆不悦。後數日而其妻亡，蓋詩讖也。《竹坡詩話》

劉棐

劉棐仲忱，詩律殊有風致，嘗賦《咸陽》二絶，云：『父老壺漿迓義旗，亡秦誰復爲秦悲？不曾被虐曾蒙德，十二金人各淚垂。』『玉殿珠樓二世中，楚人一炬逐煙空。卻緣火是秦人火，只與焚書一樣紅。』詩律殊有風致，類唐人題詠，他詩亦稱是。《墨莊漫録》

劉望之

紹興中，和議成，蜀士劉望之作詩云：『一紙盟書換戰塵，萬方呼舞卻霑巾。崇陵訪沈空遺恨，郢國憐懷若有人。收拾金繒煩廟算，安排鐘鼎頌宗臣。小儒何敢知機事，終望君王赦奉春。』時語禁未大嚴，無以爲風者。望之他詩多謟秦檜，所謂『奉春』，不知指何人也。《桯史》

强彦文

强彦文有句云：『遠山初見疑無路，曲徑徐行漸有村。船中燈火十年話，枕上江湖萬里心。』又《金陵道中》云：『空有青山自龍虎，可堪荒冢更衣冠。』《清波别志》

李璜

黄魯直有《乞猫》詩云：『秋來鼠輩欺猫死，窺甕翻盆擾夜眠。聞道貍奴將數子，買魚穿柳聘銜蟬。』蔡天啟乞猫于孫元忠，亦有詩云：『廚廩空虚鼠亦饑，終宵咬齧近秋帷。腐儒生計惟黄卷，乞取銜蟬與護持。』予友李璜德劭，以二猫送予，仍以二詩，一云：『家家入雪白于霜，更有鼓鞍似鬭裝。便請爐邊叉手坐，從他鼠子自跳梁。』二云：『銜蟬毛色白勝酥，搦絮堆綿亦不如。老病毗邪須減口，從今休歎食無魚。』《墨莊漫録》

《檗庵居士文集序》：『德劭少負雋才，耻從進士舉。後寓四明，蕭散骯髒，以終其身，不娶，無子，晚從宏智禪師。于言下有省，寫照自題其上，云：「分明便是龐居士，又卻無人賣罩籬。」不可謂無所得，然亦可哀也已。』《攻媿集》

唐　悊

米南宫謂大年作畫清麗，雪景類王維，汀渚水鳥，有江湖意。予嘗得大年所作横卷《歸田圖》，竹籬茅舍，煙林蔽虧，遥岑遠水，咫尺千里，葭蕪鷗鷺，宛若江鄉。表舅唐端仲題詩云：『聞君新得小山川，畫手來從郜雍賢。不學農夫焉用稼，若爲王子豈知田。我真壠上躬耕客，親見人間小隱天。始識何年京樣熟，菊籬寧似景龍邊。』菊籬、景龍，門下景也。《墨莊漫録》

吴璋

吴璋《環溪夜坐》詩云：『江天閒晚已斜陽，静倚柴門對草堂。葉落轉枝翻鵲影，星飛横水帶螢光。微風得雋驅殘暑，新月出奇生嫩凉。坐覺出奇轉清爽，一聲漁笛在滄浪。』吴又有句云：『惜别有情空執手，贈行無緒不成章。』『閒中坐作蜘蛛隱，夢裏逃成燕雀禪。』『弈棋但以忘憂耳，縱酒無如作病何。』《環溪詩話》

胡仔

賈耘老舊有水閣，在苕溪之上，景物清曠。東坡作守時屢過之，題詩畫竹于壁間。沈會宗又爲賦小詞云：『景物因人成勝概，滿目更無塵可礙。等閒簾幕小欄杆。衣未解，心先快，明月清風如有待，誰信門前車馬隘？别是人間閒世界，坐中無物不清凉。山一帶，水一派，流水白雲長自在。』其後水閣屢易主，今已摧毁久矣。遺址正與予水閣相近，同在一岸，景物悉如會宗之詞。故予嘗有鄙句云：『三間水閣賈耘老，一首佳詞沈會宗。無限當時好風月，如今總屬續溪翁。』蓋謂此也。《苕溪漁隱叢話》

傳道嘗于彭門壁間見書一聯云：『一鳩鳴午寂，雙燕話春愁。』後以問東坡：『世謂公作，然否？』東坡笑曰：『此唐人得意句，僕安能道此！』苕溪漁隱曰：余嘗用此語作《春日》一聯：『話盡春愁雙紫燕，唤回午夢一黄鸝。』《苕溪漁隱叢話》

苕溪漁隱曰：淵明有云：『予家貧，耕植不足以自給。幼稚盈室，缾無儲粟。生生所資，未見其術。』三復此語，真予之實録也。予投閒二十載，生事素微，食指既衆，家日益貧。退之詩云：『時命雖乖心轉壯，技能虚富家逾窘。』亦似爲予發，時時哦之，不覺失笑。予嘗有詩云：『壯圖鵬翼九萬里，末路羊腸百八盤。』蓋言老而多艱耳。《苕溪漁隱叢話》

《藝苑雌黄》云：『《荆楚歲時記》曰：「七月七日，世謂織女牽牛聚會之日。」晉傅元《擬天問》云：「七月七日，織女牽牛會天河。」此則其事。杜公瞻注云：「此出于流俗小説，尋之經史，未有典據。」《詩》云：「睆彼牽牛，不以服箱。跂彼織女，終日七襄。」説者以爲二星有名無實；即古詩所云：「織女無機杼，牽牛不負軛。」豈復能爲夫婦，歲一聚會乎？《史記·天官書》云：「牽牛爲犧牲，其北河鼓。河鼓大星上將，左右左右將。」則是河鼓、牽牛，大同小異。《爾雅》云：「河鼓謂之牽牛。」李巡注云：「河鼓、牽牛，皆二十八宿名。」郭璞注云：「今荆楚人呼牛星爲擔鼓。」此則河鼓之據。《夏小正》言：「七月初昏，織女正東向。十月，織女正北向。」此皆據星也，亦無會合之文。近代有此説耳。曹植《九詠》曰：「乘回風兮浮漢渚，目牽牛兮眺織女。交有際兮會有期，嗟吾子兮來不時。」注云：

「牽牛爲夫，織女爲婦，各處河之傍，七月七日，得一會同。」《古歌辭》云：「黄姑、織女時相見。」黄姑，即河鼓也，語訛所致。漢武帝于昆明池中，作二石人，爲牽牛、織女象，蓋欲神異其水，比方河漢。班固《賦》云：「左牽牛兮右織女，似天漢之無涯。」雖不云七月七日聚會，其意以爲夫婦之象，天道深遠，所不敢言也。又《歲時記》言緯書云：「牽牛娶織女，取天帝二萬錢下禮，久不還，被驅在營室。」言雖不經，有足爲怪。《齊諧記》亦云：「桂陽成武丁有仙道，常在人間，忽語其弟曰：『七月七日織女當渡河，諸仙悉還宫。吾已被召，與爾别矣。』弟問曰：『織女何事渡河？』曰：『暫詣牽牛。』世人至今云織女嫁牽牛焉。」此類皆不足信。故杜詩云：「牽牛處河西，織女出其東。萬古永相望，七夕詎相同。神光竟難候，此事終朦朧。颯然精靈合，何必秋遂逢。」蓋亦不信有此事也。世傳又有烏鵲填河成橋，與夫乞巧穿針之事，皆無可據。河鼓與牽牛，《史記》以爲二星，《爾雅》以爲一星，「河」字又或作「何」。」苕溪漁隱曰：《文選》注云：『織女一名天女孫。』柳子厚《乞巧》文云：『今兹孟秋七夕，天女之孫，將嬪于河鼓。』予嘗和友人《七夕》詩云：『乞巧筵前玉露秋，一鈎涼月挂西樓。人間百巧方無奈，寄語天孫好罷休。』《苕溪漁隱叢話》

《西清詩話》云：『長沙徐仲雅《宫詞》曰：「内人曉起怯春寒，輕揭珠簾看牡丹。一把柳絲收不盡，和風搭在玉闌干。」其富貴瀟灑可愛。』苕溪漁隱曰：予嘗作《春寒》絶句云：

『小院春寒閒寂廖，杏花枝上雨瀟瀟。午窗歸夢無人唤，銀葉龍涎香漸消。』聊效其體也。《苕溪漁隱叢話》

予卜居苕溪上，日以漁釣自適，因自稱曰『苕溪漁隱』。臨流有屋數椽，亦以此命名。僧了宗善墨戲，落筆頗瀟灑，爲予作《苕溪漁隱圖》。覽景攄懷，時有鄙句，皆題之左方，云：『溪邊短短長長柳，波上來來去去船。鷗鳥近人渾不畏，一雙飛下鏡中天。』『秋雲漠漠煙蒼蒼，蘆花初白蓮葉黄。釣船盡日來往處，南村北村秔稻香。』『卷起綸竿撇櫂歸，短篷斜掩宿漁磯。日高春睡無人唤，撩亂楊花遶夢飛。』《苕溪漁隱叢話》

予嘗用促句换韻格，成《對月》一章云：『青玻璃色瑩長空，爛銀盤挂屋山東，晚涼徐度一襟風。天分風月相管領，對之技癢誰能忍，吟哦自恨詩才窘。掃寬露坐發興新，浮蛆琰琰抛青春，不妨舉醆成三人。』《苕溪漁隱叢話》

左　鄯

苕溪漁隱曰：予頃歲過湘中，郵亭壁間有左鄯絶句云：『叠叠山腰繫冷雲，疏疏雨脚弄黄昏。松聲更帶溪聲急，不是行人也斷魂。』又于苕溪道觀中壁間有鄭子覃絶句云：『紛紛紅雨入蒼苔，密蔭新成鶯友來。擬逐幽人夢蓬島，一聲裂竹故驚回。』皆佳句也。壬午

歲過三衢，于驛舍壁間見題一聯云：『不知何處雨，便覺此間涼。』自在無峭急之態，不知何人詩也。《苕溪漁隱叢話》

賴鑄

賴成之鑄，號竹莊，有《送鄭居之》詩云：『窗前落葉正蕭蕭，夜雨寒燈共寂寥。君是居人余是客，明朝相候合江橋。』《詩家鼎臠》

陸士規

陸士規布衣工詩，秦檜喜之，嘗挾秦書干臨川守，餽遺不滿意，陞堂謾駡。守懼，以書白秦自解。秦怒陸甚，陸請見，不出，然猶令其子小相者見之，問其近作。陸誦《黄陵廟》一絶云：『東風吹草緑離離，路入黄陵古廟西。帝子不知春又去，亂山無主鷓鴣啼。』小相入誦之，秦吟賞再四，即接見，待之如初。《鶴林玉露》

周必大

予少時嘗夢至人家，其書室爲叢竹所蔽，殊不開爽，堂下皆古柳，鴉噪不止。夢中作詩云：『竹多翻障月，木老只啼烏。』意謂竹本清虚，延貯風月，今反窒塞如此，種木不棲鸞鳳，徒能集烏以聒耳！似譏其主人也。後數年，爲金陵教官，初入廨舍，則廳下及門外古柳參天，鴉鳴竟日，廳傍小書室，叢竹蔽虧，恍如所夢。《二老堂詩話》

乾道七年秋，余爲禮部侍郎，一時長貳，每會食多戲舉詩對。或云：『「薔薇刺刺花奴手」，「刺刺」皆側聲，人謂難對。』予曰：『鴻雁行行鳥迹書。』又云：『「半夏禹餘糧」，借「雨」爲「禹」，「涼」爲「糧」也，宜以何對？』予云：『長春佛見笑。』蓋藥名及花名也。吏部張津子問侍郎因云：『此雅對耳！』更有通俗之句，如往年胡邦衡多髯，初除吏部郎官，或以『胡銓髯吏部』爲戲，莫能對者。是時姚憲令則以司農少卿兼權户侍在坐，余謂令則：『君嘗爲浙憲，豈復遠使，欲借以趁對云：「姚憲遠提刑。」』蓋借『姚』爲『遥』也，坐皆大笑。淳熙六年，吏部尚書兼侍講程大昌泰之講筵退入部，同官問：『今日講何經？』泰之云：『《尚書》。』或又曰：『尚書講《尚書》』，亦詩句也。』屬予對之，予曰：『行者留行者。』坐中復大笑。《二老堂詩話》

唐人哀《劉禹錫嘉話》云：『進士陳標詩《詠黄蜀葵》詩云：「能共牡丹争幾許？得人憎處只緣多。」』余嘗語客：『花多固取輕于人，何憎嫌之有！』因論木芙蓉全似芍藥，但患無兩平字易『牡丹』字，欲改此句作『得人輕處只緣多』。衆以爲善，且謂移『芍藥』二字在句首則可矣。余以失全句爲疑。或云：『《本草》：芍藥一名餘容。』因綴一絶云：『花如人面映秋波，拒傲清霜色更和。能共餘容争幾許？得人輕處只緣多。』白樂天《和錢學士白牡丹詩》云：『唐昌玉蘂花，攀折衆所争。折來比顔色，一樹如瑶瓊。』彼因稀見貴，此以多爲輕，固知『輕』字爲勝。《二老堂詩話》

予紹熙丁巳志祖案：『紹熙』當作『慶元』。丁巳，乃寧宗慶元三年。三月既望，侍讌春華樓時，聞大丞相益國周公議論灑灑，終日不倦，至論詩則謂須要有警策，就題著句，不可泛泛。因拱而請曰：『如相公「一丁昌火運，三合瑞皇家。」謂光堯生于丁亥，壽皇丁未，壽康丁卯，其干既爲一「丁」，其支又爲三合。「學士策詢學士策公自注云：館職亦皆呼「學士」。，秘書官試秘書官。」時公以秘書少監直翰苑，發策試王仲衡，而寄程同年閣老詩也。「前後顧瞻羞倚玉，支干引從偶連珠。」此《三老圖》詩也。公自注云：乘成兄生于丁巳，而予丙午，誠齋丁未。無一字虚語，其盡之矣。』公笑曰：『是也。如挽詩亦難作。』復請曰：『願聞之。』公曰：『高宗皇帝丁亥生，與藝祖齊年。一則爲開基之主，一則爲中興之君，天之生此二帝，功德兼隆，豈偶然哉？高宗慶八十聖壽後，未幾上仙去，惟慈寧太后亦然。故作《挽高宗》詩曰：「生年同藝祖，慶壽比慈寧。人憶庚庚兆，天傾九九齡。」正謂是也。若徽廟挽詞，猶難命意，亦難措詞，獨是湯丞相進之思退一聯云：「虞姬從梧野，啟母祔箕山。」最紀其實，蓋用舜事以狀徽宗巡狩不返意，及梓宮歸葬會稽，又用禹

事以形容之。皆婉而有直體，此真得詩人三昧。』《履齋詩説》

楊東山嘗爲余言：昔周益公、洪容齋嘗侍壽皇宴，因談肴核，上問容齋：『卿鄉里何所產？』容齋，番陽人也，對曰：『沙地馬蹄鱉，雪天牛尾狸。』又問益公，公，廬陵人也，對曰：『金柑玉版筍，銀杏水精葱。』上吟賞，又問一侍從，忘其名，浙人也，對曰：『螺頭新婦臂，龜脚老婆牙。』四者皆海鮮也，上爲之一笑。某嘗陋三公之對，昔某帥五羊時，漕、倉、市泊三使者，皆閩浙人，酒邊，各盛言其鄉里果核、魚蝦之美。渠問某鄉里何所產，某笑曰：『他無所產，但產一歐陽子耳！』三公笑且慚。《鶴林玉露》

朱新仲《鄞川志》載郭功父老人《十拗》詩，謂：『不記近事記遠事，不能近視能遠視。哭無淚，笑有淚，夜不睡，日卻睡。不肯坐，多好行，不肯食軟要食硬。兒子不惜惜孫子，大事不問問細事。少飲酒，多飲茶，暖不出，寒即出。』丁巳歲，予年七十二，目視昏花，耳中無時作風雨聲，而實雨卻不甚聞，因補一聯云：『夜雨稀聞聞耳雨，春花微見見空花。』是亦兩拗也。嘗録寄朱元晦，朱大以爲然，屬予足成之。遂帖兩句云：『自矜他日盲宰相，今復癡聾作富家。』《二老堂詩話》

《池陽集》載牧之守郡時，有妾懷姙而出之，以嫁州人杜筠，後生子，即荀鶴也。予《過池州》詩云：『千古風流杜牧之，詩材猶及杜筠兒。向來稍喜唐風集，荀鶴詩集名《唐風》。今

悟樊川是父師。』《二老堂詩話》

慶元間，周益公以宰相退休，誠齋以秘書監退休。益公嘗訪誠齋于南溪之上，留詩云：『楊監全勝賀監家，賜湖豈比賜書華。回環自闢三三徑，頃刻能開七七花。門外有田供伏臘，望中無處不煙霞。卻慙下客非摩詰，無畫無詩只謾誇。』誠齋和云：『相國來臨處士家，山間草木也光華。高軒行李能過李，小隊尋花到浣花。留贈新詩光奪月，端令老子氣成霞。未論藏去傳貽厥，拈向田夫野老誇。』好事者繪以爲圖。《鶴林玉露》。宗祥案：此條全文載卷八十二『羅竹谷』條。

平園詩：『生戎馬』、『死佛貍』，荆公：『生白』、『殺青』，皆佳對。《困學紀聞》

蕭德藻

蕭千巖機杼，與誠齋同，但才慳于誠齋，而思加苦，亦一生屯蹇之驗。同時獨誠齋獎重，以配范石湖、尤遂初、陸放翁，而放翁絶無一字及之。今摘其律帖精詣，不甚費研尋者于此：『著語能奇怪，呼天與唱酬。』《中秋》『疾走建德國，乃爲淵明先。失脚墜榛莽，劉伶扶我還。』《和陶》『乾坤生長我，貧病怨尤誰？』『湘妃危立凍蛟背，海月冷掛珊瑚枝。醜怪驚人能嫵媚，斷魂只有曉寒知。』『百千年華著枯樹，一兩點春供老枝。絶壁笛聲那得到，直愁斜日凍蜂知。』《古梅》二絶『造物巧能相補得，破慳賒與一天秋。』《山中六月頓涼》『一笻時到崖嵬上，有底勳勞得給扶。』『秋浩蕩中遥指點，一螺許是定王城。』《渡湘》『稚子推窗窺過雁，數峰乘隙入西軒。』『眼冷寒梢明數點，知他是雪是梅花。』『秋陽直爲田家計，饒得漁村一抹紅。』真誠齋敵手也。《後村詩話》

蕭千巖《采蓮曲》云：『清曉去采蓮，蓮花帶露鮮。溪長須急槳，不是趁前船。相隨不覺遠，直到暮煙中。恐嗔歸得晚，今日打頭風。』絶似玉臺體。《後村詩話》

蕭千巖《吕公洞》詩云：『復此經過三十年，惟應巖谷故依然。城南老樹朽爲土，簷外稚松青拂天。枕上功名衹擾擾，指端變化又玄玄。刀圭乞與起衰病，稽首秋空一劍仙。』《賓退録》

楊誠齋序《千巖摘稿》云：『予嘗論近世之詩人，若范石湖之清新，尤梁溪之平淡，陸放翁之敷腴，蕭千巖之工致，皆予之所畏者。』《姜白石詩稿・自序》云：『尤延之先生爲予言：近世人士，喜言江西，温潤有如范至能者乎？痛快有如楊廷秀者乎？高古如蕭東夫，俊逸如陸務觀，是皆自出機杼，亶有可觀者，又奚以江西爲？』觀二公推許，想見當時騷雅之盛。建安、大曆，風斯下矣。《娱書堂詩話》

南渡後詩，楊廷秀推尤、蕭、范、陸四家，謂尤延之袤、蕭東夫德藻、范致能成大、陸務觀游也。後去東夫，易以廷秀，稱『尤、楊、范、陸』。蕭幾不能舉其名氏，而詩亦散逸矣，傳其《詠梅》云：『百千年蘚著枯樹，一兩點花供老枝。』又云：『湘妃危立凍蛟背，海月冷挂珊瑚枝。』意孑孑求新，而入于澁體者耶。《詩説晬語》

老杜：『讀書破萬卷，下筆如有神。』葛常之《韻語陽秋》云：『欲下筆自讀書始，不讀書則其源不長，其流不遠，欲求波瀾汪洋浩渺之勢，不可得矣。』蕭千巖云：『詩不讀書不可爲，然以書爲詩則不可。』嚴滄浪謂：『詩有别材，非關書也』，恐非篙論。《逸老堂詩話》

程大昌

淳熙丙申八月庚辰，德壽宫遣大璫張去爲至都堂傳旨，立翟貴妃爲今上皇后。明日午後，執政奏事，皇后歸姓謝氏。乙酉晚，快行家來宣鎖院。是日，侍講刑部侍郎程泰之已宿直，呼馬而出，予至内前，適與之遇。泰之揚鞭云：『留詩案上矣！』詩云：『抖擻身章卻冒塵，褭蹏顧影也逡巡。迎潮有諸無輕爽，季老當年不諉貧。』《玉堂雜記》鑾坡寓宿非其地，蓮燭操文自有真。字直由來同古語，位高兼復見今人。

程泰之《和劉侍郎夔九日登女郎臺詩》云：『霜枝凋翠雁横秋，莫倚危樓動旅愁。菊有清香尊有酒，茱萸不插也風流。』《能改齋漫録》

程泰之《題洪内翰侍兒翠翹畫竹》句云：『戲作風枝斜，再惱玉堂宿。』《圖繪寶鑒》

秦熺

説者謂吕仙嘗到湖之東林，訪沈東老留詩，既而登東林寺，于壁間以榴皮自畫其像。人初不知，及秦伯陽《送舅氏王亨道知湖州》詩出，觀者如堵。伯陽詩云：『暫别甘泉豹尾中，隼旟仍駐水晶宫。文昌地禁論詩久，燕寢凝香簿領空。可但龔、黄宜共理，便應顔、謝與同風。飽聞回老榴皮事，試問溪頭鶴髮翁。』《雲麓漫鈔》

熺本王氏子，檜素不悦。檜畏内，妾嘗孕，其妻逐之，生子爲仙游林氏子，曰『一飛』，以檜故，仕至侍郎兼給事中。曹泳嘗勸檜還一飛，未果而檜死。《齊東野語》

陳從古

政和中，廬陵太守程祁，學有淵源，尤工詩，在郡六年。郡人段子沖，字謙叔，學問過人，自號潛叟，郡以『遺逸八行』薦，力辭，與程唱酧《梅花》絶句，展轉千首，識者已歎其博。近歲有同年陳從古，字希顔，哀古今梅花詩八百篇，一一次韻。其《自序》云：『在漢晉未之或聞，自宋鮑照之下，僅得十七人，共二十一首。唐詩人最盛，杜少陵才二首，白樂天四首，元微之、韓退之、柳子厚、劉夢得、杜牧之各一首，自餘不過一二。如李翰林、韋蘇州、孟東野、皮日休諸人，則又寂無一篇。至本朝方盛行。而予日積月累，酧和千篇云』。《二老堂詩話》

聞人武子

《墨梅》詩甚多，如陳去非：『雖然變白能爲黑，桃李依然是僕奴。』其詞蓋幾乎罵矣。惟聞人武子一詩云：『瑶姬佇立緣何事？直到煙昏月墮時。』形容得宛轉甚佳。《艇齋詩話》

張戒

乙卯冬，陳去非初見予詩，曰：『奇語甚多，只欠建安、六朝詩耳。』余以爲然。及後見去非詩《全集》，求似六朝者，尚不可得，況建安乎！詞不逮意，後世所患。鄒員外德久嘗與余閲石刻，余問：『唐人書雖極工，終不及六朝之韻，何也？』德久曰：『一代不如一代，天地風氣生物只如此耳。』言亦有理。《歲寒堂詩話》

『獨坐燒香静室中，雨聲初罷鳥聲空。瓦溝柏子時時落，知有寒天木杪風。』此絶非予得意者。而陳去非獨稱頌不已。張巨山出示去非詩卷，戒獨愛其《征牟書事》一首云『神仙非異人，由來本英雄。蒼山雨中高，緑草溪上豐』者，而去非亦不自以爲奇也。王雱云：『作文字易，識文字難。删《詩》定《書》，須仲尼乃可。蕭統《文選》之有不當，又何怪也。』《歲寒堂詩話》

蕭國梁

䢖峰蕭公，登科歲，第一人本丞相忠定趙公，故事設科以待草茅士，凡豫屬籍、挂仕版者，法當遜避，唱名日，遂陞蕭爲榜首。故蕭對御吟云：『名傳玉陛星辰曉，澤霈金枝雨露香。』其《謝啟》云：『預飛龍之選，淮安論次以當先。無汗馬之勞，酇侯何功而居上。』蓋用宗室及蕭氏事，人多稱之。《宋稗類鈔》

胡　詠

趙鼎貶吉陽，居郡四年，薨，胡澹庵之子詠有詩云：『閣下大書三姓氏，海南惟見兩翁還。』時秦相檜格天閣下，書趙、李、胡姓名。趙公薨十年，放還海外逐客，而李、胡北歸。《輿地紀勝》

謝堯仁

堯仁以文詞詩律游江湖間，淳熙初元，薦于鄉。有《題金山》詩云：『半夜鬼神朝水府，五更鼓角動揚州。』大爲張于湖所知，以國士畏友待之。《全閩詩話》

陳益

錢唐陳益，字仲理，進士入官。淳熙間，常爲奉使金國屬官，過浮沱光武廟，見塑像左衽，有詩云：『早知爲左衽，悔不聽臧宫。』意亦可取。《二老堂詩話》

全宋詩話目録卷七十二

張孝祥　字安國，歷陽烏江人，紹興二十四年廷試第一。歷官中書舍人、直學士院領建康留守，尋以荆南、湖北路安撫使請祠，進顯謨閣直學士致仕。有《于湖集》。

梁安世　字次張，括蒼人，紹興二十四年進士。淳熙中，桂林轉運使。有《遠堂集》。

何異　字同叔，號月湖，崇仁人，紹興二十四年進士。歷官監察御史、右正言、刑部侍郎、權工部尚書，以寶謨閣學士致仕。

范成大　字致能，號石湖居士，吴郡人，紹興二十四年進士。歷官權吏部尚書、參知政事、資政殿學士、提舉洞霄宫，卒謚文穆。有《石湖集》。

馬大同　字會叔，嚴州人，紹興二十四年進士。歷官户部侍郎。

楊萬里　字廷秀，吉水人，紹興二十四年進士。歷官秘書監、江東轉運副使，以寶謨閣學士致仕，卒謚文節。有《誠齋集》。

惠迪　字楙吉，宜興人，紹興二十四年進士。歷官大理司、直國子博士。

王十朋　字龜齡，樂清人，紹興二十七年進士第一。歷官起居舍人、侍御史、吏部侍郎、四郡守，以龍圖閣學士致仕，卒謚忠文。有《梅谿集》。

吴已正　温州人。

何德獻　饒州提點。

趙十朋　台之黄巖人，紹興間隱士。

劉鎮　字方叔，紹興間人。有《待評集》。

唐立夫

王秬　字嘉叟，安中孫，寓居泉南。紹興間，官至刑部侍郎。

李南金　字晉卿，自號三谿冰雪翁，樂平人，紹興二十七年進士。光化軍教授。

馬子約

沈説　字惟肖，號庸齋，浙人。

孫奕

全宋詩話卷七十二

張孝祥

于湖詩若不逮總得，然《上丁齋宿》云：『北來被髮車連野，東走乘桴浪接天。汲汲兩宮常旰食，受膰歸去淚如川。』《與胡邦衡》云：『夢了瓊崖心益壯，煙銷金隖臭空傳』之作，極佳。《後村詩話》

于湖《讀中興碑》云：『繡綳兒啼思塞酥，重床燎香驅群胡。阿環錦襪無尋處，一夜驚眠摇帳柱。朔方天子神武謀，三郎歸來長慶樓。樓前拜舞作奇祟，中興之功不贖罪。日光玉潔十丈碑，蛟龍蟠拏與天齊。北望神皋雙淚落，祗今何人老文學？』《題蔡濟忠所摹御府米帖》云：『生前官職但執戟，身後一字萬金直。當時雷霆下收拾，世間不復有遺逸。整二十卷墨猶溼，光彩激射海爲立。平生我亦有書癖，對此惝恍心若失。口呿汗下屢歎息，十日把玩不得食。作牋天公拜稽首，乞我此老生時一隻手，爲君痛飲百斛酒。墨池如江筆

如帚，一掃萬字不停肘。』《後村詩話》

玉淵亭，在廬山棲賢寺門外，澗中白石，不以數計如卧羊，故曰『玉淵』。張安國書二字，仍作詩曰：『靈源直上與天通，借路來從五老峰。試向闌干敲拄杖，爲君唤起玉淵龍。』《方輿勝覽》

張安國十六歲時，《題定山寺》一絶云：『蹇驢夜入定山寺，古屋貯月松風清。正聞挂塔一鈴語，不見撞鐘千指迎。』《于湖殘稿》

劉侍郎岑，字季高，居建康。中書舍人張孝祥，字安國，時爲帥，還往甚密。一日，安國忽具衣冠造季高，季高驚異未出，先令人問：『盛服而來何故？』安國曰：『欲北面書法。』季高不辭讓，著道服而出，安國則令人扶季高，納拜者再，季高亦不辭讓。安國請曰云云，季高答曰云云，大意令安國學李邕書。《誠齋詩話》

王阮偕張紫微游廬山萬杉寺，紫微大書二章，其一云：『老幹參天一萬株，廬山佳處著浮圖。祇今買斷山中景，破費神龍百斛珠。』阮憮然曰：『先生氣吞虹霓，今少卑之，何也？』别去兩旬，而得湖陰之訃，紫微于此絶筆。《桯史》

梁安世

梁次張安世有《石芥》詩云：『擷根山石貯瓶罌，桂後緘題見者頩。風味莫嫌無醖藉，杯盤也解作聰明。願言噴噫傳心事，搔首躊躕散宿酲。最是徂徠明道地，至今姦膽亦魂驚。』《蘆浦筆記》

梁次張句云：『蕃馬步銜青苜蓿，羌兒卧唱白銅鞮。』《吹劍録》

古今詩人，間見層出，極有佳句，無人收拾，盡成遺珠。梁次張《題釣臺》：『直令萬乘高凡眼，不道人間例是貪。』鄭克詩：『只緣是處人情好，贏得平生醉日多。』陳夢建《鷺》詩：『溪清水淺魚能幾？莫遣泥沙惡雪衣。』陳秋塘詩：『不知筋力衰多少，但覺新來懶上樓。』姜梅山詩：『詩到淡中方有味，事無心處卻成功。』趙東山詩：『野屋往來少，春雲晴雨多。』汪革詩：『醉輕浮世事，老重故鄉人。』《吹劍録》

何異

何同叔異《一犁春雨圖》詩云：『負郭先疇二頃餘，飽看雨後著耕夫。輭紅塵裏家山夢，卻就君家閲畫圖。』《詩家鼎臠》

何月湖尚書少時登高峰壇，有句云：『天近風轉清，地高日難晚。』林黄中侍郎見之，即知其異日必貴且壽。《賓退録》

范成大

石湖參政初官參州，在客位，其同參者，聞爲吴郡人，即云：『獃子。』石湖先生聞之在懷。後因醼會，目云『請獃子』，石湖先生書口號曰：『我是蘇州監本獃，與爺上壽獻棺材。宗室原來是皇族，雨下水從屋上來。』石湖入參大政，其人尚在選，囑老參召其人來，不呼召，參政接見，温顔講同官之好，謙云：『老獃無用。』《白獺髓》

范石湖《賞海棠》云：『憶向宣華夜倚闌，花光妍暖月光寒。如今颯颯嫌風露，且向銅瓶滿插看。』宣華，王蜀宫名也。《後村詩話》

《石湖詩》三十四卷，五言如《思陵挽詞》云：『寇降千猰貐，胡拜兩單于。首山銅鼎就，前殿玉卮空。』《病中》云：『目眚浮珠佩，聲塵籟玉簫。注水瓶花醒，吹薪鼎藥潮。』《丙午元日》云：『童心仍竹馬，暮境忽蒲輪。』《春晚》云：『繡地紅千點，平橋緑一篙。楝花來石首，穀雨熟櫻桃。』《詠懷自嘲》云：『退閒驚客至，衰懶怕書來。』《挽趙密太保》云：『鬢凋猶陛戟，心在惜弢弓。』六言《久病或勸游適》云：『羸如蓐婦多忘，倦似田翁作勞。玩具僧梳刖屨，懽悰丁尾鼅毛。』《請息齋》云：『洞門晝掛鐵鎖，閣道秋生緑苔。著下略同鼅伏，瓜中且免蠅來。』又云：『勞君敬枯木耳，怨汝見溼灰焉。』七言《發合江》云：『船尾竹林遮縣市，故人猶自立沙頭。』《將至吴中》云：『新事略從年少問，故人差覺坐中稀。』《麟堂會客》云：『不用忙催銀燭上，酴醾如雪照黄昏。』《秋晚閒吟》云：『旁若無人鼠飲硯，麾之不去蠅登盤。』《丙午新正》云：『病憐榔栗隨身慣，老覺酴酥到手遲。』又云：『人情舊雨非常雨，老境增年是減年。　口不兩匙休足穀，生能幾屐莫言錢。』《行營壽藏》云：『縱有千年鐵門限，終須一個土饅頭。』《偶書》云：『已甘搰搰勤爲圃，休向滔滔苦問津。』《親鄰招集强往便歸》云：『氣衰况復三而竭，心賞尤於四者難。』《一龕》云：『與老有情冬後暖，去仙無幾日高眠。』七言絶句《昌化》云：『翠染南山擁縣門，一洲横截兩溪分。　長官日永無公事，卧聽灘聲看白雲。』《長沙王墓》云：『英雄轉眼逐東流，百戰工夫土一抔。　蕎麥茫茫花似雪，牧童吹笛上高丘。』《處州鶯花亭》云：『山碧叢叢四打圍，煩將舊恨訪黄鸝。　纈林霜後黄鸝少，須是愁紅萬點時。』《續長恨歌》云：『別後相思夢亦難，東虚雲路海漫漫。　仙凡頓隔銀屏影，不似當年取次看。』《楓橋》云：『朱門白壁枕灣流，桃李無言滿屋頭。　墻上浮圖路旁堠，送人南北管離愁。』《次韻陸務觀》云：『離合紛紛怕遠游，遠游仍怕賦登樓。何須一望三千里，望盡西州轉更愁。』《田園雜興》云：『騎吹東來里巷喧，行春車馬鬧如煙。繫牛莫礙門前路，移繫門西碌碡邊。汙萊一稜水周圍，歲歲蝸廬没半扉。不著芟青難護岸，小舟撑取葑田歸。槐葉初匀日氣涼，葱葱鼠耳翠成雙。三公只得三株看，閒客清陰滿北窗。采菱辛苦廢犁鉏，血指流丹鬼質枯。無力買田聊種水，近來湖面亦收租。』《古鼎作香爐》云：『雲雷縈帶古文章，子子孫孫永奉常。辛苦勒銘成底事，如今流落管燒香。』《後村詩話》

天生好句，未嘗無對，俚俗之語，得之爲難。《粟齋詩話》載二對云：『死人身邊有活鬼，强將手下無弱兵。』一云：『老手舊肐膊，窮嘴餓舌頭。』今有一對，亦可比擬，如：『磨油拌生菜，呷醋咬陳薑。』石湖居士戲用鄉語土俗，以二至後九日爲寒燠之候，故諺有『夏至未來莫道熱，冬至未來莫道寒』之語。又《夏至後》一説云：『一九至二九，扇子不離手。三九二十七，吃水如蜜汁。四九三十六，争向露頭宿。五九四十五，樹頭秋葉舞。六九五十四，乘涼不入寺。七九六十三，夜眠尋被單。八九七十二，單被添夾被。九九八十一，家家打炭墼。』《冬至後》云：『一九至二九，相唤不出手。三九二十七，籬頭吹觱篥。四九三十六，夜眠如露宿。五九四十五，太陽開門户。六九五十四，貧兒争意氣。七九六十三，布擦兩尶尬。八九七十二，猫狗尋陰地。九九八十一，犁耙一齊出。』范公吴人，不免用鄉語。《豹隱記談》

范石湖詩云：『朝霞不出門，暮霞行千里。今晨日未出，曉氣散如綺。心疑雨再作，眼轉雲四起。我豈知天道，吴儂諺云爾。古來占滂沱，説者類恢詭。飛雲走群羊，停雲浴三豨。月當天畢宿，風自少女起。爛石曉成香，汗礎潤如洗。逐婦鳩能拙，穴居狸有智。蜉蝣强知時，蜥蜴與聞計。垤鳴東山鸛，堂審南柯蟻。或加陰石鞭，或議陽門閉。或云逢庚變，或自换甲始。刑鵝以象龍，聚訟非一理。不如老農諺，影響捷于鬼。哦詩敢誇博，聊用醒午睡。』此詩引援占雨事甚詳可喜。諺有云：『日出早，雨淋腦。日出晏，晒殺雁。』又云：『月如懸弓，少雨多風。月如仰瓦，不求自下。』二説尚遺，何也？予欲增補二句，云：『日占出海時，月驗仰瓦體。』《鶴林玉露》

范石湖北使時，有詩數章，《州橋》云：南望朱雀門，北望宣德樓，皆御路也。『州橋南北是天街，父老年年等駕迴。忍淚失聲詢使者，幾時真有六軍來？』《市街》云：京師諸市，皆荒索，僅有人居。『梳行訛雜馬行殘，藥市蕭騷土市寒。惆悵軟紅佳麗地，黄沙如雨撲征鞍。』《金水河》云：在舊封丘門外，河中多大石，皆艮嶽所隤。『菜市橋西一水環，宫墻依舊俯清灣。誰憐磊磊河中石，曾上君王萬歲山。』《欒城》云：縣極草草，伴使怒頓餐不精，欲撈縣令，跪告移時方免。『頹垣破屋古城邊，客傳蕭寒爨不煙。明府牙緋危受杖，欒城風物一凄然。』《出塞路》云：安肅北門外，大道容數車方軌。『當年玉帛聘遼陽，出塞曾歌此路長。漢節重尋舊車轍，插天猶有萬垂楊。』《琉璃河》云：又名『劉李河』，在涿州北三十里，極清泚，茂林環之，尤多鴛鴦，千百成群。『煙林葱蒨帶回塘，橋眼驚人失睡鄉。健起褰帷揩病眼，琉璃河上看鴛鴦。』此河大中、祥符間，路振《乘軺録》亦謂琉璃河，惟嘉祐中宋敏求《入番録》，乃謂之『六里河』。《灰洞》云：在涿北燕南之間，兩旁皆高岡，無風而路極狹，塵土坌積，咫尺不辨人物。『塞北風沙漲帽簷，路經灰洞十分添。據鞍莫問塵多少，馬耳冥濛不見尖。』《會同館》云：燕山客館也。授館之明日，守吏微言有議留使人者。『萬里孤臣致命秋，此身何止一漚浮。提携漢節同生死，休問羝羊解乳不。』遼人館本朝使，已謂之『會同館』。《石湖詩集》

王葆，字彦光，崑山人，擢宣和甲辰第，紹興中，除監察御史，出知漢州，移浙東提刑，歸鄉卒。其學長于《春秋》，著《集傳》十五卷，《備論》兩卷。姪彦嘉登第，彦光監裁甚精，今參政周公初登第，愛其博洽，納之爲壻，尋即榮遇。參政范公挽詩云：『喻蜀三年戍，還吴萬里船。雲歸雙節後，雪白短檠前。百世《春秋傳》，一墟陽羨田。浮生如此了，何必更凌煙。日者悲離索，公乎又杳冥。門人辨《韓集》，子舍得韋經。此去念築室，空來聞過庭。路遥人不見，千古泣松銘。』《中吴紀聞》

范石湖云：淳熙己亥重九，與客自閶門泛舟經横塘，宿霧一白，垂垂欲雨，至綵雲橋，氛翳豁然，晴日滿空，風景閒美，無不與人意會。四郊刈熟，露積如繚垣，田家婦子，著新衣，略有節物。挂帆遡越來溪，潦收淵澄，如行玻璃地上。菱花雖瘦，尚可采擷。檥櫂石湖，扣柴荆，坐千巖觀下。菊叢中大金錢一種，已爛漫穠香，正午薰入酒杯，不待轟飲，已有醉意。其傍丹桂二畝，皆盛開，多欒枝，芳氣尤不可耐。携壺度石梁，登姑蘇後臺，躋攀勇往，謝去巾輿筇杖，石稜草滑，皆若飛步。山頂正平，有坳堂蘚石，可列坐，相傳爲吴故宫閒臺别館所在。其前湖光接松陵，獨見孤塔之尖，少北墨點一螺爲崑山，其後西山競秀，縈青叢碧，與洞庭林屋相賓，大約目力踰百里，具登高臨遠之勝。始余使虜，是日過燕山館，嘗賦水調，首句云：『萬里漢家使』，後每自和，桂林云：『萬里漢都護』，成都云：『萬里橋邊客』。明年徘徊藥市中，頗歎倦游，不復再賦，但有詩云：『莫向登臨怨落暉，自緣羈宦阻歸期。年來厭把三邊酒，此去休哦萬里詩。烏帽不辭敧短髮，黄花終是欠東籬。若無合坐揮毫健，誰嗣西風楚客悲？』今年幸甚，獲歸故園，偕鄰曲二三子，醻酢佳節于鄉山之上，乃復用舊韻。首句云：『萬里吴船泊，歸訪菊籬秋。』《澄懷録》

文穆范公成大，晚歲卜築于吴郡盤門外十里，蓋因闔閭所築越來溪故城之基，隨地高下，而爲亭榭。所植皆名花，而梅尤多。别築農圃堂，對楞伽山，臨石湖，蓋太湖之一派，范蠡所從入五湖者也，孝皇嘗御書『石湖』二大字以賜之，公作《上梁文》所云『吴波萬頃，偶維風雨之舟。越戍千年，因築湖山之館』是也。又有北山堂、千巖觀、鏡閣、壽櫟堂，他亭宇尤多。一時名人勝士，篇章賦詠，莫不極鋪張之美。《齊東野語》

范石湖《初夏》詩：『雪白茶蘼紅寶相，尚携春色見薰風。』《靈巖》詩：『雪浪長風三萬頃，蒼煙古木二千秋。』《白玉樓》步虛詞甚工，類《畫記》。《升庵詩話》

元次山作《大唐中興頌》，抑揚其詞以示意，磨崖顯刻于浯溪上。後來黄魯直、張文潛，皆作大篇以發揚之，謂肅宗擅立，功不贖罪，繼其作者皆一律。識者謂此碑乃唐一罪案爾，非頌也，惟石湖范至能八句云：『三頌遺音和者稀，形容寧有刺譏辭。絶憐元子《春秋》法，卻寓唐家清廟詩。歌詠當諧琴搏拊，策書自管璧瑕疵。紛紛健筆剛題破，從此磨崖不是碑。』然誠齋楊萬里《浯溪賦》中間云：『天下之事，不易于處而不難于議也。使夫謝奉策于高邑，稟重巽于西帝，違人欲而圖功，犯衆怒而求濟，則夫千麾萬旟者，果肯爲明皇而致死耶？』其論甚恕。《歸田詩話》

范至能《嘲蚊》詩云：『沉酣尻益高，飽暖腹漸急。晶晶紫蟹眼，滴滴紅飯粒。』《弁陽詩話》

淳熙中，范至能北使，孝宗令口奏金主，謂河南乃宋朝陵寢所在，願反侵地。至能奏曰：『兹事至重，合與宰相商量。臣乞以聖意諭之，議定乃行。』上首肯。既而宰相力以爲未可，而聖意堅不回，至能遂自爲一書，述聖語，至虜廷，納之袖中，既跪進國書，伏地不起。時金主乃葛王也，性寬慈，傳宣問使人何故不起。至能徐出袖中書奏曰：『臣來時，大宋皇帝别有聖旨，難載國書，令臣口奏。臣今謹以書述，乞賜聖覽。』書既上，殿上觀者皆失色，至能猶伏地。再傳宣曰：『書詞已見，使人可就館。』至能再拜而退。虜中群臣咸不平，議羈留使人，而虜主不可。至能將回，又奏曰：『口奏之事，乞于國書中明報，仍先宣示，庶使臣不墮欺罔之罪。』虜主許之。報書云：『口奏之説，殊駭觀聽。事須審處，邦乃孚休。』既還，上甚嘉其不辱命，由是超擢，以至大用。至能在燕京會同館，守吏微言有羈留之議，乃賦詩曰：『萬里孤臣致命秋，此身何止一漚浮。提携漢節同生死，休問羝羊解乳不。』《鶴林玉露》

漳河上有七十二冢，相傳云『曹操疑冢也』，北人歲增封之。范石湖奉使過之，有詩云：『一棺何用冢如林，誰復如公負此心？歲歲蕃酋爲封土，世間隨事有知音。』四句是兩個好議論，意足而理明，絶句之妙也。《鶴林玉露》

馬大同

馬會叔大同有《修舜祠詩序》云：『提刑少卿嚴陵馬大同，以職事循行過九疑，謁舜祠下，而祠宇圮甚，顧瞻慨歎，乃留錢百千，屬邑尉鄒安道爲之繕葺。因賦小詩，聊序一時之勝云。淳熙癸卯冬至前一日。』詩云：『帝德于今祀萬年，如何遺像託疏椽？憑誰爲假丹青手，付與梅仙十萬錢。』《九疑山志》

楊萬里

楊誠齋詩云：『天上歸來有六更。』蓋内樓五更，絶柝鼓變作，謂之『蝦蟆更』，禁門方開，百官隨入，所謂『六更』者也，外方則謂之『攢點』云。《豹隱紀談》

牛尾貍，《本草》：『斑如虎者最，如貍者次之。肉主痔病。』法去皮并腸肺，用紙揩净，以清酒净洗，入葱椒茴蘿于其内，縫密蒸熟，去料物，壓隔宿，薄切如玉。雪天爐畔，論詩配酒，真奇物也，故東坡有雪天牛尾之詠。或紙裹糟一宿，尤佳。楊誠齋詩云：『狐公韻勝冰玉肌，子則未闇名李貍。誤隨齊相逐牛尾，策勳封作糟丘子。』南人或以爲繪，形如黄狗，鼻尖而尾大者，狐也，其性亦温，可去風補勞，臘月取膽，凡暴亡者，以温水調灌之，即愈。《山家清供》

櫻桃經雨，則蟲在内生，人莫之見，用生水一碗浸之，良久，其蟲皆蟄蟄而出，乃可食也。楊誠齋詩云：『何人弄好手，萬顆擣虚脆？印成花细薄，染作冰斯翠。北果非不多，此味良獨美。』要之其法不過煮以梅水，去核擣爲餅，而加以蜜耳。《山家清供》

楊誠齋詩云：『甕澄雪水釀春寒，蜜點梅花帶露飡。句裏略無煙火氣，更教誰上少陵壇？』剥白梅少許浸雪水，以梅花醖釀之，露一宿，取出，蜜漬之，可薦酒。較之敲雪煎茶，

風味不殊也。《山家清供》

掃落梅英净洗，用雪水煮白粥，候熟同煮。楊誠齋詩云：『纔看臘没得春饒，愁見風前作雪飄。晚蕋收將熬粥喫，落英仍好當香燒。』《山家清供》

宿蒸餅薄切，塗以蜜或油，就火上炙，鋪紙地上散火氣，甚鬆脆，且止疾化食。楊誠齋詩云：『削成瓊葉片，嚼作雪花聲。』形容善矣。《山家清供》

吾州太平寺，郡人徐友畫清濟貫河，一筆紆遶，長數十丈不斷。卻立而觀，濤瀾洶湧，目爲之眩；仰首近之，凛然若飛流之濺于面也。楊誠齋爲太守，爲賦長句云：『太平古寺劫灰餘，夕陽惟照一塔孤。得得來看還不樂，竹莖荒處破殿虚。偶逢老僧聽僧話，道是壁間留古畫。徐生絶筆今百年，祖師相傳妙天下。壁如雪色一丈許，徐生畫水纔盈堵。横看側看只麽是，分明是畫不是水。中有清濟一綫波，横貫萬里濁浪之黄河。雷奔電卷儘渠猛，獨清元自不隨他。波痕盡處忽掀怒，攪動一河秋水暮。分明是水不是畫，老眼向來原自誤。佛廬化作金柁樓，銀山雪堆風打頭。是身飄然在中流，奪得太一蓮葉舟。僧言此畫難再覓，官歸江西卻相憶。并州剪刀剪不得，鵝溪匹絹官莫惜，貌取秋濤懸坐側。』《梁溪漫志》

杭、潁皆有西湖，東坡連鎮二州，故《謝表》云：『入參兩禁，每玷北扉之榮。出典二邦，輒爲西湖之長。』晚謫惠州，州有豐湖，亦名西湖。淳熙中，楊秘監使廣東，過之，賦詩云：『三處西湖一色秋，錢唐、潁水更羅浮。東坡元是西湖長，不到羅浮便得休。』《梁溪漫志》。又見《鶴林玉露》

放翁晚年爲韓平原作《南園記》，除從官，楊誠齋寄詩云：『君居東浙我江西，鏡裏新添幾縷絲。花落六回疏信息，月明千里兩相思。不應李杜翻鯨海，更羨夔龍集鳳池。道是樊川輕薄殺，猶將萬户比千詩。』蓋切磋之也。然《南園記》惟勉以忠獻之事業，實無諛辭。《鶴林玉露》

金陵牧牛亭，秦氏之丘隴在焉。楊誠齋嘗題詩壁間云：『函關只有一穰侯，瀛館寧無再帝丘？天極八重心未死，台星三點坼方休。只看壁後新亭策，恐作栘中屬國羞。今日牛羊上丘壟，不知丞相更瞑不？』自注：秦暮年起大獄，必殺張德遠、胡邦衡等五十餘人。不知諸公殺盡，將欲何爲？秦垂上而卒，故有『新亭』之句。然初節似蘇子卿而晚謬。檜墓前墜碑，宸翰在焉，有其額而無其辭，卧一石草間。曰當時將以求文，莫之肯爲。檜在虜，撻嬾縱之逃歸，不知何以似子卿也？《桯史》

楊誠齋《遇楚州淮陰侯廟》詩云：『鴻溝祇道萬夫雄，雲夢何銷武士功。九死不分天下鼎，一生還負室前鐘。古來犬斃愁無蓋，此後禽空悔作弓。兵火荒餘非舊廟，三間破屋

兩株松。』音節悲壯，倫擬抑揚，偏壁間殆無繼者。《桯史》

孝宗朝，誠齋爲秘書監，論高宗配享，出守高安。其去國時詩云：『新晴在在野花香，過雨迢迢沙路長。兩度立朝今結局，一生行客老還鄉。猶嫌數騎傳書劄，賸喜千峰入肺腸。到得前頭上船去，莫將白髮照滄浪。』可謂無幾微見于顔面矣。《鶴林玉露》

詩家謂誠齋多失之好奇，傷正氣，若『梅子流酸軟齒牙，芭蕉分緑與窗紗。日長睡起無情思，閒看兒童捉柳花。』極有思致。誠齋亦自語人曰：『工夫只在一「捉」字上。』《弁陽詩話》。又見《鶴林玉露》

《太平吟》云：『紛紛紅紫已成塵，布穀聲中夏令新。夾路桑麻行不盡，始知身是太平人。』此可謂善狀太平氣象，勝于誠齋『太平不在簫韶裏，只在諸村打稻聲』之句。《弁陽詩話》

東坡像《自贊》云：『目若新生之犢，身如不繫之舟。試問平生功業，黄州、惠州、崖州。』山谷《自贊》云：『似僧有髮，似俗無塵。作夢中夢，見身外身。』楊誠齋《自贊》云：『青白不形眼底，雌黄不出口中。只有一罪不赦，搪突明月清風。』與陳龍川《自贊》『人中龍，文中虎』者，有間矣。《逸老堂詩話》

楊廷秀學李義山，更覺細碎。陸務觀學白樂天，更覺直率。概之唐調，皆有所未聞也。

衛青少服役平陽公主家，後爲大將軍，貴顯震天下。公主仳離擇配，左右以爲無如大將軍，公主曰：『此我家馬前奴也，不可。』已而徧擇群臣，貴顯無踰大將軍者，迄歸大將軍。丁晉公起甲第，鉅麗無比，軍卒楊杲宗，躬負土之役，勞苦萬狀。後杲宗以外戚起家，晉公得罪貶海上，朝廷以其第賜杲宗，居之三十年。世事翻覆，何所不有。楊誠齋詩云：『君不見河陽花，今如泥土昔如霞。又不見武昌柳，春作金絲秋作帚。人生馬耳射東風，柳色桃花卻長久。秦時東陵千户侯，華蟲被體腰蒼璆。漢初沛邑刀筆吏，折腰如磬頭搶地。蕭相厥初謁邵平，中廷百拜百不譍。邵平後來謁蕭相，故侯一拜一惆悵。萬事反覆何所無，二子豈是大丈夫。窮通流坎皆偶爾，摶扶未必賢搶揄。華胥别是一天地，醉鄉何嘗有生死。儂欲與君歸去來，千愁萬恨付一盃。』《鶴林玉露》

楊誠齋自秘書監將漕江東，年未七十，退休南溪之上，老屋一區，僅庇風雨，長鬚赤脚，纔三四人。徐靈暉贈公詩云：『清得門如水，貧惟帶有金。』蓋紀實也。聰明强健，享清閒之福，十有六年。寧皇初元，與朱文公同召。文公出，公獨不起。文公與公書云：『更能不以樂天知命之樂，而忘與人同憂之憂，毋過于優游，毋決于遁思，則區區者猶有望于斯世也。』然公高蹈之志，已不可回矣，嘗自贊云：『江風索我吟，山月唤我飲。醉倒落花前，天

《麓堂詩話》

地爲衾枕。』又云：『青白不形眼底，雌黄不出口中。只有一罪不赦，唐突明月清風。』《鶴林玉露》

楊誠齋初欲習宏詞科，南軒曰：『此何足惜，盍相與趨聖門德行科乎？』誠齋大悟，不復習。作《千慮策》，論詞科可罷，曰：『孟獻子有友五人，孟子已忘其三。周室去班爵之籍，孟子已不能道其詳。孟子亦安能中今之詞科哉！』晚年作詩示兒云：『素王開國道無臣，一牓春風放十人。莫羨牓頭年十八，舊春過了有新春。』《鶴林玉露》

杜少陵詩云：『風含翠篠娟娟浄，雨裛紅蕖冉冉香。』上句風中有雨，下句雨中有風，謂之互體。楊誠齋詩云：『緑光風動麥，白碎日翻池。』亦然，上句風中有日，下句日中有風。《鶴林玉露》

武惠妃薨，明皇悼念不已，後宫數千，無當意者。或言壽王妃楊氏之美，絶世無雙，帝見而悦之，乃令妃自以其意，乞爲女冠，號太真，更爲壽王娶韋昭訓女，潛納太真宫中，寵遇如惠妃，册爲貴妃，與衛宣公納伋之妻無以異。白樂天《長恨歌》云：『楊家有女初長成，養在深閨人未識。天生麗質難自棄，一朝選在君王側。』爲尊者諱也。近時楊誠齋《題武惠妃傳》云：『桂折秋風露折蘭，千花無朵可天顔。壽王不忍金宫冷，獨獻君王一玉環。』詞雖工，意亦未婉。惟李商隱云：『龍池賜酒敞雲屏，羯鼓聲高衆樂停。夜半宴歸宫漏永，

薛王沉醉壽王醒。』其詞微而顯，得風人之體。《鶴林玉露》

士大夫危言峻節，遷謫淒涼，晚歲收用，衰落懲創，刓方爲圓者多矣。呂子約謫廬陵，量移高安，楊誠齋送行詩云：『不愁不上青雲去，上了青霄莫愛身。』蓋祖杜少陵《送嚴鄭公》云：『公若居台輔，臨危莫愛身。』然以之送遷謫流徙之士，則意味尤深長也。《鶴林玉露》

楊誠齋《贈抄經頭陀》詩云：『刺血抄經奈若何，十年依舊一頭陀。袈裟未著言多事，著了袈裟事更多。』今世儒生，竭半生之精力，以應舉覓官，幸而得之，便指爲富貴安逸之媒，非特于學問切己事不知盡心，而書册亦幾絶交。如韓昌黎所謂『墻角君看短檠棄』、陳後山所謂『一登吏部選，筆硯隨掃除』者多矣，是未知著了袈裟之事更多也。予同年李南金登第後，畫師以冠裳寫其真，南金題詩云：『落魄江湖十二年，布衫闊袖裹風煙。如今個樣新裝束，典卻清狂賣卻顛。』雖一時戲語，然知紳裳之束縛非韋布比，而加意檢束，亦自有味。《鶴林玉露》

楊誠齋《月下傳杯》詩云：『老夫渴急月更急，酒落杯中月先入。領取青天併入來，和月和天都蘸溼。天既愛酒自古傳，月不解飲真浪言。舉杯將月一口吞，舉頭見月猶在天。老夫大笑問客道，月是一團還兩團？酒入詩腸風火發，月入詩腸冰雪潑。一杯未盡詩已成，誦詩向天天亦驚。焉知萬古一骸骨，酌酒更吞一團月。』余年十許歲時，侍家君竹谷老

人謁誠齋，親聞誠齋誦此詩，且曰：『老夫此作，自謂仿佛李太白。』《鶴林玉露》

孝宗御宇，高宗在德壽宮，光宗在青宮，寧宗在平陽邸，四世本支之盛，亘古未有。楊誠齋時爲宫僚，賀光宗誕辰詩云：『祖堯父舜真千載，禹子湯孫更一家。』讀者服其精切。又云：『天意分明昌火德，誕辰三世總丁年。』蓋高宗生于丁亥，孝宗生于丁未，光宗生于丁卯也。『丁年』字出《李陵書》，借用亦佳。《鶴林玉露》

紹興中，孝宗初入宫，宰執贊光堯盛德，真堯舜用心，上曰：『堯舜之事甚不難。』蓋脱屣之意，先定于此時矣。厥後受禪之議定，宰執稱賀，且致戀軒之意，上曰：『朕在位久，失德甚多，更賴卿等掩覆。』大哉言乎！何其謙尊而光也，不知堯禪舜時有此言否？邵康節詩曰：『五事歷將前代數，帝堯而下固無之。』豈知中興内禪之盛美，雖堯亦不能及也。謂之『光堯』，信矣，其有光于堯矣。舜、禹受禪之後，其所以事堯、舜者，當必盡道，然要之君臣而非父子也。文王受武王之養，蓋方伯耳；漢高五日一朝太公，太公亦非身有天下者也；惟唐肅宗之于明皇，乃父子帝王，然靈武即位，已幾于篡，内外牽制，孝道大虧。山谷之詩曰：『事有至難天幸耳，上皇跼蹐還京師。内問張后色可否？外間李父頤指揮。南内凄凉幾苟活，高將軍去事尤危。』潘邠老之詩曰：『天下寧知再有唐？皇帝紫袍迎上皇。神器倉忙吾取惜，兒不終孝聽五郎。父子幾何不豺虎？君臣寧能責胡虜？南内凄凉誰得知，人家稱節作端午。』至今讀者爲之淒楚。惟我光堯，爲天下得人，而孝宗以舜、禹之資，躬曾閔之行，綵衣焜煌參侍，遨游于湖山之間，賦詩飲酒，承顔適志，以天下養者二十四年。此開闢以來，所未有也。楊誠齋《慶壽口號》曰：『長樂宫前望翠華，玉皇來賀太皇家。青天白日仍飛雪，錯認東風轉柳花。春色何須羯鼓催，君王元日領春回。牡丹芍藥薔薇朵，都向千官帽上開。雙金獅子四金龍，噴出香雲繞殿中。太上垂衣今上拜，百王曾有個家風。帝捧瑶觴玉座前，綵衣三世祝堯年。天皇八十一萬歲，休説莊椿兩八千。大父晨興未出房，君王忍冷立風廊。忽然鳴蹕珠簾捲，萬歲傳聲震八荒。花外班行霧外天，何緣仔細望龍顔。小窺玉色真難老，底用臞仙九轉丹。甘露祥風天下來，今回恩數賽前回。都將四海歡聲沸，釀作慈皇萬壽杯。堯、舜同時已甚都，祖孫四世古今無。誰將寫日摹天手？畫作皇王盛事圖。』光堯晚歲尤康强，孝宗嘗謂周益公曰：『太上極善將攝，終日端坐不倦，全不飲酒，晡時即入寢閣，五更便起。多服疏利藥，服牽牛圓至四五十粒。其異稟如此，他人如何及？』聖壽登八十一云。《鶴林玉露》

尤梁溪延之博洽工文，與楊誠齋爲金石交。淳熙中，誠齋爲秘書監，延之爲太常卿，又同爲青宫寮宷，無日不相從。二公皆善謔，延之嘗曰：『有一經句，請秘監對。』曰：『楊氏爲我』，誠齋應聲曰：『尤物移人。』衆皆歎其敏確。誠齋戲呼延之爲『蝤蛑』，延之戲呼誠齋爲『羊』。一日食羊白腸，延之曰：『秘監錦心繡腸，亦爲人所食乎？』誠齋笑吟曰：『有腸可食何須恨，猶勝無腸可食人。』蓋蝤蛑無腸也，一坐大笑。厥後閒居，書問往來，延之則曰：『羔兒無恙？』誠齋則曰：『彭越安在？』誠齋寄詩曰：『文戈卻日玉無價，寶氣蟠胸金欲流。』亦以蝤蛑戲之也。延之先卒，誠齋《祭文》云：『齊歌楚些，萬象爲挫。瓌偉詭譎，我倡公和。放浪諧謔，尚友方朔。巧發捷出，公嘲我酢。』《鶴林玉露》

誠齋始學江西，既而學五字律于後山，學七字絶句于半山，最後學絶句于唐人。《困學紀聞》

翰林書待詔請春詞，以立春日剪貼于禁中門帳。《皇帝閣》六篇，其一曰：『漠然天造與時新，根著浮流一氣均。萬物不須雕琢巧，正如恭己布深仁。』《皇后閣》五篇，其一曰：『春衣不用蕙蘭薰，領緣無煩刺繡文。曾在蠶宮親織就，方知縷縷盡辛勤。』《夫人閣》四篇，其一曰：『聖主終朝勤萬幾，燕居專事養希夷。千门□□□□□，不用車前插柳枝。』《春端帖子》不恃詠景物爲觀美，歐陽文忠公嘗寓規諷其間，蘇東坡亦然。司馬温公自著《日録》，特書此四詩，蓋爲玉堂之楷式。自政、宣以後，第形容太平盛事，語言工麗以相夸，殆若唐人宫詞耳。近時楊誠齋廷秀詩有『玉堂著句轉春風，諸老從前亦寓忠。誰爲君王供帖子？丁寧綺語不須工』之句，是亦此意。頃得《玉堂集》，分爲八帙，或云李漢老所

編者，亦有《皇太子府春、端帖子》。《清波雜志》

吾鄉地瀕具區，故郡以湖名，葉水心爲趙守希蒼作《勝賞樓記》，有『四水會于霅溪』、『鏡波藍浪』等語。然直齋爲吴守子明《記重建碧瀾堂》，亦云：『鏡波藍浪，萬頃空闊。』以是觀之，則『水晶宫』之稱，非浪得也。環城數十里，彌望皆菰蒲芰荷，城中月河蓮花莊一帶亦然。余賞愛楊廷秀《過霅川大溪》詩，數語形容最佳。詩云：『菰蒲際天青無邊，只堪蓮蕩不堪田。中有一溪元不遠，摺作三百六十灣。正如緑錦衣地上，玉龍盤屈于其間。』味此詩，則霅之勝概，大略可見。《梅磵詩話》

詩人嘲風詠月，不過以文章自娱戲耳。楊廷秀《檄風伯》詩云：『峭壁呀呀虎擘口，惡灘洶洶雷出吼。泝流更著打頭風，如撑鐵船上牛斗。風伯勸汝一杯酒，何須惡劇驚詩叟。端能爲我霽威否？岸柳掉頭荻摇手。』《梅磵詩話》

楊誠齋《臘肉》詩云：『霜刀切下黄水精，玉斧削出紅松明。』松明固非斧不可削，然割一臠肉，方用霜刀，又换玉斧，似失之俳。杜子美《薤》詩：『束比青蒭色，圓齊玉筯頭。』全不費斧鑿。《吹劍三録》

楊廷秀在高安，有小詩云：『近紅暮看失燕支，遠白宵明雪色奇。花不見桃惟見李，一生不曉退之詩。』予語之曰：『此意古已道，但不如公之詳耳！』廷秀愕然，問：『古人誰曾

道？』予曰：『荆公所謂「積李兮縞夜，崇桃兮炫晝」是也。』廷秀大喜曰：『便當增入小序中。』《老學庵筆記》

誠齋《讀〈貞觀政要〉》云：『拔士新豐逆旅中，懷賢鴨緑水波東。酒傾一斗鳶肩客，醋設三盃羊鼻公。』『羊鼻公』，謂魏鄭公，見《龍城録》。《困學紀聞》

誠齋大篇短章，七步而成，一字不改，皆掃千軍、倒三峽、穿天心、透月脇之語。至于狀物姿態，寫人情意，則鋪敘纖悉，曲盡其妙，筆端有口，句中有眼。《周益公題跋》

惠　迪

惠楙吉《婆餅焦》詩云：『夢破一聲婆餅焦，吴音未穩帶春嬌。不禁風力遥飛去，卻引餘音過别條。』《前賢小集拾遺》

楙吉少時治一室，讀書其中。予過賦小詩，楙吉和答云：『小屋牽蘿補，高軒偃蓋過。』予讀之驚歎。孫覿《惠公墓誌》

王十朋

梅溪王十朋隆興間出守某郡，宴七邑宰，賦詩云：『九重宵旰愛民深，令尹宜懷撫字心。今日黄堂一杯酒，殷勤端爲庶民斟。』西山真公德秀嘉定間帥長沙，開藩之初，會十二邑宰，亦賦詩云：『從來守令與斯民，都是同胞一樣親。豈有脂膏供爾禄，不思痛癢切吾身。此邦祇是唐時古，我輩當如漢吏循。今日湘潭一杯酒，直須散作十分春。』二公所作，真情懇切，足以動人之良心。《梅磵詩話》

王龜齡年四十七魁天下，以書報其弟夢齡、昌齡曰：『今日唱名，蒙恩賜進士及第，惜二親不見，痛不可言。嫂及聞詩、聞禮，可以此示之。』『詩』、『禮』，其二子也。于十數字之間，上念二親，而不以科名爲喜；專報二弟，而不以妻、子爲先，孝友之意皆在焉。爲御史首彈史丞相浩，乞專用張浚，上爲出浩帥紹興，龜齡又上疏言：『舜去四凶，未聞使之爲十二牧。』與胡邦衡並爲左、右史，相得最歡。奏補先弟而後子。嘗賦《不欺》詩云：『室明室暗兩奚疑，方寸常存不可欺。莫問天高鬼神惡，要須先畏自家知。』其自吏部侍郎出帥夔門也，有臨安録事參軍祝懷，抗疏銀臺，謂王十朋忠義謇諤，借令不容于朝，亦合置之近藩，緩急呼來，無倉卒乏使之憂，今遣往萬里外，非計之得也。雖不報，時論韙之。《鶴林玉露》

王龜齡《悼張安國舍人》：『天上張才子，少年觀國光。高名一枝桂，遺愛六州棠。出世纔成佛，修文遽作郎。長沙屈賈誼，宣室竟凄涼。』《梅溪集》

王龜齡《輓趙氏》詩：『全節忠臣配，崇寧宰相家。哀能變國俗，實不御鉛華。學佛窮

三昧，然松教五車。遺芳載彤管，名壽兩俱遐。』《梅溪集》

王龜齡《悼亡》：『燕寢焚香老病身，細君相對坐如賓。而今一榻維摩室，惟與無言法喜親。』(一)『偕老相期未及期，回頭人事已成非。逢春尚擬風光轉，過眼忽驚花片飛。』(二)《梅溪集》

會稽《秦頌德碑》，丞相李斯篆，世傳在秦望山，莫知所在。教授莫君，好奇嗜古，搜訪尤力。有言碑在何山者，莫以語某，何山見于《圖經》，在秦望東南，疑其真秦望也。某欣然欲往，職有所拘，以告會稽梁尉，慨然而行，登山果見之。碑石僅存，字磨滅已盡，墨片紙而還，作《古風》長韻，具記始末。因次其韻，且記吾三人好事之癖，亦以示後人也。詩曰：『姬嬴遺迹存者稀，世傳石鼓、稽山碑。石鼓揄揚得韓子，文與二雅爭驅馳。秦碑誇大頌功德，埋没草莽無人知。或言山頂石猶在，上有虎豹龍蛇螭。神藏鬼護荆棘蔽，崖懸磴絶登無歧。廣文好奇探禹穴，梅仙好事尋僧支。我贊其行要親覩，勿受世俗流傳欺。望秦秦望兩嶄絶，何山壁立東南涯。豐碑屹植最高處，不知磨滅從何時？剔苔掃墨了無有，糢糊片紙亦足奇。濃雲霮䨴黯將雨，古木槎枒蟠老枝。歸來走筆出險語，訶叱政斯同小兒。詩成得得寫寄我，辭嚴意偉法退之。我聞秦人滅六國，酷若犬礫臨海麋。先王法爲秦所負，負秦况有秦有司。五經灰飛儒濺血，堯、舜、周、孔何能爲。上蔡獵師妙小篆，奴視俗體徒肥皮。東封泰山南入越，大書深刻光陸離。沙丘風腥人事變，鬼飢族赤誰嗟咨？漢興萬事一掃去，惟有篆刻餘刑儀。磨厓欲作不朽計，其如曆數不及期。蚩尤五兵□漆器，人物美惡能相疵。我雖過秦愛遺畫，南山入望頻支頤。不須嶧陽訪棗刻，不用遷史觀雄辭。虛堂默坐對此紙，閉眼暗想君勿嗤。要知秦碑没字本，卻類周《雅》無辭詩。』《梅溪集》

東屯有青苗陂，杜詩云：『東屯稻田一百頃，北有澗水通青苗。晴浴狎鷗分處處，雨隨神女下朝朝。』又云：『東屯復瀼西，一種住青溪。』東屯之田，可得百許頃，稻米爲蜀第一，郡給諸官俸廩，以高下爲差，帥漕月得九斗，故王詩云：『少陵別業古東屯，一飯遺忠畎畝存。我輩月叨官九斗，須知粒粒是君恩。』《方輿勝覽》。又見《困學紀聞》

王公袞吉老，會稽山陰人，紹興甲戌登進士第，仕至左司郎中。盜劫其母墓，獄成，盜不死，吉老手殺之，詣州自言：『兄宣子請納所居官以贖其罪。』時梅溪王公十朋爲簽幕，賦詩以美之云：『臣子大節孝與忠，父母仇讎天下同。賢哉會稽王孝子，感慨有古烈士風。松楸一夕盜破冢，親獲鼠輩聞之公。有司守法貸其命，孝子銜恨無終窮。誰謂書生膽如許？貌若尫羸中甚武。手斬凶人提髑髏，請死伸冤詣公府。君不見齊襄内行世所羞，《春秋》賢之緣復讎。又不見子胥鞭屍報父怨，太史爲之作佳《傳》。君今枕戈志已伸，更須移孝爲忠臣。他年當作傅介子，誓斬樓蘭雪國恥。』詩紀其實也。宣子名佐，以南省高選奉廷對魁天下。紹興間，因不附秦檜而斥。淳熙中，平潭寇有功，天子嘉之，官至八座。吉老風節亦如是。其王氏之二難歟。《梅磵詩話》

吴已正

紹興二十七年御筵，進士四百二十六人，温州王十朋爲之首，其鄉人吴已正綴末，特奏狀元之後，則福州李三英，例賜出身，附名正奏之後。已正有詩云：『舉頭不忍看王十，回面猶欣見李三。』《二老堂詩話》

何德獻

王龜齡自饒州遷夔州，饒人遮道挽留，公易轎由間道而去。饒州提點何德獻贈詩云：『斷橋截鐙亦堪憐，始信林間别有天。微見兵機第一義，朱轓暫席廣文氈。』《梅溪集·附》

趙十朋

趙十朋有絶句云：『四枚豚犬教知書，二頃良田儘有餘。魯酒三杯棋一局，客來渾不問親疏。』梅溪和之云：『薄有田園種斗升，兩兒傳授讀書燈。客來一局三杯酒，王十朋如

趙十朋。』《梅溪集》

劉　鎮

劉方叔《書王龜齡〈述恨〉詩後》云：『山北山南春雨足，漠漠柔桑秀如沃。儂家荆婦幾時歸？西疇獨自驅黄犢。』王詩有『剩栽桑柘教妻蠶』之句。《梅溪集·附》

唐立夫

以日者命狀寄王龜齡，有詩云：『試把流年子細看，休將蠖屈比鵬摶。渠家大有回天力，不易區區作好官。』《梅溪集·附》

王　秬

王嘉叟《題王龜齡詹事祠堂》詩云：『當時孤論偶相同，終始知心每愧公。纔見安車延綺季，遽嗟石室祀文翁。百年公議分明在，一餉紛華究竟空。白髮舊交衰甚矣，尚能留面對高風。』自注：『始予與龜齡别，嘗謂吾輩會合不可常，但令常留面目，異時可復相見。龜齡再三擊節，後每見必誦此言。』《貴耳集》

王嘉叟侍郎『柳色知春淺，鐘聲覺寺深。避虎連竹静，分魚一市腥』之句，甚佳。《後村詩話》

李南金

南金自號三谿冰雪翁，尤工于詩，有《江頭吟》云：『兒時盛氣高于山，不信壯士有飢寒。如今一杯零落酒，風雨蝕盡征袍單。側立崑奴面鐵色，楚客不言未吹笛。關山有月無人聲，自是江頭渚花發。渚花春少未得妍，凝立青山圍水天。杜鵑故態不識事，盡情叫入青風煙。壯士未握邊頭槊，旄頭如月幾時落？如今世界不愛賢，看取青風白雲角。嗚呼一歌兮歌已怨，壺中無酒可續嚥。』蓋模擬少陵之作，詞旨清婉可愛。《鶴林玉露》

李南金登第後，畫師以冠裳寫其真，戲題一絶云：『落魄江湖十二年，布衫闊袖裹風煙。如今各樣新裝束，典卻清狂賣卻顛。』一時戲語，亦自有味。《鶴林玉露》

馬子約

僧宗昂住會稽能仁寺，有故相寓寺中，已而復相，宗昂被敕住持。郎官馬子約題詩法堂壁間曰：『十年衰病卧林泉，鵷鷺群飛競刺天。黄紙除書猶到汝，固知清世不遺賢。』《老學庵筆記》

沈説

『晚行疏松間，遥見青煙處。群牧下山遲，斜陽半芳樹。孤雲駕回飈，介水横不渡。傾意望幽人，待月同歸步。』此吾鄉沈庸齋詩，全類淵明。蓋自葉水心喜晚唐體，世遂靡然從之，凡典雅之詩，皆不合時聽。劉後村云：『始予厭之，欲息唐律，專造古體。趙南塘謂言意深淺，存人胸襟，不係體格，若氣象廣大，雖唐律不害爲黄鍾大吕，否則手操雲和，而驚飈駭電，猶隱隱絃撥間。』庸齋名説，字惟肖，由上庠登科，主貴溪簿，一年棄官去，再調天台教官，纔終年遂不仕。高横槎題其《詩集》云：『宦情薄于水，吟鬢早爲霜。』蓋實録也。《吹劍四録》

孫奕

黄耕叟夫人三月十四日生，吴叔經代人作壽詩曰：『天邊將滿一輪月，世上還鐘百歲人。』識者謂：『「將滿一輪」之句，若是十三日亦使得。不若云「猶欠一分」，便見直是十四日也。』予謂『猶欠一分』，非祝壽底語，終未若魏仲先《壽萊公》詩云『何時生上相？明日是中元』，形容得七月十四日坦然明白矣。周益公生于丙午七月十五日，嘗壽以詩曰：『年與潞公同丙午，日鄰萊國占中元。』公覽而笑曰：『賢此聯已道盡了予生年月日，只欠説出一個生時，便是一本好建生也。』公齊年友歐陽伯威適在坐，亦曰：『實道得著。』《履齋詩説》

全宋詩話目録卷七十三

京鏜　字仲遠，豫章人，紹興二十七年進士。歷官左丞相，卒贈太保，謚莊定。有《松坡集》。

游侶　字景仁。

梁克家　字叔子，晉江人，紹興三十年進士第一。歷官中書舍人，右丞相，封儀國公，卒贈少師，謚文靖。

王質　字景文，號雪山，鄆州人，寓居興國軍，紹興三十年進士。歷官樞密院編修官，出判荆南府。有《雪山集》、《紹陶録》。

林外　字豈塵，晉江人，紹興三十年進士。官興化令。有《孏窠類稿》。

向豐之　向后族。

鍾炤之　字彦昭，樂平人。

謝處厚

林宋偉　字力叟，號橘園。

陸昇之　山陰人。

陳子常

徐錫之

李呂

彭巖肖

劉子澄

吕之鵬　密縣人。

江鉌

辛棄疾　字幼安，號稼軒，濟南歷城人。耿京聚兵山東，節制忠義軍馬，留掌書記。紹興三十二年，令奉表南歸，高宗召見，授承務郎。歷官浙東安撫使、龍圖閣待制、樞密都承旨。德祐初，以謝枋得請，贈少師，謚忠敏。

尹穡　字少稷，兖州人，僑居玉山，紹興三十二年，與陸游同賜進士出身，歷官殿中侍御史，右諫議大夫，以言者劾罷。

楊杞　字元卿，廬陵人。

謝完璧

胡清　崑山人。

潘矩　字方仲，會稽人，安吉尉。

厲德新　字直方，餘姚人。

耿時舉　字德基。

葉祖義　字子由，婺州人。登科，爲杭州教授。

吕祖謙　字伯恭，好問孫，大器子。本壽州人，好問從駕南渡，居金華。隆興元年進士，復中宏詞科。歷官直秘閣、著作郎、國史院編修。理宗賜謚曰成，封開封伯，從祀孔廟。有《東萊太史集》。

樓鑰　字大防，鄞人，隆興元年進士。歷官中書舍人、給事中、翰林學士、同知樞密院事、參知政事，卒謚宣獻。有《攻媿集》。

王阮　字南卿，德安人，隆興元年進士。仕至撫州守。歸隱廬山。有《義豐集》。

陳讜　字仲甫，莆田人，隆興元年進士。歷官兵部侍郎，乞補外，以集英殿修撰知寧國府，再乞致仕，封清源郡侯。

張良臣　字武子，汴人，避寇家鄞，隆興元年進士。官止監左藏庫。有《雪窗小集》。

楊方　字子直，長汀人，自號淡軒老叟，隆興元年進士。嘗受業于朱熹。官至直寶謨閣、廣西提刑。

程迥　字可久，寧陵人，家于沙隨，隆興元年進士。官德興丞、上饒令。深于經學，學者稱沙隨先生。有《南齋小集》。

曹龜年　特科入仕，終縣主簿。

嚴中和　號月澗。

俞桂英　號野雲。

王暨　字文昌，四明人。

馮可遷

林桂龍

張卿

周茂振

全宋詩話卷七十三

京鏜

光堯之喪，金虜來弔祭，京仲遠以檢正假禮部尚書爲報謝使。虜錫燕汴京，仲遠與郊勞使康元弼言：『請免燕。』不許，『請撤樂如告哀遺留使。』亦不許。至期，虜促入席，傳呼不絶，仲遠曰：『若不撤樂，有死而已。』不敢即席。元弼等知不可奪，乃傳言曰：『請先拜酒果之賜，徐議撤樂。』仲遠方率其屬拜受，北典籤者連呼曰：『北朝燕南使，敢不即席！』聲甚厲，仲遠趨退復位。甲士露刃閉門，仲遠命左右叱曰：『南使執禮，何物卒徒，乃敢無禮！』排闥而出，元弼等以聞其主。仲遠留館俟命，賦詩曰：『鼎湖龍馭去無蹤，三遣行人意則同。凶禮强更爲吉禮，夷風終未變華風。設令耳與笙鏞末，只願身糜鼎鑊中。已辦淹留期得請，不辭築館汴江東。』越七日，竟獲免樂之命。既還，孝宗勞之曰：『卿能執禮爲朕增氣，何以賞卿？』對曰：『虜畏陛下威德，非畏臣也。正使臣死于虜，亦常分也，敢覬賞

乎？』上喜，謂宰相曰：『京鏜，今之毛遂也。』除權侍郎，以至大用。《鶴林玉露》

游侶

游景仁《黄鶴樓》詩：『長江巨浪拍天浮，城郭相望萬景收。漢水北吞雲夢入，蜀江西帶洞庭流。角聲交送千家月，帆影中分兩岸秋。黄鶴樓高人不見，卻隨鸚鵡過汀洲。』景仁，名侶，廣安人，南渡四賢相之一，有《文集》，今不傳，獨此詩見《楚志》。《升庵詩話》

梁克家

王沂公《梅》詩，有『雪中未問調羹事，只向百花頭上開』之句，識者知其必爲宰相狀元。梁鄭公克家未第時，爲潮州揭陽宰館客，寓縣治東齋。齋前有梅一株，忽于九月中盛開。嶺外梅著花固早于江浙間，然必至冬方有之，邑人殊以爲異，時紹興二十八年也。邑士多賦詩，往往皆諂令君，梁公亦賦一篇，云：『老菊枯殘九月霜，誰將先暖入東堂？不因造物于人厚，肯放南枝特地香。九鼎燮調端有待，百花羞澀敢言芳。看來冰玉輝相映，好取龍吟播樂章。』語意不凡，與沂公所作頗相類。明年還泉州，中解試首選；又明年，廷對魁天下，孝宗朝拜相。《梅磵詩話》

王質

王雪山有《何處難忘酒》一章云：『何處難忘酒？英雄太屈蟠。時違聊置畚，運至即登壇。梁甫吟聲苦，干將寶氣寒。此時無一盞，拍碎玉闌干。』《貴耳集》

王質景文《與王樞使公明》詩云：『試看公出手，毋謂我無人。』《與虞丞相》云：『寄身江海歸無所，開眼乾坤見有公。』甚雋快，但下聯云：『修造鳳樓須有手，拄持烏寺可無人。』幾于自鬻矣。《後村詩話》

林外

林外詞翰瀟爽，詼譎不羈，飲酒無算。在上庠，暇日獨游西湖幽寂處，得小旗亭，飲焉，題詩壁間曰：『藥罏丹竈舊生涯，白雲深處是吾家。江城戀酒不歸去，老卻碧桃無限花。』外美風姿，角巾羽氅，飄飄然神仙中人也。預市虎皮錢篋數枚，藏腰間，每出其一，入酒家保，傾倒使視其數酬酒直，即藏去。酒且盡，復出一篋傾倒如初，逮暮所飲幾斗餘，不醉，而篋中錢若循環無窮者，肆人皆驚異之。都下甚傳其酒家肆有神仙至云。《齊東野語》。宗祥案：此詩《西溪叢話》以爲終南仵磐作，《輟耕録》以爲龍川藍喬作，《庚溪詩話》則以爲神仙所作。其實極通套之詩，可不辨也。

向豐之

豐之才調極高，貧窘則甚。有句云：『人情甚似吴江冷，世路真如蜀道難。』誠齋楊少監奇之。《湖海新聞》

鍾炤之

鍾炤之長于詞賦，紹興己卯春夜，讀書窗下，聞有哦句于外，云：『霖作商巖雨，薰來舜殿風。』至秋試，以『膏澤爲豐年』詩，鍾押『豐』字韻，用此兩句入第五聯，考官稱歎，竟置高第。《夷堅志》

謝處厚

孫何帥錢唐，柳耆卿作《望海潮》詞贈之，有『三秋桂子，十里荷花』之句，此詞流播，金主亮聞之，欣然起投鞭渡江之志。謝處厚詩云：『誰把杭州曲子謳？荷花十里桂三秋。那知卉木無情物，牽動長江萬里愁。』予謂此詞雖牽動長江之愁，然湖山之清麗，使士大夫流連于歌舞嬉游之樂，遂忘中原，是則深可恨耳！《錢唐遺事》

林宋偉

紹興辛巳之冬，金主亮傾國入寇，如林之旅，充塞淮甸。尉子橋之戰，大將王權先遁，統領姚興獨以所部四百騎，當虜六十萬，自辰至午，凡十戰，斃數百人。虜相謂曰：『使更數人如此，吾曹何可當？』權不遣一卒援，部將戴皋，亦玩視不救，興竟没于陣。朝廷憫其忠，厚加恤典，謚以忠毅，立廟淮甸，迨今血食。橘園林宋偉力叟題四絶于廟，其一云：『赤心許國自平時，見敵捐軀更不疑。權忌皋庸皆遁走，同時死難只青獅。』注云：『「青獅」，乃姚馬名。每親飼之，若通其語言，時取斗酒投大盆中，與馬同飲。曰：「吾與汝同力報國。」竟與馬同死。』其二云：『農父犂田出寶刀，銅花浸血冷侵毛。神鋒凛凛衝星斗，未許豐城劍氣高。』注云：『耕者得姚所用大刀，重六十斤。』其三云：『歲歲烝嘗九月期，西風笳鼓萬人悲。山邊走馬神旗閃，遥望君侯復下來。』注云：『軍民每當重九侯生日，集祠下祭酹，往往見飛騎來繞山，謂「太尉來降」。』其四云：『兩日經行舊戰場，卻來祠下謁堂堂。偷生諸將今何在？萬古英靈獨耿光。』林詩載于黃柔升所編《六義》，予嘉其忠節，表而出之。《梅澗詩話》

陸昇之

憲聖慈烈吴太后居中宫時，嘗臨《蘭亭》。山陰陸昇之代劉珙《皇后閤春帖子》云：『内仗朝初退，朝曦滿翠屏。硯池渾不凍，端爲寫《蘭亭》。』刻石吴琚家。桑世昌《蘭亭考》

陳子常

子常精于周典，如『井田』、『封建』，先儒所未發明者，悉晝爲圖。有詩云：『爲成者十復爲終，終十還爲百里同。祇爲諸儒泥方法，不知起數總皆縱。』《全閩詩話》

徐錫之

鼓山去福州府治東三十里，達涌泉寺，有喝水巖。國師安禪于此，惡澗水之喧，喝之，水乃倒流，遂涸。旁多宋人題字，有徐錫之詩刊于石，詩曰：『重巒複嶺鎖松關，只欠泉聲入座間。我若當年侍師側，不教喝水過他山。』《曝書亭集》

李呂

雲際嶺北溪水出焉，宋李呂有詩云：『凌空石磴三千丈，匝地瑶林百萬花。自有眼來方見此，直疑身已到仙家。』《全閩詩話》

彭巖肖

彭巖肖嗜學不倦，詩文窺韓、杜户庭，掐肝劌腎，無一字輕綴。縣尹楊補植清獻梅，命賦，云：『清獻堂前樹，無枝可著春。豈知三百載，復有種花人。』《全閩詩話》

劉子澄

端平甲午入洛之役，二趙喪師，劉子澄實主帷幄之籌，遂坐貶封川，竟不復用。南仲之死，子澄以詩哭之云：『功名翻覆等南柯，雲掩新阡長薜蘿。千載只憑公論去，百年無奈世情何。高光時節經營易，晉宋人才隱逸多。入汴老賓猶坐謫，餘生只合理煙蓑。』《弁陽詩話》（又見《浩然齋雅談》）

呂之鵬

呂之鵬，密縣人，申公之裔也，大金宣宗頻年南伐，作詩憾主兵者云：『縫掖無由掛鐵衣，劍花生澀馬空肥。燈前草就平南策，一夜江神涕泣歸。』《浩然齋雅談》

江鉌

江鉌聰敏絶人，十歲應童子科，賦《並蒂梅》詩，聞者歎賞。紹定中，與兄鎔再舉于鄉，後受業魏了翁，遂高卧廬山，講明正學。嘗賦《隋隄柳》云：『錦纜龍舟萬里來，醉鄉繁盛忽塵埃。空遺兩岸千株柳，雨葉風花作恨媒。』《全閩詩話》

辛棄疾

辛幼安《送別湖南部曲》詩云：『青衫匹馬萬人呼，幕府當年急急符。媿我明珠成薏苡，負君赤手縛於菟。觀書到老眼如鏡，論事驚人膽滿軀。萬里雲霄送君去，不妨風雨破吾廬。』《後村詩話》

尹穡

趙忠簡當國，以近臣薦起處士劉致中，至則趙去，秦代之矣。劉報罷，尹少稷柬之云：『徒然五侍從，不辦一書生。』史相力薦放翁，賜第，其去國，自是臺評。然王景文乃云：『真翁自了平生事，不了山陰陸務觀。』放翁見詩，亦笑云：『我自是務觀，乃去聲，如何把作平聲押了？』《後村詩話》

先朝上元駕御端門，示與民同樂之意而已。宣和間，燈尤甚，至于騎年連月，警蹕夜出。尹少稷《靖康元夕》詩云：『景龍只是當年路，不見金錢打著人。』劉屏山亦云：『淒涼但有雲頭月，曾照當時步輦歸。』皆記向來期門之事。《後村詩話》

尹少稷詩，若淡泊而有義味。其《庸醫行》云：『南街醫工門如市，争傳和扁生後世。膏肓可爲死可起，瓦屑蓬根盡珍劑。歲月轉久術轉疏，十醫九死一活無。北市醫工色潛動，大字書牌要驚衆。偏收棄藥與遺方，縱有神丹亦無用。實者爲虚熱者寒，幾因顛倒能全安？君不見形神枵然卧一室，醫方争功藥無必。左手撿方右顧金，兩手雖殊皆劍戟。』似諷當時主和戰者，聞逆亮入寇。律詩云：『本來饑飽非同鼎，安得浮沉自一舟？』又云：『異日是非憂史謬，終身寒餓羨錢愚。』詞不迫切，而意獨至矣。少稷及接吕居仁、曾吉甫議論，在山中讀書二十年，名論極重，晚爲大坡，因符離之敗，攻張魏公父子以附和議，遂爲公議所貶，甚可惜也。頃故人陶木仁父宰上饒，予託仁父傳其《集》四册，詩居其一。《後村詩話》

楊杞

吾族前輩諱存字正叟，諱樸字元素，諱杞字元卿，諱輔世字昌英，皆能詩。元卿年十八第進士，其叔正叟賀之云：『月中丹桂輸先手，鏡裏朱顔正後生。』吾鄉民俗，稻未熟摘而蒸之，舂以爲米，其飯絶香，元素有詩云：『和露摘殘雲淺碧，帶香炊出玉輕黄。』先子太中貧，嘗作小茅屋三間，而未有門扉，干元卿求一扉，元卿以絶句送至，云：『三間茅屋獨家村，風雨蕭蕭可斷魂。舊日相如猶有壁，如今無壁更無門。』昌英有絶句云：『碧玉寒塘瑩不流，紅蕖影裏立沙鷗。便當不作南溪看，當得西湖十里秋。』《誠齋詩話》

謝完璧

謝完璧《村景即事》云：『緑遍山原白滿川，子規聲裏雨如煙。鄉村四月閒人少，纔了蠶桑又插田。』《西溪叢語》

胡清

胡清《壓雲軒》詩云：『誰建危亭壓翠微？畫簷直與暮雲齊。有時一片巖隈起，帶與老僧山下歸。』又賦《軒旁小柏》云：『栽傍巖隈未足看，謂言斤斧莫無端。他時直入掄材手，不獨青青保歲寒。』後有一文人作浙漕，因到山中，見詩大喜，尋訪其人，厚禮以待之。既憐其貧，遂給官田，胡由此致富。《中吴紀聞》

潘矩

沈持要樞，吾鄉鄣南人，官至太子詹事，孝宗朝以論事不合，謫筠州，數年後放還田里。持要生日，鄉曲親戚及邑官，多有獻詩詞爲壽者，獨邑尉潘君方仲一詩，最蒙稱獎。詩云：『昔年單騎上筠州，覓得雙蛾伴遠游。去日但知供夜直，歸來渾未識春愁。禪人尚有香囊恨，道士猶懷炭婦羞。鐵石心腸長壽藥，不風流處卻風流。』蓋持要貶謫上道時，鬻雙鬟以偕往，歸日遣之，還家仍處女也。潘慰用此事甚切。《梅磵詩話》

厲德新

曹泳侍郎妻碩人厲氏，餘姚大族女，始嫁四明曹秀才，與夫不相得，仳離而歸，乃適泳。時尚武弁，不數年，以秦檜之姻黨易文階，驟擢直至徽猷閣，守鄞，元夕張燈州治，大合樂宴飲。曹秀才携家來觀，碩人服用精麗，左右供侍，備極尊嚴，語其母曰：『渠乃合在此中居，享如此富貴，吾家豈能留！』歎息久之。泳日益顯，爲户部侍郎，尹京。會之殂，泳貶新州而亡，碩人領二子，取喪歸葬。二子復不肖，家貧蕩析，至不能給朝晡。趙德老觀文，亦厲氏壻，碩人從父妹也，憐其老且無聊，招至四明里第，養之終身。碩人間一出訪親友，過故夫曹秀才家，門庭整潔，花木蓊茂，顧侍婢曰：『我當時能自安于此，豈有今日！』因泣下數行。二十年間，夫妻更相悔羨，世態翻覆不可料如此。方泳盛時，鄉里奔走承迎惟恐後，獨碩人之兄厲德新不然。泳銜怒，帥越時，德新爲里正，泳風邑官脅治百端，冀其祈己，竟不屈。會之甫殂，乃遣介致書于泳，啟封，乃《樹倒猢猻散賦》一篇。新州之行，又以十詩贈行，其一云：『斷尾雄雞不畏犧，憑依掇禍復何疑。八千里路新州去，歸骨中原是幾時？』泳得詩憤極，然無如之何。《談藪》

耿時舉

耿德基時舉《姑蘇西樓》詩云：『西樓一曲舊笙歌，千古當樓面翠峨。花發花殘香徑雨，月生月落洞庭波。地雄鼓角秋聲壯，天迥闌干夕照多。四百年來無妙手，要看風物似元和。』紹興中，郡守王晙重建郡治西樓，時賦詩者甚衆，獨耿爲擅場。《中吳紀聞》

葉祖義

葉祖義，字子由，婺州人。少游太學，負俊聲。天資滑稽，多因口語謔浪，所至遭嫌惡。嘗曰：『世間有不分不曉事，吾以一聯詠之曰：「醉來黑漆屏風上，草寫盧仝月蝕詩。」』後登科，爲杭州教授，輕忽生徒及同僚，無不歛怨。一旦以事去官，無一人祖餞。獨與西湖僧三兩人差善，至是，皆出城送之。葉與之酌酒敘别，半醉，酣歌曰：『如夢如夢，和尚出門相送。』聞者絶倒。《夷堅志》

吕祖謙

吕伯恭《王龜齡詹事挽章》云：『諸老收聲盡，佳城又到公。蒼天那可問，吾道竟成

窮。旌卷莆田雨，簫横霅浦風。今年襟上淚，三哭萬夫雄。』芮祭酒、劉太史皆于今歲下世。《東萊呂太史集》

樓　鑰

武林本曰『虎林』，唐避帝諱，故曰『武林』，如以『玄虎』爲『玄武』之類。山自天目而來，爲靈隱後山，頓伏至儀王墓後，若虎昂首，頷下隱隱有斧鑿痕，故老相傳，以爲太祖、又以爲徽宗用望氣者之言，鑿去虎頷；又謂高宗嘗占夢爲虎所驚，因鑿焉，未知孰是。今竹宫有小山曰武林，道士築亭其上，環以花竹，蓋因一小土阜爲之，非武林也。道士易如剛，間因攻媿樓公齋宿，丐詩以詠其亭，詩中用事，最爲精博。曰：『武林山出武林水，靈隱後山無乃是。此山亦復用此名，細考其來真有以。』蓋靈隱之山，即武林之山；冷泉之水，即武林之水，謂此山亦復用此名。則竹宫培塿之土，非武林明矣。老筆殊使人畏也。末章乃謂錢氏鑿井，建緇黄廬以厭王氣，疑此山爲武林餘脉，是又收拾人情之論，當以前章爲正云。《四朝聞見録》

明清晚識遂初尤延之先生，一見傾蓋，若平生懽。公任文昌，一日忽問云：『天臨殿在于何時邪？』明清云：『自昔以來，蓋未有之。紹聖初，米元章爲令畿邑之雍丘，游治下古寺，寺僧指方丈云：「頃章聖幸亳社，千乘萬騎經從，嘗喝宿于中。」元章即命彩飾建鴟，嚴其羽衛，自書榜之曰「天臨殿」。時吕升卿爲提點開封府縣鎮公事，以謂下邑不白朝廷，擅創殿立名，將按治之。蔡元長作内相，營捄獲免。聞有自製《殿贊》，恨未見之。」尤即從袖間出文書，乃元章所書《贊》也，云：『才方得之，公可謂博物洽聞矣！』翊日，入省形言，稱道于稠人廣衆中焉。樓大防作夕郎，出示其近得周文榘所畫重屏圖，祐陵親題白樂天詩于上，有衣帽中央而坐者，指以相問，云：『此何人耶？』明清云：『頃歲大父牧九江，于廬山圓通寺，撫江南李中主像藏于家。今此繪容即其人。文榘丹青之妙，在當日列神品，蓋畫一時之景也。』亟走介往會稽，取舊收李像以呈，其面貌冠服，無毫髮之少異，因爲跋其後，樓深以賞激。繼而明清丐外得請，以詩送行。後一篇云：『遂初陳迹遽凄涼，擊節青箱極薦揚。談笑于儂情易厚，典刑使我意差强。重屏唐畫論中主，古殿遺文話阿章。舊事從今向誰問？尺書時許到淮鄉。』蓋皆紀實也。《揮麈三録》

樓攻媿《跋山谷書〈范滂傳〉帖》詩云：『宜人初謂宜于人，菜肚老人竟不振。《承天院記》顧何罪？一斥致死南海濱。賢哉别駕眷遷客，不恤罪罟深相親。哀哀不容處城闉，夜遣二子從夫君。一日携紙匄奇畫，引筆行墨生煙雲。南方無書可尋問，默寫此《傳》終全文。補亡三篋比安世，偶熟此卷非張巡。巖巖汝南范孟博，清裁千載無比倫。坡翁侍母曾敢問，百謫九死氣自伸。别駕去官公亦已，身雖既衰筆有神。我聞此書久欲見，摹本尚爾况其真。輟君清俸登堅珉，可立懦夫羞佞臣。』《攻媿集》

余若著倅宜州日，因山谷謫居是邦，慨然爲之經理舍館，遂遣二子滋、斿從之游。時黨禁甚嚴，士大夫例削劄掃迹，惟若著敬遇不怠，率以夜遣二子奉几杖，執諸生禮。一日，携紙求書，山谷問以所欲，拱而對曰：『先生今日舉動，無媿東都黨錮諸賢。願寫范孟博一《傳》。』許之，遂默誦大書盡卷。二子相顧愕服，山谷顧曰：『《漢書》固非能盡記也，如此等《傳》，豈可不熟！』聞者敬歎。若著滿秩，持歸上饒，家居寶藏之。再世散逸，歸東武周氏，又歸忠定家。其六世孫伯山僅傳摹本，其子子壽鑄爲四明制屬，携之笈中之官。《桯史》

攻媿先生書《桃符》云：『門前莫約頻來客，坐上同觀未見書。』《困學紀聞》

樓攻媿《白醉閣詩序》云：『陶内翰《清異録》，首載開元時高太素隱商山，起六逍遥館，各製一銘，其三曰「冬日初出」，銘曰：「折膠墮指，夢想炙背。金鑼騰空，映簷白醉。」余愛其言，取以名閣。陳進道惠示大篇，次韻。』『處世難獨醒，時作映簷醉。年少足裘馬，安知老夫味？天梳與日帽，且復供酒事。謫居幸三適，得此更慚愧。向來六逍遥，特書見清異。君家老希夷，相求諒同氣。曲身成直身，朝寒俄失記。醉中知其天，不飲乃同意。書生暫奇温，難語純綿麗。』《攻媿集》

四明高端叔，博學能詩，鄉里所推重。嘗有《雪》詩一聯云：『洒窗蠶食葉，入竹蟹行沙。』人稱其工。又有對云：『人間桂子月中種，水底梅花堤上枝。』竟坎壈不仕。樓攻愧輓之云：『弟子皆藍綬，先生竟白袍。』《娱書堂詩話》

王　阮

王阮嘗從張紫微學詩，紫微罷荆州，偕游廬山。有萬杉寺，本仁皇所建，奎章在焉，紫微大書二詩，别去兩旬，而聞湖陰之訃。阮是時亦自有二十八字，紫微大擊節，以爲不及。既而復過是寺，又題碑陰云：『碧紗籠底墨才乾，白玉樓中骨已寒。淚盡當時聯騎客，黄花時節獨來看。』亦紆徐有味。《桯史》

陳　讜

莆陽陳讜，文人也，刻金字于靈璧石，以壽韓侂胄，至稱曰『我王』，韓敗，遂爲言者所彈。陳留題吴山三茅觀梅亭句云：『竹密不知雲欲雨，山高盡見水朝宗。』繼是猶未有和者。《四朝聞見録》

張良臣

張武子閉門讀書，室無一物。性嗜詩，不輕作，或終歲無一語，故所作必絶人。樓攻媿《跋雪窗小集》。《雪窗小集》

張武子《春詞》云：『後主搴香復倚春，潘嬙梳洗最輕盈。南朝破後無詞客，燕子桃花古石城。』《西湖晚歸》云：『帖帖平湖印晚天，踏歌游女臂相牽。鳳城半掩人争路，猶有胡琴落後邊。』《留題吴興投老庵》云：『白鷺悠悠去不還，渚雲汀草一生閒。暮年不入西州路，空倚梅花説住山。』《九日書吕季慈堂》云：『上池入寺見承平，影落南州迹易陳。手把黄花看新雁，風煙愁殺舊京人。』《過西溪》云：『罨畫層波蕙草荒，冷雲客雁兩回皇。梅花到得吹成雪，盡是清愁不是香。』《遣家書》云：『家住鄱陽小洞天，經年烹鯉尚茫然。幾回鵲喜無消息，吹殺燈花獨自眠。』《雪窗小集》

楊方

『毛竹山頭雲雨昏，靖安橋下小溪渾。高陂釣水歸田急，不管湍聲入縣門。』『堂上官人似野人，村甿相見可相親。開門坐對臨溪樹，故是水邊林下身。』『對縣誰家數畝園，竹亭茅屋雜花繁。同官不可無兼局，通管溪南水竹村。』楊吏部云：『淳熙辛丑，自武寧丞來攝靖安所作絶句也。後三十年，予爲縣主簿，老士人猶能誦之。』趙南塘嘗跋云：『公暮年所爲詩，比是益精。清實簡遠，與俗異畛，如宿葉盡脱，而煒然花著於根，使人熟睨不厭。較林艾軒似小過，擬後山殆亦其亞。』《後村詩話》

《題丞廳》云：『暮年叢薄寄鷦鷯，搔首尋檐歲月銷。留與後人還要否，一軒松竹冷蕭蕭。』《館中簡張約齋》云：『書生賦分合窮愁，官與休辰不肯休。清曉犯寒開省户，誰家見雪似瀛洲？爛銀宫闕雲端見，素柰園林月下游。説與南湖張秘閣，速來同直道山頭。』亦吏部詩，惜其散落，存者無幾。北山陳公與吏部善，故抑齋詩有自來。《後村詩話》

程迥

程可久《自題昞怡齋》云：『乞得膠膠擾擾身，霜筠露菊便相親。勸君莫厭羹藜藿，違己由來更病人。』『六月松風萬籟寒，笙竽頻到枕屏間。夜深夢繞匡廬阜，瀑布濺珠過藥欄。』『葵花已過菊花開，萬里西風拂面來。問字今朝幾人至？細看屐齒破蒼苔。』《困學紀聞》

曹龜年

鄉人曹龜年，乾淳間老儒，以特科入仕，終于縣主簿。有能詩聲，吟稿甚富。余幼歲嘗見之，僅記其《詠墨梅枕屏》絶句結云：『莫道有香描不得，夜來夢蝶尚徘徊。』極切題。《梅磵詩話》

嚴中和

嚴中和，號月澗，近世詩人，間多佳句。既無行卷，因摘一二于此。云：『山中道人不裹巾，一片石床生緑鱗。昨夜瓦瓶冰凍破，梅花無水自精神。』又：『梅天雨氣入簾櫳，衣潤頻添柏火烘。四月江南無矮樹，人家都在緑陰中。』又：『一聲杜宇三更後，向曉緑陰連碧苔。卻恨樓高春數尺，柳綿飛不上窗來。』又：『樹影踏不碎，花香嗅卻無。寺老柳遮塔，雨多春礙船。澗水活不凍，山楓老自靈。』『畫扇題詩鸞背溼，銅彝煎腦鴨心香。』皆佳句也。《弁陽詩話》

俞桂英

俞桂英，號野雲，苦吟一生。異時賈師憲嘗稱其『一點梅香到，三分酒力消』、『母念子行遠，兒云爺未歸』、『白雲一樹鶴孤宿，明月滿樓鐘鼓聲』、『百無一事身爲客，十有九分心在家』之句。然野雲自有《人影》詩，爲人所稱，云：『身外復添汝，無言隨去留。自從生便有，直到死方休。步月常相逐，臨溪元不流。静中明道眼，總是一虚浮。』《弁陽詩話》

王暨

廣德村寺壁間，有四明王暨文昌題云：『奔馳塵土何時了？自歎一官如蟻小。半夜覓宿僧家園，夢裏聞鴉霜月曉。』暨時爲邑尉，後尉天台。張汝鍇、俞仲次韻云：『世事反觀俱了了，鵾鵬何大亦何小。木人起舞中郎拍，問着水人應不曉。』二詩皆可録。《弁陽詩話》

馮可遷

趙南仲丞相入汴日，嘗經宿境，見奇石不忍舍，其後治圃溧水第，因語囊事。時趙邦永在傍，退即負之而來，儼然昔所見也，蓋當時意公所喜，即令人舁置轉江而歸焉。公猶憶其左跗闕如，視之果然。適一匠睨而噩歎曰：『異哉！當年所失，某適得之。』取而脗合，渾然天成。公異其事而銘之云：『昔我于役，在宿之野。煙磊塵砢，應接不暇。維州所宅，挺立翹楚。既賞而稱，欲去而佇。今我來居，于溧之北。孰爲而至？不謀而得。河浙相望，邈風馬牛。一念所到，造化與疇。工胡運斤，夷于左股。迫而視之，闕如其故。人力攸及，理無復全。疇昔啟之，匠亦有言。執藝函山，留余可績。匪尺而量，匪管而測。乃命之前，乃挈之聯。如磁引鐵，如鸞膠絃。於戲棄而取之，石無所欣戚也。斷而續之，石無所損益也。物各付物，天契其天。我銘此石，莫非自然。』此馮可遷之文也。予嘗誌其事于《埜語》而闕此文，今詳書之。《弁陽詩話》

林桂龍

丁大全丞相謫嶺外，至藤州溺死。三山林桂龍以詩嘲之曰：『一柂中流欠把持，偏輕偏重失便宜。孤舟不是無人渡，身作風波問阿誰？移溪實壑誤明君，驚動沿江十萬軍。幸是不沉湘水死，有何面目見靈均！稚子如何濟急流，一槁才錯便難收。當初把作尋常看，豈料中流解覆舟。』《弁陽詩話》

張卿

『小小園林矮矮屋，一日房錢一貫足。官至正郎子讀書，一妻一妾當和睦。』此詩張卿所作。張仕至棘卿，與史彌遠不合，遂不復出矣。《弁陽詩話》

周茂振

周茂振樞密詩云：『醉倒不辭花面笑，詩成親傍竹身題。』『竹身』二字甚新。《弁陽詩話》

全宋詩話目録卷七十四

陸游　字務觀，越州山陰人，佃孫，宰子，以蔭補登仕郎。隆興初，賜進士出身，范成大帥蜀，爲參議官。人譏其頹放，因號『放翁』。歷官知嚴州、同修國史兼秘書監、寶章閣待制。有《渭南集》、《劍南集》。

徐似道　字淵子，號竹隱，黄巖人，乾道二年進士。歷官權直學士院、秘書少監，終提點江西刑獄。有《竹隱集》。

曾懷　字欽道，晉江人。建炎初，爲金壇簿、知真州。乾道初，賜同進士出身，參知政事、右丞相，封魯國公。

王希吕　字仲行，宿州人，南渡居嘉興，乾道五年進士。歷官中書舍人，給事中，吏部尚書，以端明殿學士知紹興。

陸埈　字子高，高郵人，南渡徙海鹽，乾道五年進士。歷官知和州，終尚書。有《益齋集》。

曾丰　字幼度，撫州樂安人，乾道五年進士。官德慶守。恬于仕進。築室曰撙齋。有《緣督集》。

楊簡　字敬仲，慈溪人，乾道五年進士。歷官將作少監，知温州，以寶謨閣學士致仕，卒謚文元。學者稱慈湖先生，有《慈湖甲槀》。

黄景説　字巖老，號白石，閩人，乾道五年進士。歷官直秘閣，知静江府。有《白石丁稿》。

陸九淵　字子静，撫州金溪人，乾道八年進士。歷官靖安簿、著作丞、知荆門軍，卒謚文安。學者稱象山先生，有集。

陳傅良　字君舉，温州瑞安人，乾道八年進士。歷官中書舍人、寶謨閣待制，卒謚文節。有《止齋集》。

李石　字知幾，資陽人。乾道中，薦任太學博士，出爲成都倅。有《方舟集》。

梁竑

林憲　字景思，吴興人，乾道中特科，監南嶽廟。有《雪巢小集》。

全宋詩話卷七十四

陸　游

陸游，字務觀，山陰人，名游。字當从『觀，平聲』，至今謂『觀，去聲』。蓋母氏夢秦少游而生公，故以秦名爲字，而字其名云。或曰：公慕少游者也。其祖名佃，字龍師，新學行，有《詩説》傳于世，大率祖半山，後以新法浸異。公紹興間，已爲浙漕銷廳第一，有司竟首秦熺，置公于末，及南宫一人。又以秦檜所諷見黜，蓋疾其喜論恢復。紹興末，始賜第。學詩于茶山曾文清公，其後『冰寒于水』云。嘗從紫巖張公游，具知西北事。天資慷慨，喜任俠，嘗以『據鞍草檄』自任，且好結中原豪傑，以滅虜自誓，商賈、仙釋、詩人、劍客，無不偏交游。官劍南，作爲歌詩，皆寄意恢復，書肆流傳。或得之以御孝宗，上乙其處而韙之，旋除删定官。或疑其交游非類，爲論者所斥，上憐其才，旋即復用。未内禪，一日，上手批以出：『陸游除禮部郎。』上之除目，自公而止，其得上眷如此。公早求退，往來若耶雲門，留賓款洽，以觴詠自娱。官已階中大夫，遂致仕，誓不復出。韓侂胄固欲其出，落致仕，除次對，公勉爲之出。韓喜陸附己，至出所愛四夫人擘阮琴起舞，索公爲詞，有『飛上錦茵紅縐』之語。又命公勺青衣泉旁，有唐開成道士題名，韓求陸《記》，《記》極精古。且以坐客皆不能盡一瓢，惟游盡勺，且謂『掛冠復出，不惟有愧于此泉，且有愧于開成道士』云。先是，慈福賜韓以南園，韓求《記》于公，公《記》云：『天下知公之功，而不知公之志。知上之倚公，而不知公之自處。』與『上之倚公』，本自不侔，蓋寓微詞也。又云：『游老謝事山陰澤中，公以手書來曰：「子爲我作《南園記》。」豈取其無諛言，無侈詞，足以道公之志歟！公已賜丙第，而人謂公探孝宗恢復之志，故作爲歌詩，以恢復自期。至公之終，猶留詩以示其家云：『王師剋復中原日，家祭無忘告乃翁。』則公之心方暴白于易簀之時矣。又有鄭棫者，嘗第進士，自作《南園記》，並礱石以獻，韓以陸《記》爲重，仆鄭石瘞之地。後韓敗，鄭竟免。蒲陽陳讜，文人也，輸靈璧石以壽，至刻金字于石，稱之曰『我王』；又有某人以『錫』字分爲九題，如『錫壽』、『錫福』之類，爲詩以獻，韓敗，有爲陳瘞石于地者，會搜地窖，鏗然有聲，則陳石也，遂爲言者所彈。陳留題吴山三茅觀梅亭詩，有『竹密不知雲欲雨，山高盡見水朝宗』之句，繼是未有能和者，翰墨本于顔、蔡，世以不得其字爲憾，獨附韓一節爲可恨。官爵自有定命，特諸人自信不過爾。《四朝聞見録》

東坡謂晨飲爲『澆書』，李黄門謂午睡爲『攤飯』。陸務觀嘗有絶句云：『澆書滿挹浮蛆甕，攤飯横眠夢蝶床。莫笑山翁見機晚，也勝朝市一生忙。』《娱書堂詩話》

文清曾公幾，字吉甫，紹興中自臨川來省其兄學士班，予以書見之。後因見予詩，大歎賞，以爲不減吕居仁。予以詩得名，自公始也。後爲禮部侍郎，力延譽于諸公間。《感知録》

山藥名『薯蕷』，秦楚間名『玉延』，花白細如棗，葉青鋭于牽牛，夏月溉以黄牛糞則蕃，春冬採根，白者爲上。以水浸之，入礬少許，經宿浄洗，去涎焙乾，磨篩爲麵，宜作湯餅用。如作索餅，則熟研濾爲粉，入竹筒中，溜於淺醋盆内，出之於水，出浸去醋味。如煮湯餅，如煮食惟刮去皮，蘸鹽、蜜皆可。其性温無毒，且有補益。故陳簡齋有《玉延賦》，取香、色、味爲三絶。陸放翁亦有詩云：『久緣多病疏雲液，近爲長齋進玉延。』比於杭都多見如掌者，名『佛手藥』，其味尤佳也。《山家清供》

予舊見有婦人耳環，色紫，而光豔照映，若紫玻璃，其質甚薄，不識爲何物也，或稱爲『紫辣子』。近觀韓昌黎《永貞行》云：『公然白日受賄賂，火齊磊落堆金盤。』蓋指言伾文也，又陸務觀詩云：『火齊堆盤滿，珊瑚列庫藏。』『齊』音『劑』云。《中天竺國説》：『火齊，狀如雲母，色如紫金，有光輝，照之則如蟬翼，積之則如紗縠。』王子年《拾遺記》曰：『董偃

常卧延清室上，設火齊屏風，光耀一室。』今世不多見，其耳環必火齊也。《負暄雜録》

放翁少時調官臨安，得句云：『小樓一夜聽春雨，深巷明朝賣杏花。』傳入禁中，思陵稱賞，由是知名。《後村詩話》。宗祥案：全篇云：『世味年來薄似紗，誰令騎馬客京華？小樓一夜聽春雨，深巷明朝賣杏花。矮紙斜行閒作草，晴窗細乳戲分茶。素衣莫起風塵歎，猶及清明可到家。』

陳阜卿先生爲兩浙轉運司考試官，時秦丞相孫，以右文殿修撰來就試，直欲首送。阜卿得予文卷，擢置第一，秦氏大怒，予明年既顯黜，先生亦幾陷危機。偶秦公薨，遂已。予晚歲料理故篋，得先生手帖，追感平昔，作長句以識其事，不知衰涕之集也。『冀北當年浩莫分，斯人一顧每空群。國家科第與風漢，天下英雄惟使君。後進何人知大老，横流無地寄斯文。自憐衰鈍辜真賞，猶竊虛名海内聞。』《劍南集》

恩封渭南伯。唐詩人趙嘏爲渭南尉，當時謂之『趙渭南』，後來將以予爲『陸渭南』乎？戲作長句：『老向人間久倦游，君恩乞與渭南秋。虛名定作陳驚坐，好句真慚趙倚樓。棧豆十年需病馬，煙波萬里著浮鷗。就封他日輕裘去，應過三峰處處留。』《劍南集》

陸放翁在蜀日，有所盼，嘗賦詩云：『碧玉當時未破瓜，學成歌舞入侯家。如今憔悴篷窗底，飛上青天妬落花。』出蜀後，每懷舊游，多見之賦詠，有云：『金鞭朱彈憶春游，萬里橋邊罨畫樓。夢倩曉風吹不斷，書憑春雁寄無由。鏡中顔鬢今如此，席上賓朋好在否？篋有吴箋三百個，擬將細字寫春愁。』又云：『裘馬清狂錦水濱，是繁華地作閒人。金壺投箭消長日，紅袖傳杯領好春。幽鳥語隨歌處拍，落花鋪作舞時茵。悠然自適君知否？身與浮名孰重輕。』《齊東野語》

陸務觀初娶唐氏，于其母夫人爲姑姪，伉儷相得，而弗獲于其姑，既出而未忍絶之，則爲别館，時時往焉。姑知而掩之，雖先知挈去，然事不得隱，竟絶之。唐後改適同郡宗子士程。嘗以春日出游，相遇于禹迹寺南之沈氏園。唐以語趙，遣致酒餚，翁悵然久之，爲賦《釵頭鳳》一詞，題園壁間，實紹興乙亥歲也。翁居鑒湖之三山，晚歲每入城，必登寺眺望，不能勝情。未久，唐氏死，嘗作詩共五首云。《齊東野語》

《沈園》二絶慶元己未作：『夢斷香銷四十年，沈園柳老不飛綿。此身行作稽山土，猶弔遺蹤一悵然。』『城上斜陽畫角哀，沈園無復舊池臺。傷心橋下春波緑，曾是驚鴻照影來。』禹迹寺南有沈氏小園，四十年前嘗題小詞一闋壁間，偶復一到，而園已三易主，讀之悵然紹熙壬子作：『楓葉初丹槲葉黄，河陽愁鬢怯新霜。林亭感舊空回首，泉路憑誰説斷腸？壞壁醉題塵漠漠，斷雲幽夢事茫茫。年來妄念消除盡，回向蒲團一炷香。』《歲暮夜夢游沈園》兩絶開禧乙丑作：『路近城南已怕行，沈家園裏更傷情。香穿客袖梅花在，緑蘸寺橋春水生。』『城南小陌又逢春，只見梅花不見人。玉骨久成泉下土，墨痕猶鎖壁間塵。』《齊東野語》

嘉泰壬戌九月，陸放翁夢一故人相語曰：『我爲蓮花博士，鏡湖新置官也。我且去矣，君能暫爲之乎？月得酒千壺，亦不惡也。』遂以詩紀之云：『白首歸修汗簡書，每因囊粟歎侏儒。不知月給千壺酒，得似蓮花博士無？』又夢到萬頃荷花中，有詩云：『天風無際路茫茫，老作花王風露郎。只把千樽爲月俸，爲嫌銅臭雜花香。』《詩人玉屑》

姚將軍，靖康初以戰敗亡命，建炎中，下詔求之，不可得。後五十年，乃從吕洞賓、劉高尚往來名山，有見之者。放翁感其事，作詩云：『造物因豪傑，意將使有爲。功名未足言，或作出世資。姚公勇冠軍，百戰起西陲。天方覆中原，殆非一木支。脱身五十年，世人識公誰？但驚山澤間，有此熊豹姿。我亦志方外，白頭未逢師。年來幸廢放，儻遂與世辭。從公游五岳，稽首餐靈芝。金骨换緑髓，欻然雲外飛。』《庶齋老學叢談》

靖康、建炎間，關中奇士趙宗印提義兵出戰，有衆數千，所向輒下，敵不敢當。會王師敗于富平，宗印知事不濟，大慟于王景略廟，盡以金帛散其下，被髪入華山，不知所終。放翁感其事，作詩云：『我夢游太華，雲開千仞青。擘山瀉黄河，萬古仰巨靈。往者禍亂初，氛祲干太寧。豈無卧雲龍，一起奔風霆？時事方錯繆，三秦盡羶腥。山河銷王氣，原野失天刑。將軍散髪去，短劍斸伏苓。定知三峰上，爛醉今未醒。』《庶齋老學叢談》

唐制，有冤者哭昭陵下。故李洞策夜簾前獻詩云：『公道此時如不得，昭陵痛哭一生

休。』陸務觀亦有句云：『積憤有時歌易水，孤忠無路哭昭陵。』《娱書堂詩話》

直齋陳氏云：游幼爲曾吉父所賞識，詩爲中興之冠，他文亦佳。而詩最富，至萬餘篇，古今未有。《文獻通考》

舊傳一貧士，死見陰吏，爲言：『當再生，汝有三百甕虀禄未盡。』陸放翁《病愈絶句》云：『鏡中無復舊朱顔，一笑衰翁乃爾頑。三百甕虀消未盡，不知更著幾年還？』戲用此事。《娱書堂詩話》

《南史》：『齊高帝賜明僧紹竹根如意、笋籜冠，隱者榮焉。』唐李泌隱衡山，嘗取松樛枝以隱背，名曰『養和』。陸放翁詩云：『夭矯竹如意，鱗皴松養和。』《娱書堂詩話》

陸放翁名游，字務觀，『觀』字係去聲。或云：『其母夢秦少游至而寤，遂生放翁，因以其字命名，而名爲字。』《後村詩話》載史相力薦放翁，賜第，其去國自是臺評。王景文乃云：『直翁未了平生事，不了山陰陸務觀。』放翁見詩笑曰：『我字務觀，乃去聲，如何作平聲押了？』近時方蒙仲有《奉題劉後村文稿》數首，内一絶云：『昔聞秦七與黄九，後有幼安與務觀。』『觀』字亦作平聲，想後村見之，亦發一笑。《梅磵詩話》

放翁《送仲高兄宫學秩滿赴行在》詩云：『兄去游東閣，才堪直北扉。莫憂持槖晚，姑記乞身歸。道誼無今古，功名有是非。臨分出苦語，不敢計從違。』其兄不悦，後放翁入

朝，仲高亦用此詩送行，只改『兄』作『弟』字。『臨分出苦語』之句，見東坡詩。《梅磵詩話》

太宗命蘇易簡講文中子，有『楊素遺子食經羹藜含糗』之説，上因問：『食品何物最珍？』對曰：『物無定味，適口者珍，臣止知虀汁爲美。臣憶一夕寒甚，擁爐痛飲，夜半吻噪，中庭月明，殘雪中覆一虀盎，引缶連沃。臣此時自謂上界仙厨、鸞脯鳳腊，殆恐不及。屢欲作《冰壺先生傳》紀之，而未暇也。』上笑而然之。陳簡齋《食虀》詩云：『冰壺先生當立《傳》，木奴魚婢何足録。』陸務觀亦云：『髯鬚主簿方用事，冰壺先生來解圍。』『魚婢』字出《古今注》：『江東謂青魚爲婢。』《娱書堂詩話》

陸放翁《斷碑歎》云：『二蕭同起南蘭陵，正如文叔與伯昇。至今人悲大蕭死，齎恨不見梁家興』云云，蓋詠蕭懿祠堂碑也。懿忠而衍篡，事具史《傳》明甚，而翁誤乃如此。又《籌筆驛》云：『一等人間管城子，不堪譙叟作降箋。』按《三國志》，譙周爲後主畫降策，而降表乃郤正所爲，亦誤也。《吴禮部詩話》

陸放翁詩：『游山雙不借，取水一軍持。』『不借』，草鞋也，言其價賤不須借也。《古今注》：『漢文帝履不借以臨朝。』漢時已有此名矣。『軍持』，浄瓶也，出佛經。賈島《送僧》詩云：『我有軍持憑弟子，岳陽江裡汲寒流。』《升庵詩話》

南渡後朱文公追和坡韻，世多誦之。近世陸放翁《雪後尋梅》詩云：『幽香淡淡影疏疏，雪虐風饕亦自如。自是花中巢許輩，人間富貴不關渠。』意高語爽，真不苟作。魏鶴山《雪後觀梅》詩云：『遠鐘入枕遞新晴，衾鐵稜稜睡不成。起傍梅花讀《周易》，一窗明月四簷聲。』後兩句寄興高遠，人所傳誦。後村又有《百花》絶句，和者二十餘家，信乎風月之無盡藏也。《梅磵詩話》

陸放翁晚年《過沈園》二絶句，云：『落日城南畫角哀，沈園非復舊池臺。傷心橋下春波緑，曾見驚鴻照影來。』『夢斷香消四十年，沈園柳老不吹綿。此身行作稽山土，猶弔遺蹤一泫然。』詩意極哀怨，初不曉所謂，後見劉克莊《續詩話》，謂翁初婚某氏，伉儷相得，而失意于舅姑，竟出之。某氏改事人，後游沈園，邂逅相遇，翁作詞有『錯錯錯』『莫莫莫』之句，蓋終不能忘情焉爾。翁得年最高，有句云：『世味掃除和蠟盡，生涯零落併錐空。』『老病已全惟欠死，貪嗔雖去尚餘癡。』『客從謝事歸時散，詩到無人愛處工。』予垂老流落，途窮歲晚，每誦此數聯，輒爲之悽然，似爲予設也。《歸田詩話》

西山十二真君各有詩，多訓誡語，後人取爲籤，以占吉凶，極驗。射洪陸使君廟，以杜子美詩爲籤，亦驗。予在蜀，以淳熙戊戌春被召，臨行遣僧則華往求籤，得《遺興》詩曰：『昔者龐德公，未曾入州府。襄陽耆舊間，處士節獨苦。豈無濟時策，終竟畏網罟。林茂鳥自歸，水深鳥知聚。舉家隱鹿門，劉表焉得取？』予讀之惕然，顧迫貧從仕，又十有二

年，負神之教多矣。《老學庵筆記》

陸放翁有《心太平庵》詩云：『天下本無事，庸人擾之耳。胸中故湛然，忿欲定誰使？』又云：『少年妄起功名念，豈信身閒心太平。』樂天有云：『閒傾三數酌，醉吟十餘聲。便是羲皇代，先從心太平。』蓋出《黄庭經》云：『觀志流神寄奇靈，閒暇無事修太平。』又《外景經》云：『觀志游神三奇靈，行閒無事心太平。』又樂天云：『此身不欲全强健，强健多生人我心。』又云：『自學坐禪休服藥，從他日復病沉沉。』于良史云：『僻居人事少，多病道心生。』此存楚以爲外懼之意。《弁陽詩話》

放翁在朝日，嘗與館閣諸人會飲于張功父南湖園，酒酣，主人出小姬新桃者，歌自製曲以侑尊，以手中團扇求詩于翁。翁書一絶云：『寒食清明數日中，西園春事又怱怱。梅花自避新桃李，不爲高樓一笛風。』蓋戲寓小姬名于句中，以爲一笑。當路有恚之者，遽指以爲所譏，竟以此去。《弁陽詩話》

放翁有：『南酒應憐未歸客』，及『更就高僧學白羹。』蓋嘉州用南中法釀酒，及僧用糝加菜，不施鹽酪，故名『白羹』。《弁陽詩話》

放翁詩云：『故人自作宣明面，老子曾聞正始音。』宋劉瑀《與顔竣書》云：『朱修之五代叛者，一朝居清油幕下，作謝宣明面向人。』謝鯤重衛玠，言論彌日，王敦謂鯤曰：『微言

之緒，絶而復續。不意永嘉之末，復聞正始之音。』『正始』，乃魏齊王芳年號；『宣明』，謝晦字也。《弁陽詩話》

俗以油餳綴糝作餌，名之曰『蓼花』，取其形似也。放翁詩云：『新蝶餳枝綴紅糝』，『餳枝』二字甚新。《弁陽詩話》

放翁詩多用新語，如：『厚味無人設佞湯，微芬時自注廉香。』自注：『以松子、胡桃蜜作湯，謂之「佞湯」。以炭末、乳香蜜作滛香，謂之「廉香」。』《弁陽詩話》

放翁詠長安富庶有云：『紅桑琵琶金鏤花，百六十絃彈法曲。』蓋四十面琵琶也。《弁陽詩話》

放翁詩云：『一錢不直程衛尉，萬事稱好司馬公。白髮永無懷橘日，三年惆悵荔枝紅。』張巨山詩云：『故園墳樹想青葱，寒食風光淚眼中。自痛不如傖父子，紙錢猶挂樹頭風。』予以永感之人，久離墳墓，每讀爲之潸然。《弁陽詩話》

放翁《理》詩云：『萬物元須一理通，長生極治本同功。廣成千歲無他術，祗在唐虞二《典》中。』《弁陽詩話》

《劍南集》原本老杜，殊有獨造境地，但古體近粗，今體近滑，遜于杜之沉雄騰踔耳。明代楊君謙，本朝楊芝田，專録其歎老嗟卑之言，恐非放翁知己。《說詩晬語》

放翁七言律隊仗工整，使事熨貼，當時無與比埒。然朱竹垞摘其雷同之句，多至四十餘聯，緣放翁年八十餘，六十年間萬首詩，後又添四千餘首，詩篇太多，不暇持擇也。初不以此遂輕放翁，然亦足爲貪多者鏡矣。八句中上下時不承接，應是先得佳句，續成首尾，故神完氣厚之作，十不得其二三。《説詩晬語》

陸放翁《宿北巖院》詩云：『車馬紛紛送入朝，北巖燈火夜無聊。中年到處難爲別，也是初程宿灞橋。』岑參《送郭義》詩云：『初程莫早發，且宿灞橋頭。』放翁結句本此，趙與虤《娱書堂詩話》指爲參寥詩，不考之過也。《逸老堂詩話》

陸放翁《黄州》詩云：『君看赤壁終陳迹，生子何須是仲謀。』趙與時《賓退録》云：『陸詩本晁載之《詠昭靈夫人》詩：「安用生兒作劉季，暮年無骨葬昭靈。」』予曰：非也。東坡有『但令有婦如康子，何用生兒似仲謀。』《逸老堂詩話》

陸務觀，農師之孫，有詩名，壽皇嘗謂周益公曰：『今世詩人，亦有如李太白者乎？』益公因薦務觀，由是擢用，賜出身，爲南宫舍人。嘗從范石湖辟入蜀，故其詩號《劍南集》，多豪麗語，言征伐恢復事。其《題俠客圖》云：『趙、魏胡塵十丈黄，遺民膏血飽豺狼。功名不遣斯人了，無奈和戎白面郎。』壽皇讀之，爲之太息。臺評劾之其恃酒頹放，因自號『放翁』，作詞云：『橋如虹，水如空，一葉飄然煙雨中，天教稱放翁。』晚年爲韓平原作《南園記》，除從官。楊誠齋寄詩云：『君居東浙我江西，鏡裏新添幾縷絲。花落六回疏信息，月明千里兩相思。不應李杜翻鯨海，更羨夔龍集鳳池。道是樊川輕薄殺，猶將萬户比千詩。』蓋切磋之也。然《南園記》惟勉以忠獻之事業，無諛辭。晚年和平粹美，有中原承平時氣象，朱文公喜稱之。《鶴林玉露》

前賢題詠，如太白《鳳凰臺》、崔顥《黄鶴樓》，固已佳矣，未若近時劉改之題《京口多景樓》，尤爲奇偉，真古今絶唱也。其詞云：『壯觀東南二百州，景于多處卻多愁。江流千古英雄淚，山掩諸公富貴羞。北府只今惟有酒，中原在望莫登樓。西風戰艦成何事，只送年年使客舟。』蓋言多景可喜，而乃多愁，何也？自古南未有能并北者，是以英雄淚洒長江，抱此遺恨。然推其所由，實當國者偷取富貴，晏安江沱之所致，是可羞也。晉人言北府酒可飲兵可用，今上下習安，玩𥫗忘寇，北府僅有酒可飲耳！而干戈朽，鈇鉞鈍，士卒脆弱，未聞有可用之兵也。則中原腥羶，決無可洗滌之日，忍復登樓以望之乎？末言『西風戰艦』，不爲進取之圖，而送使客之往來，反爲奉幣事𥫗之計，則益可悲矣！改之又嘗作《塞下曲》十餘篇，尤悲壯感慨。嘗携以謁陸放翁，放翁擊節贈詩云：『君居古荆州，醉膽天宇小。尚不拜龐公，况肯依劉表？』『胸中九淵蛟龍蟠，筆底六月冰雪寒。有時大叫脱烏幘，不怕酒盃如海寬。放翁八十病欲死，相逢尚能刮眼看。李廣不生楚漢間，封侯萬户宜其

難。』《鶴林玉露》

詩有律，子美云：『晚節漸于詩律細。』余少學詩，鄉先生云：『「侵淩雪色還萱草，漏泄春光有柳條。」「卑枝低結子，接葉暗巢鶯。」此細律也。』唐之詩人，及本朝名公，未有不用此。洪龜父詩云：『琅玕嚴佛屋，薜荔上僧垣。』山谷改上句云『琅璫鳴佛屋』，亦謂于律不合也。余謂陸務觀嘗學詩于曾文清公，有《贈趙教授》詩云：『憶昔茶山聽説詩，親從夜半得玄機。律令合時方貼妥，工夫深處卻平夷。每愁老死無人付，不謂窮荒有此奇。世間有恨知多少，未得從君謁老師。』亦以合律爲工。『窮荒有此奇』，見東坡帖：『窮荒有此奇觀。』用字皆有來處。《耆舊續聞》

『沿江烽火臺，每日平安，即于發更時舉火一把；每夜平安，即于次日平明舉煙一把；緩急盜賊不拘時候，日則舉煙，夜則舉火，各三把。』紹興初，江東安撫大使李光所請。煇生長江南，足不涉極邊，初未識所謂『烽火』者，但讀陸務觀放翁《記游梁觀塞上傳烽》詩：『月黑望愈明，雨急滅復見。初疑雲罅星，又似山際電。』亦可想像得髣髴云。《清波雜志》

詩家『比喻』，六義之一，偶然爲之可爾。陸務觀《劍南集》，句法稠疊，讀之終卷，令人生憎。若『身似老僧猶有髮，門如村舍强名官。』『迹似春萍本無柢，心如秋燕不安巢。』『身似在家狂道士，心如退院病禪師。』『心似春鴻寧久住，身如秋扇合長捐。』『身似敗棋難復振，心如病木已中空。』『心似枯葵空向日，身如病櫟孰知年。』『家似江淮歸業户，身如湖嶺罷參僧。』『心似游僧思遠道，身如敗將陷重圍。』『居似窮邊荒馬驛，身如深谷老桑門。』『人似登仙惟火食，俗如太古欠巢居。』『閒似苔磯垂釣叟，淡如村院罷參僧。』『嬾似老雞頻失旦，衰如蠹葉早知秋。』『喜似縶囚聞縱掉，快如疥癢得爬搔。』『閒似白鷗雖自足，徤如黄犢已無緣。』『酒似粥濃知社到，餅如盤大喜秋成。』『難似車登蛇退嶺，險如舟過馬當時。』『月似有情迎馬見，鶯如相識向人鳴。』『心如澤國春歸雁，身似雲堂旦過僧。』『身如巢燕臨歸日，心似堂僧欲動時。』『身如病木驚秋早，心似鰥魚怯夜長。』『心如老驥長千里，身似春蠶已再眠。』『身如海燕不逢社，家似瓜牛僅有廬。』『心如老馬雖知路，身似鳴蛙不屬官。』『身如病鶴長停料，心似山僧已棄家。』『心如頑石忘榮辱，身似孤雲任去留。』『心如脱穽奔林鹿，迹似還山不雨雲。』『恩如長假容居里，官似分司不限年。』『瘦如飯顆吟詩面，饑似柴桑乞食身。』『勇如持虎但堪笑，學似累棋那易成。』『爽如瑞露零仙掌，清似寒冰貯玉壺。』『衰如蠹葉秋先覺，愁似鰥魚夜不眠。』『樂如逐兔牽黄犬，快似麾兵卷白波。』『壁如龜筴難占卜，瓦似魚鱗不接連。』『路如劍閣逢秋雨，山似鑪峰鎖暮雲。』『雲如山壞長空黑，風似潮回萬木傾。』『雨如梅子初黄日，水似桃花欲動時。』『花如上苑長成市，酒似新豐不直錢。』『雁如著意頻驚枕，月似知愁故入門。』『蠶如黑蟻桑生後，秧似青針水滿時。』餘詩腰膝用

『如』、『似』字作對，難以悉數。就中非無佳句，此陸平原所云『離之雙美，合之兩傷』者也。予友三原孫枝蔚豹人徵入都，不願分修史禄，賦詩云：『身如橘柚病于北，心似鷓鴣飛向南。』有識者憐之，此偶然作爾。邇者詩人，多舍唐學宋，予嘗嫌務觀太熟，魯直太生，生者流爲蕭東夫，熟者降爲楊廷秀，蕭不傳而楊傳，效之者何異海畔逐臭之夫耶。《曝書亭集》

徐似道

平園周益公在翰苑時，天台徐淵子似道投詩云：『翰林帳下飲羊羔，客子騎驢渡灞橋。莫似靈鰲笑浮蟻，戴山負粟各逍遥。』後淵子仕亦至翰林直院。《梅磵詩話》

徐淵子詩，用『紡塼』字。《斯干》詩：『載弄之瓦。』注云：『紡塼也。』《説苑》亦云：『和氏之璧，千金之寶，以間紡，不如瓦塼。』《後村詩話》

淵子有《竹隱集》十一卷，多其舊作，暮年詩無橐本。此公曾見石湖、放翁、誠齋一輩人，又才氣飄逸，記問精博，警句巧對，天造地設，略不戟人喉舌，費人思索，人品在姜堯章諸人之上。《集》中及晚作尤佳者，昔已有《絶句詩選》，今摘其警句于後。『曉梵魚出聽，夜禪石點頭。』《體千進夫》『胸中著雲夢，皮裹有陽秋。』『自作先生《傳》，誰爲故吏碑？』《挽錢觀文》『鬲上春坊酒，眉尖野店茶。』『眉成山聳因尋句，眼作花昏爲勘碑。』《陳宣子求碑》『天寒不知翠袖薄，日暖但覺玉煙生。』《水仙花》『黄四娘花空朵朵，謝三郎鬢已蒼蒼。』《燕生》『索醉寧傾問字酒，忍饑不取作碑錢。』『駒入隙來原不礙，蠅鑽紙出定何妨。』《紙閣》『化成銀地佛應喜，移下玉樓天不知。』《雪》『北風萬籟自宮徵，南日一軒真袴襦。』《南日》『但欲有衣存妓妾，不愁無帳列生徒。』《明簾》『劉顯貴爲天子友，退之窮作相君書。』《王士穎以布衣自命》『我本田家子，驅來作長官。政雖無小異，民卻自相安。静或焚香坐，閒因展畫看。庸人擾擾耳，只道太和難。』『巢餘太古雪，人有正初風。頭如雪絮白，面作春桃紅。』《題雪巢》『一鞭架我膚，萬刃劃吾腹。就令猛於虎，何忍食子肉？世無冷鑊湯，邑盡活地獄。』《裝太和米網》『老覺此身無一堪，尚牽詩課撚衰髯。亦知庭院西風惡，直爲秋香不下簾。』《秋日》『一瓶儲粟一囊錢，兒學箕裘女紡塼。更買小丘吾事畢，勘書評畫了殘年。』『可憐玉雪不供愁，似倩詩翁作□□。□□此君雖强項，歲寒相對卻風流。』《瓶中梅花》『莫以鰲巨笑螻蟻，冠山戴笠等逍遥。』《□石潮》『不識廬山孤負目，不食螃蟹孤負腹。亦知二者古難并，行到九江吾事足。』『巾墊雨』，『佩飛霞』；『解客嘲』，『攻墨守』；『通明殿』，『不夜城』。《雪》『三雅』，『六經』。趙德莊送酒注：『劉表有酒爵三：大伯雅，次仲雅，小季雅。』《侯鯖録》：『陶人爲酒器，有《酒經》。晉安人餉人以酒，書云：「酒一經」，或注「二經」，至「五經」，他境人不違，聞「餞五經」，束帶迎門，方知是酒。』『大官連檣十萬艘，小官僅得一葉如。漁舠其中何所有，白髮翁媼并兒曹。赤脚婢三後執爨，蒼頭奴二前操篙。元真筆床間茶竈，吏部酒杯兼蟹螯。書緘一箱半魚蠹，一束百軸成牛腰。平鋪藁桔薦猫犬，賸買棗栗供猨猱。新花鬱屈作萎木，清酒盪摇成濁醪。篷低日覺牛角折，竈近時聞羹釜轑。高驤正難望鷁首，緩進豈敢争龍標。全家窘拘歎蹐跼，長物屏當隨週遭。桑樞駟馬各是累，人肝薇蕨俱成饕。不須彼此更相笑，未必鬱林之石賢胡椒。』《舟行》。《後村詩話》

徐淵子《九日》詩云：『衰容不似秋容好，坐上誰憐老孟嘉？牢裹烏紗莫吹卻，免教白髮見黄花。』時一朝士和云：『呼兒爲我整烏紗，不是無心學孟嘉。要摘金英滿頭插，明朝還是過時花。』二詩興致皆佳，未易優劣。《鶴林玉露》

徐淵子詩云：『俸餘擬辦買山錢，卻買端州古硯甎。依舊被渠驅使在，買山之事定何年？』劉改之《賀徐直院啟》云：『以載鶴之船載書，入覲之清標如此。移買山之錢買硯，平生之雅好可知。』《鶴林玉露》

徐淵子《廬山得蟹》詩云：『不到廬山辜負目，不食螃蟹辜負腹。亦知二者古難并，到得九江吾事足。廬山偃蹇坐吾前，螃蟹郭索來酒邊。持螯把酒與山對，世無此樂三百年。時人愛畫陶靖節，菊籬東遶手親折。何如更畫我持螯，共對廬山作三絶。』《貴耳集》

淵子嘗爲少蓬，朝聞彈疏，坐以小舟，載菖蒲數盆，翩然而去，道間争望若神仙。《貴耳集》

徐淵子詩：『植杞必植梓，藝蘭仍藝蓀。過庭遺訓在，鑿楹故書存。』蓋以『梓』、『蓀』喻『子孫』也。『鑿楹』出《晏子春秋》。《困學紀聞》

曾懷

城南玉津園，在嘉會門外四里。紹興四年，北使來賀天申節，遂宴射其中。孝廟常臨幸，命皇太子、宰執、親王、侍從、五品以上官，及管軍官，講宴射禮。孝廟御製詩，宰臣曾懷恭和云：『名園佳氣靄非煙，冠佩朝宗似百川。五品並令陪宴射，四鍭端欲序賓賢。恩涵春意魚翻藻，威入秋聲雁落弦。竣事更容窺典雅，宸章應陋柏梁篇。』《夢粱録》

王希吕

學士院東閣窗下，甃小池，久無雨則涸，傍植金沙、月桂之屬，又有海棠、郁李、玉繡毬各一株。西偏植金橘，逼城根，枝不能大，花開時香滿院，結實雖小而甘，浙中未易得也。王仲行詩云：『玉堂晝永暑風微，簌簌飛花落小池。徙倚幽欄憑問訊，夏鶯飛出萬年枝。』《玉堂雜紀》

本覺寺三過堂，熙寧間有文長老住寺中，東坡三過之，故名。王希吕有詩云：『門外驚

風吹細沙，入門水氣湛清華。呼童試向林間看，巖桂應開第二花。』《嘉興府志》

陸　埈

醜梨出崇德之東，貌雖惡而味絶勝，聞嘗進御。子高賦詩曰：『灰貌疑清古，霜津溢脆甜。面嫌湯後白，心慰邑中點。美實鍾寒谷，珍嘗近御匳。彼姝徒冠玉，争得似無鹽。』《至元嘉禾志》

曾　丰

曾撙齋遭論歸，賦《自省》詩，中一聯云：『不可以風霜後葉，何傷于月雨餘雲。』託物寄情，得坡之意。《藏一話腴》

楊　簡

楊慈湖詩云：『山禽説我胸中事，煙柳藏他物外機。』又云：『萬里蒼茫融妙意，三杯虚白浴天真。』又六言云：『净几横琴曉寒，梅花落在絃間。我欲清吟無句，轉煩門外青山。』句意清圓，足覘其所養。《鶴林玉露》

慈湖《撫琴行》：『蕭蕭指下生秋風，漸漸幽響颼寒空。月明夜氣清人骨，何處仙珮摇丁東？野鶴驚起舞，流水咽復明。一唱三歎意未已，幽幽話出太古情。龍吟虎嘯遞神怪，千山萬壑風雨晦。海濤震蕩林木響，亂撒金盤冰雹碎。和氣回春陽，縹緲孤鸞翔。三江五湖煙水闊，波聲颼颼鳴漁榔。悲猿臨澗欲渡不敢渡，但聞澗下蕭瑟松風長。閒雲洩碧落，勢去還迴薄。神仙恍惚無定所，微冷似欲止所作。馭風一笑歸蓬瀛，猶有餘音繞寥廓。』慈湖此詩，不減盛唐，亦嘗苦辛。非苟作者，又何必指李，杜爲癡，笑昌黎，薄逸少，空萬古爲無人耶？《升庵詩話》

黄景説

黄巖老《梨嶺遇雨》詩云：『黑風吹雨又黄昏，雞犬數聲何處村？身在嶺雲飛處溼，不關别淚濺成痕。』《詩人玉屑》

姜白石、黄巖老，學詩于蕭千巖。巖老亦號白石，詩亦工，時人號『雙白石』云。《鶴林玉露》

周益公休致，白石黄景説賀以《古風》云：『相公能辭一品官，不能辭他九轉丹。相公能卻萬鍾粟，不能卻他長生籙。潭潭之居移氣體，新年七十兒童似。朝朝見客步如飛，窗

下時時看細字。高車得似垂車榮，巍冠何如挂冠清？深衣獨樂真天人，誰其友者聃與彭。』《娱書堂詩話》

陸九淵

陸子静《子規》詩云：『柳院竹亭茅店，雲蕪風樹煙溪。聽徹殘陽月下，不論巴蜀東西。』《象山集》

陳傅良

陳君舉止齋《即事》云：『教子時開卷，逢人强整襟。最貧看晚節，多病得初心。地僻芰蓮好，山低竹樹深。寄聲同燕社，明日又秋砧。』《止齋集》

李石

李知幾石有《禮殿》詩，註云：『漢人祀周公爲先師，故鍾會記云：「周公禮殿。」范蜀公鎮云：「屋制甚古，非近世所爲，秦漢以來有也。」内翰王素云：「其屋制絶異今制，後之葺者惜其古，不敢改作。」』詩云：『蜀侯作頖錦水湄，先聖先師同此室。巍然夫子據此座，殿以周公名自昔。聖人兩兩如一家，均是周人先後出。東家想見中夜夢，猶與古孫同衮舄。斯文授受乃闕天，不爲漢唐加損益。我時來視俎豆事，重是漢人斤斧迹。漢宫制度九天上，散落人間此其一。多因豐屋起戎心，獨此數椽綿歲曆。規摹嵲嵲東魯似，氣象縹緲西岷敵。竹松猶是《斯千》詩，風雨方知隆棟吉。雖然漢獻來至今，閱時已多駒過隙。中間豈無鳥鼠慮，妙斲不知難輒易。工師不揆亂如麻，敢向殿門言匠石。《詩》、《書》譬彼尚闕文，後學如何補遺逸？祖龍非意竊登床，科斗有心求壞壁。舊章僅在命如絲，誰勒吾詩勝丹浹？』《成都文類》

梁竑

乾道間，梁竑入都，艤舟廟下，夜夢一客，自稱陸大夫，云：『我抑鬱于此，千餘歲矣，君幸見過，願留一詩。』遂題詩于壁而去。詩曰：『劉郎辛苦逐秦鹿，尚欲長鞭及馬腹。蠻夷大長夢不驚，海邊椎髻乘黄屋。江淮貔貅始閒暇，忍使驅令渡篁竹。陸生手持尺二組，唤起老子同分肉。詩書尚曉罵儒翁，豈憂傑驁難拘束。築壇再拜受王印，雄辨泠泠聽不足。當時未有北人輔，留寓年深染污俗。乍聞高論耳目清，如掩笙簧奏冰玉。境中勝處應更履，更泝餘皇到山麓。大夫何獨粤人重，漢廷公卿俱竦服。陳平奇計須深念，張子全身甘辟穀。此外侯王希識字，帶礪功存半誅戮。惟君坐使將相歡，燕喜優游劉氏福。年少終軍學高步，空有英雄命難續。乃知智者應世間，妙似庖丁奏刀熟。往事浮雲變滅盡，越水悠悠浸山緑。荒祠寂寞傍僧居，日暮飢鴉噪喬木。我來三歎重遲留，爲酌寒泉薦秋菊。』《夷堅志》

林　憲

雪巢《讀陶詩》云：『吾觀淵明詩，了不在言賦。有如太和氣，周行不停駐。時與春爲風，融夷物華布。而未見用力，萬物向榮處。時與秋爲月，浩然無點注。江山滋清絶，宇宙靡纖汙。乃知淵明詩，本不在詩故。邂逅吐所有，氣象隨所寓。乞食不爲拙，華軒不爲慕。歸來不爲高，折腰不爲沮。羲皇平步超，無爲貞雅素。簡澹豈能盡？學者漫馳步。獨有無絃琴，明明一斑露。』雖甚清絶，然太輕快，《集》中長篇皆類此。要須更隱括，以韋、柳乃善。《後村詩話》

林景思句云：『柔櫓晚潮上，寒燈深樹中。』『汲水延晚花，推窗數新竹。』又一句云：『天空霜無影』，均佳。《誠齋詩話》

鄉人雪巢林憲景思，紹、淳間前輩，後居天台。少從侍郎徐敦立度游，度得句法于魏昌世衍，實後山陳公嫡派也。梁溪尤公延之序其詩，言：『景思喜哦，初不鍛鍊，而落筆立就，渾然天成，無一語蹈襲。如「柔櫓晚潮上，寒燈深樹中。」「汲水延晚花，推窗數新竹。」「中夜鵝鶩喧，誰家海船上。」唐人之精于詩者，不是過。』楊公廷秀亦云：『景思之詩似唐人。』尤、楊二公少所許可，其論景思詩，如出一口，非溢美也。近世三衢鄭景龍，編《宋百家詩續選》，謂景思詩高處不止似唐人，且摘出『群花飛盡楊花飛，楊花飛盡無可飛』，『天空霜無影』等句，謂其超出詩人準繩之外，亦非虚語。《梅磵詩話》

陳氏曰：『景思人高尚，詩清澹，五言四韻古句尤佳，殆逼陶、謝。』《文獻通考》

全宋詩話目録卷七十五

王從　字正夫。乾道中，添差台州倅，知信州。有《三近齋餘録》。

陳孔碩　字膚仲，號北山，侯官人，淳熙初進士。歷官邵武宰、秘閣修撰、知惠州。有《北山集》。

孫應時　字季和，餘姚人，淳熙乙未進士。知常熟縣，移判邵武軍，未上而卒。從朱熹學。

項安世　字平父，括蒼人，徙江陵，淳熙二年進士。除秘書正字，遷校書郎，以僞學罷。開禧中，以直龍圖閣爲湖廣轉運判官。有《平庵悔稿》。

劉褎　字伯寵，崇安人，淳熙五年進士。歷官司門郎中、朝請郎、知西全州。自號梅山老人。有《梅山詩集》。

楊濟　字濟道，淳熙五年進士。著作郎，知果州。有《鈍齋集》。

葉適　字正則，號水心居士，永嘉人，淳熙五年進士。歷官權吏部侍郎、寶文閣待制、知建康府、沿江制置使兼制江淮，終寶文閣學士，卒謚忠定。有《水心集》。

白巽

章良能　字達之，麗水人，居吴興，淳熙五年進士。歷官著作佐郎、參知政事。弁陽周公謹之外大父也。有《嘉林集》。

王叔簡　字敬文，渠江人，淳熙五年進士。紹熙中，官校書郎。

席天祐　樂平人，精醫。從劉武忠軍，采用兵勢寓于棋，成絶藝。

朱師古　蜀人，孝宗朝著作郎。

徐得之　字思叔，夢莘弟，淳熙十一年進士。有《静安作具》。

謝希孟　後避寧宗諱，改名直，字古民，台州黄巖人，淳熙十一年進士。歷太社令，嘉興府通判。

俞應符　字德瑞，錢唐人，淳熙十一年進士。歷官參知政事。

高似孫　字續古，餘姚人，淳熙十一年進士。歷官校書郎，守處州。有《疏寮小集》。

鞏豐　字仲至，號栗齋，鄆州須城人，渡江，爲婺州武義人，淳熙十一年進士。歷官知臨安縣、提轄左藏庫。有《東平集》。

李獻可　吉水人。

裘萬頃　字元量，新建人，淳熙十四年進士。歷官吏部架閣、大理司直，丐外任，添差江西撫幹。有《竹齋詩集》。

危稹　字逢吉，號巽齋，又號驪塘，撫州臨川人，淳熙十四年進士。歷官屯田郎官，知潮州、漳州，請祠歸。有《巽齋小集》。

王居安　字資道，台州黄巖人，淳熙十四年進士。歷官右司諫兼崇政殿説書，權工部侍郎，帥隆興府，升龍圖閣直學士，卒贈少保。有《方巖集》。

繆瑜　字珍叟，龍南人，淳熙進士。官進賢令。有《崆峒詩集》。

李壁　字季章，燾子，父任入官，後登進士第。歷官權禮部尚書、直學士院、同知樞密院事、資政殿學士，卒謚文懿。有《雁湖集》。

李泳　字子永，號蘭澤，廬陵人。官溧水令，又爲阮治司幹官。與兄洪、子大漳、子清，弟浙、子秀洤、子召，著《李氏華萼集》。

葛郛　立方長子。淳熙中，以朝奉郎判鎮江。

杜旟　字伯高，金華人。淳熙、開禧間，兩薦制科。有《橋齋集》。

章甫　字冠之，鄱陽人，居真州。有《易足居士自鳴集》。

俞國寶　臨川人，淳熙太學生。有《醒庵遺珠集》。

許尚華　亭人，號和光老人。淳熙間，有《華亭百詠》。

全宋詩話卷七十五

王從

王正夫從有句云：『涼風回遠笛，暝色帶歸舟。』『塵心依水浄，歸鬢與山青。』『一番風雨催寒食，千里鶯花想故園。』『身閒更得憑陵酒，花早殊非愛惜春。』《誠齋詩話》

陳孔碩

余曩宰建安，扁便齋曰『于蔿于』。北山陳公寄詩云：『聞昔子玄子，愛歌于蔿于。遺風今有繼，此意古爲徒。犢賈踰刀劍，原飴變堇荼。聞絃知豈弟，聯袂此懽呼。近事先苞篚，何人問牧芻？聚星亭澗好，容我受廛無。』别篇云：『鳴鼓人皆可，彈琴今復誰？盡賒王媪酒，休賦大蘇詩。』時予方有詩謗，末章所爲發也。《後村詩話》

孫應時

孫季和《嚴子陵》詩云：『簿書流汗走君房，那得狂奴故意降。努力諸公了臺閣，不煩魚雁到桐江。』《困學紀聞》

友人葉審言家，藏孫應時手寫五言律詩十八首，自荆江入蜀止石頭城，蓋規摹老杜者。應時字季和，餘姚人，游朱、吕之門。慶元中，宰常熟縣，爲子游立祠，朱子作《記》者。朱子嘗稱其湖山諸詩，語意清遠，豈此等耶？今録數首于後：『日落風更起，江頭船不行。淒凉大夫宅，蕭瑟故王城。一醉重樓晚，千秋萬古情。愁邊動寒角，夜久意難平。』《歸舟晚泊》『落照久未夕，斷雲低不飛。孤舟上水急，歸鳥度山微。蕭颯天涯鬢，淋浪醉後衣。憑闌一笑去，客夢轉頭非。』《益昌僧寺静境軒》『小飲不成醉，清談多所欣。秋聲摇落日，野色盪寒雲。心事長千載，腰圍更幾分。西風叢桂發，倚檻得相聞。』《武擔山》『西臺在何許？秋草暮雲間。十畝有餘竹，一窗無數山。望遠足離思，憂時多苦顔。相看終惜醉，更挈酒瓶還。』《武擔西臺》『今晨明客眼，桃杏照江紅。鳥哢蒼山曲，人聲翠竹中。獨游空遠思，一笑負春風。便想荆州道，簪花醉渚宫。』《新灘見桃杏書事》朱子又稱其《子陵》、《仲弓》二絶甚佳。《子陵》詩見後《釣臺》諸作中，《仲弓》詩云：『清濁無心陳仲弓，圓機聊救漢諸公。末

流不料兒孫誤，千古黄初佐命功。』王厚齋《困學紀聞》云：『孫燭湖，其號也。』《吴禮部詩話》

嚴陵釣臺，題詠甚多，自范希文、黄魯直二絶句後，殆難措手，戴復古詩，亦爲人所稱道。此外所見，尚有佳者，《釣臺集》所未及。王厚齋記孫燭湖應時作云：『簿書流汗走君房，那得狂奴故態降。努力諸公了臺閣，不煩魚雁到桐江。』吾鄉陳子象《庚谿詩話》中，記不知名作云：『范蠡忘名載西子，介推逃迹累山焚。先生正爾無多事，聊把漁竿坐水村。』予家有《北園吟》一編，崑山陳壽卿作，一詩云：『尚父鷹揚起渭濱，六韜猶自佐周文。子陵豈是要君者，寇鄧諸公已策勳。』先大父嘗言，吾鄉有楊某者，好爲詩，多俚率，獨《釣臺》詩可喜，云：『虹作長竿雲作餌，纖月沉鈎在江底。巨鱗入手還縱之，漢家鼎小難調理。』紫巖于介翁，予早歲所師，嘗記其作云：『抛卻羊裘入漢庭，偶然偃卧兩忘形。先生無處可伸足，太史何煩奏客星。』《吴禮部詩話》

孫燭湖《讀〈通鑒〉》詩：『簿書流汗走君房，那得狂奴故意降。努力諸公了臺閣，不須魚雁到桐江。』又：『清濁無心陳仲弓，圓機聊救漢諸公。末流不料兒孫誤，千古黄初佐命功。』朱文公謂二絶甚佳。《困學紀聞》

項安世

平庵五言絶句《武夷鐵笛亭》云：『夜嘯千崖裂，朝吟萬象蘇。山人大自在，無淚捋君鬚。』《諸葛祠堂》云：『羽扇白綸巾，堂堂六尺身。我評秦漢下，宇宙只斯人。』《永州》云：『日日長沙岸，看雲只念家。如何永州夢，偏愛在長沙？』《欸乃曲》云：『靄乃出深溪，湘山日落時。若非堯女哭，即是楚神啼。』雜五言如《隆中評劉牧》云：『阿琦去梯策，尚識抱膝公。誰云豚犬愚？頗復勝乃翁。』又：『平生萬事僞，惟有病是實。』時方攻僞，其言如此。六言《和王仲衡尚書》云：『聖賢生世不數，文章何代無人。一言蔽思無邪，二萬解曰若稽。』七言八句《讀〈三國志〉》云：『曹、劉有志混華戎，無奈吴兒兩炬紅。赤壁燄燒雲夢澤，夷陵光照永安宫。人間自此鼎三足，天上無因日再中。惟有葛公心未死，夜深寒月照孤忠。』《路旁有因梅竹以編籬者》云：『已生野外更籬根，仍與蚩氓補缺垣。博士低頭乘虜障，王妃掩面嫁烏孫。風枝雨葉無生意，粉面朱唇有淚痕。説與調羹吹律事，老農那信腐儒言。』雜七言如《送水心淮東總領》云：『藍縷疾耕家四壁，鐵衣高卧日千金。四朝餉士前無古，一旦和戎患至今。』如《送邕州高教授》云：『君行回雁前頭路，我上杜鵑無處船。』《夔州永安宫》云：『吴娃解掩夫差面，難繫劉郎一寸心。』公瑾欲以子女玉帛留備于吴《送陳上齋納官還鄉》云：『正爾釣絲江上去，依然羽扇篋中情。』《藏秃筆》云：『莫欺貧士無檀施，時向文房度一僧。』《澗上》云：『全家寢食琮琤上，韶濩聲中過百年。』《和人》云：『窗中見日知晨暮，瓶裏看花記歲時。新讀子書多乙者，舊吟詩稿盡丁之。』《詠抛球》云：『綵毬丹柱倚春風，寒食清明罷繡工。漠北將軍貪蹋踘，豈知兵法在吴宫。』七言絶句《春日隄上》云：『高高下下十五里，白白紅紅千樹花。總在疏籬斷垣裏，背隄臨水少人家。』《見梅》云：『草枯葉脱四山童，萬里長天一目空。數點寒梢著紅蘂，人間驚喜見春風。』《次韻羅郢州送别》云：『江上相留不肯留，渡江沿岸卻回頭。漢江東去人西去，不見高城始是愁。』《樠州路口小雨》云：『三十年前過此時，一雙青鬢綰青絲。如今舊雨猶相記，只傍星星白處吹。』《落帽臺》云：『千山摇落萬林空，數點黄花酒盞中。半破接羅誰耐管，已將身世付西風。』『分明屈子獨醒愁，故作南華醉夢游。豈是昔人真愛酒，渠儂心事更悲秋。』《上塚》云：『兒時飛鞚得金隄，掣電驚風過馬蹄。今日筍輿摇醉帽，城東一日到城西。』《與潘德文倡和糟蟹》詩，押險韻至六首，皆新奇，而首篇尤工：『大戴笑汝無穴空雙螯，小戴笑汝有筐如子皋。太玄笑汝長郭索，入穴懶蟺升慚猱。知心但有畢吏部，卧起與汝同酒糟。後來愛者蘇長公，亦只許汝中山醪。固知合向一丘老，安得上與三辰翱？長公貌喜心未敬，雖羡微生猶惡饕。我疑吴儂修稻怨，和秫醞汝償民膏。雖然因此得長醉，痛貶未

必非深褒。又疑畢叟妬劉掾，曾以螟蛉輕二豪。故回左手就箕踞，持螯藉糟成兩高。』《後村詩話》

劉　褒

劉伯寵，武夷文士，嘗宦于朝，以臺評而歸。有句云：『去日春蠶吐素絲，歸時秋菊剥金衣。沙鷗不入鴛鴻侶，依舊滄浪遶釣磯。』怨而不怒之辭也。《詩人玉屑》

楊　濟

楊濟道濟《雲安龍脊灘》詩云：『洞庭老龍時出没，萬斛舟航皆辟易。此龍脊背已鐵石，肯逐時好作人日。我呼邦人來踏磧，恍然如見河圖出。大巫雞卜占云吉，小巫《竹枝》歌轉激。飄石揚沙障江色，塵埃何處不相襲。摩挲石刻聊偃息，恐有老人來横笛。』《四朝詩》

陳氏曰：『京鏜帥蜀，上巳出遨，濟爲《樂語》云：「三月三日，豈無水邊麗人？一觴一詠，亦有山陰禊事。」又云：「良辰美景，賞心樂事，四者難并。崇山峻嶺，修竹茂林，群賢畢至。」』一時傳誦。《文獻通考》

葉適

水心大儒，不可以詩人論。其賦《中塘梅林》云：『幽花表窮臘，高叟行村墟。所忻一蘤吐，安得百萬株？上下三塘間，縈帶十里餘。荒茨各尊貴，野徑争扶疏。愁雲忽返旆，急霰仍回車。蒼然歲將晚，陡覺氣象殊。羣帝胥命游，衆仙儼相趨。龍鸞變化異，笙笛音製殊。物有據其會，感召驚堪輿。妙香徹真境，態色疑虛無。問誰始種此？豈自開闢初。至今闕勝賞，浩刧隨榮枯。兒童俟黄墮，捧拾紛筐盂。熏蒸雜煙煤，縛賣傾江湖。臙脂蘸羅縠，絳豔生裙襦。和羹事則已，甘老山中臞。以兹媚婦女，又可爲嗟吁。夜闌燭燼短，月淡意躊躇。林逋與何遜，賦詠徒區區。』後篇云：『側聞中塘好，曾賦勸游篇。江陵入杜浦，聊復信所傳。化工何作强，耿耿不自眠。山山高相映，塢塢曲相穿。林光百道合，花氣十村連。風迎亂駛驟，日送交嬋媛。天回徂陰後，地轉升陽前。初如別逃秦，疏附耻獨賢。又疑未興周，掩擁欣俱全。惜哉見之晚，重尋畏凋年。一省三歎息，十步九折旋。詩家詫梅事，槁乾陋肥鮮。常于寒角曉，愛彼明冰懸。疏枝瀝冷豔，小窗露孤妍。吟悲肉留嗛，句喜珠辭淵。忽兹遇衆甫，欲穀羞斷絃。無以寄美人，千室欣暮煙。明朝指行處，霧雨空迷田。』此二篇兼阮、陶之高雅，沈、謝之麗密，韋、柳之情深，一洗古今詩人寒儉之態矣。然

『四靈』中如翁靈舒，乃不喜此作，人之所見，有不可解如此者。《後村詩話》

舊游東嘉時，在水心先生席上，適浄居僧送饐至，如小錢大，各合橘葉，清香靄然，如在洞庭左右。先生詩曰：『不待滿林霜後熟，蒸來先作洞庭香。』詢寺僧，曰：『采蓮蓬與橘葉搗汁，加蜜和米粉作饐，各以葉蒸之。市亦有賣，特差大耳。』《山家清供》

水心詩，早已精嚴，晚尤高遠。如『驛梅吹凍蘂，柁雨送春聲。』『緑圍齊長柳，紅糝半含桃。』『聽雞催謁駕，立馬待紬書。』『野影晨迷樹，天文夜照城。』『曬書天象切，浴硯海光翻。』『地深湘渚浪，天遠桂陽城。』置杜《集》中何以辨？乃若『遺臘冰千筋，句春柳一絲。』『燐迷王弼宅，蒿長孟郊墳。』『門邀百客醉，囊諱一錢存。』又特其細者。《林下偶談》

白　巽

陸務觀《高齋記》云：『少陵居夔，三徙居，皆名「高齋」。其詩「次水門」者，白帝城之高齋也；「依藥餌」者，瀼西之高齋也；「見一川」者，東屯之高齋也。東屯李氏居已數世，上距少陵，纔三易主，大曆初，故券猶在。』白巽《東屯行》云：『雨足稻畦春水滿，插秧未半青短短。馬塵追逐下關頭，北望東屯轉山坂。一川洗盡峽中想，遠浦疏林分氣象。溝塍漫漫堰源低，灘瀨泠泠石磯響。中田築場亦有廬，翬飛夏屋何渠渠。李氏之子今地主，少陵

祠堂疑故居。』《名勝志》

章良能

李伯時畫《飛騎習射圖》，其手帖云：『公麟，元豐初點檢南宮試卷畢，陪預集英殿門應奉廷試，因得至衛士班，見飛騎習射挖毬楊枝戲，人偉馬駿，妙天下選。時乘輿幸寶津有日，督課勝負，窮景不休，故頗遂縱觀。今追圖大概，以奉雌堂清玩，若氣勢不至差俗，則丹青可屏，當蒙照恕也。元祐丁卯臘日謹題。』又云：『第一斫鬉射，最難引弓，然多中，中者自帛而下，平截斷之，射毬鮮中，以飛踞故，十發三四中爲精矣。』尤延之、楊廷秀、樓大防皆有題詩。朱文公跋云：『觀龍眠《飛騎圖》，及讀延之、廷秀、大防三君子佳句，因思法雲秀公語，尤物移人，甚可畏也。』後又有古體詩二首，其一云《奉題太丞丈龍眠騎射圖》』，下有『叔簡』字，不著姓；其一題『嘉定庚午四月二十日章良能。』叔簡詩云：『飛毬飲羽柳如截，馬氣橫生人更傑。不作游觀御寶津，騎戰還應一當百。天家行樂少人知，龍眠屬從天上歸。意象慘淡研精微，曹霸以來無此奇。壯夫披圖雙淚垂，時危那得生致之。』章詩云：『禁營貔貅天廐龍，技癢不奈芻粟豐。聞道寶津嘗扈駕，前期踴躍矜驍雄。紅綃低繫柳枝碧，滿滿彎弓斫鬉射。偶然穿葉未爲奇，截下紅綃方破的。綵繩長曳綵毬輕，閃爍眩轉如奔星。弦頭霹靂趁馬脚，回看一箭落欃槍。烏紗帽穩春衫薄，文韉煥爛青絲絡。千步埸深隔九關，畢景馳驅有餘樂。李侯應奉隨春官，日晏歸穿衛士班。平生抵死憐神駿，絶藝那能不細看。不學閻公伏池側，倉皇丹粉供宣索。他年乘興試追尋，妙處祇須憑紙墨。十六蹄翻意態真，磬控應節顧眄親。當時騎士盡應爾，尚想元豐兵制新。慨今多事困供億，養兵殆且殫民力。未聞士歌馬騰槽，安得從容觀戲劇。』浦江趙敬叔先購得圖，後得帖，遂爲完美。謂圖出玉山汪季路家，缺二馬及楊、劉詩，蓋爲人裁取別作卷也。考《續通鑒長編》：『嘉定二年己巳正月丁巳，御史章良能同知樞密院，六年癸酉夏四月丙子參知政事，明年二月薨。』此詩在政府作也。又『紹熙元年庚戌秋八月，校書郎王叔簡與禮部侍郎李巘、著作郎鄧馹同檢視劉季榮所造新曆。』叔簡，必王叔簡也。所謂『太丞』及雌堂稱太守，不知爲何人也。尤、楊、樓有《集》，詩不録，王、章二作皆佳，不以能詩名，故表而出之。《吳禮部詩話》

王叔簡

叔簡詩云：『飛毬飲羽柳如截，馬氣横生人更傑。不作游觀御賓津，騎戰還應一當百。天家行樂少人知，龍眠屬從天上歸。意象慘淡研精微，曹霸以來無此奇。壯夫披圖雙淚

垂，時危那得生致之。』《吴禮部詩話》

席天祐

席天祐，樂平人，精醫，嘗從劉武忠軍，采用兵之勢，寓于棋，遂成絶藝。淳熙六年冬，醉卧僧房，作詩云：『霜侵古屋月侵窗，撥盡寒灰夜未央。仗劍起看吴楚分，將星今見幾分光。』《夷堅志》

朱師古

淳熙辛丑，孝宗策士。有昌元王昂應祥者，既賜第，調潼川府司户參軍，自言年踰六十，不願出仕，上嘉之，特賜承務郎致仕。蜀人在朝者，皆以詩送之，著作郎朱師古一聯云：『集英殿下初登第，神虎門前便挂冠。』最爲的切。《建炎以來朝野雜記》

徐得之

徐思叔得之有《題貧樂圖》句云：『廼翁畫灰教兒書，嬌兒赤骭玉雪膚。厥妻曝日補破襦，弊筐何有千金奴。』《鶴林玉露》

《明妃曲》古今作者多矣，近時徐思叔得之所賦一篇，亦爲時人膾炙。其詞云：『妾生豈願爲胡婦？失信寧當累明主。已傷畫史忍欺君，莫使君王更欺虜。琵琶卻解將心語，一曲纔終恨何數。朦朧胡霧染宫花，淚眼横波時自雨。專房莫倚黄金賂，多少專房棄如土。寧從别去得深嚬，一步思君一回顧。胡山不隔思歸路，只把琵琶寫辛苦。君不見有言不食古高辛，生女無嫌嫁槃瓠。』《娱書堂詩話》

謝希孟

前史謂：禰衡附孔融，慢曹操，操以其才名，不欲殺，送劉表；後復慢表，不能容，以江夏太守黄祖性急，送衡與之，爲祖所殺……。頃見余子壽云：謝希孟爲某總餉所怒，假手樓鑰、張定叟劾去之，希孟有詩云：『上有皇天下后土，此身不患無歸所。憑誰説與清河公，何苦爲人作黄祖！』予謂祖爲曹、劉驅使，已可笑，又有一種人爲祖驅使，益可笑也。《後村詩話》（又見《梅磵詩話》）

謝希孟在臨安狎娼，陸氏象山責之曰：『士君子乃朝夕與賤娼女居，獨不愧于名教乎？』希孟敬謝，請後不敢。他日，復爲娼造鴛鴦樓，象山聞之，又以爲言，謝曰：『非特建樓，且有《記》。』象山喜其文，不覺，曰：『《樓記》云何？』即口占首句云：『自遜抗機雲之死，英靈之氣，不鍾于世之男子，而鍾于婦人。』象山默然。希孟一日在娼所，忽起歸興，遂不告而行。娼追送江滸，泣涕戀戀，希孟毅然取領巾書一詞云：『雙槳浪花平，夾岸青山鎖。你自歸家我自歸，説着如何過。我斷不思量，你莫思量我。將你從前于我心，付與旁人可。』希孟與鄉人陳伯益，好相調戲，伯益面黑而狹，多髯，希孟入其書室，見寫真掛壁上，題云：『伯益之面，大無兩指。髭髯不仁，侵擾乎其旁而不已。於是乎伯益之面，所餘無幾。』此語喧傳，伯益病之而不能報。希孟後避寧宗旁諱，改名直，字古民，伯益於是以兩句詠其名：『炊餅擔頭挑取去，白衣鋪上喝將來。』聞者笑倒。伯益又嘗寫真，衣皂道服，躡僧鞵，希孟贊之曰：『禪鞵俗人鬚髩，道服儒巾面皮。秋水長天一色，落霞孤鶩齊飛。』《談藪》

俞應符

俞應符德瑞，錢塘人，有《曹操疑冢》詩云：『生前欺天絶漢統，死後欺人設疑冢。人生用智死即休，何用餘機到丘隴。人言疑冢我不疑，我有一法君未知。直須掘盡疑冢七十二，必有一冢藏君屍。』《七修類稿》

高似孫

吴雲壑琚，字居父，留守建康。高疏寮似孫授徽倅，道出金陵，投以詩曰：『四朝渥遇鬢如絲，多少恩榮世少知。長樂花深春侍宴，重華香暖夕論詩。黄金籯滿無心愛，古錦囊歸有字奇。一笑容陪珠履客，看臨古帖對梅枝。』公之客曰儲用、項安世、周師稷、劉翰、王輝、王明清，晚得王大受，輟子姪官授之，凡游從皆極一時之彦。公無他嗜好，居近城，與東樓平，光皇爲書匾以賜，不名其名而名其官，樓下設維摩榻。尤愛古梅，日臨鍾、王帖以爲課，非其所心交者，迹不至此。高氏獨知其詳，故落句及之。《四朝聞見録》

四聖延祥觀西依孤山，爲林和靖故居，花寒水潔，氣象幽古。三朝臨幸，有韋太后沉香四聖像，小蓬萊閣，瀛嶼堂，金沙井，六一泉。高疏寮有詩云：『水明一色抱神州，雨壓輕塵不敢浮。山北山南人唤酒，春前春後客憑樓。射熊館暗花扶扆，下鵠池深柳拂舟。白髮都人能道舊，君王曾奉上皇游。』《武林舊事》

聚景園在清波門外，孝宗致養之地，嘉泰間，寧宗奉成肅太后，亦嘗臨幸，其後蕪廢不修。高疏寮詩云：『翠華不向苑中來，可是年年惜露臺。水際春風寒漠漠，官梅卻作野梅開。』《武林舊事》

高續古《謝汪强中郎中送蟹》詩云：『連日天街候駕歸，且呼酒對早梅飛。從來吏部高情别，右手分將老蟹肥。』又有句云：『天差鶴管烹茶水，風夾花吹煮蟹煙。』《蟹略》

高續古《題四聖觀》云：『射熊館暗花扶扆，下鵠池深柳拂舟。』極藻繪追琢之功，二宋殆不能過。晚兼都官，題《直舍》云：『無詩如鄭谷，有髪似馮唐。』亦警策。《後村詩話》

癸未甲申，予自桂林入都改秩。一日，自外歸，逆旅主人云：『有二客訪君不遇，留刺而去。』視之，蓋高續古、鍾春伯二館職也，皆素昧。明日往謝，高云：『吾於陸伯敬處，見子某詩。』鍾云：『吾於南塘處，見子四六，相約訪君，共論此事，何相避之深也？』鍾惠四六一卷，高遺《疏寮詩》二册。未幾，鍾貴顯，高出館，不復入，今皆物故。予老矣，四六姑置，惟詩結習未忘。所得《疏寮》二册，前已摘出一二聯，後得其全集，數倍於舊，老筆如湘絃泗磬，多人間俚耳所未聞者，有石湖、放翁、誠齋之風。部帙既多，不能偏閲，姑録其警語於編，以備遺忘。五言《楊嗣興惠茯苓》云：『道是青神谷，元通白帝厓。有松如壯士，其魄化嬰兒。雲涇浸鴉嘴，天寒剪兔絲。蕘初香摘髓，秦後雪凝脂。穴動龍蛇窘，山空鳥獸悲。惟將千歲力，自了一生奇。』《送潘德鄰帥廣》云：『風穩琛舟引，春歸卉服徜。』《謁吴給事》云：『上皇今百歲，近侍不多人。』《寄僧》云：『鹿采花修供，猨分石坐禪。』《别僧》云：『夢無全覺久，詩只半聯奇。』《聽雪》云：『竹大時聞折，梅明不受霾。』《雜詩》云：『今古憑詩了，乾坤賴酒澆。忙猶輸使硯，懶尚事持茶。』《買研》云：『汾獻升雲鼎，秦遺蝕雪碑。』《曹娥江》云：『沙冷雁一二，天長帆有無。』七言《送蜀客》云：『峨眉雪罷添巴水，玉壘雲空見蜀星。白浪不侵魚復陣，青苔猶護劍關銘。』《題放翁、誠齋唱和》云：『題徧蛟綃乾碧海，吹將鶴笛上青天。』《道山堂前梅花》云：『太乙神仙游册府，秦王學士凭闌干。』《懷墅》云：『已是飛來鷓鴣了，可能落到牡丹花。』《讀曼卿詩》云：『東西都漢猶司馬，三百年唐只次山。』《答人》云：『晉書好傳偏安石，唐世諸人且樂天。』《送歙守》云：『龍尾石須分幾寸，牡丹花不望頭綱。』《池西》云：『旋作池來分剡曲，略教花處似蘇隄。』《梅花》云：『相依豈恨移來晚，欲訴猶須説到明。』絶句尤多佳者，《都下》云：『柳生春思拂京華，不管閒人也憶家。添盡好香那睡得，月痕如水浸梨花。』《中秋夜登秀臺》二絶云：『青冥風露無人管，醉力飛昇入桂臺。月過斗西親挽住，伴人騎鶴去蓬萊。』『冰娥看盡人間世，好手如公不數枚。卻喚清罍相揖酌，汝聽下界息如雷。』《梨花》云：『殿頭催引上清華，獨奏春詞唱賜茶。帶月歸來仙骨冷，夢魂全不到梨花。』《晚泊江口》云：『白鷺青煙剡江口，梅六七分經雪後。月肯流連相伴酒，隔岸呼船有魚否？』五古體《答辛幼安》云：『青天不惜日，壯士偏知秋。自古有奇畫，如今空白頭。彼時當再來，吾老不可留。天推璧月上，星入銀河流。躔度若此急，人生與之浮。終夜自起舞，無人共登樓。典謨有陳言，河洛非故州。

黄鶴呼不來，誰能理殘裘？』此篇甚高古。《後村詩話》

陳直齋云：似孫少有俊聲，登甲科不自愛重，爲館職，上韓侂胄生日詩九首，皆暗用『錫』字，爲清議所不齒，晚知處州，尤貪酷。其讀書以隱僻爲博，其作文以怪澀爲奇，至有甚可笑者，就中詩猶可觀也。《文獻通考》

高疏寮守括日，有籍妓洪渠，慧黠過人。一日，歌《真珠簾》詞，至『病酒情懷猶困嬾』，使之演其聲，若病酒而困懶者，疏寮極稱賞之。適有客云：『卿自用卿法。』高因視洪云：『吾亦愛吾渠。』遂與落籍而去，以此得嘖言者。《癸辛雜識》

鞏豐

鞏仲至，號栗齋，有《炊熟日有愴松楸》詩云：『小樓吹斷玉笙哀，春半餘寒去復來。五歲不澆墳上土，望鄉心折刺桐開。』《濂洛風雅》

李獻可

李獻可六歲能詩，孝宗召入宫。時宫人正午睡，帝命爲詩，獻可即賦云：『御手指嬋娟，青春白晝眠。粉匀香汗溼，髻壓翠雲偏。柳妒眉間緑，桃嫌臉上鮮。夢魂何處是？知

繞帝王邊。』帝拊其背曰：『何不作我家兒。』命宫人繡御掌于背，以賜歸。《吉安府志》

裘萬頃

裘元量萬頃，豫章人，性恬退，不樂仕，以薦者召爲司直。在朝，嘗賦《歸興》云：『新築書堂壁未乾，馬蹄催我上長安。兒時祇道爲官好，老去方知行路難。千里關山千里念，一番風雨一番寒。何如静坐茅簷下，翠竹蒼梧子細看。』遂乞歸。《娱書堂詩話》

危　稹

臨川危逢吉詩，有思致，《禽言》二首尤佳。《接客》篇云：『接客接客，高亦接，低亦接。大兒穩善會侍茶，小兒踉蹡能作揖。家人不用剪髻雲，我典唐書供饌設。唐書典了猶可贖，賓客不來門户俗。』《郭公》篇云：『郭公郭公，聞爾失國春秋時，何事到此猶悲啼？郭公前言亡國故，當時只緣臣子誤。百年社稷不得歸，而今家住栢岡西。滿目春風都是恨，聲聲説與齋侯知。郭亡矣，君勉之。』詞意音節，欲迫張籍、王建矣。《題楊妃齒痛圖》云：『痛入香齦欲不禁，三郎心痛亦何深。當時更有唇亡處，自是君王不動心。』《婦歎》云：『記得蕭郎登第時，爲言即日鳳凰池。而今老等閒官職，日欠人錢夜欠詩。』《落花》

云：『馬嵬路險失妃子，金谷樓高墜綠珠。』皆清婉可愛。然古今詠落花，無出二宋兄弟兩聯，追琢精妙，逢吉語稍率矣。《後村詩話》

危巽齋《送柴中行出守章貢》詩云：『力爲君王乞得州，補天未了石還收。人才自係國輕重，吾道亦關公去留。殿角纔辭槐影日，船頭便轉荻花秋。競誇祖帳東門外，誰識眉攢杜甫愁？』遂忤執政，出知潮州。《豫章詩話》

柴與之中行，嘉定間仕于朝，與時宰議論不合，去國。危逢吉積以詩送之：『力爲君王乞得州，補天未了石還投。人才自係國輕重，吾道亦關公去留。殿角纔辭槐影日，船頭便轉荻花秋。競誇祖帳都門外，誰識眉攢杜甫愁？』《娱書堂詩話》

王居安

王資道居安《送劉改之》詩云：『不識劉郎莫便語，酒酣耳熟未全疏。士當窮困能無慊，我自斟量愧不如。横槊賦詩俱有分，輕裘緩帶特其餘。當今四野無塵土，宜有奇英在草廬。』《瀛奎律髓》

王方巖《題園扉》云：『祇教人種菜，莫誤客看花。』《後村詩話》

吴子良序《方巖集》云：『公之文明白夷暢，絶類其胸襟。詩尤圓妥曠遠，嘗有句云：

「高下水痕元自定，後先花信不須催。」公于出處去就，此二語可以占矣。』《方巖集》

繆　瑜

繆珍叟《遇災感應詩序》云：『辛酉歲，錢唐火災，延燒居民，以七萬計，惟吴山上一老翁家獨全。翁平時誦經樂施，火起之夕，以老憊不能去，遣兒與婦令亟走，竟不忍相捨離，處烈焰之中，全家昏然熟寐，至于蒲萄架亦不焚灼。夫善積于平日之間，而孝感于一念之頃，其爲神物護持如此。行道之人相與言者，必曰「蒲萄架」，因詩之，以爲世人好善者之勸云。』詩曰：『鬱攸屬者潛煽灾，蜚廉縱風相與偕。林林生齒七萬户，連甍接棟燒成灰。如何老翁一區宅，間不以寸獨不烖？玉石俱焚勢應爾，豈有幻術能然哉？聞之翁乃好善者，平時事佛經卷開。有餘必以濟貧乏，不以利欲縈其懷。倉卒遂蒙鬼神護，萬目注視咸驚猜。厥初巨燄歊天起，左顧右盼如燔柴。翁知無地可脱免，委身甘作燼與煨。麾兒與婦令亟走，誓死不去無違乖。全家酣寢越信宿，如聞大浪聲喧豗。及其夢覺火亦息，依然一室當崔嵬。微如蒲萄不熏灼，而況梁棟與桷榱。蒼蒼表善有如此，餘自作孽何足哀。作詩誌往勸來者，勿以斯語同優俳。』《咸淳臨安志》

予初筮仕江西，有老選人繆瑜，袖詩來訪，其《調官》一聯云：『有客去游丞相閣，無人

來問孝廉船。』他作亦多可采。俯仰五十年，不能悉記矣。《後村詩話》

李　壁

開禧初，韓平原欲興兵，遣張嗣古覘敵，張還，大拂韓旨。復遣李壁，壁還，與張異辭，階是進政府。壁使北有詩云：『天連海岱壓中州，暖翠浮嵐夜不收。如此山河落人手，西風殘照嬾回頭。』《四朝聞見録》

李雁湖詩《程滄洲守宜春》刊于郡齋。予不及識公，初筮豫章，公謫居臨川，從曾極景建得予詩簡，景建云：『劉君詩兼鮑、庾之清俊，前與先君字同舍，不知其郎君詩筆如此。』晚得宜春本，摘其警語一二于此。《紅梅》云：『晚覺鄭公殊嫵媚，生憎夷甫太鮮明。』《送楊子直知吉州》云：『憂時鐵石孤忠在，閲世風花老眼空。』《酬景建》云：『新有千絲明曉鏡，舊無一畫贊宵衣。閒吟此外惟須飲，老覺人間萬事非。』又云：『向來交態雲翻手，静裏無言石點頭。』雁湖注半山詩甚精確，其佳句有絶似半山者，已采入《詩選》矣。如『平生閲世朦朧眼，偏向白鷗飛處明』，如『鴉健觸翻紅蔌蔌，鷗閒占斷碧粼粼』，皆可諷詠。如『金谷友』、『玉川奴』，『鵜鶘賦』、『蛺蝶圖』，『雙蓬鬢』、『寸草心』，『鶴友』、『雁奴』，『鵬客』、『蟹奴』，皆的對。《後村詩話》

李雁湖《悼亡》云：『一坏漫道愁能遣，幾度醒來錯唤君。』然元稹已云：『怪來醒後旁人泣，醉裏時時錯問君。』此猶是暗合。若『四靈唐碑入宋稀』，與唐人『隋柳入唐疏』之句，則是明犯。《後村詩話》

李泳

大江富池縣，隸興國軍，有甘寧將軍廟，殿宇雄偉，行舟過之者，必具牲醴祇謁。紹興初，劇賊李成數萬衆欲攻軍城，禱祠下求吉卜，神不與。成怒，大言嫚侮，擲杯珓于地，珓忽起貼于柱上，陰雲陡合，雷電交至。成震怖，率醜類亟拜祈哀，方止。果爲官兵所敗，即《丁志》中所書以爲馬進者也。李子永嘗自西下，舟次散花洲，有神鴉飛立檣竿，久之東去，即遇便風，晡時抵岸步，見青蛇激箭而來，至舟尾不見，是夕艤泊。明日賽神，其前大樓七間，尤偉壯，郡守周少隱采東坡詞語，扁爲『卷雪』，每潮漲時，石柱半插入水，方三伏中登望，江面萬頃，群山環合，清風不斷。子永作詩曰：『卷雪樓前萬里江，亂峰卓立森旗槍。上有甘公古祠宇，節制洪流掌風雨。甘公一去踰千年，至今忠氣猶凛然。我來再拜攬塵迹，斜陽白鳥横蒼煙。』初題梁間時，本云『英威凛然』，如有人掣其肘者，乃改爲『忠氣』。又賦《望月水調歌》云……。及旦移舟，神鴉青蛇，俱送至長沙，風乃止。《夷堅志》

葛郛

郛子稍學作小詩，嘗賦《梅花》云：『玉屑裝龍腦，雲衣覆麝臍。何堪夜來雪，香色兩淒迷。』《留友人》詩云：『良友久間闊，春事遽如許。昨夢墮前山，再見欣欲舞。聊呼花底杯，酒面點紅雨。狂歌謝貫珠，清論雜揮麈。驪駒未可歌，妙句須君吐。』觀此數語，似粗知詩家畦徑。學之不已，必佳，但恐其中墮爾。《韻語陽秋》

杜旟

杜旟伯高《題〈蘭亭序〉》云：『君勿笑新亭相對泣，卻勝《蘭亭》暮春集。』『長門作賦直千金，不知家有白頭吟。』二詩皆有味。《後村詩話》

章甫

章冠之多從于湖交游，飄蕩不受拘羈。淳熙間，淮有三士：舒之張用晦，和之張進卿，真之章甫冠之也。有《寄荆南故人》詩云：『餘生自拚一虛舟，未害尋詩慰客愁。梅欲飄零猶醖藉，柳纔依約已風流。關心弟妹無黃犬，入夢江湖有白鷗。別後故人相念否？東

風應憶仲宣樓。』《貴耳集》

許尚

和光老人有《華亭百詠》，今存十首。《陸機茸》云：在谷水東。吳陸遜生二孫，常于此游獵，今名『桑陸』，又名『吳王獵場』。『二陸爲童日，馳驅屢忘歸。至今桑柘響，禽鳥尚驚飛。』《三女岡》云：『三殮知無有？香魂計已銷。頻來吟楚些，歲久若爲招。』《征北將軍墓》云：即陸禕墓，在崑山，有碑。村人疲于官吏征索，遂碎其碑。『崎嶇尋古隧，衰草隱寒原。欲讀將軍事，豐碑祇半存。』《顧亭林》云：『旦暮潮流急，東西徑路斜。無從質疑字，共屬野王家。』《白龍洞》云：在橫雲山頂，下通澱山湖。每風雨夜，有龍出入洞中。『呼吸湖中水，山椒寄此身。洞門風雨夜，電火逐霜鱗。』《俞塘》云：府東五里。往來之舟，皆可揚帆。諺云：『雖有珠千斛，不賣俞塘北。』『延袤三鄉外，東流與海通。河神屢加惠，帆借往來風。』《普照寺》云：晉陸機捨宅爲寺。『高門收晝戟，即此是精藍。施予恩雖在，緇流絕不談。』《陸瑁養魚池》云：即西湖也，今爲放生池。『誰得陶朱術，修治一水寬？皇恩浹魚鼈，不復敢垂竿。』《唳鶴灘》云：湖之東南隅。『養鶴人何在？湖邊水尚清。喚回中夜夢，灘上戛然聲。』《湖光亭》云：風月堂之西。『日暮蝦鬚卷，亭中雅燕開。微風起蘋末，波影動尊罍。』《華亭百詠》

全宋詩話目録卷七十六

陳善　字敬甫，號秋塘，淳熙間豪士。有《雪篷夜話》。

童敏德　臨川人，生乾、淳間，不仕。

許玠　字介之，襄邑人。有《東溪詩稿》。

吴琚　字居父，號雲壑，汴人，憲聖太后姪，太寧郡王益子。歷官尚書郎、部使者、直學士、鎮安節度使、留守建康、少保，卒謚忠惠。有《雲壑集》。

傅子平　淳熙中，鳳州守。

張栻　字敬夫，廣漢人，浚子，以蔭補官。歷左司員外郎、秘閣修撰、知江陵府、荆湖北路安撫使。嘉定中，謚曰宣，從祀孔廟。有《南軒集》。

劉芮　字子駒，東平人。官永州决曹掾。有《順寧集》。

薛季宣　字士龍，永嘉人。歷官大理寺主簿、大理正、知常州。有《浪語集》。

王彦和　崇德人。

李大方　字允蹈，方叔孫。

李正向

游次公　字子明，建安人，號西池。參范成大桂林幕，有酬唱詩。

張鎡　字功甫，號約齋，西秦人，居臨安，循王諸孫。官奉議郎、直秘閣。有《南湖集》。

曾覿　字純甫，號海野老農，汴人。紹興中，以寄班祗候，與龍大淵同爲建王内知客。孝宗受禪，以潛邸舊人，除權知閤門事，歷開府儀同三司、少保、醴泉觀使。

盛麃　京庠分教。

楊炎正　字濟翁，廬陵人。

王子俊　字才臣，號格齋，廬陵人。官成都帥幕。有《三松集》。

來梓　字子儀。

張履信　字思順，號游初，鄱陽人。嘗監京口鎮，官至連江守。

徐逸　字無競，號抱獨子，天台人。

陳國材　廬陵人。

邵經國　永嘉人。

傅大詢　字公謀，宜春人。

游開　字子蒙，建安人。

聞人滋　字茂德，嘉興人。嘗爲勅局删定官。

詹義　都昌人，紹熙元年進士。

滕岑　字元秀，嚴州建德人。紹熙元年，特奏名，仕温州平陽縣丞。有《無所可用集》。

張沄　字聲父，吴興人，紹熙二年發解。

陸淞　字子逸，號雲溪，山陰人。官辰州守。游弟。

陳亮　字同父，婺州永康人。紹熙四年進士第一，授簽書建康府判官廳公事，未上，卒。端平初，謚文毅。有《龍川集》。

劉宰　字平國，金壇人，紹熙元年進士。官江寧尉、真州司法。韓侂胄枋國，不復仕，自號漫塘病叟。寶慶初，除將作少監，進直敷文閣，知寧國府，不拜，卒謚文清。有《漫塘集》。

許景迂　舊名閎，山陰人，紹熙癸丑進士。有《野雪吟稿》。

劉過　字改之，號龍洲道人，吉州太和人。嘗伏闕上書，請光宗過宫，以書抵時宰，陳恢復方略，不報。放浪江湖，有《龍洲集》。

孫伯温

程珌　字懷古。

周煇　字昭禮，邦子。南渡，寓居臨安清波門。有《清波雜志》。

尹德鄰　字直卿，永豐人，紹熙中太學生。

孫惟信　字季蕃，號花翁，開封人，居婺州。光宗時，棄官隱西湖。有集。

羅椿　字永年，自號就齋，廬陵人，楊萬里高弟。

全宋詩話卷七十六

陳　善

陳秋塘詩云：『不知筋力衰多少，但覺新來嬾上樓。』《吹劍録》

陳敬甫善《書貴家扇》云：『春風一日歸深院，巫峽千山鎖暮雲。』《送輔漢卿過考亭》云：『聞説平生輔漢卿，武夷山下啜殘羹。』《貴耳集》

童敏德

童敏德在湖州，《題顏魯公祠堂》曰：『挂帆一縱疾于鳥，長興夜發吴興曉。杖藜上訪魯公祠，一見目明心皦皦。未説邦人懷使君，且爲前古惜忠臣。德宗更用盧杞相，出當斯位誠艱辛。生逆龍鱗死虎口，要與乃兄同不朽。狂童希烈何足罪，姦邪嫉忠假渠手。乃知成仁或殺身，保身不必皆哲人。此公安得世復有？洗空凡馬須麒驎。』此詩語意超拔。《容齋三筆》

許玠

李長吉《集》中，有《染絲上春機》、《美人梳頭歌》，婉麗精切，自成一家機軸。近世襄邑許介之《集》中，亦有《染絲上春機》、《美人對鏡歌》，頗得長吉體製。《染絲上春機》云：『錦江之水來蜀西，女紅染絲上春機。可憐欲織未織時，思君意緒如亂絲。亂絲尚可理，妾愁渺無際。寒窗軋軋千萬梭，斷魂隨梭暗來去。蕩子醉花月，妾辜鸞鏡妝。寒蛩只解趣機杼，争奈情如刀劍傷。織成回紋詩，寄與白玉郎。願郎勿棄置，上有雙鴛鴦。覷看雙鴛鴦，忍教孤妾守空房。』《美人對鏡歌》云：『天上雄雞啼一聲，人間萬雞相應鳴。美人紅酣尚未醒，鎖掣金匙鸜鵒驚。鸜鵒從來巧言語，聲聒錦幃殘夢起。猛揎羅袖窩緑雲，步逼妝臺趁梳洗。玉奩脱覆光爍人，洞房環曲驚曉春。不是清空月飛入，如何中有姮娥身？軒轅百鍊今湮滅，揚州青銅卻奇絶。人非照鏡鏡照人，鏡亦分明爲人説。媸妍一鏡固兩般，狐婦懷奸心膽寒。閨中少女色莊麗，眉頰不妨終日看。』《梅磵詩話》

吳琚

孝宗崇憲聖母弟恩，故稱琚兄弟曰『哥』；光宗體孝宗之意，故稱琚兄弟曰『舅』，琚尤被聖眷。後苑安榴盛開，光宗以黄團扇自題聖作二句，云：『細叠輕綃色倍醲，晚霞猶在緑陰中。』命琚足成之。琚續曰：『春歸百卉今無幾，獨立清微殿閣風。』上稱歎久之。《四朝聞見録》

傅子平

鳳之爲州，當秦蜀之衝，以手、柳、酒三絶名世，風塵一起，號爲邊鄙者四十餘年。淳熙初，鳳州守傅子平詩云：『珍珠不見小槽紅，遐想柔荑剥嫩葱。唯有萬條羅帶緑，年年依舊舞春風。』《鳳縣志》

張栻

張敬夫《元日》詩：『古史書元意義存，《春秋》揭示更分明。人心天理初無欠，正本端原萬善生。』《南軒集》

張敬夫《三月七日城南書院偶成》云：『積雨欣始霽，清和在兹時。林葉既敷榮，禽聲亦融怡。鳴泉永不窮，湖風起淪漪。西山卷餘雲，逾覺秀色滋。層層叢緑間，愛彼松柏姿。青青初不改，似與幽人期。坐久還起來，隄邊足逶迤。游魚傍我行，野鶴向我飛。敢忘昔賢志，亦復詠而歸。寄言山中友，和我和平詩。』朱晦庵跋云：『久聞敬夫城南景物之勝，常恨未得往游其間。今讀此詩，便覺風篁水月，去人不遠。』《南軒集》

張宣公題《城南》云：『坡頭望西山，秋意已如許。雲影度江來，霏霏半空雨。』《東渚》云：『團團凌風桂，宛在水之東。月色穿林影，卻下碧波中。』《麗澤》云：『長哦《伐木》篇，佇立以望子。日暮飛鳥歸，門前長春水。』《濯清亭》云：『芙蓉豈不好？濯濯清漣漪。采去不盈把，悵惘暮忘飢。』《西嶼》云：『繫舟西岸邊，幅巾自來去。島嶼花木深，蟬鳴不知處。』《采菱舟》云：『散策下亭阿，水清魚可數。卻上采菱舟，乘風過南浦。』六詩平淡簡遠，德人之言也。《鶴林玉露》

張敬夫《故太子詹事王公十朋挽詩》云：『大節元無玷，中心本不欺。排姦力扛鼎，憂國鬢成絲。方喜三旌召，俄興一鑒悲。西風吹淚眼，吾豈哭吾私。睿主龍飛日，如公舊學臣。忠言關國計，清節映廷紳。歲月身多外，江湖澤在民。當年遺直歎，千古更如新。』《南軒集》

劉芮

劉子駒芮《和張敬夫詩序》云：『敬夫寄斜川詩，敘往年之約，殊不知芮今病矣，非如昔時，獨心心不忘耳。勉和一章，以敘謝意。』詩云：『病著不任事，淹卧心自休。經時不出門，况復斜川游。每覿節物换，怳驚時序流。少年喜追逐，聚散水上鷗。沉舟枯木畔，風帆春樹丘。我病正爾許，懷念老朋儔。有酒不能飲，徒有獻與酬。故人酌佳日，亦復我念否。佳章寫懷抱，一讀寬百憂。吾君念遠民，歸計未易求。』《式古堂書考》

薛季宣

薛士龍季宣《游竹陵善權洞》詩曰：『萬古英臺面，雲泉響佩環。練衣歸洞府，澗水倒流入水洞中。香雨落人間。蜨舞疑山魄，花開想玉顔。幾如禪觀適，游衲戲澄灣。（寺故祝英臺宅。唐昭義帥李蠙，嘗見白龍出水洞而爲雷雨。今小水洞存䗪魚四足。左右蝸蠻戰，晨昏燕蝠争。九星寧曲照，三洞獨何營？世事嗟興喪，人情見死生。阿誰能種玉？還爾石田耕。』山有三洞九斗壇，故更寺觀者不一再。有李後主斷還僧寺批扎石記，語極可笑。大水洞有石田數十町，奇絶。《薛氏浪語集》

薛士龍詩：『左角蠻攻觸，南柯檀伐槐。』的對也。《困學紀聞》

王彦和

王彦和書一詩于中貴人扇上，云：『天邊一綫征鴻没，山色淺深墨未匀。别浦漁舟待

歸去，夕陽渡口兩三人。』光堯見之稱賞，令盡進所作，賜金帛。《嘉興府志》

李大方

李方叔之孫大方，字允蹈，少時嘗作《思故山賦》，諸公間稱之，以爲似邢居實：『晚得一鶡冠，今爲雜賣場。』寄予詩一編，多有警句，如：『三百年來多已秋，天地自老江自流。』如：『笛聲吹起白玉槃，正照御前楊柳碧。』如：『可憐一代經綸業，不抵鍾山幾首詩。』如：『後院落花人不到，黄鸝飛下石榴陰。』大似唐人。《誠齋詩話》

李正白

李正白，江南人，不仕，號處士，善嘲詠，曲盡其妙。《詠刺蝟》云：『行似針氈動，卧若栗毬圓。莫欺如此大，誰敢便行拳。』嘗謁一貴公子，不甚禮，廳有一格子屏風，題其上曰：『道格何曾格，言糊又不糊。渾身總是眼，還解識人無？』《詠狗蚤》云：『與蝨都來不較多，擽挑筋斗太嘍囉。忽然管着一籃子，有甚心情那你何？』《詠月》云：『當塗當塗見，蕪湖蕪湖見。八月十五夜，一似没柄扇。』趙師誨之子得誠，罷管松江水軍掌禁衛，頗患拘束，方宴客，正白在坐食蟹，得誠告正白曰：『請詠之。』正白曰：『蟬眼龜形脚似蛛，未曾正面向人趨。如今飣上盤筵上，得似江湖亂走無。』衆客皆笑。《詠罌粟子》云：『倒排雙陸子，希插碧牙籌。既似穢牛乳，又如鈴馬兜。鼓槌并瀑箭，直是有來由。』《談苑》

游次公

游次公《漁父》詩云：『竹裏茅茨竹外溪，粼粼白石護漁磯。想應日日來垂釣，石上蓑衣不帶歸。』《詩人玉屑》

張鎡

張功甫詩：『斷橋斜取路，古寺未關門。』絶似晚唐人。《詠金林檎花》云：『梨花風骨杏花妝』，寫物之工如此。予歸自金陵，功父送詩，末章云：『何時重來桂隱軒？爲我醉倒春風前。看人唤作詩中仙，看人唤作飲中仙。』此詩超然矣。《誠齋詩話》

張功甫《玉照堂觀梅》句云：『一櫂徑穿花十里，滿城無此好風光。』《齊東野語》

張功甫《謝李仁父送茯苓》詩云：『岷峨山中千歲松，枝虯幹直摩青空。雪霜剥落中不槁，膏液下與靈泉通。龜跧梟伏自磊砢，金堅玉凍仍豐融。篝燈夜取喜得雋，煮鼎朝聽如吟風。杵成坐上香霏雪，更和乳酪收全功。當知至味本無味，子若服之壽無窮。巽巖脊梁硬如鐵，冠峨切雲佩明月。百好都隨春夢空，大業獨傳鴻寶訣。中宵咀嚼不摇頭，玉池生肥咽不輟。憐我百慮形早衰，裹贈扶持意何切。丹砂著根謾爾傳，脂澤釀黍討已拙。由來妙道初不煩，此法莫從兒輩説。徑思舉袂揖浮丘，下視塵世真一吷。朱顏留得亦何爲？追逐同堅歲寒節。』《全芳備祖》

楊誠齋《贊功甫像》云：『香火齋袚，伊蒲文物，一何佛也。襟帶詩書，步武璚琚，又何儒也。門有朱履，坐有桃李，一何佳公子也。冰茹雪食，凋碎月魄，又何窮詩客也。約齋子方内歟？方外歟？風流歟？窮愁歟？老夫不知，君其問之白鷗。』《七修類稿》

曾　覿

曾純甫《題楊補之〈雪梅〉卷》詩云：『筆端造化出天巧，寫出江南雪壓枝。誰道春歸無覓處？横斜全是越溪時。』《式古堂畫考》

曾覿，字純甫，偶歸正官蕭鷓巴來謁，既退，復一客至，其所狎也，因問曰：『「蕭鷓巴」可對何人？』客曰：『正可對「曾鶉脯」。』覿以爲嫚己，大怒，與之絶。《老學庵筆記》

盛麃

省題詩雖場屋末技，間有以此見取。如《湘靈鼓瑟》詩：『曲終人不見，江上數峰青。』《鴻雁來賓》詩：『江南知有主，塞北遠來賓。』《涼風新過雁》詩：『係帛書猶溼，銜蘆迹未陳。』《仲秋夜迎寒》詩：『露凝仙仗肅，風獵舞衣單。』林士表《進農書》詩：『有書來進御，無語不關農。』程懷古《紅藥當階翻》詩：『黄麻方草罷，紅藥正花翻。』陳伯震《開簾出遠山》詩：『修眉濃淡裏，寸碧有無間。』鄧伯秀《鈎簾宿鷺起》詩：『任我時舒卷，從他自去留。』朱縉《清文媲皇猷》詩：『冰玉詞新吐，塵埃氣不留。』陳瑄《風幔不依樓》詩：『似嫌秦閣小，欲際楚天浮。』皆主司所刮目。劉允成《夜雨剪春韭》詩：『杜老情何限，東風夜雨春。炊粱留客款，剪韭薦時新。』按此題乃子美《謝衛處士留飲》云：『問答猶未已，兒女羅酒漿。夜雨剪春韭，新炊間黄粱。』初不干子美事。陳思温《勲業頻看鏡》詩貼『看鏡』云：『塵蹤猶隱豹，風彩幾臨鸞。』『看鏡』何關蹤迹事？爲改曰：『精神期畫像』。吾鄉盛先生麃，分教京庠，每教人破詩須有來歷，如《夢魚》詩云：『玉燭和薰日，金穰瑞應初。豐年知有象，吉夢兆維魚。』不睡安得夢？改曰『樵牧歸來後，清風一榻虚』云云。又《斬蛇》詩：『皇統承堯運，朱旗啟漢家。未誅秦始鹿，先斬沛中蛇。』無劍如何斬？改作『三尺英雄

劍，鋒鋩漂鏌鎁』云云。《吹劍録》

楊炎正

行都官酒庫，每歲清明前開煮，中秋前賣新。先期諸庫呈樣點檢所，所以呈府，既中，擇日開沽，以白布三丈餘，揭竹竿頂，題曰『某庫選到酒匠某人，醖造上等醲辣無比高酒。』三五人扶之而行，以鼓樂、妓女、雜技前導，聯鑣穿市，觀者如堵。酒匠則紫衣新巾，乘馬從之，以府中所賞綵帛錢會銀椀馱負馬前，謂之『迎酒』。楊炎正詩云：『錢唐妓女顏如玉，一一紅妝新結束。問渠結束何所爲？八月皇都酒新熟。酒新熟，浮蛆香，十三庫中誰最强？臨安大尹索酒嘗，舊有故事須迎將。翠翹金鳳烏雲髻，彫鞍玉勒三千騎。金鞭争道萬人看，香塵冉冉沙河市。琉璃杯深琥珀濃，新翻曲調聲摩空。使君一笑賜金帛，今年酒賽真珠紅。畫樓突兀臨官道，處處繡旗誇酒好。五陵年少事豪華，一斗十千誰復校？黄公壚下謾徜徉，何曾見此大隄娼。惜無顏公三十萬，往醉金釵十二行。』《武林舊事》

王子俊

王才臣《賀彦澤新得子》詩云：『君不見，白居易，五十八歲方得嗣。當時立名曰阿力時。又不見，元微之，五十八歲方生兒。當時立名曰道保，可望成家得崔，香綳繡襦胎髮膩。西鄰有親曰彦澤，天與明珠堪愛惜。今年年方四十三，甲庚少似唐元白。葛仙溪前燕子樓，燕子未老人風流。一年一度作湯餅，但願年年逢麥秋。』《翰墨大全》

王子俊《題〈貧樂圖〉和徐思叔韻》云：『大兒阻飢頗廢書，小兒忍寒粟生膚。婦縱有褌無一襦，不敢緣此相庸奴。』《鶴林玉露》

來梓

來子儀《題子猷〈訪戴圖〉》云：『四山摇玉夜光浮，一舸玻璃凝不流。若使過門相見了，千年風致一時休。』《前賢小集拾遺》

來子儀與周洪道實布衣交，洪道爲樞使，子儀入都訪洪道，館于嘉會門外表忠觀，置酒極歡，示以近詩。子儀盡卷笑曰：『周樞使詩也，非周洪道詩也。』洪道問所以，子儀曰：『昔徐師川少工詩，晚位樞府，詩寖不逮昔。人以爲向來徐師川詩，後自是徐樞使詩。』洪道笑而容之。《四朝聞見録》

張履信

張游初履信，淳熙十三年訪丹陽玉乳泉，已變昏黑，因賦詩云：『觀音寺裏泉經品，今日惟存玉乳名。定是年來無陸子，甘香收入柳枝瓶。』《游宦紀聞》

徐逸

徐無競《孤山》詩云：『咸平處士風流遠，招得梅花枝上魂。疏影暗香如昨日，不知人世幾黄昏。』《全芳備祖》

徐抱獨少與朱文公爲友，公提舉浙東日，過其家，然燈夜話，至鐘鳴而别。公嘗託無競作《謝恩表》，書云：『可放筆力稍低，使人見之，無假手之議也。』其推獎如此。《稗史》

陳國材

陳國材有句云：『紅日晚天三四雁，碧波春水一雙鷗。』周益公、楊誠齋盛稱之。《鶴林玉露》

邵經國

樓攻媿既參大政，屢欲丐閒，至繪二疏以見意。永嘉邵經國上詩曰：『聞道先生欲挂冠，先生幾日出長安？去時莫待淋頭雨，歸日須防徹骨寒。已遂平生多少志，莫令末路去留難。二疏畢竟成何事，留取他年作畫看。』《吹劍録》

傅大詢

傅公謀爲分宜宰許及之作《賀雨》詩，云：『獅子關前半篆煙，二龍飛下卓篙泉。銀河掣電連宵雨，緑野翻雲四月天。便覺春生花一縣，會看秋熟米三錢。何時卓魯登黄閣？都與寰區作有年。』《袁州府志》

公謀尤工作酸文，嘗作《無遮榜語》云：『紅旗渡口，凄涼芳草夕陽天。白紙山頭，慘淡落花寒食節。』甚工。《鶴林玉露》

游開

游子蒙《和劉叔通詩》云：『昨夜劉郎叩角歌，朔雲寒雪滿山阿。文章無用乃如此，富貴不來争奈何？ 邴、鄭向嘗依北海，晁、張今復事東坡。 吹噓合有飛騰便，未用溪頭買釣蓑。』詩須不費力方好，此等詩使蘇、黄見之，定當賞音。《朱子語類》

聞人滋

聞人茂德《早秋游靈巖》詩云：『凭闌山翠溼濛濛，佛閣依然水殿風。 欲採蓮花何處所，年年金井落梧桐。』《檇李詩繫》

嘉興聞人茂德，老儒也，喜留客，食不過蔬豆而已，郡人求館客者，多就謀之。 多蓄書，喜借人。 自言：『作門客牙，充書籍行，開豆腐羹店。』予少時嘗與之同在勑局，爲删定官，談經義衮衮不倦，發明尤多，尤邃于小學云。《老學庵筆記》

詹義

詹義《登科後解嘲》云：『讀盡詩書五六擔，老來方得一青衫。 佳人問我年多少，五十年前二十三。』《清夜録》。 又見《唾玉集》

滕岑

回至郡讀《釣臺集》，見有曰『月色摇江如汞走』，又有所謂『七里風煙萬里寬』者，心異之，細視，則郡人龍嶺老樵滕公作也。方萬里《序》

滕元秀平生苦吟，與陳塤相倡和，佳處自謂高視大曆十才子，詩凡三千首。趙汝歷知郡日，借其《集》不還，故傳者甚少，大抵皆江西體也。後宋景濂序睦州詩派，岑實與焉。《嚴州府志》

滕元秀《拄杖送僧》句云：『斷橋測水露半影，野渡攜泥留亂痕。』《嚴州府志》

張沄

鄉人張沄聲父，號五澗，少從沈晦巖先生學，以《周禮》拔鄉解，壬子紹熙三年發解。詩律高古，嘗《詠苔梅》詩云：『老龍全身著艾蒳，不耐久蟄潛拏空。爪頭撥動陽春信，香在霜痕雪點中。』又《題黃碧酒肆》詩云：『東風吹雨水平沙，下卻籃輿訪酒家。行役不知春早晚，墻頭紅杏欲飛花。』二絶皆警策。《梅磵詩話》

陸淞

李直養，字無害，維揚人，正民之孫，紹熙中爲海鹽令，興學校，修大成殿，置書籍、祭器，兼設小學，擇師教之。陸淞作《鄉校頌序》云：『鄉校，海鹽縣大夫能教育人材而成之也。』《頌》曰：『維鄉有校，示民有知。教始豫遜，迪于訓彝，維風化是裨。維校在鄉，示民有防。入孝出悌，爲忠爲良，斯邦家之光。鄉校有基，如德弗虧。劉侯遷之，魏侯新之，李侯能成之。其遷者初，其新者中。肄業傳道，有師有宗，繄李侯之功。樂只君子，孰後孰先，顯有嘉聞。于斯萬年，維大夫之賢。』《鄉校》五章，章五句。《海鹽縣圖經》

陸辰州子逸，左丞佃之孫，晚以疾廢，卜築于秀野，越之佳山水也。放傲世間，不復有營念，對客則終日清談不倦，尤好語前輩事。《耆舊續聞》

陳亮

陳同父及第謝恩，《和御製詩韻》云：『雲漢昭回倬錦章，爛然衣被九天光。已將德雨平分布，更把仁風與奉揚。治道修明當正宁，皇威震叠到遐方。復讎自是平生志，勿謂儒臣鬢髮蒼。』《龍川集》

同甫《與朱子書》，略云：『因吾眼之偶開，便以爲得不傳之絶學，三三兩兩，附耳而語，有同告密，畫界而立，一似結壇，盡絶一世之人于門外，而謂二千年之君子，皆盲眼不可點洗。二千年之天地日月，若有若無，世界皆是利欲，亦過矣。』予喜其言有切于士病，故書之以自警。劉安世嘗云：『願士夫有此名節，不願士夫立此門户。』此元祐之士病。黄履翁云：『願士夫務道學之實，不願士夫立道學之名，』則淳熙以後士病也。黨籍、僞學之禁，雖小人無忌憚，亦君子有以招之也。《升庵詩話》

劉　宰

漫塘先生劉宰平國，金壇人，嘉定間屢召不起，士論高之。嘗有《題荆公游半山圖》云：『歸來心自平，蹇驢踏秋風。舉鞭問髯奴，何如浣花翁？道旁幾高松，風來自相語。桃李今何之？歲寒吾與汝。』起句佳，意有含蓄，末託興亦深。《梅磵詩話》

許景迂

山陰許景迂，舊名閎，其先京口人，癸丑陳亮榜登科，有《野雪吟稿》行于世。五言一聯云：『野店青闕户，春船緑漲篙。』頗近唐人。《梅磵詩話》

劉過

劉改之有《代歐陽丞上平章韓侂胄》兩絶，云：『當年歐、富與韓、范，戮力同心佐漢庭。今日故家渾似舊，醉翁之後獨凋零。』『玉立堂堂社稷臣，人言忠獻是前身。三生晝錦堂前夢，莫忘當年作記人。』大爲韓侂胄稱賞，《龍洲集》中不載。鄉人曹倅待聘爲通州静海宰，與郡博士施其姓者，皆好吟，劉改之有詩與二公，云：『茅葦連天昨已非，二年重到最堪悲。芹宫尚有肩吾在，花縣猶存子建知。躑躅南飛三繞樹，淒涼北望四悲詩。東風若不均披拂，薦福詩然又斷碑。』改之詩多豪放，此篇必晚年所作，其氣索甚，《集》中亦不載。《梅磵詩話》

辛稼軒帥浙東時，晦庵、南軒任倉憲使，劉改之欲見，辛不納，二公爲之地云：『某日公宴，至後筵便坐。君可來，門者不納，但喧争之，必可入。』既而改之如所教，門外果諠譁，辛問故，門者以告。辛怒甚，二公因言：『改之，豪傑也，善賦詩，可試納之。』改之至，長揖，公問：『能詩乎？』曰：『能。』時方進羊腰腎羹，辛命賦之，改之對：『寒甚，願乞卮酒。』酒罷，乞韻，時飲酒手顫，餘瀝流于懷，因以『流』字爲韻。即吟云：『拔毫已付管城子，爛首曾封關内侯。死後不知身外物，也隨樽俎伴風流。』辛大喜，命共嘗此羹，終席而去，厚餽焉。席散，南軒邀至公廨，置酒語之曰：『先君魏公，一生公忠爲國，功厄于命。來輓者竟無一篇得此意，願君有作，以發幽潛。』改之即賦一絶云：『背水未成韓信陣，明星已隕武侯軍。平生一點不平氣，化作祝融峰上雲。』南軒爲之墮淚。今《龍州集》中，不見此二詩，豈遺珠耶？又稼軒守京口時，大雪，帥僚佐登多景樓，改之敝衣曳履而前，辛令賦雪，以『難』字爲韻，即賦云：『功名有分平吴易，貧賤無交訪戴難。』自此莫逆云。《山房隨筆》

杜詩：『宛馬總肥春苜蓿，將軍只數漢嫖姚。』梁次張詩：『蕃馬步銜青苜蓿，羌兒卧唱白銅鞮。』壓倒少陵矣，然又未若東坡二句云：『萬馬不嘶聽號令，諸蕃無事樂耕耘。』子美《月》詩：『捲簾還照客，倚杖更隨人。』不如太白兩句感發，曰：『今人不見古時月，今月仍經照古人。』又『結束多紅粉，歡娱恨白頭。』不如康節二句風韻，曰：『花見白頭人莫笑，白頭人見好花多。』李頎詩：『請量東海水，看取淺深愁。』李後主詞：『問君還有幾多愁？恰似一江春水向東流。』秦少游則以三字盡之，曰：『落紅萬點愁如海。』而語益工。劉改之《多景樓》詩：『江流千古英雄淚，山掩諸公富貴羞。』一空前作矣。《吹劍録》

天台有謝耘者，號犂春，繪《一犂春雨圖》，求詩于諸公。一時名達如樓公鑰、李公壁、陳公宗召、易公彦章、程公懷古諸賢，長章大篇，累百十首。惟劉改之一首，道出其骨髓，曰：『阿耘無田食破硯，養親日糴供朝飯。凝塵壁上挂瓶罌，寒日窗前照藜莧。汝父訓汝汝當知，有田無田未可期。有田不耕汝懶病，無田説田真畫餅。畫田之外更畫牛，捕風捉影何時休？頭上安頭又詩軸，全家不應猶食粥。』《吹劍録》

劉改之《送王簡卿歸天台》二詩，辛稼軒致書云：『送王侍郎詩偉甚，真所謂「横空排硬語，妥貼力排奡」者也。』詩云：『欲數人才難屈指，有如公者又東歸。班行失士國輕重，道路不言心是非。載酒青山隨處飲，吟詩玉塵爲誰揮？歸期趁得東風早，莫放梅花一片飛。』『千巖萬壑天台路，一日分爲兩日程。事可語人酬對易，面無慚色去留輕。放開筆下閒風月，收歛胸中舊甲兵。世事看來忙不得，百年到手是功名。』予以爲可繼王瀘溪《送胡澹庵》詩後。又高九萬《送方秋崖以諫去國》云：『忠言歷歷未曾行，盡載圖書出帝京。餘子但知才可忌，先生當以去爲榮。門闌竹石關心久，部曲溪山照眼明。長嘯歸兮莫惆悵，浙江風定自潮平。』時人以爲不下劉龍洲《送王侍郎歸天台》詩，然規模機軸，皆自李師中《送唐御史》詩來。《歸田詩話》

龍洲劉改之詩云：『退一步行安樂法，道三個好喜歡緣。』真西山喜誦之。或曰：『「退一步行」，可也，至于「道三個好」，乃隨俗狥情耳，何足言乎！』余曰：古人直道而行，理之所在，驀直行將去，仕止久速，莫不皆然，烏有所謂『退一步』者。自後世貪榮競進，争一階半級，至于殺人，于是始以『退一步行』爲『安樂法』矣。古人是則曰是，非則曰非，明白正直，曾何回護？自後世惡直好佞，以直言賈禍者，比比皆是，于是始以『道三個好』爲『喜歡緣』矣。此處衰世之法也。蓋萬事稱好，不特司馬德操爲然，而吾夫子固有『危行言遜』之説矣，好盡言以翘人之過，此國武子所以見殺也，可不戒哉！《鶴林玉露》

孫伯温

麻姑山瀑布，分兩派而下，灌溉甚廣。豐城孫南叟伯温爲南城簿，嘗游，賦《古風》云：『九關守不嚴，失卻兩玉龍。塵世著不得，忽來此山中。雷霆白晝間，冰雪詩人胸。天公不汝尤，爲人作年豐。』甚有西江體。《娱書堂詩話》

程　珌

程懷古珌省試《紅藥當階翻》詩句云：『黄麻方草罷，紅藥正花翻。』《吹劍録》

周　燀

周昭禮《春詞》云：『捲簾試約東君問，花信風來第幾番？』《清波雜志》

尹德鄰

歐陽公居永豐縣之沙溪，其考崇公葬焉，所謂『瀧岡阡』是也，厥後奉母鄭夫人之喪歸合葬。載青州石鐫阡表，石緑色，高丈餘，光可鑒。阡近有沙山太守廟，襄事禱于廟，祝版猶存，曰：『大事有日，陰雲屢興。假以三日之晴，則拜神之賜，其敢忘報。』執政得立功德寺，公素排佛教，雅不欲立寺，崇公諱觀，又不可立觀，乃立青陽宮。然公自葬鄭夫人之後，不復歸故鄉，其作《吉州學記》云：『幸予他日因得歸榮故鄉，見吉之士皆道德明秀，而可爲公卿。問於其俗，而昏喪飲食，皆中禮節。入于其里，而長幼相孝慈。觀于其家，行于其郊，而少者扶其羸老，壯者代其負荷于道路。然後樂學之道成。而得時從先生耆老，席于衆賓之後，聽鄉樂之歌，飲獻酬之酒，而以詩頌天子太平之功。周覽學舍，思詠李侯之遺愛，不亦美哉！』雖有此言，而迄不踐，樂潁昌山水，作《思潁歌》，退休，竟卜居焉。前輩議其無回首敝廬、息肩喬木之意。近時周益公歸休，尹直卿以詩賀之云：『六一先生薄吉州，歸田去作潁昌游。我公不向螺江住，羞殺青原白鷺洲。』（《鶴林玉露》）

光宗以疾不能過宫，德鄰初參太學，簾引詩題出《問寢龍樓曉》，德鄰賦云：『父母人皆有，儀刑自冕旒。問安趨燕寢，拂曉過龍樓。鶴駕嚴晨衛，雞人徹夜籌。慈闈天語接，飛

棟月華收。萬姓齊歌舞，三宫欵獻酬。小儒憂國切，幾白九分頭。』詩成，學官擊節，人皆傳頌。《鶴林玉露》

孫惟信

孫花翁《賦女冠還俗》詩云：『疊卻霞綃上醮衣，女童髽髻緑楊垂。重調螺黛爲眉淺，再試弓鞵舉步遲。紫府煙花鶯唤醒，丹房雲雨鶴通知。簾低紅杏春風暖，清夢應曾見舊師。』《詩人玉屑》

劉後村《花翁墓誌》：季蕃，貫開封，少受祖澤，調監當，不樂棄去。始昏于婺，後去婺游，留蘇、杭最久。一榻之外無長物，躬爨而食。書無乞米之帖，文無逐貧之賦，終其身如此，名重江浙。公卿間聞花翁至，争倒屣，所談非山水風月，一不挂口。長身緼袍，意度疏曠，見者疑爲俠客異人。其倚聲度曲，公瑾之妙；散髪横笛，野王之逸；奮袖起舞，越石之壯也。《花翁墓誌》

羅椿

吾郡羅椿，字永年，誠齋高弟也。清貧入骨，一介不取，頗有李方叔、謝無逸風味。累年舉于禮部，竟不第。自號就齋，嘗訪誠齋于毗陵，誠齋作詩送之歸，曰：『梅花香邊踏雪來，杏花影裏帶春回。明朝解纜還千里，今日看花更一杯。誰遣文章太驚俗，何緣場屋不遺才？南溪鷗鷺如相問，爲報春吟費麝煤。』慶元初，誠齋與朱文公同召，誠齋力辭，永年寄詩云：『不愁風月祗憂時，髮爲君王寸寸絲。司馬要爲元祐起，西樞政坐壽皇知。苦辭君命驚凡子，清對梅花更與誰？夢繞師門三稽首，起敲冰硯訴相思。』誠齋擊節。又《送永豐汪令》詩云：『錦纜梅花浦，江南作縣歸。新來薦鶚牘，驚動衮龍衣。歲晚情難別，心親事卻違。恐君天上去，扶病出煙霏。』頗有少陵意態。他如『露溼看花脚，鶯啼欲曉山』，『春消千嶂雪，清逼五湖秋』等句，皆佳。《鶴林玉露》

全宋詩話目録卷七十七

曾從龍　字君錫，晉江人，慶元五年進士第一。歷官知樞密院事兼參知政事。

魏了翁　字華甫，號鶴山，卭州蒲江人，慶元五年進士。歷官簽書樞密院事、資政殿學士、福州安撫使，卒贈太師，謚文靖。有《鶴山集》。

盧祖皋　字申之，又字次夔，號蒲江，永嘉人，慶元五年進士。爲軍器少監、權直學士院。

周師成　字宗聖，號雉山，長興人，慶元五年進士。

真德秀　字希元，浦城人，慶元五年進士，中詞科。歷官參知政事、資政殿直學士、提舉萬壽觀，卒謚文忠。學者稱西山先生。有集。

錢穮　字慶豐，嘉禾人，紹定時宰吉州太和。

王國用

王必張　字景韶，寶祐間宰長興。

劉敏求　字好古，吉州太和人。

敖陶孫　字器之，長樂人，慶元五年進士。官泉州簽判。有《臞翁集》。

吴豐官　韶州經幹。

俞成　字元德，東陽人。有《螢雪叢説》。

黄元夫

王明清　字仲言，汝陰人，銍次子，寓居嘉禾。官泰州倅。有《揮塵三録》、《玉照新志》、《投轄録》、《清林詩話》。

吕祖儉　字子約，父蔭入官，爲太府丞。疏論韓侂胄，安置韶州，改吉州，量移筠州。理宗賜謚曰忠。有《大愚叟集》。

趙蕃　字昌父，鄭州人，南渡，寓信州玉山。用蔭入官，監衡州安仁贍軍酒庫，除太社令，不拜，轉承議郎、直秘閣，卒謚文節。有《章泉集》。

韓淲　字仲止，有高節。從仕不久，即歸信上。有《澗泉集》。

余儔　字季倫，號癡齋，鄱陽人。有《蛙吹集》。

葛天民　字無懷，山陰人。有《小集》。

姜夔　字堯章，鄱陽人，寓居吴興武康，鄰白石洞天，自號白石道人。上書乞正太常雅樂。有《白石詩集》。

蘇石　慶元中溧陽令。

周文璞　字晉仙，號方泉，又號野齋，又號山楹，陽穀人。有《方泉先生集》。

潘檉　字德久，永嘉人，用父賞爲閤門舍人，福建兵鈐。有《轉庵集》。

曹豳　字西士，號東畎，温州瑞安人，嘉泰二年進士。歷官秘書丞、倉部郎、知福州、寶章閣待制，卒謚文恭。

鄭郥夢　建安人。

印應雷　字德豫，通州人，上舍登第。咸淳間任淮閫。

陳宗禮　字立之。

張庭芝　號山民，永嘉人。

朱軏　字叔止，嘉泰間知南劍州。

李宗勉

陳垓　字漫翁，閩縣人，開禧元年進士。官至淮東提刑。

華岳　字子西，貴池人，武學生。開禧元年，上書請誅韓侂胄、蘇師旦，下大理鞫治，編管建寧獄。韓誅放還，登嘉定武科第一，爲殿前司官。謀去史彌遠，事覺，下臨安獄，杖死東市。有《翠微南征録》。

嚴大猷　蒼溪人，特奏名，官隆慶府參軍。

游儀　字伯莊，隱武溪。

高翥　字九萬，餘姚人。有《菊磵小集》。

李迎　字彦將，濟源人，通判明州。有《濟溪老人遺稿》。

柯夢得　字東海，莆陽人，特科入仕。有《抱甕集》。

朱涣　字濟仲。

趙民則

洪咨夔　字舜俞，於潛人，嘉定元年進士。歷官刑部尚書、翰林學士、知制誥、端明殿學士、提舉萬壽觀，卒謚忠文。有《平齋集》。

胡榘　字仲方，廬陵人。嘉定中官工部尚書，出知福州。

徐清叟　字直翁，浦城人，嘉定七年進士。歷官廣東安撫使、權兵部尚書、端明殿學士、知樞密院事兼參知政事、提舉佑神觀，出知泉州，卒贈少師，謚忠簡。

吕午　字伯可，歙縣人，嘉定四年進士。歷官浙東提刑、監察御史、起居史院官。有《竹坡類稿》。

徐文卿　字斯遠，號樟丘，玉山人，嘉定四年進士。有《蕭秋詩集》。

全宋詩話卷七十七

曾從龍

曾參預從龍赴省時，館于衢之順溪，題一絶云：『紅照西沉暫解鞍，偶然假館豈求安。新豐獨酌誰爲侶？坐對窗前竹一竿。』識者已韙之矣，是年竟至大魁，致身政府，至今其館扁爲『狀元』。《娱書堂詩話》

魏了翁

張天覺晚尤重釋老，爲華嚴閣醮籙會，緇黄皆歸之。了翁以詩代書曰：『辟穀非真道，談空失自然。何如勳業地，無愧即神仙。』天覺雖貴爲宰相，平生有愧多矣。若果如釋老之説，竊意其昇天成佛，必在了翁之後。或言了翁詩末句不該佛，然佛亦謂之『金仙』。後山云：『稽首西方仙。』《後村詩話》

魏鶴山《十二月九日雪融夜起達旦》詩云：『遠鐘入枕報新晴，衾鐵衣稜夢不成。起傍梅花讀《周易》，一窗明月四簷聲。』後二句寄興高遠，人所傳誦。《梅磵詩話》

魏華甫《墨梅》詩：『素王本自難淄涅，墨者胡爲亂等差？玄裏只知楊子白，皜中謾見聖人汚。』鶴山又有『東西日月自來往，遑卹人間有喘牛』之句，亦佳。《弁陽詩話》

魏鶴山《天寶遺事》詩云：『紅錦繃盛河北賊，紫金盞酌壽王妃。弄成晚歲郎當曲，正是三郎快活時。』俗所謂『快活三郎』者，即明皇也。小説載明皇自蜀還京，以駝馬載珍玩自隨，明皇聞駝馬所帶鈴聲，謂黄幡綽曰：『鈴聲頗似人言語。』旛綽對曰：『似言「三郎郎當，三郎郎當」也。』明皇愧且笑。《鶴林玉露》

東坡希慕樂天，其詩曰：『應是香山老居士，世緣終淺道根深。』然樂天醖籍，東坡超邁，正自不同。魏鶴山詩云：『溢浦猿啼杜宇悲，琵琶彈淚送人歸。誰言蘇、白能相似，試看風颿赤壁磯。』此論得之矣。《鶴林玉露》

鶴山詩：『只期玉女是用諫，肯爲金夫不有躬。』本于『玉汝金吾』之對。《困學紀聞》

盧祖皋

盧蒲江《玉堂有感》云：『兩山風雨故留寒，九陌香泥苦未乾。開到海棠春爛漫，擔頭

時得數枝看。』又《松江别》詩云：『明月垂虹幾度秋，短篷長是繫人愁。暮煙疏雨分携地，更上松江百尺樓。』《貴耳集》

蒲江貌宇修整，作小詞纖雅，詩如《舟中獨酌》云：『山川似舊客懷老，天地何言春事深。』及《玉堂有感》、《松江别》詩，予領先生詞外之旨。《貴耳集》

蒲江盧祖皋申之《廟山道中》詩云：『粉黄蛺蝶遶疏籬，山崦人家挂酒旗。細雨嫩寒衫袖薄，客中知是菊花時。』語意清新，頗能模寫村居景趣。《梅磵詩話》

盧申之《讀書》詩云：『細字燈前老不便，小齋新冷夜無眠。數聲墻竹蕭蕭雨，一縷銅爐淡淡煙。』又《種橘》詩云：『小擘枝頭滿袖香，纍纍秋實正宜霜。每來長是移時去，爲爾風流似故鄉。』僧居簡《北磵集·附》

黄玉林云，蒲江乃趙紫芝、翁靈舒諸賢之詩友，其詞甚工，字字可入律吕，浙東、西皆歌之。

周師成

周宗聖少年秀麗，讀書善記，議論古今，落落可聽，有詩高遠，愛作選格。仕不得志，晚年若有所遇，如游仙、散聖之徒。其《梅》詩云：『采采芳梅枝，瑣碎白雲姿。在山千花怨，

出山百鳥啼。操持思所寄，轉趾述所思。清披太始風，寒應太虛月。一日拂人衣，三歲香不歇。』《貴耳集》

鄉人周師成，字宗聖，號雉山，妙年擢第，博學工詩文。一時名勝，如盧申之、趙紫芝、劉潛夫諸公，皆與之游。有家藏集《江湖吟稿》中，僅刊十數首。嘗作《雞冠花》詩云：『爪距深藏獨露冠，紫茸簇出弄輕寒。五更月下朦朧看，只欠一聲驚夜闌。』得詠物體。《秋暮即事》一聯云：『黄蘆花白月無積，烏桕葉紅秋可憐。』《殘菊》詩云：『花縮添新紫，香消減舊黄。』膾炙人口。《梅磵詩話》

真德秀

西山先生帥潭時，會長沙十二縣宰，作詩示之曰：『從來守令與斯民，都是同胞一體親。豈有脂膏供爾禄，不思痛癢切吾身？此邦祇以唐時古，我輩當如漢吏循。今日湘潭一卮酒，直須散作滿懷春。』《蓉塘詩話》。又見《鶴林玉露》

西山《贈張童子》二絶，云：『虎頭燕頷及鳶肩，自笑都無一事全。惟有數條瓜樣骨，尚堪山澤作臞仙。』『如瓜骨』出人倫書。『聞君早號張童子，顧我初非韓退之。可惜浪抛洙泗業，祇看風鑒學希夷。』《西山集》

蘇雲卿，廣漢人，隱東湖。張魏公爲相，使帥漕，挽其來，一夕遁去，不知所之。真文忠爲詩曰：『魏公孤忠如孔明，赤手能支天柱傾。蘇公高節如子陵，寸膠解使黄河清。等是世間少不得，問津耦耕各其適。後人未可輕雌黄，兩翁之心秋月白。』《困學紀聞》

錢穮

嘉禾錢穮慶豐，紹定戊子宰吉之太和，是歲邑士上春官者，凡三十有六人，宰勸駕賦詩，有『三十六鱗隨浪化，數千百載遇龍飛』之句，人以爲期待士子之厚。已丑龍飛臨軒策士，邑之擢第者十有一人，袁文焴賦冠南宫，與兄樵同登，一時衣冠盛事也。《梅磵詩話》

王國用

退學孔應得德夫，先聖五十二代孫，辛丑臨雍賜第，主吉之太和簿，秩滿歸寓里。柯山槐城王□國用送行，一聯云：『携取鶴歸清獻里，載將書入仲尼家。』用事甚切。《梅磵詩話》

王必張

愛山駱彌高，舊居杭之西湖，自稱爲賓王苗裔。寶祐間，三山王必張景韶宰長興，駱袖詩往見之。王以詩贈駱，一聯云：『派傳桂子天香句，家住梅花月影間。』道得甚切。《梅磵詩話》

劉敏求

劉敏求，字好古，吉之太和人，博學洽聞，尤長于詩，累舉不第。有《題滕王閣》詩，江西人士多稱之。詩云：『閣中環珮知何處？游子再游春欲暮。鶯啼紅樹柳摇風，疑是當年舊歌舞。古來興廢君莫嗟，君看紅日西山斜。西山不改舊顔色，换盡行人吟落霞。』或謂『西山不改舊顔色』，亦偃蹇不第之讖。《梅磵詩話》

敖陶孫

長樂敖器之陶孫，盡取魏晉而下詩人，演而爲《詩評》。曰：『本朝蘇東坡如屈注天潢，倒連滄海，變炫百怪，終歸雄渾。歐公如四瑚八璉，止可施之宗廟。荆公如鄧艾縋兵入蜀，要以嶮絶爲功。山谷如陶弘景祇詔入宫，析理談玄，而松風之夢故在。梅聖俞如關河放溜，瞬息無聲。秦少游如時女步春，終傷婉弱。後山如九皋獨唳，深林孤芳，沖寂自妍，不求識賞。韓子蒼如梨園按樂，排比得倫。吕居仁如散聖安禪，自能奇逸。』《賓退録》

慶元初，韓侂胄既逐趙忠定，太學諸生敖陶孫賦詩于三元樓，云：『左手旋乾右轉坤，如何群小恣流言？狼胡無地居姬旦，魚腹終天弔屈原。一死固知公所欠，孤忠幸有史長存。九泉若遇韓忠獻，休道如今有末孫。』方書于樓之木壁，壁已不復存，陶孫知捕者至，急更行酒者衣持暖酒具下，捕者與交臂，問：『敖上舍在否？』對以：『若問太學秀才耶？飲方酣。』陶孫亟亡命歸，走閩，後登乙丑第。《四朝聞見録》

慶元間，韓侂胄用事，貶趙忠定公于永，舟次衡陽，泊古鄠，一夕而死。敖器之陶孫時處工庠，以詩哭之曰：『左手旋乾右轉坤，群公相扇動流言。狼胡無地歸姬旦，魚腹終天痛屈原。一死固知公所欠，孤忠賴有史常存。九泉若遇韓忠獻，休説渠家末世孫。』《娱樂堂詩話》

吴　豐

胡彦忠，曲江人，五世同居。慶元己未，經幹吴豐假宿其家，深加奬歎，贈詩云：『古羊人物舜風餘，子姓傳來祇舊廬。爲愛一門能守義，相承五世不分居。』爲言于臺閫，列上其

事，旌表其門。《廣東通志》

俞成

予有《題釣臺》詩云：『千古英風想子陵，釣臺緣此幾人登。誰知避諱更嚴氏，灘與州名總誤稱。』嚴子陵本姓『莊』，避顯宗諱，遂稱『嚴』氏。若釣臺，若七里灘，亦皆以『嚴』命名，無非循習之訛，而莫知其非也。宣和間，方臘寇江浙，改睦州爲嚴州，蓋本于此。至如范蔚宗操東漢之史筆，初不究其姓氏之由，遽曰『嚴光』而《傳》之，無乃以『田千秋』爲『車千秋』乎？《螢雪叢説》

黄元夫

黄元夫句云：『葦村風下鴉千點，麥隴天垂月一梳。』《螢雪叢説》

王明清

紹興間乙卯，張安國爲右史，明清與仲信兄、鄭舉善、郭世禎、李大正、李泳多館于安國家。春日同游西湖，至普安寺，于窗户間得玉釵半股、青蚨半文，想是游人歡洽所分授偶遺

之者，各賦詩以紀其事。明清云：『凄清寶鈿初分處，愁絶清光欲破時。』《玉照新志》

吕祖儉

吕子約《題史子仁碧沚》二絶，云：『相家小有四明山，更葺桃源渺莽間。四面樓臺相映發，一川煙水自灣環。』『中川纍石勢嵯峨，城外遥岑聳翠螺。舊説夕陽無限好，此中更得夕陽多。』宗祥案：《四明談助》、《寧波府志》云：『子仁名守之，心非叔父彌遠所爲，著《昇聞録》以寓規諫，避勢遠嫌，退處月湖，與慈湖諸公講肄爲樂。寧宗御書「碧沚」字賜之。』

趙　蕃

趙忠定當國，招蔡季通，不至，猶坐趙黨，謫死道州。僞禁方嚴，朱文公題其墓云：『有宋西山先生蔡季通之墓。』章泉哭之云：『鵑叫春林辱贈詩，雁迴湘浦忽傳悲。蘭枯蕙死迷三楚，雨暗煙昏礙九疑。早日力辭公府檄，暮年名入黨人碑。嗚呼季子延陵字，不待鑱詞行可知。』是時章泉句律如此，宜爲一世所宗。晚年詩太坦率，幾于鳳德之衰矣。《後村詩話》

昔辛建溪，趙章泉以詩祝游子蒙、劉叔通二家孤寡，云：『貧賤可予置，死生無彼抛。遺書曾不博，斗粟與枝巢。』絶佳。又别寄五言云：『王家碧香釀，劉尹建安詩。』王家酒有

名，故北山章泉詩皆及之。《後村詩話》

趙章泉《贈阮梅峰》句云：『青雲道遠龍媒老，白雪詞高鬼膽寒。』《桐江文集》

劉漫塘《志墓》云：『先生在太和，便座有齋，榜曰「思隱」，蓋當筮仕之初，已有山林之思，在官清苦，惟以賦詠自娱。以是受知于吉之鄉先生楊公萬里，贈詩有云：「西昌主簿如禪僧，日湌秋菊嚼春冰。」又云：「勸渠未要思舊隱，且與西昌作好春。」』又《贊》云：『貌恭氣和，無日下推敲之勢。神清骨聳，非山頭瘦苦之容。一笑詩成，萬象春風。』《宋詩紀事》

劉後村跋云：『近歲詩人，惟趙章泉五言，有陶、阮意。』《宋事紀事》

韓　淲

韓仲止《懷古》，其一云：『近城人語雜，深山人語少。重露滴煙嵐，野水見魚鳥。稻粱豐稔外，耕鑿願温飽。所以桃源人，不與外人道。』其二云：『少壯既奚爲，老矣復難强。紫芝未必仙，采之亦可餉。耆耄八九十，道可無俯仰。所以商山人，辭漢寧獨往。』戴石屏《哭趙澗泉》詩云：『雅志不同俗，休官二十年。隱居溪上宅，清酌澗中泉。慷慨商時事，凄凉絶筆篇。三篇遺稿在，當並史書傳。』自注：『聞時事驚心，得疾而死。作「所以桃源人」、「所以商山人」、「所以鹿門人」三詩，蓋絶筆也。』《宋詩紀事》。宗祥案：第三詩佚。錦炎宗：第三詩見《詩人玉屑》卷十九:『往來是日月,變動是寒暑。伏臘雖不同,爾且對妻子。遥知風塵表,萬象互吞吐。所以鹿門人,江左不得取。』

余　儔

余癡齋,吾鄉詩人也,章泉雅愛之,作書使訪韓仲止。及門候謁甚久,猶未出,余題詩壁間云:『謁入久不出,兀坐如枯荄。蒼頭前致詞,問我何因來?士節久凋喪,人情易嫌猜。本無性命憂,不去安待哉!』拂袖去。仲止見詩,使人追之,不返。《游宦紀聞》

葛天民

葛無懷絶句云:『二十四友金谷宴,千三百里錦帆游。人間無此春風樂,樂極人間無此愁。』朴翁絶唱。《貴耳集》

雪梨大者碎截,搗橙醋入少鹽醬拌供,可佐酒。與葛天民嘗北梨,詩云:『每到年頭感物華,新嘗梨到野人家。甘酸猶帶中原味,腸斷春風不見花。』雖非詠梨,然每愛其寓物有黍離之歎,故及之。如詠雪梨,則無如張斗埜藴『蔽身三寸褐,貯腹一團冰』之句。『被褐懷玉』者,蓋有取焉。《山家清供》

葛無懷初爲僧，名義銛，字樸翁，其後返初服，居西湖上，一時所交皆勝士。有二侍姬，一曰如夢，一曰如幻。《癸辛雜識》

葛天民《春懷》詩云：『夜雨漲波高一尺，失卻搗衣平正石。明朝水落石依然，老夫一夜空相憶。』意在言外。又有『因栽白扁豆，欲當紫團參』一聯，屬對亦工。《梅磵詩話》

姜　夔

近時稱『白石』者，樂清錢文季，鄱陽姜夔堯章，三山黄景説巖老，各因其居號之爾。故堯章以謂居苕溪上，與白石洞天爲鄰，潘德九字之曰『白石道人』，詩云：『屋角紅梅樹，花前白石生。』或本樂天『黄醅酒』對『白侍郎』，陳去非『簡齋老』對『白桂花』，此祖其格者。然『白石生』見《神仙傳》中，黄丈人弟子也，至彭祖時已年二千餘歲，煮白石爲糧，因就白石山居，時號曰『白石生』。堯章稱此三字蓋有據。而後用文季宗正、巖老大理，皆少卿，當嘉定間，姜止布衣。《愛日齋叢鈔》

嚴州烏石寺，在高山之上，有岳武穆飛、張循王俊、劉太尉光世題名，劉不能書，令侍兒意真代書。姜堯章詩云：『諸老凋零極可哀，尚留名姓壓崔嵬。劉郎可是疏文墨，幾點胭脂涴緑苔。』《鶴林玉露》

姜堯章學詩于蕭千巖，琢句精工。有《姑蘇懷古》詩云：『夜暗歸雲繞柁牙，江涵星影鷺眠沙。行人悵望蘇臺柳，曾與吴王掃落花。』楊誠齋喜誦之。嘗以詩送《江東集》歸誠齋，云：『翰墨場中老斲輪，真能一筆掃千軍。年年花月無閒處，處處江山怕見君。箭在的中非爾力，風行水上自成文。先生祇可三千首，回施江東日暮雲。』誠齋大稱賞，謂其冢嗣伯子曰：『吾與汝勿如姜堯章也。』報之以詩云：『尤、蕭、范、陸四詩翁，此後誰當第一功？新拜南湖爲上將，近差白石作先鋒。可憐公等皆癡絶，不見詞人到老窮。謝遣管城儂已晚，酒泉端欲乞疏封。』『南湖』，謂張功父也。《鶴林玉露》

姜白石《除夜自石湖歸苕溪》十絶，云：『細草穿沙雪半消，吴宫煙冷水迢迢。梅花竹裏無人見，一夜吹香過石橋。』『美人臺上昔歡娱，今日臺空望五湖。殘雪未融青草死，苦無麋鹿過姑蘇。』『黄帽傳呼睡不成，投篙細細激流冰。分明舊泊江南岸，舟尾春風颭客燈。』『千門列炬散林鴉，兒女相思未到家。應是不眠非守歲，小窗春色入燈花。』『三生定是陸天隨，只向吴淞作客歸。已拚新年舟上過，倩人和雪洗征衣。』『沙尾風回一棹寒，椒花今夕不登盤。百年草草都如此，自琢春詞剪燭看。』『笠澤茫茫雁影微，玉峰重疊護雲衣。長橋寂寞春寒夜，祇有詩人一舸歸。』『桑間篝火卻宜蠶，風土相傳我未諳。但得明年少行役，祇裁白苧作春衫。』『少小知名翰墨場，十年心事祇凄涼。舊時曾作梅花賦，研墨于今亦自香。』『環玦隨波冷未銷，古苔留雪卧墻腰。誰家玉笛吹春怨，看見鵝黄上柳條。』直齋陳氏曰：『楊誠齋賞此十絶，以爲有裁雲縫月之妙思，敲金戛玉之奇聲。』《文獻通考》

小紅，順陽公青衣也，有色藝。順陽公之請老，姜堯章詣之。一日，授簡徵新聲，堯章製《暗香》、《疏影》二曲，公使二妓習之，音節清婉。公尋以小紅贈之，其夕大雪，過垂虹，賦詩云：『自作新詞韻最嬌，小紅低唱我吹簫。曲終過盡松陵路，回首煙波十四橋。』順陽公即范石湖。《硯北雜志》

都城自舊歲冬孟駕回，已有乘肩小女、鼓吹舞綰者數十隊，以供貴邸豪家幕次之翫。而天街茶肆，漸已羅列燈毬等求售，謂之『燈市』。三橋等處，客邸最盛，舞者往來最多。每夕樓燈初上，則簫鼓已紛然自獻于下，酒邊一笑，所費殊不多，往往至四鼓乃還。姜白石有詩云：『燈已闌珊月氣寒，舞兒往往夜深還。祇應不盡婆娑意，更向街心弄影看。』『南陌東城盡舞兒，畫金刺繡滿羅衣。也知愛惜春游夜，舞落銀蟾不肯歸。』《武林舊事》

邸第好事者，如清河張府、蔣御藥家，間設雅戲煙火，花邊水際，燈燭燦然，游人士女縱觀，則迎門酌酒而去。又有幽坊静巷，好事之家，多設琉璃五色泡燈，更自雅潔，靚妝笑語，望之如神仙。白石詩云：『沙河雲合無行處，惆悵來游路已迷。卻入静坊燈火空，門門相似列蛾眉。』『游人歸後天街静，坊陌人家未閉門。簾裏垂燈照樽俎，坐中嬉笑覺春温。』《武

林舊事》

西湖諸寺，惟三竺張燈最盛，往往有宫禁所賜，貴璫所遺者，都人好奇，亦往觀焉。白石詩云：『珠絡琉璃到地垂，鳳頭銜帶玉交枝。君王不賞無人進，天竺堂深夜雨時。』《武林舊事》

元夕節物，婦人皆戴珠翠鬧蛾、玉梅、雪柳、菩提葉、燈毬、銷金合蟬貂，袖項帕，而衣多尚白，蓋月下所宜也。節食所尚，則乳糖圓子、䭔餡、科斗粉豉、湯水晶、膾韭餅，及南北珍果，並皂兒糕、宜利少澄、沙糰子、滴酥、鮑螺酪麵、玉消膏、琥珀餳、輕餳、生熟灌藕、諸色龍纏、蜜煎、蜜果、糖瓜蔞、煎七寶、薑豉、十般糖之類，皆用鏤鍮裝花盤架，車兒簇插飛蛾、紅燈、綵盝，歌叫喧闐幕次，往往使之吟叫，倍酬其直。白石亦有詩云：『貴客鈎簾看御街，市中珍品一時來。簾前花架無行路，不得金錢不肯回。』《武林舊事》

姜白石《自題畫像》云：『鶴氅如煙羽扇風，賦情芳草緑陰中。黑頭辦了人間事，來看淩霜數點紅。』《硯北雜志》

姜堯章夔居苕溪，與白石洞爲鄰，潘轉庵字之曰『白石道人』，且畀以詩曰：『人間官爵似㩿蒱，采到枯松亦大夫。白石道人新拜號，斷無繳駁任稱呼。』堯章報以長句，其詞曰：『南山仙人何所食？夜夜山中煮白石。世人喚作白石仙，一生費齒不費錢。仙人食罷腹便便，七十二峰生肺肝。真祖只在南山南，我欲從之不憚遠。無方煮石何由軟，佳名

錫我何敢辭。但愁自此長苦饑，囊中只有轉庵詩，便當掬水三嚥之。』《娱書堂詩話》

姜堯章詩云：『小山不能雲，大山半爲天。』造語奇特。王從周亦云：『未知真是嶽，衹見半爲雲。』似頗近之。然較之唐人『野水多于地，春山半是雲』之句，殊覺安閒有味也。《歸田詩話》

姜堯章《雪中訪范至能于石湖》詩云：『雪玕如玉城，偏師敢輕犯。黄蘆陣野鶩，我自將十萬。三戰渠未降，北面石湖范。先生霸越手，定自一笑粲。』至能酬之云：『鵝鶩聲喑雪意豪，直前不憚夜行勞。更能櫜鞬尊裴度，千古人知李愬高。』前輩稱獎後進，不以名位自高，交相尊讓，亦可見一時士大夫風俗之美也。《弁陽詩話》

慶元丙辰冬，姜堯章與俞商卿、銛樸翁按《癸辛雜識》，葛天民字無懷，後爲僧，名義銛，號樸翁。此云『銛樸翁』，疑當時取其僧名下一字稱之。、張平甫，自封禺同載詣梁谿，道吴淞，既歸，各得詩詞若干解，鈔爲一卷，命之曰《載雪録》。其自敘云：『予自武康與商卿、樸翁同載至南谿，道出苕、霅、吴淞，天寒野迥，仰見雁鶩飛下玉鑒中，詩興横發，嘲唅吟諷，造次出語便工。而樸翁尤敏不可敵，未浹日，得七十餘解，復有伽語小詞，隨事一笑，大要三人鼎立。樸翁似曹孟德，據詩社出奇無窮。商卿似江東，多奇秀英妙之士。獨予椎魯不武，雖自謂漢家子孫，然不敢與二豪抗也。』且云：『此編向見之雪林李和父，後歸之僧頤蒙，乃樸翁手書也。古律、絶句、贊、頌、偈、聯句、詞、曲、紀夢，凡一百五十三，多《集》中所無者。』蕭介父題云：『亂雲連野水連空，只有沙鷗共數公。想得句成天亦喜，雪花迎櫂入吴中。』孫季蕃云：『詩字峥嶸照眼開，人隨塵劫挽難回。清苕載雪流寒碧，老我扁舟獨自來。』《弁陽詩話》

姜堯章學詩于蕭千巖，琢句精工。有詩云：『夜暗歸雲繞柁牙，江涵星影雁團沙。行人悵望蘇臺柳，曾與吴王掃落花。』楊誠齋喜誦之。嘗以詩送《江東集》歸誠齋，云：『翰墨場中老斲輪，真能一筆掃千軍。年年花月無虚日，處處江山怕見君。箭在的中非爾力，風行水上自成文。先生只可三千首，回施江東日暮雲。』誠齋大稱賞，謂其家嗣伯子曰：『吾與汝弗如姜堯章也。』報之以詩云：『尤、蕭、范、陸四詩翁，此後誰當第一功？新拜南湖爲上將，更差白石作先鋒。可憐公等皆癡絶，不見詞人到老窮。謝遣管城儂已晚，酒泉端欲乞疏封。』『南湖』，謂張功父也。堯章自號白石道人，潘德久贈詩云：『世間官職似樗蒲，采到枯松亦大夫。白石道人新拜號，斷無繳駮任稱呼。』時黄巖老亦號白石，亦學詩于千巖，詩亦工，時人號『雙白石』云。《弁陽詩話》

蘇石

姜堯章每喜自度曲，吹洞簫，小紅輒歌而和之。堯章後以疾歿，故蘇石挽之云：『所幸

小紅方嫁了，不然啼損馬塍花。』宋時花藥皆出東、西馬塍，西馬塍皆名人葬處，白石殁後葬此。《硯北雜志》

周文璞

周晉仙《金銅佛塔歌》云：『白石招我入書齋，使我速禮金塗塔。我疑此塔非世有，白石云是錢王禁中物。上作如來捨身相，飢鷹餓虎紛相向。拈起靈山受記時，龍天帝釋應惆悵。形模遠自流沙至，鑄出今回更精緻。錢王納土歸京師，流落多在西湖寺。錢王本是英雄人，白蓮花現國主身。蛇鄉虎落狗脚騰，何如紅袍玉帶稱功臣。天封坼開即退聽，兩浙不聞笳鼓競。歸來佛子作護持，太師尚父尚書令。一枚傳到白石生，生今但有能詩聲。同袍秦外銛師兄，哦詩禮塔作佛事，同喫地爐山芋羹。何曾薰陸綺床供，但見相輪銅緑明。哦詩禮塔猶未畢，蘆葉低飛山雨溼。』《方泉先生詩集》

周野齋《歐陽琴歌》云：『嗚呼個是文忠琴，嗚呼此琴今尚存。堂中圖書散失盡，留得七絃傳子孫。六字自書書在腹，古錦梅花留不得。嗣孫賢者能忍貧，不向豪家博珠玉。初鼓如撼昭陵松，鞏原流水青溶溶。三宗龍衮在帝左，留把鈞天賜與公。再鼓似播清潁水，祇將激流肯洗耳。曾、蘇兩生招不來，自寫新聲付兒子。堯囚山，舜放野，自兹以下不平苦。與君所得歸女謗，此日一洗清萬古。小儒昔誦五季傳，頗訝《春秋》體微變。今來再聽七絃琴，南薰遺製喜復見。浮雲流盡白日逃，何用《廣陵》與《離騷》。譜成祇度歐公曲，秋聲賦共廬山高。』《方泉先生詩集》

野齋周晉仙嘗語予曰：『《花間集》祇有五字絶佳：「細雨溼流光」，景、意俱微妙。』野齋《灌口二郎歌》、《聽歐陽琴行》、《金銅塔歌》，不減賀白。《貴耳集》

潘檉

潘德久《送友人游金陵》詩云：『酒盡談餘意轉新，北風一舸下寒津。遥知白下登樓處，正欠黄初著句人。往事生來多歲月，舊游疏似曉星辰。半山斜日荒涼寺，更有殘碑待拂塵。』《出郭》云：『酤酒三家市，題詩十里塘。薄雲鷗外影，空翠馬頭香。出郭知無事，尋僧有底忙。終當成野逸，小築近滄浪。』《還自錢唐道中》云：『江上青山落照邊，江頭歸客木蘭船。春鷗自共潮回去，一點飛來是柳綿。』《前賢小集拾遺》

姜堯章自號白石道人，贈之以詩云：『世間官職似樗蒱，采到枯松亦大夫。白石道人新拜號，斷無繳駁任稱呼。』《白石道人集·附》

葉水心《轉庵集序》云：『德久十五六，詩律已就。永嘉言詩者，皆本德久。讀書評

文，得古人深處。』《轉庵集》

劉後村跋云：『元祐間，最爲本朝文章盛時，惟賀方回、劉季孫，不緣師友頡頏其間，雖坡、谷亦深嘉屢歎。其後有劉翰武子、潘檉德久，尤爲項平庵、葉水心賞重。』《轉庵集》

永嘉潘檉，字德久，號轉庵。水心先生序其詩《集》言：『德久十五六，詩律已就。永嘉言詩，皆本德久。讀書評文，得古人深處。』舉進士不中第，用父賞授右職，爲閤門舍人。《題釣臺》一聯云：『但得諸公依日月，不妨老子卧林丘。』爲人傳誦。嘗從使節出疆，有北征往來所賦《上龜山寺》一首，云：『菜花開處認遺基，荒屋殘僧未忍離。寺付丙丁應有數，岸分南北最堪悲。金鈴塔上如相語，鐵佛風前亦斂眉。野匠不知行客意，競磨濃墨打頑碑。』或未喻『金鈴塔上如相語』之句，余按《晉書·佛圖澄傳》，澄能聽鈴音以知吉凶，往投石勒，及劉曜攻洛陽，勒將殺之，其群下咸諫以爲不可，勒以訪澄，澄曰：『相輪鈴音云：「秀支替戾岡，僕谷敂秃當」，此羯語也。「秀支」，軍也；「替戾岡」，出也；「僕谷」，劉曜胡位也；「敂秃當」，捉也。此言軍出捉得曜。』勒遂擒曜。德久用此事，不無深意。《梅磵詩話》

曹豳

括蒼馮公嶺，延袤數十里，其高插天。山之顛有半山庵，乃往來駐足之地，壁間留題甚多。東畝曹西士豳布衣時經過，題兩絶于壁云：『平蕪千里緑迢迢，水宿山行好耐勞。最是愁人最奇崛，馮公之巇浙江濤。』『村南村北梧桐樹，山後山前白菜花。莫向杜鵑啼處宿，楚鄉寒食客思家。』後□□出簿入從，仕路通顯。庵僧模字鋟板，揭之楣間。《梅磵詩話》

趙南仲以誅李全之功，見于趙清臣，史揆每左右之，遂留于朝，其後恢復事起，遂分委以邊面。赴鎮日，朝紳置酒以餞，適有呈緣竿技者，曹賦詩云：『又被鑼聲送上竿，者番難似舊時難。勸君著脚須教穩，多少旁人冷眼看。』師果不競。《齊東野語》

鄭郇夢

鄭郇夢《游洋州崇法院》詩：『曉色熹微麥隴間，杖藜徐步扣禪關。兩澆水足東西堰，一抹雲收南北山。世路飽諳驚歲晚，佛巖燕坐覺身閒。故園早辦歸來計，莫待星霜滿鬢斑。』跋云：『建安先生得句法于石湖范公，早以文章名世。今觀是詩，如藍田之珍、荆山之璞，不假雕琢，而自爲至寶。僧正顯刻之精藍，當山水清絶處，乃復著此澄澹簡潔之語，使讀之當有蕭然脱去世網之意者矣。嘉泰癸亥四月既望，洋州教授張縯跋。』《陝西通志》

印應雷

習隱印尚書應雷，字德豫，通州人，繇上庠舍選登辛丑第，屢持麾節，及沿江副閫，所至政如神明。景定間，寓居吴之常熟，凡八年，無意禄仕，累召不起。咸淳乙巳，淮閫乏人，權臣力挽其出，印畏禍勉從之，非其志也。賦詩云：『習隱今番習不成，此行非爲利和名。甲兵洗浄報天子，歸對青山樂太平。』在鎮五年，軍民畏而愛之。癸酉冬，有星隕于譙樓，未幾，以疾終。『甲兵洗浄』，竟不克酬，惜夫！《梅磵詩話》

陳宗禮

千峰陳宗禮立之，開慶己未歲，持廣東憲節，行部過舜廟。有詩云：『存古尚瞻虞衮冕，撫時幾换禹山河。海濱樂可忘天下，解寫靈明有老軻。』《道間即事》有『山川每爲蠻煙累，人物多由謫籍香』之句。時臺臣虞宓摘其語，見之彈文，謂有譏訕意，然皆警句也。《梅磵詩話》

張庭芝

永嘉張庭芝，號山民，寶祐間游學于苕，嘗携吟稿來訪。其《詠影》一篇云：『虚幻已堪笑，一身同去留。自從生便有，直到死方休。出户相隨月，臨溪不逐流。蒲團趺坐處，回顧失蹤由。』頗有意味。他作亦多可采，俛仰二紀，餘不能悉記矣。《南磵詩話》

朱　軧

朱叔止軧《題汪浮溪先生墓》云：『名高從昔毁相隨，未免群兒着力擠。一日狼心萌偃月，十年豹霧隱愚溪。不逢華旦開昌運，終抱沉埋返故棲。已矣九原寧可作，蕭蕭古木亂蟬嘶。』《游宦紀聞》

李宗勉

杭相李文清乞去，《題六和塔》云：『經從塔下幾春秋，每恨無因到上頭。今日始知高處險，不如歸卧舊林丘。』《後村詩話》

陳 垓

陳漫翁監轉般倉，與鎮江守喬平章争一事，平章乞回避，漫翁得嶽祠。吏持牒索回文，漫翁就書一絶云：『硯乾筆秃墨糊塗，半夜敲門送省符。擲得么么監嶽廟，恰如輸了選官圖。』《吹劍録》

華 岳

池陽華岳，字子西，號翠微，豪放不羈，詩文皆有氣骨。嘉泰、開禧間，肄業右庠，上書攻韓侂胄得罪，羈管建安。集中有獻韓詩：『君家勳業在盤盂，莫把頭顱問屬鏤音閭。漢地不埋王莽骨，唐天難庇禄山軀。不隨召奭始求老，便學孔明終託孤。十廟英靈儼如昨，謾于宗社作穿窬。』當權臣勢燄薰灼之日，皆奮不顧身，投詩抵刺，又上書攻之，氣節殊可嘉尚。丁卯誅韓之後，復籍于學，嘉定初，中右科第一人，授殿前司官屬，復以謀史相彌遠被誅。《梅磵詩話》

嚴大猷

吴曦僭蜀，大猷詩云：『笏未到身難擊泚，兵如入手易擒吴。』《萬姓統譜》

游儀

游伯莊儀，長平之勝士，早游京師，自北方縱覽名山，已而浮洞庭，歸隱武溪之上。有《黄鶴樓》詩云：『長江巨浪拍天浮，城郭相望萬景收。漢水北吞雲夢入，蜀江西帶洞庭流。角聲交送千家月，帆影中分兩岸秋。黄鶴樓高人不見，卻隨鸚鵡過汀洲。』按柳溪《吕炎近録》云：『伯莊此詩，膾炙人口。游默齋嘗書寘南樓，游受齋漕湖北日，復爲之刻石。』《詩人玉屑》

高翥

丁卯和議，虜索首謀，函首予之。或爲《樂府》云：『寶蓮山下韓家府，主人飛頭去和虜。』高九萬《吴山》絶句云：『拂曉官家簿録時，未曾吹徹玉參差。旁人不忍聽鸚鵡，猶向雕籠唤太師。』《後村詩話》。宗祥按：《齊東野語》云：『韓侂胄久用事，欲立奇功以固位，首謀北伐，出師諸將，相繼潰敗。金人渡淮圍楚州，遣方信孺奉使通謝。信孺回言：，金人欲太師首級。侂胄怒，謀再用兵。楊后俾榮王入奏，復命史彌遠、錢象祖、衛涇、王居安、張鎡誅侂胄。時開禧三年十一月二日，侂胄愛姬三夫人號滿頭花者生辰，張鎡移庖府中，酣飲至五鼓。其夕，周筠聞其事，遂以覆帖告變，侂胄已被酒，叱曰：「誰敢！」遂陞車而去。甫至六部橋，殿司夏震聲諾于道旁曰：「有旨太師罷平章事，日下出國門。」語未竟，健卒百餘人擁其轎出，至玉津園夾墻內，撾殺之。』

唐劉言史《觀繩伎》一篇，末聯云：『坐中還有沾巾者，曾見先皇初教時。』蓋謂元宗遺樂。近時高九萬賦《觀思陵御製墨本》絶句，正用此意。詩云：『淡黄越紙打殘碑，盡是先皇御製詩。白髮内人和淚看，爲曾親見寫詩時。』《娱書堂詩話》

輦下酒市，多祭二郎，祠山神。高九萬有詩云：『簫鼓喧天鬧酒行，二郎賽罷賽張王。愚民可殺多忘本，香火何曾到杜康。』《菊磵小集》

高九萬《春詞》云：『鬬草歸來上玉階，香泥微污合歡鞵。全籌贏得無人賞，依舊春愁自滿懷。』《貴耳集》

李迎

李迎彦將，永嘉周浮沚先生之壻，與先大父爲襟袂。《集》中有送先君子赴戊子秋試詩，首句云：『籍甚人言易已東』，蓋先君治《易》故也。陳振孫《書録解題》

柯夢得

鄉前輩柯夢得，字東海，一生苦吟，有《抱甕集》，古詩學孟東野，然稍僻晦。有《夢蝶》絶句云：『一覺千年一轉機，覺來還是夢還非。當時夢裏如爲蝶，便好穿花傍水飛。』前人所未道也。《後村詩話》

朱涣

杭州六和塔，屹立于老木蒼崖之上，前對越山，俯瞰胥濤，吴越勝概，盡在目中。均山朱涣行父詩云：『古木蒼崖高又寒，寶坊突兀峙其間。閲人多矣數層塔，開户視之三面山。已没還生潮又汐，既修復缺岸成灣。老僧袖手浮雲表，門外憧憧自往還。』全篇確切有味。《梅磵詩話》

趙民則

趙民則《題張家店壁》詩云：『舍策投床睡便濃，覺來涼葉動西風。驚秋念遠無窮意，客裏知誰此夜同？』《誠齋詩話》

洪咨夔

荆公行青苗、免役等法，引用一等小人，天下受其害，卒召六十年後靖康之禍。洪平齋有詩云：『君臣一德盛熙寧，厭故趨新用六經。但怪畫圖來鄭俠，何期奏議出唐坰。掌中大地山河舞，舌底中原草木腥。養就禍胎身始去，依然鍾阜向人青。』按《國史》，俠嘗從安石學，坰乃安石所薦，皆以新法不便攻之，此詩乃五十六字史論。近時李石山振龍題荆公《定林庵》一聯云：『誰令此地成南渡？所謂伊人在此山。』亦可傳。《梅磵詩話》

紹定辛卯，臨安大火，九廟俱燬，獨丞相史彌遠賜第，以殿司軍救撲而存。洪平齋《哭都城火》詩云：『九月丙戌夜未中，祝融漲焰通天紅。層樓傑觀舞燧象，綺峰繡陌奔燭龍。始從李博士橋起，三面分風十五里。崩摧洶洶海潮翻，填咽紛紛釜魚死。開禧回禄前未聞，今更五分多二分。大塗小撤禁不講，拱手坐視連宵焚。殿前將軍猛如虎，救得汾陽令公府。祖宗神靈飛上天，痛哉九廟成焦土。』末意規諷時宰甚切，聞之者足以戒。《梅磵詩話》

洪平齋《題陶靖節祠》云：『雨引莓苔上短垣，流泉無恙自涓涓。不如歸去來兮好，百世聞風只杜鵑。』李雪林龏《杜鵑》詩云：『血滴成花不自歸，銜愁猶泣在天涯。秋聲更比春聲苦，除卻淵明勸得誰？』李詩祖平齋意。《梅磵詩話》

洪平齋新第後，上衛王書，自宰相至州縣，無不指摘其短。大概云：『昔之宰相，端委廟堂，進退百官。今之宰相，招權納賄，倚勢作威而已。凡及一職，必如上式。』末俱用『而已』二字。時相怒，十年不調。洪有《桃符》云：『未得之乎一字力，祗因而已十年間。』《稗史》

寶慶初元，洪舜俞爲考功郎，應詔言事，詞旨剴切。真西山謂陳正甫曰：『讀洪考功封事，某殊有愧色。』其封事中《論臺諫失職》云：『月課將臨，筆不敢下，稱量議論之異同，揣摹情分之厚薄，可否未決，吞吐不能。其相率勇往而不顧者，恭請聖駕歘謁景靈宮而已。』臺臣摘以爲言，謂：『祗見宗廟，此重事也。而洪某乃言「款謁景靈宮而已」，詞語嫚易，有輕宗廟之意。』遂遭罷黜，仍鐫三官。舜俞有詩云：『不得之乎成一事，卻因而已失三官。』《鶴林玉露》

唐太宗相房玄齡二十三年，用魏徵及相十八年，此外惟李林甫、元載最久。國朝魏野《贈王文正》詩云：『太平宰相年年出，君在中書十二秋。』蓋以爲最久矣。至蔡京、秦檜，乃皆十八九年。近時史衛王獨專國秉，至二十六年，此古今所無，至晚年得末疾，猶專國秉數年，尤古今所無。故洪舜俞詩云『陰陽眠燮理』。《鶴林玉露》

紹定辛卯臨安之火，比辛酉之火，加五分之三，雖太廟亦不免，而史丞相府獨全。洪舜俞詩云：『殿前將軍猛如虎，救得汾陽令公府。祖宗神靈飛上天，可憐九廟成焦土』時殿帥乃馮栴也，人言藉藉，迄今不免責。《鶴林玉露》

『田園圖史分貧富，鼎鼐樓臺辨有無。』洪舜俞詩，用䆒潁公、寇萊公事。《困學紀聞》

胡　㮣

胡仲方《落梅》句云：『自孤花底三更月，卻怨樓前一笛風。』《鶴林玉露》

徐清叟

徐參政清叟微官時，贈建寧妓唐玉詩云：『上國新行巧樣花，一枝聊插鬢雲斜。嬌羞未肯從郎意，故把芳容半面遮。』《豹隱紀談》

呂　午

祁閶西一舍有庵曰『東松』，紹興初，岳鄂王提兵經吾郡西上，士卒秋毫無犯，卒宿人門外，足不敢一越限内，嘗憩是庵，留題壁間。呂伯可午和之云：『當年惟説岳家軍，紀律森嚴孰與鄰。師過村村皆按堵，功成處處可鐫珉。威名千古更無敵，詞翰數行俱絶塵。擬

取中原報明主，亦勞餘刃到黄巾。』《新安文獻志》

徐文卿

徐斯遠絶句云：『紙衣竹几一蒲團，閉户然箕自屈盤。誦徹《離騷》二千五，不知月落夜深寒。』水心稱斯遠有凍餓自守之樂，非過也。《後村詩話》。宗祥案：葉水心《蕭秋詩集·序》云：『斯遠淹玩衆作，凌暴偃蹇，情瘦而意潤，貌枯而神澤，方于西江宗派，斯又過之。』

全宋詩話目録卷七十八

王伯大　字幼學，號留耕，福州人，嘉定七年進士。累官端明殿學士、參知政事。

李劉　字公甫，號梅亭，崇仁人，嘉定七年進士。歷官中書舍人、直學士院、寶章閣待制。有《詩文類藁》。

吴潛　字毅夫，寧國人，嘉定十年進士第一。歷官特進左丞相，封許國公。沈炎論劾，謫化州團練使，循州安置。有《履齋遺集》。

王邁　字實之，號臞軒居士，興化軍仙游人，嘉定十年進士。調南外睦宗院教授，召試學士院，改通判漳州，應詔直言，爲臺官所劾，削二秩。淳熙中，知邵武軍，予祠。

鄭清之　字德源，鄞人，嘉定十年進士。史彌遠薦爲魏憲王府教授，理宗嗣位，以定策功，拜太傅、左丞相，封魏國公。卒封魏郡王，謚忠定。有《安晚集》。

姚鏞　字希聲，號雪篷，又號敬庵，剡人，嘉定十年進士。吉州判官，平寇功，守贛州，貶衡陽。有《雪篷集》。

趙東野　贛州人。

李仲之　官統制，爲金人所獲，不屈死。

牟子才　字存叟，井研人，家湖州，嘉定十六年進士。歷官權禮部尚書兼直學士院、國史實録院修撰，以資政殿學士致仕，卒謚清忠。有《存齋集》。

楊長孺　字伯子，號東山，萬里子。嘉定間，守湖州，後爲番禺帥。端平初，累辭召命，以集英殿修撰致仕。

彭仲衡　清江人。

胡偉　字元邁，嘉定間新安布衣，寓吴中。有《宫詞集句》。

張潞　字東之，吉之永新人，牧昭州。有《張昭州集》。

劉淮　字叔通，號溪翁，建陽人，朱熹高弟。

劉仙倫　一名儗，字叔儗，廬陵人。有《招山小集》。

李翔高　號羽軒。

戴敏　字敏才，號東臯子，台州黄巖人，石屏父。有《東臯集》。

王大受　字仲可，鄱陽人。有《拙齋詩集》。

徐照　字道暉，一字靈暉，號山民，永嘉人。有《芳蘭軒集》。

徐璣　字文淵，一字致中，號靈淵，永嘉人。官長泰令。有《泉山集》、《二薇亭集》。

翁卷　字續古，一字靈舒，永嘉人。有《西巖集》、《葦碧軒集》。

戴復古　字式之，號石屏。以詩鳴江湖間。有《石屏集》。

馮取洽　字熙之，號雙溪翁，延平人。

嚴羽　字丹丘，一字儀卿，邵武人，自號滄浪逋客。有《滄浪吟》、《滄浪詩話》。

羅之紀　字國張，高安人，嘉定中孝感尉。

胡時可

彭止　字應期，崇安人，自號漫者。有《刻鵠集》。

左次魏

杜去輕　字端父，蘭谿人。

鄭寀　福安人。

黄洪

余良弼　順昌人。

陳起　字宗之，錢唐人。開書肆于睦親坊，亦號陳道人。寶慶初，以詩禍爲史彌遠所黥。有《芸居乙稾》。

翁定　字應叟，建安人。有《瓜圃集》。

馬光祖　字華父，金華人，寶慶二年進士。歷官寶章閣直學士、沿江制置使、江東安撫使、知建康府、知樞密院事，以金紫光禄大夫致仕，卒謚莊敏。

岳珂　字肅之，號亦齋，又號倦翁，飛孫，霖子。歷官管内勸農使、知嘉興、户部侍郎，淮東總領。有《玉楮集》。

曾原一　字子實，號蒼山，贛州寧都人，與戴石屏結『江湖吟社』。

徐元杰　字仁伯，信州上饒人，紹定五年進士第一。歷官著作佐郎兼兵部郎官，太常少卿兼給事中，國子祭酒，卒謚忠愍。

朱繼芳　字季實，建安人，紹定五年進士。有《静佳乙稿》。

湯巾　字仲能，安仁人，官制幹。

蕭㪺　字則山，號大山，臨江人，紹定進士。以太府丞奉祠。

潘牥　字庭堅，閩人，端平二年進士。歷太學正、通判潭州。有《紫巖集》。

劉漫塘

羅垚用

全宋詩話卷七十八

王伯大

留耕王伯大幼學守臨江日，石屏戴復古往訪之。留耕贈一絶，詩云：『詩老相過鬢已星，吟魂未減昔時清。揮毫不著人間語，盡把梅花巧琢成。』或謂：『梅花亦人間物，二字似未穩。』留耕以爲然，遂改作『塵埃』云。《梅礀詩話》

李劉

李公甫劉《紀夢》詩云：『壯志已違黄鵠下，老身合占白鷗前。夜來耿耿江湖夢，秋水長天一釣船。』《前賢小集拾遺》

劉嘗從真德秀游，丏詞科文字，留飲書室，指『竹夫人』爲題，曰：『蘄春縣君祝氏，可衛國夫人。』劉援筆立成，末聯云：『於戲！保抱携持，朕不忘乙夜之寢。展轉反側，爾尚形四方之風。』德秀擊節歎賞。嘉熙己亥四月，誕皇子告廟祝文，劉以學士當筆，以四柱作一聯云：『亥年己月，無長蛇封豕之虞。午日丑時，有歸馬放牛之兆。』時方有蜀警，人咸賞其中的。有《梅亭四六》行世。孫雲翼《李梅亭先生傳》

吳潛

宣城涇縣有琴高山、琴高溪，俗傳控鯉而昇之所，每歲三月中，有小魚數十萬，一日來集。亦傳以爲投藥滓所化，至今人待此日盡網之，曝以爲乾，味甚美。吳履齋嘗賦詩和人韻云：『仙人藥苗化爲魚，身雖纖細味豐腴。土人涉溪如採荇，以布爲網猶恐疏。不比吳王眈嗜鱠，松江千古留腥滓。好似春茶槍與旗，俯視銀條不足數。人生所樂在家鄉，何必定食河之魴。琴高仙游不可躡，自向崑崙朝玉皇。玉皇一笑倚天末，乞與五湖任囊括。扁舟煙雨歸去來，卧聽魚槎聲濊濊。』予嘗欲爲再賦，未暇也。《吳禮部詩話》

紹興戊辰，王佐爲狀元；慶元丙辰諒陰榜，莫子純以省魁爲狀元，皆越人。嘉定丁丑，狀元吳履齋潛；淳祐辛丑，狀元徐公望儼夫。至己酉年，履齋帥越，徐在別榻，會鹿鳴宴，僚屬作樂語，皆不愜意。履齋乃自草之，末云：『對丁丑、辛丑之狀元，座中盛事。繼戊辰、丙辰之舉首，鄉曲美談。』《吹劍四録》

吴履齋《次鄭安晚贊思無邪韻》曰：『誠曷云思，防心之匿。思曷云近，根心之德。觀斯須頃，驗顛沛時。一而勿二，淵乎其微。厥止既欽，厥躬斯飭。四體稟令，群動受職。猶虞奔軼，差在毫釐。乾乾君子，毋或越思。』又《無不敬贊》：『盈天地間，事事物物。大而昭著，微而眇忽。惟吾中處，以身任焉。持敬以往，猶懼有遷。而況傲惰，先據其室。雜則不精，離則不一。執盈捧滿，曾靡其他。爲之主者，豈非心耶？』此固履齋素學也。淳祐庚戌，帥越甫期月，召還，累年滯訟，決遣殆盡。此則才敏也，非學所能。歐陽公曰：『文學止于潤身，政事可以及物。』《吹劍四録》

王　邁

臞軒王邁實之，莆陽人。嘉定丁丑，吴潛榜第四人登第，立朝敢言，嫉惡尤甚。《集》中有《嘲輕薄子》詩，曲盡其情狀。詩云：『覆雨翻雲奈爾何，胸中所得亦無多。貌輕匹似霜沾葉，量淺渾如鼠飲河。賣友穽中偏下石，叛師室裏忍操戈。正緣才小不聞道，難入淵騫德行科。』《梅磵詩話》

王實之邁，有文名，落魄不羈。爲正字日，因輪對及故相擅權，理宗宣諭曰：『姑置衛王之事。』邁即抗聲曰：『陛下一則曰衛王，再則曰衛王，何容保之至耶？』上怒不答，徑轉

御屏，曰：『此狂生也。』遵歸鄉里，自稱『敕賜狂生』。嘗有詩云：『未知死所先期死，自笑狂生老更狂。』《齊東野語》

鄭清之

鄭安晚丞相未貴時，賦《冬瓜》詩云：『翦翦黄花秋後春，霜皮露葉護長身。生來籠統君休笑，腹内能容數百人。』宰相器寬，已于此詩見之。《梅礀詩話》

鄭忠定《詠茄》云：『青紫皮膚類宰官，光圓頭腦作僧看。如何緇俗偏同嗜，入口元來總一般。』《冬瓜》云：『剪剪黄花秋後春，霜皮露葉護長身。生來籠統君休笑，腹内能容數百人。』《安晚堂集》

清之淳祐再相，政事多出姪孫太原手，昏繆貪污。有人作詩績譏之云：『先生自號爲安晚，晚節何爲不自安？』《癸辛雜識》

安晚丞相《昭君》詩云：『解移尤物柔强虜，延壽當年合議功。』意新而理長。《後村詩話》

鄭安晚丞相曾詠《蜘蛛》云：『如蠶吐緯日縈纏，出没無蹤屋漏邊。懷毒滿身如蝎犬，漫張羅網欲漫天。』蓋爲諸璫發也。蘇拯詩云：『映日張網羅，遮天亦何别。倘居要地間，害物可堪説。』風人詠物，大率相類。《弁陽詩話》

安晚當國時，一日退朝後，諸公造見，延之□□，時適秋晚，見一葉墜于金魚池中，風吹不定，因命諸公賦詩。其間律、絶、古體皆有之，多不愜其意，獨華谷嚴粲坦叔止得一句云：『風池行落葉。』安晚再三稱賞，次日有中舍之除。予得之盱江吴浚允文。《梅磵詩話》

姚鏞

雪篷姚鏞希聲，越上人，嘉定丁丑登進士第。余紹定己丑侍親司警吉之太和，時雪篷爲元幕，嘗識之。端平初守章貢，因風聞得罪謫衡山，有吟稿行于世。《集》中警句頗多，姑摘其一二于此。姚希聲《題衡岳》云：『萬山環拱祝融尊，紫蓋前趨若駿奔。火德中天扶日月，炎方一柱鎮乾坤。久無執贄來侯牧，空有穹碑立廟門。北望中原青一髮，凄其四岳正塵昏。』《離衡州》云：『天恩下釋湘纍客，心事悠悠月滿船。種藥已收思病日，著書不就負殘年。雜花怪石分人去，老竹荒亭入畫傳。歸夢鑒湖三百里，白鷗相候亦欣然。』《法華寺》云：『入門松逕幽，樹杪見鐘樓。客至犬迎吠，香消僧出游。水花迎晚照，風葉引涼秋。欲作居山計，吾盟在白鷗。』《梅磵詩話》

姚鏞，字希聲，號雪篷，紹定間，以忤陳子華，謫之衡陽。嘗有一聯云：『癡雲蔽嶽行人遠，淫雨摧花白髮生。』戴復古由閩度嶺訪之，有云：『一官不幸有奇禍，萬事但求無愧心。』姚謝之云：『萬里尋遷客，三年見此人。』蕭大山亦寄詩云：『得謗何須囊薏苡，工騷且自製芙蓉。』剡僧淵萬壑云：『故里田園拋弟妹，異鄉燈火對妻兒。十年漂泊孤篷雪，誰補梅花入《楚辭》？』至端午丁酉，甫得自便，有詩云：『天恩下釋湘纍客，心事悠悠月一船。種藥已收思病日，著書不就負殘年。雜花怪石分人去，老竹荒亭入畫傳。歸夢鑒湖三百里，白鷗相候亦欣然。』故剡僧皓鐵山以詩迎之云：『楚雁傳歸信，吴鷗候過船。』《弁陽詩話》

趙東野

姚鏞爲吉州判官，以平寇論功，不數年擢守章貢。爲人豪雋，喜作詩，自號雪篷。嘗令畫工肖其像，騎牛于澗谷之間，索郡人趙東野題詩。東野題云：『騎牛無笠又無蓑，斷隴横岡到處過。暖日暄風不常有，前村雨暗卻如何？』蓋規切之也。居無何，忤帥臣，以貪劾之，時端平更化之初，施行特重，貶衡陽。人皆服東野先見。《鶴林玉露》

李仲之

貞祐南征，獲一統制官李仲之者，帥府經歷官劉達卿召而飲之，且誘以降，將宥焉。仲之獻詩云：『一飯感恩無地報，此心許國已天知。胸中千古蟠鍾阜，一死鴻毛斷不移。』竟

就死。《歸潛志》

牟子才

慶曆六年，吳興太守馬大卿會六老于南園，酒酣賦詩，教授湖學安定胡先生爲《序》其事。六人者，工部侍郎郎簡年七十九，司封員外郎范説年八十六，衛尉寺丞張維年九十一，俱致仕；劉維慶年九十二，周守中年九十五，吳琰年七十二，皆有子弟列爵于朝。詩及《序》刻石園中。後園廢，爲牟氏之居。存齋詩云：『買家喜傍水精宫，正是南園故址中。我欲築堂名六老，追還慶曆太平風。』《齊東野語》

楊長孺

士大夫若愛一文，不直一文。陳簡齋詩云：『從來有名士，不用無名錢。』楊伯子嘗爲予言：『士大夫清廉，便是七分人了。』蓋公忠仁明，皆自此生。伯子，誠齋冢嗣，號東山先生，清節高文，趾美克肖，其帥番禺，將受代，有俸錢七千緡，盡以代下户輸租。有詩云：『兩年枉了鬢霜華，照管南人没一些。七百萬錢都不要，脂膏留放小民家。』又《别石門》詩云：『石門得得泊歸舟，江水依依别故侯。擬把片香投贈汝，這回欲帶忘來休。』蓋晉吳隱之守五羊，不市南物，歸舟有香一片，舉而投諸石門江中，用此事也。其帥三山，不請供給錢，以忤豪貴劾去。作詩貽先君云：『與世長無忤，持身轉覺孤。賫緣新齒舌，收拾老頭顱。我已訶瀧吏，君誰誦《子虛》？同歸燈火讀，家裏石渠書。』時先君與之同入閩故也。陳膚敏作《玉壺冰》、《朱絲絃》二詩送之，林自知送行詩云：『公來無琴鶴，公去有芒鞵。』又一幕官詩云：『從渠腰下有金帶，何處山中無菜羹。』真西山入對。主上問當今廉吏，西山既以趙政夫爲對，翌日，又奏曰：『臣昨所舉廉吏未盡，如崔與之之出蜀，惟載歸艎之圖籍，楊長孺之守閩，靡侵公帑之毫釐，皆當今之廉吏也。』《鶴林玉露》

楊伯子長孺，萬里子，《跋大人論配享書稿》詩云：『覆羹真得皁囊書，錦水元來勝石渠。但寶銀鉤并鐵畫，何須玉帶與金魚。』高廟配享，洪容齋在翰苑，以呂頤浩、趙鼎、韓世忠、張俊四人爲請，蓋文、武各用兩人，出孝宗意也，遂令侍從議。識者多謂呂元直不厭人望，張魏公不應獨遺。楊誠齋時爲秘書少監，以書争之，以專、欺、私三罪斥容齋，且言魏公有社稷大功，五建復辟之勳，發儲嗣之議，誅范瓊以正朝綱，用吴玠以保全蜀，卻劉麟以定江左，于是有旨再令詳議。越數日，上忽諭大臣曰：『呂頤浩等正合公論，更不須議。洪邁固是輕率，楊萬里亦未免浮薄。』于是二人皆求去。容齋守南齊，誠齋守高安。當苗、劉作亂時，矯隆祐詔貶竄魏公，高宗在昇暘宮，方啜羹，左右來告，驚懼，羹覆于手，手爲之傷。

暨復辟，見魏公，泣數行下，舉手示公，痕迹猶在。《鶴林玉露》

嘉定間，楊伯子爲湖州守，治聲赫然，爲三輔冠。郡之士相與肖像祠于學宫，與工部尚書戴少望並祠。伯子意不悦，會除浙東庾節，將行，辭先聖先師，禮畢，與校官諸生坐講堂，命取所祠畫像，題詩其上云：『面有憂民色，天知報國心。三年風月少，兩鬢雪霜深。更莫留形迹，何曾廢古今。不如隨我去，相伴老山林。』遂卷藏而行。當時士子有戲和其詩者，末句云：『可憐戴工部，獨樹不成林。』《鶴林玉露》

徐思叔《題貧樂圖》詩首句云：『廼翁畫灰教兒書，嬌兒赤骭玉雪膚。厥妻曝日補破襦，弊筐何有金十奴。』楊伯子和云：『三間破屋一床書，錦心繡口冰肌膚。自紉枯葉作袴襦，此君便是長鬚奴。』王才臣和云：『大兒阻飢頗廢書，小兒忍寒粟生膚。婦縱有褌無一襦，不敢緣此相庸奴。』三詩皆佳，而後出者尤奇。《鶴林玉露》

彭仲衡

彭仲衡《丫頭巖》詩云：『前峰號龜今是龜，近巖謂月亦匪月。世間景幻語未真，説著丫頭便癡絶。蒼然頑石由天成，道旁過者皆含情。我來於此發浩歎，乃知有色能傾人。』《蘆浦筆記》

胡　偉

胡元邁偉，嘉定間新安布衣，有《宫詞集句》云：『雞人唱曉五門開羅鄴，宫女更番上直來花蘂夫人。御仗催班元會集王禹玉，遥聞索扇一時回王建。』『披香仙殿試春衣晏同叔，等候官家未出時花蘂夫人。整了翠鬟匀了面宋子京，大家裝着鬭時宜王禹玉。』『殿前香騎逐飛毬張籍，一樣真珠絡轡頭王禹玉。誇道自家能走馬王建，掉鞭横過小紅樓花蘂夫人。』『映林先發幾枝梅元微之，準擬君王便看來王建。競走巾車迎鳳輦吴可，殿前排宴賞花開花蘂夫人。』『美人弄鏡插梅花鄭毅夫，抹月批雲自一家饒節。三十六宫春信早蔡文饒，不應青女妬容華洪玉父。』『新生帝子浴漪瀾宋白，頻奏仙韶喜誕筵吴可。願上玉宸千萬歲王禹玉，大家恩賜洗兒錢吴頣。』《十家宫詞》

張　潞

張東之《嚴瀨》句云：『策勳蓑笠上，自是一雲臺。』《答二禽》句云：『憂兄行不得，勸客不如歸。』《秋雨》句云：『獨木乘危涉，勞薪帶溼炊。』《紫牡丹》句云：『紫垂户外瞻天近，緑墜樓前到地香。』《後村詩話》

劉淮

韓侂胄居太廟三茅之旁，後山爲閲古堂、爲閲古泉，舊名青衣，有青衣童見泉上，故名。爲流觴曲水泉，自青衣下注于池，凡有十二折，旁砌以瑪瑙，泉流而下，瀦于閲古堂，渾涵數畝。有桃坡十有二級，夜宴則殿巖用紅燈數百，出于桃坡之後以燭之。其雲巖之最奇者，曰雲岫。侂胄居之既久，歲累月積，剔奇抉勝，窈窕渟深，疑爲洞天福地之居，不類其爲在天衢咫尺，舊皆寧壽觀中地也。韓敗，有旨盡給還寧壽，復爲禁地。建陽劉淮賦詩云：『寶蓮山下韓家府，鬱鬱沉沉深幾許。主人飛頭去和虜，緑户雕墻鎖風雨。九世卿家一朝覆，太師之誅魏公辱。後車不信有前車，突兀眼前看此屋。』《四朝聞見録》

劉仙倫

劉仙倫《題岳陽樓》詩云：『八月書空雁字聯，岳陽樓上俯晴川。水聲軒帝鈞天樂，山色玉皇香案煙。大舶駕風來島外，孤雲銜日落吟邊。東南無此登臨地，遣我飄飄意欲仙。』予兄周伯喜誦之。《桯史》

李翔高

李羽軒善爲絶句，盧蒲江甚愛之。有句云：『春愁自是無重數，又被東風揭繡簾。』老子興不淺也。《貴耳集》

戴敏

戴敏才有句云：『人行躑躅紅邊路，日落秭規啼處山。』《後村詩話》

王大受

王仲可《題李季章石林》云：『君不見牛奇章與李衛公，二人平生不相容。門前冠蓋互咿軋，惟有愛石心則同。』《四朝聞見録》

水心先生葉適《題王大受〈拙齋詩稿〉》云：『紹熙四年，光宗疾，不能朝重華，諫者傾朝，謗者盈市。憲聖后兄子琚最賢，大受因琚奏孝宗：「陛下惟一子，不審處利害，恣國人騰口取名，于家計大不便，且群臣以父子禮，故諍不敢止。陛下何不出手詔云：皇帝體不安，朕所深知，卿且勿言，須秋涼朕自擇日與皇帝相見也。」孝宗喜其策，會晏駕，不果用。

攻媿樓公憤其前與族兄鏞有間，且毁其文，力言之于史相，期以必竄大受。史遂命去大受袍笏，編置邵武。琚之子鋼，以稿上于朝，而削大受姓名。』《四朝聞見録》

徐照

陳氏云：徐照、徐璣、翁卷、趙師秀四人，號『永嘉四靈』，皆晚唐體也。惟師秀嘗登科，改官亦不顯。《文獻通考》

趙東閣汝回云：『唐風不競，派沿江西。永嘉四靈，乃始以開元、元和作者自期。冶擇淬鍊，字字玉響，雜之姚、賈中，人不能辨也。』

永嘉徐照《題子陵釣臺》詩云：『梅福神仙者，新知是婦翁。』王實齋詩云：『梅公先□嚴公壻，出處同時道不同。吴市尚猶輕一尉，羊裘何必羨三公？』子陵爲梅公壻，傳記所不載，意工，詩必有所本。《梅磵詩話》

徐山民《石門瀑布》詩云：『一派從天下，曾經李白看。千年流不盡，六月地常寒。灑木跳微沫，衝崖作怒湍。人言深碧處，常有老龍盤。』《江心寺》云：『兩寺今爲一，僧多外國人。流來天際水，截斷世間塵。鴉宿腥林徑，龍歸損塔輪。卻疑成片石，曾坐謝公身。』《贈徐璣》云：『一舸寒江上，梅花共别離。不來相送處，愁有獨歸時。去夢千峰遠，爲官

三歲期。思君何可見，新《集》見君詩。』《芳蘭軒集》

葉水心《志徐山民墓》云：『山民有詩數百，琢思尤奇，皆横絶欻起，冰懸雪跨，使讀者變踔憀慄，肯首吟歎，不能自已。然無異語，皆人所知也，人不能道爾。』《徐照墓志》

徐璣

徐文淵《初夏游謝公巖》詩云：『又取紗衣换，天時起細風。清陰花落後，長日鳥啼中。水國乘舟樂，巖扉有路通。州民多到此，猶自憶髯公。』《吾廬》云：『蓬户閉還開，深居稱不才。移荷憐故土，買石帶新苔。藥信仙方服，衣從古樣裁。本無官可棄，何用賦歸來。』《二薇亭集》

翁卷

翁續古《寄遠》云：『秋氣日凄清，秋衣殊未成。在家猶不樂，行路若爲情。幾處看山色，暮天聞雁聲。思君有幽夢，夜夜出江城。』《石門庵》云：『山到極深處，石門爲洞名。嵐蒸空壁壞，雪映小齋清。果落群猿拾，林昏一虎行。山僧何所事，高坐若無情。』《葦碧軒集》。宗祥案：徐照，又字靈暉。徐璣，號靈淵。翁卷，一字靈舒。趙師秀，又號靈秀。『四靈』之名起此。趙見後『宗室』條。

戴復古

戴石屏《秋懷》句云：『詩談天下事，愁到酒樽前。』《晚春》云：『鶯啼花雨歇，燕立柳風微。』《城西》云：『詩骨梅花瘦，歸心江水流。』《春日》云：『客愁茅店雨，詩思柳橋春。』《九日》云：『黄花一杯酒，白髮幾重陽。』《貴耳集》

嚴子陵釣臺，題詠尚矣。天台戴式之一絶云：『萬事無心一竹竿，三公不换此江山。平生誤識劉文叔，惹起虚名滿世間。』亦新意可喜。《娱書堂詩話》

戴式之嘗見夕照映山，峰巒重叠，得句云『夕陽山外山』，自以爲奇，欲以『塵世夢中夢』對之，而不愜意，後行村中，春雨方霽，行潦縱横，得『春水渡傍渡』之句以對，上下始相稱。然須實歷此境，方見其奇妙。《歸田詩話》

姚雪篷《石屏集跋》云：『式之詩天然不費斧鑿處，大似高三十五輩，晚唐諸子，當讓一面。』《石屏集》

唐人詩云：『蛇蝎性靈生便毒，蕙蘭根異死猶香。』《詩人玉屑》許此一聯爲愛憎格。余觀戴式之《京都懷徐淵子直院》詩一聯云：『菊花到死猶堪惜，秋葉雖紅不耐看。』亦此體也。《梅磵詩話》

『梅花丈人行，柳色少年時。』戴式之詩也，上句用唐子西《二月見梅》詩云：『祇今已是丈人行，肯與年少争春風。』下句用《南史》：『此柳風流可愛，似張緒少年時。』用事亦一的對。《梅磵詩話》

《隋史·宇文化及傳》：『校尉令狐行達。』注：『令，離呈反，姓也。畢萬之後。』《國語》：『晉大夫令狐文子。』令狐爲複姓，『令』係平聲。戴式之《思歸》詩云：『未有人供令狐米，欲從鬼借尉遲錢。』是以『令』爲去聲矣。《梅磵詩話》

奪胎换骨之法，詩家有之，須善融化，則不見蹈襲之迹。陸魯望詩云：『溪山自是清涼國，松竹合封瀟灑侯。』戴式之《贈葉竹山》詩云：『山中便是清涼國，門下合封瀟灑侯。』王性之詩云：『雲氣與山爲態度，月華借火作精神。』式之舟中詩云：『雲爲山態度，水借月精神。』如此下語，則成蹈襲。李淑《詩苑》云：『詩有三偷，語最是鈍賊，學詩者不可不戒。』《梅磵詩話》

宋人《詩話》稱戴石屏『春水渡傍渡，夕陽山外山。』以爲奇句，余觀唐韓君平『夕陽山向背，春草水東西。』意同而語尤工。《升庵詩話》

黄鄮山評翁靈舒、戴式之詩云：『近世有江湖詩者，曲心苦思，既與造化迴隔，朝推暮敲，又未有以溉其本根，而詩于是乎始卑。』然予以爲其卑非自江湖始，宋初九僧已爲許洞所困，又上泝于唐，則大曆而下，如許渾輩皆空吟不學，平生鏤心嘔血，不過五、七言短律而已，其《自狀》云：『吟安一個字，撚斷數行鬚。』不知李、杜長篇數千首，安得許多胡須撏扯也？苦哉！又云：『詩在灞橋風雪中驢子上。』不思周人《清廟》、漢代《柏梁》，何必爾耶！又曰：『尋常言語口頭話，便是詩家絶妙詞。』又云：『詩從亂道得。』又自云：『我平生作詩，得猫兒、狗子力。』噫，此等空空，知萬卷爲何物哉！然猶是形月露而狀風雲，詠山水而寫花木。今之作贋詩者異此，謂『詩必用語録之話』，于是『無極』、『先天』，『行窩』、『弄丸』，疊出層見。又云：『須夾帶禪和子語』，于是『打乖』、『打睡』、『打坐』、『樣子』、『撇子』、『句子』，朗誦之有矜色，疾書之無怍顔，而詩也掃地矣。《升庵詩話》

曲名有《烏鹽角》，《江鄰幾雜志》云：『始，教坊家人市鹽，得一曲譜于子角中，翻之，遂以名焉。』戴石屏有《烏鹽角行・元人月泉吟社》詩云：『山歌聒耳烏鹽角，村酒柔情玉練槌。』《逸老堂詩話》

戴石屏詩：『麥麨朝充食，松明夜當燈。』此實録也。山西深山老松心有油者如蠟，山西居民多以代燭，謂之『松明』，頗不畏風。《逸老堂詩話》

馮取洽

馮熙之《自題交游風月樓》詩云：『平揖雙峰俯霽虹，近窺喬木欲相雄。一溪流水一溪月，八面疏櫺八面風。取用自然無盡藏，高寒如在太虚空。落成恰值三秋半，爲我吹開白兔宫。』『一溪流水』一聯，詩林皆以爲秀傑之句。《詩人玉屑》

雙溪馮熙之《送别劉篁嵲》詩云：『來似孤雲出岫閒，去如高月耿難攀。若爲化作修修竹，長伴先生篁嵲山。』語意不減唐人。《梅磵詩話》

嚴羽

嚴滄浪之于詩，刻意古作，卓然不爲流俗所染。五言如《閨怨》云：『昨夜中秋月，含愁顧影頻。空留可憐影，不見可憐人。』《懊儂歌》三首，云：『君子如白日，願得垂末光。妾心如螢火，安得久照郎？』『船在下江口，逆風不得上。結束作男兒，與郎牽百丈。』『朝亦出門啼，暮亦出門啼。蛛網挂風裏，摇思無定時。』《喜友人相訪擬韋蘇州》云：『朝朝竹林院，閉户讀殘書。几閣晨風入，荒郊寒露餘。故人步屧至，清坐喜踟躕。輟卷還留興，漱泉同飯蔬。』《霏雪録》

論詩如論禪，漢、魏、晉與盛唐之詩，則第一義也。大曆以還之詩，則小乘禪也；晚唐之詩，則聲聞辟支果也。盛唐諸人，惟在興趣，羚羊挂角，無迹可求，故其妙處，透徹玲瓏，不可湊泊，如空中之音，相中之色，水中之月，鏡中之象，言有盡而意無窮。近代諸公，乃作奇特解會，遂以文字爲詩，以才學爲詩，以議論爲詩，夫豈不工，終非古人之詩也。蓋于一唱三歎之音，有所歉焉。國初之詩，尚沿襲唐人，王黄州學白樂天，楊文公、劉中山學李商隱，盛文肅學韋蘇州，歐陽公學韓退之古詩，梅聖俞學唐人平澹處，至東坡、山谷，始自出己意以爲詩，唐人之風變矣。山谷用工，尤爲深刻，其後法席，盛行海内，稱爲『江西宗派』。近世趙紫芝、翁靈舒輩，獨喜賈島、姚合之詩，稍稍復就清苦之氣。江湖詩人，多效其體，一時自謂之『唐宗』，不知止入聲聞辟支之果，豈盛唐諸公大乘法眼者哉！《滄浪詩話》

唐人不言詩法，詩法多出宋，而宋人于詩無所得。所謂法者，不過一字一句，對偶雕琢之工，而天真興致，則未可與道。其高者失之捕風捉影，而卑者坐于黏皮帶骨，至于江西詩派極矣。惟嚴滄浪所論，超離塵俗，真若有所自得，反覆譬説，未嘗有失。顧其所自爲作，徒得唐人體面，而亦少超拔警策之處。予嘗謂識得十分，只做得八九分，其一二分乃拘于才力，其滄浪之謂乎？若是者往往而然，然未有識分數少而作分數多者，故識先而力後。《麓堂詩話》

嚴滄浪：『空林木落長疑雨，別浦風多欲上潮。』真唐句也。《麓堂詩話》

羅之紀

羅之紀尉孝感，攝邑雲夢。上官不爲禮，之紀因雪壓竹賦詩云：『吾道非耶真可耻，此君豈是折腰人！』遂棄官歸。《西江詩話》

胡時可

辛稼軒觴客滕王閣，詩人胡時可通謁。閽人辭焉，呵詈愈甚。辛使前曰：『既稱詩人，先賦滕王閣，有佳句則預坐。』即題首句：『滕王高閣臨江渚』，衆大笑，再書云：『帝子不來春已暮。鶯啼紅樹柳摇風，猶似當年舊歌舞。』乃相與宴而厚賙之。《隨隱漫録》

彭　止

彭止詩筆甚高，嘗謁辛棄疾，值其晝寢，題一絶于齋而去。詩曰：『棊子聲乾案接塵，午窗詩夢暖于春。清風不動階前竹，誰道今朝有故人？』稼軒覺，遣人追之，延留累月。《建寧府志》

左次魏

左次魏跋誠齋《論高廟配享》書稿後，《次伯子韻》詩云：『鑾坡蓬監兩封書，道院東西各付渠。乾道聖人無固必，是非付與直哉魚。』《鶴林玉露》

杜去輕

高子章世業儒，鈍魯矜持，少與人説文章，晚年忽謂其友杜端父曰：『吾先世封樹之地，兩桂當庭，屹若古君子，對之則往昔之典型儼然。吾取蘇文忠公《何氏讀書堂》語，扁曰『香入雲』，子其爲吾賦之。』端父遂占近體云：『緣曾分月種，故發入雲香。』子章曰：『是矣。請更散語。』端父再屬長篇云：『山麓有庭存古意，不種凡花惟種桂。苔封蘚剥迸鱗皴，雪勁霜頑聳蒼翠。栽培豈解一日成，愛惜至今猶不易。來人不必問典型，對此儼然前輩是。樹前翁仲不可求，樹下子孫能幾世？子孫立足滿庭除，前人于此見心事。近年喬木幾家存？是中林壑何陰翳。前人種樹愛讀書，種時已喻書中義。後人讀書念前人，對樹類能歌蔽芾。八月九日秋風高，金丹變化乘飄飄。朝元顧祖歸寒殿，仙香直入干雲霄。老兔癡蟾開鼻孔，奏徹虛皇應得寵。虛皇錫賚萬瓊瑶，賞君愛護月中種。』《蘭溪縣志》

鄭　寀

福安福源山下有穆洋，宋鄭寀所居。寀嘗侍理宗，因言其居在北山，築有澄庵，理宗御書『北山澄庵』賜之。時有分縣之請，擇韓陽坂爲治所，論未定，寀因獻詩曰：『韓陽風景世間無，堪與王維作畫圖。四顧羅山朝虎井，一條帶小繞龜湖。形如丹鳳飛銜印，勢似蒼龍卧吐珠。此處不堪爲縣治，更于何處拜皇都？』理宗許之，因題扇賜答曰：『秋思太華峯頭雪，晴憶巫山一片雲。去國歸來猶未得，詩篇遥贈北山君。』《全閩詩話》

黄　洪

張巨濟，字宏圖，福清人。嘉泰間，上書寧宗，以慈懿欑陵今在湖曲，若陛下游幸，則未免張樂，此豈履霜露之義？寧皇感悟其言，旋轉一秩。由此湖山遂無清蹕之聲，御鷁至沉于波臣，非特儉德也。黄洪詩云：『龍舟大半没西湖，此是先皇節儉圖。三十六年安静裏，櫂歌一曲在康衢。』《四朝聞見録》

『茂陵在御，略無游幸之事，西湖離宫别館，不復增修。』黄洪詩云云。《武林舊事》

余良弼

余良弼子大雅，與游敬仲同時，從朱子游，深得求放心之旨，兩捧鄉書。良弼有《教子》詩云：『白髮無憑吾老矣，青春不再汝知乎？年將弱冠非童子，學不成名豈丈夫？幸有明窗并浄几，何勞鑿壁與編蒲。功成欲自殊頭角，記取韓公訓阿符。』《萬姓統譜》

陳起

陳起宗之，杭州人，鬻書以自給，刊唐宋以來諸家詩，頗詳備，亦有《芸居吟稿》板行，『芸居』，其自號也。《集》中有《夜過西湖》詩一絶云：『鵲巢猶挂三更月，漁版驚回一片鷗。吟得詩成無筆寫，蘸他春水畫船頭。』語意殊不塵腐。《梅磵詩話》

寶慶初，史彌遠廢立之際，錢唐書肆陳起宗之能詩，凡江湖詩人，俱與之善，刊《江湖集》以售，劉潛夫《南岳稿》亦與焉。宗之賦詩有云：『秋雨梧桐皇子宅，春風楊柳相公橋。』本改劉屏山句也，或嫁『秋雨春風』句，爲敖器之所作，言者併潛夫《梅》詩論列，劈《江湖集》板，二人皆坐罪，而宗之坐流配，于是詔禁士大夫作詩。紹定癸巳，彌遠死，詩禁解。《瀛奎律髓》

翁定

吾郡胡季昭，寶慶初元爲大理評事，應詔上書言濟邸事，竄象郡。建人翁定送行詩曰：『應詔書聞便遠行，廬陵不獨詫邦衡。寸心祇恐孤天地，百口何期累弟兄。世態浮雲多變换，公朝初日盍清明。危言在國爲元氣，君子從來豈願名！』盱江杜來詩云：『廬陵一小郡，百歲兩胡公。論事雖小異，處心應略同。有書莫焚稿，無恨豈傷弓。病愧不遠别，寫詩霜月中。』太學生胡炎詩云：『一封朝奏大明宫，嘘起廬陵古直風。言路從來天樣闊，蠻荒誰使徑旁通。朝中競送長沙傅，嶺表争迎小澹翁。學館諸生空飽飯，臨分憂國意何窮。』先公竹谷老人詩云：『好讀床頭《易》一篇，盈虚消息總天然。峥嶸齒頰皆冰雪，肯怕南方有瘴煙。』『頻寄書回洗我愁，莫言無雁到南州。長相思外加餐飯，記取承君舊話頭。』季昭之兄子建，弟國賓，皆博學能文，懷奇負氣。兄弟友愛最隆，不蓄私財，有無盡費于朋友。得罪之日，囊無一錢，子建挈家歸，賣文以活。國賓奮然徒步。從其兄于貶所。國賓先没，季昭繼之。端平更化，詔許歸葬，贈朝奉郎，官其一子。洪舜俞草贈官制詞云：『朕訪落伊始，首下詔求讜直，蓋與諫鼓謗木同意。以直言求人，而以直言罪之，豈朕心哉！爾風裁峭潔，志概激壯，繇尉廷平，上書公車，言人之所難言。方嘉貫日之忠，已墮偃月之計。問塗胥口，訪事瀧頭，曾無幾微見于顔面，何氣節之烈也。仁祖能全介於遠謫之餘，孝祖能拔銓于投荒之後。撫今懷往，魂不可招，潦霧墮鳶，悲悔何及。陟階員外，仍官厥子。用旌折檻之直，且識投杼之過。爾雖死，可不朽矣。』《鶴林玉露》

馬光祖

馬光祖知京口，判犯姦婦云：『世間若無婦人，天下業風方静。』觀其尹京之日，不畏貴戚豪强，庭無留訟，頗得包孝肅公尹開封之規模。福王府訴民不還房廊屋錢，光祖判云：『晴則雞卵、鴨卵，雨則盆滿、缽滿，福王若要房錢，直待光祖任滿。』有士人踰墻偷人室女，事覺到官，勘令當廳面試，光祖出《踰墻摟處子》詩，士人秉筆云：『花柳平生債，風流一段愁。踰墻乘興下，處子有心摟。謝砌應潛越，韓香許暗偷。有情爲愛欲，無語强嬌羞。不負秦樓約，安知漳獄囚？玉顔麗如此，何用讀書求。』光祖判云：『多情多愛，還了平生花柳債。好個檀郎，室女爲妻也不妨。傑才高作，聊贈青蚨三百索。燭影摇紅，記取媒人是馬公。』犯姦之士，既得幸免決罪，反因此以得佳偶，此光祖以禮待士也。《三朝野史》

汝南灣當秦淮曲折處，齊陸慧曉，清介自立，家于灣前。張融牽船住岸，卜鄰以居，劉瓛及弟璡二人，并居其間，水有異味，時共酌飲之。馬制使光祖有詩云：『當時只號汝南灣，後有三人住此間。自謂逸民須隱約，並稱賢士想高閒。祇緣水味都殊異，且欲鄰居數往還。好事有時相就飲，不妨鐺脚對青山。』《焦氏筆乘》

岳　珂

鄭餘慶有親朋早至，勑令家人曰：『爛蒸去毛，勿拗折項。』客意鵝、鴨也，良久，乃蒸葫蘆一枚耳。今岳倦翁珂書《食品付庖者》詩云：『動指不須占染指，去毛切莫拗蒸葫。』岳，勳閥也，而知此味，異哉！《山家清供》

馮去辨可訥之游京口也，岳肅之持漕節在焉，相得甚歡。岳號倦翁，嘗自敘云：『司馬長卿故倦游，注謂厭官游也。是時長卿方以士客臨邛令所，固未嘗宦，焉知倦耶？如予所謂倦者，乃真知之。』嘗賦二詩，有云：『片雲出岫猶知倦，流水吟湘肯伴牢。』又云：『尚有奏篇煩狗監，肯辭馳傳爲駹臣。』可訥次韻云：『纕事十年當結局，襟期千古與同牢。』又云：『琴心自誤誰料理？犢鼻雖貧未主臣。』肅之爲之擊節不已，題其末云：『此小馮君讀珂之文也。』《弁陽詩話》

《丹鉛餘録》云：《英光堂帖》，有米元章臨智永真草千文，與今本大不同，乃知古人臨帖，不論形似也。岳珂跋其後云：『摹臨兩法，本不同摹帖。如梓人作室，梁櫨棟桷，雖具準繩，而締創既成，氣象自有工拙。臨帖如雙鵠并翔青天，浮雲浩蕩萬里，各隨所至而息焉。《寶晉帖》蓋進乎此者也。』又爲之《贊》曰：『永之法，妍以婉。芾之體，峭以健。馬牛其風，神合志通。彼妍我峭，惟妙惟肖。故曰：祖裼不浼，夜户不啟。善學柳下惠，莫如魯男子。』予謂不但臨摹法帖，看畫亦然。今人見畫，不諳先觀其韻，往往以形似求之，此畫工鑒耳，非古人意趣，豈可同日語哉！歐陽文忠公詩云：『古畫畫意不畫形。』蘇東坡云：『作畫以形似，見與兒童鄰。』真名言也。《逸老堂詩話》

曾原一

蒼山曾原一子實，章貢人，七歲時，賦《楊妃韈》詩云：『萬騎西行駐馬嵬，凌波曾此墮塵埃。誰知一搦香羅小，踏轉開元宇宙來。』造語警拔，寓意精深，殊不類幼稚者。又有《題蔡琰别虜圖》云：『向來曾讀胡笳曲，千言萬語恨不足。今日重看離别圖，琰也歛袂雙眉蹙。手携二兒攔道啼，兒也悽蹙雙牽衣。胡奴氈車酒邊别，漢使駐馬愁雲低。當初入胡憶鄉國，此日歸漢胡地憶。知渠憶别還爲誰？二雛迢迢天地隔。人生離别悲難勝，况乃母子那無情。重重氈帳夜深暖，誰知别淚今盈盈。君不見臂斷兒啼山店夜，世間此事無人畫。』全篇甚有思致，末用五代史事尤佳。《梅礀詩話》

曾蒼山作《蘇雲卿歌》，《序》云：『雲卿爲張魏公友。魏公相，雲卿隱豫章東湖，粥蔬自給。公託帥漕聘之，微服乃得見。詰朝再至，則閉關矣，啟之，惟金與書在，并不啟封。』歌云：『東湖湖面波漫瀰，東湖岸上春土肥。先生鋤雲明月曉，種成蔬纇今成畦。把茅蕭蕭環四壁，此身不願人間識。乾清坤夷那復知，寸心杳渺黄塵隔。故人子房今九雲，友情不斷江湖濱。江西使者卻騶騎，故作敲門問字人。黄金百鎰牋一幅，多謝春風到茅屋。君爲使者吾邦民，見君容我更樵服。故人與我情重哉，君且歸矣明當來。明朝啟扉人不見，黄金不動書不開。使者持書三太息，封書徑上黄扉側。翩翩鶴馭雲冥冥，空來湖上看行迹。向來桐江嚴子陵，曾得故人雙眼青。芒鞵卻踏京華路，太史驚誇説客星。先生得書掉頭去，并此湖光不回顧。夢夫孀婦截髻鬟，亦有老大閨中女。』蒼山此歌，儘有發越。余嘗觀張世南《宦游紀聞》，載宋自適紀蘇翁本末甚詳，宋後得翁遺址，面挹湖山，仍築小庵，以寄仰高之思，章泉先生爲名之曰《灌園集》。《梅磵詩話》

曾蒼山《海棠》詩云：『空谷嫣然笑靨開，春風元自蜀山來。少陵忘汝渾閒事，更有《離騷》忘卻梅。』或謂杜少陵不説海棠，避母名也。故鄭谷詩云：『浣花溪上添惆悵，子美無情爲發揚。』《離騷》經中不曾説梅事，意相近，而蒼山此詩，抑揚儘有意味。《梅磵詩話》

徐元杰

徐仁伯《湖上》絶句云：『花開紅樹亂鶯啼，草長平湖白鷺飛。風物晴和人意好，夕陽簫鼓幾船歸。』《西溪叢話》

朱繼芳

靈芝寺在湧金門外，錢王故苑，芝生其間，捨以爲寺，高宗、孝宗凡四臨幸。朱静佳有詩云：『黄金帀地小橋通，四面清平納遠空。雲氣長扶天子座，日光浮動梵王宫。殘碑幾字莓苔雨，疏磬一聲楊柳風。沙鳥不知行樂事，背人飛過夕陽東。』《武林舊事》

淳熙間，壽皇以天下養，每奉德壽三殿游幸湖山，凡游觀買賣，皆無所禁。小舟時有宣唤賜予，如宋五嫂魚羹，嘗經御賞，人所共趨，遂成富媪。朱静佳六言詩云：『柳下白頭釣叟，不知生長何年。前度君王游幸，賣魚收得金錢。』往往修舊京金明池故事，以安太上之心，豈特事游觀之美哉。《武林舊事》

湯　巾

廬山三疊泉，于紹熙辛亥歲始爲世人所見，從來未有以瀹茗者。紹定癸巳，湯制幹仲能主白鹿教席，始品題以爲不讓谷簾。《寄張宗瑞》詩云：『九疊峰頭一道泉，分明來處與雲連。幾人競賞飛流勝，今日方知至味全。鴻漸但嘗唐代水，涪翁不到紹熙年。從兹康谷宜居二，試問真巖老詠仙。』張賡之云：『寒碧朋尊勝酒泉，松聲遠壑憶留連。詩于水品進三疊，名與谷簾真兩全。畫壁煙霞醒昨夢，《茶經》日月著新年。山靈似語湯夫子，恨殺屏風李謫仙。』九疊屏風之下，舊有太白書堂。《游宦紀聞》

蕭　㟧

曾茶山《訪戴》云：『小艇相從本不期，剡中雪月並明時。不因興盡回船去，那得山陰一段奇。』來子儀亦有詩云：『四山摇玉椬光浮，一舸玻璃凝不流。若使過門先見了，千年風致一時休。』子儀實祖茶山之意。近時大山蕭㟧詩云：『訪戴何如莫訪休，清談生忌晉風流。渡江一楫無人畫，多重王家剡雪舟。』運意高妙，真能發前人之未發。《梅礀詩話》

蕭則山㟧《贈陸冰》詩八句，純用陸姓事。詩云：『標格真清挾雪霜，每聽新詠覺神傷。茶分鴻漸經中味，菊愛龜蒙賦裏香。圃積玉多知學飽，囊裝金少爲貪忙。向來笑疾難醫在，老筆空抄十卷方。』與東坡《贈張子野》詩頗相類。『鴻漸』對『龜蒙』，尤的。《梅磵詩話》

潘　牥

潘庭堅牥《題嶽麓寺道鄉臺》詩云：『坡仙不謫黄，黄應無雪堂。道鄉不如新，此臺無道鄉。青山非其人，山靈能頡頏。一落名勝手，境與人俱香。悲吟倚空寂，臨眺生慨慷。道鄉不可作，承君不可忘。』《困學紀聞》

景靈宫恭謝駕回，丞相以下皆簪花。潘庭堅詩云：『輦路安排看駕回，千官花壓帽簷垂。君王不輟憂勤念，玉貌還如未插時。』《隨隱漫録》

潘牥《落梅》詩云：『一夜風吹恐不禁，曉來零落已鬖鬖。忍看病鶴和苔啄，空遣飢蜂繞竹尋。稚子躊躕看不掃，老夫索寞坐微吟。窗前最是關情處，拾片殷勤在掌心。』《夢梁録》

毛惜惜，鄆之官妓也。端平二年，榮全據城叛，召惜惜佐酒，不屈，駡賊死，詔封英烈夫人，賜廟。潘牥有詩云：『淮海豔姬毛惜惜，蛾眉有此萬人英。恨無匕首學秦女，向使裏頭

真呆卿。玉骨花顔城下土，冰魂雪魄史間名。古今無限腰金者，歌舞筵中過一生。』《高郵州志》

潘庭堅，富沙人，初名公筠，後以詔歲乞靈南臺神，夢有人持方牛首與之，遂易名牥，理宗殿試第三人。跌宕不羈，爲福建帥司機宜文字，日醉騎黄犢，歌《離騷》于市。嘗約同舍置酒瀑泉，酒行，令曰：『有能以瀑泉灌頂，而吟不絶口者，衆拜之。』庭堅被酒豪甚，脱巾髽髻，裸立流泉之衝，高唱濯纓之章，衆謬爲驚歎羅拜，以爲不可及，歸即卧病而殂。庭坚年六七歲時，嘗和人詩云：『竹纔生便直，梅到死猶香。』識者知其不永。《齊東野語》

毛堅平仲《題弔子陵釣臺》云：『先生高隱事如何，豈謂功名不足多？知道故人能辦事，一竿贏得釣清波。』或云：『古今題釣臺者，固多膾炙人口，此獨得先生之心，後世惟陳希夷似之。』予嘗見潘庭堅《題希夷睡圖》云：『夾馬營中紫氣高，屬豬人已著黄袍。太祖丁亥天成二年生。這回天下都無事，可是山中睡得牢。』合二詩而觀之，則子陵、希夷心事，可以知其梗槩。《梅磵詩話》

潘庭堅牥，三山人，端平乙未第三人登科。詩筆飄逸不凡，嘗《贈寫梅林信夫》詩云：『畫馬終須入馬胎，寫梅安得不爲梅？他生我願爲孤竹，清淺溪頭伴子開。』起句用法雲秀老責李伯時畫馬事，末句『願爲孤竹』伴梅開于『清淺溪頭』，語皆灑落可喜。《梅磵詩話》

嘉熙間，高沙卒榮全據城叛，郡守馬公光祖聞變逃匿，僅以身免。有營妓毛惜惜者，全召之佐酒，惜惜怒之曰：『汝本朝廷健兒，何敢反耶！惟有死耳，不能爲反賊行酒！』全以刀裂其口，立命臠之，駡至死不絶聲。時臨川陳藏一在城中，目擊其事，作詩有『食禄爲臣無國士，捐身駡賊有官奴』之句。三山潘庭堅聞之，謂天壤間有如此奇特事，亦有詩云：『恨無匕首學秦女，向使裹頭真杲卿。』見潘公《吟稿》。余謂自《周南》之詩熄，爲女婦者，懵不知彤管之爲何物，曠二三百年得一人，史氏必謹志之曰『烈女』。今毛惜惜出于妓籍中，耳目見聞，無非皆淫褻之事，非有則範取以自厲也，一旦叱詈叛卒，至死不絶聲，視古烈女無少愧，可不謂之難得乎？一時詩人，皆壯此婦之節，見之歌詠，亦以有關于世教故也。

《梅磵詩話》

劉漫塘

紹定間，趙静樂善湘留守建康，急于財賦，不時差官下諸邑，孔粒以上，根括無遺。溧陽宰陸子遹，放翁子也，窘無所措，乃以福賢鄉圍田六千餘畝，獻時相史衛王，王以十千一畝酬之。子遹追田主索田契，約以一千二畝，民衆相率投詞相府，訴既不行。子遹會合巡尉，持兵追捕，焚其室廬，衆遂群起抵拒，殺傷數十人。始則一豪婦爲之倡，勢既不敵，遂各就擒，悉寘囹圄，灌以屎糞，逼寫獻契，而一金不酬。就名福賢莊，自監官以下，皆四明人，販鬻酤賣，翕然成市。鄉民安之，乃與縣道立敵，以橋爲界，家家門首，列置鎗刀，擒得邑人，則活烹碎臠。癸巳冬，衛王薨，會金壇王侍郎遂在臺察，素懷此忿，田主十六，復合詞赴訴，行下江東漕司送本縣。時邑宰徐進齋，兩以史雲麓所餽卻還，令田主各以管業收租，候上司行下。時欲歸之安邊所，或欲以佐和糴，議久不決。越六年，史申之入相，田遂歸焉。子遹始至縣，計赤立，自獻田後，亦能展布，比其去也，所置銀器，如硯匣、火爐、酒具等，每事大小各兩副。劉漫塘遺之詩曰：『寄語金淵陸大夫，歸田相府意何如？加兵殺戮非仁矣，縱火焚燒豈義歟。萬口銜寃皆怨汝，千金酬價信欺予。放翁自有閒田地，何不歸家理故書。』此詩今在案沓卷中。《吹劍四録》

羅㚬用

吾州趙和仲順孫，童科免舉，淳祐九年，再以春秋魁薦。考官羅教授㚬用監試，韻批其卷云：『汗牛試卷浩無涯，剗盡雷同別一家。冰鑒不容心潦草，風簷寧復眼昏花。嘉文似織鮫人組，健筆如輪虎士撾。收拾英才報天子，此行端不負皇華。』次年，復以秋魁南省。然其經義承題云：『善察天下之勢者，不貴乎得定之似，而貴乎得定之真。』六經、《語》、《孟》無『真』字，凡經義皆不用『真』字。《吹劍四録》

全宋詩話目録卷七十九

曾三異　字無疑，號雲巢，新淦人。以隱逸召，爲秘閣校勘，除太社令。

陳容　字公儲，自號所翁，福唐人，端平二年進士。倅臨江，入爲國子監主簿，出守莆田。

李山節　汾州人，自金歸宋。

陳振孫　字伯玉，號直齋，安吉縣人。仕爲浙西提舉、知嘉興府。有《直齋書録解題》。

朱復之　字幾仲，號湛盧，建安人。端平中，使北展謁八陵。

陳瀧　字伯雨，汴人，徙吴，晚號碧澗翁。

張端義　字正夫，自號荃翁，鄭州人，居姑蘇。端平中，應詔三上書，韶州安置。有《貴耳集》。

賈似道　字師憲，號秋壑，天台人。姊爲理宗貴妃，詔赴廷對，登嘉熙二年進士。累官少傅、右丞相、太師、平章軍國重事。元兵破鄂州，出督師，潰于魯港，謫高州團練使，循州安置，至漳州木綿庵，監押鄭虎臣拉殺之。

米萬年　會稽人。

楊秀

杜耒　字子野，號小山，盱江人。

趙葵　字南仲，號信庵，衡山人。少從父方軍中，補承務郎，以淮東提刑平李全有功，進兵部侍郎。歷官右丞相兼樞密使、少師、武安軍節度使，封冀國公，薨贈太傅，謚忠靖。有集。

方岳　字巨山，號秋崖，祁門人，紹定五年進士。兩爲文學掌故，官中秘書，出守袁州。有《秋崖先生小稿》。

許棐　字忱夫，號梅屋，海鹽人，隱居秦溪，種梅數十樹。有《梅屋詩稿》、《融春小綴》。

林興宗　字景復，莆田人，官曲江守。

柴望　字仲山，號秋堂，衢州江山人。嘉熙間，爲太學上舍，除中書奏名。淳祐六年丙午元日，日食，詔求直言，上《丙丁龜鑒》，忤時相意，詔下府獄。趙節齋疏救，放歸田，因又號歸田。端宗登極，三山孔大諫奏薦，特授迪功郎、史館國史編校，辭歸山中。宋亡，稱宋逋臣。有《道州台衣集》、《詠史集》。

王應麟　字伯厚，汴人，後居鄞，淳祐元年進士。寶祐四年，中宏詞科。歷官禮部尚書兼給事中。入元卒。有《深寧集》、《困學紀聞》。

馮去非　字可遷，號深居，南康都昌人，淳祐元年進士。幹辦淮東轉運司。寶祐四年，召爲宗學諭。

曾紘　字宏父。

董史　字良史，號閒中老叟。有《皇宋書録》三卷。

俞文豹　字文蔚，括蒼人。著《吹劍四録》。

王平子　吴郡人，工小詞。

陳合　字維善，長樂人。淳祐四年進士。歷官知樞密院、終資政殿學士。謚文惠。

程瑞　字希鳳，號梧岡，饒州人，隱居自守。

陳鑒之　字剛父，閩縣人，淳祐七年進士。有《東齋小集》。

湯漢　字伯紀，安仁人。江東提刑趙汝騰薦，免解差充象山書院堂長，禮部别院試正奏名，授上饒簿。歷官史館校勘、刑部侍郎、權工部尚書、提舉玉隆宫，以端明殿學士致仕，卒謚文清。有集。

黄㽦　字子耕，分寧人，淳祐進士。歷官軍器監丞、知台州，終袁州守。有《復齋漫稿》。

劉克莊　字潛夫，號後村，莆田人。以蔭仕，淳祐中，賜同進士出身，官龍圖閣直學士，卒謚文定。有《後村集》、《後村詩話》。

方岳　字元善，寧海人。有《深雪偶談》。

王同祖　字興之，號花洲，金華人。淳祐中，建康府通判，次改添差沿江制置司機宜文字。有《學詩初集》。

王琮　字雅林，處州人。

楊棟

林曾　字伯元，號梅嶼，永嘉人。

湯益　字損之，吴人。

全宋詩話卷七十九

曾三異

端平初，楊東山累辭召命，以集英殿修撰致仕家居，年八十。曾雲巢携茶訪之，詩云：『搴衣不待履霜回，到得如今亦樂哉。泓穎有時供戲劇，軒裳無用任塵埃。眉頭猶自懷千恨，興到何如酒一杯。知道華山方睡覺，打門聊伴茗奴來。』《鶴林玉露》

陳　容

陳所翁《題浯溪中興頌》詩云：『銀旗金甲渡巴西，靈武城樓已萬幾。一劄祇聞元帥命，五牋合待使臣歸。未聞請表更追表，且看黄衣换紫衣。天性非由人僞滅，何緣尚父結張妃。六等勝如誅獨柳，二張縱活亦何顔。太師死後猶書法，水部刑章托頌間。最憶海青投樂器，絶憐甄濟隱青山。中興碑下姦臣懼，天道何嘗不好還。』《隨隱漫録》

所翁詩文豪壯，善畫龍，得變化之意。潑墨成雲，噀水成霧，醉餘大叫，脱巾濡墨，信手塗抹，然後以筆成之，或一臂一首，隱約不可名狀。曾不經意，皆得神妙。《圖繪寶鑒》

李山節

李公山節，汾州人也。端平中，朱湛盧復之使北，展覲八陵，引李與王仲偕南。李初任鄉郡節制司幹官，後任浙西倅。時正倅陳三嶼松龍，會僚友于多景樓，賞楊妃菊，令諸妓各持紙筆，侍衆官請詩。李自後至，酒一行起，背手數步，吟云：『命委馬嵬坡畔泥，驚魂飛上傲霜枝。西風落日東籬下，薄倖三郎知不知？』辭致精切，或至閣筆。《山房隨筆》

陳振孫

陳直齋《題張氏十詠圖》云：『平生聞説張三影，十詠誰知有乃翁。逢世昇平百年久，與齡耆艾一家同。名賢敘述文章好，勝事流傳繪素工。遐想盛時生恨晚，恍如身在畫圖中。』《齊東野語》

朱復之

朱幾仲《初夏》句云：『忽聽夏禽三五弄，新紅突過石榴枝。』《秋日》句云：『紅蕖老去羞明鏡，推讓朱榮上蓼梢。』《後村詩話》

陳　瀧

陳伯雨《題蘇子美滄浪亭》云：『整履上飛虹，風高退酒容。葉黄翻亂蜨，樹老卧蒼龍。古徑秋霜滑，空山暮靄濃。滄浪棊石在有甃井方石，上刻兩行云：『滄浪亭奕局。』，題筆暗塵封。』《硯北雜志》

張端義

張荃翁《賦秋江圖》云：『浪静風平月正中，自摇柔櫓駕孤篷。若無三萬六千頃，把甚江湖著此翁。』《貴耳集》

張荃翁自作《小傳》云：大父雲莊公，登辛未榜。先君詠齋，爲淮南漕，光宗即位初年，應詔上書，下後省看詳，羅紫微點、劉左史光祖極稱賞之，將上，爲時宰所沮。予少苦讀書，肄舉子業，勇于弓馬，嘗拜平齋項先生于荆南，如慈湖、説齋、鶴山、菊坡、習庵，皆從之游。愛作詩、賦、小詞，盧蒲江取『碧雲千里暮，紅葉十分秋』之句，周晉仙取『怨春紅豔冷』之句，孟藏春取《蝶》詩『不因花退盡，必是夢殘時』之句。凡海内名勝來吳，必訪樂圃之張。書《桃符》曰：『江湖且過，詩酒叢林。』應端平詔上第三書，得旨韶州安置。以螻蟻之微，嬰斧鉞之威，人皆危之，當國者云：『詔以直言，罪以直言，非祖宗制。』幸脱萬死。考之典故，安置待宰執侍從，居住待庶官，聽讀待士子，自效待軍將，小臣用大臣之法，誤矣。或者以安置爲竄謫之極典，又非也。予三十年前，賦《秋江圖》一絶，今白髮種種，儻符此詩語，吾志畢矣。余生于淳熙之己亥，書于淳祐之辛丑，年六十有三。有《上皇帝》三書，詩五百首，詞二百首，雜著三百篇，曰《荃翁集》。《貴耳集》

賈似道

《寒食》詩云：『寒食家家插柳枝，戀春春亦不多時。兒孫祇解花前醉，青冢能消幾個悲？』此賈秋壑于德祐元年上母墳回，至集賢堂所作，豈非亡國之讖？《三朝野史》

賈秋壑甲午寒食，嘗作一絶云：『寒食家家插柳枝，留春今亦不多時。人生有酒須當醉，青冢兒孫幾個悲？』明年謫死。《浩然齋視聽鈔》

賈秋壑《送朝客》句云：『梅花見處多留句，諫草藏來定得名。』《深雪偶談》

秋壑在朝，有術者言：『平章不利姓鄭之人。』因此每有此姓爲官者，多困抑之。武學生鄭虎臣登科，輒以罪配之，後遇赦得還。秋壑喪師，陳静觀諸公欲置之死地，遂尋其平日極仇者監押，虎臣遂請身爲之，乃假以武功大夫，押其行。虎臣一路凌辱，至漳州木棉庵，病泄瀉，踞虎子欲絶，虎臣知其服腦子求死，乃云：『好教作只恁地死。』遂趯數下而殂。《山房隨筆》

庚申，履齋吴相循州安置，以賈似道私憾之故。未幾，除承節郎劉宗申知循州，劉江湖士，專以口舌嚇迫當路要人貨賄官爵，士大夫畏其口，姑厚餽彌縫，其得官亦由此。守循之際，似道欲其殺吴相，宗申至郡，所以捃摭履齋者，無所不至，隨行吏僕以次並亡，或謂置毒所居井中，故飲水者皆患足軟而死，履齋亦不免。似道遭鄭虎臣之辱，其時趙介如守漳，賈門下客也，宴虎臣于公舍，介如欲客似道，似道不可，以讓虎臣，口口稱『天使惟謹』，虎臣不答，似道遂坐于下。介如察其有殺賈意，命館人啟鄭，且以辭挑之。于時，似道衣服飲食，皆爲鄭減抑，介如作錦衣等饋之，見其行李輜重，令截寄其處，伺得命放回日取之。其館人語鄭云：『天使今日押使至此，度必無生理，曷若令速殞，免受許多苦惱。』鄭即云：『汝『便是這物事受得這苦，欲死而不死。』未幾遂殞。趙往哭，鄭不許，趙固争，鄭怒云：『

欲檢我耶？』趙云：『汝也直得一檢。』然未如之何。趙經紀棺殮，且致祭，其詞云：『嗚呼！履齋死循，死于宗申。先生死閩，死于虎臣。』『嗚呼』云云，祗此四句，然哀激之悃，無往不復之微意，悉寫其中。季一山闡爲郡學正，爲余道之。《山房隨筆》

米萬年

趙從善尚書，自號無著居士，家居吴郡。從善尹天府日，延郡學喬木在家塾，訓子希蒼。而喬生者，實無所知，乃饕餮人耳，不能責成其弟子，但委靡依隨而已。後希蒼公倅紹興日，令庖人造燥子茄子，欲書判食單，問廳吏『茄』字，吏曰：『草頭下著「加」。』即援筆書『草』下『家』字，乃『蒙』字，郡人字曰：『燥子蒙』。會稽郡治，有賢牧堂，謂范文正公、趙清獻公、翟忠惠公、朱忠靖公、趙忠簡公、史越王、張毗陵等像，民祠之。從善嘗帥浙東，日使門吏諭耆宿，經倉、憲兩司陳乞，以州治賢牧堂增從善像，兩司一時奉承從請。既成，有郡士米萬年題詩于堂曰：『師羃使衆作祠堂，要學朱、張與鄭、王。大家飛上梧桐樹，自有傍人話短長。』《白獺髓》

楊秀

『早行』詩前輩多佳作，近世如楊秀詩：『霧外江山看不真，只憑雞犬認前村。渡頭蒲板霜如雪，印我青鞵第一痕。』宋清隱詩云：『西郊雲起白漫漫，近樹遥峰欲辨難。山下幾多迷路者，人間方夢大槐安。』劉應時詩云：『登輿睡思尚昏昏，斗柄銜山月在門。雞犬未鳴潮半落，草蟲聲在豆花村。』三詩意皆高遠。《梅磵詩話》

杜耒

嘉熙間，山東忠義李全跋扈日甚，朝廷擇人帥山陽，見大夫無可使，遂用許國。許國，武人也，特换文資，除太府卿以重其行。國至山陽，偃然自大，受全庭參，全軍忿怒，因而殺之。幕客杜子野，詩人也，亦死焉。《鶴林玉露》

杜小山《送胡季昭竄象郡》詩云：『廬陵一小郡，百歲兩胡公。論事雖小異，處心應略同。有書莫焚稿，無恨豈傷弓。病愧不遠别，寫詩霜月中。』《鶴林玉露》

趙葵

趙信庵《避暑水亭》作詩六句，云：『水亭四面朱欄繞，蔟蔟游魚戲荇藻。六龍畏熱不敢行，海波煎徹蓬萊島。身眠七尺白蝦鬚，頭枕一枚紅瑪瑙。』已成，遂睡去，有侍婢續二句云：『公子猶嫌扇力微，行人多在紅塵道。』《昨非庵日纂》

劉後村《跋少保丞相魯國信庵趙公事》云：『兩朝出將入相四十餘年，發曠懷于翰墨，寓雄心于杯酒。其訏謨定命，則雅人之致。家庭唯諾，則萬石之訓。結交氣義，則河梁之作。望古慷慨，則梁父之吟。至于陶寫性情，賞好風月，雖玉臺、香奩諸人，極力追琢者不能及也。』《跋少保丞相魯國信庵趙公事》

方岳

方岳巨山《詠史》：『堪笑張華死不休，謾精象緯古無儔。中台星拆何曾識，祇識龍泉動斗牛。』張華『堪笑平生血濺衣，但知忠義未知幾。命關鬼質緣何事？年及懸車自不歸。』顏真卿，『笑』字改作『歎』字可也。命意甚佳。近見牟應龍成父二詩，亦類此：『伏波垂老困壺頭，正坐功名意未休。爲問是翁誇矍鑠，何如老子得遨游。』馬援『長源鋭意偓佺齊，晚節還爲富貴迷。幸自山中足煨芋，何須禁裏覓燒梨。』對偶尤工。《吴禮部詩話》。宗祥案：末章當脱小注『李泌』二字。

許棐

春采筍、蕨之嫩者，以湯瀹之，取魚蝦之鮮者，同切作塊子，用湯泡滚，蒸入熟油、醬、鹽，研胡椒拌，和以粉皮，乘覆各合于二盞内蒸熟，今後苑多進此，名『蝦魚筍蕨兜』。今以所出不同，而得同于俎豆間，亦一良遇也。每《山海兜》或即羹以筍、蕨亦佳。許梅屋棐詩云：『趁得山家筍、蕨春，借廚烹煮自然新。倩誰分我杯羹去，寄與中朝食肉人。』《山家清供》

許梅屋嘗自序其藏書目云：『予性喜書，舊積書千餘卷，今不啻倍之。人有奇編，見無不録，以故環室皆書。今即老而貧乎，而人不鄙夷予之貧，鬼不揶揄予之貧，皆書賜也。』許棐《獻媿集·梅屋書目·自序》

林興宗

宋嘉定、寶紹間，叛將李全駐兵淮東之山陽，驕悍難制，戕許國，逐姚翀，殺命士苟夢玉、杜末，士大夫視山陽，不啻如蛇鄉虎落。時莆人林興宗景復，授法曹以往，時論壯之，安晚鄭公在瑣闥餞行，有詩云：『淮海轅門立奇士，要看左袒爲劉時。』蓋勉其盡節也。景復到任後，改淮安令，辛卯春，全破通、泰，犯揚州，爲王師掩擊，殪城下，其妻楊姑姑懼朝廷必討，遂掃衆盡俘執南官北去。景復羈囚山東，凡十年，挺節無所汙，安晚餞詩，可無負矣。信庵趙公遣問物色，捐金資得之以反，縣國印與告身俱存。趙公奏乞旌擢，以勸盡節者。朝廷録用，官至曲江守。景復北地詩，有：『最是北來詩料少，地寒難得見梅花。』又云：『形容變盡頭如雪，不改當時一寸心。』江湖間多稱之。《梅磵詩話》

柴　望

淳祐丙午，衢士柴望上《丙丁龜鑑》，其《表》云：『今來古往，治日少而亂日多。主聖臣賢，前車覆而後車誡。』《困學紀聞》

柴秋堂《靈芝寺別祖席諸友》詩云：『落日寒城暮雨餘，滿斟離酒意何如？見妻還指張儀舌，痛國誰憐賈誼書？羸馬病童旋雇倩，寺禽山獠亦欷歔。長安可是深居處，更向深山深處居。』《柴氏四隱集》。宗祥案：柴秋堂上《丙丁龜鑑》下獄，趙京尹節齋疏救，得放歸田里。三山鄭震，紹武吳陵，建安葉元素，松溪朱繼芳，錢唐翁孟寅、田井、陳麟、黄溱，南康馮去辨，西江趙崇嶓、曾原一，盱江黄載，汶陽周弼，設祖道湧金門外靈芝寺，各賦詩爲別，秋堂酬之。見厲樊榭《宋詩紀事》。

王應麟

王深寧《〈唐開成年墓誌詩〉序》云：『元至元二十七年，城中握蘭橋旁民家築室，穿土得誌石一片，其文乃唐開成四年太原王夫人之墓誌。謂其曾祖王元涪，在玄宗時拜諫議大夫左庶子，慕巢由之志，辭疾不就。前宋尚書王應麟爲詩以紀其事。』詩曰：『鴻濛肇開闢，變嬗幾成毀。寥寥斷竹歌，瓦堲扨姚姒。周墳典以族，詎認青烏子。公琴記咎繇，邢山稱重里。葛滄失之矯，璠璵過于侈。焉知宫夾墓，莫識龜言水。銅槃字十六，銘自比干始。延陵有札子，烏虖半辭止。漢甎猶簡樸，石章侈華靡。無愧惟有道，媢俗多虛美。七松談士良，何以懲不軌？載筆鮮南董，襃浮謬臧否。豈悟冢中人，三百年不死。婦名弗出閫，古未有碑誄。謚見《春秋》初，誌起典午氏。簪蒿隱士妻，芳刻垂千祀。楊高託不朽，習之文中理。或犯葵丘禁，息國事何耻。蛾眉爲黄土，磨滅更誰紀？宰如比何人，雒邑之士女。逸民儒仲裔，冰雪濯紈綺。采儷古鄞州，儉勤終莫齒。□問幾何年？頗與銅人似。雖微黄絹辭，亦質而不俚。丘夷池又平，蓬顆今廛市。聚廬寒劫灰，餘光輝泥滓。或行松柏下，勢榮朝菌爾。隆碣牛礪角，翁仲卧荊杞。蘭艾均一塵，玉珉同一燬。孤竹夢茫然，柳下壟孰是？片石幸有傳，詩以貽彤史。』（《王尚書遺稿》）

馮去非

宋時内樓五更絶，梆鼓交作，謂之『蝦蟆更』，禁門方開，百官隨入，所謂『六更』也。馮去非詩云：『春風吹送笑談香，玉漏銀燈破夜涼。歸去東華聽宫漏，杏花落盡六更長。』《愚見紀忘》

曾　紘

《禊帖》，綜聞宏父跋云：宏父剏鳳山書院于盧陵，去郡城遠不二三里，深得林泉之勝，雖夏旱冬涸，滂流自如。稍東即泉所發源地，鑿石引水以爲池，號『流杯池』，置亭其上。友人維揚倅朱行父間拉十數親友，緬蹈前躅，因刻禊圖，并考訂所以，親爲小詩，贅于後。詩曰：『暮春浴罷振春衣，正是流觴修禊時。世事藏機應落落，人情忘我總熙熙。醉能辭醉原非醉，詩到無詩乃是詩。偉矣蘭亭衆君子，不將文字立藩籬。』時淳祐改元，歲次辛丑，斗柄插亥，上澣甲子日也。《禊帖·跋》

董史

高宗裒集米芾墨迹爲十卷，元章劇迹咸萃焉。史家藏拓本，嘗妄贊其後云：『書家寶晉殆猶龍，妙用通神五指中。墨海波瀾無定勢，元雲夭矯欲隨空。格高韻勝存人品，脚闊頭空笑俗工。建、紹聖人精鑒賞，奪真移在玉屏風。』《皇宋書録》

俞文豹

詩惟頌德詠物難工，蓋欲指實也。徐進齋得古銅香爐，具象鼻眼，《博古圖》謂之『象鬲』，屬予賦之，雖不足言詩，聊記曾見。『在象數前鍾鼻眼，出囂塵外鑄形模。傳香到手親曾見，全勝人看《博古圖》。』願得身游海外天，蓬萊頂上覓沉箋。爲君唤起槐安夢，細讀《南華》内外篇。』泉州守王庭珪《香譜》云：『箋次于沉，出占城國。』《吹劍録》

四明沈起監真州倉，以父疾委官歸侍，爲有司所劾。仁宗曰：『赴父疾而加罪，何以厚俗？』詔釋之。淳祐四年，時相以憂去國，有檢詳者，去留未決，乃以母老乞假探上意。范揆判曰：『士大夫有九十之親，聞病即趨，聞喪即赴，何以假爲？』時徐中書嘗奏乞令臣子終于喪，文豹投之詩曰：『父子恩情盡死生，囊封歷歷爲開明。群陰方晦吾先覺，萬馬皆瘖

我獨鳴。忠孝于人千古重，去留在己一毫輕。玉山萬叠高無際，未抵先生節與名。』《吹劍録》

東坡《贈楊耆》云：『西蜀楊耆，二十年前見之，甚貧。今復見，益貧。所異于昔者，蒼顏白髮耳。女無美、惡，富者妍；士無賢、不肖，貧者鄙。使耆逢時遇合，豈必減當世之士哉！』文豹閲此二語，撫已感懷，續成三韻。曰：『女無美惡富者妍，士無賢愚窮者鄙。世無善相九方皋，良馬亦隨兄馬死。紛紛俗眼何時青？從倚寒窗嗅花蘂。』《吹劍三録》

開禧丁卯舉余兄弟赴浙漕附試，友人王文子夢余兄弟不冠而行，舊僕江安，持芙蓉兩朵隨後。及揭榜，予兄詣舉，予魁次榜。即往訪王，行至新門，見江安携兩芙蓉自門外來，就令其隨從。紹定庚寅，予在全少卿館下，因賞雙芙蓉，屬余賦之。曰：『霜葩相逐曉風開，依約英娥舊粉腮。西帝似嫌秋冷淡，故教雙玉伴多才。憶昔鴒原傳薦鶚，雙娥曾入夢中魂。卿卿尚有憐才意，更約來秋伴玉昆。』明年，余詣江東漕舉。芙蓉有兩種，曰水芙蓉者，荷花也；曰木芙蓉者，拒霜也。《楚辭》曰：『芙蓉始發，雜芰荷些。』注：『荷者芙蓉之莖。』漢昭帝游柳池，有芙蓉，香氣聞十里外，蕭緬曰：『庾杲之汎緑水，依芙蓉，何其麗也。』時以王儉府爲蓮花池，此水芙蓉也。韓文公《木芙蓉》詩：『新開寒露叢，遠比水邊紅。麗色寧相妬，佳名偶自同。』柳子厚《木芙蓉》詩：『麗景別寒水，穠芳委前軒。芰荷諒

難比，反此生高原。』此木芙蓉也。《吹劍三録》

近時詩學盛興，然難得全美，聊隨所見，摘録一二。趙東山《郵亭》詩：『風雨送迎地，别離多少人。』劉雲岫鑰《喜晴》詩：『雲影猶帶溼，日光初漏明。』顧秋鶴夢日《夜游》詩：『路轉歌聲杳，夜長衣露濃。美人行月下，秋水汎芙蓉。』其他平淡中有理趣，有警發。如趙竹所崇滋：『事纔有意終須失，人到無求始自高。貧悟交游秋後葉，老看富貴霧中花。從來盡説天堪問，天到如今亦厭煩。』楊蘭坡顯士：『儻來軒冕何須問，分定功名不在忙。吾鄉余梅簷洪道：『世上聲名無買處，人間官職有來時。須知凡卉空千萬，不似寒花衹兩三。著心計較般般錯，退步思量事事寬。』余和之云：『脚根須愛虚中實，眼界當于窄處寬。』又蕭蘭皐曰復《喜麥呈邑宰》：『民得食天全命脉，令從心地起根芽。』又朱梅居《見謝人送苦菜，以京城所無》：『物態卻從無處有，世情偏向苦中甜。』《吹劍四録》

琴士以藥煮鸖羽代銀甲，屬令賦之：『嶧陽孤桐鳴素絲，玉爲軫兮金爲徽。四珍合就已奇絶，猶嫌指聲未清徹。負金翅管長且尖，剪成爪樣鸞膠粘。輕絃入手剩超越，卻笑彈箏後銀甲。要知妙處豈在聲，一撫一拍如淵明。勸君會此不須話，世不宜真只宜假。』《吹劍四録》

予有三恨：一無子；二無助；三無成。抱兹苦心，娱以文字，既絶筆于斯録，復長吟以繫之：『可笑春蠶有許癡，年年辛苦爲他誰？恰如貧女飛梭了，挂體何曾有一絲。天不奈何無可問，世皆如此有誰聽？爲儂指點春知處，惟有垂楊眼獨青。』《吹劍四録》

王平子

吴門王平子《題雪獵圖》云：『烽火一息三千年，漢家將軍畫凌煙。胡兒不識征戰事，龍沙萬頃今桑田。麗譙聲裏梅花角，雲暗雪深風色惡。長嘶一騎驄蟬聯，狼帽氈裘寒矍鑠。韝鷹走犬登平岡，狂狐剔眼夢飛揚。貫鵰落雁真戲劇，高鳥略盡良弓藏。鳳鳴居士雙眼碧，少年讀書勇無敵。但知横行翰墨場，豈料一禽終不獲。向來百非今已無，筆端有口聊自娱。故將胸中磊落事，寫作人間《雪獵圖》。』《吹劍録》

陳合

陳維善《題陳經國龜峰詞後》云：『西晉風流自一家，憶君魂夢到梅花。梅花深處無人迹，明月一枝霜外斜。』跋云：『龜峰詞有所齋諸兄爲之跋，安用復著贊語？漫書癸卯冬所作《懷舊》一絶繫于後。陳合維善。』《龜峰詞》

程瑞

程瑞，字希鳳，號梧岡，饒州人。幼與同郡馬廷鸞相友，隱居自娱，馬登政府，未嘗以仕進干之。有《詠梅》詩云：『清淺溪橋水，高低籬外枝。這些風骨異，瘦盡古今詩。』《中州野録》

陳鑒之

同劉叔泰放步湖邊，入靈芝寺，坐依光良久。叔泰誦坡仙『好把西湖比西子』之句，予因賦《古風》一首云：『劉郎唤我出，勝處意所便。清寒柳桃風，濃淡杉檜煙。僧廬自生香，步遶古佛前。依光偶不扃，坐數禽聯翩。平林度清磬，遥隄蔟歸船。湖山露真態，鷗點溶溶天。形容幾吟筆，剛道妝抹妍。莫作西子看，正如姑射仙。相知喜值予，微笑生清漣。』《東齋小集》

湯漢

予涉世齟齬，每誦歐公平生名節，爲後生描畫略盡之言，輒爲慨然。晚逐於朝，交游皆掉臂去，惟湯伯紀寄詩云：『唐朝空自貴鴻詞，科目何嘗得退之？掌制徒聞誇子厚，殘編僅見命敦詩。堪嗟實録無完傳，太息淮西有後碑。寄語莆田紫薇老，文章蓋世例如斯。』予固不足以當此詩，然在西掖草制七十，不止一首，伯紀未之見爾。《後村詩話》

湯伯紀《自儆》云：『《春秋》責備賢者，造物計校好人。一點莫留餘滓，十分成就全身。』此老晚節庶幾踐斯言也。《困學紀聞》

黄 畚

台州郡圃名桃，黄子耕知台，題詩云：『本自深村老圃來，偶分符竹到天台。漫山幸可容桃李，莫待劉郎去後栽。』《赤城志》

葉水心《墓誌》云：『子耕詩詞，如徑幽薄，超高丘，宇宙寄曠，風露綽約。人謂非子耕所能，魯直遺墨散落，收拾未盡爾。』《黄畚墓誌》

劉客莊

史彌遠之立理宗而廢濟王，或者謂其於夢寐之中有所感而然也。後村先生劉克莊以詩譏之云：『楊柳春風丞相府，梧桐夜雨濟王家。』人皆謂彌遠是佛位中人，乃父丞相浩與覺長老道契，握手入堂奥，問之曰：『和尚好？ 我好？』覺見堂奥中簾幕綺羅，榮華富裕，粉白黛緑，環列左右，乃應答曰：『大丞相富貴好，老僧何好之有？』因此念頭一差，積年蒲團工夫俱廢，未免墮落。 一日，浩坐廳上，儼然見覺不揖突入堂内，使人往寺中請相見，人回報云：『覺長老坐化圓寂于法堂上。』頃間，浩堂裏寵姬弄璋，浩默然自知，後以『覺』字爲彌遠之小名。 觀彌遠二十七年當國，册立理宗，措天下于太山之安，運籌廊廟，日食萬錢，豈非佛位中人歟？ 彌遠自恃册立之功，專權納賄，天下變爲污濁，功則有之，德則無也。賈似道不許配享理宗，即此之由。《三朝野史》

劉後村《題忠勇廟》詩云：『士各全軀命，惟侯視死輕。 張巡鬚盡怒，先軫面如生。 短刃猶梟寇，空拳尚背城。 新祠簫鼓盛，人敬此神明。』《後村集》。 宗祥案：《隨隱漫録》云：『紹定庚寅春，汀寇入譙，趙守竄，殿司裨將胡斌領兵巷戰，矢盡刀折，易雙鐵鞭，所殺尤衆，死焉，坐執雙鞭，屢日不僵。 民賴其力，多獲竄免。 守臣王埜聞于朝，贈武節大夫，贈廟額「忠勇」。』

《東坡詩注》云：『有一貧士，家惟一甕，夜則守之以寢。 一日，心自維念：「苟得富貴，當以錢若干，營田宅，蓄聲伎，而高車大蓋，無不置，往來于懷。」不覺歡適起舞，遂踏破甕。 故今俗間指妄想者爲「甕算」。』又《詩序》云：『劉幾仲餞飲東坡，中觴，聞笙簫聲，若在雲霄間抑揚往返，粗中音節，徐察之，出于雙瓶水火相答，自然吟嘯，食頃乃已，作《瓶

笙》詩紀之。』劉後村《即事》詩一聯云：『辛苦謀身無甕算，殷勤娛耳有瓶笙。』以『甕算』對『瓶笙』，甚的。《梅磵詩話》

劉後村《緑珠》詩云：『畏死事新室，輕生謝季倫。細評投閣者，大愧墜樓人。』蕭汎之《讀〈晉史〉》詩云：『金谷樓頭視若無，此身斷不負齊奴。可憐司馬家兒婦，正喜劉郎是丈夫。』二詩褒貶皆當。《梅磵詩話》

劉卞加，字子民，濱州安定人，弱不好弄，六歲誤觸甕碎，家人更譙之，神色自若，曰：『俟釘鉸者來，當全之。』復譙其妄，曰：『人破尚可修，矧甕耶？』釘鉸者至，料理如新。自是，築環堵于家之後圃，不出不語者三十餘年，或食或不食。徽宗聞其名，數敕郡縣津致，間馳近侍召之，對曰：『吾有嚴願，不出此門。』上知不可奪，賜號『高尚先生』。後村《七十四吟》云：『生慚族老封高尚，死慕先賢謚醉吟。』上句用卞加事，下句自注云：『有司議樂天謚，宣宗曰：「醉吟先生足矣。」』《梅磵詩話》

後村有《訪梅》詩數絶，首篇云：『夢得因桃數左遷，長源爲柳忤當權。幸然不識桃并柳，卻被梅花累十年。』蓋後村《落梅》詩云：『一片能教一斷腸，可堪平砌更堆墻。飄如仙客來過嶺，墜似騷人去赴湘。亂點莓苔多莫數，偶占衣袖久猶香。東君謬掌花權柄，卻忌孤高不主張。』好事者箋注其詩，以媚嘉定柄臣，由此閒廢十年。《梅磵詩話》

東南之俗，以養鵓鴿爲樂，而杭尤甚。紹興中，有賦詩者曰：『鐵勒金絨似錦鋪，暮收朝放費工夫。争如養取南來雁，沙漠能傳二帝書。』時徽、欽二帝蒙塵朔漠故也。後村《跋宣和殿畫鵲》詩云：『莫看宣和鵲，孤臣淚滴綃。筆精毫髮到，地禁羽毛嬌。蟲網丹青剥，胡沙鹵簿遥。不知上林雁，偷信報前朝。』《梅磵詩話》

後村《南岳稿·觀元祐黨籍碑》詩云：『嶺外瘴魂多不返，冢中枯骨亦加刑。更無人敢扶公議，直待天爲見彗星。早日大程知反覆，暮年小范要調停。書生幾點殘碑淚，一弔諸賢地下靈。』後改第三、第四句云：『稍寬末後因奎宿，暫仆中間爲彗星。』按《夷堅戊志》云：『崇寧、大觀間，蔡京當國，設元祐黨禁，蘇文忠文辭字畫，存者悉毁之，王詔以重刻《醉翁亭記》，至于削籍，由是人莫敢讀蘇文。政和中，忽稍弛其禁，且陰訪求墨迹，皆以爲巨璫梁師成出妾之子，故主張是。實不然也。時方建上清寶籙宫，齋醮之儀，備極恭敬，徽宗每躬造焉。一夕，命道士拜章，伏地踰數刻乃起，扣其故，對曰：「適至帝所，值奎星奏事，良久方畢，臣始能達章。」上問：「奎宿何人？所奏何事？」曰：「所奏不可得聞，然此星宿者，故端明殿學士蘇軾也。」上爲之改容，遂一變前事。時婺守陳子象之父，爲温州椽曹，傳其説如此。』後村第三句『稍寬末後因奎宿』，謂政和中一變前事也。又按《宋國史編年》：『崇寧五年春正月，彗出西方，其長竟天。上求直言大赦，劉逵爲中書侍郎，勸上碎元祐黨碑，寬上書係籍人，禁夜半遣黄門毀石刻。』後村第四句『暫仆中間爲彗星』，謂崇寧中因星變毀黨碑也。此一聯用事亭當，『奎宿』對『彗星』尤的，乃知作詩不厭改也。《梅磵詩話》

杜牧之《聞慶州趙縱使君與黨項戰死》詩云：『將軍獨乘鐵驄馬，榆溪戰中金僕姑。死綏卻是古來有，驕將自驚今日無。青史文章争點筆，朱門歌舞笑捐軀。誰知我亦輕生者，不得君王丈二殳。』儂智高陷康州，守臣曹覲死之，元厚之哀詩云：『轉戰譙門日欲晡，空拳猶自把戈鋋。身垂虎口方安坐，命在鴻毛更疾呼。柱下杲卿存斷節，袴中杵臼得遺孤。空餘三尺英雄氣，不愧山西士大夫。』劉後村謂二詩可並驅。嘉定中，金人犯蘄、黄，蘄守李誠之茂欽、黄守何大節立可死之，後村有《聞二守臣訃》詩云：『初聞邊報暗吞聲，想見登譙與虜争。世俗今猶疑許遠，君王原未識真卿。傷心百口同臨穴，極目孤城絶救兵。多少虎臣提將印，誰知戰死是書生？何老長身李白鬚，傳聞死尚握州符。戰場便合營雙廟，太學今方出二儒。史館何人徵逸事，羽林無日訪遺孤。病夫疇昔曾同幕，西望關山涕自濡。』詞氣無愧前詩，亦平日愛其作而摹擬之也。《宋寧宗紀》書此事云：『何大節棄城，李誠之死之。』後村《答傅伯成諫議書》，極辨何公初護官吏士民過武昌，復自還黄，固守半月，城破，爲虜騎擁入大江以死，而逃死吏民，誣以遁，『疑遠』之句爲何發也。茂

欽，東陽人，予嘗并載何事于《敬鄉録》。《吴禮部詩話》

毛澤民詩：『不須買絲繡平原，不用黄金鑄子期。』本李賀《貫休》詩語，劉後村：『鑄成范蠡何嗟及，繡作平原未必知。』對亦佳。『范蠡』事見《吴越春秋》。《吴禮部詩話》

《劉後村集》中三《樂府》，效李長吉體，人罕知之，今録于此。其一《李夫人招魂歌》云：『秦王女兒吹鳳簫，淚入星河翻鵲橋。素娥刬襪踏玉兔，回望桂宫一點霧。粉紅小牒没柳煙，白茅老仙方睡圓。尋愁不見入香髓，露花點衣碧成水。』其二《趙昭儀春浴行》：『花奴一雙髻垂耳，緑繩夜汲露桃蘂。青桂寒煙溼不飛，玉龍呵暖紅薇水。翠靴踏雲雲帖妥，燕釵微卸香絲髻。小蓮夾擁真天人，紅梅犯雪放一朵。鸞錦屏風盡水月，鳷鵲抱頸咬蘭葉。劉郎散卻金餅歸，笑引香綃護癡蝶。』其三《東阿王紀夢行》：『月青露紫羅衾白，相思一夜貫地脉。帝遣纖阿控紫鸞，崑崙低下海如席。曲房小幄雙杏坡，玉凫吐麝薰錦窠。軟香蕙雨裀釵溼，裔雲三尺生紅韡。金蟾吐漏不入咽，柔情一點薔薇血。海山重結千年期，碧桃小核生孫枝，精移神駭屏山知。』三詩皆佳。不可云宋無詩也。《吴禮部詩話》

理宗聖學高明，尤工于文。周漢國公主薨，誌銘詔楊平齋撰，挽詩以劉後村爲第一。《庶齋老學叢談》。宗祥案：劉詩云：『孝謹親顔悦，温恭婦德修。鵲橋方紀節，鸞扇忽驚秋。魯筆王姬卒，湘絃帝子愁。願言寛聖抱，况返蘂宫游。賜館恩通内，妃塋詔卜鄰。來應自仙佛，去尚戀君親。望送龍綃溼，封崇鶴表新。不能秉彤管，羞愧作詞臣。』

寶慶初，史彌遠廢立之際，錢唐書肆陳起宗之能詩，凡江湖詩人與之善，宗之刊《江湖集》以售，劉潛夫南岳稿與焉。宗之詩有云：『秋雨梧桐皇子宅，春風楊柳相公橋。』哀濟邸而誚彌遠，本改劉屏山句也。或嫁爲敖臞庵器之所作，言者併潛夫《梅》詩論列，劈江湖集板，二人皆坐罪。初，彌遠議下大理逮治，鄭丞相清之在瑣闥，白彌遠中輟，而宗之坐流配，于是詔禁士大夫作詩。如孫花翁、季蕃之徒，改業爲長短句。紹定癸巳，彌遠死，詩禁始開。潛夫爲《病後訪梅》絶句云：『夢得因桃卻左遷，長源爲柳忤當權。幸然不識桃并柳，也被梅花累十年。』此可備梅花大公案也。《瀛奎律髓》

劉後村《贈洪使君》句云：『判花人競誦，詩草士深藏。』《藝林伐山》

後村劉克莊絶句云：『新剃闍黎頂尚青，滿村聽講《法華經》。那知世有彌天釋，萬衲如雲座下聽。』謂小道易惑衆，而不知有大道也。又云：『刮膜良方直萬金，國醫曾費一生心。誰知鬆髻携籃者，也有盲人問點鍼。』謂精藝難成，而小藝亦可售也。又云：『黄童白叟往來忙，負鼓盲翁正作場。死後是非誰管得？滿村聽説蔡中郎。』亦可感歎云。《歸田詩話》

劉潛夫使廣日，經過惠州六如亭，有詩云：『吴兒解記真娘墓，杭俗猶存蘇小墳。誰與惠州者舊記，可無坏土覆朝雲？』于是郡守與之修墓立碑。又題云：『昔人喜説墜樓姬，前輩尤高斷臂妃。肯伴主翁來過嶺，不妨扶起六如碑。』《弁陽詩話》

劉夢得詠玄都桃花而被謫，李繁詠東門柳，楊國忠謂其譏己而得禍。劉後村詠落梅詩，有：『東君謬掌花權柄，卻忌孤高不主張』，讒者箋其詩以示柄臣，由是閒廢十載。後村有《病後訪梅》十絶句，其一云：『夢得因桃卻左遷，長源爲柳忤當權。幸然不識桃并李，也被梅花累十年。』人謂簡齋題墨梅而致魁臺，後村詠落梅而罹廢黜。噫！詩之幸與不幸，有如此夫！《逸老堂詩話》

司馬温公、王荆公、曾南豐，最推尊楊雄，以爲不在孟軻下，至朱文公作《通鑒綱目》，乃始正其附王莽之罪，書：『莽大夫楊雄死。』莽之行如狗彘，三尺童子知惡之，雄肯附之乎？《劇秦美新》不過言孫以免禍耳，然既受其爵禄，則是甘爲之臣僕矣，獨得辭莽大夫之名乎？文公此筆，與《春秋》争光，麟當再出也。劉潛夫詩云：『執戟浮沉計未疏，無端著論美新都。區區所得能多少，枉被人書莽大夫』。余謂名義所在，豈當計所得之多少。若以所得之少，枉被惡名爲恨，則三公之位，萬鍾之禄，所得倘多，可以甘受惡名而爲之乎？此詩頗礙理，予不可以不辨。《鶴林玉露》

方岳

方元善《感舊詩序》云：『淳祐初，僧友自南嘗從天竺歸隱溪之南岡。予冬夕踏落葉訪之，小庬迎吠，時佛燈猶在，敵闢煮茗。既而侶行溪間，篙小舟，自拜龍巖順流東下，誦坡谷詩，徘徊久之。舍舟登岸，借僧裘禦寒而返，僂指二十霜矣。』詩云：『昔年訪月寒溪頭，霜高酒劣稜生裘。溪僧輟寢從吾幽，共移不繫漁父舟。斷崖老木紛金虬，又如蘋藻涵清流。鶴骨浸煩風露憂，妙語滿地無人收。』方岳《深雪偶談》

方元善《鷺》詩云：『聳兩吟肩似我愁，菰蒲葉下一身秋。溪風昨夜吹魚落，飛過前灘看水流。』《藏一話腴》

王同祖

王花洲《夜步内門》詩云：『静夜孤燈人未眠，等閒行過内門前。一聲唱徹連珠喏，皇城夜間，唱連珠喏。碧月朱闌緑柳邊。』《天津橋》橋在金陵行宫前，昔人謂『山如洛邑，水如瀍澗』，因以名之。云：『行闕千重鎖暮煙，山如洛邑水如瀍。黄塵障斷中原路，悲立橋頭聽杜鵑。』《冬日金陵制幕書事五首》云：『督制堂堂兩重臣，駐師移府夾江濱。資糧扉屨多多辦，更有舟車乞與鄰。』時督制兩閫移屯江岸，應援淮城。東閫亦自維揚提兵會合，軍需等物，多本司貸之。『官軍聞説定廬州，破虜功成一滴油。『一滴油』，弩名。智勇功名付元凱，王三錫命到康侯。』此詩爲合肥作。金人以重兵三十萬，圍城者四十餘日，制帥杜公于援兵未至前，不動聲色而破之，父子俱奏雋功，受上賞。『城中守將方投死，陣面將軍已賣降。版築紛紛成底事，那知靠後是長江？』此詩爲滁州作。金人圍滁城，凡兩月，守臣陳廣竭力挫之，已有退志。會援師築城于江壖，未進，廣以中傷死，有内變，金人遂入，而城亡矣。『薄晚官軍得勝歸，家家户户挂旌旗。陣前紀律明于日，師入城來半不知。』爲往來過軍作。『三五同寮出幕遲，公餘終日意遲遲。歸來又被梅花惱，撥冗銅彝插數枝。』《學詩初集》

王琮

東坡云：『作詩必此詩，定知非詩人。』宋莒公詩：『漢皋佩解臨江失，金谷樓危到地香。』一似非落花詩。近來體格又别，不用事，不著相，而意在言外。吾鄉王雅林琮與高橫槎爲處守，雅林詩曰：『公向疏中元自密，我于熟處放教生。』言彼不忘舊，我不恃熟也。雅林，是齋先生夕郎孫也，宰清江，公車交薦，賈制置似道舉詞云：『有學有政，不攬不欺。』任守棠云：『律己廉潔，持心公平。』趙帥希瀞云：『平淡疏通，政清訟理。』吴漕使子良云：『持己廉正，涖事明敏。卻合歸私帑之例券，除依辦鄉司之圭租。』尹漕使焕云：『漢彭城令橋梁、郵置不治，過者知其不能。本司近令諸處修葺驛路，獨清江知縣申未準帖間，已創立候石，仍繳連到儀制墨本。部内惟清江之政，卓冠諸縣。設施不擾，和羅有方。』書司發陞陟，併發特薦奏狀，他如洪倉使薿，姚憲使希得，金守文剛，皆以廉平薦。只如接送人從往回路費，悉自支給，應祭祠、宴會、興造等，悉從官買，不科鄉司吏案，此亦難事。向惟見葉子延年主績溪簿如此，雖糊窗紙亦自買。《吹劍四録》

楊棟

宋廖瑩中群玉以賈相入幕之賓，例行推賞外，别賜上金百兩，廖以之鑄盤匜爲飲器。楊平舟棟爲作古篆銘于器云：『皇帝御極之三十七年，國有大功。一相禹胼，曰余瑩中。與隨旆旃，余疐手扶，余後手牽。曰公何之？敵脅是穿，穿勝草坪，受降馬前，公一何勇，敵一何恐。余汔濟黄，公飯余共。挽漢倒江，盡洗羶湩。既清夷矣，公歸余從。内金惟精，上質惟重。文昌孫子，是寶是用。誰其銘之？史臣楊棟。』《弁陽詩話》

林曾

林曾，字伯元，號梅嶼，永嘉人，詩極佳。如《汴河》云：『一千八百隋家路，兩岸青青

入帝都。可惜翠華南渡後，舊時楊柳一株無。』《弁陽詩話》

林曾《溪上謡》云：『溪翁兒女枕溪住，時把釣竿倚芳樹。沉吟獨坐忽傷心，釣得魚來放將去。』《弁陽詩話》

林曾《泗州》詩：『魚頭紅結魫，土面白生綃。』《弁陽詩話》

湯　益

葛嶺故相賈似道園池，留題者甚衆。獨吴人湯益字損之一詩，膾炙人口，云：『檀板歌殘陌上花，過墻荆棘刺簷牙。指揮已失鐵如意，賜與寧存玉辟邪。廢館晝飛無主燕，荒池春吠在官蛙。木綿庵下猶愁絶，月黑夜深聞鬼車。』《弁陽詩話》

張宗祥　纂輯　曹錦炎　整理

全宋詩話

第九册
卷八十至卷八十九

浙江大學出版社

本册目録

全宋詩話目録卷八十二……二三三四

全宋詩話目録卷八十四……一二四一四

全宋詩話卷八十四……一二四一六

全宋詩話目録卷八十五……二四二九

全宋詩話卷八十五……二四三〇

全宋詩話目録卷八十六……二四三五

全宋詩話卷八十六……二四四〇

全宋詩話目録卷八十八 無名子一

全宋詩話卷八十八……二五〇四

全宋詩話目録卷八十九 無名子二

全宋詩話目録卷八十

陳允平　字衡仲，一字君衡，四明人，號西麓。有《西麓詩稿》。

李彭老　字商隱，號篔房。淳祐中，沿江制置司屬官。

蕭立之　字斯立，寧都人，淳祐庚戌進士。知南城縣，歷南昌推官，辰州判。世亂歸隱蕭田。有集。

林泳　字太淵，號弓寮，希逸長子，寶祐元年進士。出宰安溪。有集。

文天祥　字宋瑞，一字履善，吉安人，寶祐四年進士第一。歷官直學士院，知贛州，右丞相兼樞密使。元兵至，奉使軍前，被拘，亡入真州，泛海至温州。益王立，爲右丞相，以都督出江西，兵敗被執，囚燕京四年，不屈，死柴市。有《指南》、《吟嘯》等集。

陸秀夫　字君實，楚州鹽城人，寶祐四年進士。歷官宗正少卿兼權起居舍人。益王立福州，爲端明殿學士同簽樞密院事。崖山破，負王赴海死。

吴琳　字禹玉，號存吾，潛子，寶祐四年進士。倅婺州。

謝枋得　字君直，號疊山，信州弋陽人，寶祐四年進士。歷官江東提刑、江西招諭使。景炎帝以爲江東制置使，即弋陽起義兵，軍潰，隱于閩。元徵聘，累辭不就，後福建行省魏天祐迫脅至燕，不食，死，門人誄之曰文節先生。有《疊山集》。

曾極　字景建，臨川布衣。以詩語訕謗，謫道州。有《春陵小雅》、《金陵百詠》。

吴大有　字有大，號松壑。宋亡，元初辟國子檢閲，不赴。

陳仁玉　號碧棲，仙居人，第進士。歷官禮部郎中兼崇政殿説書、直秘閣、浙東提刑兼知衢州、直敷文閣。

陳宜中　字與權，永嘉人，景定三年進士。歷官知樞密院、參知政事、特進右丞相。元兵至，宵遁入閩，益王以爲左丞相。井澳之敗，如占城不反，後殁于暹。

吕人龍　字首之，淳安人，景定三年進士。承務郎。有《鳳山集》。

徐天祐　字受之，山陰人，景定三年進士。與王修竹齊名。

盛元仁

史景正　字蒙卿，鄞人，咸淳元年進士。江陰軍教授，宋亡不仕，自號静清處士。

陳體仁

陳謣

全宋詩話卷八十

陳允平

予淳祐中偶至靈隱冷泉，時京尹盡去楣間詩板，僅存者二。其一云：『石屋雨來春樹暗，海門潮起暮雲高。』此四明陳允平詩，蓋許渾體也。方虛谷《桐江集》

李彭老

景定三年正月，詔以魏國公賈似道有再造功，命有司建第宅、家廟，賈固辭，遂以集芳園及緡錢百萬賜之。園故思陵舊物，古木壽藤，多南渡以前所植者。積翠四抱，仰不見日，架廊叠磴，幽渺逶迤，極其營度之巧，猶以爲未也。則隧地通道，抗以石梁，傍透湖濱，架百餘楹，飛樓層臺，涼堂燠館，華麗精妙。前揖孤山，後據葛嶺，兩山映帶，一水横陳，各隨地勢以構架焉。堂榭之有名，曰『蟠翠』，古松『雪香』，古梅『翠巖』，奇石『倚繡』，雜花『挹露』，海

棠『玉蘂』，瓊花荼蘼『清勝』，假山。以上集芳舊物，高宗扁。『西湖一曲奇勛』，理宗御書『秋壑遂初容堂』，度宗御書『初陽精舍』。山之坳曰：『無邊風月』，『見天地心』。水之濱曰：『琳琅步』，『歸舟』。（旱船）通名之曰『後樂園』。又以爲未足，則于第之左數百步瞰湖作别墅，曰：『光漾閣』，『春雨觀』，『養樂堂』，『嘉生堂』，千頭木奴。『生意瀟然』，『生物之府』，通名之曰『養樂園』。又于西陵之外，樹竹千挺，架樓臨之，曰：『秋水觀』，『第一春梅塢』，『剡船亭』，則通謂之『水竹院落』焉。近世以詩弔之者甚衆，李彭老一絶云：『瑶房錦榭曲相通，能幾番春事已空。惆悵舊時吹笛處，隔窗風雨剥青紅。』《齊東野語》

蕭立之

前輩詠子規者多矣，杜老一篇，專諷明皇失位幸蜀，肅宗自即位靈武，又爲李輔國所間，遷明皇于西内，故云：『君不見、蜀天子，化作杜鵑似老烏，寄巢生子不自啄，群鳥至今爲哺雛。雖同君臣有舊禮，骨肉滿眼身羈孤。』末云：『萬事反覆何所無，豈憶當殿群臣趨。』又有『君看群鳥情，猶能事杜鵑』之句，皆託此以諷也。建炎間，苗傅、劉正彦作亂，是時中丞鄭穀密遣謝嚮如平江，仍作詩寄吕元直、張德遠二公，云：『杜鵑飛飛無定棲，寄巢生子百鳥依。園林花老晝夜啼，安得猛士挾以歸？』吕、張得詩，即起兵成復辟功，詩不徒

作也。巴蜀自丙申、丁酉以來，遭兵禍不歇，冰崖蕭斯立一絶云：『思歸言語苦悲辛，啼老江南緑樹春。莫倚巴西君故土，巴西風景近愁人。』意新語警，亦非泛泛之作。《梅磵詩話》

昔有《題虎丘真娘墓》詩云：『虎丘山下冢纍纍，舉目松楸盡可悲。何事世人偏重色？真娘墓上獨留詩。』吕成公《登八詠樓有感》云：『仲舒舊事無人記，家令風流一世傾。天下何曾識真吏，古來幾許尚虚名。』吕自注云：『王仲舒守婺，有異政。』蕭冰崖《琵琶亭》詩云：『魯男子事無人記，此地琵琶更結亭。獨倚闌干成一笑，晚風低雁著寒汀。』三詩皆有意味。《梅磵詩話》

蕭冰崖立之《詠秦》詩云：『燔經初意欲民愚，民果俱愚國未墟。無奈有人愚不得，夜思黄石讀兵書。』《詠疑冢》詩曰：『安排死去千年恨，刻畫生前一寸心。安得此心如此冢，不教人識到如今。』兩詩俱有新意。《梅磵詩話》

冰崖蕭立之《落梅》詩云：『玉龍戰退鹿胎乾，好在晴沙野水看。舞翠夢回仙袂遠，射鵰人去露簷寒。連環骨冷香猶暖，如意痕輕補未完。誰在高樓吹笛處，輕衫當户獨凭欄？』此詩工緻似李義山，後六句皆用美人事，甚奇，不類晚宋之作，當表出之。唐詩：『新柳園林鵞毳色，落梅田地鹿胎斑。』《升庵詩話》

林　泳

林太淵《過岳武穆王墓》詩云：『天意只如此，將軍足可傷。忠無身報國，寃有骨封王。苔雨樓墻暗，花風廟路香。沉思百年事，揮淚灑斜陽。』《武林舊事》

三山林泳太淵，竹溪之子，能詩，尤長于四六。《題岳王廟》一聯云：『忠無身報主，寃有骨封王。』極爲諸公稱獎。又《戲代竹夫人謝表》，其中警聯有云：『丙枕恩洽，則任股肱。甲帳侍宸，則置左右。長生殿無人之夜，睡曾見于海棠。摩訶池避暑之時，曲亦聞于花蘂。衮衮濫登于尚寢，空空且退于幽閨。』亦嘗以文爲戲者。《梅磵詩話》

文天祥

至元壬午十二月，有僧從閩中來，言于省臣：『近日土星犯帝座，疑有變。』未幾，中山狂人薛保住，自稱宋王，聚衆數千，欲取文丞相。亦有投匿名書言：『某日燒簑城之葦，率兩翼兵入城，丞相可無憂疑。』丞相者，文公天祥也。世祖召公入殿中，公長揖不拜，世祖曰：『汝欲何言？』公厲聲對曰：『我大宋自藝祖太宗，以堯舜之道，平一天下，列聖相承，守其成憲，天下晏然，上無不道之君，下無可弔之民。北朝以遐陬之國，雲擾中原，恃戎馬

之衆，興無名之師，侵我疆土，殘我生靈，毀我宗社，滅我宋三百餘年宗廟，欺人孤寡，萬世之耻也！我爲宋丞相，竭心罄力，以扶宋祚，不幸姦臣賈餘慶、劉岊等欺君賣國，吾英雄無用武之地，不能興扶，反遭擒辱，於此九泉之下，目亦不瞑。』言既，切齒頓足，拊膺長歎曰：『嗚呼，天乎！』左右皆駭其言，莫不縮頸吐舌，或爲之太息。世祖徐謂之曰：『天之所廢，不可以興。宋祚告終，非人力所可爲也。朕承天眷命，混一區宇，誠非偶然。汝忠宋之心，朕悉知矣，今以事宋之義事我，即以汝爲中書丞相，汝意如何？』公對曰：『天祥爲宋狀元宰相，豈有事二姓之理？宋既亡，惟當速死，不死久生，他日無面目見田横之客於地下也！』世祖又曰：『汝不爲丞相，爲樞密可乎？』公曰：『天祥之心，惟思盡忠宋朝而已，餘非所願也。』世祖知不可屈，麾之使退，意欲舍之。明日，麥木丁謂世祖曰：『文丞相英才偉略，古今罕有。曩者開督府于汀州，籌略號令，本朝將帥，皆不可及。苟釋之使去，彼必遁回江南，號召天下，爲國家之大患。不如從其所請，以絶禍根也。』世祖可其奏，詔有司殺之。公出獄，且行且歌，其歌曰：『昔年玁狁侵荆吴，恃其戎馬恣攻屠。忠臣國士有何辜？舉家骨肉遭芟鋤。我宋堂堂大典謨，可憐零落蒙塵污。二君從海不復都，天潢失散知有無。衣冠多士沉泥塗，齊民盡陷故版圖。我爲忠烈大丈夫，詩書禮樂聖賢徒。竭忠罄力思匡扶，驅馳嶺表萬里途。如何天假此强胡，宗廟不輔丹心孤。英雄喪敗氣莫蘇，哀痛故主

雙眸枯。今朝此地喪元顱，英魂直上升天衢。神光皎赫明金烏，遺骸不惜棄草蕪。誰人酹奠致青芻？仰天長恨伸烏乎！』公至柴市，意氣揚揚，顔色自若，觀者萬餘人，公問市人曰：『孰爲南面？』或有指之者，公即向南再拜曰：『我宋列聖在天之靈，願俾天祥早生中原，遇聖明之主，當剿此胡，以伸今日之恨。』仍索紙筆書二律，云：『昔年單舸走維揚，萬死逃生輔宋皇。天地不容興社稷，邦家無主失忠良。神歸嵩嶽風雷變，氣吐煙雲草木荒。南望九原何處是？塵沙黯淡路茫茫。』『衣冠七載混氈裘，憔悴形容似楚囚。龍馭兩宫崖嶺月，貔貅萬竈海門秋。天荒地老英雄散，國破家亡事業休。惟有一靈忠烈氣，碧空長共暮雲愁。』書畢，擲筆於地，謂監刑者曰：『吾事已畢，心無怍矣。』南面端坐待命，觀者無不流涕。俄有詔止之，公已絶矣。其日，大風揚沙，天地晝晦，咫尺不辨，城門晝閉。南士留燕者，無不悲悼，或以酒殽酹奠。明日，世祖臨朝，撫髀歎曰：『文丞相好男子，不肯爲我用。一時輕信人言，殺之誠可惜也！』數日，歐陽夫人收其尸，面顔如生，觀者無不駭異。是後連日陰晦，若失白晝，宫中皆秉燭而行，群臣入朝，亦爇炬前導，世祖大以爲異。如此月餘，適耆山張真人來朝，世祖召入禁庭，問其陰晦之由，真人對曰：『此由陛下殺文丞相所致也。文公忠烈之志，感通天地，貫徹幽明。及其將死，不勝憤恨，故其忿怒之氣，充塞天壤間，蟠鬱不散，以至日色無光，陰霾昏暗。』世祖歎曰：『吾亦悔殺此人。至今傷悼，噬臍無

及。朕今以禮祭奠，贈謚厚爵，庶可解其幽明之恨。』乃敕省院大臣，各行祭禮，贈公特進金紫光禄大夫開府儀同三司檢校太保中書平章事盧陵郡公，謚忠武，令知樞密院事王積翁書其神主，灑掃柴市，設壇以祀之，仍敕南北文武官員，皆預于祭。丞相孛羅初行奠禮，倏然狂飇從地而起，吹沙滚石，不能啟目，捲其神主于雲霄之上，空中隱隱雷鳴，如恨怨之聲，天色愈暗，衆皆駭愕，莫知所措。真人謂諸公曰：『文丞相留京七年，念念宋室，罔肯臣服，至死不易其心。今朝廷贈謚若此，必戾其生前之心，故其魂靈震怒，作此暴風，天地益爲昏晦，可急易之。』孛羅等從其言，改書在宋之官曰：『前宋少保右丞相信國公』，祭畢，天果開霽，舉城之人咸曰：『文丞相死猶不受封謚，矧生而肯臣乎？』初，有十義士收殯公于都城外，具醴牲酹奠之。《效顰集·文文山傳》

文山《邳州哭母小祥》詩云：『我有母聖善，鸞飛星一周。去年哭海上，今年哭邳州。遥想仲季間，木主布筵几。我躬已不閲，祀事付支子。使我早淪落，如此終天何。及今畢親喪，于分亦已多。母嘗教我忠，我不違母志。及泉會相見，鬼神共懽喜。』《過淮》詩云：『北征垂半年，依依只南土。今辰渡淮河，始覺非故宇。故鄉已無家，三年一羈旅。龍朔在何方？乃我妻子所。昔也無奈何，忽已置念慮。今行日云近，使我淚如雨。我爲綱常謀，有身不得顧。妻兮莫望夫，子兮莫望父。天長與地久，此恨極千古。來生業緣在，骨肉

當如故。』《亂離歌》六首，云：『有妻有妻出糟糠，自少結髮不下堂。亂離中道逢虎狼，鳳飛翩翩失其凰。將雛一二去何方？何虞國破家又亡。不忍舍君羅襦裳，天長地久遠茫茫，牛女夜夜遥相望。嗚呼一歌兮歌正長，悲風北來起彷徨。』『有妹有妹家流離，良人去後携諸兒。北風吹沙塞草萋，窮猨慘淡將安歸？去年哭母南海湄，三男一女同歔欷。惟汝不在割我肌，汝家零落母不知，母知豈有瞑目時？嗚呼再歌兮歌孔悲，鶺鴒在原我何爲？』『有女有女婉清揚，大者學帖臨鍾王，小者讀字聲琅琅。朔風吹衣白日黄。一雙素璧委道旁，雁兒雁兒秋無粱，隨母此去誰人將？嗚呼三歌兮歌愈傷，非爲兒女淚淋浪。』『有子有子風骨殊，釋氏抱送徐卿雛。四月八日摩尼珠，榴花犀錢落繡襦。蘭湯百沸香似酥，欻隨飛藿飄泥塗。汝兄十三騎鯨魚，汝今三歲知在無？嗚呼四歌兮歌以吁，燈前老影明月孤。』『有妾有妾今何如？大者手將玉蟾蜍，次者親抱汗血駒，晨妝靚服臨西湖。英英雁蕩飄璚琚，風花亂墜鳥嗚呼。金鏡沉瀣浮汙渠，天摧地裂龍虎徂，美人塵土何代無？嗚呼五歌兮歌鬱紆，爲爾迎風立斯須。』『我生我生何不辰，孤根不識桃李春。天寒日短空愁人，北風吹隨鐵馬塵。初憐骨肉鍾奇禍，如今骨肉更憐我。汝在空能嬰我懷，我死誰當收我骸？人生百年何醜好，黄粱得喪俱草草。嗚呼六歌兮勿復道，出門一笑天地老。』『收柳女信，痛割腸胃，人誰無妻兒骨肉之情？但今日事到這裏，于義當死，乃是命也。

奈何奈何！途中有三詩，今録至。言至于此，淚下如雨。一、讀此三詩，便知老兄悲痛真切之情，事至于此，爲之奈何！兄事祇待千二哥至，造物自有安排。一、可將此詩呈嫂氏，歸之天命。仍語倩妝、璚英，不曾周旋得，毋怨、毋怨。徐妳以下，皆可道達吾此意。當此天翻地亂，人人流落，天數，奈何奈何！一、可令柳女、環女好做人，爹爹管不得。淚下，哽咽哽咽。一、此詩本仍可納之千二哥。兄天祥家書，達百五賢妹。』張翥跋云：『右文信公遺墨，前參知政事本齋王公所藏。公殁已久，家人理篋匳，書尺叢積，顧是紙損爛將裂，以拭卮匜，公之子季境適至，識爲信公書，咄唶驚異，亟命裝池以完。嗚呼！豈非有神物守護之歟？不然，英靈之氣不泯而致之歟？先賢尺牘，人尚皆藏弆之，矧信公之精忠偉烈，震耀古今，翰墨光芒，垂示臣子者乎？不惟王氏寶之，百世而下，固夫人之所同寶也。史官何東張翥書。』《鐵網珊瑚》

文山《正氣歌序》云：『予囚北庭，坐一土室，室廣八尺，深可四尋，單扉低小，白間短窄，汙下而幽暗。當此夏日，諸氣萃然，雨潦四集，浮動床几。時則爲水氣，塗泥半朝，蒸漚歷瀾。時則爲土氣，乍晴暴熱，風道四塞。時則爲日氣，簷陰薪爨，助長炎虐。時則爲火氣，倉腐寄頓，陳陳逼人。時則爲米氣，駢肩雜遝，腥臊汗垢。時則爲人氣，或圊溷、□□屍，或腐鼠惡氣雜出。時則爲穢氣。疊是数氣，當□□鮮不爲厲，而予以孱弱俯仰其間，于

兹二年矣。□□是殆有養致然，然爾亦安知所養何哉。孟子曰：「吾善養吾浩然之氣。」彼氣有七，吾氣有一。以一敵七，吾何患焉？况浩然者乃天地之正氣也，作正氣歌一首。』『天地有正氣，雜然賦流形。下則爲河嶽，上則爲日星。于人曰浩然，沛乎塞蒼冥。皇路當清夷，含和吐明庭。時窮節乃見，一一垂丹青。在齊太史簡，在晉董狐筆。在秦張良椎，在漢蘇武節。爲嚴将軍頭，爲嵇侍中血。爲張睢陽齒，爲顔常山舌。或爲遼東帽，清操厲冰雪。或爲出師表，鬼神泣壯烈。或爲渡江楫，慷慨吞胡羯。或爲擊賊笏，逆豎頭破裂。是隨所旁薄，凛烈萬古存。當其貫日月，生死安足論。地維賴以立，天柱賴以尊。三綱實係命，道義爲之根。嗟予遘陽九，隸也實不力。楚囚纓其冠，傳車送窮北。鼎鑊甘如飴，求之不可得。陰房闃鬼火，春院閟天黑。牛驥同一皁，雞棲鳳凰食。一朝濛霧露，分作溝中瘠。如此再寒暑，百沴自辟易。嗟哉沮洳場，爲我安樂國。豈有他繆巧，陰陽不能賊。顧此耿耿在，仰視浮雲白。悠悠我心悲，蒼天曷有極。哲人日已遠，典刑在夙昔。風簷展書讀，古道照顔色。』《指南後録》

文山《集杜詩》二百首，《自序》云：『余坐幽燕獄中，無所爲，誦杜詩，稍習諸所感興，因其五言，集爲絶句，久之得二百首。凡吾意所欲言者，子美先爲代言之。日玩之不置，但覺爲吾詩，忘其爲子美詩也。乃知子美非能自爲詩，詩句自是人情性中語，煩子美道耳。

子美于吾隔數百年，而其言語爲吾用，非情性同哉？昔人評杜詩爲「詩史」，蓋其以詠歌之辭，寓紀載之實，而抑揚褒貶之意，燦然于其中，雖謂之「史」可也。予所集杜詩，自予顛沛以來，世變人事，槩見于此矣，是非有意于爲詩者也。後之良史，尚庶幾有考焉。歲上章執除、月祝犂單閼、日上章協洽，文天祥履善甫敘。』又云：『是《編》作于前年，不自意流落餘生，至今不得死也。斯文固存，天將誰屬？嗚呼！非千載心，不足以語此。壬午正月元日文天祥書。』《社稷》第一：『三百年宗廟社稷，爲賈似道一人所破壞，哀哉！南極連銅柱送李晉肅入蜀，煌煌太宗業北征。始謀誰其間苦熱呈陽中丞？風雨秋一葉故李光弼司徒。』《景炎擁立》第二十八：『予自蘇州歸闕，建議出二王于閩廣，及虜至，二王方出宮。蘇劉義、陸秀夫遇二王于温，時陳宜中海船泊清嶼門，諸人往邀之，共圖興復，益王始建元帥。及張世傑自定海至，同趨三山，以五月一日，益王登極，改元景炎。漢運初中興述懷，扶顛待柱石入衢州，疇能補天漏寄岑參，登階捧玉册往在。』《景炎賓天》第三十一：『御舟離三山，至惠州之甲子門駐焉，已而遷宮富場。丁丑冬，虜舟來，移次仙澳，與戰得利，尋望南去，止碙川。景炎賓天，蓋戊寅四月望日也，嗚呼痛哉！陰風西北來北征，青海天軒輊送從弟亞。白水暮東流新安吏，魂斷蒼梧帝贈秘書監李邕。』《祥興登極》第三十二：『戊寅四月十七日，衛王登極于碙州。浮龍倚長津別蔡十四著作，參錯走洲渚入衢州。蒼梧雲正愁登慈恩塔，初日翳復吐法鏡

寺。』《祥興》第三十四：『己卯正月十三日，虜舟直造厓山，世傑不守山門，作一字陣以待之。虜入山門，作長蛇陣對之。二月六日，虜乘潮進攻，半日而破，死溺者數萬人。哀哉！弧矢暗江海草堂，百萬化爲魚潼關吏。帝子留遺恨過南岳入洞庭，故園莽丘墟逃難。』《集杜詩》

壬午，是歲春，作《贊》，擬終時書之衣帶間。《敘》云：『吾位居將相，不能救社稷、正天下，軍敗國辱，爲囚虜，其當死久矣。頃被執以來，欲引決而無間，今天與之機，謹南向百拜以死。』其《贊》曰：『孔曰成仁，孟云取義。惟其義盡，所以仁至。讀聖賢書，所學何事。而今而後，庶幾無愧。宋丞相文天祥絶筆。』《紀年録》

元兵南下，次皋亭，宋朝納降，吴堅爲左相，家鉉翁爲參政，與賈餘慶、劉岊爲祈請使，北行。文天祥詩云：『當代老儒居首揆，殿前陪拜率公卿。』又云：『程嬰存趙真公志，賴有忠良壯此行。』前謂吴，後謂家也。至北，鉉翁抗節不屈，拘留河間，世祖崩，成宗即位，始賜衣服遣還鄉里，年逾八十矣。林景熙有詩送之，云：『瀕死孤臣雪滿顛，冰氊囓盡偶生全。衣冠萬里風塵老，名節千年日月懸。清唳秋荒遼海鶴，古魂春冷蜀山鵑。歸來親舊驚相問，禾黍離離夕照邊。』可謂不負文山所期矣。《歸田詩話》

信雲父，山東人，元兵南下，爲張宏範元帥館客。文山被獲，宏範命雲父款待之，日侍談論，頗有向南之意，贈文山詩云：『宗廟有靈賢相出，黔黎無患太皇明。』文山因教以詩

法，即領悟，作《樂府》云：『東風吹落花，紛紛辭故枝。莫怨東風惡，花有再開時。』文山稱賞，因贈以詩云：『東魯遺黎老子孫，南方心事北方身。幾多江左腰金客，便把君王作路人。』蓋是時宋臣或有反面事北者。文山詩云：『遺老猶應愧蜂蟻，故人久已化豺狼。』又云：『黑頭汝自誇江令，冷齒人猶笑褚公。』皆有所指也。《歸田詩話》

文宋瑞《指南録》，爲或人賦云：『悠悠成敗百年中，笑看柯山局未終。金馬勝游成舊雨，銅駝遺恨付西風。黑頭爾自誇江總，冷齒人能説褚公。龍首黄扉真一夢，夢回何面見江東？』《困學紀聞》

陸秀夫

『曾聞海上鐵斗胆，猶見雲中金甲神。』乃陸樞密君實《挽張郢州世傑》詩也。張公擁德祐、景炎、祥興于海上，各擁兵南北岸。一夕，大風雨，皆不利，張舟覆而薨，翌蚤獲屍，棺殮焚化，其膽如斗大，焚而不化，諸軍感慟。忽雲中見金甲神人，且云：『今天亡我，關係不輕，後身當出恢復矣。』此詩全篇不傳，忠義英烈，雖亡猶耿耿也。《山房隨筆》

吴　琳

吴琳禹玉，號存吾，履齋之子，書法奇逸，詩亦高勝。早年倅婺，題詩鹿田西寺壁云：『爲從吏隱招提宿，相望城中隔幾塵。雲暗雨來疑是晚，山深寒在不知春。鋤松得石添幽徑，接竹通泉隔近鄰。此去又尋三洞約，初平應怪我來頻。』『在』字原作『重』字，既去之明日，遣小吏持片紙覆其上。予以至治壬戌與張子長游寺中，時亦春深雨寒，冥坐雲霧中，嘗作《志》道其事。後數年，爲宣城録事，舍館存吾故第。其孫鉷子彦出家《集》，乃缺此篇，因寫遺之，併和一章云。《吴禮部詩話》

謝枋得

謝叠山崇真院絶粒，偶書付兒熙之、定之，并呈張蒼峰、劉洞齋、劉華甫，詩云：『西漢有臣龔勝卒，閉口不食十四日。我今半月忍渴飢，求死不死更無術。精神常與天往來，不知飲食爲何物。若非功行積未成，便是業債償未畢。太清群仙宴會多，鳳簫龍笛鳴瑶瑟。豈無道兄相提携？騎龍直上寥天一。』《謝叠山文集》

魏參政執拘投北，行有期，死有日，詩别二子及良友，詩曰：『雪中松柏愈青青，扶植綱

常在此行。天下久無龔勝潔，人間何獨伯夷清？義高便覺生堪舍，禮重方知死甚輕。南八男兒終不屈，皇天上帝眼分明。』李養吾《讀叠山先生北行詩跋》云：『此詩與西山《易水之歌》當竝行，予無暇詳焉爾矣。顧公闔門死節，皆甚偉，公絶口不一言，予不表而出之，何以示天下與後世？公季弟君澤，游太學，早有聲，詩文推本色，彗星應詔書尤絶出，九江潰後，惠予書曰：「署爲立禮生宋仁。」悲哉其爲志也。公内儒家女，諸公嘗科甲登朝，若夫慷慨就義，則甲科視之劣矣。澤因伯氏過康廬，與謝章謀和議，落人疑忌中，械繫良久，明朝事將決，一旦暴卒。二子從母游金陵，聞洶洶有異，殷勤撫二子不忍釋，子既熟寐，解衣帶自經。其長弟君烈伯姪同禍彌慘烈，婦及子婦，懼傷太夫人心，不敢以凶服見。太夫人見二婦不膏沐，不言不笑，曰：「將無大故乎？」又曰：「名義至此，將何逃！」信與羅織之獄，所親如薛如詹，捐重貲得無恙。閩人居亭曰虞氏，爲信所蹤，竟隕深囹，虞嘗注《易》，没齒無怨言，獨行《傳》中人也。凡稱公能死者非知公，公不捐一死，豈惟無以謝軍興將卒，九原見家人復何顏？獨怪江左多將相，富連郡國，澤及嬰孺，雖肝腦塗地，亦不足報所天。居無何，觀光上國，廩人繼粟，大官掴酒，醉飽如平時，公何闔門自苦若此？公二子亂離間，力學自立，能詞章，仲既裹父骨以歸，藁葬昇東濠，徒跣奉迎，俾復其土，皆人所難者。因憶太史公素疏宕，至所謂「得其當而報漢」，談何易哉！公不免輕以三百口許人，國危

如綴旒，命討俱盡，誰得執司馬而罪之？或謂真宰者責公言之不酬，而酬之以其言，是則猶未易解者。予不敢没其實，併附見以俟知者評焉。』《謝叠山文集》

謝叠山《和游古意韻》詩云：『死易程嬰豈不知，十年後死未爲非。文辭未必改秦館《左傳》瑕吕飴甥説秦穆事。，敲朴徒能抱御衣。無志何勞悲廟黍此言《黍離》一詩忠矣，然略無興周之志，與《文侯之命》辭氣相似，曾不如捧御衣之有志也。，得仁更不食山薇予初受教先人，武王、太公、周公，一聞扣馬之諫，既殺紂心焦然不寧，君臣合謀，惟有興滅繼絶，以謝天下，以服人心，故立武庚爲殷王，盡有商畿内之地，姑命三叔以監之，其王者位號尚如故，與周竝立。至三監挾淮夷叛，始殺武庚，始降王爲公，黜殷命而封微子于宋，故《周書》曰：『用告商王。』孔子序詩曰：『成王既黜殷命，殺武庚，命微子啟代殷後。』可見前此殷命未絶，殷王如故。伯夷雖采薇西山，見周家能悔過遷善，雖死無怨，并薇蕨不食而死之，故孔子曰：『求仁而得仁，又何怨？』先君子云，此説聞之韓澗泉《解論語》。『儒冠有愧一厮養見《史記》、《漢書》武臣張昇、陳餘論。，何忍葵心對落暉。』《謝叠山文集》。宗祥案：至元二十五年，福建行省參政管如德，將旨如江南求人才，尚書留夢炎以枋得薦，枋得遺書夢炎曰：『江南無人才，求一瑕吕飴甥、程嬰、杵臼、厮養卒，不可得也。紂之亡也，以八百國之精兵，而不敢抗二子之正論，武王、太公，凛凛無所容，急以興滅繼絶謝天下，殷之後遂與周並立。使三監、淮夷不叛，武庚必不死，殷命必不黜。夫女真之待二帝亦慘矣，而我宋今年遣使祈請，明年遣使問安，王倫一市井無賴、狎邪小人，謂梓宫可還，太后可歸，終則二事皆符其言。今一王倫且無之，則江南無人才可見也。今吾年六十餘矣，所欠一死耳，豈復有他志哉！』此書可與詩參閲。又按：前詩所云『魏參政』，即福建行省參政魏天祐也。

黄遠公曰：謝叠山之北行也，張子惠贈以詩曰：『此去好憑三寸舌，再來不值一文

錢。』叠山心許之，卒之守節不渝，自餓以死，豈有所感而然與？推此志也，雖與西山義士，争光日月可也。《謝叠山文集》

謝叠山《題許月卿門》云：『要知今日謝枋得，便是當年許月卿。』《謝叠山文集》

黄宗羲云：半村案爲厲元吉出尉烏程，謝叠山送之詩云：『十二街頭三尺雪，駿馬健行如跛鼈。生懷故人厲半村，拂袖前行何勇决。叠山居士强欲吟，凍筆如椎硯欲裂。京國青衫十載交，欲言不言情哽咽。願君勿作繞指柔，願君勿作在鑛鐵。甘雨幽遐寃草甦，清風宇宙貪泉竭。循良寧困聖明時，玉燭光華待調燮。』叠山詩文，零落無幾，予從厲氏子孫見其墨迹如新。《黄宗羲全集》

曾極

亡友臨川曾景建，博學强記，無所不通，工詩，有《金陵百詠》。《同泰寺》云：『此身終屬侯丞相，誰辨金錢贖帝歸？』《澄心堂紙》云：『一幅降箋安用許，價高緣寫宋文章。』《荆公書堂》云：『愁殺天津橋上客，杜鵑聲裏兩眉攢。』皆峭拔有風骨。其少作云：『九十日春晴意少，一千年事亂時多。』佳句也。《後村詩話》

曾景建《送蔡季通赴貶》云：『四海朱夫子，徽君獨典型。青雲《伯夷傳》，白首《太玄

經》。有客憐孤憤，無人問獨醒。瑶琴空鎖匣，絃絶不堪聽。』其後景建亦坐詩禍，謫春陵而卒。《後村詩話》

楊子幼以南山種豆之句殺其身，此詩禍之始也。至于『空梁落燕泥』之句，『庭草無人隨意緑』之句，非有所譏刺，徒以琱斵工巧，爲暴君所忌嫉，至賈奇禍，則詩真可畏哉！賈至謫岳州，嚴武謫巴州，杜少陵寄詩云：『賈筆論孤憤，嚴君賦幾篇。定知深意苦，莫使衆人傳。貝錦無停織，朱絲有斷絃。浦鷗防碎首，霜鶻不空拳。』蓋深戒之也。劉禹錫種桃之句，不過感歎之詞耳，非甚有所譏刺也，然亦不免于遷謫。近世蔡持正，數其罪惡，雖兩觀之誅，亦不爲過，乃以《車蓋亭》絶句謂爲譏刺，貶新州。夫小人摘抉君子之詩文以爲罪，無怪也，君子豈可亦摘抉小人之詩文以爲罪乎？東坡文章，妙絶古今，而其病在于好譏刺，文與可戒以詩云：『北客若來休問事，西湖雖好莫吟詩。』蓋深恐其賈禍也，烏臺之勘，赤壁之貶，卒以不免。觀其獄中詩云：『夢繞雲山心似鹿，魂驚湯火命如雞。』亦可哀矣！然纔出獄便賦云：『卻對酒杯疑是夢，試拈詩筆已如神。』略無懲艾之意，何也？晚年自朱崖量移合浦，郭功父寄詩云：『君恩浩蕩似陽春，海外移來住海濱。莫向沙邊弄明月，夜深無數採珠人。』其意亦深矣。渡江以來，詩禍殆絶，惟寶紹間《中興江湖集》出，劉潛夫詩云：『不是朱三能跋扈，只緣鄭五欠經綸。』又云：『東風謬掌花權柄，卻忌孤高不主

張。』敖器之詩云：『梧桐秋雨何王府，楊柳春風彼相家。』曾景建詩云：『九十日晴春景少，一千年事亂時多。』當國者見而惡之，並行貶斥。景建布衣也，臨川人，竟謫春陵死焉。其往春陵也，作詩曰：『杖策行行訪楚囚，也勝流落嶠南州。鬢絲半是吳蠶吐，襟血全因蜀鳥流。徑窄不妨隨藊栗，路長那更聽鈎輈。家山千里雲千疊，十口生離兩地愁。』《鶴林玉露》

曾景建《金陵百詠》，《覆舟山》云：在城北五里。晉北郊壇，宋藥園壘，樂游苑，冰井，甘露亭，皆在此山。『六代興亡貉一丘，繁華夢逐水東流。操蛇神《列子》注：『山海之神皆操蛇。』向山前笑，三百年前幾覆舟。』《秦淮》云：（在縣南三里。始皇時，望氣者云：『金陵有天子氣』，使朱衣鑿山爲瀆，以斷地脉。改『金陵』爲『秣陵』。《晉陽秋》：『秦開，故曰秦淮。』或云：淮水發源，屈曲不類人工。）『鑿斷山根役萬人，祖龍癡絶更東巡。石城幾度更新主，贏得淮流尚繫秦。』《西浦》云：張碩遇杜蘭香處。『珠璫錯落江皋佩，羅韈輕盈洛浦妝。欲採蘋花擲春信，停橈難覓杜蘭香。』《桃葉渡》云：一名『南浦渡』。《金陵覽古》：『在秦淮口，桃葉者，晉王獻之愛妾名也。獻之詩云：「桃葉復桃葉，渡江不用檝。但渡無所苦，我自迎接汝。」』『不用檝』者，謂横波急也，獻之歌此送之。『裙腰芳草抱長隄，南浦年年怨别離。水送横波山斂翠，一如桃葉渡江時。』《臙脂井》云：陳末，後主與張麗華、孔貴嬪，投景陽井以避隋兵。舊傳云：欄有石脉，以帛拭之，作臙脂色，又名『辱井』，在法華寺。或云：白蓮閣下有小池，面方丈餘。或云：在保寧寺覽輝閣側。『寒泉王氣没春蕪，石染臙脂潤不枯。杏怨桃羞嬌欲墮，猶將紅淚灑黄奴。』《射殿》云：有

七十間，旁多槐竹。『鶴蓋陰陰覆苑墻，更添蒼雪助清涼。高皇儉德規模遠，不作南朝石步廊。』李賀詩：『春熱張鶴蓋，兔目宫槐小。』蘇子瞻《竹》詩：『蒼雪紛紛落夏簟。』丁公言詩：『困憶南朝石步廊。』《古龍屏風》云：宣和舊物，高宗携之渡江，後壞爛，宫官惜之，剪裁背成屏風，立殿上。『乘雲游霧過江東，繪事當年笑葉公。可恨横空千丈勢，剪裁今入小屏風。』《新亭》云：在城南十五里。《金陵覽古》：『在江寧縣十里。洛陽，四山圍，伊洛瀍澗在中，建康亦四山圍，秦淮直瀆在中，故云風景不殊。舉目有山河之異。』李白云：『山似洛陽多。』許渾云：『祇有青山似洛中。』謂此也。蔡薿作《天津橋》亦以此。）『青山四合遶天津，風景依然似洛濱。江左于今成樂土，新亭垂淚亦無人。』《賞心亭》云：下臨秦淮，盡觀覽之勝。丁晉公謂建，嘗以周昉所畫《袁安卧雪圖》張于屏，後太守易去。《續志》又云：『丁始典金陵，陛辭之日，真宗出八幅《袁安卧雪圖》付丁，謂曰：「卿到金陵，可選一絶景處張此圖。」謂遂張于賞心亭。』柱上有蘇子瞻題名，猶存。『柱上題名客姓蘇，江山清絶冠吴都。六花飛舞憑闌處，一本天生《卧雪圖》。』《同泰寺》云：在臺城内。梁武帝窮竭帑藏，造大佛寺閣七層，爲天火所焚。『布薩關齋涕泗揮，大通基在昔人非。此身終屬侯丞相，誰辨金錢贖帝歸？』《宋興寺》云：劉裕故居也。『晉至昌明祚已終，讖文猶有兩昏童。桓元偷得宫中璽，卻屬新河伐荻翁。』《八功德水》云：在蔣山悟真庵後。按梅摯亭記：『梁天監中，有胡僧曇隱，寓錫于此，山中乏水，時有龐眉叟相謂曰：「予山龍也，知師飲渴，措之無難。」俄而一沼沸成。後有西僧繼至云：「本域八池，已失其一，似竭彼盈此也。」其泉一清，二冷，三香，四柔，五甘，六浄，七不饐，八蠲疴，故名「八功德水」，自梁以後常取給。』『數斗供厨替八珍，穿松漱石瑩心神。中涵百衲煙霞色，不染齊梁歌舞塵。』

《謝玄廟》云：『兒輩能軍國未危，更令朱序助聲威。秦人若有全師集，雲母車盛晉鼎歸。』《蔣帝廟》云：『白馬千年繫廟門，爐煙浮動衮龍昏。闔棺謾説榮枯定，青骨猶當履至尊。』《吴大帝陵》云：『老瞞虎裂横中州，何物生兒作仲謀。四十帝中功第一，壞陵無主使人愁。』《卞將軍墓》云：『握節顔公拳透爪，歸元先軫面如生。晉陵發掘今無主，獨有忠魂只冶城。』《張麗華墓》云：在賞心亭天井中間。有光氣如匹練，掬之如水銀，漸流散。『伴侣聲沉王氣消，香魂血涴有誰招？蓬科三尺光塵在，猶作臺城花月妖。』《臺城》云：『紫蓋横天整復斜，興亡接翅似昏鴉。舊時石闕摩雲處，荻屋荆扉一兩家。』《李氏宫》云：本朝修李氏宫，得水銀數十斛，宫娥棄粉膩所積也。事見《湘山野録》。『埋愁無地奈君何，可是黄墟飲恨多。玉鏡臺前棄脂水，深泉流汞尚盈科。』《華林園》云：『羽葆來臨鼓吹亭，華林暢飲倒長瓶。萬年天子曹騰眼，錯認長星作酒星。』《昇元閣鐸》云：今之昇元閣，非古基矣。石柱二，見屹立右軍教場中。昇元閣一名『瓦棺閣』，乃梁朝建，高二百四十尺。『摩挲石柱蘚痕斑，亡國如鴻去不還。無復切雲三百尺，祇傳風鐸在人間。』《孫陵鵝眼錢》云：『六代初終幾變遷，孫陵無樹起寒煙。青蚨細薄如榆莢，謂是當年買笑錢。』《澄心堂紙》云：《王直方詩話》：『澄心堂紙，江南李後主所製。劉貢父詩：「當時百金售一幅，澄心堂中千萬軸。」』『楮生玉面霧深藏，未肯横陳翰墨場。一幅降牋何用許，價高緣寫宋文章。』《德慶堂字》云：李主所書，南唐但餘此物。李主筆法有鐵鉤鎖。『森然筆勢聚干將，氣軋鍾、

王未肯降。惆悵當年鐵鉤鎖，可能無意鎖長江？』《三段石》云：上元縣南三十里，有段石岡。《丹陽記》云：『有天碣石，長二丈，折爲三段，記吴功德。其文東觀令華覈作，其字大篆，或又云皇象書也。今移在府中。』『凛然皇象法書存，重屋應無野火焚。割據英雄餘一念，斷碑千載尚三分。』《校官碑》云：在溧陽縣官廨。『風摧雨剥校官碑，集古先生竟不知。同是光和千歲刻，未容苦縣獨稱奇。』《石步道中有石麒麟數十》云：『地悴天荒丘隴平，難從野老問衰興。蒼煙落日低迷處，折足麒麟記壞陵。』《鳳州柳》云：鳳州柳，蜀主與江南結婚，求得其種。鳳州出手柳酒。『蜀主函封遣使時，芳根元自鳳州移。柔荑醽醁今安在？惟有青絲拂地垂。』《青松路》云：王介甫手種松。『致君堯舜事何難，投老鍾山賦考槃。愁殺天津橋上客，杜鵑聲裏兩眉攢。』《方輿勝覽》

羅磵谷《謝景建惠〈金陵百詠〉書》云：『黍苗離離，麥秀芃芃，弔古宫于荒畦，撫頹城于野草，僕悲馬懷之歎，至《百詠》極矣。不知景建是何肺腑，能辨此等惱人言語于千載之下耶？』《翰墨大全》

宋太祖命諸將征江南，大將曹彬與諸將約：『城破之日，誓不妄殺一人，載在史册，可考也。』嘗觀曾景建《金陵百詠・樂官山詩序》云：『南唐初下時，諸將置酒，樂人大慟，殺之瘞此山，因得名。』詩云：『城破轅門宴賞頻，伶倫執樂淚沾巾。駢頭就戮緣家國，愧死南歸結綬人。』以山名詩意觀之，豈果不妄殺耶？《梅磵詩話》

曾景建《金陵百詠·決囚燈》詩云：『五詳三覆始施刑，明滅蘭膏豈足憑？可惜當年殺嚴續，無人爲益決囚燈。』《序云》：『後主聽死囚，然佛燈決之，囚家賂左右，竊益膏油，輒得不死。』按《五代史·南唐世家》載：鍾謨素善李德明，謨奉使歸，而聞德明由宋齊丘等見殺，欲報其寃，未能發。陳覺，齊丘黨也，與景相嚴續素有隙，覺常奉使周，還言世宗以江南不即聽命者，嚴續之謀，勸景誅續以謝罪。景疑之，謨因請使于周，以驗其事。景已割地稱臣，乃使謨入朝謝罪，言不割地者，非續謀，願赦之。世宗大驚曰：『續能謀，是忠其主也。朕豈殺忠臣乎？』謨言覺姦詐，景怒，流覺饒州，殺之。宋齊丘坐覺黨與，放還青陽，賜死。又胡致堂《讀史管見》云：『敵國謀臣，我所惡也。蓋有設間用計而去之者矣，未聞名揚忠直，諭使勿殺，如世宗于嚴續者，用心如此，天下有不服者乎？』以是觀之，則後主未嘗殺續也，景建何所據耶？《梅磵詩話》

《百詠》中《蔣帝廟》詩，有『闔棺漫説榮枯定，青骨猶當履至尊』之句，人多不解『青骨』二字。偶閱《海録碎事》，載後漢末，蔣子文嘗爲秣陵尉，自謂『青骨』，死當爲神。後因顯靈，吴主爲立祠鍾山下，因改山爲『蔣山』，後累封爲帝。始知二字本此。《梅磵詩話》

吴大有

吴松壑，寶祐間游太學，率諸生上書，言賈似道姦狀，不遂，退處林泉，以詩酒自娱。予歸臨川，贈詩云：『我昔見君方成童，長吉才華驚鉅公。人間科第不屑就，直使聲名聞九重。乃翁引上凝華殿，子虚不待他人薦。入直來來凡幾年，天上奇書盡曾見。翩然歸去大江西，二疏父子還相隨。故鄉分得雲水地，卻喜不爽漁樵期。春雨騎牛對煙草，何如振衣隨龍五雲表。秋霜黄獨煨地爐，何如駝峰犀筋食天厨。林間拾葉抄詩句，何如宫妃捧硯揮毫處。溪邊照影著荷衣，何如龍門應制奪錦時。鈞天夢斷難回顧，浩然合在山中住。金石臺前伴白雲，六年不踏西湖路。今日重來發長吁，忍看清平破草廬。盡括書籍向人賣，歸買田園供荷鋤。乃翁齒髮落，倚門待兒斜日薄。孤山梅花帶不歸，卻唤扁舟載童鶴。』《隨隱漫録》

陳仁玉

陳碧棲《南峰寺藍光軒見懷》詩云：『懷佳人兮山扃，躡煙霏兮步輕。蹇獨立兮山上，空山無人兮寒松自聲。懷佳人兮何許，白雲封關兮猨鶴看户。羌有懷兮曷愬，風虚徐兮簷

鐸語。辤佳人兮未來，聊逍遥兮容與。』《吴禮部詩話》

陳碧棲題蘇端明書《乳泉賦》後云：『坡公謫海上，人傳已仙去。道逢章子厚，遄復返塵路。至言想世驚，猶閟《乳泉賦》。遥憐嵩山丘，千古不可駐。』《式古堂書考》

陳宜中

賈師憲越第望海樓成，越帥季鏞賦詩爲賀，陳宜中時爲推官，次韻云：『名與山高千古重，恩如海闊一身輕。門下少年初幕府，夢隨諸吏上峥嶸。』又云：『功歸再造金甌好，歲已三登玉燭調。昨日倚笻平地看，一如石壁望松寥。』蓋用太白：『石壁望松寥，宛然在碧霄。』蓋山名也。一時人稱其善于押韻，自此登師憲之門云。《弁陽詩話》

陳宜中如占城，經吴川極浦亭，詩云：『颠風吹雨過吴川，極浦亭前望遠天。有路可通環嶼外，無山堪並首陽巔。溪雲起處潮初長，夜月高時人未眠。異日北歸須記取，平蕪盡處一峰圓。』《廣東通志》

吕人龍

吕首之《春歸》詩云：『過卻清明豔冶天，梨花飛雪柳森煙。欲憑鶯燕留春住，無奈東

風信杜鵑。』《青溪詩話》

徐天祜

徐受之天祜《洛思山》詩云：在蕭山。昔有洛下人，隨太尉朱雋來會稽，三年不得返，乃登山北望而歎，故名。『歸去蹉跎歲月深，羈愁無奈故鄉心。人生畢竟俱懷土，莊舄當時自越吟。』《方干島》云：在鑒湖中，一名『筍莊』。『平生心事白鷗知，一卷雲庵處士詩。占得鏡中奇絶處，衹緣身值廣明時。』《白樓亭》云：《世説》：『孫興公、許元度共在白樓亭，商略先往名達，林公既非所屬，聽訖云：「二賢故自有才情。」』『江左名流共往還，白樓何許只青山？不須商略閒今古，物换星移俯仰間。』《許詢園》云：在蕭山。許詢嘗登永興縣西山，築室其上，蕭然自放，乃號其岫爲『蕭山』。『高棲不受鶴書招，北幹家園久寂寥。明月空懷人姓許，故山猶自岫名蕭。』《錢王祠》云：『石鏡山前結駟游，故鄉霞錦徧林丘。祇今東府空遺廟，露立唐碑老樹秋。』《紹興府志》

盛元仁

陸秀夫抱幼主沉海，諸公作挽詩，惟盛元仁一章爲冠：『紫宸黄閣共樓船，海氣昏昏日月偏。平地已無行在所，丹心猶數中興年。生投魚腹不見水，死抱龍髯欲上天。板蕩純臣

有如此，流芳青史更無前。』盛號虎林。《吴禮部詩話》

史景正

史蒙卿景正《有感》詩云：『途窮那免哭，哭罷一高歌。白日催年急，青山閲世多。浮生從潦倒，遺恨不消磨。何許南來雁，殷勤掠暝過。』《即事》云：『宫花攢曉日，仙鶴下雲端。自是傷心極，那能著眼看。風沙兩宫恨，煙草八陵寒。一掬孤臣淚，秋霖對不乾。』黄石翁可玉《寒食客中》云：『明朝便典黑貂裘，寒食寧無數日留。煙斷昔曾悲介子，火衰今不祀商丘。百年盡付風吹柳，一雨遠隨山入樓。安得五侯鯖到我，自修茶事度香篝？』(一)『慘淡微茫斷客魂，最難忘處最難言。南陵不可避風雨，麥飯如何託子孫？往事滄江吹白鳥，誰家鐵撥送金尊？欲尋隱者相傾倒，煙柳深深不見門。』(二)數詩詞旨精深，音節悲壯，凄涼感慨之意，溢于言表，讀之猶使人惻然。《吴禮部詩話》

陳體仁

趙良淳，字景程，號常軒，饒之餘干人，忠定丞相之曾孫。咸淳甲戌，長江失守，凡内郡悉除授宗姓。公守霅。明年，城失守，公以片紙書付其子曰：『寧爲趙氏鬼，不作他國臣。

行年五十有三，守土而死節，尚復奚憾。諸子幸而生者，勉旃忠孝。』書訖，付其子友信，遂閉閣投繯而死，時乙亥除夕也。陳體誠尚書作詩三章哀之，曰：『日慘天無色，城危歲迫除。孤忠原自許，一死不知餘。束衽全遺體，呼兒授訣書。登陴才信宿，腸斷正愁予。忠定扶神鼎，安邦不顧身。曾孫能致命，屬籍豈無人？歸骨番江上，招魂霅水濱。死生均此念，老病泣遺民。慷慨君疇國，奔逃我喪家。陸沉同一壑，淵涉渺無涯。祈死惟嫌晚，餘生只自嗟。蒿萊連雉堞，落日噪棲鴉。』《弁陽詩話》

陳　諤

陳野水言：昔紹興學正任滿後，入城給取解由，道經婺境，至山中村舍，時暑行倦饑渴，入一野室，見數人擣柏油，一老下碓詢所從來，野水言『自紹興』。又問：『往紹興何爲？』野水言：『爲學正任滿，往求解由。』老人笑曰：『汝自討解由，我自擣柏油。』上碓不顧。野水怪之，出問其鄰曰：『此何人也？』鄰人云：『此我郡傅省元，兵革以來，隱處山中，父子碓油種藝以自給。』野水取紙書一絶云：『忽遇山中避世翁，居然沮溺古人風。白頭方作求名計，不滿先生一笑中。』傅觀詩訖，命坐，曰：『子真悟者耶。』即命置飲食勞之。要之山澤之癯，長往不返者歟？顛崖果何限也。役役蝸蠅，苟竊升斗，彼視之一噱耳。《山房隨筆》

陳諤，字古直，號埜水，嘗爲越學正，滿替，往婺之廉司取解由。歸途偶憩山家，有長髯野叟，方搗柏子作油，見客至，遂少輟，相問勞曰：『君亦儒者耶，持杯茶飲之。』遂問：『今將何往？』陳對以『學正滿替，欲倒解由别注他缺。』髯叟忽作色而起曰：『子自倒解由，我自搗柏油。』遂操杵臼，不復再交一談。陳異而詢于鄰人，云：『此傅秀才，隱者也，惡君言進取事故耳。』陳心甚愧之，因賦詩云：『忽遇深山避世翁，居然沮溺古人風。老來一出爲身計，不滿先生一笑中。』《癸辛雜識》

向在鄂渚，正值己未透渡之變，至辛酉閏十一月二十一日解圍，嘗作《鄂渚百詠》，以記一時之事，多歸功于賈老。中間有一首云：『久戍胡兒已念家，將軍何不奏胡笳。今朝忽報嚴圍解，白雪紛紛亦散花。』賈見散花之語，大怒，捕陳甚急。陳窘甚，求救于趙晦巖，晦巖爲解釋，乃免。《癸辛雜識》

全宋詩話目録卷八十一

陳郁　字仲文，號藏一，臨川人。理宗時，緝熙殿應制。景定間，東宫講堂掌書兼撰述。有《藏一話腴》。

劉辰翁　字會孟，廬陵人，太學生。景定壬戌廷試對策，忤賈似道，置丙第。以親老，請濂溪書院山老，薦居史館，又除太學博士，皆固辭。宋亡，隱居。有《須溪集》。

韋安居　吴興人，宋季進士，司糾三衢。有《梅磵詩話》。

錢舜選　號春塘，吴江人。

錢選　字舜舉，號玉潭，吴興人，鄉貢進士。别號習嬾翁、霅川翁、清臞老人。

陳天錫

黄祖潤　官户曹。有《和劉潛夫百梅絶句》。

黄文雷　字希聲，盱江人。有《看雲小集》。

趙愚齋

陳琰

薛師石　字景石，永嘉人。有《瓜廬詩》。

薛泳　字叔似，一字沂叔，天台人。

馬宋英　温州人，以畫名。

魯應龍　字子謙，嘉禾人。有《閒窗括異志》。

李堅

謝耘　字耕道，天台人。

仇從簡　號芋田。

劉清軒

周伯仁　字及之，南昌人。

周承勛　字希稷，官瑞州新昌尉。

鄭熗　字君瑞。

張仲節　建安人。有《玉澗稾》。

蕭汎之

葉紹翁　字嗣宗，建安人。有《靖逸小集》、《四朝聞見録》。

周端臣　字彦良，號葵窗，御前應制。

賈仲潁　永嘉人。

宋自適　字正父，號清隱，金華人。

吴吉甫

李龏　字和父，號雪林，笠澤人。詩效元白，不樂仕進，年登耄期。有《漱石吟》、《梅花衲》、《剪綃集》。

方景絢　字武子，莆陽人。擢第，終郡掾。

劉瀾　字養源，號江村，天台人。道士還俗，干謁無成。

羅竹谷　廬陵人，大經父。

羅大經　字景綸，登第爲容州法曹掾。有《鶴林玉露》。

劉汝進　號山翁，漫塘幼子。

陳東之

吴濟　字巨川，號廉静。

劉元茂　號石澗，性愛菊。

吴惟信　字仲孚，霅川人，寓吴中。有《菊潭詩集》

馮輗　慈谿人。

陳潤道　天台人。

龔炳　字文伯，高郵人。

嚴粲　字坦叔，邵武人。登第，官清湘令。有《華谷集》。

林洪　字龍發，號可山，泉州人。有《西湖衣鉢》、《山家清供》。

張弋　字彦發，河陽人。有《秋江煙草》。

蕭泰來　字則陽，號小山，臨江人，崱弟。理宗時御史，附謝丞相，爲右司李伯玉所劾。有《小山集》。

姚寅　號雪坡，關西名將後，居湖州東林。

馬子嚴　字莊父，號古洲，建安人。

魏慶之　字醇父，號菊莊，建安人。有《詩人玉屑》。

徐用亨　括蒼人。

朱正中　號力庵。

程登庸

倪文一　咸淳間進士，知清流縣。入元，徵不起，隱居終身。

邊居誼　伯顏侵襄陽，戰殁，全家赴火死。

何潛齋

陳公榮　太學生，與族子老成，募兵勤王海上。

朱少游

丘葵

蔣粹翁　太學生。

吴白　字少白，晚爲僧于廣化寺。

全宋詩話卷八十一

陳郁

陳藏一《石湖歸途》詩云：『人與西風結約來，芙蓉花氣撲吟杯。曲塘好處都行徧，帶得一身秋色回。』《東園書所見》云：『娉婷游女步東園，曲徑相逢一少年。不肯比肩花下過，含羞卻立海棠邊。』《城東看柳》云：『翻暖爲寒一信風，畫橋南北岸西東。春歸楊柳無私意，深淺青黄自不同。』《蘇隄曉望》云：『荷邊清露襲人衣，風裹明蟾浴曉池。涼影潤香吟不得，手扳隄柳立多時。』《景靈宫恭謝駕回，丞相以下皆簪花》云：『幸驂恭謝覩繁華，馬上歸來帶御花。老婦稚兒相顧問，也須春色到詩家。』《隨隱漫録》

陳藏一《賦翁仲限『久』字韻》：『銅仙擎露秋風表，珍重劉郎千萬壽。老瞞攘鼎貽孫謀，因逼此仙俱受垢。仙寧折骨拒非招，耻爲奸雄效奔走。污名翁仲俾司門，口不能言心自否。洛陽宫殿一灰飛，天上此標獨長久。君不見堂堂冠劍隱滕城，萬古六丁驅鬼守。』

抱獨山人《跋》云：『紹定壬辰九日，徐逸觀陳藏一所作《翁仲》詩，命意布辭，灼見魅鄉呼魄指冤，俾受言獎，如在荆棘中流涕而話往事。嗚呼！如詩人忠憤之心，隨事而見，可勝歎哉！因執筆惘惘而書。』《隨隱漫録》

靈隱寺前冷泉亭，在飛來峰下，景趣幽絶，古今留題不一。東坡《呈唐林夫》一篇，固已度越衆作，近丹巖林稹一絶云：『一泓清可沁詩脾，冷暖年來只自知。流出西湖載歌舞，回頭不似在山時。』頗爲人所稱頌。續有臨川陳藏一題于後，云：『巖裏空寒玉有聲，亭前淵静鏡生明。從他流入香塵去，不礙源頭徹底清。』亦有意味。《梅磵詩話》

劉辰翁

劉須溪《初晴》云：『初日入高樓，歸雲雜江樹。魚游新雨晴，鳥語晨光吐。天容起復靚，煙色轉輕素。墻草麗車前，巷溝映泥路。窗明祛宿潤，礎泫滑微步。會朝有宿客，過午無來屨。沿砌上蠙衣，虚庭竿犢袴。人生足無事，世故非所慮。彼語吾不聞，清風有時度。』《戲題》云：『無人知坦腹，水影半簾苔。鶯謂青蟲墮，垂絲忽上來。』《春歸》云：『留春一日不可，種樹十年未成。芳草斷腸花落，緑窗携手鶯聲。』《天下同文集》

廬陵劉辰翁，諱孟，號須溪，于唐人諸《詩集》及李、杜、蘇、黄大家，皆有批點，又有批

評《三字口義》及《世説新語》，士林服其賞鑒之精博，然不知其節行之高也。余見元人張孟浩贈須溪詩云：『首陽餓夫甘一死，叩馬何曾罪辛巳。淵明頭上漉酒巾，義熙以後爲全人。』蓋宋亡之後，劉公竟不出仕也。噫！是與伯夷、陶潛何異哉！須溪私印古篆『三代人物』四字，自許良不爲過。張孟浩蓋亦同時合志者，他如閩中之謝皋羽，徽州之胡餘學。慈溪之黄東發，自以中國遺人，不屈夷狄者，不知其幾。宋朝待士之厚，其效可驗矣。《升庵詩話》

世以劉須溪爲能賞音者，爲其以《選詩》李、杜諸家皆有批點也。予以爲須溪元不知詩，其批《選詩》首云：『詩至《文選》爲一厄，五言盛于建安，而勃窣爲甚。』此言大本已迷矣！須溪徒知尊李、杜，而不知《選詩》又李、杜之所自出。予嘗謂須溪乃開剪截羅段舖客人，元不曾到蘇、杭、南京機坊也。《升庵詩話》

劉會孟嘗作《月》詩六言云：『霓裳聲裏一擲，如今是第幾輪？赤壁黄樓多在，古今多少愁人。』爲人所訐，幾殆。《癸辛雜識》

劉須溪先生會孟《題蘇、李泣别圖》云：『事已矣，泣何爲？蘇武節，李陵詩。噫！』馮海叔先生子振《題楊妃病齒圖》云：『華清宫，一齒痛。馬嵬坡，一身痛。漁陽鼙鼓動地來，天下痛。』陳伯敷先生繹曾《題楊妃上馬嬌圖》云：『此索《清平調》詞赴沉香亭時耶？抑聞

漁陽鼙鼓聲赴馬嵬坡耶？上馬固相似，情狀大不同，觀者當審諸。』余觀三先生之跋語，痛快嚴峻，抑揚感傷。使後世之爲人君而荒于色，爲人臣而失其節者，見之寧不懼乎！《輟耕録》

錢舜選

錢春塘舜選，景定癸亥，特旨以布衣陳隨隱，除東宫掌書，作詩賀之云：『吟筆何須管用銀，日供譔述聖恩新。只今已脱凡塵去，便作金丹换骨人。夜泛孤篷載月船，静搜吟料六橋邊。詩成上達宸聰了，流落人間到處傳。』《紀夢》云：『翠峰嵯峨三十六，寒泉落空響哀玉。甃花石路勢縈紆，玉闌干護修筠緑。雪髯老人負紫瓢，金絲麈尾遥相招。紅螺酌酒湛湛碧，坐倚蒼石吹洞簫。孤鶴來傳天上詔，老人挽予偕一到。飄飄高舉淩青冥，直過罡風履黄道。祥光樓閣倚峥嶸，神虎守關森衛兵。雙闔朱扉忽微啟，中有靈官來遠迎。絳衣持斧立丹陛，玉皇手中玉如意。雲璈風瑟自宫商，天聲清越非人世。帝旁青童傳帝宣，文華宫中呼謫仙。謫仙顧余笑且言，子宜亟反來他年。探懷贈我五色筆，子當寶之慎勿失。濃香氤氳迷帝所，長揖老人下西廡。身從日月上頭行，俯視斗杓分子午。雲氣相隨步武生，過耳但覺松風鳴。覺來握筆紀佳夢，月明樓鼓撾三更。』《隨隱漫録》

韋安居

景定壬戌，得數椽于城南慈感渡側，詢之故老，云：『距賈芸老水閣舊址不遠。』因作五言八句云：『卜居求静處，喜傍碧溪灣。隔岸高低柳，當軒遠近山。天開圖畫久，人共水雲閒。聞説賈芸老，舊曾居此間。』《梅磵詩話》

余丙子歲，司糾三衢。二月十一日，宋太后詔諭諸郡歸附，郡將而下，奉詔依應，吏民安堵如故。至四月二十三日，忽西安縣管下諸郡草寇，攻城甚急，守將孟茂以衆寡不敵而遁，余挈累往城北菱角塘孔宰家避難。午後城破，沈倅應龍被傷，西安令趙若鐩遇害，是晚縱火。次日，賊沿門剽掠，余孀女暨本廳兵級徐春妻，俱被執，越一日，遂與次子及外孫，冒險出城逃避，幾死者數矣。賊退，徐春知其妻掠在近城茜塘民家，以銀贖歸，知吾女已死，云是晚賊欲亂之，吾女極口詬罵曰：『爾輩賊也，我是見任官女，何得無禮？』遂斃于毒。寓翁留忠齋聞之，亦高其節。後捕得行兇之人，郡守董瓚寘之極典，一郡稱快。余嘗有詩悼之曰：『視死如歸不受汙，今無彤管爲伊書。倉皇父子終天訣，菱角塘邊孔氏居。』每一思之，涕泗交下。《梅磵詩話》

菊磵高九萬《賦思陵御製墨本》詩云：『淡黄越紙打殘碑，盡是先皇御賜書。白髮内

人和淚讀，爲曾親見寫詩時。』余甲戌歲，薄宧三衢，常陪同僚游爛柯山集仙觀，有《即事》十絶句，内一首《觀寧宗御書畫扇》云：『篋中寶扇久珍儲，上有寧皇御筆書。因記小臣生聖世，爲觀奎畫重欷歔。』傚此體也。《梅磵詩話》

錢選

錢舜舉《仇書圖》詩云：『兩兩挾策游康衢，聚戲不異同隊魚。忽然兒態起争競，捐棄篋笥仇詩書。』《自題浮玉山居圖》云：『瞻彼南山岑，白雲何翩翩。下有幽棲人，嘯歌樂徂年。叢石映清泚，嘉木淡芳妍。日月無終極，陵谷從變遷。神襟軼寥廓，興寄揮五絃。塵彯一以絶，招隱奚足言。』《題桃源圖》云：『始信桃源隔幾塵，後來無復問津人。武陵不是花開晚，流到人間卻暮春。』《題洪厓先生像卷》云：『神駕馭景飈，太虚時總轡。元道不可分，直悟天人際。群從皆成仙，玩世不計年。何當事神游，許我笑拍肩。』《珊瑚網》

錢舜舉與趙子昂同里，並在『吴興八俊』中。至元間，子昂徵入，功名赫赫，諸人皆依附取官，獨舜舉齟齬不合，流連詩畫以老。《清河書畫舫》

陳天錫

陳天錫有絶句云：『舍南舍北雪猶存，山外斜陽不到門。一夜冷香清入夢，野梅千樹月明村。』《東皋雜録》

黄祖潤

黄祖潤《和劉潛夫百梅絶句》中二絶，云：『天籟消沉斗柄斜，繞枝忽起護巢鴉。素娥青女新梳洗，來鬭寒梅半夜花。』『林間翠羽啄枯槎，邂逅孤筇次水涯。飛過小溪留數語，殷勤報有隔墻花。』《後村題跋》

黄文雷

黄文雷，字希聲，永嘉人。希聲有《看雲》詩，不行于世，其《賦昭君行》，特爲一時名公所稱道。其辭云：『君不見未央殿前羅九賓，漢皇南面呼韓臣。無人作歌繼《大雅》，至今遺恨悲昭君。丙殿春閒鬭馮傅，掖廷新花隔煙霧。票姚枉奪燕支山，玉顔竟上氈車去。人生流落那得知，不應畫史嫌蛾眉。癡心又共琵琶語，歸夢豈隨鴻雁飛。穹廬隨分薄梳洗，

世間禍福還相倚。上流厭人知奈何，後來燕啄皇孫死。野狐落中高臺傾，宫人斜邊曲池平。千秋萬歲只如此，誰似青塚年年青？』按竟寧元年，呼韓邪既婿漢氏，其年五月，宫車晏駕。故云。《弁陽詩話》

趙愚齋

趙愚齋《客中清明》云：『紅塵烏帽寄他鄉，欲語春愁怕斷腸。惆悵清明歸未得，借人門户插垂楊。』《梅磵詩話》

陳　琰

陳粲山《題二陸祠》云：『塵暗香殘二俊祠，可憐詞藻妙當時。聯鑣入洛成何事，一段凄涼鶴不知。』《梅磵詩話》

薛師石

薛景石《游雁山》句云：『半洞容千佛，諸峰共一雲。』《石橋》云：『泉湧龍頻躍，山靈鳥不來。』《瓜廬詩王汶〈跋〉》

瓜廬翁每與四靈聚吟，獨主古淡，融狹爲廣，夷鏤爲素，神悟意到，自然清空。東閣趙汝回《瓜廬詩序》

薛　泳

薛叔似《新堤小泛》句云：『柳斷橋方出，煙深寺欲浮。』《早秋歸興》云：『歸心如病葉，一片落江城。』《深雪偶談》

馬宋英

馬宋英，温州人，以畫名。嘗游浄慈寺，寫古松于壁，因題云：『磨出一錠兩錠墨，掃出千年萬年樹。月明烏鵲誤飛來，踏枝不着空歸去。』丁大全丞相賞其詩畫，急命索之，人忌其能，閟不令出，卒不遇。《圖畫寶鑒》

魯應龍

陳山觀音殿，曩年忽有兩石，從半山鬬墜而下，一從殿後壁滚入大士座下，一墜殿之西，屋瓦無損，不知從何而入，今二石尚存，留題者甚多。予乙卯歲到祠下，嘗賦詩于壁，以

記其事云：『錦石雙飛下翠微，忽看移入小巖扉。靈光夜静歸山徑，翠影秋寒上佛衣。滇海始知鯨欲動，零陵不獨燕能飛。只今五色曾何補，自採奇峰築釣磯。』《閒窗括異志》

李堅

沖寂觀，在縣西北六十里，唐周長官所居，井有白兔昇天，捨爲觀。南唐隱者許堅至此，浴滆湖履波而逝。李堅詩云：『玉兔朝天去不回，空餘露井薦晨杯。屋鈴不語明如掌，無復凌波逸士來。』《咸淳毗陵志》

謝耘

謝耕道，自號謝一犂，有《犂春圖》。諸公喜于納交，善滑稽，三十年間，天下詩人，未有不至其室，詩軸不知幾牛腰，中高二尺餘。方口大面，行于市，孰不曰謝一犂，因是名滿京洛。壁間寫詩，中有一聯云：『路深容馬窄，樓小插花多。』事繼母極孝，母年九十七八，該慶典初封，人榮之。《貴耳集》

仇從簡

仇芋田《詠酥黄芋》云：『雪翻夜鉢裁成玉，春化寒酥剪作金。』《山家清供》

劉清軒

嘗見有人《彈范蠡文》云：『吴江三高，即越之范蠡，晉張季鷹，唐陸魯望也。范蠡越則謀臣，吴爲敵國，假扁舟五湖之名，居笠澤三高之首，况當無邊勝地之上，著此不共戴天之讐。其視菰菜蓴羹，敝屣名爵，筆床茶竈，知棹江湖者，豈容與之並駕臨風，聯鑣釣雪耶？』劉清軒詩云：『可笑吴癡忘越憾，卻誇范蠡作三高。』見識固已深矣。《藏一話腴》

周伯仁

周及之有《春雪》句云：『照天不夜梨花月，落地無聲柳絮風。』《桃源手聽》

周承勛

周晞稷承勛，有詩名，曾爲瑞州新昌尉，《題度門院》詩云：『才入度門寺，先觀覺範

詩。昔人吟不盡，今日到方知。地僻寒來早，山高月上遲。池邊老修竹，曾映董生幃。』自注：『龔龍圖端書堂在焉。』《宿玉龍宫》云：『夜爇松明火，朝焚柏子香。舉家來萬壽，佳節遇重陽。雨止雲穿月，風高天欲霜。吾廬籬下菊，應怪未還鄉。』《娱書堂詩話》

鄭　煸

亡友鄭明府舊和予詩云：『月似故人能赴約，鷺如小友可忘年。』高雅如其爲人。鄭名煸，字君瑞。《後村詩話》

張仲節

張仲節《閨思》云：『蝴蝶似知春夢熟，穿花飛度畫屏東。』《後村題跋》

蕭汎之

蕭汎之《讀秦紀》詩云：『築了連雲萬里城，春風絃管醉中聽。凄涼六籍寒灰裏，宿得咸陽火一星。』蕭舜凱《讀〈周勃傳〉》詩云：『軍門一入仗天戈，便合麾軍作漢歌。太尉問頭幾失事，六軍右袒合如何？』二詩皆不苟作。《梅磵詩話》

葉紹翁

葉嗣宗《題猫圖》云：『醉薄荷，撲蟬蛾，主人家，奈鼠何。』《隨隱漫録》

葉紹翁《詠漢武帝》一絶云：『殿號長秋花寂寂，臺名思子草茫茫。尚無人世團圞樂，枉認蓬萊作帝鄉。』《齊東野語》

士之遁世者，以山深林密爲樂。林和靖詩云：『山水未深猿鳥少，此生猶擬别移居。直過天竺溪橋畔，獨樹爲橋小結廬。』近世葉靖逸《西湖秋晚》詩云：『愛山不買城中地，畏客長撑屋後船。荷葉無多秋事晚，又同鷗鷺過殘年。』亦頗得野趣。《梅磵詩話》

葉靖逸《九日》詩云：『秋風吹客客思家，破帽從渠自在斜。腸斷故鄉歸未得，借人籬落賞黄花。』趙愚齋《客中清明》詩云：『紅塵烏帽寄他鄉，欲語春愁怕斷腸。惆悵清明歸未符，借人門户插垂楊。』二詩同一機軸。《梅磵詩話》

葉靖逸《題岳王墓》詩云：『萬古知心只老天，英雄堪恨復堪憐。如公少緩須臾死，此虜安能八十年？漠漠凝塵空偃月，堂堂遺像在凌煙。早知埋骨西湖路，學取鴟夷理釣船。』是詩流傳，膾炙人口，其家月致餽于葉。又有林弓寮題云：『天意竟如此，將軍足可傷。忠無身報主，寃有骨封王。苔雨樓墻暗，花風廟路香。沉思百年事，揮淚灑斜陽。』人

亦稱之，然已不逮葉作。近時趙子昂篇尤勝：『鄂王墳上草離離，秋日荒涼石獸危。南渡君臣輕社稷，中原父老望旌旗。英雄已死何嗟及，天下中分遂不支。莫向西湖歌此曲，水光山色不勝悲。』《吴禮部詩話》

周端臣

褒親崇壽教寺，在清波門外方家峪，俗稱劉娘子寺，宋紹興十八年，劉貴妃建。妃臨安人，入宫爲紅霞帔，得幸，累遷才人、婕妤、婉容，尋進貴妃，專掌御前文字，工書畫，上用『奉華堂』印。父懋因金人南侵，獻錢二萬緡，以助軍費，高宗嘉之，遂令建寺以爲功德。有泉自鳳凰山而下，注爲方池，命曰『鳳凰泉』，于湖張孝祥書刻。内有松雪亭，觀音洞，筆架池，偃松，交枝檜。壁間陳公儲畫龍甚奇，周端臣詩云：『萬竹蒼寒擁寺門，寺碑金字御書存。榮華肯信當年事，儀制空留後世恩。影閣有聲塵網暗，殯宫無月土花昏。見梅不敢輕扳折，恐是春風水際魂。』《西湖游覽志》

賈仲穎

賈仲穎有句：『燈花寒影裏，詩句雨聲中。』又云：『盡開窗户容秋月，徧倚闌干看晚

山。』《後村詩話》

宋自適

宋清隱《早行》絶句云：『西郊雲起白漫漫，近樹遥峰欲辨難。山下幾多迷路者，人間方夢大槐安。』《梅磵詩話》

宋清隱《送愿父弟》句云：『江湖多少盟鷗地，莫近平津閣畔行。』《真西山題跋》

宋正父詩：『三聖傳心惟主一，六經載道不言真。』《困學紀聞》

吴吉甫

吴吉甫以晚科試漕闈《搗藥兔長生》詩云：『真水黄芽長，香風玉杵鳴。不爲三窟計，永伴一輪明。』省試《聖人之道猶日中賦》用『闕摶之月，見沬之星』，第七聯云：『桑榆已晚，尚期一戰之收。』《困學紀聞》

李　龏

李和父雪林有《梅花集句》云：『林蘿深處過溪橋林逋，眼底青山映寂寥蘇養正。真態生

香難畫得蘇養正，一枝春瘦雪初消可正平。吹殺梅花影裏燈張鎡，凄涼一似觀堂僧周文璞。滿山明月東風夜羅鄴，茶煮西嵒瀑布冰貫休。』《雪林梅花衲》

李和父《公無渡河集句》云：『屈平沉湘不足慕李賀，公無渡河兮公苦渡王叡。行搔短髮提壺漿李咸用，玉白蘭芳不相顧温飛卿。驚波不在黯䵝間齊己，顔色錯漠生風煙盧仝。其下無底旁無邊白居易，何用將身自棄捐王建。』《重宿吴林居園亭逢雪》云：『小隱西亭爲客開許渾，舊題詩句没蒼苔鄭谷。銀河風急驚沙度李咸用，酒作凌澌火作灰姚合。』《寒食》云：『一年惟此兩三辰熊孺登，落拓東風不藉春李山甫。歌酒家家花處處白居易，何曾紫陌有閒人羅鄴。』《雪林翦綃集》

李龏《賦青城山陷》詩云：『蜀道天收碧落鍾，六丁移路鑿蠶叢。飛山夜挾風雷没，愁殺江南鬼五通。』《弁陽詩話》

方景絢

方武子《題壁》云：『明月照齊州，玉龍棲欲起。壯士腸夜迴，寒衾潑秋水。』《後村題跋》

劉　瀾

天台劉瀾，字養源，號江村，以詩游江湖。後村、西澗二公，嘗跋其吟稿，《集》中有《桐江曉泊》詩云：『風蕭蕭，水瑟瑟，淡煙空濛冠朝日。灘頭枯木如畫出，鸜鴿飛來添一筆。』又《登昭亭》一聯云：『東風半緑官圩草，西日遥紅别岸山。』皆警策可喜。《梅磵詩話》

劉後村《跋》云：『天台劉君瀾詩四卷，短篇如新戒縛律，大篇如散聖安禪，詩之體製略備。』《劉瀾詩集》劉後村《跋》

羅竹谷

《送胡季昭竄象郡》云：『好讀床頭《易》一編，盈虚消息總天然。峥嶸齒頰皆冰雪，肯怕炎方有瘴煙。』《鶴林玉露》

慶元間，周益公以宰相退休，楊誠齋以秘書監退休，實爲吾邦二大老。益公嘗訪誠齋于南溪之上，留詩云：『楊監全勝賀監家，賜湖豈比賜書華『誠齋』二字，光宗御書。。回環自闢三三徑誠齋東園有三三徑，其詩云：『三徑初開自蔣卿，再開三徑是淵明。誠齋奄有三三徑，一徑花開一徑行。』，頃刻能開七七花。門外有田供伏臘，望中無處不煙霞。卻慙下客非摩詰，無畫無詩只謾

詩。』誠齋和云：『相國來臨處士家，山間草木也光華。高軒行李能過李，小隊尋花到浣花。留贈新詩光奪月，端令老子氣成霞。未論藏去傳貽厥，拈向田夫野老誇。』好事者繪以爲圖，誠齋題云：『平叔曾過魏秀才，如何老子致元臺。蒼松白石青苔徑，也不傳呼宰相來。』用魏野詩翻案也。厥後誠齋冢嗣東山先生伯子，端平初累辭召命，以集英殿修撰致仕，家居，年八十。雲巢曾無疑，益公門人也，年尤高，嘗携茶袖詩訪伯子，其詩云：『褰衣不待履霜回，到得如今亦樂哉。泓潁有時供戲劇，軒裳無用任塵埃。眉頭猶自懷千恨，興到何如酒一杯。知道華山方睡覺，打門聊伴茗奴來。』伯子和云：『雪舟不肯半塗回，直到荒林意盛哉。籬菊苞時披宿霧，木樨香裏絶纖埃。錦心繡口垂金薤，月露天漿貯玉杯。八十仙翁能許健，片雲得得出巢來。』其風味庶幾可亞前二老云。無疑博學工文，尤精考訂，有《本朝新舊官制考》行于世，以隱逸召爲秘閣校勘。吾黨之士，多勸其毋出，而無疑竟出。先君竹谷老人送以詩，云：『泰華山人上赤墀，上嗟安在見何遲。老于尚父投竿日，少似轅生對策時。怨鶴驚猿辭舊隱，鞭鸞笞鳳總新知。早陳經國平邊策，歸領雲巢舊住持。』無疑立朝逾年，除大社令，未及有所開陳，奉祠而歸，年九十乃終。《鶴林玉露》

羅大經

唐武后斷王后、蕭妃之手足，置於酒甕中，曰『使此二婢骨醉。』蕭妃臨死曰：『願武爲鼠，吾爲猫，生生世世扼其喉。』亦可悲矣！今俗間相傳謂猫爲『天子妃』者，蓋本此也。予自讀《唐史》此段，每見猫得鼠，未嘗不爲之稱快，人心之公憤，有千萬年而不可磨滅者。嘗有詩云：『陋室偏遭黠鼠欺，貍奴雖小策勳奇。扼喉莫訝無遺力，應記當年骨醉時。』《鶴林玉露》

何斯舉云：『壬寅正月，雨雪連旬，忽爾開霽，閭裏翁媪相呼賀曰：「黄緜襖子出矣。」因作歌以記之。此名甚新但所作歌，未甚愜人意，乃更爲補作一絶句云：「范叔綈袍暖一身，大裘只蓋洛陽人。九州四海黄緜襖，誰似天公賜予均？」』白樂天詩云：『安得大裘長萬丈？與君同蓋洛陽人。』《鶴林玉露》

陪桂林伯趙季仁游桂林暗洞，列炬數百，隨以鼓吹，市人從之者以千計。已而入，申而出；入自曾公巖，出于棲霞洞；入若深夜，出乃白晝，恍如隔宿異世。季仁索予賦詩紀之，因賦一章云：『瑰奇恣搜討，貝闕青瑶房。方隘疑永巷，俄敞如華堂。玉橋巧横溪，瓊户正當窗。仙佛肖髣髴，鐘鼓鏗擊撞。贔贔左顧龜，狺狺欲吠厖。丹竈儼亡恙，芝田藹生香。

搏噬千怪聚，絢爛五色光。更無一塵涴，但覺六月凉。玲瓏穿數路，屈曲通三湘相傳與九疑通。神鬼妙剜刻，乾坤真混茫。入如深夜暗，出乃曒日光。隔世疑恍惚，異境難揣量。』《鶴林玉露》

郭仲晦云，用兵以持重爲貴。蓋知彼知己，先爲不可勝以待敵之可勝，此百戰百勝之術也。昔韓、范二公在五路，韓公力于戰，范公則不然，曰：『吾惟知練兵選將，積穀豐財而已。』余觀《東軒筆録》，載韓公欲五路進兵，以襲平夏，范公不可。韓公遣尹師魯至慶州，約進兵。范公曰：『我師新敗，士卒氣沮，但當謹守以觀其變，豈可輕兵深入！』師魯歎曰：『公于此乃不及韓公。韓公嘗云，大凡用兵，當先置勝負于度外。公何區區過慎如此？』范公曰：『大軍一動，萬命所懸，乃可置于度外乎？』師魯不能强而還。韓公遂舉兵，次好水川。元昊設伏，我師陷没，大將任福死之。韓公遽還，至半途，亡者之父兄妻子數千人，號于馬首，持故衣紙錢，招魂而哭曰：『汝昔從招討出征，今招討歸而汝死矣。汝之魂識，亦能從招討以歸乎！』哀慟之聲震天地。韓公掩泣，駐馬不能進。范公聞之，歎曰：『當是時，難置勝負于度外也。』國朝人物，當以范文正爲第一，富、韓皆不及。富公欲誅晁仲約，其見亦不逮范公。予嘗有詩云：『奮髯要斬高郵守，攘臂甘驅好水軍。到得繞床停轡日，始知心服范希文。』《鶴林玉露》

張子房欲爲韓報讎，乃捐金募死士，于博浪沙中以鐵椎狙擊始皇，誤中其副車。始皇怒，大索三日不獲。未逾年，始皇竟死，自此陳勝、吴廣、田儋、項、梁之徒，始相尋而起。是褫祖龍之魄，倡群雄之心，皆子房一擊之力也，其關繫豈小哉！余嘗有詩云：『不惜黄金募鐵椎，祖龍身在魄先飛。齊田楚項紛紛起，輸與先生第一機。』《鶴林玉露》

余三十年前，于釣臺壁間塵埃漫漶中，得一詩云：『生涯千頃水雲寬，舒卷乾坤一釣竿。夢裏偶然伸隻脚，渠知天子是何官？』不知何人作也，句意頗佳。近時戴式之詩云：『萬事無心一釣竿，三公不换此江山。當時誤識劉文叔，惹起虚名滿世間。』句雖甚爽，意實未然。今考史籍：光武，儒者也，素號謹厚，觀諸母之言可見矣。子陵意氣豪邁，實人中龍，故有『狂奴』之稱，方其相友于隱約之中，傷王室之陵夷，歎海宇之横潰，知光武爲帝胄之英，名義甚正，所以激發其志氣，而導之以除凶剪逆，吹火德于既灰者，當必有成謀矣。異時披圖興歎，岸幘迎笑，雄姿英發，視向時謹勑之文叔，如二人焉。子陵實陰有功于其間，天下既定，從容訪帝，共榻之卧，足加帝腹，情義如此。子陵豈以匹夫自嫌？而帝亦豈以萬乘自居哉？當是之時，而欲使之俛首爲三公，宜其不屑就也。史臣不察，乃以之與周黨同稱。夫周黨，特一隱士耳，豈若子陵友真主于潛龍之日，而琢磨講貫，隱然有功于中興之業者哉！余嘗《題釣臺》云：『平生謹勑劉文叔，卻與狂奴意氣投。激發潛龍雲雨志，

了知功跨鄧元侯。講磨潛佐漢中興，豈是空標處士名。堪笑史臣無卓識，卻將周黨與同稱。』《鶴林玉露》

孫何帥錢塘，柳耆卿作《望江潮》詞贈之云：『東南形勝，三吴都會，錢塘自古繁華。煙柳畫橋，風簾翠幕參差。十萬人家，雲樹繞隄沙。怒濤卷霜雪，天塹無涯。市列珠璣，户盈羅綺競豪奢。重湖疊巘清佳，有三秋桂子，十里荷花。羌管弄晴，菱歌泛夜，嬉嬉釣叟蓮娃。千騎擁高牙，乘醉聽簫鼓，吟賞煙霞。異日圖將好景，歸去鳳池誇。』此詞流播，金主亮聞歌，欣然有慕于『三秋桂子、十里荷花』，遂起投鞭渡江之志。近時謝處厚詩云：『誰把杭州曲子謳？荷花十里桂三秋。那知卉木無情物，牽動長江萬里愁。』余謂此詞雖牽動長江之愁，然卒爲金主送死之媒，未足恨也。至于荷艷桂香，粧點湖山之清麗，使士大夫流連于歌舞嬉游之樂，遂忘中原，是則深可恨耳。因和其詩云：『殺胡快劍是清謳，牛渚依然一片秋。卻恨荷花留玉輦，竟忘煙柳汴宫愁。』蓋靖康之亂，有題詩于舊京宫墻云：『依依煙柳拂宫墻，宫殿無人春晝長。』《鶴林玉露》

余同年李南金云：『《茶經》以魚目、湧泉、連珠爲煮水之節，然近世瀹茶，鮮以鼎鑊，用瓶煮水，難以候視，則當以聲辨一沸、二沸、三沸之節。又陸氏之法，以未就茶鑊，故以第二沸爲合量而下，未若以今湯就茶甌瀹之，則當用背二涉三之際爲合量。乃爲聲辨之詩

云：「砌蟲唧唧萬蟬催，忽有千車稇載來。聽得松風并澗水，急呼縹色緑瓷杯。」其論固已精矣，然瀹茶之法，湯欲嫩而不欲老，蓋湯嫩則茶味甘，老則苦矣。若聲如松風澗水而遽瀹之，豈不過于老而苦哉？惟移瓶去火，少待其沸止而瀹之，然後湯適中而茶味甘，此南金之所未講者也。因補以一詩云：『松風檜雨到來初，急引銅瓶離竹爐。待得聲聞俱寂後，一甌春雪勝醍醐。』《鶴林玉露》

唐子西在惠州，名酒之和者曰：『養生主』，勁者曰：『齊物論』。楊誠齋退休，名酒之和者曰：『金盤露』，勁者曰：『椒花雨』，嘗曰：『余愛椒花雨，甚于金盤露。』意蓋有爲也。予嘗謂：『與其一于和、勁，孰若和、勁兩忘。』頃在太學時，同舍以思堂春合潤州北府兵廚，以慶遠堂合嚴州瀟洒泉，飲之甚佳，余曰：『不剛不柔，可以觀德矣。非寬非猛，可以觀政矣。』厥後官于容南，太守王元邃以白酒之和者、紅酒之勁者，手自劑量，合而爲一，殺以白灰一刀圭，風韻頓奇，索予作詩。予爲長句云：『小槽真珠太森嚴，兵廚王友專甘醇。兩家風味欠商略，偏剛偏柔俱可憐。使君袖有轉物手，鸕鷀杓中平等分。更憑石髓媒妁之，混融併作一家春。季良不用笑伯高，張竦何必譏陳遵。時中便是尼父聖，孤竹柳下成一人。平雖有智難獨任，勃也未可嫌少文。黄龍丙魏要兼用，姚宋相濟成開元。試將此酒反觀我，胸中問學當日新。更將此酒達觀國，宇宙皆可歸經綸。書生觸處便饒舌，以一貫萬如

斲輪。使君聞此卻絶倒，罰以太白眠金尊。』《鶴林玉露》

寧宗既受禪，韓平原所望，不過節鉞。知閤劉弼嘗從容告趙忠定曰：『此事侘胄不能無功，亦須分些官職與他。』忠定不答，由是漸有邪謀，迄逐衆君子。余友趙從道有詩云：『慶元宰相事紛紛，説着令人暗斷魂。好聽當時劉弼語，分些官職乞平原。』余亦作一篇云：『齋壇一鉞底須慳，坐見諸賢散似煙。不使慶元爲慶曆，也由人事也由天。』《鶴林玉露》

王荆公新法煩苛，毒流寰宇，晚歲歸鍾山，作《放魚》詩云：『物我皆畏苦，舍之寧啖茹。』其與梁武帝窮兵嗜殺，而以麪代犧牲者何殊？予故有詩云：『錯認蒼姬六典書，中原從此變蕭疏。幅巾投老鍾山日，辛苦區區活數魚。』《鶴林玉露》

劉汝進

劉山翁與客九日游龍山，以『塵世難逢開口笑』分韻，得『口』字，詩云：『縱步龍山顛，放舟尤蕩口。群然雁鶩行，雜之牛馬走。我拙不能詩，我病不能酒。試問賞花人，還有菊花否？』《山房隨筆》

陳東之

陳東之有《游沃洲山》詩云：『我本名山人，屢作名山興。天台一住三十年，盡日捫蘿陟雲磴。上攬四萬八千丈之高秋，參差明河兩肩並。下瞰三百六十度之朝暾，滅没飛煙八荒浄。或隨仙氣得丹床，雙闕夜深看斗柄。今年積雨天地晴，一策快作西南征。沃洲最佳天姥勝，連山直下秋峥嶸。竹萌修纖會稽箭，芝莖菌蠢商山英。秋陽不碎空翠影，絶壑倒瀉銀河聲。山腰細路如絲直，三兩漁樵行落日。炊煙暝色小茅屋，松子秋聲斷崖石。溪流飯屑胡麻香，土輭春膏霜术白。送書松際有猿公，問酒磵陰多木客。青冥樓閣仙人家，鬱藍流光瀉晴碧。霓旌隊下鶴萬群，絳節朝回雲五色。人間但有桃花源，桃花春香流水渾。三生凡骨不得到，兩耳夜半空聽猿。李白尋真不得返，支遁卜築遠費錢。至今山靈護光怪，石蘿山薜餘秋妍。陳郎故宅更深閟，雞犬林塘隔塵世。清秋著屐一登之，路僻夕陰門半閟。盤陀石在長楠陰，脱略塵纓换秋意。晴窗示我兩山圖，老眼摩挲觀一二。便揮健筆寫我詩，惜哉賞音今絶稀。謫仙一去五百載，人間山水無清輝。舊時仙人白雲唱，怪我白首歸何時。我生白首歷浩劫，眼中億萬蟲沙春夢非。陳郎挽我十日住，掉頭不顧自有南山期。餐霞絶粒鍊精魄，長生之學非荒嬉。三千年前有宿約，來已不早歸不遲。長揖群仙謝

兒輩，倒挾萬里冥鴻飛。』《越詠》

保應廟，縣之十四都，隋諸王避難，殁葬其地，水旱疾疫，祈禱輒應，宋寶慶二年，從鄉民之請，建廟賜額。陳東之有詩云：『投迹空山計已非，江都消息亂來稀。廟前幾種春香草，錯怪王孫去不歸。』《新昌縣志》

吴　濟

鮑家田，在錢塘門外東山衕之北，吴越相鮑君福賜田于錢塘，因以名焉。吴廉静有詩云：『摇旆家家酒，扶犂處處村。草深迷井口，槿密擁籬根。緑水明秧本，青山失燒痕。多應忌蠶事，畏客閉柴門。』《咸淳臨安志》

劉元茂

危巽齋云：『梅以白爲正，菊以黄爲正。過此恐淵明、和靖二公不取也。』今世有七十二種菊，正如《本草》所謂『今無真牡丹』，不可煎煮，法采紫莖黄色正菊英，以甘草湯和硝少許焯退，候粟飯少熟，投之同煮，久食可以明目延齡。苟得南陽甘谷水煎之，尤佳也。昔之愛菊者，莫如楚屈原、晉陶潛，然孰知今之愛者，有劉石澗元茂焉，雖一行坐，未嘗不在于

菊，緇帙得《菊葉》詩云：『何年霜後黄花葉，色蠹猶存舊卷詩。曾是往來籬下讀，一枝閒弄被風吹。』觀此詩，不惟知其愛菊，其爲人清介可知矣。《山家清供》

吴惟信

糜先生，吴之老儒也。時吴仲孚客吴，一日遇諸途，叩以近作，仲孚誦絶句云：『白髮傷春又一年，閒將心事卜金錢。梨花瘦盡東風懶，商略平生到杜鵑。』糜老屈膝拜曰：『子謫仙人也。老夫每欲效顰，則漢高祖、唐太宗追逐不少置矣。』《齊東野語》

馮　輗

明之慈谿縣慶安寺前，有古松夾道，綿亘數里。其一最巨，蜿蜒若龍，飛偃如蓋，臨池之上。邑長沈時陞有造舟之役，睥睨茲松將斤焉，里士馮文學輗作詩以遺沈云：『寒松一幹老蒼蒼，古寺門前歲月長。匠伯偶圖舟楫利，禪翁方患斧斤傷。得全此日同齊櫟，勿剪他年比召棠。可但與君期久遠，相將俱列大夫行。』賴以不伐，松因詩而壽焉。《藏一話腴》

陳潤道

吴下風俗尚侈，細民有女，必教之樂藝，以待設宴者之呼，使令莫逆，奉承惟恭，蓋覬利贍家，一切不顧，名爲私妓，實與公妓無異也。長大鬻爲妾，狠戾則籍之官，動以千計，習俗薄惡，莫此爲甚，鄰郡亦有，未若吴之繁也。天台陳潤道作《吴民女》一詩，殊益風教：『吴民嗜錢如嗜飴，天屬之愛亦可移。養女日夜望長成，長成未必爲民妻。百金求師教歌舞，便望將身贍門户。一家飽暖不自憐，旁人視之方垂涎。朱門列屋争妍麗，百計逢迎主人意。常時棄疏自怨啼，一旦承恩多妬忌。古人怕爲蕩子婦，夜夜孤眠淚如雨。今人甘爲貴人妾，得意失意花上月。蕩子不歸寧空房，主人喜怒多不常。』吁！使潤道爲吴守一年，則舊染將一新矣。《藏一話腴》

龔　炳

龔文伯《閒詠》一章云：『年踰八袞雪蒙頭，時對親朋話舊游。萬事無心閒日月，一杯有味小公侯。癡兒粗爾逃譏議，家訓從來戒克掊。世道漸難宜勇退，爲吾間早理松楸。』《藏一話腴》

嚴粲

紹定間，江右寇作，盱、撫、吉、贛諸邑，多被焚蕩。嚴坦叔《兵火後還家》詩云：『萬屋消煙餘塔身，還家何處訪情親？舊時巷陌今難認，卻問移來新住人。』此等景象，經亂離者方知之。《梅磵詩話》

嚴坦叔粲，邵武人，有『風池行落葉』五字，止一句，爲鄭安晚稱賞，次日有中舍之除。《梅磵詩話》

林洪

蓮花中嫩房，去鬚截底剜穰，留其孔，以酒醬香料，和魚塊實其内，仍以底坐甑内蒸熟。或中外塗以蜜，出楪用漁父三鮮供之。向在李春坊席上，曾受此供，得詩云：『錦瓣金房織幾重，游魚何事得相容。湧身既入花房去，好度華池獨化龍。』李大喜，送端硯一枚，龍墨五笏。《山家清供》

嫩筍、小蕈、枸杞，菜油炒作羹，加胡椒尤佳。趙竹溪密夫酷嗜此。或作湯餅以奉親，名『三脆麵』。嘗有詩云：『筍蕈初萌杞菜纖，然松自煮供親嚴。人間肉食何曾鄙，自是山

林滋味甜。』蕈亦名『菰』。《山家清供》

向游武夷六曲，訪止師，偶雪天得一兔，無庖人可製。師云：『山間只用薄批，酒醬椒料沃之，以風爐安座上，用水半銚，候湯響一杯後各分一筯，令自筴入湯，擺熟啖之，乃隨宜各以汁供。』因用其法，不獨易行，且有團圞暖熱之樂。越五六年，來京師，乃復于楊泳齋伯嵒席上見此，恍然去武夷如隔一世。楊勳家，嗜古學而清苦者，宜安此山林之趣。因作詩云：『浪擁晴江雪，風翻晚照霞。』末云：『醉憶山中味，渾忘是貴家。』《山家清供》

向抗雲公充夏日命飲，作大柰糕，意必粉麵爲之，及出，乃用大柰子生者，去皮剥核，以白梅甘草湯炒，用蜜和松子、欖仁填之，入小甑蒸熟，謂柰糕也。非熟則損脾，且取先公大耐官職之意，以此見向有意于文簡之衣鉢也。夫天下之士，苟知『耐』之一字，以節義自守，豈患事業之不遠到哉？因賦之曰：『既知大柰爲家學，看取清名自此高。』《雲谷類編》乃爲『大耐』本李沆事，或恐未然。《山家清供》

雪夜芋正熟，有仇芋田從簡載酒來叩門，就供之。乃曰：『煮芋有數法，獨酥黄世罕得之。熟芋截片，研榧子、杏仁和醬拖麵煎之，且自侈以爲甚妙。』詩曰：『雪翻夜鉢裁成玉，春化寒酥剪作金。』《山家清供》

蜀有雞，素中藏綬如錦，遇晴則向陽擺之，出二角寸許。李文饒詩：『威蕤散綬輕風

裹，若衍若垂何可擬。』王安石詩：『天日清明聊一吐，兒童初見互驚猜。』生而反哺，亦名『孝雉』。雖杜甫有『香開錦帶羹』之句，而未嘗食。向游吴之盧江，留錢春塘名舜選家，持螯把酒，適有人携雙鴛至，得之，燖以油爁，下酒醬香料燠熟，飲餘吟倦，得此甚適。詩：『盤中一箸休嫌瘦，入骨相思定不肥。』不減錦帶矣。静言思之，吐綬、鴛鴦，雖各以文采烹，然吐綬能反哺，烹之忍哉？《山齋清供》。宗祥案：此條見『荆公』條。

泉南林洪，字龍發，號可山，肄業杭泮，粗有詩名。理宗朝，上書言事，自稱和靖七世孫，冒杭貫取鄉薦。刊中興以來諸公詩，號《大雅復古集》，亦以己作附于後。時有無名子作詩嘲之曰：『和靖當年不娶妻，只留一鶴一童兒。可山認作孤山種，正是瓜皮搭李皮。』蓋俗語以强認親族者，爲『瓜皮搭李樹』云。《梅礀詩話》

張弋

張韓伯，名弋，又名奕，頎然而長，面帶燕趙色，口中亦作北語。許定夫館于麾下，欲命官，不受，後死于建業，定夫葬之蔣山下，題曰：『大宋詩人張奕墓』。有《寄秋塘》一詩云：『五湖風雪分頭去，千里淮山信脚行。涉世真成妄男子，談詩長憶老先生。塘邊瓜茹須頻灌，郭外田疇粗可耕。莫倚瘦筇吟白髮，浪傳詩句入都城。』《貴耳集》

丁晦夫《跋秋江煙草》云：『張君彦發，湖海豪士，不喜爲舉子業，專意于詩。每以賈島爲法，所著僅成帙，清深閒雅，宛有唐人風致。舊名奕，字韓伯，世爲孟之河陽人。』《秋江煙草・跋》

蕭泰來

後漢建武中，北海甄宇徵博士。臘日賜羊人一頭，大小肥瘦不等，衆議欲殺羊稱分其肉，宇耻之，因先自取其最瘦者，後召問瘦羊博士所在。近世蕭小山泰來仕于朝，臘祭謁告詩云：『官卑豈願乘肥馬，食儉惟知取瘦羊。』下句正用此事。『瘦羊』對『肥馬』，亦的。《梅磵詩話》

姚　寅

霅川姚寅詩：『南村老婆頭欲雪，曉傍墻陰採桑葉。我行其野偶見之，試問春蠶何日結？老婆斂手復低眉，未足四眠那得知。自從紙上掃青子，朝夕餧飼如嬰兒。只今上筐十日許，食葉如風響如雨。夜深人静不敢眠，自遶床頭逐飢鼠。又聞野祟能相侵，典衣買紙燒蠶神。一家心在陰雨裏，只恐葉溼繰難匀。明朝滿蔟收銀繭，軋軋車聲快如剪。小姑

促湯娘剥紕，嬉嬉始覺雙眉展。繰成白雪不敢閒，錦上織成雙鳳團。天寒尺寸不得著，盡與乃翁輸縣官。君不見長安女兒嫩如水，十指不動衣羅綺。我曹辛苦徒爾耳，依舊績麻冬日裏。』《吹劍録》

雪坡姚寅居吾鄉之東林，派出關西名將之後，以詩游于諸公間。岷隱戴尚書分教吴學，時正盛暑，姚投詩云：『重席先生間世才，相逢青眼必須開。手遮紅日汗如雨，不是雪中乘興來。』岷隱頗異待之。《梅磵詩話》

馬子嚴

馬莊父子嚴，號古洲，《烏林行》云：『荆州兒曹不足恃，何物老瞞欺一世。兵書浪語十三篇，不料烏林出奇計。隆準雲孫驅伏龍，紫髯强援要江東。戈船植羽蔽寒日，雪浪崩崖驚晚風。行間一卒如兒戲，持火絶江人不意。灰銷漢賊終老心，功入喬家少年壻。君不見華容道傍春草生，魂銷不聽車馬聲。哀猨夜啼霜月冷，空餘野燐沙邊明。』此詩辭意精深，不減張、王《樂府》，惜世無知者，録遺後人共評之。《詩人玉屑》

魏慶之

建安魏醇父慶之，號菊莊，有吟稿行于世，所著《詩人玉屑》，編類精密，諸公多稱之。壺山詹夢璧子蒼與之同里。咸淳初年，詹待鉛山丞闕館，寓吾鄉秀邸，與余唱和，詩筒往來不輟，相得歡甚。丁卯春自苕還建，余賦《沁園春》詞送其行，及以詩寄菊莊云：『一莊純種菊，此地著詩仙。再世陶元亮，三生魏仲先。餐英知正味，飲水得長年。每見君吟稿，予懷亦灑然。』戊辰初春，壺山自官次貽書及寄菊莊和篇來，其中一聯云：『今宵方對月，何日結忘年？』殊有意味。今轉盼十五年矣，聞壺山、菊莊墓木皆已合抱，追思故交，爲之愴然。菊莊與玉林黄叔暘友善，有《過玉林》詩云：『一步離家是出塵，幾重山色幾重雲。沙溪清淺橋邊路，折得梅花又見君。』亦有新意。《梅磵詩話》

徐用亨

吾鄉潘元龜授婺州教授，鄰居徐用亨亦呼教授，因作詩云：『誰把先生號冷官？令名深媿馥秋蘭。孟公豈是陳驚坐，子夏元非杜小冠。涇渭合流雖若混，雲泥夐絶不相干。寄言世上多風鑒，一笑何妨改眼看。』《吹劍録》

朱正中

力庵朱正中《洛陽橋觀水》詩云：『點點風帆底處還，似無似有海門山。白鷗卻怕潮頭惡，閒卧汀花野草間。』末句頗有静退意。《梅磵詩話》

程登庸

饒娥，饒人，饒姓娥名，父醉漁溺死，娥求屍不得，哭三日，耳鼻流血，氣盡伏死。明日，屍出，黿魚浮死萬數，鄰民葬之鄱水西横道上，事詳柳子厚《碑記》。宋程登庸詩云：『悠悠古墳倚中流，飽閲川陵四百秋。水際叢祠猶昨日，人間坏土幾荒丘。故鄉愛説饒饒姓，往事空傳柳柳州。滿目夕陽凝睇久，桐花飛落釣魚舟。』《饒州府志》

倪文一

文一，咸淳間由進士知清流縣，元兵南下，遂隱居山林，世祖徵之，不起。嘗作詩云：『編籬已種淵明菊，鑿沼還栽茂叔蓮。』《全閩詩話》

邊居誼

居誼初事李廷芝，積功至都統，善御下，得士心。元伯顔侵襄陽，居誼夾江爲城，以禦元兵。主帥吕文焕至城下招之，居誼引弓射中其右肩，率所部死戰，皆没，家孥赴火死。賦絶命詞云：『孤城高倚漢江秋，血戰三年死未休。鐵石肝腸忠義膽，精靈常向峴山留。』《湖北詩徵》

何潛齋

文山在獄中時，北人有詩云：『當今不殺文丞相，君義臣忠兩得之。義似漢王侯齒日，忠如蜀將斷頭時。乾坤日月華夷界，綱領風霜草木知。未必史臣書到此，老夫和淚寫新詩。』中齋自北歸過嚴陵，就養于其子府判者，何潛齋遺之詩曰：『昆明灰劫化塵緇，夢裏功名黍一炊。鍾子不將南操變，庾公空抱北臣悲。歸來眼底河山在，老去心期淅水知。白髮門生憐未死，青衫留得裹遺屍。』《雪舟脞語》

陳公榮

公榮初游太學，景炎元年，同子宗傳、族子老成，募兵勤王。蒲壽庚作亂泉州，幼帝舟自泉趨潮，逾年，張世傑會師討壽庚，公榮兵赴之，老成戰歿，詔贈御史臺簡法。公榮挽老成詩云：『邊城將星落，浩蕩煙塵黄。我亦在行陣，生死未可量。涕滂感永訣，激烈摧肝腸。昔爾仗雄劍，志在清八荒。神武埒頗牧，奇計如平良。遇賊奮英果，逐殺何其强。氣數乘人事，竟向鋒刃僵。忠魂薄日月，耿耿萬古光。雖云獲死所，國耻猶未忘。便應作厲鬼，虜酋罄殺傷。』《全閩詩話》

朱少游

昔有詩客朱少游者，在街市立卓賣詩，以精敏得名。一日，有士人命以『掬水月在手』一句爲題，客應聲云：『十指纖纖弄碧波，分明掌上見姮娥。不知李白當年醉，曾向江邊捉得麽？』又持芭蕉一莖，俾賦之，即書云：『剪得西園一片青，故將來此惱詩情。怪來昨夜窗前雨，減卻瀟瀟數點聲。』《東南紀聞》

丘　葵

有魏秀才者，逸其名，隱浯江之上，葵贈詩云：『月淡蓬門掩候蟲，窮通底解問天工。茶烹粟面紛紛白，燈吐花心灼灼紅。屢改新吟添硯水，密糊舊稿護窗風。相逢莫道龐公老，覽鏡先慚似老翁。』其人頗有太上隱者之風，不可使泯泯也。《全閩詩話》

蔣粹翁

九蓬山，其最高峰葱翠雄峙者，龍馬峰也。宋末，太學生蔣粹翁先世家此山之下，舍側有龍潭，所養牝馬與龍媾，生駒焉，龍首馬身，狀如河圖，父老語之曰：『此瑞物也。昔仲尼筆削六經而麒麟出，今晦翁表章四書而龍馬生，蓋其應乎？』粹翁先世聞之，養馬殊謹，後牧放林中，竟失所在。粹翁有詩云：『千載聖人閩海出，喜看龍馬亦騰驤。首懸魚目星光燦，脊散虎文金線長。道統再傳天有意，素王重見世應康。惜哉靈物山中失，漠漠煙林使我傷。』《全閩詩話》。宗祥案：《全閩詩話》載詩首兩句，全篇據《福建通志》録入。

吴　白

吴少白豪逸負氣，詩文立成，嗜酒窮空，晚爲僧于廣化寺。籍中有楊韻者，能小詩，善墨竹。一日，諸公會飯，少白持白紈扇，楊爲作小枝于上，少白題一絶云：『風枝露葉有餘清，轉盼還從玉筍生。願得此君長在眼，子猷雖老未忘情。』《浩然齋雅談》

全宋詩話目録卷八十二

黄公紹　字直翁，邵武人，咸淳元年進士。隱居樵溪。有《在軒集》。

陳文龍　字志忠，一字君賁，興化軍人，咸淳四年廷對第一。歷官參知政事，元兵至杭，乞歸養。益王立，復爲參知政事，充閩廣宣撫使，即興化軍開閫。元兵攻城，通判曹澄孫降，俘至杭，餓死。訃聞行朝，謚忠肅。

李瓘　興化軍人，咸淳戊辰進士。

童潮　彭澤人，咸淳進士。官工部尚書。

汪蔿　一名韶，字東美，黟人。咸淳四年進士。

胡次焱　字濟鼎，號梅巖，婺源人，咸淳四年進士。授湖口縣主簿，改貴池縣尉。德祐乙亥，微服歸，教授鄉里以終。

梁棟　字隆吉，湘州人，徙鎮江，咸淳四年進士。寶應簿，錢唐、仁和尉。宋亡，弟柱，字中吉，入茅山爲道士，棟往依之。有《梁隆吉詩鈔》。

莫崙　字子山，號兩山，江都人，寓丹徒，咸淳四年進士。入元不仕。

張鎮孫　字鼎卿，南海人，咸淳七年進士第一。通判婺州。

厲元吉　字無咎，號半村，餘姚人，咸淳辛未進士。仕烏程尉。德祐末，歸隱從山。至元中，訪求宋故臣，遯迹湖海，白首始歸。有《蹄月半村集》。

林景熙　字德陽，號霽山，温州平陽人。咸淳辛未上舍釋褐，歷官泉州教授，禮部駕閣從政郎。宋亡不出，與王修竹輩尋歲晏之盟，往來吴越。有《白石樵唱》

邵桂子　字德芳，淳安人，咸淳七年進士。教授處州，棄官，寓家松江。有《雪舟脞稿》

馮坦　字伯田，號秀石，普州安岳人。兩魁浙漕，咸淳辛未推恩，任渝之江津夾漕務西總之龍灣酒庫。

劉應鳳　字堯舉，號書臺，安福人，咸淳進士。授建康軍簽判，入元不仕。

李謹思　字明道，號養吾，餘干人，咸淳禮部試第一。入元不仕。

宋慶之　字元積，一字希仁，永嘉人，咸淳進士。有《飲冰詩集》。

吴錫疇　字元倫，休寧人。咸淳間，南康守葉閶聘爲白鹿洞書院堂長，不赴。有《蘭皋集》。

朱光　紹定，括蒼舉子。

劉朔齊　字振孫，嘉熙間，守霅。

李士達

趙淮　字静齋。

尤冰寮　錫山人。咸淳中，官新安别駕。有《扣角集》。

宋自述　字明父，金華人。

宋自遜　字謙父，金華人，自適弟，號壺山居士。

阮秀實　號梅峰，興化軍人，僑居吴門。游賈似道之門最久，人號阮怪。咸淳初，攝蕪湖茶局。

鄧克中

家鉉翁　號則堂，眉州人，以蔭補官賜進士出身。歷端明殿學士、簽書樞密院事。元兵至杭，以參知政事，介丞相吴堅等，充祈請，從留燕。宋亡不仕，改館河間。成宗即位，放還，賜號處士。

李玨　字元暉，號鶴田，又號廬陵民，吉水人。年十二，通《書》經。召試館職，除秘書省正字，批差充幹辧御前翰林司，主管御覽書籍，除閤門宣贊舍人。宋亡，不出。有《雜著

四集》、《錢塘百詠》。

吕三餘　號雪屋。

柳桂孫　號月磵。

劉彦朝　號雷崖。

張彛　號溪居。

吴石翁　號一齋。

杜汝能　字叔謙，號北山，太后諸孫，居西湖麴院。

黄力敘　號梅堂，江西人。

黄鵬飛　字桂隱，莆田人。

虞德觀　蜀郡人。

李邦美

周芝田　浙人。

盛雪巢

陳柏　字茂卿，號南塘。

樓楚材

俞琰　字玉吾，長洲人。入元，隱林屋山。有《林屋山人集》、《書齋夜話》、《席上腐談》。

吴龍翰　字式賢，號古梅，歙人。咸淳鄉貢，以薦授編校國史院實録院文字。至元丙子，鄉校請充教授，尋棄去。有《古梅吟稿》。

曹良史　字之才，號梅南，錢唐人，與周草窗游。有《詩詞三摘》。

錢穎　號菊友。

劉光生　宋季。有《曉窗吟稿》。

韋奇　字學易，號若溪，居安次子，二十五歲卒。

俞演　字則大，桐江人。

徐子美　號芝石，武林人。

俞君錫　字仲疇，苕溪人。有《竹屋詩集》。

江石卿　有《得一文稿》。

汪崇亮　有《白雲漫稿》。

方至　號天慵，分水人。

許庚　字伯先，號萬松，武林人。

黄潾　昭武人。

戚明瑞　字子雲，檇李人，讀書會稽五雲山。

李商

王儀　字仲履。

真山民　自呼山民，或云名桂芳，括蒼人，宋末進士。李生喬歎爲『不媿迺祖西山先生』，以是知其姓真。值亂亡，深自湮没，惟所至好題詠，張伯子謂爲『宋末一陶元亮』云。有《山民集》。

吴仲軒　進賢人。宋末進士。隱居教授，程鉅夫疏薦，不起。

汪元量　字大有，號水雲，錢唐人，以善琴事謝后、王昭儀。宋亡，隨三宫留燕，後爲黄冠南歸，往來匡廬、彭蠡間。長身玉立，修髯廣頟，聲若洪鐘，江右人以爲神仙。有《水雲集》、《湖山類稿》。

全宋詩話卷八十二

黄公紹

黄直翁《競渡櫂歌》云：『望湖天，望湖天，緑楊深處鼓鼘鼘。好是年年三二月，湖邊日日看劃船。　鬭輕橈，鬭輕橈，雪中花卷櫂聲摇。天與玻璃三萬頃，儘教看得幾吴舠。　櫂如飛，櫂如飛，水中萬鼓起潛螭。最是玉蓮堂上好，躍來奪錦看吴兒。　建雲斿，建雲斿，土風到處總相猶。朝了霍山朝岳帝，十分打扮是杭州。　蹋青青，蹋青青，西泠橋畔草連汀。撲得龍船兒一對，畫欄倚遍看游人。』《在軒集》。宗祥案：《夢粱録》云：二月『初八日，錢塘門外霍山路有神曰祠山真君，誕聖之辰』，『其日，龍舟六隻，戲于湖中。其舟俱裝十太尉、七聖、二郎神、神鬼、快行、錦體浪子、黄胖，雜以鮮色旗傘、花籃、鬧竿、鼓吹之類。其餘皆簪大花、捲脚帽子、紅緑戲衫，執棹行舟。帥守出城，往一清堂彈壓，令立標竿于湖中，挂錦綵、銀碗、官楮。有一小節級，披黄衫，頂青巾，戴大花，插孔雀尾，乘小舟抵湖堂，横節杖，聲喏，取指揮，以舟回，朝諸龍舟，以小綵旗招之，俱鳴鑼擊鼓，分兩勢劃棹旋轉，遠列成行。再以旗招之，龍舟並進者二。又以旗招之，其龍舟遠列成行，而先進者得捷取標賞，聲喏而退，餘者以錢酒支犒也。』黄氏所詠即此。

陳文龍

陳文龍，度宗朝狀元也，德祐末，歸守本州，北兵入閩，不屈，生縛之至杭，病卒于杭之猫兒橋巷。初，文龍入太學，累試不利。太學守土之神，岳侯也，一夕，夢神請交代，意必老死于太學，常悒悒不樂，既而赴廷對第一，仕宦日顯，前夢不復記矣。及守鄉州，又夢神通書，閱書前面曰交代，後書年月至元，心甚慢之。未幾，國亡城陷，家殘身俘，至杭，幽于太學之側。《三柳軒雜識》

陳忠肅爲元兵俘至合沙，有詩寄仲子云：『斗壘孤危勢不支，書生守志定難移。自經溝瀆非吾事，臣死封疆是此時。須信纍囚堪釁鼓，未聞烈士樹降旗。一門百指淪胥盡，惟有丹衷天地知。』《興化府志》

李　瓘

度宗戊辰龍飛，狀元興化陳文龍。同郡李瓘太學，貫道齋上舍，係第三甲正奏名，于唱名之後，乞以本身官致仕恩例，盡以回贈父母，上書畢，辭先聖及三魁同舍，出錢唐門，脱緑袍挂于門之上，泛舟而去。時三魁同舍皆送別，瓘有詩云：『人言學古思入官，我謂學易而

官難。平生透出夢覺關，本來面目祇儒酸。吾親不俟若爲懽，不如歸去卧林間。殿前三策罄忠肝，多謝皇恩天地寬。戲衫卸了白衣還，扁舟飛過子陵灘。前修亦有逋與摶，聖世許之俱寬閒。何物种放太厚顔，山鬼移文伐其姦。此行無復出閩山，休音息影谷之盤。今朝釃酒酹雩壇，便向錢塘門挂冠。』《古杭雜記》

莆田李瓘君瑞，號天隱，咸淳戊辰繇上庠舍選登第，即挂冠不仕，申尚書省，乞以合得官回贈其親，遂賦詩而歸。詩云：『古云學古斯入官，我見學易而官難。平生透破夢覺關，本來面目只儒酸。吾親不侍若爲歡，不如歸去卧林間。殿前三策瀝忠肝，多謝皇恩天地寬。戲衫卸下白衣還，扁舟飛過子陵灘。前修亦有逋與摶，聖世與之俱空閒。何物种放太厚顔，山鬼移文伐其姦。此行無復出閩山，休陰息影谷之盤。今朝釃酒酹雩壇，便向錢塘門挂冠。』按《國史》：紹興初策士，臨卭李僑以禄不及養，願以官回贈。淳熙初策士，昌元王昂既賜第，調潼川户曹，自言不願仕，上嘉之，特改承務郎致仕。嘉定間，眉人史公亮、史天應援故事有請，上並從之。宋朝三百年間，新進士即日挂冠者，惟李僑、王昂、史公亮、史天應李瓘五人而已。余與君瑞，爲同年生，故喜而書之。《梅磵詩話》

童潮

童潮《小孤山》詩云：『長江萬里來，一砥中流峙。巨浸没根深，孤峰插漢起。倒回三峽流，獨據九江水。真是海門關，波濤險莫比。』《西江詩話》

汪薦

汪東美《演雅》云：『布穀不稼不穡，巧婦無褐無衣。提壺不可挹酒，絡緯匪來貿絲。』又有句云：『秋風駝卧棘，春雨燕巢林。』汪君此句，感時傷事，有足悲感。《後村題跋》

胡次焱

胡梅巖《媒問嫠》云：『媒問嫠，汝何傷？汝爲國秀時，辛苦事蠶桑。倜瑟順爲正，婉娩禮自將。笥中有練帬，衣上無明璫。貧女古難嫁，賣犬辦資裝。中年得夫婿，憧憧拜姑嫜。肅容采蘋藻，洗手供羹湯。良人正少年，相期家道昌。良緣天所妒，夫婿奄云亡。自從夫婿亡，十年守空房。素帷代錦幬，苫席易牙床。孤眠耿夜半，單立黯昏黄。煢煢影徘徊，鞅鞅情彷徨。皓月照孤衾，暴雨頹垣墻。獨寐誰呼唤？獨語誰交相？如凌空失翼，

如涉川無梁。嫠來吾語汝，琴瑟貴更張。汝篋既單薄，汝門復凄涼。汝寒何以衣？汝飢何以糧？紡績終難給，舂汲勞欲僵。死者不復起，生者宜自詳。鄰有美丈夫，顒顒更昂昂。牛羊量用谷，金玉堆滿堂。畫梁青瑣闥，珠簾氍毹廂。瑀户金彈丸，寶鞍青絲韁。旌旗明晚霞，劍戟磨秋霜。奴隸厭綺紈，犬猫棄餦餭。門下粲珠履，庭前沸笙簧。出則專城居，入則侍明光。一呼千夫諾，一指萬夫張。一笑生羽翼，一怒起鋒芒。吾慕者蹇脩，與汝解佩纕。以此窈窕婦，配彼駔儈郎。花樹戲蛺蝶，蓮浦浴鴛鴦。無煩賦藕花，且喜華枯楊。何妨鸞舞鏡，應被鳳求凰。人無百歲人，倏忽如風狂。莫將泡影身，徒置冰炭腸。死後留名節，身朽魂茫茫。生前受富貴，志得意洋洋。人生行樂爾，二者試裁量。蔬食不日給，孰與飫膏粱？荆釵不自謀，孰與雲霞裳？年滔滔不反，貌騣騣已蒼。敗棊須换局，作戲且逢場。文君慕相如，恢女唤江郎。有髪可重結，有耳何自戕？試問東夷子，何如聲伯孃？信書不如無，未必有共姜。鬼妻變人婦，毋作老死孀。』《嫠答媒》云：『嫠答媒，妾自憐。妾家貧如洗，妾貌妝不妍。中年方擇配，幸逢夫婿賢。藍橋凝仙會，紅葉開良緣。俯以奉箕帚，仰焉供豆籩。粤從定六禮，穩圖偕百年。渠疑有家願，倏罹中道捐。城崩哭呦呦，竹斑淚濺濺。空房照明月，幽隴凄寒煙。禽鳥喧墓門，魄降魂翩翩。蚰蜒滿窗户，心結目涓涓。寮室昔華屋，埋玉今荒阡。恨不即同穴，何忍續斷絃。翻思合巹初，參透老婆禪。如

魚水游泳，如蔦蘿纏綿。奈何死生闊，泛泛水中船。綢繆爲夫婦，反覆如市廛。徒貽陽華醜，寧免柳絮顛。妾頗親筆硯，亦嘗閱簡編。女不踐二庭，婦不再移天。陶嬰寡鵠吟，衛妻孤燕篇。或刑耳自誓，或斷髮自全。或劓鼻偃蹇，或毁面迍邅。吾足幸可刖，吾臂不可牽。卓卓節操立，表表鳳孤騫。藐兹未亡人，有意奉周全。媒雖憫妾寡，媒適重妾愆。妾命春葉薄，妾心頑石堅。栖栖謀尺布，豈不羨罽氈？皇皇圖斗粟，豈不思葷羶？胝手任春汲，孰與奴婢千？鞠躬跧衡茅，孰與疏綺便？枯荄欣回春，缺月喜再圓。世誰不此樂，妾意獨不然。理義自有閑，物欲常無厭。三少穢難洗，五嫁醜莫鐫。浮榮瞥似電，遺臭流如川。媒言頗喋喋，媒意遽拳拳。之死矢靡他，斯言當真詮。文姬殊妖媚，易安亦嬋娟。失身再事人，彤管無取焉。節義日以頹，文章何足詮。王母有差事，青鳥信頻傳。毋乃墮人慾，反以汙天仙。嫦娥豈不嫁，空抱老金蟾。所以廣寒宫，萬古清鑒懸。寧貧任勞漉，寧賤受磨研。寧凍如寒蠅，寧餓如飢鳶。終不以快樂，而易此憂煎。井底水不汲，山頭石不遷。再拜謝媒妁，歸來雙淚漣。什襲藏破鏡，他年會黄泉。』右嫠、媒答問，宋鄉先生胡公次焱濟鼎之所作也。先生登宋咸淳四年第，授迪功郎，江州湖口縣主簿，以母老，改授池州貴池尉。德祐乙亥，天兵將至池州，都統制張林潛納款，請以城降，先生奉母亡歸，教授鄉里。或勸之仕，先生賦是詩以見意，大德十年，以壽終于家。後三十二年，復爲至元之三年，文

自黄竹入郡，其孫師中，適在郡中，出是詩，俾文書之。嗚呼！讀柳子《河間傳》，知邪之得以敗正，讀先生是詩，知正之所以勝邪。天理之在人心，猶日月之在天也，可以缺蝕，而不可喪其光明。若先生之心，孰得而缺蝕之哉？雖與日月争光可也。鄉後學程文謹記。《新安文獻志》

梁棟

宋末，士人梁隆吉，有詩名，以其弟中砥柱，爲黄冠師三茅山，嘗往還。一日，登大茅峰，題壁賦長句，有黄冠訴于句容縣，以爲訕謗朝廷。行省聞之都省，收梁于獄，禮部免罪放還。嘗觀其《詩集》《登大茅峰》詩云：『杖藜絶頂窮追尋，青山世路争嶇嶔。碧雲遮斷天外眼，春風吹老人間心。大君上天寶劍化，小龍入海明珠沉。無人更守元帝鼎，有客欲問秦皇金。巔崖誰念受辛苦？古洞未易潛幽深。神光不破幽暗惱，山鬼空作《離騷》吟。我來俯仰一慷慨，山川良昔人民今。安得長松撑日月，華陽世界收層陰。長嘯一聲下山去，草木爲我留清音。』其意亦可悲矣。《至正直記遺編》

梁棟隆吉《題茅峰》云：『杖藜絶頂窮追尋，青山世界開嶇嶔。碧雲遮斷天外眼，春風吹老人間心。大龍升天寶劍化，小龍入海明珠沉。何人更守元帝鼎，有客欲問秦皇金。顛

崖誰念受辛苦？古洞未易尋幽深。神光不破黑暗惱，山鬼空作《離騷》吟。原少二句安得長松撑日月，華陽世界收層陰。長嘯一聲下山去，草木爲我留清音。』隆吉以戊辰登科，任仁和尉，老依元符宫宗師許道杞。許甚禮之，且賙其家。梁好嘲駡，衆道士惡之，遂箋此詩告官以譏時。逮捕金陵，備嘗笞楚，卒得免，亦終不偶而殂。《山房隨筆》

梁隆吉《雪中見山茶》句云：『千枝守紅死，一點反魂啼。』《暴雨》云：『癡兒嬌勿啼，不久當澄霽。』《賦蔬》云：『家貧忽暴富，菜種一十七，癡兒不解事，問我何從得？于義苟有違，吾寧飢不食。』《至正直記遺編》

梁棟隆吉作《四禽言》云：『不如歸去，錦官宫殿迷煙樹。天津橋邊叫一聲，叫破中原無住處，不如歸去。脱卻布袴，貧家能有幾尺布？寒機織盡無得裁，可人不來廉叔度。脱卻布袴。提葫蘆，近來酒賤頻頻沽。衆人皆醉我亦醉，湘江唤起醒三閭，提葫蘆。行不得也哥哥，湖南湖北春意多。九疑山前叫虞舜，奈此乾坤無路何。行不得也哥哥。』寓意甚遠，諸作不及。《山房隨筆》

梁隆吉《哀毘陵》詩云：德祐元年，元兵攻常州，城破，知州事姚訔、統制王安節等死之。『荆溪水腥泊船早，落日無人行古道。髑髏有眼不識春，東風吹出青青草。荒基猶認是人家，敗栅曾將當城堡。當時壓境兵百萬，不脱鞾尖堪蹴倒。短兵相接逾四旬，毒手尊拳日攻討。內儲

外援兩消沉，一縷人心堅自保。孤臣守土輕性命，赤子效死塗肝腦。朝廷有爵媿降附，幽壤無恩澤枯槁。願箋司命録英雄，收拾忠魂畀穹昊。』《毘陵忠義録》

莫崙

莫子山崙傷丁氏故基，題一絶于太虚堂云：『疏雨斑斑灑葉舟，前山喚客作清游。芳華消歇春歸後，野草荒田一片愁。』《山房隨筆》

莫子山暇日山行，過一寺，頗有泉石之勝，因誦唐人絶句，以快喜之，云：『終日昏昏醉夢間，忽聞春盡强登山。因過竹院逢僧話，又得浮生半日閒。』及叩其主僧，庸僧也，與語，略不相入，屢欲舍去，僧意以爲檀施，苛留作午供。鬱鬱久之，殆不自堪，因索筆以前語錯綜其詞，書于壁曰：『又得浮生半日閒，忽聞春盡强登山。因過竹院逢僧話，終日昏昏醉夢間。』《湛困静語》

梁棟隆吉，鎮江人，登第授尉，與莫子山甚稔。一日，有客訪子山，留飲，偶不及棟，棟憾之，遂告子山作詩有譏訕語。官捕子山入獄，久之，得脱而歸，未幾病死。予挽之詩云：『奏邸獄成杯酒裏，烏臺禍起一詩間。』紀其實也。《癸辛雜識》

張鎮孫

張鼎卿鎮孫，咸淳七年進士第一，《謝恩》詩云：『當宁宵衣務得賢，草茅何足副詳延。天人要語垂清問，仁敬陳言上奏篇。媿乏謀猷裨乙覽，忽驚姓字首臚傳。乾坤大德知難報，誓秉孤忠鐵石堅。』《雙槐歲抄》

厲元吉

厲無咎半村《雨過》詩云：『漠漠輕雲過野墻，新楓矮柏色蒼蒼。平田鸛迹留殘雨，深塢鸝聲帶夕陽。』又《吐鐵》句云：『免冠思脱三途難，吐舌甘從五鼎烹。』《姚江逸詩》

林景熙

林霽山《商婦吟》云：『良人滄海上，孤帆渺何之。十年音信隔，安否不得知。長憶相送處，缺月隨我歸。月缺有圓夜，人去無回期。回期儻終有，白首寧怨遲？寒蛩苦相弔，青燈鑒孤幃。妾身不出幃，妾夢萬里馳。』《酬謝皋父見寄》云：『入山采芝薇，豺虎據我丘。入海尋蓬萊，鯨鯢掀我舟。山海兩有礙，獨立凝遠愁。美人渺天西，瑶音寄青羽。自

言招客星，寒川釣煙雨。風雅一手提，學士屨滿户。行行古臺上，仰天哭所思。餘哀散林木，此意誰能知？夜夢繞句越，落日冬青枝。』《冬青花》云：冬青，一名女貞木，一名萬年枝。漢宫嘗植，後世因之，宋諸陵亦多植此木。『冬青花，花時一日腸九折。隔江風雨清影空，五月深山護微雪。石根雲氣龍所藏，尋常螻蟻不敢穴。移來此種非人間，曾識萬年觴底月。蜀魂飛繞百鳥臣，夜半一聲山竹裂。』《白石樵唱》

楊璉真伽發陵事，諸書紀載歲月不同。按《元史》，世祖至元二十一年九月丙申，以江南總攝楊璉真伽發宋陵冢所收金銀寶器，修天衣寺。又按宋文憲書穆陵遺骼事，及丘文莊《續資治通鑒》，皆云至元二十一年甲申，僧嗣古妙高上言，欲毁宋會稽諸陵，江南總統楊璉真伽與丞相桑哥表裏爲姦，明年乙酉正月，奏請如三僧言。蓋其謀始于甲申，而成于乙酉，與周草窗密《癸辛雜識》年月正同。是時，會稽唐玉潛珏、永嘉林景熙、德陽鄭宗仁樸翁與臯羽，咸主王監簿家，協謀收掩陵骨，故别玉潛作《冬青樹引》，以紀其事。而景熙答臯羽詩，亦有『夜夢繞句越，落日冬青枝』，豈非諸公共事之明證乎？彭山季本以臯羽《引》中有『白衣種年星在尾』之句，謂與羅雲溪有『開唐義士傳歲次戊寅』之句相合，善乎彭瑋解之曰：『星在尾者，寅月也，此即乙酉正月耳。』徐沁《金華游録注》。宗祥案：厲樊榭鶚云：『案鄭明德《遂昌雜録》云，當發陵時，林景熙故爲丐者，背竹籮，挾竹夾，遇物夾投籮中。潛鑄金牌繫腰間，賄西僧，求得高、

孝兩陵骨，貯兩函，葬東嘉。故夢中作詩，有「雙匣親傳竺國經」之句。六陵遺骨，《癸辛雜識》、《輟耕録》俱云「葬蘭亭」，若云高、孝兩陵林携葬東嘉，則詩中所云「水到蘭亭轉嗚咽，不知真帖落誰家」又何謂耶？當以周草窗、陶南村所紀爲是。而景熙則共事之人也。夢中詩係唐玉潛作，云景熙作者非。』

宋衛王即位海上，秀夫爲首相，時播越海濱，庶事疏略。每朝會，秀夫獨儼然正立如治朝，雖流離中，猶日書《大學》章句以勸講。及厓山兵潰，秀夫先驅其妻、子入海，即負帝同溺。或畫爲圖者，石田林景熙賦詩云：『紫宸黄閣共樓船，海氣昏昏日月偏。平地已無行在所，丹心猶數中興年。生藏魚腹不見水，死抱龍髯直上天。版蕩純臣有如此，流芳千古更無前。』詞嚴義正，足以發明其心事云。《歸田詩話》

邵桂子

邵德芳爲曹雲西作《蔬屋》詩云：『草菜可食，總名曰蔬。品題有譜，樹藝有書。衡縱町疃，周繞屋廬。繚以樊垣，經以濱渠。晨出抱甕，夕歸荷鉏。有蔓必薅，有蝗必驅。風披雨沐，日烜露濡。穲甲怒生，嘉苗蔚敷。芥薑杞菊，韭薤蒜葫。薇蕨藜藿，瓜瓞匏瓠。楮雞桑鵝，籜龍椶魚。馬齒鹿角，鼠尾虎鬚。薯蕷蔓菁，杜蘅蘼蕪。茵陳莪蘿，芄蘭茹藘。赤莧銀茄，翠荇墨莿。酸漿辣蕈，甘薺苦荼。庖人調胹，園丁拮据。錡釜鬵爍，筐筥貯儲。椒橙内交，鹺醢效劬。以芼以湘，可茹可菹。惟昔仲尼，瓜祭齋如。飲水曲肱，其樂只且。《召

南》蘋藻，《韓奕》筍蒲。知味姜黄，咬根歎胡。葵蓼飫頤，葱韭厭徐。火芋明瓚，山菌接輿。庾郎三種，石生一盂。劉参玉版，蘇傳冰壺。巢字元修，鮒姓豆盧。菘羔抱孫，蹲鴟將雛。絲滑露葵，練浄土酥。野薺餛飩，水苔脯膴。餅炊菠薐，鮓釀葖蘆。胡麻饙餾，罌粟醍醐。萍齏西晉，蓴羹東吴。芹擷泥坊，藤采豐湖。沼沚有蘩，江漢有蔞。岡有常枲，洲有接余。雁門天花，黄河蘑菇。大宛苜蓿，太華芙蕖。環滁野蔌，盤谷山茹。地饒所産，天茁此徒。菲葑是采，口腹以娱。落英未莎，初篁未箊。霜根旋挑，露葉半舒。烹泉石鼎，養火地爐。色炫匕箸，香浮柈杅。氣含土膏，味逾天廚。肥生華池，響鳴輔車。商顔飢解，文園渴甦。前招麯生，後引酪奴。饌非羶葷，餉非苞苴。園無羊踏，壤有鼠餘。彼哉肉食，俎列豢芻。心炙椎牛，項臠割猪。春羔秋麛，冬鱻夏朐。猩唇豹胎，麋臡蟹胥。緇帬解鼈，銀絲鱠鱸。羊尾截肪，錦襖脱膚。山肴雉兔，澤羞雁凫。北饌潼酪，南烹黿蜍。嗜鼠則鴟，甘帶則蛆。乃笑鄭老，爛蒸瓠瓟。乃笑坡翁，夢餐雞蘇。屬厭饕餮，飽死侏儒。語以蔬味，能知否乎？予雅嗜之，日不可無。乃顔兹屋，羞供是須。寧蔬而癯，毋肉而腴。易牙司味，敢告膳夫。』《雪舟脞稾》

馮坦

馮秀石坦絶句云：『山腰一抹雲，雲起知何處？急渡小橋尋，天風忽吹去。』《鷓鴣源樵歌》云：『綺羅巷陌總成塵，誰識擔柴老買臣？自笑賣柴元是舊，買柴换卻舊時人。』又《呈吴履齋》句云：『飄風驚日月，落葉滿乾坤。』《廬山白鶴觀》云：『井在丹誰煉？碑殘墨欲枯。』《桐廬澗水》云：『鷗趁湍流下，魚藏石隙間。』《雜句》云：『因聽敲竹雨，便碎賞花心。』『每向宋清求善藥，閒從詹尹卜新年。』《除夕》云：『燈影照殘孤枕夢，雨聲滴碎兩年心。』方回《桐江集》

劉應鳳

劉堯舉聞文山再執北行，有句云：『天留中子墳孤竹，誰向西山飯伯夷？』予問其下句，曰：『伯夷久不死，必有飯之者矣。』王炎午《吾汶稿》

李謹思

謝疊山，字君直，妻李節婦，以君直故，與二子繫金陵獄。一將官欲納之，李紿曰：『爾

能脱我械繫，乃可議此。』將以爲然，禱上下釋其獄。李即具湯沐，約翼日出，是夕，伺二子熟寐，解衣帶自經死。稾葬城東壕，二子放還。後數年，子定之復往，裹骨歸葬。養吾李先生謹思贈詩云：『猝猝多羝屈，幽幽獨雉經。借渠施粉黛，聊與照丹青。孤櫬何年寄，重泉底處扃。有人能縮地，不隔短長亭。』郭天錫《詩文雜記》

李養吾《題文丞相〈吟嘯集〉》詩云：『南人不識兩膝貴，曲折百態卑且勞。斯人護膝不護頭，故以頸血濡君刀。蟠胸孤憤擘不碎，殺氣千丈纏旌旄。援桴親鼓盡南海，背水更用蚤丁鏖。俘來吮血語神語，咄咄向與天争豪。須臾赤日減顔色，元雲莽莽風颼颼。或言巨靈收拾付真宰，讀罷拊臆生長號。又言豐隆列缺對愁絶，疾指玉鞭鞭六鼇。雨瓢倒翻水怪舞，斗樞横軋天籟號。憐伊肝膽苦復苦，亦見曩昔真《離騷》。劫灰滿地莫挂眼，蓬萊雖遠容輕舠。長驅癘鬼尚堪戰，儘閒未許飛仙遨。乃言興廢在爾不吾與，吾死吾主吾焉逃？魯叟聞言拍手笑，斯人六經爲骨爲皮毛。斯人捲取六經去，空將贋本傳兒曹。』《吴禮部詩話》

宋慶之

宋希仁《和陶》云：『城中豈云隘？我見無夷途。所以龐德公，車不向此驅。斜陽挂林杪，野花續春餘。』《喜弟歸》云：『數年何處客，昨夜獨歸船。』《送僧》云：『飄泊知何

處？艱難亦到僧。』《旅夜》云：『更長初過雁，蟄後稍無蛬。』《廢墓》云：『多年翁仲在，寒食子孫稀。』含蓄有餘思，要是世間好詩。《後村題跋》

吳錫疇

吳元倫《林和靖墓》詩：『遺稿曾無封禪文，鶴歸何處認孤墳？清風千載梅花共，説著梅花定説君。』《春日》云：『韶光大半去怱怱，幾許幽情遞不通。燕未成家寒食雨，人如中酒落花風。一窗草逆濂溪老，五畝園私涑水翁。無賦招魂難獨笑，且排春句答春工。』《蘭臯集》

方岳跋云：予嘗于何人卷中，見左史公稱『説著梅花定説君』之句，不知其竹洲後人也。意王愷之『珊瑚』、『扶疏』二尺，美止此矣。比吳君過予崖下，出其寶，則三四尺六七株，如『燕未成家寒食雨，人如中酒落花風。』者，尚多也。子其秘之，毋使豆粥韮齏，爲帳下兒所賣。彼愷輩那得與君爭長！寶祐甲寅十月既望，秋崖方岳拜手。《蘭臯集·跋》

朱光

省題詩自成一家機軸，非他詩比，葛常之《韻語陽秋》蓋嘗言之。然騷人墨客，雖從事

于時文，至作省詩，亦不爲格律所縛。楊廷秀《序訓蒙省詩》，亦曰『以騷人之情性，寓舉子之刀尺。』真名言也。余觀紹定戊子科，括蒼秋試，出『賞月延秋桂』詩，舉子朱光破云：『詠與桂相投，延之桂亦留。賞渠今夜月，了我此生秋。』結云：『不須零碎折，和鑒抱歸休。』下語奇崛，考官爲之擊節。是年取解，次年龍飛榜擢第。《梅磵詩話》

劉朔齊

蜀人劉朔齊震孫，嘉熙間由宰椽守雪，《郡圃桃符》云：『坡仙舊有棠陰在，蜀客新從花底來。』殊不泛。予嘗居雪之城南，咸淳丁卯歲，《題桃符》云：『曆頒歲首三元日，春滿城南尺五天。』下句用杜詩注：『城南韋杜，去天尺五。』鄉人頗以爲切。《梅磵詩話》

李士達

歷陽李士達，肄業郡庠齋舍，與尊經閣相近。每夕夢一青衣童吟詩，登梯而上，仿佛僅記四句，云：『帶白雙雙鷺，拖青點點鴉。晚風吹不去，留與伴蘆花。』嘉定丙子鄉舉省詩，出『涼葉照沙嶼』詩，思頸聯結句未就，忽憶舊夢，以所記四句足成之，有司稱賞，以爲神語，遂領薦，次年登科。余壬申歲，被漕檄攝教此邦，士友備言之。兹事與唐人錢起《湘靈

鼓瑟》詩頗相類。《梅磵詩話》

趙淮

趙静齋淮被執于溧陽豐登莊，至北府，辭家廟，云：『祖父有功王室，德澤沾及子孫。今淮計窮被執，誓以一死報君。刀鋸置之不問，萬折忠義常存，急告先靈速引，庶幾不辱家門。』即登棹，船發至瓜州，被刑，無有敢埋其屍者。有一寵姬，在焦僉省處，此姬啟僉省云：『趙四知府今日已死，妾原是他婢子。望相公以妾之故夫，許妾將屍焚化，也是相公一段陰隲。』焦許焉，乃作一棺焚之。又啟收骨散之于水，亦從之。遂以裙盛骨殖到江邊大慟，投江水而死。又聞其孫享祭，静齋降筆云：『身居四代將門家，不幸遭逢被虜拏。死在瓜州無葬地，幽魂夜夜到長沙。』其兄冰壺溍，自京口遷金陵，北兵至，棄家而遁，南徙不返，死葬海傍山上。《山房隨筆》

尤冰寮

尤冰寮《落葉》句云：『蟻返愁尋穴，鴉歸喜見巢。』《萬鐘》云：『三條椽下歸空榻，百尺樓中透遠峰。』《桐江集》

宋自述

宋自述明父，西園之子。自適、自遜，皆其昆季。嘗作《看梅》詩云：『山鳥寂不鳴，霜露沾衣裳。欲折意不忍，徘徊以彷徨。是花寒不芳，此花寒獨香。』又《感興》云：『舊葉甫辭柯，新葉已萌孽。頭白不再玄，春風吹亦脱。』旨味悠長，殊有古意。《梅磵詩話》

宋自遜

宋謙父自遜，號壺山居士，《一室》詩云：『一室冷如冰，梅花相對清。殘年日易晚，夾雪雨難晴。身計繭千緒，世紛棊一枰。麴生差解事，談笑破愁城。』《瀛奎律髓》

慶元、嘉定以來，乃有詩人爲謁客者，干求一二要路之書，謂之『闊匾』，副以詩篇，動獲千萬緡。如壺山宋謙父，一謁賈似道，獲楮幣二十萬，以造華居，是也。錢唐湖山，此曹什佰爲群，阮梅峰秀實，林可山洪，孫花翁季蕃，高菊磵九萬，往往雌黄士大夫，口吻可畏。《瀛奎律髓》

壺山宋謙夫《萍》詩云：『苦無根蒂逐波流，風約纔稀雨復稠。舊説楊花能變此，是他種子已輕浮。』《蚊》詩云：『朋比趨炎態度輕，御人口給屢憎人。雖然暗裡能鑽刺，貪不知

今日趨炎猶未幾，竟殺身。』蕭舜凱《赴燈蛾》詩云：『前身向火乞兒輩，炙手權門癢競爬。未歇，不知老眼已昏花。』三詩皆不專詠物。《梅磵詩話》

阮秀實

阮秀實梅峰，游秋壑之門最久，人號『阮怪』。有《孟享仰瞻聖駕》詩云：『紫煙歛翠碧天長，柳蔭旌旗午尚霜。一朵彩雲擎瑞日，光華盡在舜衣裳。』又《景靈宫恭謝駕回，丞相以下皆簪花》詩云：『宫花密映帽簷新，誤蝶疑蜂逐去塵。自是近臣偏得賜，繡鞍扶上不勝春。』《隨隱漫録》

鄧克中

鄧克中《景靈宫恭謝駕回，丞相以下皆簪花》詩云：『輦路春風錦繡張，裁紅剪緑鬭芬芳。黄羅傘底瞻天表，萬叠明霞捧太陽。』《隨隱漫録》

家鉉翁

家則堂《寄江南故人》詩云：『曾向錢唐住，聞鵑憶蜀鄉。不知今夕夢，到蜀到錢

唐?』《天地間集》

李　珏

李鶴田《南郊紀事》云：『嚴更頻報夜何其，萬甲聲傳遠近隨。梔子燈前紅炯炯，大安輦上赴壇時。』《武陵舊事》

江陰乃春申君黄歇舊封，君山浮遠堂，瞰江對淮，爲一郡佳境。李鶴田珏一聯云：『此水自當兵十萬，昔人曾有客三千。』人多傳誦。《梅磵詩話》

吕三餘

吕雪屋賀予以布衣除東宫掌書詩，云：『青宫樓觀近堯階，班列屏風間坐開。人羨杜閒生杜甫，天教蘇頲繼蘇瓌。馬歸禁苑行邊柳，鶴伴平山隱處梅。我恨長鑱斸黄獨，老年無計策衰頹。』《隨隱漫録》

柳桂孫

柳月磵賀予云：『鏤玉裁冰字字奇，少年親結九重知。君臣際遇榮千載，父子推敲冠

一時。疊進楚蘭春奏雅，鉼分陶菊夜聯詩。五雲樓近開黄道，金紫連班進赤墀。』《隨隱漫録》

劉彦朝

劉雷厓贈予云：『坎止流行只任天，吟廬新傍紫薇邊。夜窗低過宫花月，曉巷深横御柳煙。五字肯同餘子説，一燈親自乃翁傳。雖然不作功名念，卻恐功名逼少年。』《隨隱漫録》

張　彝

予歸江西，張溪居贈詩云：『醖藉中涵廊廟姿，詩文都好見宸批。只蒙四字君王寵，蟣蝨微臣不用題。』《隨隱漫録》

吴石翁

吴一齋贈詩云：『大隱君家小隱君，得名大半忌人聞。秋窗吟共緱山月，曉榻眠分華嶽雲。鶯欲引雛先出谷，馬纔生驥便離群。新詩卻要多拈出，突過郎罷張我軍。』《隨隱漫録》

杜汝能

杜北山贈詩云：『父子名相繼，如君又出奇。乾坤鍾秀氣，湖海誦新詩。放鶴春風遠，横琴夜月遲。未應隨大隱，閒過聖明時。』《隨隱漫録》

黄力敘

黄梅堂贈詩云：『詩在天地間，風清月明處。若爲深閉門，而可覓佳句。夫君小元龍，豪氣隘區宇。青春發詩材，秀茁長膏雨。流水與行雲，吾不見滯住。乘月滌吟毫，玉椀三危露。超詣自透脱，悟在觀劍舞。入宫畫蛾眉，胡爲衆女妬。君詩亦何憾，千載一時遇。向也詩道昌，吟聲喧禁籞。應制沉香亭，龍巾曾拭唾。今焉詩道厄，短笻策江路。悲嘯梁父吟，侘傺《離騷》賦。浮雲時卷舒，睨此知出處。此其隨之義，大隱會境趣。天地梅又春，風緊雪飛絮。一笠灞橋驢，吟詩向臨汝。得句從人傳，傳今亦傳古。要知是家傳，審言以傳甫。傳之而又傳，衣鉢傳宗武。』《隨隱漫録》

黄鵬飛

予游廬山，黄桂隱贈二絶，云：『天下廬山第一奇，西風楚楚送行時。晦庵白鹿書猶在，非是游山只愛詩。』『曾從圖畫識廬山，山好誰知畫亦難。畫好不如詩好讀，就煩詩筆畫來看。』《隨隱漫録》

虞德觀

從兄德觀父與集同出榮州府君，宋亡，隱居不仕而殁。集來吴門，得兄遺迹，有句云：『我因國破家何在？君爲脣亡齒亦寒。』不知爲誰作也。《道園遺稿》

李邦美

李邦美過句容之村鄉，見酒肆粉壁明潔，題云：『青帬白面鬬挑菜，茅舍竹籬疏見梅。』未及後聯，店翁怒曰：『我以此壁爲人塗污，方一新之，今爾又作俑也。』遂不書。有客續至，問翁，翁悔之。一日李再過之，翁請足成，李笑取筆書云：『春事隔年無信息，一聲啼鳥唤將來。』往來知音皆愛之。《山房隨筆》

周芝田

周芝田《彈琴》詩云：『膝上横陳玉一枝，此音惟獨此心知。夜深斷送鶴先睡，彈到空山月落時。』又有句云：『草香花落後，雲黑雨來時。』《石上兩竹》句云：『淋漓滿腹藏春雨，突兀半拳生曉雲。』《山房隨筆》

盛雪巢

魯齋王先生既録天台陳南塘柏茂卿《夙興夜寐箴》，遺其友葉通齋，復載其《懷友》詩云：『携書入空山，幾若與世絶。俯仰一室間，頗見古人别。良朋令人思，思君意彌切。食芹差自甘，那得共君啜。』又有盛雪巢一詩云：『臯夔不著書，周、召不決科。端坐廣堂上，四海臻泰和。吾道固如是，後來文藝多。嗒然空山中，獨抱明良歌。』皆知道之言也。《吴禮部詩話》

陳柏

陳南塘《懷友》詩云：『携書入空山，幾若與世絶。俯仰一室間，頗見古人别。良朋令

人思，思君意彌切。食芹差自甘，那得共君啜？』《吴禮部詩話》

樓楚材

樓楚材《鷺》句云：『晚歸煙樹立猶見，曉向雪汀飛若無。』《屏風》句云：『有時移向西堂去，一座青山逐手來。』《桐江集》

俞琰

予有《詠海䗪》詩云：『生以蝦爲目，來從水母宫。堆槃疑凍結，停筯便消融。瑩潔玻璃白，斒斕瑪瑙紅。酒邊嘗此味，牙頰響秋風。』《書齋夜話》

吴龍翰

吴古梅《樂府》云：『妾心江岸石，千古無變更。郎心江上水，倏忽風波生。製衣寄夫婿，妾有冰雪段。中間連理枝，不忍剪教斷。』方虚谷云：『式賢詩有驚人語，如《樂府》諸篇，尤予所深喜者。』《元詩紀事》

曹良史

曹君良史，錢唐人，衣冠佳盛，湖傲山酣，則有《咸淳詩摘》；兵火變遷，江淮奔走，則有《梅南詩摘》。句如：『雲生畫佛壁，葉落病僧房。』『閒來閉門處，認得讀書聲。』『墻圍敗屋知無主，風響荒林似有人。』『深樹月昏神火出，斷煙雪霽獵人回。』展轉征旂戰鼓，十年間筆力益老矣。方虛谷《跋》

錢穎

錢菊友穎《賦翁仲》云：魏明帝景初元年，徙長安銅人承露盤，盤折，聲聞數十里，重不可致，留于霸城。大發卒鑄銅人二，號『翁仲』，列坐司馬門外。『武皇騎龍朝帝后，露溼銅仙古苔繡。景初命名翁與仲，無復衣冠仍漢舊。桓圭大劍高嵯峨，不動如山嚴鎮守。豈知屹立司馬門，九鼎暗移司馬手。變遷陵谷亦何易，洛陽塵埃一回首。因嗟寵辱非可常，世間何者爲長久？君不見後來荊棘埋銅駝，坐想失身横隴畒。』《隨隱漫録》

劉光

劉元輝有句云：『仙館無人春寂寂，一林紅日鍊櫻丹。』『曉來多謝梁間燕，盡把春愁舉似人。』『山翁何事衝寒往？知有梅花在隔溪。』《桐江集》

韋奇

韋若溪《題倪文昌玉湖書院》云：『齊齋老子今安在？一去人間餘卅載。白衣蒼狗幾千回，惟有溪山長不改。吴興勝槩誇玉湖，鵝溪一幅元暉圖。天光上下渺無極，寒玉倒浸清冰壺。晴波萬頃瑩如洗，一卷石向波心起。先生具眼此結廬，收拾溪山入詩裏。漁人艇子時往還，笭箵擲下前溪灣。一聲欸乃水天碧，回頭卻羡沙鳥閒。樓高望極情思遠，前揖衡山後蒼弁。陌頭楊柳幾春風，當年曾識齊齋面。我今懷古心悠悠，古人不見今人愁。夕陽收盡暝煙浮，扁舟載月歸來休。』《梅磵詩話》

俞演

俞則大句云：『殘燈吟夜雨，破榻卧秋山。』《桐江集》

徐子美

徐芝石《蘭亭》句云：『杯行曲水春如昨，字入昭陵土亦香。』《桐江集》

俞君錫

俞仲疇句云：『洗瓢魚隱石，掃葉蜨移家。』『荒店難尋酒，長途半趁船。』『蛬聲依壞砌，樹影倒寒池。』《桐江集》

江石卿

江石卿句云：『太傅數日別，劉公一紙書。』《桐江集》

汪崇亮

汪崇亮《青溪主客歌》云：『野王手奏淮淝捷，門户歸來有旌節。伸眉一笑紫髯秋，袖中猶挾柯亭月。山陰主人載雪舟，掀篷繫纜青溪頭。平生耳熱欠一識，若爲牽挽行雲留。一聲横玉西風裏，蘆花不動鷗飛起。馬蹄依舊入青山，柳梢不動天如水。』《桐江集》

方至

方天慵句云：『缺多圓少人如月，盛極衰來物易秋。』《桐江集》

許庚

許伯先句云：『花盡辜啼鳥，麻深没過人。』『硯潤浮殘墨，琴乾響斷絃。』《桐江集》

黄瀠

黄瀠句云：『橋影不隨流水去，漁歌偏帶夕陽來。』又《題鄭介夫祠》云：『當年不作南行客，他日應無北狩人。』《桐江集》

戚明瑞

戚子雲句云：『舊夢不堪游螘國，生涯只合在漁舟。』又單句云：『鵂鶹歡喜舞南風。』『望帝花飛春尚寒。』《桐江集》

李商

楊昊，字明之，娶江氏少艾，連歲得子。明之客死之明日，有蝴蜨大如掌，徊翔于江氏傍，竟日乃去。及聞訃，聚族而哭，其蜨復來繞江氏，飲食起居不置也，蓋明之未能割戀于少妻稚子，故化蜨以歸耳。李商作詩記之云：『碧梧翠竹名家兒，今作栩栩蝴蜨飛。山川阻深網羅密，君從何處化飛歸？』《癸辛雜識》

王儀

往歲過婺源，偶至江氏琅玕閣，其人出乃父所得詩卷相示，無慮百數十首。讀至一首云：『詩仙長倚玉闌干，句脱塵凡妙不難。六月雪霜侵几研，一生煙火隔心肝。鳳凰管遍風旋應，翡翠窗深露不乾。記得月明扶醉上，骨輕毛豎怯清寒。』灑然異之，乃王儀仲履作也。併得其所爲《閣記》亦佳，遂綴爲一卷，題數語表之。因尋訪其作，得數首，皆警拔可愛。『求田問舍暮年意，談道著書千古心。相如徒有四立壁，郿塢多藏數萬金。園絲五色繰獨繭，廣奏七均諧大音。何時窪尊酌春水？覓溪石上青楓林。』(一)『似聞梅塢誇新築，但願柴門守故山。田翁有酒飲輒醉，釣船無魚空復還。半生墮落憂患界，萬事元在鴻濛

間。繩床坐了一小劫，縱有天梯何用攀。』(二)『牛羊矗矗澤中道，薺麥芃芃霜後村。朔風作惡吹破屋，落葉不知深擁門。盡歡水飲而菽食，隨緣女嫁并男婚。平生四海習鑿齒，茗椀風爐相對論。』(三)『五月蘋花思渺然，緑波憶蕩浦西船。寧穿布韈青鞵底，不醉琵琶緑繭絃。山郭鶯啼春又莫，蕭齋人静澹無煙。一言滿慰三年别，借枕風前對榻眠。』(四)他皆類此。《吴禮部詩話》

真山民

真山民《幽居雜興》云：『松桂小菟裘，山扉幽更幽。蜂王衙早晚，燕子社春秋。鬢禿難遮老，心寬不貯愁。年來把鋤手，無復揖公侯。』又《九日》云：『嬾把黄花插滿頭，正緣老大見花羞。年來頗恨儒冠誤，好倩西風吹去休。』《山民集》

吴仲軒

吴仲軒入元隱居，教授程鉅夫疏薦不起，以詩謝程云：『抱疾經年久，何期徵詔臨。芸窗書已蠹，竹葉徑尤深。空返皇華使，難忘鷗鳥心。懷君雖感激，衰鬢不勝簪。』《西江詩話》

汪元量

汪水雲《醉歌》二絶，云：『亂點連聲殺六更，熒熒庭燎待天明。侍臣已寫投降表，臣妾僉名謝道清。』『湧金門外雨晴初，多少紅船上下趨。龍管鳳簫無韻調，卻撾戰鼓下西湖。』《送琴師毛敏仲北行》二絶，云：『西塞山前日落處，北關門外雨來天。南人墮淚北人笑，臣甫低頭拜杜鵑。』『蘇子瞻喫惠州飯，黄魯直度鬼門關。今日君行清淚落，他年勛業勒燕山。』《北征》云：『北師有嚴、程，挽我投燕京。挾此萬卷書，明發萬里行。出門隔山嶽，未知死與生。三宫錦帆張，粉陣吹鸞笙。遺氓拜路傍，號哭皆失聲。吴山何青青，吴水何泠泠。山水豈有極，天地終無情。回首叫重華，蒼梧雲正横。』《秋日酬王昭儀》云：『愁到濃時酒自斟，挑燈看劍淚痕深。黄金臺迥少知己，碧玉調高空好音。萬葉秋風孤館夢，一燈夜雨故鄉心。庭前昨夜梧桐語，勁氣蕭蕭入短衿。』《太皇謝太后挽章》云：『大漠陰風起，羈孤血淚懸。忽聞天下母，已赴月中仙。哀樂浮雲外，榮枯逝水前。遺書乞骸骨，歸葬越山邊。』《女道士王昭儀仙游》詩云：『吴國生如夢，幽州死未寒。金閨詩卷在，玉案道書閒。苦霧蒙丹旐，酸風射素棺。人間無葬地，天上有仙山。』《瀛國公入西域爲僧，號木波講師》云：『木老西天去，袈裟説梵文。生前從此别，去後不相聞。忍聽北方燕，愁看西

頭顱歸域雲。永懷心未已，梁月白紛紛。』《全太后爲尼》云：『南國舊王母，西方新世尊。妙相，富貴悟空門。傳法優婆域，誦經孤獨園。夜闌清磬罷，趺坐雪花繁。』《湖山類稿》

水雲以善琴供奉，國亡，隨三宮入燕，久之，請爲黄冠南歸。藏有賜硯，背刻『天錫永寶』四字，分書；右刻『水雲』二篆字；左刻楷書絶句云：『斧柯片石伴幽閒，堪與遺民共號頑。試憶當年承賜事，墨痕如淚盡成斑。』其《北征》古詩云：『北師有嚴、程，挽我投燕京。挾此萬卷書，明發萬里行。』則硯必並載入燕，以詩書授瀛國公，皆此硯矣。《改蟲齋筆疏》

李鶴田《湖山類稿跋》云：往時讀《泣血録》，爲之淚下，因歎德祐之事，意必有杭之文章鉅公，書于野史，後人見而悲之，未必不若余今日之讀《泣血録》也。一日，吴友汪水雲出示《類稿》，紀其亡國之戚，去國之苦，間關愁歎之狀，備見于詩。微而顯，隱而彰，哀而不怨，欷歔而悲，甚于痛哭，豈《泣血録》所可並也。開元天寶之事，紀于草堂，後人以『詩史』目之。水雲之詩，亦宋亡之『詩史』也，其詩亦鼓吹草堂者也，其愁思抑鬱，不可復伸，則又有甚于草堂者也。噫！水雲留詩與後人哀耶？留詩與後人愁也？可感也，重可感也！敬賦二十字，書綴卷尾，云：『天地事如許，英雄鬢已斑。淚添東海水，愁壓北邙山。』《湖山類稿·跋》

水雲汪元量，宋亡，以善琴召赴大都，見世祖，不願仕，賜黄冠遣還。幼主送詩云：『黄

金臺上客，底事又思家。歸問林和靖，寒梅幾度花？』宋宫人多詩送行者，有云：『客有黄金共璧懷，如何不肯贖奴回？今朝且盡穹廬酒，後夜相思無此杯。』意極悽惋。元量有詩一帙，皆叙宋亡事，如云：『亂點備籌殺六更，風吹庭燎滅還明。侍臣奏罷降元表，臣妾簽名謝道清。』餘詩大抵類是，可備野史。元馬易之題其帙後云：『三日錢塘海不波，子嬰繫組納山河。兵臨魯國猶絃誦，客過商墟獨嘯歌。鐵馬渡江功赫奕，銅人辭漢淚滂沱。知章喜得黄冠賜，野水閒雲一釣蓑。』鮑廷博云：『汪元量有《湖山類稿》五卷，《水雲集》一卷，予曾重刻以傳。』《歸田詩話》

汪元量先生大有，號水雲，天兵平杭日，詩曰：『西塞山邊日落處，北關門外雨來天。南人墮淚北人笑，臣甫低頭拜杜鵑。』又曰：『錢塘江上雨初乾，風入端明陣陣酸。萬馬亂嘶臨警蹕，三宫洒淚溼鈴鑾。童兒賸遺追徐福，癘鬼終當滅賀蘭。若説和親能活國，嬋娟應是嫁呼韓。』此語尤悲哽。先生詩有《水雲集》。《輟耕録》

全宋詩話目録卷八十三

謝鑰　字君殷，號草堂，翱父。

謝翱　字皋羽，一字皋父，閩長溪人，徙浦城。文信公開府延平，署咨議參軍，事敗，避地浙東，在浦江，主吴渭家。與方鳳、吴思齊游度釣臺南地爲文冢，名會友之所曰『汐社』，期晚而信，集同好名氏，作《許劍録》，取吴季子意。乙未八月，寓杭，終于婦劉氏舍，方鳳輩葬之釣臺，從初志也。有《晞髮集》。

方鳳　字韶卿，一字景山，婺州浦江人。特恩授容州文學，隱仙華山。同里義烏令吴渭，闢家塾敬事之。疾革，命子樗題其旌曰『容州』，示不忘也。時稱巖南先生。有《存雅堂稿》。

吴思齊　字子善，括蒼人，家永康。由任子入官，監新城税，調嘉興丞。宋亡，主浦陽吴渭清翁家，與皋羽登嚴陵西臺，哭文丞相，又與同人會哭皋羽于小廬峰。嘗與方韶卿倡和，皋羽序而題其編，曰《風雨集》。

詹本　字道生，建安人。丞相江萬里薦爲郎，先致書本，本方坐門前石上釣，使至，問本居，本曰：『前。』即持竿渡溪去，不知所終。

皇甫明子　字東生，四明人。性豪宕，乘小舟，掛布帆，載琴尊書籍釣具，往來江湖。至元丙子，發狂痛哭蹈海。

鮑輗　字以行，括蒼人。性嗜酒，教授得錢，悉送酒家。晚益傲誕，衲衣髽結，游青城不返。

崔璆　字子玉，京口人。美風儀，善談論，晚病狂，携大瓢貯酒行市，拍掌歌笑。未死十日，自表石，題曰：『醉鄉伯崔璆之墓』。

魚潛　字德昭，姑熟人。敦重和易，不忤于物，所居環堵，掃地焚香，彈琴讀書，養鵝鴨百頭以給食，八十餘終。

柯芝　字士先，瑞陽人。早通五經，善詞賦，又詣行在所，見章秘書，求讀書省中，益通諸家。教授生徒，著書百餘卷。

柯茂謙　字退之，芝子。

師嚴　字道立，襄陽人。讀書識大義，善槊射，自圍中拔身走行在所，上書論事，不報，拂衣去，客死武陵。

邵定　字中立，廬陵人。通《周易》、《春秋》。宅邊植梅、竹、蘭、桂、蓮、菊各十餘本，深衣大帶，婆娑其間，自號六薌老人。

張琰　字汝玉，廣陵人，長身修髯。補州牙兵，隨制置李庭芝，潰圍，南赴行在所，追兵及，麾下盡潰，琰獨鬬死。

熊與龢　字天樂，豫章人。性介澹，無妻，不食肉。通經、史、百氏之書，布衣草屨，遨游諸名山，尤嗜彈琴、草書。

晏乂　字明粲，宜春人。主趙崇瀩，後趙逮繫，晏自請詣獄，俱瘐死。

楊應登　字幼平，臨江人，寬厚長者。七試國子不第，耕牧南塘。

楊雯　字天章，應登孫。

趙卯發　昌州人。通判池州，權州事。元兵至，同妻雍氏縊死。

唐珏　字玉潛，號菊山，會稽人。

王英孫　字才翁一作子才，號修竹，會稽人，少保克謙子。仕將作監主簿。家富，宋亡後，延致四方名士，賦詠相娱，與山陰徐受之天祐，並爲一時人士所宗。

陳觀國　字用賓，會稽人。

林同　字子真，號空齋處士，福清人。以世澤授官，棄不仕。元兵至福州，監丞劉仝子

糾義兵即其家置忠義局，敵至，同死之。有《孝詩》一卷。

馬南寶　香山人。景炎二年，端宗航海過邑，獻粟千石，拜權工部侍郎。宋亡于厓山，被執死之。

王奕　字伯敬，玉山人。官本州教授，自號玉斗山人。有《東行斐稿》。

何行　字自强，廣昌人。生宋末。爲武平令。

黄誠性

鄧剡　字光薦，號中齋，廬陵人。祥興時，歷官禮部侍郎。厓山兵潰，爲張弘範所得，教其次子，得放還。有《中齋集》。

羅公陞　字時翁，吉之永豐人。大父開禮，從文丞相勤王，兵敗被執，不食死。公陞以軍功授本邑尉，北游圖恢復，不果。有《滄洲先生集》。

鄭思肖　字憶翁，號所南，福州連江人。太學上舍，應宏詞科。元兵南下，叩闍上太后、幼主疏，忤當路，不報。客吴下，寄食城南報國寺以終。有《錦綫集》、《一百二十四圖詩集》、《咸淳集》、《中興集》。

龔開　字聖予，號翠巖，淮陰人。

萬嘉　字愚公，仙居人。

陳普　字尚德，閩之寧德人。宋亡，三辟本省教授，不起。有《石堂集》。

孫嵩　字元京，號艮山，休寧人，以薦入太學。有《艮山集》。

孫巖　字次皋，號爽山，嵩弟。有《爽山集》。

滕塛　字仲塞，號星崖，婺源人。

張炎　字叔夏，號玉田，又號樂笑翁，循王諸孫。宋亡，落魄縱游，工爲長短句。

潘文虎　字武子，金沙人。

葛慶龍　九江人，寓越。

周密　字公謹，號草窗，濟南人，流寓吴興，居弁山，自號弁陽嘯翁，又號蕭齋。淳祐中，爲義烏令。有《蠟屐集》、《齊東野語》、《癸辛雜識》、《志雅堂雜鈔》、《浩然齋視聽鈔》、《武林舊事》、《澄懷録》、《雲煙過眼録》。

鄧牧　字牧心，錢唐人。與謝翶友善。丙申，王修竹延致陶山書院；己亥，入洞霄，止于超然館，沈介石營白鹿山房居之。與葉林爲深交，林坐蜕，踰月，牧亦無病而終。有《洞霄圖志》、《游山志》，雜文稿名《伯牙琴》。衆稱曰文行先生。

湯仲友　初名益，以字行，更字端夫，吴郡人。學詩于周弼，晚號西樓。有《壯游詩集》。

趙棠　字國炎。

李坦之　字道坦，錢唐人。早歲入洞霄宫，從鄧牧學。

吕徽之　字起猷，號六松，台之仙居人。遯迹不出，操行極高。

胡貫齋　廬陵人。

陳古遇　平江人。元俞焯稱其詩高古，無宋末氣。

連文鳳　字伯正，號應山，三山人。杭清吟社、入月泉吟社第一名，託名羅公福。

全宋詩話卷八十三

謝　鑰

謝君殷鑰，號草堂，晞髮道人翺父也，《翫月有感》云：『入夜茶甌苦上眉，眼花推落石床棊。舉頭卻恨天邊月，顛倒山河作樹枝。』《天地間集》

謝　翺

謝臯羽《冬青樹引別玉潛》云：『冬青樹，山南陲，九日靈禽居上枝。知君種年星在尾，根到九泉雜龍髓。恒星晝霣夜不見，七度山南與鬼戰。願君此心無所移，此樹終有開花時。山南金粟見離離，白衣人拜樹下起，靈禽啄粟枝上飛。』《小元祐歌寄劉君鼎》云：『前甲子，小元祐，句章祲黑權臣死。端平天子初改紀，龔芳泰陵種蘭芷。當秋淮甸枯草黄，彎弧北向射天狼。狐南星光天狗墮，入蔡生擒完顏王。是年南海無波浪，月溼珠胎君

以降。只今六十空白頭，獨騎麒麟補《春秋》。天回星周美惡復，人世更傳蔡州録。』《句章見月食》云：『縠州見月如魚口，沫聚痕消暗窗牖。鄞城見月如破臼，棄藥含垢掛南斗。龍蛇伏氣諸腦空，水中睡失群陰母。其間海禽獨夜啼，黑雲赴海同奔犀。市人識母不識父，擊柝摧扉救月死。況值蕤賓月十五，干神附甲支在子。孤臣哀吟離楚尾，泪落荒江弔南紀。猶憶秦淮哭日年，不敢仰視看盆水。』《有洗舊誥綾作青色，鬻將以爲緣，以紺繒易得之，作手卷賦小樂章，求好事書其後》：『吴宫輦路傷行客，繭冰壓雲凝碧色。門前新掃染家鄰，借人鋪設殘衣帛。宫花剪綾連院號，覆取翻看滅一道。織紋婉轉勑字新，知是初誰六尺誥。城霞失彩宫蘚病，中與海圖上衣領。改顔倖售緣所遭，褪藥玄香洗藍影。青綢易得淚承睫，擊筑楚歌無故業。歌殘求書好事人，異代倘傳誥綾帖。』《廣惜往日詩序》云：『《崇真院絶粒示兒》，宋禮部侍郎謝枋得所作也。粤人謝翺，用其語爲楚歌以節之，其詞曰：「漢有臣兮龔勝卒，噤不食兮十四日。今忍饑兮我復渴，道間關兮踰半月。幸求死兮得死，苟不得兮無術。鳳笙兮龍笛，燕群仙兮日將夕。風吹衣兮珮蕭瑟，駿龍兮寥天，行成兮緣畢。」』《西臺哭所思》云：『殘年哭知己，白日下荒臺。淚落吴江水，隨潮到海迴。故衣猶染碧，后土不憐才。未老山中客，惟應賦八哀。』《晞髮集》

鄧牧心《謝皋羽傳略》云：皋父性耿介，不以貧累人，所居産薪若炭，率秋暮載至杭，易

米卒歲。少裕，則資游江海，訪前代故實，著《宋史》，補唐詩，人無傳者三十餘篇，傳近世隱逸數篇。歲甲午，與杭人鄧牧相遇會稽，結爲方外友。牧因爲言：『杭大都會，文士輩出，予知若干人，盍往見之。』旬日别去，逮牧歸杭，君已挈家錢唐江上，問所從游，皆前所聞者，其信好學也。乙未秋，牧薄游山水間，君病篤，望牧不至，懷以詩曰：『謝豹花開桑葉齊，戴勝芊生草藥肥，九鎖山人歸未歸。』蓋絶筆于此。《謝皐羽傳略》

文文山死節，諸公傷悼之作，佳者如鄧中齋光薦詩，云：『憶公淚懸河，九地無處瀉。想公騎赤龍，請命蒼梧野。世人醉生死，翻笑獨醒者。焉知千載英，精爽皎不夜。義士無廢興，時運有代謝。念昔喪亂初，公騎使君馬。奮袂起勤王，慷慨淚盈把。須臾三萬衆，如自九天下。燈棋書檄交，笑語雜悲吒。捧土障洪河，一繩維大厦。至哉乾宗性，百折終不舍。身北冠自南，血碧心肯化。顔鈎凜忠勁，杜詩蔚騷雅。晉陽骨肉寃，東市刀兵解。精誠揭天日，氣魄動夷夏。丈夫如此何，一死尤足怕。田横老賓客，白髮餘息假。有時夢巖電，意悟當飄灑。非無中丞傳，殺青自誰寫？魂歸哀江南，千秋俎鄉社。』又《贊畫像》云：『目煌煌兮疏星曉寒，氣英英兮晴雷殷山。頭碎柱而璧完，血化碧而心丹。』嗚呼！誰謂斯人，不在人間？李養吾明通《題〈吟嘯集〉》云：『南人不識兩膝貴，曲摺百態卑且勞。斯人護膝不護頭，故以頸血沾君刀。蟠胸孤憤擘不碎，殺氣千丈纏旌旄。援桴親鼓盡南

海，背水更用蜑丁鏖。俘來吮血語神語，咄咄尚與天爭豪。須臾赤日減顔色，玄雲莽莽風颼颼。或言巨靈收拾付真宰，讀罷拊臆生長號。又言豐隆列缺對愁絶，疾指玉鞭鞭六鼇。雨飄倒翻水怪舞，斗樞横軋天籟號。憐伊肝膽苦復苦，亦見曩昔真《離騷》。劫灰滿地莫挂眼，蓬萊雖遠容輕舠。長驅癘鬼尚堪戰，儘閒未許飛仙遨。乃言興廢在爾不吾與，吾死吾主吾焉逃？魯叟聞言拍手笑，斯人六經爲骨爲皮毛。斯人捲取六經去，空將贗本傳兒曹。』黄誠信云：『三百餘年樂育恩，晚從科目得斯人。崎嶇嶺海期年國，零落氈毛萬死身。諸葛未亡猶有漢，包胥欲泣更無秦。挑燈慷慨歌梁父，鬢髮蕭森僂鬼神。』皆可傳誦。謝皋羽挽詩：『落日沉滄海，寒風上薊門。雨青餘化血，林黑見魂歸。』惜忘其首尾四句爾。皋羽又有三詩，爲文山作，亦感激悲痛。其一《結客行》云：『結客衛京師，捐棄南斗陲。泣奉先主令，白旄麾天麾。鞭屍讐必報，函首捷終馳。力盡志不遂，以死謝漸離。』其一《邳州哭》云：『邳州哭，井水竭，去年哭母瘴海熱。今年此日來邳州，母死未禫子爲囚。邳州土溼淚長在，化爲蒼苔色不改，雨洗離魂歸瘴海。』其一則任士林叔實所作《謝翱傳》云：『翱晚登子陵西臺，以竹如意擊石，歌招魂之詞曰：「魂來兮何極，魂去兮關水黑，化爲朱鳥兮有咮焉食。」』蓋謝嘗募義從公，故尤不能忘情也。《吴禮部詩話》

古有三句之詩，意足詞贍，盤屈于二十一字之中，最爲難工。徧檢前賢詩，不過四五首而已。岑之敬《當壚曲》云：『明月二八照花新，當壚十五晚留賓，回眸百萬横自陳。』最爲絶倡。《唐傳奇》無名氏《春詞》云：『楊柳裊裊隨風急，西樓美人春夢中，繡簾斜捲千條入。』一作《楊妃舞曲》，後跋云：『三句之詩，妙絶古今。』《幽怪録》所載同。宋謝皋羽《寄鄧牧心》云：『杜鵑花開桑葉齊，戴勝芊生藥草肥，九鎖山人歸未歸。』《升庵詩話》

謝皋羽《晞髮集》詩，皆精緻奇峭，有唐人風，未可例于宋視之也。予尤愛其《鴻門讌》一篇：『天雲屬地汗流宇，杯影龍蛇分漢楚。楚人起舞本爲楚，中有楚人爲漢舞。鸊鵜淬光雌不語，楚國孤臣泣俘虜。君看楚舞如楚何？楚舞未終聞楚歌。』此詩雖使李賀復生，亦當心服。《李賀集》中亦有《鴻門讌》一篇，不及此遠甚，可謂青出于藍矣。元楊廉夫《樂府》，力追李賀，亦有此篇，愈不及皋羽矣。其他如《短歌行》：『秦淮没日如没鶻，白波漾空涇弦月。舟人倚棹商聲發，洞庭脱木如脱髮。』《建業水》云：『太白八月魚腦減，武昌城頭鼓紞紞。』《海上曲》云：『水花生雲起如葑，神龍下宿藕絲孔。』《明河篇》云：『牽牛夜入明河道，淚滴相思作秋草。婺女城頭玩月華，星君冢上無啼鳥。』《俠客歌》云：『潮動西風吹杜荆，離歌入夜斗西傾。佽飛廟下蛇含草，青拭吴鈎入匣鳴。』《效孟郊體》云：『牽牛秋正中，海白夜凝曙。野風吹空巢，波濤在孤樹。』律詩如：『驛花殘楚水，烽火到交州。』『夜

氣浮秋井，陰花冷碧田。』『山鬼下茅屋，野雞啼苧蘿。』『戍近鳳鳴柝，江空雨送船。』『鄰逋燈下索，鄉夢戍邊回。』『柴關當太白，藥氣近樵青。』、『暗光珠母徙，秋影石花消。』、『下方聞夕磬，南斗掛秋河。』雖未足望開元天寶之蕭墻，而可以據長慶、寶曆之上座矣。《升庵詩話》

方　鳳

方巖南《哭陸秀夫》詩云：『祚微方擁幼，勢極尚扶顛。鼇背舟中國，龍胡水底天。鞏存周已晚，蜀破漢無年。獨有丹心皎，長依海日懸。』《金華雜識》

龔聖予評嵓南詩云：『由本論之，在人倫不在人事。等而上之，在天地不在古今。』《宋詩紀事》

吴思齊

吴子善題鹿苑寺壁間，紀魯簡肅公羅漢見夢事，云：『是法本平等，無怠亦無敬。如何證無生？卻來見參政。』《樂郊私語》

思齊由任子入官，爲嘉興縣丞。洪提刑起畏辟置類田吏，用事者言，辦此可通籍，思齊

曰：『以民怨禄非得也。』賈氏柄國，上將以鹵簿臨其母喪，文侍郎及翁，將上疏論之，懼禍中止。思齊以書勖之曰：『叱嗟！而母婢也。公不可默。』俄不願仕，請監南嶽廟，流寓桐廬。值宋亡，不出，獨與方鳳、謝翱、方壽友善，自號『全歸子』，大德辛丑卒。程敏政《宋遺民録》

詹　本

詹道生《閒中》詩云：『萬事問不知，山中一樽酒。掃石坐松風，緑陰滿巾袖。』《谷音》

皇甫明子

皇甫東生《京口行》云：『京口兵可用，酒可飲。一語參差族成血，忠賊相持各凛凛。豈知好醜隔形骸，父爲孔鸞子爲鴞。人衆天定理則那，遺臭流芳且高枕。』《谷音》

鮑　輗

鮑以行《重到錢唐》云：『生死雙飛正可憐，若爲白髮上征船。未應分手江南去，更有春光七十年。無賴山光叠叠青，玉魚金盌早飄零。冷思禹穴真奇事，千古衣冠託杳冥。萬

家歌舞送浮生，曾有涓埃答太平。猨鶴沙蟲天始定，不須辛苦怨南征。聞道深春雪打圍，誰憐身上藕絲衣？莫憂白璧成塵土，解逐南風萬里歸。惟有寒潮不世情，朝朝暮暮過空城。百年車馬闤門外，獨獨春風草又生。』《谷音》

崔　璆

崔子玉《今日一何好》詩云：『今日一何好，花下醉狼藉。醉中有奇事，夢見生羽翼。浩蕩排虛空，靈君好顏色。朱衣持大篆，授我醉鄉伯。頓首玉墀下，臣璆才蟣蝨。封此抑何功？請陳愚頑臆。臣家京口東，門前大江碧。臣願駕長風，吹作酒萬石。萬象各千鍾，拍拍大庭國。推枕在山中，紙衾霜曉月。』《谷音》

魚　潛

魚德昭《送鄭秘書南歸》云：『垂老乃如此，憑高俱惘然。空能正幾字，好去作千年。童子歌鴝鵒，幽人拜杜鵑。江花獨爛熳，春去得誰憐？』又《聞歌》云：『流雲行水出名姝，酒盡花前雙玉壺。此曲江南都忘卻，春風轉調小單于。』《谷音》

柯　芝

柯士先《耳耳》詩云：『耳耳非佳語，陸陸難爲顔。我生胡不淑，多戚長鮮歡。摇落復已緑，春風滿江干。最靈起予興，欲言骨肉酸。園桑摧爲薪，桃李亦半殘。翹蕘企晴燠，九室十更寒。飛錢如美色，乃入貴者闌。丘閭有穀賣，窮櫩朝無饘。不售信蹙隱，徒手良抱歎。宛轉愒餘息，溝壑分寸間。吾輩正不免，遑暇卹彼瘝。』《谷音》

柯茂謙

柯退之《魯港》詩云賈似道喪師之地：『十年回首付霑襟，斷甲沉沙齒齒深。可惜使船如使馬，不聞聲鼓但聲金。人歌鬼哭都堪淚，木落江空正獨吟。遺老蕭條漸無語，酒旗颭颭出蘆林。』《谷音》

師　嚴

師道立《藺五見訪》詩云：『漢陰美人青兕裘，獨騎瘦馬尋荒丘。花前下馬迎一笑，珠玉在側形骸羞。酒酣散髮箕踞坐，錦帶爛爛懸吴鈎。剸蛟刺虎好身手，碧瞳如水涵清秋。

惜哉科目大脱略，壯士豈爲章句囚。中原格鬬困不已，江波木落寒悠悠。』《谷音》

邵　定

邵中立《山中》詩云：『白日看雲坐，清秋對雨眠。眉頭無一事，筆下有千年。』《谷音》

張　琰

張汝玉《官柳》詩云：『不見樓東黄布帘，樹猶如此我何堪。裊裊亭亭忒無賴，又將春色誤江南。』《谷音》

熊與龢

熊天樂《唐玄宗鐵像》詩云：『巍冠攢叠碧雲花，坐閲山中幾歲華。莫把金丹輕點化，正愁生死困安家。』《谷音》

晏　乂

晏明粲《夢中》詩云：『春樹年年少，寒雲浦浦連。片帆高浪起，斗酒夕陽偏。沙市懷

司馬，州城笑老邊。太平冠蓋盡，爾敢望諸賢。』《谷音》

楊應登

楊幼平《水宿》詩云：『水宿逢今雨，春歸返故園。聖朝臣已老，往事客何言。乞米分鄰里，看書到子孫。蒼茫不可會，一笑了清樽。』《谷音》

楊雯

楊天章《北客》詩云：『北客相催發，一日舉千帆。遥憐庾開府，歲晚望江南。』《谷音》

趙卯發

趙卯發，昌州人，通判池州，權州事。元兵至，同妻雍氏自經死，臨死，裂衣書詩寄弟云：『城池不高深，無財又無兵。惟有死報國，來生作弟兄。』《〈昭忠逸詠〉注》

唐珏

吴興王筠庵先生國器，示余所藏《唐義士傳》，讀之不覺令人泣下，謹録之。《傳》曰：

『辛亥秋，友人端叟倪君過余溪上，示游杭雜稿，中有《識唐玉潛事》一篇，余讀大驚，頓足起立曰：『異哉！今世乃有此人，有此事。願詳告我。』叟乃言曰：『唐君名珏，字玉潛，會稽山陰人。家貧，聚徒授經，營滫髓以養其母。歲戊寅，有總江南浮屠者楊璉真伽，怙恩横肆，執焰爍人，窮驕極淫，不可具狀。十二月十有二日，帥徒役頓蕭山，發趙氏諸陵寢，至斷殘支體，攫珠襦玉柙，焚其胔，棄骨草莽間。唐時年三十二歲，聞之痛憤，亟貨其家具，得白金百星許，執券行貸，得白金又百星許，乃具酒醪，市羊豕，邀里中少年若干輩，狎坐轟飲。酒且酣，少年起請曰：「君儒者，若是，將何爲焉？」唐慘然，具以告，願收遺骸共瘞之。衆謝曰：「諾。」中一少年曰：「發丘中郎將耽耽餓虎，事露奈何？」唐曰：「予固籌矣。今四郊多暴骨，取竄以易，誰復知之？」乃斲文木爲匱，複黄絹爲囊，各署其表曰「某陵」、「某陵」，分委而散遺之，蕝地以藏，爲文而告，詰：「旦，事訖來集」。出白金羨餘以酬，戒勿泄。越七日，總浮屠下令，裒陵骨雜置牛馬枯骼中，築一塔壓之，名曰「鎮南」。杭民悲戚，不忍仰視，了不知陵骨之猶存也。禍淫不爽，流傳京師，上達四聰，天怒赫赫，飛風雷號令，捽首禍者北焉，山陰人始有藉藉傳唐事者。由是唐之義風，震動吴越，聲生勢長，若胥江掀八月之濤。名雖高，困固自若，明年己卯後上元兩日，唐出觀燈，歸忽坐殞，息奄奄若將絶者，良久始蘇曰：「吾見黄衣吏，持文書來告曰：王召君。導我往，觀闕巍峩，宫宇靚麗，殆

非人間。有一冕旒坐殿上，數黄衣貴人，逡巡降揖曰：藉君掩骸，其有以報。唐乃陛謁造王前，王謂曰：汝受命窶且貧，兼無妻若子，今忠義動天帝，命錫汝伉儷子三人，田三頃。拜謝降出，遂覺，罔不知其何也。」踰時，越有治中袁俊齋至，始下車，爲子求師，有以唐薦者，一見置賓館。一日問曰：「吾渡江，聞有唐氏瘞宋諸陵骨，子豈其宗耶？」左右指君曰：「此是已。」袁大駭，拱手曰：「君此舉豫讓不能抗也。」曳之坐北面而納拜焉，禮敬特加，情款益篤。叩知家徒四壁，惻然嗟矜，語左右曰：「唐先生家甚寒，吾當料理，使有妻有田以給。」左右逢迎，爰諏爰度，不數月，二事俱愜。聘婦偶故國之公女，負郭食故國之公田，所費一一自袁出。人固奇唐之節，而又奇唐之遇，兩高之曰：「二公真義士。」爾後獲三丈夫子，鼎立頎頎，凡夢中神所許，稽其數無一不合，咄咄怪事乃如此。』唐葬骨後，又於宋常朝殿掘冬青樹植于所函土堆上，有《冬青行》二首，曰：『馬箠問髐形，南面欲起語。野麕尚純束，何物敢盜取？餘花拾飄蕩，白日哀后土。六合忽怪事，蜕龍挂茅宇。老天鑒區區，千載護風雨。』又曰：『冬青花，不可折，南風吹涼積香雪。遥遥翠蓋萬年枝，上有鳳巢下龍穴。君不見犬之年，羊之月，霹靂一聲天地裂。』復有夢中詩四首，云：『珠亡忽震蛟龍睡，軒弊寧亡犬馬情。親拾寒瓊出幽草，四山風雨鬼神驚。』『一坏自築珠丘土，雙匣親傳竺國經。只有春風知此意，年年杜宇哭冬青。』『昭陵玉匣走天涯，金粟堆寒起暮鴉。水到

蘭亭轉嗚咽，不知真帖落誰家？』『珠爲玉雁又成埃，斑竹臨江首重回。猶憶年時寒食節，天家一騎奉香來。』《輟耕録》

王英孫

王修竹《岳武穆王墓》詩云：『埋骨西湖土一丘，殘陽荒草幾經秋。中原望斷因公死，北客猶能説舊愁。』《武林舊事》

陳觀國

陳用賓《送鄧牧心出陶山》詩云：『青山無送迎，幽人自來去。落葉若相送，卷卷及行屨。簷端有孤雲，仍爲守其處。』『落葉惜人不在山，孤雲尚期人再還。斯人可期復可惜，我處落葉孤雲間。』《吴禮部詩話》

林同

林子真《孝詩・文中子》云：汾水之曲，有先人之敝廬在，有田可以具饘粥。彈琴著書，不願仕也。『先人舊所理，汾曲有田廬。何意求聞達，彈琴自著書。』《木蘭》云：《古樂府》云：『阿爺無大兒，

木蘭無長兄。願爲市鞍馬，從此替爺征。』『謹勿悲生女，均之有至情。縈能贖父罪，蘭亦替爺征。』《孝詩》

劉後村《跋》云：『子真性純孝，父寒齋病，左右侍湯藥，至不忍入州應舉。嘗赴胄試，自里抵家，得詩一卷，十之九皆思親之言。年未四十，慨然罷舉，志尤潔，非躬耕不食，植梅百株，日哦其下。』《孝詩·跋》

馬南寶

景炎二年，端宗航海過香山，南寶獻粟千石，拜權工部侍郎，宋亡，被執，死之。有句云：『目擊厓山天地改，寸心難與夜潮消。』又云：『衆星耿耿滄溟底，恨不同歸一少微。』《廣東通志》

王奕

王伯敬《送謝叠山先生北行》詩云：『皇天久矣眼垂青，盼盼先生此一行。遺《表》不隨諸葛死，《離騷》長伴屈原清。兩生無補秦興廢，一出仍關魯重輕。白骨青山如得所，何須兒女哭清明。』《西江詩話》

何行

何自强《題龍泉觀》云：『蓬萊境界隔風煙，一帶銀河接九天。禮斗瑶臺春草合，豢龍石鉢玉沙圓。紅雲幾片危樓上，古木千尋落照邊。惆悵仙人何處去？空餘月色滿山川。』《西江詩話》

黄誠性

黄誠性《挽文丞相》詩云：『三百餘年樂育恩，晚從科目得斯人。崎嶇嶺海期年國，零落氊毛萬死身。諸葛未亡猶有漢，包胥欲泣更無秦。挑燈忼慨歌梁父，鬢髮蕭森慺鬼神。』《吴禮部詩話》

鄧剡

鄧中齋《挽文信公》詩云：『憶公淚懸河，九地無處瀉。想公騎赤龍，請命蒼梧野。世人醉生死，翻笑獨醒者。焉知千載英，精爽皎不夜。義士無廢興，時運有代謝。念昔喪亂初，公騎使君馬。奮袂起勤王，忼慨淚盈把。須臾三萬衆，如自九天下。燈檠書檄交，笑語

雜悲咤。捧土障洪河，一繩維大廈。至哉朝宗性，百折終不舍。身北冠自南，血碧心肯化。顔鈎凛忠勁，杜詩蔚騷雅。晉陽骨肉寃，東市刀兵解。精誠揭天日，氣魄動夷夏。丈夫如此何，一死尤足怕？田横老賓客，白髮餘息假。有時夢巖電，意悟當飄灑。非無中丞傳，殺青自誰寫？魂歸哀江南，千秋俎鄉社。』《吴禮部詩話》

鄧光薦先生剡，號中齋，廬陵人，宋亡，以義行著。其所賦《鷓鴣》詩曰：『行不得也哥哥，瘦妻弱子羸牸馱。天長地闊多網羅，南音漸少北語多。肉飛不起可奈何，行不得也哥哥。』其意可見。又有所贊《文丞相像》曰：『目煌煌兮疏星曉寒，氣英英兮晴雷殷山。頭碎柱兮璧完，血化碧兮心丹。嗚呼！孰謂斯人，不在世間？』《輟耕録》

羅公昇

羅時翁《演福寺》詩云賈妃葬處：『褘翟當年讓福人，妃與謝后俱入宫，穆陵主意于賈，楊太后曰：「謝家有福。」遂立謝后。早亡何用羡長春。帝鄉坏土真無憾，愁絶龍沙萬里身。』《滄洲集》

鄭思肖

先生剛介有立志，會天兵南叩闕，上疏犯新禁，衆争目之，由是遂變今名曰肖、曰南，義

不忘趙、北面他姓也。隱居吴下，一室蕭然。坐必南向，歲時伏臘，望南野哭而再拜，乃返，人莫識焉。工畫墨蘭，不妄與人，邑宰求之不得，聞先生有田三十畝，因脅以賦役取，先生怒曰：『頭可斫，蘭不可得！』《過齊子芳之書塾》云：『此世但除君父外，不曾別受一人恩。』《寒菊》云：『禦寒不藉水爲命，去國自同金鑄心。』其忠肝義膽，于此可見。《綴耕録》

鄭所南初名某，宋亡，乃改名思肖，即思趙，憶翁與所南，皆寓意也。坐卧不北向，扁其堂曰『本穴世界』，以本之十置下文，則『大宋』也。精墨蘭，自更祚後，爲蘭不畫土，根無憑藉。或問其故，則云：『地爲人奪去，汝猶不知耶？』《遺民録》

鄭所南《隱居謡》云：『布衣暖，菜羹香，詩書滋味長。』《中興集》

龔開

龔開聖予，工詩，善畫馬，篆隸亦奇古。每畫題詩于後，嘗見三幅皆佳，《高馬小兒圖》詩云：『華騘料肥九分膔，童子身長五尺饒。青絲鞚短金勒緊，春風去去人馬驍。莫作尋常厮養看，沙陀義兒皆好漢。此兒此馬俱可憐，馬方三齒兒未冠。天真爛漫好容儀，楚楚衣裝無不宜。豈比五陵年少輩，胭脂坡下鬬輕肥。四海風塵雖已息，人才自少當愛惜。如此小兒如此馬，他日應須萬人敵。老夫出無驢可騎，乃有此馬騎此兒。呼兒回頭爲小駐，

停鞭聽我新吟詩。兒不回頭馬行疾，老夫對之空嘖嘖。』《黑馬圖》詩云：『八尺龍媒出墨池，崑崙月窟等閒馳。幽州俠客夜騎去，行過陰山鬼不知。』《瘦馬圖》詩云：『一從雲霧降天關，空盡先朝十二閑。今日有誰憐瘦骨？夕陽沙岸影如山。』《吴禮部詩話》

龔聖予《陸右丞君實輓詩》兩章，云：『立事寧將敗事論，在邊難與在朝分。從來大地爲滄海，可得孤臣抱幼君。南北一家今又見，乾坤再造古曾聞。他年自有春秋筆，不比田横祭墓文。』『數關天地人何與，分在君臣禮可無。周粟如山夷叔餒，史書猶日臼嬰誣。舊邦新命方開化，公法私情本不渝。忠義未須論彼此，後先崇長是昌圖。』《陸右丞蹈海録》

龔聖予《自題中山出游圖》云：『髯君家本住中山，駕言出游安所適。謂爲小獵無鷹犬，以爲意行有家室。阿妹韶容見靚妝，五色臙脂最宜黑。道逢驛舍須少憩，古屋無人供酒食。赤幘烏衫固可烹，美人清血終難得。不如歸飲中山釀，一醉三年萬緣息。卻愁有物覷高明，八姨豪買他人宅。侍□君醒爲掃除，馬嵬金馱去無迹。』翠巖自記云：人言墨鬼爲戲筆，是大不然。此乃書家之草聖也，豈有不善真書而能作草者？在昔善畫墨鬼，有姒頤真、趙千里。千里丁香鬼，誠爲奇特，所惜去人物科大遠，故人得以戲筆目之。頤真鬼雖甚工，然其用意猥近，甚者作髯君野溷，一豪猪即之，妹子持杖披襟趕逐，此何爲者耶？僕今作《中山出游圖》，蓋欲一洒頤真之陋，庶不廢翰墨清玩，譬之書猶真行之間也。鍾馗事絶

少，僕前後爲詩，未免重用，今即他事成篇，聊出新意焉耳。《鐵網珊瑚》

萬　嘉

仙居求愛廬先輩，説僧清壹詩，略記一二。《寄無著》云：『逢人稱宿臘，玄解少人知。俗濁惟貪隱，禪高不礙詩。水邊秋杖屨，石上雪鬚眉。雞犬添鄰曲，還同賦紫芝。』《寄萬先輩》云：『歸從衡岳此身清，老校群書眼倍明。白屋有田供伏臘，青雲無夢到公卿。頻挑野菜招僧至，少著深衣入郭行。早歲自嗟行役遠，失將詩律問先生。』萬名嘉，字愚公，亦善詩，《中秋寄陳碧棲》云：『秋氣清如此，秋花香奈何。人生還健在，月色况明多。有酒君當醉，無愁我欲歌。樓高俯松頂，誰共酌姮娥？』絶句云：『少日時時負百憂，從人絡馬與牽牛。中年置此身如竹，荏苒風前得自由。』《吴禮部詩話》

陳　普

陳尚德《詠顔杲卿》云：『驪宫歌笑入青雲，曾識常山有戰塵。忠骨已澌餘髮在，因人得見夢中身。』此詩蓋指杲卿見夢明皇，妻疑髮動之事。《湘煙録》

孫嵩

孫艮山《哭程晦夫》詩云：『握手論交意氣真，舊游四顧黯傷神。陪從金馬門中客，和唱銅駝陌上春。尚謂鄉邦離有合，忍聞丘壟夜無晨。夕陽古道曾經別，腸斷西風淚滿巾。』又《生日》詩云：『雲外荒村半掩扉，門弧事業與心違。悠悠歲月山林老，納納乾坤道路非。鴻雁關河秋滿眼，梧桐風雨冷侵衣。蓼莪自是長休廢，獨立蒼茫一欸欷。』《桐江集》

朱大同云：孫上舍宋亡後歸隱海寧山中，自號艮山，示不復仕，杜門賦詠，鍛苦鍊枯，凄斷淪絶，以寄其没世無涯之悲。時婺源有制幹許月卿先生者，亦宋進士，宋亡歸隱，製齊衰服之以居。月卿婿江凱，及汪炎昶，皆絶意當世，俱從嵩游。其詩悲壯激烈，讀之可知其爲人。』《新安文獻志》

孫巖

孫爽山《兵後續溪道中》云：『古道緣流水，寒郊帶斷煙。稀疏鴉種麥，羞澀女耕田。人事休兵後，秋懷落木前。小蘇遺翰墨，今古一山川。』方虛谷云，『休兵』、『落木』之句，非近人晚進所能到。《九日呈戴兄》云：『一别三十載，而今近講堂。蕭條同甲子，强健又重

陽。萸菊數杯酒，煙雲千仞岡。偶然爲此夢，寧復次公狂。』方虛谷云：『類陳後山。』《新安文獻志》

方虛谷《序〈爽山集〉》云：『長孫君嵩元京詩，清勁苦淡，如其爲人。小孫君巖次皋，予未之識，忽袖詩訪于武林，亦清勁苦淡如其兄。』《爽山集·序》

滕　塛

汪幼鳳云：星崖常命其兄子舜父，求文丞相遺墨，舜父得所書《過金陵驛詩》以歸，日懸于堂，焚香拜泣。又過西湖，拜岳將軍墓，有『相對含悲石翁仲，老衰無淚落秋風』之句，其忠義蓋天性也。《新安文獻志》

張　炎

張叔夏《腰帶水》詩云：在奉化州西五十里。『犀繞魚懸事已非，水光猶自溼雲衣。山中幾日渾無雨，一夜溪痕又減圍。』舒閬風云：『叔夏詩有姜堯章深婉之風。』《延祐四明志》

潘文虎

潘武子《寓言詞》云：爲被虜婦作。『交交桑扈，交交桑扈，桑滿墻陰三月暮。去年蠶時處深閨，今年蠶時涉遠路。路傍忽聞人采桑，恨不相與携傾筐。一身不蠶甘凍死，祇憶兒女無衣裳。』《山房隨筆》

《新知録》云：金兵南下，宋室播遷，金沙潘武目擊中原之荼毒，而爲《四禽言》詩以寓慨焉，辭意惋切，因録之。『交交桑扈，交交桑扈，桑滿墻陰三月暮。去年蠶時處深閨，今年蠶時涉遠路。路旁忽聞人採桑，恨不相與携傾筐。一身不蠶甘凍死，祇憶兒女無衣裳。』『不如歸去，不如歸去，家在浙江東畔住。離家一程遠一程，飲食不同言語異。今之眷聚皆寇讎，開口强笑心懷憂。家鄉欲歸歸未得，不如狐死猶首丘。』『泥滑滑，泥滑滑，脱了繡鞋脱羅襪。前營上馬忙起行，後隊駱駝疾催發。行來數里日已低，北望燕京在天末。朝來傳令更可怪，落後行遲都斫殺。』『鵓鴣鴣，鵓鴣鴣，帳房遍野仍前呼。阿姊含羞對阿妹，大嫂揮涕看小姑。一家不幸俱被虜，猶幸同處爲妻孥。願言相憐莫相妬，這個不是親丈夫。』新安黄黄生道京官之苦，亦作《五禽言》云：『泥滑滑，我欲舉步，前顛後蹶。宦途此日泥没脛，草鞋索斷足無襪。泥滑滑，前路漫漫何時達。』『提壺盧，客來置酒問中廚。

槽坊昨日索酒債，僮僕空手難爲沽。提壺盧，主人無錢空嗟吁。』『不如歸去，淵明有辭，平子有賦。月俸但勾充馬料，京城冷宦實難措。不如歸去，三平兩滿隨分度。』『姑姑姑，中夜歎息婦語夫。良人爲官妾不樂，面無粉黛衣無襦。姑姑姑，不如商婦多金珠。』『得過且過，外官原是京官作。州府司道缺如林，宦囊有日裒然大。得過且過，爾我耐心守窮餓。』

《寄園詩説》

葛慶龍

葛秋巖贈僧詩云：『七軸蓮經供茗飲，一龕繡佛挂松寮，舶香亦帶魚龍氣，自采枝頭柏子燒。』《謝理得惠書》云：『五朵飛來漬剡藤，重重響似水泠泠。不教落在紅塵耳，讀與青松白鶴聽。』《詠黄石公》云：『挾書律重火猶光，天下嚴搜不敢藏。圯上老人無見者，一編親寫授張良。』《笻杖》云：『白髮慵巾短短衣，閒行斜倚小笻枝。自家弄影猶癡絶，只似初騎竹馬時。』葛慶龍，號秋巖，又號寄漁翁，江南野道人。早年嘗入匡廬，學浮屠法，稱璹書記，不樂，遂歸俗，放浪江湖中。名公鉅卿，酒徒劍客，多與之游。好爲詩，落落有氣。每風日清美，乘筍輿游天衣、雲門諸山。年逾七袠，齯齒童顔，終歲不澡沐，肌體清潔，衣垢不生蚤蝨。化去，王君理得函其骨于仙人洞，仍鐫石爲肖像，并一鶴于洞中，在山陰縣西北六十

里，至今稱葛仙洞。《霏雪録》

周密

周草窗《西太乙宫》詩云：在孤山路，舊四聖觀，理宗朝建。『蘂宫廣殿號黄庭，突兀浮雲最上層。五福貴神留不住，水堂空照九枝燈。』《南園》云：光宗朝賜平原郡王韓侂胄，陸放翁爲《記》。『清芬堂下千株桂，猶是韓家舊賜園。白髮老翁和淚説，百年中見兩平原。』《甘園》云：内侍甘昪園，又名湖曲，曾經臨幸。有御愛松，望湖亭，小蓬萊，西湖一曲。『小小蓬萊在水中，乾淳舊賞有遺蹤。園林幾换東風主，留得庭前御愛松。』《褒親崇壽寺》云：在鳳皇山，劉貴妃功德，三門有陳公儲畫龍。『翟羽鸞綃事已空，奉華遺寺對高松。宫斜鳳去無人見，且看門前粉壁龍。』『奉華』，劉妃閣名。《武林舊事》

周草窗《韓氏慶樂園》詩云：『舊事凄凉尚可尋，斷碑閒卧草深深。凌風閣下槎牙樹，當日人疑是水沉。』《齊東野語》云：『《四朝聞見録》載：蜀帥獻韓平原沉香山，高五丈，立之南園凌風閣下。今慶樂園，即南園也。所謂「香山」，尚巍然立于閣前，乃枯柟耳，初非沉香也。』《元詩紀事》

周草窗爲楊大芳悼亡，云：『帳中蝶化真成夢，鏡裏鸞孤枉斷腸。吹徹玉簫人不見，世

間難覓返魂香。』《癸辛雜説》云：『大芳娶謝氏，謝亡未殮，有蜨大如扇，其色紫褐，翩翩自帳中徘徊，飛集窗户間，終日乃去。』《元詩紀事》

周草窗《題温日觀葡萄》云：『百八牟尼顆，携將萬里游。歸來還自笑，何不博涼州。』《六硯齋筆記》

周草窗《杭社試燈花》句云：『繁華不結三春夢，零落空餘寸草心。』《佩楚軒客談》

鄧牧

錢塘李道坦坦之，早歲入道洞霄宫，學文于隱者鄧牧牧心，盛爲所稱許，有葉林玄文者，亦隱山中。二人既没，坦之遂出山。大德中，留蘭溪，與予極相得，時時誦葉、鄧詩。鄧有《寄友》詩云：『我在越，君在吴，馳書邀我游西湖。我還吴，君適越，遥隔三江共明月。明月可望，佳人參差，笑言何時，寫我相思。知君去掃嚴陵墓，祇把清尊酹黄土。浮雲茫茫江水深，感慨空勞弔今古。孤山山下約陳實，聯騎須來踏春色。西湖千樹花正繁，莫待東風吹雪積。有酒如澠，有肉如陵，鼓趙瑟，彈秦箏，與君沉醉不用醒。人生行樂耳，何必千秋萬歲名。』葉公詩如：『金粟花前風細細，寶堦地上月輝輝。夢回不屬紅塵境，涼露滿衣人醉歸。』他警句如：『芙蓉摇風柳挂月，醉來倢倒梨花堆』，『千百春鉏一株樹，野田吹下

雪花風。』皆佳。戴錫祖禹能詩，因牧心推獎，遂知名，《送白湛淵教授宣城》云：『乘閒爲我弔李白，醉卧江邊不復醒。當時錦袍照緑水，今日孤墳秋草生。』人呼『戴緑水』。又《賦白馬圖》云：『當時超逸真絶倫，皎如玉龍上天門。朝馳峻坂飛疋練，暮浴深淵浮素雲。四蹄飽踏咸陽月，滿身猶帶燕山雲。祇愁玄霧閟雄姿，未許清塵汙汗血。』人呼『戴白馬』。《送牧心》云：『去年别爾燕南征，今年迎爾春水生。我心思爾如江水，回波相續無窮已。君如鴻雁早驚霜，方逐長風度千里。』《次韻王理得往昔行》云：『美人昔愛唱伊州，少年未解人間愁。五侯繫馬春日暮，白雲繞梁花滿樓。同游星散樂難得，重逢卻怪旁人識。花隨塵土暗芳菲，鳳閉樊籠摧羽翼。不須感舊爲凄然，夢境悲懽能幾年。君看古來歌舞地，梁園金谷成荒田。』讀此可信。牧心嘗客會稽王修竹監簿所，有陳觀國用賓送其出陶山詩，亦佳：『青山無送迎，幽人自來去。落葉若相送，卷卷及行屨。簷端有孤雲，仍爲守其處。落葉惜人不在山，孤雲尚期人再還。斯人可期復可惜，我處落葉孤雲間。』謝翱皋羽善古詩文，牧心與之善，其卒也，爲作《傳》云：『初與之論文，不合，後乃相推敬。牧薄游山水間，君病篤，望牧不至，懷以詩云：「謝豹花開桑葉齊，戴勝芊生藥草肥，九鎖山人歸未歸。」蓋絶筆之作。』前輩風致如此，今坦之既不可復見，姑録所記憶者于此。《吴禮部詩話》

湯仲友

湯仲友《弔葛嶺賈秋壑故居》云：『檀板歌殘陌上花，過墻荆棘刺檐牙。指揮已失鐵如意，賜予寧存玉辟邪。敗屋春歸無主燕，廢池雨産在官蛙。木棉庵外尤愁絶，月黑夜深聞鬼車。』《山房隨筆》

趙　棠

揚州瓊花，天下祇一本，士大夫愛重，作亭花側，扁曰『無雙』。德祐乙亥，北師至，花遂不榮，趙棠國炎賦絶句弔之云：『名擅無雙氣色雄，忍將一死報東風。他年我若修花史，合傳瓊妃烈女中。』《山房隨筆》

李坦之

坦之作《杜鵑行》云：『吾聞昔有蜀天子，化作寃禽名杜宇。一身流落懷故鄉，萬里逢人訴離苦。西來縱呼巫峽間，楚臺花落青春闌。臺中魂夢久寂寞，行雲日暮愁空山。明朝復向瀟湘發，北叫蒼梧江竹裂。竹間之淚花上血，怨入東風俱不滅。天涯無窮朝暮啼，王

孫草緑不思歸。哀哉王孫終不歸，江南江北楊花飛。』時年二十餘爾，逮從鄧公，日益精進，其歌行最爲流麗。嘗言：『學詩必以李杜爲宗，唐律四十字、五十六字，成一片文章，豈可以閒冗語填之？大凡詩一字未佳未穩，必有一字可代，思之自當得也。』在蘭江時，嘗手寫一帙留予家。至大戊申別後，寄友三詩，一以與予曰：『拂袖行歌歸故鄉，相思又是一星霜。夢回江上秋楓杳，愁入天涯春草長。書問久淹嗟契闊，詩章時讀慰淒涼。知君亦有逍遥興，肯學征鴻爲稻粱。』又送人歸嚴陵併寄予云：『官車一兩馬並馳，送君朝出城門西。投觴誓河以爲別，東流到海無還期。雲間挂冠歸故里，河上停帆謝游子。不願松江食巨鱸，甘向桐川釣寒水。子陵昔釣川之側，百尺高臺猶屹立。斜日歸舟繫石根，稽首清風無愧色。金華洞天深且幽，神仙牧羊松下游。故人吴君仙者儔，高卧巖屋秋浮浮。兹山相鄰爾睦州，山翠俯壓城南樓。吴君之家某水丘，尺書欲煩親手投，一見足寫平生憂。』坦之素善書，予愛之，嘗哀其手寫者一卷，爲人竊去，僅存一幅，二詩皆佳。《高將軍白鷂子歌》：『淮西猛士高將軍，新獲驍禽被涼素。調之弗顧情未狎，跨馬臂出城東去。征鴻作字雲邊斜，聳身直上誰能遮？天寒日莫望不見，北風萬里吹瑶花。雲飛忽斷鴻飛卻，短草長煙際沙漠。但餘孤色摇清秋，未許纖毫生碧落。歸來珍衛不解韝，親手餧肉供饑喉。英雄遇合固有分，可惜鷙鏖俱雪頭。』其一《李白酒樓歌》：『溧陽酒樓春水涯，白也繫馬樓東家。千

金醉盡不復顧，猶吹玉笛引吴娃。日斜樓外東風起，春愁滿眼楊花裏。高歌一曲下樓去，傳徧江南數千里。錦袍緑水迷蹤迹，月落空梁照顔色。江頭盡日不見人，樓上幾年無此客。倚闌仰看西飛雲，胡爲不飲愁其身。即今寂寞千年後，誰酹青山山下墳？』他皆類此。警句如：『落日中原小，悲風易水寒。』嘗自言以此詩寄鄧，善之，鄧借以爲己作。『凡物皆歸土，深山始見天。』落葉『城南草緑王孫去，江上花飛燕子來。』『清江百曲秋花底，漁火孤村莫雨中。』『芙蓉水碧雙鳧冷，苜蓿秋高萬馬肥。』不可勝録也。《吴禮部詩話》

吕徽之

吾鄉吕徽之先生，家仙居萬山中，博學能詩文，問無不知者，而安貧樂道，常逃其名，耕漁以自給。一日，携楮幣詣富家易穀種，值大雪，立門下，人勿之顧。徐至庭前，聞東閤中有人分韻作雪詩，一人得『滕』字，苦吟勿就，先生不覺失笑。閤中諸貴游子弟輩聞得，遣左右詰之。先生初不言，衆愈疑，親自出見，先生露頂短褐，布韈草屨，輒侮之。詢其見笑之由，先生不得已，乃曰：『我意舉滕王蛺蝶事耳。』衆始歎伏，邀先生入坐。先生曰：『我如此形狀，安可厠諸君子間？』請之益堅，遂入閣。衆以『藤』、『滕』二字，請先生足之。即援筆書曰：『天上九龍施法水，人間一鼠齧枯藤。鶩鵝聲亂功收蔡，蝴蝶飛來妙過滕。』復

請粘『曇』字韻詩，又隨筆寫訖，云：『萬里關河凍欲含，渾如天地尚函三。橋邊驢子詩何惡，帳底羔兒酒正酣。竹委長身寒郭索，松埋短髮老瞿曇。不如乘此擒元濟，一洗江南草木慙。』寫訖，便出門。留之，不可得。問其姓字，亦不答，皆驚訝曰：『嘗聞吕處士名，欲一見而不能，先生豈其人邪。』曰：『我農家，安知吕處士爲何如人？』惠之穀，怒曰：『我豈取不義之財？』必易之，刺船而去，遣人遥尾其後。路甚僻遠，識其所而返。雪晴，往訪焉，惟草屋一間，家徒壁立。忽米桶中有人，乃先生妻也。因天寒，故坐其中。試問徽之先生何在，答曰：『在溪上捕魚。』始知真爲先生矣。至彼，果見之，告以特來候謝之意。隔溪謂曰：『諸公先到舍下，我得魚，當换酒飲諸公也。』少頃，携魚與酒至，盡歡而散。回至中途，夜黑，不良于行，暫憩一露棚下。適主人自外歸，乃嘗識面者，問所從來，語以故。喜曰：『是固某平日所願見者。』止客宿，翼旦，客别。主人躡其蹤，則先生已遷居矣。《輟耕録》

胡貫齋

胡貫齋《挽文山》云：『裂指秋風感别離，乾坤人物太奇奇。生爲孝子忠臣勸，死結皇天后土知。萬折江流魚腹石，千年人立首陽碑。一門史氏《春秋》筆，愁絶湖光入畫時。』《庶齋老學叢談》

陳古遇

陳古遇《志怪》云：『沉沉萬仞淵，下有驪龍珠。佩之壽松喬，售之富侔都。貪夫臨淵羨，重利輕微軀。百金不龜藥，千金水犀珠。丹砂與翠羽，陸產海所無。賫裝濤浪中，巨闕光炯如。粲粲兩青童，駢肩何所須。再拜上珠翠，敢問龍起居。青童粲玉齒，雲龍卧玄虛。爲君窮珠山，鞭雲取長驅。雲急風更惡，蒼梧來時徐。丹藥兩須失，哀哉飽鯨魚。』立意高遠，不在建安、黄初下。又《馬別主》云：『馬別主兮涕泗霑臆，士別主兮喜見顔色。于嗟馬兮胡戀而駐，于嗟士兮胡棄而背。』哀忱悽斷，足以警世俗。《詩詞餘話》

連文鳳

連應山《春日田園雜興》詩云：『老我無心出市朝，東風林壑自逍遥。一犂好雨秧初種，幾道寒泉藥旋澆。放犢曉登雲外壟，聽鶯時立柳邊橋。池塘見説生新草，已許吟魂入夢招。』評云：『衆傑作中，求其粹然無疵，極整齊而不窘邊幅者，此爲冠。』《月泉吟社》

黄灝《月泉吟社序》云：『浦江吴渭，字清翁，號潛齋，宋時嘗爲義烏令，元初退食于吴溪，延致鄉遺老方韶父與閩謝皋羽、吴思齊主于家，始作月泉吟社，四方吟士從之。三子者

乃爲其評校揭賞云。』又《送詩賞小劄序》：『月泉社吴清翁盟詩，預于丙戌小春望日，以「春日田園雜興」爲題，至丁亥正月望日收卷。月終結局，收二千七百三十五卷，選中二百八十名。三月三日揭榜，第一名公服羅一縑七丈，筆五貼，墨五笏。第二名公服羅一縑六丈，筆四貼，墨四笏。第三名公服羅一縑五丈，筆三貼，墨三笏。第四名止第十名，春衫羅一縑，筆二貼，墨二笏。第十一名止二十名，各深衣布一縑，筆一貼，墨一笏。第二十一名止三十名，各深衣布一縑，筆一貼。第三十名止五十名，各筆一貼，墨一笏，吟箋一沓。《月泉吟社送詩賞小劄》羅公福云：案即連文鳳託名，蓋大半不用真名。『伏以月泉舊社，久盟湖海之交，春日新題，賸寫田園之興，得《周南》而正始，可冀北之空群。執事振響武林，舒翹文苑。種秧澆藥，已朝市之無心。放犢聽鶯，更池塘之入夢。杼機自别，冠冕爲宜。某心所甚欣，手之不釋。詩成奪錦，誦珠玉者翕然。禮以爲羅，媿璚瑶則多矣。餘如元穎，并致篚筐云云。』《月泉吟社》

全宋詩話目録卷八十四

廖衡　南劍州順昌人，鄉舉不利，隱居終身。

柳韉　官德化主簿。

侯丹

藍元威

裴迪

于觀文

陳璣

潘用中

嚴諷

（以上失時代）

張元　華州人，入西夏。

劉三嘏　河間人，遼駙馬都尉。慶曆中，奔宋遺歸，被殺。

施宜生　初名逵，建安人，太學第四人登第。從范汝爲之亂，范敗竄金，易名，爲金狀元、禮部尚書，使宋漏語，被誅。

韓璘　金人，紹興中歸宋，不果，被殺。

（以上外臣）

張繼常　宋初入内都知，爲鎮戎軍鈐轄。

裴愈　字益之，真宗時内臣，奉命江南，搜訪遺書名畫，稱旨，用是累居三館，以聞識自任。

裴湘　字楚老，愈子。仁宗時内臣。有《肯堂集》。

岑宗旦　字子文，開封人。仁宗時，以父遺表通籍璧門。終九品官。善行書。有《漢唐十一人書評》。

王紳　元豐初，效王建作《宫詞》百首。

（以上内臣）

全宋詩話卷八十四

廖衡（以下無時代）

衡年六歲，縣尉命詠《雨中山茶》，有句云：『淚多陳后愁離殿，浴出楊妃困倚闌。』《延平府志》

柳驥

《題九仙山》句云：『天插一泉聲漱玉，地高六月夜凝霜。』《泉南雜志》

侯丹

學古體云：『桐風吹月烏啼井，碧波溼露沉雲影。素絲牽玉轉泉華，美人睡覺燕支冷。銀鈎挂簾北窗曉，翠鬟臨鏡雙鸞小。黄衫少年望不來，寂寂庭階滿春草。』《吴氏詩永》

藍元威

藍元威《寒》詩云：『朔風陣陣送將來，日午柴門半不開。靈照只教添短褐，孟光重喚暖深杯。苦吟簷角玲瓏玉，閒撥爐頭榾柮灰。移步東籬紅日晚，細看凍蜨尚依梅。』《菊坡叢話》

裴迪

徐鉉世居攝山之陽，園池甚盛，宅有來賢亭。宋裴迪詩云：『常侍江東第一流，子孫今不泯先猷。築亭意在來賢者，誰慕清風爲少留？』《徐鉉别傳》

于觀文

于觀文下第後，獻主司《鳳玉賦》，爲時所稱。明年，復省試，夢人以軸文與之，曰：『此春榜也，可收之。』既覺，自謂曰：『委收榜，吾當爲榜尾乎？』言訖，院吏報先輩第九人，是年放進士九，果符所夢。乃作詩云：『東堂令史報來時，仙桂云攀第九枝。乍聽言音猶是夢，卻思公道即無疑。寒門仿佛春將到，幽徑朦朧月漸移。殘漏聲中鞭馬去，紵袍重

戴已相隨。』《古今類事》

陳璣

陳璣學問該貫，尤長于詩，信筆立成，出人意表。嘗有《讀〈易〉》詩云：『從此不除窗外草，要觀天地發生心。』又曰：『須信生生是真《易》，疏籬依舊竹生孫。』《全閩詩話》

潘用中

潘用中隨父候差于京邸，潘喜笛，每父出，必于邸樓凭欄吹之。隔墻一樓，相距二丈許，畫欄綺窗，朱簾翠幙，一女子聞笛聲，垂簾窺望久之，或揭簾露半面。潘問主人，知爲黄府女孫。若是月餘，潘與太學彭上舍聯輿出郊，值黄府十數轎春游歸，路窄，過時相挨，其第五轎乃其女孫也，轎窗皆半推，四目相視，不遠尺餘。潘神思飛揚，若有所失，作詩云：『誰教窄路恰相逢，脉脉靈犀一點通。最恨無情芳草路，匿蘭含蕙各西東。』暮歸吹笛，時月明，見女捲簾凭欄，潘朗誦前詩數過，適父歸，遂寢。黄府館賓晏仲舉，建寧人也，潘明往訪，邀歸邸樓，縱飲横笛，見女復垂簾，潘因曰：『對望誰家樓也？』晏曰：『即吾館寓。所窺主人女孫，幼從吾父學，聰明俊爽，且工詩詞。』潘愈動念。晏去，女復揭簾半露，潘醉

狂，取胡桃擲去，女用帕子裹桃，復擲來，帕子上有詩云：『欄杆閒倚日偏長，短笛無情苦斷腸。安得身如輕燕子，隨風容易到君旁。』潘亦用帕子題詩裹桃復擲去云：『一曲臨風值萬金，奈何難買玉人心。君如解得相如意，比似金徽恨更深。』女復以帕題詩，擲不及樓，墜于簷下，潘急下樓取之，爲店婦所拾矣。潘以情告，懇求得之，帕上詩云：『自從聞笛苦匆匆，魄散魂飛似夢中。最恨粉墻高幾許，蓬萊弱水隔千重。』遂令店婦往道殷勤，女厚遺婦囑勿泄，且曰：『若諧，酬更不薄。』後竟諧伉儷云。《全閩詩話》

嚴　諷

伍仕階州之晉康人，累官奉議郎知封川，秩滿，掛冠東歸。性耽玄寂，自適其志。其壻嚴諷知韶州，贈以詩云：『五馬歸來林下清，挂冠省悟著禪扃。仙游雙履同西去，衣鉢傳來千佛經。』其子孫俱以忠孝顯，運使同鄉李伯先贈詩，亦有『一門萃忠孝，竹帛寫家聲』句。《德慶州志》

張　元

華州狂子張元，天聖間坐累終身，每託興吟詠，如《雪》詩：『戰退玉龍三百萬，敗鱗殘

甲滿天飛。』《詠白鷹》云：『有心待搦月中兔，更向白雲頭上飛。』怪譎類是。後竄夏國，教元昊爲邊患。朝廷方厭兵，時韓魏公撫陝右，書生姚嗣宗獻《崆峒山》詩有云：『踏碎賀蘭石，掃清西海塵。布衣能辦此，可惜作窮鱗。』顧謂僚屬曰：『此人若不收拾，又一張元矣。』因表薦官之。《西清詩話》

景祐中，華州張源作絶句云：『太公年登八十餘，文王一見便同車。如今若向江邊釣，也被官中配看魚。』吟此詩畢，入夏州。其後元昊反，關中有兵者，六七年不解，源作是詩，以叛去，亦足爲戒。《東齋録》

自古夷狄之臣，來入中國者，必爲人用。由余入秦，穆公以霸；金日磾仕漢，脱武帝五柞之厄。唐世尤多，執失思力、阿史那社爾、李臨淮、高仙芝、渾瑊、李懷光、跌跌光顔、朱耶克用，皆立大功名，不可殫紀。然亦在朝廷所以御之，否則爲郭藥師矣。倘使中國英俊，翻致力于異域，忌壯士以資敵國者，固亦多有。賈季在狄，晉六卿以爲難日至；桓温不能留王猛，使爲苻堅用；唐莊宗不能知韓延徽，使爲阿保機用，皆是也。西夏曩霄之叛，其謀皆出于華州士人張元與吴昊，而其事本末，《國史》不書。比得《田晝承君集》，實紀其事云：『張元、吴昊、姚嗣宗，皆關中人，負氣倜儻，有縱横才，相與友善。嘗薄游塞上，觀瞻山川風俗，有經略西鄙意。姚題詩崆峒山寺壁，在兩界間，云：「南粤干戈未息肩，五原金鼓又

轟天。崆峒山叟笑無語，飽聽松聲春晝眠。」范文正公巡邊，見之大驚。又有「踏破賀蘭石，掃清西海塵」之句。張爲《鸚鵡》詩，卒章曰：「好著金籠收拾取，莫教飛去別人家。」吴亦有詩。將謁韓、范二帥，耻自屈，不肯往，乃礱大石，刻詩其上，使壯夫拽之于通衢，三人從後哭之，欲以鼓動二帥。既而果召與相見，躊躇未用間，張、吴徑走西夏，范公以急騎追之，不及，乃表姚入幕府。張、吴既至夏國，夏人倚爲謀主，以抗朝廷，連兵十餘年。西方至爲疲弊，職此二人爲之。時二人家屬，羈縻隨州，間使諜者，矯中國詔釋之，人未有知者，後乃聞西人臨境作樂，迎此二家而去。自是邊帥始待士矣。姚又有《述懷》詩曰：「大開雙白眼，只見一青天。」張有《雪》詩曰：「五丁仗劍決雲霓，直取銀河下帝畿。戰死玉龍三十萬，敗鱗風卷滿天飛。」吴詩獨不傳。觀此數聯，可想見其人非池中物也。』承君所記如此。予謂張、吴在夏國然後舉事，不應韓、范作帥日，尚猶在關中，豈非記其歲時先後不審乎？姚、張詩，《筆談》諸書頗亦紀載，張、吴之名，正與『羌酋』二字同，蓋非偶然也。《容齋三筆》

元本華陰布衣，使氣自負，嘗再以詩干魏公，公不納，遂投西夏而用事。迨王師失律于好水川，元題詩于界上寺云：『夏竦何曾聳，韓琦未是奇。滿川龍虎蠆，猶自説兵機。』其不遜如此。熊子復著《九朝通略》，于康定元年，書：『華州進士張源逃入元昊界，詔賜其家錢米，以反間之。』卻用此『源』字。《清波雜志》

劉三嘏

契丹既有幽、薊及雁門以北，亦開舉選以收士人。幽州劉氏昆弟，其名曰二元、三嘏、四端、五常、六符，皆在被遇。三嘏、四端，復尚主。慶曆年秋，三嘏携孽妾、偕一子，投廣信軍，詞情悲切，自言主兇狠，必欲殺其妾與子，故歸朝廷。頗詢其國中機事，復爲詩以自陳云：『雖慚涔勺赴滄溟，仰訴丹衷不爲名。寅分星辰將降禍，兑方疆寓即交兵。《春秋》大義惟觀釁，王者雄師但有征。救得燕民歸舊主，免于戎虜自稱兄。』朝廷以誓約既久，恐納之生釁。虜又移文邊郡，躡知三嘏來還，求索峻切，期于必得，不然，則舉兵隳好矣，朝廷乃遣還。三嘏復由西山路入定州境，所至以金賂村民，求宿食，勢亦窘迫。定帥遣人搜索拘送，比三嘏至幽州，其妻已先在矣，乃殺其妾與子，械送三嘏。以其曇弟皆方委任，遂貸三嘏死，使人監錮之。《儒林公議》

劉慎行累遷至北府宰相，子六人，一德、二元、三嘏、四端、五常、六符，嘏、端、符皆第進士，嘏、端俱尚主，爲駙馬都尉。三嘏獻聖宗《一矢斃雙鹿賦》，上嘉其贍麗。與公主不諧，奔宋歸，殺之。《遼史》

施宜生

信州弋陽縣西，有大石歧首，名『丫頭巖』，或題云：『何不梳粧便嫁休，長教人喚作丫頭。』欠兩句，後施逵續之云：『只因未有良媒在，直至如今萬萬秋。』逵，建安人，太學第四人登第，後從范汝爲之亂，范敗，竄入北界，易名宜生，狀元及第，仕至禮部尚書，復以出疆漏語被誅。《梅磵詩話》

邵武吴郛説：其父頊當三舍時，居軍學，與郡士吴淑、黄鑄、施逵同舍。有明道人者，不知所從來，雅擅人倫風鑒之譽，有求相者，每人須有錢。四士共延致于齋閣，郛父首與答問，云：『君是山林之人，無功名分。』次及吴淑，云：『雖然不得力，猶勝别勞心。』次及黄鑄，云：『君年二十六預貢，二十七登第，官至員外，壽幾八十。』末乃及施逵，曰：『異哉君之相法也！今未可宣言，俟翌日無人時，當來訪我。』如約而往，則座上客滿矣，次日復然，第三日，天未明過之，道人執燭辨視，徐問曰：『君有父母妻子乎？』曰：『赤立一身耳。』又問：『有叔伯兄弟宗族乎？』曰：『只一叔在。』道人云：『君面有反相，鬚眉皆逆生。他時決背畔，不終臣節。』逵大笑，口占一詩贈之，云：『休論道骨與仙風，自許平生義與忠。千古已嘗窺治亂，一身何足計窮通。仰天但覺心如鐵，覽鏡猶欣髮未蓬。塵世紛紛千百輩，

只君雙眼識英雄。』味其辭意，峥嶸不律，頗似張元所賦。後以舍選，登政和七年貢士第，爲第四人，又數年，以貪敗官。建炎末，陷范汝爲賊，卒降金國，躋顯秩。紹興二十九年，以侍讀學士來賀正旦，命吏部尚書張忠定公館伴，雖敘舊好，無由敢發一言。浙江亭觀潮，乘引接使臣不在側，上介注目欄外，僅能出微詞，有自爲備之語。郛父終老場屋，淑魁鄉貢，常聚徒講學，束脩之入甚厚，竟不第。鑄登科，仕爲郴州太守，享年七十八，盡如道人之言。《夷堅志》

施逵，字必達，建陽人，少負其才，有詩名。建炎間，早擢上第，爲潁州教官，秩滿而歸。時范汝爲爲寇，據建城，執逵而脅之，令書旗幟，遂陷賊黨。朝廷命韓世忠討之，城破，乃捕逵付軍帳，至臨安，送府獄，編隸湖外。離家之日，度此去必無生還，乃囑其妻令改適，其妻悲泣，鬻奩具所有以給行囊。及出獄，賂防送卒，使緩其行，買一婢自隨，所至宿舍，縱其通淫。行至中途村舍，一夕，多市酒肉，令恣飲，中夜酣卧，手刃二卒及婢，乃變衣易姓名，竄于淮甸滁黄間。後朝廷圖影重賞，捕之甚急，逵乃爲僧，行入邊界山寺中。主僧見其執役惟謹，亦異顧之，疑其必非凡夫，一日，以事役其徒衆使出，獨留逵在，呼而問曰：『朝廷嚴賞捕亡命之人若是，汝可以實告我，卻爲汝尋一生路脱去。不然，不獨汝身被戮，亦累及山門。』逵力諱拒，僧曰：『我觀汝面目不是庸人，愛汝故爾。』逵乃感泣下拜，悉露情悃，僧又恐其疑己，謂曰：『我即坐此，汝自往吾卧内，取一箱袱來。』預作一書，并白金數兩，取出贈

之，云：『可速入彼界，尋某寺僧某投之。』逵拜謝而去，遂至某寺。歲餘，主寺見其能書翰，甚喜之。逵于暇日，買北庭舉業習之，易名宜生，舉進士，廷試《天子日射三十六熊賦》云：『聖天子内敷文德，外揚武功，雲屯一百萬騎，日射三十六熊。』遂冠榜首，仕于金國，後爲中書舍人，入翰苑。紹興庚辰，逆亮謀犯淮，先遣逵爲賀正使，憑狐据慢，朝廷以尚書張燾爲館伴使，每以首丘桑梓之語動之，意氣自若。臨岐，顧張曰：『北風甚勁。』張因奏早爲備。逵少時嘗有詩云：『久坐鄉關夢已迷，歸來投宿舊沙溪。一天風雨龍移穴，半夜林巒鳥擇棲。賣菜無人求好語，種瓜何地不成畦。男兒未老中原在，寄與鵾雞莫浪啼。』又《嚴子陵釣臺》詩：『懸崖斷壑少人蹤，只合先生卧此中。漢業已無一抔土，釣臺今是幾秋風。同學劉郎已冕旒，未應换與此羊裘。子雲到老不曉事，不信人間有許由。』至黄州，《弔東坡》詩：『文星落處天應泣，此老已知吾道窮。事業漫誇生仲達，功名猶忌死姚崇。』至一寺中，爲僧題屏風八景，其《平沙落雁》云：『江南江北八九月，葭蘆伐盡洲渚闊。欲下未下風悠揚，影落寒潭三兩行。天涯是處有菰米，如何偏愛來瀟湘。』此詩已有異志。又《感春》詩云：『感事傷懷誰得知？故園閒日自暉暉。江南地暖先花發，塞北天寒遲雁歸。夢裹江河依舊是，眼前阡陌似疑非。無愁只有雙蝴蝶，解趁殘紅作陣飛。』又《感錢王戰臺》詩：『層層樓閣捧昭回，元是錢王舊戰臺。山色不隨興廢去，水聲長逐古今來。年光似月

生還没，世事如花落又開。多少英雄無處問，夕陽行客自徘徊。』此詩是出塞作。又《題將臺》詩：『梅花摘索未全開，老倦無心上將臺。人在江南望江北，征鴻時送暮愁來。』此詩奉使本朝時作。又《題壁》云：『君子雖窮道不窮，人生自古有飄蓬。文章筆下千堆錦，志氣胸中萬丈虹。大抵養龍須是海，算來棲鳳莫非桐。山東宰相山西將，莫把前功論後功。』逵嘗卜葬地，卜者曰：『若近裏葬，三紀後可出侍從，子孫綿遠。近前一紀年，窮困後方顯達，但不歸家鄉。』逵曰：『子孫富貴，何預于我耶！』即從前葬。韓蘄王之孫枝一作『枤』。嘗語余云。後見趙左史再可云：靖康之難，有族人陷于北境。葉倅者，建寧人，仕于南京，亦留金國。逵爲其子葉寮執伐娶趙氏，後和好既成，金還河南地，于是陷金者，皆得歸江南。寮今爲雜賣場監官，亦能言宜生之事。逵祖墳今在邵武建寧縣施村，土人猶能言其事，墓尚存。《耆舊續聞》

韓　璘

司馬文季使北不屈，在北生子，名通國，字武子，蓋本蘇武之意。通國有大志，嘗結北方之豪韓玉舉事，未得要領。紹興初，玉挈家而南，授江淮都督府計議軍事。其兄璘在北，亦與通國善，癸未九月，以扇寄玉詩云：『嗈嗈鳴雁落江濱，夢裏年來相見頻。吟盡《楚

辭》招不得，夕陽愁殺倚樓人。』都督張魏公見此詩，甲申春，遣侯澤往大梁，諷璘、通國等至亳州，爲邏者所獲。通國、璘與常所與交聶山等，三百餘口，同日遇害，是歲三月十六日也。《四朝見聞録》（以上外臣）

張繼常（以下宦官）

張繼常自入内都知，爲鎮戎軍鈐轄，題廳壁云：『夜聞磧外鈴聲苦，曉聽城頭畫角哀。不是感恩心似鐵，誰人肯向此間來？』《楊文公談苑》

裴　愈

内侍裴愈，字益之，作詩送魯秀才南游，詩云：『東吴山色家家月，南楚江聲浦浦風。』又《聞蟬》云：『楊柳影疏秋霽雨，梧桐葉墜夕陽天。』《詩話總龜》

裴　湘

明道中，仁宗御便殿，試進士詩賦，亦命湘賦《和氣致祥》詩，云：『君德承天道，沖融協太和。卿雲呈瑞早，膏澤應時多。煦集連枝本，嘉扶異穎禾。五星還聚井，丹鳳更巢阿。

藪澤無遺士，邊防久息戈。黔黎逢至化，稽首載賡歌。』數刻而成，仁宗嗟賞，左右中人，爲之動色。翰林李公淑序其《集》云：『予嘗嘉河東父子起銀璫石貂，能以屬辭拔其倫，益之三朝侍臣，老不廢學。又課厲二子，使皆有立。約己慎履，如周仁、石慶，而楚老孳孳嗜書，克自淬琢』云。《青箱雜記》

岑宗旦

宗旦趣尚高遠，不爲苟合取容于世，年十七，棄官，游東南山水。聞暮年一無嗜好，寄傲親朋間，略不爲身後計，得酒，輒醉酣長哦，揮灑以爲真樂。有《聽琴》詩云：『琴中太古意，方外無爲心。彈之道頗散，不彈理彌深。所以陶元亮，何須絃上音。』《宣和書譜》

王紳

元豐初，宦者王紳效王建作《宮詞》百首，獻之頗有意思。其《太皇太后生日》詩云：『太皇生日最尊榮，獻壽宮中未五更。天子捧觴仍再拜，寶慈侍立到天明。』寶慈，皇太后宮名也。《太后幸景靈宮駕前露面雙童女》詩云：『平明彩仗幸琳宮，紫府仙童下九重。整頓瓏璁時駐馬，畫工闇地貌真容。』《續詩話》

全宋詩話卷八十五 外國君臣

耶律弘基　遼主。

耶律（失名）

遼使

王宥　元官。

王徽　高麗國王。

韓皦如　大觀時，高麗使副。

朴寅亮　字代天，高麗竹州人，或曰平州。使宋。

魏繼延

李資諒

無名子

北客

全宋詩話卷八十五

耶律弘基

遼相李儼，作《黄菊賦》獻其主耶律弘基。弘基作詩，題其後以賜之，云：『昨日得卿《黄菊賦》，碎剪金英填作句。袖中猶覺有餘香，冷落西風吹不去。』《老學庵筆記》

耶律（名缺）

北虜多有文籍，亦以文雅相尚。王棨爲工部郎中，本燕人，爲虜將耶律，忘其名。掌書記，從其出入。耶律兄及其兄之子，太平興國中戰没于大郡，耶律經舊戰處，覽其遺迹，作詩，棨記其兩句云：『父子盡從蛇陣没，弟兄空望雁門悲。』《談苑》

王宥

北方王郎中宥，有《歸婦吟》，其《序》曰：『天馬浮江，兵强將鋭。所征無敵，所掠無遺。俘戮之民，奚啻億萬。然生死存亡，悲歡聚散，豈無數存乎其間？夫劉氏者，吉之永豐人也，問其父母、兄弟、舅姑、夫與子皆在焉，夫我不知則已，既知之，何獨不令其歸寧于父母乎？吾力雖不能使其死者生，亡者存，亦可謂悲復歡，散復聚者。嗚呼！不幸之幸，莫大于斯，故不可無一言以送也。東平士王宥。』詩曰：『烈火俱將玉石焚，死生契闊憶中分。信音一絶思青鳥，泪眼雙穿望白雲。殘日鶺鴒還有難，北風鴻雁正離群。新詩送汝還家去，重續當年織錦文。』《山房隨筆》

韓繳如

高麗自太宗後，久不入貢，元豐初，忽遣使來朝。神宗令張誠一館伴，問復朝之意，云：『其國因契丹誅求狼藉不能堪，國王嘗誦《華嚴經》，祈生中國。一夕，夢至京師，見城邑宫闕宏麗之甚，覺而慕之，乃爲詩以記。』予大觀間館伴高麗人，嘗見誠一語録，備載此事。故事：使人到闕，不過月許，日即遣發。予館伴時，上欲留觀殿試放榜及上巳，遂幾七

十日。使者頗修謹詳雅，予撫之既厚，每相感，餞行至占雲館而别。其副韓繳如，馬上忽使人持一大玉帶贈予，云：『此實故物，其家世傳以爲寶，今以爲獻。』且于笏上自書一詩相别，云：『泣涕汍瀾欲别離，此生無復再來期。謾將寶玉陳深意，莫忘思人見物時。』時予以高麗使故事無解挽例，力辭之。其詞雖樸拙，然亦可見其意也。《石林詩話》

王　徽

《石林詩話》云：高麗自太祖後，久不入貢。至元豐初，始遣使來朝。神宗以張誠一館伴，令問其復朝之意，云：『其國與契丹爲鄰，每困契丹誅求陵藉不能堪。國主王徽常誦《華嚴經》，祈生中國，一夕，夢至京師，備見城邑宫闕之盛，覺而慕之，爲詩以紀，曰：「惡業因緣近契丹，一年朝貢幾多般，移身忽到中華里，可惜中宵漏滴殘。」』余大觀間伴麗人，嘗見《誠一語録》，備載此事。《苕溪漁隱叢話》

朴寅亮

高麗，海外諸夷中最好儒學，祖宗以來，數有賓客貢士登第者，自天聖後，十年不通中國。熙寧四年，始復遣使修貢，因泉州黄慎者爲向道，將由四明登岸，比至，爲海風飄至通

州。《謝太守》云：『望斗極以乘槎，初離下國。指桃源而迷路，誤到仙鄉。』詞甚切當。使臣御事民官侍郎金第，與行朴寅亮，詩尤精，如《泗州龜山寺》詩云『門前客櫂洪濤急，竹下僧棊白日閒』等句，中土人亦稱之。寅亮爲其國詞臣，以罪廢之，復與金第使中國。《澠水燕談》

朴寅亮，字代天，竹州人，或云平州人，累遷右副承宣轉禮部侍郎。文宗三十四年，與户部尚書柳洪奉使如宋，有金覲者，亦在是行。宋人見寅亮及覲所著尺牘、表狀、題詠，稱歎不置，至刊二人詩文，號《小華集》。鄭麟趾《高麗史》

魏繼延

元祐六年，高麗使人入貢，上元節，于闕前賜酒。魏繼延、朴景綽皆賦觀燈詩，時有佳句。魏句云：『千仞綵山擎日起，一聲天樂漏雲來。』朴句云：『勝事年年傳習久，盛觀全屬遠方賓。』《補夢溪筆談》

李資諒

資諒奉使如宋，徽宗御睿謀殿，召一行人賜宴，作詩示之。資諒即製進詩云：『鹿鳴嘉

會宴賢良，仙樂洋洋出洞房。天上賜花頭上豔，盤中宣橘袖中香。黄河再報千年瑞，緑醑輕浮萬壽觴。今日陪臣參盛際，願歌天保永無忘。』大加稱賞。《高麗史·李子淵傳》

無名子

廣化門，王府之偏門也，榜《周易》繇辭五字，仍有《春帖子》云：『雪痕尚在三雲陛，日脚初昇五鳳樓。百辟稱觴千萬壽，衮龍衣上瑞光浮。』徐兢《宣和奉使高麗圖經》

王俁以八月十七日生，謂之咸寧節，其日大會公族、貴臣、近侍于長慶殿，中國賈人之在館者，亦遣官爲館伴。用華夷三部樂，亦有致語，其口號云：『當時瑞色照宫林，和氣濃濃破積陰。香火千家祈國壽，笙歌三部樂賓心。興酣日影移珠箔，舞罷花枝倒玉簪。須盡清歡酬美景，從容莫訴酒杯深。』《宣和奉使高麗圖經》（以上外國）

北客詩

北客有詠前朝詩云：『當日陳橋驛裏時，欺他寡婦與孤兒。誰知三百餘年後，寡婦孤兒亦被欺。』又《詠汴京青城》云：『萬里風霜空緑樹，百年興廢又青城。』蓋大金之亡，亦聚其諸王于青城而殺之。白敬甫《癸辛雜識》

全宋詩話目録卷八十六 婦女

憲聖慈烈吴皇后　開封人，高宗爲康王，選入宫，即位，封和義郡夫人，進才人，紹興十三年，立爲后。孝宗上尊號曰壽聖太上皇后，光宗尊爲隆慈備福太皇太后，寧宗加號光祐。慶元三年崩，謚憲聖慈烈，欑附永思陵。

恭聖仁烈楊皇后　少選入宫，忘其姓，或云會稽人。慶元元年，封平樂郡夫人，進婕妤，以楊次山爲兄，遂姓楊氏。進婉儀，六年進貴妃，立爲后。理宗上尊號曰壽明慈睿皇太后，寶慶五年崩，謚曰恭聖仁烈。

花蘂夫人　姓徐氏，蜀青城人，徐匡璋女，後主孟昶妃。效王建作《宫詞》百首。國亡，入宋備後宫。

契丹天祚文妃　以誅諫諷被誅。

張夫人

楊妹子　恭聖皇后妹。

王清惠　字沖華，爲昭儀。德祐丙子，隨三宫入燕。

陳真淑

黄慧真

何鳳儀

周静真

葉静慧

孔清真

鄭惠真

方妙静

翁懿淑

章妙懿

蔣懿順

林順德

袁正淑

朱氏　宋宫人，安康夫人。

楊樸妻

蒨桃　寇準侍兒。

三英詩　劉元載妻；詹光茂妻；趙晟母。

謝希孟　字母儀，晉江人，景山妹，嫁陳安國，早卒。

許氏　方勉妻。

徐氏　吴正獻夫人。

錢氏　封南宫縣君。

王荆公家婦女　荆公妹文淑，張奎妻，長安縣君。荆公妻吴國夫人。荆公女吴正持妻，蓬萊縣君。

李氏　建昌人，公擇姊，江西洪亶郎中妻，封文城縣君。

李樗大夫妻

李珦　字温叔，八歲能詩，適王常。

魏氏　襄陽人，道輔姊，曾之宣夫人。

曹希藴

賀方回姝

丁渥妻

太学生妻

并門徐帥屬内子

陳氏　述古女，適李氏。

謝氏　王元甫妻。

高氏　淮南士大夫妻。

李氏女　毘陵人。

暨氏女　建安人。

葉桂女

鮑娘

王氏　趙德麟妻。

張芸叟女　司馬樸妻。

王氏　曹組之母。兄弟幼孤，王氏教養成就。

陳氏　蜀人唐暨妻。

丘氏　朝奉郎丘舜中女。

全宋詩話卷八十六

憲聖慈烈吴皇后

《題徐熙芍藥》詩云：『穠李夭桃掃地無，眼明驚見玉盤盂。揚州試識春風面，看盡群花總不如。』《韻石齋筆談》

憲聖慈烈皇后博習書史，妙于翰墨。帝嘗書六經賜國子監刊石，稍倦，即命后續書，人莫能辨。《書史會要》

高宗憲聖吴后，侍高宗航海，金騎猝至，欲拏御舟，后發一矢，應弦而倒。高宗重于視師，后奏曰：『若臣妾裹尺五阜紗，須一往矣。』《四朝聞見録》

恭聖仁烈楊皇后

《題朱鋭雪景册賜大少保》云：『風吹醉面不知寒，信脚千山與萬山。天甃瓊街三十

里，更飛柳絮與君看。』《郁氏書畫題跋記》

『瑞日曈曈散曉紅，乾元萬國佩丁東。紫宸北使班纔退，百辟同趨德壽宫。』『元宵時節賞宫梅，恭請光堯壽聖來。醉裏君王扶上輦，鑾輿半仗點燈回。』『溶溶太液碧波翻，雲外樓臺日月閒。春到漢宫三十六，爲分和氣到人間。』『上林花木正芳菲，内裏争傳御製詞。春賦新翻入宫調，美人群唱捧瑶巵。』『後院深沉景物幽，奇花名竹弄春柔。翠華經歲無游幸，多少亭臺廢不修。』『天中聖節禮非常，躬率群臣上壽觴。天子捧盤仍再拜，侍中宣達近龍床。』『水殿鈎簾四面風，荷花簇錦照人紅。吾王一曲薫絃罷，萬俗泠泠解愠中。』『宫殿鈎簾看水晶，時當三伏熾炎蒸。翰林學士知誰直？今日傳宣與賜冰。』『雲影低涵百子池，秋聲輕度萬年枝。要知玉宇涼多少，正在觀書乙夜時。』『涼秋結束鬭鮮新，宣入毬場尚未明。一朵紅雲黄蓋底，千官下馬起居身。』『秋高風勁角弓鳴，臂健常嫌斗力輕。玉陛纔傳看御箭，中心雙中謝恩聲。』『用人論理見宸衷，賞罰刑威合至公。天下監司二千石，姓名都在御屏中。』『家傳筆法學光堯，聖草真行説兩朝。天縱自然成一體，謾誇虎卧與龍跳。』『泛索坤寧日一羊，自從正位挫詞章。好生躬儉超千古，風化宫嬪只淡妝。』『擊鞠由來豈作嬉，不忘鞍馬是神機。牽韁絶尾施新巧，背打星毬一點飛。』『角黍冰盤飣餖裝，酒闌唱歇泛瑶觴。近臣誇賜金書扇，御侍争傳佩帶香。』『一朵榴花插鬢鴉，君王長得

笑時誇。内家衫子新番出，淺色新裁艾虎紗。』『簾幙深深四面垂，清和天氣漏聲遲。宫中閣裹催繅繭，要趁新蠶作五絲。』『小様盤龍集翠裘，金羈緩控五花騮。繡旗開處鈞天奏，御棒先過第一籌。』《楊后宫詞》

花蘂夫人

熙寧間，奉詔定蜀、楚、秦民三家所獻書，得一敝紙，所書花蘂夫人詩三十二首，乃夫人親筆，而辭甚奇，與王建宫詞無異。自唐至今，誦者不绝口，而此獨遺棄不見取，前受詔定三家書者，又斥去之，甚可惜也，謹令繕寫入三館，而歸口誦數篇於丞相安石。明日，與中書語及之，而王珪、馮京，願傳其本，於是盛行於世。夫人僞蜀孟昶侍人，事具《國史》。苕溪漁隱曰：『予閲此詞，如：『龍池九曲遠相通，楊柳絲牽兩岸風。長似江南好風景，畫船來往碧波中。』『梨園子弟簇池頭，小樂携來候宴游。試炙銀笙先按拍，海棠花下合《梁州》。』『月頭支給買花錢，滿殿宫人近數千。遇着唱名多不語，含羞走過御床前。』『内人追逐採蓮時，驚起沙鷗兩岸飛。蘭棹把來齊拍水，並船相鬬濕羅衣。』『廚船進食簇時新，侍坐無非列近臣。日午殿頭宣索鱠，隔花催唤打漁人。』皆清婉可喜。花蘂又别有逸詩六十六篇，有近世好事者，旋加搜索續之，篇次無倫，語意與前詩相類者極少，誠爲亂真矣！聊

摘其一二云：『羅衫玉帶最風流，斜插銀篦漫裹頭。閒向殿前騎御馬，掉鞭横過小紅樓。』『春日龍池小宴開，岸邊亭子號流杯。沉檀刻作神仙女，對捧金杯水上來。』王平甫《詩話》

王平甫安國，奉詔定蜀民、楚民、秦民三家所獻書可以入三館者，令史李希顔料理之。其書多剥脱，中得一弊紙，所書花蘂夫人詩，乃花蘂手寫，而其詞甚奇，與王建宫詞無異。建之詞自唐至今，誦者不絶口，而此獨遺棄不見取，受詔定三家書者，又斥去之，甚爲可惜，遂令令史郭祥繕寫入三館，既歸口誦數篇與荆公。明日，在中書語及之，而禹玉相公、當世參政，願傳其本，于是盛行時。文瑩親于平甫處得之副本，凡三十二章，因録于此。其詞曰：『少年相逐采蓮回，羅帽羅衫巧製裁。每到岸頭長怕水，竟擡纖手出船來。』『早春楊柳引長條，倚岸沿邊一面高。稱與畫船牽錦纜，暖風搓出采絲絛。』『婕妤生長帝王家，常近龍顔逐翠華。楊柳岸長春日暮，傍池行困倚桃花。』『寒食清明小殿旁，綵樓雙夾鬬雞場。内人對御分明看，先睹紅羅十樣床。』《湘山野録》宗祥案：尚有二十八首，見下《賓退録》，不再録。

首卷書王平甫所云花蘂《宫詞》三十二首，今考王恭簡《續成都集》記才二十八首，盡筆于此，庶真贋了然。『五雲樓閣鳳城間，花木長新日月閒。三十六宫連内苑，太平天子坐崑山。』『會真廣殿約宫墻，樓閣相扶倚太陽。净甃玉階横水岸，御爐香氣撲龍床。』『龍池九曲遠相通，楊柳絲牽兩岸風。長似江南好風景，畫船來去碧波中。』『東内斜將紫禁

通，龍池鳳苑夾城中。曉鐘聲斷嚴粧罷，院院紗窗海日紅。』『殿名新立號重光，島上池臺盡改張。但是一人行幸處，黄金閤子鎖牙床。』『安排諸院接行廊，水檻周回十里强。青錦地衣紅繡毯，盡鋪龍腦鬱金香。』『夾城門與内門通，朝罷巡游到苑中。每日日高祇候處，滿隄紅艷立春風。』『廚船進食簇時新，侍坐無非列近臣。日午殿頭宣索鱠，隔花催喚打魚人。』『立春日進内園花，紅蘂輕輕嫩淺霞。跪到玉階猶帶露，一時宣賜與宫娃。』『三面宫城盡夾墻，苑中池水白茫茫。亦從獅子門前入，旋見亭臺繞岸傍。』『離宫别院繞宫城，金板輕敲合鳳笙。夜夜月明花樹底，傍池長有按歌聲。』『御製新翻曲子成，六宫纔唱未知名。盡將觱篥來抄譜，先按君王玉笛聲。』『旋移紅樹斸青苔，宣使龍池再鑿開。展得綵波寬似海，水心樓殿勝蓬萊。』『太虚高閣凌波殿，背倚城墻面枕池。諸院各分娘子位，羊車到處不教知。』『修儀承寵住龍池，掃地焚香日午時。等候大家來院裏，看教鸚鵡念宫詞。』『才人出入每相隨，筆硯將來繞曲池。能向綵箋書大字，忽防御製寫新詩。』『六宫官職總新除，宫女安排入畫圖。二十四司分六局，御前頻見錯相呼。』『春風一面曉粧成，偷折花枝傍水行。卻被内監遥覷見，故將紅豆打黄鶯。』『梨園弟子簇池頭，小樂携來候燕游。旋炙銀笙先按拍，海棠花下合《梁州》。』『殿前排燕賞花開，宫女侵晨探幾回。斜望苑門遥舉袖，傳聲宣唤近臣來。』『小毬場近曲池頭，宣唤勳臣試打毬。先向畫廊排御幄，管絃聲動

立浮油。』『供奉頭籌不敢争，上棚等唤近臣名。内人酌酒纔宣賜，馬上齊呼萬歲聲。』『殿前宫女總纖腰，初學乘騎怯又嬌。上得馬來纔似走，幾回抛鞚抱鞍橋。』『自教宫娥學打毬，玉鞍初跨柳腰柔。上棚知是官家認，遍遍長嬴第一籌。』『翔鸞閣外夕陽天，樹影花光遠接連。望見内家來往處，水門斜過畫樓船。』『内人追逐采蓮時，驚起沙鷗兩岸飛。蘭棹把來齊拍水，並船相鬭溼羅衣。』『新秋女伴各相逢，罨畫船飛别浦中。旋折荷花伴歌舞，夕陽斜照滿衣紅。』『月頭支給買花錢，滿殿宫娥近數千。遇着唱名多不應，含羞走過御床前。』《賓退録》

費氏，蜀之青城人，以才色入蜀宫，後主嬖之，號花蘂夫人，效王建作宫詞百首，國亡，入備後宫。太祖聞之，召使陳詩，誦其國亡詩云：『君王城上竪降旗，妾在深宫那得知？十四萬人齊解甲，更無一个是男兒。』太祖悦，蓋蜀兵十四萬，而王師纔數萬爾。《後山詩話》

國朝降下西蜀，而花蘂夫人又隨昶歸中國。昶至且十日，則召花蘂夫人入宫中，而昶遂死。昌陵後亦惑之，常造毒藥爲患不能禁。太宗在晉邸時，數數諫昌陵，而不克去。一日，兄弟相與獵苑中，花蘂夫人在側，晉邸方調弓矢引滿，政擬走獸，忽回射花蘂夫人，一箭而斃焉。《鐵圍山叢談》

劉貢父《詩話》載花蘂夫人《宫詞》云：『廚船進食簇時新，列坐無非侍從臣。日午殿

頭宣索鱠，隔花催喚打魚人。』予觀王建《宮詞》云：『御廚進食索時新，每到花開即苦春。白日卧多嬌似病，隔簾教喚女醫人。』不惟第一句同，而末章詞意皆相緣以起也。《優古堂詩話》

前蜀王衍降後唐，王承旨作詩云：『蜀朝昏主出降時，銜璧牽羊倒繫旗。二十萬人齊拱手，更無一個是男兒。』其後花蘂夫人記孟昶之亡，作詩云：『君王城上豎降旗，妾在深宮那得知？二十萬人齊解甲，寧無一個是男兒。』陳無己《詩話》載之，乃知沿襲前作。《優古堂詩話》

契丹天祚文妃

契丹天祚文妃，喜文墨，嘗作史詩以諷諫，云：『丞相朝來劍佩鳴，千官側目寂無聲。養成寇盜謀將及，害盡忠良諫不行。親戚盡連藩屏翰，私門潛蓄爪牙兵。可憐二世秦天子，猶向宮中望太平。』文妃被誅後，其子晉王誦經受誅，母子俱賢也。《侯鯖録》

張夫人

曾文肅，熙寧初爲海州懷仁令，有監酒使臣張者，小女甫六七歲，甚爲惠黠，文肅之室

魏夫人憐之，教以誦詩書，頗通解，其後南北暌隔。紹聖初，文肅柄事樞府，時張氏女已入禁中，雖無名位，以善筆札，掌命令之出入。忽與夫人相聞，夫人以夫貴，疏封瀛國，稱壽禁庭，始相見敘舊，自後歲時遺問。夫人没，張作詩以哭，云：『香散簾幃寂，塵生翰墨閒。空傳三壼譽，無復内朝班。』從此絶迹矣。後四十年，靖康之變，張從昭慈聖獻南渡，至錢塘。朱忠靖《筆録》所紀，昭慈遺其傳導反正之議張夫人者，即其人也，年八十餘終。《揮麈録》

楊妹子

《題馬遠畫・白玉蜨梅》云：『重重疊疊染湘黄，此際春光已半芳。開處不禁風日暖，亂飄晴雪點衣裳。』《著雪紅梅》云：『銖衣翠蓋映朱顔，未委何年入帝關？默被畫工傳寫得，至今猶似在衡山。』《煙鎖紅梅》云：『夭桃豔杏豈相同，紅潤姿容冷淡中。披拂輕煙何所似，動人春色碧紗籠。』《緑萼玉蜨》云：『渾如冷蜨宿花房，擁抱檀心憶舊香。開到寒梢尤可愛，此般必是漢宫妝。』鑒臺叔出觀馬遠單條四幅，俱楊妹子題，後各有『楊娃之章』一小方印。項鼎鉉《呼桓日記》

楊妹子書法極似寧宗，馬遠畫多其所題。語關情思，人或譏之。《書史會要》

王清惠

王昭儀沖華《送水雲歸吴詩序》云：『水雲留金臺一紀，琴書相與無虚日。秋風天際，束書告行，此懷愴然，定知夜夢先過黄河也。一時同人，以「勸君更盡一杯酒，西出陽關無故人」分韻賦詩爲贈。他時海上相逢，當各説神仙人語，又豈以世間聲律爲拘拘耶。』詩云：『朔風獵獵割人面，萬里歸人淚如霰。江南江北路茫茫，粟酒千鍾爲君勸。』《水雲集》

陳真淑

得『君』字，云：『天山雪子落紛紛，醉擁貂裘坐夜分。明日馬頭南地去，琴邊應是有文君。』《水雲集》

黄慧真

得『更』字，云：『高叠燕山冰雪勁，萬里長安風雨横。君衣雲錦勒花驄，此酒一杯何日更？』《水雲集》

何鳳儀

得『盡』字，云：『十年燕客身如病，一曲剡溪心不競。憑君寄與愛梅仙，天理現時人事盡。』《水雲集》

周静真

得『一』字，云：『燕山雪花大如席，馬上吟詩無紙筆。他時若遇隴頭人，折寄梅枝須一一。』《水雲集》

葉静慧

得『杯』字，云：『塞上砧聲響似雷，憐君騎馬向南回。今宵且向穹廬醉，後夜相思無此杯。』《水雲集》

孔清真

得『酒』字，云：『瘦馬長吟蹇驢吼，坐聽三軍擊刁斗。歸人鞁馬不須忙，爲我更釂葡

萄酒。』《水雲集》

鄭惠真

得『西』字，云：『琵琶撥盡昭君泣，蘆葉吹殘蔡琰啼。歸見林逋煩説似，唐僧三藏入天西。』《水雲集》

方妙静

得『出』字，云：『萬里秦城風淅淅，一望蘇州雲冪冪。君今得旨歸故鄉，反鎖衡門勿輕出。』《水雲集》

翁懿淑

得『陽』字，云：『金門夜醉紫霞觴，乞得黄冠還故鄉。一似陳摶歸華嶽，又如李泌過衡陽。』《水雲集》

章妙懿

得『關』字，云：『一從騎馬逐鈴鑾，過了千山又萬山。君已歸裝向南去，不堪腸斷唱《陽關》。』《水雲集》

蔣懿順

得『無』字，云：『十年牢落醉穹廬，不用歸榮駟馬車。他日儻思人在北，音書還寄雁來無。』《水雲集》

林順德

得『故』字，云：『歸舟夜泊西興渡，坐看潮來又潮去。江草江花春復春，山青水緑原如故。』《水雲集》

袁正淑

得『人』字，云：『抱琴歸去海東濱，莫逐成連覓子春。十里西湖明月在，孤山尋訪種

梅人。』《水雲集》

朱氏

至元十三年丙子春正月十八日，淮安王伯顔以中書右相統兵入杭，宋謝、全兩后以下皆赴北。五月二日，抵上都，朝見世皇。十二日夜，故宋宫人安定夫人陳氏，安康夫人朱氏，與二小姬沐浴整衣，焚香自縊死。朱夫人遺四言一篇于衣中，云：『既不辱國，幸免辱身。世食宋禄，羞爲北臣。妾輩之死，守于一貞。忠臣孝子，期以自新。丙子五月吉日泣血書。』明日奏聞，上命斷其首，懸全后寓所。夫此四人之貞烈，視前日之託隱憂于辭章者，相去蓋萬萬矣。是年，丞相偏師徇台，台之臨海民婦王氏者，美姿容，被掠至師中，千夫長殺其舅姑與夫而欲私之，婦誓死不可，自念且被汙，因陽曰：『能俾我爲舅姑與夫服期月，乃可事君。』千夫長見其不難于死，從所請，仍使俘婦雜守之。師還，挈行至嵊，過清風嶺，婦仰天竊歎曰：『吾知所以死矣！』即嚙拇指出血，寫口占詩于崖石上，曰：『君王無道妾當災，棄女抛男逐馬來。夫面不知何日見，此身料得幾時回？兩行清淚偷頻滴，一片愁眉鎖不開。延首故山看漸遠，存亡兩字實哀哉！』寫畢，即投崖下以死。死之日，距今且將八九十年，石上血漬起如始寫時，不爲風雨所剥蝕，予昔過其下，尚能讀所寫詩。嵊丞徐

君端績樹石祠刻碑于死所，浙東元帥白野泰不華公，字兼善，元及第狀首，經越日爲立廟像，鄉之人私表曰『貞婦』，著作李五峰先生孝光爲記。郡上其事于朝，請封如民所表。先是，岳州破時，韓氏爲游卒所掠，以獻之主將。韓知不免，乘間赴水死，越三日，有得其屍，于練裙中題五言長句，曰：『宋未有天下，堅正臣禮秉。及侍周幼主，臣心常炯炯。帝曰卿北伐，山戎今有警。開國百戰功，每陣惟雄整。即日辭陛行，盡敵心欲逞。陳橋忽兵變，不得守箕、潁。禪讓法堯、舜，民物普安靜。有國三百年，仁義道馳騁。未改祖宗法，天胡肆大眚。細思天地理，中有幸不幸。天果喪中原，大似裂冠衽。君誠不獨活，臣實無魏丙。失人焉得人，垂戒當耿耿。江南無謝安，塞北有王猛。所以戎馬來，飛渡巴陵境。大江限南北，今此一舴艋。本期固封疆，誰謂如畫餅？烈火燎崑岡，不辨金玉礦。妾本良家子，性僻守孤梗。嫁與尚書兒，銜署紫薇省。直以才德合，不棄宿瘤癭。初結合歡帶，誓比日月昞。殉央會雙飛，比目願常並。豈期金石堅，化作桑榆景。旄頭熱正然，蚩尤氣先屏。不意風馬牛，復及此燕、郢。一方遭劫虜，六族死俄傾。退鷁流迅風，孤鸞弔空影。簪堅折白玉，缾沉斷青綆。一死空冥府，憂心長炳炳。妾堅志不移，改邑不改井。我本瑚璉器，安肯作溺皿！志節匪轉石，氣噎如吞鯁。不作爝火然，願爲死灰冷。貪生念麴蛾，乞憐羞虎穽。借此清江水，葬我全首領。皇天如有知，定作血面請。願

魂化精衛，填海使成嶺。』此詩士大夫多稱道之。韓名希孟，年十有八，魏公五世孫，襄陽賈尚書之子瓊之婦，死且三十餘年，而其英爽不昧，復能託夢趙魏公，爲書其詩。則節婦之名，因公之翰墨而愈不朽矣。《輟耕録》

至元十一年丙子二月，伯顔以宋謝全、兩后以下北去。五月二日抵上都朝見，十二日夜，宋宫人陳氏、朱氏，與二小姬沐浴整衣，焚香縊死。朱氏遺四言詩于袖中，云：『既不辱國，幸免辱身。世食宋禄，羞爲北臣。妾輩之死，守于一貞。忠臣孝子，期以自新。』《西湖志餘》

楊樸妻

真宗東封還，訪天下隱者，得杞人楊樸，能爲詩，召對，自言不能。上問：『臨行有人作詩送卿否？』樸曰：『惟臣妻有一首，云：「更休落魄耽杯酒，且莫猖狂愛詠詩。今日捉將官裏去，者回斷送老頭皮。」』上大笑，放還山，命其子一官就養。《東坡志林》

蒨桃

予觀《古今詩話》、《翰府名談》，皆載寇萊公侍兒蒨桃詩二章，和章一首，並同。《翰府

名談》仍益以怪辭，吾所不取，今但筆其詩。云：公自相府出鎮北門，有善歌者至庭下，公取金鍾獨酌，令歌數闋。公贈之束彩，歌者未滿。蒨桃自内窺之，立爲詩二章呈公，云：『一曲清歌一束綾，美人猶自意嫌輕。不知織女螢窗下，幾度抛梭織得成！』其二云：『夜冷衣單手屢呵，幽窗軋軋度寒梭。臘天日短不盈尺，何似妖姬一曲歌！』公和云：『將相功名終若何，不堪急景似奔梭。人間萬事君休問，且向樽前聽豔歌。』《東皋雜録》

《翰府名談》載寇萊公妾蒨桃，贈歌者詩云：『一曲清歌一束綾，美人猶是意嫌輕。不知織女寒窗下，幾度抛梭織得成！』予嘗記南唐李絢《贈織錦》詩云：『軋軋機聲曉復晡，眼穿力盡意何如。美人一曲成千賜，心裏猶嫌花樣疏。』蒨桃詩意，本此而不及也。《優古堂詩話》

三英詩 劉元載妻　詹光茂妻　趙晟母

天聖中，禮部郎中孫冕編《三英詩》：劉元載妻、詹茂光妻、趙晟之母《早梅》、《寄遠》、《惜别》三詩。劉妻哀子無立，詹妻留夫侍母病，趙母懼子遠游，孫公愛其才以取之。《早梅》詩云：『南枝向暖北枝寒，一種春風有兩般。憑仗高樓莫吹笛，大家留取倚闌干。』《寄遠》詩云：『錦江江上探春回，消盡寒冰落盡梅。争得兒夫似春色，一年一度一歸來。』《惜

别》詩云：『暖有花枝冷有冰，惟人没後卻無憑。預愁離别苦相對，挑盡漁陽一夜燈。』《金華瀛洲集》

謝希孟

謝母儀《詠芍藥》云：『好是一時豔，本無千歲期。所以謔相贈，載之在聲詩。』又《牡丹》句云：『爲花雖可期，論德亦終鮮。』《薔薇》句云：『句牽主人衣，一步行不得。』《躑躅》句云：『薰薰麝臍烈，灼灼猩血殷。』《凌霄》句云：『樹既摧爲薪，花亦落爲塵。』《朱槿》句云：『豔陽一何好，零落千載寃。』《曼陀羅花》句云：『盜者得其便，掉頭笑且歌。』《蝴蝶花》句云：『卞子真賞□，莊生夢還怯。』《歷代吟譜》

歐陽公《序》云：『希孟之詩，尤隱約深厚，守禮而不自放，有古幽閒淑女之風，非特婦人之能言也。』《歷代吟譜》

方勉妻許氏

方勉，字及甫，娶許虞部女，好學能詩。勉嘗同妻夜看《晁錯傳》，許氏有詩云：『匣劍未磨晁錯血，已聞刺客殺袁絲。到頭昧卻人心處，便是欺他天道時。痛矣一言偷害正，戮

之萬段始爲宜。鄧公墳墓知何處？空對斯文有淚垂。』勉後與故人飲于市，醉犯夜禁，囚于府庭。時鄭毅夫作尹，許氏獻書援其夫，并投詩云：『明時樂事偷詩酒，帝里風光剩占春。況是白衣重得侶，不堪青旆自招人。早知玉漏催三鼓，不把金貂换百巡。大抵仁人憐氣類，不教孤客作囚身。』遂釋其夫。勉死，許氏居陋巷，教子爲學登科。賢哉！《古今詩話》

吴正獻夫人

吴正獻夫人最能文，嘗雪夜作詩，云：『夜深人在水晶宫。』吴正獻夫人知識過人，見元祐初諸公進用人才之盛，歎曰：『先公作相，要進用一個好人，費盡無限氣力。如今日用人，可謂無遺才矣！』吴正獻作相時，蓋元豐間也。《紫微詩話》

錢　氏

南宫縣君錢氏詩云：『士悲秋色女懷春，此語由來未是真。倘若有情相眷戀，四時天氣總愁人。』《侯鯖録》

王荆公家婦女

近世婦人多能詩，往往有臻古人者。王荆公家能詩者最衆。張奎妻長安縣君，荆公之妹也，佳句爲最，其云：『草草杯盤供笑語，昏昏燈火話平生。』吴安持妻蓬萊縣君，荆公之女也，有句云：『西風不入小窗紗，秋意應憐我憶家。』『極目江山千萬恨，依前和泪看黄花。』劉天保妻，平甫女也，句有『不緣燕子穿簾幙，春去春來可得知？』荆公妻吴國夫人，亦能文，嘗有小詞約諸親游西池，有云：『待得明年重把酒，携手，那知無雨又無風。』皆脱灑可喜之句也。《隱居詩話》

王荆公女，適吴丞相之子、封長安縣君者，能詩，嘗見親族婦女，有服者帶白羅繫頭子者，因戲爲詩云：『香羅如雪縷新裁，惹住烏雲不放回。還似遠山秋水際，夜來吹散一枝梅。』《墨莊漫録》

李　氏

《挽兄公擇尚書》云：『久歷金門貴，未酬黄屋知。如聞天禄客，抱恨作銘詩。』《皇朝類苑》

李樗大夫妻

《謝魏國范夫人》詩云：『朝來瑞靄徧祥虚，果見麻姑降陋居。陶令滿籬惟有菊，相如四壁但藏書。蕭條庭館門羅雀，冷落杯盤食欠魚。』缺後二句《過庭録》。（宗祥案：李樗有《毛詩詳解》三十六卷。陳氏曰：『樗，閩之名儒，于林少穎爲外兄。』見《文獻通考》。

李　珣

李珣字温叔，都官外郎之幼女也，八歲能詩，嘗作《榴花》一絶云：『烈火真紅輕皺面，晨霞碎剪貼枝條。金刀刺出猩猩血，濺落芳叢久不消。』後適江夏人王常，同泛舟射利江湖間。婁徹爲《江州清風亭記》，常萬歎美，珣曰：『未之盡也。何不云：「好山渌水萬里有盡處，清風明月千古無老時」。』一日，舉其文于徹，徹卒用其言爲破題。不久常死，而珣溺舟于三山磯下，後三日屍忽出于水中，士人異之，爲立廟。熙寧間，都人張芝過廟，作三絶焚于廟中。一云：『風軟潮生江水平，遥峰隱隱浸寒青。自從香骨沉波底，獨我爲詩弔爾靈。』二云：『軋軋櫓聲離遠浦，蕭蕭帆影落寒濤。殷勤滴酒陳佳果，將此深心慰寂寥。』三云：『江雨初晴遠岫低，心因啼鳥陡思歸。爾如會我題詩意，魂夢相求一處飛。』既夜，一

青衣召云：『娘子奉俟久矣。』芝曰：『娘子爲誰？』青衣曰：『早來獻詩與誰耶？』芝乃悟，見一婦人，謂之曰：『早來佳章，欲託以夢寐，是或不真，不能盡所懷，故求面見。妾溺此時，水官令賦詩，及校《九江會源録》，一夕而畢，水官大悦，令江神出其屍，顯其靈。今有祠在此，血食于人。謝子之詩意，所不敢當。』答以詩曰：『梅天半霽江水漲，水摇花影紅蕩漾。東風抛雨過江西，截江一瞬生銀浪。閴然不見鷗鷺飛，漁唱四沉煙暝蕩。忽然晴霽碧虚闊，水色天光月下上。柳風和軟浪無聲，客櫓嘔軋中流鳴。兩岸沙頭拾翠女，嬉笑携手相將行。秋入空江潦水静，澄江一碧如寒鏡。遠帆滅没入雲中，菱唱微茫晚風暝。西風脱木露三山，隱隱樵歸亂石間。霜猿哀落巖前月，杜宇枝間更啼血。篷窗風緊客衣單，中夜危腸幾欲絶。我本名家閨中女，聘得良人共途路。相將雲水二十年，所得歡心亦無數。豈其天禍及一身，夫死身沉大江去。猛風吹雲無定蹤，盡日陰愁難得雨。秋高水冷白骨寒，孤兒稚女歸何處？因公遺我白玉篇，慰此窮泉生和煦。明朝仙舸宿何州？回首寒江煙雨暮。』芝見詩歎賞久之。又出白金二百星贈芝，曰：『煩礲一石，載妾前事，亦有奉報如何？』芝受其金。送芝出幄，則已五鼓矣。芝後因循不能爲立石，舟再過三山下，幾至傾覆。是夜，又夢其女深詬責之負其事。《翰府名談》

曾子宣夫人魏氏

『虞美人』，《脞説》稱起於項籍《虞兮》之歌，予謂後世以此命名，可也，曲起於當時，非也。曾子宣夫人魏氏作《虞美人草行》，有云：『三軍散盡旌旂倒，玉帳佳人坐中老。香魂夜逐劍光飛，青血化爲原上草。芳菲寂寞寄寒枝，舊曲聞來似斂眉。』又云：『當時遺事久成空，慷慨馬前爲誰舞？』《碧雞漫志》

曾子宣夫人魏氏作《虞美人草行》云：『鴻門玉斗紛如雪，十萬降兵夜流血。咸陽宫殿三月紅，霸業已隨煙燼滅。剛强必死仁義王，陰陵失道非天亡。英雄本學萬人敵，何用屑屑悲紅粧。三軍散盡旌旂倒，玉帳佳人坐中老。香魂夜逐劍光飛，青血化爲原上草。芳菲寂寞寄寒枝，舊曲聞來似斂眉。哀語徘徊愁不語，恰如初聽楚歌時。滔滔逝水流今古，漢、楚興亡兩丘土。當時遺事久成空，慷慨尊前爲誰舞？』《冷齋夜話》

曾子宣夫人魏氏作《虞美人草行》云云。見上 苕溪漁隱曰：此詩乃許彦國表民作。表民，合肥人，予昔隨侍先君守合肥，嘗借得渠《家集》，集中有此詩。又合肥老儒郭全美，乃表民席下舊諸生，云親見渠作此詩。今曾端伯編選，亦列此詩於表民詩中，遂與予所見所聞合，覽者可以無疑，亦知冷齋之妄也。《詩話總龜》

曾子宣丞相，元豐間帥慶州，未至，召還。至陜府，復還慶州，往來潼關。夫人魏氏作詩戲丞相曰：『使君自爲君恩厚，不是區區愛華山。』《老學庵筆記》

曹希藴

女郎曹希藴，貨詩都下，有人以『敲』、『梢』、『交』爲韻索賦《新月》詩。曹爲賦云：『禁鼓初聞第一敲，乍看新月出林梢。誰家寶鏡新磨出，匣小參差蓋不交。』蓋多遜之句也。《桐江詩話》

希藴詩雖格韻不高，時有巧語。嘗作《墨竹》詩云：『記得小軒岑寂夜，月移疏影上東墻。』此語最工。《漫叟詩話》

《贈乾明寺繡尼集句》詩云：『睡起楊花滿繡床，爲他人作嫁衣裳。因過竹院逢僧話，始覺空門氣味長。』《楊公彦齡筆録》

賀方回妹

方回眷一姝，别久，姝寄詩云：『獨倚危闌淚滿襟，小園春色懶追尋。深恩縱似丁香結，難展芭蕉一寸心。』賀因所寄詩，成《柳色黄》詞。《能改齋漫録》

丁渥妻

進士丁渥在太學，夢歸家，見妻于燈下披箋握管，爲書寄生。生曰：『我已至矣，何用書爲？』妻但揮涕而不答。又于别幅見詩云：『淚濕香羅帕，臨風不肯乾。欲憑西去雁，寄與薄情看。』生既覺，以語同舍客，客曰：『君思念之極，以至于此。』後旬日，得書并詩，皆夢中所見，無少差矣。《雲齋廣録》

并門徐帥屬内子

林文節子中帥并門，席間與幕府唱和。有徐姓帥屬，忘其名，内子能詩，林公每出首唱，徐密寫韻歸，衆方操觚，内子詩已來，必可觀也。一日，幕府有醉起舞者，時和林公『藜』字，其詩曰：『幕中舞客呈鸜鵒，帳下牙兵困蒺藜。』又送一屬官徑除監司，林公押『僚』字，徐婦和曰：『華衮自宜還舊物，繡衣先見冠同寮。』監司，故相家也。林公甚賞之。《耆舊續聞》

陳　氏

陳述古女，有適李氏者，從其夫仕晉寧軍判官。部使者以小雁屏求詩，李婦自作黄魯直小楷題其上二絶，云：『蓼淡蘆㪷曲水通，幾雙容與對西風。扁舟阻向江鄉去，卻喜相逢一枕中。』『曲屏誰畫小瀟湘？雁落秋風蓼半黄。雲淡雨疏孤嶼遠，會令清夢繞寒塘。』《耆舊續聞》

謝　氏

送夫王元甫詩云：『此去惟宜早早還，休教重起望夫山。君看湘水祠前竹，不是男兒淚染斑。』《青瑣高議》

高　氏

《暮春感懷》詩云：『楊花日日長無定，海燕年年卻有歸。一瞬青春疾如電，等閒著盡縷金衣。』《歷代吟譜》

李氏女

毗陵郡士人家有一女，姓李氏，方年十六歲，頗能詩，甚有佳句，吴人多傳之。有《拾得破錢》詩云：『半輪殘月掩塵埃，依稀猶有「開元」字。想見清光未破時，買盡人間不平事。』《墨客揮塵》

暨氏女

建安暨氏女子，十歲能詩，人令賦《野花》詩，云：『多情樵牧頻簪髻，無主蜂鸎任宿房。』觀者雖皆驚賞，而知其後不保貞素。竟更數夫，流落而終。《春渚紀聞》

葉桂女

《琵琶亭》詩云：『樂天當日最多情，淚滴青衫酒重傾。明月滿船無處問，不聞商女琵琶聲。』《中山詩話》

鮑娘

衢信間驛名兑溪，謂其水作三道來，作『彡』字形。鮑娘有詩云：『谿驛舊名彡，煙光滿翠嵐。須知今夜好，宿處是江南。』蔣頴叔和之。《清波雜志》

王氏

『白藕作花風已秋，不堪殘睡更回頭。晚雲帶雨歸飛急，去作西窗一夜愁。』此趙德麟細君王氏所作也。德麟既鰥居，因見此篇，遂與之爲親。予以爲乃二十八字媒也。《苕溪漁隱叢話》

張芸叟女

芸叟久經遷謫，怏怏不平。嘗内集，分題賦詩，其女得『蠟燭』，有句云：『莫訝淚頻滴，都緣心未灰。』浮休有慚色。司馬朴之室，芸叟女也，《鄜延路上寺中》一聯云：『滿目煙含芳草緑，倚闌露泣海棠紅。』或者便是詠燭者。《墨莊漫録》

張芸叟初遷，集兒女把酒。芸叟有慨然不樂之意，命各探坐中物賦詩，一女賦蠟炬

云：『尊前獨垂淚，應爲未灰心。』蓋以諷也，芸叟稱之。《退齋雅聞録》

王　氏

《雪中觀妓》詩云：『梁王宴罷下瑶臺，窄窄紅鞾步雪來。恰是陽春三月暮，楊花飛處牡丹開。』《桐江詩話》

陳　氏

唐暨潛亭，質肅公猶子，予母之舅也，隱居襄陽，著《周公政典》，以《周官》定臧否，鄒志完爲《序》。娶陳氏，蜀人，令德純茂，尤工文章，大觀中，先君爲郡學官，代還，以詩送別予母，云：『念別每驚魂，流年多病身。惟我延陵子，情真意更親。分携無淚盡，望遠起愁新。老眼將何暖？音書不厭頻。雪意亂江雲，江梅漸放春。雁歸人去後，愁與歲華新。榮路君方振，園居我豈貧。惟餘憂我念，相憶莫霑巾。』《墨莊漫録》

丘　氏

朝奉郎丘舜中諸女，皆能文詞，每兄弟内集，必聯詠爲樂。其仲嘗作《寄夫》詩云：

『簾裏孤燈覺曉遲，獨眠留得宿粧眉。珊瑚枕上驚殘夢，認得蕭郎馬過時。』《西清詩話》

周仲美

予于一《雜編》中，見有書郵亭事，既不曉其誰作，但觀其詩，有足哀者，故載之于此。其末云：『周仲美，不知何許人，自言世居京師，父游宦，家于成都。既而適李氏子，侍舅姑宦泗上，從良人赴金陵幕。偶因事棄官入華山，有長往之意，仲美即寄身合淝外祖家。方求歸未得，會舅遽調任長沙，不免共載而南。雲水茫茫，去國益遠，形影相弔，洒涕何言！因書所懷於壁。』詩曰：『愛妾不愛子，爲問此何理？棄官更棄妻，人情寧可已！永訣泗之濱，遺言空在耳。三載無朝昏，孤幃泪如洗。婦人義從夫，一節誓生死。江鄉感殘春，腸斷晚煙起。西望太華峰，不知幾千里？』《直方詩話》

劉氏

江寧章文虎，其妻劉氏，名彤，文美其字也，工詩詞。嘗有詞寄文虎，云：『千里長安名利客，輕離輕散尋常。難禁三月好風光，滿階芳草緑，一片杏花香。記得年時臨上馬，看人泪眼汪汪，如今不忍更思量。恨無千日酒，空斷九迴腸。』又云：『向日寄去詩曲，非敢爲

工，蓋欲道衷腸萬一耳，何不掩惡，輒示他人，適足取笑也。本不復作，然意有所感，不能自已。小詩二章，章四句，奉寄。』其一云：『碧紗窗外一聲蟬，牽斷愁腸懶晝眠。千里才郎歸未得，無言空撥玉罏煙。』其二云：『畫扇停揮白日長，清風細細襲羅裳。女童來報新篘酒，安得良人共一觴？』《苕溪漁隱叢話》

郭暉妻

士人郭暉，因寄妻問，誤封一白紙去。細君得之，乃寄一絶云：『碧紗窗下啟緘封，尺紙從頭徹尾空。應是仙郎懷別恨，憶人全在不言中。』《崖下放言》

秦少游女

靖康間題壁云：『眼前雖有還鄉路，馬上曾無放我情。』《梅磵詩話》。宗祥案：又見『曾季貍』條。

全宋詩話目録卷八十七

李清照　號易安居士，濟南人，格非女，趙明誠妻。其母王狀元拱辰女，亦工文章。清照晚年，流轉江湖間。有《漱玉集》、《打馬圖經》。

楊氏　越漁者楊翁女，歸謝生。

劉鼎臣妻

陸放翁妾

文婉　温州樂清人，錢氏婦。

韓玉父

何師韞　字季才，金谿人，抱甕先生天棐女，嫁臨川饒氏，四十而寡。所居有懶愚樹，遂榜室曰懶愚。有詩集。

汪氏　彦章女，内江劉五清妻。

朱淑真　號幽棲居士，錢唐人，世居姚村。工詩，嫁爲市井民妻，不得志没。宛陵魏仲

恭輯其詩，名《斷腸集》。

緡雲夫人張氏

苗氏女

張良臣姊

毛友龍妻

沈清友　姑蘇女子。

于本大妻

俞氏　號菊窗。

宋氏　天台人。

趙葵姬

韓希孟　巴陵人，魏公五世孫，襄陽賈尚書子瓊婦。元兵至岳陽，爲所掠，赴水，越三日得其屍，練裙帶中有詩。

節婦王氏　臨海人。

盧氏　荊門州人，統制吴源妻。

杜氏婦

英州司寇女

上庠士人妻

太學生妻

浣花女

無名女

無名女

無名婦

鄱陽婦

單氏　成都妓。

温琬　字仲圭，本姓郝，良家子，父殁，流爲陝倡。長于詩。

周韶　杭妓。

胡楚　龍靚　杭妓。

楚娘　建昌妓，後歸三山林茂叔。

謝金蓮

周氏　古田妓。

胡文媛　汴妓，歸河東茹魁。

梁意娘

蘇小娟　錢唐妓。

襄陽妓

老妓

臨川妓

女真婦

全宋詩話卷八十七

李清照

本朝婦人能文，只有李易安與魏夫人。李有詩大略云：『兩漢本繼紹，新室如贅疣。所以嵇中散，至死薄殷周。』中散非湯武得國，引之以比王莽，如此等語豈女子所能！《游藝論》

今代婦人能詩者，前者有曾夫人魏，後有易安李。李在趙氏時，建炎初從秋閣奔建康，作詩云：『南來尚怯吴江冷，北狩應悲易水寒。』又云：『南渡衣冠少王導，北來消息欠劉琨。』《詩話雋永》

頃見易安族人言：明誠在建康日，易安每值天大雪，即頂笠披蓑，循城遠覽以尋詩，得句必邀其夫賡和，明誠每苦之也。又嘗《和浯溪中興頌張文潛詩》曰：『五十年功如電掃，華清花柳咸陽草。五坊供奉鬬雞兒，酒肉堆中不知老。胡兵忽自天上來，逆胡亦是姦雄

才。勤政樓前走胡馬，珠翠踏盡香塵埃。何爲出戰輒披靡？傳置荔枝多馬死。堯功舜德本如天，安用區區紀文字！著碑銘德真陋哉，迺令神鬼磨山崖。子儀光弼不用猜，天心悔禍人心開。夏爲殷鑒當深戒，簡策汗青今具在。君不見當時張説最多機，雖生已被姚崇賣。』復和云：『君不見驚人廢興傳天寶，中興碑上今生草。不知負國有姦雄，但説成功尊國老。誰令妃子天上來？虢、秦、韓國皆天才。苑桑羯鼓玉方響，春風不敢生塵埃。姓名誰復知安史？健兒猛將安眠死。去天尺五抱甕峰，峰頭鑿出開元字。時移勢去真可哀，姦人心醜深如崖。西蜀萬里尚能反，南内一閉何時開？可憐孝德如天大，反使將軍稱好在。嗚呼！奴輩乃不能道輔國用事張后尊，不能念春薺長安作斤賣。』《清波雜志》

李易安《上樞密韓公、工部尚書胡公詩序》云：『紹興癸丑五月，兩公使金，通兩宫也。易安父祖，出韓公門下，見此大號令，不能忘言，作詩各一章以寄意，以待采詩者云。』其一曰：『三年夏六月，天子視朝久。凝旒望南雲，垂衣思北狩。如聞帝若曰，岳牧與群后。賢寧無半千，運已過陽九。勿勒燕然銘，勿種金城柳。豈無純孝臣，識此霜露悲？何必羹捨肉，便可車載脂。土地非所惜，玉帛如塵泥。誰當可將命？幣厚辭益卑。四岳僉曰俞，臣下帝所知。中朝第一人，春官有昌黎。身爲百丈特，行足萬人師。嘉祐與建中，爲政有皋夔。漢家畏王商，唐室尊子儀。是時已破膽，將命公所宜。公拜手稽首，受命白玉墀。曰

臣敢辭難，此亦何等時。家人安足謀，妻子不必辭。願奉天地靈，願奉宗廟威。徑持紫泥詔，直入黄龍城。北人定稽顙，侍子當來迎。仁君方博信，狂生休請纓。或取犬馬血，與結天日盟。』其二曰：『胡公清德人所難，謀同德協心志安。脱衣已被漢恩煖，離歌不道易水寒。皇天久陰后土溼，雨勢未回風勢急。車聲轔轔馬蕭蕭，壯士懦夫俱感泣。閭閻嫠婦亦何知，瀝血投書干記室。葵丘踐土非荒城，勿輕談士棄儒生。露布詞成馬猶倚，峭函關出雞未鳴。巧匠何曾棄樗櫟，芻蕘之言或有益。不乞隋珠與和璧，只乞鄉關新信息。靈光雖在應蕭條，草中翁仲今何若？遺氓豈尚種桑麻，敗將如聞保城郭。嫠家父祖生齊魯，位下名高人比數。當時稷下縱談時，猶記人揮汗成雨。子孫南渡今幾年，漂零遂與流人伍。欲將血淚寄山河，去灑東山一抔土。』《雲麓漫抄》

易安有《投翰林學士綦崇禮啟》云：『清照啟：素習義方，麤明詩禮。近因疾病，欲至膏肓。牛蟻不分，灰釘已具。嘗藥雖存弱弟，應門惟有老兵。既爾蒼皇，因成造次。信彼如簧之説，惑兹似錦之言。弟既可欺，持官文書來輒信。身幾欲死，非玉鏡架亦安知？僶俛難言，優柔莫決。呻吟未定，强以同歸。視聽才分，實難共處。猥以桑榆之晚景，配兹駔儈之下才。身既懷臭之可嫌，惟求脱去。彼素抱璧之將往，決欲殺之。遂肆侵凌，日加毆擊。可念劉伶之肋，難勝石勒之拳。局地扣天，敢效談娘之善訴。陞堂入室，素非李赤之

甘心。外援難求，自陳何害。豈期末事，乃得上聞。取自宸衷，付之廷尉。被桎梏而置對，同凶醜以陳詞。豈惟賈生羞絳、灌爲儕，何啻老子與韓非同《傳》。但祈脱死，莫望償金。友凶横者十旬，蓋非天降。居囹圄者九日，豈是人爲。抵雀捐金，利當安往。將頭碎璧，失固可知。實自繆愚，分知獄市。此蓋伏遇内翰承旨，搢紳望族，冠蓋清流，日下無雙，人間第一。奉天克復，本緣陸贄之詞。淮蔡底平，實以會昌之詔。哀憐無告，雖未解驂，感戴鴻恩，如真出己。故茲白首，得免丹書。清照敢不省過知慚，捫心識媿。責全責智，已難逃萬世之譏。敗德敗名，何以見中朝之士？雖南山之竹，豈能窮多口之談？惟智者之言，可以止無根之謗。高鵬尺鷃，本異陞沈。火鼠冰蠶，難同嗜好。達者共惜，童子皆知。願賜品題，與加湔洗。誓當布衣蔬食，温故知新。再見江山，依舊一瓶一鉢。重歸畎畝，更須三沐三薰。忝在葭莩，敢茲塵瀆。』《雲麓漫抄》。宗祥案：易安此案，俞正燮《癸巳類稿》中爲之剖白，今附載于此。述曰：《宋史·李格非傳》云：『女清照，詩文尤有稱于時，嫁趙挺之之子明誠，自號易安居士。』無他説也。《藝文志》有《易安詞》六卷。《通考·經籍考》引《直齋書録解題》，止《漱玉集》一卷，解題云：『別本分五卷，詞今存。』《書録·打馬賦》一卷，《解題》云：『用二十馬，今世打馬，大約與摴蒲相類。』《藝文志》言《文集》七卷，明焦竑《國史經籍志》云二十卷，則并詞五卷，惜其文未見。《嫏嬛記》、《四六談塵》、《宋文粹拾遺》並載易安《賀攣生啟》云：『無午、未二時之分，有伯、仲兩楷之似。既繫臂而繫足，實難弟而難兄。玉刻雙璋，錦挑對褓。』注言：『任文二子攣生，德卿生于午，道卿生于未。張伯楷、仲楷兄弟相似，形狀無二。白彶兄弟，母不能辨，以五色采繩一繫于臂，一繫于足。』其用事明

當如此。讀《雲麓漫抄》所載《謝綦崇禮啟》，文筆劣下，中雜有佳語，定是竄改本。又夫婦訐訟，必自證之，《啟》何以云『無根之謗』？余素惡易安改嫁張汝舟之説，雅雨堂刻《金石録》，《序》以情度易安，不當有此事。及見李心傳《建炎以來繫年要録》采鄙惡小説，比其事爲文案，尤惡之。後讀《齊東野語》論韓忠繆事云：『李心傳在蜀，去天萬里，輕信記載，疏舛固宜。』又《謝枋得集》亦言：『《繫年要録》爲辛棄疾造《韓侂胄壽詞》。』則所言易安文案《謝啟》事可知，是非天下之公，非望易安以不嫁也，不甘小人言語，使才人下配駔儈。故以年分考之，凡詩文見類部小説詩話者，考合排次，至紹興四年，易安年五十三。又紹興十一年五月十三日，綦崇禮壻陽夏謝伋寓家台州，自序《四六談麈》時，易安年已六十。伋稱爲『趙令人』，李若崇禮爲處張汝舟婚事，伋親其壻，不容不知。又下至淳祐元年，時及百年，張端義作《貴耳集》，亦稱『易安居士，趙明誠妻』。易安爲嫠，行迹章章可據，趙彦衛、胡仔、李心傳等，不明是非，至後人貌爲正論。《碧雞漫志》謂易安詞于婦人中爲最無顧藉，《水東日記》謂易安詞爲不祥之具，此何異謂直不疑盗嫂亂倫、狄仁傑謀反當誅滅也！且《啟》言：『牛蟻不分，灰釘已具』。『弟既可欺，持官文書來輒信。身幾欲死，非玉鏡架亦安知』，『呻吟未定，强以同歸』，『猥以桑榆之末影，配兹駔儈之下才』，易安，老命婦也，何以改嫁？復與官告，又言：『視聽才分，實難共處』，『惟求脱去』，『決欲殺之。遂肆欺凌，日加毆擊』。『豈期末事，乃得上聞。取自宸衷，付之廷尉』，是又閨房鄙論，竟達闕廷，帝察隱私，詔之離異。夫南渡倉皇，海山奔竄，乃舟車戎馬相接之時，爲一駔儈之婦，從容再降玉音，宋之不君，未應若此！審視《金石録後序》，始知頌金事白，綦有湔洗之力，小人改易安《謝啟》，以『飛卿玉壺』爲『汝舟玉臺』，用輕薄之詞，作善謔之報，而不悟牽連君父，誣衊廟堂，則小人不善于立言也。劉時舉《續通鑒》云『紹興四年八月，趙鼎疏言：「草澤行伍，求張浚不遂者，人人投牒醜詆，及其母妻。」』《四朝聞見録》有《劾朱文公閨閫中穢事疏》及朱《謝罪表》，蓋其時風氣如此。《齊東野語》又云：『黄尚書由妻胡夫人惠齋居士，時人比之易安。嘗指摘趙師睪放生池文誤。惠齋已卒，趙爲臨安府，誘其逃婢，證惠齋前與棋客鄭日新通，遂黥配日新，而尚書以帷薄不修罷。』按《白獺

髓》云：『師羿初居吴郡，及尹天府日，延喬木爲門客。喬教師羿子希蒼，制古禮器于家釋菜。黄尚書欲發遣之，師羿乃毁器而逐喬。』是師羿與由以黥配門客相報，又值惠齋有摘文之事，乃並誣惠齋。』其事與易安同。夫小人何足深責，吾獨惜易安與惠齋，以美秀之才，好論文以中人忌也。

紹興三年，行都端午，易安親聯，有爲内夫人者代進帖子，《皇帝閣》曰：『日月堯天大，璇璣舜曆長。側聞行殿帳，多集上書囊。』《皇后閣》曰：『意帖初宜夏，金駒已過蠶。至尊千萬壽，行見百斯男。』『意帖』用上官昭容事。《夫人閣》曰：『三宫催解糉，團箭彩絲縈。便面天題字，歌頭御賜名。』『團箭』用唐開元内宫小角弓射糉事。於是翰林止金帛之賜。《浩然齋雅談》

易安有《夜發嚴灘》詩云：『巨艦只緣因利往，扁舟亦是爲名來。往來有愧先生德，特地通宵過釣臺。』《釣臺集》

易安居士有斷句云：『詩情如夜鵲，三繞未能安。』又七言云：『少陵也是可憐人，更待明年試春草。』《風月堂詩話》

陳范静妻沈滿願《竹火龍》詩曰：『剖出荆山筠，織成湘水紋。寒消九微火，香傳百和薰。氤氲擁翠被，出入隨緗裙。徒悲今麗質，豈念昔凌雲？』此詩言外之意，以諷士之以富貴改節者，即孟子所云『鄉爲身死而不受，今爲宫室之美、妻妾之奉而爲之』者，而含蓄蘊藉如此。『徒悲』、『豈念』四字，尤見其意，上薄風雅，下掩唐人矣。宋人稱李易安『所以

稽中散，至死薄殷周』之句，以爲婦人有此大議論，然太淺露，比之沈氏此詩，當在門墻之外矣。《升庵詩話》

楊　氏

越漁者楊翁女，與謝生聯句云：『珠簾半床月，青竹滿林風楊。何事今宵景，無人解與同謝。』《宫閨詩史》

陸放翁妾

陸放翁宿驛中，見題壁詩云：『玉階蟋蟀鬧清夜，金井梧桐辭故枝。一枕凄涼眠不得，呼燈起作感秋詩。』詢之，驛卒女也，遂納爲妾。方餘半載，夫人逐之。《隨隱漫録》

文　婉

《題白石山》句云：『霜月天邊清興遠，金鐘雲裏夢魂閒。』《詩女史》

韓玉父

《題漠口鋪詩并序》云：『妾本秦人，先大父嘗仕于朝，因亂遂家錢唐。幼時易安居士教以詩，及笄，父母以妻上舍林子建。去年林得官歸閩，妾傾囊以助其行。林許秋冬間遣騎迎妾，久之杳然，何其食言耶？不免携女奴自錢唐而之三山，比至，林已官盱江矣。因而復回延平，經由順昌，假道昭武而去。歎客旅之可厭，笑人事之多乖，因理髮漠口鋪，漫題數語于壁。』云：『南行踰萬山，復入武陽路。黎明與雞興，理髮漠口鋪。盱江在何所？極目煙水暮。生平良自珍，羞爲浪子婦。知君非秋胡，强顔且西去。』《彤管遺編》

何師韞

金谿女子何氏，名師蘊。其父亡，母嫁邑士董天進之子。董登科，通判饒州。將就蓐，與其夫約，已有四女，若復然，當溺諸水。是夕董妻夢神人來，抱一玉天尊入兒婦房，爲犬所吠，至傷神人，極力訶叱，且拜謝，驚魘良久。董揭被推枕呼挽之，口中猶喋喋稱『不敢』，徐能道所見。望廊下有燈燭火，且人事嘈雜，董疑外間有警，足不及履，下床，知婦娩身，問：『男耶？女耶？』無應者。妻心訝焉，趣詣其室，則已在水盆内，用物覆其上矣。

急取之，且責其子。子謝曰：『實以多女，恐爲大人累。』于是舉之。才十四歲，嫁臨川饒氏。祖母已殁，父至貧，奩裝單薄。晝躬爨滌，夜讀書史，仍勉夫以學。好作詩，未嘗自露。至五十寡居，端静不與人接。過六十一後，始見親姻。嘗自敘云『韞道人』。居室前有一木，盤珊濩落，每恨不識其名。訪諸梓人，曰：『此懶愚樹也。俗稱之懶由樹，外堅内虚，不中繩墨。』道人笑曰：『此真與我同。』遂榜其室曰『懶愚』，因此自表，仍賦《古風》一篇云：『君不見南嶽懶殘師，佯狂啖殘食，鼻涕任垂頤，懶爲俗人拭。又不見愚溪子柳子，堂堂古遺直，以愚名溪山，于今慕其德。二子真吾師，欲見不可得！惟有懶愚樹，終日對顔色。齊威勤讀書，輪扁巧斲輪，勤巧動心志，何如懶愚真。衰年髮已皤，行少坐時多，亦欲效勤巧，奈此懶愚何！』許深甫主撫學，道人孫婿黄日新，將赴席下，作序送之，訓以懷仁輔義，立身行道，報國榮親之説。凡著詩文四十卷。陳孺漢卿、葉伯益皆爲撰序。享壽八十六而終。《夷堅志》

何氏喜浮屠教，徧閲華嚴諸經。一日偕夫往白楊山，作《失假山倡》云：『片石亡來歲月深，昔時尋覓到而今。元來只在家山裏，枉費工夫别處尋。』年四十孀居。紹興間，張魏公浚迎侍母鎮國太夫人帥閩，道出界山，太夫人亦通禪學，聞其名，踵門一見契合，呼爲『無生法友』。《撫州府志》

汪氏

《寄良人》詩云：『旅食京華歲月多，聖賢事業竟如何？明年佇聽泥金報，閒把關雎獨自歌。』《四川總志》

朱淑真

與淑真同時，有魏夫人，亦能詩，嘗置酒邀淑真，命小鬟隊舞，因索詩，以『飛雪滿群山』爲韻。淑真醉中援筆賦五絶，云：『管絃催上錦茵時，體態輕盈祇欲飛。若使明皇當日見，阿蠻無計誑楊妃。』『香茵穩襯半鈎月，往來淩波雲影滅。絃催拍緊促將徧，兩袖翩然作回雪。』『柳腰不被春拘管，鳳轉鸞回霞袖緩。舞徹伊州力不禁，筵前撲簌花飛滿。』『占斷京華第一春，清歌妙舞實超群。只愁到曉人星散，化作巫山一段雲。』『燭花影裏粉姿閒，一點愁侵兩點山。不怕帶他飛燕妬，無言逐拍省弓彎。』不惟詞旨豔麗，而舞態之妙，亦可想見也。《西湖志餘》

朱淑真《初夏》詩云：『竹摇清影罩幽窗，兩兩時禽噪夕陽。謝卻海棠飛盡絮，困人天氣日初長。』《秋夜》云：『夜久無眠秋氣清，燭花頻剪欲三更。鋪床涼滿梧桐月，月在梧桐

缺處明。』《馬塍》云：『一塍芳草碧芊芊，活水穿花暗護田。蠶事正忙農事急，不知春色爲誰妍？』《斷腸集》

縉雲夫人張氏

張樞斗南，其出處已略載《詞話》，踐駁朱華，爲宣詞令閤門簿書，詳知朝儀典故。其姑縉雲夫人，承恩穆陵，因得出入九禁，備見一時宮中燕幸之事。嘗賦《宮詞》七十首，蓋載當時盛際，非其他想像而爲者，今摭其十于此。『堯殿融春大宴開，山呼纔了樂聲催。侍臣宣勸君恩重，宰相親王對舉杯。』『觀堂鐘響待催班，步入朱廊十二間。宣坐賜茶開講席，花磚咫尺對天顔。』『月籠梅影夜深時，白玉排簫索獨吹。傳得官家暗宣賜，黄金約臂翠花枝。』『翠枝斜插滴金花，特髻低蟠貼水荷。應奉人多宣喚少，海棠花下看飛梭。』『笙歌散後歸深院，花柳陰中過曲廊。静掩金鋪三十六，黄昏處處爇衙香。』『燦錦堂西過夕陽，水風吹起芰荷香。内監催掃池邊地，準備官家納晚涼。』『晚涼開燕近中秋，香染金風倚桂樓。花月新篇初唱徹，内人傳旨索歌頭。』穆陵製《花月》篇。『銀簧乍艶參差竹，玉軸新調尺合絃。奏罷六么花十八，水晶簾底賜金錢。』『迴廊隔樹簾簾捲，曲水穿橋路路通。禁漏滴斜花外日，御書薰暖柳邊風。』『紫閣深嚴邃殿西，書林飛白揭宸奎。黄封繳進昇平奏，

直筆夫人看内批。』《弁陽詩話》

苗氏女

開禧中，有苗氏女，本宦族也，失身爲妾于某朝士。臨行，作詩別其母，云：『桃花飛盡馬塍春，此日辭家淚滿巾。豈是比鄰無嫁處，千山萬水逐行人。』朝士者知之，遂厚給資以嫁焉。《弁陽詩話》

張良臣姊

張良臣，字武子，近世詩人，有《雪窗集》。有子，時嘗從張公父至象臺。其女兄，即徐元杰仁伯之母也，亦能詩，嘗有絶句云：『羅幕金泥窣地垂，夜香燒盡二更時。不知簾外溶溶月，上到梅花第幾枝？』正自不凡。《弁陽詩話》

毛友龍妻

毛友龍達可未第時，其内子寄以詩云：『剔燭親封錦字書，擬憑歸雁寄天隅。經年未報干秦策，不識如今舌在無？』達可三衢人，後去『龍』字，止名友。政和間，由禮部出守鄉

郡，有《爛柯集》行于世。《梅磵詩話》

沈清友

『晚天移棹泊垂虹，閒倚篷窗問釣翁。爲底鱸魚低價賣，年來朝市怕秋風。』清友一絶，得風人之體。又《詠漁父》：『起家紅蓼岸，傳世緑蓑衣。』《詠牧童》：『自便牛背穩，卻笑馬蹄忙。』得下字之工。《隨隱漫録》

于本大妻

本大故姓許，旌陽族也，得仙術，又變姓名，夫婦偕隱西山下。其妻有詩曰：『醉舞狂歌踏落花，緑羅帬帶有丹砂。往來城市買山藥，那個西山是我家。』《宫閨詩史》

俞氏

予以布衣除東宫掌書，俞氏賀詩云：『萬人海裹鬭幽扉，欲學深居只布衣。不道内前車馬鬧，又催父子入宫闈。』《隨隱漫録》

宋氏

天台宋氏，家本富，後貧，鬻廬于鄰。價成，作詩云：『自歎年來刺骨貧，吾廬今已屬西鄰。殷勤説與東園柳，他日相逢是路人。』富者見詩惻然，即以券還之，亦不索其直，鄉人嘉其誼。《行營雜録》

趙葵姬

趙葵同知樞密院，朝罷歸私第，而諸姬不見。葵往訪之，乃群聚摘青梅。有一姬善詩賦，葵責令賦詩，云：『柝聲默報早朝回，滿院春風繡户開。怪得無人理絲竹，緑陰深處摘青梅。』《古今女史》

韓希孟

希孟，巴陵人，魏公五世孫，襄陽賈尚書子瓊之婦，年十八，開慶初，元兵至岳陽，爲卒所掠，赴水死。越三日，得其屍，練帬帶中有詩曰：『我質本瑚璉，宗廟供蘋蘩。一朝嬰禍難，失身戎馬間。寧當血刃死，不作袵席完。漢上有王猛，江南無謝安。長號赴洪流，激烈

摧心肝。』《宋史·列女傳》。宗祥案：陶氏《輟耕録》所載練帬带中詩，与《宋史》不同，今两存之。

王　氏

至元十三年，丞相伯顔平宋，以偏師徇台。台之臨海民婦王氏者，美姿容，被掠。千夫長殺其舅姑與夫而欲私之，婦誓死不可，自念且被汙，因陽曰：『能俾我爲舅姑與夫服期月，乃可事主君。』千夫長見其不難于死，從所請，仍使俘婦雜守之。師還，挈行至嵊，過清風嶺，婦仰天竊歎曰：『吾知所以死矣。』即齧拇指出血，寫口占詩于崖石上，曰：『君王無道妾當災，棄女抛男逐馬來。夫面不知何日見，此身料得幾時回？兩行清淚偷頻滴，一片愁眉鎖未開。迴首故山看漸遠，存亡兩字實哀哉。』寫畢，投崖下以死。死之日，距今且將八九十年，石上血墳起如始寫時，不爲風雨所剥蝕。嵊縣謝端爲之立祠。《東園客談》

盧　氏

盧氏，荆門州人，統制吴源妻也。源援襄陽，送以詩云：『羡君家世舊纓簪，百戰常懷報主心。草檄有才追記室，築臺無路繼淮陰。射鵰紫塞秋雲黑，走馬黄河夜雪深。白首丹衷知未變，歸來雙肘印黄金。』及源陣歿，氏聞赴大慟，部署家事畢，焚香泣拜曰：『夫死王

事，忠也，妾敢不相從于地下！』遂賦詩云：『夫爲萇弘血，妾感共姜詩。夫妻同死義，天地一凄其。』自縊死。《荆門紀略》

杜氏婦

杜氏婦作《北行》詩：『江淮幼女別鄉閭，一似昭君遠嫁胡。默默一身歸故國，區區千里逐狂夫。慵拈簫管吹羌曲，懶繫羅裙舞鷓鴣。多少眼前悲泣事，不如花柳舊江都。』此等多有戲作，題之驛亭，以爲美談。《山房隨筆》

英州司寇女 以下無姓名

《過梅嶺題詩序》云：『妾幼年侍父，任英州司寇。既代歸，父以大庾本號梅嶺，今蕩然無一株，遂市三十本，植于嶺之左右，因留詩于寺壁。今隨夫任端溪，復至此嶺，已爲圬鏝者所覆，即命墨于故處。』『滇江今日掌刑回，上得梅山不見梅。輟俸買栽三十樹，清香留與雪中開。』《墨客揮犀》，又見《倦游録》。

上庠士人妻

《寄鞵韈》詩云：『細韈宮鞵巧樣新，殷勤寄與讀書人。好將穩步青雲上，莫向平康漫惹塵。』《名媛璣囊》

太學生妻

有書生娶後游太學，久不歸。一夕，夢返其家，見妻秉燭寫詩云：『數日相望極，須知意思迷。夢魂不怕險，飛過大江西。』書生怪而記之。後家書至，有詩一首，如夢中所見無殊。夢之夕，乃發書之日。《合璧事類前集》

浣花女

《芙蓉》絶句云：『芙蓉花發滿江紅，盡道芙蓉勝妾容。昨日妾從隄上過，如何人不看芙蓉？』顧氏《積書巖選》

無名女

永安驛題柱云：『無人解妾心。日夜長如醉。妾不是瓊奴，意與瓊奴會。』《名媛璣囊》

無名女

靖康間，題鄧州南陽驛壁云：『流落南來自可嗟，避人不敢御鉛華。卻思當日鶯鶯事，獨立東風霧鬢斜。』《陶朱新録》

無名婦

作詩壓韻是一巧。《中秋夜月》詩押『尖』字，數首之後，一婦人詩云：『蚌胎光透殼，犀角暈盈尖。』又記人作《七夕》詩，押『潘』、『尼』字，衆人竟和無成詩者。僕時不曾賦，後因讀《藏經》，呼喜鵲爲『芻尼』乃知讀書不厭多。《彦周詩話》

鄱陽婦

建炎初，題黄連步接官亭壁云：『妾，鄱陽人也，女工之外，從事詩禮。不幸嚴霜下降，

泰山其頹，飄泊一身，所適非偶，薰蕕同器，情何以堪！昨浮家洞庭，怒張一帆，良人倏爲鬼録。吁！臣不事二主，女不事二夫，其奈何哉！偶携稚子，來登客亭，感時傷心，遂成小絶，知我者其天乎？』詩云：『故里蕭條一望間，此身飄泊歎空還。感時有恨無人説，愁斂雙蛾對暮山。』《景定建康志》

單氏 以下妓女

成都妓單氏，贈陳希夷詩云：『帝王師不得，日月老應難。』名士多稱之。《唐宋遺事》

温琬

温琬，字仲圭，本姓郝氏，良家子，父殁，流爲陜倡，通翰墨，尤長于詩。蔡子醇訪得三十篇，内有《寄遠》詩云：『小花静院東風起，燕燕鶯鶯拂桃李。斜倚紅墻卜遠人，樓外春山幾千里。』《郡守命賦香篆》云：『一縷祥煙綺席浮，瑞香濃膩繞賢侯。還同薄命增惆悵，萬轉千回不自由。』《青瑣高議》

周韶

蘇東坡云：杭州營籍周韶，多蓄奇茗，常與君謨鬭，勝之。又知作詩。子容過杭，陳述古飲之，韶泣求落籍。子容曰：『可作一絶。』韶援筆立成云：『隴上巢空歲月驚，忍看回首自梳翎。開籠若放雪衣女，長念觀音《般若經》。』韶時有服，衣白，一座嗟歎，遂落籍，同輩皆有詩送之，胡楚、龍靚者最善。胡詩云：『澹妝輕素鶴翎紅，移入朱闌便不同。應笑西園舊桃李，强匀顔色待東風。』龍詩云：『桃花流水本無塵，一落人間幾度春。解佩暫酬交甫意，濯纓還作武陵人。』固知杭人多慧也。《侯鯖録》

胡楚 龍靚

杭妓胡楚、龍靚，皆有詩名。胡云：『不見當時丁令威，年年處處是相思。若將此恨同芳草，卻恐青青有盡時。』張子野老于杭，多爲官妓作詞，而不及靚。靚獻詩云：『天與群芳十樣葩，獨分顔色不堪誇。牡丹、芍藥人題徧，自分身如鼓子花。』子野于是爲作詞也。《後山詩話》

楚　娘

楚娘，建昌妓也，有《桂花》詩云：『丹桂迎風蓓蕾開，摘來斜插竟相偎。清香不與群芳並，仙種原從月裏來。』《吟堂詩話》

謝金蓮

《答趙生紅梨花》詩云：『本分天然白雪香，誰知今日卻濃妝。秋千院落溶溶月，羞覩紅脂睡海棠。』《彤管遺編》

周　氏

陳筑，字夢和，莆田人，景德初登第，爲福州古田尉。既至官，惑一倡周氏。周能詩，嘗有詩贈筑，曰：『夢和殘月過樓西，月過樓西夢已迷。唤起一聲腸斷處，落花枝上鷓鴣啼。』首句蓋寓『筑』字也。又有《春晴》詩曰：『瞥然飛過誰家燕？驀地香來甚處花？深院日長無個事，一瓶春水自煎茶。』《夷堅志》

胡文媛

文媛云：『物之同本者，開花則相背，况二姓結一生之好，能無反覆乎？』嘗有句云：『卻有一端宜恨處，開花相背有何功。』《續青瑣舊議》

梁意娘

《述懷》云：『蹤迹浮萍落五湖，一番相别一番孤。不知此去從何處，還許春風得見無。』《彤管遺編》

蘇小娟

太學生趙不敏，與妓蘇盼奴狎。赴官三載後，有禄俸餘資，囑其弟趙院判遺盼奴，且言盼奴妹小娟俊雅，可謀致之佳耦也。院判至錢唐，則盼奴一月前死矣，小娟亦爲盼奴所歡以於潛官絹誣扳繫獄。院判言于府倅，倅召出之，付以所遺物。小娟自謂不識院判何人，及拆書，惟一詩，小娟默然。倅命和之，援筆書云：『君住湘江妾住吴，無情人寄有情書。當年若也來相訪，還有於潛絹也無？』倅喜，免其償絹，脱籍歸院判，偕老焉。《武林紀事》

襄陽妓

《送武補闕》詩云：『弄珠灘上欲消魂，獨把離懷寄酒尊。無限煙花不留意，忍教芳草怨王孫。』《能改齋漫録》

老　妓

淳化三年冬十月，太平興國寺牡丹，紅、紫盛開，不踰春月，冠蓋雲擁。有老妓題詩云：『曾趁東風看幾巡，冒霜開喚滿城人。殘脂剩粉憐猶在，故向彌陀借小春。』其妓遂復車馬盈門。《楓窗小牘》

臨川妓

江浙間路，其伶女有慧黠知文墨，能于席上指物題詠，應命輒成者，謂之『合生』；其滑稽含玩諷者，謂之『喬合生』，蓋京都遺風也。張安國守臨川，王宣子解廬陵郡印，歸次撫，安國置酒郡齋，招郡士陳漢卿參會。適散樂一妓言學作詩，漢卿語之：『太守呼爲「五馬」，今日兩州使君對席，便成「十馬」，汝體此意作八句。』妓凝立良久，即高吟云：『同是

天邊侍從臣，江頭相遇轉情親。瑩如臨汝無瑕玉，暖作廬陵有脚春。五馬今朝成十馬，兩人前日壓千人。便看飛詔催歸去，共坐中書秉化鈞。』安國爲之賞歎竟日，賞以萬錢。《夷堅志》

女真婦

紹興辛巳冬，女真犯順，米忠信夜于淮南劫寨，得一箱篋，乃是燕山來者，有所附書十餘封，多是虜中妻寄軍中之夫。建康教授唐仲友于樞密行府僚屬方圖仲處，親見一紙，别無他語，止詩一篇云：『垂楊傳語山丹，你到江南艱難。你那裏討個南婆，我這裏嫁個契丹。』《軒渠録》

全宋詩話目録卷八十八 無名子一

太寧祈雨詩
士人詩
焦夫人
三鴉鎮官
瑞蠶詩
周總父
樂君
太原職官
錢唐尉
幕僚
高士
江上漁夫
李殿丞
曹南院幕客
蓮池生

縣尉
洪浩文
陜府知縣
楊尚書
王晉卿客
太學生
道山之子
鄭州書生
進士酒令
成郎中
賈舍人
范姓
余知閣
東都赦老
陳參政

常省見

高安太守

開禧朝士

開禧宗子

開禧牧童

韓院判

齋舍生

嚴陵士人

士人句

嘉定太學生

開禧太學生

四明士子

適安散人

名山樵子

太學生

全宋詩話卷八十八 無名子一

南鄭殿丞

南鄭殿丞云：『青鳥幾傳王母信，白鵝曾换右軍書。』《將至京》云：『近闕已瞻龍虎氣，思鄉猶望斗牛星。』《楊文公談苑》

扈載友

扈載畏内特甚，未仕時，欲出則謁假于細君，令滴水于地，指曰：『未乾須前歸。』若去遠，則燃香印掐至某所，以爲還家之驗。因筵聚，才三行酒，載色欲逃遁，朋友默曉，譁曰：『扈君恐砌水隱形，香印過界耳，是當罰也。吾徒人撰新句一聯，勸清酒一盞。』衆以爲善，乃俱起，一人捧甌吟曰：『解禀香三令，能遵水五申。』逼載飲盡，别云：『細彈防事水，短爇戒時香。』别云：『戰兢思水約，匍匐赴香期。』别云：『出佩香三尺，歸防水九章。』别云：

『命繫逡巡水，時牽決定香。』載連沃六七巨觥，嘔吐淋漓，既上馬，群譟曰：『若夫人怪遲，當道被水香勸盞留住。』《清異録》

李善寧子

臨川李善寧之子，十歲能即席賦詩。親友嘗以《貧家壁》試之，略不構思，賦云：『椒氣從何得？燈光鑿處分。拖涎來藻飾，惟有篆愁君。』『拖涎』，指蝸牛也。《清異録》

楊黎州

楊黎州《赦至》云：『山川百蠻國，雨露九重書。』《寄遠》云：『胡越自爲沼遞國，參商原是別離星。』《自遣》云：『天上羲輪都易識，人間堯曆自難逢。』《哭儲屯田》云：『部中車雨春無潤，天上星郎夜損光。』《感悟》云：『頓纓狂走鹿，吐沫倦游鱗。』《心知》云：『遠別苦驚雲聚散，相逢多悟月盈虧。』《自詠》云：『剛腸欺竹葉，衰鬢怯蘆花。』《淚》云：『一斑早寄湘川竹，萬點空遺峴首碑。』《竹簟》云：『若非琥珀休爲枕，不是琉璃莫作屏。』《春晝》云：『人歸漢后黄金屋，燕在盧家白玉堂。』《古今詩話》

蜀州録事參軍

張忠定知成都，有録事參軍投牒乞致仕，仍獻一詩云：『秋光都似宦情薄，山色不如歸興濃。』忠定稱賞，還牒禮爲上客。《夢溪筆談》

太學生

和張乖崖詩云：『四窗滅盡讀書燈，窗外惟聞步鐸聲。辜負江山好明月，閒來此地趁虚名。』《晁氏客語》

陳彭年甥

陳彭年大中祥符間，與晁文莊内翰等四人，同知貢舉。省試將出奏試卷，舉人壅衢，觀其出省。諸公皆慘赧其容，獨彭年揚鞭肆目，有驕矜之色。榜出，有甥不預選，怒入其第，會彭年未來，于几上得黄敕，乃題其背云：『彭年頭腦太冬烘，眼似朱砂鬢似蓬。紕繆幸叨三字内，荒唐仍在四人中。取他權勢欺明主，落卻親情賣至公。千百孤寒齊下淚，斯言無路達堯聰。』彭年怒，抱敕入奏，章聖見而不悦，然釋其罪。《江南野録》

徐屯田

予熙寧初調官，泊報慈寺。同院陽翟徐秀才，出其父屯田忘名所爲詩，見其清苦平淡，有古人風致，不能傳鈔。其《過杜工部墳》一詩云：『水與汨羅接，天心深有存。遠移工部死，來伴大夫魂。流落同千古，《風》、《騷》共一源。江山不受弔，寒日下西原。』《麈史》

陳留縣尉

石齊老説：神宗時京師旱，上閔雨形于寤歎，宰相請下畿内遍禱祠廟。陳留有張子房廟，縣尉亦才雅，但好謔，分命詣廟，爲二十字詩題文成侯壁，云：『今人不如古，肉身不如土。我來漢相祠，爲民祈靈雨。』《麈史》

淮南王廟詩

余長子渝嘗爲壽春令，邑有淮南王安廟，春秋朝廷祀之。邑人思劉仁瞻之功德，欲立廟，不可得也，遂共爲劉令公像于淮南廟，歲時享焉。傳舍有人爲詩云：『淮南據險逆西京，仁瞻輸忠保一城。今日鄉人聊合祭，未應同食便同情。』《麈史》

贈俞仲昌詩

俞仲昌居慶林坊，高蹈之士也，居嘗以養性爲事，鄉人尊之，稱爲老先生。至和中，郡守李某贈詩云：『家對南山第一峰，誰知大隱隱松蓬。閒身悟道持心得，俗事隨緣見性通。門外高車無俗客，篋中靈藥是陰功。年來更喜兒孫盛，俊筆香名紹素風。』《輿地紀勝》

太守祈雨詩

舊傳有太守因旱祈雨于龍潭，得小雨而未甚應，因作一絶云：『祈雨精誠一作『神』。尚未通，浮雲開闔有無中。潭龍恐我羞歸去，略灑些些表不空。』因寫此詩投潭中，繼即大雨隨足。《庚溪詩話》

士人詩

黄季涔言：一士人詩云：『啼月杜鵑喉舌冷，宿花蝴蝶夢魂香。』蓋自唐趙嘏發之。趙云：『松島鶴歸書信絶，橘州風起夢魂香。』《優古堂詩話》

焦夫子

晁文元《法藏碎金》載詩一聯云：『兩輪日月搬興廢，一合乾坤夾是非。』達者之言也，不言何人作。予觀張世南《宦游紀聞》，知爲蜀人焦夫子。『搬』字元作『磨』字。焦，宋初人，忘其名，以博學教導後進，故世以『夫子』稱之。《梅磵詩話》

三鴉鎮官

昔有爲河北三鴉鎮官者，宦况蕭條，僅有蒲藕可買，乃作詩曰：『二年憔悴在三鴉，無米無錢怎養家？每日兩餐都是藕，看看口裏出蓮花。』又有監吴中市征者，因羊價絶高，作詩曰：『平江九伯一斤羊，俸薄如何敢買嘗？只把魚蝦供兩膳，肚皮今作小池塘。』聞者捧腹。予嘗過括之馮嶺，見旅舍壁間一絶，亦效前體爲之，詩云：『東甌倦客又西征，路入芝田已絶腥。每日三廚都是筍，看看滿腹萬竿青。』亦可一笑。《梅磵詩話》

瑞蠶詩

宣和中，新喻傅侯初爲蘄春蔡氏壻，登第之歲，婦家簇蠶不繭，緣屋吐絲，自然成段，長

丈餘，廣數尺，厚薄若一，如布邊幅然。鄉人以爲祥，賦詩盈軸，有一聯號爲絶出，云：『園客有絲難比龔，鮫人無杼自成綃。』《江西詩徵》

周總父

周總，福州人，天禧二年因事游京師，值詔下舉鄉薦不及，有故人在譙郡守官，遂往投之，倚爲拔解之地。而國家申嚴條，約不許寄籍，郡有司吏周吉者，頗殖資産，總遂拜爲父，吉欣然納之，齒于諸子，三代名諱，亦從而更焉。或人問吉，則對以『此子當年與母氏俱斥，近方歸』，總亦以是對。秋預薦，未幾，達于鄉，父乃馳詩一絶寄之，遂不敢南歸，因此慚恨而卒。詩曰：『文章不及林洪範，德行全虧李坦然。若拜他人爲父母，直須焚卻《蓼莪》篇。』《閑居詩話》

樂　君

樂君，達州人，生巴峽間，不甚與中州人士相接，狀極質野，而博學純至。先君少師特愛重之，故遣吾聽讀，今吾尚略能記六經，皆樂君口授也。家甚貧，不自經理，有一妻二兒，一跛婢，聚徒城西，草廬三間，以其二處諸徒，而妻、子居其一。樂易坦率，多嬉笑，未嘗見

其怒。一日，過午米缺，妻使跛婢告米竭，樂君曰：『少忍，會當有餉者。』妻不勝憤，忽自屏間躍出，取案上簡擊其首，樂君袒而走，仆于舍下，群兒環笑掖起之。巳時，先君適送米三斗，樂君徐告其妻曰：『果不欺汝。饑甚，幸速炊。』俯仰如昨日，幾五十年矣。每旦起，分授群兒經，口誦數百遍，不少倦，少間，必曳履，慢聲抑揚，吟諷不絶，躡其後聽之，則延篤之書也。群兒或竊效靳侮之，亦不怒。喜作詩，有數百篇。先君時爲司理，猶記其相贈一聯云：『末路清談得陶令，他時陰德頌于公。』又《寄故》人云：『夜半夢回孤月滿，雨餘目斷太虚寬。』先君數稱賞之，今老書生未有其比也。《乙卯避暑録》

太原職官

前輩有士人登科，作太原職官，能文輕脱，嘲侮同官，爲衆所怨。太師戒之，因作《啟事》謝云：『才非一鶚，難居累百之先。智異衆狙，遂啟朝三之怒。』副總管武人，嘗戲之使對句云：『快咬鹽虀窮措大』，其人應聲對曰：『善飡倉米老衙官。』雖云輕佻，然自改科後，士人亦不能爲此語矣。《紫微詩話》

錢唐尉

王文穆欽若以故相來守杭州，錢唐一老尉，蒼頭華髮矣。文穆初甚不樂，詢其履歷，乃同年生，惻然哀之，遂封章于朝，詔特改京秩。尉以詩謝之云：『當年同試大明宫，文字雖同命不同。我作尉曹君作相，東君原没兩般風。』《揮麈餘話》

幕僚

魏野少時未知名，嘗題河上寺柱云：『數聲離岸櫓，幾點别州山。』時有幕僚，本江南文士也，見之大驚，邀與相見，贈詩云：『怪得名稱野，元來性不群。借冠來謁我，倒屣起迎君。』仍爲之延譽，由是人始重之。《續詩話》

高士

种放賜告西歸，有一高士隱居三世，以野蔌一盤，詩一章贈之，云：『接得山人號舍人，朱衣前引到蓬門。莫嫌野蔌無多味，我是三追處士孫。』《池北偶談》

江上漁父

關子東云：范希文常于江上見一漁父，意其隱者也，問姓名，不對，留詩一絶而去。記其兩句云：『十年江上無人問，兩手今朝一度叉。』《春渚紀聞》

李殿丞

李殿丞與魏主簿廣素相好，嘉祐中，李攝河南倅，檄廣權幕官，相從益懽。監司以燕會數，俱罷歸故官，廣先去，李餞之云：『今日不知明日事，人情反覆似車輪。我今自是飄萍客，更向長亭作主人。』《聞見前録》

曹南院幕客

曹南院爲秦帥，唃氏方興，舉國入寇，公自出禦之，戰于三都谷，大敗之，唃氏遂衰。其幕府獻詩云：『賢守新成蓋代功，臨危方始見英雄。三都谷路全師入，十萬胡塵一戰空。殺氣尚疑横塞外，捷音相繼徧寰中。君王看降如綸命，旌節前驅馬首紅。』《後山詩話》

蓮池生

《題龍眠畫鬼章牽錦膊驄圖》詩云：『漢武愛名馬，將軍出西征。蹀血幾百萬，侯者七十人。區區僅得之，登歌告神明。後來龍眠子，心通大宛城。落筆動九州，俊氣横四溟。迢迢歷萬里，矯首瞻彤庭。不假貳師力，汲黯何庸争？重譯自朝貢，天王今聖明。』《式古堂畫考》

縣尉

嘗有一名公初任縣尉，有舉人投書索米，戲爲一詩答之，云：『五貫九百五十俸，省錢請作足錢用。妻兒尚未厭糟糠，僮僕豈免遭饑凍。贖典贖解不曾休，喫酒喫肉何曾夢。爲報江南癡秀才，更來謁索覓甚甕。』熙寧中，例增選人俸錢，不復有五貫九百俸者，此實養廉隅之本也。《夢溪筆談》

洪浩父

餘杭進士洪浩，熙寧間游太學，十年不歸。其父垂白，作詩寄浩曰：『太學何蕃且一歸？十年甘旨誤庭闈。休辭客路三千遠，須念人生七十稀。腰下雖無蘇子印，篋中幸有

老萊衣。歸時定約春前後，免使高堂賦式微。』浩得詩，即日歸養。《蓉塘詩話》

陝府知縣

范堯夫帥陝府，有屬縣知縣因入村，至一僧寺少憩，既飯，步行廊廡間，見一僧房頗雅潔，闃無人聲，案上有酒一瓢。知縣者戲書一絶于窗紙云：『爾非慧遠我非陶，何事窗間酒一瓢？僧野避人聊自醉，卧看風竹影蕭蕭。』不知其僧俗家先有事在縣，理屈作罪。明日，其僧乃截取窗字，黏于狀前，訴于府，且曰：『我有施主某人，昨日携酒至房中，值某不在房，知縣既至，施主走避，酒爲知縣所飲不辭。但有數銀杯，知縣既醉，不知下落。銀杯但有鐫識，今施主追某取之，乞追施主某人與廳吏某人鞫之。』堯夫曰：『爾爲僧，法當飲乎？』杖而逐之，且曰：『果有失物，令主者自來理會。』持其告以示子侄輩曰：『爾觀此安得守官處不自重！』即命火焚之，對僚屬中未嘗言及。後知縣者聞之，乃修書致謝，堯夫曰：『不記有此事，自無可謝。』還其書。王暐《道山清話》

楊尚書

楊某尚書以耳聾致政，居鄠縣别業。同里高氏有二子，小字大馬、小馬。一日，里中

社，小馬携酒就楊公，曰：『此社酒，可治聾，願得侍杯杓之餘瀝。』取牋書與之詩云：『十數年來聾耳慣，可將社酒更能醫。一心更願青盲了，免見高家小馬兒。』《墨客揮犀》

王晉卿客

王晉卿貶均州，姬侍盡逐，有一歌者，號囀春鶯，色藝兩絶，不知流落何許。後三年，内徙汝陰，道過許昌，市旁小樓聞泣聲，晉卿問，乃囀春鶯也，恨不可復得，因賦『佳人已屬沙吒利』一聯。客有足成章云：『幾年流落向天涯，萬里歸來兩鬢華。翠袖香殘空浥淚，青樓雲渺定誰家？佳人已屬沙吒利，義士今無古押衙。回首音塵兩沉絶，春鶯休囀沁園花。』《西清詩話》

太學生

徽廟一日幸來夫人閣，偶灑翰于小白團扇，書七言十四字，而天思稍倦，顧在側璫曰：『汝有能吟之客，可令續之。』乃薦鄰里太學生，即宣入内侍省，恭讀宸製，不知指意，乞爲取旨，或續句呈，或就書扇左。上曰：『朝來不喜餐，必惡阻也，當以此爲詞，以續于扇上。』詩云：『選飯朝來不喜餐，御廚空費八珍盤。』續進云：『人間有味都嘗徧，只許江梅一點

酸。』上大喜，會將策士，生于未奏名，徑使造廷，賜以第焉。《藏一話腴》

道山公子

鄭剛中之鎮蜀也，眷妓曰閻王，所居曰富春坊。忽民間遺火，鄭公出鎮，于火中獲一旂，上有詩，乃借東坡《海棠》詩爲之，云：『火星飛入富春坊，天恣風流此夜狂。只恐夜深花睡去，高燒銀燭照紅粧。』公一見曰：『必道山公子也。』楊曼倩《古今詞話》中，亦有此詞。《白獺髓》

鄭州書生

政和中，兵部侍郎王寀，坐降天神誣罔，伏誅。初，寀好延道流，説丹竈神仙事。兄寬，守鄭州，寀往省。鄭有書生能詩，慕寀名，行卷來謁，内有詩云：『照影空濛山色裏，背人撲漉水禽飛。梅花落盡春寒在，細雨斜風點客衣。』寀大稱賞，即與定交。書生能招紫姑神，每下時與人音容相接，携之至京師，習其術，十得七八，外間喧傳，浸淫達于中禁。時林靈素方得志，朝士多欲寀親幸以傾林，吏部尚書劉昺，譽薦尤至。有旨賜對内殿，徽宗爲之前席，約某日即禁宇邀天神。林遣人通意，欲與共功，寀拒之，林忿且懼。或爲言：『王侍郎

何所能，特出于鄭州一秀才耳。』林因請間言于上，謂寀父昔在西邊，嘗與夏人有密約叛國，既而未成，寀將嗣其謀爲，令刺客變服爲道士，伺車駕焚香候神時，將肆不軌，初無上真降格之事。上疑焉，及某日，寀與書生詣東華林，先語閽卒，止生于外拘係之，獨寀得入，左右供役，皆小黄門。寀知墮林計，而無策可脱，閲三晝夜，寂無影響，乃執寀并書生付極刑。《夷堅志》

成郎中

毘陵成郎中者，宣和中爲省官，貌不揚而多髭，再娶之夕，岳母陋之，曰：『我女如菩薩，乃嫁一麻胡。』命成作《舉蒙》詩，成乃操筆大書云：『一床兩好世間無，好女如何得好夫。高捲珠簾明點燭，試教菩薩看麻胡。』其女能安分隨緣，和鳴偕老，兒女成行，各以壽終。《高齋漫録》

賈舍人

靖康間有賈舍人者，甚儒雅，無金帛子女之蓄，嘗題一絶于壁云：『愁見干戈起四溟，恨無才術濟生靈。不如痛飲中山酒，直到太平方始醒。』《陶朱新録》

范姓

崑山縣東三十里，地名黄姑，古老相傳云：常有織女牽牛星，降于此地，織女以金篦劃河，水涌溢，牽牛因不得渡。金廟之西，有水名百沸河。鄉人異之，爲之立祠，祠中列二像。建炎兵火時，士大夫多避地東岡，有范姓者經從祠下，題壁間云：『高飈初至月埋輪，烏鵲橋邊綽約身。聞道佳期惟一夕，因何朝暮對斯人？』鄉人遂去牽牛像，今獨織女存焉。每至七夕，人皆合錢爲青苗會，所收之多寡，持杯珓問之，無毫釐不驗。《中吴紀聞》

余知閣

寺近掘地，得斷碑，題曰：『宋隨龍余知閣宅界。』旁有石隱，隱有詩云：『幾年魂繞浙城西，十里荷花漾錦陂。踏遍兩峰三竺路，又隨青嶂入雲棲。洛邑名園歌舞沉，亂鴉啼破幾深林。何人學得香山老，千載精廬有梵音。千里旌旗擁六飛，投簪欲上釣魚磯。無端忽被閒雲引，迴耀峰前掩竹扉。』蓋護蹕南來，因家于此，後捨宅爲寺也。《雲棲寺志》

東都故老

歲自元宵後，都人即辦上池遨游之盛，惟恐負于春色。當二月末，宜秋門下揭黄牓，云：『三月一日，三省同奉聖旨，開金明池，許士庶游行，御史臺不得彈奏。』迨南渡，故老客臨安，泛西湖，懷舊都，作詩云：『曾見宜秋輦路門，大書黄牓許游行。漢家寬大風流在，老去西湖樂太平。』燀向見人每舉此詩，因志于此，以補夢華之遺。《清波雜志》

甘露

紹興辛亥冬，撫州祥符觀松降甘露若飴，有郎官徐其姓者，獻《甘露古松》詩于太守。其詩略曰：『仙臺之陽石壇東，下有臺亭太古松。』又曰：『至誠感格合天意，露零青松真上瑞。』云云。太守以爲祥，因奏于朝，坐言章罷郡。先人時謂予曰：『熙寧六年冬，建昌軍距城五里，甘露降于進士徐上交別業大松上，濃厚如酒，其味香甜。上交折獻于太守張郎中子方。子方率僚屬觀之，欲以上聞，路過鳳凰山下，牧童見車馬，皆叫呼曰：「此山松上，亦多甘露，何獨彼耶？」各持松葉餂弄，以示不誤。時有野夫賣藥于市者，語人曰：「太守不察耳。何者爲甘露？露從天降，必遍于數畝，豈止松乎？」吾嘗客華陰，縣民亦有以甘露

告縣者，令因出按之，有道人笑焉，令怒械繫之，道人曰：「譬如人身，精液流通均布六七十年中，若夫壽促，必涌併于未死之前，此松殆將槁耳！官人若不信，請寛我以俟，明春此松必不榮也。」令如其説，至期果驗焉。』軍民得其説，因省景祐丙子城西天慶觀松，昔嘗一枝有甘露，因往驗之，昔時甘露所降之枝，果已先朽，張守因不復奏知。先人因言，鄉里松亦有甘露甚多，其實非也，乃松液耳。《能改齋漫録》

紹興貴人

紹興中，有貴人好爲俳諧體詩及箋啟，詩云：『緑樹帶雲山罨畫，斜陽入竹地銷金。』《上汪内相啟》云：『長楸脱卻青羅帔，緑蓋千層。俊鷹解下緑絲絛，青雲萬里。』後生遂有以爲工者，賴是時前輩猶在，雅正未衰，不然與五代文體何異？此事繫時治忽，非細事也。《老學庵筆記》

紹興選人

秦檜少游太學，博記工文，善幹鄙事，同舍號爲秦長脚。每出游飲，必委之辦集，既登第，及中詞科。靖康初，爲御史中丞。金人陷京師，議立張邦昌，檜陳議狀，大略謂：『趙氏

傳緒百七十年，號令一統，綿地萬里，子孫蕃衍，布在四海，德澤深長，百姓歸心，只緣姦臣誤國，遂至喪師失守，豈可以一城而決廢立哉。若必欲舍趙氏而立邦昌，則京師之民可服，而天下之民不可服；京師之宗子可滅，而天下之宗子不可滅，望稽古揆今，復君之位，以安天下。』虜雖不從，心嘉其忠，與之俱歸。檜天資狡險，始陳此議，特激于一朝之諒。既至虜廷，情態遂變，諂事撻辣，傾心爲之用。兀朮用事，侵擾江淮，韓世忠邀之于黄天蕩，幾爲我擒，一夕鑿河始得遁去。再寇西蜀，又爲吴玠敗之于和尚原，至自髡其鬚髮而遁。知南軍日强，懼不能當，乃陰與檜約，縱之南歸，使主和議。檜至行都，紿言殺虜之監己者，奔舟得脱。見高宗，首進『南自南、北自北』之説，時上頗厭兵，入其言。會諸將稍恣肆，各以其姓爲軍，號曰『張家軍』、『韓家軍』，檜乘間密奏，以爲『諸軍但知有將軍，不知有天子，跋扈有萌，不可不慮。』上爲之動，遂決意和戎，而檜專執國命矣。方虜之以七事邀我也，有『毋易首相』之説，正爲檜設。洪忠宣自虜回，戲謂檜曰：『撻辣郎君致意。』檜大恨之。厥後金人徙汴，其臣張師顔者，作《南遷録》載《孫大鼎疏》，備言遣檜間我以就和好，于是檜之姦賊不臣，其迹始彰彰矣。方其在相位也，建『一德格天』之閣，有朝士賀以《啟》云：『我聞在昔，惟伊尹格于皇天。民到于今，微管仲吾其左衽。』檜大喜，超擢之。又有選人投詩云：『多少儒生新及第，高燒銀燭照蛾眉。格天閣上三更雨，猶誦《車攻》復古詩。』檜益

喜，即與改秩。蓋其胸中有慊，故特喜此諛語，以爲掩覆之計，真猾夏之賊也。余觀唐則天《追貶隋臣楊素詔》曰：『朕上嘉賢佐，下惡賊臣，嘗欲從容于萬機之暇，褒貶于千載之外。矧年代未遠，耳目尚存者乎？』夫楊素異代之姦臣，則天一女主，尚知惡而貶之。矧如檜者，密奉虜謀，脅君誤國，罪大惡極，上通于天，其可赦乎？開禧用兵，嘗追削。嘉定和戎，旋即牽復，是可歎也！《鶴林玉露》

老儒

予讀秦少游擬古人體所作七詩，因記頃年在辟雍，有同舍郎澤州貢士劉剛爲予言，其鄉里有一老儒，能效諸家體作詩者，語皆酷似。效老杜體云：『落日黄牛峽，秋風白帝城。』尤爲奇絶，他皆類此，惜乎今不復記其姓名矣。《竹坡詩話》

芮處士

秦少游嘗謫處州，後人摘《柳邊沙外》詞中語爲鶯花亭，題詠甚多，惟芮處士一絶云：『人言多技亦多窮，隨意文章要底工。淮海秦郎天下士，一生懷抱百憂中。』《後村詩話》

居山人

芋之大者名土芝，裹以濕紙，用煮酒和糟塗其外，以糠皮火煨之，候香熟取出，安坳地内，去皮温食，冷則破血，用鹽則洩精，取其温補，名『土芝丹』。昔懶殘師正煨此牛糞中，有召者，卻之曰：『尚無情緒收寒涕，那得工夫伴俗人。』又居山人詩云：『深夜一爐火，渾家團欒坐。煨得羊頭熟，天子不如我。』其嗜好可知矣。小者曝乾入瓮，候寒月用稻草火煨盦，色香如栗，名『土栗』，雅宜山舍擁爐之夜供。趙西安詩云：『煮芋雲生鉢，燒茅雪上眉。』蓋得于所見，非苟作也。《山家清供》

紹興朝士

紹興十年六月一日甲辰，左光禄大夫、守尚書右僕射、同中書門下平章事、兼樞密使監修國史秦檜《劄子》奏：『臣聞德無常師，主善爲師。善無常主，協于克一。此伊尹相湯，《咸有一德》之言也。臣昨見金國撻懶，有講和割地之議，故贊陛下取河南故疆。既而兀朮戕其叔撻懶，監公佐之歸，和議已變，故贊陛下定弔民伐罪之計。今兀朮變和議果矣，臣請爲陛下先至江上，諭諸路帥，同力招討。陛下相次勞軍，如漢高祖以馬上定天下。不寧

厥居，爲社稷宗廟，決策于今日。臣言如不可行，即乞罷免，以明孔聖陳力就列不能者止之義。臣無任懇切之至。』有旨依奏。右張嵲代作。嵲原任司勳員外郎，五月除起居舍人，八月除中書舍人。當時朝士，大書法慧寺門云：『商湯爲太甲，孔聖作周任。』蓋誤以伊尹告太甲爲相湯，而《論語》載孔子道周任之言，今直以爲孔聖也。《二老堂詩話》

劉　君

周少隱紫芝，蚤年嘗學爲詩于一士大夫姓劉者。嘗傳劉君《路中遇雪》詩曰：『四野同雲漫不收，停驂一望思悠悠。乍疏還密如人事，易聚難消似客愁。倍費槖金歸酒醆，苦添風色上征裘。驛亭今夕定無寐，淅瀝寒聲未肯休。』《庚溪詩話》

黄　姓

煇祖居錢塘後洋街，第宅燬于陳通之亂，今韓蘄王府其地也。嘗見故老言：昔歲風物，與今不同，四隅皆空迥，人迹不到。寶蓮山、吴山、萬松嶺，林木茂密，何嘗有人居。城中僧寺甚多，樓臺相望。出湧金門，望九里松極目，更無障礙。自六蜚駐蹕，日益繁盛，湖上屋宇連接，不減城中。『一色樓臺三十里，不知何處覓孤山。』近人詩也。或云爲此詩者

黄姓，失其名。亦嘗作《萬俟丞相挽詩》，有『地下若逢秦相國，也應不説到沅湘』之句。《清波雜志》

錢唐士人

近時有士人不欲書名。嘗于錢唐江漲橋，爲狹邪之游，作《樂府》名《玉瓏璁》云：『城南路，橋南樹，玉鈎簾捲香横霧。新相識，舊相識，淺顰低笑，嫩紅輕碧。惜惜惜。　劉郎去，阮郎住，爲雲爲雨朝還暮。心相憶，空相憶，露荷心性，柳花蹤迹。得得得。』其後朝廷復收河南，士人者陷而不返。其友不欲書名。作詩寄之，且附以龍涎香，詩云：『江漲橋邊花發時，故人曾共著征衣。請君莫唱橋南曲，花已飄零人不歸。』士人在河南得詩，酬之云：『認得吴家心字香，玉窗春夢紫羅囊。餘薰未歇人何許，洗破征衣更斷腸。』《能改齋漫録》

太學士人

高宗紹興間，宫中養飛鴿，每日群飛于外。太學士人作詩以諷云：『萬鴿飛翔繞帝都，朝昏收放費工夫。何如養取雲邊雁，沙漠能傳二帝書。』其詩流入大内，高宗惻然，自是宫中不復畜鴿。《古杭雜記》

錢唐軍人

八月潮怒勝于常時，十八日，帥座出郊，教習水軍。杭人有無賴之徒，以大彩旗，小青涼傘，紅緑傘兒，各繫色繡段子滿竿，伺潮出海門，百十爲群，執旗泅水，以迓子胥。向有前輩作詩云：『弄罷江潮晚入城，紅旗颭颭白旗輕。不因會喫翻頭浪，争得天街鼓樂迎。』《夢粱録》

左君

兖州先聖廟壁，嘗有題詩者云：『靈光殿古生秋草，曲阜城荒散晚鴉。惟有孔林殘照日，至今猶屬仲尼家。』不顯姓名，頗爲士大夫傳誦。予頃在福州，于吕虚己處，見邵武上官校書詩一册，内一篇題爲《州西行》。州西者，蔡京所居處也，注云：『靖康元年作，時京謫湖湘，子孫分竄外郡，所居第摧毁索寞，殆無人迹，故爲古調以傷之。』凡三十餘韻，今但記其末聯云：『君不見喬木參天獨樂園，至今仍是温公宅。』其意甚與前相類。紹興二十五年冬，秦檜死，空其賜宅，明年開河，役夫輦泥土堆于墻下。天台士人左君作詩曰：『格天閣在人何在？偃月堂深恨亦深。不見洛陽圖白髮，但知郿塢積黄金。直言動便遭羅織，舉目寧知有照臨。炙手附炎俱不見，可憐泥滓滿墻陰。』語雖紀實，然太露筋骨，不若前兩

章渾成也。左頠有才，最善謔。二十八年，楊和王之子偰除權工部侍郎，時張循王之子子顔、子正，皆帶集英修撰，且進待制矣，會葉審言自侍御史，楊元老自給事中，徙爲吏、兵侍郎，蓋以繳論之故。左用歇後語作絶句曰：『木易已爲工部侍，弓長肯作集英修。如今臺省無楊、葉，豚犬超陞卒未休。』左居西湖上，好事請謁，人或畏其口，後竟終于布衣。《容齋三筆》

淳熙太學生

淳熙十五年，監察御史陳賈論道學欺世盜名，乞加擯斥。時太學諸生爲之語云：『周公大聖猶遭謗，伊洛名賢亦被譏。堪歎古今兩陳賈，如何專把聖賢非。』李心傳《道命録》

洞庭漁父

卓彦恭嘗過洞庭，月下有小漁舟過其旁。卓呼問：『有魚否？』應曰：『無魚有詩。』卓喜曰：『願聞一篇可乎？』其人鼓枻高吟曰：『八十滄洲一老翁，蘆花江上水連空。世間多少乘除事，良夜月明收釣筒。』《夷堅志》

常省元

江西趙尚書宅與常省元相接，百計取之而不可得。一日，常作一詩、書契送之，云：『乾坤到處是吾亭，機械從來未必真。覆雨翻雲成底事，清風明月冷看人。蘭亭禊事今非晉，桃洞神仙也笑秦。園是主人身是客，問君還有幾年身？』趙得詩，不敢受券，即日還之。《夷堅志》

高安太守

任濤，筠州人，唐咸通中進士，與鄭谷俱稱『十哲』。常侍李騭見其詩，有『露團沙鶴起，人卧釣船流』之句，特與免役。鄉民訟之，騭判云：『江西界内有詩似濤者，並與免役。』宋高安幸元龍，字震甫，號松垣，嘉泰間進士，有氣節，以詩援任濤例，求免税。丁太守判云：『松垣筆力破滄溟，欲援任濤免税丁。一段風流好公案，錦江重寫入圖經。』震甫通判鄂州，上書雪濟邸冤，屏廢而卒。《豫章詩話》

開禧朝士

《獻韓平原生日》詩云：『本是神仙服日華，而今癯瘁爲王家。槐龍影轉朝方退，閒卻南園一院花。』《後村詩話》

開禧宗子

侂胄當軸，黜陟朝紳，權移人主。時有天族就試南宫者，題詩客邸云：『策蹇衝風怯曉寒，也隨舉子到長安。路人莫作親王看，姓趙如今不似韓。』《西湖志餘》

開禧牧童

侂胄過南園山莊，趙師羼偕行。至東郊别墅，宛然鄉井，見林薄中一牧童歌云：『朝出耕田暮飯牛，林泉風月共悠悠。九重雖竊阿衡貴，争得功名到白頭。』趙呵曰：『平章在此，誰敢唐突！』迹牧童至草廬，屏上有詩云：『玉津園内行天討，怨血空啼杜宇紅。』後韓爲史誅于玉津園。《昨非庵日纂》

韓院判

韓侂胄暮年以冬月携家游西湖，畫船花輿，徧覽南、北二山之勝，末乃宴于南園，族子院判與焉。席間，有獻牽絲傀儡爲土偶負小兒者，名爲『迎春黄胖』，韓顧族子：『汝名能詩，可詠之。』即承命作絶句云：『脚踏虚空手弄春，一人頭上兩安身。忽然綫斷兒童手，骨肉都爲陌上塵。』韓大不樂，不終宴而歸，未幾禍作。龐元英《談藪》

齋舍生

韓侂胄平原甲第，即瑞石北阜爲第，開禧末罪逐後，改爲寺。監齋舍生有題二絶于壁，云：『掀天聲勢衹冰山，廣厦空餘十萬間。若使早知明哲計，肯將富貴博清閒。』『花柳依然弄晚風，才郎袖手去無蹤。不知郿塢金多少，争似盧門席不重。』《白獺髓》

嚴陵士人

嘗見蘭溪范茂安許云：嚴陵一士人，忘其姓名，好爲大言，而間有可者。如《詠林影》云：『日月明方見，乾坤暗即收。』又《詠扇》曰：『大柄如歸手，蝨蝨莫浪飛。』言皆類此，不

能盡記也。《庚溪詩話》

士人詩句

黄季涍嘗言：一士人詩云：『啼月杜鵑喉舌冷，宿花蝴蝶夢魂香。』真佳句也。《優古堂詩話》

嘉定太學生

嘉定間，當國者憚真西山剛正，遂謂詞科人每挾文章科目以輕朝廷，自後詞科不取人，雖以徐子儀之文，亦以『巫咸』一字之誤而出之，由是無復習者。内外制惟稍能四六者即入選，殊不知制誥詔令，貴于典重温雅，深厚惻怛，與尋常四六不同。今以尋常四六手爲之，往往褒稱過實，或似啟事諛詞，雕刻求工，又如賓筵樂語，失王言之體矣。胡衛、盧祖臯在翰苑，草明堂赦文云：『江淮盡掃于胡塵』，太學諸生嘲之曰：『胡塵已被江淮掃，卻道江淮盡掃于。』又曰：『傳語胡、盧兩學士，不如依樣畫胡盧。』端平初，患代言乏人，乃略更其制，出題明注出何書，仍許上請，中選者堂除教官。然名實既輕，習者亦少。昔孝宗朝，議者欲科舉取士，以論、策共爲一場，制、詔、表、章爲一場，上欣然欲行之，而周益公等不主其

説，遂不果行。余謂若行此法，則舉子無不習王言者，習者既多，自有精工者出于其間，他時選拔而用之，何患絲綸之不雅正乎？《鶴林玉露》

開僖太學生

開僖，韓侂胄開邊浪戰，乃至函其首乞和，權奸之罪，可謂雖死而猶爲國禍也。太學生有詩云：『晁錯既誅終叛漢，於期已入竟亡燕。』《古杭雜記》

四明士子

吴履齋開慶之變再入相，四明士子上詩：『來則非耶抑是耶？緣堤何必更行沙。瑟當調處難膠柱，棊到危時見作家。公論有誰能著脚？事機至此轉聱牙。不如叠嶂雙溪下，行對青山坐看花。』言者附賈似道描畫彈劾，貶循州而殂。饒州士熊某嘲之云：『近來西北又干戈，獨立斜陽感慨多。雷爲元城驅劫火，天胡丁謂活鯨波。九原難起先生死，萬世其如公論何？道過雕峰休插竹，想逢宗老續長歌。』菊岩季苾祭以文曰：『潞公不能不疏，温公不能不毁，趙忠簡不能不遷，寇萊公不能不死。爾民無福，豈天奪之？我士無禄，豈天厭之？嗚呼！後世而無先生者乎，孰能志之？後世而有先生者乎，孰能待之？』

《山房隨筆》

適安散人

《題趙千里夜潮圖》云：『寂寞江頭夜風急，怒濤捲起千堆雪。一輪兔魄騰巨光，激起金虬高萬尺。沙頭宿雁理羽衣，忽聞潮聲不知歸。縱横亂影向天末，一一點破秋光飛。誰人輕用造化筆？寫出此景不遺一。眼明絹素見天巧，長江大海來小室。静對真成聽潮聲，我亦詩腸如雷鳴。捲卷不知身所在，猶覺眼底風濤生。』明葉進昇云：『趙千里《夜潮圖卷》，末多宋嘉定人題詠，皆不著姓名。』《式古堂畫考》

名山樵子

《題趙千里夜潮圖》云：『八月錢塘江上水，風静波平清澈底。夜半潮聲帶月來，沙頭眠雁還驚起。何人一幅鵝溪絹？畫出長江千萬里。莫道波聲静不聞，請君默坐聊傾耳。』欵書嘉定三禩首夏望後三首。《式古堂畫考》

太學生

嘉定間，金虜交攻，廷臣有以和、戰、守三策爲言者。是時胡榘侍郎專主和議，四明袁燮侍郎與胡公廷争，專主戰、守，仍以笏擊胡公額，遂下侍從臺諫集議，後袁君以此辭歸。太學諸生作詩送之，云：『天眷頻年惜挂冠，誰令今日遠長安，舉幡莫遂諸生願，祖帳應多行路難。去草豈知因害稼，彈烏何事卻驚鸞。韓非、老子還同《傳》，憑仗時人品藻看。』《白獺髓》

櫄

吴人取越竹，以梅天水淋曝，令稍乾，反覆硾之，使浮茸去盡，筋骨瑩徹，是爲『春膏』。其色如蠟，其光可鑒，故吴箋近出，遂與蜀産抗衡。吴門孫生造春膏紙，尤造其妙。予嘗賦詩云：『膏潤滋松雨，孤高表竹君。夜砧寒擣玉，春几瑩鋪雲。越地雖呈瑞，吴天乃策勳。莫言名晚出，端可大斯文。』《負暄野録》。宗祥案：櫄，嘉定間人，著《負暄野録》二卷，逸其姓。其書元大德三年茅雲山傳鈔。

太學藴道齋生

太學藴道齋有小池，忽一鷗飛來，容與甚久。一同舍生題詩云：『朝來池上有新事，火急報教同舍知。昨夜雨餘春水滿，白鷗飛下立多時。』讀者賞其藴藉。《鶴林玉露》

朝士

《和徐淵子九日詩》云：『呼兒爲我整烏紗，不是無心學孟嘉。要摘金英滿頭插，明朝還是過時花。』《鶴林玉露》

川官

一川官在都乞差遣，留三四年，題一詩在僦樓之壁，云：『朝看貝葉牢籠佛，夜禮星辰取奉天。呼召歸來聞好語，初三初四亦欣然。』『初三初四』，二僕也。因此詩傳播京下，遂得缺而去。《貴耳集》

北來人

辛卯歲，北來人數百輩，暫寓于襄陽府光孝寺。有一人題詩于壁，云：『干戈未定欲何之？一事無成兩鬢絲。蹤迹大綱《王粲傳》，情懷小樣杜陵詩。脊令信斷雲千里，烏鵲驚飛月一枝。安得中山千日酒，陶然直到太平時。』《貴耳集》

太學生

賈似道令人販鹽百艘，至臨安賣之。太學生有詩云：『昨夜江頭長碧波，滿船都載相公鹺。雖然要作調羹用，未必調羹用許多。』《西湖志餘》

仙村人

《春日田園雜興》云：『芳草東郊外，疏籬野老家。平疇一尺水，小圃百般花。青箬閒耕雨，紅帬鬭采茶。村村寒食近，插柳徧檐牙。』評云：『頷聯十字，一毫不費力，自與黏泥體者不同。餘見雜興。』《月泉吟社》。宗祥案：仙村人，月泉吟社第四名。

番陽布衣

番陽布衣，有書中山驛壁，云：『回首萬里，歲晚何言？回頭四十五年非，無賴秋光滿客衣。可惜吴中蓴菜好，陸機、張翰不同歸。』『番陽布衣題。』《谷音》

瀟湘漁父

崔璆晚泊湘江，淡煙微月，有客歌而過之，曰：『高枕形骸外，空江何限情。落葉不成調，半夜起秋聲。』追問居與名，置其釣竿，長嘯而去。《谷音》

閩清野人

僧惠了行閩清谷中，三日到一空舍稍憩，有一人荷鋤來，便向壁熟睡。僧既尋路還，他日再往，已焚其舍，惟斫樹白而書之曰：『偶與雲水會，不與雲水同。雲散水流去，杳然天地空。』《谷音》

全宋詩話目録卷八十九 無名子二

下蔡驛詩

臨江軍驛舍詩

山光寺詩

食菜詩

江南壁上詩

詹村狗

夏氏燕

嘲戒石

上王仲至詩

添張祜詩

題驛詩

和蔡君謨詩

嘲吴長善

着也馬留

御史塞門

詠松

口傳聯

陽關詩

座右銘

譏王安石詩

題相國寺壁

題小兒迷藏

嘲王禹玉

黃山詩

臨江軍驛舍詩

趙葫蘆

華山道人

蔡京南軒詩

迴文

沼流館中詩

題釣臺

題陽羨溪亭壁

溧陽郵亭詩

嘲陳桷

驛壁詩

全宋詩話卷八十九（無名子二）（姓名别號職業俱無）

江州詩

胡則守江州，堅壁不下，曹翰攻之，危急。忽有旋風吹文字一紙，墜于城中，其詞曰：『由來秉節世無雙，獨守孤城死不降。何似知機早回顧，免教流血滿長江。』翰攻陷江州，殺戮殆盡，謂之『洗城』焉。《江表志》

挂冠詩

東坡云：『「欲挂衣冠神武門，先尋水竹渭南村。卻將舊斬樓蘭劍，買取黄牛教子孫。」予舊見此詩于關右寺壁上，愛之，不知其何人作也。』蔡寛夫《詩話》云，是王嗣宗詩。《苕溪漁隱叢話》

關西驛詩

景祐中，羌人叛，西方用兵，朝廷求草澤遺逸，士多獻方略自衒鬻，率皆得官。其下材無能，往往過望，亦有挾持頡頏，觖望不服者。嘗有人題關西驛舍爲詩，曰：『孤星熒熒照寒野，漢馬蕭蕭立陵下。萬里危機入燕、薊，八方殺氣衝靈夏。逢時還似不逢時？已矣吾生真苟且。』《東齋録》

嘲王相詩

王文惠相府中病，尤好釋氏。時有人作詩曰：『誰謂調元地，翻成養病坊。但見僧盈室，寧知火燎房。』《古今詩話》。宗祥案：《江鄰幾雜志》作：『王隨作相，病已甚，好釋氏，時有獻嘲者』云云，末句作『寧憂火掩房』。

仁宗時達官詩

仁宗朝，有數達官以詩知名，常慕白樂天體，故其語多得于容易。嘗有一聯云：『有禄肥妻、子，無恩及吏、民。』有戲之者云：『昨日通衢，遇一輜軿，車載極重，而羸牛甚苦，豈非

足下肥妻、子乎？』聞者傳以爲笑。《六一詩話》

京師詩

京師輦轂之下，風物繁富，而士大夫牽于事役，良辰美景，罕獲宴游之樂，其詩至有『賣花擔上看桃李，拍酒樓頭聽管絃』之句。西京應天禪院有祖宗神御殿，蓋在水北，去河南府十餘里，歲時朝拜。官吏常苦晨興，而留守達官簡貴，每朝罷，公酒三行，不交一言而退。故其詩曰：『正夢寐中行十里，不言語處喫三杯。』其語雖淺近，皆兩京之實事也。《六一詩話》

應天院詩

西都應天院，去府十里，每朔、望留守帥府官朝拜，未曉而往，時行十里，不交一談。有人作詩云：『正夢寐中行十里，不言語處飲三杯。』有人送驢肉，復云：『廳前捉到須依法，合内盛來定付厨。』《春明退朝録》

文德殿詩

文德殿，百官常朝之所也，宰相奏事畢，乃來押班，常至日旰，守堂卒好以厚樸湯飲朝士。朝士有久無差遣，厭苦常朝者，戲爲詩曰：『立殘階下梧桐影，喫盡街頭厚樸湯。』亦朝中之實事也。司馬温公《續詩話》

嘲張存、任弁

景德初，河朔舉人張存、任弁，皆以防城得官。有無名子嘲曰：『張存解放旋風砲，任弁能燒猛火油。』《青箱雜記》

改　詩

景佑初，詔先朝免解人，候將來特與推恩。有無名子改王元之《昇平》詞以嘲曰：『舊人相見問行年，便説真宗更以前。但看緑袍包裹了，這回冷笑入黄泉。』《倦游録》

改詩嘲常處士

永叔在政府，將引去，以詩寄潁川常夷甫，曰：『笑殺汝陽常處士，十年騎馬聽朝雞。』致政歸潁，又贈之詩曰：『賴有東鄰常處士，披蓑戴笠伴春鋤。』明年，夷甫起授侍講，判國子監，有無名子改前詩，作夷甫寄永叔，曰：『笑殺汝陰歐少保，新來處士聽朝雞。』又云：『昔日潁陰常處士，卻來馬上聽朝雞。』《倦游録》

嘲試題

章郇公性簡静，嘗爲開封府試官，出『人爲天地心』賦，舉子曰：『先朝曾試，遽别出一題。』曰：『教猶寒暑，既非致思。』舉子又上請：『此題出《樂記》，教乃樂教也，上在諒陰而用樂事，非便。』方紛紛不已，無名子作詩嘲曰：『武成廟裏沽良玉，夫子門前弄簸箕。惟有主司章得象，往來寒暑未曾知。』時南廟試『良玉不琢』，國學試『良弓之子必學爲箕』賦。《古今詩話》

下寨驛詩

王性之云：舒州下寨驛中所題詩，予以永感之人，讀之垂涕。云：『北堂無老信來稀，十載秋風雁自飛。今日滿頭生白髮，千山鄉路爲誰歸？』《侯鯖録》

臨江軍驛舍詩

紹聖中，有人過臨江軍驛舍，題二詩，不書姓名。時貶東坡，毁上清宫碑，令蔡京别撰。詩云：『李白當年謫夜郎，中原不復漢文章。納官贖罪何人在？壯士悲歌淚兩行。』又：『晉公功業冠吾唐，吏部文章日月光。千載斷碑人膾炙，不知世有段文昌。』《侯鯖録》

山光寺詩

揚州山光寺一小室中，有題二絶于壁上者。曰：『馬蹄輕蹙柳花浮，醉入淮南第一州。不是青樓羞薄倖，自緣無錦不纏頭。』又曰：『高臺已傾池已平，隋家宫殿春草生。千年往事何足歎，廣陵非復舊時城。』二詩筆法秀勁，不題名字。荆公後題云：『此沈文通詩。』《侯鯖録》

食菜詩

川中一士人，作《食菜》詩十餘韻。其警句云：『溲頻傾緑水，溷急走青蛇。』『渾家青菜子，一肚晚蠶沙。』《侯鯖録》

江南壁上詩

江南道中壁上，有人題云：『蛇蝎性靈生便毒，蕙蘭根異死猶香。』不知何人詩，亦妙語也。《侯鯖録》

詹村狗

德興詹村，田舍民牝狗生子，民至貧，自無以食，狗之子母，終日無所飼養，皆瘦瘁骨立。相去半里鹿坡王氏，求其子歸，飼以糠糟，每食竟，即掉尾返故處，嘔出所餐以哺母，至暮復然，雖風雨不輟。彼鄉士人爲賦《孝狗歌》，屬和者盈卷軸。其一篇云：『慈烏反哺古所稱，不聞乳狗能效顰。鹿坡王氏世吉人，乞得乳狗于良鄰。良鄰家貧併日食，狗母長饑骨柴立。乳狗食竟掉尾歸，嘔食餵母使母肥。朝餐歸嘔暮復續，獸類之中潁考叔。紛紛養

志多缺如，慚愧四足之韓盧。』言語雖未工，足以垂訓薄俗，故表出之。《夷堅志》

夏氏燕

德興土坑夏氏，乃支己所書二端者。其族子某，不學無識，每飲酒後好張弓挾彈，亂射飛禽，翔集往來者，無不被射。雙燕巢于梁間，戲射之，遂斃其雄，門外有陂水，雌者見雄死，啁啾悲鳴，徑投水而没。客聞而作歌傷之曰：『燕燕于飛春欲暮，終日呢喃語如訴。但聞寄淚來瀟湘，不聞有意如烈婦。夏氏狂子好游獵，彈射飛禽類幾絶。梁間雙燕銜泥至，飛鏃傷雄當兒戲。雌燕兀兀如呆癡，不能人言人不知。門前陂水清且泚，一飛徑溺澄瀾底。傷哉痛恨應未休，安得化作吕氏女，手刃其頭報夫讎。』注云：『許陞者，爲盜所害，後刺史得盜，陞妻吕氏手斷其頭，歸以祭夫。此事出《後漢烈女傳》。』《夷堅志》

嘲戒石

太宗御書《戒石銘》，頒行天下矣，至紹興二年六月，復頒黄庭堅所書，命州縣長吏，刻石坐右。然守令之貪酷者，視如不見，輕薄子附益之曰：『爾俸爾禄，難稱難足。民膏民脂，轉吃轉肥。下民易虐，纔投便著。上天難欺，且待臨期。』《吹劍續録》

上王仲至詩

有以長韻詩上王仲至，其一聯云：『狗監傳新賦，雞林購近詩。』屬對頗工，而終篇無若此者，言辭鄙陋，幾可絶倒，豈所謂『寸有所長』耶？《直方詩話》

添張祐詩

景祐中，有輕薄子以古人二十八字嘲誚，曰：『仲昌故國三千里，宗道深宫二十年。殿院一聲《河滿子》，龍圖雙泪落君前。』龍圖，王博文也，嘗更大藩，鎮開封，知府王司使一日對上前，因敘揚歷之久，不禁泪下。殿院，蕭定基也，爲殿中侍御史，與韓魏公、吴春卿、王君貺同發解，開封舉人作《河滿子》曲嘲之，因奏事，仁宗問之，令誦一遍。王宗道爲諸王教授及講書，凡二十餘年，不求進用。仲昌者，章郇公之仲從子，論科場不公，奏聞，牒歸建州。當時以爲雖用古人詩句，而切中一時之盛事，傳以爲笑樂。《東齋録》

景祐四年，鎖廳人最盛，開封府投牒者，至數百人，國子監及諸州者不在焉。是時，陳堯佐爲宰相，韓億爲樞密副使，既而解榜出，堯佐子博古爲解元，億子孫四人皆無落者，衆作《河滿子》以嘲之。先是，天章閣待制范仲淹，坐言事左遷；饒州王官待制王宗道，因奏

事自陳，爲王府官二十年不遷，詔改龍圖閣學士，權三司使王博文言于上曰：『臣老且死，不復得望兩府之門。』因涕下，上憐之，數日遂爲樞密副使。當時輕薄者，取張祜詩益其文以嘲之云：『天章故國三千里，學士深宫二十年。殿院一聲《河滿子》，龍圖雙淚落君前。』《涑水紀聞》

題驛詩

唐制：三班奉職，月俸七百，驛券羊肉半斤。祥符中，有人題于驛舍曰：『三班奉職實堪悲，卑賤孤寒即可知。七百料錢涓甚使，半斤羊肉幾時肥？』朝廷聞之，謂：『如此何以責廉？』遂議增俸。《古今詩話》

和蔡君謨詩

東坡云：僕在錢唐，一日謁陳述古，邀予飲堂前小閣中，壁上小書一絶，君謨真迹也，『綽約新嬌生眼底，侵尋舊事上眉尖。問君别後愁多少，得似春潮夜夜添？』又有人和云：『長垂玉筯殘妝臉，肯爲金釵露指尖。萬斛閒愁何日盡？一分真態更難添。』二詩皆可觀，後詩不知誰作也。郁氏書《畫題跋記》

嘲吴善長

吴善長郎中儀狀魁偉，頗類富丞相，文學之譽則無焉。有輕薄子贈之詩，曰：『文章卻似呼延贊，風貌還同富相公。』國初有武臣呼延贊，好吟惡詩，故云。《詩話總龜》

著也馬留

京師優人，以雜細物數十種布於地，使人暗記物色，然後遣沐猴認之，每沐猴得之，優人即曰：『道著也馬留。』蓋優人呼沐猴之名。熙寧庚戌春，市井之人見舉子，往往亦以『馬留』目之。其年狀元葉祖洽赴宴於池上，有下第進士寄詩，曰：『著甚來由去賞春，也應有意惜芳辰。馬蹄莫踏亂花碎，留與愁人作醉茵。』細而繹之，乃是『著也馬留』四字，蓋四句各取上一字。《詩話總龜》

御史塞門

秘書省東即右威衛營，荒蕪摧毀，其大廳逼校書院，南對御史臺。有人嘲之曰：『門緣御史塞，廳爲校書侵。』《古今詩話》

武士投檄

有一武士，忘其姓名，志樂閒散，而家甚貧，嘗作詩曰：『人生本無累，何用買山錢。』遂投檄而去。《古今詩話》

嘲挾書

政和元年，尚書蔡薿爲知貢舉，尤嚴挾書。是時有街市詞曰《侍香金童》方盛行，舉人因以其詞只改十五字，作《懷挾詞》云：『喜葉葉地手把懷兒摸，甚恰恨出題厮撞著。内臣過得不住脚，忙裏只是看得斑駁。駭這一身冷汗，都如雲霧薄，比似年時頭勢惡。待撿又還猛相度，只恐根底有人尋著。』《上庠録》

蜜翁翁

《隱居詩話》云：『昨夜陰山吼賊風，帳中驚起黑髯翁。平明不待全師出，連把金鞭打鐵驄。』不知何人之詩，頗爲邊人傳誦。有張師雄者，居洛中，好以甘言悦人，晚年尤甚，洛人目爲『蜜翁翁』。會官于塞上，一夕，傳胡騎犯邊，師雄倉皇震恐，衣皮裘兩重，伏于土穴

中，神如癡矣。秦人呼土窟爲『土空』，遽爲無名子改前詩以嘲之，曰：『昨夜陰山賊吼風，帳中驚起蠻翁翁。平明不待全師出，連着皮裘入土空。』《詩話總龜》

背癢

葛稚川《神仙傳》載：王方平、麻姑降蔡經家，方平謂曰：『不見姑已百年矣。』擘麟脯行酒。而蔡經竊視麻姑手如鳥爪，心念曰：『背癢時正可爬背。』方任念而方平已知，責經曰：『麻姑神人，汝何忽謂其手可爬背？』于是鞭經背。皇祐中，江西有一事正類此，或題《麻姑壇記》以嘲之曰：『五百年來别恨多，東征重得見青蛾。擘麟方擬窮歡喜，不奈閒人背癢何。』《隱居詩話》

獻韓魏公詩

韓魏公初罷相，出鎮長安，或獻詩云：『是非莫問門前路，得失須憑塞上翁。引取碧油紅旆去，鄴王臺畔醉春風。』即請守相州。《幕府燕閒録》

石刻詩

嘉祐中，河濱漁者網得小石，石上刻一小詩云：『雨滴空階曉，無心換夕香。井桐花落盡，一半在銀床。』不知誰作。《彦周詩話》

嘲同州

有嘲同州詩云：『三春花發惟樗樹，二月鶯啼是老鴉。』《江鄰幾雜志》

題寢宫詩

『農桑不擾歲常登，邊將無功吏不能。四十二年如夢過，東風吹淚灑昭陵。』此詩題于寢宫，不著姓名，宜表而出之。《復齋漫録》

村舍題壁

東坡云：予官鳳翔，見村邸壁上書數句，云：『人間無漏仙，兀兀三杯醉。世上無眼禪，昏昏一枕睡。雖然没交涉，其奈略相似。相似尚如此，何况真個是。』予愛而誦之。《苕溪漁隱叢話》

王丞相客

王丞相嗜諧謔，一日論沙門道因曰：『投老欲依僧』，客遽對曰：『急則抱佛脚。』王曰：『「投老欲依僧」，是古詩一句。』客亦曰：『「急則抱佛脚」，是俗諺全語。上去「投」，下去「脚」，豈不的對也？』王大笑。《中山詩話》

姓名對

太宗時，同年數輩，取名似姓者爲句云：『郭鄭鄭東東野絳，馬張張夏夏侯璘。』熙寧初，有崔度、崔公度，王韶、王子韶，又有章君陳、陳君章，如以『西門豹』對『東方虬』也。王丞相云：『馬子山騎山子馬』，馬給事，字子山。穆王八駿有『山子馬』之名。久之，人對曰：『錢衡水盜水衡錢。』錢某爲衡水令。人謝之曰：『正欲作對爾，實非有盜也。』《中山詩話》

詠蠅詩

熙寧初，外學置官師，職簡地親，多在幕席。徐有學官喜誶語，同府苦之，詠蠅以刺之曰：『衣服有時遭點染，盃盤無日不追隨。』《後山詩話》

詠蟹詩

毗陵一士人姓常，爲蟹詩云：『水清詎免雙螯黑，秋老難逃一背紅。』蓋譏朱勔父子。《墨莊漫録》

柏花對

某守與客行林下，曰：『柏花十字裂，願客對。』其倅晚食菱，方得對云：『菱角兩頭尖。』皆俗諺全語也。《後山詩話》

壽昌題壁

西伯將出獵，卜之曰：『所獲非龍非彲，非虎非羆，所獲霸王之輔。』于是果遇太公于渭之陽，載與俱歸，此司馬遷之説也。文王之磻溪，見呂尚釣，釣得玉璜，刻曰：『姬受命，呂佐檢，德合于今，昬來提。』此《尚書大傳》之説也。太公釣于滋泉，文王得而王，此呂不韋之説也。呂望年七十，釣于渭渚，初下得鮒，次得鯉，刳腹得書，書文曰：『呂望封于齊』。此劉向之説也。太公避紂，居東海之濱，聞文王作，興曰：『盍歸乎來。』由文王至于孔子，

五百有餘歲，若太公望則見而知之，此孟子之説也。是數説者，皆言天産英輔以興周，蓋非碌碌佐命者之可擬也。而司馬遷乃摭或者之論，謂西伯拘羑里，散宜生閎夭招吕尚，求美女奇物，獻于紂而贖西伯。西伯既脱，三人又陰謀修德，以傾商政。此豈所以待太公哉？歐陽詹云：『論兵去商虐，講德興周道。』屠沽未遇時，何異斯州老。』余比赴官宜春，于壽昌道中，見壁間題一詩，云：『漁翁何事亦從戎？變化神奇抵掌中。莫道直鈎無所取，渭川一釣得三公。』一以爲傾商政，一以爲釣三公，皆非知聖賢者。《韻語陽秋》

鳩芹詩

蜀人縷鳩爲膾，配以芹菜，或爲詩云：『本欲將芹補，那知弄巧成。』《二老堂詩話》

詠　松

五大夫，秦爵名也，封松爲五大夫，非特爲五株松也。近有題范文正所植鄱陽驛中六松云『青青六大夫』，此殊可笑。《觀林詩話》

口傳聯

士大夫間，有口傳一兩聯可喜，而莫知其所本者。如：『人情似紙番番薄，世事如棋局局新。』又：『飽諳世事慵開眼，會盡人情祇點頭。』又：『薄有田園歸去好，苦無官況莫來休。』又賀人休官：『重碧杯中天更大，軟紅塵裡夢初收。』竟不知何人詩也。又有嘲巧宦而事反拙者：『當初只謂將勤補，到底翻爲弄巧成。』此尤可笑。《誠齋詩話》

驛舍詩

苕溪漁隱曰：予嘗于驛舍壁間，見有人題云：『悠悠前途，莫問榮枯。得之本有，失之本無。』此達者之言也。又《南史》顧愷之云：『人稟命有定分，非智力所移，惟應恭己守道，信天任運。而闇者不達，妄意僥倖，徒虧雅道，無關得喪。』予嘗愛其言極有理，故附益于此，可爲躁進者之戒。《苕溪漁隱叢話》

陽關詩

《詩眼》云：友人稱一士人詩云：『西出潼關客路迷，一胡蘆酒一篇詩。胡蘆酒盡興未

盡，坐看春山春盡時。』予曰：唐人尤用意小詩，其命意與所敘述，初不減長篇，而促爲四句，意正理盡，高簡頓挫，所以難耳，故必有可書之事。如王摩詰云：『西出陽關無故人』，故行者爲可悲，而勸酒不得不飲，陽關之詞，不可不作。若客路迷，則潼關之東亦可矣。且潼關之西，乃通衢，非有山林曲折，所謂迷者，果何謂耶？沈存中言：『「蕙肴烝兮蘭藉，奠桂酒兮椒漿。」必相錯成文，則語勢矯健。』太史公《淳于髡傳》云：『操一豚蹄，酒一盂。』夫敘事猶爾，所謂『一胡蘆酒一篇詩』，自有七言，無此句法也。或曰：『李白不云乎：「一杯一杯復一杯」？』予曰：古者豪傑之士，高情遠意，一寓之酒，有所感發，雖意于飲而飲不能自已，則又飲至于三杯五斗，醉倒而後已，是不云爾，則不能形容酒客妙處。夫李白意先立，故七字六相犯，而語勢益健，讀之不覺其長。此句才疊用一字，已覺其萎弱重複，若不勝其長矣。惟第三句若有意，而語亦不工。陶淵明云：『採菊東籬下，悠然見南山』矣，于是模寫景物，則曰：『山氣日夕佳，飛鳥相與還』，吟詠情性，則曰：『此中有真意，欲辨已忘言』，于是成篇。古詩猶下看春山春盡，有何意味而遽成詩乎？聞者皆服。《苕溪漁隱叢話》

座右銘

《高齋詩話》云：國初有名人作《座右銘》云：『避色如避讎，避風如避箭。莫喫空心

茶，少餐中夜飯。』有驛舍壁間題詩，云：『逢橋須下馬，遇夜莫行船。』此語可爲道途之戒。《苕溪漁隱叢話》

譏王安石詩

王介甫，熙寧初首被選擢，得君之專，前古未有。罷政歸金陵，作《日録》七十卷，前朝舊德大臣，及當時名士不附己者，詆毀至無一完人者。其間論法度有不便于民者，皆歸于上；可以垂耀于後者，悉己有之。故建中靖國之初，諫官陳瓘極力論其婿蔡卞之惡曰：『安石臨終，戒其家焚之，悔其作也。卞留之，至紹聖間，作尚書右丞，盡編之裕陵《國史》中，遂行之。』瓘所謂『遵私史而壓宗廟』是也。士大夫忠憤者，有詩云：『訓釋詩書日月明，紛紛法令下朝廷。不知心本緣何事，苦勸君王用肉刑。』又云：『每媿先生道絶倫，古來歸美是忠臣。門人李漢真堪罪，何用垂編示後人。』《侯鯖録》

題相國寺壁

荆公柄國時，有人題詩寺壁，曰：『終歲荒蕪湖浦焦，貧女戴笠落柘條。阿儂去家京洛遥，驚心寇盗來攻剽。』人皆以爲矢出憂荒亂也。及荆公罷相，子瞻召還，諸公飲蘇寺中，

以此詩問之，蘇曰：『于貧女句，可以得其人矣。「終歲」，十二月也，十二月爲「青」字。「荒蕪」，田有草也，草田爲「苗」字。「湖浦焦」，去水也，水旁去爲「法」字。「女戴笠」爲「安」字，「柘」落木條剩「石」字，「阿儂」是吴言，合吴言爲「誤」字。「去家京洛」爲「國」，「寇盜」爲賊民，蓋言「青苗法安石誤國賊民」也。』《楓窗小牘》

題小兒迷藏

無名子從魯直學，大進，題扇上畫小兒迷藏，云：『誰翦輕紈織巧絲？春深庭院作兒嬉。路郎有意嘲輕脱，只有迷藏不入詩。』蓋路德延《小兒》詩不及迷藏也。《過庭録》

嘲王禹玉

王禹玉丞相既亡，有無名子作詩嘲之，云：『太師因被子孫煎，身後無名只有錢。喏喏佞翻王介甫，奇奇歆殺宋昭宣。嘗言井口難爲戲，獨坐中書不記年。東府自來無土地，便應正授不須權。』其家經府，指言張山人作，府中追張山人至，曰：『你怎生作詩嘲他大臣？』張曰：『某自來多作十六、十七字詩，著題詩某吟不得。』府尹笑而遣之。《直方詩話》

黄山詩

《圖經》載黄山舊名黟山，東峰下有硃砂湯泉，熱可點茗，春時即色微紅。昔人詩云：『三十六峰高倚天，瑶臺金闕貯神仙。嵩陽若與黄山比，猶少靈砂一道泉。』《苕溪漁隱叢話》

華山道人

种彝叔，靖康初以保靖節鉞致仕，居長安村墅。一夕，旌節有聲甚異，旦而中使至，遂起。五代時安重誨、王峻，皆嘗有此異，見《周太祖實録》，二人者皆得禍。彝叔雖自是登樞府，然功名不成，亦非吉兆也。方彝叔赴召時，有華山道人獻詩曰：『北蕃群犬窺籬落，驚起南朝老大蟲。』《老學庵筆記》

蔡元長南軒詩

蔡元長嘗闢便坐，曰『南軒』，有獻詩者曰：『此軒端的向南開，上下東西總不該。更有一般堪愛處，北風偏向後門來。』人號爲貼題詩。《弁陽詩話》

迴文

迴文兩讀必徧，獨此五詩不然。其一曰：『紅窗小泣低聲怨，末日春寒斗帳空。中酒落花飛絮亂，曉鶯啼破夢匆匆。』其二曰：『同誰更倚閒窗繡？落日紅扉小院深。東復西流分水嶺，恨兼愁續斷絃琴。』其三曰：『寒信風飄霜葉黄，冷燈殘月照空床。看君寄憶回紋錦，字字縈愁寫斷腸。』其四曰：『前堂畫燭殘凝泪，半夜清香舊染衾。煙鎖竹枝寒宿鳥，水沉天色霽横參。』其五曰：『蛾翠斂時聞燕語，泪珠彈處見鴻歸。多情妾似風花亂，薄倖郎如露草晞。』《漫叟詩話》。又見《苕溪漁隱叢話》

回文三首云：『春晚落花餘碧草，夜涼低月半枯桐。人隨遠雁邊城暮，雨映疏簾繡閣空。』『紅手素絲千字錦，故人新曲九迴腸。風吹絮雪愁縈骨，淚灑縑書恨見郎。』『羞看一首回文錦，錦似文君別恨深。頭白自吟悲賦客，斷腸愁是斷絃琴。』《東坡後集》有《題織錦圖上回文三首》，《淮海集》載東坡跋云：『予少時見一江南本，其後有人題詩十餘首，皆奇絶，今記其三首。』然則此詩非東坡所作也。少游又云：『子瞻記江南所題詩本不全，嘗見之，記其五絶，今以補子瞻之遺。』即《叢話前集》所載回文詩五首是也。世以爲少游所作，亦非也。《苕溪漁隱叢話》

沿流館中詩

『簾卷窗穿户不扃，隙塵風葉亂縱横。幽人睡足誰呼覺？欹枕床前有月明。』紹聖中，有人得此詩于沿流館中，不知何人詩也，今録之以益篋笥之藏。《東坡題跋》

湯　泉

人之一身，已自有輕重，足履穢惡，則不甚介意，若手一沾污，浣濯無已，豈可怪世情之炎涼也哉。舊有《題湯泉》者，最爲該理，如云：『比鄰三井在山岡，二井冰寒一井湯。造化無私猶冷暖，争教人世不炎涼。』《螢雪叢談》

林靈素畫像詩

道士林靈素，以方術顯于時。有附之而得美官者，頗自矜，有驕色。或戲作《靈素畫像》詩云：『當日先生在市廛，世人那識是真仙。只因學得飛昇後，雞犬相隨也上天。』《竹坡詩話》

崇寧中題廣陵驛木槿花

崇寧中，廣陵驛有無名子《題木槿花》詩云：『朝炊不及黔，暮車不生角。故應庭下花，無人見開落。』《風月堂詩話》

題宗室存道畫

宗室仲侗，字存道，長于宫邸，不以塵俗累其意，雅好繪畫，雖寒暑不捨。每歲都城士大夫有園囿者，花開時必縱人游觀，仲侗或載酒行樂，初無緣飾，汎然于游人中，以筆簏粉墨自隨，偶遇興來，見高屏素壁，隨意作畫，或求，則未必應也。嘗于華陽郡主王憲家林亭間，作鴛鴦浦溆，頃刻而就，至于設色，惟輕淡點綴而已，觀者無不賞激。有人題詩云：『睡足鴛鴦各欲飛，水花欹岸兩三枝。多情公子因乘興，寫出江春日暖時。』《宣和畫譜》

題太行山石壁

太行山石壁上，有人題一詩云：『太行千里連芳草，獨酌一杯天地小。醉卧花間人不知，黄鶯啼破春山曉。』《陶朱新録》

嵩山峻極中院題壁

宣和癸卯，僕游嵩山峻極中院，法堂後簷壁間，有詩四句，云：『一團茅草亂蓬蓬，驀地燒天驀地空。争似滿爐煨㮶榾，慢騰騰地熱烘烘。』其傍隸書四字云：『勿毁此詩。』寺僧指示曰：『此四字，司馬相公親書也。』嗟乎！此言豈有感于公耶。又于柱間大字隸書曰『旦、光、頤來。』其上一字，公兄也；第三字，程正叔也。又題云：『登山有道，徐行則不困，措足于實地則不危。』皆公隸書。《彦周詩話》

靖康初洛陽陷詩

靖康初，洛陽城陷，有人作詩曰：『藝祖憲章誰□道？迎門户户有人開。清晨山後九州没，日落河頭萬騎來。地近蓬蒿堆白骨，巷無人迹長蒼苔。可憐司馬碑猶卧，誰念伊公一笛哀？』《三朝北盟會編》

天清寺題壁

靖康間，游京師天清寺，于僧房壁間得一絶，云：『空餘緑綺琴，嬾把新聲寫。不見臨

卬人，誰是知音者？』不題名字，想有感而題之也。《庚溪詩話》

台州祥符寺題壁

高宗建炎三年十二月，航海東來，曾幸此寺，御坐一竹椅，寺僧今別造，以黄蒙之。有人題壁云：『黄帽當年駕舳艫，東浮鯨海出三吴。中興事業風波惡，好作君王座右圖。』《雲麓漫鈔》

嘲章持詩

紹興丁丑，章持魁南省，時有詩云：『何處難忘酒？南宫放牓時。有才如杜牧，無勢似章持。不取通經士，先收執政兒。此時無一盞，何以展愁眉。』《清波雜志》

嘲朱希真詩

朱希真，洛陽人，以浙東提刑致仕，居嘉禾。秦丞相欲令希真教秦伯陽作詩，遂落致仕，除鴻臚少卿，蓋久廢之官也。或作詩云：『少室山人久挂冠，不知何事到長安？如今縱插梅花醉，未必王侯著眼看。』蓋希真舊有《鷓鴣天》云：『自是清都山水郎，天教懶慢帶

疏狂。曾批給露支風敕，累奏留雲借月章。詩萬首，醉千場，幾曾著眼看侯王。玉樓金闕慵歸去，且插梅花醉幾場。』故以此譏之。《二老堂詩話》

題關中驛壁

靖康之變，中原爲虜竊據，當時文人勝士，陷于彼者不少。紹興庚申、辛酉，河南、關陝之地暫復，有自關中驛舍壁間得詩二絶，云：『鼙鼓轟轟聲徹天，中原廬井半蕭然。鶯花不管興亡事，妝點春光似昔年。』又云：『渭平沙淺雁來棲，渭漲沙深雁不歸。江海一身多少事，清風明月我需衣。』《庚溪詩話》

題劉武僖題名後

劉武僖自柯山赴召，記歲月于仰高亭上，末云『侍兒意真代書』。後有人題云：『一入侯門海樣深，漫留名字惱行人。夜來髣髴高唐夢，猶恐行人意未真。』《清波雜志》

南渡題西湖

南渡後，有《題西湖》句云：『一色樓臺三十里，就中何處覓孤山。』《清波雜志》

題分水驛壁

崇安分水驛，有題壁詩云：『江南三月已聞蟬，麥熟梅黄繭作綿。料得故園煙雨裏，輕寒猶作勒花天。』《庚溪詩話》

題釣臺

『范蠡忘名載西子，介推逃迹累山樊。先生政爾無多事，聊把漁竿坐水村。』《庚溪詩話》

題陽羡溪亭壁

昔過陽羡，艤舟溪寺，臨溪一亭壁間題曰：『碧雲亭上碧雲飛，竟日迴環面翠微。梅萼破香知臘盡，柳梢含緑認春歸。風前古澗琴三疊，雪後群峰玉一圍。遥想上人清太甚，水精宫裏説禪機。』碧雲亭，未知在何地，詩亦未知何人作，見其詞意清絶，因筆之。《庚溪詩話》

溧陽郵亭題壁

紹興初，余之官建康，艤舟溧陽郵亭，見壁間題云：『十年去微官，歸來事卻掃。扁舟

訪安期，要覓如瓜棗。不知膏粱珍，惡食亦自好。田園苦無多，生理但草草。濁酒時一尊，孤斟從醉倒。』然不著名氏，不知何人所作。觀其言淡而旨遠，決非汩没名利而不知返者也。《庚溪詩話》

嘲陳桷

陳桷待制，紹興中嘗從諸大將爲謀議官，頗好修養之方，且自以爲得道，嘗題其所居曰：『神仙多是大羅客，我比大羅超一格。』有輕薄續其後云：『行滿三千我四千，功成八百我九百。』《庚溪詩話》

題驛壁

宗希鵬舉言：見一驛壁上有詩云：『記得離家日，尊親囑付言。逢橋須下馬，過渡莫争船。雨宿宜防夜，雞鳴更相天。若能依此語，行路免迍邅。』此征途藥石也，予愛之，每以示子孫。《侯鯖録》

嘲洪景盧

紹興辛巳，亮既授首，葛王篡位，使來修好。洪景盧往報之，入境，與其接伴約用敵國禮，伴許諾，故沿路表章，皆用在京舊式。未幾，乃盡卻回，使依近例易之，景盧不可，于是扃驛門，絶供饋。使人不得食者一日，又令館伴者來言：『頃嘗從忠宣公學，陽吐情實。令勿固執，恐無好事。須通一線路乃佳。』景盧等懼留，不得已易表章授之，供饋乃如禮。景盧素有風疾，頭常微掉，時人爲之語曰：『一日之饑禁不得，蘇武當時十九秋。傳與天朝洪奉使，好掉頭時不掉頭。』《鶴林玉露》

張宗祥　纂輯　曹錦炎　整理

全宋詩話

第十册

卷九十至卷九十九

浙江大學出版社

本册目録

全宋詩話目録卷九十二釋一

全宋詩話卷九十二

全宋詩話目卷九十四釋三……二七一八

全宋詩話目録卷九十七道二

全宋詩話卷九十七

全宋詩話目録卷九十 無名子三

北客襄漢詩
小人相
嘲蔡元定
壁間聯
題秦府詩
象祖打獅王
陶公醉石
油污衣
嘲京鏜
嘲趙師罼
題白塔橋壁
題太和樓壁
弔梅聖俞墓
禽言
沙溪驛題壁

單鳥
飛頭
牙郎
夏商鼈
壽秦壽韓詩
嘲推排田畒詩
鼂峰絶句
項廟詩
天目山崩
詠蜨
刺賈似道
題夢日亭
三賢堂詩
譏賈平章
古碑詩

京口旅邸詩
善謔詩
滔天使者
鄙詩
李廷彥詩
登溷詩
十六郎詩
門聯

全宋詩話卷九十

題韓魏公祠

方靖康之變，燕人有隨虜過相州，因謁韓魏公祠堂，題詩祠中，一聯云：『有客能吟丞相柏，無人敢伐召公棠。』魏公勳德之重，而外夷亦知景慕如此也。《庚溪詩話》

禽言二首

客有誦禽言二詩，句意皆工，惜失姓氏。《子規》云：『剛道故鄉如許好，其如游子不歸何？自從五柳先生死，空染千山血淚多。』《著新脱故》云：『蠶繭方成四月初，烏能早計巧相呼。誰知機杼聲纔息，已有王官來索租。』《娱書堂詩話》

淮安道中詩

嘉熙間，兩淮俶擾不靖，淮民多死于兵。有《自浮光過淮安道中書所見》詩云：『浮光迤邐過淮安，舉目淒然不忍觀。數畝地埋千百冢，一家人哭兩三般。犬銜膣脡筋猶軟，鴉啄骷髏血未乾。寄與滿朝朱紫道，鐵人見此也心酸。』味此詩，有以見兵連禍結，當時之民，不得以全其生者可哀也。《梅磵詩話》

臨安、崇安、丹陽題壁詩

所至驛舍旅邸，留題壁間，亦多有可取者。見李仲南丙言，臨安旅邸壁間一絶云：『太一峰前是我家，滿床書籍舊生涯。春城戀酒不歸去，老卻碧桃無限花。』又言建州崇安分水驛壁一絶云：『江南三月已聞蟬，麥熟梅黄繭作緜。料得故園煙雨裏，輕寒猶作勒花天。』又吕叔潛大虬言，鎮江丹陽玉乳泉壁間一絶云：『騎馬出門三月暮，楊花無奈雪漫天。客情最苦夜難度，宿處先尋無杜鵑。』三詩皆可喜，然皆不著名氏也。《庚溪詩話》

常山旅邸詩

三衢常山旅邸，壁間有詩云：『荼蘼香夢怯春寒，永晝垂簾燕子閒。敲斷玉釵紅燭冷，計程應已過恒山。』又：『南國傷讒緣薏苡，西園議價指葡萄。惟餘白髮存公道，近日豪家染鬢毛。』又：『有約未歸蠶結局，小軒空度牡丹春。夜來揀盡鴛鴦繭，留織征衫寄遠人。』《弁陽詩話》

池陽貴池驛壁詩

候館墻壁所書，多有可紀者，予嘗録數處矣。今復得池陽貴池驛壁間語云：『昨者雨，今日晴，前月小，後月大。君欲問百年，百年如此過。孰爲辱？孰爲榮？何者福？何者禍？山中多白雲，莫教脚一蹉。』潭州四通館梁間有云：『蝸角名，蠅頭利，老天術何巧，以此役斯世。昨日一替死，今日一替生。暗裏换人人不悟，門前每日見人行。』是皆警世之詞也。《弁陽詩話》

震澤小寺詩

近歲浙右洊水田野流離，可念震澤小寺壁間一詩云：『民力久已竭，天乎不見憐。三年兩遭水，十室九無煙。田没官徵賦，家貧子賣錢。秋風江上路，忽見渡江船。』真一減聶夷中也。《弁陽詩話》

縉雲碑石詩

縉雲有掘地得碑石，篆書《公子行》云：『少年公子出皇都，勒馬途中倒玉壺。卻問路傍耕稼者，夜來風雨損花無？』並無歲月姓氏。《弁陽詩話》

竹枕銘

有爲竹枕作銘云：『珊瑚枝，琥珀盤，流蘇帳暖驂飛鸞，莫忘此君同歲寒。』亦佳語也。《弁陽詩話》

山寺詩

山寺詩：『村南村北雨催耕，布穀聲聲不住聽。水入野田分井字，山藏小寺只單丁。傍花飛去禽身白，帶土移栽樹腦青。絶頂虬松高百尺，已經千歲長菟苓。』《弁陽詩話》

天竺道間詩

天竺道間詩云：『西山多雨長灘聲，更愛春禽百樣鳴。石罅暖煙飛不起，日高鞭影未分明。』《弁陽詩話》

北客題襄漢詩

近北客有《題襄漢》詩云：『襄漢雲屯十萬兵，習池酩酊不曾醒。紛紛誤晉皆渠輩，不特王家一寧馨。』《弁陽詩話》

小人相

小人之相亦多，其易驗者，有一絶載云：『欲識爲人賤，先須看四般。飯遲屙屎疾，睡

重著衣難。』無不應者。《雞肋編》

嘲蔡元定

蔡元定，字季通，博學强記，通術數，游朱晦庵之門，公極喜之。詹元善尤重之，薦其能傳康節之學，命使定曆，密院劄令赴行在，蔡雖不應命，人猶以『聘君』稱之。晦翁以道學不容于時，胡閎章疏併及蔡，謂之『妖人』，坐謫道州以死。蔡善地理學，每與鄉人卜葬改定，其間吉凶不能皆驗，及貶，有贈詩者曰：『掘盡人家好壟丘，冤魂欲訴更無由。先生若有堯夫術，何不先言去道州？』《談藪》

壁間題

蜀道館舍，壁間題一聯云：『天不生仲尼，萬世如長夜。』不知何人詩也。《文録》

題秦府詩

秦檜師垣故第，即今之德壽宫，西有望仙橋，東有昇仙橋。後紹興末年，師垣薨，適值天府開後運河，人夫取泥，盡堆積府墻及門。有無名人題詩於門曰：『格天閣在人何在？

偃月堂深恨已深。不向洛陽圖白髪，卻於郿塢貯黄金。笑談便欲興羅織，咫尺那知有照臨？寂寞九原今已矣，空餘泥滓積墻陰。』《白獺髓》

象祖打獅王

韓侂胄封平原郡王，而官至太師，一時獻佞，過稱『獅王』，晚年伏誅，錢伯通在政府，奉御筆施行。都下撰爲閒言曰：『釋迦佛，中間坐，胡漢神，立兩旁。文殊、普賢自鬭，象祖打殺獅王。』象祖乃伯通名也，繆妄稱呼，至是遂作精對，亦可發後世一笑。《因話録》

陶公醉石

廬山陶公醉石，有題詩云：『五字高吟酒一瓢，廬山千古想風標。至今門外青青柳，不爲東風肯折腰。』周必大《廬山後録》

油污衣

予甫十歲時，過衢州白沙渡，見岸上酒店敗壁間，有題詩兩絶，其名曰《犬落水》、《油污衣》，犬詩太俗，不足傳，獨後一篇殊有理致。其詞云：『一點清油污白衣，斑斑駮駮使人

疑。縱饒洗徧千江水，争似當時未污時。』是時甚愛其語，今六十餘年，尚歷歷不忘，漫志于此。《容齋三筆》

嘲京鏜

歐陽子謚文忠，京丞相鏜以善事韓平原，亦謚文忠。後以公論，謂不宜以謚歐陽者謚鏜，改文穆。無名子作詩云：『一在廬陵一豫章，文忠、文穆兩相望。大家飛上梧桐樹，自有旁人説短長。』《四朝聞見録》

嘲趙師羼

韓侂胄作南園于吴山，有所謂村莊者，竹籬茅舍，宛然田家氣象，侂胄游其間，甚喜，曰：『狀得絶似，但欠雞鳴犬吠耳。』既出，忽聞莊中雞犬聲，令人視之，則府尹趙師羼也。時有詩云：『堪笑明廷鵷鷺，甘作村莊犬雞。一旦冰山失勢，湯燖鑊煮刀刲。』《古杭雜記》

題白塔橋壁

驛路有白塔橋，印賣《朝京里程圖》，士大夫往臨安，必買以批閲。有人題壁云：『白

塔橋邊賣地經，長亭短驛甚分明。如何衹説臨安路，不數中原有幾程？』《古杭雜記》

題太和樓壁

『太和酒樓三百間，大槽晝夜聲潺潺。千夫承糟萬夫甕，有酒如海糟如山。銅鍋熔盡龍山雪，金波湧出西湖月。星宫瓊漿天下無，九醞仙方誰漏泄？皇都春色滿錢塘，蘇小當壚酒倍香。席分珠履三千客，後列金釵十二行。一座行觴歌一曲，樓東聲斷樓西續。就中茜袖擁紅牙，春葱不露人如玉。今年和氣光華夷，游人不醉終不歸。金貂玉麈寧論價，對月逢花能幾時？有個酒仙人不識，幅巾大袖豪無敵。醉後題詩自不知，但見龍蛇滿東壁。』《前賢小集拾遺》。宗祥案：《武林舊事》載：『和樂樓，昇暘宫南庫；和豐樓，武林園南上庫；中和樓，銀甕子中庫；春風樓，北庫；太和樓，東庫；西樓，金文西庫；太平樓、豐樂樓，南外庫、北外庫、西溪庫。已上並官庫，屬户部點檢所。每庫設法官妓數十人，各有金銀酒器千兩，以供飲客登樓之用。每庫有祗直者數人，名曰「下番」，飲客登樓，則以名牌點唤侑樽，謂之「點花牌」。元夕諸妓皆併番互移他庫夜賣，各戴杏花冠兒，危坐花架。然名倡皆深藏邃閣，未易招呼，往往皆學舍士夫所據，外人未易登也。』

弔梅聖俞墓

梅聖俞因劉原甫戲言之讖，竟終于都官，葬在宣城，俗呼爲『梅夫子墓』。弔之者有句

云：『嬴得兒童叫夫子，可憐名位只都官。』《娱書堂詩話》

沙溪驛題壁

興化沙溪驛，有題壁詩云：『沙溪衹是舊沙溪，今日重來路欲迷。獨有暮鴉知我意，白雲深處盡情啼。』《荆溪林下偶談》

釣　臺

有無名子《題釣臺》云：『生涯千頃水雲寬，舒卷乾坤一釣竿。夢裏偶然伸隻脚，渠知天子是何官。』《鶴林玉露》

題岳陽飛吟亭

有《題岳陽飛吟亭》云：『覓官千里赴神京，鍾老相傳蓋更傾。未必無心唐事業，金丹一粒誤先生。』余酷愛其旨趣，蓋夫子告沮溺之意也。《鶴林玉露》

題真西山生祠壁

真西山帥長沙，郡人爲立生祠。一夕，有人大書一詩于壁間，云：『舉世知公不愛名，湘人苦欲置丹青。西天又出一活佛，南極今成兩壽星。幾百年方鍾間氣，八千春願祝修齡。不須更作生祠記，四海蒼生口是銘。』《湖海新聞》。又見《鶴林玉露》

梅花詩

宋國學正陳蒙，輕財尚義，家世清白。一日，有布衣持紙扇來謁，上書云：『出韻不駐思。』蒙以『酸』字爲韻，令賦梅花。輒應聲云：『影摇溪脚月猶冷，香滿枝頭雪未乾。只爲傳家太清白，致令生子亦辛酸。』蒙大悦，厚贈之。《蓉塘詩説》

規史相

史彌遠，丞相浩之子，鄞人也。初，浩與覺長老善，問曰：『和尚與我孰好？』覺見其羅綺爛盈，粉黛環列，漫曰：『丞相富貴好，老僧何敢比也。』既自省曰：『此一念差，終當墮落泥滓。』一日，浩坐廳上，見覺突入中堂，茶頃，報後院弄璋，浩默然知爲覺也，遂以『覺』爲

小名，及長，名之曰『彌遠』。彌遠當寧宗朝，韓侂胄以用兵起釁，彌遠遂上疏力詆，帝嘉之。尋又贊廢濟王，立理宗。理宗德之，寵任日劇，相兩朝二十六年，權震海内。時人作詩規之云：『前身元是覺闍黎，業障紛華總不迷。到此更須睁著眼，好將慧力運金鎞。』《西湖志餘》

石刻詩

德興邑廨，有石刻詩二首。其一云：『仕宦之身，天涯海畔。行商之身，南州北縣。不如田舍，長抅見面。門無官府，身即强健。麻麥徧地，猪羊滿圈。不知金貴，惟聞粟賤。夏新絹衣，秋新米飯。安穩眠睡，直千直萬。』其二云：『我田我地，我桑我梓。只知百里，不知千里。我饑有糧，我渴有水。百里之官，得人生死。孤兒寡婦，一張白紙。入著縣門，冤者有理。上官不嗔，民即歡欣。上官不富，民免辛苦。生我父母，養我明府。苗稼萋萋，曷東曷西？父母之鄉，天子馬蹄。』《游宦紀聞》

閻貴妃功德院詩

淳祐庚戌春，創新寺于西湖之積慶山，改九里松舊路，輪奂極其靡麗，既而給賜貴妃閻

氏爲功德院，且賜山園田畝。建造之初，内司、分司分遣吏卒，市木于郡縣，旁緣爲奸，望青採斫，鞭笞追逮，雞犬爲之不寧，雖勳臣舊輔之墓，皆不得而自保。或作詩諷之云：『合抱長材卧壑深，于今惟恨不空林。誰知廣厦千斤斧，斲盡人間孝子心。』其後恩數加隆，雖御前五山，亦所不逮。《癸辛雜識》

嘲鄭安晚

鄭清之字德源，號青山，又號安晚，爲穆陵舊學。端平初相，聲譽翕然。及淳祐再相，已髦及之，政事多出其姪孫太原之手，公論不與。況所汲引如周垣、陳垓、蔡榮輩，皆小人，黄自然嘗入疏論之。既而豐儲倉門趙崇雋上書，歷陳其昏繆貪汙之過，亦解綬而去。未幾，察官潘凱遂劾之，吴燧亦劾其黨，朝廷遂奪二察言職。夕堂董槐亦上疏求去，蓋潘、吴二豸，皆董所薦也。潘疏有云：『馬天驥竭浙東鹽本百萬而得還。』天驥遂申省辨白，清之欲差官核實，程元鳳以爲不可，以外官鈐制台諫，其議遂寢。時牟子才家居，亦疏攻鄭而留二察，不報。辛亥冬，祈雪，得雷電大作，而清之薨于位，恩數極厚。明年，傅端林彬之按太原公受賄賂竊取相權，凡所以誤故相者，皆太原之罪，乞罷其閣職，勒守故相之墓。上從之。初，清之之重來也，有作詩譏之云：『一劄未離丹禁地，扁舟已自到江干。先生自號爲

安晚，晚節胡爲不自安？』及其斃也，又有詩云：『光範門前雪尺圍，火雲燒蓋晚風吹。堪嗟淳祐重來日，不似端平初相時。里巷誰同司馬哭？番夷肯爲孔明悲。青山化作黄金塢，可惜角巾歸去遲。』《癸辛雜識》

臨安試監補詩

宋淳祐癸丑，臨安試監補者，天下無慮數萬，蹂踐而死者十有七人，省試亦喪一人。當時有詩云：『南省觀圖喪一名，補闈又試萬人英。兩重門閾如天險，十有七人倒地横。誰設秦阬來貢院？枉教唐士夢登瀛。雲山萬里家何在？月白風清鬼哭聲。』《湖海新聞》

嘲丁大全

寶祐四年，董槐罷相，時丁大全爲監察御史，奏槐章未下，先調臨安府隅兵百餘人圍其第，以臺牒驅迫出之。時有詩云：『空使蜀人思董永，恨無漢劍斬丁公。』《三朝政要》

題衢州驛舍

趙清獻公墓，在衢州城東北四十五里。景定間，林存爲潭州帥，罷歸道衢，調千夫荷

擔，經墓旁疲甚，因相與語：『趙清獻公一琴一鶴，那有許耶。』或聞之，題詩驛舍云：『千夫荷擔在山阿，膏血如何有許多。不若扁舟竟歸去，休從清獻墓前過。』《蓉塘詩話》

嘲蔡杭

余晦，字養明，四明人，小有才。趙與籌之罷京尹，晦實繼之，此壬子四月也。後一月，上庠士人與市人有競，以不能奉學舍之意，既而齋生有斃于齋中者，遂命總轄輩入齋看驗，遂肆諸生之怒。時祭酒蔡杭入奏，三學捲堂伏闕上書，直攻晦爲僕。及晦轎出將白堂，則諸生攔截于路，欲行打辱，于是晦即絶江以避之，遂以理少罷職，而杭亦除宗少而去。京庠復上書留蔡，而大博黄邦彦、武博戴艮齋，復劾晦而留杭，皆不報。未幾，晦知鄂州，杭以貳卿召。或有詩獻蔡云：『九曲灣頭是釣灘，先生何事放漁竿？長江流水滔滔去，落日西風陣陣寒。好把丹心禪聖主，休將素節换高官。想于獻納論思際，應説今來蜀道難。』後杭徑除簽樞，或有讖之云：『不因同舍之捲堂，安得先生之過府？』《癸辛雜識》

賈秋壑敗後刺詩

賈秋壑敗師亡國後，有人刺以詩曰：『深院無人草已荒，漆屏金字尚煇煌。祇知事去

身宜去，豈料人亡國亦亡。理者發身端有自，鄭人應夢果何祥？卧龍不肯留渠住，空使晴光滿畫墻。』又云：『事到窮時計亦窮，此行難倚鄂州功。木棉庵上千年恨，秋壑堂中一夢空。石砌苔稠猨步月，松庭葉落鳥呼風。客來未用多惆悵，試向吴山望故宫。』又《傷西樓》詩云：『檀板歌殘陌上花，過墻荆棘刺檐牙。指揮已失鐵如意，賜予寧存玉辟邪。破屋春歸無主燕，壞池雨産在官蛙。木棉庵外尤愁絶，月黑夜深聞鬼車。』有人和云：『榮華富貴等浮花，膂力難爲國爪牙。漢世祇知光擁立，唐朝誰識杞奸邪？綺羅化作春風蝶，絃管翻成夜雨蛙。縱有清漳人百死，碧天難挽紫雲車。』秋壑出處本末，自有知者，兹不書。《山房隨筆》

題養樂園、葛嶺詩

似道敗後，有題其養樂園曰：『老壑曾居葛嶺西，游人誰敢問蘇堤？勢將覆餗不回首，事到出師方噬臍。廢圃久無人作主，敗垣惟有客留題。算來祇有孤山耐，依舊梅花片月低。』『養樂』者，以其奉母而樂也。其賜第正在蘇堤、葛嶺、孤山之近，游人常盛，自賈據此，有游騎過其門，必爲偵事者察報，每爲所羅織，有官者被黜，有財者被禍，逮世變而後已。有人《題葛嶺》二詩云：『當年誰敢此經過？相國門前衛士多。諸葛功名猶未滿，周

公事業竟如何？　雕梁雨蠹藏狐鼠，花礎雲蒸長薜蘿。　萬死莫酬亡國恨，空留遺迹在山阿。』又：『樓臺突兀妓成圍，正是襄樊失援時。　王氣暗隨檀板歇，江聲流入玉簫悲。　姓名不在《功臣傳》，家廟徒存御賜碑。　誤國誤民還自誤，滿庭秋草露垂垂。』《山房隨筆》

開禧和戎

開禧北伐，侂胄既誅，王柟、葉時請通謝于金，函侂胄首以往，識者殊不謂然。　有爲詩云：『自古和戎有大權，未聞函首可安邊。　生靈肝腦空塗地，祖父魂讐共戴天。　晁錯已誅終叛漢，於期未遣尚存燕。　廟堂自謂萬全策，卻恐防胡未必然。』《齊東野語》

庶人之讎，釋記禮者，謂可盡五世，矧有天下者乎？　齊襄復九世之讎，《春秋》大之。我國家之于金虜，蓋百世不共戴天之讎也，開禧之舉，韓侂胄無謀浪戰，固可罪矣，然乃至函其首以乞和，何也？　當時太學諸生之詩曰：『晁錯既誅終叛漢，於期已入竟亡燕。』此但以利害言耳，蓋未嘗以名義言也。　譬如人家子孫，其祖父爲人所殺，其田宅爲人所吞，有一狂僕，佐之復讎，謀疏計淺，迄不能遂，乃歸罪此僕，送之讎人，使之甘心焉，可乎哉？《鶴林玉露》

巢鳥

侂胄既誅，或託巢鳥以譏當時朝士，云：『衆鳥不喜亦不悲，又復别尋高樹枝。』《後村詩話》

飛頭

丁卯和議，虜索首謀，函首予之。或爲《樂府》云：『寶蓮山下韓家府，主人飛頭去和虜。』《後村詩話》

牙郎

陳邦光金陵降虜，游士或題其先壟，云：『牙郎一去杳無蹤，惟有青青夾徑松。若使人能全此操，松應合受大夫封。』其家執而訟于郡，某守餉士人酒，遣去。『牙郎』用唐人賣國語。《後村詩話》

夏商鼈

高文虎作《西湖放生池記》，以鳥獸、魚鼈咸若爲商王事，太學諸生爲謔詞哂其誤。陳晦行史集賢，制用『昆命元龜』字，閩帥倪侍郎駁論之，陳累疏援引唐人及本朝命相制，皆用此語，史擢陳臺端，劾倪削秩罷去。或爲一聯云：『舍人舊錯夏、商鼈，御史新争舜、禹龜。』聞者絶倒。《後村詩話》

壽秦、壽韓詩

顯仁迴鑾，客獻檜相壽詩，云：『傳聞是日慈寧殿，亦把爐香祝帝師。』侂胄拜平章之歲，某朝士獻生日口號，云：『本是神仙服日華，而今癯瘁爲王家。槐龍影轉朝方退，閒卻南園一院花。』皆爲人傳誦。《後村詩話》

嘲推排田畝詩詞

理宗朝，嘗欲舉行推排田畝之令，廷紳有言而未行，至賈似道當國，卒行之。有人作詩曰：『三分天下二分亡，猶把山川寸寸量。縱使一丘添一畝，也應不似舊封疆。』《古杭雜記》。

宗祥案：《佩韋齋輯聞》作：『棄淮棄蜀棄荆、襄，卻把江南寸寸量。量得畝頭多一尺，尺頭能有幾多長？』與此詩異。

䆀峰詩

頃傳《䆀峰》絶句，不知誰氏作，亦有思致。詩云：『大禹胼胝決九州，百川無復恣横流。介蟲不覺鴻波落，賺在高峰頂上頭。』《娱書堂詩話》

項羽廟詩

項羽廟，在臨安近郡三衢十八里頭樟戴市，市人失火，延及羽廟。有人作詩曰：『嬴秦久矣酷斯民，羽入關中又一秦。父老莫嗟遺廟燬，咸陽三月是何人？』《古杭雜記》

天目山崩

晉郭璞《錢塘天目山》詩云：『天目山前兩乳長，龍飛鳳舞到錢塘。海門一點巽峰起，五百年間出帝王。』及高宗中興建邦，天目乃主山，至度宗甲戌，山崩，京城騷動，時有建遷蹕之議者，未幾，宋鼎遂移。有人作詩云：『天目山前水齧磯，天心地脉露危機。西周浸冷觚稜月，未必遷岐説果非。』《古杭雜記》

詠　蜨

『缺首句 一叢浮動戲蘭芽。裁成碧玉搔頭樣，畫作黄金便面花。閒過樓臺飛盡日，又因風雨宿誰家？兒童愛把襜褕撲，驚起雙雙貼彩霞。』予曩憩吴山，偶吴僧舉似四韻，歲久忘其首句，亦忘爲誰氏所作。《深雪偶談》

刺賈似道

理宗庚申，賈似道初入相。有人作詩云：『收拾乾坤一担擔，上肩容易下肩難。勸君高著擎天手，多少傍人冷眼看。』《古杭雜記》

咸淳間，汪紫原立信于襄危之際，以書抵賈相，陳三策：一、謂内地何用乎多兵，宜盡抽之以過江，可得六十萬，或百里，或二百里，置一屯，皆設都統，七千里江面，纔三四十屯，設兩大藩府以總攝之，緩急上下流相應；二、謂久拘使者在京、湖何益，不如遣使偕行，啗緩其師期；三、謂若此兩説不可行，惟有准備投拜。賈得書大怒，諷臺諫罷紫原歸金陵。不數月，北兵渡江，九江以下皆失守，時人有詩云：『厚我藩垣長彼貪，不然銜璧小邦男。廟堂從諫真如轉，竟用先生策第三。』《錢唐遺事》

題夢日亭

蕪湖夢日亭，有人題云：『樓船犀甲下荆州，蜂目將軍駐碧油。虎帳覺來驚日墮，龍媒嘶去逐星流。姦萌問鼎終何在，計落遺鞭始可羞。幽草亂花荒故壘，無人能作晉《春秋》。』《梅磵詩話》

三賢堂詩

寶慶丙戌，袁樵尹京，于西湖三賢堂賣酒。有人題壁曰：『和靖、東坡、白樂天，三人秋菊薦寒泉。而今滿面生塵土，卻與袁樵趁酒錢。』《古杭雜記》

嘉定時，于西湖三賢堂賣酒，太學生題詩云：『和靖、東坡、白樂天，幾年秋菊薦寒泉。如今往事都休問，且爲官司趁酒錢。』府尹聞之，愧而止。《鶴林玉露》

譏賈平章

御史陳伯大奏立士籍，似道毅然行之。凡應舉及免舉人，州縣給籍一通，親書年貌世系，及所肄業于籍首。執以赴舉，過省參對筆迹異同，以防僞濫。時人有詩譏之云：『戎馬

掀天動地來，襄陽城下哭聲哀。平章束手全無策，卻把科場惱秀才。』《西湖志餘》

古碑詩

揭大中云：或漁于潭，得片石，字十數行，率磨没，僅識得二十八字云：『乾淳老人氣嶽嶽，破冠穿履行帶索。撑腸拄肚書萬卷，臨風欲言牙齒落。』意幽人憤世之作，不合于時，故沉之以俟知者。《谷音》

京口旅邸詩

自來巡尉下鄉擾人，雖監司、郡守，亦不能禁止，邇來尤甚。京口旅邸中有戲效《風》、《雅》之體，作《雞鳴》詩曰：『雞鳴，刺縣尉下鄉也。』『雞鳴喈喈，鴨鳴呷呷，縣尉下鄉，有獻則納。雞鳴于塒，鴨鳴于池，縣尉下鄉，靡有孑遺。雞既烹矣，鴨既羹矣，鑼鼓鳴矣，縣尉行矣。』《雞鳴》三章，章四句。《豹隱紀談》

善謔詩

滑稽取笑，加釀嘲辭，合于詩所謂『善戲謔不爲虐』之義。陳曄日華，編集成帙以示

予，因採其可書，併舊聞可傳者，併記于此。……京師段油亦作嘲戲詩，嘗當冬日，大風猛雨，雪雹雷電交作，或謂詠之，即云：『劈面彤雲布，雨共雪無數。雷又似打鼓，風又似拽鋸。雹子遍四郊，電光照諸處。晚了定是晴』，駐筆久之，人問：『如何見得晚晴？』徐書云：『天也撰不去。』有題筆而名『軾』者，或書絶句云：『馬相如慕藺相如，兩个才名總不殊。試問此間名軾者，不知曾識子瞻無？』吉州舉子赴省書，先牌曰：『廬陵魁選歐陽伯樂』，或譏之云：『一客南來自吉州，姓名挑在擔竿頭。誰知汝是歐陽後，畢竟從來不識修。』明椿都統立生祠于玉泉關王廟側，士人題云：『共説英雄關大王，明公右手立祠堂。大家飛上梧桐樹，自有傍人説短長。』成都富春坊，皆諸倡之居，一夕遭火，黎明燒盡，有詩云：『火星飛入富春坊，莫道天公不在行。只恐夜深花睡去，高燒銀燭照紅粧。』秦伯陽春室案上芝草一本，裝飾甚華，一客蒙其延遇，見而言曰：『鄉里此物極多，謂之『鐵脚菰』，記得往日曾有一詩云：「元是山中鐵脚菰，移來顏色已焦枯。如今毀譽原無主，草木因人也適呼。」』秦默然不樂，不復容其登門。小官在任俸給鮮薄，答攫士詩云：『滿目生涯齒一篗，無端賓客日相磨。欲抽己俸憂家累，待掠民錢奈法何。一飯與君愁裏飽，三杯聽我苦中歌。更陪一具銅鎗劍，唾罵嫌憎總任他。』《夷堅志》

滔天使者

宗室有滔天使者，喜作俳笑之詩，有曰：『一藁草字碧茸茸，誰人喚作麥門東？若還移種麥門西，不成喚作麥門東。』京師有麥門。哲宗末年，多躁怒不怡，左右無以娱悦，常往來天使求詩，一日雪，問有何詩，方吟兩句云：『誰把鵝毛滿處撏，玉皇大帝販私鹽。』急持以奏，哲宗大笑。《拊掌録》

鄙詩

哲宗朝，宗子有好爲詩而鄙俚可笑者，嘗作《即事》詩云：『日暖看三織，風高鬬兩廂。蛙翻白出闊，蚓死紫之長。潑聽琵梧鳳，饅高接建章。歸來簾裏坐，打殺又何妨。』或問詩意，答云：『始見三蜘蛛織網于簷間，又見二雀鬬于兩廂，有死蛙翻腹如「出」字，死蚓如「之」字。方吃撥飯，聞鄰家彈琵琶作《鳳棲梧》，食饅頭未畢，閽人報建安章秀才上謁。迎客既歸，見卧内門上畫鍾馗擊小鬼，故云「打殺又何妨」。』哲宗嘗灼艾，諸内侍欲娱上，或舉其詩，上笑不已，竟不能灼艾而罷。《拊掌録》

李廷彦詩

《遯齋閒覽》云：李廷彦獻百韻詩于一達官，其間有句云：『舍弟江南没，家兄塞北亡。』達官惻然傷之曰：『不意君家凶禍重併如此。』廷彦遽起自解曰：『實無此事，但圖對屬親切。』《苕溪漁隱叢話》

登溷詩

《東軒筆録》云：程師孟知洪州，于府中作静堂，自愛之，無日不到。作詩題于石，曰：『每日更忙須一到，夜深長是點燈來。』李元規見而笑曰：『此乃是登溷之詩。』《苕溪漁隱叢話》

十六郎詩

《王直方詩話》云：王禹錫行第十六，與東坡有姻連。嘗作《賀知縣喜雨》詩云：『打葉雨拳隨手重，吹涼風口逐人來。』自以爲得意，東坡見之曰：『十六郎作詩，怎得如此不入規矩？』禹錫云：『蓋是醉中所作。』異日，又持一大軸呈坡，坡讀之云：『爾復醉耶？』《苕

溪漁隱叢話》

門聯

『寄語園翁勤剗草，有時野老出看花。』此陳偉題建寧郡圃。『事可對人語，心常如水平。』此洪咨夔題門首。『一柱擎天頭勢重，十年踏地脚根牢。』『老子亦常來伺候，諸公聊復忍斯須。』此余玠題重慶府戟門并客位。『子爲才高欺乃父，婦因夫貴孽其姑。』此江萬里題門首。『用時自有神開眼，來處莫教人皺眉。』『一念忠忱瞻北闕，滿腔仁愛惠東甌。』此趙汝騰題軍資庫門并譙樓。『數千里外江湖客，十四年間畎畝人。』『緩數更籌邀月住，大開城鑰放春來。』『朔叟不求人道好，建民自與我相安。』『尚有梅腮供客嗅，定知柳眼爲人開。』此劉震孫題門并建寧府譙樓、戟門、郡圃。『不因官府開燈市，安得農民識訟庭。』亦前人題元宵燈牌者。『月無貧富家家有，燕不炎涼歲歲來。』此吴必大爲賈似道作，題湖上府門。『威行塞北幾千里，春滿淮南第一州。』『陽春膏雨一千里，明月香風十二樓。』此江湖游士爲賈似道作，題譙樓、戟門。『英雄天下無雙士，忠義長沙第一家。』此理宗御書，題趙葵。右前諸題桃符詩句，雜見野史中，今類附于卷末。《三朝野史》

全宋詩話目録卷九十一 謡諺雜語

京師謡
俚語
邊上謡
皇祐中謡
嘉祐中京師諺
蓬州父老歌
仁宗朝語
京師語包拯
京師語
仁宗時語
雜占諺
西人語
蔡陳謔語
嘲口吃
秦人語

俚諺

詩謎

心相諺

酒肆歌

襄陽謡

關中醫諺

池州語

秦民語

元符末童謡

伶人語

推官與縣尉戲語

崇寧間語

徽宗蔡京對語

宣和民謡

宣和京師語

呂范戲語

蜀士語

鼎澧謡

浙右謡

浙西謡

行都童謡

吴中俚語

宋諺

蠻歌

廣東民歌

吴諺

宋世諺

行都諺

吴中下里曲

農諺

俗諺

廣右丁錢謡

春陵語

寧宗朝語

開禧民謡

開禧市語

太學語

臨安十七字詩

占雨諺

吴中舟師歌

紹定中語

紹定都城歌

端平中語

淳祐中十七字謡

舞十般癲語

題集慶寺法堂鼓
寶祐中書朝門語
吴謡
理宗朝語
譏賈語
咸淳間語
臨安民謡
臨安謡
宋末語
闒子謡
宋季謡

全宋詩話卷九十一 謡諺雜語

宋初謡

宋以周顯德七年庚申得天下，圖讖謂：『過唐不及漢，一汴二杭，三閩四廣。』又有謡云：『寒在五更頭，故宫漏有六更。』按漢四百二十餘年，唐二百八十九年，開慶元年，宋祚遂過唐十一年，滿五庚申之數。至德祐二年正月降附，得三百一十七年，而見六庚申，如宫漏之數。《宋史·五行志》

國初士子語

國初尚《文選》，當時文人專意此書，至慶曆後，惡其陳腐，諸作者始一洗之。方其盛時，士子至爲之語云：『文選爛，秀才半。』《老學庵筆記》

郭聶相嘲

郭忠恕嘲司業聶崇義云：『近貴全爲聵，攀龍只是聾。雖然三個耳，其奈不成聰。』崇義答曰：『莫笑有三耳，全勝畜二心。』《遯齋閒覽》

真宗時童謡

『欲得天下寧，須拔眼中丁。欲得天下好，無如召寇老。』《古今風謡》

閒忙令

祥符中，日本國遣使入貢，稱國東祥光現，章聖詔建寺，賜額曰『神光』。朝辭日，夷使乞令詞臣撰一寺記，是時，當制者詞學不優，常以張君房代之，時張尚爲小官，醉飲樊樓，遣人徧尋不見。中人三促之，紫微大窘。後錢希白、楊大年因玉堂暇日，改《閒忙令》云：『世上何人號最閒？司諫拂衣歸華山。世上何人號最忙？紫微失卻張君房。』蓋种放得歸山時也。《湘山野録》

寇準楊億對語

『水底日爲天上日，眼中人是面前人。』《歸田録》

丁謂楊億對語

丁晉公嘗忌楊文公。一日，詣晉公，既拜而鬚拂地，晉公云：『内翰拜時鬚撇地。』文公起視其仰塵云：『相公坐處幕漫天。』時人稱其敏而有理。《聞見近録》

開封府地讖

向文簡公父爲母求葬地，時開封城外有地，讖云：『綿綿之岡，勢如奔羊。稍前其穴，后妃之祥。』術者以穴在小民菜園中，而恐民不與，因夜葬其地。民以向横訴于府，府尹令重與之價，而不廢其菜。次年，遂生文簡公。欽聖后，文簡孫也。《能改齋漫録》

都人諺

趙昌言爲樞密副使，時陳儀與董儼俱爲三司鹽鐵副使，胡旦知制誥，盡同年生，俱少

年，爲一時之俊。梁顥又嘗與同幕五人者，會飲于樞第。每乘醉夜方歸，金吾吏遂夜候馬首聲喏，儀以醉鞭指其吏曰：『金吾不惜夜，玉漏莫相催。』都人諺云：『陳三更，董半夜。』《玉壺清話》

京師語

石藏用、劉寅俱擅醫名。石喜用熱藥，劉喜用涼藥，京師爲之語曰：『藏用簷中三斛火，劉寅匣内一壺冰。』《詩説雋永》

北宋朝中語

宋制：大宴，樞密使不坐，侍立殿上，既而退就御厨賜食，與閤門引進四方館使，列坐廡下，親王一人伴食。每春秋賜衣，門謝，則與内諸司使副班于垂拱殿外庭中，而中書則别班謝于門上。故朝中語云：『厨中賜食，階下謝衣。』《歸田録》

京師謡

范仲淹，字希文，知開封府事，決事如神。京師謡云：『朝廷無憂有范君，京師無事有

希文。』《談苑》

俚語

『趙老送燈臺，一去更不來。』《歸田録》

邊上謡

寶元中，元昊叛，上知范仲淹才兼文武，起帥延安，後知慶州，上以四路諸招討委之。與韓琦謀，必欲收復靈夏横山之地。邊上謡曰：『軍中有一韓，西賊聞之心骨寒。軍中有一范，西賊聞之驚破膽。』《談苑》

皇祐中謡

皇祐五年正月戊午，狄青敗儂智高于歸仁鋪。初謡言云：『農家種，糴家收。』至是果應。《宋史·五行志》

嘉祐中京師諺

嘉祐中，翰林諸公皆入政府，時包拯爲三司使，宋祁守鄭州，二公久著人望，而不見用。京師諺云：『撥隊爲參政，成群作副樞。虧他包省主，悶殺宋尚書。』《東軒筆録》

蓬州父老歌

吴幾復，汝州人，皇祐中知蓬州，秩滿去，父老拜送，歌云：『使君來兮父母鞠我，禮化行兮民無寒餓。使君去兮不可復留，人意悵悵兮淚雙墮。』《萬姓統譜》

仁宗朝語

蘇紳與梁適，同在兩禁，人以爲險詖。故語云：『草頭木脚，陷人倒卓。』《宋史・蘇紳傳》

京師語包拯

拯立朝剛毅，貴戚、宦官，爲之斂手。人以拯笑爲黄河清，京師爲之語曰：『關節不到，有閻羅包老。』《宋史・包拯傳》

京師語

三班院所領使臣八十餘人，其罷而在院者，常數百人，每歲乾元節，醵錢飯僧進香，合以祝聖壽，謂之香錢。判院官常利其餘，以爲餐錢，群牧司領内外功監使副判官，比他司俸入最優。又歲收糞墼錢頗多，以充公用。故京師爲之語云：『三班吃香，群牧吃糞。』《歸田録》

仁宗時語

盛文肅公豐肌大腹，而眉目清秀；丁晉公疏瘦如削，二公皆浙人也，並以文詞知名。梅學士詢，慶曆中爲翰林侍讀，性喜焚香。其在官舍，將視事，每晨起，必焚香兩爐，以公服罩之，撮其袖以出，坐定，撒開兩袖，郁然滿室濃香。有竇元賓者，五代漢宰相正固之孫也，以名家子有文行爲館職，而不喜修飾，經時未嘗沐浴。故時人爲之語曰：『盛肥丁瘦，梅香竇臭。』《歸田録》

雜占諺

『芒種雨，百姓苦。』『春甲子雨，赤地千里。夏甲子雨，乘船入市。』『雲向南，雨潭潭。雲向北，老鸛尋河哭。雲向西，雨没犂。雲向東，塵没老翁。』『朝霞不出門，暮霞行千里。』《談苑》

西人語

『要宜麥，見三白。』李壁《王荆文公詩注》

蔡襄陳亞謔語

『陳亞有心終是惡，蔡襄無口便成衰。』《詩話總龜》

劉原父嘲口吃

『本是昌家，又爲非類。但有雄聲，惟聞艾氣。』謂周昌、韓非、楊雄、鄧艾，皆病吃，亦善謔也。沈作喆《寓簡》

秦人語

韓縝爲秦州，酷暴少恩，以賊殺无辜去官。秦人爲之語云：『寧逢暴虎，不逢韓玉汝。』《東坡志林》

熙寧中語

熙寧中，京師久旱，按古法，令坊巷各以大甕貯水，插柳枝泛蜥蜴，使青衣小兒環繞呼云：『蜥蜴蜥蜴，興雲吐霧。降雨滂沱，放汝歸去。』開封府不能盡得蜥蜴，以蝎虎代之。蝎虎入水即死，小兒更其語云：『冤苦冤苦，我是蝎虎。似恁昏昏，怎得甘雨？』《墨客揮犀》

王平甫對語

陳繹晚爲敦樸狀，時謂之『熱熟顔回』。熙寧中，台州推官孔文仲舉制科，廷試對策，言時事有『可痛哭太息』者，執政惡而斥之。繹時爲翰林學士，語于衆曰：『文仲狂躁，真杜園賈誼也。』王平甫曰：『杜園賈誼，可對「熱熟顔回」。』合坐大噱。『杜園』、『熱熟』，皆當時鄙語。《東軒筆録》

襄陽人歌

豐稷相之爲襄陽穀城令，葉康直方爲光化令，皆有能名。襄陽人歌之曰：『葉光化，豐穀城，清如水，平如衡。』《乾道四明圖經》

元豐中諺

元豐八年，尚書户部侍郎李定權知貢舉，其夜四鼓，開寶寺寓禮部貢院火，後别試，更得焦蹈爲魁。諺云：『不因開寶火，安得狀元焦？』《能改齋漫録》

浙西諺

浙西地下積水，故春、夏厭雨。諺云：『夏旱修倉，秋旱離鄉。』《後山談叢》

俚　語

『人作千年調，鬼見拍手笑。』《雞肋編》

秦晉間農夫語

『小麥鑚火秀，旱殺豌豆花。穡穀拖泥秀，爛起田中瓜。』侯延慶《退齋閒雅録》

元祐中童謡

『大惇小惇，殃及子孫。』大惇，章惇；小惇，安惇也。《古今諷謡》

豬㸽關語

元祐，東平王景亮與諸仕族無成者，結爲一社，純事嘲誚，士大夫無問賢愚，一經諸人之目，即被不雅之名，當時人號曰『豬㸽關』。吕惠卿察訪京東，吕天資清瘦，語話之際，喜以雙手指畫，社人目之曰：『説法馬留』，又凑爲七字云：『説法馬留爲察訪』，彌歲不能對。一日，邵箎因上殿泄氣，出知東平，邵高鼻捲鬚，社人目之曰：『凑氛獅子』，仍對云：『凑氛獅子作知州。』惠卿銜之，諷部使者發以他事，舉社遂爲齏粉。《桐江詩話》

太學語

紹聖、元符間，汪内相彦章有聲太學，學中爲之語曰：『江左二寶，胡伸、汪藻。』伸字彦時，亦新安人，終符寶郎。《老學庵筆記》

宋時諺

鳳州三出：手、柳、酒；宣州四出：漆、栗、筆、蜜。《太平老人袖中錦》

南京石上語

南京人家掘得一石，上有字可考云：『猪拾柴，狗燒火，野狐掃地請客坐。』不知是何等語也。《侯鯖録》

鄙　諺

泉州郭朏，字景初，少有才學，性甚輕脱，嘗夜出，爲醉人所誣。太守詰其情狀，朏笑曰：『諺所謂：「張公喫酒李公醉」，乃朏是也。』太守怪其不屈，命取紙筆，使作《張公喫酒

李公醉賦》，其略云：『清河丈人，方肆杯盤之樂。隴西公子，俄遭酩酊之愆。』太守笑而釋之。《墨客揮犀》

汴渠諺

汴渠舊例：十月閉口，舟楫不行。王荆公當國，欲通冬運，遂不令閉口。水淺舟不可行，而流冰頗損舟楫，于是以船脚數十，前設巨碓，以擣流冰，役夫苦寒，死者甚衆。京師有諺云：『昔有磨去，磨平漿水。今見碓，擣冬凌。』《東軒筆録》

俚諺

《王直方詩話》云：東坡嘗曰：『吾鄉有一諺云：「富因校些子，貧爲不争多。」此極有理。』《苕溪漁隱叢話》

苕溪漁隱曰：世間俚語，往往極有理者。如：『聞事莫説，問事不知。閒事莫管，無事早歸。』若能踐此言，豈有不省事乎？又：『少喫不濟事，多喫濟甚事？有事壞了事，無事生出事。』若能守此戒，豈復爲酒困乎？《苕溪漁隱叢話》

詩謎

《夷堅志》云：元祐間，士大夫好事者，取達官姓名爲詩謎，如：『長空雪霽見虹蜺，行盡天涯遇帝畿。天子手中執玉簡，秀才不肯著麻衣。』謂韓絳、馮京、王珪、曾布也。又取古人名而傅以今事，如：『人人皆戴子瞻帽，君實新來轉一官。門狀送還王介甫，潞公身上不曾寒。』謂仲長統、司馬遷、謝安石、温彦博也。《苕溪漁隱叢話》

心相諺

『有心無相，相逐心生。有相無心，相隨心滅。』《青箱雜記》

酒肆歌

范弇學究有《酒肆歌》云：『喫酒二升，糴麥一㪷。磨麪五斤，可飽十口。』《過庭録》

襄陽謡

田衍、魏泰居襄陽，郡人畏其吻，謡云：『襄陽二害，田衍、魏泰。』未幾，李豸方叔亦來

郡居，鄉人憎之，又云：『近日多磨，又添一豸。』《墨莊漫録》

關中醫諺

長安張詩，以能醫稱，予至關中，人説藥死者甚衆，尤好用轉藥。關中諺云：『既服黄龍丹，便乘白虎車。』《江鄰幾雜志》

池州語

東流、建德兩縣，皆隷池州。山谷詩：『東流會賓客，建德椎羊牛。』原注：『語云：「東流速客，驚動建德。」』史容《山谷後集注》

秦民語

稷爲陜西轉運使，秦民作舍侵道旁者，創使納侵街錢，與李察皆以苛暴著稱。時人語云：『寧逢黑煞，莫逢稷、察。』《宋史·李稷傳》

元符末童謡

蔡侍郎準，少時嘗有二人見于馬前，百方禳禬不能遣。慶曆二年，生京而一人不見，又二年，生卞，乃俱滅。元符末，都城童謡云：『家中兩個蘿蔔精，撞著潭州海藏神，至崇寧中賣餞餡。』又有『一包菜』之語，其事皆驗。而京于靖康初貶死長沙，豈『潭州海藏』，亦驗于此耶？《曲洧舊聞》

伶人語

蔡卞之妻王夫人，知書能詩詞。蔡每有國事，先謀之于床第，然後宣之于廟堂。時執政相語曰：『吾輩每日奉行者，皆其咳唾之餘也。』蔡拜右相，家宴張樂，伶人揚言云：『右丞今日大拜，都是夫人幫帶。』中外傳以爲笑。《清波雜志》

推官與縣尉戲語

劉韐始爲尉于洪之豐城，性不飲酒，飲則面色烘然。郡推官沿檄抵邑，能飲啖，與公同會，以諺語戲公云：『小器易盈真縣尉。』公答曰：『窮阬難滿是推官。』《復齋漫録》

崇寧間諺

崇寧間，置居養院、安濟坊、漏澤園，所費尤大，朝廷課以爲殿最，往往竭州郡之力，僅能枝梧。諺語云：『不養健兒，卻養乞兒。不管活人，只管死尸。』蓋軍糧乏，民力窮，皆不問，若安濟等有不及，則被罪也。《老學庵筆記》

徽宗蔡京對語

徽宗嘗作詩句，命蔡少保居安賜元長，云：『相公公相子』，元長遽對以進云：『人主主人翁。』《能改齋漫録》

宣和民謡

童貫自崇寧二年，始以入内内侍省東頭供奉官，奉旨差往江南等路，計置景靈宫材料，續差往杭州，製造御前生活。又差委製造修蓋集禧觀齋殿、本命殿、火德真君觀，緣此進用被寵。繼西邊用兵，又以功進，于是縉紳無耻者，皆出其門，而士論始沸騰矣，至以蔡京爲比。當時天下諺曰：『打破筒，潑了菜，便是人間好世界。』而朝廷曾不悟也，二人卒亂天

下。《能改齋漫録》

宣和京師語

宣和初，王黼爲少宰，置應奉司于其家，四方珍貢，多半隱盜，公然賣官，取贜無厭。京師語云：『三百貫，且通判。五百索，直秘閣。』《中興姓氏姦邪録》

宣和間諺

宣和間，親王公主及近屬戚里入宫，輒得金帶、關子，旋填姓名賣之，價百五十。方臘破錢唐，時朔日，太守客次，有服金帶者數十人，皆朱勔家奴也。時諺云：『金腰帶，銀腰帶，趙家世界朱家壞。』《老學庵筆記》

寶籙宫詩

寶籙宫之建也，極土木之盛。忽有題字數行于瑶仙殿左扉，云：『家中木蛀盡，南方火不明。吉人歸塞漠，亘木又摧傾。』殆不可辨。後方知金人之變，『家中木』宋也；『南方火』乃火德；『吉人』、『亘木』，乃二帝御名。《宣靖妖化録》

民歌

宣和初，收復燕山，以歸于朝。燕民來居京師，其俗有《蒸蓬蓬歌》，每扣鼓和蒸蓬蓬之音，爲節而舞，人無不喜聞其聲而效之者。其歌曰：『蒸蓬蓬，外頭花花裏頭空。但看明年正二月，滿城不見主人翁。』詞本虜讖，故京師不禁。然次年正月徽宗南幸，次年二聖北狩。又其伎有以數丈長竿，繫椅于杪，伎者坐椅上，少頃下投于尖刀所圍小棘坑中，無偏頗之失。未投時，念詩曰：『百尺竿頭望九州，前人田地後人收。後人收得休歡喜，更有收人在後頭。』此亦虜讖，而召禍可怪。《譙郡王宣政雜録》

都下諺

貴臣有疾宣醫，及物故敕葬，本以爲恩，然中使挾御醫至，凡藥必服，其家不敢問，蓋有爲醫所誤者。敕葬則喪家所費，至傾竭資産，其地又未必善也。故都下諺云：『宣醫納命，敕葬破家。』《老學庵筆記》

諺

『三世仕宦，方解著衣吃飯。』《老學庵筆記》

齊魯諺

齊魯人諺云：『霜淞重霧淞，窮漢備飯甕。』蓋歲穰之兆也。曾子固曾有詩云：『園林初日静無風，霧淞花開處處同。記得集賢深殿裏，舞人齊插玉籠鬆。』蓋謂此也。《墨莊漫録》

桃橘諺

諺云：『頭有二毛好種桃，立不踰膝好種橘。』言桃易實，可待；橘實遲，不可待。《曲洧舊聞》

靖康間語

金人既出境，朝廷措置，多不急之務，如復春秋科，太學生免解，改舒王從祀之類。時爲語云：『不管肅王，卻管舒王。不管燕山，卻管聶山。不管山東，卻管陳東。不管東京，

卻管蔡京。不管河北界，卻管秀才解。』《避戎夜話》

靖康民謡

靖康初，金人犯邊，求言之詔凡幾下，往往事緩則阻抑言者。當時民謡云：『城門閉，言路開。城門開，言路閉。』《宣和遺事》

農　諺

諺云：『麥過口，不入口。』靖康元年，麥多高于人者，既而大雨，所損十八。《雞肋編》

俗　諺

俗諺云：『一絇絲能得幾時絡。』以喻小人逐目前之利樂也。《懶真子》

靖康中謡

靖康中謡云：『喝道一聲下階，齊脱了紅繡鞵。』後金人入汴，宫人皆驅逐北行。《古今風謡》

建炎後語

『欲得官，殺人放火受招安。欲得富，趕著行在發酒醋。』《雞肋編》

京師語

自元豐官制，尚書省二十四曹，繁簡絶異。在京時有語云：『吏勳封考，筆頭不倒。户度金倉，日夜窮忙。禮祠主膳，不識判硯。兵職駕庫，典了潑袴。刑都北門，總是冤魂。工屯虞水，白日見鬼。』及駕幸臨安、喪亂之後，士大夫亡失告身批書者，又軍賞百倍平時，賄賂公行，冒濫相承，軍饟日滋，賦歛愈繁，而刑獄亦衆，吏、户、刑三曹吏胥，人人致富，餘皆寂寞彌甚。吏輩又爲之語云：『吏勳封考，三婆兩嫂。户度金倉，細酒肥羊。禮祠主膳，淡喫韲麵。兵職駕庫，咬薑呷醋。刑都北門，人肉餛飩。工屯虞水，生身餓鬼。』《老學庵筆記》

行在軍中謡

車駕渡江，韓、劉諸軍，皆征戍在外，獨張俊一軍，常從行在，擇卒少壯長大者，自臂而

下，文刺至足，號『花腿軍』，人皆怨之。加之營第宅房廊，作酒肆名太平樓，般運花石，皆役軍兵。衆卒謡云：『張家寨裏没來由，使他花腿擡石頭。二聖猶自救不得，行在蓋起太平樓。』《雞肋編》

吕頤浩范宗尹戲語

高宗南幸，舟泊岸，執政必登舟朝謁行在，于沮洳則躡芒鞵，吕元直顧同列戲云：『草履便將爲赤舄。』既而旁舟水深，乃積稻稈以進，參政范覺民云：『稻稭聊以當沙堤。』《老學庵筆記》

蜀士語

建炎以來，尚蘇氏文章，學者翕然而從之，而蜀士尤甚。有語云：『蘇文熟，喫羊肉。蘇文生，喫菜羹。』《老學庵筆記》

紹興間鼎澧謡

鼎、澧間大盜夏誠、劉衡、楊么據洞庭湖，有謡云：『若要除我，除是飛來。』後爲岳飛所

擒。《古今風謡》

紹興中浙右謡

紹興三年八月，浙右地生白毛，韌不可斷。童謡云：『地動白毛生，老小一齊行。』《西湖志餘》

浙西諺

『蘇杭兩浙，春寒秋熱。對面厮啜，背地厮説。』《雞肋編》

行都童謡

紹興初，行都童謡云：『洞洞張，阿爺娘。一似六軍之教場。』忽民間遺火，自大瓦子至新街，約數里。《白獺髓》

吴中俚語

『等人易得久，瞋人易得醜。』《卻掃編》

宋　諺

宋諺云：『日在雨落，翁婆相撲。』言陰陽不和也。《古今風謡》

蠻　歌

辰沅靖州蠻，有犵狑，有犵獠，有犵玂，有犵貜，有山猺，男未娶者，以全雞羽插髻上；女未嫁者，以海螺爲數珠，挂頸上，男女聚而踏歌，數人吹笙前導之。歌詞云：『小娘子，葉底花。無事出來喫䟫茶。』《老學庵筆記》

廣東民歌

李綸，字世美，邴子，有清操，提舉常平，適伯氏出守恩平，酌于江濱，兄弟相戒以清白。綸投杯于江曰：『儻負吾民，有如此水。』時江流洶洶，杯停不没者久之，觀者驚歎。民歌之云：『石門之水清且清，胥吏一歃千古榮。争如李公投杯盟，江流洶涌杯停停。』至今刻石，與吴隱之《酌貪泉》詩對云。《泉州府志》

吴　諺

『秋孛轆，損萬斛。』謂立秋日雷也。《范石湖詩集注》

宋世諺

『蘇湖熟，天下足。』鄭虎臣《吴都文粹》

行都諺

車駕行在臨安。東門，絶無民居，彌望皆菜圃。西門則引湖水入城中，以小舟散給坊市。嚴陵、富陽之柴，聚于江下，繇南門而入。蘇、湖米，則來自北關。故諺云：『東門菜，西門水，南門柴，北門米。』《二老堂雜志》

吴中下里曲

『消梨應郎心上冷，甘蔗應郎心上甜。』『羅幃十二摺，小妻也是妾。』《槁簡贅筆》

農　諺

『觸露不掐葵，日中不翦韭。』《爾雅翼》

淮南諺

淮南諺曰：『雞寒上樹，鴨寒下水。』驗之皆不然。有一媪云：『雞寒上距，鴨寒下觜。』『上距』，謂縮一足；『下觜』，謂藏其咮于翼間。《老學庵筆記》

永福古讖

永福古讖語云：『天保石移，瑞雲來奇。龍爪花紅，狀元西東。』乾道間，福清天保瑞雲寺後石崖横行，豁地成蹊；永邑東鄉石壁松上産龍爪花；其年，蕭公國梁果魁天下，次舉黄公定，臚唱第一。蓋瑞花生處，蕭西、黄東，各三十五里，此『狀元東西』之應也。《游宦紀聞》

淳熙間梁宋童謡

『黄河災，天水來。』時河決入汴梁，宋間有此謡。『天水』者，宋姓也，時人以爲恢復之

兆。《古今風謡》

京口謡

『金山屋裹山，焦山山裹屋。』《汎舟游山録》

俞塘諺

俞塘在府東五里，往來之舟，皆可揚帆。諺云：『雖有珠千斛，不賣俞塘北。』許尚《華亭百詠注》

平江讖記

平江里俗舊傳讖記云：『潮過唯亭出狀元。』又云：『西山石移，狀元來歸。』淳熙庚子三月二十二日，吴縣穹窿山大石自麓移立山半；其秋八月十八日夜，海潮大至，過唯亭，環城而西；明年省試，黄由以國學解中選魁天下。由字子由，平江人，而用國學登薦，南歸之驗也。郭彖《睽車志》

河豚諺

鯢，今之河豚，率以冬至後來，每三頭相從，號爲『一部』。諺云：『得一部，典一袴。』言烹和所用多也。《爾雅翼》

鎮江府民歌

洸知鎮江府，時久旱，郡民築陂瀦水，漕司檄郡決之，父老泣訴，洸曰：『吾不忍獲罪百姓也。』卻之。已而大雨漕通，歲亦大熟。民歌之云：『我瀦我水，以灌以溉。俾我不奪，蔡公是賴。』《宋史·蔡洸傳》

桂林古記

『癸水繞東城，永不見刀兵。』《桂海虞衡志》

吴　諺

周益公《日録》：正月初六日己亥、十八日辛亥，三十日癸亥，是歲大澇，湖田顆粒不

收。吴諺云：『正月逢三亥，湖田變成海。』《浩然齋視聽鈔》

淳熙中淮西歌

淳熙中，淮西競歌《汪秀才曲》云：『秀才姓汪，騎驢渡江。過江不得，做盡趨蹌。』宗祥案：《宋史》止首二句，後二句據《桯史》增入。又爲猍舞以和之。後舒城狂生汪格謀不軌，兵入其家縛之，其子率惡少數千爲亂，聲言『渡江』。事平，格亦伏誅。《宋史·五行志》

淳熙都城謡

淳熙十四年，都城市井歌云：『汝亦不來我家，我亦不來汝家。』至紹熙初，其事始應于兩宫。《宋史·五行志》

廬山中人語

廬山簡寂觀，乃陸修静之居也，出苦筍而味反甜；歸宗寺造鹽齏而味反淡，山中佳物也。山中人語云：『簡寂觀前甜苦筍，歸宗寺裏淡鹽齏。』《能改齋漫録》

田家雜占

『甲申猶可，乙酉怕殺我。』『風吹鶴神口，米長千錢斗。』『未喫端午糉，寒衣未可送。』『一九二九，扇子不離手。三九二十七，冰水甜如蜜。四九三十六，拭浴如出浴。五九四十五，頭戴秋葉舞。六九五十四，乘涼入佛寺。七九六十三，床頭尋被單。八九七十二，思量蓋夾被。九九八十一，家家打炭墼。』『朝立秋，暮啾啾。』『八月初一雁門開，嬾婦催將刀尺裁。』『一九二九，相唤弗出手。三九二十七，籬頭吹篳篥。四九三十六，夜眠如鷺宿。五九四十五，太陽開門户。六九五十四，貧兒争意氣。七九六十三，布被兩頭攤。八九七十二，猫狗尋陰地。九九八十一，犂鈀一齊出。』陸泳《吴下田家志》

俗　諺

『一畝之地，三蛇九鼠。』《爾雅翼》

廣右丁錢謡

廣右深僻之郡，有所謂『丁錢』，蓋計丁輸錢于官，往往數歲之兒即有之，有至死而不

與除豁者，甚爲民病。故南人之謡曰：『三歲孩兒便識丁，更從陰府役幽魂。』讀之可爲流涕。范西堂爲廣西憲，嘗力請于朝，乞罷去，雖獲從請，然諸郡多藉此爲歲計，往往名除而實未除也。大概近來州郡賦税失陷，用度月增，其無名之征，未必皆官吏欲以自肥，往往多爲補苴支撑之計。朝廷若欲除無名之征以寬民，須是究是一郡盈虚，有以補助之，使歲計不乏，然後實惠乃可及民。不然，亦徒爲空言而已。《鶴林玉露》

春陵語

韓侂胄擅政，設僞學之禁，蔡元定謫道州，遠近來學者日衆，有名士挾才簡傲，非笑前修者，亦心服謁拜，執弟子禮甚恭。時人爲之語曰：『初不敬，今納命。』《宋史·儒林傳》

寧宗朝語

韓侂胄生日，朝行上壽畢集，及之後至，閽人掩關拒之。及之俯僂以入，爲吏部尚書，二年不遷，見侂胄，流涕序其知遇之意，及衰遲之狀，不覺屈膝。侂胄憐之，遷同知樞密院事。當時語云：『由竇尚書，屈膝執政。』傳以爲笑。《宋史·許及之傳》

開禧民謡

開禧用兵，鄧友龍、程松爲宣撫宣諭使，板授其屬爲宣幹，時政府惟有陳自强居相位。民謡云：『天上臺星少，人間宣幹多。』《四朝聞見録》

開禧市語

韓侂胄用事，所引率多匪類，天下大計，不復白之上。有市井小人，以片紙摹印烏賊出没于潮，一錢一本以售，且誦言云：『滿潮多是賊，滿潮多是賊。』又賣漿者敲盞以唤人云：『冷底喫一盞，冷底喫一盞。』『冷』謂韓，『盞』謂斬也。《四朝聞見録》

太學語

太學語云：『有髮頭陀寺，無官御史臺。』言其清苦而鯁亮也。《鶴林玉露》

臨安十七字詩

車駕饗景靈宫，太學、武學、宗學諸生，俱在禮部前迎駕。臨安府有人作十七字詩云：

『駕幸景靈宮，諸生盡鞠躬。頭烏身上白，米蟲。』蓋譏幞頭襴服，歲糜廩禄，不得出身，年年迎駕耳。《西湖志餘》

占雨諺

『日出早，雨淋腦。日出晏，曬殺雁。』『月如懸弓，少雨多風。月如仰瓦，不求自下。』《鶴林玉露》

吴中舟師歌

『月子彎彎照幾州？幾家歡樂幾家愁。』此兩句乃吴中舟師之歌，每于更闌月夜，操舟蕩槳，抑遏其聲而歌之，聲甚悽怨。《雲麓漫抄》

紹定中語

紹定三年，上飲宴過度，史彌遠卧病中。時人譏之云：『陰陽眠燮理，天地醉經綸。』《宋季三朝政要》

紹定都城歌

紹定三年，都城市井作歌詞，末句曰：『東君去後花無主。』朝廷惡而禁之，未幾，太子詢薨。《宋史·五行志》

端平中語

真文忠負一時重望，端平更化，人傒其來，若元祐之涑水翁也。是時，楮輕物貴，民生頗艱，意謂真儒一用，必有建明，轉移之間，立可致治。于是民間爲之語云：『若要百物賤，直待真直院。』及入朝，首以尊崇道學爲第一義，繼以《大學衍義》進。愚民無知，以其所言爲不切于時務，復以俚語足之云：『喫了西湖水，打作一鍋麵。』《癸辛雜識》

淳祐中十七字謡

淳祐四年九月，史嵩之丁父彌忠憂，詔起復右丞相兼樞密使。太學生黄愷伯、金九萬、孫翼鳳、何子舉等百四十四人上書，中有云：『近畿總餉，本不乏人，而起復未卒哭之馬光祖。京口守臣，豈無勝任？而起復未終喪之許堪。』故里巷爲十七字謡云：『光祖爲總領，

許堪爲節制。丞相要起復，援例。』《宋季三朝政要》

舞十般癩語

宋時吏部一胥，好滑稽。有董公邁參選，失去官誥，但存印紙，遂投狀給據。一日，侍郎問其胥曰：『此事無礙否？』胥答曰：『朝官大夫董公邁，失一官誥印紙在。也不礙。』侍郎覺其謔侮，杖一百罷之。蓋俗有《舞十般癩》云：『一般癩來一般癩，渾身爛了肚皮在。也不礙。』如是凡十首，語言相類，故應聲爲戲云。《西湖志餘》

題集慶寺法堂鼓

淳祐庚戌，爲貴妃閻氏建功德寺于九里松，名曰『集慶』，土木之功，過于諸寺。寺成，建大鼓于法堂，忽有人大書二句于鼓上，云：『浄慈、靈隱、三天竺，不及閻妃兩片皮。』由此界限甚嚴，無故人不得復入矣。《古杭雜記》

寶祐中書朝門語

寶祐三年，巨璫董宋臣逢迎上意，起梅堂、芙蓉閣，奪豪民田，引倡優入宫，招權納賄，

無所不至，時人以『董閻羅』目之。閻妃怙寵，馬天驥、丁大全用事。無名子書八字于朝門云：『閻、馬、丁當，國勢將亡。』《宋季三朝政要》

二吴謡

吴潛拜相，其兄淵多所攀附。有讒于理宗曰：『外間童謡云：「大蜈蚣、小蜈蚣，盡是人間業毒蟲。夤緣攀附有百足，若使飛天能食龍。」』《古杭雜記》

理宗朝語

理宗朝，喬行簡拜平章，史嵩之作相專政。時人爲之語云：『橋老無人度，松枝作棟梁。』《古杭雜記》

譏賈語

賈似道賜第葛嶺，大小朝政，就決館中，宰執充位而已。當時語云：『朝中無宰相，湖上有平章。』《西湖志餘》

咸淳間語

咸淳五年，詔禁珠翠，宫中簪琉璃花，都下人争效之。時有詩云：『京城禁珠翠，天下盡琉璃。』識者以爲流離之兆。《宋季三朝政要》

臨安民謡

《杭圖志》有宋韓左廂者，以進士起身，由臨安令以嚴明升臨安府左廂官。臨安剽民財者，號『白擎子』，聞公至，皆屏迹。謡云：『韓廂明，無白擎。韓廂死，白擎起。』《東維子集》

臨安謡

『滿頭青，多是假。者回來，不作要。』賈似道當國時，京師女粧，競尚假玉，因以『假』爲『賈』。而景炎丙午之亂，非復庚申之役也。《西湖志餘》

宋末語

度宗崩，幼君諒陰，進士榜第一名黄龍澤，第二名路萬里，第三名胡幼黄。京師爲之語云：『龍在澤，飛不得。路萬里，行不得。幼而黄，醫不得。』《錢唐遺事》

闕子謡

宋初，陳摶有紙錢使不行之説，時天下惟用銅錢，莫喻此旨。後用交子、會子，其後會價愈低。故有謡云：『使到十八九，紙錢飛上天。』似道惡『十九界』之名，乃名『闕子』。而闕子價愈低，是紙錢使不行也。《宋史·五行志》

宋季謡

宋末下時，江南謡云：『江南若破，白雁來過。』莫喻其意，及宋亡，蓋知指伯顔丞相也。《輟耕録》

反語

反語其來遠矣，晉宋間尤尚，今都下有三番、四番語，亦此類。往過宛丘道中，逆旅壁間見畫一婦人鬏樣，下題云：『不信但看羊子解，便須信道菊兒姜。』雖是鄙語，亦殊精絶。《觀林詩話》

全宋詩話目録卷九十二 釋一

法眼禪師　宋初江南僧。

乾康　零陵人，詩爲齊己所稱，宋乾德中猶存。

永牙　居圭峰，賜紫。

正緣

福全　金鄉沙門。

法常　河南僧。

贊寧　德清高氏子，出家杭州龍興寺，吴越武肅王署爲兩浙僧統，賜號明義。宋太宗召對滋福殿，詔修《高僧傳》。咸平初，加右街僧録。至道二年示寂，謚圓明大師。有《内典集》、《外學集》。

希晝　劍南人，九詩僧之一。

保暹　金華人，九詩僧之二。有《處囊訣》。

行肇　天台人，九詩僧之四。宗祥案：九詩僧之三爲文兆，南越人，未收入。

簡長　沃洲人，九詩僧之五。

惟鳳　青城人，九詩僧之六。

惠崇　淮南人，一作建陽人。九詩僧之七。有《集》。

懷古　峨眉人，九詩僧之九。宗祥案：九詩僧之八爲宇昭，江南人，未收入。

遇賢　俗姓林，宋初長洲東禪寺僧。

遠國　蜀僧。

德聰　俗姓仰，姑蘇人。太平興國三年，結廬松江佘山，有二虎爲之衛，名大青、小青。

天禧元年，趺坐而逝。

用晦　吴僧，與魏野善。

悟清　宋初河北僧。

印粲

文喜　湘南人。

守恭

智仁　與九僧同時。一作『智淳』。

晦幾

休復

尚能

居昱　錢唐郭氏子，學詩于林逋。

照寂　日本僧，號圓通大師。景德中入貢，丁謂悦之，留止吴門。

可士　天聖間閩僧。一作『士可』。

文瑩　字道温，錢唐僧，老于荆州金鑾寺。有《渚宫集》、《玉壺清話》、《湘山野録》。

秘演　山東僧。

重顯　字隱之，遂州李氏子，居明州雪竇寺。皇祐中，賜號明覺大師。有《瀑泉集》。

允堪　錢唐人，辨博精通，撰《律宗十二部經傳》，并《法門贊序》等文。慶曆中賜號真悟大師。

契嵩　字仲靈，藤州人，俗姓李。嘉祐中，進輔教編，賜號明教禪師，退老于杭州靈隱寺。有《鐔津集》。

懷濬　閩僧。

曇穎　錢唐丘氏子，出家龍興寺。與歐陽永叔、刁景純游。嘉祐四年，示寂于金山龍

游寺。

懷璉　漳州陳氏子，住明州育王山。仁宗賜號大覺禪師，住持東京淨因院，治平中還山。

無夢　鄂州僧。

寶磨　光黄間狂僧。

惟政　餘杭僧。有《錦溪集》。

則之　字彝老，外岡楊氏子。學詩于西湖順老，學禪于大覺璉禪師。有《禪外集》。

繼儒

思雅

惠涣

祖心　號晦堂，南雄始興郭氏子。本書生，出家參黄檗南公，繼其法席，住隆興府黄龍寺。元符三年示寂，賜號寶覺。

元淨　字無象，於潛徐氏子。住持杭州上、下二天竺，賜紫衣及辨才號。趙閲道、蘇子瞻、秦少游，皆與倡酬，學徒踰萬人。

文彧　號文寶大師。有《詩格》。

惠隆　有《靈溪集》。

宗美　有《晉江集》。

維琳　武康沈氏子，好學能詩。東坡倅杭，請住徑山。宣和元年，崇右道教，詔僧爲德士，皆頂冠，師聚徒説偈而逝。

省回　住南嶽雙峰寺。

重喜　熙寧中，會稽漁人，日誦『觀世音菩薩』，超悟能書，作偈頌。

王梵志　山谷重其詩。

雪竇

贊元　住蔣山，王荆公敬禮之。

悦㒤師

靚禪師

可遵　福州僧。

全宋詩話卷九十二

法眼禪師

太祖將問罪江南，李後主用謀臣計，欲拒王師。法眼禪師觀牡丹于大内，作偈諷曰：『擁毳對芳叢，由來趣不同。髪從今日白，花是去年紅。豔曳隨朝露，馨香逐晚風。何須待零落，然後始知空。』後主不省，王師渡江。《冷齋夜話》

乾　康

乾康有《經方干舊居》詩云：『鏡湖中有月，處士後無人。荻筍抽高節，鱸魚躍老鱗。』爲齊己所稱。乾德中，左補闕王仲知永州，康捧詩見仲，睹其老醜，曰：『豈有狀貌如此能爲詩乎？』時積雪方消，命康詠之，即賦云：『六出奇花已住開，郡城相次見樓臺。時人莫把和泥看，一片飛從天上來。』仲驚異，待以殊禮。《詩話總龜》

永　牙

《贈英公大師》云：『吾宗何事獨稱雄？今昔名高繼古風。王右軍書得智永，李陽冰篆付英公。墨研天電煤疑絶，硯琢端溪石欲空。珍重真蹤千載後，誰來三日看無窮？』《英公十八體篆書碑》。宗祥案：《墨池編》云：『釋夢英，衡州人，效十八體書，尤工玉箸。嘗至大梁，太宗召之簾前賜紫服。去游終南山，師號宣義。』

正　緣

《送人謁柳開》句云：『柳墻高于花，怒飛方可至。奇哉游夏徒，吐辭作雄翅。』《歷代吟譜》

福　全

沙門福全，生于金鄉，長于茶海。能注茶幻茶成一句詩，並點四甌，共一絶句，泛乎湯表。小小物類，唾手辦耳。檀越日造門求觀湯戲，自詠云：『生成盞裏水丹青，巧盡工夫學不成。卻笑當時陸鴻漸，煎茶羸得好名聲。』《清異録》

法常

河南釋法常，性英爽，酷嗜酒，無寒暑風雨常醉。醉即熟寢，覺則吟云：『優游麴世界，爛漫枕神仙。』《清異録》

贊寧

吴僧贊寧，國初爲《僧録》，頗讀儒書，博覽强記，亦自能撰述，而辭辨縱横，人莫能屈。時有安鴻漸者，文詞雋敏，尤好嘲詠，嘗街行，遇贊寧與數僧相隨，鴻漸指而嘲曰：『鄭都官不愛之徒，時時作隊。』贊寧應聲答曰：『秦始皇未阬之輩，往往成群。』時皆善其捷對，鴻漸所道，乃鄭谷詩云：『愛僧不愛紫衣僧』也。《六一詩話》

僧録贊寧有大學，洞古博物，著書數百卷，王元之禹偁、徐騎省鉉，疑則就而質焉，二公皆拜之。柳仲塗開因曰：『予頃守維揚，都堂後菜圃，纔陰雨則青燄夕起，觸近則散，何耶？』寧曰：『此𤇾力振反火也。兵戰血或牛馬血，著土則凝結爲此氣，雖千載不散。』柳遽拜之曰：『掘之皆斷鎗折鏃，乃古戰地也。』因贈以詩，中有『空門今日見張華』之句。太宗欲知古高僧事，撰《僧史略》十卷進呈，充史館編修。壽八十四，司天監王處訥推其命，孤

尊不佳，三命星禽晷禄壬遁，俱無壽貴之處，謂寧曰：『師生時所異者，止得大貴星臨門，必有裂土侯王在户否？』寧曰：『母氏長謂某曰：「汝生時方卧草，錢文穆王元瓘往臨安縣拜塋，至門雨作，避于茆簷甚久，殆浣浴襁藉畢，徘徊方去。」』《湘山野録》

希　晝

蜀僧希晝《游雁蕩》句云：『天長來月正，木末度猨稀。』《贈句學士》云：『曉天金馬路，晚歲石霜心。』《寄人》云：『山日秋光短，江虹晚影低。』《贈關上人》云：『寄禪關寺老，乞食塞城荒。』《楊文公談苑》

歐陽公云：《九僧詩集》已亡，元豐元年秋，予游萬安山玉泉寺，于進士閔交如舍得之。所謂九詩僧者，劍南希晝，金華保暹，南越文兆，天台行肇，沃洲簡長，貴城惟鳳，淮南惠崇，江南宇昭，峩眉懷古也。直昭文館陳充集而《序》之。其美者，亦止于世人所稱數聯耳。交如好治經，所爲奇僻，自謂：『得聖人微旨，先儒所不能到。』貧無妻兒，不應舉，嘗寄食僧舍，僧亦不厭苦之。始居龍門山，猶苦游人往來多，徙居萬安山，屏絶人事，專以治經爲事，凡數十年，用心益苦，而去人情益遠。衆非笑之，交如不變益堅，雖非中行，其志亦可憐也。《續詩話》

《麈史》云：《劉氏傳記》載煬帝既誅薛道衡，乃云：『尚能道「空梁落燕泥」否？』蓋道衡詩嘗有是句。楊公《談苑》載僧希晝《北宫書亭》云：『花露盈蟲穴，梁塵墮燕泥。』予以爲鍊句雖工，而致思不逮于薛矣。《苕溪漁隱叢話》

保暹

保暹《秋徑》詩云：『杉竹清陰合，閒行意有憑。涼生初過雨，静極忽歸僧。蟲迹穿幽穴，苔痕接斷棱。翻思深隱處，峰頂下層層。』自然令人愛悦，不假人言，然後爲貴。《天廚禁臠》

行肇

《送僧》句云：『定錫樵停斧，窺人鳥立槎。』《送人之鄞江》云：『江聲鼇背去，帆影斗邊飛。』《楊文公談苑》

簡長

《送人歸寧州》句云：『煙壘沉寒角，霜空擊怒鵰。』《楊文公談苑》

張景《序》云：『上人之詩，始發于寂寞，漸進于冲和，盡出于清奇，卒歸于雅静。』《談苑・張景序》

惟　鳳

惟鳳，號持正，有《邊將》句云：『草橵飛燕壘，降幡入漢宫。』《送人歸天台》云：『岸盡吴山出，潮平越樹低。』《題甘露招提》云：『寺近東溟日，山連北固春。』《送陳處士》云：『家遠知琴在，時清賣劍歸。』《歷代吟譜》

王隨《序》云：『持正大師一章一聯，皆出乎清新，發乎濬逸。賦象可以披圖畫，騰英可以潤金石。』《歷代吟譜・王隨序》

惠　崇

寇萊公一日延詩僧惠崇於池亭，探鬮分題。丞相得『池上柳』、『青』字韻，崇得『池上鷺』、『明』字韻。崇默遶池逕，馳心于杳冥以搜之，自午及晡，忽以二指點空微笑曰：『已得之，已得之。此篇功在「明」字，凡五押之俱不到，今方得之。』丞相曰：『試請口舉。』崇曰：『照水千尋迥，棲煙一點明。』寇公笑曰：『吾之柳功在「青」字，已四押之，終不愜，不

若且罷。』崇詩全篇曰：『雨絶方塘溢，遲回不復驚。曝翎沙日暖，引步島風清。』及斷句云：『主人池上鳳，見爾憶蓬瀛。』《湘山野録》

楚僧惠崇，工於詩，《題楊雲卿郊居》云：『河分崗勢斷，春入燒痕青。』《長信詞》云：『陰井生秋早，明河徹曉遲。』《江行晚泊》云：『嶺暮清猿急，江寒白鳥稀。』《上谷相池上作》云：『歸禽動疏竹，落果响寒塘。』《贈陳少府》云：『野人傳相鶴，山叟學彈琴。』《夜坐》云：『春淺水生井，宵分月上簷。』《贈凝上人》云：『掩門青檜老，出定白髭長。』《送逐客》云：『浪經故浦闊，山入鬼門寒。』《經緣公舊寺》云：『遺偈傳諸國，留真在一峰。』《塞上》云：『河冰堅瘦馬，塞雪密藏鵰。』《喜長公至》云：『久别年顔改，相逢夜話長。』《隱者》云：『多年不道姓，近日旋移家。』《宿東林寺》云：『鳥歸山墮雪，僧去石沉雲。』《上楊内翰》云：『露寒金掌重，天近玉繩低。』《柳氏書齋》云：『著書驚日短，彈劍惜春深。』《上王太尉》云：『探騎通番壘，降兵逐漢旗。』《田家秋夕》云：『露下牛羊静，河明桑柘空。』《寄梅蘇州》云：『鏁城山月上，吹角海鷗驚。』《宿楊侍郎東亭》云：『卷幔來風遠，移床得月多。』《送程至》云：『白浪分吴國，青山隔楚天。』《宿隱静寺》云：『空潭聞鹿飲，疏樹見僧行。』《送錢供奉》云：『劍戟明山雪，旌旗溼海雲。』《梅鼎臣河亭》云：『曠野行人少，長河去鳥平。』《宿肇公齋》云：『月高山舍過，霜落石門深。』《盧經西歸》云：『雪多秦木迴，雲

盡漢山孤。』《濠梁夜泊》云：『夜闌潮動舸，天迥月臨城。』《崔仰秋居》云：『葉影風中静，蟲聲月下多。』《贈裴使君》云：『行縣山迎舸，論兵雪繞旗。』《早行》云：『繁霜衣上溼，殘月馬前低。』《秋夕》云：『磬斷蟲聲出，燈迴鶴影沉。』《書韓退之屋壁》云：『移家臨醜石，租地得靈泉。』《秋夕懷長公》云：『秋近草蟲亂，夜遥霜月低。』《觀宴鄉老》云：『海鷗聽舜樂，山老泛堯觴。』《贈素上人》云：『午食下林鳥，夜禪移塚狐。』《夏夜》云：『扇聲猶泛暑，井氣忽生秋。』《江行早發》云：『殘月楚山曉，孤煙江廟春。』《翻經館靖少卿房》云：『梵容分古像，唐語入新經。』《題太保道院》云：『鶴傳滄海信，僧和白雲詩。』《秋夕懷汪白》云：『塞禽棲古柳，破月入微雲。』《贈白上人》云：『花漏沉山月，雲衣起海風。』《喜陳助教至》云：『樓中天姥月，座上杜陵人。』《冬日野望》云：『人歸崗舍近，雁過渚田遥。』《送人知榮州》云：『山色臨巴迥，江流入漢清。』《春深道中》云：『湘雲隨雁斷，楚路背人遥。』《贈李道士》云：『松風吹髮亂，巖漏濺棋寒。』《棲霞寺》云：『境閒僧度水，雲盡鶴盤空。』《林逋河亭》云：『古路隨崗起，秋帆轉浦斜。』《楊秘校池上》云：『禽寒時動竹，露重忽翻荷。』《魏仲先山亭》云：『嵐重琴棋溼，風長枕簟寒。』《塞上》云：『離砂雁銜雪，渡河人上冰。』《寄白閣上人》云：『夜梵通雲竇，秋香漏石叢。』《陝西道中》云：『關河雙鬢白，風雪一燈青。』《送防秋楊將軍》云：『殺氣生龍劍，威風動虎旗。』《瓜州亭子》云：『落潮鳴下岸，飛

雨晤中峰。』《賀劉舍人》云：『月躔黄道迥，青入紫微深。』《除夜》云：『寒燈催臘盡，曉角唤春歸。』《幽并道中》云：『雁行沉古戍，鵰影轉寒沙。』《送僧歸天台》云：『景霽雲迴合，秋風林動摇。』《過陳希夷舊居》云：『亂水僧頻過，荒松鶴不還。』《宿横江館》云：『露館濤驚枕，空庭月伴琴。』《維邢道中》云：『馬渡冰河闊，鵰盤磧日高。』《報國寺秋居》云：『驚蟬移古柳，鬭雀墮寒庭。』《書早上人房》云：『松風傳夕磬，溪霧擁春燈。』《觀南郊天仗》云：『霓旌摇曉色，風吹遶春雲。』《贈義上人》云：『坐石雲生衲，添泉日入瓶。』《昇平詞》云：『萬國無形治，三邊不戰平。』《國清寺》云：『暝鶴棲金刹，秋僧過石橋。』《吕氏西齋》云：『雪殘僧掃石，風動鶴歸松。』《劉參幽居》云：『風暖鳥巢木，日高人灌園。』《楊都官池上》云：『竹風驚宿鶴，潭月戲春魚。』《書方嶠壁》云：『圭竇先知曉，盆池别見天。』《送陳舍人巡撫》云：『月露疏寒柝，雲濤閃畫旂。』《宿齊上人禪齋》云：『鶴驚金刹露，龍蟄玉瓶泉。』《春日寇公贊池上》云：『暄風生木末，遲景入泉心。』《七夕》云：『河來天上闊，雲度月邊輕。』《贈王道士》云：『海人來相鶴，山狖下彈琴。』《送孫荆州》云：『畫鷁浮秋浪，金鐃響夕雲。』《江城晚望》云：『丹楓映郭迥，緑嶼背江深。』《題王太保山亭》云：『危溜含清瑟，飛花點玉觴。』《送李秦州》云：『朱旗凌雪卷，畫角入雲吹。』《晝上人西齋》云：『孤雲還静境，遠籟發秋空。』《李太博山莊》云：『圍棋分雪石，汲井動金沙。』《宫中詞》云：『井

含春氣碧，樓轉夕陰清。』《送吴袁州》云：『鳥暝風沉角，天清月上旗。』《寄肇公》云：『斜吹鳴金錫，歸雲擁石床。』《塞上》云：『古戍生煙直，平沙落日遲。』《嗣上人》云：『掃石雲離帚，嘗茶月入鐺。』《舟行》云：『遠嶼迎檣出，寒林帶岸迴。』《送延上人》云：『來時雲擁衲，別夜月隨笻。』《馬嬪淮亭》云：『路横岡燒斷，風轉浦帆斜。』《上殿前戴太保》云：『劍静龍歸匣，旗閒虎繞竿。』《高謳書齋》云：『品畫逢名嶽，横琴憶古賢。』《太一山》云：『雲陰移漢塞，石色入秦天。』《塞上送人》云：『地遥群馬小，天闊一鵰平。』《范滘園池》云：『江花凌霰發，山溜入池深。』《獵騎》云：『長風躍馬路，小雪射鵰天。』《高略書院》云：『古木風煙盡，寒潭星斗深。』《送段工部河北轉運》云：『渡河風動旆，巡部雨霑車。』《青箱雜記》

國朝浮圖，以詩名于世者九人，故時有《集》，號《九僧詩》，今不復傳矣。余少時聞人多稱之，其一曰惠崇，餘八人者，忘其名字也。余亦略記其詩有云：『馬放降來地，鵰盤戰後雲。』又云：『春生桂嶺外，人在海門西。』其佳句多類此。其《集》已亡，今人多不知有所謂『九僧』者矣，是可歎也！當時有進士許洞者，善爲詞章，俊逸之士也，因會諸詩僧，分題出一紙，約曰：『不得犯此一字。』其字乃『山水風雲竹石花草雪霜星月禽鳥』之類，于是諸僧皆閣筆。洞咸平三年進士及第，時無名子嘲曰：『張康渾裹馬，許洞鬧裝妻。』者是也。《六一詩話》

惠崇詩，有『劍静龍歸匣，旗閒虎繞竿。』其尤自負者，有：『河分岡勢斷，春入燒痕青。』時人或有譏其犯古者，嘲之：『河分岡勢司空曙，春入燒痕劉長卿。不是師兄多犯古，古人詩句犯師兄。』進士潘閬嘗謔之曰：『崇師爾當憂獄事，吾去夜夢爾拜我，爾豈當歸俗耶？』惠崇曰：『此乃秀才憂獄事爾！　惠崇，沙門也，惠崇拜，沙門倒也，秀才得毋詣「沙門島」耶？』《續詩話》

僧惠崇詩云：『河分岡勢斷，春入燒痕青。』然唐人舊句，而崇之弟子吟贈其師詩曰：『河分岡勢司空曙，春入燒痕劉長卿。　不是師偷古人句，古人詩句似師兄。』杜工部有：『峽束蒼江起，巖排石樹圓。』頃蘇子美遂用『峽束蒼江』、『巖排石樹』做七言句，子美豈竊詩者？　大抵諷古人詩多，則往往爲己得也。《中山詩話》

衆禽中惟鶴標致高逸，其次鷺亦閒野不俗，又皆嘗見于六經，如：『鳴鶴在陰，其子和之』、『鶴鳴于九皋，聲聞于天』、『振鷺于飛，于彼西雝』，《易》與《詩》嘗取之矣。　後之人形于賦詠者不少，而規規然祗及羽毛飛鳴之間。　如《詠鶴》云：『低頭乍恐丹砂落，曬翅常疑白雪銷。』此白樂天詩，『丹頂西施頰，霜毛四皓鬚。』此杜牧之詩，此皆格卑無遠韻也。　至于鮑明遠《鶴賦》云：『鍾浮曠之藻思，抱清迥之明心。』杜子美云：『老鶴萬里心。』李太白《畫鶴贊》云：『長唳風霄，寂立霜曉。』劉禹錫云：『徐引竹間步，遠含雲外情。』此乃奇語

也。如《詠鷺》云：『拂日疑星落，凌風似雪飛。』此李文饒詩，『立當青草人先見，行近白蓮魚未知。』此雍陶詩，亦格卑無遠韻也。至于杜牧之《晚晴賦》云：『忽八九之紅芰，如婦如女，墮蘂黦顔，似見放棄。白鷺潛來，邈風標之公子，窺此美人兮，如慕悦其容媚。』雖語近于纖豔，然亦善比興者。至于許渾云：『雲漢知心遠，林塘覺思孤。』僧惠崇云：『曝翎沙日暖，引步島風清。照水千尋迥，棲煙一點明。』此乃奇語也。《庚溪詩話》

宋九釋詩，惟惠崇詩絶出，嘗有『河分岡勢斷，春入燒痕青』之句，傳誦都下，籍籍喧著，餘緇遂寂寥無聞，因忌之，乃厚誣其盜。閩僧文兆以詩嘲之曰：『河分岡勢司空曙，春入燒痕劉長卿。不是師兄偷古句，古人詩句犯今人。』《湘山野録》

歐陽文忠公《詩話》：『國朝浮圖，以詩名世者九人，故時有《集》號《九僧詩》，今不復傳矣。予少時聞人多稱其一曰惠崇，餘八人忘其名。』煇昔傳《九僧詩》，劍南希晝，金華保暹，南越文兆，天台行肇，沃州簡長，青城惟鳳，江東宇昭，峨眉懷古，并淮南惠崇，其名也。《九僧詩》極不多有，景德五年直史館張亢所著《序》引如崇《到長安》『人游曲江少，春入未央深』之句，皆不載，以是疑爲節本。崇非但能詩，畫亦有名，世謂『惠崇小景』者是也。『畫史紛紛何足數，惠崇晚出吾最許。』荆公詩云爾。《清波雜志》

懷古

《詠婕》句云：『霧開離草迴，風逆到花遲。』《深雪偶談》

遇賢

遇賢俗姓林氏，宋初長洲東禪寺僧，飲酒無算，且多靈異，鄉人謂之『林酒仙』。口中可容兩拳，能自圖其形，無毫釐不相似。好賦詩，亦有清婉者，有《雜詩》云：『金罼又閒泛，玉山還報頹。莫教更漏促，趁取月明迴。』『門前緑樹無啼鳥，林下蒼苔有落花。聊與東風論個事，十分春色屬誰家？』『揚子江頭浪最深，行人到此盡沉吟。他時若向無波處，還似有波時用心。』《中吳紀聞》

遠國

蜀僧遠國《傷蜀》詩曰：『樂極悲來數有涯，歌聲纔歇便興嗟。牽羊廢主尋傾國，逐鹿奸臣盡喪家。丹禁夜涼空鎖月，後庭春老謾開花。兩朝基業都成夢，林木蒼蒼噪暮鴉。』《詩話總龜》

德聰

德聰，姓仰氏，太平興國三年，結廬松江佘山，有二虎爲之衛，名大青、小青。自題《月軒》詩云：『軒前轆轤轉冰盤，軒裏詩成徹骨寒。多少人來看明月，誰知倒被月明看。』《松江府志》

用晦

《游解城中條山聯句序》云：『解城之南，出五里抵中條山，山有絶壁介立，儼若峽束，緣岸泝流，似有人迹。琅邪王衢，趙郡李識，處士魏野，江東僧用晦，披榛索徑，深入數百步，止于泉石之涘。道路未遠，塵事且隔，雲鳥風物，鳴動左右，而山語野笑，樂生盡日。因相與濯足，命爲聯句詩一章，凡二十句，用晦書于巖壁。時淳化五年秋八月三十日。』『萬仞雲根泉，清冷濯我足。用晦森森灑爪甲，凜凜寒肌肉。衢來初自試探，坐久頻舒縮。野觸開浪花白，踏破苔痕緑。衢肺腑亦澄澈，形影相照燭用晦。忽罷避游魚，未歸防渴鹿野。懼濁遠泥沙，就陰憐草木衢。浸潤易調暢，狎玩難拘束識。欲伐我未能，先起人何速野。此會高且閒，願繼漁父躅用晦。』《鉅鹿東觀集》

悟清

前輩好稱僧悟清『鳥歸花影動，魚没浪痕圓』，以爲句意皆新。然予讀後梁沈君攸《臨水》詩云：『花落圓紋出，風急細流翻。』乃知『魚浪痕圓』之句，出于此也。《復齋漫録》

印粲

《贈徐鼎臣常侍》句云：『見説下朝無一事，小池栽葦學僧家。』《歷代吟譜》

文喜

《失鶴》句云：『一向亂雲尋不得，幾番臨水待歸來。』《歷代吟譜》

守恭

《佛迹峰》句云：『帀髮人來絶，銜花鹿去多。』《楊文公談苑》

智仁

《溪居》句云：『寒聲病葉落，曉色凍雲開。』《送僧歸天台》云：『路遥無去伴，山叠有啼猨。』《吟窗雜録》

晦幾

僧晦幾《滕王閣》詩云：『檻外長江去不回，檻前楊柳後人栽。當時惟有西山在，曾見滕王歌舞來。』《菊坡叢話》

休復

《送道士西游》云：『日暮長安道，秋深太白峰。』《楊文公談苑》

尚能

《送人》句云：『西風隨雁急，寒柳向人疏。』《送孫大諫知永興》云：『關河虎符重，殿閣獸樽閒。』《送僧歸四明》云：『古寺山光裹，重城海氣圍。』又有句云：『泣珠泉路通關

市，種玉仙翁寄板圖。』『江聲鼇背雨，帆影斗邊風。』《皇朝類苑》

居昱

居昱嘗有句云：『松聲和雨聽，山色帶雲看。』《赤城志》

照寂

景德中，日本僧照寂入貢，三司使丁晉公甚悦之，爲言姑蘇山水奇秀。照寂心愛而留，因止于吴門寺，其徒不願從者，遣數人歸本國。後以黑金水瓶寄晉公，并詩曰：『提携三五載，日用不曾離。曉井斟殘月，春爐釋夜澌。鄱銀難免侈，萊石易成虧。此器堅還實，寄公應可知。』《談苑》

可士

東坡言：『僧詩要無蔬筍氣，固詩人龜鑒。』今時誤解，便作世網中語，殊不知本分家風，水邊林下氣象，蓋不可無，若盡洗去清拔之韻，使與俗同科，又不足尚。齊己云：『春深游寺客，花落閉門僧』、惠崇云：『曉風飄磬遠，暮雪入廊深』之句，華實相副，顧非佳句

耶？天聖間閩僧可士有《送僧》詩云：『一鉢即生涯，隨緣度歲華。是山皆有寺，何處不爲家？笠重吴天雪，鞋香楚地花。他年訪禪室，寧憚路途賒。』亦非食肉者能到也。《西清詩話》

文瑩

熙寧中，章子厚察訪湖北，因以兵收辰溪之南江諸蠻。時有吴僧願成，亦在軍中，自稱『察訪大師』，每出則乘大馬，以檛、劍擁之，呵殿而行，隨兵官李資入洞，資爲蠻人所殺，成亦被縛，既而放歸，猶揚揚自得。詩僧文瑩嘲之，曰：『童頭浮屠浙東客，傳呼避道長安陌。寶檛青蓋官儀雄，新賜袈裟椹猶黑。察車後乘從驅挈，庸夫無謀動蠻穴。暗灘夜被猿猱擒，縛入新溪哭殘月。牂牁畏佛不敢烹，脱身腥窟存餘生。放師回日不自媿，反以意氣湘南行。我聞辛有適伊川，變戎預讖麟經編。暌車載鬼吁可怪，宜入熙寧《志怪篇》。』《詩話總龜》

秘演

《山中》詩云：『結茅臨水石，澹寂益閒吟。久雨寒蟬少，空山落葉深。危樓乘月上，

遠寺聽鐘尋。昨得江僧信，期來此息心。』《瀛奎律髓》

歐陽修《序》云：『秘演與曼卿交最久。曼卿隱于酒，秘演隱于浮屠，皆奇男子也。曼卿稱秘演之作，以爲雅健有詩人之意。』《瀛奎律髓·歐陽修序》

重顯

重顯工翰墨，作爲詩句，追慕禪月休公。嘗游廬山棲賢，時禔禪師居焉，簡嚴少接納，顯藹藹不合，作《獅子峰》詩譏之，云：『踞地盤空勢未休，爪牙安肯混常流。天教生在千峰上，不得雲擎也出頭。』《僧寶傳》

允堪

允堪九歲時，客有以小桂使賦者，云：『始生巖谷畔，早有月中香。』《西湖高僧事略》

契嵩

《湖上晚歸》云：『人間薄游罷，歸興尋舊隱。春崖行未窮，夕陽看欲盡。嵐光山際淡，天影水邊近。自憐幽趣真，清吟更長引。』《鐔津集》

嵩明教初至開先，主者命掌書記，笑曰：『吾豈爲汝一杯薑杏湯耶？』乃去之西湖。坡公所云『契嵩禪師多嗔人，未嘗見其笑者』是也。《林間録》

懷　濬

閩僧懷濬有詩二絶，云：『家在閩山東復東，其中歲歲有花紅。而今再到花紅處，花在舊時紅處紅。』『家在閩山西復西，其中歲歲有鶯啼。而今再到鶯啼處，鶯在舊時啼處啼。』人多誦也。《古今詩話》

曇　穎

《小溪》詩云：『小溪莊上掩柴扉，雞犬無聲月色微。一隻小舟臨斷岸，趁潮來此趁潮歸。』《宋高僧詩選》

懷　璉

大覺懷璉，禪學外工詩，荆公與之游，嘗以其詩示歐公，曰：『此道人作肝臟饅頭也。』荆公不悟其戲，問其意，歐公曰：『是中無一點菜氣。』璉蒙仁廟賞識，留住東京静因禪院甚

久，嘗作詩進呈，乞還山林，曰：『千簇雲山萬壑流，閒身歸老此峰頭。殷勤願祝如天壽，一炷清香滿石樓。』又曰：『堯仁況是如天闊，乞與孤雲自在飛。』《冷齋夜話》

無夢

無夢多化府畿村落間，手持木牌一面，正書詩二首，云：『身爲車兮心爲軾，車動軾隨無計息。交梨火棗是誰無？自是不除荊與棘。』『身爲客兮心爲主，主人和平客安堵？若還主客不安寧，精神管定辭君去。』《墨客揮犀》

寶馨

東坡云：予謫黃州，休馬于逆旅祁宗祥家，見壁上有幅紙題詩，云：『滿院秋光濃欲滴，老僧倚杖青松側。只怪高聲問不應，嗔余踏破蒼苔色。』其後題云：『溢水僧寶馨。』宗祥謂予：『此光、黃間狂僧也，年百三十，死于熙寧十年。既死，人有見之者。』《苕溪漁隱叢話》

惟政

苕溪漁隱曰：予嘗愛政黃《牛山中偈》云：『橋上山萬層，橋下水千里。惟有白鷺鷥，

見我長來此。』造語平易，不加雕斲，而清勝之景，閒適之意，宛然在吾目中矣。《苕溪漁隱叢話》

政禪師住功臣山，標致甚高，蔣侍郎堂守錢唐，與師爲方外友。冬不擁爐，以荻花作毬，納足于中，客至共之。好翫月，盤膝大盆中，浮于水上，自旋其盆，吟笑達旦，率以爲常。出入常跨一黄牛，世稱爲『政黄牛』。《補續高僧傳》

則之

則之，字彛老，外岡楊氏子，學詩于西湖順老，學禪于大覺璉禪師。有《早梅》詩云：『數萼初含雪，孤清畫本難。有香終是别，雖瘦亦勝寒。横笛和愁聽，斜枝倚病看。朔風如解意，容易莫吹殘。』《雪霽觀梅》云：『荒園晚景斂寒煙，數朵清新破雪邊。幽豔有誰能畫得？冷香無主賴詩傳。看來最畏前村笛，折去休逢野渡船。向晚十分終更好，静兼江月淡娟娟。』《中吴紀聞》

繼儒

《貽顯宗上人》詩：『僧閒師更閒，危坐雪堂寒。白日門常掩，紅塵事不干。吟終燈燼落，講罷印香殘。仍欲添佳致，栽松近藥闌。』沁水縣榼山寺中宋石刻九僧詩，人各一首，

不盡佳，不録。此刻在治平二年十二月望日。李蓑《黄谷譏談》

思雅

《送王山人歸千峰》詩：『舊居千萬岑，歸去獨携琴。物外情難遏，雲中路再尋。花繁溪浦合，柳暗野橋深。想到垂綸處，和苔掃竹陰。』《黄谷譏談》

惠渙

《送王山人歸隱》詩：『山人惟委命，豈戀世塵間？干禄不得志，移家住遠山。醉眠溪石静，吟倚草堂閒。到想無餘事，林僧日往還。』《黄谷譏談》

祖心

晦堂心禪師初退黄龍院，作詩云：『不住唐朝寺，閒爲宋地僧。生涯三事衲，故舊一枝藤。乞食隨緣過，逢山任意登。相逢莫相笑，不是嶺南能。』此詩深静平實，道眼所了，非世間文士詩僧所能仿佛也。《彦周詩話》

黄龍心禪師初謁雲峰悦公，留三年，往依黄檗南公，無所得，試閲《傳燈》，至僧問多福

曰：『如何是多福一叢竹？』曰：『一莖兩莖斜，三莖四莖曲。』頓覺有省，旋游京師，南還廬山。《客齋詩話》

元　净

《次韻參寥懷秦少游學士詩》云：『巖棲木食已皤然，交舊何人慰眼前？素與晝公心印合，每思秦子意珠圓。當年步月來幽谷，拄杖穿雲冒夕煙。臺閣山林本無異，故應文字未離禪。』東坡題後云：『辨才作此詩時，年八十一矣，平生不學作詩，如風吹水，自成文理。而參寥與吾輩詩，乃如巧人織繡耳。』《風月堂詩話》

文　彧

文寶大師《題項羽廟》句云：『十年弓劍爲誰苦？萬里山河不自由。』《歷代吟譜》

惠　隆

《題廢宅》句云：『繞砌淺莎鳴促織，斷粗殘雨挂游絲』《歷代吟譜》

宗美

《題延福寺》詩云：『倚檻寒松偃，連雲一徑横。就中圖不得，窗户入江聲。』《自題詩集》云：『新集蒭蕘六百篇，冥搜疑到不還天。多慚未得騷人旨，虚役身心五十年。』《泊吴江》句云：『浣紗舊曲何人笛？一一隨風到客舟。』《歷代吟譜》

維琳

《問東坡疾》云：『扁舟駕蘭陵，目换舊風物。君家有天人，雌雄維摩詰。我口吞文殊，千里來問疾。若以偈相答，露柱皆笑出。』《雲麓漫抄》

師居銅山院，有松合抱，縣大夫將取以治廨，師知之，命削皮題詩其上云：『大夫去作棟梁材，無復清陰護緑苔。只恐夜深明月下，誤他千里鶴飛來。』尉至，讀其詩，乃止。《補續高僧傳》

省回

《辭衆偈》云：『九十二光陰，分明對衆説。遠洞散寒雲，幽窗度殘月。』師于元豐六年

九月十七日坐逝，荼毘齒頂不壞，上有五色異光。《五燈會元》

重 喜

錢唐關子東爲余言：熙寧中，有長老重喜，會稽人，少以捕魚爲生，然日誦『觀世音菩薩』不少休，舊不識字，一日輒能書，又能作偈頌。嘗作頌云：『地爐無火一囊空，雪似楊花落歲窮。乞得苧麻縫破衲，不知身在寂寥中。』此豈捕魚者之所能哉？解悟如此，蓋得觀音智慧力也。《竹坡詩話》

會稽法雲長老重喜，爲童子時，初不識字，因歸寺廊，忽若有省，遂能詩。其警句云：『地爐無火客囊空，雪似楊花落歲窮。拾得斷麻縫壞衲，不知身在寂寥中。』程公闢修撰守會稽，聞喜名，一日召之，與游蕺山上方院，索詩，喜即吟云：『行到寺中寺。坐觀山外山。』蓋戲用公闢體也。《老學庵筆記》

王梵志

山谷云：王梵志詩云：『梵志翻著韈，人皆道是錯。乍可刺你眼，不可隱我脚？』一切衆生顛倒。』類皆如此，乃知梵志是大修行人也。昔茅容季偉，田家子爾，殺雞飯其母，而

以草具飯郭林宗。林宗起拜之，因勸使就學，遂爲四海名士，此翻着韈法也。今人以珍饌奉客，以草具奉其親，涉世合義則與己，不合義則稱親，萬世同流，皆季偉之罪人也。《苕溪漁隱叢話》

山谷云：『王梵志詩云：「城外土饅頭，餡草在城裏。一人喫一個，莫嫌没滋味。」已且爲土饅頭，尚誰食之？今改預先着酒澆，使教有滋味。』《苕溪漁隱叢話》

雪　竇

苕溪漁隱曰：雪竇顯禪師嘗作偈云：『三分光陰二早過，靈臺一點不揩磨。貪生逐日區區去，喚不回頭争奈何。』世人貪着愛境，以妄爲真，迷而弗返，讀此偈者，宜如何哉？《苕溪漁隱叢話》

文殊問無著：『近離甚處？』著云：『南方。』殊云：『南方佛法如何多少？』著云：『或三百，或五百。』著問：『此如何住持？』殊云：『凡聖同居，龍蛇渾雜。』著云：『多少衆？』殊云：『前三三，後三三。』雪竇頌曰：『千峰盤屈色如藍，誰謂文殊是對潭？堪笑清涼多少衆，前三三與後三三。』《傳燈録》

贊元

《僧寶傳》云：王荆公丁家艱，閲内典于蔣山，與贊元禪師游從如昆弟。公嘗問祖師意旨，元不答，公益扣之，元曰：『公般若有鄣三，有近道之質一，更兩生來恐純熟。』公曰：『願聞其説。』元曰：『公世緣深，懷經濟之志，用舍不能必；心未平又多怒，而學問尚理，于道爲所知愚，此其三也。特視利名如脱髮，甘澹薄如頭陁，此爲近道。且當以教乘滋茂之可也。』公再拜受教。元爲人閒靖寡言，客來無貴賤，寒温外無別語。公後罷相居定林，稍覺煩動，即造元相向默坐，終日而去。有詩《題覺海方丈贈之》云：『往來城府住山林，諸法翛然但一音。不與物違真道廣，每隨緣起自禪深。舌根已浄誰能壞？足迹如空我得尋。歲晚北窗聊寄傲，蒲萄零落半床陰。』人以爲實録。《苕溪漁隱叢話》

悦禪師

雲峰悦禪師，明眼尊宿，叢林敬畏，與興化銑和尚友善。銑城居三十年，老矣，猶迎送不已，悦常誡之曰：『公何不袖手林中去，尚此忍垢乎？』郡僚愛銑者多，不果脱，一日送大官出郊，墮馬損臂，呻吟月餘，以書哀訴于悦。悦恨其不聽言，作偈戲之曰：『大悲菩薩一

千手，大丈夫兒誰不有？ 興化和尚折一枝，尚餘九百九十九。』南華恭長老同嗣大愚，然少叢林，有書來敘法乳，悅作偈戲之曰：『與師萍迹寄江湖，共憶當年在大愚。 堪笑堪悲無限事，甜瓜生得苦葫蘆。』《冷齋夜話》

靚禪師

三峰靚禪師，初住寶雲。 邑有巨商，尚氣不愛僧化，曰：『施由我耳，豈容人勸。』靚宣言：『惟我獨能化之。』其人聞靚之説，果不出，靚題其壁云：『去年巢穴畫梁邊，春暖雙雙遶檻前。 莫訝主人簾不捲，恐銜泥土污花甎。』其人喜，不怒特自傷，追還厚施之。 靚笑謂人曰：『吾果能化之。』《冷齋夜話》

靚禪師，有道老宿也，初主筠之三峰，嘗赴供民家渡溪。 溪漲，靚重遲爲溪流所陷，童子掖之至岸，坐沙石間，垂頭如雨中鶴。 童子意必怒，且遭詬，遂不敢仰視。 靚忽指溪作詩云：『春天一夜雨霶霈，添得溪流意氣多。 剛把山僧推倒卻，不知到海復如何？』後住汝州香山，無疾而化。《冷齋夜話》

可遵

《冷齋夜話》云：福州僧可遵，好作詩，暴所長以蓋人，叢林貌禮而心不然之。嘗題詩湯泉壁間，東坡游廬山偶見，爲和之。遵曰：『禪庭誰作石龍頭，龍口湯泉沸不休，直待衆生塵垢盡，我方清冷混常流。』東坡曰：『石龍有口口無根，龍口湯泉自吐吞，若信衆生本無垢，此泉何處有寒温？』遵自是愈自矜伐。客金陵，佛印元公自京師還，過焉，遵作詩贈之曰：『上國歸來路幾千，渾身猶帶御爐煙。鳳凰山下敲蓬户，驚起山翁白晝眠。』元戲答曰：『打睡禪和萬萬千，夢中趨利走如煙。勸君抖擻修禪定，老覺如蠶已再眠。』元詩雖少醖藉，亦一時快之。《苕溪漁隱叢話》

僧可遵者，詩本凡惡，偶以『直待衆生總無垢』之句，爲東坡所賞，書一絶于壁間繼之。山中道俗，隨東坡者甚衆，即日傳至圜通，遵適在焉，大自矜詡，追東坡至前途。而途中又傳東坡三峽橋詩，遵即對東坡自言，有一絶卻欲題三峽之後，旅次不及書，遂朗吟曰：『君能識我湯泉句，我卻愛君三峽詩。道得可嘶不可漱，幾多詩將豎降旗。』東坡既悔賞拔之誤，且惡其無禮，因促駕去，觀者稱快。遵方大言曰：『子瞻護短，見我詩好甚，故妬而去。』徑至棲賢，欲題所舉絶句，寺僧方礱石刻東坡詩，大詬而逐之，山中傳以爲笑。《老學庵筆記》

全宋詩話目録卷九十三 釋二

道潛　本名曇潛，東坡改『道潛』，字參寥，錢唐王氏子一作於潛何氏子。東坡守杭，卜智果精舍居之，蘇南遷，坐詩禍還俗。建中靖國初，復詔祝髮，嘗賜號妙總大師。有《集》。

仲殊　字師利，俗姓張，名揮，安州進士，因事出家。住蘇州承天寺、杭州吴山寶月寺。有《寶月集》。

慎長老　廬山圓通寺僧。

清順　字怡然，杭州西湖北山僧，王荆公愛其詩。

惠詮　杭州梵天寺僧一作守詮。

先覺

思聰　字聞復，孤山僧，後返俗。

雲知　西湖普福院僧。

景淳　元豐初，桂林僧。

僧孚　號草堂，慧聚寺僧。

了元　字覺老，饒州浮梁林氏子，少出家。住持江州開先、潤州金山、杭州聖水等寺。東坡與善，神宗賜號佛印。元符初，聽客語合心，一笑軒渠而逝。

奉忠　蜀僧。

慶老

善權　字巽中，靖安高氏子。貌清癯，人目爲『瘦權』，落拓嗜酒。詩入江西派。有《真隱集》。

祖可　字正平，丹陽人，蘇伯固子，養直弟。住廬山，被惡疾，人號『癩可』。詩入江西派。有《東溪集》、《瀑泉集》。

如璧　本撫州士子饒節，字德操，後爲僧。詩入江西派。有《倚松老人集》。

如琳　本饒德操僕詹榮，亦撫州人。

惠嚴　俗姓彭，金谿人，出家寶應寺，號文惠大師。

法具　字圓復，吴興僧，後寂于毘陵馬迹山。有《化庵湖海集》。

智孜　號禪鑒，俗姓蕭，長汀僧。

法秀　字圓通，秦州隴城人，辛氏子。受法無爲禪師，道風整潔，時目爲『秀鐵面』。

全宋詩話卷九十三

道潛

參寥子者，妙總大師曇潛也，俗姓王氏，杭州錢塘縣人。幼不茹葷，父母聽出家，以童子誦《法華經》，度爲比丘，受具戒，於内外典無所不窺，解文章，尤喜爲詩。秦少游與之有支許之契。嘗在臨平道中作詩云：『風蒲獵獵弄輕柔，欲立蜻蜓不自由。五月臨平山下路，藕花無數亂汀洲。』東坡一見，爲寫而刻諸石，宗婦曹夫人善丹青，作《臨平藕花圖》，人争影寫，蓋不獨寶其畫也。東坡守彭城，參寥嘗往見之，在坡座賦詩，援筆立成，一坐嗟服。坡遣官妓馬盼盼索詩，參寥笑作絶句，有『禪心已作沾泥絮』之句，坡曰：『予嘗見柳絮落泥中，私謂可以入詩，偶未嘗收拾，乃爲此老所先，可惜也！』住西湖智果院。坡南遷，素不快者，捃詩語謂有刺譏，得罪反初服。建中靖國元年，曾子開爲翰林學士，言其非辜，詔復祝髮，紫方神師號如故。蘇黄門每稱曰：『此釋子詩無一點蔬笋氣。其體制絶似儲光

義，非近世詩僧所能比也。』欲集其詩序之，竟不果而卒。參寥崇寧末，歸老江湖，既示寂，其傳孫法潁，以其《集》行于世，然猶有不傳者。《續骫骳説》

僕在黄州，參寥自武陵來訪，館之東坡。一日，夢參寥誦作新詩，覺而記兩句云：『寒食清明都過了，石泉槐火一時新。』後七年，出守錢塘，而參寥始卜居湖上智果院，院有泉出石縫間，其冷宜作茶，寒食之明日，僕與客泛舟自孤山來謁參寥，汲泉鑽火，烹黄蘗茶，忽悟所夢詩兆於七年之前，衆客驚歎。知傳記所載，蓋不妄也。《東坡詩話》

昨夜夢參寥師携軸詩見過，覺而記其《飲茶》兩句云：『寒食清明都過了，石泉槐火一時新。』夢中問：『火固新矣，泉何故新？』答曰：『俗以清明淘者。』當續成詩以記其事。《東坡詩話》

東坡云：參寥善絶句，有云：『隔林仿佛聞機杼，知有人家在翠微。』每爲人誦。後來黄州，相聚半年，京師故人以書相遺曰：『知有僧在彼，非「隔林仿佛聞機杼」和尚耶？』僕謂參寥：『此吾師七字師號也。』《直方詩話》

陳君節，字明信，言：『鍊句不如鍊韻。』予以爲若只覓好韻，則先於首尾不相貫穿。參寥云：『東坡在徐州日，嘗爲秦少游置酒。少游飲罷，擁一官妓，從參寥乞詩。書其裙帶云：「寄語巫山窈窕娘，好將閒夢惱襄王。禪心已作沾泥絮，不逐春風上下狂。」』《直方詩話》

東坡長短句：『村南村北響繅車。』參寥詩云：『隔林彷佛聞機杼，知有人家在翠微。』秦少游：『菰蒲深處疑無地，忽有人家笑語聲。』三詩大同小異，皆奇句也。《高齋夜話》

吳僧道潛，有標致，常自姑蘇歸西湖，經臨平道中，作詩云：『風蒲獵獵弄輕柔，欲立蜻蜓不自由。五月臨平山下路，藕花無數滿汀洲。』東坡赴官錢塘，過而見之，大稱賞，已而，相尋于西湖，一見如舊相識。及坡移守東徐，潛往訪之，館于逍遥堂，士大夫爭欲識面。東坡饌客罷，携而俱來，紅粧擁隨之。東坡遣一妓前乞詩，潛援筆而成曰：『寄語巫山窈窕娘，好將魂夢惱襄王。禪心已作沾泥絮，不逐東風上下狂。』一座大驚，自是名聞海内。然性褊尚氣，憎凡子如仇。嘗作詩云：『去歲春風上苑行，爛窺紅紫厭平生。而今眼底無姚魏，浪蕋浮花懶問名。』士論以此少之。《冷齋夜話》

道潛作詩，追法淵明，其語有逼真處，曰：『數聲柔櫓蒼茫外，何處江村人夜歸？』又曰：『隔林彷佛聞機杼，知有人家在翠微。』時從東坡在黄州，士大夫以書抵坡曰：『聞日與詩僧相從，豈非「隔林彷佛聞機杼」者乎？真東山勝游也。』坡以書示潛，誦前句笑曰：『此吾師七字師號。』《冷齋夜話》

《冷齋夜話》謂：道潛作詩，追法淵明，其詩有逼真處曰：『數聲柔櫓蒼茫外，何處江村人夜歸？』又曰：『隔林彷佛聞機杼，知有人家住翠微。』予細細味之，句格極佳，但異淵明

語，豈得謂之『逼真處』？若東坡和陶詩：『前山正可數，後騎且勿驅。』此方是逼真處。德洪不善評詩，此豈足憑哉。《苕溪漁隱叢話》

予初入智果院，蘇翰林率賓客相送者十六人，各賦詩一章，用《圓覺經》云『以大圓覺，爲我伽藍，身心安居，平等性智』爲韻。得『以』字：『泰山屹天下，四海同仰止。我公命世英，突兀等于是。胸中廓秋漢，皎絶微雲滓。當年事危言，軒冕如脱屣。正貴知我希，寧慚不吾以。風雲果再符，六翮排空起。一昨厭承明，抗章求迤邐。餘杭古雄藩，比屋富生齒。立談政可成，興不負山水。雍容敦末契，訪我頑且鄙。大旆耀松門，禽猨亦驚喜。森森門下士，左右粲珠履。使君道德安，圭角非所恃。軟語如春風，薰然著桃李。今朝真勝事，千載足遺美。安得筆如椽？磨崖爲公紀。』《參寥集》

坡在餘杭會客，以彩牋作墨竹贈官妓，且令索詩于參寥。參寥援筆立就云：『小鳳團牋已自奇，謫仙重掃歲寒姿。梢頭餘墨猶含潤，恰似梳風洗雨時。』《風月堂詩話》

參寥《細雨》云：『細憐池上見，清愛竹間聞。』荆公改『憐』作『宜』。又詩云：『暮雨邊』，秦少游曰：『公直做到此也，「雨中」、「雨傍」皆不好，只「雨邊」最妙。』評『雨傍』不成語，『雨中』有何不可？此是秦與之作劇耳，何堪舉作話頭耶？又云：『流水聲中弄扇行。』俞清老極愛之。此老詩風流醖藉，諸詩僧皆不及。子蒼云：『若看參寥詩，則洪詩不堪看也。』案『洪詩』不知指

何人，豈山谷諸甥耶？《藏海詩話》

唐僧皎然《答李季蘭》詩云：『天女來相試，將花欲染衣。禪心竟不起，還捧舊花歸。』乃悟參寥《答杭妓》詩：『禪心已作沾泥絮，不逐東風上下狂』。《優古堂詩話》

苕溪漁隱曰：予觀《後山居士集》有《送參》，略云：『予與之别餘二十年，復見于此。愛其詩，讀不捨手，屬其談挽不聽去，交相語及唐詩僧，參寥子曰：「貫休、齊己，世薄其語，然以曠蕩逸群之氣，高世之志，天下之譽，王侯將相之奉，而爲石霜老師之役，終其身不去。」』《冷齋夜話》云：『參寥子言：「林下人好言詩，纔見誦齊己、貫休詩，便不必問。」』此豈用意于詩者，工拙不足病也。則參寥前後之論，何相反如此？疑《冷齋》妄爲云云耳。《苕溪漁隱叢話》

參寥《杭州城外題小溪》詩云：『城根野水緑逶迤，裊裊輕舟掠岸過。欲採芸蘭無覓處，渚花汀草占春多。』《侯鯖録》

鄒志完言：在嶺外見惠州太守方君，謂其家人素奉佛，一旦夢泗洲大聖來别，云：『將送蘇子瞻過海。』遂詰之曰：『幾時當去？』答曰：『八日去。』果如所言。故參寥以詩誌之曰：『臨淮大士本無私，應物長于險處施。親護舟航渡南海，知公盛德未全衰。』《能改齋漫録》

吴幾先嘗言：『參寥詩云：「五月臨平山下路，藕花無數滿汀洲。」五月非荷花盛時，不當云「無數滿汀洲。」』廉宣仲云：『此但取句美，若云「六月臨平山下路」，則不佳矣。』幾先云：『只是君記得熟，故以「五月」爲勝。不然，止云「六月」，亦豈不佳哉？』《老學庵筆記》

吕温卿爲浙漕，屢起大獄，復欲網羅參寥。參寥本名曇潛，東坡改之曰『道潛』。吕索牒勘驗，竟坐刑還俗，編管兖州。《墨莊漫録》

東坡南遷，參寥居西湖智果院，交游無復曩時之盛，作《湖上絶句》云：『去歲春風上苑行，爛窺紅紫厭平生。而今眼底無姚魏，浪蘂浮花懶問名。』『城隅野水緑逶迤，裊裊輕舟掠岸過。欲採芸蘭無覔處，野花汀草占春多。』詩既出，遂有返初服之禍。建中靖國間，曾子開明其非辜，始還故服。《風月堂詩話》

仲　殊

蘇州僧仲殊，本文士也，因事出家。有《潤州》詩云：『北固樓前一笛風，斷雲飛出建康宫。江南二月多芳草，春在濛濛細雨中。』人題李伯時《支遁相馬圖》詩云：『月窟精神不受羈，白雲野老太支離。當時若也無人識，駿骨靈心各自知。』《侯鯖録》

《訪方子通》云：『多年不見玉川翁，今日相逢小榭東，依舊清涼無長物，只餘松檜養

秋風。』《中吴紀聞》

『瑞麟香暖玉芙蓉，畫蠟凝輝到曉紅。數點漏移衙仗北，一番雨滴甲樓東。夢游黄闕鸞巢外，身卧彤幃虎帳中。報道譙門初日上，起來簾幙杏花風。』此僧仲殊詩也。黄左丞安中守平江，日會客，仲殊亦與焉，以疲倦先起，熟寐于黄堂中，不知客散，及覺，日已曈曨矣。左丞罰作此詩始放去。瑞麟香者，安中家所造也。《能改齋漫録》

僕泊船吴江，夢仲殊彈一琴，十三絃，頗損而有異聲。予問云：『琴何爲十三絃？』殊不答，但誦云：『度數形名不偶然，破琴今有十三絃。此生若見耶和璞，方信秦箏是響泉。』夢中了然喻其意，覺而識之。至晚到蘇，殊當來見，即以示之，寫至此，筆未絶，殊老叩船來見，驚歎不已，遂以贈之。去州五里。《東坡詩話》

蘇州仲殊師利長老，能文善詩及歌詞，皆操筆立就。予曰：『此僧胸中無一毫髮事，故與之游。』《東坡志林》

族伯父彦遠言：少時識仲殊長老，東坡爲作《安州老人食蜜歌》者。一日與數客過之，所食皆蜜也，豆腐、麵筋、牛乳之類，皆漬蜜食之，客多不能下筯，惟東坡性亦酷嗜蜜，能與之共飽。崇寧中，忽上堂辭衆，是夕，閉方丈門自縊死，及火化，舍利五色，不可勝計。鄒忠公爲作詩云：『逆行天莫測，雉作瀆中經。漚滅風前質，蓮開火後形。鉢盂殘蜜白，爐篆冷

煙青。空有誰家曲，人間得細聽。』彦遠又云：『殊少爲士人，游蕩不羈，爲妻投毒羹胾中，幾死，啖蜜而解。醫言復食肉則毒發不可復療，遂棄家爲浮屠。』鄒公所謂『誰家曲』者，謂其雅工于《樂府詞》，猶有不羈餘習也。《老學庵筆記》

慎長老

子由在筠，作《東軒記》，或戲之爲『東軒長老』。其婿曹焕往筠，予作一絶句送曹，以戲子由。曹過廬山，出以示圓通慎長老，慎欣然亦作一絶云：『東軒長老未相逢，已見黄州一信通。何必揚眉資目擊，須知千里事同風。』送客出門，歸入室，趺坐化去。《蘇文忠公集》

清　順

西湖僧清順，怡然清苦，多佳句。嘗賦《十竹》詩曰：『城中寸土如寸金，幽軒種竹只十個。春風慎勿長兒孫，穿我階前緑苔破。』又有《林下》詩曰：『久從林下游，頗識林下趣。從渠緑陰繁，不礙清風度。閒來石上眠，落葉不知數。山鳥忽飛來，啼破幽寂處。』荆公游湖上愛之，乃稱揚其名。坡晚年亦與之游，甚多酬唱。《冷齋夜話》

東坡游西湖僧舍，壁間見小詩云：『竹暗不通日，泉聲落如雨。春風自有期，桃李亂深

塢。』問誰所作，或告以錢塘僧清順者，即日求得之。一見甚喜，而順之名出矣。予留錢塘七八年間，有能誦順詩者，往往不逮前篇，政以所見之未多耳。然而使其止于此，亦足傳也。《竹坡詩話》

《復齋漫録》云：『《冷齋夜話》記西湖僧清順詩：「久從林下游，頗識林下趣。從渠緑陰繁，不礙清風度。閒來石上眠，落葉不知數。一鳥忽飛來，啼破幽寂處。」予見子蒼言，後四句不同，云：「困即蟠石眠，莫省落花數。惟聞犬吠聲，更入青蘿去。」後兩句雖不同，無害，第「落葉不知數」一句不可，蓋初夏間未應落葉之多耳。』苕溪漁隱曰：『「惟聞犬吠聲，更入青蘿去」，乃惠詮詩。東坡嘗和之云：「惟應山頭月，夜夜照來去」者是也。子蒼之言，《復齋》之記，皆誤也。』《苕溪漁隱叢話》

惠詮

東吴僧惠詮，佯狂垢污，而詩語清婉。嘗書湖上一山寺壁曰：『暮日寒蟬鳴，獨歸林下寺。柴扉夜未掩，片月隨行屨。惟聞犬吠聲，更入青蘿去。』東坡一見而和其後曰：『但聞煙外鍾，不見煙中寺。幽人行未已，草露溼芒屨。惟應山頭月，夜夜照來去。』詮竟以此詩知名。《冷齋夜話》

予讀東坡《和梵天寺僧守詮詩》，嘗喜其清絶過人，晚游錢塘，始得詮詩，乃知其幽深清遠，自有林下一種風流。東坡雖欲回三峽倒流之瀾，與溪壑争流，終不近也。《竹坡詩話》

先覺

惠先覺最爲東坡、元章所禮，爲人樸野，布衣草履，繩樱棢爲帶，時夜半起挹其法嗣門索火甚急，知是得句也。惠覺詩渾然天成，無一毫斧鑿痕，雍容閒逸，最有唐人風氣。《題大慈塢祖塔院》詩云：『谷口兩三家，平田一望賒。春深多遇雨，夜静獨鳴蛙。雲暗未通月，林香始辨花。誰驚孤枕曉？濤白捲江沙。』《北窗炙輠》

思聰

聞復，錢塘人，以詩見稱于東坡先生。予游錢塘甚久，絶不見此老詩。松園老人爲予言：東坡倅錢唐時，聰方爲行童試經，坡謂坐客言：『此子雖少，善作詩。近參寥子作「昏」字韻詩，可令和之。』聰和篇立成，云：『千點亂山横紫翠，一鈎新月挂黄昏。』坡大稱賞，言不減唐人，因笑曰：『不須念經，也做得一個和尚。』是年聰始爲僧。大觀政和間，挾琴游梁，日登中貴之門，久之，遂還俗爲御前使臣。方其將冠巾也，蘇叔黨因浙僧入都，送之詩

云：『試誦北山移，爲我招琴聽。』詩至，已無及矣。《竹坡詩話》

高子勉喜吴僧聞復詩：『枇杷花發天欲雪，黄雀不飛枝上寒。』以謂冬間難得花。予舉示子和，子和曰：『「黄雀不飛枝上寒」，佳句也。』《雪浪齋日記》

汪濬聖舊詩格不甚高，因從琴聽，詩乃不凡，如：『春水碧泱泱，群魚戲渺茫。誰知管城下，自有一濠梁。』乃是見聽後詩也。《藏海詩話》

雲知

普福院，天福二年吴越王建，舊名資嚴，大中祥符元年改今名。有石筍、白沙泉。熙寧元年，諫議大夫祖無擇出守于杭，愛石筍之勝。僧雲知結草爲庵，取公封國以『鄴』爲名，有歌云：『呼猨澗西藏石筍，丹桂蒼松達鷲嶺。幾年陳迹絶纖埃，一旦佳名出清景。山家時喜來五馬，相携款曲空嵒下。遂許誅茆結小庵，異日功成伴瀟灑。庵成可以資静觀，目前直見江湖寬。鄴公政簡每頻到，試茶笑傲浮雲端。物外似忘軒冕貴，此中深得林泉意。野人陪著病維摩，游息自同方丈地。芳猷從此流千載，且得而今光勝槩。』《咸淳臨安志》

景　淳

桂林僧景淳，工爲五言詩，詩規模清寒，其淵源出于島可，時有佳句，元豐之初，南國山林，人多傳誦。居豫章乾明寺，終日閉門，不置侍者，一室淡然。聞鄰寺齋鐘，即造焉，坐同海衆食堂前，飯罷徑去。諸刹皆敬愛之，或陰雨則諸刹爲送食，住二十年如一日。有四時不出，謂大風、雨，極寒、熱。時景福老順爲予言：『淳詩意苦而深，世不可遽解，如曰「夜色中旬後，虚堂坐幾更。隔溪猿不叫，當檻月初生。」又曰：「後夜客來稀，幽齋獨掩扉。月中無事立，草際一螢飛。」有深意。』予時方十六七，心不然之，然聞清修自守，是道人活計，喜之耳。《冷齋夜話》

《憶口上人》云：『捲箔西風起，乘時上古臺。秋聲隨葉下，夜色帶煙來。』《寄象敦》云：『漁翁睡重春潭闊，白鳥不飛舟自横。』《歷代吟譜》

僧　孚

《箴仲殊喜作豔詞》詩云：『大道久凌遲，正風還陊隳。無人整頽綱，目亂空傷悲。卓有出世士，蔚爲人天師。文章通造化，動與王公知。囊括十洲香，名翼四海馳。肆意放山

水，灑脱無羈縻。雲輕三事衲，瓶錫天下芝。詩曲相間作，百紙頃刻爲。藻思洪泉瀉，翰墨清且奇。惜哉大手筆，胡爲弄柔詞？願師持此才，奮起革澆漓。騖彼東山嵩，圖祖進豐碑。再續輔教編，高步凌丹墀。他日僧史上，萬世爲蓍龜。迦葉聞琴舞，終被習氣隨。伊余浮薄人，贈言增忸怩。儻能循我言，佛日重光離。』《東吴紀聞》

了元

《答可遵》詩云：『打睡禪和萬萬千，夢中趨利走如煙。勸君抖擻修禪定，老境如蠶已再眠。』《冷齋夜話》

東坡元豐末年得請歸耕陽羨，舟次瓜步，以書抵金山了元禪師，曰：『不必出山，當學趙州平等接人。』元得書徑來，東坡迎笑問之曰：『以偈爲獻？』曰：『趙州當日少謙光，不出山門見趙王。争似金山無量相，大千都是一禪床。』東坡拊掌稱善。《僧寶傳》

奉忠

《冷齋夜話》云：章子厚謫海康，過貴州南山寺，寺有老僧，名奉忠，蜀人也，自眉山來，欲渡海見東坡，不及，因病于此寺。子厚宿山中，邀與飲，忠忻然從之。又以蒸蛇勸食之，

忠舉筯啖之無所疑，子厚曰：『子奉佛戒，乃食蒸蛇，何哉？』忠曰：『相公愛人以德，何必見誚。』已而倚檻看雲，子厚曰：『夏雲多奇峰，真善比類。』忠曰：『曾記《夏雲》詩甚奇。』子厚使誦之，忠曰：『如峰如火復如綿，飛過微陰落檻前。天地生靈乾欲死，不成霖雨漫遮天。』《苕溪漁隱叢話》

慶老

泉州僧慶老，有詩云：『交情老去淡如水，病骨秋來瘦作松。』真方外語也。《詩説雋永》

善權

《王性之得李伯時所作〈歸去來圖〉，并自書淵明詞，刻石于琢玉坊，爲賦長句》：『王郎言語妙天下，眉宇清揚聚風雅。道山延閣歸有時，吐霧珠綃已無價。乃翁勲業誰與儔？惠愛宛同陳太丘。胡床夜據興不淺，江波漲月明江樓。鄰侯牙籤三萬軸，玉川五千貯枯腹。掌上雙珠照户庭，人間爽氣侵眉目。愛君羲獻來仍昆，草聖真行事逼真。是家此癖古不少，奇書異畫元通神。龍眠解説無聲句，時向煙雲一傾吐。戲拈秃筆臨冰紈，寫出淵明賦歸去。林端飛鳥倦知還，陌上征夫識前路。因君勒石柴桑里，便覺九原人可起。廬山未

是長寂寥，挽著高風自君始。』又《仁老湖上墨梅》詩云：『會稽有佳客，藹軸媚考槃。軒裳不能榮，老褐圍歲寒。婆娑弄泉月，松風寄絲彈。若人天機深，萬象回筆端。湖山入道眼，島樹縈微瀾。幻出隴首春，疏枝綴冰紈。初疑暗香度，似有危露漙。縱觀煙雨姿，已覺齒頰酸。乃知淡墨妙，不受膠粉殘。爲君秉孤芳，長年配崇蘭。』《送墨梅與王性之》云：『道人筆下有春色，寫出江南雪壓枝。千里持來煩驛使，暗香不減隴頭時。眼底春光回隴首，雪中疏影落平湖。政須送與王摩詰，對看《輞川煙雨圖》。』《聲畫集》

權詩得之清淡。《西清詩話》

善權詩與祖可相上下。《後村詩話》

祖可

羅源陳善曰：予與僧惠空論今之詩僧，如『病可』、『瘦權』，嫌其太清，李商老云：『可詩句句是廬山景物』，意亦以太清爲病。予謂清非詩之病也，可師有『亂山爭夕陽』之句，善權歎其精絶，與養直唱和真隱詩，如『漱壑夜泉響，掃窗春霧空。』等詠，往往得意外警妙。《江西宗派圖録》

劉長卿詩云：『千峰共夕陽』，佳句也，近時僧癩可用之云：『亂山爭落日』，雖工而

窘，不逮本句。《老學庵筆記》

僧祖可，俗蘇氏，伯固之子，養直之弟也。作詩多佳句，如《懷蘭江》云：『懷人更作夢千里，歸思欲迷雲一灘。』《贈端師》云『窗間一榻篆煙碧，門外四山秋葉紅』等句，皆清新可喜，然讀書不多，故變態少。觀其體格，亦不過煙雲、草樹、山川、鷗鳥而已，而徐師川作其詩《引》，乃謂：『自建安七子，南朝二謝，唐杜甫、韋應物、柳宗元，本朝王荆公、蘇、黄妙處，皆心得神解。』無乃過乎？師川作《畫虎行》，末章云：『憶昔予頑少小時，先生教誦荆公詩。即今老舊無新語，尚有廬山病可師。』不知何故愛其詩如是也。《韻語陽秋》

祖可嗽讀書，詩料多無蔬筍氣，僧中一角麟也。《後村詩話》

近時詩僧，祖可，被惡疾，人號『癩可』；善權老亦能詩，人物清癯，人目爲『瘦權』。可得之雄爽，權得之清淡。可詩如：『清霜群木落，盡見西山秋。』又：『谷口未斜日，數峰生夕陰。』皆佳句也。《西清詩話》

東湖言：癩可初作詩，取前人詩得意者手寫之，目爲顛倒篇，自後其詩大進。《艇齋詩話》

《復齋漫録》云：『《西清詩話》取瘦權「谷口未斜日，數峰生夕陰」之句，然宋之問詩云：「日落西山陰，衆草起寒色。」權意取此。沈約《登元鶴樓》詩亦云：「雲來片嶺黑，日

下半溪陰。」』苕溪漁隱曰：懶可《東溪集》有詩云：『傴步入蘿徑，綿延趣最深。僧居不知處，仿佛清磬音。石梁邀屢度，始見青松林。谷口未斜日，數峰生夕陰。凄風薄喬木，萬竅作龍吟。摩挲緑苔石，書此慰幽尋。』復齋以爲瘦權詩，誤矣。《苕溪漁隱叢話》

苕溪漁隱曰：汪彦章《龍溪集》，有《霜餘溪上》四絶。懶可《東溪集》，亦有《霜餘溪上》五絶内四絶，即《龍溪集》中詩，但一絶不是，所謂『故人江北江南岸』者，餘皆同之，不知竟誰作耶？四絶中其一云：『水似秋蛇巧作蟠，山如濃翠擁高鬟。清風明月元無主，乞我煙蘿茅數間。』殊清駃可愛。《苕溪漁隱叢話》

饒　節

江西諸人詩，如謝無逸富贍，饒德操蕭散，皆不減潘邠老大臨精苦也。然德操爲僧後，詩更高妙，殆不可及，嘗作詩勸予專意學道，云：『向來相許濟時功，大似頫伽餉遠空。我已定交木上座，君猶求舊管城公。文章不療百年老，世事能排雙頰紅。好貸夜窗三十刻，胡床趺坐究幡風。』《紫微詩話》

饒德操作僧後，有《送别外弟蔡伯世》詩云：『要做仲尼真弟子，須參達磨的兒孫。』時諸説禪者不一，故德操專及之。《紫微詩話》

饒德操爲僧，號倚松道人，名曰如璧，作詩有句法，苦學副其才情，不愧前輩。尤善作銘贊古文，其作《佛米贊》，謂武將念佛，以米記數，得三升也，將軍念佛，難於遣詞，而曰：『時平主聖，萬國自靖。不殺而武，不征而正。矯矯虎臣，無所用命。移將東南，介我佛會。久聞我曹，念佛三昧。喑嗚叱吒，化爲佛聲。三令五申，易爲佛名。一佛一米，爲米三升。自升而斗，自斗而斛。念之無窮，太倉不足。』觀此，雖柳子厚曲折不過是矣。《彦周詩話》

三僧中，如璧詩輕快似謝無逸，亦欠工。祖可嗽讀書，詩料多無蔬筍氣，僧中一角麟也。善權與可相上下。《江西詩派小序》

僧如璧，饒氏，臨川人，初名節，字德操，博學能文，後之榖城香巖寺，聽智海説法而悟，通落髮。陳瑩中與詩云：『舊時饒措大，今日璧頭陀。借問安心法，儒禪隔幾何？』先是，如璧有倡云：『聞携經巷倚松立，試問容從何處來？』因號『倚松逼人』。《撫州府志》

僧如璧，乃江西進士。饒節次子也，少年嘗投書于曾子宣，論新法非是，不合，乃祝髮更名。尤長于詩，嘗往數剎，士大夫多與之游，後改字德操。《詠梅花》聯云：『遂數天下無雙色，來作人間第一春。』風味亦不淺。又《答呂居仁寄詩》云：『長憶吟時對短檠，詩成重改又雞鳴。如今老矣心心力，口誦君詩繞竹行。』居仁甚稱之。《墨莊漫録》。宗祥案：张邦基以如璧爲饒節次子，誤甚，不可從。

德操嘗爲予家丞相館客，甚爲丞相内相兄弟所知。德操有高節而又能文，其才在謝無逸諸公之上，晚年住香巖，丞相之婿陳成季持節京西，德操以詩贈之，云：『兩公待我以國士，是時公亦同在門。今日江頭看使節，令人淚溼漢江雲。』又《寄無逸》詩云：『雲山底處堪投老，文史他年不療窮。富貴可求吾亦嬾，眼看餘子化王公。』其自負亦不淺矣。《艇齋詩話》

陳無己《題畫李白真》詩，末云：『勿言身後不要名，尚得吴侯費百金。』江西勝士與長吟，後來不憂身陸沉。』蓋謂建中靖國間，饒節德操首詠吴少卿家所藏《周昉畫李白》也。德操，江西撫州人。無己詩法甚嚴，于許可尤慎。德操詩云：『先生之氣蓋天下，當時流輩退百舍。醉中咳唾落珠琲，身後聲名滿華夏。青山木拱三百年，今辰乃拜先生畫。烏紗之巾白紵袍，岸巾攘臂方出遨。神游八極氣自穩，冰壺斗酒霜風高。嗚呼先生太絶倫，仙風道骨語甚真。蕭然可望不可親，懸知野鶴非雞群。天寶之初天子逸，先生醉去不肯屈。采石江頭明月出，鼓椎酣歌志願畢。只今遺像粉墨間，尚有英風爽毛骨。宣州長史粉墨工，誰令寫此人中龍？細看筆力有俯仰，妙處果在阿堵中。人云此畫世莫比，吴侯得之喜不寐。意侯所寶豈徒爾，亦惜真才死泥滓。先生朽骨如可起，誰爲獵之奉天子？作爲文章文聖世，千秋萬古誦盛美。再拜先生淚如洗，振衣濯足吾往矣。』《能改齋漫録》

政和間，林靈素主張道教，建議以僧爲『德士』，使加冠巾，其意以釋氏爲出其下耳。

臨川饒德操時棄儒爲僧，作《德士頌》四首，其一云：『德士舊來稱進士，黄冠初不異儒冠。種種是名名是假，世人誰不被名謾？』德操自號倚松道人，意取閒禪師詩曰：『閒携經卷倚松立，笑問客從何處來』，故以名庵，又以自號。陳瑩中有詩寄之：『舊時饒措大，今日璧頭陀。爲問安心法，禪儒較幾何？』《能改齋漫録》

饒德操詩，爲近時僧中之冠。早有大志，既不遇，縱酒自晦，或數日不醒，醉時往往登屋危坐，浩歌慟哭，達旦乃下。又嘗醉赴汴水，適遇客舟救之，獲免。《老學庵筆記》

如琳

饒節德操，撫州人，祝髮名如璧，號倚松道人，住鄧州香巖寺。有一僕曰詹榮，亦撫人，璧携之以行，一日，因打木魚先悟道，作頌云：『木魚原來無肚腸，聲聲唤我出鑊湯。佛法元來無多子，王婆頭上戴丁香。』遂亦祝髮，名如珪云。璧反，于其僕處有省。《艇齋詩話》。宗祥案：僕名他書未載，然出家之後，易名『如琳』，獨此作『如珪』。兩存之。

饒節，字德操，臨川人，以文章著名。曾子宣丞相禮爲上客，陳了翁諸公，皆與之游，往來襄、鄧間。始亦有婚宦意，遇白崖長老與之語，欣然有得。嘗令其僕守舍，歸見其占對異常，怪而問之，僕曰：『守舍無所用心，聞鄰寺長老有道價，往請一轉語，忽覺悟，身心泰然，

無他也。』德操慨然曰：『汝能是，我乃不能，何哉？』徑往白崖問道，八日而悟，盡發囊橐，與其僕祝髮爲浮屠。德操名如璧，僕名如琳，徧參諸方。陳了翁、關子開兄弟，皆以詩稱美之。至江浙，樂靈隱山川，因挂錫。琳抱疾，德操躬進藥餌，既卒，盡送終之義。後主襄陽天寧，夏均父倪爲請疏，其略云：『無復挾書，更逐康成之後。何憂成佛，不居靈運之先。』又云：『豈惟江左公卿，盡傾支遁。獨有襄陽耆舊，未識道安。』時稱其精。《梁溪漫志》

惠　嚴

韓陵陽駒，客寓寶應寺，每賦詩，師從旁諦聽。韓曰：『須吟盡麄惡，而後可施鉗鎚，自是有能詩聲。』鄉人李侍郎浩，時爲中都官，朝士問：『「斷溝横略彴，支徑入招提。」此臨川惠嚴上人詩耶？』李曰：『是特虎豹一斑耳。』《撫州府志》。宗祥案：文惠大師《正覺寺》詩云：『野水痕俱落，拏舟日未西。斷溝横略彴，支徑入招提。方廣原深似，竹林境可躋。徘徊未能返，暝色起前谿。』

法　具

吴僧法具，字圓復，有能詩聲，予乃紀之于《夷堅志》中，殊爲不類。比于福州僧智恢處，見其詩稿一紙，字體效王荆公，其《送僧》一篇云：『灘聲嘈嘈雜雨聲，舍北舍南春水

平。拄杖穿花出門去，五湖風浪白鷗輕。』《送翁士特》云：『朝入羊腸暮鹿頭，十三官驛是荆州。具車秣馬曉將發，寒燭燒殘語未休。』《竹軒》云：『老竹排簷誰手種？山日未斜寒翠重。六月散髮葉底眠，冷雨斜風頻入夢。冬凋峰木雪縞廬，落眼青青卻笑渠。花時吹笋桃林上，吴州還見竹溪圖。』《和子蒼三馬圖》云：『從來畫馬稱神妙，至今只説江都王。將軍曹霸實季仲，沙苑丞相猶諸郎。龍眠居士善畫馬，獨與二子遥相望。兩馬駢立真驌驦，一馬脱去仍騰驤。浣花老人今已亡，嗚呼三馬誰平章？飽知畫肉亦畫骨，妙處不減黄無雙。』又一篇云：『燒燈過了客思家，獨立衡門數暝鴉。燕子未歸梅落盡，小窗明月屬梨花。』皆可咀嚼也。吴門僧惟茂，住天台山一禪刹，喜其旦暮見山，作絶句曰：『四面峰巒翠入雲，一溪流水漱山根。老僧只恐山移去，日午先教掩寺門。』甚有詩家風旨。而或者謂：『山若欲去，豈容人掩住？』蓋吴人癡獃習氣也，其説可謂不知音。《容齋三筆》

智孜

智孜《四皓》詩云：『忠義合時難，雲林共掩關。因秦生白髮，爲漢出青山。不顧金章貴，常披鶴氅還。如今聖明代，高躅更難攀。』洪駒父見此作，擊節稱賞。《汀州府志》

法　秀

圓通禪師法秀，立身峻潔，不肯出世，作頌曰：『誰能一日三梳頭？　撮得髻根牢便休。大抵是他肌骨好，不搽紅粉也風流。』《侯鯖録》

《冷齋夜話》云：『法雲秀老，關西人，面目嚴冷，能以禮折人。　李伯時畫馬，東坡第其筆當不減韓幹，都城黄金易致，而伯時畫不可得。　師讓之曰：「伯時，士大夫，而以畫馬之名行，已可恥，矧又畫馬、人誇以爲得妙入馬腹中，亦足可懼。」伯時大驚，不自知，身去坐榻，曰：「今當何以洗其過？」師勸畫觀音像，以贖其罪。　黄魯直作豔語，人争傳之，秀呵曰：「翰墨之妙，甘施于此乎？」魯直笑曰：「又當置我于馬腹中耶？」秀曰：「公豔語蕩天下淫心，不止于馬腹中，正恐生泥犁耳。」魯直領應之。　故一時公卿，伏師之善巧也。』苕溪漁隱曰：『予讀魯直所作《晏叔原小山集序》云：『予少時間作《樂府》，以使酒玩世。　道人法秀，獨罪予以筆墨勸淫，于我法中，當下犁舌之獄。　特未見叔原之作耶。』觀魯直此語，似有憾于法秀，不若伯時之能伏善也。《苕溪漁隱叢話》

全宋詩話目卷九十四 釋三

普首座　蜀僧，自號性空庵主。

懷清　號草堂，住隆興府泐潭。

靈源　早參晦堂，號清侍者。

隆報長老

義了　字廓然，嵩山僧。

泉禪師　蔣山僧，號佛慧，叢林謂之『泉萬卷』。

信禪師

知和　崑山張氏子，元符間，住雪竇。

顯萬　字致一，浯溪僧。嘗參吕居仁。有《浯溪集》。

圓璣　福州林氏子。

惠洪　字覺範，俗姓彭，筠州人，以醫識張天覺，大觀中入京，乞得祠部牒爲僧。又往

來郭天信之門。政和元年，張、郭得罪，覺範決配朱崖。有《石門文字禪》、《筠溪集》、《天廚禁臠》、《冷齋夜話》。

守訥

惠津

克勤　住成都昭覺寺。紹興初，逝，賜謚真覺禪師。

小南禪師　汀州張氏子，居廬山羅漢寺。

懷深　壽春夏氏子，靖康間，住靈巖堯峰院，號慈受禪師。

有規　南渡初，吴中詩僧。性坦率，其徒謂之『規外方』。

守璋　鹽官王氏子，紹興中，住臨安天申萬壽圓覺寺，賜號文慧大師。有《柿園集》。

天石　福州侯官水西石松寺僧。

淳藏主　臨川化度寺僧。

晞顔　字聖徒，號雪溪，奉化僧。

肱禪師　温州江心寺僧。

志南

可觀　字宜翁，號竹庵，華亭戚氏子。

本正　號月湖半顛。

惟茂　吴門僧。

剎書記

惠明　華亭普照寺僧，與濟顛同時，亦能詩，人號『明顛』。

道濟　號湖隱，又號方圓叟，臨海李都尉文和遠孫。受度于佛海禪師，居靈隱，後居浄慈。狀貌風狂，人稱『濟顛』。

僧儀　西湖僧。

紹嵩　號亞愚，廬陵人，紹定中，住嘉禾大雲寺。工于集句。有《江浙紀行詩》。

道川

浄照

元肇　字聖徒，號淮海，通州人，淳祐中，住靈隱，後示寂徑山。

道璨　字無文，俗姓陶，饒州薦福寺僧。有《柳塘外集》。

雲峰德師

祖欽　號雪巖，住袁州仰山。

居簡　號北磵，蜀僧。

必萬

文頎　號棄庵。

清壹　宋季仙居僧。

德豐　三山人。

希坦　號率庵，宋末居九華山。

炳同　字野翁，新昌張氏子，居明州仗錫寺。

子温　字仲言，號日觀，又號知非子，華亭人，宋季止杭瑪瑙寺。

了慧　字岳重，武林九友會，住寶覺寺。

全宋詩話卷九十四

普首座

普首座參見死心禪師，居華亭最久，雅好吹鐵笛，放曠自樂，凡聖莫測。亦善爲偈句開導人，既而欲追船子和尚故事，遂于青龍江上，乘木盆，張布帆，吹鐵笛，泛遠而没。有《别衆》一絶云：『船子當年返故鄉，没蹤迹處妙難量。真風偏繼知音者，鐵笛横吹作散場。』《羅湖野録》

懷　清

懷清《送崇覺空禪師》詩云：『十年聚首龍峰寺，一悟真空萬境閒。此去隨緣且高隱，莫將名字落人間。』《羅湖野録》

靈源

清侍者《辭張無盡請住豫章觀音寺》詩云：『無地無錐徹骨貧，利生深媿乏餘珍。鄽中大施門難啟，乞與青山養病身。』黄魯直《與興化海老手帖》云：『承觀音虚席，上司有意于清兄。清兄確欲不行，亦甚好。蟠桃三千年一熟，莫做退花杏子摘卻。此事黄龍、興化，亦當作助道之緣，共出一臂，莫送人上樹拔卻梯也。』《羅湖野録》

寶覺禪師老庵于龍峰之北，魯直丁家難，相從甚久，館于庵之傍兩年。寶覺見學者，必舉手示之，曰：『唤作拳是觸，不唤拳是背』，莫有契之者，叢林謂之『觸背關』。張丞相奉使江西日，將造其廬，至兜率見悦禪師，遂甘稱其門人，及見寶覺，乃作偈曰：『久嚮黄龍山裹龍，到來只見住山翁。須知背觸拳頭外，别有靈犀一點通。』靈源叟時爲侍者，乃作《贊》，其略曰：『聞時富貴，見後貧窮。老年浩歌歸去樂，從他人唤住山翁。』魯直大笑曰：『天覺所言靈犀一點，此藞苴爲虚空安耳穴。靈源作《贊》分雪之，是寫一字不著畫。』《冷齋夜話》

隆報長老

紹聖改元九月，禁中爲宣仁作小祥道場，宣隆報長老陞坐，上設御幄于旁以聽。其僧祝曰：『伏願皇帝陛下愛國如身，親民如子。每念太皇之保佑，常如先帝之憂勤。庶尹百僚，謹守漢家之法度。四方萬里，永爲趙氏之封疆。』既而有僧問話云：『太皇今居何處？』答云：『身居佛法龍天上，心在兒孫社稷中。』當時傳播，人莫不稱歎。於戲！太皇之聖，華夷稱爲『女堯舜』，方其垂簾，每有號令，天下人爲之快活條貫。《道山清話》

義了

僧義了，字廓然，本士族鍾離氏，事佛慈璣禪師爲侍者。僕頃年迨見佛慈老人，廓然與僕在嵩山游甚久，頗能詩，僕愛其兩句云：『百年休問幾時好，萬事不勞明日看。』不獨喜其語，蓋取其學道休歇灑落自在如此。《彦周詩話》

泉禪師

紹聖元年，東坡居士有嶺外之行，舟次金陵，阻風江滸，泉公迎至，從容語道，東坡以詩

紀其事。泉公復説偈送行云：『脚下曹溪去路通，登堂無復問旛風。好將鍾阜臨岐句，説似當年踏碓翁。』《羅湖野録》

信禪師

《貽老僧》云：『俗臘知多少？龎眉擁毳袍。看經嫌字小，問字愛聲高。曝日終無厭，登階漸覺勞。自言曾少壯，游嶽兩三遭。』蘇州定慧信禪師，爲明眼宗匠，此乃其游戲耳，然品題摹寫，可謂曲盡矣。《羅湖野録》

知和

明州和庵主，居雪竇之棲雲庵，有志于道者，多往見之。主者嫉其勝己，因郡守周舍人聞其名而問之，對曰：『一常僧耳。』和題偈于壁，徙居杖錫山，《偈》云：『竹筧兩三升野水，窗前五七片閒雲。老僧活計只如此，留與人間作見聞。黄皮裹骨一常僧，壞衲蒙頭百慮澄。年老嬾能頻對客，攀蘿又上小崚嶒。』《羅湖野録》

顯萬

致一《庵中自題》云：『萬松嶺上一間屋，老僧半間雲半間。三更雲去作行雨，回頭方羨老僧閒。』《詩人玉屑》

圓璣

張無盡有句寄璣云：『野僧迎客下煙嵐，試問如何是翠巖？』璣續之曰：『門近洪崖千尺井，石橋分水繞松杉。』《羅湖野録》

璣雅自號無學，老而書偈于壁云：『無學庵中老，平生百不能。忖思多幸處，至老得爲僧。』宣和中，詔下髮天下僧尼爲『德士』、『德女』，而璣已化去，豈偶然哉。《僧寶傳》

惠洪

崇勝寺後有竹千餘竿，獨一根秀出，人呼爲『竹尊』者。覺範爲賦詩云：『高節長身老不枯，平生風骨自清癯。愛君修竹爲尊者，卻笑寒松作大夫。未見同參木上座，空餘聽法石於菟。戲將秋色分齋缽，抹月披風得飽無？』韓子蒼云：『始黄太史見之喜，因手爲書

之，以故名顯。』《能改齋漫録》

洪覺範有《上元宿嶽麓寺》詩，蔡元度夫人王氏，荆公女也，讀至『十分春瘦緣何事？一掬鄉心未到家』，曰：『此浪子和尚耳。』《能改齋漫録》

覺範詩云：『已收一霎挂龍雨，忽起千巖擲鷂風。』『挂龍雨』對『擲鷂風』，皆方言，古今人未嘗道。又云：『麗句妙于天下白，高才俊似海東青。』又云：『文如水行川，氣如春在花。』皆奇句也。《雪浪齋日記》

予在臨川景德寺，與謝無逸輩陞閣，得禪月所畫《十八應真像》，甚奇，而失第五軸。予口占嘲之曰：『十八聲聞解唾根，少叢林漢亂山門。不知何處囉齋去？不見雲臺第五尊。』明日，有女子來拜，敘曰：『兒南宫兵妻也，寡而食素，夜夢一僧來言曰：「我本景德僧，因行失隊，煩相引歸寺可乎？」既覺，而鄰家邀飯。入其門，見壁間有畫異僧形像，了然夢中所見也。』時朱世英守臨川，異之，使迎還閣藏之。予方年少時，羅漢且畏予嘲，及其老也，如梵吉者亦見侮，可怪也。《冷齋夜話》

魯直使予對句，云：『呵鏡雲遮月』，對曰：『啼粧露著花。』魯直罪予于詩深刻見骨，不務含蓄，予竟不曉此論。《冷齋夜話》

近時僧洪覺範，頗能詩，其題《李愬畫像》云：『淮陰北面師廣武，其氣豈止吞項羽。

公得李祜不肯誅，便知元濟在掌股。』此詩當與黔安並驅也。頃年僕在長沙，相從彌年，其他詩亦甚佳，如云：『含風廣殿聞棋響，度日長廊轉柳陰』，頗似文章巨公所作，殊不類衲子。又善作小詞，情思婉約似少游。至如仲如、參寥，雖名世皆不能及。《彦周詩話》

筠溪快山有虎，嘗搏牧牛童子，爲兩牛所逐，虎既去，牛捍護之，童子竟死。石門老衲文公爲予言之，爲作詩記之，以諷含齒被髮而不義者。然予徒能諷之，其能已之哉。『快山山淺亦有虎，時時妥尾過行路。一豎坐地牧兩牯，以棰捶地不復顧。虎搏豎如鷹搦兔，兩牛來奔虎棄去。因往荷癢挨老樹，牯則喘視同守護。虎竟不能得此豎，豎雖不活牯無負。一村嚻傳共鳴鼓，而虎已逃不知處。嗟乎異哉兩大武，高誼可與冠高伍。今走仁義名好古，臨事真情乃愧汝。此事可信文公語，爲君落筆敏風雨。』《冷齋夜話》

《僧寶傳》，覺範所撰也，但欲馳騁其文，往往多失事實，至於作《贊》，又雜以詩句，此豈史法示褒貶之意也哉？其詩云：『行盡湘西十里松，到門卻立數諸峰。崇公事迹無尋處，庭下春泥見虎蹤。』又云：『廬山殿閣如生成，食堂處處禪床折。我自三門如冷灰，盡日長廊卷風葉。』又爲奇語云：『如月照衆水，波波頓見，而月不分。如春行萬國，處處同時，而春無迹。』但其才性競爽，見于言語文字間。若於禪門本分事，則無之也。《苕溪漁隱叢話》

洪覺範在潭州水西小南臺寺，覺範作《冷齋夜話》，有曰：『詩至李義山，爲文章一

厄。』僕至此蹙額無語，渠再三窮詰，僕不得已曰：『夕陽無限好，只是近黄昏。』覺範曰：『我解子意矣』，即時删去。今印本猶存之，蓋已前傳出者。《彦周詩話》

苕溪漁隱曰：魯直《雪》詩：『試尋高處望雙闕，佳氣葱葱寒妥貼。』洪覺範《雪》詩：『一川秀色浩凌亂，萬樹無聲寒妥貼。』二詩當以覺範爲優，句意俱工。《苕溪漁隱叢話》

韓子蒼云：往年予宰分寧，覺範從高安來，館之雲巖寺。寺僧三百，各持一幅紙，求詩于覺範。覺範斯須立就，予見之不懌，曰：『詩當少加思，豈若是容易乎？』覺範笑曰：『取快吾意而已。』相别十年，覽其遺編，追記平生，不覺隕涙。予欲删去冗長，定取精深數十百首，仍爲作《序》，以示世人，老懶未暇也。僧中初無具詩眼者，已刻板于書肆，每以爲恨。《苕溪漁隱叢話》

《冷齋夜話》云：世人之詩例多禁忌，富貴中不得言貧賤事，少壯中不得言衰老事，康强中不得言疾病、死亡事，脱或犯之，謂之『詩讖』，謂之『無氣』。是大不然。詩者，妙觀逸想之所寓也，豈可限以繩墨哉？如王維畫《雪中芭蕉》，詩眼見之，知其神情暫寓于物，俗論則誠以爲不知寒暑。荆公方大拜，賀客盈門，忽點筆題其壁云：『霜筠雪竹鍾山寺，投老歸與寄此生。』東坡在儋耳，作詩曰：『平生萬事足，所欠惟一死。』豈可與世俗論哉？予嘗與客論至此，而客不然吾論，予作詩自誌，其略曰：『東坡醉墨浩淋浪，千首空餘萬丈光。

雪裏芭蕉失寒暑，眼中騏驥略玄黄。』《苕溪漁隱叢話》

陳瑩中謫合浦，時予在長沙，以書抵予，爲負《華嚴經》入嶺，有偈曰：『大士游方興盡回，家山風月絶纖埃。杖頭多少閒田地，挑取《華嚴》入嶺來。』予和之曰：『因法相逢一笑開，俯看人世過飛埃。湘南嶺外休分别，圓寂光中共往來。』又聞嶺外大雪，作二偈寄之，曰：『傳聞嶺外雪，壓倒千年樹。老兒拊手笑，有眼未曾覩。故應潤物材，一洗瘴江霧。寄語牧牛人，莫教頭角露。』又曰：『偏界不曾藏，處處光皎皎。開眼失蹤由，都緣太分曉。園林忽生春，萬瓦粲一笑。遥知忍凍人，未悟安心了。』《苕溪漁隱叢話》

予夜夢逢一道士，一奴負酒瓢隨之。道士邀予坐茗坊，奴竊飲瓢無有，乃笑，道士詬欲杖之，顧奴曰：『汝從覺範求詩。』曰：『難藏爲香釁，易滿坐偏小。開口所有竭，饞奴法當笑。』句句皆譏其徧，可怪也。《苕溪漁隱叢話》

崇寧元年元日，粥罷昏眠，夢中忽作一詩，既覺，輒能記之，曰：『無賴東風試怒號，共乘一葉傲驚濤。不知兩岸人皆謂，但覺中流笑語高。』三月七日，偶與瑩中渡湘江，是日大風當斷渡，而瑩中必欲宿道林，小舟掀舞白浪中，兩岸聚觀膽落，而瑩中笑愈高。予細繹夢中詩，以語瑩中，瑩中曰：『此段公案，三十年後當大行叢林也。』《冷齋夜話》

予居鍾山最久，超然山水間，夢亦成趣。嘗乘佳月登上方，深入定林，疲卧松下石上，

四更自寶公塔路還合妙齋，月戾虛幌，浄几栲然，童僕憨寢再鼾，凭前檻無所見，時有流螢穿户牖，風露浩然，松風滿院，作詩曰：『雨過東南月清亮，意行源入碧蘿層。露眠不管牛羊踐，我是鍾山無事僧。』又曰：『未饒拄杖挑山衲，差勝袈裟裹草鞋。吹面谷風衝過虎，歸來松雨撼空齋。』《冷齋夜話》

朱世英以八行薦于朝，當入學，意不欲行，不得已詣之，信宿而還。所居溪堂，生涯如龐蘊。予嘗過之，小君方炊，稚子宗野汲水，而無逸誦書掃除，顧見予，放箒大笑曰：『聊復爾耳。』予作偈曰：『老妻營炊，稚子汲水。龐公掃除，丹霞適至。棄箒迎門，一笑相視。不必靈照，多説道理。』世英聞之，亦作偈曰：『提籃靈照，掃地謝公。一般是麵，做作不同。不假語默，通透玲瓏。更若不會，換手搥胸。』《冷齋夜話》

予游褒禪山石崖下，見一僧以紙軸枕首，跣足而卧。予坐其旁久之，乃驚覺起，相向熟視。予曰：『方聽萬壑松聲，泠然而夢。夢見歐陽公，羽衣折角巾，杖藜逍遥潁水之上。』予問：『師嘗識公乎？』曰：『識之。』予私自語曰：『此道人識歐公？必不凡。』乃問曰：『師寄此山久如？』曰：『一年矣。』『道具何在？伴侣爲誰？』僧笑曰：『出家欲無累，公所言衮衮多事人也。』曰：『豈不置鉢耶？』曰：『食時寺有椀。』又曰：『豈不畜經卷耶？』曰：『藏中自備足。』曰：『豈不備笠耶？』曰：『雨即吾不行。』曰：『鞋履亦不用耶？』曰：『昔

有之，今弊棄之，跣足行殊快人。』予愕曰：『然則，手中紙軸復何用？』曰：『此吾度牒也，亦欲睡枕頭耳。』予甚愛其風韻，恨不告我以名字、鄉里，然識其吳音也，必湖山隱者。南還海岱，逢佛印禪師元公出山，重荷者百夫，擁其輿者十許夫，巷陌聚觀，喧吠雞犬，予自笑曰：『使褒禪山石崖僧見之，則予爲無事人也。』《冷齋夜話》

『予謫海外，上元，椰子林中，漁火三四而已，中夜聞猖聲悽動，作詞曰：……。』又有《懷京師》詩云：「十分春瘦緣何事？一掬歸心未到家。」』苕溪漁隱曰：『「忘情絶愛」。此瞿曇氏之所訓。惠洪身爲衲子，詞句有『一枕思歸淚』及『十分春瘦』之語，豈所當然？又自載之《詩話》，矜衒其言，何無識之甚耶？《苕溪漁隱叢話》

予與李德修、游公義過一新貴人，貴人留食。予三人者，皆以左手舉箸，貴人曰：『公等皆左轉也。』予遂應聲曰：『我輩自應須左轉，如君豈是皆匙人？』一座大笑，噴飯滿案。《冷齋夜話》

陳瑩中謫通州，夜讀《洛浦録》，乃大有所悟，斂目長息曰：『此句惟覺範可解，然渠在海外，吾無定光佛手，何能招之？』又曰：『吾甥李郁光祖者，覺範所愛，當呼來，授以此句。覺範儻有生還之幸，而吾以去死不遠，恐隔生則託覺範授之，如太陽直綴，付還遠公耳。』于是光祖自邵武趼足至通，瑩中熟視彌月，曰：『非寄附所可，姑置之。』明年，予還自珠崖，

館于高安大愚山。陳瑩中自台州載其家來漳浦，過大江，愛廬山，因家焉，以書督予兼程來。予以三日至湓城，瑩中曰：『自此公可禁作詩，無益于事。』予曰：『敬奉教。然予兒時好食肉，母使持齋，予叩頭乞先飫餐肉一日，母許之。今日當準食肉例，先吟兩詩，喜吾二人死而更生，何如？』瑩中許焉。予詩曰：『雁蕩天台看不足，盡搬兒女寄蓬窗。徑來漳水謀二頃，偶愛廬山家九江。名節率真如醉白，生涯領略似襄龐。向來萬事都休理，且聽樓鐘一夜撞。與公靈鷲曾聽法，游戲人間知幾生。夏口甕中藏畫像，孤山月下認歌聲。翳消已覺花無蒂，礦盡方知珠自明。數抹夕陽殘雨外，一番飛絮滿江城。』瑩中喜而謂予曰：『此詩如岐下猪肉也，雖美無多食。』後三年，予客漳水，見瑩中姪勝柔自九江來，出詩示予曰：『仁者雖逢思有常，平居慎勿示何妨。争先世路機關惡，近後語言滋味長。可口物多偏作疾，快心事過必爲傷。與其痛後求良藥，不若病前能自防。』予謂勝柔曰：『公癡叔詩，如食鯽魚，惟恐遭骨刺耳。與岐山豬肉，不可同日而語也。』《冷齋夜話》

予嘗自并州還江南，過都下，上元，逢符寶郎蔡子因，約相見相國寺，未至，有道人求詩，且曰：『覺範嘗有《寒巖寺詩懷京師》曰：「上元獨宿寒巖寺，卧看青燈映薄紗。夜久雪猿啼嶽頂，夢回山月上梅花。十分春瘦緣何事？一掬歸心未到家。卻憶少年行樂處，軟風香霧噴東華。」今當爲作《京師上元懷山中》也。』予戲爲之曰：『北游爛熳看并山，重

到皇州及上元。燈火樓臺思往事，管絃音律試新翻。期人未至情如海，穿市歸來月滿軒。卻憶寒巖曾獨宿，雪牕殘夜一聲猿。』《冷齋夜話》

洪覺範，本名德洪，俗姓彭，筠州人，始在峽州，與醫劉養娘識張天覺。大觀四年八月，覺範入京，而天覺已爲右揆，因乞得祠部一道爲僧。又因叔彭几在郭天信家作門客，遂識天信，因往來于張、郭二公之門。政和元年，張、郭得罪，而覺範決脊杖二十，刺配朱崖軍牢，後改名惠洪。《能改齋漫録》

宋釋惠洪《題王維〈雪中芭蕉圖〉》，有『雪裏芭蕉失寒暑』之句，以芭蕉非雪中物。朱新仲《猗覺寮雜記》云：『嶺外如曲江，冬大雪中芭蕉自若，紅蕉始開花。』始知前輩作畫，不苟如此，想惠洪未到嶺外故也。予近閲陸安甫《蕞殘録》云：『郭都督鋐在廣西，親見雪中芭蕉，雪後亦不凋壞。』噫，不讀天下書，未遍天下路，不可妄下雌黄。觀此益信。《逸老堂詩話》

予自並州還故里，館延福寺。寺前小溪，風物類斜川，予兒童時戲劇之地也，嘗春深獨行溪上，作小詩曰：『小溪倚春漲，攘我夜月灣。新晴爲不平，約束晚見還。銀梭時潑剌，破碎波中山。整釣背落日，一葉嫩紅間。』又嘗暮寒歸，見白鳥，作詩曰：『剩水殘山慘淡間，白鷗無事小舟閒。個中着我添圖畫，便是華亭落照灣。』魯直曰：『觀君詩説煙波縹緲

處，如陸忠州論國政，字字坦夷。前身非篙師沙户種類耶？』有詩，其略云：『吾年六十子方半，槁項顛螺度歲年。脱卻衲衣着蓑笠，來伴涪翁刺釣船。』嘗對淵材誦之，淵材曰：『此退之《澄觀》「我欲收斂加冠巾」换骨句也。』《冷齋夜話》

守　訥

僧守訥，圓照師門人，本衣冠家子弟，後從圓照師祝髮，辯博能文。元符末，上皇踐阼，遠近稱頌新政，守訥以詩寄滎陽公：『野夫生長仁皇世，再見仁皇御太平。』是時天下稱上皇爲『小仁宗』云。《紫微詩話》

廬山瑞香花，古所未有，亦不産他處，天聖中，人始稱傳，東坡諸公繼有詩詠。豈靈草異芳，俟時乃出？故記序篇什，悉作瑞字。《廬山記》中亦載瑞香花，記訥禪師云：『山中瑞采一朝出，天下名香獨見知。』張祠部强名『佳客』，以『瑞』爲『睡』焉。其詩曰：『曾向廬山睡裏聞，香風占斷世間春。竊花莫撲枝頭蝶，驚覺南窗午夢人。』《能改齋漫録》

惠　津

《雙竹》句云：『飢殘夷叔丰姿瘦，泣盡娥英粉淚乾。』《天廚禁臠》

克勤

《贈思浄律師并序》云：『錢唐妙行浄律師，具佛種智，闡普門方便，操鐵石身心，作種種殊勝佛事，三十餘年矣。遐邇信向，無論識與不識，聞見俞彌陀，即傾貲樂施。比年設百萬僧齋，功過半而青溪巨盜，寇攘武林，浄公化緣自如，賊脅以刃，色不動，緣此革心爲斂迹。洎宣撫公相統天兵掃蕩妖孽，錢塘得清平，浄目擊之，遂發大心，于西湖多寶隩區，劖石作當來下生彌勒百尺像，俾生靈不待三會龍華，先睹慈氏。作授記莂之，因而以報聖君、賢相、朝貴，濟護黎庶、丘山之恩。琢石鳩工，將就能事，山僧適以緣邂逅思溪，乃述偈贊，庶覽者知浄律師惡境界所不能轉，而增廣志願，知恩報恩，卓卓如此。宣和六年三月二十日。』『百萬齋才了正因，大緣倏舉只逡巡。鑿將瑪瑙一方石，鎸作龍華百尺身。天竺江山增秀麗，西湖風月愈清新。色聲不動操能事，可是僧中英特人。』宋《妙行寺志》

小南禪師

《示居士張戒》詩云：『頭戴烏巾著白襴，山房借汝一年閒。出門爲説來時路，家在黄陂翠靄間。』《羅湖野録》

懷深

《中秋賞月寄高峰璝老》云：『靈鷲高峰咫尺間，青松長伴白雲閒。今宵共賞中秋月，莫道山家不往還。』《中吳紀聞》

有規

有規絶句云：『讀書已覺眉棱重，就枕方欣骨節和。睡起不知天早晚，西窗殘日已無多。』此詩葉左丞大愛之。《卻掃編》

守璋

文慧大師《晚春》詩云：『草深煙景重，林茂夕陽微。不雨花猶落，無風絮自飛。』高宗嘗親書此詩。《西湖游覽志》

天石

紹興十年，天石栽松三本于石上，自刻石云：『一與寺門作名實，二與山林作標致，三

寺初名『石嵩』，後名『石松』，以此。《補續高僧傳》與游人作陰凉。』題詩云：『偃蓋覆巖石，歲寒傲霜雪。深根蟠茯苓，千古飽風月。』

淳藏主

《山居》云：『屋架數椽臨水石，門通一徑挂藤蘿。自緣此處宜投老，饒得溪雲早晚過。隨身只有過頭杖，飽腹惟憑折脚鐺。幾度遺閒何處好？水聲山色裏邊行。』《羅湖野録》

晞　顔

《憶佛軒詩并序》云：『自古有言：人生百歲，七十者稀。予年十六祝髮，叨預僧列，今幸七十，處世非久，朝夕人耳。平居非不誦經稱佛，恨未精専，遂取首《楞嚴勢至》章「若人憶佛念佛，見前當來，必定見佛」之語，命小軒曰「憶佛」，庶幾以爲臨終見佛先容耳。且作偈以繫于左。』『三椽老屋許安貧，佳處無如憶佛真。萬事了知猶墮甑，百年惟此可書紳。巖間静寄蒲團夜，松下聊供茗盌春。閉户不忘常憶佛，願常終似影隨身。平日叢林見祖師，還如憶佛在今時。但安谷底三椽地，不挂胸中一縷絲。幽徑落花浮澗水，小窗斜日下松枝。寂然真境知誰見？惟有金容入夢思。』《樂邦文類》

肱禪師

《題雁蕩龍鼻水》云：『雨足雲收得暫閒，漫將頭角寄空山。鼻端一滴無多水，引得人人到此間。』《羅湖野録》

志南

僧志南，能詩。朱文公嘗跋其卷云：『南詩清麗有餘，格力閒暇，無蔬筍氣。如：「霑衣欲濕杏花雨，吹面不寒楊柳風」，予深愛之。』《娱書堂詩話》

可觀

乾道七年，丞相魏公杞出守姑蘇，請僧可觀主北禪院。入院之辰，正值重九，指座云：『胸中一寸灰已冷，頭上千莖雪未消。老步只宜平地去，不知何事又登高。』魏公擊節不已。《蓉塘詩話》

本　正

僧本正《賦吴門上元》云：『村翁看了上元歸，正是西樓月落時。誇道官街好燈火，不知渾爾點膏脂。』微聞于郡守吴退庵，遂命住虎丘寺。《山房隨筆》

惟　茂

《住天台山》詩云：『四面峰巒翠入雲，一溪流水漱山根。老僧只恐山移去，日午先教掩寺門。』《容齋隨筆》

《容齋三筆》載吴門僧惟茂住天台山，有詩云：『四面峰巒翠入雲，一溪流水漱山根。老僧只恐山移去，日落先教掩寺門。』唐張籍《題虎丘》詩云：『望月登樓海氣昏，劍池無底鎖雲根。老僧只恐山移去，日暮先教鎖寺門。』惟茂蹈襲張詩二句，容齋亦受其欺而記之耳。《逸老堂詩話》

剎書記

舒州皖公山天柱寺廊下有巨碑，云：唐時崇惠禪師卓庵山中，前有磐石，每日對之誦

《法華經》，一野雉來傾聽，略不動足，如是三年，不以寒暑輒廢，一旦不至，試于草間求之，已立化矣，爲用僧法荼毘之。夜夢雉來告云：『以聽經之故，得免禽身。今託生山下農家作男子，師不相忘，後三日願訪我。』及期而往，果見嬰兒相顧而笑，左脅下尚存翅痕。師謂其父曰：『善視之，到十歲後，教從我出家。』父如所戒，師名之曰定體，且呼爲靈休侍者。又九歲，坐亡于西原，瘞塔故在天柱寺，乃庵基也。剎書記者，不知何時人，作《雉兒行》一篇，宣揚其事，黟僧善祐傳之，故書于此，以廣釋證。其詞曰：『當年江上揚風舲，淮西望極排空青。今登天柱賞潛皖，元是吾家翡翠屏。禪叢一室因棲寄，選勝尋幽辨真僞。虚廊揩蘚讀殘碑，三百年前刊異事。此山開闢至唐初，乾元中作金仙居。彭門大師曰崇惠，裁基創始成茅廬。牛頭道化將雄鎮，浮世勞生未知信。乘閑石上誦蓮文，非謂疏慵效精進。空山白晝接清宵，壞衲披肩度寂寥。玲瓏宛轉斷人慮，七軸圓音震海潮。奇哉有物名緣會，錦繡毛衣勝彩繪。常伴山雞與鷓鴣，優游飲啄煙霞外。山梁疇昔歎時哉，此日祇園應世來。昂頭斂翼傍禪石，下風側聽忘驚猜。醍醐灑盡燒心火，暮去朝來無不可。宜成永向佛菩提，春燕秋鴻豈知我。俄聞荒草蜕其身，夢魂夜告生爲人。幽奇溪石驗端的，右脅遺翎迹尚新。妙齡自厭居民俗，祝髮依師隱林麓。他經雖授了難通，唯有芬陀利精熟。師因歎息省前緣，法種慈熏豈偶然。立名定體標殊特，靈休表示爲佳傳。閒行宴坐何超脱，古鑒

無塵罷揮拂。登高臨遠快幽情，滿目風光舊時物。几席巾瓶侍服勤，閒閒孜孜十九春。西原危坐順圓寂，戒珠數粒輝香薪。真源始覺初無礙，月轉遼空水歸海。千聖徒中孰後生，一片靈臺長不昧。回觀輪裏漫啁啾，暖日和風戲未休。恩冤追逐蕩不返，六道三途皆自由。君不見潘安誇射賦，洞爾胸兮穿爾嗉。又不見退之詠獵詩，馬前五色墮離披。雲間哮擊攫鷹隼，草中竄伏優狐狸。魯公去後無消息，更有仁恩需動植。桑下馴游哺影時，未必兒童能隱惻。浮屠窣堵鎮盤岡，累聞繼夕騰禪光。聖賢因地亦如此，方寸凡情未可量。蜀川鸜鵒持經法，舍利精熒滿金匣。至今忌日慘巖巒，群類悲鳴繞層塔。近歲濡須釋子家，松枝雀化皆稱嗟。纖毫不動幾寒暑，翻然只恐臨蒼霞。賢王國士稱奇絶，巨石豐碑争頌説。妙墨高文燦斗星，陵遷谷變相磨滅。也知靈識盡超冥，證出斯禽事顯明。無言嗜欲沉迷者，請看天柱《雉兒行》。』《夷堅志》

惠明

華亭縣普照寺僧惠明者，常若失志恍惚，語言無緒，而信口談人災福，一切多驗，因目曰『明顛』。未嘗睡眠，通夕立于廊廡門，倚柱囁嚅，審聽之，多誦經文，雖祁寒盛暑不變。每入市，惟曳裙跳足，行步張皇，或詣店鋪兀坐，則其肆是日交易必獲利倍常，故皆喜其至。

若赴齋供得襯施，盡散諸小兒。非其意所欲往，雖加苛撓，亦不肯小駐。或遭值戲侮，報以瓦石飛投，略無少傷。好作偈頌，間有達理處，其末輒顛錯不可曉。嘗遇手影戲者，人請之占頌，即把筆書云：『三尺生綃作戲臺，全憑十指逞詼諧。有時明月燈窗下，一笑還從掌上來。』此篇蓋最佳者。紹熙三年，日本國番舶泛海，距縣境已近，值風波甚惡，見一僧就地拾土塊揚擲，風爲帖息，乃得艤舶。又告之曰：『更宜且釘纜，停待次日，始可前進。』如其戒，果得便風。後見之于道，乃明顛也，亟下拜，相隨入寺廟奉謝禮，顧之茫然，無領略意，客不敢强，但持貨物回施常住，設水陸供而去。明至今尚存。《夷堅志》

《詠菖蒲》云：『根下塵泥一點無，性便泉石愛情孤。當時不惹湘江恨，葉葉如何有淚珠？』《補續高僧傳》

道　濟

《偶題》云：『幾度西湖獨上船，篙師識我不論錢。一聲啼鳥破幽寂，正是山横落照邊。』《浄慈寺志》

筍取鮮嫩者，以物料和薄麵拖油煎煿，如黄金色，甘脆可愛。舊游莫干，訪霍如庵正夫，早供，以筍切作方片，和白米煮粥甚佳，因戲之曰：『此法製惜精氣也。』濟顛《筍疏》云

「拖油盤内煿黄金，和米鐺中煮白玉。」二者兼得之矣。』霍北司，貴公也，乃甘山林之味，異哉。《山家清供》

僧　儀

《上權臣》詩云：『我本田中一比丘，卻來乘馬不乘牛。如今馬上風波急，不是田中得自由。』權臣覽詩，以爲謗己，遂赭其衣。《白獺髓》

紹　嵩

《舟中口號集句》云：『閤阜風煙外楊誠齋，殘蟬送客愁巽中。雲連平地起方干，水帶斷槎流曹緯。樹隱重重竹，江呈岸岸秋均楊誠齋。晚來供望眼曉瑩，微徑雜歸牛陳與義。』《泛湖》云：『久客欣無事曉瑩，扶衰上野航王荆公。迴雲覆陰谷李頎，初日放晨光李商叟。楊柳千尋色《樂府》詞，荷花一路香呂居仁。西湖天下勝張君量，誰與共平章曉瑩？』《江浙紀行詩》

道　川

昆山一娼，周其姓，係郡中籍，張子韶爲守時，娼忽暴亡，適道川訪張守，因命作下火

文。云：『可惜許，可惜許，大家且道可惜許甚麽？可惜巫山一段雲，眼如新水點絳唇。昔年繡閣迎仙客，今日桃源憶故人。休記醜奴兒臉子，便須抖擻好精神。南柯夢斷如何也，一曲離愁别是春。大衆還知某人向甚麽處去？這裏分明會得，鷰山溪畔，頭頭盡是喜相逢。芳草渡頭，處處六么花十八。其或未然，更聽下句，咦，與君一把無名火，燒盡千愁萬恨心。』《中吴紀聞》

净照

净照有句云：『盤饌春多筍，廚薪溼帶苔。雲歸大似諳風勢，水咽多應恨世情。』《方秋崖小稿》

元肇

靈隱主僧元肇，號淮海。寺有松大數十圍，史相當軸，遣人伐松，松與月波亭相對，僧作詩云：『大夫去作棟梁材，無復清陰覆緑苔。惆悵月波亭上望，夜深惟見鶴歸來。』《山房隨筆》

穆陵在御，閻貴妃父良臣起香火功德院，欲勝靈竺，乃伐鄰松供屋材，僧作詩曰：『不

爲栽松種茯苓，祇緣山色四時青。』詩徹于上，遂命勿伐。又山中有寺基久圮，勢家規其地營葬，僧亦有詩刺之：『一定空山已有年，不須惆悵起頹磚。道旁多少麒麟塚，轉眼無人送紙錢。』遂不復取。《山房隨筆》

淳祐壬寅，通州受圍急，守將杜霆棄城遁，火三日不絶。時淮安肇老，住常熟縣福山一刹，與通州對岸，目擊此變，作詩云：『見説通州破，傷心不忍言。隔江三日火，故里幾人存？哭透青霄裂，冤吞白晝昏。時逢過來者，愁是夢中魂。』肇老，通州人也。《梅磵詩話》

道　璨

東坡自黄移汝，别子由于高安，過瑞昌亭子山，題字崖石，點墨竹葉上，至今環山之竹，葉葉有墨點。景定中，王景琰主瑞昌簿，移植廳事，扁其堂曰『景蘇』，蓋簿廳東坡夜宿處也。吾鄉横山丘一中，爲江州添倅，記其槩，一時多賦詩者。僧道璨無文詩云：『一葉復一葉，也道幾翻覆。一點復一點，書墨要接續。親見長公來，一節不肯曲。見竹如見公，北麓能不俗。回頭熙、豐間，幾人愧此竹？翰墨直枝葉，點化到草木。長公有深意，此事付北麓。』語雖直致而意佳。『北麓』，景琰號也。丘記未見其遺稿。有答主簿短《啟》中有云：『移來三兩竿之清風，拈起二百年之公案。所恨無顛米之筆，十丈捲船，何當登景蘇之堂，

一尊酌月？』亦爲里人所傳誦云。《吴禮部詩話》

雲峰德師

雲峰德師，住撫之廣壽，途遇時貴，避不及，有違言，即上堂别衆云：『澹然無累水雲僧，去住分明葉樣輕。十字街頭休作夢，五湖依舊一枝藤。』《隨隱漫録》

祖欽

雪巖有絶句云：『千里相尋慰寂寥，未嫌風雪路迢迢。廬山雖好且休去，更撥寒爐話一宵。』《隨隱漫録》

居簡

蜀僧居簡，號北磵，《憶雪》詩云：『夢憶湖州舊，樓臺畫不如。舟從城裏過，人在水中居。閉户防鷩鷺，開窗便釣魚。魚沉猶有雁，不寄一行書。』前數句言雪城景物，他鄉所無也。《梅磵詩話》

詩人游孤山，弔和靖者，佳製不一而足，近世徐抱獨與蜀僧居簡之作，人多稱之。徐

云：『咸平處士風流遠，招得梅花枝上魂。疏影暗香如昨日，不知人世幾黄昏？』居簡云：『先生一意若雲閒，潔白都無一點斑。名字不須深刻石，暗香疏影滿人間。』《梅磵詩話》

必萬

《孟享仰瞻聖駕》詩云：『輕塵不動馬蹄催，警蹕聲中聖輦來。漢代威儀周禮樂，太平天子拜香回。』《隨隱漫録》

文頎

《題硯》云：『空山頑質世偏須，禪客元慙綺色枯。幾吐煙光供染翰，石田隻字可留無。』『棄庵老人文頎，咸淳元年三月朔書。』右端硯，其背上半勒偈大字，下半勒記小字。記云：『先師禪觀之餘，游戲藝苑。一生不受嚫施，知交惟以楮墨贈遺，此硯是白衣時故物，相隨最久。一日，忽作偈書片紙置硯下，即檢詩稿盡焚之。詰朝，遂示疾，七日而化。因摹勒遺語，手書于硯石，藏之塔中云。次年九月二十二日門人行朗記。』《谷水談林》

清壹

《寄無著》云：『逢人稱宿臘，元解少人知。俗濁惟貪隱，禪高不礙詩。水邊秋杖履，石上雪鬚眉。雞犬添鄰曲，還同賦紫芝。』《寄萬先生》云：『歸從衡嶽此身清，老校群書眼倍明。白屋有田供伏臘，青雲無夢到公卿。頻挑野菜招僧至，少著深衣入郭行。早歲自嗟行役遠，失將詩律問先生。』《吴禮部詩話》

德豐

《重陽》詩云：『戰盡今秋見太平，西風多作北風聲。不吹烏帽吹氊帽，籬下黄花笑不成。』《山房隨筆》

希坦

希坦號率庵，宋末居九華山。有《李昭象讀書臺》詩云：『臺在碧雲峰下。昭象字化文，唐末避黄巢亂，入九華山。廢興生名妄安名，山水何曾改舊清。孰謂堂空人已往？溪聲還作讀書聲。』《九華山志》

炳　同

炳同，字野翁，宋亡之日，避迹仗錫，閉户書《法華經》。有句云：『老來非厭客，静裏欲書經。』一時遺老，家則堂、文本心、黄東發、舒閬風、周伯弼，咸與之游。《四明山志》

子　温

《自題畫蒲萄》詩云：『曾向流沙取梵書，草龍珠帳滿征途。輕包短策難將帶，記得西風月上初。』《蟫精雋》

日觀善草書，喜畫蒲萄，鬚梗枝葉，皆草書法也，世號『温蒲萄』。時貴慕其畫，贅金求之，一筆不與，逢佳士遽命紙筆。雅好著恢帽短衣，囊錢果，猖翔街陌，探囊投市中兒，問：『識温相公否？』由是進止，輒擁小兒呼『温相公』。時有賓肖羅漢，醉則維筆竿杪，草聖芬媚，時人遂有『長竿醉草賓羅漢，短褐佯狂温相公』之句。温性嗜酒，然楊總統飲之酒，不一霑唇，每見則曰：『掘墳賊，掘墳賊。』《珊瑚網》

了　慧

《春日田園雜興》云：『平疇水遶徑微分，小圃雲深景不繁。此處農桑雖是僻，多情鶯燕不嫌村。倦眠芳草閒黄犢，静對幽草倒緑樽。見説弓旌方四出，欲更名姓揜衡門。』第三十三名評云：『田園對起，已占地步。頷聯得闔闢之妙，餘佳。』《月泉吟社》

全宋詩話目録卷九十五 釋四

福州僧

胡僧

毛僧

邛州僧

住山僧

沙門雁蕩詩

涪陵樵夫

無著　丞相蘇頌女，年三十出家，參大慧得悟，號妙總禪師。

正覺　海鹽人，樞密郭三益孫女，適雲間葉氏，早寡，誓節爲尼。居法雲寺。

慈光寺尼

全宋詩話卷九十五

天目僧（以下無名）

《答贊寧》詩云：『山中人事違，天眼中修定：天目一名『天眼』。。我本無根株，只將筍爲命。』《筍譜》

還鄉和尚

錢氏時，有還鄉和尚，每唱曰：『還鄉寂寂杳無蹤，不掛征帆水陸通。踏得故鄉田地穩，更無南北與西東。』或問其説，答曰：『明年大家都去。』果有納土之應。《侯鯖録》

村寺僧

王中令既平蜀，捕餘寇，與伍隊相遠，饑甚，乃入一村寺中。僧醉甚箕踞，公怒，欲斬

之，僧應對不懾，公奇而釋之。問求蔬食，僧云：『有肉無蔬。』公益奇之。餽以蒸豚頭，食之甚美，公喜，問僧：『止能飲酒食肉耶？爲有他伎也？』僧自言能詩，公令賦《蒸豚》詩，操筆立成。詩云：『嘴長毛短淺含臕，久向山中食藥苗。蒸處已將蕉葉裹，熟時更用杏漿澆。紅鮮雅稱金盤飣，軟熟真堪玉筯挑。若把羶根來比並，羶根只合吃藤條。』公因大喜，與紫衣賜號。《東坡志林》

朱池寺僧

予往歲侍親睦州壽昌縣，朱池寺僧卒，方數日，弟子出卒前一日手寫《頌》云：『孤燈寂寂夜堂深，寒雨蕭蕭響竹林。大抵浮生只如此，不須哀怨動悲吟。』字甚端謹，斯亦異矣。《李希聲詩話》

蜀僧

蔡元長南遷，道出長沙，卒于城南五里東明寺，遂草殯于寺之觀音殿。後有蜀僧游方過之，慨然因題詩于壁云：『三十年前鎮益州，紫泥丹詔鳳池游。大鈞播物心難一，六印懸腰老未休。佐主不能如傅説，知機那得似留侯。功名富貴今何在？寂寂招提土一丘。』《梁溪漫志》

湘僧

《題能仁寺》詩云：『寺在重雲裏，秋深夢轉勞。檻前雙澗急，門外一峰高。谷鳥翻新樂，巖松起暮濤。何時拂衣去，欹枕聽蕭騷。』《南岳總勝集》

吴僧

絶句云：『看了青燈夢不成，東風輥雪落寒聲。半生客裏無窮恨，告訴梅花説到明。』《錦繡萬花谷》

薦福寺僧

紹興末，江西一僧，忘其名，住饒州薦福寺。寺傍舊多隙地，寖爲人侵漁，僧自度力不能制，乃謂其徒曰：『寺有主者，所以主張是寺也。坐視地爲他人有而不能直，焉用主者爲？吾甚愧之，今當去矣。』即陞座，鳴鼓集衆，高吟云：『江南江北水雲鄉，千頃蘆花未著霜。好景不將零碎賣，一時分付謝三郎。』遂閉目不語。衆愕眙，視之已逝矣。《梁溪漫志》

蜀僧

《賦湖中漁翁》云：『籃裏無魚欠酒錢，酒家門外繫漁船。幾回欲脱蓑衣當，又恐明朝是雨天。』《西湖志餘》

洪州僧

洪州西山，與滕王閣相對，過客多留詩。有僧覽之，告郡守曰：『詩無佳者，何不去之。』守愕然曰：『能作佳句乎？』因爲詩曰：『洪州太白方，積翠倚穹蒼。幾夜礙新月，半江無夕陽。』《雅言雜載》

福州僧

南方浮屠，能詩者多矣，往往多不顯其名。福州有一僧，作詩百餘篇，其中佳句有云：『虹收千嶂雨，潮展半江天。』又有詩云：『詩因試客分題僻，棋爲饒人下子低。』不減于古人也。《古今詩話》

《古今詩話》云：『南方浮屠，能詩者多，士大夫鮮有汲引，多汩没不顯。福州僧有詩

百餘篇，其中佳句如「虹收千嶂雨，潮展半江天。」不減古人也。』苕溪漁隱曰：此一聯乃體李義山詩：『虹收青嶂雨，鳥没夕陽天。』所謂屋下架屋者，非不經人道語，不足貴也。《苕溪漁隱叢話》

胡僧

陳文惠赴端州，艤舟廬陵，有胡僧叩舷謂公曰：『虎目鳳鼻猿身，平地不能爲也。當有攀附，然後有所食，位極卿相。』僧爲詩一絶曰：『虎目猿身形最貴，須因攀附即升高。知公今向端溪去，助子清風泛怒濤。』公後登庸。《青瑣集》

毛僧

吴有異比丘，號『毛僧』，日游聚落，飲食無所擇，輕薄子多狎玩之，貴勢要之不詣。忽謂人曰：『吾其死矣。』乃危坐説《偈》曰：『毛僧毛僧，事事不能。死了燒了，卻似不曾。』言卒遂化。嗟乎異哉，其端師子戒闍梨之徒乎？《冷齋夜話》

邛州僧

成都醫者劉翁，來夷陵，推官陳莘與之從容，因言邛州一僧事云：有亡賴士人，脅持誣以不軌，僧下獄受鞫，隨問即承。獄官測其非本情也，開以翻變之指，訖無異詞。聞者譁訟其冤，獨郡守不察。及赴刑入市，殊無懼色，對監刑兵官曰：『我聞僧人死必有偈頌，少寬頃刻之期可乎？』監者曰：『云何？』僧曰：『我舉揚，倩官人寫。』乃口占云：『宿業因緣人不知，如今啐啄與同時。今生歡喜償他了，來世分明不欠伊。夢幻色身從敗壞，閒田虛樹已生枝。休休休也歸家去，石女懷胎産一兒。』云是宣和間事也。《夷堅志》

住山僧

有僧住山，或謀攘之，僧乃掛草鞵一雙于方丈前，題詩云：『方丈前頭挂草鞵，流行坎止任安排。老僧脚底從來闊，未必枯髏就此埋。』予謂士大夫去就，亦當如此。楊誠齋立朝時，計料自京還家之裹費，貯以一篋，鑰而置之卧所，戒家人不許市一物，恐累歸擔，日日如促裝者。予又聞昔有京尹，忘其名，不携家，惟弊篋一擔，每晨起，則撤帳卷席，食畢則洗鉢收箸，以拄杖撑弊篋于廳事之前，常若逆旅人將行者，故擊搏豪强，拒絶宦寺，悉無所畏。

予曩在太學，嘗館于一貴人之門，一日命市薪六百券，有卒微哂，謂其徒曰：『朝士今日不知明日事，乃買柴六百券耶。』余因竊歎士大夫之見，有不如此卒者多矣。《鶴林玉露》

沙門雁蕩詩

昔有沙門，游永嘉雁蕩，欲賦未就，遇負薪老人倚杖而歎，問曰：『何歎？』曰：『一生看不足。』遂得句云：『四海名山曾在目，就中此境難圖録。巖前撞見白頭翁，自道一生看不足。』《娱書堂詩話》

涪陵樵夫牧牛詩

涪陵樵夫《授牧牛圖》詩，一章言其崇明禮法，目無邪視，可否昭判，揀辨無舛，依見見正，色塵不迷，故能非禮勿視，如牛雙目變白，畏鞭箠警視不易，設有他思，不敢縱觀矣。詩曰：『喜見雙眸白，通身黑尚全。整思南畝稼，還忌牧童鞭。安色無輕學，非觀已屢悛。回光惟聖道，此外竟何緣。』二章言其外屏非聞，耳無邪聽，入耳著心，但惟聖道，依聞審音，惡聲不惑，故能非禮勿聽，如牛角耳變白，聳耳低首，惟牧是聆，更無他念矣。詩曰：『耳角冰霜潔，須知聽不訛。法言緣理辨，邪説自心何。響外聆微旨，音中味太和。淫荒無復入，

非禮末之何。』三章言其戒謹辭氣，口無妄言，戲諭讒誣，不形聲説，非先王之法言不敢道，依苦謹辭，修辭立誠，故能非禮勿言，如牛唇口變白，爲牧所纏，不得妄鳴，惟渴飲饑食，始得解釋矣。詩曰：『白口纏圈索，言非駟莫追。心聲休妄發，敬道復何疑。正信通神鑒，淵談協初儀。能爲天下則，誠自我無欺。』四章言其遵守禮法，中主惟敬，心無妄動，舉必循理，精誠外發，照破邪行，素履而往，往而無咎，故能非禮勿動，如牛四足變白，猶恐散失，未捨鼻索矣。詩曰：『四足雖更白，猶宜鼻索拘。草田方綏執，禾徑未相踰。步步無非履，心心向大途。見聞言動事，到此竟何殊。』五章言其學習美成，禮法文質，内外自然，克己復禮，歸于至誠，不假行將，動容周旋，皆中乎禮，盛德之至，居德之盛，尚可形容，故如牛首尾變白，牧者置鞭閒坐，不執鼻索，放曠無拘，頓絶所犯矣。詩曰：『鼻索何勞執，長鞭已去閒。大由隨俯仰，古道任回環。義草飡清野，仁泉飲碧灣。德純非用牧，危坐對層山。』六章言其抑爲不厭，好古敏求，積而至聖，思慮消隕，情識浄静，猶金鑒焉，不迎不將，應而不傷，心體世通，超然絶疑，動静無意，但寓形于世而已，如牛全白，純一不雜，人牛兩息，滅意相拘矣。詩曰：『一飽心休息，安眠百不知。有形隨處寄，毋意復何疑。用舍非關念，優游絶所窺。相忘人世外，惟有牧童兒。』七章言其逆順難測，混同體用，隨世態卷舒，例隊隊慘酢，損益盈虚，與時偕行，言不必信，行不必果，惟義所在，一切毋必，道合則從，猶如白

牛，雖帶圈索，已無牧人矣。詩曰：『圈索離牽執，從兹牧者亡。何心拘小節，平步蹈中常。饑飽隨時過，行藏住運將。春山春草緑，逢處可充腸。』八章言其仕止久速，咸契所宜，達節善變，出處無際，進退存亡，不失其正，獨見幾權，應世無固，不俟終日，猶如白牛隨方運動，飲食無繫矣。詩曰：『日暖隨方去，天寒隱有餘。當行非俟牧，可止便安居。飲食和粗細，周旋契疾徐。權幾雖應用，豈外是如如。』九章言其無方無體，妙絶萬物，不見有己，身心銷復，與道混融，一切毋我，又何分別，隨時應用，應物張機，無有本體，名言胡義，留爲世訓，警策後覺，猶如無牛可得，惟存鼻索，傳示將來矣。詩曰：『相盡云何牧，心融孰是牛？我人依妄立，學行假名脩。不見當先迹，寧知有後由。鞭繩應到此，聊爲且有留。』《詩話總龜》

無　著

丞相蘇頌女，年三十出家。有絶句云：『一葉扁舟泛渺茫，呈橈舞棹别宫商。雲山海月都拋卻，贏得莊周蝶夢長。』《泉南雜記》

正覺

樞密郭三益孫女，海鹽人，適雲間葉氏，早寡，誓節爲尼。有絶句云：『春朝湖上風兼雨，世事如花落又開。退省閉門真樂處，閒雲終日去還來。』《海鹽縣圖經》

慈光寺尼

成都慈光寺尼，《乘舟夜行》一篇亦佳，云：『水色連天色，風聲益浪聲。旅人歸思苦，漁父夢魂驚。舉棹雲先到，移舟月遂行。旅吟詩句罷，猶見遠山横。』《詩話總龜》

全宋詩話目録卷九十六 道一

鍾離權　《宣和書譜》云：神仙鍾離先生，名權，不知何時人。間出接物，自謂生于漢，稱『天下都散漢』。

呂嵒　字洞賓，關右人，唐德宗朝呂渭孫。咸通中，舉進士不第，值世亂，隱居終南山，年百餘歲，貌如嬰兒。世傳有劍術，時至陳摶室。其事迹多顯于宋。

許堅　江左人，早歲以策干江南李氏，不見禮，隱茅山。太平興國八年，自茅山游廬山，後隱迹江淮間。

孫咸　不知何許人。

黄損　事南唐，未老退歸遁去。後復還家，題詩而去。

張虚白　邢州人。

王筌　字子真，富鄭公嘗客之，神宗賜號沖熙處士。

沈廷瑞　筠州高安人，玉笥山道士。

潘谷　賣墨爲業，忽赴井死，下視，乃趺坐井中。

陳太初　眉山人。

張無夢　字靈隱，號鴻蒙子，與种放、劉海蟾爲方外友，事陳希夷。真宗召對，除著作郎，不受，還天台瓊臺觀。有《瓊臺集》。

劉遁

許昌齡

申徒有涯

劉元英　號海蟾子。

羅道成　郴州人。

姚太虚

歸真子

陳景元　字太虚，自稱碧虚子，建昌南城縣人。神宗朝，爲右街副道録，賜號真人。

李陶真　不知何許人，熙豐間，游武夷，好吹笛，諸道士招飲于雲房，陶真皆赴，而諸房笛聲，一時同發。

周貫　膠東人。熙寧元年，至豫章石頭寺屍解。

李士寧　蜀人。

郭行　字思誠，不知何許人，舉進士不第，遂學道不食，惟飲酒。馬默知鄆之項城，見訪之，一見如舊。

邢老仙

高坦

李斯立　居舒州靈仙觀，嘗從蘇軾游。

黄知微　字明道，江州人，元豐間，居廬山太平宫，號養正先生。

王迪　爲洪州左司理參軍，棄官，與妻偕隱。

全宋詩話卷九十六

鍾離權

淳熙十一年，溧陽倉斗子，坐盜官米，黥配而籍其家，得草書一軸，題云『庚申歲書』，其名『權』，花押正如一劍之狀，盖鍾離翁也。其詞云：『露滴紅蘭玉滿畦，閒拖象履到峰西。但令心似蓮花潔，何必身將槁木齊。古塹細香紅樹老，半峰殘雪白猨啼。雖然不是桃花洞，春至桃花亦滿溪。』李粹伯跋之曰：『字畫放逸，有翔龍舞鳳之勢，脱去尋常畦徑，非得于心而應于手者不能爾。飄然神仙風度，固有所本』云。真本藏于建康府治軍質庫，絹素標識處皆斷裂，獨字畫不動，景裴常見之。『庚申歲』者，豈非藝祖創業建隆元年乎？《夷堅志》

《示太原學士》詩：『風燈泡沫兩相悲，未肯遺榮自保持。頷下藏珠當猛取，身中有道更求誰？才高雅稱神仙骨，智照靈如大寶龜。一半青山無買處，與君携手話希夷。』『元

祐七年九月九日，鍾離權書。』莊綽跋云：『昔維揚有何仙姑者，世以爲謫仙，能與真靈接。一日，鍾離過之，使治黄素，乃書此詩。吕公亦跋其後，令俟王學士至授之。後數日，王古敏仲自貳卿出守會稽，至維揚訪姑，即以與之。王秘不以示人。』《雲麓漫抄》

吕　喦

吴興之東林沈東老，能釀十八仙白酒，一日，有客自號回道人，長揖于門曰：『知公白酒新熟，遠來相訪，願求一醉。』實熙寧元年八月十九日也。公見其風骨秀偉，跫然起迎，徐觀其碧眼有光，與之語，其聲清圓，於古今治亂、老莊、浮圖氏之理，無所不通，知其非塵埃中人也，因出酒器十數于席間，曰：『聞道人善飲，欲以鼎先爲壽，如何？』公曰：『飲器中惟鐘、鼎爲大，屈卮、螺杯次之，而梨花、蕉葉最小，請戒侍人，次第速斟，當爲公自小至大以飲之。』笑曰：『有如顧愷之食蔗，漸入佳境也。』又約周如復始，常易器滿斟於前，笑曰：『所謂杯中酒不空也。』回公興至，即舉杯引滿，常命東老鼓琴，回乃浩歌以和之。又嘗圍棋以相娱，止奕數子，輒拂去，笑曰：『祇恐棋終爛斧柯。』回公自日中至暮，已飲數斗，無酒色。是夕，月微明，秋暑未退，蚊蚋尚多，侍人秉扇致拂，偶滅一燭，回公乃命取竹枝，以餘酒噀之，插於遠壁，須臾蚊蚋盡棲壁間，而所飲之地洒然。東老欲有所叩，先託以求敺蚊之

法，回曰：『且飲，小術何足道哉。聞公自能黄白之術，未嘗妄用，且篤于孝義，又多陰功，此余今日所以來尋訪而將以發之也。』東老因叩長生輕舉之術，回公曰：『以四大假合之身，未可離形而頓去，惟死生去住爲大事，死知所往，則神生于彼矣。』東老攝衣起謝：『有以喻之。』回公曰：『此古今所謂第一最上極則處也。此去五年，復遇今日，公當化去。然公之所鍾愛者，子階也，治命時不得見之。當此之際，公亦先期而知，萬勿動懷，恐喪失公之真性。』東老頷而悟之。飲將達旦，則瓮中所釀，止留糟粕而無餘瀝矣。回公曰：『久不游浙中，今日爲公而來，當留詩以贈，然吾不學世人用筆書。』乃就舉席上榴皮畫字，題于庵壁，其色微黄而漸加黑，故其言有『回仙人贈東老詩：西鄰已富憂不足，東老雖貧樂有餘。白酒釀來緣好客，黄金散盡爲收書。』凡三十六字。已而告别東老啟關送之，天漸明矣，握手並行，笑約異時之集，至舍西石橋，回公先度，乘風而去，莫知所適。後四年中秋之吉，東老微恙，乃屬其族人而告之曰：『回公熙寧元年八月十九日，嘗謂予曰：「此去五年復遇今日當化去」，予意明年，今乃熙寧之五年也，子階又適在京師干薦，回公之言，其在今日乎？』及期捐館，凡回公所言，無有不驗。陸元光《回仙録》

回先生過湖州東林沈氏，飲醉，以石榴書其家東老庵之壁，云：『西鄰已富憂不足，東老雖貧樂有餘。白酒釀來緣好客，黄金散盡爲收書。』東老，沈氏之老自謂也。予次其韻

云：『世俗何知貧是病？神仙可學道之餘。但知白酒留佳客，不問黄公覓素書。符離道士辰興際，華岳先生屍解餘。忽見《黄庭》丹篆句，猶傳青紙小朱書。淒涼雨露三年後，仿佛塵埃數字餘。至用榴皮緣底事，中書君豈不中書。』《東坡詩話》

宿州天慶觀西廡下，有石刻二詩，盖至道中有賣墨人嘗游于此，一日題詩曰：『秋景蕭蕭葉亂飛，庭松影裏坐移時。雲迷鶴駕何方去？仙洞朝元失我期。』又曰：『肘傳丹篆千年術，口誦《黄庭》兩卷經。鶴觀古壇槐影裏，悄無人迹户長扃。』或以爲吕仙翁詩也。《古今詩話》

鍾弱翁帥平涼，一方士通謁，從牧童牽黄犢立于庭下。弱翁異之，指牧童曰：『道人頗能賦此乎？』笑曰：『不煩我語，是兒能之。』牧童乃操筆大書云：『草鋪横野六七里，笛弄晚風三四聲。歸來飽飯黄昏後，不脱蓑衣卧月明。』既去，郡人見方士担兩大甕，長歌出郭，迹之不見。兩甕乃二『口』，豈洞賓耶？《西清詩話》

苕溪漁隱曰：回仙于京師景德寺僧房壁上，題詩云：『明月斜，秋風冷，今夜故人來不來，教人立盡梧桐影。』相傳此詩自國初時即有之。柳耆卿詞云：『愁緒終難整，又立盡梧桐影』，用吕仙語也。《苕溪漁隱叢話》

賈師雄郎中，治平中通判邵武，嘗收鐵鏡甚大，非常物也，久欲淬磨，未得其人，左右

言：『近有回處士自言善磨鏡。』召至，風骨軒昂，非常人也。出示之，仍以飲酒畢，堆藥鏡上，言「藥少，當自取之」。既去不回。詢其宿在太平寺，留詩一絶而去，曰：『手内青蛇凌白日，洞中仙果豔長春。須知物外煙霞客，不是塵中磨鏡人。』取鏡視之，藥已化去，所堆藥處一點，表裏通明，如寒玉春冰。又嘗有顧中謁故人季郎中，至岳陽報宿，市邸唱新曲，有補鞋人問曰：『此何曲？』中曰：『都下新聲也。』其人曰：『吾不解書，子能爲我書，當於此調譜一詞。』中因爲書之，乃今所傳《沁園春》也。因問其姓，答曰：『生于山口，長于江口，即今爲守谷之客，姓名不知也。』中翌日見太守言之，追不復至，題一絶于邸中：『腹内嬰兒養已成，且居塵世暫娱情。無端措大剛饒舌，卻入白雲深處行。』中與太守深歎恨之，『山口』、『守谷』，乃仙之姓并字也。《青瑣集》

西湖諸寺，所存無幾，惟南山靈石猶是舊屋。寺僧有言，頃時有數道人來丐食，拒而不與，乃題詩屋山而去，至今猶存，字畫頗類李北海，是唐人書也。其詩云：『南塢數回泉石，西峰幾叠煙雲。登攜孰以爲侣？顔寓、李甲、蕭耘。』後好事者譯之，前一句乃『吕』字，第二句『洞』字，第三句『賓』字，是洞賓與三人者來耳。李甲，近世人，東坡以比郭恕先，善畫而有文，餘不知其爲何人，當是神仙也。《竹坡詩話》

大梁景德寺峨眉院壁間，有吕洞賓題字。寺僧相傳，以爲頃時有蜀僧號峨眉道者，戒

律甚嚴，不下席者二十年。一日，有布衣青裘，昂然一偉人，求與語良久，期以明年是日，復相見于此，願少見待也。明年是日，日方午，道者沐浴端坐而逝，至暮，偉人果來，問：『道者安在？』曰：『亡矣。』偉人歎息良久，忽復不見。明日，書數語于堂壁間絶高處，其語云：『落日斜，西風冷，幽人今夜來不來，教人立盡梧桐影。』字畫飛動，如翔鸞舞鳳，非世間筆也。宣和間，予游京師，猶及見之。《竹坡詩話》

洞賓，吕渭之後，五代間，從鍾離權得道。權，漢人，不老。自本朝以來，與權更出没人間，權不甚多，而洞賓蹤迹數見，好道者每以爲口實。予記童子時，見大父魏公，自湖外罷官還，道岳州，客有言洞賓事者云：近歲常過城南一古寺，題二詩壁間而去，詩云：『朝游北海暮蒼梧，袖有青蛇膽氣麤。三醉岳陽人不識，朗吟飛過洞庭湖。』『獨自行時獨自坐，無限時人不識我。惟有城南老樹精，分明知道神仙過。』説者云：寺有一大古松，吕始至時，無能知者，有老人自松顛徐下致恭，故詩云然。《蒙齋筆談》

東林沈氏，世爲著姓，元豐間，有名某字東老者，家頗藏書，喜賓客。東林當錢唐往來之衝，故士大夫與游客勝士，聞其好事，必過之，沈亦應接不倦。嘗有布裘青巾，稱回山人，風神超邁，與之飲，終日不醉，薄暮，取食餘石榴皮，書一絶壁間，云：『西鄰已富憂不足，東老雖貧樂有餘。白酒釀來緣好客，黄金散盡爲收書。』即長揖出門，越石橋而去，追躡之，

已不見，意其爲吕洞賓也。洞賓嘗有《書楚州紫極宫小軒》一詩云：『宫門閒一入，獨凭闌干立。終日不逢人，朱頂鶴聲急。』《避暑録話》

鄱陽胡詠之朝散，生平好道，元符初，嘗于信州弋陽縣見一道人，青巾葛衣，神氣特異，因揖而延之對飲。道人指取大白，滿引無算，曰：『君有從軍之行，去否？』胡竦然曰：『當去。』蓋是時欲就熙河帥姚雄之辟也，道人曰：『西陲方用師，好去。』索紙書詩云：『濟世應須不世才，調羹重見用鹽梅。種成白璧人何處？熟了黄粱夢未回。相府舊開延士閣，武夷新築望仙臺。青雞唱徹函關曉，好卷游幃歸去來。』授詠曰：『爲我以此寄章相公。』且曰：『章相公好個人，又錯了路逕也。』詠叩其説，但云：『未可立談』。詠問其姓名，亦不肯言，曰：『吾早晚亦游邊，可以復相見。』夜艾，詠曰：『先生可就此寢。』曰：『吾歸邸中，只在河上。』乃拂衣去。明日，遣人往諸邸尋問，皆云未嘗有道人，因告縣令，徧邑物色，竟無曾見者。詠至京師，見王副車詵，具告以此，欲持詩謁子厚，詵曰：『慎不可。上方以邊事倚辦相公，丞相得此，必堅請去，上必疑怪，詰其所以然，君且得罪。』詠以爲然，徑趨姚幕從取青唐。暨還闕，則子厚已去矣。他日，子厚北歸，聞有此詩，就詠求之，其真本已爲副車奄有，乃録寄之。子厚見詩歎曰：『使吾早得此詩，去位久矣，豈復有今日之事乎？』方詠之在邊日，嘗至秦州天慶觀，聞説吕先生在此月餘，近日方去矣，問：『何以知其

爲吕道士?』云:『道人去時,適道衆皆赴鄰郡醮,道人顧小童曰:「吾且去,借筆書壁,候師歸示之。」小童辭以觀新修,師戒勿令題涴,乃曰:「煩貯火殿爐,吾欲禮三清而去。」既而行殿後砌下,有池水甚清泚,乃以爪畫殿壁留詩云:「石池清水是吾心,漫被桃花倒影沉。一到邽山空闕内,消閒塵累七絃琴。」後題「回」字。衆驚歎,以爲必吕翁也。』壁甚高,其字非手可能及,『邽山』,即秦山也,詠思弋陽所遇有游邊之約,豈非即斯人歟? 此説予聞江元一太初云。《墨莊漫録》

襄漢隱者,躬耕數畝,因古冢爲亭,往來題詩甚富。一日柱間得一絶云:『冢上爲亭鬼莫嗔,冢頭人即冢中人。凭欄莫起存亡意,除卻虚空總是塵。』相傳吕翁作也。《西溪叢話》

閩中一士人,姓楊,家貧而事親孝。忽七月七日,一道人自稱姓回,至其家,久之,因取囊中藥點化一小石爲金贈之,曰:『助爾甘旨之費。』楊力辭曰:『不願得此,祇欲求一詩爲陋室之光。』道人因用朱題于壁間曰:『楊君真慤士,孝行動穹壤。上帝憐其勤,七夕遣回往。須臾藥頑石,助子爲孝養。子既不我受,吾亦不汝强。風埃難久留,願子志勿爽。行看首鼠紀,青雲如返掌。』後不知其所終。《庚溪詩話》

《東軒筆録》云:潭州士人夏鈞,罷官過永州,謁何仙姑而問曰:『世人多言吕先生,今安在?』何笑曰:『今日在潭州興化寺設齋。』鈞專記之。到潭日,首于興化寺取齋簿視

之，果其日有華州回客設供。頃年，滕宗亮謫守巴陵郡，有華州回道士上謁，風骨聳秀，神宇清邁。滕知其異，口占一詩贈之曰：『華州回道士，來到岳陽城。别我游何處？秋空一劍横。』回聞之，憮然大笑而别，莫知所之。《苕溪漁隱叢話》

回仙自作《傳》云：『吾乃京兆人，唐末累舉進士，不第，因游華山，遇鍾離，傳授金丹大藥之方。復遇苦竹真人，方能驅使鬼神。再遇鍾離，盡獲希夷之妙旨。吾得道年五十，第一度郭上竈，第二度趙仙姑。郭性頑鈍，只與追錢延年之法；趙性通靈，隨吾左右。吾惟是風清月白，神仙聚會之時，嘗游兩浙、京汴、譙郡。嘗着白襴衫角帶，左眼下有痣，如人間使者筯頭大。世言吾賣墨飛劍取人頭，吾聞哂之，實有三劍：一斷煩惱；二斷貪嗔；三斷色慾；是吾之劍。世有傳吾之神，不若傳吾之法；傳吾之法，不若傳吾之行。何以故？爲人若反是，雖携手接武，終不成道。』《苕溪漁隱叢話》

世所傳呂先生詩：『黄鶴樓邊吹笛時，白蘋紅蓼對江湄。衷情欲訴誰能會？惟有清風明月知。』此呂先生非洞賓，乃名元圭者也。其詩元題于石照亭窗上，仍記歲月云『乙丑七月二十六日』，當元豐間。喻陟爲湖北提刑，題詩其後云：『黄鶴樓邊横笛吹，石亭窗上更題詩。世人不識還歸去，江水雲山空渺瀰。』或曰：元圭，乃先生之别字也。《能改齋漫録》

呂洞賓先生多游人間，丁晉公通判饒州日，洞賓往見之，謂公曰：『君狀貌頗似李德

裕，他日富貴皆如之。』公咸平初，與楊文公言其事，今已執政。張洎家居，忽外有一隱士通謁，乃洞賓名姓，洎倒屣迎見之。洞賓自言呂渭之後，四子温、恭、儉、讓，讓終海州刺史，洞賓系出海州房，所任官《唐史》不載。索筆八分書七言四韻，留與洎，頗言將佐鼎席之意，末句云：『成功當在破瓜年』，俗以破『瓜』字爲二八，洎年六十四卒，乃其讖也。滕宗諒守巴陵，回道士上謁，滕口占曰：『華州回道士，來到岳陽城。別我留何處？秋空一劍横。』回大笑而去。呂有詩在人間極多，『三入岳陽人不識，朗吟飛過洞庭湖。』又：『飲海龜兒人不識，燒山符之鬼難看。』又：『一粒粟中藏世界，二升鍋内煮山川。』竝見楊公《談苑》。又：『賣墨年年到鼎州，無端知府問蹤由。家居北斗魁星下，劍挂南窗月角頭。』《東坡詩話》云：熙寧元年八月十九日，有道士過沈東老飲酒，用石榴皮寫絶句壁上，自稱回道人，出門至石橋上，先度橋數十步，不知所在，或曰此呂洞賓也。詩云：『西鄰已富憂不足，東老雖貧樂有餘。白酒釀來緣好客，黄金散盡爲收書。』此東坡倅錢塘之日，今在石村沈家，畫壁猶存，所畫之像，藤蔓交蔽其體，惟面貌獨出，余往來苕霅，屢見之。其他如磨鐵鏡，舞畫鶴，設僧供于長沙，隱姓名于谷客，其異迹固多有之。惟渡江以來，近在辛卯歲，嘗游昆陵，繫青結巾，黄道服，皁縧草屨，手持椶笠，自題曰：『知命先生』，自呼于市。荆門守胡公儔聞其聲，頗異，延之問命，先生曰：『公有壽，且得見次。不在清明前五日，即在清明

胡始知其爲異人，乃悟『知』、『命』字皆從『口』，必是吕洞賓無疑，深恨不款延之。日夜追想其狀貌，欲使畫工圖之不可得。及至荆門半載，忽一日公廳肅客，有急足聲喏云：『某知州府有書信，今且往某州下書，回途卻請回書。』客退開書，通寒暄外無他語，有一軸信，開視乃是南京石本吕公畫像，與在毘陵日所見衣巾狀貌無少異，公益歎慕。胡後守滁州，爲刻石以誌其事。余乙亥歲爲滁教，距辛卯歲五十餘年矣，以此知先生未嘗不游人間，但世人少有仙風道骨，遇之者鮮矣。《耆舊續聞》

許堅

許堅，不知何許人，遇酒筵，不問尊卑遠近必到，乘興只三五杯便去。性嗜魚，將魚火上旋炙，熟處即吃，生處復炙，殊不去其鱗腸。每和巾帶入溪澗内浴，度日浸身，出水即于風日中坐候乾，其衣服多有黤氣，人惡之。或有人與物，忻然而受，將散與貧者。多于夢中吟詩，宿溧陽縣靈泉精舍，僧出『白』字韻留詩，其僧對榻見熟睡，至晚起，出七言詩云：『近枕吴溪與越峰，前朝恩錫靈泉額。竹林晴見雁塔高，石室曾棲幾禪伯。荒碑字没秋苔深，古池香泛荷花白。客有經年别故林，落日啼猿情脉脉。』太平興國九年，自茅山再游廬

山，於方先生房内安下，至夜深，嘗與數人談笑，人疑聽，堅已知之，高聲云：『不得來，不得來。』今在洪州西山或吉州玉笥山。《郡閣雅談》

許堅，江左人，爲性藪野，似非今之人，年高、絶不知曉人事，少言，人不問，終日不啟口。多居茅山，不知年歲，形容不變。好飱魚，能爲詩，多談神仙事。題茅山觀曰：『嘗恨清風千載鬱，洞天今得恣游遨。松楸古色玉壇静，鸞鶴不來青帝高。茅氏井寒丹已化，玄宗碑斷夢仍勞。分明有個長生路，休向紅塵歎二毛。』早年堅以時事干江南李氏，人訝其狂戇，以爲風恙，莫與之禮，一絶上舍人徐鉉，云：『幾宵煙日鎖樓臺，欲寄侯門薦禰才。滿面塵埃人不識，漫隨流水出山來。』因拂衣歸隱。今尚在，隱迹江淮間。《雅言雜載》

孫　咸

孫咸，不知何許人，而長于預知災異，又善爲詩。開寶初，客于九江，因游廬山，有詩《留題九天使者廟》云：『獨入玄宫禮至真，焚香不爲賤貧身。秦淮兩岸沙埋骨，溢浦千家血染塵。廬阜煙霞誰是主？虎溪風月屬何人？九江太守勤王事，好放天兵渡要津。』不踰數年，金陵板蕩，九江重圍，人受塗炭，並應此詩。咸後卒于南昌，衆人棄屍于江中，泝流而上，咸異之。《拾遺》

黄損僕射

東坡云：虔州布衣賴仙芝言，運州有黄損僕射者，五代時人，僕射蓋事南漢，未老退歸，一日忽遁去，莫知其存亡。子孫畫像事之。凡三十二年，復歸，坐阼階上，呼家人。其子適不在，孫出見之，索筆書壁上，云：『一别人間歲月多，歸來人事已消磨。惟有門前鑒池水，春風不改舊時波。』投筆竟去，不可留。子歸問其狀貌，孫云：『甚似影堂老人也。』運人相傳如此，後頗有仕進者。《苕溪漁隱叢話》

張虚白

張虚白舉進士不第，辟穀從劉易、陳摶游，寓武陵崔母家，崔飲以醇酒。一旦殁，崔殯之。後邑人余安，見虚白賣藥揚州市中，賦詩託安遺崔，云：『武陵溪畔崔婆酒，天上應無地下有。南來道士飲一斗，醉卧白雲深洞口。』崔得詩，啟殯視之，乃知屍解。《湖廣總志》

王　筌

王筌，字子真，有道之士，富鄭公嘗客之于門。元豐中，神宗賜號冲熙處士。元符三

年，游茅山，受上清籙。先是，茅山中峰石洞忽開，按其域乃真誥所謂『華陽洞天便門』也，自左元放仙去即閉，閲千歲矣，至是復開。又前期累日，甘露薦降，道士劉混康曰：『似此必有異。』無何，先生至，受籙之夕，仙樂聞于空浮之上。山中刻石爲記其事，而給事中龔深之亦爲之詩曰：『華陽新報便門開，應爲高人受籙來。試問玉門砂遠近，未饒元放是仙才。』先生留洞元庵久之，若有所待，嘗書壁云：『身佩上清寶籙，心持大洞真經。入静敷坐靈鎮，神游金闕玉京。』《能改齋漫録》

沈廷瑞

沈廷瑞寄食閣皂山，舉作異俗輩，盛夏向火，嚴寒單衣，問其故，終不答。與袁州陳智周相善。興國中，無病卒於玉笥觀，數年，有人於江筠路次見廷瑞，共語久之，令人將詩寄智周。智周得詩甚訝，馳出門，求送詩者，已不知所在。詩曰：『名山相別後，別後會難期。金鼎消紅日，丹田老紫芝。訪君雖有路，懷我豈無詩？休羡繁華事，百年能幾時？』智周於端拱二年登第，授衡陽尉卒。《雅言雜載》

沈道士，筠州高安人，故吏部郎中彬第二子也，性孤僻，形貌秀徹，初名有鄰，棄妻入道，居玉笥山，易名廷瑞。每遇深山古洞，數日不返，嚴寒風雪，常單衣危坐，或絶食經月，

或縱酒行歌，緣峭壁，陞喬木，若猿猱之狀。骨肉相尋，便卻走避，忘情混俗，人莫測之。往往爲同道者困，雍熙二年正月，卒於玉笥山。先不食七日，至上元日甲辰，辭道侶歸所居院集仙亭，念人生幾何，賦詩無病而終。遺言於弟子，將畫者土宿一幀、度人經一卷隨葬。後二年二月二十日，有閣皂山僧昭瑩，於山門數里相遇，且閣皂山相去玉笥山一百六十里，僧昭瑩問所往，云：『暫别廬山尋知己。』留下土宿一幀，及度人經一卷，五言詩一首爲别，云：『南北東西路，人生會不無。早曾依閣皂，又卻上玄都。雲片隨天闊，泉聲落石孤。何期早相遇，樂共煮菖蒲。』後昭瑩到玉笥山話及，方知沈道士已亡，具説途中相遇，并所留土宿及經、詩示於人，衆皆駭異，遂往墳上看，見土交横拆裂，闊及尺餘，至今不敢發。質其文，驗其事，即屍解而去。《郡閣雅談》

賣墨潘谷

東坡云：賣墨者潘谷，予不識其人，然聞其所爲，非市井人也。墨既精妙，而價不二，士或不持錢求墨，不計多少與之，此豈徒然者哉？予嘗與詩云：『一朝人海尋李白，空有人間畫墨仙。』一日，盡取欠墨錢券焚之，飲酒三日，發狂浪走，遂赴井死，人下視之，蓋趺坐井中，手尚持數珠也。見張元明説如此。《苕溪漁隱叢話》

陳太初

東坡云：吾八歲入小學，以道士張易簡爲師，童子幾百人，師獨稱吾與陳太初者。太初，眉山市井人子也。予稍長，學日益邃，第進士制策，而太初乃爲郡小吏。其後予謫居黄州，有眉山道士陸惟忠自蜀來，云太初已屍解矣。蜀人吴師道爲漢州太守，太初往客焉，正旦，見師道，持衣食錢物且告别，持所得盡與市人貧者，反坐于戟門下，遂寂。師道使卒舁往野外焚之，卒罵曰：『何物道士，使我正旦舁死人。』太初微笑開眼曰：『不復煩汝。』步自戟門，至金雁橋下，趺坐而逝。焚之，舉城人見煙焰上渺渺焉有一陳道人也。《苕溪漁隱叢話》

張無夢

道人張無夢，在真宗朝，以處士見，除校書郎。無夢善攝生，梅昌言知蘇州，無夢求見之，先與詩云：『壺中一粒長生藥，待與蘇州太守分。』好爲大言，處之不疑，自比李少君，然無夢年九十死。無夢語人：少時絶欲，屏居山中十餘歲，自以爲不動，及出見婦人美色，乃復歉然，又入山十餘年，乃始寂定。勸人飲食毋用鹽、醋，煮餅淡食，更自有天然味。無夢老病耳聾，其死亦無他異。《中山詩話》

劉　遁

丁晉公舊有園在保康門外，園内有仙游亭、仙游洞，與道士劉遁往來，遁作《仙游亭》詩贈公，云：『屨在仙游亭上醉，仙游洞裏杳無人。他時駕鶴歸滄海，同看蓬萊島上春。』公莫曉其意，後公南遷，遁往見公于崖，方思其詩，知爲異人也。《古今詩話》

許昌齡

許昌齡，安世諸父，早得神仙術，杖策居潁陽石唐山，歐陽永叔生平不肯信佛、老，與語，豁然有悟。嘗手書其詩云：『南莊相見北莊居，更入深山十里餘。幽谷每尋樵徑上，真心還與世情疏。雲中犬吠流星過，天外雞鳴曉日初。昨日有人相問訊，旋將落葉寫回書。』《皇朝類苑》

申徒有涯

申徒有涯，方外之士，嘗携一白甆瓶，自陽羡游吴中，大風雪中，脱衣賃舟，沽酒斗餘，飲畢大吐。同載者惡之，榜舟者逐之，有涯挈瓶登岸，倚欄高吟云：『仲尼非不賢，爲世所

不容。嗤嗤同舟子，不識人中龍。溪雪載落梅，寒聲激長松。往來但一嘯，一壺隱塵蹤。』歌訖，跳身入瓶，悄然無迹。《樹萱録》

劉元英

劉元英，號海蟾子，初名操，燕地廣陵人，以明經擢第，仕燕主劉守光爲相。一旦，忽有道人來謁，自稱『正陽子』，索雞卵十枚，金錢十枚，以一文置几上，累十卵于錢，若浮圖之狀。海蟾驚歎曰：『危哉！』道人曰：『人居榮樂之場，履憂患之地，其危有甚于此者。』復盡以其錢擘爲二，擲之而去，海蟾由此大悟，遂易服從道。宋仁宗天聖九年，游歷名山，所至多有遺迹。一日，于潭州壽寧觀題古詩十韻，云：『醉走白雲來，倒提銅尾秉。引個碧眼奴，擔著獨壺癭。自言秦世事，家住葛洪井。不讀《黄庭》經，豈燒龍虎鼎？獨立都市中，不受俗人請。欲携霹靂琴，去上芙蓉頂。吴牛買十角，溪田耕半頃。種秫釀白醪，總是仙家境。醉眠松陰下，閒過白雲嶺。要去即便去，直入秋霞影。』仍自寫真其傍，撮襟書『龜鶴齊壽』四字，題云：『廣陵閒民劉某書。』丹成屍解。至元六年，贈海蟾明悟弘道真君。《湖廣總志》

羅道成

慶曆中，有一閒人游岳，謁主簿郭及甫，既坐，視其刺，乃羅道成也，詢其鄉里，言郴州人。及甫留飲，曰：『久思東州之游，前日游太山，已遍到佳處，旦夕迴南方山。』索紙筆爲詩曰：『因思靈秀偶來游，碧玉寒堆萬疊秋。直上太山高處望，根盤連接十餘州。』後自和云：『水雲蹤迹自閒游，夏谷陰寒冷勝秋。猿鳥性情猶戀舊，翻身卻去海邊州。』及甫不勝歎羨，及去，令人送之，又得詩曰：『白騾代步若奔雲，閒人所至留詩迹。欲知名姓問源流，請看郴陽山下石。』後問郴人，有成真君觀，得道乘白騾，行石壁上，其迹至今存焉。《古今詩話》

姚太虛

華州華陰縣宰許弋，於縣廨闢一軒，名曰『增明』，取韓文公『遥岑出寸碧，遠目增雙明』之意。羽客姚太虛謁許公，因書云：『遥岑寸碧尚增明，何況雲峰三十六。』《詩史》

歸真子

唐子正著作，桂州人，治平中赴舉至全州，途中雇一僕，負重擔健若飛羽，雖鞭馬疾遞，常去馬百步外。恐其逸去，逐遣之。其僕即日自全州二千七百里，日午已到唐州，留書驛吏曰：『候貴州唐秀才至，即投之。』唐月餘到驛，驛吏出書題云：『呈桂州唐秀才。歸真子封。』惟一詩，曰：『袁州相見又之全，不遇先生道未圓。大抵有心求富貴，到頭無分學神仙。篋中靈藥宜頻施，鼎裏丹砂莫妄傳。待得角龍爲宴會，好來黄壁卧林泉。』唐甚怪之，詰其狀貌，乃全州僕也，留書之日，乃全州所遣日也，始悟其爲神仙。唐後爲邕倅，熙寧丙辰，交趾寇邕，唐遇害，乃詩所謂『角龍』也。《古今詩話》。又見《湘山野録》

陳景元

陳景元，字太虚，自稱『碧虚子』，每著書，什襲藏之，有佳客至，必發函具鉛槧出客前，以求點定。神宗朝，爲右街副道籙，賜號真人，乞歸廬山，詔賜白金。既歸，行李無他物，百擔皆經史也。所居，以道、儒、醫書各爲齋館而區别之，四方學者來從其游，則隨所類齋館相與校讐，人人得盡其學，而所藏號爲完書。未嘗與俗子將迎，惟相善法雲寺釋法秀，人比

之廬山陸修静交惠遠也。所役二奴，一曰黄精，一曰枸杞。一時大臣，如王安石、王珪，喜與之游。嘗與蔡卞論書至歐陽詢，曰：『世皆知其體方，而莫知其筆圓。』卞頗服其膺。臨化作云：『昔之委和，今之蜕質。非化非生，復吾真宅。』《宣和書譜》

李陶真

李陶真，不知何許人，熙、豐間游武夷，好吹笛，諸道士招飲于雲房，陶真皆赴，而諸房笛聲，一時同發。後寓修于建平之通仙巖，一日，留詩别衆云：『毛竹森森自翦裁，試吹一曲下瑶臺。當途不遇知音聽，袖拂白雲歸去來。』不知所往。《崇安縣志》

周貫

周貫者，不知何許人，雅自號『木雁子』，治平、熙寧間，往來西山，時時至高安，與予大父善。日酣飲，畜一大瓢行沽，夜以爲溺器。工作詩，詩成癖。嘗宿奉新龍泉觀，半夜搥門，道士驚，斜髻披衣，啟關問其故，貫笑曰：『偶得句，當奉告。』道士殊不意，業已問之，因使口誦，貫以手指畫，吟曰：『彈琴傷指甲，蓋席損髭鬚。』是夜貫寒甚，以席自覆故耳。又至袁州，見市井李生者有秀韻，欲携以同歸林下，而李嗜酒色，意欲無行，貫指煮藥鐺作偈

示之曰：『頑鈍天教合作鐺，縱生三脚豈能行？　雖然有耳不聽法，只愛人間戀火坑。』尋死于西山，方將化，人問幾何歲，貫曰：『八十西山作酒仙，麻鞋軋斷布衣穿。　相逢甲子君休問，太極光陰不記年。』後有人見于京師州橋，附書與袁州李生云：『我明年中秋夕，當上謁也。』至時，果造李生。　生時以事出，乃以白土大書其門而去，曰：『今年中秋夕，來赴去年約。　不見破鐵鐺，彈指空剥剥。』李生後竟墮馬，折一足。《冷齋夜話》

《復齋漫録》云：周貫，自言膠東人，常稱『木雁子』。　善屬文，游于洪州西山，嗜酒不羈，布衲粗全，人或贈之錢，則詣酒家取醉，餘皆散墜不顧。　西山之人，見貫往來者，五十餘年，而顔色如初至。　有以道術訪之，則必報以惡聲，使之親近不得也。　熙寧元年，至豫章石頭市，遇故人棲止張生，爲具酒食而宿。　中夜，逆旅之主人聞户外有車馬合沓聲，起而視之，無有也，惟貫所卧室户正開，猶奄奄然喘息，就而察之，貫已死矣。　明日，告新建縣尉吴果卿，往按之。　貫身潔如生，扶而轉之，腹中汩汩如浪鳴焉。　縣主簿劉純臣，使人棺斂埋于地云。　張生還家，其弟迎門曰：『周翁淩晨見過，今往雙嶺矣。』衆乃知貫非實死者也。　貫所著《華陽》三篇，坐卧不離袖，人莫得見。　死之日，純臣取而觀之，純臣稱其險絶而有條理。　純臣以詩紀之曰：『八十西山作酒仙，麻鞋孔斷布衫穿。　形骸一脱塵緣盡，太極光陰不紀年。』洪覺範《冷齋夜話》嘗記之，互有不同。《苕溪漁隱叢話》

李士寧

元豐八年正月十一日，子由夢李士寧草草爲具，夢中贈絶句云：『先生惠然肯見客，旋買雞豚旋烹炙。人間飲酒未須嫌，歸去蓬萊卻無喫。』明年二月六日，爲予道之。書以遺遲云。《東坡詩話》

張聱，字隱之，本閩人，遷于成都數世矣，善屬文，不仕，晚用太守王素薦，賜號冲退處士。一日，夢有人寄書召，云東岳道士書也。明日，與李士寧，答曰：『手持東岳寄書來。』聱大驚，不知其所自來，未幾，聱果卒。其子禩亦逸民舉，仕一命乃死。士寧，蓬州人也，語默不常，或以爲得道者，百歲乃絶。嘗見予於成都，曰：『子甚貴，當策舉首。』已而果然。《百斛明珠》

郭行

郭行，字思誠，不知何許人，舉進士不第，遂學道不食，惟飲酒。馬默知鄆之項城縣，行訪之，一見如舊，云：『與秘丞同隱華山，來時默官秘丞也。』後行死期年，有人過華陰，見行附書并詩與默。詩云：『汶上懽然喜再逢，爲言相憶白蓮峰。死生決定歸真性，歲月休交改舊容。漫把文章添野録，奈何官爵自天鍾。南山記得登臨處，閒卻煙雲千萬重。』發其

墓，惟杖屨而已。《陶朱新録》

邢仙老

熙寧辛亥，聞李侯事，忘其名，以供奉官爲汾州管界巡檢。一日，捕盜入九疑山，深歷巖洞，遥見嶺中有青煙一點，了然可辨，村民云：『居常見之，樵牧皆不能到。』李識其處，歸以告同姓李彦高。李君業文，志未就，嘗以養生不死爲意，聞之，即尋煙處攀援而上，有草堂三間，一老人燕坐其中。李問老人姓名，言唐末人，避世來此，姓邢，名字不必問，指面前二小池，乃有竹筒作刻漏狀，曰：『從來甲子日辰，吾盡知之。所不知者，國姓年號耳。』李因告以熙寧天子姓名，傳序年月，仙老頷之而已。數日復往，因授李以内丹真訣，臨别，書一絶，題云：『詩贈晚學李君。』詩云：『日轉篷窗影漸移，羅浮舊隱到多時。瀛洲伴侣無消息，風撼巖前紫桂枝。』《玉照新志》

高　坦

熙寧間，句容簿至茅山，遇道人高坦，被髮跣足，與簿劇談飲酒終日，書一詩而去。詩曰：『巖下相逢不忍還，狂歌醉酒且盤桓。仇香莫問神仙事，天上人間總一般。』《西溪叢話》

李斯立

李斯立，居舒州靈仙觀，常從蘇軾游，年踰八十始卒。有句云：『巖溜連雲凍，溪梅帶雪香。』《安慶府志》

黄知微

黄知微，字明道，江州人，元豐間居廬山太平宫，號養正先生。嘗有句云：『溪雲拂地送殘雨，谷鳥向人啼落花。』《九江府志》

王迪

《復齋漫録》云：熙寧中，王迪爲洪州左司理參軍，一日，有道人來磨鏡，因俾迪自照，乃自星冠羽帔，縹緲見鏡中。迪問其故，曰：『此汝前身也。由汝誤念墮此，勉自修行，勿淪苦海。』既去，迪具以告其妻，妻然之，遂棄官與妻隱去。郡寮挽留不可，皆作詩以餞行。時新建主簿劉純臣有詩，雖非警拔，可以記其實，云：『髮如抹漆左參軍，脱去青衫從隱淪。世上更無羈絆事，壺中别有自由身。躬烹玉兔山前藥，花看金鰲背上春。莫怪少年能決裂，藍田夫婦總登真。』後歸姑蘇，不知所終。《苕溪漁隱叢話》

全宋詩話目録卷九十七道二

劉跛子　號野夫，青州人。

李伯祥　眉山矮道士。

三朵花　或云李姓，房州人。

徐守信　海陵人，少孤，役于天慶觀。嘉祐四年，天台道士余元吉來游，示惡疾，守信事之無倦，忽于溺器得丹砂，餌之，自是能絶粒數日，言禍福多中，運使蔣之奇呼爲神公，人遂以神翁目之。徽宗賜虚静沖和先生，年七十六卒。弟子苗希頤哀次其事爲語録。

劉卞功　字子民，濱州安定人，築環堵于後圃，不語不出三十年。徽宗召，不起，賜號高尚先生。

張繼先　字嘉聞，嗣漢三十代天師。崇寧中，賜號虚靖先生。

林靈素　字通變，本名靈噩，温州人，少事僧爲童子，嗜酒，爲僧笞辱，憤而爲道人。以術事徽宗，極寵榮。

董風子

黎師侯　字道華，臨川人，學詩于謝無逸，與曾季貍裘父、文慧大師惠嚴同時，以詩鳴，號『臨川三逸』。有《頤庵集》。

葛道人

木廣漠　和州道士。

黃野人　葛仙弟子，居羅浮。

白髮社翁

裴道人

金粱之　字彦隆，休寧人，兩浙提刑受長子，以蔭爲奉新尉，棄官狂走，自稱『野仙』。

黃居萬

楊介如

許翁翁

陳孟陽　閤皁山道士。

黃春伯　號天谷。

葛長庚　字白叟，又號白玉蟾，閩清人，家瓊州，入道武夷山。嘉定中，徵赴闕，館太乙

宫，封紫清明道真人。有《海瓊集》。

夏元鼎　字宗禹，永嘉人，號雲峰散人，又號西城真人。

董嗣杲　字明德，號静傳，宋季入道孤山四聖觀，改名思學，字無益。有《西湖百詠》。

褚伯秀　號雪巘，錢唐人，以清苦節行聞。

聶碧窗　江西人，京口天慶觀主。

善弈道人

宜都鐵冠

醉客賦詩

饒州道人

藥市道人

酒樓道人

無名道人

吴山道人

羅浮山中客

無名髯者

全宋詩話卷九十七

劉跛子

《冷齋夜話》云：劉跛子，青州人。拄一拐，每歲必一至洛中看花，館范家園，春盡即還京師。爲人談噱有味，范家子弟多狎戲之，有大范者，見之即與二十四金，曰：『跛子吃半角。』小范者見，止與十金，曰：『跛子吃碗羹。』於是以詩謝伯仲，曰：『大范見時二十四，小范見時喫碗羹。人生四海皆兄弟，酒肉林中過一生。』初，張丞相召自荆湖，跛子與客飲市橋，客聞車騎過甚盛，起觀之，跛子挽其衣使且飲，作詩曰：『遷客湖湘召赴京，輪蹄迎送一何榮。争如與子市橋飲，且免人間寵辱驚。』陳瑩中甚愛之，作長短句贈之，曰：『槁木形骸，浮雲身世，一年兩到京華。又還乘興，閒看洛陽花。説甚姚黄魏紫，春歸後終委泥沙。忘言處，花開花謝，都不似我生涯。年華留不住，饑飡困寢，觸處爲家。這一輪明月，本自無瑕。隨分冬裘夏葛，都不會赤水黄芽。誰知我，春風一拐，談笑有丹砂。』予政和改元，

見于興國寺，以詩戲之，曰：『相逢一拐大梁間，妙語時時見一班，我欲從公蓬島去，爛銀堆裏看青山。』予姻家許中複宜人，趙參政槩之孫女，云：『我十許時見劉跛子來覓酒喫，笑語終日而去，計其壽百四十五年許。』嘗館于京師新門張婆店三十年，日坐相國寺東廊，邸中人無有識之者。《冷齋夜話》

李伯祥

蘇黄門云：東坡先生稱眉山矮道士好爲詩，格不能高，然往往有奇句，如『夜過修竹院，醉打老僧門。』可喜也。《能改齋漫録》

三朵花

《東坡集》云：房州通判許旺世，以書遺予，言吾州有異人，嘗戴三朵花，莫知姓名，能作詩，皆神仙異談。又自能寫真，有求之者，將欲以一本見惠，乃爲作詩曰：『學道無成鬢已華，不勞千劫漫蒸砂。揭來且看一宿覺，未暇遠尋三朵花。兩手欲遮缾裏雀，四條深怕井中蛇。畫圖要識先生面，試問房陵好事家。』房人至今稱爲三朵花先生。或云姓李氏，隱于州之福溪巖，每戴紙花三朵入市，市人圍繞争呼之，但笑云：『休打裏，休打裏者。』房

人言猶云莫要如此也。有二三老翁，常從之游，間入山邀之，曰：『入城飲酒，輒與使先去，我當便來。』翁還到城，李已先在，迨同詣酒家。所沽錢盡而興未已，李探手于腰間小竹筌中，取錢索酒至醉，三翁竊視其筌，空無所有，李自取依然隨手滿案。如是久之，忽與諸人告别，不知所届。原隱處石壁塑像猶存。郡人記其一詩云：『戴花三朵鎮長春，誰識玄中不二門？醉裏相傳神似活，終當不老看乾坤。』尾句或云：『不知不覺到黄昏。』蓋每醉時必寫真，雖兵戈之亂，民家尚有藏之者。紹興初，江淮劇盜張琦，亦稱『三朵花』，意欲冒其名以惑衆也。《夷堅志》

徐守信

章安張善初云：初，宋高宗在潛邸日，泰州徐神翁能知前來事，群閹言于徽宗，召至以賓禮接之。一日，獻詩云：『牡蠣灘頭一艇横，夕陽西去待潮生。與君不負登臨約，同上金鰲背上行。』及兩宫北狩，匹馬南渡，建炎庚戌正月三日，帝航海，次臨海縣之章安鎮，灘淺閣舟，落帆于鎮之福濟寺前以候潮，顧問左右曰：『此何山？』曰：『金鰲山。』又問：『此何所？』曰：『牡蠣灘。』因默思神翁之詩，乃徒步登岸，見此詩在寺壁間，題墨若新，方信其爲異人也。《輟耕録》

元符中，哲宗嘗遣密問聖嗣，神翁曰：『吉人君子。』『吉人』者，上名也。于是召至都下，上用太宗見陳摶故事，御絛褐，即便殿，以賓禮接之。陸游《家世舊聞》

徐神翁役天慶時，常持一帚供掃除。後嚮林、方洲、仙源、霜節亭諸處，多生帚竹，宛然叢篲。《泰州志》

劉卞功

劉子民六歲誤觸甕碎，家人更譙之，神色自若，曰：『俟釘校者來，當全之。』復譙其妄，曰：『人破尚可修，矧甕耶？』語未絶，釘校者至，相與料理，頃之如新。嘗云：『常人以嗜欲殺身，以貨財殺子孫，以政事殺民，以學術殺天下後世，吾無是四者，豈不快哉！』外兄王侍郎子常衣問修行之術，答之曰：『非道亦非律，又非虚空禪。獨守一畝宅，惟耕己心田。』《賓退録》

張繼先

崇寧四年，召繼先建醮内廷，因密奏赤馬、紅羊之兆，請修德。靖康丙午之變，其言始驗。還山題翛然亭壁曰：『赤帝御龍行末伏，姮娥分月入深山。』人莫能測。《天師世家》

林靈素

先君言：蔡京自少好方士之説，自言在錢塘嘗遇異人，以故所至輒延道人輩。崇寧初作相，即爲徽廟言，泰州徐神翁能知前來事。元祐中，蘇軾知揚州，遣人往來求字，神翁大書曰：『泄慢墮地獄，禍及七祖翁。』神翁雖方外之士，而能疾元祐人，所宜褒顯，其可笑如此，然上頗喜之。群閹又言，元符中，哲宗嘗遣人密問聖嗣，神翁曰：『吉人君子。』『吉人』者，上名也，于是召至都下，上用太宗見陳摶故事，御緣褐，即便殿，以賓禮接之。又有劉混康者，茅山道士，其師祖朱自英以傳籙著名，章獻明肅太后臨朝時，嘗召至京師，從受法籙，故混康頗有識，善劾鬼神，然未嘗行，每曰：『安能敲枷擊鎖，作老獄吏邪？』二人者既至，皆物故。帝疑其受化仙去，益求其類。初，京爲真定帥，道人王老志，自言鍾離權弟子，嘗言京必貴極人臣，至是，物色得之，京館之後圃，引與見上。老志敢大言，熟視上曰：『頗記老臣否？』上亦自記嘗夢游帝所，有仙官贊拜者，其面目真老志也，恩禮尤渥，車駕游幸，老志輒羽衣導駕，言有非常輒能知之。未幾，老志夜叩京門，告以：『鍾離公大怒我語涉欺誕，行當謫墮，公福亦不終矣。』明日得疾，力辭歸河朔而死。自是方士言自有異術者相踵，而林靈素後出，尤爲魁傑。靈素，字通變，本名靈噩，温州人，少嘗事僧爲童子，嗜酒不

檢，僧笞辱之，發憤棄去爲道人。頗知小術，亦時時自寫所爲歌詩遺人，然筆札詞句，皆鄙惡了無可觀，既得幸，其徒黠者稍潤色之。然靈素本庸夫，每陞高座説法，肆爲市井俚談，聞者絶倒。或擇日施符水爲人治病，車駕間幸其所居，設次臨觀，則陰募京師無賴數十人，曲背爲傴，扶杖爲盲，噤口爲瘖，曳足爲跛，既噀水投符，則僂者伸背，盲者捨杖，瘖者大呼，跛者疾走，或拜或泣，各言得疾二十至三十年，一旦都除，歡聲動地，上爲大悦。靈素以爲未足，則又倡言神霄事，謂天有九霄，神霄最尊，上爲神霄帝君，實玉帝長子，下降世間，而其二曰青華、長生二帝君，實治神霄府事。每齋醮，上必親禮辭表以禱二帝君，或久無靈響，亦禱焉。好事者或謂青華爲上，長生爲鄆王，蓋過矣。然宫觀設醮，亦或言見上御道家冠服，跨金龍冉冉自空而降，呼奉祠官及道士與語，其事秘，不可知也，惟擲果自空而墜，則往往得之，果皆絶大異常。靈素又自謂己乃神霄計吏褚彗，有兄曰褚嘉卿，位至右極仙卿，嘉今亦生世間，是爲王黼，黼和御製詩有曰『君臣猶記褚嘉卿』者是也。其他如蔡京，則佐元仙伯，范致虚則東臺典籍，王孝迪則西臺詳閲真文吏。靈素與王革有隙，則曰：『革，厩吏也，嘗與帝君馭馬。』其他有名者甚衆。是時，明節劉后方幸，又曰：『后在神霄，爲九華玉真安妃。』蔡京《曲燕》詩曰：『保和前殿麗秋暉，恩許塵凡到綺闈。曲燕酒闌傳密詔，玉真軒裏見安妃』是也。安妃名在真誥，蓋天之高真，而靈素敢瀆冒如此。又嘗密奏玉靈真

裔將誕，蓋明節方就館，靈素賜號蕋珠殿侍晨、金門羽客、通真達靈先生，上刻玉爲降真召靈之寶，自用之，而賜靈素塗金印，文曰：『通真達靈之印』，班視執政，錫賚至不可計。有弟子姓丁，自言謂世孫，上爲下詔贈謂爲少保，士大夫無耻者，日萃其門，所薦進皆即拔擢。又著令道士居僧上，而道士入僧寺，輒據主席，已而遂冠笄僧尼矣。先是，宮中數有物怪，或見一老媪，黄衫黄帽，抱十餘歲兒，紅袍玉帶，乘輿鳴蹕而出，媪兒皆有悲泣容，其將見必先有聲如雷，宮中謂之『猫』去聲。上嘗手劄賜素略曰：『元符三年冬，内人自永泰陵還，摘皂莢一籠入宮門，籠輒自躍，皂角皆跳出，自是祟物顯行，宜善治之，勿爲髠徒所笑。』靈素竭其術不效，既久，上益厭之，遂放靈素歸故郡。宣和末，病死。靈素之逞憾釋氏也，每謂『金狄亂華』，又創圖宮殿爲仙女騎麟鳳之狀，名曰『女真』，皆言妖也。陸游《家世舊聞》。宗祥案：此條雖有蔡詩，無林詩，然所記敘均道士事，故附此。

董風子

董風子者，不知其鄉里，事母至孝。以乾道元年暮冬過岳陽，夜宿黄花市，遇同店一叟，破巾單袍，而貌若嬰兒，絶無饑寒之態，吟哦詩句，油然自適。董知其異，即就坐問所從來，殊不酬答，良久，再扣之，始乃答云：『我待子多日矣。』遂握手同出市西旗亭中，買酒三

升，諭酒家僕不用熟，董起白言：『某平日骨寒，雖當盛暑，亦去棉衣不得，況今臘月。若飲冷酒，定是喪命，惟先生哀之。』叟云：『但無慮。』董不獲已，强進半杯，便覺四肢和暢，再飲盡脱其衣衫。時出道大樹下，授以至道之要，董整襟再拜曰：『敢問先生姓氏？』曰：『吾本東晉抱黄翁也，知君孝通于天，故來相見。』語罷，陰雲四合，迨于開豁，失叟所在矣。董還店，莞爾大笑，明日，留題于壁曰：『太乙元君遇虎龍，沉沉三洞鎖清風。自從九九分明了，白變黄金黑變紅。』擲筆于地，長吟而去。由是往來通城、平江二縣，自稱『董風子』。人皆不識，稍爲書『福』于門首，方略知其有道。建康曾道人者，常犯罪黥，而跂慕聲光，千里而來，值其出外，炊飯將熟，邇見直入房中默坐，曾具飯邀請，飯罷，起拜之，云：『某罪業深重，知先生道德清高，故踰越江湖，幸遂瞻快，願賜某一言，以洗塵習。』董瞪目大叫，走往後墻下側卧，曾隨之泣下不止，董罵之使出，乃絶不至。或從曾生問其故，對曰：『二十年前居建康，曾殺一人，恰覩先生卧墻下，儼與死者一般，信知負命難逃，是以悲泣。』曾今在茅山。楊照然道人云：曾游潭州嶽麓宫，見有抱黄閣及抱黄洞，因詢道士命名之旨，道士曰：『東晉義熙年，真人成道于此，乃用其名建閣、洞，即修行之所也。』以是知黄花老叟，蓋其人云。《夷堅志》

黎師侯

黎道華，臨川人，學詩于謝無逸，與曾季貍裘父、文慧大師惠嚴同時以詩鳴，號『臨川三逸』。《明水寺》詩云：『寒日荒荒野外昏，亂山深處訪祇園。一條澗水穿龍洞，十里松陰蔽寺門。衲子茹蔬憐鶴瘦，吾儕飲酒作鯨吞。夜闌笑語喧空闊，驚起棲鴉過别村。』《西江詩話》

葛道人

羅叔共言：頃歲錢塘有葛道人者，無他伎能，以業屨爲生，得金即沽酒自飲，往來湖山間數歲矣，人無知之者。一日，爲寺僧修屨，口中微有聲，狀若哦詩者，僧怪而問之，葛生笑曰：『今日偶得句耳。』問之，乃云：『百囀已休鶯哺子，三眠初罷柳飛花。』自是始知其爲詩人。世之露才揚己，急于人知者，聞斯人之風，亦可稍愧矣。《竹坡詩話》

木廣漠

雍孝聞，蜀人，崇寧間廷試對策，力詆時政闕失，駁放後雖授以右列，然卒不仕，浪迹山

林，遂遇異人得道。政和末，變姓名爲道士，入内説法，徽宗謂其得林靈素之半，因賜姓木，更名廣漠，竟不知其爲孝聞也。嘗有自詠詩云：『百萬人中隱一身，深如勺水在滄溟。獨醒自負賢人酒，天闊難尋處士星。照影自憐湖水碧，高吟贏得蜀山青。城南老樹如相問，不枉翻空過洞庭。』《梁溪漫志》

秋浦朱去奢謂：雍孝聞自海外量移池州以卒，嘗有詩云：『官田種秫陶元亮，私釜生塵范史雲。』至今郡人猶傳頌之。孝聞没後，和州道士亡其姓名，冒而爲孝聞，走江淮間，其才亦不下孝聞，有《吊項羽廟文》云：『無守陵之繐帳，有照夜之寒釭。』過東坡墓題詩云：『文星落處天地泣，此老已亡吾道窮。才力謾趨生仲達，功名猶忌死姚崇。人間便覺無清氣，海外何人識古風？平日萬篇誰愛惜？六丁收拾在瑶宫。』宣和初，至京師，遂得幸祐陵，謂其人可及林靈素之半，錫姓名木廣漠。至紹興中，猶寓會稽之天長觀，明清尚及識之。《玉照新志》

黄野人

黄野人，葛仙弟子，或云葛仙之隸。稚川棲山煉丹，野人隨之，葛既仙去，留丹柱石間，野人自外至，得一粒服之，爲地行仙。近有人游羅浮，宿留巖谷間，中夜見一人，身無衣而

紺毛覆體，意必仙也，乃再拜問道，其人了不顧，但長嘯數聲，響振林木，歌詩云：『雲來萬嶺動，雲去天一色。長嘯兩三聲，空山秋月白。』《西清詩話》。宗祥案：《退齋雅聞録》載此條作『黄冠野人』，或云吕洞賓之流，詩句與此相同。

白髮社翁

范致虚居方城，有高士館于家，自言昔乃白髮社翁，遇師授以神藥，今年踰下壽。顔渥如丹，有孺子色，既久，言歸，留一絶，末句云：『莫訝杖藜歸去早，舊山閒卻一溪雲。』《西清詩話》

裴道人

紹興中，有人自稱江東裴道人，頭戴通草花，行歌于市云：『好酒喫三盞，好花插一枝。思量今古事，安樂是便宜。』一日于北山石嵌中端坐而逝。《泉州府志》

金梁之

金梁之，字彦隆，休寧人，兩浙提刑受長子，以蔭爲奉新尉，一旦，若狂惑者，不滿秩棄

歸。自是，祖跣垢汙，走歙之墟落，動旬月不食，夜卧往往有光。樞密朱樸一見，則曰：『是八百仙之一也，直以金丹動盪故耳。』晚年多食大黄，棲止無常處，自稱『野仙』，每云：『我當以八月死，幸毋焚我。』淳熙元年八月十二日夜半，起坐揮扇而逝，年六十有一，葬城陽山，立壇其上。後有自蜀見之者，爲携家問歸，蓋屍解云。同郡士人朱南一，字德修，瀟灑閒逸，至老不娶，野仙贈詩有云：『寄語月溪朱逸士，他年同賞水仙花。』野仙殁二紀，南一下世，士友率葬，正在野仙墓後，山中水仙正開，其前知類如此。洪杏庭《金野仙傳》

郡士張夢錫赴南宫試，野仙贈詩云：『秧針刺水麥鋒齊，漠漠平沙白鷺飛。盡道春光已歸去，清香猶有野薔薇。』夢錫下第歸，授徒他邑，望窗外緑秧如針，白鷺飛過，徘徊驚訝，而籬間薔薇正開，悉如詩中所云。《新安志》

黄居萬

道士黄居萬《瀑布》一絶云：『龍梭織處人難見，地軸舒來尺莫量。定是水仙王性巧，逐時裁去補滄浪。』亦有形容之工。《娱書堂詩話》

楊介如

楊介如嘗主清江柏堂觀，一日，諸文士集觀中唱酬，介如蓬鬢垢衣坐其側，句至，朗吟云：『酒量春吞海，詩肩夜聳山。』坐皆驚服。《西江詩話》

許翁翁

亳人許翁翁，少隸軍籍，以功補官，遇異人，棄家，入襄漢山中學道。乾道中，來臨安，爲史丞相治脾痛，一鍼而愈。嘗有詩云：『我疑麋鹿是前身，九十餘年作隱淪。飄瓦御風離碧落，虚舟隨水到紅塵。無恩可報空磨劍，有道欲傳難得人。回首孤山無限好，不如歸去任天真。』《雲麓漫鈔》

陳孟陽

《答清江錢大尹問閤皁山中景》詩云：『形如閤皁對清江，吴漢神仙古道場。玉像靈多民受賜，天書歲久墨猶香。絳霞密鎖靈仙館，碧霧輕籠正一堂。蒼蘚斕斑雙鯉石，寒泉澄湛九龍塘。著衣臺上三冬暖，鳴水亭前六月涼。擣藥鳥聲喧夜榻，昇天馬迹印西岡。葛

憩源深生異草，凌雲峰峻染瑶光。丹井雖存人杳漠，松巢空見鶴飛翔。屏粧水墨誇陶弼，門斷塵埃憶孟昌。風來松檜笙簫地，春入園林錦繡鄉。個中自少紅塵到，閒裏惟知白晝長。景物敢吟成實録，願憑賢宰一稱揚。』《閤皁山志》

黄春伯

黄天谷，名春伯；白玉蟾，姓葛名長庚，皆自言得道，後死乃無他異。二人頗涉文墨，所至墻壁淋漓揮掃，能聳動人。谷有詩云：『半篙春水一蓑煙，抱月懷中枕斗眠。説與時人休問我，英雄回首即神仙。』嘗訪蟾，值其出，題壁云：『怪訪怪，怪不在。茅君山，來相待。』《後村詩話》

葛長庚

白玉蟾《題得月樓》絶句云：『千崖爽氣已平分，萬里青天輾玉輪。起向錢唐江上望，相逢都是廣寒人。』《西湖游覽志》

夏元鼎

夏元鼎，字宗禹，博極群書，屢試不第。應賈、許二帥幕，出入兵間，至上饒，夜感異夢，弃官入道。至南岳祝融峰，遇赤城周真人，求其指示，乃大悟，因題詩云：『崆峒訪道至湘湖，萬卷詩書看轉愚。踏破鐵鞋無覓處，得來全不費功夫。』所著有《陰符經講義》三卷、《圖説》一卷、《崔公藥鏡》一卷，今永嘉有夏仙里云。《蓬萊鼓吹附録》

董嗣杲

董明德《西湖百詠》，今存十九首。《環碧園》云：在豐樂樓北、柳洲之側，恭聖仁烈楊太后宅園。『繞舍晴波聚釣仙，五龍池畔柳洲前。清虚不類侯家屋，輪奂曾資母后錢。三面軒窗秋水觀，四時簫鼓夕陽船。攬將山北山南翠，獨有黄昏得景全。』《東西馬塍》云：在溜水橋北，羊角埂是也。河界東西，土脉宜栽花卉，園人工于種接，仰此爲業。間有園亭，不過養種，而塍有土神廟，額扁作『馬城』。『土塍聚落界西東，業在澆畦奪化工。接死作生滋夜雨，變紅爲白借東風。幾家衣食花姿異，兩岸園池地勢同。病叟扶鋤鋤晚照，前身莫是橐駝翁。』《水仙廟》云：在水月園西，廟創梁大同年間，號『錢唐龍君廟』，錢氏繼請額，穹碑尚存。乾道中，重建。寶慶間郡守别建蘇隄上，乃謂舊廟有視湖邈焉、牽

連遷就之説，梁大同時，今幾傳矣。『雲翻雨佩有遺仙，香火寧隨世代遷。廟始大同年紀著，額頒乾化勅碑鎸。鳳閒露輦荒瑶草，龍滢秋衣翦玉蓮。隄上枒新誰述記？卻無門外一泓泉。』《孤山》云：在西湖中孤山路西，建炎前多有民屋，間以四庵院，山背皆花圃及冢隧。山之東爲林和靖隱廬，就葬其下，紹興中，建延祥觀，奉四聖香火，獨留和靖一墓，民屋、庵院，悉徙山北。觀東爲園，累朝臨幸。寶祐二年，分地之半，建西太乙宫。陳朝柏在和靖墓南。『縹緲蓬萊擁翠寒，百年營取屋千間。黄庭殿矗煙霞老，瀛嶼堂幽日月閒。水泛花陰藏輦路，墻分柳色護仙關。林家梅冢陳家柏，萬古流芳鎮此山。』《西林橋》云：在孤山西，即古之西村唤渡處。『水竹雲山拱畫圖，因懷唤渡思東都。雨餘晴蝀銜西照，風遏春船入裏湖。闌曲祇供游子凴，林間今有野人無？隔墻莫是神仙宅，紅白梅花五百株。』《岳鄂王墓》云：在棲霞嶺口，葬名將太師忠武鄂王岳飛于此。『將軍魂夢繞旌旃，偃月謀成尚忍言。一旦風波誰左袒？八陵荆棘自中原。更無雁帶邊頭信，惟有天知地下冤。鬱鬱棲霞霞外樹，墓門不掩雀巢喧。』《玉泉》云：在浄空寺内，齊建元中，靈悟大師曇超卓庵演法于錢唐靈苑山，龍君遠來聽法，又爲撫掌出泉，砌以方池，畜大金魚。有景定間周棟《記》。『南齊事迹已消沉，曾立苔碑記古今。一老出泉猶撫掌，此僧演法欲傳心。樹頭龍過家家雨，池面魚游尾尾金。行客不須閒照影，要知澤物溥春霖。』《西溪》云：在靈隱寺山背，居人能力其勞，漁樵耕牧，各遂其業。楊蟠詩云：『爲愛西溪好，長憂溪水窮。山源春更落，散入野田中。』『漁樵耕牧自成村，就屋編籬古意

存。出塢野雲多曲折，過橋溪水半清渾。一逢白壁書香社，幾見朱闌障墓門。地利最饒人事簡，山家還有别乾坤。』《九里松》云：在一字門裏，舊名袁公松門，唐開元間，刺史袁仁敬夾道種松。錢唐吴説，書『九里松』三字揭之，紹興中，思陵幸天竺回，易以奎扁，終不稱聖意，旨令金填説書重揭之，至今尚存。『開元刺史擅清風，九里新栽夾道松。屋頂自生濤浪勢，根頭誰覓茯苓蹤？行春橋掩雲千態，一字門封翠幾重。人訝金填吴説筆，不知此筆遇高宗。』《冷泉亭》云：在飛來峰下，唐右司元薁建，刺史白居易撰《記》。按古誌，靈隱澗古許由嘗飲于此，盧仝父詩云：『問山何以名靈隱？山曰當年隱許由。』『小朵峰前玉鏡寒，幾回倚杖聽潺湲。箕公飲澗非凡水，慧理呼猿是此山。亭角静依金刹古，樹身涼卧石闌閒。無因可洗人間熱，時御清風照影還。』《香林》云：在下天竺後塔西、日月嵒左，舊名『香林洞』，又名『香桂林』，今直扁『香林』。『日月巖頭古翠埋，綿雲深隔洞門開。蒼藤隨石無根活，靈杞何年有種栽？氣凝野煙疑麝過，暖熏山雨誤蜂來。空亭誰領幽芬坐？雪鶴同行損緑苔。』《鍊丹井》云：在下天竺西廊下，葛仙翁有丹在井，水可以療病。『稚川曾此倒靈瓢，闌上銀床壓甃腰。丹氣騰空知幾轉，神光射屋起中宵。有茶可品春煎細，何疾能治曉汲遥。萬古仙蹤應不泯，轆轤聲落病僧寮。』《真珠泉》云：在龍山寨崇政院内，開運中建。顯德五年，院東泉涌擊聲，則泉出如貫珠。景祐中，元絳名之，州家取爲酒名。雷峰路口張府園有泉，亦同此名。『泉光四散駭猿猱，迸起平池點滴高。誰欲斗量徒積夢？人將瓶汲肯辭勞。聲隨夜雨穿疏箔，名逐春風入小

槽。別有雷峰峰下圃，一泓墮没在蓬蒿。』《甘園》云：在淨慈寺相對齋宫之西，舊爲甘内侍園，淳祐中，名湖曲園。咸淳中，屬謝府，名『新園』。園倚雷峰，有四面堂，淳祐郡守所創。堂下接翠芳園船坊。『内官園邃傍齋宫，楊柳隄南翠幾重。四面堂虚淩上界，五層塔近壓中峰。徑連湖水行幽草，廊接風亭卧偃松。鄰岸御舟空望幸，深坊長日鎖飛龍。』《勝景園》云：在雷峰路口東，開禧間，韓侂胄園，陸放翁作《南園記》。韓游村莊曰：『惜無犬吠』，隨有效之者。韓敗，園屬官，名慶樂園。淳祐中，撥賜嗣榮王，易今名。『名花婀婀草纖纖，臺榭隨幽逐勝添。十樣結亭環水樹，一碑述記卧風簷。梅關橋落停欞鑰，射圃樓空失垛簾。向日相傳誰學吠？村莊畢竟出沽帘。』《長橋》云：在勝景園東，在昔此橋跨水甚長，橋亭且壯麗，日填月塞，皆民居矣。橋西有寺，南對鳳凰山，又有澄水閘，東抵清波門。湖橋此最短而長名自若。『南港虚明架石梁，寺樓鐘落幾斜陽。相傳亭跨危基壯，誰想橋横古道長？澄水閘荒沙草碧，清波門近市塵黄。鳳皇山在闌干外，玉抹煙屏鷺一行。』《慈雲嶺》云：在方家峪西南，嶺下爲郊臺，嶺頂可望江、湖，石上刻後唐篆字云：『梁單閼之歲，興建龍山，至涒灘之歲，開慈雲嶺。』至今尚存。『叠叠流雲步步苔，九霄紫氣限蓬萊。後唐刻石初開路，南宋郊天别築臺。慰眼江湖空歲月，傷心陵寢墮塵埃。桃花争趁春風老，又引游人一度來。』《包家山》云：在慈雲嶺南冷水峪，多桃花，名桃花關。關門上揭『蒸霞』二字。拜郊臺此山之西，籍田園在山之南。『綺霞蒸日透林梢，一簇南山尚姓包。冷水峪邊苔色老，沖雲樓下樹陰高。園鄰古道傳耕籍，臺倚青城想拜郊。欲趁桃花尋隱去，關門無鑰不須敲。』《聚景園》云：在清波門外，阜陵致養北宫，拓圃西湖之東，斥浮屠之廬

九，曾經四朝臨幸，繼以諫官陳言，出郊之令遂絶。園今荒圮，惟柳浪橋、花光亭存。『鑾鈴遺響輦遺蹤，萬景曾經聚此中。寺宇有名基址散，君王無逸讌游空。橋昏柳浪龍舟雨，亭冷花光雉扇風。臺沼已無春又老，萬年枝上夕陽紅。』《西湖百詠》

褚伯秀

道士褚伯秀，清苦自守，嘗集注《莊》、《老》、《列》三子，天師以學修撰命之，不就，作《貧女吟》二首謝之，曰：『夜績晨炊貧自由，强教塗抹只堪羞。閉門静看花開落，過卻春風不識愁。』『寂寞蓬窗鎖冷雲，地爐紉補自陽春。千金莫誤朱門聘，不是穿珠插翠人。』《弁陽詩話》

聶碧窗

京口天慶觀主聶碧窗，江西人，嘗爲龍翔宫書記，北朝赦至，感而有詩云：『乾坤殺氣正沉沉，又聽燕臺降德音。萬口盡傳新詔好，累朝誰念舊恩深？分茅列土將軍志，問舍求田老父心。麗正押班猶昨日，小臣無語淚霑襟。』又《哀被擄婦》云：『當年結髮在深閨，豈料人生有别離。到底不知因色悮，馬前猶自買臙脂。』又《詠胡婦》云：『雙柳垂鬟别樣梳，

醉來馬上倩人扶。江南有眼何曾見，争捲珠簾看固姑。』觀中有趙太祖真容，北來者見必拜，聶因題其上云：『鳳表龍姿儼若新，一回展卷一傷神。天顔亦怪君非虜，河北山東總舊臣。』《山房隨筆》

永嘉余德鄰宗文，與聶碧窗奕棋，余屢北。有賣地仙丹者，國手也，余呼之至，紿聶云：『某有僕能棋，欲試數著不敢。』聶俾對枰，連敗數局，余自内以片紙書十字：『可憐道士碧，不識地仙丹。』聶大笑曰：『我固疑不凡。』《山房隨筆》

善奕道人（以下無姓名）

常談習熟，多有不知出處者，公孫弘東閣開招賢、欽賢、翹林三館，出郭璞《西京雜記》。有客來相訪，如何是治生，『但存方寸地，留與子孫耕。』賀智章詩。『近水樓臺先得月，向陽花木易逢春。』乃杭州巡檢蘇公《上太守范文正求薦舉》詩。蔡州褒信縣有道人工棋，常饒人先著，詩曰：『爛柯仙客妙通神，一局曾經幾度春。自出洞來無敵手，得饒人處且饒人。』《唾玉集》

蔡州褒信縣有棋師閔秀才説，嘗有道人善棋，凡對局率饒人一先，有詩云云。見上。後死于褒信，託後事于一村叟。數年後，叟爲改葬，但空棺衣衾而已。《西溪叢語》

宜都鐵冠

峽州宜都縣弓手向宥，少年時爲清江渡子，遇一道人，戴鐵冠，容狀奇偉。宥近而揖之，即問曰：『汝欲如何變身名？』宥愚下無所識知，但日見其伍長爲可慕，答之曰：『願做一個頭目公人耳。』鐵冠咨嗟歎息，久乃曰：『汝作公人到頭。』并與縱言未來事，其後歷歷皆驗。既而能信口成小詩，言談夐與昔别，作尉及令者，更數十，無一人能少加異顧。老而罷役，題詩于荆山鄉明月洞曰：『誤了先生三十春，卻來明月洞中尋。如今卻見先生面，改了當初一片心。』是時蓋已悟矣。好事者題其事于縣驛廳壁上。《夷堅志》

醉客賦詩

德興新營士人張德象，字德章，淳熙十一年，省場失利，就趁太學補試，小留旅邸，以待榜出。嘗與二友生夜詣市訪卜，因入市沽酒三升，對月清飲，俄一客落拓跌宕，造前曰：『能與一杯惠我否？』張見其已大醉，答曰：『甚好。』取盃滿酌置几上，戲之曰：『觀吾人姿貌，定不庸俗，能賦一詩，然後盡此乎？』客披襟不辭，且請命韻，張正欲困以險韻，笑曰：『只用「吞」字。』隨即高吟一絶云：『行盡蓬萊弱水源，今朝忍渴過崑崙。興來莫問酒

中聖，且把金杯和月吞。』舉杯一吸而盡，方驚歎其雅，即出迹之，無見矣，張悟爲神仙者。昌尉皋之姪，攝邑得其語。《夷堅志》

饒州道人

《今是堂手録》云：太學體遠齋，饒州人，嘗同游一道士，道士本里人，化去已多年，一日來客位相訪，約同人請假歸齋，假簿中有詩一絶，乃道士所書也。詩云：『相别來來一百秋，幻泡重作故人游。紫泥白雪尋常事，何苦人間詩不休。』《苕溪漁隱叢話》

藥市道人

《文昌雜録》云：知制誥李大臨，西川人，有門人背傴不能仰視，因藥市罷，見一道士云：『秀才有錢丐一二百爲酒貲。』書生曰：『家貧無錢，所居有薄釀，同一醉可乎？』道士欣然便往，酒半，道士問：『何背傴？』書生曰：『不幸遇此疾，無如之何。』道士因出藥三十粒云：『來日五更向東，以新汲水下，覺微燥，不足怪。』書生如所教，既服藥，燥甚不可勝，展轉于榻上，亦甚悔之，然每一伸縮，漸覺舒快，比明，身已直矣。蜀人重藥市，蓋常有神仙之遇焉。《苕溪漁隱叢話》

酒樓道人

宣和間，元夕，州西酒樓，一道人來索酒痛飲，初不持錢，將去，題詩壁間云：『偶到皇都玩月華，笙歌留我醉流霞。勸君不用悲塵土，天上人間只一家。』乃探懷取藥，拭杯成黄金，以償酒直。明日喧傳都下，禁中聞之，以金十兩易其杯去。《睽車志》

無名道人

一道人敗道後，作詩云：『瑶峰一别杳難期，消渴從教醉枕欹。不信丹青能畫得，五更燈暗月來時。』《侯鯖録》

吴山道人

三山曾陟，嘗館陳氏七載，音信不通。有道人自吴山來，謂之曰：『子思鄉之切，何不少歸？』陟曰：『水陸三千，幾時得到？』道人翦紙爲馬，令合眼上馬，以水噀之，其疾如風，祝曰：『汝歸毋久留。』須臾到家，門户如舊，妻令入浴易新衣，陟曰：『我便去。』妻曰：『纔歸便去，何不念父母妻子乎？』陟便上馬而行，所騎馬足折，驚寤，身在書館中，隨身衣

皆新製者。道人亦不見，惟留一藥籃，中有詩云：『一騎如龍送客歸，銀髪緑耳步相隨。佳人未許輕分別，不是仙翁豈得知。』《閒窗括異志》

羅浮山中客

咸淳中，客有載方巾著韡，往來羅浮山中，見人則大笑反走，三年不言姓名。他日醉歸，忽取煤書壁云：『雲意不知滄海，春光欲上翠微。人間一墮千劫，猶愛梅花未歸。』《谷音》

無名髯者

前宋士人山行，于絶壁人迹不到處，見有題詩者云：『鳴梢疊葉響飕飕，枕底寒聲爲客留。野鶴不來山月墮，獨眠滋味五更秋。』少前，遇髯人坐大石上，意其爲詩者，欲前揖，忽不見。予謂仙人亦未能忘情者耶。《困學齋雜録》

何仙姑（以下女子）

袁夏過永州，見何仙姑曰：『吾鄉有貴人亭，今有故人亭，何也？』仙曰：『此亭名因

《選詩》有「洞庭值歸客，瀟湘逢故人」而得之，彼亭非也。』仙作詩云：『全、永從來稱舊郡，瀟湘源上構軒新。門前自古有流水，亭上于今無故人。風細日斜南楚晚，鳥啼花落東湘春。因公問我昔日事，江左亭名不是真。』《劉斧摭遺》

永州何仙姑，不飲食，無漏泄，世傳其神異。岳州天慶觀柱以震折，有倒書『謝仙火』字，仙姑云：『雷部夫婦二人，長闊各三尺，銀色。』莫不駭信。有熟于江湖間事者，曰：『南方賈人，各以「火」自名，一火猶一部也。此賈名仙，刻木記己物耳，是亦不可知也。』嘗有道人自言隋唐間人，談黄巢事甚悉，因曰：『黄六晚節至此。』張安道尚書云：『巢六兄弟，而巢最小，當第六。』由是推之，則道人之言信然乎？《中山詩話》

王綸女

海陵人王綸女，輒爲神所凴，自稱『仙人』，字善數品，形製不相犯。吟《雪》詩云：『何事月娥欺不在？亂飄瑞葉落人間。』説云：『天上有瑞木，開花六出。』他詩句詞意飄逸，類非世俗可較。題《金山》云：『濤頭風捲雪，山脚石蟠虯。』常謂綸爲『清非孺子』，不曉其義。亦有詩贈曰：『君爲秋桐，我爲春風。春風會使秋桐變，秋桐不識春風面。』居數歲，神舍女去，懵然無知，嫁爲廣陵呂氏妻。《中山詩話》

太子中允王綸，祥符中登進士第，有女子年十八歲，一日晝寢中忽魘聲，其父與家人亟往問之，已起，謂父曰：『與汝有洞天之緣，降人間四百年矣，今又會此。』自是謂父曰『清非生』，自稱曰『燕華君』，初不識字，忽善三十六體大篆，皆世所未識。每與清非生唱和，及百餘篇。有《送人》詩云：『南去過瀟湘，休問屈氏狂。而今聖天子，不是楚懷王。』又《贈清非生》末句云：『自有燕華無限景，清非何事戀東宫？』又《雪》詩云：『何事月娥期不在？亂飛端葉落人間。』説與人云：『天上端木，開花六出。』《贈清非生》云：『君爲秋桐，我爲春風。春風會使秋桐變，秋桐不識春風面。』《題金山》云：『濤頭風滚雪，山脚石蟠虬。』又詩云：『落筆非俗子，鼓吹皆天聲。豈俟耳目既，慰子華燕情。』蔣頴叔以楷書釋之，刻於石。後嫁爲吕氏妻，既嫁，則懵然不復能詩。康定間，進篆字二十四軸，仁宗嘉之。有《女仙傳》行於時。《詩話總龜》

李少雲

有李氏女者，字少雲，本士族，嘗適人，夫死無子，棄家著道士服，往來江淮間，僕頃年見之金陵。其詩有云：『幾多柳絮風翻雪，無數桃花水浸霞。』殊無脂澤氣。又喜煉丹砂，僕亦得其方，大抵類魏伯陽法，而有銖兩，加精詳者也。嘗語僕曰：『我命薄，正恐不能成

此藥耳。』後二年再見，其瘦骨立，盖丹未成而少雲已病。僕問曰：『子丹成欲仙乎？惟甚瘦則鶴背能勝也。』笑曰：『忍相戲耶！』病中作《梅花》詩云：『素艷明寒雪，清香任曉風。可憐渾似我，零落此山中。』尋卒。後檢方書，見丹法及此詩，録之。《彦周詩話》

全宋詩話目録卷九十八 降乩

欽宗　名桓，徽宗長子。宣和七年，詔嗣位，改元靖康，二年，金人脅之北行。康王即位于南京，遥上尊號曰孝慈淵聖皇帝。紹興三十一年，崩問至，謚曰恭文順德仁孝皇帝，廟號欽宗。

方武裘　莆人，劉濬夫友，胡天放降仙求賦，自稱『大陽洞主』。

紫姑

吉州紫姑

西安紫姑

鄧氏紫姑

紫姑白苧

鄧林紫姑

斜橋紫姑

紫姑神

全宋詩話卷九十八

欽宗（以下卟詩）

向嘗于貴家觀降仙，叩其姓名，不答，忽作薛稷體大書一詩云：『星袍玉帶落邊塵，幾見東風作好春。因過江南省宗廟，眼前誰是舊京人？』捧箕者大驚，知爲淵聖降也。《齊東野語》

方武裘

《胡天放降仙求詠筆》云：『貌出中山肯欲仙，何人拔顥縛尖圓？拙夫堪笑堆成冢，豪客曾聞掃似椽。窗下玉蜍涵夜月，几間雪繭湧春泉。當時定遠成何事，輕擲毛錐恐未然。』《志雅堂雜鈔》

紫姑

請紫姑神，大抵能作詩，然不甚過人。舊傳一士人家請之，既降，偶書院中子弟作《雨》詩，因率爾請賦，頃刻書滿紙，其警句云：『簾捲滕王閣，盆翻白帝城。』可喜也。《彦周詩話》

吉州紫姑

《詠手》云：『笑折櫻桃力不禁，時攀楊柳弄春陰。管絃曲裹傳聲慢，星月樓前歛拜深。繡幕偷回雙舞袖，緑窗閒整小眉心。秋來幾度挑羅袜，爲憶相思放卻針。』《夷堅支志》

西安紫姑

吴興周權巽伯，乾道五年知衢州西安縣，招郡士沈延年爲館客，邀至紫姑神，每談未來事，未嘗不驗，尤善屬文，清新敏捷，出人意表。周每餘暇，必過而觀之，嘗聞窗下鵲噪甚急，周試叩曰：『鵲聲頗喜，未審報何事。』即書一絶句，末聯云：『窗前接接緣何事？萬里看君上豹關。』周笑曰：『權乃區區邑長，大仙一何相奉過情耶？』是日，周與一小吏執箕，

箕忽躍而起奮筆塗字，俄又昂首舉筆，向周移時，若凝視狀，諸人皆悚然，徐就案書數十字，大略云：『平時見大尹神氣未清，面多滯色，今日一覘犀顴，日月角明，天庭瑩徹，三七日内，必有召命之喜，當切記之，毋謂謔語。』時十月下旬也，至十一月十三日，大程官自臨安來報召命，越二日省帖下，以周捕獲僞造楮券遷一官，仍越都察審察，距前所説十有八日云。後三年，周從監左藏西庫擢守婺，沈偕往，周欲延鄉僧智勇住持小院，白仙曰：『此僧絶可人，工琴善奕，仙能爲作請疏否？』援筆立書，其警句云：『指下七絃，彈徹古來之曲。局中一著，深明向上之機。』詞既藻麗，且深測禪理。通判方將宴客，就郡借妓，周適邀仙從容，因求賦一詞往侑席，仙乞題，指瓶内一捻紅牡丹令詠之。又乞詞名及韻，令作《瑞鶴仙》用『捻』字爲韻，意欲因險困之，亦不思而就。……既成，不事加點。其他詩文非一，皆可諷翫。周以紹熙甲寅，爲福建安福參議官，大兒倅貳福州，得其説如此。《夷堅志》

鄧氏紫姑

鄧端石少時，傳得召紫姑呪訣，而所致皆女仙，喜作詩。紹興甲子歲，科舉將開之前，在家塾與數客會食，或請邀問試闈題目者，誦咒才畢，仙已至，乃盡誠叩之，答云：『經義賦論，吾悉知之。然天機嚴秘，不容輕淺。姑爲預言省詩題，慰諸君意。』于是大書『秋風生

桂枝』五字，客皆不信，已而果然。嘗爲鄧氏婦女賦衣領及裙帶三絶句，清婉可傳寫。《衣領》詩云：『小剪雲羅雪色明，香煤隨意作真行。新詩便是班昭戒，勝卻閒書座右銘。』其二云：『時樣新裁鬬色衣，不將彩綫縷花枝。殷勤只要詩仙句，繡出分明一段奇。』《裙帶》詩云：『尺六腰圍柳樣輕，娉娉嫋嫋最傾城。羅裙新剪湘江水，緩步金蓮襪底生。』時庭前桃正華，或請賞詠，應聲落筆云：『武陵溪上舊時花，兩岸晴紅爛彩霞。試問劉郎緣底事，花開時節未還家。』其他所作長短句、隔句對，皆機警敏捷，了不紓思而成，一時失于紀録，端若之子直清，僅能追憶此數句耳。《夷堅志》

斜橋紫姑

紹興斜橋客邸，有請紫姑者，命觽爲題，賦詩云：『寒巖雪壓松枝折，班班剥盡青虬血。運斤巧匠斲削成，劍脊半開魚尾裂。五湖仙子多奇致，欲駕神舟探仙穴。碧雲不動曉山横，數聲摇落江天月。』《齊東野語》

紫姑神

古傳紫姑神，近世尤甚，宣和初，禁之乃絶。嘗觀其下神，用兩手扶一筲箕，頭插一箸，

畫灰盤作字，加筆于箸上，則能寫紙。自稱『蓬萊大仙』，多女子也，有名字伯仲，作文可觀，著棋則無人能敵者。余寓南海，有一假儒衣冠者，能迎致其神，在書室中和余詩云：『古書讀盡到今書，不獨才餘力有餘。自是丹山真鳳子，太平呈瑞只須臾。』《萍洲可談》

全宋詩話目録卷九十九 神鬼夢怪

無名神

淮瀆龍女

蘇文定夢游仙

散花天女

夢中宫女

西華寶懿夫人

湘妃

山驛女子

雪上女

鬼仙詩

盧多遜鬼

石恪女

驛樓女

李英華

無爲子

成都宣華殿女

趙汝言鬼

黄㔍妻

李良弼夢中詩

史彌遠鬼

統制吴源鬼

巴峽鬼詩

東平鬼詩

周公埠鬼

鍾輻妻

李季萼鬼

柳氏鬼

夢中婦人

李媛

宮人玉真

全宋詩話卷九十九

南岳大王

周琬，湘中人，端拱二年進士，至澤州宿次，夢二吏云：『大王請。』遂行至南岳廟，陞殿見王，曰：『知員外將入調，只欲辟在此中，與人間不殊，且無衣食之念，如何？』琬辭，王乃索筆吟詩送之，云：『在此既非樂，捨此去何圖？　若問青氊事，惟留一角書。』琬覺異之。既至京師，乃病，琬慮不起，遂扶力爲書，以寄其家人，一角封訖而卒，與詩意無異。信乎死生注定，不可逃也。《古今類事》

劉鏜鬼

鏜無子，以外族仲弁汝素爲後。既死，仲弁本生家兄弟，盤踞其室，香燈弗顧。一夕，鏜見夢仲弁，有怒色，索紙筆書一詩云：『花邊臺榭柳邊城，此日相逢各自親。曾憶當年燈

下語，如今孤負隴頭春。』詰朝，仲弁焚香謝過，遷其兄弟别室。《江西詩徵》

周季發

周季發，字伯通，宋時南昌人，少穎異，喜吟詠，年三十六，渡象牙潭，忽兩烏從空下銜其頭巾去，既歸隨卒。踰年，乃降于家，吟詩云：『雲鶴翛然世外游，歸來庭樹又經秋。塵寰不識芙蓉主，琴榻空懸萬古愁。』族人神之，爲刻其像，凡遇水旱，及諸疑貳不決事，有所禱，即判筆爲詩，驗若影響，詩亦多佳製。《江西詩徵》

刁湛父

咸平中，刁湛拔潤州解賦舉京師，會其父典合肥得替，相會于廨舍。父喜其來，因語赴舉次第。是夜，父夢被召，既入門，見張齊賢自内而出，曰：『比部請賦七言詩。』賦云：『聖朝文物古難過，何事寒門寵遇多？父向石渠新拜職，子從金殿又登科。須教枚馬慙踪迹，堪笑巢由隱薜蘿。報國報君何所有，一心待欲枕長戈。』詩成夢覺，已四鼓，召湛記之。來春孫暨榜，湛不第，父子以夢爲非驗也。是年秋求解，向春過省，比部自二月初受命，俵散山東鹽運，御試一兩日間方回，翌日，御試，于殿門外閤子中坐，伺湛之得失，忽一大程官奉

勅一道，來呈學士，已授秘閣檢討。又一横門官急來云：『學士秀才第一等及第。』父子同日俱被恩榮，果符合肥夢中之詩。《古今類事》

神君祠夢

桂材，字元珍，資中人，大觀末，貢于京師，宿神君祠下，夢人贈詩云：『樓高先見月，柳嫩更含煙。』覺而不曉其意。是年登第，授唐安教官，因游郡園亭中，見詩榜，乃前人《詠唐安之什》，不惟報其登第之兆，而唐安之任，亦前定于此矣。《古今類事》

中牟夢中詩

李良弼，大中祥符元年進士，知鄭州，將行，夜宿中牟，夢人持詩獻之云：『九霄丹詔三天近，萬疊紅芳一旦開。日月山川須問甲，爲君親到小蓬萊。』良弼不解，白于父給事，喜曰：『汝必有前程。』至鄭而别，五年六月十九日，良弼卒于應天府，給事大悲痛夢之不誠。後張君房與給事至應天，細詰良弼卒殯之日月，及葬之所而繹之，一一不爽，則知死生日月，皆有前定。《古今類事》

后土祠夢詩

鄒極，字適中，號一翁，宜黃人。未第時，禱夢后土祠，夢一神人吟詩云：『天道本無成，明從公下生。温、黄前後並，黑暗裏頭行。大十口止各，哀號三兩聲。兩個六十五，祇此是前程。』其後皆驗。初聯則解試賦題及禮闈題，次聯則諒闇榜名在温姓、黄姓之間，三聯則持節本路丁艱，末聯則夫婦皆以六十五歲而終也。極登治平四年進士，歷官度支員外郎，與執政議論不合，請外補，除江西提刑，丁外艱匄祠，得洪州玉隆觀，久之卒。《江西詩徵》

無名女仙

女仙詩三絶，云：『柳條金嫩不勝鴉，青粉墻道道韞家。燕子未來春寂寞，小窗和雨夢梨花。』『松影侵壇琳觀静，桃花流水石橋寒。東風吹過雙蝴蝶，人倚危樓第幾闌。』『屈曲闌干月半規，藕花香澹水漪漪。分明一夜文姬夢，只有青團扇子知。』董無益所記，友人姚天澤亦喜此。《癸辛雜識》

福州社神（以下神鬼）

蔡君謨作福守日，有一書生投詩來謁，詩云：『遠入青青叠叠峰，峰前真宰讀書宫。半巖泠落高宗雨，一枕淒涼吉甫風。煙鎖豹眠閒霧露，井凋鳳宿舊梧桐。九龍山下英雄氣，盡屬君家世胄中。』君謨異之，尋令人伺其所歸，至一山下，忽不見，四顧無人，唯一社屋，意其社神也。《墨莊漫録》

金華神

汴人有吴生者，以娶宗女得官于三班。嘉祐中，罷高郵，迺寓其家于治所，而獨與兄子南適錢唐，道出晉陵，艤舟于望亭堰下。是夜，月明風高，生乃危坐舷上，久之，忽有緋衣被髮，持刃、炬自竹林間出者，後引一女子，冠玉鳳冠，曳蛟綃文錦之衣，顔色甚麗，而年十八九耳，生見而驚。俄頃至岸側，回叱緋衣者曰：『可去矣，無久留也。』于是滅炬泣拜去。女子即登舟面生坐，謂生曰：『見向來緋衣者乎？此君之夙仇也，而索君且數十年矣，乃今方得之，第以我故得免。不然，今夕君當死其手。』生聞益驚駭不自安，女子笑曰：『君怯耶。』即以金縷衣置肩上，生稍安，乃問曰：『若神歟？其鬼耶？』女子曰：『我非人，亦非

鬼，蓋金華神也。過去生中，嘗與君爲姻好，故相救耳。』遂相與入舟中，取酒共飲，其言笑諧謔，悉如常人，然生誠曰：『毋高聲，恐兄子知之。』女子曰：『我聲特君可聞，他人雖厲聲亦不能聞也。』至明起，謂生曰：『舟檝已有曉色，勢不能久留，當與君子訣矣。君後十年游華山日，多置朱粉，于路隅梧桐下揚之。雖然，君今不可終，此行恐復不濟也。』因索筆題詩一章云：『羅韈香消九九秋，淚痕空對月明流。塵埃不見金華路，滿目西風總是愁。』書已，輒復流涕歔欷而去。明日思其言，遂回棹不復南去。崔伯易《金華神記》

謝中舍

東坡記：徐州通判李陶，有子年十七八，不善作詩，忽詠《落花》云：『流水難窮目，斜陽易斷腸。誰同研光帽？一曲舞山香。』人驚問之，若有物憑者，云是『謝中舍』。問『研光帽』事，自云：『西王母宴群仙，有舞者戴研光帽，帽上簪花，舞《山香》一曲，未終花皆落去。』予讀唐《羯鼓録》：『汝陽王璡，明皇愛之，乃隨游幸，璡常戴研綃帽子打曲，上爲摘紅槿花一朵，置之帽上，遂奏舞《山香》一曲，花不落墜，上笑。』此事與前極相類。《復齋漫録》。

宗祥案：《東坡志林》無後節明皇事。『陶』，《漫録》作『綯』。

無名神

有神降于鄭滓家，吟詩云：『忽然湖上片雲飛，不覺舟中雨溼衣。折得蓮花渾忘卻，空將荷葉蓋頭歸。』陸游《避暑漫抄》

淮瀆龍女

張孝和，關中人，淳化壬辰年游淮南，在壽春，與張、李二生被酒及淮瀆，入就龍女祠，取桐葉寫詩兩句，云：『我是夢中傳彩筆，欲書花葉寄朝雲。』投于帳中而去。一旦，獨至其祠，忽簾中有婦人邀而置酒，贈孝和詩一絶，云：『落帆且泊小沙灘，霜月無波淮上寒。若向江湖得消息，爲傳風水到長安。』孝和告去，行數十步，忽小女奴叫曰：『娘子令還桐葉，勿復相念。』孝和得之，回顧惟古祠敗舍而已。《詩話總龜》

蘇文定夢游仙

熙寧十年，蘇文定公在南京幕府。四月一日，以卧病方愈，因不藥，忽起獨步于庭，天清日高，乃命僕曝書，閒取《山海經》，隱几而讀，不覺假寐。夢薄游一所，樓觀巍然，金朱

晶瑩，叢以奇花香草，雜以丹霞紫煙。入其門，登其堂，門之牓曰『神府』，堂之牓曰『朝員』，自堂趨殿，殿名篆體難識。旋臨一閣，甚高，名不可辨，左碧池，右雕欄，中有一亭。几案酒殽悉備，九人聚坐其間，被鶴氅，或紫或白，其冠或鐵或鹿皮，或熊經鳥伸，或彈琴對奕，歡笑談話，視蘇公自若。蘇頗嫌其簡傲，捨而趨出，俄聞招呼之聲，翹首顧之，乃一青鬟也，謂曰：『君何人而到此？奉靈君之命，有請于君。』遂引再詣亭上，中一人云：『邀來與坐。』蘇固辭不獲，輒坐其傍。其一蒼顔白髮者問曰：『子塵中人耶？』曰：『然。』曰：『何以來此？』曰：『信步而來。』其人笑曰：『非信步也，豈非心有所祈嚮，意有所感發而然歟。』蘇曰：『此爲何地？』曰：『金泉洞天也。』蘇曰：『孔孟之道，則心所祈嚮；顔冉之學，則意所感發。若夫神仙之事，實了未嘗攖慮。而至于此者，真信步耳。』其人與之劇論儒、老之不異，遂及長生金丹之術：『一曰其要數在神水華池玉女之術；一曰其要數在還精采氣馴致之久。則自能脱百骸，遺六腑，如蜩甲焉，如蟬蜕焉，其形有移，而其神未嘗改也。若夫速于煉石化金，惑于金籙玉檢，以求長生者，非吾所謂道也。』蘇曰：『世傳白日飛昇者有是耶。』曰：『其變無常，其化無方。此又非所以語子。』言畢，命酒同酌。有抵掌而歌者曰：『紅塵深處兮人間世，白雲深處兮神仙地。仙家春色兮億萬年，蟠桃香暖兮珪鸞睡。北看瀛洲兮咫尺間，西顧方壺兮三百里。逍遥無爲兮古洞天，洞天不鎖兮無人至。』酒酣，

起求退，其人曰：『盍不少留，以盡揮麈之樂乎？』蘇曰：『有生則不能無形，有形則不能無累。故物色之際，相刃而不停憂患之來，有迷而無已。』其人曰：『子知有形，而不知所以有形。知有累，而不知所以有累。如影之隨形，響之應聲者，皆有以招之故也。』蘇謝曰：『謹受教。』良久，爲家人所驚遂寤，乃作《夢記》。或謂蘇公借夢以成文章，未必有實。予竊愛其語而書之。《夷堅志》

散花天女

秦少游南遷，宿廬山宫亭湖廟下，登岸縱望久之，歸卧舟中。聞風聲，側枕視微波，月影縱横，追憶昔嘗宿雲老，借竹軒，見西湖月色如此，遂夢美人，自言維摩詰散花天女也，以維摩詰像來求贊，少游愛其畫，默念曰：『非道子不能作此。』天女以詩戲少游云：『不知水宿分風浦，何似秋眠借竹軒。聞道詩詞妙天下，廬山對眼可無言？』《冷齋夜話》

夢中宫女

福州士人李慎言，字希古，嘗夢至一處水殿中，觀宫女戲毬，山陽蔡繩爲之《傳》，敘其事甚詳。有《抛毬曲》十餘詞，皆清麗，今獨記兩闋：『侍燕黄昏曉未休，玉階夜色月如流。

朝來自覺承恩最，笑倩傍人認繡毬。』『堪恨隋家幾帝王，舞裀揉盡繡鴛鴦。如今重到抛毬處，不是金爐舊日香。』《夢溪筆談》。宗祥案：《侯鯖録》尚多一絶云：『隋家宮殿鎖清秋，曾見嬋娟颺繡毬。金鑰玉簫俱寂寂，一天明月照高樓。』

西華寶懿夫人

王綸，字子霞，其家嘗有神降，自稱『西華寶懿夫人』，年二十餘，絶色也，其形或見。有詩以遺子霞云：『靈臺本清風，花草相葳蕤。宮深藏白日，金堂吐華輝。彈棋玉局寒，鬬草珠露晞。閬苑多美人，形飛心不移。醉眼憑春風，惟有胡蜨知。如何忽相失，負我雲際期。而今才鬟脚，迤邐秋婦絲。紫情秘消息，行雲住無時。世間苦寂寥，空此隨盛衰。』《玉照新志》。宗祥案：此條當與前『王綸女』一條參閲。

湘妃

有客泊湘妃廟前，夜半偶不寐，見輿衛入廟中，置酒鼓琴，心悸不敢窺，迨明方散，隱隱絶水浮空去。因入廟中，見詩四句，墨色猶未乾，云：『碧杜紅蘅縹緲香，冰絲彈月弄新涼。峰巒向曉渾相似，九處堪疑九斷腸。』神怪不足言，但詩殊佳，故録之。《彦周詩話》

山驛女子

劉諷參軍宿山驛，月明，有女子數人自屋後來，命酌庭中，歌曰：『明月清風，良夜會同。星河易番，歡娱不終。緑樽翠杓，爲君斟酌。今夕不飲，何時歡樂？』此《廣記》所載詩也，山谷曰：『當是鬼中曹子建所作。』東坡亦以爲然。又有一篇云：『玉户金缸，願悟君王。邯鄲宫中，金石絲簧。鄭女、衛姬，左右成行。紈綺繽紛，翠眉紅粧。王歡轉眄，爲王歌舞。願得君歡，長無災苦。』蘇公以爲：『「邯鄲宫中，金石絲簧」，此兩句不惟人少能作，而知之者亦極難得耳，皆醉中爲予書此。』張文潛見坡、谷論説鬼神，忽曰：『舊時鬼作人語，今人作鬼語。』二公大笑。《直方詩話》

霅上女

蔡確嘗游霅上白蘋洲，見碧衣女子，携手吟詠，一篇云：『碧水色堪染，白蓮香正濃。分飛俱有恨，此别幾時逢。藕隱玲瓏玉，花藏縹緲容。何當假雙翼，聲影暫相從。』確逐之，化爲翡翠飛去。《樹萱録》

鬼仙詩

鬼仙詩曰：『仙人未必便仙去，還在人間人不知。手把白鬚從兩鹿，相逢卻問姓名誰。』又云：『江上檣竿一百尺，山中樓臺十二重。山僧樓上望江上，指點檣竿笑殺儂。』又云：『爺娘送我青楓根，不記青楓幾回落。當時手刺身上衣，今日爲灰不堪着。』又曰：『酒盡君莫沽，壺傾我當發。城市多囂塵，還山弄明月。』又云：『浦口潮來初渺漫，蓮舟溶漾采花灘。芳心不愜空歸去，會得潮平更折看。』又曰：『忽然湖上片雲飛，不覺舟中雨溼衣。折得荷花渾忘卻，空將荷葉盖頭歸。』又曰：『寒花白露裏，亂山明月中。是夕苦吟罷，寒燭與君同。』《脞説後集》

盧多遜鬼

盧多遜謫死朱崖，旅殯海上，後其子全扶柩歸葬江陵。佛舍壁上有詩云：『南斗微茫北斗明，喜聞窗下讀書聲。孤魂千里不歸去，辜負洛陽花滿城。』《澠水燕談》

石恪

石恪，西蜀人，善畫，尤長於山水禽魚，亦攻歌詩，言論粗暴，多誚人短。開寶中，王師下西蜀，遣名畫入京，恪在其數，宣於相國寺畫壁，工畢，上狀乞歸，奉勑任便，出京，卒于道中。雍熙元年，殿直雷承昊奉命來衡陽，風土殊俗，恪痛勉之，爲七言詩送承昊。遲暮，與恪宿于公舍，達曉分携。承昊行經數里，思恪已卒數年，遽出所贈詩，多言衡陽風物。其詩曰：『衡陽去此正三年，一路途程甚坦然。深邃門墻三楚外，清風池館五峰前。西邊市井來商客，東岸汀洲簇釣船。公退只應無别事，朱陵後洞看神仙。』及到任，公宇一如恪言。詩章好事者争傳之。《雅言雜載》

驛樓女

《樹萱録》云：番禺鄭僕射嘗游湘中，宿于驛樓，夜遇女子誦詩云：『紅樹醉秋色，碧溪彈夜絃。佳期不可再，風雨杳如年。』頃刻不見。《苕溪漁隱叢話》

李英華無爲子

余聞英華之事舊矣，歲在庚辰，道出縉雲，訪其遺迹，得縉雲令林毅夫贈《英華詩集》一編，考其年代姓名，乃元豐二年一作『三』年。夏五月，縣令開封李長卿女也。李有一女，慧性過人，聞誦詩書，皆默記之，姿度不凡，俄染癘疾而逝，殯于邑之仙巖寺三峰閣。李公滿罷，因舁以歸。宣和庚子，盜起嚴之青溪，所過焚燎無遺，惟三峰閣獨存，主簿以爲廨舍。每見女子態貌綽約，綵衣翩躚，嘯歌自得，命玉虛羽士奏詞，終莫能去，簿遂移于寺之浴堂故址，别捌廨宇，遂無所見。代者濟南王傳慶長興，與弟傳及内表弟穎偕來，館曹于廳治之東。未幾，曹神氣恍惚，若有所憑。一夕吏散，庭空月明，曹與女羅觴豆獻酬歡洽，嚴更者黎明告于簿，簿驚愕，力扣曹。曹不可隱，具言有女子，每夕扣扃而至，與語皆出塵氣象，詰其姓氏：『曰開封李長卿女，季𦳝其名，英華其字，父任邑令，隨侍而至。偶遇真人，授丹砂辟穀有年，身輕于羽，蓬萊雖遠，一念至則瞬息間耳。若青城紫府，桃源天台，吾游息之所也，仙都窿尊，特僑寓爾。知子鰥居，故來相慰。』更唱迭和，殆無虛日。時長至節，傳慶休于中堂，空中聞笑語聲，王云：『汝非英華耶？』挹而問焉，與曹之言無少異。自是形迹不秘，去來不時，窗壁題染，在在可録，王盡室見之，不以爲怪。有親陳觀察者，挽之從軍，將

就道，英華情不忍釋，祖于黃龍之僧舍，與訣曰：『妾與子緣斷矣，念寓簿舍日，子嘗求我辟穀方，豈靳而不與者，但子宿緣寡淺，塵業未償，非仙舉之姿。他時當有兵難，妾豈能終爲子保，敬授靈香一瓣，有急請爇以告，當陰有所護。不然，亦無如之何也。』曹公勇爲朔方之行，不意獲譴麾下，追惟英華之言，欲取所遺香爇之，軍行無宿火，卒正法。英華詩百餘篇，其警句有《春日述懷》二絶，云：『三月園林麗日長，落花無語送春忙。柳綿不解相思恨，也逐游蜂過短墻。』『園林簇簇日暉暉，白蝶黃蜂自在飛。公子醉眠芳草岸，風移花片點春衣。』一云『落花片片點春衣』。又云：『醒酒清風摇竹去，催詩小雨過山來。』又：『緑髮照波秧正暖，黃雲卧隴麥初成。』非詩人所易到也。其詩無凄涼悲怨之詞，皆艷麗歡愉之語，殆亦鬼中之仙耶？若言曾生之遇尤異。余友人曾亨仲，少隨表兄陳夢良，任岳之嘉魚尉，秩滿，移寓于崔府君祠下，館曾于東廡。忽一夕，聞窗外異香撲鼻，微吟云：『芳心欲割憑誰訴？惟有清風明月知。』次夜復吟，曾穴窗視之，仿佛有女子過廡下，但見雲鬟斜嚲，若懶妝之態。是夕，忽入，與之遇，力叩其姓氏，不告，强絶之，乃云：『妾本府君之女。』又問其年若干，云：『年當二八時。』又問：『何故懶妝？』云：『對妝慵覽鏡。』又問：『答我一似吟詩。』云：『拈筆愛題詩。』一日，曾往祠下遍閲，無女子像貌，疑是寓居女，恐事覺，欲絶之，女云：『君若見疑，可同往。』乃引至一大府，有童姬百輩，候迎于門，延至中堂，茶湯罷，

登望月臺，羅列殽饌酒果甚設，酬勸浹洽。一作『歡洽』臺旁有碑記其歲月，云：『無爲子撰』，曾問：『無爲子是何人？』云：『即妾也。』酒罷，已五鼓，曾携果核歸醉寢，其子姪至，取其果與之，無異人間者。又嘗吟云：『欲擇純良胥，須求才學兒。期君終遠大，富貴我皆知。』曾云：『何以知之？』云：『吾父掌人間善惡禍福，各有簿。吾嘗竊視之。』曾遂叩以前程事，云：『遇雞年即發。』自此每夕寢處如常，但神情頗瘁，其家疑爲妖魅所惑，力叩之，乃以實告，郡有孔法師，符法甚靈，乃密以狀告。孔爲具牒令就城隍司投之，且云：『今夜若有影兆見報。』是夕，府君從窗外長歎而過，有數獄卒押其女隨後，女舉手指曾，數其負約。翌旦，孔咒符與飲，自此遂不至。八月，郡以祠爲漕試院，遂移寓南草市，女子復來，自後往來不可禁，唱和詩詞盈軸，其家視以爲常，亦不復怪。來春，曾欲試上庠，女泣别曰：『與君相從許久，苦留不住，先動必有災，前途宜自謹。』曾至黄池鎮，一夕，被寇席捲而去，曾狼狽而歸。至中都，復丁母艱，始驗其言。後累舉遇雞年，皆不驗。後館于趙大資德老之門，至癸酉歲，果請浙漕薦，年幾七旬矣。女子之言異哉。余謂妖魅之惑人，未有久而不斃者，獨二子所遇，不能爲之害。曹果死于兵難，曾雖蹭蹬不第，年逾八袠，以壽終。余淳熙甲辰，初識曾于臨安郡庠，一日，乘其醉叩之，曾悉以告，嘗爲作《傳》以紀其事矣。亨仲乃鄭鑒自明之内表，當以其事語于伯恭先生，士夫間亦有聞之者。偶讀《李英華集》，某以其事

正相類，因併録之。《耆舊續聞》

王仲簡鬼

王仲簡，潭州人，少修進士業，未諧隨計，性寬厚，敦孝弟。周顯德中，攝長沙縣丞，累任甚能爲理，與潭州通判耿振相善。太平興國二年，忽染患而亡。兄仲偉夜夢莊容持書一封云：『評事差送來。』偉便開其書，乃詩一章，題云『贈耿郎中』，曰：『得接英賢喜可知，人生能得幾多時。自從別後顔容改，恰似庭前雨淚碑。』仲偉夢覺而記分明，衆歎訝。振不十年而終。《郡閣雅談》

白衣婦人

《藝苑雌黄》云：《談苑》載金陵之陷，有盧絳者，收散卒由宣歙長驅入福建，以圖興復李氏，至歙州，州將龔儀先已降王師，閉門不給薪水，絳擊破殺儀，將至建州，敗于松溪，麾下散亡，朝廷以節鎮招之，遂自歸。時儀兄子潁上言，求復季父之仇，召潁與絳面質曲直，潁舉手板擊絳，遂按誅絳。初絳舉事，夢一白衣婦人，酌酒勸之，歌《菩薩蠻》詞以送之，歌畢，謂絳曰：『他日當相見𡺤子陂。』絳私記之，及是，伏法于京之西𡺤子陂之地。《南唐近

事》及《本事曲》所載皆同。惟《江南埜録》獨異，謂白衣婦人爲玉真，姓耿氏，以嵎子陂爲『孟家陂』，無《菩薩蠻》詞，而有詩一首，云：『清風良月夜深時，箕帚盧郎尚恨遲。他日孟家陂上約，再來相見是佳期。』二説不同，未知孰是。《苕溪漁隱叢話》

鬼詩

東坡嘗言：鬼詩有佳者，誦一篇云：『流水涓涓芹吐芽，織烏西飛客還家。深村無人作寒食，殯宫空對棠梨花。』嘗不解『織烏』義，王性之少年博學，問之，乃云：『織烏，日也，往來如梭之織。』坡又舉云：『楊柳楊柳，嫋嫋隨風急。西樓美人春睡濃，繡簾斜捲千條入。』又誦一詩云：『湘中老人讀《黄》、《老》，手援紫藟坐碧草。春至不知湘水深，日暮忘卻巴陵道。』此必太白、子建鬼也。《侯鯖録》

東坡云：元祐三年二月二十一日夜，與魯直、壽朋天啟會于伯時齋舍，録鬼仙所作，或夢中所作。嘗記《太平廣記》中有人爲鬼物所引，入墟墓間，皆鮮華洞户，忽爲劫墓者所驚，遂失所見，但云：『芫花半落松風晚清』。又録鬼詩云：『江上檣竿一百尺，山中樓臺十二重。老僧樓上望江上，遥指檣竿笑殺儂。』又云：『爺娘送我青楓根，不記青楓幾回落。當時刺繡衣上花，今日爲灰不堪著。』又云：『酒盡君莫沽，壺乾我當發。城市多囂塵，還山

弄明月。』又云：『卜得下峽口，秋江風浪多。巴陵一夜雨，腸斷木蘭歌。』又云：『浦口潮來初渺漫，蓮舟溶漾採花難。芳心不愜空歸去，會待潮平更折看。』又云：『忽然湖上片雲飛，不覺中流雨溼衣。折得荷花渾忘卻，空將荷葉盖頭歸。』又云：『寒草白露裏，亂山明月中。是夕苦吟罷，寒燭與君同。』《侯鯖録》

『春草萋萋春水緑，野棠開盡飄香玉。繡嶺宫前白鬒人，猶唱開元太平曲。』『忽然湖上片雲飛，不覺舟中雨溼衣。折得荷花渾忘卻，空將荷葉盖頭歸。』『浦口潮來初渺漫，蓮舟溶漾采花難。芳心不愜空歸去，會待潮回再摘看。』『爺娘送我青楓根，不記青楓幾回落。當時手刺衣上花，今日爲灰不堪着。』『惆悵金泥撲蝶裙，春來猶見伴行雲。不教佈施剛留得，恰似知逢李少君。』『卜得上峽日，秋江風浪多。巴陵一夜雨，腸斷木蘭歌。』予與魯直、壽朋三人會于伯時齋舍，此一卷皆仙鬼所作，或夢中所作也。又記《太平廣記》中，有人爲鬼物所引入墟墓，皆華屋洞户，忽爲刼墓者所驚，出遂失所見，但云：『芫花半落，松風晚清。』吾每愛此兩句。《東坡詩話》

石六山美女

寧越靈山縣外，六山相連，故名曰『石六山』，巖谷奇偉，山容秀絕。舊爲墟市，居民益

廣，商旅交會，至于成邑。郡胥寧賞主藏于驛口，嘗以未曉起盥櫛。俄一女子至，荷筠筒候門，徘徊羞怯，將汲井，賞凝睇久之，蓋美色也。所著布縗，潔白無垢汙，訝爲異物，執而訊之，對曰：『我只山下村家，喪夫半載矣。舅姑嚴急，每天明必使負水，少遲則遭撻不計其數，臀脊常流血，不如無生。』因汪汪泣下。賞已羡其色，又悦其語音儇利，欲加以非義，拒不肯。賞奮怒，令驛卒縶之柱間，殊不慴怖，至曉，始悲告求釋。賞再詰之，收淚而言曰：『碧嵒之前，緑水之濱，喬木之上，白雲之間。君幸勿相苛窘，他日當自知。』賞命解縛遣之，與俱出門，倏爾不見，惟筠筒在焉。賞料必靈山之精，邀朋輩好事者，挈壺酒往游，冀有值遇，畧無所覩。日將暮，雲陰四合，于林杪一白獮猴引手垂足，且往且來，擲一木葉墮前，其大如扇，書二十字于上，墨猶未乾，其詞曰：『桃花洞口開，香蘂落莓苔。佳景雖堪翫，蕭郎尚未來。』衆傳觀驚嘆，即隨失之。賞慮其爲妖孽，亟率衆奔歸，消息遂絶。後十年，縣市一少年，狂醉繼日，因過嵒畔，逢女子秀色奪目，留盼不能進步，女亦注視含笑而迎曰：『慕君之心舊矣，能過我乎？』少年喜甚，便握手相從入石室，但見瓊樓瑶砌，碧玉階梯，中鋪寶帳，名香芬馥，奇葩仙卉，不可憚述，遂留飲同寢，各各愜適。居數日，女于席上歌曰：『洞府深沉春日長，山花無主自芬芳。凭欄寂寂看明月，欲種桃花待阮郎。』少年不思歸，女曰：『與君邂逅合歡，恨不得偕老。君之家人失君久，曉夕叫呼，尋訪于絶巘孤寂之墟，

行且抵此，恐爲不便，君宜遽歸。』猶眷戀不忍，不獲已而行，及家，已三更，妻孥言失之兩月矣，後亦無恙。《夷堅志》

宜城客

襄陽宜城劉三客，本富室，知書，以慶元三年八月往西蜀作商，所齎財貨數千緡。抵關下三里間，喜其山林秀粹，疑爲神仙洞府，雖身作賈客，而尚清虚之意甚切，欲深入游眺，置橐裝于外，挾五僕偕往。約行十里，前望似有石碑，視之，但刻二十字曰：『十口尚無聲，莫下土非輕。反犬肩瓜走，那知米畔青。』其指意明白易曉。正惶惑間，逢樵夫執斧負薪，謳歌而上，異而揖之，樵曰：『彼中非善地，不可久駐。』劉曰：『何謂也？』樵曰：『曾讀碑記乎？緣向來鬼魅縱横，欲傷人性命，遂立石示人，以暗包四字，合成「古墓狐精」。君當了然，何不速反。吾見之多矣，不暇爲君説。』言畢不見。劉怳若迷蒙，猶不肯信，又進數里許，與十七八歲女子遇，服布素之衣，顔容閒雅，誦一絶句，音聲悲切，云：『昨宵虚過了，俄爾是今朝。空有青春貌，誰能伴阿嬌？』劉默念此女必亡夫婿，在彼醮祭，怨詞可傷。從而問其故。至再三，皆不答。劉曰：『料必良人家女子。既能吟詠，想深通文墨。』隨和一詩挑之曰：『夜夜凄涼枕，朝朝拂冷衾。眼前風景好，誰肯話同心？』女即大喜曰：『上客

高姓？』答以『姓劉，名輝，字子昭』。女曰：『是我個中人也。』遂邀轉山背，得大宅，梁棟宏偉，簾幙華潔，婢妾佳麗成行，置酒對飲。命引五僕于别舍，饌具亦腆盛。數酌之後，天色歛昏，女曰：『鴛衾久寂，鳳枕長虚。今宵得侍劉郎，真爲天幸，請締一夕夫婦之好，可乎？』劉對曰：『正所願。』于是携手入室，歡合極意。酒醒遲明，乃卧一墓上草叢内，僕跧伏右畔小穴中，方知正遇狐祟，賴性命不遭傷害耳。《夷堅志》

西天門監

新城姚中秀才，生于紹興己未，自幼不茹葷，爲人純厚信直。淳熙十二年乙巳歲，年四十七矣，十二月五夜，夢人持勅牒來示，接而展讀之，其文云：『奉敕差西天監國門，替蕭政年滿闕。』模式言詞，盡與朝制相類，來使言：『見任人到官已一年。』中驚覺，密記于司册，深切憂之。至十四年十二月朔旦，起拜其父志新，白云：『初五日中當死，後事未免上累慈抱，願寬追憶。』父心不之信，付之一笑而已，中曰：『請取中前所書觀之，庶表不妄。』是日，又作詩四句寘枕内曰：『魚龍吹浪起雲煙，來向江湖駕鐵船。捲地黑風吹海立，直將波浪過西天。』竟至其日不疾而卒。所謂『天勅差注，豈亦須滿三考』云。志新始索遺札諦觀，方審其自記夢證如此。爲鄧直清言。《夷堅志》

舟中鬼

衢人徐子勉假館浙西，主人調官都城，與之偕。主人買妾以歸，舟中置酒奏伎，歌闌酒罷，深夜就寢。徐夢一士云：『君輩方盡歡，而鬼趣有苦饑者，獨不能以餘瀝見及乎？』因哦詩一章。徐驚寤忘之，已而復夢如初，乃盡憶其語云：『鬼嘯猩吟沸簧笛，碎版玉盤珠亂擲。二八佳人舞倦時，蝶困東風斂雙翼。』《弁陽詩話》

晁簡鬼

晁奉禮簡，故宫保内翰之次子也，與梁固少小硯席之至善。大中祥符二年，固狀元及第，授青州倅，時奉禮榮侍在闕下。是年冬末，梁方之任，去青雨驛，夜夢晁來相謁，手携白扇，上有七言詩一首云：『死生離别最堪悲，相對無言淚滿衣。歎我已歸泉下去，羡君新向月中歸。長鞭乍見騰夷路，折翼終難繼迅飛。珍重故人當聖代，早持鈞軸入黄扉。』覽詩起，執手悲泣而别，倏然滅。乃急走僕録所得詩入京師，訪其安否，宫保開讀之，大慟曰：『品格真吾兒。』作夢之夕，乃簡亡之日也。《詩話總龜》

韶州西軒鬼

治平二年，長沙趙琪郎中作廣東提刑，公宇在韶州。西軒有荔枝數本，非常繁實，盛夏方熟，琪將召刺史燕賞，一夕皆空，皮核滿地。琪深訝之，乃開西軒。軒之西壁有詩一絶云：『吾儕今日會嘉賓，滿酌洪鍾酒數巡。狼藉薰風不知曉，荔枝又是一番新。』視此方知荔枝爲鬼所竊耳。二廣人多傳異之。《青瑣高議》

夢中少年

吏部侍郎陳彦修，有侍姬曰『小姐』，氣羸多病，睡則多異夢。宣和間，一夕夢少年挾陞酒樓，少年執板歌以侑酒，覺猶能記云：『人生開口笑難逢，富貴榮華總是空。惟有隋隄千樹柳，滔滔依舊水流東。』《陶朱新録》

女　仙

長安慈恩寺，有數女仙夜游，題詩云：『皇子陂頭好月明，强踏華筵到曉行。煙波山色翠黛横，折得落花還恨生。』化爲白鶴飛去。明日，又題一首云：『湖水團團夜如鏡，碧樹紅

花相掩映。北斗闌干移曉柄，有似佳期常不定。』長安南山下一書生，作小圃蒔花，花才一日，有犢車麗女，來飲于庭，邀書生同席。既去，作詩云：『相思無路莫相思，風裏楊花只片時。惆悵深閨獨歸處，曉鶯啼斷緑楊枝。』皆鬼仙詩，婉約可愛。《彦周詩話》

長安南山下一書生，作小圃蒔花木。一日，有金犢車，從數女奴，皆艷麗，下飲于庭，邀生同坐，甚款洽。將別，出小碧箋題詩曰：『相思無路莫相思，風裏楊花一片時。惆悵深閨獨歸處，曉鶯啼斷緑楊枝。』《侯鯖録》

聶昌鬼

聶昌，字賁遠，原名賁，字遠山，靖康中登政府，出知絳州遇害。紹興中，張殊自北歸，過絳驛，見壁間有血書一詩，云：『星流一箭五心摧，電掣雙眸兩臂開。車馬踐時頭似粉，烏鳶啄處骨如灰。父兄有感空垂淚，子弟無知不舉哀。回首臨川歸未得，冥中空築望鄉臺。』時以爲聶之精魂所作。《豫章詩話》

寶應婦人

秦太虚言：寶應民有嫁娶會客者，有客徑起出門，若醉甚將赴水者，人急持之，客曰：

『有婦人以詩招我。其詞云：「長橋直下有蘭舟，破月衝煙任意游。金玉滿堂何所用，争如年少去來休。」倉皇就之，不知其爲水也。』然客亦無他。夜會説鬼與參寥，參寥舉此，聊爲記之。《東坡詩話》

東坡記秦少游言：寶應民有嫁娶會客者，酒半，客一人徑赴水，曰：『有婦人以詩招我。』詩云：「長橋直下有蘭舟，破月衝煙任意游。金玉滿堂何所用，争如年少去來休。」』予讀張君房《脞説》，進士謝朏，寓居寶應，晚至縣橋，忽見女郎自舟中出曰：『某楚小陂也，可見訪舟中？』懷中出詩二首，其一云：『畫橋直下是蘭舟，破月冲煙任意游。金玉滿堂無用處，早隨年少去來休。』其二云：『妾貌君才兩不常，君今休苦更思商。兒家自有清溪水，飲着方知氣味長。』前篇與少游所言，不同者數字，更有二詩爲異，至謂寶應亦同。君房著《脞説》，在真廟時，不應東坡、少游之忘也。《復齋漫録》

慕容嵓卿妻

馮均州爲予言：頃年平江府雍熙寺，每深夜月明，有婦人歌小詞于廊廡間者，就之不見。其詞云：『滿目江山憶舊游，汀洲花草弄春愁。長亭艤住木蘭舟，好夢易隨流水去。芳心猶逐曉雲愁，行人莫上望京樓。』或有聞而録之者，姑蘇士子慕容嵓卿見而驚曰：『君

何從得此詞？』客語之故，嵓卿悲哭久之曰：『此予亡妻之詞，無知之者。』明日視之，乃其妻旅櫬所在。《竹坡詩話》

成都宣華殿女

陳甲爲成都守李西美璆館客，舍于治事堂東偏之雙竹齋。紹興二十一年四月，西美浣花回，得疾。旬日間，甲已寢，聞堂上婦人語笑聲，即起應門窺觀，有女子十餘人，皆少艾有容色，而衣裳結束，頗與世俗異，或坐或立，或步庭中。甲猶疑其爲帥家人，以主人翁病輒出，但怪其多也。頃之，一人曰：『中夜無以爲樂，盍賦詩乎？』即口占曰：『晚雨廉纖梅子黄，晚雲捲雨月侵廊。花陰把酒不成飲，識者無情更斷腸。』一人應聲答之曰：『舊時衣服盡雲霞，不到迎仙不是家。今日樓臺渾不識，祗應古木記宣華。』餘人方綴思，甲味其詩語不類人，方悟爲鬼物，忽寂無所見。後以語蜀郡父老，皆云：『孟氏有國時，嘗造宣華殿于摩訶池上，今郡堂乃其故址，所見之鬼妾』云。西美病遂不起。《夷堅志》

趙汝言鬼

趙汝言，字允之，死已數年，有遺女住子。淳熙乙未冬，住子暴疾，其兄謙之憐其孤幼，

念之甚至，夢至一所，高闕長廊，金碧輝焕，汝言在其間，題詩于壁云：『彈指紅塵二十年，歸來瀛海浩無邊。夢魂相遇因隨念，珍重前生兄弟緣。』顧語曰：『住子已無恙，以兄念至，緣因念結，故得暫相遇耳。』謙之慟哭而覺。《睽車志》

黄蜀妻

黄蜀季野，名士也，既登第，夢婦人素服，扇上題云：『恨君青袖短，誤妾白羅粧。』季野遂不肯婚。予大父著作，與之友善，責以嗣續大義。陳魏公素重其人，以聶夫人女弟歸之。既娶，宛然夢中所見者。季野果夭無子，大父葬之于吾家祖塋。《後村詩話》

李良弼夢中詩

李良弼，故給事中防之子，祥符元年應進士舉，得同學究及第，二年，給事自南京移知鄭州。以家在應天，良弼奏爲本府司士參軍。是年中赴，良弼隨侍至鄭，夜宿中牟驛，夢人持詩板跪而來獻良弼，詩曰：『九霄丹詔三天近，萬叠紅芳一旦開。日月山川須問甲，爲君親到小蓬萊。』覺而異之，旦遽起而白給事，喜曰：『據此詩意，汝必有前程，慎勿廢於筆硯，勉旃勉旃。』至郊而别。五年方歸闕，授三司户部判官。五月已舉張楚縣丞事停任，六月

十九日，良弼卒于應天府，給事大慟，悲語張君房曰：『夢之不誠如是。自此兒夢，必謂其前程而爲詞臣，一旦至是，苦哉。』君房但寬勉以慰之。是年秋，君房以語鞫獄無狀，謫爲寧海督郵，乃同給事舟抵應天府。旦憩泊間，細語良弼卒葬之日月，及葬地之所，因而繹之，忽有數悟，乃省其詩盡得之。良弼丙戌生，年二十有七，即詩首句云『九霄丹詔三天近』，三九二十七數，是年二十五，故云『近』也；『萬疊紅芳一旦開』，方萬葉之花，一旦開盡，是近謝之意；次云『日月山河須問甲』，其年六月十九日甲寅，乃其卒日。殯是二十九日甲子，葬于府東甲地，即是『日月山河須問甲』也，蓋六月天德、月德俱在甲；末句云『爲君親到小蓬萊』，即虛無冥漠之所。給事沉默曰：『君辨之矣。』《脞說前集》

史彌遠鬼

史彌遠死已久，一夕，其家聞叩門聲，曰：『丞相歸。』舉家駴匿。比入門，燈轎紛紜，陞堂即席，子婦皆出羅拜，訊慰平生歷歷，囑家事，索紙筆題詩云：『冥路茫茫萬里雲，妻孥無復舊爲群。早知泡影須臾事，悔把恩仇抵死分。』《西湖志餘》

統制吴源鬼

吴源赴援襄陽，戰没，後襄爲元有，道路始通。州人柳春過襄陽，宿于荒村，夜間偶步，見一武士仗劍披甲，從者數百人，其威凛肅。春驚且避，武士呼曰：『君不識我耶？我里人吴源也。兵救襄城，死于王事。上帝嘉吾忠義，命爲神矣。君歸，幸白于吾家。若不信，可示以鐵券。』按劍朗吟云：『匹馬南歸望古城，半林殘雨夕陽明。雲邊岫接秦山色，樹裏河流漢水聲。墜淚有碑苔色古，攔街無曲酒旗横。那堪回首成陳迹，笳鼓西風愴客情。』遂擲鐵券而没。春歸，訪其家白之，並出所投鐵券，鄉里始知源之盡節云。《荆門紀略》

巴峽鬼詩

建隆初，有人行于巴峽，夜泊舟于江涘，忽有人諷詠曰：『秋徑填黄葉，懸崖露草根。猿聲一叫斷，客旅數重魂。』其音若切激昂而悲，如是通宵，凡吟百遍。初疑舟行秀士也，及曉訪之，其所泊岸，殊無舟舸，但空山邃林，溪谷絶幽爾。沿岸尋訪數處，忽有二脚迹，長二尺許。《脞説後集》

東平鬼詩

東平王興國爲予言：東平人有居竹間，自號『竹谿翁』者。一夕，有鬼題詩竹間云：『墓前古木號秋風，墓尾幽人萬慮空。惟有詩魂消不得，夜深來訪竹谿翁。』世傳鬼詩甚多，常疑其僞爲，此詩傳于興國鄉里，必不妄矣。鬼之能詩，是果然也。《竹坡詩話》

周公埠鬼

羅必元，咸淳中爲餘干令，有客被賊謀死于周公埠，其魂以狀告，無字，照之，有詩云：『白雲分兩片，秋月正揚輝。惆悵江頭暮，無船不可歸。』必元曰：『此必姓段名明者。』捕得服罪。《饒州府志》

鍾輻妻

鍾輻年少負才傲物，樊若水愛其才，以女妻之，女亦才質雙盛。輻登第方得意，買一妾自侍，命曰『青箱』，所在狂放，久不歸。一日過城邑，令延留飲于樓上，輻醉卧，忽夢其妻以一詩怨責云：『楚水平如練，雙雙白鳥飛。金陵幾多地，一去不言歸。』至采石，妾忽暴

死，及抵家，樊已死數月矣。李昌齡《樂善録》

柳氏鬼

嘉興令陶象，有子得疾奇甚，形色語笑，非復平日，象患之。會天竺辨才法師元淨適以事至，象素聞其名，即詣，謁具狀告曰：『兒始得疾時，一女子自外來相調笑，久之俱去，稍行至水濱，且言曰：「仲冬之月，二七之期，月盈之夕，車馬來迎。」今去妖期逼矣，未知所處，願賜哀憐。』淨許諾，杖策從至其家，除地爲壇，設觀音菩薩像，取楊枝霑水灑而呪之，三繞壇而去。是夕，兒寢安然。明日，淨結跏趺坐，引兒問曰：『汝居何地，而來至此？』答曰：『會稽之東，卞山之陽，是吾之家，古木蒼蒼。』又問：『姓誰氏？』答曰：『吴王山下無人處，幾度臨風引舞腰。』淨曰：『汝柳氏乎？』囅然而笑。淨曰：『汝無始以來，迷己逐物，爲物所轉，溺于淫邪，流浪千劫，不自解脱，入魔趣中，横生灾害，延及無辜。汝今當知魔即法界，我今爲汝宣説。有《楞嚴》秘密神呪，汝當諦聽，痛自悔恨，洗既往過愆，返本來清淨覺性。』于是號泣不復有云。是夕，謂兒曰：『辨才之功，汝父之虔無以加，吾將去矣。』後二日，復來曰：『久與子游，情不遽捨，願一舉觴爲别。』因相對引滿，作詩云：『仲冬二七是良時，江下無緣與子期。今日臨歧一杯酒，共君千里遠相離。』遂去不復見。《異聞總録》

夢中婦人

王太初傳言：有焦仲先者，家于南徐，元豐某年，因詣京師訪知己，忽夢一婦人相顧遇，或以詩筆相往來。其一聯云：『吴王臺下無人處，幾度臨風學舞腰。』又曰：『吴山之北，會稽之陽，是吾之家。古木蒼蒼。』其最後一章云：『仲冬之月，二七之間，月圓風静，車馬相扳。』其人如病狂，緣太祖而後愈。至秦少游書柳鬼事，所載詩語，前後皆同，但年月乃是熙寧九年，所病者乃是嘉興令陶集，而所諭者乃是天竺辨才法師。二者不知孰是。《直方詩話》

李　媛

蘧兄子碩，送客餘杭，步伍亭，就觀壁後，得淡墨書數行云：『夜臺夜復夜，東山東復東。當時九龍月，今日白楊風。』筆迹遒媚，後題云『李媛書』，似非世人所作。亭後有數十荒冢，疑鬼憑附而書。《春渚紀聞》

宫人玉真

大定中，廣寧士人李惟清元直者，與鬼婦故宋宫人玉真者遇，玉真爲歌二詞。今録其一云：『皓齒明眸掩路塵，落花流水幾經春。人間天上歸無處，且作陽臺夢裏人。』元好問《續夷堅志》

喬望仙

潭州有清凈覺地，宋咸淳間，游士胡天俊寓焉。月夜撫琴梅樹下，遥見美女迤邐近前，胡執其手，女歛衽而去，曰：『後夜月明，當赴子約。』翌日，友人拉入城，游飲忘歸者兩宿，大悔失期。亟歸，于樹下得一白羅帊，上有詩云：『蕭蕭風起月痕斜，露重雲鬟壓玉珈。望斷行雲凝立久，手彈珠淚濕梅花。』明日，以帊示人，趙冰壺駭曰：『吾亡妾杭人喬氏，名望仙，貴妃姪女也。去年暴亡，殯梅樹後，正其筆迹也。』《異聞總録》

衛芳華

延祐初，永嘉滕穆僑居臨安，月夜游聚景園，遇一美人，自言衛芳華，故宋理宗朝宫人。即命侍女翹翹，設茵席酒果，歌木蘭花一闋。又賦詩云：『湖上園亭好，重來憶舊游。徵歌

調玉樹，閱舞按《梁州》。徑狹花迎輦，池深柳拂舟。昔人皆已没，誰與話風流？』自是，白晝亦見，生遂携歸寓所。下第後，美人留翹翹使守舊宅，而身隨生歸里凡三載，生復赴浙試，美人請與生往訪翹翹，至則翹翹迎拜于路左矣。美人忽淚下云：『緣盡當奉辭。』是夜鐘鳴，急起與生分袂，贈玉指環一枚而别。《西湖游覽志餘》

碧瀾堂女

安吉碧瀾堂，素有奇怪。有士晁紫芝，嘗與客游眺于彼，迫暮，共見水面一好女子，衣服楚楚，手捧蓮葉，足履萍草而來。晁料其鬼物，急叱之，女子且行且吟云：『水天日暮風無力，斷雲影裏蘆花色。折得荷花水上游，兩鬢蕭蕭玉釵直。』吟畢，由東岸而去。《異聞記》

蘭若女

宋時有吴生，寓城西蘭若，夜半聞叩扉聲，啟視乃一處子，容服雅淡。問其從來，以比鄰答之，强留入室，遂止宿焉。居數月，寺僧視生容止，稍疑之，詰問百端，乃以實告。僧驚歎曰：『昨一官員，有女才色艷麗，充選内庭，病卒權殯西廊三年矣。曩嘗出蠱行客，汝遇得非是乎？不亟去，禍且及矣。』生猶未忍，至夜，于窗間得一詩云：『西湖著眼事應非，倚

檻臨流弔落暉。昔日燕鶯曾共語，今宵鸞鳳歎孤飛。死生有分愁侵骨，聚散無緣淚溼衣。寄語吴郎休負我，爲君消瘦十分肌。』墨色慘淡，不類人書。生始懼，翌日遂行。《西湖志餘》

畫上麗人

翟望，喜讀《騷》經楚些，亦寓詞蘅杜間，每水邊沙外，屬思幽放。一夕，夢麗人莊容獨秀，翳修竹而立，隔溪語望云：『茗之榮兮春日陂遲，溼汀蘋以建址兮。冒卿雲以爲帷，吹浩香以渡漢兮。示秀色與華姿，居誰與復兮。挽明月以揚輝，悵谿風兮聊詠言于兹。』歌畢，致一笑而逝。望寤，亟書于紙，心惝怳者累日。後思天清寺之菊坡，謁僧琴，會僧出，因憩北軒，有一姬先在焉，容色鮮麗，疑若素識，因質名氏，不自知體之前也。姬笑曰：『妾有外姒，約我會此，偶故渝爽。然室有酒肴，能少駐否？』望欣然從之，稍情洽，望被酒諷《茗之榮》以自喜，姬曰：『谿風之隔，殆不然矣。』望復叩以他辭，宛不蒙答，姬先出門，莫知所適。望裴回見軒壁挂《玉女觀泉圖》，心以爲畫之靈遇，作《靈遇賦》。曹勛《松隱文集》

燈檠怪

宋潛爲甘陵巡檢，故人趙當訓其子弟，忽見美婦人立燈下，唱云：『郎行久不歸，妾心

傷亦苦。低迷羅箔風，泣向西窗雨。』遂滅燈趨趙就寢，曰：『妾本東方人，鬻身彭城郡。今郎觀光上國，孤眠暗室，故來相伴。』後諸生怪趙精神恍惚，具告其父，潛往覘焉，見一婦人，宋大呼遽入，以手抱之，乃一燈檠耳，遂焚之。《雲齋廣録》

鶉怪

蔡元長京既貴，享用侈靡，喜食鶉，每預蓄養之，烹殺過當。一夕，夢鶉數千訴于前，其一前致詞云：『食君倉中粟，作君羹中肉。一羹數百命，下箸猶未足。羹肉何足論，生死猶轉轂。勸君宜勿食，禍福相倚伏。』觀此，可爲饕餮而暴天物之戒。《庚溪詩話》

木客

東坡作《虔州八境》詩曰：『山中木客解吟詩。』《十道四蕃志》記虔州上洛山有木客鬼，與人交甚信，未嘗言能作詩也。後得《續法帖》，記木客詩云：『酒盡君莫沽，壺傾我當發。城市多囂塵，還山弄明月。』方知得句之因。徐鉉謂鄱陽山中有木客，自言秦時造阿房宫采木者。豈鉉未嘗見《十道四蕃志》也？《漫叟詩話》

整理後記

《全宋詩話》是現代著名學者張宗祥先生手抄輯録而編著成書的一部重要未刊書稿。

張宗祥（一八八二—一九六五），浙江海寧硤石人，譜名思曾，字閬聲，晚號冷僧，自署鐵如意館主。清末、民國時期曾先後擔任過浙江高等學堂及兩浙師範學堂教員、清華學堂教員，教育部視學兼京師圖書館主任，浙江省教育廳長，文瀾閣《四庫全書》保管委員會主任等職。新中國成立後，任浙江圖書館館長、浙江省文史研究館副館長、西泠印社社長。他對京師圖書館的古籍整理、浙江圖書館的全面建設以及文瀾閣《四庫全書》的恢復保存做出了巨大的貢獻。

張宗祥先生國學造詣深厚，治學勤奮謹嚴，涉獵領域衆多，在文史哲、詩書畫、中醫及戲曲等領域都有廣泛的研究成果，特别是在古籍整理、版本目録方面，洵爲一代宗師。他以抄書代校勘，抄録的古籍隨著時光流逝，現在大都成爲圖書館的珍藏。經他精心校勘的古籍多達三百餘種，已出版的有《説郛》、《國榷》、《罪惟録》、《越絶書》等書。

宋代以詩賦取士，能詩者衆，士風習俗，皆表現于詩，尤詳載於詩話，自歐陽修《六一詩話》開創體例，司馬光《温公續詩話》繼其後，宋詩話蔚爲大觀，據郭紹虞先生考證有一百七十餘種，而散見於史册、筆記的資料更多。

清初，湖州沈炳巽先生嘗輯《全宋詩話》一百卷、《續全唐詩話》一百卷。《續全唐詩話》稿本倖存，《全宋詩話》久佚難覓。張宗祥先生曾得《全宋詩話》蓑衣稿本一册於廠肆，以其采擇未廣，且非全稿，紙條又脱落零亂，張宗祥先生以閲書之博且廣，所見善本、孤本、抄本之多，一一爲之重加蒐集、輯録，以一人之力重新予以編輯，手抄整理輯編而成《全宋詩話》書稿一部，計九十九卷，約三百萬字。全書以人爲綱，以事爲目，並將從宋迄清之歷代學者有關評述系之各人條目之下，蔚爲一書。

迄今爲止出版的有關宋代詩話專著，衹有吴文治先生主編的《宋詩話全編》，一九八八年由江蘇古籍出版社出版，但與張宗祥先生輯編的《全宋詩話》相比，區别較大，不僅體例不同，其所收詩人總人數尚不及《全宋詩話》的二分之一。《全宋詩話》除收録宋人有關詩話的筆記類著作外，元、明、清三代學者的有關評論亦加收入，兼及方志、史部與集部書籍、書畫題跋等，且有不少孤本，内容尤爲豐富。

民國時期，鉤沉輯佚古籍，成爲一時風氣，魯迅先生就曾將唐代以前的散佚小説匯集

成編，名爲《古小説鉤沉》。張宗祥先生在這方面更是孜孜不倦，碩果累累，校注手抄多達六千餘卷，《全宋詩話》便是其中一種。前輩們的辛勤鉤沉，爲傳存和弘揚中華民族的優秀傳統文化，做出了巨大的奉獻，值得我們景仰。

《全宋詩話》底稿爲手抄本，現藏浙江圖書館，由張宗祥先生子女捐贈。我在浙江省博物館工作期間，曾因陳訓慈先生的介紹，得到先生長女張珏女士的信任，整理過張先生輯録的手稿《王安石〈字説〉輯》，二〇〇三年由福建人民出版社出版。前些年我受浙江省文史研究館之命，以及張宗祥先生家屬的信任，擔任主編，整理、校訂浙江圖書館收藏的張宗祥先生手稿，編成《張宗祥文集》一書，二〇一三年由上海古籍出版社出版。限於體例，《全宋詩話》未能入選文集之中，未免感到有些遺憾。我期望《全宋詩話》能夠面世，因此下決心在教學及行政雜事之餘集中精力整理先生手稿，在張先生親屬張玖女士及外孫女徐潔女士的大力支持下，經過幾年的努力，終告厥成。

這次整理，以張宗祥先生輯本作底本，參校中華書局、上海古籍出版社已出版的有關宋代詩話筆記類著作，有些底本缺失的文字據此補齊，但涉及版本不同而出現的異文則保留原樣，個别有出入或省略的地方，一般不作改動。另外，書稿中少數前後重複的内容，則酌情删除，如《苕溪漁隱叢話》本是摘引他書而成，但所引之原書文字内容或同時出現在

有關條目的其他地方，則保留原出處而删去後出者。另外，底本中的錯訛字、漏字或常見異寫字則徑加改正。需要指出的是，底本中有關鬼神、迷信内容的條目，張先生晚年曾有删除之意，爲恢復是書原貌，仍予保留。

浙江大學出版社爲弘揚和傳承中國傳統文化不遺餘力，而且一直以來重視浙大教師在古籍整理方面的科研成果，慨允將《全宋詩話》列入出版計劃，友生楊奉聯及王榮鑫兄共同擔任責任編輯，出力甚夥。本書出版又榮幸得到國家古籍整理出版專項經費資助。今《全宋詩話》付印在即，謹向關心、支持和幫助本書整理、出版的各位女士、先生表示衷心的感謝。

曹錦炎

二〇一八年大雪時節

於杭州西子湖畔寶石山下

圖書在版編目(CIP)數據

全宋詩話 / 張宗祥纂輯;曹錦炎整理. —杭州:浙江大學出版社,2020.12
ISBN 978-7-308-18461-8

Ⅰ.①全… Ⅱ.①張… ②曹… Ⅲ.①詩話—中國—宋代 Ⅳ.①I207.22

中國版本圖書館 CIP 數據核字(2018)第 170389 號

全宋詩話

張宗祥 纂輯　曹錦炎 整理

出 版 人　褚超孚
總 編 輯　袁亞春
項目策劃　陳麗霞　宋旭華
責任編輯　王榮鑫　宋旭華　楊奉聯
責任校對　蔡　帆　吴　慶
封面設計　項夢怡
出版發行　浙江大學出版社
(杭州市天目山路 148 號　郵政編碼 310007)
(網址:http://www.zjupress.com)
排　　版　浙江時代出版服務有限公司
印　　刷　浙江印刷集團有限公司
開　　本　880mm×1230mm　1/32
印　　張　97
字　　數　2053 千
版 印 次　2020 年 12 月第 1 版　2020 年 12 月第 1 次印刷
書　　號　ISBN 978-7-308-18461-8
定　　價　1280.00 元

浙江大學出版社市場運營中心聯繫方式　(0571)88925591;http://zjdxcbs.tmall.com